二月河文集

雍正皇帝

二月河 著

九王夺嫡

长江出版传媒
长江文艺出版社

图书在版编目（CIP）数据

雍正皇帝. 卷一，九王夺嫡 / 二月河著. -- 武汉：
长江文艺出版社，2018.11(2019.1 重印)
（二月河文集）
ISBN 978-7-5354-7770-5

Ⅰ. ①雍… Ⅱ. ①二… Ⅲ. ①长篇历史小说－中国－
当代 Ⅳ. ①I247.5

中国版本图书馆 CIP 数据核字 (2017) 第 298827 号

责任编辑：张远林　周　阳　　　　责任校对：陈　琪
封面设计：翟跃飞　　　　　　　　　责任印制：邱　莉　杨　帆

出版：长江出版传媒　长江文艺出版社
地址：武汉市雄楚大街 268 号　　　邮编：430070
发行：长江文艺出版社
电话：027—87679360
http://www.cjlap.com
印刷：中印南方印刷有限公司

开本：700 毫米×1000 毫米　　1/16　印张：30　插页：8 页
版次：2018 年 11 月第 1 版　　　　2019 年 1 月第 2 次印刷
字数：378 千字

定价：198.00 元（全三册）

谁也不防这潦

倒书生还有这一

手……胤禛先是一

怔，心下大悟，不

禁目中灼然生光，

这真是个无双才

士！

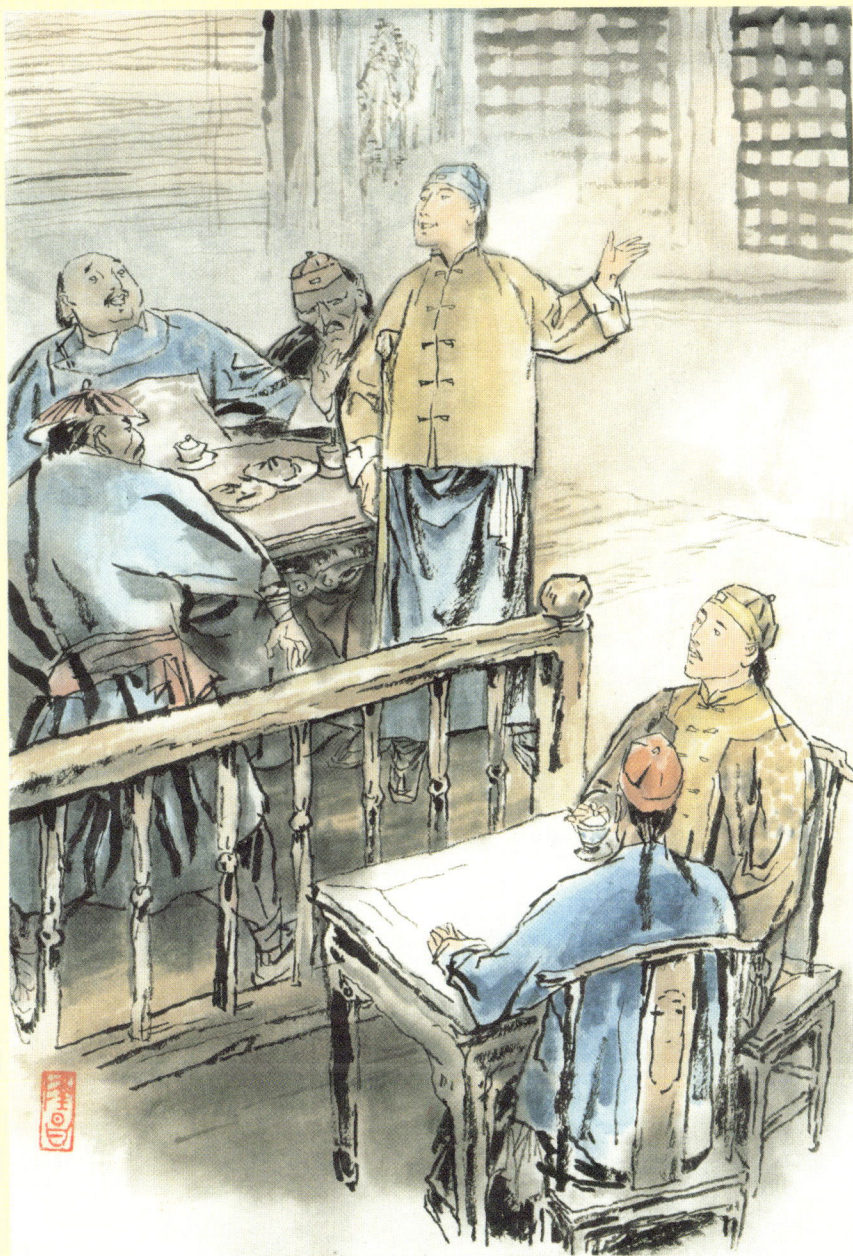

「狗儿，」坎

儿一边小解，压着

嗓门道，「你想办

法把那两个装酒的

大铜壶换个个

儿。」……坎儿系

着裤子说道：『叫

你换你只管换！看

着点颜色。奶奶

的，今晚住到黑店

里了！』

那马被踢一

脚……尾巴后的爆竹

「噼里啪啦」地响起

来……向棚子冲

去……人叫声，桌翻

声，马嘶声……胤祥

得意地一笑，说声

「走！」

朕就说过叫老

大、老八老九去管

户部，你们都『有

病』？身子骨儿金

贵嘛！好差使，脸

面光的差使你们抢

了，苦差就推给他

们，他们办得认真

了，你们又眼红，

以为朕不知道？

胤祉……盯着胤
禛……说道：「……

眼见此行大变在即，
你真的一点也没嗅出
来？」……「此行不
利太子，」胤祉闷声
说道。

『放屁！』康熙『砰』地击案而起，顿时勃然大怒，『像你这样的蠢猪，居然想做太子？居然还记得圣人之教？』

康熙又道：

「朕意已决，今日

就发明诏，由百官

从阿哥中举荐，推

举谁为太子，朕一

惟公意是从！」

满院各房立刻

折腾得天翻地覆，

砸门扭锁翻箱倒柜

稀里哗啦一片声

响，军士们个个腰

里塞得鼓鼓囊囊，

兴高采烈地串房细

搜，胤祥也不理

会，只等着自己要

的东西。

胤禛扑哧一笑，『你后福正长呢……高福儿也不是什么坏人，我要你拉住他，正是防着四哥对我有什么恶意，并不要害四哥……』

半个月后吏部

票拟下来，李卫奉

札补了四川成都县

令……戴着素金顶

子引见下来入府拜

别本主胤禛。

目 录

2

第一回　瘦西湖他乡逢故知
　　　　　天光楼布衣謷官宦

　　游三吴不可缺扬州，冶扬州不可无虹桥。虹桥这地方，面湖临河，西邻"长堤春柳"，东迎"荷浦薰风"，虹桥阁、曙光楼、来薰堂、海云庵……诸多胜地横亘其间，粉墙碧瓦掩映竹树，天风云影山色湖光，只需一叶扁舟便览之无余，原是维扬北郊第一佳丽之地。这自然风光粉黛不施乃天生其美，就勾得离乡游子、骚人迁客到此一扫胸中积垢块垒，流连忘返。若论起风土，那就又是一回事。桥北有个庙，名字起得也怪，叫"虹桥灵土地庙"，每年正二月祀神庙会，俗名儿叫"增福财神会"。逢到会期，早早的就有城里商家赶来，错三落五搭起席棚，围着这座土神祠连绵起市，一二里地间耍百戏打莽式的、测字打卦的、锣鼓、"马上撞"、小曲、滩簧、对白、道情、评话、打十番鼓的……喧嚣连天，湖下游船如梭，岸上香客似蚁，夹着高一声低一声唱歌似的卖小吃的吆喝：

　　"吴逢圣的炒豆腐——谁要哩？康熙老佛爷金口亲尝，颁赐近臣！"

　　"走炸鸡——田家走炸鸡！香酥焦嫩！"

　　"施胖子梨丝炒肉，不吃算你没来扬州！"

　　"汪九公家拌鲟鳇——天下一绝啰……"

　　"猪头肉、猪头肉！江一郎十样猪头肉！"

　　如此种种，更把庙会场子搅得开锅稀粥般热闹。

　　这是康熙四十六年的春天，二月二刚过，扬州地气温暖，虹桥两岸已是春花姹紫嫣红，芳草新绿如茵。一个架着双拐的残疾人出了桥南的"培鑫客栈"慢慢踱着，橐橐地随着熙熙攘攘的人流上了虹桥。

　　他叫邬思道，无锡有名的才子，府试乡试连战连捷，中秀才举人都是头名。康熙三十六年他应试南京春闱，三场下来，时文、策论、诗赋均做得花团锦簇一般。出场自忖即便不在五魁之列，稳稳当当也在前十名里头。不料皇榜一张，"邬思道"三个字居然忝列副榜之末！邬思道大怒之下仔细打听，才知道主考左玉兴、副主考赵泰明都是捞钱的手，除了朝中当道大佬关照请托外，一概论孝敬取士，名次高下按质论价童叟无欺！邬思道凭着本事拉硬弓不肯撞木钟钻营，自然名落孙山。邬思道原本性高气傲，气极了，纠集四百余名落榜举人，抬着财神拥入南京贡院，遍城撒了揭帖，指控左、赵二人贪贿收受，坏国家抡材大典，骂得狗血淋头，把个南京科场搅得四脚朝天。他大闹一场扬长而去，苦得江南巡抚因拿不到他这个"正犯"被连降两级，左、赵二人革职罢官"永不叙用"——官司直打到紫禁城当今天子康熙御前，明珠、索额图两大权相都差点吃挂落。因此，朝廷严令各省缉拿他这个闹事的"正犯"。如今明珠早已抄家籍没，索额图谋划逼康熙逊位太子，事发被囚，往事风流云散时过境迁。蛰居武夷山清虚道观的邬思道因知太后驾崩，大赦天下，这才敢露面，回到久违了的三吴家乡——但他的两条腿，却在逃亡路上被几个剪径的水匪打折了。

邬思道上了桥头，住了步怅然回顾，清癯的脸泛上一丝苦笑。从幽僻山谷乍回这烟花世界烦恼人间，真有恍如隔世之感。邬思道口中喃喃说道："白杨绿草，风雨忧愁，十年一别，这树都合抱了……"

"哟！这不是静仁先生么？"背后突然有人说道，"这些年您在哪儿？又怎么独个儿在这里呢？"邬思道回头看时，这人三十多岁，白净面皮，团团一个胖脸，留着墨黑两绺八字髭须，头上一顶六合一统帽，结着红绒顶儿，靛青夹袍外套着件套扣背心，腰间系着滚边绣花玄带，精精干干一身打扮。半晌，邬思道才想起来是同乡戴家湾的孝廉戴铎，因笑道："项铃，原来是你！十年前你和高家争牛湾那块风水地，打输了官司，败落得叫化子似的——如今出落得这样阔，都不敢认了！"戴铎嘻嘻一笑，说道："士别三日便当刮目相看，何况十年！说起这里头的周折，真是一言难尽——不怕静仁兄你笑，如今我在北京给人家当听差呢！来，我给邬兄引见一下！"

邬思道跟着戴铎下桥，心里不住犯狐疑：这戴铎虽然败了家，好歹也是书香门第，有过功名的人，何至于就沦落成人家的奴才？一边想，一边跟过来，果见桥下石栏旁站着一个二十五六岁的青年公子，打扮也并不出奇，只穿件灰府绸银鼠夹袍，月白夹裤，脚蹬一双黑冲呢千层底布鞋，虽不奢华，却是干净利落纤尘不染。那青年倚栏而立，一条乌亮的发辫直垂腰间，似笑不笑地看着他们过来，刚要说话，戴铎已一个千儿打了下去，禀道："四爷，这就是您常念叨的邬思道邬先生，可巧儿今儿就叫奴才碰上了！——哦，这是我们殷四爷，北京城没人不知道，十八家皇商位列第四！"

"殷真。"那青年微微一笑，八字眉下一双黑瞆瞆的瞳仁闪烁着，说道，"你叫我月明居士好了——敢问邬先生台甫?"一面说，目光幽幽地上下打量邬思道。邬思道不禁一怔：哪有这么托大的人，一见面就把大号抬出来，叫人家称自己"月明居士"！口中却笑道："我没有号，你高兴，叫我静仁好了。"

殷真略一躬身，将手一让说道："实在是久仰你的大名了——连家父也十分赏识你的才学！屈尊一同走走如何?"邬思道听说他是皇商，原本心里腻味的，但这位殷四爷眼中有一种沉稳静娴的气质，不带半点商家庸俗，竟不自禁点了点头。殷真一边走，一边从容说道："先生，我不是虚逢迎你。当年你的揭帖传到北京，真是倾动京华！记得里头对左玉兴、赵泰明二人有诛心警句——朝廷待其不为薄矣……二君设心何其谬也？独不念天听若雷，神目如电？呜呼！吾辈进退不苟，死生唯命，务请尚方之剑斩彼元凶，头悬国门，以儆天下墨吏！士立紫垣，噤口不言。一旦有义士者挺身而起，或刺之阙下，或杀之辇中，四方闻之，独不笑士大夫之无人耶？——这写得何等酣畅淋漓，真个骂死天下尸位素餐之徒！难怪圣上震怒之下又击节赞赏呢！"戴铎也在旁凑趣儿道："难为主子记得这么清爽，奴才只记得那副对联——左丘明有眼无珠，不辨黑黄却认家兄；赵子龙一身是胆，但见孔方即是乃父！""是嘛！"殷真似乎变得随和了一些，格格一笑道："万岁爷当时拿起来一看就说：'此人这笔字风骨不俗。'"

"唔?"邬思道浑身一颤，盯了一眼殷真和戴铎，心中陡起疑云。这揭帖对联当日传遍天下，二人能背并不稀奇。只这二人，一个是"皇商"，一个是听差，连皇帝当时的态度都了如指掌，未免就太出奇。联想到戴铎昔日也是一方名流，竟肯在这位"四爷"跟前屈身为奴，毫无羞惭之意，他已隐隐猜到这位极修边幅的殷真，决非等闲之人！但对方既不肯说破，邬思道也难问端底，便淡淡一笑，说道："难为仁兄如此厚爱，竟记得这么清楚！我真有他乡遇故知之感！不过，这十年蛰居山中，读了点书，从前那点子专用来做取功名的敲门砖文章，想起来都觉得脸红，八股文章误尽天下英雄啊……"说罢无声叹息了一下。戴铎因见邬思道感慨，岔开话题道："四爷，今早您不是说要到人市上买两个孩子使唤？这个店不错，你们两位进去吃酒攀谈，我去办事回来再侍候，如何？"殷真笑道："那是什么打紧的事！明儿再办就迟了？走，咱们进去坐坐！"

邬思道抬头看时，果见前头一座酒肆，歇山顶，一边压水，一边靠着驿站，看样子新造不久，雕甍插天飞檐突兀煞是壮观，泥金黑匾上端正写着"天光湖影"四字。戴铎不禁道："好字！"

"字是不坏，"邬思道仔细看了看，笑着对殷真道，"但笔意太过妩媚，锋中无骨，算不得上乘之作。"殷真也点头道："先生说的是，这字神韵不足。"一边说，二人随着戴铎进来。

殷真见楼下热闹嘈杂得不堪，不禁皱了皱眉头，说道："这太乱了，我们上楼去！"跑堂的一怔，赔笑道："三位爷，请包涵着点。新来的太尊车铭车老爷今儿在楼上宴客，楼上不方便。爷们要嫌底下闹，那边还空着一间雅座，面湖临窗，一样儿能赏景致的……"话未说完，戴铎便笑道："你别放屁！这楼我来不止一回了，上头三四间雅座呢！各吃各的酒，谁能碍着谁？"说着，从怀里取出一块银饼丢了去。伙计接过看时，是一块"真圆系"，足有五两重，底白细深，边上起霜儿，正正经经九八色纹银，顿时满脸绽上笑来，打躬儿道："爷台，店里夹剪坏了，恐怕找不出来。"

"多的都赏你！"戴铎道，"你在楼上给我们安排一下！"伙计笑得两眼眯成一条缝，身子一虾道："谢爷的赏！楼上实话是还有一间雅座没占。原说怡性堂韦老爷定下的。爷既一定要去，小的斗胆就做主了。只不要大声喧哗，新来的太尊爷性子不好，别扰了他老人家的雅兴，就是各位爷疼怜小人了。"

　　三人跟着堂倌上楼来，果见屏风相隔，西边还空着间雅座。点了菜，又要了没骨鱼、骨董汤、鲝鱼糊涂、螃蟹面四样佐餐。殷真见戴铎侍立在旁不敢入座，一边向邬思道举觞劝酒，一边笑道："钱能通神，一点不假。我今儿能和静仁先生同席举酒，实在缘分不浅，你们又是故交，戴铎也不必立规矩，没有形迹酒才吃得痛快哟！"说罢二人举杯同饮，戴铎方拿捏着坐了下首。

　　此刻正是巳牌时分，楼外艳阳高照湖波荡漾柳拂春风，画舫、沙飞、乌篷、水上漂各色游船衔尾相接，桥上桥下信女善男扶老携幼攒拥往来，三人高坐酒楼赏景谈天，不一时便酒酣耳热。先是听隔壁一群人凑趣儿奉迎那个车太守"下车扬州，讼平赋均，政通人和"，又议及扬州的漆器、剪纸、玉雕、泥塑，谁家做得巧，值多少银子，正觉俗不可耐，一阵琵琶穿壁而来，接着一个女子娇音细细曼声唱道：

　　　　扬州好……第一是虹桥。杨柳绿齐三尺雨，樱桃红破一声箫，处处住兰桡……醉扶湖中画舟，灯影看残街市月，晚风吹上笋儿梢……

　　"丢眼邀朋游妓馆，姘头结伴上湖船。"殷真不无感慨地叹道，"如今世道真正可叹，太后薨逝才半年多，这边早已没事人一般了！"

　　邬思道几杯酒下肚，苍白的脸泛上血色来，见殷真怅然若有所失，遂笑道："这就是'亲戚或余悲，他人亦已歌'！无论天家骨肉市井小民概莫能外！先生何必伤感？譬如你我，还有隔壁的车铭，坐红楼、对翠袖、赏美景、听侑歌，可知那边半里之遥就是人市！山阳宝应一带难民在人市啼饥号寒以泪洗面，卖身求一温饱而不可得——心不一，情自然也就不一！"说罢，举箸击盂亢声唱道：

　　　　玉堂意消豪气空，可怜愁对虹桥东。
　　　　当年徒留书生恨，此日不再车笠逢。
　　　　推枕剑眉怅晓月，扶栏吴钩冷寒冰。
　　　　惟有耿耿对永夜，犹知难揾泪点红！

吟罢鼓掌大笑，却不自禁滚出两行泪来。

殷真已是痴了。邬思道疑得不错，他不是常人，更不是什么"皇商"，原是当今天子膝下皇四阿哥爱新觉罗·胤禛，已经封了贝勒，地地道道一个龙子凤孙，因生性冷峭严峻，京师人称"冷面王"的就是。这次却是领差安徽督办河工，因高家堰、宝应一带决河，特来扬州调运粮食赈济灾民。他早闻邬思道才名，这次邂逅相逢，见他已是残废，原是心里失望，此刻见邬思道酒后形骸放浪，飘逸潇洒英风四流的神态，不禁大起怜爱敬慕之心，又想到他不合仗义直言开罪朝廷，为天下不容，且终生无望再入仕途，转觉神伤。胤禛正想着寻话安慰，屏风一动，一个长随打扮的人进来，却不言语，横着眉下死眼盯了三个人一阵子方问道："方才是哪位先生唱歌儿，又提到我家车老爷的讳？请借一步说话，我们老爷有请！"胤禛仰靠在椅上，一只手扶着酒杯，只微睨了一眼戴铎，戴铎忙站起身来，正要说话，邬思道已架了拐杖起来：

"是不才！车铭与我同榜孝廉，又曾为同社文友，怎么——我不能叫他的讳？"

他带了酒，神情显得冷峻傲岸，长随被他的神气慑得有点气馁，听说是自己家主同年，又见胤禛跷足而坐，戴铎从容侍立，更不知什么来头，倒有点不知所措了。

正在发怔，便听隔壁有人大声吩咐："来呀！把这当中屏风撤掉，我见识见识是哪位年兄？"接着便听一群人"喳"地答应一声，几个人轻轻抬起屏风挪转到一边，顷刻之间雅座打通，合成了一大间。胤禛微微冷笑啜着香茶时，对面雅座是三间打通的，却也只有一席酒菜，摆着冷盘孔雀开屏、百合海棠羹、一盂冰花银耳露，几十样细巧点心梅花攒珠般布列四周，中间大碗盆中的主菜，却是牛乳蒸全羊——胎中挖出的羯羊羔儿：这是扬州四大名菜之一——张四回子蒸全羊了。七八个请来陪坐的名士坐在旁边，正中一个官员身着八蟒五爪白鹇补服，也没戴大帽子，油光水滑的辫子从椅后直垂下去，圆圆的脸胖得下巴上的肉吊着，看样子酒也吃得沉了，油光满面地乜斜着眼盯着这边。邬思道架着拐杖迎上一步，抱拳一拱道："车铭先生，久违了！"

"啊嗬，这不是邬思道嘛！"车铭眼中放出光来，一下子坐直了，

"我当是谁呢！原来是大闹天宫的孙行者！是八卦炉倒了呢，还是佛祖不留心弄掉了五行山的镇山神咒，你居然又出来了——我给诸位介绍一下：你们看这位，架着双拐，行动如倩女荡秋千，站立似谢家碧玉树，一脸书卷气。当年可了得，我兄弟不敢望其项背！真的是一语既发词惊四座！当年——"

"当年同窗结社作八股。"邬思道静静地听他揶揄，抓住话口破颜一笑紧叮一句，"出题'昧昧'。好像就是车仁兄，把'日'字边写成了'女'，开篇惊人；说'妹妹我思之'，我只好接了句'哥哥你错了！'——不知如今可有长进？"

一句话说得众人哄堂大笑。几个名士控背躬腰跌脚打顿，笑得换不过气来，胤禛"扑"地一口酒全喷到戴铎身上，几个歌伎拿手帕子捂着嘴咯儿咯儿笑得东倒西歪。

"是你记错了吧？"车铭涨红了脸，强笑道，"我两榜进士，殿试选在二甲四十名，闱墨遍行江南，怎么会出这种错儿？——今日一见，也算故人相逢，有道是贫贱之交不可忘，我和你对酌三百杯！那两位——呃——请过来，来呀！"

戴铎见胤禛摇头，矜持地说道："我们和静仁先生也是邂逅，请自便。看样子你们要论文，我们观战。"邬思道踅回胤禛桌边，端起一杯酒，笑道："要是做官就能长学问，天下可以无书。你今日无非以富贵骄人，岂不知我这贫贱也能骄人！比如这酒，我饮来是酒，你饮来就是祸水，这点子分别，不知你懂不懂？"

"唔？"

邬思道脸微微扬起，沉吟着说道："我这酒，取粟于颜渊负郭之田，去秕于梁鸿赁春之臼，量以才斗，盛以智囊，浸于廉泉之水，良药为曲，直木为槽，以尧之杯、孔之觚酌之。所以饮此酒，清者可以为圣，浊者可以为贤！你的酒不同，乃是盗跖之粟酿成，取贪泉之水，王孙公子烧灶，红巾翠袖洗器。误饮一杯，则廉者贪，谨者狂，聪者失听，明者昏视——这还不是祸水？"

"你依旧如此阴损！"车铭本想小辱邬思道几句就罢手的，不料反被邬思道所侮，顿时气得脸色发白，咬牙笑道："我以俸禄沽酒，怎见得是贪?""你取笑我,我自然也可敬你几句。"邬思道淡然说道,"以你今日身份,我岂敢冤枉你?君为扬州太守,境内饥民遍地,嗷嗷待食,你却在此寻欢作乐!先贤有云:四境有一民不安,守牧之责也,难道我错说了你?我虽然闭门读书不问世事,也知道当今蝇营狗苟的事愈来愈多。嘴硬不如身硬,身硬不如心硬——记得当年同游中岳庙,你指着门前金刚叫我作诗,当时我口占一首说'金刚本是一团泥,张牙舞爪把人欺。人说你是硬汉子,敢同我去洗澡去?'车兄,你敢么?"说罢纵声大笑。车铭"啪"地一声拍案而起,想发作又按捺住了,格格阴笑道:"静仁,没听说过'破家县令,灭门令尹'?"

邬思道笑道:"这么俗的谚语有何不知?当日桓温游寺,和尚不拜。桓温说,'没见过杀人不眨眼将军么?'和尚反问,'没见过不怕杀头和尚么?'如今是盛世,此地乃名城大郡,你今日非礼欺人,我怕你什么?何况我飘零四海孑身一人,外无期功强近之亲,内无应门五尺之童,本来就无家可破无门可灭!"

"放肆!"车铭大怒,断喝道,"你一个已革孝廉,在父母官前狂傲无礼,就是罪!哼!我就不信剃不了你这刺儿头!你不是说我这酒是'祸水'么?来!"

"在!"

"灌他!"

"喳!"

胤禛的血一下子全涌到脸上,眼中熠熠闪着火光。康熙皇帝家教极严,明令皇阿哥不得结交外官,干预地方政务,皇长子胤禔奉差芜湖,杖责了一个县令,回去被摘掉了头上一颗东珠,因此他原本无意惹是生非。这个车铭他也知道,昨日见邸报,吏部报的三名"卓异"里名列第三,算是顶尖儿的好官,谁知在下头如此跋扈!眼见邬思道要吃亏,胤禛眼中波光一闪,戴铎立时会意,跨前一步正要说话,邬思道却道:"项铃,我自己能料理这事。"便转脸笑谓车铭:"你如此欺我,是不是看我已残废,无力再入宦途。要是我未除功名,即便不是进士,恐怕你也不敢轻慢,是吧?"

"对了。今儿就是拿你开开心!"车铭眯着眼嬉笑道,"罚几杯酒,顶多是个风流罪过，打什么紧？"邬思道一笑道："这就是俗语'人在矮檐下，不得不低头'。这杯祸水我喝。不过先有一诗奉赠，不知可肯雅纳？"

他这几句话不软不硬，似求情又似揶揄，众人都是一愣。邬思道微叹一声，踅到放着文房四宝的案前，一手拽袖、一手提笔，略一沉思，连着写了几个字。车铭伸着头看时，上头连着五个"苦"字，不禁喷地一笑，道："这早晚才知道苦？你要识点时务，我怎会难为你？"邬思道毫不理会，握管疾书：

> 苦苦苦苦苦皇天，圣母薨逝未经年。
> 江山草木犹带泪，扬州太守酒歌酣！
>
> ——无锡书生邬思道谨赠

写完展纸一吹，拈着踱至窗前，眺望一下，回头笑道："我这个多愁多病书生身，可是要打你这倾国倾城的乌纱帽了！这张诗稿对仁兄而言，也不亚当年我在贡院写的揭帖！你今日于国丧期间携妓高歌画楼，已经触了大清律，知道么？"

谁也不防这潦倒书生还有这一手，满楼人都惊得呆若木鸡，痴坐无语。胤禛先是一怔，心下大悟，不禁目中灼然生光：这真是个无双才士！良久，车铭方结结巴巴问道："你……你要干吗？"

"我要——"邬思道看了看楼下，"怎么说呢？这楼下人可真多！看见楼上飘下一张诗帖，凭我邬思道的文名，写的又是本朝本郡太守，三天之内，保你全扬州都知道了。若或碰巧有个皇阿哥或部院大臣什么的，或者有个御史、按察使什么的官儿，正愁着考功司察他的功课，没准儿连原诗奏明当今——仁兄，邬某可要与你同生死，共荣辱了……"说罢哈哈大笑。

车铭见他说着话手一晃一扬的，真怕这个愣子手一松，立时就招惹无穷后患！莫说城里如今真的住着个黄带子阿哥，就这省官道司里面也有不少对头，这国丧期间携妓高乐儿，"丧心病狂"四个字就得葬送了自己似锦前程。就没这些麻烦，老百姓口碑如铁，唱起来，三年察考时就是手拿把掐的凭据！想着，车铭头上已沁出冷汗，勉强挤出笑脸道："静仁——静仁兄！开个玩笑嘛，不当家拉花的，何必认真呢？来来来，还有那两位，坐过来，我敬你们三杯'祸水'！"

胤禛大笑起身道："不论美酒祸水，我都吃不得了。戴铎，你留下陪着他们吃酒，我还有事，先告退一步了。邬先生，今日一会实在投缘，明儿我请你小酌，还有事相求。"邬思道微笑不语，戴铎知道馆驿中还有一大群官员等着胤禛召见，也不好相留，只好赔笑道："是，省得了。"

第二回　虎踞关冤家巧聚头
　　　　人市口小童偶作戏

　　邬思道酒量很窄，与这群人又不投缘，不多时已酩酊大醉。车铭一肚皮的懊恼，还要装出笑脸奉迎这个倒霉书生，眼见他们要辞，心里巴不得，却还要假惺惺邀留。邬思道醉眼迷离地笑道："筵无好筵。这'祸水'可不敢吃多了，就此别过吧。"说罢，踉踉跄跄扯了戴铎下了天光湖影楼。

　　"静仁，"戴铎看天色时，已近申牌，一头走一头笑道："我以为你吃了大亏，已挫磨了昔日锐气，看来竟是锋芒不老！车铭这人我也听说过，心底瓷实着呢！难道不怕他对景时整治你么？"按戴铎的意思是想引出个话头，试探他肯不肯投胤禛门下。邬思道却笑道："亏你还是天子脚下混世面的，不晓得投鼠忌器？我虽不济了，像彭鹏、施世纶这干文友都做着官——你不知道人心，但凡做了官，利禄心只有愈来愈重的，他才不犯着和我这破罐子碰他的金饭碗呢！这个车铭其实也小有才学，只太无耻，我才教训他。为这个扬州府肥缺，他先叫夫人曹氏拜徐乾学的四姨太为母；徐坏了事，又巴结户部尚书梁清标，认了干爹才选了出来。这还是个人？好便好，不好我还有诗呢——昔日相府拜干娘，今日干爹又姓梁。赫奕门庭新户部，凄凉馆地旧中堂……"他没吟完，戴铎便截住了，笑道："罢罢！你真醉了，我没说一句，就引出你这一车话！你如此不饶人，连我也怕了你了！"邬思道听了不言声，恍恍地望着远处，半晌才道："……十年一梦，醒来时人去楼也空。项铃，心气再高人已凋残，我这人还有什么指望？只有心智可用，有谁能知？只有口舌之利，难道连嘴也封住？"

　　"你不要难过，"戴铎心下掂掇着，因未得胤禛明示，也不便做主，只道："方才你不是说要去北京？何妨和我们四爷说一下，一同北上，到京我给你谋个馆地。"邬思道冷笑一声道："连你也小看我！要糊口有何难哉！我学的是屠龙术、帝王道！没有英才，我才懒得教呢！"

戴铎一直把醉醺醺的邬思道送回虹桥对岸的培鑫店，又执手叮嘱了许多话才辞回桥北驿馆。一进门，便见四贝勒的贴身长随高福儿从里头出来，见戴铎便逼手站住了，笑道："戴头儿，哪里吃酒了，没给咱们带一坛子回来？"戴铎因问："四爷呢？"高福儿道："今儿见了一天大人，后晌江宁布政使曹大人带了一干子道台给主子回事儿。这会子正在上头说话，大约是说调粮的事，里头还夹着说关税银两，早着呢！您先在我房里歇歇，客走了再见不迟。"戴铎只好回身进了高福儿房中，沏了酽茶，有一搭没一搭闲嗑牙儿。直到掌灯时分，方听上房一声吆喝："端茶送客了！"接着便见两盏大灯笼从上房导引，一群官员哈腰依次辞出，戴铎这才进来。

"回来了？我正给太子爷写禀札，你连他的廷谕一齐看看，有没有疏漏的地方，回头再誊清发寄。"胤禛头也不抬，手不停书，直到写完，方吁了一口气，把信稿和一个通封书简递给戴铎，自踱着方步沉吟不语。

戴铎接过太子的廷谕和胤禛的信，只略一过目，已经明白大旨，便笑着回道："万岁爷五十四圣寿，已经有旨四爷不必回京。半月前内廷邸报，陕西去年大旱，今春青黄不接，万岁也有旨，叫四爷一并在此征粮。太子爷想叫爷早日归京，看样子是因为筹办万岁的寿典。四爷这信写得极是，既不愿回去，差使也本来是没办完，就遥叩万岁圣诞的就好。"

"庆寿典这样的眼面差使能轮到我？怕只有八爷他们才争得到手！"胤禛冷冷道，"我不是怕出力，是怕出了力还要招忌。十三弟来信，说明年要加一个恩科，主考点的是佟国维。如今都在暗中打点。又要塞私人，又要外头堂皇，太子叫回，无非想叫我替他拢人。你想想十八个兄弟三十六只眼，都瞪得血红，这种坏了良心的事我也干不来，还要代人受过。如今这风气，我就是哪吒，能摆布得好么？"戴铎心里雪亮，这位四爷和十三爷胤祥是"太子党"的，大阿哥胤禔三阿哥胤祉不凉不热，各存体系。所谓"八爷"，却是八阿哥胤禩，与九阿哥胤禟、十阿哥胤祯、十四阿哥胤禵，统是一窝子势力，朝中称为"八贤王"，最是得罪不得。这干人见事就躲、见人就笼络、见利就夺，连皇太子也不敢招惹，所以想调回胤禛帮手。想想胤禛走马灯似的办苦差，为太子出死力，太子胤礽一点也不顾惜痛怜，也真叫人寒心。但"八爷党"里的十四阿哥胤禵现就是胤禛一母同胞，戴铎也不敢说什么。戴铎一边想，笑道："就是四爷这话！我们奉有明旨，督修河务，办粮赈灾，这还忙不过来呢！我看这信得加上一句，明说万岁严令河工差使不办妥不得回京，四爷不敢自专。太子爷胆小，未必敢和皇上去争的。"

"很好。"胤禛笑了笑，说道，"就怕他们弄不住我，又去寻十三弟的晦气。科场的事舞弊拆烂污，十三弟脾气不好，弄出事来不得了。"十三阿哥胤祥是阿哥里头最泼辣豪爽的，因自幼失恃，受尽哥哥们的欺侮，养成野性难驯，只胤禛看不过，从小儿收到自己府中时时呵护，因此胤祥敬重这位严兄宛如慈父，从不违拗。戴铎当然知道其中原委，因安慰道："四爷甭着急，十三爷才十七岁，万岁爷未必叫他独个儿办差，或到时候称病也罢。"胤禛叹道："也只好走一步说一步了——那位邬先生，你们谈了没有？不知他肯不肯到我这里办事？"

"爷的意思没有明说，奴才没敢自专。"戴铎赔笑道，"这个人才具人品都极出色，可惜是个残疾。奴才晓得爷用人的规矩，不是落难的从不收用。所以奴才没敢提起。"胤禛不以为然地哂道："他还不算落难？朝廷缉拿了十年的钦犯，落魄江湖怀才不用！这样人物岂可失之交臂？你们这些人虽有忠心，只能安慰我，不能为我出谋分忧。又不是叫他跑马拉弓放鹰捉虎，计较人家两条腿做什么？——他住哪里？我现在就亲自去请！"说罢便往外走，戴铎只好跟着，吆喝小厮们："给四爷备马，把斗篷带上，防着晚间风凉！"

不料刚至二门，高福儿迎进来禀道："四爷，海关道陈天顺求见。说是奉四爷宪谕，回说买粮用钱的事。"胤禛有些为难地看了看戴铎。戴铎忙道："邬思道吃醉了酒，就是这会子去，也不得好好说话。不如明儿我陪主子去，消消停停就把事情办了。"胤禛皱着眉怔了半日，也只好罢了。

胤禛一晚上没好睡，邬思道沉敏机辩、才智犀利的影子一直在心里晃漾。他虽没有和戴铎多谈，但酒楼一会，已下定决心，非把这个邬思道笼在自己袖中不可——皇阿哥之间权势倾轧，机械万端，他太需要一个这样的策士智囊随身谋划了。朦胧到鸡叫才睡去，醒来时已日上三竿。胤禛一骨碌翻身起来，赶忙洗漱了，略用了点点心，便叫上戴铎高福儿，换了便衣迤逦奔虹桥南的培鑫客栈。店主听说是找邬思道，拍手笑道："爷们来的太不凑巧！邬爷今早天不明就算了房钱，叫小的觅船，说要去瓜洲渡游玩几日，再到北京看个亲戚……"几句话打发得他们主仆三人都愣了。高福儿见胤禛阴沉了脸，笑着道："爷也是的，我还当是个什么人物儿，姓邬的不过是个孝廉，这样儿的篾片相公要一把有五个，要两把——"他话没说完，胤禛盯了他一眼，下头的话竟生生憋了回去。戴铎忙道："四爷，您别生气。这事怨奴才不会办事。禀爷一句话，跑了和尚跑不了庙，包在我身上，到北京我把他请到爷府里！"

"怎么见得？"

"说来话长了。反正这会子没事，我们陪四爷人市上看看，我给你说说静仁先生的故事儿。"说着三人慢步向西走着，戴铎叹道："您看邬思道待人冷冷的，其实也是个痴！他有个姑父叫金玉泽，当年纳捐在南京虎踞关，补了个千总的缺。邬思道中秀才，邬老爷子寻思，乡试反正要去南京，就写了封信给金玉泽，叫邬思道去姑父家读书，就近儿应试。

"邬思道在燕子矶下船。他头一回进南京六朝金粉之地，呆头呆脑地，就急着先游了莫愁湖，又逛了夫子庙。那日四月初八，佛诞日。夫子庙人山人海，烧香的许愿的善男信女挨挨压压挤得满街都是。邬思道顺着秦淮河，一手擎着一包炸蚕豆，一头走一头吃着观景致。因不知哪个糊涂老爷在桃叶渡上竟架了座桥，邬思道见了笑得前仰后合。刚说了句：'这个蛇足添得有味儿！'不防一头和一个人撞个满怀。抬头一看，竟是个十六七岁的年轻闺女！"

胤禛想着当时情景，不禁抿嘴儿一笑。

"那女的是进香才回来，一门心思的虔敬我佛。当着众人和个年轻男子撞得这么结实，顿时羞得脸红到耳根上。"戴铎笑道，"当时引得周围闲人哈哈大笑。这个说是'蓝桥会'，那个说是'撞天婚'，'欢喜菩萨'，'风流道场'……插科打诨一片声胡嘈。那女孩子羞急了，一巴掌打了邬思道个满天花，挤开人缝儿一溜烟走了，炸蚕豆撒得满地都是。"

"邬思道只好自认晦气。捂着打得发烧的脸往虎踞关，寻了半日才找到金玉泽下处。叩着铺首环敲了半天，那门'吱'地开了半边。邬思道一看，开门的正是方才掴了自己一掌的那位！顿时两个人都傻了……"

胤禛听得哈哈大笑，说道："敢情是他表妹？"

"是表姐。"戴铎忍笑接着说道，"邬思道愣了半晌，刚说了句'这是金玉泽家么？他是我姑父……'那姑娘双手一捂脸，说了句'皇天菩萨'跑了。"

"邬思道只好自己蹭进去见姑姑。姑姑乍见他来，一把揽在怀里，又是哭又是笑：'我的老天爷，可见着我娘家的人了！儿呀……如今出落得这样了……一会儿你姑父下值就回来——凤姑，凤姑！快过来，你看看谁来了……'"胤禛笑得泪眼汪汪，捧着肚子道："好……好！她来不来？""她哪里肯来！"戴铎笑道，正要往下说，忽然前头人市上闹嚷嚷的，还夹着一个男孩子呼天抢地号啕大哭声，惨厉得叫人心里起栗儿。三个人顿时都敛了笑容，顺着哭声走过去。

这里已经是虹桥人市，其实并不喧闹。一街两行错三落五到处是高粱秆搭起的窝铺。从宝应、山阳、龙王庙一带逃来的难民，个个面黄肌瘦，有的三块石头架着煮白薯刺菜，有的烧干苞米棒子，有的在太阳底下捉虱子，还有用毛巾裹着冷饭团子啃……乌烟瘴气的，散发着一股一股霉臭不是霉臭、焦煳不是焦煳的怪味。靠墙一群闲人围着，一领草席直挺挺裹着一具尸体，只两只脚露在外头。旁边一个十三四岁的孩子，蓬头垢面伏在席上，撕心裂肺地大哭："可呀！咋后晌你还好好的，是吃了什么了……你就不言声儿去了？娘死的时候怎么说来，你不记得了……叫你照应我……你不管我了，就这么走了……呜……"

胤禛双眉紧蹙，还没走到哭尸的人跟前，早有个人牙子瞧他是主儿，扯着个十二三岁的女孩子过来，一边说一边比划："哎，这位东家，一看就知道您是积福行善的菩萨心肠！要买个孩子使唤么？您老明鉴，这买人也是有门道的——发为血余，齿为骨余，一要看头发，二要看他的牙! 您瞧这女娃黄瘦, 那是饿的! 您看她这一头发, 嘿! 您再看她的牙——"他扳开那小姑娘的嘴, 说得唾沫四溅: "糯米细牙咬金断玉——十五两怎么样? 不成? 买卖不成仁义在, 我就狠心赔个血本, 也得叫她去个好人家! 十两! 十两怎么样?"

胤禛方才被戴铎讲故事逗得刚刚高兴一点的心情被这里的人间惨景洗得干干净净。恬着那边的哭声, 他低头看了看这丫头, 相貌也还端正, 黄瘦的脸庞上一双大眼睛忽闪着, 撇着小嘴, 被人牙子捏搓得要哭又不敢。胤禛心头一沉, 回头对高福儿道: "买下吧。" 说罢便踱到那群人旁边。

那男孩已是哭得嗓子都哑了, 乌眉皂眼的, 张着两只手乞求: "大爷们哪! 谁买我, 谁买我? 我得卖几个钱埋了我哥……你们行了这个善, 就是这辈子作过孽, 死了也不进十八层地狱呀……"

"日他娘的," 旁边有个人笑骂道, "不懂事的猢狲, 哪有这样儿求人的?" 又一个人问道: "你是哪的人?"

那孩子擦泪说道: "我是宝应的——大爷呀……可怜可怜吧……"

"你是宝应的大爷!" 一个闲汉笑道, "那我们都是扬州的侄儿了……"

一群人哄然大笑。一个老汉蹲在尸体旁, 嗞吧嗞吧吸着旱烟, 叹道: "罪过! 也真是可怜, 有钱就帮几个吧……" 说着掏出几个铜哥子放在那孩子身边, 有几个阔人也跟着扔了些康熙铜子儿。老汉劝慰道: "孩子, 你甭净哭了。指望这点子钱发送不了你哥。黄河发水是劫数, 死的人成千成万, 都用棺材埋么? 把钱收拾了, 买几刀纸烧, 寻个乱葬岗子埋了——人死如灯灭, 能把你哥哭活了?" 说着, 在墙基石上磕了磕烟锅要起身。不料烟灰没燃尽, 火星儿迸在那双裸露在席外的脚上, 那 "死尸" 双脚竟被烫得猛地一缩!

诈尸!

众人无不大吃一惊, "嗯" 地散开来。戴铎慌得一步跨到胤禛前头护着。众人都直盯盯注视那具尸体, 看了半日却并无异样, 只见这孩子收拾了地下的钱, 顽皮地朝众人扮个鬼脸儿, 拍拍芦席叫道: "狗儿狗儿! 还不起来谢爷们赏?"

躺在地下装死人的狗儿一个鲤鱼打挺跳起来，挥手抹了脸上青泥，呸呸啐了两口，嬉皮笑脸地打个千儿道："活了活了！谢各位爷的赏！坎儿，你也哭累了，我挺尸挺得浑身硬，也实在饿得受不得了，先买两个烧饼打牙祭去。"直到这时，大家才知道是这两个顽皮娃儿做戏乞讨，惊定之余，不禁爆发出一阵狂笑。见众人尽兴而散，胤禛笑着转脸道："戴铎，这两个孩子伶俐，问问看，肯不肯卖给我？"

"是。"戴铎答应一声，上前拍拍狗儿的头，问道："多大了？家在哪里？"狗儿用袖子抹一把鼻涕，说道："十四了，没听我说，我是宝应的大爷？"胤禛看了看坎儿，却不似狗儿的活泼机灵，腮帮微微鼓起，总似一副刚睡醒的模样，因笑问："你们是宝应逃荒过来的。家里大人呢？"

坎儿闪了胤禛一眼，眸子晶然生光，只这一瞬，胤禛看出这孩子灵秀不在狗儿之下，只不过聪明不外露而已。坎儿别转脸看看，觑着胤禛道："你八成想买我们吧？"

胤禛越看越喜爱这两个孩子，点点头说道："你猜得不错。跟了我去吧！别说烧饼，你吃什么都有！""要饭三年，给个县官不干！"狗儿瞥一眼高福儿，嬉笑道，"我才不跟你去当哈巴儿狗呢——瞧他那副样子，在人前很露脸么？"高福儿气得脸色发白，在旁骂道："瞧你那副坏子，配当我们主子的哈巴儿么？"

"放屁么？好臭好臭！"狗儿掩着鼻子道，"越是狗屁越闻不得——和他们啰嗦什么，坎儿，我们找翠儿去。"

两个孩子嘻嘻哈哈，兴高采烈地正要去，高福儿身后那个女孩子怯生生带着哭腔喊道："坎儿哥，我在这……我叫卖了……"说着两行泪水泉水般涌了出来。

"翠儿！"

坎儿和狗儿一下子钉住似的站住了，走到那姑娘旁边，脸上已没了欢喜的神气。坎儿呆着脸只是出神，狗儿瞟了胤禛一眼，拉住翠儿的手，咬着牙道："到底叫王三发把你卖了！说过半年给他凑四两银子赎你的！——日他祖宗八辈，我非叫芦芦咬死他不可！"翠儿泪眼汪汪看着这哥儿俩，又抬头看看高福儿，哽咽着说道："他把我卖了十两银子……咱们是见不着了……坎儿哥，你们有一日回魏家营，替我在我娘坟前磕个头……"说着，呜呜咽咽放了声儿。

胤禛眼见这三个相依为命的孤儿生离死别的情景，心里突然一阵酸热，他已没了笑容。想到小家子亲朋邻居尚有这种情谊，自己一群骨肉兄弟，却恨不得你抠了我鼻子我挖了你眼！想着，说道："狗儿坎儿，听我一句话。你们不是想回宝应么？今儿是初四，过了初七我就动身去桐城。那离宝应才多远？我在桐城要呆一年，也不定两年。你们跟我去，我离开桐城，你们想跟就跟，不想跟三人一同回去，成么？"

"真的？"狗儿眼一亮，说道，"你骗我们！"胤禛不言语，凝视了三个孩子许久，说道："我从不骗人。要是你们不想回家乡，这会子就走吧。"

三个孩子都吃惊地抬起了头，忽闪着眼盯视着胤禛，胤禛那双黑得深不见底的瞳仁幽幽地闪烁着。三个孩子移步要走，又站住了，坎儿笑道："就是这样，咱们跟你走！说话算话，不算是个王八！"见胤禛笑着点头，狗儿两个指头放嘴里"嘘——"地尖啸一声喊道："芦芦！"一条精瘦的狗"嗯"地蹿了出来，摇头摆尾地围着狗儿撒欢儿。高福儿不禁笑道："这么一条狗，还有名字？"

"对了，叫芦芦。"坎儿一副刚睡醒的模样，惺忪着眼，抚着狗头冷冷说道，"你胆大，你招惹一下试试！"

胤禛看看日头，已是将近午时，猛地想起已传了扬州粮道午后议事，便笑道："咱们回去吧——今儿是又扫兴又尽兴，彩头不多。"说罢一行六人款步往回走。胤禛一边走一边沉吟，问戴铎道："邬思道后来和他表姐怎样了？""奴才没细问，思道也没多说，只说定了亲。"戴铎道，"只金家如今已不在南京。金玉泽谋了北京朝阳门城门领的差使，邬思道说要进京，只怕就是奔他去的。唉……邬思道犯的事还没撕掳利落，十年没露面，又成了残疾，那女的也望三十的人了，后头的事难说了……"他摇了摇头，没再往下讲。

第三回 赈粮难筹敲山震虎
往事堪忆溱水烟沙

一行人回到驿馆，驿丞早已候在门口。见他们回来，忙迎上来道："贝勒爷，扬州粮道寇明辰时已经来了，在花厅那边候见呢！"

两个人一前一后进了正厅，长随们刚刚张罗好点心茶食，便见西角门一个官员，穿着八蟒五爪的袍子，罩着雪雁补服，头上戴一顶蓝色涅玻璃顶子一晃一晃走来，在阶前一甩马蹄袖，高声报道："赐进士及第，钦命扬州粮道正堂臣寇明叩见贝勒爷！"说罢叩下头去。胤禛啜着茶答道："进来吧，不必拘礼。""谢贝勒爷！"寇明起身又打个千儿，方小心翼翼挑帘进来。

"坐吧，谅你也没吃饭，这点心随便用。"胤禛手一摆，对站在一旁的戴铎道："你也坐——寇明，粮食三日内能起运么？"

寇明拿捏着刚刚坐下，忙欠身答道："回爷的话，职道正为这事犯愁呢！粮食有，就是现筹，市面上斗米三钱，要多少有多少。不过海关道的银子过不来，这个饥荒不好打的。求四爷催着海关道那头早点发银，就是体恤下官了。"胤禛漫不经心地拈起一块点心，却不吃，半晌才道："海关那头我催了几次了。他们受海关总督魏东亭节制。我前日已经移文总督衙门，叫他立即批银。只在早晚银子就过来——这是借用，终归还出户部出银子，你只管放心。"寇明赔笑道："爷圣明！不过如今银子没来，一下子凑不齐十万石米。只能把库底儿都叫四爷运走，大约五万石的样子吧。下余五万石得等银子。我已经下令，所有存粮大户、米栈均按现时米价平粜国库，不得借机哄抬，不得囤积居奇，不得擅自外运。三月中银子一到，职道亲自押运送桐城钦差行辕，不知成不成？"

"你办事尚属尽心。"胤禛瞥了一眼寇明，起身橐橐踱了两步，站在门口隔帘望着院外，良久方道："扬州也有两万饥民，我今天人市上看了看，心里很难过——这也得赈济，本来五万石就少，再留粮岂不更难？所以非买粮不可！""可没有银子也是枉然呐……"寇明喃喃说道，"扬州府要能出点钱就好了。"

戴铎在旁笑道："就是这个话，叫车铭拿几个！"寇明苦笑着摇头，说道："不过说说而已，前月车铭还找我衙门借钱来着！我说扬州是个放屁油裤裆的肥缺，你借着藩库七千银子，还要打我粮道的主意？他说是修文庙，我一打听，满不是那么回事儿——他是给三——"他突然觉得说过了头，装作吃茶掩了过去。胤禛却听得句句在心，因见高福儿带着一身新装的翠儿进来，只点点头，偏着脸笑道："你说半截话儿叫四爷猜谜儿么？"

"回贝勒爷！"寇明突然红了脸，变得有点狼狈，"听……听说是给大学士揆叙送冰敬①——还有，还有——有个叫孟光祖的，是三贝勒府的，住在南京，也要点缀点缀……四爷……其实这些事下官只是风闻，只是风闻……"他说得收不住口，竟慌乱得不知如何是好了。

胤禛不禁倒吸一口冷气，想不到车铭身后还有这么大的背景。揆叙是号称"大千岁"的皇长子胤禔的舅兄，这也还罢了，且又是八阿哥胤禩的门下心腹。八阿哥胤禩人称"八贤王"，与九阿哥胤禟、十阿哥胤䄉并称"三杰"，纵横交错、荣枯与共，若论在六部势力，还在太子胤礽之上。就是孟光祖的主子三阿哥胤祉，"圣眷"也远在自己之上……这位寇明害怕搅进阿哥们的倾轧之中，自也是情理中事。胤禛想着，冷冰冰打断了寇明的话："你不必说了，我已知道你的难处。好嘛！国库里只有五六千万两银子，抄明珠（揆叙之父）家一抄就是七兆！——揆叙也是富可敌国的人了，还这么搂钱！真正是城狐社鼠！——告诉你，他是铁公鸡，我有钢钳子，拔毛是四爷的宗旨，银子，非叫扬州府拿不可！"

"是是是！"寇明揩着脑门上沁出的汗连声答应，心里暗赞："怪不得人说四爷是'铁石心肠冷面王'，真是名下无虚！"口中却道："四爷

---

① 外任官给京官夏天送的常例银子谓之"冰敬"。

知道下官苦处，下官感恩不尽！"

胤禛冷笑一声道："我当然不让你为难。你去见见车铭，我们说的这些一概不提。只说四爷叫他出两万银子孝敬灾民——要舍饭，开粥场。你听仔细：饭，一日两舍，插筷子不倒，毛巾裹着不渗，凉饭团子要手拿着能吃。扬州府地面不许饿死一人，拐卖儿童的拿住要宰几个——我还有三日在扬州，他要给我办不下来，我就请王命旗牌先斩了他再奏朝廷。就是我回桐城，也要留下人看他办这差使，违我的令，他依旧身家难保——不要想什么这阿哥那阿哥，胡思乱想没好处，我手中尚方宝剑就架在他脖子上！"

寇明早已汗透重衣，站起身来，胤禛说一句，他答应一声"是"，又道："四爷菩萨心肠，这是成全卑职，也是保全车某！"

"你照我的原话说，说了没你的事。"胤禛慢悠悠说着，轻轻拉过翠儿，抚了抚她的头发，"你看看这孩子，这么一丁点儿，爹娘都死在洪水里……饿成这样儿！民为国之本，防民之变甚于防川！你也是读书人，应该懂这点道理——回去寻一本《柳河东集》，读一读《送河东薛存义序》——去吧！"

待寇明诺诺连声却步退去，胤禛方回过脸色，坐了椅上，温和地问翠儿："吃饱了么？换了这身衣裳，体面多了吧？"翠儿含着指头一直在痴痴地听。她年纪幼小，大人们的话多半不懂，但胤禛说的"舍饭插筷子不倒""不许饿死人"却都懂的。凭直觉，她感到这位威严冷峻的"大官"是好人，见胤禛对她如此温存，眼便红红的，渐渐有了依恋之心，便道："老爷，从没吃这么好的东西。狗儿坎儿哥都撑得打嗝儿，商议着要出去玩呢！"

"他们去了么？"胤禛问高福儿。

"这两个小子野得很，又怕他们去了不回来，奴才没放他们走。"

"叫他们去吧。"戴铎笑道，"他们是冲翠儿才来的，做什么一去不回？怕他们出事，跟个人就是了。"

翠儿一听笑了，说道："这个爷说的是。我在这，他们不会跑。我们自小一处出来，我落到人贩子手里，不是他们护着，早叫卖到秦什么淮楼了——出事更不会，狗哥外号'缠死鬼'，坎哥外号'鬼难缠'，哪个有亏给他们吃的？"

"缠死鬼，鬼难缠！"胤禛仰天大笑，"真真是好字号！——高福儿，叫他们出去玩玩，别惹事，天黑前回来！"

胤禛一番敲山震虎十分见效，三日之后，寇明五万石糙米备齐。因漕运淤塞，一律装了挡车，共分四百多乘，浩浩荡荡由旱路北运。胤禛自乘的是辆骡车，因向北天气尚寒，依着戴铎的意思，要在轿车外头套上挂绸呢套儿，又暖和又展样大方，合着阿哥身分。胤禛却不想惹眼，只套了个纳象眼（斜方胜）的棉围子。戴铎高福儿知他素性，谏也无益，只好罢了。

车过宝应，便进入黄泛区。这里似乎早已没了人烟，一望无际的沙滩，到处是洪水过后留下的沼泽。二月青草刚刚出芽，黄沙滩上满是去岁秋天的枯茅，乱蓬蓬的在袅袅料峭春风中丝丝颤抖着低吟。马踏沙陷，走得十分艰难。高福儿、戴铎骑着马前后照应，护粮的军士时不时地还要帮车把式扳陷到泥淖里的车轮子，一天也走不上三十里地。沿途村庄也都荒落不堪，壮年青年早已远走高飞，只留下一些饿得满脸菜色的老弱妇孺。胤禛因命就地赈济，一路走一路分粮，更是忙上加忙，待入淮安境内时，大约分出去有两千多石粮。

"总算快出这死沙滩了！"这日傍晚，累得人疲马乏的车队停了下来，高福儿拖着沉重的步履，到胤禛车前禀道："四爷，今儿恐怕还得在这露宿一晚。"胤禛手里拿本《金刚经》，正饶有兴致地看翠儿和坎儿解绳交儿，听高福儿说话，挪着颠得发木的身子下来，望了望懒洋洋落下沙滩的太阳，问道："到了什么地方？"话犹未及，坎儿狗儿"噌"地跳下车来，坎儿笑嘻嘻道："这原来是个渡口，如今淤平了。"翠儿扑着车辕子说道："我跟爹到这讨过饭，叫桃花渡！"

"桃花渡！"胤禛的神情突然变得有点亢奋，目光一闪，呼吸也有点急促，半晌方平静下来，长吁了一口气，"好美的名字！"高福儿笑道："是桃花渡……这地方爷来过……"他顿了一下没往下说，却改口道："再往北三十里就上官道，路就好走了。"说着，戴铎也赶上来，笑道："也亏了四爷是个好静的。要换了十三爷，这半个月的黄泥沙滩地，早闷急了！"

　　胤祯不言声，蹲下身子扒了扒脚下河沙，半尺下去，下面是黑黝黝的熟土，一望可知，原先都是良田，不由叹息一声，说道："王孙公子处繁华世界绮罗丛中，不到此不知人间之苦——可惜了这地……"因命众人起灶野炊，就荒滩上搭起帐篷过夜。

　　太阳落下去了。广袤无际的天穹，一层层粉红莲瓣似的晚霞在袅袅炊烟中渐渐暗下来，篝火舔着黑红的焰儿，吊锅里的猪肘子散发出扑鼻的肉香，那条叫芦芦的狗偎在狗儿怀里，馋得伸着舌头流哈喇子。胤祯见大家团火而坐默不言声，知道是因自己在场之故，却不肯放纵了戴铎和高福儿，只对三个孩子道："你们怎么也都闷坐着，有歌没有？唱起来！"

　　只一句话，孩子们立即兴头起来。狗儿从怀里抽出一支笛子，舔舔嘴唇，略一试音，沉浑颤抖的笛声立即破空而出。坎儿笑道："我先来一个！"于是扯着嗓门儿唱道：

> 姐在对岸也不远啰，弟在这边也不遥。
> 两岸相对人烟出嘛，只隔青龙水一条！

胤祯听他五音不全地唱"情歌"，不禁哈哈大笑，拍手儿喝彩道："好！谁再来一个！"坎儿未及开口，翠儿却唱道：

> 我想娘！娘在黄水第几浪？忍心撒手登天去，撇下娇儿走四方……日也想，夜也想，梦里醒来哭断肠……

声虽嫩稚，清清亮亮从心泉涌出，翠儿是动了真情，眼中滚动着泪珠。狗儿吹着笛子嗒然闭着眼，似乎什么也没想。坎儿低下了头，说道："死的死了，活的还要活，你尽爱唱这些，叫人听着恓惶。"说罢，双手抱膝唱道：

> 天老爷！我要与你打冤家！人说你能降福祥，亲娘饿死荒郊外，孝子干看没办法！人说你能降灾殃，只见炸雷击老牛，甚

时猛虎被天雷打？西施配了王老麻，六十岁老翁娶娇娃……人都怕你我不怕——你怎地糊涂一锅粥，吃我们香火做嘛？

唱罢，笛声呜咽而止。许久，谁也没吱声，只篝火中柴草噼喇作响，火焰一蹿一蹿照着众人沉思的面孔。

胤禛端坐在龙须草垫上，像一尊铁铸的雕像一动不动，他低着头，人们看不清他是什么神情。许久，胤禛方欠伸了一下，他的嗓音高得有点沙哑："唱得极好。回北京要能见邬先生，请他润润色，该让皇上和六部的大官们都听听！"说罢，略一沉思又道："你们想听故事么？"

"好啊！"三个孩子欢呼雀跃，坎儿道："讲个孙行者取经！"狗儿却道："那都听俗了，什么趣儿？还不如讲鬼！"翠儿捂着耳朵道："你们是鬼难缠、缠死鬼，我怕听，我不要听鬼！"

胤禛淡淡一笑，道："不说鬼神。我这人信佛，没有坎儿的胆量亵渎天地，我讲个真事吧。"他用棍子拨了一下火，使自己镇定了一下，开始说道："记不清哪朝哪代了，有个皇帝生了二十多个儿子——"

"我的妈！"翠儿道，"这么多兄弟？"坎儿忙道："别打岔！没听鼓儿先说文王爷一百多儿子呢！"胤禛点点头："里头有个儿子，生性最胆小仁慈。地上的蚂蚁他舍不得踩死，蛐蟮也把他吓得往后缩，在皇宫里捉到耗子也不愿弄死，怕老耗子死了小耗子没法活。"听他说得有趣，几个孩子都咧嘴笑了。戴铎和高福儿却对视一眼没言声。胤禛说道："你们知道，既是龙子凤孙，就要帮皇帝做事。管天下，好人要赏，恶人要罚要杀，这种性格儿怎么成？况且这群儿子自小长在皇宫，没见过世面，不晓得民间老百姓怎么过日子。老皇帝想想，就叫儿子们都出去办差使。这个儿子分到淮安来视察黄河淮河。

"当朝皇子坐镇淮安，下头的官儿自然都来趋奉。上到节度使，下到州县官，整日围着一大群巴结。这皇子自己也经心，眼见办事顺手，下头人见自己像亲爹似的听话忠心，皇子觉得本事大了不少，禀了皇帝说这儿的官都是朝廷栋梁，皇帝自然也高兴。

"不想那年黄河发了大水——你们晓得什么叫羊报么？黄河上游有个青铜峡，大禹治水时在那立了个铁旗杆，上头刻了分寸。青铜峡水涨一寸，下游水涨一尺。为叫下游知道青铜峡水势，用羊皮吹胀了，找不怕死的好汉缚在上头带着写了字的竹签顺河漂下，叫下头的人知道了好预备着护堤，这年上面漂下的羊报，青铜峡水涨三尺！"

狗儿吓了一跳，闪着眼道："天！那咱这就涨三丈，淮安城要漫了！我记事那年就漫过一回！"

"就是这个话！"胤禛沉吟道，"那年下游也下雨，已经连阴了半个多月。这天，雨下得格外大，眼见倾缸倒河似的，怕这城难保，皇子命衙中官员备船，他只带了一个长随到城西，想看看河堤到底有指望保住没有。"

"天上的云厚极了，正晌午时分，黑得像锅底的天上吊着墨线一样的龙尾，一缕缕摇摆着，云缝里掣着闪，有紫色的，有金黄色的，还有的像火球一上一下跳着炸开……那雷一阵紧似一阵，震得城楼都打颤儿。"翠儿浑身机灵一个冷颤，说道："您还说这位皇子爷胆小！这是龙发怒，还不快逃？"

"我还说过他心地仁慈。"胤禛的脸色多少有点苍白，"他喃喃祈祷上天，请免去这一城大劫。他的长随眼见黄河水崩卷了大堤，五尺多高的潮头轰鸣着，排山倒海般涌来，惊叫一声：'主子快走，回衙门上船！'也不管这皇子答应不答应，拖起皇子上马就跑……就听满城的筛锣声'大水漫了南城门，快跑呀！'接着就听南边'轰'地一声，城墙倒了。洪水灌进了城，到处都是人哭狗叫。房倒屋塌卷起的尘埃在大雨中漫起冲天黄雾。街上霎时已是四尺多深的水，连马也跑不动了……雷声、雨声、河涛声，一栋接一栋的房子倒塌声混成一片，天色黑暗如夜，雨水又迷了眼，什么也看不见，什么也听不清，天地都搅成了一团！"

"主仆二人弃马，蹚着齐胸的水总算回了衙门，都松了一口气——只要上了船就不怕了——谁知一进门两个人都惊呆了，拴在仪门上的大官舰早已无影无踪！这些个平日满口忠君爱民的士大夫早已解缆逃之夭夭，连主子都不管了！"

"满院的水哗哗地回淌着，空落落没一个人。他们抓了个漂在水上的梯子想上房顶。忽然那仆人想起来，签押房前有个种睡莲的大鱼缸，连忙去把缸从水里弄出来，倒空了，抱着皇子放声大哭，说：'主子，上房只能顶一时，这些没天理的黑心贼未必想着来接咱们……好主子，你坐进去，我扒着缸沿，咱们顺水漂……老天爷眼在上头，就看咱们的命了……'"

听到这里，戴铎悚然而悟，他想起高福儿说的康熙四十三年与胤禛死里逃生的事，只没有胤禛说的这样细。高福儿已听得眼睛发直，好像又回到当年那可怕的生死劫难中，许久，才叹道："主子怎么又说起这故事儿？怪瘆人的，后头的就别讲了吧。"坎儿瞪着眼道："正说到节骨上，你怎么不叫讲？我爱听！"狗儿也道："岳王爷不也坐水缸逃过命？大难不死，必有后福！"翠儿仿佛还浸沉在故事里，忽灵灵闪着眼问："爷，那太子爷逃出去没有？"

"他不是太子。"胤禛苦笑了一下，"要是太子，那些混账官不敢私自逃命……他们在水里漂了两天两夜。倒没饿着，河里漂着能吃的东西不少，南瓜、柿子、茄子什么的都有，偶尔也漂下个馒头窝头。只是皇子坐在缸里，晕得不知东南西北，吃点东西就吐；那仆人呢？扒着缸沿，累得筋疲力尽，几次打盹儿松了手，都是皇子用手拉了回来。"

"两天后，缸漂到了岸边，两人一上来，念了一声佛，顿时天旋地转，都晕倒在沙滩上。"

"再醒来时天已黑了。皇子睁开眼，只见床前一张破桌子，上头点着盏油灯一悠一忽闪着。一个老汉闷头坐在凳子上抽烟，还有个十七八岁的姑娘捧着碗姜汤，呆呆地看着自己。皇子动了一下嘴唇，刚想说什么，那女孩子惊喜地喊了一声：'爹！他醒了……'接着就见那仆人进来，扑通一声跪倒只是磕头：'多谢您老人家救我们！必定补报您的恩——我们爷——'他看了皇子一眼，没敢说出他们的真实身份。皇子欠身坐起，说：'我叫王孙龙，请教老人家贵姓？你们这么厚道，天必定保佑你们！'"

"'我们算什么"贵姓"，姓黑，乐户家籍。'老汉满脸皱纹，叹息一声说，'祖上造罪儿孙赎，积德也是为自己——救你的是我的二女儿小福，去借米还没回来，这是我的大女儿小禄……'说罢又叹息一声，不言声起身去了。小禄忙着把窝头拿来，说：'四面是水，没盐没菜的，米也未必就借得来，将就着吃吧——爹也是的，救人一命，胜造七级浮屠，就吓得那样儿！'皇子精神好了点，灯下看小禄，容貌虽不是绝色，却透着恬静俏丽，说话也爽气，不禁问道：'这有什么怕的？'"

"小禄端一碗野菜汤，招呼皇子主仆吃着，一边说：'不瞒你说，我们家祖上在前明永乐爷靖难起兵坏的事，改姓黑，成了贱民，朝廷有旨，代代只许族里卖唱，当吹鼓手，戏子，扎纸人纸马，当挽歌郎、媒婆、稳婆……帮人家婚丧娶嫁……已经三百多年了。这三百年里头，一代一代的，出了九十四个节妇，还有两个烈女——一个替父亲吃官司流配死到黑龙江，一个没过门死了男人，她也寻了自尽。五年前一个什么太尊爷听说这件事，又查了族谱，说难得这样的贱籍，没有卖身的还出节妇！可惜不够一百个，说满了这个数他就要拜本上奏，为全族脱籍，之乎者也了一大堆。总之是族里订了死规矩：节烈女子不满百，谁家要在这上头出了事……'她忽然脸一红，啐道：'和你说这些做什么？'皇子笑着说：'是你自己要说的嘛！'小禄听了，拿了个窝头就出了外间。"

"一时她又进来，却端着一瓢米，还拿着鸡蛋大一块盐，不言声在案板上碾碎了，捏了一点放在皇子碗里，把米放在灶上，怯生生看了皇子一眼，掰了半个窝头，蹲到灶下一边小口吃着添柴烧锅。皇子笑着说：'你怎么不喜欢？别恼，是我的不是。'她没答话，只疑惑地看了皇子一眼，忽然抿嘴儿一笑，又低头烧柴。皇子正奇怪，门外又进来一个小禄，手里拿着个洗干净的萝卜，利落地切着，一边笑说：'你们福气！我打量借不来米呢——你们不知我这妹子，不会说话，人缘儿好着呢！'"

众人这才明白，前后进来的不是一个人。坎儿笑道："哈！这是一对双生姊妹！"戴铎从没见过胤禛有兴致给下人讲这么多话，这些话传出去叫别的阿哥知道，没半点好处，因见肉煮熟了，一边用筷子捞出来，先切一块捧给胤禛正要岔开话题，坎儿淋淋漓漓啃着肉，又撕着喂芦芦，眯着眼笑道："四爷，您不用讲了，我都知道了！"

第四回　桃花渡口故地寻旧
　　　　微服皇子误宿黑店

　　胤禛素来厌荤，只吃了两口肘筋就不吃了，听这个一脸迷糊相的小鬼头说话，擦着手笑道："小猢狲，你忒是伶俐过头了，你知道什么？"

　　"这种故事鼓儿摊上我听得多了！"坎儿塌着眼皮睁也不睁，饶有兴致地啃着猪蹄，说道："您不过讲得过细些就是了。公子落难小姐相救，您改成皇子落难民女相救，下头必定皇子爷瞧上了小福小禄。族里不依，把皇子整得七死八活。皇子爷跑出去，发兵来到这地方儿，救出这两个娘们儿，收了做老婆。然后回京，把那些坐船逃了的马屁精、尖头虫官儿一个一个砍瓜切菜般弄掉他们吃饭家伙——可是不是的？"

　　胤禛怔了一下，忽然觉得今晚自己有些失态：当着这些人讲这事干什么？他咬着细白的牙笑了笑，不再言声，拨着火沉思，良久，才吁一口气道："积郁的太久了，随便说说而已，何必一定问到底？""四爷真是的！"坎儿说道，"你说个半截故事，今晚我们还睡得着么？"胤禛笑道："你们只猜对一小半。皇子只是和小禄相好上了，倒也没人知觉。水退之后，他憋了一肚子气回京，要拿问那干子龌龊官儿。不料一查问，天照应那只船叫漩涡卷了进去，一个活的也没留下。"

　　"这就完了？那小福小禄呢？"一直浸沉在故事中的翠儿盯着胤禛问道。

　　胤禛深深低下了头，许久许久才说道："小福小禄后来怎样，我也不知道。我编这故事只是想说，世上的事和鼓儿词里说的并不是一回事……要真想知道，等我编好了再给你讲。"几个孩子眨巴着眼，意思还想问，戴铎却道："天晚了，明儿还要赶路，早点歇了吧。"说罢便替胤禛张罗着往沙滩上铺毡，狗儿坎儿也只得快快自去收拾行装。

　　但这夜胤禛失眠了，躺在毡垫上望着墨蓝色的天空和繁星出神。高福儿深知他的心事，守在旁边轻声道："四爷，您走困了，心里别想事，一会就睡着了。"胤禛没吱声，反倒坐起身来，因见戴铎也没睡，便道："你也没睡？这三个孩子倒好，都睡得鼾鼾的了——童心，童心不可再得呀。"戴铎笑道："爷不睡，奴才怎么能入睡？爷睡不着也别急，只想着明儿车上能睡个好觉，一会儿就睡着了。"

"明儿我们分道走。"胤禛抱着膝头道，"我便装带狗儿坎儿走西路，去看看上游高家堰黄河大堤。你们押粮车去淮安，然后在桐城会齐。"戴铎和高福儿惊讶地对视一眼，都没敢驳回。戴铎赔笑道："既这么着，我带几个亲兵护送四爷。"胤禛仰着脸想了想，叹道："可惜性音和尚没跟我出京。有他在，就用不着你蛇蛇蝎蝎地安置了——我想微行，带那么多从人……"言犹未毕，坎儿一骨碌翻身起来道："这儿到高家堰一天的路，过了高家堰一马平川都是人烟。我和狗儿打包票四爷出不了事！"胤禛笑道："是这话，这千里赤地过大水，还会有剪径的蟊贼不成？我们小心一点就是。"戴铎高福儿虽觉不妥，但胤禛秉性言出如山无可违拗，当下不敢回话，两个人装作小解，到远处密议了半晌，决定由高福儿带十个戈什哈遥遥尾随，暗中保护，这才放心回来。

　　第二天一早，胤禛带着狗儿坎儿，牵一头健骡驮行李，一匹马胤禛自骑了，带了一只昨日途中射死的狼，离开了粮队，溯黄河故道迤逦西行。胤禛在马上手搭凉棚极目望去，但见沙丘连亘直追天际，哨风在沙滩地上卷起黄漫漫的雾障高接云天，衰草树枝挂着干河藻，断垣残檐丢弃在只露出屋脊的沙窝中，远近不见一个村庄人烟，愈走愈是荒寒，一种悲凉之感油然而生。胤禛虽口说到上游看堤，其实他自己晓得，高家堰以东连遭洪水漫灌，治河能臣靳辅陈潢在世修造的水利设施早已荡然无存。他存着一线念头，是听高福儿说禄儿身上有自己的遗子，曾在高家堰左近的何李镇住过。他在子息上甚是艰难，四个儿子有一个还夭折了，身边的弘时弘昼弘历还没出过花儿。要真像高福儿听回来的"大胖小子，正出花儿"，那要作践了真太可惜。狗儿坎儿都在孩提之间，正是混沌未凿天真率性的岁数，尽自聪明伶俐，却领略不到他这番心思，一路牵骡子赶马，踢飞脚打沙仗，追逐嬉戏，毫不知疲倦，猴得寸草不生，没片刻安静。胤禛有这两个小鬼伴着，倒也免了旅途寂寞。

看看行至离何李庄还有十里之遥，天色已过申牌。远远一处高埠，杂树丛生房屋错落，夕阳下乌沉沉的，像一只反扣着的锅压在沙滩上。因此地就是黄河改道向北的岔口，隐隐还能听见黄河闷啸之声。

"四爷……您?"坎儿见胤禛盯着前边一动不动，脸上似喜似悲，不知何故。

"你们不是想知道那故事后来么?"胤禛语气浊重得叫人心里发瘆，"孩子们，这里没人，我告诉你们，小禄就死在前面那棵老柿树下……"

两个孩子顿时瞪大了眼，仿佛不认识似的看着脸色苍白的胤禛。不知过了多久，坎儿才道："老天爷! 原来那个皇子就是四爷您!"狗儿嗫嚅着问道："她……她是怎么死……死的?"胤禛没有答话，仔细打量柿树老丫，上前抚了抚——那里还残留着一片烧得焦黑的树皮。

"烧! 烧死的!"狗儿和坎儿一下子明白了，打心底泛起一阵寒意，浑身起了一层鸡皮疙瘩。

"对，烧死的……"胤禛突然眼中涌满了泪水，压抑着浑身都要沸腾的悲愤，尽量平静地说道："我就在那边，一片青纱帐里，眼睁睁看着……"

两个孩子全都惊呆了，眼睛直直地盯着那块烧焦了的树皮，坎儿双手紧紧抓着马缰绳，狗儿脸上睡意全无，两只手捏得紧紧的，全是冷汗。

"这下边原是打麦场，那边是个池塘，池塘南边是望不到边的高粱地。"胤禛浑身都在瑟缩，仿佛又回到那个可怖的夜晚："我为寻小禄独身赶到了何李庄，正赶上族里处置小禄。就在这老柿树下，临时搭着个土台子，台上张着灯笼，架着柴垛。几个族丁举着火把站在两边。小禄头发披散着，五花大绑就站在坎儿站的那个地方，垂着头，看不清脸色。台下黑鸦鸦上千的人默默无言地盯着她，一声咳嗽也没有。我好像做噩梦似的大睁着眼盯着她，眼前一片模糊，只听身边高粱叶子凄凉地摇着，响着……"胤禛目中闪着鬼火一样的光，两个孩子从未见过他如此狰狞可怕的面容，竟不自禁栗栗颤抖。

"过了一会，"略一顿，胤禛又道，他的声音带着金属撞击样的颤音，"一个管家模样的人端着族谱上台，转脸大声说：'族长五爷训话！'气氛顿时更加紧张，人们一齐抬起了头，几个小孩吓得要哭，都被母亲紧搂在怀里。"

"我的心都快要跳到腔子外了。直着眼看，一个老者手里握着铜烟袋，摆着方步上了台。我在庄上住两个月，平日这老爷子举止文雅、面目慈祥，极受族人敬仰的，但今晚神情却大异平日，铁青着脸，阴沉沉扫视着众人，半晌才说：'几位老哥哥，全族的老少爷们！刚才在祠堂对着祖宗和各房管领的面已经把事情说清楚了。小禄出事，我也很难过——总是一支骨肉嘛！她的曾祖爷是我的堂兄，自幼交好。按着自己的心，宁可我跳河，不愿伤他的后代。但古人有训：千里之堤溃于蚁穴。为我们全族，只能下手毁了她……礼义廉耻，国之四维。什么叫'廉'？就是清清白白地做人；什么叫'耻'？就是切切实实地责心！她犯了这两条，叫人痛心疾首！'……"

"从班蔡贤淑到曹娥孝女，他讲了足半个时辰，老态龙钟下台回到主位，一手掩面，一手摆着：'把这败坏族规的贱人上火柱，向祖宗神灵赎她的罪！'"

"人群一阵骚动，女人在啜泣，小孩爬在妈妈肩头哭叫'妈、怕、回家……'有的男人在骂，有的不言声捂住了脸，老婆子们喃喃合十念佛……眼睁睁看着她被架到柴山上，我的心像被人猛揪了一把，双手一撑要站起来，却被一个人一把扯住，回头看，原来是高福儿暗中不知什么时候跟了来！他的脸在火光中也泛着青光，小声抽泣着说：'主子，别、别……皇上知道了不得……留得青山……'"

"说话间，火苗儿蹿起来了。把禄儿全身都罩在殷红的光里……她仰起了脸呆看着远处，这时我才看清她的面容，白得像一尊汉玉雕的仕女……头发散乱着，乌鸦翅膀似的飘荡着……直到烧死，她只是痛苦无望地扭曲着身子，连一声都没呻吟，一句话都没说……"

说到这里，胤禛已经完全控制不住自己，双手张着，疯人一样踉跄几步，发出嘶哑的狼嚎一样的声音，似乎在哭，似乎又在笑，扑地爬在柿树下，两只手交替死命地扒着，喊着："小禄，小禄……我的恩人，我的……你出来，你不要在这里……你显灵吧——呜……嗬嗬……我给你修庙……"狗儿和坎儿起初被他的故事惊呆了，后来又被他发狂一样的举动吓傻了，一直木头一样站着，此时方回过神来，见他如此伤情，也不禁放声大哭。

良久，还是胤禛控制住了自己，慢慢伏起身，向柿树磕了个头，对两个哭得泪人儿似的孩子道："起来吧，孩子们！人死不能复生，寂灭世界中小禄已经成神，我们还要活在世间……走吧……走吧……天黑了……"

狗儿和坎儿向树磕了三个头，默默起身，一霎间仿佛都长了十岁，牵着马和骡子，在黯黑的夜色中踽踽向何李镇进发。

何李镇是高家堰东最大的镇子。黄水决溃之后由此向东即四散漫下，下游其实已经没了主河道。只有此处因当年治河能臣靳辅陈潢处心积虑，精工修起一道凸形大坝，俱都用坚石磨缝垒起，水激之势在这高坝前被撞回折，保住了南岸西边数百里几十万顷良田。但大水过后免不了饥民暴动，加之灾疫肆虐，聪明一点的行商大贾殷实人家早已携了细软家财、老小人众逃往苏杭一带，当时称之谓"避嚣"，不过是躲灾的意思。加之南北水旱路隔梗不通，所以住户虽不少，却甚是萧索。胤禛三人来到庄边，早已是戌初时分，天色黑定。偌大一片镇子死气沉沉，家家关门闭户，黑魆魆的连灯火也极稀少，只远处偶尔一两声犬吠略略给人一点烟火气息。胤禛痛哭了一场，心境似乎平和了许多，因命坎儿去寻宿头。

坎儿连敲了几家门，里头倒有人答应。但一听是外地人过路借宿，立刻回说大堤上有客栈。再问，就不出声了。坎儿回来笑道："十里不同风，百里不同俗。真他妈日怪，你就开开门说两句话，也算个人嘛！"

"那还不是叫绑票的吓怕了。"狗儿道，"你把他门楼点火烧起，看他出不出来！"

胤禛因道："既然有店，何必打搅人家？咱们住店去。"他心里十分感慨：在北京听外官们表白，一概都是"熙朝盛治，河清海晏，家不闭户，路不拾遗"的话头，身历其境，才晓得都是些扯淡的套话，精致的马屁。嗟讶着三人向西南，果见镇外瞭高大堤上一闪一闪点着盏"气死风"灯，近前借亮儿看时，果见黑漆大车门上方粉底黑字写着"倚河临风"四字。当下三人在门口解装，一个麻脸伙计早提着灯笑嘻嘻迎了出来，一边帮着卸骡子，吆喝着：

"老白老侯！财神来了——快帮着卸装头！请马老掌柜的接客！"

一时便见两个人出来，一高一矮都在四十岁上下，也都满面笑容，帮着牵牲口拿行李。马掌柜打头提着串钥匙前头引路，口中不住念叨："阿弥陀佛！小店足有半个多月没住客了，今儿一来就是五位！爷们真是赏光！"

"五个？"狗儿一边走一边探头探脑地看，问道，"前头厢房已经住人了。爷，咱们住上房吧？"马老板忙道："上房两暗一明，正好三位安置，也好照应……"因见坎儿低头不语，坎儿开锁猴似的转悠着四处乱看，又道："东厢住的两个孝廉，也是后晌才到的。爷请安心先歇一会，呆会儿弄点酒，算小人一点孝心。只不防今儿有生意，没有肉，菲薄了些儿，爷不要计较。"

说话间，东厢里两个客人也出来，一个穿天青风毛底绸夹袍，容长脸儿，一个穿一身浆洗得褪色了的蓝竹布襕衫，却是修眉凤目，十分娴雅俊秀。两个人大约也是涉越了黄河故道初到此店，见胤禛也是一脸书卷气，不禁微微一笑。胤禛因打一揖道："二位是赶北闱的么？"

"是的，他叫李绂，我叫田文镜。"容长脸儿笑道，"这一路千里荒沙，住店的寥寥无几，客中相逢文友极少，也算有缘。客人尊姓台甫，也是赶顺天府试的么？"李绂却显得有点矜持，向胤禛一笑算是见礼。胤禛寂寞多日，乍入人烟稠密之地，也愿意和人攀谈，因含糊答道："我也准备去北京。就是这话，相逢就是有缘，一会儿我们吃酒谈天，好么？"狗儿兴冲冲道："咱们有条狼，有肉吃，我们请客！"

一时安顿好，狗儿便在天井院开剥那狼，架起三叉铁架，把狼肉烧得"咝咝"作响，又要来酱盐姜蒜不住地抹擦，满院顿时肉香扑鼻。坎儿带着芦芦在上房铺摆了行李，把桌子安在堂间，去厨下看了看，见两把铜壶注酒，正在火上温烫，又满院悠了一遭，至狗儿身边道："不知东厕在哪儿。天黑，怪怕人的，你和我一道儿去寻寻。"因见马老板过来，便道："肉烤好了，你们只管先吃。一会儿酒烫热了我们两个把盏。"那老板笑着去了。

坎儿跟着狗儿抹过一段墙角，却见厨房就在南墙西角，隔墙外便是咆哮不息的黄河，河风吹来，坎儿不自禁打了个冷颤，狗儿笑道："快三月天了，你还冷？"

"狗儿，"坎儿一边小解，压着嗓门道，"剩下的酱油和盐一会儿送厨房。你想办法把那两个装酒的大铜壶换个个儿。"狗儿笑道："这是什么主意？"坎儿系着裤子说道："叫你换你只管换！看着点颜色。奶奶的，今晚住到黑店里了！"

第五回 狭路相逢鬼魅相斗
猢狲用智孩儿倒绷

狗儿吓得浑身一震，尿也止了，倒抽了一口冷气，半晌才道："你多心了吧？我看了字号宅基，是个百年老店！""这年头千年老店也难说。"坎儿的声音低得几乎听不见，"芦芦在中堂画底下乱嗅，我揭开看，像是擦过的血渍！还有，四爷的床下像有个砖槽，不是黑店，设这机关做什么？你看，外头就是河，人弄倒了隔窗户往外一扔……何其方便！"他冷笑一声，笑得狗儿身上起了一层鸡皮疙瘩。

两个人精猢狲急急计议一阵，"解手"出来，上房的人已经坐好。胤禛居中，马老板打横儿相陪，对面坐着田文镜和李绂，正有一搭没一搭说些科场门路的话。因酒未烫好，老板张着眼直催："钱老三，酒呢？快着点！"坎儿便蹭过厨下，果见那个麻子伙计正在捅炉子。坎儿道："劳乏你了，侍候主子是我们的差使嘛！来来老哥，我们那位兄弟给你预备着一块烧狼肝呢，叫他看火，咱们受用去。"钱三麻子哪里肯离窝儿？忙笑道："你们是客，我可没那福分……去吧去吧，酒一会就好！"狗儿见不是事，一瘸一拐过来，攒眉摇头一脸痛楚模样，说道："老钱，我的老寒腿毛病儿犯了，给咱弄贴膏药……哎哟……"老钱怔了一下，膏药是老店常备的药，说没有是不成的，想了半晌才勉强道："我给你拿两贴，守着火，看酒溢出来……"说罢忙忙去了。这边狗儿审量那两个大壶，一模一样，只壶盖一个是铜的，一个是铁的，便省了事，只换了壶盖，装作在旁拨火。钱麻子一霎工夫就折转来，看了看并无异样，因听上房又催酒，便从铁盖壶中倒出两壶，递给坎儿一壶，答应着"来了来了！"就送上去。

两个孩子暗透一口气回到院里火堆旁，坎儿小声问道："一把壶能斟出两样酒么？"

"桐城韩大老爷断王家店的案我去看过。"狗儿翻着膏药，小声道，"那壶从壶嘴到里头都隔着，壶柄有两个气眼儿，堵住哪边哪边就不流酒——啊！老钱，还有你两位，来，咱们梅香拜把子，都是奴才，在这吃酒听招呼吧！"原来钱麻子和老白老侯都过来了。

狗儿坎儿怀着鬼胎，一边招呼三个伙计说话，一边龇牙咧嘴地"品酒"，还要听上房动静，浑身机关都不敢松懈，三个伙计一边陪这两个孩子说闲话，一边招呼上酒，一边等着药性发作，也是不敢半分差池。因听胤禛问老板："我有个亲戚，叫小禄，大前年发水逃到这里的田大发家，还带着个刚满月的孩子，不知你们这里有没有叫田大发的？"

"逃难的人海着啦，携儿带女的也不少，哪里都记得？"马老板笑道，"田大发这人倒是有，不过河神爷发水那年春就死了——慢着，我想起来了，是有个女的抱着个孩子投奔他来着，要了几天饭，叫什么名字就不知道了。"

胤禛目光霍地一亮，问道："后来呢？"马老板笑道："谁能留心这些个，后来大概是走了呗！"胤禛的目光黯淡下来，良久才转脸问田文镜："你方才说的倒也直爽，你这个孝廉竟是花钱买来的！这次进京，大约又要撞哪位大老爷的木钟？买个贡生不知什么价钱？"田文镜喝得红光满面，笑道："贡生花不了几个，大约千把两就成了——只殿试这一关难过，马齐、张廷玉中堂这些门路极难走，要没一点真才实学，万岁爷那一关也是过不去的。"胤禛嫌狼肉粗糙油荤，只拣清淡的夹着，沉吟道："我就弄不懂这里头的学问，卷子是密封的，又不准做记号，考官就辨认得出是花过钱的？"

"看来尹兄不通仕路啊。"李绂酒量不豪，小口品着笑道，"这只要事先商量好，八股文头一股里必定用哪几个字，考官一看就知道了。"

"万一考官收了钱，又临时赖账，取不中可怎么办，岂不白填送了银子？"

李绂若有所失地笑笑，说道："这里边的路子是一套一套的。如今哪有这样的傻子，拿了现银去贿赂考官？都是打的欠条。比如说甲子年的闹场，借条里写：'现借××老大人白银五百两'，落款是'甲子贡生×××'。取中了，凭条要银，取不中，那这位×××就不是'甲子贡生'，考官也不敢拿这种条子索银的。"胤禛仰着脸想了想，果然有理，不禁大笑，说道："魑魅魍魉捣鬼有术！"一边劝酒，一边笑问李绂："足下精通此道熟门熟路，看来也是要买个进士了！"

"我么？"李绂自矜地一笑，"我大概无须如此。就是卖官，也要有几个装门面的，全都取些白痴，考官向上也不好交代。不瞒您说，我十五进学，十八赴鹿鸣宴，都取在第一，大料京闱也不在话下！"他看了看田文镜，又道："如今吏治昏暗，已不能单凭看是否花钱断定文品优劣，就如田兄，家中有钱，破费几个给考官以求进身，为朝廷效力，也不能说就是无志之士。像我这样贫寒的，只好一刀一枪凭文章取功名了。"说罢低头叹息，言下不胜感慨，田文镜只咬着牙不言声，胤禛想到国家吏治败坏至此，也是暗自嗟叹。老板见冷场，忙道："酒凉了，来，请诸位干一杯，不知可对爷台们的脾味？"胤禛吃了一小口，点头道："甚好。"

"就是曲下得重了点，有点药味。"老板见药力发作如此之慢，早已又着急又奇怪，倒渐渐觉得自己头晕目眩，身软难支，又尝一口，愈觉不对头，舔嘴咂舌地直皱眉头——却哪里知道狗儿坎儿在厨下做的手脚？——眼见"毒酒"毫无效用，几个人兀自没完没了地兴谈，呆了一会更是头昏难忍，便踉踉跄跄起来，拿着酒壶到厨下，见三个伙计都在，也都一个个口鼻不正，几个人心知大错，嘀咕了几句，都用瓢勺着凉水大口猛灌。

狗儿坎儿喝酒吃肉猜枚耍子，眼见几个人着了道儿，用凉水解毒，忍不住偷笑。两个人对视一眼，起身到厨下，坎儿道："我们主子劳乏一日，又有了酒，一会儿安歇，得洗洗澡。你们多多烧点水，我们也洗，明儿多给银子。"说着两人把一个大浴盆合抬到上房东间，见几个人都醺醺然醉态朦胧，狗儿便道："四爷，酒少用些儿吧，明儿还要赶道儿呢！"

一时人声静了，账房、库房和后院马厩都熄了灯，只有厨房灯亮着，坎儿和狗儿两个人用大盆将烧好的滚水一盆一盆只管往东屋里端，又在堂房拢了一盆火，将两贴膏药放在一旁烤。胤禛赤脚坐在床边，笑道："够了够了。只管端，滚烫的怎么好用？"

"爷消停一会再洗，"狗儿倒着水说道，"这屋里太冷，热水汽一蒸，连房子也暖和了。爷洗剩的水，我也想沾沾光儿，洗洗好贴膏药。"坎儿也道："我脚叫狼粪烫了，也想洗泡洗泡呢！"

胤禛眼见一时还不能洗，便趿了鞋到堂房取书。这边坎儿给狗儿一个眼风，狗儿走到床边，摸索了半日，口里笑说："把这鞋子提过去，当心一会弄湿了。"说着从靠墙一边抽出个小木栓——这是翻床板的消息儿———头说，提起床框下死力猛地一翻！

果然不出狗儿所料，那床下立时闪出个大洞坑，竟真的有两个人并肩紧紧挤在里边，肩头都插着寒光四射的大片子刀！

这两个贼躲在床下，原是预备着客人不肯吃酒，半夜里好行事的。胤禛三人方才的话听得清清楚楚，心都懈了。陡然间被狗儿连床带板哗然翻起，煌煌灯烛下一个个愣得呆若木鸡，目光灼灼鬼魅一般——没等醒过神来，满满一澡盆滚水，足有五六桶早劈头盖脸灌下……可怜里边偏窄一个小坑洞，挤插着两个人，不能挪动无可躲闪，就似滚汤泼老鼠生生受了这一飞来大劫！坎儿低吼一声，抱着一床大棉被兜头捂了上去，用床死死压了。狗儿一声招呼"芦芦进来侍候"，那狗"噌"地便跳进来，踞蹲在大浴盆旁。

胤禛在外间听声音不对，正要进来，却见钱麻子也进来，问道："东房出了什么事，那么大的响动？"胤禛未及答话，狗儿已经笑着出来，说着："没什么，浴盆没支好，撒了些儿。"钱麻子喝了毒酒，兀自头晕，满腹狐疑地看了看东间，但见水汽冲帘缕缕而出，里边毫无动静，因道："那么大的响声，我还以为窗上花盆砸了呢！"

"没有的事。"狗儿向满脸诧异的胤禛看了一眼，拿起一张膏药道："我最不耐烦贴膏药！这又黏又热，贴上不好受。东家和那两位伙计呢？"钱麻子万不想里边已经网破露馅，想想那三个同伙兀自昏天黑地头疼难忍，便道："没事就好。他们有酒了，有事你们叫我侍候。这狗皮膏药——"

话犹未完，狗儿手一扬，将那张烧得滚烫流油的大膏药毫不客气"啪"地一声就贴了钱麻子个满脸花——一边笑说："这膏药最治麻子脸，贴好了你好寻个大美人儿做老婆！"钱麻子猝不及防受了这一下，连眼带鼻子嘴糊得个严严实实，跺着脚，脖子憋得筋绷起老高，扎煞着手挣扎了好一阵，两手拼命去扒那张膏药。狗儿哪里容得他缓手？"哏"地一声命令，芦芦冲帘飞蹿而出，一口就把钱麻子咬倒在地，两只爪子猛扑着，只一口就咬断了钱麻子的喉咙，那血，激箭般"扑"地喷出一丈多远。

胤禛脸色惨白如纸，呆呆看着狗儿坎儿行凶作恶，浑似梦中一般，连呼喊也忘了，半晌才道："你们这是？这……"

"四爷别怕！"坎儿掀帘出来，一头热汗淋漓，一边解着马鞍上的绳子，一边说："咱爷们晦气，今儿住了黑店！你进屋看看就明白了！"

胤禛电击般颤栗一下，清醒了过来，一言不发挑帘进屋，只见大床翻倒在墙边，棉被褥枕都浸在热水里汪了满地，水汽罩得烛光都影影绰绰，床下大坑里歪倒着两个人，头皮都烫得剥落下来，连闷带捂，大约来不及挣扎就死了，都张着嘴，露着白森森的牙齿，十分狰狞可怖。胤禛半张着口，嗫嚅道："是……黑店？"

"一点不假，是绿林里有字号的，黑风黄水店！"

窗外一个阴森森的声音格格笑道："只没想我老马三十老娘倒绷孩儿，竟着了两个小杂种的道儿。"坎儿上前撕开窗格子纸看时，不由倒抽一口冷气：马老板和老白老侯三个不知什么时候已经到了檐下，都穿皂色紧身衣靠，提着刀。黑乎乎的，却看不清脸色。

屋子里三个人紧张对视一霎，狗儿"扑"地一口吹灭了灯，坎儿早已将贼的两把刀掣在手中。按狗儿坎儿的计谋，倒换药酒麻倒店中贼人，屋里收拾了床下强盗，至少能平安逃出这里，没想到他们返醒得这么快！胤禛又惊又怒，又有点懊悔：不该拒绝高福儿戴铎一片好意，连个从人也不跟。自己武艺稀松平常，坎儿狗儿尽自聪明，却是年幼力弱，只有一条狗略可支撑……这可怎的好？正没做理会处，坎儿凑到窗前看了看，大声说道："我说姓马的，你不就是要钱么？我们带的一千多两银子都存在账房。算我们倒霉，都送了你，你带银子滚蛋，我们各自走路。你知道，打墙不如修路，保不住有一日你上西市，刚好我是刽子手，活计给你做漂亮点，怎么样？"

"死到临头还要贫嘴？"马老板哈哈大笑，"你毁了我三个弟兄，岂能善罢甘休？你们可知道？住我这店有死无生，祖传手艺，到我手倒不了牌子！"狗儿笑道："失敬得很。大约你不知道，今日是黑白无常上门，煞星高照——他名鬼难缠，我名缠死鬼！黄河边上长大，水里的营生熟稔——你看你这房子修得多结实！有本事你就进来——想点火就点，就怕有人来救火！"马老板嘿嘿冷笑，说道："救火是人之常情，只是年头不好，这里的人胆小，没人敢出来也未可知！"

坎儿嬉笑道："想点你就点，你自烧自家房，与我们鸡巴相干！烧起来我们后窗跳下去漂河跑，对付着洗个澡也罢！"

胤禛原先乱了方寸，觉得上天无路入地无门，此时才知两个孩子天分极高心有成算，心头一亮，急急说道："我多少也会点水性，不要斗口了，咱们走！""我嫌水冷，"坎儿道，"不到万不得已不走那条道儿——喂，姓马的，听见鸡叫了么？天一亮，你这店关得死巴巴的，算什么？"

话音刚落，"哗"地一声响，窗格子被撞得稀碎，一个黑魆魆的大汉"腾"地跳了进来！胤禛惊得向后一跳，从靴筒中"噌"地抽出一柄雪亮的匕首，眼见那大汉挥刀砍来，将手一格，那刀戛然火花一迸，早已折为两断！

"芦芦！"

狗儿急叫一声，那恶狗浑身毛早蓬松炸起，就地虎跃拔地而起，一口咬住那人右腕，连衣带皮肉撕下老大一块，那人惨叫一声："老侯，掌柜的，狗厉害，快……"话未说完脖子上又着一口，老白尖叫一声就早没了声息！

此时正是黎明前最暗的时分，这一声惨呼凄厉无比，屋里屋外五个人都被吓得怔住了，对峙着许久不出声。

"晓得厉害了吧？"狗儿隔窗说道，"我若没个好帮手，就敢自称'缠死鬼'？今晚死在我芦芦口下的已经四个人，它已经身带七条人命——天子亲封'银牌芦芦'！"那狗听得主人叫它名字，"汪"地一声大叫，马老板和老侯在外边腿肚子的筋差点转过去……

正没做奈何处，店门"咚咚咚"被人擂得山响，接着便听高福儿躁急不安的叫骂声："快开门！他妈的，这是个什么店，门口连个人侍候也没有！死绝了么？"胤禛精神大振，未及开口，坎儿尖声大叫："我们的人来啦！高福儿，把门给他撞开——这他妈的是个黑店！"这下子马老板和老侯再不迟疑，两人暗中点头会意，从东厕那边"嗖"地越墙而逃，饶是芦芦蹿得快，只咬下了老侯一只鞋，接着便听大门吱嘎嘎崩倒，高福儿十一人已经冲门而入，霎时燃起火把，照得满院通明雪亮。

"高福儿！"胤禛一口气松下来，几乎瘫倒下去，忙把持定了，带着狗儿坎儿开门出至檐前，咬着牙吩咐道："前后仔细再搜一遍，看还有窝匪没有！"

"喳！"

接着便听众人嘈杂叫嚷着一顿混搜。胤禛吁了一口气，转脸对两个孩子道："亏你亏你！得你二人，不虚我江南一行！"恰高福儿赶来，他在四贝勒府十年之久，这个胤禛刻薄尖辣，御下最严，像他这样曾与主人生死患难的，也从未得过如此考语，不禁打量了这两个小子一眼，笑道："四爷，贼是没了。东厢里两个书生刚解了绳子，还道我们也是强盗，吓得不敢出来。"

"是么？"胤禛一笑，说道："快请过来。"

田文镜和李绂一前一后出来。大约下人们已经向他们说明了胤禛的身份，二人脸上没了惧怕神色，却又略带了点惶恐局促，走至阶前便叩下头去。李绂便道："今夜得逃生死大劫，全亏四爷拔救！李绂但有一线之明，定当衔环相报。"田文镜粗声说道："四爷金枝玉叶万金之躯，天幸神佛相助，脱了大难。知恩不报非丈夫，四爷水里火里，但有使令，文镜皱一皱眉头，不是田门后代！"

"谢的话不必说了。"胤禛玲珑剔透的心肝，已听出二人攀附之意，只一笑，倏然收了说道："今晚我得大于失。与二君一席长谈，知道宦途之中奸弊丛生，长了不少见识。我看二位才学尚在中人之上。好自为之，大丈夫取功名，立功社稷庙堂，其志固然可嘉，但功名二字，乃身外之物，只可直中取，不可曲中求——就此别过，你们自己去跳龙门，只要有真才实学，我们后会有期！"

狗儿坎儿愣着，听不出三个人话的意思，高福儿却不禁想：要是八爷遇上这两个书生，不定怎么往怀里拉呢！想着，赔笑道："四爷，这店怎么办？要不要报官？"

"烧掉它！"

胤禛冷冰冰说道。他早已想到这里，朝中阿哥各立门派，自己的靠山太子胤礽也并不得意。自己差使里并没叫视察高家堰一带，只要一报案，就要立档，立时轰得满城风雨。兄弟们没事还要鸡蛋里挑骨头，蚂蚁身上榨油，不定编派出什么新闻呢！想着又道："二位先生，我们分手吧，但请严记，倚河临风店这一晚，说出去绝无好处——这便是临别叮咛。"

第六回　钝书生误投虎狼穴
　　　　　奸翁婿设计谋人命

　　邬思道几经辗转艰难竭蹶赶到北京，已是过了端阳。自四月中旬以来，直隶仅下过一场透雨，这一个多月中虽也降过两次雨，只地皮也未湿尽，却是旋阴旋晴，潮闷得人气也透不得。北京城与开国之初已大不相同。九城之内大街小巷胡同里弄房舍栉比鳞次，加之人烟稠密，若不刮大风，城里连树梢也不动一动。此时漕运已通，一船船的西瓜、甜瓜、蜜桃、水杏各类水果，还有湖广商客贩进来的竹扇、蒲席、凉枕、竹夫人、金银花、竹叶、菊花、大叶青等解暑用品凉药，一到朝阳门码头，立即就被二道贩子们一抢而空。饶是如此，仍供不应求，东直门天天都有拉往左家庄化人场的，俱是耐不得热，中暑死了的。

　　邬思道风尘仆仆架着双拐，一步一趔在滚烫的地上踅着，来到正阳门关夫子庙东金玉泽家门口时，浑身已通被汗湿了。他在一个虎头铺首铁皮红漆门前停了下来，手搭凉棚张望了一下，见门边一个木牌，上面写着"内寓兵部武选司正堂金讳玉泽"，略一沉思，便上前用手叩环敲门。

　　"你干么？"一个穿着灰实地纱袍子的门房开了个门缝儿，上下打量着邬思道问道，"有这辰光敲门讨饭的么？"

　　邬思道这才看看自己这一身，月白竹布截衫上下油污汗湿，头发已一个多月没剃，长出寸许长来，被汗贴在前额上，脚下的鞋也绽了个洞，露出又黑又脏的"白"袜子来。邬思道不禁一笑，说道："你进去给金老爷传个话，我叫邬思道，刚从扬州来……"那家人略一怔，点点头道："你等一会。"便掩了门。

　　邬思道舒了一口气，把拐杖靠在门前"石敢当"上，坐在树阴下石条上，一边整理着邋遢不堪的袍襟，摇着毡帽取凉儿。对面不远就是一家汤饼铺子，凉棚下摆着一碗一碗的荆芥蝴蝶面、青蒜过水面、芥末凉粉。打着赤膊的人们围在小案桌前，一边吃凉面，一边摆龙门阵。阵阵炝锅的葱花肉香扑鼻而来，邬思道咽了一下口水，才觉得实是饿了。他摸了一下破烂的褡裢——钱，他有的是，五十两散碎银角子，还有一张一千两的龙头银票。只为路途贼盗多，他不敢露富——但此刻去吃，里头人出来招呼不雅，只好坐着干等。谁知足足半个时辰，那门竟毫无动静，邬思道又渴又累，饥火中烧，忍不住心头又气又恨，因起身来敲门，把铁环子扣得一片山响，引得面铺那边的人都向这边瞧。

"你这人真少见，失心疯了么？"

门"哗"地开了，还是方才那人，棱着三角眼恶狠狠道："刚才不是说过，叫你等一会，主子们都歇中觉呢！"邬思道不等他说完，劈脸啐了过去："呸！不长眼的杀才，我刚才也说过了，我是邬思道！你通禀一声，走折了狗腿了么？我几千里地来投亲，把我干撂到外头半个多时辰，是什么规矩？"

"投亲？"家人盯着看他半日，忽然喷地一笑，说道："我来老爷家有多年了，怎么没听说过？你是哪门子亲戚？八成是哪个庙里饿不死的野道士，来讹饭吃的吧？是里亲、表亲、丈人，还是舅子？"

邬思道气得浑身乱颤，看那家人一脸坏笑，恨不得一拐打将去。陡地生出一个念头：莫非姑父故意让这只恶狗挡道儿？眼见旁边闲汉们围过来，剔着牙瞧热闹，因冷笑着大声道："你支起狗耳朵，金玉泽是我姑父，我是他姑爷，就这么个亲戚，你通禀不通？"一句话惹得人们哄堂大笑，有的说："姑父的姑爷来了，还不快滚进去回话？"有的嬉笑："你家有这么个铁拐李姑爷，福分不浅！"邬思道逼视着那家人道："你是什么东西！你不通禀，我立刻就走，勿悔勿悔！"说着便要转身。那群闲汉便起哄儿：

"老丈人不见姑爷，要赖婚啰！"

"别走别走，走了就没好看的了！"

"哼，嫌贫爱富！"

"咦，邪门儿！金老爷女婿不是锐健营的党游击么？没听说他有两个闺女啊！"

"这老龟孙……"

正乱着，便听里边脚步囊囊，一个五十多岁的官员，头上戴着亮纱嵌玉瓜皮帽，穿着竹布漂白褂子，白皙的脸上八字髭须和眉毛画过似的漆黑，还戴着副水晶墨镜，慢吞吞踱了出来，问道："张贵，这是怎么了，大晌午的，还叫人安生一会不叫？"

"岳丈！"邬思道抢前一步，躬身说道："是我来了！"

金玉泽愣了一下，摘了眼镜上下打量了邬思道半晌，哈哈一笑道："是思道嘛！怎么落魄至此？也难怪家人，如今京里难民多，冒认官亲的，念秧的，拐骗讹诈的都有，是我叫门上守得紧些儿……快进来，唉……看看侄儿你，可怜见的……"说着便喝命："张贵，好生搀着你侄少爷进来！"

这是个两进的四合院，前院住着家人，过了穿堂，上房一溜五间滴水出檐，中间一明两暗是金玉泽夫妇住，两厢耳房低矮些，住着丫头仆妇。见老爷带着邬思道进来，几个丫头忙着便去收拾上房。金玉泽笑道："太太正歇晌，进去不便，先去书房吧。"

"姑父，"邬思道随着进了西书房，落座说道，"自己姑姑有什么不便的，我还该先过去请安才是。"金玉泽一边命人给邬思道打水取换洗衣服，自坐着吃茶，出了半日神方叹道："思道，你还不知道，你那姑姑是个痨病底子，前年春弃我去了。如今这个续姑姑你也认得，原是三姨奶奶兰草儿，人本分，又能持家，就扶正了……你快说说你的情形。音讯一隔十年……要不是你左颊下那颗痦子，我还真不敢认了呢！"邬思道头"嗡"地一声，脸色顿时煞白：自己那个温馨和蔼的老姑姑，已经不在人世了！金玉泽后头那些话说的什么，竟一句也没听清。邬思道张着嘴"啊"了半日，陡地一个念头升起：莫非方才门口人议论表姐琵琶别抱的事是真的？心里忖度着，说道："我已残废，穷愁潦倒如此，有什么可说的？我离家十年，破产读书，原想东山再起出来应考，如今是万念俱灰。这次进京也没什么奢望，只想投奔姑父姑姑寻碗饭吃，想不到姑姑也奄然物化……人生是怎么说起？"说着，想起姑姑已在黄泉，不禁泪如泉涌。

金玉泽没有答话，低头叹息一声，起身踱着步子，良久才慢吞吞道："这是没法子的事，不说这些伤心事了吧……你大约还没用饭吧？大热的天，也得洗澡换身衣裳。我如今不比外官，应酬的事太多，不能多照应你。你如常些儿，只管安生住下来，你续姑姑很贤惠，不至于嫌弃你的。有什么需用，只用给张贵他们吩咐一下就成。"说着，摸出一块怀表看了看，珍爱地揣了怀里，起身道："皇上跟前的头等侍卫鄂伦岱今儿邀我去朝阳门外八爷府吃酒。你安置，我先去了。"说罢便走了。

邬思道见他绝口不提亲事，连表姐的名字也不提，心知自己疑得不错。但回头想想，自己是"钦案要犯"在逃十年，其间音讯两隔，另嫁他人原是题中应有之意。邬思道心里闷着用了点心，洗了澡，立在檐下看了看，日色已过申牌，夕照日头放着蜡白的光，大地上热气蒸腾，且一丝风也没，闷热得难受，便趄回身来，在竹凉椅上半躺了，摇扇子直摇得两手酸困才矇眬睡了过去。

"表舅，表舅……"一个稚嫩的童音在耳畔叫着。邬思道还没醒过神来，一块冰冷的东西在唇上搪了一下，激得他身上一抖。睁开眼看时，是个四五岁的小男孩，剃得趣青的头顶挽着个"朝天锥"，穿着宁绸撒花裤，戴着个兜肚，一脸的天真娇憨，胖乎乎的手里拿着一串湿淋淋的冰湃葡萄，正摘着往邬思道口里塞。

邬思道坐直了身子，笑着把孩子抱到膝头问道："真乖！你叫什么名字？"

"阿宝。"

"姓什么？"

"姓党……"

"唔，党阿宝，好！"邬思道咽下他塞进口里的葡萄，笑容可掬地问道："你叫我表舅？"

党阿宝笑嘻嘻指指上房，说："阿婆说的，你是我的表舅。阿婆叫厨上人给你做饭，做多多的好吃的给你！"

"阿婆！"邬思道脸上的笑容凝住了，心里空落落，乱糟糟，也不知想些什么，半日才问道："……你妈妈怎么不哄你，你爹呢？"党阿宝含着小手指说道："我们不兴叫爹，叫老爷。老爷跟外公出去吃酒了。妈——"他扭了一下脸，一个少妇正从二门进来，便挣离了邬思道，一头跑出去喊道："妈！你来接我了？我表舅在这里！你不是常讲表舅的故事么？他原来不会走路……嘻嘻……"邬思道向外看时，不禁浑身一颤：这个挽着粑粑髻、刀裁鬓角容光焕发的少妇，竟是他十年梦魂萦绕的未婚妻金凤姑！邬思道挺了一下身子想站起来，几乎栽倒了，又瘫坐了椅上，已是形同木偶！

金凤姑是从党家回来接儿子的，万没想到这个"早就死了"的人会突然出现在她面前。好像一下子给人抽干了血，凤姑脸色青中透黄，呆若木鸡地立在当院，任凭阿宝在怀中揉搓，半晌，方勉强一笑，拉着阿宝踉进来，进门蹲了个万福，低着头道："静仁表弟，你来了……"邬思道两手紧紧握着椅把手，他面色苍白得可怕，浑身像是泡在冰水里，噎得气也透不过来。他极力抑制着心跳，木然点点头，说道：

"凤……表姐，你……好。"

"嗯。"凤姑的声音低得只有自己才听得见，半晌才无声透了口气，问道："表弟呢？"

"表姐都看见了的。"

…………

"苦了兄弟你了……"不知过了多久，金凤姑才嘤嘤低语道，"我……"

邬思道突然冷静了下来。他高傲地咬着嘴唇，用冷漠干燥的喉音"嗯"了一声，说道："你忙去吧。"略一思忖，架起拐杖至书案旁，从褡裢里摸出一块二两重的银子，轻轻放在茶几上，说道："回头告诉姑父，我有事走了。这是衣服和饭钱。"

"静仁！"

"我叫邬思道。"邬思道不疾不徐，口气冷得结了冰似的，"自今而后，我永不用'静仁'二字，请免开尊口。"

"静仁——思道！这大热天的，天又阴上来，你要哪里去？"金凤姑急急说道，"你听我说——我是……我不是……"她急得不知怎样说才好，扎煞着两手，想上来搀扶，又陡地站住了脚，泪水早走珠般滚落出来。阿宝起先还痴痴茫茫地看，这会儿被两个人的神情吓得直往妈妈怀里钻，仰脸望望两个阴沉着脸的大人"哇"地哭出了声。

邬思道没有理会这母子，踱出院外，果见黑沉沉乌云峥嵘而起，一阵风扫过，吹得他浑身起栗。他呆笑着踅回房里，向椅上颓然一坐，仰首望着窗外，说道："记得清凉山么？那儿离虎踞关多近……真好景致！记得你当时的诗么？"他满眼是泪，滚动着不肯落下，曼声吟哦：

> 生年虚负骨玲珑，幽幽古情云树中。
> 君子由来能化鹤，美人何日便成虹？
> 王孙芳草年年绿，岭头桃花度度红。
> 碧城夜阑曲十二，是谁重诉梨花梦？

吟着，邬思道再也不能自已，喉头干涩地发出一种似哭似笑的咽声，口中喃喃道："……当时我说，这诗并不出色，有情而已……如今想起来恍如隔世！你今日居然还有心思可怜我——笑话，我可怜么？……"

"天爷！"金凤姑面白如纸，"你还说这些做什么？"说罢一把抱起吓呆了的阿宝，掩面而去。

邬思道怅然望着她的背影，一阵风扑过来，他打了个寒噤：自己是不是做得过分了？但此情此事，到了这一步，住在金家无论如何是不合适的了。他略一沉思，收拾了一下自己的行装，便架着拐杖出来。不料刚到二门穿堂，可可儿地就遇上金玉泽带着一个三十多岁的壮年汉子说笑着进来。

"思道，"金玉泽站住了脚，神色多少有点尴尬地看了那个男人一眼，方道："你这是？"邬思道微微一躬，高傲地仰起了脸，说道："姑父，侄儿有几个朋友在京，我要去瞧瞧他们，就此别过了。"

"朋友？我怎么不知道？"金玉泽嗫嚅道。

"物以类聚人以群分，我的都是些贫贱之交。"

"那也不必就去。你就住在我这里，万事都有姑父做主。"

"姑父，梁园虽好，终非故乡，我焉能久居此地？"

金玉泽早已料到邬思道在府住不安，只不防这么快就折腾着要走，因端起长辈的架子道："这成什么话？匆匆而来，急急而去，是什么道理？我亏待了你么？"

"不敢，"邬思道挑衅地看着金玉泽，"我不曾说姑父亏待了我，姑父又何尝亏待过我？"金玉泽被他噎得一怔，但这个邬思道他是知道的，最能惹是生非的一个人，怎么能轻易放他出去胡说？呆了一阵，金玉泽换了笑脸缓声说道："怎么就和你父亲一个脾性？受了多少挫磨，仍旧这么气盛！哦……我差点忘了，这个就是你的表姐夫，党逢恩，如今在西山锐健营，已经做到游击——快回房去，你看这天立时要变，就快黑了——今晚逢恩也不回去，我们难得一处好好谈谈……"党逢恩虽是武职，谈吐却甚风雅，见邬思道气色不善，虽不知就里，也帮着岳丈挽留道："原来是内表弟来了，怪不得岳父在八爷家吃酒坐不安席！表弟，久闻你的文名了，我虽是武夫，也喜爱附庸风雅。今晚就别走了吧，我们重烧绛蜡，再移酒樽，作一夕快谈……"

邬思道抬头看了看天色，已过酉时，苍穹上黑云翻搅电走金蛇，不时传来沉沉雷声，像巨大的车轮从冰河上碾过，发出吓人的爆裂声。邬思道沉吟片刻，心知难以就此脱身，又有点觉得自己过分，遂道："那好吧……我明日再走吧。这是造化命数所定……"

三个人的酒吃得并不快活。党逢恩从他二人口风中已渐渐听出了事情的苗头。虽尽力周旋，尽半主之道，无奈邬思道心意不畅毫无酒兴，因见邬思道连谈文也懒懒的，便转了话题，问道："岳丈，您和鄂伦岱军门坐在一席，我听见你们那边说，皇上有意巡视热河，是真的么？"

"定的过了八月节走。"金玉泽部曹小官，原本没资格与鄂伦岱这样的头等侍卫攀谈，此刻却要在邬思道跟前装大，见女婿问，神秘地压着嗓子道，"这回皇上去承德，是佟国维中堂坐镇北京，张廷玉和马齐两位相爷护驾！已经有旨，发出廷寄，叫在外的五阿哥、十四阿哥从古北口赶回北京从驾，四爷在安徽，也叫十三爷从芜湖水军大营赶往桐城，从速处置河务差使，也得在八月十五前回到北京。"党逢恩道："巡视热河，无非哨鹿打猎，动这么大的干戈？五爷十四爷不说，原就要回来的。四爷十三爷那边差事极忙，叫回来做什么？"金玉泽连吃两场酒，已面红耳热，要在邬思道跟前炫耀体面，格格笑道："小辈后生，好生领略万岁爷的圣意。大约太子爷的位子要坐不稳了！"

党逢恩眉头一皱，说道："您老这话非同儿戏！五月端阳节前，太子爷还代天子往西山劳军来着，好端端的怎么会废了？""八爷府的信儿还会有错？"金玉泽"吱儿"呷了一口酒，"太子东宫里侍卫全都换了！四爷是太子党的，这二年在户部清理亏空，黑眼珠盯着白银子，要账要得鸡飞狗跳，加上十三爷这个帮手，逼着人还钱，光外省命官就自杀了二十多个，十爷把家当全都摆在琉璃厂卖——这样的爷将来当政坐朝，还有下头人活命的份儿么？今儿吃酒你瞧见没有？头一桌上挨着九爷坐的那个，就是毓庆宫的何公公，蓝翎子总管太监，如今打着盘子想投靠八爷了！"党逢恩听着不住摇头，说道："这都是明面上的事。四爷十三爷户部差事办砸了，到外省遮羞避祸，眼见今秋八月十五，万岁爷恰过五十四圣诞，想儿孙满堂，热闹些子是有的。岳父，八爷和太子爷有点过不去，下头人造作这些谣言，听一听作秋风过耳则可，不可全信呐！"

"也不可不信。"金玉泽睨了一眼静坐不语的邬思道，见他一脸的漫不经心，多少有点失望，冷冷道："逢恩，亲家副宪大人已经退休多年，如今时事已非，早不是康熙十二年亲家从广东逃回北京时的光景了。皇后死了三十多年，又新添了十八个阿哥，各有各的门路，各有各的权势，他也不可墨守旧见，你前程正远，更要审时度势。八爷说，自从康熙四十二年，朝局早已又是一番天地了！"

邬思道眉棱微微一抖，他想到了胤禛，万不料这个显赫的阿哥处景也如此岌岌可危，陡地一阵寒意袭上来：今晚自己是怎么了？听了这么多不该听的话居然懵懵懂懂！正想着脱身，天空一个明闪，接着一声石破天惊般的炸雷响起，撼得房宇颤动。邬思道见他们二人被震得发呆，笑着起身道："姑父，表姐夫，迅雷烈风助谈兴，今晚的酒吃得高兴。不过我委实身子支撑不来了，像我这样为世所弃的残废，你们功名中人谈的那些，都叫个'于我如浮云'。来，我敬你们一杯，可要先告退了。"

"我们只顾谈朝局，冷落了兄弟。"党逢恩笑容可掬地起身道，"其实这些酒后茶余的话，满可一笑置之的——既如此，我们共进三杯，再敬岳父一杯，也好安歇了。好在有说话的日子呢！"

于是二人连干三杯，又敬金玉泽一盅。金玉泽已是微醺，说道：

"就在姑父这安心住下，一切都包在姑父身上！姑父如今和八爷府的人相与得好，八爷这人恐怕你也听说过，有学问、仁义厚道，最惜贫怜弱的——当年你闹南闱，八爷还夸你是真名士、大丈夫来着！如今你虽残了身子，又没残了学问，明儿我就荐了你进去，他北书房还缺一个司墨，在那儿当个清客相公——不是我说诳话，多少进士翰林拼着不做官，想谋这个差使还得不着呢！姑父不亏待你！"说罢拈须呵呵大笑。

"多承姑父厚意。"邬思道嘴角带着微笑，不用心根本听不出他口气中的讥讽，"我虽不识宦途，听得出你们都是要指日高升的。我已绝望政治，这次进京原想托福做个陶朱公，想不到姑父还有如此手眼！就这样，我在这歇几日，会会朋友，等你为我谋差的事有信儿了再商量如何？"说罢莞尔一笑，架着拐杖从容而去。这时天上已开始零星下雨，黄豆大的雨点打得院中青砖噼啪作响。

党逢恩立在阶上眼见家人用灯导引着邬思道远去，略一思忖转身回来，至醉眼迷离的金玉泽身边，轻声叫道："岳父！"

"唔。"

"这就是当年大闹南闱的邬思道？"

"唔。"

"此人非池中物。"党逢恩突兀说道，"您老今晚说得太多了。"

"咹？"

金玉泽一惊，瞿然开目，怔怔望着女婿说道："你说什么？"党逢恩的脸泛着又青又白的光，说道："岳丈不要误会，姓党的是真男子，压根不计较凤姑昔年和他的事。这个邬思道我原以为是个莽书生，今日见着了他的颜色。"金玉泽一笑说道："颜色怎的，他如今穷途末路，羽折爪伤，纵有能耐又有什么用场？"

"他在这里，我觉得压抑；他离开这里，我觉得恐怖。"党逢恩顺着自己的思路继续说道，"这人气质叫人害怕……他说他做官不成，想做陶朱富翁，但你今晚言及人物都是举手之劳就能扶植起他的，为什么他绝不央求？"

…………

"八爷如今潜在势力早已在太子之上，"党逢恩目光炯炯，"如此权倾朝野的皇家贵胄，你要荐进去，他居然毫不动心！"金玉泽被他沉甸甸的语气震得酒也醒了，久久才道："你是说……"党逢恩放缓了口气，"我说，他不为升官，也不为发财，来京做什么？我看他是有所为而来！"

金玉泽瞪着眼想了半晌，摇了摇头。党逢恩一笑，说道："物反常即为妖。此人昔年率几百名举人抬财神大闹贡院，事败出走隐居读书十年不出，满心东山再起，却又落了残疾，千里风尘赶来投亲，又遇上凤姑另嫁，要是你，心里会怎样？"金玉泽从齿缝里蹦出一个字来："恨！"

"当然，"党逢恩冷森森道，"恨天恨地恨人，但首当其冲的最恨你我！所以无论哪个阿哥或达官贵人收留了他，但只得势，你我永无宁日！"

这番话敲骨扣髓，党逢恩娓娓言来，金玉泽觉得句句鞭辟入里，忍不住打了个寒噤，恶狠狠说道："明日我就着人遣送他回籍！"

"回去依旧又来了！"党逢恩幽幽说道，"而且恨加一倍。"

"你说怎么办？"

党逢恩走到一支蜡烛前，"扑"地一口吹灭了，房里的光线顿时黯淡了些。金玉泽身子一缩，说道："京师辇下，做不得这种事。"党逢恩来回踱了两步，倏然转身道："可以借刀。"

一个明闪，天好似要裂成两半似的脆响一声，又恢复了黑暗，只有滂沱大雨直泻而下。

第七回　情场潦倒栖身古刹
　　　　　文士热中闲论时艺

　　一声轻轻的敲门声惊醒了邬思道，侧起身听时却又没了动静，只窗外惊风密雨急促地响成一片。邬思道以为是耳误，倒头正要再睡，敲门声却又响了。

　　"谁？"

　　没有应声，但门环又响了两声。邬思道披衣起身，刚把门拉开一条缝，一个黑影便闪了进来，回身又掩上了门。邬思道睁大了眼，但房里太暗，黑魆魆什么也看不清。邬思道暗中格格笑道："做这模样干什么？我是久经沧海难为水的人，什么事都见过。"

　　"是我……"

　　那人怯生生说了一句。外边青光一闪，电照长空，邬思道看得清清爽爽，竟是个女人！他顿时觉得浑身的血一阵倒涌，恨不得一拐打过去，恶狠狠道："你？！金凤姑——给我滚出去！"

　　"我不是凤姑。"那人在暗中，似乎也吃了一惊，良久才开口说话，声音却有点哽咽："我是……凤姑的后娘——你必定还记得兰草儿吧？"

　　邬思道吃惊地张大了嘴，一屁股坐回床沿上。兰草儿是姑姑的陪嫁丫头，当年在南京时常过来侍候自己。有时邬思道和凤姑弹琴吟诗，她常拿着针线活计痴痴地在一旁看。今日来金府一天，也没见她露面，这时辰偷偷摸进房来，来由不问可知。想着，邬思道阴郁地说道："长幼有序、男女有别，你想事想左了。今日事天知地知你知我知，什么也别说，你快走吧！"

　　"邬先生，"兰草儿说道，黑地里看不出她什么脸色，"我是正正经经的人，不为……你大难临头，立刻得走！"邬思道浑身毛发竖起，忘情间几乎想立起身来，半晌才道："我何危之有？"兰草儿急得不知怎说好，"没有工夫细说！就一车话也讲不清！老死鬼和姓党的定计，天明送你顺天府，要当钦犯办……"

邬思道紧张地思索着，他猜不透这女人为什么这样做，所以断不准她的话是真是假。半晌，咬牙笑道："就送顺天府，也是有王法的地方儿。太皇太后薨逝，朝廷大赦恩旨，我的'罪'早赦了——我原说就走，何必用这法子撑我？"兰草儿被他顶得一怔，许久才啜泣着说道："我晓得你难信……我是不干净的人……世路险恶，顺天府府丞就是老爷的把弟；隆科多老爷，也是八王的什么亲戚！哪里有什么道理？你……你不信我……可怎么好……"她话未说完，邬思道已架起拐杖，低沉地说道："你不要说了，我立刻走！"

"阿弥陀佛！"兰草儿念了一声佛，轻轻开了门，一阵急雨顿时扫了进来，袭得邬思道打了个寒颤，却听兰草儿轻轻吁了一口气，闪出门外，仰头看看闪着电的天，挥手道："跟着我！"

邬思道一出门浑身就湿透了，艰难地架着拐杖跟着身影飘忽的兰草儿，绕过穿堂，蹑脚儿穿过西花厅进了花园，蹚着花间小道上的积水，趔过一座凉亭，眼见前边黑乎乎一个角门，兰草儿住了脚，窸窸窣窣掏出一串钥匙一把一把试着。许久，方听"吱"地一声，门打开了。邬思道出来看时，外头一片荒郊，电闪一个接一个，照得白昼一般，四周翻江倒海价一片雷电风雨之声，搅得天地成了混沌世界。邬思道仰天叹息一声架拐便走。

"邬——邬先生！"

"怎么？"邬思道头也不回地问道。

"你带有钱么？"

一语提醒了邬思道：褡裢没拿。想了想说道："没有。"兰草儿在怀里摸索了一下，递过一个包儿，道："这是我的体己，事情太急，没来得及多预备，你……别嫌弃……"邬思道呆呆地接过银子，那银子还温温的，带着兰草儿的体热，一股似气似血的热浪涌了上来。正要说话，兰草儿又问："你奔哪里？有地方去么？"

"我不知道。"邬思道怅然望着天空，摇头道，"走着看吧！"

"四爷府有人来打听过你，你投奔他吧。"兰草儿轻声道，"你……

身带残疾，又没个亲戚，京师又有人害你，恐怕只有四爷，才护得你周全。"

邬思道惊异地看了一眼兰草儿，心中一动，他想起了虹桥酒楼上那位稳沉持重的"皇商"，没想到他就是皇阿哥胤禛，没想到他一直惦念着自己！想着，喃喃说道："……这是缘分……""你说什么？"兰草儿问道。"没说什么。"邬思道回过了神，盯视着兰草儿问道："我想知道，你为什么救我？"

"……"

"你要叫我猜一辈子么？"

"邬先生……"

"唔，唔？"

"我……我是天下最不要脸的……苦命女子。"兰草儿呜咽着，几乎放了声儿，"你……你……你能……亲我一下么？"

又是一声沉雷，车轮子碾过石桥似的在两人头顶上回转盘旋。邬思道没言声，近前来仔细看看兰草儿的脸庞。闪电照来，似乎还是十年前那样娇秀，那样憨憨的、痴痴的。他什么也没说，向她淋得湿凉的脸颊上深深一吻，轻声道："把这锁砸坏，回去收了我的褡裢……"说罢，转身消失在苍茫雨夜里。

邬思道高一脚低一脚在蔓荒无人的蓬蒿中穿行着，越过一段乱葬岗，又绕了一个长满芦苇的池塘，下了官道渐入街衢。他很想静下心好好想想夜来的事，想想眼下该怎么办，但雨太大了，心太乱了，近乎麻木的迟钝胶着了他的心，也不知浑身哪来的劲，橐橐走得飞快——似乎就这样·直走到死最好。

忽然雨中传来三声沉闷的炮响，邬思道才意识到是拱辰台报时，已至子正夜半。他擦了一下满是雨水的前额向前眺望，雨帘中遥遥隐隐一排灯光闪烁。走近了瞧时，原是一座古刹，山门飞檐吊斗画拱罘罳，十分壮观宏伟。正中一块盘龙泥金大匾，写着"敕建大觉寺"五个大字，檐下吊着四盏硕大的白纱宫灯，在风中凄凉地晃着，却是阒无人声，只庙里隐隐传出鼓钹诵经之声。邬思道乍从雨地到庙门下，进了人烟之地，踩着干燥的砖地，仿佛刚刚做过一场噩梦，怔怔盯着那几盏灯，觉得刺眼的亮，忽然一阵眩晕，他歪倒在山门的铺首环下，就什么也不知道了。

再醒来时，邬思道发现自己躺在一间窄长破旧的房子里。因天阴，屋里很暗，被烟熏得黝黑的壁上嵌着一排斑驳的石碑———一望可知，这是一座碑廊改建的僧房，年久失修，已废弃不用。外边的雨已经不是那么吓人，但仍在没完没了地下，不时传来阵阵雷声，从破窗棂中随风飘进的雨珠落在脸上，带着冰凉的甜意，很适意。邬思道抬了一下头，仍觉晕眩难忍，便又弛然卧倒闭目养神，暗自揣掇：不知是谁救了自己。忽然听见一阵脚步杂沓，忙又睁开眼看。

"醒了！李绂兄——你来看！"进来的是两个书生和一个头陀，一眼就看见邬思道在疑惑地看着众人，一个方脸书生惊喜地蹲下身子招呼："这个狗肉和尚真是妙手神医——依着庙里那群秃驴，你这会子早已在左家庄化人场烧成灰了！啧啧！生死人而肉白骨，性音真是好手段！"那个叫李绂的走近了，觑着邬思道的脸色道："真的是见好了。昨晚我还看着是没指望了呢！先生贵姓台甫？要不是田文镜和性音，恐怕早就不中用了……你昏了三天，知道么？""三天？"邬思道浑身一颤，"我在这儿睡了三天？"说着，瞥了一眼那个叫性音的头陀。

性音穿着件破烂流丢的土黄僧服，一身油腻，看去有三十岁上下，腰间一柄镔铁戒刀乌黑沉重地拖着，足有三四十斤，却是嬉皮笑脸一副怪相。听李绂、田文镜说话，也不理会，从怀中揪出一块肥得流油的腊鹅大口价撕咬着，笑道："邬先生，贫僧不让你了，谅你也没这胃口。你可是两世为人了，怎么报答我和尚呢？"邬思道睁大了眼没言语，田文镜忍不住问道："原来你们早就相识？"

邬思道摇摇头，声气微弱地问道："和尚，何处挂搭，又怎么认得我邬思道？"性音大口价嚼着鹅肉，口中哑哑有声，笑道："你寻根盘底儿么？我是地藏王菩萨座下判官，我不批字儿，生死簿上没你的名讳！出家人四大皆空，也不指你报答，比不得他二位，夜夜会文，日日八股，一心要大魁天下夺个状元，一头栽进红尘中，不怕来个满嘴泥！可叹可叹……不过和尚也有一宗儿不如人，没有亲戚可投，没有婚姻可赖。自然啰，哪得个女人投怀送抱，雨地里亲嘴儿偷情……"说罢呵呵大笑。邬思道被他一顿夹七夹八的疯话说得目瞪口呆。李绂和田文镜却只一笑。田文镜因道："也没见过这样的和尚，每日鸡鸭鹅肉不离口，死猫赖狗一捞而食，真的是唐突佛祖，玷污山门！夜里呢，咬牙放屁打呼噜都占全了，要不是和巨来兄路上住贼店没了盘缠，能有一分奈何，谁和你挤在一处受罪？"说罢便拉了李绂，又道："咱们按昨日分的题做文章，不要理他！"

"阿弥陀佛！二位真是富贵中人，不识六祖养生法门！"性音眼见二人到北首一张破桌前磨墨铺纸，笑着追了一句，"我这放屁如同你们做文章，那是功夫——不是童子身，恐怕还练不来呢！"说罢起身懒懒打了个呵欠，双手合十盘膝坐了邬思道身边，刹那间已是换了一个人似的，一脸庄敬之色，侃侃道："你闭上眼，不要想事，不要用力，我行功给你治病。"邬思道也着实乏了，合上眼说道："邬某读尽三坟五典八索九丘，黄帝内经金匮要略也稍有涉猎，不曾听说过这样治病的。你莫捣鬼，我是不信的……"性音合掌端坐，冷冷答道："我佛以寂空济世，藏大乘之经三十万卷，恐怕先生不曾读尽——阿弥陀佛，大道如海，岂有涯岸？"

邬思道闭着眼还要回驳，忽然觉得一股似凉似麻的气流自涌泉穴直透而上，沛然直浸泥丸宫，顿时心际如秋风过岗，杂虑荡涤如洗，心下清亮却嗫嚅不能再言。陡然间已明白，这个赖头陀真的是身怀绝技。忙遵嘱收摄心神，微睨了眼瞧时，性音木坐如偶已经入定，却也如平常打坐一般，并无异样。此时邬思道觉得气流渐渐变暖，愈来愈强，在体内冲波逆折，所向之处五脏中七荤八素格格有声，种种积郁被气流导引着摇撼、翻腾、瓦解，四肢百骸顿觉松泰畅美，邬思道心里禁不住惊讶称奇。

"好了。"许久，才听性音说道，"睁开眼，坐起来！"

邬思道眨眨眼，立时满目清亮，试着双手一撑，居然毫不费力便坐直了身子，却不说话，直瞪瞪看着又变得笑嘻嘻的性音。性音扮个怪脸，笑道："如何，不谢谢罗汉？"李绂田文镜刚做完一篇破题，正换着看稿子，见此情景也都转过脸来。李绂兀自手里提着墨渖淋漓的笔，惊道："真是神仙手段！前几日都是抵掌授气给邬先生疗疾，既有这法子，何不早用？"性音嬉笑道："沉疴不用急药，也要他身子耐受得住才成啊！岂不闻放屁容易收屁难？"邬思道怔怔问道："你一路跟我，救我，是为什么？"

"我和你有缘分嘛。"性音道，"龙华会上前世修来的呗！"邬思道见他不肯说，也只好罢了，便问田文镜："二位八股做的什么题目，可否见教一下？""哦，"李绂说道，"是两篇破题，题目是'殷有三仁'。"说罢便将两张纸递过来。邬思道先看田文镜的，写的是：

> 道存多途，归于仁，则歧路通圣，或忠或恕，不乖于天人之理焉。

邬思道点头道："田兄这一破，道理上去得，却不甚切题，经不得考官磨勘。'三仁'是题中点明的，你一个字也不提，'魔王'们岂能饶你？"说罢又看李绂的，却是一色八分正楷，写得端丽妩媚，却是：

> 三子者不同道，于仁则一。仁而已矣，何必同？

邬思道不禁叹道："言简意赅，算得上通幽入微了，就是这笔字锋中无骨，微有缺憾——但两卷相比，这个自然要略占上风。"说罢，幽幽地叹了一口气，他忽然想起了自己，纵能做得花团锦簇似的文章，还能如李、田二人跻身龙门一决雌雄么？性音在旁笑道："你们说的热闹，我听着一点趣儿也没有，这种敲门砖文章究竟于世人何用？"

"万岁登极之初，曾下旨废过八股，就是因为它实在不能有益于世。但牢笼英雄，除此也无别的良法——没有这块敲门砖，你就敲不开这扇门，这就是用处！"邬思道款款说道，"但文随人用，这文章中也不尽是空话。比如刚才两篇破题，说的是仁义之道，都是为了仁德爱民，有宽的、有严的、有苛的、有暴的——仁是根本。但想到'仁'这个地步，各人走的路却又不同。世道治，用法宽厚，怀柔文明；世道乱，用刑震慑，重典杀伐，也还是个仁！性音，你读佛典三十万卷，懂这个理么？"性音笑道："我哪里读过什么黄子三十万卷？就引出你这一篇宏论！世上的事都是劫数，你们读书人都弄不清，秃驴们倒能知道？"邬思道双目望天，喃喃说道："这说的也是。治世之理人人都能说一套，做起来依旧懵懂——你们听，天上这雷声，有人说是天鼓，有人说是天籁。总而言之是上天的威怒，可谁见过雷击死豺狼虎豹毒蛇猛兽？只捡着人、捡着牛打！老天爷，他公道么？"说着，天上真的响过一阵雷声，震得众人打心里起栗，邬思道已是两眼汪满了泪。

几个人正发怔，便听前头禅堂隐隐传来鼓钹之声，夹着和尚们诵经撞磬"托托"不断头的木鱼敲得山响，和这屋里的气氛十分不协调。田文镜笑道："松下喝道，琴边饕餮——真煞风景，还想再听邬先生高论呢！又是谁家做丧事？"

"张士平死了。当朝宰相张廷玉的三公子。"性音无所谓地说道，"这是张家做法事。没听和尚们念的《往生咒》？""张廷玉？"李绂侧着头想了想，"张家世代大儒，孔门弟子，也皈依佛家？"田文镜笑道："巨来真个呆！如今还有哪家王公大臣内眷不信佛的？就连四阿哥，天潢贵胄金枝玉叶，也还是佛门弟子呢！说到大儒，张廷玉父亲张英倒算得一个，张廷玉是恩荫进士，不过沾了祖上的光罢了。"

李绂叹道："现下的事不能单看科举，以为中得高就是鸿儒，张廷玉的才学在一干大臣里也就算出尖儿的了。国初笼络汉人文士，举子们好歹有篇文章略看得过，就少不了有个功名。明珠为相二十年，不过是个同进士底子；高士奇无赖出身，以举人身分一登龙门，当即宣麻拜相！我闲了也常想，这就是机遇。那时是世无英雄遂使竖子成名，如今恰颠倒了，是山中老虎结队行，猴子不敢下树来！"说罢一笑。田文镜道："张廷玉还算廉正，这就难得。我们既赶不上那个时候儿，也只好认命罢了。上一科北闱，是王鸿绪和揆叙的士考，下头十八房考官，听说没一个是黑房①！这个张三公子，听说是张相不许他走恩荫的路，功课逼得紧，累得病死的——做宰相的能有这份心，这一科兴许不至于吃得一户也不剩吧？"

"你太老实了。"性音在旁笑道，"就信了张管家放屁！这张士平是

---

① 黑房：举人们称不肯接受贿赂的考官为"黑房"。

气死的不假，不过不是为功课，倒是为了一个女人，真真切切的一个情种呢！张家不过要遮丑，放这么个风儿，这就是张相的聪明处了。"李绂眉棱微微抖动了一下，问道："是怎么回事？"

性音看了一眼邬思道，说道："去年张相爷去金陵，张士平也跟去了，不知怎的就和宵月楼的一个叫桂儿的侍书相好上。相爷回京，张士平给她赎了身，藏在舱板里要带回北京。不想半道上被张廷玉查出来，把个三爷按倒在官船里抽了四十皮鞭，打了个稀烂，又冒了风寒，回京就一命呜呼了。"李绂听了没吱声，田文镜问道："那个女的呢？"

"女的却很是烈性。"性音脸上毫无表情，"当时伏在张士平身上哀哀痛哭一场，起身对张相一拜，说：'是我勾引三少爷的。相爷，我拿命抵三爷这个错儿，您就恕了他吧！'说罢就一头撞死在铁锚上……阿弥陀佛，罪过！"

邬思道听得心里一沉，不由想起自家：这样的节烈女子，怎么自己就没有福分碰上？心下凄然，只忍着低头不语。田文镜笑道："可惜了张三公子，竟是为情而死。这事叫山东蒲留仙听到，必定写进《聊斋》，又有一篇好文章可读了。"李绂正色说道："其实这个女子更可悲。若不能守身如玉，大可不必寻死；真的从一而终，当初就不该身入青楼。这节妇不像节妇，娼妇不像娼妇，就写墓志铭，也难煞文人。"邬思道听着越发刺心，如此惨烈故事，只是评头论足，浑当儿戏说笑！因起身道："道学家论人，挑剔磨勘，刻薄不在考官之下。天理人情珠联璧合的完人，古来能有几个？这'不得已'三字，孔夫子真该写进《中庸》之中。"说罢径自架着拐杖出来，沿碑廊一路看着向南走。

这座大觉寺后头破烂，愈往前走愈是齐整，邬思道转过大悲殿，顿觉金碧辉煌眼目一亮。大悲殿正中矗着的那尊青铜如来坐像足有五丈高，两个胁从菩萨也系铜铸，座后壁上绘五百罗汉贴金像，也都一个个栩栩如生，天风衣带宝相庄严。殿庑西侧壁一色水金沥粉，绘着番佛、跟伴、娃娃、难人、鬼使，都是赤身装扮，戴着护肩、头箍、花冠、耳环、镯钏、璎珞……张牙舞爪神情诡异，不知都是什么故事。东侧则满墙金紫交错，绘有华盖、琵琶、降魔杵、九锡杖、流云托、豹尾枪、牛耳刀……还有什么宝幡、云头、番草、宝珠、方旗、风火轮，却是目连救度佛母，还有如来雪山割肉饲鹰图像，乱纷纷的并不见什么好处。倒是佛前雁序列位的二十八诸天，有的和蔼慈祥，有的若有所思，有的神情悲怆，有的开怀大笑，或苍老龙钟、或文质彬彬、或威猛狰狞，颇觉发人深省。邬思道到底大病初愈的人，辗转随喜一阵，便觉气虚沁汗，腹中像是有点饿的光景。因雨天游人稀少，知道没处买东西吃，寻思着踅出殿外，却见东边斋房精舍外头素幔白幛、灵幡高悬，白汪汪的一片灵棚，纸花金箔在微风中瑟瑟作抖，似为离人之泣。邬思道便知这是张士平停柩所在，想起方才几个人说话，不觉悲从中来，却又无从洒这一掬之泪，便踱过来倚柱而立，脸上似悲似喜地呆看。

　　法事看上去已近尾声。守在灵桌前的几个家人披着麻肩，东倒西歪地靠着棚柱，一个接一个地伸懒腰打呵欠，显得神倦力疲。一个管家模样的人端了一大盘供果出来，一头摆放，一头呵斥众人："你们要作死么？今儿可是正经日子！一会儿老太太驾到，相爷不定也要陪着来。这差使办得差三落四，仔细着揭皮吧！看那边摆的纸马，有的折腿有的没尾巴，纸轿也淋湿了，还不赶紧把廊下的祭物摆正了——好歹过了今日，太太必定放假，有你们挺尸的时候呢！"众人方都打叠起精神整理收拾。邬思道正要离去，突然西边一个人"呜"地一声号啕大哭，捂着脸踉踉跄跄闯了过来。邬思道骇得一怔，定睛瞧时，更是大吃一惊：原来竟是李绂！

第八回　大觉寺虚情哭假友　畅春园贤臣说弊政

　　家人们谁也不防平地里会突然冒出个陌生人哭灵。惊愕相顾间，李绂一手执黄表纸、一手托着挽幛奔至灵前，扑身拜倒在地，已是哭得软倒：

　　"梅清兄啊！我来看你来了……"李绂涕泪滂沱，泪如泉涌，"原与你约定今秋西山登高，饮玉泉水，看晚枫林，羁旅抵足，剪烛论文。你何因弃我而去？你醒一醒……回头看看李绂，你答我的话呀……"

　　他跪在柩前边诉边哭，哀切痛不欲生，棚里棚外悲风袅袅、凉雨潇潇，更增苍凉之气，看得人无不凄然泪落。邬思道先是一阵茫然，略一忖度顿悟此人奸诈，鬼蜮伎俩翻新，竟假扮这出苦戏来撞张廷玉的木钟，以天分心地而论，足令人不寒而栗——想不到恂恂儒雅，状若处女一个翩翩书生，竟有如此手段！正没做理会处，转脸一个白发苍苍的老婆婆，由一个四十多岁的中年人扶着，旁边簇拥着三四十个老婆子丫头迤逦过来。管家低声咕哝了一句"老爷也来了！"便上前打千儿请安道："奴才给老太太、老爷请安！"邬思道便知这个白净面孔、一身月白竹布长褂的中年人，就是权倾朝野的天子幸臣、上书房行走领侍卫内大臣、太子太保兼内阁大学士张廷玉了。

　　那管家给老太君和张廷玉请了安，瞟一眼李绂，正要说什么，张廷玉摆摆手，示意他不要言语，只扶着颤巍巍的母亲站在一旁沉吟。

　　"梅清兄……"李绂哭得脸黄黄的，不疾不徐泣声说道，"英灵不远，琴台知心，吾有数语叮咛，送君夜台之行——"说着从怀里取出十两一锭银子，颤抖着手放在灵案上，躬身又是一拜，吟哦道："维大清康熙四十六年仲夏六月八日，金陵书生李绂仅以心香一瓣，陌钱两束，豪雨之泣，素幛之挽，告祭于亡友梅清献台之前。吾兄之生也，金车之富，勋门之贵，簪缨之华，紫藻之懋；而乃怀素含清，超然雅流倜傥，淡泊冲谦，飒然林下之风。以辛夷露申之资，兰蕙菊芳之贞，虽竹之风节，梅之芳冽，桂之倩姿，月之寒华不足喻也。仆以潦倒之身，菲薄之才，含霜之衰草，带病之枯木，一遇于莫愁之畔，再逢于鸡鸣之寺，遂蒙阮郎之青目，而得侍于子期之琴台！忆兄交初，即云'君子之泽，五世而斩，虽遇尧天舜地之盛，空怀济民之志，内乏治世之术，恐难遂平生之愿！'斯言如陵，虚怀若谷，仆虽不敏，中心佩服，以为当今士林子弟芸芸，稀见茂才清德者也……"

他琅琅成诵，毫无拘滞：自己怎样结交张士平，二人如何臭味相投，又是这般如此，相约同游京师。如今高山犹在，流水无情，丝弦一断，空余梦魂，碧血淌尽，蝴蝶重来……说到痛处拊心疾首，攒眉扼腕，字字句句椎心泣血，倒把众人听了个愣。邬思道也不禁掂掇：此人古文做得很看得过。怔忡间，李绂文章已做到尾声，只见他含泪向天，娓娓而言："……今五弦尚在，秋鸿何处？白云深处，黄鹤杳然！追思前步，瘦马西风，咸阳古道，趑趄难行……天耶天乎！何夺吾良友，而存粗材村质于斯世？心痛无声，泪血有干，伏地泣问，天亦无语！伏惟尚飨！"吟到此处结篇，李绂叩了三个头，已是气断声嘶。家下人虽不懂他的那些文话，见他伤心至此，早已一片声陪泪啜泣。

张廷玉想起不应因一个青楼女子痛责爱子，致使老母伤情，膝下寡欢，听着这撕肝裂心的诔文，句句惊心，字字夺魄，哪里耐得住泪水走珠儿般夺眶而出。李绂却全不理会，怔着起身来，向守在灵前的管家一揖，说道："这是梅清兄在南京借给我的。他说过不要还，我也原想用它沽酒与张兄共饮……唉……烦你买一坛酒，埋……埋在他的坟侧吧……"

"这是士平的朋友？"老太太转脸问张廷玉，"你认识么？"张廷玉摇摇头，躬身说道："儿子不认识——难得这孽障，竟有如此之友！"老太太满面凄容滢滢欲泪，一转脸见李绂要走，便抬手道："那位先生，请暂留步！"李绂站住脚，矜持地过来，向老夫人长揖道："老人家，您叫我有事？"

老夫人上下打量他时，神清气秀弱不禁风，宛然便是自己夭折的爱孙，不由长叹一声，问道："你是士平的文友？"

"嗯。"李绂点点头，差点又哭出来，"在南京认识的。"

"士平在南京只两个月。"张廷玉皱着眉头道，"能交上你这样的朋友，也算不虚此行。"他毕竟谙知世故，心里对这事多少还有点疑惑。李绂淡漠地答道："交友之道，以气相通以声相结，倾盖可以如故，岂在时日长短？"张廷玉听了心里一动，茫然看着儿子的"朋友"，一时竟无话可说。

李绂进前一步，问道："尊驾是……"

"我是梅清的父亲。"张廷玉看着棺材，目光中的神气仿佛要呼唤自己的儿子起来，良久才黯淡下来。李绂痛呼一声："世叔！"却一个字也接不下来，只是掩面痛哭。张廷玉知他是对自己有所责备，又避着尊讳不能出口，心下越发感念这孝廉知礼，也自无言垂泪。老太太在旁抚着李绂肩头，哽咽道："真真是个知礼的！你是进京应试的吧？"

李绂也答不出话来，只呜咽着道："是……"叩了头起身拭泪。老太太道："张家这三个孙孙，我最疼怜的就是士平，不想我白发人倒先送了他去！廷玉，我看这孩子孝义两全，又和士平要好，既是来京应试，何妨就住到咱们府里读书？他大哥二哥闲常一处也能一起会会文儿……"

"老太太！"张廷玉忙躬身赔笑道，"儿子也是喜爱文士的。不过这位李先生既是来应考，理应回避，住在府里不相宜。既然母亲有这个慈命，儿子想，不如住到我们家庙里读书。考过之后，无论中与不中，都好有个照应，外人也说不出什么——朝廷今儿已经有旨，叫安徽的四爷和十三爷回京，秋闱只怕二位爷也要主持呢！"

老太太不禁一怔：这里人多，儿子不便说什么，但四阿哥胤禛和十三阿哥胤祥都是出了名儿的尖酸刻薄人，张廷玉处高身危，思虑周详不为无因，想想说道："那就依你吧。"说罢便命人打道回府，李绂自然也跟了去。

邬思道拖着沉重的双腿回到后院，才发觉雨早已停了，天色透白发亮。性音不知去了哪里，只田文镜抱着一本书，歪在墙边蜷蜷地睡着。屋子里空落落的，邬思道忽然有一种莫名的寂寞。原来觉得可亲可敬的田文镜，顿时也有了一层淡淡的隔膜。他冷峻的脸上像挂了一层霜，沿着贴墙的石碑，一块一块十分仔细地辨别着上面的字迹。

不知过了多长时间，寺里钟响，是午斋的时候了，外边传来人声和急促的脚步声，有人喊着："就在这里，就在这屋里！"说着便有十几个人连说带跑一拥而入。睡梦中的田文镜一撑坐起，揉着惺忪的眼问道："这是怎么了？失火了还是起反了？"邬思道一眼看见张贵夹在人群里瞪着眼盯自己，顿时脸色雪白：金玉泽到底放不过自己，寻上门来了！

"就是他！"张贵棱着眉，恶狠狠扫视了一眼屋子，指定邬思道道，"逼奸主母不从，上吊自尽，偷偷藏到庙里——啊哈！你瞪我做什么？你这八辈子不得发迹的野杂种，不知道人生三尺世界难藏？我还以为你远走高飞了呢，原来还是叫我家太太冤魂缠定了——你做的事人能容天也不容，放屁手掩，你往哪里走？"邬思道听得头嗡嗡直叫，双拐一丢便瘫坐下去，口中喃喃道："她死了……她死了？兰草儿死了……"

张贵哪里由他分说，一声"拿！"几个长随早如狼似虎扑了上来，套着绳子便将个毫无反抗能力的邬思道捆得米粽似的，拖起来正要走，惊怔了的田文镜却清醒过来，手一摆大声喝道：

"慢！"

田文镜慢慢踱至张贵跟前，冷冷一笑问道："他逼奸你主母，谁是见证？"张贵眼见他戴着镂花银座冠，知道是个举人，也不敢过于轻慢，哼了一声道："这种事要什么见证？主母就吊死在他房里，还有他的褡裢都在，显见他雨夜因奸不从，仓皇逃出。人命关天的事，你不要管！"

"哦？"田文镜歪着头沉思道，"你主母原来死在邬思道房里？就我所知，邬思道在金家呆了不到十二时辰。远道投亲，又有许多应酬，你家主母何因和他竟能有奸，又何故来到邬思道房中？邬思道是残疾人，身无缚鸡之力，既然逼奸，你主母又为何不叫喊求助，反而悬梁自尽？"他一句进逼一句，问得咄咄逼人，却又有情有据，张贵不禁瞠目结舌，半晌才回过神来，格格一笑，打量着田文镜道："你是顺天府尹还是宛平县令？这是审我呢，还是审邬思道？不过瞧着你是个文人，怕糟蹋了你的功名，你就敢上这个台盘儿！混账王八蛋，好生打叠肚里的墨水儿，预备着进场吧！放屁辣臊，管着爷们的闲事？——拉上姓邬的，走！"

恰正这时，性音一手端着一碗斋饭从南廊过来，屋里的情形早已听得清楚，因笑嘻嘻道："喂，金家大管家，哪有这么孟浪的？邬先生几天没吃饭，全凭一口气顶着，这会子跟着你去，还有性命么？来来来！给和尚个面子，回去告诉你主子，说他身子有病，和尚正在给他调治，等治好了，我亲自送他上门，如何？"说着便将一碗粥塞给正在发呆的邬思道，"趁没凉，快吃吧，赶着还能再吃一碗——老田，你也快去吃饭，晚了就没了。哪里见过这庙里和尚，什么佛门弟子，竟都是饿死鬼托生的，扒起饭来命都不要！唉呀呀，啧啧啧……"他云天雾地嬉皮笑脸喋喋不休地说着，满屋的人竟视有如无，几个家人忍俊不禁，掩嘴葫芦而笑。张贵起先还当他是个疯子，至此不禁勃然大怒，喝声"走！"抡圆了一个巴掌就向性音脸上掴将来！不料被性音略一抬手便紧紧攥住，顺势一拧，张贵早翻转过来半跪在地，拖着腿撅着屁股，疼得龇牙咧嘴。

"好丑样子！"性音笑着将右手一碗滚热的稀粥照脸扣了下去，顺势一提一掼，张贵轻飘飘从门里直跌出一丈多远！性音搓手儿笑道："佛祖，罪过！好好一碗饭污了。"又转脸对众人道："你们哪位敢再试试，要不咱们斋房去？那里还有半锅粥呢！"说罢，一手掖了邬思道出来，道："咱们走，咱们走……惹不起，还躲不起么？"众人见他如此手段，哪里敢拦，眼睁睁瞧着他们去了。邬思道被他拽着走得飞快，挣了两挣，恰如铸在性音怀中一样，因道："你不要拽，我没有罪，我要和他们顺天府理论！"

"邬先生，"性音一直拖着邬思道出了山门——那里早有一乘轿等着——将邬思道塞进轿中，自己也进来对面坐了，才款款说道，"我是四贝勒府家庙主持和尚，奉四爷命护你多时！你在扬州和人怄气，得罪了八爷，若非四爷爱你才华，你已死多时！普天之下除了四爷，恐也无人护得你周全！我把话说明，盼你明达世务，跟着四爷做一番事业，你若一定不肯，我和尚也算尽心了。"

邬思道静静望着向后倒退的街衢房舍，浑如一场噩梦刚刚醒转，许多不明白的事也若明若暗有了答案，许久才透了一口气，说道："从此，我是四爷的人了……"

"四爷信中再三讲，不可勉强你。"性音冷冷说道，"你好造化。四爷将以师礼待你。"

张廷玉侍奉着母亲回府刚刚下轿，门上的人便上前禀道："老爷，内廷何柱儿公公刚刚出去，传太子爷钧谕，叫你进去呢！"张廷玉不禁一怔，忙问："是毓庆宫，还是畅春园？""畅春园。"那家人说，"马中堂、佟中堂都已经去了，何柱儿听说老爷不在，急得不得了，说叫快去，和马中堂、佟中堂一齐递牌子进去。"张廷玉回顾母亲，略一躬身子，说道："母亲自请安置，儿子得去了。这位李先生就住家庙，考完之后再见面吧。"说罢匆匆上马。张府中几十个家人早已预备好朝衣朝冠朝珠，上马随从而行。这是张家规矩，习以为常，也不及细述。

畅春园地处京师西郊南海淀，因在圆明园之南，所以又叫"前园"。原是前明武清侯李伟的读书别墅。满洲人祖居北方凉爽之地，耐不得酷暑炎热。康熙四十二年之后，国力充裕，便拨内币二百余万两，除在热河修造避暑山庄，又在京师对这座前园大加修葺，赐名"畅春"。外环长溪，内罗碧波，其中石山径幽，亭榭错落，虽盛夏烈日流火铄金，一入园林，便觉水汽沁凉，苔滑石寒，确是消暑胜苑。

张廷玉带着家人，快马兜风出西直门，过了清梵寺，远远便见龙吟风啸、碧沉沉郁苍苍一大片茂林修竹，园门口左右各一彩坊，五色锦缯彩墙顶上虬盘葛缠，枝桠交错，恰结成"万寿无疆"字样，藻须长垂下接于地。流水双闸旁，大门金漆红柱上，极精神一笔颜书楹联：

> 仙仗五云　鸾鸣和盛世
> 德车七宿　龙角运中天

张廷玉见阙即滚鞍下马，换了朝衣，早见里头走出一个官员，头上戴着金青石顶子，插着双眼孔雀花翎，八蟒五爪的袍子上却没有补服。张廷玉暗自诧异："没听说四品文官有赏花翎的呀，再说见皇上怎么连补服也不穿？"思量间那人已经走近，张廷玉这才看清，原来是朝鲜国使臣金中玉，常驻北京联络两国，四品京衔还是去年万岁赏的，便站住了，笑问："老金，见过皇上了么？"

"见过了。"金中玉笑道。他一口极漂亮的京话，单听口音，根本不知他是外国人，"今儿得了彩头。因要回国述职，八贝勒在皇上跟前老金长老金短说了一车好话。皇上一高兴，赏了这枝翎子，不怕得罪张相，连你还没有呢！""哦，你要回国了？"张廷玉沉吟了一下：这个八爷，连外国使臣的马屁都拍得山响，还嫌势力小么？想着，笑道："偏我这几日事多。看吧，要能抽出空儿，我亲自送你；要不得闲呢，我叫家人送点程仪——回去代我问着国王好！"

金中玉笑吟吟说道："你是忙人，有这句话什么都有了。程仪八爷送我六千两，足足够用，明春来了有难处我再找张相打饥荒——快进去吧，马齐佟国维都在佩文斋等着呢！"说罢举手一揖辞了去。张廷玉不敢再耽搁，由小太监引着进了彩坊，穿过一道玫瑰月季交枝儿搭成的花洞，往西一带空地——一边九个油布黄棚，却是各省入京述职引见官员候旨所在——便见一座三楹相连的歇山式小殿兀立路北，上写"佩文斋"三个大字，里头一个高个子官员戴着起花珊瑚顶子早迎出来，拍手道："衡臣！怎么弄的，这早晚才来？万岁爷刚见了朝鲜使臣，正在更衣。再一会不进来，我们算怎么一回事呢？"

"马齐，"张廷玉微笑道，"你这急脚鬼脾性，是宰相模样儿？我这不是来了？"一边说，踱进斋内，却见另一个上书房大臣佟国维，隔着茶几正和一个官员说话，见张廷玉进来，只略一点头算是见礼，说道："衡臣，我来介绍一下，这是安徽布政使施世纶……"施世纶早已立起身来，就座中向张廷玉一躬，移身出来又行厅参之礼。张廷玉忙双手扶起，笑谓佟国维："我是久仰大名的了，靖海侯施琅大人的六公子施世纶嘛！"施世纶笑道："恐怕中堂是'久仰'我的丑名——出了名的'十不全'么！"

一句话说得众人都笑了，连架子十足的佟国维也不禁莞尔。张廷玉这才仔细打量施世纶，果真如民间说的，吊梢眉、三角眼、鼻子和嘴凑得很近，下巴铲子似的向前翘起，鸡胸、缩脖，聪明疙瘩滴泪痣，走路还略微发瘸，十足的败相集于一身，只一双眸子精光四射，灼灼生光，透着浑身筋节强悍，因笑道："诚然是十不全，《易经》所谓否极泰来，反成贵相了。"佟国维因道："廷玉，皇上今儿叫老施一起觐见，恐怕要问吏治的事，得有个预备。四爷和十三爷在安徽叨登得大发了，一个参本就革掉三十名府道官员——老施从安徽来，皇上一定要问——这是批本处的节略，你先看看。"说着递过一本黄绫封面的折子。张廷玉接过折本浏览着，心下只是踌躇：这一对兄弟搭档在京清理积欠，逼死十九员命官，弄得朝野沸腾。太子叫他们去安徽办河工，其实是避避风头，怎么在安徽依然故我，照旧逼债？就不为自己，难道也不替太子想想？沉吟间马齐叹道："不管别人怎么说，难得四爷和十三爷这片心，真正是赤心为社稷，如今的吏治还了得？一手从国库里挖银子，一手向百姓敲骨吸髓。你看看，当考官收孝廉的钱；当军官吃当兵的空额，捞军饷；断案收贿赂，收捐赋火耗加到一二两——大清的天下，也真得有四爷这样的人痛加整顿。不然，非叫蛀空了不可！"

"治大国如烹小鲜。"佟国维笑道，"稀嫩的小鱼，你用铲子胡翻乱搅，行吗？欲速则不达，不能急。"他是康熙生母佟佳氏的嫡亲弟弟，一副天潢贵胄架势，说话时总带着不容置疑的口气，出口便是教训人。张廷玉听二人意见相左，轻轻合起折页子，说道："吏治败坏是明摆着的，难怪四爷、十三爷着急，但积重难返，单凭血气之勇一味地捅，也不好办——世纶，说说看，安徽人对这事是什么口风？"

"回张中堂话。"施世纶躬身答道，"官员是一种口风，民间又是一种口风。官员们说'天不怕，地不怕，就怕四爷叫回话'，老百姓说'天不惊，地不惊，就怕四爷调回京'。口风是不一样的——"他梗着脖子只管往下说，张廷玉一眼瞧见一个五十多岁的人正兀立斋前鎏金大铜鼎旁背着手静听，慌得急忙摆手，立起身来趋前一步跪下叩头道："万岁！您几时来的？臣等只顾说话，竟没有瞧见主子！"施世纶也吓了一跳，忙转过身来行三跪九叩大礼，马齐佟国维也直挺挺长跪了，请康熙皇帝进斋。

第九回 畏艰途能吏辞重任 清库银明君呈愁颜

康熙皇帝略一点头，脚步橐橐从容而入，本来议论风生的佩文斋变得鸦雀无声，走来走去的太监们也都控背躬身，一声咳痰不闻。施世纶突然一阵紧张，感受到咫尺天颜和天威不测的双重压迫。自中进士授官，虽然也引见过几次，但都是远远照一面，略问几句话便躬身却步退出，加之近视，根本不知道康熙是什么样子，这次几乎造膝而跪，偏是不敢抬头。

"你说得有意思，怎么就哑了？"康熙一边坐了，笑道，"想看看朕，就抬起头来，朕又不是老虎，能吃了你'十不全'？"一句话说得张马佟三个人都笑了，斋里的气氛顿时缓和下来。施世纶暗透一口气，伏身一拜，真的抬起头来，认真打量一眼康熙。

五十三岁的康熙戴着一顶绒草面生丝缨苍龙教子珠冠，剪裁得十分得体的石青直地纳纱金龙褂罩着一件米色葛纱袍，腰间束着汉白玉四块瓦明黄马尾丝带，已是花白了的胡子梳理得一丝不乱，嘴角眼睑都有了细密的鱼鳞纹，只浓眉下一双瞳仁炯炯有神，黑得深不见底，精神看去还算健旺，举手投足间却显出老相——换一个地方，换一身蓝衣，他很像一位方正慈祥的三家村学究，根本不会想象到他精算术、会书画、能天文、通外语，八岁登极，十五岁庙谟独运智擒鳌拜，十九岁乾纲独断，决意撤藩，六下江南，三征西域，征台湾，靖东北，修明政治，疏浚河运，开博学鸿词科，一网打尽天下英雄——是个文略武功直追唐宗宋祖，全挂子本事的一位皇帝！

"不能小看了你施世纶啊，敢这样看朕的惟你一人！"康熙哈哈大笑，右手轻轻拍着案上的奏折，说道："当日你父亲出师台湾回来，朕问他，'你的儿子有几个可造就的？'施琅说了五个，绝口不提你。后来朕才知道，施琅有个小九九，五个都是不中用的，所以要恩荫，真正有能耐的是这个老六，他料定你能自立功名，所以压根不提，知其子莫如其父呀！"张廷玉见康熙高兴，忙凑趣儿道："方才奴才们还说来着，相书上有破相贵，有似雀儿牌中'穷和'，施琅老将军大概读过的，所以鉴人不谬。"施世纶没想到康熙如此爽明豁达，亦庄亦谐如谈家常，顿时轻松下来，因笑着回道："不知子都①之恶者为无目也，不见无盐②之美者为无心也。"

众人听了又复大笑，康熙却改容说道："说正经事吧。你们都起来——李德全，给几位大人搬凳子坐！"李德全是养心殿副总管太监，跟康熙二十余年，差使办得十分利落，一迭连声答应着，早指挥几个小苏拉太监摆好凳子。待几个人坐好，康熙才道："今儿叫你们上书房人进来议议。施世纶呢，是老十三荐进来的。你在安徽杖责总督府的戈什哈，风骨硬挺，朕想借重你的刚毅廉正……"他仰了一下身子，又道："户部的事如今越来越不成话，还要痛加整顿。前番老四从安徽递来折子，说修河银子短三十万，朕原以为至少也要一百五十万的，这算很难为老四老十三的了，谁知户部就到太子那儿叫苦，给驳了。朕叫人查了一下，新收上来三千万银子，不到半年，又借出去千把万，余下的朕说过谁动杀谁，亏得这旨意，不然早又借空了！官员们清苦，指库借银的事朕自以为心里有数，谁知竟到了这个地步儿！"说着便摇头，仿佛含着一枚苦橄榄品嚼，良久又叹息一声。马齐忙安慰道："银子没有，账在。这事奴才也略知一二，里头的情弊不可胜言。有些户部官员是把钱拿出去放债取息，这些银子好追。库里还有两千多万，一时又不用兵，断不至于连修河治漕的钱都叫四爷十三爷为难的。"

"可怕之处正在于此，"佟国维沉吟道，"官缺苦乐不均，俸禄一概菲薄。万岁说的还只是户部，吏部的情形更不可问，除了一年冰炭敬常例，下头不孝敬，该升迁的压下不奏，不该黜降的就捏造罪名；刑部愁的没人打官司，只要一件官司到手，必定把犯人证人左邻右舍都押到京

---

① 春秋时著名美男子，心肠狠毒。
② 春秋著名贤后，丑女。

里，熬油刮骨地折腾。唉……老百姓说屈死不告状，不单是怕冤狱，更怕的这种折腾，一人犯罪一村精穷，人命案子私和的不知有多少！"佟国维平日不大说话，今日却说得有点收不住口。康熙静静听着，一声不吱，只目光幽幽地看着殿门口。张廷玉虽然年轻，但二十几岁就进了上书房，阅事既多，深沉练达，只谨守"万言万当，不如一默"箴言。他并非不同意佟国维的见解，六部里的弊端实情远远超出他这点皮毛之见，但他却有点不明白佟国维的用意。佟国维是"八爷党"的中坚，愈这样说，岂不愈加说明四阿哥十三阿哥干得对，差使办得好么？想了半日，心中忽然一动：这些年六部部务，统都是太子胤礽一手主持，六部乱得一团糟，太子有何政绩可言？康熙本来就对胤礽的庸懦无能十分不满，佟国维不动声色侃侃而言，原来竟是在火上浇油！张廷玉正要说话，马齐却道："老佟，所以皇上才下旨痛责弊端，要狠狠整顿嘛！"张廷玉此刻已经想定主意，因抚膝长叹一声，说道："这都是我们几个上书房的臣子没有把事办好。'主忧臣辱，主辱臣死'，一想起这两句话，我就惭愧得寝食难安，不遑宁处。"

康熙脸上毫无表情，冷冰冰说道："各人有各人的账，这也用不着代什么人受过。但为人臣，揆之天理，应该有这点子良心不安。"他干咳一声，脸色已渐缓和，微笑着问施世纶："听说四阿哥在桐城召集全省盐商，会议聚金修复决溃河道，你知道这事不知道？""回万岁话，"施世纶忙欠身答道，"臣是五月十九离开安徽。到京听见风传，说四爷十三爷召集盐商，要强行募捐。其实——"他没有说完，康熙便摆手制止了，说道："朕已下旨，叫他们回来。十月朕要去热河狩猎，会见蒙古王公。所有皇子都要从驾。朕离京前，官员亏空要一体还清，调你来这里，也就为办这差使。你到户部任侍郎，先熟悉一下部务，四阿哥他们也就该回来了。"

"皇上，"张廷玉在旁问道，"您这次离京，还是太子爷在京坐纛儿吧？"

康熙没有理会张廷玉的问话，盯着施世纶道："知道为什么调你来？你这人一芥不取，清廉自守，火耗银子只取四钱，这是好的。但和死了的于成龙患一样的毛病：敢抗上，穷人和秀才打官司，你偏向穷人；秀才和财主打官司，你偏向秀才。这个秉性有失公道——朕偏取你这秉性，叫你来理财。人手不足，回头叫老四老十三调几个，今年进士中也可选几个留部办差。"施世纶听罢旨意，忙起身伏地叩头道："万岁身居九重，洞鉴万里，说臣的不是都是有的，但臣知过能改。臣秉性严刚迂阔，不宜做京官，不拘哪一省，请万岁仍调臣出去，或按察使，或道府，臣保三年之内，全境夜不闭户。户部差事任难事艰，臣才力绵薄，恐难应付，有伤皇上知人之明。""唔？"康熙拍了拍折子，"怕不是的吧！朕知道，办这差使要得罪人。但事君惟忠，后路的事该由朕替你想。朕于臣工，包容的多了，你还怕落个没下场？"

施世纶咽了一口唾沫，他其实最怕的就是这主子的"包容"。宽仁大度，原是极好的事，但过了头便成了"放纵"，其弊更不胜言。自四十二年清除索额图这群"太子党"，天下久已无事，康熙一心要做古今完人，包容宽纵，一味简政施恩，弄得文恬武嬉吏治败坏，种种贪风愈刮愈炽，都从这"包容"二字上生出来。但这又是康熙一直引为自喜的"盛德"，施世纶如何敢轻易褒贬？嗫嚅半晌，竟乍着胆子说道："臣……不是怕得罪的人多，是怕……得罪的人太大！"斋中几个大臣不禁面面相觑，心里都知道他想说什么，一时把心提得老高。

"太大……"康熙微微一愣，转脸笑道："三位辅政，你们有谁收了贿赂，或借了库银？"佟国维就挨着康熙下首坐，忙赔笑道："奴才自己有十几处庄子，俸禄之外皇上又不时恩赏，怎么敢背君妄为？连张马二位，奴才也敢保的！"康熙因笑道："朕修这两处行宫园林，自有正项支用，朕也没有挪用库银。你这'太大'二字据何而云？"施世纶低头沉思良久，说道："臣进京已有数日，户部里也有几位同年，谈起来相与叹惜。如今朝中有口号：'不欠库银非好汉'，万岁可知道么？就是上书房几位宰辅，从前也都借过，四爷十三爷进了户部才归还的，听说阿哥爷们，阿哥爷们……"他看了一眼脸色愈来愈难看的康熙，突然打了个寒颤，说话也结巴了。"大约还有太子？"康熙已经洞若观火，明白了施世纶所谓"太大"的涵义，伸手弹了弹袍角，"这也没什么大不了的。"

张廷玉、马齐、佟国维早已坐不住了，通红着脸站起身来，佟国维声音低得几乎只有自己听得见："请主子治奴才欺妄之罪，奴才们确曾借过银子，已是还清了。"

"都坐下。"康熙呆了半晌，突然笑道，"欠债还债，谈何欺妄？总比往百姓身上刮搜好！朕是有点不明白，难道连你们这样的还缺银子使么？"佟国维突然双膝一跪，连连顿首，说道："万岁爷……奴才们也是不得已儿。昔日桓公倦政，管仲筑宅蓄妓，实有难言之隐……""放屁！"康熙早就在强按捺性子，听佟国维的话实在刺心难过，不禁勃然变色，"桓公先明后暗，乃是亡国之君！文死谏武死战，是臣子本分。太子有不是处，你们只可苦谏，何况朕还活着，为什么不奏明了？却要学管仲为他分谤！"

他这一发怒，三个大臣和施世纶一提袍角"扑通"一声跪下，只是叩头谢罪，满屋的太监宫女，俱都吓得面如土色颤栗不语，一时斋内荒庙般死寂，只东壁那座范金大座钟不紧不慢地咔咔作响。东宫太子胤礽是康熙的二儿子，原是孝诚仁皇后赫舍里氏的独子，自康熙四十二年索额图私自结党，图谋逼康熙逊位，拥立胤礽，事发被诛，一直不得意儿，吓得鼠避猫似的，除了昏晨定省，不敢多见康熙一面。上书房大臣日日担心的，就是这一对半老不少的父子不能和衷共济，夹板气难受，见康熙公然发作太子，焉能不惊心动魄？张廷玉心中雪亮，康熙今儿这股怒气，全是佟国维撩拨起来的，但佟国维现是国舅，后头是八阿哥胤禩强大的势力，自己一个汉臣，如何敢跻身其间？马齐素性率真粗疏，却不肯跟着佟国维蹚浑水，因叩头道："奴才借银另有缘故：如今六部九卿，无人不借库银。奴才和李光地几个，说起来是一品大员，其实每年一百八十两俸银，只这点钱，别说应酬，就是妻儿也养不活！仰仗皇上恩赏，原籍省里的冰炭敬，又有庄园，本不该借银子。但若不摆个样子，外人如何能知底细，想着我们必是指着卖放收受过日子，这贪官恶名儿，如何承当得起呢？"

"到这地步儿了？借银子的有好名声，不借的反倒成了混账人，闻之令人惊心！"康熙一按桌子起身来，踱了几步，注目看了看西壁上自己手书的"耐烦"二字，慢慢地，脸上回过颜色，回头看着满脸惶惑的施世纶道："施世纶。"

"臣在……"

　　"朕越想事体越大。"康熙踱着步子慢吞吞字斟句酌地说道，"准噶尔部的阿拉布坦是只狼羔子，很不安分，已经占了喀尔喀部的一大片牧场。也难保朕不第四次亲征准噶尔！国家一旦兴兵，库中无银还了得？所以户部的积欠银子一定要尽快收回，你不要心存犹豫。"

　　"……喳！"

　　"不要瞻前顾后。户部尚书梁清标，今日就下旨，着他在京休致，以免掣肘。"康熙目光灼灼看着张廷玉，"张廷玉你草诏。"说罢，将发辫向后一甩，又对施世纶道："黄马褂、王命旗牌朕都赐给你，有专断之权。后边又有太子和四阿哥十三阿哥做主，你只管放胆去做。上自朕躬，下至太子群臣，一视同仁一清到底！"

　　施世纶推诿差使，最怕的就是康熙皇帝心志不坚，见康熙如此决心，一块石头顿时落地，他深深伏地，沙哑着嗓子道："国士报主不计身家，万岁如此信任，臣焉敢渎职？"

　　"这话说得好啊！"康熙慨然叹道，"朕方才说太子，其实太子为人朕最清楚，并不是糊涂不明事体的人，要有忠贞之士去辅佐他成全他。外头传言说朕要怎样怎样太子，都是没有的事——你们可都听见了？"四个人都正听得发怔，忙都叩头答应，却听康熙又道："朕有一语告诫，天下大权，惟朕一人受之，一人操之，断无旁落之理。做臣子的不可有了异样的心思，拉帮结派，祸国营私，被朕察觉，凭谁不能袒护你；但凡你实心为社稷，有朕在，凭谁不能加害你！"

　　他的这些话粗听似乎支离破碎语无伦次，细思则辞意相连首尾相顾，内涵深不可测。几个人都是文心周纳，有什么不明白的？额头都密密沁出汗来，一齐答道："是！"声音大得连自己也吓了一跳。

　　"跪安吧。"康熙目光阴郁，摆了摆手道，"朕也乏了。施世纶去见见太子，你们几个下午再递牌子进来，把拟好的旨稿拿进来朕看。"

第十回　刻薄贝勒恶宴刁客　硬弓射鸟鞭骡马惊

调胤禛胤祥入京用的是毓庆宫太子廷寄，早三日前已经飞递桐城。安徽省上至巡抚将军，下至县令司牧无不以手加额，口虽不言暗自庆幸——这两个无事不管，见树踢三脚的阿哥爷终于要回北京了。官场的事无秘密可言，于是巡抚衙门早早会同安徽将军行辕，连同布政使、按察使各开府大吏，纷纷递折子请领差早日移驾省城安庆，明面儿上说"诸多公务赖请四爷十三爷代禀太子千岁"，其实是想"一杯水酒"送神赶鬼，把两个煞星早早打发回京完事。

"安庆府今儿来了个摇头大老爷，"胤祥在签押房布置好请筵盐商的事，急急赶回后衙书房，一见胤禛便笑道，"说是请安，其实我听着是奉了他上司的宪谕，要催着我们去安庆。真不知我们在这碍着他们什么事了，比皇上还急着叫我们回京！"

胤禛正在看部转来的清欠条陈片子。年羹尧侍立在侧，胤禛看一件递给他，就在上边加盖胤禛的小印。其时正是六月，溽暑难当，但胤禛穿得一丝不乱，年羹尧也只好官帽靴袍周正齐楚，尽自屋里四角都放着冰盆，依旧热得一身燥汗。眼见胤祥葛袍芒鞋，长辫盘顶，一身短打扮，几乎是赤膊，年羹尧不禁欣羡地看了胤祥一眼，却没敢言声。听了胤祥的话，胤禛没说话，一份一份折子都看完了，才道："他们是想烧香送鬼。哪有那么便宜的事？方才高福儿说，凤阳与盐商勾结私吞盐税的县令已经拿到，这场聚银子的鸿门宴也就好开场了。安庆这群混账行子，无非收了盐商的贿，借着旨意压我上路。不给他们点颜色瞧瞧，用狗儿的话说，就是不知道喇叭是铜锅是铁！"说罢一笑，呷了口茶，晃了晃手中一份折子又道："羹尧，你这份整饬盐政的条陈写得呆了些。北京昨日寄来一份，是邬思道先生草拟的，我想就用他的。"年羹尧素以文武兼备自负，不禁脸一红，忙躬身道："奴才的能耐爷最知道，邬先生当日有江南第一才子的名号，必定好文章！"

"是不是从前四哥说的那个邬先生？"胤祥见年羹尧难堪，便道，"如今到了四哥府？"胤禛微笑着点点头，冲里屋大声道："戴铎，你出来，把那篇策论读给十三爷听听。"

戴铎在里屋正誊写文稿，一迭连声答应着出来，手里拿着几张薛涛笺，向胤祥打千儿请了安，清清嗓子，读道：

> 臣胤禛谨奏：盐之一道，朝廷之所谓"私"，乃不从乎公者也；今官与商之所谓私，乃不从乎其私者也。近日皖浙新规，土商随在设肆，各限疆域。不惟此邑之民，不得去彼之邑，即此肆之民，亦不得去彼之肆，豪据垄断，朝廷实受其害。漏数万之税非私，而负升斗之盐则治之国典，械之刑狱。今大法绽露四出，私肆通官而横行无忌，是为大盗逍遥而专杀贫难之民！上无慈惠周密之法，而听奸商肆虐，官于春秋之节，受其斯须之润，而置王章于不顾。若不及早整顿，日变月诡，则朝廷之盐政废矣……

"等一下。"胤禛忽然摆手道，目光向门外看着，众人看时，却是狗儿和坎儿带着那条叫芦芦的狗从二门进来，后边还跟着翠儿。这三个孩子到了桐城，就要胤禛兑现诺言，要回家乡。胤禛虽然舍不得，却不愿在下人面前落个失信的名声，心知他们必一去不返，还是赏了些银两资助他们去了，却不料两个月的工夫，又都自己返回。

三个孩子穿的都是走时的衣裳，虽不破烂油渍汗浸的十分埋汰，只脚底下的鞋开帮脱底，不成个模样。看上去他们气色还好，脸上表情羞涩忸怩还夹着不好意思，见胤禛注目盯着，一个个低着头蹭进来，就门口跪下了，六只大眼睛互相望望，还是狗儿先开口，龇牙一笑说道："四爷，我们回来侍候您老人家了……"胤禛眼中闪过一丝怜悯，却冷冰冰说道："我没有说过还叫你们回来。我有规矩，不收留叛奴。"说罢，也不理会三个孩子，却对年羹尧道："邬先生这个策论可当一篇盐法论。有一层意思他没有明说，如今私盐巨商划地为界，与官相通，明日就敢占山为王！前明高大起、黄任秋乘乱而起，十日之内便自称侯王，不单是国家少收几个钱的小意思。何况现今国库空虚，钱的事也不是小事！"

"是，邬先生之见十分透彻。"年羹尧忙赔笑道，"公中之私，私中之私，纠葛纷乱，害不可言。"

胤祥眼见三个孩子羞得无地自容，因近前问道："你们不是都要回去种地么？家里出了什么事，大热天儿这么远的路赶回来？"一句话触了几个孩子隐痛，坎儿嘴一咧"呜"地放声大哭，狗儿眼泪成串滚落下来，翠儿已是哭得伏地不能抬头。这一突如其来的号啕，引得院里的亲兵戈什哈都探头探脑往屋里瞧，连胤禛也怔了。

"没有……地了……"坎儿哭得咽着气说道，"大水冲了地界，家里没了长辈。龚家……老爷早就从外地招了难民，霸了田，都租了出去……这世道没道理……没路走……"

胤禛的心不禁一沉。胤祥咬了咬牙，问道："他霸你的地，宝应也是朝廷管，你们不能告么？"狗儿泣道："官凭印信地凭契，我们从水里逃出去，谁家还能保住地契？就这么叫人家欺负……"说着几个孩子又放了声儿。高福儿在后院听见，忙赶过来，呵斥道："四爷正在和十三爷说大事，这是什么地方，你们就进来嚎丧？"胤禛待他们渐渐住声，立起身来踱了两步，转身道：

"你们不要哭了，我收留你们。"

三个孩子一下子抬起头来，眼中闪着惊喜的光，连高福儿、戴铎也怔住了，这位从来说一不二的皇子今儿竟破了例！正诧异间，胤禛伸出两个指头，说道："你们要记住，四贝勒府是阿哥里头规矩最大的，进门不容易，出门更难。既来了，就预备着老死在我府。"他屈下一个指头，说道："我吩咐差使，历来只交代一遍，没听清当面问。差使办走了样儿，没有宽恕，没有第二次悔过。这是一。"

"第二，"胤禛眼中闪着寒森森的光，"人人知我秉性刻薄，你们得敬重我这秉性。我讲究一句话：辜恩负主的事，再小我也难容；不欺主，无心犯过，再大的事我也不究——戴铎、高福儿，你们跟我有年了，你主子是不是这样儿的？"戴铎、高福儿深知，这都是实情，有心顺着话颂圣，但胤禛特别忌讳当面奉迎拍马，只得老实答道："是！"

胤祥却是洒脱性子，因见高戴二人哼哈二将似的绷着脸，三个孩子直瞪瞪盯着胤禛，因呵呵一笑，说道："你们别犯傻，四爷赏明罚重，这不是贵重秉性？是你们祖上有德，才攀上这样的主子！你看看这个年羹尧，放出外任才几年，如今已是参将，戴铎也在吏部注册要放外任官，高福儿一年的收项只怕比得上一个知府！愣什么，他娘的还不赶紧磕头谢主子，换衣服填肚子是正经！"一席话说得胤禛也破颜一笑，见三个孩子磕了头，颔首说道："狗儿坎儿进我的书房捧砚，翠儿留给福晋使唤。高福儿带他们去吧，年纪都还小，不要拘管得太紧。"

"四爷，"年羹尧瞟了一眼日头，已过巳时，因赔笑道，"盐商们都已叫到城隍庙，安徽布政使里的两个道台已经等在那里，咱们该动身了。"胤禛嗯了一声，戴铎忙进里屋取出两套皇子冠服，张罗着哥俩更衣，胤祥虽不情愿，也只好罢了。

桐城城隍庙离着钦差行辕只里许地远。费时三个月，从全省各地请来的盐枭早已等在城隍庙前大照壁旁。这些人虽然平日割据一方，自有巢穴，相互之间声气相通间有照应，所以都很熟识，心里都明镜一般知道四皇子筵无好筵，却都没想到胤禛会选这么个地方请客，怀着鬼胎三三两两窃窃私语。安徽布政使下头铸钱局的道员柳祺和盐道陈研康都是资深老官，知道胤禛胤祥都是康熙的爱子，太子的心腹手足，性格乖戾不入常情，都不敢说什么，坐在专为他们设的凉棚下只是吃茶沉吟。柳祺和陈研康主管通省银钱盐政，心里当然盼着两个金枝玉叶替他们整整这些盐狗子，但安徽盐商不但平日和巡抚将军衙门过从甚密，早已一鼻孔出气。单盐商里为首的任季安，现就是九阿哥胤禟门下任伯安的嫡亲四弟，都是"八爷党"的钱袋子，所有盐商都以任季安马首是瞻，即便是胤禛胤祥，也不能不心存投鼠之忌，因此今日这事弄不好就要磨盘压手，倒霉的还是小官……陈研康想着，不由瞟了一眼不远处坐着闷头吃茶的任季安，见那张团脸上眼泡下垂，毫无表情，不由心里一悸，回脸刚与柳祺相对，忙都闪了开去。众人正没做理会处，便听盐商们一阵骚动，有人嚷着"四爷和十三爷驾到了!"

"四爷来了，"任季安也站起身来，沉着地对围在身边的几个盐商道，"咱们也迎迎。"说罢便带着五六十个衣色杂乱的盐枭迎出照壁，一排一排跪在柳祺陈研康身后。眼见气度沉着的胤禛和一脸漫不经心的胤祥次第下了杏黄大轿，穿着石青团龙通绣蟒袍，戴着红宝石东珠二层金龙冠，一大群太监、亲兵、戈什哈簇拥着迤逦近前，任季安心里突然泛起一阵慌乱：他倒不是出不起这点银子，只要他带头认捐十万，盐商们再疼也得拔毛，百十万银子须臾之间就凑齐了。但哥哥任伯安信里说得明白，一是不能破了这个例，倒了九爷的招牌；二是八爷说了，不能让四爷再往太子爷脸上贴金。但今儿这势头，这排场，自己应付得下来么？正胡思乱想间，猛听炮响三声，柳陈二人已是请过圣安。

胤禛答了"圣躬安"，呆着脸一笑，对众人说道："这么热天儿，生受你们等了。今儿我请你们的客，却是要与虎谋皮，要劳诸位破费了。"胤祥咧嘴无声一笑，将手一让，说道："四哥走前头。筵席就设在十八地狱廊前。满院都是树，凉爽得很。"胤禛略一会意便率先进庙，后头扈从和官员盐商亦步亦趋地跟定了进来。一进庙便觉与外面迥然不同，一溜石甬道两侧柏桧森立，遮天蔽日阴冷浸人，一座座神道、灵绩、功德、述异石碑参差林立，死人脸似的又灰又白。胤祥心下暗自掂掇：四哥整治这些人真挖空了心思！想着便听胤禛格格笑道："这副楹联是方苞题写的，好一笔字!"众人抬头看时，却是：

> 呀! 暗室亏心，巧取豪夺，带来几何玉女娈童，财货金帛?!
> 喂! 神目如电，敲骨吸髓，取去多少身家性命，人肉膏血?!

任季安看时，盘虬石柱，一笔颜书朱红大字，果真墨渖淋淋，仿佛人血还在往下滴淌，竟不自禁激灵一个寒颤，却听胤禛说道："戴铎，回头叫人拓下来，带回北京。上次皇阿玛还说要看看方灵皋的字来。"

于是众人接着往里走。进了二门，早有贝勒府的侍卫们迎出来，禀道：

"四爷，十三爷，筵席就设在那边廊下。请爷和各位大人绅士入席。"

胤祥看时，果见一溜游廊下齐整摆着十桌八宝席面，水陆果珍、鱼鸭鸡肉一应俱全。只廊边木栅后全是泥塑的十八地狱，刀山油锅斧钺炮烙种种刑法俱备，牛头马面黑白无常监刑，无数狞恶小鬼将种种不忠不孝、不仁不义、贪财杀生、淫恶乱伦之辈，脖子上挂了罪名签，按着头，有的刀劈，有的索绊，有的火烧，有的水煮，有的磨压，有的油炸……阴惨惨逼人毛发。胤祥在阿哥里号称"拼命十三郎"，最是气豪胆大，倒也不在意，看众人时，却都是脸若死灰，哪有心境吃得下？胤祥一回头见狗儿坎儿也混在长随里看热闹，便叫过来小声道："你们也凑个热闹，解解馋！"狗儿扮个鬼脸只"嘻"地一笑没言声。

"诸位！"待人们纷纷入席坐定，胤禛带了胤祥坐了首席，环视众人一眼。他的神情突然变得随便了些，笑着说道："今日这点菲酌，全是从我俸银中备办的。当然，这也是民脂民膏，却是十分洁净。今天这个地方洁净，饮食也洁净，可以放心尽量地用。我是信佛的人，极少茹荤酒，今儿也破例饮一大觥！"说着端起杯来一举道："请，二位大人请！"自己先一饮而尽，众人一齐起身将门杯饮了，便听胤禛又道："十三弟，我不胜酒力，你代我多劝大家几杯。"

胤祥答应一声，满脸阴笑轮桌劝酒，一头走一头大声说道："好，我代四哥行酒，让到即饮。我是个带兵的阿哥，行伍里滚出来，喜欢军令行事，有逃酒的，规避的，我要提耳灌酒！"众人见他昂首挺胸，雄赳赳斗鸡一般，谁敢违令，尽是安庆老窖酒烈性十分，也只好依命从事。任季安躲在第七桌，见胤祥一路行酒过来，心里暗自打着主意，笑着起身道："十三爷，上回九爷府来信，还说到爷喜欢好兵器，九爷叫小的给爷物色。特地请江西号上锻了两口宝剑进上去，不知爷赏收了没有？""哦，那两口剑原来是你孝敬的？"胤祥心里咯噔一下，没想到在这里也会碰见八阿哥的人，随即笑道："那太好了，原来这里头还有咱哥们的门人！既如此，你更该为国效力，捐他二十万，如何？"说罢一饮，也不等任季安答话，径自移步去了。首席上陪坐的柳祺陈研康听得解气，一会意举杯一碰，各自饮了，稳着心神看这场恶宴。

"不要吃枯酒，"胤禛突然大声说笑着道，"快奏起乐来！"此时各桌让酒已近尾声，座中人渐次活跃起来，嗡嗡营营人语嘈杂，听得这一声，忽地又静下来，便听乐棚那边笙簧齐奏，十几个乐户随调而歌：

> 薤上露，何时晞？露晞明朝更复落，人死一去何时归……蒿里谁家地，聚敛魂魄无贤愚。鬼伯一何相催促，人命不可少踟蹰……

满座的人都被这悲凉怆楚的歌声弄得一怔。柳陈二人一听便知，这是有名的《薤露歌》及《蒿里曲》，眼见这些财雄一方势盖官宦的盐枭们被整治得欲哭无泪欲笑无颜，二人不禁掩口偷笑。

胤祥今日放量豪饮，乐声中兀自不停轮桌劝酒，一边逼着盐商们猛灌，回头大声道："妙哉斯情，妙哉斯景，妙哉此歌！"

"是么？此乃丧歌！"胤禛仿佛不胜感慨，摆手止了乐抚膝起身，绕席踱着步子缓缓说道，"我毕竟是钦差，是龙子凤孙，钟鸣鼎食之间，不能忘情于生死天命。其实这歌，上半阕是送葬王公贵人的，就是指我和十三爷这些人；下半阕是送葬士大夫庶人的——就是指的在座诸位。王公也好，庶人也好，其实一死魂归，终归难逃一抔黄土。想来生时聚敛声色财货，百年光阴倏然过隙，又有谁能带了去？何如生时做些功德，散财铸福，上有益于国，下有利于民，远昭祖宗厚德，近追来世之福——你说是么？"他突然停在任季安身边，问道。

任季安吓得浑身一哆嗦，忙起身赔笑道："四爷说这些学问奴才们不懂，也知道钱财是身外之物，生不带来死不带走。请四爷划个章程，奴才们遵谕认捐。"

"赤条条来去无牵挂。"胤禛略一点头，踱着步子走着继续说道，"这些话说说容易做来难。去年黄河决溃，大堤失修，这是国计民生的大事，要一百二十万银子才办得下来。我自筹九十万，向户部要三十万，户部竟然勒措着不给。这些混账王八，我回京自然要找他们算账。但这一百二十万银子，却要着落在你们这些大财东身上！"

一席话说得一众人等面面相觑，心里一千个不自在，却没有一个人敢出口和这个蛮不讲理的贝勒爷理论。戴铎因见胤祥使眼色，早抱着一卷宣纸出来，一头铺纸，一头就磨墨。众人被揉搓得心都紧成一团，说不上是冷是热，头上汗津津的却只是打颤儿。恰这时年羹尧戎装佩剑大踏步进来，向一脸佯笑的胤祥耳语几句，又后退一步肃然听令。

"这还了得？"胤祥勃然大怒，脖子上青筋胀起，厉声喝命，"把那个王八蛋拿进来，请四哥发落！"胤禛没言语，只用询问的目光看着胤祥。胤祥铁青着脸道："池州府那个知府拿来了，方才年亮工问着他，为什么不遵钦差宪命，出告示征收盐商路桥税。他说没有奉省里的文书，还说要等朝廷旨意，单凭四爷一个札子，四爷又不管盐务，他不敢做主！这样的混账东西，还不开销了他？"

胤禛听了，转脸问席上众人："你们谁是池州府的？"这时席上的盐商们早就吓蒙了，一个个呆若木鸡，半晌才从第五桌上站起两个士绅，嘴唇乌青，结结巴巴说道："小……小人们是池州府的。"

"你们知府叫什么名字？"

"李太尊……不不，知府官讳叫李淦——回四爷，李大老爷是……是……"

"是什么？"胤祥大喝道，"是他娘的老虎、豹子，能吃人？"

那老头儿吃这一吓，口齿倒伶俐了些，颤声儿道："是大千岁的门人……"听这一声儿，所有的人都抬起头来，任季安也定住了神，目光冷冷睃过来。

"唔。"胤禛略一沉吟，冷笑一声道："好嘛，带他进来，我当面问他！"

李淦官服袍靴齐整地被押解进来。城隍庙里立刻一片死寂，只听微风扫过，远处枫林哗哗作响，近前柏涛啸声隐隐。天下人无不知道，"大千岁"是康熙的头胎长子，握着镶蓝正蓝两旗，阿哥里除了太子，是头一个封王的，十分得康熙爱重。任季安暗自舒了一口气：你不整李淦，也难整我。你整了李淦，我就顺着你，九爷也不会怪我了。

"李淦，"胤祥看了胤禛一眼，格格笑道，"你好难请啊！头一次钦差行辕发出传票，你竟敢当面顶回来！知府是个什么鸟官儿？永定河里的王八也比你这一色人少些，你就敢抗命？是吃了什么药，或者是什么人给你撑腰了？"李淦原是皇长子胤禔最得意的贴身伴当，从小跟胤禔在家学读书，见惯了众人欺侮胤祥，压根也就瞧不起胤祥这个"淫贱种子"，只是旁边坐着"冷面王"胤禛，他不能不心存忌惮。听了胤祥的话，李淦翻着眼皮偷瞧了胤禛一眼，说道："奴才哪敢抗钦差的命！恰那日行辕来人，奴才本主大千岁爷也发来通封书简，福晋的嫡亲侄儿要去福州，叫奴才备办东西等着侄少爷，因此恳求宽限几日……"胤祥见他一脸打擂台架势，知道他小看自己，气得咽了一口唾沫，又问道："这个过节儿不说。钦差行辕四月就传令要各府整饬盐务、征收盐车盐船路桥税，你凭什么不出告示，不设关卡？"

李淦怔了一下，这件事事关胤禛政令，他不能不认真对付。其实胤禛的公文一到，他就召集了当地盐商。大家都求他瞧着"任爷"的脸，不要发这个公文。今年他已向盐商私自盘索了十几万，一半孝敬了胤禔买花园，一半自己置了庄子，无论于"公"于私，他都不能不买盐商的账。但这话断然不能出口，想来想去，还得抬出主子，因道："十三爷，奴才的难处一言难尽，四爷的差令一登邸报，京里主子就来信，要奴才把今年年例银子送进去。池州府地面的盐税早已征过了，要是再加税，弄起民变，奴才担不起。盐务是朝廷大法，至今没见旨意也没有部文，那个地方民风刁悍，和凤阳府一样，动不动就出事。奴才小心从事，也是怕激出大变，辜负了四爷十三爷拳拳爱民之心……"

"什么大千岁二千岁，你他妈满口柴胡！"胤祥越听越气，"砰"地一拍桌子，酒盏菜盘都跳起老高。但他心思伶俐不在胤禛之下，立刻意识到自己说脱了口，口风一转厉声说道："——三张纸糊个驴头，你好大的面子！动口就是大千岁，大哥要知道你在下头这么没王法，早他妈揭了你的皮！"李淦盯了胤祥一眼，神气中满是怨毒，不言声垂了头，一副死猪不怕开水烫的模样。

胤禛阴着脸站起身来，背着手踱至李淦面前。李淦虽然看不到他脸色，见他只是沉默，觉着一种无形的威压迫过来，心都缩成一团，竟不自禁微微发起抖来。半晌才听胤禛说道："太子爷、大千岁、三爷，还有我和老十三这些弟弟，一父同体，一朝为臣，休戚与共。今日我在这十八地狱之前筵客，原就是表我这片心，内不疚神明，外不负朝廷，上可对苍天，下可告黎民，征收盐船盐车桥路之费，实为集银修复河道，疏通漕运，这里边没有我和十三爷的私意儿——你左一个大千岁，右一个'本主'，是什么意思？你要挑拨我们皇兄皇弟阋墙相斗么？"

"奴才不敢……"

"你已经敢了。"胤禛淡淡地说道，"而且当着这么多盐狗子——年羹尧！"

年羹尧跟从多年，深知胤禛说话声音愈淡，愈是阴毒刻薄性子发作得厉害，一点不敢怠慢，上前叉手大声应道："奴才在！""李淦，"胤禛干巴巴说道，"你这官是朝廷给的，而且来之不易，所以我不剥你的官印。但你是大哥的奴才，我瞧着就和我的奴才差不多。是不是？"

"是！"

"很好。"胤禛把玩着黄带子上的汉白玉坠，不动声色地继续说道，"譬如戴铎、高福儿，得罪了大哥，自然要请大哥处置。反过来也是同理。——十三弟，按家法办他！"胤祥八字眉一展立时变得神采奕奕，笑道："四哥说的是！年羹尧，剥了他官服，捆到那边树上，抽三十鞭！"

"四爷……十三爷！"

"来吧你！"年羹尧哪里由得李淦分说求情，上前只一提，老鹰撮鸡般将李淦提起，只一摞，早有几个戈什哈如狼似虎扑上来，一顿拾掇，将个五品命官扒了袍服，赤条条捆在树上，挥起皮鞭"日"地一声兜头就抽，立时便传来李淦鬼嚎似的惨叫。

这干子士绅明知是打骡子惊马，但事在其间不能不惊，早已是魂飞魄丧面如土色。任季安眼见高福儿、戴铎拿着写了"治河乐输"题头的宣纸，头一个便寻自己，一声不言语提笔在上头工正写了"任季安乐输白银十八万两"的字样，抽了筋似的瘫在椅中。一阵阵惨嚎声里，胤禛摆手笑道："奏乐，唱歌，给大家助助酒兴嘛！"

须臾乐声大起。胤祥抽身出来小解，却见狗儿坎儿提着一串爆竹进来，便笑问："你们这是做什么？"坎儿揉了揉眼，道："咱们奔了个好主子。买串鞭炮也给狗日们的凑热闹！"胤祥笑着摇头道："留着过年放吧，已经够他们受的了。"说着便听那边歌起，却不再是丧歌，一个女子声气歌如穿石：

　　　　仙仙乎，而还乎，而乃幽我广寒乎……

第十一回　冷面王夜宿江夏镇
　　　　　　热肠郎仗义铲不平

　　办完筹款大事第二天，胤禛便悄没声离开了桐城。照胤祥的意思，还该绕道走一趟安庆府，在省里打个花胡哨儿应酬一下，但胤禛却道："省里人杂，小人口舌，什么是非生不出来？如今北京官场里谣言四起，说皇上放出口风要废太子，时辰咱们也耽搁不起。留下年羹尧在这儿交兑银子，早早回去是正经——我也实在耐不得这里的热了。"

　　于是一众人等收拾行李，由胤禛胤祥带了高福儿、坎儿狗儿装作举人进京便装小道，其余仪仗随从官兵走大路，明分夜合晓行晚宿，戴铎则两头联络。

　　看看这日行至江夏镇地面，高福儿高兴起来，向胤禛道："四爷，今晚能投个好宿头了。咱们一路走的，尽避开了官道，这个江夏镇小人幼年跑单帮来过，最是热闹的。不但三十六行俱全，连戏园子也有，今晚好好疏散疏散……"胤禛骑在骡子上乏得浑身酸疼，摇头道："我从不看戏，也不想树大招风地进戏园子，只想清清净净睡个好觉。"高福儿听了没敢言声，胤祥却有兴头，笑道："四哥也真是的，没见狗儿坎儿都眼巴巴瞧你？天天三更起，摸黑住，避热走路，我也闷得受不得了。"

　　"那好，"胤禛似乎心事重重，勉强笑道，"真要有戏，你们去看就是。索性告诉戴铎他们，在前头一站等咱们。八十号人跟着，阿哥去看戏，难免传出去，阿玛知道了不欢喜。"话音一落，狗儿坎儿高兴得一蹿老高。

　　一路说笑走着，眼见金乌西坠倦鸟归林，前面横亘着一座大镇。胤禛缓缓下了骡子，把缰绳丢给狗儿，说道："老十三，下马走走吧，两条腿酸困麻木，走两步好。"胤祥滚鞍跳下马来，笑道："四哥只顾了管政务，弓马都荒了，像我在古北口练兵，三天不下马，困了就在上头打了盹儿也罢了！"正说着，胤禛却转脸问道："高福儿，你不说这地方热闹么？怎么看上去死气沉沉的？"

众人看时，庄子已在近前，夕阳已经沉落，正是做晚饭的时辰。可煞作怪的，这么大一片城镇，只寥寥几处炊烟，镇口麦场树下，摆龙门阵吃晚饭的人一概全无，只西边一片金红的晚霞余晖中，成片的乌鸦忽起忽落翩翩翔舞。胤禛心里一森，说道："见这光景，我就想起黑风黄水店，别是又遭上了吧？""没有的事。"狗儿忽眨着眼道，"这里又没遭灾，太平时节人烟稠密地方儿，哪来那么多黑店？"

"我去问问。"高福儿心里也自诧异，见几个庄丁模样的人从麦场那边过来，便走上前去，径自问道："爷们，吃过饭啦？借问一句，这里可是江夏？"几个庄丁都站住了脚，看看高福儿，又打量他身后胤禛等人，为头的点点头道："过去是江夏镇。我们刘爷买了过来做庄院，如今是刘宅。附近二百里谁不知道？你们敢怕是外地的吧？"

胤禛不禁一怔，胤祥也吃了一惊，好乖乖，这个镇子比得上一个中等县城，买下来得多少钱？但搭眼一看便知他们不是说谎，一条正街已拆掉一小半，脚手架扎着正在盖造正宅门楼，靠东一大片民宅已经毁掉，一排排高房大屋黑沉沉的，很像是新建的库房，沿门楼前不远一处都立有木杆，上边吊着"气死风"灯，这群庄丁有的拿着火折子，有的带着棍棒，看样子就是来点灯巡逻的。胤祥不禁赞道："好大势派！劳烦你们通禀庄主，我们是赶北闱的孝廉，失了道，这会子天已黑了，就借宝庄贵地歇宿一夜，明早就上路。"

"你们听他说的！"那打头的笑谓众人，"叫我们通禀庄主！告诉你，我们这些人都是外院守庄的，离着刘爷的二管家还隔着多少层呢！依着我说趁早别费这个事，往北十里铺，有干店。一路都是官道，夜凉正好走路，到那儿不误夜饭。"旁边一个庄丁道："王头儿，眼见是几个白面书生，庄北空着多少房子，不拘哪儿留他们胡乱住一夜，也算阴骘。"王头儿道："你不懂事。北京任大爷的二舅爷来了，还带着一群苏州姑娘，天这么热，来来往往有个不方便，主子那个脾气，咱们吃罪得起？就连他们也要吃亏，我那不是好心？"

他们这边说着话，坎儿不言声混进人群里，悄悄往一个庄丁手里塞了个包儿，那人用手一捏，是铜子儿，便上前笑道："罢呦！王头儿，才叫人家收了几天地，就这么忠心保国？依着我说，谁背着房子走路呢？庄西北张家老坟院有两间房，引他们住进去，大门一关，他们就在庄外，就有什么事，与我们鸡巴相干？"王头儿背着手正沉吟，狗儿也绕过去塞了一包钱，便改了口，说道："那就这么办。老王头，你带他们过庄，我们在镇西土地庙等你。"

"行啊！"一个老汉答应一声，吭吭干咳着点了手中灯笼，招呼胤禛道："那位老爷，你们跟我来。"

天已经黑定了，老王头带着他们一行五人和芦芦，过了寨河，穿街钻胡同迤逦往镇子西北行去。胤禛看着黑黝黝阒无人声的大街小巷，心下不胜感慨：国库里银子不满四千万，下头豪绅却富可敌国，一边是坎儿狗儿死得灭门绝户，盐商们却善财难舍：这就是盛世——里头的隐忧让人不寒而栗！想着，问道："老人家，你家庄主叫什么名字？"

"刘八女。"老王头答道，"前头七个都是姐姐，怕养不活，取这么个贱名。唉……有福之人呐！"说罢又咳。胤禛又问："方才说的'外三院'是什么意思？"老王头苦笑道："这镇上原来住的人，无房可卖，无地可种，八女爷收留了三个院子，白天当人家佃户，夜里守庄子，都是外三院的，八女爷自己身边的奴才也分了三院，叫'里三院'。都是奴才，分着三六九等啊！八女爷手面大得吓人，别说你们几个举人，省里的巡抚还拉手说笑话儿呢！今晚来的这个舅爷，听说就是北京城九王爷门下任大爷的亲戚，任大爷又是八女爷的儿女亲家，这里的知府老爷都来陪客了呢！"

胤禛不由悚然醒悟：原来这个刘八女和九弟还有这么深瓜葛！回头看看胤祥，灯影里不知什么脸色，只将脚下石头一踢，芦芦猛地向前一扑，旋即又失望地回到狗儿身边。走了足有一顿饭光景，终于来到镇西北角一所大院落前。看样子从前是个会馆，前头搭着戏台子，楹联上写的联语是什么"三分鼎"、"一部书"，暗中瞧不清楚，显然是山陕行商聚集会议，供奉关夫子的庙宇，唯其是神道，刘八女没敢惊动，一切维持了原样。这里的气氛比前镇大不一样，门前人来人往，滴水檐下一溜玻璃瓜灯，照得雪亮，院内还不时传来一两声箫笛，远处还有人抬着大桶大桶的洗澡水往院里送。

"别说话，"老王头又交代一声，"跟着我穿过这院，后头就是张家老坟。"众人会意，鱼贯跟了进去。到东北角门上，老王头抖抖索索取钥匙开门，摆摆手，胤禛便头一个出来，接着高福儿狗儿坎儿也出到门外。老王头道："你们看，那边两间房，原来看坟人住的，里头有草垫，还算干净。你们人多，也不怕有鬼。"

野外的风吹来，将胤禛袍角撩起老高，他突然感到一阵凉爽，因笑道："我带着一个鬼不缠，还有个缠死鬼，还怕什么鬼？老人家，你回步吧！"话犹未及，便听角门内"哗"地一声，几个人急回头看时，却是胤祥被东屋一个人兜头浇了一盆洗澡水，一个女孩子声气骂道：

"姓胡的，天下哪有你这样不要脸的？一个女人洗澡，你左一趟右一趟在门口转悠！没见过女人，回去叫你妈解怀！"

几个人都是一怔，却听胤祥笑道："是我。我看门上这副楹联，还骂么？"那女的大约是很尴尬，半晌才嗫嚅道："……我不知道，我还以为又是……怎么办呐？要不我赔你几个钱？"胤祥道："我不稀罕钱。你长得这么水灵，也舍不得打你。怎么办呢？要不跟了我做老婆吧？"接着便听那女子"咣"地关了门，在里头啐道："你也不是个正经人！"胤禛听得不耐烦，便道："祥弟，只管啰嗦，快来吧，明儿还要赶道儿呢！"

胤祥落汤鸡似的进屋，老王头已经点着一支蜡烛，见他进来，狗儿坎儿都捂着嘴笑。胤祥笑着一瞪眼，说道："笑什么，吃呱呱鸡屁股眼了么？这叫香汤沐浴，你们还没这份艳福呢！"老王头说道："你们先安置，我去看厨房里有剩饭没，给你们垫垫心。"胤禛忙道："生受你了，白忙活这半晌。我们带的有点心，胡乱吃些就歇了。"胤祥已经换好衣服，见这老人心眼厚道，从马褂里掏出几个金瓜子递过去，笑道："拿着。别瞪眼，我们不是江洋大盗！你这样好心该当好报——怕什么？有人问，就说是北京四贝勒府的人赏的。你也不用弄东西来，你自己是个下人，白讨人家的黑脸！"

"谢爷的赏……谢爷的赏……"老王头两手捧着灿然耀目的金瓜子，

惊异得不知说什么好，结结巴巴道："爷们要不用饭，也就罢了。要饿，今晚筵着客，吃的东西不难。说句那个话，就吃穷了八女爷，还不是拉到他家地里？"说罢千恩万谢地去了。

胤禛有个习性，每晚睡前总要坐禅，略用几口点心，便靠墙趺坐默然入定。狗儿坎儿孩提之间，既不能睡，抓耳搔腮的没一刻安静，因见胤祥在草垫上枕肘而卧，望着屋梁出神，狗儿便问："十三爷，您还在想方才那个婆娘？""你人小心大，懂得的倒不少！"胤祥一笑，转脸说道，"我是在想，这个姓刘的有多少地，我们吃东西就必定拉到他地里？"高福儿赔笑道："别听老王头放屁，他是没说的了，哄爷的！"

胤祥和狗儿坎儿在一边猜谜说笑，逗得胤禛也忍俊不禁，睁开眼笑道："我这里打坐，你们只一味胡搅！"

"四哥别怨我们，"胤祥也笑道，"到底你不是神仙，没这份定心。"胤禛正要答话，忽然南边院里"咔嚓"一声，很像是木柴劈裂的声音传过来，在这静夜里显得异样刺耳，连坎儿狗儿高福儿都吓得一愣，弹簧般跳起身来。接着便听一个粗重的嗓门大喊大叫："阿兰小贱人，你是他娘的什么东西，就敢作践我老胡？一个下三等的婊子，王八粉头装你妈屄什么正经，指望给你立个贞节牌坊？"

胤祥这才知道，方才泼了自己洗澡水的女郎叫阿兰，这个老胡吃醉了酒，要寻她的霉头。接着听见阿兰抽抽泣泣对答："谁是婊子？谁是王八粉头？买我的时候没说过，卖嘴不卖身的么？"话音未落老胡又是一声大吼："买来就是我的人！你是什么嫦娥西施？就选到九爷跟前，也轮不到你挨尿——你这么正经，怎么和那个小白脸儿调情？爷方才急着去赴宴，没顾着调理你，躲了初一躲得过十五？把这个淫贱材儿拖出来！"接着便听几个人闯进去，把哭哭啼啼的阿兰拖出去，稀里咣啷也不知是怎样动作。

胤祥气得脸色雪白，一跃而起便去马褡子里摸腰刀，一探手却不在里头，劈手摘下墙上挂着的马鞭子，一声不吭调头就走。胤禛听老胡骂得忒是犯荤，连胤祥也扫了进去，不禁皱起眉头，眼看弟弟要去惹祸，沉着嗓子喝道："老十三！和这种混虫计较什么？小了你的身份！回去告诉你九哥，难道治不了这混账东西？"胤祥恶狠狠盯了角门一眼，站住了脚，脸色又青又灰，盘着鞭子来回踱步：这个四哥是他的主心骨，他不能违他的命。但院那边的事却没有完，哭骂声中响起了皮鞭，夹着阿兰的惨号。直抽了十几鞭才住手，便听那个老胡的声气格格奸笑道：

"卖嘴不卖身？好哇！反正这会子睡不着，捡着好听的给爷唱一个！"

一时没了声气，院那边像是调弦，良久，箫筝渐起，飘过一阵带着呜咽的歌声：

> 流萤飞渡，草湿林暗游青磷……望流水高山，家乡路远，高堂萱草春消息，却为关河锁禁。徘徊迟回，芳心还惊，杜宇一声血染尽……

"不好不好！"老胡大声道，"换个高兴的！"接着阿兰一顿，改唱：

> 聊将春色作生涯，宿眠园林几树花……

"重来！"老胡又叫住了，"给我唱——云房十试吕洞宾！"

"云房十试吕洞宾"是白牡丹调情，盗取洞宾仙根的故事，出了名儿的风月戏，最是淫亵不堪。胤禛听老胡如此作践人，心中不禁大怒，咬着牙思量片刻，说道："祥弟，这太不像话，代你九哥教训教训他！"

"是了！"胤祥答应一声，将实地纱袍脱掉了，提起鞭子就走。胤禛便命："高福儿把行李备好，一会儿咱们走路。你们两个陪着我到角门口接应一下。"说罢三人带了芦芦出了房门，只见胤祥赤了膊站在脚门口，相了相那门，一脚猛端将去，那门本就不甚结实，"咔"地一声爆响，已是戛然崩倒，胤祥大叫一声："王八蛋，忒煞是欺侮人！"便扑了进去。

院子四角都挂着灯笼，很亮。胤祥乍从暗处进来，觉得亮得刺眼。定了神看时，那个叫老胡的是个黑胖子，脱得赤条条地半倚在当院石板上，胸前黑毛如乱草蓬生，喝得醉醺醺的，正叫两个婆子按着不肯唱歌的阿兰往地上碰头。乍见胤祥提着鞭子虎势雄雄闯进来，雪练也似一身肉块块绽起，满院的人都吓怔了，老胡"嗯"地坐起身子，问那婆子："这是哪里的野杂种？是你们庄里的人么？"

"奸贼！"胤祥自幼受哥哥和太监的气，都从"杂种"二字上起，最听不得这话，哪里还等他们从容问答？叫骂着一个箭步蹿上去，劈脸就是一鞭！老胡"妈呀！"一声惨叫，打个滚翻身起来，捂着鲜血淋漓的左颊，杀猪价大叫："来人哪！强盗打劫了！门上的小厮们死绝了么？"胤祥哪里管顾，只手中皮鞭抡得风响，赶着老胡猛抽，一院子丫头老婆并买来的乐户女子齐哭乱叫呼爹喊娘。

满院子闹得沸反盈天，外头守门的长随们早惊动了。一阵吆喝，十几个人提着棍棒跑进来，也不分说围着胤祥就打。但胤祥身为皇子，秉承祖训自幼不弃弓马，教习师傅俱是大内侍卫，天下一等好手，他又爱武，身手在阿哥里数一数二。这些豪奴欺侮百姓是把式，野鸡手段哪里放在胤祥眼里？打得兴起，纵跳横跃，一只普普通通的马鞭矫若游龙，恍恍惚惚飘飘闪闪，鞭着处无不皮开肉绽。胤禛右角门口看得目眩神迷，坎儿狗儿咬指惊叹。半晌，狗儿才回过神来，说道："四爷，放芦芦吧？"

"不到万不得已，不能放狗。"胤禛冷冷说道，"十三爷对付得了他们！"

但外边拥进来的家丁越来越多了。胤祥十分机警，抽冷子一把擒过老胡揽在怀里，两眼睁得浑圆，大喝一声："都他娘住手！"这一声犹如炸雷般的怒吼惊得众人身上一颤，竟都停了手，只围了个半圆逼着胤祥。胤祥将腰中黄带子一撩，冷笑道："你们说爷是贼？看看这个！老子行不更名坐不改姓，是北京城十三贝子爱新觉罗·胤祥！今日代九哥收拾这个奴才！"

众人不禁呆若木鸡，提棍的拿刀的掣鞭的都一动不动，活似泥塑神胎。正不可开交处，胤祥格格笑道："老胡，打了半日，还没请教你大名儿呢，你叫什么？"

"胡世祥！"老胡是从黑山庄上才调进北京，并没见过胤祥，哪里肯信这愣小子是十三阿哥？仰着头答应一声，翻着怪眼问："怎么样？"话音刚落便被胤祥"呸"地啐了个满脸花："你也配这个名字！这是答主子话的规矩？"说着转脸问："你们谁是姓任的舅子？这个阿兰我买了！"

众人你看我，我看你，谁也不敢递腔。任伯安的舅子早已赶来，混在人堆里，他倒是在京远远照过胤祥一面，只今夜的事太凑巧，而且他也喝得醉眼迷离，恍恍惚惚觉得像又觉得不可思议，只约制众人等着瞧，却不敢回话。那胡世祥却不知起倒，大声道："不卖！你也不是十三爷！"

"不卖？"胤祥哼了一声，用马鞭子指定阿兰，"这个女孩子爷买定了！你们好好儿给我护送到北京，掉一根汗毛，我叫你立旗杆——回去我和九哥说话！"说罢猛地一搡，胡世祥直滚出丈许来远。

胡世祥一骨碌翻身起来，指着胤祥大叫道："你们都是死人！凭几尺黄布就信他是阿哥？拿下！"但众人这时已暗地里得了话，还哪敢轻举妄动，胡世祥跳脚还要骂，不防被缩在一旁的阿兰抱住了腿，猛地就是一口。胡世祥疼得搂着腿打了个磨旋儿，"咕咚"一声歪倒在地下。

胤祥将皮鞭掖在腰里，拍了拍手上的灰，冷笑一声径自去了，一边走一边说道："作死么？不看九哥的脸，你这会子早见阎王爷了！"

当夜一行五人便离了江夏。行至第三日正午，在五里坡歇马，一打听，刚刚到了刘八女的地界边。高福儿等人摇头咋舌惊讶不已，胤禛胤祥见刘家如此豪富，也自心下骇然。

第十二回　讨没趣溜须碰硬壁 恶作剧拍马踏筵席

　　朝阳门码头是运河北端之终点，明末战乱失修，原是久已湮没淤塞，不成模样了的。雨水充足时漕船官舰尚可直泊进来，一般年份，埠头就设在通州，也算到了北京。康熙十六年之后国力渐次充裕，其间经治河能吏靳辅、陈潢、于成龙几度曲画精心修茸，不但旧貌尽复，而且河道拓宽数十丈，水深丈余，便又兴隆起来。夹岸铺店堂肆鳞次栉比，危楼翘翅飞檐插天，仿佛北京城外一座独立的小城，煞是繁华热闹。

　　八贝勒胤禩的府邸就在码头北岸。接到胤禛即将回京的邸报，他心里很犯踌躇。按照国礼，不奉旨他不能去迎接；按兄弟名分，哥哥远道回来，在门口下舟，断无不见之理。在康熙众多的儿子里头，胤禩只管着正红正蓝镶白三旗，坐纛儿皇子，最是清闲不过。但他为人精明练达，宽仁和蔼，无论兄弟还是外官有了烦恼难为的事，都乐意寻他诉苦情求帮衬。能帮的事，不分亲疏远近，不管要钱求官或夺情免参，胤禩从不袖手旁观看人落水不救。因此这"八贤王"尽自足不出户，恪守祖训不干政务，六部的事没有一件能瞒过他的，也没有一件事驳过他的面子。思索良久，胤禩决定换了便装去迎接胤禛。九阿哥胤禟昨日来府，已经学说了江夏的事，十阿哥胤䄉欠着库银，正和施世纶怄气，内务府早已透出风来，万岁对太子胤礽愈来愈不满。胤禛胤祥是胤礽的左右臂，这些事一回京立刻就知道了，自己不出面见见，兄弟间越发生分难堪。朝臣们已在暗中滚传，废了太子八爷当政，虽说是无稽之谈，但兄弟之间猜忌起来，什么闲话出不来？

　　和清客们下了一会子棋，待到天将黑定，外边的人飞奔进来禀道："八爷，四爷十三爷的官舰到了！""忙什么！"胤禩含笑道，"等他们接过我再去。"说着便起身，换了一件月白府绸袍，也不穿褂戴帽，腰间束了一条檀香马尾卧龙带，脚下踏一双黑冲呢千层底鞋，只带了两个小奴飘飘逸逸信步踱着出了大门。

码头上接钦差仪式刚过。看样子胤禛胤祥也是才下船，正和几个礼部的人执手寒暄。此刻芦棚里歌止乐歇，十二盏黄纱宫灯下一群翎顶辉煌的官员众星捧月地将胤禛胤祥簇拥在中间凑趣儿说话，见是胤禩来了，忙都闪开一个胡同。

"四哥，十三弟，一路风尘辛苦！"胤禩几步紧走，至胤禛面前打了个千儿，起身紧握着胤禛冰凉的手笑吟吟道："看上去气色还好。在京日日见面，也不觉得什么，你们一去八九个月，这心里就空落落的，总是手足关情啊！"说罢转脸又道："十三弟英风犹昔，见这略加历练，看上去像是老道了些儿。""叫八哥惦记着了！"胤祥笑嘻嘻道，"我们在外头也着实想着你呢！眼见八月十五了，你给我预备了什么好果子吃？"

胤禛只微笑着听，因道："咱们走吧，芦棚那边还有许多人跪着呢！"胤祥笑道："男儿膝下有黄金，叫他们多跪一时还巴不得呢！升官发财不靠下跪请安，指什么呢？""十三弟幼时不是这样的，如今忒伶俐了！"胤禩一笑，"只这张嘴太不饶人。"

三人一头说笑踱过芦棚这边。在岸边接驾的都是郎官以上的官员，这边棚里都是科道司官，足有上百的人，见他们过来，一齐叩下头去。礼部四译馆司官刘典和刘燮两个人领衔请安道："四爷十三爷吉安！"他们都是胤禩府走动的人，起身时向胤禩注目会意而已。

"罢了，生受你们了！"胤禛脸上闪过一丝微笑，略一抬手道："大家都起来。天已这么晚了，有的还住在西直门外，就此散了，改日再会吧。"礼部侍郎宋文运随侍右侧，忙道："四爷，大老远地回来了，这会子也未必用过晚饭。奴才们预备了点水酒，略用点再去。"

胤禛瞥眼看了看，果见棚下齐整摆着二十几桌席面，干鲜果品水陆珍馐一桌桌小山似的攒起老高，不禁皱了眉头，站住脚说道："早就有旨意，钦差出巡，外地还不许张罗呢！我和十三弟在船上已经用过了。这会子身上乏得生疼，只想早点歇下。村竹，你是办老了事的，知道我的脾性，怎么还弄这个？我在外头从不吃地方官一席之请，回到辇下，更用不着了。再者，今晚迎接仪仗也太奢，我是有点承受不起。"

众人热炭团儿般赶来，满以为即便不能讨亲热，至少也不至于落个没趣。挨这几句冷炮，不禁面面相觑，人人心头不是滋味，脸上干笑心里直骂娘：妈的，咱算硬拿热脸来蹭冷屁股了！宋文运心里窝着苍蝇，赔笑道："四爷，您甭疑心，这用的不是宫中的钱，是下官们巴结的。您不用，下官们脸上怎么下得来呢？"胤祥肚里早饿得咕咕直叫，听胤禛说"已经用过"，又好气又好笑，却不好说什么。

"多少用一点吧。"胤禩见众人一个个沉着脸不言声，爽朗地一笑说道，"下不为例。现已做好了，不吃也是暴珍天物。算在兄弟身上，是我请您的，本来我府备的也有，就叫他们罢了。"说着，便随了胤禛进来。

众人此时方略松一口气，鱼贯而入安席。不一时觥筹交错，豁拳行令之声渐起，才热闹起来。胤禛却是一腔心事：按理皇子出巡归京，迎候宫灯不过八盏，龙旗也只九面。如今外头就摆了十二宫灯十二龙旗，而且动用了畅音阁的御乐，唱皇子出巡回驾凯歌，无一处不用太子排场，这是谁的主意？若是奉旨，就该说明，若不奉旨，那就是摆了圈子给自己跳！看看席面，也是仿膳规格，胤禛越发起疑，只是沉吟。胤祥却不管不顾，不论荤素一捞食之，一头大嚼着笑道："这一席没有十五两银子，断然办不来。八哥有钱请客，我可要大快朵颐了！"

"席面是他们办的，老十三要承承他们的情。"胤禩何等机警，一听便知这个老十三不怀好意，要把"请客"名声往自己头上扣，因一仰身子道："我要吝着不出钱，你们二位拂袖而去，太扫大家的情分了。"又劝胤禛："四哥怎么不动筷子？如今的事不能太认真。上年我去奉天，巴海张玉祥他们请我也是这席面。我没说他们两句，他们倒说：'这膳谱还是万岁爷东巡时赏的呢！要是不叫吃，赏我们做什么？'你说说，可不是清楚不了糊涂了么？""我这人就喜欢清楚。"胤禛拿定主意绝不进食，笑道，"我不是不敢吃这个饭。一来确实不饿，二来我在想，这么一餐要三四百两银子，天下这么大地方，这么多官，得多少？我们真的富得这样了么？就这笔应酬钱省下，也很能办些事了……"

众人一边吃，一边听他教训，一个个气得无可奈何。一会儿这个说："这鸡怎么做的？淡极！"那个说："哎哟，刺扎着了！"刘典竟无端

"啪"地自打一个耳光，刘燮便问："怎么了？"刘典一笑说道："这蚊子叮人！"宋文运干笑着只是劝："四爷，菜凉了，请……"

"我真的是吃不下。"胤禛心里雪亮，只管说道，"过骆马湖时韩春和请我，一只烤猪就是一百多两银子。我跟他讲'你看看我这两个伴读童子，一个叫狗儿一个叫坎儿，父母都叫饿死了。我买一个使唤丫头，身价只五两银子，这都是民间膏血！'"胤祥啃着一只鸡腿，想法儿要咬下里边的一团筋，笑道："四哥，省得了省得了，您也用一点吧！"

胤禛突然脸色一变，站起身来径自去了。胤祥打个饱嗝，红光满面起身道："吃饱了吃饱了！你们只管慢慢吃。"也就跟出来。胤禛见宋文运等一大群人面红耳赤尴尬万分，忙起身抚慰道："四爷就这脾气，瞧着我的脸，别往心里去！"道了失陪也跟了出去。

他们兄弟一走，这边官员们立时开锁猴儿一般放肆起来。刘典用筷子将菜盂敲得山响，大声道："请请！村竹公，吃嘛！发什么呆？"

"村竹这回拍到马蹄子上了！"刘燮一边笑着给宋文运斟酒，说道，"脸都叫踢白了！怕怎地？不过认个晦气罢了，别说咱们，阿哥爷们还弄得鸡飞狗跳呢！"

一个参将举着杯子笑道："什么晦气，吃个鸡巴打个嗝儿，一股子尿气！"众人一阵哄笑，这个说："公公背儿媳过河，出力不讨好儿！"那个说："编派的倒好！什么沟儿坎儿？世上有过不去的沟坎儿？十不全把欠债官员名单子都开给皇上了，头一个就是曹寅，第二个是穆子煦，都是擎天保驾出生入死的勋贵！等着瞧，看是谁过不去沟儿坎儿？！"胤祥因小解还没走，回来时见狗儿和坎儿都在棚外等着自己，便道："你们怎么还没走？"

"你听听！"狗儿咬着牙道，"这些个驴日的嘴里嚼的什么蛆！"

胤祥侧耳听听，里头果真七嘴八舌，不凉不酸指桑骂槐，隐约还有人说什么"龙生凤养有九种，老鼠代代会打洞"，却极像含沙射影骂自己，不禁气得脸色雪白，一边带着两个孩子往外走，口中说道："我非整治他们不可！"坎儿一眼看见河岸边拴着二十几匹马，都是棚里官员们骑来的，都在吃酒，并无人看管，眨巴眨巴眼，向胤祥耳边嘀咕了几句。

"好法子！"胤祥眼中陡地一亮，笑道，"真有你的！只管做去，出了事都是十三爷的！"坎儿点点头，从腰里取出一挂鞭炮，无声一笑，走到一匹马跟前，便将鞭炮牢牢系在马尾上。狗儿早已会意，忙着上前解缰绳，打着火笑道："十三爷，有点不雅相，爆竹一响，咱们得撒丫子跑呐！"说着便牵过来。胤祥见他点着了捻子，照马屁股上狠命就是一脚，笑道："给你主子凑凑兴，叫他们再骂！"

那马被踢一脚，向前跑了几步，刚刚站住脚，尾巴后的爆竹"噼里啪啦"地响起来。这畜生惊得一跳老高，长嘶一声便向棚子冲去，顿时里边老鳖反潭价，人叫声、桌翻声、马嘶声、杯儿盏儿稀里哗啦，也不知是怎样闹腾。胤祥得意地一笑，说声"走！"三个人便直奔八贝勒府来寻胤禛。

待到八贝勒府门前，三个人放慢了脚步，府门口的长随都认得胤祥，便径自进去直趋胤禩的书房怡性斋。却见胤禛的三个儿子弘时弘昼弘历都毕恭毕敬地侍候在斋门口，因大的不过八岁，小的才五岁，都在孩提之间，身后还簇拥着一大群太监丫头老婆子。长子弘时便忙抢前一步，双膝跪了道："十三叔回来了？方才阿爹还问你来着。"弘昼弘历磕了头，便扑进胤祥怀里，扭股糖似的撒娇儿。胤禛在里边已经听见，便踱出来道："放开你十三叔。高福儿带着你三个世子爷回去，告诉福晋，我是钦差，明儿见过皇上才好回家，也给邬先生文觉性音他们带个话。"胤祥一把抱起弘昼弘历，左右一亲放下了，笑道："四哥也真是的，父为子纲做得到家，就把孩子调教得避猫鼠似的。虽说君子抱孙不抱子，没了这份天伦之乐，还有什么味儿呢？"又回头道："狗儿坎儿，你们也跟着三个爷回去，把我从无锡买的泥人儿、折扇香袋儿、竹编蝈蝈笼都给他们。"又逗了一阵子才进书房和胤禩胤禛吃茶说话。

"四哥，"一切安顿停当，胤禩亲自摆好点心，方摇着湘妃竹扇坐下，诚挚地说道，"兄弟有一言相劝。不说憋得慌，说了呢，又有点怕您；不知该怎么说？"胤禛漆黑的瞳仁盯了胤禩多时，扑哧一笑道："我就那么厉害？你说就是了。"胤禩莞尔一笑，道："四哥天生煞气，严威逼人，群小虽怒而不敢不敬，这原是难得。只古人说过桡桡者易折，强不胜弱，柔则能久。总要刚柔相济才是万全之道。桐城募捐的事我听了心里极痛快，但北京城这么大，什么小人没有？也就难免……"他看了胤禛一眼，没再往下说。胤禛笑道："哦？都说些什么？只管讲嘛！"

胤禩微一俯身，说道："我这里有一份揭帖，写得极阴损，是刑部接过来，我叫扣住了不往里头递的。"说着从案头书下捡出一张黄纸递给胤禛。胤禛接过看时，上头写着：

> 告状人盐商柳下跖，为势吞血产事：极恶伯夷叔齐兄弟二人，倚父祖二兄声势，发掘许由坟冢，又通连皖省嬖臣柳祺陈研康，纵恶奴年某敲诈民财，竭泽而渔，穷凶极恶，逼献首阳山薇田三百亩，有契无交。崇侯虎见诇。泣思武王至尊，尚容叩马而谏，区区蝼蚁，遭逢尧舜之世，岂无仗马之鸣？激切上告！

胤禛看了只是一笑，递给胤祥，说道："文笔不坏，不知是多少银子买的——你看看。"因又问道："还有什么话？"

"别的没什么。"胤禩沉吟道，"再如方才的事，四哥做的不差，只我觉得稍过了点。到底大家好意，兴兴头头来接风，太难堪了些。"胤祥暗地偷笑，装个闷葫芦，心里道："后来的难堪你还没见哩！"

胤禛拈了两颗松子仁儿在手中搓着，半晌才道："天若有情天亦老，月如无恨月常圆呐！又想马儿好，又想马儿不吃草，天下哪有如此美事？"他略一顿，转了话题，"皇阿玛身子骨如何？"

"还算结实。"胤禩舒了一口气，说道，"今年一夏，他老人家没离开畅春园。但精神看去有时济不来了，爱忘事儿。漕运总督吏部荐的丰升运，他已经照允，召见吏部的人又说：'怎么新河督封志仁还不进京引见？'弄得吏部的人干瞪眼不敢回话，还是张廷玉提醒说是大阿哥的门人丰升运，才想起来。"说罢抿嘴儿一笑。胤祥敞着怀扇风儿，端茶一口接一口解渴，笑道："丰升运这条老狗，到底钻营出来了！四哥没见过这人，大下巴，铲子似的这么翘着——"他翘起下巴，一翕一翕地好像嚼什么东西，"就这德性！"逗得胤禛胤禩都是一笑。

胤禩因道："叫你们回来，还是为清理积欠。施世纶已经上任，这人风骨硬挺，皇上也看得重。如今该还的账已经还上，咱们兄弟里头只有老十，一时没有还清，外任里头还有一二十个，像曹寅、穆子煦一干子，有的是还不起，有的是跟着皇上几次出兵放马的将军。这些功劳情分摆着，很难下手。上次见老施，急的不得了，等着你们二位回来呢！"说着，他立起身来，迈着方步踱着，言下似乎不胜感慨，"老十是个二五眼性子，其实还好说。曹寅、穆子煦他们都是万岁爷的老侍卫，打从康熙元年至今，生生死死风风雨雨都和皇上一块滚过来。明面上是他们借的库银，其实都是主子花了的，几百万银子，砸锅卖铁敲骨熬油也还不起啊！"

"我看不要紧。"胤禛揣摸着胤禩的用意，像是为这些人说情，呷了一口茶说道："还不起账的我们心里有数，皇上也知道。逼急了，皇上自有章程保他们。至于老十，素日最听八弟的话，你劝劝他，不要为几个钱伤了体面，我虽穷，也可帮他几个。前人撒土，迷后人眼，我不能不顾公义，也不能不顾私情。"胤禩没想到刚刚试探着求情便被堵得严严实实，不禁一怔，随即哑然失笑："四哥你这心田，叫人不能不服。老九老十还有老十四不过管着皇庄，和我过从密些。其实他们是敬你，又有点畏你。连我见了你，就有一肚子笑话儿，也都憋回去了。"

胤祥却似乎没有听出两个哥哥斗心思，用手指弹着杯子笑道："一见面就谈公务，也不累得慌！八哥，我可是有求于你啰！"

"什么事？"胤禩转脸笑道。

"我臭揍了九哥一个奴才，要请八哥在九哥跟前斡旋几句。"胤祥收起了笑容，"听说那几个戏子是九哥叫奴才们给你买的，我瞧着不错，八哥是个大方人，送了我如何？"

胤禩一听便知是任伯安禀过的那档子事，故意怔了好一会，说道："你说的都是什么？我一点也不明白。我府里没有奴才出去，也没有买戏子呀！"又转脸对胤禛道："我最不爱看戏。四哥你知道的，前年老十弄了几个人硬要送过来，我倒是收下了。一问，都是好人家的女儿，千里迢迢卖到北京。可怜见的，我一下子都打发她们回去了——敢怕有人冒我的名在外头做这事？倒要查一查！"胤禩这才把江夏镇胤祥大打出手的事说了，又道："我本来不想管。听他们鬼哭狼嚎实在不成体统，是我叫十三弟去管教这个奴才的。"

"好一出英雄救美人，何其妙哉!"胤禩哈哈大笑，"不过，人，确实不是我的。既然这事十三弟关心，又连着我的名声，我一定能查个水落石出。时间打得富余一点，容我去办，要是老九的人，十三弟尽可放心，包在我身上了。"

胤禛一笑起身，掏出怀表看了看，说道："亥时了，我们得去驿馆，话没有说完的时候，留着日后谈吧——明儿还得见皇上呢!"胤禩也不相留，直将他们送出大门。

第十三回　畏阅墙胤祥争出头
敲木钟御苑学驴鸣

两个人回到驿馆，胤禛才叫了饭菜胡乱吃了几口，胤禛漱着口，见胤祥半歪在安乐椅上，好像换了一个人，呆呆地望着房梁出神，因笑道："从不见你这样安生的，在想什么呢？"

"我在想八哥这个人。"胤祥抚着额头深深吁了一口气，"说他伪君子，有时真像好人。说他好人，九哥十哥还有……"他想说十四阿哥胤禵，但胤禵是胤禛的一母同胞，便改口道："……还有一大群，像揆叙、阿灵阿、王鸿绪，什么鄂伦岱一干子乌鳖杂鱼混账王八，都整日围着他转！""是么？"胤禛一笑，"据我看，他还是有德有容的。别说你我，加上太子，十个不抵他一个。不过好人做得滥了，身边不免鱼龙混杂——你甭替他担心，这人心里清亮得很呢！"

胤祥哼了一声，冷冷说道："我替他担什么心？我担心的是你！他在那边收拢人心，你在这边一味得罪人。太子爷要真的承你的情也罢了，偏偏这个二爷，身上四两责任也不肯担，将来可怎么好？"胤禛不禁一怔，只点了点头，一声不吱低头吃茶。胤祥又道："那年纳尔苏王爷进京，送太子的礼薄了点，太子想整治他，拿住他擅用明黄镇纸的错处，却叫你监刑，在宗人府抽人家的鞭子。他在毓庆宫吃醉了酒，调戏皇上跟前的贵人，弄砸了锅，没法子就灌人家鹤顶红。死了人又担待不起，又叫你去跟德娘娘说，在皇上跟前疏通。我们在安徽募捐，弄得村村起火树树冒烟，京里这么多闲话，也并不见太子爷出头替我们讨个公道……"

"嘘——"胤禛见胤祥越说越来劲，忙打了个手势，"防着隔墙有耳！"说着出外看看，但见月沉云影，树影如壁，并无一人，回转身道："你胡说些什么？"胤祥不无伤感地摇摇头，说道："不是我趁酒胡说，跟这样的主子真真叫人寒心！像今晚这事，摆那么大排场，算怎么个意思？是谁在里头弄鬼？四哥你机警，没上当。要真叫都察院那干子臭御史上个密折参一本，二哥肯出来替我们折辩么？——我已经看透了你的心思，户部这差使你是要接的。拼着得罪这么多人罢筵。可这份忠心，指望着能换来个什么？"

胤禛表面平静，心里翻腾得厉害。他今晚此举，其实是做给皇帝和太子看的。也叫百官知道他水火不避成败不计，决心把户部清债的事料理清白。原想这个粗疏爽气的十三弟未必能领略这番深意，倒不料他比自己见得还要深一层！

"你为什么不说话？"胤祥突然光火了，"我说的不地道么？"

"你说的一点也不错。"胤禛喟然叹道，"我已经骑在老虎背上，哪有那么容易下来的？明眼人一看就知道，太子越发不得意了，也难怪他，叫他监国，又毫无权柄；他批奏折，皇上跟前还有个上书房——他自己又不争气。有人就是瞧准了这一条，处处堵路，叫人寸步难行。你最知道的，我哪有什么'党'？办差多了黑锅背得多，谁免得了？如今他是太子，办差的难免要请示他，要不维持他，人又说我看他吃不香，要倒戈投老八或老大，什么名声儿？所以只能死马当着活马医，一条道儿走到黑！十三弟，你方才咽住了，连老十四也和众人一个心思。你今晚话说到这份儿上，我也索性说了：我预备着做孤臣，高墙圈禁。如今的事凶险万分，你得保住——有一日你能替我剖白了我的心，就不枉了知心兄弟一场……"他侃侃而言，说到此便觉眼圈一红。但这感情的火花也只一闪，迅即恢复了平静，若无其事地端茶呷了一口。

胤祥霍地立起身来，躁急地来回踱着步子。好一阵，他站住了脚，倏然回身说道："这真是肺腑之言。不过据我看，必须调个个儿，或许是另一局面！"

"唔？"

"这事我想过许久了。"胤祥说道，"我比不了你们，自幼孤苦。有个娘，也不知什么缘故生不见人死无封号。为这不明白的事受了九哥十哥多少气，就是有点身分的太监也敢糟蹋我。"他的眼睛突然涌满了泪，"……小时候兄弟们在毓庆宫读书。一样的不会背书，别人告个病就没事。我要告病，就得关空房子败火，哭得死去活来也没人理。大阿哥、太子捣乱闹事，谙达单单罚我代跪。皇上送来克什（赏赐），又说什么'融四岁让梨'，我分的最少。一块儿跟着侍卫们打布库，也拿我做练把式，摔得吐血还要听哥哥们嘲笑。"说到此泪水已是夺眶而出，"十四弟和我同年生，你们一个娘，我也不说什么。你拿我和他一比就知道了——人都说我和他一样性格儿，只他大方我小气，四哥，我大方得起来么？宗人府每年给我分的银子比不上别人一半，说我没有亲戚……没有赏钱，太监们都不愿跟我！"胤祥泪光满面，咽了一口唾沫，两眼直瞪瞪盯着外边漆黑的夜，喃喃自语道："记得那年六月六么？太子爷背不过书，大毒日头底下，罚我代跪在毓庆宫前石头阶上，我又恨又气又无可奈何，一下子背过气去，听说他们还笑我'真不中用！'……醒来时已经在你怀里，我只说了句'要有一棵树就好了。'记得你还哭了——这些年才想清楚，宫里永远不许种树，你就是我的遮荫大树！不是你，我难活到今日！"

胤禛被他的话深深震撼了，一把拉住胤祥的手，长叹一声道："说这些往事做什么，叫人听得心里刀剜似的！你母亲的事……我只告诉你一句话，是个顶好的人，土谢图蒙古大汗的公主宝日龙梅，身分比哪个娘娘都贵重。她后来的事恐怕只有万岁知道，但肯定没罪，有罪就要有诏旨……如今你长成了，如今谁敢欺侮你？""我是叫他们欺负大了，打成了铁人，他们抠我鼻子，我就敢挖他们眼！"胤祥说道，"今晚我说这些不为倒我的苦情，我是想你现在留一手还来得及，你就为我想，也得保住你自己。所以户部这差事，我在前头干，你退后一步有接应——操他娘，反正我是个破罐子，多摔一下，仍旧是破罐子，有什么屄相干？"胤祥的话情挚意真，雷轰电掣般，句句掷地有声。胤禛的脸愈加苍白，紧紧握了握他的手道："好兄弟，有难同当！"

第二日上午，康熙在澹宁居接见了胤禛胤祥二人。这位老皇帝显得很忧郁，问了他们安徽办差的情形，足有移时没有说话，只是背着手慢慢踱着，良久，才叹了一口气坐了，说道："你们想在外头治河，这个想头原是不错的。但如今没有银子，什么都是空话。急国家之难，从盐商身上弄那么一点，放之安徽一省则可，甘陕以下，河南江苏山西，这办法未必都行得通。今年治了，明年又决，能不能再用这法子？不行啊……听你们的意思，觉得是太子叫你们回来，其实是朕反复斟酌定了的，与他们告状无关。"说着，转过脸来盯着跪在下头的胤禛胤祥，语重心长地说道："积弊甚多，得一件一件去做。如今圣道昌明，要找几个硕儒讲经布学，要多少有多少。要说办实事，不务虚言，谈何容易呢？朕寄厚望于你兄弟。"

"皇阿玛圣训极明。"胤禛略直了直身子，从容说道，"儿臣在下头见的，和皇上说的一样，吏治一事实在触目惊心。再者就是地土兼并，有钱人读书人仗着免税，拼命买地，小户人家也乐于贱价售出当他们的佃户，规避国税。全然没有田土的，又须交纳丁税。上边贪风炽烈下边生民无业，久而生变，就不堪言了。儿臣想留安徽，也是想实地考察一下，寻出一条开源节流，整饬吏治的门径，为阿玛分忧。"说着便将江夏刘八女豪富情形说了，却避开了九阿哥胤禟和八阿哥胤禩的瓜葛。

康熙听得极专注，一句话没插，只目光炯炯盯着案上镇纸，许久才道："朕知道。地土兼并是没法子的事。汉唐至今，只要不革命，谁都对此束手无策。朕原想丈量全国地土，按土纳税，可以缓冲一下，但吏治不清，送上来的数目都是假的。事情都要官去做，吏治，才是一篇真文章啊！"胤祥听得眼一亮，今天皇帝接见的气氛，和昨晚自己想的实在离得太远了，不由暗笑自己庸人自扰，遂亢声说道："万岁既然知道，为什么不大奋龙威，下诏切责六部有司，逐项清理？"

"哦？少壮气概，闻鸡起舞，雄心不小嘛！"康熙眼波微微一闪，"年轻人，家有三件事，先从紧处来。孟子曰治大国如烹小鲜，一个不小心事情就办坏了。只有好心不成，王安石就是个例！你们先把国库弄充实，接着就从吏部下手，任贤臣摒小人，吏治好了，清理地土，兼并就慢了，捐赋就收得多收得公道，冤狱也少了……清理亏空，欠债还钱的事都办不下来，别的还谈什么？"胤禛伏在地下一个字一个字咀嚼着康熙的话，他心头却另是一番滋味：来往书信那么多，竟全然不提康熙这些意思，是压根不知道，还是……正胡思乱想间，康熙笑问道："胤禛，昨晚听说你罢筵不食拂袖而去？"

胤禛没想到康熙信息如此灵通，吓了一跳忙道："这是有的，儿子处事不谨，请阿玛责罚！"胤祥生怕康熙再问起火马冲筵的事，头上立时浸出汗来，只两手抠着砖缝儿不吱声，却听康熙又道："你们大概不知道，你们走了，不知谁使促狭，爆竹赶马把一干子官员冲得哭爹叫娘人仰马翻吧？"胤禛偷偷睨了胤祥一眼，忙叩头道："此事儿臣不知道。但事由儿子而起，儿难辞其咎，求皇上一并治罪！"

"朕治你什么罪？"康熙纵声大笑，说道，"罢得好，也冲得妙！朕早有旨意，钦差回京不许六部设筵，而且百官也不许与皇阿哥私相结交！皇阿哥里，也真要有几个刀枪不入水火不侵的，给这班文恬武嬉的龌龊官儿们点颜色瞧瞧！"胤祥见康熙高兴，跪前一步道："儿子原对户部清理看得很轻，经父皇一番开导，茅塞顿开。昨儿听胤禛说，施世纶到部雷厉风行，已经恢复到儿子们奉差安徽前局面。为山九仞，不能功亏一篑。今儿已是领了旨意，明儿儿子就到部视事，太子爷和四哥只坐纛儿督责就是了！"康熙笑道："这些细务你们去太子那里参酌着办吧。过了九月节，朕去承德，能于走前办利落了这差使，过年朕就没有挂心的国事了——你们跪安吧，一会儿朕还要见刑部的人，商议今年秋决的大事。"

两个人退出澹宁居，已过巳牌时分。是时天已近秋，园中小径已渐有落叶，养心殿副总管太监邢年正督着几十个太监，带了长竿扫帚，有的粘知了，有的扫路，见他们兄弟联袂而来，忙都侧身垂手让道。二人也不理会，径自过去，恰见副都总管太监李德全过来，向胤禛打个千儿道："二位爷，奴才请安了！"

"唔，"胤禛漫声一应，见李德全欲言又止，便问道："有什么事？"李德全赔笑道："也没什么大事。方才府上高福儿来了，他进不来园子，叫奴才回禀四爷，说是府上有个叫狗儿的，在四牌楼和人阁气，叫顺天府拿了。"胤祥笑道："这是什么大不了的事，巴巴地跑到园子里去，叫高福儿去把人要回来不就得了？"李德全笑道："论说也是的。只今个儿邪门，范大人不知吃了什么药，竟不肯放。高福儿说得请爷一个片子，他再去走一遭。"

胤禛听着，脸上变了颜色，顺天府尹范时捷一向于自己身上大面儿还过得去，为什么竟公然给自己难堪？莫非为昨夜罢筵的事？但好像他昨天没来呀？……他呆着脸沉思半晌，说道："这个狗儿坎儿，一对儿猢狲，没有一天不给我找事儿！"胤祥却不以为然，笑道："我正想说，把这两个猢狲借到户部使呢！我却喜欢他们天真烂漫混沌未凿！老李，告诉高福儿回府，竟是你派个人传话给范时捷，说我要见他！上回输了我的东道儿，要他还！"说罢，二人径自去了。

太子胤礽办事的韵松轩并不远，沿着抄手游廊折过一带假山池塘，一片老松林中蠢着一座金翠交辉的五楹大殿就是。两个人远远便听里头有人说话。进来一看，太子胤礽，太子师傅王掞，毓庆宫长史朱天保、陈嘉猷，还有施世纶正一处坐地说话。见他们进来，除了胤礽，众人都站起身来。胤祥见王掞也要倒身大拜，紧跨一步忙双手扶住，说道："您老人家何必！您是赐紫禁城骑马的，我怎么当得起？请坐，大家都请坐。"又觑着王掞清癯削瘦的面庞道："着实惦记着您了，气色倒还好，只头发全白了！"说罢，便扯了胤祥给太子请安。

太子胤礽眉眼极似年轻时的康熙，长瓜子脸上两点浓眉分得很开，面如冠玉，目似点漆，穿件天青宁绸长袍，腰间连带子也没系。他显得很随和，不待胤禛胤祥说话便扶起二人："回来得好，看你们身子骨儿结实，我也放心了。——我们正议户部的事呢！你们在户部搅了一阵，老施再搅一阵，如今又是满城风雨。你们来迟一步，没见方才户部老尚书梁清标，坐在这里排场了我们一顿。什么人老了，不中用了，总求主子念我当年平三藩时，死里逃生从广东逃回北京报信儿的情分，网开一面，留条活路……"他说着，神色也有点黯然："要说俸禄，一品大员一年一百八十两，不借钱也真难过日子，可要不清理，胡乱下去也不得了。把人弄得鸡飞狗跳，也不成个体统，就像我们大清连几个臣子都舍不得养活似的。千难万难，好歹你们回来，我也有个帮手了。"王掞坐在一旁默默地听着，良久才问道："四爷，你们刚从万岁爷那来，主上有什么旨意？"胤禛方缓缓将方才见康熙的情形捡着与户部有关的说了。

众人起身静听了才又坐下，胤礽笑道："十三弟，有你坐镇户部，我最放心。皇上料理万全万当。其实我这边没多少事，大事有万岁爷，小事有上书房张廷玉、佟、马他们。我的心思，天保、嘉猷也跟了去历练历练。老四你看如何?"

"好嘛。"胤禛欠身淡淡说道。

陈嘉猷朱天保二人都是胤禛荐到毓庆宫的。少年新进,遇事极少顾忌。胤礽叫他们来用意十分明白,一是图个耳根清净;二是差事办好了能争功劳;三是差事办砸了,责任都是胤禛的。胤祥揣到他的真意,不由一阵寒心,却也不敢说一句题外的话。正想着,施世纶说道:"今儿上午接了南京巡抚衙门的咨文,曹寅病危,不能来京,穆子煦也报了病,只广东总督武丹这几日就到,海关总督魏东亭也是个大欠债主,在滇南中了瘴气,恐怕也来不了。事情难得很,方才我们正在议这事,不知如何着手才好。"

"先从阿哥头上着手!"胤祥方才受到皇帝嘉勉,兀自兴头得神采焕发,因朗声说道,"先头啃不动十哥这块骨头。如今万岁决心如此笃定,我看可以毕其功于一役。咱们兄弟们无债一身轻,清起别人没有后顾之忧。"他满以为此法绝妙,众人必定刮目相看,不料话音落后却是一片难堪的岑寂。人人垂头吃茶,竟是毫无影响。胤祥正愕然间,胤礽笑道:"怎么都不言声儿?莫不成为我借的那四十五万?那原是实在腾挪不开,才叫何柱儿暂借回来的。买人家一处园林,定银就是五万,不得不如此。我已派人去奉天,年底银子就解到,还账。怎么样啊,拼命十三郎?"

胤祥被憋得嘘了一口气,万没想到再次借债的始作俑者竟是太子!无怪乎连施世纶这样的铁腕能吏都束手无策。胤禛心里起初也是一团乱麻,但他很快就明白,这会子只能照太子的意旨办,因道:"就是这样,我们勉力去做。"说罢便起身来,众人也都纷纷起身告辞。胤祥嫌与胤禛同行太扎眼,只看了胤禛一眼,说道:"王师傅,你答应我的字呢?趁着这纸笔写了吧!"说着,涎脸儿拖着王掞写字。

胤禛刚刚走到园门口,一眼便瞧见顺天府尹范时捷穿着孔雀补服,戴着蓝宝石顶子进来,因袍子做得大了些,他又是个罗圈腿,一摆一摆蹭着过来,十分可笑,胤禛便站住脚。范时捷早已看见,忙上来请安,"四爷,从安徽回来了?"

"嗯。"胤禛点了点头,问道:"范时捷,我府里一个书童,叫你的人拿了，他犯了什么事？"范时捷耸了耸小胡子，一本正经地说道："四爷，府上奴才狗儿在四牌楼因欺负一个卖鸡蛋的，引起口角，是理藩院的姜芝和礼部的刘典撞见了，扭送顺天府的。这事惊动到理藩院，不审就放，恐怕不好。"说罢便瞅胤禛。

胤禛听他不软不硬地顶了回来，也不知狗儿犯的什么事，一时竟寻不出话来，只呆着脸不言语。他的这副脸，有时王公们见了也打寒颤，偏这范时捷就不在乎，见胤禛无话，便叩安告辞。恰胤祥用大帽子扇着凉风风火火出来，一见范时捷便笑道："日你妈！你还没死呀？"

"哟！十三爷！"范时捷听这一声骂，仿佛浑身都通泰了，一头请安，说道："十三爷您康泰着哩，奴才怎么舍得伸腿儿？"一句对话弄得庄重严肃的胤禛也是一笑，便道："老范和我公事公办，正打擂台呢！"

胤祥笑骂道："你这头野驴，连四爷的账都不买，你他妈吃了什么药？""不是不放。"范时捷是个越骂越舒服的人，笑得两眼都挤成一条缝，说道，"方才回了四爷，审审就放，审审就放……"胤祥便知案子不大，骂道："四爷说了话，你还审个屌！不就是和人拌嘴儿么？"

"不是怕刘典他们不依嘛！"范时捷两手一摊，说道，"要是单单儿拌嘴，我抓什么人？这个狗儿恶作剧，把人摆治得忒不像话了——今儿四牌楼有个小孩说买鸡蛋，叫卖鸡蛋的挟着筐盖儿，一五一十地数着往上撺。撺了五百多鸡蛋，累累叠叠小山似的。那卖蛋的撅着屁股双手扶着，骑马蹲裆一动不敢动。那个小鬼头说声取钱去，就溜了。这个狗儿趁着卖蛋的不能动，就上来踢了人家一脚，又搔人家胳肢，痒痒得把一大堆蛋都倒在街上。两个人打起来，又横不愣子窜出一条瘦狗，咬得卖蛋的手指头直流血……"

他没有说完，胤禛便知必是坎儿狗儿合作的勾当。这事虽不大，但皇子家奴于光天化日之下欺侮平民，张扬出去名声极坏。正想着，胤祥笑道："这不过是孩子气戏耍，当的什么真？刘典是你干爹？姜芝是你妈？亏你做到首府，还是个京兆尹！再说这混账话，把蛋黄子给你踢出来！"说着，居然上前一把拧住范时捷耳朵，笑问："你放不放？你放不放？宛平县里管朝廷，这么大官连这点事都做不来？"

"十三爷！哎哟哟哟哟……"范时捷疼得嘘着嘴笑道，"……你放我就放，你放手……一会儿不定还要见皇上，耳朵肿了不雅相……"

"学个驴叫！"

"哎呀十三爷！这是什么地方儿？看叫人……"

"学！"

那范时捷被揪了耳朵，翻眼看看忍俊不禁的胤禛，真的哈着气儿，嘶着嗓子来了个驴上坡，还夹着打了两个响屁，胤祥这才笑着放开手，惹得守在园门口的太监亲兵没一个不哈哈大笑。胤禛没想到世间还有这种人，不禁也笑得打跌，胤祥却道："四哥，咱们走——老范，晚间把你这身狗皮扒了，带着狗儿到我家。日你妈的好口福，正有一坛子赊店老曲，才从地里刨出来！"说罢竟和胤禛一同出园子来。一路上胤禛都忍不住笑，胤祥却道："这不稀奇，一物降一物，老范就吃这个，和他摆正经面孔，他也和你正经，反倒说不成事——听说他就要离任，要去湖广做布政使了。"

"谁接任顺天府？"

"隆科多。"

胤禛脸上立时没了笑容。隆科多是佟国维的族侄，佟氏一门贵盛，佟国维的哥哥佟国纲就是太子的外叔祖索额图坑陷死的。皇帝去热河前调换顺天府尹，换上太子的宿仇族人，有什么深意呢？

第十四回　明庭训胤禛戒子弟　献良策小酌试才人

　　胤禛胤祥兄弟边谈边走，到西华门口方勒住马头。胤祥看了看胤禛，不无依恋地说道："原想请四哥到我府里坐坐，七八个月没登家门，今儿只好罢了。"胤禛笑道："罢罢！我不敢沾惹你那尊府！上回在那里停了一袋烟工夫，只说了句三爷府里孟光祖去云南采办东西，第二日三哥见面，口中有的没的就解说这事情。这些杀才哪里是你的奴才？不知都是谁安的眼线坐探，监看着你哩！"胤祥笑着拱手作别，说道："谁也没法比四哥家法！我这小阿哥，也比不得大哥三哥，一出宫就开府建牙，鱼龙混杂，谁荐的人都有。道乏了。"说罢打马去了。

　　胤禛在马上一纵一送迤逦往定安门而来，想着国步维艰差事难办，兄弟阋墙勾心斗角种种烦难，正没个头绪理会，忽觉颊上一凉，接着胳膊上又是一点水珠，抬头看时，不知几时阴了天，疏疏落落的雨点已洒落下来。左右亲兵戈什哈因没带雨具，正要张罗胤禛避雨，远远的见戴铎打马飞奔而来，手里拿着油衣，喘吁吁道："叫奴才好找，还以为爷去十三贝子府了呢！碰了十三爷才知道爷走这条道儿。"

　　"府里没事吧？"胤禛一边披油衣，问道，"世子们都在家？"戴铎忙笑道："奴才没见大少爷。二少爷、四少爷在怡忭斋书房陪着邬先生、性音和文觉和尚说话呢！大千岁和三爷方才来过，等不到爷回来，说要走呢，走了没有，奴才也不晓得。"说话间雨已大了，打得周围树叶子一片声唰唰响，胤禛因大哥胤禔三哥胤祉在府，也不敢怠慢，忙催马趱行。

　　胤禛的四贝勒府原是前明内官监房旧址，又称"粘竿处"，其实是紫禁城一处离宫。赐给胤禛后，只将黄瓦换了绿瓦，规制仍是十分壮观，五进院子俱是内务府督造司贡的金砖铺地，平如镜，硬似铁。康熙赏给胤禛时，他原不敢受，后来见胤禵胤祉和胤禩的宅邸比这还要雄伟，才半推半就地搬了进来。胤禛冒雨赶到府门口，早见高福儿率着府里几十名有头脸的长随家仆守侍在下马石前，一个个淋得水鸡儿似的，没人敢动一动。高福儿带众人在雨地里接胤禛下马，一边请安，口中说道："大爷和三爷都在东书房。方才大少爷和二少爷都说要出来迎接爷，福晋说她不好陪阿哥，就叫两个少爷去了。"

"你去禀一声大爷三爷，说我回来了。"胤禛下马，由人搀扶着一边走一边说，"我换身干衣服就过去——告诉邬先生一声，见过二位爷我就过去。"

"回爷的话，"高福儿道，"三爷说久仰邬先生大名，要见，请示福晋，福晋说叫大少爷二少爷陪着见了。"

胤禛不由止步一怔：他们怎么知道邬思道在自己府里？好长耳朵！因又问道："你四少爷呢？"

"四少爷回书房读书去了。"

"嗯。"胤禛不再说话，款步进了万福堂。福晋纳拉氏正坐在炕上开纸牌，侧旁侍立着妾侍钮祜禄氏、年羹尧的妹妹年氏并一大群丫头奶妈老婆子等候迎接胤禛。见胤禛穿着油衣湿淋淋进来，纳拉氏一偏身下来，念佛道："我的爷！就淋得这样儿！快取衣裳来换——把给我热的那碗参汤端来先叫爷用！"众人已是黑鸦鸦跪了一片。

胤禛心里有事，一边命众人起身，换着衣裳笑道："比起安徽，这里是天堂了，你不用蛇蛇蝎蝎的，哪里就淋病了呢？"因见年氏挺着个大肚子站在一边，又道："你有身子的人了，从现在起到满月，连我跟前也不用立规矩——你哥哥年羹尧恐怕过年才能回来，他身子甚好，你不用挂记。"胤禛的第三胎儿子就是因钮祜禄氏带孕侍候自己流产早夭的，听见这话，钮祜禄氏不觉眼圈一红。纳拉氏正要说话，却见弘时弘昼兄弟踏着鹿皮靴子进来，请安道："二位伯伯和邬思道在那边聊天说文，儿子们过来迎接父亲。"因见父亲没发话，竟都不敢起身。

"我人在外头，心在北京。"胤禛冷冷说道，"听说你二人斗蛐蛐还赢了你五叔的老二？这可真有能耐了！"说罢便喝参汤，屋里人吓得大气也不敢出。胤禛因又道："君子之泽五世而斩。打从顺治爷到你们，是第四代了，不晓得警惕么？弘历如今是唐诗都背得几百首了，你们比他大，背了多少？你们自己看看，穿着绫罗就往泥水里趟，还有这靴子，是踩水玩儿的？你们没有读过朱子治家格言？"

胤禛发作了一通，喝完参汤，脸上已是回过颜色，扫视众人一眼，说道："你两个回书房，今儿把《劝学篇》给我背出来，再写一篇《君子不自弃》，明天晚间我看！"说罢便起身去了。

"好，冷面王子回来了！"大阿哥胤禔三阿哥胤祉和邬思道正在怡性斋品茗说话，闪眼瞧见胤禛进院，两个人都站起身来。胤禔调侃地说道："这回桐城走一番，收银一百万，得胜还朝了，又要在户部杀回马枪，我辈兄长作壁上观，看吾弟大展雄才！"胤禛向二人一一打千儿请了安，微笑着向架着拐杖站在椅旁的邬思道点头致意，说道："大哥不要取笑。皇上派的差事，不能不尽力敷衍。当家人恶水缸，我有什么不知道的。——来来，请坐，今儿是人不留客天留客，弄几碟子小菜，我们边酌边谈——邬先生，你还不知我这三哥，二十弟兄里头是文状元，大哥呢，算得一个武状元，今日聚会实是难得！"门外从人听见这话，早已飞奔出去，不一时便送过几碟子凉菜和一瓶玉壶春酒。胤禛便让着手道："坐，坐！听说三哥和邬先生会文，我兴致好得很呢！"

胤禔笑道："老四这位邬先生真是可人！我还没见过老三的敌手，今儿是开了眼了！"胤祉也笑道："果然名下无虚，当年左玉兴、赵泰明真的是屈了你。不过你说天下无绝对，我却不信——去年游西山，有个姓车的孝廉和姓乔的秀才坐一乘轿上山，陈省斋先生出联：车乔二书生，同乘一轿登山——请问，你对得上么？"

"那年去陕州我也见了一件事。"邬思道坐在下首，微微一笑道，"一个姓马的和一个姓卢的商客骑一头毛驴过河。所以三爷说的联语可以对上：马卢二商客，共引一驴涉水。"几个人听了，觉得确实对得切，不禁哄然叫妙。却听胤祉又道："那么'烟锁池塘柳'呢？这是千古鳏对！"

邬思道一笑道："这算什么鳏对？既然池塘上有烟，一定是镇湖楼走了水，我就对上个'烧坍镇湖楼'，想来也是不错的。"众人正品味时胤禔在旁大声道："此木是柴——山山出！"

"由水变油，日日冒！"

众人不禁鼓掌大笑，胤禛也来了兴头，举杯一饮说道："我不长于此，上回年羹尧说了一个，只两个字，竟无人能对。三哥和思道先生都是行家，请教：色难——色难对什么好？"

"这个么——容易。"邬思道举杯饮了一小口，便不再言语。胤禵见胤祉兀自低头搜索枯肠，便道："既说容易，怎么不对出来呢？"邬思道见胤祉也盯着自己，一笑说道："我已经对过了，就是'容易'二字，难道对得不切么？"

众人又复大笑，胤祉见他如此敏捷，心里很想难倒他，指着墙上一幅画儿道："这是仇十洲的《函谷关》，请口占一律，做得好，我就服了你！"邬思道略一思忖，应口吟道：

> 雄镇固金汤，眈眈视六王。
> 地吞百越尽，祚霸二周长。
> 雉堞存余烈，丸泥少异方。
> 青牛背上客，长笑过咸阳！

吟声未落，胤禵指着壁上的《钟馗图》急急说道："就这幅图，不许你想，口占一破题，不许带天地君亲师，不许引圣人话。说，快点！"

"夫进士，鬼也；鬼也，进士也。一而二，二而一者也！"

"妙！"胤禛不禁击案喝彩，胤禵胤祉也搓着手连连赞赏："怪道老四不和外人说笑，家里放着如此解颐破颜客！"胤禛一回头，见高福儿带着坎儿和狗儿也在外头廊下笑，知道是狗儿的事毕，进来回话的，便道："你们懂什么？叽叽嘎嘎成什么体统？"

高福儿忙赔笑道："我们来了一会子了。听爷们对得有趣，就忘了神。狗儿也出了几个字，叫坎儿对呢！"胤禛便问狗儿："你出的什么？"

"烟暖房。"

这一说众人也是一愣，连邬思道一时也寻思不来对什么好，却见坎儿一脸睡相，揉着鼻子道："屁暖床！"

众人立时哄堂大笑，胤祉笑得前合后仰，胤禵笑岔了气，扶着椅背直揉肚子，邬思道抚着胸口只是咳嗽，饶是胤禛素日冷面冷心，扑地一口酒全喷在地下。

"今晚好快活！"胤禩笑了一阵，欠伸了一下说道，"天到戌时了罢？老三，千里搭长棚，筵无不散，咱们也该去了。"胤祉握了握邬思道的手，起身道："真该荐你应考，可惜了身有残疾，闲时到我府走走。我那里不少鸿儒，大家谈笑耍子。"

胤禛脸上立时没了笑容，却见邬思道架起拐杖，微笑道："承三爷厚爱。不过家兄身子欠安，四爷赏了盘缠，后日就回南去。残疾之人不堪驱使，徒供取笑而已，若再有机会来京，一定去三爷府上奉承。"胤禛听他这话推辞得十分得体，生怕再纠缠别的事，便问："两位哥哥还有别的事么？"

"来看看你，没什么大事。"胤禩说道，"我的门人肖满成从云南叫你那位丑人怪给提到北京了，昨晚还去我那哭了一鼻子，想求个情儿把他那账宽限一年半载——你可得赏我这个脸啰？"胤禛看了看胤祉，心知他必也是说这类事，因笑道："走着瞧吧，看太子什么章程。不识庐山真面目，只缘身在此山中啊！"胤祉一听便知这个铁门闩不好拉，便也不再提，只淡然一笑。胤禩也笑道："知道你就这个话！我们也瞧着太子呢，你只管放心！"

人都去了，屋子里只剩下胤禛和邬思道二人。外头的雨淅淅沥沥仍在不住地下，打得芭蕉叶子砰砰作响，良久，胤禛方粗重地透了一口气，说道："今晚凑巧儿，给我接风，我也给你接了风。不知你在这里住得惯不？"

"还好。"邬思道叹息一声，方才会文一阵欢笑已仿佛是隔世一般，沉吟道："我的情形料来四爷已经都知道了。如今四爷的情形我也略知一二。人生得一知己足矣，何况四爷如此待我？四爷只要看瘸子还有点用场，水里火里听您吩咐，从今而后，我和戴铎一样。"

"你和戴铎不一样。"胤禛目光幽幽盯着烛火，"我以师礼待你！"邬思道吃惊地看了胤禛一眼，随即垂下了眼睑，说道："我断不敢当。倒不因我是布衣。我知道顾八代老先生是四爷的启蒙师傅，顾八代先生和家严是同年，小子何人，竟敢僭越？四爷，若要我安生处于此地，'师'

之一字实难承当。"胤禛默然良久，说道："既如此，我以朋友待你。先生国士无双，我虽不是孟尝君，应有礼仪是不敢废的。国家目下情势，江河日下，徒具鼎盛之名，隐忧也甚可怖，我挑的这担子太重了，有些力不从心，不能不借助先生智慧。"

邬思道呷着茶水，脸上慢慢泛起红晕，瞳仁在灯烛下闪着晶莹的光，倏然间又黯淡下来，说道："我本有济世之志，造化不济，落拓到这地步，这是命也、运也、时也、数也。原已灰心丧气，并不愿做三爷说的什么清客簏片相公。这次来京为的就是和风姑完婚，携她回南，在生意场做个陶朱公，不料又遭此变故！来府数月，信息灵通，今已知四爷的为难，决非户部吏部这些差事，用一句圣人的话，吾恐季氏之忧，在萧墙之内！"胤禛浑身一颤，手中的茶水差点泼洒出来，盯视邬思道许久，问道："难道先生听说什么了？"

"这不用打听。"邬思道的语气结了冰一样冷峻，"京师如果是善地，四爷和十三爷又何必撂开户部差事，避祸安徽？果真是为了治河么？又为何宁肯在安徽自筹银两，不肯向户部伸手？"

"你是说？"

"太子位置不稳。"邬思道道，"君臣相疑，父子相疑，兄弟相疑，不是国家之福。"胤禛惊讶地望着邬思道，有些发愣。邬思道这些话，断断续续和胤祥也谈论过，但从来没有如此透彻，这样有条理，一下子就把根由摆得清清白白。移时，胤禛才道："现在京师确有流言，说皇上要废太子，我回来见了皇上，也见了太子，和我在安徽听的想的不一样，恐怕是有些小人从中作祟，离间皇帝太子也未可知。"邬思道一笑，说道："太子之危，危若朝露！其根由很远了。康熙三十六年皇上西征青海，太子留守北京处置后方军国重务。皇上偶感风寒，就万里迢迢把他叫到军前，那个时候已是对太子很不放心了！前上书房大臣索额图，康熙四十二年纠集耿索图一干太子党，要趁皇上南巡扶太子登极，置皇上于太上皇地位。东窗事发后，索额图被圈禁高墙，虽说保下了太子，这种父子惨变，难道皇上毫无芥蒂？四爷，太子这靠山如果硬挺，他又为什么今日置一处庄园，明日起一座宅院？万里江山有朝一日都是他的，还要营造私巢？"

胤禛咀嚼着邬思道的话，叹道："他就是这么个人，几次和我说过，人生苦短，得及时行乐。摊上了这样的太子，也是没法子的事。"

"哦，四爷这么看？"邬思道突然纵声大笑，"您看错了！辛弃疾所谓'求田问舍，怕应羞见，刘郎才气'，专指的士大夫。太子这也算一策，用的韬晦之计，和光同尘，向皇上表明自家没有野心罢了！"这一提醒，对胤禛真有醍醐灌顶功效，浑身一个寒战，牙齿迸着笑道："父子相疑到这种地步儿，也真叫寒心！他这法子，也算用心良苦，却只难为了我们办差的人，又要清吏治，还得顾全他的体面……"说着，只是摇头。邬思道道："若遇上寻常皇帝，太子这策略用得。偏当今皇帝是五百年一出之圣君，上策反变了下策。皇上春秋已高，勤躯已倦，把政事都付给太子，满以为他拿得起放得下，但四爷想想看，丈量全国地土，不了了之；更新赋税制度，不了了之；整修河道漕运，弄得一塌糊涂；清理户部亏空，他是头号欠户；科场舞弊，他无力整肃——皇阿哥们就是瞧准了他的失政，才敢在他太岁头上动土——他'和光同尘'，人们抓住把柄告刁状，皇上更不爱重，他越发害怕，更加'和光同尘'。如此循环，得了不得了？本来就不信任，这不是雪上加霜？听说今岁皇上驾幸热河，一改往常规矩，要他跟在身边，毓庆宫侍卫三月一换，这都是什么征候？"

胤禛听得心头突突乱跳，忽地又想起隆科多出任顺天府尹的事。又想到自己和胤祥素日在众人眼里是太子的左右臂，禁不住拭了一把额头冷汗。许久，方叹道："今夜胜读十年书。不过，事情毕竟没有发作，总要设法挽回。我和太子情则手足，义则君臣，这个当口万不能落井下石，这条道要走到黑！"

"这条道要走。"邬思道点点头道，"但不一定走到黑，是要走着瞧。尽了人事，还要看天命。如果太子能洗心革面，改弦更张，或者能回天心，就这样下去，三年之内如无废太子之事，四爷抉了我眸子去！"胤禛激动得站起身来，在地下快步踱着，但很快就冷静了下来，叹道："没想到我辛苦办差，落到漩涡当中。如今户部清理国库，他就欠着一屁股债——四十五万！说是年底交，还不定怎么样呢！万岁爷掐着日子，一定要十月前完差，现如今磨盘就夹着我的手！"

邬思道怔了一下，问道："四爷能不能劝劝太子，不要说得这么直，只拿万岁爷的话压一压，请太子顾全大局早日清债。""你不知我这二哥，"胤禛嘘着冷气道，"看上去温存柔弱，其实黏胶腻牙，正经话说得重，他受不了，旁敲侧击，他装模糊儿，有时候气死人不偿命。"邬思道迟疑了一下，将茶杯轻轻放下，突兀说道："四十五万……不是个小数，也没什么大不了的！"

"你说什么？"

"我说，我们先代垫上！"

"啊？"胤禛失惊道，"我从哪给他弄这么大一笔钱？我一年一万八千两俸禄，庄子也在阿哥里边最少……和老八他们商量，岂不是与虎谋皮？"

邬思道架起拐杖，至门口望着外头的蒙蒙细雨，良久才道："这笔银子我出得起！"胤禛一下子惊呆了，略带口吃地说道："早已知道你是江南世家，竟如此豪富么？"

"不是。"邬思道苦笑着摇摇头，说道，"我家小康而已，剥皮抽筋也拿不出两万。倒是这次进京，得了一注意外之财……"说着从怀里取出一件东西托在手上，说道："四爷，请看！"

胤禛凑了一步，却见邬思道掌上托着一个榛子大小的物事，碧幽幽亮晶晶，在灯下闪着五彩莹光，正是一枚宝石，因道："这是一枚祖母绿，顶多值五万银子……"

"十枚就是五十万。"邬思道笑道，"何况还不一定只有十枚。据我推断，当有十八枚，连同其余珠宝，其价当在三百万以上，区区四十五万何足挂齿，将来如有别的用场，四爷也是宽宽绰绰的……"胤禛听了心下暗自骇然，问道："哪里得如此巨款？我这人可是非梧桐不栖，非廉泉不饮！"邬思道踅回椅中坐了，说道："天下无主之财多得不计其数，我既许身于主，自当代主分忧。"

胤禛没有答话，只用询问的目光盯着邬思道。邬思道悠然说道："这套富贵在大觉寺，已经沉沦百年，四爷不取，早晚有一日便宜了那群秃驴们。这件事现在只有天知地知你知我知——"

"还有我们也知！"

门外忽然传来一阵笑声，胤祯和邬思道都吃了一惊。抬头看时，只见一位老僧穿着土黄布衲、皓眉白须飘然步入，后头跟的头陀却是性音。这两个和尚一文一武，老者文觉，专门陪侍胤祯接待天下游方高僧，与北京诸禅林主持交往，是胤祯的寄名替身和尚。性音则住在府北粘竿处，训练家丁护卫及子弟武术。见他们进来，胤祯笑道："邬先生刚骂过秃驴，就来了两个和尚！隔着这么远，性音都听见了？"文觉和尚一揖而坐，性音笑道："我有传音之法，那边书斋离这儿不足一箭之地，我听得清楚。"

"我的癖性喜欢搜奇寻异。"邬思道略一致意，安详地说道，"在大觉寺数日，读遍了寺内碑碣。因这座寺院原是前明太监李永贞所造，我就留了心。记得《啸风杂记》里记载，李永贞，明朝领建魏珰生祠，塑魏忠贤像'冕旒，执笏，俨如帝王……像以沉香木为之，眼耳口鼻手足宛转一如生人。腹中肺腑皆以金珠宝玉为之，衣服奇丽……'"

他侃侃背诵畅若流水，众人早已听得目瞪口呆。却听邬思道口气一转，说道："后来转到神库，见两个没有埋掉的木雕神像，颇似记载中说的情形，只年代久远，泥涂烟染，已经不成模样。从神座后看，正是天启五年所造，我就断定，此必是魏忠贤像无疑，挖出它们的眼睛，恰是四枚祖母绿，埋在大觉寺三枚，一枚随身带着，就是四爷方才见到的了。"三个人不由都把眼睛盯向邬思道案前，那颗宝石熠熠闪烁，实实在在放在那里！性音兀自讷讷而言："居然有这么巧的事？"

"这不啻是一座金库，四爷为天下计，取不伤廉。"邬思道的眼闪着光，声音却仍很平静："魏忠贤号称九千岁，据理而推，当有九座雕像，埋没这许多年被我发觉，正是天授于四爷！神库下一定还埋着七座。这件事办起来一点也不难，由十三爷出面住庙静修，带上性音、狗儿和坎儿，神不知鬼不觉就取回来了！"文觉不禁赞道："先生真是奇人！不过那七座也许已经没了。我也有点不可思议，造像的人当日怎么不取了去？庙里那么多和尚，一百多年也没认得！""荆山之玉、灵蛇之珠，并非人人能识啊！"邬思道叹道，"木像通身都用糯米粉浆糊了，大约就是当时造像或守祠的人干的，不过魏党失势，朝廷搜捕极严，知情人或没来及取用就遭了毒手……"

　　这些话很像是梦话，却都分析得丝丝入扣滴水不漏，一时间书房里沉寂得荒庙一般。许久，性音攘臂瞋目，兴高采烈地说道："四爷，就照邬先生的主意。三天之内，我们把宝物全起出来！"

　　胤禛望着邬思道，他已经说不出什么。但觉五内俱沸，酸热之气翻腾。良久，才沉重地点了点头，声音变得有点喑哑："先生，我无话可说，如此待我，我何以为报？"

　　"士为知己者死，女为悦己者容。"邬思道沉静地答道，"贝勒以国士待我，我岂能以守财奴报您？"

第十五回　清库银贝勒晋王位
　　　　　　观贵相王子延妖人

　　随着胤祥进驻户部，清理亏空银两重新开始，京师官场的空气再度紧张起来。胤祥因人手不够，亲自点名从口外驻军调了四十名伍哨长，都是自己练兵时使出来的，略通文墨账目的未入流军校，分口组织了四个分账房。又从秋闱贡生中选出田文镜、李绂一干人，让施世纶纠集户部原班吏目组成核查总账房，自带了狗儿坎儿坐在签押房掌总儿。除了每日寅、辰、巳三个时辰巡视各账房，还要不时会议汇总，召见欠债官员，催促发文，草拟奏议折片。从早到晚，偌大户部，但闻算盘子儿打得下猛雨似的，催得一干欠债官员魂飞魄丧。

　　眼见八月十五临近，账目也收了十之七八，听说广东总督武丹也已赶来。此人是个欠账大户，但他和魏东亭、曹寅、穆子煦同属一类，都是熙朝元勋，从康熙初年从驾当侍卫，迭次擎天保驾，几番出兵放马，生里死里和皇帝一块儿滚过来。论身分虽不过一品大员，论情分却无论谁也比不了。康熙待人优厚，阿哥不及外戚，外戚不及大臣，愈是亲人愈是不留情面，惟这几个人眷宠优渥不拘形迹，剑履朝圣紫禁城骑马，不同于一般官员可以呼之即来，挥之即去。上次清逋中途停止，明面儿上说是下头十几个州府官员上吊抗债，压根儿说心里话，就是因为武丹曹寅等人欠的债数目大，而且都是为康熙皇帝历次南巡举债接驾使了。清他们，钱是皇帝花了；不清他们，一班顶债的武官又都抱定了主意，惟他们马首是瞻。如今又到了这个节骨眼上，魏东亭穆子煦称病，皇帝已经照准不必来京，武丹曹寅来了，若是还不上，这件事还是要泡汤。情知如此，胤祥不免心里犯嘀咕，叫过施世纶交代了两句，只说回府去，便打道畅春园来寻胤禛。刚到园口双闸边，却见年羹尧从里边摆着步子出来，一身簇新的九蟒五爪袍上套着锦鸡补子，头上顶戴也换了起花珊瑚，看去十分鲜亮。胤祥不禁笑道："嗬！升官了？几时回京来的？"

"回十三爷话，"年羹尧打千儿行礼，笑道，"我回来三天了，刚见着万岁爷。万岁爷说桐城的差使办得好，给太子爷和四爷露了脸。因四川提督出缺，就补了上来。这一回出京，再见十三爷可就没那么便当了。"胤祥回顾狗儿坎儿笑道："瞧见了没有？这就是你们榜样！好生跟着四爷，凭你们这份伶俐，将来也能弄个红顶子戴戴！戴铎前日陛辞，去福建漳州，放了道台，我还教训高福儿，不要只在端茶送水的差使上做功夫。要出头当人上人，得能为主子分忧，主子是龙，你就是云，主子是虎，你要刮得起风！"狗儿坎儿听得似懂非懂，一个个虎铃着眼看着气宇轩昂的年羹尧，坎儿眯着眼笑道："出头有什么好？出头了不成王——"他忽然想到这是说年羹尧，生生把个"八"字扣在肚里。

年羹尧见他如此不恭，目光微眍了一下坎儿，笑道："十三爷，您来的不巧，太子爷和王师傅正在澹宁居和武丹老军门陪着万岁说话。四爷辰时就回府去了。若见太子呢，您得等一会儿，要见四爷，恰好我也要去辞行；咱们一块儿去吧？"胤祥想到太子每次见面有气无力不死不活的样子，摇了摇头道："走，一块儿去安定门四贝勒府。"年羹尧凑近了胤祥，四下看看，压低了嗓门说道："十三爷还不知道吧？方才我听何柱儿透信，大千岁进封直亲王，三爷封了诚郡王，四爷是雍郡王，五爷是恒郡王，七爷是淳郡王，八爷是廉郡王。连十三爷也高升了，如今是贝勒爷了！"

"是么？"胤祥一脚跨着轿杠，目光霍地一闪，说道，"可惜六哥早早去了，没赶上。九爷和十爷呢？""奴才也问何柱儿来着，他说不知道。"年羹尧道，"大约没有封吧——这事内廷已经在拟旨，还要几天才颁布呢！真得恭喜十三爷了，十一爷十二爷也都没有升号呢！"胤祥转着眼想了想，说了句："我可没有那么痴，身外之物，何喜之有？"说罢便升轿起杠。

胤禛在万福堂听了胤祥的回报和年羹尧的道贺，似乎有些无动于衷。进封王位原是喜事，但刚好截止到八阿哥胤禩，这里头不能说没有文章。这件事邬思道早已分析到了，如果皇上一意专信太子，就会把兄弟们的王位留到自己死后，由太子登极时亲封。现在分封，是皇帝自己收拢阿哥人心，削夺太子权柄，权衡利弊，还不如都不晋王位的好。心下掂掇着沉默了许久，胤禛方说道："亮工升任四川提督，这才是件可喜的事。狗儿坎儿，你们进来。"

"四爷，奴才们侍候着呢！"狗儿坎儿在廊下逗鹦鹉玩儿，忙进来笑道："主子有什么差使？"胤禛看着他们，透了一口气道："你们两个极伶俐，这一条很招我喜爱。但你们一日一日大了，应该懂事了，不能总是孩子气恶作剧。我这奴才里头最有出息的就是年羹尧，好读书，能带兵，很给我露脸，你们得学着点。不能遇事总让主子给你们揩屁股。"

胤祥想起自己方才的话，不禁一笑，正要说话，狗儿笑道："是，我们跟主子，不能胡来。上回那个卖鸡蛋的要不打那个要饭老头儿，我们也不会捉弄他……"

"我不是说这件事。"胤禛哼了一声，"你们居然把八爷的照壁墙给卖了，可是有的？"

胤祥、年羹尧皆一愣。胤祥虽说带他们在部，却没有十分拘管，每天都放他们出去戏耍一两个时辰，不想又做出事来。胤祥说道："两个小狗崽子，怎么这事我不知道？""这是五天前的事了。"狗儿看一眼坎儿，说道，"我和坎儿去宣武门玩，那里有个钱财主正盖房子，工地上缺砖。老狗日的悭得要命，嫌采办买的砖太贵，要扣工钱赔补。坎儿和我看着泥水匠吃的和狗食一样，心里气急，就过去说：'八爷府前的照壁要换新的，旧砖便宜，您买来多合算？'"

"姓钱的还不信，瞪着眼问我们是哪里的，我们说……我们说我们是八爷的伴当……他就跟着我们去了朝阳门。量墙，卖照壁……"

胤祥一边听一边思量，笑道："八爷府前门禁何等森严，人家就允你们拿皮尺去量墙么？"坎儿道："这是预先做好的套儿，我们先去八爷府，跟门政说好了，我们是三爷府的，三爷看着八爷这墙式样好，想量着照造一面，他们凭什么不依？钱家老爷就远远看着我们量墙。后来八爷刚好出门，我们又亲自上去禀说，八爷笑着点点头就上轿走了，由不得老龟孙不信。当时下了二十两定银，讲好第二日拆墙，他就走了。"胤祥笑得打跌，问道："第二日他真的去拆八哥的照壁了？"坎儿摇头道："第二日您吩咐我们去步军统领衙门，没得闲儿看热闹儿……也不知他去了没有。"

"他要不去，我怎么知道？"胤禛皱眉叹道，"三哥当笑话儿给我说，我一猜就是你们，别人没这个心胆！这是京师，是御辇之下，王法文明，怎么能这样儿？"他阴沉着脸站起身来，说道："记得收留你们时的话么？这种事到此为止！跟在我府，得照我的墨绳走路；跟着十三爷，事事得听十三爷吩咐。收收你们的野性子——去吧！"

狗儿坎儿吐了一下舌头对望一眼，诺诺连声退了出去。胤禛这才说道："昨天我已经见了武丹，私下里问了问，他和魏东亭、曹寅、穆子煦共欠银子折到近四百万两。银子，确是万岁爷几次南巡接驾花的。我告诉他，接驾迎驾国家有制度，理应动用官家的钱，如今为这事欠了私债，很为老将军担忧。武丹倒没什么，只说一定还钱，就连其余三个人他们书信来往，也没有一个顶债不还的。但他们的家底我知道，砸锅卖铁也难以清偿的。所以我猜肯定是万岁爷要从体己钱里拿出来替他们还的。"年羹尧笑道："既然如此，何苦叫十三爷和老施他们作难？早点清了账不就结了？"

"万岁爷也是一本苦账。"胤祥八字眉舒展着，朗声笑道，"修畅春园、避暑山庄，内库也花得河干海落的了。如今不逼到山穷水尽，他老人家也善财难舍。再者，其余欠债的都巴巴儿看着，他也不愿落个有亲有疏的名声儿。我现在其实是在逼老爷子还账啊！"

胤禛上下打量一眼胤祥，说道："这话透彻，其实是从大内万岁私库里讨钱！"他的目光像结了冰，凝视着窗外，谁也猜想不到这个神秘的脑瓜里想的是什么。良久，胤禛方一字一顿地说道："万岁肯定私下对武丹他们有承诺。所以，清债的事只要再苦顶一阵，一切都会冰消瓦解。我们尽的是臣子之道。为臣，当为国家着想，要把国库的钱一分不拉都收回来；为子，当为父亲着想，也不能把大内掏得精穷，叫皇上颁赏群臣也捉襟见肘……"

年羹尧张大了嘴，一时有些弄不明白，一向以为，皇帝是想怎么花钱就怎么花钱的。胤祥喃喃说道："那，我怎么办呐？"胤禛一哂，说道："太子也摆不明这个理，他去澹宁居几次，想摸阿玛的实底儿，万岁爷都是王顾左右而言他。我和邬先生计较，八月十五前要拼命挤一挤这群丘八，除了武、魏这几个人，别的人并不真穷，真的挤得差不多了，过了八月十五皇上也许就要说话了。"

"成！"胤祥找胤禛，就为讨这主意，将椅子扶手一拍起身来，正要拔脚走路，胤禛却叫住了："忙什么？债务的事一旦看透，已经不是什么大不了的事了。羹尧，你把见万岁的情形说说，叫十三爷也一处听听。"

年羹尧似乎有点意外，愣了一下，说道："万岁爷没有说多少话，当时只有武丹在，万岁问了我当年在飞扬古军中当游击时，去陕西调粮，杀掉陕西总督葛礼的情形。我备细说了请天子剑斩葛礼的事，老人家听得很仔细，有时还看着武丹点点头……后来万岁又说桐城的差事办得好，替国家分忧，不枉了你主子栽培。又说，武老军门为国家出了一辈子力，名分上是君臣，其实他从不把这些人当奴才使，准备调武丹回京任直隶总督，如今晋封奴才做了提督，一尺阔的溪水，可以一跃而过，得好好学武丹忠心办事……"

"后来呢？"胤禛看看听得心不在焉的胤祥，问道。

"后来太子爷来了，万岁就叫奴才出来了。"年羹尧道，"恰出来碰上范时捷，要去八爷府辞行，说八爷请了个老道士叫张德明，最会看相，约奴才也去，奴才没答应，又遇上十三爷，就和爷一道儿来了。"

胤禛想起范时捷，不禁莞尔一笑，但这只是一闪而过，随即说道："你明日就上路了，我吩咐你几句话，你要记牢。"年羹尧忙起身垂手侍立，说道："请主子训示。""你还坐着听，虽说你是我门下奴才，我们还是亲戚嘛。"胤禛一下子变得异常随和可亲，满面笑容摆了摆手，说道："你这个提督是朝廷的，去了之后要切实办差，带好兵，给朝廷争脸，也就给你的四爷挣了体面，这是最要紧的。二是不要和朝里阿哥随便来往，朝廷屡次下旨不许阿哥结交外臣，要有什么人找你，说什么话，你得如实禀告奏闻，要叫我知道。三是不奉旨或我的话，不必一趟一趟回北京，北京是是非之地，又值多事之秋，你的身分扎眼，回来多了一点好处也没有，府里你妹子有福晋、钮祜禄氏，还有我照应，你尽可放心，把家眷也带到任上，实心做事。你好，我们自然也好，有我，你自然好，荣辱损益全是一回事——我的这些话你可明白？"

"喳！"年羹尧原本斜签着身子坐着，"嗯"地起身答应道，"奴才明白！四爷的话从来只吩咐一遍，奴才牢记在心！"

"去吧。"胤禛满意地点头一笑，"去见见福晋，辞别你妹子。到任后给我个平安禀帖就成。"

胤祥待年羹尧出去，也站起身来，伸欠了一下笑道："我当万岁有什么要紧旨意呢！要没别的事，我回部去了，十几个硬头钉子在那边等着我去拔呢！"胤禛叹道："好兄弟，方才年羹尧说的，没有一件与我兄弟无关。兄弟英雄豪气，只是太粗心啊！夜间扪心想一想，你就都明白了……"

年羹尧的消息一点也不假。朝阳门外八贝勒府西花厅，聚了一大群人，正等着名震京华的异能之士张德明。九阿哥胤禟、十阿哥胤䄉，是早已到了，王鸿绪、阿灵阿、揆叙一干人或坐或立，忐忑不安地等着去请张德明的任伯安。明面上说，他们都是来府恭贺胤禩荣进王爵的，但东道主八阿哥胤禩却一直没露面，只家下长随们穿梭般来来往往，将一盘盘细巧宫点摆放得齐整，配着荔枝、龙眼、苹果、葡萄诸时鲜水果，看去煞是鲜亮。众人却都无心品尝，有的吃茶，有的品橄榄，满屋里水烟呼噜噜响成一片，弄得烟腾雾罩。

"九爷，"王鸿绪就坐在胤禟身边，等得有点发急，燃着火媒子问道："再有一会儿该掌灯了，怎么不见来？敢怕是这牛鼻子没有真才实学，不敢来了吧？"胤禟未及说话，旁边胤䄉咧着大嘴笑道："我素来就不信这些个。上回跟着八哥去潭柘寺，也碰见个装神弄鬼的，一男一女搂着亲嘴儿。四圈围着人山人海，说这对淫贱材儿在佛山不正经，佛祖见怪了，叫他们当众粘到一处出丑。我他妈的提了一条蜈蚣放在他们鼻子上，吓得他们'妈'地一声就分开了……"说罢哈哈大笑。

胤禟架着二郎腿，端着杯子看茶叶泛沫儿，说道："此类事有真有假。我原本也不信，上回大阿哥说，连三哥都请他相过面，这就蹊跷——三爷是何等样的道学，岂能轻易相信这些个？瞧罢咧，真的假不了，假的也真不了。"王鸿绪儒生出身，翰林清秘，只是好奇才来看看，心里对胤禩此举却大不以为然，冷笑一声说道："我今儿就要看看这牛鼻子的能耐！招摇撞骗，连六部里的士大夫都给蒙了，又在阿哥里头闹腾！在这里玩把戏，我就叫他吃不了兜着走！"坐在斜对过的乾清宫侍卫鄂伦岱满脸横肉，油光满面，正和阿灵阿说话，听见王鸿绪说，转脸笑道："别以为读了几句子曰诗云，就能参透天下事了！马仁道跟我说，他认识张德明那会还是个举人，张德明断他能考到二甲七名。初榜下来，却是第三名，正想着姓张的断的不准，临到殿试，考官见他的诗错抬一格，一下子降到第十七名，恰好取在二甲第七！你说相得准不准？"

正七嘴八舌议论间，帘子一响，任伯安急步进来，说道："来了，怎么不见八爷呢？"胤禩一掸袍角，笑道："少时八爷就来。张先生既来了，就请进来吧。"众人一齐张眼往外看，果然见几个长随导引，一个白发苍苍的老道士沿着石子甬道闲步进来，众人便不说话。王鸿绪冷眼看那张德明，约有六十岁上下，鹤发童颜，步履健捷，穿着件八卦鹤氅，头戴雷阳巾，手里摇着一把羽毛扇，倒也似仙风道骨，只似笑非笑，漠然站在门口审视屋内众人。王鸿绪因冷冷问道：

"仙长不在山中修道，来这衣锦繁华丛中何事？"

张德明略一躬身，淡淡说道："为布道而来。"王鸿绪喷地一笑，说道："翩然一只云中鹤，飞来飞去宰相衙！道人既通术数，不知有何神通？"张德明默默注视王鸿绪良久，说道："居士，你方才说得好，要看看贫道的能耐，何以能在京师招摇撞骗，连六部的士大夫都蒙哄了去！贫道自幼生有异禀，长投明师，修五千言道德真经，通漆园庄周幽径，若无实学，也只好是吃不了兜着走了！"说罢仰天大笑，众人无不悚然，惊愕相顾瞠目结舌。

"老道还真他娘有点门道！"胤祯见他这个下马威嚇得王鸿绪脸色煞白，哈哈一笑起身拍拍张德明肩头道："你先瞧瞧，咱们福分如何？"张德明转眼看了看胤祯，略一沉吟，说道："你是十爷？燕颔猿睛、帚眉方口，原本是个将才，可惜这对贴脑耳另主福禄，两下一冲，没了杀气，带不得兵。十爷龙子凤孙，功名事业却无大成就，倒落了个寿字，九十四岁善终，原是个长寿阿哥。"胤祯不禁鼓掌大笑："好好！我有钱有势，最怕短命，及时行乐一世也叫快活，你算搔着痒处了！"说罢推着张德明："去去，给他们都看看！"

张德明略一点头，至阿灵阿身边，端详道："君山根气正，土星明亮，位可至台阁，不用疑心。今明两年之内，恐防疾病，切须留意。"阿灵阿晒道："这都是奉迎话，何足为奇！说有病，早寻郎中，不就结了？"张德明一边向前踱，口中答道："规避疾病，转为囹圄之灾，反而得不偿失。"说着，已至鄂伦岱身边，上下打量了一眼这个侍卫，说道："君不贪女色，胸无机械，令人可佩，才智有限，要凭附他人，方可有成。所谓'青蝇之飞，不过数武，附之骥尾，可致千里！'"一边说，又回身笑谓王鸿绪："君宰相身，祖德隆厚，除了阿哥，在座的位至卿相，仅君一人。只恐晚岁小过谪遣，君王虽欲起复，然命数已尽，奈何奈何！"

"我呢？"胤禩一直在旁边听，见张德明侃侃而言，因将辫子甩向脑后，仰脸问："我问凶不问吉，请讲。"张德明一笑，说道："九爷君子心胸，原该如此。按九爷戊唇月口，凤目蚕眉，耳轮如珠，原是极贵之相。惜乎鹰鼻权腮，略有破相，明堂气隐，心多杀机。恐防五十四岁有一小厄。譬如溪水，一尺之阔，举步可越，过得去，寿至八十，过不去，恐有不忍言之事。"说罢，略一沉吟，又道："请九爷伸出左手，贫道再看。"

胤禩默默伸出手来，张德明略一看便道："此乃玉井纹，佐理朝纲不必问了。此纹名曰'天印'，却中道截断，不知府中可有杀婢之事？若有，即是此事妨了阴功。这与相面原是一理——我已知九爷何以不能百尺竿头再进一步了。"胤禩脸上肌肉猛地一抽：他确有杀婢的事，倒也不为奸情。前年夏两个丫头在厨房拌嘴，搅得他午睡不成，起来就命都捆了，放在马厩旁晒太阳，看守的人躲了纳凉，丫头就中暑死了。这事一向也没理会，张德明一语道破，胤禩不由一阵懊悔，叹息一声道："这是命数……"

正说得热闹，外边一群人，一色青衣小帽，长随打扮，都是一声不吱，鱼贯而入，一溜齐儿排在大书橱前。鄂伦岱一眼看见胤禩也是这般装束混在里头，不禁一愣。揆叙起身道："这里边有一位是八爷，其余都是府里使唤人，请仙长观相！"

众人立时把目光一齐扫向张德明。

第十六回　怀叵测乱言天子气
　　　　泄私意胤禛辱大臣

　　张德明泰然自若，安详地注视众人一眼，突然仰天大笑："贵人之气云蒸霞蔚，岂与常人等量齐观？凡夫俗子目为五色所迷，所以难以分辨。此一点小伎俩，大约难不住我！"因用羽扇一一指点："头一个身有奇骨，第二个蛇目无义，第三个华盖封顶，第四个媚骨外露……"他一个一个简短地下着断语，直到第十一，才道："此真八爷也！白气贯顶充塞一室，罡风飒然，直透明堂！别说站在这群龌龊小人中间，就是藏进紫禁城，混在金枝玉叶之中，我也一眼认出来了！"胤禩被他说破，自失地一笑，摆手挥退了众人，把帽子随手一丢，脱去外头青衣，内里穿的却是件滚边绣金湖绉天青袍，潇洒地将手一让，说道："简慢你了，请坐，看茶！"

　　"老道士真玄了！"揆叙笑道，"什么是气？我怎么就看不见呢？""气者，按儒家之说即是器宇。"张德明摇着羽扇款款说道，"然而道家视之，气乃人精神所在，闻之无声，视之有形，却也有浊清之别。王莽时朝廷星士，在长安观气，见南阳一带，煌煌赤气沛然冲霄，是为天子之气，派羽林军数千至南阳挖龙脉。但此人数术不精，竟放走了刘秀，倒挖断了王莽自己的王气，所以一代而终。莽莽天数，难以全知啊！"胤禛爽然自失，说道："这是载于《后汉书》的。只不知我的是什么气。""九爷十爷是紫气，王大人揆大人阿大人乃是青气，八爷和鄂军门却都是白气。"因指着任伯安和外头的长随们道："如此类人，则杂沓不堪，似灰似烟，说不到气上。"

　　鄂伦岱愕然说道："我居然和八爷一样？"张德明冷笑一声，说道："岂有一样之理？你不过是将军，带着西方煞气罢了。八爷白气如虹似霓，缕缕纷纷，聚合不定，乃是王气！"胤禩想到内廷传出自己封王的消息，心中一动，翕动一下嘴唇，却没有说什么。胤禩摇头咂舌，嘘着气笑道："不知太子爷、四哥、十三弟是什么气。敢怕是晦气！不然我们怎么每日受他的鸟气？"一句话说得众人哄堂大笑。王鸿绪多少也知道一点五行生克之理，听张德明这番话，心中已是暗服，禁不住击节赞道："美哉先生论道，如饮佳酿！"

"借你这句话我来拆字。"张德明乘兴说道，"'美'字八画，可拆为'羊大'。'羊'，'祥'也，是最吉之字。又可拆为'八王大'三字，今日给八爷看相，可谓巧不胜言。"任伯安听得出神，冲口问道："那么'佳'呢？""'佳'为一人执圭之象，也是八画。"张德明应口答道，"仍旧应照着八爷。八爷命相确乎是贵不可言！"

胤禩笑着笑着，突然眼波一闪，说道："说过头了吧？"张德明漫然说道："不过头。其实我还有话，八爷你如今只是贝勒，若仅如此，一人执圭，宰相亦可，摄政亦可，八王为大，仅对兄弟而言，说不到别的上头。"他口锋一转，辞气突然异常犀利："倘若王爵加身，白气护顶，则翻为极贵之兆，天命悠悠，人力不可更移！"

"你放屁！"胤禩突地勃然变色，"砰"地一声重重击案，"我不过看你浪有虚名，清谈取乐而已，你辄敢如此放肆狂吠，陷我于不臣不义，置我于难测险地！来人，把这个没天理的妖道捆起来，送顺天府！"

胤禩人称八贤王八佛爷，出了名的面和心慈，好贤轻财。多少犯了弥天大罪被逼得走投无路的人，但有缘分见他，必定有一番慈悲安置，从来是温良恭让和蔼可亲，谁见过他如此雷霆震怒？一时都吓蒙了，惊呆了，一个个脸色苍白面面相觑，厅中静得针落地都听得见。张德明也被这突如其来的变故惊得一愣，旋即仰天大笑，眼见两个长随大步过来要动手，将手中羽扇一指，说道："咄咄！不要恶作剧！"那两个人竟着了魔法似的，张牙舞爪摆着架子被定在当地！

"好妖道！"胤禩霍地起身，咬牙狞笑道，"取狗血来，请出万岁赐我的倭刀！""慢！"张德明也站起身，闲适地踱了两步，格格一笑，说道："合则留，不合则去。八爷何必学那些无知市井屠沽之流？我定他两个，并非法术，却是吾师亲传三昧神气功，狗血有什么用场？贫道虽去，也想请问八爷，怎见得我的话就是陷您于不臣不义？"胤禩怒不可遏，见长随递上倭刀，劈手夺过抽出来，晃一晃，冷森森寒气逼人，挺在手中直趋张德明，恶狠狠道："那就请你试刀！看是你的气功硬，还是我的宝刀硬！"

张德明也不躲闪，朗声笑道："自然是爷的刀硬。不过，贫道与八爷俗缘太深，你这一刀下来，恐怕两俱有损——我这就给你凭据。"说着，从怀中取出一把裁纸小刀，略一掂量，向羽扇柄轻轻一搁，连刀带扇扔在地下，抬头笑道："八爷，你袖中也有一把檀香木扇，请出来一观。"胤裪阴森森一笑，从袖中取出扇子看时，不禁骇然，原来木扇居然也从中一折为二，刀痕宛然尚在！胤裪的脸白得窗户纸一样，失神地丢了倭刀，座中众人也都吓得面无人色。

"我不怕这一套！"胤裪却沉得着气，阴沉沉说道，"邪不侵正，你这点子本事，比得上白莲教主徐鸿儒？你今日话意，说什么王上加白，难道不是挑唆八爷图谋不轨？当今圣明在上，太子贤德，臣事以忠，君安其位，你怎敢以天命之说惑乱人心？讲！不然……我用皇封朱标的夹棍夹了你，丢进油锅里炸焦了你！"

张德明身怀异术，因有恃无恐，并无惧怕之色，一哂说道："既有如此忠心，又何必叫山人来府献丑？天命无常，帝道无亲，惟德是辅：这不是儒家圣人的道理？王上加白固然是'皇'，但八爷如今尚未封王。你若不封王，至多不过五年摄政好做。就如前年薨了的康亲王，极平常的一件事，又何必大惊小怪自作多情？"胤裪从惊怔中清醒过来，呵呵大笑起身道："八哥，你也成胶柱鼓瑟的了。这都是说说玩玩的事，谁认真来着？太子爷那么圣明，又怎么会丢了嫡位？要真的丢了，别的阿哥捡起来也不算犯干法呀！"

"唉……"胤裪喟然长叹一声，"张道长，此种事岂可儿戏？说实在的，你讲的这些，有些很有道理，但我是既不敢想也不敢听。你有真才实学，万不能总在阿哥堆里转悠，早晚有一日糟蹋可惜了的。明儿我去礼部说说，白云观尚无主持道长，你到那里清修吧！"

张德明向地下拾起两截羽扇，信手一搓，已是复原，道貌岸然地合掌一揖，说道："昔日邹阳狱中报书淮南王，'明月之璧，夜光之珠，暗以投人，则莫不按剑相眄'。我与八爷交浅言深，如此措置是情理中事。

我所言是据易理而推，验与不验，日后来证。在座诸公人人怀荆山之玉，含灵蛇之珠，都是绝顶聪明的命世之士，且请拭目以待——无量寿佛！"

七月节过后，连着几场透雨，秋风渐起，金谷登场。胤祥和施世纶一干人越发没明没夜地苦干，交七月底，国库还银已四千余万。太子胤礽眼见成效大著，也来了精神，不隔两日就到户部一趟，伙同胤禛一起召集会议，督促清逋，务要在十月之前漂漂亮亮把差事办下来。康熙原来对太子一肚皮的气，见他督责如此认真，心下也自慢慢平和了。时近中秋，年年这时有两件大事要办，一是督催各省收纳粮赋丁银；二是勾决人犯。秋决处刑，"应上天肃杀之气"，事关国典，在园子里办就显着欠庄重。康熙虽懒怠动，也还照老规矩，命驾返回大内养心殿，拜了明殿又祭天坛，召集礼部司官与上书房会议秋狩承德的事，白天接见官员，晚上手不停挥批阅刑狱奏牍，还不时召见胤礽咨询外任官员任免事宜，就忙得不亦乐乎，直到八月上旬末，才算将暑热期间积压的文案料理清楚。

这时几位新王爷晋封诏书已下。廉郡王胤禩除了接见各旗旗主，分派旗人年例银子，接收各个皇庄交纳贡品，又兼管筹备宫中过节的差事。虽说八月十五年年都过，但今年是康熙圣诞五十三岁。为叫老爷子欢喜，胤禩合同内务府和礼部请旨，令大馂天下，凡五十五岁以上老人皆有月饼、加饭酒赏赉。满宫人分派得停当，扎兔儿爷，制桂花糖，一笼笼蒸出栲栳大的馒头、寿桃。六宫里两千余名太监宫女，喜气盈盈张灯结彩，忙得一团乱麻似的。胤禩一手操持旗务，一手操持宫务，满心要把差事办得滴水不漏。因见日子紧了，事情多得没头绪，合府上下一齐动，依旧觉得人手不够使，便叫过管家，吩咐道："请九爷十爷去，瞧他们做什么呢？"话未说完，便见胤禟一脚踏进来，因又笑道："偏是我闲，你们就一日三趟地来，要帮忙时，一个影儿也不见！"

"你也甭叫老十，他也不会来。"胤禟显得有点颓唐，一屁股坐了，闷头喝着茶叹道："说到忙，岂止是你？你日日进宫，那起子穷官儿见不着，就涌到我那儿撞木钟。想想也寒心，嫡亲骨肉兄弟，老四那里竟针插不进水泼不入！——他们哪里知道我们的难——还不敢说老四老十三个破字儿！"

"你是怎么答话的？"

"我说叫他们自己去见十三爷！"

"兄弟你错了。"胤禩叹息道，"这些都是无告的可怜人，够不上和四哥他们说话，好容易见着你，怎么好寒他们的心？再者，你这么说，在外人跟前显着我们兄弟生分，也不好。"

胤禵冷笑道："本来就生分，乔模乔样地装什么幌子？你大约不知道，我刚才去老十那里，他正忙着盘家产，把细软物件都搬到大栅栏、琉璃厂，要发卖还账呢！"胤禩吃了一惊，铁青着脸道："胡闹！"

"我看闹一下也好。"胤禵怔怔看着窗外，说道，"叫他们尝尝六亲不认的苦头！——我心里只是诧异：太子爷欠的债是怎么还上的？我叫人去户部查，真的是还了，疑心他动了内帑，内帑也不短缺！"

这正是胤禩也百思不得其解的事，他甚至为此派自己的奶公齐雅布去东北，秘密调查太子是否有挖人参的事，都无结果。据胤禩看，太子账目不清，压根户部的差使就办不成。这胤礽到底是怎么一回事？想想终究还是不解之谜。思量着，突然想到，胤䄉变卖家产，做得太过分，难保康熙知道，要疑心自己是主谋，因立起身来，扇子一挥道："老十太不成话。走，一块瞧瞧去！"

胤䄉"卖家还债"铺排的声势极大。这个二百五阿哥存心出胤禛的丑，捡了京师最繁华的所在，在前门外大廊庙一带沿街搭起席棚，蜿蜒差不多半里长，家私摆的琳琅满目，什么金漆坐柜、蝉翼纱帐、金自鸣钟、玛瑙鼻烟壶、倭刀、鸟铳、豹尾枪、东珠、象牙、琥珀朝珠、玄狐袍、各类成窑钧窑定窑瓷器、金玉如意、紫檀屏风、铜镜台、宣德炉、漱口盂、茶几、琴案、书架，凡百家中器具并破鞋烂袜子一应俱全，都标了价贴着红签，有的还搭着明黄袱子，显见的是皇帝赏赐的物件。小到几两几串，多到三万五万，价格也不一等。胤禩胤禵赶到时，大廊庙前累千累万挨挨压压都是人。人们在五光十色的货棚前东拥西攒，却都为开眼瞧热闹，并没一个敢问津的，只围着傻看卖呆，有的窃窃私语，有的默默出神，有的讥讽挖苦，有的掩口偷笑，什么样儿的全有。胤禩胤禵挤得一头热汗，正没做理会处，忽然听人们吆喝："十爷把施大人的轿拦住了，走，瞧哇！"

于是人流滚动一齐向西，越发挤得落花流水。胤禩胤禵趁着劲儿往前钻，果然见一乘绿呢大轿停在当街，施世纶脸色苍白得毫无血色，长跪在地，胤祯手里拿着把破芭蕉扇，穿一身灰粗布截衫，正破口大骂："姓施的，你还算个读书人？是哪个狗娘养的考官取中了你这么个怪物，我再不济，是黄带子阿哥，龙子凤孙！当我的面你就敢动手拿我的人！"

"回十爷的话！"施世纶揖手说道，他的声音多少有点嘶哑，"下官并不知这奴才是十爷府的。十爷既这么说，下官还要谏十爷几句，这豪奴蔑视朝廷大臣，拦轿喝骂，是十爷家教不严！""哟嗬？"胤祯一脸坏笑，破扇子拍着腿左右顾盼道："这么着倒是我的不是了？我倒有心请罪，你当得起我一拜么？你一个二品京官，大摇大摆从我面前过，连轿也不下，这是施琅庭训给你的规矩？"胤禩这才瞧见，胤祯身边还围着一大群官员，从部郎到司曹都有，都用憎恶的目光盯着正在受窘辱的施世纶，并无一人解劝，正思量该怎么办，却见施世纶咽了一口唾沫，说道："下官是近视，没有瞧见十爷……"

胤祯此刻解恨到十二分，得意地扇了一下破蕉扇，哼地冷笑一声道："你敢情近视？你是没上眼皮，只看天不看地！近墨者黑，近屎者臭，扑了高枝儿就来欺负人！"旁边站的刘典、刘燮、党逢恩等人个个趁愿，绷着脸儿暗笑；金玉泽已升了兵部员外郎，在旁凑趣儿"劝"道："十爷，您别恼了，他不过小人得意，气着您身子倒金贵了。"

"我为国家清理亏空，又不曾中饱私囊，金玉泽，我怎么'小人'？"施世纶气得浑身乱颤，身子一挺，口气变得异常强硬："就是十爷的话，我也不敢苟同，也不懂——谁是墨？谁是屎？谁是高枝儿？请十爷明示！"胤祯被他顶得一愣，顿时咆哮如雷："你只认钱不认人，就是小人！卑污！铜臭不堪！"一挥手命府中长随："替爷啐他！"

胤禩见十贝勒府几个人捋袖挽臂地上前，知道一口啐出去，立时要惹出倾动朝野的大事，忙大喝一声："慢！"便拉着胤禵挤了出去。围在胤祯四周的太监、长随和六部司郎官员足有大几十号人，见是胤禩来了，都是一怔，黑鸦鸦跪了，一片声请安。街市上的人越发瞧得兴头，围拥着挤得水泄不通。胤禩黑沉着脸瞪了胤祯一眼，哼了一声，几步走至施世纶身边，柔声说道："方竹兄……屈了你了……"

……施世纶身上一颤，热泪顿时走珠儿般滚落下来。

"十爷脾性刀子嘴豆腐心，出了名的躁性。"胤禩紧蹙眉头，娓娓劝道，"今儿这事瞧我薄面，且撂开手。你是朝廷柱石之臣，量须放大些儿。这也不是说话的地方，回头我禀知太子，叫他登门负荆请罪！"见施世纶兀自僵跪不语、泪光满面，胤禟在旁跺脚埋怨："昨晚叫你少灌点黄汤，你就是不听！为你这不争气毛病儿，阿玛都恨得牙痒痒的——今儿这可倒好，连老施都作践！"

胤祯满以为这两个哥子定要帮自己说话，不料都异口同声责怪自己，不觉怔了，其余官员人等也各各无趣。正发呆，胤禩已回身命众人："快搀老施上轿！老九，你亲自送方竹先生回南横街——你们愣什么?!"胤祯仆人们见廉郡王动了气，又见主人无话，只好答应着上来，做好做歹扶着一声不言语的施世纶上轿，由胤禟骑马护送，一径去了。胤禩俨然主子般厉声指挥："把棚子拆了，东西往回搬！"胤祯气得一跺脚，也不打招呼，扭头便走了。

第二日便是中秋节。头夜康熙睡得很好，一大早起来，先拜了天穹殿、钟粹宫、钦安殿，又至斗坛拈香，进了早膳，又至乾清宫接受百官朝贺。这都是官样文章，却一样也省不下来，他耐着性子坐在宝座上，听臣子们一篇又一篇的"万寿无疆赋"，什么"海晏河清，圣治被化万方"，又是"黄童白叟，共享盛世承平之福"，足足闹了两个半时辰，下来时，已是申末时牌。进了晚膳，康熙稍事休憩，便见胤禛进来禀道："阿玛，都预备齐了。何时起驾，儿臣先去御花园知会。"康熙正要答话，却见养心殿总管太监李德全，带着邢年等七十多个太监宫女进来请安。

"万岁爷，"李德全笑嘻嘻道，"奴才方才去后头看了，今年十五真个别致！到底八爷调停得周全，再没个挑剔的。老天爷也凑趣儿，晴得一丝云彩也没，老月儿圆的溜儿的，大月饼似的，已经慢慢起来，真叫人越看越爱！"

一句话说得众人都笑了，康熙因问胤禩："阿哥们都来了么？"胤禩忙躬身赔笑道："儿子是从家里径直进来的。方才太子那儿的何柱儿说，到得差不多了，巴巴儿等着主子爷呢！昨儿见大哥三哥，他们叫儿子请旨，恩准年长阿哥把皇孙也带进来沐恩光宠，也取个团圆吉利，不知万岁……""不用了。"康熙略一沉思，说道，"一百多个皇孙，大的十七八岁，小的才几个月，还有乳母、谙达、丫头、老婆子一大堆，少算也有四五百人，朕受不得这吵闹。"

胤禩一听"吵闹"二字，陡地想起昨日大廊庙的事，胤䄉这个二杆子，别今晚再闹事吧？不由心中一阵慌乱，忙道："阿玛要没别的吩咐，儿臣得到后头看看，不定太子已经去了御花园，儿臣还是随班候驾的好。"康熙微笑点头道："你很知礼，去吧。看看侍卫里武丹来了没有，要没来，叫进来一同赏月。"胤禩连声答应着匆匆辞了出去。

御花园门口已是火树银花，因园内赏月，不宜张灯，胤禩独出心裁。在园前汉白玉阶下用一万盏玻璃灯盘成二龙戏珠图案，沿墙琉璃黄瓦下每隔一尺吊一盏小巧玲珑的宫灯，红黄蓝紫青五色迷乱，既壮观又不呆板。胤禩赶到园门口，大阿哥胤禔三阿哥胤祉正和直隶总督武丹说话，胤禩远远便笑道："武老叔，方才万岁爷还说，叫传旨请您呢！"说着便凑近前，拉起武丹的手道："您今年有一个花甲了吧，红光满面，精神矍铄，叫人瞧着眼红呀！"武丹呵呵笑道："奴才是个使力不使心的匹夫一个，有什么叫人眼红的？"当下寒暄一阵，胤禩便问："兄弟们都到齐了没有？"

"差不离了。"胤禔笑眯眯看着胤禩，说道，"我没仔细看。方才乱哄哄的，这才理出头绪来。"胤禩听着仍旧不得要领，一边说话一边向里张望，胤祉笑道："你要忙，只管先进去，我们不想站规矩，出来躲着和武老叔说说话儿——还有，你得防着老十这个铁头狮狲惹是生非。我进宫前，他打发人去我府借阿哥衣服，我没理他，这可不是疯了？昨儿闹大廊庙，今儿闹到里头来，这八月十五就算过不成了！"

胤禩心下越发着忙，向三人略一点头抬脚便进了园子。果见男昭女穆已经排好班次：西边贵妃钮祜禄氏为首，挨次惠妃纳兰氏、荣妃马佳氏、德妃乌雅氏、宜妃郭络罗氏、成妃戴佳氏、定妃万琉哈氏、密妃王氏、勤妃陈氏、襄妃高氏，还有十几个尚未诞育皇子的，如陈氏、色赫图氏、石氏、陈氏等人，还有个新选的郑春华，只是个嫔——胤禛却知她和太子胤礽甚有暧昧——和一群答应、常在低等嫔御站了一处，一色青缎旗袍，高梳"把子头"，脚踩"花盆底"，俱都垂手侍立。东边以太子胤礽为首，挨身便是胤禛、胤祺、胤祚、胤禑、胤禧、胤祹、胤祥、胤禵、胤禑、胤禄、胤礼、胤祄、胤禩、胤祎，大的三十五六，长髯垂胸，小的尚在总角，粉妆玉琢。四百多个有头脸有体面的太监宫女也都按房分立东西：女的人人花枝招展，男的人人神采奕奕，都是规规矩矩站着，只二十一个未嫁的和硕公主是娇客，显得随便些，叽叽格格说笑个不停。

看了一周遭，没有见胤禩的影儿，胤禛深悔昨日没有多和他聊聊，但此时急也无益，只好看情形处置——也许胤禩称病不来，或来了也未必就敢闹事……心里七上八下正胡思乱想间，却见胤禔胤祉快步进来归了班次。接着便听李德全高唱一声："康熙老佛爷圣驾到！"

第十七回　放厥词浪子受鞭责　明是非慈父行家法

这些阿哥里头，只有十四阿哥胤禵心里清楚，今晚十阿哥是存心大闹一场。他刚从木兰围场奉旨回来，就去访了九阿哥胤禟，京华风云已是历历在心，却毫不动声色静等着这出好戏。胤禵胤祥是同年人，一样的任侠豪爽，一样的习兵好武，连个头模样也颇相似，却和胤禛是一母同胞，都是德妃乌雅氏所出。但清代皇子制度，阿哥无论嫡庶，悬弧堕地，保姆就抱出去，交给乳母，各自八个保姆，八个乳母，还有所谓针线上人、浆洗上人、灯火上人、锅灶上人，一到绝乳，又添八名读过书的太监，谓之"谙达"，教语言、教行步、教礼节，举手投足左右顾盼均按规矩来。雅步从容仪态万方，并不受之父母，各兄弟间也只揖让而已。所以无论父子、母子、兄弟，骨肉亲情天伦之乐都是说不上的。胤禛生时恰因孝诚皇后产子而殇，例外地抱进了钟粹宫，聊慰皇后膝下荒凉。为这档子事，招惹了其余阿哥妒火中烧，在胤禵那里耳濡目染日积月累，不知撩拨了多少风凉话。因此胤禵自幼和胤禩一干人打得火热，自己的胞兄胤禛倒不相干的了。

此刻，他目光炯炯地看着坦然自若的胤禛和嬉笑顾盼的胤祥，一边随着迎驾、叩头，心里不住暗笑，猛听众人喊"万岁!"便跟着叩头，山呼："万万岁!"

"罢了吧。"康熙笑容可掬，双手虚抬了一下，说道，"今儿是家筵，大家痛乐儿，不必拘礼。往年这时分是赐筵群臣，他们享了君恩，却不得与家人团圆，今年变了一下，白天赐宴，晚间各自回去，各得其乐，胤禩想得周全。"说罢便更衣，换了天鹅绒纱台冠，酱色江绸夹袍外又套了件石青缂丝棉金龙褂，腰间束一条金带头线纽带，足登青缎凉里皂靴徐步走向御亭前的拜月台。

此刻风清气爽，碧澄澄的天上月轮皎洁，柔和地洒落着水银似的光。拜月台上香烟缭绕，案上供着炉、镜、鼎、钹、赤虎料珠、琉璃碗、金龙油灯，旁边罗列着金轮、银轮、瓷轮、银马、银象、银鱼、银螺、银将军、银男、银女、银盏、银罐、银伞等法物。康熙向银盆中盥了手，神情变得异常庄重，默然长揖到地，仰面静静看着昊天海月，喃喃祈祷："总理河山臣爱新觉罗·玄烨熏沐谨奏上天：夫人生在世，事功易，成功难；成功易，终功难，善于始者必慎于终。此乃玄烨心中事：完人自古无之，臣愿克减寿算求一完人，惟上天默察庇祐！"因为离得很近，胤禛听得清清楚楚，想起父亲一生呕心沥血一刀一枪开创基业，夙夜不倦孜孜求治，已成亘古一代令主，居然情愿减寿以求全名，不禁痴了。正沉思间，康熙转身笑道："拜月已了，大家随意入席赏月。七岁以下皇子可随母亲同坐——照料好了，不要进得太多，谨防伤着脾胃。"

筵宴是早已预备好了，共是三十桌。错错落落散处在假山旁，水榭亭侧，一桌一桌珍馐佳肴垛得老高。康熙的一桌就摆在月坛下，中间一个五福盘，摆着鸭丝燕窝如意、鸭子熏白菜、五香烧狍肉攒盘、丹桂汤、羊肚片，四周一色珐琅碟子点心，什么桂花糖馅月饼、象眼小馍头、饽饽、面桃、西瓜、哈密瓜、葡萄、苹果、荔枝……也不及细述。康熙因笑着对胤礽道："难为你这次清理亏空，差使办得好，不像往常瞻前顾后地疲软，朕心里很受用。你是太子，和朕同坐说话儿吧。"因见鄂伦岱进来，又道："吩咐御膳房，照这里的样子在园门口摆四桌，你们陪着武丹也乐一乐——抬一桌席面到毓庆宫，赏太子妃子石氏和太子世子们用！"说罢举箸，众人方拿捏着进膳。满园清亮的月光下但闻杯盘微微作响，却一声笑语不闻。康熙心知是因自己一人在场之故，因又笑道："早知如此，还不如和臣子们一处吃酒呢！哪个有笑话？逗得朕乐了有赏！"

"儿子当得承奏。"胤礽率先躬身站起，但他素来温文尔雅，并不长于此，思量许久才道："前儿听人家说了一个，却是本朝实事。去年罢官的济宁道徐球壬在任时，有个姓王的杀了姓尹的。人犯拿到，徐球壬指着姓王的拍案大骂：'夫妻一道载在三纲。人家好好夫妻，凭什么你就敢拆散了，叫人家婆姨守寡？现在我把尹妻判给你，叫你婆娘也尝尝守寡的滋味！'"说着瞟了一眼嫔御队里的郑春华，郑春华忙别过脸和陈氏说话。

康熙愣了一阵回过神来，不禁大笑道："这人是明珠荐的，不料还有这份才具！绝妙判语，这个笑话好——把朕写的湘妃竹扇拿一把赏太子！"下一席坐的胤禔却是明珠的外甥。明珠秉政二十余年，权倾朝野，因与太子作对，早已罢官，见太子说这笑话，心中不禁大怒：人都死了，兀自不肯放过！……因把盏起身笑道："人说鸡有五德，我府里喂着一只波斯猫，也有五德：见鼠不捕，仁也！鼠夺盘中之鱼，能分而食之，义也；宴筵宾客盛馔一设，闻风即来，礼也；好吃的东西藏得再密，都能偷到，智也；每入冬天寒，必先占熏笼取暖，信也……"言犹未毕，众人已是哄堂大笑。

"儿臣也凑一个。"胤禟在第四桌，早已听出二人互相攻讦，便有心揶揄，因起身笑道，"苏东坡的儿子生性最蠢，那年因下大雪，东坡最伶俐的一个小孙子因顽皮不肯读书，苏东坡便命他跪在雪地里背《劝学篇》。儿子瞧见，就也跪了。东坡问：'你为什么跪？'傻小子说：'你冻我的儿，我也冻你的儿！'"话音刚落，已笑倒了众人，几桌嫔妃们手帕子掩了口格儿格儿笑得前仰后合，康熙笑得抚着胸口道："老九素日沉默寡言，难为他说得好，赏他一令宋纸！"

胤禩不禁抿嘴一笑，正搜索腹笥也要说一个，却见胤禵大咧咧迈着步子进园来，心头不禁猛地一沉，忙要招呼时，康熙已经瞧见，笑问："你哪里钻沙去了？懒散成性，不成体统！罚你说个笑话儿！"

"是！"胤禵率性鲁直，不藏心机，颇受康熙喜爱，一向就骄纵，一边凑到第三桌，口中笑道："不过说的不雅。前年我奉老佛爷圣旨山西赈粮，去永济看了看普救寺。那里却有一桩风俗不好，拉屎揩屁股不用纸，都用的秫秆做根棍儿，美其名曰'厕筹'——"说到这里众人早已怔了，却听胤禵又道："——儿子想，别人也就罢了，当日张生崔莺莺西厢之会，那崔莺莺倾国倾城之貌，羞花闭月之容，用这玩艺儿揩屁股，那揩得干净么？……"

众人起先还怔怔地听，至此已无不攒眉摇头，撇嘴龇牙。康熙皱眉笑道："煞风景！你还叫大家吃东西么？罚你一杯！"胤祯"咽"地一口饮了满满一杯，嬉皮笑脸道："是……果然是不好！又有一个——一起子水盗，打劫了商船，不料扒开货仓，全是些香烛。这东西没地方存，卖着又很贱，扔了又可惜。于是大家商量：'咱们做没本钱生意，白刀子进去红刀子出来的勾当，全指望老天保佑，不如烧他娘的，也算功德。'于是一把火焰腾腾燃起，顿时香透九重。玉帝闻着，问：'谁家做这么大的功德？'命天丁查看，天丁回说：'没见别的，就见几个可怜人在那儿哭，一伙子老强盗在那里向火哩！'"

谁都听出来了，这压根不是笑话。康熙的脸一下子阴沉下来，慢慢放了酒杯。所有借过银子的阿哥心头都是一动，把目光瞥向这阵子飞扬跋扈，撵得百官鸡飞狗跳的胤祥。胤祥咽了一口唾沫，也起身笑道："儿子也说一个船上的事——去年过芜湖，芜湖道雷庸去见儿子，我问他：'贵道坐船来的？船在哪里？'他说：'船在河里。'儿子又好气又好笑，就说：'真草包！'不料他又答说：'回十三爷，草包在船里！'"胤祯背地诨号"十草包"，人人皆知，所以这笑话说出来，没有一个人敢笑，只康熙笑得"喷"地一口酒吐出来，一眼瞥见胤祯气得脸色雪白，又止住了笑，只神色不动打量着这兄弟二人。此刻御花园中五六百人都已屏气息声，大家预感到今晚要出事，停了杯箸，惶恐不安地望着斗鸡似的胤祯胤祥。胤礽情知这两个弟弟要捅马蜂窝，慌乱地看一眼康熙，想起身去劝又不敢，只死命地给胤禛递眼色，暗示他去劝胤祥，无奈胤禛正全神贯注地看着事态发展，一点也不觉察。

"老十三呐！"胤祯到底憋不住，叩着杯子笑道，"方才你讲的这个草包故事，除了万岁爷，咱们都没笑，该罚你三杯呦！"胤祥笑嘻嘻执壶，在众目睽睽中踱至胤祯身边，说道："万岁爷笑了，就是我尽了孝心，别的人哪怕哭呢，与我什么相干？十哥既然说到这里，我也想起十哥的香火船。不知此事出于何朝何代？何人的船被劫，这劫船匪盗拿住了没有？""你问这个？"胤祯冷笑道："本来是个古记儿，无朝代可稽，无年月可考，大约谁有这个强盗心，不免就狐疑起来。我倒晓得谁叫打劫了——万岁爷方才还问，为什么来迟了，我没敢回。生怕大节下的，扫了天家体面。不瞒你这当家兄弟，我家遭劫，四壁如洗，你嫂子你侄儿都是可怜人，在那里哭。我出去借一身干净衣裳进来，还要强笑着听别人骂桑树，兄弟你看我难不难？"

胤祥恍然说道："哦——怪不得十哥来迟，原来借裤子去了！"胤䄉见康熙听得专注，越发放肆，因嚷道："兄弟好伶俐，真个响鼓不用重槌。你一定要我说透，我就说：你和施世纶那个丑八怪，就是强盗！我昨儿已经作践了老施，想必得罪你也不浅了——怕怎的，头掉了也就这么大个疤！"他用手比了个圆圈，一笑又道："我比得不雅驯，很像个王八淫贱材儿，实在对不住，咱是个粗人。"

康熙这才晓得事情原委，清理亏空居然弄到皇子卖当的地步！他心思飞快地转动着：老十何至于此？莫不是和老八他们下头商议好了，今晚借机发难，要瞧胤礽胤禛的好儿？瞥眼看胤禛时，胤禛却是急得脸都黄了，只是皱眉叹气，又觉得不像……正恼太子一言不发，第二桌上胤禛大声发话："十三弟，你过来这边坐了！他一个二五眼，你和他计较什么？"

"你是三五眼！"胤䄉勃然大怒，冲胤禛吼道，"捉蚂蚁熬油，臭虫皮上刮漆，只要钱不怕寒碜！你不信到我家去看看，他们是在哭不是！"话音未落，胤禛一口顶了回来："谁晓得是哭还是嚎？即便真哭，前人有话说的好：一家哭，何如一路哭？"胤祥接口便道："就是四哥这话——有声有泪谓之哭，有泪无声谓之泣，有声无泪谓之嚎，谁知你们……"

胤祥十分解气，得意洋洋地还没解说完，"啪"地一声，脸颊上早着了胤䄉一记清脆的耳光："你是哪路神仙？淫贱材儿下作种子！就懂得跟着太子爷四哥后头拍马屁溜勾子舔屁股……"他唾沫四溅正说着，胤祥一个漏风巴掌回敬来，打得金花四冒，兄弟二人顿时在席前扭成一团。

"打起来了！"所有的人都站起身来，顿时御花园乱得一团麻似的。武丹鄂伦岱等侍卫在外边听见，一拥而入进来护驾，见是这种情景，不禁都愣了，要上前拉时，康熙又没发话，只好讪讪地站在一边。太子抽身过去，扎煞着手喝止，但他素无刚气，此时谁肯听他的？胤禔假惺惺摆着大哥派头虚吆喝；胤祉掸衣挥扇，劝了这个说那个；胤祺胤祚素来

老实，抖着嘴唇惊惶四顾不知所措；胤祺此刻倒定住了神，挥扇品茗沉
吟不语；胤禟胤䄉帮着胤䄉又推又搡。其余皇子有的帮打太平拳凑份
子，有的脸色苍白瞠目结舌，有的夹七夹八说些莫名其妙的风凉话：

"看打着了！"

"何必呢！"

"胡搅！"

"唉……乱来！"

胤祈胤祾胤祎等人年在幼冲，早被乳母们护到一边，吓得咧着嘴大
哭大叫……一时间，御苑中人如热锅蚂蚁，声似鼎沸之水，嘈杂纷乱
不堪。

"都住手！"康熙突然咆哮一声，"让两个小畜生打，好生打，往死
里打！"

他终于憋不住了，儿子多了，人各秉性不一，康熙原也知道他们间
有不合气的，原想不过为有的受信用，有的没差使互相不服。不料竟是
事关国策，旗鼓鲜明冰炭不能同炉！康熙这一赫然震怒，皇子们无人不
怕，一个个脸上青红不定，诺诺连声后退。胤䄉胤祥满身灰土爬起来，
脸上都是乌一块紫一块。胤䄉啐了一口别转了脸，胤祥举目一望，觉得
除了胤禛都是外人，扭曲着面孔抽搐几下"呜"地号啕大哭，伏地诉
道："儿子失礼，凭着阿玛发落。只求万岁今儿当着众人还儿子一个公
道……说明儿子的亲娘到底是不是淫……贱材儿……"

这件事原委根由，就是一车话也难以说清①，但今晚明摆着是胤䄉
有心发难生事，又先动手打人。康熙怔了一下说道："你起来！你母亲
阿秀是土谢图汗的公主，身份贵重。只因命犯华盖多灾多病，朕特旨允
许舍身出家，不要听小人们放屁——朕这就赐你母亲名号：晋封章佳氏
为敬敏皇贵妃！——胤䄉，朕先不问你荒废学业终日浮荡。你借银的
事，僇辱廷臣的事朕这会子都懒得问，只你今夜举止如此无耻放肆，是
为什么，你活够了么？"

"不是儿子活够了，"胤䄉在下头已与胤䄉胤禟计议，揣透了康熙的

---

①　见拙著《康熙大帝·玉宇呈祥》。

脾性：越硬挺越赏识。因一口顶了回来："是人家要逼死儿子！您老知道，从他们清理亏空，死了二十三个朝廷命官，儿子不想当这第二十四个！原旨说清理以四哥为主，老十三凭什么弓开的溜圆儿射人？屎壳郎钻纱帽，硬充黑老包——万岁您别瞪我，就是死也得把话说完——像这么着窝里炮，拿着亲兄弟一个一个地宰，弄得宗室贵戚家家如坐针毡，哪一朝有过？三哥的银子是万岁垫出来的，其余的兄弟谁家不是精穷，有什么好心情陪阿玛说笑话取乐儿？"说到这里，不知哪句话触动情肠，两串泪珠扑簌簌顺颊淌下。

康熙原知道因胤礽胤禛撑着劲，十三阿哥在户部办实事，必少不了得罪人，想不到竟弄到皇子典卖家当。不由心里一沉。正思量间，胤禛起身淡然说道："老十，你觉得胤祥不留余地，你留余地么？施世纶一碗水清到底的官，你当着千人万人就那么羞辱他！你还叫我们办不办事了？"因将胤䄉昨日在大廊庙那档子事备细说了："施世纶昨晚见我大哭一场，又赶着过节，怕主子知道了难受生气，没有奏闻——这样的忠良，我们做阿哥的凭什么要作践他？"

"老十是糊涂。"胤禩斟酌半日，觉得不能不帮着胤䄉顶一顶这个硬头钉儿，因道，"不过事出有因，施世纶也有不是处，明知胤䄉在大廊庙，偏就火上浇油，筛着大锣从那里过。好歹也该回避一下的。"胤禛笑道："老十府里奴才要不拦轿骂街，施世纶就敢放肆拿人？""打狗还得看主人呢！"胤禟冷笑道，"施世纶说到底是汉人，要没人放纵他，就敢那么张牙舞爪？"

胤祥气得脸色雪白，大声顶回来："施世纶天下第一清官！这是万岁的话！清理亏空是万岁的旨意，收来的钱归了国库！笑话——这事论的什么满人汉人？九哥，你去山东赈灾，手下的官都是满人？"一时间阿哥们七嘴八舌各执一词，红着脸唇枪舌剑，又是一番热闹情景。

"都住口！"康熙断喝一声。权衡再三，他很快就清醒过来：此刻自己只要稍有同情胤䄉的表示，消息传得比风都快，不出三日便举朝皆知，胤礽胤禛和胤祥的差使就更难办，便踱至胤䄉身边，狠狠盯了一眼，说道："杀人偿命欠债还钱，自古通理！你这畜生竟比作'强盗打劫'！朕知道你们不服气老四老十三办的差使多，你们回去扪心自问，是朕不给你们差使，还是你们不要？康熙四十四年朕就说过叫老大、老八老九去管户部，你们都'有病'？身子骨儿金贵嘛！好差使，眼面光的差使你们抢了，苦差就推给他们，他们办得认真了，你们又眼红，以为朕不知道？"

一句话说得胤禛胤祥几乎堕泪，这些话其实连他们自己也不曾想得这么透彻体贴。其余阿哥们想想也真是的，便都低垂了头不吱声。康熙又道："太子和胤禛胤祥实心任事不避怨嫌，正是国家祥瑞，为什么你们就放他们不过？胤䄉，你素日骄慢目中无人不学无术，朕怜你粗放，没有理会。索性今日连朕也不放眼里，大闹御花园，肆无忌惮至于此极——这犹可恕，只施世纶为朝廷柱石之臣，你竟敢于光天化日之下肆意侮辱，没有听说过士可杀不可辱？来！"

"奴才在！"

李德全脸色焦黄，心头狂跳，忙进前一步说道："万岁……"

"带胤䄉去宗人府。"康熙咬着牙道，"着慎刑司责他十脊杖，囚禁三日！"

李德全忙答应一声，哆嗦着腿至胤䄉面前打了个千儿，颤声道："十爷……请……""我还没谢恩呢！"胤䄉铁青着脸说道，过来双膝着地，恶狠狠盯了胤祥一眼，叩头说道："儿子受杖去了！"说罢起身扬长而去，把康熙气得站着干发愣，半晌，叫过武丹道："本想今晚吃一会子酒，叫你进来月下舞剑的，扫兴了。穆子煦不是进京来了么？明儿叫他递牌子，你们进来陪陪朕……"他长叹一声，摆摆手道："散了吧。"

第十八回　议巡狩起心废国储
　　　　　拒谏诤太子抖威风

　　第二日一大早，武丹便约同穆子煦由西华门递牌子进大内觐见康熙。二人联袂由隆宗门进天街，穿永巷不远，早见李德全已候在垂花门口，还有两个八品文官跪在门口候见。李德全见他们来，忙迎上来，说道："我在这专候着你们二位呢！万岁爷一夜没好睡，方才几位上书房大臣都进去请安了，听说魏东亭军门殁了，万岁更不高兴。二位军门多劝着主子些儿。"

　　两个人顿时愣住了，吃惊得张大了口。魏东亭是康熙皇帝乳母的儿子，自幼就和皇帝一处读书玩耍，号称熙朝第一侍卫，自康熙元年就侍从在侧，与武丹、穆子煦、曹寅、狼瞫几十年风风雨雨，保护康熙经过多少惊涛骇浪急流险滩，说一声死，就这么轻轻巧巧地去了？乍听噩耗，真难相信这是真的，两个人不禁茫然对望一眼，心里空落落的，耳朵里嗡嗡直叫。但此时此地不能哭，也不能多谈，只好跟着李德全往里走，只是脚步像一下子灌满了铅似的沉重。

　　两个人恍恍惚惚进了养心殿东暖阁，果然见张廷玉、佟国维和马齐都跪在黄垫子上，康熙脸色苍白，歪在大迎枕上喝着参汤，正和毓庆宫总管太监何柱儿说话："你早已从这里调去毓庆宫了，不要一趟一趟总回养心殿来。侍候好太子是你的本分！"

　　"奴才知过了。"何柱儿赔笑道，"不过这回奴才是奉差来的。太子爷卯时就进来了，因主子刚睡着，没敢惊动，叫奴才侍候着等主子醒了再去叫他呢！"康熙轻咳一声，一抬眼见武丹穆子煦进来，摆手示意他们免礼，一边说道："何柱儿回去吧，叫他不必请安了，孝顺不在这上头。"说着，从案上取过一份折子递给何柱儿，又道："这个折子朕已经看过，处决的名单似乎多了些，叫他再审一遍，可矜的、可悯的、可疑的，但有一线之明，该停勾就停勾，脑袋掉了长不出来，要慎之又慎！"眼见何柱儿去了，康熙方转过脸，默默盯视着穆子煦，许久才道："你毕竟来了。朕上次给你的朱批，说了不必来京，你们欠的那点子债朕心里有数，过两年朕南巡时还指望着你们陪驾，没有个好身子骨儿怎么成？东亭的事情知道了？"

穆子煦忙伏地叩头，不知怎地，止不住热泪只是往外淌，哽咽道："老奴才赶着来京，倒不全为还债，这两年身子越发不济，一闭上眼满心都回想往年的事，越想越怕，生怕不能再见主子一眼就去了……上年去南京见了魏东亭，他躺在床上只是流泪，满心盼主子早点南巡，赏的金鸡纳霜都舍不得吃，谁知到底……"他啜泣着，说到这里已是语不成声。康熙先是静静地听，脸上皱纹刀刻似的一动不动，见穆子煦说得恓惶，哪里还忍得住，仰天长叹一声已是泪如雨下。

"万岁保重！"马齐眼见武丹也要开哭，忙跪前一步奏道，"一会儿太子还要回事，还要引见外臣，仔细着龙体。魏东亭年届耳顺，已是长寿，生荣死哀，似不必过分悲伤——穆大人，你也不必伤心了，我们费了多少唇舌才劝住了万岁，再一哭，伤了龙体可怎么好？"张廷玉佟国维也含泪奏劝，三个人方慢慢止住了，张廷玉见是缝儿，忙道："李绂和田文镜户部荐上来，因户部账目已清，引见外放，主子这会儿见他们不见？"

康熙略一沉吟，拭泪点头缓缓说道："叫进来吧。你们几个也不要跪着，起来坐到那边木杌子上。"说话间，已见田文镜在前，李绂紧随进了天井院内。

这两个人在户部办差两月有余，心计又好办事又勤，很得胤祥欢心，因为账房的事已毕，只有几十个封疆大吏尚未清还，恰遇吏部遴选，胤祥知他们得罪人多，京官做不牢，便荐了田文镜莱阳县丞，李绂是进士，出任潮州同知，部文一下即刻引见。两个人面上平静，因是头一次独觐天颜，心里紧张极了，都是双手紧攥，捏得满把的汗。导引太监将他们带到丹墀下便退了下去，李绂小声说道："田兄，你先报履历，我接着说，不要错了规矩。"田文镜心头突突乱跳，心里运着气点了点头，甩着马蹄袖登上丹墀，激动得声音发颤，大声道：

"臣，田文镜，康熙四十六年恩科拔贡——"

不料还未报完，李绂脱口接了上去"——山东诸城人！"田文镜便回头看李绂，两个人竟愣在了殿门口。殿内气氛原本沉闷悲怆，这两个人乱报履历，倒弄得康熙破颜一笑，说道："不要紧，进来吧。"两个人这才摆脱了尴尬，进来叩头礼拜。佟国维便道："你们都是读书人，怎么如此浮躁？"康熙微笑道："他们本来心里就捏成了一团，还架住你再训斥？"便温语垂询二人出身阀阅学历识量。李绂田文镜方平静下来一一细奏。

"你们的情形施世纶奏过，"康熙说道，"在户部办事很认真，这原是好的。但户部差使讲的是锱铢较量，国家亏空库银已久，不能不这样，这叫矫枉过正。出去做外官，守牧一方，作养人才，抚绥百姓，不能全用户部分斤掰两这一套，讲究的是公忠勤能四个字，你们明白？"

"喳，臣明白！"

"只怕未必真明白。"康熙款款说道，"比如姜宸英，老名士了，又是状元，你们核出他一两多银子，也都追比，这个存心就有点过苛——你们不要怕，朕是开导你们，不是责怪。要账并没有要错，但要有余地，要给别人留体面，你们年轻，宦途正远，要留心习学。"

"是……"

这是例行引见，通常只是见面磕头辞行，康熙这样叮嘱两个小吏，算是很优待的了，几个上书房大臣揣摸着这话，都觉得皇帝是说给众人听的，却又模棱含糊难明其意。大抵觉得胤祥等人在户部差使办得苛刻了些。待到田李二人辞出，康熙却又叫过李德全，说道："你去户部传旨给胤祥施世纶，朕已经处置了胤禩，给他们出了气，不可再恼！要好生切实办差，不可因循迟疑，务于十月初完差，轻松跟朕去热河狩猎。"几个人听了又是一怔，刚刚"明白"一点，又堕入了五里雾中。李德全答应着要退下，康熙又叫住了，说道："你去内库。施世纶眼近视，把荷兰国贡的水晶镜片拿两副给他，由他自己配副合适的。"李德全忙应道："是，奴才这就去办。"佟国维微笑道："我跟了主子这些年，也没得这个彩头儿。老施真有福气。"

"就这样。"康熙站起身来，说道，"三个上书房臣子跪安办事去吧。

武丹和穆子煦随朕散散步，太子要进来，叫他到勤懋殿去见朕。"张廷玉便知康熙要与武丹穆子煦密谈，忙和佟国维马齐一同退了出来。

　　勤懋殿地处皇城西北隅，重华宫东侧，工字形殿宇连堂结舍，十分僻静幽深。康熙带着武丹穆子煦散了一会子步，心情畅快了许多，便在垂花门前站住了脚，注目看着满汉合璧的匾额，似乎漫不经心地问道："子煦，当年你从侍卫调离京师，朕也是在这殿里见的你吧?"

　　"是。"穆子煦忙答道，"那时候这里破败得很，满院都是蒿草，可没有如今这么挺括齐整。"康熙嗯了一声，说道："此一时，彼一时嘛。当时地震坏了太和殿都没有钱修……"一边说一边抬步往里走，里头太监忙都躬身避道。武丹是头一回到这里，穆子煦却知道，这里按天罡数安排着三十六名哑巴太监，是康熙密见群臣的枢要重地，心下不禁凛然，不言声随后跟进正殿。康熙坐了虬根盘龙藤椅，接过太监递过的茶呷了一口，又道："有件事，朕早就想细问一下，又怕穆子煦和魏东亭疑惧。今日带武丹同来，他来做个见证，其实朕早就知道，只是为你们周全，怕你们恐惶，才没问。"

　　武丹的脸一下子变得异常苍白，他已经知道康熙要问什么了。穆子煦赔笑道："我跟主子四五十年了，武丹和我都是马贼出身，一步步调理到如今位极人臣功成名就，实实在在的恩重如山，情深似海，死一万次也报答不了。奴才扪心自问，绝没有欺隐主子的事。主子有话只管问。"

　　"你们知恩忠君，朕十分清楚。"康熙一笑说道，"……不过说毫无隐欺，也只怕未必。朕想知道，康熙二十三年你出任江南布政使，破朱三太子炮轰行宫之案，擒住假朱三太子杨起隆之后，太子和胤禛从北京连夜赏你们物件。朕想知道，赏的什么，为什么赏，传赏的人还有什么话?"

　　仿佛一下子抽干了穆子煦的血，他的脸变得香灰一样又青又暗，惊恐得睁大了眼，翕动着嘴唇，一时竟回不出话来! 当年他奉密旨去金陵，在莫愁湖与魏东亭合手，一举抓获伪朱三太子杨起隆，捣毁东正教徒在南京毗卢院的巢穴，并发现两江总督葛礼与这谋逆巨案瓜葛甚深。正要穷追底蕴，查出事主，太子胤礽和四阿哥胤禛却从北京六百里加紧送来了赏赐。联想到葛礼与前上书房大臣索额图的渊源，又想到索额图是太子的私党，魏穆二人惊骇之下，商议此案决不可深究。因而连夜释放葛礼，归还总督衙门全部封存文书，只将杨起隆一人审结正法了事。这两个结义兄弟立誓，此事上不告天地父母，下不告妻子儿女，让它埋在心里，烂在肚里，带到棺材里——整整二十四年中，只要一想起来，就是一阵心悸，其实二人身体，实坏于此事——幸而案过之后，多年平静无事，原以为已经过去，谁料今日康熙皇帝居然亲口问及！难道心上这愈合多年的伤痕又要破裂？难道是杨起隆那张可怕的嘴在地下又张口说话？难道……他微睨一眼武丹，像被电击了一下，浑身剧烈地颤抖起来……"扑通"一声便跪了下去。

"这事与武丹无干。你不要疑心，不要怕。"康熙忧郁地说道，"事关天家骨肉，皇帝太子，即便是朕，设身处地也只能和你们一样。朕要处置，寻个什么事杀不了你？你起来——听朕说，这事本来朕也预备睁一眼闭一眼的。但如今朕老了，对后世的事想得多一点。过去这事只是父子君臣的事。如今就关系着天下后世，不能不问清楚，看这个太子根基如何，想想他配不配当这个太子。"

穆子煦慌乱地爬起身来，好半日才回过神来，颤声说道："这件事主子不点醒，奴才至死不敢言传，其实赐的物件并不贵重，一个如意，一只卧龙袋，来人一句话也没有，赏了东西当夜就回去了。因为实在蹊跷得很了，魏某和奴才才越发恐惧，糊涂结案了事。如今回思，奴才们这就是欺君之罪，求老主子重重惩办，奴才心里或可稍安……"说着，眼中泪水已夺眶而出。武丹起先愣住了，怔怔听完，沉思着说道："皇上，这事奴才也是头一回听见，乍闻之下也吓了一跳。但这会子想着，太子那年才十二岁，四爷才七岁……都还是孩子。必是索额图怂恿着办的，太子不懂事，当时也没有如今这么多规矩，阿哥不准结交外臣。主子明察！"

"朕就是想知道太子当时陷的有多深，并不要追究。"康熙起身蹀躞踱了几步，目中波光闪烁着说道，"不过你们也别忘了，你们跟朕时，朕也只十二岁，诛除权奸鳌拜，就是朕十二岁的决策……"武丹想了想，笑道："人和人不能比，奴才十二岁时，就知道偷着杀人家的狗吃。

万岁爷这么英睿圣明，我看太子那么良善厚道，难比万岁机谋深远。何况当初鳌拜霸道专横，万岁也是给逼出来的，这和太子爷处境也不一样……"康熙回过头来，仔细审量武丹，忽然一笑，过来拍拍武丹肩头，说道："朕一直以为你只会杀人取乐，挖心尝鲜，真历练出来了！你这话算不得奉承。但你须知，朕在位时间长，这皇位腾不出来，有人比太子还急。人逼急了能长见识；人受恣惠久了，也容易生出异样的心思。你看御花园里那株老柏，生出来时何尝是那样，园工们一日三弯，叫它什么样就什么样！"

穆子煦和武丹对望一眼，康熙疑太子疑到这个份儿上，处在他们的地位也实在不敢胡乱插言。正沉默间，一个哑巴太监进来打了个手势，康熙点了点头，说道："这件事就此说说罢了，《易经》有云，君不密失其国，臣不密失其身，你们要仔细——太子来了，叫进来吧。"

胤礽进来了，他刚去了一趟乐寿堂后的偏宫和郑春华幽会了一阵子，柔情蜜意地正得趣，何柱儿跑去禀说了康熙的旨意，这一来就是没事，也必须来一趟了。胤礽意兴阑珊地进了勤懋殿，见武丹和穆子煦也在，怔了一下，打千儿道："儿臣给阿玛请安了！"

"你来了也好，"康熙一笑，指着绣龙瓷墩命胤礽坐了，说道，"朕想问问，户部的差使到底办得如何了，胤祥的总账房已经撤了，不知如今清出了多少银子？"胤礽听是问这事，松了一口气，欠身说道："估约清出四千来万……""不要估约，"康熙说道，"到底是多少？"胤礽胆怯地看了一眼康熙，无可奈何地咽了一口唾沫，说道："三千九百万吧。这事揽总儿的是胤祯，原来库存八百七十万，如今是四千八百万。是胤祥给胤祯回事儿时儿子听到的。"

康熙听了没言声，起身支颐沉思了一阵，说道："四千八百万，这是个不小的数儿了，你们办差难，朕心里清清楚楚。不过有些事情，你该早点回朕，比如胤祯卖家产，弄得风雨满城，又大闹八月十五，朕连节也过得不受用。皇阿哥是宗室里最亲贵的，太失体面了也不好。"胤礽忙起身赔笑道："前阵子儿臣只忙着谳狱的事，没想到就到这地步儿，这是儿臣的疏忽。"康熙点头道："你有你的难处。这不是要账的过失，显见是胤祯借题发挥，故意跟你打擂台。可说到底，他是你的亲兄弟，要能未雨绸缪，先和他见面谈谈，何至于到这地步儿？"

"是，阿玛教训的是。"胤礽忙道，"昨儿的事都怪儿臣……""不都怪你。"康熙打断了他的话，又道："也有胤祥的份儿，追比得太苛了。不怕招怨是好的，但也不能学小家子放贷讨债，应该有个变通之法嘛。一死就是几十个朝廷命官，叫后世人怎么评你这个太子？比如魏东亭欠债，你跟朕几次南巡，不知道他的钱是怎么花的？怎么朕亲笔朱谕给魏东亭，叫他缓缴欠银，南京通政司衙门还是一日三催？要不是这么逼着，魏东亭就死得这么早？"胤礽想了想，这件事他是有责任的，忙道："这事情儿臣知道。当时儿臣还写信给南京藩司，他们回信说，密折他们见了，但密折朱谕不同于明发诏旨或廷寄，过后必须缴还皇上，他那里空口无凭，没法跟四爷十三爷交代——既这么说，皇上下一封诏书，就免了魏东亭、武丹、穆子煦、曹寅他们的债，不就结了？"

康熙冷笑一声，说道："你何其省事！单这几个人欠债，朕早就免了，还用你来说？多少人眼巴巴存着这份侥幸心，等的就是这份诏书！夫天下社稷，乃公器也，你做了几十年太子，不懂这个道理么？"胤礽抬起头来看了看康熙：既不下明诏，又要变通，不能叫人有侥幸心，又不许逼得太苛……他当真不明白康熙的"圣意"，但只好口中答应道："儿臣勉力去做。"

"好吧，"康熙说道，"就是这。你知道么，曹寅也病疟疾。叫大内药房去人送金鸡纳霜，直送江宁织造司。胤祥那边朕已经告诉他，代武丹和穆子煦告假了。朕许久没有出宫散散心，有这两个老货陪着朕，就算你们尽着孝心罢了。"

胤礽糊里糊涂辞出来，心里直犯嘀咕：清理户部的差使，自从胤禛代他清账之后，原是有些兴头的，没想到康熙面儿上几次夸奖，心里竟有这许多的不然！魏东亭死了，穆、武两个人还不知向皇上密陈了些什么，要再死了曹寅可怎么好？闷闷回到毓庆宫，已是辰末时辰，却见师傅王掞、长史朱天保陈嘉猷正在翻阅各地递进来的奏折，他满腹心事地颓然坐下，吩咐道："端碗参汤来！"王掞三个人早已站起身来，见胤礽气色不好，朱天保刚要问，胤礽便道："我的奶兄凌普从承德来了，进来过没有？知会太监们，凌普安置下来，就叫他进来见我。"

"他们住南横街东夹道的宅子了，方才进来请安，太子爷不在。"陈嘉猷是个腼腆人，柔声细气说道，又问："太子爷见他有事？"

胤礽接过参汤喝了一口，嫌苦，把碗放在案上，透了一口气说道："他是我的家奴，虽说在外头办差使，到底错不过这个礼去。他、还有托合齐他们，还该进来侍候。"王掞听了，在旁说道："凌普如今在承德已经做到都统，还有托合齐、齐世武、英斌，进京是见皇上述职的，他们虽是家奴，也是朝廷大员。您是太子，不同别的爷，就便要见，也得有个规矩体统，太子跟前还少了侍候的人了？必要叫他们进来当值，才算尽了主仆情分了？"王掞严刚方正，崖岸高峻，康熙就是看中他这一点，特简他来做太子太傅，循遵师重道的礼，其实带着管教的味道，胤礽于百官之中，最不耐烦也最怕的就是这位从来不苟言笑的清癯长者。听他出来谏止，心里不是滋味，却不敢发作，只一笑说道："师傅，凌普是我乳兄，托合齐他们，还有兵部尚书耿索图，都是多年的老人儿，常进来见见怕什么？"

"不是这一说。"王掞脸上毫无表情，"上次巩善进京，太子请他们几个来宫中聚饮，外头人就啧有烦言，说太子亲近私人。御史们虽说没敢动本，但就有闲话，就于太子不利。"胤礽冷笑道："师傅，听那起子小人犯舌头做什么？我心中至公无私，堂皇正大地见见自己的奴才都不许么？"朱天保等他话音一落便顶了回来："太子是皇储，揽天下才，弘天下用才是正理。他们在外做官的奴才，把差使办好，不过落个'该当'，些微一点毛病，别人都瞧得清清楚楚。他们没事一趟趟进宫走动，好么？上回万岁还说，'这耿索图是怎么回事？兵部放不下他么？总见太子做什么？'这瓜田李下之嫌，不可不留意！"陈嘉猷也跟着说道："还是不见的好。"

胤礽没来由随便说一句，便抬得几个人异口同声反对，又好气又好笑，因道："罢罢！不叫他们进来还不成么？"说着便要起身，"我去一趟雍郡王府。"朱天保忙道："太子，这是方才上书房送过来的急件。阿拉布坦在准噶尔出兵喀尔喀蒙古，车臣台吉抵挡不住，西宁将军请调兵防护，还有粮秫军饷出项，一大堆军务，请过目。"胤礽满不情愿地坐下一件一件看，却是有点心猿意马神不守舍，脑子里一会儿是郑春华，一会儿是康熙，还是穆子熙、武丹，忽又想到叫太医院的贺孟頫配药，可不能叫眼前这几个人知道了……朱天保道："太子，您今个儿似乎有什么心事，看上去有些烦躁不安？"胤礽"啪"地将案卷向案上一甩，冷笑道："我倒有心事，只没人安慰也是枉然！真不知老十三在户部是怎样折腾，胤禛一味只由着他的性子胡来！"说罢，将康熙方才接见的话说了，末了叹道："清理这差使得见好就收，万万不敢再出人命。今日闹得欢，不防头日后拉清单么？我最怕皇上变心，如今果不其然！"

"皇上说的变通，未必就是变心。"王掞沉思着道，"如今账收回了九成，又到节骨眼上，太子你得立定主意，你一软，不但四爷十三爷里外不是人，好容易开创的局面就完了。"陈嘉猷皱着眉头道："皇上疼怜体恤老臣，他要抚慰人，不发作自己儿子发作谁？太子千万不要疑到别的上头。"朱天保十六岁中进士，十八岁选在东宫，一心一意要辅佐胤礽为一代令主，自己自然也就成一代名臣，所以说话坦诚耿直，毫无避讳："太子爷，不能听风就是雨。您为国之储君，于臣下也则君，于皇上也则臣。皇上天禀聪明，圣心高远，越是这样，您越要拿出器宇。我们光明正大，即便是皇上，说的是，凛遵照办，或有不是，该犯颜直谏也当仁莫让。这么疑前虑后可怎么得了？"

胤礽腾地红了脸。他不便当面驳王掞，见这两个小臣也如此放肆，心中不禁光火，霍地立起身来："我怎么疑前虑后了？又怎么不'光明正大'了？连见见我的家奴，你们先就有一车的闲话，你们倒不疑前虑后？朱天保你狂什么？我的大世子比你还大一岁呢！"说罢气咻咻拂袖而出。

第十九回　　庸太子中流辍桨舵
　　　　　　邬思道智鉴识皇心

　　胤礽一出宫便乘轿直趋雍王府，想着诸多不如意事，他坐在轿里越想越不是滋味。外间传言废黜太子，他是早有耳闻了，没想到自己身边的近臣也轻信这些谣言，动辄就危言耸听。康熙四十二年索额图谋逆，是背着他干的，这件事经大理寺、刑部和理藩院审结，由张廷玉亲自鞫谳，早已是定论。所以事完之后，康熙在乾清宫单独召见，胤礽造膝叩诉密陈之后，父子抱头大哭，指天为誓永不相负。可笑外头人不知情，就此便生出无限的心事，每逢他主持出事，总就不如昔日那样一呼万应。他心里恨恨地想着这些兄弟：老大是奸相明珠的外甥，轻狂浮躁；老三只晓得结交文人，吟风弄月是好手；老四呢？只知埋头事务，胸无大志；老五老实得话都说不利落；老七除了下棋玩鸟，任事不理；老六早死；老八——只有这个老八堪称劲敌，和老九老十老十四勾连上下，似乎野心勃勃，但他从来没有单独办差，何来统御全局之才？其余那些小弟弟，不是乌眉皂眼就是乳臭未干……废了自己，谁能承担这太子重任？一路胡思乱想，已过北定安门到了雍郡王府。胤礽刚下轿，便见西边又来一乘金顶绿呢大轿在门前落下，闪眼看时，却是三阿哥胤祉哈着腰出来，因笑道："原来是老三啊！我想着约了老四一同去松鹤山房，看看你又买了什么珍版书，不想你也来了。"

　　"是太子爷！"胤祉一怔，忙上前请安，笑道："我还想着约老四进去请安呢！都想到一处了。"胤祉今年三十一岁，秀拔挺立如临风玉树，十分潇洒恬静，说话娓娓而言，显得从容稳重，二人正说笑，高福儿早迎了出来，磕头请安笑道："门上说有客，哪承想是太子爷和三王爷！我这就进去禀四爷来迎！"

　　胤祉含笑摆摆手，"我是常客，用不着这一套。我来给太子带路——你主子在东院书房？""在万福堂。"高福儿忙赔笑道，"十三爷也在，两位爷正下棋呢！"说着便忙招呼长随们接待二人扈从人等到仪门内东厢吃茶。

胤礽还是头一次到雍王府，随胤祉身后踏着卵石甬道迤逦进来，见里边正房雕薨插天，飞檐突兀十分壮观，室内却并不奢华，中央大炕下图书琳琅，琴剑瓶炉枕簟屏帏，处处井井有条纤尘不染，胤礽心下暗自掂掇，人说老四最讲边幅，果然收拾得齐整，因见胤禛胤祥正专心致志地对弈，便示意胤祉不要说话，只站在一旁观战。这盘棋已经弈至中盘，胤祥是阿哥里出名的棋王，胤禛却是一手屎棋，让三子的棋已经落了下风，胤禛一手抓着棋子沉吟，笑道："老十三，看来你是一步也不肯让我了……"胤祥也笑道："该让的事就让，不该让的让了，就是瞧不起人。"说着，一抬头看见胤礽胤祉，不禁吃了一惊："呀，太子爷和三哥几时来了？"胤禛便也站起身来，乱了局见礼安座，又嗔着高福儿不进来禀说。

"关起门来是兄弟，大规矩不错就是了。"胤礽摆手说道，"忠不忠不在这上头。老八老九平日见我十二分恭敬，后头就挑三窝四地叫老十这个炮仗出来闹，真叫气死人不偿命。"胤祥冷笑道："你们大约不知道，还有个大千岁，在席上拉偏架，见我占上风就拉我，见他来打就推着我挨揍！晚上又跑我府当好人，骂'老九老十真不是东西！'如今的事还有什么天理，什么兄弟情分？老施原本要上折子弹劾十哥的，是我拦住了，他们明是冲我，其实做的太子爷的文章，看看再说，忙怎的？"胤礽不禁一呆，笑问："我的文章？真可笑——你都听说了些什么？"

胤祥亲自捧了两杯茶奉给胤礽胤祉，说道："你还看不出来？外辱施世纶，内闹御花园，一个连环套儿！太子，已经有谣言，说你说过'古今哪有当四十年皇太子的？'还有说你那年军中请安，见万岁病得七死八活，憋不住掩口偷笑！你听听，不是要往死地里治你么？"胤礽听了，呆着脸沉思良久，方冷笑道："这是对天可表的。我只问自己的心！要是听这些闲话就往心里去，我不吓死也得气死！"胤祉打了个冷颤，脸色变得有点苍白："人心如此险恶，真正可畏！"胤祥却掉头一哂，说道，"别理这些直娘贼！我打冲炮儿还不怕，你们怕个什么？"

"怕也无济于事；不怕要有对策。"胤禛望着窗格子，眸子晶莹生光，说道，"其实人们恨我还在太子和胤祥之上，恨不能食肉寝皮了！我们这边不避怨嫌做事，有人就引风吹火，借机植党市恩，红着眼等着差事办砸了，一窝蜂儿上来咬死我们。所以只有办好差使，叫他们咬无可咬，才是唯一出路。"胤祥拊掌笑道："着！就是这话！这几个顶着不肯出血的丘八总爷，提督将军，明儿就和他们打擂台。不怕欠债的精穷，就怕讨债的英雄！我就不信，胳膊拧得过大腿！嘿——！"他"啪"地一拍脖子，打死一只花脚蚊子。胤礽想起康熙盯着自己寒凛凛的目光，担忧地皱紧了眉头，说道："老十三，你不能莽撞！再逼死人是了不得的！看看人心吧！上回老十折辱世纶，几十个部院官在旁，竟没一个出来劝劝。真要叫我做个独夫么？"

胤祥一听便火了，想想他毕竟是太子，忍着气笑道："我们整治的是民贼，怎么会成独夫？要是这就算独夫，我看就认了也无妨。"尽管胤祥压着火，和颜悦色地说话，胤礽还是觉得这浑小子对自己太无礼，冷冷说道："你认我不认。这是什么好名声？千夫所指，无疾而死！"不料话音刚落，胤祥合掌笑道："阿弥陀佛！如此善终，吾之愿也！"

"你!?"胤礽觉得今儿不顺心的事太多了，见胤祥处处顶茬儿兀自满不在乎，旁若无人地喋喋不休，不由拉长了脸，嘴唇哆嗦了半日，立起身来道："你这是和我说话？仗了谁的腰子，这么胆大妄为？"胤祥原本是无心说笑，见太子变了脸，先是一怔，接着也起身来，盯着太子的脸，"嘻"地一笑，说道："是我的不是了，原想说笑，何至于就触了您的虎威？既如此，往后我小心侍候就是——也好早晚的了，今儿老八摆酒，要请我去，告辞了！"说着抱拳一拱，又给愣在当地的太子打个千儿，起身抬脚便走。胤禛急得一拍桌子，厉声喝道："站住！"

一时屋里变得一片死寂，连侍候在廊下的高福儿狗儿坎儿都愣住了。良久，胤礽丧气地长叹一声，颓然落座，双手捂了脸道："去吧……你由着他去吧……办事可真难啊……"胤祉蹙额说道："老十三，你今儿是太无礼。就是我们和老八老十，也没跟主子这模样儿！"

"我拿什么和八爷比？"胤祥呼呼直喘粗气，"你以为我容易么？才去户部时，光那些堂官爷，老胥吏，差点没把我摆治死！连前头算上，在户部二年里头，谁睡过一个囫囵觉，谁就不是人！"他说着，泪水在眼圈中打着转转，又生生地憋了回去，"……我图的什么？还不是给你争脸？一到节骨眼上你就叫我吃松劲丸、消力散，我受得了受不了？"

这话说得动了真情，胤礽不禁垂下了头，拧着眉心只是叹气。胤禛拽着胤祥回来，劝道："太子也是好意，想把事办周全嘛！你就恼？"胤祉也道："太子的话有道理，凡事得讲中庸，是不能做得过头了。不过太子也不必犯愁，清理的事万岁几回说，都很赏识。如今因为薨了魏东亭爵将，万岁一时烦恼说句不然。话说回来，老十三也要见好就收，就坡儿打滚，好生收场也不错。"

他的这番劝说，太子是有道理，万岁也不错，胤祥也做得对，四面净八面光，胤禛听得一笑，正要说话，胤祥气呼呼说道："我不会就坡打滚儿，那是驴！反正这事不能罢手！"胤禛说道："我越寻思，将军不能下马！这一次再垮下来，万难重新振作了！"

"此事非同小可。"胤礽看了一眼胤祥，心情十分矛盾，"你辛苦为朝廷为我，我岂有不知之理？但万岁说的也不可不虑：我们煌煌天朝，又在鼎盛之时，不能像市侩逼高利贷似的，把下头弄得过分狼狈。老十三你消消气，就明白我的心了。这样吧，明儿你把人召集起来，先甭说什么，我去见见万岁，看有什么旨意。我们按旨办事，他们就有天大怨气，也怪不到咱们头上。要有恩旨宽免，我们也不必做什么恶人。"胤祉听了不禁连声称善，胤祥胤禛却默不言声。四个人又略说了几句，胤祉方陪着胤礽回府不提。

屋子里只留下了胤禛胤祥两个人，都紧皱着眉头想心事。外面不知什么时候起了风，愁云漠漠压得很低，给天井院笼罩了一片灰暗阴沉的色调，只有檐下铁马，不甘寂寞地在风中叮当作响。不知过了多久，胤禛粗重地透了一口气，说道："你太躁性了，太子劝你谨慎，也不是坏事嘛！"

"他谨慎个屁！他那叫小性儿！妇人之仁兔子之胆！"胤祥啐了一口，"别看他整日挨着皇上，揣摩皇上的意思，生怕惹皇上丁点不欢喜，照我看，皇上最不高兴的就是他这点子德性！"胤禛不安地坐直了身子，正要说话，却听屏风后有人悠悠地说道："善哉斯言！所谓天下事，人间情，俯而就者易，仰而企则难。太子并不笨，却参不透这三乘妙义，令人良可叹息！"接着便听拐杖橐橐，邬思道闪身从容而出，在胤禛身边立定，嘴角带着冷峻的笑意，眼睛放着绿幽幽的光，说道："我在后边听了多时。原以为十三爷侠肝义胆而已，此一见识，令人刮目相看。这真是四爷之福！"

胤禛目光霍地一跳，垂下眼睑呷一口茶，一笑说道："我正要驳他这不经之谈呢！先生倒夸他！"邬思道从容坐下，两只细长苍白的手指交错握着，略一点头，说道："十三爷的话无可驳诘。太子爷确是如此，他琐碎窥探皇上意旨，从只言片语中揣摩圣意，处处附就皇上，生怕出半点差错，恰是他自己已觉地位不稳，只是不敢或不愿承认而已。我曾说过他危若朝露，就是因为皇上要的乃是太子，不是要奴才！皇上自己雄才大略，怎么会瞧得上这样庸懦无能之人？这就叫仰而求之难，譬如踮起脚尖取东西，何如弯腰捡起来的容易？太子若能以天下为己任，不避怨嫌，左携四爷十三爷，右领施世纶一干能吏，好生整顿，刷新吏治，万岁怎么还会对他左右前后地不放心？这就是俯而拾则易。但难中有易，易中有难，人生世上为物欲所障，如入具茨之山，七圣皆迷，想看得清爽，做得利落，谈何容易！"说罢不禁哑然失笑。他侃侃而言，胤祥听得入了神，眼见胤禛盘膝稳坐，搓着念珠嘿然不语，陡地涌上一个念头：要是四哥当太子，那该……正想着，胤禛倾身问道："依着先生，该怎么办？"

"不要迟疑。四爷身有挺筋十三条，支撑这局面，一定要把这些民脂民膏全叫他们吐出来！"邬思道脸上泛着青白的光，"什么叫独夫！残民以逞才叫独夫！四爷十三爷夙夜勤劳王事，整治的就是民贼，谈何独夫？我也有句口号：这样的千夫所指，千目所视，乃是圣贤灵光！"

胤祥听得两眼放光，鼓掌说道："先生斯言洞穿七札！令人目中浮翳为之一开！"胤禛突兀问道："若太子见怪呢？设或皇上真有宽免恩旨呢？""像太子这样的有何可畏？"邬思道的声音干涩得像吞了一段木炭，"至于皇上，若有恩旨，怎么会代武穆两个将军告假？只管竭泽而渔，一网打尽，万岁要抚慰人心，或者略有责备，四爷，即便如此，种这么一粒瓜子在皇上心里，您就得大于失！"

"太子总要登基的呀!"胤禛的目光鬼火一样闪烁不定,又黯淡下来,"这善后……何其难也!"

邬思道沉思着,字斟句酌地说道:"你这样做对他一点坏处也没有,他怎么会忌恨?他离了你二位寸步难行,又怎么敢得罪你们?果真有那一天,他还要靠你们对付八爷呢!"

"就这么干了,这话真愈听愈妙!"胤祥一拍大腿站了起来,"狗儿,坎儿,走,跟我回户部去!"

胤礽满腹心思离开雍王府,去胤祉府里捡看了一阵子书,怏怏回到宫中时,王掞等人早已退值。一个人兀坐在空荡荡的大殿里,听着外头秋风穿檐的呼号呜咽声音,越想越觉万绪纷来无以自解,因叫宫女泡了酽酽的普洱茶,斜倚在春凳上只是出神。一时何柱儿抱着一沓文案进来,忙站住脚道:"太子爷,您回来了?"

"嗯。"

"奴才刚从上书房回来。"

"嗯。"

"太医院的贺孟颊来过。太子爷要的药已经配好。遵太子谕,加了一味雪莲。"

"丸剂散剂?"

"丸剂。"

何柱儿一头说,向金漆大柜中取出一个小包儿捧给胤礽。胤礽打开看时,是一色豌豆大的粒子,蜜蜡炼制,嗅一嗅,异香扑鼻,便揣进怀里。这是他从胤祉书房《永乐大典》里抄来的古方,滋阴壮阳祛老还少的宝贝,据说是黄帝御女服用的丹方。但这种东西,一旦叫皇上发现,就是件了不得的事。就是王掞知道,也不知生出多少麻烦。防着太监们做手脚,他一向都随身携带。一边揣药,一边问道:"上书房散了么?这些折子他们拟过节略没有?"

"奴才回来时还没散。"何柱儿笑道,"他们忙着给魏东亭拟谥号,还有皇上批下来魏东亭的遗折,请太子爷过目。"

胤礽身子一颤,腾地坐直了身子,取过上边那份文卷展读。果见节略上第一条便赫然写着：二等公爵、粤闽滇浙四省海关总督魏东亭于八月十四日亥时薨。附遗折——急急翻了几下，果然有魏东亭的亲笔遗折。细看时，前面说的病情，又是怎样承蒙厚恩，皇上不远千里屡赐良药、钦定处方，优渥之情、眷念之恩罔极难报。看着看着，几行字迹闯入目中：

> ……奴才以戴罪之身，扪心俯仰，此躯行作掩陵之土，而逋欠国债十未归一。如此辜恩，正不知地狱何门而入！夜台徘徊，昏目望阙，泪血已干，心痛无声。惟愿生生世世相从皇上于左右，或可报恩遇于万一。结草衔环之心，惟主上谅之……

这几行字上因康熙掐了指甲印，看去十分醒目，旁边斑斑点点，不知是康熙还是魏东亭的泪渍，纸角上加着朱批："着即由魏东亭之子魏天祐袭一等伯爵，仍领海关事，逐年赔补亏空银两。"还有一方小印，钤着康熙的别号"体元主人"。

胤礽喘了一口粗气，心下略觉安生，觉得似乎已经明白了康熙的"圣意"，回到寝宫也不召妃子，和衣倒下，目光炯炯地望着殿顶的藻井，只是睡不沉。一时梦见从未见过面的母亲赫舍里氏，淡淡看他一眼又飘然而去，一时又见明珠、索额图进来，请了安又突然不见；一时是胤禛闪烁的目光，又见胤祥笑嘻嘻地扮鬼脸儿；陡地又想到，如若当日索额图真的调兵拥立自己为帝，如今又是什么光景？胡思乱想噩梦颠倒，直到四更天胤礽方朦胧睡去。

不料这一睡却睡过了头。直到辰初时牌胤礽方乍然而醒，埋怨着何柱儿没有叫起，忙忙用青盐擦了牙，胡乱用了两块点心，连轿也不用，便匆匆赶往养心殿。

看来夜里是下了一场透雨，天上兀自霰雾般飘洒着、淅淅沥沥地零落着，紫禁城漫地而铺的临清砖上一汪汪浅浅的积水上起着连阴泡儿。胤礽穿着油衣，脚下蹬一双保定木屐，后头几十个苏拉太监紧紧跟从，趄过永巷口，便见养心殿侍卫德楞泰和太监邢年过来，胤礽忙问道："皇上这会子在养心殿么？"

"不在。"邢年赔笑请了安,答道:"今儿一大早,皇上起来就叫穆军门武军门递牌子进来,同着张廷玉、马齐、佟国维三位中堂一道,换了便衣出去了。临走时说太子要来请安,告诉一声就是。爷请自便吧!"胤礽不禁怔住了。想想回头就走,不防一脚跐在青苔上,踉跄一步竟歪倒在水洼里,弄得淋淋漓漓浑身都是泥水。德楞泰一步抢上,急忙扶起胤礽,关切地问道:"太子,你,没有摔疼?脸色不好,身子有病?"他是蒙古人,汉话说得不好,听得周围的人想笑又不敢。

胤礽的脸色又青又黄,十分难看,勉强笑道:"不要紧。我要去户部,不回毓庆宫了,叫他们备轿——邢年,就在养心殿给我找身干衣服。"说着脱掉外头的袍子递给邢年,"烘干了送回养心殿去!"

第二十回　背水一战英雄讨债
　　　　　功亏一篑釜底抽薪

　　胤祥早已到了户部，一边派人去毓庆宫请胤礽，一边叫被召见的官员由礼部的人陪着。他夜来也没好睡，但他自幼习武，打熬得好筋骨，并不在乎这一夜两夜不睡。他四脚拉碴仰在安乐椅上，抚着剃得发青的脑门儿，心里还在折过子。听着户部大堂不时传来的哄笑声，他心里有点犯嘀咕：他知道这干人，没有一个是省油灯，都是跟着康熙三次西征的帐下亲随，几次出兵放马，保着康熙从绝境中杀出来，积功保荐，在外带兵，平素见了康熙也常撒赖，怎么会把自己这个"小十三"放在眼里？正出神间，却见狗儿一头闯进来，嘻嘻哈哈请了安，说道："爷，去毓庆宫的人回来了，太子爷起来轿也没坐就出去了，陈嘉猷朱天保他们正生闷气，说不知道太子爷哪去了——咱们还等不等了？"

　　"再等一会儿。"胤祥掏出怀表看了看，"再过一刻他不来，就是有要紧事，我们干我们的。坎儿他们在大堂上，你先过去吧。"

　　狗儿蹦蹦跶跶到户部大堂，只见坎儿靠在门框上，里头三十多个封疆大吏，有的正襟危坐，有的交头接耳，有的大帽子掼在茶几上，袖子捋得老高托着下巴歪着听人说笑。姚典坐在公座下，指手画脚地说得唾沫四溅：

　　"想发财不一定要靠打仗。门道有的是！上回见着揆叙，他就说了个法门！"

　　刘鋆就坐在姚典身边，笑得眯缝着眼，前额油亮亮的，酒坛子似的放着光，调侃道："怪不得揆叙那么阔，敢情有窍门儿。说说看！"

　　"老揆说——"姚典喝了一口茶，"要发财先治外贼再治内贼。外贼有五——眼耳鼻舌身——眼，这个东西贼，爱看美女，要金屋藏娇，就把银子糟蹋了，难道娶个无盐女，就不能过夜？再说耳朵，这玩艺儿爱听曲子音乐，就得花钱买戏子，其实烦了，上山听秧歌乱弹也满将就；就说鼻子吧，天生的喜欢香味，买香笼宝鼎，花钱不花钱？其实人啊，你躺在马圈里，也就没这想头了。还有舌头，偏生的喜欢好味道，我见人家穷人吃观音土，那真一文不花！至于身子，更是费钱的料，夏天要细葛，冬天要棉袍，你穿得再好，不过便宜了别人，叫别人看看罢了，其实遵黄帝古训，弄点子树叶穿穿，编个草圈子戴戴，看能省下多少？"

他信口雌黄，听得众人无不咧嘴儿笑，湖广提督"啪"地一拍大腿，纰眉说道："胜读十年书！早听这几句话，我何至于借银子？"

"还有内贼，"姚典一本正经说道，"仁义礼智信，五贼不除，发财势如登天。仁是首恶，心里存这个念头不得了，帮亲戚，助穷困，多少钱才够使？义，也万不可沾边：见义忘利，钱从哪里来？子曰礼尚往来，别人送你还，几时发财？比得上来而不往？还有那个智，也要不得，你聪明，求你办事的就多，只顾了办事，必定误了挣钱！信这个东西最可恶，一诺千金，得，一千两没了……所以呀，五个内贼也是非除不可！"众人听了不禁哄然叫妙，金陵副将马国成诨号"马大炮"，笑得前仰后合，捶着腿道："妙极，不过我们读书太少，恐怕只有四爷十三爷将就着能除这内外十贼！"刘鹗笑道："说得好！只是啰嗦了些儿。提纲挈领说：不爱脸，不要名，不顾廉耻，不怕笑骂，到赵公元帅跟前许罗天大愿：终生不行一善，财源滚滚而来！"

狗儿听着众人肆口辱骂胤禛，心中不禁大怒，正琢磨着，坎儿笑道："你们没有说全了，还有一条，吃东西要慢！"众人正听得兴头，谁也不防这孩子有心骂人，一个瘦高个子参将歪着头道："怎么个吃法儿？"

"去年过黄河滩，我买了一个驴肾，"坎儿认真地说道，"就着一个烧饼，坐在车后头，足足吃了半天，连午饭都省了！"狗儿笑问："你是怎么吃的？"坎儿迷糊着眼道："驴肾那么长，我走走咬点（姚典），再走走再咬点……"

众人没有回过神来，狗儿也有了词，笑道："要这么说，我还有个省钱办法：不管吃的喝的，慢着点往外撒。我一泡尿就撒了四十里！"

"你是怎么撒的？"坎儿转脸问道。狗儿笑道："我也坐在车后头，我捏捏流些（刘燮），再捏捏再流些……"

一语未终，已是惹得众人哄堂大笑。马大炮手舞足蹈，杯中的茶水都溅出来："咬点？流些！哈哈哈哈……姚大人和刘大人家中必定金山银海！借兄弟几万中不？嗬嗬嗬……"姚典和刘燮两个人在这起子狂笑的将军中尴尬得满脸通红，想想这两个小鬼头都是胤禛的人，又不好发作，只拧着脸干笑。正要说话，一眼瞧见胤禛和胤祥一前一后进来，顿时大堂上一下子沉寂下来。

"各位久候了！"胤祥笑着扫视众人一眼，自嘲地说道："刚还有说有笑的，怎么就不吭声了？看来我就是个丧门神了。"说罢手一让，又道："四爷，您请坐那边。中间那里给太子爷留着，他要来就坐那里。"

胤禛点点头，泰然自若地坐了，众人方回过神来，纷纷起身请安，在这位冷面冷心的王爷面前，即便马大炮、贵州将军罗文这些骁悍的老军务，也变得循规蹈矩，不敢放肆了。

"昨儿老施宴请大家，已经把话说得差不离儿了。"胤祥囊囊地踱着步子，把一条大辫子甩在脑后，语气沉甸甸的，"大道理不去讲它。小道理叫'无债一身轻'。欠账总要归还，迟还不如早还……我心里镜子似的，这个差使不讨好儿，我也知道，如今我是个人憎狗嫌的阿哥。但诸君不妨设身处地想想，我是皇阿哥，自己有产业、有花园、有书房，我就不懂得闲了没事，找几个篾片相公聊天儿下棋、吟风弄月、斗鸡走狗？自家美了，人家也不嫌弃！但皇上偏偏选我办差，这就叫'虽欲长伴梅花而不可得焉'！"他干咳一声，看看凝坐不语的胤禛，又道："从大小道理到我的苦衷，压根儿说，库银不同私债。赈灾要用，积粮要用，平抑米价要用，百官俸禄要用，朝廷差使要用——你们都是老军务，打仗更要用！国家万一有事，给你们欠条当饷，你们说成不成？所以请大家来计议，你们自报什么时间还清，眼下能还多少，把底子澄一澄。真的还不起呢，四爷说了，也不能逼大家脱裤子卖当。你写个折子放这，一体奏明圣上。圣上免了你的，是你的造化，圣上说不减免，自有老人家的章程——你们说如何？"

这么侃侃款款一席话，众人听得面面相觑。这些人打定主意，听胤祥大发雷霆，把事情弄僵，然后闹到康熙那里，来个鱼死网破。如今听他心平气和，慢条斯理讲得井井有条，倒一时不知如何是好了。胤禛欣赏地看一眼胤祥，心中暗想：人受挤兑能耐大，果然进益了！

愣了少时，贵州将军罗文干咳一声开腔了。他虽长得五大三粗，却是心思玲珑，这群人全拿他当主心骨。

"十三爷，"罗文笑道，"大理小理我们都明白，只你还是不晓得我们这些人，顶着封疆大吏的名头儿，起居八座，其实外强中干。那些不要脸赃官，借了银子卖实缺，逼死他们也是千该万该；外任官有老百姓刮，怎么也弄不穷他们；没差使的穷京官借债不多，冰敬炭敬填上也就差不多了。就苦了我们带兵的，除了饷银，一文外路银子也没。吃空额，喝兵血，我们坏不下这个良心。唉……孩生父母养，扒光衣服有什么将相乞丐？我们自己也是穿号褂子出来的，忍心从当兵的嘴里掏食儿替自己还债——我们难呐！"

胤禛听他说得诚挚，心里一阵发凉：这罗文虽是想顶债，话说的近情，因道："罗文这话尚在情理。但据我想，何至于就穷到这地步？诸君，不要以为还债吃亏，接着就要清理吏治。有些人躲了初一，躲不过十五！"

"四爷明鉴！"罗文身后坐的叫陶三畏，却是广东提督。他嗫嚅了一下，苦笑道："玉泉山水最好，远水不解近渴。俸银够花，谁肯掰屁股招风借钱？我们识字儿少，写奏章、下文书往来行文，得请不少师爷、书办，都得从俸银里出。带兵的都知道养兵千日用兵一时，哪个不爱兵如命，敢扣人家的饷？积欠这么多年，一下子还清，真难为我们。四爷十三爷宽限我们一年半载，容我们周旋一下，就是体恤下情了！"

话音刚落，马国成便反唇相讥过来："周旋？怎么周旋？找谁周旋？！脱了裤子尿一根，屄也没得卖的！十三爷，马大炮不会说假话，原先跟图军门周军门打察哈尔，弄了些钱，早他娘抖落净了。您要不信，只管抄我的家，值钱家伙全充公，我要皱皱眉头，我娘做我没点灯！"罗文偏过脸嗔道："老马，这里不是你的军帐。斯文些儿！这成什么体统？"马国成是西征时康熙中营红衣大炮营管带，为人凶狠，打仗是个愣种，颇受康熙钟爱，因此骄纵得十分蛮横，听罗文说话，把跷起的二郎腿放下，瞪着眼道："当着万岁爷我也是这话——我要有个好靠山，替我还钱，也知道体面。好嘛！人家那边刮地皮还钱，有的托门子找贝勒爷们垫还，只倒霉了我们！"

胤祥听得眼中出火，沉思着看着胤禛，一笑说道："说了这么长辰光，口渴了吧？——给大人们上茶！"说着，看了一眼坎儿狗儿。两人点头会意去了，不一时，一个提壶，一个抱碗，挨个儿给众人敬茶。将军们已经撩得起了叫苦的兴头，一边吃茶，一边七嘴八舌继续哭穷：

"十三爷，您撂句话，只要叫喝兵血，账立地就还！"

"用不着喝兵血，报几个假盗案，一样还债！"

"如今真难为死人，老婆娃子都养不起，说出来丢朝廷的人！"

"娘希屁！还是打仗好，太平时使不着咱们这些匹夫！"

"就是！打仗时肉山酒海，何其痛快！如今太平了，格老子倒吃豆腐青菜！"

姚典便乘机打太平拳，笑道："别说这些寒碜话，你吃豆腐青菜？"

"有豆腐青菜就不错了，你到我家看看！"

"……还不起啊！"

"宽限宽限吧……"

"不瞒十三爷，我早饭还是蹭到人家去吃的……"

一时间户部大堂嗡嗡嘤嘤沸水锅似的，也亏了这干子军爷，活像一群叫化子，打莲花落儿般一套套往外搬。户部堂口站的戈什哈们几时见过这个，背着脸只是偷笑。说着说着，声音渐渐低了下去，众人都觉得五脏翻腾，胸口憋闷，肚里阴阳不和龙虎相斗。姚典头一个捂了肚子，说道："怎么这么恶心？"一语未终"哇"地呕吐出来，喷得满世界都是。其余的人有的早憋得脸乌青，更哪堪闻着这酒屁溲恶味儿？

"哇！"

"哇——"

"哇——"

一时间人厅里开闸放水般呕泻狼藉，说不尽腌臜龌龊恶臭不堪，把个户部华堂翻做呕吐道场。胤禛先是一怔，旋即便明白这是胤祥和狗儿坎儿做局，心下不禁一惊，皱紧了眉头思量如何收场。

"对诸位不住。"胤祥似笑不笑地仰着脸道，"不是我存心刻薄，是诸位装穷惹翻了神灵！哪一位吐的青菜豆腐，我愿作保，请万岁全免了他的欠通！"说着向胤禛挤挤眼，竟真的挨次去查看。

正不知如何理会，胤礽带着一大群侍卫、太监进了户部大院。一进院，胤礽老远就闻见大堂上臭气扑鼻而来，又见户部的人交头接耳窃窃私议，情知出了事。忙三步两步趋入大堂，众官员早离席一齐跪了下去。胤礽掩着鼻子瞪了胤祥一眼，问道："你这是什么名堂？"

"我是以彼之矛攻彼之盾。"胤祥冷笑道，"他们说喝西北风，又是青菜豆腐，太子爷请查验！"

胤礽阴沉着脸站在当厅，没有理会胤祥的话，只冷冰冰扫了胤禛一眼，胤禛只略一欠身，摆了一下袍子，若无其事地盯着门口。胤礽越发来气，原地兜了两个圈子，径直向大堂公案居中而坐，压着火笑谓胤祥："十三弟做事孟浪了！今儿这些将军都是万岁爷亲手调教了几十年的人，何至于不通情理？借债的事还该从容商议的。"胤禛见他不问情由先打胤祥五十板，觉得事已至此，不能不带着顶一下这个太子，因欠身一笑，说道："十三弟是鲁莽了些，但各位军门也太不赏脸。十三弟急不择路，您得鉴谅着些儿。"胤祥仿佛不胜燥热，拽了拽大襟，下着气说道："太子爷，你刚来。我好话说了一车，各位大人一毛不拔，几乎没把户部大堂吵翻了！我原本是个愣头青儿，这事做过了头，差事办完，我逐人登门谢罪。只这点愚忠，可以上表天日，我要有半点作践别人的心，雷劈了我！"

"你已经作践了，还说没这心？"胤礽冷笑一声说道，"你知不知道，我的师傅熊赐履也去世了！我就为这事去礼部一趟，迟来几步，你在这边就闹得人仰马翻！"

熊赐履是顺治年间进士，自康熙八年入阁为相，与明珠、索额图并为上书房大臣，是熙朝仅存仅遗的两朝元勋。胤禛听得心里一凉，太子要把这也归咎于清理亏空？因在旁皱眉说道："据我所知，熊赐履并不亏欠国债。就是魏东亭，病了十几年的人，去世也是常情。太子，这些事与清债无关的，不要错怪了老十三。"

"我是奉旨清理，太子！"胤祥满指望胤礽坐镇户部，支持自己渡过这最后一关，没想到他如此昏庸懦弱，因抗声说道，"如今无论屎盆子尿盆子，只要是盆子就往我头上按！要是这样，太子奏明皇上，撤了我，另请高明！"胤礽气得脸雪白，哼了一声说道："你们原来是和我说话？我还指望着你这点子愚忠呢！这差使我有什么不敢接的？只怕是凭你这点身分担待不起！"

胤禛想想，这样越闹越难收拾，咽了一口唾沫，说道："皇上屡次讲过，清理亏空债务是第一要务。老十三做得过头，回头我陪着他揖门道歉，今日还是先议清债，请太子息息雷霆之怒。"胤祥这时也醒过神来，强压怒火低声说道："我少不更事，惹出的麻烦回头再料理。还是依着四哥，先办正经事……"

"你站过一边！"胤礽专横地断喝一声，"下去再和你理论！"

下头的官员原以为今日这事都是太子策划，不过出来佯装好人收拾局面，这会子品出味道，三个阿哥并不是一回事。太湖水师提督头一个磕下头去，哽咽道："也不怨朝廷，也不怪十三爷，谁叫奴才们忍不了穷，发贱要借库银？"说着，呜呜咽咽放了声儿。罗文跟着便道："太子圣明，臣等并没敢说抗债不还，只求宽展期限，臣等苟延残喘得终天年，不也是保全朝廷体面？"此时众人已个个哭得咽气打哽儿，有的说："可怜我们这些人，从死人堆里爬出来，靠山没靠山，门路没门路，落个这等下场。"有的丢鼻涕扯粘涎："逼债死打仗死，反正都是死！不是听说阿拉布坦要造反么？打发我们去吧……"

"我们的命真不济！打仗拼命，不打仗逼命，太平了，用不着了！"

"连魏军门都逼死了，我们算什么？"

马国成与众不同，前跪一步，"嗤"地一声撕开袍子，露出黑红黑红古铜似的胸膛，大叫道："阿哥爷们，你们都读过书，俗话儿说'士可杀而不可日'！凭什么日我们？"众人愣了一下，才想到他把"辱"理会成了"日"，都低下了头，抠砖缝儿忍笑。马国成越发来神儿，说道："我姓马的万岁也知道，从不抹咸水儿，请验我身上这七十二刀伤！当年在科布多被围，我护着主子冲出来，落下这一身伤，万岁见了都掉泪，一道伤赐酒一杯！今儿欠了七万银子，还要在心窝里再来一刀？十三爷，你是个好汉，你来，老奴才若皱一皱眉头，是婊子养的！"

胤礽被他们哭叫得六神无主，深悔昨日没有跟胤禛胤祥把话交代瓷实，叹了一口气，下座来替马国成掩了衣襟，说道："起来，起来！你们这是怎么了？朝廷几时说过不养活你们了？你们这些老行伍心最诚直，我最知道的，何必这样呢？"他缓了一口气，又道："给我一个面子，不要计较十三爷了，他有他的难处，头一回独自支撑这么大局面，想把事情办好，只是年轻好胜，急功近利了些儿，你们得体谅。"说着目视罗文。罗文便道："太子爷只管放心。我们都是些粗人，心里有什么，倒出来就畅快了。怨恨十三爷是没有的事，我们怎么会和爷们过不去？"

"这样，"胤礽见众人息了火，心中略觉宽慰，暗自拿定了主意，说道："债还是要还的。但要变通处置，时限可以放宽些儿。你们都是朝廷柱石，与国家休戚与共，要为皇上、社稷着想——在任赔补，五年为期，如何？"

他这一说，众人无不心花怒放，别说五年，就是一年，谁料得定这个四爷十三爷还管事不管？只要不撤差，任上几个大案腾挪下来，区区几万银子何足挂齿？胤禛心里不禁叫苦，连连嗟讶，胤祥早气得一跺脚出了大堂。

胤祥赌气回到签押房，要召集清账的人说话，却一个也不见，因见狗儿站在门口，便问道："人都死到哪里了？"

"爷是气糊涂了。"狗儿笑道，"都在书房里候着呢！"胤祥不言声，起身便到后书房，果见书房里里外外站着三十多个人，施世纶和侍郎尤明堂也在里头，都是垂头丧气相对默坐。胤祥一踏进门便狞笑道："都知道了？别他娘这副熊样子，丧家犬似的！有些事，眼下混账，后头谁料得定？老施老尤，接差那会子万岁就给你们打了保票，老十三再给你们打一层：真要发落你们乌里雅苏台，十三爷背干粮送你们过沙漠！"

"我和老尤早就想到这一步了。"施世纶平静地望着窗外，小眼睛熠熠闪着光，说道，"倒是四爷和你得保重些。我这人摘顶子，剥官服已是常事了。"尤明堂叹道："没想到树倒得这么快！瞧吧，二年之内，不回成老样子，挖了我的眼！只可叹下头调这几十个人，落荒而逃，回去哪里讨生活？"

"你说的他们？"胤祥指着众人，冷冷一笑说道，"你两个是大员，这里干不成调哪里。文职里像李绂、田文镜他们，早已安排了出路。这些兄弟都是我的兵，我岂肯叫他们吃亏？"胤祥说着，从书架上取下一个木匣子，打开了，里头是厚厚一沓札子，上头盖着兵部的关防，"扑"地吹去上头的浮尘，自失地一笑，说道："可谓有备而无患！这是去年从兵部弄来的六品武官任书。都是京畿驻防，说不上肥缺，也算上等差份……"

众人不禁惊愕地张大了嘴，愣愣地听胤祥一一唱名，痴痴地接过委任札子，却一色都是千总，分补西山、玉泉、丰台、通州等处，有的是汉军绿营，有的是善捕营，有的是锐健营——这些差使在塞外驻军眼里，已经是巴不到的美差了！胤祥一一分派了，看着狗儿坎儿笑道："十三爷顾不到你们，你们是四爷的人，还回四爷府——我已经跟直隶总督衙门、步军统领衙门和善捕营老赵那里打过招呼。缺，都给你们空着，一去就补。只一条，别逢人吹嘘是我给的。咱们差使办砸了，没这份体面！"说罢仰着脸，如释重负地吁了一口气，抬脚便走。

狗儿在后追了一步，问道："明儿我们还来应卯么？"胤祥手一扬，头也不回地大声说道：

"想来就来，不想来就算。户部还有屁的事做！"

第二十一回　拼命郎酒肆会弱女
　　　　　　菩萨王刑堂接皇差

　　胤祥满胸积郁得发胀，吐不出按不下，棉花团子似的塞得难受，一出户部大门，见管家贾平还侍候着，便命："回去跟紫姑说一声儿，爷要散散心，迟些儿回去！"说罢拉马便骑，泼风价打马直出西直门，大大兜了个圈子，但见城外秋云低暗，白草连天，更觉凄凉，因拨转马头至宣武门，趄进一个小巷，远远便听丝竹清幽，一带粉墙往东，郁郁丛篁拥着一座楼，上面匾额写着"太白醉仙"四个字。里头一个女子声气正按弦击节而歌：

> 夜半钟磬寂无声，满座风露清。烛台儿蜡泪叠红玉，青灯独对佳人影。倚朱栏，望乡关，月明中远山重重，看不清古道幽径，只听见西风儿吹得檐下铁马叮咚……

胤祥听着耳熟，却一时再想不起，因下马进店，张眼望时，店中并无客人，歌是楼上传下来的，略一沉吟，一屁股临窗坐了，没好气地大声道："人都死了么？拿酒来！"

　　话音刚落，跑堂的已脚不沾地跑了来，因见胤祥束着黄带子，脸上颜色不是颜色，哪敢怠慢？忙笑道："爷，是独饮还是待客？小店里玉壶春、茅台、口子、三河、赊店、苏合香都有，不知爷……用哪——"话没说完，胤祥"叭"地将一锭大银蹾在桌上，不耐烦地说："听你放屁还是听上头的曲子？各样都打半斤！"

　　"大烧缸也要？"

　　"要！"

　　恰酒菜上来，上边乐歇歌止，胤祥左一杯、右一杯，五花八门贵贱不一的酒就灌了一肚子。酒涌上来想想更气，便再喝，口中念念有词，也不知是说是骂，弄得几个伙计躲他远远的，店主也下楼来偷看。顷刻之间，胤祥已是喝得眼饧口滞，招手儿叫过掌柜的，笑道："我又不是妖精，你——呃——躲什么？来来……喝喝……"

"这是爷的抬爱，"掌柜的满脸赔笑道，"小人没这么大造化，别折了小人的草料。"胤祥头摇得拨浪鼓似的，问道："往日从这过，生意蛮……蛮好嘛……今儿怎么这么清……清淡？""给爷添一盘子海蜇。"老板一边吩咐，赔着小心又道："原是人多的，可可儿今个西市上出红差杀人，客人们都赶着瞧热闹去了！——这碗酸梅汤，是小人孝敬爷的，请用！"

"杀人？"胤祥呵呵一笑，"杀人有什么好看？软刀子杀人你见过么？"

老板见他前言不搭后语，满口柴胡，极怕生事，只好着意周旋，奉着香茶，拧着热毛巾侍候着，一边逗他说话出酒气："爷不知道？今儿法场上出事了，刀下留人！"胤祥一笑道："这也值得大惊小怪？杀官儿，常有的事，万岁爷不过想看看他们胆量，逗着玩儿！"老板凑近了，神秘地说道："今儿可不是！竟杀错了犯人，刑场上验明不是正身，叫万岁爷当场给查出来了！马中堂、张中堂还有佟中堂都去了……我的爷，这可是开国头一遭儿！"

"是么？"胤祥目光霍地一跳，晃了晃头，觉得眩晕得想不成事，因问："杀的谁？怎么就叫万岁撞上了？""爷说笑话了不是？"老板笑眯眯说道，"小人也刚听说的。杀的那人叫张五哥，是别人的替身！听说万岁当场叫了顺天府的人，说叫八爷亲自查办——爷，这事轰动北京城，不出明儿，您老就都知道了。"说着见来了客，就要走，胤祥又叫住了，问道："方才什么人在上头唱歌？是叫的堂子？我叫来听听成不成？"

老板正要回话，便听楼上一阵窸窸窣窣，接着便下来几个人。一个矮胖子含笑走在前头，接着两个女子，头一个浅红比甲，·溜水泻长裙，目动睐流，体格轻盈，衫袖微挽抱着琵琶，十分甜净俏丽；紧跟着的那女孩子个子稍矮一点，穿着枣花碧罗紧袖衫，腰围绣带下垂于膝，月白吴绫裤下微露紫绢履，团圆脸庞上刀裁鬓角，还带着稚气，口角左颏下一颗美人痣分外显眼——胤祥不觉眼睛一亮，失声叫道："这不是阿兰么？"

"呀，十三爷！"矮胖子正往门外走，一回头见是胤祥，急忙趄转身来一个千儿打了下去，满面堆起笑来："您老吉安！小的任伯安给您请安了！"胤祥眯着眼点点头，酒涌得打了个呃儿，胸前又躁又闷，头晕得想不成事，半晌才道："你……就是任伯安？九……九哥府里的？"任伯安一边嗔着店家："还不给十三爷拿醒酒石来，"一边赔笑说道："小的就是任伯安。先前在九爷门下，前年九爷已经给我脱了籍。其实脱籍不脱籍，小的都一样是爷的奴才。"

胤祥看了一眼阿兰，那两个女子忙都蹲身万福，年长一点的女子赔笑道："奴叫乔姐儿，其实在江夏也见过十三爷的……"胤祥没有理会，只转脸向任伯安笑道："怪道的，我问九哥买戏班子没有，九哥说没有，原来是你这杀才招摇撞骗，打了他的幌子——那个姓胡的畜生呢？想必也在你跟前了？"

"爷问的胡二麻子？"任伯安笑道，"爷怎么会认识他？这小子忒不地道，上回九爷的二世子点堂会，我带着班子去，二爷还没听曲子，他倒先醉了，站在当院骂街，扫了二爷的兴头。这样的王八羔子还留得么？我打发他守庄子去了！"因见店老板拿来了醒酒石，任伯安忙亲自侍候着胤祥含上，用小刀削着鸭梨，一头对乔姐和阿兰道："捡着拿手的，唱个曲子给爷听！"

乔姐阿兰裣衽一礼，二人点头一会意，乔姐手中琵琶早爆豆价响起，阿兰俛首一笑，唱道：

> 梨花云绕锦香亭，蛱蝶春融软玉屏，花间鸟啼三四声，梦初惊，一半儿昏迷一半儿醒……柳绵扑窗晚风轻，花影横栏淡月明，翠被麝兰熏梦醒，最关情，一半儿暖和一半儿冷……

未及唱完，胤祥便摇手道："不好不好！十三爷这会子没心绪，什么一半儿这一半儿那？捡着雅的唱一个！"阿兰怔怔盯了胤祥一眼，微微叹息一声，乔姐纤手一勾，乐声再起，恰如冷泉滴水，寒冽沁人，阿兰深情地看着醉眼蒙眬的胤祥，慢声唱道：

> 薄暮、途遥、马羸、人瘦……西风荻芦间，解缆渚头。平烟寒
> 漠，无涯湖涟波漂愁。与故人相揖别过，待欲登此扁舟，畏惧
> 这断魂深秋，更兼着苦雨冷舱，帆破风凄楚！呼将返行古道，
> 折不断烟花隋堤柳……

胤祥先还闭着眼，两手打着拍节相和，听这曲子幽咽绵凄、缕缕不绝如
诉如泣，蓦然想起自家身世，两行清泪竟不自禁顺颊滚落下来。

　　“十三爷酒沉了。”朦胧中，听任伯安说道，“备一乘轿，送爷
回去！”

　　清理户部亏欠被太子胤礽晕头涨脑搅扰一番，顷刻间功败垂成；接
着又出了张五哥巨案：堂堂帝京、天子辇下，国家最高法司衙门居然放
走了奸杀良妇的真凶，由无辜的贫民张五哥代验正身、代赴法场，被偶
尔出访的皇帝本人发觉！事情出来，从六部到大理寺直至顺天府的京官
们都瞪大了眼睛，紧张中带着兴奋，不安中怀着期待，眼睁睁看着朝
廷，等康熙的圣旨。但自那日，接连五天，不但没有旨意，康熙连六部
尚书也没有接见，东华门西华门停止接牌子，除了张廷玉、马齐和佟国
维三人以外，谁也进不了紫禁城——他们其实就住了天街西的侍卫房，
压根就没有出来——连个内廷的信息也没有。大故骤起，人人都觉得要
出点事了。

　　待第六日，圣旨终于颁发：施世纶调湖广任巡抚，尤明堂调江西任
布政使，王鸿绪着补户部尚书，揆叙为侍郎，仍由雍郡王胤禛十三贝勒
胤祥管领，继续清理库银，并严令“封存现有库银，一概不许私
借”——这圣旨就下得蹊跷：施尤等人若办砸了差使，就该领罪，但却
仅仅平调离任，王鸿绪和揆叙一个是学士，一个是吏部郎官，都不是熟
手，又没有特别的功劳，好端端就升了大司农！众人正纷纷议论莫衷一
是，下午未末时牌，康熙下令在乾清宫召见所有阿哥，亲自口谕胤禩，
命令他去刑部清理冤狱，并由马齐领诏，刑部尚书司马尚、侍郎唐赉

成、高念东等十三人革职留京待勘，同时下旨天下停止勾决一年，所有死刑人犯案卷调京重新审谳。

接见十分枯燥，康熙坐在龙案后的须弥座上脸色呆板一语不发，一口接一口地吃茶。张廷玉和马齐一左一右侍立着，由佟国维一份一份地宣读诏告，逐份宣读四百一十七名死囚案由和责成各省按察使"清理再报"的话头。一直读了两个时辰，阿哥们人人跪得两腿麻木、听得耳鸣眼花。末了康熙起身，只说了句："晓得为政之难了吧？人命关天，胤禩要好自为之。天下无不可为之事，要在认真留心。"

这句没头没脑的话，全然尝不出酸甜苦辣。众阿哥只好稀里糊涂叩头，答称"儿臣领旨"算是"明白"。胤祥见康熙有退朝的意思，忙道："阿玛！户部的差使只有几百万两尚未收清，现既已经封库，阿玛又委了新任尚书，儿臣请旨，是否就不再每日到部视事了？"

"也好。"康熙拈须沉吟片刻，"准奏。"

胤祥吐了一下舌头：他原想激恼皇帝，轧出点什么苗头，不料只得了这淡淡的四个字，不凉不酸的，算什么？正想着再出个题目，四阿哥胤禛说道："皇阿玛，儿臣有点想头，不知当讲不当讲？"康熙放下杯子，诧异地看了看胤禛，说道："这是朝会嘛，有话尽管讲。"

"清理刑部，确是当务之急；八阿哥才智清明，必定不负圣望。"胤禛顿了一下首，抬头说道："张五哥的事，儿臣原来只是风闻，今日听到原状委曲端详，惊心骇目不胜颤栗。皇上以万乘之尊，偶尔查访即当众发露一件，以天下之大，刑狱之多，正不知多少覆盆之冤！刑狱失调，戾气淤塞，非国家之福！"

"嗯。"

"此事是宰相之责！"胤禛冷冷扫视一眼三位上书房大臣，语气像是结了冰，"马齐佟国维难辞其咎！"

马齐和佟国维脸色立时苍白了，他们已经几次请求处分，康熙都没有允准，不料胤禛还是不肯放过。胤禩转转脸看了看胤禛，又低下了头，暗道："天生的刻薄，真无药可医。"正思量间，听康熙道："他们已经请过罪，朕意暂时不议此事。还有什么？"

"不应就事论事单说刑狱。"胤禛与邬思道计议了几日，显得胸有成竹，尽管碰了软钉子，仍沉着地说道，"根由在于吏治败坏，所以讼不平、赋不均、河道不修、贼盗不治、四境之内民有不安，边塞之外逆藩觊觎。吏治是当今第一要务，是一篇真文章！"

真是士别三日当刮目相看了，这正是康熙与三个辅政几天来密议的主题，四个人不禁对望一眼，康熙却点头道："这是老生常谈。说说看，你的文章怎样做？"他的眼睛陡然放出光来。

"八阿哥坐镇刑部，撤查狱案，若能着实剔察，雷厉风行，捡着几个贪赃坏法的官员，着实清办他一批，无论州县台府乃至部院大僚，该杀的要杀一批，不可心存慈软，不可如同以往，只办小官不办大吏！"

胤禩听了心里不禁一阵光火：我还没上任，你怎么就知道我要"慈软"？但他素来涵养最深，因插口道："四哥说的极是。确有罪证的，我一定不放过他。"

"小慈乃大慈之贼。"胤禛当然听出了胤禩的话意，没有理会，径自向康熙又道，"治乱须用重典，这都是通常之理。皇上久已制定圣训十六条，应颁发天下学宫，训导士子知廉知耻，使为民者各守其分，循法驯良，为官者知圣人之道，法不纵贪。吏民皆知守法忠君，公忠无私，吏治自然转浊为清。"康熙听了这番侃侃议论，暗自称赏，却不肯露出声色，只点头道："这是又一层意味。看来你还有建议？""是。"胤禛毕恭毕敬答道，"各省疆吏、各部官员都应体贴圣意，将吏治大事当做第一要务。儿臣建议，无论何种任职，上至上书房大臣，下至未入流吏员，凡逢有百姓拦轿鸣冤的，一概停轿接状，订为国家制度。这样，各有司衙门就不至差使不同互相推诿，庶几天下冤狱可渐减少。"

康熙早已听得站起身来，慢慢踱着步子，待胤禛说完，方叹道："你在京外办差多，到底是知情人啊……廷玉，你觉得四阿哥的条陈如何？"

"奴才觉得极是。"张廷玉躬身笑道，"顽而不化者有训，教而不遵者有法，应当拟成诏旨，明发天下。"

"就是这样。"康熙目中熠熠闪光，沉思着道："圣训十六条朕再改改，要编得顺口好记些，然后下发学宫。百官停轿接状这一款，立即办。"说罢扫视阿哥们一眼道："处处留心皆学问，四阿哥这人耐烦不怕琐碎，做事认真有条理这一条，你们得学着点，听着了？"

"嗻！"

各色各样的目光都投向了胤禛。

胤禩早已从内廷得信，要他主持刑部的事，原本极兴头的一件事，在乾清宫被胤禛一个条陈搅得不伦不类。他有一种功劳被抢走的感觉，要多腻味有多腻味。一路坐轿回到八贝勒府，兀自快快不乐。此时天已过了酉时，王府上下人等都已得知主子奉了钦差，管家老蔡头带着几十房家人头领掌着灯迎在门口，见胤禩躬身出轿，黑鸦鸦一片跪下请安道："八爷纳福！知道爷奉了恩旨要去刑部，福晋叫奴才们先来给爷道喜请安！"胤禩目光炯炯看了众人一眼，倏然间又黯淡下来："我为天潢贵胄，为国办事是本分，有什么喜可道——福晋在哪里？"

"在后头颐浩堂。"老蔡头赔笑道，"两个和硕公主姑奶奶、四姨奶奶、冯二舅都来了，福晋在那边陪着呢。"

"九爷十爷呢？他们没来？"

"方才派人去问了。"老蔡道，"十爷去玉泉山进香，九爷闹肚子，一时来不了——只阿灵阿张德明来了。那边有客眷不方便，我没叫他们过颐浩堂。"

听到胤禟胤䄉没来，并连胤䄉也没到，而且揆叙、王鸿绪这一干必定来的人也不见影儿，胤禩不禁一怔，心知必有缘故，略一沉吟说道："你去代我给两个姐姐问安。告诉福晋我暂不过去，叫他们只管开席——只当寻常家宴，办差有什么贺不贺的？""嗻！"老蔡头答应一声回身就走，胤禩却又叫住了，一时没说话，良久才道："我这回去刑部，要做铁脸王爷，是伸国法、顺民气去的。家下人良莠不齐，都想跟着发财。你告诉他们趁早打消这个妄想，亲戚也不例外！佛爷也会变阎王，有指称我的名目到部院撞木钟、诈财打秋风的，查出来剥皮！"他顿了一下，放缓了口气又道："挑二十个年轻识字的奴才，要精壮，能熬夜不贪财的跟我去——漂漂亮亮办完差，钱我有的是！——就这话，你传给他们！"说罢转身向西花园书房迤逦而去。

张德明和阿灵阿早已等在这里了。两个人都是便装，阿灵阿瘦弱，夹袍外加了件天马风毛的套扣巴图鲁背心，张德明却是单菖皂袍，足登双梁四层底布鞋，靠着没有生火的熏笼和阿灵阿攀谈。听见胤禩的脚步声，两个人都站起身来，阿灵阿只揖手为礼，张德明拈须笑道："善哉！无量寿佛！八爷此心上恰神明，必有厚赐！"

"什么？"胤禩先是一怔，旋即知道他已听去了方才的话，淡淡一笑坐了，喟然说道："这只能勉尽我心了。"张德明踱了几步，灯下看去，越显得松姿鹤形，微微笑道："心即神明。方才八爷吩咐家政那些话，何其堂皇正大！从此心行之一郡，则一郡治；行之天下，则天下治！"

阿灵阿却不知两个人说话的意思，呷了一口茶问道："八爷，今儿万岁有什么旨意？见着太子爷了么？"胤禩便将乾清宫受命的情形说了，又道："太子也见着了，只是气色不很好，言词含混吞吐，连我也记不得他都说了些什么，只叮嘱我有事多和兄弟们商量。但我想他说的'兄弟'，无非是老三老四，他们各人有各人的事，有什么商量头？偏是该帮忙的老九老十老十四，连个照面也不打！"阿灵阿沉思了一会儿，笑道："四爷真是醋劲十足！想出这几条也真动了心思。而且想居高临下挟制八爷，将来留下抢功劳的余地。但据我看，无论怎样用心全是虚费力，天降大任于八爷，非人力可挽——张德明真是道德高深之士，他的话快要应验了！"

"八爷！"张德明稳重地坐了对面，古井一样的眼睛闪烁着，说道："您知道么？太子身上揣着春药，叫养心殿的人见了，告诉了万岁，他和郑贵人的事万岁也有耳闻。一旦东窗事发，就是不死也得脱层皮，还说什么'太子'！"胤禩不禁全身一震：这样的宫闱秘事，怎么会传到张德明耳中，自己还蒙在鼓里！张德明见他吃惊，笑道："八爷放心，我不是个妖心，这是白云观的功效。太监们常去祈福，向道祖忏悔心中事。养心殿的邢年怕这事太子知道了，去神前祷告求佑，恰被贫道听了来。"

胤禩听得心里一动：怪道的张德明消息灵通，原来有多少人心甘情愿源源送上门来！想着，笑道："你也不怕亵渎了神明，其实我并不想知道这些事。只愿循自己的本心，国家吏治财政败坏如此，有志之士应该起而振作，匡扶大清社稷是当今第一要务啊！"

"八爷，这真是确乎不拔之理。"阿灵阿欠了一下身子，削瘦的面孔毫无表情："方才和老张我们也议到这儿。说事情就连带了局势，如今人事纷繁，裙带门生勾连，盘根错节到这地步儿，收拾起来谈何容易！就是九爷十爷，今晚不来，难道就没有缘故？"胤禩吃了一惊，忙问："什么缘故？""他们也有自己的算盘啊！"张德明叹道："如今又到转捩关口，不但大阿哥、三阿哥、四阿哥，就是九爷十爷十四爷，哪个不是人杰——昨夜西风凋碧树，独上高楼——上楼干什么？还不是要望一望'天下路'，想一想自己的步子怎么迈？"阿灵阿见胤禩听得发怔，语气沉重地说道："天下，大任也，太子，重器也，同为龙种，焉能无动于衷？"

一阵寒风扑进来，满室灯烛摇曳不定，窗纸都不安地簌簌作响，书房里刹那间变得有点阴森。胤禩激灵打了个噤，仿佛不胜其寒地抚了一下肩头，听着院外萧索的落叶声，良久才道："你们的意思我明白了。照你们的说法，我该怎么办才好？"

"其实八爷已经有了主意。"张德明冷冰冰说道，"天下吏治昏暗不堪，贪风炽烈，污吏盈庭。只有一条：铲！铲尽不平天下平。"阿灵阿道："我最怕的就是八爷手软。牛刀割鸡原是必操胜券，但若手软，那就另是一回事。比如刑部的案子，如果牵连到九爷十爷，八爷下得手么？"

这正是胤禩最担心的，被阿灵阿这个病夫一箭中的。胤禩的脸色一下子变得异常苍白，半晌才道："不但老九老十，恐怕这类事太子、大千岁、诚郡王和老十四都难免。如今临事才知道老四的难。"

"所以才叫'天降大任于斯人'。"阿灵阿俯仰之间，显得精神焕发，"让太子暂时占去天时，大阿哥三阿哥占地利，八爷你占人和。不操妇人之仁，而用申韩之忍，果然将吏治清出头绪，连四爷十三爷也要跟着你走——今日四爷发言，反过来看，也未必不是要在你跟前站个地步儿。八爷，天与弗取，反受其咎！"张德明接口便道："这话见得深。昔日鸿门之宴，项王不取，遂有垓下之刿；王莽篡汉，刘玄称帝，不诛光武，于是更始短命；陈桥兵变，赵匡胤如愚忠恋恩，哪来的宋朝？千古机遇如电光石火，转瞬即逝，后世人还不是枉自扼腕痛惜？"

胤禛霍地站起身来，急速在屋里踱了几步，倏然回头上下打量着这两个人，心里真是百感交集，原以为王鸿绪是学问最好的，阿灵阿不过是个趁食旗人，张德明挟术士倚附王侯，讵料关节眼上才瞧出来，两个人竟有如此心胸才智，而且忠贞诚笃远在标榜道学的揆叙、王鸿绪等人之上！许久才点头道："今夕何夕，胜读五车之书！你们好自为之，一切如常。张先生，你在武备上替我操操心。中唐李泌以道士出山为辅，我看你不亚于他！"

"武备"指给了张德明，"文事"自然就是阿灵阿的，阿灵阿深沉地点头会意。张德明庄重地说道："贫道为拯生灵涂炭而来，功利二字不在计较之中。为备非常之用，贫道早已在物色了。嵩山十六友，如甘凤池、石腾蛟辈都和贫道有忘年之交。这就修书给他们，请进京来！"

第二十二回　冷胤禛初萌登龙志　热胤禩知难退激流

从乾清宫下来，胤禛觉得浑身都是软的。没有想到，这样高屋建瓴的几个条陈，换来的只是"耐烦不怕琐碎"的考语。早知如此，不如不说，还免了胤禩疑惑自己吃醋抢功呢！户部差使办砸是人人皆知心照不宣的事，虽然康熙没有一句重话，没黜贬一个官员，但惟是这样淡漠的搁置，比之大发雷霆，骂个狗血淋头更其无味，更不可捉摸。今日一席奏对，虽然看去是对了圣意，但"久旱逢甘雨"，却只有几滴，未免令人失望。胤禛想到自己和胤祥惨淡经营，千辛万苦都是为他人作嫁，人生斯世，运数无常，毕竟有何意趣？他瘫坐在万福堂的安乐椅里闭目沉思，真的有点心灰意懒了。正自倦倦闷思，一阵拐杖拄地的声音橐橐近前，邬思道踱了进来，双手一揖说道："主人何忧思之深也？"

"什么忧思？我不过是个天下第一闲人而已。"胤禛打叠起精神坐直了身子，一手让座，悠悠地说道："还是庄子说的'绝圣弃知大盗乃止，摘玉毁珠小盗不起'，我又何必横身危难之中，弄得自己焦头烂额？"邬思道见案头放着胤禛的诗文窗课稿子，一边坐了，信手翻着，笑道："只怕四爷难以心如古井。庄子还说过：'彼人含其明，则天下不铄矣；人含其聪则天下不累矣；人含其知则天下不惑矣；含其德则天下不僻矣。'您含着这么多的东西，想做闲人恐怕不行。"几句话说得胤禛一笑，却又蹙额叹道："我是智穷力尽了，想做事，做了事，千难万难苦撑过来，却是篙断桨折，舟困浅滩！"

邬思道听了没言语，一篇一篇浏览着胤禛的诗文，许久才笑道："四爷这话学生不明白。据学生看，如今秋高气爽，万木萧森，正是壮士远行之时，哪里就有那么多的呻吟？"胤禛怔怔地望着窗外，良久，深深透了一口气，说道："一夜西风狂，吹落我家招凤巢，梧桐叶儿落萧萧响……"一边说，苦笑着摇了摇头，又道："户部的事出来，我就细想了，这一回是齐根儿断了梧桐树！最可怜我那二哥，还像个没事人，今儿下来去毓庆宫，他还劝我不要'庸人自扰'！就这一会子，大哥三哥和老八他们还不知议些什么异样的题目呢！可笑，我和老十三竟是一对儿痴人！"邬思道听着，似乎有点漫不经心，随口问道："如今呢？如今四爷有什么打算？"

"现在什么也打算不成。"胤禛皱眉说道，"刑部户部都已成了老八的局面，礼部兵部原就是他的天下，显见的是万岁更换国储的棋步儿，太子虽不说，我看他心里也有个数。我想过了，太子安，我自然没事，太子不安，横竖总要有新太子。我左右是个办事的，大谅也不会把我怎么样。"

"这就是四爷的打算？"邬思道突然发了怒，脸色又青又白，"咣"地扔掉手中折扇，架起拐杖，咄咄逼人地盯视着胤禛斥道，"庸人之见！"胤禛惊愕地张大了嘴，茫然看着邬思道，他从没有受过任何人这样呵斥，也从未见过这位彬彬有礼气静意和的邬思道发这么大的脾气，平常几句话，怎么就恼了？正愣怔间，邬思道抗声说道："你说的不是'西风凋碧树'么？什么叫'碧树'？碧树就是太子！陈胜一个赤脚杆子还敢说'王侯将相，宁有种乎'的话呢，何况你是王，是龙种，是为国家卓有劳绩的阿哥，不是太子的私人！不掰清这一条，你永无出头之日！"邬思道的双拐点地铮铮有声，激动地说道："像大阿哥那样的昏懦之夫尚且知道逐鹿中原，你怎么抱了个壁上观的宗旨？何其短志也！"

胤禛听着，只觉得一股冷意直浸肌肤，心都紧缩成一团，脸色苍白得可怕，许久，他低下了头，摆摆手道："邬先生，我……你坐下，听我慢慢谈。"因将乾清宫召见，自己上了条陈，康熙的话都一五一十说了，末了又道："先生责我志短，说的不错，我确是有些心灰意懒了，如今情势，不观望又有什么指望？"

"四爷就为这个烦恼？"邬思道仔细听完，突然仰天大笑，说道，"哪位圣贤说过'耐烦不怕琐碎'的人不能担天下巨任呢？据我看，这是当今天下最好的考语！"

胤禛一下子抬起头来，"那——为什么阿玛要起用胤礽？"邬思道格格一笑,说道:"那是自然,都是他的儿子,他要比一比,看一看,哪个是高才捷足嘛!"胤禛一边想,摇了摇头,幽幽地说道:"老八这人我知道。他要真的做起来,能办好差使……"下边的话碍难出口,便打住了。

"所以我才给四爷出主意,上那个条陈。"邬思道莞尔一笑,"他差使办成,不过做了你条陈中的一件,他差使办不成,是没听你的主意。万岁真的选中他,他也不至于轻看你——不过据我看,现在还议不到这么深,太子毕竟在位,八爷牵掣很多,他也未必就办得下刑部的差使!"说罢又是一笑。胤禛闷闷不乐地说道:"这些我倒是都想到了。我最为难的,是和太子难处,近不得,远不得——老八看去真是十分兴头,拿定主意要在刑部大展奇才了!昨儿十三弟告诉我,听到他进刑部的风声,他原在刑部的几个门人想见见他,他都不肯接见,这不是兆头么?"

邬思道见这个满口要做"闲人"的王爷如此撕不断,苦恼不休,只一笑,换了题目,问道:"皇上几时去热河?"

"十月初三。"

"没有指令八爷何时完差么?"

"没有。"胤禛看了看邬思道,"不过看胤禩的意思,说要皇上欢欢喜喜去热河,我看他是近日之内就要大张旗鼓地干起来。"

邬思道沉思了一会儿,又道:"皇上近日查考阿哥爷们的窗课本子不?""什么?"胤禛奇怪地看着邬思道,他有些不明白这个书生究竟想说什么,半晌才笑道:"窗课是五天一看,从不间断的,不过这一本是和文觉和尚对禅余暇写的,怕有碍圣听,我没有敢进呈。"

"我方才看了看,"邬思道说道,"这里边的诗文虽不尽是上乘之作,但恬淡适胜,很合着四爷性格儿,何妨呈进去给万岁爷瞧瞧呢?比如这一首,你看写得何其好!"说着随手一翻,指着一首诗递给胤禛。胤禛接过看时,却是:

> 懒问沉浮事,间娱花柳朝。
> 吴儿调凤曲,越女按鸾箫。
> 道许山僧访,棋将野叟招。

漆园非所慕，适志即逍遥。

胤禛看罢笑道：“这诗没格调，呈去讨没意思？作诗我比不了老三。”邬
思道笑着摇了摇头，又指了一首，却是：

> 人生七十古来稀，前除幼年后除老。
> 中间光景不多时，又有炎霜与烦恼。
> 过了中秋月不明，过了清明花不好。
> 花前月下且高歌，急须满把金樽倒。
> 世上钱多赚不尽，朝里官多做不了。
> 官大钱多心转忧，落得自家头白早。
> 春夏秋冬弹指间，钟送黄昏鸡报晓。
> 请君细点眼前人，一年一度埋荒草。
> 草里高低多少坟，一年一半无人扫。

邬思道因道：“这是唐伯虎的《一世歌》了。”胤禛点头道：“是。因为
练字，信手抄来，又怕有什么干碍，没敢进呈御览。”

邬思道沉思片刻，一笑说道：“别小看了这些诗。也未必篇篇写得
激昂慷慨，歌大风，思猛士就是好的！如今大阿哥三阿哥和八阿哥他们
各做各的文章，都在万岁跟前显摆他们的‘大志’，殊不知这正犯了圣
忌。皇上年未及耳顺，春秋鼎盛，一群胸有大志、腹有良谋的儿子们朝
夕相伴，焉能不生疑惧之心？”“噢……”胤禛身子向后一靠，惊异地瞥
了邬思道一眼：这瘸子竟如此精通帝王心术，真是深不可测！想着，把
预备明日进呈的窗课本子抽出来，援笔濡墨，工工整整录了一首七律：

> 山居且喜远纷华，俯仰乾坤野性赊。
> 千载勋名身外影，百岁荣辱镜中花。
> 金樽潋倒秋将暮，蕙径萧瑟日且斜。
> 闻道五湖烟境好，何缘蓑笠钓汀沙。

"好!"邬思道拊掌而笑,暗赞胤禛心思伶俐:这样一首一首进呈,确比乍然送一大册强得多。却不敢说破了,只道:"四爷这笔字真练到出神入化了!"

邬思道和胤禛计议的第二日,胤禵奉旨到差,进驻刑部。下车升堂便出手不凡,不管三七二十一,从刑部侍郎、员外郎到各司堂官,一律摘了顶子革职留任,犯官们把铺盖都搬进衙门,连后头马厩都腾出来住满了大小官员,明说虽是"待勘",其实形同软禁,预备着清查一个拿一个。这一番睿断措置,不但打得刑部各司堂书办们晕头转向,真个震撼朝野,连康熙皇帝也没想到这位温文尔雅的阿哥风骨如此硬挺。从毓庆宫到上书房,接应不暇的是胤禵递来的折议,片子,俱都是整饬部务的方略,拟定重审的要案,凡各厚审谳案文书供词有疑的、律例不合的、量刑欠当的,胤禵也真不怕麻烦,一一加批评注封递上书房,弄得马齐和佟国维也如坐针毡。刑部的官儿们原本最怕胤禛和胤祥这两个"魔王"来部挑剔磨勘,听说"八爷来"还没来及抚额庆幸,便遭这一顿猛轰,顿时慌了手脚,找门子的、托同年的、求主子的……什么样的都有:胤禵眼里瞧着,心里冷笑,也不去理会。

乱到第十天头上,胤禵一大早入宫请了安,回到刑部,在签押房还没坐定,便见老蔡头进来禀道:"九爷十爷十四爷他们来了。"胤禵略一怔,命几个等着回事的官员先回去,三步两步出来,早见胤禩胤禟胤䄉带着几个长随沿仪门内甬道散步而入。胤禵一边笑着往里让,一边说道:"整日价在我那里混,可可我这几日忙死,就不见你们的影儿了!"一转脸瞧见任伯安也跟在里边,便敛了笑容。

"八哥风骨好硬挺!"胤䄉随着两个哥哥进来,却没有坐,看着壁上条幅,用扇骨打着手心笑嘻嘻说道,"这刑部衙门我来过不知多少次了,没想到几日工夫就换了世界!你看这些个龌龊官儿们,一个个剥了补子,光着顶子,哭丧着脸靠墙根儿,挤眉弄眼交头接耳,龇着黄板牙吃茶抽烟嗑瓜子儿聊天。哪里是国家处刑重地,像煞了被孙行者赶出七十二洞的妖精,牛鬼蛇神魑魅魍魉应有尽有……"说罢哈哈大笑。胤禵不禁笑道:"说的是。我就是一根金箍棒打不及,盼着你们来帮手呢!"说着命人看茶，因转脸问任伯安："你来做什么？"

任伯安一脸安详，听着他们兄弟笑语，见问到自己，忙看了胤禩一眼，向前一步，满面谦恭之色双手捧上一个册子。胤禩迟疑地接过，问胤禵道："挤眉弄眼的，这算做什么？"

"帮八哥抢金箍棒啊！"胤禵阴阳怪气地晃了晃头，"八哥要做包公，我来填龙头铡。您不是要查尽刑部冤狱么？好办得很，一个外人不用传问，就问老九就得，连不是我经手的也都有案可稽——都在这册子上呢！"

屋子里一下子静了下来。时近孟冬，天已寒冷，只听房顶风声呼呼，掀得承尘都在不安地翕动。胤禩仿佛被人打了一闷棍，脸白得没一点血色，怔怔地看着门外苍黄的天色，只觉得心猛地往下落，像是一直要落到深不见底的古井里。

"怎么样八哥？"胤禵从未见过老八这么狼狈，倒觉好笑，"犯人寻替死鬼代刑，这叫'宰白鸭'，明白么？白鸭宰了不少，都是咱们自宰自吃。其实我倒没使你什么银子，我的账一直是顶着不还！"胤禟笑着道："你是死猪不怕开水烫。""对了，老十四这话说得妙！"胤禵嬉皮笑脸又道，"九哥使了四万，下余的都是八哥拿去行了人情。今日八哥要砸聚宝盆，该当的说说明白，八哥拿个章程。"

胤禩这才回过神来，嘴角挂了一丝狞笑，说道："好，这才是好兄弟，好奴才办的好差使！任伯安，我几曾叫你做过这种事？收金税、挖人参的钱还不够使么？要做这种伤天害理的事？"

"这就是做奴才的难处了。"任伯安低下头去，轻声回道，"八爷圣明，奴才并不能屙金尿银，咱们财路有四个，行商、收金税、挖人参、皇庄年例，还有就是从六部里掏。八爷想想，门人升迁、周济穷官儿、买田置园子一年下来得使多少？就是四爷十三爷讨债，也得现银子填还啊！说句不中听话，换了旁人，想这么着，只怕还摸门当窗户呢！"

几句话便说明了，宰白鸭这些事是胤禵他们干的，但弄来的钱是胤禩自己使了。他思索良久，无声透了一口气，一手拈着册子，晃着火折子，默默点燃了，直到看着它烧成灰烬，目光一闪，眉棱骨不易觉察地一跳，哼地冷笑一声道："善有善报，恶有恶报。这么作孽的事，你任伯安都做得出。不怕王法，也不怕雷击么？"陡地，他心中生出一片杀机。

"奴才明白。"任伯安何等精明，早已看了出来，一躬身子说道，"升天无路，地狱有门。奴才为主子尽忠，虽死重于泰山！"说罢跪了道："请八爷用刑！"

胤禩"啪"地拍案而起，看着瘟头瘟脑的任伯安，眼睛幽幽地闪着：就于此时此地，一刀诛了此人，岂不一了百了？去掉这个累赘，连这三个兄弟也不须防范了。正思忖着如何下这杀手，胤禟也起身来，轻轻拍拍胤禩肩头，意味深长地说道："八哥，一失手成千古恨，再回头已是百年身！"

"八爷杀了小人，要能澄清吏治，小人死而无怨。"见胤禩本主出来说话，任伯安敛起一刹那间流露出的怯色，侃侃言道，"小人不知是谁挑唆着要这么办，但小人知道谁是八爷的基业——就是八爷要整的这干子官吏！八爷没有办过多少差，名声威望任哪个阿哥爷比不了，为什么？就因为八爷仁德宽厚，有学问、有度量、有识见！杀了我，就没人敢再给八爷聚财；整掉这批官，八爷就和四爷一个样。先头多少水磨工夫全搭进里头去。如今外头已经沸沸扬扬传言，瞧八爷这阵仗，像是比四爷十三爷还狠……奴才可叹的是，拼着身家性命不顾给八爷卖命，到头是没好下场……"说着已是泪流满面，哽咽道："八爷杀了我吧！……若论天理、王法，我真是死有余辜的……"

胤禩觉得头一阵发晕，颓然坐回了椅子上。胤禟见今日"三英战吕布"大见功效，满意地舔舔嘴唇，劝道："我和老十老十四八哥还不知道？再不能和八哥两条心的！不是兄弟怨你，原本就不该接这差使——由着老四去干，他把人都得罪完，这差使依旧是个不成！那时候儿你出来收拾残局，抚定人心，不比走这险棋好？"胤禵笑嘻嘻说道："八哥想一帚扫尽天下阴霾？算算看，就上书房里，不说马齐，张廷玉和佟国维有多少门生故吏？亲结亲、门连门、盘根错节、恩连义结，一人有事八方来援，除了宰白鸭，黑天不见日头的事多着呢！你扫得尽？四哥是无能之辈？凭着借条要账还弄得人仰马翻呢！刑部的事，你要动真格的，马齐立地就得卷铺盖滚蛋，佟国维也站不住，更甭说太子、四哥、大哥三哥都虎视眈眈地瞧着你！要是那么轻巧容易，大哥早就把差使抢过去了，还轮得到我们！"

"着啊！"胤禩瞪着眼一拍大腿，"我也是这么说！你把刑部的人撤了，我就吓了一跳，这么干，万岁先就要猜疑：这老八是怎么的了？他一向不是这做派呀？是揣摩着讨朕的好儿，还是沽名钓誉？——人若改常，不病即亡！"一扭头对任伯安又道："操你祖宗的，这么没眼色？一味跪着，叫人瞧见了算怎么回事？"

众人析得条条在理，句句中肯，胤禵倏然间已经明白，自己原和胤禩等人是分不开的难兄难弟！就算杀了任伯安，要是这群人和自己作起对来，下场连胤祥也不如！想着，不由暗自懊悔，不该听信阿灵阿和张德明这些愚蠢建议，差点弄乱了自己营盘。一阵心灰意懒，胤禵勉强笑道："任伯安起来吧。我是心里生气，又不是真要拿你作法典型。你是做老了事的，怎么这么浑？人命关天，就敢买卖！以后再也不许干这种混账事了！"众人这才都松了一口气，聊了一阵子淡话。胤禟笑道："我们还得替八哥着想。张五哥这案子，那是掩不住的了，但老任手脚很干净，他们攀咬不出来！刑部的人既拿了，索性就做点文章：一个个过堂讯问，使劲查！反正狱里已经没有了'白鸭'，查到头还是张五哥，拉了顺天府监狱狱正，狱神庙的典史，还有验刑官这些家伙填馅儿，我看也就差不多了。哪个庙没有屈死鬼呢？"

"妙哉，吾心领而神受之矣！"胤䄉笑道，"云压得重重的，雷响得轰轰的，风刮得呼呼的，雨点子稀稀的……"胤禟看了一下门外，说道："老十四说话谨慎点。你和老十带任伯安走吧。这里头能人多，是个是非之地。"

"老任的头还长得牢牢的。"胤禵呵呵笑着起身，拍了一下任伯安的脖子，和胤䄉带着一众家丁去了。

他们前脚刚走，胤禩胤禟未及说话，便见胤祥带着几个护卫从仪门进来，腰间还悬着刀，脚下马刺踩得叽叮叽叮作响，远远便笑道："八哥九哥说什么私房话？叫兄弟也听听！"胤禩胤禟急速对望一眼，忙都起身相迎，让座献茶罢，胤禩含笑问道："十三弟，你不是还管着户部的事么？什么风把你这大忙人吹到这里？"

"户部还有什么狗屁事？我方才去养心殿辞差，阿玛也是这么说。又说'去刑部帮你八哥办差'，就骑马赶来了。"胤祥颦着八字眉，呷着茶说道。顿了一下又问："方才十哥和十四弟出去，里头带着一个人，像是九哥府里那个任什么狗日的伯安。他到这儿来做什么？"

胤禩胤禟都没想到康熙会又塞个人憎狗嫌的胤祥到身边来，都愣住了，心里比吃个苍蝇还腻，听这一问，都吓得一跳，半晌，胤禟才故作诧异地说道："任伯安？我早就叫他出籍了！他没来过呀……哦，想起来了，老十府里那个胡狗子长的是有几分像任伯安。必是十三弟看混了。"

三个异样心思的兄弟各自端杯莞尔一笑，胤禩胤禟头上都沁出密密一层细汗来。

第二十三回　皇帝失意悠游巡幸 群雄逐鹿煞用心机

十月初六，康熙皇帝大驾由东直门出城。因这次巡幸是承德离宫落成，首次召集东西蒙古各王公台吉觐见大礼，文物声明须得足以"昭德"，因此办得十分隆重。八阿哥胤禩一手管着刑部，一手兼管此事，临期那几日竟是昼夜不停，连轴儿转地忙，又邀了大阿哥作帮手，会同礼部、理藩院的官员曲划指挥，直到当日凌晨五鼓，景阳钟响才算停当。北京的细民们早前两日便接到顺天府宪谕，天不放亮已是家家龙涎时花，案上香烟缭绕，烟火爆竹满城响得开锅稀粥也似。虽说与天子同处一城，但亲眼瞻仰"圣颜"的机会也极少的，因此，从正阳门关帝庙一带到东直门沿途早挤得人山人海的，尽是看热闹的人。

直到辰正时牌，便听东西鼓楼钟鼓齐鸣，天安门乐声大作。人们张着眼瞧时，天安门那边黄伞旌旗遮天蔽日价迤逦过来。最前头是五十四顶华盖、四顶明黄九龙曲柄盖打头。接着两顶翠华紫芝盖、二十四顶直柄九龙盖，什么纯紫、纯黄大盖扈随于后，招招摇摇浩浩荡荡压地黄龙一般，不断头地涌出。年轻一点的没见过这排场，张着迷惘的眼只是傻看，见过康熙御驾亲征的老人们跪在地下悄声指点：这是寿字扇，这是黄龙双扇，赤龙双扇，那是羽葆……十六信幡、豹尾龙头杆，一面面龙旗在微风中栩展，有的写着教孝表节、有的写明刑弼教，什么行庆施惠、褒功怀远、振武敷文、纳言进善也不能尽述。导引过去，便是二十四面八旗大纛，十六羽杖大纛，都用纛车载着，辚辚萧萧怒马如龙，紧随着又是四十面销金大纛，旗上却是绣的祥禽瑞兽，诸如仪凤、翔鸾、仙鹤、孔雀、黄鹄、白雉、赤鸟、隼虫、振鹭、鸣鸢、游鳞、彩狮、白泽、角瑞、赤熊、黄熊、天禄、辟邪、犀牛、天马、天鹿……至此，才见到皇帝金辇，太子银辇相跟而出。皇长子胤禔、皇八子胤禩、皇九子胤祹、皇十子胤䄉四人，骑缨络御马、穿团龙袍黄马褂，手按腰刀前面导路，御前带刀侍卫鄂伦岱、德楞泰、刘铁成、素伦带着四十名二等侍卫左右护持，簇拥着车驾徐徐而行。后边望不断头的是御林军，手持出警入跸旗、五色销金旗、节钺、黄钺、卧瓜、立瓜、镫鼓、大刀、弓矢、豹尾枪、鸟铳，在寒阳之下光灼灼、亮闪闪，端的是灿烂辉煌。送驾百姓此时益发鼓噪兴奋，一街两行男女老幼齐跪俯伏、山呼海啸般高唱：

"皇帝万岁，万万岁！"

胤祉和胤禛二人同坐一车走在御林军后。两个人都没有言语，只隔着纱窗望着外头如醉如痴的人流，直到出东直门、过了接官亭，胤禛方吁了一口气，靠在车后，说道："难为老八，两头忙着，竟办得这么周备。"

"这是大阿哥的手笔。"胤祉冷冷一笑说道，"你别看两个人骑马并行，笑得脸上开花，其实心里都在咬牙。就为安排车驾这么点子'功劳'，老大去我那里诉了多少委屈，老八也说老大吃他的醋。两个人都够瞧的了，都是手足，什么意思嘛！"

胤禛警觉地睨了胤祉一眼，没有回话，盯着车前的黄土官道默然不语，他的思绪回到邬思道身上，前半月已经命人将邬思道送到承德，安置在自己狮子园的宅子里，不知到了没有？太子的侍卫已经全换了，听说到承德皇帝跟前的侍卫也要换，明摆着是对太子和大阿哥都不信任。当此多事之秋，他身边不能缺了邬思道这个智囊。胤祉却打定主意要在车上和胤禛好好谈谈，见他如此冷面，一时也寻不出许多话来，许久才自失地一笑，说道："如今世情真令人可叹。出力的不讨好，讨好的不出力，真下实力替朝廷办事的哪个有好结果？施世纶走时，我送了点仪程，谁知就惹出许多闲话——可笑，那么一个清官，真叫他骑毛驴上任么？"

"啊？啊——闲话？"胤禛回过神来，也觉得车厢里气氛太沉闷，挪动了一下身子道："那都是小人见识，我也送了盘缠！"胤祉笑道："你以为你退避三舍就免了口舌？殊不知天下事难料的多着呢！上回老十去我那里借《黄孽师集》，你知道这是禁书，里头都是推断朝代兴替的，我怕下头人知道了不好，亲自去讨，老十咧着嘴笑我：'跟四哥一样小家子气，刻薄得六亲不认！一本鸟书打什么紧？'我劝他：'不要总跟你四哥过不去，他的难处你不知道。自家兄弟不体谅，还有谁体谅？'老十说：'他算什么孝悌忠信？伪君子！'"说着，吊胃口似的住了口。胤祯惊讶地看了胤祉一眼，揣摸着这些话的意思，问道："你没问他，何以见得呢？"

胤祉笑道："说的还是老话。当日避暑山庄修好，皇上看了奏折，说'寒而不凛，温而不炙，好，真是避暑胜地'，老十说四哥当时就顶了回去，说'皇帝山庄真避暑，百姓仍在热河中'，弄得万岁脸上挂不住，这就算孝子？"

胤祯这件事是有的，不过当时说的委婉得多，再想不到这么光明正大的谏净之举也变成了"不孝"！他哼了一声，细牙咬了咬嘴唇，说道："我行我素，确实有这件事，皇上当时不欢喜，几天没理我。我并不难过，我本就是个孤臣性子，有什么说什么。后来皇上还是想开了，叫张廷玉去我那里宣旨，说这是'面刺寡人之过，受上赏'，赐了我一柄如意。老十放这个屁，只显出他自己是个草包。""老十是老八一尊炮，那里装药他就放。"胤祉沉吟着说道，"当时我就驳了他：大王之风与庶人之风不一样，你读过宋玉的《风赋》么？进谏就是不孝，你何其浅薄无知！"胤祯笑道："他倒不是不明白道理，在他眼里除了老八都不是好人。人哪，最怕心偏了。"

"所谓心不正，则眸子眊焉。"因车隙中吹进的风凉，胤祉掖了掖猞猁猴皮氅，笑道："胤祯确是如此。当时他就说：'进谏原是好的，比干是一种进法，魏征是一种进法，东方朔是一种进法，李泌又是一种进法——不能从容些儿？委婉着点？哪里有四哥那样儿，有屁就放，不管别人鼻子受得受不得！'你听听，此人虽粗，并不是糊涂人呢！"

胤祯微睨了胤祉一眼，他知道这个诚郡王，素来讲究慎言，城府甚深的，今儿这些话都是什么意思？倒起了撩拨试探的心，因道："我再没这些防备，想着都是一个阿玛，家鸡打得团团转，野鸡打得满天飞，还能怎么样了不成？近日看来竟是未必！要是存了别样的混账心思，家务国务搅和起来，真是了不得。至今想起八月十五的事，我就心惊肉跳，要没人给老十撑腰子，他敢！"胤祉见他反过来盘自己，倒不急于说话了，沉吟半晌才冷笑道："是啊，谁不害怕呢？皇上怕的是学了齐桓公，英雄一世没下场。我呢？我只想咱们是胡人，不要学了五胡乱华，昙花一现，不要学蒙古人，九十几年就完。朱元璋说胡人无百年运，警句骇人听闻，大清已经开国六十多年了！"

胤禛打了个寒颤，没有言声，只听车外马蹄得得一片单调的响声，隔窗眺望，夹路枯黄的衰草、盐碱白地直接天际，一群群乌鸦在草滩上忽起忽落，翩翩盘旋。许久，才叹息一声，说道："三哥这话惊心动魄，我们不幸是胡人，先天不足。不过据我看，我朝弊端虽多，开国气象尚在，只要励精图治，何至于一时就乱了？后头的事归于天命，你我只尽当前人事罢了。"胤祉仿佛不认识似的盯着胤禛，扑哧一笑，说道："人事？四弟素日伶俐，今儿是犯了糊涂还是跟我绕圈儿？眼见此行大变在即，你真的一点也没嗅出来？"大约车轮被石头垫了一下，胤禛身子一晃才坐稳了，脸色变得异常苍白："三哥，有什么消息，你可不能瞒我！"

"此行不利太子，"胤祉闷声说道，"老大老八早就在准备了，前一个月，他们就把府里的智囊都送到承德，以备顾问，王鸿绪、阿灵阿也都讨了差事先期去了热河，就你还蒙在鼓里，太子也只是觉得别扭，他那个身分，谁敢和他说实话？要是我是太子，我就不能叫他们把老王揆留在京师！蠢！"

"怎么，要……废了二哥？"

"那还说不准，"胤祉款款说道，"尧黜丹朱太子，寻个安静去处，好生侍候着养老，是一种法子；汤放太甲，改过自新三年复位，又是一种法子；李世民处置太子太忍心，皇上是要名声的，未必出此下策。"

胤禛心中一片空白，四边没有着落，连胤祉说了些什么也没听清，痴痴思量半晌，问道："这么大的事，总得有个罪名吧？前日我还见他，有说有笑的，半点心事也没，万岁也没露口风。三哥，你这话传出去了不得！"胤祉笑道："你醒醒神儿吧！没见大阿哥八阿哥九阿哥十阿哥寸步不离万岁？有侍卫扈从还不够？再说，为什么护驾的撇开你我？在人家眼里，我俩是太子党！太子从政多年，毫无建树，弄得吏治败坏府库空虚，是不是罪？你不要小看这一条，这是根子，万岁创的这个基业太重，他承受不起！这两个月万岁三次提起索额图谋反的事，说'索额图乃本朝第一罪人'，他什么罪？不就是立太子、保太子么？"胤禛咀嚼着这些话，虽觉惊心，但多少有点言过其实。政务不靖，不是一天的事，也不是一人之责，连邬思道和文觉也说这是"大势所趋"，主张目前保持"太子党"面目观望待机。正思量间，胤祉又道："你还不知道吧，太子随身带着药，叫李德全和邢年收拾时检点出来了！"

"什么药？"胤禛浑身一震，有点口吃地问道："是……毒？"

"万岁起初也这么想。"胤祉冷笑道，"结果叫太医院王柏龄验查了，却是春药。当时我就在养心殿，你没见万岁脸色那个难看！不是我拦一拦，恐怕当时就发作起来了！"

胤禛两手捏得全是冷汗，陡地想起朱天保有一次悄悄说："四爷劝着太子爷些儿，别总往西六宫跑。虽说都是一家子，到底都是年轻人，有男女之别，名分之差。瓜田李下的，叫人说出半个不字儿来，下官们责任小事，太子爷落个什么名声儿呢？"这个胤礽大天白日揣着春药，还叫皇帝觉察了，真也忒煞地大意。若是自己宫里房事用，不过落个笑柄，要真有秽乱后宫的事……他不敢再往下想，嘿然良久说道："怪不得老大这些日子走路扬尘带风。打谅预备着青宫备选了！"

"用你的话说，阿弥陀佛，总算明白了些儿！"胤祉车上费尽心机绕了半日，就等着胤禛这句话，因嬉笑道："老大心里就是这个算盘！也没查查自己的阴骘簿儿，有这个福分？自古立太子，除了立嫡、立长，还有个立贤呢！"

至此，胤祉已经完全摊牌：太子不行，老大也不行，胤禩是政敌，你老四打算如何？下雨不戴笠，淋（轮）着保他三爷了吧，胤禛眯着眼，心里雪洞也似，却装模糊儿，笑道："天道茫茫，大数难知啊！与太子君臣一场，真要有事，我还是要保他的。这类事我是既不敢想也不敢说，但真要保不住，我自然以三哥马首是瞻。但大阿哥志在必得，老八虎视眈眈，你也得心中有数，这种事一筋斗栽倒，几代儿孙都翻不过身来哟！"他心里想的是胤禩，要立贤，目前老八是首当其冲，但胤祉这点热辣辣的心思，旺炭儿似的，又怎好泼凉水？胤祉得了胤禛这几句话，顿觉安心，身子松弛地向后一靠，说道："不过闲话而已，我和你还不是一个心思？除了二五眼，谁肯往火坑里跳，夺那个烫屁股座儿，我可没疯迷了！管它呢……困了，眯一会儿吧……"

天气不好，车驾过了密云就下起了雨夹雪，几千人带着辎重，仪仗法物，在泥泞寒冷的燕山古道上整整跋涉了七天，总算到了承德。内外蒙古各部王爷十天前已经赶到，都住在自己的行宫中等候天子大驾。这座避暑山庄，于康熙二十二年踏勘，至四十三年才算粗具规模，已是气度壮丽宏伟。内设行宫十二处，西北金山、东北黑山为山庄屏障，正南设中丽、德汇、峰门三门，内中即是禁苑。因为已经下诏，这处山庄为外夷常朝之地，漠南漠北的蒙古台吉、王公，青藏红黄喇嘛、教主及朝鲜使节，几乎在修行宫的同时，各选佳地造起了不计其数的馆驿、别墅，以备迎驾朝觐。一些精明的行商瞧准了这块风水宝地，便在山庄四周蜘蛛网似的营建起店铺房舍。十余年光景，昔日满是荒烟野草的热河之滨，俨然已成都会之市。车驾当晚抵达，各王公俱都在芦棚前侍候跪接，满街张灯结彩，案酒香花供奉，烟火灿烂，爆竹聒耳，自有一番热闹，只苦了扈驾的御林军，一刻也不得歇息，安置康熙宿了烟波致爽斋，接着就布防。随驾而行的张廷玉和马齐都兼着领侍卫内大臣，里里外外照应，还要处置佟国维从北京转来的奏折，侍候了皇帝侍候太子，又要关照各位从驾王爷、阿哥住处警跸，饶是两个人好精神，也累得人仰马翻了。

但康熙却兴头极高，第二天便下旨着蒙古各王觐见，下午赐筵，与太子轮桌劝酒，直到戌时下来，看过奏章节略，直到子正时分才歇了。又起了一个大早，传命太子带阿哥在清舒山馆会齐，扈从观览山庄景致，整整看了一天，晚间回斋殿便有旨意：明日到围场打猎。

热河围场设在莆田，紧邻万树园，地处山庄东北，在黑山之南，塞湖之北。其地林密草茂，山峻水阔，放养了不计其数的鹿、麋、獐、狍、熊、虎、豹、豺之类，不知哪位墨客为其取名"丛撼"，康熙东巡奉天曾到此围猎，张廷玉为之定名"莆田"，意即天子狩猎之田。从此成了皇家禁地。

　　第二日巳时，康熙乘驮轿来到甫田。早已等候在瓮城箭楼上的百余名蒙古汗、亲王郡王以及贝子贝勒人人精神抖擞，个个摩拳擦掌，预备着今日要在御驾面前大出风头。不料众人请过安后，康熙却笑着对几个蒙古老王爷道："你们几次陪着朕围猎，已经领教了你们的本事。这一番要坐享其成，我们吃酒作壁上观，看看朕的这几个儿子能耐如何——各王世子要愿意下去玩玩，自然也听便。"这些王爷一听皇帝要考校阿哥，便都凑趣儿，各自约束子弟不得逞能，只随康熙在楼上陪坐。康熙因叫过阿哥们道："蒙古诸王都在，不要给朕丢丑现眼。这苑里都是未驯之兽，一是要小心，二是要争先。"说罢爽朗地一笑，指了指李德全捧着的一柄宝石雕花黄玉如意，道："放出你们的手段，无分长幼高下，谁猎得最多，这如意就赏他！"

　　众人立时一阵兴奋。这柄如意因颜色近于明黄，一向是乾清宫镇殿之宝——大行皇帝赏给康熙，如今康熙又要赏人了！坐在康熙身边的胤礽不禁身上一颤，神色变得有点不安。胤禩两眼直勾勾盯着如意，暗自扯了扯胤禟衣襟，胤禟咬着牙暗自一笑，胤祥用肘碰一下胤禛，悄声道："你瞧大哥那德性，涎水要淌出来了！三哥也是假惺惺，看他没事人似的，手都捏出汗了。这一回咱们可得替太子爷争个脸面！"胤禛却似没听见，瞟一眼镇定自若的胤禩，跪前一步，叩头道："皇阿玛，此物恐非人臣能当得起的。求万岁另选一物，儿臣们好努力巴结。"

　　"咹？"康熙似乎没想到这一层，略一迟疑笑道："我们天家就有这么多忌讳！终不成学小家子赌金子银子？这样，太子不与你们争，君臣分际一明，也就无甚妨碍了。"说罢便传旨开筵，令阿哥们下围场会猎。

　　顿时，四面八方号角呼应，数千善捕营军士分青、红、皂、白四旗，从四方擂鼓鸣炮，摇旗呐喊，茂林丰草中伏着的猛兽弱禽乍然一惊，立时乱成一团，四处奔逐翔翔。康熙端着酒杯，冷冰冰瞥一眼满脸不忍之色的胤礽，轻轻叹息一声，对身旁的科尔沁王笑道："君子不近庖厨，怕闻哀嚎之声，待吃肉时又讲究割不正不食。这就是仁义！人，真乃世间第一无情之物！"

　　说话间，便见东边数十骑，北边一百余骑冲杀过来，狂躁的马在半人深的秋草间横冲直闯，掀起的枯草败叶在半空中旋舞。康熙细看时，东边是胤祥，北边是胤禔。胤禔带着皇孙和门人亲兵，一个个挽弓搭箭，挥刀挺枪杀得浑身是血。草间的走兽被这突如其来的大劫难吓昏了头，四处乱钻，有的被砍得血肉模糊，有的滚在草间挣扎哀鸣。东北却是胤禑胤裸二人，胤裸疯魔了似的在前头赶杀，胤禑在后堵截，收拾猎物，将野兽耳朵割了挂在马屁股上，胤祥胤裸砍倒在地的，不少也成了他们囊中之物。康熙不禁暗笑：这两个小子倒有章法！只西边胤禛、胤祉毫无动静，胤祉是网开一面，任野兽逃之夭夭；四阿哥胤禛信佛，守定了不杀生的宗旨，只带着弘时、弘昼、弘历三个世子并狗儿坎儿一众人等牢守西北，闯入圈子的一概生擒，逃掉的各听天命，绝不射猎。

风卷残云一场围猎，未末时牌便见分晓。通算下来，胤禑胤裸第一，胤裸次之，胤禑胤祥杀得精疲力竭，平分秋色各得第三，胤禛得的最少，却都是些活物，缚成串儿献上，唯独胤祉一无所获。

"朕说过，猎物最多者可得此赏。"康熙呵呵笑着抬手叫过胤裸："没想到老十露脸，如意赏你了！"又沉吟了一下，转脸问胤祉："你为什么毫无所得？"

"皇上！"胤祉苦笑了一下，说道，"尧帝捕猎网开一面，为生灵开一线生路。儿臣愿父皇为尧舜之君，不为竭泽而渔之举。为一柄如意，与手足相争，儿臣不乐于如此。"康熙听了含笑点头，胤裸却道："我没这份善心，只晓得谁的多，赏就归谁。承蒙九哥送我十只狍子，不合占了头名，阿玛这赏，恭谢不辞了！"咧着大嘴笑着，便要接那如意。

胤祥突然一把拦住了胤裸："十哥，少安毋躁。这是良心账，你敢大喊一声'我第一'，兄弟我让你！"

"我第一！"胤裸挑着眉头大叫一声。又冷笑道："怎么，你又想欺侮我？又要摆大总管的谱儿？这儿不是户部！"说罢"呸"地狠啐一口。胤禑忙排解道："何必为这点子小事伤和气？十弟有凭据，老十三，你就别争了吧！"康熙笑道："亏你胤祥说嘴，读了多少兵书。打猎和打仗一样，得用心！"

胤祥咽了一口唾沫，也不顾胤祉杀鸡抹脖子地递眼色，梗着脖子顶了回来："早知道和兄弟会猎也得使心眼儿，早知道谁偷的多谁得赏，儿子宁可学八哥，歇着！"

"你这是和朕说话?"康熙冷笑道,已是勃然变色,"跪下,掌嘴!"

胤祥面白如雪,气得浑身乱抖,扑通一声跪下,泪水夺眶而出,想到这些日子受的窝囊气,更觉悲不自胜,因哽咽道:"儿子反正是多余的人,活着也没意思,就此辞了,阿玛保重!"说着抽刀猛地横向颈前,唬得刘铁成、德楞泰一干侍卫一拥而上,夺去了胤祥手中宝刀。

"啪"的一声,康熙将那柄玉如意在箭楼堞石上一击粉碎。

第二十四回　情重阿哥情牵一线
　　　　　　　昏愦太子昏夜失道

　　一场围猎乘兴而来，扫兴而归。在回狮子园的路上，胤禛尽管自己也是一腔心思，因见胤祥累得筋疲力尽，沮丧得痛不欲生，反打叠起精神劝胤祥："你不要这样英雄气短，要像这些小事情都生气，我早就气死了。若听我说，佛经体性之别，为贪、嗔、痴，你虽不贪利，却贪功，三条毛病俱全，怎么会不生烦恼？好在万岁今儿摔碎了如意，要真的赏了老十，你又该如何？"

　　"我和他拼了！"

　　"你又来了不是？"胤禛在马上一纵一送，款款说道，"在性气这一条上，你欠着火候，如来原也是肉身人，在菩提树下觉悟妙谛，三七日间，自受用解脱妙乐，知色空相。人不能去爱乐烦恼，空有知识，不能正果。我们虽不是圣人，难道连克制也做不到？学一学张廷玉，他是一字真经：默——你细审量，熙朝大臣中有哪个及得上他始终荣宠的？用儒家说，这就是慎独功夫……"他长篇大论引经述典地劝善，胤祥起先只默默地听，后来不禁破颜一笑："真是'虎狼屯于阶陛，尚谈因果'，皇帝不急，太监着哪门子急？四哥，我在户部忙得昏天黑地，又跑到刑部为他人作嫁，受尽窝囊气，一无所获，图他娘个什么？又落了个什么？我这些日子真的是想死。你那佛经说叫涅槃，人死吹灯拔蜡，大彻大悟一了百了！"见胤祥精神好了些，胤禛倒沉郁了下来，他自己何尝不是满腔忧思煎虑，只能把持着，不像胤祥那样形诸于色就是。思量半晌，胤禛微叹一声，问道："你是十月初八的生日？"

　　胤祥诧异地看了一眼胤禛，说道："我是二十五年十月初一生——鬼过年，我生，最他妈不吉利的一天！""这阵子心绪不好，连你的生日也没有给你贺一贺。"胤禛仿佛不胜慨然，叹道，"生于忧患死于安乐，也未必就是不吉利。不过闲时我也想到，你也该立一个福晋了。上回老五说了一个，是飞扬古的侄女，我还特意看了看，人蛮不错，飞扬古也是正经人家。你要愿意，我就去说。"胤祥低着头想了半日，说道："我已经……相中了一个……"

"真的？"胤禛一怔，偏着头看着胤祥，半晌才道，"满人汉人？"

"汉人。"

"不行。"

"情之所钟何分满汉？她还在着乐籍呢！"

"荒唐！那更不行！"

胤祥和胤禛几乎同时勒住了马。后边远远跟着的八十名王府护卫也都驻马，不知他兄弟之间出了什么事。胤祥抬头看了看天，阴得很重，铅灰的云压得低低的，缓慢又略带迟疑地向南移动，不时飘落着纸屑一样的雪在风中旋舞着，许久才道："此人四哥也认得，就是江夏我们救的那个阿兰……"因见胤禛只一味摇头，胤祥又道："我出钱买出她来，请四哥在内务府弄张空白抬籍文书，把她抬入旗籍，找一户破落旗人认了女儿，人不知鬼不觉的，怕什么？"

"十三弟，祖宗家法可畏呀！"胤禛阴郁地说道，"若要人不知，除非己莫为。何况这事根本瞒不过老八！十步之内必有芳草，好女子多的是，你何必要寻一个贱民？不成！""贱民？"胤祥冷冷看着斩钉截铁的胤禛，说道："就在我朝，我代，我的骨肉兄弟里头，有一位善心向佛的皇阿哥，曾与一位汉家乐籍女子有一段催人泪下的缠绵情意……那女子后来被族人用火在柿子树下活活烧死……她至死都没有一句话，只那双悲凄欲绝，望穿重山的眼睛日夜折磨这位龙子凤孙，叫他永夜难眠，叫他梦魂不安，叫他变得心如铁石……"

胤祥的话没有说完，胤禛早已面白如纸，举目望天，眼睛已经红了，却干涸得一滴泪水也无。半晌，胤禛突然扬手"啪"地捆了胤祥一个耳光，厉声道："走！回狮子园！再提这往事，我与你割袍断义！"说罢双腿一夹，那马泼风价飞奔而去。胤祥一怔，忙加鞭追了上去，虽然挨了一掌，他倒觉得心里熨帖清爽了许多。

二人回到狮子园口，已是酉初时分，孟冬日短，天又阴，已是麻苍苍的，朔风微啸中雪渐渐大起来，已经在坚冻的大地上盖了薄薄一层。胤祥远远便见高福儿陪着三个世子在门口挑灯守望，旁边还站着一个官，穿着雪雁补服，戴着青金石顶戴，便对胤禛道："那不是戴铎嘛！"胤禛也是一怔，正要说话，戴铎早迎上来叩下头去，说道："奴才戴铎给四爷请安，给十三爷请安！"

"老戴！"胤祥方才得到胤禛默许阿兰的事，与胤禛并辔狂奔一路，一天烦恼消失得无影无踪，一边下马，笑道："你这马屁精，不在漳州道好好营生，跑这里做什么？你倒活得结实，吃得黑红油亮，一时半会怕是死不了了。"

戴铎看了看胤禛脸色，像是很高兴的模样，胤祥自幼在四贝勒府里混，彼此玩笑惯了的，因躬身凑趣儿赔笑道："十三爷这么康泰，奴才怎么舍得死？得侍候着爷封了王，娶了福晋，生了世子，活到个一百多岁，奴才才好去见阎老五呢……"胤禛不等戴铎说完，便打断了，说道："往后你们见十三爷也要规矩点——接到我的信了？"

"是——接到了。"戴铎忙正容答道，"奴才十月初七回京，主子已经走了，遵主子的命看了看遵化的庄子，又回到北京，恰好年羹尧也来京述职，他也惦记着主子，我们就一起来了。这一路的道儿可真难走……"戴铎一边说，胤禛已经移步往里走，听着他说任上的事，也不言声，只胤祥插着问几句一路风土人情，迤逦来到狮子园东北角的梵清阁，年羹尧早已迎了出来，只邬思道腿脚不便，坐在椅中静候。见胤禛胤祥进来，邬思道笑道："瞧神气，今儿射猎，两位爷想必得了彩头？"

"哪有好事给我们得！"胤禛敛了笑容，命年羹尧和戴铎坐了，抚膝叹道，"今儿个老十三差点死在甫田！刚刚才劝说好了些。"说着便将围猎情形细述了。邬思道一直目光炯炯凝神听着，没有插言。年羹尧和戴铎交换了一下目光，说道："不管皇上赐如意是什么意思，今儿几位爷都用尽了心思，其实是各做了一篇文章。"

邬思道冷冷说道："这还用说？难穷其妙！面儿上是大阿哥和三阿哥出风头，其实最有心劲的还是八爷——好嘛，他成全了万岁尧舜之君，他自己做大禹岂不是顺理成章？"胤禛笑道："你们都瞧见了的，我是坐定了听天由命的宗旨。大哥实在是太热衷了。今儿三哥虽没露脸，焉知这也不是上策呢！"年羹尧道："三爷是个谨慎人，武的上头能耐有限，说不定万岁倒赏识他这'藏拙'之道呢！倒是横地里杀出一个十爷，有点出人意料。"邬思道咯咯一笑，说道："八爷是要什么有什么啊！他在那边开网放生，甫田里头依旧有人替他厮杀。十三爷今儿这个药引子放得好，其实逼着八爷也露了露相。"

胤禛怔怔地听着，望着院落里越来越大的落雪，良久才长叹一声："太子还在，兄弟们就这么个样儿，万一有个什么事，还不知怎样呢！唉……令人可畏啊！今儿一早去烟波致爽斋，马齐就告诉我，八阿哥不到一个月，盘清刑部案件，万岁夸奖了，说'胤禩毕竟不是凡品，牛刀一试，快不可当'。他若也有别的什么心思，加上大哥三哥，不知将来如何收场？如不明哲，恐不能保身呐……"他说着，深深伏下身子，不住用手抚着脑后的发辫。胤祥双手骨节捏得山响，冷笑道："别做他娘的春梦！都是些什么'心思'？敢亮一亮么？刑部的事我只是随大流儿，做主的是八哥，我也没意在里头折腾。可我心里一直疑惑：就张五哥这么一个冤杀的？放屁打榔子——点子赶得倒巧！四哥说一句，只要叫我翻腾，我就去见万岁，重查！不叫我好过，大家都别安生！"

"螳螂捕蝉，不知黄雀在后。"邬思道脸色平静得像一泓池水，许久，一笑说道："这么大的事，哪有一蹴而就的？难道我们就不能当个渔——""翁"字未出口，便见狗儿匆匆进来，也不打千儿，竟至胤禛耳边私语几句，方后退一步听命。

"太子来了！"胤禛的脸苍白得一点血色也没有，眼睛闪着绿幽幽的光，"独身一人，要单独见我！"他咬着牙，仿佛要拧干脑汁子似的紧蹙眉头，瞥一眼邬思道，缓缓说道："天近子时了吧？叫高福儿去回禀太子，说今儿在果亲王那儿着实灌醉了，这会子人事不醒呢！明儿一早就过去请安领训！"狗儿听了回身便走，邬思道忙道："慢！"略一沉吟又道："是非之时是非之人，岂可拒之门外？四爷，是否请十三爷代见一下？"一语提醒了胤禛，嘴里吸着凉气说道："好！十三弟瞧瞧去！记住，他扔什么你接什么！"邬思道急急追了一句："接了什么放什么，一句瓷实话也别说！"

"成！"胤祥刷地站起身，命狗儿前头引路，脚步腾腾踏雪而去。

屋子里静极了，外面落雪的沙沙声，隔壁炉子上水壶的噬噬声都清晰可辨。人人都有一种大事临头的预感，都在紧张地思索：出了什么事？这么大的雪，以太子之尊摸黑道独身来访？邬思道看了看众人，对痴坐不语的胤禛说道："四爷，咱们两个去屏后听听。"胤禛强自镇定，心神不安地一笑，说道："老十三应酬得下来。"邬思道知他不愿听壁角，故作矜持贵人心性，点点头架起拐杖，说道："举大事不拘小节。我不但要听听言，还要观观色。"说罢，轻轻用拐杖拄地踽踽消失在满院风雪中。

胤祥身穿灰银鼠锦袍，腰中束一条绛红带，快靴踏得雪地吱吱作响，穿过薜萝藤墙出来，果见胤礽独自一人在养瑞轩中背着手来回踱步，身上没弹尽的雪还没有化完。胤祥在屏后稳了稳神，趋出一步打千儿行礼道："太子爷好兴致！雪夜独游，这早晚还驾临狮子园！十三弟给您请安了！"

"是老十三啊！"胤礽仿佛惊魂未定，被突然出来的胤祥吓得身上一悸，半晌才回过神来，问道："你四哥呢？"胤祥笑吟吟起身道："太子爷知道四哥平素戒酒。今儿偏是去六叔那一趟，刚碰上万岁赏六叔酒，就留住了。老亲王的面子，没法子，这么大半盅就灌了下去。这会子胡天胡地，酒屁梦话连篇，搅得我在隔壁都睡不沉！太子爷，您气色很不好，敢怕是走夜路受了惊，或者冻的了？谁在那边——是坎儿？给太子爷沏一碗酽酽的普洱茶，兑上红糖闽姜！"

胤礽无可奈何地摇摇头，焦虑地看了看满脸不在乎，毫无心事的胤祥，叹息一声坐了，命高福儿"所有家人都退下"。却自沉吟不语。胤祥情知大变在即，心里暗自提着劲，斜签着坐了太子侧旁，试探着说道："看您心事很重呀！是出了什么事么？四哥实是醉得动不得。要是我能给您排忧，您只管吩咐。要不方便，明儿一大早我就叫起四哥去清舒山馆。"胤礽被他逼得毫无办法，几次张口欲言，又嗫嚅着住了口，嗒然垂首移时，方叹道："十三弟，我要你扪心答我一句话：你觉得我平素待你如何？"

"太子怎么问这个话？"胤祥满脸诧异之色，"恩重如山！谁都知道四哥和我是你的哼哈二将嘛！您瞧着我长大的，自幼受了人家多少腌臜气，还不全亏了四哥和您？不然，不叫人家作践死，自己也气死了！"胤礽的脸色愈加苍白，望着忽悠忽悠闪动的红烛，竟无声淌下两行泪来！胤祥全身一颤，忙起身道："太子爷……？""不干你的事。"胤礽掏出手帕拭泪道："兄弟你好生坐着。"胤祥急得说道："主忧臣辱，主辱臣死，焉能说不干我的事？"

胤礽惶急间，便听门后沙沙一阵响动，贴金大自鸣钟连撞十二声，已是子正时牌。他打了一个寒颤，忽然从椅上一滑，竟双膝跪到了胤祥面前！

"天爷！您要折死我么？"胤祥惊得面如土色，头"嗑"地一响，忙也跪了，盯着胤礽道："就是天塌了，地陷了，日头黑了，好歹也叫我知道个缘故呀！"胤礽仿佛不胜其寒地抖着，恐怖得脸都有点变形，许久，才从齿缝里进出几个字来："好兄弟，我大难临头了！或今夜或明日，就要被废黜了！"

尽管这事久已舆论，像冰下的潜流一直冲激着，一旦开闸直泻而出，胤祥一时还是不敢接受这一现实。他觉得头晕，狂跳的心似乎要冲胸而出，憋得气也透不过来，额上青筋暴起，怦怦直跳，好半日才从惊怔中回过神来。正要问，胤礽又道："我是特来托付妻子的。四弟面冷，你豪爽。但我知道，你们都是古道热肠、肝胆血性的男子汉。自古废黜太子没一个有好下场，我死不足惜，世子还小，万一有个三长两短，我可怎么……"说到这里已是泪如泉涌。

"太子别说这些。"胤祥忙道，"到底出了什么事？"胤礽哽咽着摇头道："我心里乱极了，这里头委曲太多，一言难尽。总之有小人蒙蔽圣聪，卜了毒手，皇上盛怒之际又无从解释。雪里埋尸，久后白明。十三弟，你和老四好歹不能撒开手不管！"胤祥听了，仍是不得要领，料知太子有难言之隐，也就不再问，双手扶胤礽起来，口中说道："我们君臣一场，知心换命，您不要小看了我！不管出什么事，我必定心坚如铁，擎天保驾！至于太子妃和世子侄儿那头，更不必挂心，说到天边也是骨肉，全都包在我身上！"

胤礽看了看不紧不慢走动着的自鸣钟，神色悲凄中又带着茫然，半晌才道："我得走了，我要……走了……"他喃喃地，仿佛在梦中呓语，踉踉跄跄，像踩着棉花堆似的消失在纷纷扬扬的大雪之中，在养瑞轩留下了可怕的沉寂和僵立如偶的胤祥。

一声闷哑的午炮透过雪幕传过来，胤祥方回过神来，一跺脚转身便走，却见邬思道在后门候着，便道："先生，四哥也来了？"

"没有。"邬思道冷峻地说道，"——我都听见了。十三爷，你不该不听我劝，答应得太干脆了。"说罢回转身子又道："走，和四爷计议一下。"胤祥点头勉强一笑，没有答话，和邬思道并肩缓缓而行，一阵朔风裹着雪袭来，他披了披袍子，暗中看了看邬思道，只瞧见邬思道一双眸子在雪光中烁烁闪动，看不清脸色，胤祥不禁想："这个瘸子真是个怪人，他心里到底想的什么呢？"正想着，已见胤禛站在梵清阁的石阶上等着了。

胤禛一边让他二人进去，叫过高福儿道："你和狗儿坎儿把家人聚一处说说，就说我的话，今晚的事谁走漏出去，我灭了他满门！"高福儿吓得诺诺连声退了下去。年羹尧和戴铎看了看胤祥神色，搀邬思道进来，竟一人掇一把椅子坐在门口亲自把风。

"唔。"听胤祥备细说了养瑞轩的事，胤禛沉默了许久，看样子心里也翻腾得厉害，良久，方皱眉说道："这人也是的，巴巴儿半夜地来，又吞吞吐吐不说句明白话。我们就是保，也得知道他为什么废了呀！""四爷真呆！"邬思道仰天大笑，说道，"这还用问么？"胤祥惊异地盯着邬思道，略带讥讽地问道："你是神仙，未卜先知？"

邬思道笑道："神仙是没有的。太子黄夜而来，明摆着是变起仓猝，口欲言而嗫嚅，显见是难言之隐。废黜大事，不是谋逆就是宫掖阴私。在这个地方，他要谋逆不能不和十三爷商议，这一条除了，必定是宫掖丑闻！"胤禛托着下巴，思索着邬思道的话，半晌，摇头道："也不一定，后宫的事不至于动摇国本。郑春华不过小小一个贵人，怎么会因她割舍了太子？没听人家说：臭汉脏唐埋汰宋乱污元，明邋遢清——""清鼻涕"三个字到口边，觉得甚不雅听，便打住了。邬思道冷笑道："这不过是个药线儿，积了多少柴，泼了多少油，就等这个火种儿——当然不会为一个无名嫔妃黜废他——东窗事发就在今夕！"

年羹尧坐在门口，眉棱骨不易觉察地抖了一下：他一向觉得邬思道言过其实，只碍着胤禛宠信，不好扫主人的兴，听他又在危言耸听，在旁说道："这么惊心的事，先生倒像是很高兴？须知太子是四爷靠山，太子出事，不是四爷之福啊！""年亮工，没有读过《易经》？"邬思道清癯的脸上闪过一丝笑容，"穷则变，变则通，通则久！如若是座冰山，那就不如没有。为什么不敢进一步境界去想这件事？不过，眼下不是清谈的时候，要预备着应付大变！"

"这一场逆波横袭而来，令人可惧。"胤禛抚膺叹道，"覆巢之下无完卵啊！"

邬思道嘿然良久，身子一仰说道："我们得天独厚，先知道了消息。四爷，我以为目下最要紧的，要烧掉太子从前给四爷的书札；年亮工在外带兵，要避嫌，今晚就得搬出狮子园进城去住；这里驻军原是古北口的兵，十三爷带过，从现在起要谢绝接见所有军官。同时与所有阿哥不再私相往来。这样，就和所有军国大事撕掳清白了，就小有不安，决不至于伤筋动骨的。静观待变，坐收渔翁之利，不须有什么惧怕，天加横逆于君子，实加福于君子，此乃千古不易之理！我料今晚还会有消息的——"话音刚落，高福儿一头一脸的雪闯进来，呵着寒气禀道："二位爷，德楞泰军门来传密旨！"

屋里几个人不约而同站了起来，面面相觑，用目光交换着神色。邬思道一笑说道："来得好快！——亮工，老戴，咱们回避吧！"年羹尧和戴铎紧张得脸色有点发白，呆滞地点点头，三个人便踅进了套间。说话间，便见两行黄西瓜灯，一色写着"烟波致爽"四个字，导引着五短身材、孔武有力的德楞泰迤逦近来。德楞泰迈着稍稍有点罗圈的腿，踏着积雪进来，脚下马刺踩得地板叮叮作响，进了梵清阁，脱下油衣南面立定，只看了胤禛胤祥一眼说道："皇四阿哥胤禛、皇十三阿哥胤祥听旨！"

"臣！"两个人都跪了下去，叩头说道，"恭聆圣训！"

德楞泰却没有奉敕，他是蒙古摔跤场上的"第一英雄"，汉语却极有限，结结巴巴背诵着康熙的口谕："自即日起，停用'体元主人'印玺。停用太子印玺。着皇长子胤禔总领行宫宿卫，皇三子总领热河驻军行营布防事宜。非奉朕亲笔手谕，无论何人不得擅自向各部及各省发文调兵。所有从驾侍卫、亲兵、善扑营兵士及驻地兵马，一体由皇长子胤褆、皇三子胤祉会同皇四子胤禛及上书房大臣马齐合议请旨节制。皇太子胤礽患疾暂行疗养，内外臣工暂停觐见请安。钦此！"

"谢恩——领旨！"

"还有旨意。"德楞泰又道，"着即加封胤褆、胤祉、胤禛、胤禵为亲王，仍以原号领衔。并命所有阿哥即刻至戒得居候旨。钦此！"

"万岁！臣，谢恩！"胤禛似乎有点意外地怔了一下，忙叩下头去，胤祥便也跟着叩头。

胤祥因在古北口练兵，与这位蒙古勇士早年相识，极相与得来，因见德楞泰说完就要走，腾地跳起身来，笑嘻嘻道："老德，你这草原上的摔跤老狗熊，今儿跟我打官腔么？这早晚回去，除了挺尸有什么事？来来！四哥，把你陈年老酒给弄一坛，我和德哥撞三百杯祛寒！"

"十三爷，我酒，不渴，不喝，还要去冷香亭办差。"德楞泰历来缠不过胤祥，憨然一笑，说道："我道知，你们想问太子事。刚才去三爷府，我没说。我不道知。"他老实到这份上，胤禛不禁一笑，一边命戴铎取酒，说道："没说知不知道是两回事，必有一假。酒不喝没什么，你带两坛子去。"德楞泰红了脸，说道："四爷，我真的不道知。"

"小饮三杯，你办你的差去。"胤祥见戴铎的酒取到，泼了茶碗斟了，嘻嘻笑道："四哥晋了亲王，这是老大老大的面子，不渴也渴，不喝也喝！我不管你'道知'不'道知'，不赏这面子，我可要发'气脾'了！"说罢哈哈大笑，和德楞泰连碰三碗，咕咕饮了，又问："冷香亭没有住阿哥，你办的哪门子差使？别骗我老十三了！"

德楞泰略一怔，只一笑，说道："你别问了，我不道——知道。贺了四爷，我该去了！"说罢略一拱手，便忙忙带人去了。

此时邬思道三人早已出来，立在阶下看着钦差远去，胤祥方敛了笑容，说道："四哥，天冷，穿厚点，咱们坐暖轿去戒得居。"邬思道沉吟着问道："冷香亭住的什么人？"

"我不知道。"胤祥说道。

"我知道。"胤禛阴郁地说道，"郑贵人，郑春华。邬先生有先见之明。"

第二十五回　大故骤起波浪翻涌
　　　　　　风云色变鱼鳖惊慌

　　胤礽回到清舒山馆下处，已是雪人一般，这一夜，仿佛噩梦一直追逐着他，迷迷离离，恍恍惚惚。狩猎回来，怎样到烟波致爽斋请安，如何侍候皇帝睡下，又和朱天保下了一盘棋，又鬼迷心窍似的跑到冷香亭和郑春华幽会……这一切都记得不大清楚了。他弄不明白，已经安歇了的康熙何以会悄没声突然驾临冷香亭，杀死守望的太监直入卧寝，当场捉奸……这一切都不像是真的，但又不像是假的，只康熙那狰狞的笑声，狠毒中带着轻蔑的眼神不时地抹去，又不时地掠过，愈来愈真切地显现在心中眼里……直到远处寺钟透过雪幕悠扬地传过来，他才明白，自己已经站在清舒山馆的垂花门下，回到了寝宫，而且实实在在地发生过那一切，即便昏昏沉沉地找过四阿哥，这一点子努力也是枉费心机，车薪杯水，勉尽人事而已。他心里像泼了一盆糨糊，迈着飘忽不定的步子进来，太监们忙着给他拂落身上的雪，都似毫无知觉，接着便有管事太监何柱儿过来，说："张廷玉中堂来了有一会儿了，在书房等着太子爷呢！是叫他到暖阁来，还是爷自个儿过去？"

　　"啊？啊！"胤礽一惊一怔，才回过神来，抽回已经踏上暖阁的脚，回身便往书房走。早见灯影里张廷玉已经迎了出来，身边还陪着陈嘉猷和朱大保两个人。待他们行过礼，胤礽失态地一笑，大声说道："廷玉，你这个太子太保也要当到头了吧？"

　　朱天保和陈嘉猷浑不知出了什么事，他们和张廷玉一处坐了半个时辰等太子，谈的都是诗律，几次试探张廷玉来意，无奈这个深沉得百尺潭水似的上书房大臣总是王顾左右而言他，乍听胤礽这一句，两个人心里猛地一揪，顿时面白如纸！正愣怔间，张廷玉微微笑着答道："自然要保的，太子是聪明人，也要自保重才好。"说罢将手一让，请胤礽进来，方南面立定，款款说道："奉旨，有问胤礽的话！"

"臣，胤礽……"胤礽慌乱地看了看木雕泥塑似的陈嘉猷和朱天保，两腿一软，抽了筋似的瘫伏在地下，他心里又是混沌一片，不知道该怎样对奏冷香亭的事，也不知陈朱二人听了这件事会是怎样的情景。正张皇间，张廷玉问道："皇上问你，九月十六，你与托合齐、索额图、凌普、陶异、允晋、劳之辨等人会饮，是在什么地方？你们议了些什么？"

"回奏万岁，"胤礽叩头答道，"那次会饮，是因臣门人凌普、允晋、劳之辨等人进京述职。托合齐在府设筵，说请主子一并乐一乐，我就去了。并没有议什么事。"

"你问没有问三阿哥门人孟某人去向？"

胤礽听是追查这件事，略觉放心，说道："三阿哥门人孟光祖出京采办药材，据云贵总督奏称，在外结交大臣，甚不安分，有干例禁，因劳之辨刚从贵州回来，臣问了孟光祖的情形是实，并说：'此类小人在外招摇撞骗，传播宫中秘闻，有不利于我之心，应饬贵州巡抚就地擒拿，解送回京，不但我，就是于三弟也是有好处的。'"

张廷玉只是奉旨问话，并无驳斥权力，听胤礽奏了，略一点头又道："皇上问你：你说没有说，'我是命运最不济的人，天下古今，哪有四十年的皇太子？'你何以如此丧心病狂？朕有何亏负你处？你据实奏陈！"张廷玉虽然尽力说得辞气平和，但这些刀子一样的问话，如何使人不惊心动魄？朱天保兀自掌得住，陈嘉猷一个踉跄，几乎晕厥过去！

"回万岁……"胤礽面如土色，颤声答道，"儿臣的原话是：我真是命运不济，太子当了快四十年，毫无建树，深负皇上圣恩。天下古今，没有比我更窝囊的了——并回皇上，这是醉后呓语，虽无不臣之心，有失太子大体，皇上责我负心，难辞其咎——请中堂代为转奏！"说罢连连叩头。张廷玉看了一眼可怜巴巴的太子，心里叹息一声，又道："还有更要紧的问话，太子不可回避，一定据实回奏——你今夜见没有见十三阿哥胤祥？"

胤礽一下子抬起头来，愕然盯着张廷玉：自己刚刚从狮子园回来，张廷玉看样子也不是刚到清舒山馆，方才的事就知道了？就是耳报神也没这么快呀！想着，答道："见过，不过不是晚上，是随驾会猎之后，儿臣见胤祥心绪不好，安慰了几句，并没说别的话。"

"凌普率两千兵士擅自进驻行宫，你知道不知道？"

书房里立时变得荒庙一样死寂！连胤礽也没有想到，变中有变，今晚除了冷香亭风月冤孽案，居然还有一出不知谁操纵的兵变！他被这骇人听闻的消息吓呆了，浑身麻木得毫无知觉，半晌才道："有……有这样的事？"

"有。"

"儿臣不知！"

"但凌普随身带有太子关防的调兵手谕！"

"手……谕？写的什么？"

"万岁要你自己说！"

"张中堂！"胤礽完全被逼到绝路上，反倒把恐惧抛到九霄云外，他挺了挺身子，声音大得连自己也吓了一跳："请代回万岁一句话：全属子虚乌有！我办差不力，行止有亏人子之道都是有的，小人辈构陷大逆罪名，置我于不臣之地，污我为叛君奸邪，胤礽虽死不能瞑目！"

话问完了，张廷玉舒了一口气，说道："太子请起，恕臣不恭敬，这是奉旨问话，身不由己。臣也知道，太子爷束发即受圣人之教，纵然小有失误，断不至于调兵逼宫——这些事，太子爷见了万岁，尽能从容分辩。太子放心，万岁极为圣明，决不会轻易入人以罪，臣当竭尽绵薄在皇上跟前为太子辩白。"

"谁要你辩白！"胤礽突然暴怒地挥手说道，"我这会子就去烟波致爽斋，当面跟皇上讲清白！就是都认了，无非一个剐字罢了，没什么了不得的！"说罢掉头便走，朱天保手一扬，突然大叫　声："张衡臣！你说明白些，是哪个小人在万岁跟前下蛆，离间父子，拨弄是非构陷储君？"

张廷玉处身这种情景，真是万般无奈，苦笑着叹息一声，说道："士明，少安毋躁嘛！你和陈嘉猷侍候东宫，朝夕不离左右，你还不知道，我哪里能知道底蕴？太子，你稍等一下，外头都是善捕营的兵，你走不出去。万岁有旨命所有皇阿哥都去戒得居侍候，臣陪你一道儿去安稳些。不过，万岁今晚盛怒之间，你不宜见他，太子要想仔细了！"说着便蹀步出来，站在檐下，说道："刘铁成！"守在雪地里的护卫们忙传呼出去，不一时，便见刘铁成大踏步过来，问道："中堂，差使办完了么？"因见胤礽也站在门口，又进前一步，打千儿行礼道："奴才给爷请安！"张廷玉便吩咐："铁成你留下，把印封了，所有文书奏章妥送烟波致爽斋。至于这里的太监、吏员……就不必锁闭了，传令他们不得随意出宫就是了。"

"是！"

"太子还是太子，"张廷玉皱着眉头沉吟道，"并没有处分旨意。你们除了遵旨办差，不可造次唐突，出了岔子，恐怕其罪难当！"说罢将手一让，说道："太子爷，臣的暖轿就在外头，臣与你同轿而行。"

胤礽看了看天，还在没完没了地丢絮扯棉，环顾四周，仿佛都是陌生人，眼见一队队兵士从侧门涌进来，布防把守这处除了皇帝，便是至高无上的机枢重地，真像又回到噩梦之中。他缓缓踏着雪，走了几步，突然仰天狂笑："废太子原来是这个样儿？我也算不虚此生！哈哈哈哈……走哇，去当阶下囚……"

戒得居地处甫田猎场回烟波致爽斋的中途，原是预备皇帝行猎乏累，暂作歇马之地，最是偏僻不堪，孤零零矗在四面旷野之中。此刻正是天亮前最黑的时候，肆虐的狂风拉着又尖又长裂帛一样凄厉的呼啸，雪尘团团裹着像是摇撼着这处小小的偏宫，把它连根拔起，撕成碎片，抛向无边无际的天穹……

康熙皇帝手里拿着一片二指余宽的小纸条，坐在后殿烧得暖烘烘的大炕上，一杯又一杯喝着酽得苦涩的茶水，情绪显得亢奋，双目炯炯有神地望着殿内摇曳不定的烛光，不知在想什么，却是脸上毫无表情。他挨身站着大阿哥胤禔，戎装佩剑，一脸庄重肃穆之色，三阿哥胤祉却似忧心忡忡，点漆一样的倒八字眉蹙着，不时瞟一眼对面脸色又灰又青，死人一样难看的上书房大臣马齐。马齐穿着仙鹤补服，里边套着康熙赏的紫貂袍子，在这暖融融的房子里，兀自心噤得缩成一团，手心里全是冷汗。太子在冷香亭出事的详情他不知道，但凌普带兵入苑，是他亲自处置，整整两千铁骑兵，厉兵秣马，就凭着太子那张条子就闯了进来！若不是被那个刚选进侍卫里的张五哥发现，谁能预料此刻自己是在囚笼里还是在逃亡的道上？他也不相信太子会有这大逆不道的心胆，但字条上又明明加着"毓庆主人"的关防，这是怎么一回事？方才几个人都辨认了字迹，连太子随身太监何柱儿都叫过仔细看了，都说"仿佛像"，没一个人敢说一句扎实话，但马齐从那故意做作摹仿太子手迹的钟王体小字上，看着很像十三阿哥胤祥的手笔。但是，从外任转上书房这六年，他已领教了康熙这群儿子们的手段心地，没有一个是省油灯，没有一个不是人中之精，谁又敢保不是诈中有诈？正自一门心思胡思乱想，却听胤祉轻声说道："皇阿玛……"

"唔？"

"车驾到热河已经五六天，"胤祉娓娓说道，"儿子在旁瞧着，父皇接见群臣，会见外藩，视察山庄，又会猎，还要料理处置北京递来的奏章，合起来也没好生歇过几个时辰，昨日凌晨到现在更是一眼没合。儿子想怹是天大的事，泥鳅翻不起大浪的。漫说是匪人奸谋已经败露，即便真的变起仓猝，万岁爷威重九重，登墙一呼，小人们也未必得志！其实，眼前的事满可以从容办，您老人家有春秋的人了，好歹得保重龙体。这会子太子还没来，请万岁略躺一躺，就是睡不着，养养神儿也是好的……儿子给您背唐诗……松缓一下精神也好……"说着，声音已是嘶哑哽咽。胤禵却完全是另一门心思，自从离京，他就觉得风头顺了自己，受命为头号侍卫管带，更是兴奋不已：大事当前，祸福不测的危疑关头，皇帝居然头一个就想到自己！居然由自己全权管理阿哥事宜和驻跸密勿，这意味着什么呢？若不是在这种场合，他真想来一嗓子道情！因见老三是这个做派，心里暗笑，又生怕好话叫胤祉独自说完，接口便道："阿玛，三阿哥说得极是！现在儿子和三阿哥就是万岁的秦琼和敬德！您只管歇着，您身子骨儿万安，就是儿子们的福分！"

康熙仿佛发泄心中愈积愈重的郁气，长长透了一口气，说道："朕也不是生气，也不是害怕。朕八岁登极，三次亲征，人头血海里滚出来的人了，不信小小一个凌普就能率兵造逆？就是凌普，朕看也是蒙在鼓里！——朕是不明白：胤礽并不是笨人，为人平素也还善和，机辩才智，就是诗书学问也并不在哪个阿哥后头，怎么会变成这样？莫非糊涂油蒙了心，再不然就是有邪祟鬼魅附身？真真不可思议！……想想这些年，朕在他身上操了多少心，耗了多少精神，先头是明珠，和他过不去，朕抄了明珠的家。后头是索额图，把他往邪道上引，朕圈死索额图，也没动他一根汗毛。他的师傅朕都是选了又选，挑了又挑，从熊赐履、汤斌、顾八代到王掞，哪一个不是饱学硕儒，方正君子？他这暴戾淫恣的秉性儿是哪里来的？"康熙拊心攒眉，头有点神经质地摇着，真是痛苦到了十二分，已是泣下如雨，"……他这么不成器，朕的一生事业怎能交付给他？可废了他，朕又怎么去见地下的太皇太后和皇后？朕造了什么孽，遭这样的报应？……"马齐自从随了康熙，从来没见过康熙如此伤心，听他说得恓惶，也不禁垂下泪来，胤禔和胤祉对望一眼，火花一闪，都又避了开来，各自低头假作啜泣。众人正自陪哭，太监李德全听见外头邢年说话，忙出来看时，是张廷玉回来缴旨，便挑起帘子。张廷玉趋步而入，有些慌乱地看了看屋内情形，问道："万岁爷，您身子欠安么？脸色很不好呀！"

"没有什么。"康熙接过太监递过绞干了的热毛巾擦了擦脸，问道："他都说了些什么？"张廷玉这才放下心来，将在清舒心馆传旨的情形说了，又道："太子和奴才一道儿来的，安置在戒得居西阁里，其余阿哥爷都在正殿跪候。只正殿里没有生火，天太冷。依着奴才主意，圣驾还是回烟波致爽斋，这屋里炭气也太大了……好好儿歇一晚，慢慢把事情弄明白才好。"

康熙沉着脸，听得极为专注。思索移时，冷笑一声说道："朕何尝不知道烟波致爽斋好？只今夜若不逃亡一夜，朕一生吃的苦岂不少了一样？你说那边冷，朕看你张廷玉还是太忠厚，邢年过去传旨，所有阿哥不得在屋里避雪，全都到外头跪着！"张廷玉没想到自己反勾得康熙更加光火，扑通一声跪倒，说道："使不得！万岁，阿哥们都是金枝玉叶……"

"放心！"康熙刁狠地一笑，咬牙说道："他们结实着呢！心里的火太旺了，用雪水浇浇，也许就能醒醒神儿，少盘算点登龙术！"张廷玉道："奴才不是这个意思，求万岁珍重龙体，爱惜龙种，即是社稷之福!"康熙的精神似乎又亢奋起来,哼了一声,一笑说道:"你大约是想,这些人里头日后总要有一个皇帝,怕他们记这笔账?朕告诉你,他要坐不了这龙椅,大约拿你没办法;若坐了龙椅,心里欢喜还来不及呢,哪里顾得上整治你这先朝老臣?去,传旨——叫胤礽也去,暖阁里没他的地方儿!"胤祉默默看着邢年出去,小心地跨前一步,说道:"阿玛,都是一样手足骨肉,兄弟们都在外头跪,儿臣在这儿侍候,心里不安。儿臣也去外头,留下大哥在这里,万岁有使着儿臣的去处,传旨叫儿臣进来。可好?"

"你留下,和马齐张廷玉陪陪朕,就给朕……背点什么吧……也不必一定是唐诗……"康熙略为松弛了一点,转脸又对胤禩道,"你身上担着干系,差使要办得勤慎些,朕的安全,全靠着你和三阿哥,不可大意。"

胤禩心里方暗自懊悔,这么得体的话怎么让老三说去了?听康熙吩咐,忙赔笑道:"儿臣虽笨,怎敢在这事上头粗疏?我这就出去,巡查一下驻跸关防,再到弟弟们那儿瞧瞧,万岁安枕高卧,万无一失!老三,捡着词气闲适的诗词吟给万岁听,声音小些儿,要能叫万岁好生睡一觉最好。"说罢轻手轻脚去了。康熙见张廷玉还跪着,摆手示意他起来,便自和衣卧下。马齐和胤祉亲自忙着点了息香,又撤掉宫灯,只留了两台蜡烛,小声吩咐邢年:"听说何柱儿推拿得好?叫他进来给万岁按摩。"

一切安置停当,何柱儿已经过来。在幽幽闪动的烛影里,轻轻给康熙从脚到胸缓缓揉摩,在无尽暗夜中,风雪呼啸声里,殿里格外的安谧恬静。胤祉一首接一首舒缓地背诵着:

> 尔从山中来,早晚发天目,我屋南窗下,今生几丛菊?蔷薇叶已抽,秋兰气当馥,归去来山中,心中酒应熟……长忆西湖湖水上,尽日凭栏楼上望。三三两两钓鱼舟,岛屿正清秋。笛声依约芦花里,白鸟成行忽惊起。别来闲想整纶竿,思入云水寒……烟抑风薄冉冉斜,小窗不用著帘遮,载将山影转湾沙。略约断时分岸色,蜻蜓立处过汀花,此情此水共天涯……

曼声吟哦中，康熙的呼吸渐渐平缓均匀。何柱儿因太子去冷香亭，原本是失职待罪太监，得了这个差使，真是意想不到之福。他是保定人，祖传全挂子侍候人本事，这会子小心翼翼地打叠着精神，按揉搓摩，处处恰到好处，不消一顿饭光景，康熙已经蒙眬混沌。

不知过了多长时间，殿外传来了说话声，声音愈来愈大。张廷玉立时睁大了眼睛，细听时却是太子胤礽的声气："你是什么东西，敢挡我的驾？你活够了么？"接着便听侍卫张五哥道："太子爷，您省些事吧。万岁爷刚刚才入睡，我责任在身，怎么敢放您进去？"张廷玉一个惊怔，看了一眼瞠目结舌的马齐，刚刚站起身来，便听"啪"的一记清脆的耳光，胤礽大声道："王八蛋！你不过一个死囚，才攀上来，就敢跟着那起子小人作践我么？"接着又是一阵寂然，听着像是张五哥在低声恳求："为人得讲孝道，太子爷……您得体恤万岁……"

"叫他进来！"

康熙突然一翻身跳了起来，一把将何柱儿推到旁边，哆嗦着双腿跶了鞋几步走至殿门口，"唰"地掀起帘子，一团冷风挟着雪花立时袭了进来，吹得马齐和张廷玉都打了个冷颤。康熙却似全然不觉，厉声问道："张五哥，是什么人在这里搅闹，还叫朕活不活了？"

张五哥是西市刑场上被康熙亲自救出来的冤杀罪囚，因有一身不错的功夫补入善捕营为差。这次车驾北巡热河，善捕营管领赵逢春因他曾蒙圣恩，特选从驾，路中途被康熙亲选入侍卫中，虽是末等虾，却很受圣宠，一直随侍左右，勤谨当差。见康熙被惊动起来，五哥一阵慌乱，连忙跪了，说道："是奴才不好……太子爷在这转的有时辰了，奴才劝不走他……"

"啊哈？"康熙红着眼道，"是你呀！你还折磨得朕不够？半夜三更，有什么事呀？是不是调兵符不管用，来取朕的玉玺？"

"儿臣……"

"你进来！"康熙说罢，返身回来，向榻上一坐，哆嗦着手蹬上靴子，恶狠狠叫道："进来！"

胤礽轻轻挑帘进来，看了一眼呆若木鸡的马齐和张廷玉，他的脸色苍白得令人不敢逼视。

"皇阿玛！"胤礽伏地叩头道，"儿子自知有罪，今晚来见，专请处死儿臣，以正视听。"

康熙突然仰天大笑，声音又犀利又尖锐，说道："你居然有罪？真是天下之大，无奇不有！看你有多孝顺？朕今晚吓得连烟波致爽斋也不敢回！你若不孝顺，敢情活活把朕送到左家庄化人场烧掉？你真也是小看了朕，指望着承德这点子兵就想造乱？告诉你，狼瞫的兵就驻在黑山，三万铁骑雪夜前来勤王。你自个预备的熊掌，还是你自个吃！——龙生九种，种种有别，朕是知道的；万万不料还会生出夜猫子来，略大一点就啄他娘的眼充饥！"

久闻康熙伶牙俐齿口如刀剑，愈是危疑愈见颜色，张廷玉入上书房近二十年，今日一见真是半点不假！马齐听着，身上竟起了一层鸡皮疙瘩！

"如今情势，构陷已深。"胤礽连连叩头道，"儿臣辩无可辩，告诉无门，只求皇上圣鉴烛照，千罪万罪，罪在一身，父皇慈悲，网开一面，不事株连。儿子就死，也瞑目了……"说罢伏地啜泣。

康熙一听便知，所谓"株连"，是指胤禛胤祥一干人，"嘻"地冷笑一声："至今你还说是'构陷'，朕竟不知怎样发落你才好了！你做的那些事，亵渎神明辱没祖宗，难告天下臣民！朕即不料理你，天也要料理你！你泥菩萨过河，还要顾及庙里判官小鬼？你好生放心，种瓜得瓜，种豆得豆，你想拉垫背的，朕只怕还不许呢！也有叫你来谏朕'不要株连'的？"他愈说愈激烈，狂躁不安地急步踱来踱去，脸色光润潮红。马齐见情形不对，忙上前请他安坐，却被康熙一把推开："快点打发这逆种走，朕看着恶心——他有什么屁话，叫张廷玉代奏！"

胤禔早已巡视回来，守在门口没敢进来，巴不得康熙这一声，忙几步进来，一脸假笑来搀胤礽。胤礽将生死置之度外，反倒不怕了，见胤禔一脸小人得意相，假惺惺还要给自己行礼，猛挺身"啪"地扇了胤禔一记耳光，又向康熙磕了个头，起身便走。

"慢！"

康熙突然叫住了胤礽，"你金尊玉贵之体，不必回去和阿哥们一处跪雪地，就在戒得居前殿候旨，省得你再发太子脾气打人。等回北京，朕告祭了天地，自然要明发诏谕废黜你——你不要寻短见，朕不要你的命，只这太子你当不成了！"胤礽气得浑身发抖，头也不回说道："我这太子，我这一身一发都是阿玛给的，父皇要废，要怎样就怎样，何必告祭天地？"说罢拔脚一径去了。

"你们几个都跪下，听朕说。"康熙目光变得十分阴森可怖，"有几个事得立刻办。胤禩传旨给阿哥们，不奉旨，擅出戒得居者格杀勿论。胤礽虽没有明旨，朕已决意废黜，不要再把他当太子看，连他的话也停止代奏！"胤禩出去，康熙又转脸对张廷玉道："你拟旨，三日之后我们回北京，沿途警戒由狼瞫办理，命佟国维预备接驾。马齐着人用快马探一下，狼瞫的兵到了哪里，他一到，你就带这里的所有护卫先回北京。狼瞫是个老侍卫了，来了也不必见朕，先护住八大山庄再说！"说罢，也不就座，站在几旁立等。

张廷玉素以行文敏捷办事迅速著称。康熙一边说，他已在打腹稿。此刻援笔濡墨文不加点，数百言谕旨顷刻即成。康熙略一过目，钤了随身印玺，立刻交马齐带至烟波致爽斋文书房誊发。

一切事毕，天交四鼓。乍闻远处一声鸡鸣，康熙刚笑着说了句"闻鸡起舞……"忽然脸色煞白，身上一抖，说道："朕好头疼……"身子一晃便沉重地倒在榻上，惊得众太监"嗯"地围了上去。

"皇上，皇上！"张廷玉惊得面如死灰，一边大声呼喊，一迭连声命人，"快，快传太医！"

帐外守着的张五哥三步两步跨了进来，怔着盯视昏睡不语的康熙，良久，突然大叫一声，扑到康熙身上号啕大哭："万岁爷……您醒一醒儿！我是张五哥，就是您杀场上救下来的张五哥……您怎么了？您睁开眼瞧瞧我……嗬嗬……老天爷……您这是怎的了……"张廷玉见他只顾咧着嘴哭得发昏，急得说道："你慌什么？你的差事是守住外头！"连连催五哥出去，他自己也似热锅蚂蚁在殿里兜着圈子，一不小心，平平的水磨青砖地，居然把这个沉稳持重的宰相绊了个仰面朝天！

第二十六回　蓄险心胤禔进密言
　　　　　　抱恶意移祸社稷臣

　　大约过了一刻时辰，康熙渐渐醒转来，他脸上已没了潮红，显得憔悴怠倦，仿佛一下子苍老了十年，只用目光睨了众人一眼，深长叹息一声，说道："朕是老了……老了……"说罢接过李德全递过的茶呷了一口，摇头道："朕心悸，想安静一会儿，留下廷玉在这侍候，别的人都退出去……"

　　"万岁……"张廷玉满脸泪痕，想起方才情形，兀自余惊未消，长跪在康熙榻前，哽咽道，"您千万要保重，这不是出差错的时候儿……方才几乎唬死了奴才！您要万一……谁能控住如今的局面呢？……"

　　"朕的病自己心中有数，一时半刻还死不了。"康熙苦笑着说道，"你把茶几上那个金皮匣子打开，里头有朕自制的苏合香酒，倒一盅给朕……朕懂得些医道，这酒，还是《梦溪笔谈》里传的方子呢！听说你父亲张英也有心悸头眩的毛病儿，早说赐你的，就忘了，明儿抄个方子给你……"张廷玉忍悲含泪"嗯"了一声，便侍候康熙服药躺下。

　　果然片刻时间康熙颜色便回转过来。他双目炯炯仰卧着望着殿顶的藻井，似乎在回顾他自己壮丽的以往，又似乎在沉思着理顺乱麻一样的局势，不知过了多长时间，才自失地一笑："衡臣，记得是你进上书房第二年元旦，朝贺过后，朕曾经留筵你和佟国维？"

　　"是……"

　　"你不要这么毕恭毕敬的，起来坐着。"康熙说道，"当时朕曾笑话李世民，英雄一世，功业彪炳史册，却没处置好太子的事，骨肉惨变贻笑后世。朕自以为能把持得定，不论别人怎样挤兑，总不能叫太子这没娘孩子吃亏。索额图说'有了后娘，就有后爹'，朕虽然斥他愚妄胡言，其实心中倒常警觉着，别要叫这狗才说中了……唉！到底还是……百代之下，必有笑朕自大无知的啊……"

张廷玉忙欠身答道："万岁，不要多想这些。太子的事臣是最早知道的，万岁真做到了仁至义尽，即有今天的事，万岁无愧于天下后世。太子失德，咎由自取，人人心中明白的。但万岁既然说到此，奴才也要替太子说一句。他有他的难处……奴才心里不信，调兵进园，太子会有这个胆量，他也没有这个心机……要从容查办，要缓缓处置，和气才能致祥……"张廷玉心里想的，其实还不止这些，他一向以为，太子并非全然无能之辈。但清朝制度不同前明，皇子一落地就分封采邑，这些阿哥人人一套班底，个个手中掌握权力，干预朝政，插手人事，处处掣肘为难太子，太子的差使怎能办得顺手？但这一条事关满洲祖制，别说他一个汉臣，就是康熙也未必敢冒八旗贵胄全体反对，断然改革。就是这几句话，他也觉得是过于交心了，正志忐间，康熙点头道："你说的朕明白，朕也知道这里有弊端。但前明制度也不见得好，除了太子，其余儿子都养得蠢如豕鹿，只会玩女人吃饭！李自成破洛阳，福王库里堆金积玉，不晓得掏腰包儿激励守城将士……那样也是不成……"

君臣二人正谈心，邢年蹑脚儿进来，轻声禀道："太医院的贺孟頫来给万岁看脉来了。"康熙道："不要张扬得满世界都知道了，朕没有病。"张廷玉便忙起身，跟着邢年到外头廊下，吩咐道："邢年带太医在东配殿候着，没事最好，有事随时听宣。"说完看看天，雪是小了些，地下已积了三寸多深，想想阿哥们都在外头跪着，可怎么受？正思量怎么进去给这群千岁爷讨情，却见胤禔为首，随后跟着胤祉、胤祚、胤祐、胤禩、胤禟、胤䄉、胤礼等一群阿哥急步踏雪，沿着回廊一盏盏宫灯下迤逦而来，不禁怔住了：今晚这是怎么了？没完没了了么？

这群阿哥们是冲着大阿哥，要来寻事的。

胤禔至戒得居天井里传了旨，发落了胤礽，因见众人都垂头不语，料是心中震惊，便抚慰道："弟弟们不要惊慌，皇上已经说过，胤礽的事不株连。就是胤礽二弟，只要恪守臣道静养思过，也没什么大不了的事——一切都有大哥维持，千万不要为无益之举。"胤禩见他满面红光，一副春风得意的架势，低着头轻声笑道："八哥、十弟，大哥今儿吃了蜜蜂屎，浑身骨头没四两重，瞧他那轻狂样儿！"胤禩一笑，别转脸只装没听见，那胤禟却是天生的惹事秉性，歪着头一哂，起身打了一躬，嬉笑道："大哥这么得脸，瞧这阵势储君有份了，我得恭喜您哪！我们有什么事，又是什么'不要惊慌'，又是怎样'不株连'？你看我们垂头丧气，那是冻的！亏杀了戒得居有几张鹿皮垫子，不然早他娘冻死了！"说着又呵手又跺脚，几个小阿哥早连天价叫起苦来。

"怎么样？"胤禟挤眉弄眼笑道，"大哥如今是座上客，咱们都是阶下囚，你守着阿玛暖烘烘的熏笼，还能走动走动，忍心叫弟弟们跪在这喝西北风儿？瞧瞧三哥，还晓得来陪我们跪一会儿呢——好歹体恤着点弟弟们嘛！我晓得你不敢作主叫进屋避雪，叫他们点几堆火烤烤也算你是仁君！说实在话，积这个福，你必定早正东宫！"胤禔本不是笨人，无奈今晚一直太兴奋太欢喜，竟没有听出胤禟话中揶揄的意味，连声道："早怎么没想到！这事我作得主——传话叫苏拉太监们给各位爷点火取暖！你们小心些儿，万岁今晚龙颜大怒，连老二的话都不叫代奏了。方才我去看他，他对我说：'父皇说我百样的不是，我都可承受，但说我谋逆弑君，我连想也没想过。'叫我转奏，我只好说：'这话方才当面讲多好，此刻我爱莫能助了。'"

跪在一旁的胤禛思量半夜，已想定了主意，当前情势并无别路可走，与其吞声受辱，不如咬定牙根继续保太子，遂冷冷说道："都是自家手足，何必落井下石？这也太绝情了！别的话一千句也罢了，这话关系重大，你就代奏一下何妨？"胤祥也梗着脖子道："大哥，天上这么多的云，说不定是哪一片下雨呢！二哥如今落难的人，咱们得有点香火情分！"

胤禔这才觉出众人心思和自己全然不同，深悔自己卖弄多口，干笑一声道："你们何苦冲我来？不许代奏是父皇旨意，谁敢抗旨？"

"罢了吧，大哥！"胤禟怪声怪气笑道，"大人得有大量嘛！父皇气头上一句话，你也忒薄情的了！谁没个旦夕祸福？子曰'嫂溺援之以手'，不从权就是禽兽，何况二哥当过咱们主子！"胤禔见众口一辞反对自己，知道是自己得意招忌，心里暗自较劲，口中却道："不是我不愿，是不敢。如今案子不清，连你们都顶着罪名呢！何必大家都绕进去呢？"

"你不奏，我奏！"胤禛没想到八阿哥一帮也助自己说话，更加胆壮，双手一撑站了起来，"大哥，我如今是亲王，又管着内务府，也有面见直奏之权，你到底奏不奏？"胤禩胤禟也都纷纷起身，众人一片乱嘈："走！我们一起去！"

胤禔原想胤礽倒台，至少三阿哥八阿哥等人称愿，不会和胤禛一鼻孔里出气，见此情形倒犯了嘀咕，沉思良久，慨然叹道："你们何必这样？老二倒霉，打量我心里好过？我们一处捏泥人儿，养蝈蝈看蚂蚁上树那辰光，还没有你们呢！——我是想着消停一下，万岁气平了缓缓进言，既然兄弟们都这么说，我少不得再担待一回了……"说罢掉头便去了。阿哥们谁肯把偌大人情让给这个胤禔，互相递个眼色便都跟了上来。倒是首先倡议的胤禛悄悄拉住了胤祥没有动……

张廷玉怔了片刻，没有立即返回殿中，转身冲胤禔来，问道："你们这是做什么？"胤禔见他脸板得铁青，从没见这个大臣这样威严的，倒一时被问了个怔，半晌才道："我……是回来缴旨。弟弟们嘛……大约方才见传太医，心里惦记万岁，进来请安的……"

"这也太不成话。"张廷玉心里雪亮，这起子阿哥各有各的算盘，因冷冰冰说道，"无论缴旨请安，都要讲个规矩时分，该叫你们时，自然就有旨意。别说是皇家，就是山野村民小户小家子，哪有接二连三半夜折腾老爷子的理？"胤禟见老大被问得直瞪眼，心里暗笑，凑上一步说道："我们也没敢说这会儿就惊动万岁。只听说万岁欠安，焦躁得跪不住——万岁如今到底怎么样？就是隔门缝儿叫我们瞧一眼……心里也好过点……"不知哪句话感动了他自己，胤禟的声气竟带了哽咽，说着便拭泪。张廷玉又恨又笑，略一思忖，说道："这会子万岁除了我谁也不见。你们略站站儿，我进去瞧瞧。"说罢也不理众人，独自入内。

谁知这一进去就是一个多时辰，众阿哥进退不能，束手鹄立廊下。这里不比天井，好歹那边还生着几堆火，实在累了，借故儿入厕还能搓手跺脚和泛和泛身子；这里虽不露天，穿堂风却刀子似的，裹着雪片子袭进来，冻得发木的脸被打得生疼也一动不能动。在等待中，这个不安的夜终于过去了，大雪茫茫，早已把整个山庄盖得严严实实，一片银装素裹琉璃世界。眼见小太监们挨次吹灭了廊下吊着的宫灯，众人方有了点活气，胤禵头一个忍不住跺脚取暖，口中不住含糊地小声骂娘，其余阿哥见他开了头，也都动手动脚起来。

康熙终于被他们弄醒了，他睁开眼，看着发白的窗户，神情多少带着点迷茫，因见张廷玉兀自侧身坐在身旁打盹儿，便道："生受你了，竟一夜没睡，外头已经大亮，是朕睡过头了？"张廷玉一下子醒过来，忙替康熙掖掖被子，赔笑道："这两个时辰万岁爷睡得深沉！天还早呢！只是雪下得大，映得窗户亮……万岁，您再睡一会儿，狼瞫丑时已经到了，遵旨没敢进来，只叫人递了个请安帖子，还有驻兵布防图。您歇会儿，奴才陪您回烟波致爽斋……"康熙听说雪下大了，目光兴奋地一闪，起身便披大氅，一边蹬着靴子，说道："是么？雪下得很厚了？朕要起来看看——是什么人在外头，像是跺脚的模样，这起子太监阉侍越来越没王法了！"

"是几个阿哥爷……"张廷玉无可奈何地咽了一口唾液，"他们听说主子欠安，要进来瞧，奴才挡了驾，还训斥了爷们……""你训得好！"康熙平生最爱踏雪赏景，听见这事，立时兴致扫尽，一屁股坐了回去，冷笑道："他们哪里是来请安？成心是要气死朕！朕给你特旨：从此你见这群孽障，不必给他们行礼！"说着气得呼呼直喘。张廷玉笑道："主子，您又来了！这'非礼勿行'是圣人之教，奴才不敢奉诏。就是教训阿哥，也是拿着太子太傅的身分管教的……"

康熙没再理会张廷玉的话，漱漱口起身蹓了两步，说道："叫大阿哥进来！"

胤禔大踏步跨进殿内，一股暖流立时融遍全身，说不出的舒坦，他熟练地给康熙打千儿行了礼，躬身笑道："阿玛歇得香么？"康熙用热毛巾擦着脸，冷笑道："朕自然想香香地睡一觉。只你这个带侍卫的阿哥听听，外头脚跺得打雷似的，能睡么？你夜来给胤礽传旨，他都说了些什么？"胤禔忙道："胤礽没什么，儿子怕他寻短见，安排了两个太监侍候着。"说着又把胤礽的话复述了，只回避了胤禛和阿哥们那件事。末了又道："外头是弟弟们在等着请安。阿玛，这冷的天儿，难为他们跪了一夜，儿子给他们告个情儿，请免跪了吧。"

"唔。"康熙不置可否地点点头，说道，"你回得是，胤礽这话决断他的生死荣辱。朕也很疑惑，胤礽虽然无道，肩头不宽胆子也小，未必就敢打朕的主意。"胤禔看了看一脸倦容漠然侍立的张廷玉，凑近康熙说道："张廷玉是皇上股肱之臣，不是外人，儿子有句心里话，不知当讲不当讲？"康熙漫不经心地说道："你这话奇！父子君臣有什么间隙？只管说就是。"

胤禔迟疑了一下，仿佛在斟酌字句，许久才款款说道："皇上说的极是！儿子昨晚也是反复掂量，承德这场风波又吓人又出奇，太蹊跷。二弟不是个胆大人，他断不敢称兵逼宫的。但别的阿哥心性不一，智量颇高，其中缘故令人难猜！像老三、老八、老十三、老十四他们，存什么样的心，也就难说。"康熙陡起惊觉，抬眼看了看胤禔，问道："依你见识，是什么缘故？"

"京师传言太子失宠，已经几年了。"胤禔皱眉道，"虽是小人造言，但阿哥们身居鼎铉之侧，有一等不可告人心思的，难免就起意儿，构陷太子的事，也许是有的。这次出事，肘腋之间仓猝而办，能这么周全，也不为无因。"康熙点头叹道："这话说得有理，何尝不是如此？不过朕从没有起心废太子，是他无道自食其果，你得体谅朕心。"胤禔受到鼓励，微微一笑又道："俗语说'垄中脱兔、万人齐呼'，比如野地里跑出兔子来，难免人人呐喊着要捉，待到兔子被人拿住，也就风平浪静了。"

张廷玉听着这阴险的譬喻，不禁怦然心动，忙躬身道："万岁，估约北京转的奏折该到了，奴才先去烟波致爽斋整理一下节略如何？"康熙笑道："你不要走嘛，听听大阿哥的见识——你且说，该怎么办呢？"

"夜来儿臣忧心如焚。"胤禔说道，"替万岁想想，万岁真难。所谓庆父不死，鲁难未已，胤礽结党多年，私人门吏遍布天下。所以胤礽一日在，朝廷永无宁日，但由皇上决断，又关父子之情。替主分忧、为父解愁，我想我做长子的，责无旁贷……"下边的话碍难出口，胤禔便打住了。张廷玉愈听愈惊，已是背若芒刺，但康熙却似浑然不觉，笑问："你的意思是——？"胤禔阴森森一笑，咬着牙轻声道，"由儿子处置掉胤礽。此人一除，皇上可以从此安枕。"

康熙似乎吃了一惊，仿佛不认识似的盯视着胤禔，良久，笑道："衡臣，你听见没有？大阿哥见识不凡！真是士别三日，便当刮目相看！胤禔，你这么想，难道不怕后世说你残忍？史笔如铁，人言可畏呀！"

张廷玉干笑一声，只说了声"是"，一句多余的话也不敢掺和。胤褆见康熙并无怒色，便道："儿这是尽孝道，人言不足恤，天命不足畏。为了父皇，儿死且不怕，还怕那些无知之徒妄加评论？"康熙听了默然不语，阴寒的光波在眼睑中无声地流动着，他站起身来，悠悠地踱了两步，突然说道："张廷玉，传旨叫殿外的阿哥都进来。"

胤褆这番密陈说得得意，正想着如何措辞把胤祉胤禛胤禩诸党都包罗进去，一举粉碎这群虎视眈眈盯着太子位置的弟弟们的梦想，听见康熙好端端地叫弟弟们都进来，不禁一愣，傻呵呵怔在当地，眼看着张廷玉出去，眼看着胤祉、胤祺、胤祚、胤祜等人鱼贯而入，竟一时说不出话来。

"叫你们进来为了两件事。"康熙含笑说道，"头一件，昨夜出了无头案。有人用通封书简发加紧手谕，命热河都统凌普带着两千骑兵进了御苑。这件事须得弄清，是谁竟敢如此大胆？条子就在这里，廷玉，拿给他们看，是不是太子的手迹，是就罢了，若不是，须辨出是谁的。"

"喳！"

张廷玉答应一声，小心地取过几上那张纸条，双手递给胤祉。这字条胤祉虽然已看了两遍，还是接过来，装作仔细辨认，心里想着如何对答康熙出的这个题目。许久才转交给胤祺，胤祺排行第五，生性最是忠厚朴讷，抖着手接过来，心头如撞小鹿，突突直跳，慌乱地看时，上面只寥寥几行：

> 皇太子胤礽谕：皇上近侍鄂伦岱等奉旨移防奉天直隶等地，着热河都统凌普率亲兵护卫进驻山庄，听候节制以资关防。此谕。

字迹十分潦草，与胤礽临怀素帖格调十分相似。只笔意之间显着刻意描摩，几处点画略有修饰。胤祺暗自摇摇头递给胤祚，接着胤祐、胤禩、胤禟……挨次传阅，却都不言声，连胤禩这一号大炮也只是搓目揉鼻，一声不吱。

"怎么样？"康熙口气沉甸甸的，带着巨大的威压，说道，"朕夜宿戒得居，不为无因吧？说说看，从胤褆打头起，每个人都说。"

胤褆还在想着方才康熙古怪的神气，此时心里才亮堂起来：原来父亲立即就采纳了自己的条陈，要处置胤礽！因头一个说道："这张手谕儿子几次端详，虽有造作痕迹，从笔锋腕力行走圆熟看，很像胤礽亲手所书。有几处不像，也许故意捏弄，也许另有人做了迷惑视听手脚，故意加了几笔——"说到这里，突然又多了个心眼，又道，"不过胤礽处置政务多年，手迹传遍朝廷，极易为人揣摩伪造，所以儿臣不敢断言。"

"大哥你错了。"胤祉摇头道，"从点划勾撇处处详检，这张纸决非二哥所写，乃另出他人之手！此人摹写本领甚高。但却只学得二哥笔法笔意，没有学来笔神笔性。二哥每字写完，笔锋都要藏墨暗挑，他这里边没有一个字造得神似！"胤禩接口便道："我看也是，只是形似，神气中没有二哥的飘逸笔致。"接着胤祺胤祚胤祐胤禵等人也都说不是胤礽亲笔。康熙一边听一边想着，踌躇着说道："那——是谁写的呢？"

胤褆认定已摸透康熙心思，一哂，断然说道："我看还是老二作的孽！"

"不是的！"胤䄉蓦地顶了回来，"万岁不用犯嘀咕，谁想当太子，那必定是谁！"说罢红着眼盯着胤褆，胤褆没干这事，倒觉得胤䄉这话颇有道理，于是便看三阿哥胤祉，笑道："老十说的有理。不过就是捏作伪字，也得有这个本事，你说呢老三？"

胤祉腾地红了脸，论起写字"本事"，公认他是第一，但此刻回敬胤褆，连康熙也不信，咽了口唾沫没言声。胤褆此刻也冷静下来，这时候攀咬胤祉，不但康熙难以置信，说不定引起公愤，引火烧身，那就更不上算，一边寻思，口中已转了风："这事情不单要从字迹上想，这上头还有胤礽的随身玺印，除了他亲近的人，难以伪造。"这个话说得就显得公道近情了。胤褆见胤禛胤祥都没来，咬着牙一横心道："我看像……老十三！"

全殿的人都被这话说得打了个冷颤。其实，传阅这张手谕时，人人都闪过"胤祥"这两个字，只事关重大，一言兴邦一言丧邦，往死里得罪胤祥，也就连带了胤禛，连胤祉平素也为这个游冶神相处得好，谁敢轻易出口？胤禵立即响应：

"儿臣也是这么想。"

"我瞧着也像……"

"除了他，谁敢？"

"他临过太子字帖。"

"他天天进毓庆宫，拿一张空白印玺纸还不容易？"

所有清理亏空逼债时的怨气，都从这似犹豫似肯定的话里不咸不淡地倾吐了出来。胤祉垂着头，紧张地思索着，眼见连胤禩也说"不妨请下旨问问胤祥，看他自己是怎么说，这事不好轻易下决断的"，胤祉最后才道："父皇，有些处笔意兴致，确实有点像十三阿哥，请慎重查问。"胤禩也道："请父皇裁夺，十三阿哥素日依附胤礽作威作福，欺凌阿哥，见太子位置不稳，听信小人诿言做出这事，也许是真的。此人有亡命徒性情，这个胆量是有的。"

"嗯！"康熙腮上肌肉抽搐了两下，"这件事就议到此，等会儿朕再发落。第二件事——方才大阿哥造膝密陈，怕朕担了杀子恶名，他愿意亲自杀掉胤礽，除去庆父之忧，大家以为如何？"

仿佛一声炸雷，惊呆了所有的人，殿中几十双眼睛都盯向胤禩，仿佛在看突然从地下冒出的一个妖精！众目睽睽下，胤禩僵跪在地，脸上五官错位，形同鬼魅，又像一个人在大庭广众下突然被剥得精光的人，难堪得无地自容。连张廷玉也张大了口，不知康熙竟这样突然发难胤禩。

"父皇……"不知过了多长时间，胤禩方略略恢复了神智，伏地叩头颤声说道，"儿臣方才说的是心腹之言……孟子云'社稷为重，君为轻'……苟有利于大清朝局，儿臣甘冒斧钺，痛陈利弊……望父皇默察儿臣忠爱之心。是，则取之；非，则弃之……儿臣并无一己私念。"

"放屁！"康熙"砰"地击案而起，顿时勃然大怒，"像你这样的蠢猪，居然想做太子？居然还记得圣人之教？什么'捉兔子'又是什么'天命不足畏'？王安石这样的胡说八道都搬出来给朕听！你是什么东西，敢说这样无法无天的话？"

众人的心仿佛提得老高，又一下子跌落到无底的恐怖深渊里，此刻大殿里紧张得一个火星儿就能爆燃起来！

"容儿臣分辩……儿臣真的没有……没有存着夺……夺嫡自为的心思……"胤禵语不成声，像秋风里的树叶，全身都在瑟瑟发抖……

第二十七回　落井下石诚王摇舌
杯弓蛇影雍王惊心

除了康熙和张廷玉，众阿哥见胤禔这副可怜相，人人解恨趁愿。胤祉想起大阿哥借孟光祖的事整自己，更是快不可言，但此时脸上却一点不肯露出，因转脸对康熙说道："万岁，和大阿哥生这么大的气，不值当的。如今倒是查明二哥的事更为要紧。有一件事，窝在儿子心里很久了，总不得明白，还是昨儿万岁说出来，儿子才想到其中凶险蹊跷……"

"什么事？"康熙见他正言厉色，一副欲言又止的模样，便知又有了文章，因道："这事与胤礽还有干连么？"胤祉忙道："打从康熙四十四年之后，胤禔曾几次去儿子的松鹤山房借书，品类很杂，二十一子及《易经诠注》也都罢了，但有些书，像《黄蘗师诗集》、《烧饼歌》、《推背图》各类珍版，都是久借不归。儿子也没在意，还是陈梦雷先生说'大千岁借这些《奇门》五行星命书，都不是治世君子应当留意的'，叫儿子小心点着。后来，大哥又去借玉牒，儿子才有些惊觉：玉牒上头记载的都是宗室子弟生辰八字，于治学毫无用处，他借这些东西做什么？后来毓庆宫总管太监何柱儿告诉儿臣一件事……"

说到这里，满殿的人都惊得目瞪口呆，一阵阵寒意袭得人毛发直竖！胤禔已是面如土色，回头道："老三，你……你含血喷人！"

"放肆，住口！"康熙断喝一声，"胤祉，你接着讲！"

"是。"胤祉一副小心翼翼的神气，顿着又道，"何柱儿悄悄告诉我：'您得劝劝大千岁，没事别老往毓庆宫里申，出了事儿奴才当不起……'儿臣当时还训他离间我们兄弟。何柱儿逼得没法，才说，他瞧见大阿哥在太子常住常去的地方藏东西。万岁……"

"这真反了！"康熙"啪"地一拍桌子，"既有这种事，你何以至今才说？你的书读到狗肚子里了？"胤祉吓得捣蒜价连连叩头，咽声儿道："是……但胤禔是长兄，早封王位，与儿子身份不同，儿子毫无凭据，焉敢以区区太监的话亵渎圣听？这是何等样事！事涉诡谲阴谋，儿子也不敢胡疑乱猜。昨儿万岁一句话，说'胤礽似有鬼物附身'，儿子方连起来想，又怕万岁看出来，在雪地里跪着苦思半夜，又怕冤枉了大哥，又可怜二哥……儿臣千难万难，难取中庸之道……天使胤禔作法自毙，险心毕露于皇上之前，儿臣若再缄默，即是不忠不孝不臣不悌之徒，尚有何面目再见皇上？皇上……请默察臣心……"胤禩在旁听了，不由佩服地看了一眼胤祉！刀状告得五毒入心，却丝毫不着痕迹——这才是读过大书的人呢！

康熙已是气得脸如金纸，咬着牙道："好！真是一群好阿哥，好孝子！胤禔，胤祉说的可是有的？"胤禔此时横下了一条心，重重一个响头，说道："父皇不要信胤祉信口雌黄！都是没有的事，他是见儿子失爱于父皇，要落井下石！此人饱读史籍，深谙阴谋之术，心有山川之险，胸有城府之严！除了派孟光祖出外结交大臣，他还结交妖人张郁之，在府设坛禳星，观相推命，其心其志不可告人……即有魇魅太子的事，也必是胤祉所为！"

"真是蛇咬一口，入骨三分！"胤禩突然说话了。本来他坐定了隔岸观火的宗旨，要收渔翁之利，但胤禔攀出了张德明大弟子张郁之，眼见就要引火烧身。胤禩目中火花熠然一闪，叩头奏道："胤禔亲口对儿臣说，张郁之京房神术无人能及，说他大贵之年连逢两个黄甲。儿臣因为这都是不经之谈，没有理会。今天他竟反咬三哥一口，真是天理难容！"他这一开口，胤禟胤䄉便纷纷响应，都说胤禔拉过自己看相。胤祥大叫助威道："真的假不了，假的真不了！陈梦雷、何柱儿还有松鹤山房的人都不是死人，万岁一问便知！"

康熙万万没想到这些儿子间平素暗地里还有这些阴微下贱的来往，已是气呆了，两手冰凉浑身发抖，只是怔着不言语。张廷玉很怕他发作起来，穷治这群阿哥，便凑到康熙身边轻声说道："家丑不可外扬，大阿哥是罪首。"康熙身上一颤，冷静了下来：若一体追究，阿哥们都卷进去，立时就轰动天下，变成开国以来第一丑闻，很难善后。思量半响，冷笑一声道："清水池塘不养鱼。朕原想你们即便不成才，不至于到这地步儿的。如今看起来，你们竟龌龊得狗屎一样，朕还七旺八旺，你们已经盘算着请王八鼓手送朕的终了！胤禵，朕且不问你下头那些行同猪狗的作为，只你今日要害胤礽，已是死罪难赦！人生天地之间，都有五伦，你胤禵不忠君，不爱父，不谙君臣大义，不顾手足之情，刁狠阴毒枭獍之性，天叫你败露，地不载你这衣冠禽兽——传何柱儿！"

何柱儿就守在殿外廊下，里头的情形早听得一清二楚，不等宣诏，连滚带爬地进来，鸡啄米价连连叩头，说道："万岁……奴才死罪……三爷说的那些……都是真的……"说着，两手抖成一团，撕开袍角，从里头抽出一方黄绢，头也不抬地双手捧上，期期艾艾说着："……这是奴才亲见大千岁塞到太子爷枕头套儿里的……请万岁爷过、过目……"张廷玉忙接过来，自己不敢先看，双手转呈康熙，康熙看时，上边绘着一幅水墨画儿，淡淡如染，上头浓云遮着日月星三光，中间山河上兀立一人，依稀是胤礽面目，却是双足深陷，下头是奈河地狱，五个青面獠牙的恶鬼拼命拖着那人往下拉，左上角写着"三才照命"，右边一行细字，写着：

癸丑 壬申 丁巳 己亥

正是胤礽八字，细看笔意，毫无矫饰，正是胤禵一手圆熟工巧的颜体行书。康熙也不说话，"刷"地将黄绢摔向胤禵。胤禵面如死灰，竟一句话也答不上来！何柱儿兀自唠叨着替自己分解："奴才见这东西，魂都吓掉了，无论太子大千岁，要杀奴才比捻死个蚂蚁还容易……奴才实在一个也不敢得罪，只好性命似的把它揣在怀里……"

"滚蛋！"康熙暴怒地咆哮一声，顺势一脚，踢得何柱儿翻倒在一边，又叫道："刘铁成张五哥！"

"喳——奴才在！"

"把胤禵这畜生架出去！"康熙怒喝一声，"监禁到胤礽隔壁配殿！"

"喳！"

"张廷玉！"

"臣在！"

"你去叫胤禛进来，"康熙脸色又青又白，"去传问胤祥：朕看你素日尚属诚信，为何丧心病狂，擅自调兵入苑？此举意欲何为？着他据实回奏！"

"喳！"

"传问之后，立即锁拿，与胤禔同监一处！"康熙咬牙道，"还有那个撒野的鄂伦岱，竟敢在烟波致爽斋前使酒胡闹，立刻打发这王八蛋出去，到赵逢春营里当参将！"

众人还不知鄂伦岱也犯了事，胤禵悄悄凑近胤祉，问道："鄂伦岱是怎么了？"胤祉小声道："他吃醉了酒，在万岁寝宫外头撒尿，和刘铁成对骂，惊了圣驾。万岁气得睡不着，才去冷香亭的……"胤禵这才明白，这场轩然大波，原来由此而起。

人都出去，只剩了康熙父子，康熙的神气渐渐松弛下来，两眼向前望着，似乎要穿透前面的墙壁，不知是泪光还是火光，晶莹地闪着，显得疲倦和悲凄。许久许久，康熙方叹息一声，口气变得异常柔和：

"你们跪了一夜，起来说话罢……离朕近些儿，朕有心腹话要讲。"

儿子们艰难地爬起身来，一个个觉得膝盖骨僵硬生疼，慢慢凑近了康熙。接着帘声一响，胤祯也进来了，他的脸色又青又灰，本来就不苟言笑，越发显得石头雕塑似的，十分呆板难看。胤祯呆滞地看了看刚刚起身的兄弟们，仿佛还没有从剧烈的震惊中清醒过来，一个头叩下去，干巴巴说了句："儿臣给阿玛叩安……不知何人诬诌，张廷玉方才……"

"胤祥的事先不说。"康熙喝了一口热茶，"你且起来——朕有句话想问你们，当年我们大清入关时，我朝兵力是多少，汉家兵力是多少，你们谁能对上来？"

儿子们面面相觑，谁也猜不透老皇帝是什么意思。胤禵见哥哥们都不言声，便赔笑道："儿子因习掌练兵，略知道些。我朝入关，八旗披甲人十二万七千人，加上吴三桂山海关降兵，四万一千人，共是十六万八千人。李自成的兵在直隶的约一百一十万，加上南明的和各地团练自保的汉军，不曾详加统计，总数约在三百万上下。"

"十七万对三百万。"康熙点了点头，"说说看，为什么三百万打不过十七万？"胤祉此刻是年最长的阿哥，因见康熙注目自己，便道："皇天无亲，唯德是辅，我朝天兵入关为明雪仇，应天顺民，所以势如摧枯拉朽。"

"汉人阴柔疲软，抱残守缺，"胤禩见康熙不言声，似有不赞同的意思，便道，"我朝深仁厚德，以武备称雄关外，士卒用命，百战不殆，一鼓作气收拾金瓯，所以数年之内略定中原。"

康熙摇了摇头，阿哥们便七嘴八舌各述己见：

"汉人久乱思治，没有明君明主，天意授我华夏！"

"李自成无能昏庸，不晓得笼络汉族士大夫，惹翻了吴三桂！"

…………

康熙听着，只一味摇头，因见胤禛呆呆地，便问道："你怎么不说话？"

"据儿臣看，兄弟们说的都有道理。"胤禛想了这许久，揣出了康熙的心思，已是胸有成竹，因勉强笑道："汉人虽多，却是群龙无首，各怀异志。我们击败李自成，别人非但不助，反而高兴，我们收编李自成的兵，各个击破，他们反而以为我们为他去掉政敌。史可法守扬州，势如累卵，黄湘的兵近在咫尺，却作壁上观。汉人丢天下，丢在他们自己手上，这就是天意。"

康熙熟视胤禛，良久，叹道："这话说得近了。李自成败在自己的骄兵悍将手里，明唐王败在政令不行于下，也是自己打败自己！"说着，口气一转，变得沉重又有点嘶哑："这点子道理其实一点就明，你们为什么还要闹家务？今日你在我枕头下塞点什么，明日我派门人联络外官，他后日就暗自调兵——你们这叫干什么？你们是自杀，自杀！懂吗？"

阿哥们被他凶光四射的目光镇得一颤，都又跪了下去。

"为了收拾汉人的心，朕费了多少工夫？"康熙阴沉沉地说道，"三藩乱起，十一省狼烟冲天，朕也不敢停止科考。黄宗羲顾炎武写了多少辱骂本朝的诗文，朕硬着头皮礼尊，一指头也不敢碰他们；开博学鸿儒科是亘古没有的盛典，这群硕儒们有的死不从命，有的装病不来，有的故意不缴卷，有的存心把诗写错韵……朕都咽气忍了，还不是为了这江山，还不是为了你们这群不成器的东西？！"说着，眼泪已走珠般滚落下来，他两手手掌向上空张着，抖动着，下气泣声说着，几乎近于哀恳：

"汉人是多少人？一百兆还多！我们满人这一百多万，混在里头，胡椒面一样，显得出来？可你们……还要闹，抠鼻子挖眼睛，盘算着你吃了我，我吃了你！你们到底要闹到什么份儿上？闹到树倒猢狲散？闹到五公子割据朝堂，闹到……我们回满洲，汉人卷土重来？儿子们哪……你们别折腾了，醒一醒儿好么？……"说着康熙已是面白气弱，几年来郁结的气、悲、苦、恨一齐涌上心头，竟忍不住放声大哭："老天老天……儿子少了，怕宗嗣难接，儿子多了，又是窝里炮、打内拳……你可叫朕怎么好……"

儿子们见老爷子放了声，也自伤感，顿时也号啕起来，把个戒得居后殿弄得灵棚也似。张廷玉在前头正接见北京佟国维派来送奏折的上书房司官，乍听后边哭声大作，惊得一溜小跑进来，跪下便问："主子……您这是……？"

"没什么。"康熙拭泪起来，收了悲色，唏嘘一声，已是渐渐如常，"我们父子说说心里话，已经好了。你该办什么事还办去……等这场雪化了，咱们回北京去……"

阿哥们释放出戒得居，立刻分群四散。胤祉回头默然看了看夜来自己跪的地方，升轿而去，胤祺胤祐两人同住塞湖行宫，举手一揖各自上马并辔而行。胤禩胤禟胤䄉是老搭档，在门前站着说了一阵子话，胤禩一脸庄重，胤禟便连声叫饿，埋怨家里奴才不省事："连个饭盒子也不晓得送。"胤䄉却是开锁猴儿般欢蹦乱跳，笑道："怕什么？饿不杀你！咱们本就是挨千刀的，落个囹圄尸首算白捞！喂——老四！听说你那儿熬了两对熊掌？不请十哥么？"看着这群毫无心肝的兄弟有说有笑，胤禛孤零零站着，心里越发不好过。来时还和胤祥商量，十月十三是自己生日，要弄一桌野味乐一乐，如今一夜之间，情势大变，太子被废也还是料中之事，接二连三连胤禩胤祥也锒铛囹圄……人生斯世，祸福吉凶竟如此不测！

"四爷，请上马吧……"

胤禛回头一看，见是戴铎高福儿率着一群王府侍卫来接自己，高福儿手里还捧着两件玄狐皮大氅，一件是自己的，另一件却是胤祥素日所着……胤禛觉得鼻子一酸，几乎坠下泪来，接过辔绳，踩着一个家人的背，神情迷惘地上马踏雪而去。

"确乎出人意料。"邬思道听胤禛细述了夜来的情状，虽然诧异，却并不十分震惊，"扑朔迷离竟至如此！"胤禛深深叹道："早知如此，我很该和十三弟一同去见万岁，当着面辨别那张字条，就是有什么，他们也不敢明目张胆地陷害老十三！这些也都罢了，我只不明白这些兄弟，万岁恸哭扑地，悲伤欲绝，怎么就毫不动心——还说我是铁石心肠！"

邬思道用火筷拨着红炭没说话，胤禛这样推心置腹，连康熙满汉分际的绝密言语都诉给了自己，他心里既不平静又感动，许久才道："这不奇怪。几个爷不受感动并非他们是草木之人。但当太子当阿哥，关乎一君一臣，一天一地，大利当头，人情自然要往后放放！比如你四爷，如果是太子，你的哥哥，你的叔祖叔父，见你要行君臣大礼，一日登极，荣辱生杀都决于你一念之中，这是小可的事？怎么能叫人不动心？"

"我就没这个想头。"胤禛抱着头，看着旺旺的火盆，喃喃说道，"太子有太子的苦，皇帝有皇帝的苦，争来争去什么意味？"

这话胤禛说了不止一遍了，无论是真是假，反正眼下绝没有立胤禛当太子的理。邬思道没有理会他的表白，只是沉思着，半晌方问道："据四爷看，那张调兵手谕出自谁手？是不是十三爷写的？"胤禛苦笑道："我的心乱得很，想不出头绪来。不过老十三要做这事，不会不和我商议。"邬思道点头道："自然，这只是一面理儿。更要紧的一层，十三爷骨子里并不是太子党，说句难听话，他是'四爷党'，压根不会如此为太子卖命！这一层，不但阿哥，就是皇上心里也明镜似的，为什么不由分说就拿下了呢？"胤禛听了一愣：他倒没有想到这一层。

"皇阿哥们自幼同窗，谁的笔迹摹仿不来？"邬思道又道，"干得出这种事的，我看只有大阿哥或十四爷。万岁接连囚禁了大千岁和十三爷，一为示群臣至公无私，二为敲山震虎，做给儿子们看，谁敢乱动，即照此办理！杀一杀夺嫡的锐气，打灭一些人的非分之想，未始不是菩萨心肠啊！"胤禛边听边点头，他自己也是精细人，但邬思道的心思，石头里也要挤出油来，确到了炉火纯青的地步儿。正想说话，年羹尧从外头进来，向胤禛行了礼，说道："四爷，马齐叫太监传请四爷，说叫四爷去戒得居，陪太子和大千岁十三爷。"

胤禛吃惊地抬起了头，脸色急剧地变幻着，是"请"，是"陪"，无论说法如何客气，也许就是囚禁的代词儿！许久，胤禛才吃力地问道："是仅我一人去，还是带着护卫去？别的阿哥去不去？"年羹尧见他有点慌神，忙道："奴才没问，既没旨意，爷自然要带着从人去的，奴才亲自护送您去。来人说还要请三爷八爷也去，大约是一回事情。"

"四爷只管放心去。"邬思道知他乱了方寸，有点像惊弓之鸟，遂笑道，"不要杯弓蛇影，没有那么多的事。年亮工也不必去，你是朝廷二品大员，招牌大了反而惹眼。有什么事打发狗儿回来说一声就成。"

胤禛匆匆去了。屋子里只留下年羹尧和邬思道两个人，一个站一个坐，似乎有点无话可说。年羹尧睨着眼上下打量着邬思道，见他连座儿也不让，心里暗骂"这个穷酸跛子如此恃宠拿大"，便端起桌上的凉茶吃了一口，顺手泼了，径自坐了邬思道对面，向着火，许久才问道："老邬，你在想什么？"

"唔——"邬思道一怔，从沉思中醒过来，"我在想今后，局面更是纷繁，可怎么应付？"年羹尧粗声粗气一笑道："你可真是赤胆忠心！过去、现在、将来，是如来三世法身，凡人哪里知道？这份心操得无味！"邬思道盯视年羹尧一眼，说道："人定而胜天，也不见得我们就全然听由命运摆布。哲人察堂下之阴，而知日月之行，阴阳之变，观一叶之落，而知秋之将至。"

年羹尧跷起二郎腿，笑道："那你可算前知五百年，后知五百年的贤哲人了！闲来时我常想起你，人品、学识、智谋都不是常人所能及。只可惜怎么就如此坎坷遭际！不然，庙堂之上，还少了你出将入相么？"

"我虽不能出将入相，难道现在不是为朝廷出力？"邬思道听了这番刻薄讥讽，不禁一笑，"我遍观史书，前知岂止五百年？至于后知，五行星命也略知一二，天人感应，医卜相术也都还将就得来。只你也知道，医不自治，所以有李铁拐，有孙膑，那也是没法子的事。"年羹尧身子一探，说道："哦？原来先生还精于子平京房之术？你看四爷命相如何？"

"十三爷也问过我四爷的命相。"邬思道说道，"我说四爷龙骧虎步，鹰隼雄鸷，为君则是理乱龙泉，为臣则是治世英才——这不消问，四爷命系于天!"

年羹尧哈哈大笑,拍着大腿道:"先生滑稽,瞧不出是个捣鬼的能手,弄玄的积年!为君为臣你都说了,真是万无一失!"邬思道笑道:"本来君相之命无常无定,德配于天,即为君;德配于地,则为相,这点子道理你明白么?亮工,说四爷,是一码事;说你,我或者就不捣鬼弄玄。别看你回到北京,在四爷府循规蹈矩,出了京,就又是一番光景,老邬错说你没有?"年羹尧正笑着,听见这话戛然而止,惊道:"你这是什么意思?"

"你除了德、能、权、谋,还多了一个胆。"邬思道架起拐杖,悠悠地踱着,"这一条,无论四爷哪个门人都不能比,这原极好。不过,你生性忍而多疑,所以不可玩火。你本命是金命,贵极人臣,但若玩火,火可要克金,那就不堪设想。"年羹尧也站起身来,一句话不说,紧盯着邬思道。

"我虽通五行,遵的却是儒道。"邬思道看也不看年羹尧,继续说着:"你不同,你自幼就无赖顽皮,读书不成,打走了三个塾师。你在南京玄武湖练水军,洗了一个村子。你从军西征,以一员微末偏将,先斩后奏,杀掉陕西总督葛礼。你不是善人。"

年羹尧听了,神情松弛下来,笑道:"我当什么大不了的呢!这都是人人知道的。"

"也有人不知道的。"邬思道端详着年羹尧,缓缓说道:"你嘴角这条纹,名曰'断杀纹'。你有没有杀婢的事?三个塾师是学问不好,还是管了你的闲事?你剿水匪,血洗一村,有没有筹饷劳军的意思?你杀葛礼,是单因他阻你筹粮,还是因他在南京任总督时曾得罪过你?就是这次来承德,你是奉旨来的,还是自请述职?"

年羹尧背上微微沁出汗来,下意识地摸了摸腰间,倏然间一股杀气冲了上来。

"不要玩火,这是我一片慈心相劝。"邬思道一边踱一边娓娓而言,"大丈夫立于天地之间,遇知己之主,结骨肉之亲,托君臣之义。你与一个残废人怄哪门子气?我们都是为了四爷,为了天下社稷,存此一念,你可与古之良将相匹,置图于凌烟阁上;灭此良知,则地狱之设正为斯人！四爷是雄主，你打定主意才好！"

年羹尧垂下了头，他已经服了邬思道，这是他有生以来头一次打心里服别人，良久才道："先生，羹尧谨受教。说实话，我和三爷、九爷的门人都有交往，但天地良心，我这心没有自外于四爷。""这我知道。我这是给你观相嘛。"邬思道淡淡一笑道，"非可言之人，我就敢如此放肆？"两个人正说着，狗儿从外头进来，搓着手道："下雪不冷化雪冷，真是一点不假！——四爷叫我回来禀邬先生，他一切都好。他和三爷八爷一同照看大千岁、太子和十三爷。没事！"

"万岁和太子还是有情分，割不断，理还乱啊！怕人加害太子，竟用了三个阿哥！"邬思道举目望天，长舒了一口气，"亮工，要回北京了。不便和四爷同行，我们只怕得先走一步才是！"

第二十八回　邀功名叔侄存芥蒂
　　　　　　拦乘舆孤臣逞强项

　　接到康熙十月二十六日巳时入京的诏谕，留守北京的上书房大臣佟国维绷得快要断了的心弦略觉舒张，立即咨会六部尚书侍郎到他的铁狮子胡同的府邸会议，当面安排接驾事宜。命户部刑部将所有积案处置情形叠成文书，写出节略以备皇帝查考，命礼部銮仪司筹措迎驾仪注，兵部则会同步军统领衙门，顺天府和狼瞫派来的参将商定交割关防——狼瞫的兵不进京畿，以防引起人心更加动荡。佟国维思虑周详，胸有成竹，足足说了大半天。这些官员早已知道承德出了大事，但太子究竟犯了多大的罪，与自己有多大的干连，却都揣猜不来，一个个怀着鬼胎，想询问佟国维。但这位佟中堂侃侃而言，长篇大论说得不着疼痒，大家不禁都有些发急。佟国维见众人巴巴地瞧自己，回笑道："诸位老兄，我知道你们想问什么。但只眼下我同你们一样，并不知情。为臣子讲究忠心事主，想那么多做什么？你们各安其分就是。我跟了皇上几十年，什么事没见过？万岁几时也不曾加罪过忠臣。要存着异样的心思，你想你和哪个阿哥走得近乎，他想他和哪个爷有杯水之交，反倒要招罪，这叫自作孽！安生办差，乃是天经地义的自全之策！"说罢端茶送客。众人叹着这漫无边际的官话，越发不得要领，只得各自快快散了。

　　佟国维训教别人一番道理堂皇，其实多天以来最急的是他自己。胤禛几乎每日一信，热河那边一动一静他全都了如指掌，他自己也面临抉择关头。佟国维是康熙皇帝生母佟佳氏的堂弟，正牌子宗室勋戚，煌煌国舅。但佟佳氏康熙三年就薨了，人去茶凉，加之他是明珠一派，索额图把持朝政，硬是二十多年没让佟家的人沾上书房的边儿。康熙皇帝征噶尔丹，乌兰布通一战，索额图借刀杀人，把佟国维的长兄佟国纲派往绝地，被乱箭射得刺猬也似，一命呜呼，两家仇恨愈结愈深。有这层过节儿，他进上书房，处处对太子加了提防小心。如今胤礽出事，他原是欢喜不尽的，但接着大阿哥也出了事，刚刚松和一点的精神又拉得绷紧。还有胤禩信中的话"胤礽虽已无权，太子之势尚存，圣眷亦似未尽"，更引他警觉。宦海沉浮翻云覆雨变幻莫测，就胤禛也不是个好惹的角色。因此到底该怎么办，他也拿不出定见。

佟国维在书房正搜索枯肠地想主意，却见管家进来禀道："中堂，隆二爷来了。"

"隆二爷"是佟国纲的儿子隆科多，时常来府走动，原是顺天府的同知，因牵连到张五哥一案闲居在家。佟国维此刻心烦意乱，哪里愿见这个倒霉蛋？因没好气地说道："就说我歇下了，有什么事明儿再见吧。他要来打抽丰，你瞧着不拘哪笔银子给他点就是。"

其实隆科多已经进院。这是个五短身材的中年汉子，四十多岁，紫棠脸上腮边两处刀伤，闪着黑红的光，那是随驾西征留下的战创。此人早已官居都统，罢了官又起复，当了同知又遭事，一再蹉跌潦倒，满想着有这个权倾朝野的叔叔，一步一步还能熬出来，但佟家的人一个一个早都飞黄腾达，不知为什么就是轮不到他！他站在廊下，听见佟国维的话，气得浑身冰凉，几乎坠下泪来，又强压下了，只装没听见，一脚跨进书房，笑道："六叔，身子骨儿结实？"

"老二啊！"佟国维料想他听到自己的话，不禁红晕上脸，将手一让，说道："我乏得身上生疼，刚想歪一会儿，你就来了！缺什么跟下头说一声就是了，何必一定见我？"隆科多一肚皮不自在，见他这么瞧不起自己，益发不受用。压了又压，终究忍不住，一摆袍子对面坐了，冷冷说道："看来我这丧门星着实叫六叔厌憎了。前年候补郎中时借了三百银子，六叔惦记着了！恰恰相反，今儿我连本带利都给您老人家拿来了！"说罢从靴页子里抽出一张五百两的龙头银票递了过去。佟国维被他噎得一怔，忙道："贤侄！你不要错怪我，我不是这个意思……我心里烦，说给你也不信。你不能这么寒碜你叔叔！"

隆科多的五百两银子是刚从户部借来打饥荒的，见佟国维说得诚挚，就腿搓绳儿收起，正色说道："既这么说，侄儿领情了。听说太子爷坏了事，我看您坐定了上书房头把交椅！我是想请六叔帮我说说起复的事——六叔，凭良心说，您瞧瞧我一道儿西征出来的，有谁跟我一样？连马大炮都是起居八座的将军了！"佟国维一听就上了火：这时分竟来找我要官！但他宰相城府，讲究的是喜怒不形于色，略一沉吟，缓缓说道："论资格你当兵部尚书也满够。西征回来就放你副将，你要不掼纱帽，私自从乌里雅苏台回来，谁比得了你？"

"六叔这么看么？"隆科多冷笑道，"看来倒是侄儿不识抬举了。乌里雅苏台那个鬼不生蛋的戈壁滩，除了发配充军，犯官降调赎罪，谁肯在那儿做领兵管带？我能回来算我识时务，没有学我的前任副将，出去巡哨，叫流沙给活埋了！"

佟国维听着这话，有疑自己故意整治的意思，咽了口气说道："老二，你听我劝，如今北京城乌龟翻潭，太子怎样怎样，大阿哥十三阿哥如何如何，谣言满天飞，还不知朝局往哪个去向走呢——早已有人说我什么'佟半朝'。吴三桂选官叫'西选'，我选的又叫'佟选'！你听听，这是什么好话？这时分再选你出来，你还带着罪，有什么好处？"

"太子垮了，只有于你有利的，你怕什么？"隆科多脸上气色平和了些，"如今是四爷的日子不好过！""可大千岁也倒了！"佟国维皱着眉头道，"看其来势，事情比太子还大！这里头的事瞒不住你，说句难听的，皮之不存，毛将焉附？"隆科多一笑，说道："原来六叔为这烦恼！三爷、八爷还在嘛！新太子跑不了他们里头一个，他们还得指望你保驾呢！"

佟国维吃了一惊，许久没说话。隆科多随便一句话，对他来说便如醍醐灌顶。三爷八爷与自己虽说没有与大阿哥那么近，却也亲密，为什么就只想自己难处其间，就想不到别人更有求于自己？真是当局者迷！想着，他脸上露出欣慰的笑容，刚要说话，门上司阍的家丁进来报说："大学士王掞求见中堂爷！"

"这样，你先回去。"佟国维笑着起身，说道，"我老了，指望着你们后辈的事多着呢！好自为之——请王大人进来！"说罢便迎出滴水檐下。隆科多忙辞出来，站在玉兰树下等王掞进了书房，才匆匆离去。

"皓翁！"佟国维请王掞坐了，从家人手接过茶亲手敬上，满脸堆起笑来，"早就说到府上拜望你的，就是事多缠身，只好打发人勤问候着点。圣上几次朱批都问着你，我都转过去了，可曾见着了？照应不到处，皓翁多体谅着点，就算体恤我了。"王掞一脸倦容，干咳一声道："我老天拔地，死都死得着的人了，圣恩如此高厚，越发愧地无门。如今谣言愈来愈多，又没有明发旨意，我原来只当是过耳秋风，如今也坐不住了。你不要和我打官腔，告诉我，皇上废太子，到底是真是假？"佟国维亲切地向前移了一下座位，说道："停用太子玺的诏书皓翁必定看过了？"

王掞摇头道："那个作不得准。万岁早就说过，给下头行文，用'毓庆宫主'字样不妥。"老先生如此迂腐，佟国维只好微微一笑，又道："皓翁，你不叫我说官话，这是信得过我。我敬重你的道德文章，实言相告，如今太子、大阿哥，还有十三阿哥，不知犯了什么事，都已软禁了！"王掞点点头，目光霍然一跳，说道："我已有了预备。这种事，当臣子的有死而已。"说着，抖抖索索从怀中取出一沓薛涛纸，递给佟国维，"请中堂大人过目。"

"这是什么？"佟国维接过看时，无题头，无落款，几张纸密密麻麻写的都是人名字，但他立即就明白了，是这个糟老头子联络了自己一干门生故吏，合本奏章要保胤礽，心里冷笑，口中却道，"我明白了，皓翁要保太子。这是我辈臣子见骨气见风节的时候。我佟国维岂肯后人？"他说着，毫不踌躇地提笔走向案角，在王掞名字之下恭楷填上自己的名字，"我也算一个——不但我，连张衡臣、马秀水他们也不至于袖手旁观的！"

王掞到这里来，原本不指望佟国维联名具保，只争取他袖手旁观不要压制就算满意，见他如此慷慨，亲自签名，意思还要劝张廷玉马齐也来保太子，不禁大起知己之感，接过纸来，已是老泪纵横，说道："佟相，想不到你……忠义如此！我原想佟氏一门与索额图有隙，虽不至幸灾乐祸，断然不会援手的……太子是国本，国本一动人心难以收拾……你这样肝胆相照，倒叫老夫愧怍，这人，是从哪里说起哟……太子，太子……你到底出了什么事？我真恨我自己，为什么当时不抗旨，一同去承德……你这不中用的王掞……"他语无伦次地说着，已是泪湿袍襟。佟国维见他如此伤感，突然升起一种自愧的内疚，心里一酸，也坠下泪来，抚慰王掞道："老先生不要过于悲恸。保太子固国本，是臣子分内的事，我虽不敏，也不至于糊涂到大体也不识。你且安心，太子的事还没有最后定下来。就我知道的情形，万岁爷六天六夜都没合眼，又知道了大阿哥魇魅的事，圣心尚在犹豫。太子纵有过错，也是叫人害的，这就有保奏余地……"

"唉……"王掞凄然长叹一声，什么也说不出来。他是正统道学，压根不相信什么妖法能害人，太子柔弱无能，在他看来是可医之病，但风言风语听到他那些宫闱暧昧，要是真的，可就枉操了一世的心了……想到此，更觉刀子剜心般难过，竟自放声大哭起来。佟国维又好一阵才劝住，亲自送他出府不提。

朝局在急剧地变化。康熙马不停蹄回到北京，第二天便命张廷玉赍诏，会集百官到天坛，告祭天地，明发了废黜太子胤礽的文告：

> 总理河山臣爱新觉罗·玄烨谨告昊天上帝：臣以凉德，兆绪丕基四十七年余矣。于国计民生，夙夜兢照，不徇偏私，不谋群小，不敢少懈，此匪特天下臣民所共知，冥冥上天，实鉴臣心！然不知臣有何辜，生子如胤礽者，居青宫之位，不思上进，狂易成疾。臣观其举动，不法祖德，不遵臣训，口不道忠信之言，身不履德义之行，鸠聚党羽，暴戾淫乱，戮辱廷臣。臣思祖宗艰难缔造之宏业，岂可付诸此人？用是熏沐修敬，上奏于天，即将胤礽废去储君之位。设大清国祚绵长，乞请增臣寿算，臣必殚精竭虑，孜孜求治以付上苍悯生之德；设天祸大清，则请赐臣速死，以全臣令名，免睹不忍言之惨劫……臣不胜屏营颤栗，椎心泣血谨告以闻！

张廷玉读着，想到康熙方才口授诏书时惨痛的面容，病骨支离的身体，看了看下面黑鸦鸦的群臣，见前面一列阿哥有的低头不语，有的抠砖缝儿，有的泰然自若，一副副毫不动心的模样，心里一灰，也自滴下泪来。哽咽着拜了坛，挥手命各官散去，便上轿回乾清宫缴旨。阿哥们已知皇帝欠安，便也跟着由西华门递牌子进大内请安。

康熙戴着小毛熏貂缎台冠，貂皮黄面褂外套着酱色江绸面天马皮袍，手里捻着一串椰子王方佛朝珠，在乾清宫西暖阁正等着张廷玉回来。马齐和佟国维一边一个长跪在地，静静望着康熙，都没有说话。见刘铁成和张五哥导着张廷玉上了丹墀，德楞泰便进来禀说："张廷玉回来了。"康熙便立起身来。

"主上，"张廷玉神色黯然，缓步走到须弥座前，双手将祭天文告捧上，说道，"臣回来缴旨。"康熙沉甸甸向文书躬施一揖，接过来，长叹一声，转交给侍立在旁的李德全，坐下问道："下头有什么话没有？"张廷玉此时没了祭天使者身份，先请了安，便跪在佟国维下首，勉强笑道："没有什么话。阿哥爷们也递牌子进来了，在天街候旨。奴才从乾清门进来，见王掞跪在门前，哭着求见主子。主子见他们不见？"康熙怔了一会儿，说道："阿哥们不要进来，望宫请安，打发他们回去。叫……王掞进来吧。"

张廷玉答应着出去了，偌大的殿中又恢复了寂静，连殿外轻手轻脚走路的太监的动静都听得见。马齐和佟国维的心里都有些焦灼不安。按理说，废一太子就该立一太子，原以为告天文书中必定要涉及这事，但却一个字也没提，皇帝到底打的什么主意？正低头闷思，康熙轻咳一声问道："佟国维，你在想什么？"

"奴才……"佟国维猝不及防，慌乱了一阵，灵机一动，说道，"奴才在想太子的事。"这话圆滑得四边不落地，既可说是想胤礽的事，也可说是想选新太子，马齐听了不禁暗笑，康熙却道："这是当今第一要务，当然应该想一想。胤礽被废，一半是被人魇镇，已不堪为人主储君，一半是他自己，不读书，不修德。他本是个伶俐人，聪明才学比别的阿哥不在下，要是像三阿哥那样肯读书，八阿哥那样又读书又肯修德，怎么会着了小人的道儿？"

两个人把康熙这话每一个字都掰开、揉碎了，仔细咀嚼着。看来康熙是属意于这两个阿哥了，但再细比较，似乎八阿哥更占先枝！正想着，康熙又道："但老三老八，朕也有不取他们处。三阿哥摘章引句，八阿哥宽柔无度，两个人都没有老四那点刚骨，看来天生人降于世间，总难集全德于一身啊……"正说着，张廷玉带着王掞进来，刚向康熙行了礼，王掞已匍匐在地，痛哭失声道："万岁！究竟太子身犯何罪，无端地就废了？……"

"无端？"康熙待他克制着住了声，冷冷问道，"他犯的罪由都写在诏书里，告天文书里，你没听见？"王掞连连顿首，说道："臣见了也听了，捕风捉影言之无物——他为三十五年太子，就凭几句空话就废了？这何足以取信于天下？"康熙盯视着激动得浑身颤抖的王掞，一时没有说话，良久才道："王掞，你一定要知道，朕抽空儿独自和你讲。撇开他暴戾淫乱这一条，你平心想想：他主持政务，出了多少弊政？科场舞弊，他治不了；官员结党营私，他治不了；捐赋不公，狱讼不平，地土兼并，他都一筹莫展——朕要的是能治国平天下的人，他够得上这一条？"

王掞叩头有声，朗然答道："这些账难道都算到太子一人头上？"康熙哼了一声，说道："当然不是，所以朕没有治他的死罪！你是他的师傅，太子失德，你有重责在身，朕自然要一一清理。"王掞听着康熙的话，一挺身跪直了，说道："臣有罪，万岁就是不说，臣自己也知道，争明了道理，朝廷不处分，臣也羞在人间。但上书房诸大臣平素明哲保身，于太子毫无赞善之言，诸王诸阿哥各自为政，万岁也未加抑制，万岁难道无责任？诸臣工难道无责任？如今太子被废，人言汹汹皆曰可杀，请万岁默察，小人辈谀奉于前，设陷于中，下石于后，该杀不该杀？而今独自说太子失德，难道不失公允？……"

"又出去！"康熙不等听完，已是赫然震怒，大喝一声，"他要做比干，朕成全他！"

张廷玉马齐佟国维早已听得浑身冷汗，自他们入上书房，从来还没有见过哪个臣子敢这样和康熙说话，以康熙德威势炎，稍稍变脸，没有一个不吓得魂不附体的，王掞居然一揽子骂尽文武百官，连康熙的"责任"也扫了进去！满殿侍立的太监也人人脸色惨白，腿肚子直转筋，半点不敢怠慢，早过来三四个，架起王掞便向外走。王掞索性放声大哭："老佛爷，先帝爷呀……你们睁开眼看看……他们要把少主子往死里治啊……"

"回来!"

康熙突然摆摆手,命人架回了王掞,他的脸色变得异常平静,盯着王掞半晌方道:"你骂得好!这是朕一生中第二回听人骂,头一回是郭琇,骂朕是桀纣之主,看来你给朕还是留了情面。一个朝廷里也得有两个这样的,所以,朕不罪你!"

"我不要皇上恕我!"王掞瞠目说道,"我请皇上恕了太子以安天下!"

康熙摇了摇头,说道:"那是另一回事。朕并没有怎样胤礽,他如今已经去了刑,倒是大阿哥,朕已严令圈禁!王掞你是书香人家出身,什么书没读过?天下重器,非君子不可托,这道理不懂么?自朕本心而论,也为胤礽好。丹朱不肖,尧也废了他的太子,太甲荒淫,汤帝放他去桐,吃点苦头,他或许变成个好人!"张廷玉不禁倒吸了一口凉气:怎么比出太甲放逐的掌故来了?太甲放桐,三年改过,又复了太子位,这个学贯古今的皇帝,到底是什么心思?正胡思乱想,康熙又道:"朕意已决,今日就发明诏,由百官从阿哥中举荐,推举谁为太子,朕一惟公意是从!"

"万岁,"佟国维还在想着康熙前头的话,"群臣公举,前无古例,恐怕又生事端。万岁属意于谁,定下来就是,何必再征询下头?"康熙冷笑道:"你和马齐一个满人,一个汉军旗人,学学张廷玉,好生读点书!前明昏君立储,还要征询臣下意见呢!"

王掞早已停了哭,只脸上还挂着泪痕,盯着问道:"万岁,要是臣下仍旧保举太子爷呢?"

"岂有此理!朕已经说过,一惟公意是从!"康熙脸上毫无表情,半晌方转脸道,"只是要秉公,朕不许有拉帮结派的事。听说你王掞弄了个联名奏折保胤礽?你那个不算!"

众人都辞了出去,康熙看去显得很疲倦,便叫了张五哥进来,由何柱儿捶捏着,和张五哥有一搭没一搭地说话。

"张五哥,"康熙半闭着眼问道,"你是下头百姓里来的,据你看,哪个阿哥最好?"

"十三爷……"

　　康熙似乎很意外，瞿然开目问道："何以见得？"张五哥低垂了头，说道："奴才穷家子出身，贩过私盐，被官府拿住。十三爷巡视时放了奴才，训斥官家说：'真贩私盐的是盐道盐枭，运升斗盐靠气力养家糊口的，你们往后不许拿！'十三爷知道下情。为人仗义，是好样的……"康熙听着，已闭上了眼。十三阿哥再好，也不能当太子啊！张五哥见康熙只是睡不沉，轻声道："主子，我就守在这，凭谁不叫惊动您，您实在该睡个好觉了……"

　　"朕睡不着……"康熙懒洋洋说道，"一闭眼，就梦见祖母、母亲、皇后……一闭眼就是她们，她们都不欢喜……你既说十三爷好，叫人传旨……放他出来吧……"

第二十九回　谣诼四起帝挈纷乱
　　　　　　指挥若定王府划策

　　废太子诏书刚刚明发，接踵而来的便是推举新太子的谕旨，而且
"朕一惟公意是从，绝无偏私"，被康熙皇帝接二连三的雷霆大怒吓蒙了
头的阿哥们像惊蛰过后的土虫，立即蠢动起来。朝臣们更是疯魔了似的
聚集在礼部、理藩院打听消息，寻老师、投阿哥府上下钻营。谁都知
道，自己一本奏上，就是立此存照，选对了，就有了"拥立之功"，选
错了，就是"结党营私"，一荣一辱关乎半世宦途，岂是小可之事？因
而皇帝平时对阿哥只言片语的评介，此刻都成了珍秘要闻。

　　"三爷学问渊博，直宗万岁。当年陈梦雷犯罪，黜降奉天，万岁专
一调回来，在三爷府著书教读，可见龙心所向！"

　　"陈梦雷算什么？安溪公李光地才是正宗儒学。八爷是三日一小宴，
五日一大宴。说是不许皇子结交大臣，你几时见万岁管过？"

　　"那也不见得，万岁幼年的师傅伍次友老先生，不也是前明伍相国
的二公子？"

　　"得了吧，万岁要的是文武全才，想想这些爷，要数十四爷啦！"

　　"嘻！十四爷和十三爷有什么分别？十三爷还囚禁了呢！"

　　"我看九爷也差不多。"

　　"你那是屁。九爷是八爷的附庸。"

　　"神龙见首不见尾，我们这些凡夫俗子怎么能猜得出圣意？"

　　"唉……天威不测，难以适从啊……"

　　…………

　　胤祥的囚所就在理藩院后，奉旨释放，一路出来，到处听的都是这
类议论。这些穷京官们见了他仍旧毕恭毕敬地行礼请安，但背转身就议
他们最关心的推举大事，毫不避讳。他兴致勃勃地出来，越走越觉得步

履沉重。太子被废，又推举太子，扔出一块热肥肉，又香又烫嘴，所有阿哥满朝文武统变成了饿狗，红着眼打量着如何下口。可惜的是别人尚有肥肉可抢，自己和四哥却冷落在一边，连骨头也没得啃的！

"十三爷，"十三贝勒府的人早已候在理藩院仪门外等着他了，见胤祥出来，管家贾平带着众人都跪了下去，说道，"爷大难得脱，化凶为吉，奴才们给爷叩安贺喜！紫姑姑娘也欢喜得了不得，叫奴才们赶紧来接，瞧着天阴了，要下雪的模样，这是爷最爱披的白狐大氅，请爷披上，咱们回府吧！"

胤祥抬头看了看天，果真阴得很重，一阵一阵的朔风，吹得满街干燥的枯树叶子哗哗作响，在墙角荡来荡去，绛褐色的云团团滚动着，被风催动着，不情愿似的缓缓南移。胤祥想着方才聒耳嘈杂的议论声，冷笑一声道："老鸹可恶！……哦，我先不回府，也不用你们跟着。天黑时你们去四爷府接我。要是我不在，就是去了嘉兴楼——就么着。"

放出来连家也不回就往雍亲王府？贾平诧异地看了一眼胤祥，但这个年轻任性的阿哥说的话是无可违拗的，只好"喳"地答应一声，带着众人去了。胤祥利落地跳上马，回头看了看理藩院红漆大门上狞恶的**铺**首衔环，"呸"地啐了一口，一扬鞭便打马飞奔而去。

坐落北定安门附近的雍亲王府门可罗雀。这里再往北就到玉皇庙街。说是"街"，其实已是京师边沿，天气既冷又阴，黑黝黝阴沉沉的王府厦前空荡荡的，几片散雪飘着，格外显眼醒目。想到昔日办差兴隆时，这里车水马龙、冠盖如云，一溜大轿从门口向东能排出半里远近，到处都是嗑瓜子摆龙门阵说闲古记儿等着主人候见出来的长随衙役，如今却这般凄凉惨淡。胤祥不禁沿然叹道："权门如市，市兴，人皆聚之；市衰，人皆弃之——真是一点不假！"

"十三爷！"

背后猛地传来一个童稚的声音。胤祥回头一看，竟是狗儿，拉着一头毛驴，带着那头已经养得油光水滑的芦芦，不知什么时候跟在后头，因笑道："你这小鬼头，吓了我一跳！见十三爷不得意了，连话都不敢说了？也亏你，骑这么个玩意儿还能跟在我后头不拉下。"

"十三爷就是再穷也比我当初强百倍！"狗儿笑道，"别看我这毛驴，你看，四蹄雪白，身上漆黑，一根杂毛没有——这叫乌云盖雪，日行千里夜走八百不眠！"他正吹嘘自己的坐骑，高福儿早已迎出来，一边请安，说道："四爷叫奴才专候着呢——狗儿，耍什么贫嘴？给爷牵着马！"

胤祥跟着高福儿直趋万福堂，果见胤禛已经等在那里，弘时弘昼弘历兄弟三人一溜齐儿跪在门内，看样子正在挨训斥，见"十三叔"进来，都松了一口气，只注目胤祥算是见礼，没敢言声。

"你来得好，我料你必定来的。"胤禛还是老样子，淡淡的，看不出是高兴还是懊恼，只见了胤祥，嘴角吊起那微微一笑，显出不易觉察的轻松和欣慰……一边让座儿，一边说道："年羹尧戴铎他们都赴任去了。听说你出来，备一桌水酒先给你压压惊……一个外人也不请，就是邬先生、文觉和性音，我们小酌一醉，去去晦气！"

胤祥看了看三个侄儿，笑道："四哥，侄儿们又怎么了？敢怕四哥心里不受用，又拿着我的侄儿们出气？"胤禛说道："我从不拿人出气，何况自己的儿子？这没有弘时弘历的事，他们是替弘昼陪跪的——谁是跟弘昼的贴身小厮？"

"奴才在！"

一个十六七岁的年轻长随应声而出，扑通跪了道："五爷出府，是果亲王府的辅国公爷来请的，说是一块散散，并没有见一个外人，更不敢打听消息，听人传谣……奴才敢给爷打保票的——""你给他打保票？"胤禛冷笑道，"你算什么东西？我叫你跟他读书，没叫你陪着他浪荡！也不知每日都读的什么书，倒学了些匪夷所思的淘气！"

"哥儿一向读书，并不敢违主子的家法。"那长随吓得连连叩头，偏着脑袋道，"哥儿读的什么'于是乎问哉①'，又是什么'王八骑马'……奴才也不大懂的。"胤祥笑道："放你娘的屁！哪本书有什么'于是乎问哉'，又是什么'王八骑马'？"那家人忙道："真的！那书里说'王八骑马、亲家骑驴，就是……骑你'！"他说得一嘴白沫，胤禛胤祥不禁茫然——这是什么书？

---

① 家人将"郁郁乎文哉"误听为"于是乎问哉"。

弘历见胤禛又变了脸色，忍着笑解释道："阿爹，这是奴才听错了。五弟想必读的《毛诗》，'黄驳其马，亲结其缡，九十其仪'……"

众人不禁哄堂大笑。胤祥便道："你他娘的，错得一字不漏！"胤禛也不禁莞尔，一摆手道："十三弟，咱们枫晚亭去——你们还不滚起来，回东书房去！"说罢便和胤祥联袂而行，至西花园的枫晚亭而来。此时天色更加晦暗，沙沙的雪粒子早撒落下来，打得竹叶簌簌作抖。胤祥从理藩院出来，听了那许多谣言，原本心里有些不安，见胤禛迈着四方步不紧不慢闲适自若的神态，倒镇定了下来。刚趄过一湾结了薄冰的池塘，便听性音大声说笑："邬思道的诗咏得太酸气，什么'六出玉麟撒河山'？你瞧这阵子雪，筛面似的，还不如说'满天满地筛白面'！"

"真要是白面就好了。"邬思道说道，"今岁河南黄水决溃，不知多少人连蕨根也吃不上呢！前头见邸报，河南巡抚还在吹牛，'断不使一人一畜有冻馁之虞！'为了升官考绩，什么天理良心都不顾了！"接着便听文觉笑道："你惆怅什么？白生气不顶用！没听说鄂善奉旨到开封，吃满汉全席还说没下筷子的地方，赶紧又送了两对宣德炉，这才罢了……"正说着便听坎儿道："什么筛白面，还不如说'玉皇大帝贩私盐'！"

众人不禁哄然叫妙。胤祥一头进了屋，暖烘烘的热气顿时扑面而来，因笑着对坎儿道："好，几日工夫，你竟成了诗人！'玉皇大帝贩私盐'，好！这才是咏雪！"此时胤禛也走了进来，大家便都起身安座入席。

"真和做梦一样。"酒过三巡，胤祥热上来，脱了大氅，一手靠着椅背，把辫子甩到椅后，红光满面说道，"说倒霉，无缘无故叫狗咬一口，就关进黑屋子里睡凉炕；说兴时，无缘无故就又放出来，仍旧是贝勒，仍旧黄带子，天潢贵胄！这些天在里头听说太子被废，出来看看。真是风云突变天地换色——如今情势，难为你们还给我压惊！我根本没做坏事，有什么'惊'可压？倒是说说咱们该是什么章程要紧！"

胤禛本来茹素节食，恬然自若地拣清淡的略吃一口，听胤祥这么说，便放下箸，向后一靠，说道："什么章程？听天由命罢了！我的章程就是以不变应万变：保太子！"

"还要保二哥？"胤祥一怔，也放下了筷子，"兵部尚书耿额、刑部尚书齐世武、步军统领托合齐，还有热河都统凌普、副都统悟礼、户部的沈天生、伊尔赛……这些太子党已经锁拿，真正的一网打尽！四哥你没听听，如今是什么风声！""知道，"胤禛点头，嘴角带着讥讽似的苦笑，"还不止这些。佟国维在府日夜会见官员，都是老八那干子人，议的什么不问可知。还有马齐，手掌心里写一个'八'字，逢人问，就伸出手来给人看。哼！老三是叫孟光祖的事吓缩了手，如今满朝文武都唱的八爷歌！我有什么不明白的？"胤祥听着，心里一阵阵发寒，皱着眉头道："既然如此，保太子还有什么指望？"

邬思道几乎什么也没吃，只是望着外头的雪地出神，半晌才道："十三爷，四爷要做孤忠皇子，你得成全他。太子在位三十五年，一旦被废，竟没一个阿哥兄弟出来说公道话，这人情天理上是说不过去的。究竟皇上什么心思，是真的要废，还是教训一下太子，我看还在两可之间……"胤祥听着，不以为然地连连摇头："邬先生，告天文书都发了，皇家制度哪能朝令夕改？我们犯不着填馅儿！"

"十三爷的意思是保八阿哥？"文觉和尚素来庄重慈和，一直正襟危坐听他们议论，见胤祥不肯保胤礽，因冷冷说道，"八阿哥那里有九爷、十爷、十四爷，只怕三爷、五爷、十七爷现在也在具本保荐。四爷和你是何等样人，跟在他们后头去转悠么？"胤祥傲然睃了文觉一眼，说道："和尚说话斟酌些儿！我几时说过保老八？我家也不回，赶到这里，想听听你们的高见，怎么法子把四哥推出去。屎没出来，你们就放了若干的虚屁！"胤禛在旁听得坐不住，一推椅子立起身来，皱着眉说道："胤祥，有话好说，怎么仍旧的意气用事？漫说我没心当这个太子，就是有，如今说出去，只能一败涂地！"

文觉却一点没有生气，盯着虎目炯炯的胤祥说道："矫弊救时，当今之世，除了四爷确乎没有第二个。和尚和你一条心！但应不应行和能不能行，是两件事，十三爷你要仔细审量。这也与打仗一样，要审时度势，该自保时就不可孟浪，十三爷熟读兵书，何待我来提醒？"

"是啊！"邬思道脸上毫无表情，"如今情势，滩险流急风高火盛。举荐四爷，不但八爷一大帮人要群起而攻，就是太子故旧也要不齿于十三爷，所以断不可行。举荐太子爷复位，当然要冒点风险，但进退路都看看，这是最好的法子。即便举荐不效，满朝臣子也会视四爷忠义之士。成，则收利，不成，收名，有何不妥？"

胤祥的脸阴沉得可怕，满斟一大觥酒一仰而尽，说道："既说到这里，我也请问一句：真的八哥当了太子，总有做皇帝的一日，那时又该如何？"

"十三爷真的这样看？"邬思道突然仰天大笑，"朝廷自此多事，难道十三爷看不出来？"因见众人都愕然看着自己，邬思道呷了一口酒，徐徐说道："皇上久已不满太子，积郁骤发，雷霆大怒间一举废黜，看上去似乎圣心早已默定。但这个门一开，他也就看到了更多的东西，大阿哥被执，三爷被斥，十三爷被囚，这都出乎他老人家当初意料之外。更可畏的是八爷，内结侍卫，外联朝臣，其势在不得嫡位不罢手。当初太子在位，这些都显不出来，如今暴露无遗，设身处地，焉能不惊心动魄？皇上原来最担心太子逼宫，所以废掉他；如今恐怕他最害怕的是五公子闹朝，不但江山危殆，他自己也要身败名裂！"

性音听着，有点不大相信，擦着油光光的嘴问道："你是说皇上现在后悔，不该贸然废了二爷？""皇上怎么想，现在难猜。"邬思道笑道，"如今他见儿子们虎视眈眈，心里不安是肯定了的。所以他一面召见王掞，又见李光地这些老臣，指望他们压阵角，又宽了太子刑具，放出东华门外读书。一面又命群臣公推太子，想快点稳定人心。像八爷那样干法，府里人流昼夜川流，探马缇骑四处探信，九爷十爷十四爷赤条条四处奔走拉人保荐八爷，只能把万岁爷吓住！所以我说，如今保太子虽有风险，却是微乎其微，一尺深的水，掉下去不过湿了鞋而已，倒是保八爷，有百害而无一利！"

这一番侃侃剖析，真有洞穿七札的功力，说得众人无不低头暗服。胤禛昨日下午已经去拜会了致休老臣李光地，李光地态度暧昧，一会说"八爷得人望"，一会又说"太子可惜"，葫芦里卖的什么药，胤禛也闹不清楚，面对纷乱如麻的局势，胤禛也只好"以不变应万变"，保持自己的面目。听了邬思道这话，胤禛便将会见李光地的情形说了。

"四爷没问他，皇上见他都说了些什么？"邬思道手按酒杯，沉吟道，"他总该透点信息出来的。"胤禛道："皇上没说什么。只问李光地'废太子的病如何医治才能痊好？'李光地答称'徐徐调治，一旦痊好，为皇家天下之福'。——这话跟没说一个样！"邬思道"扑哧"一笑，轻声叹道："四爷呀，你太老实了。这还能叫'没说什么'？李光地居官四十年，什么事没经过？不是老糊涂了，就是有意放纵八爷党——万岁说这个话就是叫他向外传的，他不传，将来就难免有罪！"

这个话就透着太玄了。文觉也摇头道："邬先生，我以为你这见地褊狭了。李光地熙朝元老，皇帝召见，问问如何调治自己儿子的病，平常一件事嘛。"

"二爷害的什么病？废太子病！"邬思道双眸炯然生光，顾盼之间显得神采照人，"如何医治才能痊好？对症下药，只有复立！所以我更敢断言，废太子是为了惩戒改过，举荐诏想的仍是二爷！"胤祥笑道："或许二哥害的相思病。邬先生，大约你已经知道，他这次被废，是因与郑春华有私情而起哟！"邬思道冷冷说道："郑氏妇人耳，何足因此而废国储？十三爷，大事不拘于小节，何况关系九鼎之重！"

胤祥从怀中掏出金表看了看，笑着起身道："已经快到未时了。我刚出来，泡在这里久了不好，也得去八哥府里打个花狐哨儿，不的又叫旁人生出疑心来……你们吃酒赏雪吧，明儿我再过来——"说罢又满引一杯"咽"地咽了，向胤禛一揖便辞了出去。胤禛站在檐下，望着雪中愈去愈远的背影，半晌方喃喃说道："天不能拘，地不能束，心之所至，言必随之，行必践之……我真羡慕十三弟。"

"此所谓英雄性情！"邬思道立在胤禛身后，叹道，"天以此人授四爷，四爷洪福不浅！"

因为天下着大雪，街道上几乎没有行人，刚过午时，许多店馆便上板歇店，空寂的石板道上的流雪细烟似的随风满地飘荡。胤祥打马飞奔直出朝阳门，在万永当铺前下马，看了看车水马龙人流出出进进的八贝勒府，倒一时犯了踌躇：人人都知道我刚刚放出来，立即来拜会这个"八佛爷"，就是"打花狐哨"，也等于给他锦上添花，又该怎么看我十三阿哥？想着，一拨马头又回了城里，径往嘉兴楼看望阿兰。

　　嘉兴楼数日不见，已换了门面，前面店铺已不再接待普通客人，玉带似的又围了一道绿瓦粉墙，中间加了一间倒厦，大门紧闭着，左近连个人影儿也不见，只隐隐听得楼上筝箫笙篁，似乎有人说笑酤歌，风声雪影中却不甚分明。胤祥想了想，见东侧有个侧门，轻轻一推，虚掩着，便拉马进来。刚把马拴好，那边就有人远远吆喝："谁在那边？这里不接客！那是秋天才栽的玉兰，你就拴马？"

　　"操你妈的老吴！"胤祥一眼就看出是原来嘉兴楼的王八头儿老吴，一边大步踏着甬道过来，口中笑骂，"是你的玉兰要紧，还是爷的马要紧？"

　　"哟！是十三爷！"老吴立时换了一副笑脸，"奴才是个瞎王八，爷别见怪，您老量大福大……"一头说，颠颠地跑过来，扶着胤祥上了台阶，手脚不停团团转地为胤祥拂落着身上的雪，口中道："听说爷在承德吃了亏，满城的人都说不得了，奴才这心里急得油煎火烧的……又想，打不断天下父子情，万岁爷怎么就舍得叫爷吃这样的苦头——九爷十爷就在上头，方才他们还念叨十三爷，说下晚去爷府上瞧您，可可儿您就来了……"口中唠叨得滴水不漏，便引着胤祥往里走。

　　胤祥哼哈着徐步而入，果见这处宅子改建得越发秀亭齐楚。循超手游廊进来，便觉浑身温馨如置春风之中，楼内文窗窈窕，琼帘斜卷，楼下设着海红纱帐，沿水晶屏后楼梯拾级而上，但闻麝兰喷溢、暖香袭人，果见胤禟胤䄉两个斜倚在正中大炕上，一边嗑瓜子吃闲食，品着南方漕运来的时鲜水果，一边命一群歌伎在演《桃花扇》，那为首的歌女却是乔姐儿，穿着鸦头袜、合欢鞋子，桃花裤系着绛色蝴蝶结，披一身蝉翼纱，出脱得洛神女般翩若惊鸿，正唱得兴头：

　　　　……恰便似桃片逐雪涛，柳絮儿随风飘；袖掩春风面，黄昏出汉朝。萧条，满被尘无人扫；寂寥，花开了独自瞧……

　　"做什么独自瞧瞧？"胤祥笑道，"这里九哥十哥都在，我也来了——你该唱'逍遥，花开了与卿共瞧'才是啊！"

　　"老十三来了！"胤禟一摆手命停了歌舞，和胤䄉一齐跳下炕来，和胤祥执手寒暄，胤䄉便嗔着老吴："怎么就连禀一声都不晓得？"

这三个人是老冤家对头了，平素见面都是脸寒如冰；胤祥尽和他们虚情假意，想到承德被囚后的苦况，也觉心上温馨，因笑道："九哥十哥真会享福！这地方左香右黛，玉钗横陈，红妆绿袖，燕瘦环肥佳人满庭，外边飞雪飘花，里头歌曲穿云，比起来真叫我羡煞，人比人气死人，真是一点不假！"

"老十三如今文思到这地步儿了？"胤禟笑容可掬，一边让座，命人上茶，说道，"文王拘而演周易，你后福不浅——方才和老十我们还商量着要去看看你，你倒先来了。"说着便目视胤䄉，胤䄉便道："别看我们平日磕磕碰碰的，遇着实事，还真的十分惦记！老十三，你别信那些王八羔子挑三窝四，有人说是我捏造出二哥给凌普的手谕，坑陷你，要是那样儿，下一回天阴就雷劈了我！原来我疑心是大哥的手脚，后来三哥一味往你身上说，我是个爆仗，一点就着，倒是我头一个说的像你的笔迹——九哥你也在场，你说我的话有半点假没有？"

胤祥见他唠里唠叨辩白，不禁一笑，说道："我是向你们请安的，又不是算账来的，十哥这么多的心做什么？那张字条后来我也见了，也亏煞了这作恶的狗才，端的学得像，不但像我的，且像我在临摹二哥的，这份心机除了大哥谁能有？小人之才愈大愈可畏，真是半点不假！"其实他心里很疑是九阿哥十四阿哥合手所为，一来没凭据，二来大阿哥已成死老虎，乐得顺水人情，便轻轻抹过了，嘻嘻笑着临窗坐了，又道："你们该怎么乐还怎么乐，我在这里观景听曲儿，小秃跟着月亮走，多少沾点光儿！"胤䄉大咧咧一坐，双手一拍，立时旱雷聒耳，丝竹裂云，乔姐轻移莲步，袅袅婷婷给胤祥上寿，接着唱道：

> 劝将军自思，劝将军自思，祸来难救！负荆早向辕门叩……这屈辱怎当，这屈辱怎当！渡过大江头，事业重新做！

胤祥腮边肌肉抽搐了两下，微睨了胤禟一眼，仿佛什么也没想，凝望着外头粉妆玉琢的冰雪世界。

第三十回　嘉兴楼侑歌警痴人
　　　　　上书房厉声斥妄言

　　胤禛见胤祥只出神不语，心下暗自掂掇：这一番囹圄之灾，历练得老十三深沉多了。因侧转身子笑道："十三弟，是不是还在想你那个阿兰呀？上回老任到我府请安，我就告诉他，阿兰要另养起来，十三爷几时要，几时送过去，赎身银子我出。这个乔姐，体态品貌也很过得去，我也想送给兄弟。我这弟弟里头就数你英豪气象、儿女情长，八哥我们其实很爱你这一条的。不过怕四哥多心，不敢过分亲近罢了。"胤祥见他山水不露，如诉家常般便切入政治，也甚佩服他工于心计，因笑着回道："九哥如此关爱，我承情不过，我只要阿兰，不要乔姐。方才我还去了趟八哥门前，看看人多又踅到这里的。如今举朝上下文武百官，都一风儿扫地要推八哥当太子，就像乔姐儿方才唱的'负荆早向辕门叩'，恐怕我做不到——我就是想跟八哥撂这么一句话。各为其主，你们的心思我有什么不明白的？我是还要保二哥的。"

　　"我就佩服老十三这一条！"胤禩听着这话也不禁悚然动容，"大丈夫来去明白，方才我和九哥也想到这一层儿了。"胤禟格格一笑，说道："这不消说，武侯所谓'成败利钝，非臣之明所能逆睹'，知其不可而为之，正是豪杰色——我们今儿不说这事，既然你来了，请出阿兰来，美人侑歌，咱兄弟酣饮一醉！"那老吴不等吩咐，早却步退出去，一时便听一阵细碎的脚步声，丫鬟报说："阿兰姑娘来了！"

　　接着帘栊一动，阿兰果然由两个丫头陪着款步进来，与乔姐不同，她刚从外头进来，穿着水红宁波绫凤毛儿坎肩，里头套一件葱黄夹褂，多少显得有点臃肿，团团脸上几处雀斑，似乎脂粉气少了点——若论体态风流、相貌俏丽，与乔姐相比确是逊着一筹。一进门见胤祥倚窗兀坐，阿兰似乎有点意外，只看了一眼满面羞红、讪讪立在一边的乔姐，轻轻走到胤禩面前，盈盈蹲了三个万福，说道："九爷、十爷、十三爷，奴婢恭请吉安①万福！"

"什么吉安吉祥，"胤祥笑道，"刚从牢坑中逃出命来的人，还讲究这些忌讳？"他也看了乔姐一眼，知道自己方才说"不要乔姐"臊了她，便解嘲道："乔姐，过来，和阿兰一处唱几个曲子给爷听！"乔姐一哂，忙着就调弦，头也不抬，将琵琶轻拨几声，恰似寒泉滴水，幽咽欲绝，因俯首曼声吟道：

> 摇落梨花树万丛，遥梦迷离满绿汀，凋尽夭桃又秾李，可堪重读瘗花铭？

阿兰听了一怔，没想到乔姐叫出苏舜卿的《挽小小墓》的牌子来，倒也遂自己此刻心境，因摇步击节唱道：

> 浩浩愁，茫茫劫，短歌终，冻云结！翩翩芦花漫岗峦，此地曾闻刘郎豪气咽，郁郁焦城有碧血……碧亦有时尽，血亦有时竭，缕缕烟痕无断绝……是耶？非耶？化为蝴蝶……

"丧气丧气！"胤禩捂了耳朵道，"吃酒赏雪，大欢喜的日子，你们就敢坏爷的雅兴——任伯安调教得你们如此不识趣——山野！"胤禵也皱着眉头不言语，却因阿兰是"胤祥的人"，耐着没发作。胤祥听着这鬼气森森的歌词，心里先是一阵阵起栗，有些疑惑地看了看阿兰和乔姐，细详这些歌词，总吃不透什么意思，是劝戒、警告，还是威胁？又想到如今政局纷乱，陷阱所在皆有，即便阿兰，在任伯安和九哥这班子里许久，如今又是什么样的心思？为什么又要将乔姐一并奉送自己？想着，不禁痴了，却听乔姐顶胤禩道："不但奴婢山野，环滁皆山也（野）！"

一句话说得胤祥倒笑了，因道："原来我们山野！难为你这典用得

---

① 为避胤祥的名讳，阿兰将"吉祥"改为"吉安"。

当——只是今儿此情此景，你们这歌唱得怪，你们这是给我上寿的么？"
阿兰低头想了想，笑道："这是极佳的上寿词儿，人生一世草木一秋，
爷难道不要及时行乐？"乔姐儿也道："爷们重貂金樽，重楼燕阁，还要
听谀词，不怕乐极生悲？奴婢们唱的正是这雪，飘舞上下，像蝴蝶儿不
像？十爷要听俗艳调儿，就一车也有！您要听什么？《艳雪罗天》，还是
《翡翠屏》？请爷只管点，我们……"

"罢罢！"胤祥笑道，"算你们对还不成？我和老十三还没说一句，
你们倒有十句等着！这就是侍候主子的规矩？"胤祥也兴头起来，对阿
兰乔姐道："就把方才的曲子，你弹琵琶你吹筝，我来唱一曲！"

胤禵胤祥都是一怔，旋即鼓掌大笑。胤禵便吩咐其余歌伎："十三
爷下海，头一遭听说，今儿有眼福！你们也别闲着，给十三爷伴舞！"
于是众人纷纷躬身领命，众星捧月价将胤祥拥在核心，胤祥箭袖长袍，
玄带束腰，越显得目如朗星，英气勃勃，拔剑徐徐而舞，亢声唱道：

> 升木猱，出枏虬！系何人？乃王孙！剑芒起处星斗黯，回顾苍
> 穹雪无垠。遥望彤云低沉，问造化之神，何处是天门？……嗟
> 吁乎！六出天花满乾坤，天语乱纷纷……

唱罢将剑还鞘，呵呵大笑，至案前与胤禵胤祥连撞三大觥，豪饮而尽，
说道："兄弟今儿高兴！这两个——"他醉意蒙眬指着阿兰乔姐儿道：
"我都要了！这就跟我走……左怀美人，右携香草，踏雪寻梅，不亦乐
乎？"说罢一手扯了一个，向胤禵胤祥道："我们去了！"便自出来。胤
禵便忙命人："再给十三爷备两匹马！"

胤祥胤禵两个人也不下楼，径至窗前，眼见胤祥披了大氅登骑而
去，阿兰乔姐都披着昭君套随后拥雪而去。胤祥不禁叹道："老十三真
会享福！就这么把人带走了，只怕十四弟也没这份爽气！"

"你说的是。十四弟只是性格儿和他仿佛，但存了心机，就爽不起
来了。"胤禵怅怅地望着，不知为什么，心上涌过一缕愁思，缓缓说道：
"劈不破这个旁门，我们就没这个福分。但愿这两个妮子能劝着他少和
我们作对。"胤祥笑道："你怕阿兰乔姐儿变心？放心吧，她们一门九族

都捏在老任手里呢！"

胤禩没有理会，摇了摇头道："你我都是皮肤滥淫之蠢物——你不知道，世间'情'之一物，是最能移性的……"

保举八阿哥胤禩的奏折雪片也似飞入大内，忙坏了马齐和佟国维，每日坐镇上书房操办这件"天下第一事"。递进来的奏事匣子立即拆封，命誊本处用大字誊清，以备康熙随时查阅，原本则封存贴黄交皇史宬入档。他们两个则逐本写出节略，用黄匣子传进养心殿请康熙御览。这些差使素常都是张廷玉来办，可煞作怪的，张廷玉却似局外人，所有荐本一概不看，每日进上书房照旧坐班儿，却只是召见一些进京述职的官员，叮咛回任急办地方公务，钱粮财赋入库保存事宜，再没事就把康熙早年的批本借出来，一本一本分类记录，看似手脚不停，其实是消磨时辰，马佟二人都看出来了，尽自心里诧异，也乐得他不来抢功。

"衡臣，"第六日头上，马齐有点憋不住了，"你的保本写好了么？怎么也不见个动静？这么大的事，上书房大臣不宜缄默的。""噢。"张廷玉漫不经心地说道，"我的是密折，没有劳动你两个看本，昨日才递上去的。"说罢便又低下头，一笔一画抄录自己整理的"起居注"。

佟国维笑道："真是个冷人儿！听说你的门生李绂、田文镜进京见你，都叫你挡驾了？就是密折，也无非保的哪个阿哥，绝妙好辞奇文共赏，我们共室办事，就拜读一下何妨呢？"张廷玉放下笔，在炭火上烤着手，说道："李绂田文镜见我，原是没什么忌讳。但如今圣上有旨，百官不许串连，时候不对，所以我叫他们到上书房一块接见。至于我的密本，更没什么看头，我还保的是二爷，也用不着瞒你们二位。"

"是么？你还是保的二爷?!"马齐不禁吃了一惊。佟国维也是瞠目结舌："他……他已经废了呀！告天文书还是你起草的嘛！"张廷玉点头叹道："我和你们二位有点不同，倒也不为标新立异。我不到三十岁就进上书房，是瞧着二爷长大的。不说忠君不忠君，单说情分，这时候舍他而去，于心何忍？况且皇上当我们的面至嘱再三，如今朝中门生故吏瓜葛藤牵，扯一根动一片，因此不许联名具本，不许串连商议，你我都是相臣，怎么敢违旨？难道你两个写本还商议了么？"

一席话说得佟国维马齐面面相觑：保胤禩的事这些天喧嚣尘上，天经地义的事，还用"商议"？心里虽然觉得张廷玉迂阔，但想到自己见了不计其数的官员，暗示要保八阿哥，也未免多少有点不安。正没做理会处，忽然见两个太监扶着皓首龙钟的李光地进来，三个人便都起身相迎。佟国维便笑道："榕村相公，雪化了，出来走走？"

"我是奉旨递牌子进来的。"李光地颤巍巍坐了，觑着眼看了看房角的大自鸣钟，"皇上说在这里召见我。你们还不知道？"三个人听了都摇头，马齐因道："云贵两省的荐折还没递来，怕是路上不好走。皇上这时候要决断大事么？"正说着，那自鸣钟沙沙一阵响，"当当"连撞九声。便听李德全的声气在乾清门那边喊："万岁爷驾临，李光地、张廷玉、佟国维、马齐接驾！"四个人忙都迎了出去。

康熙皇帝穿着貂皮黄面褂，里头套一件蓝色江绸面青白狐袍，也没有戴冠，脚下蹬一双鹿皮油靴，背着手，在一大群太监簇拥下，由月华门徐步而入。几天没有见臣子，又没有加大氅披肩，看去似乎瘦了一点，精神却很矍铄，脚步囊囊踩在湿漉漉的临清砖地上，因见李光地也跪在上书房门外，略一迟疑，想说什么又闭住了口，径带着李德全、邢年、德楞泰进了屋，半晌才吩咐道："你们进来吧。"又指着门边杌子，说道："李榕村，你坐那边，你们几个跪到这边，不用请安了。"

几个大臣叩头谢恩，按康熙指定的位置跪了，张廷玉便笑道："外头残雪未尽，大冷天儿，有什么事主子传一声，奴才们过去就是了，何必劳动圣驾？"

"朕想，你们这些天比朕累。"康熙不冷不热地说道，"天晴了，朕也想走动走动。"张廷玉不禁瞟了一眼李光地，暗思："'走动走动'，何必传召李光地？"正想着，康熙问道："张廷玉，上书房转到养心殿的折子，你都看了没有？有几个阿哥入选太子？"

张廷玉忙叩头道："奴才这几日忙着料理各地钱粮入库、解京的事，如今过了天津，运河结冻，漕船上不来。明春直隶京畿还差着五十万石粮，因此心里发急——已催着他们从旱路运来。遴选东宫的事是马齐佟国维两个操办。奴才自己上了密折，想来万岁已经过目。万岁既要详明数码儿，容臣等统计列奏。"康熙听了便目视马齐。

"回万岁的话。"马齐忙道，"三阿哥四阿哥十三阿哥十四阿哥，都有荐章，各人都是两份荐章，五阿哥七阿哥各是一份荐章。最多的是八阿哥胤禩，荐奏入选东宫的本章计七百四十三件。云贵两省路远，奏章还没到，大约今明两日，也就齐了。青海藏蒙，遵旨不必参与，因此不计在内。"

"完了？"

"是……"

"二阿哥呢？"康熙脸色拉了下来，"据朕所知，胤祺、胤祥、胤礼三个阿哥仍保的胤礽，还有王掞、武丹、狼瞫、宁古塔、巴海、苏里哈达都保的胤礽。你和佟国维怎么弄的，居然不写节略？"

马齐不禁一愣，正要回话，佟国维叩头道："二阿哥乃是既废之太子。因废二阿哥，所以有举荐新储君旨意。奴才以为胤礽不宜入选，所以没有详奏……"

"你以为！"康熙哼了一声，"朕几曾说过不许保奏胤礽来着？"一句话问得众人目瞪口呆，仿佛把上书房的空气压得紧紧的，人人都透不过气来。里里外外的侍卫太监见皇帝又发了脾气，人人股栗变色，连李光地也激灵一个寒颤，不安地挪动了一下，有点不知道自己该坐着还是该跪下了。马齐咽了一口唾沫，说道："皇上，这是奴才等的疏忽。既然主上要，奴才这就办理。"康熙冷笑道："你'疏忽'得好！你精明着呢！不然，为什么手心里写着'八'字，周游六部？刘铁成——"他扬起脸朝外喊了一声。

刘铁成就侍候在门口，忙进来垂手而立，问道："万岁有什么旨意？"

"你出去传旨。"康熙摆手道，"叫十岁以上的阿哥都在乾清门外跪着，等候诏书。"待刘铁成诺诺连声出去，康熙又道："事君惟诚，你们位极人臣，连这点子道理都不懂！什么'七百多'人保奏八阿哥，要没人串连，就这么一心？"佟国维听着，已知康熙变了心，顿时头上浸出汗来。张廷玉徐徐说道："万岁爷息怒。八阿哥确有过人之处，忠信平和，宽仁大度，且学识颇佳，儒雅端庄。马佟二位保荐，不为无因。至于串连，也是偶尔不谨。我们处在这个位置也实在是难，求主上圣鉴。

这么大的事体，一定要万岁满意、百官满意、天下百姓满意。既不能草率一蹴而就，臣以为重新推举也是良法。"

佟国维腾地红了脸：这个张廷玉不言声递了个密折，里头不定调唆了多少坏话，这会子又要装好人，又要重新推举，真是险不可测！因叩头道："万岁，张廷玉谀君取宠，真正是个奸臣！七日之前，万岁煌煌下诏颁布天下，历数胤礽之恶，乾断废黜，又有旨令百官推举，'一惟公意是从'，臣等扪心自问，决无自外万岁之心。草芥匹夫尚且以信为本，我天朝万乘之君，岂可朝令夕改？"

"他替你圆场，你反攀诬他！"康熙指着佟国维连连冷笑，对众人说道，"你们看看这是个什么人！你的那点子'忠心'朕心里有数。马齐是没心眼，瞎揣摩，明着来。你呢，暗的！你不但串连你的门生，还和阿哥们勾手，七阿哥十二阿哥的本章就出自你府哪个师爷幕僚的手笔，以为朕不知道？"

佟国维脸如死灰，一句话也回不出来，他做梦也没想到，"病卧静养"索居深宫的康熙会如此消息灵通！他伏地叩头，浑身发抖，正寻思如何回奏，刘铁成进来道："主子，所有阿哥，连二阿哥都传到了，只大阿哥圈禁在哪里，奴才不知道。请示下，奴才去办。"

"不用传他。"康熙冷峻地点点头，又道，"你们也不想想，九州万方，这么大的天下，亿兆生灵百姓，终归要托付给一个人，朕岂肯掉以轻心！你佟国维的奏章朕背都背得出来，什么……'皇上办事精明，天下人无不知晓，断无错误之处，嗯……此事于圣躬关系甚大，若日后易于措置，祈速赐睿断；'或日后难以措置，亦祈赐睿断；总之将原定主意，熟虑施行为善……'这是不是你写的？"

佟国维好容易才恢复了一点神智，颤声答道："是……奴才因听皇上圣躬违和，所以急不择言……求皇上……"

"你拜章明奏，载于邸报，哪个人还敢违了那个什么'原定主意'？你这点用心才真正的不可问！"康熙声色俱厉地训斥着，"你口口声声说'每日祝天求佛，愿皇上万岁'，自五帝到如今，也不过几千年，你这不是胡说八道？还敢说张廷玉谀君，是奸臣！"佟国维早已被驳得魂不附体，浑身木头似的不知疼痒，哪里还回得出话？此刻上书房中人，无论跪坐站立，都如木雕泥塑般，脸色惨白得一具具僵尸也似。正没做理会处，康熙断喝一声："你起来！回去闭门读书！"

佟国维"喳——"地答应一声，抖着手还要取放在一旁的珊瑚顶戴，一眼瞧见狞笑着的康熙，吓得一缩，连叩三个头起身来，丧魂失魄地退出门外，一转身便碰在檐下柱子上，两眼一黑，几乎晕厥过去。众人见他如此狼狈，又是可怜又是好笑，也不敢来扶，看着他踉踉跄跄去了。马齐忙跪前一步，说道："奴才与佟国维一样的罪，求主子重重惩治。但奴才以为，阿哥之中确乎只有八爷深肖万岁，盼万岁不以臣下之过而弃用贤哲之王。"

"你还是保八阿哥？"康熙怔了一下，良久方叹道，"你与佟国维不一样。你的罪在于不该到六部乱串，推波助澜保八阿哥。降你两级，仍在上书房行走，位列张廷玉之后，你可服气？"张廷玉忙道："雷霆雨露皆是君恩，万岁处置极当，不过上书房大臣轮班值事，例无先后。不是奴才不敢居前，实在是办差不便，求万岁免去这一条。"康熙点头道："也罢了——李光地，你知道朕召你什么事么？"

李光地早就坐不住，只因康熙发作佟国维，与他无干，也插不上话，听康熙问及自己，忙伏身跪倒，说道："臣也保荐的八阿哥，请万岁训诲！"

"起来吧，你有岁数的人了。"康熙仿佛不胜慨叹，"像你、王掞、武丹这些人，只要无心为恶，朕不轻易处罚。但你这次，其实负了朕的苦心。那日召见你，朕说了那许多话，朕心里想的什么，连廷玉他们也不知道。你是熙朝元老，为什么听任马齐佟国维他们胡为，一言不发？"李光地躬身听着，默然良久，才道："回万岁的话，臣与马齐的心思一样，虽觉万岁有护持太子的情分，但以'天下为公'论之，仍应本良知举荐。于私心而论，朝局纷乱如麻，为少惹是非，臣未向外人透露万岁旨意，此则臣之罪也，求皇上鉴谅臣心，处置臣罪。"

张廷玉边听边想，李光地不疾不徐，不亢不卑，寥寥数语说得汤水不漏，难怪外头有人叫他"琉璃蛋儿"，四十年宦海，沉浮多少人事，只有他岿然不动，确有过人之处。正默念咀嚼时，康熙立起身来，目视张廷玉道："你起草诏书。"张廷玉答应一声，极熟练地援笔在手，等着康熙下旨。

"这次废黜太子，是朕一人独断专行，没有和你们商议，现在想起来或许是过了些。"康熙慢慢踱着，沉吟道，"当时拿他的情形，廷玉是知道的，实是理所当然，上下臣工也没有以为朕做错了的。但事过之后每念前事，不释于心。他的那些罪名，有的有，有的确是捕风捉影。现在看他的心疾像是渐渐好了。不但臣下可惜，朕也惋惜。他好了，是朕的福，也是臣下的福。还是要好好护视，勤加教诲，不要让他离开朕，但朕不立刻复胤礽的位，传谕臣工知道就是。胤礽也不会报复仇怨，这一条朕也保得。"

张廷玉行文极速，康熙的话落音，墨渖淋漓的谕旨已经草好，小心地吹了吹，双手捧给康熙，小心地说道："万岁，八爷的事，不论怎么说，已经出来了。况且前头有明发诏谕，没有回音恐怕不好。"

"嗯。"康熙没有回答，只细看那份诏诰，只见上面写道：

> 前执胤礽时，朕初未尝谋之于人。因理所应行，遂执而拘系之，举国皆以朕行为是。今每念前事，不释于心，一一细加体察，有相符合者，有全无风影者。况所感心疾已有渐愈之象，不但诸臣惜之，朕亦惜之。今得渐愈，朕之福也，亦诸臣之福也。朕尝令人护视，仍时加训诲，俾不离朕躬。今朕且不遽立胤礽为皇太子，但令尔诸大臣知之而已。胤礽断不报复仇怨，朕可以力保之也。

读完，他满意地点点头，向李光地道："解铃还须系铃人，由你去乾清门宣旨。宣旨之前，命胤礽先进来见朕。"

"喳！"

李光地答应一声，行了礼便走，康熙却又叫住了，说道："还要传朕的口谕：八阿哥胤禩系辛者库贱妃所出，且办理政事殊少劳绩，断不可立为太子。还有——九阿哥胤禟，十阿哥胤䄉，党附胤禩，希图夺嫡，厥罪难逭，着一体锁拿宗人府勘后定罪！"

…………

"唉?!"

"喳!"

李光地出去了，康熙轻轻舒了一口气，张廷玉和马齐把心提得老高：捉拿八阿哥，立时又要掀起滔天狂澜了！

第三十一回　意难消存心欺君父
　　　　　　稳大局复辟再还宫

废太子胤礽穿着一身绛红天马皮里的袍子，也没有套褂子，由两个太监导引着从乾清门徐步入内，进了上书房。这个地方过去是他来得最多的地方，乍别不到两个月，中间又经了一番惊涛骇浪，虽然这里一切和过去相同，但他却有恍若隔世之感，连叠在条儿上司空见惯的奏本匣子都瞧着陌生了。因见康熙坐在案旁，胤礽略微迟疑了一下，多少有点不知所措地搓了一下手心，上前俯身跪倒，说道："有罪儿臣胤礽恭叩阿玛福康万安！"

"起来吧。"康熙淡淡说道，"昨儿朕叫你读《易经》，你可照朕指的篇章细看了？"胤礽又打个千儿起身，一哈腰答道："夜来喘嗽些儿，功课没读完。昨儿儿子读到'下经咸传第五'，'☲'。这本是否卦，因柔上刚下二气交感，所以咎而复正，滞而复亨。卦象说'圣人感人心而天下和平'，以儿子体味，无论获咎蒙恩，皇上都为的天下后世。'君子以虚受人'，儿子反躬自省，颇觉受益良深。"康熙听了颔首微笑，转脸问张廷玉："胤礽讲的可对？"

张廷玉和马齐对望一眼，从这父子和谐的对话中，看得出他们之间不知已经谈了几次，彼此的怨隙早已冰消瓦解。马齐不由暗自懊悔，没来由蹭什么八阿哥的热灶窝，如今怎么处二阿哥？张廷玉却道："二爷解得极是。这卦中'九五'之象，虽说有'无悔'的意思，但是从'九四'中'贞吉悔亡，憧憧往来，朋从尔思'中来，所以串连起来，吉利（无悔）还'从悔亡'、'过而后思'中来。这是臣一点小见识，不知对不对？"说着便拉了马齐，道："咱们多日不见二爷了，就便儿给二爷请个安吧！"

"我是有罪的人，而且父皇在这里，怎么敢受你们的礼？"胤礽早已知道，张廷玉是少数几个保荐自己的臣子之一，见他这样，早已红了眼圈，一手扯起一个，含泪说道："快起来！"

康熙呷了一口茶，微笑道："实在是张衡臣见得更彻。你受人魇魅，混沌迷乱，做出许多不是，自己都不晓得的事，朕能体谅。但你细察一下，古往今来，有几个正人被妖法制住了的？所以你的病根还在你自己，德不胜妖。苍蝇不抱没缝的鸡蛋。说俗了，就是这个意思。"胤礽忙道："阿玛圣训极明。儿子一定好好闭门思过，多读些养性修德的书。"

"眼下还不能复你的太子位。"康熙沉吟道，"但奏章你还可看看，防着荒疏了政务。朕心里最怕的是你存了恩怨心。比如眼前这两个人，马齐保荐的就不是你，还有朝里那么多的臣子，各有所保，你打算怎么处呢？"胤礽忙赔笑道："这是儿子想得最多的一件事，昨儿王师傅、朱天保、陈嘉猷也问过儿子，儿子想，凭儿子犯的过失，就是永不逢赦，也不能怨及别人。臣下不推举儿子上头合着天心，下头合着民意，本是忠于朝廷忠于大清的义举。王掞讲天下为公，不得一人而私之，细思这话确是至理名言。儿子若不失德，大阿哥奸谋怎能得逞？继之百官怎么会离臣而去？所以不但群臣，就是胤禔，儿子也不敢心存怨恨。这里马中堂做个见证，我若违心而言，必遭天诛！"

胤礽娓娓而言，痛心疾首地一味自责，马齐听着心头一宽，暗自舒了一口气，康熙也频频点头。只张廷玉玲珑剔透的心思，觉得他过分"光明磊落"，未免不合人情，却哪里敢点破这一层？

"但愿你心口如一。"康熙顺着自己的心思说道，"朕已下旨锁拿八阿哥九阿哥十阿哥。倒也不为惩戒，是想压压他们的野心，叫他们有点自知之明。你要反过来想想，胤禩有些长处也得学。这么多人保他，必定有过人之处，他性子温善，和平处事，学问识见，都是阿哥里一等一的；三阿哥读书做学问，很安分；四阿哥你熟悉，公忠廉能，就是做事太认真了些；十三阿哥十四阿哥是两个千里驹，任侠勇武，外头百事指望得着……手足同心其利断金……"

康熙生怕胤礽记仇，一个一个如数家珍长篇大论地讲述阿哥们的好处，正说得兴头，见张五哥从外头进来，便问："什么事？"

"回万岁爷，十四爷和十三爷打起来了！"张五哥忐忑不安地看了看康熙和胤礽，"九爷十爷围着四爷吵，安溪老相国弹压不住，急得晕了过去！"

康熙"啪"地拍案而起，立时气得浑身发抖，许久才定住了神，冷笑道："好嘛！七个葫芦八个瓢，这头按住那头起！——走，都跟着朕去！"说罢起身便走，竟不从乾清门径出，绕过西边月华门从永巷出来，站在一大堆看热闹的朝臣后头，冷冷看着乾清门前大吵大叫的阿哥们。胤礽马齐张廷玉也只好跟着。

胤祥和十四阿哥胤禵早已被乾清门带刀侍卫拉开，死死架着不放，胤禵额上乌青，胤祥鼻中出血，兀自对骂。

"你是什么东西？你不过是四哥一条狗！看着二哥兴头，你就竖尾巴龇牙儿，什么好德性？"

"就这德性，比你也强些儿！不瞧着你和四哥一母同胞，凭你糟蹋四哥，我揍扁了你！"

"哼！那也要瞧你的本事！"

"嘻！明儿放马西山，一个从人不带，咱们两个走走把式！"

康熙看这边时，胤祧胤禟两个正一递一句挖苦胤禛。胤祧说："太子还没复位，八哥又遭人诬陷，连我们也跟着遭殃！就是犯凌迟罪，难道不许我们见见阿玛申辩？你凭什么拦在头里？你是太子还是皇帝？"胤禟接口儿奚落："四哥将来坐龙庭一定好样儿的。您打算用个什么年号：'允（胤）真（禛）'？允真允真，别人一'允'，您就'真'了，或者叫'拥正'（胤禛），拥正拥正，人家一'拥'，你就'正'了！"胤禛却声色不动，脸上毫无表情，说道："你们这会子发疯发迷，我不计较。我是说就要申辩，也要奏请，按着规矩来！李光地是宣旨的，他有什么错儿？你们就大口价啐他？好兄弟，万岁这几日欠安，咱们委屈点，也要体贴着点！"胤祦则煞白着脸，连连求告吵成一团的阿哥："好哥哥兄弟们！你们消停一点，事情总会弄明白的！你们要往死里送我么？"康熙至此方听出点眉目来，正要说话，身边的胤礽早已"扑通"一声跪了下去，双手拱揖说道：

"弟弟们！事由我起，事由我息，都是我的罪，瞧着主子的脸，别吵了……"

朝臣们伸着脖子瞧热闹，不防废太子竟挤在这边，回头看时，当今万岁康熙也铁青着脸站在一边，无不大吃一惊，"嗯"地黑鸦鸦跪下了一大片。霎时，空旷的天街上变得鸦雀无声。

"李光地是奉旨宣诏。"康熙轻蔑地看着这群儿子，"是谁挑头闹事？"

"是儿臣！"

众人正发怔，十四阿哥胤禵跪前一步，朗声说道："儿臣要见阿玛，李光地不许，请万岁治李光地离间父子之罪！四阿哥指使十三阿哥阻拦儿臣，也请万岁公道处置！"胤禵面不改色，却是口气强硬，砖头般砸了过来，倒把康熙噎得一怔，半晌，方冷笑一声，说道："是么？他们胆敢阻你的大驾？那还了得！不过你见朕有什么事呢？"胤禵并不害怕，叩了头又抬起脸，说道："儿臣知道父皇欠安，想见见您。也想请问阿玛，八哥犯了什么事，连累着九哥十哥要一体锁拿？"

康熙刀子一样的目光盯了胤禵足有移时，冷冰冰说道："难为你有这份孝心！八阿哥犯什么事，李光地难道没有传朕的口谕？"胤禵毫不示弱，梗着脖子说道："传是传了，'莫须有'三字何足以服天下之人？前奉明诏，着百官举荐太子，令众人共举胤禩，一德一心，虽说少许人不遵圣谕，有串连的事，但百官何罪、胤禩何罪？儿臣想知道：是哪个小人在万岁跟前下蛆，使朝廷出此乱令？"康熙目光阴狠地一闪，说道："朕于国家大政，从来是慎独专断，几时听过小人构谄？听你这个意思，你要清君侧？好，你是想学吴王刘濞，还是想学唐肃宗李亨？再不然要学永乐皇帝靖难，杀掉朱元璋的太孙，另立一个永乐皇帝？"

"儿臣岂敢有谋逆之心？"听着康熙犀利的词锋，胤禵似乎颤了一下，但这只是刹那间的怯懦，很快又镇静下来，但脸色已变得有点苍白，"夫物不平则鸣，儿臣想为八哥叫屈。八阿哥才识宏博，雅量高致，礼贤下士，安居王位并没有什么过失。万岁令人举荐于前，又无端锁拿于后，不教而诛，百官无所措手足，皇子不遑宁处于位。往后谁还敢再奉诏办事？遵旨是死，抗旨也是死，请万岁给儿臣等指一条活路！"说着，豆大的泪珠已淌落下来，却只是不肯低头服软。旁边跪着上百的官员，被他说中了心事，也都黯然神伤，隐隐有人雪涕饮泣。

康熙听他慷慨陈词，凿凿有据，想想确是难以驳斥，但他一生行事，从来没有后悔的，当着这么多的人被胤禵一个硬头钉子砸过来，如何能抹得开脸？格格一笑，说道："朕就偏偏听不进你这忠谏，你敢怎样？"

"子尽孝道，臣尽忠道。"胤禵脸色雪白，"家有诤子不败其家，国有诤臣，不亡其国，儿臣岂敢后人？"

"嗬？不听你的，大清就要亡国？"

"难说！"

一直跪着垂涕静听的胤禩，忽然抬头看了胤禵，颤声说道："十四弟，你不要说，不要说了……你要累死八哥么？"说罢身子一软，竟当场昏倒在地！

康熙又惊又气，只觉得两腿发软，身上直抖，胤礽没想到刚刚放出来就有这一场下马威，咬着嘴唇寻思半晌，说道："老十四，你这是冲我呢，还是冲阿玛？你少说几句，下去我给你赔情好不好？"不料话音未落，胤禵又顶了回来："所言是，尧舜不能非之，所言非，圣贤不能是之！你懂不懂？你现在不是太子、不是王公贝勒，要你管教我么？"

"好畜生！"康熙暴怒地瞪着眼，哆嗦着手摸了摸腰间，却没有佩刀，左右看看，劈手拽过张五哥，一把抽出他的宝剑，在手中一挺，一脚踢开挡在前面的一个太监，就要冲过去，"父叫子亡子不得不亡，君令臣死臣不得不死。这番朕要当个昏君庸父！"五阿哥胤祺素来老实，却讷于口齿，双手一拦，哭道："父亲……父亲……十四弟少、少年气……盛……"胤禛原对十四阿哥一肚皮的火，乐得出父亲教训，见他竟要杀胤禵，不由也慌了神，因也膝行一步，下死劲搂住康熙双膝，泣声说道："阿玛，阿玛……您息怒，听儿子说……儿子拦挡他们，原怕打扰您不清静，想缓一缓儿再说……其实不该锁拿八弟的……十四弟虽没规矩……您杀了他，不是儿子杀的，也是儿子杀的……"

张廷玉见胤禵尚自仰天冷笑，知道这样火上浇油，越发要气坏了康熙。因端出太子太傅的身分，断喝一声："胤禵，你还不谢罪！快点退下！"胤禵这才勉强磕了个头，抬头看了看横不讲理的父亲，突然号啕大哭,掩着脸一路去了。把康熙气得脸色铁青,呼呼直喘粗气。马齐这才从惊怔中清醒过来,挥手命众官员:"又没有朝会,你们都聚在这里,成什么体统?吏部的人把今天没有公事进隆宗门的人记下名字交我!"于是众人便忙着纷纷起身,如鸟兽散般溜之大吉。

"父皇,"胤禛见太子搀了康熙,忙过右边架起康熙胳膊,一路往养心殿送,口中喃喃喁喁,恳切地说道,"火盛伤肝,您生不得气了……听儿子说心腹话,您得饶了八弟九弟和十弟……"

"朕不饶!"

"父皇……"胤禛下着气继续劝慰,"您老英明一世,没有读过《黄台瓜辞》么?'种瓜黄台下,瓜熟子离离。一摘使瓜好,二摘使瓜稀。三摘犹自可,四摘抱蔓归'……"

康熙突然站住,他真的没有见过这首诗,此时此刻,由胤禛悠悠慢咏,真是发人深省,半晌,方问:"这是哪本书上的?""《唐书》里的……"胤禛昨儿才从邬思道处听来,现收现卖,十分熟稔,"昔日天后杀太子李弘,李贤恐惧不安,写了这首诗感悟女皇……"

"朕……一个瓜也不摘……"康熙凄然长叹,已是泪落如雨,"武则天还是杀了李贤……她做得不好……朕不学她……不摘瓜了……"

他仿佛一下子苍老得连路也走不动了,由马齐和张廷玉护在后边,拖着步子回到养心殿。胤禛心里十分恬静,一路娓娓细语劝说,胤礽在另一边架着康熙,心里却不禁暗思:老四真伶俐,马屁拍得炉火纯青了。

不知不觉间,康熙四十八年的春天降临人间,北京城外春水鸭碧、岸柳吐黄,已是一派盎然生机,紫禁城里因没有树,看上去还是灰沉沉阴森森的,只老墙下苔藓新绿嫩滑,砖缝里抽出细细的何首乌青藤,向索居深宫的人们无声告诉,艳阳天再度来了。北京民间原有涂画《九九消寒图》的习俗,有的是画个九格八十一框,从冬至开始,日画一圈,上阴下晴,左风右雨,记录一冬光景;雅一点的人家,则涂一个光秃秃的梅枝,上面画八十一瓣素梅,日染一瓣,瓣尽而九九冬尽。皇家制度与众不同,却是在养心殿后殿墙上,悬一块宣纸裱了的楠木框,由皇帝每天写一笔，九九寒尽，朱笔恰恰批出九个楷字：

亭前垂柳珍重待春风

太监李德全侍候这差使，他是个细心人，很快就发觉，每写完一个字（九天）康熙便召见一次胤礽，问半个时辰话，一共召见了八次。今儿是写"風"的最后一笔了。果然康熙画完了"乀"放下笔便道："你去传胤礽进来。"

"喳，奴才明白！"

但康熙没有立即叫去，端茶凝望着消寒图，慢吞吞又道："朕想，王掞一定也在朝阳门胤礽宅子里，你传旨给他们，胤礽自今儿个起，仍回毓庆宫读书……明儿，叫王掞陪着胤礽一同来见朕。"

"是……"

"还有。"康熙说道，"你去三阿哥府，把《古今图书集成》的目录取来，再要一套《洪范·五行》。叫四阿哥十三阿哥去上书房见马齐，户部的差使还要他们管起来。桃花汛眼看要下来，派人出去巡查一下黄河河防，把情势汇总儿奏朕，看哪些省该免赋，哪些府该赈济，都要心中有数。刑部春天没有大事，你告诉八阿哥，和张廷玉商议一下春闱的事：派谁主持南北闱，出什么题目，拟一个密折条陈奏进来。"李德全是太监里记性最好的，康熙说一件，他掐一个指头，垂手听完，已是默记于心，又原原本本复述一遍，见康熙无话，方哈着腰却步退出来。

因胤礽住的离八贝勒府很近，李德全多了个心眼，陪着二阿哥到东华门送进大内，然后一家一家按长幼顺序重新到各王府传旨，这虽误时辰，不图别的，只图个平安没闲话。所以兜了一大圈，到胤禩府时，已近午时，按李德全的想法，八阿哥是晦星照命，太监们忌讳多，他不想在这多呆。谁知道府外看着冷清，里头却人来人往十分热闹，因八福晋刚刚过了生日，而庑廊下五光十色琳琅满目，到处堆的都是下头官员们送的寿礼，合府上下家人们跑解马似的穿着单衣收拾着，兀自人人冒热汗。八阿哥胤禩请了胤禟、胤祥、胤禵吃消寒酒，还有揆叙、王鸿绪、阿灵阿、张德明一干人都来了，都聚在西花厅。见李德全传过旨就要走，胤禩笑道：

"你不要吓成这样，我是沾惹不得的人么？何柱儿方才来，他还想到我跟前侍候呢！前日万岁赏了我两坛子三河老醪。来来，吃两杯再去！"

李德全张着眼看看，胤祯胤禵揎臂扬眉，吆五喝六地正在相战，胤禟跷足而坐含笑不语，其余的人也都满面春风谈笑说闲话儿，只阿灵阿仿佛大病初愈，脸色有些苍白，坐在安乐椅中发呆，因笑道："八爷想哪里去了？奴才是哪牌名的人，敢在这里坐地吃酒？没的折了奴才的草料。"

"算了吧你！"胤禟一手执壶，一手拿杯，喝得满面通红，笑着把李德全让进花厅，在隔扇屏风一个空桌子边斟了酒，说道，"你要不喝，我叫十四爷出来灌你！"李德全这才忙吃了一大杯。胤禟笑着对胤祯道："都快午时正刻了，这会子哪里去寻张廷玉？你过去多劝他们几杯，我和老李说几句话——听说二哥又要搬回毓庆宫，有这档子事么？"

李德全一欠身道："有，奴才刚刚传了旨。"胤禟命人端过两碟子菜，一边让李德全，一边又问："万岁没说别的？叫他批折子没有？"李德全心里雪亮，知道他要问什么，因笑道："万岁没说。批折子的事是国家大事，我更不敢过问。"话音刚落，十四阿哥胤禵趔趄着脚步儿过来，笑道："是老李呀！我刚刚听胤祯讲了个笑话儿，你要听不要听？"李德全忙道："奴才最爱听笑话儿。十四爷说了，得便儿奴才说给万岁，万岁爷也爱听着呢！"

"有一个人——"

胤禵打了个酒嗝，给胤禟李德全各倒一杯，三个人碰杯一饮，李德全因见胤禵不说话，便问："下头呢？"胤禵呵呵笑着道："下头没有了。"李德全迷瞪半日，才想到是说自己，不禁笑道："十四爷真能取笑——"话未说完，隔屏风一大群人已是哄堂大笑。

"你下头已经割了，难道还怕把上头也割了？"胤禵笑道，"没有鸡巴，怕鸡巴什么？九爷问你几句话，你就装模糊儿！"李德全哪里吃得住他这夹枪棒，由不得满面赔笑，说道："十四爷虽是玩笑，奴才可担待不起。据奴才的小见识，太子爷复位是定必的事了。虽没旨意，内务府给太子送笔，都是老规矩，万岁使过一次才叫二爷使，这事万岁没个不知道的，也没有责备。前儿江宁织造司送贡，万岁赏二爷的也是早先当太子的那些物件，一件不多，一件也不少。打冬至到今个儿，隔九天万岁见一次二爷。爷们说话越来越随和亲热。上回武丹进来请安，万岁还笑着说：'调你进京虚惊一场，说胤礽要怎样，都是没影儿的事。如今朕每见胤礽一次，胸中疏快一次。'狼瞫军门的兵也调回了原驻地，凌普也回了热河，还当都统。昨儿毓庆宫王公公还叫人把太子的衣物帐被都拿出来晒了，又叫修太子爷的辂车，今儿就有旨命二爷进去……不是瞎子，谁还看不出个八八九九？"

一席话说得屏风两边的人尽皆无语，都住了酒，交换着目光。除了狼瞫护翼军队奉旨回旗，凌普降两级回任管带这些大事，其余琐碎事体虽也时有耳闻，却难得李德全说得这样周备。胤禩眼珠子骨碌碌转着还想问话，李德全已经起身，赔笑道："奴才得去了，万岁爷歇午晌，我得侍候更衣呢！"

"慢一步。"胤禩知道这人胆小，拉拢不住，因似笑不笑地说道："听说要叫何柱儿来八爷府当太监头儿，可是有的？"李德全忙道："内务府昨儿才说，大约这两日他就过来侍候了。"

胤禩从屏风后踅过来，坐在瓷墩上舒了口气，目光幽幽地闪动着，说道："我这里用不完的人，还要太监做什么？何柱儿一手好推拿，你是养心殿的头儿，跟万岁说一声，就留你那边使唤，可成？"何柱儿因为得罪胤礽才开销出皇宫的，这事当然说不成，李德全一是被缠得有点发急，二是也真怕这个望高权重的廉亲王，只好低头道："奴才尽力照办，不过——"

"给老李拿五十两黄金来！"胤禩冲外吩咐一声，又道："我要的是这片心。办成办不成，我不在乎。"

第三十二回　颠倒口令福儿驯马
　　　　　　　淆乱视听胤祥谈诗

　　三月初九，废黜了半年之久的胤礽复立为太子。一如废黜时的程序，皇帝坐乾清宫，命张廷玉赍诏祭天地告太庙、社稷，回来奉太子衣冠，觐见皇帝。次日，命皇三子胤祉、皇四子胤禛、皇五子胤祺、皇七子胤祐、皇八子胤禩、皇九子胤禟、皇十子胤䄉、十二子胤祹、十三子胤祥、十四子胤禵等人会齐毓庆宫、拜会太子、行二跪六叩首大礼。至此，礼成。一场掀动清帝国整个朝局的轩然大波暂告平息。毓庆宫赐筵，复辟太子胤礽深自降抑，挨桌劝酒；胤祉举止谦恭、坦然奉陪；胤禛恬淡自若，不卑不亢；胤禩满口君恩帝德，堂皇儒雅；胤祥胤禵喜笑颜开，议论风生；其余阿哥或侃侃言笑，或侧耳静听，或停杯踟蹰，或矜持不语。看去是雍穆和平、兄弟情亲，一堂春色，但其实人人心里有数，大家都上了擂台，不把对方打得魂灵出窍，自己便难以站脚了。

　　筵散之后，还是老章法，八阿哥是一群，怒马如龙卷地而去；三阿哥、五阿哥、七阿哥、十二阿哥、十七阿哥又一群，同去松鹤山房汇文。本来应该最欢喜的胤禛，不知怎的却显得有些沉郁，蹬着上马石，心不在焉地对胤祥道："去我府坐坐吧。"胤祥笑道："每次总是我去四哥府。今儿破个例，到寒舍一叙如何？"

　　"罢罢，我不敢沾惹！"胤禛微笑道，"你府里不整顿，我永世不去。三哥孟光祖的事，我只在你那里提过一回，第二日二哥就知道了——你那里是贝勒府？是庙会！加上你新收这两个妖精，如今还不知怎么长进呢！"胤祥听了不禁一笑：他府中确是各个阿哥派来的"奸细"都有，虱多不痒，他早已不理会了。因道："那就雍和宫去——还有笑话儿呢！阿兰和乔姐两个人似乎也不是一条线儿上的，神气里头带着两相防备似的！我心想，不管你是谁的人，我都来者不拒，老子无事不可对人言，你能拿我怎么样？五哥那么老实的人，还往我府里塞了个人。前儿我打发他背了一扇磨回五哥府，写了封信只说了一句话'叫这人还把磨背回来'。我就这么消遣他——明知是饵，昂然吞之，岂不也是一大快事？"说着，目视前方，良久又叹道："养移体居易气，真是半点不假。你知道，我原来还想破个例儿，娶了阿兰做福晋，如今她来，我怎么瞧都不像江夏那个阿兰！前儿她递茶，我就泼她一脸，我瞧着她想哭又赔笑那样儿，真气不打一处来——谁叫你这么贱，给人家当细作？"胤祯听着，脸上一丝笑容也没，半晌才道："世上最可怜可恶的是人，最可怕的也是人！"说着，因已过了定安门，雍和宫遥遥在望，两个人便都不言语，一齐下马进府，径直往西花园去见邬思道。

刚趸过西廊，便听北边马厩院里一声长嘶，两个人回头一看，狗儿坎儿都站在木栅旁，一个眯着眼，一个嬉皮笑脸往里看。接着便听高福儿气喘吁吁说："尊驾，久不见面了！主子差遣，这会没工夫，我不下马了，改日再……"胤祯胤祥不禁都是一怔，高福儿这奴才捣什么鬼？正愣着，那马又是一声长嘶，仿佛疼不可忍，一阵急蹄奔跑。胤祯便问："你们这是做什么？"两个童子便忙过来请安，狗儿笑道："我们在瞧高大管家驯马——"话未说完，又听高福儿道："老王，对不住，事忙，我就不下马……"那马又是一声惨叫，"扑通"一声，似乎将高福儿颠下马来的样子。胤祥便高声叫："高福儿，你出来！"

"四爷十三爷……"高福儿一头一身灰窝里滚出来似的出来，脸上一道道汗条子，打千儿请了安，笑道："爷们回来了？"胤祯皱着眉道："你照镜子看看模样，还像个人不像？"高福儿忙躬身道："奴才在驯马……这匹杂毛马，原先骑着挺稳当的，不知怎么就生出些异样的怪毛病！在路上逢熟人，只要说声'事忙，顾不着下马'它就卧了，真能把人寒碜死！"

胤祥想着，狗儿最爱调治狗马虫鸟，必定又是他做的手脚，想着高福儿的狼狈像，不禁喷地一笑。胤祯也不禁莞尔，却道："你们各人都有自己的差使，都在这里顽皮！"坎儿规规矩矩答应一声"是"，狗儿见胤祥看自己，一吐舌头，拉着坎儿一溜烟去了……

"四爷。"枫晚亭只有邬思道一个人，和胤祯胤祥寒暄过，他靠在东边的安乐椅上，斜阳照着，似乎有点忧伤，"还叫你管户部？你如今怎么打算？"胤禛抚着刚剃过的头没有说话。胤祥笑道："大事已过，我们正好振作起来。我说，还是原来的办法，我在前头，四哥和太子爷后头坐镇——我就不信，局面扭不过来！"

邬思道目光流动，轻咳一声，说道："那是面儿上的章程，我想听听四爷心里怎么想？"胤禛十指紧扣，喘了一口粗气，说道："我想不出什么。太子爷废而复立，把我的心都操碎了。如今户部情势也非昔比，没了施世纶，没了尤明堂，老十三单枪匹马济什么事？何况，万岁两次召见，都没说重新清理亏空的事，倒说刑部的事要紧，要我多多过问。刑部原来是老八的差使，去热河前已经场光地净办得滴水不漏，我们还能怎么整治？所以我心里很烦。"胤祥笑道："四哥原来为这个不欢喜？这回我们把乾坤都翻转了，这点子差使怕什么？不高兴的该是八哥他们！"

"也许是这样，也许并非如此。"邬思道沉思道，"不高兴的恐怕只有大阿哥。三阿哥一击不中，退而观战，无可无不可。八爷得大于失，有什么不高兴？难道十三爷真的以为，乾坤倾而复正是四爷和您的力量么——要这么想，您齐根儿就想错了！"他说话声音很低，幽幽地像从远处传来，显得又清晰又阴森，胤禛胤祥都打了个寒颤。胤祥说道："他这次夺嫡，闹得人仰马翻灰头土脸，有什么好高兴的？要是我，说不定就自杀了！"猛地想起高福儿被马掀翻的样子，胤祥竟不自禁格儿格儿笑个不住。

胤禛看一眼胤祥，说道："这有什么好笑的？八阿哥超越了三个阿哥，这次进封亲王，和我一样！九阿哥十四阿哥也都升了贝勒，得大于失凿然不谬。前些日子我看他似乎有点颓唐，阿灵阿甚或服藤黄自尽，这几日我看又是一番光景。就是此刻，八王府还不知在谈些什么呢！"

"实在这才见得深了一层。"邬思道苍白的脸泛上一丝血色，"夺嫡不成，打了八爷这一闷棍，他像是懵懂了一阵子，如今早已清醒过来，没当上太子，只有心里更叫劲儿，如今他是亲王，开府建牙，更有力量与太子抗衡了！"胤禛淡然一笑，说道："先生，也不要过于危言。无论怎样，太子毕竟重登宝座，难道还重来一次不成？"邬思道阴沉沉地盯着窗格子，说道："当然是这样。据我看，太子宝位比从前倾斜得多了！"

刚刚胤礽复位，邬思道就下这样的断语，胤禛胤祥不禁都抽了一口冷气，谁也没吱声。

"皇上复太子位，乃是出于不得已。"邬思道冷冰冰说道，"废太子前，他压根没想到会起这么大的波澜，更没想到八爷的势力遍布朝野，呼吸之间可以撼动大局——亘古至今，几曾有过这么惊心骇目的事？为防止宫变，万岁只好重新复立二爷，用他来压八爷、压三爷、压四爷，镇住阿哥们的争雄之心。"

胤禛吃惊地站了起来："压我？为什么压我？我不明白你的话！"邬思道仰起脸，笑道："四爷自认是太子党？你若不是太子党，当然和三爷八爷一个样，不过比不上八爷显眼就是了。"胤禛的脸色缓了下来，他终于从邬思道这句话中，寻到了自己这些天心情郁郁寡欢的原由：原来太子被废，保太子是为保自己；压根说自己根本不愿太子重新复位！这个心理埋得这样深，自问都不敢承认，却被邬思道一语道破！好半天，胤禛方颓然落座，说道："你说的是——为什么不呢？——我是皇上的儿子，亲王，国家屏藩，社稷干城。我哪个党也不是！"

"真正的太子党已经瓦解。"邬思道叹道，"王掞、陈嘉猷、朱天保这些人其实都是正人，是万岁安排在太子跟前，规劝太子不要结党的。所以都没有受重处。四爷十三爷，您瞧着吧，太子登位、还要结党。因为不结党无法与八爷抗衡，他要结党，仍要招万岁疑心——你们打算入他这个'党'不入？"胤禛毫不犹豫地说道："我不入。我就这个性子，他现在是半个君，我尽半臣之礼，他登了极，我尽全臣之忠。"胤祥高兴地说："对了！我就是这么想，四哥做的这叫孤臣，我就入四哥这个'孤臣党'！"

邬思道不禁一笑，他知道胤禛最厌的就是这个"党"字，见他满脸不自在，因道："十三爷，您错了。朋党害国蠹民，既是'孤'臣，就不该有党，君子群而不党，这是四爷的本心。就是你，我从来也没看你是'四爷党'。你若不是任侠仗义，一心为朝廷办事，四爷早和你生分了！"说得胤祥红了脸，一欠身说："我失言了，先生说的是！"胤禛嗬然说道："邬先生这话真是知心之言。我若结党，凭什么结不来一个'四爷党'？八阿哥那点子手段，哪一样瞒过我了？我办这么多年差，位高权重，要笼络人，比他们方便十倍！"

这话掺着假，却也是事实，胤禛不但没有"党"，稍稍过心一点的朝臣也是没有的，他的力量在于他自己的人格和威权上。但胤祥又不同，京师中下品文武官员他结识了一大批，都是在办差交往中相与的，稍一招呼，临时就能拉起一个谁也比不了的大党。这些，胤禛胤祥自己也意识不到，邬思道却都算计得清清楚楚，但此刻不能说破。沉默了一阵，邬思道问道："十三爷，昨儿八爷府的笔帖式来四爷府找你，我们闲聊了一阵，他说找你要刑部的狱案档——难道那些案卷底稿还在你手里不成？"

"不但刑部，就是户部档案，我也都封着。"胤祥笑道，"没有我的手谕，别的阿哥一个柜子都开不了！"胤禛惊讶地问道："户部是你独立办差，这么着也罢了。刑部是八阿哥为主，吏员怎么能听你的？"胤祥道："八哥没办过差，他知道个屁！我分管着档案，他要哪一份，我叫人查哪一份给他，用完还退我。四哥知道，我爱和下头人打交道，吏目们都听我的，有他妈的那么个把，背了我去八哥那献殷勤儿，我拿鞭子抽了他还得撵出去——谁不要饭碗脑袋呢？"说罢抿嘴儿笑。

邬思道一眼不眨地打量着胤祥，问道："那都是些死档，你把着不松手，是为了什么？"胤祥嬉皮笑脸说道："先生，你的心计我早就服了。你要问什么，我这会子就能说。死档能变活档，活档我想叫它死，它也就死了。"

"你们这打的什么哑谜？"胤禛笑道，"我听着如堕五里雾中。"胤祥跷足而坐，说道："这有什么难解的？比如说，只要我高兴，这会子就能兴风作浪，叫八哥他们如坐针毡！"

邬思道猛地一倾身子，眼睛猫似的放着绿幽幽的光，低沉沙哑地说道："十三爷真是个角色！那条大鱼是谁？"

"任伯安！"

"何以见得？"

"刑部宰白鸭，任伯安一人经办，历年共是三十七条人命。用银子五十多万，有的来项不明，有的来自八爷的庄子。只有一笔是从户部挪借，四万一千两，如今还有一千两的账没有平，刑部档里有两千两没有平。我不封档，条子早就抽了——八哥急着要档案，不定就是存着这块心病呢！"

胤禛心下不禁骇然，他再没想到，这个嘻天哈地的弟弟有这么深的心机！正要说话，却见坎儿带着十三贝勒府的管家贾平进来，便咽住了。胤祥因问道："什么事？"

"紫姑吩咐奴才请十三爷回去。"贾平给众人行了礼，说道，"廉亲王府的新太监头何公公来了，在府里等着爷呢！"

"没说什么事？"

"小的也不大清楚，像是请爷写什么启封手谕……"

"你先去，给我换一乘暖轿。我今儿身子有点发烧。"

胤祥待贾平出去，起身伸了个懒腰，回头笑道："来了吧？他急我不急！启封条子那么容易写的？"胤禛目光霍地一跳，问道："你怎么办？"邬思道从齿缝里迸出一句话道："十三爷，一字真经：拖！"

"十三爷真乃无双国士！"待胤祥漫步踱出去，邬思道拊掌而笑，说道，"当日他进刑部，我送他一句话，'学学萧何入咸阳'，想不到做得如此漂亮！"

胤禛心中陡地袭上一阵不安，阴沉着脸在房中缓缓踱着，良久，问道："这件事不小，要不要密报太子？"

"十三爷费了多少精神啊！"邬思道闷声说道，"四爷要拱手送人？"

"狗儿呢？"胤禛突然朝外喊了一声，"进来！"狗儿正在廊下调鹰，忙进来笑道："四爷。"

胤禛又踱了两步，忽然自失地一笑，说道："皇上赐我的两枝鸟铳，你把镶宝石的那支从库里取出来送十三爷府——他上回还夸这支鸟铳来着——还有那把倭刀，一并送去。慢着，要是他跟前有人，你就说他忘到我这里的，明白？"

"喳！明白！"

胤祥回到府中才知道，胤禵也来了，正坐着看自己案上的字画。见胤祥进来，何柱儿便忙迎上来请安。胤祥一头进书房，口中笑骂道："贾平这狗才，只说何柱儿来了。早知九哥也屈驾来我这寒舍，就该连四哥也叫来，我们一处吃几杯！"

"老十三这字写得越发出神了，"胤禟笑道，"多咱有工夫给我也写一张——我来时何柱儿先来了，我们是碰上的。"胤祥心里打着主意，一笑作答，他原想装病，谅何柱儿也没胆量跟自己闹翻，胤禟一来，这法子是不中用了，因笑道："九哥，四哥府里的邬思道，我原想他一个残疾人，长留在雍和宫做什么？后来才知道，他曲儿写得极妙，专门给四哥写曲子的。面上瞧四哥，那真是道学，耳不旁听目不斜视，谁知他的小妾年氏，哎呀呀，唱得真是，啧啧……怎么说呢？端的歌能裂石，舞似天魔！最会享福的，我看竟是四哥！我们竟都是些傻子……"

胤禟不禁看了何柱儿一眼，今天来要启封条的手谕，就怕何柱儿弄不过胤祥，他才亲自赶来，原想胤祥必定要说句"九哥难得一来"，或"什么风吹得九哥来了"之类的话，却不料胤祥绝口不问来意，一进门就眉飞色舞说什么曲子——又不好扫了他的兴致，只好耐着性子搭讪，说道："那是！十三弟十四弟精明外露，四哥是内秀，心里伶俐着呢！"

"就是！"胤祥越发来了兴致，命何柱儿坐了杌子上，叫紫姑拿来两个手炉，给胤禟一个，自己怀里放一个，索性长篇大论，说道，"我竟是个井底之蛙，今儿在四哥那算爬出井沿看了看！那年氏不但姿容绝世，口齿便捷，就才学二字，也叫咱们这些须眉汉子愧不自胜！因在席间说起诗韵，我说我最头疼近体诗，该平不能仄，该仄不能平，一个失粘，读起来拗口不说，如何丢得起这个人？你猜年氏怎么说？"他看了看皱着眉头静听的胤禟道："她说十三爷你错了，诗中尽有平仄两用的。陆放翁'烧灰除菜蝗'，'蝗'字就用的仄声；'莫折红芳树，但知尽意看'，'但'字却作的平声；李山甫'黄祖不怜鹦鹉客，志公偏赏麒麟儿'，'麒'字偏是仄声！韩愈《岳阳楼》诗'宇宙隘而妨'，'妨'字居然读作'访'，白居易《和令狐相公诗》'仁风扇道路，阴雨膏阁阎'，'扇'字又是他娘的平声！李商隐《石城诗》'簟冰将飘枕，帘烘不隐钩'，自注'冰，去声'……"

胤祥口似悬河滔滔不绝，信口捏造着"年氏小妾"渊博的学识，几乎把邬思道闲谈论诗听来的抖落殆尽。何柱儿是一窍不通，半句话也插不进来，胤禵心里发急，一个劲掏表看时辰，好容易胤祥说得两嘴白沫，要喝茶，便道："也亏了十三弟好记性——我今儿个……"

"今儿个你可不能走，何柱儿也留下！"胤祥心里暗笑，一口打断了胤禵的话，"昨晚我读《金缕杂记》，里头着实有些绝妙好辞。九哥你知道，我是不养戏班子的，就抄了几首拿给阿兰和乔姐，叫她们练习，可可儿今儿你们就来了，这就是缘法，你有这个耳福！"招手儿叫过紫姑，说道："九爷难得来咱们这里一回，我真高兴！你叫他们弄一桌小菜，清淡些儿，叫阿兰和乔姐儿过来，给爷们助助兴，连着何柱儿也沾个兴儿！"

紫姑是跟从胤祥最早的通房大丫头，因胤祥未娶福晋，十三贝勒府的家政就由她主持，最是寡言罕语、忠诚厚重的一个女子，她一直搓着手帕在一旁侍候，似乎有点什么心事，听胤祥吩咐，忙答应一声去了。胤禵无声透了一口气，笑道："想不到十三弟还有这份情肠！不过我和何柱儿来，可是有公事呀！"

"不耽误你们的公事。"胤祥笑嘻嘻的，看着人们抬进席面，一边拽着胤禵坐了上首，叫何柱儿打横相陪，斟着酒说道："小晌午了，就是八哥有事，也得后晌再说。对酒当歌人生几何呢？唉……美人香草，皆忠臣孝子之寓言啊！——九哥，满饮此杯。何柱儿你自斟自饮——宋广平心如铁石，曾赋梅花；韩潮州谏迎佛骨，风力铮然，'银烛未销金钗欲醉'何等温柔？即范文正'先忧后乐'，而《碧云天》一阙，也说什么'酒入愁肠，化作相思泪'！我就烦你和三哥四哥八哥这一条，终日板着脸，就似你们独秉了天地正气，占尽了孔孟之道似的……"

阿兰和乔姐已经进来，后头还跟着五六个小丫头，有的怀筝，有的抱笠，正诧异地审量着胤祥。胤祥平素快人快语，豪爽不羁，却没有这么多的话，今儿怎么这样饶舌？正发呆时，胤祥轻轻拍了拍掌，于是丝竹齐鸣、管弦高奏，两个人都是汉装，一色葱绿水泻长裙，随乐而舞，真个翩若惊鸿。阿兰唱道：

　　路几重？幽涧涟漪愁波涌，荆树摇曳有惊风！丝蔓藤缠山鬼

　　歌，莫信芳草满心径。王孙欲归须早行，休待炎日下地平……

歌声甫落，乔姐儿凌波舞步，度曲引吭：

　　雾迷蒙！遮住云山第几重？空山子规枉啼月，书剑孤客倦单行。衣满花露须忘情，谁撞暮鼓与晨钟？青梅不解春归意，奈是王孙酒未醒……

"如何？"胤祥酒酣耳热，鼓掌大笑，说道，"这词儿写得妙极，是吧？"

　　"实在是好！"胤禛满腹心事，恍恍惚惚只听了个大概，见胤祥兀自缠着劝酒，给何柱儿使个眼色，起身道："回头我也借一本《金缕曲》好好看看。不过今儿实在没空了，这会子八哥恐怕已经去了礼部，下来就去户部，我也得赶着去呢。"胤祥嘻嘻笑道："《金缕曲》已是人间绝版，邬思道那里有一本，我借给你看——八哥去礼部有什么事？"胤禛便看何柱儿，何柱儿忙道："八爷是筹备万岁爷巡江南的事。这次废二爷又复立，万岁身子骨儿打熬得受不得，要出去松泛松泛。"

　　胤祥命人止乐，说道："原来如此！怪道邸报说'已委阿哥筹办出巡大礼'，原来是八哥！呃——"他打了个酒呃，已有些醉意朦胧，"说到现在，我还没问你们来意，是八哥的钧令，叫我去礼部帮办么？"

　　"不是。"胤禛见胤祥借酒装迷糊儿，恨不得一脚踢死这个冥顽不化的"太子党"，口中却笑道，"刑部的档案，还有户部，都封了二年了，下头书吏们都说不便，得有你一个手谕，叫他们启封，查阅起来也便当些。"

　　胤祥满不在乎地又斟一杯酒自饮了，说道："哦……是为这个？告诉九哥一句话，兄弟给你拍胸子，你们要查什么，只管找我，要一件给十件，要十件给……给一件……封档的事是太子爷的话，要启封，等闲了我禀一声呃——万岁爷——"说着已是玉山倾颓，歪在椅中兀自口中喃喃而言，却任谁也听不懂说的什么了。

　　"走吧。"胤禛铁青着脸，扫视了一下众人。

第三十三回　斗蟋蟀兄弟犯口舌
有恻隐救弱浣衣局

　　被废太子风波折腾得精疲力竭的康熙皇帝一口气松下来，决定提前到承德避暑，然后径从山东南下，第六次巡视江南。前几次南巡，他的心思放在修治河道漕运上，顺便查看吏情民风，接见遗老，固然也为领略江南佳丽山水，六朝金粉之地风情；但这一回，则纯为休息，避开京师喧嚣波动的官场，理不完头绪的麻烦事——他自承德归来，心悸头晕的病发作的次数愈来愈多，有时接见大臣，讲半个时辰的政务，便觉头摇手颤，心慌不安。若不是年轻时身子打熬得结实，早就累倒了——因此四月十七日下旨銮驾出京，并吩咐一切礼仪从简，自带了张廷玉，留下马齐在京协助太子料理军国重务。按胤礽的意思，想请皇帝将张廷玉也留下，但康熙却道："北京的人也不少了，四阿哥八阿哥他们不都是帮手？实在忙不过来，老三也可做些差事。有些事你做不了主，还要请旨，朕身边没有个草诏的还成？"太子听了无话。

　　皇帝一离京，无论太子阿哥都觉得心头轻松，一是不必每日去畅春园请安，二是少听了皇帝多少传不完的祖宗家法、唠叨不完的政务批评。但胤禛却觉得，太子复位之后越来越难侍候，原先是疲软得一摊泥似的，事事没有决断，如今则又变得刚愎自用一言不纳。八阿哥等人的条陈无论对与错，见一本驳一本自不必说，就是雍王府上的本章，也常是横三竖四地挑眼儿。马齐的话更是听不进，有一回为选官的事，一言不合，竟罚马齐在毓庆宫前当众跪了一个时辰，位极人臣的宰相如此受辱，还是开国第一遭儿，马齐自知是因保荐东宫的事挟嫌报复，又气又愧又怕又无可奈何，便索性告病。王掞谏劝胤礽要有"包容天下之量"，对这师傅，胤礽还有几分忌惮，面情上答应得好，下来还是依旧，不多日子，王掞背疽发作，勉强跟着又办了几日事，实在维持不下来，只好请旨西山养病。

"这么着下来还了得？"胤禛为赈济苏北灾民的事在毓庆宫挨了碰，气咻咻回到雍和宫，在枫晚亭一坐，皱眉咬牙，连连叹息，"他是主子，将来有一日坐了朝廷，也这么办事？凡是没保过他的都整，他整得过来么？"

邬思道只穿一件实地纱月白褂子，仰在竹椅上只是摇着芭蕉扇出神，半晌，"扑哧"一笑，说道："四爷，又碰钉子了？"胤禛脱了外头袍褂，将一根玄色汗巾仔细束在腰间，酱色府绸长袍越衬得脸色苍白，冷笑道："就因为江苏巡抚林风保过八阿哥，赈济粮就减了一半——官儿有错，与百姓何干？怎么这样气量狭小！"邬思道用碗盖拨着浮茶沫，笑道："我早说过，太子爷要立威。八爷惹不起，装病躲开了，别人离他远远的，您凑着往跟前去，他不拿您作法拿谁作法？其实林风这折子挨碰，倒不全为保八爷，不合是你没跟太子商量，就奏报了承德，碰的是林风，颜色是给你看的！"

"我是亲王。"胤禛阴郁地说道，"并没有旨意剥我的直奏之权。本来我想救灾如救火，先斩后奏，从山东调粮苏北，多此一举请示，倒落个沽名钓誉的名声儿！"邬思道笑道："他忌讳的就是'亲王'这两个字。你看，他待十三爷就不是这样儿。"胤禛哼了一声，说道："不在正经事上下功夫，弄这些小伎俩，有什么用！"

两个人在说话，便见坎儿带着胤祥摇摇摆摆进来，远远就说："风清树茂，好纳凉去处，四哥会享福。"胤禛一边让座儿，一边笑道："北京地面邪，说曹操，曹操到。"胤祥一撩衣摆坐了，笑道："你们背后议人，非君子也！"邬思道便将胤禛挨碰的事说了。

"谁让四哥前后巴结他来着？你不理他，不办事，他敢白把你叫去训斥一顿？"胤祥嘻嘻笑道，"像我，整日闲逛，六部里拉着那些小官抹纸牌，斗蛐蛐儿，倒得彩头，昨儿晌午太子叫人送过去一筐仙桃，我正高兴'闭门家中坐，仙桃天上来'，晚间太子爷竟亲自来府快晤小酌——怎么样，这点面子你们几个王爷谁有？"

胤禛邬思道都吃了一惊，怔怔地看着胤祥不言语。胤祥脸上却没了笑容，看着亭下池塘里的游鱼，良久，又冷笑一声，说道："邬先生，你就是神仙，恐怕也猜不出太子爷说了些什么话！"邬思道扇了两下扇子，摇头道："我本就是个凡夫。大约他说的事总不便让别的阿哥知道。"

"上不可告天地，下不可告妻子！"胤祥的脸一下子涨得通红，指了指天，说道，"他要我害一个人，事成晋封郡王！"

胤禛从没见过胤祥眼中这种恶狠狠的光，已是愣住了。邬思道略一沉思，恍然道："我已知道了。"胤禛忙问："谁？八阿哥？"

"郑春华！"邬思道额上青筋霍地一跳，"对么？"

见胤祥沉重地点头，胤禛许久没有说话，起身漫步踱到栏边，望着碧幽幽的池水只是沉吟。三个人沉默了移时，胤禛叹道："二人通奸，显见是太子为主，如今把自己失位原由都推到郑氏身上，真叫人不敢信，他竟是这样睚眦必报！十四阿哥说，'此人当政，皇阿玛无噍类'，半点不假！"

"四爷，你见地不深啊！"邬思道喟然一叹，不知怎的，他突然想到自己那个雷雨的夜晚，"郑春华只要不死，就始终是太子一块心病，是八爷手上一张筹码！我真糊涂，早该想到这里的，倒叫太子爷提了醒儿！"胤禛点了点头，细牙咬得紧紧的，说道："老十三，辛者库浣衣局的头儿记得是你门下？"

"嗯。"

"给他办！"胤禛阴冷地笑道，"办下来，太子在我们手里就有了把柄！"胤祥点了点头，说道："这一层我也想到了，我答应了他。"因见邬思道直摇头，胤祥笑道："举大事不拘小节，邬先生居然也操妇人之仁？"

邬思道格格冷笑，说道："二位龙子凤孙，想到哪里去了？办这差使有三大忌，所以万万不可！"因见两个人都盯着自己发怔，邬思道又道："第一忌，这事伤天和，损阴骘，合不着二位爷光明正大的心性，也不合皇子身分；第二忌，人死如灯灭，郑春华活着才是把柄，死无对证，还谈什么'把柄'二字？这一条四爷八爷利益一致；第三忌，太子若无皇位之份，何必代他作恶？他若皇位有份，你就会变成第二个郑春华——有百害而无一利的事，为什么要办？"一番分析鞭辟入里，兄弟二人犹如醍醐灌顶，胤禛手托下巴兀自沉吟，胤祥搓手连连叹道："说的是！入木三分！只是如今该怎么办？"

"这样，"胤禛冷冷说道，"你设法把她弄出来，找个空宅子养着，太子那里报个暴疾而亡。最后怎么处置，视情形而定。""实在这才是上策，"邬思道说道，"不过事情要密一点，走漏了风声，不但太子，连皇上也是不依的，那还不如听其自然。"胤禛说道："当然听其自然好。不过八阿哥恐怕也要拿这张牌，不如我先——"下面的话碍难出口，胤禛便打住了。

胤祥听着已经站起身来，笑道："放心！这事管保办得漂亮，浣衣局头儿文宝生是我的门人，他老爷子文七十四我刚从宝德接到府里，他不能不买我的账！我得去桐济堂先弄点药，假戏也要唱得有板有眼！"胤禛也起身笑道："是时候了，我还要去见见太子。听说今儿他去了畅春园，赈济的事还要争一争，他驳得没道理，我仍旧要往承德写折子，请阿玛裁夺！"

胤禛来到畅春园，已是未正时牌，园中太监们刚午睡起来，懒洋洋拿着竹竿粘知了。因见胤礽不在书房，胤禛便叫过当值太监丁仁问道："太子爷呢？"

"回四爷话，"丁仁赔笑道，"太子爷在水亭纳凉，说身子乏，凭谁来了一概不见，四爷——"胤禛冷冷说道："连我也在内？"丁仁被胤禛威慑的眼神吓得一下子矮了半截，忙道："四爷当然例外。不过太子爷近日气性不好，四爷好歹体恤着奴才点，别说是奴才告诉您的。"

胤禛点了点头抬脚便走，沿着海子边压水长廊徐步而入，远远便见一群太监和胤礽围在一处，不知是看什么，细听时几声蟋蟀叫，清如嘎玉，原来却在斗蛐蛐。胤禛见胤礽全神贯注的模样，又是好笑又是好气，一声不言语站在后头。听太子说道："这个个头太小了，恐怕要败！"言犹未毕，一个太监一蹿老高，惊喜地叫道：

"我的铁爸背赢了！"

"忙什么？"另一个太监满头是汗，说道，"我的虎头大将军没出马呢！"

胤礽在旁笑道："这是头一轮，还有四番恶战，谁赢了，二十两利银就是谁的!"说着，回身拿扇子，见胤禛站在一旁，便笑道："老四，你几时来的?"十几个太监见是胤禛来了，便都讪讪退到一边，捧着瓦罐子面面相觑，他们都有点怕这个王爷。

"我来一会子了。"胤禛给胤礽请了安，坐了栏杆旁的石磴上，转脸对太监们道，"没事做什么不好? 跑到太子爷这里斗蛐蛐! 这都是些什么规矩? 万岁爷这会子要在北京，你们敢么?"

胤礽大为扫兴，摆手叫太监们退到旁边，端一杯凉茶喝了一口，问道："你有什么事?"胤禛便捡着小事先说，道："田文镜在淮阴县试行摊丁入亩，他上了个条陈，说这法子好，请朝廷允准在全府试行。我看也有点意思，写了节略递到毓庆宫，不知道太子爷看了没有?"

"我当有什么大事呢!"胤礽越看越觉得胤禛桀骜不驯，心里有气，口中却笑道，"就为这巴巴儿大热天儿跑来?"胤禛正襟危坐，如对大宾，没想到胤礽这样轻慢公事，被这不凉不热的话噎得一怔，想想终究咽不下这口气，因道："还有苏北赈济的事，我觉得也都不是小事。即令是小事，我也觉得比斗蛐蛐要紧。"胤礽听了，气得脸通红，但胤禛的话虽刻薄，都无可辩驳，半晌，方冷笑道："大约你今天吃酒了吧? 你这是和我说话? 或者因早晨我驳了你的条陈，心里不服，所以专一来怄气! 老四，你我素来知心，告诉你一句话，以往我就是太放纵了你们，就弄得人人上头上脸，你是正经人，不要学老八他们，于你于我都没好处。"

胤禛脸上毫无表情，一欠身说道："太子爷! 按说我不能和你顶嘴，我循礼循法办差使，有什么上头上脸的去处? 如今国步维艰，库银只一丁多万两，阿拉布坦几次袭扰喀尔喀蒙古，朝廷都没理会，为什么? 没银子拿来打仗! 田文镜摊丁入亩，把丁银平摊到田地里，田多就多缴银子，田少的也不至于冻饿，一个淮阴一年就多收两万银子，这样的好事还是值得一试的。苏北过水，今夏绝收，几百万人生计无着，您不赈济，闹出民变怎么办——太子爷，您掂量掂量，这是'小事'?"

"我是说多一事不如少一事。"胤礽知道，今儿是胤禛占了全理，弄得太僵，这个冷面王又告御状，康熙皇帝那里也不好交代。他原意也只是碰个钉子给胤禛让"八爷党"看，没想到胤禛这么不买账。但这份苦心无论如何不能出口，因铁青着脸道："库银空虚，由来已久，你和老十三有什么不知道的？赈济灾民，一下子拿出二百万，这个数太大了！所以我的意思苏南各府县也匀一点，我们这头就轻快一点，这个心思有什么不好？田文镜这人我见过两面，好大喜功，特能傲上，存心刻薄，最没意思的一个！上次引见，他递条陈，要缙绅与百姓一样，按田纳赋，查查前明制度，祖宗家法，哪有这么不近情理的？就这，安徽还报了他个'卓异'，要升他道台——还不知他在下头做了多少手脚呢！这些府县小官，今儿一个折子，明儿一个条陈只管往这里塞，你去查吧，保准都是酷吏！一个小小的淮阴一年多收两万，这不是天大的笑话？不是假的，也是敲骨吸髓弄来的！这种人，我就偏不叫他如意！"

两个人越说越远，心思怎么也对不上。胤禛听着胤礽对田文镜的考语，句句都是在说自己，没有想到因为向康熙直报了一件事，就冒犯得太子如此妒忌猜疑！想想，再谈下去只是徒自取辱，见说得口干舌燥的胤礽取茶水喝，便起身来，平静地说道："太子爷，看来倒是我多事了。要没别的事，我还要去户部，改日再来领训。"说罢，一个长揖，竟自扬长而去。走了老远，隐隐听胤礽大声道："取过我的紫金钵，接着斗！——扫兴！"

此刻，胤祥却在畅春园西北角辛者库浣衣局寻郑春华。"辛者库"是专一管教犯过太监宫女的地方儿，并不同于前明的冷宫，清朝开国，顺治朝皇后被废，是幽居在寿安宫后的小院落里，也还有名号，叫"静妃"。康熙朝也有几个低等嫔御被黜，发落在贞顺门内荒殿内，除了不当差、不承御之外，也没有和奴婢一处做粗活的例。郑春华是因为出了那么丑的事，居然恬不知耻苟活下来，才被押解到辛者库为奴的，但浣衣局的头儿文宝生并不知她犯的什么事，见九贝勒十四贝勒都来关照"好生照料"，还以为要起复郑春华的嫔位，也没有怎样难为她。听说本主儿胤祥进来，文宝生真有点受宠若惊，忙将胤祥接到浣衣局议事堂，磕头请了安，亲手献一杯茶，赔笑道："爷，再没想到您老人家到我这地府儿，有甚事叫个小厮传奴才去府上，这热的天，您老就巴巴儿亲自来了！"

"别他娘扯淡了。"胤祥笑着吃了一口茶，一怔，问道："这是什么茶？我竟没吃过！"文宝生忙道："家乡我女人夜里来了，带的枣花黄芹茶，野味儿。爷要吃不惯，奴才给爷换雨前。"胤祥又品了一口，说道："好！枣花黄芹，嗅之清香，尝之浓郁，好！要有多的，给我弄一包，另给四爷一包。"

"有有！有的是！"文宝生乡音不改，一口宝德话，连连答应着，觑着胤祥，揣猜他的来意。胤祥吃着茶，架着二郎腿轻轻挥着扇子，却不急着说郑春华的事，问道："你父亲也来了，接他来时，你原说叫他进府办差。我看了看，他身子骨儿怕是不行，一行动就咳嗽。六十多的人了，该歇的人了。"文宝生叹了口气，低下头，说道："十三爷圣明！这实在没法，我们家原有两垧地，一半叫黄河涮了，留下一半养命田，指着划到刘老太爷的名下，原想少缴几颗皇粮，谁知道老太爷一过世，大少爷不认这个账，就黑了这田。他来北京也是不得已儿，好歹爷赏他一口饭，您老这阴德积的就大了……"说着，泪水已在眼眶里打转转，又道："我在这里当差，爷也知道，是个冷衙门，冷得要结冰，一个月满打满算五两的月例，女人娃子都养不过来……"

胤祥笑道："你胡想些什么？连个奴才都养不起，我还当什么贝勒？你爹在我的库房当个闲差，行么？"

"是是！谢十三爷！"

"月例十两——和贾平一样。"

"奴才给爷磕头了！"

"粪车胡同外头那处四合院，赏给你！"

"啊！十三爷您……奴才一家子变牛变……"

"郑春华在哪里？我想见见她！"

话题陡地转到这里，正感激涕零的文宝生不禁一怔，抬起头来。胤祥嘻嘻笑道："怎么，不行？——你起来说话。"

"爷说哪里话？别人不行，爷有什么说的？"文宝生起身来，笑道，"奴才是奇怪，这半个月九爷十四爷都来过，都叫奴才关照郑主儿。爷又要见她，莫不成郑主儿又要回宫了？"胤祥没理会他的问话，说道："这不是你问的事。你带我进去，你就在这里等，我出来还有话。"说罢便站起身来。

文宝生带着胤祥，横穿满院子晾晒的衣服竿子，到了一溜低矮的厢房门口，朝里看看，并没见郑春华，便问："郑氏呢？"几个正在折叠衣服的宫女回答说："刚才你说叫预备毓庆宫太子爷的过冬衣服帐幔，你前脚走，她说身子不爽，回房里去了。"因瞧见文宝生身后还有个陌生翩翩公子，几个宫女耳语几句，突然你推我搡叽叽咯咯笑个不住。

胤祥无声一笑，跟着文宝生到最北头一间房前，门虚掩着，文宝生一推门，见郑春华正用调羹搅着一杯茶，便笑道："她们说你病了，我想着别是染了时疾？看来倒不相干的——十三爷看你来了！"说着便进来，忙着又斟茶给胤祥，自己搭讪着退了出去。郑春华见胤祥怔怔地站着，半晌才醒过神来，掇一把条凳过来，说道："十三爷将就着坐吧，这里就这个样儿。"说着又蹲了个万福。

"嗯。"胤祥默然坐了，上下打量郑春华。两个人过去当然是见过面的，康熙皇帝几十个嫔御，二十几个儿子，除了节筵远远扫一眼，平日并不来往，所以如不介绍，就是擦肩而过，也未必就互相识得。此时对面相睹，胤祥觉得郑春华容貌并不十分出色，也许因为不施脂粉铅华的缘故，脸色异常苍白，眼角还有几微难以觉察的鱼鳞纹，只微蹙的眉头淡染春山，嘴角两个酒窝若隐若现，想来她笑的时候一定异常妩媚温柔——一个帝室嫔御，风尘堕落到这个地步，胤祥不禁叹了口气，缓缓说道："太子爷复位了，你知道么？"郑春华给他审量得有点不好意思，待胤祥开口说话，才如释重负地舒了一口气，站在下头一躬身，轻声说道："奴婢是今儿才听文头儿说的。爷知道，这个地方儿，就是外头反了，也一点消息听不见的……"胤祥点点头道："太子爷还惦记着你，叫我来看看，你需用什么东西。"

郑春华一下子抬起头来，刹那间，胤祥觉得她艳丽异常，像一整块汉白玉雕出来的仕女，只是苍白得令人不敢逼视。郑春华身上一颤，又低下了头，喃喃说道："……真的？我这样的女人有什么值得惦记的？……我什么也不需用……什么都不缺了……"

"太子爷说了，"胤祥按着想好了的思路沉吟道，"叫你好生保重。地狱不难熬，不知生天之乐……"他端起茶往嘴边送，却又放下了，又道："你得挺下去，总有出头的一天——你脸色怎么这么苍白？是什么病？"说着又端茶要喝，却见郑春华哆嗦了一下，惊呼道："十三爷，别，别喝！"胤祥诧异地看了看郑春华，问道："怎么了？你像是受了惊？"

郑春华没吱声，过来给胤祥换了换杯子，胤祥才知道自己端了郑春华的那杯茶，因笑道："我当什么事呢！你就白日见鬼似的，你——"他突然打住了，惊恐地张着嘴，一个可怕的念头陡地涌上来，因厉声道："你要自裁么？这茶中有毒！"郑春华突然双膝一软跪下，手捂着眼，任泪水从指缝里往外淌着，颤声说道："是……我原就是多余的人，多余来这世间，多余……遇见他……当初不死，也为怕他说不明白，是我勾引的他……我是早该下地狱的人了……"

"你……你……"胤祥听着她凄厉的泣诉，觉得毛骨悚然，大热天儿竟浑身打了个寒颤，惊得跳起身道，"你不可这样！听着，你得活下去、我要你活下去、救出你去、平平安安过一辈子，我命你活下去——我是拼命十三郎！"他慌乱地说着，简直语无伦次了。半晌才回过神来，想到这样"劝"完全无效，便放缓了口气，又道："太子东宫位子虽然又复了，并不稳当，等你看着他……登基，再死不迟。"

郑春华一句话也说不出来，浑身剧烈地颤抖着，抽搐着，几乎要瘫在地下。胤祥也再怕她问话，那真是不好对答，便起身出来，早见文宝生已候在议事堂前树下，见胤祥脸色煞白地出来，便问道：

"说完话了？爷脸色这么难看，敢怕是中暑了？"

胤祥咕咚咕咚喝完一大杯枣花黄芹茶，许久才按捺住突突乱跳的心，拍了拍文宝生肩头，说道："你坐下，听我说——"文宝生见他从袖子里取出一包药，怔着道："爷，你要用药？"胤祥把药递给文宝生，阴森森说道："你拿着，听爷吩咐。我想救郑氏出去，你看可行不可行？"

"好天爷！"文宝生吓得浑身一哆嗦，"那爷不是要奴才的吃饭家伙？"胤祥指着那包药，咬着牙道："此药名叫'归去来兮散'，服下去十二个时辰，和死人一样，你报她个暴病而亡，这热天必定要送左家庄化人场，那头的事由我来安排！天衣无缝，你怕什么？"

"十三爷……"

"办完之后，五千两银子五十顷地，够你消受一生！"

文宝生收起药包，说道："我不是不遵令，是叫爷吓蒙了。这到底为什么？"

"你不过遵天意行事。"胤祥冷冰冰说道，"多知道于你毫无益处。"说罢摆着方步迤逦沿花径而去。

第三十四回　换谋略八府整旗鼓
　　　　　　　　说天命四王立门户

　　胤禩在宫中耳报神极多，四阿哥和太子水亭龃龉的事两个时辰后便传入了廉亲王府。按胤禩的想法，当今时局胤禵绝对立不起自己的派系，和太子翻脸，必定要靠拢八阿哥，几次密议，都想让十四阿哥以他的特殊身份进雍和宫去试探一下，但胤禩却要"等着瞧瞧"。他自己胸有成算，自己就是因为势力太大招了圣忌，多一个胤禵少一个胤禵无关紧要，再去联络更引起太子和皇帝的疑忌，不划算。从心理说，胤禵是年长亲王，冷峻高傲，也实在难以拢在自己袖中。因此抱定了作壁上观的宗旨，要看"太子党"窝里炮自相残杀。

　　但等了两个月，并没见太子和胤禵生分的迹象。胤禵调芜湖七十万石糙米赈济了山东灾民，田文镜也升了江西道，是直接请旨办理，太子也没有出头为难，胤礽接连保奏自己的奶公黄文玉，门人丁浩、阿隆布、雅齐，有的做将军，有的做布政使，也是奏一本准一本——各干各的，竟是互不侵扰。眼见八月节令又将到来，胤禵胤祥兄弟两个一直泡在户部，除每日进内见太子，请安即出，也不见有什么作为，胤禩便觉纳闷，修表上报承德和毓庆宫，说已经病愈，要回刑部任事，并举荐十四阿哥十三阿哥共同主持兵部，"整饬军务，以备西事急需"。过了六七天，毓庆宫便转来承德康熙皇帝的朱批谕旨：

> 览奏甚慰。久病初愈亦当节劳。十三阿哥佐胤禛理户刑二部事繁任重，汝可协办为妥，不宜再令胤祥理办兵部，着由十四阿哥胤禵前往整饬可矣。朕即将南巡，凡百细务汝等请示太子施行，军国重务，可即报朕行在候旨处置。

接了这旨意，胤禩立刻着人请了胤禵来府商议。

"皇上旨意毓庆宫已经派人宣过了，可谓要言不烦。"胤禵刚刚接旨，还穿着片金缘石青金龙朝褂，金龙二层朝冠上衔宝石东珠巍巍颤动——他什么地方都像胤祥，只这一条却似他的同母胞兄胤禛，爱修饰。一见胤禩便笑道："他老人家勤躯已倦，大事不放手，小事是扔给我们了。我正要来和八哥商量，兵部出事该怎么办？"

胤禩穿着古铜色府绸长袍，把玩着手中的湘妃竹扇，几个月不出门，在府里读书打拳，作养得十分好气色，越显得倜傥风流，儒雅端庄，沉吟良久，说道："兵部四司，有四句口号，你知道不？武选司'武选武选，多恩多怨'；职方司'职方职方，最穷最忙'；车驾司'车驾车驾，不上不下'；武库司'武库武库，又闲又富'。其实车驾司没什么整头，要紧的是抓牢武选司，清理武库，给职方司做事的吏员一点甜头，你就在兵部站住了脚。我每见外头进京来的巡抚，都要问当地旗营军纪。这里边的学问不比文官少。冒领军饷的不必说，那是人人都有的。有一等专门靠惹是生非发财的，比如把窃案说成盗案，把盗案说成聚众谋反，冒支国帑戮杀良民，这一种你不要手软，要严办几个！练兵得好的，叫职方司秉公查清，奖升几个，你的差使就办成了！"胤禵没想到胤禩对军务上的事竟也如此熟悉，不禁一怔，嬉笑道："我真的没料到，军政你也这么熟稔！叫我这带兵丘八阿哥汗颜自愧！""没事读些书，学问里头出治事之才。"胤禩也不自谦，稳稳重重说道，"四哥每天读书到二更，四更就起身，仍是读书，所以你看他办差，事事都有章法。他天性苛刻这一条不可学，其余长处也不可泯灭哟！"正说着，便见胤禟胤祹一前一后进来，胤禟没进门便嚷嚷：

"八哥一本上奏，老十四你就成了天下兵马大元帅，这个彩头准保高兴得你几夜睡不着！你得请客！"

"九哥、十哥！"胤禵笑着起身，因熟不拘礼，拱手作礼道："别以为我不知道，你们在白云观演道士兵，我兵部能管得了你们的事？"胤祹笑道："我们没差事，读书呢，又迟了些，只好练一点吐纳功夫，落个好身子骨儿，拿什么和你比？我看要不是承德那张调兵令，你也未必能独掌兵权呢！"

　　几个兄弟略一打诨取笑，便又转入正题。胤禵扇子拍着手心，说道："八哥方才说的是，我觉得军政比民政要好办些，有八哥这番提点，心里更有数了。年羹尧的顶子是怎么红的？杀人是不二法门！他和岳钟麒在川西剿匪，斩首级八千，我就不信都是土匪！细查一下，像这样儿的，我要请旨正法几个！"

　　"兄弟你错了。"胤禩一笑说道，"你搞年羹尧，是挤着四哥和我们作对，一点好处也没有，派个人到他行营里牵制住就行了。万岁爷最怕的就是我们闹家务，搞乱了朝局，我们得体贴圣意，所以你不能动这些人。倒是我们自己门下有在下头枉纵不法的，要从严处置，只要不伤筋动骨就行。不要学太子小家子气，只顾收拾政敌，切实办好差使，秉公行法，我们都跟着你体面。"胤禟笑道："我也有点不放心你，老十三是任性顺毛捋，你和他一个样，还多了个心狠手辣，这样可怎么好？"胤禵见胤禟也要劝，便笑道："是了！大萝卜还用屎浇？我听你们的，在兵部死心塌地替皇上办差！"

　　胤禟摇着扇子说道："太子如今真是换了个人，越来越不成话了。我府里小唐昨儿听内务府的人说，老十三去浣衣局，没有两天郑春华忽拉巴就死了，说是绞肠痧，还不定是毒死的是自杀的呢——始而乱之，终而弃之，这是个什么东西！听说老四和老十三出了新招，就刑部案卷细查了，拟出一百四十七名贪贿官员名单，拿到毓庆宫，太子涂得横一道，竖一道，有添有减，小太监赵驴儿悄悄跟我说，添的都是八哥咱们的门人，去的都是他自己的门人！"说着，长长吁了一口气，看得出内心极不平静，额头的青筋都胀起老高。

　　"叫他使劲抓！"胤禩冷笑道，"我看阿玛是在容让他，所以奏一本准一本，到作孽作满，不定是个什么光景儿呢！朝臣们保荐的虽然是我，说到底都是万岁一手提携起来的，除了保我保得不对，并没有对皇上二心。如今已有了谣言，说'跟皇上现在活不成，跟太子将来活不成'，瞧吧，后头还有热闹呢！"

　　胤禟却还在沉思，说道："四哥葫芦里卖的什么药？跟太子若即若离，跟我们不远不近。我怎么瞧怎么有文章！"胤禟笑道："人毵不像人毵，树根不像树根，屎壳郎爬笤帚，他能结个什么茧儿？他无非见太子不地道，又摸不清朝局变幻，所以撤到一边观望形势罢咧！"

"十哥话说的村俗，我觉得很有道理。要我是四哥，或许也得这么办。"十四阿哥胤禵说道，"他的这一手颇高明。郑春华莫名其妙死了，我看就是他的手脚，后头有什么文章还难说——要真是一场戏，四哥的心机也就太厉害了，一头不哼不哈地做事，寻我们的把柄，一头又预备砖头砸太子！不叫的狗咬人最狠，我们不能没一点防备！"

想到胤祥不肯交档案，几个人都倒抽了一口冷气，靠这些档案，已经连扯出一百多名官员要参劾查办，焉知没有查到与八阿哥有关的东西待机抛出？几个人苦苦想着，无奈从前在户部刑部办事太多，手条虽然都收回了，但与此关联的其他人事账目一时之间哪能清白了？胤禟想想那日见胤祥的情形，越发觉得不对，但"不对"究竟在什么地方，却也没个头绪，不禁摇了摇头。

"老九，"胤禩显得沉着些，思索着说道，"档案不能再要了，老十三是个鬼魅精灵，他不肯交出来，本身就是信不过，说不定已经嗅出什么味儿了。"胤禟点点头，说道："晓得。我留着心哩，我已经吩咐贾平，叫他关照乔姐，十三爷写一片纸，也得看看写的什么！任伯安那边也说一下，阿兰是他手下的，监视得密一些。"胤禩点了点头，抬眼看了看胤禟，"我总觉得任伯安这里要出事，他出事我们不得了，但如今没这个人还不行。你立即叫他出京，避居江夏，他手头抄的百官档，全都转送到对门运河码头万永当铺，严加看管。如今局势风雨不定，要小心小心小心！"

他两个这番对话，胤禟如堕五里雾中，胤禩却一清二楚。任伯安自康熙二十二年在吏部当笔帖式，就开始弄了一个"百官档"，专一记载文武官员犯的过错，大至朝廷政务处置失当，小至嫖妓行贿关说人情，狱案刑断诸类一一详备。任伯安以一个已革吏员，支使六部各司如役奴隶，就是因为他随口就能毁掉任何人的功名前程！他对胤禩胤禟这一套是不以为然的，觉得是弄险，张了张口想说什么，却又咽了回去。

锁拿一百四十七员犯官的批文发到雍亲王府，胤禛只扫了一眼，立时气得面白如纸，当下便来与邬思道商议。却见邬思道和胤祥正在枫晚亭下大棋，文觉和尚坐在一边观战，便道："老十三几时来的？"

"我来一会了，"胤祥推枰笑道，"——这盘棋和了——来时你正和朱天保说话，我没惊动。怎么就说了这么长时辰？"胤禛说道："朱天保是我推荐到太子跟前的，近墨者黑，如今竟是为虎作伥！照我过去的脾气，立时就撵他出去！你们看看，他们拟的这个名单，是为私呢，还是为公！"

胤祥接过来略看一眼就递给了邬思道，文觉便凑在一旁看。许久，胤祥方叹道："朝廷自此多事——邬先生这话半点不假！姜宸英一个老名士，万岁极赏识的，亲点探花，为一两二钱银子他就敢剥他的职！还有陆陇其，除了死了的于成龙、郭琇，哪里找这样的清官，做到知府，守着两间破草房侍奉母亲，为境中逆伦案，他也一笔抹了！要照这样儿，我将来还不得拉到西市上剐了？你们坐着，我找他去，恐怕他现在还不敢不买我的账！"说着，起身便走。

"十三爷留步。"邬思道突然仰起脸喊道，"您要去为人贴金，为己种祸么？"

胤祥一下子站住了脚，半晌才回身道："怎么讲？"文觉笑道："这有什么不明白的？太子爷'不敢'不买账和情愿买账是两回事。听了你的话，他又落了'虚己纳谏'的名声儿。八爷他们唯恐天下不乱，也更觉得你多事……你算算清楚，有什么好处？"

"太子也未必就'不敢'和你翻脸。"邬思道沉着脸说道，"你手里那点子'把柄'口说无凭，说不定正好治你的罪！"胤祥怔怔地点点头，又坐了回来，却见胤禛蹙额叹道："我如今真羡慕三哥七弟十二弟他们，进不是，退不是，夹在这里好难受……天晓得我们怎么摊了这么个主子？"说着，嗓音已是哽咽。

邬思道知道，胤禛虽然生性刚毅，一旦真的脱离胤礽卵翼，心情上不能没有空落之感，原因就在于太子在位、"八爷党"密布如林，雍亲王是个四边无靠的办事人，信心难立。因笑道："四爷不要怨天尤人。孟子云'天将降大任于斯人也，必先苦其心志，劳其筋骨，饿其体肤，空乏其身，行拂乱其所为，所以动心忍性，增益其所不能……'自那日水亭谏讽，多少有识之士贴近了雍和宫？连佟家的隆科多，从不登门的，也来求您的墨宝——您的字是现在才练好的么？八爷请旨销假办事，十四爷整饬兵部这些，就是这一炮轰出来的！"

"唉……我是……"

"放心！太子如此行事，第二次废黜指日可待！"文觉和尚说道，"他和皇上的圣明太不般配，皇上复他的位，为的是八爷势力逼人，你若还像以往，让太子呼之即来，挥之即去，那你也配不上皇上的厚望！"

胤禛猛地抬起头来，仿佛不认识似的盯着文觉和邬思道，半晌才道："你们说这些话我不愿听，也不敢听！就是太子失德，也自有德高望重的阿哥取而代之，与我什么相干？你们要导我于不义么？"

"四哥，谁导你不义了？"胤祥说道，"无论邬先生还是文觉，既没劝你谋逆，也没劝你夺嫡！方今天下乱政如麻，万岁是精力不济，太子是能力不济，八哥一群虎视眈眈，狼子野心路人皆知，如此局势，你我不该求个自全之道么？非要到了人为刀俎我为鱼肉那光景才去挣扎？"邬思道深悉胤禛心中隐秘，又想伸手又怕烫着，且没了太子撑腰，还不习惯于自立门派，想了想，必须对症下药，因笑道："天命攸关，四爷有疑虑，这是人之常情。什么叫天命？观星象、打八卦、拆字谜、游戏子平之术我都略懂一点，但唯其懂了，就知道这些把戏观近而不视远、见小而不见大，自古以此成事的谁见过？坏事的倒史不绝书！所以我从来不抖落这些。四爷你心里想的什么，不妨说出来，我为你解破一下。"

胤祥看了看脸色阴沉低头不语的胤禛，说道："其实四哥还是对张德明相面那事不释于怀。张德明这牛鼻子很给廉亲王灌了些米汤。三哥不再伸手，其实也是因为这档子事。"说着便将当日八贝勒府张德明看相的事备细说了。邬思道静静听了，突然放声大笑，说道："四爷，你早该告诉我的！这种拆字游戏，我十七岁上头就精通了！张德明那么能耐，怎么就没预料自己的大徒弟游说大阿哥三阿哥，被万岁割了头？"

"这老道确有点邪门。"胤祥说道，"许多人亲见的，不但在八爷府，就是给别的人相面，也是百无一失！他就能从众人里头认出八哥，还看到白气贯顶！"邬思道笑道："哦？白气贯顶？荆轲昔日西行辞秦，燕太子丹在易水之滨为其送行，荆轲仰天而歌'风潇潇兮易水寒，壮士一去兮不复还！'于是有白虹贯日，这是史籍记'白气'的第一笔。既悲且丧，哪有半点好处？按五行之理，白气为西方金气，主刀兵凶危，王上加白绝无吉利可言。我索性说破了，当年燕王朱棣起兵靖难，夜里梦到雪打湿帽子，觉得不吉利，周颠为坚他南下之志，安慰说'王上加白乃是'皇'字。张德明欺众人不知典，捏造得拙劣不堪，偏偏连你们这些精明人都蒙了鼓里去！"胤祥瞠目看着变得神采奕奕的邬思道，问道："那——'美'字呢？拆开难道不是'八王大'？"

邬思道应口答道："阿哥都是金枝玉叶，说个'大'字有何妨？按美字亦可拆'八大王'、'大八王''王大八'、'王八大'、'大王八'……你听听，这都是些什么好玩艺……"一语未终，众人已是哄堂大笑。胤禛原是一本正经听得入神，也禁不住一口茶喷了出来，又问："还有个'佳'字呢！先生又作何解释？"

"佳字嘛，"邬思道兴致勃勃说道，"一人执圭乃是宰相奏事，古时相臣入朝，担心紧要政务遗忘，将要目记载于圭片上，当胸秉奏以示诚敬，谁说过执圭的就一定是皇帝？观此字形'圭'字似'主'亦非主，乃是'不成人主'之意，张德明妖言媚上，姑安言之，本可一笑置之的事，八爷就着了迷！"

一席话滔滔不绝，说得众人心里一片清爽。胤祥听得手舞足蹈，笑道："可谓要言妙道！坎儿弄瓶酒来，我得浮一大白！嘿，你有这一手，怎么不早露出来——趁着兴头，你给我看看相！"坎儿就侍候在窗户旁边，忽闪着迷迷糊糊的眼听得入神，忙答应一声，进里头取出一瓶茅台，给各人倒了一大杯。胤祥"咽"地一口咽了，瞪着邬思道不言声。邬思道笑道："君王宰相是造命之人，皇子介于君相之间，本不应以相取人，但既是游戏，说说无妨。十三爷宇间英气勃勃，眉剔目朗、心胸开阔，这是十三爷胎中带来，十月初一生日正是鬼曹阴节，正为阴到极处，反而生阳，嘴角隐起断纹，原主杀气，十三爷喜读兵书，正是因此。但十三爷土星柔腻如脂，心中慈和良善，因而好兵知兵不能带兵。命中无有，不可强为。"

"寿数呢？"

"九十二善终。"邬思道看着胤祥，面上下停甚短，不是寿考之相，但此刻无论如何不能扫兴，因含糊其词说道："昼往夜复循环周流，生死事大，其理难明。船行中流，十三爷有一劫，尺水之阔，一跃可过。敬天畏命小心惴惴，可保无虞。"

胤祥笑道："富贵我自有之，生钟鸣鼎食帝王之家，长于圣朝熙代之世，有九十二高寿，我很知足的了！——你给四哥也看看嘛！"

"四爷我看不准。"邬思道呷了一小口酒，脸色泛上红晕，笑道："其实一来府我就一直在端详，也几次和文觉、性音聊，神化难名，非我所知。但四爷鹰隼雄视、虎步龙骧，上应着天象，气凝内敛胸藏山川。皇上今以仁育天下，四爷以义正之，或者是此中壶奥？"

他不肯说，其实已经说了，众人都心里明白，即使在这种场合，胤禛也断难认承这种可怕的断评。胤禛听得极专注，见他不肯直说，便笑道："我明白你的意思，你说了也无妨，所谓'仁育'，是化天下，'义正'，则是治天下，堂堂正正的事。但你说'上应天象'，请道其详。"

"宋末元初有一星相家，名曰'黄蘗师'，"邬思道缓缓说道，"他作过一首谜歌，说的就是四爷。"说罢拖着浓重的喉音曼声咏哦：

> 有一真人出雍州，鹌鹑原上使人愁。须知深刻非常法，白虎嗟逢发一周。

他吟得很慢，一字一句都发出铮铮金石之音，千斤重锤般敲击着在座的人。四百年前的预言家，推演先天神数，论断后世兴替，甚至精微洞见了"雍"真人深沉刻忌的性格，甚至连阿哥们兄弟阋墙的党争都一览无余，发出一声"使人愁"的深长感慨！胤禛先是低头静思，先是心中一片混沌迷惘，继而竟升起一种神圣的责任感。他抬起头，黑得深不见底的瞳仁晶莹闪光，说道："既说至此，我还有什么说的？我无言可对。哲人之言，闻之令人可畏。"

"天予弗取，反受其咎，天命并不钟爱于一人。"邬思道架起拐杖，在地下慢慢踱着，声音像是从一个空洞中传出，多少带着点阴森，"知天命是一回事，顺天命又是一回事，知天命而不能顺天命，天命就要改，阴阳顺逆反复之理不穷古今，道理就在这里。所以我极少谈这些，因为我们都是人，肉身凡胎，只能从人事上尽力，若因为这些诗便以为天命归我，放弃人事，那自古以来就无史可言，靠卜卦决疑行事也就是了。您说是么，四爷?"

胤禛没言声，只沉重地点点头，转脸问胤祥："我走这条道很险。十三弟，你若另寻出路，四哥体谅你、不怪你。"胤祥双手捏着椅把手，从齿缝里进出一个字："不!"

"那好。存亡与共，生死相依!"胤禛语气愈加阴寒，"胤禛文士笔锋、辩士舌锋、勇士剑锋三锋俱全，要小试牛刀! 邬先生代我修书给年羹尧，皇上南巡金陵，今年述职他不必先来北京，径往南京见驾，等我的书信再启程来北京!"

第三十五回　谒廷臣年羹尧入觐
　　　　　　破贼穴江夏镇遭焚

　　在成都提督衙门接到雍亲王的札子，年羹尧颇有点丈二和尚摸不着头脑，朝廷已有旨意凡百细务由太子处置，如今皇帝又正在南京巡视，为什么特别交代先见皇帝后进北京？再者，信中又吩咐"可带五百名心腹亲兵"，更让人捉摸不定：觐见皇帝，带这么多的兵做什么？叫兵部知道，十四爷又会怎样想？思量许久，毕竟莫名其妙，胤禛的旨令又毫无商量余地，只好将自己的中军护营全部换了便装，将兵舰改了商船，白日分头沿江东下，夜里号店而居，统由标营参将岳钟麒指挥：既不能违胤禛的令，又不招眼惹朝廷注意。述职觐见例行公事，本来极轻松的一件事，倒累得人仰马翻。

　　待到南京，已是八月下旬，秋鸿南归，潦水转清，沿岸村树渐老，红瘦绿稀。二人在燕子矶下舟登陆，却见戴铎已经等候在那里，一见面便道："亮工，辛苦辛苦！一路舟楫劳顿，小弟聊备水酒为你洗尘！——这位是？"

　　"哦！你问的是他？"年羹尧转脸看看岳钟麒，笑道，"岳钟麒，字东美，前任四川提督岳公升龙的三公子，原是顺定府同知。我去四川营务不熟，请他过来帮忙，为人最是肝胆仗义……"戴铎见他带着外人，略觉意外，忙敷衍道："久仰山斗！敢问是哪个旗下的？"岳钟麒便知这是在盘自己的底，忙道："我是汉军绿营的，托年军门福，去年收到四爷门下。您是戴先生吧？常听亮工军门说起您，文略智策令人欣羡！"

　　听说也是胤禛门下，戴铎略觉放心，笑道："不敢当——请！"说着便带他们到江岸一个茶肆里，因包了店，并无其他客人，酒食菜肴都是戴铎的从人用食盒子挑来的，十分精洁。年羹尧几次张口想问戴铎怎么从福州也来南京，是觐见请安，还是也奉有胤禛密札，因见戴铎心存戒备，便笑道："老戴，东美是四爷见过的，又亲自关照吏部派到我营里帮办事务，我和四爷来往书信都不避他。你有什么事只管说，无妨碍的。"戴铎打量了岳钟麒一眼，见岳钟麒虎目燕颔，双目精光闪烁，紫棠脸颊上一道长长的刀疤闪着黯红的光，五短身材上套着箭袖长袍，一身精悍之气，因笑道："原来如此，这就好！我和你们一样，也是到南京述职来的，明面上如此，其实四爷还有密谕！"

听到本主有密谕，年岳二人便忙起身。戴铎左右看看，说道："坐着听吧。四爷命我转告二位，进京走旱路，到江夏镇，拿住任伯安解送北京！"年羹尧笑道："就这么点事，值得叫我暗自带兵？四爷也太多虑了，下个札子给安徽巡抚，他敢不照办？这准定是十三爷的主意，小题大作！"

"安徽巡抚要能办，怎么会调你？"戴铎斟着酒冷冷说道，"札子不到安庆，说不定任伯安就远走高飞了！"说着便将江夏镇的情形备细讲述给二人。年羹尧至此才掂出分量，正要说话，岳钟麒笑道："戴先生，四爷给这差使不难办。不过我们不是钦差，又是四川营务上的，隔着省带兵围剿一个镇子，地方官会怎么想，安徽巡抚干预又怎么办？这不是小事！"

年羹尧腮旁肌肉抽搐了两下，眼中闪出杀气，转瞬间又笑道："铎兄，四爷的信呢？请出来我看看。""四爷信尾有话，'阅后即焚'，烧了。"戴铎知道他是要凭据，笑道，"不过四爷给你了一张刑部关防，你看看。"因哈腰从靴页子里抽出一张纸递过去。年羹尧展读时，上头写着：

> 兹奉皇十三子怡贝勒胤啰①钧令：近悉逆犯任伯安窝藏安徽江夏。闻知四川提督年羹尧即将由南京进京述职，着令该提督顺途捕拿，妥解京师交有司严勘。密勿！

---

① 避"胤祥"讳缺笔。

后头没缀日期，显然是留着让年羹尧自己填写，年羹尧嘴角闪过一丝笑容，说道："想得周到！妙在'顺途'二字！"

"这事宜速不宜缓！"岳钟麒侧着身子也看了刑部密谕，因道，"咱们让下头兵士分拨先去。我们见过万岁立即快马追上，万无一失！"年羹尧将纸折起塞进袖子里，一手按杯，沉吟道："兵士们不在金陵过夜，今晚就走。日夜兼程，把守住江夏各处要道，不要打草惊蛇，防着姓任的逃跑！你传我的令，不要怕辛苦，把网封严，都装成行商贩夫，里紧外松地赶路。"他拉长了脸，刁声笑道："都是跟我多年的人了，办差也不是头一遭，也知道我的规矩，走错一步，我就要行军法！"

戴铎和年羹尧相交十余年，素来觉得年羹尧尽自骨子里有傲气，也还算随和，从未见过他如此狰狞狠毒的脸色，愣了一下，笑道："这想得很周密了。今晚我就修书给四爷，我的差使办完了。"当下三人又闲聊了几句，便分手各自到驿站安置。年羹尧和岳钟麒一刻不停忙到午时过，才把五百名军士分派停当。又拜会了两江总督衙门，请总督傅英代奏请见皇上，自回驿馆听候旨意。原以为今天是没指望的了，两个人便到桃叶渡兜了一圈。回到驿馆，却见年羹尧的长随桑成鼎正急得热锅蚂蚁般点派众人。年羹尧便问："什么事？你张忙什么？"

"好我的爷！"桑成鼎拍手打膝道，"你们前脚出去，后脚内廷来人，叫你们去鸡鸣寺候见呢！老城隍庙莫愁湖都找遍了……"年羹尧一点不敢耽搁，急忙换了蟒袍、仙鹤补服，命岳钟麒也穿戴齐整。他在南京曾当差几年，也不问路，打马飞奔玄武湖南的鸡鸣寺而来。

但康熙并没有接见他们。康熙皇帝三天前就去了瓜州渡，留在南京的张廷玉住在鸡鸣寺，是张廷玉派人传呼他们来的。

"巴州康定这些地方汉夷杂处，最难治理。"张廷玉叫年羹尧谈了四川驻军情形，沉思着说道，"有些地方朝廷不设官吏，是皇上用心周详之处。不要动不动就用兵弹压，最要紧的是羁縻，但得平安就好。这话皇上已经说了几次，你们说的土司归流，设官治理，牵涉到国家大政，等万岁回来我再代奏，朝会定夺之后才能施行。年老兄前岁平苗，杀人三千，至今善后难做，不可不慎呐……"

年羹尧和岳钟麒面前各放一碗茶，听张廷玉数落自己，真想端茶辞行。但张廷玉毕竟是皇帝第一幸臣，位高权重，等闲阿哥也得让他三分，只好耐着性子坐听。好容易听着话快完了，年羹尧身子一欠正要说话，张廷玉却问道："听说你们从大营里带了几百名军士同来南京？这事可是有的？为什么？"岳钟麒万万没有想到，做得极机密的事，刚刚在南京落脚便传到了机枢大臣耳中，心里不禁略噔一下。

"回张中堂话，"年羹尧微一欠身，气度从容地说道，"确有此事。这些兵都是从巴州移防，刚刚调回成都的，原籍有山东的、安徽的、江浙的。卑职这次来宁，给万岁带了些土物，路上要押运，还有四爷的东西也不少。趁便儿挑了五百人，来南京立即遣散，让他们回家探探亲——中堂要不信，可派人到我下处去看，只余了四十多名长随，其余假满了自然还要回成都去。卑职是懂规矩的人，焉敢造次带兵觐见？"岳钟麒忙道："中堂明鉴，我们在外头带兵实在是难，宽纵了不成，太严了也不是。江浙富庶之地，不为发财，谁肯当兵？打仗攒下几个，不叫他们趁船送回来，往后招兵更难。说句瞒上不瞒下的话，要不是前头和苗疆土司打了几仗，拔了几个寨子，兵士们腰里有钱，叫他们回来也不回来！"

张廷玉笑道："这些事我也略知一二，我朝名将图海周培公昔年征尼布尔王子，没有军饷，军令便不禁抢劫民财，索额图在福建也是如此。你们不要多心，我只是随便问问。要造反，带五百喽啰来这石头城能济什么事？"说罢端起茶呷了一口。张廷玉的管家高声唱道："端茶送客了！"

两个人便忙起身，年羹尧笑道："衡臣大人，知道你崖岸高峻，没敢给你带什么东西，只有几匹蜀锦，两盒子湘妃竹扇，几篓橘子……听四爷府高福儿说太夫人病晕，顺便带了几斤上好天麻——都是些不值钱的，请中堂赏收。是送到这里，还是带到北京府上？"

"天麻送我这里，照价付钱。"张廷玉忙道，"其余东西一概不要送，君子爱人以德，我从不接人家的礼。处在我这样的位置，开了例就收拾不了。亮工你得成全我做个贤相，是不是？"说罢起身送他们二人出了禅堂，立在滴水檐下又道："万岁不见你们了，再会吧！有什么事用通封书简寄上书房，我自然要料理，不要给我私邸写信。"一摆手便进了屋里。

岳钟麒还是第一次见张廷玉，这种做派闻所未闻，一边走一边笑道："自入宦海，头一遭见清官，几斤天麻还要付钱！我不信他就指着一百八十两年俸过日子！"

"张廷玉确是清廉，收天麻已是很大面子了。"年羹尧也不胜感慨，"熙朝宰相大都没下场，此人荣宠不衰，确有过人之处！"

任伯安躲进江夏刘八女的寨子已有两个多月。他本来就有虚症，闷在庄子里不出门，越发养得发面馒头似的又白又胖，稍一行动就出汗。他离京出走，原是满不情愿的。就心里话说，当然他也怕那个"四爷"，但更怕的是自己的"八爷"，他掌握胤禩胤禟的机密太多了，害怕在这天高皇帝远的地方被主子杀了灭口。昨日胤禟又送来信，密嘱他"深藏勿露，有事多请示十四爷"，他才放下心来，自己虽处危疑之中，其实安如泰山！思量许久，命贴身小厮请过亲家刘八女来商议事情。刘八女也是个胖子，只牛高马大的看去很是健壮，穿一身熟罗夹衫慢步进来，笑道："老任，今儿瞧着你气色好。有什么喜事？其实在我这庄子上压根就不会出事，你就吓得避猫鼠似的！"

"你哪里知道我的心事！"任伯安抱着一只呼呼念经的大狸猫，迟重地挪动一下身躯道，"季孙之忧在萧墙之内！你总说把柳营那一哨绿营兵请进庄，要他们给我保镖。其实我最怕的就是他们，引狼入室，无论八爷九爷，一个手条子就要了我的小命儿！"刘八女吓了一跳，一拍大腿道："我的娘！会有这种事？八爷佛爷似的，慈眉善目，会和你过不去？"任伯安不屑置辩地一笑，说道："狡兔三窟，我也不是省油灯！这个道理我今儿才悟出来，别看八爷九爷十四爷是一伙的，合穿一条裤子都嫌肥，其实他们也使心眼儿！我这才明白，我离京走时十四爷暗中握了握我的手，又说'仔细着'，回想起来其味无穷！"

这番不疾不徐的话刘八女却听不懂，因问道："十四爷有什么使你处？要钱？"任伯安喷地一笑，说道："十四爷还少了钱用？别扯你娘的臊！柳营的绿营兵原来不是驻在镇北么？今儿就叫他们进庄来驻扎，月钱再加三成。他那个管带叫沆必大的，就住到我这西厢，只送二百两银子给他！"正说着，便见一个千总戴着起花金顶顶戴，由十几个兵士簇拥着进来，刘八女笑着迎到门口，说道："老沅，正说你呢你就来了！任爷说请你那一百多号人进镇子里住呢！"

"给任爷请安了！"沅必大就地打个千儿，起身来，满脸谀笑说道："八月天儿，渐渐凉上来了，兄弟们住在庄外过冬，得支点柴炭钱，我就是来说这事的。如今既进镇子，那就省事多了。"任伯安坐直了身子，揉了揉发淤的眼泡儿，脸上一丝笑容也没，说道："进镇子我也不克扣你的柴炭钱。这都是再小不过的意思。你支了饷，奉着官差，我这里还给着双份子，这差使哪找去？前儿我出庄转悠了一趟，巡哨的东游西逛，磨坊油坊里看庄丁做营生，还有的抹纸牌聚赌……我虽宽容，这也忒不像样子了。进了庄要还是这模样，我一个手条子递到淮安道，撤差不说，你还得吃不了兜着走！"

沅必大听一句答应一声，赔笑道："大爷有什么不明白的，如今军纪败坏，哪里都一样，卑职这一哨还算好的呢！天地良心，任爷这么体恤弟兄们，我们不能连个好歹也不知道！我们百十个兄弟要护不了您老和这个庄子，别说八爷饶不了我们，就是老天爷也容不得！我这就回去整治这群王八蛋！"说罢打千儿出去。刘八女笑道："爷不必老闷在屋里。人得见风见日头才不生病，咱们出去走走吧？到底你有煞气，这些丘八爷我说了几回，沅必大都不当回事，你金口一开，狗颠尾巴似的就去收拾那群污糟猫去了。"

"他算什么？"任伯安起身伸欠着道，"两江总督见我也得青眼相加！淮安道台的小舅子奸杀妇女，不是我在刑部说话，只流配三千里？"说罢两个人一前一后出来，一街两行的长随庄丁见这两个主子出来，都放下手中活计退到墙根，垂手侍立。

此时已是酉初时分，才交仲秋的节气，天时尚长，一天莲花云静静的一动不动，树影婆娑中一轮浑圆的太阳沉沉西下，显得恬淡安谧，谁也想不到这样的夜晚会有什么凶险。两个人迤逦来到西北角——就是胤禛胤祥路过的湖广会馆院落，已改成了刘八女家戏班子住地——便闻梨香院内调筝弄弦，隐隐还有人在对口白。走近了听时一个丑儿说道：

"春香姐姐，你方才奶孩子我瞧见了！"

"你瞧见什么了？"彩旦问道。

"说不得，我就弄不明白，你那两只奶子怎的就怎么样白？发面馍馍似的？"

"死鬼！整日捂着不见日头，还不就白了？"

"嗯？我不信！"丑儿打诨道，"我这下头蛋皮也整日捂着，怎的就黑得驴粪蛋儿似的？"

"回去问你妈！你妈知道！"

刘八女想到自己方才说任伯安"捂着"的话，不禁失声大笑，任伯安也是"扑哧"一声。便听梨香院的头儿叫道："老王头，你死了！不见八爷和大爷都在门口？"一头说，连忙过来，又开门又让座，一迭连声吩咐着掌灯，"快着点拿戏单子，请两位老爷点戏！"霎时，一院子人都忙得走马灯似的。

"点一出《拜月亭》吧！"任伯安转了一遭，身上清爽了不少，接过戏班头捧上的折扇，上头密密麻麻写满了戏名，便自点了，笑道："反正八月十五也快到了。"因将扇子递给刘八女，刘八女哪里肯点？于是便命开戏。

两个人因未用晚饭，叫了些点心，一边说闲话听戏，一边随便用些。唱到第三折尾，已是二更初，那旦角瑞兰甩着水袖唱道：

> 他把世间毒害收拾彻，我将天下忧愁结揽绝。没盘缠，在店舍，有谁人，厮指贴？那消疏，那凄切，生分离，厮抛撇。从相别，恁时节，音信无，信息绝！我这些时眼跳腮红耳轮热，眠梦交杂不宁贴，您哥哥暑湿风寒纵轻些，多被那烦恼忧愁上送了也！

刘八女听得兴头，一阵风过来吹得身上有些寒意，回身正要命人取衣裳，乍见两个蒙面汉子站在灯柱影下，顿时吓得浑身一哆嗦，半夜见鬼似的惊呼道："你……你……你们要做什么？！"

"做什么还要问？你好不晓事！"年羹尧阴森森说着，眼见那班头要溜，顺手擒到身边，若无其事地抽出腰刀，向项间轻轻一抹，颈中鲜血激箭般溅得瑞兰一头一脸，那旦角一声不哼便吓昏过去，年羹尧顺手一掇，戏班头"扑通"一声便倒了下去，略挣扎了两下便伸了腿。旁边的岳钟麒将手一摆，十几个彪形大汉闪进来，堵住了前后门。

年羹尧格格一笑，轻松地在靴底上搛了刀上粘糊糊的血，问道："谁是刘八女？"

…………

没有人回话，所有的人都已吓得面如死灰，庙中泥胎似的一动不动。岳中麒提着一柄寒光四射的倭刀，顺手将扮蒋世隆的小生提过来，劈胸捉定，从丹田里哼出一个字："嗯？"那戏子惊怔地看了看刘八女，未及说话，年羹尧已经过来，笑道："八爷，借点粮吧？"

"好……好说……"刘八女颤声说道，"大王爷爷别别……杀人，说个数儿，叫他们去取！"年羹尧摇头道："未免太不给面子了，你家银子比皇上还多呢！不要勒唆，劳动你带我们到库里去！还有你，愣着干什么？站起来！你是做什么的？"

任伯安久经沧海，倒还沉得住气，缓缓起身笑道："兄弟，杀人不过头落地，何必这么凶呢？我行不改姓、坐不更名，江湖上有名，铁头狮狲任伯安，黑道明道世路上走，山不转水转，水不转路转，人生何处不相逢？"

"好，痛快！"年羹尧大笑道，"你大约是这刘八女的朋友？仗义点儿，到东边库房里去！"任伯安脸色一转，笑道："恐怕不稳便。一路上尽是巡街的，折腾大发了都没好处。不如就在这里，叫几个庄丁过去抬银子。八女，把我瓷器庄上三万银子送大王盘缠，回头你补我一半，如何？"岳钟麒冷笑道："天下就你精明！三万银子一千八百多斤，我们扛还是抬？"

任伯安紧张地思索着，一千八百斤东西不好带，可见这是一股子小匪，这里后门出去两箭之地就是沈必大他们驻兵之地。稳住他们，一送出门就喊叫，他们就是土行孙也走不脱！因双手一摊，故作无可奈何地对刘八女道："那我就没办法了，八兄能拆兑点黄金么？"

"有有！"刘八女会意，忙连声答应，吩咐站在门口瑟缩的长随："快去！叫管家把金库清清底，全拿来……只怕也有一千多两赤足条子，够爷们支用些日子了。小人孝敬这点意思，一是求个平安，二是交个朋友。说句难听话，黑道上有个闪失，不定还用着小人呢！"

那长随尚未动身，便听外头一阵鼓噪，满庄吆天呼地"拿贼！有强盗了！"庄东庄南铜锣筛得一片山响，夹着急促的脚步声，点燃的火把噼啪作响，有的嚷："任爷八爷被劫在梨香院！"有的叫："快传信给沉管带，带人去救！"刹那间，便觉四面八方的人围了过来，到处人喊马嘶、鸡飞狗跳，还夹着女人的尖嚎，乱得开锅稀粥一般。

"是时候了，人聚得差不离了。"年羹尧朝岳钟麒扬了扬下颏，"招呼咱们的人！"

岳钟麒从箭筒里抽出三枝起火，晃着火折子燃了捻儿，三枝起火"日日日"直冲夜空，在空中连爆三响，放出璀璨的火花，伏在庄外的五百名亲兵都是训练有素的夜战老手，悄没声摸进镇子，直逼梨香院。恰正这时，沉必大带着一百多号淮安营兵从北面蜂拥而入。顷刻间将梨香院围了个密不透风。

"谁他娘活得不耐烦了？"沉必大长袍快靴，提刀揎臂，带着五六十个人冲进院子，见十几个蒙着黑帕子的人拿定了任刘二人，心存投鼠之忌，也不敢就动手，只在火把下恶狠狠笑道："就凭你这几个蟊贼，就敢进江夏行劫？识相的放开二位爷，我放一条道儿你们走！不然，哼！"任伯安急得满头是汗，被两个亲兵夹着动不得，厉声道："必大！不要动粗！送盘缠请大王们平安走路！"

年羹尧突然仰天大笑，一把摘去了蒙头黑帕，说道："不料这镇里还驻着官兵，早知如此，省了多少事！"说着便向沉必大招呼，"你过来，我有话说！"沉必大一脸狐疑惶惑，问道："你是什么人？"

"这是四川提督年羹尧军门！"岳钟麒将头套一把抓了丢去，说道："奉刑部密谕，前来捉拿钦案要犯任伯安。你的兵自然也得听年军门调遣！还不过来请安？"被夹得牢牢的任伯安电击般浑身一颤，大喝一声："沉必大！不要上当！"

年羹尧嘿嘿冷笑，逼近任伯安道："上当？上什么当？"从袖子里抽出刑部文书一晃，让任伯安扫了一眼，又踱至沉必大身边亮给他看，"明白？十三爷的手谕！"沉必大惊觉地后退一步，突然想到任伯安是十三阿哥的政敌，八阿哥的红人，一时委决不下，因笑道："十三爷的手谕不假，刑部的关防也不假。只是于例不合，怎么不见本省臬司衙门的牌票？再说，年军门是四川差使，怎么办到安徽来了？没说的，先请几位和任爷刘爷都留在标下营里，请示上峰之后再作道理！"年羹尧笑道："要是不依着你呢？"沉必大干笑一声，说道："恐怕军门得依卑职一回，卑职职责在身，您老明鉴！"

正说话间，外边又是一阵大乱，鬼哭狼嚎价乱嚷："杀人啦！"有的喝问："你们是哪里的兵？"有的怪叫："老天爷！怎么回事？当兵的自己打起来了！"便听噼里啪啦刀器格斗之声，几十个满身是血的亲兵夺门而入，簇拥在年羹尧身边，院里院外刀光剑影，一片杀气腾腾！

"下了这杀才的兵器！"年羹尧朝沉必大努努嘴，又命道："把任伯安刘八女带出去，还有戏班子这些女孩子都是见证，解送北京——其余庄丁兵士都赶进院子里！"

这些亲兵动作十分麻利，下兵器的下兵器，赶人的赶人。一个营兵稍挣扎了一下，被年羹尧的亲兵斜劈一刀，从肩头一直劈到胯下倒在地下，翻开的红肉兀自突突乱跳！

年羹尧舒了一口气，徐步出来，火把影下，他神态安详得像刚刚睡醒的孩子。他伸欠了一下胳膊，冷冷吩咐道："把这里门封上，四周围定，满庄搜索一下，无论男女老幼，见一个宰一个，不许走出去一人！"

"这院子里的人怎么办？"岳钟麒知道，对面这个魔王又要屠庄取财，但这里是中原内地，不同边远汉夷杂处之地，惹出大乱子不好遮掩，因道："里头四五百人呐！"年羹尧阴笑了一下，说道："他们聚众谋反，抗拒朝廷，王法无情，容不得！——烧！走出一个杀一个，烧得干干净净！"

殷红的火燃起来了，大院里一片惨号，凄厉得令人毛骨悚然，灰烟迷漫中一阵阵烧焦皮肉的煳臭味浓烈得呛人，连一生害人戕命的任伯安也唬得目瞪口呆，筋软骨酥。年羹尧浑身沐浴在血红的火光里，铁铸似的一动不动，看了一眼神情痴呆的岳钟麒，说道："十二个女孩子，一人六个。银子细软全部运回军中支用。"

"太……太残了！"

"嗯？"年羹尧笑道："不知死之悲，焉知生之欢？走，瞧瞧任伯安去。四爷的信里不是要我们问问，那个狗才私设的档案藏在哪里？"

第三十六回　行诈谋胤禛稳阵脚
　　　　　　遵密令福儿访当铺

　　江夏镇一夜之间化为灰烬，隔了一日，密函便用快马送进了雍和宫。胤禛胤祥和邬思道文觉性音密商一夜，觉得这事万难瞒过胤禩耳目，当下最要紧的是稳住八阿哥。不然，一旦将密建的私档付之一炬，连半点把柄也抓不住了。因此，小憩了两个时辰，胤禛如常洗漱了，便到毓庆宫见太子，下来出宫，已是近午，径从东华门出去，亲自来见胤禩。

　　"四哥稀客！"胤禩见他，知道夜猫进宅，无事不来，笑容满面迎进书房，让座敬茶，说道："刚从太子爷处下来？有什么消息？"

　　胤禛接过茶，呷了一口，说道："刚下来。心里闷，要到通州周围散散，路过你这里——昨个何柱儿到我府借书给你，听说你心口疼的毛病儿犯了？"说着，觑着眼看了看胤禩，又道："他说的吓人，瞧你气色倒像不相干的。老十三前些日子送我一包枣花黄芹茶，最养胃安脾的，我用不着这样的药茶，明儿给你送过来。"胤禩微笑着，一边听一边猜想胤禛的来意，一欠身说道："叫四哥劳神惦记着了。我这病没什么要紧。但你知道，我处境难，不想见人，只可装个幌子避门谢客罢了。""我知道。"胤禛点了点头，"如今都有一本难念的经。我的差使也越来越不好侍候了，过罢年，我也得学你，闭门读书。笑话——雍亲王就那么好欺的？"

　　"唔？"胤禩眉梢一挑，"四哥满得意嘛！"

　　胤禛叹了一口气，说道："丰升运这个人你知道不？就是前年引见的那个浙江藩司，去年升任河道总督的那个！"胤禩摇头道："这人我听说过，原来是大哥的人，和三哥也有过从，我没见过面。怎么，又要打他'八爷党'么？"胤禛哂道："哪里！结结实实保过太子一本！这狗才在骆马湖捉拿方苞，被万岁爷撞上，触了大霉头，又查出他冒支河工银子几十万两，种种情弊，把万岁气得个死，要不是张廷玉拦着，当时就正法了。不知我们这糊涂爷什么缘故，或听了谁的话，引出张释之处置冲犯汉文帝御驾一案，只流配三千里。真把我气得无话可说！"

"哦！"胤禵双手捂着杯子，沉吟道，"冲犯圣驾是没有死罪的，万岁要杀他是因为他贪污卑鄙。怎么可以避重就轻了？太子爷是糊涂了。"胤禛冷冷说道："这话明白，但说他'糊涂'则未必。按我的想头，我原拟一百多贪贿官员，里头也没个封疆大吏，总觉得不足以震世惊心似的。万岁替我们拿了一个，题中之意不言自明。但太子爷偏偏要轻重倒置，名单弄得颠三倒四，意思还要我和老十三顶名儿办，我一声不吭就退了出来。丰升运，不论他是谁的人，我非杀他不可！"胤禵这才明白，是为杀丰某，来府里当面和自己说话来了，因笑道："姓丰的不是我的门人，毫不干疼痒。其实就是我的门人，在外头胡作非为，我也从不祖护。四哥往后遇有这样的，尽自严严地办他几个，也是成全兄弟的名声儿。"

胤禛听着，似乎情绪好了些，摇头笑道："真是叫人没法子……我有时真想一刀剃去这万根烦恼丝，落个六根清净心地安然！"胤禵也是一笑，说道："四哥信佛，才有这个想头。自家兄弟说说罢了，真要学梁武帝舍身投佛？哦——那个方苞如今怎样？那年他出事，我们还保他来着，怎么又遇上了万岁？"胤禛起身漫步踱着，随意观玩着壁上的字画，良久才道："这事我也不太清楚。听说是方苞骂了丰升运，刚好万岁微服在场，听见了，姓丰的要拿人，才惹出的事。方苞如今已经进上书房侍候，他来京你问问他本人自然就知道了。"

"是么？"胤禵惊讶得几乎站起身来，"怎么没见诏谕，邸报上也没说呀！"胤禛无所谓地说道："我是见张廷玉写给太子爷的禀札里写的。方苞不封官，白衣入相。自中唐以来恐怕就这么一个吧？这是异数！"胤禵沉吟着说道："确乎如此。就是李泌布衣拜相，也还是封了官的，万岁真能思人之未思，行人之未行！"因见胤禛像是要辞行的模样站在门口沉思，又笑道："四哥不要走了，即刻就撞午时钟。也是巧，庄子上进了十几对熊掌，我发好了一对。一个人不叫，我们对酌几杯，熊掌与鱼兼而得之，就是我们钟鸣鼎食的帝胄也是难得的。"

胤禛又兜了一圈，笑道："我的饭已经预备好了，我比不了老十老十三他们，消受不了荤腥，这个月斋戒，我更不吃肉。年羹尧给我信，说孝敬我几斤狸唇，我没好话，回信说：你这个孝敬不如没有！他隔了我就到南京去见万岁，这不是做奴才的规矩！在江夏又说奉了毓庆宫的札子，剿了一个叫刘什么女的庄子，连你的门人叫任伯安的也一刀杀了！人心不古，世风日下，这种撒野的奴才，真叫人没法子！"

"任伯安死了?!"胤禩的脸色忽然变得异常苍白，突然又感到一种莫名的轻松，但刘八女在江夏为他屯着七十余万两白银，都落到这个年羹尧手里，他也不能无动于衷，想着，已是有点乱了方寸。胤禛心里暗笑，却似全然不理会，又道："太子说姓任的死了。奉差办差，我不生他的气，杀阿哥的门人，连本主都不禀一声，又是皇帝又是太子，自己就弄起来，这到底怀的什么心思？我正在想，要不要出他的籍，他原本就是汉人，还叫他安生做汉人，反正在籍也是个没王法的浑蛋！"说罢抬脚便走。

胤禩陪送着他，也不知心里是什么滋味，来不及理清乱成一团的头绪，踱着步子安慰胤禛："四哥是这些天心绪不好，才这么想。叫我看这都算不了什么。任伯安这人素来不是守规矩的人，我早出脱了他，我更没什么了。就是年某，你也犯不着生气，不值当的，等来京你当面问问他，教训几句也就是了。汉人热衷功名，没几个好东西，心里有数也就是了……"一路直送胤禛出了仪门方才住脚，大声说："四哥再来！"回头又吩咐门上侍候的家人："去叫十爷，还有揆叙、王鸿绪和阿灵阿，这会子就来！"

狗儿和坎儿从胤祥那儿接了差使，两个小鬼头当晚商量了一下，大早又去了一趟鬼市，不知买了些什么物事，匆匆赶回了雍和宫，找高福儿要帮手。因为都是一个差使，高福儿二话没说，把二门里的十几个干练家仆拨归两人指挥，还追出来叮咛一句："仔细着点，我随后就去！"

"是了！"狗儿答应一声，和坎儿一路出来，笑着小声道："瞅他那熊样子，还教训我！笨王八，上回骑那匹菊花青出去，头上摔的那个大包至今还乌青着呢！"坎儿心里的精明远在狗儿之上，因长了两岁，阅事渐多，虽仍一脸迷糊像，城府却渐渐深了。他和狗儿虽同在书房，狗儿的心思用在调鹰弄狗上，他已经识了不少字，《三字经》都讲得下来了。听狗儿说高福儿，坎儿只点了点头，说道："我知道，菊花青叫你驯反了，叫进是退，叫退是进，叫停是跑，是么？万一四爷骑了，你可怎么得了？咱们一年一年大了，也得想想正经事了，像戴铎都能弄个顶子戴戴，咱们怎么就不能？"狗儿一拍后脑勺，笑道："我这玩心难收，不知怎的，四爷一逼我读书就犯瞌睡——"正说着，拐弯出月洞门，恰和一个端盘子丫头撞个满怀，一脚踩了那丫头的脚，疼得蹲下身直叫"哎哟"。坎儿一笑，说道："这不是翠儿妹妹么？两年不见，我都不敢认了！"

狗儿也是一笑，仔细打量翠儿：月白夹衫，套着葱黄坎肩，因放了脚，半大不大一双弓鞋掩在衫下，黑鸦鸦的鬓角，衬着鹅蛋脸、笼烟眉，笑靥生晕神采照人，真似一株亭亭玉立的水蒜儿。狗儿不知怎的心里一动，竟自红了脸，呆笑了一下道："翠儿妹妹出落得——大人一样了。虽说都在这院里，侯门似海，连面也见不着，在别处遇见，不定就碰肩过去了呢！"翠儿被他瞧得不好意思的，看了坎儿一眼道："那是。我除了侍候福晋喝参汤吃奶子，不出二门一步——"正说着，一个大丫头一闪脸喊道："翠儿——福晋叫你呢！""哎！来了——"翠儿忙答应一声端着盘子径自去了。

两个人不再说话，走得风快出了老齐化门，便见朝阳门运河码头的万永号当铺。这当铺门面不大，三间临街板檐和八王府的照壁遥对，只一箭之隔，这边一声招呼那边便听得见。当铺后的院落却是很大，足有几十间房，后边紧靠运河，过了当期的东西从后门下船运往南方销卖，确是十分便当。坎儿见雍亲王府的十几个家丁扮作闲汉在照壁西一个茶棚下吃茶说话，知道已经预备停当，向狗儿点了点头便进了当铺，扑着高高的柜台大声问道："我有一块银饼，当不当？想换点铜钱使！"连说了两遍，上头朝奉才伸出脑袋，说道："拿来看看！"

"就是这块。"坎儿一脸憨相，皱着眉将银饼子举了上去，"我主子病着，等着抓药使钱，你快着点！"

那朝奉接过银饼，十分内行地反复细看，饼面一根到心的银筋，蜂窝细白，边上带着银霜，地地道道的一块台州足纹，便道："九八成，当六贯！"

"足纹！"

"我知道是足纹，这是规矩。"朝奉冷冷道，"通天下都是这样。当不当？"

坎儿咽了一口气，说道："我们主子不是穷人，就住在双牌楼，预备着应试，家里的银子没有接济来，你多当几个……"

"当不当？"朝奉不耐烦地问道，手里拿着银饼子，大有一答话就扔下来的意思。坎儿哭丧着脸未及说话，狗儿风风火火进来，说道："当铺找遍了，你在这里！八少爷家里寄来银子，不当了，那块足纹还得给少奶奶打首饰呢！"说着从怀里掏出两个元宝，冲朝奉道："这是两个济宁元宝，少奶奶信里说共八十两，少爷说这么大，不好使，你给称一称，换成银角子，给你五分银子，成么？"

那朝奉不假思索，将银饼子丢还坎儿，接过狗儿手里的元宝，略看了看放在戥子上，一戥，居然是八十八两，按着心头欢喜，说道："五分银子便宜了你们，可怜见的出门在外的人，我就给你们换了吧。唉……五分银子怕还不够夹剪掉碴儿呢！"说着便又兑了八十两银角子递给狗儿，狗儿和坎儿说笑着去了。当铺朝奉正高兴，旁边一个老头子说道："相公，那元宝你看成色了没？这两个猢狲一个叫鬼不缠，一个叫缠死鬼，出西直门没人不知道的。方才我还见他两个在茶棚那边鬼头鬼脑地叽咕，别要骗了你吧？"那朝奉吃了一惊，赶忙取过元宝细看，嫩嫩的涌头闪着青色的银芒，边上带青，十分像济宁元宝成色，但釉面却无青气。心知上当，忙到夹剪凳上夹好了，老练地一坐，"咯嘣"一声断开来，一切真相大白，里边裹着铅胎！朝奉脸色立时变得惨白，说话的声音都变了："三十年老娘倒绷孩儿！"又问那老头子："你在哪里见他们说话？"

"就那边！"老人指着西边茶棚，眯着眼道："他们没走！这……这真太胆大了！"

朝奉腾地跳下柜台，隔门望去，果见狗儿坎儿和一群人指手画脚又说又笑，顿时大怒，冲里边喊道："李再鑫，你出来招呼门面。告诉柳掌柜的，我着了人道儿了，贼就在外头！叫几个伙计跟我来！"老人忙道："千万别说是我说的，千万别说！唉……老没正经的嘴贱！""啪"地打了自己一个耳光，忙不迭溜了。那朝奉带着两三个伙计，饿狼般扑出来，直趋茶棚！

"日你姥姥小王八蛋！"朝奉劈胸一把提起正在眉飞色舞说话的狗儿，一搡一个仰八叉，"也没打听打听门面，就敢在这日弄人！银子呢？"狗儿打个滚爬起身来，叉腰大骂："操你八辈祖宗！凭什么打人？"说着一头扑过来，两个人厮打在一起。顿时里三层外三层围了一大圈瞧热闹的。

坎儿朝扮作八少爷的书房小厮墨香使了个眼色，墨香咳了一声，摇着扇子道："松手松手！这成什么体统？有话慢慢说，是怎么了？"朝奉一手捉定狗儿，瞪着眼问道："你是谁裤裆里的？管你妈的闲事！"坎儿便道："你嘴里干净点，这是我们八少爷！"

"八少爷？八老爷、王八爷也稀松！"朝奉暴跳着嚷道，因将方才两个人糊弄自己的情形对着满街众人说了，又掏出夹断了的元宝叫众人看："你们看，你们看！两个一共八十两，叫他们拐去了！这是皇城脚下，天子辇前，就敢弄这个鬼！送你们到顺天府，夹棍夹死你们！"

墨香要过两个元宝，在手里掂掂，说道："我家江南名宦，哪有这样的事？况且这银子也不像内人给的那两个，你们众人看看，我像个有病的穷举子？——茶博士，你有戥子没有？戥戥看，分量像是也不对……""有有！"茶博士一迭连声答应着取出戥子，当着众人一称，顿时沉下脸来，看了看两造人，没一个自己惹得起的，嗫嚅了一下竟没敢说话。旁边围观的一个闲汉却瞧得清爽，双脚一跳大嚷道："八十八两！这狗娘养的朝奉不是好玩艺！"

"打！"

狗儿大喊一声，王府家丁加上路人足有几十号，围着三个朝奉伙计没头没脸便是一顿臭揍，打得三个人满地乱滚，杀猪价大叫："柳掌柜的——快来呀！这是一群念秧的贼！"坎儿在旁留心看，果见当铺门中一拥而出，大约四五十个人，没数仔细，却又纷纷退了回去，接着便见一个四十多岁的汉子穿着开气酱色袍子，外套一件套扣背心，眼上架一副水晶墨镜，腰间槟榔荷包一晃一晃地出来，回头说了声："都不许出来！"说着便踱过来问道："怎么回事，有什么话不能好好说？天子脚下，没有讲理的地方么？"正说着，高福儿骑一匹高头大马，带着十几个家丁过来，因见围着一大片人看热闹，扬鞭一指说道："过去看看！"众人见他如此势派，忙都闪开了。高福儿一闪眼，看见墨香、坎儿和狗儿正给自己递眼色，腾地跳下马来，劈脸就给了狗儿一嘴巴！

"好啊！原来又是你三个！西直门外踏遍，没找到你们的鬼影子，原来骗到东城八爷门口了！这可真是天网恢恢疏而不漏，原来井也有掉到桶里的时候！"高福儿恶狠狠骂着，将手一摆，"拿下，交四爷处置！"柳掌柜的正愁没人帮腔，见高福儿手下的人三下五去二，不由分说把墨香等人架了起来，心里一阵轻松，打了个揖问道："敢问贵姓，台甫？是四爷府里恭喜的么？"高福儿点点头，吊着脸道："我是四爷的管家高福儿，上回从这几个小畜生手里买了二十多斤假人参，这是有名头的'京西三太岁'，没一个好玩艺儿！你是什么人？"

"哦，小的柳仁增，是这间万永当铺的掌柜，东家不在，守个门面，不防就被这三个小贼诓了。"柳仁增赔笑说道，"也是我这朝奉不争气，图他八两银子……"因将方才的事说了个大概。那朝奉浑身稀烂，头脸乌青，也在一边夹七夹八地哭诉："……不是高爷，小人就浑身是嘴也说不清。"

高福儿听了一笑，说道："柳掌柜的，可巧儿今儿我寻你有事，真是有缘呐！"说着，拍了拍柳掌柜的肩头，回头吩咐家丁："你们这儿等着，回去有赏——走，店里说去！"

"那……好，请！"饶是柳仁增谨慎，也被高福儿一套接一套的连环扣儿弄得五神迷乱，略一迟疑，将手一让，恭恭敬敬带着高福儿进了当铺后院。高福儿一边剔着牙缝慢慢走，留神看时，几十间房子有的紧锁着，还有十八个师爷打扮的人拿着账本子之类的东西在一个大客厅里对账，并无异样，便笑道："没想到你门面不大，里头这么气派！"柳仁增此时才觉得带这个人进来不妥，忙将高福儿让进账房，斟着茶苦笑道："这是任伯安任爷的家当，我哪有这么阔？——高爷，有什么事请示下，小的好遵命承办。"

高福儿呷了一口茶，从靴页子里抽出一张纸递给柳仁增道："你看看这个。"柳仁增接过看时，上面写着：

> 大珊瑚珠四十串　照身大镜两面　奇秀琥珀二十四块　大哆啰呢绒十五匹　中哆啰呢绒八匹　织金大绒毯四领　鸟羽缎四匹　文采细织布十五匹　金自鸣钟两座　大琉璃灯十盏　冰片三十四斤　镶金小箱一只　翡翠镶宝石如意三把　象牙西洋船一只　镶金起花佩刀五把　白金弥勒一尊　镶金千手观音一尊　精细小马铳七把

"这都是贡物呀！"柳仁增倒抽一口冷气，问道："莫非爷手头紧，要悄悄当一当？"

"你想到哪里了。"高福儿格格一笑，"我就穷死，也不敢动四爷个针头线脑！他老人家那脾气天下谁人不知？恼上来剥我的皮的工夫都有呢！这些物件都是万岁爷赏四爷的，原存在西花厅后的库房里，半个月前就失盗了，早已报了顺天府，到如今连个贼毛儿也没拿住，四爷又怕万岁知道了，又气又急，吩咐下来，顺天府要查，我也要查，拿住这贼，我得亲自处置！叫我知会全城各个当铺，看销赃了没。"

柳仁增顿时放下了心，笑道："我这里没有。我们也从不敢收这样的当。高爷要不信，我带你库房当架都看看。""既没有就算了，我瞧你也是个本分生意人。"高福儿笑着站起身来，"谁有工夫一个库房一个库房地看？京师一百多家当铺呢！"说着便走。柳仁增送至门口，刚说声"高爷好走"，高福儿却站住了脚，又道："那张单子你放好了，有人来当，你飞马报我知道。一千两赏银我送你五百。四爷要亲审这贼，图的出口恶气，我们甭惹他不高兴。"说罢自去了。

柳仁增待他去了，一刻不停便赶到廉亲王府。因胤禛正和阿灵阿在书房说话，他这样的小人物不敢打扰，便站在门口等着。足等了半个时辰，阿灵阿才辞出来，便听胤禩道："丰升运的案子你只作不知道，不要往里搅和。太子拟了个流配三千里，万岁爷朱批下来，把刑部骂得狗血淋头，连汉朝的张释之都点了进去，说是沽名钓誉之徒——已经改了腰斩。我们站一边瞧罢了。"一转脸见柳仁增在，便问："你有什么事?"柳仁增忙磕头请安，把方才的事细细说了。

"唔，你办得还算不错。"胤禩抚着剃得趣青的头思量半晌，实在想不出万永当铺和四阿哥府这次邂逅有什么蹊跷，便道："四哥府丢东西的事我已经听说了，有人销赃你告诉雍府就是了。只那些东西，你要小心加小心，万不能出娄子，所有我的手迹都要烧掉。我看你这人很识大体，好生做去，任伯安的差事说不定指给你呢!"说罢一摆手，柳仁增忙磕头退出。

第三十七回　明修栈道雅令赏雪　暗度陈仓恶擒魑魅

　　年羹尧血洗江夏，坎儿狗儿闹当铺，雍王府递失盗单，一连串的事很使廉亲王府警惕了些日子，无昼无夜都有人在王府门前耳房的窗户里死死盯着对面斗大的"当"字，那幌子只要一落，立即出动王府侍卫过去干预。但一连两个月，绝无异样的事，因此阖府上下人等心都渐渐懈了。

　　天交十月，北京已是万木萧森一派冬景，城外永定河已结了寸许厚的冰。饶是城里头风小暖和，金水桥下的护城河也结出蛛网一样的细凌，高大的城楼堞堞雉上苔藓变得暗红，显得灰暗阴沉，苍穹昏鸦，彤云渐积，像是要下雪似的，没有半点活气，只有树上的残叶，稀稀落落在朔风中瑟索，像是向人间诉说着什么，又像是不胜其寒地发抖，更增几分荒寒寞落。十月十二日一夜大风，裂帛撕布地吼了一晚，纷纷扬扬降了一夜大雪，早晨起床，人们才发现北京已是琼楼玉宇银装素裹一片混沌世界。胤禩进宫给胤礽请安回来，便见十四阿哥胤禵已在府中等着，便道："前几场雪都是零零星星丢几片，没落地就化了。这场雪真叫人精神一爽！你来了好，咱们约几个人痛乐一日！"

　　"喏——"胤禵向案上努了努嘴，"那是四哥送过来的，今儿是他四十大寿。恐怕得去扰他一席呢！"胤禩一拍手道："我说呢，心里总影着一件事，再也想不起来！去是一定的，空手怕不好吧?"胤禵笑道："四哥脾气乖张，从不收什么礼，我们犯不着巴结他又讨没趣。依着我说，两肩抬一张嘴吃他去！你要不过意儿，把你抄的那本《金刚经》送他，管保打发他欢喜了。"胤禩想想也确是如此，一笑作罢，二人同乘一抬大暖轿径往安定门雍和宫拜寿。

　　大约错午时分，那雪越发成团成块乱羽纷飞地飘落下来，街上已积了半尺多厚的雪。这样的天气并没有生意，所以家家店铺关门闭户，一眼瞭去，空荡荡的街衢上没有一个行人。恰这时候，几个大汉赶着两架驮轿"吁——"地一声停在万永号当铺外，卸了几口大箱子，一头一脸的雪，嘴里呵着白雾进了门面。几个朝奉正在柜台里向火嗑瓜子儿，见这种天气还有人上当铺，不由都伸出头来。李再鑫皱着眉头问："当什么？"

为首的就是性音和尚，大狗皮帽子后头拖了一条假辫子，似笑不笑地看了看几个朝奉，搓手跺脚地说道："几箱子硬货，你下来看看就知道了！"李再鑫和几个人递了个眼色开门下柜，打开一只箱子闪眼便见一座象牙西洋船，把一个箱子装得满满的，不禁吃了一惊，心头顿时突突乱跳；又开一个，里边齐整摆着五把起花佩刀和七把小马铳。性音索性把八口大箱全部打开，雪光里但见银灿灿、金晃晃，什么大玻璃镜、珊瑚珠、金佛玉观音、各色贡布羽缎闪烁耀目——正是四王府丢失的那些物件。不用问，来的这几个人都是江洋大盗！

"兵器我们不当。"李再鑫强按着心头的惊慌，头上已渗出细汗，支吾着挑剔道，"下余的物件你想当多少？"性音笑道："你看看这些兵器，上头嵌的都是宝石，凭什么不当？总价二十万银子是值的吧？明话直说，我们爷进京纳捐来的，吏部如今奉四爷钧谕，暂停捐官。这些东西放在身边不放心，并不是缺银子使。说当，其实不过寻个安全地方存存。这么着，你出八万吧？"李再鑫嗷着牙花子吸了一口凉气，说道："八万没说的。只东家刚把银子提走去江南购货，店里哪里一时凑得起这么多现银？三万！就这，我们也得冒雪去银号打饥荒哩。"

"七万，不能再少了！"

"四万！"

"七万！"

"五万五！"

"六万！"

"好！六万就六万，这么大财神，我也少不得恭让着点了……"

两个人都是虚情假意讨价还价，上头五六个朝奉已听得目瞪口呆。李再鑫便道："店里实有四万，还得出去挪借。请进柜台向火吃茶，我这就禀掌柜的给你筹办！"说着将手一让，请性音几个人把货抬进去，向几个人一递眼风，说道："侍候好爷们！"便自进里头报知了柳仁增。

"好！我在这稳住他们。你这就去八爷府，禀了八爷再说。"李再鑫听了，二话没说，一溜小跑赶到廉亲王府。听说胤禩去了四阿哥府，李再鑫站着想想，觉得当面去禀更好，因在门房借了一匹马，蹿上去双腿一夹，顶风冒雪直奔雍亲王府而来，赶到时，浑身已是雪人一般。

雍和宫一干阿哥吃酒赏雪说笑话儿，正到兴头之时。胤禛一向是忙人，面冷心冷，既不请客也不赴筵，与阿哥们彬彬有礼却过从很少，众人难得他这一请，因来得齐全。三阿哥胤祉、五阿哥胤祺并胤禩胤禵胤䄉胤祹胤祥胤禟胤禂胤禄胤礼……都来了，只七阿哥胤祐伤风没来，挤挤攘攘在万福堂摆了四桌席面，地龙的火烧得满屋暖融融的，却把窗槅都打开了，既轩敞又好赏雪。因击鼓传花，刚轮到胤祉说笑话，那胤祉虽饱学，却不善于此，想了半晌，说道："我没有老十三老十四那份诙谐。老十呢，又太粗。胡乱说一个，不笑别怪！——张船仙当登州太守，考试秀才，命题《伯夷叔齐》做八股。有个秀才'伯'做两股，'夷'做两股；'叔'做两股；'齐'做两股。张船仙又好气又好笑，批了几句俳语，颇有意思。"因停杯诵道：

> 孤竹君，哭声悲。叫一声我的儿子啊！我只道你在首阳山下，做了饿杀鬼。谁知你被一个混账东西，做成一味吃不得的大碟八块！

"好！"众人鼓掌喝彩。胤禛高兴得脸上放光，说道："谁说三哥讲的笑话不好？我敬三哥一杯请三哥再赐一个！"众人立时附和，胤禩笑道："确是妙语，三哥一定得赏光再讲一个！"

"那我勉从众命吧。"胤祉吃众人将不过，笑着吃了一杯，又道："那年我到睢州，见酒店一副对联写得可笑。上联是'入座三杯醉者也'；下联是'出门一拱歪之乎'——你们要再逼我喝，我可真要'歪之乎'了！"众人听了不禁又是哄然叫妙。

胤禵酒已吃到八分醉，听胤祉说他"粗"，心里不受用，头摇得拨浪鼓似的笑道："不好不好！放着这好雪，没有诗岂不可惜了，辜负了老天爷？"胤祯生怕他扫兴，便道："老十说的是，我、三哥、八弟、十四弟四个人联诗，每一句有黑有白，黑白分明，诗句不好，罚三大觥！"因起句道：

> 乌鸦争梅一段香，

胤祉接口便道：

> 寒窗临帖十三行。

胤禩折扇打着手心吟哦：

> 纤纤玉手磨香墨，

胤禵笑着道："八哥好情致，我也有了——点点梅花落砚塘！——我再起一句：佳人美目频相盼，"
　　"对局围棋打劫忙。"胤祯忙推胤祉："三哥，你怔什么？快着点！"胤祉因一笑，吟道：

> 古漆瑶琴新玉轸，

　　"好！"胤禩揎臂扬眉，正要接吟，不防胤祧怪声怪气冒出一句：

> 阴沟打翻豆腐汤！

　　众人不禁哄然大笑，十四阿哥胤禵便来拧胤祧耳朵，"好好的诗思叫你败坏得一点也没有了——阴沟打翻豆腐汤岂不是黑白不分了？罚酒，我要提耳灌黄汤！"正不可开交，高福儿匆匆进来，向胤祯附耳说了几句，后退一步躬身听命，胤祯登时紫涨了面皮，说道："这有什么说的？点王府侍卫立刻把这起子贼拿下！"又转脸对胤祥道："我府丢的东西有着落了。贼现在就在万永当铺，你如今管着刑部，只好劳你去刑部，调几个衙役做帮手。"此刻众人已是听呆了。

"成！我再给你们演一出温酒斩华雄！"胤祥笑着起身佩剑，又道："老十四，等着我回来再豁三百拳！"

胤禵听见"万永"两个字，浑身打了个寒颤，看胤禟时，也把目光扫过来，四目一对立时会意，因也起身笑道："我酒沉了，正好和老十三同去。谢四哥的寿酒，改日我还席！"

"哪里的话！"胤禛笑道，"一年四季难得一聚，何况这场好雪！你这一走就散了众人的心，也辜负了我的心——狗儿！各位爷带来的人都归你和坎儿招呼，轿子锁了，大门封锁。今儿上下一醉方休！怎的？吃醉了就不能在四哥这儿住一宿？"众人也都正在兴头上，哪里肯放胤禵去？纷纷起身挽留，罚乱令酒，胤禵心里虽不安，却也脱不得身。

胤祥带了七十余名王府校尉打马狂奔出城。过朝阳门，见守军千总是自己在户部使过的小军官辛一非，便驻了马问道："原来是你在这儿办差？你手下多少人？"辛一非是巡哨偶尔遇上胤祥的，见是恩主，忙笑道："十三爷原来还记得奴才？这里的兵不多，只有一百多人，老齐化门也归奴才管，十三爷要使人，奴才过去叫！""一百人足够了。"胤祥抹了一把脸上的雪水，"你悄悄带着把守万永号当铺四周路口，无论是谁，不许进也不许出，万永号里有大盗，跑出一个耗子去，我就抽你辛一非的鞭子！"这是个极简单的差使，辛一非连连答应着召集人，分派着把守路口，不到一袋烟工夫已将靠近万永当铺的街口封得水泄不通。

"好！你会办事！"胤祥掏出怀中金表看看，连走路没用一刻钟工夫，嘴角闪过一丝阴冷的狞笑，鞭梢一指道："冲进店去，逢人就拿！"

柳仁增和店里六七个朝奉正和性音有一搭没一搭地攀谈，等着李再鑫"取银子"回来，不防外头一阵马蹄得得，一排店门"哗"地倒了下来，满屋雪尘卷得乌烟瘴气，几十个护卫军校蜂拥而入，几乎把人来高的柜台都掀翻了！柳仁增又好气又好笑，刚说了句"官军来了"，劈脸便挨了两耳光，打得眼冒金花，急得叫道："拿错了！我是当铺的人！"

"不管是谁，拿下再说！"胤祥按剑大喝一声，"都不许动！把赃物抬过来点！"说话间几十个军校早已闯进后院，不问青红皂白，不分男女老幼，顷刻之间都捆得米粽一般。把性音等人抬来的箱子当院打开，一件一件地验。柳仁增不认得胤祥，见他如此蛮干，便大喊道："军爷，我们是报案的本分生意人——"一语未终，旁边一个护卫回身就是一个窝心拳，骂道："你有点规矩没有？这是十三爷！不许说话！"

一时清点完毕，各样东西俱在，单少了奇秀琥珀二十四块。胤祥方转过脸问柳仁增："方才你说什么？你是这店的掌柜？怎么少了二十四块琥珀？四哥最心爱的就是这个！"

"那要问贼！"柳仁增不知是冻的还是气的，脸色又青又白，浑身直抖，说道，"十三爷，就是审案，也得弄清原告被告呀！"胤祥左右张望，性音等人早已无影无踪，因两手一摊，一脸坏笑，说道："贼在哪里？这会子怎么分辨谁是好人坏人？少了琥珀，不定是藏在哪里了。"略一沉吟，从嘴唇里蹦出一个字："搜！"柳仁增真的急了，双脚一跳大叫："这是八爷的当铺！"

胤祥双脚跌得积雪咯吱咯吱响，来回踱着，偏过脑袋道："这是八哥的当铺？我怎么没听说？"

"八爷府就在对门，十三爷一问便知！"

"爷懒得问！"胤祥无所谓地笑道，"就你这副腌臜杀才相，会是八哥的奴才？我方才和八哥一处吃酒，我来这里八哥也知道，既是八哥的产业，他会不言语？"

"你——！"

"我怎么了？"胤祥倏地拉长了脸，头一摆又是简单的一个字："搜！"

于是满院各房立刻折腾得天翻地覆，砸门扭锁翻箱倒柜稀里哗啦一片声响，军士们个个腰里塞得鼓鼓囊囊，兴高采烈地串房细搜，胤祥也不理会，只等着自己要的东西。好一会子，一个护卫满脸油汗抱着一沓子案卷出来，禀道："十三爷，琥珀没有，全他妈是些账本子！"

"是么？"胤祥信手掇过一本，翻开一看，全都是钟王蝇头小楷，密密麻麻记的全是官员考功密档，某人某年月日因何故处分，转调黜降何处，走何人门路起复超迁，现在何处任何职……——周备。胤祥一口气松下来，嘴角露出一丝微笑，抖着账本问柳仁增：“这是什么东西？你一个生意人，抄录朝廷密档，比吏部的还细，是做什么用处？”

柳仁增早已面如土色，反背着手双腿一软，跪到雪地里，嘶哑着声音道：“我不知道啊！我没做过这种事啊！十三爷……这店的东家是任伯安，他到江南去了……您把他拿到北京问……问问就知道了……”

“好贼店！”胤祥勃然大怒，按剑怒喝，“很该全抄！这是大清开国罕有的大案！给我使劲抄！”

兵士们排门入店又抄又抢，店里店外一片鬼哭狼嚎，守在远处瞭梢的李再鑫知道大事不好，热锅蚂蚁般兜了两圈，想想这事无论如何得报胤禩胤禟，不及算账，丢一块银子出门上马又赶回雍和宫。

此时风已经小了，雪片兀自丢絮扯绵般漫天旋舞。万福堂十几个皇阿哥除了胤禩胤禟和胤禵，都已吃得醉眼迷离。胤䄂吃得乜着眼，手舞足蹈地哈哈大笑，说道：“不好不好！你们做的什么鸟诗？合该我这粗人出出风头，你们听听我的咏雪诗！”因咧着大嘴，大声道：

> 昨夜北风寒，天公大吐痰。
> 一轮红日上，便是化痰丸！

没有念完已是笑倒了众人。王府家丁见十阿哥发酒疯，都在廊下挤着看，指指点点笑得前仰后合。

胤禟有心事的人，一眼看见李再鑫在长随里头杀鸡抹脖子连比划带使眼色，说声“方便”，便起身来往后院走。

“好九爷！”李再鑫气喘吁吁追上来，禀道，“奴才急死了，爷只瞧不见奴才比划！爷们在这快乐，店里出大事了！”

地下雪滑，胤禟身子一晃，几乎跌倒了，踉跄两步才站稳了，脸色变得异常苍白，喃喃说道：“……到底难逃一劫！店……抄了？”李再鑫慌乱地说道：“情形到底什么样儿难说，出事是肯定的了！”胤禟这才定下神来，说道：“抄了也稀松，早已说过万事都有任伯安承当的。只是心计如此周密，手段如此绝情，令人可畏！……此地于你已经不是安全之地，你这会子就去我府藏起来，我晚间还要问你话！"说罢也不解手了，装着没事人般趑回万福堂，勉强笑着，刚说了句"老十还有什么屁诗，再作——"话未说完便是一惊，浑身汗毛直竖，原来不但柳仁增五花大绑跪在当院，"死"了的任伯安居然也由两个兵士夹着押解进来！

院中气氛已经大变，王府护卫亲兵、年羹尧岳钟麒的戈什哈站得廊下甬道上都是，一个个叩刀按剑杀气腾腾。胤祉等阿哥都出了正房，坐在檐前丹陛上一溜摆好的椅子上，只胤祥像是刚刚回来，一条腿蹬在石阶上喝着热黄酒，和年羹尧小声说话。胤禟不再说话，挨着胤禩坐下静观事变。

"你还敢问我'什么罪'？"胤禛穿着玄色貂皮斗篷，足蹬鹿皮油靴，在阶前雪地里踱着，面孔冷得罩了一层霜，咬牙笑道，"且不说你卖官鬻爵交通权要，也不说你私和人命扰乱政令，这些我在户部早已知之甚详。单就你私抄百官档案要挟官府聚敛民财这一条，你难逃一剐！我以为你死了，你还活着，很好！说说看，你雇十几个抄手密建档案库，是谁的主使？抄这东西准备做什么大事？"因指着廊下堆着的二十几个麻袋对胤禟道："老九，待会打开看看，你也开开眼！我遍读二十一史，竟没见过还有这样的神奸巨蠹！真真骇人听闻，他弄的东西比吏部的东西还要细！"

任伯安原先只是木着脸听，一抬头正看见胤禩的目光扫过来，便转脸盯着胤禛笑道："王爷少安毋躁，久闻您是铁石心肠，怎么会如此气急败坏？我这人生性爱抄抄写写，想弄个《冠缨百丑图》留给后世，叫万代之后看看我们大清这些盛世官员都是些什么玩艺儿。干这种事我自觉功德无量，用不着什么人支使——我支使您谋反，您肯吗？您这么生气，我瞧着还有点心疼呢！大丈夫一人做事一人当，当铺这些人都是奉我的命，拿我的钱办事，四爷似乎也不必枉费心机株连别人！"

"好，你说得真好！"胤禛阴毒地盯视任伯安一眼，恶狠狠笑道，"但恐你三木之下未必能如此从容！只有一层你说错了，你不过是个卑污不堪的小丑，市井泼皮无赖。我呢，是帝室龙种天潢贵胄。和我怄气，你配！"说罢命高福儿："把他送狱神庙！"胤禩见是话缝儿，冷冷笑道："四哥，这样的东西还不快打发到天牢里，送狱神庙不太便宜了他？"胤禛笑道："南衙里我有点放心不下，怕他吃得饱饱的，又突然急病死了。我正要他求生不得，求死不能！"

人押走了，兵士也撤了，阿哥们的酒也吓醒了。大家各怀心思回到暖烘烘的万福堂，面面相觑，不知话题从何开头。好半晌，胤祉才笑道："没想到老四酒筵暗藏兵机，有此一遇不虚此生了！怪道的刑部冤狱清不胜清，原来里头有这么大一篇文章！只是这么大案子，你打算怎么料理？"

"我心里好难委决，正要听听三哥和兄弟们的见地。"胤禛变得很忧郁，颓坐在安乐椅中抚着脑门说道，"实言相告，就为这个缘故，我才请你们来……"胤禵自斟一杯酒，一仰而尽，说道："四哥这话我有点不明白。自古杀人偿命欠债还钱，有王法在，按《大清律》办就是了，有什么难为处？"

胤禛看了看胤禵，叹息一声道："傻兄弟，要我一个字一个字解说么？我办这事并没有私意儿，原是要去掉这个国蠹，所以连太子爷也没有禀。但任某在京惨淡经营几十年，犯了不计其数的过恶，要没人撑腰他不敢，也做不到！难说我这些手足里就没有牵连进去的。这件事王法人情相悖，我又不想打耗子伤花瓶。所以要有个十全之策。"他沉痛地低下了头，喃喃道："当然也许是我多疑，最好我疑错了，但这案子我不审。千扯万牵，我不信三哥会有这种事，所以我想请三哥办这个案子。三哥要体谅我这份心，我这就修表给阿玛，进宫见太子，请他们给你指令。"

一席话说得众人无不动容，这个刻忌成性的阿哥竟然还有这么深沉的手足之情。胤禩见他既为香客又拆庙，恨不得一脚踢死胤禛和胤祥，又自知一开口必定招疑，只把手中折扇合起展开，展开又合起，一脸若无其事的模样。

"我做不来这样的大事。"胤祉见他要把这个烫手的红炭团儿塞到自己怀中，心里不禁暗笑，皱眉说道，"皇上见你这奏折，难免也要想，为什么叫老三来办差？依着我的见识，老八老九在刑部熟门熟路，交给他们办最好！"

胤禩睨了胤禩一眼，心里拿定了主意，说道："四哥方才说的都是肺腑之言，我听得几乎落泪。我和四哥一样的心思：这案子不能不办，也不能大办。要信得过，我就办！"

"那就偏劳九弟了。"胤禛望着门外大雪纷飞的天空，舒展了眉头道，"就是这样儿。为明我的心，我先担一点责任——高福儿！"

"在！"

"把廊下那一堆麻袋垛到院当中，一把火烧尽！"

"啊？"

"唔？！"

"喳！"

殷红的火焰在冰雪世界中燃烧起来，不时发出轰轰的响声，飞起的纸灰在空中无力地盘旋着，又被雪打湿，粘落在烤化了的雪地上。阿哥们怔怔地看着，心里一阵空明，又有些迷惘，谁也不知道自己心里是什么滋味，直到燃成一堆黑色的湿泥，才各自起身告辞。

"胤祥，你留一下。"胤禛一边送众人，说道，"我又乏又累，还有点心神不宁，你陪我一会儿。"胤祥点了点头，陪着胤禛将众人送出仪门，回来时，已见邬思道笑吟吟站在万福堂前挂满了浆果的石榴树下。

第三十八回　抢功劳胤礽枉行权
殉气节紫姑染黄泉

一场大事做完，胤禛觉得疲累已极，刚想和胤祥邬思道文觉聊聊，松乏一下，却见高福儿进来禀道："四爷，十三爷，毓庆宫魏公公方才传话，太子爷请你们进去呢！"

"好长耳朵，"胤祥伸着懒腰起身笑道，"这么快就知道了？"胤禛摇了摇头，苦笑着也站起来，却没说什么。邬思道见他兄弟忙忙穿戴了要走，像是忽然想起了什么，问胤祥道："性音呢？叫他陪着你们一道去！"胤祥笑道："他在粘竿处练功夫。他一个武僧，有事没事叫他跟着干什么？再说他也进不了大内。"

邬思道用火筷子拨弄着炭，说道："文事已毕，自然武备紧随。二位爷，你们已经和权势最大的人结了生死冤家，难道自己还不知道？"胤禛正扣着腰间的带纽，住了手，沉思片刻说道："性音暂且不宜出头，叫狗儿坎儿带几个贴身武士换便装跟着就是了。"邬思道只一笑，没再言语，二人径自出来同乘一轿而行。

"邬思道这人要算厉害。"胤祥坐在轿中望着缓缓后退的街道房屋，说道，"只是有点怪，太不合群了。寻常士人风流自命，他连这点嗜好也没有。四哥也该给他成个家嘛！"胤禛叹道："十三弟，你还是不知道他。我若不用他，或许他要削发为僧呢！"

胤禛说着，见胤祥像是想起了什么，已经敛了笑容，便笑道："你这拼命十三郎，这会子又怎么了？早年皇上说我喜怒不定，我看你才是三伏天气性情呢！"胤祥叹息一声，说道："四哥是个有福的。像三哥，八哥，家里养着几十号清客相公，我瞧着都是些无赖文人，一些用也不顶！我府里若有半个邬思道，不知省我多少心！"胤禛点头微笑，道："人家以多取胜，我只好以精取胜。宁吃鲜桃一口，不吃烂杏半筐，这是我的章程。"

"虽说如此，我还劝四哥一句话。"胤祥随轿上下闪动，幽幽地说道，"高福儿年羹尧两个人，我就瞧着不是很地道。"胤禛笑道："用人不疑，疑人不用。他两个都是欠我大恩的，高福儿是不学无术，也不够精干，所以我没放出去做官。年羹尧虽说骄纵，对主子交办差使，还是尽心尽力的。"胤祥冷冷说道："人说四哥刻薄，我看你还是厚道了些——"从袖子里摸出几个金瓜子递了过去。

胤禛接过看了看，信手丢在横枋上，问道："这是怎么回事？"

"这是在江夏，我送给老王头的。"胤祥说道。他的眼像隔着轿看着远方，"老王头叫年羹尧杀了，这是他的二小子从死人堆里爬出来，带进京的。老王头临终只说了句'进京，找四爷十三爷……告御状！'就咽了气。"胤禛听了默然，良久才道："办这么大的事，不免要死几个人。世间事原本如此，哪个庙里都有屈死鬼呐……"胤祥苦涩地一笑，说道："不是他儿子亲眼见，我死都不敢信，年羹尧在你我跟前那么随和，生性竟如此残忍，一个江夏镇男女良贱六七百都活活烧死在梨香院……有跑出来的就补一刀再扔进去！"

胤禛浑身一颤，睁大了眼睛，又疑惑地摇头道："不至于吧？年羹尧说只杀了二十几个人！再说他又何苦如此，于他又有什么好处？"胤祥冷冷一笑，说道："四哥，所以我说你厚道！王二嘎子现在我府，再说岳钟麒，我也问过，他虽有点支吾，也说死了大约三四百。二十几个人？真是活见鬼！姓年的可真能蒙！你不是问他何苦如此？我看是庄里银子钱太多，他既办差又发财，怕人知道，所以杀人灭口！"胤禛闭上眼睛，陷入了深思，许久才瞿然开目，伸出两个指头道："一、年羹尧这事功大于过，如今情势，决不可追究，你要切切牢记；二、把那个王什么嘎，密送到我的黑山庄园养起来，任谁问不要提这事。这样办好么？"

"西华门到了，落轿！"

随着一声高呼，大轿四角落地。胤祥只说了句"省得了"，便随胤禛哈腰出了轿。

"两位弟弟在家做得好大事。"胤礽在毓庆宫后工字书房召见了胤禛胤祥，一见面就呵呵笑道，"请你们来聊聊，我也高兴高兴。"

胤禛行礼，欠着身子坐在绣墩上，抬头看了看胤礽。胤礽穿着玫瑰紫黄缎猞猁猴皮袍，上罩黑缎珊瑚套扣巴图鲁背心，腰间系一条湖色丝绸腰带，缀着两个明黄缎的绣龙荷包，青缎帽上顶着一块攒花宝石结子，一条油光水滑的长辫直拖到腰间，外面的雪光映照进来，显得十分精神。胤禛因赔笑道："今儿是我的生日，头场雪下得这么大，心里欢喜，请三哥和弟弟们进一杯水酒消寒赏雪。原本没什么大事，不防这件案子出来，就闹得惊动了太子爷……"因将万永当铺的情形备细说了。

"兵法所谓'守如处女，出如脱兔'，痛快！"胤礽听罢放声大笑道，"你甭遮掩，此事我早已了如指掌。安徽臬司衙门有个折子，奏闻了年羹尧剿灭江夏镇匪人的事，任伯安活着我也知道。特意吩咐陈嘉猷朱天保，雍亲王要在北京揭一件大案，不进来禀知，自有他的道理，任伯安活着的消息万万不可走泄……如今果不其然！嗯……立这个功，又是狗长尾巴尖的好日子，赏你点什么呢？……来！"

"在！"

"把雕着碧玉百桃的那副八宝琉璃屏着人送雍亲王府！"

"喳！"

胤祥眨巴着眼，心下诧异：这人怎么了？装腔作势故作豪爽？太子素来不是这样的呀！胤禛却抚膝一叹，说道："难得主子如此体恤！这事没有先禀，为防的事机不密，逮不住黄鼠狼惹一身臊，又担心主子见怪。想不到太子爷成竹在胸，早已暗中庇护。有您这几句话，我就安心了。既如此，一切听太子爷安排！"

"你已经办得很好了。"胤礽手剔指甲，看去平静了许多，一笑说道，"我原想由老八来审，你既安排了胤禵，也是一样的。依我说，加上个老五，胤祺胆小，谨慎老成，和胤禵一起来办，只怕更周全些，你说呢！"胤禛想了想，老五无门无派，外头人看着确实少些嫌疑，因道："太子爷思虑周详，这样确实更好。既这么着，我就不具折子了，由太子发六百里加紧递送万岁爷那里，由阿玛批办就是。"胤礽满意地点点头，说道："甚好，一会儿我就叫他们办。有功人员你列个名单，一并保举。"

胤禛心下也是十分愉悦：自己把红炭从炉子里扒出来，别人愿意兜起来，有什么不好？因见胤祥一脸不高兴，只扫了一眼，摆了摆袍襟问道："万岁爷几时启驾回京？"

"已经是第六次南巡了。"胤礽舒了一口气，"临去之时，阿玛告诉我，这或许是他最后一次出巡，要多耽些日子。昨儿收到张廷玉札子，说元旦前赶回来。"他神情变得有点阴郁，许久才又道："老人家这次出京，我自觉我是尽力做事的，没有出什么大的差错。回想起来，我这回复位，不知怎的就时时犯躁性，也办了几件不出色的事，还得你两个体谅。"胤禛听了兀自沉吟，胤祥在旁说道："太子爷，休怪我性子粗鲁。你既说到这里，我也就不忌讳，你那次在水亭给四哥没脸，就是有些过分！"胤禛忙摆手道："老十三，你又没在跟前，那日是我先不是，顶得太子爷下不了台。"

胤礽站起身来，背着手看了看外头，说道："雪下得小了……岂止是水亭？赈济山东的事我也驳了老四。还有摊丁入亩，我当面驳了，其实还是批下去照老四的主意办了……我心情不好，不拿你们出气，难道能把老八叫来训一顿？"他脸上闪过一丝无可奈何的笑容，"你们心里有数，就不怪我了。"

这话说得动情，不知哪一句触了心，胤礽涨红了脸，眼睛里竟汪满了泪水，胤禛胤祥都低下了头。许久，胤祥长叹一声，说道："太子拿我们当心腹，我们哪里敢有自外的心？这朝廷、这天下早晚有一天……是你来坐——听十三弟一句心腹话：我真的不明白，你改那个贪贿名单是怎么想的，寒了百官的心不是耍的！"

"我这个太子当得窝囊啊！"胤礽吁了一口气，缓缓说道，"读过楚辞《招隐士》么？'攀援桂枝兮聊淹留，虎豹斗兮熊罴咆，禽兽骇兮亡其曹。王孙归来兮！山中不可以久留！'淮南小山写这些惊心骇目险恶惨酷的情形，岂止深山幽谷里有？我看这北京城，这紫禁城也是一般儿光景！王孙归来，还有个安乐窝，太子归来何处？你们都曾见过了的，连狗窝也不如！所以你们做别的事，我或有高兴的或不高兴，但铲除朝中杂秽，排揎那个八爷党，我觉得就是为王前躯！"

两个人这才明白胤礽的心思。胤祥忽然泛上一股莫名的懊悔，觉得出力费劲，竟是为此人作了嫁衣裳，强打精神正要说话。胤禛正容说道："太子爷，君无戏言，臣吏不应有戏言。我做这些事不是本太子这个宗旨。但于宗庙社稷有利，国计民生有益的，我勉力去做。不然，我是不敢奉命。据我的愚见，太子朝廷原为一体，自当一德一心，万不可存了私意，反给小人可乘之机。"

"好好！我听你的还不成么？"胤礽说道，"老王师傅也这么说，我知道你们的心。就这样吧，名单我再看看，斟酌一下再办。江苏昨日送进奏折，又运来糙米一百万石，今冬明春京畿直隶已有四百多万石粮，老百姓不至于吃树皮了——这不是国计民生？老四催催户部，把粮库赶着整修好，霉烂了我要追究！"

胤禛胤祥相跟退出，直到西华门外才站住脚。呼吸了一下清冽寒冷的空气，胤祥觉得清爽了不少，一边下台阶，说道："这倒好，折腾来折腾去，他一伸手把功劳抢得精光！我们呢？空空如也！一幅琉璃屏换走我多少心血！"胤禛踏着满地碎琼乱玉，一边走一边说道："你什么时候才能明白？原来是太子坐山观虎斗，如今是我们壁上观！这件事不久就传遍朝野，谁能埋没掉你十三爷？"

"哦！"胤祥如梦初醒，佩服地看了一眼胤禛，说道，"我明白了！——你坐轿回去吧，我改日再去。这离我府不远，在内务府借匹马，我骑马回去！"

"唔。"胤禛点点头，不再说什么，哈腰上轿迤逦而去。胤祥目送他去远了，才慢慢向内务府走去。

回到十三贝勒府仪门前，胤祥看看表，正指申末时牌，见贾平正带着合府男丁，拿着簸箕扫帚雪推板出来要扫雪，胤祥一边下马，叫过贾平道："谁叫你扫雪的？都回去！"

一句话说得众人面面相觑：下雪扫雪，这么丁点儿事，还用着"谁叫"？贾平看看胤祥，不像是不高兴，呵着手赔笑道："是奴才的主意。方才一个丫头给阿兰姑娘送茶，盘儿盏儿滑丢出去老远，雪这阵子小了些，下得太厚了扫帚拥不动……"

"都回去，都回去！爷赏你们酒，烤火吃酒是正经！"胤祥笑嘻嘻往里走着，说道，"好好的雪，你们扫了我看什么？"因见文七十四也在，又道："我早说过，你不用来应差嘛，怎么也来了？"文七十四吭吭地咳了几声，说道："老奴才是个贱性儿，能动弹就想着给府里做点什么……"贾平笑道："要是下白糖还有点看头，这白乎乎的连着白乎乎，有什么看头？"

胤祥笑着往里走，说道："你懂个屁！爷就喜欢这白乎乎又白乎乎的雪！叫王二嘎子到我那里去。从账房支二十两银子弄几个菜，你们吃酒去！"说着已进了三门，因见阿兰乔姐都站在廊下，便逗着架上的鹦鹉问道："紫姑呢？叫她把早上煨的王八汤端一碗，给我祛祛寒气！"

"爷怎么忘了，那汤都浇了兰花，还是爷自己说的呢！"乔姐笑道，"紫姑姐姐娘家捎信，她娘气喘犯了，头午回去，说了，要是重了，未必就能立时回来——爷既然冷，再加个炭盆子，熏笼烧得热热的，烫点黄酒喝了，一样暖和。"胤祥因见茶几上尚有残局，笑道："红巾翠袖，拥炉围棋观赏雪景，这份雅兴不浅——叫他们小丫头子侍候，我独酌观战！"

一时便见王二嘎子进来，笨手拙脚地行了礼站在一旁。这是十分忠厚朴讷的庄稼院小伙，穿一身胤祥赏的皮褂子，十分不惯这种场合，热得头上冒汗，结结巴巴说道："十三爷……您叫我？"胤祥接过一杯黄酒一仰而尽，伸着手让人再斟，笑道："是这么回事。你说的事情四爷和我都知道了。剿匪嘛，误伤好人的事常免不了。有些备细情形四爷还想问问，叫贾平找两个小厮这会子就带你去。人命案子关天，四爷自然要还你个公道。"说罢命人："拿十两银子赏王二嘎子——找两个妥当人送他雍和宫！"

"他是什么事，值得四爷过问？"乔姐看着棋子儿，手握绢帕子轻咳一声问道，"不是说您收留了他么？"胤祥却不答话，指着棋盘一个角落笑谓阿兰："你这里须补一着，乔姐要在里头做劫了——你们不知道，今儿四爷府里好热闹，除了太子爷，阿哥们差不多都去了，从没这么快活！我还唱了一首歌呢！"阿兰抿嘴儿笑道："必是好的！几时爷也唱给我们听听，谱个曲儿，比干唱总好些儿！"胤祥连喝几碗黄酒，加上在雍和宫喝的，已是醺然欲醉，双手抱膝摇头道："歌是好歌，小时候听精奇嬷嬷韩刘氏教的。只是谱不成曲儿，难为死行家，不信你们听——"因扯开嗓门唱道：

> 下大雪，冻死老鳖！

头一句唱出来，乔姐阿兰已是怔了：这是什么村歌？两个人一愣，旋又笑得前仰后合，阿兰手里棋子撒了一地，噎着气道："这是摇篮曲儿，十三爷也不怕人笑死了！""摇篮曲儿有什么不好？"胤祥道："你们听着了——"

> 老鳖告状，告给和尚。
> 和尚念经，念给先生。
> 先生打卦，打给蛤蟆。
> 蛤蟆浮水，浮给老鬼。
> 老鬼磨豆腐，磨他妈的一屁股！

歌没唱完，屋里屋外已是笑倒了一片。胤祥乜着眼道："你们笑什么？世道上的事不就是这样儿！老鳖的官司打不赢！"

正说笑热闹，却听架上那只红头鹦哥学舌："磨他妈的一屁股，磨他妈的一屁股！"众人一发前仰后合。胤祥一回头，见紫姑穿着件小羊皮风毛昭君套，捧着手炉子进来，便笑道："你来迟了，没听我的歌！"因见紫姑站着，一副心事重重的模样，便起身觑着紫姑道："怎么了，不高兴？我竟忘了，你娘病了，这种天儿气喘病最难过的……要什么药叫贾平他们去抓，别替我心疼银子——要不要请个太医？"

"我是哪个牌名上的，敢劳动太医？"紫姑的脸色异常苍白，勉强笑道，"她六七十的人了，只是早晚的事了。人生本是同林鸟，劫难来时各自飞……我也早预备着这一日了。"胤祥听了默然，看了看阴沉沉尚自落雪的天，叹了口气，说道："想开了，就不要窝在心里。今儿天晚了，明儿我亲自去太医院请贺孟颊，他看痰症还是有一手绝活的。"说着酒一阵阵涌上来，觉得头晕，打着酒嗝对阿兰乔姐道："安置着，早点歇了。今晚你两个侍候，叫紫姑歇歇。"紫姑忙道："还是我来。左右反正是难睡，我在这纱屉子外头做针线，这屋里暖和，累了歪一会子就是了。"胤祥听了无话。阿兰乔姐也难争，对望一眼，忙着掌灯下帷，为胤祥脱靴掖被。顷刻间，胤祥已鼾声如雷，二人蹑脚儿退出，天已黑定了。

紫姑守在摇曳不定的孤灯前，听着外头凄厉的风声，心像浸在冰水里一样，浑身都在瑟缩。她其实是胤禩和任伯安精心安置在胤祥身边的密探，今晚奉了主人和母亲双重命令，下手杀掉胤祥，她陷入了极度的矛盾和痛苦之中。

对于满人，她原本怀着一种刻毒的仇恨，无所谓太子党八爷党，清兵入关，在嘉定屠城三日，做过前明副将的祖父杨伯君一门良贱三百余口，被杀得干干净净。奶娘抱着年仅七岁的母亲逃出尸横遍野的嘉定，投奔南京做生意的叔叔杨仲君。叔叔和任伯安是结义兄弟，康熙二十六年，皇帝第一次南巡金陵，他们跟着朱三太子，在莫愁湖畔的昆卢寺院禅山上架起红衣大炮，要炸康熙皇帝的行宫。事发之后，叔叔一家几十口又遭劫难，年迈的杨仲君被零割一万余刀，惨死在南京柴市……这些事当然她都没有亲历目睹，但母亲、哥哥，还有任伯安从她记事时就讲，一直听到长大成人，已是烙到心上、融在心里。胤禩利用她，她自然知道，但眼见是一心要学赵高"毁秦报仇"的任伯安又落入满人手中，而且始作俑者正是自己朝夕相伴的胤祥！

望着煌煌闪烁的烛光，紫姑又想到方才病得奄奄一息的母亲。也是一支烛，不过细些，忽悠忽悠的光影里，母亲枯瘦如柴的手紧紧拉着紫姑的胳膊，声气微弱但又十分清晰：

"孩儿呀……国仇是报不了了，家仇不能不报！你任叔为报这仇，连家也没成……如今也要去了……当年你父亲入狱，正下大雨，天上的雷震得房子打颤，他临去仰着脸吼：'呸！老天瞎了！一命换一命……为什么我杨家几百条命换不了一个满人？'……从那日，我在观音菩萨跟前许下宏誓大愿：我是个女人，做不来大事，我必叫儿女遂你的愿！你哥哥死了，你……你……你得叫我下去能见你爹！"

烛花一爆，紫姑又仿佛见到胤禩那张清秀的团脸。胤禩的命令再简

单不过："胤祥不除，国无宁日。你读过不少书，知道皮之不存，毛将
焉附，我保不住，你母亲你弟弟怎么办？他能杀你任叔，你杀他还不是
天理人情？你或许觉得我心狠，但你想想胤祥做事，有半点手足情分？
他已经瞄着白云观，再毁了这处地方，接着一个就是我！所以你不过是
按天意办事而已！事情做完，你立即逃出十三贝勒府，我外头昼夜都安
置着接应你的人……"

"紫姑……紫姑……"

躺在床上的胤祥翻了个身，喃喃道："口渴……弄点水来……"紫姑
慌乱地起身，颤声答应道："就来……"就银瓶里倒了半杯水，又兑了
点壶中的开水，倚在胤祥身边喂了两口，胤祥咂了咂嘴又酣然入梦。紫
姑从袖中抽出一柄雪亮的匕首，呆看着胤祥：此时下手，一百个十三阿
哥也顿时了账！她迟疑着凑近了胤祥，脑海里一时是虚幻中血肉狼藉的
嘉定将军府，一会儿是胤禵面带忧虑的脸，一会儿是血淋淋的任伯安，
一会儿是母亲欲哭无泪的眼睛……忽然间，她看到胤祥腰带上的平金荷
包——那是她一针一线绣出来的……她原想往上加一条浅黄绣龙，胤祥
苦笑着告诉她：这颜色不能用，叫大哥他们看见，又要罚我跪日头……
当时自己怎么回答来着？记不清了，但记得胤祥说完就哭了，扯着自己
的袖子揩泪说："阿哥里头，我是由人作践的，明黄荷包别人都有，我
不敢用……"

这一瞬间又是万绪涌来：这个胤祥使性任气，有时也踢自己几脚，
但更多时是温存……从十五岁就和自己耳鬓厮磨，从来没有拿自己当下
人，高兴时有时还把自己紧紧抱着满地打旋儿……她陡地发现，自己其
实早就爱上了这位英气勃勃的青年阿哥，只是心被什么东西禁锢着、压
抑着，自己不敢承认罢了。紫姑手持匕首踟蹰着，徘徊着，高大的帷幕
上时时掠过她顾修的情影。突然拱辰台传过三声沉闷的午炮，正是钟漏
将尽之时，窗缝里袭进一股阴森森的凉风，紫姑不禁浑身一颤。

"这是命，这是天意……"紫姑眼中闪着鬼火一样的光，慢慢踱至
案前，提起笔，在胤祥未画完的一幅白梅傲寒图的空角，抖着手写了几
句什么。掣起匕首，惨笑着看了看，对准自己心窝扎了进去。肋间骨骼
轻微地响了一声，像一株刚刚砍倒的小树，胸前流着殷红的汁液，颤颤

地抖动了几下，整个世界都消失在渺冥中……

沉沉酣梦一夜，胤祥醒来时已是满屋大亮，以为睡过了，一翻身起来，又想到外头下雪，雪光映得屋里亮，不禁自失地一笑，喊道："紫姑，倒口茶来漱漱！"连喊几声没人应声，睡在东配房里的阿兰听见了，忙披衣起来，笑道："紫姑姐姐也有睡沉的时候儿？"因挑帘推门进来，但见碧血一汪中紫姑侧身僵卧，手中兀自握着那把匕首，阿兰唬得浑身一颤，立住了脚，只是动不得，惊叫："老天爷！这是怎的了？"

"失惊打怪的叫什么！"胤祥掀开帷幕，掩着扣子出来，话没说完，脸上的笑容像凝固了似的，死死盯着地下的紫姑。犹恐是梦，揉了揉眼，跨前一步抓起紫姑脉息，方知连身子都僵了，忽地抬起头来，盯着阿兰不言语。阿兰被他的神态吓得后退一步，问道："十三爷，您……"胤祥狞恶地一笑，下意识地向腰间摸了摸，一回头看见那张梅花，疾走几步拿起来一看，又丢在地下，颓然落座，双手掩面，许久才发出一声似嚎似泣的深长叹息，连连摇头道："这不是……这不是真的……不是的……"阿兰小心地捡起那张图，还有一枝尚未画好。蟠螭虬枝胭脂淡染，一丛茂梅开在冰天雪地的江岸，上头几行细字十分娟秀，写道：

> 咏梅
> 不堪萧瑟对野渡，寂寞孤傲寒江渚。
> 摇手休问玲珑枝，尔是汉陵第几树？
>
> 紫姑于甲申后六十六年绝笔

"这事情你和乔姐不能向外说。"胤祥抬起了头，深沉地望着远方，吁了一口气，"……好好发送她。"

第三十九回　皇心不测宠辱难辨
　　　　　　玲珑机宜暗布间谍

　　清剿江夏镇，生擒任伯安，紧接着又一举查抄了任伯安一手私建的密档。康熙在瓜州渡接到太子飞递的六百里加紧奏章，赫然震怒，立即下诏：

> 十月二十五日奏悉，不胜骇然。此等蠹国害民巨贼，史所罕闻。着依议由皇五子胤祺、皇九子胤禟会同大理寺、刑部、顺天府诸有司衙门，严鞫首犯任伯安，追索谋主，依律以大逆拟罪，不可稍存姑息。钦此！

接着便命驾沿运河北上回京。
　　十一月二十日康熙的法驾取道天津，由陆路赶回了北京。此刻已是滴水成冰的天气，东直门外残雪连陌，一片白皑皑。迎驾事毕，康熙皇帝便在接官厅前临时搭起的芦棚里召见胤礽胤祉胤禛胤祺和胤禟五个儿子。
　　虽说是"芦棚"，但里边幕了毡，围得密不透风，四个硕大的鎏金火盆兽炭熊熊燃烧，融融似春。康熙只穿着一件酱色江绸天马皮袍，头上戴着黑狐腿缎台冠，虽略显疲乏，却是神采奕奕红光满面，看来这次江南之行，离开北京这个争权夺利的是非窝，他的心境十分恬淡安逸，几个月工夫，仿佛年轻了许多。含笑看着儿子们行了礼，命太子坐了，说道："廷玉不消说了，朕还给你们带了一个人，你们未必认得呢！"张廷玉紧挨康熙站着，忙笑道："虽不认识，方先生的书各位爷们都是读过的——这位就是桐城派文坛领袖方苞、方灵皋先生。"方苞忙跨出一步，给太子叩头，又要给胤祉等人请安，康熙却笑道："罢了吧，你是朕的朋友，不同于张廷玉，他是朕的臣子、奴才。这些都是朕的儿子，往后见面执平礼——你们都听见了？"

胤礽这才仔细打量方苞，实在长得不出眼、黄病脸，倒扫帚眉，尖嘴猴腮的一脸猥琐相，穿着件长长的黑狐皮长袍直罩到脚面。真不知康熙怎么会选这么个人进上书房当布衣宰相，也不明白这么丑的人怎就偏生一手好文章。心里暗笑，口中却道："久仰方先生道德文章，无缘相会。现今简在帝侧，往后请教就方便多了。"方苞忙躬身说道："盛名不符，谬承太子爷金奖。"说着又目视众人，只这一霎，人们才看到他目中波光晶莹神采照人。胤禛在桐城查抄方府，其实是见过方苞的，后来还同八阿哥在康熙跟前保过方苞，想了想此时不便相认，只含笑点头会意。胤祉却笑道："我自幼就读方先生文章，《狱中杂记》详明切要痛陈时弊，确是洞穿七札。前番旨意，我猜就是先生手笔。其中有一事不明，想请教先生呢！"

"您是三爷吧？"方苞略一欠身说道，"不知道三爷想问什么事？"胤祉笑道："里边说到张释之沽名钓誉，不见于史籍，请问出自何典？"方苞微笑道："史籍中自有，留心时就看出来了。张氏为文帝廷尉，掌一国司法大权，周勃蒙冤几乎被杀，未见张释之一言相保，却在冲犯御驾小节末事上大做文章。皇上旨意称他沽名钓誉十分允当的。"

胤祉一见面就捅太子的疮疤，众人不禁一怔，胤礽脸上更挂不住，好好的父子君臣久别重逢，立时弄得人人不自在。胤祉自觉失言，正要委婉几句，却听康熙说道："若论读书，你们都差得远呢！说说吧，任伯安的案子怎么样了？"

"回阿玛话。"胤礽瞥一眼胤禛，在椅中一躬身说道，"任伯安刘八女依律问的大逆罪，任伯安为首犯，凌迟；刘八女以下四十三人，连同刑部两个司官，腰斩、大辟不等，还有一个知情不举的，是个五品官儿，赐自尽。已经结案了。"

"结案了？"康熙似乎有点意外，回身取杯子，手插在热水里，烫得一缩，已是铁青了脸，冷冷说道，"太草率了些儿吧？"

声音虽然不高，语气却很重。几个阿哥对望一眼，谁也没敢言声。康熙立起身来，踱着步子道："想那任伯安，吏部笔帖式出身，芥菜籽大的官，萤火虫儿的前程。哼，没有人主使，他敢雇佣几十个抄手，密建私档，要挟百官？既然斩草，何以不除根？既然除恶，为什么不务尽？"

…………

"哎？"

"是儿臣的主意。"胤禛见太子不言声，心里冷笑，站起身来从容说道，"请父皇责罚，不但任伯安的事不曾株连，就连其所建伪档，也是儿臣自作主张，当众焚毁了。"

康熙倏然止步，目光变得咄咄逼人："嗯？！是你？这么大的事不请朕的旨意，也不禀知太子，你专擅得过头了！"胤禛"扑通"一声双膝跪下，只是垂头不语。康熙怒喝一声："为什么不回话？"此刻棚里棚外皇子大臣，侍卫太监足有上百的人，见康熙龙颜大怒，人人色变个个股栗。

"儿臣无话可答，"胤禛盯视康熙良久，忽然垂下了眼睑，叩着头答道，声音竟自有些哽咽，"唯有此心可对天日。"

"为什么？"

胤禛沉吟片刻，平静了下来，说道："万岁识穷天下，圣明独照。那任伯安一个卑污在籍小吏，在京惨淡经营数十年，密建私档，要挟群臣，纵横六部，营私舞弊。前有名臣如于成龙郭琇，后有贤相如张廷玉、马齐，康熙四十二年之后，年长阿哥也多有主理政务的，难道无一人察其奸案？谁能保在座诸王贝勒及相臣疆吏没有卷进去的？当日吴三桂等三藩乱起，父皇也曾在午门当众焚烧百官书简，稳定群臣之心。萁豆之火不燃，则兄弟相安，党争之氛不起，则朝局相安。为此，儿臣甘冒阿玛重谴，查办首恶以震慑奸徒，焚卷灭据以安定上下人心。父皇以为儿臣错了，儿臣自应一身相担。"

"嗯……"康熙看看胤礽，又看看胤禛，心里突然一动。到现在他才明白，这个案子压根就不是太子主办的，思量着，口气已经变得缓了下来，却道："这与三藩之乱不同。形势不同，情节也不同。"胤禛忙叩头答道："势不同而理同，情不同而心同，儿臣明白父皇心意，要借此案振肃朝纲，查奸惩佞。但国家之弊积重难返，不是一件案子就能理得顺的。儿臣左思右思，中夜推枕，要办得稳妥，既不伤皇家体面，又不搅乱朝局，只有镇之以静，徐图整顿。如此，惶惶人心自定，党争之氛不起，君臣上下相安。小人辈也无隙可乘了。"

因早知皇帝必有这一问，胤禛和邬思道在密室里反复研讨，真个说得有节、有理，既含蓄不露，又明白无误，把胤礽生抢去的功劳夺得精光，还显着自己为国为民一片赤诚。胤礽听得又气又怕，恨不得一脚踢死这个"太子党"，却半句话茬也接不出来，胤祉胤禛又是解气又有点妒忌，都呆怔着，一言不发。正没做奈何之时，胤禛又连连叩头，说道："儿臣受命于万岁，主理户刑二部，原也不知道案情如此重大，因而事前不曾请旨，请太子示，后来知道，太子从中多有布置，运筹帷幄，默助儿臣。儿臣请罪之余，心下万分感念主子厚德深恩。"一篇慷慨文章至此结煞，人人都觉得天衣无缝。胤祉不禁皱了皱眉头，胤禛却吃惊地盯着胤禛不言语：想不到这人奸诈如此！

"廷玉，"康熙喟然说道，"马齐病着，你去瞧瞧。若还动弹得，明儿巳时叫他进大内。朕要召集百官训话。"

"喳！"张廷玉忙答道，又问，"在养心殿会议么？"

"乾清宫。"康熙咬着嘴唇说道，"养心殿地方儿太小了。"说罢便命启驾，棚外鼓乐之声早已大起。

胤禛送驾到东华门口，随着班退下来，当即打马独自一人赶往廉亲王府。却见胤禩也是刚刚下轿。看见胤禛，胤禩不禁微笑道："就这么急脚猫似的，我算着你晚间才来呢！有什么大事么？"胤禛一边跟着胤禩进府，在西花厅坐了，说道："大事没有，只是心绪不定，想和八哥聊聊。"

"弄点点心来。"胤禩朝外吩咐了一声，又转脸笑道，"心绪不定就不是小事。原想阿玛接见你们，几句话的事，就奏对了那么长时辰，我们在外头都冻得够呛——是什么事呢？"

胤禛沉着脸，接过丫头递上来的闽姜茶，喝了一口，缓缓将接见奏对的情形说了，又道："原来我们以为他不过是太子跟前一条狗，我看是小觑了他。你听听他说的这些，曹操有这么奸诈么？我看太子也是一脸的不自在，老四这算当众把他卖了，还要落个四面玲珑！"胤禩半闭着眼沉思着听完，瞿然开目笑道："令人一快心胸。四哥原是伶俐人，大约已经瞧出来皇上又有点不待见太子，投靠我这个弟弟，脸上又下不来，所以用这法子讨好皇上，又告诉了我们他不是'太子党'。这点子小伎俩，算不得大手笔。"胤禩听着不以为然，摇头道："原来我也这么想，瞧着不像。这个心术智谋不可小看，这一次把我们和太子都整得三荤五素，其志难以估量！"

"是吗？"胤禵其实早已对胤禛惊觉百倍，只是有些话即便对胤禩也只能说三分，因笑道，"做大事无非夺嫡而已。四哥心胸智谋都不弱，这我都知道。他的致命之处是德薄量浅，施之一方可为良辅良臣，照他心术刻薄睚眦必报的德行，以万岁爷仁厚心地，怎么会看得中？他在亲王位上，已经没有一日不生事，弄得下头人人自危，要真的代二哥登极坐朝，三月之内天下不乱，你老九抉了我这双眸子！所以你看，万岁今日给他一个差使，明日又一个差使，却不肯把兵权给他，全局的事也不叫他插手——就是瞧准了他那点刻薄才力。要为这个心绪不定，我劝你枕头垫得高高的。"正说着，见家人带着一个二十岁上下的女子迤逦过来，便住了口，问道："来了？"那家人忙回道："来了，这就是柳倩娘。"

胤禩正诧异间，柳倩娘已经进来。她的容貌并不十分出色，头上戴着昭君套，白天鸟风毛小坎肩儿下一溜水泻百褶长裙，瓜子脸儿笑晕双靥，微有几颗雀斑，一双水杏眼忽灵灵颇有生气，倒也楚楚动人……款款进来蹲了两个万福，娇声说道："八爷，您叫奴婢？"

"我们整日价说四哥府是铁门栓，针插不入，水泼不进。"胤禵笑道，"你看，这是我家戏班子的倩娘，偏偏儿就和他的管家高福儿相好上了！"胤禩上下打量着倩娘，问道："真的？"

柳倩娘虽不认得胤禩，料知也是个阿哥，不好意思地点了点头，说道："他出钱在魏家胡同买了一处宅子，我就住在那里。"胤禩点点头，笑道："大将难过美人关，何况一个小小的高福儿？你长得这么可人意儿，定必能办好八爷的差使！"倩娘双手搓着手帕，越发羞得满面通红，低声说道："八爷待我恩重如山，父亲哥哥如今都过得了，拼着身子报了八爷，就是叫倩娘这会子死，也没得说的。"

"做什么叫你死?"胤禩扑哧一笑,"你后福正长呢!你哥哥我已经安排了,广东高要县令,慢慢自然还要抬举。高福儿也不是什么坏人,我要你拉住他,正是防着四哥对我有什么恶意,并不要害四哥。你不可错会了意。"柳倩娘嫣然一笑,说道:"他是个'不够数儿',能耐不大。四爷府是个分寸极严的,不受四爷大恩的,只能在外院打磨旋儿,就是福儿也不能进书房。其实福儿还是有恩于四爷的,前儿晚间还和我发四爷的私意儿,说年羹尧去四爷府比他晚,仗着妹妹是姨奶奶,出去就做了大官。我听着直笑,说你也不是做官的料,想做官还不容易?八千两银子就能买个四品道台。四爷高兴,一赏你,不就会有了?"

胤禵还是头一回听到雍王府这些极重要的琐事,又新鲜又好奇,因笑道:"高福儿怎么说?"倩娘脸一红,忸怩地说道:"他说……'有你我就知足了,你的赎身银子还没凑齐呢!四爷也没那么大方……'"

"八千两……"胤禩托着下巴沉思道,"从我账房支一万。你拿着,看他心真,你就送他,不过他不能买官。要做官,日后着落在我身上——还有什么话,要紧不要紧,我们听听。"

柳倩娘仰着脸想想,说道:"别的没什么了。只听说四爷也找人在顺义遵化堪舆,寻风水宝地要修墓。又在密云置了一座庄园,还有说什么一个叫狗儿的,和福晋的小丫头叫什么来着勾搭上了……"

"求田问舍,庸人一个。"胤禩说道,"老九,你听听他做的这些大事!"当下二人又说了许多闲话,胤禵自辞出去。

第二日,启驾乾清宫之前,康熙在养心殿先召见了太子胤礽、胤祉、胤禩、胤禛和张廷玉、马齐、方苞等人。康熙显得有点忧郁,戴着一顶中毛本色貂皮缎台冠,穿着青毡面貂皮褂,里头套一件江绸面青白狐袍,在香烟缭绕的百合铜鼎旁踱着,说道:"一会儿就去乾清宫,有件事先议一下。朕想颁发明诏,把天下省份分成三份,轮流蠲免全年赋税,想听听你们怎么说。"

"阿玛,"胤礽一躬身赔笑道,"这是善举,儿臣原无意见。但您最圣明的,知道户部库银情形,本来就是可着头做帽子,一点富余也没,这样一下子就减去三分之一,没事还好,一旦有个灾荒饥馑,或者外疆有事兴军，粮饷就没着落。儿臣想，好事慢慢来，是否迟几年再办好些？"胤禛忙道："太子爷说的是。儿臣也这么想，怕就怕平空出事，应付不来，儿臣办户部的差有几年，那里的底子儿臣心里有数的。"康熙俯首想了想，又问马齐："你看呢？"

马齐看上去真的是有病，脸色苍白，越显得又高又瘦，轻咳一声道："奴才想着，轮番免赋是件极大的好事，前朝从没有过的。然而凡事预则立，不预则废，免赋容易加赋难，老百姓吃了这甜头，一旦朝廷有事，银子没银子饷没饷，善后万分不易。"张廷玉皱着眉一直在想，他也觉得马齐说的有道理，但太子说的，他也不全同意，思量许久才道："三年一轮似乎太促了些。奴才以为，五年一轮也就行了。皇上自康熙二十九年以来，蠲免徭赋银两总计下来一千三百四十三兆。已经很轻的了，如果再免，明发诏谕变成制度，往后有事用银子，临时聚敛又要招怨。所以即便要免，也要丑话说明，国家以民生为念，百姓也要以国家为念，体谅朝廷拳拳爱民之心，乐输义粮，存粮备荒。这样有事征粮，就不至于捉襟见肘。"

这确是老成谋国之言，连康熙也不自禁点头。方苞一直沉默着站在一边，因见康熙注目自己，便道："臣也以为张衡臣说的是。国家手中无钱无粮，不能应急是不得了的。可否各府设一义仓，推举当地有德有望的缙绅公管，国家有事，筹措借来用于国事；国家无事，用义粮调剂赈荒，周恤贫孤无靠之民。这样，官员不得随意敲剥，流民也不至于因饥寒沦为盗贼。于绥靖地方也颇有益处。"

"很好，就是这样。廷玉草拟诏告，等见完臣下即行颁布。"康熙说罢抬头看看自鸣钟，又道："咱们也好去了。"

乾清宫是紫禁城内除了三大殿外最为宏伟壮丽的宫殿，历代为皇后居处，是皇帝正寝之地。唯因其大，时常引见一两个官员，或与上书房几个官员议事，显得空荡荡的，也太庄重。因此，自赫舍里皇后去世之后，这里便改了规矩，名义上仍是皇帝寝宫，除了大批引见外官、接见外国使臣，每逢元旦、元宵、端午、中秋、重阳、冬至、除夕、万寿等节日，在这里举行内朝礼或赐宴，平素并不启用，只在养心殿或畅春园办事见人。康熙皇帝率几个上书房大臣入月华门，几个阿哥便归班侍候，但见宫前丹陛之下黑鸦鸦的六部官员及进京述职外官依次跪满了一地。李德全将静鞭连甩三声，几百名官员免冠俯伏，高呼：

"万岁，万岁，万万岁！"

康熙一摆手拾级升阶，径上了"正大光明"匾额下金紫交翠的龙凤须弥座。马齐和方苞二人却步躬身退至一旁跪了下去。康熙从容不迫地端起茶碗，用碗盖拨着浮茶呷了一口，眼风一扫，偌大乾清宫立时岑寂下来，一声咳痰不闻。

"张廷玉现在正在养心殿草拟一份明发诏谕，待会散朝即行颁布。"康熙的声音并不大，在殿中却显得十分苍劲雄浑，"朕决意自今年而始，三年一周，轮流免除天下赋税。"

"万岁！"

康熙双手一摆，说道："所谓'万岁'，不过是你们做臣子应该有的心意。自古无百岁天子，朕何敢朝之万年？'人生七十古来稀'，能活七十岁，朕已经心满意足。"说至此，他缓缓起身，在油亮晶莹的金砖地下漫步，时而踱至群臣中间，时而绕座徘徊，"为什么要发这个诏谕？并不因国库太充盈，钱粮多得没处放。朕这次南巡，时而也微服出去走走，老百姓过得太苦了……以苏杭之地，说是'天堂'，卖儿鬻女者有之，弃田逃荒者有之，食蕨根吃观音土者有之。民为国之本，防民之变甚于防川，朕焉得无动于衷？"

"所以要免赋！"康熙的血涌到脸上，涨得通红，"朕征一两银子，下头一群卑微吏曹就敢索二两火耗，征到库里又被挪借出去。整得百姓走投无路，朝廷仍是个亏空、亏空、亏空！那么朕免了赋，索性不要了，或者就剥了他们巧取豪夺的名目？"

此刻大殿里死寂得掉一根针都听得见，只有康熙的青缎凉里皇靴囊囊作响，许久，才听康熙叹息一声道："当然，也因为国家鼎盛，没有动刀动枪的事，这件事能做得起。到做不起时，想做已经晚了！"

"这次朕离京南巡，留守北京的太子办事很经心，诸多政务处置得都好，朕心里很受用。"康熙徐徐将任伯安的案子扼要说了，又道："四阿哥十三阿哥辅佐太子除掉了这一民贼，理所当然要赏，着即传旨光禄寺，胤祯食双亲王俸，胤祥食双贝勒俸！"

跪在近前的胤祯万没想到康熙会突然在满朝文武跟前这样表彰自己，脸一下子涨得血红，跪前一步叩头道："谢皇阿玛恩！儿臣等做的乃是分内的事，并不出奇。做分内事受此重赏，儿臣心里难安，求父皇……"

"如今难得的就是切实做分内事，所以本不出奇的也就成了奇。"康熙仰着脸怅望殿外，"四阿哥幼年时朕看有点喜怒不定，近十几年来读书有成，养性修德，做事稳健干练，知体循礼。可见天下事，事在人为。"胤祯因连连叩头，说道："这全是父皇训诲之功！儿臣幼年确有喜怒不定之病，今已知过而改。父皇既然说到这里，求父皇从起居档中撤出这一考语，免去儿臣双亲王俸，儿臣受赐已深！"康熙微微一笑，点头道："好吧，就依着你。"

胤禩胤禟胤䄉三个人并肩跪着，听了这话，胤禩只淡淡一笑。胤禟见太子掏手绢擦鼻子，便撬胤䄉，胤䄉却微睨着眼看十四阿哥胤禵。胤禵面无表情，头竖得老高直挺挺跪着，想着自己在兵部办差，"分内"的事做得也不含糊，也曾多次奏谕奖慰，如今却独独表扬老四，心里老大不服气，只不敢吱声。几个人正自意马心猿胡想，康熙突然拔高了嗓子：

"任伯安一个未入流小吏，买官卖官，买命卖命，代人填还亏空，做尽了丧天理灭人伦的勾当，运营六部如布棋子，指挥官员似役牛马，这是为什么？你们谁能回答？"

…………

"他建了私档，大家都怕他揭短，坏了前程，是不是？"

…………

"诸臣工！"康熙看着这一大片哑口无言的臣子，觉得人人顽钝无耻，个个面目可憎，眼中闪着愤怒的火光，恶狠狠道："请尔等午夜扪心，真的以公心对朝廷对天下，真的忠心事主事业，绝无隐私情弊，那姓任的有什么东西可记？又何能要挟于你？"

众人早被康熙这番声色俱厉的训斥吓得心里打鼓，背若芒刺地跪着不动，看也不敢看康熙一眼。许久，抬起头来时，康熙已经去了。

　　胤禛退朝上轿回府，一路走着兀自兴奋得难以自已，紧紧咬着牙关镇定着自己下了轿，进雍和宫倒厦门时，还差点绊倒了。因见门内大柏树上捆着一个人，远远地瞧不清，便问："那是哪个奴才犯了事，绑在这个地方成什么话？"

　　"回四爷话，"一个长随赔笑道，"是四爷书房里的狗儿。不知出了什么事，福晋吩咐出来绑了的。高福儿也不敢做主，叫先捆这里，等四爷回来……"

　　"别啰嗦了！"胤禛不耐烦地说道，"叫高福儿来！"

　　正说话间高福儿已一溜小跑过来，见胤禛攒眉横目，料是在朝里遇了不顺心的事，叩了千儿请安，说道："狗儿这杂种不守规矩，勾搭了福晋使唤的丫头翠儿，已经怀了孕，掩不住了。福晋叫我等着千岁爷，看怎么发落这个小王八羔子……"

　　"有这样的事？"胤禛睃着眼看了看高福儿，"内院外院隔得那么严，你是做什么吃的，福晋发觉了你才知道？男女大防都弄得七颠八倒，还了得么？"高福儿诺诺连声，一句话也回不出来，见胤禛拔脚要去枫晚亭，忙又道："请爷示下……""这有什么说的？"胤禛一边走一边冷冰冰说道，"照老规矩，五十篦条，两个人都打发到密云庄子上做苦力！"

　　"喳！"

　　胤禛进枫晚亭，邬思道正在打棋谱。见坎儿苦着脸站在一旁，料知是撞邬思道的木钟为狗儿说情，便阴沉着脸坐了，嘘一口气说道："真气死人，外头谁不说我治家有方？！"

　　"坎儿出去。"邬思道吩咐了一声。待坎儿去远，喷地一笑又道："四爷，无论如何，横竖我看你绝不生气。今儿得了彩头，不是么？"胤禛一口气松下来，不由也笑了，便将今日进大内的情形说了个大概，又道："别看那个方苞不哼不哈，一脸败相，其实已经成了万岁顾问大事的智囊，这个蠲免赋税的主张恐怕就是他的首倡。"邬思道怔着想了一会儿，说道："方灵皋，那当然不是等闲之辈，你看看他的书，就知道他是怎样一个人，是何等洞悉天下事！这个人，万岁物色到身边，又不给实缺职分，说不定万岁就是专一请他料理家务的。"

胤禛想着方苞那副尊容，几次见面对阿哥们不卑不亢不凉不热的神气，心里塞了棉絮般说不出个滋味，良久才自失地一笑，说道："好嘛，又添一个总师傅！一个太子，一个八爷，已经应付得手忙脚乱，皇上身边又加这么一双眼睛！想想真没意思！""万事无碍！"邬思道向后一仰，悠然把玩着几个黑白棋子儿，说道，"今儿这事，就足证方苞公道。只要没有偏私，四爷的事终归好办！至于皇上，并不是自己没主见才叫方苞从驾，一则是老了，请个清客解闷儿，二则这清客从寒微一登龙门，必然感恩图报，不叫皇上在'终孝命'这一大节目上栽筋斗——四爷，皇上提心吊胆惟恐不能善终，只告诉了我们一条，老人家对太子不放心到何等地步！"胤禛的手一抖，热茶溅了出来，顺手泼了，咬着牙微笑道："太子像是已经察觉到了点什么，今儿脸色一直不好看。也是的，免赋容易加赋难，皇上这会子三年一免，将来太子拿什么给天下施恩？这一条，我心里很怜太子爷，所以也没有同意万岁的主张。父子君臣猜忌到这田地，不是天下人的福啊！"正说着，性音进来，笑道："前院正在打狗儿呢！不知怎的触犯了四爷？小鬼头平素伶俐，可惜了的，头陀想在四爷跟前替他讨个情儿，可成？"

"方才我和邬先生还在聊，"胤禛微笑道，"家不齐何以治天下为？不是我驳你面子，这种事，我素来不肯饶人！"性音当场碰了个软钉子，脸一红退到一边。胤禛见邬思道靠着椅子一声不言语，站起身来要辞出去，又觉得不妥，回身一笑，说道："邬先生，我说得对么？"

"很对，连个家都管不好，天下给他，必定治个稀烂。"

邬思道幽然说道，他的口气冷冰冰的，很难说是揶揄还是赞扬，倒把胤禛噎了个怔，走了两步，又狐疑地站住了，说道："我府里内外整肃，全仗一个'严'字。我自俸节俭，对奴才们刻薄，却不寡恩。内三院的奴才没有一个不是我从苦海里拔救出来的，狗儿坎儿也是一样，遵我的家法，赏重；违我的教令，罚也不轻。邬先生，我处置得不错。"

"这些都是真的。可四爷你赏过人么？"

"什么？"

"比如说，把翠儿赏给狗儿。"

"……没有。"

邬思道一笑，站起身来，架着拐杖在房里兜了一圈，说道："人为万物之灵，这才是最重的赏，男过当婚之龄，女至标梅之年，就该叫他们成婚相配。用'严'之一字管教这类事，从没见成功的。狗儿和翠儿他们从小一处耳鬓厮磨，算得是青梅竹马，入府相隔如重山遮掩，如今年龄渐渐大了，情窦已开，见了面那还不是烈火干柴？四爷，这是天理，也是人情。所谓'治家有方'，'方'者，道也，不循道必出差谬的！"话没说完，胤禛已全然明白，踱至门口，见坎儿兀自远远站着，抬手叫过来吩咐道："你去，把狗儿叫进来，叫翠儿也来！"

"是啰！"坎儿趴着磕了个头，一溜烟儿去了。一时便见高福儿进来，问道："四爷，不惩治这小畜生了？"胤禛嗯了一声，说道："我要放了他们。"高福儿瞥一眼邬思道，无可奈何地说道："四爷，这种事放宽了，往后越发不好管。二世子房里丫头多官和茶房小厮郭良秋就眉来眼去的，还有四爷跟前的小红，有事没事就凑着来和福儿说话……这事多了，奴才防还防不及呢，里里外外四百多男女奴才，长一千只眼也看不过来！"

胤禛听得呵呵一笑，说道："可见用墙隔不住！你禀知福晋，就说我的话，治内是她的事。她早说过奴才大了的，该指配的指配，我忙，没有理会得。叫她瞧着办，丫头大了该配的，指出东院那几十间房，叫他们成亲，女的仍在里头当差，晚间轮流回去。怕怎的？生出小奴才来不还是我的家生子儿？"高福儿张大了嘴听完，"啊"了两声，忙一迭连声去了。胤禛笑着进屋，对性音道："到底你逊着邬先生一筹。什么时候学会瞧我的颜色说话了？"性音笑道："四爷煞气大，我有点怕你是真的。"

狗儿和翠儿一前一后低着头进来了。翠儿脸色煞白，瑟缩着跪到一边，深深垂下了头，一眼不敢看人。狗儿也没了平日嬉笑顽皮模样，趴着磕了头，说道："四爷，家法我知道，知道了也犯了，我对不起四爷，任四爷怎么处置都没怨言，只翠儿有着孕，求四爷……是我勾搭的她，害了她……"说着，两眼已汪满了泪，在眼眶中转悠了两圈，早走珠儿般滚落出来。

"很好的一对儿嘛！"胤禛微笑道，"就是私自相配，有点坏我的名声，所以我要开导你几箴条。"翠儿趴在地下，眼泪成串儿往下落，入府来耳濡目染，深知胤禛脾性乖戾无常，听着这淡淡的话音，越发唬得浑身发抖，连连在地下磕头，抽泣道："千……千岁爷……是我……不成人，吃饱了没事，做出这没脸的事……我情愿死……"胤禛大笑起身道："好一对难夫难妻！我焉有不成全之理？你们犯家法，我不能不揍，你们有情，我自然叫你们成眷属，两下里平过，如何？"

邬思道和性音听着胤禛这话，都觉得有点匪夷所思，对视着忍不住笑。狗儿翠儿满脸泪光，诧异地抬头看着胤禛，竟一时揣不透胤禛的意思。

"狗儿，"胤禛笑容满面，问道，"你本来的名字就叫狗儿么？"狗儿一愣，忙道："我姓李，翠儿姓陆，和坎儿都是一个村子的。坎儿姓严，他妈从地里回来，跌在坎子底下生的他，所以叫坎儿。我妈生我取名儿，出门碰见一只大黄狗，所以我叫狗儿……"

话没说完，性音三人已是笑得透不过气来，胤禛笑得流出眼泪来，半晌才道："有趣！不过这名字毕竟不雅，从今往后，你就叫李卫，坎儿嘛……他的姓和严嵩一个姓，不好，也改了吧，就叫周……周用诚好了，翠儿这名字就好，不用改了。跟着四爷好好营生，都不会亏了你们！"

"四爷！"狗儿两眼睁得虎灵灵的，"您还要我？"

胤禛笑谓邬思道："你听听这小狗才的话！你既进我府为奴，生是我的人，死是我的鬼！我看人最重心田，你不过天真无知偶然犯过，怎么会不要你？前儿吏部老耿说四川成都府有个县出缺，问我有没有要荐的人，我看你就满合适。还有坎儿，我也要放出去做官。趁年轻历练，将来不定还要做到封疆大吏呢！"狗儿先还怔怔地听，至此再忍不住，

"呜"地放声大哭，只是磕头，一个字也说不出。

半个月后吏部票拟下来，李卫奉札补了四川成都县令，自到部领了委札、换一身簇新的鹨鸺补服，戴着素金顶子引见下来入府拜别本主胤禛。此时胤禛府经一番料理整顿，男有室，女有家，上上下下喜气洋洋，一派祥和之气，见李卫这般儿打扮，东家拉西家扯轮流做东道儿相请，足足热闹了几日。胤禛又接见了，着实叮咛他"办事宜勤，报主以公"也不尽细述。按狗儿的想头，怕坎儿心里不受用，还想抚慰几句，不料坎儿却笑道："你只管去你的吧！我这里的差事比你还要紧呢！不管狗儿坎儿也好，李卫用诚也罢，总之咱们已是四爷的两条狗，我留下是看家，你出去是护院，还不都是一样儿的？我告诉你，为什么叫你四川去？就为老年糕（羹尧）在那儿，盯着他别叫他有外心，就算办好了差！和你翠儿婆娘上路吧！"说得李卫一摸头，笑道："周哥儿不说，我还真的不得明白。怪道的主子说，在外头多长心眼，无论是外人自己人，大事小事都得写信告诉他老人家——成都的'自己人'，可不就一个年羹尧？"

李卫在雍和宫又盘桓了半个月方辞行南下。自他去后，周用诚便升了胤禛的书房总管。雍亲王府外务应酬，家长里短，所有与各府阿哥庆吊往来俱是高福儿主持调拨；整理文书，侍候奏章，抄写机密案卷，照料文觉性音邬思道等人这些内务琐事，却是周用诚一人的责任。内外相济，便显得颇有条理。眼见过罢年，灯节将临。因这年是头一轮开始蠲免天下赋税，真个四海同庆，神州共欢，朝廷又下旨大铺天下、凡六十岁以上老人都有醴酒胙肉之赐，更似繁花着锦一般，自打过年到正月十四，无明无夜满城不断头的爆竹烟火。胤禛亲自坐镇礼部，着顺天府自东直门前门直接到西便门内，连绵二十余里，高搭彩棚灯悬不断。各店各铺粉饰一新，哪个不要争奇赌胜？商彝周鼎，秦镜汉匜白日陈设得琳琳琅琅。夜间北京城内外通明，遥望如银山火树，兰麝伽南馥郁氤氲，游人彻夜不息，京华金吾不禁。自清开国以来从未有过如此热闹排场。

正月十六，胤禛在乾清宫领筵归来，只在万福堂和福晋、年氏并三个世子处略坐了坐，受了家人们的礼便踅过枫晚亭来，却见邬思道、性音、文觉、周用诚几个人兀坐熏笼旁正在说笑。一脚跨进门便笑道："你们倒清闲自在！这个节过得人骨头架儿都要散了！虚糜财赋，暴殄天物，老八真是粉饰能手！"

"八仙过海，各显神通。四爷做事，八爷花钱，各得其乐，有什么不好？"邬思道笑道，"我昨晚出去走了走，烈火烹油，真到了盛极难继的地步儿了——四爷请这边坐，暖和些。"胤禛因挨着邬思道上首坐了，手贴熏笼取着暖，说道："往年这府里过节过得太冷清，今年略放纵一点，又热闹得不堪。我过来时几个下人房里都唱道情——高福儿也不知到哪里钻沙了，就是高兴，也得有个分寸，也不管管！"

周用诚给胤禛捧过茶，仍旧一脸模糊相，说道："他说是给他老爷子拜节去了。据我看也未必。听说他在外头养了个娘们，大约钻热被窝儿去了。"说着把一沓子请安帖子递过来，又道："这是年羹尧戴铎用驿传送来的，还有狗儿的。我想着主子回来必定先来这儿，就带来了，其余还有几十封，都是四爷拆看过了的。"

"高福儿养了外宅？我怎么不知道？"胤禛一边拆着请安帖子看着，说道，"回头用诚悄悄打听一下根底，告诉我。"说罢便皱着眉，一封一封倒着手看，看着看着，突然"扑"地一笑，将一份帖子递给邬思道："你瞧瞧，李卫的大作。"邬思道接过看时，前头是"恭请四爷大福大贵大寿"的话头，后头却是信：

> 又禀四爷，这里的师爷俱都是混帐行子，没个好蛋。奴才统统撵他们卷铺盖趁年走路，只留了个外号"二百五"的师爷帮办衙务。又，这里的缙绅老爷们也都是混帐行子。奴才叫他们按地亩出钱粮，他们说奴才也是"二百五"，还说"水过石头在"，咬牙熬着等奴才卷铺盖走路。再者，这里的秀才们也都是些混帐行子，奴才考他们，他们不服，告到省里学政那里，亏得年羹尧按住了。奴才在这里没有在府里如意自在，想四爷也想坎儿。奴才女人翠儿给四爷和福晋做了两双鞋，顺信送去，她快生崽子了，想借四爷福气，取个名字。又告四爷，年羹尧阔气得紧。

邬思道看着想笑，不知怎的却笑不出来，性音和文觉在旁看了却忍俊不禁捧腹大笑。胤禛将年羹尧和戴铎的请安帖子塞进袖子里，叹道："李卫尽自聪明，只读书太少了。年羹尧信里也说，他办案做事无不及人处，却是任性。你们看看他取中的头名秀才的文章就知道了。还有他写的判案断词，都十分可笑，年羹尧也转过来了。亏得巡抚和年羹尧是朋友，把秀才们告状压下来。弄到皇上那里，不知又生出什么事呢！"

性音抽过一张，看时，却是一张秀才岁考卷子，上头李卫批签"真好文章，取一等！"考题是《子曰赤之适齐也，至与之粟九百辞》。"文章"是一篇鼓儿词：

> 圣人当下开言说，你今在此听分明。公西此日山东去，衰马翩翩好送行。自古道，雪中送炭是君子，锦上添花为小人。豪华公子休提起，且表为官受禄身，为官非是别一个，堂堂县令姓李人。得了俸米九百石，坚辞不要半毫分！

看这么一张秀才岁考文卷，真是别开生面。又取过文觉手中判词看时，是李卫判断一件"发妻被占"案，上头写着：

> 前日刘元公来告，他老婆叫人占了。本官坐堂问明，刘某乃是一个乌龟。今日你也来告，本官问各造人等，仔细想来，你也是个乌龟。诈财不成，活该赔了夫人又折兵。刘某如今正在枷号示众，等他放枷你再来，本县腾出枷来枷你，省得弄脏本县的新枷。多枷几个你这号王八，只怕这里风俗就要好些。

另外还有几篇，也都是说理明白，文字可笑，却不知年羹尧从哪里抄录得这样详细，又为什么都转寄到这里来。

"是我叫年羹尧留心他的政绩的。"说笑了一阵，胤禛低头叹了一声，又道，"李卫文字上太差，没想到这一层，早知如此，该叫用诚去四川，留他在北京。这些东西，恐怕免不了八阿哥手里也有。眼下我还算熏灼之时，一个不走运，对景儿抛出来，就笑不出来了。"文觉和性音听了都不吱声，邬思道咬着牙微笑沉思，说道："无碍。明儿四爷把这几篇东西拿给万岁爷看，就说是笑话儿，大节下讨主子一乐儿。"

胤禛正要说话，一抬头见大世子弘时带着一个白发苍苍的老人进来，仔细看时，竟是直隶总督武丹，顿时大吃一惊，慌得站起身道："是武老将军！您几时来的？"又嗔着弘时："怎么就不知会一下？"武丹笑道："武某何敢擅造檀府！四爷想都想不出是谁来了呢！"众人正惊怔间，便听外头有人笑着漫步进来，一头走一头说道："是朕不许他们通报的。你们私下里说话，要讨朕一乐儿，是什么笑话呀？"

"万岁！？"

胤禛惊得目瞪口呆，痴痴地看着，果见刘铁成张五哥德楞泰等几个侍卫次第进来，方苞挑帘，康熙已笑容满面出现在枫晚亭中。众人恍若梦中，木雕泥塑般愣坐片刻，突然一时都清醒过来，连邬思道也双手一撑离了椅子，俯伏在地，叩头呼道："万岁！"

"不要慌张嘛。"康熙头上戴一顶六合一统瓜皮帽，通身上下青缎袍褂，要不是腰间系着二龙戏珠明黄卧龙袋，一点也看不出帝王气派。见众人慌得没做手脚处，十分随和地抬手笑道："都起来，依旧坐着才好。"胤禛手忙脚乱地把自己的座儿向正中挪挪，亲手垫了鹿皮褥子，请康熙居中坐了，自和文觉性音周用诚退到一边垂手侍立，邬思道行动不便，只盘膝挨着熏笼坐着。康熙笑道："今晚外头好月亮，各家团圆吃酒观灯。当然，也有人商议着办些异想天开的大事。朕也带了方苞出来走走。几个阿哥府都唱戏，热闹红火得不堪，朕都没进去。只你府不唱戏，路过这里，顺便进来瞧瞧。万福堂也去过了，见了朕的媳妇，东书房也去了，三个孙子都在读书。很好么！那个叫弘——"方苞见康熙想不起，忙笑道："弘历。""对了，弘历。"康熙也是一笑，"很有识见的个小人儿。朕很爱见。记得热河行围，弘历的武艺骑射也很看得过去。朕老了，想叫他进去跟朕读书，可好？"

胤禛兴奋得满脸通红，心头突突乱跳，忙躬身赔笑："这是儿臣一门之大幸，弘历的造化！阿玛圣学渊深，博识物理，学究天人，不出数年弘历必定读书修德有成！"康熙微笑拈须，点头叹道："得英才而育之，亦一大快事。可惜朕万几宸函，不能恩露普降——这一百多个皇孙，都弄到养心殿，吵叫得朕也受不了。"说罢便拈起李卫的那几张判词，笑道："方才说讨朕一笑，想必就是这个了？"胤禛忙答道："是。"

康熙看着，也忍不住失笑，到后来竟笑不可遏，端着杯子，里边的茶水撒了一手，将一沓子纸递给方苞，噎着气道："你瞧瞧，只怕你这大手笔也写不来呢！"方苞看了也笑，却道："这人很明事理，只是书读少了，文章粗率可笑。除了取中秀才的那一篇'首佳'不足为训，官司断剖的并不差谬。""秀才文章做不上，胡圈乱写的事有的是。"邬思道沉静地说道："李卫在任清廉自守，从这歌词中倒仿佛可见。岳武穆云'武官不怕死，文臣不爱钱，天下太平'，李卫风节不俗，只不会文言。他的这些个白话判词，变成文言，未必不是好文章呢！"康熙盯着邬思道看了看，问道："你叫什么名字？"

"回万岁，"邬思道拱手欠身，答道，"邬思道。"康熙略一沉吟，笑道："朕想起来了，你一笔好字，闹过南闱的！"邬思道忙伏身叩头道："是，逃了，后又蒙恩赦。残躯生计无着，投雍亲王门下混碗饭吃。"

康熙回顾方苞笑道："你两个可谓同病相怜，你说李卫文章可改，你改一篇朕听听。"邬思道信手拈过一张，看时，上面写着"从判女尼讼其徒嫁人。"便读原文："尼姑也是人，换了换衣服罢了。佛经国法几曾说过不许人家还俗的？老秃母狗，你想嫁你也嫁吧！"读得几个侍卫和武丹都是一笑。却听邬思道又道："改成文言下判——小尼姑脱去袈裟，便穿衲袄，正佛家所谓不二法门，朝廷未尝禁也。尔独何心，乃欲使之老死空门？尔如见猎心喜，不妨人云亦云——吏曹行文，也不过尔尔吧？"康熙听得有趣，说道："确乎不假。朕当年读过你写的《讨南闱主考揭帖》。很有文采的。有什么好诗，念给朕一首听听！"

"请万岁命题！"

"这幅猫图绘得出神，你口占一首。"康熙笑道，"这是做滥了的题，所以要限韵。"

"敢问限何韵？"

"九、韭、酒！"

一众人等立时愣住了，这么险窄的韵，一时怎么凑得起？连方苞也不禁皱眉沉思。略一顿，却听邬思道吟道：

照猫画虎十八九，吃尽鱼虾不吃韭。只为捕鼠太猖狂，蹬翻案头一瓶酒！

吟罢叩头道："做得不好，博圣上一乐而已！"

"好！养猫还就是为了扑鼠？"康熙大笑起身，说道，"朕随意进来走走，不料还能痛快笑一场。也好早晚的了，朕还要去钟粹宫上香，这就去了。"又转身拍着邬思道肩头道："好好侍候你主子。你才学很好，辅佐他做个贤阿哥，就不能做官，也不虚此生了。"

胤禛一家并邬思道等人一直将康熙送出大门，看着康熙升舆去远，方踅回来，胤禛便嗔性音："亏你夸口耳聪目明，万岁进枫晚亭，我们还不知道！"性音笑道："你问邬先生，他说不妨的！"邬思道却似陷入了深深的思索，喃喃道："今夕何夕，什么人在商量'异想天开的大事'呢？"

第四十一回　　　　廉吏治胤禛嗟世路
　　　　　　　　　恨不肖二次废太子

康熙五十一年轮流蠲免天下赋逋诏旨颁下，民心大快。当年山左大熟，山右又报丰收，麦子连垄接陌长势喜人，江南米价降至斗米三钱。因怕谷贱伤农，康熙又命海关总督，将当年厘金全部用来籴粮。因此国库里没了进项，河南、山东、山西、陕西、安徽、苏北等易旱易涝省份，盈库山积都是存粮。管着户部的胤禛除了严令各省藩司逐库查验险房漏屋，防着粮食霉烂，又与十四阿哥会商，将陈粮分补口外各驻军，调拨了大批燕麦、高粱、玉米等运往漠南蒙古贮存饲料。虽有胤祥等人帮着，也忙得不亦乐乎。四月下旬康熙巡行热河，又下旨从此滋生人口不再增加丁银，"即以本年丁数为定额，著为令"，其实是永不加赋、轮流免赋和永不增丁银（人头税）三管齐下。胤礽本来就对这些政令一肚皮的不乐意，眼见胤禛和留守北京的张廷玉干得兴头，索性来个"奉旨照转"。凡有旨意，属兵部就批给胤禵，属户刑二部就批给胤禛胤祥照办。张廷玉却不似马齐，无论怎样不满，昏晨定省，每日进毓庆宫请安，出来便自到各部询问部务及旨意施行情形，一式两份报毓庆宫和热河御驾行在。算来竟是把太子束置高阁，体体面面地晾在了一旁。直忙到秋八月金谷登场，几个忙人才松了口气。

九月初四，胤禛接到谕旨，皇帝在承德过重阳节，节后启驾，如天气晴好，十六日已时返回北京。这是毓庆宫转来的抄件，不用说在京的亲王阿哥都有一份。胤禛和胤祥正在户部议事，皱了眉看着谕旨道："我很疑心太子爷压根就没看这诏谕，迎驾是礼部的事，我刚从那儿回来，陈诜是尚书，才上任不摸头绪罢了，连尤明堂也没个动静。再说，这一路关防驻跸，圣驾回来安顿到大内还是畅春园？怎么都没个章程？"

"谁知道他昏天黑地的每天做什么营生！"胤祥打了个呵欠道，"上回我去毓庆宫，王掞也在，给太子爷讲四书'在亲民、在止于至善'，说得两嘴发干，太子爷听了只是一笑，说起诗韵来，又说江南曲调无去声，直隶曲调无入声，什么四声三声，论得头头是道天花乱坠。王师傅气得脸这么长，说：'太子爷，词韵声律您再精研，比得过唐后主么？'说罢竟拿起脚走了。"

胤禛想象着王掞讲书口说手比，胤礽听课昏昏欲睡的样子，不禁失声大笑，起身道："咱们去一趟上书房，看看张廷玉什么想法。"

于是兄弟二人至西华门联袂而入，从隆宗门进来直趋上书房时，只见一个四品文官正在榻前小杌子上正襟危坐候见，却不见张廷玉。胤禛看时却是都察院的监察御史鄂尔善，便笑道："是你在这里？衡臣呢？"鄂尔善早已站起身来，一脸端肃庄敬地给二人请了安，安详地答道："张中堂在批本处，已经去了有一会子了。"胤祥知道，鄂尔善是御史里风骨最硬挺的一个，太子更改贪贿官员名单，独他一人连上三章谏止，要不是言官身份早就罢官了，因笑道："你在这里做什么？又要奏谁的本？"

"回十三爷，"鄂尔善略一躬说道，"凤阳署理知府李绂，境内出盗案，兵部咨文安徽巡抚出兵弹压，已过三个月。至今李绂没有将此案上报，显见是讳盗规避处分。臣拟了个折子要请张中堂转奏朝廷。"胤祥笑道："这弄到一个门里去了。你知道李绂是谁的门生？"鄂尔善看了两个阿哥一眼，不冷不热地说道："知道，是张中堂的高足。惟因如此，更应请中堂秉公处置。"

胤禛上下打量着鄂尔善，三十多岁年纪，略显修长的身材，一身朝服熨得平平展展，白净面孔上三绺漆黑的长须纹丝不乱，三角眼中两颗大大的瞳仁，几乎不见眼白，十分干净利落——这么年轻的御史，升官的心正旺，竟然敢碰张廷玉的霉头——心下顿生好感，因缓缓道："依着我说，罢了吧。这不是大事，况且他也未必是故意的。廷玉素来没有门户之见，每日忙得四脚朝天，少叫他生点烦恼不好？"

"回四爷，四爷的话臣不能奉命。"鄂尔善垂头一躬，款款说道，"于皇上而言，事虽不大，可见李某人品；于百姓而言，境内有盗案而不报，容易酿成大祸，不是小事；于张中堂而言，愈是自己门生愈应严议，为百官破除门户立一表率。"

胤禛盯视鄂尔善良久，见鄂尔善从容地看着自己，毫不局促慌乱，心里暗赞：此人有大臣之风。遂点了点头，说道："我是随便说说。既然你觉得自己对，按你的心行事就是了。"说着便和胤祥一同出来。

到了批本处，胤禛才知道是施世纶来了。张廷玉正在这里和他攀话，见他们两个进来，忙起身笑道："二位爷，我还以为你们不进来了，正预备办完事去一趟呢。这里老施来了，都察院右督御史丁忧出缺，我想请他主持一下，老施正和我打擂台呢！"施世纶因久不见胤祥胤禛，请了安，扎手窝脚地还要磕头，早是胤祥一把扶了起来，笑道："老货，你倒结实，吃得红光满面的！北京城有老虎吃你不成？廷玉，你只管下札子，叫他来！御史嘛，清官不干谁干？"说得施世纶也是一笑。批本处几个司官见长官王爷像是要议什么事，忙都夹着卷子到隔壁北房里办事回避。

"就在这里聊聊吧。"胤禛一摆袍子坐了张廷玉对面，"江南按察使衙门受贿纵凶逃逸，凶手在淮北偷银子，拿住了。还有一个刑场上没杀死的，也逃了，在济宁养伤，他的表兄举发，也拿住了。看来江南冤狱比之北京有过之而无不及。还有个蓝理，剿匪误剿了良民，错杀一百多人。蓝理征台湾时盘肠大战，是个骁将。又事出有因，有这功劳情分，万岁免他的罪也还罢了。怎么治一个江南巡抚希福纳就这么难？张伯行奉部文去署理巡抚衙门，听说他还不肯缴印？"张廷玉点点头，说道："希福纳是八爷的门人，扳倒他得万岁发话。张伯行和老施差不多，没有旨意，没有太子宪谕，只凭一纸部文，济什么事？就是刑场上没杀死的那一位，济宁道是我的门生，也很后悔'不该逞能'拿到的。"

吏治如此，胤禛真有点哭笑不得。胤祥扑地一笑，说道："国家真没劲，犯人拖到刑场上都杀不死！我就不明白，监斩官是做什么吃的？还有验尸的！"

"阿哥爷们钟鸣鼎食，哪里晓得世路上的事！"施世纶感慨地说道，"上回刑部王尚书说大辟刑法不易作弊，他也不知道刽子手也都是祖传世家。练刀工用宣纸铺案，挥刀剁肉，肉剁成饺子馅，宣纸不许着一刀！刑犯家里打点到了，一刀利落还要项下连皮；没塞钱的，慢牛车走十八里才得死绝！像这样刑场逃逸的，你瞧着他把人砍翻了，肉血模糊煞是吓人，其实筋络咽喉都没断。只要银子上下左右打点到，刑场上照样砍不死——国家没劲，十三爷说得不错！"

几个人闲谈了一阵，施世纶因见张廷玉看表，便起身告辞出去。胤祥便问："衡臣，眼见皇上就要回銮，各处公务你得汇汇总儿。没见我们这太子爷，任事都不管，万岁回京看看七颠八倒的，可怎么好？"张廷玉仰脸看看窗外灰蒙蒙阴沉沉的天空，良久才说道："我已回了太子爷。万岁爷叫马齐给我写信，一切迎驾仪仗从简，所以只叫了礼部尚书交代几句。倒是一路关防是要紧的，万岁特旨发到武丹那里，由武丹和善捕营调停部署。我们只用把自己的差使料理停当就行了。"胤禛胤祥这才明白，康熙自己在热河已经把回銮的事安排周详。胤禛还想问问康熙回来居处，思量了一下觉得多余，便起身告辞。

"四爷，十三爷，"张廷玉起身送他们出来，正要回上书房，像是突然想起了什么，又道，"臣还想问件事。那件贪贿名单是在二位爷手里，还是已经缴了毓庆宫太子爷那里？"

胤禛抬头看了看天，稀稀落落冰凉的雨点已经洒落下来，想了想答道："名单是老十三草拟的，太子爷改动了又交我看，我没有再改就缴回了。是老十三送回去的吧？""是我送回去的。"胤祥诧异地问道，"这是规矩。怎么了？"

"没什么。"张廷玉一笑道，"昨日陈嘉猷来上书房，问名单在我这里没有？我说没有，已经缴回。他还不信，我拿了回执给他看，他才没再问。"说罢身子一躬转身去了。胤禛沉吟片刻，问胤祥："你那里有没有回执？"

胤祥一怔，随即笑道："我从来不要这些东西，我给了朱天保。这算什么屁事？我每日要缴几十个卷宗，揣一叠子回执揩屁股用么？"胤禛再思量，这事不是大事，胤祥率性粗疏，也难叫他和自己一样，因见雨下密了，便笑道："看这天像要连阴的模样，到内务府借件油衣，该回府了。"

深秋季节淫雨连绵，自过重阳后没有一日晴好，时而豪雨如注，时而飘洒若雾，有时又像筛面，均匀又细密地荡落下来，京师大街小巷积水如潭，在惊风密雨中起着连阴泡儿，时聚时散，浑黄的潦水缓慢地汇向街边的沟里，淌进金水河和京西一带的海子里。在这凄风苦雨的寒秋，一个令人心悸的消息在官场民间悄悄传开："康熙爷龙体欠安，病得不轻！"

尽管大王与庶人不同风，官民冰炭不共炉，在执政五十一年的英主康熙身上，大家都一致：都盼着康熙早日康复回銮。胤礽复立太子连连黜罚保举过胤禩的大臣，弄得人人心慌意乱不遑宁日，康熙一旦晏驾，接踵而来的大变不问可知，因此人们便走门串户，冒雨拜谒长官，门生请见座师打听信息。百姓们则又是一种办法，有的请缙绅出面到庙里唱戏，明是恳乞停雨放晴，暗里乞求福佑康熙平安，能再保几年太平日子，大觉寺、白云观、圣安寺、法源寺、天宁寺、大钟寺、智化寺、东岳庙、牛街清真寺、檀柘寺等几十处寺庙，观赏络绎不绝的都是顶礼膜拜的香客，请求神佛保佑"康熙老佛爷万安长寿"。

在京师一片焦灼不安的等待中，九月十六过去了，九月二十六又过去了，承德那边仍旧毫无消息。张廷玉几次发往承德的请安折子都退了回来，说是圣驾已经启行，至于为什么至今不到北京，走的哪条路，连他的门生承德知府也不知道，弄得这位素以稳健持重著称的宰相也梦魂不安一夜数惊。二十六日晚间，张廷玉从上书房回来，略用了几口饭，想想无论如何今晚不能在家睡觉，要去上书房守候，半躺在安乐椅上一杯茶没吃完，便见家人进来禀道："相爷，内廷有旨！"

"谁来了？"张廷玉一骨碌翻身起来，激动得声音发颤："快……快请！"话音刚落，便见六宫都太监李德全款步进来，张廷玉生恐他是来传噩耗，脸白得没点血色，好容易才把持定了，硬硬地点了点头道："老李稍候，容我换了官服。"

"不必了。"李德全微微一笑，南面立定。张廷玉略整了一下袍褂，双膝跪倒，颤声道："奴才张廷玉恭请圣安！""圣躬安！"李德全顿了一下，又道："张相请起！"

张廷玉听到康熙平安，一口气松下来，身上一软，几乎爬不起来。两个家人从没见主人这样的，忙上前搀了起来。张廷玉也顾不上问别的，便道："这是怎么回事嘛？连马齐也不给我来信！京师又谣传圣上欠安，我这个领侍卫内大臣，连皇上在哪里都不知道！"

"皇上今日上午微服还京。"李德全说道，"下午冒雨带着武丹视察了京西驻军，又到檀柘寺上香乞求停雨，刚刚回到畅春园澹宁居。此刻立召张相进去。"说罢换了笑脸，一个千儿打下去，又道："方才是传旨。这里咱给张相叩安了！"

张廷玉张大了嘴，怔了移时才回过神来，忙忙地换衣服挂朝珠，一边问道："皇上还叫的有谁？"李德全压低了嗓子道："您是头一个知道的。大约为太子的事，皇上召见您，要即刻处置。太子爷坏事了！"张廷玉但觉"嗡"地一声，耳鸣了好一阵，再不说话，也不乘轿，命人牵马，换了油衣一跃而上，又吩咐一声："半夜给我送饭！"双腿一夹，那马泼风般消失在雨夜之中。待到畅春园东门双闸旁边，张廷玉掏出怀表，趁着闪烁的宫灯看时，还不到戌正，用了半刻的工夫。张廷玉正迟疑着是等李德全赶上来一道进去还是立刻请见，侍卫房里等着的张五哥一溜小跑过来，扶着他下了马，说道："万岁爷刚刚用过晚膳，马中堂和方相公正陪着说话呢。"

张廷玉没言语，只点了点头跟着往里走。此刻雨下得更大了，隔雨帘望去，半箭远近的宫灯都模模糊糊的。雨点子没头没脑敲打着黑魆魆的竹林茂树，不分个儿响成一片，哨风袭来，冷得人通身寒彻。待到澹宁居前丹陛下的大铜鹤旁边，张廷玉下半身已湿透了。站在廊下略略定定神，拧了拧袍角，细听动静时，却是方苞在说话："先忠宣的《忆江梅》，主子说注得琐碎。其实当时他正被囚拘，生死不测。北方无梅，又怕人看不懂，所以注得详细些。其实词章悲沉动人心扉。既是主子记不清爽，我就给主子背诵一下：天涯除馆忆江梅，几枝开，使南来，还带余杭春信到燕台。准拟寒英聊慰远，隔山水，应销落，赴恝谁？空恁遐想笑摘蕊，断回肠，思故里。漫弹绿绮，引三弄，不觉魂飞。更听胡笳哀怨泪沾衣，乱插繁华须异日，待孤讽，怕东风，一夜吹。"张廷玉没有想到康熙此时还有心情谈诗论词，慌乱的心情顿时安宁下来，轻咳了一声道："奴才张廷玉恭见万岁！"

"廷玉来了？"康熙正歪在炕上倚着大迎枕假寐，坐起身来道，"进来吧！"张廷玉答应一声趋步而入，却见马齐和方苞一边一个坐在康熙榻前，叩头请了安端详康熙，神情并无异样，只显得略消瘦了些儿。不知怎的，张廷玉鼻子一酸，几乎坠下泪来。康熙笑道："你也有儿女子气？朕这不是好好的么？起来吧！"

张廷玉揩了揩眼站起来，勉强笑道："十多日与圣驾断了音讯，太平时节，这太反常了。奴才得先谏万岁一本，此事可一而不可再！"康熙凝视着案上的龙凤烛，许久才点点头，说道："你说的很是，此事可一而不可再，也不会有这个'再'了。就在此刻，赵逢春已经奉旨入城，着善捕营军士接管紫禁城防务，将胤礽押解咸安宫暂行囚禁。同时被拿的还有十三贝勒胤祥！"张廷玉尽自心里已有准备，一旦证实，还是吃了一惊，苍白着面孔怔了怔，喃喃问道："不知太——二爷又出了什么事？"

"是这样，"马齐见康熙向自己示意，一欠身说道，"八月十二万岁偶感风寒，命在山高水长楼建醮乞福。清场时挖出了魇镇万岁'速亡'的符箓，当时即诏命各宫搜查，在烟雨楼、烟波致爽斋十几处地方都起出了魇魔鬼物法器。经密审太监供称，是凌普支使。十三日拿到凌普，是我和方先生会同审讯，凌普交出了他和托合齐、朱天保、耿索图等十四人的歃血为盟誓书，要'共保太子、剪除异党'。凌普供出，万岁回銮之时，密云都统将拦路劫驾。我和方苞几经商议，请示万岁后发布明诏，九月十六回京，以观动静。其实九月十六我们才启程，走的是喜峰口，从东边绕道回来的。"马齐说得虽然干巴，脉络却还清楚，张廷玉听得出了一身冷汗，这起子奸邪小人竟真的敢打康熙的主意！想着又问道："圣驾不从密云过，密云那边有什么动静？"马齐说道："过了一个假銮驾，密云都统把调兵将令都发了，后来大约有所觉察，又撤了令箭。"

张廷玉紧皱着眉头思索着，良久，打了一躬说道："奴才已经明白。请万岁留意，这些事情胤礽未必亲自参与，小人辈希图拥立之功，造作大逆，事成居功，事败往主子身上推也是有的。"方苞格格一笑，说道："衡臣，你说的这些，万岁都想到了。但太子不修德，不理事，为群小包围，前次被废蒙恩起复，种种劣行毫无改悔。夫天下者公器也，君主代天秉之，万岁数十年栉风沐雨艰难缔造，才有今天规模局面，能不能托付胤礽这样的人？"张廷玉一摆袍子长跪在地，声音颤抖着竟有些哽咽："奴才不是怕废太子，也不是心疼二爷。但这事实在骇人听闻，一旦全揭出去，天家骨肉惨变，朝廷将兴大狱，书之史册传于后世，有伤皇上圣明之治……奴才的意思，能否牵扯的人少一点，事情办得密一点，聊存天家体面。再说十三爷，奴才敢作保，他不是太子党，乃是实心为国踏实办差的阿哥！"

"十三阿哥的事回头朕告诉你。"康熙叹息一声趿了鞋下炕来，一边漫步踱着，说道，"你起来，给朕拟诏书，朕口授，你写！"

张廷玉起身来，内里的中衣已被汗湿得贴在背上，援笔濡墨盯着康熙，听康熙款款一字一顿斟酌着说道："前因胤礽行事乖戾，曾经禁锢，继而朕躬抱疾，念父子之恩从宽免宥。本期其痛改前非，岂知伊从释放之日乖戾之心即行显露。数年以来，狂易之疾仍然未除，是非莫辨，大失人心。秉性凶残，与恶劣小人结党。危害社稷，亵渎神器。祖宗弘业断不可托付此人，著将胤礽拘执看守！"他口授着，张廷玉走笔疾书，见康熙停下来沉思，便道："'危害社稷、亵渎神器'一语似乎点得太重，这是大逆罪，恐怕引起物议。"

"好，删去。"康熙点了点头继续说道，"这样写——胤礽于皇父虽无异心，但小人辈若有于朕躬不测之事，则关系朕一世声名……前释放时朕已告诫，'善则为皇太子，否则复行禁锢'已详载起居注。今观其毫无可望，故仍行废黜。"他说完，张廷玉也已停笔。康熙接过来看了看，说道："好吧，就这样明发。再加上一句——诸臣工皆朕之臣，各当绝念，倾心向主，共享太平。后若有奏请皇太子已经改过从善，应当释放者，朕即诛之以杜妄言！钦此！"

诏书写完了，康熙和张廷玉、方苞默默注视着那张墨渖淋漓的宣纸，久久没有言语。马齐说道："上次废太子后，诏令共举储君，弄得满城风雨。这次请万岁圣心默定，早立新太子，以定人心。"张廷玉心里也正想这事，便抬头看康熙。

"不立了。"康熙说道，"朕决意不再立太子。"张廷玉身上一颤，把笔放下，忙跪下道："万岁……""朕知道你要说什么，你不要说了。起来吧！"见张廷玉跪着不肯起来，一直没有说话的方苞叹了口气道："廷玉，我朝制度与前明不同，阿哥们都开府建牙任事办差，立太子早了容易有阋墙之祸啊！"

张廷玉满腹狐疑地站起身来，说道："这是你方灵皋的主意？"方苞一笑道："是与不是无关紧要。宋仁宗三十年不立太子，太祖、太宗皇帝也都没有立太子，天下不也照样太平？"

"所谓不立太子，只是不公开建储而已。"方苞翘着老鼠胡子，眼中放出贼亮的光，"皇上将默定继位之人，亲书金册，置于乾清宫正大光明匾后，一旦龙归大海，国家即有新君。皇上在一日，则无人能知何人是太子，杜了多少是非？"

这真是亘古未有的立太子法子，马齐和张廷玉不禁瞠目结舌！却见康熙恶狠狠的眼风扫过来，说道："此事只有你们三人知道。谁走漏出去，朕必取他的首级！"

第四十二回　　重雾漫幛歧路彷徨
　　　　　　　密云来雨智士观局

　　北京城里天翻地覆，一夜之间太子被废、胤祥被执，官场民间人心惶惶，邬思道却不知道。他自四月康熙离京，即向胤禛请假外出游历，由漕船下瓜州渡溯江而上，在湖广游龟蛇二山，登黄鹤楼，又雇轿至岭南，攀武夷山，兜了一大圈儿，来到成都时已是九月末。年羹尧和李卫在这里做官他是知道的，但他出来游历，原为在京日夜劳心，身子骨儿渐渐打熬不来，到外头舒散筋骨，作养精神的，本不想与人应酬。无奈在杜甫草堂观瞻时，身上仅余的三十两银子被绺窃贼偷得精光，邬思道想想，只好架着双拐跑了老远的路来寻李卫。

　　成都是四川省府，大郡名城，小小的县衙在衙门林立的都会里根本不起眼儿，坐落在雹神庙西一座三进大院，门前有两株合抱老槐，遮了亩许大一片荫凉，要不是衙前照壁旁竖着的肃静回避牌，大门洞里挂着的堂鼓和官靴匣子，看去就似一户平常缙绅人家宅院。邬思道到时，还不到未正时牌，只见大槐树下三五成群的秀才，总有四五十人的样子，有的交头接耳，有的琅琅背书。邬思道料知是秀才岁考，想起自己当年，不禁莞尔一笑。向衙役打听了一下，知道"李太爷"在签押房会客，也不让人通禀，自从侧门进去直趋二堂后边，果然听见李卫正在东厢里说话，闪眼看时，"客人"却是戴铎，在外边呵呵一笑，一头闯进来道："想不到老戴也在这里，真是人生何处不相逢！"

　　"呀！是你！"戴铎和李卫都吓了一跳，忙站起身来，扶着浑身是汗的邬思道坐了，戴铎笑着埋怨道："你就这么走来了不成？累得这样！如今难道还缺银子使？"邬思道笑道："你看看我这气色，黑里透红，要不是瘸子，你哪一条比得我过？实言相告，早就听说咱们李太爷要治得成都道不拾遗，我也放心大意了些儿，在诗圣门庭叫贼掏了腰包去。腰里没铜不敢横行，只索来寻小朋友打个秋风！"

李卫一边给邬思道斟茶，笑道："想不想是一回事，能不能又是一回事。把四川巡抚衙门给了我坐试试！我这里捉贼，十个有五六个都有上司衙门来通关节，有的竟硬下牌子叫放人！日他妈，如今世道连贼都通官，官就是贼，贼管着官，我顶了几个撞木钟的，如今通省城都知道我是个二百五县官！"戴铎笑着叹道："前生不善，今生知县；前生作恶，知县附郭；恶贯满盈，附郭省城——你上辈子必定是个淫恶剪径的响马！"正说着，便见一个三十多岁师爷打扮的人风风火火进来，向二人略一点头，对李卫道："东家，秀才们到齐了，您也好去了。"

"没法子，吃这个饭，办这个差，当一天和尚撞一天钟。你们二位少坐一下，我去给这班一丢儿锡们点点卯就来。"李卫摘下墙上挂着的官帽往头上一扣，伸了个懒腰，往怀里一摸，顿时吓了一跳，问那师爷："高其倬，学政送过来的考题在你那里么？"

高其倬也吃了一吓，忙道："那是封好了的，一送来我就交给了您，怎么，找不到了？"李卫当下便着了忙，袖筒里怀里混摸一气，却只摸出几十个康熙铜哥儿，急得一身燥汗，只是寻不见。高其倬在旁笑道："东家，这犯得着发急？您拆开看过的，不过就是个考题罢了。"

"考题我也忘了。"李卫一屁股坐回去，歪着头想了半晌，说道，"只记得像是有个'马'字儿，谁知道塞到哪儿去了！"邬思道想想，这是省学政通考全省秀才的题，外头几十个秀才等着，哄闹起来不是玩的，也替李卫着急，正要说知，高其倬笑道："不要忙，四书里说马的有限。是不是'百姓闻王车马之音'？"李卫摇摇头道："奶奶的，不是这匹马。"

"那——是不是'至于犬马'？"

李卫越发摇头，沮丧地说道："也不是这马。我只记得头一个字就是马字！"高其倬歪着头想了想，憬然而悟，笑道："知道了。"几步至案前大书"马不进也"四字，问道："可是这个题目？"邬思道戴铎见高其倬如此敏捷，也不禁心中暗赞，不料李卫还是摇头，说道："我记得跟在马后头的还不止这几个字。"

至此，连高其倬也窘住了。邬思道怔了一会儿，说道："你再搜搜身上，不要着急，题纸怎么会丢了？"李卫一拍脑门子，懊丧地说道：
"为这不爱读书，吃了四爷多少训，仍旧是个不改——"说着像是想起
了什么，伸手向靴页子里掏摸了一下，抽出一卷子纸来，抖开来，外头
包的是当票，里边露出一张薛涛笺，李卫喜得笑道："有了！"展开看
时，原来却是"焉知来者之不如今也"——原来他把"焉"字误看成
"马"字。众人不禁失声大笑，李卫笑着揩汗，对高其倬道："走，考他
们去！"

"你瞧见那些当票了么？"邬思道不胜慨叹，望着李卫背影道，"狗
儿人品是好的，也聪明。四爷跟我说，他只收八分火耗——其实这么低
的火耗，当县官一文也落不住的。要再读点书，日后必成大器！"因见
戴铎不言语，便问："你像是有什么心事？你怎么也来了四川？"

戴铎吁了一口气，说道："我是前日来的，已经见过年羹尧。漳
州缺马运盐，想来四川收购茶叶，到青海换马。羹尧大方得很，说不用
那么麻烦，就军中拨了四百匹给我。我转到他账房里，见他给八爷和四
爷的年礼，一式两份一模一样，心里很不受用。昨晚席后旁敲侧击地问
了问，才知道十三爷出事了！"邬思道敛了笑容，目光陡地一闪，问道：
"出了什么事？"戴铎摇了摇头，说道："还有更骇人的，年羹尧告诉我，
太子已经再次被废，朝廷要公举八爷进毓庆宫！"

"他有邸报么？"邬思道从极度的惊愕中迅速镇定下来，身子一仰，
望着天棚沉吟着问道，"或者内廷已经发了密旨，要督抚提镇们预备保
本？"戴铎沉闷地说道："他没说，我也没问。年羹尧做到这么大官，我
们这起子门人谁能比他受四爷的恩重？连他都悄悄走八爷的门子，可见
局势之险！你既来了，我想讨一条路，这事应不应该报禀四爷？"邬思
道深深地思索着，眼睛放着碧幽幽的光，良久才道："你告诉了我，是
拿我当朋友，友朋之道规之以义。四爷待你不薄，而且四爷这人素来眦
睚必报。从哪一头说，你万不可自外四爷。但年的事是小可之事，最要
紧的得先稳住四爷的心！等形势再变时报告年的事不迟。"

戴铎盯视着邬思道，他们自弱冠相交已经二十年，深知邬思道智力
远在自己之上。许久，戴铎方喟然说道："我听你的。不过远在千里之
外，京师情形又不详知，我们能帮四爷什么忙？"

"我原本不想见年亮工的，看来非见见不可了。"邬思道紧蹙眉头，缓缓起身，踱至窗前望着外边一晴如洗的秋空，说道，"你这会儿就写信，说两层意思。一、你过武夷山，见了一个道德高深之士，暗地以主子八字问他，他说是'万字号'的。二、你在成都见了我，说我即刻返京入府参赞，说我夜观天象，四爷目下有小厄，请四爷持重静守——落款日期往前提十天，要让四爷相信，你还不知道北京出事。"戴铎一边展纸濡墨，说道："信好写，怎么寄呢？"邬思道头也不回，说道："叫狗儿想法子。"戴铎问道："那你见年羹尧有什么事？"

邬思道倏然回身，冷冷说道："我要叫他知道，此时倒戈不异于自杀。叫他知道，四爷手中有他致命的把柄！我要叫他派兵护送我星夜兼程，赶回北京，回四爷身边！"戴铎还要说话，见李卫满脸嬉笑荡荡悠悠地从二门进来，便住了口埋头写信。邬思道不等李卫进门，便道："狗儿，有一封要紧信，五天之内须得送回北京，你有没有办法？"

"有。"李卫毫不迟疑地答道，龇牙一笑，"我把四爷赏我的怀表都当了，刚刚买了一匹川马。嘿，一天能走八百！如今弄得我精穷，翠儿抱怨说……""行了！"邬思道拊掌笑道，"就叫你那个师爷去！你叫他来，我还有话吩咐！"

当夜四更天邬思道便离开年羹尧行辕，下重庆，取道襄阳宛洛，由邯郸古道北上入京。送行的十几名戈什哈，都是川道上抬滑竿的穷汉出身，走路不在话下，也从没见过邬思道这样阔的主儿，每天起轿赏一百两，落轿又是一百两银子，因此餐风露宿早行晚歇，不但没人叫苦，反而越走越精神。尽自如此，也走了小二十天方到京郊丰台。

"总算到了！"邬思道艰难地由人扶着出了轿，看看日色，刚过申时的样子，估约周用诚还如约在正阳门等着，便叫过护送的军头，笑道，"生受你们这一趟，差事办得好。你们已经把我送到了地方。不过你们不能在这里停，也不能进京看天子脚下世面了，要即刻回程。"那军头看了看这个莫名其妙的客人，笑道："年军门有将令，一切听邬先生调度。先生这么说，我们今晚就南下。不过先生得给我们个字儿，回去好作缴令凭据。"邬思道一笑道："这个我昨晚就想到了。这封信你缴回年亮工，大约还有赏赐，我信里都说了，兄弟们回去放假歇息。"说罢从袖中抽出一封信递给那军头，又道："放心！我换个二人抬，天不黑就进城了。"

邬思道从丰台杠房叫了一乘暖轿，迤逦向城中进发。京师轿夫不比外府外州，举手投足皆有制度，走得不疾不徐，讲究个缓平稳适，轿桌上的茶水都溅不出，和那干子川汉们抬的真有天渊之别。此时已临季秋时节，轿外山染丹枫、水濯寒波，京师大雨过后清寒袭人，路旁一片片池塘寒波涟涌、芦荻摇曳，一派肃杀景象。邬思道也无心观赏，只怔怔地想心事：这样纷乱如麻的政局，怎样才能理出头绪来？高其倬和周用诚接上头了没有？如果见不到周用诚，是直接去雍亲王府，还是再等一日……胡思乱想间，轿子已经进城，乍见灰蒙蒙阴沉沉的西便门箭楼矗在西风昏鸦之中，邬思道的心不禁怦然而动，却伸出头道："奔正阳门关帝庙。"

邬思道在正阳门前下轿，已是暮色苍茫。这里关帝庙连着大廊庙，靠北一大片是花市，最是热闹去处，回顾一望，但见夕阳酒卖，楼头歌女绰约往来，星星点点已渐渐燃起一盏盏"气死风"灯，布满街衢两边，到处都是卖晚点小吃的和川流不息的人，哪里有坎儿的影子？正顾盼时，便听身后有人笑道："邬先生，叫我好等！"

"是墨雨呀！"邬思道一回头，见是胤禛书房小厮墨雨，不禁心头一松，笑道，"你躲了哪儿去？叫我在这望眼欲穿！周用诚出不来么？"墨雨年岁比坎儿还略小点，也是个十分伶俐的，笑嘻嘻说道："我和周头儿轮替着等了四天了！您一下轿我就看见了，因为高福儿带着个婊子在那边楼上，怕他瞧见了，一时没敢出来。"邬思道道："我也不要见他，咱们走。"

墨雨前头带着往东走，一头说道："都安置好了，在前头宋家老店给您包了最里头一进院子。您这一回来，不见四爷，连周头儿也不摸头脑——回府住多安逸！"邬思道跟着紧走，说道："你记住一句话，成人不自在，自在不成人。若要安逸，我大约经商也受不了穷。"一边说，已经进了店，墨雨便吩咐店老板："我们正主儿来了，烧点水，热点黄酒，把晚饭送进来——邬爷您请，上房东间住着暖和，炕都烧热了。"

说着又是开门又是点灯，邬思道刚坐下，一把热腾腾的毛巾已经送了上来，说话间，店老板也将晚饭送了过来——一壶热黄酒、一大碗羊肉拉面、四碟子小菜收拾得精洁，还有几个芝麻酥饼。

"黄酒和小菜你吃了它。"邬思道揩脸洗脚上炕盘膝而坐，说道，"我只用这羊肉面。一喝酒就熬不得夜了——东西带来了么？"墨雨也饿了，一边狼吞虎咽地吃着，指了指炕头一个包裹，说道："这一个月的邸报，还有四爷批下去的部文、皇上批过来的奏折，都在里头。周用诚说请邬先生紧着看，白天还得送回书房。四爷要哪一件取不出来可了不得！"邬思道点头笑道："那是自然，不过有我兜着，不至于叫你们吃亏的。"

一时两人吃过饭，邬思道一边展读那包裹，取出目录一份一份挑着要紧的抽出来，缓缓问道："四爷近来心绪怎么样，身子骨儿还好？"墨雨扑地一笑，说道："你这人真难猜！我想着见面头一句你必定问这个，直到现在才问出来！"邬思道冷冷说道："那我就是个庸人。我最急着知道的是这叠文书！"

"四爷身子骨儿还好，就是脾气大。"墨雨偏身坐在炕沿上，剔着牙缝说道，"见人没话，老是拉长了脸，吓得家里人见他远远就躲了。性音文觉两个师傅前些日子也都绷着个脸，上回在清雨斋我听见他们问四爷：'邬先生有信儿没有？'四爷冷笑说：'你们倒问我，你们做什么吃的？'——我还没见过四爷这么发作两个师傅呢！都怪您，好好的出京做什么？回来又不见四爷！"邬思道没回话，手拿着两份文卷在烛下比较着看，良久才道："你只管说，还有什么？"墨雨笑道："从那个高什么玩意来过，四爷心里像踏实了些，没有那么凶了。前几日身上发热，支撑着还要到部里去办事见人。四爷和姓高的聊了两个时辰，还陪着吃了顿夜饭——我在这这么些年，还没见过谁得这个体面呢！后来才知道是您要回来，怪道的四爷这几日天天到门上问您有信没有——您竟是这雍王府的主心骨儿！好邬爷，您快点回去吧！"

邬思道静静听完，将手中文书放在炕桌上，长长吁了一口气，说道："很好。你不能在这久留。回去告诉周用诚，他也不用来这里，叫性音把每天的邸报送过来我看。你和周用诚、文觉多陪陪四爷，顶多两天，我就回府。我得把这些东西理个眉目再见四爷。"墨雨笑道："我和周头儿商量定的，接到您我就不回去了，他代我给高福儿请假。您腿脚不便，身边没个侍候人也不成。您就住里屋，我在外头睡，有事招呼一声就得。"说罢便退了出去。邬思道自在里间一份一份详研朝廷的邸报文卷，直到天明，方歪在枕上胡乱歇息了一会儿。

一连四天，邬思道寸步没有离开宋家老店，文觉性音白日马不停蹄四处奔走，打听各王府阿哥消息，甚或谁家演什么戏，请了什么人，哪个皇孙过生日，都有谁送礼这些个细事都一一汇总儿报到邬思道那里供他参详，周用诚暗中指挥雍王府东西书房的书童也都出去打听消息，自陪了胤禛每日到部办事见人，倒也严谨。

待第六日头上，邬思道已自有了主意，一大早起来，用青盐漱了口，笑着对墨雨说道："你给我觅个小轿，今儿咱们回府去。"墨雨早巴不得他这一声，一溜烟儿出去，一霎工夫便叫来一乘缠藤亮轿，说道："先生在这屋里已经憋了几天，今儿天气晴和，坐这个透透风儿，也爽气些。"邬思道满意地点点头，上了轿，却道："先出朝阳门！"

"不是回雍和宫么？"墨雨一怔，说道，"朝阳门外是八爷府呀！"邬思道笑容满面，催促着起轿，说道："我就想看看八爷府是怎样个情景。"墨雨只好跟着，却是满腹狐疑。

待到朝阳门外运河码头，才过辰正时牌，因运河河面已经结了薄冰，码头上人很少，码头对面雄伟壮丽的八王府门前却是车水马龙，冠盖如云，一乘乘驮轿、明轿、暖轿、骡车、轿车从门口排出老远，各家家仆有的在照壁前的棚下吃茶吃点心，有的说闲话摆龙门阵，有的在柔和的阳光卜晒暖儿、捉虱子的，各色各等不一而足。邬思道远远地便下来，在运河边眺望了一下，看了一眼被封了的万永号当铺，脸上闪过一丝阴冷的笑容，不言声注目着丹垩一新的八王府大门。墨雨笑道："他这个大门有什么瞧头，巴巴儿站在这里看？"

"情形有些不对。"邬思道沉吟道，"文觉前日说八爷不见客，怎么这么热闹？你过去打听一下。"墨雨答应着到照壁前转了一遭回来，笑嘻嘻道："原来今儿是八福晋的寿日。并没有官员来拜，都是各府宪太太、舅奶奶、表姑奶奶来拜寿，溜须拍马来的。"邬思道笑了笑没吱声，果然见一群花枝招展的女人从大门里辞出来，有的还穿着诰命服色，各人都带着一群丫头老婆子，叽叽咯咯说着上轿上车，辚辚萧萧而去。邬思道站着看了一会儿，长长吁了一口气，说了声"咱们回去"。刚要回身上轿，却见西边过来一个丫头，手里挽着个包儿，径直走到邬思道身边，竟蹲了个万福，问道："尊驾可是姓邬？"邬思道僵僵地点点头，问道："你是谁？有什么事？"

"我们太太说，她瞧着您像她的一个亲戚，"那丫头道，"既然您姓邬，那定必没认错人，请借一步说话。"说罢将手一让。邬思道迟疑地跟过来，果见前面停着一乘红毡暖轿，轿旁只跟着两个老妈子，邬思道未及开口，轿帘一闪，一个二十多岁的少妇穿着玫瑰紫夹衫，套着葱黄百褶裙款步下了轿，向邬思道抚膝一蹲，怯怯叫了声"表弟"。邬思道看时，水杏眼、柳叶眉，微翘的嘴角旁一颗朱砂痣，不是金凤姑是谁？——立时便怔住了，良久才不知所云地说道："是……是你啊？"

金凤姑黑瞳瞳的目光盯着邬思道，许久，低头无声叹息一声，脚尖跳着地道："嗯，听说表弟在四爷府？"

"嗯。"

"表弟气色还好。"

"唔。"

二人又复语塞，都把目光盯向肃杀寒冽的运河河面。半晌，金凤姑才又嗫嚅道："有句话我一直想问，你……那日怎么冒那么大雨……不言声就走了？"

"你问这个么？"邬思道冷笑一声，"因为要逃命嘛！刀砧上的鱼也还要蹦一蹦呢——怎么，你们还有点不甘心？如今要怎样我，恐怕没有那么便当。你是许身于人的人，我也是有主的人。你有什么事要见我？"金凤姑低下了头，眼中泪水打着转儿，说道："……我是这辈子也对不起你的了，不想请你原谅。你们男人的事我不懂，也不敢问。不过我知道，四爷这人不好沾惹的。表弟家并不穷，我只想劝表弟回去，就是耕读，也落个平平安安。北京城浪大潭深，不是个好居处——你身子……已经残疾，还……图个什么呢？要是没盘缠——"话未说完，邬思道突然仰天大笑，说道："你要赠金送我回无锡？多承关照了！我不过一个残废人，世间多一个我少一个我，与人无碍。四爷养我八爷养我，总之不过磨墨捧砚间清谈解闷而已。你放宽心，就是四爷祸连满门，也株连不到清客头上的。"

金凤姑低垂了头，心知邬思道对自己怨恚不解，当着墨雨，无法深谈，因叹息一声，轻声说道："表弟保重。"福了一下，默默上轿而去。墨雨见邬思道别转了脸，支着拐杖只是眺望河面，便道："这是先生表姐？是谁家夫人？"

"她是个畸零人。女人，嫁了鸡就随鸡、嫁了狗就随狗，有什么好说的？"邬思道冷冰冰地笑着，寒冽的目光瞥了一眼愈去愈远的小轿，说道："走，回我的枫晚亭。"

胤禛午后便从上书房回到府中。本来，皇帝早膳完，政事已经议完了的。按平日规矩，议完了事他还要到户部刑部听完堂官回事，安排了明日公务，才肯回府的，今儿却心绪格外烦躁，在上书房和张廷玉马齐、三阿哥胤祉、九阿哥胤禟、十四阿哥胤禵按着康熙的旨意一一发文写了票拟，胤祉长篇大论地扯谈起他编的《古今图书集成》，众人听得津津有味，胤禟问三道四，胤禵插科打诨，都是一脸得意兴头十足，实在坐不住，便辞了出来提前回府。因见房门几个长随聚在门洞里打雀儿牌，胤禛蹬着下马石下来，把缰绳撂给周用诚踱了过去，站在圈子外，阴森森地一声不言语。周用诚情知他要大发雷霆，便在旁大喝一声："你们都是死狗！没见主子回来？大白日的斗牌，雍王府几时有过这规矩？"

几个家人乍听这一声，猝不及防看见这位朝野无人不怕的冷面王爷站在近前，顿时吓得木了身子，焦黄着脸拿着纸牌慌得没做手脚处。好容易回过神来，把牌扔进火盆里一齐跪了。司阍的老黄头一边磕头一边乞饶道："四爷，大长天儿没事，就忘了四爷的规矩，我们再不敢了！"

"再不敢了？"胤禛哼了一声，"你们已经敢了，还要'再'？——高福儿呢？叫他来！"二门上守望的小厮们见门上长随们一个个磕头如捣蒜，回不出胤禛的话，忙飞跑过来跪了道："高管家吃过早点就出去了，说是给世子爷买书去了，还没回来呢！"胤禛正要说话，冷眼见弘时弘昼弘历兄弟三人从西花园月洞门出来，蹑脚儿躲着自己要往东书房去，又是好气又是好笑，断喝一声："站住！过来！"

兄弟三人对视一眼，只好站住，蹭了过来，垂手侍立。胤禛冷笑一声，说道："好得很！我在外头忙国事，家里人斗牌的斗牌，逛花园的逛花园，溜大街的溜大街，没王蜂儿了！"弘历见两个兄弟脸色煞白噤若寒蝉，忙跪了赔笑道："王爷错怪了我们。原本都在东书房读书来着，墨雨来说邬世伯回来了。王爷又不在，怕冷落了邬世伯，我们过去……"

"邬先生回来了？"胤禛精神一振，顿时将众人的过错丢到九霄云外，眉头轻轻抖了一下，也不管众人长短，甩手便进了月洞门，周用诚向众人扮了个鬼脸儿便忙跟了进去。

胤禛匆匆进园，趱过一片竹林，早见邬思道已站在亭子台阶前等候。他站住了脚，仔细打量一眼神定气静的邬思道，向前跨了一步，嗫嚅了一下想说什么又住了口，矜持地笑着点了点头，说道："邬先生，久违了！身子骨儿倒像比离京时结实了些。"

"请四爷安！"邬思道拱拱手，他也在仔细审量胤禛，从头到脚仍是干净利落一丝不乱，只脸色苍白些，眼圈有点发暗，便笑道，"屋里刚生火，炭气太重，我陪四爷园子里走走如何？"胤禛点了点头，示意周用诚搀了邬思道，一道儿在落了叶的垂柳间散步。两个人都是十分深沉的人，彼此依托，都有一种踏实温馨的亲切心景，却久久都没有说话。走了两箭远近，胤禛方吁了一口气，邬思道问道："四爷，您隐忧很重啊？"

胤禛折一根柳条，望着池中缓缓游动的青鲢，沉重地说道："昔日东林士人有联，'风声雨声读书声，声声入耳；国事家事天下事，事事关心。'局势艰难如此，我能不焦虑？唉……不瞒你说，这一阵子我真是度日如年，又像独身一人穿行一个暗无天日的胡同，无一人可谈，无一人可问，无一人指迷津，也不知尽头何处。风急天寒路暗……我是什么况味？"说罢，又是一声悠长的叹息，"我真怕你一去不回，或者——"

"或者畏难不肯回来，是么？"邬思道哑然失笑，叹道，"王爷以友道待我，粉身碎骨也只是寻常之报，焉敢苟且？我回京已经五天了！"

胤禛一下子站住了脚，诧异地看着邬思道。邬思道徐徐说道："我在四川知道京中变故，即开始收集邸报和朝廷文书，回京后看完了四爷书房里所有案卷。用诚、墨雨、文觉、性音走马灯儿似的为我探听信息，朝局，我已经了如指掌！今日，朝旨颁布八爷门人黑硕哲为礼部尚书、保过八爷的张廷枢重为工部尚书、揆叙进封左都御史、三阿哥的门人赫寿当了江南总督——四爷回府这么早，是不是为这些事愁怅呀？"胤禛怔了一下，摇头道："这些除授黜免宦海中平常事，本来无关我的疼痒。但上书房事前不和我关照，事后也不征询我的意见，聋子耳朵似的摆在那里，我这个管事亲王当得好没味道！"邬思道格格笑道："四爷每日价口口声声想当'闲人'，如今求仁得仁，倒不自在起来？"胤禛被他揶揄得也是一笑，又叹道："我虽说没野心，也还想落个直过儿，更不想叫鼠辈们笑话我。"

"天太黑了。"邬思道突兀说道。见胤禛盯视自己，又道："四爷方才说的穿越胡同，很有意思，其实四爷早已走出了胡同，只是天太黑，伸手不见五指，您以为还在胡同中罢了！四爷，不知不觉中皇上已经变法，您看不出来？"胤禛倏然收住脚步，惊异地看着邬思道没吱声。邬思道细长的手指交错握着，款款说道："万岁已经收了帝权，一切圣躬独裁，所有阿哥都剥掉了参赞之权，只留下办事之权，上书房也只是遵旨处置朝务而已。不如此，朝局难以稳定啊！"胤禛点点头道："这我看出来了，不过这也算不上什么'变法'。康熙四十二年前本就是这个样子。""有所不同。"邬思道微笑道，"前一次放权，为了历练太子；这一次收权，为了考察所有阿哥品学才识。万岁，他决意不立太子了！"

胤禛全身一震，仿佛一道极亮的光从脑海中划过，旋即又陷入深深的思索之中。

"这样做，至少有三个好处。"邬思道缓步踱着，徐徐说道，"一、皇权可以独揽，政务不致梗阻；立的太子无能，有损皇上治化，立的太子精明强干，又容易与皇上分庭抗礼，对皇上、朝廷、社稷、百姓都不利。"

"唔。"

"二、可免阿哥拉帮结派、结党营私。不立太子，朝臣们不知道将来谁能入继大统，就不敢轻易涉足阿哥党争之中，将来新主当政，容易事权统一。"

"嗯。"

"三、"邬思道双眸炯炯，"皇上内有方苞、外有张廷玉马齐佐理政务，可以放心令阿哥们各自办差，他站在高处，细细体察各位爷的品行才能，以有生余年，选出一个最满意的阿哥接这个九五之尊！"

胤禛至此犹如醍醐灌顶，满心满目一片清亮，呵呵笑道："说得实在入木三分。可笑老八痴心，满心盘算着要进毓庆宫呢！据这么看来，谁做太子的心越盛，谁就要倒个大霉！倒合了佛家一句精义——争是不争，不争是争！"

"妙哉斯言！"邬思道拊掌叹道，"这八个字我就寻思不来，毕竟四爷灵秀独钟！请四爷尽自安心，天命攸归定数所在，凭谁不能扭转的！"胤禛笑着笑着，又沉郁下来，他想到了十三阿哥胤祥。邬思道却只顾说道："四爷想：如果真的立太子，上书房诸人能这么安心办事？诏命也早就下来了！十三爷有什么过错？硬囚了起来！还不是怕他在外头替四爷去'争'？！"

这一下歪打正着，恰恰击中胤禛隐忧最深的心事，一天乌云化解得干干净净，怔了一下，半晌才道："今日劈破旁门，才见到明月如洗！"

第四十三回　忙党争孝子忘母寿　对陵丘兄弟叹世情

　　一团乱麻似的朝局经邬思道一番解剖，立时显得泾渭分明。多少日子焦虑不安的胤禛一下子放松了，一觉直睡到日上三竿，一边穿衣服一边抱怨侍候在旁的年氏："我几时起得这样迟过？原说过今儿还要去一趟铸钱司的，可不是误了？你在府里这些年，不懂我的规矩！"年氏赔笑给他结着绦子，说道："主子这可冤了我，昨夜你进门就说，今儿要睡个囫囵觉了，我敢惊动么？再说福晋也有话，王爷这些日子心绪不宁，要变着法儿宽慰王爷，请王爷好生歇歇。户部方才来了个姓王的堂官，问王爷几时去户部，他们要不要等王爷。我看主子睡得正香，就叫周用诚打发了他去。"胤禛正在漱口，将水吐了漱盂里，问道："你怎么打发的？"

　　"我说王爷一大早就进宫去了，今儿是德娘娘圣诞，恐怕午前不能下来的。"年氏笑道，"部里的事请王老爷照四爷的吩咐裁度着办，四爷从宫里出来必定要去部里的。"

　　一语提醒了胤禛，今儿十一月二十三，可不正是自己生母德贵妃乌雅氏的生日？这一向昏头涨脑，竟忘得干干净净！怔了一下方道："寿礼送进去了没有？夜来我还着实惦记着，娘娘最爱惠绣，早就叫你哥子采办，至今也没有个影响，奴才们办差是越来越不经心了！"年氏情知他是忘了，见挑剔到自己哥哥，红了脸，一声不敢递回话。正说着，福晋挑帘进来，胤禛便道："叫人给我弄点吃的，略进一点，我得赶紧进宫去！"福晋笑道："这也犯不着着急。礼，前日就送进去了，昨儿我带着年氏几个还有儿子们都进去见了。娘娘高兴着呢！说了，孝敬不孝敬，不在这些虚礼上，四爷十四爷给她露脸，实心读书办事，就不受礼也是欢喜的。"

"是!"胤禛听母亲有话,忙躬身答应一声,又道,"你们想得比我周到。不过我空手去见娘娘总归不好,把羹尧送的羊奶蜜橘带六篓,还有娘娘爱用的酒枣,带十二坛!"年氏忙道:"方才主子说惠绣,我那里还有一幅《璇玑图》,原是预备着给主子上寿的——四边儿上还挑着不断头万字儿,既是娘娘爱见,权作寿礼进上去,再写信给年羹尧,叫他另给主子物色,不是两全了?"胤禛被她们说得高兴起来,笑道:"我寿不寿的打什么紧?甚好,就这么着!"说着便吃饭。福晋见他颜色霁和,徐徐进言道:"昨儿门上几个奴才斗牌,违了你的制度,高福儿一回来就都撤了差使,不知道你还要怎么处分?我听说几个奴才吓得饭都吃不下,再说,高福儿的侄子也在里头。依着我说,得罢手且罢手,饶过他们一回也就是了。"胤禛仰脸想了想,笑道:"看来我是管事太多了。依着我说,这群杀才还不如芦芦那条狗,都该发落到庄子上去!既是你讨情,我索性往后不管这些事,除了书房和粘竿处的人,由你处置,这才是正理。你只记一条,小人难养,宁可严一点,内言不出,外言不入,才是处常安宁之法。如今情势,我精神也顾不到府里,你多操点心吧。"

正说着,廊下鹦鹉在笼中跳着叫道:"来客了,翠屏挑帘子!"便听门外有人笑道:"这鸟儿倒有眼色,怎么知道我是客?"帘子一闪,却是十四阿哥胤禵,穿着金龙袍,戴着东珠冠晃过来,唬得年氏忙闪进内房。胤禵手中拿着把湘妃竹扇,向胤禛和福晋一拱,笑嘻嘻道:"四哥、四嫂吉祥!四哥这早晚才吃饭啊?"

"坐,坐!"胤禛笑了笑,用筷子点了点面前的座儿,"你只管坐,我立时就吃完,咱们一块儿进去——年氏,十四爷又不是外人,你紧躲个什么?泡茶来!"一边将碟子里的雪里蕻倒进碗里,将米饭搅了搅,拨拉着吃了。

胤禵见他饮食如此单调,案上撒了几粒米都用筷子捡起吃了,又用白水冲涮着喝,心下暗自惊讶,诧异着接过年氏捧过的茶,正沉吟着,福晋在旁笑道:"十四叔,好些日子你不登我的门了。方才你哥还说,吃过饭约你一块进去给娘娘拜寿呢!没的叫娘娘想着,嫡亲同胞兄弟也生分了。"

一句话说得胤禵也慌了神,原来他忘得比胤禛还要干净!强自镇静着喝了一口茶，胤禵已经有了主意，嘻嘻一笑说道："我就是为这件事来请嫂子帮忙呢。娘娘的寿礼秋天我就叫人出去办了，是一幅'瀛洲九老对弈图'，还有一个玉观音。玉观音是昨个儿才从云南运到，和真人一般大儿，处处都好，可惜了路上颠簸，手臂上玉光蹭毛了巴掌大一片，寻思来寻思去，只有请出嫂子家常供奉的观音先送进去，回头把我那尊请到嫂子这儿，这么着可成？这就算四哥和嫂子成全了兄弟一片孝心，你们也不吃亏……"胤禛已经吃完了饭，起身笑道："自己兄弟，有什么说的？寿面恐怕你也未必预备，我倒预备了二百斤银丝京挂，一起送进去，算我们各送一百斤，如何？"胤禵喜的起身打拱，说道："谢四哥四嫂，这么着更周全了。"说着和胤禛联袂走出雍和宫，胤禵便盼咐随从："回府把那架镶金九老对弈图屏风好生抬到长春宫，给娘娘上寿。告诉家里，我跟四爷已经一块进去了！"

"老十四，"胤禛上了马，一手执辔，回头看了看胤禵，说道，"你不单为进宫庆寿来见我的吧？"胤禵在马上一纵一送走着，似乎有点心不在焉，良久才道："是。我心里焦闷，也想和四哥聊聊。原先不办差，站在干岸上看你办差，觉得稀松平常，管了兵部才晓得，办差的人在荆棘刺窝儿里，旁人还看着光鲜！万岁爷当年西征，在榆林设了粮库，里头还存着四十万石粮，榆林城今非昔比，城外的沙丘已经差不多和城墙平了，一场风沙过去，城里人要挖开沙才能出去。长此下去怎么行？我想把城外的沙清清，兵部说是户部的事，户部说是工部的事，工部说榆林早已没有什么居民百姓，驻的都是兵，所以是兵部的事！想想只好来找你商议，得拿出个法子来。"胤禛愣了愣，说道："这事我听马齐说过。既然闹沙灾，城里又没了百姓，听说有时连井都淹没了，不如干脆都迁出来，粮库也迁了，省了多少事！"

胤禵笑着摇了摇头，说道："榆林粮库撤不得，将来大军如果西征，这里没有军粮支应，那是了不得的。老十三没出事前，我们两个在木图沙盘上不知摆布了多少次，寻不出个能代替它的地方儿！听说这里设卫设厅建立粮库，是周培公将军的建议，熙朝名将都一个个去了，能打仗的是越来越少了……"说着叹息一声，言下不胜感慨，"阿哥里头就十三哥还懂军事，他这一出事，我连个能商量点事的知己兄弟也没了——

四哥,你最有肝胆的,十三哥素常又最要好,你不能保他一本么?"胤祯目光霍地一跳,迅速闪了胤禵一眼,胤禵怔了一下,笑道:"你怎么这样儿看我?你必是想,这个'八爷党'今儿是怎么了?保起十三阿哥来了?其实天晓得我是个什么党!我就是我自己,我凭我的本心去处事做人!"

"唔……"胤祯被他说得莞尔一笑,倏地一个念头闪过:莫非这个胆大妄为的兄弟也猜到了皇帝不立太子的真意,要自立门户,拉自己做帮手么?因试探道:"我一个人保恐怕落单,要加上你,再拉上老八他们一齐来保,只怕才能保得下呢!"胤禵笑道:"叫八哥来保十三哥,那是与虎谋皮,他恨不得十三哥死了才好呢!四哥要不敢开头儿,我先上本保,要是万岁有活口儿,你再上。要是连我也触了霉头儿,四哥你保我一本,足感厚爱!"胤祯扑哧一笑,说道:"你真的以为我胆小?实话告诉你,保十三阿哥的密折早就上去了,是我独自具本!"

胤禵脸上掠过一丝失望的神色,换转了话题,说道:"那就等等再说,看万岁爷什么章程。榆林的事恐怕也得写一个本章。和阿拉布坦这一仗迟早要打的,不能掉以轻心。西边打仗,打的什么?其实就是打粮食仗!谁的军备足粮道通,谁就赢了!"胤祯微微一笑,没有答话,努嘴儿说道:"西华门到了!"

德妃乌雅氏的寝宫在体元殿后的长春宫。这个地方原是元末明初有名的丹术士邱处机为皇帝炼丹的道观,邱处机号"长春子",因改名为长春宫,邱处机移到白云观,这处宫荒芜了几百年,蒿蓬满院獾狐出没,人人躲着这个地方走。偏是乌雅氏爱僻静,康熙二十七年晋位贵妃,她就选了这个地方重加修葺,作为自己的起居之地。胤祯胤禵从养心殿西侧夹道迤逦进来,早见一起起贺寿的宫人命妇出出进进,熙熙攘攘十分热闹,心知宫里嫔妃贺寿的尚未散去,此刻进去大家回避甚不便当,便远远地站住了,等了一顿饭光景,见人渐渐稀了,才踱到垂花门前请见。一时,里头便传出话:"贵主儿请二位爷暖阁里说话。"

二人略一点头,款步进来,但见穿堂里、过道上到处都是人们送进来的贺礼。什么寿面寿糕、面蒸的寿桃、如意、屏风、宣德炉、金弥勒佛玉观音、自鸣钟、圭、璧、璋、玉、名人字画,甚或鼻烟壶、扇坠

儿、檀香、麝香、冰片茶叶……各色各式五光十色，都标了送礼人姓名
一档一档琳琅满目垛着。两个人心里不禁掂掇：母亲五十四岁，并不是
整寿，送来的贺礼看去比五十大寿还要丰厚许多！想着，已进了长春宫
正殿，在东暖阁珠帘外的熏笼旁跪了，叩头称颂："儿臣恭叩贵妃娘娘
千秋圣寿！"

"起来，坐着吧。"乌雅氏原在帘后大炕上半歪着，从天明便接待客
人受礼，她显得有点疲倦，见两个儿子神采奕奕进来给自己磕头礼拜，
坐起身来吩咐道："把这劳什子帘子拢起来。方才是怕有外客，他两个
是我肠子里爬出来的，没的装神弄鬼的做什么？"几个太监忙不迭答应
着用金钩将珠帘收拢了起来，胤禛看时，母亲穿着翟乌秋香色缎袍，三
层金顶的东珠凤冠放在案上，露出乌黑的盘龙髻，柳叶眉、丹凤目，只
嘴唇略显厚点，仿佛总用牙齿咬着下嘴唇，又像总是在想什么心事的样
子，因赔笑道："母亲气色极好，今儿着了吉服，看去更精神了，一点
也不像五十多岁的人。儿子们虽说在外头办事，心里着实惦记着，母亲
素来有个气喘的毛病儿，不知可大安了？"

乌雅氏怔了一下，笑道："时犯时好，老毛病了，我也不在心上。
上次你送进来的乌鸡白凤丸和禵儿的川贝定喘散都好，至今天天断不了
呢！"胤禵躬身赔笑道："这不值什么，娘娘用着好，就是儿子们的虔心
到了。既这么着，明儿再配些送进来就是了。"

乌雅氏一时没言语。皇家规矩，尽是母子至情，一年中能单独见面
说几句话的时候也就是这一天。她心里雪亮，眼前两个儿子，一个精明
要强，冷面冷心，一个玲珑剔透，肝胆热肠，都在拼命做事，投康熙的
缘法，骨子里都盯着毓庆宫那个虚着的太子位。两个儿子两派势力，她
又是欣慰又是担心。因为无论哪个儿子大位有望，母以子贵，她自己逃
不了一个太后的位份，担心的是这么多阿哥夺位，谁知道天上哪块云下
雨？万一别的阿哥得逞，又将如何？万一……自己亲生儿子骨肉相残
……又是什么光景？乌雅氏沉吟着，打量一眼儿子们，胤禛垂手默坐，
怡然自若，胤禵口角带笑左右顾盼，一脸不安分神色。她想说点什么，
一眼瞥见殿门口竖着的大铁牌子，上面茶碗大的字写着：

太祖皇帝圣训：后宫嫔御宫监人等有妄言干政者，杀无赦。

仿佛一阵冷风袭来，乌雅氏打了个寒噤，嗳嚅了一下，见两个太监抬着一桌席面进来，便问道："到进膳的时辰了？"

"回娘娘话，"太监忙将席面摆在炕前，赔笑道，"这是万岁那边赏过来的。李总管方才叫了奴才去，万岁正和方先生张中堂说话，听说四爷和十四爷都在您这，万岁爷高兴得了不得，说难得你们母子一处说说话儿，就不要两个爷过去请安了，赏了这桌席面，还有一瓶苏合香酒，说娘娘心跳，吃这个酒无碍的。"乌雅氏忙起身听了，道："你再去养心殿一趟，请李德全代叩天恩，多谢主子惦记着了。"又向两个儿子笑道："设两个座儿，你们陪娘吃几盅吧！"

胤禛胤禵对望一眼，一齐起身移座到桌前，胤禵擎杯，胤禛执壶满倾一盅，一撩袍角都跪了下去，胤禵将杯捧与胤禛，胤禛双手高高举起，说道："儿子们在外头忙于国事，一年到头极少在您老人家跟前尽孝的。今儿借万岁的赐酒，为母亲上寿，请母亲满饮此杯！"乌雅氏接过杯子，满杯绛红的酒汁，洸洸的，如同琥珀汁液，不知怎的，她的手有点发颤，笑道："不瞒你们说，我早已断了荤酒。一来是君有赐不敢辞，不好扫了主子的兴，二来娘母子一处，难得这天伦之乐，我今儿就破一次戒——"说罢举盅，看了看，一仰而尽，用手帕子揞着嘴勉强咽了，在火锅里拣一片笋吃了，又道："你们尽情吃，我在一旁看着也是欢喜的。"胤禛胤禵哪里肯依？做好做歹又劝了两个半杯，方才各自入席，乌雅氏已是酡颜微醺，放了杯子叹道："看来此地钟鸣鼎食，金尊玉贵，总是规矩太多了些。我没进宫时在呼伦贝尔，你外公做寿，王宫外搭的毡幕，下头是歌女佐酒，帐外武士赛马摔跤，一家人席地盘膝传花罚酒，那是多么快乐！"

"养移体居易气，"胤禛忙着给母亲斟茶，说道，"母亲今为龙凤之俦，自然尊严天家制度。母亲如思念外公舅舅，儿子得便请旨，请他们进来觐见也是一样的。"胤禵却笑道："是儿子们太庄重，不会承欢，往年这时辰，十三哥必定也在，今日少了他，就没那么热闹了。"胤禛听了，心里一酸，几乎堕下泪来，料是乌雅氏也必难过，微睨时却见母亲神色如常，正诧异间，乌雅氏说道："十三阿哥是可怜人，万岁其实很疼他的，他和大阿哥不一样。"

这是至关要紧的话，胤禛胤禵不禁都怔了，既然"不一样"，为什么处置却一样？两个人都抬起头，等着母亲往下说，乌雅氏却转了话题："大阿哥的事出来，他母亲纳兰氏去见主子，告了胤禔忤逆，主子说，'这不是女人管得了的，没有你的干系。'其实她何尝不伤心？我去看纳兰贵主儿，眼睛都哭红了。十六个有儿子的嫔妃，谁不指望儿子平安出息？所以，今儿趁了酒，我要劝你们几句，你们在外安生办事，甭图那个非分之福，平平安安的，就算你们对我有孝心。看着你们平安和睦，我就能多活几年。像纳兰氏，多伶俐的一个人，如今走路看着地，跟人说话也变得怯声怯气，就活着，什么趣儿呢？"说着，便用手帕拭泪。胤禛笑着起身给母亲夹菜，嗔道："都是老十四，没来由提十三弟做什么？"乌雅氏却道："兄弟关心，这不算什么。你们都是顶尖儿的聪明人，大萝卜不用屎浇，如今外头的事除了瞎子，谁瞧不见？告诉你们一句话，当今圣明，不能往他眼里揉沙子，你们一心一意当好你们的王爷贝勒，办好差，平平安安的，和和睦睦的，就是福气！"

"母亲放心！"胤禵笑嘻嘻看着胤禛，说道，"我们这不好好儿的么！古人说兄弟同心，其利断金。古诗说'一尺布，尚可缝，一斗粟，尚可舂，兄弟二人不相容。'我们自幼都读过，都是至理名言，岂有不记得之理？您尽放心，我们不管别的，和四哥相与得好着呢！"胤禵伶牙俐齿，舌如巧簧，说得胤禛也是一笑，乌雅氏也回过颜色来，说道："我知道你们和睦，话赶话的，不过白嘱咐一句。既如此，你们兄弟共饮一杯同心酒，叫我也乐乐！"

胤禛忙答应一声，欣然起身，胤禵早满满斟了一杯酒递过来，胤禛笑着呷了一口，将杯递给胤禵，胤禵一饮而尽，向母亲亮了杯底，又落座吃酒说笑。胤禵因笑道："不是我惹母亲烦恼，十三哥真的是没有大过错，今儿座里没有他，心里不免惦记。也并不想叫母亲在万岁跟前讨情——我只纳闷，十三哥和大哥既'不一样'，万岁怎么就不肯放他出来呢？"

"我也不得明白。"乌雅氏摇摇头叹道，"他不是我养的，没那么多忌讳，出事第二天见万岁，我倒替他讨情来着，万岁说：'这是为他好，也没有把他怎么样嘛！这些事你们妇道人家不懂！'也没说别的话，我也没敢再说。"

胤禛胤禵对望一眼，本来想从母亲这里讨一点枕头风，不料听了这许多，反倒越发懵懂，圈禁，是宗室除赐死之外最重的处分，还说"为他好"，又是什么"没有把他怎样"！妇道人家不懂，精明伶俐的四阿哥十四阿哥反而更不懂，老皇帝的心思真叫人猜详不透。当下见午时已过，各宫嫔御们花枝招展地带着寿礼涌到前院，只为两个阿哥没有离去不便进来，二人知道不便，匆匆又吃了两杯便辞了出来。

兄弟二人出了西华门，都舒了一口气，抬头看天，已是蒙了一层浮云。阴得却不重，一轮惨白的太阳在云缝中挣扎着穿行，飒飒秋风卷地而起，红枫黄叶翩翩飘落，一队鸿雁鸣叫着掠过云影急匆匆地向南趱飞，给灰暗阴沉的秋色平添了几分不安和凄凉。胤禛见周用诚带着十几个家人候在石狮子北侧，便转脸道："胤禵，寿酒不畅，到我府再小酌几杯吧？"

"四哥，你又不吃酒，我一个人吃闷酒没味儿。"胤禵似乎心思重重，神情恍惚地看着远处，"兵部今儿没事，我和四哥一起出城走走散散心，怎样？"胤禛没言声，伸出两个指头向周用诚招招，周用诚早备了两匹马过来。

两个人骑了马，漫无目的地出了城北，在玉皇庙兜了一圈，又踅向城西，沿护城河迤逦南行，一路都没有说话，眼见前头便是永定河，堤外秋水涟涌，芦荻花白，堤内却是前明张阁老坟茔，老桧松柏下衰草连陌，东倒西歪的石人石马石羊有的已半埋土中。二人弃马登堤，才觉察到天阴得重了，星星雨雾已洒落下来。胤禛不禁失笑道："今儿怎么有兴头跑这里来，连个雨具也没带！"

"秋风、细雨、羸马、离人，何等之雅！"胤禵似乎不胜感慨，"何必要雨具？你看这位张阁老，生前三朝元勋，权倾内外，流年一去，世事沧桑，就凋零到这模样，谁来为他遮风挡雨？"

"唔？"胤禛怔了一下，突然一笑，说道，"你原来今儿悟了道，要和我参禅了？嗯……兄弟，你悟性差得远着呢，不知世上诸事诸物，譬如这风这雨，这马这人，都是色相幻化，论其本来，都是空的，因为有烦恼愁闷喜悦爱欲所以空中生色，迷失了本来面目，待那一日归于寂灭，到无生无灭、无有无无之时，一步跨出铁门槛，一切皆归于空。此地左倚永定，右扶帝城，登堤举目，郁乎苍茫，难怪你临风叹息，究其本来，是你劈不破这道旁门。真的悟彻了，世上不过一团气，一缕烟，一现昙花而已！"

胤禵笑道："我叹息一声，你就有这么一篇鸿论——论起佛学，我们谁也不是对手——我是今儿听了娘娘的话，心里有感触。你大约还不知道，八哥昨儿去皇上那请安，说如今情势他处在两难之端，出来做事，怕人说有野心，不出来做事，怕人说在家韬晦，请父皇恩准他装病休养，惹得阿玛大发雷霆，说他有意试探，骂得狗血淋头，本来没病的人也气病了。想想做人真难，就是我，人说我是八爷党，其实天知道，我就是我自己！我不是说八哥触了霉头才讲这话，一般都是阿哥，我做什么要当人家一个什么'党'？我和你一母同胞，要联，和你联在一处。上头又有太子，我不疯不迷，为什么要和八哥搅在一处？所以母亲的话我听得刺心，骨肉闹到这份儿上，人生有什么意趣？"说着一阵灰心，早潸下泪来。胤禛却深知这个弟弟，人小鬼大，比之胤祥心地瓷实得多，想着笑道："你这又何必！做人本来就难，何况我们处在天下最大的是非窝里？你是热中于事业，我是庸碌无为，只想做个孤臣，当今皇上在一日，我是他的孤臣，下一代是谁当皇上，我仍旧是孤臣，人说我刻薄尽有的，没人说我有野心，就是这个道理。大哥就是瞧不破这个，落了没下场，我看八弟也未必有什么野心，只是结交人多了，下头小人们什么做不出来？倒受了背累！你难我难八弟难，其实比起老十三来，我们都还算好，想想这一条，多少恼烦都没有了。"

胤禵品味捉摸着胤禛的话，似虚又实，似实，又无可捉摸，恬淡得泉里刚打上来的水一样，不由叹息一声，没有吱声，只望着朦胧雨雾中的秋景呆呆出神。

第四十四回　鼙鼓西震兵败青海　警钟东应八王用谋

不立皇太子，确是极高明一着棋，眼见京师文武百官摩拳擦掌跃跃欲试，要第二次共举胤礽为太子，恰似烈火烹油，白沫已泛起老高，偏偏锅下没了柴，竟悄没声地冷了下来。官场恢复了平静，六部衙门官员为躲是非告病、请假的纷纷销假回任。已经联名写了折子的，几个人一碰头，无声无息烧掉了折子，没事人一般每日到衙门办差。胤禛除了户部，又接管了内务府的差事。胤礽装了几个月的病，挨一顿臭骂，"病"也就痊愈，老实到宗人府死心塌地整顿旗务。胤禵泡在兵部，今儿查看武库，明儿巡视军备，忙得不可开交。各省督抚原都心惊肉跳，害怕在这天字第一号朝务上踩了钉板，渐次的也都安下了心。算来只苦了胤礽和胤祥，一个囚咸安宫跐方砖地，看四方天；一个禁贝勒府钓鱼读书，自与阿兰乔姐弹棋论文，昏天黑地地熬煎。胤禔、胤礽、胤祉、胤禛、胤禩、胤禟、胤䄉、胤祥、胤禵九个阿哥为了一个嫡位争得头破血流。至此，胤祉颓唐，胤禔、胤礽、胤祥纷纷铩羽落马，只余了五个阿哥，都断了当太子念头，只眼巴巴看着日渐衰老的康熙，等着他的"那一日"。面情上头，却是安分不少。

岁月流逝，光阴似箭，弹指之间已是康熙五十七年，中原无事，西疆策妄阿拉布坦与西藏喇嘛之间政教之争却愈演愈烈，终于酿出大变。康熙五十六年，阿拉布坦遣准噶尔部将军大策妄率兵大举攻略青海，杀死大藏汗，大军入藏占领拉萨城，囚禁达赖喇嘛，事情终于到了非管不可的时候了。凶信传到北京，康熙皇帝赫然震怒，即命传尔丹为振武将军，祁德里为协理将军，出阿尔泰山，会合富宁安军严防准噶尔入寇，只遣西安将军额鲁特督兵入藏平叛，着四川提督年羹尧驻节西安守护中原门户。

康熙的六十五大寿，因为这次兴军，过得很清冷，当晚一场戏，神前抽签，恰唱的《失空斩》。康熙越发没兴头，加官帽子戏看完便阴沉着脸离席而去。弄得陪坐的上书房大臣和几个老亲王一干人面面相觑如坐针毡。

眼见端阳节到，前方六百里加紧递来捷报：两路大军次第渡过乌鲁穆尔河，准部叛军接战即败，连夜西遁。康熙方略觉心定，因下旨在畅春园设筵，和方苞、张廷玉、马齐等小酌辞春。胤禵因从芜湖调拨军粮，发现粮食霉变，兵部和户部发生龃龉，一边匆匆料理了部务，便要过来亲自与胤禛商量。正要出门，便见新任兵部侍郎鄂尔泰手里捧着一叠文书，热得满头是汗，忙忙地进来，便问道："什么事？"

"回十四爷的话，"鄂尔泰的脸色有点苍白，"西宁来的军报。"鄂尔泰三十多岁，颀长的身材，清瘦得像一阵风就吹倒了；白净的瓜子脸上黑豆似的嵌着两只小眼睛，看去十分精明利落；大热天儿，九蟒五爪袍子外还套着锦鸡补服，里边衬着竹布小褂翻着雪白的里子，一丝不苟毫不拖泥带水；一边答话，将手中文书递给胤禵，语气沉重地说道："西线兵败，溃不成军了。十四爷，您得立即去面奏皇上！"

"什么？"胤禵吓了一跳，忙接到手翻开就看，只扫了一眼便惊呆了，报急文书是西宁守备栗海写的。他位低品微，没有直奏之权，所以由陕西总督衙门加盖了关防转递兵部，字迹潦草不成文法，写了十几页都是白话，但事情说得十分明白——前次准噶尔稍触即退，是诱敌之计，传尔丹、祁德里贪功冒进中了圈套，在喀喇乌苏河岸被围，几次突围均被堵了回去，两名统兵上将，六万大军全部战死，只有十几个幸存的逃到了西宁！胤禵起初愈看愈惊，陡地一转念，却又平静下来，手捏文卷背着手踱着步子出了一阵子神，款款说道："你太沉不住气了，胜败军家常事，我们职在中央机枢，方寸不能乱。"

鄂尔泰盯视着胤禵，他新来乍到，还摸不准这位管事阿哥的脾性，一边思量着，答道："十四爷说的是。但这次兵败，是我朝七十年来空前未有的。六万大军全军覆没，我做兵部侍郎的怎么能不急？"

"唯其前所未有，所以要想好对策，亡羊补牢犹未为迟。"胤禵索性坐了，抚着剃得趣青的脑门说道，"嗯……这样，你这就进园子面圣，把折子呈交万岁。要先见见方先生，变着法子缓缓进言，不要惊了驾。明白么？万岁几个月心神不宁，刚刚儿好一点……"鄂尔泰说道："这么大的事，似乎由十四爷亲自进去面奏好些。"胤禵笑着起身，拍了拍鄂尔泰肩头道："兵已经败了，人已经死了，所以这事虽大，却不是急事。目下我得想出应变之策，你先去见万岁报警，容我思量一下。不然，万岁要问'老十四你看怎么办'，我答得不成章法，还成什么话？"

鄂尔泰设身处地想想，觉得胤禵确有道理，再没说话，至签押房用了印，径自打马飞奔畅春园。待鄂尔泰一去，胤禵一刻也不停，即刻命轿前往朝阳门，来见廉亲王胤禩。刚到门口却见王府太监头儿何柱儿陪送着一个武官出来，仔细看时，却是新任陕西总督年羹尧，穿着簇新的仙鹤补子，珊瑚顶后拖着一枝翠森森的孔雀花翎，看样子刚吃过酒，黑红的脸放着光，一摇一摆出来，见是胤禵下轿，忙上前请安，笑道："十四爷吉祥！见着我们主子爷了么？"

"嗬！这就抖起来了！大将军有八面威风，真好福相！"胤禵笑嘻嘻叫起，"几时回京来的？——我还是前儿见了四哥一面，涿州漕运桃花汛过后有几处决口，他忙得很，听说去武陟，不知回来了没有，你问问你妹子不就知道了？"年羹尧嘿嘿一笑，说道："四爷如今在京，只是不落屋，没处寻。我是前三天回京的，万岁爷昨儿见了，叫今儿再递牌子进去，恰后日是十一爷的寿日，还有二十四爷生日也快到了，趁是空儿，各位爷府里请请安，省得爷们在我主子跟前说奴才不知礼。"胤禵点了点头笑道："你也忒过细的了。既是万岁宣你，还不快去，我估摸着今儿很要面授些机宜呢！"说罢一径进来。进月洞门，过西花厅，在石甬道的超手游廊边，远远便听书房有人大声说笑，豁拳行令煞是热闹，踱到窗下隔着棂子瞧时，除了胤禩胤禟胤祯，王鸿绪、阿灵阿、揆叙都在，还有鄂伦岱穿着绛红纱袍，腰里佩着倭刀，揎臂扬眉正和胤祯相战：

"三三三呐！三桃园呐……五魁首哇！"

"八仙聚啊！四季春呀……一定升官——喝！十爷今儿真有酒福！"

胤祯端起酒"咽"地咽了，正要说话，胤禵一步进来，团团一揖说道："王师于西线土崩瓦解，此地仍旧歌舞升平，商女不知亡国恨，阿哥犹自玉山倾!"

"来来来!"胤禩似乎对这惊人消息毫不在意,他很少有这样的高兴,脸上放着红光起身让座,说道,"揆叙,给十四爷斟一杯罚酒,谁叫他来迟来着!"一边微笑着看胤禵饮了,方款款说道:"传尔丹、祁德里兵败,我已经知道了。"

胤禵拿着空杯的手一颤,顿时吃惊得目瞪口呆,兵部六百里加紧送来的急报,竟比不上八阿哥私人的耳报神来得快!怔了半晌,胤禵方结结巴巴说道:"八哥……您已经……知道了?"胤禩笑道:"你甭疑心。八爷党没那么大神通,西宁守备廖文阁是老九的长随,给兵部咨文要经巡抚关防,私信儿当然略快一点。"胤䄉已是醉眼矇眬,笑道:"十四弟,你知道么?这席酒专为贺我军大败亏输!我们真高兴,要不是姓年的来搅了一阵子,我们吃酒还要畅快得多呢!"胤禵茫然地望了一下众人,慢慢放下杯子,说道:"十哥吃醉了,这话我不明白!"

"传尔丹兵败,朝廷要不要管?"

"当然要管!"

"要不要出兵?"

"不出兵是不行的。"

"谁当将军?"

…………

胤禵不去面见康熙,专程火急来见胤禩,原本就为的这件事,和手眼通天的胤禩商议,联络人保举自己带兵出征。路上想得好好的,自己先让一步,故作姿态要保八阿哥亲自带兵,由自己辅佐,待八阿哥推让,然后顺水推舟……不想被这个呆阿哥几句话挑得明明白白!沉吟片刻,胤禵正容说道:"谁带兵都一样。来见八哥,为的就是这件事。阿哥带兵,不过是个坐蠹儿的,难道真的一刀一枪厮杀?所以我想,这掌兵权的事不可旁落,最好是八哥为帅,好好儿在西边立一功。不然,三哥四哥抢了差使,我们就得不着彩头了!"

"好兄弟,你的心我知道。"胤禩轻轻叹息一声,半晌没言语,竟自斟自饮了一杯,说道,"当今之事,大将军一位至关要紧。据我看,谁做大将军,就是圣心默定的继位人!"

仿佛一声霹雳划空而过，书房中人个个面色苍白，只听窗外一声接一声的"吃杯茶"鸟叫声。许久，胤禩才道："这个位子，十四爷不坐谁坐？""八哥！"胤禵惊得面白如纸，抢上一步，紧紧握着胤禩双手，颤声说道，"无论年、资还是德望，十四弟万不能及你一分，你怎么说这个话？皮之不存毛将焉附？你是我们的首脑、主心骨儿，次序一乱后果不堪设想！——我们啮臂为盟，言犹在耳呀！"他这样激动诚挚，众人无不动容，都把目光注视胤禩，阿灵阿是最知底的一个人，心里也不禁想："八爷是不是多心了？"

"十四弟，那都是往事。已成过眼烟云，不要再提它了。"胤禩眼中含着泪，注目着院外景致，透了一口气道，"吉凶悔吝生乎动，这是《易经》要旨，我也是读《易》韦编三绝的，偏偏就忘了。天命或许原来归我，你们拥戴我也并不错，但这几年来检讨，我心动得太过，不知韬晦，锋芒毕露，已经招了造化所忌。所以，失爱于皇阿玛并不奇怪，本来九鼎重权不轻授受，也怨不得皇上忌我。过犹不及，长处也就变成了致命要害。唉……不说这些了，天命一去不可追，自今而后，我自认是'毛'，十四弟是'皮'，愿为盛世贤臣，安为周公辅佐，这个心思，也可对天而表！"胤禵的脸涨得通红，连连摇头道："八哥这话虽出于至诚，我万难领受。做人君治万乘之国，要的是器量和人心，这两条恕我直言，无论九哥十哥还是我，谁也没法和你比，更不必说我那又精明又糊涂的四哥了。你说天命，这是看不见也摸不着的东西，说'失爱'于皇上，我看则未必。皇上天禀聪明，睿知圣哲，心机难度难量，几翻几覆地挫磨你，焉知不是空乏你身心，历练你心志，好放心将这万几重担交与你？不然，为什么一边对你大加申斥，一边晋封你，跳过几个哥哥，封你亲王？他老人家明知我是你的'一党'，为什么将兵部交给我，又囚禁了会带兵的十三阿哥？别的我不敢说，我断定，这次命将，带十万大军出关，如果我是大将军，一定万岁心里已有了主见，给你立一个擎天保驾之臣！"

他兄弟二人各执一理，偏都说得天衣无缝动人心扉。胤禟在旁笑道："这么好的事，你们推来让去，叫我坐在一边心痒难耐。我也是个阿哥，一般是万岁的骨血，你们要不肯当皇上，我可要当了！"一句话说得众人都是一笑。胤禟笑道："老十没遮拦，这是好开玩笑的？依着我说，螳螂捕蝉，不知黄雀在后，这个大将军，不光我们想，只怕三哥四哥也要伸手。方才年羹尧来打花胡哨儿，不定连这个狗才也做着将军梦呢！人算不如天算，掉以轻心不得哟！"

"九爷说的有道理。"王鸿绪轻咳一声道，"我看事情要分两层来说。一层是，三爷胸无大志，四爷琐碎刻忌，无论谁是日后人主，总脱不出在座的四位爷。你们素日同声共气，无论为君为臣，必定相安无事，这于大局有好处，万岁爷何等精明，不会连这都不懂。二层是，十四爷虽说管着兵部，但并无呼之即来的兵权。所以要咬定牙根，把这个带兵大将军弄到手，万万不可旁落。如此，无论将来圣命归谁，我都可进退裕如，稳操胜券。如果选定八爷，那什么也不必说，十四爷身拥重兵驻节在外，就有什么小人作祟，翻不起什么浪子来。如果选中十四爷，八爷威高望重，坐镇北京静待十四爷，也是稳如泰山！"

王鸿绪翰林出身，文心周纳侃侃而言，众人都不禁点头称是。揆叙却道："万一选了别的阿哥呢？比如说三爷，谁敢保万岁不选一个没野心懂文治的继位人呢？"阿灵阿笑道："昔日太子申生在内而危，重耳在外而安，天不许这样，要真有这种荒唐事，十四爷何妨来个灵武即位，八爷率百官陈酒相迎，大局顷刻可定！"

一番议论丝丝入扣，众人都松了一口气，胤禩方问起年羹尧来意。胤禟笑道："西边军兴，这小子也叫撩拨得意马心猿，我看他总像有点不甘在四哥门下受制的样子，所以和我们套近乎。""他想当大将军？"胤䄉哑笑道，"做他娘的春梦！要真不用阿哥将兵，十四哥，你就举荐鄂伦岱，我再发动一些人，一窝蜂儿上折子。大将军，非得是我们的人不可！"揆叙笑得两眼挤成一条缝，翘着拇指道："谁说我们十爷粗？一语破天机，这句话就是宗旨！趁着四爷他们都在梦里，我们早点活动部院，吏部兵部一齐奏本，请万岁选阿哥命将出师！"

"要万一选三哥，"胤禟仰着脸悠悠说道，"我们就举荐十四弟为副，他在外就作不了耗。"王鸿绪却道："如若选四阿哥呢？他带十万兵，又有年羹尧部策应，势力就大了！"

胤禩冷笑一声，说道："焉有此理？要真的选他，我们就把郑春华窝藏在他府的事抖搂出来，叫他一臭到底！"胤禵目光霍地一跳，问道："竟有这样的事？""有的。"胤禩目光古井似的深邃，嘴角挂着阴笑道，"姓郑的这淫贱材儿没有死，老十三一囚禁，四哥就护了起来。我猜四哥的心，还是想打一张'太子牌'，恰证他自己是个铁杆太子派！真到紧急关头，只好抛出高福儿这张牌，让他尝尝他的'患难之交'倒戈的滋味！"

话犹未毕，猛听外边天空一声沉雷，余音阵阵，像大车碾过石桥似的滚动着，久久不绝。便听远处家人叫喊："要下雨了！快把主子书库窗户关好！"胤禩推开窗户，一阵猛烈的风带着雨腥味立时扑入书房，众人都打了个寒颤，果见大半个天已被墨黑的浓云遮住，远处云缝一亮一亮地闪着，不时传来沉闷的滚雷声。胤禩见众人都是一脸庄敬肃穆之色，笑道："烈风迅雷，天变在即，君子理应惴然敬畏。但我对上天待我，实实不解。想我胤禩，何尝不知国家弊政堆如山积？但如无皇权在手，凭你累死也整顿不来！我之德量，岂下于三哥？我之智能，难道逊于四哥？群臣举荐，难道是我的过错？我的心，人不知道，天难道也不知道？上天！你好没分晓！"说着，泪水已夺眶而出。恰正此时，何柱儿在风地里跑来，气喘吁吁道："十四爷，万岁在澹宁居召见，立等爷进去，马和雨具都备好了，请爷动身吧！"

胤禵向门外走了几步，倏然回身一手抚心，一个千儿打了下去，胤禩慌得连忙去扶时，胤禵已经起身，抱拳一揖回转身来便自去了。几滴铜钱大的雨试探着洒了一下又止住，那雷声却越来越响。胤䄉见大家沉闷不语，起身笑道："这酒怎么吃得没兴头了？我有一首小令，吟出来给你们破闷！"说罢晃着头看着天咏道：

> 雷哥哥，你近前来，听我说：耕牛田父与你有鸡巴的冤仇？怎的不捡个大得人憎的，与他一个辣手？

众人一脑门心思的天命人事，被他几句俚词破得精光，顿时破颜一笑。胤禩却没有笑，走到鄂伦岱跟前道："老鄂。"

"唔？八爷！"

"知道我为什么请你来？"

"吃酒呗！"

"不，"胤禵望着天空，一字一顿地说道，"我想叫你出征，随十四爷立功！"鄂伦岱摇头道："我在京挺好，哪也不想去。"

"不但要去，且要高高兴兴请缨，高高兴兴去打仗！"胤禵深深吁了一口气，"你为什么有今日？就是因为你祖父从龙入关战死，你父亲随驾西征，为护全万岁身被七十余创！万岁不肯真的下手整你，就是因为这些！我的奶公雅布齐已经去了西宁，十四爷这次是牢牢当定了征西大将军了，你跟着他才有出息。守在北京，上头压着武丹这个老不死的，左右是刘铁成、张五哥这些人，显不出你来——你到西宁和雅布齐聊聊，就什么都明白了！"

一道明闪划过长空，接着便是石破天惊似一声炸雷，大雨已是倾盆而落。

第四十五回　邬思道精微析时局
二阿哥图圈盼将军

鄂尔泰奉胤禩之命飞马赶到畅春园双闸口，看了看天色刚到巳时，松了一口气，刚要进园，守园门太监见他递牌子，笑道："你急什么？皇上这阵子正和方先生张中堂马中堂一道进膳，等着吧！"

"不行！"鄂尔泰说道，"我有急事，得立即面见皇上！"太监只笑着摇头，"凭是反了北京城，也得等皇上用过膳！"鄂尔泰情知他是敲竹杠，一摸身上，却没带银子，不禁急了，说道："告诉你，我是新任兵部侍郎，耽误了差事，你吃不了兜着走！"那太监见他摸不出钱来，越发扫兴，板着脸道："别说侍郎，就是尚书，我不是兵部司官，挨不着你管！这地方，亲王也得守规矩！"

两个人正拌嘴，里头胤禛和十七阿哥胤礼一前一后相跟而出，胤禛见这边吵闹，背着手踱过来，问道："怎么回事？"鄂尔泰忙道："四爷，您跟他说说，叫奴才递牌子进去吧！"说着，将军报递过来道："您瞧，这事可耽误得？"

"唔。"胤禛接过军报随手一翻，浑身不禁一震，忙递还了鄂尔泰，说道："你还呆什么？还不快进去？"太监刚刚说了大话，不想真的冒出个亲王，见胤禛径自批准鄂尔泰入内，忙打千儿赔笑道："四爷，不是奴才驳您的面子，今春上书房定出规矩，奉旨照准，无论王子大臣，不得擅自请见。万岁这几年龙体欠安，内务府也有指令，天大的事不许扰了万岁睡觉用膳……"胤禛一直微笑着听，至此问道："你是新来的？"

"是！"

"你叫什么？"

"秦狗儿。"

"保定府的？"

"是!"

"你原就姓秦，还是入宫改的姓?"

"回四爷，原来姓胡。"

"你知道为什么改姓秦么?"

秦狗儿莫名其妙地看着胤禛，摇头道："奴才不晓得——"言犹未毕，左颊上"啪"地一声，已着了胤禛一记耳光! 身子一歪，几乎栽倒了。

"因为秦桧姓秦! 万岁为防内阉专权，自康熙五十二年之后入宫太监一律改姓秦、赵、高!"胤禛瞋目骂道，"四爷赏你一嘴巴，叫你明白明白! 你是什么东西? 我不但是亲王，还是皇上的侍卫，内务府总管还是我的奴才呢! ——王八蛋!"

秦狗儿被他一巴掌打了个满天花，"扑通"一声跪下磕头道："四爷，奴才吃屎迷眼儿不懂事，您说个章程，奴才遵命!""这还算句人话。"胤禛笑着看了胤礼一眼，眼见几个太监过来，因吩咐，"你们几个带鄂大人进去，他要立即见驾!"这边又转脸对秦狗儿笑道："你滚起来，看你这个狗才蛮伶俐，一点眼色也没有!"遂从袖子里抽出一张五十两的银票甩给秦狗儿，把个秦狗儿搓弄得直愣神儿。胤礼早看得眼花缭乱，正要说话，胤禛一把拉他出了园子，到双闸旁迎春花篱笆跟前，左右看看没人，说道："老十七，你和王掞师傅叫我，有什么急事么?"

"四哥，"胤礼抬头看了胤禛一眼，说道，"王师傅和李光地聊了聊，原来李光地早年竟是方苞中举人的座师! 有些话王师傅想当面和你说说。我嘛……"说着眼圈一红，想说什么又闭上了口，低下了头用脚尖趿着地不言语。

他虽不说，胤禛也已明白。胤礼的母亲章佳氏上月初八，浴佛节后突然吞金自杀，胤禛命内务府密查，原来是十阿哥胤䄉吃醉了酒，撞进宫里正遇上章佳氏沐浴，居然当着宫女的面搂住亲了个嘴儿扬长而去。这件事胤禛密令不准上奏，不准传言，为防的再气着康熙，十七阿哥脸上也不体面。看现在这光景，他已经知道了内幕……思量着，胤禛放缓了口气叹道："十七弟，你不要说了，你和王师傅想说什么，我已经知道了七分。世上有些事，不知道比知道好，不明白比明白好。从今往后，我像十三弟一样待你……"胤礼听了哪里忍得，点头哽咽着"嗯"了一声，泪水早走珠般滚落。胤禛看看天，说道："天阴上来了，我府里还有几个折子批了红，得赶紧处置，晚上我还要巡视大内。你回去告诉王师傅，就这两日，我必定抽出工夫去看望他老人家。有什么话，咱们好好谈。不要紧，天塌不下来！"正说话间，远远见年羹尧打马飞奔而来，胤礼小声道："四哥，这姓年的是你门人？"见胤禛点头，胤礼又道："他回京好几天了，四处乱串拜门子，四哥你约束着点。"说罢便要上马。

"慢着，"胤禛睇一眼正走来的年羹尧，叫住了胤礼，问道："王师傅还住在清梵寺东那处破四合院里？"

胤礼有点不过意地看了一眼满脸惶惑的年羹尧，说道，"十年前八哥就在东华门外给他置了一处宅子，他不肯要。八哥趁他进宫讲学，把他的书和行李硬搬进去，到底还是搬了出来。万岁爷赏了一处在槐树斜街，三进三出的青堂瓦舍，他改成了宗族祠堂，仍旧出来住到城外。老人家古怪脾性儿，四哥顺着他吧。"

"王家是百年诗书世家。"胤禛看也不看年羹尧，叹道，"前明到如今，七个榜眼，三个宰相，仍旧自甘清苦，这实在难能！既如此，我也不好勉强。听说他身边只有两个老仆侍候，你告诉他，就说四爷恳请他了，他不收阿哥大臣馈赠，我叫内务府划三十个人，每次十人，轮流去侍候。他身子骨儿不好，有个差池，万岁照旧要埋怨我兄弟们没有照料好的。"说罢便笑。

年羹尧好容易找到话缝儿，忙打千儿道："给主子请安！"一抬身又跪了下去磕头。

"这不是年军门嘛！"胤禛淡淡说道，"几时进的京？这会子请见万岁么？快起来，我怎么受得起你的头？别折死了你四爷！"胤礼眼见他要发作年羹尧，忙道："你们主仆说话，我先走一步了。"说罢径直打马而去。

年羹尧情知是因自己进京没有先进雍王府请安，这主子犯了醋味，忙叩头道："奴才进京三天了，这会子奉旨要进去见皇上。奴才这几日去府里几回，主子都在外头忙，没能见着主子，奴才不敢撒谎……"

"你说这话奇，我不明白。"胤禛冷笑道，"我几曾说过你'撒谎'来着？你如今开府建牙，起居八座，这点子身份是该当的嘛！你不住我府，阿弥陀佛，是我的造化，人嚼马吃的，你爷是个穷阿哥，怕是也养不起。既是万岁爷亲自召见，你就赶紧去忙你的吧！"说罢向远处抬手儿道："高福儿，备马！"也不等年羹尧分辩，径自徉徉地去了。年羹尧当着畅春园一干守门太监和四阿哥府的下人的面，跪也不是，起也不是，脸色一青一红，又想着康熙召见，含羞忍辱爬起身来踽踽进园，心里一声接一声叹息，怎么偏自己倒霉，就摊了这么难侍候的一个主子？

胤禛一肚皮心思赶回府中。天已阴得重了，沉雷一声接一声响着，丫头老婆子忙着收拾晒着的衣物，周用诚指挥着墨雨和一干书房伴读将晾在外头的书箱往书房里搬。见胤禛回来，忙道："年羹尧今前响回来，没见着主子又出去了。他带的礼都在书房廊下，爷要不要过过目？有些时鲜瓜果怕坏了，奴才请了福晋的示，分送——"

"你什么时候也学得这么唠叨了？"胤禛不耐烦地打断了他的话，"邬先生没出去吧？"周用诚怔了一下，说道："方才见性音和尚进去，这么大一阵子没出来，邬先生一定在里头。"胤禛点点头，一摆手便进了花园。此时云暗天低，越显得丛树幽深、水碧苔滑，胤禛远远便听枫晚亭压水书房传来一阵悠远深沉的琴声。张眼望时，邬思道正襟危坐，勾挑抹拨正在抚琴，案前一缕香烟在雨前的哨风中袅袅回旋，文觉长髯飘胸、性音发披双肩端坐石旁聆听。良久，邬思道口内微吟道：

> 昔我来游帝京里，青藤蟠虬老将死。满地落叶秋风喧，似叹所居托无主。今我来时花正芳，青藤蔓枝如许长。天池之水梳洗出，天矫之势似龙张。能令遗迹不湮沦，便是青藤旧知己。况复披榛荣门墙，年年寒食拜斜阳！吁嗟乎！风云迭起归舟晚，流水桃花何久长！

胤禛隔窗听完，叹道："京师风云将起，先生兀自在此闲咏青藤，好安适！"说着徐步进来，因见周用诚迤逦从容地过来，便问："你有什么事？"周用诚永久是一副刚睡醒的模样，眨巴着眼道："府里有些家务，奴才想跟主子回回。请主子示下，什么时辰有空儿？""没见我和邬先生有事么？"胤禛说道，"晚间我巡过紫禁城回来再说吧。"周用诚答应一声自退了出去。邬思道已是架了拐杖弃琴而起，推开西窗，一阵凉爽的风立时袭了进来，满壁间字画被吹得簌簌作响。

"山雨欲来风满楼。"邬思道怔怔地望着窗外，"此刻惊风不定，待会必定密雨斜侵薜萝藤，这些金银花、葛藤都是我入四爷府亲手栽、精心作养，焉能不关心？"文觉问道："王爷，朝里出了什么事？"

胤禛在这几个人面前，总能很快安定住心神，略一沉吟，把鄂尔泰军情急报的事简略说了。又道："我忙着赶回来，是想和你们计议一下，要不要举荐三阿哥，由他坐镇军中？或者我该自己请缨？既然京里政务办不下来，出京办一办军务也好。我有点受不了这个闷气——如今的北京真像个闷死人的罐子，我实在受不得了。"性音在旁问道："兵部不是十四爷的总管么？四爷见十四爷了没有？"胤禛摇头道："我没见着老十四。"

"自然，这是当然之理。"邬思道看也不看众人，架着双拐趔回座位坐了，眼睛放着铁灰色的光，"四爷得着这信儿立即就赶回来了，十四爷也有个家。他自然要去寻八爷，也要计议计议。你不信到街上看看，这天就要下雨，人们最急着的就是赶回自己家！"正说着，天上一个炸雷，便听外头家人们大呼小叫："快！快收拾东西回家！"几个人不禁都是一笑。邬思道仰起脸来，天空的明闪照耀着他，像一尊石雕似的一动不动，刹那间，胤禛觉得此人年轻时必定是个十分俊秀的美男子，正想说话，邬思道又道："十四爷已经料定自己要当大将军了，他不能不对八爷有所交代。八爷也有他的算盘，他在京师势力惊世骇俗，没有兵权却是他的心病。十四爷将十万雄兵在外呼应，正是他可乘的风云，内外策应，一旦万岁龙归大海，无论遗诏谁来承位，只要不是八爷，立时就把北京搅他个天翻地覆！四爷，你看我说的有没有一点道理呢？"

胤禛被他说得毛骨悚然，越发觉得这个大将军位置至关紧要，因道："所以军权不能旁落他人之手，至少不能在老八手中！实在不行，我就举荐年羹尧！或者是岳钟麒！"

邬思道突然仰天大笑："四爷何其性急！你不是口口声声以做皇帝

为苦么？求仁得仁又何怨呢？"胤禛被他这一揶揄，顿觉自己失态，不言声坐了椅上，长长透了一口气道："我虽不愿做什么皇帝，也不能叫鼠辈白作践了我！"

"四爷安坐，听我说。"邬思道稳稳坐了回去，娓娓说道，"举荐年羹尧，或者什么岳钟麒，是绝不可行的。反之，皇上若问你谁可将兵，你就毫不含糊地回奏'惟独十四阿哥能当此大任'！"

众人听他这么说，一下子都怔住了，仿佛不认识似的直盯着邬思道。邬思道嘿然良久，口气冷峻得像结了冰："十四阿哥是圣心默定的将军，理掌兵部多年，无论何人难以替代，四爷素来在权力上头恬淡，突然另举他人为将，万岁疑心不疑心？"他缓了一下语气，又道："八爷九爷十爷十四爷是一档子事，举朝皆知。但里头有点小小区分，八九十坚如磐石，十四爷却是'党中之党'，八爷也怕十四爷在京另起炉灶，你力阻十四爷出征，也犯了八爷的忌，这一条先就不合算。"他又伸出三个指头："十四爷有自己的小算盘，他学的是晋国重耳，独自将兵在外，手握兵符观变，一旦万岁大行，北京起乱，他来收拾局面，然后拥兵自立，你阻他此行，十四爷怎么想？前一程子他和你套近乎，为的就是到冲要之时，你不至碍他的手脚呀！"

文觉和性音不由对望一眼：想不到这里有如许大一篇文章！胤禛想想自己，觉得有些话真是碍难启齿，不由叹息了一声。

"方才这些话都是一面理，更要紧的是皇上的打算。"邬思道用碗盖拨着浮茶，慢条斯理说道，"人算不如天算，这是至理名言，但天算之权在皇上那里！八爷机关算尽，偏偏他漏了这一着，对，我断定他漏了这一着！"他扫视一眼凝神静听的众人，侃侃说道："八爷想的是内外策应，文事武备双管齐下，要在万岁身后大干一场。万岁想的，八爷在百官中威权太重，加上一个管兵部、懂兵法、带过兵的十四阿哥守在北京，无论新君是谁都难以驾驭。所以，一定会命十四阿哥西出阳关，远远打发到外边，一来分了八爷的权，二来也保全了十四阿哥不至陷得太深——万岁命世英主，思虑如此周详，令人神往啊！"性音笑道："我佛说经，至玄奥之处天花乱坠，令人心扉一开。不过据我看，这些事方苞肯定要参赞的。"邬思道也笑道："人主能用人就是一长。刘邦不过一无赖流氓，能用汉初三杰，就得了天下，何况万岁智虑远在高祖之上！"

胤禛此刻真是茅塞顿开，却仍不无疑虑，吃着茶出神道："自从方苞入阁侍候，朝务虽没有整顿，确是有条理得多了。不过我总在想，老八的想头也很有道理。可惜十三弟了，不然，我还是要举荐胤祥的。"

"不要忘了十三爷的外公就是喀尔喀蒙古大汗。"邬思道说至此，显得有点兴奋，"万岁囚禁他，也为防着他掌兵权——外有蒙古铁骑，内有你四爷，那才真叫上'策应'呢！十四爷带的兵都是旗人，家口财产都在京师直隶一带帝辇之下，谁有本事鼓动得这干丘八爷们'反回北京'？一旦新君登位，一道诏书令十四爷只身回京，只怕他得乖乖地俯首听命！十四爷真的有什么举动，先就有年羹尧部挡在陕西，就打进来，十万兵马无粮无饷，困于北京坚城之下，又师出无名，用不着张良吹箫，只消张廷玉马齐登城一呼，立时就倒戈了！"

他说完了，人们还在想，谁也没说话，书房里静得一片死寂，只听外头雨声唰唰，雷鸣轰轰夹着狂风，满世界搅得一片混沌。

胤禛在枫晚亭和邬思道他们直谈到申末时牌，眼见雨还没有停的意思，因晚间还要巡视大内关防，便披了油衣，扶着周用诚肩头过万福堂这边吃饭。因见高福儿守在二门口，便问道："有什么事？"高福儿忙赔笑道："年羹尧来了，说是不知怎的惹了主子生气，连姨奶奶也不敢见，守在爷北书房候见。主子这会子见不见他？"胤禛在门洞里站住了，略一沉吟道："我忙得很。你告诉他，吃过饭我还要进大内巡夜，他有事只管办他的事，要没事就呆着等我回来。"高福儿赶着说："这么大雨，主子还要出去？奴才要不要跟着？"

"不用你跟，叫粘竿处的家丁随着。"胤禛一头往里走，一头说道，"你告诉性音师傅一声儿就是了！"

吃过晚饭，已是酉正时分，雨虽略小了点，天色却晦得一团漆黑，电闪时而隐在云后，时而金蛇走空般一跃，将大地照得一片惨白，给人一种不安和恐怖的感觉。胤禛叫过弘时弘昼弘历兄弟，安排了晚课，命粘竿处十几个武士举着玻璃灯，由性音骑马护轿，先由西华门进内，巡看了三大殿，由午门出来，又命轿，"去东华门。"性音笑道："爷也忒过细的了，紫禁城里头多少巡夜太监，还有乾清门侍卫，这里头还有了贼了？"

"不为防贼。"胤禛说道，"平时是严管灯火，防着太监们聚赌生事，打雷天更防着雷火毁了殿宇。再说，里头九千多间房，千门万户，两千多号人，也不敢指定就个个是君子。内务府内务府，管的就是'内务'嘛！"

一行人赶至东华门，雨已经愈来愈小，犹如细筛子筛雨，摇摇飘飘均匀地洒着，只金水河的泻水龙头一片声哗哗山响，向河中排着大内的积水。胤禛身披油衣，蹬着鹿皮油靴淌着潦水进门看时，东华门当值侍卫是德楞泰，一边拾级上阶，笑道："原来是老德在这里！知道这边门神是你，我就不过来了。"

"是四爷！"德楞泰一怔，"这么大雨，都想着四爷不会再来了呢！我也是刚刚过来，方才在御膳房，几个苏拉在那里玩钱，我扣了他们，叫他们今晚不高兴不高兴。"他的汉话已经不再那么滞涩，有些词儿还用不好，胤禛听他把"难受难受"说成"不高兴不高兴"，不禁一笑，"我来不来也不冲着你。侍卫要都像你和铁成五哥，我天天睡个舒坦！——有什么异样的事没有？"德楞泰摇头道："二爷病了，烧得涂糊，请贺孟颊进去看病，刚刚出来，我叫他们搜搜身再放出去。"

昨日内务府慎刑司报说大阿哥胤禔害病，今儿二阿哥也"烧得涂糊"，胤禛不由心中一动，预感到要出什么事，刚刚纠正说"是糊涂不是涂糊"，便见贺孟颊和两个太监过来。贺孟颊见胤禛也在，吓了一跳，忙请安道："四爷康泰！"陪着的太监递给德楞泰一张白纸，说道："德军门，除了这张开药方的白纸，贺太医没带别的东西。"德楞泰说道："贺太医，别怪我太认真。你家离西华门边，出东华门，脸又白得像死人，我不能不弄清楚。"说着把纸递给胤禛。

"都害病了，是身病呢还是心病？"胤禛一边问，翻来覆去瞧那张纸，见是一张极常见的素笺，甩手扔了回去，笑道，"如今时气果真不好！"贺孟颊听着胤禛机带双敲的问话，寻思着怎么回话，一个没接着，那张纸飘落到了湿漉漉的地上。

"字！天爷，纸上有字！"

一个苏拉太监扯直了嗓门儿惊呼一声，众人仿佛半夜见鬼似的被他吓得一颤。德楞泰生恐贺孟頫毁掉那张纸，老鹰撮鸡般一把提起贺孟頫摔得老远，早有小太监揭起那张纸来递给胤禛。胤禛看时，果见潮湿之处字迹清晰，水渍印迹，有点像用蘸水毛笔在绵纸上写的样子，看那文字时，却是：

> 凌普奶兄转王掞师傅并天保、嘉猷台次一阅，礽自幽禁，于兹七载有余。囹圄望天，泣血泪干！今知昔非伏地无颜。近悉西陲朝廷有事，盼得项斯之说，使礽有补过自新之道，重返慈躬膝下，为良臣孝子。耿耿此心唯天鉴之！
>
> 爱新觉罗·胤礽敬启密书

写得多少有点潦草，字体却极为熟悉，正是久违了的"太子"亲笔！胤禛看着，咬着细白的牙微笑道："二哥博学，我竟不知道是用什么药写上去的！孟頫，想必是你的主意啰？"

"四爷！"贺孟頫早已吓得魂不附体，脸像死人般难看，捣蒜般磕头道："二爷用白矾写下的……我有一千个胆也不敢给二爷出这种主意……二爷抓住我昔年给阿哥爷们配春药的短处，逼我带出来……没法子只好从命。只求四爷超生……可怜我家中还有八旬老母……"说着已是声泪俱下，鬼嚎似的哀恳哭泣声听得人身上一阵阵发森。胤禛淡淡说道："二哥囚禁数年仍旧毫无长进。自己做出不是，叫下人吃挂落！万岁屡次严旨，事关国家重务片纸夹带出宫，杀无赦！天幸我查了出来，不然，连我也难逃干系！你捅这么大的乱子，叫我怎么救你？"贺孟頫只是伏地哀恳。德楞泰道："亏得了四爷，不然，真叫这王八蛋滑了出去！"

一语提醒了胤禛：就这样拿下贺孟頫，不但太子党视自己为叛逆，就是其余的人也难免议论自己心狠手辣落井下石。这名声如何担待？出了半日神，已有了主意，因叹道："二哥久幽思动，人之常情。不该用这法子传递，弄得鬼不成鬼，贼不成贼。这份心术用到忠孝上头，再不至落到如此境地的。"说着转脸对众人道："孟頫是个好人，也是个老实人，素来给人看病十分经心。我佛慈悲，讲究一个善字。如今我想保他

一个活命。你们要不愿意，我也保不了，要愿意，我有个计较大家参
酌。"说着目视德楞泰。德楞泰见他一会儿做钟馗，一会儿当观音，蒙
古直性汉子，再猜不到这个王爷的弯弯肠子，躬身说道："求四爷示
下。"一个小太监凑趣儿献殷勤道："救人一命胜造七级浮屠。只要有好
法子，没来由谁做这恶人，叫冤魂缠身呢?"

"这话明白。"胤禛点头道，"先头慈宁宫的白彩，就是鬼缠死的。
我想这事，都怨二哥不安分。这样，就算贺孟頫自首报状，检举胤礽，
事情也就结了。万岁必定还有点赏，孟頫再拿一千两银子分给今夜知道
的人，算是去财消灾。众人得了好处，你也逃了活命——如何?"

胤禛亲自查出这桩巨案，众人原是不指望赏银的了。不料这个无情
刁狠的王爷竟出了这么个主意，众人无不眉开眼笑，有的献媚颂圣，有
的合十念佛，当下就捧得胤禛活似观音现形罗汉再世，好话说了一车。
德楞泰也道："这是四爷好生慈悲，只要不出事，听四爷的吩咐!"

第四十六回　忠王揆忠谏讽胤禛
　　　　　　烈郑氏烈殒答胤礽

　　胤禛巡视大内一周，回到北定安门雍王府前，掏出怀表看了看，刚刚过了亥初。正吩咐高福儿安排明早事宜，却见十七阿哥胤礼从门房闪身出来，一揖说道："四哥，辛苦了！"

　　"是你呢！"胤禛笑道，"不是说明儿我去王师傅那儿见么？这黑天大雨的，你还等在这儿。"胤礼笑道："是王师傅不肯，一定要来，没法子，我只好陪着了。"说着便见王揆咳嗽着从门侧耳房里出来，胤禛一怔，忙道："王师傅，您老天拨地的，怎就冒雨来了——门上的谁在？你们怎么敢这么怠慢？叫十七爷和王师傅在这个地方坐地等我？眼瞎了，心也瞎了么？"

　　王揆皓首白发，精神看去还好，只是越发瘦得皮包骨头。蓝粗布截衫洗得发白，寒俭得乡里三家村老学究似的。听胤禛发作下人，忙道："不干他们的事，是我要坐这里等的。这个西耳房很僻静，我跟四爷说几句话就走。"胤禛只好点了点头和胤礼王揆一起进了大门西配厢。亲自给王揆沏了茶，打火点烟，自坐了对面，揣度着这两个不速之客的来意。

　　"四爷，"王揆呼噜噜抽了一阵水烟，说道，"长话短话，原想不急的，今后晌内廷传出信儿，说西边军事不利。又有信儿说十四爷要统大军出征，我想知道四爷怎么想这档子事。"

　　胤禛刚刚揭出二阿哥的事，见王揆心里难免有点愧怍，见是问这档子事，松了一口气，笑道："师傅有什么不知道的，大哥、三哥、老十三老十四，有的跟阿玛出过兵，有的练过兵，看如今这局面，阿哥带兵自然是十四弟最宜的了。我的长处只在琐碎民政上，对这些不懂，也没去多想。"

"四哥不想十三哥带兵么？"胤礼在旁说道，"如今想带兵的哥哥可是太多了。"胤祯吃惊地看着胤礼，说道："老十七这是怎么说？十三弟如今行动都不自由，你又不是不知道！"胤礼冷笑道："如今朝廷就这样儿。告诉四哥，你大约不知道，大哥也在托门子想出来带兵呢！"

胤祯想到胤礽，不禁一笑，正要说话，王掞叹道："四爷，要我想，阿哥们带兵，有的是真想为朝廷立功，有的就未必，那是看着皇上老了，他要手握兵符，眼里心里盯的北京城，并不是蒙古人，这一条四爷心里得有数。"这是很知心的话了，胤祯不由低垂了头，嚅动了一下嘴唇，却不知话该怎样说。王掞叹道："实言相告，太子爷二次被废，我几次服毒，万岁爷看得紧，都没有死成。我先祖为保明武宗，九死一生，终于成功，没想到我一生心血化到二爷身上，到头化为一场烟云……午夜扪心，愧对万岁寄托，愧对祖先神明。我这人，算得是大清无能之臣，王家不肖子孙……"说着眼圈一红，老泪夺眶而出。胤祯忙劝道："是二哥不争气，我也拼命保他来着，他自己是阿斗，你就是孔明又怎么样？"

"如今我想清楚了，"王掞擤了擤鼻涕，"我要做天下第一事，也得辅佐一个明达知礼的。看看我们这些爷，养尊处优，只知道看戏玩鹰的就一大半，有的做事，有的拆台，有的看笑话儿，有的心藏险诈，一心要做杨广！有几个操心天下实务的？我今儿见你，就是明一明心迹。我快死的人了，未必够得上侍候下一代主子，但我心里想着，盼四爷将来有福继位！"胤祯猛地抬起头来，他的脸色苍白得窗纸一样，颤声道："王师傅，这……这是妄言不得的！"王掞一摆手道："我灯干油尽之人，没什么可怕的。我今晚来此，不为攀附你，只为提醒你，十四爷为将，八爷如虎添翼，你要小心加小心！"

胤祯为他的真情所动，不由点头道："师傅风烛残年的人了。说不上攀附不攀附，我只随遇而安罢了，只告诉师傅，我虽愚笨，别人想怎样，心里明白着呢！"王掞坐正了身子，说道："既如此，请四爷处死郑氏！"

见胤祯惊愕得目瞪口呆，胤礼摇着扇子道："四哥不要慌张。这件事不但我们知道，八哥他们更了如指掌！他们手里握着这张牌不打，并非念手足之情，是想着什么时候打出来才能置你于死地！"

"郑氏的事……你们怎么知道的？"

"十三爷告诉我的。"王揆舒了一口气，他的神情平静了下来，"十三爷囚禁第二日，我去看了看他，他什么都告诉了我，在我心里已经埋了七年！十三爷说他很放心，说四爷是佛爷心肠，断不会叫这可怜人没下场。我原想这事是太子造孽，宫闱秘事历朝皆有，撂开手罢了。如今看来如不处置，终有一日危害四爷，所以要请四爷详虑。"

胤禛咬着牙沉吟，这件事来得太突然，他有点猝不及防。

"朱子云'妇人饿死事极小，失节事极大'！"王揆说道，"她早已是该死的人。如今她干碍到国务社稷，四爷不可操妇人之仁！"

"我……咳！她是无罪之人呐！"

王揆立起身来，冷冷说道："她罪通于天，过大于地！四爷你不忍，我和她见一面，她不肯死，我当场羞死她！"

"王师傅，"胤禛也立起身来，说道，"就这样吧，您先回去。这事容我思量。我宁可不得天下，断不肯枉杀无辜，宁可天下人负我，我也不肯负了天下人。郑氏是极有血性的，我料着，只要她知道二哥复位无望，也就自行了断。"

胤禛送他二人出门，心头兀自突突乱跳，接郑氏来府做得极为机密，到如今连福晋都不知这"郑大奶奶"真实底里，何由传了出去？"家贼难防"四个字闪电般在脑海中一划，胤禛暗自咬了咬牙，径自向北书房而来，因见年羹尧已守候在书房门口，胤禛正眼也不瞧他一眼进了房从容坐下。早有周用诚、墨香墨雨几个伴读侍候着，端了奶子来，胤禛因道："乏得很，倒盆热水，一边洗一边给我揉摩一下小腿。"墨香墨雨忙用铜盆端了热水，一边一个跪了给他洗脚。年羹尧蹭进来，见胤禛神色淡淡的，竟对自己视有若无，只好讪讪地跪了道："四爷……"

"见过八爷了？"

胤禛搓磨够了他，一边啜着奶子，由着墨香墨雨揉捏洗浴着，终于开了口："大约还有九爷，想必也都拜望过了？"

"回四爷的话，"年羹尧咽了一口唾沫，勉强笑道，"五爷、十一爷、十四爷奴才都见了，八爷那儿是路上碰了十爷，扯上一道儿去的。别的爷那里奴才都没去。奴才这次回京，实在是带的人多，怕惹主子烦没敢回府住。见别的爷是实，打心底里说没一分自外主子的心。"胤禛冷笑道："这是你自己的话，天理良心，我几曾说过你有'自外'的心？无论三爷五爷八爷十一爷，都是我的骨肉兄弟，十四弟更不必说，亲近得没法再亲近了。你若替主子去拜望他们一下，我巴还巴不得呢！还会怪你？我指的你的心！胸中不正，则眸子眊焉，用得着你放这些虚屁糊弄你主子？"年羹尧想到，仅只为先去拜望了几个阿哥，胤禛就犯这么大的醋味，心里不禁一灰，下着气回道："主子教训得是。奴才明白，主子并不计较奴才先见谁后见谁，是指着奴才没有时时事事处处设心为主子着想。"

胤禛没有答话，脚从盆里抽出来，由着两个书童擦干，换了双半旧的千层底布鞋，舒坦地踱了两步，说道："昔日有人游十八地狱，阎罗王殿前楹联写得好：'有心为善，虽善不赏；无心为恶，虽恶不罚。'你四爷就是这么个脾性。我是你的主子，你是我的奴才——你看，我洗脚吃奶子，你毕恭毕敬站着回话，这原本不公道，但这是造化安排就的名分，天经地义的事，——你安于这一条，心里想着这是该当的，无论做什么事，做好了做坏了，我都替你担待。心里没有这一条，善，我也不赏你。恶，我必罚你。我今儿对你不客气，就冲你这一条。你回京述职，见了万岁就该见我，见不着我，你还有三个少主子，还有福晋，怎么就想不起来？"

"回四爷，实在是四爷忙——"

"放屁，我今个不忙么？"胤禛恶狠狠道，"怎么今儿就见着了？不要盘算着天上这块云那块云，你头上只有一块云，那就是我！"

年羹尧见这话说得重了，忙双膝跪下，说道："这一条奴才敢对天发誓的！奴才日日想夜夜盼，指望着主子百尺竿头更进一步——奴才这心天知道！昨儿见李光地，他说阿哥里数八爷好，奴才还说'八爷得的官望，四爷得的民望，四爷刚毅明断，无论哪个阿哥爷都比不了'。十四爷将兵去西宁凉州这些地方，奴才就在陕西，把着中原门户。总有一日，叫四爷明白奴才的心！"

"你说这话就该剜眼割舌！"胤禛睃起眼道，"我叫你为忠为孝，并不叫你为非作歹！告诉你年羹尧，我不是你想的那种人！今日我教训你，就是叫你懂得，你主子乃是堂堂正正的大丈夫，社稷柱石！戴铎在福建给我写信，他求我给他谋台湾的差使，说要给我在台湾经营一块退步余地；你呢？来信说什么'今日之忠于主子，即异日之忠于皇上'。哼！即'异日'二字，就可断送你满门！"

年羹尧蓦地冒出一身汗来，他突然意识到，前几日冒出那个隐隐约约的念头，不但荒唐，而且是极其危险的，且不说他自己与胤禛根深蒂固丝绕藤缠的关系，就胤禛手中掌握的把柄，不费吹灰之力就可致自己于死地！明知胤禛言不由衷假话连篇，年羹尧连连叩头道："是！奴才不敢胡想！"

"起来吧！"胤禛陡然间却已完全平静下来，"人往高处走，鸟往高处飞，也是人之常情。阿哥们如今这个情势，你有些别的想头并不奇怪。我教训你，为的你好。我说这话，你流的什么泪？你须知，你是我奴才出去最大的官，事事做好表率，做个一心为朝廷为国家君父的纯臣，不但对你有好处，也是为我争了脸，我岂有不感激的？北京这么乱，你胡走乱撞，惹出事来我保不了你呀，亮工，你明白你主子的心么？"他拊心痛切而言，谆谆复恳恳，不知哪句话触了自己情肠，竟也落下泪来。

年羹尧拭泪起身，抚了抚跪得发疼的膝盖，哽咽道："主子，你的心我今儿算明白了。往后，你瞧我的，我一定做朝廷的忠臣，四爷的忠仆！"

"明白了就好，人非圣贤孰能无过呢？"胤禛含笑说着，口气变得温馨宜人，"用诚，给你年大哥倒一杯普洱茶来！"

周用诚尽自聪明伶俐，今晚先是搞得糊里糊涂，后来又看得眼花缭乱。李卫几次来信，告诉他年羹尧在军中专横霸道，四川官场都知道有名的"年豪猪"浑身是刺不能沾惹的角色，竟被胤禛揉来搓去如弄小儿！正出神间，听胤禛吩咐，忙答应一声沏了茶捧过来，却听胤禛又问道："方才你说李光地的话，倒见了你的心。你回北京，官场里还听了些什么话？"

"四爷。"年羹尧捧着茶欠了欠身，说道，"听内务府皇史宬的万家辉说，方苞方先生正给皇上起草遗诏呢！"

胤禛目中波光一闪，随即平静下来，漠然一笑说道："遗诏不过就是几句话罢了。方先生这么许久一直陪驾，想必是要替皇上查阅一些旧档，去几次皇史宬，小人们就造作出这么大的谣言，真真是可笑。"年羹尧道："奴才也这么想。老万说得可是有鼻子有眼，说万岁要请方先生替他写一部书做遗诏，把自己一生文治武功、学术、治平之道一编一编写成圣训，垂之子孙后世，叫子孙们当祖宗家法遵循呢！"胤禛猛地想起，康熙确曾说过，不学历代皇帝，临死时指一个继位人拉倒，要趁着清醒，把要说的话一条一条都写出来。想到这里，胤禛已是信了，陡然又想到李光地是方苞的座师，心里又是一阵慌乱，口中却转了题目，说道："遗诏不遗诏的不关我事。往后这类事你只可听不可传，觉着该让我知道，回我一声就是。你且说说，万岁召你回京，陛见时都有些什么旨意。"

"没有什么要紧话。"年羹尧摇头道，"我回京时传尔丹败亡的军报还没来。万岁命我驻节陕西，西北的军事不要我管，只管从中原往陕西调粮，宁可多，不可少缺，传尔丹军中乏粮，唯我是问。没有别的话。"

"就这样吧，天不早了，你先回去。"胤禛起身踱了两步，伸欠着说着，"传尔丹全军覆没，恐怕全盘都要重新安排。我估着朝廷要命将西征，大张挞伐，不会坐视西北局面糜烂。但这么大的事，不是三天两天就能预备好的，从古北口、喜峰口、奉天调八旗兵，从四川河南调绿营兵，朝廷得忙几个月，你不妨多住几时，将来哪个阿哥将兵，你随着大军回任也好。兴军，是件了不得的大事，你军务怕忙不过，我已经给吏部打了招呼，调李卫到你军中应差。你可给李卫写封信，别说我的意思，变成你自己的话，算你请他去帮忙，这样你脸上好看些。去吧！"

待年羹尧辞出，自鸣钟连敲十一响，恰交子时，胤禛乏得连连呵欠，问周用诚道："你日间说回事情，说吧，简捷些。"周用诚眼一闪，说道："高福儿养了外宅，四爷知道不知道？""大惊小怪！"胤禛笑道，"高福儿早就回我了。就为这个巴巴儿等着要回我？"说着便躺在椅中闭目养神。

"他弄的这女人，和八爷有瓜葛！"

胤禛瞿然开目，问道："你怎么知道的？"

周用诚眯眼儿一笑，说道："当初狗儿出去，我留下进书房，四爷当时有一句话，说书房差使要侍候笔墨，还要当好主子的耳目。"

"唔。"

"我想，任事不懂的赖小子浑丫头也能磨墨铺纸端茶递水。"

"唔？"

"所以，四爷的后一句话最要紧。什么叫'耳目'？主子眼不见的，我们替主子见了，主子听不着的，我们替着听见了，这就叫耳目。"

"唔！"

周用诚掰着指头道："高福儿起初结识那婆娘，他没回主子，我们也不在意。有一回我和墨香撞了去讨酒吃，见那婆娘和槐树斜街开杂货铺的黄娇娇在一处鬼鬼祟祟说话。见了我们，那姓黄的娘姨变貌失色地，支吾了几句就走了。当时我就问那婆娘，黄娇娇是什么人？她说是她娘家嫂子，住在梧桐三棵树。因地址不对，我起了疑，打听了一下，梧桐三棵树压根没黄娇娇这个人！叫墨香去槐树斜街仔细盘底，那黄娇娇竟是万永号当铺逃走的柳仁增家的娘子！"

胤禛头枕双手，已是双眸炯炯，见周用诚打了顿儿，便道："你说，我听着呢！"

"事关柳仁增，我更不敢马虎了，"周用诚说道，"专一请了粘竿处一个家丁，叫他悄悄盯着高福儿的外宅，看了半个月，那黄娇娇每隔五日去一次，也不多坐就走，却不回槐树斜街，每一回都是先去白云观进一炷香才回她家！十三爷没出来，有一回对我说过：'白云观窝着一干子贼道士，是八爷的黑盘窝儿，早晚我得剿了它！'——四爷，您连着想想，这事蹊跷不蹊跷？还有些不三不四的女人也常去高福儿外宅，也都打听了一下，都是嘉兴横八爷戏班子的戏子，到底她们和八爷府连着没连着，还没查清，因为这些女人都是八爷分送别的阿哥爷的使唤人，拐弯抹角的难弄清楚。"

胤禛听得异常专注，已全然没了睡意，问道："这事你怎么不早回我？"周用诚道："高福儿和爷是什么情分？没证据我怎么敢胡说？"胤禛想想，问道："听你口气，你如今手中有了凭据？"

"也不敢说是凭据。"周用诚朝墨雨努努嘴，墨雨从袖子里抽出一张银票递给胤禛。胤禛接过看时，是三十两一张见票即兑的钱庄票子，也不言声，满腹狐疑地盯着墨雨。

墨雨忙道："这张银票是高福儿昨个给我的，说瞧着我家里穷，可怜见的，我就接了。他又问我，北院郑大奶奶是怎么回事？月例和福晋一样多，也不见郑大官人，也没听说四爷有这门子亲戚。我说不知道，他说叫我问问坎儿，说那个小鬼头必定知道。"

胤禛忽地坐直了身子，出了半日神，说道："你替他打听了？"周用诚笑道："他不是打听，是这钱来得糊涂，问我是怎么回事。我说，高管家不问，这事就算了；要问，你就说郑大奶奶是奉天将军郑天祐的夫人，郑天祐是四爷的门人，早年战死在科布多，一直是四爷养活，才接来府里。"

"昨儿后晌，高福儿又回去一趟，"墨雨沉吟道，"今儿早起，送四爷走，高福儿又问我，郑大奶奶的事打听没有，我照用诚的话回了，他又说不问这个，问大奶奶是不是还住在北院。我和墨香用诚合计一下，再不回四爷，出了事不是玩的，所以才……"

胤禛趿着鞋起身来，悠悠地闲踱两匝，走至案前，提笔略一沉思，在一张纸上写了几行字，递给周用诚，说道："他给你三十，我加一撇，给你三千，你三个分了！只管到账房支，就说墨雨修房子，主子赏的！"

"谢四爷！"

胤禛端着茶碗一边踱步一边沉吟着："不过就你们说的这些，还不能算凭据。你们知道高福儿么？他原是山东饥民逃荒关外，他父亲饿死在热河叶柏寿的白马川，我奉旨去奉天祭陵，遇见他在人市上卖他的妹子葬父，自己身上挂着牌子，愿与人为奴养活他的老娘，论心而言，这算得是个孝子。既是孝子，就不致有卖主的事，跟了我之后，又有黄水之灾那件事，我们又有患难之交，是患难之交自能同舟共济。他识字不多，能耐有限，我没有叫他出去做官，可也没有拿他当寻常的奴才。他每月的月例银子比弘历兄弟还多五两，年节赏赐从来都是头一份，我赏他的庄子一年也有万两白银的进项。一个人受恩如此——换了你坎儿，会做出卖主子的事？所以，你们说的这事，我还有些信不及。"

三个人看着他的赏银札子，听着他的话，不禁都愣住了。

"那为什么还要重赏你们呢？"胤禛一笑道，"我取的是你们的心。你们这个耳目当得好，确是事事时时处处为主子设身着想，这一条难能，所以我不心疼银子。你们比他聪明年轻，读点书，将来做到年羹尧那一步儿，也不是不可巴望的事。就这样，好生做去。四爷眼里不揉沙，恩怨分明，赏重罚严，亏负不了你们的。"说罢吩咐道："今晚我就住在书房，你们几个侍候，明儿早一点叫我，恐怕万岁一定要召见的。"三个人忙答应着，替胤禛铺好床，往银瓶里注了开水备着他半夜漱口，点了息香，只留一支烛罩了红纱笼，悄然退到外间各自拖了一张春凳和衣胡乱躺下。

"用诚……进来倒茶，我口渴。"

后半夜鸡叫头遍，胤禛突然醒了。周用诚一骨碌爬起来，从茶吊子里倒了一杯茶捧到胤禛跟前，说道："四爷一个劲翻身，睡不沉，是这屋里热么？"

"是心里烦，一直做梦。"胤禛喝了一口，两腿垂下床坐直了身子，红微微的灯影下看不清他的脸色，"至人无梦，看来我还算不得至人。"周用诚笑道："圣人还梦周公呢！至人无梦，是说至人不信梦，不是说他不做梦。"胤禛笑了笑，说道："你果真长进了，这一层连我的老师顾八代先生，连熊赐履都还没想到呢！你跪下，听我说！"

周用诚这才知道，胤禛是有意召自己密谈，忙跪了下去，说道："请四爷训示。"

"你们今晚说的，我已经全信了，但书房还有十几个人，难保他们不偷听，我只能那样讲。"胤禛目中灼然生光，"阿哥们的事，大面上兄弟雍穆温情脉脉，其实到了水火不相容的地步，想必你也心中雪亮。"

周用诚重重地叩了一下头，算是明白。

"本来也难怪，"胤禛叹道，"一君一臣、一主一奴之差犹如云泥之别，成者王侯败者贼，逐鹿场上无兄弟。大阿哥害二阿哥，三阿哥害大阿哥，八阿哥害十三阿哥都是历历在目的事，我焉能掉以轻心？所以我身边的事，你能如此留心，真是不枉我疼你一场！"

这些场面上绝不能讲的肺腑之言，都诉给了周用诚，周用诚感动得五内俱沸，心里又酸又热，一句话也回不出来。

"你脸上迷糊，心里清明，这个长处人所难有。"胤禛呷着茶道，"你要替我盯紧高福儿！"

"喳！"

"不但他，府里所有人你都得盯着！"

"喳！"

"所有人，"胤禛慢吞吞道，"连文觉，性音在内！"

"——喳！"

"写信给狗儿，把年羹尧盯死！见什么人、说的什么话，去什么地方甚或和谁一处吃酒看戏，三天一封信，用传驿送府，你来拆阅！"

周用诚突然打心底泛上一股寒意，径自打了个寒颤，忙叩头道："喳！奴才明白！"

"办好了，你功德无量。"胤禛嘴角微微吊起，闪过一丝阴冷的微笑，"佛天都不亏你的——去吧！"

"喳！"

第四十七回　　十四阿哥拜帅西征
　　　　　　　十三阿哥缧绁逢兄

　　胤礽谋求带兵不成，算是垂死挣扎。雷霆大怒的康熙皇帝即日下诏，命废太子由咸安宫移居上驷院永行禁锢，接着连连批红，赐耿额、托合齐、凌普、朱天保、陈嘉猷自尽。犹如刚刚复燃的死灰上狠狠浇了一桶冰雪水，自此，太子复位已成绝望。满朝文武被这次事件震得懵懂了一阵子，但很快就灵醒过来，又把目光聚到带兵阿哥上，看谁是大将军代天出征，就不难从中揣到"圣意"。

　　其实不用揣摩，一切很快就明朗了。过了六月六，十四阿哥胤禵便带了十几个幕僚离开贝勒府住进兵部，谢绝一切宾客往来官员拜谒，专心提调各路兵马，古北口、喜峰口、娘子关、四川绿营、江南大营十万精锐冒着暑热，浩浩荡荡由井陉、函谷、风陵渡、老河口、乌程、归德等地四面八方入陕出关，云集西安咸阳结营待命，一切指令虽说都是廷寄诏书，却都是胤禵一手总揽——只要不是瞎子，都知道十四阿哥即将登坛拜帅了。

　　八月十六李卫接到吏部委札，着他由文职改为武职，加三级赴年羹尧总督行辕办差。李卫此时已是知府，加了三级，自忖必是个参将了，也顾不得高兴，匆匆将差使交卸给同知高其倬，用四人大轿抬了翠儿母子，自己骑马腰刀威威势势赴京，一来要引见谢恩，二来胤禛手谕"福晋思念翠儿"，要他把家眷送雍王府，也便于专心办差。李卫做官正做在兴头上，哪里理会得胤禛的心思？一路行来，沸沸扬扬听说朝旨已下，十四阿哥晋封"大将军王"，近日就要赴抵西安行辕，克日要授大将军印、天子剑，奉节出京，皇帝亲自送行。因赶着要看这热闹，越发晓行夜宿，马不停蹄趱行进京。赶到北京，恰正是九月初八，满城已遍扎彩坊，黄土洒道，家家设了香案壶酒，人人都知道明日要阅兵五凤楼，大将军要出征了。

进北京城，天已傍晚，李卫将从行仆丁们安置到客栈里，自和翠儿母子坐轿迤逦往定安门雍和宫而来，却见门上已经掌灯。李卫想着即刻就要见到四王爷，心里又感念又有点怕，老远便住了轿，叫下翠儿道："这也算到家了，老爷子是个爱挑礼儿的，咱们走几步过去吧。"翠儿抿嘴一笑，说道："就你肠子弯弯儿多！"便抱着熟睡的儿子和李卫一道儿过来。刚到门首不及通报，便见里头轿房执事抬着鹅黄顶子轿出来，接着便见胤禛带着高福儿和墨雨，一大群人簇拥着出来。李卫抢前一步磕下头去，说道："四爷万福万安，想死奴才了！"翠儿忙就跟着跪了。

"哟！是狗儿嘛！"胤禛一边下台阶，见是李卫一家，便止了步笑道，"刚刚进京？怎么就走着来了？你如今做了这么大官，越发小气得连轿钱也舍不得打发了！"翠儿在旁道："原是坐轿的，到主子门口觉得不恭敬，下来走走。怕怎的？我是放了脚的女人，再说，不强似要饭那时辰？"

胤禛踱过来打量着翠儿，笑道："有这份心，你主子已经欢喜了。你当初一个黄毛丫头，如今也出落得神采照人了。怎么，听说你不许李卫讨妾？这孩子几岁了？叫什么名字？"李卫万不料这样家口琐事胤禛也知道得清清楚楚，顿时羞得满脸通红。翠儿笑道："主子怎么知道的？他要真讨来，我也给他打出去！主子那年给福晋太太说过那个什么吃醋的，我想我就是个醋葫芦罢咧！"胤禛原本满腹心事的，被她逗得呵呵大笑，跟的众人也无不偷笑。翠儿又道："这孩子三岁了，想着主子的恩，起名儿就叫李忠四爷！"

"'李忠四爷'？四个字儿的？"胤禛笑得前仰后合。"这份意思怕不是好的？只是不雅驯。忠也好孝也好，无非是个'贤'字，就叫李贤吧——这会子顾不上说话了，我还要去户部，京师跟十四爷出征家属的赏银还没拨出来呢！翠儿去福晋那儿陪着太太说说话儿，枫晚亭弄一桌席面，和邬先生、坎儿你们吃着酒等我回来。"说罢笑着登轿而去。李卫忙答应着进来，果见坎儿墨香正在枫晚亭，一边着人请文觉性音，一边叫厨房备酒，大家围桌说笑。

"难为你一回来就逗四爷一乐。"性音叹道，"自打五月，我就没见过他脸上开过晴。从早到晚，咬牙挺劲儿拼命办差，只是做事。其实我看他是有意劳累自己，压一压心里的火。"说着和文觉碰杯一饮。

邬思道酒量不宏，呷着茶只是出神，许久才道："四爷的心思有什么难猜？十四爷领兵，一切粮秣、饷银、劳军的事都落到他头上，他未免有为他人作嫁的想头。十四爷得胜还朝，名垂竹帛，四爷自己觉得就是累死也没人见，他能不懊恼？"周用诚问道："既然如此，你为什么还要三番几次劝四爷，万万不要生惰心，挺劲儿办差？不怕埋没功劳么？"邬思道咬着下嘴唇，冷笑道："亏人家还日日说你伶俐！万岁爷三次亲征，下诏谕几十道，说的什么你一句也记不得！与准噶尔打仗，打的不是前方，是后方！阿拉布坦有多少兵？只要粮草供上，粮道畅通，他怎么抗得住？传尔丹败就败在这一条上，孤军深入，粮道被切断，六万军士与其说是战死，还不如说是饿死的！"性音伸直了脖子问道："你是说——"

"要我一字一句解说么？"邬思道将半杯酒一仰而尽，"四爷只要拼命办好差，无论十四爷前方打得顺手不顺手，四爷的心万岁都看清楚了！像万岁这样精明得不能再精明的主儿，别想用几句献媚的话就搪塞住。要取宠，就只能泪和血暗自咽下，以实迹明心，以功业见赏！"文觉不禁合掌称善，说道："善哉斯言！你何不对四爷明讲了，叫他心里也好过些儿？"邬思道冷冷道："他做这么大的事，心里苦苦何妨？"

文觉点头叹道："这话可谓入木三分。据我看，四爷像是已经瞧透了这一层。不然，他不会这么没明没夜地干。四爷心里不舒坦，大约因为十四爷这次也封了王，又多了一个劲敌的缘故。""是这个话。如今确是鼎足三分的局面，"邬思道道，"八爷的法子是用百官声势压着皇上就范，十四爷和四爷两条心，用的却是同一个法子。但据我看，谁继位，万岁已经有了影子。三方势力，四爷已占上风。"

"何以见得呢？"邬思道自设一问，又道，"上次十七爷来说，李光地在万岁跟前称颂八爷，万岁说，'你是致休的人了，阿哥们的事不要掺和。放心，朕一定选一个坚刚不可夺志的人做你们日后的主子。'这说的是四爷似属无疑。皇孙里唯独叫弘历世子进畅春园读书，这是其二；万岁风烛残年，身子骨一天不如一天，断不至于将继位人远远打发到万里西疆，这是第三条。由这些迹象看，万岁已经在给四爷铺路了。"性音吃酒吃得满面红光，说道："皇孙进园读书，也许万岁老年人寂寞，叫个有学识的孙子解闷儿，这一条作不得准。"

邬思道点着性音笑道："这一条不是和尚能知道的。年老寂寞，只能叫活泼有趣的孙子到膝下，要有识见的小大人儿做什么？万岁跟前还少了学问人？别小看了这件事，他亲自栽培一个好圣孙，能保大清三代盛世，你明白么？因为有个好圣孙，儿子当了太子的，史不绝书呢！"

"好好好！这一条和尚真的不省得！"性音大笑道，"罚我一杯！"说罢一举杯"咽"地咽了。邬思道格格一笑说道："你未免高兴得太早了。凭四爷如今势力，手里拿着传位诏书，未必斗得过八爷！京师驻军，只有武丹和赵逢春的兵靠得住遵遗旨办事。丰台大营三万人马、西山锐健营两万，九门提督隆科多手里两万，差不多七万兵力。就算隆科多持中，五万大军兵临畅春园，一纸遗诏有什么用场？八爷如今打的就是这个算盘！"

众人立时被他说得目瞪口呆，一个个苍白了脸，李卫皱眉道："邬先生真能揉搓人。一会儿叫人心里痒得要大笑，一会儿又叫人毛骨悚然！你是个什么意思嘛！""我的意思再明白不过。"邬思道用筷子翻着菜，"天命有归也要尽人事。开这把锁的钥匙在十三爷手中。明天，四爷要去见十三爷。不要忘了，丰台大营是古北口调来的，正是十三爷带过的兵。十三爷当年办差时使过的小军官，如今都是参将游击，带兵掌实权的管带。不见见十三爷，四爷临时支使不动这些人！"

"我早劝过四爷，想法子见见十三爷。"周用诚沉吟道，"只没想到里头这么大学问。四爷虽管着内务府，但十三爷是圈禁的人，不奉旨偷见叫人知道了不得。后来知道看管十三爷的戴福宗是戴铎的本家，连使银子带人情，好容易疏通了，四爷却只叫张五哥探视了十三爷一次，他自己却不肯去。"邬思道阴郁地笑道，"是我劝四爷不要亲自去。时机不到么！十四爷不走，四爷去见十三爷，担着'秘密串连结党营私'的罪名；十四爷带兵走，再这样做，顶了天的罪不过是'私相探视'，以他们素日情分，谁都谅解得的。"说罢略一沉思，莞尔一笑。正说话间，性音道："有人来了。"众人便不言语。一时，果见一个长随匆匆进来，向邬思道打个千儿问道："四爷今晚不在这里么？"

邬思道笑道："你问得奇。你是府里的人，倒问我！"周用诚却认得，说道："他是北后院的，侍候郑大奶奶——潘二，有什么事？"

"回周大哥话，"潘二忙道，"郑大奶奶殁了！"话音刚落，便听外头文七十四苍老的哭声渐渐近来，周用诚几步到门前，扶着哭得泪人似的七十四进来，一边让他坐了，说道："你先别伤心，到底出了什么事？慢慢说……"

文七十四低垂着头，苍白的头发丝丝颤动，声音嘶哑哽咽，本来已经弓了的腰深深弯着，抽泣着摇头，断断续续道："不明白……我……我死也不明白她……怎么走这条短路……"他一头哭一头说，半晌，众人才知道，今天下午郑氏还好好的，因写字的宣纸用完了，叫文七十四去琉璃厂买了一令，说了一会儿话，文七十四就退了出来。方才丫头给她送茶，才见她不知什么时候已经吊死在房梁上，身子已经硬了。文七十四语无伦次地哭诉完，索性放了声儿："十三爷临走说'我只有一件事托你，好生照料郑氏……你先前是可怜人，她如今是可怜人，我明日是可怜人……可怜人要可怜可怜人……'呜……我的十三爷呀……嚅嚅……我日后怎么见你呀……"看着他脸上纵横溢流的老泪，听着他撕心裂肺的号啕，人人心里发瘆，身上起栗。

"老人家，人死不能复生。"邬思道沉思着道，"她都问了你些什么话？"

"她问的不多，只问了外头有什么传言。"文七十四雪涕道，"我说没听说什么，明儿十四爷带兵出京，豆子都征了军用，豆腐脑儿也涨价了。我说还听人传言，太子爷也想掌兵权，叫一个姓贺的给卖了……"

邬思道眼一亮，他已经若明若暗地知道了郑氏的死因。还要再问时，却见胤禛苍白着脸进来，后头跟着高福儿和墨雨。周用诚刚说了句："四爷，郑氏——"胤禛打断他的话，阴沉地点头道："我已经听门上人说了——文七十四，她留下的有什么东西没有？"文七十四便回头看潘二。潘二忙道："奴才惊糊涂了，郑大奶奶留了一张纸在桌上，奴才不识字，也不知写些什么。"说着将一张尺幅大的宣纸递过来。胤禛接过看时，上头是两首诗：

夜梦王师出玉京，将军腰悬三尺冰。

无何漏滴昏灯焰，铁马关前惊回风。

畸零尘间命数薄，回首斯世尽蹉跎。

祸水红颜流何处？汇入渺冥奈河波。

篱下郑氏绝笔寄圆明居士

邬思道架着拐杖在胤禛侧旁看了，踅回去颓然坐了，半晌，说道："这也算得殉节。其情可原，其志可悯。"

胤禛慢慢将宣纸折起塞进袖里，两眼久久地望着烛光，良久，深深透了一口气，说道："难为她有这志气，我竟没瞧出她的烈性！后事要好好发送。高福儿明儿去法华寺请和尚，给她做七日水陆道场。"说罢便往外走，对周用诚一干下人道："瞧瞧去。"

高福儿扯了李卫跟着众人走在最后，悄悄笑道："狗儿大人，赏个脸，明日中午到我那里吃两杯，权当接风。你升了这么大官，我也该贺贺的。"李卫笑道："听说四爷明儿要去看十三爷。我要不陪主子，自然叨扰你。"高福儿眉棱骨一跳，什么也没再说，和李卫紧走几步跟了上去。

胤祥在十三贝勒府已经圈禁足足七年，三十三岁的人，已是华发满头，白了一大半。他不同于太子胤礽，胤礽落草就是一人之下万人之上的储君，毓德养性垂拱深宫，除了偶尔随驾，从不轻出禁苑，圈禁不圈禁行动上分别不大。胤祥自幼就性野，跑马拉弓，斗鸡走狗无所不为，就是没差使，一年也要出京游历几次。因此，七年囹圄，几乎没有憋疯了他。好在除了没有自由，别的境遇尚无大的变化。女眷阿兰乔姐一左一右跬步不离地陪着他，外院还有贾平等十几个男丁侍候。内务府是胤禛管辖，人们也不来作践他，每日只在这个小天地里摆棋谱、练字画、打布库、调鹦鹉，读书腻了就到园子里垂钓、种花、栽盆景，甚或捉田鸡、采菱角、看蚂蚁拖苍蝇、上树掏老鸹，无所不为，只一日一日消磨长昼、打发永夜。渐渐地，绝了释放的念头，也就安下了心，却是落了个失眠不寐的毛病儿。

眼见九月初九已到，胤祥睡到将午才起来，见阿兰和乔姐正在洗脸，便道："这么早就起来了？"阿兰扑哧一笑道："黑天白日都过颠倒了，这辰光起床爷还说'早'？今儿九九，咱们弄桌小菜，到后园子假山石桌上，度消寒岁儿可好？"胤祥笑道："由你，只要日子好打发就成。"乔姐说道："炭要烧完了。十三爷叫贾平找管门的戴头儿说说，弄几篓子来。"

胤祥点点头出至檐下。此时正是午时，天清气爽，云淡风高，撒眼一望书房外园中红瘦绿稀丹枫如火，一队鸿雁在高远天际向南缓缓飞着，胤祥喃喃说道："碧云天、黄叶地——王实甫为此而死，真乃千古绝调……"正自出神，却见看守禁院的内务府笔帖式戴福宗在前，后头跟着胤禛、狗儿、坎儿三人迤逦进来。胤祥不禁一怔，浑身电击般颤了一下，翕动了一下嘴唇，却什么也没有说出来。

"十三爷，"戴福宗就地打了个千儿，"您吉安！天冷上来了，我回了四爷，说爷这里几处房子失修，四爷进来看看房子。十三爷带四爷各处瞧瞧，有走风漏雨的，尽管说。"胤祥僵硬地点了点头，说道："理会了，我这里炭烧完了，叫他们抬进来些吧。"胤禛一边打量着胤祥，吩咐戴福宗："你去吧，我和十三爷走动走动就来。"戴福宗会意，忙答应着去了。

胤祥也在打量胤禛，见胤禛穿着古铜宁绸风毛夹坎肩，天青夹袍洗得纤尘不染熨得平平展展，宁静的面孔上两个瞳仁越发黑得深不见底，似乎和七年前无甚差别，只看上去更加从容城府更深了些。半晌，胤祥才从懵懂中惊醒过来，结结巴巴说道："四……四哥！真是的……你看我都成什么样儿了……我该先给您请安的……"说着一个千儿打了下去。

"我来瞧瞧你，"胤禛忙双手扶住，他的声音颤抖得厉害，"我……见你可真不容易……叫五哥来看你几次，毕竟替不了我……好兄弟，我万万没想到……你会白了头发——五哥说你挺好，原来竟是哄着安慰我的！"说着，止不住泪如泉涌。此刻阿兰和乔姐并贾平都过来了，久不见外人，他们都有点新奇不安，见兄弟二人连寒暄话都说得语无伦次，心下都十分感慨。李卫周用诚见胤祥落到这步田地，想起当年往事，撇嘴儿想哭，又忍住了。

许久，胤祥方唏嘘着道："四哥，屋里坐吧。这里上不沾天，下不着地，是个混沌世界，鬼都不肯在这儿生蛋——我知道你进来一趟难，有什么话，尽情聊！这不，我已经成了关门皇帝，东宫西宫还有太监，全都有，有话也走不了风，最安全的！"

"好的，"胤禛含泪微笑点头进屋，说道："刚刚儿送走十四弟，他封了大将军王，要带兵打阿拉布坦。趁人不留意，偷着来瞧瞧你，你好，我就放了一半心。"

"大将军王？"胤祥一边命乔姐泡茶，请胤禛落座，一边笑道："真是个好名字，既不是亲王，也不是郡王，含含糊糊一个'王'。那太子呢？想必是复位了？"

胤禛呆了一下，一长一短将胤礽二次被废后的情形，用矾水写信谋取兵权被贺孟頫告发的事情都说了，末了将夜来郑氏写的诗递过去，说道："这件事我心里有愧。没有照料好郑氏。十三弟你得原谅我。"胤祥接过细看了，呆着只是沉吟。胤禛原以为他必定难过，正想抚慰，不料胤祥突然大笑道："好好！死得好！她倒得了好处，虽不节而烈，虽不忠而从！脱去臭皮囊，离却了烦恼三累！比起我这不死不活不人不鬼，熬了一日又一日，看了太阳看月亮的，她是个有福的！哈哈哈……"他站起身来，两手神经质地挥着，狂乱地喊着笑着，又"呜"地一声哭了，捶胸顿足道："我好苦……真的是大棺材里的活死人……有什么意趣？"胤禛被他惊得脸色雪白，跳起身来双手紧紧抓着椅背盯视着疯子似的弟弟，许久才道："痴兄弟……你、你要唬死你的四哥么？"

发作一阵，胤祥清醒过来，要一杯水喝了，已经平静如常，苦笑道："我这是怎么了？唉……真是的……东风何恶，总不肯祐护良善！四哥读过柳泉先生《讨风赋》么？'飞扬成性，忌嫉为心。济恶以才，妒同醉骨。射人于暗，奸类含沙……怒号万窍，响碎玉于王宫；澎湃中宵，弄寒声于秋树；发高阁之清商，破离人之幽梦……'我心中的郁气积得是太多，太多了……"

"十三弟，"胤禛心里有事，又怕耽搁久了，耐着性子听完他的《讨风赋》，款款说道，"你虽拘禁，倒有心情吟风弄月，这份雅量人所难及。有时想想，我日后下场未必比得上你。如今父皇春秋日高，龙体每况愈下，国无储君，人无定心，八阿哥爪牙锋利羽翼丰满，十四弟重权在握心雄万夫。阿哥们面情上是兄弟，说出底蕴来叫人惊破胆寒透心。论起这一条，你倒是在避风港中啊！"胤祥看了胤禛一眼，他已明白了胤禛今日来意，遂笑道："大清定鼎已七十余年，国基牢固，断然乱不了，季孙之忧在萧墙之内。皇阿玛也真算庙谟难测，放鹿中原，任儿子们高才捷足者先得！我……"他忽然有点气馁，旋即又道："我如今这个境遇，是帮不上四哥什么忙了。不过我在外还有些'狐朋狗党'要用得着，四哥只管吩咐他们就是。"胤禛盯视胤祥移时，叹道："如此见识，亏你随口就说了出来，我们在外边费多少精神，至今多少人还在懵懂呢！"说着掏出一张纸递了过去。

胤祥接过一边展开，说道："这和下棋一样，旁观者清嘛。"一边说，一边看，却是一张名单，密密麻麻缀着一二百名官员姓名和现任职份，都是从前自己手里使过的旧部，他一下子就明白了，不言声站起来踱到案前，提起笔来沉吟着在纸上点点画画，添了几个名字，又涂去了几个人递给胤禛，说道："这上头有些人没用，有些人没骨气，有些人没见我面难以指挥。我点了点儿的，四哥可以见见，勒了杠儿的，得给点好处。因人而异，不可一概而论。这些年有些人变了也难说，四哥自己还要当心——狗儿，瞧你打扮，是做了官儿了？"

李卫和周用诚听着二人说话，正在发怔，听胤祥问话，李卫忙道："奴才原在四川当知府，如今转了武职，去陕西年羹尧和岳钟麒军中效力，还没有补实缺。"

"很好，"胤祥目光炯炯望着远处，"陕西三秦之地，为中原门户，年羹尧在那里，太好了！四哥，你何必叫狗儿改武职？打仗他不会，又约束不了军队——依着我，就坡打滚儿叫狗儿补个西征粮道，既不归十四爷管，也不归年羹尧管，专差为这两个大营办粮，叫坎儿随军去年羹尧总督衙门帮办军务兼理文书，也混个功名嘛！在四哥府虽也一样，到底不算正果。"

胤禛陡地一震，七年工夫，胤祥的心机精明到了这地步：由一个李卫管粮，就等于一手卡住了胤禵和年羹尧两军的命脉！心下惊诧，面上却不肯一揽子认承，迟疑良久方笑道："再商量吧。李卫的事我管着户部，吏部那边一说就成。我身边没个得力的也不成，先委屈一下坎儿，该有的自然少不了他的。"正说着，便见戴福宗进来，胤祯便站起身道："我不能久留，这就别过了——戴福宗，我看了一下，这里房子都得修一下，十三爷的书房再加一道火墙取暖，用多少银子你找匠人核一下报工部，我跟他们关照一下就成。"说罢，依依不舍拉着胤祥的手，含泪道："珍重！"胤祥一副欲哭无泪的样子，说道："四哥，你还进来看我么？"阿兰乔姐见胤祥痛苦得脸形都扭曲了，忍不住别转脸，抽抽咽咽掩面而泣。

　　"不要哭了，"胤祯眼中闪着泪花道，"又不是生离死别，我还会来的。你们好生侍候着十三爷。"当下又拉着胤祥的手谆谆叮嘱了许多。

第四十八回　鄂伦岱倒戈回帝都
　　　　　　康熙帝染恙中和殿

　　儿子们盼着康熙早早儿寿终正寝，但康熙自幼习武练功狩猎出征，打熬得十分好筋骨。健健旺旺活到六十八岁，犹自有兴致举办"千叟宴"，要与天下同乐。这位盖世雄主八岁登极，在"万几宸函"上度过了整整一个甲子，年年元旦元宵端阳中秋四时八节都是老一套：祭坛、祭堂子、祀太庙、祭天地，受百官朝贺、听颂圣赋、做柏梁体诗，没完没了的奉迎聒耳，无休无止的节仪闹心，已是腻味了。即位六十大庆，他突发奇想，何不招些与自己年龄差不多的老人进宫说说古经儿，聊聊家常事，既是"与民同乐"，也换了口味？原想不过请几十个老人随便坐坐，不料礼部却当成了大事，当即具折奏明，历朝天子敬老尊贤、倡明孝化只是徒具虚文，谁也不曾真的和山野逸老共坐一席。这是宣化文明垂范后世的大事，理应隆重办理。请几十个，请谁，不请谁，也难以拟定。所以礼部拟奏，凡六十岁以上老人，在京的由皇帝亲自接见，各地的由各地有司守牧代天子设铺款待。康熙这才知道，这种事非天子能自专，只好依奏，明发诏谕传向各省。

　　胤禵奉旨将军出关已三年有余，一切遵康熙面授的机宜行事，先在青海汇集了蒙回藏军，盛陈威仪，大阅兵大操演，随即命将军塔宁率兵入藏。阿拉布坦在藏驻脚不稳，惊闻大军云集来攻，连忙带领拉萨的蒙古军队仓皇西逃。胤禵原想派军截住他的归路，切断拉萨通往新疆富八城的粮道，一鼓聚歼灭此朝食。但转念一想，转眼就是康熙的六十年登极大庆，别人都预备着报喜，自己万一闪失，岂不白辛苦一场？接到上书房发来的廷寄，胤禵略一沉吟，便传令叫鄂伦岱进来。鄂伦岱来到大帐时，见胤禵正在一张宣纸上写字，一躬身说道："十四爷，您叫我？"

　　"嗯。"胤禵满意地端详着自己写的斗大的"忍"字，漫不经心说道，"老鄂，我打算派你回京一趟。"鄂伦岱请求单独带兵追杀阿拉布坦在凉州残部，没有获准，对胤禵窝着一肚皮的火，听了胤禵的吩咐，黑红的脸上肌肉抽搐了一下，盯着胤禵没言声。胤禵一笑，问道："怎么？不愿意？"

鄂伦岱身子微微一躬，大声道："是！我还是想请王爷将令，我去凉州剿贼。万一圣上有旨叫大军西进，我先给十四爷打一条路出来。"

"唉，老鄂，你对我有误会啊！"胤禵叹息一声，眼中闪着绿幽幽的光，"不要以为是我不叫你立功，阻你的前程。塔宁和八爷是什么交情？用你不用他，仗没打自己军中先乱了！"鄂伦岱想了想，冷笑道："他得意什么？他那两下子算屌毛灰！雅布齐也恨得牙痒痒的，总有一日叫他瞧瞧我的颜色！"胤禵格格一笑，说道："老鄂毕竟心直！你以为雅布齐和你一回事？告诉你，入藏我原叫你为副的，是雅布齐拦住了。驻节平城，文书都发了，雅布齐说你是一介莽夫，不叫你去，还抬出八哥来压我！他是八哥的奶哥哥，来这里做什么，以为我不知道？只念着八哥情分，不能撕破脸皮，装迷糊儿罢了！"

鄂伦岱不禁怔住了，他虽粗，却不笨，已是猜透了胤禵的话意。半晌，才道："十四爷，这些话我不明白，也不信。"胤禵似乎不胜感慨，说道："士为知己者死，女为悦己者容。八哥待我原没说的，我也想在这里替他效死力，想不到竟是我瞎了眼。他不但派你监视我，叫塔宁分我的功，叫雅布齐掣肘我，背后还叫雅布齐盯着你，怕你真的倒到我怀里——这样的心术叫人怎么不寒心？你不是说不信么？——看看这个！"说罢一哂，将一份札子"啪"地甩过来。鄂伦岱疑惑地展开看时，上头写道：

> 雅：前札收悉，鄂伦岱受年羹尧三万金之事已查实。此人吾素知之，轻狂自大胸无定见，当时时密侦勘查报我。汝可请十四爷调彼入塔部麾下，以便随时处置，密勿不云。

下面却无落款，但鄂伦岱和胤禩实在太熟了，一眼就看出是胤禩的亲笔手迹，当下便脸涨得通红，咬着牙问道："十四爷，这玩艺哪里来的？"

"前日廷寄时，西安府的师爷扮成兵士送来。恰好雅布齐去催粮，我的一个幕僚和这师爷认得，就破了。"胤禵微微一笑，"这个师爷已经扣住，你想见见也不难。待会儿我的亲兵带你去。"

鄂伦岱顿时气得浑身直抖，破口骂道："奶奶个熊！老子在这卖命，杀得血葫芦似的，后头还有自己人使绊子！老子宰了他！"

"你不能这样，这是人证。"胤禵冷笑道，"将来我和八哥撕掳这件事。现在我派你回京给父皇请安，先免了挨塔宁一刀再说。"鄂伦岱呼呼喘着粗气，半晌才压下来，说："我就不谢十四爷了。回京还要办什么事，爷只管吩咐。"

胤禵慢慢踱着，雪亮的马刺和佩剑碰得叮当作响，望着中军帐外一片荒寒的旷野和阵阵狂舞的黄沙，许久才道："北京是什么局面，我真想知道。八哥来信，一封封都说万岁身子骨儿康泰健壮，我的门人又来信说万岁见人手颤头摇，行动要人扶。你请安时，代我看看阿玛龙体，究竟如何。"

"喳！"

"还要看看四爷，"胤禵沉吟着，字斟句酌地说道，"如今在北京，能稍稍与八哥抗衡的，就是四哥了。所以四哥有难处，你要尽力帮，不必忙着回来，万一有事，能顶个旗鼓相当，你就是元勋！"鄂伦岱狞笑一声，说道："奴才理会，一定照十四爷的主意。这里十四爷你得防紧雅布齐，他养着几十个力士呢！"胤禵恶狠狠笑道："别说几十个，就是几百，我诛他们如同杀鸡！你只管放心去。"正说着，远处一个胖墩墩面团似的中年人迤逦过来，胤禵小声道："你去吧，雅布齐来了。"

雅布齐一脚跨进，恰鄂伦岱辞出来，便笑道："老鄂，几日不见，气色越发好了。这是哪去呀？"

"好个狗屁！"鄂伦岱呸地朝地啐了一口，往外走着说道："往哪去用不着回你！我是你的奴才么？"

鄂伦岱出了帐，装作倒靴子里的沙侧耳听时，里头雅布齐请了安，问道："十四爷，西安府胡明癸师爷犯了什么事，叫十四爷给扣起来了？"接着便听胤禵道："胡明癸？没听说这个人啊！我也没扣什么人啊！你说这人，他是做什么的？"鄂伦岱听得一笑，蹬上靴子大踏步去了。

鄂伦岱马不停蹄赶回北京，已是阳春三月。从沙尘蔽日蛮荒寒苦的西域回到京师富贵温柔之乡，烟花明媚世界，看到鸭头碧水、杨柳拂风，听到故土乡音，酒卖弦管，鄂伦岱真有两世为人的感觉。因奉有王命，不便先回家，胡乱在驿馆歇息一宿，第二日到礼部兵部验了关防，觐见了康熙出来，便打马至朝阳门外廉亲王府来见胤禩。

"见着万岁了？"胤禩见到鄂伦岱，似乎并不意外，听鄂伦岱说完西边战况，默谋着，说道："着实难为你。万岁都有些什么旨意？"鄂伦岱喝着胤禩赏的参汤，说道："主子说刚接到十四阿哥的奏折，前头军事顺手，他心里很欢喜，原想写一首诗赐他，作怪的连一点诗思也没。可见人老了，什么事只能心里想想，要做就难了。我当时回话：主子这是累的，好生作养，活一百岁是稳稳当当的。您长寿，就是我们做奴才的福分。"胤禩笑道："果然长进了，这个马屁拍得响！你说主子活一万岁，恐怕又要训斥你了！万岁还说了些什么？"

鄂伦岱盯了一眼养得红光满面的胤禩，不知怎的，再也寻不出以往那个温馨爽明的"仁君"形象，竟无端生出一种厌恶之情，很想就这么照脸掴将去，打他一个满脸花——嘴上却笑道："主上说：'我已经很知足了。打秦始皇算起，活过七十的皇帝只有三个，我原想做二十年太平天子，做了三十年想四十年，想着断没有五十年天子的道理，谁知老天偏偏厚爱，不肯收我，足足做了六十年！——你既回来了，前方又没有大事，多住些日子吧。'又夸十四爷有出息，出去历练一番，折子上空话也少见了。"

"老人家活得是太累了。"胤禩叹道，"就是我这不在台面上的，站在旁边看着也替他累！既要作养身子，又要揽权不放，要下头办实事，又存着猜疑，还要步步提防着儿子，还要听那些说不完的粉饰太平逢迎话。我虽有孝心，也真是侍候不来。老十四在外打仗，四爷就催各省乐输军粮，四爷门人田文镜就逼得人投河跳井地'乐输'！这样的混账王八，要是我，早就开销了他！偏四哥就爱这样的，什么法子呢？"

鄂伦岱听他长篇大论清谈，心里不大耐烦，起身笑道："说到四爷，我还带着十四爷给他的信，还有德主儿的请安信，得过去打个花胡哨儿。粮食的事八爷不要拦着四爷，那个地方寸草不生，少了粮断断不成！"

"等开过千叟宴你就回去吧。"胤禩也站起身道，"京师虽繁华，如今却是是非之地。万岁都老得糊涂了，前日内廷送出信儿，说王掞上了一封密折，居然保奏四哥当太子，听说是留中不发。高福儿说四哥偷偷看望十三爷。这么没规矩，万岁也没事人一大堆，摞开了手。换了别人，那还了得？你去吧，后天开千叟宴，我病着，不能去。你代我给万岁送些礼，就便儿观光就是。"

鄂伦岱前脚出去，胤禵后脚匆匆进来。胤禩笑道："老鄂刚出去，你没见他么？"因见胤禵气色有异，又问："出了什么事？""别提鄂伦岱这个王八蛋了！"胤禵冷笑一声，把一个通封书简递给胤禩，"这小子变心了！"胤禩诧异地抽出信看时，却是雅布齐递来的急件，备细说了胡明癸被扣和胤禩密件泄露的事。胤禩看着，脸色愈加苍白，呆呆地把信放在桌上，只是沉思。

"怎么办？"胤禵问道，"别叫鄂伦岱这个二百五告了万岁吧？"

"我根本没有给胡明癸写过什么加害鄂伦岱的信。"胤禩脸色阴沉得可怕，"老十四自己就是个造假信的积年能手！"

胤禵气得两手冰凉，想骂，又是一个父亲，半晌才咬着牙道："乌雅氏这个老母狗，养出的儿子没一个好种！既如此，我去跟鄂伦岱当面挑明了！"胤禩摆手制止了他，慢吞吞说道："一个鄂伦岱，随我还是随老十四，算得了屁事？现在无论如何不能跟胤禵撕脸闹翻了。他既敢这么做，当然也预备着这一手。前日贺孟頫来，说万岁新年过后身体大异于往日。七十不留宿，八十不留饭，他望七十的人了，什么时候出事谁也料不定。这个当口，棋步儿一步也错不得！"

一席话说得胤禵低头吃茶心下暗服，半晌才道："既如此，就早点打发这杂种回老十四那，免得在京生事。"

"叫他回去？"胤禩望着外头池塘对面喷霞蒸雾似的一片桃林，冷冷说道，"那不是给十四弟添个帮手？十四弟从军中送给万岁六十年庆典礼也在我这里，明儿一并叫他送进去。朱子云即以其人之道还治其人之身。他胤禵办得出的，大约也难不住我胤禛。"

三月十八是"千叟宴"正日子。康熙起了个大早，由张廷玉马齐导引，千车万骑出了畅春园，径入紫禁城。在西华门换乘舆时，远远见王掞已候在那里，便叫过来问道："别人都在太和殿前等，你怎么在这里？"

"回万岁的话，"王掞攀着轿杠躬身说道，"臣的本章递上去将近一月，不知可经御览？"

"就是你说的那件'天下第一事'？朕留中了。"康熙似笑不笑地环顾四周，"其实你应该明白朕的深意了——朕赐你的药用了么？"

王掞不禁一怔，他因患红痢，半月前康熙确曾赐过药，当时并不留心。如今连着康熙的话仔细回想，才忆起药名儿叫"续断"！顿时恍然大悟，眼睛一亮，正要回话，康熙一摆手笑道："这味药是治红痢的神方，回去细看本草你就明白了，此药要火候，火候不到效用不显，急不得。你且安心吧！"说罢命轿而入。

耆老们共来了九百九十七名，早已等候在太和殿前的月台上。七十岁以上的设在体仁阁和保和殿，其余的都在芦棚下就餐——全都由胤禛带着内务府的人安置筹办。是时日上三竿，老人们虽说早已饿得饥肠辘辘，却都很兴奋，三五成群地在大月台芦棚旁边指点宫阙。一些做过官的缙绅，多年不见，白头相聚，叙同年、忆故旧，说得入港。还有一等士绅，头一回进这金翠交辉的帝宫邀恩，四处张望着，要把景物人事都记牢，回去打点写好自己的行述和墓志铭。正乱着，李德全邢年一干执事太监从三大殿北拍着手过来，接着龙旗宝幡，文武百僚簇拥着一乘明黄软轿迤逦过来。待李德全甩过静鞭，西向而坐的畅音阁供奉鼓瑟吹竽、编钟大吕、金磬玉鼓齐鸣，六十四名满装宫女作八佾之舞，踏着节拍，挥着流苏扇载舞载歌：

> 辟雍建，规矩圆方，复古自吾皇。于论钟鼓铿锵，春水环桥滚浩荡，隆礼乐，焕文章……圣人出，天下文明，玉振叶金声。日月江河照法象，自古经行。觉群黎，敷五教，彝伦叙，万邦宁……

歌舞声中康熙缓缓下轿，在太和殿檐下南面而立静静听完，近千名老人俯伏在地，由马齐张廷玉带着一齐叩头高呼："吾皇万岁、万万岁！"

康熙扫视一眼众人，也许因兴奋过度，他的脸色中带着绯红，显得很有神采，半晌才笑道："请起吧！这么多老年人在一处，朕心里很欢喜，虽说国家有制度，你们该行这个礼。就老年人本心，朕还是觉得随意儿好些。朕已用过早膳，俗语儿说'饱汉不知饿汉饥'，就请众位老先生入席，开宴吧！"

刹那间热闹起来，胤禛满头热汗，指挥着几百名太监，有的按名单招呼引导客人，有的安席，有的照应随驾官员和与席的皇阿哥，足用了小半个时辰才一切停当，因各地官员送的贺礼都摆在中和殿，又忙着过来照应。正忙得不可开交，却见张五哥过来，便问："有什么事么？"

"四爷，这里的事奴才照应。"张五哥说道，"万岁今儿瞧着有些不对，走路两条腿都发颤，涎水流出来也不知道……三爷在席上说起八爷请病假了，万岁已经瞧着不高兴，十爷接着又说起穆子煦魏东亭病死的事——这都是什么事嘛！我看不过眼又不能说话，您过去一趟吧！"胤禛未及答话，鄂伦岱已带着廉亲王府几十个太监捧着贺礼过来，邢年又带一个太监捧了一个大盘子过来。邢年捧的是一个冷盘，二龙戏珠——两条活灵活现的龙张牙舞爪夺那颗紫红鹅蛋——站定了说道："四爷，万岁说你累了，不必过去站规矩，这个是赏你的。"

胤禛忙道："阿玛这么体恤我，你回去代我谢恩。我这里未必有工夫吃呢！"见邢年去了，方松了一口气，叫过鄂伦岱笑道："好人，你算有福。万岁赏的这菜，这桌子下还有一瓶酒，就陪四爷一块吃，如何？"鄂伦岱笑得咧着嘴道："您谢万岁，咱就谢四爷了！"胤禛却怕他酒吃多了，接着昨日的话题发酒疯，忙笑道："我不能多饮，你今儿也不要喝多了，反正你一时也不打算走，明儿我再送你两坛二十年陈酿。"鄂伦岱知道这主儿心细如发，遂笑道："理会得。十四爷将令军中不得饮酒，其实我如今也比不得当年了。"

两个人边吃酒，边捡些没要紧的话说着，约莫过了半个时辰，听到前面太和殿丹陛之乐大作，胤禛掏出怀表看了看，诧异道："定的午初歇筵嘛！还有三刻工夫，怎么这么早就下来了？"正说着，便见马齐三步并两步忙忙过来，胤禛便立起身来。

"主子下来了。"马齐脸色似乎有些苍白，也不请安，进门就说，"主子脸色有些不对，几个太医都说怕要犯病。我和廷玉商量了一下，在时辰上头做了点手脚，请主子赶紧过来歇息，四爷小心侍候着，请万岁先在这里稍息片刻，再请驾回养心殿。"胤禛便忙命撤席，叫人抬一张紫檀春凳，将就着把须弥座上的扶枕坐褥铺好，便听外头雷鸣似的山呼声，康熙左扶张廷玉、右扶刘铁成已是款款徐步而来。鄂伦岱仔细打量康熙，兀自微笑着，只神情略略呆滞些，脸上一青一黄，气色不正，脚下似乎有点伶仃飘忽，也不见有什么异样。见康熙近前，鄂伦岱忙跪下俯伏请安。康熙只说了句："给你家将军王送礼来了？起来吧。"便移步进了中和殿。

胤禛忙迎上去，赔笑道："阿玛，前头坐了半日，劳神费力的。您老有春秋的人了，还该留心荣养的。依着儿臣，先在这儿略躺一躺，再启驾回养心殿的好。"康熙点点头，却不肯落座，环顾四周。但见中和殿珠光宝气琳琅满目，殿四周长案上摆着贺礼，什么琼、瑶、琪、琳、璞、璆、瑜、琨、珚、玑、圭、璧、琥、玫、瑰、琅、球、琬、璋、琮……还有什么端砚、商鼎、宣德炉、围棋、古琴、湖笔、徽墨……应有尽有。有的投康熙所好，献的珍版古书、宋纸、宋墨、薛涛笺、董香光字画，都贴着黄笺，堆得到处都是。康熙看了一会，至南窗前，指着一个匣子道："这里边是什么？"

"哦，这是十四阿哥的。鄂伦岱刚送进来，还没来得及标黄。"胤禛忙道，"里头是什么，儿臣也不知道。"鄂伦岱忙躬身答道："是十四爷西域得的陨石，上头还天然生成'百年长运'四个颜书大字——这是十四爷告诉奴才的，奴才也没福见一见。"

"唔！陨石上还有字！"康熙点头笑道，"打开来，朕瞧瞧！"邢年忙答应一声，轻轻撕开钤着大将军王印玺的封签，打开来，未及说话便吓了一个退步，那匣子"啪"地落在地下！

众人都是一个惊怔，马齐断喝一声："邢年！你这狗才作死么？"话犹未终，连他自己也唬得身子一仄——匣子里哪有什么"百年长运"的陨石？原来是一只死鹰，钩爪铁喙软软地耷拉着，眼睛垂闭着，羽毛散乱地趴在地下一动不动!

"唔?"康熙却没有看清,戴上老花镜,凑近了一瞧,弓着身子竟再也直不起身来。他呆呆地弯着腰,一句话也不说,半晌,身子一歪,便背过气去。几个太监原吓愣了,个个面如土色瞪着眼看,此时惊醒过来,"嗡"地围上去,七手八脚把康熙架到春凳上将息。马齐眼中出火,逼视鄂伦岱良久,大喝一声:"拿下!"

中和殿顿时大乱,有的扶持康熙大声呼唤,有的寻汤觅水,有的手忙脚乱四处窜,连自己也不知道该做什么,刘铁成则叫人寻来绳子,把傻瓜一样呆看的鄂伦岱捆得米粽也似。鄂伦岱此时才苏醒过来,口里反反复复只有一句话:"我冤枉……我冤枉……"倒是张廷玉掌得住,叫过胤禛道:"四爷,万岁这是急疼迷心,一时痰涌,不妨事的。记得您随身带的有一小瓶苏合香酒,备着皇上用,赶紧取出来给万岁用!"又大声喝住众人:"不许乱!谁乱,我按弑君罪治他!——邢年,你悄悄传太医院医生来,不要声张。老人们一大半没出宫,传到外人耳朵里不是小事!"

一语提醒了胤禛,哆嗦着手撕开扣子,从怀里取出一个琉璃瓶,自己先喝了一口递给张廷玉。这个瓶子是邬思道叫他装的,里头照方配制的苏合香酒,是康熙常用的药,张廷玉见过几次,还暗笑他痴,不想就派上了用场。

"噢……"

半晌,康熙吐了一口痰,粗重悠长地喘息一声,醒了过来。他脸色蜡黄,睁开眼看了看,又无力地闭上,喃喃说道:"衡臣……你好糊涂……这不干鄂伦岱的事……这种事,他做不出……是人……就做不出来……放,放了他……朕乏极了,别说生气,连说话的气力也是没有的……"鄂伦岱膝行一步,含泪说道:"皇上圣明。您还是先扣着奴才,等事情明白了再放!这是一只刚死不久的鹰,十四爷要弄这个,一路上早烂了……连十四爷奴才都敢保的……"

"放了他吧。"康熙泪水夺眶而出,"无罪的,有罪的,天瞧着,朕也瞧着……不要说话,朕要静,要静……"

第四十九回　雍亲王撤差担惊忧
　　　　　　隆科多受命入穷庐

　　康熙在"千叟宴"上骤然犯病的消息封锁了六天。纸里终究包不住火，第七天头终于由上书房和太医院联名发出勘合，布告中外"圣躬违和"。于是十八行省督抚藩臬各衙门长吏的请安折子雪片似地递向北京。尽管折子里用尽了好词儿，都说自己要"克终厥职以慰圣廑"，相信皇帝"但颐养节劳，必能早占勿药"，但从北京暗地传来的消息，康熙皇帝已是"痊好无望"，人人心里都在盘算着自己日后的去路，巴望着皇帝早定国事，将皇储指明，免去自己忧思徘徊之劳。十四阿哥更急得像锁在柱子上的猴儿，抓耳挠腮地没个理会处。想独身进京，又怕丢了兵权，留在军中，又怕胤禛在京做手脚，人死了来个秘不发丧。因此，从肃州到北京的黄土驿道上，每隔四个时辰就有大将军王的流星报马往来于京都大营之间。北京万一有事，远在三千里之外的胤禵不出四天就能了如指掌。

　　过了五月，朝廷又出邸报，说"御体稍安"。接着便有旨，严令各地官员不得"纷传谣言"，命各省总督巡抚分批进京面圣请安——既然叫见面，皇帝的身体自然已经好转了。人们一口气没透过来，便接到廷寄："王掞党附胤礽，至死不悟，着革去文华殿大学士、太子太傅职衔，发往乌喇打牲军前效力，念其年迈，着由其长子代父前往"，这道圣旨犹可，接踵而来的便震动朝野："泉州府永春、德化两县聚众两千、竖旗放炮一案，朕原有旨意，此等人原非贼盗，因岁歉乏食，不得已行之耳，遣部院大臣侍卫，前往招安即可。上书房大臣马齐处置乖谬，擅自批文进剿，不但首贼陈五显逸逃，斩杀八十余名裹挟之民。着革去马齐领侍卫内大臣、太子太保、文渊阁大学士职衔，交部议处！"人们吃惊之余，又接上谕："上书房大臣张廷玉，随侍多年，并无善政建议。去岁朕下诏求言，伊仅奏将节妇守节岁龄由五十改为四十五，敷衍搪塞，事主不诚。本应严议，念其除此之外尚无大过，着降两级处分，暂留上书房行走。"人们没有惊醒过来，诏旨又下："方苞系布衣儒生，一介微寒，简拔朕侧，受恩深重，本应精白乃心，专诚效命于君。乃方苞希求恩荣，不安于位，交结外官，通连阿哥，品行甚属不端。念伊年老，免于处分，赐金还乡，交地方官严加约束！"

接二连三的诏谕，黜降的都是皇帝身边一等一的人物，事先既无朕兆，事后也无意见征询，连都察院的都御史副都御史都闹了个手忙脚乱。平日，遇到这类事，照例的都是随声附和，弹劾奏章一拥而上。但这次却出奇的平静，除了奉旨行事，竟无一人写折子凑趣儿。其实，倒也不是人们忘了颂圣——凭空的一个一个疾雷在人们头顶击下，全都打蒙了，谁都怕拍马拍到蹄子上，弄得自己四脚朝天。

过了七月节，北京城凉风乍起，秋树叶老色浓。早已无事可干的胤祯接到谕旨，免去了内务府差事和兼管刑户二部的职分。强压着心头慌乱，胤祯从容进园请安，拖着沉重的步履回到了雍和宫，却见万福堂前檐下摆着一坛又一坛未启封的福州老烧缸，还有十几篓子福橘码在堂前老楸树下。一眼瞥见戴铎在万福堂和文觉对局，性音和邬思道在旁观战，便踱了进去。见他进来，除了邬思道，几个人忙都起身相迎。戴铎忙抢上一步跪了叩头道："奴才戴铎叩见主子！"

"唔。"胤祯瞟一眼外头的礼物，一摆手坐了，接过长随递过的茶呷了一口，淡淡问道，"回来了？几时到的？"戴铎外任几年，吃得又黑又胖，脸上放光，短粗的身材，裹着一身黑缎夹袍，透着一身精悍气。因见胤祯一脸不快，小心答道："奴才昨儿回来的，遵主子信里的吩咐，没敢先回府拜见，先去畅春园给万岁请安，只问了几句话就下来。今儿一早进来，爷已经出去……"说着，呈上礼单。胤祯接过略看一眼便摒在一边，略一顿，发作道："天下至无情无义的要算你戴铎兄弟二人。年年节节，就用这些个东西搪塞我！每次来信不是哭穷就是叫苦，好没意思！你真是穷到这地步了？酒，我素来不吃，没有长熟的橘子，捂熟了怎么用？你还拉出去，到市上卖了，回去的盘缠也省了我赏！"

戴铎一声儿不敢言语，只低头听他训斥。邬思道笑道："四爷，你

这是怎么了？好好的就发脾气，内务府和部里的差使不顺心？"胤禛长
出一口气，颓然说道："差使……撤了。正好，无事一身轻！难道我不
会享福？你们看看这份邸报，昨儿是尤明堂，今儿是施世纶、赵申乔，
全都革职拿问！真有点树倒猢狲散的样子，也不管人寒心不寒心！外头
风言说万岁疯迷了，我日日见他，倒不像，只这样料理朝政，还了得？"
他发泄了一阵，心绪略好一点，看着戴铎道："你主子心绪坏透了，数
落你几句，你别怪。"戴铎忙赔笑道："奴才怎敢！主子教训是为奴才
好。再说，主子不发作奴才又发作谁呢？"

"四爷，您就为这个不欢喜？"邬思道看了看邸报，轻轻放下，笑
道，"恕我直言，您真得好好参详一下万岁的帝王心术！"

"唔？"

邬思道格格浅笑道："万岁这是在预备后事！龙体欠安，他已经自
知不起。阿哥们逐鹿已到水火不容的地步儿！八爷防着你，更防着十四
爷，十四爷拥兵自重，单等万岁晏驾，他兵临城下与八爷较量！你看一
看就知道，凡黜落的都是能员干吏。这些人陷入党争，于将来朝局不
利。辅错了人，新主登极难免大开杀戒，辅对了人，又容易恃功骄主，
难以驾驭！所以，现在统统将他们监押保护了，新主登极，一纸赦书，
立地就成了新皇帝得用臣子！万岁这一计虽苦，也算菩萨心肠啊！"

几句话说得胤禛心头一亮。王掞明明是保的自己，黜降旨意里却说
他"党附胤礽"，他一直苦思不得其解，如今也若明若暗有了答案。苦
思良久，胤禛叹道："虽说好，毕竟酷了点，我讲究以诚待人，什么事
都逃不过个'理'字，昨儿鄂伦岱见我，他虽赦了，仍旧不服，六十年
大庆，不知是八爷还是十四爷，弄一只死鹰献了，居然没有处分！要放
我身上，不定如今在哪一层地狱里呢！"

"万岁不查八爷十四爷，有他的道理。这一条已足证，万岁龙心默
定，四爷大位已定！"邬思道架起拐杖，在众目睽睽注视下缓缓踱着，
"如果默定八爷或十四爷，如此之事，岂有不查之理？"胤禛一边听一边
出神，半晌才道："就算如此，像这样欺君罔上全无人心的逆子，也应
该查办！"邬思道嘿然良久，说道："四爷只要平心一想，自然就明白
了，不能查。这是弑君犯上，是造逆，我敢断定是八爷所为。十四爷率

十万精锐在外,如果撤查他,正好给他清君侧的口实,八爷在这边联络呼应,立时就是天下大乱;如果查办八爷,礼物又是十四爷的,他叫起撞天屈,九爷十爷推波助澜,立地萧墙祸起,恐怕万岁想善终都难!如今大局稳,对四爷有利,大局乱,于八爷有利。十四爷更盼八爷和四爷打个平手,他好坐收渔翁之利。万岁的病如果能好,自然是好。眼见无常迫命灯干油尽,怎么禁得起这一风波?所以这一次八爷虽是走险棋,却是瞧准了才走的,他要的就是一个'乱'字!"

听着邬思道侃侃而言,句句鞭辟入里,胤禛陡然生出一种莫名的忌妒和恐惧:此人精明到这份儿上,将来怎么驾驭?他闪了邬思道一眼,柔和地一叹道:"胜读十年书啊!他既要乱,我当然要'稳'。"

"朝局不要四爷操心,"邬思道也瞟了胤禛一眼,"万岁身边文有张廷玉,武有武丹,是够使的了。十七爷和西山绿营管带有舅甥亲谊,由十七爷去稳西山,丰台大营的军官一半是十三爷使出来的,但主官成文运却是八爷的死党。最可虑的是九门提督隆科多。此人论起来四爷还该叫他一声舅舅,但他是佟家的人,满门和八爷交情极深。十三爷不出牢狱,就算传位给你,你也坐不住,十三爷但出牢狱,就算传位给别的阿哥,四爷你只要先发制人出其不意,局面翻转也未可知!所以,目下情势未可乐观!"胤禛咬着牙想了想,说道:"我这就去请旨,赦出十三弟来!"邬思道笑道:"十三爷这回子出来,只会弄乱了局,万岁也未必就准你的奏。说句难听话,以四爷在内务府经营多年,到时候就是矫诏赦他,也不是难事!"

至此,众人才都松了一口气,戴铎便问:"四爷,这次回来见那院里少了四五个熟人,高福儿也没见,四爷差他出去了么?"

"不错。"胤禛阴狠地一笑,看了看周用诚,说道,"我差他们到鬼门关去了。没天理的混账王八,我是何等样人,为了一个臭婊子加上八千两银子,他就敢卖主!"说着话,心里却惦着隆科多,便起身出去,命道:"备轿,我去步军统领衙门!"

隆科多却不在衙门。今儿刚刚点过卯,上书房便传过话来,"张中堂在畅春园澹宁居,请大人过去。"因命轿赶往园中。作为九门提督,在北京算不上很大的官，和顺天府一样，上头压着直隶巡抚和直隶总督，比之御林军善捕营还差着一档。但步军统领衙门辖着京师德胜、安定、正阳、崇文、宣武、朝阳、阜成、东直和西直门的关防，俗称"九门提督"，统兵近二万，除了丰台大营，是京师军权最重的。因平素和上书房来往极少，也没有直接回话的例，隆科多很迟疑了一阵，犹豫着是否先去一趟廉亲王府再进园子。轿子向东走了一箭之地，隆科多又改了主意，又折向西，在园门口递牌子进澹宁居。张廷玉见他进来，起身笑道："竹筠，真难为你。正所谓苦海无边，回头是岸呀！"

"张中堂，"隆科多一边下拜行礼，诧异地说道，"卑职不明白大人的意思。"张廷玉微笑道："你要先见八爷，这会子递牌子也进不来，明日诏下，你也就不是什么九门提督了。祸福荣辱存乎一念之中，所以我说你苦海回头！"隆科多这才知道，这个"扳不倒"宰相时时掌握着自己的一行一动，脑门上顿时冒出细汗，口中却道："尽管如此，我还是不明白。"

张廷玉起身道："少时你就明白了，跟我来吧。"隆科多呆呆地点点头，跟着张廷玉出来，早有邢年带着两个太监接引，趄过澹宁居向北，但见澹宁居月洞门北一带并无宫殿房舍，一色的常青藤、菖树、葡萄和蔷薇刺梅，蔓牵虬结搭成花洞，两边花篱外都是丛丛灌木，阴森森碧幽幽遮天蔽日，四周静得鸦雀无声，只草间偶有秋虫曪曪，听来反而更使人有一种寂寥和神秘的感觉。隆科多一路寻思着张廷玉方才的话，忍不住问道："中堂，您到底要带我哪里去？"张廷玉没有答话，带着又走了一箭之地，却见前头豁然明朗，闪进一带土墙，上头爬满了牵牛花、爬山虎和何首乌，阔大的院落房舍都是黄茅结顶的草房，木窗竹篱毫无富贵气象，宽敞的大车门斗上悬一块泥金匾额，上头写着"穷庐"两个大字，却是御笔。隆科多正惊疑间，见白发苍苍的武丹从里头出来，穿着九蟒五爪的袍子，外头套着黄马褂，珊瑚顶子后还拖着一枝翠金交辉的孔雀花翎，见了张廷玉，便笑道："请吧！"因见隆科多要行参礼，又道："主子在里头静摄，你不要大呼小叫地行礼了！"

"万岁爷——住在这里？"

"对了。"张廷玉一笑道，"这是园中之园、宫中之宫，连马齐都没福来这里呢！今儿万岁精神稍好，单独召见你，你好造化！"

隆科多傻子似的跟着张廷玉进来，更是吃了一惊，站在门口迎候的竟是早已颁旨申斥、赐金还乡"交地方官严加管束"的布衣宰相方苞！隆科多张大了嘴，刚说了句"您不是——"方苞摇手制止了他。隆科多只好进来，果见康熙穿一件驼色实地纱袍，头上勒一条明黄缎带和衣卧在竹榻上闭目养神，满屋图书插架，地下盘龙熏炉御香袅袅，寂静得一根针落地都听得见。隆科多衣裳窸窣跪了下去，以头碰地轻轻叩了三下，却不敢言声，悄悄打量康熙，越发瘦得可怜，满脸刀刻的皱纹一动不动，仿佛向隆科多诉说这位皇帝一生的忧患和功业。

"万岁，"方苞轻声叫道，见康熙毫无反应，又近前一步，小心翼翼道："万岁，步军统领隆科多奉旨见驾，已经给您请过安了。"

康熙的喉结动了一下，睁开昏眊的眼直直地盯着隆科多，半晌，吃力地说道："起来，赐座，赏茶。"隆科多慢慢起身，斜签着屁股坐了，温声说道："半年没见主子了，龙颜憔悴至此，真出奴才意外！"说着，竟动了情，眼圈一红，离了奏对套语，哽着嗓子道："这是怎么说的？叫人心里发酸。奴才自幼跟着皇上，几曾见过主子这样来着？"他动了真情，忍不住泪水夺眶而出。张廷玉在旁皱眉道："隆科多，你这都是些什么话？"

"衡臣，这是他的真情。到此田地，朕愿意听听。"康熙柔声叹息道，"太医和你们日日都说朕的病不相干，朕自己心里有数：没有多少日子了。唉……玄烨，你也有今日么？"几句话说得方苞和张廷玉也落下泪来。唏嘘良久，康熙又道："生死常理，明达之人不讳。但今日不是难过的时候，朕想趁着心里清明，把大事定下来——隆科多，你知道朕为什么召见你么？"隆科多忙欠身答道："奴才不知。"康熙看了看张廷玉，说道："你给他宣诏。"

张廷玉躬身答应一声南面而立，待隆科多跪好，说道："隆科多跪听。这是圣上的遗诏！"

"喳！"

"奉天承运皇帝诏曰，"张廷玉不紧不慢地读道，"隆科多本系微末小臣，倚前上书房大臣佟国维之势简在台阁，乃敢交通八阿哥胤禩图为不轨，谋求非分恩荣，着即赐死，钦此！"

隆科多万万没想到竟是这样一封诏旨，惊得身上一颤，冷汗蓦地浸出额角，怔着看了看漠然望着天棚的康熙，嘴唇剧烈地抖了一下，轻叹一声，叩头道："奴才……领旨，谢恩……"方苞在旁问道："你有什么可辩之处么？"隆科多连连叩头道："奴才在佟族中压抑多年，并不得意。与八阿哥过从稍密是有的，并无图谋不轨情事，求万岁圣鉴。"康熙略一点头，说道："还有一份诏书，读。"

"方才遗诏由我处置。你如奉诏尽职，这份遗诏由武丹、张五哥、刘铁成和德楞泰我们五人合议焚毁。"张廷玉又展一份诏书，说道："这一份遗诏在主子万年之后宣布：隆科多随朕几三十年，奉职唯谨，可托大事，着即进封领侍卫内大臣、太子太保、上书房大臣，赐爵一等公。钦此！"

两道截然相反的遗诏同时宣读，隆科多惊呆了，吓蒙了，直挺挺跪着，竟忘了谢恩！

"这是没有法子的事。"康熙侧转身，温和地看着隆科多，语气多少带着辛酸，"朕英雄一世，不想败在儿子手里，舐犊之情又在所难免，想来想去，只好将生死二字都赐给你，由你自己选。这样的诏书，张廷玉他们也都有两份。确保朕的遗愿不至落空。机械变诈，仁人不为，朕为德不卒，都是被形势逼出来的。隆科多，你当谅朕的苦心！"

"奴才明白……"隆科多深深叩下头去，其实他心里打翻了五味瓶糨糊盆，什么滋味都有，什么也不明白。

"你不明白……"康熙仿佛不胜感慨，招手道，"你跪得近一点，朕告诉你。方苞，把木柜里那件东西取出来……"

方苞答应着，抖着手开了柜子，取出一个镀了金的黄漆葫芦交给康熙。康熙一手拿着葫芦，一手抚着隆科多的背，说道："你在佟家受压，朕了如指掌，其实你不知道，真正压你的是朕。朕要提拔你，佟国维能拦得住？"

"万岁！"

"听朕说，"康熙轻咳一声又道，"佟家世受国恩，朕的生母也是佟家的人，原指望佟国维不负朕望，做一代名相，料不到他陷到阿哥党争里不能自拔，朕所以恨他又不杀他，也正为如此。你虽对佟国维有隙，其实心里也怨朕，以为朕忘了你，是么？"

"奴才不敢！"

康熙叹道："不敢言是真的，不敢想就未必。小多子呀！你看看这个葫芦。这是当年科布多之役，我们主奴二人突围出来，在戈壁瀚海跋涉时留下来的。就这么一葫芦水，支撑了三天，你喝的马尿，朕喝水；只一个高粱面窝头，朕掰给你一块，你没舍得吃，吃的是草根，到朕饿极了你又给了朕……"隆科多泪如泉涌，哽了一下，想说什么又说不出。康熙喟然道："昔日重耳出亡，路上乏粮，他的臣子介子推割股啖君，重耳复位为君，却忘掉了他。你有介子推的风节，朕却不学晋文公！这葫芦打过仗朕就收了起来，漆了黄漆、镀了真金，置之案头时常把玩，却一直没有提你的官，升你的职。不是你差使办得不好，是朕有意压着。一来你能历练些事，二来朕也能看看你的品行器量。昔日从征的你是年岁最小的一个，朕要把你留给儿孙用，官升得太大，不成啊！"他说着，已是老泪纵横，隆科多已是哭倒在地下，张廷玉和方苞也自黯然神伤。

"朕今日说透这个，其实就是托孤。"康熙哽咽道，"晋你的职，封你顾命大臣，要你宣布朕的传位遗诏，你思量前后，朕不重你爱你，能这样做？朕……难道连个宣布遗诏的人也寻不来？"

说至此，隆科多已是伏地大恸，浑身抽搐着，颤抖着，一句话也回不出来。康熙拭泪道："方才说的，是朕成全你。你也要成全朕，你好生做个忠良贤能的名臣，也就不枉了朕栽培你几十年的苦心了。"说罢，他觉得有点气短，略一喘息，弛然说道："朕太劳神了，你们商议吧，朕在这里听着。"隆科多零涕说道："主子高厚之恩，就是把奴才磨成粉也报答不了。多余的话奴才一句也不说。自今而始，就算奴才死期已至，只有忠贞至死不负圣恩，或可报皇上隆恩万一！"他哭得脸色黄中透白，咽着气起身道："衡臣大人，灵皋先生，请安排吧。"

张廷玉请隆科多坐了。方苞早抱着半尺厚一沓文卷过来，说道："这是皇上八年来口授的语录，我已经润色誊清，题名'圣武纪'。今日交给衡臣，将来由衡臣宣示。"张廷玉见隆科多发怔，忙道："遗诏共是两份，一份就是'圣武纪'，略陈皇上一生功业，还有垂示子孙的圣训；一份是传位遗诏，由你宣读，和张五哥德楞泰会同开阅……"

三个人喁喁而谈，康熙起先还闭目静听。渐渐地，声音变得浑浊而遥远，他沉沉睡着了……

隆科多回到步军统领衙门，已过酉正时牌。早晨到现在只吃了一顿饭，但他却半点不饿。这骤然加在身上的使命，火一样焚烧着他，满腹的激动、兴奋、喜悦、企望，还带着一丝怅惘和哀伤，全然无法解释，无法平静。趿着鞋在签押房里踱了几步，叫过书房军务笔帖式来说道："我写两份手谕，你这就发出去。"说罢走至案前提笔疾书：

着中军护营接管原卫戍朝阳门、齐化门、东直门十棚正蓝旗驻守军士。此令！

想了想又写了一张：

调宣武门内绿营移防北安定门。此令！

"明白。"那笔帖式接了手谕，说道："卑职这就去办——请军门示下，朝阳门原驻军移防何处？"

"你告诉他们马管带，"隆科多冷冰冰说道，"不要惊动城里百姓。后半夜带东三门兵士进城，护卫我的中军。所有调防军队，不得惊扰百姓！"

"喳！"

那笔帖式答应一声，还没出门，便听外头有人禀："礼部员外郎党逢恩请见。"党逢恩是九阿哥胤禟门下，又是自己老上司党务礼的公子，平素极来往得熟稔的。隆科多略一沉吟，说道："你先把手谕留下，半个时辰后来取——请党先生！"

一时便听脚步囊囊，党逢恩布鞋青襟飘然而入。隆科多笑道："什么风吹得你来？你是越活越潇洒了！这五绺长髯真叫人羡煞，换了道装，活脱一个吕洞宾！"

"我是夜猫子进宅，无事不来哟！"党逢恩嘻嘻笑道，进来入座。两个人寒暄笑语几句，隆科多便命人回避了，笑问："八爷叫你来的？"党逢恩端着茶碗沉吟片刻，说道："是九爷。昨晚上九爷和八爷合计了一夜，叫我来问你个实底儿。"

隆科多佯装一怔，说道："有什么合计的？上次你来，我已经说过，九门提督府不用操心么？"

"八爷如今万事俱备，只欠东风。"党逢恩温文尔雅地起身来，迈着方步沉思着道，"丰台大营管畅春园，你管九城。到时候一声动手，城里所有亲王、贝勒贝子府由你护持控制。怕的是有人先发制人，所以八爷府的护卫重担就要落在你老兄肩头。丰台大营十三爷的部旧不少，如果成文运弹压不住，恐怕还得动用你的人马。"

隆科多松弛地向后一靠，格格笑道："好大的东风！我也直说了，我的兵不能出城。否则，二十几家城里的王爷府就难以控制。就是八爷亲自召见，我也只能这样说！"

"很好！"党逢恩坐了回去，"八爷也虑到这里。你既忠于八爷，万一丰台兵变，怎么办？八爷叫我问问你。"隆科多微笑道："不会有那种事。万一出事，还有西山锐健营呢！我今夜已下令，调我的中军保护八爷，调绿营兵控制四爷。只要八爷在我这里，丰台闹塌了天，他们一兵一卒休想进城！"说罢将两份手谕就桌上推给党逢恩。

党逢恩看了看手谕，背着灯烛，他眼睛鬼火似的灼然生光："你真是个角色！明晚九爷十爷请你面谈。已经内定，你是兵部尚书！"

"兵部尚书！"隆科多几乎笑出来，忍住了，霍地起身道："你禀九爷。官，我是不要的。但愿我家佟老爷子当政，少挤对我一点，足感厚爱了！"

送客出去，隆科多看了看案上两封手谕，脸上露出一丝冷笑，大声道："来人！"

第五十回　　邬思道当机决大事
　　　　　　康熙帝寿终赴泉台

　　连冬起九，算是进入岁终。北京人最讲究过冬至，有"冬至大如年"的说头。年年此时媳妇归宁的要赶回婆家，迎喜神、做节饭、包饺子，砧板剁得通街山响，亲朋好友提筐携盒，骑驴的、坐车的、乘轿的、步行的不绝于道，互相馈赠点心食物，最是红火热闹的一个节。但康熙六十一年恰遇了严寒多雪，似乎交十月以来天就没怎么晴过。狂暴的西北风卷着雪，一团团、一块块，裹着、旋着、飘着，没完没了的只是下，人们能不出门就不出门，能不走动便不走动了。只苦了一等小买卖人家，做饴糖的、卖冬春米的、酿窖花酒的、送乳酪的、起荡鱼的，街上连个鬼影子也不见，哪来的生意？老年人都说："这是天在哭，康熙老佛爷要归西了，普天之下要戴孝。"

　　内廷里日甚一日传出的消息也是如此，康熙眼见是不中用了，时厥时醒，已经完全不能理事。畅春园附近的寺院客舍，挤满了六部尚书郎官、各省总督、巡抚和被雪隔在京师的外任府县，都住在专为他们搭起的帐篷内，日日进去请安，日日见不着皇帝，里里外外随时能见康熙的，只有一个张廷玉。他已经熬得又干又瘦，眼圈发黑，失去了平日谈吐从容的气度，说话又急又快，走路都飘飘忽忽。十·月十三日，张廷玉在康熙书房里接见了几个外省大员，站着交代了几句急务，又道："兄弟忙，少陪了。诸位老兄暂且不必回去，皇上稍安，不定还有什么旨意呢！"说罢又到韵松轩来。

　　胤祉、胤祐、胤禩、胤禟、胤䄉、胤祹、胤禵七个皇阿哥都坐在里头，见张廷玉进来，忙都站起身来。胤祉问道："衡臣，有旨意？"张廷玉眼睛在屋里扫了一周，问道："四爷呢？"胤禟笑道："你是忙糊涂了。他不是到天坛给万岁祈福去了？"

"我知道，不过也该来了。"张廷玉掏出表看了看，踅出门外，一脚踏在石阶上，招手叫过一个太监，吩咐道，"你叫户部尚书过两刻来见我。"这才转身进来，说道："万岁方才有旨意，这么大雪，叫户部发粮给顺天府，周济贫寒无食的人家，要挨户看到。还说，要从海关厘金里出三百万银子从暹罗国买米，他们那里今年米贱。十四爷那边催军粮，也得赶紧发……这个时候，还有人请示给官员们加火耗；真成了乱蜂螫头了！"

胤禩笑道："这么多天，我们都是在澹宁居外磕个头就回去，心里真是不安。今儿这么多旨意，想着阿玛精神必是好得多了……"胤禵也道："就是！我也想见见皇阿玛！"接着，胤祹、胤祸几个阿哥也都请张廷玉代转，要请见皇帝。

"今儿叫爷们如愿。"张廷玉勉强笑道，"皇上有旨，请你们进去呢！"

胤禩心里一阵兴奋，站起身来，但随即就迟疑了。外头一切停当，成文运已将丰台驻军所有将弁集中起来，只等康熙一咽气就可动手包围畅春园，隆科多两万兵马，控制紫禁城毫无困难。此时见康熙，能讨个实情是好的。但胤禟胤禵都在，万一出事，里头通不出信儿，外头无人指挥可怎么好？想着，便见邢年过来，催促道："主子叫各位爷过去呢！"胤禩便道："这里只有七个爷，咱们等等，阿哥爷们传齐了再进去。这么冷的天儿，人来人往的，万岁冒了风不是小事。"

"走吧。"张廷玉似笑不笑地看看胤祉，说，"三爷，你打头，别的爷顺序跟着。"他素来温和执中，今儿口气却专横得毫无商量余地。

胤禩只好跟在后边走，刹那间，他心中升起一种大事临头的不祥之感，脸色变得异常苍白，张皇着看时，见金玉泽和党逢恩翁婿二人在平烟亭下说话，忙叫过党逢恩道："你告诉我府里何柱儿一声，我们要见驾，午饭给我送进来。"张廷玉在前回头道："不用了，御膳房侍候着呢！"胤禩使了个眼色，又点点头，自去了。

自过十月节，隆科多换防，邬思道和雍亲王府所有幕僚护卫便暗地迁到了十七阿哥胤礼府。周用诚和书房的人陪着胤禛在天坛设祭，十七阿哥去锐健营也不在家，文觉、性音和邬思道正在胤礼的西花厅围炉聚谈。几个人都连夜失眠，看上去十分憔悴，仍旧毫无睡意。几天来内廷传过来的都是谣言，反过来掉过去不知已经剖析了多少遍，话题都说泛了。邬思道虽撑得住，却只坐在火炉边，用火箸不停地拨弄着炭灰，看得出他心中也极为紧张不安。正闷坐着，胤禛和周用诚在雪地里打马飞奔而来，直到花厅门前，主仆才呵着热气下来，已是一头一脸的雪。性音文觉"噌"地站起身来，说道："四爷！有信儿么？"

"有。"胤禛脱了斗篷进来，舒了一口气坐下，他的眼圈也是熬得发红，神气间却显得毫无倦容，"今儿万岁要传见所有阿哥。老八他们已经进去了。方才传旨，我说来约十七阿哥，和你们商议一下。胤礼还没回来？这倒霉天气！"

邬思道目光陡地一亮，随即垂下眼睑，喃喃道："所有？所有阿哥……何必要一齐都见？——四爷，不要埋怨天气，这场雪恐怕是天赐你的！"

"唔？"

"不下雪，万岁一定要回紫禁城。"邬思道仰天吁了一口气，"他回极乐世界，怎么会在那个行宫里？隆科多在城里这么多兵马。万一他是八爷的死党，四爷你还得设法逃出去呢！"文觉点点头，说道："且说现在吧，万岁叫爷们进去，不知是什么意思？四爷不妨回他们一声。十七爷没回来，等回来了一同进去，拖一拖时辰瞧！唉……竟到了这地步儿。时辰要一刻一瞬地把握着！"邬思道冷笑一声，说道："和尚！四爷一定要去！你难道看不出，今日已到最后关头？万岁要宣遗诏了！"

众人都吓了一跳，愕然注视着邬思道。

"除了宣遗诏，有何必要召见所有阿哥？"邬思道脸色白中透青，咬着牙从齿缝里说道，"四爷如不在场，不怕八爷挟天子令诸侯？一道矫诏下来赐死，四爷奉诏还是不奉诏？"

几句话说得屋里人寒毛直炸，胤禛一下子站起身来，说道："我这就去！十七爷回来，叫他快点去。"

"十七爷去做什么？"邬思道突然大笑道，"叫人家一锅烩了么？四爷，把你祭天用的钦差关防留下，你放心去。过了申时你没有手谕也不见人，叫十七爷带上关防放出十三爷，我们在外头就要大动干戈了！"胤禛取出那张盖有上书房关防和康熙"体元主人"小玺的钦差关防，伸手要递，却又缩了回来：这一步踩出去，再想回头比登天还难！从不犹豫的胤禛。脸白得像纸一样，目光变得恍恍惚惚，两条腿直发软。

邬思道深邃的目光盯着胤禛，说道："时至而疑，临事而畏则祸不旋踵！天与弗取反受其咎——四爷，这个时候犯嘀咕，别人得手，欲做富家翁而不能！"胤禛紧紧咬着牙关，蹙眉略一沉思，说道："好！鱼死网破就是这一遭！我不是犯迟疑，一来事体太大；二来不知是否真的传遗诏；三来若不传位于我，此举极险。我不能不多想想！"邬思道仰着望天，看着无边无际纷纷扬扬的大雪，许久才道："四爷命系于天，我断不误四爷！万岁久病之躯，已数月不能接见大臣，今日突然召见所有阿哥，定然是大限已到！此时离申时还有两个半时辰，若是见见就出来，我们仍旧按兵不动待机行事。四爷，你珍重，你放心去！"

"好！"胤禛胸脯起伏着，深深呼吸一口清冽的寒气，再没有说话，抬起脚便走向混混茫茫的大雪中。

胤禛去后小半个时辰，胤礼骑马回来，见屋里几个人木雕泥塑似的一个个端坐不语，茶吊子上的水翻花大滚也无人理会，不禁笑道："我这是进了吕祖庙么？你们这群肉身菩萨，这好的雪天，不步雪咏梅，都在这里参禅面壁！告诉你们，西山锐健营的事已经妥了，他们答应，丰台大营有异动，锐健营要拔营进驻畅春园，勤王护驾，全听我的调遣！"屋子里气氛原来紧张得透不过气来，经他这一搅，顿时活泛起来。邬思道将方才与胤禛的一番计议详说了，又道："我们都在等着您回来呢！最要紧的是丰台大营，这里的兵指挥得动，一切主权操之于我。锐健营既然也肯听命于我，那更好了！"胤礼笑道："好是好，耗了我多少精神！三十万家底抖落得精光，我真的是个穷光蛋阿哥了！"

"三百万也值！"性音嘻嘻笑道，"十七爷破产为国，至少挣一顶郡王帽子！"邬思道轻松地笑道："眼下是无事可作了，净等申时吧！十七爷再穷，也得管我们一顿饭了。"说得众人都笑了，胤礼便一迭连声传饭。

按邬思道的设想，胤禛去听遗诏，出来至少也要过了未时。不料饭没吃完，棉帘"唰"地一响，胤禛带着一阵寒风闯了进来。众人都是一怔，看着胤禛青白不定的脸，都愣住了。半晌，邬思道才问道："四爷，莫非我料事不准？"

"皇阿玛……不中用了！"胤禛大约骑马跑得太快，浑身冻僵了，在暖融融的花厅里，良久才回过神来，颤声说道，"已经有遗命，传位于我！"

所有的人都霍地站起身来，邬思道艰难地架起拐杖，目光炯炯盯着胤禛："四爷，诏书呢！"

"在乾清宫正大光明匾额后珍藏，已经命新任上书房大臣隆科多去取。"

"隆科多!?"

"还有张五哥和德楞泰监视读诏！"

"八爷呢？"

"他们都在万岁寝宫听宣遗命，等候传位诏书。"

"四爷您……"

"我奉圣命，释放胤禔、胤礽、胤祥，飞速进园见皇上最后一面！"

邬思道听得眼睛陡然一亮，忘情间双拐一丢几乎摔倒在地，慌得性音忙一把扶住。邬思道激动得声音都变得嘶哑了："万岁真命世之雄杰，圣明！"陡地一回神，厉声道："此时大局不定，非坐等成功之时，稍有疏忽，一夫倡乱，万夫齐应，就有遗命，难抗八爷势大。眼下最要紧的，头一件要护好四爷，四爷和十七爷府里男丁要全部出动充作侍驾近卫；第二件，十七爷立刻带上关防去放十三爷，宣明圣旨，掌握丰台大营；第三件，请弘昼弘历弘时三位世子带上十七爷的手令，去西山锐健营，万一丰台大营不奉诏，就带兵进围！"

"不用带那个关防了。"胤禛从怀中取出一枝令箭递给文觉，"有这个东西，省我们多少事！胤祥那里我去。大哥二哥请十七弟代劳一下就是了。"文觉接过看时，是九寸五分长一枝令箭，却是黄金锻铸，还带着胤禛的体温，上头刻着"如朕亲临"四个字，沉甸甸亮晃晃，显示着它至高无上的权力。想着，文觉说道："此时一刻千金，大阿哥二阿哥那里不要耗时辰。我们先办大事。"邬思道立即附和，说道："和尚这话对极！四爷你去放了十三爷，只管回去听宣传位遗诏，有十三爷和十七爷在外头，万事支应得！"

众人从惊喜中清醒过来，一阵紧急磋商，性音周用诚带两府人马跟随胤禛，其余人分头通知，忙了好一阵，总算停当。

胤禛率两府人马冒着漫天大雪来到十三贝勒府，凭着那枝令箭，一点麻烦也没有就遣散了内务府的看守人，自带着性音大踏步进来。

"四哥！"胤祥敞着堂门，正和乔姐阿兰围炉烫酒，唱曲儿赏雪，蓦地见胤禛全挂子亲王装束闯进来，情知出了大事，"嗯"地站起身来说道，"有事么？"

胤禛精神抖擞，站在雪地里点点头，上下打量着胤祥，徐徐说道："有旨意。"说罢径自拾级而上南面立定，取出那枝令箭当胸抱着。胤祥忙趋步而下，就雪地里跪了，叩头道："请四哥宣旨！""万岁思念你。"胤禛盯了阿兰乔姐一眼，慢吞吞说道，"特命我宣你见驾！"

"万岁！"胤祥双手据地，直愣愣盯着胤禛，"真的？皇阿玛他……"他的嘴唇急剧抽动几下，不知是因为冷还是激动，浑身都在剧烈地抖着，憋了好一阵，才发出一阵似哭似笑尖锐嘶哑的嚎叫："万岁爷……你还记得十三阿哥……嗬嗬……呜……"胤禛惊得后退一步，这凄厉的哭声和着呼啸的北风，听得他浑身发瘆，良久才道："你停下！这是什么时分？有泪以后再流！走，到倚云阁，我有事要交代！"

阿兰和乔姐对视一眼，两个人脸色都是异常苍白。见兄弟二人要走，阿兰勉强笑道："天冷，爷们要办大事，好歹吃我们一杯饯行酒……"说着便去斟酒，乔姐儿忙用盘子端了过来，不知怎的，她的双手抖得厉害，一边敬酒请胤禛胤祥吃，颤声说道："往后十三爷又不得闲了，未必能吃我们的酒了。只要能念起我们跟着你苦熬这十年，也不枉了我们主仆一场了！"

"你们这都是什么话！"胤祥笑道，"我又不是发配乌喇打牲，何必婆婆妈妈地嚼舌？"说罢和胤禛一径向花园里走。胤禛回头看时，见阿兰和乔姐儿都在雪地里跪着，怅怅望着这边，遂笑道："人之势利心真无药可医。昔日苏秦落魄，妻不下机嫂不造饭，待到一身挂九国相印，妻嫂释伏道旁，望尘行礼。"胤祥却不理会，默默带着胤禛和周用诚上了倚云阁，请胤禛坐了，方道："四哥，入门不问荣枯事，但见容颜便得知。朝里必定出了塌天大事，你是矫诏来放我的，是么？有什么吩咐，你就说吧！"

胤禛阴寒的目光扫视了一眼阁外的雪景，说道："万岁要最后见你一面，大约难过今日了。不过，我不是矫诏，确是奉旨见你。我已经亲耳听到，万岁要将大宝传给我。兄弟，事虽如此，八阿哥势力狼蹲虎踞令人胆寒，你得助我一臂之力！"说罢便将畅春园的情形和在十七阿哥府的计议备细讲了。"如今是箭在弦上不得不发。万岁扣住他们，单放我出来，就是因为怕我控不住局面……"胤祥未及说话，楼梯一阵急响，抬头看时，竟是鄂伦岱，不禁大吃一惊，厉声问道："你来做什么？"胤禛忙笑着解说："鄂伦岱如今是明白过来了，老八几乎没把他治死！"

"四爷十三爷，"鄂伦岱顾不得请安，急急说道，"我从天坛赶来。内廷有旨，火速叫四爷进去！"

"好！"胤祥刷地立起身来，"事不宜迟，我们立刻分头办事！"说着便下楼，一眼见贾平气喘吁吁地赶来，结结巴巴说道："十……十三爷……阿兰乔姐她们……"方气喘间，胤祥格格笑道："她们是奸细，你是好人么？你这吃里扒外的混账，九爷给你什么好处，甘心在我这里卧底？以为我不知道？天道好还，报应不爽，爷心里明白着呢！这会子献殷勤，迟了！"猝不及防间，回身猛地拔出鄂伦岱腰间佩剑，反手一挺直插贾平肋间，那贾平惨嚎一声，一个倒栽葱摔下楼梯，一句话也没说就伸了腿，血汩汩流出一大摊来。胤禛和周用诚唬得一怔，半日都回不过神，鄂伦岱诧异地问道："十三爷，这是怎么回事？"胤祥在靴底蹭干了剑上的血，说道："这叫开门红。先拿内奸祭刀，图个吉利。走，宰那两个狐狸精去！"

胤禛跟在他后头，兀自头晕目眩腿脚发软，心头突突乱跳，压着慌乱，笑道："吾弟真乃大英雄大丈夫！"胤祥提着剑，踩得积雪咯吱吱响，头也不回说道："英雄丈夫说不上，我是拼命十三郎！此刻千钧一发，性命呼吸之间，岂容儿女私情？留着她们去朝阳门外报信儿么？"

但阿兰和乔姐已经用不着胤祥动手了。一行四人赶回堂前，远远看着便觉不对，残酒尚在，炉火仍留，却不见一个人影儿。胤祥抢上阶，便见水磨青砖地下，阿兰和乔姐一东一西蜷缩石地，扶起脉搏，阿兰已是气绝，乔姐儿兀自蠕动，见胤祥进来，闪开昏眊的眼睛，微声说道："我们两个好……薄命……"脸一歪，去了。

胤祥手中的剑"当"地落在地下。

胤禛一刻也没停，和胤祥出来，在门口会合了十七阿哥，立即飞骑赶回畅春园。一进穷庐，便见刘铁成迎出来，说道："张中堂正在宣遗诏，请爷快进去！"胤禛见武丹当门坐在门洞一椅子上，一动不动盯着穷庐正殿，心下暗自掂掇：真是忠臣，原来是他亲自把守！脚步不停忙忙赶进来，脱了油衣跪了静听张廷玉琅琅宣读："……我国家肇极北方，托赖列祖列宗宏谟烈勋，抚有华夏，即为天下之共主。不宜以夷狄族种，遂忘上天托付之重，各部满汉，皆当视为一体……"胤禛满以为遗诏早已宣完了的，眼见张廷玉读得唇焦舌燥，兀自没完没了，偷眼看了看榻上一动不动的康熙，忍不住问挨身的胤祉："三哥，遗诏还没宣读完？"

"这是方苞的手笔。"胤祉挪动了一下跪得发麻的双腿，轻声冷笑道："这哪里是遗诏！竟是一部《国语》、《左传》！"胤禛想着胤祥在外头不知怎样大动干戈，心头打着鼓，没有理会胤祉，耐着性子听下去，暗自看胤禩等人，都是一副神不守舍的样子，渐渐地，倒定下了心。

冗长的遗诏终于读完了，下面跪着的十九个皇阿哥连同读诏的张廷玉都松了一口气，把目光盯向昏昏沉沉仰卧着的康熙，等着他发话。但康熙只翕动了一下嘴唇，什么也没说，似乎连睁眼的力气也没了。张廷玉轻轻叹息一声，说道："可都听明白了？"

"明白是明白了。"跪在第二排的胤禵乍着胆子道，"这么长的诏书，还该将继位的事说清楚。到底万岁传位给谁呢？"

胤禛觉得头"嗡"地一响，心立即提起老高。方才康熙确曾说过传位给自己的话，却不是当面讲的，是自己辞别出来，在廊下听康熙说："你们不是要知道传位给谁么？朕不瞒你们了，就是方才奉旨去赦胤褆胤礽胤祥的四阿哥！"如今手无凭据，十阿哥当场发难，康熙已奄奄一息无力处置，该怎么办好？

"畜生……可恶……"康熙的喉节动了一下咕哝了一句，吃力地侧转身，浑浊的眼睛盯着胤禵，只是说不出话。

胤禵一脸假笑，说道："阿玛当心身子骨儿，别生气，老十问的是。既是遗诏，理应说说嗣位的大事嘛！"康熙咬着牙，一脸狞笑，仿佛聚集着最后的力量，半日才道："传！传四……四阿哥……"

"儿臣在！"胤禛激动得一挺身，膝行一步大声答道。

"四哥真是自作多情，"胤禵哧地一笑，"没听皇上要传的是十四阿哥？阿玛真圣明，十四阿哥文才武略都是出尖儿的，大清有福啊！"胤禛平静地一笑，说道："我不知道传我做什么，只知道皇上传的是我——阿玛，您有什么旨意？"胤禵见康熙神色大变，已全然不能说话，因见胤禵在胤禛目光威逼下竟自有点气馁，顶上一句说道："人人都听见了，皇上要传十四阿哥！"

胤禵见胤禵支持自己，勇气大增，竟也跪前一步，叩头道："皇上不要理四哥，他是昏了头了！十四阿哥在肃州，正日夜兼程赶回来给您请安。有什么话怕来不及说，皇上您只管吩咐，乱臣贼子们作不了反！"

"你……你好……"康熙牙关一咬，竟"嗯"地坐了起来，指着胤禵浑身乱抖。半日，抓起枕边念珠砸了过去，眼前一黑，就什么也不知道了……

第五十一回　丰台营胤祥夺兵权　畅春园雍正登大宝

　　殿内立时大乱，阿哥们全都站起来，有的哭，有的叫，有的做张做智要参汤传御医。其实御医们早一拥而入，围着康熙急救，有的行针，有的掐人中虎口，有的吸痰……半晌，扶脉的医生松开了康熙的手，呆滞的目光盯着张廷玉，哭着道："万岁爷……驾崩了！"顿时，殿内殿外齐哭乱嚷，越发乱成一团。

　　张廷玉跟着哭了一阵，突然惊觉：我是这里唯一的宰相，怎么这样把持不定，旋镇定下来，款款说道："各位阿哥节哀，跪回原位，廷玉奉大行皇帝遗命善后。眼下要先定大事。"话音甫落，哭声立止。张廷玉看着这群道貌岸然的"爷"，心里恨极，却不理会，吩咐太监将殿中炉火撤去，方道："少安毋躁。皇上传位遗诏在乾清宫。新任上书房大臣隆科多会同侍卫，已经取去了，少时就来。"

　　"张廷玉，你要欺君乱政么？"胤祯梗着脖子问道，"方才万岁亲口说传位十四阿哥，哪里又来的传位遗诏？"十六阿哥胤禄接口说道："十哥，我怎么没听见传位的话？"胤祯掉头说道："你没听见是你聋！对了，你出了名儿的十六聋！"

　　"十四阿哥！"

　　"四阿哥！"

　　"胡扯！"

　　"放屁！"

　　立时又是一阵乱嘈。胤禛心乱如麻，惦记着胤祥胤礼，又想着隆科多，盼他来，又有点怕他来。正胡思乱想间，最小的皇阿哥胤祕操着清亮的童音大叫："这是什么地方，叫喊什么？烦死人了！我听得清楚，皇上明说是传位给四阿哥的！"

"呸！"胤祯回头啐道，"六岁的吃屎娃娃，回家寻你乳母吃奶去！"胤祕瞪着黑豆似的眼反唇道："秤砣儿小能压千斤，麦秸垛大压不死老鼠！曹冲六岁称象，孔融七岁让梨，甘罗十二为相，你读过书没有？"

胤禛惊异地盯了一眼貂衣小裘的胤祕，自己平日没给过这幼弟一丁点的好处，他竟能仗义执言！刹那间，他心中升起一种知己之感。这时，胤祥气宇轩昂大踏步进来，脚下马刺碰得佩剑丁当作响，径自当门站定。他的陡然出现，噤得多少人都不言声。只有胤祉还在说："老四方才也在，万岁没说清，他也没认。现在有遗诏，自然按遗诏办……"

胤祥是从丰台大营赶来的。

丰台大营的提督成文运接到何柱儿传来的口谕，命他率领全军至畅春园勤王。他把文武将佐都叫到中军，却犯了迟疑。八阿哥连个字条儿也没有，自己全盘儿担这个干系，实在太吓人。文武百官都在畅春园，顶头上司见他举事，问他"勤哪门子王？我怎么不知道？"向他要勘合凭据，怎么对答？九门提督是什么主意？离城那么近，万一抢先把阿哥们劫持进城，三万人师出无名，粮饷无着，困于冰天雪地的坚城之下，只消张廷玉登城一呼，自己立即就得碎尸万段！最要命的是，连何柱儿也不知道康熙是死了还是活着。万一活着，稍一露面，一口气就能把自己吹为灰烬……正想着，戈什哈进来禀说，十七阿哥和鄂伦岱一齐来了。十七阿哥他不知道，鄂伦岱是八阿哥的人他却清清楚楚，不由精神一振，忙把胤礼迎进来，直让进后堂，笑道："爷和军门这阵子来，我真没想到！"说着，询问地看了看胤礼。

"这个天儿才助人的雅兴。"胤礼笑着坐了，接过茶啜了一口道，"好香，好暖和！——三哥是爱踏雪寻梅，十四哥说他喜欢'骑驴冲雪过剑门'这样的意境儿。其实我们兄弟没个不爱雪的。我今儿带鄂伦岱去西山打猎，兴头得很，在山洞子里捉了许多野鸡！从你这过，讨杯茶吃！"说着，便讲怎样捉狐，如何射兔，在洞子里点火捉野鸡，竟是滔滔不绝，一边说，一边快活地大笑。鄂伦岱没想到这个年轻皇子如此能编谎，没影儿的事说得活灵活现，忍不住也笑，又道："方才我们过来，见你那群老行伍们都在正厅里，要会议什么事么？"

成文运一怔，这才知道他们不是奉八阿哥命来的，心里盼着他们快走，因支吾道："白尔赫他们昨儿说，粮不多了，这么大雪运不来，我召集他们议一下，各营抽出精壮人马运粮……"正说着，便听前头厅中一阵鼓噪，隐隐传来"万岁"的呼声，成文运不禁一怔："前头是怎么了？"胤礼便知胤祥已经得手，遂笑道："我也不知道。听声音像什么人传旨——走，瞧瞧去！"三个人急急赶到前头，成文运不禁愣住了。正中桌上供着一枝黄金令箭，前头案上香烟缭绕，自己的将印不翼而飞，令箭盒子也杳然无踪，几十个军官都跪在大厅中。十三阿哥穿着团龙褂，腰系黄带子，悬着宝剑，一脚踏在虎皮椅上正在点拨差事：

"白尔赫许远志两名副将各带原部人马移防通州；阿鲁泰殷富贵张雨三位参将进驻畅春园——"胤祥旁若无人，指着毕力塔道："你是死人堆里爬出来的，两世为人了！十年前我就想抬举你，有人说你十八般武艺件件稀松。今儿爷提升你副将，给你个好差使，好歹你给爷挣回这个脸来！"

毕力塔脸涨得血红，"喳"地答应一声跪前一步道："请爷发令！"

"把白云观给我剿了！"胤祥咬着牙关，凶狠地说道，"庙中妖道要一体擒拿，走了张德明一干正犯，提着你的头来见爷！"

"喳！"

"慢！"

成文运又惊又气，浑身直抖，直到此时方回过神，看了一眼一脸奸笑的胤礼，心知中计，跨前一步拦住道："十三爷，我都听糊涂了，怎么满帐里都是副将参将？又是谁派十三爷来行令调防军队的？"胤祥冷冰冰横了一眼成文运，问鄂伦岱："这个妨害军务的家伙是谁？我怎么不认得？"鄂伦岱一脸不屑的神气，答道："二等虾，丰台提督成文运！"

"你就是丰台提督？"胤祥格格一笑，倏地又敛了笑容，"从现在起，你不是了！革去你的职衔，随军行动，巴结得好，十三爷一高兴，没准顶子还给你。"成文运看着这个傲慢的皇阿哥，心里不禁一寒，但他与胤禩歃血之盟，关系九族身家性命，被胤祥三下五去二就剥了兵权，如何能甘？这两个阿哥突然出现，也足证畅春园已出大事，荣枯存亡决于瞬息，他不能不挺身硬挡，遂冷笑道："十三爷怕是越权行事了，我是特旨简任提督，不奉旨就罢官？再说，您想罢就罢，想复就复，不是拿朝廷当儿戏？"

"老子没工夫和你嚼舌，你这混账王八蛋！睁开眼瞧瞧——"胤祥勃然变色，指着正中供着的令箭大喝道："爷代天行令，就是亲王见了也要低眉折腰！凭你见我不跪，爷就革你的职！万岁命我便宜行事，你奉诏行事，办得好，爷自然有权复你的职！给脸不要脸，不识抬举！"

成文运横下心来，咽了一口唾沫，说道："十三爷，别的不讲，你点兵进驻禁苑做什么？"

"勤王护驾！"

"勤哪家王，护谁的驾？"

"勤雍亲王，护当今驾！"

"我是主官，为什么撇开我？"

"我说过了，你已经不是主官！"

成文运仰天大笑："十三爷真能取笑，这是唱戏么？成某不敢奉命！——各位暂且回营，没有我的将令，谁敢出营，就地正法！"

"你是什么东西，敢抗旨不遵？"胤祥大怒，"啪"地一击案，咆哮道："——这令箭是假的？十三贝勒十七贝子是假的？这些畅春园的太监是假的？"他红着眼，饿狼似的盯着成文运："不识字也摸摸招牌，老子御赐封号'拼命十三郎'！别说老子立得直行得正，堂皇正大奉诏到此，单凭你冲我这疯狗模样，爷就敢屠了你！啊哈！你发抖了不是？害怕了不是？你说爷敢不敢？你说爷敢不敢？"他闷声吼着，震得大厅嗡嗡响。所有的人都木雕泥塑般跪着，吓得面无人色。

成文运两腿直抖，想想不能示弱，煞白着脸挥手道："十三爷疯迷了，不要听他的！回去听令！"

"鄂伦岱！"胤祥嗓门声震屋瓦，"你给爷割了他！"

"喳！"

鄂伦岱答应一声，笑道："跟十三爷做事真是妙极——"笑着"噌"地拔出剑，不由分说，从成文运胯间猛地一刺，那剑早直透出去……成文运惨嚎一声顿时气绝。

"还有不奉诏的么？"胤祥狞笑着据案而立，问道。良久，见无人答应，方渐渐气平，拔出令箭说道："明儿到十三贝勒府支三千两银子抚恤成文运家属——照我方才的命令即刻行事！"

就这样，胤祥来到了穷庐。

张廷玉因见他戴着红缨帽，忙上前哽咽着道："十三爷，请除了吉服摘下红缨……万岁已经龙驭上宾……"

"是……么？"胤祥早已看清殿内情形，不等张廷玉说已明白了一切，尽管是意料中的事，他还是受到巨大的震撼。他呆呆地看着已经移簀的康熙，半张着口，梦游人似的走近了，轻轻揭开蒙面纸。

康熙皇帝仿佛睡着了似的，脸颊上还略带潮红，比起十年前，只显得瘦了些，颧骨高高的，下巴上的皱纹隐在修长洁白的胡须下，一点也看不出。他静静地躺着，似乎只要轻声喊一声"阿玛"立时就能起来说话理事。胤祥蓦地想起幼年，一次在毓庆宫临帖，自己的字被师傅勒了红，恰康熙进来，把着手教他运笔，还说："你娘是蒙古人，写的一笔颜书连熊赐履都夸奖。朕的字也很看得过，你不要堕了志气……"而今，这个叫人又敬又怕的严父竟一去不归，再也不能……他浑身的热血鼓荡冲击着，燥热得血管都要爆裂开来。突然，他张开双臂，拥抱住一动不动的康熙，发出一阵撕心裂肺的嚎叫：

"阿玛阿玛！您醒醒儿……啊！儿子不孝，没侍候过您一天……儿没福……临去也没见您老人家一面。您醒醒……您为什么不理我……啊……嗬嗬……我练了十年字，写了整整十柜子，都是叫您看的……您……起来看看吧……我的阿玛……呜……"

众人方才住哭，经他这一引逗，无论真心假意，一齐大放悲声。张廷玉因劝不住阿哥们唇枪舌剑，正在焦急，正好趁着机会陪着痛哭了一场，一眼看见隆科多在张五哥和德楞泰陪同下进来，便起身收泪，说道："止哀！上书房大臣，钦差宣诏使臣隆科多已经到了。请爷们跪好听命！"

隆科多戎装佩剑昂然入内，铁青着脸扫视一眼众人，走近康熙簀床，默默行了三跪九叩大礼。胤祥暗自拿着主意，装着无意向门口靠了半步——只要旨意不是胤禛承位，他就立即夺路杀出畅春园！

"各位阿哥，隆科多奉旨布达大行皇帝传位遗诏！"

一阵窸窸窣窣，隆科多展开诏书。他脸上毫无表情，避开胤禩等人期待、热烈的目光，徐徐读道："皇四子胤禛人品贵重，深肖朕躬，必能克承大统。着传位于皇四子胤禛——钦此！"

殿中寂无人声，哨风卷着雪扑进没有炉火的大殿，袭得人人心里发噤身上打颤，连外头大雪沙沙落下的声音都听得见。许久，胤禵小声咕哝了一句："这真奇了！皇上明明说传位十四阿哥嘛！"胤禩僵直着身子，愤怒得眼中火星迸射，死盯着隆科多——他一时拿不定主意，该大闹一场，还是回头再说。

"谢恩，领旨！"胤祥头一个磕下头去。接着胤祹、胤祒、胤祕几个小阿哥也都跟着叩头奉诏。胤祉看一眼木然不语的胤禩，心知如再不吱声，祸不可测，忙也叩头道："臣胤祉凛遵遗命！"

隆科多因见胤禩胤禟胤䄉头似葱笔价蠢着，便冷冷问道："八阿哥九阿哥十阿哥，你们不奉诏么？""不是不奉诏，"胤禩恨不得一个窝心脚踢死对面这个两面三刀的家伙，强忍着道，"十七阿哥胤礼没到，是否把他找来听旨？"胤祥嘴角闪过一丝狞笑，说道："胤礼统率丰台大营军马，在园子外宿卫！"胤禛一颗心放下，几乎瘫倒在地，随即就坡打滚，伏地哀恸，哭道："阿玛阿玛……您在位六十一年，吃尽了苦，受尽了难……这是个什么好去处？叫儿臣来承当这重任，走这没有头的路……阿玛呀……"

"万岁！"隆科多张廷玉一齐上前，扶起哭得发昏的胤禛。张廷玉挪过椅子请他坐，说道："大行皇帝庙谟独运授您大宝，应以国事为重善摄龙体，宜先定大事，方可一应按制度办理丧事！"胤祥见胤禛一味哭着推辞，霍地起身，按剑瞋目大喝一声："天无二日，民无二主！今日之事，上有先帝遗命，下有群臣拥戴，万岁何得再辞？！"他转过脸，双目圆睁，用不容置疑的口吻断喝一声："拜！即行三跪九叩大礼！"

"万岁……"

阿哥们总算叫出了口。

"兄弟们请起！"胤禛拭泪抬手说道，"我本不才，没有想到皇阿玛把这万里江山托付给我。既然到了这一步，只好勉为其难了，盼请三哥和诸位弟弟扶持。"他口气一转，已把"我"换成了"朕"，又道："目下百事待理，一时没有头绪。朕想，上书房人手少，得增补几个。三哥八弟才识过人，可进来帮着料理。京师防务暂由十三弟十七弟维持。眼下先把大行皇帝的庙号定下来，再接见园中的大臣——十三弟，你去传旨，叫百官在澹宁居跪候！"

"喳！"胤祥深深叩下头去，"臣，领旨！"

张廷玉见胤禛多少还有点不自然，阿哥们还在懵怔，便率先发言："皇上的主意很是。奴才以为先帝一生经文纬武，一统寰宇，虽是守成，实同开创。所以应定为仁祖皇帝。"胤禛沉吟着，偏过脸轻声道："三哥，你看呢？"

"我朝已有两个'祖'帝，"胤祉斟酌着词句道，"太祖之后又有太宗、世祖，大行皇帝仁孝性成，天赐睿勇，似乎拟为'仁宗'较宜。"

胤禩一脑门心事，便挑刺儿道："'祖'乃'始'之意，大行皇帝乃第二代，称祖不妥。不如'武宗'为好。"隆科多有意要压制胤禩，说道："明武宗是昏乱之君，主上岂可与他同号？"胤禩一听他说话便气不打一处来，一哂说道："那就'世宗'，国祚又长远，儿孙又光鲜，成么？"

张廷玉听着这话，暗含着对新君的挖苦讥讽，生恐皇帝听出来，忙道："世宗也不甚美，不足以概全。""张廷玉一派胡言！"胤禩傲然盯着胤禛，大声道，"'世'字不美，何以置我朝'世祖'？'宗'字不美，何以置我朝'太宗'皇帝？"张廷玉自知失言，顿时满脸通红。

胤禛心里雪亮，不打一个下马威，弟弟们终久不服自己这个皇帝，遂挪动一下身子，说道："廷玉，把大家拟的都写出来。"张廷玉忙至案边，援笔濡墨疾书几行捧过来。胤禛略一看，说道："张廷玉说得好'名为守成，实同开创'，所以称'祖'未为不可。大行皇帝一生功业伟大，难于措词，神化难名曰圣'。所以朕意定为'圣祖'！"竟不待众人再议，从案上取过裁纸刀，向右手中指轻轻一搠，用血写出"圣祖"二字。

"至于朕的帝号，朕想可以随便些。"胤禛立起身踱了两步，"取个谐音吧，朕名胤禛，叫'雍正'就是了。其余兄弟们要避讳，一律将

'胤'改为'允'，叫起来方便，也亲切些。"一抬眼见胤祥进来，便命隆科多："畅春园是个花园子，大行皇帝的梓宫停在这里欠庄重。一会儿朝会罢，要护送大行皇帝至乾清宫奉安。你去传旨十七阿哥，这大的雪，进城清道的差使交丰台大营。另点三千兵马暂充朕的近卫，会同善捕营御林军，今晚酉时回城。"

"嗻！"隆科多忙应一声，又问，"请旨，今晚万岁歇宿大内何宫，奴才好预为筹措。"胤禛抬眼望望窗外，轻轻叹息一声，说道："大内一砖一石一草一木都留着大行皇帝的圣迹，而今仙人去琴在，朕不忍心立刻进宫，将朕的住处雍亲王府，即行晋升行宫。今晚，还回去吧。"又回顾胤禩等人，温声说道："十五岁以下的弟弟可以退出了。其余的兄弟随朕左右参赞朝务。朕心里悲恸迷乱，一时也离不得你们。"隆科多连声答应着退了出去。

阿哥们虽不服气，但此时人在矮檐下，谁敢不低头？见他如此专断，心里别扭着，却都伏身叩头："雍正皇帝万岁！"

"发旨年羹尧，飞马传十四阿哥允禵回京奔丧，可带十名从人验关放行。"胤禛眼中放着灰暗的光，"国家大变，还要严防奸佞小人乘乱作祟。明发诏谕，传令各地方官安守职份，弹压地方。命各州县开仓赈济，有冻死一人饿死一人者，着该地道府监察御史据实参劾——着兵部下牒，将北京九城暂时封闭，天下兵马非奉旨不得擅调一卒！"

几道严诏雷厉风行，胤禛侃侃而言滴水不漏，张廷玉听一句躬身答应一声，走笔疾书。须臾，几封紧急措置诏书便飞递出去。一时隆科多进来，胤禛略一整理衣饰，冷冷说道："走吧。"

"雍正万岁爷发驾了！"

一声声传呼从穹庐递送出去。

雍正皇帝率领十四个亲王贝勒贝子，冒着大雪牵车推辇，步行护送康熙的灵车回大内，在乾清宫正殿停梓，布置灵堂，安排关防，直忙到深夜才回到雍和宫，只见门神已经封了，九盏硕大无朋的白纱大灯笼挂在门洞倒厦的滴水檐下。九门提督、丰台大营、西山锐健营、善捕营和顺天府的兵按区划分别防守，宿卫毡幕以雍和宫为中心，东西南北护得严严实实，沿街两行三步一哨五步一岗，都是持戈执戟悬弓带刀的卫士。见允祥办事如此周张，胤禛不禁皱了皱眉头，不言声进来，只瞥了瞥满院通明的灯火，径往枫晚亭迤逦而来——尽自下着雪，所有道路的积雪是早已清理了的——邬思道一干人早已候在枫晚亭的檐前廊下了。

"就在家住一晚，天不明我就进去了。"胤禛坐下，呼着寒气，抚着有点浮肿的腿说道："按理说，孝子苫块守灵，今晚我不该回来。只是乍逢大变，宫里情形不明，回来略住一住，老十三也太费事了，有丰台大营还看不住这么个院子？"邬思道满脸倦容，靠在椅上，似乎有点强打精神，说道："万岁，是我叫十三爷这么办的。五路人马平素不相统属，共同护驾，十三爷居中指挥，就不至于有意外。这个时候越小心越好！"胤禛点头道："既是你说的，自然万无一失。"

邬思道靠窗坐着，一阵冷风从缝隙中袭进来，不禁打了个寒颤，忙道："臣不敢当。万岁一身系天下苍生安危，垂拱驻跸，原该严谨。"说着看一眼文觉性音，两个人也都无话。

至此君臣词竭，默然相对。胤禛突然升起一种寂寞感，觉得和周围的人之间有了一堵看不见的高墙。想了想，正要说话，周用诚进来道："万岁爷，十七阿哥请见！""唔。"胤禛看了看怀表，已到子正时分，略一沉思道："叫他进来。"

"万岁。"邬思道欠身说道，"今非昔比，您不宜善听善见。"胤禛不禁一笑，说道："话虽如此，十七弟是我心腹兄弟，怎么好给他闭门羹吃？怎么措词呢？"邬思道轻声叹息一声，对周用诚道："你回十七爷话。万岁稍息片刻就进宫。有公事请他转告张廷玉处置，要是关防的事，请十三爷处置。要是私事，你就说天子没有私事。万岁，这么回话可成？"

胤禛站起身来点点头，他已经明白那堵墙是什么了。思量半日，无话可说，只叹了一口气，抬脚去了。除了邬思道，连家仆长随都跪地送行。

第五十二回　高鸟已尽良弓宜藏
　　　　　　书生明哲克保全身

　　循康熙发送孝庄太皇太后的例，天子居丧以日代月，二十七天后期满，雍正皇帝除服理事。这二十七天中，为防北京肘腋生变，张廷玉隆科多允祥三人无日无夜轮流值差，催促各省督抚修表称贺、吊丧，严令甘、陕、豫、晋、冀各省地方官及时申报迎送大将军王允禵入京情形，北京的允祉、允禩、允禟、允䄉则随着新皇帝守灵，寸步不得离开大内，连入厕睡觉都有专设的太监监护。这些人尽自心里怨气冲天，无奈里里外外手脚都捆得死死的，别说商议，就是递个眼色道个寒暄都有多少眼死死盯着，哪里有半分自由？心里叫苦不迭，也只得耐着性子等机会。

　　允禵在军中接到丧报，原想即刻带兵入京的，但北京城里不但允禩等人，就是自己的门客幕僚、心腹大臣，别说一片纸、一封信，连一句话也没捎出来，京师什么情形竟漆黑一团，实在难以决策，军中粮库中只有六天存粮，发文年羹尧，年羹尧又推给李卫，李卫递进禀帖，说："军中但有一日断粮，请十四爷行军法斩了奴才。如今天下大雪，粮食只能一天一天往上补给，若要屯粮，也请十四爷杀了奴才，另选高明。"军队一动，要的是金山银山米山面山，如今情形不明，师出无名，又没有存粮，在这漫天大雪中行军，走不出潼关就要饿垮了，怎么敢轻举妄动？甘陕总督、甘肃巡抚衙门三天两头来拜，催问允禵行期，把个允禵催得六神无主，挨了几日，只好遵旨，带了十个人启程，打算到京见了允禩再作商量。这一来耽误了时日，加上雪大路滑，赶到北京时，已是十二月初二，早有礼部一大群司官接着，径直往大内导引，党逢恩虽然也在里头，无奈人多眼杂，二人纵有千言万语，也只能眼色会意而已。当此之时，允禵身不由己，只好在西华门递牌子。

"十四爷！"不一刻工夫，六宫都太监李德全便迎了出来，请安起来便道，"今儿礼成除服，万岁爷方才还念叨您，说路不好，怕您赶不回来。"允禵怔了一下，冷冷说道："万岁？就是四哥吧？登极大典还没办，就称了万岁？倒真是伶俐人，亏煞了还惦记着我！"李德全一声不敢言语，只默默带着允禵往里走，直到太和门，已离乾清宫不远，李德全实在怕他进去胡说，连累了自己，站住了脚道："十四爷，奴才受过您的恩，这时辰不能不关照一声。京师情形大局已定，与十四爷离京时大不相同。过几日您就都明白了。当今主子不比先帝，最是心细的，十四爷就有什么心思，往后慢慢和万岁说，打不散的亲兄弟，也就摞开手了……"

允禵知道他的心意，迎着凛冽的寒风，怅怅地望着积雪覆盖的一层层宫阙和扫得纤尘不染的天街，只点了点头，径随李德全入乾清门进乾清宫。但见六十四盏白纱宫灯夹着甬道，乾清宫九楹大殿朱红门墙柱窗都用白纸糊严了，丹墀上下灵幡纸帐悲风袅袅，大殿上素幔白龛正中金漆楠木棺前，供着康熙的灵位，上写：

合天弘运文武睿哲恭俭宽裕孝敬诚信
功德大成圣祖仁皇帝爱新觉罗·玄烨之位

两旁男昭女穆，东边以胤禛为首，挨次跪着允祉、允祺、允祐、允禩、允禟、允䄉、允祹、允祥、允禑、允禄、允礼、允祈、允禊、允祎十四个成年阿哥，西边却是雍亲王福晋为首，下头才是康熙的嫔妃，以惠妃纳兰氏为首，马佳氏、郭络罗氏、戴佳氏……什么答应、常在……凡受康熙一幸之恩的都依品级伏身跪着，白汪汪一大片，像是刚举哀不久，兀自满殿啜泣唏嘘之声。李德全急赶一步进来道：

"万岁，大将军王允禵赶回来了！"

允禵走在这白色的世界里，原是恍恍惚惚迷迷离离，好似做梦一般，这一声提醒了他，才知世事变迁，景物依旧人事已非，连自己的名字都变了。仿佛遭到电击，他浑身一颤，清醒过来。陡然间胸膈间一股似气似血、又腥又热的东西涌上来，泪水已经夺眶而出，长嚎一声趋跪而入，不管三七二十一，伏在冰冷的临清金砖地下，双手死命地抠着地，身子痛苦地扭曲着，嘶哑的嗓音惊得满殿人心里起栗："阿玛！你去了……我好苦……苦啊！你为什么……不等等我……等我……看你一眼……你好狠……我好悔……原本打下拉萨……我就想回来……见你……你为什么不肯……？"

"举哀！"张廷玉听着允禵话中未尽之意，生怕这愣阿哥说出更难听的，忙在旁大喊一声。

于是众人齐声悲嚎，这群人不比允禵，都是哭乏了的，只是干叫，早已没了眼泪。有的捂住脸假哭，有的抠砖缝儿哼哼，有的拖着涎水想心事，待哭声低了补上两声……乱糟糟的，倒也掩了允禵的哭诉。

"十四弟，"许久，哀止之后，胤禛方起身来，由邢年扶着到允禵跟前，叹息一声道，"难为这么远的道儿，艰难跋涉，总算赶了回来，先帝在天之灵，必定称你孝道。不过，今儿是除服的日子了，有些大事得赶紧商量。你节哀，朕还有些知心话要和兄弟们讲。"他哽咽了一声叫过张廷玉，吩咐道："所有女眷，外官内官都退出去。你去传旨给我府的邬思道，我要回去一趟见见大家，然后就移住养心殿，多少军国重务都在等着……"

张廷玉答应着出去了，所有阿哥都跪直了身子，愣愣地看着胤禛，不知他有什么话要说。胤禛满面戚容，头一个月没剃，前额上的头发已寸许来长，看去显得十分憔悴，他苍白着脸来回踱了许久，语气沉重地说道："……都起来吧，今日只论兄弟，不论君臣……"他仰脸嘘了一口气，款款说道："这个帝位传给我，我是万万没想到。不但我，就是各位哥哥兄弟、满朝文武，料到有今日的恐怕也很寥寥……"他开篇这几句，无头无尾，似叹似嗟，众人都不知是什么意思，都瞪大了眼睛。

"自古皇帝不长寿，道理很多。"胤禛脸色愈加苍白，"有的是享福太多，子女玉帛将息着，声色狗马淘虚了身子。有的是妄想长生，讨不死药，炼九转丹，反而戕害了性命。所以打祖龙算起，活过七十大寿的皇帝满打满算只有三位。唉……我们都见到的，父皇盛年身子骨儿什么光景？他老人家一生不贪酒色，不爱财帛，不炼丹药，为什么也只活了六十九岁？——这件事我想来想去，是我们爱新觉罗家命中所定！"

胤禛慢慢踱着，看也不看众人一眼，只管娓娓而言："朱元璋说过，自古胡人无百年之运，细思五胡乱华到元朝，确是如此情形。我们满人只有那么百十万人，入主中原，要不朝乾夕惕惴惴然如履薄冰，那就好比在太湖里撒一把胡椒面儿，终究变不成胡椒汤！我们何其艰难！尽着些小心翼翼，早起五更，夜伴明灯地勤政，还有多少阙失难以周全！据我看，圣祖就是为天下苍生、为统御华夏呕心沥血，活活累的了！"

"所以当皇帝是苦事，我们满人当皇帝万是极苦的事！"胤禛瞥一眼兄弟们，无声无息了一下，"论才学，我比不上三哥；论忠厚，我比不上五弟；论识量，八弟是最好的；任艰任烦，要算十三弟；论起行兵布阵，我不及十四弟。因此，选中我入继大统，做这极苦的事，不但没想到，我也不愿做！兄弟们都在这里，一个外人也没。你们谁说我说的不是，或者你们谁愿意做这皇帝，今日当众说出来，我让位给他！"

他口似悬河滔滔不绝，像是谈心，又像是劝说，语气中既不乏诚恳，又带着一种巨大的威压，兄弟们都被说得目瞪神痴，眼见允祥虎视眈眈注目众人，外头刘铁成张五哥一干侍卫仗剑瞋目挺身而立，哪一个敢作仗马之鸣？

"既然你们不愿，我只好勉为其难。"胤禛皱眉道，"为祖宗大业，我必定宵旰勤政，不负先帝重托。我虽生性认真，但并不刻忌，得饶人处，我也能饶人。只要不怀着异样的心思难为我，怀着不轨之心要怎样怎样，我在政务上有阙失，你们还像从前那样，只管提醒我，辅佐我，不但我知恩感戴，就是阿玛在九泉之下，见我们兄弟和睦，共治天下，他老人家必定也是欢喜的……"说着便掏出手帕拭泪。允祥见他这样，率先起座跪了下去，泣道："皇上如此重手足情谊，推心置腹，就是石头人也感化了！如今君臣之分已定，我们一定遵皇上圣训，恪尽臣道，同治圣化，把天下理好，以报先帝和万岁隆恩！"

他这么一跪，十七阿哥也跟了下去。众人自然坐不住，一齐伏地称臣，山呼"万岁"！

"就这样吧。"胤禛双手虚扶一下，说道，"兄弟们先回去，把家事料理下，然后明日起，照常办差。朕已下诏恩赦天下，上书房人手少，想调马齐、赵申乔进来办事。今日关照兄弟们一下，一件是要开恩科取士；一件是要铸雍正制钱，这都是通常的事；还有一件，兄弟们欠的库银，要能还得起，早早还了；要还不起，可具折密陈上来，朕不能因私废公，所以怕要有点小小处分，也不能因公废私，处分了再减免债务，也是题中应有之义——道乏吧！"

允祥单独留下，和胤禛又说了一会子话方辞出来，见隆科多带着十几个太监，都抱着高高一叠文书正进养心殿，便站住了，笑道："老隆，这就忙起来了？"隆科多行礼笑道："这都是主子要的。今晚要抄十三个京官的家，防着他们转移财物，我刚布置巡防衙门围了他们宅子。主子说，要有事直接请示十三爷，到时候我到哪里寻十三爷？是尊府，还是进上书房？"允祥只一笑，说道："万岁已经把抄家官员名单给我了。我不在雍和宫就在这里——其实你也未必要请示我什么，奉旨行事嘛！"说罢一径去了。

允祥在雍和宫兴冲冲下马，穿过已经搬空了的大院来寻邬思道，至枫晚亭前，掏出表看时，已是酉正时牌，天已经麻苍苍黑了。因见邬思道正默默整理书籍，一脚踏进门来笑道："我来给先生道喜——这些活计叫下人们做，你忙什么？"邬思道在摇摇的烛光下回过头来，让座道："万岁已经传旨，今晚回来，下人们都去预备酒席了，想不到十三爷来的这么早——你说报喜，我何喜之有？"

"党逢恩今晚就要抄家。"允祥笑嘻嘻道，"大丈夫酬恩报怨，第一快心之事，这不是一喜？放心！明儿我告诉老隆一声，那个淫贱材儿叫什么姑来着？合家良贱我都给你弄来当奴才！"邬思道什么也没说，抱着手炉只是出神，半晌才道："万岁即位之初雷霆大震，刷新政治，整饬财务，这确是一喜。别人今夜哭，我也无喜可言。"允祥哈哈大笑："先生真是先天下忧而忧！我再告诉你，今儿在养心殿万岁亲口对我说，先生有辅相之才，只干碍着没职份，所以开恩科，特简先生进翰林侍读，然后转上书房。宣麻拜相，还有比这更喜的么？"

邬思道神情似乎有点呆滞，古怪地一笑说道："算是的吧——十三爷今晚喜上眉梢，给我报喜是一宗儿，恐怕你自己有喜事才是真的。说出来，叫我也欢喜欢喜！""都喜。"允祥掩饰不住得意的神情，向后一靠伸展了一下，"其实是早已知道的了。万岁说元旦日晋封我亲王，世袭罔替！王不王无所谓，这个'世袭罔替'难得！"邬思道一双眸子在灯下晶莹生光，沉静地一笑，说道："铁帽子王，儿孙永永无既。好嘛！连你加上一共九位了。"

"你今晚怎么了，这么不阴不阳的？"

邬思道伸手将一杯茶推给允祥，长叹一声默然不语，见允祥一脸惊讶之色，苦笑道："十三爷，我和你认识十五年了，你天真率性、任侠仗义，很佩服你的为人。今日有句话，说出来或许我要人头落地，不知当讲不当讲？"

允祥被他的神情惊呆了，手里捧着已经凉了的茶，死死盯着邬思道。

"这个铁帽子王你要拼死辞掉，才能保你一世平安！"邬思道仿佛不胜其寒，紧紧抱着铜手炉，声音低沉嘶哑，"四爷豺声狼顾，鹰视猿听，乃是一世阴鸷枭雄之主……"

"你不是说他龙骧虎步……"

"不错，那是当时的话，他没信心。"邬思道语气冷峻得令人发抖，"你没勘透世情。与平常人交，共享乐易，共患难难。与天子交，共患难易，共享乐难。"

"我不信！今日四哥还说，决不做鸟尽弓藏的事！"

邬思道阴冷地一笑："明日我的话就能验证，周用诚、墨香墨雨、性音和粘竿处十几个最心腹的，专一替四爷办秘密差使的恐怕就要……"

允祥蓦地一个惊颤，脸色变得苍白如纸，翕动了一下嘴唇，竟一个字也说不出来，两个人在灯下交换着目光，只听院外一阵风声，像是什么在树林子里扑棱了一阵翅膀，接着便是鸥鸟凄厉的大叫声，叫得允祥起了一身鸡皮疙瘩。这样寒冷的冬夜，到处是坚冰和积雪，雍和宫孤零零地处在京郊，四邻不靠，全是旷野，胤禛所有的内眷又都搬进宫里，只留下了原来书房的人和幕僚和尚，这时灭口，真正是杀人如草不闻声！允祥嘘了一口冷气，刹那间，他冒出一个念头，竟想夺门逃出去！

"十三爷，你不要害怕，只要你收敛锋芒，万岁不会怎样你，"邬思道拨了一下蜡芯，屋里亮了一点，"我只求你一件事，不要把我的话说给别人。易经有云：君不密丧其邦，臣不密丧其身——不用为我操心，我有自全之道。"

"那——坎儿他们呢？"

邬思道垂下眼睑，深长叹息一声："他们不该知道的东西知道得太多了……"正要接着说，便听远远一阵脚步声，周用诚一蹿一蹦地跳进来，搓手跺脚地笑道："好天气，贼冷贼冷的！文觉那边预备齐了么？主子已经回来了！"话音刚落，胤禛已带着十几个太监进来，见邬思道挣扎着要起来迎接，忙上前双手按着，呵呵笑道："你还是你，我还是我，不要做这生分模样。今晚这一聚十分难得，过了明儿，就又忙起来了。怎么这屋里只点一支蜡？——走，咱们过书房那边，边吃酒边谈——"几个小太监听皇帝嫌暗，忙不迭又点了七八支蜡烛。允祥只像傻子似的站在一旁看着这一切，审量着胤禛，觉得一下子陌生了许多。

"万岁！"邬思道到底挣着跪了下去，伏地行了大礼，说道，"臣有密奏的事。"

胤禛疑惑地看了看允祥，坦然说道："——那，十三弟你们先过去，和文觉性音他们先说话，等着我。我和先生聊几句就过去。"待允祥带着一干人离去，胤禛又问："老十三来都说了些什么？你神色不对呀！——你起来说话。"

"为的就是这件事。"邬思道坐直了身子，心事重重地说道，"十三爷来报喜，说万岁预备起用臣。臣单独见万岁，就是想辞谢万岁。"胤禛没言声，站起身踱至窗前，望着外头漆黑的夜，半晌才问："为什么呢？"邬思道盯着胤禛的背影，缓缓说道："臣有三忌，三不可用。"

胤禛回过头来，脸上已是挂了一层严霜一样冷峻，却不吱声，幽幽望着邬思道。

"臣乃残疾之人，这是一忌。"邬思道毫不畏缩地看着胤禛，"国家取士授官，自有制度。况大清国运正盛，人才济济，臣在王邸十几年，中外人士知之甚多，骤然置之庙堂之上，虽至公亦无公，虽无私也有私，恐怕有伤圣德。这是一不可用。"

胤禛脸上毫无表情。

"臣原是犯罪之人，这是二忌。"邬思道道，"康熙三十六年臣为孝廉，应天府试，率五百举人抬财神大闹贡院，此事震动朝野，天下皆知。虽说是激于义愤，到底是触了国法，先帝曾连下诏旨捕拿，臣又潜逃在外。为憎恨吏治黑暗，臣又入京，择主而事。万岁如今功成名就，即起用臣辅在帝侧。在臣原是罪余钦犯，在君又干碍圣祖当初原意，用此不忠之臣致于臣下议万岁为不孝之君，这是二不可用。"

胤禛听得悚然动容，不觉坐了下去，抚膝沉吟道："只是可惜了你。"

"这正是第三忌。"邬思道见他动了心，舒了一口气，又道，"臣虽然薄有小才，却是阴谋为体。万岁龙日天表春华懋德光明正大。这就是忌！臣在万岁僭邸蒙恩十余年，顾问侍从，无不听之言，无不从之计，无数惊涛骇浪之中早已殚精竭虑耗尽心力，譬如已经熬干了的药渣，万岁何堪再用？倘若万岁念思道忠贞不贰之心，放臣还山，沐浴圣化之中，舞鹤升平之世，在万岁为全始全终之主，在臣为明哲知理之臣，传之后世，亦为一段风云际会佳话。万岁若不允臣之所请，臣今夜就仰药自尽，不伤圣人知人之明！"说着，泪水已走珠般滚落出来。

胤禛也不禁黯然，他今夜要下毒手灭口，原是听了文觉的警告，外边允禩党羽如林，政局不稳，放着周用诚一干人无法处置，日后将雍邸的事兜出来，正好给允禩借来推波助澜，所以打算喝酒之后，下半夜动手全部处死。但邬思道这番言语，其实已表明永不从政，永不泄密，想起十几年知遇之交，朝夕赞襄，吟诗论文，这些情分也难一股脑儿付诸东流。想着，叹息一声道："你的心我都知道了。不知眼下你有什么打算？"邬思道顿时放下了心，从容说道："雍和宫如今是天子行宫，自万岁下诏那天，我在棋盘街已经租了一处宅子。万岁既然允臣之请，今晚一见，就算辞行，臣这几日痰喘，酒筵也不敢领，这就搬出去，过几日陆路回无锡老家。臣已经二十余年没吃故乡水了。"

"好，依你。"胤禛想着允祥等在那边，起身在案边提笔写了个字条，口中道，"不过你跟我一场，空手回去，我难忍心。当年替二哥还债，用了你七十万银子。赏还你呢，要招谣言，所以不还你了。大隐隐于朝，中隐隐于市，小隐隐于野。你不要大隐，也不要小隐。你且去，明儿叫允祥看看你，给你找个靠得住的官，你去当师爷。将来朕出巡或者他入觐，还能见见。"

"谢万岁！万岁如此隆恩，臣粉身碎骨不足以报万一！"

"不必说了。"胤禛摆摆手，叫进一个太监，吩咐道："你带朕的手谕，用小轿把邬先生送出去，到棋盘街安置好，你来回话！"

"喳！"那太监答应一声，过来搀定邬思道，说道，"先生，咱们慢慢走……"

邬思道当晚住了棋盘街宁心客栈。这是他包租了好久的一个宅院，店主早接了银子，原想不知是个什么贵人，今日见着，却是孤零零一个残废人，又见是太监亲送，越发不知来头，汤水茶饭侍候着忙个不停，邬思道却要静坐，便打发了他去。

屋子里只剩下了他一个人，他默默坐着，想入定，但今晚改了积习，再也静不下来。从康熙四十六年夏入京，到现在整十五年半。孤身一人进来，轰轰烈烈做了一番事业，如今又剩下孤身一人，真像一场光怪陆离的梦！一幕幕往事涌上来又压下去，压下去又泛起，再也不得平静。

"正不知明日如何，今夜不得入梦了……"邬思道和衣躺了一会儿，那炕烧得滚热，更觉烦躁难耐，讷讷自语着起身，架拐推门出来，但见天边一钩新月，惨淡地将光洒落下来，房顶上、院子角落的雪都抹上水银似的，幽幽发亮，只是清寒袭人。他在院里踟蹰良久，正要回房，静极之中，隐然听墙外有人嘤嘤而泣，听着是个女人声气，便踱到账房，问店老板，"什么人在外头哭？"

"是两个女人。"店老板无所谓地笑道，"您进来一会她们就来了，想住店，我没答应——这是爷包下的嘛。"邬思道沉吟着说道："眼看子时到了，天太冷，叫她们进来吧！"店老板狡狯地一笑，答应着开了门，说道："你们进来吧！谁叫你们碰上这么好的客人呢？"

邬思道闪眼看时，是三个人，两个女人，还有一个十五六岁的小伙子，便道："这里有火，请先过来略暖和一下，等老板收拾了房子再过去。"那三个人也不言声，一路进了正房，竟都跪了下去！

"这是怎么说！你们——"

邬思道大吃一惊，正要请店主搀起他们，两个女人都已抬起头来，居然是这样——一个是金凤姑，一个是兰草儿！他愕然盯视了许久，口吃地问道："兰草儿！你不是——"

"我没有死……"兰草儿满脸泪光，哽咽道，"他们是借故儿拿你的……"邬思道又把目光移向凤姑，许久，叹道："你家的事我已经听说了……"凤姑低下头，小声道："家抄了，我刚好回门，金家也抄了……"

邬思道端坐不语。良久，徐徐说道："可叹。"那毛头小伙子挺着脖子大声道："表舅！您不能冤枉我妈！不是我妈叫外婆报信儿，您骨头都烧成灰了！"兰草儿想起那夜的事，臊得满脸通红，倒是凤姑掌得住，说道："表弟，冤有头债有主，是我不好。如今两家都败了，你的仇也报了，我和兰姑商量好，要出家。只这孩子小，不懂事，叫他怎么过……"说着，呜呜咽咽直要放声儿。

"求你……"兰草儿满眼都是恳求神色，看着邬思道的脸色，下面的话竟没能说出来，邬思道点点头，起身来说道："我腿脚不便，不扶你们了，孩子，你扶她们起来。"待三个人起来，邬思道深长叹息一声，又道："我是久经沧海的人，世上事纷纷扰扰，比你们恩恩怨怨大得多的经了不知多少。那些事，于我而言，早已是杳如烟波。我若计较，早就除了你们了……如今我虽不修行，也是修行，虽不出家，也是出家。好歹你们跟着我吧，总有一口饭吃的……"

安置他们三人安歇了，邬思道越发没了睡意。熄了灯，独坐在暖烘烘的炕上。月光如洗，轻柔的光隔窗沐浴着他的全身，久久地一动不动。忽然远处传来三声沉闷的午炮，已到子夜时分。邬思道望着寥落的寒星，子时阴极而阳生，明天会怎样呢？邬思道不再去想它了，他是太熟悉皇帝了。

1990 年 4 月中旬写于宛

二月河文集

雍正皇帝

皇帝

二月河 著

雕弓天狼

长江出版传媒
长江文艺出版社

图书在版编目（CIP）数据

雍正皇帝. 卷二, 雕弓天狼 / 二月河著. -- 武汉：
长江文艺出版社，2018.11（2019.1 重印）
　（二月河文集）
　ISBN 978-7-5354-7770-5

Ⅰ. ①雍… Ⅱ. ①二… Ⅲ. ①长篇历史小说－中国－
当代 Ⅳ. ①I247.5

中国版本图书馆 CIP 数据核字（2017）第 298826 号

责任编辑：张远林　周　阳　　　　责任校对：陈　琪
封面设计：翟跃飞　　　　　　　　责任印制：邱　莉　杨　帆

出版：长江出版传媒　长江文艺出版社
地址：武汉市雄楚大街 268 号　　　邮编：430070
发行：长江文艺出版社
电话：027—87679360
http://www.cjlap.com
印刷：中印南方印刷有限公司

开本：700 毫米×1000 毫米　　1/16　印张：31.625　插页：8 页
版次：2018 年 11 月第 1 版　　　2019 年 1 月第 2 次印刷
字数：397 千字

定价：198.00 元（全三册）

乌雅氏……见是
皇帝跪在自己面前，
惊怵得身上一颤……
雍正连连叩头，泣
道：「您的皇太后封
号，大行皇帝殡天那
日上书房已经议定了
的……自今日今时，
您就是皇太
后……！」

田文镜微微一躬身道，"诺敏的人擅闯我钦差行在驿馆，提拿我手中人证乔引娣。因此我疑他库银不实，先查封了再说……"

杨名时……说
着便将买来的考题
递了过去……李
卫……对身边一个
师爷道：『你带人
去，把贡院街给我
封了，一个耗子也
不许走出去！』

雕 弓 天 狼

雍正又看一眼

明秀，眼中满是赞

赏神气，「好！有

骨气、有身份、有

见识！……宫女久

幽禁中有伤天地太

和之气……全数放

回各家。今年不选

了。」

雍正皇帝

空灵……又复合

掌念诵六字真言，

那刘墨林已是缓缓

坐起，仿佛刚刚睡

醒似的揉着眼，迷

迷糊糊问道：「我

这是怎么了？」

「剥你的王爵，叫你守陵读书，并不为什么「八爷党」。……所以不要胡思乱想，去遵化，好生读书。既然在遵化，就在「遵化」二字上下功夫……」

李卫抖着扇子，笑道：『看来鄂公是要撇开我李卫，单独查账了。我得提醒大人一声……这个话不是旨意里头的，旨意里的原话说，「会同李卫复查，不得稍存苟且之心。」

雕弓 天狼

雍正尧尔道：

「十名侍卫，要留

京另候听用。三千

军士……朕意留他

们些日子，京畿各

地驻军没打过

仗……巡回操演着

各军习学……」年

羹尧眉头不易觉察

地轻挑一下……

雍正皇帝

田文镜举起火

把……投向柴

山……只「腾」的

一声，立时烈焰冲

天……觉空静慈在

这火焰山上……已

成焦炭。

毕镇远道：

「……昨夜我和邬先生彻夜长谈，他才智学识绝非常人，能望其项背，据我看竟是一位绝代杰士，又能全身而退，真正罕见……你放心，他断不误你……」

目　　录

第一回　太行道雪阻娘子关
　　　　山神庙邂逅救贫女

　　康熙六十一年的冬天阴寒潮湿，自立冬过后，大雪几乎就没停过。以京师直隶为中心，东起奉天，北至热河，由山东河南连绵向西，直至山西甘陕等地，时而羽花淆乱，时而轻罗摇粉，或片片飘坠，或崩腾而降，白皑皑、迷茫茫，没头没脑只是个下。远村近廓，长林冻河上下，飚风卷起万丈雪尘，在苍暗微绛的云层下疯狂地旋舞着，把个世界搅得缤缤纷纷，浑浑眊眊，把所有的沟、渠、塘、坎一鼓荡平，连井口都被封得严严实实。偶尔雪住，惨淡苍白的太阳像一粒冰丸子在冻云中缓慢地移动，天色透光，似乎要放晴了，但不过半日，大块厚重铅暗的云层又压过来，一切便又复旧观，仍是混沌沌的雪世界。

　　天晚时分，一行三十余骑在山西娘子关一个风雪迷漫的山神庙前驻马。这三十多个人服色不一，十个王府侍卫都是四品武官穿戴，白色明琉璃顶子，八蟒五爪雪雁补服外头披着白狐风毛羔皮大氅。另有两个六品笔帖式，却是内务府打扮，带着二十个亲兵护卫在队后。为首的却是一个三十岁上下的青年，穿着玫瑰紫挂面玄狐巴图鲁背心，外套猞猁猴皮斗篷，清秀的瓜子脸上两道浓重的剑眉微微扬起，紧绷着的双唇旁嘴角微微下吊，仿佛随时向人表示自己的高傲和轻蔑。见前头马队停下来，这青年勒住了马，用手按了一下冰冷的剑柄，一声不言语睨视了一下旁边的侍卫，用漠然的目光仰视着昏暗的天穹，长长吁了一口气。一个侍卫忙道："大约是要打尖儿吧，奴才过去看看。"话音刚落，庙门口的侍卫已经大踏步过来，在青年公子马前雪地里打千儿禀道："十四爷，这是个破山神庙，早没了香火。这大的雪，前头五六十里连个驿站也没有，请爷示下，今晚要不就歇在这儿吧？"

　　"唔。"青年微微颔首，转过头来对两个笔帖式道，"钱蕴斗，蔡怀玺，你们是雍正皇上派来押我回京的，你们出个章程，我胤禵悉听遵便！"

那个叫钱蕴斗的笔帖式被他威压的眼神迫得头也不敢抬，忙赔了笑脸，打个千儿跪下说道："王爷这话奴才怎么当得起？没了折尽了奴才的草料！爷说行，咱们就走；爷说住，咱们就停。万岁爷只说叫奴才们好生侍候十四爷，安妥进京奔先帝爷的丧，并没有限日子。奴才遵十四爷的命！"胤禵冷笑一声点点头。早有一个侍卫伏身跪下，胤禵踩着他的背下来，活动了一下腿脚，搓着冻得通红的手说道："皇上是我四哥，又是一母同胞。论起亲情，我们是手足，论起名分，我们却是君臣。你们奉圣命而来，我岂敢不敬礼有加？这一路要走要停，规矩是住驿馆，都是你们说了算的。今儿住这里，也是你们说了算，我不希罕你们装好人！这个地方儿前不巴村后不巴店，我要在这谋反，或者跑了，都是你们的干系。"钱蕴斗和蔡怀玺只是赔笑听着连连答应。直等胤禵发作完，钱蕴斗才道："爷圣明，奴才们只是奉差办事，我们两个都是笔帖式，上头有司、府、都监、领侍卫内大臣，离皇上还隔着十八层天地呢！好歹爷体恤着点奴才，平安到京，奴才们往后侍候爷，沾爷的光的时候有着呢！"

"这还是句人话。"胤禵哼了一声掉转脸来，吩咐道，"把阳泉县令送的鹿肉取出来，今晚我犒劳兄弟们！"说着，鹿皮油靴踩得吱吱咯咯响着，带着众人进了山神庙。

这是一座废弃不久的庙宇，空落落的大院覆盖了尺余深的雪，依着山势，正殿两边庑廊齐整排着两溜厢屋，檐下垂着二三尺长的溜冰。半旧的房舍门大敞着，窗纸都没有破；楹柱上的朱红漆皮也没有剥落，微旧而已；只有当院一个人高的大铁鼎上头厚厚地裹了一层雪，冰冷阴沉地矗在雪地里，仿佛向人们诉说着什么。这一群人闯进正殿，只听"嗯"的一声，扑棱棱惊起一大群在殿中避雪的石鸡、乌鸦、山鸡，还有一只狍子冲门逃出，猝不及防间，钱蕴斗吓得一屁股坐到雪地里。倒是蔡怀玺眼疾手快，一手擒了一个，看时却是两只野鸡，笑嘻嘻说道："十四爷好口福。"

"嗯。"胤禵眼中闪过一丝笑容，随即又敛了，大踏步上阶，一边踩着脚上的雪，吩咐道，"把院子里的雪清一清，廊庑下的栏杆拆下来生火。两位笔帖式和我住正殿，我的侍卫住西配殿，善捕营的兄弟们住东配殿。"说罢，解了斗篷递给从人独自走进正殿，向着神龛中被烟熏得乌黑的山神打了一躬，口中喃喃念叨了几句什么，回头对钱蕴斗道："这不像个破败了的庙，怎么没了香火，敢怕是道士和庙祝卷了庙产逃走了？"钱蕴斗笑道："是，奴才也觉得蹊跷。"蔡怀玺在旁点着火，说道："爷不知道，山西去年大旱，寸草不生，这里几十里都不见人烟，并不为天冷怕出门，这里有的是煤。人们都饿跑了，庙里的人自然养不住，哪里还会有香火？"胤禵尚未答话，猛听院里"妈"的一声大叫，接着便是一片嚷嚷声：

"把这个臭尸弄出去！"

"找门板来！"

"啐，晦气！"

胤禵这才知道是亲兵们清理房间发现了冻殍。因房中火刚生着，烟雾大，他不介意地踱出殿外，果见东配殿一群人连说带议论地正在搬运尸体，便道："你们嚷嚷什么？"一个亲兵忙过来禀道："东房里有个尸体，已经冻僵了，是个女的……"胤禵没吱声背着手来到东配房，果见一年轻女子，大约十四五岁上下，头发披散着，穿一身蓝线的青土布布衫，赤着两只小脚，用裹脚布把两只鞋贴前后心捆着，两手拊心靠墙角坐着，脸色黢青，像燃尽了的香灰一样难看。几个善捕营的兵士啐着骂着，大约是怕晦气嫌脏，却没人动手搬尸。胤禵冷冷说道："你们也算八旗子弟？我为大将军王，在西大通带兵打阿拉布坦，一仗下来尸积如山血流成河！你们不配给我的兵提鞋！——来，我的护卫呢？"

"在！"

"把她拖出庙门外！"

"喳！"

一个侍卫答应一声，双手提定那女子腋下不管三七二十一拖了就走，刚到门口，忽然站住了，说道："十四爷，她腋下还是温的！"

"哎？"胤禵怔了一下，上前扶起那女孩子手臂，扶着脉沉吟良久，说道："她没有绝气。快！弄到神殿火堆旁暖一暖，兴许还能活！"

于是众人七手八脚，把这个女尸抬到大殿火堆旁，又忙烧了热黄酒，撬开紧咬的牙关灌了下去，再摸脉搏，已觉缓缓悠悠，似紧似慢地跳动，鼻翼一张一翕，脸色也渐渐回转来，只是极苍白，气若游丝地躺在火堆旁的马褡垫子上昏迷不醒。

神殿上的火噼啪作响，铁架子上吊锅中煮的鹿肉散发出令人馋涎欲滴的浓香。胤禵满腹心事，怅怅地望着外头漆黑的夜，听着大雪落地的沙沙声，久久才叹息一声，对守在一旁的钱蕴斗道："我一点也不饿，你和蔡怀玺吃吧。要嫌这里拘束，你听两厢他们吃酒多热闹，只管乐去，还怕我跑了？我也不会自杀！"

"十四爷别太难过，"钱蕴斗勉强笑道，"先帝爷在位六十一年，望七十的人，我们寻常人家瞧着，这算喜丧。十四爷是金枝玉叶，好歹自家得保重，人死如灯灭，您再难过也无益。"胤禵叹道："你们不要怪十四爷脾气不好，这一路我仔细看了，你和蔡怀玺都是好人。一则我心里难过，先帝爷康熙五十七年叫我当这个大将军王，出兵青海，临别时在乾清门拉我的手，说：'阿玛老了，身子骨儿也不好，朕知道你不愿出远门，但皇子阿哥里头，就只你还能带兵，你不替朕分忧，谁能尽这个孝？'当时皇阿玛老泪纵横，依依惜别，谁曾想我这一去竟成永诀？"说着已是潸然泪下。蔡怀玺忙劝道："当今主子给先帝爷办后事十分隆重，在遵化修的陵，奴才还去瞻仰过，不但壮观，风水也十分好。万岁爷就是怕十四爷悲恸过甚，所以才叫奴才们星夜兼程去西大通接爷回京。回去丧礼上的事多着呢，爷金尊玉贵之体，不要过于伤心，身子骨儿比什么都要紧的。"

胤禵用木棍将火拨了一下，看了看睡在旁边的女孩子，说道："四哥原自就是伶俐人，他做皇帝有什么说的？我要说的第二条就是这个。今儿这个地方上不沾天，下不着地，我有几句心里话想问你们。你们要想着你们是正黄旗下的奴才，我就问；要寻思着是皇差，奉旨押送我这倒运王爷回京的，就当我没说，从此我就是哑巴！"钱蕴斗瞟了蔡怀玺一眼，赔笑道："爷疑到哪去了！皇上要疑心王爷有别的心思，怎么能只派二十个亲兵护送王爷？爷有什么话只管问，凡是奴才知道的，断断不敢欺隐的。"胤禵听了略一怔，突然仰天大笑，倒把钱、蔡二人吓得一颤。却见胤禵丢了手中火棍，起身说道："你们是装傻还是糊涂？既然当今皇帝那么'信任'我，为什么第一道圣旨先传给甘陕总督年羹尧，命令甘陕二省戒严？又命令四川巡抚蔡珽集结二万人马至老河口待命？"

"这事奴才知道，"钱蕴斗愕然注视着咄咄逼人的胤禵，说道，"先帝爷驾崩，事出仓猝，恐生变故，下令天下兵马一律戒严。不单是甘陕四川，连直隶也是一样，北京九城都封了！"胤禵格格一笑："就算是如此，我再问你，陕西布政使李卫，就是先前四哥书房侍候笔墨的那个小兔崽子，专管供应西路大军粮秣的，原先按季供应军粮，为什么突然改为按日供应？"

"这……"钱蕴斗顿时语塞，正寻思如何对答，蔡怀玺在旁说道："兴许连日下雪，粮秣一时供不上也是有的。"

胤禵冷笑道："蔡怀玺，你甭给我来这一套。我乃圣祖大行皇帝的亲生儿子，天璜贵胄！奉旨奔丧，只许带十名侍卫，比不上一个知府的仪仗！你们这点子把戏，只好演给三岁小儿——以为我不知道？你们三十个人跟着我左右，后三十里就跟着三千绿营兵尾随监视，一站一站驿传'平安'送我回京——你怔什么？以为我蒙在鼓里？今晚宿在这里，前头驿站的人保准要急得热锅蚂蚁似的！瞧吧，天明就会有人来'迎接'我了！我——"胤禵越说越激动，脸涨得血红，困兽似的来回踱着；突然扑到窗棂旁狂躁地一把撕去窗纸，炯炯的目光仿佛要穿透外面无边的暗夜。良久，他转过身来，已是满面泪光，喃喃说道："老天爷……你怎么这样安排？八哥九哥十哥……还有那个该杀的鄂伦岱，你们在北京……都是做什么吃的？你们这些酒囊……这些饭桶！"他颓然坐回了火堆旁，殷红的火苗映着他英俊的面孔，久久不再说话。

胤禵在康熙皇帝的二十四个儿子中排行第十四，因此人称"十四爷"，轻财好施，仁侠仗义；知兵好武，是熙朝出了名的"侠王"。康熙晚年，政务废弛，法度宽纵，太子胤礽昏庸无能，于四十七年和五十一年两度被废，启动了儿子们觊觎皇位的野心，因此各立门户结党拉派，闹得乌烟瘴气。第一次废黜太子，皇长子与三阿哥诚亲王胤祉争夺帝位。胤禔揭出"诚王不诚"，派门人孟光祖在外周游各省，结交封疆大吏，希图非分之福的丑事。胤祉则举发了胤禔在埋设"乾坤地狱图"魔镇太子，致使胤礽昏乱失德的隐秘恶行。康熙勃然大怒，当即囚禁胤禔，申斥胤祉，下诏令文武百官推举太子。按康熙的想法，太子失德，秽乱宫闱，既然是大阿哥做的手脚，现在真相大白，做了三十年太子的胤礽，理应昭雪，重登嫡位。不料推举结果大出意外，六部九卿，十八行省督抚提镇众口一词，推举的竟是从来没有单独办理过政务的"八爷"胤禩。细查之下才发觉八阿哥是个了不得的人物，早已暗结人心，联络九阿哥胤禟、十阿哥胤䄉，不但在朝廷臣工中一呼百应，就是大阿哥胤禔、十四阿哥胤禵也是同党，际会风云，文武兼备，在朝阳门外的八爷府跺一脚，九城震撼！立胤禩为太子，康熙也曾有过这个念头，但转念一想，胤禩一个毫无实权的王爷，竟能左右朝局，呼风来风，唤雨雨至，把太子折腾得七死八活。太子党里的四阿哥胤禛和十三阿哥清理官员积欠库银，整顿刑部冤狱这些至关紧要的国政，都因为"八贤王"从中打横炮，弄得不了了之。要真的立胤禩为太子，不但其余的儿子难免骨肉之变，就是康熙自己，也保不定有被逼退位之虞。百般无奈中，康熙只好重新封胤礽为太子，并命四阿哥为雍亲王佐理朝政。为安抚胤禩一干人，晋封胤禩为廉亲王，胤禟、胤䄉升为贝勒。没有想到事情愈演愈烈，复位后的胤礽一来怕康熙再度变心，二来深忌八阿哥势大难制，竟背着四阿哥胤禛，密谋发动兵变，妄图逼康熙退居太上皇，一网打尽"八爷党"！事机不密，被精明绝伦的康熙再度察觉，连下诏旨，永远禁锢胤礽，囚禁了太子亲信十三阿哥胤祥，并诏告天下，皇帝在位一日，决不再立太子。康熙五十七年，准噶尔部阿拉布坦蠢动，擅自派兵侵入青藏，康熙决意兴兵讨伐，命十万精兵出关西征，胤祥和胤禵因在皇子中知兵好武，号称"双雄"，胤祥既然被执囹圄，胤禵顺理成章地被封为大将军王带兵出京。

胤禵烤着火，陷入深深的思索。受命为大将军王的前夜，他曾和胤禩有过一夕长谈。那是怎样的情景？病骨支离的胤禩头上缠着黑帕，幽幽闪动的烛影下越发显得憔悴不堪，拉着胤禵的手满眼是泪，喘着说道："好兄弟，你，要远行了。我一则是惧，一则是喜……我不知前生造了什么孽，生在皇家，大祸不招而至，不但失爱于皇阿玛，连兄弟也不能容我！我本来只想做个贤王，扶危济弱，做了一生好事，想不到因为人缘好，推举我当太子，反落得天地不容！我……种的是花，得的却是刺……如今病得这样，什么也是不想了，就怕你这一去，你我手足天各一方，再无见面之期！反过来想，北京如今是虎狼穴、是非窝。实话实说，阿玛老了，太子未定，兄弟们谁没一把算盘？四哥不是当皇帝的料，只一味刻薄行事，急征暴敛邀买万岁的心，我看他也未必没有异样的心思。三哥瞧准了阿玛爱读书人的心，巧讨好儿，看似每日带着陈梦雷一干人著书立说，其实也是走捷径的登龙术！就是你九哥十哥，人都说是铁杆儿'八爷党'，我瞧也不见得！昔日晋国闹家务，申生太子在内而危，公子重耳在外而安，所以心里虽舍不得，你去带兵我心里宽慰！你只管放心保重，我的奶公雅布齐就在西大通，有他侍候着你，就跟我在跟前一样的。一旦朝局有变，你带十万八旗子弟兵临城下，我在里头维持，这个皇帝位你不坐谁坐？"胤禵被他说得失声痛哭，一边哽咽一边说："八哥说的都是，唯独做皇帝，兄弟我没有想也不敢想……我只会带兵，只爱习武，没那个胸襟度量，也没那个德行人望。据我看，皇上是爱你爱得深，所以磨练你。不然，为什么说你谋逆，反而晋封你亲王？四哥办了多少差，出了多少力，也才和你一样嘛……八哥宽心养病，我在外头，京里有什么变故，好歹早点带信给我……我拥兵在外，缓急都是八哥用得着的……"

劈柴在火中"啵"地爆了一声，胤禵眼中波光一闪，清醒过来，才意识到自己处身何地何情。世间想不到的事太多了，冥冥造化之数恰不如人意。胤禩胤禵两人虽然流泪眼对流泪眼，伤情人对伤情人，说的话语重心长，但各自都是一把如意算盘。胤禵一到西边就收买了胤禩安在自己身边的钉子一等侍卫鄂伦岱，命他回京"帮着四爷，看着八爷"，雅布齐收买不动，行军法杀掉了。满想着既然皇帝不立太子，一听到康熙死讯，立即带兵回京争位，想不到鄂伦岱一进京便如泥牛入海，连个信儿也没有，更想不到皇帝竟有遗诏，"不是皇帝料儿"的四阿哥粉墨登场，堂而皇之地作了九五之尊！威权赫赫的八阿哥竟然俯首称臣，自己受年羹尧岳钟麒掣肘，非但不能"将十万大军入关"，反而被二十个羽林军士两个笔帖式半押半护地送往京师……他瞟了一眼正在吃鹿肉喝酒的钱蕴斗蔡怀玺，无声叹了一口气，愤懑、疑思、焦虑、惆怅，还有一丝莫名的恐怖骤然袭上心头，"嘣"的一声他扯断了项前套扣，想站起来，又咬着牙关坐稳了。

"十四爷，"钱蕴斗满嘴是油，转脸诧异地盯着胤禵，"您老有什么吩咐？"胤禵恶狠狠道："热！爷解解扣子！"蔡怀玺忙道："这火烧得太旺了；奴才把柴抽几根吧？"胤禵狂躁地拨了拨火，咬牙道："我还嫌它不旺！要有一把火烧掉这混账世界，把我烧成灰我也是欢喜的！"蔡怀玺和钱蕴斗这才明白，胤禵是被心里的怒火烧得坐不住，想说什么又都咽了回去。正在此时，那个冻僵的女子身上抽搐了一下，呻吟道："水……水……"

第二回　　结巴驿丞顺口道情
　　　　　倒运王爷递解回京

　　胤禵一怔，低转头看了看那女子，冲外喊道："我的侍卫呢？"胤禵的两名侍卫就守在门口，听见招呼，忙进来叉手而立。胤禵皱眉道："能弄点热水来么？"钱蕴斗笑道："十四爷，她这是昏迷谵语，不是真渴。小人粗通医道，现成的鹿肉汤灌一碗，补住元神，敢怕就好了。"见胤禵无话，蔡怀玺忙过来扶那女子仰着，钱蕴斗用银匙，一小口一小口喂了一大碗热腾腾香喷喷的肉汤。胤禵也不理会，只满腹心思来回踱着，时而低首沉吟，时而望眼欲穿地盯视院外，谁也不知道他想些什么。

　　"天爷……"那位死里逃生的女子终于醒了过来，趣青的脸上泛起红晕，一双水汪汪的杏仁眼慢慢闪开，在一张张陌生的男子面孔上扫过，讷讷说道，"我这是在阴曹地府，还是活着？你们是人还是……"

　　胤禵默默注视着她，相貌五官也还端正清秀，只是蓬头垢面，赤着冻得流黄水的双脚，稚气的眼神中带着疑虑和惊惧。良久，胤禵方淡淡一笑："我们不是鬼，不过人和鬼比起来，还是人可怕些，也难怪你惊慌。你到鬼门关走这一遭，回来了。你叫什么名字，怎么一个人冻倒在这孤庙里？"

　　"俺是代县的，"那女孩子赤着脚当着这么多男人面，害臊地把脚缩进马褡子下头，"乔家寨人，是庄户人家，叫引娣。去年县里派下来官银，俺家摊了七吊半钱……可怜去年秋里没收成，哪去弄这么多的钱？家里只有俺爹俺妈，还有一个不到六岁的弟弟，是叫天不应叫地不灵。村里来了个蛮子，一口苏州话，说要买二十个女孩子去苏州给皇上织贡品、绣花，管吃管住一年还有一两工钱，三年期满，愿意回来给路费，想留的一年给六两银子。为还债，也为了一家活命，爹妈卖了我……"

　　她一头哭一头说，胤禛蹙额沉思着，苏州给朝廷每年的例贡他是知道的，都由苏州织造李煦掌管，却没有到北方买人的例。李煦是个谨慎得树叶落下来都要躲闪的人，竟敢私买私卖人口？想着，问道："既然两厢情愿，你怎么又回来了？"引娣呜咽道："爷哪里知道？他是个人贩子！到苏州就把俺卖到了春香阁，俺看师傅教的不是针线，每日领着唱曲儿、弹琴，还教下棋、画画儿，心里犯疑，去问教习妈妈，教习妈妈说这也是学本事。倒是春香院一个大姐好心，跟我说了底细——满十五岁就叫我们去接客——大爷，俺是好人家的闺女，咋能做这事？趁他们不防，俺逃了出来，连正经路也不敢走，一路从安徽山东河北讨饭回来。到娘子关又遇上大雪，想进庙避避，不知道这里因为遭灾，庙里的住持都饿跑了，我冻倒了……"

　　"你这故事倒编得叫人泪下肠断，"胤禛目光炯炯，冷笑道，"我救了你的命，你还跟我来这一套？去年山西荒旱，秋粮没收上来是实情。康熙万岁爷曾有明诏颁布天下，免去山西甘肃全年钱粮，还派了钦差大臣，会同山西巡抚诺敏赈济灾民。怎么会反而有催科的事？说实话吧，你是谁家的逃奴？有我担待，保你平安，我既救人，自然要救到底的。"引娣睁着大大的眼睛仁望了胤禛片刻，叹了口气道："爷不信我也没办法，这事我也说不明白，反正听说是诺大人还有我们府老爷县太爷……好像欠着什么库的银子，不但赈济银子没见一文，还要我们百姓把欠的银子补出来——通省百姓都一样，俺怎么骗得了大爷您？您找个乡里人问问就知道了……"

　　她话没说完，胤禛心中已是雪亮，引娣没有说假话，这正是今日的当今皇上，昔日的雍亲王造的孽！自康熙四十六年胤禛主管户部，清理官员积欠国库银两，多少命官都逼得投井上吊，这个诺敏倒另辟蹊径，朝廷逼他还债，他叫百姓替还！胤禛望着篝火，咕哝了一句"坏蛋"，转脸问钱蕴斗，"这个诺敏，是正黄旗下牛录出身，好像是雍和宫的门下？"钱蕴斗一点也不想惹是生非，只想着把这个招惹不起的王爷送到北京完事，嗫嚅了一下，没有答话。蔡怀玺在旁说道："不是万岁爷龙潜时的门下，他是镶白旗的都统，原先和年制台是换帖兄弟。"

　　"一丘之貉！"胤禛咬着牙一笑，"这么着保纱帽，不怕激起民变？

上梁不正下梁歪，我看——"他突然意识到自己的处境，名为"大将军王"，其实是个囚在笼中的虎，这种闲事压根轮不到自己去管，而且北京城里如今是什么情势，一点也不知道，自己前途吉凶也难说。想着，胤禵喟然一叹，勉强笑道："引娣，你大难不死，必有后福。你是愿意跟我到北京，侍候我，还是愿意回去呢？"

引娣眼中一泡儿泪水，她原以为这干人个个佩刀带剑，不是响马就是刀客，这会子回过神来，已经觉察到胤禵不是坏人，可也不像平常人。想着，用袖子擦着眼泪道："俺……家里有爹娘、弟弟，爹老了，娘有病，弟弟还小，得有人照应……"胤禵笑道："难为你还有这份孝心，比我们兄弟们强！既如此，明儿我资助你点盘缠，回代县去吧。"说罢吩咐侍卫，"她在这里歇息不便，东厢我看还有一间耳房，带她到那屋里，有现成吃的送过去一点。"

侍卫们带着引娣出去了。胤禵掏出怀表看看，已是亥正时分，外头兀自丢絮扯棉般地落着大雪，看看两个笔帖式，正襟危坐毕恭毕敬地望着自己，既不能赶走他们，又实在无话可谈。听着凄风掠过峰峦的呼啸声，胤禵心中更转惆怅。他解下佩剑，斜靠在马鞍上，拣着吊锅里的鹿筋略用几口，又吃了一大碗黄酒，便觉醺醺的，在暖融融的火堆旁沉思着，渐渐闭上了眼。

"十四爷，十四爷！"

蒙眬睡着的胤禵一下子睁开眼，却见是钱蕴斗在轻声呼唤自己，他抖了抖盖在身上的斗篷坐直了身子，问道："什么事？大呼小叫的！"

"井陉驿站派人来接您了！"

"好嘛，记得我昨晚说的么？"

"……"

"叫他们为头的进来！"

"喳！"

井陉驿丞像个雪人，呼着白气进了山神庙，在檐下轻轻跺了跺脚，摘了大帽子抖抖，抹了一把满是雪水的脸，结结巴巴报道："井井井陉，驿驿……驿丞孟孟孟……"一肚皮愁绪的胤禵被他逗得"扑哧"一笑，说道："别难为了，就是孟驿丞吧——进来。"那驿丞又矮又胖，皮球似的滚进来，就地打了个千儿，说道："奴奴……奴才孟……宪佑给爷请请……请安！"不知是屋里热，还是这个八品驿丞头一次见地位这么高的天璜贵胄，孟宪佑头上冒汗，两手比划着说了半日，胤禵也听不明白他都说些什么。原想好好问问，雍正皇帝到底怎样"关注"自己进京的，对着这块料，不禁又好气又好笑："罢了吧。小心累着了你！你这一口晋北话，又结巴得这样，我竟什么也听不明白！你花了多少钱捐这个官？莫不成见你们上司也这样儿回话？"

"回回……王爷，"孟宪佑叩头道，"奴……才是正正……正而八经的进进进士……就为这个毛毛毛……毛病，才混混……成个八品、品官！日日日……日子久了，都都不……不计较了。王王王爷，您叫奴奴……才唱道情，就不结结结……结巴了……"

胤禵仰天大笑，说道："好，有趣，你唱！谁叫你接我的？"那孟宪佑红着脸磕了个头，果真梗着脖子唱起道情，却是字正腔圆，一点也不结巴。两庹侍卫亲兵跟着这位倒霉王爷，多日旅途寂寥，见正殿有人唱道情，不禁都凑过来听热闹，却听孟宪佑唱道：

> 开言千岁请细听，
> 奴才为你唱道情。
> 不敢造次接王驾，
> 都只为保定府里传来了宪命。
> 接到了十四爷还则罢，
> 接不到十四爷，八品官儿也作不成！

歌词虽俗，却是清楚明白，胤禵想不到他唱得如此流畅，忍着笑说道："我才走到娘子关，保定府好长的耳朵！"孟宪佑将手一揖又慢声唱道：

> 里头的委曲，奴才弄不清。
> 昨日晚有个官儿来到井陉，
> 工部员外郎，名叫田文镜，

奉圣命去陕西慰劳军营，

顺路儿带来这一道令，

命奴才带着暖轿接爷回井陉。

四十五里山路跑得奴才头发蒙——呀

吱也幺哥！

唱到这里收板子，一嗓子"呀吱也幺哥"唱得殿里殿外人人控背躬腰，跌脚捶胸哄然大笑。胤禵也掌不住一口茶"扑"地喷了一袖子，但他很快就明白，自己在受着何等严密的控制。他渐渐变了脸色，站起身来冷冷说道："难为了山西直隶两省巡抚了。这大的雪，比本王走路的竟辛苦了十倍！既然你带了暖轿，也算你一份虔心，本王可要坐轿走了。"说罢便起身来，孟宪佑忙叩头起身出去招呼轿马，胤禵的亲随和钱蕴斗等人便忙不迭地备行李。

"十四爷，"一个王府侍卫见胤禵结着扣子出来，忙上前禀道，"那个女的怎么办？是送她回代县，还是带着她走？"说着将大氅递了过来。

"她身子骨怎么样？"

"挺好的，昨晚暖了一夜，已经过来了。"

胤禵抿着嘴看了看天，雪已经下得不大了，稀稀落落的雪片有气无力地随风荡摇着缓缓坠落。他沉吟着，一眼见引娣从东耳房出来，便道："你不要紧吧？"引娣穿着一身又重又厚的棉袍，一夜饱暖，精神已完全恢复。她见胤禵一干人手忙脚乱地收拾东西，行色匆匆，先是隔窗痴痴地望，听胤禵问自己，忙几步过来，双膝跪地，就雪中磕了三个头，已是呜呜咽咽放了声儿："恩人……您这就要走？叫俺怎么报答您？……俺们是寒门小户，恩人是贵人，只盼恩人步步高升，公侯万代……"胤禵苦笑了一下，摸了摸怀间，里头并没有银子，却有一把金瓜子儿——是年羹尧为自己设酒送行，席前猜枚儿耍子赢的。便都掏了出来，说道："你这感恩的话我当不起。按平常年月，我带你去京城，能帮你图个一家温饱，如今不成了。带上这点钱回去吧……"说罢神色黯然。

引娣一下子抬起头来，泪光闪闪诧异地望着胤禵。刹那间，胤禵才发现她长得十分俊美：韶秀的面孔用雪水洗过，泛着粉嫩的红晕；嘴角下还有两个似隐似现的笑靥；一头乌发多少有点散乱，却黑得乌鸦翅膀似的在风中翩翩飘动；黑得深不见底的瞳仁带着稚气，也带着与年龄不相称的机敏和成熟。胤禵叹道："我北京王府里，身边八个丫头都不及你，带你去侍候福晋也必是好的。可惜……我身在不测之中，顾不到这些了。你这样走路不成，我劝你改换男装，走大路慢慢还乡吧。"说罢便要下阶。

"恩公！"

"唔？"

"求恩公赐下姓名，俺回去给您立长生牌位！"

胤禵恬淡一笑，徐步下阶，一边走，头也不回地说道："自古哪有长生的？我不短命就是天照应！先帝在世，群臣日日喊万岁，到底也只在位六十一年。造化无常……"不知哪句话触动心思，胤禵眼中突然涌满了泪水，一阵急步出庙，哈腰钻进暖轿，脚一蹬命道："起轿！"

百余人簇拥着那乘杏黄毡套四人抬软轿，高一脚低一脚踏着拥满积雪的山道迤逦东去。引娣站在庙门口呆望着，一直目送到他们消失在迷漫风雪里才回庙来……

一行人在风雪中又跋涉数日，待到北京京郊的潞河驿，已是十一月二十六日傍晚，前头自有人飞马进京报知。过永定河，早见大学士尹泰、礼部员外郎高其倬、理藩院司官阿尔松阿、苏奴等人接了过来，见胤禵哈腰下轿，一齐请下安去。胤禵看了看，阿尔松阿是原工部尚书阿灵阿的儿子，苏奴是八阿哥廉亲王胤禩的门下，在京时无话不谈的，但此时人杂，又在帝辇之下，一句多的话也不敢说，只吩咐叫起，便跟着众人进了驿站。国丧期间，不便大张筵宴，尹泰只命人预备了一桌素席，权为胤禵接风。既不能叫歌伎奏乐助兴，也不能猜拳，射覆哑谜，众人都是重重心事。因此，略吃几口，见胤禵放了箸，便都起身，到驿站正房，重新见礼说话。

"竹韵公，"胤禵坐了主位，看了一眼对面的尹泰，说道，"皇阿玛的梓宫设在哪里？我今晚要去守灵！"

尹泰是文华殿大学士，已故上书房大臣熊赐履的头号门生，出了名的道学老古板。康熙晚年，因跟着大学士王掞保奏废太子，罚俸罢职，置闲多年，望七十的人，须发都已皓然，仍是精神矍铄，正襟危坐在胤禵侧旁，清癯的面庞一脸庄敬之色。他听胤禵问话，在椅上欠身一躬，说道："大行皇帝已经定了庙号为'圣祖'，请十四爷留意。圣祖十三日崩驾，是在畅春园，当日雍正万岁爷枢前即位，即奉大行皇帝移梓乾清宫。臣奉旨接大将军王，今夜在潞河驿安歇，明日自有圣命召十四爷进去。"

面对这些人，胤禵突然有一种遥远和陌生的感觉，想起自己当年千乘万骑耀武扬威地出兵放马，正是今日高坐九重君临天下的皇帝代天子恭送自己到这里，在驿前不远的青芦棚下设筵洒泪而别。今日回来，已经分了君臣名分，嫡亲的手足，说不许进城，就得乖乖地在城外待着！真是景物依旧，人事全非。离此不远的紫禁城中，冷冰冰的乾清宫中静静躺着的老阿玛，再也不能把着手教自己运笔写字，再也不能一边吃酒，一边看自己舞剑……胤禵不禁泪水涔涔，却不愿在尹泰这样的人面前失态，忙偷拭了，说道："尹泰，既然不能进去，我自然遵旨。你是出了名的理学大师，请指教，我该先见雍正皇帝，还是该先去谒圣祖的灵位呢？"

"忠孝节义虽为一理，却有序。"尹泰不疾不徐，款款说道："忠在守位，今日君臣之分已定，圣天子在上，自当先觐见当今万岁。不过万岁也在乾清宫昼夜守灵，一同参见也未尝不可。"尹泰胸有成竹，说得十分笃定。他素日并不结交阿哥，对爽直豪气的胤禵其实颇有好感。于平常人家，先见谁后见谁是不值一提的小事，但当今雍正是个刻薄成性的，劝胤禵先行君臣人礼，再谒康熙梓宫，原是满心保全的好意，只是道学面孔僵板硬直，叫人听得心里不受用。阿尔松阿是随从尹泰来的，见尹泰这样待胤禵，横了尹泰一眼，心里骂道："老棺材瓤子，"口中却道："忠孝原为一体，尹老大人说得极是。孝为忠之本，不孝即是不忠，非孝子不能为忠臣。既然万岁爷也在梓宫，临时请旨定夺也可以嘛。"尹泰明知他是驳自己，也不辩白，脸上毫无表情，转脸又对胤禵说道："有一件事，臣要回明十四爷。万岁登极之后，诸阿哥一律避讳。因此，所有阿哥的'胤'一律改为'允'字。胤允音近，口头称呼不易分别，若十四爷有条陈奏议,请留心更正过来。"

这是题中应有之意,胤禵也听出了尹泰的好心,不禁点头道:"多承关照,自今而后,小王叫允禵就是了。"

"十四爷,"阿尔松阿见允禵正眼也不看自己一眼,知道他有误会。来接允禵之前,八阿哥府太监何柱儿专程见他,叮嘱他务必要独自见见允禵,详告北京城内形势。眼见主官是尹泰,莫名其妙的一个糟老头子,其余的人都是个个心怀鬼胎,戒备警惕,哪里去讨机会?阿尔松阿坐在旁边沉思良久,单独见允禵断然不可,但不说话、装哑巴,在八阿哥那头交代不了,因轻咳一声,说道:"奴才来前,三爷、五爷、八爷、九爷、十三爷都见了。各位爷们都说,本该亲来接风的,但爷们都重孝在身,叫奴才转告爷好自保重。"这等于给允禵报了一个平安信,允禵顿时松了口气,缓过脸色说道:"劳哥子们关照了。彼此热孝在身,这些礼就不必讲了。"苏奴看了看尹泰和高其倬,接着阿尔松阿的话口说道:"倒也不全为守孝。万岁爷新登极,凡百事务都要料理,夜里守灵,奏章都带到乾清宫处置的,三爷、十三爷、八爷如今都进了南书房,和隆科多、马齐共管国家丧期朝务。为防奸党内外勾结,乘丧起乱,九城封闭已经十四天了。"

这等于又一个信息,而且更加要紧。所谓"奸党"云云,允禵心里雪亮,指的是新君雍正一生"三憾"——八阿哥允禩、九阿哥允禟和十阿哥允䄉——当然,自己就是"内外"的"外"了。允禵心中不禁一阵紧张,同时又有点宽慰轻松:这再明白不过,八阿哥没有被扳倒,雍正的帝位并不稳当!危险和机会同时存在着,当然事尚可为——允禵被这几句话撩得五内翻涌,心头突突乱跳,目光霍地一闪,还想问点什么,又压住了,转脸问高其倬:"你叫什么名字?以前没见过啊!"

"回十四爷,"高其倬忙欠身赔笑道,"臣原任四川成都署理知府,一直在外头,是前几日才调到礼部的,因此没缘分荣见十四爷。"此人干巴精瘦,一双黑豆眼炯炯有神,只一脸麻子有点破相,伶伶俐俐的,一望而知是个浑身消息一按就动的角色。允禵歪着头想了想,说道:"我想起来了,你看得好风水。你写的那本《堪舆家言》很有意思。"陡地想到高其倬是年羹尧帐前督粮总办李卫一手提拔的人,便又缄了口。

但高其倬却被他搔到了痒处，口中滔滔不绝说道："风水一说起于汉兴于唐，以地理应天文，有人神不测之玄妙。先帝爷在时，曾命臣陪同钦天监圆明去奉天看过太祖爷的福陵，后来到遵化，圆明看中了一块地：那地自卧雁山起龙头，一个鼓一个包一个鼓一个包下来，形如龟背曲似长蛇，绵绵延延直下东南，正与世祖景陵相接。他说这地好，我说这地是将相之地，不是君王之地，不信你往下挖，八尺之下必定有水。叫人一刨，果不其然！连圆明也服了，叫臣陪着一垄一垄地挨着看，后来才选中了大行皇帝的景陵！大学士张廷玉相爷的祖陵也请我看过，我说好，不过恐妨令公子，于令弟也有不利，这就是美中不足的。如今张相二公子果然命促，相爷的三弟廷璐公前年也贬了官。今日我就撂一句话，尹老相爷的祖茔我也看过，令公子已经考中举人，不在今科在来科，若不在前三名里，请剜了我这双眸子去！"他口中喋喋，手势翩翩，怎样瞧山向、侦地气、看来龙、察地脉，说得唾沫四溅，听得众人只发怔。阿尔松阿在旁不冷不热说道："想不到老兄如此通阴阳之理，天造化，老兄必定能给当今万岁选一块更好的寝陵。"

有时候一句话像一道闸，能堵住潮水一样的话题。本来历代帝王，即位便选陵墓，并不是一件忌讳的事，但康熙尸骨未寒尚未安葬，京师危机四伏，雍正的帝位坐得稳坐不稳都难说，就言及给他选坟的事，人人都觉得他别有用心语带双关，虽然挑不出毛病，顿时心里咯噔一声。高其倬也自觉失态，涨红了脸，低头吃茶，再也不说什么土味的"甘酸苦涩"了。

"我也乏了，"允禩起身伸欠了一下，"今儿就按旨意，先安歇一夜吧。高其倬既精于堪舆，万岁召他进来也未必没有深意。其倬先生有闲工夫，将来给我也看一块地，不求世世富贵，但求代代平安，好歹请留意。"说罢将手一让，众人忙都躬身辞出去。

第三回　探虚实阎宫大哭丧
　　　　乌雅氏柩前正位号

　　在潞河驿胡乱歇息一夜，果然第二日拂晓便有旨意下来："着大将军王允禵即至乾清宫圣祖梓宫灵前见驾。"允禵一肚皮的火，也不设香案，也不跪接，竟站着接读圣旨。读罢一语不发，愣着出了半日神，径自出了门上马赶进北京城，弄得赍诏太监和尹泰一干人又是担心又是尴尬，说不敢说，劝不敢劝，只好怀着鬼胎，打马随行入城。

　　天上的雪已经小得多了，银雨也似霏霏而落，云层黄中透白，眼见这场数十年罕见的大雪已是强弩之末，没有多少后劲了。允禵呆着脸骑在马上，一街两行家家户户都有人扫雪清道，见他前呼后拥地过来，纷纷丢了扫帚木锨家什，垂手鞠躬侍立。人们脸上没有什么表情，仿佛还没有从老皇帝的死这一噩耗中惊醒过来，更没意识到这位当今皇帝的政敌，一母同胞的大将军王突然回京意味着什么。但允禵心中却另有一番滋味，往年的西直门内，像这个日子，正是要过冬至的日子，那热闹得还了得，什么肉肆行、富粉行、成衣行、玉石珠宝行、绸缎铺、纸行、海味鲜鱼行、汤店、药肆、忤作行、浆洗店……纵比不上正阳门外棋盘街大廊庙，也是车水马龙人潮如涌。如今却是家家关门，店店封户，冷冷清清没几个人，只偶尔有几声卖水车的铎铃响和拉煤土沿街叫卖声，打破这冰雪世界的岑寂。允禵不禁微微叹息，轻声吟道："亲戚或余悲，他人亦已歌。死去何所道？托体同山阿——帝王也是一样啊……"

　　"十四爷，"紧跟左侧的尹泰问道，"您说什么？"允禵低垂了头，良久才叹道："我想起了皇阿玛，英雄一世，如今躺在冰冷的乾清宫。人生斯世，到底有何意趣？你看这大街，平日何其红火，现在却是悲风回雪，遍布缟素。你我还沉湎在终天之悲中，人家砧板都在响，照样儿过冬至，照样儿拜冬，做冬至团，买乳酪，熬饧糖。"尹泰听了反觉无言可对，思量着说道："十四爷想得多了。这街两边店铺多，举人们都赶着进京入闱，趁着冬至赚这些措大们几个是有的。大雪下了这么多日子，寻常人家连菜也吃不上，哪能同往年比呢？"

允禵左颊上的肌肉不易觉察地一颤，转脸问道："今年还要开春闱？不到时候吧？"尹泰斟酌着道："十四爷，您难过得糊涂了。新皇登极，自然要开恩科的。听说礼部原定我当主考，我赶紧去说，我的三儿子尹继善今年也要考，按例我得回避。大丧过后，我想恩旨就要下来了。"允禵还要问话，前头侍卫在马上用手一指，说道："王爷，西华门到了。"

允禵身上一震，猛地意识到此地是紫禁城入口处，巍巍天阙之内，便是总领天下政务的机枢重地。他收了戚容，款款下马，解下腰中宝剑递给从人，便见乾清宫一等御前侍卫德楞泰迈着凝重的步履下阶，站在石狮子旁等候自己，他便踱了过去。德楞泰是蒙古勇士中选来给康熙皇帝当侍卫的，迭次护驾有功，已经晋封二等伯爵。他敦实高大的身材像一尊铁塔，透出一身剽悍之气，黑红的脸膛看不出什么表情，只两只眼睛哭得有点浮肿。他稳稳站在阶前，见允禵走近，低沉地说了句："有旨。"见允禵毫无下跪的意思，接着说道："着允禵乾清宫西暖阁见驾！"允禵回顾尹泰，见尹泰吓得脸色惨白，因冷冷说道："四哥太劳心了，已经有过旨意了嘛！"

"给十四爷请安！"德楞泰上前打个千儿，遂即起身，一躬说道，"万岁爷的意思是，先请见一见，随同万岁一齐去大行皇帝梓宫行礼。"

允禵哼了一声，拔脚便走，马刺踩在扫得溜光的临清砖上发出叽叮叽叮的声音，越走越快。尹泰情知这位性情刚烈的王爷今日有意惹事，和愣在当地的德楞泰交换了一下眼神，急匆匆跟了进去。允禵大步流星进西华门，却不循常例由武英殿隆宗门入内，径由熙和门入内，过金水桥登太和门，直奔太和殿，从保和殿后急步下阶，过了乾清门，沿甬道挺身直入。弄得专门在隆宗门迎接他的上书房大臣隆科多飞跑回来，喘吁吁地跟着，口里说着"请安"，那允禵只是走，哪里行得下礼去？连钉子似的守在甬道旁的侍卫们都看得目瞪口呆！允禵远远见乾清宫前灵幡旌庥白汪汪的一大片，心中已是一片迷惘混沌，只觉得天地宫殿浑浑茫茫，在旋转，在倒涌。直到殿前，两个人搀架住了他，才清醒了一点。他定睛看时，一个是八阿哥廉亲王允禩，一个是十三阿哥允祥，亲人相扶万感交集，仇人相见又分外眼红，他不禁傻子一样怔住了，直盯盯地望望"正大光明"匾额下的白幔素幛，左望望允禩，右看看允祥。一阵哨风卷地而过，吹得灵幡哗哗直响，殿檐罘罳下铁马叮当一声，允禵浑身剧烈地抖动一下，突然扑身倒地号啕大哭，匍匐着直爬到康熙灵前，已是声断气咽："皇阿玛、皇阿玛！你……你这是怎么了？你怎么在这里头？你醒一醒儿……你的不孝的老十四回来……看你……嗬嗬……临走时，你不是说过，必定要临终前见儿子一面的么？是天不允还是地不许？我的皇阿玛，我的皇阿玛啊……这不公道啊……嗬嗬……"此刻大殿中东边一溜跪着三阿哥允祉、五阿哥允祺、七阿哥允祐、九阿哥允禟、十阿哥允䄉以下至十七阿哥允礼，最小的阿哥允祁刚满十岁，缌麻孝袍伏地哀泣；西边一溜是康熙留下的宫嫔，却是从宜妃郭络罗氏为首，德妃乌雅氏、惠妃纳兰氏、荣妃马佳氏、温贵妃纽祜禄氏、成妃戴佳氏、良妃卫氏、定妃万琉哈氏、敬敏贵妃章佳氏、顺懿密妃王氏、纯裕勤妃陈氏……还有一大堆的嫔、御、答应、常在各类各色的女人足有五十人，都一齐放了声儿。但这些人每日前来跪灵已近半月，又累又别扭又担心又都各怀着心事，早就过了新丧之哀，再也鼓不起哭兴来。男人们低垂着头，有的偷看允禵拍棺大恸，有的互相交换眼色，有的装着哀痛已极伏地假寐，有的边"哭"边抠砖缝儿，抹眼睛丢鼻涕，流出涎水凑数儿。女人们天生会哭，白绢子握着嘴呼天抢地，唱歌儿似的念叨着什么，但眼泪是再也挤不出来了。

"老十四乱了章法，"允禩看了看默默出神的允祥，说道，"祥弟，你看这事怎么调度？"他是个温文尔雅的人；微胖的圆脸多少有点苍白，看去很清秀，一双又大又黑的瞳仁几乎不见眼白，说出话来又清又亮，一副弱不禁风的样子，即使皱着眉，嘴角也带着一副可亲可敬的温柔敦厚，和虎目炯炯英武爽俊的十三阿哥允祥恰成对照。允祥自允禵闯宫，已经知道今日之事难以善后。十四阿哥敢于冒险一试，其实就是要蹚蹚新君雍正到底有多深的"水"，看一看对面这位"八贤王"还有没有胆量保自己——这一闹是早就想到了的，只不料这个下马威来得如此之快！半晌，允祥方拿定了主意，长叹一声，含意不明地说道："难为他……这片孝心，就依着八哥吧。皇上昨晚失眠，到四更天才睡下，原想见见老十四，兄弟君臣先聊聊再来哭灵——你看看这起子人，哪里是哭？都是直着脖子在嚎叫，成什么体统——我去见见皇上，八哥你去劝劝老十四。我直人说直话，只怕他还听你的些……"说着便向西暖阁走去。

允禩猝不及防接了这个烫手的红炭团儿，连回话的余地都没有，眼看着允祥晃着四方步去远，心里又气又恨，无奈只得进殿来，一眼看见德妃乌雅氏跪在西边第二位，允禩突然有了主意，徐步走了过去。此时允禵越发大放悲声，撕心裂肺地嚎啕哭得殿中人人心里起栗。他扭曲着身子，用头死命撞着金漆楠木棺材，双手剧烈地抖动着，两条腿狂躁地蹬着大哭大叫："把棺材打开！把棺材打开！我……我要看看皇阿玛！我要看看他老人家……我要知道他真死了没有……呜……嗝嗝……您怎么会死？您是怎么死的呀……"

"列位皇太妃……"允禩装着喉头哽咽了一下，走到郭络罗氏和德妃乌雅氏中间，团团一揖说道："十四弟这个哭法不成，既伤身子又不成礼法，太妃们是长辈，求你们出面维持一下，成全他的孝心。"

郭络罗氏左右顾盼一下，这才醒悟过来，自己昏昏沉沉只顾哭，竟跪在了后妃的首位。这几位贵妃都明白，跪在第二位的乌雅氏正位皇太后只是几日里头的事，知趣地杂跪在下首，自己怎么连这份机伶也没了？她陡地打个寒颤，转脸低眉说道："德妹妹，实在有僭了；我不是有意儿的。今儿这事，还得你来拿主意。"说罢，挪动着发木的双腿后跪了半步。德妃乌雅氏怔怔地看着蹬踊大哭的允禵点了点头，其实连郭络罗氏后头的话也没听清楚。"母以子贵"，她养的儿子当了皇帝，当皇太后是题中应有之意。本来大好一件事，偏生两个亲生儿子是两"党"，闹家务闹得天翻地覆。胤禛人称冷面王，出了名的狠辣猜忌刻薄寡情，不知康熙吃了什么药，居然把这万几宸函九五尊位传给了他。如今做了天子，叫他给弟弟让步是万万做不到的。但她心里雪亮，这个允禵也是个犟种，撞死在南墙上也不会走弯路，今日大闹灵堂，骨子里就是不肯臣服胤禛，自己一个女人，能有什么法子制住两个斗红了眼睛的公鸡？

想着，乌雅氏抽咽一声，眼睛里突然涌满了泪，艰难地站起身来，走到哭得昏天黑地的允禵身前，用冰冷的手抚了一下允禵的发辫，说道："儿子，你刚从外头进来，呵着冷风，这么着哭，要伤了身子的……"

"体之发肤受之父母……"允禵头也不回，一头哭一头说："……我的身子是父皇给的……父皇不在了，我还要身子做什么？我的阿玛呀……"乌雅氏咽了一口气，说道："……也是娘身上掉下来的肉……替你阿玛想，替我想，你都不能这样。好儿子，你……你要多想想……"允禵听着，突然停了哭声，转过满面泪光的脸，仿佛不认识似的望着乌雅氏，盯视良久方问道："你是谁？凭什么管教我？"

"孩子……你哭昏了头……我是你的亲娘！"

"你穿的是皇妃服色。你不是太后，也不是娘娘，国家有制度，你管不了大将军王！"

众人早已停了哭声，殿上只听德妃的温言细语和允禵疯子一样的咆哮："皇家丧礼是国家重典，不同庶民！世祖爷在位宫中铁牌定制'后妃不得干政'！"此刻殿中一百余人都听得呆若木鸡，人人色变股栗，只有东首跪着的九阿哥允禟看了看平静如恒的允禩，又用眼角扫视挨身的十阿哥允䄉，恰遇允䄉的目光也扫过来，一会神便都闪开来。乌雅氏一眼看见新即位的雍正皇帝一手扶着侍卫张五哥，一手扶着太监李德全，后头跟着允祥、隆科多和鄂伦岱一干侍卫，脚步杂沓衣裳窸窣逶迤沿甬道踏上乾清宫丹陛，心里一急，断喝一声："你胡说八道！来人，架起他来！"

"……喳……"

站在灵前的几个小侍卫早已看得目眩头晕，见一向温和安详的乌雅氏突然勃然变色，惶恐地左右盼顾一下，参差不齐地答应一声。见允禵兀自红头涨脸，脖子上的筋鼓起老高，一副天不惧地不怕的横样儿，向前一步又迟疑地退回来，谁也没敢动手。顷刻间殿内一片死寂。

"怎么？"乌雅氏眼一横说道，"我是天子之母！祖宗家法都不要了？"她脖子一扬，点着名儿叫雍正身边的侍卫："鄂伦岱！你给我架起他来，先给皇帝行礼！"

允禵恶狠狠看着一脸惶惑之色渐渐走近的鄂伦岱，想想自己大老远专门派他入京打探消息，居然杳如黄鹤，居然腼颜来揍自己，气得浑身乱颤，却不言声，待鄂伦岱下腰刚架住胳膊，突然回身一掌"啪"的一声捆将去，打得鄂伦岱倒退几步才站稳！

"你是什么东西，敢来动我？"允禵直着脖子吼道，"这个地方是大行皇帝停枢圣地，我是天璜贵胄金枝玉叶！你不过猪一头、狗一条，施什么威风？四哥——"他突然转脸向雍正皇帝，"如今是你为主，你给我治治这个没上没下的奴才！"

雍正皇帝穿一身黄绛丝面儿白狐青白欣朝袍，外面没套褂子，腰间系一条玄色麻带，黑狐皮缎台冠上的东珠和红结是摘掉了，沿帽勒着一条雪白的缎带。虽在丧中，浑身上下修饰得毫不拖泥带水。看样子，他是正接见外省大臣，被这边的吵闹哭叫惊动了才过来的。苍白的脸上带着倦容，发暗的眼圈周围还带着泪痕，两只黑得深不见底的瞳仁静静地注视着这个桀骜不驯的允禵，一声也不言语。他一出现，偌大的乾清宫正殿中立即充满了一种冷峻、威压的气氛，所有的人都深深叩下头去，只有允禵硬着脖子，用挑衅的目光盯着雍正。

"鄂伦岱，你回避一下。"良久，雍正才开口说道，"你十四爷千里奔丧，乍逢大变，悲痛伤心过度了。你去传理藩院主事图里琛，叫他到南书房等候接见。"待鄂伦岱退出去，雍正方慢慢踱过来，一手扶着康熙的灵枢，一手拉着允禵的手，叹息一声道："好兄弟，和这种人生哪门子气？有气、有苦、有泪，当着哥哥，你好好痛哭一场！国家遭此大变，凡百事务都还要倚重兄弟。兄弟远道回京，照常理，朕是该去接一接的，只是上头停着灵，下头还有几十个官员急着奏事，大行皇帝病中积下的奏牍，有些急务也不敢延误，清江河督那边再不拨银子，桃花汛一来黄河就要决溃，漕运局面也就糜烂了……兄弟，咱们是天家，不比寻常百姓，家国一体啊！"说罢，泪如雨下。

他说得如此动情，既有堂堂皇皇的天理，又有谆谆恩恩手足之情，又像责备允禵的非礼，又像自责无能。允禵准备今日灵前把乾清宫搅得稀烂，一举弄混北京政局，倒被这番话堵得无话可说。他用眼偷睨了一下兄弟们，一个个俯首帖耳毫无动静，又见胤禛抚棺哀恸，一片真情，不由暗自叹息一声，掩面颤声泣道："四——皇上这话，臣弟领命了……只可恨我怎么这样没福，怎么就最后一眼也不得见皇阿玛一面呢？我的好阿玛……阿玛好……好……狠的心啊……嘀嘀……"他仍旧用头砰砰地碰那坚如铁石的楠木棺椁，但那样歇斯底里的如疯狂的劲头却没了。站在允祥身后的隆科多是领侍卫内大臣，掌管着紫禁城宿卫关防，方才路上已悄悄请示过十三贝勒允祥，一旦诸王一哄而起闹事，只消允祥一个手势，立即着手一体擒拿。他紧张得两手全是又冷又湿的汗。见雍正轻柔温馨的几句话，立即将局面稳住，不禁暗自松了一口气，低着头，敬佩地向雍正投去一瞥。雍正拭了眼泪，看了看哭得泪人儿似的母亲德妃，一闪眼见郭络罗氏居然跪在德妃前头，目光一跳，闪过一丝不快，却没有说话，在殿中轻轻踱了两步，突然走到西暖阁门口，搬起一张椅子，唬得几个太监忙不迭地上前要接，却被雍正阴冷的目光逼得退了回去。几个皇阿哥原都在假抽泣想心思，此刻都一下子抬起头来，莫不成要给老十四搬椅子，卖个大人情？连允禩也住了哭，瞪大了眼睛。

"母后！"雍正轻轻趋步，直至德妃身前，小心翼翼把椅子安放好，双膝一软长跪在地，泣道："儿不孝通天，祸延皇考，但自古人死不能复生，娘要哭坏了身子，更增儿子罪戾，何以对天下苍生？"允祥、隆科多并一干侍卫太监见雍正跪了，忙都一齐跪下叩头。乌雅氏泪眼模糊地转过身来，见是皇帝跪在自己面前，惊怔得身上一颤，翕动着嘴唇，半晌才道："皇帝，你这是怎么了？娘怎么当得起这个礼？"雍正连连叩头，泣道："当然当得起！您的皇太后封号，大行皇帝殡天那日上书房已经议定了的，原说待父皇断七之日，连同大赦天下诏谕明发各省。母亲身子本来就单弱，又有痰涌之疾，见您这样，儿子心里实在难过！您不能再跪了，自古孝以心行，礼仪可以从权，自今日今时，您就是皇太后！您得成全儿子这片诚孝之心！"

"这……这是国家大事，这如何使得？"

"您要是不答应，儿子就跪死在这里！"

乌雅氏泪眼张皇，尚自嗫嚅，跪在殿门口的允祥朗声说道："母从子贵千古通例！这是朝廷早已拟定了的。皇上以孝治天下格天体物，一片至诚，请皇太后不必再辞，安坐受礼！"说罢，瞋目对跪着发愣的哥哥弟弟们断声喝道："拜！即行皇太后参礼！"

"皇——太后千岁，千千岁！"

乌雅氏左看看雍正，右看看允禵，身子一软坐了下去，放声大哭道："先帝爷呀……"

第四回　新君天牢释旧臣
宿敌聆旨恶作剧

二十七日国丧终于在悲怆、不安和紧张中悄悄过去，腊月初十，诸皇子皇孙在雍正率领下，在康熙皇帝的梓宫前行了叩灵礼，由雍正牵灵，将棺椁移至寿皇殿奉安停枢。因未满一月，诸王、公、贝勒、贝子及文武官员帽上的簪缨尚不能戴，但乾清宫前的灵棚已经移去，挂在宫中千门万户前的白纱灯也由六宫都太监李德全会同内务府礼丧司的官员们都摘去了，换上了黄纱宫灯。宫中重新布置一番，原来那种凄凉、肃杀、哀恸的气氛顿时去了一大半。自十月中旬康熙病重，二十二个皇阿哥衣不解带，日夜奉侍，先是畅春园，后又到紫禁城，足足"泡"了一个多月，既不能沐浴更衣，又不许剃头刮脸，饶是强筋骨壮，也都一个个熬得蓬头垢面、脸色发青、霜打过的草似的提不起精神。众人各怀着重重心事，脚步杂沓随在雍正銮舆后头，眼巴巴瞧着雍正御驾进了日精门，都暗自舒了一口气，满心想着回府，怎样洗澡换衣，如何拥炉品茶，再好生睡个囫囵觉，但皇帝没有旨意，也只好等着。十阿哥允䄉是个一刻也不安生的，搓手跺脚取着暖儿，唏溜着鼻子看天，一会儿和这个阿哥搭讪一句，一会儿又跑到太监群里问："有手炉没有？"半晌又转到允禵面前，半笑不笑地问道："喂，我说大将军王，这个地方冷，还是西大通冷？"

"都冷。"允禵望着宫门，怅怅地说道，"我大营里中军帐，是双层牛皮夹毡，地下串着火龙，暖和得很。要论外头，这里差得远。一口唾沫不落地就结冰，摔得稀碎——像兄这样，穿着猞猁猴皮袍，还冻得乱窜，一辈子也别去西边。"

"都冷——不错！"允䄉嘻地一笑，说道，"不过里头也有个分别。譬如皇上，这会子和老十三、隆科多、张廷玉都在暖烘烘的上书房吃香茶喝参汤。咱们呢，就得乖乖在这冰天雪地里喝西北风儿。一个爹生下来的，命就不一样！"允禵品嚼着他话中的意思，淡然一笑说道："君臣分际咫尺天涯，份所当然嘛。"允裪哼了一声，说道："那自然那自然！昔日孙皓投降晋帝，席间唱歌：'昔与汝为邻，今与汝为臣。敬汝一杯酒，贺汝万年春！'你清清嗓子，再过二十天，就是大年初一，皇上必定在太和殿受贺赐筵，你好好亮一嗓门儿，准保封你个亲王！"说罢也不等允禵答话，缩头跺脚又跳到了别处。

众人或三五聚话，或窃窃私议，正等得没兴头，允裪拍手儿道："雅静！恩旨可来了！立马叫咱们回府，剃头洗脚，搂着福晋美美儿睡个大头觉！"立在宫墙跟沉吟不语的允禩抬头一看，却是养心殿太监邢年带着一群苏拉太监过来，在日精门当门立定。

"列位爷，"邢年见众人满不情愿地要下跪，忙道，"万岁爷吩咐免礼。主子知道爷们劳乏了，不过还有些要紧话，想和爷们谈谈心。请爷们到养心殿候驾。主子正在见人，要不了一个时辰就下来，请爷们忍耐一时，午膳主子和爷们一块儿进。"几句话说得众人无不泄气，只得拖着灌了铅似的步履，迤逦出永巷、过天街，再由西永巷过月华门至养心殿等着。

邢年传过旨踅回来，在月华门这边看着阿哥们无精打采进了养心殿垂花门，这才去缴旨，早见隆科多、张廷玉、马齐、王掞还有十几个官员都鹤立在檐前。邢年打心里叹息一声："真是一朝天子一朝臣。先帝在时，决不会让这些臣子们立在外头挨冻的……"想着，便走到马齐和王掞面前，打了个千儿道："给二位大人请安！二位老大人因在狱神庙已经一年了，看上去气色还好！这回新主子一登极，就说遵先帝爷的遗命，放列位大人出来。贵人遭磨，后福无穷，小的也替大人们欢喜！"又看了看后头十几位，虽不相熟，却知道都是被康熙囚禁了，雍正刚刚赦出来的，邢年也都团团一揖作礼，笑道："大人们纳福！"

"外头是邢年么？"上书房里传出雍正的声气，"你进来。"邢年忙答应一声，挑起厚重的棉帘进来，一股暖烘烘的热流立即扑面而来。定睛看时，雍正依案而坐，穿一件绛色红绸面染狐臁袍，套着貂皮黄面褂，腰间束一条黄绦褡包，正在啜茶沉吟。下头跪着两个人，却都认得，是内务府的两个笔帖式钱蕴斗和蔡怀玺，当日派他们去接允禵，还是自己传的旨。因不知雍正召他们说什么事，邢年一句多的话也不敢说，替雍正斟了一杯热奶子便躬身退到了一旁。却听蔡怀玺道："十四爷这一路都很安分的。奴才们万万没想到，进了北京，十四爷会忽拉巴儿变了性，惹出这么大麻烦。这都是奴才们办事不周，求万岁爷责罚！"

雍正站起身子，踱了几步，端起奶子呷了一口，笑道："朕不过白问问，并没有别的意思。他肯奉诏，平平安安来京，你们的差使就算办得好。你十四爷性气本来就高，恰又遇上皇阿玛龙驭上宾，心里发急，说话做事不免过头儿。朕召见你们，就是告诉你们，十四爷路上说的，无论是好话坏话，不能往外传。"他倏地收了笑容，眼中闪着幽幽的光，咬着细白的牙齿道："说出去，就是挑唆我天家骨肉不和，这个罪名儿你们吃罪不起——回京后有人问起过你们这些事没有？"蔡怀玺忙叩头道："奴才回来就奉了宪命，去礼部帮着办今年的恩科，忙得昏天黑地，并没人来打听闲话。就是打听，奴才是知规矩的人，也不敢胡嗤。"钱蕴斗也道："奴才也不敢胡说。"雍正一笑，说道，"那好。邢年告诉内务府，两个各加一级，赏一年的钱粮。"待钱、蔡二人却身退出，雍正方问邢年："他们都过去了？"

"是！"邢年忙赔笑道："奴才亲眼瞧着爷们进养心殿，才过来给主子回话的。"雍正点点头说道："不能叫他们等久了，你这就随朕过去！"邢年忙道："奴才方才进来，廊下站着好多官员呢！主子不见见再过去？"

"哦！"雍正似乎有点诧异，站起身来隔玻璃向外望望，对邢年说道："你叫隆科多进来！"

隆科多进来了，这是个五十多岁的精壮汉子，穿一身九蟒五爪袍子，珊瑚顶子下一张黑里透红的脸，五短身材仿佛蕴着使不完的劲，一进门就甩了马蹄袖，跪地叩头道："奴才隆科多叩见万岁爷！"

"舅舅，别这样，你起来，以后见朕免了这'奴才'二字。"

"臣不敢！"

"有什么不敢的？"雍正笑道，"朕既然这样称你，你就当得起。"见隆科多起身来，雍正又道："朕可要说舅舅几句了。廷玉是个汉臣，凡事小心，也还罢了。你现在是上书房领班大臣，又是九门提督，朕的至亲至信大臣，凡事要替朕多想着点，多担待着点。"

隆科多目光炯炯看了雍正一眼，忙又低头道："请皇上明示，臣好遵旨承办！"雍正指着窗外说道："马齐是先皇老臣，偶然记了过，交部议处不过是应景儿。王掞是出了名的忠臣，又是教过朕读书的师傅。这十几个人有的是遭冤下狱，有的不过是公事罣误，例常处罚。朕以仁孝治天下，当然要恩赦他们出来。你们怎么能按寻常犯官起复待他们？上书房这边朕占着说话见人，那边批本房，誊缮房有的是地方，就不能腾出点地方来，让他们进去歇着。这么冷的天，就站在檐下风地里！"隆科多赔笑道："皇上，他们刚从狱里出来，原是到上书房报到领差。奴才和廷玉倒是劝他们在御驾起居注档案房暂候着，他们听说皇上在这，没一个人去取暖，都在外头等，想见您一面……"邢年这才明白，雍正并不知道外头有这么多人冻着候见，忙过来替雍正披了大氅，和隆科多一道随着雍正出了上书房，廊下一排溜站着的十几个大臣见雍正出来，"忽"地一齐跪下，叩头高呼：

"万岁！"

雍正似乎很感动，苍白的面孔泛起潮红，只向跪在前头的张廷玉略一点头，紧走几步，一手扶了马齐，一手搀了王掞，吩咐众人免礼起身，又道："王师傅，你这是何必？就是天子拜师，朕还该对你行二跪六叩的大礼呢！你们都是先帝倚重的人，先帝在时就曾说过，给朕留着一批人才，不在六部，不在九卿，在大理寺和刑部，朕当时不明白，后来想想，指的就是你们。朕遵先帝遗命，赦你们出来。朕要刷新政治，澄清吏治，还要多多依仗你们这些老人——这样，你们先和隆科多舅舅和廷玉谈谈，放一个月的假料理一下私务，就有旨意给你们的。"

在场这些人里，马齐原是康熙的上书房大臣，领侍卫内大臣，因曾保奏八阿哥允禩为东宫太子被黜，王掞则是保奏四阿哥雍正皇帝的，也莫名其妙地丢官下狱。其余如张廷璐、徐元梦、王鸿绪、鄂尔泰等人，或为部院大臣，或为司堂部吏，都是熙朝能吏干员，人人心里窝着一份委屈，要见新皇帝诉诉。听说先帝有此遗命，一个个感动得涕泪横流，伏地碰头有声。王掞头一个撑不住，竟自放声号啕！

"列位大人，"廷玉极有心计的人，知道雍正还有要紧事，忙道，"皇上还要去养心殿看折子议事，先请进上书房我们聊聊，然后请旨，我带众位去寿皇殿先帝爷灵前谒见圣祖梓宫如何？"

"不必再请旨了，"雍正点头叹息一声，"就照廷玉说的办。隆科多一会儿着人把新铸的雍正钱送养心殿，还有礼部奏请开恩科的折子，一并交朕御览。"说罢便带了德楞泰、张五哥一干侍卫出月华门，早见十三阿哥允祥已等在垂花门前，雍正微笑道，"兄弟们都等急了罢？"

允祥皱着眉头，一脸心事正呆呆地出神，乍听雍正问话，抬头看时，已到了自己面前，慌得连忙跪下，说道："皇上万几宸函，昼夜忙碌，为臣子的等一会儿，哪有急的道理？臣弟在这儿等皇上，是因为户部主事孙嘉淦和尚书葛达浑为铸钱的事大吵大闹一通，两个大臣竟不顾体面，扭结着直到隆宗门，围了几十上百的官员看热闹儿。事情不大，太不成体统，因此臣等在这里，这事不能不奏明皇上。"

"人呢？"雍正颊上肌肉不易察觉地跳了一下，问道。允祥咽了一口唾沫，说道："臣喝止了他们。叫葛达浑写折子递上书房参奏姓孙的，叫孙嘉淦暂押在侍卫房，听候上书房发落。"雍正冷冷一笑，抬脚便进垂花门，说道，"可笑！一个六品主事，就敢闹到大内——把他官服先剥了，听勘！"

"喳！"允祥忙答应着起身，交代门前侍卫去传旨，自己紧跟几步随雍正进了养心殿大殿。

因院外雪光刺眼，雍正进殿只觉一片昏暗，好一阵才看清，三哥允祉为首，允祺、允祐、允䄂、允禟、允礻我、允禌、允祹、允禵跪在前排，允禑、允禄、允礼直至允祕十个年幼弟弟跪在后排，都在须弥座西面，一齐叩下头去，参差不齐地呼了一声："万岁……"

"都起来，起来吧。"雍正心里提了一口气，口气变得异常和蔼，满面笑容双手虚抬了一下，"这些日子三哥和弟弟们都劳乏了，朕一头守灵，一头办事，也累得七死八活。今儿这里一个外人没有，我们兄弟谈谈心，一拘君臣大礼，有多少心里话也都憋了回去——李德全，摆上木杌子给各位爷坐，摆茶几上些点心，带上宫人太监都在东配殿侍候！"

太监们一阵忙乱，摆了杌子茶几，上了茶食，悄悄退了出去。偌大的养心殿正殿沉寂下来，二十一个阿哥正襟危坐，目不转睛地看着这位昔日的冷面王，今日的九五之尊，不知他要说些什么，昔日的恩恩怨怨，随着殿角那座金自鸣钟单调而又枯燥的"咔咔"声，又像在聚，又像在散。

"朕已经做了一个月的皇帝了。"雍正望着外头似阴似晴的天，房顶上尺余厚的积雪和院中觅食的麻雀，怔怔的，仿佛在倾诉，又像自言自语，深深舒了一口气，"再过二十天，就要改元'雍正'。恩科已在筹备之中，大赦文书的诏谕也已草好。新钱样子今日就呈送进来，明年就要流通天下了……"

一番"谈心"竟从这里开头，阿哥们不禁都瞪大了眼。允祺忍不住偏过头看看允禵，忙又转过脸来。允禵是雍正政敌的首脑人物，见识自然高出众人一头，脸上虽不动声色，心却往下一沉，雍正随便说这几句话，其实就是宣告，政局已经稳定，再来争这个皇位，不但大逆不道，而且也是徒劳！

"当皇帝的苦，朕早已看到了的。"雍正看也不看众人，款款说道，"朕在藩邸四十五年，亲眼目睹大行皇帝手创大业的艰难。当时私下里还作过一首诗——嗯……"一边回忆，苦笑着吟道：

> 懒问沉浮事，间娱花柳朝。
> 吴儿调凤曲，越女按鸾箫。
> 道许山僧访，碁将野叟招。
> 漆园非所慕，适志即逍遥。

吟罢略一顿，叹道："所以朕的志向，从来没有打过帝位的主意。万万没有想到，皇考会将这万里江山托付给朕！朕在藩邸几十年，托先帝福，富贵荣耀不减今日，而安逸舒适不及当时千百倍。一个月来每念及此，不禁黯然泪下！朕这一生一世，再也休想适志逍遥的了！"说着，不知哪句话牵动情肠，雍正竟真的落下泪来。

在场的人，除了允禵都是目睹了康熙驾崩那日惊心骇目场面的。一个月前的今日，九门提督隆科多当众宣诏，遗命皇四子胤禛入继大统，雍亲王府倾巢出动护驾，大世子弘时和四世子弘历冒雪到西山稳住汉军绿营军和锐健营不得妄动，十三阿哥允祥和十七阿哥带着金牌令箭亲赴丰台大营，悍然杀掉了八阿哥亲信门人，带兵提督成文运，提兵直趋畅春园保雍正登极……这些场面至今历历在目，而雍正居然侃侃而言，"要逍遥不要做皇帝"！允禩听着这些虚情假意的话，比吃了苍蝇还腻味，睨一眼挨身的允禟，也是目中火光闪烁，但此时身在矮檐下，也只好忍下这一肚皮的无名火。

"朕的这些肝膈肺腑之语，就是说煞，也有人不信。但朕的心，天知道！"雍正皱了一下眉头，徐徐说道："兄弟们相处几十年，有什么不知道的？无论德才学识朕远不及圣祖，惟有办事认真，不负心，这一条可以自信。既然天授大任于我，少不得拼了性命去做。朕这个皇帝，比不得前代继统之君，父子先后之间，各立其政，各成其功。比如禹汤之后而有桀纣，天下后世，不能因为子孙不善，掩没了禹汤的功德——朕于圣祖，是非得失，实为一体。朕事情做得好，那么皇考就托付对了，朕做得不好，那么皇考也就托付错了——像圣祖这样的千古伟人，把事业江山交给朕，朕岂敢苟且怠荒，甘于自弃，使后世人共议圣祖付托之误？兄弟们啊……我们都是圣祖皇帝一脉骨血，你们要仰体他老人家的心，大位已定，就该遵天无二日、民无二主之义，尽忠尽责，襄赞朕躬呀！"

他脸色苍白，感情激越，用期待的目光略带茫然地挨次扫视着兄弟们。这些阿哥们都是久经沧海难为水的，哪里凭这几句话就打动了？只允祥、允礼和允禟几个小皇子盯视着雍正，仿佛受了感动。允祉和允禩几个人面面相觑，好一阵才觉得这么硬坐着听训很不相宜，纷纷离席，五阿哥允祺是最老实朴讷的，率先跪下去，叩头泣道："皇上布达腹心，坦诚相见，臣弟感激无地！皇上但有传令，臣弟肝脑涂地在所不辞！"

"很好，兄弟同心，其利断金！"雍正失望地看了看一言不发的允禩，喟然说道："五弟这话，朕不敢当。朕也没有使令，指使兄弟们'肝脑涂地'。朕只是想，朕比不了皇考他老人家，要靠兄弟帮衬。于朕所不能的，你们辅之助之；朕有错误，你们规之谏之；朕就有失，你们谅之隐之。同心匡佐，让朕一个'是'字，使朕能成为一代令主，成全了圣祖一片拳拳托付之心。你们既是忠臣，又是孝子，当然也就是朕的好兄弟了！"雍正说着，见允䄄跪在地上摇头攒眉，夹腿拧身地跪不安宁，便问："允䄄，你哪里不受用吗？"允䄄吭了一声，叩头抬起身来，挤眉弄眼一脸怪物相，哭丧着脸说道："万岁爷苦口婆心，若是听不进心里去，那还是个人么？臣弟实在是内逼上来，拧绳绞劲儿不自在，求皇上恩准，臣要出恭！"说着，竟放出一串屁来。允禵一个忍不住"扑哧"笑出声来，忙咳嗽几声掩了过去。雍正唇焦口燥滔滔不绝说了半日，自谓就是石头人也该动心，不料却是这么一个结果，顿时气得手脚冰凉。他铁青着面孔沉吟良久，正要发作，给这个不安分的铁头狮狲一个下马威，猛抬头看见康熙皇帝赐给自己的条幅，一笔楷书端正写着四个字：

　　戒急用忍

雍正宽容地一笑，轻轻地说道："正经话说完了。兄弟们跪安吧——赐筵！"

第五回　孙嘉淦公廨挥老拳
　　　　　十三王金殿邀殊宠

众阿哥陪着雍正共进午膳，除了三阿哥允祉、五阿哥允祺、八阿哥允禩矜持自重，不肯放肆，其余的人全无礼法，当着雍正的面大嚼大啖，一个个吃得浑身冒汗——早晨只在灵前吃了点素点心，这干人也实在早已饥肠辘辘的了——雍正是个极讲究礼的，打心里厌恶这群醍醐鬼，一边笑着劝众人"放量用"，自己挟了几箸豆腐皮拌粉丝吃了，便洗手漱口，微笑着看众人吃饱，起身道："道乏了，兄弟们有事随时递牌子进来！"

于是众人纷纷起身，擦嘴剔牙，乱嘈着跪了谢恩，一哄而散。允祥因兼着上书房行走的差使，负责紫禁城防务的领侍卫内大臣，有着这层身份，便有护卫皇帝安全之责，因此不肯入筵，只站在雍正身后侍候。筵散之后，允祥又代雍正把阿哥们送到丹墀下，一转眼见隆科多站在东配殿前，便笑道："老隆，你早过来了？怎么不进来？"隆科多正要搭话，一眼瞧见雍正踱出殿外，忙上前打个千儿道："臣给万岁爷送新钱样子来了。"说着，举了一下手中的黄纸包呈上。

"唔。"雍正神情多少有点恍惚，没有去接钱，却朝东配殿喊道："李德全！"

"奴才在！"李德全早已隔玻璃瞧见雍正出来，听见传呼，急趋而出，顺手打下千儿，"主子有什么旨意？"雍正一摆手说道："叫张廷玉和马齐过来。"李德全答应一声，刚刚起身，隆科多赔笑道："回主子的话，马齐已经退朝，张廷玉正在接见进京引见的州县官，说话就进来见主子。"

雍正这才接过那个沉甸甸的钱包，点了点头，说道："也好。这次引见的州县官，共是几名？"隆科多忙道："共是二十七名，廷玉正给他

们讲引见仪注,不过应景儿的事,估摸这会子已经说完了。"雍正淡然
一笑,盯着隆科多道:"哦?应景儿的事,你这么看?"

隆科多一脸茫然,看着允祥没敢回话,州县官引见皇帝,本来就是
一磕头就完的事,真不知这个鸡蛋里挑骨头的皇帝为什么还要吹毛求
疵?正发怔间,张廷玉带着一个小太监,抱着一沓奏折进来,雍正见他
要行礼,一摆手道:"不用了,进来吧。"便回步进殿,众人只得跟着进
来。雍正径至西书房炕上盘膝端坐了,亲手整理了张廷玉送来的奏折,
吩咐"多调些朱砂,朕要熬通宵"。这才对隆科多笑道:"你是贵胄,又
是武功出身,说错了朕不怪你。州县官虽小,却是亲民的官,庙堂旨意
要他向百姓布达实施,百姓疾苦要他向朝廷奏闻。天听自我民听,天视
自我民视,他们既要办差,又要当朝廷的耳目,这一层官是最要紧的。
因此引见不能像往常,一大群进来,磕头听训走路。朕要一个一个地
见,一个一个地考成。"说着便打开黄纸包看钱。

"万岁,"张廷玉躬身说道,"臣以为勤政固然要紧,但十八行省,
天下之大,各省实缺州县都在百员以上,加上候补的,待选的,实在繁
累,一个一个地接见,考成……""你不必再说了。"雍正头也不抬,看
着桌上摆的铜钱,说道:"那就一次见三个——我们先看看这钱吧。怎
么瞧着这三种钱的成色似乎不一样?"

众人这才留心看那钱,一大包里分三个小包,每包九枚样钱,共是
二十七枚,刚刚铸出来的"雍正"铜哥儿黄澄澄亮晶晶分三排摆着,端
详半日,看不出什么异样来。雍正指了指第一排,又指着第三排,问
道:"这第三排的钱,字画没有第一排的清晰!"

"哦!"隆科多松了一口气,笑道,"皇上,这里头有个分别,其实
再细端详,第二排也是不及第一排的。三排铜钱用的不是一个模范。第
一排叫'祖'钱,是铸来存御档的;用祖钱压印模范,出来第二排,叫
'母'钱,再用母钱模范大量铸印,出来第三排'子钱',就是通用天下
的钱了。因反复两次,子钱字画自然不及祖钱。"雍正笑道:"处处留心
皆学问。想不到你这个丘八舅舅倒通钱法!"说笑着若有所思地起身来,
在地下踱了两步,忽然问道:"那个孙嘉淦,为什么和户部尚书闹起来?
也是因字画不清?"

允祥和隆科多都不知道这事首尾，对视一眼没敢回话，说道："奴才方才叫人问过。不是为字画不清，因为铸钱用铜铅，孙嘉淦是户部云贵司主事，上了一个条陈要户部尚书代呈御览。葛达浑说他多事，他不服，两个人在户部大堂顶嘴，葛达浑那性子万岁也知道，掌了他一嘴，事情就闹大了。"

"两个人都是混账！"雍正打了个呵欠，又看了看案上的钱，突然改变了主意，问张廷玉："这个姓孙的发落没有？"

"没有。"

"传他来见朕。"

张廷玉惊讶地看看雍正，忙答应一声出去传旨。雍正笑着看了看自鸣钟，说道："已经未牌时分了，允祥饿坏了吧？邢年，给你十三爷取两碟子点心来！"说着便坐下来看奏折，张廷玉和隆科多小心翼翼侍立在旁，大气也不敢出。雍正翻了几份折子看看，压在下边，又拿起一份审视良久，一闪眼见一个二十多岁的青年官员进来，也不理会，由着他参礼，却转脸问隆科多："这个史贻直写了一份参折，说山西省巡抚诺敏隐瞒亏空，这事情你们知道不知道？"

"回皇上，"隆科多忙躬身道，"山西亏空康熙五十六年就已经补齐了的，当时是皇上坐镇户部亲自查清的，岂有舛错？但史贻直秉性刚正，实在是个清官，他是监察御史，允许风闻奏事，即便不实，也是为公，似也不为大错。请皇上圣鉴！"话虽说得两全，其实在场人都明白，诺敏和史贻直是陕甘总督年羹尧荐举的，年羹尧又是当今皇上最信任的潜邸门人，允祥在旁边小几上慢慢嚼着点心，心里却道："油滑——这条老泥鳅！"

雍正这才正眼打量跪在炕前的年轻官员，八蟒五爪的袍子外头的补服已被剥掉，大帽子上没有红缨，砗磲顶子也摘掉了，领子上一个纽扣掉了，大约是和葛达浑厮扭时拽脱的，一双金鱼眼，冬瓜一样的脸上长着一个不讨人喜欢的鹰钩鼻子。雍正一眼望去，顿生厌恶之感，吃着茶盯视移时，才开口问道："你叫孙嘉淦？几时调户部的？朕怎么没见过你？"

"回万岁的话。"孙嘉淦重重地在金砖地下碰了三个头，朗声说道：

"臣是康熙六十年进士，在礼部候选三个月被分往户部。当时户部已经停止清理官员亏空，万岁爷龙潜藩邸，所以没福得识圣颜。"雍正冷笑道："没见过朕未必是祸，识得朕也未必是福。康熙六十年进士，除了分到翰林院做编修的，无论外官京官哪有做到六品的？你不知怎样钻刺打点，走了谁的门路，升得这么快了，还不安分？"孙嘉淦道："回万岁，臣自束发受教，谨遵圣人之训，于家事私事，尚不敢稍存苟且，何况国事社稷事？殿试时臣实为传胪（第四名），带缺分发翰林院庶吉士，只因相貌丑陋，掌院学士说'圣祖六十年大庆，你这模样站在清秘队里是什么观瞻'？咨会吏部降调户部主事……万岁尚说臣是钻刺打点，臣不知以何言回奏！"说罢，泪水已走珠儿般滚落。

原来是这样！雍正脸色一沉，他有些动容了。旋即一笑，说道："以貌屈才，古有钟馗，今有孙嘉淦，良可叹息。但君子知命，读书养性，你中在一甲第四名，学问必是过得去了，为什么如此孟浪，咆哮官廨，与大臣扭打争论，直闹到西华门——你撒野得太过分了！"

"万岁，"孙嘉淦仰首问道，"不知新铸雍正钱万岁见到没有？"

"见到了，很好啊！"

"万岁可知道，如今市面，一两足纹能兑换多少康熙制钱？"孙嘉淦直盯盯地望着雍正，语气斩钉截铁，"万岁铸钱，是为便民流通，还是为了粉饰太平？"

听着这一连串质问，满殿侍卫太监人人股栗变色，雍正在藩邸自号"铁汉"，以刻薄猜忌、心狠手辣著称，从没见人敢这样当着大庭广众横眉顶撞的，何况这么一个小小的六品堂官！张廷玉和隆科多看着雍正愈来愈阴沉的脸色，对视一眼，正要设法缓解他立时就要发作的雷霆大怒，允祥却在旁断喝一声："孙嘉淦，你这是和万岁说话？来人——攧出他去！"

"慢。"雍正却已回过颜色，沉思着道，"朕不怪罪他这点子秉性。嗯，按官价一两银子可兑两千文——这与你的事有什么相干？"

孙嘉淦也意识到了自己失仪，忙叩头道："臣秉性浮躁，万岁恕臣，臣感激无地。方才万岁说的是官价。但如今实情并非如此。一两台州足纹，市面上其实只能换七百五十文！"

这话别人听了，都觉得是平常事，张廷玉多年宰辅，深知其中利弊，竟如雷轰电掣一般，头"嗡"地一声涨得老大！雍正笑道："钱贵银贱，古已有之，这有什么打紧的？值得你大惊小怪！你是云贵司的，下札子叫云南多开铜铅，多铸钱，不就平准了？"隆科多皱眉说道："多开矿固然是法子，不过矿工多了，聚在一起容易生事，也令人头疼。"允祥却问道："孙嘉淦，据你看，为什么银子和钱价不能平准？"

"回十三爷的话，"孙嘉淦道，"康熙钱铜铅比例不对，半铜半铅，所以奸民收了钱，熔化重炼，造了铜器去卖。一翻手就是几十倍利息。所以国家开矿再多，也填不满这个无底洞。明代亡国，银钱不平也是一大弊政。主上改元登极，刷新政治，澄清吏治，岂可重蹈覆辙？"

这件事和政局吏治居然关联！雍正却不明白其中道理，顿时陷入沉思。张廷玉见孙嘉淦说得不清楚，在旁一躬身赔笑道："万岁，这里头的弊端万岁一听就明白了。朝廷出钱开矿铸钱，铜商收钱铸物，民间流通不便，只好以物易物；所以钱价贵了于百姓不便。这还是其次，更要紧的，国库收税，收的是银子，按每两银子二千文计价。乡间百姓手里哪有银子？只好按官价缴铜钱，污吏们用两千文又可兑到二两多银子，却只向库中缴纳一两……"

原来如此！张廷玉没有说完，雍正心里已是雪亮：每年朝廷征赋，竟有一多半落入外官私囊！想到这些污吏如此巧取豪夺，还要加火耗盘剥，仍是贪心不足，还要挪借库银，久拖不还，弄得户部库银，账面上五千万两，实存八百万……雍正顿时气得脸色铁青，他看了一眼二十七个锃明耀眼的新钱，恨得很想一把抓了摔出门外，寻思良久，忽然问孙嘉淦："那你以为这钱该怎样个铸法？"

"铜四铅六。"孙嘉淦道，"成色虽然差了，也只是字画稍微模糊了些，却杜绝了钱法一大弊政，于国于民有益无害，何乐而不为？求皇上圣鉴！"

雍正眼里熠然闪了一下光，随即黯淡下来。刚刚接见阿哥，自己还振振有词，圣祖和自己"是非得失实为一体"，眨眼工夫就改变了圣祖铸钱铜铅比例，谁知这群满怀妒意的兄弟们会造作出什么谣言来？按古礼"父丧，子不改道三年"之义，三年里头，康熙的规矩不许有丝毫变更，若为铸钱这件事，引起朝野冬烘道学先生议论，八阿哥引风吹火一哄而起，这布满干柴的朝局就会变成一片火海。雍正深知，自己德行并不能服众，只是因康熙赐予的权柄威压着众人，勉强维持到眼下这个局面，已经很不容易。一事不慎，朝野庞大的"八爷党"势力和他们管领下的五旗贵胄联合攻讦，他这个"皇帝"就会化为齑粉！想着，雍正已经拿定了主意，格格一笑道："朕还以为你真的有经天纬地之才呢！原来不过如此！圣祖皇帝在位六十一年，年年铸钱，都用的是铜铅对半，熙朝盛世照样儿造就出来了！你一个蕞尔小吏，辄敢妄议朝廷大政，非礼犯上咆哮公廨，敢说无罪？念你年轻，孟浪无知，又是为公事与上宪争论，故而朕不重罚。免去你户部云贵司主事职衔，回去待选，罚俸半年——真是可笑，朕那边多少军国重务等着办理，却听了你半日不三不四的议论！"眼见孙嘉淦还要答辩，雍正断喝一声："下去！好生读几本书再来朕跟前唠叨！"

眼见孙嘉淦踽踽退出殿外拂袖扬长而去，殿中众人都无声松了一口气。允祥眨巴着眼，很想替孙嘉淦说句公道话，看着雍正脸色没敢张口。张廷玉老谋深算，已经若明若暗地看到雍正题外的深意，但他谨守"万言万当，不如一默"的缄言，一句话也不肯多口。隆科多却深觉孙嘉淦言之成理，在旁赔笑道："孙某虽然放肆，臣以为他并无私意，倒是一心为朝廷着想，所议钱法也不无道理，愿圣上弃其非而取其是，把他的奏议下到六部，集思广益，似乎更妥当些。"

"朕乏透了，今儿不再议这事。我们满口铜臭，言不及义，这不合孟子义利之道。"雍正蹙额说道，"当下最要紧的，大将军王允禵回京。甘陕大营主将出缺，得赶紧选一个能员替补。山东去年秋季大旱，前口他们省布政使递来奏折，说眼下已有三百多人冻饿而死，一开春连种子粮都要吃光，这怎么了得？你和廷玉到上书房，商量一个赈济办法，派一个妥当人去放粮，看看其余省份有没有类似情形，一并写个条陈——嗯，现在是——"他看了一眼自鸣钟，"现在是申末时牌，给你们半个时辰用餐，晚间亥时正，用黄匣子叫太监递到养心殿，你们就可散朝回家去了。"待二人退下，雍正笑道："允祥，好久没有单独一处说话了——我们兄弟要点酒菜，一边进膳，共弈一局如何？"

雍正皇帝是个冷人儿，不吃酒不贪色，玩乐吃喝上没有多大嗜好，只偶尔喜欢围棋，也是糟透了的屎棋。允祥却是阿哥里的棋王，国手黄文治也只能饶他两子，允祥抢了黑子，一边煞费苦心地设法下和棋，看着雍正的脸色道："皇上，臣一直在想张廷玉的话。朝廷一多半的赋税，从银钱兑换差价里叫那些黑心官儿掏走，这……这终究不是事儿呀！"

"不下了！总是和棋，没意思。"雍正将手中棋子丢进盒里，站起身来，盯了一眼允祥没有言声。允祥答应一声"是"忙也站起身来。雍正默然踱着步子，良久，倏然说道："允祥，你是不是瞧不起朕？"

允祥吓了一跳，扑通一声长跪在地，惶惑地说道："臣焉敢，君臣分际，下不僭上。臣是以理而行。"

"屁！"雍正夹脸啐了允祥一口，"朕越看你越不像从前的胤祥了！敢说敢为敢怒敢笑——圣祖亲自赐号'拼命十三郎'！"允祥忙叩头谢罪，说道："彼一时此一时，情势不同——"话未说完，雍正"砰"地一拳击在棋盘上，黑子白子，棋盒儿、棋盘四周摆的果子杯盏酒器却都跳得老高，"朕仍要昔日的拼命十三郎！朕要你做朕的十三太保！"养心殿的太监宫女们已经侍候了这个新主子一个月，还从来不曾见过他大发雷霆。眼见雍正两眼喷着怒火，一脸的蛮横刁恶神气怒视着允祥，一个个吓得呆若木鸡。李德全邢年一干人过去逢到康熙发脾气，都要赶紧过上书房请宰辅们过来解围，但雍正是什么性格，他们不托底，也不敢造次照老规矩办。

允祥黑瞳瞳的瞳仁中光亮一闪，随即垂下眼睑，略一思索，平静地说道："皇上，您知道，咱们宗室骨肉，自康熙四十五年八月十五，十哥他们大闹御花园，整整折腾了十四年！为了这把龙椅，为了拔去我这根眼中钉，有人几次摆圈套害我，有人派人用毒药杀我，您都是知道的。我这十四年如履薄冰，步步小心，还是着了人家的道儿，被父皇圈禁在活棺材里闷了八年……"他的声音已变得哽咽不能自制，"……皇上……我是荆棘丛里爬出来，油锅里滚出来，地狱里逃出来的人呐！您看我这头发，一多半都白了！您想过没有，我今年才三十七岁！您怎么能指望那个死了的拼命十三郎再还阳呢？……"

"十三弟……"雍正被他这番如诉如泣的话语深深打动，走上前双手挽起允祥，他的声音也变得有点嘶哑，"是四哥想错了"。他拍了拍允祥肩头，背着手绕室彷徨，长叹一声说道："贤弟太伤感，朕这阵子心事太多，没有顾及你的心境，朕是想叫你振作一点……"允祥忙拭泪躬身，说道："臣明白……""你不全明白。"雍正叹道，"你若是真明白，就该打起精神来！你要知道，朕现在是在火炉上烤，你也仍在荆棘丛中！"

允祥一下子抬起头来，愕然注视着雍正，说道："请皇上明训！"

"这些日子守灵，朕想得很多。"雍正看了看院外，天色已经暗了下来，冷风掠过，吹得罘罳旁的铁马叮当作响，他的眼似乎要穿透千层万叠的宫墙，凝神向外注目着，口中缓缓说道："青海的罗布藏丹增和准噶尔的阿拉布坦已经秘密地会见三次，辞去朝廷封的亲王爵位，自封为汗，其实是已经反了。这里的事，用兵兴军在所难免。但在西边打仗，其实打的是钱粮，'战场'在后方！可我们国库，仅有存银不足一千万，这够做什么使的？钱，都给那起子赃官借空了，先帝爷在位，咱们两个就是专心办这差使，催追各省亏空，结果如何？朕被撤了差使，你被圈禁！"允祥忍不住问道："既如此，皇上为什么还要斥责孙嘉淦？"雍正回转脸来，一字一板说道："因为他的条陈上得太早，朕不能一登极就授人以柄，给心怀叵测的人以可乘之机！至于孙嘉淦，是个御史材料儿，过几个月就给他旨意。"

允祥一听就明白，"有人"指的就是八阿哥九阿哥十阿哥和十四阿哥这些权倾朝野的人，不由得暗自佩服雍正心计之工，遂道："万岁圣明烛照，深谋远虑，臣心领而神受！""坐，坐！"雍正指着杌子吩咐允祥坐了，自己也盘膝坐了炕上，款款说道："如今天下积弊如山，朕有什么不晓得的？吏治败坏，无官不贪，官员结党成风朋比为奸，皇阿玛在时早已对此痛心疾首，但他晚年龙体欠佳勤躯已倦。这些事朕不做，大清江山何以为国？朕做事，你不帮谁来帮？所以你不能急流勇退，朕帮手太少，掣肘的太多，就是为你自己的身家性命，你也要打起精神来！"允祥听到这里，浑身的血逆涌而上，又感动又自愧，霍地起身道："自今而始，臣一身一命，惟皇上是从！臣即请缨前敌，愿往青海与罗布藏丹增兵车相会，一场大捷下来，百邪全避！那时辰万岁就能腾出手来大加清理吏治了!"

"嗯!朕要的就是你这份心雄万夫的壮志!"雍正也站起身来,目光炯炯盯着允祥,"但青海你不能去,一是朕身边没有护驾的不成,二是你去,有人就会说'为什么不让十四爷去?'必引起朝议纷争。你就留下,多替朕操点心。朕已令人传诏,命原上书房布衣宰辅方苞进京,再加上廷玉他们,事情就好办多了!"因见张廷玉抱着奏折进来,雍正待他将文牍放好,不及行礼,便道:"衡臣,你草两份诏旨!"

张廷玉没料到允祥还没退出,见他兄弟谈得兴头,正懊悔自己来得太早,听雍正吩咐,忙答应一声,至案前援笔濡墨,等着雍正发话。

"着原大将军王允禵实晋郡王位,赏亲王俸。"雍正说道,"所遗大将军缺,即着甘陕总督年羹尧实领,进京陛见后就职。"

这是很简单一份诏书,张廷玉一挥而就,双手呈过旨稿。雍正一边看着旨稿,又道:"允祥在先皇手里办过不少差,都做得漂亮,先帝多次对朕说'胤祥乃吾家千里驹',朕也早就深知道他,如今又在上书房参赞机枢,朕看给个亲王,赏个三眼花翎,还是该当的——允祥你不要辞——廷玉,就照这个意思润色!"说罢也不归座,就站在案前立等。张廷玉文思极敏,皇帝说着,已在打腹稿,待雍正说完,略一属思文不加点,走笔疾如风雨,顷刻而成,双手呈了上来,雍正接过看时,旨稿写道:

> 奉天承运皇帝诏曰:原十三贝勒允祥,公忠廉能,勤劳王事,屡办要差,卓有劳勋于朝廷,皇考在世时每向朕言及,"胤祥乃吾家千里驹",朕在藩邸亦深悉其能。今即着允祥晋封怡亲王,赏三眼花翎,以示朝廷褒忠奖良之圣意。钦此!

雍正看后满意地点点头,说道:"就这样,今晚朕用玺,明天就发出去,允祥的允禵的明发,年羹尧的廷寄。"

"衡臣,"允祥的目光在烛下灼然生光,"上次我们议过,国丧期间暂停追查亏空,所以原拟六部十九名官员查抄财产停下了。丧一过,事情照旧办,明天下朝,你知会顺天府,步军统领衙门,叫他们堂官到我府，我向他们交代差使。"

张廷玉吃惊地看了一眼多日来一直萎靡不振的允祥，不知为什么突然如此精神焕发，忙打千儿道："遵怡亲王宪令，臣即照办！"

"这都是些国蠹，不必心慈手软。"雍正在旁插话道，"这阵子没清抄，只怕有些财物已经转移，要狠狠追，只防着他们自杀，不怕他倾家荡产！"

"喳！"

"你们跪安吧！"

"喳！"

雍正亲自送他二人出殿，站在丹陛上深深吸了一口清冽的冷气，像一尊铁铸的人似的，站了许久许久。

第六回　伯伦楼才子行雅令
　　　　　　买考题试官暗留心

　　孙嘉淦浑身是理，在雍正面前却碰了个硬钉子，从养心殿拂袖而出，只气得头晕身软，脚步像灌了铅似的，踽踽出了永巷。太监们耳报神是最快的，听说一个六品主事和尚书议事不和，扭结厮打到隆宗门，闹到皇上亲自处置，这是开国来都没有的稀罕事，谁不要瞧瞧这人物儿？有事没事的都在天街①转悠。眼见孙嘉淦补服也没穿，领扣散着，摘了顶的大帽子下一张冬瓜脸上满是泪痕，嘴歪眼斜踉踉跄跄出来，宫女们用手帕子捂着嘴格儿格儿笑得前仰后合，太监们压着公鸭嗓指指戳戳，时而窃窃私语，时而呵呵大笑。

　　出了永巷，看热闹的人更多了，但这里是有规矩的地方，人们不敢聚拢，只远远地站着都把目光扫向他，像是看一个怪物。孙嘉淦站住了脚，脸色苍白得一丝血色也没，一个念头突然涌向心头：以今日之辱，不能苟活人世！就在这里尸谏，一了百了！他睨了一眼乾清门前八口硕大无朋的镏金大铜缸，略一沉吟便昂首走了过去。

　　"年兄！"一个年轻官员正在乾清门前等候上书房接见，眼见孙嘉淦直趋金缸，知道他要轻生，疾步迎过来，双手一揖说道，"孙梦竹，别来无恙？"孙嘉淦瘟头瘟脑，端详了半日才认出来，是自己的乡举同年杨名时，当年在京候选时相与得最好的。因见杨名时穿着九蟒五爪袍，套着孔雀补服，蓝宝石顶子晶莹生光，雪白的马蹄袖翻着，齐整修洁风度翩翩，雪光下看去越发风雅飘逸。孙嘉淦心中真是百味俱全，恍恍惚惚道："啊……是松韵呐……今日一见即是永别，倒也好……托你一件事，若肯办我心领神知，若不肯，我也不怪你……可肯？我家中堂

────────────

　　① 三大殿与乾清门之间的广场，俗谓之"天街"。

上——"

杨名时不等他说完，一把拖了他低声道："你这人我知道，你的事
我也知道，我做藩台，管着湖广财政，不清楚你有理没理？皇上虽刻薄
些，并不傻，你不能等等瞧瞧？这里不是说话地方，下晚你在家等我，
我们作彻夜长谈。你万万不可轻生，你看看这起子混账，他们巴不得你
死呢！"说着，便见十几个太监僚属，还有孙嘉淦的死对头葛达浑簇拥
着八阿哥廉亲王允禩，一头说笑一头从乾清门徐步出来，杨名时便松了
手，含笑迎上去向允禩打千儿行礼，彬彬有礼地说道："臣杨名时给王
爷请安！"

"是松韵啊！"允禩满脸是笑，不经意地瞥一眼仰首望天的孙嘉淦，
几步上前，双手扶起杨名时，亲切地说道，"几时进京的？见着皇上
了？"杨名时一躬身，不紧不慢说道："臣前日进京，皇上忙得抽不出身
来，旨意叫臣今儿先和隆科多大人见见，明儿递牌子请见。"允禩含笑
点头，说道："我知道，大约是开恩科。张廷玉的哥子廷璐是正主考，
你为副，见了皇上就知道了——那位是谁？你们谈得好亲热！"

杨名时回头望了一眼孙嘉淦，未及招呼，孙嘉淦哼了一声，已经扬
着脸径自走了。八王府太监头儿何柱儿赔笑凑趣儿，说道："王爷，他
就是和葛大人犯混的孙嘉淦，圣人蛋二五眼，最不识趣的，奴才原来想
着是个孙行者，谁晓得长得像个猪八戒——"他夹七夹八说得正得意，
不防允禩扬手"啪"的一声，赏了他一记清脆的耳光！

"你混账！"允禩登时勃然大怒，"士可杀而不可辱，你懂么？！孙嘉
淦乃是朝廷命官，是是非非自有朝廷公断，轮到你这下三滥奴才说三道
四？"何柱儿满心思讨好允禩和葛达浑，不防结结实实挨了一巴掌，顿
时吓得面如土色，缩了几步退到后头，一声儿再不敢言语。允禩这才转
脸，笑道："小人心性真是愚不可及，要为他们，天天生气都生不过
来——松韵，道乏罢，京里薪桂米珠，你又清得一汪水似的，要缺什
么，到我府去。"

杨名时淡淡一笑，又是一个躬身抬起头来不软不硬地说道："王爷，
名时不敢忘朝廷功令！"他抬脸看着允禩笑容可掬的脸，没有半点畏缩
羞惧之态，嘴角微微上翘，似乎总在笑，又似乎带着讥讽，葛达浑直到

此时，才看出此人风骨挺硬，是个比孙嘉淦还要难打发的角色。

"是啊，文武官员不得结交阿哥，这是祖宗家法。"允裪赞赏地看着杨名时，"不过时下没几个记得的了。本王从不屈人之志，随你吧！"说着便带着众人一径去了。葛达浑边走边道："此人气度不俗。"允裪脸上毫无表情，只说两个字："国士"。

孙嘉淦经这么一搅和，寻死的心是没了，但心情依然郁郁难畅。离开西华门，他叫了一乘暖轿，赶回户部云贵司，自己动手将文卷整理齐整，把云贵司的官印和预备送呈的铸钱模子压在上头，脱掉了零乱的袍服搭在椅背上，沉思着望着窗外坚冰封冻的大地。属员们见堂官这个样子，都垂手侍立着啜泣，没人言声。半晌，孙嘉淦方自失地一笑，说道："你们都看见了，想必也都猜到了，我的事到此为止，该交代的公事都放在桌上，先由马笔帖式暂时掌管。谁来接印，你们就交给谁，有不明白的，只管到我府问去。"

"孙主政，"马笔帖式两眼噙着泪花，一躬身说道："大人……大人……就这么去……去了？"

"嗯。"孙嘉淦静静说道，"谁叫爹娘没有生一个貌若子都潘安的孙嘉淦呢？这个地方在户部是头一份肥缺，我是两袖清风来，一杯清水去——平素待你们太严，误了你们发财，很觉过意不去。来，杯水当酒，我与诸君相别！"说着，从茶吊子里倒了几杯水，每人递了一杯，又道，"目下我只摘了顶子，不是官了，还没有别的处分。天威不测，再加上有些小人恨得我牙痒痒的，后头的事谁料的定？葛达浑又是咱们的'大司徒'，你们更犯不着得罪他。所以，你们谁也不要去看我。"说罢，仰起头将那杯水一吸而尽，因见众人都喝了，孙嘉淦将杯一掷，"当"的一声掼得稀碎——束了束腰间绛红腰带大步跨出了户部云贵司，在院中立定，突然仰天大笑道："大丈夫上书北阙，拂袖南山，此亦人生一大快事！"说罢头也不回去了，西北风飕溜溜的，吹得他灰布棉袍前后摆撩起老高。

孙嘉淦在京城没有家眷，只在皇城西北隅贡院街一个小胡同里租了三间民宅。他的俸银每年仅八十两银子，因是低品京官，外官孝敬京官的"冰炭敬"银子没有他的份，平日自视清高，又从不为捐官同乡出具

"印结"，一点多余的收项也没，连个佣人也雇不起，只好叫了家乡一个远房侄子——只十四五岁的孩子——同处一室，照料茶饭洗涮的事。现在既然罢了官，用不着摆"官体"，也图省钱，孙嘉淦索性步行回到下处。趔过胡同早见侄儿孙金贵已等在门首，见他回来，孙金贵远远便叫："五叔，有客来拜！"孙嘉淦不禁一怔，这个时候来的哪门子客？一边快步走来，口中说道："是哪位仁兄？"

"不是'仁兄'，是'贤弟'。"杨名时笑着挑帘出来，将手一让，请孙嘉淦进来，一边说道："我等你有一顿饭时辰了，你再不回来，我还以为你又在户部出事了呢！"孙嘉淦勉强笑道："你也忒小瞧我了，我是得了理才不肯让人的。葛达浑不先动手，我才懒得和他闹呢——你怎么下来得这么快？"杨名时笑嘻嘻的，十分轻松活跃，一边坐了炭火盆前，说道："这都是例行公事，有多少话说的？隆科多问了几句地方上的事，就端茶送客了。倒是出来见了张衡臣（张廷玉），拉着手说了几句话，他还问你住在哪里，看样子皇上并不真的恼你。"

孙嘉淦用火筷子漫不经心地拨着炭，冷笑道："你才不知道这些宰相呢，明儿杀你的头，今儿仍拉着你手嘘寒问暖——我不承他这份情。还有什么消息？"杨名时也冷静下来半晌一笑道："别的我也没听说，明儿递牌子见了皇上我自有道理。哦，去陕西给年羹尧传旨的田文镜你认识不？"孙嘉淦抬头盯一眼杨名时，说道："有过一面之交。他在户部跟着十三爷清理过官员积分公款的差使。姜宸英一个老名士，状元出身，因借二两公银，姓田的硬是把他写进参本，最是刻薄，分斤掰两的一个人，你问他做什么？"

"他传旨回程，和你一样，在太原和山西巡抚诺敏也大闹一场。"杨名时看着孙嘉淦笑道："万岁传旨，叫田某暂不必回京，革去顶戴候旨——你这次总算有个伴儿，不是单丝孤掌了。"说着孙金贵掌上灯来，一边安置灯台，一边说道："五叔，要不要打点酒来？"

"什么饭？"

"老样子，白米饭，腌萝卜丝儿。"

杨名时大笑起来，说道："空相和尚请苏东坡吃'晶'饭，苏东坡欣然前往，原来是白米白萝卜用白盐腌，巧煞了叫我也碰上。穷酸，走吧，一道儿出去，我请客！"孙嘉淦也觉得用这"晶"饭待客太过寒酸，杨名时富豪世宦之家，虽清，却不穷，遂也笑着起身道："还有下半截呢，苏东坡请空相吃'毳'饭，空相兴头赶来，却是饭也没（毛），菜也没（毛），酒也没（毛）。你可不能跟我来这一套！"

两人相跟而出，已是酉正时牌。冬日昼短，天色已经完全暗下来，胡同口外贡院街上从东到西，摆满了小吃担子，馄饨、水饺、烧卖油饼、水煎包子、锅盔……一盏盏羊角灯"气死风"布满沿街两行，连绵蜿蜒足有半里地长。街衢上熙熙攘攘人流穿行，热气腾腾的小吃摊上油烟白雾缭绕，散发出诱人的葱姜香味，夹着小贩们尖着嗓门，一个赛一个的高声叫卖声，主顾讨价还价声，煞是嘈杂。杨名时笑道："上次我是白天来，很冷清的，没想到这里是夜市，竟这么热闹！"孙嘉淦似乎仍是心事重重，皱眉说道："这还不是冲你来的？恩科快开了嘛，这里的店铺早就住满了外省孝廉——图的就是离贡院近——松韵兄，方才忘了问你，田文镜是革职待勘，还是留在山西听候部议？"杨名时站住了脚，诧异地问道："这事关你什么疼痒？听说皇上派一个叫图什么的去太原，会同诺敏，查实库存无缺，再处分田文镜。"

"我倒不是和田文镜'同病相怜'，此人有市侩气，我素来不同他交往。"孙嘉淦沉吟道，"但田文镜也有一条长处，很有心计，办事极认真，也不可一概抹倒……我是想，他一个小小四品京官，无缘无故怎么敢招惹诺敏这样炙手可热的封疆大吏？诺敏可不是等闲之辈啊！"杨名时怔了一下没有吱声，诺敏是何等样人，他当然十分清楚。原在安庆府任知府时，诺敏奉旨到金陵，曾经接待路过的诺敏，极随和的一个人，不知怎么去了山西，下车半年，竟将山西官员亏欠国库二百三十万两银子一举清毕；而且将原任官与现任官分别处理，既不饶过贪官污吏，又不累及现任无辜官员——这一份精明强干，这一份雷厉风行也实在叫人瞠目。但孙嘉淦问这个做什么呢？思量半晌，杨名时一笑道："你的心思我明白了，明儿见了皇上我相机行事吧！你如今自己的事还未必撕掳得开呢，国家事，且往后放放——急什么？皇上清明，迟早会水落石出；皇上不清明，说也没用。你可真算是身在江湖，心悬魏阙了！"一席话说得孙嘉淦也笑了，"可不是，我也糊涂了，以为自己还在户部呢，我们枵腹论政，真是笑话。走，吃饭去！"

　　两个人鼓起兴头，挨擦着人群又往前走了半箭之地，见一座酒肆高高矗立在街北，下头朱楹青阶一排儿六间门面，上头是歇山式顶子，出檐木廊临着街面，挂着四盏红纱西瓜灯，泥金黑匾上写着四个字：

　　伯伦不归

　　"刘伶到此要醉死。"杨名时笑道，"这老板好大口气，只这笔字风骨不俗，倒像是哪里见过似的。"孙嘉淦道："这是去年才开张的，穷京官无力问津，我从没来过，只听说老板也姓刘，叫刘叔伦，倒难为他思量这名字。今儿跟了你这阔东儿，我可要大快朵颐了。"两个人一头说一头拾级上阶，里头跑堂的已经迎了出来，一手甩了一下毛巾搭在肩上，一手挑帘，唱歌似的高声吆喝："来两位，里头请——要雅座？"

　　杨名时看时，楼下散坐着几十个人，三五成群，都是举人打扮，有的吆五喝六拇战正酣，有的醉眼迷离仰首望天出神，有的摇头晃脑吟诗作词，还有的吃醉了，强拉着别人听自己的八股时艺，乱哄哄的热闹不堪，他自己占着副主考的身份，更不便与应试举人攀话。看了看楼下用纱屏隔起的雅座，杨名时道："我想清静，楼上有好地方儿么？"伙计打量一眼杨名时，见他穿一身酱色湖绸灰鼠棉袍，上面套一件玫瑰紫猞猁猴风毛坎肩，簇新的六合一统毡帽上打着绛红绒结，一望可知是个应试的贵介子弟。孙嘉淦其貌不扬，却也干净利索气度轩昂，略一迟疑，笑道："爷台是头一回来吧？上去瞧瞧就知道了，新装的红松木雅座单间，大玻璃隔栅，走遍京华，咱们伯伦楼是头一份儿！"杨名时点头一笑和孙嘉淦拾级登楼上来，果见靠北一溜儿六间雅座，都是蛤色油漆一新，南边却是打通了的，看样子是专作包席堂会所用，桐油地板擦得锃明净光纤尘不染，西南角还设着一个大卷案，笔墨纸砚一应俱全，墙上专供题写诗词的水牌旁边，还有一座当时民间极为罕见的镀金自鸣钟。杨名时见西边的雅座空着，一边推开玻璃栅门进去，笑道："这里甚好！"

　　"小的怎么敢诳爷！"跑堂的随着进来擦桌抹椅赔笑道："既然这地方入爷的法眼，回头多赏小的几个就有了！——请问爷，用什么酒菜？"

"菜随便，两个荤的两个素的。"杨名时适意地坐了，将一根油光水滑的大辫子向椅后一甩，"不知你们有什么酒？"

"回爷的话，要什么酒有什么酒！"

杨名时见他如此吹牛，成心要难一难他，取出五两一锭银子往桌上一放，说道："我要——玉泉露春！"玉泉露春是用京西玉泉水所酿，因玉泉水专供大内使用，所以民间极其难得用来酿酒，不料话刚出口，伙计便答道："有！不知爷的口味有多重？要单煞、双煞，还是三煞、四煞？"孙嘉淦也吃一惊，他是在户部为大内设筵，随部陪宴，才尝过一次四煞的玉泉露春。正要张口问，杨名时笑道："玉泉酒虽好，是这几年才酿，太暴，有没有入贡的陈年茅台？"

"有。"伙计略一迟疑了一下，说道，"不瞒二位说，入贡的酒是从老公儿①们那儿弄来的。货真是地道货，只您老明鉴，偷来的锣鼓打不得。爷不传言，就是体恤小的这份草料了。"杨名时心下吃惊，越发不知这家老板来头，看了一眼孙嘉淦，说道："这个自然。打一斤半来吧！"

跑堂的退下去了，这种场合杨名时和孙嘉淦都不便说话，兀坐在雅室里呆呆出神，隔板房间壁七八个举人正在用酒筹行令，两个人倒渐渐听住了。

"轮到在下抽了，"一个人说道："孔圣人在天之灵保佑，抽一支好的，每人罚你们一杯！"说着便听掣签声，那人抽出签来，念道：

> 我悄悄问你，你便低声应。

"耳语者各一杯！"那人嚷道："方才沈起元唐继祖两位仁兄交头接耳，大家都瞧见了的。马维伦，老兄给他们斟上！"

接着便听淅淅沥沥的倒酒声，大约是马维伦，一边倒酒一边说："给你们满上！"一个声音道："我和继祖量最浅，别倒了！你看，都酒出来了！"唐继祖笑道："有一还必有一报，我来抽一支！"说着提手掣

---

① 老公：即太监。

签，大声念道：

影儿似不离身——同伴来者饮！

众人立时大哗，倒酒声、啜吸声、笑声不绝于耳，原来这些人都是同时来的，因此每人都饮一大杯。孙嘉淦见菜酒上来，却是一盘凉拌海蜇、一盘青芹石花，还有两个荤的却是宫爆鹿肚和黄焖辣鸡，遂用箸点着菜道："就我们两个，热闹不起来，只好享享口福了。"杨名时微笑道："隔壁行的确是雅令，用的是《西厢》集句——我们酌酒听令，不亦乐乎？"说罢举杯一饮，说道："果然是陈年贡的老茅台！这家店铺真不含糊！"正说着，隔壁又传来哄笑声，原来有人抽的签儿是"先吓破胆——惧内者饮"，一群人都纷纷替自家辩护，怎样道学，怎样不怕老婆，吵嚷半日，公推一个叫余甸的强灌了。余甸大约不善饮，呵着酒气抽了一根签，舌头打着结读道：

对别人花言巧语，背地里泪眼愁眉。

"——怕人说自家惧内者饮！好！真真好签——方才你们都表白不怕老婆，请君入瓮！"

于是众人又复哄堂大笑，各自饮了。却听一个油腔滑调的声音道："凤箫象板，锦瑟鸾笙——善丝竹者饮……倒霉！"只听"咣"的一声那人将酒筹撂在一边，便听桌椅一片乱响，几个人过来，七嘴八舌说道："论起诗词曲赋，谁能比得起你刘墨林？喝！不要看他乔装，提耳灌酒！"

"罢罢，我实在不能了，各位贤弟饶命！"刘墨林讨饶道："我说个笑话给大家解酒可好？"众人大约也知道他量浅，便住了手。孙嘉淦和杨名时酌了酒，侧耳听刘墨林道："我中举人，房师是浙江通政使李卫大人。赴过鹿鸣筵我去拜谒他，他正在吃茶。我们师生正说话，他困倦上来，叫人取鼻烟壶来。

"那个长随听了，迟疑半晌才答应着出去，过了半晌，怀里揣着个鼓鼓囊囊的物件来了。

"李大人那脾气天下通都晓得的，最是暴躁的，见他来得迟，就骂'你这狗日的，怎么就去了这么大工夫？'

"'回方伯爷的话，'那奴才苦着脸道：'早就拿来了，只这物件当着客人怎么用呢？'说着双手从怀里捧了出来。我当时笑得岔了气——原来这狗才以为李大人要'便壶'，竟揣着个夜壶来了！"

隔壁立时一片鼓掌大笑，杨名时素来矜持，只莞尔一笑，孙嘉淦禁不住"扑"地一口酒全喷在地下。却听那群人吵嚷道："不好不好！我们吃酒，他说便壶撒尿，着了他骂了！罚他另换一个！"

"嗯……"刘墨林沉吟片刻，说道，"我今儿街上走，被一个绺贼抓走了帽子，以这为题，套《黄鹤楼》作一首诗，为诸仁兄佐酒，如何？"说罢，怪腔怪调吟道：

> 昔人已偷帽儿去，此地空余戴帽头。
> 帽儿一去不复返，此头千载空悠悠。

诗末吟完，众人已笑倒了。杨名时也掌不住扶着椅背前仰后合，孙嘉淦揉着肚子，笑得眼中噙着泪花。半晌，回过神来，杨名时笑着对孙嘉淦道："我就是要请你出来，排排心中郁结之气。怎么样，不虚此行吧？来，再饮两杯！"说话间，一个中年男子推开玻璃栅门进来，穿一身红绸棉袍，套着黑缎子马褂，脚下千层底布鞋，头上戴着黑缎瓜皮帽，白净面皮上微有几颗麻子，鼻下两绺浓浓的八字髭须，手里举着一张太极八卦图，斯斯文文举手一揖道："二位先生是应试的吧？可要相一面？"

"不要不要！"孙嘉淦正听得兴头，摆手说道："你到别处去吧！"

那人格格一笑，说道："到这楼上吃酒的客人，哪个没经在下算过？你们既吃入贡酒，难道不要考个贡生？我送功名给二位足下呀！"

"敢问贵姓，台甫？"杨名时心中一动，问道："这恩科是朝廷抡才大典，生死有命富贵在天，你怎么就敢夸海口'送功名'？"那人一哂，说道："成事在天，谋事在人！我若没有实学，焉敢在这个地方卖弄？

我的姓名足下不必问，这无关紧要，但足下要取功名，经我一相，十拿九稳！"杨名时一笑，从袖中取出二钱重一个银角子，正色道："请吧！"

那人看了，突然拊掌而笑："你们是头一次入闱吧？二钱银要买两个贡生？不才一把铁算盘算尽天下才士，从来没碰到过这么结实的铁公鸡！"孙嘉淦却知道：专有一等江湖术士，开恩科前以算命卜相作幌子，指着京师官场纷乱繁杂的头绪，出卖考题诈财，因急着还想听那边有什么新笑话，便道："指山卖柴，这种事我见得多了，到别处诓人去吧！"那人也不分辩，回身便走，唱叹一声道："痴！痴！不知此地是何处啊！"

"慢着！"杨名时突然道："你是卖考题的？我买！多少银子？"

"七十两！"那人看了看孙嘉淦，"你们是两个人，本该卖一百两。我说的是实价，童叟无欺！"正说着，那酒保端着个瓷盘子进来，盘子里没有菜，端正地放着两份大红帖子，只看了那人一眼，不言声退了下去。那人笑道："这就是考题。若出的题不符，凭帖子到这店取回原银。至于考上考不上，可就是方才先生讲的——生死有命，富贵在天了。"

杨名时是副主考，连他自己也不知道皇帝出什么考题，原来不过是好奇，见此人卖考题卖得如此笃定，而且居然有这么大产业做保，心下愈觉诧异。他点了点头，从靴页子里抽出几张银票，拣了一张就案推给那人，说道："若没有这铺子作保，我岂肯信你？这是一百两龙头银票，果真考得就是这题，我还有'赏'！"说罢取过题帖子，拈了一份递给孙嘉淦，打开看时，上面端正写着：

利者，义之和也
日月得天而能久照
帝乙归妹，其君之袂，不如其娣之袂良

下头端楷小书"伯伦举酒恭祝京报连登黄甲"。孙嘉淦不禁问道："这都是《易经》上的，难道出三道题不成？"那人卷起幌子，笑道："客人明鉴，三场考试各取其一嘛！我这也是揣摩出来的，难道只出一题？次序我不敢保，我也怕顺天府的人来拿我呀！"

　　"好，就是这样！"杨名时收起帖子，立起身来对孙嘉淦道："好晚的了，咱们也该去了。"于是二人前后出店，孙嘉淦直送杨名时出了贡院街口，看着他上轿远去，才蹒跚着回到自己宅里。不料刚进屋里便大吃一惊：内阁大学士、上书房大臣、领侍卫内大臣，汉臣首辅张廷玉竟在自己房中啜茶坐等！孙嘉淦酒也醒了一半，愕然说道：

　　"张中堂，是来拿卑职的么？"

第七回　吃齏饭宰辅访国士
　　　　诉肺腑君相互赠联

　　张廷玉只穿了件宝蓝色天马皮袍，腰间束着玄色缎带，帽子摘了放在桌旁，正跷足坐在书案前椅子上就着烛光看书。见孙嘉淦醉眼迷离地进来，吃惊地望着自己，张廷玉放下书，微笑着起身道："不速之客候你多时了。你官虽小，如今已是名震京华的人物，我来串串门，瞧瞧你这强项令。怎么，你有慢客之意？我可是已经吃过了你的萝卜白米饭了呀！"

　　"既如此，您是我的客人，请坐，献茶！"孙嘉淦心下掂掇着张廷玉的来意，将手一让，笑道："我还以为您来抄家拿人呢！可我这六品小主事，也犯不着来这么大个人物啊！"说着便也坐了。孙嘉淦知道，就在此刻，不知张廷玉府邸门房里，有多少显官要员正焦急地等着他接见，不奉圣命，这个首辅宰相断然不会有到自己这里"串门"的闲情逸致，一边思量，一边睨了一眼张廷玉，没再言声。

　　张廷玉的眼睛在灯下幽幽闪着微芒，他确是奉了雍正的旨意，特地会见孙嘉淦的，但雍正没有说让他奉旨谈话，所以只能以私人身份拜访孙嘉淦。见孙嘉淦默不言声，许久，张廷玉才缓缓说道："你猜得不错。"

　　"什么？"

　　"我说你猜得不错，我一天只能睡三个时辰。我弟弟张廷璐想和我聊聊，也得半个月等。"张廷玉道，"我来想说两件事，头一件你就想不到。皇上已经调离葛达浑的户部尚书去理藩院主持院务，接替他的是马齐。你的铜四铅六铸钱办法，皇上已经密谕马齐照此办理。"

　　这确是一语石破天惊，孙嘉淦泪水夺眶而出，一把擦去了，说道："皇上圣明！我真高兴——这真是天下苍生之福，三年之内，新钱流通海内，国家财源顺畅，墨吏们也只好干瞪眼了！"

"还有第二条，你听了就未必高兴了。"张廷玉啜了一口茶，"你虽然有理，但咆哮公廨，侮辱堂官，大失官体，所以要给你处分，要降职罚俸。因为没有交部议处，我来问问你。愿意回翰林院，就当修撰；愿意当外官，保定府同知出缺，你来补——我来和你商议一下，这事我就能做主。"孙嘉淦扫了张廷玉一眼，突然放声大笑！张廷玉是个稳沉持重的宰相，多少一二品大员在他面前都有几分局促，见孙嘉淦如此狂放，脸上掠过一丝不快。但他毕竟城府甚深，端杯斜坐，不动声色地问道："这有何可笑？"孙嘉淦身子一倾，正容说道："衡臣大人，我笑你小瞧了我。就是这么一个小小京官，苦苦巴巴熬资格，到老至不济也能混个三品顶戴！孙某若想吃这份安生衣食，又何必和葛达浑大司徒翻脸，几乎身陷不测之地？你知道，皇上准了我的条陈，得益的是亿兆生民，受损的是墨吏赃官，就为这一条，孙某死且不惧，还怕这么一点小小处分？张大人，翰林院修撰、什么同知，我都不要做。给我一个县，三年之内不能大治，我挂冠归隐让贤！"

张廷玉脸色一沉，些微闪过的不快已经寂然消失。他每天侍候了皇帝朝会诏诰一类事，回到府里接见外官，满耳都是奉迎话，满眼都是谀笑，没有一个人敢于和自己平头而坐，侃侃言政，转来转去都为了"升迁"两个字。惟独孙嘉淦，正六品谪了从六品，竟诚恳地愿意再降为正七品，实实地为百姓做点事！想着，张廷玉站起身来，叹息一声："皇上最焦心的就是吏治。天下官，都像你这样就好了……"他拍拍孙嘉淦的肩头，再没说什么，一径踱了出去。

四更天，张廷玉就被值夜的长班叫起来了。这一夜他没有睡好，但张廷玉是每天必须进大内侍驾的首辅，"四更叫起"是他自己定的死规矩。由人服侍着穿了朝服，挂了朝珠，胡乱洗漱了，忙忙用青盐擦了牙，略用了两口点心便打轿直趋西华门，下轿看时，尚自满天星斗。张廷玉递了牌子，没有急着进去，在冻得结结实实的地上跺了两步，伸欠着呼吸一口清洌的空气，心里清爽了许多，正要进去，却见门里四盏玻璃宫灯映着，迤逦近前而来，细瞧时，却是自己的堂弟张廷璐由太监导引着出来。张廷玉不禁一怔，这么早天，廷璐进大内做什么？这有干例禁呀！正要问，才瞧见张廷璐身边还有一个人，张廷玉不禁吃了一惊，急跨两步说道："三爷，您早！廷玉给您请安了！"说着打下千儿去。

所谓"三爷"就是当今新主雍正皇帝的三阿哥弘时。雍正在康熙年间一共生了八个儿子，长子弘晖生于康熙三十三年，已经封了贝子，十岁上出花儿一命呜呼。还有一个儿子弘昐两岁得了无名热也死了，连叙齿都没来得及。真正的"二爷"叫弘昀，也是十岁上死了。康熙五十九年六十年相继出生的两个儿子也都没养住，这个"三爷"其实就是雍正身边最年长的阿哥，今年刚满二十岁，出落得一表人才，冠玉一样的脸庞上端正长着一双杏仁眼，黑得墨染似的弯月眉梢微微上挑，带着一股英气，只颧骨旁的两颊微微下陷发暗，略带一点破相。见张廷玉给自己行礼，弘时忙上前双手扶起，笑吟吟说道："你是两朝老臣，紫禁城骑马，金殿剑履不解的人，我怎么承当得起？"拉着手嘘寒问暖，显得异常亲热。张廷玉一边敷衍着，回头笑问："廷璐，你怎么也进来了？还和三爷并肩走路？"

"廷玉，你别怪他，是我请他来的。"弘时忙笑道，"昨个皇上去毓庆宫查看功课，说我的字写得别扭。还说大臣里头，就只廷璐的字看得过眼。你也知道他老人家的脾气，下次再看不顺，我就得罚跪了，所以请廷璐进来，给我校校笔锋，留个仿子我好描。"张廷璐也含笑说道："就知道遇见六哥要挨碰，忙着写了两张出来，可可儿就遇上了！"

张廷玉点头道："既是三爷叫，也不为大错。三爷是金枝玉叶，毓德春华，正是做学问的时候儿。四爷十三岁五爷十二岁，都还小，都看着三爷呢！"这个话从字面上听，无论哪一句都是夸奖，合起来却句句是劝弘时，要他守规矩作榜样，张廷璐也不能不佩服哥哥这一套相臣权谋。弘时笑道："你的意思我听懂了，你兼着太子太傅的衔，也是我的师傅！去吧，万岁爷怕已经等着你啦！"张廷玉连忙答应着，又叮嘱张廷璐好生办差，不要生事。"这阵子我忙，没得空说话，赶你进贡院龙门，我一定送你。"这才匆匆进来。因见八盏明黄宫灯导引着一队人由月华门进来，迤逦往乾清宫，张廷玉加忙脚步，赶到丹陛前跪下。

"衡臣，"雍正下了八人乘舆，望了望启明星，舒展了一下身子，笑谓张廷玉道："朕昨夜没睡好，今儿索性早起了些，想不到你还是赶在前头了。论忠，也不全在这上头。往后你天明了再来，朕不怪罪你——起来吧，有几份折子还要和你参酌一下呢！"张廷玉忙磕头起身笑道："是。这是皇上体恤奴才，做奴才的更该勤勉谨慎。再说，圣祖爷在位时，天天都这样的，奴才也惯了。倒是皇上身子骨儿要紧。"雍正含笑点头，进了东阁，盘膝坐了炕上，不无感慨地说道："圣祖英明一世，尚自昼夜勤政。朕事事不如他老人家，焉敢怠忽政务？也只好以勤补拙罢了——只累了你。隆科多允祥他们还能偷个闲儿，你跟朕草诏拟文，一刻儿也是离不得的。"说罢抿嘴一笑，吩咐李德全："你给张相弄一碗参汤来。"

一碗滚热的参汤喝下去，张廷玉顿时觉得眼目爽明精神振作，谢恩归座，邢年已抱着尺余厚的一叠文书，一份一份扇面似的铺在他面前的茶几上。他瞟了雍正一眼，见雍正手握朱笔，一手翻书，似乎正在写一篇文章，看也不看这边，连忙低头看那些折子。前头六七份，都是顺天府报称查抄欠逋官员家产的提奏，一色的血红朱砂草书：

> 揆叙岂有仅存一万家产之理？不知顺天府尹与伊是何瓜葛亲？少瞻顾些，仔细尔之首级！
>
> ……金玉泽朕深知之人。尔不闻京师谚语？"武库武库，又闲又富"，即朕所知，去岁兵部铸司，即有七万银尚无着落。命伊据实招供、隐匿何处！
>
> ……此等魍魉之使，难逃朕之洞鉴！你将心放下，此人寿限长着呢！不要怕他自杀……

一律都是这样的话头，血淋淋的，十分刺眼，想起不久前康熙熟悉的用语："缓些儿，他是老臣，朕不忍心他去饿饭……""亏欠银两，你着实要快些赔补，朕死，你可怎么了？"张廷玉真有恍若隔世之感。接着又看下头的，却是湖广巡抚葛森保奏刘世明的本章，刘世明是张廷玉康熙四十二年科考中取的进士，文章好，官做得很清。因是自己门生，张廷玉特地加了留心，看那批语，却是：

刘世明乃汝同年，朕知之甚稔。尔以"科甲"二字耿耿于中，善柔洁訾病不除，则诸事朕疑而难信也。近见刘世明一切行为，惟于得名处加以周旋，遇有关科甲之事，备觉勇往，大有学慕虑誉光景，凡人一务名则诚不足，以不诚之心承上接下，焉有是当之理？再加以善柔自处，好施小惠，取媚属吏，则诸务更不可问矣。

张廷玉吓了一跳，以为这朱批是冲自己来的，再看下头几份，有的批："陶正中于其珣乃王掞门生，恐蹈科甲积习，当留心试用。""人臣朋党之弊最害人心，乱国政，第一涤除科甲袒护之习为要！""赵国麟一片忠诚，人品端正，但恐不免科甲向来习气，留心细看着，或可大用。"赵国麟也是张廷玉门生，张廷玉至此才松了一口气，知道雍正是对着科甲出身官员朋党习气而言的。

"廷玉，"正在挥笔疾书的雍正停了手，站起身来，吩咐太监们撤掉殿中灯火，橐橐踱了两步，脸像石板似的毫无表情，说道："看完了么？朕处置得如何？"

正在沉思遐想的张廷玉怔了一下，忙起身笑道："主上，臣以为所加朱批都十分精当。臣是在想，这一叠奏折足有七万余字，都一一加了朱批，有些地方万岁还掐了指印。圣躬勤政原是好的，但也不可过于琐细，劳心过度有伤龙体……"雍正摆手制止了张廷玉的劝说，说道："一张一弛，文武之道。打从先帝年高勤倦，已经弛了多少年了，现在是'张'的时候。朕问的是，你看这些折子的朱批有何感想？"张廷玉忙道："臣以为并无不当之处。"

"苛了一些。"

"万岁……"

"是朕自己说苛了一些。"雍正脸上泛出一丝冷峻的微笑，"当今天下贪风炽盛，朋结党援小大官员不为利就图名，朕就是冲这两个字痛下针砭。矫枉不能不过正，你见过扁担没有？用弯了，你把它压直，松开手，它仍旧弯！你把它扳过来弯，弯些时候再松手，它就直了。"

张廷玉忙躬身答道："圣虑深远，臣不能及。"

"你在朕身边做事，少说这些话。"雍正似笑不笑地说道，"早就听说官场有个口号：'雍亲王、雍亲王，刻薄寡恩赛阎王。'这话说对了一半，朕刻薄挑剔，眼里不揉沙子这是真的，但并不寡恩。若论朕的心地，送你两句话，你真按着做，朕一生一世都不会屈待你。"张廷玉听到这里，已觉得站着不恭，忙跪了叩头道："恭请圣训。"雍正莞尔一笑，说道："你起来。就算是阎王，朕也认了。昔人有游地狱的，五阎罗殿前楹联，写着：'有心为善，虽善不赏；无心为恶，虽恶不罚。'就是这两句，送给你。"

张廷玉打心底里打了个寒战，深深叩下头去，说道："恭聆圣训！但臣实也有言，久蓄在心，因皇上登位未久，诸事见忙，未及陈奏。"

"唔？"

张廷玉的心平静下来，抬头望着雍正，款款说道："皇上天禀聪明，睿智果决为圣祖朝诸王之冠，朝野百姓皆知。当年圣祖在位，曾几番对臣说过，'朕心选一个坚刚不可夺志的主子留给你们'。当时臣已知圣心默定皇上入继大统。但臣以为皇上与圣祖初即位有三不可比。"

"唔，唔？！"

张廷玉顿首叩头，说道："圣祖继位，西北有噶尔丹之叛，东北有罗刹国扰边，台湾尚未皈伏，三藩盘据南方，中原有圈地之患，南方有河道漕运之虞，满汉不和，权奸当朝，四方不靖，百务纷繁……因此圣祖实为理乱天子。而今皇上承继大统，无权臣挟主干政，无兵甲之事扰乱中原，府库有盈年钱粮可资取用，而吏治不饬，官员朋党，讼诉不平，捐赋不均，皆都是盛世'隐忧'。所以皇上乃是治平天子。"张廷玉说着，雍正已在殿中徐步踱着，一眼瞧见邢年进来，便问："什么事？"

"回万岁。"邢年忙躬身答道，"杨名时和张廷璐进来了，请……""忙什么？等一会听旨进来。"雍正说道，"往后上书房大臣奏事，不许旁听，不许奏事——衡臣，说，说下去！"他摆了摆手归座，一边听一边出神。

"理乱易，治平难。"张廷玉受到鼓励，叩头接着说道，"难就难在理乱可以快刀斩乱麻，治平只能慢慢来，如抽丝，如剥蕉，一根根抽，一层层剥，用的是'忍'字诀。"

雍正端着奶子，直盯盯望着大殿门外照壁上的阳光，深邃的目光闪烁着，说道："这是二不可比，还有三呢？"张廷玉却嗫嚅了，思量半晌才道："圣祖即位尚在冲龄，今皇上春秋鼎盛，圣寿已过不惑……""这算什么比？"雍正莞尔一笑，正要反驳，已是恍然大悟，轻轻放下手中杯子，叹息一声，说道："你有你的难处，其实就这个话，已经难为你了。自古无百岁天子，圣祖在位六十一年，朕也是不能比的。圣祖无兄弟阋墙之乱，朕这些年长兄弟一个个都不是省油灯，朕也是比不了的……唉！这是造化之数所定，非人力可为啊……"

"惟以一人治天下，不以天下奉一人。"张廷玉连连顿首，"皇上方才赐臣一联，臣当永铭在心，臣回奉皇上一联，愿皇上默察臣心！"

"好！"雍正站起身来，急步趋至案前，援笔将联语记下，回头笑道："一联换一联，朕就不赏你什么了。这个明儿有工夫，朕细细写出来，就描金张挂在乾清宫御座之后！那三不可比，你也都说得透彻。朕还要好好思量一下，'戒急用忍'是圣祖爷吩咐过朕的话，但朕以为，孝子承父之命，以承志为先，承言为后。今日天下吏治拆烂污到这地步，一味抽丝剥蕉慢慢来，恐怕也不是上策。"说罢对殿外大声吩咐："叫张廷璐杨名时进吧！"

张廷璐杨名时被挡驾在乾清门外，听到太监传呼，两个人一前一后急步趋入，只见雍正高坐在须弥座上，头也不抬地正在批阅奏章，张廷玉躬身侍立在旁，空落的大殿静得一根针落地也听得见，两个人对视一眼，报了职名一齐跪下叩头行礼。

"顺天大主考来了？领试题的吧？"雍正头也不抬，沙沙挥动着朱笔，批定一份奏章，招手叫过张廷玉，点着手里的一叠奏章说道："这一份六百里加紧廷寄贵州，苗民叛乱，叫贵州巡抚去办，用兵狠剿，不能手软，不要招安！这一份盐政奏议，用明发，叫他们缮清送进来朕看后再说。田文镜在山西太不成话，一个过路奉旨办差的，擅自干预地方财政，出去办差的都学他，外头官员还怎么做事？把田文镜的驳下去，把表彰诺敏的这一份廷寄山西巡抚衙门！"

他一头说，张廷玉一头答应，又问："山西这两份要不要快递？"

"不要，这又不是军事。总用六百里加紧，用来用去就分不出紧慢了。"雍正说完，才把目光转向张廷璐，笑道："你叫张廷璐，那他必是杨名时了？你是衡臣的弟弟吧？"

张廷璐瞥了一眼正在忙着分发奏章的张廷玉，叩头说道："是，臣张廷璐。张廷玉是臣的哥哥，同为一个太祖公。"

"嗯。"雍正略一沉吟，转脸对杨名时道："你官声不错。在浙江盐道，离任时只带了一船书。当地百姓还给你立了一座生祠——有这事吧？"

杨名时激动得脸色绯红，连连叩头道："臣不敢谬承圣奖，这都是百姓父老的错爱。"

"官做得清，百姓自然要爱你。"雍正呷一口茶，慢慢嚼着一片茶叶，良久才道，"你们来领试题，原没有多的话。但这是朕的头一场科试，少不得叮咛你们几句。你两个，一个世宦门第，一个清要世家，对你们人品不放心，朕断不肯放这要差，抢才大典要公平取士，不在心怀偏私。你们明白吗？"

"臣——明白！"

"你们未必明白。"雍正冷笑一声道，"为国家取士，讲究一个'公'字，并不见得不纳贿、不收钱就算完差。有一等人，不看文章好歹，只管拣着贫寒的取，那受恩的自然感恩就深，恨不得扒出心来报效老师，收名于当前，取利于尔后，这也叫'偏私'。朕怕就怕你们犯这个毛病儿。"

杨名时心里托地一跳：久闻四王爷鸡蛋里挑骨头秉性儿，今日一见果不其然！正胡思乱想，却见雍正将杯子向案上一墩，又道："至于科场收受纳贿，那是犯了条律，和朕上头说的是另一码事。朕与圣祖一心一德承前启后，圣祖以仁育人，朕以义正人，形迹不同其心则一。康熙三十三年南京科考，数百举人扛财神拥入贡院，你们在北京，要给朕弄出这类不体面来，朕就是要容你们，奈何还有国法天理？"他含蓄地笑着，每一个字似乎都是从齿缝里迸发出来，带着丝丝金属颤音，张廷璐和杨名时头也不敢抬，伏在地下静听。

雍正却不再说下去了。自下了御座，径至殿角一个金漆大柜前，取出一串钥匙开了柜，拣出一个封得严严实实的烤漆小筒，脚步囊囊踱过来，粗重地喘了一口气，说道："你们抬起头来。"

"喳！"

"这是今年恩科试题，"雍正冷冰冰说道，"你们拿去，拆看不拆看都由你们。自康熙四十二年之后，科场考题屡屡泄漏，真真不可思议。今年的题，是朕亲自手书，亲自密封，亲手交给你们的。只要记住朕方才的话，这一科必定能取几个像样的人才。朕的话从来只吩咐一遍，没听清，现在问还不迟，日后休说朕不教而诛！"

"喳——奴才明白！"

"好，君臣无戏语。"雍正将漆筒放在张廷璐手上，摆手令他们跪安，转身走向张廷玉。

张廷玉握管挥毫手不停挥正在披阅转部文书，连他们君臣方才的话也没有理会，听见雍正脚步声，忙站起身笑道："主子已见过人了？"雍正点点头，转过案前，偏着脸看看张廷玉正批的一份文书，笑道："这件事礼部已经上了奏议，国丧期间几处演戏的要严办！这份文书你先不要批下去，朕还要下一道旨意。不但国丧，就是平日，各省文武官员和京师各有司衙门职官，一概不许养戏班子，一概不许唱堂会！"张廷玉愣了一下，说道："文恬武嬉固然助长颓风，但官员平日家中喜庆婚筵，一并禁止演戏，似乎……"

"不看戏女人就不生孩子了？"雍正笑道，"朕就从来不演堂会。什么时候你张廷玉见朕看戏了，再跟朕说这些个话。"几句话说得似庄似谐，很随便又不容商议，张廷玉站不是跪不是，忙一躬身道："是！"雍正却转了话题，问道："见着孙嘉淦了？"

张廷玉赔笑道："见过了。昨儿还在他那里扰了一顿'晶'饭……"便将见孙嘉淦的情形备细说了，又道："此人历练一下，奴才瞧着可以大用的！"

"什么叫历练？"雍正敛了笑容，背着手在殿中徘徊着，似乎不胜感慨，"都把棱角磨掉了，变老成了，就叫'历练'？朕看不必——"他站住了脚，款款说道："着孙嘉淦实补都察院监察御史①！"

---

① 　监察御史为正五品官员，雍正此举实际上晋升了孙嘉淦。

第八回　能吏潦倒误用"忌讳"
　　　　官场隐士拯难约法

　　雍正皇帝表彰山西巡抚诺敏，申斥田文镜的朱批谕旨刚刚发出，诺敏便接到了京函。当时各省督抚大吏都在京设有公馆，名义上是安排子弟族人在京读书待选，其实真正的用处是向"家"里及时报送信息。因此诺敏早已心中有数，见田文镜昏头昏脑地还在查看各个藩库，一丝不苟地核对账目，心里冷笑，面上却不理会。是时国丧除服，新君御极，既是改元大庆又逢元宵佳节，诺敏按捺不住心头欢喜，因传出宪命：太原城自正月十三至十七金吾不禁军民观灯五日！被国丧大礼拘得发急的人们顿时如囚鸟出笼，开锁猴儿般不知怎么兴头才好了。自总督衙门告示贴出，晋祠至介子推庙连绵数十里彩灯高照，画坊高结，芦棚通衢连巷，灯市星罗棋布，入夜时城厢内擎灯出售的密如繁星，勾心斗角镂金错彩各呈花样。周围上百里的乡居小民哪个不要看这富贵风流景象？纷纷涌进城来，把个太原七十二条街挤得万头攒动，什么壁灯、写生、书画、灯谜棚、走马灯、盘龙舞凤、走百戏、打莽式、踩高跷、打社火、女红男绿走百病的，扮作各式各样故事街头演戏的、卖艺的卖小吃的，浑浑噩噩、茫茫杂杂把太原城装点得一片火树银花，成了不夜之城。

　　田文镜却没有观灯这份好心绪。他有差使原本只是向驻节陕西的大将军年羹尧宣读诏谕，命年羹尧进京述职，没来由途经山西回京，在阳泉遇到那位被允禵救了的女子乔引娣。因为乔引娣孤身一人，被几个守桥兵士缠住，又搜出了几十枚金瓜子，要没收抵充阳泉县亏空。当时田文镜的官轿刚好路过，便喝令拿下这群兵士，至阳泉县库中查实，果然亏空三万。田文镜心想，山西省亏空全数补完，是早已申奏朝廷，明令嘉奖了的，怎么小小一个阳泉县居然还有三万两银子没有充库？因此便以传旨钦差身份带着引娣和阳泉县令趱返太原，和诺敏闹起这场轩然大波。

如今查实了，山西藩库银两盈箱积柜，确实一两不少，连阳泉县的亏空，诺敏都出具债券，说由曲沃县代偿，银子早已交到了通政使藩库，山西省货真价实的无亏空省！

……但自己又该怎么办呢？且不说朝廷新立，正讨厌京官在外惹是生非，也不说诺敏的靠山抚远大将军年羹尧，单就自己一个小小的四品官，硬碰硬地跟一位封疆大吏过不去，日后就祸不可测！从藩库查完最后一笔账，田文镜面如纸白，在衙役们不三不四的讥讽和哄笑中跟跄跄出来，连驿馆也不想回，独自在茫茫人海灿灿灯流中听天由命地晃着、挤着……好半日才回过神来，挨到一家刀削面的小铺里，要了一盘牛肉、一盘花生米独酌独饮。外头震天聒耳的锣鼓乐器声，令人目乱神迷的龙灯狮舞，田文镜竟是听而不闻，视而不见。

"来啦！"

随着一声吆呼，一个堂倌条盘上托一大碗热气腾腾的刀削面，轻轻放在田文镜面前。田文镜看那面时，果然削得好，一色儿形似柳叶，薄如蝉翼白中透亮。筷子一挑，每片都在八寸左右，配着满碗黄澄澄的牛肉丁，红殷殷的椒油炸酱，葱姜蒜末扑鼻的香，引人馋涎欲滴。田文镜叹一口气，正要举箸，听隔座有人大叫"来点忌讳"。他虽不知"忌讳"为何物，却正触了此刻心事，见伙计连连答应着去取，便点着碗大声道："我也要忌讳！多多的来些？"

"唉——！"伙计高应一声，执一把大磁壶，满头热汗过来，不问三七二十一，咕嘟嘟倾进田文镜碗里，顿时一股酸味冲鼻而入，呛得田文镜嘴角鼻子都耸到一处——这才知道，"忌讳"①原来是山西老陈醋①，好端端一碗牛肉刀削面，顿时酸涩不可下咽。

田文镜想想好笑，端起碗来看了看，一横心闭住气，竟把半碗酸汤先喝了下去，才慢慢挑着吃削面，酸辣二味入心，额前鼻夹已浸出汗来，心里顿觉清爽。正胡天胡地吃酒，听隔壁雅座中传来鼓掌大笑声，一阵低弦回挑，便听一个女子曼声唱道：

---

① "忌讳"即醋，商家开店忌讳酸，因改称忌讳。

因恨成痴，转思作想，日日为情颠倒。海棠带醉，杨柳伤春，同是一般怀抱。甚得新愁旧愁，铲尽还生，犹似原上青草。自别离，只在奈何天里，度将昏夜拂晓。今日个魇损春山，望穿秋水，道弃已拼弃了。芳衾妒梦，玉漏惊魂，要睡何能睡好？漫说长宵似年，侬视一年比更还少——过三更已是三年，更有何人不老？

"妙！"田文镜已有七成酒意，"啪"地一击案高声赞道："不过忒颓唐些，我有几句续上！"说罢脸一仰，高声诵道：

只此寸心，无端忧天，云遮白日不照。携琴佩剑，登楼凭轩，却是烟水渺渺。不如归去，品尽壶中三味，任他衣裳颠倒！醋是"忌讳"，"忌讳"是醋，谁识此中奥妙……

吟罢放声大笑，眼泪却无声迸出。外头坐客见他醉了，眼饧口滞喃喃而言，也都不来理会。正乱间，雅座门帘一响，一个半大不大丫头含笑出来，径至田文镜面前蹲身福了一福，说道："先生，家主静聆清言，不胜仰慕，敬请先生移趾，里头坐地攀话。"

"家主？"田文镜眯着眼闪了一下，问道："你家家主是谁？他……他怎么不自己来？"

丫头抿嘴儿一笑说道："我家主姓邬，讳思道，也是北京来的，腿脚有些不便，所以不能亲来。"

田文镜站起身来，一阵冷风从店外扑进，顿时酒醒了许多，因蹒跚着步子跟那丫头进了雅座。打量那家主时，只见邬思道有四十五六岁年纪，穿一件天青哆嗦呢珍珠毛长袍，外头套一件小山羊风毛坎肩，盘膝稳坐在中间，略嫌清癯的脸上泛着红光，两道弯月眉压在黑得深不见底的眼睛上，显得十分深沉，手里把玩着一把折扇正在沉吟。旁边两个女的，也都体格风骚容貌姣好，满头珠玉，遍身罗绮，晃一晃，翠摇玉响。田文镜因举手一揖，笑道："邬先生，有扰了！"

"请坐。"邬思道声音不高，听去却十分清晰。他也在打量田文镜，两道直横而出的扫帚眉，三角眼中精光闪烁，略为鼓出的上唇留着八字髭须，下唇却微微翘起，嘴角微微上倾，显着要强、刻薄又多才多智——相书所谓"鹰鸶容"这是百试不爽的证据。良久，邬思道淡然一笑，指着两个女的道："没有外人，这两个都是在下山荆——风姑、兰草。这位先生是雅人，为他上寿！请问先生尊姓、台甫？"

田文镜将辫子向椅后一撩，稳稳地坐了下来，接过两个夫人的酒，一手一杯"咽"地饮了，抹了一把嘴，笑道："不才田文镜。先生好艳福啊！两位妻子，岂不是一乾二坤？以先生富豪，总该有十几个小妾了？"

"我不娶妾。"邬思道叹息一声道，"娥皇女英，也没听说谁妻谁妾，何必分那个上下名分？哦……田文镜……好像是去西路年大将军处传旨的信使罢？"

田文镜不禁一阵不快，自己和此地巡抚已经闹得天翻地覆，通天下皆知，怎么这人竟似毫无所闻？而且邬思道的口气也使他甚不舒服，因笑道："适才在外间静听大雅之音，想必是先生手笔？不知在哪里恭禧呀？"

"我乃此地巡抚衙门幕客。"

"我乃户部郎官！"田文镜翻翻眼皮傲然说道。

见田文镜动了意气，邬思道一怔，"喷"地一笑，说道："你忘了说——还是钦差天使！"

"本来就是！"

"唔……"邬思道揶揄地一笑，"怪不得今晚外间白光紫雾流闪不定，这间雅室辉煌明亮，失敬得很，原来是天使到了。"满屋的人都被他逗得格格儿笑。

听他如此轻慢无礼，田文镜顿时气得浑身乱颤，扶着椅背站起身来，恶狠狠盯着邬思道，咬着牙狞笑道："我再不济，也是士大夫，似乎比寄人篱下乞食幕客要略强些儿。足下不闻'地角天涯峰回路转'？也许冰山倒了，你带着你的'娥皇女英'学齐人乞食于墓道中呢！"

"田大人安坐，"邬思道用扇柄遥遥点了点椅子，改容笑道，"美我痰疾，恶我药石，连这几句调侃的话都受不了么？倒是你说的'冰山'

二字，切中邬某下怀。仆少怀不羁之才，游于江淮，学于终南，以屠龙之术寄食于公卿廯宇数十年，带着这身残疾，早已断了出将入相的想头。愿意伏处你大人门下，佐你为凌烟阁名臣，你可肯接纳？"田文镜愕然注目邬思道，见邬思道一脸庄重肃穆之容，不像是讥讽挖苦，这一身雍容华贵气度，确实又有别于一般清客幕宾寒俭阿谀的奴相，不禁缓缓坐下，说道："我如今处境你可知道？你在诺敏中丞那里，不比跟着我这个小小部院堂官强得多？"邬思道笑道："你如今处境我有什么不知道的？山西亏空你奏而不实，查而不明，正是进退维谷捉襟见肘之时，我不趁此离了这座冰山，来栖你这棵梧桐树，一定要等这里树倒猢狲散时才就食于你么？"

田文镜听他这番话，怔了半日，深叹一声道："无论是真是假我都感你这份情。只我眼前就过不去这座'火焰山'，谈得上什么'梧桐树'！诺敏——"他低下了头，"是一堵硬墙，恐怕碰破头也过不去了……"

"诺敏此人好大喜功，务虚邀宠，其实读书无作文胆，磨剑无破敌胆，你是被他的虚张声势吓住了——告诉你，山西亏空天下第一。只是你田文镜查的不得其法而已！"邬思道斟了两杯酒，一左一右递给两个夫人让她们饮了，莞尔一笑道："其实他玩弄权术，欺得了一时，欺不得永久；欺得了小民，欺不得士绅；当今天子聪察乾断，以诺敏之智，岂能终邀恩宠？"田文镜愈听愈惊，这些话都是埋在自己心里的话，显而易见的弄虚作假，偏自己就查不出来！这个邬思道既在诺敏衙门当清客，或者知道其中情弊？他又为什么要弃大就小，弃荣就辱，投靠自己这个倒霉的小吏呢？寻思着，又怕今晚遇邬思道，也是诺敏设下的圈套，因道："先生的话很中听，只是有几分可信呢？诺敏大人天子信臣，你何以断言他是'冰山'呢？"

邬思道冷冷说道："你瞧得见，我是个瘸子。其实你还不晓得，是李卫荐我投诺敏门下的，年羹尧和我也不陌生！实言相告，我这个人既做不了官，又好酒喜色，又有点才，不肯轻易自弃，自然想找个扎实一点的靠山。天地间'礼义廉耻、酒色财气'八个字，恰如武乡侯八阵图。廉为生门，财为死门，诺敏从死门入，焉能从生门出？"

如此心地识见，田文镜不能不买账了，他举杯一饮，起身一揖说道："但库中存银账目核对三遍，确无差错。情弊手脚怎么做的，愿先生教我，没齿不忘你的大恩！"

"不要说'没齿'的话嘛。"邬思道笑道，"只我前半生历尽坎坷，后半世想酒色自娱。我和你约定一下，你外放知府，每年供我三千两杖头之资；升迁道司，每年五千；开府封疆，每年八千。答应这个数儿，我替你打赢眼前这场官司！"

田文镜死死盯着邬思道，足有移时，说道：

"成！"

"君子一言？"

"驷马难追！"

"好！"邬思道顾盼凤姑和兰草儿，笑道，"咱们似乎还有点后福——田大人，你查看过藩库没有？"

田文镜一怔，说道："这还用问？我头一件事就是清点库银！共存现银三百零五万四千二百一十一两，与账目一毫不差。"

"都用桑皮纸包裹？"

"我都拆开看过。"

"是京锭还是台州锭？"

"都不是，是杂银。约有三十万两是五十两一锭的台州足纹。"

邬思道狡黠地眨了眨眼，把手中扇子展开了又合住，半晌才格格笑道："明白了么？"田文镜尚在懵懂，邬思道又道："既然火耗银子已向户部申报，藩库里就不该有杂银！这就是说——"他话没说完，田文镜已悚然而悟，兴奋得站起身来："说得极是！我怎么就没想到这一层！这就是说库中实存银两仅三十万，其余都是临时凑出来对付朝廷的！""阿弥陀佛！"邬思道双手合十，说道："足下此刻总算酒醒了！"

就在田文镜与邬思道在灯市小饭馆计较山西亏空清查办法时，新任乾清门二等侍卫图里琛赍诏来到坐落小东关内的巡抚衙门。图里琛是原抚远大将军图海的孙子，以祖父功勋恩荫车骑校尉。在黑龙江将军张玉祥麾下当差，当时罗刹国哥萨克骑兵时有扰边事件，图里琛曾乘夜带十八骑士攻袭盘据木城的贼营，擒斩罗刹国玛哈罗夫将军，被雍正称誉为"铁胆英雄"，刚二十出头，已是身经十余战，几次死里逃生的人了。虽说这些晋封二等侍卫，职务仅是平调，但一见皇上，立赐黄马褂，赏双眼花翎，掌管了乾清门听政处关防。谁都明白，此人晋升一等侍卫，只是早晚间的事了。图里琛在巡抚照壁前蹬着下马石下来，随行的二十几个少年护卫也一齐滚鞍下马，巡抚衙门前的戈什哈见这阵仗，知道来头不小，早有一个司阍堂官疾趋而出，直到图里琛面前，打千儿赔笑道："大人万福金安！敢问大人尊姓、台甫、在哪个衙门恭禧？"

图里琛傲然抬起头没有答话，巡抚衙门口一溜八盏灯，十六盆烟火盒子、地老鼠、起火烟花放出五颜六色的光，照在他清秀冷峻的面孔上，像一尊石像一样漠然不动声色。一个随行护卫闪过来代答道："这是我们图军门。刚从北京来，要见诺敏传旨。"

"喳！"那门官胆怯地看了看图里琛，叩头说道："没有接到滚单，不知钦差大人驾到，请图军门暂候，卑职这就去禀报诺中丞。"

"不用了。"图里琛点点头说道："我不爱那个虚礼，所以一路都不用滚单勘合。你也不用禀报，我自己进去就是。"说罢转脸将马鞭子扔给一个随从。那门官这才看到，图里琛从左耳到颏下，有一道四寸多长的刀痕，在焰火光下闪着可怕的殷红的光。他还想请示什么，看了看图里琛倨傲得目中无人的神情，嗫嚅了一下往后退去。

图里琛不再说什么，雪亮的马刺在石板道上发出叽叮叽叮的金属撞击声，迤逦来到仪门前，就着灯看时，楹联上写着：

> 简命驻并州，感频年捍患御灾，创者立、废者兴、教者深、养者厚，寝食弗遑，纯以济民尽臣职；
> 使君统晋省，听百姓歌功颂德，良已安、顽已化、劫已转、岁已登，贤劳备至，力能造福契天心。

不知怎的，图里琛嘴角闪过一丝难以觉察的微笑，回顾左右说道："诺敏大人当得起这两副联语，这志向不俗！"说罢便旁若无人地进来。

巡抚衙门内衙正在元宵消夜，西花厅前一片空场上，几十个清客相公，一大群师爷，众星捧月般将诺敏簇拥在中间席上，觥筹交错人声嘈杂，一个个吃酒吃得红光满面。两厢笙篁齐奏，十二女伶一色罗襦绣裙，舒广袖，移莲步翩翩起舞，歌喉裂石穿云：

> 淡妆多态，更滴滴，频回盼睐。便认得琴心先许，欲绾合欢双带。记画堂风月相迎，轻謦浅笑娇无奈。待翡翠屏开，芙蓉帐掩，羞把香罗暗解。自过了烧灯后，都不见踏青挑菜、几回凭双燕，丁宁深意，往来却恨重帘碍。约何时再？正春浓酒困，人闲昼永无聊赖，厌厌睡起，犹有花梢日在……

图里琛混在家人里看时，诺敏斜坐中间，一条油光水滑的大辫子甩在椅后，冠玉一样白皙的面孔上一双不大的三角眼，唇上漆黑的髭须恰似隶书的一个"一"字，穿着玫瑰紫猞猁猴皮袍，上罩黑缎珊瑚套扣巴图鲁背心，跷足而坐，双手随乐打着节拍。图里琛不禁皱了皱眉头，他是奉旨先私下看看诺敏这个人，然后再传旨的。见眼前这个诺敏，他实在想不出平日坐衙办差是个什么风范，居然在半年之内就把积欠了几十年的山西藩库处置得瓜清水白！正想着，见一个师爷凑到诺敏耳旁低语几句。诺敏坐直了身子，格格一笑说道："这个邬思道，我不过瞧着年大将军和李卫的面子收留了他，月俸是头一份，又是个残疾，一点差使也不办，怎么倒吃里扒外？——田文镜私通的那个婊子拿到没有？"

"拿到了！"那师爷一脸诹笑，凑趣儿道："真真是个人间尤物——抚台要不要叫她……"

"不要。"诺敏摇头道，"先因到签押房后耳房，等处分田文镜的旨意到了，一并连人证解往北京！"

图里琛觉得已经完成了雍正的"先看人后传旨"的差使，嘴一努，一个戈什哈立刻闯到席前，大声说道："御前带刀侍卫图里琛前来宣谕！闲杂人员一概回避，着诺敏跪接！"几个女伶冷不丁的被他这一嗓子吓了一跳，慌忙闪了开去。诺敏一惊之下站起身来，却见图里琛双手捧着黄绫袱盖着的诏谕庄重地走到席前，忙笑道："天使到了，我竟一点也不知道，有罪有罪。请大人稍候，我更衣就来——设香案！"图里琛微微点了点头，将敕书交随从捧着，也套上了皇帝赐的黄马褂，弹了弹前摆，走到香案上首南面而立，早见诺敏朝珠袍服疾趋而出，伏地叩头说道："臣诺敏恭请圣安！"

"圣躬安！"图里琛朗声答道："诺敏听旨！"说罢展读圣旨：

> 奉朱批：诺敏前奏甚明晰，甚为可嘉。山西之清理亏空可为天下一鉴。着发各省，会同督抚商酌效法。山西通省亏空二百余万，诸务废弛，今诺敏到任半年，料理清楚，钱粮分厘皆有着落，且将前任之愆，累及现任无辜尔各省封疆大吏，若肯如诺敏之实心办事，天下事何有不办之理？诺敏实可为天下抚臣中之第一者也！他省督抚当愧而效之。今着诺敏加尚书衔，赏单眼花翎以资奖励，钦此！

诺敏听了忙连连叩头，说道："请图大人代奏，臣诺敏何德何能，受主上不次深恩，惟当以国为家，忠于厥职，定将三晋治理得道不拾遗、夜不闭户，方副主上托付之重！"

这是早已和幕客们商量好的答词，雍正是个求实的人，拍马说不定拍到蹄子上，"肝脑涂地万死不辞"的套话也未必愿意听，不如实打实从自己差使上说，反而更惬圣意。

果然图里琛脸上泛起一丝笑容，双手扶起诺敏，说道："圣上宵旰焦劳，一心求治。诺大人体贴圣心，果然是位能臣。主上夸你，不枉了圣祖栽培之恩，也难为年大将军举荐！"说着又问："田文镜呢？"

"回钦差的话，"诺敏一脸庄敬之容，"田大人近日一直在藩库清点银账。今日已经清理完毕，听说上街看灯去了。"

"你看来并不介意田文镜挑剔山西省务？"

"同为一朝臣子，同事一朝天子。"诺敏恬然答道，"本来嘛，半年清完数十年积欠，难免有人疑惑。田大人办事认真，肯实地考察，为我辨清真假，我感激还来不及呢！哪里会介意？不过……"

诺敏说着目视左右，叹息一声道："文镜不该在清查亏空时，弄一个歌妓养在驿馆。弄得省城议论纷纷，这实在有辱官缄。我虽不计较，下头人却咽不下这口气，已经将那个女子拿到府中。这件事也要请图大人示下，怎么样周全了各方体面，又不至于使田大人有所误会。"图里琛绷得紧紧的面孔突然松弛地一笑，只有这一霎，才看得出他刚毅凛寒性格的另一面，竟带着一丝天真无邪的孩子气。在诺敏的导引下，图里琛也慢步向上席走，一边回答："这是你巡抚职份里头的事嘛！我管你这些事做什么？你和田文镜为了亏空一事打钦命官司，已经朝野皆知。这点子风流罪过也只算锦上添花罢了。"诺敏一边陪着坐了，寻思着这个少年新贵这番似实若虚闪烁不定的话，说道："我和文镜兄并无私怨，是文镜硬要挑剔，不肯放过。幸亏圣聪高远明察秋毫，不然，这'冒功邀宠'四个字，诺敏如何当得起呢？"说着便笑，一边吩咐继续开筵。便见门上司阍的戈什哈进来报说：

"田文镜大人特地前来拜会钦差大人！"

第九回　图里琛奉旨巡并州
　　　　　元宵反诮语讯忠直

　　听这一声，花厅前几十名翎顶辉煌的官员，从布政使、按察使到各司道，及一大群刑名、钱粮师爷还有省城十几个缙绅耆宿一齐扫兴，面面相觑着停了箸站起身来，不知这个粘胶腻牙的过路钦差又要来寻什么晦气。诺敏向着首席稳坐的图里琛略点头致意，忙着起身离席，也是一脸张皇。图里琛这才领略到，田文镜在太原着实犯了众恶。他不动声色，端着酒杯沉吟，只见田文镜穿着鹭鸶补服，戴着白色涅玻璃顶子脚步匆匆进来。

　　"听说钦差图大人到了？"田文镜和诺敏相对一揖，二人目光一碰都闪了开去。田文镜扫视着众人问道："在此地么？容下官叩请圣安！"图里琛这才看出，田文镜眼睛原来近视，自己身着黄马褂居中而坐他都看不清，莞尔一笑起身道："我就是图里琛。"田文镜这才转过身来，跨前一步甩了马蹄袖双膝跪下，亢声说道："钦差西路宣旨使臣田文镜叩接钦差山西宣旨使图里琛！臣田文镜恭请圣安！"

　　钦差叩接钦差！这本来是实情，但确实是一句多余的话。众人见田文镜一副天不管地不收的强项模样，想笑又都不敢。一时偌大筵宴上寂无人声，只听远处衙外开锅稀粥似的爆竹声隐隐传来——是时漏下三更，已到正月十五子正时分了。图里琛也被田文镜弄得一愣，但他此时口含天宪手握重权，哪里将田文镜放在眼里？略一顿，冷冷说道："圣躬安！钦差图里琛愧领你的大礼了——你别忙起来，有奉旨问你的话！"

　　"臣恭聆圣谕！"

　　"奉旨问田文镜，"图里琛道，"田文镜乃京师蕞尔小吏，奉旨往西大营年羹尧处传旨。原系专差，并未奉有沿途采风，干预地方政务旨意，何故无事生非，妄奏山西巡抚诺敏贪功邀宠，取媚当今？朕原是可欺之主么？”说罢便盯视田文镜。田文镜从容不迫，叩了头答道：“臣奉旨西行原是专差，但原在户部已屡蒙严旨，限期清理山西、直隶、山东、河南诸省财政，旨意已记档缴皇史宬收存。是以臣过问山西亏空一案，并非以钦差身份横加干预，乃是以户部司官身份查看山西藩库。臣与诺敏位份悬殊且无宿怨，正因主上非可欺之主，不敢渎职轻纵，乞圣上洞鉴烛照！”

这个话大出人们预料，连诺敏也不禁愕然，顿时脸涨得通红，很想插一句问“你怎么不早说你是以户部司员身分查看的”？但现在图里琛是代天子问话，无论何人插口都是欺君，只好干咽了一口唾沫，下死眼盯着这个无端来山西搅闹的刺头儿官，心里的火一拱一拱往上蹿。图里琛也大感意外，但此时也只能遵旨问话，因道：“今山西通省亏空弥补齐全，尔既查清，银账可相符？”

“分文不差！”

“既然分文不差，”图里琛背诵着雍正的原话，“尔无端污人名节，是诚何理？是诚何心？足证朕心许诺敏为天下第一抚臣鉴人不谬。若诺敏有一丝一微欺隐，朕亦无颜对天下抚臣矣！问尔田文镜，还有何言对朕？”诵罢目光咄咄，逼视着田文镜不语。

田文镜舔了舔嘴唇，雍正的这些话刁钻凶狠到如此地步，是他和邬思道都没有想到的，而袒护诺敏到这个份上，更使人始料所不及，如若再继续哓哓置辩，那就不是与诺敏质对，而是直接扫雍正的脸了。田文镜沉吟半晌，叩头答道：“臣愚昧。诺敏确系‘天下第一抚臣’，万岁问至此，臣还有何言可对？伏惟圣裁！”

“来！”图里琛目光灼灼，断喝一声，“革掉田文镜顶戴！”

“喳！”

两个亲兵答应一声，走上前去。田文镜却将手一摆，煞白着脸双手抖着拧下涅玻璃顶子上的旋钮，递了过去。

“田大人，”图里琛微微一笑，亲自上前双手搀起田文镜，“不要这么懊丧嘛。办砸了差使革职去顶子的论千论万，宦海沉浮平常事，挂冠可作伴梅人。来，且吃酒，我为大人压惊！”诺敏便忙着让人斟酒，双手捧来敬给田文镜，笑道：“文镜，到晋一月有余，殊失主人之道啊！

想一想，不过噩梦一场，恍若昨日之事。这里图大人可作证，兄今遭圣上严旨切责并非兄弟进谗……料想文镜回京，朝廷必定还有恩旨的。"田文镜听着诺敏这些虚情假意的慰劝，也不言声，端过酒杯，一饮而尽，向众人亮了杯底。径自扬长走到上首桌前跷足而坐，一脸满不在乎的神气，图里琛见他如此胆气，刹那间心一动，闪过一个念头："此人豪杰！"诺敏却高兴得醉了似的，背着手兜圈子，只是想笑又怕失态，众人都以为他在搜索枯肠作诗，却见他手一摆，说道："把大爆竹放起来！放焰火！"

随着爆竹"砰砰"闷雷般一声接一声响起，十二箱焰火喷花吐霞泼雾流光，映得席面五彩缤纷。一轮浑圆的月亮，将银辉纱幕似的铺向大地，霭霭瑞光中坐着这群心思不一的官绅举觞劝饮，倒也别有一番情趣。

须臾酒酣耳热，人们的话渐渐多起来。开始时议论古董、商彝周鼎、秦砖汉瓦胡扯乱谈，接着便有人说起音律，什么一气二体三类四物五声六律七音八风九歌，说得唾沫四溅。倒是首席一桌诺敏、田文镜和图里琛，一个无话谈，一个不想谈，一个不愿谈，各自把杯对月出神。

"三位大人怎么闷坐着？"一个喝得醉醺醺的县令趔趄着步儿上来，乜着眼一一给三人斟酒，一头说："大高兴的日子……两位钦差——呃！怎么吃枯酒？我……我给你们讲个笑……笑话！"说着便盯田文镜。田文镜看时，是柏山县令潘桂，这次清理亏空，头一个就清到他头上，心知他必定是来挖苦嘲弄，一笑说道："人都说攀高结贵，你倒两个字'潘桂'（攀贵）就占全了。不过我如今已经不'贵'了，有什么笑话只当闲听罢了。"潘桂借酒装疯，说道："大人，我说……说的是个真事儿！嗯……我发科是康熙五十七年，从濮阳过，错过了宿头，前不巴村后不巴店的，只好在一个土岗上胡乱睡下，不想就遇了鬼！"

说到这里，潘桂已经口齿伶俐不再结巴。满座的人听见这个老虎压班县令说鬼，都停了议论。只听潘桂说道："当时七月十五，夜里已经凉上了，后半夜冻醒了我，我扯扯被子正要再睡，听见那边有几个人在朗诵诗文……

"我想，这般时辰了，还有人用功？仰脸看时，桥西沙滩上坐着四个人，一个老的约五十上下，一个四十多岁，还有两个都在十八九之间，都是满脸酸腐气。那个老的说：'昨儿大风雨败兴，今夕大好月色，咱们几个拈题作文，一试高低！'那三个人说'成'！于是老者从靴页子里取出几枚纸团，分送三人，四个人闭目攒眉，摇头搔耳思量破题。这时一阵风吹过来，我打了个哆嗦，心里知道他们必非人类，倒也想听听他们的时文破题，说不定场上用得着。

"约莫过了一顿饭光景，才听老者叹息说：'今儿文机钝塞，只想出一个佳破，奈何？'几个鬼也都随声附和，'真的，今晚不知怎的，只想出一个破题，再也做不下去了。'

"我想，这必定是鬼神点化我考场题目，我留了心，瞥眼见老者接过中年人的卷子，念'嗯，好！——'视所以而观所由，察所安而人焉庾！"——妙哉！'

"这个时文破题有何妙可言？我心里倒犯了猜疑，正惶惑间老者又评说，'首句算得上英雄所见略同，只次句看来尚欠包括，你们听我的——'视所以而观所由，察所安而焉瘦瘦"——如何？'

"群鬼立时大哗，鼓掌叹服。老者拈须微笑说，'作文这事，差之毫厘，谬以千里，你之所以活着时长居五等，而我俨然附在四等末，实在因我作文题无剩义耳。'听他这两联狗屁不通的破题，还洋洋自得，我捂着被子暗笑。又听老者问那两个年轻鬼，'你们正在英年，才思敏捷，怎么倒曳白卷？'一个年轻鬼说，'我怎么能和老师比？你是三赴考场的人，虽然不是正经取功名，到底也弄了个顶子戴，我恶生乐死为的就怕考试，驽钝之才只好往钱堆里钻罢了，还顾得作文？'

"说着，两个年轻鬼从沙地里用手扒出一大堆金灿灿明晃晃的钱，说，'有本事弄钱才是好鬼，如今这世道，谁论文章？'

"听到这里，我实在忍不住了，脖子一伸站起来大叫一声'学政来了，无论是人是鬼，一律以文章定命！'……喊过我就后悔了，万一这四个鬼拖我下水，我怎么应付？想不到他们四个一听说无论人鬼，一律文章定命，竟吓得僵立在地，面若死灰，身子抖着化为一团黑雾奄然而灭——我还以为他们从藩库中弄出银子了，走到跟前一看，嘻嘻，扫兴得很——都他娘的是些纸钱！"

潘桂说到这里，红着脸盯着田文镜，嘻地一笑道："田大人，我讲的这个鬼故事可中听？"田文镜在晋省折腾了一月有余，履历早为人所知，潘桂的话里夹着骨头，明指了田文镜"三赴考场"名落孙山，靠纳捐做官，又借纸钱的事讥刺他"从藩库"里弄银子，无孔不入地搜刮钱财的事。这个故事虽然编得并不出奇，但却合了众人的心。于是大家随声附和：

"潘令不愧真命进士，驱鬼有术！"

"以文章论命，好！"

"这鬼撵走了，你老潘没有在河边打打他的醋炭①？"

众人一头说笑，都用眼觑着革了顶子尚未罢官的田文镜。田文镜的眼睛正眼也不瞧潘桂一眼，幽幽望着渐渐熄灭的焰火盒子，半晌才粗重地喘了一口气，说道："你是柏山县令，柏山上依坡循势适有十八地狱泥塑。在你看来，那些不过都是土木偶人，不足挂齿的，但我去看了却感触良多。那许多的善男信女带了香烟果品前去顶礼膜拜，他们图个什么？无非平日淫恶贪财，心有暗室之亏，弄这些虚头香火蒙哄鬼神，免遭蹈火炮烙之灾罢了。"他的声音并不高，但句句铮然有金石之音。大家都是有心病的，顿时都钳口无言，只望着哗哗剥剥燃烧着的棒槌火②出神。

诺敏原本心里极高兴的，新皇登极，群臣百官都还不熟悉，自己就得了"天下第一抚臣"这样的赞语，这是何等荣耀体面的风光事？但不知怎的，面对两个钦差，渐渐的心绪有点不安起来。田文镜受责不服，是情理中的事，图里琛这个年轻人何至于就心高气傲到这地步，筵宴上一语不发，只顾左一杯右一杯自酌自饮？想着，起身笑道："怎么吃起枯酒了？谁有笑话儿，讲一个给图大人解颐！"

"笑话儿是没有的，"坐在第二桌的一位官员起身来到图里琛桌前，捧杯为三人奉饮，说道，"卑职是太原县令沙本纪。田大人查藩库，开

---

① 相传以烧红的炭蘸醋，有驱邪避鬼之效。旧时旅店中死了人，即用此法对房间消毒。

② 山西产煤，正月十五常用上好煤炭在庭院、街衢搭起煤制火炉，高如人许，形似棒槌，可取暖，可观赏，名曰"棒槌火"。

初就是卑职陪同的。不是我酒盖住脸作践大人。当初您要查账，我怎样劝您来着？诺中丞上任，头一件事就是清理藩库，连参二十三名亏空万两银子以上官员，圣祖爷在位时都曾嘉许过的！大人，我乘醉劝你一句，己所不欲，勿施于人，何况你己不正，又如何正人？"

图里琛除了宣旨，原奉有雍正"观察晋省吏风"的密谕，明旨和暗旨宗旨略有不同，他自己也摸不清雍正的意图，因而除了宣旨不肯多说话，现在见众人借酒发作，窘辱田文镜，拍诺敏的马屁，很觉看不上眼，便慢慢放下酒杯，问道："沙令，你这话我不明白。己所不欲勿施于人还可说得过。'己不正不能正人'是什么意思？"

"图大人"，田文镜双手一拱说道，"这样愚鲁无知之辈，不必和他计较。他不过见我倒运，过来打什么人顺风旗。墙倒众人推，原是人之常情。"他哼了一声冷笑道："想着我田某人那么好整治的？告诉你姓沙的，美梦易醒，黄粱难熟！不理清这里的亏空案子，我绝不过汾河！"

"我怎么是愚鲁无知之人！？"

"你诨名'杀不尽'，做事曲阿上司，敲剥小民，名实相符，所以愚鲁无知！"田文镜腾地涨红了脸，轻轻将案一拍，"初时查库，你狗癫尾巴似的跟着我跑，现在又这副面孔，我还要加上一句，你顽钝无耻！告诉你们诸位，我已经用我的钦差关防，封了你们的藩库！"

田文镜和沙本纪二人当众反目唇枪舌剑，已经惊得众人目瞪口呆，既而出语"封藩库"更是骇人听闻。几十个官员面面相觑，又都把目光盯向田文镜，不知他犯了什么病，敢于如此大胆。

"姓田的，"诺敏不禁勃然变色，一按桌子站起身来，"查封藩库，是要请圣命的！我身为山西巡抚，本人也没这个权！你一个小小部曹，搅我山西政务，瞧着你是皇差，给你留了多少面子？你辄敢如此疯狂！——你是已经革去顶子的官员，来！撤他的座！"

几个戈什哈"喳"地答应一声，气势汹汹地走了过来，田文镜"刷"地立起身来，阴沉着脸"砰"地一把推倒了自己坐的椅子，斩钉截铁般说道："我已派人六百里加急向皇上递了奏章。不要性命，不要做官，非解开山西清理亏空一案不可！"

"你狂妄！"诺敏咆哮道，"皇上昨日寄来廷谕，命我从藩库中提银十万，赈济雁门关春荒。你封了库，山西饿死一人，我定然先斩后奏，拿你抵命。"

图里琛也早已站起身来，徐步绕着棒槌火踱着步，紧张思索着。封藩库是至大的事，等于是停了通省财政，设如封错了，田文镜确实只有死路一条。但田文镜明知如此，为什么悍然不顾后果？他知道，此刻自己也套上了干系，在诺敏和田文镜中间不能没有个明朗态度了，想着，走至田文镜面前问道："为什么？"听着图里琛带着巨大压力喑哑的嗓音，连诺敏都禁不住打了个寒颤。

"回图大人的话，"田文镜微微一躬身道，"诺敏的人擅闯我钦差行在驿馆，提拿我手中人证乔引娣。因此我疑他库银不实，先查封了再说。士可杀不可辱，诺敏辱我太甚，何况我是钦差，诺敏辱皇上更甚。我就是不能容他！"

图里琛转脸问道："诺敏大人，有这样的事？"诺敏点点头，说道："就是我方才说的那个婊子了。这事是太原城门领衙门办的。我以为并没有办错。田文镜原本就不是钦差大臣，只是个钦差宣旨专员，所以驿馆也就不是钦差大臣行辕。圣祖皇帝早有明发诏谕，文武百官不得嫖娼宿妓。田文镜既说这个乔引娣是我山西亏空库银一案的人证，据理就该送她到臬司衙门收留候审，为什么要养在驿馆里？再说，藩库中银账两清，田文镜自己已经承认，连田文镜也应反坐诬告罪名。乔引娣以民告官，本已有罪，所告不实，难道不该把她捉拿归案？"

诺敏曾在刑部做过二年笔帖式，熟知《大清律》，老官熟牒，说得振振有词，不防田文镜突然冷冰冰插了一句："诺大人，你有何证据说我嫖娼宿妓？今日邸报，万岁爷严旨重申各地督抚，须得凛遵万岁枢前即位诏谕，为圣祖爷心丧三年，这太原城大放焰火，又为了什么？你说说看，我学生不明白！你要知道，先帝梓宫尚在大内，驾崩未满三月，敢问你贺的什么？实言相告，我不但封了藩库，而且已经贴出告示：凡缙绅商贾与藩库有银账来往，三日之内结清。三日之后，山西库银即移运南京重铸。我想诺大人听见这个消息，未必欢喜得起吧？"

仿佛一声炸雷凭空而起，筵席上先是一片死寂，荒山古庙般鸦雀无声，接着缙绅席上一片嗡嗡嘤嘤之声，却不知议论些什么。

"什么?"诺敏头上蓦地冒出汗来,期期艾艾问道,"三百万两……全数解送南京?""对了。"田文镜傲慢地扬起脸来,从怀中取出水烟壶,就烛光燃了火媒子,点了烟,喷云吐雾说道:"全数解走。"诺敏脸上青红不定,心头突突乱跳,两手又湿又粘攥着冷汗,半日方回过神来,咬着牙仇恨地盯视一眼咕噜噜抽水烟的田文镜,格格一笑道,"太原铸银场所铸'水系'银,与京锭同式同样,通行天下三百余年,成色可达九七八①,你为什么要送南京冶铸?"

"因为我信你山西官员不过!"田文镜头也不抬笑道,"通省二百九十七名官员,上下其手,左右联络欺蒙朝廷,你们犯下了欺君大罪!你们碰到了硬头钉子!"

图里琛也呆了。他历涉地方行政还是头一回,不懂得外省官员在银钱作弊上的魍魉技巧。他只知道,不请旨擅自封存藩库是大事,却不明白这张告示的威力!想着,图里琛转脸对诺敏道:"这件事叨登得大了。诺公,你有什么章程?"

"我的章程就是立即拆封!"诺敏突然失态地大吼一声,"立即拆掉这个告示!"

田文镜"扑"地一口吹熄了火媒子,轻蔑地扫视众人一眼,徐步走到图里琛面前,微一躬身道:"图大人!"

"唔"。

"我想借你一点东西。"

"什么?"

"借你一袋烟时辰,"田文镜干咳一声,将手一让,"花厅间壁里少一叙话,可否?"

图里琛也确想知道田文镜的葫芦里卖的什么药,遂一点头。刚刚转身,诺敏大声道:"有什么不可告人的话?当着众人说!"图里琛好像没听见,眼风一扫便跟着田文镜走进花厅,他手下的戈什哈立刻过来,把守住了花厅檐下的大门。

---

① 九七八即纯度可达97.8%。

第十回　　愚巡抚掩过触国宪
　　　　　智部曹巧取滥赃证

　　"图大人，"田文镜一进花厅，便在隔扇前站住了脚，"我今番闯祸不小，是么？"图里琛也站住了，凝视着田文镜古铜色的面孔上刀刻似的皱纹，良久，方叹道："你何必如此？诺敏政绩先帝在时就首肯过的，今上又颁旨，称他'天下第一抚臣'，你深知万岁爷的脾气的。"田文镜无声一笑，说道："正为如此，我才敢闯这个祸。"他抬头瞟了一眼图里琛，我请你单独谈，是想请你帮我一把。因为去岁李绂从奉天进京述职，曾言及将军，说你虽年轻，却是无双国士。"

　　李绂，图里琛是认识的，康熙四十二年进士，分发黑龙江省七台河县令，转授嫩江知府，不但为政清廉，且极善聚财。当年图里琛进驻木城，军饷供应不上，李绂指囷赠粮一万石，救了图里琛燃眉之急。二人成了忘年莫逆之交，只想不到和眼前这个纳捐出身的户部司曹田文镜还有渊源。田文镜见图里琛诧异，淡淡一笑道："我和李绂是同科举人，换帖兄弟……我请你来，不为说私情，说的是公义。这一番我田文镜和山西一省贪官污吏做了对头，请将军助我一臂之力。"

　　"田大人，"图里琛皱眉道，"诺敏历来官声很好，而且刚刚蒙恩表彰。你也承认，藩库银账相符，为什么要封库呢？"田文镜冷笑道："诺敏冒功邀宠，先帝爷春秋已高，不能觉察，今上则是急于收回各省亏欠银两，要立个榜样，所以来不及细察。图将军，亏空案是熙朝一大弊政，当年太子二阿哥会同当今皇上雍亲王、十三阿哥怡亲王爷，坐镇户部严旨清理，折腾了近二十年，结果太子被废，十三爷高墙圈禁，亏空仍旧亏空！诺敏有何本领，半年之内就清理妥当？而且不冤枉前任官，不牵累现任官，假报功劳，太过分了！"图里琛咬着嘴唇沉吟道："你说这话，我来山西一路也仔细想来着。但现在证据确凿，也无奈其何。"

田文镜阴沉沉一笑，说道："诺敏若无过人之处，也不至于十年进士就打熬出封疆大吏的地步。我封藩库，贴告示，移藩银，为的就是打草惊蛇，把证据取到手！"

"我不大明白……"

"这有什么不明白的？"田文镜狞笑着说道，"库中实存银两仅三十余万，其余的都是借的！"

图里琛身上一颤："借来的！这么大数目，从哪里出？"田文镜道："别忘了这是山西。没听说'山西老抠能聚财'这个俗语？山西商贾财雄天下，这些主儿有的是钱！巡抚张口借，又有藩库抵押，坐抽利息银子，还怕筹不到二百多万银子？我封了藩库、告示清理账目，逾期银子全部运江南——你瞧着这一手！今儿打蒙了诺敏，明儿一早拿借据去藩库提银子的准挤破头！借据到手之日，就是这个'天下第一抚臣'的死期！"图里琛这才恍然大悟，上下打量着田文镜道："你真是个角色！这个计谋釜底抽薪，也算狠到家了。这已经算无遗策，我能帮点什么忙呢？"

"要知道这是太原。"田文镜目光在灯下烁灼生光，紧紧咬着牙道，"我这一举，得罪的绝非诺敏一人。我断言，山西境内无好官！明日巡抚衙门一道密谕传出去，臬司衙门、太原城门领衙门、太原府县一齐出空，堵截讨债商人。三天之内我抓不到证据，诺敏就敢请王命旗牌斩我于辕门之外，田文镜焉得不惊？"

图里琛点头道："我省得了。余下的事我帮忙。不过，我只给你一天时间，你取不到证据，诺敏杀你我不救。"说罢，也不等田文镜答话便转身出了花厅。见诺敏兀自在席面上坐等，便踱过来，一撩袍摆坐下，却不言声，只是出神。

"图大人，田文镜……"

诺敏探过身来刚问一句，图里琛将手一摆轻声道："夜深了，请各位大人先生安置，然后本钦差有话和诺中丞相商。"诺敏会意，起身团团一揖，朗声说道："今夕何夕，良宵不再。但千里长棚，无不散的筵席——请各位安置，道乏罢！嗯，元宵佳节，省城观光民众不下五十余万，万一闹出事端，我诺敏岂不又增一罪？所以少不得劳烦按察使衙门和太原府县诸位老兄,这个节就不要过了,昼夜在衙中坐镇。有差使,兄弟会及时知会诸位的。"说罢又一揖,众人遂纷纷起身告退。田文镜也自出来长揖而去。

"诺大人请!"图里琛将诺敏让进花厅,两个人分宾主坐在炭火炉旁暖烘烘的地龙上。图里琛年轻英俊的面孔凝视着火盆烘旺的火焰,良久才道:"我实言相告,今夜的事我到现在没有弄明白。圣上从奉天调我回京。当日就召见我,问我愿意放外任,还是想留在京做官。我说,论起忠字,皇上叫做什么,我只能不会也学着做。若论起'心'字,我是独臂将军张玉祥带出的兵,宁可在战场上一刀一枪当个厮杀汉,对手明明白白,功勋也明明白白,我不想往文官堆里钻,那是是非窝!因此,皇上点了我侍卫。没想到办了个传旨的差使,就弄得糊里糊涂!"说罢,拍着前额深深叹息一声,又道:"还是黑龙江好啊……树高林密,熊虎獐兔狍子黄羊,想怎样玩就怎样玩……这算什么事呢?"

诺敏原想三言两语,问明田文镜和图里琛说些什么,早早打发这个毛头小子安歇,然后布置堵截商人讨债的事,见图里琛摆出一副长谈的架势,不由得心里发急,只得按捺着性子安慰道:"这正是皇上爱你!像你这么年轻就当到二等侍卫,只有先帝爷在时魏东亭魏军门和苏州织造李煦、江宁织造曹寅三位,将来前途决非我诺敏能望项背的。田文镜今晚如此放肆,不但不把我放在眼里,连将军也不放在心上……""不说他了,我一见他就腻味!"图里琛心里暗笑,一摆手截断了诺敏的话,"方才我以为他有什么大不了的要紧事呢,要私自见,见了又吞吞吐吐,好似怕我抢了他什么功劳!我没好话给他,我说,'你要想说,痛痛快快的,要不想说,我本就不耐烦听。你这点子"功劳"原本我也瞧不上!'他见我发怒,才说,怕诺中丞阻拦拿借据讨债的商人。我听了好笑,'诺中丞是天上的月亮,明明白白堂堂正正一个人,怎么会做这种事?你忒煞地刁钻刻薄,以小人之心度君子之腹!'——你说是不是?"说罢便盯视诺敏。诺敏被这个青年将军咄咄逼人的目光盯得心里发虚,只好连连点头,说道:"这是当然,他就是小人儿心性嘛!"耳听院外"托托托托——当"的一阵乱响,已知是四更天,诺敏心里又是一沉,一边听图里琛滔滔不绝吹嘘战功,暗自拿着主意要单独出去一遭。正无奈间，签押房一个书办进来，看了看图里琛，嗫嚅着说道："中丞，臬司胡大人还有沙大人来拜！"

"好，我这就来。"诺敏起身笑道，"将军英武神威，令人钦佩！这样，你先坐着，我去去就来。"

图里琛呷了一口茶，笑着问书办："这早晚天气，他们来有什么事？"书办忙一躬身回道："小人没敢问。听两位大人说，因为人挤，城西观音庙灯棚失火，烧了几家店铺，店铺的人恼了，打死了两个买灯的，围着看的有几千人，怕出事，来请中丞宪令。"

"这还了得？"诺敏故作惊慌地说道，"去年灯节四川成都挤死两个人，蔡铤差点摘掉了顶子——不为死了两个人，要有奸民乘机作乱，如何处置？——你先叫门上戈什哈去签押房取了我的令箭，去观音庙驱散围观民众。我这就去见胡沙二位！"说着一跺脚便走。图里琛眼风一扫，两个亲随立时仗剑跟了过去。诺敏走了两步，回身笑问："图大人，这——？"

图里琛身子一仰，蹙额说道："我已答应田某人，今晚明日寸步不离诺敏，不能言而无信。"

"你要拘押我吗？！"

"岂敢！大人愿到何处，愿意处置什么公务，都听便。只是须得有我的人随从左右！"

"你那么相信田文镜？"

图里琛吁了一口气，坐直了身子摆头笑道："不——我怎会相信那王八蛋？但我也不敢全信大人。季布一诺千金不易，我答应了田文镜的。""你要知道，这不是你家！"诺敏强耐着性了格格一笑，"这是山西府！我乃开府大吏，你可以擅自监督？我要是不肯呢？"图里琛满不在乎地说道："知道，你还是'天下第一抚臣'！不过我也有个绰号叫'玉面无常'。任你是铜墙铁壁，任你王子公孙，都挡不住的。"

"来！"诺敏暴跳如雷冲外大喝一声，几十名巡抚衙门的戈什哈"叭"地扣下马蹄袖，雷轰般应一声：

"在！"

"封了这座花厅！"

"喳!"

"慢!"

图里琛手一摆站起身来，他的十几名护卫一拥而入，叉手站在靠南窗棂静听号令。刹那间花厅内外对峙双方叩剑怒目相向，空气紧张得一触即发。图里琛用手点着自己的护卫道："把上衣统统剥掉!"护卫们听令，一声不发，各自拽着衣襟"嗤啦——"一声将上衣撕开，打着赤膊挺身而立。

"诺大人，你来看他们身上。"图里琛指点着护卫们黑油发光的前胸，只见上头斑驳陆离，有刀划疤、箭疤、枪疤、火烧疤……每人前胸都有二十几处，在摇摇的烛火下闪着暗红的光，像在诉说着主人不寻常的经历。诺敏正发怔，图里琛悠闲地说道："这里一共十三个人，每一个人身上的伤痕就是一部书。你来读读看!"

一阵冷风袭进来，诺敏身上机伶地打了个寒颤。

"这都是些百战之余，"图里琛脸上毫无表情，款款说道，"皇上命我从万马军中挑出来，充实宫掖宿卫，又称'粘竿处'卫士。统归皇上领侍卫内大臣管带。我这个钦差若不秉公办差，不是在你面前如何如何的事，在他们面前也是交代不了的!"

这些内情，诺敏都是不知道的。但他早就听说过当今皇帝在藩邸曾设过"粘竿处"做自己的护卫。听着图里琛充满威压的声音，他偷偷看了看院里，只见微曦中薄雾渐起，再不行动，真的要来不及了。因乍着胆子抗声道："你在这里胡言乱语，我要弹劾你! 圣祖爷即位之初，曾三次下诏，痛陈明末厂卫祸国，下令撤裁暗地监察百官的十三衙门，你这个'粘竿处'难道不是十三衙门的变种? 敲山震虎，虚声恫吓，别人怕你，来我山西讹诈，怕是此路不通! 你钢刀虽快，难杀我无罪之人!"

"我原也以为你是清白的。"图里琛铁青着脸道，"但现在看来，未必如此。我也有句话告你，既怕人知，当初莫为，我刀快不怕脖子粗! 至于'粘竿处'是否和东厂西厂为一类机关，我不知道，你和皇上说去。我并不是以粘竿处身份干预晋省公务。我是以山西宣旨钦差的身份，要查明山西到底有没有亏空。如果有亏空，为何不据实申奏朝廷，如果没有亏空，也要查清你的政绩，请旨表彰，为其余各省办差做模范。"说着，将手一揖又道："圣明天子乃不可欺之主，你诺敏大人可要想明白了！"

图里琛扬着脸，长篇大论地讲述雍正建密折制度以广耳目、申明"粘竿处"组织如何不同于前明厂卫特务，皇帝登极以来怎样勤政，宵肝劳顿种种德政……足足讲了半个时辰。臬司胡道蕴和沙本纪，在外头等得心里焦躁，赶来看时，图里琛兀自滔滔不绝唾星四溅地说话，也只好立在檐下拧眉攒目地听。

众人正没做理会处，忽闻远处雄鸡一声声报晓，天色已经苍亮，田文镜一手攘着一大把借据，双手舞动着冲进花厅，狂声叫道："证据有了！证据有了！这一回我可掏出了你山西贪官污吏的牛黄狗宝！"看诺敏时，早已面如死灰，一声不言语跌坐在椅中。

图里琛参劾山西巡抚诺敏的奏章三天之后便递进了上书房。这时元宵刚过，各地督抚藩臬封疆方面大吏的请安折子尚在源源送来。因雍正吩咐，各处送的请安的折子属不急之务，待过节后有暇余时才看，尽着外任官的条陈、奏论、弹劾本章先看。本来，康熙朝已有明旨规定，除请安折子可用黄绫封面，其余奏章一概用素纸呈递。然而外省官员守定了"礼多人不怪"的宗旨，无论向皇帝报告何事，一色都是黄绫包面。张廷玉、马齐和隆科多只好一本一本拆看甄别。三个上书房大臣年资不同，性格各异。张廷玉寡言罕语，时常一整天也不说一句话。隆科多是个武将出身，虽然抱定了主意要学宰相气度，无奈"气质"二字绝非朝夕可改，他没有坐功，一会一趟出去，有时说要见部里人说事情，一会儿有屎尿要入厕，一会儿索性在阔朗的上书房客厅散步。马齐资历最深，刚从狱神庙天牢里放出来，乍入国家最高机枢之地，多少还有点不习惯，显得有点无所适从，但是他头一个见到图里琛的参本，已经半苍的扫帚眉立刻拧到了一处。

"衡臣，图里琛这人原来在哪里办差？这个人我不认识啊！"

正在埋头写节略的张廷玉放下笔，操着酸困的手腕，转过脸说道："我也不熟。原在奉天将军张玉祥手下当参将，刚调进京不久。"说罢低头吃茶不语。正在踱步的隆科多凑过来看了看马齐手中的折子，立刻倒抽了一口冷气，说道："这个图里琛真是个二百五的班头，惹是生非的领袖！你去山西宣旨，宣旨就是了，干预地方政务做什么？"

"老弟没看清楚。"马齐瞥一眼隆科多，不知怎的，他心里有些瞧不起这位掌握着九城内外宿卫大权的皇舅，"他是代田文镜转奏的本章！"

张廷玉听见"田文镜"三个字，目中波光不易觉察地闪了一下，起身过来要过马齐手中的折子，口里说着，"这一份要紧，不誊缮节略了，原折呈进。""原折呈进没说的。"隆科多笑道，"我们自己也要有个主张。诺敏是刚刚恩蒙表彰的模范巡抚，这一棍子扫来，变成'冒功取媚，贪贿不法'的墨吏，皇上脸上下来下不来？还有，折子里告山西通省官员'上下其手，表里为奸'，竟是洪洞县中无好人。邸报发出去，其余各省官场会不会引起震动？这些事不想好，皇上问起来，我们没个主见还成？"

"多承关照了。"马齐跷足而坐，呷了一口茶，"隆大人这话确是老成谋国之见。不过，上书房不同各部，历来名为皇上顾问咨询，并没有我们议决了共同奏本的例啊！"

这两个人，一个以首席大臣自居，要领袖上书房。一个不买账，要各自对皇帝负责。张廷玉何等精明深沉的人？自然一听就明白了，却不肯插话。只拿着稿本俯首皱眉沉思。隆科多还要说话，见廉亲王允禩带着太监何柱儿进来，便改口道："八爷，刚从养心殿下来？"

"嗯"，允禩含笑点头，立在厅中间说道，"三位，万岁有旨叫你们过去。年羹尧从陕西进京述职，万岁想议一下西边军事。"说罢，走至张廷玉跟前，拍拍张廷玉肩头道："衡臣，当心身子骨儿，几百个密折奏事匣子已经够你累了。皇上方才还说，廷玉这三天没睡足五个时辰，今儿未必能来当值，不想你还是照样进来了。"说罢，喟叹一声，极潇洒地将手一让，四个人先后离座出了上书房，迤逦赶往养心殿。

雍正皇帝盘膝端坐在养心殿东暖阁的大炕上，正在接见抚远大将军年羹尧。御炉里香烟袅袅，硕大的熏笼和鎏金珐琅鼎中炭火熊熊，把大殿烤得暖融融的。四个人一进来，立时觉得身上寒气一驱尽净。见他们进来行礼，雍正只略一点头，说道："年羹尧正奏西边军事。你们几个当家人也一处听听——你接着讲。"

"是"。年羹尧坐在雕花瓷墩上微一躬身，侃侃说道："罗布藏丹增之所以敢于蔑视朝廷，自号亲王，占据西藏并吞青海，并不指着当年圣祖爷时平定藏乱的功劳情分。今日他所倚仗的，恰是他当年的宿敌阿拉布坦。仅就去年，阿拉布坦就赠送罗布藏丹增五万两沙金，四百支火枪。近来他又密函阿拉布坦，要在察罕托罗海会见，预备恢复大汗称号，丢弃天朝赐爵。阿拉布坦由西而东，罗布藏丹增自南而北，合击察罕丹津亲王、额尔德尼郡王部落，大有不得青海誓不甘休的情势。所以皇上决策对罗布藏丹增用兵实实是上应天意，下合民心……"

刚进来的四个人中，隆科多还是头一次见年羹尧。以前雍正皇帝龙潜藩邸，只晓得雍亲王有个门人年羹尧在外做提督，生性最是残暴凶狠，而且骄横跋扈，康熙四十七年进京谒见，路过江夏，说是奉令剿匪，其实将江夏镇无分男女老幼杀得鸡犬不留。当时，隆科多在都察院是监察御史，还曾经和鄂尔泰联章弹劾过年羹尧一本，因为年身后有雍亲王这座靠山，一根汗毛也没有动了他，想不到十五年后各自变换身份，竟在这里见了面。隆科多暗自慨叹着，由不得仔细打量这个浑身英拔之气的年大将军。

年羹尧穿着九蟒五爪袍，外套仙鹤补服，黑红的国字脸上一双虎目炯炯有神，两道浓黑的卧蚕眉梢微微上挑，带着一股粗豪的野气。已经望五十的人了，梳得油光水滑的发辫一根杂色不见，从脑后几乎垂到地面，雪白的马蹄袖翻起，塔一样的身躯稳稳坐在雍正面前口说手比，十分干净利落。隆科多不禁暗想，这样一个人会像人传说的，是个"凶神"？他还记不记得当年那点芥蒂呢？正自胡思乱想，却听雍正说道："亮工，你手头实有多少兵？朕有些信不及兵部说的数目。如今哪个大营都吃空额，天下老鸹一般黑，朕顾不上理会这事。但朕用兵决心已定，打仗的事来不得半点虚假，朕要知道实情。"

"回主子话，"年羹尧微一躬身，朗声答道，"奴才节制的兵马实有九万四千七十三名，与兵部实报数额相符。奴才是主子亲手调理出来的人，从不敢在外胡为，更不吃空额，请主子放心！"

雍正漆黑的瞳仁盯了年羹尧足有移时，点头道："朕信得及你。但罗布藏丹增号称十万铁骑，在西北纵横征战多年无人能敌，这些蒙古汉子骑术劈刺都很精，剽悍难制，所以你不可轻敌！"

"是，主子圣训，奴才当悉心凛遵！"

"要给你增兵。"雍正大约盘膝坐得太久，挪动了一下身子，蹬了青缎凉里皂靴下炕，背着手橐橐踱步，良久，才转脸对隆科多道，"你发文，山西陕西四川云南四省驻营兵马一律归年羹尧节制。"隆科多忙躬身答道："是！""还有，"雍正低头想了想，慢吞吞又道，"驻节榆林的平逆将军延信，手下有五万人马，叫他自带军饷移防甘肃，听年羹尧调遣使用。这样，年羹尧实有兵力有二十三四万，差不多够用的了。"

雍正说一句，隆科多躬身答应一声，又道："各省兵马节制历来要用兵部勘合。国家用兵之时，外将应该有专阃之权，是否降旨兵部，暂停对四省兵员调动，以免军令不一，相互掣肘？"

"唔"，雍正点了点头，"就依着你意见。年羹尧，这里没有你的事了，千叮咛万嘱咐，只有一句话，康熙五十七年西部用兵，我们吃了大亏，六万山东弟子无一生还。朝廷实在是赢得起输不起了，你好歹给主子争回这个脸来！"

"喳！"

年羹尧离座起身长跪在地，仰着脸听完，干净利索地叩了三个响头，大声答应道："奴才必在西方立功给主子瞧！"

"你跪安吧。你十三爷在府里设了水酒给你饯行。他也深谙兵法，你们谈谈，去吧！"雍正说着，摆了摆手。待年羹尧躬身退出，雍正方转脸笑道："累你们白站了半日，这些事不是你们料理得清的，但你们听听有好处——怎么样？这样处置还算妥当吧？"

允祹听了默然不语。他一腔心思，想让允禵回去带这支兵，至此打消妄想，但又于心不甘，沉思良久，方笑道："万岁圣心默运，已经千妥万当。不过据臣弟看来，年某虽然是能员，到底资望不足。大军兴起，粮饷要从东南各省出，年羹尧恐怕难以指挥如意。是否请万岁下旨，在京由十四弟坐镇筹饷，源源输往大营，就不至于隔断粮道了。先帝爷在时，多次言及，西北打仗，打的是粮是钱，这是最要紧的，求万岁明鉴！"雍正心里雪亮，知道允祹的用意，但听听又觉十分有理，便笑道："这一层朕早就想过了。十三弟十四弟都有将才，叫他兄弟商酌着办这个差吧。你说的很是，西北打仗打的是钱粮，要都像山西巡抚诺敏，藩库充实，朕还有什么忧愁？"

张廷玉三个人听了不禁对望一眼。允祥却不知道图里琛的奏折，赔笑回道："就是主子这话，依着臣弟的想头，先从山西藩库提一百万两银子送年羹尧大营劳军，朝廷通令嘉奖，借这个势，压着各地从速填补国库亏空！

"好！"雍正眼睛一亮，转脸对张廷玉道，"你这就拟旨！"

三个大臣你看看我，我看看你，都没有说话，好半日张廷玉才跪下，低声道："万岁……"

第十一回　雷霆作色雍正惩贪
　　　　　细雨和风勉慰外臣

　　张廷玉压着嗓音，尽量用镇定平缓的语调娓娓奏陈了田文镜清查山西亏空的详情。他知道，雍正皇帝平日的庄重冷峻都是自己耐着性子做出的样子。其实心里大喜大怒，大爱大恨时有表露，那才是他的真性。这件事既关乎他的脸面，又关乎朝局稳定。并不像孙嘉淦大闹户部那样简单，万一措置失中，引起其余各省督抚震骇，夹着北京阿哥们之间的钩心斗角，不定闹出多大的乱子。自己身处宰辅，该怎么收拾？因此，将图里琛的奏议讲完，张廷玉一边双手捧呈雍正，又加了一句："万岁，西边兴军才是急务。山西的事虽大，奴才以为可以从容处置，求万岁圣鉴烛照！"

　　"唔。"雍正神情惝恍，似乎听了又似乎没有留心，细白的牙关紧咬着，凝望着前方，略带迟疑地接过那份奏章，不知怎的，他的手有些发抖："奏完了？诺……诺敏有没有辩奏折子？"张廷玉回头看了看隆科多和马齐，见二人都摇头，便道："奴才们没见诺敏的折子，大约一二日之内也就递进来了。只是田文镜手里拿着省城商户四百七十张银两借据，加着山西藩司衙门的印信。算得上铁证如山。诺敏奏辩，也只能在失察下属舞弊上做文章，这一条奴才是料得定的。"雍正听了，咽了口唾沫，转脸问允禩："老八，你有什么主见？"

　　允禩此刻千称心万如愿：刚刚表彰过诺敏"天下第一抚臣"，你就自打耳光！何况诺敏是年羹尧举荐的，其中有什么瓜葛很难说清，说不定像当年户部清库查账，查来查去最后查到皇帝头上也未可知……允禩巴不得雍正大为光火，但他毕竟城府深沉，因不显山不显水地赔笑道："臣弟以为张衡臣说得极是，这确是天下第一案。无论诺敏如何辩奏，难逃'辜恩溺职'四个字。更可虑的，年羹尧进剿青海叛贼，粮饷是头等大事。山西巨案若轻轻放过，恐怕懈了各省清查亏空的差事，将来粮饷更是难以为继。所以，大事和急事看似无关，其实是一回事。"隆科多因助雍正皇帝登极，早已与"八爷党"生分了，但他更不愿年羹尧在西边立功，将来有资格与自己争宠。听允禩这话，满篇都是严办诺敏的意思，却连一个字都不曾提及，真是好心计好口才，隆科多不由佩服地看了允禩一眼，恰允禩的目光也扫过来，四目一对旋即闪开。

"奴才以为应以急事为先。"马齐却不留心别人的心思，沉吟着说道，"还是廷玉说的是正理。这事穷追，山西断然没有一个好官，诺敏百计刁难田文镜，也绝非'失职'二字能掩其罪的。几百万两银子，说声失察就能了事？然奴才仍以为，眼前不能大办这个案子，引起东南各省官场震动，人心自危，谁还有心思操办支应大军的事？"

雍正听了几个臣子议论，心神似乎稍定了些，回身取茶呷了一口，又坐回位上，方笑道："你们几个都没说，朕心里明白，这里头还碍着朕的脸面。刚刚儿下旨夸奖他诺敏是'第一抚臣'嘛，闹了个倒数第一！"他突地收了笑脸，眼睛中放出铁灰色的暗光，"照你们的意见，要么办诺敏一个'失察'的轻罪，严办下边官员蒙蔽上宪，邀功倖进，贪墨不法的罪；要么朝廷装糊涂，等西边战事完了再办。是不是这样？"

"是！"四个人见雍正神色庄重，口气严厉，不敢再站着回话，因一齐跪下叩头道，"请万岁圣训！"

"二者皆不可取！"雍正冷笑着，盯着大玻璃窗阴狠地说道，"谁扫了朕的体面，朕就不能容他！诺敏这人，朕万万不料竟敢如此妄为，这不是'溺职'，这是欺君！杀人可恕，情理难容！当初年羹尧荐他，原是见他在江西粮道上办差尚属努力。圣祖爷曾对朕说，此人徒有其表，不可重用。朕一力推荐，他做到封疆大吏，他做这事，上负圣祖，中负朕身，下负年羹尧，欺祖欺君欺友——"说着，他呛了一口气，猛烈地咳嗽两声，突然"砰"地一击案，已是涨红了脸，勃然作色道："这样的混账东西，难道可以轻纵？轻纵了他，别的督抚对朕照此办理，朕如何处置？"

四个大臣还是头一次见雍正发作，没想到他暴怒起来面目如此狰狞，都不自禁打个寒颤，一撩袍摆齐跪在地连连叩头。允禩原料雍正必定存自己体面，给年羹尧一个顺水人情，轻办诺敏，重查山西其余官吏，想不到雍正如此不顾情面。但这一来，恰恰和自己方才的意见吻合了，传扬出去，反而是皇帝采纳了自己的意见，这要得罪多少人？……他干咽了一下，竟不知该怎么说才好了。正寻思如何回话，隆科多一顿首道："主上说得极是！若不是从巡抚到藩司臬司及通省官员上下其手，串连欺君，田文镜怎么会一查再查毫无成效？万岁高居九重，洞悉万里秋毫，隐微毕见，奴才佩服钦敬五体投地！既如此，奴才以为当下诏将山西县令以上正缺吏员一体锁拿进京，交刑部勘问！"张廷玉紧蹙着眉头沉思道："这恐怕过了些。有些官员只是胁从。再说，晋北去秋大旱，赈济灾民的事还要靠他们办。拿人太多，也容易引起其余各省官员惶恐，牵动大局就不好了。"允禩却是惟愿乱子越大越好，因在旁冷冷说道："这正是整顿吏治的时机，与皇上'雍正改元，吏治刷新'的宗旨恰好相符。用贪官赈济灾民能有好结果？"他叩了一个头，直起身子正容对雍正说道："万岁不必愁有缺无官补——昔日天后杀贪官如割草，天下无缺官之郡，臣弟以为隆科多奏的是。在京现有候选官、捐班杂佐一千余人，尽可补山西官缺。皇上恩科在即，新登科的二三甲进士恰好赶上赴任出差。臣弟以为非如此大振天威，不足以肃清山西吏治。"当下三人意见不一，你一言我一语各说各的道理，虽然没有动意气，却谁也不肯相让。

"马齐，"雍正听着，忽然转脸问道，"你为什么不说话？"马齐忙叩头答道："奴才实不敢欺蒙主上，奴才听他们说的都有理，一时难以分辨，也不敢附。"听他如此回答，允禩不禁喷地一笑，说道："马齐坐班房有心得，你是油滑还是干练了？"

马齐看了允禩一眼，说道："皇上问话，臣子应该心里怎样想，怎样回答。这与'油滑'、'干练'是两回子事。"说罢又叩一头，奏道："十三爷没来，他也是上书房行走的王爷，皇上何不听听十三爷怎么说？"

"这事朕已有了决断。"雍正微微笑道，"山西通省官员大抵是好的，罪在诺敏一身。他做巡抚，在山西就是土皇上，想着山高皇帝远，做出这种无法无天的欺君之事。山西官员的过错，是因诺敏为先帝一手简拔，又深受朕恩，存定了一个'大树底下好乘凉'的心思，没有人敢出头跟他打钦命官司，论起来只能说'不争气'三个字。朕也恨他们不争气，但你们平心想想，如今天下官，除了李卫、李绂、徐文元、陆陇其少数几个，到底有多少'争气'的？所以恨归恨，不能严办。官越大越办，州县就不必难为他们了。"

这番议论纯从诸臣辩论空隙中另辟蹊径，说得有理有据，众人不禁听得怔了。张廷玉觉得雍正皇帝有些过于姑息，张了张口正要说话，雍正却先开口道："衡臣。"

"臣在！"

"你起来拟旨。"

"喳！"

雍正用碗盖小心地拨弄着茶叶，用不容置疑的口吻道："六百里加紧发山西宣旨钦差图里琛：诺敏身受先帝及朕躬不次深恩，本应濯心涤肝，精白其志以图报效朝廷。乃行为卑污，辜恩奉迎，既溺职于前，复欺君于后，嫁祸于百姓，坑陷于直臣。事发至今，且无引罪认咎之意，以颟顸顽钝，无耻之尤，实出朕之意料！且朕方表彰，直欲置朕于无地自容之地。此等罪，朕不知如何发落才好！就是朕想宽容，即便国法容得你这畜生，奈何还有人情天理——上天怎么给你披了一张人皮!?"他说着说着愈来愈激动，端着杯子的手捏得紧紧地微微发抖，脸色也变得异常苍白。张廷玉奏史行文草诏文不加点，这道诏谕却难为了他——前文言后白话，怎么润色？他濡了濡墨，见雍正虽端坐着，却气得五官错位，因不敢说话，只实录了雍正的话，心想这样也好，叫下头见识见识新皇上的风骨！正想着，雍正提高了嗓门："即着图里琛就地摘其印信，剥其黄马褂，革去顶戴职衔，锁拿进京交大理寺勘问！朕知外省混账风俗，凡官员革职，因怕他将来复职，有醴酒送行，仪程相赠的，以求异日地步。可告知这班混账行子，有东西你们只管填还诺敏，诺敏断无起复之日，能否保九族也在可知不可知之间——谁敢作此丑态，朕必追究，山西亏空即由你这'富官'追此缴还！"他一口气说完，啜了一口茶盯着张廷玉。张廷玉一听，仍旧是文白混杂，仍旧只好咬着牙硬录下来。允祥听着想笑，嘴角一动又收了回去。

"万岁！"马齐在旁说道，"诺敏虽犯罪，到底是朝廷大吏，可否使其稍存体面，免得其余督抚寒心？""士可杀而不可辱，是么？"雍正转头一哂，"马齐你不懂，像诺敏这样的，能称之为'士'么？他只能算条狗！他的案子人证物证都调到北京，瀡实了，朕还要重重地辱他——因为是他先辱了朕！主忧臣辱，主辱臣死，这是纲常所在，天之所终地之所义。诺敏岂但犯法，且犯情犯理，犯法犹可恕，犯情犯理，他就难逃朕之诛戮！"

杀人不过头落地，雍正却要连人格一齐作践，作践而后杀。众人早就知道雍正生性刻薄，今日才算真正见识到了，都无可奈何地咽了一口唾液，谁也不愿驳回自讨没脸。

"这事别人可恕，山西布政使罗经难辞其咎。"雍正徐徐说道，"着罗经革去职衔，与诺敏同戴黄枷进京勘问，如何处分待部议后再定。其余按察使以下，降两级原任出差，各罚俸两年。各道司衙门主官降一级，罚俸一年；各府知府由吏部训诫记过，县令以下不问。"张廷玉写完，问道："这样办，山西巡抚和藩司衙门都出缺了，请旨，由哪里派官接印？"雍正一笑道："这还用问？自然是田文镜接印，暂时署理山西巡抚衙门，待案子清白后另行叙议。"

谁也没有言声，但不言声也是一种态度。雍正似乎也感到了这种沉默中的压力，便也住了口。奇怪的是，他一住口，众人立时感到一种寒彻骨髓的压力袭来，人们的心立时冻缩成一团。然而雍正这样破格的提拔毕竟太过分，在座大臣没有一个赞同的，又不甘就此屈服，又不敢出头抗争，只好默然对坐。一时间养心殿寂静得一根针落地都听得见，惟闻殿角罘罳旁的铁马偶尔被风吹得叮当作响。

"没有话说就罢了。"雍正淡淡说道，"你们跪安吧！"

"臣有话说！"

张廷玉忽然想到上次与雍正单独对晤时的交心之言，昂然顿首说道："臣以为田文镜不宜晋升过速！"雍正听了，用阴郁的眼神盯了张廷玉半晌，冷冷问道："为什么？"马齐也鼓起勇气，说道："万岁新登大宝，不宜开官员倖进之门。"

"倖进？"雍正立刻反唇相讥，"人人不图倖进，四平八稳熬资格做官，可以治国平天下？"

张廷玉抓住雍正话中空隙，立刻顶上一句："国朝大臣如明珠、高士奇，都是一言奉君合意，骤居高位，乱政害国，前车之鉴不远，请万岁明鉴！"

"你不原来也是中书君，三月之内也迁官位，入上书房为宰辅之臣？还有名臣郭琇、名将周培公，不都是先帝爷拔识于泥涂之中，才得明珠夜光？"雍正紧盯着张廷玉，似笑不笑地说着，口气却愈来愈凌厉："你这样说话，置你自己于何地？"

张廷玉被这话噎得一怔，他自己的履历确也可算得"倖进"，但他还是认为雍正的话不好，忙叩头道："臣子倖进，是先帝错爱。万岁细想，朝廷官员奉旨出去宣旨的每年都有数十上百起，此例一开，人人都可随意过问干预地方军务民政乃至财赋，外面的官还怎么好办事？田文镜路过山西发觉诺敏之奸，原应具文申奏朝廷，由朝廷派员专程前往清理。该员竟擅自用钦差关防，越权行事！此举原本有罪，万岁前旨申饬并无错误——念其忠悃为国，疑之有理，察之有据，原其罪彰其功即可，骤升大位，众人群起而效，善后何其之难！"

这说得就很在情理了。升田文镜，往后出京的宣旨官员一窝蜂都学起来，满天满地都是钦差大员，还叫外任官办事不办了？雍正顿时犯了踌躇。张廷玉见雍正沉吟不语，知道他赏识田文镜，一心想升他的官，便从容又说道："田文镜做事认真，一心为朝廷分忧，且为朝廷除一巨蠹，臣亦十分赏识，国家官吏如今肯这样办差的，实在是太少了。万岁想让他晋升快一些，尽可一步一步速提。况田某多年只是京官部郎，不曾历练过州府实务，一省政务骤然压在肩头，他承当得承当不得？"马齐隆科多也都叩头请"万岁嘉纳张廷玉之言"，允禩却觉得一阵扫兴，只好附和道："衡臣说得是，请皇上慎量。"

"朕乏了。"雍正一连几天忙着布置安排各地耳目，批阅他们送进来的第一批密折，其实比张廷玉睡得还少，此时听众人一片声谏劝自己，知道这事自己想得左了，因偏身挪下炕来，双手后挺舒展了一下身子，笑道："这不是什么大事，朕想想再说吧！怡亲王这会子正和年羹尧说事情。明儿年羹尧就要回营带兵打仗，这是朝廷大政，出兵放马的事，得图个吉庆。老八告诉三哥，约上十四弟，还有你几个设酒给他壮壮行色——明儿代朕郊送潞河驿！道乏吧！"

马齐是管着礼部的，忙道："明儿走似乎匆忙了些；臣以为应由钦天监择个吉日，拟出书仪，礼送出京。""这一去志在必胜，斩头沥血的，择个吉日可以。"雍正低着头想了想，"告诉年羹尧，出京百官不送他，也不大张礼仪。打胜这一仗，朕亲自郊迎他入京。他要辱国丧师，也不用请罪，也不用想谥号，叫岳钟麒带着他的头来京就是了！"张廷玉玲珑剔透的心思，已看出雍正不想大事张扬出师青海，以免将来战事不利难堪，因道："万岁这主意极是。出兵诏书早已明发出去，年某不过是回京述职，听主上面授机宜，百官郊送不但虚糜帑币，也不合体例。只后头辱国丧师的话似乎不说为好，此刻应以鼓舞其气为主，不知万岁以为如何？"

"就依你的话，叫他好生办差，不要有后顾之忧。"雍正含笑点了点头，走了几步，至殿口又回身道："朕想好了，田文镜补重庆府尹，索性成全你的体面，都允了你！"说罢方缓缓迈着方步出了养心殿。

李德全邢年一干太监都守在养心殿正殿东廊下侍候，见雍正踱出来，大冷的天，只穿了件蓝色绸面大毛羊皮袍，外头套了一件青色绸面中毛羊皮褂，忙上前打千儿请安。李德全道："主子，今个儿天冷得邪乎，风飕溜溜儿的，房檐底的溜冰都不滴水，给主子加件大氅罢？"

"不用。"雍正简捷地答应一声，掏出怀表看看，仰着脸望着灰沉沉似云似雾漫遮起来的天空，他想伸个懒腰，臂已张开又松垂下来，一头走一头说道："朕想散几步，不要叫乘舆，也不要这么多人跟着，就你两个就成。"

李德全忙答应一声挥退了众人，自和邢年侍在雍正身后一左一右地跟着，垂花门口的侍卫张五哥见他出来，"叭"地叩了个头道："主子想随意走走？奴才跟着！"雍正笑道："不用了吧？哪里在宫里就出事的呢？"

"主子，不是这一说。"张五哥起身禀道："主子前头有旨意，大内里头善捕营羽林军归隆科多调遣，侍卫归马齐张廷玉节制。二位中堂三令五申，主子无论到哪里，张五哥、索伦、德楞泰和刘铁成四大侍卫必得跟一个。奴才也是奉令行事。"

雍正盯了张五哥一眼没再言语，出垂花门径往北去。

是时正是午牌时分，各宫太监都忙着侍候各自主子，永巷中静悄悄的阒无人声，昏暗的薄云后掩着一轮浑圆的毫无光彩的太阳。砖地上抹下宫墙模糊的阴影，偶尔一群乌鸦啄食着地下的什么，见他们四个过来，"嗡"地飞起，在天上翩翩盘旋直落不定，给这寂静的深宫略添了一点生气。雍正头也不回，迈着步子稳稳走着，良久，方漫不经心地望着天空说道：

"张五哥——噢，你是康熙四十六年选进的侍卫?"

"回万岁，奴才是康熙四十六年替人顶罪，在西菜市开刀问斩，先帝爷从杀场上救下来的……"张五哥想起老主子康熙，声音不禁变得嘶哑哽咽了，"四十七年从善扑营补进大内当卫士，当年万岁巡幸热河，晋升奴才三等虾……"

雍正晃了晃身子，笑道："你这人好有艳福!"

"主子……"

"有人参你一本，说你蹲班房，在大狱里头还养了个卖唱的?"

张五哥顿时腾地红了脸，大声说道："求主子指实砸黑砖的，是汉子一起在主子跟前折辩，奴才当年吃冤枉官司，是有个女的跟了奴才，就是奴才如今正配女人。她原是个卖唱的，爹妈病死，身插草标卖身葬父，是我爹资助她，成全了她的孝心。奴才替人死罪，她听说了，千里迢迢进京，打点银两入狱跟了我，说我张家这样积德，不该断后……要给我生个儿!"

"你不要急。"雍正突然站住了脚，转脸笑道，"谁告状，朕不能给你说，这是规矩。这事我问过你十三爷，你俩说的一样。这个告状人是个没意思人，或者有点什么别的心思，想挑唆朕自拆关城!朕早就把折子压下了——你这一说，朕更明白了。你一门慈孝忠烈俱全，朕还要表彰呢!你如今是几品呐?"说着，又向前踱去。张五哥忙答道："奴才是一等侍卫，官品是正三品。"雍正笑着回看邢年一眼，"你回头传旨给隆科多，张五哥也是十几年的老侍卫了，进入二品!"

邢年忙答道："是!"不等五哥谢恩，雍正又笑道："你妻子晋封夫人——夫贵妻荣嘛！一说就是'我女人'多难听啦？也不雅训！"五哥这才得话缝儿，因雍正还在走，不便谢恩，只泣道："主子……您这心田……唉……叫奴才拿什么报答呢？人都说——"他突然觉得失口，便掩住了。

"人都说朕刻薄，是吧？"雍正心绪极好，漫步踱着，似乎自言自语地说道，"这个名声不好听，朕有什么不知道的？有些人百伶百俐，参不透今日天下事，原是宽纵得过了。朕贵为天子，富有四海，想施恩那还不容易？但《左传》你们读过没有？里头有句话说'小惠未徧，民弗从也'。你宽纵诺敏这样的，就是刻薄百姓，老百姓——那么好得罪的？我德如风，民用如草。朕开了枉法徇情的例，上行下效，要不了几年，国库中都只是存些烂账簿子陈年借据，一旦有水旱灾，或者兵戈之事，怎么办？"说罢愀然叹息一声。

张五哥和李邢两个太监随在雍正身后亦步亦趋，静静地听雍正娓娓而言。从雍正晋封郡王，他们几乎日日见他，都是一副冷峻淡漠的面孔，令人敬畏，想不到这个威严肃杀的帝王，还有这番温馨心境，都觉得心中暖融融的。四个人沿永巷直北散了步，从御花园西过崇敬殿，又踅向南，过长春宫、体元殿、太极殿穿堂入室而出，沿一条偏窄的小巷出来，不禁眼前霍然一亮——已是到了隆宗门外，这里是外官入京等候上书房召见的地方，十几个官员散站在门外，都拿着手本履历，交头接耳地谈话，一个眼尖的一眼见雍正徐步从巷中踱出来，惊喜得高叫一声："万岁，万岁爷来了！"于是众人"嗯"地齐跪下去叩头请安。

"你叫鄂尔泰，前年去云南当布政使，是不是？"雍正含笑看了看众人，走到一个白净面皮四十多岁的中年人面前，说道，"前儿读云南总督的折子，说你病了。朕已有旨，叫你迟些，等天暖和些再来，他没有给你传旨么？你得的什么病？"鄂尔泰是康熙六十年由兵部员外郎转迁云南布政使的，新皇登极还是头一次见雍正，他在兵部掌管武库，雍正有一次差人为儿子选弓箭，本来极小的事，鄂尔泰却坚持要宗人府的凭信牌，弄得扫兴而回。有这么一点小芥蒂，因知雍正睚眦必报，这次进京原是心里惴惴然，不想雍正头一个便和自己说话，忙叩头道："臣是二十天前起身的，陈世倌大约没来得及向臣宣旨。臣患的疟疾，已经粗愈，犬马之疾劳圣虑如此，臣感激无比！"

雍正哈哈大笑，说道："'圣虑'不'圣虑'当不得药吃！回头叫李德全带你到御药房，取些金鸡纳霜。"李德全忙答应道，雍正又指着鄂尔泰道："你们认识此人吧？他叫鄂尔泰！当年朕在藩邸，为一件小事碰过他的壁！一个部郎小吏，敢于抗皇亲国戚，这副骨头还算硬挺——你们要学他！"他话未说完，鄂尔泰泪水已夺眶而出，正要回奏些仰谢天恩的话，雍正已踱至另一个官员旁边问道："你叫什么名字？"

"回万岁，臣叫黄立本。"

"黄立本。"雍正仰脸想了想，"你是分发台湾府的？"

"是！"

雍正略一沉吟，说道："台湾福建隔着重洋大海，民风不纯，又原是郑家旧地，且易与红毛国及海匪勾连，素来难治，这差使你办得来？"黄立本应声答道："臣惟竭忠尽智而已！""嗯，好！"雍正夸赞道，"这是句志气话。不过有什么难处么？"

"臣一切顾虑全无，"黄立本迟疑了一下，瞟一眼雍正，嗫嚅道，"只是老母远在河南，家中无人照应……"雍正笑道："你不必说了，难为你还是个孝子！不过台湾府朝廷例有定则，不允官员携带家眷。这不是信得过信不过的事，这是规矩。这样，朕发旨给福建总督常赉，叫他接你的老母亲在福州养起来，你进省述职，可以略尽孝道——好生做，三年任满，你在台湾开出十万亩生荒，朕就册封你的老母亲诰命！"黄立本没想到雍正如此宽仁大度，脸顿时涨得通红，连连叩头道："臣拼死拼活也要把台湾治好，开十万亩生荒给主子瞧！三年之内，臣一定叫台湾粮食自给有余！"

"那好，一言为定！"雍正含笑环顾一眼众人，见大家眼巴巴瞧着自己想说话，便笑道："横竖都要见，都要说话的。朕每拨只见三个人，比这里还方便。只是一条，都要说真话，有什么难处也不必隐讳——朕还要去慈宁宫给太后请安，你们先见上书房大臣吧！"说罢一摆手，便带着张五哥等三个人向西趱去。

第十二回　十七皇姑关说遭拒
　　　　　　母子相疑隐情难言

　　从隆宗门至慈宁宫只有一箭之地，守门太监早已瞭见雍正过来，于是有的飞奔进去给太后乌雅氏报信，余下的便都跪下接驾。雍正看也不看众人一眼，命李德全和邢年在宫门等候，自带了五哥进了五楹倒厦大门，沿东边超手游廊迤逦进来。迎面远远见一个一品命妇刚从后殿辞出来，料是哪家大臣内眷入宫给太后请安的，雍正也不理会，径自走了过去。那命妇大约是听见说皇帝来了，刚回避出来，不料正与雍正走个对头对面，忙不迭趋退到游廊外，匐匍在地，等雍正走近，重重地磕了三个头，说道：

　　"臣妾尹刘氏恭叩万岁金安！"

　　"唔，尹刘氏？"雍正站住了脚，"我朝姓尹的大臣只有尹泰一人，你是他的夫人？"

　　"是！"尹刘氏抬起头来，"万岁爷好记性！"雍正看时，尹刘氏五十岁上下，端正一张鹅蛋脸，细细的眉梢弯弯地向上微挑，除了下唇多少有点翘起，显着有点蛮野，实在看不出有什么出奇之处，只不知尹泰为什么落了个"怕老婆"的名声？雍正想着，笑道："这有什么记性好歹的？尹泰也是朕的师傅顾八代先生的门生。朕在藩邸里就认熟了他！当年朕为皇子，常在一处下棋的。"尹刘氏一笑说道："万岁爷如今不是当年了，忙得没下棋工夫了。老头子——臣妾老爷倒常念叨着万岁呢！"

　　雍正没想她如此能顺竿儿爬，呆了一下，似笑不笑地道："你说的倒也是实情，朕如今真的忙得什么也顾不上了。尹泰就在翰林院掌院，见面容易，不过下不得棋了——你来给太后请安么？"说着就要走，尹刘氏忙叩头道："请安是一件，只太后忙着四格格的婚事，搅着十七额驸的儿子从军出征的事，臣妾就有事，也只好咽下去。既见着万岁爷，就是臣妾的福分，想撞个木钟儿可行？"雍正笑道："是你家三公子尹继善的事么？尹泰已经请过旨，他在南闱主持，尹继善自然要回避，就在张廷璐这边入考就是了。"

"臣妾不是说这事，"尹刘氏忙道，"继善的二哥继英也四十多岁了，考了多少次也不中用，想求个恩荫！"

雍正想了半日才想起，尹继善不是嫡子，继英才是这位一品诰命的亲生儿子，她是为自己儿子乞恩来了。雍正心里由不得泛起一阵反感，却又碍着当年与尹泰剪烛论文围炉共谈的情分，只好笑道："这也是情理中的事。你跪安吧，回头叫尹泰见朕再说。"说着便稳步向后殿太后宴息之地走去，众太监宫女见他过来，忙挑帘请他进殿，满殿的人忙都跪了下去。

"太后吉祥！"雍正瞥了一眼，见十七姐和自己的四公主旁边允祥也跪着，只一点头，又打下千儿去道："儿子今儿请安略迟了些儿，外头事太多。夜来传太医问过，母亲的喘嗽仍不大好。儿子已经传旨，叫青海罗藏扎布喇嘛进京给母亲祈福。过春天暖，就不相干了。母亲只管放心，这点病不要紧的。"说着，接过宫女递过煎好了的药呷了一口，双手捧着送到乌雅氏大炕上的矮几上。

乌雅氏原本歪在大迎枕上，见他进来，早已挣扎着坐起来，勉强笑道："皇帝起来吧。难为你这片孝心。我这是十几年的老病了，一时好一时不好，我也惯了。你是最虑心我佛的，佛在灵山，灵山在心，我心里知道，佛要召我去了，什么喇嘛也是不用的，今儿见我的儿已坐稳了朝廷，我撒手去见先帝爷，心里熨帖着呢！"说着又嗽了两声，雍正忙上前轻轻给她捶背，允祥便忙端过痰盂米。

"母亲这话叫人伤心。"雍正替她轻轻捶着背，低声温柔地抚慰道，"邬先生您知道吧？就是在雍和宫西花园住过十几年的那个邬思道，精通'易经'象数，去年他赐金归隐，十三弟请他给母亲卜过一卦，母亲是一百零六岁寿终正寝！邬先生不是凡品，他也不会诓我，所以您得安心，再听那个红衣喇嘛来给您祈福，这点子病不愁不好！"允祥忙赔笑道："皇上说的句句是实。姓邬的现在就在山西，太后不信，我请他进京，叫他当面给您演光天神数！"

一句话提醒了雍正，他轻轻扶母亲躺下，问道："诺敏的奏辩折子到了没有？""到了，不过臣弟还没看，我这边忙着送年羹尧，是三哥告诉我的。"允祥皱眉沉吟道："诺敏给自己列了十七大罪，都说的是受了下头欺蒙，似乎也是头头是道。又自请交部议处，请朝廷另行委员扎实查清山西亏空一案。说到底，他只认个'廉而不明'的罪名儿。这个人要算滑头到了极处。如今如果不查，问他的罪，别的巡抚恐怕不服。设如认真去查，就得一窝儿兜，没有只办诺敏一个人的理，所以臣心中也十分为难……""他就是吃准了朝廷不愿大动干戈这一条，才敢如此嚣张！"雍正咬着牙冷笑一声，"就凭他这居心，朕就办定了他！这件事上书房不用管了，你到都察院，把诺敏的谢罪折子发给他们，叫御史们给他定罪，定什么罪，办什么罪！——年羹尧那头怎么样？"

"回万岁的话，"允祥看了一眼斜躺在大迎枕上的太后，见太后静静地盯着雍正，似乎并无倦怠之色，因回道，"年羹尧席间说了许多感谢天恩的话，又请臣代奏皇上，申饬户部兵部赶紧把春日应更换的军衣，还有行军锅灶一应军需运往大营。他这一回去就预备移动大营，从甘州到西宁，兵分两路，一路固守里塘、巴塘、黄胜关，截断叛军入藏通路；调岳钟麒驻守永昌和布隆基河，防着罗布藏丹增进入甘肃。他率中军进袭罗布藏丹增。"雍正却不懂军事，默默听完，突然笑道："兄弟里头，你是最通兵法的，你觉得他这布置如何？"允祥自忖，二十多个贝勒贝子中，真正带过兵打过仗的是十四阿哥允禵。所谓"最通兵法"的话，其实是说给太后听的。明知这一层，允祥却不敢说破，更不敢逊让，想着，笑道："臣以为年羹尧曲划还算妥当。不过，西北地域广袤无垠，比不得东南有大海阻隔。年羹尧这一措置好是好，就怕逼急了罗布藏丹增，西逃准噶尔，与阿拉布坦合兵一处。眼前虽无大害，却留下了隐患，将来酿成大祸。臣弟以为可以调靖逆将军富宁安这支军队先行西进，进驻吐鲁番和噶斯口，隔绝敌军与喀尔喀蒙古来往通道，即成关门打狗势态，罗布藏丹增军心自然不战而乱。因为富宁安不归年羹尧节制，所以这事得万岁做主。"

"关门打狗，好！"雍正兴奋得双掌一合，目中熠熠闪光，说道："就是这样。这也不用再和年羹尧商议，你这就去上书房传旨，叫户部速调两万石精米，送两千头猪到富宁安军中，令富宁安不必来京陛见，立即提本部营兵轻装行军去吐鲁番和噶斯口——从伊克昭到吐鲁番要多少日子？"允祥忙道："伊克昭现在还是冰天雪地，草原都盖着雪，粮草供给都难。就是春天雪化草肥，也要一月才得到吐鲁番，可否——"雍正不等他说完便道："朕看这事最关紧！给他四十天限期抵达吐鲁番。粮草叫甘陕二省巡抚督办，马不一定要吃草原上的草才肥，叫甘陕还有山西，运谷草到军中，违期依军法处置！"

草原行军从内地运草喂马，这是闻所未闻的办法，况且开春之后，甘陕春耕马吃驴嚼，烧灶用草又要从中原调入，吃力又不讨好，允祥听他如此武断，刚想说"年羹尧今秋才能大举进军，调富宁安是大事却不是急事"随的一个念头涌上来，憬然而悟，这是皇帝要显示自己的"军事才干"，千万不能触这个霉头，更不能揭破这张纸，想着，忙打下千儿道："臣愚昧！兵贵神速料敌机先，皇上圣聪高远非臣所及！臣这就去上书房，知会廷玉一声再传旨！"说着起身便要却身退出。

"慢着。"雍正托着下巴略一沉思，说道，"这是朕登极以来办的第一件大事。圣祖爷都没有办下来，朕焉敢轻忽？这件事京里得有专人办理，军事旁午，羽书如雪，上书房说到底只是'书房'，是处置文事的。你老十三还有张廷玉、隆科多两个，再兼一个名义，嗯……就叫军机大臣！养心殿外天街上西侍卫房拨给你三人，昼夜十二个时辰要有人处置军务，给个'军机处'的名义，有权咨会六部九卿，专责军务。你看怎样？"

允祥乍听他这一番议论，觉得有点匪夷所思，仔细想想，其实雍正是借这个故儿，一头抓了军事指挥权，一头新造了一个不叫上书房的小上书房，轻而易举地把三阿哥允祉，八阿哥允禩排出了权力中心，又不露半点痕迹。这举一反三玲珑剔透的心计也真亏了他片刻就想出来。呆着愣了半晌，允祥才想到应该告退，忙答应一声，声音大得连自己也吓了一跳。

"哦，"雍正待允祥退出，良久方自失地一笑，躬身说道："太后，只顾了和老十三聊，没问您老人家乏不乏，这会子身上可受用？"乌雅氏两眼盯着殿顶的藻井，良久，从心底里发出一声深长的叹息，像是对雍正，又像对自己喃喃说道："阿秀没出家时，在宫里和我最说得上话的……当年我怀你十四弟，阿秀到我宫里交线打卦，得了个二龙盘索的象，她就断我是怀的男胎。后来真的应了，先帝爷一高兴，给你十四弟起个名字叫胤祯，和你的名字胤禛只有半笔之差，只为音太近，才改了'禵'字儿——和老十三真是性格儿模样儿都相似……唉……"雍正这才知道，母亲是思念允禵，因赔笑道："十四弟现在就在北京。他原在西大营带兵，这次出兵放马，本想还叫他回去的。但母亲你身子骨儿欠安，怕他两头悬念。带兵的事刀兵相见斩头沥血，我也不忍他吃这份苦——连十三弟我还不肯放出去呢！母亲既是想念十四弟，我叫他进来侍候就是了。"

乌雅氏目光霍地一闪，随即又黯淡下来。没有人比她更熟悉眼前这个皇帝的了，此刻让允禵进来，只能给这个犟种儿子种下更大的祸根，更招雍正皇帝的忌。自己活着一日，皇帝自然碍着面子上不肯难为允禵，但昨日私下切实问过太医院的蔚明正，从这位能断人生死的儒医闪烁的语言中，她知道自己已不久于人世，既如此，又何必拖累这个心爱的小儿子？想着，乌雅氏无声透了一口气，苍白的面孔上渐渐泛上潮红，半晌方道："你们兄弟二十四个都是先帝爷的骨血。你如今与他们有君臣之分，看他们一视同仁，我也是一样的——皇帝是我养的，我养了皇帝才做了太后，其余二十三个都是我的儿子，怎么能有薄有厚？往后他不必单独请安，他三哥带着阿哥们进来，他就进来。他好生办差，你自然也不亏待了他，是么？"说罢便目视雍正，眼神中那期待恳求和担心是任何人都一望可知的。饶是雍正以铁石心肠自许，此刻也被母亲企盼的目光揪得一阵隐隐作疼，遂笑道："母后这么圣明，倒叫儿子惭愧了。请您老只管宽心荣养，兄弟们我自然要照应，哪里就能让弟弟们作七步诗了呢？"一句话说得旁边的十七皇姑也是一笑，正要趁着话缝儿说自己的事，却见雍正转脸笑道："十七姐，慢客了，什么风吹得你进宫来了？"

"什么风？西北风！"十七皇姑拍膝笑道，"我已经进来给老佛爷请过几次安了，总想见皇上一面。老是错过时辰儿！今儿倒凑巧，正赶上四格格跟老佛爷做事儿，伤心得了不得，就留下解劝儿句——说归一，皇弟如今是皇上，一句话地动山摇，姐姐的事儿你管是不管？"康熙皇帝身后留下三十五个公主，大抵都短命而夭，十七皇姑是雍正唯一的姐姐了。虽然她是密妃王氏所生，和十五阿哥允祹是同胞姊妹，但自幼就和雍正一处收养在孝懿仁皇后宫里共处五年，一处捉苍蝇喂蚂蚁捕萤火虫儿，斗蟋蟀养蝈蝈，输了刮鼻子拧耳朵……有这段童趣，雍正从不当她一般皇姑，她也没怎样当雍正是皇帝。

当下听了这个心直口快爽朗可亲的皇姑的话，雍正不禁呵呵一笑，说道："十七姐，你还没说什么事，怎么就知道不管？十七姐的事朕不管谁管？"说罢，便坐了绣龙黄袱面的磁墩上含笑看看这位孤孀皇姊，一手轻轻捶着太后的腿。

"有你这句话，姐姐就放心了。"十七皇姑又笑又叹，"你知道，十七额驸那个老死鬼是死在西路的。康熙五十七年他和我的大儿子讷苏里二儿子讷苏和被围在阿尔泰山，外无援兵内无粮草。六万人哪！叫阿拉布坦围了四个月，一个活着回来的也没有！……因没见着他爷们尸骨，我到底不放心，叫我的包衣奴才带了两万两银子，买通了阿拉布坦一个牙将，才得到战场上去寻尸……可怜他爷们，老爷子是胸上三刀，哥哥是拦腰斩成两截，弟弟是……自己抹了脖子……"说着，她已是哽咽不能成声。满殿太监宫女见她说得凄惨伤情，也都低头唏嘘，雍正也听得神色黯然，良久，长叹一声道："这事当年在上书房议过，虽然他们战死不屈，到底背着个丧师辱国的名儿。恤典是薄了些儿……姐姐你别难过，明儿叫礼部再议一下，准有好信儿给你。"十七皇姑拭泪叹道："人死如灯灭，恤典不恤典的，姐姐并不放心上，只是一桩，我膝下只剩这么一条根讷苏云，在岳钟麒下头当游击。听说又要调西大营打仗了。皇上……"说着嗓音又带出了呜咽。

雍正双眉压得低低的，木着脸半晌才道："十七姐，你的意思我明白了。这件事朝廷有制度，奉命前敌之军将，无论什么缘故，不得擅调后方。他只是个游击，我下旨调离，乱了军心怎么办？""圣祖爷说过，讷苏家这个香烟后代得保住。"十七皇姑似笑不笑地看了看雍正，说道，"就算你不可怜我这老寡妇，圣祖爷的遗旨总该算数儿吧？"雍正皱眉沉吟半晌，说道："十七姐，这事容朕想个万全之策。人，是不能调的，讷苏云也要他平安回来，您如今别难为我，成么？"

人在前线，又保他平安，谁都知道这是句不靠实的空话，一时间，几个人都沉默了。但十七皇姑究竟是个直率爽气的人，低着头想了一阵，已经释然，因笑道："君无戏言，你老姐姐等着你的万全之策。我丑话说到前头，云儿有个三长两短，你也不用假惺惺又是'恤典'又是致祭——赏你姐姐一碗毒酒，算你够兄弟情分！如今不说这事了。且说四格格的事。"雍正这才注意到自己的四女儿洁明，转脸问道："你是什么事情，这么愁眉苦脸的？"

爱新觉罗·洁明怯生生看了父亲一眼，目光中满是幽怨，嚅动了一下嘴唇，却没言语，太后抬了一下头，喉头哽了一下，说道："他十七姑，你给皇上讲，她是个女孩儿家，我心里堵得慌，说话不便利……"十七皇姑忙答应一声"是"，又指着洁明道："去年皇上给他指了那个武探花哈庆生，竟不是个东西——听我女婿说，姓哈的这王八蛋先在福建当守备，就养了三四个童子小厮，啐！他原来是个兔子！我听见吓一跳，细打听，他爹，他弟弟——竟他娘一窝兔子！四格格平日多精干伶俐的个人儿，你看看愁成什么模样儿了？咱们天家尊贵，堂堂金枝玉叶，怎么好嫁到梁武帝的兔儿园中？"她只顾说得痛快，口没遮拦，洁明羞得满脸通红，早用手帕子捂着嘴抽抽噎噎放了声儿。

雍正听了没言声，怔怔地看着自己的女儿，只额头的青筋微微凸起，显得出他内心极为愤怒，哈庆生是满洲镶黄旗佐领哈什礼的儿子，开得五石弓，相貌堂堂一表人才，想不到下头行为如此卑污！但如今哈庆生就在西大营年羹尧麾下带兵，选额驸又是年羹尧的保山，刚刚掀起诺敏的案子，安抚年羹尧还来不及，再罢掉这门亲事，这个专阃在外的大将军会怎样想？思量半晌，雍正转脸问母亲道："太后，这事情干碍着年羹尧的面子，他在外头做大将军，得给他留脸。不过这是家事，还该由母亲做主的。"

"你说这话不像个皇帝！"捂着脸哭泣的四公主突然仰起带泪的脸，大胆地盯着雍正道："皇上是我的父亲，女子三从四德，头一条就是'在家从父'——这种事做不了主，还要问太后，阿玛已经说了要给姓年的脸，所以要推女儿去牢坑里，还要太后说什么？"雍正惊讶地望着女儿，这个平素极温柔恬静的格格，在自己十几个公主中并不出奇，没想到这么有刚性！他目中波光一闪，说道："我们满人没有'三从四德'这一说。朕不像个皇帝，朕看你更不像个公主！精奇嬷嬷就是这样教你和朕说话的么？"突然间，他的脸色阴沉下来，用手指着殿门道："你给朕出去！你移居贞顺门内东偏宫——三年不许出宫一步！"话未说完，四格格已是失声痛哭，连头也不磕掩面夺门而出，远远还听她哭叫："我一辈子也不出宫一步儿……"

太后早已坐直了身子，望着四格格跟跟跄跄的身影，略带浮肿的眼泡儿中满含着泪水，猛地把脸转向雍正，厉声说道："你！你也出去！"

"太后！"雍正仿佛被电击了一下，惊慌地站起身来，脸像被一下子抽干了血，变得又青又黄，半响，才迟钝地跪了下去，声音变得又浊又重，说道，"太后息怒，听儿子说……您老在病中，儿有不是处只管责罚。千万别气着了身子骨儿……"他深深伏下身去，只觉得胸口憋闷，堵得气也上不来，头也嗡嗡直响。殿里十几个宫人见他跪了，也都连忙趴跪在地下。

乌雅氏原有满腹心思想说，她想劝雍正与允禵重归于好，她想痛痛快快和自己的两个儿子说说母子家常话，劝雍正容让一点弟弟，劝允禵敬重一点雍正，甚至想劝雍正不要为逼债弄得下头鸡飞狗跳，不要随便改动先帝的章法……但这些话她都说不出口，因为下头跪着的这个儿子不同允禵，能母子之间无拘束地说几句体己话儿。雍正天生的乖戾性子，即便是亲生母亲，一开口就是道理，一开口就是规矩，明知不是心里话，却挑剔不出毛病来，刀枪不入的冷性子隔开了母子之情。十七皇姑和四格格的话，她虽没有多插言，但在枕上听着，却是越想越气，冷不丁地发作出来，是连她自己也没想到的。此刻，见皇帝跪了下去，乌雅氏深悔自己说错了话，一口痰涌上来，她的脸涨得绯红，吭吭地咳了两声，只说不出话来。

"太后！"雍正和十七皇姑同时惊呼一声，一跃而起抚着面色气弱的乌雅氏起来，半伏在炕前。十七皇姑替乌雅氏揉胸，雍正捶背，好半日乌雅氏才吐出痰，瘫软地倒卧下去，轻轻喘息两声，低声道："皇帝，你坐到我跟前……"雍正答应一声，恭谨地坐到母亲对面，问道："母亲有什么吩咐?""十七皇姑的云儿，你得保全，这是先帝爷说过的，不能有闪失。四格格的事我做主，这是内事。她不能嫁到那个姓哈的家里!"太后平静了一些，款款说道，"你才登位不久，不晓得万几宸函，威权不可轻用，祖宗成法不可擅变。得多和你那些兄弟们商议着办。我瞧着咱们天家骨肉和睦平安，心里才熨帖。我是快见佛祖的人了，你得叫我体体面面见圣祖爷……"说罢又嗽了两声。

雍正听母亲这样说，似乎不但对十七皇姑和四格格的事不满，连对八阿哥他们也很有袒护的意思。母子相疑到这田地，他心里也是一寒，想着，说道："母亲训诲的是。儿子一定依着祖宗成法做事，既不因公废私，也不以私害公，唉……如今天下事，只缺一个'公'字啊……"

乌雅氏见他仍旧满口官话，无可奈何地叹息一声，对偎坐在身旁的十七皇姑道："你还记得先帝爷跟前的贴身侍女苏麻喇姑吗?她死的时候就想家。我如今也体味到了，我也想家……我小时候在科尔沁草原，能骑马会射箭，跟着卓索图王爷围猎，看摔跤赛马，听马头琴……就跟昨日一样，总在眼前闪……"乌雅氏干涸的眼睛无望地睁着，"那草原上的春天，嫩嫩的茸草，白白的云彩，毯子一样的绿地上那些花儿，真香啊!还有那马，那羊……唉!不说了。你们也乏了，皇帝外头不知有多少事等着办。道乏吧……"

雍正满腹的委屈和怨情离开了慈宁宫，脚步灌了铅似的沉重，心里说不出是个什么滋味。待回储秀宫皇后处时，恰钟敲四响，已到申正时牌。皇后戴佳氏见他脸色阴郁一言不发，一边吩咐人传膳，一边笑着说："皇上脸上又阴了天，别是又遇上什么不顺心的事了吧?"

"没有。"雍正松弛了一下，回过颜色勉强一笑，"太后的病朕瞧着不甚好，心里烦闷。"戴佳氏命人把自己的参汤进给雍正，抚慰道："不妨事的。青海请的那位活佛开春也要到了。听说法力大得很!给太后祷一下料就痊好了。"雍正啜着滚热的参汤又问："你这边都谁进来请安了?"

戴佳氏笑道："内务府说要选秀女，还说想从苏州选些会唱的进来。我说，选秀女是朝廷制度，该办就办。老爷子不喜欢戏，宫里有畅音阁供奉逢年过节演一演，尽够使的了，不要另招戏班子。"雍正满意地点点头又问："还有什么人来?"戴佳氏道："没别的人了。皇上指的那个哈庆生，从福州弄了九篓福橘，李德全叫人送进来，都垛在那边廊下。我叫他们挑些好的送养心殿，皇上好赏人。"

"不用。"雍正一听"哈庆生"三字便气不打一处来，起身踱了两步，盯了一眼垛在东廊下的橘篓子，用手一指说道："这些物件，全给朕扔进金水河!"

第十三回　惊舞弊自逐出棘城
　　　　　逢旧交谈笑封贡院

　　三月朔日是钦天监为顺天府恩科会试主考官张廷璐和杨名时择定的入闱吉日。杨名时因在京没有私宅，又要避嫌，只在城东一个僻静角落租赁了一处小院。因明日就要入棘主考，当夜杨名时也没睡，向炉上焚了一炷香，盘膝默坐静候吉时。他每次遇到大事这是必有功课，以示虔诚忠敬之心，家下人都知道他这秉性，也都不敢睡，各守差使在房中侍候。直到子正时牌，远处拱辰台隐隐传来三声闷哑的午炮声，杨名时瞿然开目，款款起身，正了朝珠冠带，用热毛巾擦了一把脸说道："给我备轿！"

　　顺天府贡院坐落北京西南隅，自前明以来历为朝廷抢才大典最要之地，迭经修葺，其规制比之六部衙门还要壮观宏伟。径深一百六十丈，外边一道墙高足丈四，堞雉上栽满了密密的酸枣树，名为"棘城"。沿正道而入，左中右三座牌坊，左坊石匾上写"虞门"，右边叫"周俊"，中间一座大坊，龙凤石雕围边儿的大匾上书斗大四个水金沥粉字，却是"天下文明"。杨名时的八人绿呢大官轿就在此稳稳落下。他哈着腰出来看时，只见尚自寒星满天斗柄倒旋，知道刚过四更天，料是张廷璐还没有到，便徐步向龙门走去。

　　阳春三月，白天很暖的了，这样的凌晨仍旧气寒潦凛，星光下棘城上的围棘密密丛丛，好似在古城上边镶了一层微褐色的雾。墙下那片桃林也失去白日明艳娇媚的风姿，昏昏暗暗地在微风中摇动着枝桠，传过一阵浓烈的清香，在这凌晨给人一种恬适和清冽的感觉。趸过石坊，便见甬道两边各设着一座三楹小厅，杨名时是过来人，知道这就是所谓的"议察厅"，名儿虽说尚算雅，但所有应试举人都必须在这厅里解衣宽带，敞怀露腚地让贡院衙役检查，以防夹带赃私——最是叫孝廉们扫尽颜面的一个去处。杨名时不禁皱了皱眉头，因见厅前都悬着西瓜灯，窗纸光明，想是已经有人起来办差，刚要过去，便听有人喝道：

"应试举人到墉城外头等着！"

"是我。"杨名时不紧不慢说道，一边说一边往前走。

"凭你是谁，不能过来，前头就是龙门！"那个差役不耐烦地说着走过来，刚要呵斥，看清了杨名时，忙打千儿道："是杨大人，您早！小的还当是举子们等不得，自己闯进来了呢！"杨名时一边向议察厅走，笑道："我早，你们也早么！这早晚议察厅就到差了？那屋里都在做什么？"差役笑得两眼眯成一条缝，回道："东屋是张大主考来了，张中堂在那屋设酒送廷璐大人进闱，西屋是我们兄弟们扎纸人儿，图个清静。"

杨名时站住了脚想了想，张氏兄弟说话，自己搅进去不好，便踅过西厅，果见几个衙役在灯下扎纸人儿——一青一红两个鬼装打扮的纸人，里头揎草，外头糊纸，纸上写着斗大一"恩"一"怨"两字。杨名时不禁笑道："我入闱时就听说考场设有'恩怨'二鬼，原想不过虚说浮言，想不到真的扎有原身！我过去怎么没见过呀？"几个衙役不防他进来，忙丢下手中活计，一齐过来打下千儿。一个老衙役笑道："这是科科考场都有的，供在西望楼上，并不叫举子们见，只传告他们知道，也是劝他们平日多行善事的意思。"杨名时含笑点头，掇一把椅子坐下，一边看他们扎鬼，一边询问些考场旧规旧例，耳中听着鸡叫三遍，估着张廷玉已经离去，方起身出厅来，恰见张廷璐送张廷玉出来，便不言声站在灯影下。

"为兄该进入内见皇上了，"张廷玉一边下阶，口中说道，"千叮咛万嘱咐，只是一句话，要秉公。圣上如今刷新吏治，最看重这个，正想抓个出尖儿的舞弊贪墨官员作法。咱们家风讲究一个廉字，你少惹是非，于老爷子脸上体面有光，我在里头说话办事也踏实——哟！这不是杨松韵么？你几时来的？"说着便嗔下人："怎么不禀我知道！你们这办的什么差使？"杨名时忙抢上前去，双手一揖说道："不干他们的事。中堂两兄弟说话，晚生自当回避的。"

张廷玉微一点头，说道："那边举子们已等不得，都要过龙门这边了。这是你们贡院重地，一拜过孔子，连下官也来不得，各自珍重吧！"

说着将手一招,暗地里飞快抬出一乘竹丝软轿,张廷玉举手一揖,忙忙上轿去了。张廷璐刚吃了酒,灯影下看去似乎有点神情恍惚,使劲晃了一下头,笑道:"松韵大人,咱们进去吧。"这时后头已一片灯笼,举人们人手一盏,煌煌游动着拥向议察厅。杨名时在龙门口回头望时,头一个报名验检的却认识,叫曹文治,第二个就是在贡院街伯伦楼上吃酒说笑的刘墨林,不禁莞尔一笑。他触手袖中,却摸到了自己买的考题,心中又是一动。眼见张廷璐已进了贡院龙门,忙跟了上来,早见先已入内等候的十八房考官,还有礼部从各衙抽来办差的监试厅笔帖式、弥封、受卷、供给、对读、誊录五所长官和吏员足有二百余人都鹄立在至公堂侧。众人见两位主考联袂而入,"嗯"地黑鸦跪下一片齐声道:"给张太老师、杨太老师请安!"

"劳乏众位了。"张廷璐看看东方的启明星,清晨的凉风习习吹来,他觉得心里爽快了不少,含笑说道:"请起吧!"

于是众人纷纷起身。张廷璐与杨名时两人注目会意,一前一后走向至公堂,向"大成至圣先师孔子"牌位恭行三跪九叩大礼,下头人众依位份高低排班随礼。张廷璐进香盟誓,"为国家社稷秉公取士,不徇私情,不受请托,不纳贿赂——有负此心,神明共殛"——这都是几百年一成不变的老套了,人人耳熟能详,也不足为奇。两位主考退下,接着便是贡院执事人役忙活,祭文昌帝君、拜奎里、请关圣帝君……各色甚杂也不及细述。张廷璐是做过两任这差事的了,司空见惯,杨名时却见不得这些杂七杂八的捣鬼弄神,看得满心都是不自在,因叫过燕喜堂执事官问道:"这里是庙会么?这乱纷纷都是神瘿,是做什么的?是孔圣人大,还是他们大?"

"杨大人!"燕喜堂官见他脸色不善,忙跪了道,"这都是上辈看贡院的传下来的规矩。历来考场最怕传瘟疫,这些个神瘿是专门请来祐护贡院圣地的……"杨名时听了一哂,说道:"这里现供着文宣王牌位,又是国家敕封禁地,用得着这些个?听我发落——来!"

"在!"

"把那个'恩怨'二鬼给我拖上来!"

"喳……"

　　几个衙役张皇地对望一眼，颤着声答应一声，仰脸看着这个秀气刚毅的年轻副主考，见他一脸不容置疑的神气，只好下去拖"鬼"。张廷璐对这些事一向无可无不可，他一门心思想着三阿哥弘时特意请他关照的几个人，又怕被这个愣头青副主考察觉，正怔忡间，杨名时突然来这么一套，不禁一愣，看十八房考官时，也都面面相觑。众人正没做理会处，几个衙役已将那两个纸扎草人——一个富态温柔满面笑容，一个青面獠牙狰恶可怖——即"恩怨"二鬼架到至公堂上。杨名时"啪"地一拍响木，顿时勃然作色，步下公案，绕着二鬼踱了两步，眼风却扫向十八房考官。那些考官哪个是心里没"鬼"的？见这寒凛凛带着煞气的目光扫过来，人人心头突突直跳，却听杨名时冷笑一声道："这样的魑魅魍魉居然也能在此作耗！'恩'，谁不曾受过？'怨'何人不曾有过？迟不报早不报，偏偏要此时报？在哪件事上报不得，偏偏要在国家抡才大典上逞施淫威？本人自束发受教即读圣贤之书，怪力乱神子所不语，六合之外存而不论，大道之所在，岂容邪鬼猖獗？"他轻蔑地盯了一眼两个纸鬼，冷冷吩咐道："拖下去打碎了！"

　　几个衙役慌乱地答应一声，拖着纸鬼就往下走。贡院常驻的执事却最信这个，忙上来打千儿道："大人……这使不得，要……要……"他看着杨名时阴冷的面孔，下头的话竟没说出来。

　　"要什么？"

　　"要……报应！"

　　杨名时突然仰天大笑，"焉有此情，岂有此理？敲碎它，当堂一火焚之！我看我是怎样个报应？要为此而传瘟疫，我一身当之！"于是众人不再犹豫，须臾之间已将那二鬼打成一堆碎纸乱草，焰腾腾燃着了。张廷璐心里也是有鬼的，三阿哥密传了考题，叫他照应四个人，他自己也夹带了五六个，为此收银七千余两，被这个杨名时折腾得心里七上八下。此刻回过神来，张廷璐又觉得杨名时这人盛气凌人，在至公堂做作这么一番，连个商量都没有，全不把自己这个正主考放在眼里。思量着"恩怨鬼"已成灰烬。张廷璐突然大声吩咐："开龙门！"

　　"开龙门啰！"

　　燕喜堂官一声高呼，盘龙华表中间两扇朱漆铜钉大门呀呀洞开，举人们按喝名次序一手提篮一手秉烛鱼贯而入，由七十区号板棚监考胥吏导引对号入棚，肃然端坐等着发卷。但见几十排瓦顶板房、每人一间，每间三尺余阔，沿门各有一桌，上设笔架，研墨用水等物，此时真如群蜂入巢，孔孔露头伸足，却是鸦雀无声，一派紧张肃穆。这边张廷璐将手一让，二人至铜盆里盥洗了手，同时向金盘中供着的御封试题深深一躬，张廷璐亲手拆了，略一看便递给杨名时，杨名时接过一看，上头头场试题赫然端正写着：

> 利者，义之和也。

杨名时身上陡地寒毛一炸，心立刻狂跳不止，眼睛上下审量张廷璐，移时方回过神来。待承题吏员捧着题出去，杨名时强耐着心头的激愤，轻声道："张大人！"

"唔？"

"那两场试题呢？"

"嗯，不忙，考一场拆一题。"张廷璐仰在椅上，长长透了一口气，说道，"你不知道贡院这些人，油锅里也要捞钱的，这时候一取出来就走漏出去了。"

杨名时也松了一口气，看样子考题泄露与这位大主考不相干了，也许只是碰巧被卖考题的猜中一题，贸然声张，乱了考场倒是自己有罪了。想着，杨名时便笑道："你是正主考，只管在这坐纛儿，监临各房试官和考场事务的差使是我的，我出去看看。"说毕便辞出来，一路思量，只是犯狐疑。

但是，接踵而来的事实，无情地证明，杨名时买到的考题确是货真价实——除第二场题目与第三场题目次序调换一下之外，无一字虚设，无一字舛谬！第二天傍晚，杨名时满头紧张得沁出密密的细汗，在至公堂看张廷璐拆第三场考题，当张廷璐小心翼翼拆开火漆封头，徐徐展开看时，杨名时几乎呼吸都停止了。张廷璐因关切地问道："松韵，你脸色很不好，是哪里不舒服？"

"没有。"杨名时心头"怦怦"冲跳，颤声问道，"皇上出的什么题？"

"嗯——《易经》里的：'日月得天而能久照'！"

"张大人，这题有毛病！"

"唔?!"

"我不是说题目有毛病。"杨名时脸色苍白得毫无血色，"我说的是题目早有泄漏！"

张廷璐吓得手一抖，黄绢裱面的御书从手上滑落在地下，见承题吏员在至公堂口探了一下头，忙摆手道："你们别进来——你怎么知道考题已经泄漏？这件事干系多少人身家性命，妄言不得的!"杨名时弯腰捡起考题，又从自己袖中取出伯伦楼买的考题对着看了看，双手递给张廷璐，说道："大人——请看！"张廷璐神色茫然地接过来，只瞥了一眼便一目了然。他的脸颊急速地抽动了两下，心里"轰"的一声，头涨得老大——"东窗事发"四个字闪电般掠过脑海，顿时心乱如麻。

"张大人，"杨名时却没有理会张廷璐的神色，自顾沉吟着分析，"这试题从何泄露的呢？出自御笔、封在金匮、经上书房直送贡院，鱼胶火漆密缄。而居然全部泄露在市井之上，公然买卖于酒肆之楼！真真不可思议！大人，你有什么高见呢？"

"啊！啊！"张廷璐这才从惊怔中唤醒回来，便觉得背上又湿又凉，已是汗透内衣。思量着，他瞥了一眼杨名时，欲言又止，此事揭露出来，一定是三阿哥弘时的手脚。连带着就要引起弘时、弘历、弘昼三兄弟之间争位太子的大事。三阿哥素来与隆科多交往过从诡秘，隆科多似乎正在向八爷允禩靠拢，丝萝藤缠连绵不断涉及的都是天字第一号的人物，随便哪　个抬起脚来也比自己人高……想想无计可施，不论如何，先掩住再说；因咽了一口气叹道："我是对天可表的！但这事兜出来绝非小可之事，恐怕株连到许多天璜贵胄龙子凤孙也未可知。松韵公，天下奇能之士多得很，也许有人料机在先，猜中了题目；天下偶然相合之事也难胜数，也许是瞎猜猜中了的。孤证不立，我们这里掀出去，立时震惊朝野，牵动全局，不可不慎呐！再说，出示考题在前，举发舞弊在后，头一条，我们两个就担着血海般干系，还有十八房考官的身家性命都在里头，不宜贸然举发的。"

杨名时惊觉地闪了张廷璐一眼。张廷璐所有的见解都有道理的,唯独"我们两个担干系"说得超出情理,主考举发场外买卖考题,天经地义的事,担什么"干系"?再说又是什么"出示考题在前,举发舞弊在后"竟似埋下伏笔要诬陷自己!这就狠得有些蹊跷了,蓦地又想起张廷玉,现为首辅相臣,焉知不是他们兄弟二人作弊?这个外表温存深沉,内心极为自傲的青年副主考立时有一种被侮辱的感觉,他的脸顿时涨得通红,格格干笑一声说道:"进贡院那天我们两个对天盟过誓的。这事不能想人情,要想天理,获罪于天,无所祷也!我要立刻拜章奏请皇上,暂停恩科考试,或者立刻换题重考。这件事不能从'也许'上头做文章。也许皇上身边有奸邪小人呢!也许我们这科考试中有纳贿收受,要钱不要命的神奸巨蠹呢!"张廷璐听着这些话,句句都是含沙射影,字字都是诛心利刃,恼羞成怒之余横了心,觉得与其支吾遮掩,不如以攻为守,因也板起了脸,哼了一声说道:"我倒为你好,你反而步步不饶人,似乎是我张某人心怀鬼胎!你拜章只管拜,我也要递奏折,头一个就参你!"杨名时勃然大怒,霍地起身道:"你?你参我?"

"对!参你!"

"我有何过错?"

"此时我懒得和你扯淡,你等着读我的奏折!"

二人声音愈来愈高,早惊动了外头侍候的人。承题官早等得不耐烦,听里头两个主考大吵起来,忙一步跨进去,刚打下千儿,便听杨名时厉声道:"现在立即停考!贡院的人役全都出动,包围搜拿贡院街的伯伦楼,一体擒拿了那里的人送顺天府听审!"

"这里的主考是我,张廷璐!"张廷璐咆哮道,"你跋扈犯上不是一天了,还有点规矩没有?听我吩咐:第三场考题即刻下发照常考试,派人知会顺天府锁拿伯伦楼卖题之人候审!"他说着,亲自挽袖磨墨,盯着杨名时冷冰冰说道:"几时你当了正主考再来发号施令——年轻人你还差着火候呢!"杨名时这才猛醒:自己的两条指令一条也不占理。正主考是张廷璐,自己无权决定"立即停考";贡院不是法司衙门,更不能越过顺天府,径自查封伯伦楼拿人——杨名时不禁深悔自己冒撞,不但给这个老奸巨猾的张廷璐留了"擅权"的把柄,而且这一来走漏消息，伯伦楼的人还不走个精光？正在发急，东考区监场书吏拿着豆腐干大一个小本子进来，向张廷璐禀道："地字十二号贵阳孝廉郭光森挟带四书一本，卑职查出来了，请大人发落！"张廷璐一边文不加点地写自己参劾杨名时的折子，头也不抬冷冷说道："你是办老了事的，这事由他房官处置！这是我主考官的该管差使？"

书吏赔笑说道："这是十一房官张枫岚大人该管，原本该照逐出考场。听说这一科出了泄露考题的事，张大人——""没有的事。"张廷璐盯了一眼沉思不语的杨名时，恨不得过去一脚踢死他，口中却道："不要听信谣传。一切按规矩办，逐出那个姓郭的举子，贴了他卷子，将犯由发文贵州府，罚他停考三年就是了！""举人受罚，尚且能出考场，我为什么不能？"一个念头飞快闪过，杨名时顿时得了主意，待书吏出去，杨名时也不言声，至案前将自己的文房四宝收拾了，叫过从人便道："你去给我备轿！"正在写奏折的张廷璐抬头看了看，冷笑道："这是什么地方？你想来就来，想去就去？"

"贴了卷的举子能走，我自然也能！"杨名时生怕走了伯伦楼的证据，心急如焚，一句话也不想多说，一边硬顶张廷璐一句，又厉声吩咐从人："你愣什么？快去备轿！"说着拔脚便走。

"慢！"

张廷璐深知他心意，不由也急了，忙叫一声，见杨名时站住，又放缓了声音道："他是逐出考场的！"

"我是自逐，这地方脏，我一刻也不想待！"

"你是官身！有差使的人！"

"我不要这官身，我辞掉这差使！"

杨名时头也不回纵声大笑，将头上蓝宝石顶子摘下来，"咣"地往地上一掼，眨眼工夫便消失在暗夜之中。张廷璐眼睁睁看他大摇大摆出去，竟自束手无策；回案前接着写那份奏章时，但觉文思塞涩，手颤心摇，一个不当心，铜钱大一滴墨水滴在奏章上……越发觉着不吉利，只索坐在椅上，抚着剃得发青的前额打着主意。

杨名时盛气拂袖出了贡院，天已起更。站在黑魆魆的棘城外边，他倒犯了踌躇：此刻宫门早已下钥，递牌子请见雍正是不用想的了。六部早已散了衙。去顺天府，手里既无部文也无关防，顺天府依旧要请示上书房，谁知道张廷玉会怎样处置这事！想来想去，事情闹到这一步，想清白，只有去西华门击登闻鼓、撞景阳钟逼请雍正黉夜召见。但这一来自己已经先有罪，即使所告是实，也要流徙三千里，军前效力。十年寒窗，七场文战挣来这辉煌簪缨、少年得意，还有日后建功社稷名垂青史这些想头一概付之东流！想着饶是杨名时一片刚肠，也觉灰心。杨名时在轿中正自神思颠倒莫知奈何，忽见前面棋盘街驿馆前一溜六盏栲栳大的朱红西瓜灯吊在檐前，上头一色写着"钦奉两江布政使李"八个大字，门前六个戈什哈俱是彪形大汉，腰牌佩剑威风凛凛地守在门口。

"李卫进京来了！"杨名时突然一阵兴奋：此时遇到此人，真是天意！李卫字又玠，据说前明洪武年间祖上以军功起家，当过锦衣卫。其实这是天知道的履历，人人皆知他是讨饭出身，因生性泼皮机伶，被出省办差的雍亲王收养在四贝勒府，最是当今皇帝得用的一个人，诨名"鬼不缠"，天不怕地不怕最喜揽事，刚直不阿。昔年李卫任云南驿盐道，曾和杨名时有数日之交，谈得极是投机。如今有事，找上这位好事喜功的少年新进，他断无不管之理。杨名时用脚蹬了蹬轿，那轿当即落了下来……哈着腰出来，看了看门上钉子似侍立的戈什哈，便走上前去，掏出名刺递了。

戈什哈看了名刺，倒也不敢轻慢，忙打了个千儿，却笑道："我们大人这会子正忙着批公文，今晚写奏折，明儿一早递牌子请见。吩咐了，所有来拜大人请回步，大人见过皇上，登门谢罪。"杨名时笑道："我和他一样品级，说不上来'拜'。我有要紧事，一定要见他！"戈什哈摇头道："大人写折子最烦人搅。通天下都知道他老人家脾气的，杨大人务必鉴谅！"

"李卫会写折子？斗大的字他识得一升？"杨名时大怒，后退一步高声叫道："姓李的！杨名时来了，你见是不见？"

话音刚落，便见李卫赤脚趿鞋快步出了驿馆正厅，抢步出来，笑嘻嘻道："别搭理这些狗，他们识得什么？我上回折子错白字三百七十一，占了一半还多，皇上夸我用心办事，又骂我文理狗屁不通。所以这一回格外费心，你来得正好——去，把皇上赏我的那坛子酒弄过来——操你妈的，连我的杨老师也不认得？"一头说拖起杨名时就往里走。杨名时挣脱了他的手，就院里站着把贡院里发生的事粗略说了，又道："这事见不得上书房，报不得顺天府，皇上那儿又通不过信儿，我急成这样，哪有工夫陪你吃酒写文章？"说着便将买来的考题递了过去。

"有这样的事？"李卫接过纸条，颠倒看了看，有一半不认得，便递给杨名时。杨名时原以为他必定要沉吟一会再商量的，不料这"鬼不缠"把纸条塞给杨名时，嘻嘻笑着对身边一个师爷道："你带人去，把贡院街给我封了，一个耗子也不许走出去！"

"是！不过顺天府的人要问，怎么对答？"

"带我的名刺给他，明儿我去见这些狗日的。"李卫笑容可掬，没事人似的吩咐了一声，拍着目瞪口呆的杨名时肩头道，"怎么样，够义气够味儿吧？先说好，查出大案，功劳分我一半——走，吃酒去！"

谈笑挥洒间，李卫的一百多名亲兵已经集齐上马，也不再来请示，一阵急骤的马蹄声，已经无影无踪。杨名时看了看驿馆正厅外挂着几十件各色杂衣，知道是李卫随时化装破案之用，不禁伸出拇指赞道："君真命世豪杰！书生自愧不如！"

第十四回　三法司会谳两巨案
托孤臣受逼上贼船

　　雍正即位不到五个月，由铸钱案起头，接踵而来便是山西亏空案，两波未平，科场舞弊案又大波涌起，朝野震惊天下瞩目。李卫封锁贡院的第二日，山西巡抚诺敏被铁锁锒铛押进刑部大狱。朝旨即下，锁拿张廷璐为首的顺天府恩科十八房考官至狱神庙待勘，连原告杨名时也着令停差等候对质。人们正看得五神迷乱，圣旨又下，由大理寺正卿、刑部满汉尚书、都察院御史组成班底、三法司主官合议会审山西、科场两案，从重谳狱。接着邸报即出，廷寄诏谕命直隶学使李绂为主考，改换考题重新考试应试孝廉。便有消息，上书房领侍卫内大臣，军机大臣张廷玉因患疟疾请旨调养，已奉旨恩准在府疗治云云——人人皆知，他是因张廷璐一案引嫌回避了。严旨迭下，京师官场真个人心惶惶一日三惊。

　　李绂接到圣旨，去吏部交卸了差使，一刻也不停，打轿赶往朝阳门外廉亲王府听训。他自康熙五十六年入京待选，在京师五年有余，一直住在西城闭门读书，极少进城的，更不用说东城门外。自大将军王允禵奉旨带兵出征，康熙的二十几个儿子窝里炮闹家务，争夺帝位愈演愈烈，稍知养晦之道的谁敢沾惹这种破家灭门的是非？何况李绂以读书养气自矜，廉隅持重谨修崖岸，更是不肯与这干子斗红了眼的王爷贝勒交结。然而廉亲王允禩毕竟是雍正皇帝的亲弟弟，如今又是上书房首席王大臣，兼管礼、吏、户、工四部。现既然点了顺天府主考学差，是礼部头号要差，不来见廉亲王请训，无论如何是说不过去的。李绂坐着簇新的八人抬绿呢大官轿，前呼后拥出了老齐化门，隔玻璃远远看见王府巍峨矗立的殿宇、汉白玉八层石阶上的倒厦三楹朱红大门，便用脚轻轻蹬轿命停。哈腰出来，弹弹袍角正要上前通报，远远便见一个太监过来问道：

"哪个衙门的？"

"工部的，我是……"

"手本呢？"

"噢，"李绂自失地一笑，看看这位一脸公事公办神气的年轻太监，说道："我的话没说完，我是工部侍郎，五十六年停职待选，才起复出来，点了顺天府学差，要见八爷请训。"这个年轻太监大约净身不久，刚分到廉亲王府，人事不熟，听说是京官，知道没多大油水可榨，板着脸听完，点点头说道："您家改日再来。我们王爷今儿约了九爷、十三爷、十四爷，这会子正议年大将军的营务。吩咐下来，文武百官一概不见！"李绂忍着气听完，格格一笑道："你大约没弄明白，我是新点的学政！"

按理说，太监就是木头做的，也该掂出"学政"两个字的分量了。无奈他不懂，见李绂拿不出包银，一发的不耐烦，说道："靴正帽正都一样，反正不是雍正！请回驾，明儿个再来！"

"啪！"太监话未说完，左颊上早着了李绂一记耳光。李绂顿时大怒："你既不识国体，也不懂皇宪，就敢如此狂妄！万岁爷的帝号都敢如此亵渎？！你滚进去，禀告廉亲王，说钦差大臣，顺天府主考李绂来过了，叫你赶走了！我明日要进棘城，顾不得再来领训！"说罢哼了一声回头命道："转轿回城！"

那太监冷不防挨了一记耳光，愣怔在当地。他一时还弄不明白，这个一脸谦恭笑容的儒冠穷京官，怎么刹那间就变得如此倨傲强横？李绂冷冰冰回头望了一眼，正要上轿，早见仪门那边喘吁吁跑过来一个中年太监，一头跑一头喊："是李大人么？请留步！"赶着几步近前，一个千儿打下去，赔笑道："奴才何柱儿，给钦差大人磕头了！"起身又是一躬，回头骂那年轻太监："你纯是吃屎吃昏了头！回头我再和你这王八蛋算账！还不赶紧照应李大人这些随从纲纪——过庭耳房酒早预备好了！"那太监这才晓得今儿轧错了苗头，忙着自掌两嘴巴，答应着何柱儿的话还要过来谢罪，李绂早已移步了，缓缓踱着问："王爷晓得我要来？"何柱儿侧着身子，又像带路又像侍陪，未及回话，却见允祥允禵兄弟二人从二门穿堂联袂而出，两个人忙都止步侧身而立。

"好，新任大主考来了！"允祥远远便拍手笑道，"今早我去见皇上，马齐说：'历来顺天府试都是两个主考，现只委李绂一人，恐怕不合体例。'皇上说：'要贪墨，十个主考也照样——朕这次就专用李绂一个！此人未及第时朕就知道，是个正派读书人，文章人品都是好的。'你听听皇上这话！好生做，升发在此一举！"

李绂听得心里一热，忙把持定了，肃然一揖，又撩袍跪了向两个王爷叩头，起身庄容说道："李绂何敢辜负圣上谆谆厚望？谨为克己修身，持重谨慎，为国选拔真才！"他这么一正经，倒弄得允祥不自在，怔了一下才笑道："好好！我等着看你选出来的状元！"允禵性情本与允祥极相似的，只这老皇晏驾，新皇登极一场急风暴雨，允祥变得练达机敏，允禵却变得沉郁淡泊了些。本来雍正还有一句"李绂若有胆子再敢以身试法，也难逃朕之诛戮"，听允祥隐去了这一句，允禵只恬然一笑，说道："你去吧。我和十三爷要去兵部。"说罢，二人自去了。

李绂这才随何柱儿趱过月洞门进西花厅。这里原是八王允禩平素宴息之地，装修十分精致。二人徐步而入，但见绣阁参差，文窗窈窕，循廊曲折，一路珠箔湘帘、璱钩斜卷直达书房，来往插红戴绿的丫头足有四五十人，绰约俱是妙龄绝色。见他二人过来，各自垂手侧立让路。何柱儿这才有工夫回李绂的话，低声说道："李老爷，昨个下晚礼部票拟就来了，王爷原说要亲自过去看望来着，偏十四爷和十三爷过来，议西边筹饷的事，又夹着李卫大人也奉了旨，主持两大案子会审，也来请训。八爷因惦记着您，特意叫我出来关照一下，不想就碰上那个杀才正跟大人过不去——请这边走，这就到了——圣人说过'惟女子小人难养'，你大人大量，别跟这种人生气——请，八爷在这屋里！"李绂抬头瞧时，已到超手游廊尽头，外厢朱漆柱间都用紫檀木雕花隔了，廊下挂了五六只鸟笼子，迎面门额上白底素绢裱着"逸志轩"三个字，却是年羹尧父亲年暇龄手书篆字，虽不十分上好，腾蛇钩曲也有一番情致。湘竹帘后隐隐可见一架水晶屏，满书房四周卧地到顶都用大玻璃嵌了，隔玻璃望去，方知这屋子是压水榭亭改建，从窗内挑竿即可垂钓。李绂不禁暗自嗟呀，穷措大十年寒窗，三场文战七篇文章芥拾青紫，什么堂呼阶诺起居八座，到这般琼宇富贵龙种之家，顿叫人意消兴灭。方沉吟间，便听里头八阿哥允禩的声气：

"是巨来先生么？不要报名，请进来说话！"

"臣李绂！"李绂隔帘躬身忙应一声，趋步进来行礼，果见九阿哥允禟也坐在允禩身边的雕花搭袱太师椅上。下头杌子上端坐一人，李绂却认识是李卫，只屋角靠书架一侧春凳上四脚拉叉斜歪一人，穿着雨过天青实地纱夹袍，套着件古铜巴图鲁背心，双手抱着一本《琅环琐记》看得入神，一副旁若无人的架势，却不认识。允禩见李绂迟疑，含笑说道："哦，这是十爷。你不用多礼，你且坐，和又玠说完谳狱之事接着就谈你的差事。迟了你就在这里留饭就是。"因转脸对李卫道："方才已经讲了，本来不打算留你在京的。但诺敏一案，牵到山西通省官吏；科场一案，明面上是十九员官，但里头积弊极多，连张衡臣都引嫌回避了。算起来，开国七十九年，还没有这么大的案子。怕马齐一人忙不过来，一个图里琛，一个你，帮办完了仍旧各归各差。你不要推托，谁不知你李又玠，除奸安绥发幽摘隐，是第一谳案能吏！"

"这个差事昨儿我面见皇上，已经力辞了的。"李卫黑红的脸膛上眉棱骨微微一颤，似笑不笑地说道，"王爷知道，山东那块地方事情更难办。这十几年没了于成龙，几乎成了强盗世界，响马乾坤。东平湖、微山湖、抱犊崮一带饥民造反，趁着如今各自占山为王，要早下手剿灭。听说有个铁冠道人，联络江湖武林高手甘凤池吕四娘一干人，明面上在山东打擂比武，其实是交会各路人马，安的什么心思很难说。'坑灰未冷山东乱'——这里自古是个不安分地方儿——京师这案子再缠手，总能从容去办的。昨儿和皇上说得好好的，怎么今儿就变了？我想递牌子见见皇上，心里有话总得说出来才痛快嘛。"

允禩听了一笑，说道："又玠，你不要窝火，留你在京不是我的主意。是马齐觉得人手不够，请旨留下你的。你要递牌子，我无权阻拦，但你若肯听我一句忠告，大可不必多此一举。山东的差事我心里有数，已经叫蔡珽先去挡一阵，你手下的吴瞎子不也去了么？你是个玲珑剔透的，响鼓不用重捶，难道真不知道马齐为什么留你么？有些纸捅破了不好，你说是吧！"说罢，用碗盖拨着茶叶不言语，嘴角兀自带着微笑。

李绂原也懵懂：合刑部、大理寺、都察院三部人马，外加顺天府，步军统领衙门，马齐为主，上头有允禩坐纛儿，还问不下这两个案子？经这么一提醒才想起，诺敏是马齐的门生，杨名时是刑部尚书赵申乔的门生，马齐和张廷玉是多年同事，张廷璐偏又是张廷玉的弟弟，十八房考官与承审官非同年即故交，公案相对，生死瞬息，更何况还搅缠着隆科多与马齐张廷玉多年恩怨，上溯至康熙四十七年隆科多一家与十三阿哥允祥的宿仇……都要在这两案中调停周到，谁不要多一分靠山，谁不愿多拉一个垫背的呢？

"王爷说到这个地步，我不能再说什么了。"李绂正在胡思乱想，听李卫低头叹息一声说道："我到差就是。不过我这里也撂一句话给王爷。这件事既到我手，能周全的我尽力周全，不能周全的我就不周全，无分贤愚贵贱，不论出身门第，我都秉法处置，办得不合王爷的心你别怪，体谅到这一步，我就心满意足了。"正在看书的允禩忽然坐直了身子，笑骂道："不愧绰号'鬼难缠'！还怕八爷坑你不成？你说这些个话浑似天书，我他娘的就听屎不懂——你打的什么狐哨谜儿？"

李卫似乎和允禩十分随便，嘻地一笑也变了口腔味道，揶揄着反唇相嘲，"十爷这个大头鬼要缠我么？我望风而逃！十爷心里镜子似的倒装糊涂，这两个案子弄不好，案犯审了主审官都是有的呢！一根蜡烛两头点，怎么周全得了？拔我屎毛栽旁人胡子，十爷打的是不是这个主意？"一席话说得众人哄堂大笑，允禩仰着身子在春凳上笑得浑身直抖，用扇柄指着李卫道："你这猢狲，快滚蛋吧，卵子要笑脱了！"李卫笑着起身端茶一饮，竟过来拍拍正襟危坐的李绂的后脑勺，说道："喂，一个宗的，该你了！"

"什么一个'宗'的？"李绂素以道学儒宗自居，名门正出的进士，很瞧不上李卫时而装正经，时而流里流气的脾性，见他如此非礼，心里早上了火，却只难以发作，挺挺身子说道："我是江西李，你是江南李，怎么会是'一个宗'的？"李卫却满不在乎，越发嬉皮笑脸道："你的下巴没胡子，确乎该栽几根，江西江南一个李，没读过张献忠祭张飞庙么？'咱老子姓李，你也姓李，咱两个联了宗吧！'你以为李卫光会当叫化子？"说罢大笑一揖，径自去了。

允䄉望着李卫背影笑骂了一句什么，又倒下看书，允禩却转脸对李绂微笑道："巨来先生见不惯又玠这种狂放，是么？"李绂压根没想到这个位高权重仅次于皇上的头号王爷一开口就问这个，不禁怔了一下，就座中躬身答道："回王爷话，李卫与二位王爷尊卑有序，君臣之义列在三纲。这不叫狂放，这叫非礼轻佻！"正半躺着的允䄉听见这话，坐直了身子，这个出了名的"荒唐王爷"脸色显得十分庄重，盯视着李绂，半晌才叹息一声："礼崩乐坏之日，还有什么三纲五常？"

"老十，不谈这些个。"允禩睃了允䄉一眼，又对李绂道："李卫原是皇上龙潜藩邸时的家奴，倒真是乞丐出身，不读书聪明出自天性。自幼各王府走动惯了，熟不拘礼。当年他恶作剧还卖掉我的门前照壁墙呢！"他目视窗外，款款而言，追忆着往事似乎不胜感慨。良久又笑道："不谈他了——你明日就进贡院么？"

李绂微一欠身，说道："是。臣已叫家人把行李送往龙门，今晚就不回府了，就在那里打尖，明早独自进贡院主持考政。特来请王爷训！"

"说不上什么'训'。"允禩点头道，"有人说大清如今无清官，我看也不尽然，你李绂就算得一位——听说你从不到印结局领银子，连外官送进来的冰敬炭敬也都一概不收？"李绂想不到八王对自己如此熟知，心里一阵感动，忙笑道："那是有的。有时自己想来，也怕别人说我矫情，我家书香出身，不算富豪，但也算不上穷，又吃着侍郎的俸，我又不结交朋友，疏食淡泊养身而已，使不着那几个钱。""如今还有几个这样的？"允禩叹道，"我早年有幸见过于成龙、郭琇、陆陇其这些名臣风采，如今一概'无可奈何花落去'了。你不爱钱，这就是头等难得，万岁爷独独选中了你来主持贡试，可见圣心烛照，倒不用本王多嘱咐了。"

允禩这些话娓娓言来，又似训诫又似嘱咐，又好像良友剪烛共相勉励，李绂心中崇敬之情油然而生，不禁暗想，"人说廉亲王是'八贤王'，果然有识见、有风采！"转又想到雍正对允禩处处设防，疑忌丛生，心里又是一寒。想着，起身揖道："八爷，若没有别的王命，臣就告辞了！"

"你不肯在我这里用饭么？"允禩也站起身凝视着李绂，说道："也好，就是这样吧！还有一条，这些孝廉们入场已经五天，如今又要重新考试，原来带进去的食物恐怕不够。今早何柱儿去礼部，听说已经有断粮饿晕了的。朝廷当初选错了主考，这个责任当然要朝廷担起来。我已发了牌子给户部，由藩库供银，每个举子每日供十八两白米、一斤青菜、四钱油、三两肉的食膳，巨来叫人逐日清点收纳、不要叫贡院那起子醒龊黑心种子们克扣了——道乏罢！"

允祯见李绂辞了出去，丢了手中的书站起身来，说道："我觉得此人才学好，良心也不坏，八哥你怎么尽打官话？"话音刚落，十四阿哥允禵已挑帘进来，见允禩斜倚在窗前，允祺和允祯在这边说话，因问道："这早晚才散了？方才我见李绂出去了——这个人如何？"一直没言语的允禟手中拽着一根线，小心翼翼地抽着，手伸到窗外猛地一提，一条二尺多长的青鲢鱼被钓进了书房，鲜活欢快地蹦了几下，鼓着腮在青砖地下延息。

"李绂不是我这池中之物。"允禩盯视着窗外荡漾的碧波，对岸一片桃林映在水中摇动着，像是地中燃着粉红的云火。允禩眼中也是波光幽幽，良久方徐徐说道，"外形于强，中必有不足。你们留心没有？这书房中摆着这么多的珠玉古董，李卫进来看了这件看那件，啧啧称羡，却又漫不经心地放下。李绂却是目不斜视，从头到尾正襟危坐——看着是不为物欲所诱，其实用的是克制功夫。这种假道学，我收过来能派什么用场？"说罢深长叹息一声，"论起用人，毕竟我们逊老四一筹——你看看李卫就知道了，一个地道的叫化子，硬是调教得成了伟器！我们昔日笼在袖中当成宝贝的人，如今倒戈的倒戈，避难的避难，真正指望得上的有几个人？还得现物色！"允禵指着地下的鱼叫进一个太监，说道："这鱼给爷整治了下酒——八哥，今儿好彩头，我给你请了尊神，大有用场！算得一条大鱼呢！"

允祯眼一亮，忙问："谁？"

"猜猜看，猜中有奖！"

允禩精神一振，问道："莫不成是隆科多？"允禵也不搭话，双手对搓着颔首一笑。允祯惊呼一声："天公祖师如来我佛！隆科多会来投靠我们？——在哪里？我去见见！"

"忙什么？"允禵手一摆，格格一笑说道，"刚刚上钩。我们慢摇橹船捉醉鱼，你和八哥今儿都不宜见，先由我和老十四与他讲谈！"允禩看着满面笑容的十四阿哥允禵道："好，有你的！这么快就挂上了线？——给皇上选秀女的事办得怎么样了？"

允䄉在旁笑嘻嘻说道，"你们当我如今还是个二百五？我也久经沧海难为水了！选秀女的事十三弟交我办了，我办得经心着呐——我糊弄了老四耳目，你们做大事，如今有了眉目，得先犒劳我！"

"成！"允禩兴致勃勃地说道，"为兄送贤弟十把镶金鸟铳——隆科多既已来我府，我不见见不好吧？"

允禵阴笑着摇摇头，说道："他刚刚入港，你这么猴急？我们不能掉了身价，也防着一下子吓醒这条醉鱼——还是我和老十四先见见他去。命该为我所有，他就在劫难逃！"允禵紧束了一下腰带，将辫子一甩，笑道："九哥，走，会会这个'托孤'重臣！"

兄弟二人绕过书房，沿池塘旁边一路垂杨柳迤逦向北，越过一带蔷薇花洞，便听得允禩平素见客书房"卧云居"中遥遥传来清脆的琵琶声：时而哀音清冷如水滴寒泉，时而急管繁弦犹爆豆珠盘。一个女子声气不疾不徐伴着琵琶唱道：

> 群芳竞华，五色凌素，竟是妒。琴尚在，御而新声代故……锦水有驾，汉宫有木。彼木而亲，嗟世之人兮，瞀于淫而不悟！朱弦朅、明镜缺、朝露晞、芳声歇、白头吟、伤离别——努力加餐，毋念妾！锦水汤汤，与君长诀……

允禵一脚踏进书房，当门鼓掌大笑："好一个'新声代故'！好一个'瞀于淫而不悟'！老隆，听得入神了罢？"

隆科多端坐椅中正在想心事，那女子唱的什么全然没有入耳，猛听允禵这一声，吓得身上一抖，抬头见是两位阿哥——允禩手把折扇沉吟不语，允禵满面笑容神清气朗——忙跳起身来向前一步打下千儿道："给二位爷请安了！"

"哎哟不敢当！"允禵忙双手搀起，嘻嘻笑道，"名牌正宗的皇舅，托孤重臣，见天子尚且剑履不解，何况我们——我们算什么名牌的，敢受舅舅的礼？快起来，快坐着！"允禵说着，允禟早已大咧咧坐了首位，看也不看隆科多一眼，摆手吩咐两厢："你们下去！"

两厢侍候的歌妓忙都立起身来，抱琴携笙悄然退下。这边书房不比"逸志轩"有那么多古玩摆设，除了西山墙北角那座大自鸣钟外，环房四周都是几案桌椅，人一旦都退出去，偌大书房立时显得空荡荡的，气氛显得寂寞和枯燥起来。隆科多眼见九阿哥不阴不阳，对自己带理不理，十四阿哥也敛笑归座，越发摸不着头脑，自己欠身入座，搭讪着说道："八爷呢？见人还没下来么？"

…………

两个阿哥都没有答话，听着墙角自鸣钟的"咔咔"响声，十四阿哥衣裳窸窣，漫不经心地跷足而坐，呷了一口茶又轻轻放下，目光陡地一变，刀子一样盯着隆科多问道："舅舅，知道是谁请你来，又为什么请么？"

"知道。"隆科多早已觉得气味不对，听允禵阴森森这么一问，手微微一抖，茶水几乎泼洒出来，但他毕竟涉世极深，很快镇定下来，身子一仰说道："是九爷府里的太监传臣到八爷府议事，八爷想问问选秀女的事。""内务府如今是十三爷管着，八爷根本懒得管这些琐事。"允禵脸上像挂了霜，语气也变得像枯柴一样干巴，"是九爷和我，借八爷这块宝地，要与你老隆握手言和！"隆科多头"嗡"地一声涨得老大，怔了半日才回过神来，突然间，发出枭鸟一样刺耳的笑声，"十四爷真能开玩笑！佟家一门历来与八爷、九爷、十爷、十四爷过从甚密，远日无仇，近日无怨，既无仇怨之情，何来'言和'二字？"说罢站起身来一揖，又道："若没有别的事，臣去了。"

允禵刚刚单刀直入问了一句话，见这老奸巨猾的隆科多要溜号，忙要拦时，允禟在旁格格笑道："十四弟，天要下雨娘要嫁人，舅舅走你甭拦！舅舅不就是要去见图里琛打点科场官司么？你叫他去！"

隆科多刚跨出一步便被这话牢牢钉在当地，竟不自禁打了个寒颤。

"舅舅和张廷璐做的什么交易？"允禟"叭"地打着了火媒子，却不抽烟，"扑"地又吹灭了，"一甲十名里头你就包揽了三名！"隆科多这才知道，这些阿哥神通广大，不知怎的弄到了自己与张廷璐通同收受贿赂的实证，要借此拉自己下水了。想着，隆科多已汗湿重衣。许久，他才意识到，蹚进廉亲王这汪浑水更是了不得，强自摄定心神，又回座中，打火点烟，深深吸了一口，喷云吐雾地缓缓说道："九爷说得不错，但九爷别忘了，三个一甲进士，一个是十爷说的，一个是八爷府何柱儿说的，一个是年羹尧说的。我代人受过有分寸——爷体谅，有些事我成全不了！"

允禟冷笑着听完，半晌才道："呀——舅舅原来这么干净？年羹尧那奴才不去说他，八爷十爷龙子凤孙，会干那个勾当，谁信呢？我们的奴才亲信要做官，用得着舅舅来帮忙？舅舅说这些又有什么凭据？舅舅既然两袖清风，又何必怕图里琛这个兔崽子？拿猪头去清真寺，你拜错庙门了！"他霍地跳起身来，踱着走近了隆科多，喑哑的声调中透着巨大的威压："我也知道，单凭区区几个贿中进士扳不倒你这个'托孤'重臣。今天我想说的不是科场的事。我想问你，佟国维是怎样死的，谁下的毒手，又为什么下毒手？嗯?!"仿佛一声焦雷晴空中无端爆响，隆科多立时面无人色，汗透重衣，他"扑通"一声跌坐椅中，喃喃说道："六叔怎么死的，我怎么知道？他是我的堂叔，我为什么要害他？……"话未说完已知失口，他惊恐地张大了嘴，又深深把头埋下。

"是呀，是你的堂叔，为什么要害他？"允禟紧紧盯着隆科多，丝毫不给他喘息的余地，"大约你与你堂叔密订有什么约法——比如说，佟国维帮八爷，你隆科多帮四爷，夺这个花花江山。无论谁胜谁负，反正你佟氏一门左右逢源……嗯，再比如说，恰好你隆科多这一宝押对了，可字据落在那个'六叔'手里，这就不大妥当，这样'六叔'就得'病'，就得吃药……事情就这么简便——于是'六叔'就身如五鼓衔山月，命似三更灯油尽——你不要这样看着我，怪瘆人的——剩下的事就好办了，只消寻到那张契约，你就能心安理得地当这个白帝城里的托孤臣了……

"你没有想到，'六叔'的宅子赏了三爷弘时，于是你又投靠弘时，求他把宅子转赠了你。他当然不能白赠给你，你得'上船'，因为弘时又要和弘历争这个统继大权了，你是用得着的人嘛——多少日子我看你在你'六叔'宅子里挖地三尺寻'宝'，我心里一直好笑，你太痴了，你也太小看了那个'老棺材瓢子'——他什么都不如你，就这忠于事主，你八辈子赶不上他！他一得病就知道有人暗算他，把这个交给了我——你瞧这张宣纸，唔，要单买这巴掌大的纸，一个雍正哥儿也不值——偏是这头有字，有画押凭据！它大约就值一个上书房大臣、太子太保、领侍卫内大臣、军机大臣、京师御林军总管、九门提督一颗血淋淋的人头！"

允禩连讥讽带嘲弄，得意洋洋举起那张纸，只一晃，递给听得五神迷乱的允禵："十四弟，你在外带兵，杀得蒙古人人仰马翻，可知道京师中不动刀不动枪，也是烛影斧声匣剑帷灯！我们这位舅舅算得上个主角呢！"

"别说了！"隆科多突然抬起头，他的目光游移着扫了一眼那张契约，发出铁灰色黝暗的光，良久，又伏下头去："你……你们叫我做什么？"

允禵看了一眼完全被击垮的"舅舅"，没有言声，不动声色拍了三下巴掌，两行女伶自侧门移步而入，个个风鬟露鬓浅黛低鬟，一路弹筝吹箫、鼓竽挥弦，曼声歌唱：

> 一弯眉月映虚廊，
> 碧汉红墙两杳茫。
> 怅望美人隔秋水，
> 重拈艳句寄冬郎……

"眼下先行乐，什么也不要舅舅做。"允禵看了一眼允禩，"放心一条，八哥从来不肯叫人落空的——舅舅说是不是，十四弟，大将军王？"

"妙极。"允禵拊掌而笑，说道。

隆科多目光如醉，白痴似的望着这群美人，心里一片空白，连自己也不知道在想些什么。

第十五回　全大局诺敏拟腰斩
　　　　　　求贤能名儒入机枢

　　四月初二，山西亏空和科场舞弊两案审结。三法司已拟定各人罪名及应得处分，因大大小小牵连的人极多，怕引起官场震动，李卫和图里琛二人计议，暂不拜章，只把各案情节细细分类写成密折，黄匣子递进养心殿，由雍正亲自裁夺之后再颁发明诏。两个人先去朝阳门外见了允禩，允禩因忙着恩科春闱出榜的事，接见李绂和各房帘官，只站着说了几句，又道："一会儿还要和十四爷商定入选秀女名单，后晌才得腾出工夫进去请安。这些天你们每日都来回报案子，情节我都知道，并无不妥当的去处我就不和你们一齐见皇上了，左右皇上还要召见我的——你们先进去吧。"二人只好答应着退出来，在东华门递牌子。不一时，太监就出来传旨，"着李卫、图里琛养心殿面圣！"

　　待至养心殿垂花门外，早又有太监邢年接着。听说雍正正进早膳，二人又忙止步。邢年笑道："爷们二位都是侍卫，自己人。皇上旨意不要那么多的礼数，皇上一边进膳，一边说话。"两个人忙躬身答应："是。"随邢年进来，果见雍正在东暖阁炕上盘膝而坐，面前摆着御膳。李卫出任外官有年，雍正当了皇帝还是头一回吃饭时见面。因见雍正膳案上放着一盘烧豆筋，一盘芹菜爆里脊，一盘清蒸素丸子，一盘清炒豆芽，饭只是一碗糙米，已经吃残了。李卫一边行礼，笑道："奴才以为主子已是皇上，就是节俭，先帝爷那御膳奴才已领赐过的。皇上位居九五，君临天下，万几宸函间作养龙体，就不讲皇家规模体统，自己万金之躯要紧的——如今外任官，别说奴才这么大的官，就是州县官，正餐也不至于这么寒伧的。"

　　"朕富有四海贵为天子，何物不可求？何膳不可进？由俭入奢易，由奢返俭难嘛！"雍正慢慢嚼着米饭，将剩下的豆芽菜连汤倒进碗里，命人冲了开水涮得干干净净吃了，指着那盘一筷未动的芹菜里脊肉吩咐："这菜午膳回锅热热，朕再用——不说这事了，说你们的差使吧。"

图里琛看了一眼李卫，见李卫点头，便忙着打开一份长长的奏章节略本子，他已摸准了雍正的脾胃，也不读原文，只拣着要紧的一一详奏，说了足有半顿饭光景，总算将两案审讯情形说了个大概。

雍正盘膝端坐，默默地听着，直到图里琛回奏完方轻轻叹息一声，蹬了靴子下炕来，踱着步只是低头沉思。李卫和图里琛长跪在地，目不转睛地看着雍正。许久，李卫方问道："主子，这两个案子牵连到一百八十三名官员。部议处分，诺敏、张廷璐以下十九员一律枭首示众，奴才以为国家有议亲议贵之制，诺敏是皇亲，张廷璐是恩袭子爵，这样一杀，轰动天下，似乎是重了一点……"雍正脸色很难看，双眉微蹙着，徐徐说道："王子犯法与庶民同罪。只要该杀，就是一千八百名官，朕不怜恤！只是据朕看来，科场一案尚未明白，这样结案，会有人不服，有人肚里暗笑的。"

这说的是另一码事情，直接关系到李卫和图里琛两个承审官的官箴，两个人顿时头上冒出了细细的汗珠。雍正睨了二人一眼，缓缓说道："你们不要怕，你们差使有难处，又不便说。这其中枝枝节节，朕虽不在大理寺，大约也瞒不过朕。试题，是朕亲拟，又是朕亲手封存在金柜之中，张廷璐杨名时也是临场拆看。那么——试题从何泄露？头一个偷看试题的是哪一个？宫女？太监？亲王？阿哥？"这些疑问，李卫和图里琛一受命承审就反复计议了的，也正是他们最盼雍正葫芦掩过的。不想，雍正一开口便点了出来，而且毫无遮饰回避的余地。李卫重重地在地下磕了三下头，舔了舔嘴唇嗫嚅道："奴才们的心思难逃圣鉴。但下边的事已经震惊朝野，奴才已经觉得难于措置。宫掖里的事关乎天家名声，万万是不宜抖搂的。据奴才的小见识，张廷玉称病，有引嫌回避的意味，一大半倒是为万岁方才这番话，为的远引避祸……"

"你说得很是。"雍正长长透了一口气，目视窗外款款又道，"正为图里琛是朕的心腹，你是朕一手从火坑里拉出来的，朕才讲这些个话。宫掖里的事别说你们，就是朕亲自处置，也颇觉棘手。要知道，年羹尧还在西边打仗，捐赋要靠官员们去收，军饷要靠各省督办。朝廷里有人瞪着眼盼他打个大败仗，盼朝局来个乱哄哄……所以无论如何朕不能上这个当，更不用说兄弟父子大折腾着闹家务了！但这些话朕若不说，又无人敢说，倒像是朕连这一层也瞧不透似的，朕就枉为了四十年的雍亲王了！"

原来皇帝发牢骚，只为发泄心中块垒，自诉心曲！二人不禁同时舒了一口气。图里琛叩头道："既如此，请圣上早发谕旨，果断处置，宫中的事暧昧不明，徐图清理就是了。"

"杀人太多毕竟不是好事，"雍正吐了吐心中的积郁，气色好看了些，点头道，"为首的，像诺敏、张廷璐、罔视朝廷法纪、败坏朕的名声，说不得什么议亲议贵，诺敏一个远支外戚，算哪门子'亲'？张廷璐一个小小子爵，也不为'贵'。'刑不上大夫'他们自己也要配这'大夫'二字！见了钱，见了名利，天地君亲师一概抛了脑后，这样的混账行子，一定要显戮，一定要从重！"雍正因要稳定朝局，不能大开杀戒，但他生性挑剔刻毒，不想饶的不得已饶了，一股怨气便都冲了诺敏和张廷璐。他脸色青白，咬着细碎的白牙，阴冷地一笑，说道："朕意，诺敏和张廷璐定为腰斩，你们以为如何？"

"腰斩"是仅次于凌迟的惨刑。按常例部议斩立决已经从重，指望着"恩出自上"，把减刑的人情做给皇帝，不承想雍正反而又加一等，这就连李卫、图里琛也面上无光。但雍正素性言出如山，绝无违拗余地，二人只好连连叩头承旨，心中都泛起一阵寒意。却听雍正又道："朕深知，此二人素来沽名钓誉。说起来，在官场上人缘甚好，如今的混账规矩，逢这类事，亲朋好友，门生故吏免不了要给他们饯别，祭一祭刑场，收一收尸——好得很，谁想这么着，朕不阻挡。不过，你们传旨京师各衙门并顺天府，凡四品以上官，一概都去西市'观瞻'，大家给这两个墨吏送送行！"两个人听着雍正咬牙切齿，说得杀气腾腾，又要撵了百官都去西市上看法场，都觉得太不给官员面子了。李卫叩了一下头，正想谏劝几句，雍正闪眼瞧见小太监高无庸进来，因问"有什么事？"高无庸忙赔笑回道："方苞在西华门递牌子，请见万岁爷！"

"方灵皋来了？几时到京的？"雍正眉头舒展了一下，旋又皱了起来，"自朕以下，文武官员一概称灵皋'先生'！先帝爷在世尚且称先生而不名的——去，先把先生安顿军机处，告诉他，待会儿朕亲自去接他。"待高无庸"诺诺"连声退出，雍正接着又道："李卫你不要说，大约你想说什么朕也知道。杀贪官，只叫百姓看效用不大。杀官要叫官看，才晓得王法是怎么回事。看得他们筋软骨酥，心惊肉跳梦魂不安，再做事办差，黑眼珠盯着白银子时就懂得掂量，想退步留后路——告诉你们吧，见见这血，比读一百部《论语》、《孟子》还管用呢！"

李卫只得叩头，说道："万岁圣明！宰鸡就是要猴子看！请旨，其余应处决官员是否一并处刑，这样似乎震慑大些。还有山西通省官员如何处置，伏请圣裁，奴才等回去就可票拟实施。"雍正沉吟良久，说道："你们回去再商计一下，按你们原来的想头只管票拟，呈进来朕再斟酌——就是这样，你们跪安吧！"待二人辞身退出，雍正掏出怀中金表看了看，恰是午末未初时牌，略一思忖便命更衣——换一身蓝棉纱袍，外头套了件石青江绸夹褂，将一条金镶古钱线纽带仔细束在腰间，足蹬青缎凉里皂靴，戴了顶绒草面儿线缨冠，回头吩咐邢年："走吧。"

其时四月孟夏，天已渐热，融融艳阳带着炎气将白亮的光洒向紫禁城，已不似前些时那样温馨和煦。禁城内因关防贼盗刺客，例不栽树，晴空万里的骄阳照射在黄瓦红墙、铜龟铜鹤，炉鼎丹陛上，焕焕漾漾，一片金碧辉煌。雍正未出养心殿垂花门便后悔穿得太厚，已觉背上微汗潮润。然而他是极修边幅的人，决不肯苟且，只命人取了一把湘妃竹扇带在身边便踱了出来，却见六宫都太监李德全已迎在宫门口，便止步问道："你不在太后宫里侍候，到这里什么事？"

"回主子话。"李德全已是须眉皆白的六旬老人，精神倒还矍铄，忙打千儿，起身赔笑道，"内务府选进的秀女共二百七十名，早起天不明就进来了，都在坤宁宫前候旨。佛爷叫奴才来瞧瞧，万岁爷几时过去？"雍正无所谓地一哂，说道："这算什么要紧事？巴巴儿跑来奏朕！朕这还要见人办事，等一会再说吧！"李德全忙道："奴才有几个胆子敢扰万岁爷的事？天儿已经热了，这些孩子都没吃饭，跪得晕倒好几个。内务府老赵禀了佛爷，奉懿旨来见主子的。"

雍正已经举步，听"奉懿旨"，忙又站住，想了想问道："太后选了没有？"

"回主子话，佛爷说她身边人尽够使的，不选了。"

"各位王爷呢？朕不是说过，三爷、五爷、八爷、十爷、十三爷、十七爷府里都缺使唤人，有的入府多年，该配出去了，叫他们每人选二十名去——还有二爷，因在咸安宫，送给他几个也是该当的。"

听了雍正这番话，李德全不禁一怔：你做皇帝不先选，别人谁敢占先？想着，斟酌道："奴才方才过来，十爷十三爷十四爷，还有十七爷都在里头请佛爷的安。主子既有这旨意，奴才这就传给各位王爷，请王爷们先选就是了。"他啰哩啰嗦还要往下说，雍正早已一摆手去了。

方苞早已等在隆宗门内永巷西侧的军机处了。这是个五十五六岁的老年人，长着一张干黄瘪瘦的长脸，留着两绺老鼠髭须，一身洗得透白的蓝布截衫套在瘦弱的身子上，显得又宽又大，只一双小眼睛闪着贼亮的光，透出精明强干来——单凭相貌，谁也不会想到，他就是文名震天下的桐城派文坛座首领袖，著作等身的当今硕儒，布衣入上书房为"青衫宰相"，参赞康熙晚年机枢重务"称先生而不名"的方望溪！他自康熙六十年赐金还山已经两年，原已绝意仕途宦海，在南京、苏杭修了别墅，决意远离尘嚣，要长伴梅花，悠哉游哉于山水之间安度晚年的了。想不到新君登极，第一道密诏就是召他回京，重入上书房参与军国机枢重务。密诏下达，安徽、江苏、浙江三省巡抚、两江总督都赶到桐城方府，说是拜会，其实是坐地催行，弄得这个老名士欲辞不敢，欲辞不能，拖延了几个月，无奈只好登车北上，重进北京这个是非窝。方苞在熙朝因是布衣入上书房，而且主要职责是顾问机密，备皇帝咨询方略，不管部务也不见官员，因此尽管声震朝野，除了马齐张廷玉和诸王阿哥少数几个人熟识之外，大多数京官是"只闻其名，未谋其面"，因此他被太监高无庸引进军机处，在这里等候召见的一群官员也都诧异地看他的装束，弄不明白这么一个潦倒肮脏的糟老头子怎么居然也到了这里。

方苞跷足而坐，神色自若地吃着茶，心里却折腾得厉害。他因《南山集》文字一案被捕入狱，蒙赦流落江湖，又遇到南巡的康熙皇帝，君臣际会一拍即合，竟以白衣书生身分跻身帝侧，爬到令人目眩的高位。

康熙皇帝洋洋数万言的遗诏，就是由他一字一句润色出来的。第二次废黜太子胤礽，也是由他参赞谋划。允禔允礽允祉胤禛允禩允禟允禵允祥允禑九个阿哥王爷围绕"嫡位"各展才智各辟蹊径，同室操戈刀剑齐鸣，萁豆相燃互不容情的一重重黑幕，一层层丝萝藤缠错综复杂的关系，他甚至比张廷玉还要知道得更多、更深。康熙决策这四阿哥胤禛的传位诏书，也是由他亲手封缄，藏在乾清宫"正大光明"匾额后头的。一个人，知道的秘密越多，常常意味着离死亡越近。饶是方苞想尽了法子韬晦，闭门读书不妄交一人，不妄见一官，想不到雍正一登极，头一个还是想到了自己！这个阴鸷狠辣，恩怨心极重的皇帝，是要报自己的举荐之恩呢，还是要用自己这块石头去砸允禩这干政敌呢？方苞想得头发涨，一时也难理出个头绪。隔着不远的几个官员却不理会他的心思。一个龇着黄板牙的道台喷云吐雾，说得唾沫四溅："刘墨林是我乡举同年。我是康熙五十二年入闱中了进士，他这个才子却命运不佳，连着三场，头一场做到策论，他泄起肚子，说'功名事小，性命事大'，擅自逃出考场。二场文章、诗、策论都做得花团锦簇似的，偏生交卷头一夜弄翻了油灯，把卷子污得包油条纸似的，只好名落孙山；第三场鼓足了劲，要夺头三名，临进场接了家书，老爷子病故！得，报了忧吧，一晃又三年。这次我见他又来了，问他闹卷可得意？他倒洒脱，手一摊说：又完了！旁人策论里都写'元首明，股肱'的马屁——你瞧瞧万岁爷的这个'股肱'们，有的是哼哈二将，有的是神荼郁垒，有的是天主刑切……活似七十二洞妖精，你不入他这一洞，他肯收留你？"黄板牙说着哈哈一笑，又叹了一口气道："可惜了的，刘墨林一个活东方朔，生不逢时，竟成了个秋风钝秀才！"

"维钧，"旁边一个三十岁上下的年轻官员插话道，"功名有定数，这作不得准的，万岁爷如今要破除门户朋党，刘墨林这一篇纯以君恩为重，说不定正对了圣意呢！"方苞在旁低头一想，才忆起来这个"维钧"姓李，原做过湖广按察使，最是风骨刚烈的，只没想到如此健谈，这样其貌不扬。正寻思间，李维钧冷笑一声道："胡期恒，你是真呆还是卖呆？房官不荐，连主考都不得见卷子，万岁爷打哪儿知道刘墨林？说点高兴的吧！昨个我约了刘墨林、尹继善一同游了西山，回来在鹿园茶肆，你们猜遇到谁了？"

他洋洋自得地甩了一下辫子，"名妓苏舜卿！"众人听了都是一怔。苏舜卿是京师八大名妓里的头号神女，只卖艺不卖身，琴棋书画四手绝活，等闲王府堂会也不肯轻赴，与这三个人邂逅相逢，也算难得了。胡期恒咽了一口唾沫笑道："简亲王府堂会，我见过这妞儿，实在色艺双绝——你们好有艳福！""有个屁！"李维钧笑啐一口道："倒是听她唱了几个曲儿。刘墨林醉醺醺地入了邪，问，'你知道我们今日来意否？'说着丢过一锭大银子。那妞儿银子也受了，蹲三个万福说：'三位相公今日来意，不过觅"森"字树旁，坐"磊"字石畔，望友人相伴，骑"骉"字马以徜徉；下船之后，也不过泛舟于"淼"字潭前。今者趁"晶"字良辰，结众而来，只好饮些"品"字茶，"晶"字酒——若要作"姦"字想，断断不能！'——你听听她这篇文章！"

众人不禁哄堂，有笑的，有骂的，有赞的，有打趣的，把个堂皇朝廷枢要之地，翻做歌楼酒肆一般。正乱着，外头一声喊："圣驾到！"众人兀自愣怔，雍正皇帝手握折扇已跨步入室，一阵桌椅乱响，唬得众人一齐起身，竟忘了行礼。方苞方款款起身，弹弹袍角从容跪下，行大礼参拜："臣方苞奉旨觐见龙颜，叩皇上万岁金安！"

"先生请起。"雍正庄重地站着受礼毕，躬身双手搀起方苞，含笑说道，"睽隔二年有余了罢？着实惦记着你呢！你今年是五十六岁了吧？身子骨满结实，气色也好，朕很羡你啊？"李维钧一干人这才知道，这个其貌不扬的干老头子居然是方苞，此时醒过神来，也都忙向雍正行礼。雍正环视众人一眼，已是敛了笑容："这里是军机处，顾名思义，是处置军国机务的枢要重地。你们在此谈笑喧哗已经不敬，还说什么粉头妓女，成什么体统？——谁让你们到这里来的？"

众人听了不禁面面相觑，因这里头李维钧官最大，便叩头道："臣等是奉了吏部的委札，赴任前陛辞的。不知这里军机处的规矩，想不过是几间空房，因暂进来歇息笑谈，求万岁恕罪！"雍正这才打量了一下自己设的这个"军机处"，空荡荡的几间矮房，除了几张桌椅别无长物，连个存档的柜子都没有，房外也没有关防，过往的官员一伸头就能从窗外看见屋里情景。他不易觉察地皱了皱眉头，冷冷说道："朕没有说你们军机处的不是。宋代亡于文恬武嬉，殷鉴不远。你叫李维钧吧？读饱了书的翰林，不知道这个？官要像个官的样子，不能言不及义，朕下旨命天下官员不得观剧，就是这个意思。你们倒在这里大讲青楼红粉，嫖娼取彩的话头都说到这个地方儿了，这成什么话？你们不是说要'陛辞'么？好，这就算辞了。回去好生想想朕这些话，写一封自劾折子奏进来朕看——去吧！"待众人捏着一把汗却步退出，雍正叫过高无庸道："你传旨内务府，在这门口树一块铁牌子，无论王公大臣，贵胄勋戚，不奉旨不得窥望、入内。还有，从乾清门侍卫里调出一拨人专门守护这里，再传旨吏部，遴选六名四品官员为军机章京，昼夜在这里当值承旨！"

雍正说一句，高无庸答应一声，诺诺连声退下去，雍正方转脸笑谓方苞："原想在这里和先生叙阔，没想到如此寒俭，还到养心殿去吧——邢年，你去传膳，叫厨子们用心巴结——回头再去禀太后一声，朕陪过方先生就过去请安。方先生，乘朕的銮舆一同去吧！"方苞此刻愈宠愈惊，哪里肯和皇帝同舆而行？忙赔笑道："臣乃是白丁布衣，岂敢亵万乘之君？这是万万不敢当的。臣随銮步行就是，没的折了臣的阳寿？"

雍正哈哈大笑道："先生是儒学大宗，孔门弟子，还信这些个？也好，朕与先生安步当车一同进去！"

"是，臣当得陪侍圣驾……"

方苞咽了一口唾沫，无可奈何地说道。他本来不想在这紫禁城显山露水出风头，想不到雍正这番措置，弄得更加显眼。雍正的秉性又难以违拗，只好横了心跟着雍正从容出来。此刻，天街上等候召见和进上书房回事的官员足有上百，听说皇帝礼贤下士，亲自来迎方苞，谁不要一睹风采？眼见雍正方苞联袂而行，边走边谈，都齐刷刷跪了一片，恭送他们君臣入内不提。

第十六回　　吏情堪嗟公忠难能
纤纤弱女面斥帝君

　　雍正带着方苞进了养心殿，便自升炕盘膝而坐，命人搬了绣龙磁墩在炕前，请方苞坐了。方苞见他如此礼仪隆重相待，越发踟蹰不安，逊谢良久，才斜签着身子坐在侧面，闪着两只贼亮的小眼睛打量雍正。他深知雍正脾性，不用问，雍正自己就会开口的。

　　"灵皋先生，"果然，过了一会，雍正开口说道，"你知道朕为什么一登极就召你进来？"

　　"臣不知道。"

　　"你知道。"雍正黑瞋瞋的瞳仁逼视着方苞，缓缓说道，"如果你不知道，就不至于拖延着不肯启程了。"方苞目光一跳，躬身刚要答话，雍正摆手止住了，又道："其中原故，目下只能心照不宣，所以朕不怪罪你，也不要你谢罪。朕想说的头一条，先帝爷怎么待你，朕也会怎么待。你不要心里存个'伴君如伴虎'的念头，那就失了朕的望了！"

　　方苞仿佛被电击了，浑身震颤了一下，离席跪了下去，叩头说道："臣焉能？臣焉敢？方苞因狱待死之人，先帝简拔在侧不次重用，言必听，计必从，恩遇古今无对——士大夫答君恩当以身许国，岂敢以利害祸福避趋之！况万岁在藩邸龙潜之时，臣已深知宽典仁厚、善恶泾渭，感佩服膺铭于心中。臣何人，身受两世国恩，敢以非礼之心事君？！"

　　"方先生起来。"雍正淡淡一笑，说道，"朕要的就是这个心，这个话！朕召你进京，为的是借你才力，佐朕成功，朕为一代令主，你为千古名儒——并不为酬你的功，你可明白？"方苞惊愕地望了望雍正，又低下了头，说道："圣上请明训，臣并无尺寸之功于圣上！"雍正一笑，说道："这也心照了，但不能不宣。当初先帝立传位遗诏，征询意见，在朕与十四弟之间犹疑不决，先生你是怎么说的？"说罢含笑不语。

　　方苞一下子愣怔了，他怎么也弄不明白，他和康熙两个人的对话，法不传六耳的机密，怎会传入雍正耳中！雍正见这个学贯古今的硕儒被自己摆弄得如此惶恐，满意地微笑了一下，从案头匣子里取出一本黄绫面册子，翻到一页展开，看了看，一边递过来，口中笑道："先帝爷天资聪明，精细之处人所难及啊！你看看，这是老人家的御笔札记！"方苞抖着手接过来，不知怎的，他的心扑扑直跳，目光也有点迟钝，定住神看时，果见册子三百又八页上几行字写着：

> 今日征问方苞："诸子皆佳，出类拔萃者似为四阿哥与十四阿哥。然天下惟有一主，谁可当者？"方苞答奏："唯有一法为皇上决疑！"问："何法？"答曰："观圣孙！佳子佳孙，可保大清三代昌盛！"朕拊掌称善："大哉斯言！"六十年正月谷旦记。

字迹一笔一画俱都十分认真，却略显歪斜，显然是重病中的康熙勉力记载的。方苞看着这熟悉的字迹，想起当年康熙对自己推食解衣，同窗剪烛论文，共室密议朝政种种恩意情分，心里忽地涌上一种似血似气、又酸又热的苦涩。他的喉头哽了一下，两行老泪夺眶而出。

　　"为君难呐！"雍正挪身下炕，脚步囊囊地踱着，似乎不胜感慨，倏然间回身说道："你虽没有明说，先帝爷已经明白，朕有先帝爷一个'好圣孙'——说直了，就是如今的'四爷'宝亲王弘历！方先生，你已经把朕推到火炉上烤，又想把朕的儿子也推上火炉！以私而言，朕满心想做个逍遥王爷，不愿做这天下第一苦事，朕心甚是不满于你。以公而言，你为大清奠定三代鸿基，功在社稷，朕又感激于你。于私于公，朕都要你负责始终，你要好生思忖！"方苞一边听一边想，雍正的话有真有假——其实公私两边，雍正都是梦寐求之想当皇帝的——但他如今要撇清，也是题中应有之义。思量再三，方苞起身肃立，说道："皇上如此推诚相见，臣虽驽钝之材，敢不尽心竭力以效绵薄？但臣已年近耳顺，黄花昨日已去，夕阳昏月将至，恐怕误了皇上孜孜求治之心啊——记得圣上藩邸颇多人才，何不简拔帝侧，帮着上书房办些差使？"

　　这说的是邬思道，雍正心里雪亮。但他以为，邬思道在协助自己夺嫡登位时，已是累得心力交瘁的人；再者，邬思道名声不显，又是藩府旧人，骤然大用必定引起臣下腹诽；也觉此人掌握自己"机密"实在太多，不杀他已是宽典厚恩，用上来反而更加掣肘……但这些理由没有一条能拿到桌面上来的，雍正只好顾左右而言他，说道："藩邸的人用得太多不好，已经不少了。年羹尧是大将军，李卫也做到布政使，戴铎也当了福建按察使……天下为公，朕一味选身边人出将入相，后世人怎么看朕？有些人，比如邬思道，身子骨儿不行，用得小了屈才，用得大了有碍物议。朕有朕的难处，方先生要体谅朕心。"因见太监们抬着御膳桌进来，便笑道："我们边用膳边谈吧！"

这桌御膳因奉特旨制作，比起雍正素常用餐丰盛得多。方苞坐了雍正侧旁看时，又宽又长的填漆花膳桌中间摆着红白鸭子炖杂烩火锅，咕嘟嘟沸着腾起热气，鲜香扑鼻，四周攒着四砂锅热菜、炒鸡炒肉炖酸菜、燕窝鸡糕酒炖鸭、烧狍肉和鹿筋锅烧鸭子，绕桌边摆放着火腿咸肉、羊耳西点、野鸡爪……并饽饽点心及一应细巧宫点，品类固然比不上大筵，却也琳琅满目色味诱人。雍正用筷子点着菜笑道："方先生请用！不要拘束嘛！说起来，咱们君臣也难得一处进膳。请随便用。"方苞忙起身答应了，拿捏着坐了小心用餐。他尽自从前在康熙身边恩宠无比，但历来赐筵都是单独一席，从没有和皇帝挨身坐着的，何况是今日新君，昔日那位说变脸就变脸的'冷面王'！雍正素来节食，且嫌那菜油荤，因见方苞用不畅快，略吃了几口清淡的便起身要漱口茶。方苞忙要起身谢恩时，雍正一笑说道："别哄朕，先帝爷说过，'方苞体不宽而心宽'，是放开肚皮吃饭，立定脚跟做人的人。这些膳不合朕的胃口，你能吃就多吃些，没的糟蹋了也是暴殄天物。朕到暖阁里看折子，你吃饱了过来说话。"说罢踱了去。

他一去，方苞如释重负，匆匆扒了个多半饱便过来谢恩。雍正一手端着奶子杯，一手握管疾书，头也不抬"嗯"了一声，略一顿接着又写了几行，揉着发酸的右手笑道："坐，坐么！"方苞含笑谢座，正要开口说话，便见邢年进来，躬身说道："马齐、隆科多，还有李卫、田文镜已经进来，主子见不见？"雍正敛了笑容，吩咐把炕桌撤掉，淡淡说道："叫进吧，方先生只管坐着。"

一时四人鱼贯而入，齐排儿在东暖阁炕前跪下行礼。马齐和方苞是老朋友了，见方苞坐在帝侧，不便寒暄，只目光一扫点头会意，算是打了招呼，其余三人只看了方苞一眼便转脸静听雍正发话。

"都起来吧，马齐和舅舅赐座！"雍正心绪似乎变得很好，从容下炕舒展了一下身子，笑对李卫道："还缺一个孙嘉淦、杨名时，他们来了没有？"邢年忙道："都在垂花门外头跪着呢！主子要见，奴才这就传他们进来。"见雍正点头无话，邢年便退了出去。早见二人一前一后跨进大殿趋跄行礼。

方苞在邸报上早已知道三大案的事，见传孙、杨二人，便知雍正要结案，自己处在这种地位，自然是要拾遗补阙的，但雍正事前并无商量，到时候该怎么说话呢？正自胡思乱想，雍正笑道："好嘛！三路诸侯都进了养心殿，今日算是个小孟津会了！李卫，你是掌总的，你先说说。"

"喳！"

李卫答应一声，从靴页子里抽出一份折子展开了。他不甚识字，上头有的地方画个人，有的地方画个瓜，曲曲连连地勾着几根藤，显得杂乱无章。但他记性极好，就这么一张鬼画符似的折子，用眼瞄着，嘴说手比，讲了少半个时辰，把诺敏亏空案和科场案说得一丝不爽。雍正听着，一句话也不插，低着头只是踱步，直到李卫说完，方皱眉问道："完了？"

"是，完了！"

"诺敏是什么处分？"

"回万岁话，腰斩！"

"张廷璐呢？"

"遵万岁旨意，奴才合图里琛合议了一下，定为凌迟！"

雍正仰着脸半晌没吱声，回身盯着方苞问道："先生，你看呢？"

"臣以为都定得重了。"方苞拿定了主意，欠身答道："诺敏一案，显而易见是山西通省官员勾连作弊，诺敏身为主官，欺蒙君上袒护属下是有的。现既然不追究下属官员，诺敏量刑似应稍稍从轻。既为山西官员，也为朝廷少存体面，臣以为赐自尽为宜。张廷璐一案，臣以为并未审明。朝廷为整饬吏治杀一儆百，从速处置，这个想法是好的。然而纳贿并非十恶大罪，与谋逆犯上究是有别，定为凌迟，给子孙开了这个例，真要有称兵造反的，又该如何加刑？所以至多定为腰斩也就够了。"

方苞话不多，却有画龙点睛的功效。"少存体面"明指雍正刚刚表彰过诺敏"天下第一抚臣"，不能让皇帝太下不了台；张廷璐一案更是背景重重，说这个"并未审明"也真是一矢中的。李卫心里雪亮，雍正心中也有数，见他开口便曲画明晰，不禁暗自服气。隆科多听着谋逆造反这些词，竟像是专为自己而设，不禁心头突突乱跳。马齐也约略知道两案"戏中有戏"，他迭经坎坷的人了，便不肯轻易开口。只孙嘉淦叩了个头，梗着脖子道："万岁，方先生的书臣自幼读过的了，'想见其人'定是个伟丈夫，今日一见大失所望！案子既然'并未审明'，就该查个水落石出，然后分等次依律办理，怎么葫芦未提就结案杀人？"方苞凝视着孙嘉淦，半晌方笑道："后生小子，情、法、理有经有权，有轻有重，有缓有急。天地之大，道藏之深，岂能用一把尺子来量？圣上取你的钱法，又贬你的官职，你为什么不寻思一下其中道理？"

"诺敏和张廷璐都是朕素日亲近的大臣。"雍正见孙嘉淦瞪着金鱼眼还要反驳，生恐他问出更难回答的，便摆手制止了他，叹道："先帝晚年常讲清水池塘不养鱼，要和光同尘。朕那时也不明其理，如今处身其间，才真的体味了。老实说，佛心无处不慈悲，日头底下，朕连别人的头影都避开不踩，怎么会轻易杀人？天下事到今日地步，不开杀戒不行了，杀戒开得过大，像这样的巨案，二三百人头落地，后世视朕为何主？孙嘉淦，天给你一颗人心，按这颗心好生思忖去！"雍正不动声色款款说完，又踅向田文镜，半晌方笑道："老相识了！记得当年你进京应试，黑风黄水店邂逅相逢的往事么？"

田文镜憋足了劲，想痛陈山西吏治，扳倒山西通省官员，出出胸中恶气，料想雍正必定垂询自己意见的，谁知雍正却说起当年在高家堰何李镇同住贼店的往事，不禁一怔。这件事当时雍正有话，"永不外泄"。因而田文镜和同住一店遇雍正的李绂多年来守口如瓶，连方苞张廷玉这样的人也都一字不晓，怎么忽拉巴儿提起这件事来？田文镜思量半晌不得要领，忙叩头道："臣焉敢须臾忘怀？万岁爷龙潜藩邸即于臣有生死骨肉之深恩！若非托皇上洪福，二十年前臣已化为灰烬了！但臣谨记万岁当年钧谕，深藏于心，徐图答报，未敢在人前卖弄。"

"君臣际遇难啊！"雍正也似乎无限感慨，"唯其难，所以不敢轻言际遇。朕当年并未料到有今日，也并不指望你和李绂报朕这个恩。君子爱人以德，朕用人行政出于公心，不指望这些小巧小智笼络人。但朕今日旧话重提，实实看你是个有良心的，晓得忘身报恩不计利害，只这一条，你照着做下去，你就受用不尽！"

李绂是雍正亲自点名授了顺天府大主考的，田文镜则是雍正一登极就派赴年羹尧军中宣旨的。这两个人，李绂是正牌子科甲出身，田文镜则是纳捐除授的杂佐官，两案中不动声色都成了名震朝野的人物，原来与雍正有这么深的背景！殿中人不禁面面相觑暗自吃惊。田文镜却叩头辞谢道："臣身受两朝国恩，并不为黑风黄水店一事报效君上。在熙朝，臣唯知忠爱先帝；在当今，臣则唯知忠爱圣上。士大夫不以物喜不以己悲，唯此耿耿一心而已，忘身报恩一语，臣不敢当。"方苞听着，此人语中多少有点投人所好，历成练达却也无懈可击，不禁点头微笑，插言道："公、忠、能三者兼备，难得这个田文镜！"

"确乎如此！"雍正被这两个人连连搔着痒处，高兴得脸上放光："不枉了朕一片苦心！想世上有多少事多少人，凭朕一人一心用格物致知功夫，终难体察完备。诺敏是朕亲信大臣，在山西在京城都是要风有风，要雨有雨的人物，你田文镜孤身入境，周遭皆敌，偏能从不能入手处入手，不能进步处进步，昭揭情弊大白天下，这番捏沙成团手段，称个'能'字当之无愧！方先生概括得好，公、忠、能三字，可为任用天下官员的三字真诀！"马齐顺着雍正的话意笑道："圣上这话极是！大凡一个人受了朝廷厚恩，多少有点天良，都能讲究体贴圣心，公与忠并不难得，难就难在既公且忠又能，三者兼备，天下百废待举，这样的能员越多越不嫌多！"雍正点头叹道："是嘛！像李卫，多少事不请旨说做就做了，因为他是成全自己，真的想为朝廷百姓效力，朕为什么不肯成全他？成全了他也就成全了朕自己嘛！孙嘉淦，你知道么？朕为什么不立即提拔你，先挫辱你才升你的官？就为朕看你这人身带科甲习气，心里存了个'名'字，一有这个，未免就不能全公全忠全能了！"

孙嘉淦却不甚服气，一边叩头称是，又道："盼万岁指示详明！"雍正盯了他足有移时，见他毫无怯色，"扑哧"一笑说道："那日赶你出养心殿，你想在乾清门自尽，有的没的？"

"……有的！"

"儿子受父母责罚，于是便自杀，陷父母于不慈，算是尽人子之道？"

"不是。"

"臣子受君上窘辱，于是便轻生，陷君上于不仁，算是尽臣子之道么？"

"不是。"

"当此之时，一心要做尸谏忠臣，名标千古，竹帛荣身——那么，养心殿里坐着的朕呢？天下后世将观朕何等面目？"

话说到这份上，真有醍醐灌顶之效，孙嘉淦红着脸咽了一口唾沫，深深伏下头去，说道："臣已知过了！"雍正得意大笑道："不要这样！朕自己就是个孤臣出身的，不喜欢脓包势，但也不要匹夫之勇之辈！朕为帝，现就要公、忠、能！"

"是！"众人一齐伏身叩头，"臣等凛遵圣命！"

雍正还要说下去，却听殿角大自鸣钟沙沙一阵响，接连撞了十二下，已是午正时牌，猛地想起还要进去给太后请安，选的秀女也要过过目，因余兴未尽地笑道："今儿个就这样吧。方先生且不要回去，他们把恩科贡士的墨卷已经誊清送进来了，你把一二甲的卷子选出三十份，朕回头再看。贵州巡抚出缺，吏部送了票拟，朕意杨名时就好，其余的人等吏部议过再叙。杨名时，你觉得这差使如何？"

杨名时今日心事很重，一直没有说话，早几天，吏部同年已经悄悄告诉了遴选自己为黔抚的信息。贵州有名的穷地方，"天无三日晴，地无三尺平，人无三分银"，苗瑶杂居，土司割据，称霸一方，历来剃廷头疼，号称"第一难治"。自己这么年轻，上头又压着云贵总督蔡珽，蔡珽又最爱干预地方民政，这个官十分难做。他一直转着心思该怎么委婉辞掉这差使，不想雍正先说了出来，忙叩头道："臣不愿往！"

"唔？"雍正似乎不相信自己的耳朵，原本要走的，又站定了，已是沉下了脸："朕没听清，你再奏一遍！"

所有的人都把目光射向杨名时，方苞也是大吃一惊，脸色苍白，一时寻不出话来调停这件事，但听杨名时略一顿，便重复说道："臣不愿往！"

"吠！？为什么？"

"贵州巡抚一职非臣所能！"杨名时连连顿首，"臣宁可仍回湖广任藩台，不愿升迁！"

雍正脸颊上肌肉抽搐一下，他倒不急于走了，要一杯热茶抄在手中，呷一口，狞笑道："湖广也未必就是好地方。上有天堂，下有苏杭，朕委你杭州布政使，你么去？"杨名时抬起头来盯着雍正说道："万岁误解了臣的意思。自康熙五十九年到如今，不到四年，巡抚已换了七任，除了一个丁忧的，难道人人皆不称职？上头坐了一个蔡上将，是国家柱石，臣招惹不起。去年参革回京，毫无建树，恐违了圣上委臣去黔抚绥地方的初衷。国家封疆大吏如此频繁更换，亦形同儿戏。万岁疑臣挑肥拣瘦，臣宁可往乌里雅苏台军前效力，誓不皱眉！"杨名时毫不示弱，侃侃而言掷地有声，又句句都是实言，所有的人无不动容，方苞心里一块石头也落了地。

"蔡珽这个人刚愎自用不能容人，确是他的短处。"雍正怔了良久，心里已是雪亮，"但他能带兵，那个地方没有他这样的老将镇着，也是要出事的——你既这么说，先去吧，不是连续了七任巡抚么？你这个第八任，朕与你约定，七年之内，朕不调你的巡抚，如何？"杨名时略一思忖，叩头道："臣勉力为之，但臣还要请旨！"雍正一笑，说道："哦？你还要怎样？"

杨名时从容说道："臣为巡抚，自不干预蔡珽军务，请万岁下旨蔡珽，不得动辄以苗瑶民变为由出兵征剿。臣与蔡珽，井水不犯河水，这个巡抚就好当了。"

"派你个差使，你就和朕打这么大个擂台！"雍正大笑，把茶杯放在案上，踱至杨名时面前，一句一顿说："好！冲你这份勇气，朕答应你。但朕也与你有约，自明年春起，朝廷不再拨你贵州一两银饷，一斤粮食，贵州钱粮自足自筹，如何？你敢应么？"

"臣有何不敢？"杨名时亢声答道。

雍正皇帝命诸人跪安，径乘明黄亮轿至慈宁宫而来。他的心头仍旧不轻松，年羹尧出兵青海，至今一仗未打，仅是行军，已经耗银四百万两，全靠着清查亏空去填这无底洞。主持清查的允禩，面儿上轰轰烈烈，却并不出实力。允祥上月下了札子，令已被革取查封的官员所在省份速将亏欠库银解往北京入库，但接密奏折子，原湖广布政使张圣弼、粮储道许大完、湖安按察使张世安、广西按察使李继谟、直隶巡道宋师曾、江苏巡抚吴存礼、布政使李世仁、江安粮道李玉堂……一大批官员亏欠银总计四百五十余万两，竟然经允禩大笔一挥，由雍正元年秋赋火耗中冲销！纳罕的是，允禩居丧期间小心得怕树叶砸头，明知自己断不能容此事，何以忽然这样大胆？更奇的是，南赣总兵黄起宪、四川按察使刘世奇、鸿胪寺少卿葛继孔都是已经抄过家的，精穷的闲置官，居然有钱纳还国库十七万两欠银，由吏部循例题本起复原官——这都是出了名的八爷党，远在万里之外的年羹尧，军事傍午羽书四出，匆忙中还写密折保奏这三个人！雍正闭目坐在亮轿上，竭力想把这些乱如牛毛的政事联想到一处，仍旧是百思不得其解，正沉吟间，听见前面一阵吵嚷，夹着内务府官员的呵斥声，拖拉推打声，乱成一片，一个女子尖亮着嗓子大叫：

"皇上？皇上怎么着？你们不要这么拉拉扯扯的——我就是要见皇上，有问着他的话！"

雍正心中一动：竟有这么泼辣放肆的女人！见我什么事？倾轿下来，见已到慈宁宫门口，便问："这是太后老佛爷宴息之地，谁在大呼小叫？"这里跪着的二百多秀女见御驾到了，个个惊得脸色苍白，齐刷刷伏地磕头。内务府的几十个衙役退至两旁，只堂官急得一头热汗，断喝一声："这个贱蹄子死不识抬举！万岁爷来了还站得栓驴橛子似的！把她按着跪下！"几个衙役忙答应一声扑了过去。雍正把手一摆，说道："叫她过来，不要这个样子嘛！"众人只好诺诺连声退下。雍正看那女子时，不过十四五岁年纪，穿一身玫瑰紫宫装旗袍、梅花绣边葱绿撒花裤，脚下蹬了一双"花盆底"，星眸柳眉，圆胖脸满面怒气，却还带着几分稚气娇憨，这姑娘方才与几个太监衙役厮打过一阵，已是鬓乱钗横，上衣纽子也扯掉了一个，一只手掩了领口，直盯着雍正，却不肯跪下。雍正抬了一下下颏皱眉问道："这是谁家的孩子？"

"回万岁的话，是正蓝旗牛录福阿广家的。"内务府堂官钱经急闪出来禀道，"已经派人叫她父亲去了——都是奴才办事不谨，求万岁……"

"不说这些，你退下。"雍正远远见允祥过来，略一点头，问那女孩子："你叫什么名字？"

"福阿广·明秀！"

"唔，明秀。家里几口人？你排行第几？"

"五口。爷爷、奶奶、父亲、娘还有我。"

"父亲有差使么？"

"没有。"

雍正沉思了一下，又问："你在禁苑喧哗，又提及朕，你见朕什么事？这样放肆，是什么规矩？"明秀掠了一下鬓发，毫无怯色地看一眼雍正，说道："我想问问万岁爷，您知不知道饿肚子的滋味？"见雍正不解地望着自己，明秀指着那群秀女道："我们家虽穷，哪个不是父母生养的？如今是新朝，万岁您左一道圣旨'刷新吏治'，右一道诏谕'与民休息'，我们都信万岁的，可万岁登极才几个月就忙着选秀女，充后宫！山东闹灾荒，山西亏钱粮，西大通还在用兵，我想请问，万岁干嘛这个时候忙着招女人选美人？"雍正紧咬着牙，下死眼盯了明秀一眼，突然间，脸色变得有些阴郁，不紧不慢说道："内廷这多宫眷，总要有人照料！"不料话音刚落，明秀立刻顶了回来，"朝廷制度也是朝廷定的，方才我就见了几个宫女，头发都白了！选进来的宫女，有几个有福分做后做妃？万岁只图后宫眷属有人照料，我的爷爷、奶奶、娘老子交给谁去？"

"放肆！"

允祥突然断喝一声。他是管着内务府的，刚刚送走了允裪一干人带着各自选的秀女离去，这边就出了这么大的娄子，不由又惊又怒，厉声斥道："没调教的野丫头！没看这是什么地方，贱人在对谁说话？"

"你不是十三爷么？"明秀瞟了一眼允祥，啐道，"人都说十三爷是英雄，我看未必！没见识没度量，顺着皇上巴结头儿，太没意思！"

允祥从没受过人这般奚落，腾地脸红到耳根，想说什么，嚅动了一下嘴唇没说出来。雍正偏过头问钱经："她父亲来了没有？"福阿广早已被带进来，他已被女儿吓得呆若木鸡，浑身木了半边，原站在旁边傻子一样呆看，乍听雍正问自己，犹如五雷轰顶，脸色灰白连滚带爬地出来，捣蒜般磕头，语不成声地道："奴奴奴……奴才福阿广……"

"你这么块料，竟养出这么个女儿！"雍正又看一眼明秀，眼中满是赞赏神气，"好！有骨气、有身份、有见识！朕就喜爱这样儿的！可惜朕大臣里没几个这样的，称得上女中巾帼！"

谁也没料到雍正会说出这番话来，都惊讶得张大了口，连那群秀女也把目光都扫向雍正。明秀也吃了一惊，呆呆看着雍正，目光已变得柔和。福阿广低声道："还不赶紧跪下谢恩？"明秀这才跪了下来。雍正低头喟叹一声，说道："允祥，方才各位王爷带走了多少秀女？"允祥躬身答应道："亲王各带十六名，郡王十名，贝勒贝子各八名，是臣拨发的，没叫他们亲选。"雍正点头道："这是朕有失检点处。宫女久幽禁中有伤天地太和之气，明秀责的是。叫邢年传旨各王府，还有这里的，全数放回各家。今年不选了。"邢年忙答道："是！"

"内务府查一查，"雍正又柔声说道，"在宫中服侍十年以上的，年过二十五岁的，一概放出宫去。除太后之外，各宫分等缩减使唤宫女！"

"万岁！"

几百名秀女泪流满面，齐叩下头去，已是一片呜咽声。

"明秀，跟你父亲回去吧。"雍正似乎也被自己的善行感动，声音变得有点喑哑，"你这一谏，功德无量！朕不是好色之人，虽然你有些错怪了朕，举其大而不究其细，朕不计较你。回去好好孝敬老人，待你破瓜年纪，朕亲为你择一佳婿！"

雍正说完，回身向允祥微微一笑道："大英雄今儿栽了筋头啊！走，随朕去给太后请安！"

第十七回

众门生设酒送房师
失意人得趣羁旅店

因科场舞弊案发，皇榜展期拖延到四月二十七日，内廷才传出旨意，"明日在天安门张榜"。本来科举选士为朝廷头等大事，不但天下读书人切心关注，就是京都小民，山野樵夫，哪个不盼着瞻仰状元、榜眼和探花的"三元风采"？偏生是接着又有旨，"内阁大学士张廷璐为雍朝恩科顺天主考，不思君恩国法，通同墨吏收受贿赂，败坏国家抡才大典，即处腰斩，示警天下，即于张榜之日处刑，着京师各衙门主官率各有司僚属观刑"！这一声"钦此"，犹如万斤巨石投入湖中，波涛涟漪惊心动魄，当晚京师便满城风雨。顺天府新任主考李绂选过贡生，又至中和殿参与廷试下来，便接到吏部传谕，湖广巡抚丁忧出缺，谋夺情不许，即行开革，着李绂署湖广巡抚印。李绂接旨，按捺着兴奋的心情，与新任贵州巡抚杨名时同进养心殿晋见雍正。雍正似乎心中有事，这次接见没有多的话，只叫"到任勤写折子奏朕，不要怕麻烦，不要怕琐碎，不要怕得罪人"，吩咐了几句便叫下来。出西华门，又有几位同年扯住要他请客，直闹到天黑才回府中。

李绂书香门第，父辈上已破落下来，家境并不阔绰，本自清高得人不能近，礼部员外郎这类清职一年也只一百四十两俸银，在薪桂米珠的北京城过得甚是拮据。一套二进四合院坐落在烂面胡同西北，斑驳陆离，已是百年老屋，平素来客极少，又地处偏僻，看去极不起眼。但今晚这里却热闹非凡。李绂坐的是四人抬官轿，因天热，去了帷子，远远便见自己宅中灯烛煌煌人影幢幢，心下不免诧异，一下轿便问迎上来的长随李森："这是怎么了？都来了些什么人？"

"中丞爷回来了！"李森见李绂回来，满面堆下笑来，亮着嗓子报了一声李绂的巡抚官号给院里人听，自己来打千儿道："里头都是老爷新取的门生，今儿见邸报，老爷荣升中丞，哪个不要来贺？来了几拨子，奴才都打发去了，这几个卷子是老爷亲自选的，说什么也要等着老爷回来……"他话未说完，一干子贡生已齐涌出来，足有十多个，都戴着三枝九叶镂花金座顶子，一色的贡生服色，见了李绂不由分说纳头便拜，请安的，问好的，道喜的，"中丞"、"抚军"、"部院"、"抚宪"，一片聒噪声。

李绂心里暗笑，口中却道："这是怎么说！榜还没有下，你们就来拜座师，再说兄弟只是代署巡抚，也不敢僭越受礼，快起来，进屋说话！"于是众人一齐起身，毕恭毕敬跟在李绂身后进了后院北屋中堂。众人看时，屋顶连承尘都没有，草檐苇苫已经破朽，中间一张八仙桌，几张条凳一张椅子，靠墙角放了一架书。书多架破，力不胜重地支撑着，似乎一碰就要倒下。桌上放着瓦砚笔墨并一套茶具，只一令宋纸质色地道，几锭徽墨齐整摆在卷案上，是这房中最贵重的物件，上头却盖着黄绫袱子，一望可知是皇帝所赐。众人见李绂如此寒素，都不禁肃然起敬，告了座，竟一时寻不出话来。李绂就着灯影看时，果都是自己亲选的贡生。除了尹继善、王文韶、曹文治几个部院大臣子弟，多一半都不认识。因一边让茶，笑道："我记得还有一个叫刘墨林的，玄字号那位叫林浩然的不是，我共选了十二名，他两个没来？"坐右边的曹文治见李绂看自己，忙笑道："林浩然老家来了人，方才说了，改日再来拜见老师。刘墨林嘛……今儿说正阳门关帝庙来了个博弈国手叫梦觉和尚，在那里和京师名手双弈。刘墨林是个棋迷，观战去了。"李绂一笑道："我幼年也爱下几手围棋，终究也没成器。王爷里头十三爷一手好棋。不过博弈一是要有闲，二是要有钱。二者哪能兼得？我又忙又穷，这些事是再不敢想的了。"

"老师果真清寒。"尹继善世家子弟出身，潇洒大方，摇着一把素纸扇子不疾不徐说道："其实京官取一点冰炭敬，同乡印结费，都是常事。朝廷待士有养廉之道，像老师崖岸如此高峻的，也就为数不多。"曹文治是个爱说笑的，在家当少爷时常见李绂到府会见父亲，两人并无形迹，如今是师生，也只好立起规矩来。因接着尹继善的话笑道："不过今日既为师生，何妨改弦更张？学生我倒给老师带了一份礼呢！"

话未说完，便听院里一个人接口道："老师这府第好难寻！进这烂面胡同犹如进了武侯八阵图，入具茨之山七圣皆迷，今儿难为学生我也！"众人便知是刘墨林到了，曹文治笑道："琉璃蛋儿来了！今儿到哪里混饭吃去了，哪里寻你不见！约好了来拜老师的嘛——你来迟了，好酒好菜已经吃光，筵宴都撤了，你也有赶背集的时辰！"李绂平素不苟言笑，但今晚实在欢喜，见门生们都来见，更高兴得无可无不可，含笑坐着受了刘墨林的礼，说道："坐着吧，别信曹世兄的话。我是个穷京官，一世也没想过发财，清茶一杯招呼门生不亦乐乎？"

"今儿学生倒发了一笔小财，我请客！"刘墨林说道。他热得满头是汗，从肩上卸下一个小包，轻轻放桌上，里头微微有金属撞击声，众人便知是黄金之物，不禁诧异：这个穷措大哪里一下子弄这许多钱？李绂沉了脸，正要发话，刘墨林笑嘻嘻道："老师别生气，您脸拉这么长，怪怕人的——这钱共是二百两银子。那个秃驴手面大，一注一百两。我看这钱看得心痒痒，又想取不伤廉，对付着赢了他两局。拿十两给同年们办一桌！"说着，掏出十两银子，叫过尹继善的小厮，说道："去弄点酒菜来！"

众人于是起哄道："你平日白吃了我们多少，只勒唦着拿十两？不行不行，今儿老师好日子，你少说也得出五十两！"曹文治便忙着过来解那银包儿，刘墨林捂了包，笑道："留下的我还有用。一百六十两送老师盘缠上任，留下我的饭钱，再买半部《论语》，还要买一部诗韵送小尹——这次只能出十两，等我寻见那秃驴再胜两局，我大请客！"王文韶笑道："《论语》从没听说拆开卖的，你买半部做什么？"

"没读过《宋史》？"刘墨林狡黠地眨眼笑道，"赵普谓太祖'臣以半部《论语》助陛下平天下，以半部辅陛下治天下'。我学生生不逢时，没赶上世祖圣祖平天下之时，只好买半部细细儿读了，好助雍正爷治天下啊！"众人不禁又哄堂大笑，本来那种矜持中带着平淡的气氛给这个活宝搅得一干二净。尹继善用扇柄指着刘墨林又问："你买诗韵送我做什么？难道没这书我就做不出诗来？"

"文韶兄前儿跟我说，尹兄一旦榜发就成亲，有这事么？"

"有的。"

"送你诗韵一部，洞房中用。"

众人虽知他是调侃，却也莫名其妙。王文韶尽自是京华才子，一时也寻思不来，问道："洞房用诗韵，莫非要他们夫妻对诗？"

"不——是！"

"莫非考校新娘子才品？"

"哪里——不是！"

王文韶皱眉沉吟，说道："不知新娘是哪家名门闺秀，是不是要他们学苏小妹三难新郎？"

"噢——"刘墨林啜一口茶，仿佛憬然而悟却又摇头跷足，说道："不——是！"因见众人都猜不出，刘墨林喷地一笑，说道："诗韵里头有什么？无非四声罢了。我就不信，尹兄洞房花烛之夜，不要'平上去入'？"

一句话说得大家哗然大笑。尹继善红了脸，一只手指着刘墨林只说"坏……坏……"曹文治捧了肚子两脚打跌，王文韶素来端庄，扶着椅背咳嗽不止，几个贡生都在凳子上坐不住，弯腰躬背捶胸顿足大笑不止。饶是李绂要端座师身份，到底掌不住一口茶喷得满衣襟都是。半晌才止住了，李绂方笑道："罢了罢了，你们都是儒生，饮食言笑要有节。今晚已经很尽兴了，我也不要你的盘缠。你就拿二十两银子，借我这地方儿索性一乐，明儿还有正经事呢！"尹继善的小厮取了银子飞也似的走了。

"其实大家等殿试榜等得心里发闷，也该乐一乐了，今儿高兴一场，明儿我就名落孙山，也甘愿了的。"刘墨林正容说道，"方才大家说十两银子少。其实我吃过十个铜子儿一席筵，还含着一首唐诗。义韶兄，你不是看中了我的鼻烟壶么？你要能猜出怎么个吃法，我送你了？"王文韶怔着想了半日，到底也没想出来。见王文韶摇头，刘墨林笑道："这么吃——一文钱豆腐渣，一文钱韭菜，下余八文买两个鸡子儿。几片韭叶配两个煮蛋黄，这叫'两个黄鹂鸣翠柳'，蛋白儿另捞出，一溜平摊，叫'一行白鹭上青天'。豆腐渣堆在韭菜叶摆的方框里，叫'窗含西岭千秋雪'……"王文韶问道："那'门泊东吴万里船'呢？"刘墨林笑道："还有两个鸡蛋壳，弄一碗水漂起来，这就叫'门泊东吴万里船'了！"

众人又复大笑，一时酒菜来了，就堂中布了两桌，都是一色的中八珍席面，鱼翅、银耳、广肚、果子狸、哈什蚂、鱼唇、裙边、驼峰，收拾得精致齐楚。王文韶惊讶道："尹兄家政好能耐，仓猝间竟办来如此丰盛酒筵！就是会春楼，办一桌中八珍也得半日工夫吧？"李绂见这群门生或温文尔雅，或徇徇儒风，有的恺悌端庄，有的诙谐多智，心下暗自也觉欢喜。不禁掂掇，怪不得一般冷曹官削尖了脑袋争着出学差，就这群人里头将来出将入相，有谁料得定呢？一头坐了，爽朗一笑道："我本来最厌应酬的，今儿倒被这个刘墨林提起了兴头，来来，都坐下！"

当下众人揖让安座，轮流把盏劝酒，继而划拳拇战吆五喝六，直到四更天方各自散去。

刘墨林回到西下洼子客栈倒头便睡，一觉醒来已是日上三竿，"哎哟"一声翻身起来，就着案上壶嘴咕咚咕咚灌了几口，弹弹衣角正待出门，却见店老板端着点心进来。细瞧时，一盘子糕，一盘子粽，还有一盘子蒸元鱼。刘墨林不禁诧异，问道："这做什么？"

"这是规矩。"老板笑得两眼眯成一缝，"今儿廷试放榜，给爷图个吉利。'高中鳌头'！是小的一点心意，孝敬老爷呐！"刘墨林一眼瞧见昨晚自己带的银包儿，心下顿时明白，因笑道："你这老王八，不是说我'一世也选不出的野贡生'么？几时变过性的？你肚子里那点牛黄狗宝掏尽了也就那么一堆——八成是看我包里又有银子赚了罢？"老板尴尬笑道："小的娘胎里带来的狗眼，哪里识得金镶玉呢？老爷就要做状元的人，御街跨马娘娘簪花，出门就是八抬大轿！何必计较我们这些撅屁股朝天有眼无珠的人呢？"

几句话说得刘墨林高兴起来，就叉子挑起粽子咬了一口，又吃一口甲鱼肉，笑道："好！赏你十两银子，连你饭钱共三十两，够了吧？"说着解开银包，把十五封白花花的银子都放在桌上，取出三封撂给了老板。老板接过看时，一色的台州九八纹银饼①，一根到心的银筋，蜂窝炉茬还带着银霜，顿时笑得鼻子眼都挤到一处，抱着银子一个千儿打下去，说道："老爷必定公侯万代！"刘墨林见他要走，笑道："别忙。我还央你一件事——嘉兴楼的苏舜卿，你听说过没？"

"看爷问的！京师行院头号雏儿嘛，说、唱、念、做四手绝活！那手琵琶弹起，爆豆价的；那手筝，弹起叮咚的；那手箫吹得呜呜的，不伤心也落泪……"老板手舞足蹈，说得唾沫四溅，忽地一顿，问道："爷要见见？小的带你去！小的干妈的结拜姊妹，是苏大姐儿的梳头娘姨！"

一句话说得刘墨林忍俊不禁扑哧一笑："别跟我扯淡了！我跟这个苏大姐儿有夙缘，想叫过来给我唱个曲儿！"老板原笑着听，至此脸上变了色，双手摇着道："难难难！爷您别生这个妄想！方才小的一句假话也没，就因为熟，才知道底细。上回徐大公子出五十两银子叫堂会，大姐儿还不肯，后来还是小的干姨好说歹说，得买徐乾学大学士个面子，再说，里头还夹着揆叙大人也看堂会，这么大的官势加了银子，苏大姐儿才满不情愿去了……"

"别说了。"刘墨林转着眼珠儿沉吟道，"我出七十两银子。"说着，向桌边援笔濡墨写了几行字交给老板，又道："你好歹生方设法给我请来。我还有谢银——把这诗交给她，真不愿来，也不怪你。我这会子看榜，三两个时辰就回来。你告诉她，我姓刘的定要会会她！"那老板几曾见过这种阔主儿？直着眼怔了半晌，诺诺连声一溜烟去了。

刘墨林雇了一乘二人抬赶到天安门时，已过巳牌时分，黄榜早已张过。乱哄哄几百贡生，有的眉开眼笑，有的庄重矜持，有的故作沉思，有的一脸阴沉从金水东桥过来，夹着一群一伙看热闹的闲人，有说有笑地议论着什么。刘墨林紧张得心嘣嘣直往腔子里跳，别人说什么一句也没听见，只逆着人流挤着过了金水桥。果见东仪门侧长长一道明黄榜文，密密麻麻缀着廷试中式人名单。自分了一甲、二甲、三甲三档，前头还有公布榜文诏告，朱砂笔写就八分正楷，阳光下显得异常鲜亮。刘

_____

①　即含银98%。

墨林喘着气挤到榜前，从后往前看，挑着姓刘的，再看名字，却是没有。他舒了一口气，看二甲名单，统共四十三名，姓刘的也有四五位，偏下头却不是"墨林"二字！急看一甲时，只有六名，尹继善的名字赫然在上，偏生仍旧没有他刘墨林！刘墨林心里轰然一声，蓦地一阵头晕目眩，冷汗立刻浸了出来，脸颊上，耳根后，脖子上涔涔溜下，刺痒痒的难受。他略定定神，又从头向后看，刘雨林、刘善钦、刘继祖、刘承漠……直到最后一名……确确切切，刘墨林榜上无名！

"完了！"刘墨林脑海里电光石火般一闪，两腿软了一下，几乎坐倒在榜下，脸色苍白得一丝血色也没。他迟钝地从人群中蹭出来，但觉天地变色，景物徜徉，一切都恍恍惚惚荡荡悠悠，一切都在飘浮游动，口中喃喃道："既知今日，何必当初？入国子监为祭酒门生，坐热板凳，吃冷胙肉，了此……残生？嘻……名利人之贼，安逸道之贼，聪明诗之贼，爽快文之贼……吾知之乎？吾知之矣！……"

他跟跟跄跄回到西下洼子，看天时尚不过午牌，客栈中人都去西市看杀人去了，满庭阴树艳绿欲流，骄阳如炽榴花似火，只"吃杯茶"鸟儿在枝间跳着唧啾有声，刘墨林连饮了两碗冷茶，才使自己的情绪镇定下来，踽踽走向案头，缓缓援笔濡墨，沉吟良久，一咬牙写道：

> 君是人间情种，我乃情爱屠夫。殷殷且问君家，云岭曹溪何处？人死为鬼，鬼死为聻，不知聻死复为何物？拄刀立待，上苍告吾！胆不摇，气难沮，锷已残，心未足。从生已斩至死，自死再杀至无！——以我之功德，胜造几级浮屠？以我之罪愆，炼狱几层发付？

写罢拿起来吟诵一遍，自觉心无挂碍，铺床找枕正要睡觉，却见老板笑吟吟赶回来，因问道："见着苏舜卿了？"

"这一趟子不近，小人的腿都溜直了！"老板却不留心刘墨林神色，揉着腿吸嘟着嘴笑道，"苏大姐儿那头倒没费什么唇舌，有我干姨帮着，几句话的事儿。就是徐大公子那头，近日缠着苏大姐儿缠得忒紧，说是要禀了徐相爷，要给姐儿赎身做三房姨太太。徐府里专门派人坐门看守，不许姐儿接客上堂会……"刘墨林不耐烦地问道："是徐乾学的儿子？他叫什么名字？徐乾学熙朝奸相，举朝皆知，罢官几十年了，还是这么势炎熏天？"老板笑道："徐大公子叫徐骏。您老明鉴，虎死不倒架，百足虫儿死不僵！徐相置闲在京，虽说没了官位，人情照旧大着呢！上年徐相七十大寿，张相爷、马相爷都去送礼，九王爷亲自与筵。就是方苞方先生，先帝爷跟前一等一的红人儿，还写了字儿差人送去添寿——那势派，那排场……嘻，花的那银子——"他瞪大了眼，仿佛眼前矗着一座银山："海着啦！"刘墨林见他满口柴胡，说得前言不照后语，想笑，猛可地想起自己榜上无名，心头又是一抽。半晌才道，"照这么说来，苏舜卿是来不了了？""干姨叫我回来等着，"老板眼盯着银包儿，撮着牙花子道，"就徐府那两个奴才，打发开了苏姐儿才得出来。叫我回爷一声，申牌要还不来，爷就省下银子自己使吧！话是这么说，我瞧苏姐儿的意思，竟是要来的呢！"刘墨林无所谓地一笑，从怀中取出一块小银，掂了掂约莫一两半的样子丢了过去，说道："难为你跑这一遭，这个拿去。她来了还有赏银，她不来我也不叫你跑冤枉腿！"那老板接了银子，千恩万谢去了。刘墨林无情无绪，张了张外头日影，离申时还有个把时辰，便和衣倒在竹榻上，摇着扇子，不一时便鼾鼾睡去。

正睡得沉，刘墨林忽地觉得鼻中一阵刺痒，"啊——嚏！"一个喷嚏猛醒过来，睁开惺忪的眼瞧时，西照日头已经斜下，从窗间照进来，满室辉光灿烂炫目。日影里一个女子亭亭玉立，上身葱黄比甲，左襟绣着一枝红梅，下身一溜月白百褶长裙掩到脚面，瓜子脸、笼烟眉、水杏一样的眼中波光流闪，手里拿着·根丝绦正冲着刘墨林微笑。刘墨林眼睛一亮，正是京师头号歌伎、王孙公子趋之若鹜的苏舜卿！刘墨林一拍床，大笑起身道："记得西山一晤否？像你这样的雅人，竟肯屈尊我这蜗居，毕竟钱能通神！"说罢踱了两步，端起凉茶一饮而尽，因见老板过来侍候，便道："去办桌席面来——苏大姐儿你大约不知我刘墨林，如今说起是'盖压天下才子'的钱塘刘，早年才识之无，就分不清'母'与'毋'，人哪，都是一步一步过来的，是么？"

"那是当然，"苏舜卿眨了眨眼，她见过的人太多了，已经记不得西山那次邂逅。一边细细打量着眼前这位毫不起眼的"钱塘刘"，微笑道，"你的诗写得是不坏，我就冲这个来看看先生。先生够得上探花才情——不过先生的话我还不甚明白。"

刘墨林嬉笑道："这有甚的不明白？我说女人天生占尽便宜。《礼记》开篇就讲'临财母狗（毋苟）得，临难母狗免'嘛！"苏舜卿这才明白他兜着圈子悄骂自己，一啐笑道："凭先生给几两阿堵物我用哪只眼瞧先生呢？南来的客人常说起卖字为生的'钱塘刘'，果然名不虚传！方才说你探花委实小瞧了先生，先生有公侯之才！小女子是'母狗'，君为'公猴'不亦乐乎？"刘墨林不禁哈哈大笑，笑到中间却又戛然而止，叹息一声："唉……可惜文章憎命，公侯无份。我今破产邀君一见，可为我歌一曲，也算得人生极乐之境——过此一宿，明日买舟南下，仍往钱塘江畔卖字去也！"

"君何至于此？"苏舜卿妩然一笑，蹲了个万福，款款移步至案前，随手翻了翻堆着的文稿，说道："小女子是孤身一人到这里，连件乐器也没带就这么干唱？"刘墨林向墙上摘下一个锦囊，小心地抽出一架琴来。苏舜卿笑道："哪里寻这么一段劈柴，先生就拿来做琴！别说钟子期，就是小女子这'母狗'也笑掉牙了——"话音未落，便见刘墨林左手漫抹，右手轻轻一挑，"铮"地一声如激泉流瀑，满室俱是绕梁余音。苏舜卿顿时敛了笑容，凝神听时，琴音愈加激越，却声声浑沉浊哑，似有洞箫从中相和，原是刘墨林在弹奏《平沙落雁》。只见时而如疾沙流风，时而似雁翔漠空，她一生不知听过多少次这一古曲，自己也算此中好手，却不料这个潦倒贡生竟有此手段，她顿时怔了。移时曲终，良久，刘墨林才轻轻收回手来，笑问："听得过去吧？"

苏舜卿上前，轻轻用手抚了一下那琴，讷讷说道："荆山之玉，灵蛇之珠，是上好物件未必有好皮相——这是什么木头？"

"雷击木。"

刘墨林淡淡说来，苏舜卿竟不自禁打了个寒颤。刘墨林道："既然尚可入耳，我为姑娘奏《长河落日》，姑娘就唱我赠姑娘的长短句儿。"苏舜卿原不过是出于好奇心，来访这个肯出七十两银子见自己一面的穷贡生，至此，她已完全被他的才华和魅力折服倾倒。她听着他奏琴，望着那张狡黠中带着漠然的面孔，不知怎的心一动，竟自面红耳热，急敛心神，随琴音唱道：

> 竹树苍郁我婆娑，
> 为觅陈迹君婀娜。
> 故知回眸来相问，
> 摇首嗟吁今生错。
> 曾言幽径映碧落，
> 关山处，星云漠！

苏舜卿歌音甫落，刘墨林抬起头抚琴一笑，说道："你这唱的是我么？只见过一面，算不得'故知'吧！或许你另有所爱，在这里借题发挥，恐怕我消受不了。"

"逢场作戏嘛，"苏舜卿握着手帕子，瞥一眼刘墨林，"青楼伎俩惹你见笑了。这个你不爱听，你叫我唱什么呢？"刘墨林直盯盯看着苏舜卿，半晌，嘴角泛上一丝苦笑，说道："人都说我洒脱，其实要看什么时候，对什么人。比方这会子，独你独我斯情斯景魂不守舍，还怎么洒脱？"苏舜卿怔了一下，突然格格一笑，啐道："你这样儿的哪个男人不会？别跟我做这象生儿！既然魂不守舍，我来给你招魂！"

刘墨林莞尔一笑，说道："看你这样子，扬起手帕子要喊魂么？可惜了你这资质，竟而不能免俗——我有《自招魂吟》你可愿听？"说罢，也不看苏舜卿，低头抚弦轻轻勾挑着，曼声吟道：

> 琼冰高宇非子之所居耶？尔何降诸于斯世？雪肌玉骨非子之躯耶？尔何爱吾浊泥尘夫？霞蔚云蒸非子之容色耶？尔何令露申辛夷之妒闭？予以匆匆行世羁旅之客，蒙霰雾之濯面，游潦水之无际，攀幽谷之青藤，望星河而泪穷！无既寄予从无尚之皎性兮，何复惩之以九原之苦酿！挽辔驻车俯仰而哀兮，叹云端之渺茫。告造化布世之神祇兮，知吾生之永伤！已泪竭于汝南兮，对残照之西风陵岗……尔乃明珰宝璐，佩环摇坠姗姗而

来，立汤水之阴，倚殷王之旧城，行白河之渚，回明月之眸，
睹我迷惘之客身，舒皓玉之腕，嫣然笑而招之曰：魂兮归来，
其无往兮。寒星孤心，待汝久些。河江且回，吾不汝厌。归来
归来！魂兮归来！

吟至此，刘墨林住琴凝视苏舜卿，眼中满是企盼和渴望。苏舜卿已是痴
了，讷讷说道："楚骚风调，招魂翻新……是先生手笔？我不信……"
刘墨林不语，起身向桌前援笔濡墨略一思忖，在宣纸上述笔疾书。苏舜
卿款步踱过来瞧时，却是方才《自招魂吟》续编：

予以惭悟昂藏，旦归于高远，则告诉"不信"不许。由是泉涌
桔涸之涧，江泛息壤，将蒐之魂出九幽之域，已白之骨返六阳
之躯！乃执旌旄之辉煌，与子乘矫龙回云之车，共游七重之
天，食玉瑛之圃田，饮杜康之甘泉……

刘墨林一边写，偏过头问道："信不信？许不许？要不要接着写？"苏舜
卿轻轻揭起那张纸，看着刘墨林一笔怀素狂草体，如龙蛇游舞鬼魅相
斗，她的眼中熠熠放出光来，叹道："也真难为了先生。不过，后头结
句，既是骚体，还该有个'乱'才齐楚了……"刘墨林无声一笑，挨近
了她，问道："卿说的什么'骚'？怎么个'乱'法？说给我听。"

苏舜卿低了头，掠了掠鬓，良久才道："你们男人，坏死了……"

刘墨林见她这样，早已半身酥倒，一把拽过纸丢了地下，紧紧抱着
苏舜卿便做了个嘴儿，苏舜卿浑身立时软绵绵的，骨头散了架似的由刘
墨林搓弄着。两个人滚翻在床上，苏舜卿口中梦呓般喃喃道："不要
……不要……我还是处子，不任风狂……""那正好，我是童男，这才
是珠联璧合呢！"刘墨林气喘吁吁，手忙脚乱地解着苏舜卿小衣，从温
玉般的鸡头小乳慢慢搓弄着向下，用手轻抚着说道："此处温柔乡真个
销魂，宝盖峰尖豆蔻含葩妙不可言！舜卿……干吗闭着眼？多美的眼
啊……睁开吧，瞧着我……"他翻身压了上去……

第十八回　尴尬客忽成青云士
　　　　　进贺表骨牌惊状元

　　刘墨林苏舜卿二人如鱼得水，温柔乡中几度春风方寸心满意，正欲起身，忽听院外脚步杂沓，像是一群人拥了进来。一个老婆子的声气叫喊着："李二家的！眼错不见，你把我的苏姐儿就拐弄走了，遍地里寻不着！"接着便听老板笑嘻嘻地下气儿说道："好我的干姨？那是您老的摇钱树子，我就是坟头上冒八丈青气，敢拐弄么？苏姐儿就在北房，方才还听她唱来着，敢怕这阵子正和刘爷坐地说话儿罢。小人糊涂油蒙了心，只想落几个牵马钱，干姨你胳膊上走马的人，在乎这点子意思？"一头说，一头带着那老鸨婆子进来。刘墨林正发怔，苏舜卿已是唬得面白如纸，一把推刘墨林起身，说："快穿衣裳！"一边撑起身来，扯了小衣胡乱穿上，便系腰带。正自慌乱，那门"豁啷"一声已被打开。

　　"老天爷！"那婆子一见二人情景，双腿一软几乎坐在地下，打个摆儿双膝一拍便扑了上来，口中骂道："你这天杀的卖屄浪蹄子！这些天来浪东浪西，我就知道你发了骚——老纳兰家三千两银子给你赎身，徐公子三百银子给你开脸，你装病弄呆，说'舍不得妈妈'！这可倒好——"她又哭又骂，一把抓了舜卿头发扯下床来拽在地下，手指刘墨林道："这是个什么东西？破烂流丢一口钟的功名，叫化子不像叫化子，卖唱的不像卖唱的，论人物不配给徐大公子提鞋——"她轻蔑地看一眼怔在当地的刘墨林，"——哪块地里长不出这么个歪南瓜，你就跟他睡？你这杀千刀没天良的贱妮子！"店主李二见店外有人往里张望，忙赔笑道，"好我的老干姨，姨祖宗，你老醒醒神儿罢！这破了身子的事儿，自己不张扬谁知道？一床锦被遮着些，刘先生再破费几个，大家圆场儿不好？这么着鸡飞狗跳墙的，有什么好处嘛！"话未说完，老鸨子已照脸一啐，骂道："就你能！你爹出了名的'不够数'，问问你妈，成婚头夜她蒙混过了没有？"

一句话骂得众人捂着嘴笑。刘墨林情知是坏了这婆子的摇钱树，见苏舜卿委顿在地满面泪光只是啜泣，心下掂掇一阵，说道："老妈妈你别发威。生米做了熟饭，你一头撞死也没用！嗯……舜卿多少赎身银子，我填还你，舜卿是我的人了！"老婆子抹了一把眼泪鼻涕，扫视了一下房间，又下死眼盯了盯刘墨林，一撇嘴冷笑道："凭你？好，老娘索性做个赔本买卖，头面首饰银子不要你的，本银三千，只要你两千五百。一手交银，一手交人——拿来！"说着把手一伸。

"两千五就是两千五。"刘墨林淡淡一笑，"你生就的母王八眼，我不和你计较——我家里并不穷，这就写信，叫浙江银号兑过来，可成？人嘛，就留在我这里……"鸨婆子拍手打掌笑道："你们众人听听！这个饿不死的野学生，说大话不怕胀死牛！告诉你，像你这号儿的穷学生老娘见得多了，只怕比永定河里的王八还贱些，你就想蒙我！你哄了我的闺女，我还没顾上跟你算账呢！你小看我这母王八，我家里现就坐着两个相爷公子！你这就跟我去，好吃好喝供着你，半个月银子不到，一个条子送你顺天府，扒了你这身官皮，你只配在我院里当个大茶壶王八崽儿！"刘墨林登时紫涨了脸，气得浑身乱颤，也不分说，抢上一步"啪啪"便是两记耳光。把那婆子打了个满脸花，戟指骂道："你是什么东西？我乃江南名宦！贡生也是我秀才举人一步一步考出来，朝廷给我的功名！你这老母狗，到底仗了谁的势，敢这么大着眼眶子欺负人！"苏舜卿深知老鸨子底细，急急说道："刘……刘先生，使不得的！"

说话间一个三十多岁的中年男子跨脚进了房，乜着眼盯视刘墨林移时，轻轻摇着一把泥金湘妃竹扇，说道："她就仗了我的势力！你一个穷酸学生，我用哪只眼瞧你呢？你是贡生，可知道大清律的规矩：天子门生宿妓嫖娼，辱没圣门清规，丧德败俭无视朝廷功令！"他转脸对鸨母道："老乞婆，和这种人争什么口？送他国子监去，我一个条子就送了他忤逆！"刘墨林仔细打量来人，见他穿着酱色湖绸四开气团花袍，脚下黑冲泥千层底鞋，上半身套一件青缎乌云镶边儿巴图鲁背心，汉玉坠子槟榔荷包系在玄色卧龙袋上一晃一晃，黑缎瓜皮帽上结着红绒顶子，四方脸上两道浓眉拧成一团，厚厚的嘴唇两角下吊，一脸旁若无人的骄横气，却不知是个什么来头。正要问，老鸨子已是满脸堆笑冲那人福了下去，说道："哟！是徐爷！您老亲自来了！我这正请我们苏姐儿过去侍候您会文呢，可巧儿就碰上这个野杂种正调戏她！爷要不来，还真不知道该怎么发落他呢！爷说送他国子监，可使得的？"刘墨林这才知道，此人便是休致大学士徐乾学的"相府公子"徐骏。闻说徐骏诗词歌赋琴棋书画均非俗手，京华有名的才子，怎么会有这副嘴脸？刘墨林正要说话，徐骏嘴一努，站在门口的几个行院王八早如狼似虎地扑了上来，架起刘墨林便走。

"原以为你是儒冠中人，"刘墨林挣扎着，偏过头大喊，"原来是衣冠禽兽，风流恶霸！"

徐骏一头抬阶而下，盯着刘墨林，活像一只逮住老鼠的刁猫，口中哂笑道："风流恶霸？妙哉斯言，闻所未闻！我看你更像花柳冤魂——等国子监祭酒剥掉你这身官皮，再来与恶霸理论——走！"

一群人连推带搡，撮弄着刘墨林刚出二门，便听门外一片声筛锣响，几个街混混儿大叫大笑："刘墨林老爷就住这里？领赏哪！恭喜刘老爷探花及第！"众人不禁大吃一惊，架着刘墨林的两个行院乌龟早松开了手，一群人木雕泥塑似的钉在了二门口，连徐骏也愣了神儿。刘墨林好半日才回过神来，犹恐是耳朵幻听，觑着眼瞧时，见两个笔帖式举着大红报帖，由一群讨喜钱的街痞子簇拥着从大门口一窝蜂进来——抢着几步仔细看那喜帖，红底金粉煞是鲜亮。

恭叩刘老爷讳墨林高中殿试一甲第三名进士

刘墨林眼一晕，觉得双腿发软，几乎瘫倒下去，待把持定了，问道："哪位是礼部来的堂官？"两个笔帖式忙闪出来笑嘻嘻打千儿请安，说道：

"您老就是新贵人了？给您老请安！"

"一甲头名是谁？"

"回爷的话。状元是王文韶老爷，榜眼是尹继善老爷。王老爷尹老爷先得的报，已经会齐了来拜望您，这会子都在门外候着呢！"

"这还了得，怎么不早说？"刘墨林吃了一惊，撇开众人三步两步迎出大门，早见王文韶尹继善二人立在下马石旁轿前攀谈，四周围了上千的人，嗡嗡嘤嘤挨挨压压，踮脚伸脖子地瞧"三元相公"。刘墨林在众目睽睽下步出大门向二人躬身一揖，笑道："王年兄尹年兄久候，兄弟给二位叩喜了！"

王文韶和尹继善哪里知道里头方才那场公案：刘墨林裢子没穿，袍角扣子错了位，前襟高后襟低，双梁起明检鞋露着白脚，袜子也没穿，头发也显得散乱蓬松，二人不禁相视一笑，抱拳一拱上了台阶，外头爆竹起花早响得乌烟瘴气。尹继善悄悄拉拉刘墨林底袖，低声笑道："你是探'花'还是'探瓜'？瞧这身行头，刚刚遭了贼劫么？"刘墨林此时才惊醒过来，用眼风扫时，徐骏一干人早走得无影无踪。老鸨婆子大约自知有罪，悄没声低头跪在东偏房拐角处不言语——他忙整了衣襟，一边将二人往上房让，一边叫过房主："我枕头边还有一百多两银子，二位笔帖式每人十六两，余下的你换成铜钱代我打发了报喜的人，我还要和二位年兄说话，回头再赏你！"那老板早已屁滚尿流，一迭连声答应着去了。

"二位年兄，"三人落座献茶，刘墨林拭汗道，"不瞒你们，到现在我心中还在迷惘。我去看榜，明明没有我的名字嘛！这是怎么一回事呢？"尹继善看一眼王文韶，笑道："我原也诧异，恰报喜的到府，家父也下朝回来，说一甲前三名刚刚钦定下来，里头有一卷是落卷里万岁亲自拣出来的。年兄你好好想想，你的策论有毛病儿没有？"刘墨林歪着头思量一阵，只觉心里浑浊一片，自己做的策论一个字也想不起，只好笑道："只听说有倒填五魁的，没想到今岁恩科圣心独裁，'倒填三元'。我原也不曾巴望这个探花，能中个二甲进士心满意足了，居然侥幸了，真正是皇恩浩荡！——不知兄弟的策论哪个地方出了纰漏？既是落卷，为什么偏又中了圣意？"

王文韶笑道："万岁倒也不是要'倒填三元'。其实出榜时三元还没定出来。我还在二甲里头呢！也是万岁独自简拔出来的。年兄卷子里有'范圣胤德'一句，犯了圣讳，原本今科无望了。不想万岁要亲阅全部落卷，据家父说，看刘年兄卷时见这几个字只是一笑，顺手用朱笔将

'胤'更为'引'字，说：'君相为造命之主，朕就要救度一个秋风钝秀才！'因此年兄便取中了。"尹继善点头道："刘兄是真命进士啊！这正是异数！万岁亲改策论，年兄的策论自然取在第一，只年兄的字不尽规范，便取了探花。"

刘墨林这才知道，是雍正亲笔改了自己的笔误才得取中，又为此而迟定了前三名，没有将状元榜眼探花"三元"名次列到殿试榜头。他呷了一口茶，想笑，不知怎的却笑不出来，连一句诙谐调侃的话也说不出，只觉得五内沸腾，一股又酸又热如血似气的东西搅动着直往上顶，良久方笑道："圣心高远，圣明莫测。'秋风钝秀才'惟有一死报之——李二！给爷们摆……"王文韶笑着起身道："我们两个来拜你，这是规矩。见了你，现在是我居首了。现在不是吃酒的时候，我们三人立刻得去礼部报到，明儿进保和殿胪传面圣，我还要去谒见前科状元，还要写谢恩表。一应观见礼仪都要请示礼部，这是半点不能差池的。晚间吧，晚间到我府小酌，咱们脱帽论文，玩叶子牌赌酒吃，如何？"刘墨林见他二人端茶起身，已是带了官派，不禁一笑，因起身说道："请二位先走一步，我更衣随后就到，误不了事。"

于是王、尹二人辞出来，刘墨林直送出大门，看着他们升轿而去，踅回来忙忙换了礼服。李二已带着合店伙计侍候着，团团乱着帮他穿换，扯襟弹灰扣纽系带便殷勤到十分，口中不住说："爷好福相，这一去准点翰林，保不定还要做国子监祭酒呢！不瞒爷说，您一来住店，小人就觉得我这店带了贵气，不然，您欠那么多房钱，几时见小人催过？昨晚上我屋里那个灯花儿，嘣的一个喜爆，嘣的一个喜爆……没想着今儿爷这么大的喜，就应上了！前街方家那店，上一科出了个二甲十七名，方二麻子就眼睛长在额头上。这一回小人也得要风光风光了！"刘墨林扎煞着手由他们服侍，口里"嗯"着，末了道："你这人良心不坏，明儿我亲笔给你写个新招牌！"说着便出来，在滴水檐下舒适地跺了跺脚，踱至老鸨婆子跟前哼了一声问道：

"舜卿呢？"

那老虔婆跪了半日，已是筋软骨酥，见新贵人来问，也不敢就答应，先直了腰，左右开弓便打了自己十几嘴巴，自骂道："老不死的贱母狗，一辈子吃屎不长眼的混蛋王八！今儿算老天爷罚着丢人现眼……您老爷天上文曲星下凡，生就的贵相贵人，只可怜见婆子老了，权当听见狗叫唤了……"刘墨林不耐烦地说道："和你计较，你配么？我问的是舜卿！叫姓徐的带走了？"老鸨子磕头不止，说道："徐大爷闹了没意思，早趁乱走了。苏姐儿方才叫那起子贼王八揉搓得犯了心口疼的病儿，我叫人用小轿送她回去将息——爷放心，一根汗毛也短不了您的！就是一条爷得体谅，徐大爷也是跺跺脚四城乱颤的人物儿，我们在这缝里混这碗饭也是个不易……徐爷相府公子，朋友多，手面大，又是恩荫进士，现做着都察院观察老爷，我们也招惹不起，苏姐儿归谁倒没甚的，只求贵人老爷体谅我们这点子难处，和徐爷说合停当，一乘轿婆子亲送姐儿到府上……"老婆子说着，不知哪句话触动情肠，已是涕泗滂沱。

"徐骏有什么了不起？"刘墨林冷笑一声拔脚便走，口中道："连他家老爷子徐乾学我也知道，并不是什么好东西！你好生侍候着舜卿，我自有主意！"说罢一径出来，雇了轿赶往礼部。

次日凌晨五鼓，由礼部司官引领，王文韶居首，次第跟着尹继善、刘墨林等三百六十名殿试一二三甲进士，从午门右掖门进大内朝观。此时寒星满天，晓月如钩，满宫里庑廊檐角吊着一盏盏玻璃宫灯，一地里临清砖路都镀着淡淡的银灰色。这群人按发榜顺序脚步杂沓过了金水桥，登太和门而入，便见远处巍峨的三大殿高矗星空之下，通道品级山旁御林军士一个个挺胸凹肚腰悬佩刀，钉子似的站着。五更时分的风扫着太和殿基前广场上的浮土，微微带着季春的寒意扑面而来，袭得这群新进的"贵人"们都是一噤，连脚步都放轻了。人们紧张中带着亢奋和肃穆，还没有登上三大殿月台，便已感受到九重天阙制度的庄严和皇家风范的森肃。礼部司官将进士们带到保和殿前便示意停止——这都是昨日反复交代过的，所以一句话也不用说，一个手势众人便都停了下来。进士们一言不发，盯着灯烛辉煌的保和殿，想象着即将到来的恩遇和荣宠，感念自己寒窗孤灯十年辛苦终于有了个结果，心里都是扑扑直跳，品不出个滋味。须臾便见礼部侍郎尤明堂小心翼翼却身退出保和殿，走至众人面前南向立定，朗声说道：

"奉圣谕！"

"万岁！"

进士们将手一甩，马蹄袖打得一片山响，黑鸦鸦一地跪了，偌大空场上静得一声咳痰不闻。尤明堂款款说道："着由第四名进士曹文治唱名胪传，觐见圣颜！"

"喳！"曹文治从刘墨林身后爬跪出来，望保和殿叩了头，双手接过尤明堂捧递过来的名单，起身又向大殿一躬，这才转身高声唱名，"王文韶、尹继善、刘墨林……"他的声音有些发颤，但读过二十几个人姓名后，也就自然了。

这就是殿前胪传，王文韶头一个，带着榜眼探花躬身趋步鱼贯而入，低着头在邢年指定的地方肃然跪了，好半日才算妥当。人们屏息等着，已是脊背手心都出了汗，猛听殿上静鞭三声，接着鼓乐声细细而起，大太监李德全高声道："万岁爷驾临了！"人们这才知道，雍正皇帝压根就不在宝座上。

雍正皇帝在乐声中徐步进来了，大约昨夜没有睡好，他的眼圈有点发暗，但精神看去还好，黯瞤瞤的瞳仁在烛下灼然生光。他在殿门口略停了一下步，扫视一眼新科进士，又回头看一眼跟在身后亦步亦趋的允祥、允裪、马齐、隆科多和张廷玉，没言声径自上了设在殿中的须弥座。司礼的是廉亲王允裪，见雍正目视自己，忙一躬身，至御座前高声道："雍正元年恩科进士胪唱已毕。各新进士人跪聆万岁爷圣谕！"

"万岁！"

"你们都是读书人，响鼓不用重捶。"雍正呷一口奶子，清了清嗓子，安详地说道，"朕昨夜详按了你们的履历，三百六十名进士，出身寒素的占了一百九十四名，士绅乡宦的七十四名，恩荫贡生殿试取中的是十七名，余下的六十五名是各省司道和六部九卿子弟。这个数儿朕看了，李绂取士尚属公道。"他端起杯子，双手捧着，却不就喝，又款款说道，"国家取士，三年一比，为的什么？为的就是用你们这些人，或辅佐朕协理政务，或代朕抚绥地方，治理民事，调理民情。子曰'学而优则仕'，你们一步步到了这里，已是'学而优'了，这个'仕'做得好坏，要看你们自个！前头你们由童生而秀才，由秀才而举人，而进士，凭的是文章，是学识，今后你们凭什么做官？朕送你们两个字。"

所有的人都把头低伏了一下。大殿中静极了，连殿外太监们蹑手蹑脚的走动声都听得见。

"天良。"雍正咬着细碎的白牙，微笑着从齿缝里迸出两个字，"天是'天理'，良是'良知'。不悖人情即循天理，循道不谬即有良知。守着这两个字，荣华也由得你，富贵也由得你，封妻荫子也由得你——因为你既公且忠又明，该取的荣贵是天赐你的，益国益民益自己，朕也乐得给你。你不讲这二字，杀头也由得，坐牢也由得，抄家流放也由得——咎由自取，朕也乐得送你！"

张廷玉已终身在中央机枢办差二十余年，康熙晚岁廷试召见，不过一声"照例"，顶多吩咐一声"好生体念朕恩"，见雍正连篇累牍辞色俱厉一番训诫，本来极喜极热闹的一场大典，弄得人人心情紧张，不由得心一沉，皱起眉头，他已经习惯于"站在局外"替皇帝着想了。思量着，他转脸看了看皇帝两侧，怡亲王允祥泰然自若，廉亲王允禩则面无表情，陡地想起张廷璐，心里又是一寒。正自胡思乱想，却听雍正接着道："朕在藩邸为四十年王位，多次办差屡屡出京体察民情，不是那种不辨稻粱，不明人情的昏王，没有什么事能瞒过朕的耳目的。时下有一等混账风气，科举选士，本是朝廷抢才盛典，而考官从中取出一种'师生'情分，门生以为中选是考官恩义。取中了，只记得我是某科进士，某某是恩师，某某是同年。从这个'私'字上去寻恩，于是便结朋党，便徇私情，不徇纲常，不谙大理，不念君恩，什么无礼非法的勾当都做出来了。若按着这个私意去做官，记住，你难逃朕之洞鉴，难逃国家法度！"说到这里，雍正轻松地一笑，又道："今个儿是你们喜庆日子，不要怪朕说这些个。一咒十年旺，朕还是为你们好——你们看，这里站着一个张廷玉，当年和你们一样，也曾听过先帝爷胪传圣训，如今又是朕的股肱心腹之臣！廷玉，你数十年兢兢业业，勤公忠廉，不容易！朕今儿就给他们立个楷模，记档——张廷玉着晋一等侯爵，赐紫禁城骑马，由其选子孙一名恩荫贡生，随皇子宗室陪读待选。"

"万岁！"张廷玉万万不料雍正突然说及自己，更想不到一下子给予这么高的赞誉封赏，头"嗡"地一声涨得老大，忙提袍角跪了下去，叩头说道："万岁如此荣宠，臣何以克当——"

雍正手一摆叫起道："你无非又想说张廷璐，朕已深悉，没你的事，功过分明才是明君嘛——就是这样定了。"说罢便含笑听茶。允祹跨前高声道："状元率诸进士上表谢恩！"

"臣——王文韶！"

王文韶颤声答应一声，起身向御座行三步，舞拜三跪九叩大礼，小心翼翼从袖中取出黄绫封面的谢恩折子，乍着胆子展读道：

> 赐进士及第第一甲第一名臣王文韶等，诚惶诚恐稽首顿首上言：伏以风云通黼座，太平当利见之期；日月丽亨衢，多士协汇征之吉。书思亮采，群瞻圣治日新，拜手飏言，共睹文明丕焕。龙章特锡，人知稽古之荣，燕赉频颁世仰右文之盛。闉阇开而丝纶式沛，冠裳集而环珮交辉。囊笔有怀，联镳志庆。窃惟直言射策，金门优特诏之科；孝秀明经，棻榜重南宫之选。罗簪缨于阙下，欣看入彀储英；宣凤诏于边，争识阊门吁俊……

他朗朗而读，越来越是流畅顺口，但张廷玉却全无心思捉摸这些奢华粉饰到极处了的状元文章。昨日处决张廷璐那血淋淋的刑场，昨晚九阿哥允禟亲来府中探望时那闪烁的言语，探询的目光，方才雍正突如其来的表彰乱糟糟地都在心中搅和，一时间很难理出头绪来。听那王文韶时，越发抑扬顿挫语调铿锵，隐隐有金石之音：

> ……仰承天语之谆详，临轩咫尺；俯竭愚忱之固陋，对策悚惶。臣等观光有愿，辅治非才，诵先忧后乐之言，窃慕希文志操。伏愿学懋缉熙，德隆广运。风同八表，珠囊与金镜齐辉；福应九如，华祝偕嵩呼并献。重熙累洽，和气常流。敷天哀对，合麟游凤舞以呈祥；万国来同，纪玉检金泥而作颂！臣等无任瞻天仰圣，激切屏营之至，谨奉表称谢，以闻！

众进士就等着这"以闻"二字，听王文韶念了出来，忙都伏身叩头道："臣等恭谢天恩！"

"罢了。"雍正笑容满面，接过李德全转呈上来的谢恩表，展开看了看便放在一边，盯着王文韶说道："嗯……王文韶，你是王掞师傅一族的吧？"王文韶忙叩头道："是，王太傅掞是家父三服堂弟。"

"哦，三服。那不算远。家学渊源，不愧状元手笔，文章做得很看得过了。"

"臣不敢谬承金奖。实是昨夜与一甲二名进士臣尹继善，一甲三名进士臣刘墨林三人合议，以臣主笔而成。"

雍正笑着点点头，说道："商量的好文章，花团锦簇一般。不过除了做文章，难道就没别的？比如吃点酒，对对诗之类，你们毕竟昨日金榜题名，是个喜日子嘛！"

王文韶睨了尹继善和刘墨林一眼，忙叩头答道："回万岁话，臣等因今日觐朝龙颜，怕失仪未敢饮酒。谢恩表成之后，臣等玩了一会儿叶子戏。后来牌少了一张，就各自散了。"

雍正大笑道："好！不欺暗室，真状元也！"说着，从袖中取出一块骨牌向王文韶一亮，"是不是这一张呀？"

"啊?!"王文韶定睛一看，顿时吃了一惊，忙伏身叩头，说道："正……正是这张'桃源胜境——桃之夭夭（幺）。"

雍正笑了笑没再言语，端坐着靠了椅背上，神色已变得庄重，良久才道："很好，诸臣工跪安吧！"

"万岁！"

三百余人雷轰价嵩呼一声，齐刷刷叩下头去，恭送雍正离座升舆。刹那间，丹陛大乐大起、黄钟、大吕、太簇、夹钟、姑洗……种种宫乐声中，畅音阁供奉们嘴唇一张一翕，念念有词唱道：

> 开座隆平，启文明，五色云呈，珊纲宏开罗俊英，梧桐彩凤雍喈鸣。气如珠，河似镜，集贤才于蓬瀛。还宫显平，海榴舒，木槿初荣，宣赐宫亦最有名，薰来殿角微凉生。凤栖梧，麟在囿，致皇风于升平……

　　乐声中礼部笔帖式披红戴花抬出蟠龙金榜，一色红底贴金黄字——这才是雍正亲笔书写的正式皇榜，由尤明堂亲自护送，一甲三名紧紧随榜而行，开午门正中而出，顺天府尹于东长安街早搭好了彩棚，为鼎甲递酒簪花——所谓"御街夸官"，再赴礼部宴（琼林宴）种种繁华胜境一应故事也无须细述。

第十九回　证前盟智士谋馆席　祈母寿佛堂追喇嘛

　　田文镜四月二十三日接到吏部部文，当即打点行装准备去四川上任。他是老京官了，尽自平素孤芳自赏不与凡人搭话，没几个朋友，但熟人却极多。这次山西之行，田文镜一举扳倒"天下第一抚臣"诺敏，已是名噪天下，内廷早已风传，田文镜早晚是大用的人。因此，赶热灶窝儿的人也尽有。六部司官，还有原来工部的同僚，上司属僚，不是朋友也来攀交情，不是亲的也来认亲，荐师爷的、送长随的、赠盘缠的围破了门。田文镜面情上不能不应付，心里却想："你们早做什么去了？狗眼睛！"因此请筵不赴，师爷长随不要，银钱更是不接，见客满口圣人语录皇恩浩荡的话头，谈话一席便端茶送客，来访的人无不兴兴而来讪讪而去，本来人缘儿就不好，越发弄得人人憎嫌，无不说他"小人得志"。

　　此刻，刚刚送走来"饯行"的几个同僚，田文镜坐在已经捆扎好的行李上，望着空荡荡的院子出神，盘算着路上的日程。正思量着，见家人祝希贵带着一个女子进来，田文镜近视，直到二人进了屋子，才看清是乔引娣——与诺敏同时解京勘问的"人证"。田文镜不易觉察地皱了一下眉，换了笑脸，说道："是引娣嘛！这一番辛苦，难为了你。坐，坐吧！"

　　"田大人，"引娣扶膝福了两福，斜签着身子坐了对面一个箱子上，说道："听人说您明日就动身了，我来看看……"田文镜这才仔细打量一眼引娣。因见引娣穿着月白夹褛、里头套着玄色绣边点花裙子，料是无钱换衣，便笑道："天已经热了，这春装受不了。你虽在狱神庙，离着我这里并不远，有难处怎么不来见我？"引娣一敛衽回道："大理寺把我的钱都发还了我，我并不穷。前几日不小心着了风，身上发热，穿得厚了些。我知道田爷是穷官，并不为打秋风。听见你走，相与一场，特来辞行的……"

她淡淡几句话，说中了田文镜心思，田文镜不禁脸一红，忙岔开话题道："你如今怎么打算呢？不要把我看得那么小人，再穷，也还比你强些儿。什么时候回山西，有难处尽管说。"乔引娣听了没吱声，搓弄着衣带低头思量，半晌才道："我正是拿不准主意呢！按说我该回山西，老子娘这么长时间不见，不知家里怎么样。可昨个儿十四爷打发人去狱神庙，问我愿不愿到王府里去侍候福晋。十四爷是我救命恩人，可又牵挂家里，所以想见您讨个主意。"

"我看你回山西去为好。"田文镜舒了一口气，毫不迟疑地说道："守着自己的家，自己的地，吃一碗安生饭比什么都强。"因见引娣点头，田文镜又道："别看十四爷贵为王爷，外面儿上瞧金尊玉贵好不势派，其实……你是个女流，我也不瞒你，他那府里不是安全善地……"他替引娣着想，琢磨着词儿怎么把话挑明，忽然打住了，问道："你怎么了？脸色这么苍白？"

引娣仿佛不认识似的盯着田文镜。显然，她绝没料到，自己敬重钦佩的"大清官"田文镜还有这副心地。略一思量，淡淡说道："没什么，心里突然有些不好过……我是个女人，不懂您说的那些个话。如今我已想定，我还是留十四爷府。田大人，您前程远大，多多保重。我这就辞了……"说罢便起身。田文镜突然觉得自己失言，忙笑道："你别误会我的意思。我是说你原是好人家女儿，搅到官司里来已经不妥，京师人色又杂，世情冷暖反复，你孤身一人飘零在这里，不如回去团聚。"但无论他怎样"好心"解释，乔引娣却再听不进了。她恭恭敬敬向田文镜又福了两福，默默出门坐着二人抬小暖轿一径去了。

田文镜蓦地一阵脸红，望着引娣的背影，粗重地喘了一口气。他倒不是怕引娣见允禵抖落这些言语，而是觉得自己人格情操上低了这女子一等。"让一个女人小看了去！"田文镜思量着，见祝希贵还呆站着，便没好气地斥道："你卖的什么呆？还不赶紧做饭？"

"多做四个人的！"

外边忽然有人大声说道，随着话音，李卫带着邬思道、凤姑和兰草儿一齐上了堂房台阶。李卫一身短打扮，白夏布对襟衫，换裆青布裤子，一双踢死牛鞋，后头架着拐杖的邬思道则是青缎褂套着酱色江绸袍，身边跟着珠围翠绕两个女人，活像主仆四人前来拜客。

"是李大人，哦……还有邬先生！"田文镜忙起身迎了两步，双手一揖笑道："什么风吹得你们来？你们原来认识的？邬先生，还有……两位夫人，都请坐。只是太简慢了，粗重家具都卖了，委屈就坐行李上吧……希贵，备饭！"

李卫摇着一把破芭蕉扇，一屁股坐了田文镜身边，见邬思道几个人都坐了，便笑嘻嘻道："田兄出了名的铁公鸡，能备出甚的好饭？别看我叫花子出身，养移体居易气，如今就不耐烦你的白菜豆腐——"说着从腰里取出十两一个小京锭随手扔给祝希贵，"去！弄一桌席面来！"田文镜忙笑道："大人，这是哪里……""算屎了吧，"李卫嬉笑着用扇子拍拍田文镜肩头，"老兄好生坐着，在下还有喜讯告诉你，还有一事相求呢！"

"那只好反主为宾了。"田文镜原本手头拮据，也乐得如此，笑着坐了，说道："承蒙圣恩高厚，田文镜败中求胜死里逃生，又获升迁，已是望外之福，还有的什么'喜讯'？李大人身寄两江方伯重任，简在帝心的能臣，又有何事求我这个小知府？"李卫笑道："天下岂有不求人的人？黄宗羲当年誓不作官，圣祖爷绳捆索绑把他弄到北京，坚卧古寺不肯奉诏，风骨不比你我硬挺？可他为嘛还要给刑部尚书王士祯画画儿写诗？求平安！其实呢，我求这事你已答应了的。这位邬先生是江南名士，又是我的老师，原荐他在诺敏处混饭，如今饭碗没了，听说你们早有成约，我再荐你这里，一年五千两银子叫邬先生吃口饱饭，可成？"田文镜略一怔，笑道："我们确实有约的，不过是三千两嘛！"

李卫仰天哈哈大笑，说道："忒煞地小家子气！你放了道台了，知道么？"田文镜诧异地道："哪有这样的事？知府的票拟昨日才领的……"李卫弯腰从靴页子里抽出一份札子，信手甩给田文镜，用手点着说道："票拟抵不了圣拟！吏部今晨接到张相指令，奉旨田文镜改授河南布政使副使，开封、归德、陈州三府道员实缺即补！这一回真正是'包龙图打坐开封府'了，你说是喜不是喜？你就是不刮地皮，一年也有三四万收项，拿五千银子养活个残疾师爷，有屁的打紧？"

"田大人，"邬思道坐在一旁一直没言声，见田文镜蒙了似的捧着札子发愣，一笑说道，"你不要错会了意，以为邬思道不知廉耻，诺敏倒了又来投你。其实诺敏怎样倒的？并非你我扳倒了他，是他自己扳倒了自己！我这个人一生造过甚多，闯祸也不少。实不相瞒，当年我曾率五百江南举人砸过贡院！只是残躯将老、日暮途穷，已不堪为朝廷庙堂之臣，仅留寸心仿佛老骥，愿意佐你为一代名臣。良禽择木良臣择主，你若是庸人，我也断不肯瘸着腿千里迢迢来奔。但事在两厢情愿，我并不指定非投你幕下不可。如不能收容，李卫再荐我别处去，也未为不可。"

"啊，啊？"田文镜此时才从梦幻似的怔忡中清醒过来，忙改容笑道："先生说哪里话？季布一诺千金，文镜也是丈夫！这些日子不知多少人来荐师爷幕僚的，我一概都辞了，专候着先生同赴任，早晚好请教呢！"说话间早见祝希贵带着几个伙计抬着一个大方桌，提着酒食盒子，一道道冷荤热盘布上席面，田文镜向李卫举手一揖，说道："扰了李大人了！邬先生，还有……二位夫人，请，请！"

李卫心中有事不敢豪饮，略略吃了几杯酒便辞了出去，回到下处忙忙换了朝服，便乘四人绿呢官轿径至西华门递牌子请见。半晌，才见养心殿太监高无庸过来传旨养心殿觐见。李卫一边跟着进来，小声问道："万岁爷这会子做什么？""回爷的话，"高无庸看看左右，悄声道，"太后老佛爷凤体欠安，万岁爷用过早膳就过去侍候了。今个儿原有旨不见百官。就是李爷，您也得等一会儿万岁爷才得下来的……"李卫点点头，微笑道："这也用得着你蛇蛇蝎蝎鬼鬼祟祟的？太后也不是病了一天……"说着便随高尤庸进了养心殿。

"请李爷跪这儿等候。"高无庸指着御座西南说道，"主子今儿个请了个和尚，说是五华山的空灵大师——来给太后祛邪呢！"李卫问道："不是听说去青海请活佛么？"高无庸道："西边正打仗，两国交兵的事，皇上怕请神请了鬼来。空灵大师是密宗真传，镇妖祛鬼连江西龙虎山张真人都不是对手！听说能把死人咒活，活人咒死！六部好些有头脸的官儿，喜欢参禅的都奉旨在钟粹宫后头小佛堂陪坐，三鼎甲也都奉旨进来，说要考核这和尚本事。李爷，万岁吩咐过，这是家务不是国事，不许声张，爷知道就成了，别往外说。"李卫笑着跪了道："知道了，你才跟主子几天？——这块砖头别是磕不响头的吧？"

"爷这话……"

"别跟我玩这花花套儿。"李卫冷笑道，"你们老公们那些个把戏只好哄外头那些晕头鸭子官儿！以为我不知道？这地下的金砖你们都敲遍了。给你塞钱的，就跪到有空声儿的砖头前，没有打发你的，就带到地底下填实了的砖头跟前，头磕烂了也不听个响儿——以为我不知道？"

高无庸给他说破了机关，讪讪一笑说道："奴才说句放肆的话儿，爷俗名儿'鬼难缠'，真真名不虚传！给我十个胆也不敢糊弄爷——不信爷就试着磕两下，准保咚咚山响！"说着挑帘出来，恰见雍正刚进垂花门，忙侧身垂身道："主子爷，李卫已经进来，在正殿候着呢！"

"起来一边站着吧。"雍正进殿坐下，他的神情多少有点憔悴，要了茶啜着，说道："去过田文镜那儿了？"李卫起身又打了个千儿方回道："奴才刚送邬先生去了。邬先生原先不大乐意跟他，说怕和田某不投缘。奴才好歹劝他试试才应允了。田文镜没说的，席面上说了好些感恩的话，再不想主子这么器重他，又说自己生性严厉，怕和督抚相与不来。他原想试着官绅一体纳粮，看看一个府一年能给朝廷多大收项，一下子分三个府，怕顾不来，辜负了主子的恩。"

原来有清沿明旧制，凡儒户和宦户援例不支丁差不完皇粮。凡有地半二顷者都属地主，夤缘官府结交权贵，也就与绅衿一样享有特权。这是几百年的老规矩，一旦废除缙绅们不但伤财而且伤体面，熙朝名臣陆陇其曾试着"官绅支差纳粮"几乎落到发配新疆的下场。田文镜为报君恩，增加国课岁入，居然敢冒天下大不韪再试一次，这份忠心雍正不能不动心了。雍正寻思良久，叹道："有这份心怕不是好的？可这得罪的不是一个两个人，是所有豪门地主啊……"他蹙着眉头沉吟着，许久才下了决心，咬着牙道："朕早有志办这事了，官绅不纳粮，多少奸民有机可乘，把土地都划到他们名下，本来朝廷应得的都落了他们腰里，有些混账人还乘机黑心兼并地土——嗯，就是这么着，叫他作。能成功朕就下诏各地照行！你明儿送送他，就说朕的话，断不叫他落了没下场！"说罢目视李卫不语。李卫略一想，赔笑道："奴才原也想在两江试试

'丁亩合一'，把丁银摊进地土税里，布政使就是管这个的。后来想，两江是朝廷财源，如今年羹尧又在打仗，不能把地方弄乱。就是田文镜这法子，依奴才见识也得稍消停一下，等西边战事毕了再做。就如两江地面，亏空着朝廷四五百万银子，能着挤弄着归了库，才敢想下一步呢！奴才这就要回省，请主子训，这么着可成？"雍正目光一闪，笑道："就是这么着。真个士别三日当刮目相看。你能审量大局从小局着手，着实难为你！两江朝廷财赋根本重地，不能乱。你既这么出息，朕自然还有成全你的恩旨。不过你不读书，全仗着那点鬼聪明，治国安民不够使的。听说你爱使性子骂人，怄起气没上没下，可是有的？"

"回主子爷，"李卫一躬说道，"奴才是皇上在人市上买的，看着奴才长大，调理着奴才成人的。奴才这点子牛黄狗宝还能瞒过主子？就这点子本事也是跟主子练出来的把式。主子说奴才粗鲁、任性儿使气骂人都是有的，奴才得好生再读几本子书，如今已经能念'千家诗'了！说奴才没上下不知是哪个混账行子的话？告诉主子一句话，奴才见有些人不敬主子，他没了这'大上下'，奴才才不跟他讲'小上下'呢！就如上回议事闲聊，湖州道胡期恒说主子'酒量大'，主子自想想，这不是他娘的放屁么？奴才当时上去拍拍他肚子，说'你这才是酒桶呢'！"

雍正除了年节、祭祀、大宴群臣，平素滴酒不饮，没想到底下还有这些议论，不禁变了脸色，旋又平和下来，一哂说道："你骂得对！不过这个胡期恒，也是年羹尧荐的人呐，怎么在下头这么没规矩？——你还听见有人说什么？""别的倒也没听什么，"李卫搔搔耳根说道："昨儿去了一趟工部，见几个郎官说闲话，说田文镜走了时运，狗眼长到脑门子上，哦——还有，说万岁爷新选这个探花是个风流贼，大白天在客栈里搞女人叫人按住了屁股——这些人我都不识得，见我去了他们一哄就散了。"雍正顿时一怔，说田文镜短长算是人之常情，刘墨林是自己亲自从落卷里拔上来的，想不到竟是这么一个人！雍正思量着，心里越发不自在，起身道："就这样，你回南去吧。朕这几日乏，太后也欠安，就不见你了——回去好生办差，多给朕写折子，回头还有旨意给你。哦，你女人翠儿上次给朕和你主子娘娘做的鞋很合脚，叫她用心再做两双。她糟的酒枣也好，老佛爷说克化得动，也进两坛子来。"雍正说一句，李卫答应一声，末了竟落下泪来，忙又拭去。雍正诧异地问道："你这是怎么了？"

"没什么，奴才想起早年的事了。"李卫咽着声儿答道，"又想着明儿送走田文镜，奴才也坐船回金陵，不知多早晚才得再见主子……唉！坎儿要能活到今日该有多好！"

雍正心中陡地一沉，迅速看了李卫一眼又垂下了眼睑。坎儿是和李卫自小一处长大的光屁股朋友，当年雍正到扬州督办粮食，在人市上买下的奴才，若论起心思灵动聪敏才智其实还在李卫之上。李卫因和丫头翠儿相好，犯了家法，被发落出去做官，坎儿一直留在雍亲王府书房帮办雍正的机密事务，因为知道的东西太多，雍正在登极前夜"忍痛割爱"处置了他。这是件永远拿不到桌面上的事，以至于雍正每当想到那张迷迷糊糊似醒似睡的面孔，都觉得梦魂不安。听李卫说起坎儿，雍正垂头默思片刻，叹道："坎儿是太聪明，招了造化的忌，短命夭亡……也实在可惜了的。雍王府奴才上千，真得用的并没有几个，他要不病死，如今位分功名也不在你下。唉……这都是命！"说罢仿佛不胜感慨，起身踱了两步，声音带着凄楚吩咐道："不要提这些事了，朕听着难过——你跪安，回去安心办差吧。"

"嗻！"李卫忙答应一声。对坎儿的暴死，他也曾闪出过可怕的念头，但他不敢沿着这个思路去深思，也不愿把这念头和面前曾把自己从苦海中救拔出来的恩人联系在一起，宁可想着坎儿"福命不济"暴病而卒才能心安些。因此李卫也不愿再说坎儿的事，一头答应，叩首辞行，那下头金砖果然磕得咚咚山响。

待李卫离去，雍正立刻启驾钟粹宫小佛堂。这个空灵大和尚入京已经十几天，允祉、允祐、允祥、允禩几个王府都去过了，京师都轰动说是罗汉转世。在江西曾由胡期恒亲自试过，确能呼风唤雨，允祐的老寒腿前些日子发作，疼得起不来床，经他一看，当场诵经，用手一抚便豁然病愈。因此四王联名密陈，可以由他给太后治病延年。雍正自号"圆明居士"，早已皈依释教，他的替身和尚文觉也是一代大师。但是，闲常时分和懂得佛家经义的臣子谈谈禅、对一对机锋语是一回事，在朝廷庙堂宫阙重地祈福禳灾又是一回事。弄得不好不但眼前难免流言蜚语，史笔里加一句"雍正信佛"还要遭后世无穷讥议！因此这次请空灵进宫祈禳三日，他一直没露面，由着文觉和尚接待。刚才去慈宁宫，见太后病体略有好转，他又忍不住想见识一下这个空灵，到底是个真佛，还是江湖骗子？想着，乘舆已在钟粹宫外停住，雍正不言声下轿，摆手命太监们不要传报，径自背着手踱进来，却见马齐提着袍角从小佛堂门口出来，便问："这会子哪去？"

"臣回上书房。"马齐脸色很难看，一边叩头，说道，"求主子鉴谅，臣是孔子门生，不想看秃驴们斗法！"雍正用眼张望了一下里边，大约几十个人的样子，又看看脸色涨红的马齐，不禁扑哧一笑："你是生秃驴们的气呢，还是和朕怄气？朕知道你不信这个，可也没勉强你信嘛！张廷玉不是孔子门生？哦，孙嘉淦还有状元、榜眼、探花不也在里头？也不辱没了他们，偏你就不能忍？就是游戏，姑妄观之无妨。"马齐喘了一口粗气："万岁若是游戏，臣无话可言。不过臣确实有比这要紧的事，方苞先生在畅春园主子的书房，说臣前年给先帝的一份折子，说由各地府县建义仓的，寻不到原件，请臣过去详谈。山东赈灾还缺五万银子，得叫户部赶紧发出去。主子一定叫看这个，臣自然遵旨，不过说心里话，和看把戏差不多。"

雍正被他这些不软不硬的话顶得一怔，想想又不能驳回，半晌才笑道："牛不喝水强按头，各随自己心罢了，朕还勉强你？你既有正经差事，该做什么做什么去吧。"说罢便进了小佛堂天井院。

这里的官员大大小小约三四十个，都是各部院中平素参禅拜佛的信民。大约刚才是文觉与空灵在切磋佛理，官员们鹄立耸听，一个个面带肃色，竟没有看见雍正进来。雍正见佛堂执事太监忙着给两个大师敬茶，料是讲经已毕，正要上去见面，却听官员中一个人呵呵大笑："我还以为二位大和尚有什么真才实学，头竖得葱笔价听了半响，原来不过尔尔！要是这就是悟道，我学生二十年前就可为二位和尚的师傅！"

因为人静，他连说带笑，满脸讥讽之色，格外引人注目，连坐在首位主席上的张廷玉也转过脸来。雍正从人头缝中看时，正是那个行止放浪不检点的新科探花刘墨林，不禁皱了皱眉，却听盘膝打坐在菩提树下的空灵朗声说道："居士，我认得你。姓名不知，文星高照，乃是今科探花！老衲眼目可差？"雍正这才定睛细看，空灵干筋黑瘦，面色如铁，土黄衲子外披着件大红袈裟，半苍的扫帚眉下深凹的眼睛炯炯生光，合着掌款款而言："居士有何见教？"

"学生这探花乃当今天子御笔亲点。"刘墨林挑着眉头嬉笑道："御花园簪过花，琼林院吃过酒，长安街夸过官，北京城论千论万的人都认得，大和尚你也认得，何足为奇？只学生方才听你那些字法妙语，上不见天花乱坠，下不见顽石点头，怎么就称得起三乘真昧？多少有点腹诽而已，不敢称'见教'！"

空灵和尚听了半晌不语，闭目沉思良久方道："居士是富贵中人，不是我清净门生。三乘真昧与君无缘！"

"我学生读书万卷，三坟五典八索九丘无不览之，天球河图金人玉佛无不详之，怎见得与三乘真昧无缘？"

众人谁也想不到这个新科探花会在众目睽睽之下与和尚叫上了阵，不禁都怔住了。挤在翰林侍讲里的徐骏巴不得和尚动了无名火，当场咒死这个怪书生，略向前凑凑，瞪大了眼瞧。坐在上首的张廷玉见刘墨林横中杀出，又想让他出头搅一搅，又怕搅乱了道场惹雍正生气，正想喝退刘墨林，一眼瞥见雍正也在挤着看，便住了口，但这一来，他再也不便坐下了，因假作疏散起身来踱至阶下观望。空灵见有人挑战，看了看上座的文觉，似乎想问该怎么办，文觉和尚双手合掌，脸上毫无表情，说道："探花居士，你可知'欲参三乘，先断六根'？"

"六根不过就是眼耳鼻舌身意罢了。"刘墨林却不知文觉是雍正替身，一哂说道，"这六样东西学生没有了，还留得一根辫子。和尚剃了光头，断了六根，学生竟形容不出是什么了？"

和尚剃得光溜溜的头，再去掉"眼耳鼻舌身意"确实不成模样，众人思量着，已是一片窃笑。文觉自为皇帝替身僧，上至宰辅下至百僚见了他无不控背躬身敬礼有加，空灵又是他专程到五华山请来的，这个小小新科进士竟敢当众挪揄，他脸上就有些下不来，因笑谓空灵道："大师，你密宗不善禅语，我和尚来请教一下刘墨林居士！"

"阿弥陀佛观世音菩萨，玉皇大帝孙行者诸天神仙并七十二洞魔王！"刘墨林向众人做个怪脸，合十盘膝坐下，"请大和尚下场玩玩！"

第二十回　辩偈语斗法钟粹宫　感前因下诏释贱民

　　文觉也是一般土黄直裰，大红袈裟，徐步下阶与刘墨林对面盘坐。他不同空灵，大约保养有术，庞眉白须面色红润，颇有点仙风道骨。他向刘墨林略一点头合掌道："居士既知欲参三乘先去六根，敢问：如何是无眼法？"刘墨林信口答道："帘密厌看花并蒂，楼高怕见燕双栖！"众人中便有人高声喝彩："好！"

　　"如何是无耳法？"

　　"休教羌笛惊杨柳，未许吹箫惹凤凰！"

　　"如何是无鼻法？"

　　"兰草不占王者气，萱花不辨女儿香。"

　　"如何是无舌法？"

　　"幸我不曾犁黑狱，干卿甚事吐青莲？"

　　"如何是无身法？"

　　"惯将不洁调西子，谩把横陈学小伶！"

　　"那么——如何是无意法？"

　　"只为有情成小劫，却因无碍到灵台！"在文觉连珠炮似的质问下，刘墨林左顾右盼满不在乎，信口拈诗对答如流，将佛家六根断法揽之无余，挥洒之间真个风流倜傥神采照人。雍正原是满心厌憎这个"坏了朕名声"的探花郎的，至此竟大起爱才之心，心下暗自掂掇，此人是东方曼倩之流！正胡思乱想，刘墨林笑道："大和尚不必尴尬，方才说过，无非玩玩而已。我是聪明人，不和笨蛋一般见识，更不和和尚斗法——胜之不武，败之适足为天下羞！"

　　"居士好狂放。"空灵在旁瞿然开目，眼中晶莹闪烁，盯视着刘墨林问道，"何见得居士聪明，何见得和尚笨蛋？"他见文觉胜不了刘墨林，出来助阵了。刘墨林道："大和尚，你读过《传灯录》么？昔日五祖弘忍以袈裟度世，五百弟子，必择一钝汉流传佛法。所以金莲法界不是聪明人插足之地。什么叫'钝汉'？笨蛋也！"说罢呵呵大笑！

空灵顿时勃然大怒，脸上一会儿青，一会儿黄，一会儿血红，合掌念念有词，却是六字真言："唵……嘛……呢……叭……咪……吽……"眼睛直盯盯看着刘墨林。刘墨林原先还是笑，笑着突然变了脸色，仿佛全身的血被一下子抽干，惨白着脸呻吟一声颓然倒下一动不动！

众人立时大哗，王文韶、尹继善等几个同年进士一拥而上，扶脉象，触鼻息，掐人中，扶掖刘墨林时，哪里还有一丝活气？众人顿时乱成一团。尹继善便骂："妖僧！这是出家人的行径？"王文韶道："请天子剑斩了他这秃驴！"张廷玉几步赶到雍正面前，跪了叩头道："臣请旨，空灵和尚竟敢在天阙之下妄行妖术，荼毒朝廷命官，罪在不赦，当发顺天府严鞠重处！"这时，人们才晓得皇帝早已来了，"嗯"地跪了一片。雍正走到昏绝的刘墨林身边看了看他，向瞑目端坐的空灵问道："是你作法治死了他？"

"阿弥陀佛！"

空灵眼皮也不抬，合掌答道："刘居士亵渎三宝，自取罪戾，与贫僧无干！"雍正冷冰冰一笑，说道："亵渎三宝①，罪不至死。你行法置他死地，已经触了国法，杀人抵命，你晓得么？"空灵开眼看了雍正一眼，莞尔一笑，说道："听凭人主发落！"

"好得很！"雍正冷笑着吩咐道，"来人，架起油鼎，炸了这臭皮囊！"

"喳！"

几个太监忙不迭答应一声，一时却也无从寻到能炸人的"油鼎"，末了还是御膳房送来了一口杀猪用的大锅，用几个石碌支了，下边架柴焰腾腾烧起。只顷刻间便青烟缭绕油花泛起，伴着锅下哗哗剥剥爆着火花的响声，吓得一众人等没有一个不是面如土色。张廷玉眼见雍正要发令杀人，惨白着脸"扑通"一声双膝跪地说道：

---

① 佛、法、僧为佛家"三宝"。

"万岁！奴才要谏劝！"

"唔、唔？"

"国家以儒道治天下，万岁崇佛信道，招僧入宫祈禳。臣原本不赞同，万岁原也知道。但万岁本为太后祷福求寿，乃是尽孝道，所以臣不能不勉从君命……"

"嗯，还有什么？"

"妖僧行法致死朝廷命官，已经触了《大清律》第三十二款第十四项，应交有司衙门依律治罪。万岁不应以非刑处置，使天下后世无所遵循！"

他话虽不多，两条却都很有道理：原本就不该在宫中捣鼓这些事情，犯了罪更应该交刑部按律处置，这样当众油炸了空灵，难免要招来更多的讥讽非议。雍正沉吟着正要说话，空灵已经起身，绕着沸腾的油锅转了一遭，笑道："文觉大师，你禅宗门里以寂灭为本，经得这炸果子锅么？"文觉已是慌乱得六神无主，见空灵兀自神色自若地要与自己辩论法门宗派，因合掌急急说道："大和尚已经造罪！贪嗔痴释门三戒，你已经犯戒入了轮回——还不快救起刘探花？"

"这点子凡火未必炸得了贫僧。倒是你说的'嗔'字，贫僧确实犯戒了。"空灵说着，将胳膊伸进油中！众人都惊怔了，几十个人鸦雀无声盯着空灵。只见他口中喃喃诵经，两手在沸油中轻轻划着，捞摸着什么，倏然间从锅内双手擎出一株碧绿绿翠生生连叶带根的莲花！雍正已看得目乱神迷，大张着口一句话也说不出来。空灵微笑着擎着莲花，说道："若不能火中取青莲，佛法僧有何可'宝'？这是人主赐的，谢赏了！"

雍正脸色苍白，嗫嚅良久忙合掌稽首，说道："大师真是活佛，朕……为试探大师法力，不得已出此下策。请活佛广施慈悲，这刘墨林原是有用之才……"

"这有何难？"空灵呵呵大笑，"取一盂清水来！"早有小太监飞也似跑去，用玉碗盛了满满一碗清水端来递给空灵，空灵将青莲纳入怀中，踽步而诵，仍是"唵叭咪……"反复念诵几遍，然后喝口水向刘墨林头上"扑"地一喷，口中说偈：

莫、莫、莫！莫要嗔！探花也非假，和尚也非真。识得灵台
路，但凭一点心。咄——鼠子缩头去，避过猫儿寻！

又复合掌念诵六字真言，那刘墨林已是缓缓坐起，仿佛刚刚睡醒似
的揉着眼，迷迷糊糊问道："我这是怎么了？"

一时众人方回过颜色，各自暗地舒了一口气。雍正因含笑道："你
到鬼门关走了一遭，大师把你请回来的，还不肯皈依我佛么？"刘墨林
这才认清是雍正，一翻身扑倒便叩头，口中却道："生死有命富贵在天，
佛门有什么能耐与夺？臣今早急着进宫，没吃饭，素来体质又弱，太阳
底下晒着，不觉就晕过去了。臣是圣人门徒，誓死不皈释家！"雍正见
他倔强不服，倒也欣赏，笑道："你还想再尝尝六字真言的厉害么？"

"什么六字真言？"刘墨林转脸冲空灵笑道，"我就听你说'俺把你
哄'！"

众人立时哄堂大笑，连空灵文觉也忍俊不禁笑得前仰后合。雍正捧
腹笑得连连咳嗽，说道："好，好！这才是真名士！明儿个你到军机处
当差，帮着转送奏章，起草诏书吧！"

于是自即日起刘墨林便交卸了翰林院编修差事，径入军机处料理文
书事宜。雍正也喜他滑稽多智，无书不通，时时召见顾问。偶尔暇时，
常带着方苞、马齐、隆科多和刘墨林，或下棋、或论诗、或垂钓、或书
画，畅春园、飞放泊、南海子、万寿山等胜迹无处不去。刘墨林自打叠
起全副精神小心侍候。恰此时年羹尧将西征行辕由甘州移防西宁，军务
繁杂，兵部户部和行辕直奏的折片每日都有十几件，都由允祥允禵合议
了，夹上折片由刘墨林送养心殿或咨问张廷玉。雍正又不惮烦巨，每折
必看。因此刘墨林竟是脚不点地地周旋于皇帝宰相和王爷之间。六部里
人眼最尖，眼瞧着这是一颗即将跃起的新贵，哪个不要"先容地步"？
因无论当值下值，刘墨林身边总围着一群中不溜的官员，请安的、回事
的、造访的、致谢的……什么样儿的全有，终日众星捧月价来趋奉。刘
墨林虽觉劳累，却也惬意。但只苏舜卿未脱贱籍，事关官箴，又防着徐
骏一等人攀咬，一时不敢办理婚事。

　　看看五月已至，夏日骄阳渐炽。这五月又称"毒月"，百事多有禁忌。京师各寺院观庙给施主檀越送疏焚褾，宫中民间曝床晒席，拆换帐幔被褥，贴天师符，挂钟馗图，做麝香荷包，浸雄黄酒，蒸角黍，制蒲剑蓬鞭，采百草制柳叶茶，缝长寿线，买避瘟丹的，人们忙得团团转。刘墨林虽不信这些个，自那日事后也有些心障，见家仆们折腾这些个，只一笑也不理会。待到初五这一日，刘墨林启明星刚起便着衣上朝——昨晚接年羹尧军报，要五万套夹衣为西征军士更装，因户部的人都退值，没有来得及办理。按雍正严旨，已经误了时辰，所以得早点去，把文书札子补办停当——至西华门递牌子，听说张廷玉刚刚儿进去，刘墨林才舒了一口气，徐步进军机房写票拟。这是片刻就能办好的事，刘墨林写完，交军机处当值苏拉太监速送户部，便见养心殿太监高无庸进来笑道："刘大人，皇上叫你进去。"

　　"叫我？"刘墨林一怔，忙起身答应一声，"是！——是单叫我么？"高无庸道："还有十三爷十四爷。别的王爷贝勒贝子不是我传的，我不晓得。皇上今个儿要赐筵百官，在广生楼贴字画，比谁的字好，还有赏呢！"刘墨林这才放心，跟着高无庸进来，早见张廷玉立在养心殿檐下招手儿。刘墨林忙进前请安，问道："皇上已经起来了？"

　　张廷玉看上去很高兴，说道："皇上起来半个时辰了，今儿是正经节，要先去钦安殿、天坛、天穹殿、钟粹宫、建福宫拈香。然后在广生楼赐筵，庆贝子、宝贝勒、福贝勒三位阿哥爷陪驾，这会儿祭祀去了。其余亲王贝子贝勒已经着人去传，在广生楼候驾。"刘墨林听着不得要领，试探着问道："张中堂，我是奉旨进来的，不知万岁召见有什么差事，能给透个风儿么？"张廷玉笑道："万岁写了几幅条幅，要世兄挑副好的。广生楼今儿张着几百幅字，一概不署名，万岁爷的也不署名，叫群臣比较哪幅最好。广生楼张贴字画的差事你办，世兄可不能扫了万岁爷的兴！"

　　刘墨林顿时愣在当地，雍正的字写得是没说的，但几百幅字一律不署名，雍正的字混在中间，谁能保得定一定能得榜首？万一落榜，或在二三名，那得头名的又何以自处？想着，刘墨林已是头上渗出细汗，但他毕竟心思灵动，思量一阵已有了主意，笑道："上书房和六部九卿都是常见万岁的字的，不消说的。就怕下边一些人不知起倒，信口胡评。这件事我思量，在纸上做记号，或另外张到醒目处断乎不可，只有将万岁写的句子递出去，下头知道主子写的什么，就好办了——这种事只好找个太监去传递，且要快！"张廷玉低头想想，也只好如此，说道："那就高无庸办吧——我是想，众口一词才好。"刘墨林道："众口一词都选定万岁的字，显见得咱们做了手脚，也不好。倒是有几个倒霉蛋夹七夹八评议起来，反见得真。况且都晓得里头有主子的墨宝，不至于信口雌黄的。"说着三人便进殿来，果见里边长条镶龙乌木案上排着十几幅宣纸字画，却都是唐诗选句选词：

> 新松恨不高千尺
> 恶竹应须斩万竿
> 芳草萋萋
> 大漠孤烟直
> 黄河之水天上来
> 天若有情天亦老
> 我欲因之梦吴越
> 桃花潭水

刘墨林叹道："主上这字确已到了炉火纯青造化入神的地步了，只恐笔锋太刚，有些柔媚文人未必入眼呢——都是好的，叫我怎么挑选呢？"仔细审量半日，选出一幅"两个黄鹂鸣翠柳，一行白鹭上青天"，又选了"桃花潭水"两副问张廷玉："中堂，优中选优，只怕这两副联为佳，你看呢？"

"嗯，就笔力而言，确是这两联最好。"张廷玉托着下巴，思量道，"就气韵而言，我看再加两副——'大漠'和'新松'。左右万岁一会下来，多荐两副由主子圣裁罢了。"刘墨林便将四副字联齐整摆到显眼处，小字抄了交给高无庸："赶紧递送出去，不定还有人出钱买你这个信儿呢！"

高无庸笑着连连答应，刚退出殿，便见邢年李德全还有侍卫德楞泰、索伦、刘铁成、张五哥一大群人簇拥着雍正下来，忙侧身让过。张廷玉和刘墨林早已跪地接驾。雍正今天气色很好，头上戴一顶万丝生丝缨冠，蓝芝地纱袍外罩石青直地纱纳绣洋金金龙褂，穿着青缎凉里皂靴，兴致勃勃进来，看一眼张廷玉，却对刘墨林道："探花郎，看过朕的字了？哪一副中你的意呀？"刘墨林忙赔笑道："奴才和张中堂正为难呢！都挑花眼了——主子几时高兴，也赏奴才几个字，就是奴才祖上积德的造化了！——和张中堂选了半日，好歹选出这四副，得请圣上裁夺后再送广生楼张挂。""好！"雍正看了看晾在中间的四副字，沉思着点了点头，挑出"桃花潭水"和"大漠孤烟直"两副，说道："太多了也不好，就是这两副吧——方才说赏字，余下的任你挑一副。廷玉，你要什么字，趁着现成的笔墨，朕给你写。"

"谢主子恩。"张廷玉忙叩头，说道："奴才早就有意求主子墨宝了，只不敢开口。奴才近日新装修了府门，求主子赐一副楹联以光门楣！"雍正点头笑道："平素确实也无心情舞文弄墨。这几个大案结了，朕心里松泛了些儿。好，就赐你一副楹联！"说着援笔濡墨，略一思忖，在宣纸上正楷写道：

　　　　皇恩春浩荡　　　文治日光华

写罢又端详一下，盖了图章小玺，又注了年月日，递给张廷玉道："你看可成？"张廷玉双手接过，眼中放出大喜的光，"……只是奴才何以当得起这十个字？把奴才磨成粉也报答不了万岁爷高天厚地之恩！"说着泪水已夺眶而出。

一时刘墨林也选出来了，却是"两个黄鹂"一联，雍正却未用玺，只用朱砂泥印了"园明居士"四字，笑道："'园明'有佛家意，你死活不信佛，算是和尚赠秀才的，也算得体，就赐给你——邢年，你带这两张去广生楼——不许张在正中，听见了？"因见刘墨林也要辞出去，雍正又道："你且停停，一会儿和廷玉一同过去。"刘墨林只好站住。

"廷玉，"雍正的神色庄重起来，声音有些滞重，"年羹尧出去也快半年了，只见要东西要钱粮，至今一战未交，朕心里很不踏实。想和你议一下，要不要派个钦差大臣前去督军呢？"张廷玉沉默着思索良久，说道："主子的意思奴才明白，想早点打好这一仗。但用兵的事不同政务，一个蹉跌无可挽回。年羹尧当年随先帝西征时已是将军，持重而进，正是他的长处。本朝名将战法不一，巴海善于周旋，有耐力能持久；赵良栋善穿插，能奔袭；图海善对垒能攻坚；飞扬古善战阵，能苦战；周培公机变多智远虑深谋，可谓是全才。可惜风流云散，都已下世。看年某光景，节制部署、进退尺度很谨慎，似乎步了图海的后尘，他也是求毕其功于一役，志在必胜。主上不必焦虑，以奴才拙见，三月进驻平凉，四月推向西宁，并不迟缓。军机处可以再发六百里加紧文书，一并让岳钟麒拆开，叫年岳二人合议回奏，几时可与罗布藏丹增接战，万岁看可否？"雍正皱着眉没吱声，半晌，看着刘墨林道："你有何见解，不妨说说。"

刘墨林参议这样大的军国重务还是头一次，思量了一阵，回答道："臣以为张相奏的甚是。康熙五十六年兵败，六万山东弟子无一生还，前车之鉴令人心畏，朝廷实在是赢得起输不起了。年羹尧持重进军，臣以为正为从大局着眼。至于派监军督战，臣期期以为不可。前明土木之变，松山之败一直到甲申鼎革，就因将军朝廷离心，常派监军掣肘将帅，一军而两帅，一事而异心，最是兵家大忌。所以圣祖爷征台湾，专用施琅，李光地虽有督军之名，其实只在后方筹粮饷支应军火——只可催问年羹尧何时进军、何时接战，保障军需供应，不可提调军务，派员督战，那是要坏大事的。"

"用人不疑，疑人不用。"雍正讷讷自语道，"好吧——既如此，就不派钦差大臣了。廷玉，你从二等侍卫里头选十名，要年轻些的可望成才的，拟个名单给朕。派他们到年羹尧军中效力。"张廷玉这才听出，雍正是对拥兵在外的年大将军不放心，顿时心里格登一声，忙赔笑道："岳钟麒资历战功其实与年羹尧不相上下，有他在，朝廷也还是容易节制的……""你说哪里去了！"雍正笑道："年羹尧朕若不放心，怎么肯把二十几万军士交给他？你自想想，当年圣祖要是多派些亲贵少年在飞扬古帅帐里学习用兵，何至于今天选个主帅就这么烦难？"

刘墨林这才恍然大悟，敬佩地注目着雍正不言声。张廷玉却深知雍正秉性，年羹尧帐下上千的青年弁佐，何必万里迢迢派侍卫去"学习用兵"？想归想，口中却道："万岁圣虑远谋，居安思危，臣心服之至！"

"刘墨林，"雍正闲适地呷了一口茶，微笑道，"你这个人才具颇为可观，朕听说你和一个青楼女子打得火热，可是有的？"刘墨林头"嗡"地一响，忙跪了回道："此事实有，臣以为情之所钟无分贵贱。苏舜卿虽是贱籍，但卖艺不卖身，守身如玉，不可与寻常娼妓等量齐观。况臣与苏为风尘知己，贵而弃贱为不义，求主上明鉴！主上既说到这里，臣索性恳求主上为苏舜卿脱去贱籍，成全臣这一段姻缘。"雍正点头笑道："才士风流，不是什么打紧的事，不过单为苏舜卿脱籍，用恩似乎太窄了些儿。衡臣，朕有意颁布明诏，为普天下贱民一律脱籍，耕读渔樵，与庶民一律，你看如何？"

这是一道非同小可的谕旨，"耕读渔樵与庶民同"，那么王八戏子吹鼓手也就可能入仕做官，张廷玉作为名宦名儒，打心底里是不赞同的。但他也隐隐听说过，雍正为皇子时，曾被乐户从洪水中营救过，还与一个贱民女子情笃意合，今日不过借刘墨林这事还夙日旧愿，公然反对等于给自己种祸。想着，笑道："主上仁心通天，这实在是善政。自前明永乐靖难，黜落建文旧臣，沦为贱民，数百年来已繁衍百万之众。水深火热犹如覆盆之暗，一旦拔脱得见天日，怕不家家生佛烧香？然臣仔细思量，这类贱民操贱业已久，并不懂商贾稼禾营生，不操贱业反而生计艰难，似不可强行一律，应听其自愿。再有就是，官吏守牧为君子重器，乍然脱籍即能应试入庙堂，有伤物化文明观瞻，可否脱籍两代之后方许读书仕进，以示朝廷崇儒重道的本旨？"

"好吧！"雍正仰着脸思索良久，觉得张廷玉的奏议无可挑剔，囚笑道："这是老成谋国之言，就是这样，拟旨后明发就是了。"说着，邢年进来打千儿道："主子，广生楼的字画都张好了，筵宴布齐，各位王爷贝子贝勒和与筵大人都已在广生楼前会齐了。"

于是雍正乘软轿，张廷玉随侍在侧，刘墨林从后，迤逦向地处紫禁城西北的广生楼而来。过御花园时，雍正见荷塘上新修了一座拱桥，桥栏还没有装好，便下了轿，一手扶着邢年一手扶着高无庸上桥。刘墨林在后说道："主子，这叫步步登高！"雍正没言声，待下桥时又问："刘墨林，这叫什么？"刘墨林笑道："这叫'后头比前头高'！"雍正不禁一笑，张廷玉见他如此能爬杆儿，暗自皱了一下眉头。待过了桥，已见弘时弘历弘昼三个皇阿哥从御花园东门迎了出来。雍正呆着脸站住，问道："你们的字张挂出去没有？"

"皇阿玛，"弘时忙躬身赔笑道，"我和老五各送了三副，弘历是两副，听太监说阿玛只选了两副，我们兄弟各减为一副。都是太监去张挂，儿臣不敢僭越作弊。"

"嗯。"雍正看了看三个儿子，问道，"弘历，你为什么只选一副？"弘历笑道："儿臣书法笔力并不出色，不敢与皇阿玛和书林宿儒较短论长，聊书一副，不违圣命而已。"雍正道："也罢了，今儿御筵你们就不必入席了，在旁给臣子们斟酒。他们这些办事人忙了半年，你们代朕做东，殷勤些儿也是该当的。"说罢便出御花园西门。广生楼前筵桌旁早已等得饥肠辘辘的大臣们见他们过去，静鞭三响便一齐跪了高呼："万岁！"

雍正颔首微笑，说道："都起来吧！今日以文墨会友，君臣大礼不可过拘，太拘束了就无味了——好吃的不怕晚，我们先看这些字画，评出状元来再入席吧！"于是雍正领先，一百多名部院尚书侍郎、都御史、理藩院尚书侍郎（满人）大理寺少卿，还有翰林院的人却不分等级一律荣与。掌院学士以下，侍读学士、侍讲学士、侍读、侍讲、修撰、编修、检讨，上百的人都随着上书房大臣隆科多、张廷玉和允祥、允禩等诸王鱼贯入内。

广生楼是东六宫最大的一座望楼，因楼上供着广目天王，太监们都叫它"广生楼"。楼下祭祀用地为圆形，约有半亩大小，围匝都用玻璃大窗，十分轩敞明亮，翰林们和部院大臣的书法和画都张在这里，总共也有二百副上下。字一半是"圣天尧德"、"万寿无疆"，一半是唐诗宋词，墨沸淋漓笔如龙蛇，都用足了精神。还有些画儿，却多是"花开富贵"、"国色天香"，或春兰、或秋菊、或奔马、或卧牛、或山水、或龙凤也不一而足。众人心里已是都有了数，默看着，寻着雍正的字，暗自写在纸条上预备交差。雍正却在一幅钟馗图跟前站住了端详。笑道："这画儿也算画得入神了，可惜没有题跋，谁能即席一首为此画增色？"

"臣可否一试？"刘墨林因未能参与比赛书画，正自技痒，见众人无人敢应，遂大声道："臣为此画题诗！"见雍正颔首微笑，便向楼隔扇门口的小桌上提了笔，饱蘸浓墨，盯着画略一沉思，疾书：

> 面目狰狞胆气粗，榴红薄碧座悬图。
> 仗君扫荡妖魔技，免使人间鬼画符！

一笔怀素狂草如疾风骤雨，真个酣畅淋漓，众人未及喝彩，雍正急道："你再加一首朕看！"

"喳！"

刘墨林毫不迟滞，也不再蘸墨，接着一首：

> 进士头衔亦恼公，怒髯皤腹画难工。
> 终南捷径谁先到？按剑输君作鬼雄！

"好！"雍正见他如此捷才，不禁击节称赏，"字也好——还能否？"刘墨林不言声，向画天头又是一首：

> 何年留影在人间？处处端阳驱疠疫。呜呼！世上魍魉不胜计，
> 仗君百十亿万身，却鬼直教褫魂魄！

雍正站在那画面前看了又看，回头问道："这钟馗是谁画的？加上这诗，可收进三希堂封存传世。"说罢便命："开筵！——把各人选定的头二三名呈翰林院，由翰林们秉公评议！"

于是官员们纷纷谢恩入座。雍正因不见王掞，便问马齐："怎么不见王师傅？"马齐小声道："王掞已病了两天，腹泻不止，昨儿就要写遗本，奴才去看他，劝慰了几句。今儿方苞先生去看他，也是怕有个万一。若真的病得不成了，再写遗折也不迟。"雍正见自己不下箸都不敢动，便笑道："太后这几日病体稍安，朕心里高兴，今儿去请安，老佛爷懿旨，一年里头一个元旦、一个正月十五、一个八月十五，再就是端

午，是要紧节日，忙了这许久，叫办差的人松泛一下——把胙肉分给侍卫们些，大家尽情用吧！"说罢端酒抿了一口，又夹了一口菜，众人这才敢举箸用餐。雍正这才招手叫过李德全："叫三个阿哥给大家轮桌劝酒。你去御药房，看有鲜英格①，给王师傅送些去。方先生要是已经回畅春园，照这里的样子送过一个席面赏他。"

"喳！"李德全忙答道，"回主子话，鲜英格是有，只是现在还不熟，可使得的？"雍正道："不熟的不能用。旧的力大，性太熟，留心着量也可用。养心殿还收着些木瓜膏，最能止泻，也送些儿去。"李德全忙连连答应着去了。雍正自坐了首席，与众人说笑，只偶尔夹一口素菜，却不饮酒。

弘时弘历弘昼三个阿哥也是凌晨五鼓就进来了，在毓庆宫做完功课，读了雍正指定的《四书》章节，又转过来侍候雍正。此时已近午时，三个金枝玉叶早饿得前心贴后心，偏生雍正不让入席，叫他们轮桌把盏，看着满桌珍馐佳肴却一口也不敢吃，一句怨言也不敢有。弘历和弘昼倒还没什么，弘时便一脸的不快。好容易劝完这十四五桌，见翰林们呈送评选书画的禀条呈送上去，是个空儿，弘时一个眼风，三个人便退出了广生楼。却见几十个侍卫都在吃胙肉。从天穹殿抬来的大条盘上垛满煮熟的胙肉，热气腾腾散发着浓烈的肉香。弘时便道："四弟五弟，你们饿不饿？"

"我不饿。"弘历说道，"这是胙肉，就是饿，没有旨意，也不敢吃。昼弟，你素来羸弱，真饿得受不得，毓庆宫我书案上还有两块点心，叫人拿来给你充充饥。"弘昼才十一岁，肚里饿得咕咕叫，但胙肉是祭祖用过的，没有旨意谁也不敢吃。他眨巴眨巴小眼睛，"咽"地咽了一口唾液，说道："我也不饿。"

弘时冷笑道："这肉有什么贵重处？侍卫们都吃了，偏我们就动不得？"说着便上前用刀切下三块，用盘子盛起，推给弘历弘昼各一盘，自己用刀挑了一块正要往嘴边送，邢年匆匆赶出来传旨："宝贝勒，万岁爷叫进去呢！"

---

① 英格：止泻药。

"是单叫四弟，还是我们都去？"

"万岁单叫弘历，没听说叫二位爷。"

"你不知道叫他什么事？"

"回三爷话，万岁赐宝贝勒胙肉！"

弘时的脸色立时变得异常难看，连刀子带肉"咣"地扔进了盘子里，似笑不笑对弘历道："四弟，看来你福分大，我们兄弟都要沾你的光儿了。"弘历明知哥哥是揶揄，只向弘时微微一躬，便忙忙跟着邢年进了广生楼。

第二十一回　吃胙肉兄弟生嫌隙
　　　　　　蓄险心王府策宫变

　　广生楼中评字评画已经揭晓。雍正的两副字和那幅钟馗图被另外挑出来，用屏风张挂在御座之后，煞是显眼。两副字自然是御笔，那幅画却是曹文治的手笔，由刘墨林题诗，密密麻麻占满了右上角空地。弘历一边行礼，起来恭谨地瞻仰了一下两副字，退了两步垂手侍立。

　　"你这番辛苦不小。"雍正看着自己的儿子，真个目如点漆面如冠玉，剃得籁青的头，后边一条油光水滑的辫子直垂腰间，一身半旧的团龙褂浆洗得干干净净，熨得平平整整。比起弘时的故作俭朴，弘昼的不修边幅，另有一番自然风流态度。雍正说着，沉吟了一下向众人道："你们都知道了，山东总督陈佶、巡抚郑庆元、布政使金允恭三名大员一同革职查抄。就是四阿哥宝贝勒带着史贻直亲赴灾区，微服化装成灾民，吃舍饭、野菜，一连查了几个月，查出这群墨吏侵吞赈粮的实情。自四月之后，山东没有饿死一名灾民。"

　　众人不禁愣了，都把目光投向从容自若的弘历。山东总督、巡抚、布政使三大宪同时解职罢官锁拿进京，是昨日才见的邸报，谁都不知是犯了什么罪——这么长时间不见四阿哥，原来竟是化装成叫化子前去私访了！

　　"国家褒功奖能有制度，虽天子也应本功授受。"雍正从容说道，"趁今日诸臣工都在，朕下旨：弘历着进宝亲王，加授十二颗东珠。李卫发奸摘隐，以实奏闻山东赈灾情由，赴两江任阶，督催亏空补实卓有实效，着进两江总督实缺。田文镜催办亏空，督运大营军粮有功，着补河南巡抚。原任两江总督，河南巡抚进京述职，另行委差——衡臣，筵席散后，你就拟旨，竟不用廷寄，明发天下！"张廷玉忙在旁躬身答应道："奴才遵旨！"弘历便忙伏地叩头谢恩："儿臣何德何能，蒙承父皇殊恩!"

雍正笑道:"你当得起。你做事沉得下去,务实不事虚华,这就难得。山西诺敏不也曾派人去过么,差点诓了朕去!——来,赐宝亲王弘历一块胙肉!"下面众官见弘历乍然间受到这么高的宠赐,立时一片啧啧称羡之声。

弘时弘昼两兄弟在楼外,里头的话听得清清楚楚。弘昼还小,倒也无所谓,弘时已是变了脸色,眼见李德全出来,小心翼翼用刀方方正正切了一块胙肉,用黄绫袱面盖着端了进去,弘时咬着牙笑道:"饱汉不知饿汉饥——没人赏,现成吃不完的肉,咱们吃!"便端了一盘,用手撕着大嚼。因见侍卫索伦用海碗端着一块肘子过来,弘时笑道:"这没盐没酱的肉,肥腻腻的,也亏了你们侍卫,每日价狼吞虎咽,竟吃得下!"索伦笑道:"奴才有奴才的办法。三爷把这纸泡在碗里,再尝尝看!"说着从怀里取出两张桑皮纸。弘时吃了两口,已觉发腻,诧异地接过那纸,学着索伦的样子泡在肉汤里——那纸都是用盐、酱和各种调料浸透晒干了的,稍停一时再尝那肉汤,便觉咸淡适口鲜美异常。弘时饿急了的人,顿时便吃得饱胀。弘昼却没哥哥大胆,站在一旁咽咽咽口水。

不料刚刚吃饱,高无庸端出两大盘黄焖肥鹅,都有斤许来重,也用黄绫盖着,宣旨道:"二位爷,这是万岁爷赏你们的。"

"喳!"

二兄弟叩头接旨,一人接过一盘。君有赐,臣不敢辞,这是必须吃完的。弘昼是饥火中烧,自然欢喜;弘时已是满肚子饱胀欲死,打着呃儿,望着那只肥鹅,恨不得一脚踢飞了那盘子!

这一餐端午筵席直到未初时牌方散。雍正也别无赏赐,每个与筵官员一束青艾,一瓶雄黄酒。只刘墨林多少便宜了些,外加了一方青玉镇纸和一把湘妃竹扇。他兴冲冲满面红光出来,恰遇曹文治在隆宗门外和王文韶说话。曹文治见他出来,远远便笑道:"真真便宜你!我画这幅钟馗图费了多少精神,你轻轻巧巧三首诗,就夺了功劳去!"王文韶却道:"还是你占了刘年兄便宜,单凭一幅钟馗图,怎么能存进皇史宬的金匮里？”

“就是这话，还是文韶公道！”刘墨林嬉笑道，“我还没恭喜你呢，年兄嫂晋封光华夫人，难道你不该请客？”王文韶诧异道：“是么？怎么没见圣旨？也没这个先例呀！”刘墨林笑道：“状元公，太老实了！忘了万岁爷赐张中堂的楹联了？”曹文治和王文韶这才想起来，不觉相视大笑。一时却见尹继善陪着三贝子弘时过来，三个人便止了笑上前给弘时请安。王文韶见弘时气色很不好，便道：“三爷，早起见三爷还好，这会子看去脸色有些发黄，敢怕着了时气？继善，你通医道，没给三爷瞧瞧？”

弘时吃了胙肉又吃肥鹅，满肚子的不合时宜，黄着脸勉强笑道：“不相干。方才继善瞧过了，胃气有些不适，回去歇歇儿就好了。”尹继善肚里暗笑，却不敢说破，因道：“咱们送三爷出去吧。”弘时腆着肚子忍着疼和三个鼎甲进士一步一蹭出了西华门。临上轿前，尹继善向弘时耳语了几句便退回来。刘墨林问道：“你这人鬼鬼祟祟的，这叫怎么回事？”

“说给你们不许外传。”尹继善拊掌而笑，“昔日孔子过陈蔡，饿得要死，今日三爷赴御筵，饱得要死，他纯是撑出来的病！我叫他上轿用手抠一下嗓子，吐出来万事大吉！”王、刘二人这才知道原委，都不禁破颜一笑。尹继善笑道：“阿哥爷们的事，咱们休管。告诉你们一句话，皇上最厌科甲习气，不喜欢进士们有事无事往一处凑。弟已经接了吏部票拟，明日启程去金陵，年兄在京也当心些儿，皇上耳目厉害！”

雍正耳目灵通，大家都领教了的。尹继善话音不高，语气却很重，三个人都噤住了。王文韶说道：“年兄到金陵办什么差？”尹继善低头叹息道：“奉旨抄家。李卫有密折，隋赫德抄曹寅家产，私自隐匿侵吞黄金四百两。我这去抄隋赫德的家。”三个人本来高高兴兴的，不知怎的，心头都是一沉。曹寅家自太祖时就归了清，赫赫扬扬，已是近百年的簪缨望族，亏空国库七十万两白银，也都为圣祖六次南巡，四次住在曹家，为接待先帝用了的，说声“抄”，忽拉巴儿就穷得精光。隋赫德查抄曹家才几个月，如今又轮到他自己被抄！宦海风涛如此险恶，谁能不触目心惊？三个人正暗自嗟讶，见隆科多摆着四方步出来，点头一会意，便要各自上轿，隆科多却招手道："刘墨林，万岁招你进去，在养心殿小书房和你下棋，快点着进去！""是！"刘墨林躬身肃立答应一声，忙趋步进去。

隆科多是奉旨去廉亲王府传旨的。本来应该从东华门出去，但他的轿停在西华门外，还捎带着传命刘墨林进去侍驾。既然碰到了刘墨林，也就省了事，径打轿向南，由午门趄东直门出老齐化门，朝阳门外运河码头北，一带粉墙中老树婆娑，墙头榴花似火，墙下蔷薇篱结——内中便是巍峨壮观的八王府了。隆科多的绿呢大官轿在照壁前一落，廉亲王府司阍长随便赶上来，见是隆科多哈腰出轿，又听是来传旨，只打了个千儿便飞也似跑了进去。须臾便听炮响三声，朱红镶铜钉、带着斗大辅首衔环的中门呀呀而开。廉亲王允禩头戴织玉草东珠朝冠，脚蹬粉底冲呢皂靴，身穿片金缘绣文九蟒蟒袍外罩石青四爪正蟒团褂补服，带着一群长史、府吏、笔帖式和太监直迎出来，将隆科多让进王府正门——香案是早已摆好了的，待隆科多南面立定，允禩便行三跪九叩大礼，说道：

"臣允禩恭叩万岁金安，接圣谕！"

"圣躬安！"隆科多瞟一眼允禩，一脸庄敬之容，徐徐说道："廉亲王允禩才识宠卓，勤劳王事，劬劳不避烦难，着即加封总理王大臣，赏食双亲王俸，仍在上书房，与允祥掌理国事，佐辅朕躬，钦此！"

"谢恩！"

允禩深深叩下头去。

"王爷，恭喜您了！"隆科多宣完旨，满面堆下笑来，双手搀起允禩，甩马蹄袖便要打千儿。允禩急扶住道："舅舅，这万万使不得——西花厅设筵——舅舅请！"

隆科多却深知八王府筵无好筵，是是非非之地，想起上次与九阿哥的那席惊心动魄的谈话，更不愿在此久留，忙辞道："王爷，万岁爷今个儿还要去畅春园，我得从驾。去迟了不恭，王爷的厚情改日再领不迟……"

"得了吧！"允禟从屏风后闪了出来，摇着一把泥金檀香木扇，慢悠悠踱着，似笑非笑说道，"舅舅，别以为皇上的耳朵就那么长！皇上那一套只好吓唬王文韶这样的书呆子！八王府数十年经营，上上下下几百口子人，都是八爷的家生子儿奴才，过了粗罗过细罗，筛过不知多少遍了！和你说几句体己话打什么关紧？我们叫你谋反了么？"允裪却爽朗地一笑，说道："舅舅，老九那张嘴你还不晓得？刀子嘴，豆腐心！皇上今儿到畅春园是去见方先生。张廷玉和马齐从驾，还有礼部的人。老王捱不成了，上了遗折，他们要去看看。山东亏空二百万银子，要派宝亲王去催，江南、浙江、江西三省亏空七百万，要和方苞商量着派钦差大臣去催。根本没有你这个领侍卫内大臣的事——！不过，舅舅，我也知道我是是非之人，我这地方是是非之地，并不敢一定攀你。一处谈谈，也为你好，若一定不肯，甥儿也是不敢勉强的。"

允裪不紧不慢，从容不迫侃侃言来，句句温馨可人，毫不剑拔弩张，但字字都带着骨头，绵里藏针，而且对雍正的行止一举一动了如指掌到这地步，真让人摸不透，他手下到底有多大一个密探网为他效命。隆科多听着，大热天儿，竟无端打了个寒噤。想着，笑道："我也是怕皇上一时寻我有事，不在跟前怕失礼。八王爷既这么说，我就愧领了——至于别的心思，我是没有的，王爷原就是亲王，如今又加恩总理王大臣，天子驾前第一人，也正该贺一贺！"

"哈哈哈哈……"允裪突然纵声大笑。

"千岁……"

"走，走。这里不是说话处，花厅里去！"

隆科多满腹狐疑随着允裪和允祹步出王府正殿，从月洞门进西花园，穿过一带月季花藤密密编起的花廊，里边豁然开朗一片绿莹莹的空场，碧波荡漾的海子边柳丝拂风，黄鹂鸣啭，一座歇山式压水三楹小殿矗在岸边，与湖光树影相映生辉。隆科多不禁赞道："神仙去处！"

允裪没有回答，将手一让请隆科多进了书房，却见两个人已先在里边正在专注地弈棋，见他们进来，两个人一齐推枰起身。允裪笑着道："我来给你们介绍：这位就是上书房满大臣领侍卫内大臣兼步军统领九门提督、皇舅舅隆科多。"又指着下棋的一位五十多岁的清瘦老者道："这位汪景祺先生，号星堂，是原来上书房大臣索额图门下清客，康熙五十三年举人。这位空灵大师，就是日前在宫中为太后祈禳的密宗大法师了!"

"久仰久仰!"隆科多心中十分震惊。他万万没想到空灵这样的神僧居然和八爷党有这样深的渊源,更猜不出汪景祺这样一个小小举人,为什么成了廉亲王府的座上客,而且位置似乎还在空灵之上!想着,不禁问道:"星堂先生,现在哪里恭喜?"这时,家人们已经抬进一席热气腾腾的席面,允禩不等汪景祺回答,在旁笑道:"我们坐下慢慢叙。来,来,也不用安席,随意坐吧!"

允禩坐了主席,亲自执壶为各人斟了门杯,笑道:"你们看这位舅舅。如今已见了老态。当年可是金戈铁马气吞万里呢!先帝爷西征,在科布多被围,是舅舅背着先帝突围出来,舅舅是大清的介子推,擎天保驾,应该有今日荣耀富贵!我先敬舅舅一杯!"隆科多最怕的是沿着上次与允禩密议的题目说话,见他说起这些,略觉放心,忙端杯道:"今儿是八爷的大喜,加俸加官,我那些陈谷子烂芝麻的事有什么说头,还是王爷请!"允禩接过杯,盯着杯中琥珀汁一样的酒,良久方叹道:"就算是吧!我喝了这杯。舅舅,我知道有些话你不愿听。大凡人都是如此,得意时常忘后路,喜吉而畏凶,一句扫兴话也难入耳。哲人高明之处也正在此,老子于是就说'福兮祸所伏',我心头清明着呢!"这些话隆科多听着确实如坐针毡,可又不能不听,默思良久,终不能一语不发,因干笑一声道:"八爷,话既说到这份儿上,我也掏心窝子说几句。早年的事都已经过去了,心里总折腾着这些个,有百害而无一利,木已成舟,生米熟饭,到了这个山上,就唱这山歌。圣上为人确实精细,恕我说句罪过话,存心并不宽厚,这是人人都晓得的。不过良心话,待八爷满好的。苏奴是八爷的人,先年保八爷当太子,被先帝剥了黄马褂,如今又晋封贝勒;佛格,一个闲散宗室,也和八爷过从很密,皇上如今用他作刑部尚书,阿尔松阿如今也是刑部尚书,佟吉图是六叔佟国维的本家,皇上一即位就封了山东按察使,上月又进位布政使——先帝爷在时,八爷保举过多少次的人,如今都大用了。王爷今个儿又蒙恩为总理王大臣,圣眷是很隆的,依着我看,皇上虽刻薄,却并不寡恩,兄弟情分上很顾全的了。"允禩听了格格一笑,又是没言声。

"隆大人你还没说完。"坐在下首的汪景祺说道"八爷的世子弘旺如今进了贝勒，皇孙里是头一份。废太子允礽如今虽然还囚禁在上驷院，内廷有讯儿，就要移居咸安宫了。外地进的贡品时鲜，皇上都要分赐给允礽些。允礽的长子弘晳，也进封了郡王——就是马齐，当年还不是皇上的对头？如今在上书房和张廷玉平起平坐——我说的有假没有假？"

"都是真的。"隆科多面无表情，盯着这位精干清癯的老举人，揣摩着他话中的意思。看允禩和允裪时，都是微笑不言，夹着菜慢慢嚼着静听，只空灵和尚似乎一切都无所谓，双手抓着一条金华火腿大吃大嚼。汪景祺以箸画桌，口气陡地一转说道："还有另一面隆大人也不可不留意。理藩院都察院两院长官已经联名具折，弹劾大将军王允禵大闹先帝灵堂，君前无礼，请削为庶人以正朝纲——""这个我知道。"隆科多冷冷说道："皇上已经留中不发。"

汪景祺一笑，说道："留中不发是因为怕太后发怒，并不是已经结案。隆大人，大内选了十名侍卫，'护送'九爷前往西宁，在年羹尧帐下学习军事，不知大人您知道不知道？"选侍卫去西宁的事隆科多已知道了，只想不到还顺便发配允裪也去西宁，他不禁看了一眼允裪。允裪喝了一杯酒，看着隆科多，沉重地点了点头。

"九爷，"隆科多已被这个汪景祺说得心里发毛，"这事圣旨还没下，要不要我在万岁跟前斡旋一下？"允裪哼了一声，冷笑道："你有那么大面子？我几次亲自请求，等送了先帝去陵寝再启程，我的四哥扬着脸睬都不睬！"汪景祺又道："九爷是这样发落，让年某人软禁起来——十爷呢？他今儿个没来，是心里不痛快。哲布尊丹是喀尔喀的台吉，来京奔康熙爷的丧，病死在京师。本来嘛，这样的事由理藩院去个尚书送他灵柩回去也满尽礼的了，皇上偏叫十爷亲自送！喀尔喀离这里万里之遥，要过沙漠瀚海，还要绕过青海战场，你自想想，这是不是个送死的差事？"

隆科多愈听愈惊，脸色变得苍白，他已经明白了这个王府清客话中的潜台词，想了想，不甘示弱地说道："这都是朝廷的事。先生，你关心的未免太多了吧？"

"我这就要说到您。"汪景祺眼中闪着绿幽幽的光，"您自以为是顾命大臣，受皇上不世之恩，我一点也不疑，你一心一意想为皇上办事，忠心耿耿——放心，九爷不会用那纸文书逼你做什么事，凡事要讲情愿！隆大人，你是总领提调京城兵马的长官，驻畅春园西的锐健营、绿营换防，你知不知道？丰台大营提督内定了图里琛，你知不知道？热河都统已经由狼曋的侄儿海因接管，你知不知道？——啊，隆中堂，你不要惊愕，还有你不知道的呢！马尔音已经有密本参奏你，说你卖官受贿，在密云祖陵置庄园一百顷；你上朝时从十二爷允祹面前擦身而过，礼亲王参你'跋扈无礼'，你说二十三爷允祕'童稚无知'说过没有？中堂，二十三爷是你说得的？当日拥立皇上枢前即位，二十三爷是头一个顶住说'先帝说传位四哥'，比十三爷还早！你看他七岁，所以就敢这样说他？你说没说过，'白帝城受命之日，即是死期已到之时'——还有——"

他侃侃而言，如数家珍，隆科多早已浑身透心冰凉，他强压着心头慌乱，一手紧攥着，另一手捏着椅柄，嗫嚅了一下，连自己也不知道说了句什么。

"天威难犯。"允禩向汪景祺摆了摆手，说道，"舅舅你说得很对。因为你自己心里明白，你压根就不是忠臣。你方才不是问我为什么发笑么？我就笑你不学无术，不懂帝王心也！当日圣祖爷智除鳌拜，也是先加封鳌拜为一等公，第二日上朝，便被魏东亭、李煦、曹寅一干侍卫在毓庆宫就地擒拿。如今一边拉着我，一边整治老九老十和老十四；西边靠年羹尧打一个大胜仗，南边靠李卫田文镜这些人催讨国债，接着再整顿吏治，急敛暴征荼毒百姓。文德武备双管齐下，一旦羽毛丰满功成名就，还要你这个顾命大臣？你自诩为诸葛亮，辅了先帝佐后主，这是一厢情愿，雍正皇帝，可不是阿斗！"

隆科多猛地抬起头来，眼中满是凶狠的光，咬着牙说道："八爷！这些话你早说一年，如今养心殿里坐着的就是你！只消我在传遗诏时……唉！这都是造化弄人！今日算是说透了，说透了又有什么奈何？你说个章程……我尽力办！"

"好！这才像个满洲汉子，真豪杰！"允禩一击案站起身来，走近了隆科多，"我实言相告，无论八爷、十爷还是十四爷，我们早就死了篡位称帝的心。为我爱新觉罗氏大清江山不至于出一个秦始皇那样儿的暴君，也为我们不被一个个送到屠刀之下，我们得设法另拥一个英主！"

"……谁?!"

"阿弥陀佛！"空灵早已吃饱喝足，瞑目端坐听着这场"三英战吕布"式的谈话，至此双手合十，音如金石般掷地有声："三阿哥弘时龙日天表贵不可言，乃是救世真人！"

弘时！隆科多顿时目瞪口呆。雍正的三个儿子都是他从小看着长大的，在隆科多眼中，弘时连弘昼也不如，更不必说好学敏进、风流儒雅的弘历了，这样一个人会有帝王之份？但他很快明白了面前这群人的真正意图，不过是寻个傀儡当幌子。但这一层是日后的事，眼前根本不能说，隆科多略一怔，也合掌回礼，说道："大师深通天人之理，领教了！不过我不明白，大师既能当时致死刘墨林，为什么……"下头的话，即使到了这种时候，也觉碍难出口，便闭住了嘴。

"雍正有三年帝王之份，气数未尽。"空灵说道，"就是刘墨林，寿数未终，和尚也不敢违天行事，只他太过欺蒙师祖，小加惩处而已。道法自然，大道之数不可亵，阿弥陀佛！"

允禟瞥了空灵一眼，叹了一口气。空灵是他千方百计绕了多少极复杂的圈子请到北京的，此人有些异术不假，其实他的真实本领只是武学，是个武僧。允禟心里雪亮，却不能说破，干咽了一口唾液说道："一日三秋，度日如年，三年也够我们熬的。隆中堂，天与弗取，反受其咎，我们已经错过了一次良机，不可一错再错了。"隆科多此时死心塌地，已不再犹疑，端起酒满饮一杯，黑红的脸放出光来，将酒杯一墩，说道："八爷、九爷，我铁了心了，你们吩咐吧，要我做什么?"他看了看允禩，允禩却不吱声，跷足而坐，摇着扇子只是微笑。

"不要忘了，八哥是总理王大臣，你是总理事务大臣。我们一座之中有两位位极人臣的人。"允禟目光炯炯有神，望着窗外的碧波涟漪，缓缓说道："自今之后，你不要轻易来见我们，我们仍是'政敌'。稳住这个局面。原来我们想借张廷璐的事，请张衡臣与我们联手。但张廷玉是汉人，汉人，没几个好玩艺儿，胆小心大，功名性命第一，难得指望。现在最要紧的是稳住年羹尧，他带着二十几万兵，就是心腹中军，铁心只听年某的，也有两万多人。事情有变，年羹尧即便中立，我们也有七八成把握。"

隆科多摇头道："年亮工我左右不了，都是皇上一手提调，他远在万里之外，说不上话，用书信更是不妥。"

"年羹尧的事不要舅舅管。"允禩在旁说道，"九弟要亲自去'军前效力'，由九弟来办。还有这位汪先生，我已另叫人荐到西宁军中作年亮工的军幕——你嘛，相机能除掉方苞，就是大功一件！"

隆科多忡怔了一下，说道："方苞一介书生，只是在畅春园料理一些文书事务。何必打他的主意？皇上一天也离不了他，圣眷那么隆重，离间也难。"

"这我都知道。"允禩不动声色地道，"可以硬来！"

"闯宫杀人?!"

"嗯。"

"皇上——"

"皇上，"允禩笑道，"皇上要去热河秋狩，必定携带张廷玉，留下方苞监视京城。舅舅，比如这时候畅春园里有了'刺客'，或者是'贼'，你这个领侍卫内大臣可不可以带兵进园？昏夜乱中，月黑风高，'方先生'不幸被'贼'杀了，就是皇上，也不能叫死人起来对证呀！"

隆科多久已知道，允禩虽有"八佛爷"、"八贤王"名目，其实心底瓷实，没有想到他竟是如此心狠，由不得心里一震。皱眉沉思良久又道："这是我职权中的事，能办。就怕太后干预，太后是不去承德的，要下懿旨不许带兵进园，这事仍旧不成啊！"

"太后?"允禟在窗前倏然转身，一字一板说道，"太医院医正李祥说了，太后已无药可医，过不了今夏。空灵太师用神功为她疗治，虽有好转，但空灵大师夜观天象，太后也不久人世！"

"阿弥陀佛！"空灵合掌说道。

第二十二回　九阿哥谪戍买人心
　　　　　　十侍卫恃宠受窘辱

　　年羹尧统率十万大军，自雍正元年五月将中军大营移防西宁，直到九月还迟迟没有大举进剿。这不是他不想速战速决，是这一战关系实在太大了。罗布藏丹增的叛军都是剽悍勇猛的蒙古人，游牧部落习性行无定止，今日探报说叛军中营设在贵南，明日再报已向兴海移防，派小股军士前往奔袭，却又扑空，再探时，罗布藏丹增已至温泉……如此飘忽不定，在遍地皆是叛军叛民的西北盲目追逐，注定是要吃大亏的。他自幼便喜读兵书，立志做一代名将，因此，虽中了文进士，却一直做着武职。康熙年间御驾三次亲征准噶尔，他一直在北路军飞扬古大将军麾下当参将，在滚沙飞石狂飚冲天的戈壁上作战十几年，他才深知剿灭罗布藏丹增这样的巨寇，绝不同于中原剿灭抱犊崮、太湖捉拿水匪草贼那样容易。这一仗打赢了自不必说，自己便是大清的飞扬古第二。但打败了呢？早就满是火药的朝局立时就要爆炸——凭什么把打了胜仗的十四阿哥调回京师，派这个草包将军去丢人现眼？不但自己身败名裂，连雍正的皇位也未必保得住。

　　因为志在必胜，年羹尧用兵一直小心翼翼，下谕令甘肃巡抚范时捷驻守永昌和布隆吉诃，封住罗布藏丹增东进的路，分出两万人马固守里塘、巴塘、黄胜关，防着罗布藏丹增窜扰西藏；驻守新疆的靖逆将军富宁安因是当今皇后的弟弟，他是雍正门下奴才，不便直接下令，便请旨敕令富军屯兵吐鲁番和葛斯口，隔断叛军与准噶尔的联系，不知费了多少心思，熬了多少不眠之夜，终于在战略上织成一张包围整个青海的大网络。几个月下来，年羹尧竟消瘦了十多斤，两颊和眼窝都深陷了下去，脾气也变得更加乖戾火爆。因此，当听到十名侍卫"护送"九阿哥允禟来大营"军前效力"的消息，年羹尧只狞笑了一声，将邸报"啪"

地向案上一甩，背着手便踱出了中军帅帐。

"大帅，"年羹尧的长随桑成鼎追出来说道，"这里还有两份军报，是六百里加紧递来的……"

"说。"

年羹尧黝黑的脸上皱纹像刀刻似的一动不动，看着远处漠漠滚动的黄风。桑成鼎五十多岁，干瘦得像一阵风都能吹走，他沉默片刻方道："范时捷是咨文，大军移防，眼看要上冻，请拨二千套牛皮帐篷。"

"回文给他谕令，叫他兵部去要——加上一句，往后给我行文，要有上下之分，否则我不回文，误了军机我斩他！"

"喳！"

"还有什么？"

"岳督帅处也有回文。"

"说。"

"岳督帅说大将军调四川绿营进驻松潘的命令已经接到，但目下不便执行。"

"嗯？"

年羹尧转过脸来，上下打量着桑成鼎，目中火光一闪随即又变得深不可测，格格一笑道："论地位，他是我的部下；论情分，他是我的老朋友。怎么，和我打擂台？岳钟麒都说了些什么？"桑成鼎舔舔发干的嘴唇，说道："他是请了圣命的。说军机不可预料，罗布军如无大的动作，四川旗营绿营不必一定与年羹尧合期并进。他已将军队调移石渠、孟龙寺随时听用。这是他抄来万岁爷的朱批，务请大将军谅他苦心。"说着便将一份鹅黄封面的折本双手捧上来。年羹尧信手接过，展开看时，前头是请安问好、嘘寒问暖的话头，就是暂不调防的事也说得十分委婉，下面雍正的朱批另外辟出，十分醒目：

> 览奏甚悦。朕信得你，但凡百事持重为上。西边有年羹尧、你
> 二人，朕岂有西顾之虑？愿你等速速成功，朕喜闻捷报！

年羹尧吁了一口气，默默将折本递给桑成鼎，良久说道，"岳钟麒

是我的副手，不能不买这个面子。既是皇上发了话，驳回更不好。你叫中军文书给他指示，钤我的印，照允——不过要告诉他，青海叛军逃进四川，哪怕是只耗子，几十年的情分脸面就顾不得了。还要加上将在外，君命有所不受，四川营兵人马须得随时听我节制。"年羹尧说着，桑成鼎答应着。因见桑成鼎还不走，年羹尧又道："你怎么还不去？"

"大将军，"桑成鼎说道，"果亲王府荐来的那个幕僚汪景祺，想请大将军接见一下。还有，九爷和十名侍卫也已到了西宁城外。大将军要不要接一接？"

年羹尧淡淡一笑，说道："老桑，果亲王荐来的这个姓汪的，几个条陈写得还不坏，明天叫他签押房里帮办军务，天天见面，说什么'接见'不接见？这些个侍卫，还有九爷，你晓得他们做什么来了？有的是来抢功劳，有的是来吃苦头的，你带中军帐下副将、参将代我接一接，就说我甲胄在身，不便远迎，委屈他们了——我也实在乏透了，偷点工夫歇歇，好吧？"

允禵和大内选来的十名二等侍卫，由驿站传递迎送，途经直隶、河南、陕西、甘肃，跋涉数千里，总算到了西宁。九月初八辰牌时分在接官亭下马。此时中原秋高气爽，枫丹柳黄，霜叶缤纷，河湖澄碧，正是一年中最好的时节。待过中条山入陕，气象便改了味，漫漫无垠是坦荡辽阔的黄土，黄土坡、黄土沟纵横迭伏拔起，马上望远，一线地平直接天穹，道旁衰草在寒风中瑟瑟颤抖，一株株落光了叶子的白杨，枝桠摆动着发出刺耳的呼啸声——已是肃杀荒寒得使人心里发噤。再向西行，过了甘肃，进青海高原，索性连草树也少见，干河沟、黄沙丘、盐碱地、乱石滩……白毛风掠地而过，卷起万丈黄沙，迷迷茫茫混混沌沌，牵马步行也觉吃力，每日吃不到头的是燕麦青稞、盐水煮羊肉、风干牛肉、牦牛肉，有时到了缺水地方，连洗脸烫脚的水也难以供应。这群人都是满洲八旗贵胄子弟，尽自练武打熬得好筋骨，几时吃过这种苦头，早有人不干不净骂起娘来。倒是允禵知道此行关系重大，他随身带着一百万两龙头银票，虽无使用处，但逢人心里烦闷，便用钱安慰。两个月下来，这些侍卫无人不觉得"九爷大方"，又是"患难同舟"，所以早将雍正吩咐的"不得与允禟交好"忘得精光。

这群人在接官亭等着大将军年羹尧亲自来迎。西宁知府司马路是十四阿哥允禵的门人，十分巴结，请了西宁最好的厨子办驼峰筵为允禟接风。除了鸡鸭鱼肉之外，居然还有青芹、菠菜、韭黄、大头菜这类时鲜菜蔬。大家一路吃腻了肉，真有久旱逢甘雨的架势，欢笑着大吃猛喝，风卷残云般早将两桌盛筵吃得狼藉一片。领头的侍卫叫穆香阿，吃得满头冒汗，见允禟似乎心事重重，略吃了几口便盘膝坐了炕上，因笑道："九爷，想什么心事，这么好的菜，怎么不吃？"

"我自幼惜福修身，怎比得了诸位虎贲猛士？你们只管放量用。"允禟呷一口酽茶，转脸问司马路："这些青菜，都是此地产的？"司马路忙赔笑道："九爷真是紫禁城长大的。这地方此时哪有青菜，除了萝卜，一概都是从四川传邮过来的。年大将军赐给奴才，奴才舍不得吃，孝敬九爷罢了。"

穆香阿剔着牙缝说道："年羹尧好大气派！四川到这里这么远，菜都还是鲜的！"司马路道："从孟龙寺到这里快马走三天，单是送菜的就分着十拨，一千多人，源源送来，自然供得上大将军的中军营帐了。"众人听年羹尧如此做派，都咋舌暗惊。允禟却换了话题，问道："大将军行辕离这里多远？"

"回九爷话，就在城北。"司马路揣着允禟的话意，缓缓回道，"奴才平日也难得见大将军一面。还是前头驿站滚单到了，才知九爷和各位大人到了，这是奴才专为主子洗尘的。大将军那边这会子必定也知道九爷你们到了，一会儿准有消息……"

众人这才晓得，这个太守压根不是年羹尧派来款待皇差的，早有人"呸"地唾了一口。穆香阿是太后正宫娘家侄孙，母亲是康熙二十三和硕公主，哪里受过这个？顿时涨红了脸，一挥袖子操着京腔说道："真他妈的林子大了，什么鸟全有！我们是皇上差来的，不是谁的奴才！我当初——"

"老穆，有酒了。"允禟摆手止住了穆香阿。他掏出怀表看看，已近午时，知道难指望年羹尧亲自来迎，便笑道："既然离行辕很近，咱们不必在这里干坐——司马路，你回府该办什么事办你的，找个人给我们带路，我们去拜会大将军！"说着，也不等众人答应，将狐皮袍子裹了裹便踱出了接官亭。

一众等只好跟着他出来，憋了一肚皮气上马。刚走了一箭之地，远远见一队人马过来，带路的衙役一眼瞧是桑成鼎，忙禀说了允禩。允禩滚鞍下马，刚立定，桑成鼎已上前叩头，又打了个千儿起身，说道："年大将军叫奴才再三致意九爷，甲胄在身，不便相迎。委屈九爷和诸位大人前往大营相见。"允禩含笑点头，说道："有劳贵纲纪了，我们这就去。"穆香阿冷笑一声吩咐道："请贵纲纪先行一步——侍卫要有侍卫的样子，瞧你们那副不死不活的屄样子，都把黄马褂穿上！"

出来从军的这十名侍卫，临行时雍正都赏了黄马褂。这原是雍正厚恩笼络的意思，按清制，特赐黄马褂官员，可与任何品级官员分庭抗礼。允禩一听便知，这个二杆子侍卫起了惹事的心，深恐年羹尧会迁怒到自己身上；又想年羹尧如此骄横，给他点颜色瞧也好。仓猝之间也拿不定主意，又当着桑成鼎的面，更不好说什么，只捏了一把汗上马徐徐而行。

西宁是座小城，只有三四千居民，久经战乱蹂躏，城里居民逃亡的逃亡，内迁的内迁，其实已是一座兵城。允禩在马上细细观望，但见一方一方的民宅都驻着军队，有的门口还设着仪仗，城里沿街每隔半箭之地都挺立着兵士，腰刀持戈，钉子似的站着目不斜视。久闻年羹尧治军有方，看来果不其然。将到行辕门口时，那气象更是森严，一面铁杆大纛旗高矗在辕门外，纛旗上一幅缎幛，蓝底黄字写着：

　　　抚远大将军年

六个斗大的字在强劲的西风中威风凛凛地飘扬。宽阔的大将军行辕倒厦两边，立着两面丈余高的铁牌，一面上写"文官下轿武官下马"、一面写着"肃静回避"四个栲栳大字，旁边各守四十名军校，也都一个个面目狰狞，威猛无伦。允禩正自暗地嗟讶，行辕旗牌官已经从东辕门大步出来，雪亮的马刺踩得石板地铮铮有声，径向允禩马前单膝一屈，平手军礼说道："年大将军有令，请九爷在此歇马，大将军立刻出迎！"

"知道了。"允禟被这里森严的军威震慑得有些心颤，在马上一点头，踏着下马石下来，说道："上复大将军，不必出迎。我们进去进谒。"

那军校答应一声，起身大踏步进去回禀。不到半袋烟工夫，便听军中画角鼓乐大作，炸雷般三声大炮响过，行辕正门哗然洞开。两行武官足有四十余人，手按腰刀墨线般正步跨出，接着便见年羹尧出来。他头戴三眼花翎珊瑚顶戴，九蟒五爪袍子外套着一件簇新的明黄马褂，腰中悬的宝剑上垂着明黄滚苏，一望可知是雍正所赐。辕门外军校见他出来，"啪"地一声打下马蹄袖，单膝跪下行礼，偌大辕门外几百军校一声咳痰不闻。年羹尧看也不看众人一眼，径自走到允禟面前，脸板得一丝笑容也没，只双手一抱，说道："九贝勒，年羹尧奉旨久候。有失迎迓，多有得罪！"

允禟也揖手回礼，肃然说道："大将军，我是奉旨前来军前效力。国之兴亡匹夫有责，何况我为大清宗室亲贵？自今而后，我为大将军麾下效命，但有使令，一定俯首禀遵！"年羹尧目光扫视一眼穆香阿等十名穿着黄马褂的侍卫，又转脸对允禟道："九爷乃是天潢贵胄，年某无礼了——请九爷到后帐，我为九爷洗尘！"说着将手一让，把十名侍卫竟晾在门外睬都不睬。允禟和年羹尧并肩而入，但心里到底忐忑。走着，小声道："穆香阿他们十个，都是皇上跟前侍候的人，请大将军稍存体面！"

"嗯。"年羹尧略一沉吟，叫过一个旗牌官，说道："这十位将军远来劳乏，不要慢待。你带他们在西官廨设酒接风。他们的差使明日就分拨下去了！"说着便又走。允禟有心的人，一边走，远远便听后头穆香阿的声气："上复你们年大将军，老子已经吃饱喝足了，接的什么屁'风'？"允禟留心看年羹尧，却是面无表情，只额角上青筋不易觉察地抽搐了一下。怪不得八哥说年羹尧两副面孔，在京是谦谦君子，出京是混世魔王，真是半点不假。又想自己一个金枝玉叶，被发落到这里与年羹尧这样的人为伍，还得低声下气，心中转觉悲酸。年羹尧见允禟脸上似悲似喜，也猜了个七八分，却不便多说，一边往书房里让，口中道："塞外苦寒，就这模样，九爷住久了也就惯了。战事稍有转机，我一定奏明皇上，让九爷体体面面回京。"

这是一间很大的书房，却没有书。几架简陋粗笨的木架上到处堆的都是军帖文案，西边一个木制沙盘分黑黄二色插满了小旗，占去几乎半间书房，东边大炕上铺的熊皮褥子，地下大概烧着地龙，一点烟火气不闻，却暖得令人燥热。二人进来时，桑成鼎已在里边，一桌丰馔已摆在炕前。见他二人进来，桑成鼎垂手说道："主子，九爷在哪里下榻，请示下，奴才好去预备。"年羹尧说道："九爷不是寻常人，至少得住得和我这里一样。把东书房收拾一下，那边的沙盘撤到正厅签押房，明儿你带九爷在城里看看，九爷最爱读书的，把书肆的书各样挑一册摆东书房去——九爷，请！"

允禵在筵桌前坐下，笑道："亮工，在京只是听说，这次来真是大开眼界，看到你大英雄本色，令人心服！虽说我不饿，但你这杯洗尘酒还是要吃的，请坐！"

"给九爷请安！"

一霎间年羹尧好似换了个人，已是满面笑容，允禵惊愕之间，年羹尧已倒身下拜叩下头去，允禵慌得连忙起身双手搀起，说道："亮工，这是怎么说？我不是领差，也不是督军，我是——"

"您是九爷。"年羹尧笑道，"国礼不可慢，家礼不可废，要分分清楚，请九爷恕我前倨后恭。"说罢亲自给允禵斟酒奉上，又道："羹尧是个读书的将军，说到底，君臣纲常还是懂的。其实您到这里做什么，我们心照不宣，我断不会叫九爷在我这里吃亏的。"

这是很透彻见底，很顾情面的话了，允禵心里一阵感动，端起杯一饮而尽，说道："亮工，你真是个角色！真人面前不说假话，我也不怕与你交浅言深。皇上与我虽是兄弟，多年来也存着不少芥蒂。自古成者王侯败者贼，我有什么不明白的，又是兄弟又是'贼'罢了。我说这个话，你密奏皇上也好，将我就地正法也好，都无所谓。但我心里拿你当条汉子，如今依托你，求个平安——我对天起誓，我若有谋逆篡位的心，有如此杯！"说着将手中酒杯"啪"地一声掼得稀碎！"九爷！"年羹尧喊了一声，却接不下话去，良久才冷静下来，说道，"何必这样？先前各为其主，说不上是非二字。如今既为臣子，只要安位守命，我不做小人之事！"

"这点银子，寄回去家用吧。"允禟见时机已到，从袖中取出一张银票递过去，"听说十一月初三是年老伯父的七十大寿，我原想亲自去的，可惜皇命太促，匆匆离京，连令兄也不及见面。这里六百里加紧递送反倒方便。"年羹尧推辞道："生受九爷，家父如何当得起？您用钱的去处多着呢！"展开略瞥一眼，见是一张十万两见票即兑的龙头银票，心里一惊一喜，手攥得紧紧的，口里仍说："这实在——"一眼瞧见汪景祺夹着一叠文书进来，年羹尧急将银票拢了袖中，脸上又复变得凛不可犯，改口道："既如此，我陪九爷喝下这一杯。"遂端杯一仰而尽。转脸问道："这早晚送的什么文书？哪里来的军报？"

汪景祺怀中抱着文书不便行礼，向年羹尧一躬，抬头看了允禟一眼，二人便都将目光闪开了去。汪景祺道："这是东书房存的，桑成鼎先生叫我抱过这边，请大将军示下，放在哪里？"

"就放炕桌上。"年羹尧吩咐一声，见汪景祺要走，又叫住了道："你是前头文案上的汪景祺吧？你的字写得好，写的诗也很看得过。你上的几个条陈我看也很有章法——已经告诉桑成鼎，叫你这屋里侍候，你知道么？"汪景祺尚未回答，允禟故作失惊，说道："汪景祺！你是不是当年乌兰布通之战，在索中堂幕下，为皇上草过《讨噶尔丹檄》的那位汪景堂汪先生？"

汪景祺似乎一怔，旋笑道："落拓书生埋名数十年，不料还有人记得！你是——？""这是九贝勒爷！"年羹尧也不料这个其貌不扬的老头子还曾有过这番惊人经历——乌兰布通战役已过二十余年，自己当年还是个牙将，此人却已在中军营帐中为熙朝名相索额图参赞了！想着不禁肃然，竟起身道："不料还是前辈先贤！——实在有屈你了。"汪景祺苦笑道："人老珠黄，夕阳好黄昏近，不可再言当年。桑先生说了，明天——"

"什么明天今天。"年羹尧笑道，"就是此时，你就留在这里。姜是老的辣，我这里幕僚上百，真能办事的却没有。论起来风花雪月、诗词歌赋、弹琴弈棋，一个比一个能说会道。可我这里是沙场，兵凶战危，一个失机便是社稷之祸，便是百万生灵涂炭，我要这些马屁精、巴儿狗做什么使？汪先生，来来来！一起坐，我正要和你细细议一下你的条陈呢！"

三人正在行礼让座，桑成鼎匆匆进来，看了允禵一眼，却没有立即说话。年羹尧便问："怎么了？"桑成鼎略一躬身道："回帅爷，西官廨的侍卫爷们吃醉了酒，和帅爷帐下的几个亲兵打起来了！"

"我去处置。"年羹尧缓缓站起身来，冷笑一声，"这些人我晓得，除了欺压良善，半点本事也没。汪先生你陪九爷坐——来，传二品以上副将参将，都到帅帐，等着本帅升帐议事！"说着便出了书房。顷刻之间，外头已是一片急促的脚步声响。就连书房里允禵和汪景祺也觉得气氛紧张起来。因见无人，允禵方悄悄问汪景祺："无已（汪景祺字无已，号星堂），这个桑成鼎是什么人？"汪景祺说道："是年大将军贴身心腹随从。他父亲救过年羹尧父亲，他在额尔济纳救过年羹尧，替年羹尧挡箭，背上中了三十多箭……"

年羹尧前呼后拥赶到西官廨，这里已是一片狼藉。两桌筵席翻了个底朝天，杯盘碗盏都砸得稀烂，满地的酒、肉被踩得烂酱一般，十个侍卫的黄马褂被油渍污得斑斑驳驳，挺剑立在南端，十几个中军行辕亲兵拔刀怒目，站在北端，只要有一个人不持重，这里顷刻便要刀枪相拼，性命相搏！见年羹尧满脸阴沉进来，十几个亲兵刷地跪了下去。打头一个亲兵说道："禀大将军，他们辱骂您，弟兄们劝，他们还动武先打人！"

"你这会子才想起来禀我？迟了！"年羹尧满脸横肉绽起，喑哑的声音使人毛骨悚然："一律给我去手！"

"去手"是什么意思，穆香阿几个人无一人能懂。正发愣间，对面十几个亲兵"喳"地答应一声，将锋利的腰刀高高举起，刀光几乎同时一闪，十几只左手已被砍落在地！十个侍卫顿时吓得面无人色。

年羹尧格格一笑，说道："很好！每人分发三千两银子，调任陕西军粮处将养。"年羹尧又将脸转向穆香阿，哼了一声，恶狠狠笑道："他们是立过战功的，姑免一死。你们搅闹行辕，怎么处置啊？"穆香阿这时回过神来，晓得年羹尧是来下马威，自不肯示弱，挑衅地看了年羹尧一眼，说道："你奏皇上，该怎么怎么，无屌所谓！"年羹尧从齿缝里迸出一句话："我为专阃大将军，发落你几个狗娘养的，何须惊动皇上？"

"回你大将军话，"穆香阿揶揄地一笑，"我母亲是和硕公主，圣祖亲生，不是狗娘！"

年羹尧盯视他良久，突然仰天大笑，倏然收住，说道："好，你顶得我好——升帐！"说罢背身便走了。

"年大将军升帐了！"

"年大将军升帐了！"

一声声传呼由近及远传送出去。

第二十三回　　施肉刑纨袴惊破胆
　　　　　　　拟凯歌权且献良谋

　　年羹尧的大将军中军行辕，其实是当年康熙皇帝亲征准噶尔时，青海喇嘛为康熙回驾所修造的行宫，康熙回程没有从这里路过，因而一直置闲。年羹尧行辕由甘肃迁来，西宁太守司马路又将这里重加装修，除了将正殿上的黄琉璃瓦换了绿色，其实仍旧是皇家体制。九楹正殿改了行辕中帐，殿前丹墀下两口灭火用的贮水大铜缸也是仿乾清门前的金缸规模，甬道中间的御炉香鼎，临时用黄毡布裹困起来，算是逊礼回避。大殿上按年羹尧的意图，西壁满绘青海省山川形势图，东阁御榻却改了沙盘，饶是如此，仍显得空落落的，正中一张硕大的卷案上摆着文房四宝、笔架镇纸、墨玉印台足有一尺见方，上头明黄袱面搭着印盒——即是按康熙手书刻的"抚远大将军关防"所存之处。这些也都还平常，虎皮交椅后的两个人多高的龙凤架却格外醒目，一个供着雍正皇帝"如朕亲临"的金牌令箭，一个供着错金嵌玉、龙盘凤绕的尚方宝剑，都幔在黄纱绛帐中，给人一种神秘庄严的感觉。

　　这地方平时将军们私下里叫它"白虎堂"，虽是议事用的，但因初到，还是头一次启用。就是在甘肃平凉，年羹尧也从不轻易升帐召集军将在正厅议事，乍听年羹尧升帐的军令，将军们都不知出了什么事，一个个装束齐整衣甲鲜亮疾趋而入，虽不敢喧哗议论，都用目光互相询问交换着眼色。正没做奈何时，又听闷雷价炮响三声，年羹尧居前，桑成鼎随后，从殿后西仪门拾级而下，步入大帐，满殿七十余人"呼"地一声全都单膝跪下，说道："给年大帅请安！"马刺碰得叮当一片响。

　　"起来。"年羹尧径自升座，环视了一下左右，伸出右手，张着虎口平举一下回礼，这才坐下，嘴角微翘，带着一丝冷峻的笑容说道，"今日召你们来，通报两件事。圣上特谕，着九贝勒允禟前来军前效力。这事你们可都知道？"军佐们悬着的心放了下来，一齐拱手说道："标下知道！"年羹尧点点头，又道："九爷是当今万岁爱弟，前来军中，也是琢玉成器的意思。你们不可存了别的心思。说到底，九爷是龙子凤孙金枝玉叶，你们要好生保全照顾，不可缺了君臣大礼。我晓得你们这些混账，见了我毕恭毕敬，转过脸对别人就没王法。谁委屈了九爷，我照军法处置他，可听见了？"

"喳！"

年羹尧"啪"地拍案而起，眼神变得饿狼似的绿幽幽的，气从丹田而出，大喝一声："伊兴阿！"

"末将在！"

"你去西官廨，即刻将穆香阿等十名犯纪军官提来听候发落！"

那个叫伊兴阿的将军扎地打了个千儿，说道："遵大将军命，请令！"年羹尧若无其事地伸手从令箭架上抽出一枝虎头令箭"当"地掼了下去。伊兴阿双手捡起捧在怀中大踏步出了正帐。人们这才晓得，是新来的侍卫"爷"们犯了军规，一颗放下的心又提起老高。

十名侍卫被二十名如狼似虎的军校架着双臂扭送到正帐，一个个已是鼻青眼肿不成模样。见到帅营虎帐这般阵势，无不脸上变色心头突突鹿撞，却一时放不下侍卫架子来。穆香阿奉有监视年羹尧密谕，有专折上奏之权，尽自惊慌，还拿得住些，待亲兵们松开手，揉着拧得发疼的膀子，怒目年羹尧，说道："年大将军，咱们奉了圣谕，万里迢迢自愿投军为国效力，你就这么个待承？"

"跪下！"

"什么？"

"跪下！"

"我穿着黄马褂给你跪下？"

"我剥掉你的黄马褂！"

年羹尧勃然作色，手一挥，早有军校一拥而上，不由分说便扒掉了十个人的黄马褂，顺势膝窝里猛踹一脚，已是踢跪在地下。

"皇亲国戚来我这里当差的多了。凭一件破黄马褂子，就敢藐视本大将军？"年羹尧随手漫指站在前面的二十多个人，"你问问他们，谁没有黄马褂？拿你的伊兴阿是简老亲王喇布的三世子，当今皇叔，没有你尊贵？桑成鼎，按行辕营规，这十个人在辕门不行参拜，喧哗西官廨，辱骂本将军，又恃宠傲上，咆哮议事厅，该当何罪？"

桑成鼎进前一步，干涩枯燥地迸出一个字："斩！"

"那就按军规行事。"年羹尧蹙额说道，"拿酒来，斟上十碗，我亲自为他们送行！"顷刻之间两个军士已抬了一坛酒来，就帅案斟了十碗，塞到跪在地下已经吓傻了的十个侍卫手中。年羹尧自己也端了一碗，瞥了一眼桑成鼎，桑成鼎会意，一躬身退出去。年羹尧端酒在手徐步下阶，已换了一副悲天悯人的面目，温语安慰道："皇上差你们到此，是一刀一枪挣功名，为朝廷建勋立业来了，不是叫你们来送死的，这我清楚。穆香阿，我与你父亲其实还交契很深，你做满月、百日我都去过，还说过你有出息，雏凤清于老凤声，将来比你爹强，哪里能想到你死在我的令箭之下呢？唉，这人，是从哪里说起呀……"

穆香阿抖得碗里的酒洒了一身，越听年羹尧"抚慰"越是惊恐不可名状，搭眼一看，周围一片陌生面孔，连个说情的也难指望，顿时脸色变得窗户纸一样苍白，颤着声说道："咱们初来乍到，不懂规矩，冒犯了大将军。如今……知错了。大将军既然念得当年与家父交情，望恕过了，愿一刀一枪死心塌地为大将军效命疆场。"

"不是这一说。"年羹尧语气更加平和，"这里是帅营虎帐，不是小孩子玩家家，砸了家伙重来。我宽纵了你们，难管别人。将来回京，当然要去府上请罪的。哦，你们进西官廨，那里的军校没有向你们宣讲纪律？"

十个侍卫张皇了一下，其实就是为宣讲纪律他们不肯听，一味打诨使酒骂座闯出的事。嗫嚅半日，穆香阿方道："宣讲了。"

"这就难怪我无情了！"年羹尧仰脸咕咕一气喝完了酒，将碗随手一掷，背过脸吩咐，"拖他们出去！"

军校们雷轰价齐应一声，扑上来寒鸭凫水般缚定了十个侍卫，不论他们怎样挣扎哀告，双脚着地拖出正厅，一齐按倒在御炉西侧的空场。刹那间，呜嘟嘟号角悲凉响彻四方，满城各营便都知道，年大将军又在行军法杀人了。恰正在此时，允禩和汪景祺一前一后，手撩袍角气喘吁吁自西侧门跑了下来，允禵气色不是气色，摆着手对刽子手大叫："慢，刀下留人！"说罢趋至大殿前"啪"地一声打下马蹄袖，朗声报道："军前效力九贝勒允禵请见年大将军！"良久，只听里边年羹尧冷冰冰一句："请进！"

允禵"喳"地答应一声。他也真放得下架子，哈着腰朝年羹尧行庭参礼，叩下头去，起身又打一千。年羹尧南面受礼，想到下头这个人的身份，心里一阵惬意。转思下头这些将校对景时密奏一本自己无人臣礼，又多少有点心慌，忙起身一揖，说道："九爷往后不必报名行礼，年某不敢承受。给九爷设座——"

"年大将军"，允禵谦恭地坐下，一欠身说道，"我是来替穆香阿十个人讨情的。"年羹尧一笑，说道："军法无情。九爷，你不要管这些事，安富尊荣就是了。"允禵脸一红，说道："是我急不择言，说错了。这些个侍卫侍候皇上惯了，从不晓得世上有'规矩'二字，就似没调教过的野马，有时连皇上也气得没法。送他们到军中，也有交给您管教的意思。体贴到皇上这片仁厚慈心，还望您网开一面，能超生且超生吧。"

年羹尧道："九爷，您知道，我这时节制着四省，十几路人马，近三十万军士。赏不明罚不重，是军家大忌。我恕了他们，两厢这些人不服将令，还怎么约束军队？如今对罗布藏丹增合围之势已成，各军不能动作协统一致，误了军国大事，将来我怎么见皇上？"

"大将军，诸位军将！"允禵突然离座当庭跪下，向四周团团一揖，"他们犯了军纪该死，允禵不敢求情，念国家用人之际，皇上拳拳仁心，允禵愿意作保，且寄下这十颗人头，叫他们戴罪立功，将功折罪，不知众位能否体谅大将军忠公体国之心，庙堂朝廷栽培人才的至意？"满殿人众见这个皇帝的亲弟弟这样执谦礼重，心里都不禁发热，向年羹尧一揖手道："属下愿同九爷共保十位侍卫！"

年羹尧环视众人，突然扑哧一笑："我也应不以杀人为乐——既如此，传他们进来。"

十个侍卫灰头土脸被押了进来，初到行辕时的骄横之气一扫而尽。他们抬眼凝望了一下允禵，依次跪了下去叩头，穆香阿颤声道："谢大将军不杀之恩，谢九爷救命之恩，谢各位兄弟保救之恩！"

"死罪虽免，活罪难饶！"年羹尧扬着脸说道，"当庭各人四十军棍，以儆效尤！"两厢军校"噢"地答应一声，不由分说，上来就地按倒，噼噼啪啪就是一顿臭揍。年羹尧帐下军校司空见惯，木着脸不言声，允禵哪里见过这个？听着军棍打在屁股上一声声枯燥的闷响，不觉毛骨悚然。直到行完肉刑，年羹尧方满意地"嗯"了一声，说道："没有呻吟告饶的，还算像个样子。你们十位，就在帐下摆队听候使唤！我告诉你们，姓年的有不是处，你们尽可密奏皇上，不必顾忌——你们不就凭这个才敢放肆么？"

十个人哪敢抬头，喏喏连声答道："不敢，不敢！"

"我也有密折奏陈之权。"年羹尧满脸阴笑，徐步下了公座，慢慢踱着步子，说道："皇上若信我不过，岂肯将数十万大军交付与我？你们不晓事！今日不杀你们，并非我不敢。哈庆生是当今额驸，上月从四川督办军粮，迟到三日，我就斩了他。我先斩后奏！皇上不但没有处分，还下旨表彰了我。"说着，将一份折子甩给穆香阿。穆香阿颤抖着手打开看时，上头血红的朱批赫然在目：

> 八月十五奏览。朕在此焚香祷天，与诸臣共庆佳节，不意即在西疆行军法杀人，思之颇有同时不同势之感。哈庆生原系不成材之人，原望其疆场磨砺，或可略有造就，不意竟以贻误军机获咎处死。朕初闻则惊，既思且喜，我朝若有十数个年羹尧，不避嫌怨，不畏权贵，公忠执法，朕何至于子夜不眠，焦劳国事？宗室外戚在卿军中效力者甚多，其后遇此等事，即按军法一体处分，不必专章上奏。卿且放胆做去，卿但为好臣子，何虑朕不为好天子？！

字迹端楷，一色钟王小楷，秀拔有力。下头还钤着"圆明居士"小玺。穆香阿原存了告状的心，想伺机寻隙密奏一本，至此打消了妄想，忙双手捧还年羹尧，满脸赔上笑来："今个儿一场噩梦，胜读十年书。咱们服到底了，鞍前马后，总归听大将军指使就是了！"年羹尧见收伏了这十个侍卫，暗舒了一口气，换了笑脸，说道："总跪着做什么？起来！

军法是军法，私情是私情。你还是我的世交子弟嘛！九爷的饭没吃饱，你们的筵也搅了——吩咐他们，重新设筵！我和别的军将饭尽量，酒不得饮过三杯。你们一醉方休，一来压惊，二来接风。"

是时天色已麻苍渐昏，中军大帐重移酒樽，绛蜡高烧，十个侍卫忍着屁股火烫价疼痛，强颜欢笑奉承这位惹不起的年大将军，直到起更，各营军将还要回去处置军务，年羹尧方命撤席，着人送允禵东书房歇息了，自带着桑成鼎和贴身亲随迤逦回西书房来。却见别的师爷幕僚早已散去，只汪景祺仍在灯下伏案疾书，写着什么。年羹尧已是累极了的人，迈着灌了铅似的步履进来，连声索要"进参汤来！"又笑谓汪景祺："你有年纪的人了，这里的事没有办得完的？没有急务，不用熬夜，这会子在写什么呢？"

"大帅，"汪景祺写得专注，竟没留神年羹尧已经进来，听见问自己话，方搁了笔忙站起身回道："我虽老，精神还好，有个写笔记的积习，天天都要写的。前几日上条陈，大帅军纪雷厉，赏重罚严，这固然是好，但战士都是关内来的，西疆寒酷无游娱之乐，难免寂寞思乡，这不是单靠纪律约束得的。所以我写几首凯歌上给大将军，可否颁示各军传唱，一可鼓舞士气，二则也免闲时无事思乡之苦，可使得？"

年羹尧接过桑成鼎端来的参汤，趁热一饮而尽，笑道："好啊！四面楚歌可散八千子弟兵，你这个人懂军事，知人心，难得！写什么词儿我看看！"说着上前俯身看时，见是三首诗：

> 军声鼎沸米川城，帝简元戎诘五兵。
> 班剑衮衣龙节至，岩畿赤子庆更生。
>
> 宠命初登上将坛，相公自出逐呼韩。
> 锦衣骢马亲临阵，士卒欢腾敌胆寒。
>
> 连营鼓吹凯歌回，接壤欢呼喜气开。
> 闻道千官陪绥仗，君王亲待捷书来。

汪景祺见年羹尧看着不言语，回笑道："我才力薄，写写而已，自然入不了大将军法眼。"年羹尧道："这诗谁能说不好？太雅了兵士们也唱不起来。我总觉得气魄嫌小了点似的，由甘入青，已经小胜几战，写进去才好，你能否再拟几首我看看？"

汪景祺沉吟片刻，也不再言语，上前提笔濡墨，文下加点，疾风骤雨般又写三首：

> 指挥克敌战河湟，纪律严明举九章。
> 内府新承卢矢赐，令公满引射天狼！
>
> 边燧消时战鼓闲，弢戈解甲入重关。
> 挥兵再夺狼头纛，胆落名王怵哭还！
>
> 饮至元功竹帛名，至尊颁赏遍行营。
> 一时下马听明诏，远近同呼万岁声！

"嗯，好！"年羹尧见他才思如此敏捷，不禁大为叹赏，"实在这才鼓得起士气。前三首说我说得太多了，为时也太早。如今大敌未灭，不能歌我之功，颂我之德。就是这三首，按军乐配上传示各军。要人人会唱。待擒住罗布藏丹增，你再编几首更好的！"他眼中闪烁着喜悦的光，凝望着悠悠的烛光，慢慢的，却又黯淡下来，抚着剃得趣青的脑门坐了下去，仰着脸，半晌方叹道："可罗布……罗布藏丹增在哪里？他的主力在哪里？好大一个青海啊——慢摇橹船捉醉鱼？我一天要花朝廷几十万两银子，皇上那秉性，能容我久战么？"

汪景祺坐在斜对面，深不见底的瞳仁里闪着阴郁的光，盯视年羹尧良久，说道："我知道。"

"什么？"

"我知道罗布藏丹增的大本营在哪里。"

年羹尧像一只突然发现老鼠的猫，身子猛地向前一倾，用狐疑阴狠的目光注视着汪景祺，喑哑地问道："哪里？"汪景祺一笑起身，至沙盘跟前，用木棒指了指一个地方，说道："这里，塔尔寺！"年羹尧腾地起身，快步走到沙盘前，看了看塔尔寺位置，猛地抬头问道："你初来乍到，凭什么敢断定塔尔寺是他的大本营？你要知道，塔尔寺离西宁只有几十里！"

"您看这蜡烛。"汪景祺咬着牙，阴森森笑道，"照得通室皆亮，偏偏就照不到烛台——这就是'灯下黑'！"汪景祺缓慢而又清晰地说着，语调干涩涩地没一点水分，又道："游牧部落打仗，一样也要水、草、粮。遍青海四遭被围得水泄不通，为什么至今罗布藏丹增的兵仍能支持？就因为塔尔寺里粮库，还在源源不断供给。塔尔寺是敕封黄教总寺，除了自行在青海筹粮，在内地购粮，朝廷还时不时拨调粮食——年大将军，断不掉这个粮源，你征服不了青海省！"

这一番议论对年羹尧来说真有醍醐灌顶之效，想不到"关门打狗"不但房子大，而且狗有东西吃！年羹尧牙关咬得格格的，"嗯"地起身便走。汪景祺却道："慢！"年羹尧倏地转身，说道："你推测得有道理，不管是不是罗布的大本营，我都要剿了这个塔尔寺！"

"塔尔寺可不是太湖吴家寨，也不是安徽江夏镇！"汪景祺语气平静得像刚刚睡醒的孩子，"塔尔寺无端被剿，就要反了青海一省！你须知，丹罗活佛就是这里的教主，皇上的替身文觉禅师也曾在此受戒。本来是罗布藏丹增'窜扰青海'，你不但没有镇压了罗布军，反而激起新的兵变。我敢说，你今日剿塔尔寺，不出一月，你就要被锁拿进京，另委新的大将军来接替你！"

年羹尧迟疑了，踽踽转回身来，背着手默默踱着，魁梧颀长的身影在书房窗上来回移动，因见桑成鼎进来，便吩咐道："你去筹粮处传我的令，截掉一切内地运往青海的粮食。所有寺观庙院，喇嘛僧侣用粮，从军饷中按人供给——还有，弄点夜宵来，我要和汪先生彻夜畅谈！"

只在顷刻之间，汪景祺便升到了"汪先生"的地位。

第二十四回 　争功劳将军存私意
　　　　　　忧爱子太后归渺冥

　　经过几夜周密磋商，一个庞大而又冒险的诱敌计划终于形成。为防着岳钟麒从四川突然出兵助阵抢功，年羹尧下令甘肃巡抚范时捷，将驻守甘北的绿营兵紧急调防松潘，又细细给雍正写了一份密折。十月初三，年羹尧调齐游击以上将佐训示机宜，下令驻守西宁所有军队全部移防兰州。偌大西宁城，只留了一千五百名老弱疲兵守护中军行辕。

　　听了这番出乎意料的军事布置，上百名军官面面相觑。看看年羹尧，一副莫测高深的模样，谁也不敢发问。倒是桑成鼎忍不住，问道："大将军，您呢？随军东下，还是留在西宁？"这个问话是有意味的，西宁兰州相距并不遥远，然而一个青海一个甘肃，守将擅自出境，万一西宁失守，年羹尧先就有了弥天大罪。听这一问，所有军官都抬起头盯着年羹尧。

　　"我不随军东下，但我也不离开青海。"年羹尧似乎有些感慨，"这次调防，实出无奈。你们看看这地方儿，能过冬么？后方补给那么远，不单粮草，就是烧炭，要加多少？这么多兵集结在这里，一时又寻不到战机，冰天雪地之下，冻也冻垮了。退守兰州，仍旧包围着青海，把罗布藏丹增留在这里吃吃苦头，来年春化草出再决战有何不可？"

　　沉默了一阵，伊兴阿忍不住，躬身禀道："大帅，西宁粮库中还存着十万石粮，万一城破落入罗布藏丹增手里，岂不糟了？"穆香阿知道，年羹尧留青海，自己这群侍卫当然也得跟着，心里满不情愿，但他是叫年羹尧打怕了又买通了的人，想了想，说道："主帅远离大军，万一有个闪失，我们都有失于守护之责。大将军既这么想，何不奏明天子，全军移甘西待机再战，也是上策。"

　　"粮食算什么？一把火半个时辰就烧它个精光。"年羹尧冷笑道：

"我不能出境，我若出境，朝廷里还不知道造作出什么花样的谣言呢！想当年乌兰布通之战，我率三十余骑端了噶尔丹大营，数万蒙古兵未伤我一根汗毛，何况今日？军令既下，用不着再议。都统以上将官留下，还有军务交代，余下的回营，听候号令即刻开拔！"

"喳！"

众将出去，只余下二十几个将官等候年羹尧面授机宜，却见司阍旗牌官进来，禀道："甘肃巡抚范时捷大人求见大将军。"说着递上名刺。年羹尧看了一眼便撂了案上，说道："叫他进来！"旗牌官答应着出去，片刻之间便见一个官员，圆胖脸小胡子，墩墩实实的身材，闪着一双满不在乎的黑豆眼一摇一摆进来，一身九蟒五爪袍子外罩锦鸡补服。虽然簇新，不知是剪裁不当，还是穿戴得仓猝，怎么看怎么别扭。他原任湖广布政使，年羹尧兴军，托允祥说项调迁甘肃巡抚，是年羹尧上的荐本，因此便以恩主自居。满以为范时捷感恩戴德，对自己必定敬礼有加。但自到甘肃，这范时捷除了公事往来，平素连个影子也不见。眼见这范时捷又是上来打个千儿便自行起立，年羹尧心里登时窝了火，连手也不虚抬一下，问道："你有什么事？简便着说，我这里军务忙着呢！"

"卑职说的也是军务。"范时捷挺着身子，活像个不倒翁，似笑不笑说道："上次说请大将军调拨军需帐篷。大将军令卑职找兵部要。兵部说，都拨到您这儿了。甘西驻军如今几十个人挤在一个帐篷里，说句寒碜话，夜里出去撒尿，回来就找不到睡处。卑职来请示，几时帐篷能发到我军？"年羹尧冷笑一声，说道："就为这事你巴巴儿跑来？""这事我想也不是小事。"范时捷毫不胆怯地看着年羹尧的脸，"还有，您调甘肃绿营移防松潘，我也有点想不明白。岳钟麒将军离松潘近在咫尺，大老远的却调甘肃兵去驻防？我想请大将军再思，能否收回成命。"

年羹尧怔了一下，随即说道："知道了。你连夜赶回去吧。""知道了不等于了解了我的难处。"范时捷粘胶腻牙，十分难缠，字句斟斟着又道："回去兵士们照样睡不下，岂不伤了年大将军爱兵如子之心？我已将甘肃难处移文禀告了岳将军，请岳钟麒与年大将军合议一下，统筹办理。最好还是请岳将军驻守松潘，可以两免劳苦。"他的话不软不硬不疾不徐，说得振振有词，却又毫不失礼。年羹尧气得脸色铁青，偏那范时捷压根不抬头看他的脸色，遂格格一笑，问道："谁叫你将移防松潘的事通知岳提督的？你有这个权么？"

"是您啊！"范时捷闪着眼盯着年羹尧，说道，"上次甘东誓师，您登坛阅兵，岳钟麒是副帅。您告诫诸将，有事要随时通报您和岳将军，在座诸公都听见了的……"

年羹尧又好气又好笑，又恨又无可奈何这活宝，因还急着议事，挥手道："罢了罢了！你回去听参，甘肃的事以后由甘肃布政使来和我讲，去去去——回去听旨意！你还算我荐的人，我真瞎了眼！"

"是！"范时捷一躬身道，"我知道大将军不待见我，当初荐我，我还以为您为公呢！我这就回去听参，预备着写辩折。也正好，已有旨意叫我去做两江巡抚，既有人代理，我就早点动身就是了。"说罢又打个千儿，双手一拱道："大将军多多珍重，卑职去了！"竟自悻悻而去。年羹尧帐下偌多军将，都看得目瞪口呆。

年羹尧恶狠狠盯着范时捷的背影，"呸"地一口，狞笑道："他这个两江巡抚梦做不了十天，——现在先不料理他。你们且听我的部署。"年羹尧扫视一眼众人，不言声走向沙盘，用长棒指点着道："从明儿个起，各营拔寨东行，将用不着的军器辎重一律运往红古城、晏水滩、通河以西的双常寺一带，把军旗都插到车上，声势越大越好！桑成鼎、瓦尔塞带着中军随我，驻扎乐都统筹指挥各军。马关保部进驻千户庄，塞得部进驻湟源，富春安部进驻贵德，每行十里设一个烽火台，我在乐都的烽火台是最大的。一旦点燃，各军就向西宁、塔尔寺星夜进袭——逢村烧村，逢人杀人！"他抬起头，饿狼一样的眼幽幽闪着光，喑哑的声音使人不寒而栗："你们听明白了没有？"

这一道令，与方才大会讲的截然不同，大家杂乱无章地答应一声"明白"，其实人人心里一盆浆糊。年羹尧格格笑道："你们未必明白，我这是一出假空城计！一定要造成大军东移的假象，所以各军一律昼伏夜行，只有向东的军队要大张旗鼓。为防泄密，从明日起，老弱病残兵士一律留在城内，凡有半路逃亡的，无论是谁一律擒斩。各军收容营，遇有中途落伍掉队的，一概密送西宁。只有这样，才能诱得罗布藏丹增集结军队来攻西宁，然后四面合围——嗯？"至此，将军们才知道年羹尧葫芦里卖的药，不由一齐向他投去钦佩的目光。穆香阿看着沙盘，笑道："大将军算无遗策，就是孔明也不过如此吧！"

"万一罗布藏丹增不肯上当呢？"马关保皱眉道："天儿冷得这样，我军分散远离中军，粮草也难供给，这犯着兵家大忌呀！"

"粮食！"年羹尧黑红的脸放出光来，"我军要过冬，敌军也要过冬，我已卡断了所有通往青海的粮道。西宁城里十万石粮就是最好的诱饵。人，渴极时就是鸩酒也要饮的。真的诱不来他，半个月后我也点烽火，仍旧在西宁集结，这一冬，我饿死青海全省人也在所不惜！"

这真是狠到家了的心肠，这计也真毒到了极处。穆香阿想起雍正临别说的"仁不统兵、义不行贾"，瞧年羹尧这般行事心地，真是半点不假。正自胡思乱想，众将军早炸雷般应一声：

"喳！大将军英明！"

范时捷盛气离开西宁，回兰州向布政使恒军交卸了差使，连家眷也不带，选了二十名亲随戈什哈，第二天五鼓天明便离开了省城，到北京述职面圣，准备到南京就任巡抚。因为都骑的健马，又没有行装，他又担心年羹尧告刁状，一路早行晚宿，只用了十二天便赶到北京。此时将近十月，霜降方过，各地官吏都忙着收租完粮，京郊一带却又一番情致，显得颇为清闲，野外尽有闲汉捉叫蝈蝈的、罗黄雀、捉蟋蟀、捕鹌鹑进城卖的，有些个无事可做的旗人，秋兴未尽，携家带口登阳山看云海，观日月同升，担着食盒子到天平山看晚枫红叶的一派太平雍穆景象。范时捷满腹心思，在自家旧宅中胡乱歇息一夜，顾不得满身乏透，天刚麻亮便到西华门递牌子请见。不一时便有旨意着范时捷至军机处，先与怡亲王允祥、郡王允禵见面，午后接见。

"是。"范时捷待高无庸传了旨，毕恭毕敬答应一声便随着进来，一路走问道："军机处在哪里？"高无庸在隆宗门口指着永巷西侧的侍卫处说："喏——那就是了。范大人请吧——太后凤体昨儿犯了痰涌。皇上早膳也没进，这会子在慈宁宫。十三爷十四爷这阵子恐怕也在宫外侍候。您等着，先和张中堂马中堂说说差使也是一样。"范时捷只好答应着进来，果然允祥允禵都不在，只有张廷玉马齐坐在东头炕上。一个御史坐在对面杌子上正回事情，见范时捷进来，便住了口。马齐因不认得范时捷，便目视张廷玉。

"哦，是老范进京述职了！"待范时捷行过礼，张廷玉起身虚扶一把又坐回去，命太监摆座上茶，笑谓马齐："我给你介绍一下，这位叫范时捷，号水芦，原是咱们北京的父母官，放了湖广布政使，又简任甘肃巡抚——这是马中堂——这位御史嘛，就是大名鼎鼎的孙嘉淦。"范时捷忙又起身一一见礼，笑道："我当顺天府尹，马中堂那时就囚在我的南衙。有失照应，马中堂鉴谅！"马齐笑道："那是君命嘛！凭你就能拿我？我在顺天府独住四合院，整整胖了十斤。说句笑话儿，比如今还自在呢！"一句话说得众人都笑了。张廷玉又道："嘉淦，你还接着说吧。"

孙嘉淦略一欠身，说道："为杨名时和蔡珽互讦一案，我亲自去了一趟贵州。德江知府程如丝，原是蔡珽旧部。他仗了这个势，不买杨名时这个巡抚的账。云南的盐自黔入川，娄山关是必经之路。杨名时下令开关，无论私盐官盐，尽情外运，向贵州通政使交纳关税。程如丝竟然强行以半价全部收购，从中倒卖中饱私囊。杨名时因此撤了程如丝的差。程如丝到大理见蔡珽，蔡珽不但收容了程，反而加委程如丝为娄山关参将，盐商们因为巡抚衙门有政令，不肯贱价卖盐，程如丝调集数千军士，鸟枪弓箭都用上了，一次杀死三百多名盐商贩夫。当地士绅百姓写万人联名书控到杨名时那里，为防激起民变，杨名时请王命旗牌斩了程如丝。因此蔡珽奏杨名时心怀叵测，要激起兵变。我去看蔡珽，傲气大得很！叫我报名具手本进谒。二位中堂，我虽不是钦差，但是已任左都御史，他一个驻节外省将军，有这个资格？不怕你们恼，就是进上书房给你们回事，我也没有报名的礼！这就是蔡珽参劾我的原因，你们只管如实奏明皇上！"说完，身子一仰，泰然自若地吁了一口气，一张冬瓜脸上毫无表情。

"这档子事皇上只是叫我们问问，并没有旨意。"张廷玉叹道，"梦竹，我劝你一句话，这件事你还是不要明折拜发，写成密折，或见皇上时密陈都成。不是上书房不肯在邸报上转刊，要是比起山东饿死几千饥民，这还算不上了不得的大事。眼下最要紧的是年羹尧在青海的军事，皇上一头要顾皇太后的病，一头要操心军务，原定秋狩木兰都取消了。

一登邸报，他还不是烦上加烦？你说的这些事不但我们知道，皇上心里也有数。但家有三件事，先从紧处来，折子先存档，成不成啊？我不是要你买我和马中堂的面子，我是劝你想大局。不要单想自己是言官，要发言，要想自己是大臣，从大局着想。就是这句话，你听得进么？"

孙嘉淦低头想了想，长叹一声道："我明白你的意思了，我具密折奏闻。我也请中堂信我一句肺腑之言，我孙某人绝非因杨名时是我的同年才替他说话。他杨名时有不是处，我照样参他！杨名时在贵州，火耗银子只收二分，官做到巡抚，只用了两个师爷，一个世家富豪子弟，只有几件破中衣。我看了也难过，说'君何苦自苦到这地步儿？'他说'贵州人无三分银，我收了二分，心里已经过不去了。我跟皇上打了保票，不要朝廷拨贵州一两银，一石粮。自己不作表率，上行下效起来，怎么跟皇上交代？'……我真怕蔡珽这个老兵痞一本参倒了他！""这个么，你放心。"马齐含笑说道，"皇上也跟杨名时打了保票，七年不动他的巡抚位子。"张廷玉也道："山东巡抚已经撤差，锁拿进京。云贵远在偏隅，民变兵变都是了不得的事——要知道年羹尧岳钟麒在打大仗，后方出不得丁点乱子——就这样吧。刘墨林去南京了，观察李卫和尹继善清理亏空，给年羹尧再筹一百万石粮，等他回来，皇上一同接见。"孙嘉淦起身笑道："那我就辞了。回去吃我的'晶'饭。"张廷玉将手一让，孙嘉淦一躬身退了出去。

"时捷，"张廷玉这才转脸笑道，"让你枯坐了。我原想你元旦才来，那时年羹尧军事也有了眉目，想不到你这么猴急。"范时捷无所谓地一笑，说道："年大将军已经撤了我的差。我在兰州无事可做，急急赶来，专为听候处分，处分前，我一定要见见皇上。"

两个上书房大臣都吃了一惊，一个封疆大吏，与年羹尧毫无隶属，说撤差就撤差，连中央机枢都不知道！张廷玉不禁皱了皱眉头。马齐也是一脸茫然，说道："这是怎么弄的？"

"回中堂话——"

范时捷身子微微前倾，正要诉说，帘子一响，允祥允禵两个王爷一前一后进来。张廷玉马齐忙都站起身来，范时捷趋一步上前打千儿道："二位爷安康平泰！"他与允祥平素极熟稔的，笑着正要说话，见允祥一脸悲凄，允禵满面泪痕，便打住了，长跪在地，怔怔地望着允祥。

"皇太后薨了……"

允祥目光如痴，有些茫然地望着远处，喃喃说道。马齐张廷玉惊得一跃而起，瞠目望着这两个王爷。马齐惊道："我昨儿个见太后，脉象虽不平和，还是神定气安，怎么一下子就——"他没有说完，便知自己说错了话，忙打住了。

"皇太后痰症已经十几年了。"张廷玉深沉练达胸有城府之严，刹那间便镇定下来，款款纠正马齐"暴卒"的话，"时好时不好的，太医院几次来回事，我都问过，叶庭训跟我私下说过，左右是今明两年的事。当年邬思道为太后推数，说太后一百零六岁圣寿，我心里还疑惑，现在看来，他是将寿分了昼夜，多说了一倍！唉……现在我们不能乱了神，赶紧请见皇上，知会礼部制订丧仪，别的一应事务只好且往后放放了。"说罢，摘下自己的顶子，将上头的红缨拧着旋钮慢慢取下来。马齐允祥允禵也都忙去掉了冠缨。

范时捷满肚皮的牢骚，要细细告诉允祥，眼看着皇家出了这样大事，知道无法回事，一边旋着钮子，看着允祥道："爷们节哀珍重。朝里出了这么大事，万岁爷未必能接见奴才。请爷示下，奴才可否住京，待丧礼过后再递牌子请见？"

"年羹尧的本章已经递上来。"允祥看着范时捷，缓缓说道："他撤你差事的事我已经晓得。你先回去听信儿，皇上这会子哭得都晕过去了，也不敢给他回事。过了这阵子再说吧！"

这些话不疼不痒不着边际，范时捷又不能细问。但只听年羹尧折本先到，已觉背若芒刺。当下只好答应一声"是"，慢慢退身出来。一路回去，只是唉声叹气，自认晦气——早到一日，也能单独面见允祥，痛痛快快说说自家苦衷了。

允祥等四人离了军机处匆匆赶往慈宁宫，早见宫前已撤掉了红宫灯，太监们阴沉着脸忙着用麻纸糊门神、挂白布麻帐，刚到垂花门，便听里头隐隐哭声传出来。允祥允禵鼻子一酸，热泪已滚滚淌出，却不敢放声儿只跟着张廷玉马齐疾趋而入，便见雍正居前，允祉、允祺、允祐、允祎、允祹、允禑、允禄、允礼、允祈、允禵、允袆、允禧、允祜、允祁、允祕一班亲王郡王贝勒贝子从后，以下弘时弘历弘昼三位阿哥排在最后，头上缠了白布孝帽，连麻衣也未及穿，齐跪在地一声声号啕大哭，见他四人进来，太监秦狗儿、赵明理、高无庸一干人忙上来，递上白布孝帽。张廷玉一边缠着孝衣，厉声说道："你们这些蠢猪！你们自己的孝帽呢？——还不快到库里取麻衣，给各位主子换上?!"几个太监吓得诺诺连声，一边自戴孝帽，足不停步飞也似去了。

张廷玉办老了事的，很是沉着。因见太医们也跪在廊下，料是雍正未及发落，便走过去说道："你们退下去。"自绕过人群，趋至刚刚停床不久的太后遗体身边。

太后乌雅氏看去很安详，脸上还微微带着潮红。只眉梢微蹙，嘴唇微翕，仿佛正在说着什么突然死去。她在熙朝四五十位宫嫔中位份不上不下，张廷玉为相二十年几乎不认识她，只是在雍正登极之后才见得多了。想起这个贵妇生前待下宽厚，庄重慈和，时不时地还遣太监赏赐自己夫人一些物件，昨个还活脱脱的，说要叫张廷玉夫人进来陪着说说古记儿解闷，还要自己女儿"替我抄几卷《金刚经》"，就这么着，说声去，一声不吱突然就去了，陡地又想起自己弟弟张廷璐，更觉人生斯世，命数不定，渺渺冥冥尽付无常。张廷玉"调集"着自己的感情，不禁五内俱沸，颤巍巍行了三跪九叩大礼，痛呼一声"太后老佛爷，您就这么西去了?!啊……嗬嗬……"他想着被自己折磨死了的儿子张梅青、想着张廷璐那七个血淋淋的"惨"字，越发抑制不住热泪走珠般滚落出来。好一阵子，张廷玉才收住了神，回头看时，才知道隆科多不知几时也进来了，和马齐并排和自己挨身伏地大恸。便抽咽着起身，轻拍二人肩头，说道："我们还得料理事情，且节哀……"于是三位大臣啜泣拭泪，缓缓走近哀哀痛号的雍正皇帝面前，双膝跪地，张廷玉含泪哽咽劝道：

"主子，千悲万痛，终归太后已西归而去。如今要紧的是议 下丧礼，太后才好敛枢奉安。您只管悲凄，太后在天之灵瞧着也是不安的。再说，多少大事还等着您圣躬乾断，伤了身子骨儿，叫奴才们心里怎么过呢？"

"母亲哪——"雍正嘶哑着声音，双手扶地，不管不顾地痛哭，"儿子不孝，没有好生侍候过您一天啊……昨儿个您老人家想一口荔枝用，我到底都没给您办！我……我这不祥之身，祸延圣祖和您。先帝爷驾崩不到一年，您也撒手去了，撇下我孤零零的，叫我每日向谁请安？心里有话向谁诉说？……您怎么不说话呀？……"看来不知什么事真的触了他的情肠，雍正涕泪滂沱，脸前的水磨青砖湿了好大一片。无论张廷玉马齐隆科多怎样婉转相劝，只是不肯起身，已是哭软在地下。

张廷玉眼见不是事，叩头起身，吩咐邢年李德全："把椅子给主子搬过来，搀起万岁！"这群太监领命，小心翼翼上来撮弄着搀架起哭得发昏的雍正，雍正也就不甚挣扎。张廷玉这才大声喝道："止哀！"众人这才渐渐止了号啕。

"朕方寸已乱。"半晌，雍正才控制住自己，用热毛巾揩了脸，倦容满面说道："廷玉你们几个斟酌个见识，朕听你们的就是。"

隆科多眼见张廷玉处处占了先着，自己是上书房满大臣，反而不显扬，因趋一步说道："眼下别的都是细事，应先为太后拟出谥号，礼部才能有所遵循。"雍正沉重地点点头，说道："你说的是，马齐管着理藩院和礼部的事，拟一个上好的给朕看。"马齐忙躬身道："臣遵旨。这番大事出来，内内外外平添了多少事。总得有个大臣居中掌总调停事务。照先帝为孝庄太皇太后守丧的仪节，万岁居丧二十七日，朝政就不至于无所适从了。"隆科多便道："马齐熙朝元老，德高望重，就请马老主持。"他原想主荐马齐，马齐必定推辞，自己是皇舅国戚，又是上书房满大臣，投桃报李，自然就推到自己身上。不料马齐一点也没瞧见自己热望的眼睛，只顾说道："先太皇太后丧葬仪节都是张廷玉拟办的，又经了圣祖之丧。我已经老了，里外纷乱如麻的事，怎么料理得？我看就是张衡臣偏劳为好。"

"衡臣，"雍正听着，默思片刻，偏过头问道，"你有什么见解？"

张廷玉思量着，慢吞吞字斟句酌道："一年之间，圣祖冥驾，新君登极，东南清理亏空，刷新吏治，西北尚在用兵，算得上迭遭大故，风波多劫。臣以为愈是稳当愈好。……嗯，臣以为，太后慈躬违和虽然时日已多，这次薨逝前，并没有将太后病情布告中外。可否分两步：先让太医院将前数日太后病情脉象，用药医案还有各地给太后慈躬请安的折子，汇成一份邸报，用八百里加紧传邮各地。然后徐徐布告天下太后薨逝。这就有利于人心稳定。再就是，看太后有何遗愿，皇上按懿旨遵办，也用明诏告诉兆亿百姓。至于谁居中调停内外，这是细事。我也可，隆科多也可。反正大事还是要奏禀皇上的。我想，方先生就住畅春园，可否令他也暂移大内，随皇上为太后守丧，顾问垂询也方便些。我就想到这些，待方先生来，皇上还可听听他的建议。"

"嗯！"雍正猛地抬手要拍腿赞赏，随想起自己是宁戚居丧的正孝子，便搔搔耳根后，叹道："衡臣这话朕听了心里感动——"他原想说"朕实在两头不放心"话到口边，却成了"这样曲画周详，你们尽自做去，就由衡臣全力支撑内外，有事多和舅舅、马齐他们商议着办。不是军务，就不要来搅朕。实在你们尽忠，也就成全朕做个孝子了。"说话间，外头太监抱着一捆一捆的麻衣进来给众人换穿，又见高无庸禀道："方苞先生已经进来了。主子过去有旨，方先生进内不递牌子，所以……""不要这么多话，"雍正不耐烦地说道，"请方先生进来，你传旨给文觉和尚，叫他预备太后的法事！嗯……太后临终有遗言，她发宏愿一年之内天下不杀生。照这个意思，廷玉拟一道诏书，这就传旨刑部，所有待决人犯无论朕朱笔是否勾过，一律停勾一年，凡可矜、可悯、可疑，情有可原的，得超生的就超生，朕代老佛爷还了这愿心。"隆科多还要说话时，便听外头一声苍老沉郁的声音：

"臣方苞恭见万岁！"

雍正看了看白汪汪跪了一片的兄弟，淡淡说道："按廷玉的铺排，兄弟们且回去。明日哀诏下去之后，照礼部殡仪司安排办！"

第二十五回　密室划策袭中造变
防范周匝难遂乱心

这是个紧张不安的夜，太后薨逝的哀诏未下，但京师各衙门早已得了消息。这样的国丧若在熙朝，是很平常一件事，无非下诏大赦天下，不许民间婚嫁迎娶，禁止演戏，剃头诸事。但一夜之间，京师各店肆堂所一概没了官员踪影，连日提着鹌鹑笼子串茶馆说闲话嗑瓜子的老公儿也一个不见。顺天府当夜就摘了红灯，所有三班衙役都不许回家，也不许上街，都集中在养蜂夹道狱神庙彻夜守望听命。北京人最是刁能油滑的，便看出不少蹊跷。前门大栅栏茶馆里当晚就传出新话题：

"听说年大将军兵败自杀了！"一个谢顶头、脑后发辫不足一根筷子粗的老年人，神秘地看看左右，诡秘地说道："八旗兵死了七万多！"

人们纷纷把头伸向他这一边：

"你怎么知道的？"

"我侄子就在兵部，管接八百里加紧廷寄军书！"说话人龇牙咧嘴连连摇手，"嗨呀，那真血流成河！今晚兵部人一个也不许回家，调集各路兵马，勤王、护卫京师！"

人们紧张得瞪圆了眼，良久又徐徐摇头叹息：

"十四爷打得好好的，怎么偏就换了个年羹尧！年糕年糕，本就是软的，还搁得住刀切？"

"十四爷不该回来。有他在前头挡着，会出这档子事？"

"哎呀……这是怎么说的呢？"

"要是康熙老佛爷在……"

人们摇头攒眉，正叹息"天意"，旁边一个穿着小羊皮风毛坎肩的年轻旗人用折扇打着手心儿，晒道："别听他瞎掰乎！老苟上回说十四爷带兵反回北京了呢！反了没有？告你们吧，太后老佛爷薨了！我们老二在内务府当差，下晌回来说的！"

"你懂个屁！"老苟不甘示弱，唾沫四溅说道，"就为打败仗，十四爷和皇上在太后老佛爷面前翻脸，大吵一通，老佛爷连惊带气，才薨了的……"

"嘻，你瞧见了？"

"十四爷方才大驾赶往八爷府，"老苟得意地望着瞠目结舌的人们，"好戏，还在后头呢！你们瞧这街上，像个平安征候么？"

人们被他说得毛发森然，不由把目光转向外头，但见一片漆黑，天上浓云遮布得星月不见，微啸的朔风吹得满街枯叶荡来荡去，发着细碎凄凉的响声，偶尔一片雪花顺风飘进门来，袭得人们一个个打噤儿。一个老者长叹一声道：

"要变天了。"

"上次时机叫我们蹉跎了。"允禩面对深夜来拜的允䄉和隆科多说道，"如今我们谁也不要埋怨，想法儿叫它变天！"他穿着四开气酱色江绸袍子，上面只套了件玫瑰紫巴图鲁背心，半靠在花厅右首安乐椅上跷足而坐，神色仍旧安详深沉，口气却一反平日那种温馨可人的风度，显得果决有力咄咄逼人："老九打发到年羹尧那儿了，老十去了张家口。今儿当着太后的面，他又要打发老十四去孝陵守灵，活活气死当今太后！这样的人为人君，父母骨肉，文武百官都视为草芥，连秦始皇都不如的一个暴君，凭什么还要尊他保他？你们瞧着吧，只要弄倒了老十四，下一个就是我，连年羹尧在内，谁都没个好下场！"

允䄉和隆科多直直坐在椅上，盯着这位首席王大臣，紧张得透不过气来，这已经是三个人第三次直截了当密议这件事了。但"变天"二字还是激得他们浑身一震。良久，允䄉才道："国丧期间举事，的确是时机。但似乎仓猝了些。年羹尧那边还没有说通，里里外外又是张廷玉把持，老四身边还有个智囊方苞。明日哀诏一下，咱们又得进去守灵，就这么一晚，来得及么？兵权，兵权在京师兵部，兵部又是马齐管，我们调不动西山的兵和丰台大营啊！"

"张廷玉什么都虑到了，我跪在那里听着，真是贼才贼智。"允禩冷笑一声道："但他这次没想到，应下旨京师驻军不得擅调。这就是疏漏！所以事有可为，舅舅现是九门提督。管它外头如何，九城紧闭，两万人马在城里足够使的了！"

隆科多背上一阵冷汗又一阵冷汗。下令禁城，是他一句话的事。但紫禁城是城中之城，名为他管，其实真正实权在张廷玉马齐手里。城外西山、丰台、通州近二十万人马在咫尺肘腋之间，又都是允祥的旧部统领，一封密诏递出去，立时四面楚歌！思量着，隆科多道："八爷，今晚大动，实在来不及，得稍有准备时间。他守灵二十七天不理外务。我虽不掌全面，但二位爷都在里头，我里外还能活动。给我十天，十天之内，我准能借故革掉丰台总兵毕力塔的职，暂委一个我们靠得住的人。那时，就好动手了！"

"十天不成，六天！"允禩斩钉截铁地说道，"不能等到头一个断七。那时外官像李卫、鄂尔泰都赶到了，你封城把这些人堵在外头，他们就敢硬闯，搅得天下大乱，你明白么？"

允禵在旁边拧着眉毛思索，他压根不信允禩"辅佐"自己这些话，但此时又不能揭破，想着，说道："舅舅，丰台大营至少要执中观望，我们才能十拿十稳，八哥门人刘守田在那当参将。这人外面儿上和老十三也好，你寻个由头拿掉毕力塔，提升刘当统，管保不碍我们手脚。"

"就是这样，"允禩仿佛不介意地一笑，倏又变得异常庄重，"老隆，无论丰台的事如何，一定要干起来。见事而疑，胸无定见是大忌。你是上书房满大臣，这次不让你掌总，这就是不吉之兆！雍正猜忌苛刻，已经疑到了你！到了人为刀俎，我为鱼肉那一日，你悔断了肠子也一些儿没用！"隆科多仍旧显得有些忧心忡忡，耷着眼皮深深思索着，说道："我不是不敢，但心里确是不踏实。年某人统数十万人在西疆。就算这里成功，他要带兵进京勤王，清君侧，谁抵挡得了？天下督抚不服，又该怎么办？"

允禩盯着隆科多良久，突然破颜一笑："老隆，你好懵懂！老九在年羹尧那里是做什么的？我为统兵大将军王，年羹尧接的都是我的旧部！说到统兵入关，连我都做不到，年羹尧一个包衣奴才，他号召得起？你把心放稳，一旦这里得手，我敢说，头一个上折子奏诏请安的就是姓年的!"允禩见隆科多渐次舒展了眉头,因笑道:"就这样,不用多议了。老隆不宜在此久留,回去只管按策划行事。左右你见我们还方便,临时有变,我们就收敛,还是没事人!"

"此人难指望啊!"允禵待隆科多辞出去,长长吁了一口气道,"八哥,年羹尧在西边已经得手,你晓得么?"允禩目中波光流动,说道:"我已知道了。奏折在你手里,你没有交皇上,不是么?你扣得很对,一旦递上去,邸报一出,人心稳定,我们的事就不好办。但这次是我们稳坐钓鱼船,老隆弄得成什么也不必说,他弄不成,抓不住我们一点把柄,打什么紧?"允禵不禁扑哧一笑,说道:"八哥,真有你的!"还要往下说时,却见亲王府太监头儿何柱儿带着养心殿太监李德全进来,两人一怔,忙都起身,问道:"李公公,内廷有旨?"

李德全白发须眉,已老得口不关风,只含笑向允禵道:"咱不晓得十四爷也在爷这,既这么着,倒省得老奴才多跑了,"说罢南向而立,口称有旨,待二人跪下,方宣道:

"着允禩、允禵即刻入宫,为太后守灵!"

"喳!"

二人齐应一声起来,允禩便吩咐家人,"取五十两黄金给老李!"又笑问:"老李,是单传我们,还是别的爷也一齐都进去?"

"回爷的话,"李德全双手接过沉甸甸的金饼子,笑道,"所有的爷都进去,在慈宁宫前守孝,外头灵棚都搭好了,在京十二个孝子,每三位爷一处,共是四处灵棚,茶水汤饭都方便,爷们只管放心!"

这就太不凑巧了,五个阿哥一处,恰好允祉、允祚、允祐、允祺和允禵一处,允禵偏不在一个棚子里。就算在一处,苫块居哀,怎好叽叽哝哝说私房话议事?就是隆科多,也不好一个棚又一个棚地串。允禩和允禵对望一眼,允禩强按着心头的惊慌和怒气,说道:"前头守灵,大家不都在一处嘛?"

"这是方灵皋先生的主意,"李德全笑道,"前头给先帝爷守灵在乾清宫,慈宁宫地块小,爷瞧这天儿,已经飘雪花儿了,不搭个灵棚,爷们可怎么受?这也是万岁爷体恤各位爷一片佛心……"说着颤巍巍一躬辞出,到别府传旨去了。

允禵咬着牙，恶狠狠道："方苞这狗娘养的，早晚我碎剐了他！"

"且看隆科多的动作，这时说不着这些个。"允禩轻轻咬着下唇，幽幽说道，"咱们按时辰解手，一个时辰一聚头！"

在允禩允禵和隆科多密谋的同时，雍正和方苞、文觉和尚却在慈宁宫西侧寿康宫东配殿议论另一件事。雍正的情绪像是很亢奋，虽浑身披麻戴孝，眉宇间却带着难以掩饰的愉悦和轻松。他背着手，穿一双蒙了白布的皂靴，不停地踱着步子，说道："年羹尧好样的，到底不负朕心！罗布十万人马全部生擒，先帝爷在时也没有过的胜仗。好，嗯——好！"他搓着手，忽又想到自己是孝子，口气一转长叹一声道："母后啊……您老人家迟走一日，又能给圣祖爷带这个好信儿去了……"

"皇上，"文觉坐在杌子上，斟酌着说道，"但毕竟杀生太多，青海省十年难以恢复元气。这一仗年羹尧打得好，却与岳钟麒生分了。有些善后事宜皇上不得不虑。"

"唔？"

"岳钟麒带兵进驻松潘，与年羹尧从甘肃调来的兵统属不一，双方争功，宴会上几乎剑拔弩张。罗布藏丹增因松潘军机失宜得以西窜，首凶未得，这不能说不是年羹尧措置失当。九爷在年军中也甚得人心，万一有挑唆离间的事，哗变起来也不是小事，万岁不可不虑。"

文觉和尚光秃秃的脑袋在烛影下微微一晃侃侃而言："今冬若不能将罗布叛军一鼓荡平，来春草肥水足，不知又要费多少周折了。"

"举大事不计小节。"雍正阴郁地说道，"年、岳二人无论怎么争功，都是细事。这一战之胜不单在青海。朕吊得老高的心总算放了一半。年羹尧恃才傲物，这朕知道，但观其功劳，这些不足为过。"雍正说着，转脸问方苞："方老夫子，你怎么一言不发？"

方苞正襟危坐，正埋头苦思，听雍正问，抬起头来，两只椒豆一样的眼灼灼生光，吁一口气说道："我在想两件事。方才主上你们说军事，我以为主上说的极是。但西边军事大胜，按理说年羹尧必定用红旗报捷的，但至今却没见到，倒是甘肃兰州将军马常胜的密折先到，没有这密折，至今主子还不知道，这不是怪事？"文觉道："兴许战场还要清理，军俘要处置，再不然年羹尧还有新布置，来不及奏闻朝廷。"方苞一哂道："那不是年羹尧的秉性。再说，岳钟麒率军入青，与年羹尧合战，他也该有折子来的嘛——我的书僮倒跟我说，北京城已传闻年羹尧战死，我军兵败了！"雍正悚然一惊，目光一闪说道：

"先生是说——"

"臣是说军报已经递到，只是没经皇上过目而已。"

"那，谣言呢？"

"谣言可以杀人。"

这一句警语从方苞齿缝里进出来，雍正和文觉都激凌一个寒颤。一时间三个人都没说话，但听殿外风掠殿角，铁马叮当作响。

"螳螂捕蝉，不知黄雀在后，黄雀啄螳螂不知弹丸将至。"方苞冷冷说道："圣祖归天尚未经年，太后薨逝，国家是多事之秋。万岁，年岳之争是小事，皇上看得对极了。北京，是肘腋心脏之地，这里连一丁点差错也不能有。这次大丧，要和圣祖殡天一样，事事周虑密详。"

雍正万没想到方苞想的是这件事。开始还觉得不以为然，仔细想想，连与范时捷鸡毛蒜皮的小事尚且拜折快递，这么大胜仗，他能缄口不言？联想到谣言，又想到方苞建议给阿哥们搭棚守灵，心里愈加不安，冲口而出："先生说怎么办？"

"万岁圣明，这只一个'防'字，何待臣言？"

这就是方苞和邬思道不同之处，邬思道昔日替雍正划策，从来都是直述胸臆，唯恐不详，方苞大家风范，只说"看法"，让皇帝自作主张。雍正正要说话，却听外头太监道："张廷玉进谒皇上！"雍正转脸对文觉道："你是和尚，做你的法事去——叫他进来！"

"皇上！"文觉前脚出去，张廷玉后脚进来，却是一头一脸的雪，当着雍正不便抖落，伏身跪下道："慈宁宫那头都预备好了，几时起丧，请皇上示下。"

雍正已恢复了常态，口气柔和地说道："外头下雪了？抖抖身上的雪，慢慢说——赐茶，起来坐着罢！亏得方先生先叫搭了灵棚。不然，冰天雪地的，叫兄弟们可怎么受？"张廷玉吐了一口冷气，身子已暖和过来，躬身回道："臣也正想说这事。三爷、五爷、十四爷他们叫奴才请旨，各自在灵棚哭灵，似乎于太后大礼上不甚妥当。守孝本就是苦事，还该都到枢前去的。这是他们的孝心，还请皇上再下恩旨，他们才好入棚的。"雍正端着茶出了一阵子神，说道："那不都是先皇骨血，朕的手足？前头在乾清宫，还有几个小弟弟伤风呢！冻着了，太后在天之灵也是个不安，反而是朕不孝。这次一定不能有一个病的，你传旨太医院，多叫几个太医，进来随时侍候。各房棚，东厕都要有太监轮流照管灯火取暖。该进正殿举哀，大家都去。回去还归灵棚，这样可成？"

"臣没说清楚。"张廷玉忙道，"'三爷'是弘时阿哥。五爷和十四爷是允祺和允禵。"

"唔。"

雍正怔了一下，说道，"衡臣，就是这样，你忙去吧。哦，你到上书房，还有军机处，问问他们有没有年羹尧、岳钟麒处的军报，朕虽居哀，这样的大事还是要留心。顺便叫德楞泰、张五哥两个人过来。"

张五哥和德楞泰两个侍卫都进来了，两个人都哭得眼圈红红的，似乎有点不知所措地看着面前这位圣尊。

"朕的'灵棚'就设在这里。"雍正说道，"因为有些急务，就是居丧也得料理，所以请方先生也陪着朕。德楞泰，你挑二十个侍卫看护此地，朕下手谕，宫里侍卫一概听你的，你听方先生的——蒙古汉子，听明白了？"

"我明白！"德楞泰粗声答道，"不过领侍卫内大臣还有好几位，他们要有指令，我听不听？"

"你听方先生的。"

"喳！"

雍正踱了两步，阴沉的目光又灰又暗，良久又道："方先生，你起草个手谕给张五哥。五哥今夜就要去传旨：顺天府及兵刑二部所辖衙役官军，进驻神武门关防出入。丰台大营由毕力塔亲自带领，带上毡幕，驻守前门到西华门南。西华门北要西山锐健营汉军正黄旗选一千人驻防。东华门由原步军统领衙门军马看守。"

他话音落，方苞手中的笔也停下来，双手将草拟的诏书捧给雍正。雍正看着点了点头，从怀中取出"圆明居士"小玺钤上，递给张五哥。

张五哥略有些迟疑地接过诏书，说道："奴才理会了。不过东华门西华门都是隆中堂管，原驻兵要不要移防？这事要不要告隆中堂知道？"

"舅舅这几日也要守丧。"雍正知道五哥心细，怕他起疑，用温语说道："所有内外防务，还有军机政务，都是张廷玉主持。所以这事等你传完旨，告诉张衡臣一声，一切听他调度。兵马进城，一律都带行军帐篷，听张廷玉关照户部，粮秣柴炭要供足，每个军士先给五两赏银。大丧过后再赏。你不要胡思乱想。朕只图个内外平安，去吧！"

张廷玉奉了圣旨，立刻赶回上书房，查问西疆有无军报。上书房守值的几个官员都说，因设了军机处，凡军务奏折都由军机处直接递奏，并没见年羹尧有本章递进来。因又赶往军机处，见当值的是刘墨林，便问："你几时回京的？今夜就你一个当值？"

"张中堂，今晚不该我的差，是那苏章京负责，方才隆中堂叫他去，半个时辰了。"刘墨林一反平日散漫不羁的神气，一见张廷玉便站起身来，"我申时进京，到嘉兴楼待了小半时辰，又去访范时捷，才知道内廷出事，就赶着进来了，有多少事得跟中堂回呢！"

"两江、安徽、山东的事你写成节略给我看。"张廷玉也不坐，"眼前我忙得脚不点地，什么事都靠后放放。你看看近两天有没有年羹尧的军报，圣上等着要！"

刘墨林不再说什么，起身向正中镶铜大柜取出一叠案卷，一份份看了，摇头道："没有。不过十三爷十四爷有时也随身带，中堂你进去问问二位爷，不就知道了？"张廷玉转身就走，一脚门外一脚门内顿了一下又折转身来，问道："外头进折子，总有底档吧，你找找登记册子，看有没有，要有，看谁取去了。"刘墨林两手一摊说："登记簿儿自然有的，都锁在那柜子里，钥匙在那苏手里。中堂，您稍停一下，那苏当值，他不敢久离的。"

张廷玉喘了一口粗气，只好坐了下来，想着里头不知有多少事等着自己料理，心里一阵一阵发急。但他是多年相臣，颐气养性，外面上却半点不显出来，偷偷看了看屋角的自鸣钟啜着茶道："你去了嘉兴楼？是苏舜卿那里呢？如今你们的事怎么样了？"

"承中堂关心。"刘墨林叹息一声苦笑道，"还没有办妥。皇上一道恩诏，贱民能脱籍了，不过总得有银子赎她啊！我出三千，徐骏那里出五千，我东凑西借弄了五千，徐骏又出到八千，如今索性是一万！老鸨在我初佻幸时还想做个情面，如今是除了钱一概不认的了。我拿什么和徐乾学那花花公子比富？我方才见她，她哭了，说身子骨儿大不如前，恐怕熬不到那一天了。"张廷玉设身处地替刘墨林想，也真是难。他陡地想到自己儿子张梅青，也是为一个青楼女子，被自己活活逼死，由不得一阵鼻酸，沉默了许久，又问道："你父兄呢？他们那边有什么话？"刘墨林道："我是个孤儿……"

张廷玉温存地看一眼刘墨林，说道："万把银子不算什么。告诉你，略等等，三四千银子足够了。头五天我见万岁，说起徐乾学亏空的事，我说他是老臣，可否减免一点，十万银子他拿不出来！万岁爷冷笑着说，不怕欠债的精穷，就怕讨债的英雄！徐乾学党附明珠，徐骏又党附揆叙，狗父犬子狼狈为奸，断不能免他一两亏空银子！你等一等，告诉舜卿，心放宽些子，真到难处不可开交，你再和我说一声。"刘墨林听着，颜色已是霁和，微笑道："真的那样，我这颗心就放下了。哦，中堂，我在嘉兴楼还听到些谣言，有的说万岁爷登极时令不正，硬是'雍正'了，违了天意，所以今年正月天打雷。有的说年羹尧昔日和哪个阿哥如何怎样，要带兵反回北京。还说什么'帝出三江口，嘉湖作战场'是《黄蘗师歌》里的，雍正年间天下大乱是天意。我听着有些心慌，去找老范，范时捷说年某人在西疆跋扈得要命，他倒听说年羹尧兵败自杀了……"张廷玉听着，神色愈来愈严峻，前头那些谣言五六日间他已偶有所闻，但年羹尧兵败，却是头一次听，联想到方才雍正召见，越发背若芒刺，如坐针毡，将手中茶杯一放，朝刘墨林一点头，说道："我们不敢闲唠了，你去看看那苏这个狗才，钻到哪里去了，我要看档案登记册！"

刘墨林见张廷玉神色大变，知道有异，答应一声起身便走，却正和进来的那苏撞个满怀。刘墨林后退一步，笑道："那苏，张中堂正要我去寻你这个狗才呢！"

"回中堂话。"那苏冻得脸乌青，"方才隆中堂找我，要调兵符，大丧期间京师关防要调动一下。奴才说要回十三爷十四爷，隆中堂说不用了，在那打了半日擂台，还有十四爷借调的几份奏折，里头有军报，节略还没写，跟乾清门侍卫说了半日好话才放我进去……"

张廷玉皱着眉大声道："不要啰嗦，折子呢？"那苏从怀中抽出几份一齐递上来。都是黄绫封面的六百里加紧奏折，一封一封赫然写着：

抚远大将军臣年羹尧谨奏，六百里加紧密勿。

却都密封完好，尚未拆阅。张廷玉一言不发夹上便走。那苏忙道："中堂，调兵符的事……"

"不行。"

"隆中堂……"

"叫他找我说话。"

说完，张廷玉便匆匆离去。

第二十六回　草天蛇线雍正游疑
　　　　　　盗铃掩耳相臣负询

　　张廷玉取了年羹尧的军报，一刻不停赶往康寿宫，雍正却已赶往慈宁宫举哀未回。沙沙的落雪声和东边嚎天嚎地的哭声响成一片。他坐在杌子上，捧着那个奏折，好像抱着一个褪褓中的婴儿，真想揭开火漆封头，看看里头到底写的什么。按说他是宰相，如今又是内外全权大臣，他有机会拆这个奏折。但今夜不知怎的，他心神总安定不下来。是为年、岳二人不和？将帅争功原是平常事；是为允禩藏匿军报？今日太后薨逝，只顾了悲恸，一时疏忽也是人之常情；是隆科多索要兵符？兵符本就归隆科多管，京师布防和九城禁卫调动，也是稀松平常事。想来想去，觉得都不是，陡的一个念头：也许都是。一大堆的平常事凑巧在一处，也许就有非常之事！联想到前头几件大案，更是搅得张廷玉心乱如麻，只呆坐着痴痴地出神……

　　"衡臣。"

　　张廷玉没有应声。

　　"衡臣。"雍正又叫了一声。张廷玉猛地抬头，见是雍正，不知什么时候已经进来，惊得站起身来，又伏身跪倒，慌乱地说道："臣走神儿，没瞧见主子进来……这是年羹尧的军报奏折，请主子亲自开封。"雍正哭得眼睛桃子似的，却显得心安神稳，叹声道："你起来，朕知道你乏透了。"因见方苞也进来，又道："方先生，年羹尧到底还是有折子。衡臣索来了，方先生读给我们听听，看看这位儒将如何报捷！"

　　张廷玉吃了一惊，疑惑地望着雍正："主上怎么知道我军已胜？"

　　"头上三尺有神明。"雍正道："世上事本就如此，有人造出来，就有人破得开，有人想隐瞒，自也有人竭力想揭开。像这么大的事，上关天下社稷，下关朕的名声事业甚或身家性命，朕岂能掉以轻心？折子在十四爷处，不错吧？朕早已知我军大捷，只是要看一看有没有这份奏折罢了。"说罢向方苞点头示意。

方苞小心翼翼拆开封头，展开折子，轻声读道："抚远大将军臣年羹尧，谨报皇上西宁大捷，歼敌十万事……"他顿了一下，兴奋地看一眼雍正，便朗声诵读起来，前头都是调兵部署、粮草供给千头万绪的军务，表述自己耐烦琐细、事必躬亲，如何细虑周详举纲张目着眼着手，把战前准备说得滴水不漏。接着写西宁大捷，像神来之笔：

> 夫青海纵横万里，罗布藏丹增所部皆百战之众，剽悍孔武，流徙不定，虽成壁中贼盗，无奈池深难竭。臣自甘凉入青，虽屡有小胜，卒难寻觅敌之主力，与之一决雌雄，而日耗帑金数十万，竭东南粮源万里来输。每念及此，深愧才菲能薄，致主上宵旰焦虑，深负国恩。为速胜计，不得已为此诱兵之策。壬子日，罗布藏丹增于塔尔寺集结兵力约三万余人，小作试探，知城中仅余兵力一千五百人，因臣不在城中，恐中诱敌之计，巡逻未敢来犯，检阅守城之士，皆如病坊乞儿，具令出战，则股栗不能出声。甲寅日，敌侦知臣在城中，乃大行集结，约五万余众叩城而围。臣即令焚烽火台集援军会战。是时叛军蚁集纷纷如麻，城外诸堡，悉为敌军所破，焚掠一空。臣为鼓舞士气，遂率中军护卫，兀坐城楼，以观敌情兼镇定军心。回望敌军压城欲摧，烟火蔽天，城外百姓哭声动地而不能救，惟俯仰叹息，默祈上苍，祐我皇清。但敌未攻，惟以火枪鸟铳及红衣大炮慑慑而已……

"后头的不用读了。"雍正吁了一口气，"岳钟麒有岳钟麒的难处，也不可一概抹倒。"方苞往下看时，果然写的是岳钟麒如何起先畏难不肯进驻松潘，次后又争功抢夺战俘的话头。末了方苞打了个怔，说道："主上，十万战俘——这件事前头密折上没写呀！"

"好嘛，"雍正淡淡一笑，说道，"岳钟麒自请率军五千，扫荡余寇，追捕元凶，朕已经批下去了。仗打下来，叫他们午门献俘。唉……圣祖当年午门祝捷，朕年岁还小，都记不清了……"

"都杀了!"

"什么?"

"粮饷供不上，又怕管不好这些人，年羹尧下令，已经将十万战俘就地……"

三个人都被这可怕的数字惊呆了。十万人，手拉手可以从青海连到北京，一夜之间被年羹尧刀劈斧砍残杀殆尽! 雍正两腿一软坐回炕上，双手合十闭目向西嗫嗫念诵了几遍大悲咒，从心底发出一声深长叹息: "人说年羹尧是'屠夫'，朕还不信，唉……"沉思良久，方起身来，说道: "昔日秦赵之战，一夜之间坑赵卒四十万。朕将古比今，想来年羹尧必有他的难处。兵凶战危，没法子的事。来春战事结束，请高僧，还有朕的替身法师文觉和尚去青海，作七日七夜水陆道场，消除戾气吧!"

"我军大捷的消息要立即传邮天下。"张廷玉振作一下，说道: "今夜就印成单页邸报，全文刊载年羹尧这份奏折，命兵部广为张贴，一定要人人皆知，家喻户晓。"雍正点点头，说道: "你稍待一时，朕要加朱批。"说罢向案前，提笔濡了朱砂，不假思索便写道:

> 西宁兵捷奏悉。此番壮业伟功，承赖圣祖在天之灵，自尔以下以至兵将，凡实心用命效力者，皆朕之恩人也，朕不知如何宠锡，方快寸衷! 你此番西行，朕实不知如何疼你，方有颜对天地神明也。正当西宁危急之时，即一字一折恐朕心烦惊骇，委屈设法间以闲字，尔此等用心爱我处，朕皆体到，此岂仅以有功而已矣! 古来君臣遇合和意相得者有之，但未必得如我二人之人耳。总之，我二人做个千古君臣知遇榜样，令天下后世钦慕流涎就是矣。

写罢，递给张廷玉，说道: "你们看一看，要没什么参酌的，就明发!"

张廷玉和方苞两个人都是目下十行的人，略一看就都了然，雍正是竭尽心智要向天下万民表明他与这位统兵大将军非同寻常的关系。但君臣之际，恩人云云，不但肉麻，而且不伦不类。两个人对望一眼，方苞说道："万岁，三纲之内，君为首，分际不可紊。此朱批若用之密折直批年羹尧尚可，但'恩人'二字似乎也过了，随邸报颁示天下，臣断以为不可。"张廷玉也躬身道："灵皋先生的话，臣也是这么想。边将立功，于情应加勉奖，于理是份所当然，似乎不必过于张大。"

雍正要了回去，皱着眉头看了半日，摇头道："'恩人'还是要的。当日西陲兵败，六万子弟兵无一生还，圣祖为此痛不欲生。朕与圣祖一德一心，年羹尧为圣祖爷出了这口气，就是替朕尽了孝，成全了朕的孝心。因此朕要称他'恩人'。留下前两句，加上'国之柱石'四字批语，依旧明发。这个稿朕誊到密折上给他。岳钟麒也要有所慰勉，照你们的意思办就是了。"他说着，张廷玉已将改稿拟好，雍正比较着看了看，果然已不显得那么刺眼，只说了句"也罢了"便不言语。张廷玉知道他还要打坐参禅，捧了折本挟在怀里便辞出来。看那天时，仍是丢絮扯棉纷纷扬扬地落雪，只因是头场雪，地气尚暖，地下半雪半水，像受潮的糖上盖了一层厚霜。略一停步，风扫下房顶的雪团落了一脖子，又凉又湿。张廷玉倒觉心安不少，扶着一个太监一步一滑地去了。

雍正的这一措置全部打乱了允禵与隆科多精心策划的举丧政变阴谋。专务提兵调将的隆科多听那苏说张廷玉不许启用调兵印符，有心去和张廷玉理论，但毕竟心里怀着鬼胎，几次见张廷玉，连提也没敢提。张廷玉原对隆科多不抱疑心的，原也想寻机会解说一下。开始时是忙得没空，待后见隆科多压根不说这事，倒上了心，也不说什么，只令大内侍卫侍候警戒雍正安全，又借口各王贝勒居丧哀痛，恐体力不支，加派太监守护各灵棚，允禵等人入厕，都有两个太监扶着进去。别说私房话，轻易连个眼色都不敢递。隆科多六天里头借故巡查紫禁城防卫，带着鄂伦岱一干侍卫绕金水河看了，只见到处都是新设的兵营，编制统属又各有归属，路过毕力塔防区，他连进也没敢进去——这些兵营中旧属倒是不少，问了问，有的说自己归德楞泰管，有的说是张五哥，还有竟说归内务府统管，各自不一。弄得隆科多又惊又疑，又担心着允禵翻脸，直急得坐不稳站不宁睡不安，一闭眼便做噩梦，热锅上蚂蚁般没个走处。雍正几次问事，见他时而惊惕时而恍惚，先还以为是悲痛迷心，后来也觉诧异。

二十七天的国丧就这样——像结了冰的永定河，面儿上平静坦荡如砥，下头却是激流湍水——平安渡过。宫中太监忙上忙下，撤灵棚去幔帐，烧纸人纸马，焚灵幡，白纱灯换了黄色宫灯。百官各自回衙视事，阿哥们打道回府，剃头洗脸面貌一新。雍正除了丧服，却不放方苞回畅春园，就近回养心殿召方苞进来议事。

"灵皋先生，"雍正待方苞坐定，轻声说道，"按理今日除服，该让你松和一下的，但朕总觉心绪不宁，和你再聊几句，过午用过膳，送你回畅春园。你是国策顾问，朕想多听听你的。"

方苞熬得脸上有些浮肿，略一欠身，说道："当日二祖慧可皈依佛法，曾夜问菩提达摩，说'我心不安'。达摩祖师说：'来，我为汝安之！尔心在何处？'——臣不敢自喻，只是个比方，心在何处？心在万岁心中！万岁觉到了的，即是万岁不安之处。"

"朕是在想，这次丧事是不是办得张皇了些？"雍正啜着奶子道，"兴师动众，如临大敌，却又平安无事，事过之后，怕有人讥讽。"方苞一笑道："人臣忧谗畏讥，是所处位置使然。人主似乎不必。谗也好，讥也好，总比为人所笑强些儿。恕臣不恭，万岁真正想的，恐怕是舅舅。"雍正咧了一嘴想笑，又敛住了，说道："方先生，你为什么这么想呢？"

"什么叫'妖'？反常。"

"唔？"

"戒备森严，如临大敌，原不为防舅舅，但舅舅却觉得是防他，这不反常么？"

这正是藏在雍正心里最深处的话，却不能如此明白无误地表达出来。雍正不禁打了个顿，怔怔地看着外头已经快要化尽了的雪，良久，点头叹道："他是有些神不守舍，'恍惚不安'。朕起先想他是心里难过，后来看竟不像。鬼神魇镇的事朕是相信的，莫不成用这法子害他，要去掉朕的左右臂？"

"悲痛断然不是的。"方苞冷冷说道，"圣祖爷在时，佟佳皇太后薨逝，臣那时在上书房，那是他的亲姐姐，他也没这个样，言语行动恍惚得像个白痴。皇上说他神不守舍，臣观他是‘魂’不在位！若说恍惚所凭，还不如说是心神不定！"

方苞儒学大宗，压根就不信什么魔镇邪术，但雍正尊儒之外还崇佛，因此他只能从隆科多的表相点醒雍正："一个月前他进来奏事，都还条理清晰，头头是道，太后薨逝当夜，李德全传旨回来，说见隆科多在廉亲王府出来——那种时候，他到那里做什么？紫禁城防务差使仍是他的，到外头各营串什么？阿哥爷们的灵棚是张廷玉、马齐和我们几个共同去的，只看看防风遮雪情形就回来了，他怎么前几日左一次右一次独自去串，后来又一次不去？"

"你是说他和八弟……"雍正仿佛身上一颤，又摇头道，"不至于吧。当日传遗诏的就是舅舅，要做手脚，那不是最好机会？如今大局已定，怎么会再和那起子人勾扯？"

方苞仰了一下身子，不安地搓了搓手。他已觉和雍正谈得太直了，但话赶到这里，不能不说下去："万岁说这话使臣不安，臣不该谈这么深的，也许臣错了，最好是臣错了。"雍正也感觉到了，微笑道："谈心么，不说心里话有什么意思？朕也这样想，也许朕错了，最好是朕错了。但天要下雨，娘要嫁人，当闲话扯扯何妨呢？朕，都担待了。"方苞心里一阵感动，叹息道："皇上如此信得及，臣就说。方才说机会，自古错过机会，吃后悔药的不知多少；错过机会又寻机会的更不知其数！佟家一门都是当初倒太子的‘八爷党’，独独一个隆科多忠心事君。当时情势扑朔迷离为鬼为魅为真为幻，就是神仙也说不清有多少层迷障，多少个连环套。皇上，‘八爷党’既是一‘党’，那么并不因皇上已得大统而不是‘党’，丝萝而藤缠，盘根而错节，不是一篇‘朋党论’的文章就能瓦解的。为天下计，为皇上计，也为皇上骨肉亲情不遭惨变计，皇上不铲掉这个‘党’，顶多做个善终皇帝，想振作颓风，刷新吏治为一代令主，恐难遂皇上的心愿。"

"朕调开允裪允祧，又要允禵去遵化，就是要离散他们，离散了也就保全了。朕虽心冷，并不乏骨肉兄弟情分。"雍正听了方苞侃侃陈词，良久叹道："想起他们昔日对朕下毒手，朕至今不寒而栗，今日断不可重用，然而还是要保全。说句私心话，朕也不愿后世人说朕是残暴之君。但说到舅舅，再思再想，还不至于混到这个是非窝里。要再看看，再看看，好么？"还要往下说时，却见高无庸在殿门口一探头儿，雍正拉下脸来，说道："你是怎么回事？我和方先生说话，例来有规矩，你不晓得？"

高无庸吓得连忙进来，叩头道："奴才没偷听。方才隆中堂请见，奴才请他军机处候着。因主子说话长了，他叫奴才进来瞧瞧，看方先生辞去了没有……"雍正一摆手道："你告诉他，彼此乏了，请舅舅先回府歇着。明儿递牌子，多少话不能说？"高无庸诺诺连声，起身便走。方苞却叫住了，向雍正道："皇上，要是身子支撑得，何妨一见呢？他是皇上称舅舅的，因与臣谈话回避他，臣也觉担待不起。"雍正略一思忖，说道："你去说，朕请舅舅进来。"

须臾，便听院外一阵脚步橐橐。隆科多挑帘进来，刚要行礼，已被雍正扶住。雍正笑道："你是舅舅，哪有舅舅给外甥磕头的？和方先生说闲话磕牙儿，原为松乏精神，讨教学问，所以不想叫外人打扰。舅舅怎么也是这一套？来，看座，赐茶！"刹那间他像换了个人，显得又轻松又潇洒，"这次丧礼办得周全，第一辛苦了张廷玉，外头处置国务，里头主持丧礼，朕看他至少瘦了十斤。第二便是舅舅，警惕关防，还要照应大大小小的宗室亲贵，操心费力，着实累你。方才和灵皋还说起你来着。怎么不进来说话？北京地面邪，说曹操，曹操到。"说罢便抿嘴儿笑，方苞见雍正如此机关捣鬼，也不禁莞尔。

"皇上，"隆科多振衣而坐，接过茶呷了一口放下，说道："奴才确实有话要奏。哦，方先生，你不必回避。"他刚剃过头，穿着四团龙褂外罩仙鹤礼服，珊瑚顶子后拖着一根翠森森的双眼孔雀花翎，前日那种迷离恍惚的神情，阴霾沉重的表情已一扫而尽，脸色中还带着疲倦，一双三角眼中的眸子闪烁着，看去很是精神。隆科多一边沉吟，说道："也许皇上能看出来，奴才这些日子精神不振，奏对时言语颠三倒四不成体统，但奴才真的是有心事。一来太后薨逝，活生生的个人，头天还见面，第二日撒手就去了，心感人生渺茫，无常不定，又悲又感。二则有些事也难得其解。奴才是皇上特简顾命上书房大臣，负责京城防务。

但这些日子，其实只当了大内一个侍卫头儿。东西华门，前门神武门外驻了那么多兵，谁调遣，谁节制，我竟一毫儿不知道。太后出事那日，奴才就去军机处预备调防，但军机处奉了张廷玉指令，拒交兵符。所以悲痛感慨，又加了一层疑惧。皇上，您虽称我'舅舅'，奴才一向只以臣子自居。奴才来请见，也只是想说说心里话。若是这些调度出自圣意，那必定是奴才有过失，理当扪心自问，有无对皇上欠忠欠诚之心。若是出自他人，臣以为或者就有小人离间君臣，挑拨是非。这个心，不可问。奴才以军功出身，原本是个粗人，不该这么多心，但皇上寄奴才以腹心，托奴才以重任，奴才想到哪里，不应对皇上欺瞒。"

他这番表白，侃侃然，款款然坦坦荡荡直抒胸臆，几乎和雍正方苞刚才的话紧紧衔接上了。雍正不禁一怔，良久，才呵呵一笑，说道："舅舅，说你是'细人'，细人不敢到朕跟前说这话；说你是'粗人'，你又想得太多。子曰过犹不及，思之太细，反而离题万里！"他顿了一下，瞟一眼不动声色的方苞，说道："朕作事从来天马行空，独往独来，不谋于人。你我何等样关系？谁敢挑三窝四？年羹尧是藩邸的人，天下人都知道他是朕第一信用的。去年他上了一道密折，说'隆科多极平常人'，朕立刻朱批，训斥了他，说舅舅这人你看错了，乃是真正的社稷之臣，朕的功臣。不许他胡猜乱疑！折子就在那柜子里，你想看可以看看。"

"太后薨逝是非常之事，"方苞稳坐不动，翘着胡子说道，"圣祖晚年诸王之间的事，隆大人料必知道，下遗诏给你我也在场的。这次因十四阿哥抗旨，当着太后的面和皇上咆哮，太后气疼迷心骤然大故，当防不虞之变，皇上亲调五路军马，护持大内。这件事，除我之外，连张廷玉也不知道。隆大人，你要有怨气，冲我发，不要和别位大臣生分了。"

隆科多粗重地喘了一口气，咽了一口唾沫说道："我不是有怨气，是想不通。军机处调兵勘合平素我每天都要用，凭张廷玉一句话，锁起来我就不能启用！"

"你也要体谅衡臣。他方才说进来请安，朕说不必进来，赶快回府好好睡觉。"雍正不易觉察地皱皱眉头，含笑说道，"他累极了的人，火气大，对景儿什么话说不出来？那年在承德，他拿出太子太傅身份，叫十几个阿哥在戒得居冰天雪地里站了一夜，穿堂风鹅毛雪，你想想什么味儿？劝你一句话，取其心而已，既是宰相，还要拿出宰相肚量来。当然，事过之后，朕自然要说他，你们素来也过得去，也可促膝谈谈嘛！"

雍正娓娓而言，又比喻又劝慰，倒说得隆科多无言以对。他本来就已经觉察到自己言行失常，来蹚一蹚水有多深，见雍正毫无戒心，自然也就放心，"火气"也就消得干干净净。因笑道："主上教训的是，既没别的原故，奴才就告退了，改日见衡臣，我们聊聊，必定能摞开手的。"说罢打千儿行礼辞了出去，雍正见他出了垂花门，转脸问方苞：

"如何？"

"主上问臣如何，臣也问主上一句'如何'？"方苞眨了眨眼，诡谲地一笑，说道："您看他像受了什么'魇镇'的人么？"

"看看，还要再看看有什么蹊跷。"雍正点点头，不再说这个话题，从案上抽出一份折子，说道，"这是岳钟麒的奏辩折子，除了说年羹尧跋扈，还讲了年部军士掳掠民财，滥杀无辜许多事。他要带五千兵马横扫青海，在朕面前夸了海口，一定要全歼穷寇。你看如何？"

方苞欠身说道："军事臣不大懂，万岁可否垂询一下十三爷十四爷？不过，据臣的见识，岳钟麒有这个心胸想立功，如果可行，不如放手让他做去。""朕懒得问允禵，明儿就打发他去遵化，不去也得去！"雍正左颊上肌肉抽搐了一下，"他在青海经营五年，也没打这么大胜仗，可见其无能。倒是问了一下允祥，允祥说罗布兵已溃不成军，散处青海各地失去联络，岳钟麒用五千军马各个击破，正是大好时机。劝朕准奏。但事关年岳不和，又怕年羹尧多心，所以有些犹豫。"方苞听了笑道："这个不妨事。但仍叫他归年羹尧节制，功过分享，年羹尧也不至于太过分。"

"说的是。"雍正立刻听出了方苞的话中之话，疾步至案前提起朱笔，笑谓方苞："朕这样批，你看可好？"说着便写，方苞凑过来看时，只见一笔草书龙腾蛇舞：

> 览奏甚喜，但汝与年羹尧皆朕股肱，不宜以见识异同遂生嫌隙。即着卿为奋威将军，仍归年羹尧节制。依卿所奏荡扫妖

氛，朕安枕高卧以待楚音。凯旋之日，国家岂吝高爵之赐?!

"极好!"方苞闪着眼道，"若在'仍归年羹尧节制'的'仍'字后加一个'可'字，似乎更为妥恰。"雍正愣了一下，毫不迟疑地在行间加了一个"可"字，叫人进来，吩咐道:"即刻六百里加急发往松潘岳钟麒大营!"

处置完这件事，雍正觉得浑身松快，真想舒舒服服打个呵欠，双臂已经伸展，猛想方苞在跟前，又缩了回来，因见方苞沉吟着若有所思:"方先生，要真乏了，先回畅春园，明儿接着再议事，先生这把年龄，跟着朕打熬，也实难为了先生。"

"主上尚且如此勤政，臣焉敢言累?"方苞怔怔地望着远处，又像对雍正，又像自言自语，"青海之战，已经用了七百万两银子，全胜回师，没有五百万下不来，合下来一千二百万两。清理亏空虽说追回来些，但山东、河南赈灾用去不少，青、甘、陕三省兵燹过后，也要用银子复苏民生，单指要亏空填用，那是无本之木，无源之水。臣既为万岁研究制度，这些事怎么能不想?"

雍正呆了一阵子，说道:"青海战胜，朕自觉已经过'关'。余下的事可以慢慢商议。嗯……明年五月，叫年羹尧进京，献俘阅兵，咱们偃武修文，召集群臣一起商计。先生有什么想法? 细列成条目，朕和廷玉、马齐，隆科多他们参酌，就这样——传膳!"

第二十七回　养心殿议封年羹尧
　　　　　　王爷府允禵遭贬斥

　　西宁大捷后一个月，年羹尧与岳钟麒联名奏折又到。年羹尧遵旨坐镇西宁，由奋威将军岳钟麒率军五千西进，追剿罗布藏丹增残部。此际青海冰天雪地，断了粮草没了帐篷失去了建制的罗布藏丹增军队，其实已成乌合之众，东一股西一股，没头苍蝇似的乱窜，却又逃不出年羹尧早已布好的天罗地网。岳钟麒的兵在四川养精蓄锐，眼见年羹尧抢了头功，人人憋着一口气，要在雍正跟前争脸，五千人马个个都是十里挑一的精壮汉子，粮草供应又充足，真个横刀纵马，千里奔袭，如入无人之境。仅十五天光景，便生擒了罗布藏丹增的"四大天王"吹喇克诺木齐、阿拉布坦鄂木布、藏巴扎木和达喇木佐，连罗布藏丹增的母亲和妹妹也未能幸免。至雍正二年二月二十二日，罗布藏丹增率十三骑化装女子突围西逃喀尔喀蒙古，一场牵动雍正新朝的西疆大战至此告终。
　　"朕总算不负圣祖在天之灵！"
　　接到战报，雍正立刻在上书房召见了允禩、允祥、张廷玉、马齐和隆科多。他一边踱步，一边喟然叹道："老爷子若在，不定怎么欢喜呢！"其时已是三月初三，玉皇大帝圣诞之日。雍正刚刚在钦安殿拈过香，还是一身朝服，石青江绸夹金龙褂外套着石青江绸小毛羊皮褂。虽说眉头紧皱，仍掩饰不住嘴角带着的一丝微笑。大约因为兴奋，房子里也太热，他摘掉了青毡缎台冠，抚着剃得趣青的脑门子，脚步踱得橐橐有声，徐徐说道："捷报你们都读过的了，议议青海的善后事宜，有什么见识，随便说，不要拘礼，还由张衡臣归总儿拟出几条来！"
　　"皇上算为圣祖爷出了一口气。"允禩是首席辅政亲王，自然要先发言，见雍正看自己，在瓷墩上略一欠身，从容说道："当年传尔丹兵败，噩耗传来，先帝也是在这里召见我们，他老人家龙颜惨淡，一直向西盯着，像是要把这宫、这墙、这云山万里都看穿似的！至今臣弟想起来，还忘不掉那惨景！"说着便拭泪。雍正点头叹息道："老八说的是。除了允祥和隆科多，我们都在场的。"允裪一边专注地听，一边点头，待雍正说完，方徐徐道："所以臣以为头一件，叫翰林院好生做一篇文章，祭告先帝。"

这是题中应有之义，众人无不点头称是。允裪神采奕奕，身子一仰又道："这一仗打得快，胜得利落，年羹尧以下二十万将士实在有功社稷，也够劳苦的了。臣想，应该派一位上书房大臣或亲王贝勒，立即前去劳军。宣传皇上奖功恩旨。究竟年羹尧应叙何等功位，还请万岁圣裁！"雍正托着下巴，沉思良久，问马齐道："熙朝元老中你管礼部时间最长，八弟过去管过理藩院，我们都不大熟悉典章。据你看，年羹尧该怎么赏功？"

"国家以爵赏功。"马齐轻咳一声道，"年羹尧这一仗，似可与施琅海战征讨郑氏相埒，臣以为应晋封一等伯爵。"隆科多拈须沉吟，说道："爵以赏功，职以任能，这是千古不变之理。以奴才看来，年某不但有功，其实军政民政都来得，也算得上头等能员。说句心里话，赵申乔我们都老了，廷玉一个人事务上也忙不过来，就调年羹尧进上书房参赞机枢，也是该当的。"

他已经几次提出退出上书房，雍正深知他心意，一笑说道："老有所用嘛，你不要一味想自己的事。如今年羹尧营务都还忙不过来，且不议他职分的事，方才马齐说晋一等伯爵，仿施琅的例，朕觉得低了些。就是老八方才的话，年羹尧是替圣祖报了仇，出了气，慰了圣祖在天之灵，从这个份上讲，给个异姓王位也不为过分！"

"异姓王！"所有的人都大吃一惊，一齐抬头愕然望着雍正。马齐一醒神立即起身，正要说话，雍正一摆手笑道："秀水，你坐下，听朕说完——但'非刘不得为王'，自古异姓王多无好下场，对年羹尧未必是好事。再说，开了这个先例，后世子孙也不好办。所以朕想，给他晋公爵，一等公——如何？"

几个王公大臣不安地对望一眼，先年康熙在世，几个专阃将军，名将如图海、周培公、赵良栋、飞杨古、施琅，开疆拓域，战功比年羹尧都大，顶高的也只封了侯爵。若论年羹尧，其实只是平了青海一省之乱，灭敌不过十万，晋封一等公，人人都觉得有点过分。但雍正既已把话说绝，毫无转圜余地，也只好如此。良久，马齐干咳一声道："那么岳钟麒呢？臣以为可进二等公。"他这一说，众人也只好随声附和。雍正转脸看看张廷玉，说道："衡臣的意思呢？"

"臣无异议。"张廷玉泰然自若地摆了一下袍角，沉吟道："臣想的是另一件事，劳军，要用银子，一人均按二十两计，年岳二部加上围青海的军队，约需五百万两；京师直隶，山东河南四川各地从军将士家属，每户五两，还有输粮运草的民夫，各地督责粮饷的府道，也不能不赏，总计下来，没有八百万银子不行。"说到这里，他打了一个顿，皱眉又道："青海一省糜烂数年，又经此一劫，复苏民生，安署官吏，没有三百万银子也是不够用的。春荒将到，京城短着一百万石粮，苏北、河南、甘肃赈灾用银，臣一时还算不清该需多少银子……这么大的数目，要把北京、昌平、顺义几个银库都腾空了，万一再有别的用银子处，这个饥荒就不好打了。"

雍正一腔高兴，被他说得心里一沉，无声抽了一口凉气，问允祥道："户部存银实数到底多少？""三千七百万。"允祥脸上也升起了一团乌云，略带阴郁地一笑，"劳军还是满够用的。"接着便不言声。允禩心里盘算着，笑道："衡臣真能扫兴，前方打这么大胜仗，花几个钱无论如何不过分。索性臣说了吧，年羹尧率军凯旋，沿途供帐，举国共庆，薄海同欢的事，没有花销也不成。小家子有喜庆事，都还要破费几个，何况我们煌煌天朝？依臣看，就动用个一千三百万，不为过分。"他想把气氛调得火热一点，但在座的都是"个中人"，康熙皇帝在位六十一年，满打满算，才积下了五千万银子，因官员借贷，他临终时，各地银库加在一起，总共不过七百多万两，这一年清理亏空，朝野上下又抄又抓，逼得多少官员走投无路，好容易才还原到三千多万，一下子拿出这么多，也真叫这些相臣肉疼。隆科多觉得自己沉默得太久，因一躬身说道："每个兵士二十两嫌多了些，我看有十两就够了。"马齐、允禩、允祥也各执一词，纷纷议论。

"礼部那边奴才关照一下，能省着就省一点。"马齐道。允禩道：

"在京各王公贝勒贝子可以捐些银子。"允祥立即顶了回去，"本来催还国债，一个个已经叫苦连天，再叫捐银子，会弄出事的。"

雍正仰着脸想了半晌，突然一笑，说道："一场大高兴事，没想到议出这么多难题。这样吧，内务府里还有一些存银，拨出二百万，朕自己宁可勒唅些儿，不叫下头受屈。每个兵二十两，看去是不少，但那是'均数'。从将军到千把总、十人长、伍长，扣到兵那里，顶多落个五六两，还敢再少么？"

"万岁说的是。"允禑笑道，"就是慰劳军士家属，抚恤阵亡将士，也有个层层克扣的道道儿。臣说一千二三百万，已经紧打紧的了，再分斤掰两的，不但难，也不成体统，朝廷脸面要紧。"雍正思量半晌，说道："这件事且就定了，今儿个不议财政。说说看，谁去西宁劳军？"允禑见众人一时说不出人选，遂一躬身道："依着臣看，总得去一位王爷才好，无论十三弟、十四弟，要不然臣弟去？我从没有从过军务，也真想看看军营是个什么样，沙场是什么样儿呢！"

雍正颊上青筋不易觉察地抽动了一下，笑道："你们谁也不能去，各有各的差使都还忙不过来呢！允禵更不成，母后病重，他在病榻前与朕咆哮争吵，母后亡故，他难辞其咎！这事朕已告知张廷玉，下旨削去他的王爵，所以今儿会议没叫他。待会儿下朝，老八去见见他，叫他消消火性，去遵化好生读书守灵，不奉诏，朕就圈禁他！"几句话冷冰冰硬邦邦顶回来，允禑顿时涨得满脸通红，哆嗦着嘴唇想说什么，许久才叹道："臣……遵旨。"

"至于大军全部移防关内，朕看也不必。"雍正徐徐说道，"阿拉布坦收容罗布藏丹增，志在不测，还要防着西边。劳军的事去个阿哥……嗯，就是弘历吧，再带上图里琛，加一个刘墨林，去宣旨，命年羹尧率三千军士，带上战俘五月到京，在午门行献俘礼。该省的钱一个子儿也要省，该花的钱一个子儿也不要省。这件事由允祥统筹，张廷玉抓总儿处理政务。老八，旗务整顿是你的差使，朕竟不知你每日干些什么！看着咱们这些旗人吧，栽石榴树、养狗生孩子、领钱粮、下馆子、吃茶、玩鸟笼子全挂子的本事，叫真个儿的去办差，不是糊涂蛋就是面糊塌——君子之泽五世而斩。这么着不事生业一味玩物丧志，关乎大清气数！所以你别的事不用管，管好旗务，约束好这些兄弟，还有宗室子弟，你就功劳不小！"

雍正长篇大论，由军务一下子又扯到旗务，众人心里都是一震。黜落允䄉、允䄉，接着就剥允䄵的王爵，今儿索性直斥允禩"整顿旗务"不力！张廷玉看着允禩一张苍白得没有血色的脸，心中不禁一叹："轮到老八了！"允禩早已站起身来恭听他的教训，心里恨、悔、怒、悲、苦五味俱全，看着摆着方步悠然踱步转来转去的雍正，真想一个窝心脚踢过去！但他不能，也不敢，强咽了一口唾沫，勉强赔笑道："万岁教训的是。其实自圣祖爷三次亲征准噶尔，满军旗已见不得真阵仗，已经不如汉军绿营能打仗了。这件事臣弟不知思量多少回，办宗学叫他们读书，能办的差使尽着安排，只没有那么多的缺，有些事也真难办，总不成都赶了他们下乡种地？"

"为什么不能？"雍正铁青着脸立即顶了回来，"汉人能种田，旗人就不成？你倒给朕提了醒儿，怀柔、密云、顺义、大兴这些京畿地方有的是荒地。你叫宗人府内务府筹划，没差使的旗人，每人开五亩荒，不比在北京坐茶馆子吹牛皮强？对，就这么办！"大约觉得自己说话口气太硬，雍正吁了一口气，放缓了语调，竟上前拍了拍允禩肩头，叹道："别怪朕发脾气，朕是心里发急！八旗子弟当年纵横中原，以一敌百，如今这样子，朕痛心疾首，这不图省几个钱，图的是叫咱们的子弟不要毁了、烂掉，不要堕落了！你素来众望所归，这差使谅别人也办不来，朕瞧着你呢！"

允祥和允禩是几十年的宿敌，但"八爷党"里真正明火执仗欺侮作践自己的是大阿哥允禔和九阿哥允禟，十阿哥是个爆仗，明着来，九阿哥是摇羽毛扇的，真正坐纛儿的这个"八哥"其实和自己没什么过不去的私怨，倒常约束允禟允䄉不要过分。雍正对这群人一个一个排头整去，毫不容情，他原解气，但见允禩容颜惨憺，束手待毙的样子，想想毕竟是同父手足，不禁动了恻隐之心。允祥思量着，轻咳一声道："万岁，整顿旗务的事，八哥在下头我们议过几次，如今宗学已经兴办，也安排了不少人到皇庄办差，其实这里头的烦难，一点不亚于吏治。主子别着急，文火慢慢炖，火到猪头烂。就遵您这旨意，我们再议个条陈出来可成？”雍正掏出怀表看看，说道：“好嘛，今儿就议到这里。朕要进去看看十七姑，她也在病着。你们有急务，下午朕在养心殿和方先生说话，允祥你也来。后日朕离京，去河南看黄河汛防。今明两日把该请示的事列出来，由朕斟酌了再办——跪安吧！”

“喳！”几个大臣一齐起身跪下叩了头，待雍正离开后方各自散去。

允禵憋了一肚子无名火，默默退出东华门，已出老齐化门，猛地想起自己还奉着“劝老十四”的旨意，因在轿中用脚一顿大声道：“北玉皇庙，十四爷府！”

“噢，是了——！”

轿夫们齐应一声，慢慢磨转向北。随着柞木轿杠咯吱咯吱单调而有节奏的闪动，允禵的心渐渐平静下来。此地已是北京城外，到允禟府并不需要再进城，只消沿护城河边官道向北，由东角门向西两箭之地就是了。其时正是仲春三月，隔轿窗看去，西边是灰暗高大的北京城墙，阴森森死气沉沉，暗红和鲜绿的苔藓布满这座几百年历尽沧桑的老城砖上，斑驳陆离，给人一种诡异神秘的压抑感，锯齿一样的堞雉上荒草和春草并生，逶迤向远处绵延，好像在告诉人们些什么，只城下碧波荡漾的春水，青翠欲滴的岸柳，稍许带来几分活气。但向东看，好像是另外一个世界，广袤无垠的原野，深绿的麦田一直接到天际。阡陌间踏青的人们扶老携幼，指指点点说说笑笑；挎着篮子剜野菜的村姑手握小铁铲在垅间低头寻觅着，女伴们不时发出叽叽咯咯无忧无虑的笑声。总角童子们则多是放风筝，有呵着粗气起线的，有飞奔着拖着不情愿起飞的风筝没头没脑地只是跑的，还有被父母逗着，坐着垅头看天上的风筝的，也有不少稚童吮着指头向这边张望的……一派人间熙和欢乐景味。允禵极目望着远处喷火蒸霞般一片桃林，深深吁了一口气，想说什么，翕动了一下嘴唇，又放下了轿窗窗帘，手抚着前额只是沉思。不知过了多久，大轿停止了闪动，稳稳落在地下，何柱儿在外小心翼翼禀道：“王爷……”

“唔？”

“已经到地方儿了。”

"唔。"

允禩含含糊糊地答应一声，哈腰出轿，看了看巍峨壮观的十四贝勒府，一溜五楹倒厦正门簇青的砖一卧倒顶，金漆朱红钢钉大门紧闭着，前头钉子似站着十几个王府护卫，门前鸦没雀静，只挨墙几株高大的垂杨柳，柳丝直垂于地，几个王府长随垂手侍立在仪门旁。望着已经摘下"大将军王府"御赐匾额的正门，允禩像被针刺了一下，身上一颤，正要说话，一个笔帖式打扮的人过来，在允禩面前打了个千儿，赔笑道："奴才给八爷请安了！"

"我来看看老十四。"允禩泰然自若说道，"——是奉旨来的！"那笔帖式一怔，忙道："爷奉旨来的！请稍候，奴才请十四爷开中门迎进……""不用了。"允禩一摆手笑道，"我奉旨来却不是宣诏，不须铺张。"说着拿起脚便进了仪门，一头走，一头问：

"你叫什么名字啊？"

"回八爷，奴才叫蔡怀玺。"

"几时跟的十四爷？往年十四爷住棋盘街，我常去，怎么没见过你啊？"

蔡怀玺一边引路，侧着身子笑道："奴才原先在内务府当差，去年秋才和钱蕴斗一道儿分派到这儿侍候十四爷——王爷这边走，十四爷在书房——其实八爷还是奴才的恩人，不过王爷是贵人，哪里记得奴才！"允禩止住了步，下死眼打量了一番蔡怀玺，摇了摇头。蔡怀玺笑道："爷是出了名的'八贤王'，做的好事多了，自然也就不在心。康熙五十六年，奴才一家子到北京投亲不着，在朝阳门码头讨饭，正好那日爷出来散步观景儿，十冬腊月下雪天，瞧我们一家在河神庙檐底下凄惶，爷赏我们一家子吃饭，还问了奴才几句话，就叫府上长随送了奴才去内务府当差……"说着，蔡怀玺脸上已没了笑容，竟目眦滢滢欲泪。允禩站着想了想，这类事他办得多了，着实记不起这回事，因点头叹道："看来还是小家子出来的有良心。我给多少官儿比这大得多的恩情，如今早没事人一大堆了。"说着又往前走，见一带竹丛葱茏掩映着一溜三间茅顶歇山房，蔡怀玺笑道："这就是十四爷的书房了。"

"你就候这里，我自己进去瞧。"允禩微笑着吩咐一句，径自移步过书房这边，站在檐下阶上静听时，偶听见里头一两声古琴勾挑之声，随即又停住。允禩正诧异，一个女子声气从里头传出来：“这曲《平沙落雁》难死了，曲谱儿瞧着就天书似的。十四爷就饶了我吧！”允禩不禁莞尔一笑，听允禵说道：“功到自然成。你这么一份资质，又跟着我，不会弹琴，岂不叫人笑话？——来，再来一遍，记住，这变徵之调，先用小指勾这条弦，左手拇指按了君弦，无名指抹第七弦……不要急，一里一里的，你比前强多了！”允禩再不思量，在门外说了句：“十四弟好雅兴！”一脚踏了进去，却见一倩装少女坐在案前，旁边焚着一炉香烟，十四阿哥允禵散穿一件雨过天青宁绸夹袍，也没系腰带，半蹲在女孩子身后，几乎手把手在教她练琴，两个人都忙得头浸汗。见允禩进来，允禵才起身来，那女孩子羞得满面赤涨，讪讪起身，退到一旁侍立。允禵笑道：“是八哥，唬了我一跳，我还以为皇上叫粘竿处的人拿我来了呢！”

允禩一笑，上前取过案上琴谱，见上头写着：

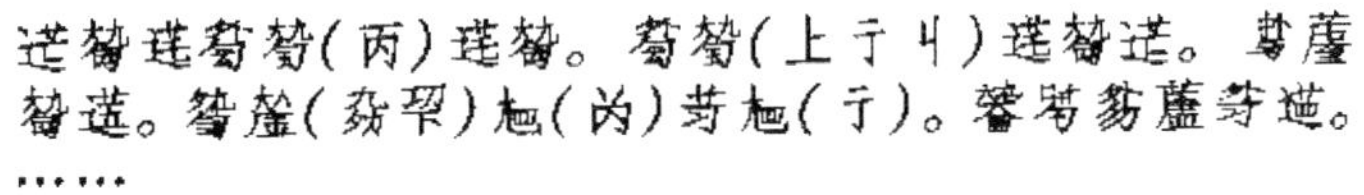

都有铜钱大小顺序排列。允禩看了看那女孩子，说道：“这是《徵》调，最难为人的。你先弹着，练熟了指法，再让十四爷一个字一个字地讲，就学得了。这里头讲究极多：一心不散乱，二审辨音律，三指法向背，四指下蠲净，五用指不叠，六声势轻重，七节奏缓急，八高低起伏，九弦调平和，十左右朝揖。你们这么搂着抱着似的，能‘一心不散乱’么？”

“八哥真是讪！”允禵不禁放声大笑，“大约八哥也这么教过别人，教不成，又来教训我。红巾翠袖，美人香草，我确实做不到‘心不散乱’——引娣，给八爷上茶！”允禩这才知道，这个女孩子就是田文镜参劾山西巡抚诺敏一案的缘起人，不由好奇地打量她一眼，只见乔引娣穿一件月白夹纱旗袍，上套着葱绿小羊皮风毛坎肩，满头浓密的青丝已挽成“把子头”，已是放了脚，因笑道：“在刑部我见过你，想不到就这么水灵，怨不得你十四爷疼你！旗装也能扮出西施来？我府里那几个，衣料也是这般，只走起路来挺胸凸肚，怎么瞧怎么不顺眼！"允裪笑望着引娣，对允禩道："八哥以为她是汉人！她是个满人呢！坏就坏在那个'花盆底'鞋子，叫嫂子她们把那劳什子脱了甩掉，再看就又一副模样——不信你回去试试，你穿上'花盆底'，走路也得这么挺着！"

允禩又打量一眼引娣，觉得眉眼有点眼熟，却再想不到是谁，便问引娣："你是满人？你不是姓乔么？哪个旗的？"引娣忸怩地看一眼允禩，脚尖跐着地低头笑道："我娘是汉人，我是听她说的……我从没见过我亲爹，两岁头我们娘母女逃荒到山西，乔家干爹干娘收养了我们，就改了姓……"允禩一听便心中了然，不知是哪个风流八旗子弟造孽留下的种子，这是常有的事，也不足为奇，因啜着茶缓缓换了话题："你是个有福的。我原担心，你十四爷去遵化，身边没个体己人怎么好。这一来我也放心了，你跟了十四爷去——"

"八哥，"允禵冷冷打断了允禩的话，"叫我去遵化幽居，我还没奉诏呢！你是来替雍正做说客的吧？"说着"哗"的一声抖开一把大檀香木扇，身子半歪在椅中轻轻摇着，傲慢地盯着允禩不再言声。允禩被他问得一怔，起身踱了几步，因见外头站着几个家人，倏然转脸命引娣："你出去，叫他们站远点！"引娣忙答应一声，蹲了个万福便踮了出去。

允禩的眼中碧幽幽闪着光走近了允禵，嘴角带着一丝阴冷的笑意。允禵被他可怕的神色慑得身上一颤，摇动着的扇子不由自主地停了下来，惊愕地望着允禩，说道："八哥……你这是——？"

"你不肯奉诏？"

"哪里是'守陵'？那和圈禁一个样！"

"就算是'圈禁'，你不奉诏？"

"不奉诏！"

"乾清门侍卫来拿你，你怎么办？"

"他们来拿好了。那样，天下亿兆人都瞧见他这雍正皇帝是怎样待他的亲兄弟的了？"

"你九哥十哥还有我，不是他的亲兄弟？二哥不是他的亲哥哥？"

"那不同，我和他一个娘！"允禵粗重地喘了一口气，坐直了身子，说道，"我就是不去，叫他杀掉我，叫人都晓得他是个什么东西！"

允禩凝视着允禵，半晌，"扑哧"一笑，说道："老十四，你不够斤两！照你这么做，天下人这会子会觉得我们'可怜'，后世人评议会觉得我们'可笑'！到事不可为那一日，我们当然走这一步，现在，绝不可行！"允禵抑郁的目光从允禩身上移开，叹道："这是天意，非人力可为的事。八哥，年羹尧那边打了胜仗，雍正的政局已经稳了。又是加官又是晋爵，年某肯蹚我们这汪浑水？隆科多你也瞧见了，看似手握重权，节骨眼儿上一点用也不顶——你我兄弟调得四零八散，往日那起子贼王八马屁精，缩头的缩头，掉屁股的掉屁股。你说说，我们有什么底盘，又指望得着谁？"允禩咬着牙，暗哑的声音从齿缝里迸出两个字："弘时。"

"三阿哥！"

"对，"允禩眼角下的肌肉微微隆起，只有这一刻，才能从他灰暗的目光中看出赌徒般的神色，"不要忘了，你、允禟、允䄉都已不是什么'八爷党'，我们如今都是'三爷党'！这是下一轮的兄弟阋墙——各人算盘各人打，打的都是弘时这张牌。弘时和弘历二位'爷'，一个'恭贝勒'一个'宝亲王'，这一场新党争，我们要不利用，那才是天字第一号傻蛋呢！"

允禵一动不动地看着允禩。移时，略带艰难地起身来，怔怔望着春光明媚的窗外，说道："八哥的意思兄弟明白了。我们这阵子不能给弘时添乱子，咬定牙根吃点苦头，到时机播弄云雨，由不得雍正宝贝勒，也由不得弘时，是么？"

"阿弥陀佛，心有灵犀一点通！"允禩双手合十，款款说道。

第二十八回　　孤孀皇姊深宫染恙
　　　　　　　芥蒂兄弟御园交心

　　允禩允禵两兄弟在书房又密密计议了小半个时辰，耳听自鸣钟正打一点，已是未初时牌。允禩起身笑道："就是这样吧，我还要去给'雍正爷'缴旨。你明个进去给他辞行，后日他就要到河南去了。"允禵也起身来，伸欠着大声道："引娣，给爷侍候袍褂！我和廉王爷一道儿走！"允禩忙道："急什么？我先去回话，看皇上还有什么旨意，你明个儿进去不迟。再说，一道走也太扎眼。"

　　"不一道儿走，我就不是'八爷'党的了？"允禵由引娣摆弄着穿戴，嬉笑道，"你今儿不来，我也要去。十七老格格病了，我得见见请安儿。轿走轿路，马走马路，有什么妨碍？"一头说，一头出来，一脚跶着台阶大声道："钱蕴斗，叫蔡家的备轿，引娣陪着爷进宫！"

　　于是兄弟二人前后两乘大轿，却不顺允禩来路，径自神武门绕道西华门，允禩递牌子请见，允禵自带着引娣穿隆宗门过天街，迤逦沿东永巷向北至斋戒宫偏殿来看十七皇姑，迎头见允祥带大起子太监趱日精门进大内，允禵远远便站住脚，只装提鞋别转了脸，直到允祥的人全都过去，"鞋"才提起来。

　　十七皇姑满面潮红，一长一短喘吁吁地半躺在大迎枕上，闭着眼，不时发出"咳咳"的声音，却一口痰也吐不出来。她双手紧紧抓着胸前衣襟，憋得不时翻身，痛苦地抽搐着，时而一阵痉挛仿佛才清醒一点。允禵带着引娣进来，见一大群宫女捧着巾帻嗽盂站在一旁大气也不敢出，只听十七皇姑风箱似的喘息呻吟和隔壁纱屏子后头几个太医商计汤头的窃窃私语。一个贴身宫女见允禵似乎有些不知所措地站在当地，便向十七皇姑耳畔小声说道："老格格，十四爷给您请安来了。您只管闭眼歇着，别动。"

"是允禵，"十七皇姑呻了两声，慢慢翻转身来，忽然睁开了眼睛，吃力地招手道，"过……过来……"

看着平素明爽简捷的老皇姑一下子病到这份儿上，允禵鼻子一酸，泪水已模糊了眼睛，急走几步一个千儿打下去，哽咽着嗓子道："弟允禵……给十七姐请安了！才几日工夫，您就病到这份儿上，叫人瞧着……"说着便拭泪。十七皇姑盯着允禵，身子剧烈抽动一下，咳了两声，竟吐出两口痰来，胸中顿时畅快了许多，却依旧是那副火暴暴的脾性，含笑说道："佛祖还没收我，你就给我哭丧来了？还不把眼泪给我收了！你往前些儿，我有话跟你说。"允禵起身，至榻前躬身道："皇姑的病我瞧着不相干的。你有话只管说，要什么东西只管吩咐。"

"我的病自己心里有数，不成了。"十七皇姑闪动了一下眼睛，只这一刹那间，允禵觉得这十七姐当年一定是一位明艳夺目的绝色佳人。正怔间，十七皇姑又喘息一声，叹道："算来咱们爱新觉罗家的格格，打太祖爷起，活过五十岁的只有两个。我是个寿数最长的，已经五十三岁了，知足了。趁着这口气，我劝你几句，你可肯听？"

"嗯，十四弟听着呢！"

"我是个女人，"十七皇姑干咳一声，声音变得有些涩滞，"本不该管你们宫外那些乌七八糟的事，只有一句古话'兄弟同心，其利断金'，难道你不懂？过去的事早过去了，不要总那么绞不断撕不烂的，不但后世人瞧着笑话，就叫那些汉人看看，你们算怎么回事？罢了吧罢了吧，别跟皇上过不去，他有他的难处，说到就里是你四哥，他不是坏人……"允禵没想到她把话头点得这么透，不禁惊得身上一颤，忙道："十七姐，您安心静养，没有的事！我跟皇上一母同胞，有什么过不去？再说君臣分际，也不敢有什么过不去的。""算了吧。"十七皇姑拍拍允禵后脑勺，抚着他那条又粗又长油光水滑的辫子，似笑不笑地说道，"女人头发长，你们男人辫子短么？姐姐跟你说，我起小看你们长大，哪个猢狲上哪棵树，姐姐都晓得！就这些兄弟里头，我最疼的是你和老十三，打小跟着姐姐在御花园里摘石榴、偷梨！眼瞧着你们生分，姐姐心里不好过，可一句也不敢说！如今……如今生死大限到了，说不得的也说得了。真话对你讲，天下这么大，能扳着肩头跟你四哥说几句硬气体己话的，除了我没有第二个！我去了，你们再闹，谁能像姐姐那样给你们讨情儿？"说着，豆大的泪珠从脸颊上滚落下来。

允禵望着这位奄奄一息的十七姐，心里一阵凄楚，不觉也落下泪来，温声说道："姐姐您放心，别想东想西的了，您寿数长着呢！我……听您的就是了。"还要往下说，听见院外一阵脚步声渐渐近来，回头看时不禁怔住了，自己专门躲着雍正走，偏偏雍正也来了。偏殿里外几十号宫女太监见皇帝进来，"唿"地跪了下去。允禵兀自泪眼迷离，怅望了雍正一眼，就榻边跪了下去，说道："罪臣允禵叩见皇上。"

"自己兄弟嘛，起来吧！"雍正说着，凑近了十七皇姑，见十七皇姑目不转睛地盯着自己，一欠身便坐了榻边，轻声道："十七姐……这会儿身上可略觉好些？"十七皇姑在枕上点点头，"除了老大老二，都来见过了，我心里安宁不少。唉……姐姐没几天好活的了，就是前头先帝爷，待我也不同别的和硕公主，有时我捣着他额头数落他，他也只是笑。姐姐想了，论起国法，我这身份儿，一文不值，可姐姐总是想自己是个女人，是个老寡妇，平素在你们跟前，也没怎么想着你是一国之君，你怪姐姐不怪？"雍正含泪笑道："自古皇帝没天伦之乐，天下外人瞧着似乎我要什么有什么，要怎样就怎样，其实那都是戏里头看的。就是有话也不得畅快说。你都知道了，哈庆生死了，您的儿子平平安安，进封阿恩哈喇番，可当初也只能那样对姐姐和母后讲，我难不难？说到寂寞孤独，四邻不靠，六亲难认，皇帝也是头一份。也就是姐姐，咱们姐弟还能拉拉家常，说说体己，所以你病，我心里这份急，不亚于老佛爷欠安——偏生这些日子七事八事，忙得发昏，竟不能天天过来瞧你——这起子太医、下人，有侍候不到的没有？"

十七皇姑猛烈地咳嗽一阵，又吐出一口痰，一手抚着心口，喘息一阵子，转脸对众人说道："你们都退出去！——以我的身份地步儿，下人们怎么敢怠慢？——这一条你皇上放心。你这弟弟我晓得，面儿上冷，心里头泾渭分明。先头苏嘛喇姑，还有孔四贞在，她们常说起你，我那时候虽说小，也都听在心里。你精明强干，善恶分明，做事不拖泥带水，为人修边幅，阿哥里头哪个也比不了你，先帝爷晚年精力不济，这朝局其实是靠你和老十三支撑的，天地良心都在这，姐姐不说假话，先帝爷选你来掌这天下，眼力不差。"说着看了看侧身垂目不语的允禵，接着说道："但姐姐也确实有句心里话，你太清了，晓得么？"

"十七姐！"

"你听我说，"十七皇姑咳嗽一声，"你用膳花的银子不及先帝十停里一停，也没听说哪个嫔妃你最宠爱，酒也不大吃，整日除了做事还是做事，论起勤政，先帝年轻时也不及你，这原是极好。人有一善，你记在心里还好；人有一过，你也不肯放过，这就有不足处。做皇帝一言九鼎，不能没威望，要叫下头办事人又怕又敬又爱又离不开，这一条，你不及先帝！"

雍正心里泛上一股热浪，但觉又甜又苦又带着酸涩。他望着病骨支离的十七皇姑，很想一古脑儿把心思倾诉一下，但帝王的尊严和骄傲止住了他，心里只是叹息：你哪里知道，树欲静风不止！别人不安于臣位，我怎么敢安于君位不加警惕？心里想着，辞气温和地说道："姐姐，你说的朕都晓得了。水至清则无鱼，能包容的，朕尽力包容就是了。你且静养，等你病好，咱们好好拉拉家常！"

"姐姐是好不了了。"十七皇姑闭上了眼，喃喃说道，"我心里安慰的，老天爷有眼，哈庆生犯了军法，我的小侄不必嫁给那个兔子……咱们皇族的姑奶奶，都命苦哇……都见了，都见了，只有老大、老二，唉……"她呃了呃嘴，不再说话了。

"老大"是康熙的大儿子允禔，康熙四十七年在承德因用魇镇妖法整治太子"老二"，事发被囚。"老二"便是原太子允礽，康熙五十一年被废黜禁，囚在离此不远的咸安宫——国法体制所限，十七皇姑再想，雍正也无法答应。思量着，雍正含笑道："允禔是个衣冠禽兽，十七姐见他何益？二哥嘛……昨日咸安宫叫内务府传过话，他如今也病着。这样，我和十四弟一道儿代你去看望他，等你病好了，让理藩院再议一下他的事，瞧罢了，但有一线之明，我再不会难为二哥的。"因见十七皇姑无话，雍正便朝允禵示意。允禵会意出殿，转脸对引娣说道："你就在这里等着，我陪皇上走走，回来一道走。"

雍正正走，听允禵说话，回头看时，正与引娣四目相对，引娣忙向雍正蹲身施礼。不料雍正乍见引娣，犹如夜半突然碰到鬼魅，吓得连退两步，跟跄了一下才站定，又揉了揉眼仔细打量，一时木立如痴，雷击了似的僵立在地！允禵从没有见过雍正这样惊慌失措的面孔，也不禁愕然。引娣见皇上这样盯着自己，倒觉不好意思的，顿时臊红了脸，只垂头不语。半晌允禵才道："皇上，您这是怎的了？脸白得没点血色？"

"唔？唔……"雍正憬悟过来，又看了引娣一眼，把目光移开，款步走开，慢慢地，已是恢复了平静，一边走，说道："没什么，今时朕常犯头晕病儿，一时就好了——这个丫头是你房里的？"

允禵稍后半步跟雍正漫步踱着，出宫径往咸安宫，口中回说："是我的丫头。"

"买来的？"

"不是。她是山西诺敏案中人，当人证送北京的。我见她无家可归，收留了她。"

"她……是山西人？"

"山西代州的，"允禵心里陡起惊觉，生怕雍正提出要引娣，因款款进辞，"当日圣祖宾天，皇上召我回京，在娘子关我与她有一面之缘，她也割舍不得我……"当下就将山神庙营救引娣的情形一长一短说了，末了又道："皇上晓得，我施恩并不望报，就取她这份真情，索性就给她开了脸。怎么，皇上……您？"

雍正默默地听着，回头看了看尾随的一大群太监侍卫，良久，才粗重地透了一口气，说道："没什么，你不要多心。朕看她很像前头过世了的……郑宫人，所以吃了一吓。"说罢低垂着头背着手只是沉吟。允禵见他一脸的心事，仿佛不胜凄楚，不知什么缘故，又不好多问，只得一笑劝道："世上相貌相近的多着呢！尹继善和杨名时，见过多少面，有时我还叫错名字——皇上，这里就是咸安宫了，二哥就……囚在这里头。"

"哦！"

雍正站住了脚，这才发现自己已经站在咸安宫门口。这是坐落在紫禁城东北角的一座荒凉的偏宫，高高的宫墙上，黄琉璃盖瓦缝间蓬生着茸茸的竹节草，宫墙上的红颜色剥落得东一块西一块，沿墙根半人高的青蒿也无人清理，冷清荒漠得活似废弃了多少年的一座古庙，几个白发苍苍的老太监守在垂花门前，见皇帝和十四阿哥迤逦过来，慌得一齐下阶跪下，扯着干瘪涩滞的公鸭嗓叩头道："奴才们给万岁爷请安了！"雍正没言声，只抬头看看蓝底镶黄满汉合璧的"咸安宫"匾额，也是多年没有装修，漆片脱落得字迹都模糊不清了。他皱了皱眉头，吩咐道："把门打开。"

"喳！"几个太监齐声答道。

锁闭得紧紧的宫门"吱呀"一声呻吟，慢慢地被推开了。这扇门自康熙五十一年到如今，整整十二个年头，冬送柴炭，夏送冰水，平日传递菜蔬米面，千篇一律只开一条缝，从来没有这样哗然洞开的。里头几个白头老公和陪伴允礽的废黜嫔妃，不知出了什么事，惊惶地面面相觑。废太子允礽正在书房临帖，隔玻璃窗一眼瞧见皇帝和十四阿哥厮跟着进来，顿时惊得面色雪白，手中的笔都掉在地下，颤着腿艰难地跨出书房，就门口双膝跪下，颤声说道："罪……罪臣允礽……恭叩万岁金安！"他伏下身去叩头，一时间双手竟支撑不起身子！

"二哥，"雍正忙上前双手扶起允礽，拉着手走进书房。他觉得允礽浑身都在颤抖，手凉得冰水里泡过似的，不禁泛起一阵阴森森的冷意，口中却道："你坐，坐下说话。"

允禵也在惊讶错愕地打量允礽，见大热天允礽还穿着丝绵灰府绸袍子，半新不旧的起明检鞋子里露着厚厚的白布袜子，脸色又青又灰，死人一样难看，不禁心中也是一声叹息。他和允礽是几十年的死对头，允礽太子位置一废再废，允禵不知在其中绞了多少心血，做了多少手脚。但眼见一个当了四十年皇太子的"天之骄子"变得踯躅不安，张皇顾盼，像一个受惊的孩子似的，神经质地摆动着枯瘦的身躯，羞缩地望着雍正，允禵也不禁万分感慨。又瞟了一眼泰然自若的雍正，心想："怎么会是这样？怎么会有今日？鹬蚌相争，渔翁得利……"

"允禵，"雍正的话打断了允禵的思路，"今儿行家礼。你代朕给二哥请个安吧。"允禵忙应一声，正要打千儿，慌得允礽忙双手扶住，结结巴巴语不成声地说道："这断断……使不得！皇上，您……别折死罪臣……""往日的话不用再提了。"雍正怅惘地望着门外，慢吞吞斟酌着字句说道，"虽说你因在这里，朕着实惦记着。王法是王法，人情是人情，你还是朕的二哥嘛。"

允礽在杌子上僵硬地深深一躬，说道："皇上，论起我的罪过，早该下十八层地狱的了，如今已是枯木死灰一般。承蒙皇上雨露之恩，得以苟活荣养，于愿已足。只求佛天保佑皇上龙体康泰，就是天下百姓之福，也是罪臣之福。"

"早想进来看看你的，"雍正见他这样，也觉心酸，忙敛了心神，从容说道，"事关国家体制，朕也身不由己。朕常叫人送东西进来，又吩咐不许说是朕送的，为的不愿让你给朕行君臣礼，谢朕的'恩'。朕这点子苦心，二哥还要体谅。"允礽目光与雍正一碰，立刻躲闪开来，眼前这个皇帝当年在自己手下办了十几年差事，日日行君臣礼，如今在记忆中已渺如烟云，想人间世事颠倒迷离，电光石火如同梦幻，一边沉思，说道："这是皇上如天圣德，我是罪余之臣，但有一日之生，即皇上雨露之赐。这些年来潜心佛学，颇有心得。晓得皇上为大罗汉金身普救众生而来。左右闲暇无事，罪臣恭抄了《楞严经》、《法华经》、《金刚经》三部，愿献为皇上寿。"说罢起身，抖抖索索从柜顶上取下几大本厚厚一叠经本。

允禵见允礽迟钝僵板得像个吊线木偶，一副弱不禁风的模样，忙上前帮着捧过来放在案上。雍正打开看时，一色的钟王蝇头小楷，从头到尾没一笔苟且随意的，有些惊世名句，旁边还有刺血圈点的斑痕，抄经他见得多了，不是虔诚到了十二分，断然不会齐整到这个份上。允礽见雍正脸上带着满意的笑容，遂指着柜子道："这几大柜都是罪臣抄的佛经典籍，不过都不及这几本，往后罪臣更用心点，再给皇上抄几部呈送，为皇上纳福。"

"二哥今年五十二岁了吧？"雍正突然觉得一阵鼻酸，"因在这里已经十多年了，总不是个常法儿，朕想给你挪动挪动。你原在通州置的那座花园子，偿还给你。这宫里太阴沉，你也难以活泛身子。放你出去呢，朕也有这个心，只是怕违了先帝圣意，有骇物听。还是给你亲王名义，只不要与人来往，你就算体了朕的苦心了。"

"不不不不……噢，罪臣不敢承这个福泽……"允礽如逢蛇蝎，双手摇着道，"就……就是这样，罪臣很安心，什么都不缺，什么也不要，这样就最好!"

雍正站起身来,说道:"二哥,你安生养息读书,随后朕就有旨意给你。要什么东西用,叫内务府报到朕那里,总不叫你落空的。唉……允禵,咱们走吧……"说着,拽着灌了铅似的步履出来,允礽送出书房,和几个太监一齐跪下,高声道:"恭送万岁爷!"

"万岁爷?哈哈哈!哈哈哈哈……"

隔院突然传来鬼嚎似的大叫声,似乎一个疯子在院中一边跑一边大叫,"皇上!你在哪里?你过来,叫我瞧瞧你什么模样?你是一国之君,我是一院之王。君主君王……本来就是一个词儿一回事嘛,啊?啊……哈哈哈哈……"一边叫着,一边去远了,耳边兀自传来骇人的狂叫:"过来呀,过来呀!你能过来,我出不去呀!嘀嘀呜——"

允禵知道,那边就是上驷院,是康熙皇帝养马的厩院,大阿哥允禔在里头呆了十五个年头了。猛然间思悟到:自己也将去遵化守灵,为什么皇上偏偏叫自己独个儿跟着到这个鬼地方,见这些人,知道这些事呢?他打心底起了个寒颤,偷眼看了看雍正。雍正却毫不动情,徐步向前走着,招手叫过上驷院门口的太监问道:"允禔病了多久了?"那太监忙叩头道:"一年半了。"

"大呼小叫的,成什么体统?"雍正厉声道,"去!先关空房子给他败败火,叫个太医进来瞧瞧,该吃什么药,不要委屈了他。"

说罢拔脚便走,允禵忙跟了过来。二人从御花园东北角门进园,因见刘铁成、德楞泰几个侍卫带一群布库少年在练功夫,雍正便命身后太监都退出园子,招手叫过刘铁成、德楞泰说道:"老德,你去叫上书房臣子还有廉亲王允禩到养心殿等着见朕。顺便告诉张五哥,后天他和你随朕出京。今卜晌和明日各自回府料理一下,不必进来侍候了。铁成你就这里守着,朕和十四弟说几句话,你随朕过去。"

"是,奴才省得。"

草树花卉茂密葱茏的御花园中只剩下了雍正允禵兄弟二人,偌大的御花园中盛开着艳丽的西番莲,在阳光的照射下宝石一样晶莹光彩,浓绿得似乎要流淌下来的蔷薇和玫瑰丛中,点缀着血红的花朵,蝴蝶花中的纺织娘无休止地嘤嘤歌吟,除此之外阒无人声。

"皇上，今日在此就算别过了。"允禵看着怔怔出神的雍正说道，"后日皇上也要动身南下，臣弟要不要送了皇上再走？"

雍正没有说话，点了点头算是听见。

"皇上，您有没有要吩咐的话？"

雍正脸上毫无表情，漫不经心地浏览着御苑中的景致，良久，说道："记得五年前给母后祝寿那天吗？"允禵摇了摇头，说道："记不得了，这几年在山西带兵，事情杂得很。"

"有些事不能忘，也不应该忘的。"大约因阳光刺目，雍正眯缝着眼，看不出他眼中隐藏着什么神气。口气却平淡得一泓秋池似的："今日见了二哥，也听到大哥说话，朕心里很有感触。那次也是我们两个，不过那次是在城外的荒郊野坟前，这次却是在天家御园中。这次是春景已去，那次是秋景已老。那荒坟、野草、寒风和眼前光景真是天壤之别。"

允禵想起来了，那是康熙五十六年，德妃（即雍正和允禵生母）寿诞，兄弟二人在膝前拜寿承欢。德妃尽了母亲一切慈爱心，委婉劝说一对成了政敌的冤家兄弟。当时雍正和允禵放马出城，在苍凉昏暗的野坟前驻马谈心，却因各自心胸政见分歧太大而分道扬镳。今日一个胜利者在即将惩罚失败者时，二人却在御花园重温旧话！

"朕削你的王爵，又派你遵化守陵。"不知过了多久，雍正方咬着细碎的白牙，盯了一眼允禵，"你有什么想头，这里就我们二人，不妨直说。"

允禵低着头跟着雍正在茸茸的"规矩草"上踱着，思量移时，终觉与其与这个心细如发挑剔刻薄的皇帝哥子兜圈子，不如直说。因道："这是理所当然，势在必行。打平凉归来，臣弟就预备着了。如今这样处置，臣弟很知恩，——真的，臣弟很知恩。"

"哎？"雍正突然转脸，眼中闪烁着似惊讶似狐疑的光，却也并不生气，似笑非笑道："你怎么会这样想？"允禵也盯视着雍正，脸上毫无怯色，四目相对移时，允禵将目光转向天上的白云，说道："皇上一登极，御笔亲书《朋党论》，既然皇上叫直言，臣弟就直说。臣弟在皇上心里，是'八爷党'党羽嘛！"雍正目不转睛地看着允禵，见他打住了不再言语，便道："说下去，朕说过，今日言者无罪。"

允禵淡然一笑，说道："其实也没多的话，逐鹿多年，皇上捷足先登，但八哥势力犹存，皇上不放心，自然要一个个地清理。所以剥我的兵权，调臣弟回京。所以叫九哥去年羹尧处，十哥去张家口。皇上要解散这个'党'，臣弟自然就得去守陵。守陵前皇上也没忘了带臣弟看看幽居宫里两个哥哥景况，那是不言而喻的。臣弟在遵化不老实，就得预备着变成二哥那样的痴子，或者大哥那样的疯子。这不能说不是慈悲心，所以臣弟说，臣弟真的觉得'皇恩浩荡'——因为'臣罪当诛'嘛！"

"痛快！"雍正点头笑道。他的这种笑容带着孩子气的天真率直，只微微下吊的嘴角，带着不容置疑的冷峻和傲岸："这里头许多话，正是朕想嘱咐你的，你既知道了，也就不必多说，不过你只说对了一小半，《朋党论》并不针对八弟，是冲着汉人科甲习气来的，同年、师生恩连情结，一人有事八方呼应，一人得道鸡犬升天，朕要刷新吏治就谈不上！

"至于你，自认'八爷党'，朕看倒也不尽然。就是允禩，只要安分，也还是朕的兄弟。但谁要阻挡朕当个好皇帝，兄弟也罢，父子也罢，君臣也罢，朕就难以顾及私情。朕受命于天，自要对得起皇天后土，列祖列宗！

"剥你的王爵，叫你守陵读书，并不为什么'八爷党'。就算老九老十和你都在北京，朕就拿不掉你们？就杀不掉你们么？

"所以不要胡思乱想，去遵化，好生读书。既然在遵化，就在'遵化'二字上下功夫。就这点子意思，你猜朕的慈悲心，也还算地道。"

雍正长篇大论侃侃而言，剜筋剔骨剖析道理，允禵听着里头绵里藏针肉里包骨，虽有假的，但倒是真的居多。想着，叹道："您不必说了。臣弟明日就上道。必定闭门思过好生读书，不辜负皇上一片苦心。"

"就这样，"雍正也不再多说，阴郁地盯着园门口，说道："人不负天地，天地必不负人。你好自为之！"

第二十九回　范时捷造膝弹悍将
　　　　　　刘墨林游戏弈围棋

　　眼见允禵蹁蹁辞出去，雍正又出了一阵子神，觉得两腿有点酸困，便命刘铁成随驾，坐了明黄软轿径回养心殿。在垂花门前下轿时，却见范时捷、孙嘉淦、刘墨林在门前跪迎。还有一个官员穿着四团龙褂、仙鹤补子，珊瑚顶子后还拖着一枝双眼孔雀花翎，雍正却不认得，由着他们磕头行礼，也不言声，一摆手便进了养心殿。允祥、张廷玉、隆科多、马齐四个人早已候在丹墀下，忙迎了上来。

　　"方才和老十四一道儿去看了看十七格格。"雍正进养心殿东暖阁坐下，觉得有些闷热，要了冰水分了众人，自呷了两口，说道，"顺便儿还到咸安宫看了二阿哥允礽，听见大哥也病着。允祥，内务府是该你管，这些事还该奏朕一声的。"

　　允祥见他一屁股坐下便寻自己的事，心里的火一窜一窜。但他坐定了主意"守时待变"，决不因小失大，因躬身一礼，小心翼翼说道："这是臣弟的疏漏。内务府档上这些都记着的，臣以为他们已经进呈御览，就没有另行奏明。皇上既这么说，臣弟以后留心就是。"

　　"这事不大，关乎朕的名声。"雍正不咸不淡地笑道，"大阿哥不去说他，是自作孽，给他个天年就对得住他了。二哥呢？到底是当过太子的人，与朕曾有君臣之缘，不可屈待了，叫后世人议论朕不知照应。说说看，他的事怎么料理？"

　　众人不禁面面相觑："怎么料理？"问得这样不着边际，怎么回答好？马齐当年在康熙皇帝废黜太子时是力荐八阿哥允禩继任太子的，听雍正话意，颇有同情二阿哥的心思，自觉不能不有所表示，因欠身道："皇上圣虑极是，仁者一念必上通于天！二阿哥当年为群小所围，自干天怒，失望于先帝，但幽囚已过十几年，若皇上观其果然洗心革面，自当施雨露之恩，使其沐浴圣化之中。循前朝古例，可废为庶人。若加恩赐一爵位，也在情理之中。"张廷玉听着心中暗自掂掇：马齐一番牢狱之灾，果然长进不少，话说得密不透风，又显得替皇帝着想，又体验到昔日旧情，玲珑得无可挑剔，因立刻附和："马相说的是。究竟如何施恩，请皇上圣裁，臣等依古例参赞。"

"朕总归难弃手足情分啊！"雍正蹙额太息一声，"给他个亲王，在通州划一块藩地荣养，你们觉得如何？"说着便看允裪。允裪一时还弄不明白，忽拉巴地想起允礽的事——这皇帝打的什么算盘？不及细想，说道："这是天理。依臣弟看，就叫'理'亲王，如何？"隆科多也道："奴才也觉得这个名字好。能时时提醒二爷不忘皇上帝德深恩。"

张廷玉拧着眉头只是沉思，待众人七嘴八舌说完，方徐徐说道："廉亲王想的这名字不差。不过据奴才思量，二爷毕竟是犯过的人，不然，先帝不会废掉他。犯过而后补，谓之曰'密'，这一条必须昭示出来，才能顺理成章不致使天下臣民有所误会。所以，竟是'理密亲王'为佳！"

"好！"雍正不禁击节称赏，"衡臣就照这意思拟个诏书明发天下。"说罢，转过脸问张廷玉："方才进来，见范时捷他们几个在垂花门外，那个戴双眼孔雀翎的是谁，朕怎么没见过？"

张廷玉忙道："那是孔毓徇，广东总督——"话未说完，雍正已想起来："朕知道了，前日朱批夺情起复的，朕说呢，怪不得穿着四团龙褂，原来是圣人家人——叫他们都进来吧！"李德全答应了一声忙退了出去。雍正又道："朕就要下河南，说不定绕道山东回京。十天半月怕回不来。一是想看看河工，二是体察一下吏情民情。五月端阳过后，大约年羹尧回京前，朕就赶回来为他庆功。"说着因见孔毓徇等四个人鱼贯而入，看着他们行罢礼，只点了点头接着说道："宝亲王代朕去劳军，京里自然是弘时坐纛儿，弘时那边，朕自然还要叮嘱几句。京里八弟和十三弟，你们照旧办自己的差，瞧着弘时有不是处，要拿出皇叔的身份管教。朕只带廷玉去，马齐留在上书房主持六部杂务。小事你们自己做主，大事快快递到朕行在，自然也就妥帖了。"众人听了忙躬身称是。允裪说道："整顿旗务的差使太繁。臣弟还要筹办迎接大军凯旋的事。

九弟自然要随年羹尧回来的，如今十弟在张家口左右无事，可否命他回京帮办？"

"再说吧。"雍正似乎漫不经心地说道。他转脸问孔毓恂："你是从广东回来的？"孔毓恂和范时捷、刘墨林、孙嘉淦几个人正呆呆地听，不防突然问到自己，忙磕头答道："臣是从广东回来。家母仙逝后，臣即就地丁忧守制，接万岁旨意，即扶柩北上，将家母灵柩安置曲阜。皇上，臣自幼而孤，家母夜夜纺织直到五更，供臣习学才致有今日。万岁以孝治天下，夺情之旨臣实不愿奉诏，又不敢不奉诏，特晋谒皇上，念臣母子至情，实在不忍背亲忘恩怡然务外，求皇上默察臣心，待守制期满，臣自当勉尽臣道，为皇上尽力办差。皇上……您何取此不孝之子？"说着，已是潸然泪下。

"忠孝本为一体，讲的只是个'心'字。"雍正神色黯然，"朕的母亲不也……唉，不必说了。你在职守制也一样嘛！当然，朕也要成全你的孝心——马齐！"

"臣在！"

"告诉礼部，去曲阜吊祭毓恂母亲，追封一品诰命，谥号'诚节'，立坊表彰！毓恂，心满意足否？"

孔毓恂激动得浑身颤抖，伏地连连顿首，已是泣不成声："臣勉从圣命……以忠为孝，报皇上高厚无极之恩！"众人见他如此孝心，皇帝又如此厚恩加礼，也都不觉悚然动容。雍正却已平静下来，用碗盖拨了拨茶上浮沫却又放下，皱眉说道："广东离京太远，所谓'天高皇帝远'，吏治昏乱天下第一。就如新会一门九命，这样的大案拖了一年有余，自朕即位至今下过三次朱批，居然就拿不到正凶！据你看，到底是什么缘故？"

这是人人都知道的，广东新会恶霸凌普，为争一块风水宝地，夜半举火烧杀胡家一门九口，凌家不知花了多少银子，上下买通县府道直至臬司衙门，连撤了两任按察使，至今仍说"无证据"而不能缉拿凌普。这是震惊雍正朝野的一件大案，上书房才所以拟票将现任广东总督苏木提撤差，由孔毓恂夺情复任，听见雍正询问，都睁大了眼盯着孔毓恂。

"万岁，"孔毓恂顿首答道，"臣是守制丁忧的人，闭门不出，也听到了不少话。但这案子不是凭'风闻'就敢贸奏的，臣向万岁借一个人观审，三月之内如不结案，请取臣的首级！"

"谁？"

孔毓徇将手一指，说道："他！"

人们目光都转向孙嘉淦。孙嘉淦并不认得孔毓徇，他是为广西藩司铸钱局不肯照"铜四铅六"铸雍正钱，专门来上本参劾广西布政使曲森的，见孔毓徇如此信任自己，冬瓜脸立时涨得血红。因将自己晋见皇帝本意说了，又道："既然孔兄信得过，皇上只要恩准，我就去！"

"朕也信得你。"雍正目中喜悦的火花一闪，说道，"既如此，朕给你个名义，钦差两广巡风使，审结这案，也不必急于回京，福建云贵川也都看看，回来细细奏朕。"

"喳！"

雍正立起身来，看了看范时捷，说道："刘墨林是朕叫进来的，你递牌子请见，有什么事呀？"范时捷重重地磕了三个头，说道："臣有造膝密陈的事。"雍正扫视一眼众人，笑道："这里都是朕的心腹大臣，有什么你说就是。"范时捷也看了看众人，说道："万岁今个乏了，臣请先告退，宁可改日再递牌子请见。"

他的话虽然说得淡，却是斩钉截铁，人人听着心里不是滋味。雍正铁青了脸，看着满不在乎的范时捷，突然想起那年在畅春园范时捷学驴叫和允祥嬉闹的事，又不禁破颜一笑，说道："既然如此，廷玉你们散去吧。墨林留下和朕说话儿。范时捷，刘墨林不碍你的事吧？"范时捷磕头道："刘墨林不碍。"说得众人各各无趣，只得请安告退，心里没有一个不腻味这个范时捷的。

"摆一盘棋！"雍正轻松地舒了一口气，"朕和刘墨林下棋，你有事只管说。"

于是邢年高无庸抱了云子儿围棋盒子，布了棋盘，刘墨林执了黑子，小心翼翼应对雍正。刘墨林是出了名的"黑国手"，号称棋王的允祥也不是他的对手。雍正尽自最爱下围棋，却是一手屎棋。雍正见他架势，便知他又要下和棋，便道："刘墨林，下棋是玩儿嘛，为讨朕的欢喜，每次都下和棋，你也不嫌费心！只管放胆攻，赢了朕，朕有赏！"

一边着子儿，又对范时捷道："你不是要造膝密陈？有什么说的？"

"臣要告年羹尧！"

刘墨林是已奉圣旨，跟随四贝勒弘历前往西宁劳军的，听见这话也吓得一哆嗦。看雍正时，却是面无表情，盯着棋盘一边想着应对着子儿，口中说道："年羹尧是有功社稷的人，你应差不力，不肯听年羹尧节度，有参本参劾你，已登在邸报上。朕处分的旨意还没下，你倒先来告状？"

"臣知道年羹尧有功。"范时捷面无惧色，从容说道，"臣告的是他的'过'。况且臣先奉命调任，年某立功是后来的事。若论私交，臣是年羹尧举荐升任甘肃巡抚的，但臣以为年羹尧功再大，他不是皇上，臣不能忠于年羹尧，只能忠于皇上。皇上要觉得这个巡抚是年羹尧给的，事事都得听年羹尧的，臣宁可不要这个红顶子！"

"唔？"雍正食指中指夹着一枚白子正要落盘，略一顿，说道："你说实的，要尽是这话，朕就当是你离间君臣的谗言！"雍正这些话刀子似的尖刻，刘墨林头上已经浸出汗来，范时捷却并不在乎，叩头说道："是！年羹尧既不是皇子，也不是宗室，他的帅旗凭什么用明黄色？"雍正笑着指指棋盘一角，说道："墨林，这个角朕要点方——旗上用明黄，是御赐的，你大惊小怪干什么！"

范时捷抗声道："他束的明黄带子，也是御赐的？他吃饭，叫进'膳'；他赏人东西，叫'赐'，这是人臣应该做的？"

雍正停下了手中的棋，厉声问道："你是有密折专奏权的，这些事为什么不告诉朕？你早做什么去了？""回皇上话！"范时捷扬着脸道，"臣早就奏了，黄匣子都由年羹尧军邮直递。这在巡抚衙门签押房里都存了档的，有记录在案，不信您下旨查查！"雍正随手下了一子，他的脸色变得有些苍白。这些事允祥曾含含糊糊说过，也曾专门派人到兰州查过档，但并没有查到密折寄档存根票和记录，他的心突然变得有些烦躁，恶狠狠说道："朕查过了！你的话十九不可信！朕知道你那点子心思，年羹尧受朕宠信，你妒忌，他立了功，你又想他必定功高震主，所以趁热灶窝儿要和他生分，为自己将来留地步儿——因为你毕竟是他荐的，羽毛丰满翅膀硬，怕落个攀附权臣的名儿，可是不是的？"

"不是的！"范时捷硬碰硬地顶了回来，"岳钟麒离松潘近在咫尺，我在兰州远在千里之外，为什么要调我的兵驻守松潘？这不是调度无方，也不是年羹尧不懂军事，他是怕岳钟麒争功！万岁，这是明摆的事，臣死也不明白，您为什么袒护年某的短处？"

雍正心里越发烦躁，看看刘墨林又要和自己下和棋，气得将手中棋子"啪"地扔进棋盒，勃然作色道："再下一盘，下和棋，朕杀了你——范时捷，你是和朕说话？你这叫守臣道？年羹尧在西边大捷，举朝共庆、薄海同欢，你要向隅而泣，讨朕的不高兴？——仗打赢了，这件事就是说，年羹尧是对的，你不高兴，足证你是小人！""臣是君子，不是小人！"范时捷立即顶了回来，"难道打了胜仗就可以欺君？年羹尧的奴才到臣衙门，就叫臣开中门迎接，臣就不能如他的意。"雍正气得手直哆嗦，说道："你不听年羹尧的，就是不听朕的！"

"臣听万岁的，不听年羹尧的！"

"那你的巡抚就当不成！"

"臣就不是那块料，也不想当什么巡抚。"

雍正勃然大怒，霍地立起身来，朝外喊道："张五哥！"张五哥早就听见范时捷与雍正一递一句拌嘴斗口，捏着两手冷汗进来。雍正脸上青一块白一块，手颤头摇，指着范时捷口吃地说道："把这个杀才发，发发——"刘墨林也惊得站起身来，忙又跪下，生恐将范时捷发往刑部，正要开口劝说，雍正已改了口，"发往怡亲王府，叫允祥管教这畜生！"一群太监宫女原来吓得人人手脚发软，听见处置如此之轻，都觉意外，不禁面面相觑。

"沽名钓誉，小心眼儿！"雍正余怒未息，重新坐下，对刘墨林道："朕就见不得假惺惺。带一点假，朕就容不得，——这盘棋你赢不下朕，君无戏言，朕必诛你！"

刘墨林看看棋盘，要赢雍正只消抢占几个大官子就成，不费吹灰之力。但雍正这样喜怒无常，谁晓得输了棋又会怎样；一边打着主意沉着落子，一盘棋下来通算，偏偏又是和棋！

"又出去！"

雍正拍案大怒，满盘棋子飞起老高："尽是假的，虚糊弄！真没有意思!"几个太监立时过来,架起刘墨林便走。刘墨林挣扎着,一手举着,大叫道:"万岁,我赢了你一子!这个黑子攥在我手里!"

"皇上怎么了,生这么大气?"众人正没做理会处,外头传来允祥的声气,接着便见允祥乐呵呵进来。因见几个太监架着举着一枚墨子的刘墨林发愣,雍正一脸又好气又好笑的神色,笑怒道:"放开这狗才!"因将方才的事说了,叹道:"朕在藩邸荣华富贵不减如今,多少还有几个朋友,能聊聊天,说几句体己话。如今你看看这些人,有的成心要气死朕,有的怀着异样的心思,面儿上奉承,背后不知做些什么勾当,说是垂拱九重,其实是坐在针毡上装神弄鬼,说吉利假话,看吉利假戏,连下棋也是假赢,思量起来真没意思透了!"

允祥听了半日,才明白雍正是心里寂寞,发了无名火,因笑着劝慰道:"皇上嘛,就是称孤道寡的人。先帝爷在时,也说过这些话。他老人家会宽慰自己,会自己寻乐子。今儿东巡,明儿上五台山,后日又登泰山观日出,再不然就下江南,观了景致也不误了政务。先是拜了伍次友为师,后来又请方苞为友,不给官做,只叫伴君——皇上秉性严肃,无昼无夜除了做事还是做事,怎么会不寂寞?这怪不得别人,只怨皇上您不会享福。"雍正自失地一笑,摆手命太监:"放开刘墨林吧!莫不成真为一盘棋就宰了你,朕连殷纣王也不如了——再这么拍马,你就不要进来侍候了!"

刘墨林忙叩头道:"臣不过见皇上不欢喜,讨过吉利,晓得皇上断不为这小事就弄掉吃饭家伙的。"一句话说得雍正也笑了。允祥因道:"方才原也要进议事的,恰碰上十四弟。他明个儿就上道,我们谈了一会子。问我能带家眷不能,王府护卫要不要一同去,我说这些事要请旨。进来在永巷口又碰上范时捷……"

雍正心里像针刺了一下,猛地想起——这才意识到今儿性气不好,全为见到这个女子,思量着打断了允祥的话,说道:"你是审过诺敏一案的,田文镜从山西带来的那个人证叫什么名字?"

"人证?"允祥不禁愕然,他怎么也想不到雍正会一下子离题万里说起这个,一边沉吟,说道:"人证从布政使、按察使,还有藩司库吏大几十号人吧,万岁问的是哪个?"

"那个女的呢？"

"是代州人，万岁——"

"叫什么名字？"

"乔引娣……"

雍正一仰身靠在椅背上，似乎问话又似乎喃喃自语："姓乔？噢……那是个汉人了。"允祥丈二和尚摸不着头脑，说道："是个汉人，如今在十四弟府。万岁怎么问起这个来了？"雍正收住了神，说道："没什么，随便问问，你告诉允禵，不用带护卫，家人都可随他去——且说范时捷，他都说了些什么？"允祥看了看垂手侍立的刘墨林，说道："这话刘墨林不可外传，范时捷说年羹尧这人不可不防。"

"这话方才范时捷在这里已经说过了。刘墨林不是个笨人，不会拿自己脑袋开玩笑。"雍正冷冷说道，"大将军有八面威风，年羹尧节制陕甘山川青五省大军，专阃在外君命有所不受。专断杀伐，自然要招闲话。人无完人，朕只取他的大节大功。不然，外头办事的封疆大吏都变成谨小慎微的好好先生，有什么屁用？刘墨林，你去见见宝亲王，传朕的旨意，朕明日送你们出午门，七十岁以下老亲王贝勒，六部九卿文部官员二品以上，送你们潞河驿设酒辞京。朕随后还有手诏，你们带给年羹尧！"刘墨林听一句答应一声，却步退出殿外，径自传旨去了。

殿中只剩下了雍正和允祥。雍正心绪似乎有些纷乱，脱掉青缎凉里皂靴，跐了一双千层底布鞋踱着步子。允祥站在一旁目不转睛地盯着雍正，半晌，才道："万岁，您好像有心事？"

"是啊，……"雍正抚着有些发烫的脑门，仿佛不胜慨叹，"面儿上朝局无事天下太平。不知怎的，朕总觉心里不踏实。似乎朕离开北京，心里就落空似的。三贝勒弘时，他坐得住这个纛儿么？"允祥低头想了想，说："不妨事的，隆科多掌着禁城防务，政务是八哥和我帮着处置，有料理不开的，方先生就住在畅春园，我们也可去请教。再说，皇上去河南，离这里不远，八百里加紧文书隔日就一个来回。"雍正瞟了允祥一眼，移时才叹道："老十三，朕什么也不想多说，只交代你一句，丰台大营你替朕掌好。"

允祥仔细品味着雍正的话，半晌才低头答道："是！毕力塔是我使了几十年的人，大营上下将弁，一多半是皇上当年亲自简拔的。万岁，您放心！""朕不能放心。"雍正的眼睛又灰又暗，仿佛要穿透宫墙似的望着远方，"——叫马齐移居畅春园，有事你和方苞马齐商量——你知不知道，隆科多曾经到皇史宬取走了朕三个儿子的玉牒？再说，正当太后薨逝，他到军机处取调兵勘合做什么？对了，军事已了，军机处调兵勘合要立刻封掉———一会儿退出去你就办这事！"

允祥头嗡地一声，蓦地出了一身冷汗：皇上玉牒是最机密档案，说起来没甚要紧，但上头记载着各人出生准确的年月日时生辰八字。隆科多取这个东西——除了魇镇害人——有什么用场？联想到太后崩逝朝廷种种布防，想想雍正的话，也真令人发噱，沉思着喃喃道："隆科多？隆科多……是宣明遗诏的人呐……难道……？"

"朕只是防人，并不打算害人。你不要胡猜乱疑。"雍正的目光逼视着允祥，烁然生光："你须明白，逼勒官员归还亏空；改动制钱铜铅比例；清理冤案；还有朕的几个宠信大臣，李卫在丈量土地，取消人头税；田文镜还准备在河南叫官绅一体纳粮——朕一揽子开罪了天下所有的官员，得罪了所有豪富地主。内里外里隐患重重，早就盼年羹尧打个大败仗，他们好召集八旗铁帽子王会议逼宫！所以年羹尧就是十恶不赦的混账王八，咱们也得先买他的账！——方先生，了不起！"允祥一笑，说道："臣弟也不晓得皇上这么多套套——怪不得人家有的说——"

他突然觉得自己说漏了嘴，张大了口，竟一时接不下去。雍正逼视着他，见他满脸通红，便道："想说假话你就退出去！"允祥只好嘘了一口气，咽了一口唾沫道："说皇上是打富济贫的……强盗皇帝——不过不单是说皇上，接着还有一句'允祥是为虎作伥'。"

"说得好！朕就是这样的心思，这样的行径，朕是天地间第一铁铮铮的汉子！不过说朕是'虎'，未免也忒小瞧了朕。朕受命于天，乃真龙天子，所以你是为'龙'作伥！"雍正牙关咬得紧紧的，脸上带着一种难以形容的轻蔑的微笑，徐徐踱了几步，忽然仰首长叹一声，又道："朕何尝不知道维持好这些兄弟，君臣父子兄弟雍雍穆穆揖让谦和些儿，朕自己的日子就好过些儿？但你须明白，孟子讲'民为贵'，其实是提醒君主，不要把百姓惹翻了！如今这积弊堆如山积，说到根子，是官吏

不遵王教，不干老百姓什么事。不压一压这些贪墨的污吏，不整治一下
鱼肉乡里的豪绅——这些个封豕长蛇，城狐社鼠在下头，'替朝廷'激
民变，民变起来，朝廷又无力镇压敉平——防民之变，甚于防川
呐……"他的心情似乎处于极度的矛盾状态，唏嘘一声又道："想想看
吧！秦始皇一统六合，横扫天下，何等英雄？陈胜吴广两个高粱花子振
臂一呼，就搅得局面稀烂！"

允祥听着，揣摩着这番话意，字字句句透骨痛髓，竟不自禁打了个
激凌，脸色也变得有些苍白，半晌才笑道："皇上给我画的这幅画儿叫
人看了不寒而栗。不过据臣弟看来，吏治虽昏，也还不是文恬武嬉，我
朝无苛政，深仁厚泽，不会是奉承套话，与秦二世时大不相同。何至于
到那一步儿呢！"

"这些朕岂不知？"雍正冷冰冰说道，"最怕的是代代皇帝都像你这
么想！所以你说的是有理的混账话！不讲这些了，台湾垦荒做得好，今
年没有从福建藩库提粮食，那个知府叫黄立本；还有杨名时，贵州今年
自给自足，还多少有点富余。明儿叫上书房拟旨，奖升两级，廷寄
出去！"

"喳！"

"你给朕看好家！"

"喳！"

"立刻到粘竿处，点四十名有本事的侍卫护卫，随朕出行！"

"喳！"

"告诉他们立刻准备行装，"雍正微笑道，"这只有你一人知道，回
头告诉方先生就是，朕，今夜就离京了！"

允祥吃了一惊，抬起头来盯着雍正，说道："皇上，不是定的后日
么？再说，大驾仪仗也来不及预备呀！"

"坐在銮驾里除了谀笑，还能看见什么？"雍正哼了一声，"朕微服
走。大驾是空的，先去五台，再去泰山，然后去河南，朕坐大驾回
京——听见了？"

"喳——臣，明白！"

第三十回　魑魅魍魉戏法汴京
　　　　　心意不投逐走金陵

　　田文镜在开封任职不足三个月，骤然越过道、臬、藩三级，径直超迁河南巡抚，惹得通省同僚一齐眼红，因新任开封知府尹未到职，暂且由原任同知马家化摄府事，原任巡抚家眷也未离开巡抚衙门，田文镜一来觉得有点忸怩，不好意思升堂视事，接受不久之前还高居于自己以上的下属的参礼，二来开封城北就放着一条年年决溃的黄河，眼看菜花汛将到，又从密折批语辞气里瞧出来，雍正似乎想亲自来视察河防——无论当巡抚还是当知府，当前河防都是第一要务，出了事都要受处分，而且就开封城而言，只要决溃，必定先受其殃，康熙二十六年黄水破堤南灌，城外水深三丈，城内也有丈余。无论官民都在城上露宿待援，连淹带饿冻，加上瘟疫死了七八千人，朝旨一下，巡抚发军前效力，知府赐自尽。所以田文镜尽管一肚子报效雍正知遇之恩的心，要改革旧赋制度，要清冤狱，要刷新吏治，成天下第一名巡抚，眼前却只能死心塌地先使悬河不致崩溃。他从浙江绍兴聘了四名师爷，两个管刑名，两个管钱粮，每人每年三百两的束修，外加一个邬思道，专管为自己起草奏章条陈，却是每年五千两的花花白银。别说那四个师爷心里别扭，就是田文镜，几时想起心里便是一阵光火。但邬思道是李卫所荐，先荐诺敏，诺敏倒了又荐到自己这儿，可见此人与李卫关系非同寻常，李卫自己就是雍正跟前说一不二的人物，和怡亲王更是过从得密，因而他早就想寻事开销掉这个每天醇酒妇人任事不管的瘸子，却迟迟不敢下手。偏生邬思道上的奏章条陈，每次都照准，还时有嘉勉言语——也实在无可挑剔。眼见五月将近，上头驿报水情，甘陕雨水大，去年落雪多，今年菜花汛来势不祥，田文镜下令取出开封府全部库银资河工用仍不敷数，便用巡抚关防，咨会通政使衙门，拨银一百万征用民工。藩司衙门回文极为客气，门也堵得极严：

> 上咨禀知田大人文镜：宪命悉领，唯户部于三月二十九日奉廉
> 亲王允禩、怡亲王允祥并上书房敕命，河南藩库现所存银三百
> 十九万两，一百万着随时递送年羹尧处军用，五十万两解送山
> 东赈灾（来年由户部补实），一百三十万两传送李卫处购买漕
> 粮（已发），以补京师直隶用粮不足——仅此粗计，藩库可动
> 用银两仅三十九万两，谨遵宪命全部拨往河工。年羹尧奉旨回
> 军过境犒军所需，仰盼大人指示方略。

这就是说，只能给三十九万两银子，而且还要田文镜自己设法应付年羹
尧过境应酬！田文镜接到这张咨文，气得两手哆嗦脸色苍白，但藩司与
巡抚名虽统属，实则只有半级之差，坐镇河南藩司的通政使，又是首席
王大臣允禩的门人车铭，论根基资望，都比田文镜硬气得多，也根本瞧
不起自己这个刚刚越级爬上来的新巡抚。思量许久，田文镜只好回府衙
西花厅（正厅签押房已让给马家化处置政务），叫来四个师爷商量办法。

　　"今年桃花汛已经决溃一处，兰考淹得一塌糊涂，"田文镜盯着两个
钱粮师爷说道，"前任巡抚为这已经吃了挂落，菜花汛水量更大，所以
我心里很急。我自己功名倒是小事一桩，万岁爷也要亲临检视河防，圣
驾安全出了事，就把我剁成泥，也难向天下后世交代。请你几个老先
生，计议一下，有什么好法子，只管说。"

　　他本来就又黑又瘦，这些日子看河防，调度河工，和各衙门吏员整
日磨嘴皮子打擂台，越发显得干瘪枯黄，熬得发黑的眼圈下皮松弛着，
仿佛疲倦得一推倒就再也起不来，斜靠在椅背上一口接一口喝着浓酽的
普洱茶。两个钱粮师爷，一个叫吴凤阁，一个叫张云程，都在五十岁上
下，都端着水烟袋呼噜噜吸个没完。满脸皱纹一动不动。许久，张云程
才道："东翁，河道汪观察昨儿个和我们议了半日，要是这三十九万能
拨过来，从广武到省城河堤用草包加固，是够使的了，下游无论如何不
能确保。但皇上要来，自然要到开封，东翁把情形向皇上奏明，这里头
的难处人人皆知，不定圣上还能从户部批过一点银子。河南这地方年年

都有决溃，东翁您接的就这个烂摊子，皇上断不会为下游决溃怪罪东翁的。"吴凤阁穿着黑缎套扣马褂，戴着一副水晶墨镜跷足而坐，显得从容不迫，喷了一口浓烟笑道："云程兄，皇上将东翁一下子简拔到这个地位，兄知道有多少人妒火中烧？无论上游下游，只要有一处决溃，布政使、按察使还有下游的府道就会一窝蜂地上章弹劾。所以拼了命，今年这个菜花汛也要叫它平安过去！这没有一百五十万银子，无论如何都办不来的！"

"说说归说说，哪里得这一百五十万呢？"坐在一边的刑名师爷毕镇远一哂说道，"西边年大将军战事已毕，所谓'军用'不过是个借口，要难为田中丞而已。就是大将军过境劳军，我看也未必能用多少银子，三千军马有五万两足够使的了。就是买漕粮，也不是什么急用，黄水泛滥，买漕粮用来赈灾好呢？还是堵住这条悬河，压根就不泛滥的好？所以晚生看，要把藩司的回文严词驳回去，驳得他们无话可说，这样，就便他们不肯，河堤开了口子，追究起来，他们就得担责任——田中丞毕竟是新任巡抚，难道前头河道失修，责任要叫田大人承担？"坐在他身边的刑名师爷姚捷冷笑一声道："老兄说得何其容易！老兄仔细看看那份回文，人家压根就没说我藩库里不给钱！你驳这个咨文，驳的不是藩司衙门，驳的是廉亲王、怡亲王！别说这两位王爷，就是上书房那群相爷，我们得罪得起么？"

田文镜一边听一边想，觉得人人一套道理，都说得无可非议，思量了一阵，问姚捷："依着你看，该怎么办？"姚捷是四个师爷里头最年轻的一个，只有三十多岁，十分修边幅，听东翁问他，俯首略一思忖，扯了扯天青实地纱褂，"哗"地打开折扇，轻摇着，从齿缝里崩出一个字："借！"田文镜不禁精神一振，身子一倾问道："向谁借？"

"中丞，打藩司的主意是不成的，"姚捷将一条油光水滑的辫子向后一甩，掏出手帕子揩了揩剃得光溜溜的嘴唇，侃侃说道，"皇上正在清理亏空，借库银犯了圣忌，断断使不得。告诉东翁，臬司衙门就是有钱，也不是府中的，昨儿个学生去臬司和几个师爷聊起这件事，说起中丞大人的烦难，张球他们当时就笑了，几个人当时一凑，立时就是五十万！"说着，从靴页子里掏出一叠子银票递给田文镜，"您瞧！您要亲自去见见臬司胡大人，金口一开，再弄个五七十万算得了什么！"

田文镜吃了一惊，接过银票看看，有三万一张的，也有五万一张的，最少的也是三千两的见票即付的龙头票子，还附了一张条子，上写：

> 黄水一漫，民不聊生。球生于斯，养于斯，身家性命系于斯，敢惜此身外之物为守财奴殁于黄水？愿破产为国，为中丞大人分忧，敬献此金，恳请哂纳充为河工之用！张球谨上！

田文镜又是感奋又是激动，拿着银票的手微微颤抖，竟起身向姚捷躬身一礼，说道："真真难为姚公！河南有张球这样秉忠秉公仗义疏财的明哲之士，实为豫省的体面！我要请邬先生好好写一份折子，保奏这些急公好义之士，请圣上表彰！"说罢起身道："我这就去拜望胡期恒，就便接见这群官员师爷！"

"怎么样！"眼见田文镜坐了八人大轿开中门出去，四个师爷回到花厅，姚捷得意地摇着扇子，眯缝着眼笑道："山重水复疑无路，船到桥头自然直！"张云程道："看不出你年纪轻轻，办事这么有板眼！"毕镇远笑道："我说呢，这几日不见你的影儿，原来替主分忧去了！"张云程冷笑道："邬先生每年五千两，你总该涨涨工钱，或者给你三千？"

一直坐着没言声的吴凤阁推推眼镜，格格一笑说道："姚老弟，你只掏了右靴页子里的银票。左靴页子里的也都取出来吧。平分！"

"什么？"姚捷一怔，"吴老先生说的什么话，晚生不明白！"毕镇远惊诧地望望吴凤阁，没言声，张云程便问姚捷："你这葫芦里装的什么药？"

吴凤阁站起身来慢慢踱着，槟榔荷包在腰间一晃一晃，冷笑道："咱们绍兴师爷，分钱粮刑名两派，各自都有不传之秘。我呢？一个叔叔是刑名师爷，没有儿子，一身兼祧了两门子学问——那臬司衙门，管的是拿贼捕盗，谳狱断刑，不发黑心财，哪来的银子赞助河工？张球这人我也略知一二，归德府张、曹两家都是挂千顷牌的有钱主儿，为争一块牛眼风水地，打官司都打得两家都家破人亡，不是张球的主审？——

哼！别说十万，你这会子告诉他，田大人要具本参他，叫他拿五十万，他也乐颠颠地双手捧过来！怎么样，我说的不错吧？"

张云程和毕镇远这才恍然大悟，不由得佩服地盯了吴凤阁一眼，又齐把目光扫向姚捷。姚捷略显尴尬地干笑一声，果真从左边靴页子里又抽出一张大银票，说道："真人面前做不得假，我原也不想昧掉这钱。这是五万，我拿一万四，剩余的三位平分，可成？这钱他们挣得容易，不拿白不拿，拿了白拿，白拿谁不拿？不过有言在先，钱粮河工上头有好处，你们也不能被窝里放屁独吞！"一句话说得几个人都笑了。毕镇远笑道："你们可小心，这钱上头沾的有血！"张云程道："先父在湖州黄道台跟前当师爷，一年也有一万三四千进项。我想跟了田大人这么个巡抚，少说也得一万吧？谁知道三百就是三百！娘希匹那个瘸子有什么能耐，一年五千！奏折、条陈，这些个官样文章，我孙子也写得！"

"在中丞那儿不能提这话！"吴凤阁板起脸道，"咱们三百就'三百'，早晚他们自己就要翻脸！听说他和中丞有言在先，当了巡抚每年八千就是八千！咱们也眉开眼笑地认了。田中丞这会子一心报效皇上，不是个捞钱手儿。我们得顺着这个思路去侍候他，早晚他下了水不能自拔，才能发狠弄钱呢！"正说着，见邬思道架着双拐，两个小厮随后跟着，风摆杨柳价进了二门，便住了口，跨步进来一躬笑道："静仁兄！满面红光，你好精神！今个儿又哪里吃酒去了？"邬思道支起双拐拱手还礼，笑道："今个儿浴佛节。我是个儒生，原不信这些个，家下两个婆姨却硬要去相国寺，陪着走了一遭瞧瞧热闹。他们回包府家下洗铜佛，我坐了小轿上黄河大堤看了看，又碰到一位旧朋友，在酒店里吃了一会酒，这才赶回来——东翁呢？今儿个你们不是议事儿么？"邬思道说着便目视众人。他原残疾羸弱，但这些日子常出外郊游，大约心情也好，又吃了酒，脸色黝黑中透着绯红，双眸炯炯，看去神采照人。

几个人对这位年金高出自己二十倍的"首席师爷"没有一个服气的，听着他的话越发不受用：我们这"三百两"在这里和主官苦苦会议商计治河，你这"八千两"却带着美人香草又是郊游又是吃酒！心里尽自想，各人已暗得好处，抱定了不挑是非也不合作的宗旨，都笑着与邬思道寒暄。毕镇远因笑道："我们议了一阵子河工，田大人打轿去臬司衙门，拜望胡期恒去了。"

"唔。"邬思道若有所思地点点头，说道，"那我就在这里等等中丞。"一头说，进来便坐了竹凉椅上，索了邸报，摇着扇子吃茶看邸报，不再言语。他和众人不合群，众人也拿他当外人，见他大咧咧坐着不言语，早一个一个托辞出来，另寻地方"均分"那五万两银子不提。

大约过了午时，听见衙门口三声炮响，田文镜头戴蓝色明琉璃顶子，孔雀补服里头套着九蟒五爪袍子，一头热汗进了花厅。邬思道在凉椅上已昏昏欲睡，见他进来，忙坐直了身子问道："河工银子有下落了么？"田文镜冷冷地嗯了一声，脱下袍褂，取过邬思道身边的邸报，看了看，松弛地仰了一下身子，舒了一口气道："哦……算日子，皇上御驾今日恰到五台山，浴佛节礼佛，皇上真是虔心！"

"皇上佛学已到无上菩提境界，但皇上尊的还是孔孟儒学。"邬思道似乎并不介意田文镜对自己的冷漠，摇着一把泥金湘妃扇徐徐说道："不知田大人筹到多少银子？我到河上看了看，听老河工们说，今年菜花汛来势不善啊！"田文镜睃了邬思道一眼，垂下眼睑呷了一口茶，仿佛故意冷落邬思道似的，等了好一阵，才不冷不热说道："这事我操心几个月了，要到此时才想起来，早就误事儿了！银子已经筹到九十多万。藩库里再调出些，河南今年黄河决不了口了！"邬思道何等聪敏之人，当然早已看出这位东翁大人对自己的疏远，却偏不计较，听了只是微微一笑，起身架着拐杖笃笃有声踱了几步，站在窗前，若有所思地凝视着大柳树上两只正在闹枝的黄鹂，在一阵难堪的寂静中，许久才问道："明年呢？"

田文镜见他如此倨傲，由不得心头火一窜一窜的，几乎就要发作，却又按捺住了，只冷冰冰说道："自古黄河无不决溃之年。昔年靳辅陈潢治水，那是何等样的能员？一头治着，仍旧要决溃！本抚初到任，能保住今年就算勉尽忠荩，至于明年，谁能料得定呢？"邬思道趑回身来坐了田文镜对面，说道："恕我直言。前几任巡抚圣眷并不在东翁之下，一个个栽筋斗下去，说到底就是因为这条河！你在山西与诺敏较量占了理，又蒙了天恩，才得到这一步。说实话，这条河你治不好，纵在河南有千条善政，万件良策，想平安做官也难，更莫说改革弊政，刷新吏治了。"田文镜听他说到山西，显得是卖弄"封藩库"那个主张，才有他田文镜今日，他的自尊心像被锥子猛刺了一下，立时涨红了脸，强忍了半日，冷笑道："你的大才我是早已领教了。不过，依你高见，该怎么料理这条河呢？"

"河道设有道台，"邬思道平静地说，"治河是他的差使。东翁可从藩库里调出银两，发出宪命，着他按熙朝名臣靳辅于成龙的旧制，从风陵渡直到陈州下游，逐年分段根治，该筑减水坝的筑减水坝，该修遥堤缕堤的就修，有的地方冲刷，全用大石条砌固。要有几年根治的打算，不能年年用草包垛堤堵水！""你说得何其容易！"田文镜语气冷结得结了冰似的，"藩库里只能动用三十九万银子，加上层层克扣，想办这么大工程，朝廷不出钱，户部不援手，行吗？"邬思道接口便道："事在人为。这就上条陈，请皇上定夺。那个咨文我看了，车铭这人我也认识，只要你说要具本实奏。钱，他拿得出！"

田文镜霍地站起身来，盯着邬思道，瞳仁中闪着凶狠的光，见他兀自悠然自得地摇着扇子吃茶，恨不得一脚踢飞了那个碧玉茶杯。许久，田文镜才咽了一口唾沫，说道："条陈自然是要上的，其实我已经拜发了！你邬先生这些日子忙得紧，串馆子听戏，踏青郊游，还要作诗会文，吃酒高歌，所以没敢劳动先生！"他恶狠狠格格一笑，"钱已经到手了，不动藩库一个子儿，今年先周全下来，明年我有明年的办法，用不着你先生这么劳心！"

"既然有钱那就好。"邬思道也站起身来，"但不知东翁从哪里来这么大一笔银子？"

"借的！"

"谁的？"

"臬司衙门！"

邬思道怔了一下，突然失声大笑。

看着这个落拓狂放的书生如此无礼，田文镜思来想去，终于忍不住了，"啪"地一击案，茶几上杯儿盏儿还有几碟子点心、茶叶包儿一齐跳起老高！

"你狂什么？"田文镜勃然作色道，"别以为李卫荐的你，我就不敢开销！李卫是两江总督，我是河南巡抚，不受他的统属——你就照我这话写信给李卫——你要想安生在我这做事，和那几位先生一样，我以礼相待，你事上以礼，每月二十五两修金一个不短你的。我这池子就这么深，别说八千两一年，五千两也是没有的！我是个穷官、清官！也不打算当富官、赃官！"

邬思道笑声戛然而止，上下审量了一下田文镜，冷冷一笑，说道："看来养活我个残废，着实叫大人为难了。您是清官，难道我是赃师爷？三千也好，五八千也好，也不过是个县令的收项罢了，您真出不起，我一个大子不要也没准！既说到这份上，我这就走，您好自为之。不过，临别也有一言相赠：可疑之利不可收，得之易时失之易！"说罢架着拐杖点着青砖地笃笃地头也不回去了。田文镜气得手脚冰凉，一屁股坐回椅上，大声向外说道："多承关照了！"一手提起笔来就给李卫写信。李卫，是天子信臣，又是雍正藩邸旧人，他不能开罪过甚。

有了钱，河防工程立刻大动起来。从郑州至兰考一线数百里，各地州县奉了巡抚衙门宪命，大小官员一齐出动，亲自督率民工，用蒲包草袋装沙沿堤加固，甚至有的百姓家草席也都用上填塞过去决过的溃堤。此时前任巡抚家眷已迁出。田文镜移居巡抚衙门坐堂视事，不时召见省城及各县府司道官员，又要亲自巡视河工，无昼无夜忙得头昏脑涨，腿脚都浮肿起来。眼见河工将成，夹黄河两条大堤土龙般蜿蜒东去，算算日子，离端阳节还有半个月，雍正的车驾邸报说尚在山东，年羹尧带进京的三千军马还未到西安——一切均都妥帖，尽可从容应付。田文镜这才松下一口气，命人在花厅设酒，犒劳四位师爷。酒至半酣，仪门司阍的戈什哈进来，轻声禀道："抚军大人，两江总督那边传驿过来一封通封书简。"说着将一封信递上来。

"唔！"田文镜接过信来，见信封上头写着：

　　面呈田中丞文镜兄，李卫拜书。

两行字迹歪七扭八不成章法，显见是李卫亲书。田文镜因赶走邬思道，一直萦着心，便起身含笑道："我酒量不宏，少陪了，四位老夫子且自开怀畅饮，明儿还有几件事和众位共商。"说着便出来到书房，一边吃茶，拆开信看时，上面全是白话：

> 文镜兄，你的信知道了。邬思道并没有到江南，我们没见面。不过这人我知道，要是你和他生分了，必定是你的不是。尽自你不是，我信及你必定是无心的。至于说得罪我，这都是些扯淡话。邬思道和我私交极平常，不犯着说得罪不得罪。你们没缘分，寻着他，叫他来我处作事，或我再给他寻碗饭吃，哪里黄土不埋人？哪里水土不养人呢？要是为八千两银子你就不肯要他，我站一边儿瞧，你怕多少有点小家子气。巡抚的出息是多少，咱心里有数儿的。不过，我再说一遍，我真的不为这个和你心里计较，这一条你把心落肚里头。李卫顿首百拜万福万安！

田文镜看看又好气又好笑，仔细想，却又品不出滋味来，他乏极了的人，一手拿信，一手端杯，半躺在竹椅上竟自沉沉睡去。几个侍候在书房外的戈什哈蹑脚进来，用小凳子放平了田文镜的脚，在他身上又盖了一件夹褂子，点了熄香，又退出去，田文镜舒适地蠕动了一下身躯，顷刻已是鼾声如雷。

一阵沉闷的雷声惊醒了田文镜，他揉了揉眼坐起身来，擦去口角的涎水，就着灯光掏出怀表（这是他陛辞时怡亲王赠送的）看看，恰是丑正时牌。睡眼惺忪间一道明闪，将书房内外照得一片惨白，墙角的芭蕉、竹丛、兰花树在哨风中被吹得婆娑摇曳，墙头上爬满了的葛藤在雪亮的电光中叶片不安地瑟瑟抖动，一瞬间便又消失在漆黑的夜幕中……突然间，仿佛就在头顶，一声令人胆寒的炸雷，震得书房簌簌发抖，好像一把铁锤砸破了扣在苍茫大地上的锅，惊得田文镜浑身激凌一颤！他疾步走出书房，一股罡风扑面而来，吹得袍角衣襟都撩起老高，凉飕飕的风带着雨腥，袭走了他最后一点睡意。一个戈什哈见他出来，忙上前躬身道："抚台，外头风大，当心着凉了！"

"唔，不要紧。"田文镜仰视着黑沉沉的天穹，雷声犹自像车轮碾过石桥似的滚滚流动，闪电时而在云层间金蛇走空价划过，时而又像不甘在云层后舞蹈，狂怒地将它灿烂的光从云缝中激射出来。田文镜再不犹豫，厉声吩咐："给我备油衣、备马！立刻叫起合府人丁，随我河堤上去！"此刻呼天啸地的倾盆大雨已经笼罩了黑沉沉的抚院衙门。

几个戈什哈忙不迭答应着，传呼人丁，备马，田文镜一边换衣服，一边吩咐："知会开封府衙门，各里弄巷街巡视一遭，有的房子不牢靠，叫房主迁出来，各寺院里头安置，各寺院住持不得违抗！"

"喳！"

"十七岁以上男丁，还有开封城内所有旗营，汉军绿营兵马，按区划分段守护城墙。"田文镜的脸在闪电中一明一灭，铁铸般一动不动，一边思索，一边下令，"就是河堤溃了，四城之内也滴水不能进城！否则——不等皇上治我的罪，我先请王命旗牌斩开封城门领①和马家化！"

"喳！"

田文镜不再说话，起身便走，几个戈什哈就雨地里拉过马来。掌几盏玻璃灯，随田文镜翻身上骑，泼风价一阵狂奔，穿街直出城北。淙淙大雨中，远远便听黄河令人心悸的咆哮声震得大地都簌簌发抖。雨幕中，但见河堤上一盏盏油纸红灯闪烁，巡堤的筛锣声不紧不慢地响着，不时传来"平安无事啰——当"的响声。田文镜略觉心安，沿堤举灯逐段细查一遍，并无大的疏漏，这才到河道衙门设在堤上的毡棚下稍事歇息。尽管他穿着油衣，也禁不住这大的风雨，脖子里的油汗和着雨水，已湿透了重衣。因见道台汪家奇不在棚内，只有一个河泊所长带几个人在这里，田文镜一边拧着袍角的水，问道："你们汪观察呢？"

"回大人话，"河泊所长毕恭毕敬地躬身答道，"汪观察家在包府坑，那里地势低，方才来人说正在搬挪东西，一会雨小点就来。"说着递上一杯茶来。

田文镜"啪"的一声将杯摔得粉碎，咬着牙狞笑道："我此刻最怕的是喝水！"他站起身来略一思忖，问道："你叫什么名字？"河泊所长

---

① 城门领：四品职衔，负责城防军事长官。

见巡抚发这么大火，吓得脸煞白，忙跪了道："回中丞爷，卑职叫武明。"田文镜脸上毫无表情，一字一板说道："我这就出宪牌，你暂署河道衙门差使！"

"啊？"武明吓了一跳，忙叩头道，"卑职只是个八品官，和河道隔着好几层儿呢！再说，汪道台——"田文镜一口截断了他的话："什么八品四品，官都是人做的，不是人就不能做官！"回头又对身边戈什哈道："你进城寻着汪道台，叫他好好顾家，连鞋也不用湿。就说他已经不是道台了！"刚料理这件事，便见八盏绣花玻璃风灯远远透迤而来，田文镜以为汪家奇来了，憋足了气端坐静待。不料先进来的却是一名侍卫打扮的人，接着又是两个太监。正惊愕间，雍正皇帝已出现在面前！

第三十一回　　雍正帝夜巡风雨堤
　　　　　　　田文镜恃旨恭后倨

　　雍正在棚外檐下已脱掉了油衣和鹿皮长统油靴，穿一件驼色缎夹袍，外头也没套褂子，除了腰间那条十分出眼的明黄卧龙袋和六合一统帽上镶缀的苍龙教子正珠，显示他至高无上的身分外，其余皆是寻常士绅打扮。他看了一眼惊得瞠目结舌的田文镜和傻乎乎站在一边的武明，徐步进棚，在凳子上坐了，良久才道："怎么，不认识朕了么？"

　　"万岁！"

　　田文镜这才猛地醒过神来，俯伏在地连连叩头："这……这太意外……奴才一直留意邸报，昨个儿还说主子銮舆尚在山东，怎么就……"雍正断然一笑，大约在雨地里受了冻，他的脸上青中带白，神气却颇宁静。他没有回答田文镜的话，大声向外道："衡臣进来，你身子骨儿弱，比不得德楞泰和张五哥他们——武明，能不能弄点吃的来，尽一尽你地主之谊嘛！"武明日日在这里守堤，已经见过雍正几面，只是雍正是微服，只当是省城豪富到济永寺进香，顺便到河岸看热闹的，直到此时，他才从五里雾中惊醒过来，就磕了不计其数的头，慌乱地说道："您是万岁爷？忒辛苦了的，奴才的眼竟长在屁股上！……奴才这就去办——不过离城太远，万岁爷得多少委屈一会子……"

　　"好了好了，你平常不吃饭么？谁要你备八珍席来着？随便弄点热汤就成。"雍正听他说得不成章法，笑着摆了摆手命他退出。张廷玉进来后，他又道："廷玉坐了吧，田文镜也起来说话。"张廷玉一躬身，在雍正身侧斜签着坐了。他却没有雍正那样修洁，袍子下摆都湿透了，满是泥水泡透了的靴子下已汪了一小片水。雍正见田文镜诧异，一笑说道："朕是张五哥背着巡视的，张廷玉是雨里跟着走来的，你是骑马来的吧——君臣分际如此而已。"

"皇上不能在这里。"田文镜已恢复了常态。听听外头,河啸和风雨雷电混沌一片,立刻想到自己的责任,一躬身道:"您和张大人请立刻回城,臣在这里守夜。这里……"张廷玉被河风冻得脸色发青,此时才回过颜色,说道:"不要紧,就在堤下,泊着皇上的御舟,还有从洛阳调来的三十艘官舰护驾。你的这个堤并不结实,开封城也未必有这里安全。"田文镜颊上肌肉不易觉察地抽动了一下,冷冷地说道:"衡臣大人,何以见得我这堤不结实?"

雍正却把话题接了过来,说道:"你自己就狐疑!你请朕进城,足证你对这堤就信心不足嘛!"田文镜道:"皇上,您这样说,奴才就无言可对了——臣是为防万一!"

"唉!"雍正站起身来,徐徐踱着,他的声音在风雨声中显得宁静而又清晰:"'万一'也是不成的,朕要的是'万全'。你没有治过河,不知黄河的厉害——这里下雨,涨水的是下游!朕来开封已经六天,住在与你相隔不到二里的老城隍庙。今日接到洛阳陕州送来的急报,上游无雨!不然,朕岂敢以万乘之君轻涉你这不测之地?"

雍正说着,踱至棚口檐下仰首望天,大雨如注直泻而下,翻滚的黑云中电闪交错,仿佛在愤怒地攻击上帝璀璨的宝座。良久,雍正才转过身来,说道:"朕不是挑剔你。你上任以来没有吃过一顿安生饭,睡过一个好觉。你是个清官,好官,办差尽心,这朕知道。"田文镜心里一热,正要谦逊辞谢,雍正摆手止住了,望着风中微微闪动的烛光,继续说道:"但你一半心思用在民政上,另一半却想着讨朕的好儿,想保河南今年不决溃,让别的督抚挑不出你的毛病儿,是么?"

"……是!"田文镜听着这些话,句句诛心,细想也确是如此,顿时头上浸出汗来。但觉与其余官员相比,又不甘服气,思量着道:"请皇上明训!不过臣以为,保住今年不决溃,今秋收过钱粮,就有余力治河了,眼下实在是钱少……"因将自己筹款情形约略说了,却隐去了向臬司衙门借款的事,因为他已隐隐感到,这笔钱来得太容易了。雍正听了目视张廷玉,笑道:"衡臣,看来朕清理亏空,倒要落个守财奴的名声儿了。"

张廷玉欠身说道:"治河事关国计民生,户部有正项开支。文镜,有难处应该具折奏明，或者找上书房批转户部。凭你一省财力，凭你一人之力，做不好这件事的。"田文镜略一沉吟，说道："其实我一上任，连着给廉亲王上过两个禀帖，请他关照户部的。也许时日短，八爷不及处置，但我这里不能等，所以先从本省筹措一些。这点子心思，请皇上鉴谅。"

"要照靳辅陈潢当初规模，从上游到下游根治黄水。"雍正不愿把话题扯到允禩身上，回到座上，侃侃说道："朕治过水，也遭过水难，在河里泡过两天两夜！你这个堤顶得了今年，顶不了明年，黄河洪水下来的情形你见过没有？这堤就像软皮鸡蛋，一捅就破！就这个雨，兰考此刻就要决溃——所以要根治，不要治表不治里。"

这话和邬思道讲的如出一辙，田文镜不禁咽了一口气，思量半晌，说道："既如此，奴才勉力去做。只是开封向东南，黄水几时漶漫，旧有水利设施早已荡然无存，很难恢复靳辅在世时的规模。所以，奴才认为应该重设河道总督，重新统一规划，才能逐年改观。请皇上明察。"

"这个还用你说？"雍正冷笑道，"河道总督衙门就设在清江！只是没有总督而已。但观现在吏治，把银子都填塞到河督衙门，成么？现在既没有靳辅那样的能人，就不能叫庸人滥竽充数——你看看河道衙门那些个龌龊官儿，他们眼里不是盯的黄河，是白银！喂狗还知道给朕看家护院呢！——所以只能先由朝廷统筹起来。河道衙门按俸禄领钱粮，只管巡视，各省河道掐段儿自己治，银子尽量自己筹，实在不够，朝廷补贴些儿，只怕还好些。"田文镜想了想，又道："奴才到任，已经巡视一遭，豫东黄河故道实是十分萧条，有的地方几十里都不见一个人。朝廷能否从直隶山东迁徙过来些人，一来地土不至于长久荒废，二者，就是治河，民工也是要的。听说朝廷整顿旗务，何不派他们来河南垦荒种田？"

"你这话如同儿戏。"雍正冷森森说道，"王莽就是这么干，丢了天下的！那黄河故道千里荒原，逼着别人背井离乡来。'垦荒'，吃没吃处住没住处，耕牛没有耕牛，种子没有种子。你田文镜是神仙？能变出庄园，变出场院安置他们！那些个旗人，按月拿着月例，丰丰厚厚在京畿房山、密云去种现成地，尚且牵着不走，打着倒退，你指望他们来给你开荒？田文镜，好生踏实办差，把你这里吏治弄好，治平赋均，有了大树,不怕别人不来歇凉。务外非君子,守中是丈夫——这是朕送你的两句话。换个人,朕还懒得给他讲这些道理呢!"他讲得口干舌燥,端起桌上杯子要喝水,都是空杯,又放下了。张廷玉便叫,"德楞泰,你去厨下,看看武明在弄什么?这么久时辰,连茶水也没一口,太不成话!"

正说间,武明一臂挎着个食盒子,一手提一把大茶壶湿淋淋地进来,恰听见张廷玉的话,忙赔笑道:"张中堂,这实在是没法子的事。小的素日都是用的黄河滩上沙窝子里澄清的水,今儿下雨都成了泥汤子。亏得接了些雨水,好歹也得用明矾澄一澄才好做饭,叫主子和大人们受这委屈,小的心里也不安……"说着便打开食盒子,里边一层一层放着烙葱油饼、馍馍、凉拌粉丝、黑木耳炒蛋。还有几个海盘,都是清蒸黄河鲤鱼,算是唯一的荤菜——一盘一盘布上来,倒也热气腾腾香气四溢。守在外头的德楞泰和张五哥早已饥肠辘辘,嗅着只是咽唾沫,却都钉子似的站着没事人似的。

"仓猝之间办到这样,武明很巴结的了。"雍正笑着取过一个馍馍,说道:"朕也实在肚饿了——哦,这是什么汤?"——原来武明大茶壶里装的并不是茶水,黏糊糊热腾腾的似乎是面汤,却是灰褐色的,闻着喷鼻儿香,却谁也没喝过这汤。"武明小心翼翼给雍正斟满一碗,赔笑道:"这是点野景儿,小的老家武陟的油茶。请万岁爷品尝。"张廷玉在旁道:"万岁先别用,小的尝过万岁再用。"雍正笑道:"罢了罢!这个地方这时候儿还会有人害朕?况且五哥他们还能不派人在厨下监厨?"说着咬了一口馍馍,端起汤来用羹匙舀了一口汤尝尝,不禁赞道:"好汤!朕竟没有尝过此味!——怎么做的?"

武明笑道:"其实做起来并不烦难,碎花生米、核桃仁儿、芝麻用清油炒炸熟了,加上精盐白面不停地炒,都熟透了起锅。平常价用,只滚水冲着拌匀就好——我们每日在河工,吃夜宵就是这一味,省时省力充饥充渴……"雍正边听边喝,已是喝了一碗,指着食盒子道:"朕就喝这油茶。这鱼,这些点心赏了德楞泰和五哥。武明叫厨子用心用意给朕做些油茶,把配料法子抄给御膳房。朕看,熬夜时用一碗油茶比什么都强——张衡臣、田文镜,你们也都吃一碗!"

田文镜今晚好像做梦似的,事事出乎意料,巡河堤碰上皇帝本来是体面事，受了表彰却也挨了砸，回事儿回一件驳一件，竟是自己一无是处，批评得狗血淋头却又蒙赏油茶！他心里一盘浆糊似的，说不出是什么滋味，也想不明白该怎么应付这个捉摸不透的至尊。接过汤碗小心翼翼沾了一下唇，刚要说"好"，却听雍正问道："邬先生安否？"田文镜吓得手一颤，滚热的油茶烫得手指头钻心价痛，糊里糊涂看了一眼漫不经心的雍正，连自己说了什么也不晓得。

"辞退了？"雍正却似并不惊讶，慢条斯理喝着茶汤，问道："为什么？是有撞木钟，上下捣鬼，手长么？还是文章不好——以前你递进的奏议，都是他的手笔吧？满看得过去嘛！"

邬思道这人什么样子，张廷玉也没见过。只是断断续续有些风闻。他为相二十余年，轻易不与阿哥打交道，一向听了只当齐东野语笑而置之。今日雍正亲口问出来，才知道前头那些传闻草灰蛇线不为无因。却不知道邬思道何以不做官，却先入山西，再进河南幕府，只当一名师爷？思量着，听田文镜笑道："邬先生文章是好的，也从不替人关说官司钱粮。只他是个残疾之人，许多事料理不开。况且，定打不饶每年要奴才八千两银子。奴才把他和别的师爷摆不平，又觉得他要钱太多，只好礼送回乡。邬先生自己也情愿的。……"

"这样的好师爷，八万两银子也值。"雍正淡淡地说道，"三年清知府，还十万雪花银呢！你既不用，别人或许就用也未可知——这事与朕无干，你也不用为这事不安。朕确是对邬先生知之甚深——昨日李绂请见，说起他，又说自己身边缺人。朕不过随便问问罢了。"说罢又喝油茶。

田文镜已经蒙了，天子亲问起居！而且一口一个"先生"绝不提名道姓，这真是一个骇人听闻的"帅爷"！此时田文镜才真懂了李卫那封白话信的意味。邬思道对自己既不倨傲又不在乎，原来后头居然有这么大背景，匣剑帷灯令人不测啊！陡地想起，诺敏的"天下第一巡抚"称号，顿时心乱如麻。正想着，张廷玉缓缓说道："邬先生不是凡品，是无双国士，请贵抚留意。他身有残疾，不便做官，在下头做些事，荣养身子，八千两银子算是很廉的了，你的别位师爷，暗地里收项恐怕远不止这个数呢！我为相这多年，情弊还知道些的。"

"不讲这件事了，这是饭余闲聊。"雍正笑着取出怀表看看，已是寅正时牌，听听外头雨声似乎小了些，遂起身舒展一下身子，对田文镜道："朕今夜就要启程，顺流到下游看看，然后就回北京。河南这地方重要，却又贫穷，朕把他托付给你，自有朕的深意。不但黄河要一步步料理好，更要紧的是吏治。吏治不清，什么也谈不上，萧何定刑律三千条，还要官来办。朕四十多岁的人了，不能指望圣祖爷那样坐六十一年天下，但在位一日，必定遵先帝遗愿，兢兢业业把这事办好，不愧于子孙后代。只管猛做去，如今宽不得，容不得。宽猛相济是吏治的办法。朕不愿学朱元璋，贪官墨吏拿住就剥皮，但朕更不学赵匡胤，不肯诛杀一个大臣，弄得文恬武嬉，江山七颠八倒！"说着便徐步出来，守在外头的高无庸一干太监连忙备雨具，却是德楞泰伏身背了雍正，一大群众簇拥着冒雨下舰。田文镜直送到岸边，看着雍正登舟，这才知道，安徽巡抚、山东巡抚、李绂，还有范时捷都扈从在船上。

田文镜乘八人绿呢大官轿打道回到开封城天已大亮。昨夜一场大雨来得快去得骤，潘杨湖龙亭一带水漫出岸，中间三丈余宽的夹堤只剩了一线之地，他绕道巡视一遭，街上的潦水有的地方漫过脚脖，有的地方有没膝深，家家户户都有汉子们盘了辫子打了赤膊用铜盆从门槛里向外舀水。有几处倒塌了房屋，叫过里长询问，并未伤人，田文镜方略觉心安，正思回巡抚衙门，猛听轿前一个女人嘶声凄厉哭喊道：

"冤枉啊……青天大老爷！"

惨厉的哭叫声带着颤声和呜咽，激得昏昏欲睡的田文镜浑身一个激凌，接着便听前头衙役们怒喝："不许拦轿！那边就是开封府衙门，到开封府去！"那女人似乎不肯离开，在衙役的怒喝拉扯中号啕大哭："天杀的！你们就这么凶！如今的开封府没有包龙图啊……"

"住轿。"田文镜心里一动，用脚顿一顿轿底，大轿落了下来，立时轿里便浸满了泥水。田文镜哈腰出轿，果见一个三十岁上下的女人蓬头垢面，浑身泥水跪在轿前，见田文镜出来，爬跪几步连连磕头，哭叫道："大老爷为我做主……我男人叫人冤杀在葫芦湾已经三年，凶手……也知道……整整告了三年，没人替我伸冤呐……"她泪水滚滚淌着，说得语无伦次，悲凄哽咽不能成声。田文镜看看周遭围上来看热闹的越来越多，皱眉问道："你叫什么名字，有状子吗？"

那女人用衣袖揩干泪水，抽咽道："民妇晁刘氏，状子三年前已经递到开封府衙，起初准了，后来又驳了。又告到臬台大人那儿，臬台又叫开封府衙审，凶手捉了又放，放了又捉。可怜我寡妇，带着孩子串衙门三十顷地五千两银子都填进去了，硬着心不给我公道啊……昨儿大雨夜，一起子人又闹我家，把我的儿子也抢走了……我的娇儿呀……你在哪里？老天爷，你昨晚打哪儿响的雷，怎么就不击死那些挨千刀的呀？啊……呵呵……"她口说手比，又放了声儿，满是泥水的手合十，仰首望天，好像在寻找着什么，浑身激战着像一片在秋风中抖动的枯叶，连两旁呆听的人们也隐隐传来啜泣声。田文镜心下也自凄惶，转思自己也是刚从开封府升转的，怎么过去就没听说这个案子？想着，问道："我就在开封府衙，怎么没见你来告状？"晁刘氏呜呜地哭着，说道："前阵子民妇已经死了心，家也破了，产业也没有了，守着儿子屈死不告状……没承想他们又抓走我的儿子……我的儿啊……！"她疯子一样，用白亮亮的目光盯着田文镜，双手神经质地痉挛望空猛抓。大白天，灿灿晴日下，田文镜竟惊得起了一身鸡皮疙瘩。

"你的案子我问。"田文镜心知这案子蹊跷，暗自打定了主意，"你放心回去，找个先生写张状子直递巡抚衙门姚师爷或者毕师爷——你现在住在哪里？"晁刘氏捣蒜价磕头道："大老爷您昭雪这案子，必定公侯万代！民妇住在南市胡同亲戚家里，明日准就把状子递给姚师爷！"

在人们纷纷议论声中，田文镜从容升轿而去，直到巡抚衙门仪门才下来。正要进去，一个衙役在身后道："田老爷请留步！"田文镜瞥了他一眼，说道："你不是李宏升嘛？什么事？"李宏升看看左近无人，凑近了田文镜，小声问道："大人真的要问这案子还是要批到别的衙门？"

"唔——唔？"

"要批到别的衙门，奴才就没的说了。"

"我亲自审，亲自问，亲自判！"

李宏升目光霍地一跳，说道："要是这样，这会子就派人把晁刘氏抓起，也不要收监，就监押在衙门里头。不然，明儿连她这个人也没了。"田文镜吃惊地盯着李宏升，问道："为什么？"李宏升低下头，思索良久才道："大人这话难答，这晁刘氏的丈夫晁学书原是我的表兄，这个官司的底细也还略知道些。这里头牵扯多少贵人，瓜葛多得说不完——方才我的话是真心实意，也想讨大人个底儿。真的要管，就得防着灭了苦主的口；若不管也不怨大人，只她是我表嫂，我这会子就去劝她远走高飞。"说着，眼圈一红，几乎坠下泪来。

"哦？"田文镜想着李宏升话中未尽之意，不禁抽了一口冷气；显见的这案子牵扯到本省一大批官员的官箴了。转又思雍正的话，冷笑道："河南大约还是大清法统治地吧！我倒真要瞧瞧这个案子的底蕴了！这样，你去传马家化到签押房来一趟，就便儿告诉你表嫂，今夜哪里也别去，只叫人写好状子明儿递。别的事自有我处置，去吧！"

田文镜一夜没睡，拖着沉重的步履进了签押房。吴、张、毕、姚四个师爷正在抹纸牌，见他进来，一齐乱了牌局起身。吴凤阁笑道："昨个酒沉了，没想到东翁亲自上堤视察，我们原该奉陪的。"说着早有人端上茶来。田文镜一屁股坐了凉竹躺椅上，半闭了眼，用手抚着剃得发青的囟门只是沉吟，却不言声，弄得四个师爷面面相觑。移时，田文镜拍拍脑门，问道："有什么事儿么？"

"哦，方才车方伯来拜，因大人没回来，我们请他改日再来。"张云程看了吴凤阁一眼，说道："车铭大人说等着，我们请他在西花厅暂候。这阵子不知走了没有。"

"他说有什么事？"

"没有。"

"请。"

田文镜抖擞了一下精神，起身更衣，戴了蓝宝石顶子，袍子外罩了一件孔雀补服端坐案前，四个师爷便忙退后侍立，早有人撤掉了案几上的残茶纸牌等杂物。不一时便听车铭在外笑道："文镜兄昨夜辛苦，这早晚才回来么？如此关心民瘼，雷雨之夜亲巡河堤，令我辈惭愧哟！"一头说，人已进来，因见田文镜朝服袍褂，面色严肃地坐着，先是一怔，忙又一揖，行下属廷参之礼，脸上却是没了笑容。四个师爷见田文镜突然如此拿大，心中暗自纳罕。

"老兄请坐。"田文镜将手一让，又高手道："上茶！"

车铭斜坐左侧，双手捧过戈什哈用条盘献上的茶，心下也是暗自诧异。他已五十六七岁年纪了，圆胖脸，白净面皮上似乎还没有什么皱纹，只是头发已经半苍，两撇八字髭须修剪得齐整，神气地翘着——此人十八岁进士及第，连登黄甲，先任蔡州知县，又转扬州知府，江西粮道，转迁湖广、四川、山西、山东布政司使，陈了两次丁忧守制，转圜官场足有三十年，一直做的肥缺，用他自己的话说"全托了八贤王的福"。但藩台与巡抚虽只一级之差，一为"方面大员"，一为"封疆大吏"，咫尺之遥却再也跨不上去，谁也不明其故。他小心翼翼地将茶放在茶几上，斜视一眼田文镜，一时也没有说话。他需要思量一下，前几日还谦恭逊让在自己衙门打磨旋儿的这个田文镜，为什么一夜之间换了一副面孔？

"老兄在这久等，让你枯坐了。"田文镜打着官腔开了口，"你急着见本抚，有什么事呀？"车铭原是老牌进士，哪里瞧得田文镜这副嘴脸？但他毕竟宦海浮沉数十年，世故圆滑得捏不住扯不断，因轻咳一声，正容说道："河工三十几万两银已经拨出藩库。本省学政张浩昨日批文咨会，今年乡试取士朝廷已有廷寄谕旨，令各省早作准备。文庙、书院这两处地方年久失修，昨夜一场大雨，今天我去看了看，泡坍了十几间房，余下的也岌岌可危。万一秋试砸坏了各地的秀才，是担待不得的责任。这要五万银子才敷衍得来，但藩库银子已经一两也动不得。因此请见抚台，这笔款子从何出项？"说着，摘下眼镜片擦擦又戴上，含笑看着田文镜，一副"看你怎么办"的神气。田文镜也用目光扫了车铭一眼，说道："老兄送过来的咨文早已拜读了。据我看，山东赈灾和京师直隶用粮银是急务。年大将军军需的一百万，原是备用，既已打赢了仗，这个钱就不是急需。文庙、书院我也看了，五万恐怕还少了点，先从这里头拨七万给张浩。河工上还缺一点，我意也还要从这银子里抽出三四十万，这样咱们的事也就从容了。"

车铭惊讶地盯了田文镜一眼，不安地挪动一下身子说道："这个……大人知道，这银子并不是咱们河南省的，是户部存在河南的。拨三十九万的事户部还未必允准呢！还有年大将军过境应酬，没有十万也办不下来——本来刚刚要回来的亏空，一下子又少近百万。朝廷追究起来，敝衙门承当不起呐!"说罢呵呵一笑。

"当然不要贵藩承担责任。我为本省巡抚，军政、民政、财政、法司有专阃之权。我来承担。"田文镜说着便起身，至案前提笔疾书几行字，交给张云程:"叫他们用印，交给车大人带回去照令行事。"一抬头见李宏升带马家化进了院子，又对姚捷说道:"你和毕师爷一道去西花厅陪马家化谈谈，等会子我召见——大约是为晁刘氏的案子吧。"

四个师爷在一旁早已听得发怔了，他们跟田文镜不久，只晓得他勤苦肯干不辞劳烦，虽然冷峻内向不苟言笑，却并不武断。不禁互望一眼，却都照令行事。吴凤阁见他今日事事处置专横乖方，心里暗自为这株摇钱树吊着一口气，正在思量如何转圜挽回，田文镜又对愣着出神的车铭道:"至于大将军过境，似乎用不了那许多。年大将军是儒将，懂得'秋毫无犯'，已有兵部正当军需，打这里过，宴请一下我看也就可以了。做什么要十万银子?"

"回大人话。"车铭打定主意要这个二杆子巡抚栽个大筋斗，因见姚捷递进来那张调银文书，接过略一看便收了，嘿嘿一笑道:"职藩谨遵宪命就是。"他突然多了一个心眼:自己要站稳脚跟，必须"有言在先"。因又欠身道:"不过我得诚心奉劝大人一句，河南是个穷省。为追比藩库亏空，洛阳、信阳府、商丘等地抄了三十多名官员的家，四个县官悬梁自尽——这笔钱来得不易!至于大将军，当然是不要银子的。三千人就算在郑州住三天，加上我们前去迎送，吃上好的席，有两万银子足够。我一切照宪命办就是了。"

吴凤阁老谋深算，早看出车铭居心不良，眼见他要砍自己的摇钱树，忍不住在旁说道:"中丞，方才说的几项银子暂不必动。河工上现银还没用完，等用完了再动银库不迟。至于年大将军，甘陕巡抚幕中朋友都有信，怎么接待，回头抚台看看信再与车大人商计，如何?"说着，刀子一样的目光向车铭扫去，恰与车铭目光相碰，火花一闪即逝。田文镜思忖了一下，"也好，就是这样。老兄还有什么事么?"

"哦，还有一件小事。"车铭笑容可掬地说道:"汪家奇奉到宪牌撤差，说是擅离职守，这是误会。昨夜雨大，是我把他叫去衙门，商议河防的事，他并没有在家。此人干练老成，又是多年老河工上保奏出来的。如今用人之际，乍然换新手，恐怕误事。请中丞鉴谅。至于武明，自然也不委屈了他，铸钱司少一个司正，也是上上肥缺，补进去，岂不两全其美？"

田文镜静静坐着听他说完，淡淡道："再说罢，老兄道乏！"说着端茶一啜，按清制，自明珠为相，官场说话，献茶只是摆样子。不论主客，只要端茶，便算"情尽余茶"必须道别。车铭只好也端起杯，略一沾唇。戈什哈便在一旁高唱一声：

"端茶送客啰！"

"不送了。"田文镜步出签押房，立在滴水檐下，看着车铭打躬辞出，客气冷淡地一揖作别，回头又对吴凤阁道："吴先生，劳驾请马大人过来——你去知会琴治堂，所有人丁一齐出动，看邬先生现在何处，无论如何请他回来！"

第三十二回　飘零客重返金陵地　聊官箴闲吟卖子诗

邬思道已经不在河南，田文镜下逐客令，他回到南河洼子下处，连堂房未进，架着拐杖立在当院便叫过管家，立命："现在就去租驮轿，今晚就动身，先去湖广，再转南京！"

"是！"管家一时有点丈二和尚摸不着头脑，一边答应，又试探着道："请爷示下，带多少家人，预备行李的事也得先预备一下。"一边说一边偷看邬思道脸色，却甚是和平安详。邬思道知道他的意思，一笑说道："我这一去未必回来，家人们去留自便，不愿随行的决不勉强——连你在内——每人送三百两银子以尽主仆之情。你呢，送我到南京，自然另有赏赐。既然一古脑都去了，细软行李自然要带走，粗重家什都赏了你变钱——就这样，去吧！"

兰草儿金凤姑正在东厢房里和丫头们讲究刺绣，隔窗听得清清楚楚。待管家诺诺连声退出去，忙出来搀着邬思道进了堂房。一头走，一头紧问："出了什么事？"

"没什么事，田文镜开销了我——取酒来！"邬思道坐了安乐椅上，适意地将发辫向后一甩，笑道："此真一大快事！这帖膏药糊在身上真正令人难耐！"一头说，兰草儿已为他斟了一杯酒，邬思道"咽"地一饮而尽，长长吐了一口气，左右顾盼了一下凤姑和兰草儿，说道："久已有志和你们重返故园，疏食遨游，长伴梅花，这一次或可解度出来？"

凤姑和兰草儿不禁对望一眼，心下暗自诧异。他的这两个妻子，金凤姑是他的表姐，也还罢了；兰草儿却是他的"续姑姑"，论起来，就似乎有些乱伦。当年邬思道闹贡院之后，成了朝廷严辞捕拿的要犯遁逃在外。康熙四十六年邬思道蒙赦赴京，才知道原已许配自己的金凤姑已经被姑父金玉泽另嫁党逢恩。在一个雷雨之夜，金党翁婿密谋杀害邬思道，又被一直深爱着邬思道的兰草儿察觉，偷放邬思道投奔了当时的雍亲王。雍正夺嫡登极，朝廷皆知怡亲王允祥立了拥立首功，其实居中运筹帷幄，为雍正决策逐鹿之场的真正幕后人物，都是这个邬思道！雍正即位当夜便查抄金府，这"母女"二人带着金凤姑的儿子投奔邬思道求救。于邬思道而言，一则为爱人，一则为恩人，索性一并收留，不分嫡庶都做了自己的妻子。当下沉默许久，兰草儿终究难忍，咬牙碎骂道："姓田的真算小人得意！在太原见他当时那副狼狈样儿，如今想起都叫人恶心——爷可不是救了个中山狼么？"

"要我说，这样倒好。"金凤姑微笑道，"咱们爷早就腻味透了这龌龊官场。离得他远远的难道连口饭都挣不来吃？"

邬思道吃了两杯酒，脸上泛出红光，舒适地向后一躺，闭目摇头道："你们不要恨田文镜，我谢他还来不及呢！也不要安慰我，我高兴还来不及呢！这里头的事情，不但你们，田文镜也是不知道的，世上知道我的，只有皇上，怡亲王和李卫。我不能说破，'说破英雄惊煞人'！你们只要懂得，我是累极了的人，根本就不想在名利场中混！好歹嘛，我家有良田三百顷，产业十万，满逍遥的——这一回田文镜算是替皇上撒手放了我……真是如蒙大赦！"说着竟又自斟自饮数杯。他酒量不宏，已是醺然欲醉，抬头望了望两个爱妻，怡然一笑，竟自醺然入梦。兰草和凤姑虽不知就里，见丈夫如此坦然，都各自放心，安排家人紧收拾，待到天断黑行李打好，十乘驮轿也已齐备，乘着暮色苍茫自朱雀门悄没声离开了开封城。

一家四口离了河南境，便放慢了脚步，由武昌珞珈山礼佛，第二日便买舟沿江东下，待到南京，时日已近端阳。这个节令虽是入夏大节，其实并不热闹，浮瓜沉李，米粽雄黄，各家打打牙祭而已。南京为六朝金粉之地，清沿明制，这里也设了应天府，以便闽浙两地举子们就近应试。邬思道携了凤姑兰草儿重历旧地，在虎踞关、石头城、老城隍庙、莫愁湖等处转了一日，说起那年在桃叶渡与凤姑邂逅相逢，无端挨了凤姑一耳光的事，夫妻三人大发一笑。因又言及大闹贡院，两个女人又要到贡院去瞧瞧，邬思道却执意不肯，看着街道上的光景，脸色竟愈来愈是沉郁。凤姑料是他乏了，因笑道："是我们不好，勾起你的心事来。

既是乏累，我们且回去，明儿转转鸡鸣寺、玄武湖——再不然我们带你秦淮一游？放心，我们不翻醋坛子的！"邬思道怅然望着碧波荡漾的莫愁湖，坐了胜棋楼下阶石上，似乎心事愈发的重，良久才道："咱们又不是步行，一起动便是亮轿，我有什么乏的？"

"那为什么呢，好端端转了一遭，你就阴了脸！"兰草儿问道。邬思道目视湖面，说道："喏，你们瞧那只船！"

两个人顺他目光看去，却是一艘官舰，上头蒙着鹅黄棚子遮阳，舰上似乎站着一个干瘦老头，和几个师爷打扮的人指指点点说着什么，因离得远，面目不甚可辨，只那官舰前插着的明黄光标，写着斗大的字，在融融艳阳中看上去十分清晰：

钦点南闱学政钦差两江观风使鄂
文武百官军民人等免见回避

"那是鄂尔善的坐舰。"邬思道嘴边掠过一丝苦笑，"是他到南京来了。"凤姑看着自己莫测高深的丈夫，半晌才说道："那又怎么样？他敢把你怎么样？就是有什么，咱们躲不开？"

"他在皇上之前，宠信不在李卫之下，性格刻忌狠毒却在田文镜之上。"邬思道忧郁地一笑，说道，"皇上即位当夜，他奉旨连抄十三家京官家产，金家就是那夜垮掉的吧？"

两个女人像被冷风袭了一下，不禁打了个寒噤，脸色变得苍白，她们想到了那个可怕的雪夜……善捕营几百铁骑突如其来，把金玉泽生生从热被窝里拖出来，穿着单衫按跪在雪地，所有男女家人一律搜身囚禁在冰冷的库房里，连件棉衫都不给——金玉泽一夜连冻带吓，竟僵跪而死。原来就是这个老头子的手段！但面对着真正的始作俑者——自己现今的丈夫邬思道——二人心里纵有千百滋味，一句话也说不出。邬思道看了她们一眼，缓缓说道："这些日子，真有件心事萦在心里，只是想不起来。倒是这个鄂尔善给我提了醒儿——现今且回去，明儿我到总督府衙门，见见李卫。"说罢便起身，喟然叹息一声便不再吱声。

一天欢喜扫空，凤姑和兰草儿还不知道为什么。回到馆舍店中，两个人服侍邬思道洗浴了，面对荧荧孤灯，守在沉思不语的邬思道身边，都是满肚子惊疑，却又不知从何问起。

"你们想问什么，我都知道。"邬思道半躺在大迎枕上，足有一刻时辰方瞿然开目，瞳仁中流动着幽暗的光，说道："不要胡猜疑，我若不爱你们，岂有今日？怡亲王原要叫你们唱《马前泼水》来着！我知道的事太多了，讲给你们，白教你们担心。只告诉你们一句话，这世界虽大，我三尺难藏。雍正爷在位一日，我不能归隐——现在为后世计，恐怕还得多费一点心思。"

风姑看了兰草儿一眼，她读过不少书，见底深些，思索着说道："我们并没有胡疑猜，就我想，或者……是我们拖累了你？唉……"说着一阵伤心，竟自落泪。兰草儿心里也是一阵酸热，便也拭泪，说道："既是怕，只有躲的，干吗还要和李卫扯连？"

"李卫现在有难处，我得帮他一把。"邬思道坐直了身子，抱膝说道："我晓得李卫，虽少了点文采，聪明得自于天，又和宝亲王情谊过从得好。他是个人杰，滴水之恩涌泉相报，必定为我在四爷（弘历）跟前周旋好话。这样，才能保我邬思道一世平安。"说罢，瞑目躺下，又道："你们不要打搅我，让我好好想想……你们歇去吧。"

兰草儿和风姑从没见邬思道如此忧虑过，一种莫名的恐惧袭得她们心神不安，但也不敢再扰邬思道，当下点起息香，两个人轮流打扇，竟在邬思道身边偎坐了一夜。

李卫的两江总督衙门设在明故宫废址西北，与西边的贡院约有二里之遥，再向东，便是巡抚衙门，江宁织造司也设在这里。康熙皇帝六次南巡，四次住在江宁织造曹寅府，其实是行宫规格，壮丽巍峨观之令人肃然——途经此地时，邬思道专门敞开轿窗向外观看，只见织造司署衙虎头牌上已经换了苏姓——隋赫德抄曹家取而代之，苏阿林又抄隋赫德——满打满算不到两年，已是三易其主。想起曹家白太祖努尔哈赤充为满家帝室包衣奴才，赫赫扬扬百年大族，一旦失势，子孙零替，不知风流云散何处，如今草树宫阙依旧，人事已非，邬思道也不免慨叹嗟讶。正想着，软轿已经落下，知已到了总督行辕衙门，便架起拐杖，艰难地哈腰出轿，但见总督衙门轩敞高大的三间倒厦正门紧闭，朱漆铜钉门上两个栲栳大的衔环铺首，狞恶地注目着空阔的广场，两尊汉白玉大狮子旁，钉子似的站着数百名戈什哈，个个叩刀挺立目不斜视。夏日骄阳下，大照壁前三丈余高的大铁旗杆上挂着李卫的帅旗，上头七个御书大字：

钦命两江总督李

帅旗似乎不甘寂寞地不时卷动一下。仪门这边却敞开着，偶尔有人进出，验牌放行也是一丝不苟。沿仪门一溜墙根，摆着上百乘官轿，大约因天热，轿夫衙役们耐不得在这里等候主人出来，都躲在远处玄武湖畔大柳树下吃茶歇凉摆龙门阵——官衙这边却阒无人声，甚是肃杀威严。两个家人都是开封人，哪里见过这种排场？搀着邬思道，傻子进城般呆看，却不知如何通报。正没做理会处，石狮子那边一个戈什哈厉声喊道："干什么的？不许往前走！"

"我是河南来的，"邬思道看着渐渐走近的戈什哈，掏出名刺递上去，从容说道："要见你们李制军。"那戈什哈表情严肃，接过名刺，又见上头写着：

年眷兄邬思道谨见李公卫

戈什哈颠来倒去看了半日，笑道："世上还有姓鸟的，鸟还有耳朵！真少见！——咱们李大帅今个召见江苏县令以上主官议事，这会子和罗中丞在正厅议事。你改日再来吧。"邬思道不禁一笑："李卫不识字，养了一群睁眼瞎！那是个'鸟'字儿么？——他正会议，我就不搅他了，你进去告诉翠儿一声，我先见她。"

"翠儿？翠儿是谁？"

"翠儿就是李卫的婆娘！"

那戈什哈惊讶地后退一步，上下打量一眼邬思道，只见邬思道穿一件半旧不旧青灰色府绸袍，外套天青实地纱褂，白净面皮，五绺长髯剪修得十分整洁，一条半苍的发辫又粗又长垂在脑后，深邃的目光中闪着不容置疑的神气——这打扮，这风度似贵不贵，似贱却又不贱，再猜不出是个什么身份。邬思道笑道："你别犯嘀咕，只管进去禀你家主母。要不肯见，我自然就去了。"那戈什哈愣愣地点点头，满腹狐疑地去了。约摸一袋烟工夫，只见那戈什哈飞也似的跑出来，一出门扑翻身拜倒在地，叩头道："宪太太请邬先生进去。这里是官地，她不便出迎，已经叫人去请李大帅。邬先生，请了您呐！"

"不是'鸟先生'了吗？"邬思道呵呵大笑，掏出五两一块银子丢了去，又返身对自己两个从人道："你们回去，告诉两个奶奶，晚间我未必回去了。若是这里住得，自然有人去接。"说罢，便跟那戈什哈飘然而去。穿过仪门，绕了议事厅迤逦向西折北，便是李卫内眷所居院落，已见李卫的妻子翠儿穿着蜜合色长裙，外罩月白纱衫，督帅着一群丫头老婆子守在门口迎候。见邬思道进来，蹲身福了两福，将手一让，说道："已经着人唤他去了。先生，您请——梅香，取一盘子冰湃葡萄！"便毕恭毕敬跟着邬思道径进上房，那戈什哈是看得发呆了。

邬思道含笑颔首，径坐了客位，拈一颗葡萄含在嘴里，不为吃，只取那凉意，看着正厅满架的书，因见翠儿还要行礼，笑着道："罢了罢，今非昔比，你也不是雍王府丫头，是诰命夫人了。我呢，也不是雍正爷的师友，已是山野散人，讲那么多的礼数——李卫如今读书了？"说着起身抽出一本，却是隔了年的皇历，再抽一本，是《唐人传奇》，又取一本看时，是《玉匣记》。邬思道不禁失声大笑。"好！不是李卫，不买这些书！"

"装幌子罢了，他读什么书！"翠儿知他揶揄，也不禁笑了，一头对面坐了，说道："前儿，李绂还参了他一本，说他不读书。为防着有人使坏，连忙从书市上买了几箱子摆在这里，叫人看样儿。这些日子他忙得不落屋，回来只是念叨，'要是邬先生在这儿，该有多好！'听说田文镜容不得您，他也说您保准要来见他。依着我说，哪里黄土不埋人？这地块终归比河南那个穷地方儿好些！——两个嫂子如今在哪？怎么不带来？我们姐儿们也好走动说话儿解闷儿。"一边说，亲自从丫头送上的茶盘，给邬思道上茶。多年不见，翠儿已是绰约少妇，仿佛有说不完的话，性格儿也变了。邬思道在雍王府是赫赫有名的头号"先生"，连弘时弘历弘昼见了都以叔礼尊敬，几百口子人，只糊糊模模记得小时的模样，他怎么也把那个寡言罕语的小丫头和眼前这个简捷爽明的诰命夫人联不到一处。一头想，说道："这些子书摆在这里，还不如不摆，李绂告的正是他不读正经书——你看，那上头还有一本《春宫图》，叫人告上去，岂不更糟？我给他开个书单子，叫他照方抓药就是了。"说着便将自己从河南来的情形说了。

一时便见李卫带着十几个从人从议事厅那边过来，至院门口他脚步不停，只将手一摆，独自进来，翠儿便忙迎出来，站在檐下笑道："巴巴儿叫人去唤，你就耽搁到这时辰才回来——尹大人范大人他们先议着，你进来见见先生就去，就误了你的军国大事？"李卫一边笑，一边脱去袍褂，见邬思道含笑坐在椅中看自己，忙上前打千儿请安，又双膝跪下磕头，起身又是一个千儿，说道："先生别见怪，他们去叫，我就进来的，偏来了两个洋和尚，为教堂的事在东花厅缠了我半日，那两个通译官也都是活宝，翻过的话连他自己也不知道什么意思。我说，'我是奉圣谕办事儿，教堂可以不拆，但洋和尚不能在我的地面传教！你们不就说的这些么？就这个话，去吧！'他们又叽咕了一阵子，我才得脱身，待会儿尹继善和范时捷都要进来，咱们痛乐一阵子再说。"翠儿听说便忙去预备。

"往后见我执平礼，你磕头我又不能搀，又受不起这礼。雍王府的规矩不能这里用。"邬思道说道："我原想见见你，悄悄来，悄悄去，偏是你的戈什哈认我是'鸟思道'，翠儿叫你，你又攀叫尹继善，我还怎么安身得了？范时捷调到江南来了，在哪个衙门办差？"李卫端起茶啜了一口，弛然坐到邬思道对面，用手抚着剃得光溜溜的脑门，粗重地吐了一口气，说道："先生，河南的事我都听说了，也给田文镜回了信。您的心事我有什么不知道的？无非想回乡，耕读快活。可是不成啊，你我都是套着笼头的牲口，这车不拉到天尽头，主子不叫歇，就不能停步的啊！你方才说的，见面执平礼，那是官面儿上的，到下头就该是这个礼。何况——"他抬眼看了看邬思道，"您还是我的救命恩人呢！"

邬思道被他沉重的语气激得心里一颤，当年，李卫因为与翠儿"私相往来"犯了雍府家法，要逐往黑龙江，亏是邬思道说情，反而放出来做了官。但周用诚却因了解雍王府夺位内幕太多，在雍正登极时"暴病而亡"。因而李卫这话面上看去平和，只"救命恩人"四字后头就有不可尽述的一篇绝大文章。邬思道心里明镜也似，只笑了笑道："你不也救过皇上么？皇上也救过我们，这是算不清的账。""至于范时捷嘛，"李卫笑着换了话题，"刚刚到任，原说当巡抚来着，碍着他和年糕犯了口舌，就黜到通政使衙门给我管钱粮来了。恰又遇上鄂尔泰，呸！这个兔崽子！我亲自去贡院那边去拜，——大人不见客——就是皇上，有他的架子大么？我不理他，如今告我的人多了，倒看看他是什么花样儿！"

"这不是理不理的事，"邬思道莞尔一笑，说道："鄂尔泰有鄂尔泰的章程，敢顶你，自然就有他的道理。"

"你是说……"

"他压根儿不信你说的'江南无亏空'的话。"邬思道身子向后一仰，用碗盖拨着茶沫，慢吞吞说道，"他在福州查出福建藩库作弊！蒙蔽上聪的事，很受皇上青睐，要寻一个更大的对头立功。我看，他选中了你。"李卫无所谓地一笑，说道："那他找错了对头，我藩库银账两符，根本不怕查！"邬思道格格笑道："银账两符我也信但官员亏空未必你就收账。六朝金粉之地嘛，填还几百万银子有什么难？说句难听点的吧，你是从婊子嫖客身上榨油，用秦淮风月缠头银子填了你的藩库！要是鄂尔泰认起真来，一州一县盘账，请问你经得经不住查账呢？"

李卫听了一愣，凝视邬思道良久，突然嬉皮笑脸道："也真亏得你没有出山为相，石头城挤油，不从那些王八鸨儿身上弄，凭着官儿那几个俸禄，就填上亏空了？人说我是'鬼不缠'，'鬼不缠'今儿服了你这钟馗了——实言相告，今儿大会全省主官，就是商计这件事的，全省无亏空，我压根不信，但究竟有多少州县冒假，心中无数，估约嘛，苏北苏皖一带怕有二三十个县是糊弄我的。但我既然已经申奏朝廷，该替下头担待的，不能不担待，"正说着，翠儿进来，笑道："一见面就说正经事。有多少话不能慢慢说？尹大人和范大人都进来了，菜就摆在这屋吧？"接着就听一阵靴声橐橐，尹继善笑容满面，范时捷脸绷得铁青一前一后进了堂房。邬思道待要撑拐起身相迎，李卫一把按住了笑道：

"都是自己人，谁也不要拘礼。我来介绍一下：这位尹继善，尹大学士茂才公的二公子，如今与我搭伙计，一文一武；这位嘛，范时捷，也是才来的藩台——你瞧他那副模样，死了老子娘似的——哦，这位就是我常说起的邬思道先生，连方苞先生都佩服他的学问呢！刚刚从河南来，在我府里搭几天伙。"说着便请三人坐了，笑谓翠儿："添客了，加几个菜吧！"

"久仰邬先生大名了。"尹继善贵介子弟出身，气度雍容温文尔雅，大热天仍穿着酱色湖绸袍，外套青缎巴图鲁背心，衣冠鞋帽修洁齐整一丝不苟，和对面坐着衣帽不整的范时捷恰成对比。尹继善坐了，摇着一把湘妃竹扇，凝视着首席的邬思道，徐徐说道："听说先生已经离了田文镜幕府。其实也好，此地不留人，自有留人处。安徽巡抚，山东巡抚昨儿都有急递驿报，想请先生去帮忙。怎么样，南京这地方不坏吧，离无锡老家也近，就留南京如何呀？"李卫早已知道了雍正在开封御船上说的话，也接到田文镜的书信，请"邬先生归豫，当面谢罪"。他已将情况细细具了密折，奏请雍正恩准邬思道在自己府里做事，因密折没有批下来，不好多说。因笑道："邬先生是个旷达人，我想留还未必留得住呢，今天不说这事，且吃酒高乐儿——来，请！"邬思道随着举了门杯，笑道："我原想作个逍遥散人，看来未必由得自己哟！"他将杯中酒一饮而尽，自己也说不清什么滋味，心里却是清亮：想归乡赋闲，还得看雍正允不允，就眼下情势，怕是难。心里想着，问李卫道："听夫人说，有人参你不读书？"

李卫搔着头笑道："光是不读书也还罢了，头里李绂还说，我演堂会，叫戏子们来唱《马陵道》——皇上倒没问读书不读书，贴了名的折子朱批叫回话，为什么不尊旨意，擅自演戏；叫外人说出来，扫朕的脸面——娘希匹，这些个鸡毛蒜皮的事也来告状，吃饱了撑的！你大约还不知道，你的那个田大东翁也有个本章，要封住河南通各省驿道，不许河南粮食外运。所有外省粮食过境要抽税，这个本子是四爷抄给我的。我已经把粮道叫过来说了，他封我也封，井水不犯河水，比比看是谁日子不好过！"尹继善摇着扇子不紧不慢说道："制台，你错了，想那河南，苦穷干巴的个地方儿，有什么粮食外运？田文镜不懂经济之道，一见水旱就慌了手脚，生怕一斤麦面流运外省。其实，我江南省人吃的是米，极少用面，每年流到河南的米比过来的面多五倍也不止。他一封境，米商自然望而却步，其实是饿着他自己。你也封境，不但于我省毫无益处，在皇上跟前还落了个器量小的名声儿，值不值呢？"李卫愣了一下，笑道："亏了你说，真的蚀本买卖！一会儿散了你就传我的令，咱们不封境，也不收河南的税。倒是邬先生，你说说看，我看戏这件事，该怎么回奏？这事都怨继善，还有我那口子，听说北京禄庆堂班子来，就心里痒痒想看。虽说小事，皇上既问下来，总得有个回话不是？"

"当然要回，"邬思道靠在椅背上沉吟道，"不过既是看戏，总不会只点一出的吧？"李卫呷了一口酒，嚼着一片海蜇，回忆道："有《苏秦挂印》、《将相和》、《张禄相秦》……还有一出杂戏《六月雪》——是的吧，继善？窦娥发愿那一场，你泪如雨下……"尹继善叹道："还有一出叫《卖子恨》——其实戏都是正经好戏，皇上也未必真的怪罪。小心引咎谢过，断不至于有什么处分的。唉，皇上什么都好，皇上自己不爱看戏，也不叫下头……"他突然觉得失口，便不再往下说。邬思道却太知道雍正秉性了，他其实是追究李卫"违旨"、"扫了面子"，尹继善的回奏，并不是上策。想着，问道："卫公、尹公，也不能太小看这事，皇上是细心人，计较的是你们不务正业，游戏怠慢。处分，只要谢罪是绝不会有的，一笑置之而矣，怕的心里放着，再遇别的事，单指一个'谢罪'就当不起了。"

这句话正触了范时捷的心事，因抬头问道："邬先生，依着你，该怎么回奏？"邬思道目中波光流动，一笑说道，"你就实奏，是请尹公点的戏，"因见尹继善脸上不自在，接口又道："皇上已经几次下旨叫臣下读书、读史。李卫不识字皇上深知，因不识字又想知史，所以请尹公点些于读书知史有益的戏看看，也不负皇上教诲圣意，竟疏忽了还有不许看戏的旨意——既蒙皇上训诫，已经知错，往后不再看戏就是了——这么着回奏可成？"他话未说完，三人已是笑逐颜开，鼓掌称"妙"，范时捷点头笑道："邬先生这话真有回天之力！"

"至于还有杂戏，也要有所解释。"邬思道平静地说道，"《六月雪》唱的什么？吏治！政治黑暗，吏治不靖，民有覆盆之冤，至于《卖子恨》嘛，如果我没记错。李公就是皇上当年在人市上买的，《卖子恨》里还有一首诗，制台录进奏章里，管保皇上替你落泪！"说着，曼声吟道：

> 贫家有子贫亦娇，骨肉恩重哪能抛？
> 饥寒生死不相保，割肠卖儿为奴曹。
> 此时一别何时见，遍抚儿身舐儿面。
> 有命丰年来赎儿，无命九泉长抱怨，
> 嘱儿切莫苦思量，忧思成病谁汝将？
> 抱头顿足哭声绝，悲风飒飒天茫茫！

他吟得慢，众人听得细，一咏而三叹，令人肝肠寸断。范时捷和尹继善起先还静静地听，后来脸色愈来愈苍白，李卫哪里耐得？想起自己昔年凄苦，双手掩面，泪水从中指缝间淌下，却只压抑着不肯放声。两旁奴婢皆都是如此过来人，个个听得泪如泉涌。不知过了多久，邬思道方道："这个词儿，昔年在《卖子恨》传奇本子上见过，如今怕已失传了。皇上关心民瘼，什么叫'民瘼'？这就是！看这样的戏，是要做好官，皇上怎么见罪呢？"

李卫这才想起是商议"如何回奏"雍正问话，不禁拊掌赞叹："先生真有点石成金术！就这么回话！"他略一沉吟，对屋里侍候的大小丫头们道："你们也是我买来的，也都有老子娘兄弟姐妹。在我这做事，从今日后月例加番！满二十五岁的，不要赎身银子放你们回去！"

丫头们顿时笑逐颜开，有两个伶俐的，早拧了热毛巾捧给邬思道等四人，尹继善一边揩面，叹道："此亦是一大善举！我听戏只听个韵律节奏，竟没留心俚词里头有这样的佳句！我家奴才也照此办理！"邬思道没说什么，只抿嘴一笑，他们哪里知道《卖子恨》中压根儿没有这段词儿！

第三十三回 　游戏公务占阄分账
　　　　　　忠诚皇旨粗说养廉

　　众人兀自面带戚容咀嚼那首诗，家人们已经用条盘把菜送了上来。尹继善和李卫共事不久，还是头一回和他坐地吃饭，看了看"席"面，只有六个菜：烧豆筋，青椒炒黄花，凉拌粉丝，红椒炒豆芽，只有一条清蒸鱼和一盘炒鸡蛋算是荤菜。李卫是出了名的豪爽总督，官场上料理事务杀伐决断简明爽快，想不到自奉如此节俭！李卫见众人发愣，便用筷子点着菜，笑道："好端端的，这是怎么了？邬先生把我们吃酒兴头都给搅了，要罚酒！继善，这都是我家家常菜，请用——范大舅子，操你妈的，皱着个苦脸，是怎么了？"

　　这一声骂，不但邬思道尹继善，连坐在纱屏后做针线的翠儿也吃一吓——范时捷出了名的倔脾气，做过两任封疆大吏的人，怎么张口就骂？——隔屏风缝儿觑时，那范时捷不但不恼，已是笑得两眼眯起，端起门盅一饮而尽，呵着酒气咧嘴笑道："这几年不见怡王爷，几乎闷煞，总算有人骂老范一声儿——制太太原来是妹子？来，干一杯，我和制太太联了宗儿了！"本来沉闷压抑的气氛，被他们几句调侃冲得干干净净，连站在外头侍候的长随也捂着嘴偷笑。邬思道笑道："这个宗联得有味。巧得很，我那口子就姓范。"李卫笑着为众人执酒把盏，说道："你们不晓得我们人舅子，三天不挨骂，饭都吃不下！当着万岁爷的面在畅春园还当驴叫呢！那么难听，亏着他还用嘴打了两个响屁！"因将允祥拧着范时捷耳朵学驴叫的往事说了，几个人无不捧腹大笑。尹继善笑道："驴鸣是本色无音，竹林七贤也常来一嗓子，原是风雅事嘛！君可谓'绝无汉官威仪，稍有晋人风度'了！"邬思道道："说的是！"李卫笑饮一口说道："我不省得什么黄子晋人。这个鄂尔善我看一脑门子寻事念头，你是藩台，我就指着你这驴性子和他打交道了！"

范时捷一哂说道：“别说鄂尔善，年羹尧也稀松！江南这么富的省，火耗只要三钱，李卫是大清官！看看这待客菜，我心里就感动：比一个县丞吃的还差！方才制台去见洋人，尹公我们已经统计上来，真实有亏空的县只有二十三个。有事叫这位天使只管找老范，‘破罐子’左右左右，摔呗！”说着从靴页子里抽出一张纸递给李卫：“这是清单，都是苏东苏北水淹过的，制台过过目。”

李卫接过略一看，随手递给一个家人，思量一阵子问道：“你们瞧着我的主意办的么？”“是，”尹继善欠身说道：“我向大家宣明鄂大人来省复查亏空，鄂大人办事认真是都知道的。这次来，还特地从户部借调了三十名算账高手。虽说我省无亏空，到底有些放心不下。请大家写条子说实话，有就是有，没有就没有——只要是实话，我们督抚衙门就替他在鄂大人跟前担待。”

“好。”李卫点点头，转身对那个家人道：“你到签押房，请赵师爷开个单子，一式两份一模一样，写一半县名，这二十三个县一个也不要写上，听明白了？”几个人不知他捣什么鬼，满腹狐疑地看着李卫，李卫嬉皮笑脸道：“你们别问，天机不可泄！老范，你够倒霉的了，请你打擂台，并不要你摔罐子。查亏空，自然是你藩台接待。要礼貌周到，这个这个……不皮不糠（不卑不亢），别叫他挑出别的刺儿就成！”说罢，从容起身，嬉笑道：“来呀来呀，别嫌寒碜，我就是个叫化子出身，想大方也大方不起！——我还叫他们做了两只‘叫化子鸡’，怕是你们都没尝过——烧好了么？”

“叫化子鸡？”几个人谁也没吃过，众人都停了箸，便见一个厨子用木盘端着两团黑不溜秋的物事捧着过来。范时捷眼有点近视，凑近了看看，用手一摸，烫得一缩，“这哪里是鸡，是两团烧黄泥！”

“黄泥里头是鸡！”李卫过来，取出盘里的木槌，轻轻敲了一下，裹在外边的黄泥已是烧焦了的，连毛簌簌脱剥下来，露出两只白亮亮的鸡，顿时满屋香气扑鼻，邬思道不禁喝彩：“好香！”李卫用筷子把鸡挑到大盘子上，笑道：“尹兄是大户人家。杀猪杀屁股，各有各的杀法——这是我当叫化子时学的把式——偷来的鸡又没有窝灶，用黄泥一团，烧熟了掰开火，鸡毛都没了——比什么都好吃呢！”他咽了一口口水，又道："如今当了官，还是忘不了它。不过吃得讲究了。把肚肠从屁眼里勾出来，塞进去葱姜蒜盐这些作料——你们闻闻这味儿！"

于是，几个人一齐用筷子挑那鸡肉，都酥了，放在嘴里品尝，软滑鲜美余味无穷。范时捷先就大赞："妙极！再浇点酱油岂不更佳？"尹继善品着滋味，说道："如此佳肴，不可无评赞。嗯——"他想着，慢慢说道：

生也其呜喈喈，死也岂无葬埋？

邬思道接口道：

以我之腹，作尔棺材……

"好！"范时捷大叫，"你们别忙，我还有好的！"于是高声笑道：

呜呼哀哉——拿酱油来！

众人哗然大笑，无不前仰后合。李卫笑得咽着气道："我不懂诗，听着这也觉得有趣，范大舅子有你的——"还要说时，一个家人捧着一个名刺进来禀道："制台老爷，鄂尔善大人来拜！"

"不见！"李卫顿时扫兴，拉长了脸道，"去，说我忙得很！"那家人答应一声回身便走，邬思道却叫住了："慢！"又转脸对李卫道："别那么小家子气嘛！他给你一棒，你还他一枪，不但有失大臣体统，把是非都琐碎了。"

邬思道侃侃而言，既像劝说又似训诫。尹继善觉得他虽说得简明扼要有理有据，正担心李卫受不了，李卫却做了个鬼脸，挤挤眼儿笑道："姓鄂的真能扫兴！既这么着，继善时捷我们索性一齐见见他。看他是什么章程，相机行事罢了——只委屈了邬先生，叫你枯坐了。"邬思道似乎也意识到自己口气太重，因笑道："你们是公务，我有什么打紧的？翠儿已经着人去搬我的家眷，说话的时候有着呢！"

"好,开中门放炮迎接!"李卫爽快地吩咐道,"叫议事厅的那起子官员齐到辕门外迎接!"说着便换穿袍褂,将一顶起花珊瑚大帽子颤巍巍插了双眼孔雀翎子,把锦鸡补服套上,又亲自抖开一件黄马褂穿在外边,已是浑身上下一团簇新。刹那间,李卫好像换了一个人,那种懒散,漫不经心随随便便的神气一扫而尽,哈腰请尹、范二人先出去,又向邬思道一揖便昂然出了堂房。尹继善和范时捷候在滴水檐下,见他出来,亦步亦趋地跟着出了私邸,绕过议事厅,便见辕门左右一百多名文武官员鹄立左右,正眼也不敢看李卫一眼。范时捷看看辕门外,鄂尔善那边也是全挂子钦差卤簿,一乘绿呢大官轿前几十名校尉按剑侍立,簇拥着表情庄重严肃的鄂尔善等着李卫出来迎接。尹继善凑近了李卫,说道:"制军,接钦差穿这个黄马褂似乎有点不恭⋯⋯"

李卫没有答话,掏出怀中金表看看,刚过未时。此时偏西的太阳像一团炽烈燃烧的火球,照得大地房屋一片蜡白,融融烤人欲化的热气扑面而来,蒸得人透不过气来,比起方才摆着几盆冰的堂房,真有人隔两世之感。李卫略一住步,便又继续往前走,便听"咚咚咚"三声炮响,惊起绿荫中躲凉的一群鸟儿扑棱棱飞起远去。官员们见总督这身打扮出来,"啪"地一打马蹄袖都跪了下去,除了微微的喘气声,真个鸦没雀静。李卫拽了一把褂襟,泰然自若地摇着方步迎出了大门,因见鄂尔善也穿着黄马褂,离着五六步便站住了,将手一揖,含笑道:"鄂公辛苦!请进衙说话。"

鄂尔善清癯的面孔上毫无表情。一双刷子似的倒扫帚眉下长着一双鹰一样的眼,满脸刀刻似的皱纹一动不动,盯视李卫良久,才抚了一下花白胡子,仿佛按捺着胸中的怒气,脸颊微微抽动一下,舒了一口气,从齿缝里蹦出一句话来:"我有旨意,奉圣命而来!"

因为静,这句话话音虽不高,听来十分清晰硬挺,隐隐带着金石之音。随在李卫左侧的尹继善竟打了一个寒战,所有文武官员都竖起耳朵,听李卫如何回答。

"我晓得。"李卫静静地说道,"我也有旨意,也奉有圣命。所以平礼相待,请鄂大人不必介意。"说着哈腰伸手一让,说道:"请——奏乐!"

　　鼓乐一起，紧张的气氛立时缓和下来。李卫鄂尔善并肩而行走在前头，尹继善紧随在侧，后头是范时捷，按察使，应天府尹小大官员，一个个汗透重衣随着两个满不对心思的钦差大员返回了议事厅。

　　"皇上钦点我学差来主持南京贡试。廷寄想必李大人已经看过了。"两人分宾主坐了，献茶一过，鄂尔善欠身说道，"前次大人过访，恰正身上不爽，很慢待了大人，我这里先谢过了。"说罢起身一揖。李卫嬉笑着看了看满庭肃立的官员，说道："南京这地方天太热，鄂大人乍从北方来，水土不服，这是常有的。咱们都是替雍正爷办事的狗，怎么'汪汪'也还是一窝子，这一条大人尽自放心。廷寄呢，老兄是随身带，我去拜望，原也不为攀附，一来要请圣安，二来也想知道皇上旨意，正遇大人'不爽'，回衙门我的廷寄也到了。今个儿鄂大人过访，你是皇上耳提面命的，我想多听听你的章程。"这番话不冷不热，调侃中夹着讥讽，鄂尔善听说"都是狗"，觉得颇不受用，但细思自己常日奏议，也有"犬马之劳"的话头，也真无从驳起，阴着脸思量半晌，轻咳一声道："李公既已知道旨意，就不用着兄弟饶舌了。我来复查亏空，并没有私意，因有几个省虚报亏空完结，皇上心里很不是滋味，点我学政，就便清查，这不是兄弟自己存心要寻李公不是。这一条务请李公谅解。鼎力助我办好这个差使——还有一句知心话：若是有冒滥亏空完结的，不妨现在就说，这也算不得大过失。你知道我这人，素来不肯苟且的，查出来，那就难免有玉石俱焚之虞。"说罢扬起脸直盯盯看着李卫。

　　李卫似乎怔了一下，说道："据我下头报的，我省确实已经没有亏空。倒没有想到'冒滥'这档子事。这下头一群狗，都是我使出来的，从前并没有敢欺蒙我的。不过鄂公既说出来，我也不能拂了你这片心。"说着起身来，拿一把大芭蕉扇扑扇着兜了一圈，提高了嗓门问道："谁冒滥邀功？有作伪的么？"

　　众官员面面相觑，没有一个人答话。

　　"我说的嘛——我不敢欺君，这些狗日的也不敢欺我！"李卫嘻嘻一笑，回到主席坐了，"鄂公，咱们江南富甲天下。我李卫又是出名的鬼难缠。他们——"他用扇子指了一下众人，"他们不敢日哄我！"他如此大大咧咧漫不经心，和正襟危坐，冷峻得石头人似的鄂尔善恰成鲜明比较，跟着鄂尔善的戈什哈每日看的都是一张死气沉沉的道学脸，几曾见过这样的封疆大吏？都咬牙低头，想笑，又不敢。江南这些官早被李卫骂皮了，只腆着脸微笑。

"李大人不欺君，这一条我信得及。"鄂尔善很看不惯李卫这副痞子相，却也拿他没法子，因冷冷笑道："至于下头这些老兄欺不欺李大人，要等查过再说。"

"查就查，怎么个查法？"

"我从户部带了不少盘查好手。"鄂尔善深邃的目光在众人身上移动着，"从南京首府，由近及远，一州一县逐个儿查。"

李卫抖着扇子，笑道："看来鄂公是要撇开我李卫，单独查账了。我得提醒大人一声，你方才说要我'鼎力相助'，这个话不是旨意里头的，旨意里的原话说，'会同李卫复查，不得稍存苟且之心'，所以我也是钦差呢！"说着便看鄂尔善，徐徐又道："这里头有个名分道理，但我不争。你想想看，离秋闱只有几个月光景，你的主差是学政，这么逐县去查，凭你带的那几十多账花子，弄到猴年马月？"鄂尔善没想到这个大字不识的总督心里如此精明，从"会同"二字上做文章，把"钦差"身份拉平，想想李卫的话仍是无从辩驳，无声咽了一口唾沫，说道："依着李大人，该怎么办？"

"都是钦差，见一面分一半，一百二十四州县，你六十二，我六十二。范时捷藩司衙门里头，盘账老手比你带来的也不差。"李卫嬉皮笑脸，招手叫过范时捷："老范，你这就去签押房，把通省县名一分为二，秩序打乱，搓两个纸捻来！"

范时捷愣了一下，这才明白李卫弄的那两张名单用意，忍着笑躬身答应一声退下。鄂尔善不禁皱眉，问道："你这是……"李卫一手扇子拍着大腿，另一手向空中一抓笑道："要饭吃把式，虽说不雅，却公道——咱们抓阄儿！谁抓到哪个县，谁查哪个县！"

"这有点近乎儿戏吧！"鄂尔善板了面孔，身子向后一仰说道。李卫却身子一探，说道："儿戏？不欺心，不负君恩，儿戏何妨呢？照你的办法固然不儿戏，差使却办不下来，我这个钦差又撂一边不用，那才儿戏呢！"

　　眼见两个人都红了脸，巡抚尹继善有些坐不住，思量了一下，说道："这也是决疑良策。鄂公如觉不恰，有更好的办法，也成。总之朝廷差使，各自认真去办，更不必为此犯生分。"鄂尔善见李卫一手扣了茶碗，知道只要一言不合，立刻就端茶逐客，想想也确无更好的办法，只好粗重地喘了一口气，沉吟不语，心里只一个劲咬牙：等我查出来，哪怕只有一个县，再跟你这小叫花子算账！正胡思乱想，范时捷用盘子托着两个纸捻儿进来，呈到鄂尔善和李卫面前，鄂尔善和李卫几乎同时，一人取了一个纸捻儿，一手端起茶碗，恶狠狠互望一眼，手指夹着纸捻端茶一饮。李卫的戈什哈便唱歌似的高叫一声："端茶送客！"

　　"任你奸似鬼，吃了我的洗脚水！"李卫散了众人回到上书房，一进门，将大帽子一掼，脱掉袍褂，一屁股坐了邬思道对面，扇着扇子笑道："不过鄂尔善这帖膏药糊在身上也真够人受的！"邬思道挽袖秉笔，正在给李卫开购书单，一点也没觉察李卫回来，听见说话方抬起头来，一笑道："公事了了？"李卫因将方才接待鄂尔善的情形备细说了，又道："皇上跟我说起过姓鄂的，什么都好。唯独以为除了读书人都是混蛋这一条，叫人腻味——他拈走的阄儿一个亏空县也没有，我就想累一累他，尝尝竹篮打水一场空的滋味。"

　　邬思道莞尔一笑，说道："话是这么说，你不读书，不论公廨私邸满口粗话，毕竟是一憾事。高祖尝恨隋何无武降灌无文，你要多读点书，在上书房为一代名相，岂不更好？"李卫啜着茶微笑道："读书人心机太深，机深祸也深。其实我也读的，样子上不能带了爱读书的模样，我在人前装傻充愣，其实都循着理来，一拽出文来，叫花子就不值钱了。"邬思道原意试探一下，李卫装憨，他一眼就瞧出来了，想不到历宦十几年，城府深到这地步！想着，喟然一叹道："江山依旧人事非啊！叫花子也会揣摩帝王心思了，田文镜是聚敛之臣，你呢？"他用审视的目光望了李卫一眼，又垂下了眼睑。

　　"先生，你错看了李卫。"

　　"唔、唔？"

　　"甚或，你也错看了皇上！"

　　"这个——至于吗？"

李卫没言声，起身徐徐踱了几步，目光晶莹地凝视着窗外，许久时间，只听见外间大树上知了一声接一声地长鸣不息。不知过了多长时辰，李卫才把目光又移到邬思道身上。他的声音变得有些喑哑："田文镜是揣摩，一味讨皇上欢喜。我不揣摩。我今日这一举，鄂尔善当然要密折奏上，告我的状。就是尹继善、范时捷，也会据实陈奏——其实他们不晓得，江南亏空清理有冒滥邀功的情形，我早就具本直奏了，而且有皇上朱批——你愿意看看么？"他看了看惊愕不已的邬思道一眼，径至书橱顶，从黄匣子里取出一封素白折子，双手递给邬思道。邬思道看时，奏折里都是白话：

> 回主子话，没做官时想着官好做，如今真知道，做好官难于上青天！江南是天下最富的省，报奏户部是完了亏空。奴才真实看看，恐怕有二三十个县是糊弄奴才的。但奴才并不敢糊弄主子，还想成全主子气（器）重奴才的体面，因就叫他们报了户部。奴才这儿尚且这模样，其余的省真是天晓得！奴才想着，就是硬迫着都还完亏空，将来下头打抽风、撞木钟的事恐怕难免。怎见得呢？俸禄太低，事情太多，应酬太烦，处处要花钱，奴才是二品大员，一年一百六十两的银子，翠儿和奴才那个傻小子每日豆芽白菜，还不敢跟外人说，还要装体面。上回翠儿进京朝拜主子娘娘，娘娘赏了二十两金子叫她打首饰，她娘母子才打了两顿牙祭。看着毛头小子狼吞虎咽，奴才心里不好过。总之，要想个长远法子，官员不穷，就没有由头借银库，刮地皮了。拆了西墙补东墙，或者穷得饿着肚子办差，总不是办法——这是奴才的一点傻想头，不知主子以为然否？

邬思道接着看时，却是雍正的朱批，一笔端楷写得一丝不苟：

> 十六日奏悉，不胜感慨，此真知心之言，非深知朕者，断不敢如此说话。据湖广巡抚密折，邬先生已乘船东下，回无锡必经南京，尔可寻访着他，将此折给他看，听邬先生有何意见，详

明奏朕。朕曾思及为官员加俸，但兹事体大，涉祖宗成法，且官员在缺加俸，无缺候补官员无处支银，再者满族旗人月例银，自应"水涨船高"，一旦紊乱朝局，则画虎类犬矣。且告邬先生，允祥甚思念他，朕亦有垂询问他处。不必回籍，即由尔处妥送进京，安置怡亲王府可也。

邬思道读着，蓦地冒出一头细汗，脸色也变得有些苍白：没有想到自己"中隐于市"，做一个巡抚的清客幕僚，仍时时处处在雍正的严密监护之下！想着，讷讷说道："皇上有什么事要垂询我呢？"

"那我可不晓得，我也不够资格问这个。"李卫收起折子，回身坐下笑道："皇上还有朱批，五月十五前你务必赶回北京。所以你不能在南京久留。两位夫人就暂住我衙门，有翠儿照应，你只管放心去。"邬思道沉吟道："你把那份朱批也让我过过目，成么？"李卫怔了一下，笑道："这我可做不了主。不过告诉先生一句话，那封折子说的是我设筵擒拿甘凤池一干人犯的事，还有一些朝局细务，皇上朱批只附带说叫你进京，也没说叫你看。官身不自由，先生得体恤着狗儿些。但我担保先生平安无事，这一条你尽自放心。"

邬思道这才略觉安心，吁了一口气，笑道："不但官身不自由，你瞧瞧皇上这批语，我这民身自由么？这个密折制度，说起来还是我的建议，如今倒缚住了我。昔日商鞅变法，普天下实行连坐保甲，待他自己落难逃命，竟被当贼拿了，将古比今，也算我作法自毙。"李卫道："我倒觉得这法子不赖。有些个封疆大吏挟嫌报复，下头微末官员一言不合，就把人往死里整。山东巡抚去年革了即墨县令的职，没有半个月，明发诏谕下来，说即墨县令是清官，着即晋升济宁知府，倒把巡抚骂了个狗血淋头，连他私地说的体己话都颁布公众——整顿吏治，这确是良策——不说别的事了，咱们'公事公办'，皇上征询你的意见，就这个事儿，你看该怎么办？"邬思道俯首思量了一下，说道："你先说说你是怎么想的？"

"我不学田文镜。"李卫吮吮嘴唇，说道，"他是硬压硬挤，下头官儿们怕他，所以不敢胡来。田文镜总要死，那个巡抚也不是他的世职，他或死或走，下头照样贪污，照样刮地皮。就江南这地块看，办法多的是。官缺不是有肥有瘦么？肥的我不管，瘦的我补，总要他过得，要再贪污，我就重办，这是我的宗旨。钱从哪里来？一个盐课征税，我从盐狗子身上剥削。维扬、苏杭天堂之地，都属我管。我放开了叫他们办酒肆茶楼，行院妓馆，招引有钱主儿来游。一则这些地方能聚财，二则这些地方常是大盗积贼销赃的地方儿，我高高地征税，稳稳地当个大地头蛇，从嫖客身上弄花柳钱养活没有钱的官和补贴瘦缺的官。还有海关厘金，我也能动用一点。只要我自己不搂钱，皇上不会怪罪我的。"因将自己上任，调剂江南浙江等地肥瘦缺分的资金来源、用项，官员们的反应一一备细，足说了多半个时辰，末了又道："反正我也不去嫖窑子，翠儿也不吃这坛子醋，从这起子阔老身上刮银子，天公地道！"说罢便笑。

邬思道静静听着，一句话也没插，待李卫说完，跟着笑了笑，正容说道："你这些都是'办法'不能叫'制度'。制度，要能放之四海而皆准。你的这些路子，别的省能学么？"李卫搔头道：

"不行。"

"田文镜在河南实行官绅一体纳粮，你为什么不试一试？"

"他那个办——制度我在四川当县令就办过。还是学我的——如今他在一省推行，声望自然就大些儿。如今皇上叫我出招儿，我去学他，那李卫还叫李卫？"

邬思道嘉许地看了看这位心高性傲的青年总督，架起拐杖在屋里笃笃踱着，皱眉沉思，足有一刻，倏然回身道："我给你出两条，你寻思一下，不过有句话先放这里，你不答应，我一条也不说！"李卫连想都没想，说道："我答应！""好，君子一言！"邬思道眼中熠熠发光，"一条叫'摊丁入亩'，你不能告诉皇上是我的建议；一条叫'火耗入公'，你就说是咱们商计的。"

"成，你说！"

"摊丁入亩是均赋法。"邬思道微笑道，"圣祖爷永不加赋的祖训实行多年了，有的人多没有地，有的地主人少地多——把人头税一概取消，摊进土地中去。这样，穷人就少纳税或不纳税，出得起税的就得多纳。国家岁人就有了稳固的数目儿——比如你过去讨饭，也缴人头税，这公道么？——要命一条，要钱没有，税丁也拿你没办法！"

李卫听得目中灼然生光，说道："我理会得，我当得替叫花子上这折子——火耗归公怎么个弄法？"

"火耗归公为养廉法，是吏治。"邬思道仰首望着天棚，侃侃说道，"所谓'三年清知府，十万雪花银'，银子哪里来？就是从火耗中扣出来的！现在这个法子，所有州县府道，一律不得私留火耗，全部缴上来由知府巡抚掌握。把省里缺分分等级，冲繁疲难的府县，你多分给他些儿，简明易治的缺分，你就少给他一点，就是候补待缺的官员，也可少得一点分润——对了，就叫'养廉银'——拿了养廉银仍旧不廉，这样的官你宰几个，罢几个，何愁吏治不靖？我算计着，这两条办法实行，再加上官绅一体纳赋，仅你江南浙江两省，每年可多为国库增入三百万银上下，而且不损国体，不伤贫民，整治的只是贪官墨吏、豪绅强梁！李卫，你觉得如何呀？"李卫高兴得一拍桌子，笑道："妙极！这么着，我也不至于穷得连客也请不起了——就是这么办，回头找几个师爷，按这宗旨细细斟酌出来，奏明皇上！"还要往下说时，一抬头见一个家人进来，李卫便问："你打听出来没有？"

"打听出来了。"那家人用袖子揩一把汗，说道，"这次赛会，贡院出的孔子，扛牌位游行，南京学宫衙门，还有人试孝廉，城里的秀才童生扮孔子，三千弟子随牌位转街。"李卫歪着头想想，说道："你告诉一声尹中丞，督抚衙门南京军政有司出玉皇大帝——看谁给谁让道儿！"

邬思道不禁诧异地问道："你这弄的哪一出？"李卫笑道："年羹尧凯旋入京，天下大庆，这里要赛神。你观光以后再上京吧！"邬思道喷地一笑，说道："你想用玉皇大帝压孔子？要闹大笑话了！国家独尊儒术，孔子为万世师表，以帝王之尊，先帝爷见孔子牌也得行三跪九叩大礼。别说玉皇大帝，你就把如来佛、孙行者一起搬出来，也得给孔子让道儿——鄂尔善文心周密，而且堂堂正正，占稳了上风！"

"娘希屁，难道就没有大过孔子的？"

"没有。"邬思道微微摇头。

李卫搔搔头，挖空心思地想着，邬思道见他攒眉拧目苦思，笑道：

"你不用想，大过孔子的是没有的——这是百戏玩耍，又不是政务，争这个风头有什么意思？算了吧！"李卫道："你都瞧见了的，是鄂尔善要和我打擂台，我不给他点颜色心里难受，"说着眼一亮，用手指着家人，说道："有了——你告诉签押房，做一面一丈二尺的幡，上头只写四个字——孔子他爹——看是谁给谁让路？！"

邬思道不禁鼓掌大笑，说道："不愧'鬼难缠'名号！孔子令尊叫'叔梁纥'，就写这三个字，孔子在哪里遇到也只好三揖避道而行！"

第三十四回　黄泛难行舟困沼泽
　　　　　金蝉脱壳潜返京师

　　雍正在开封城外河工上接见了田文镜，当夜便解缆东下。他原想乘舟沿河而下，一路实地看看各地河防，至清江口黄河运河交汇处再由运河北上回京。但御舟过了兰考便再也不能走了，有的地方水流湍急，把龙舟都冲得的溜儿转，下锚也定不住；有的地方半个时辰三搁浅，所有扈从宿卫的军士都用了来拉纤，一天也走不了十里地。张廷玉叫了附近河泊所的人来问，才晓得从这里到皖西三百里，自康熙五十六年黄水决溃，早已没了主航道！他这一惊非同小可，立即命人搭了桥板上了雍正座舰求见。

　　"衡臣，今儿的邸报和奏事节略来了？"雍正盘膝坐在内舱朱漆大木炕上，一手握着朱笔在一份奏折上密密加批，头也不抬地说道，"不要行礼了，坐，坐么！"

　　张廷玉默然一躬，斜签着身子坐了舱窗下的木杌子上，直到雍正住笔，才道："皇上，臣以为不宜再看河工了，想请皇上弃舟登岸，由陆路回京。"雍正独自握管沉思，听见这话，抬头审视了一眼张廷玉，说道"你脸色很不好，身子哪里不舒服么？怎么忽拉巴儿想起走陆路呢？"张廷玉勉强一笑，说道："臣没什么，多少有点晕船。皇上脸色也不好，还该节劳才是。是这样，方才我召见了这里河泊所的人问了问，前头几百里水路极难走的，沿岸也极少人家，给养也供不上。算算日子，照这个走法儿，一个月也回不到北京，日子拖得太久了……"

　　"这里是陈、蔡之地。"雍正一笑说道，"昔日孔夫子曾在这里吃过苦头，我们君臣就学学他老人家有什么不好？至于年羹尧，可以发文叫他驻节京郊，朕回京后，再郊迎他入城，拖几天有什么干系？实地看看有好处，他们述职再说屁话，朕就心里有底了。"张廷玉一欠身说道：

"主子说的原极是。但请主子思量，再往前走，后头邸报奏折也递不上来了，北京是什么情形，各地是什么情形，我们一君一相撂在这里全然不知，有一丝一毫之误，都是奴才的责任。再者，前头折子说，怡亲王病着，也叫人担心。视察河工固然要紧，钦差一名户部尚书足可以了。皇上要实在惦记这段河防，又不放心别人，等咱们回京，臣亲自来看看，成么？"

雍正不等他说完，已经立起身来，对侍立在旁的张五哥和德楞泰笑道："太气闷了，到舱外瞧瞧去！"说着一掀帘子出来。雍正穿着一件石青缎单褂，内套蓝缎单袍站在船头。广袤无际的河面上孟夏的熏风吹得袍角和马尾纽带飘起老高。放眼东望，惨白的夏阳下，漫漫无际的黄水白沙刺人眼目，绵绵延伸直接天穹，已经漶漫不清的旧堤左右，到处是塘洼潦水管草芦荻，沼泽上稀疏的白茅足有人高，在风中沙沙作响，和主河涌动着的黄水的微啸和成一片，给人一种凄凉和茫然的感觉。雍正一边眺望，一边思索着张廷玉的话。张廷玉不是自己门人出身，由部院小吏被康熙简拔到宰相地位，当然不能像邬思道、李卫那样直出直入有什么说什么。话虽模棱，但含意却十分明白：再向前走，在这烟水浩渺的绝地，皇帝将与"朝局"隔离。堂皇的正面言语，怕误了军国大事，但也可以解释为，任何不堪设想的局面发生，都无法控制！雍正眼角的肌肉颤了一下，随即笑道："你们没有办过河工，这点子水算什么！三百里水草路，又有这么多军舰护送，怕怎的？只管走就是——出了这段河泛区，叫洛阳水师提督把有功兵士名单报朕！"说完便踅身回来。

"万岁……"张廷玉煞白着脸跟进来，还要谏劝时，雍正一摆手道，"衡臣，不必说了，朕听你的。这里留下李德全、邢年他们，仍旧'侍候'这条御舟。你、五哥和德楞泰今夜上岸，走陆路回京！"张廷玉目光霍地一跳，眼中闪出掩饰不住的喜悦的光，躬身道："万岁圣明！臣这就发文田文镜，调开封绿营卫护……"

雍正略一沉思，笑道："不必了，哪有那么险呢？张五哥和德楞泰都是百人敌，太平世界，一路又是繁华市镇，还护送不了你我二人？"张廷玉略一沉思，低头称是。他其实想得更深一层，雍正的政敌不在民间而在庙堂之上，萧墙之间，不经官动府悄悄返回北京，确是更为稳妥。饶是如此，还是把张五哥德楞泰和留守御舟的李德全叫到自己舱里，密密谆谆周详安排了才放下心来。

当夜二更过后，扮了商客的雍正皇帝带着张廷玉和德、张二侍卫，只一个小太监高无庸随行，无声无息下了舢板。弃舟登岸，却不顺来路，取道菏泽、鄄城、范县、馆陶、临清、德州、阜城、交河、河间……直到保定。因保定知府是张廷玉门生，张廷玉亲自去，要了三十名亲兵，遥遥尾随护送"张中堂"直返京畿。到了丰台，一路平安无事，张廷玉提得老高的心才放下，跳下驮轿，顿了顿发木的脚，招手叫过高无庸道："你去后头，把这封信交给保定府跟的人，他们的差使办得利索，不用再跟了，今晚就回保定，他们府台刘富通有三千两赏银，这信就是凭证。"说着把一个封好了的通封书简送过去。此刻雍正也从前头驮轿上由张五哥搀扶着下来，因见张廷玉交代事情，便踱过来，问道："离西华门还有小三十里呢，趁天黑赶进去，还来得及嘛，怎么在这儿就停下来了？"

"主子，您看，日头已经下山了，咱们也得打打尖了。"张廷玉吁了一口气，用手指点道，"这个地方，向西是畅春园，东北那矗得高高的箭楼就是西便门，正北是白云观。我负着主子完全责任，宿在哪里要由我决策。"张五哥和德楞泰不禁对望一眼，他们虽然跟了雍正将近两年，其实还没有和张廷玉交道打得多，虽然张廷玉平素寡言罕语，令人难以亲近，但无论对大行了的康熙还是跟前的雍正，都是庄敬持重，恭顺有礼，从不见和皇帝说话用这种口气的。但看雍正，却见雍正并不生气，只缓缓踱着步子，半晌，笑道："那是自然，随你。"

张廷玉似乎犹豫了一下，环顾四周，遥遥望着那轮西沉的太阳。它的半边已掩在西山孤高的峰峦之下，殷红的光给山边镀了一层玫瑰紫，五彩缤纷的晚霞一朵朵、一条条由西向东延伸，越来越淡，把附近渐渐发暗的村树笼罩在无与伦比的美丽华盖之下……此时，倦鸟早已归林，只远处霭霭的炊烟中，还有一群一群的乌鸦翻翻起落，静谧中给人一种不安的感觉。良久，张廷玉才道："主子，今晚我们宿丰台大营！"他用手指了左边一大片已燃起灯火的营房，"叫毕力塔侍候，明儿返回畅春园！"雍正目光熠然一闪，随即黯淡下来，自失地一笑，说道："好吧，朕说过的，随你。"说着，便跟着张廷玉迤逦往大寨门走去。方行一箭之地，便听前头军士大喝一声：

"什么人，站住！"

接着便见一个军校过来，上下打量他四人一眼，问张廷玉道："你们哪里来的？找谁？有勘合么？"张廷玉一笑，说道："毕力塔好大规矩。你进去禀一声，就说张廷玉夤夜来访，把这个交给他，他自然明白。"说着，把自己平日批阅公文的随身小印递过去。那军校接过来反复端详了好一阵子，随手丢还了张廷玉，板着脸道："我们毕军门不在大营，今儿晌午就进城去了。你这东西我看不懂，反正不是兵部勘合，我不能放行！"说着竟自扬长而去。张廷玉又好气又好笑，还要追上去说话，张五哥眼尖，一眼瞧见一队士兵簇拥着一个军将出来巡营，远远便叫："张雨，你过来！"

那个叫张雨的军将张眼朝这边望望，天已麻苍苍的，看不清楚，便带人过来，见张五哥一身行脚人打扮，先是一愣，方认出来，笑着一揖道："原来是五哥军门！怎么这身打扮？请进来说话，这几位是——？"张五哥看看雍正脸色，笑道："张中堂从河南微服回京，皇上叫我和德楞泰一路跟着——怎么，连老德也不认得了？"张雨凑近了一瞧，不禁笑了："真的是老德！上回咱们还摔交来着……"德楞泰一边护着雍正走，一边笑道："摔跤，你们汉人不行。一个个，狗吃屎。"他的汉话已经不错，只是分节太多，听起来多少有点别扭，他是蒙古第一摔跤英雄，大约找他领教的人太多，所以并不认识张雨。

张五哥因常来传旨，和毕力塔大营高级官佐相熟的多，一边走一边笑道："老毕真的不在营里？可笑你的把门狗，瞧我们穿得不起眼，死活就不叫进！张中堂的上书房用印还比不上兵部勘合，明儿传出去倒是一大笑话儿了！"张雨看一眼默不言声低头走路的雍正，笑道："张军门可错怪了他。毕军门确实不在营里，隆中堂昨个儿就叫进去议事儿了，今儿又叫，也不知说的什么，毕军门夜来脸色很不好看。今儿临走有话，无论公事私事，没有兵部勘合一律不许放行。"

"毕力塔真的不在大营？"张廷玉似乎意外怔了一下，站住了脚，"还是去老隆那里会议么？十三爷主持，还是隆科多主持？"

“回中堂话，十三爷身子不爽，在清梵寺静养，毕军门去了步军统领衙门会议，自然是隆中堂主持。”

“会议什么事？”

“中堂，卑职不知。”

张廷玉“嗯”了一声，和雍正交换了一下眼神继续往前走，眼见前面中军议事厅灯烛煌煌，十几个将佐坐在厅中说话，又是一阵迟疑：“这些军佐自己有的见过，有的没有见过，人名儿和脸对不到一处，这个时候闯进去，又没有正事说，难免引起猜疑。想着，已有了主意，说道：“我们不到议事厅，到毕力塔的书房去。今儿坐了一天轿，昏头涨脑的，我也不想见人，叫他们烧点水烫脚洗澡，有什么吃的，随便弄一点来。”张雨忙答应着，带着他们一行往西，离着议事厅一箭之地，指着前头三间出檐倒厦道：“这就是毕军门的书房了，挨着那座是签押房，那是刘参将的，接着那座是我的，平日不大召集会议，各在书房办事见人。”

雍正四周望望，整个中军大营十分整肃。东西南北四方高墙大寨，寨角都设着垛楼以备守望，每隔不远墙上还吊一盏米黄大西瓜灯，墙下守卫的兵士佩刀持枪钉子似的站着，空旷的大操演场上还有两队兵士持灯来回巡弋——就是畅春园防卫也不过如此。他满意地点点头，也不管张廷玉，自带了高无庸便进了书房，德楞泰和张五哥便一边一个站了门前。张雨见这阵势，狐疑地看了一眼张廷玉，却没敢问，只向张廷玉一躬说道：“请大人暂歇，卑职这就去安排。”雍正不等张廷玉说话，在里边说道：“叫张雨进来，朕见见。”

“你好造化。”张廷玉听雍正说出一个“朕”字，笑着对唬得目瞪口呆的张雨道，“万岁爷就在里头，召见你呢！”张雨已是木了半边身子，半晌才道：“万岁？……方才进去的是万岁爷？那您……”张廷玉微笑道：“我是宰相，万岁爷不来，我进你这军营有什么事？进来吧。”

张雨满头满脸都是冷汗，拖着迟钝的步履跟着张廷玉进了书房，只见高无庸侧身侍立，雍正端坐在毕力塔素常坐的虎皮交椅上，圆胖脸上两道短短的弯月眉，三角眼中漆黑的瞳仁在烛下晶莹地闪着光，看去十分温馨柔和，只八字髭须掩着的嘴角微微上翘，只要不笑，随时都使人感到一种冷峻的威严。

"你这么瞧朕，不认识么？"雍正见他紧张得有点发呆，不禁一笑，说道，"你是跟着你十三爷在户部办过差的吧？朕昔年常去户部，好像见过你嘛！你是武将，大碗喝酒，大块吃肉，该洒脱些的。"张雨这才从惊怔中清醒过来，忙解了佩刀放在一边，"扑"地打下马蹄袖行三跪九叩大礼，说道："奴才真是瞎了眼，其实早该认出主子的，不但户部，提升参将也引见过，主子去年来丰台阅兵，远远也见过。回主子话，奴才是康熙四十五年在古北口穿的号褂子，是十三爷的亲兵，户部差使办砸了，十三爷提拔奴才到这营里当千总，去年晋升的参将。"雍正点了点头，说道："也是老军务了。这里十三弟门下的军官不少吧？"

几句话问过，张雨已松乏了一点，忙叩头道："回主子话，原先大营游击以上军官，多一半是十三爷安置的。去年换了毕军门，十三爷来说，树挪死人挪活，都挤在一处不好，有的升、有的调外任武官，如今还有二十几个。十三爷如今是亲王，除了会议，如今难得一见的。"雍正笑着转脸对张廷玉道："怡亲王细心，朕其实从来不虑这些，国家多几个允祥这样的贤王，省却朕多少心！"张廷玉心里佩服允祥天资聪慧韬晦有术，口里却答道："十三爷曾和我说起过这事，军队乃朝廷社稷干城，无论王大臣，不得擅自拥兵。这是规矩，也要为后世立个制度，奴才曾奏过圣上的。其余外省军营将佐也有不少调动的，都从武科应试中补入军官。也都有奏章，圣上亲批嘉谕的……"

"罢了吧，谁和你论政治呢？"雍正笑道，"朕看这个张雨很晓事，既然有缘见朕，就是他的福，就这里给他补个二等虾（二等侍卫），明儿你下文牒就是了。"张廷玉忙躬身称是，又对张雨道：还不赶快谢恩？"

张雨已是听呆了，听张廷玉提醒，才恍然而悟，头重重地碰了三下，颤着声儿说道："奴才谢恩……"

"今晚你就侍候皇上。"张廷玉拿出领侍卫内大臣的身分，冷峻地吩咐道，"叫人先弄点心送来，你悄悄找几个妥当的人去召怡亲王来见驾，再预备膳食，请主子进膳，明白么？"张雨未及答话，雍正笑道："一会儿毕力塔就回来了，允祥既病着，就不用惊动他了。左右只是一夜，明儿朕就回去了。""不行啊主子。"张廷玉的口气毫无商量余地，转脸又对张雨道："今晚这里就是行宫，出丁点差错都是你的责任。现在去传怡亲王，只要能动弹，他会来的。其余的人不要惊动，毕力塔回来叫他也来侍驾——去吧！"

张雨去了，雍正和张廷玉一坐一立，一时谁也没有说话。雍正仰在椅子上静坐养神，半晌才道："衡臣，难为您这心。不过你也忒细心的了，朕看一切如常嘛。"张廷玉默然良久，见人端着点心上来，亲口尝了一个，双手将盘子放在雍正面前，方道："小心没过逾的。臣心里不安，总觉得像有点事似的。——晋重耳流亡十九年，身边将相俱全，咱们君臣可比不了他，此刻进大营，臣心里才稍稍安宁一点。"雍正呵呵一笑，点着张廷玉道："你这个人呐……"下头的话却没说出来。说话间张雨已经趖回来，命人将一桌饭菜抬进书房，张罗着请雍正坐了进膳，便退出书房和德楞泰二人一处站班侍候。待高无庸一一尝了饭菜，雍正便命张廷玉陪席入座共餐。

吃过饭，雍正要来青盐刚擦牙洗漱毕，便听院外一阵急促的马蹄声，直到书房门口才停下，张廷玉隔窗一望，笑着回头对雍正道："好了，怡亲王来了……"言犹未毕，便听门外允祥朗声说道："臣弟允祥恭叩万岁爷金安！"雍正一听这熟稔的声音，手按椅柄几乎要站起来，却又松弛地坐了回去，徐徐说道："老十三么？进来吧！"

"喳！"

允祥答应一声挑帘进来，他戴着石青片缘二层织玉草朝冠，金龙二层顶上颤巍巍饰着十颗东珠，石青色四团五爪行龙补服罩着金黄色片金缘紫貂朝服，上头还披着端罩，浑身鲜亮，动一动灿光耀目，显得气宇轩昂英风四流，只是脸色苍白泛着潮红，略带了点病容。他略略端详了雍正一眼，便跪下行三跪九叩大礼，说道："万岁爷瞧着气色还好，怎么京里就流言在河南感了时气？这多天断了音信，差点急死了臣弟！"

"起来坐着说话吧。"雍正听他嘶哑声音中竟带着哽咽，心里不由一热，抑着感情淡淡笑道，"这热的天儿，穿这么齐整做么？仍旧只是每日咳么？朕赐你的冰片和银耳、川芎这些药用了如何？"允祥起身一躬谢了恩，除了补服和端罩递给高无庸，斜签着身子坐了张廷玉对面，轻咳一声道："臣弟这点子犬马之疾，着实叫主子惦记着了。太医们不中用，有的说是痰症，有的说伤风，虽不要紧，时好时不好的总也不很痊愈——臣用了主子赐的药，倒觉得好些儿，只有时胡思乱想，要是痨疾，拼命十三郎也就无命可拼了。这十几天里头不见主子音信，心里更是焦热滚烫，越发不好，就移住清梵寺，一来给主子祈福，二来听听晨钟暮鼓，也略能静静心……"他说着，又笑又拭泪，看得出心里极度的不安和激动，只是硬挺着精神不肯宣泄。雍正见他这样恋恩忠诚，也自感动，却笑道："你都想了些什么？——这么英雄气短儿女情长么？太医院把你的脉案都奏到朕处，其实只是经络不通，脾弱肺热，不打紧的，朕已经下诏叫邬先生来京，他的医道通幽入微，请他给你瞧瞧，徐徐调治，自然慢慢就好了。"

张廷玉好容易找到话缝儿，忙对面一揖道："十三爷，京师情形可如常？您方才说有流言说主子在河南病了，是民间流传，还是官场流言？"这时他坐得近，仔细看允祥，见允祥眼圈青暗，额头上苍白得毫无血色，这才知道他病得不轻。允祥用手帕捂着嘴猛烈咳嗽两声，把手帕子掖了袖里，说道："这是十天头里，我移进清梵寺第二日的话。主子在武陟冒雨巡视河工，偶感风寒，已经痊好，这是廷寄谕旨里说过了的，上书房和六部都知道。翰林院那起子侍讲、编修仍在传言，我当即移文廉亲王，又告诉隆科多，令他彻查这事，至今也没个回音。京师别的异样事倒也没发现。礼部等办郊迎年羹尧大将军的仪注我也看了，觉得似乎僭礼了些儿，我退回去让他们斟酌。昨个八哥、隆科多和马齐到清梵寺瞧我，说皇上御驾由安徽水路回京，一切如常。方才听皇上已经到丰台大营，真叫我吃了一惊，这里离畅春园这么近，怎么住到兵营里了？"

"我们君臣白龙鱼服悄然返京，自然要小心点着。"雍正意味深长地一笑，"你病着，有人蒙哄你，你晓得么？"张廷玉不等允祥答话，紧盯着又问一句："你说畅春园，畅春园比这里关防得更好么？"

允祥吃了一惊，仿佛看陌生人似的瞟了张廷玉一眼，说道："这里当然比畅春园安全！主子说有人蒙哄臣弟，谁?!"

"不知道，"雍正摇了摇头。张廷玉道："其实他们和你一样，也与皇上断了音信。你是负责京畿防务的议政亲王，他们理应和你会商打探我们君臣行止，布置驻跸关防这些事宜，怎么探病时一声不吭？还要造假话?!"雍正笑道："衡臣，朕看你是虑得太多了，他们怕允祥着急上火，这些话怎么好跟一个病人说？"

允祥默默注视着灯烛，瞳仁中闪着阴狠的光，良久才道："朝中有奸臣。这是明摆着的，主子心里也是雪亮。"他话音虽不高，却带着铮铮金石之音，听得旁边站着的高无庸竟打了个冷噤。允祥皱眉思量着道："不过马齐和舅舅该和我说实话的呀……"正说着，张雨进来禀道："毕军门进来了，我没敢告知皇上在这里，只说王爷和张中堂在这里说话。不知皇上见他不见？"允祥不待雍正说话，已是站起身来，精神一抖，已完全不像一个病人，大步跨到门前，一脚跐着门槛，大声招呼道："毕力塔么？过来!"

"卑职在!"

毕力塔快步走了过来，一个千儿打了下去，说道："奴才给十三爷请安!""不要大呼小叫的，"允祥咬着牙笑道，"你主子的主子在里头呢——你们今日会议的什么？"毕力塔愕然看了允祥一眼：主子的主子，除了皇帝再没第二个人，但今日会议，隆科多还说皇上在山东，怎么突然出现在自己的大营里？怔了一下，毕力塔忙回道："正是我要寻十三爷诉说诉说呢！又听说爷病得重，不敢去惊动——这个丰台提督我做不下去了！今儿和隆大人已经撕破面皮。隆大人说我恃宠傲上，今夜就拜本请旨，要革我的顶戴。我说不用革，我今晚也写本辞了这官，省得一天到晚穿小鞋，生窝囊气!"允祥正要细问，里头雍正听得清爽，说道："老十三，叫毕力塔进来说话!"毕力塔忙解了佩刀丢了阶前，待高无庸挑起帘子，哈腰进来行礼，伏地叩头。

"你要掼纱帽？"雍正啜着茶慢吞吞道，"你是奉旨特简的提督，直隶京畿七万人马归你节制，有什么委屈处？你是老军务了，跟着圣祖爷西征过的人吧，什么世面没见过？怎么生出这种小性儿来？"毕力塔咽了一口唾沫，叩头回道："回主子话，不是奴才使小性儿，隆中堂真的太过分了！连着三天会议，先说的年大将军凯旋，班师回朝，叫奴才的兵腾出三千人住房，这是第一军国要务，也还罢了；昨日会议，又说要把提督中军行辕腾出来，这里让给年大将军。奴才当时就顶了回去，丰台大营卫戍着畅春园和京师外围，这个地方最为适中，左临畅春园，右靠外城，我不能为迎年大将军误了皇上差使，动我的中军，没有圣旨不敢奉命。昨儿不欢而散，今儿又叫进去，说已经和八王爷议定，提督行辕移到北定安门外，这里还是要腾，又说皇上驻跸关防的事不用你毕老兄操心，步军统领衙门两万人马还护不了驾？奴才当时犯浑，嘴里不干净，说年大将军也是个人，我西征时就见过他，一样的两条腿夹个尻！主子走时有旨意，京师防务是十三爷统筹，九门提督和丰台提督没有统属。要调我，你们见十三爷，叫十三爷知会兵部，拿勘合作凭证，不然，我连年羹尧也拒之营外——谁没打过仗？年大将军三千人马行军，难道不带帐篷锅灶马匹？……就这么着，我们都恼了，不等他端茶，我就端茶辞出来……主子爷，自打太后老佛爷薨，不知怎的，隆大人就光挑我的毛病儿，两家兵士巡哨口角，这点子鸡毛蒜皮，也把我叫进去训斥，这样吹毛求尻，我这没有尻的能活么？"

张五哥高无庸他们先还怔怔地听，至此不禁一愣，寻思半日，才想到必是这位丘八爷听别人把"吹毛求疵"误说成"比"，由"比"而"尻"，一误到底，不禁掩口葫芦而笑。雍正嘴角闪过一丝笑意，随即敛住了，只是沉吟不语。张廷玉一直皱着眉头听，心中疑云愈来愈重，竟没听见这口误。丰台驻军马步兵齐备，还管着一个水师，是北京防务的支柱。隆科多放着允祥不请示，却和允禩胡乱摆布，是不懂还是另有居心？雍正给张廷玉看过甘陕巡抚将军的密折，风闻一些不三不四的人在年幕中活动，这次三千军马入京，万一有什么不测的事动作起来，自己又该如何处置？张廷玉正自紧张思索，允祥在一旁咳嗽一声道："各是各的差使，各有各的范围，不能乱！年大将军征讨有功，这次回来叩阙演礼，典仪应该由礼部安排。典仪过后，军马不能住城里，还是要在郊外驻守待命。丰台大营中军不管移不移，指挥不能乱。毕力塔，你是我使老了的人，不管病不病，这些事你该回我，由我去和他们打铁。你就好张口犯粗？嗯?!"

"唔，怡亲王说的是。"雍正望着窗格子，嘴角带着一丝冷笑，说道，"你有两条错：不该骂年羹尧，大事不回禀你十三爷。既在这里说了，朕恕你。好生办差，明儿午时，朕回畅春园再理会这些事。丰台大营，一步也不能挪！马齐是做什么吃的？这样的要务，似乎他在局外？"

允祥见数落到马齐，忙赔笑道："主子，马齐主持的政务，一天看七八万言的折子，还要把节略转到皇上行在，又要接见外官，上次见面，他瘦了一圈儿！盆烂了说盆儿，罐破了说罐儿么！"

"唔。"雍正脸上毫无表情，一摆手道，"跪安吧！"

第三十五回　　隆科多擅兵闯禁苑
　　　　　　　憨马齐镇静斥非礼

　　张廷玉的小心翼翼并不过分。自从雍正离开开封，安徽巡抚久久等不到御舟东巡的信息，怕担不起干系，径自向上书房递了密旨，"圣踪不详"。廉亲王一得此讯，立即称病，寸步不出王府，把所有政务都推给了上书房大臣马齐，严令对允祥和马齐封锁消息，理由却光明正大，马齐"太忙"，允祥"有病"，不能用这些无根无梢的谣言干扰他们。而允禩自己也"病"着，不能料理军国重务，便由隆科多将雍正与朝廷失去联络的事知会留守北京的皇三子弘时。弘时是个空桶子阿哥，并没有兵权，但他也仔细忖量了一下，最好雍正在黄河舟沉人殁，宝亲王在外，自己又是年长皇子，"国不可一日无君"，既然自己位居中央，子承父业登极就是顺理成章的事儿，到时候手握玉玺口含天宪，无论丰台大营还是西北锐健营，都只能俯首称臣。因此，他倒不忙着拉兵权，先令人到遵化传谕，对十四阿哥从严看守，跬步不得擅出陵寝；又传令年羹尧，"圣驾尚未归京，慢慢走，以备郊迎大礼"，好阻滞弘历提前入京；发六百里加紧文书令田文镜"派人着实探清，皇上御舟现在何处"——待到田文镜的急报文书到京，他才知道雍正的船并没有翻，只是困在鹿邑一带河道上，洛阳水师护驾的七百余名官兵全都充了纤夫，一天走不上二十里地……接到这一消息，弘时心里一半儿热，一半儿凉，紧张兴奋中又带着恐惧惊骇：古北口阅兵，是弘历代天子巡行；山东赈粮，是弘历代天子筹办；迎年羹尧入京，仍是弘历代天子亲行；送康熙灵柩去遵化，还是弘历代天子扶柩。就是平日，弘历挂名儿在上书房"学习"，学什么？还不是统御全局的能力？就连分胙肉这些小事弘时也都掰开了。揉碎了重新捏弄，结论都是十分简单和冷酷：无论德、才、能、识，还是"圣眷"，自己万无登龙继位之望！如今他不在京，雍正又受困在外，错过这个机会，后世史笔如钩，准会说自己是个庸懦无能的傻蛋！……但若真的动手，又怕八皇叔趁火打劫学永乐皇帝夺侄自为，更怕万一控不住局面，雍正平安回京，追究起来，自己可真就折戟沉沙万劫不复了！

在床上折腾了几夜，想来想去，弘时想定了隆科多这个人，既是先帝托孤遗臣，又是现今上书房大臣中兵权最重的，隆科多和廉亲王明来暗往，他知之甚稔，利用一下有何不可？因便令人传请隆科多来府议事。

掌灯时分隆科多从东华门退值出来，应邀来到三贝勒府。弘时弘历和弘昼兄弟三人原都在雍和宫居处读书。雍正即位，各自建牙开府，都是新造的宅邸，坐落在离东华门不远的朝阳门内，一式三座贝勒府规制统一，按年齿由北向南坐西朝东排列，都是雕甍斗拱，翘翅飞檐的歇山式构架，丹垩一新，十分壮观。内里有些房舍尚未整修好，因此三府都没有把花园建起。隆科多的大轿一落，门上人立刻禀了，便见弘时一身便装，穿一件月白宁绸袍，上身套着镶翠边玫瑰紫套扣背心，步履轻捷地迎出来，当门一揖道："舅爷辛苦！刚刚下值的吧？"

"什么值不值的，如今并没有忙事。"隆科多翘着八字须笑道，"曹寅的儿子曹颙来京，八爷见了见，又到畅春园见了马齐，马齐说等十三爷病好些儿再说他的事，他就又求见我，说了好一阵话，又留他吃了饭，这才过来……"一头说，随着弘时进来。弘时前头引路，一手摇扇，一手将一根油光水滑的大辫子向后脑一甩，顺便挑了帘子道："舅爷请——曹颙是抄家撤差的人了，能有什么事？还不是告穷——上回见我，穿得叫花子似的，一头哭一头说，我都没听见他说了些什么。不就缺钱么？我送了他二百两，聊补无米之炊罢。"说着，请隆科多坐了，便命"上茶"！隆科多环视一眼坐了，端起杯子用碗盖拨着浮茶，笑道："前儿到五爷府去看了看，他那书房里里外外挂的都是鸟笼子。四爷是读不完的书，盈庭积牍的，进去连个坐处都没有。倒是二爷清雅得很，炉瓶鼎拂琅琊插架，琴棋书画俱全——敢问一声，什么风吹得我这老舅来嗽！"

弘时警惕地看了隆科多一眼；他从没见过隆科多这样诙谐的，今儿这是怎么了？略一怔，弘时微微一笑，潇洒地将袍角一摆跷起二郎腿，轻轻摇着一把湘妃竹子扇，一副龙子凤孙派头，说道："当然是公事啰！八叔十三叔都病了，马齐在畅春园忙政务，见人读折子，一天没二三个时辰好睡。五弟那个身子骨儿你又晓得，只有人侍候，不能侍候人的。我虽名儿上是个坐纛儿皇阿哥，其实平日也不大管事儿，有一分奈何，我也不想管，但从'公'的一头说，我是留守皇子，负有全责；从'私'的一头说，阿玛在外颠沛辛苦，也着实惦记思念着。所以请舅爷来打问一下，皇上此刻到底在哪里，几时回京？迎驾、还有驻跸关防的事，上书房有些什么安排——我是坐纛皇子不能不问一声儿，心里有数儿。皇上那性子你也晓得，恼上来，六亲不认，回来见面一问三不知，我算怎么一回事？"他开门见山，问得堂堂正正，原打算用"皇子不得擅自干政"顶一下的隆科多不禁默然。略一怔，隆科多爽朗地一笑，说道："三爷，邸报日日都给您的，皇上銮驾已经从泰安启程回来。八爷和我忖度着，这三五日必定就回来了。这几日没有朱批谕旨，一是皇上身子或者略有不爽；二则圣驾也就回来了，不必来来往往传递公文也是有的。其实您不叫，我也得过来回一声儿，原来畅春园驻的是善捕营，三个月一轮换，是死规矩，已经到了日子，换是不换？善捕营管带和我不相统属，由他自己调配呢，又有点心里不托底。还有，年羹尧带着三千兵马回京演礼，驻在哪里为宜，也要未雨绸缪，这都是有野战功勋的，总不好住野地帐篷吧？"说着身子一仰，眯缝着眼瞧着这位小白脸皇阿哥，烛影下却看不出什么眼神。

"您说呢？"弘时似笑不笑地看看这位身份显赫的"皇帝舅舅"，呷一口茶道，"老舅爷，这些事我都不大懂的。八叔和您老成谋国，必定已经有了安排的吧？"说罢径自起身，摇着扇子徐徐踱步。

隆科多似乎觉得意外，瞭了弘时一眼。他出这些题目，原想难一难这个皇阿哥，没想到被弘时轻飘飘一句话，原封不动就被砸了回来！廉亲王明说自己是"三爷党"，但叔侄之间联手，到底有多深的瓜葛，允禩没说，他也不敢问，今晚来蹚水，才晓得这个风度翩翩白净面皮的皇阿哥并不像自己想的那么容易对付，若论起滑头，似乎还在允禩之上！正想着，弘时隔窗眺望着外边漆黑的夜色，头也不回地说道："舅爷别犯嘀咕，恕我直言，八叔是宝刀已老，不堪再逢杀场了，当年与父皇、太子、大千岁那些个过节儿，都可以揭过去了。'江山代有人才出，各领风骚数百年'，虽是好诗，惜乎是把辰光说长了些儿，应该是'各领风骚十几年'——"他倏然回身，目中陡地光亮一闪，"是么？老舅爷？"隆科多看着他寒凛凛的眼神，心里不禁一紧，但他毕竟老于世故，很快镇静下来，摇头笑道："我不大明白你的话。"

"这有什么不明白的？"弘时一晒道，"我们心思都一样，要让老爷子'平安'返都嘛——所以，畅春园警卫要换一换，由步军统领衙门暂时管起来，年羹尧的兵不能驻野外，丰台提督的行辕要让出来——这些，不是您和八叔他们商量好了的？怎么还要来问我呢？"

"这……"

隆科多大吃一惊，这是昨夜在廉亲王府，允禩、王鸿绪、阿灵阿和他密商一夜的造乱计划，控制畅春园、打乱丰台大营指挥体系、断掉雍正归路——廉亲王严令对弘时弘昼小心提防"不要让他们知道"，刚刚六个时辰过去，弘时就了如指掌，这简直太可怕了……隆科多的脸色立刻变得异常苍白。

"没有什么嘛！"弘时阴笑着坐了，若无其事地吃了一口茶，"这都是为皇阿玛的安全，该怎么做，你放心去做。就是'各领风骚'心中得有数，不要乱了章法。"他口气一转，又变得温和爽朗，"我毕竟是坐纛儿皇阿哥，既要为皇上负责，也要为天下社稷尽诚，至于自己怎样，那就用着《出师表》里的话，'成败利钝，非臣之所能逆睹'的！"说罢纵声大笑，"把皇上赏我的那柄如意取来，给舅爷带去！"

雍正到丰台大营的第二日清晨，一乘大绿呢官轿照例在畅春园倒厦门前的双闸口落下。马齐一哈腰从大轿中出来，仿佛要驱散浑身的疲倦似的挺了一下身子，只是在这座庄严神圣的地方，即便是他——上书房宰辅大臣——也不敢放肆地伸胳膊蹬腿地打呵欠。他仰首望天，深深呼吸了一口清冽的空气，因见垂着藻须的仪门旁已有十几名官员等着自己接见，无声叹息一声，一摆手便进了仪门，却见是鄂伦岱当值，便住了脚，招手儿叫过来，问道："八爷和隆中堂那边有转过来的黄匣子么？"

"没有，"鄂伦岱忙垂手说道，"八爷身子还不见好，隆中堂预备着接驾回京的事，说今儿前晌过畅春园来和马中堂议事。"他脸色白中透青，看来夜里也没睡好，一副心事重重的模样。马齐原本要走，听见接驾，又站住了，问道，"隆中堂没说别的？皇上御驾到了哪里？"鄂伦岱身子一躬说道："皇上御驾到了哪里，隆中堂没说，我也没敢问。只说畅春园的护卫到了轮换时候儿，要换一换，别的没话。"

马齐偏着头想了想，笑道："就到了时候儿，前后错个三五天打的什么紧？——你传话，叫外头进谒的大人们都到露华楼等候说话。"说着便沿蔷薇花洞甬道逶迤向西，过了十八行省候见官廨廊房，便是雍正在畅春园属处办事的澹宁居。马齐向宫一揖，趄身向北，一溪海子里新荷浓绿，岸边合抱杨柳烟笼雾罩掩映着一座五楹二层歇山顶儿的黄琉璃瓦高楼，这就是"露华楼"了。侍卫刘铁成早已等在楼前，见马齐过来，便令太监们挑帘。这是畅春园最高的地方，其实是一带土垃，专为康熙纳凉吹风去暑盖的一座书楼。再向北就是康熙晏驾的"穷庐"，却是一片茅舍，虽轩敞却并不高大，再向北便是宫墙，墙外是一大片海子，有几百亩大，茫茫碧波中带着水分的凉风穿楼而过，虽是盛暑，身上也凉爽得滴汗皆无。刘铁成跟着马齐进来，一边问道："往日都在韵松轩，那边虽不敞亮，其实屋里放上冰盆，比这里还凉，马中堂怎么忽拉巴儿到这边办事？害得这起子太监搬了半夜文书。"马齐命人将所有窗户打开，一边笑道："不瞒你老刘，我实在乏透了，这里风大，见人怕就少一点瞌睡。上回见蔡珽，我就听得打盹儿钓鱼，人家哪里知道我熬夜，只说我这宰相拿大——再说，圣驾也快回京了，韵松轩是宝亲王办事的地方儿，人回来才腾房子，不恭敬。"说着便整理文书，看着一份奏折，吩咐刘铁成："你看看要见的官来了没有——我见河南的车藩台来了，先见他。你是侍卫，不是跟我的人，不要在这侍候，园里各处转转，该打扫的叫太监们打扫打扫。来的时候听树上知了聒噪得心烦，皇上爱静，叫他们把澹宁居附近的蝉都粘下来。"一边说，便打火抽烟看折子，刘铁成答应一声便去了。一时，便听楼梯微响，一个五十多岁的官员，白净脸圆圆胖胖，修饰得十分精致的八字髭须墨黑墨黑、神气地翘着，身穿孔雀褂子，戴着蓝宝石顶子，脚步轻轻上来，"叭"地打了马蹄袖，说道：

"卑职给马老中堂请安！"

"哦，车大人。"马齐手虚抬一下，微笑道，"请起，坐着随便说话，不要拘礼。我有时一天要见一百多官员，都闹起规矩，什么事也甭办了。老兄几时到京的？"

车铭起身入座，微一欠身从容说道："卑职来京三天了。因户部催河南藩库银子调京库，田中丞那边现借用着一百万，好端端的又闹起亏空，孟尚书行文叫藩里说清白。昨个儿见了孟大人，又说马中堂接见，有什么钧谕，请中堂吩咐，职藩好遵命承办。"说罢又是一躬方坐下。马齐呼噜噜抽着水烟听完，又安了一袋，用火媒子燃着，说道："田文镜挪借藩银，公出公入，是用在河工上的，解到北京再发到河南反而费事。这是一纸文书的事，田文镜只是没有把圈子走圆。这事等圣上回京由我跟圣上回明。老兄管着通政使衙门，是朝廷方面大员，自然识得大体，不要为这些事和田文镜生分了，你说是不是？"车铭一肚子撩拨告状的心思，被马齐温吞水价几句淡话说得无言可对，只好咽一口气道："是。职藩明白。"

"我叫你来不为这事。"马齐盯着折子道，"我想问问晁刘氏的案子，前边田文镜有奏折，说臬司衙门识大体，保奏按察使胡期恒，刑断司官张球急公好义，这折子还没有批下来，田文镜就又参奏胡期恒贪墨不法，草菅人命，臬司衙门四十四名七品以上官员，除了张球，请旨一概罢革——内里还连着白衣庵二十几个尼姑，葫芦庙七个和尚，就连你藩里也有十几名官员都卷了进去。这么着看，开封岂不是洪洞县了么？案子不是你审的，底细你未必明白。我想问问，据你看，胡期恒这人到底平素官声如何？河南官儿如此贪墨，牵扯面儿又这么人，真的叫朝廷扫尽颜面，真的有这么多官儿帷薄不修，糟到这地步儿了么？"车铭微睨了马齐一眼，见这位须发皓白的老宰相一脸漠然，倒一时犯了踌躇。他虽不管刑狱，但案子底细却心里雪亮，只是牵扯的官员太多，连自己的内眷有没有涉嫌的也难说，有些是他自己一手提拔的亲信，一搭挂子兜了也于心不忍。但眼见这个愣头青巡抚已经把事情叨登大发，雍正的秉性刻猜残忍，断没有"一床锦被遮盖"那份仁德，蜂虿入怀各自去解，也只得实说。因道:"马中堂,这案子拖了三年,通省皆知,我虽不管法司衙门,情形还是略知道些的。听老大人的意思,办得是苛了一点,但内中黑幕真的揭尽,只怕还要厉害些呢!不知中堂大人——""我没有什么意思。"马齐心里一沉,因为案子里连扯到他几个门生,他确实有点不自在,但脸上却不肯带出,因道:"你既晓得,说说看。"

车铭轻咳一声清了清嗓子,说道:"晁刘氏丈夫晁学书之死,只是个火捻儿。论起来,单判这一案,早就结案了。三年前冬天头场大雪,晁明独自到白衣庵赏雪——那里临河,景致很好的——这秀才诗做得好,又是一表人才,被庵里头一群尼姑看中了,先是留饭留宿,后来干脆趁他睡着,剃光了头充作假尼昼夜宣淫。把个翩翩公子折腾得精枯力竭,骨头架子似的,又怕本主女人来寻,又无法处置。这群尼姑和葫芦庙七个和尚早就奸乱得不成体统,只好请和尚帮忙,诱到葫芦寺附近,杀到枯井里。当时开封知府萧诚,勘察破案缉凶来得很快,七天就查明了,把凶手法园、法通、法明拿到大狱里。

"不料一用刑,略一问,三个凶僧又供出师傅觉空,还有法净、法寂、法慧三个师兄弟都是同伙,干这勾当也不是头一回。于是发掘葫芦庙挖地三尺,从神库后又扒出八具无头尸,看样子都是进京应考的孝廉或进省乡试的生员——连和尚们也都记不清都叫什么名字,是怎样杀的了。

"这样大的奸杀案,萧诚当然不敢怠慢,立刻围了白衣庵,把尼姑们都拿到开封府,只逃掉了老尼姑静慈,绰号'陈妙常'。

"您大人晓得,如今官宦人家内眷,没个不信佛的。白衣庵是开封最大的尼庵,这些个女尼们平素上至巡抚衙门、下至司道首县串通得殷勤,又拉着和尚充尼姑进官廨,和官员眷属们厮混,给官员'求子',拆烂污拆得丑不堪言。有的内眷没有宜男相,就有尼姑代为生儿子的,不少官儿们和尼姑们也厮混得热。大人,田文镜说'帷薄不修',实在也还是文雅得很了!这'陈妙常'逃出来,不知跑到哪府里串连了几日,就有宪牌下来,叫放了尼姑。

"这一群尼姑放出来,更了不得,白天晚上各府里串,串了半月,七个和尚也放了出来'监候待审'——没有苦主,没有凭据。晁刘氏也没法断言她丈夫定必是和尚杀的，只好上告。萧诚今儿接一道宪谕'暂且放人'，明儿又接牌票'严鞫凶手，不得宽纵'，搅得昏头涨脑七颠八倒，恰好他母亲病故，赶紧报了丁忧，解任去了。

"田中丞在山西扳倒诺敏，调来河南，晁刘氏又起了告状的心，刚透出去点风，不晓得怎么就走漏了出去。不知哪些人绑票绑了她的儿子，大约是想挟制她不要告，谁想逼急了晁刘氏，就田中丞巡城时候儿拦轿告状。臬司衙门不知是怕露馅儿想杀人灭口，还是想重审这案子好向田大人交代，夜里派人去拿晁刘氏，却叫田中丞埋伏的戈什哈当场堵住，一古脑全押了起来——案子，就是这么着叮登大发了……"

马齐一边听一边"嗯"着。车铭说的这些有的田文镜在折子上写了，有的胡期恒在奏辩中略有提及，却没有车铭把来龙去脉说得如此详尽，他所想的，和车铭说的其实不是一回事。雍朝以来，山西假冒亏空完结一个大案，紧接着广东一案九命奇冤，罢革查拿不法官员已经二百余员。河南这案子，真的要像车铭说的，和尚——尼姑——官眷——官员勾藤扯蔓地闹腾起来，不但吃挂连的人太多，而且事涉猥亵淫秽，把官场龌龊肮脏事体大白于天下，加上民间流言夹七夹八地添油加醋，什么话说不出来？朝廷脸面也实在是挂不住。但田文镜已经不顾一切，扣押了臬司衙门的人，革罢参劾了三十多名官员，意思还要穷追到底，明拜奏章载于邸报，一网打尽的心思毫无回旋余地，又该怎么处呢？他静待车铭说完，笑道："看来老兄知之甚详啊！奏稿里东一句西一句，反而不易明白。今儿这里说，这里了，我只是听听。到底怎么办，要等皇上回来，奏明请旨办理。至于藩库银子的事，老兄也不要计较了，左右皇上这几日就回来，再说吧！"他一头说，车铭已端茶起身，未及啜茶，便听楼梯一阵急响，刘铁成脸色铁青，一手按剑一手挑帘大跨步进米，看了看车铭，却没言声。车铭忙一躬辞了出来。

"马中堂！"刘铁成脖子上的筋都胀起老高，黑红的脸膛拧歪了，看去十分狰狞，眉梢上的刀疤不停地抽搐着，目中闪着凶光，盯视着愕然的马齐说道："九门提督的兵来接管畅春园，你知道不知道？"

马齐"啪"地拍案而起，"哪有这个话？"

"你看看！"刘铁成低吼一声，几步走到南窗前，"唰"地一把扯掉窗纱，一手指着楼下，"人都进园子了！各房各殿窜着乱搜，他娘的，这是抄检还是造反?!"马齐一言不发，急步走到窗前，这里居高临下，隔着柳阴看得清爽，果然一队队的兵士正由东向西沿着甬道向澹宁居和韵松轩、纯约堂、怡性阁开去……他的心猛地一紧，浑身的血倒涌上来，脸立时涨得血红，倏地转脸对刘铁成道："方苞在清梵寺十三爷那里，派你的亲兵飞马去一趟请方先生，十三爷要能来更好，快！你先下去安排，传鄂伦岱到我这里来！"

刘铁成下楼去了，偌大五楹空楼死一般寂静，几个侍候笔墨的太监被突如其来的变故吓呆了，木偶似的垂手站着，一个个面无人色。只有熏风穿楼，罘罳下的铁马偶尔发出令人不安的响声。马齐原准备穿戴齐整就下楼，整理了一下案上的文书，心里忽然安定下来，干脆又脱掉了袍褂，回头对太监们笑道："你们怎么啦? 都成了庙里判官泥鬼! 不要紧，没有起反的事。这是隆中堂安置接驾驻跸关防，几头没通气，拧了劲儿。我也真乏了，把那张春凳抬过来，我歪着略歇歇儿。"几个太监眼里这才泛上一丝活气，忙着张罗春凳，马齐便斜靠了，打着扇子心里拿主意。一时便见鄂伦岱仗剑上来，打了个千儿问道：

"马中堂，您叫我?"

"嗯。方才铁成来说，步军统领衙门的兵进园子了。你是当值侍卫，预先他们告诉过你?"

"……没有。方才九门提督衙门李春风带着人来，随身有领侍卫内大臣隆中堂的签票，说是皇上就要回来，大内和畅春园两处禁地都要清检一下，畅春园防务暂由九门——"

"我晓得，他们来多少人?"

"回中堂，李春风说一千二百人。"

"你去，叫李春风到我这里。进园的千总以上的官都到这里，我要训话！"

鄂伦岱深知这事于自己干系重大。其实从允禩口风里露出的话揣猜，这不啻一场兵变预演。原以为马齐已经慌乱得无所适从，此刻见他闲适得没事人似的，自己反而更加心慌，略一怔，忙小跑着下楼去了，马齐这才起身，微笑着穿袍着褂，戴了双眼孔雀花翎端坐在案前。早见鄂伦岱带着两个参将打扮的军官上来，后头十几个游击千总鱼贯跟着进来，一齐向马齐叩安，马刺佩刀碰得一片声响。马齐盯着为首的军官，良久才问道："是你两个带兵来的？他叫什么？"

"回马中堂，他叫李义合。我们都在九门提督衙门当差！"

"李春风！"马齐仰着脸想了想，"康熙五十一年我主持武闱，记得我有个门生叫李春风。是不是你呀？"李春风忙跪前一步，双手秉胸说道："是，老师！卑职中的第四十一名武进士。今年春才从云贵蔡大帅那里调回来，还没有来得及去拜望恩师，望乞恕罪！""皇上破门户之见，有旨意的事儿，何罪之有呢？"马齐莞尔一笑，又问："李义合，你是哪一科的呀？"

李义合却不似李春风那样恭敬，双手一揖说道："马中堂，卑职是康熙五十七年武进士。"马齐喷地一笑，扇子一挥道："都起来站着说说——康熙五十七年主持武试的是我的门生侯华兴——论起来我是你的太老师呢！"他是熙朝老臣，除了李光地，没有人资格超过他，此刻甩牌子，二李也只好听着。正寻思如何回答马齐，马齐已经站起身来，格格笑道："既是我的门下，我就少不得要点拨你们几句。这北京城是帝辇，畅春园和大内是禁苑，规矩分寸毫厘不可差错。步军统领衙门防区是九门禁城，紫禁城和畅春园历来由上书房领侍卫内大臣负责护持，不经圣旨，一兵一卒不得擅入，你们可明白？"

"我们带兵进园，有隆中堂的将令。"李春风一躬答道，"马老这'擅入'二字，是不敢当的——难道隆中堂没有知会马中堂么？"马齐没有回答李春风的问话，回身向案前提笔濡墨疾书几行字，取出印匣子里上书房关防，小心地钤了印，递给鄂伦岱，说道："你飞马进城，传我的钧谕，尢论何人的指示，凡进入大内的兵立即全部退出来，在午门外听令。"

鄂伦岱听他口气绝无商量余地，迟疑地接了那张谕令，嗫嚅道："是否请马中堂和隆中堂合议一下——"话没说完便被马齐打断了："合议自然是要合议的，这个何待你来说？先退兵，别的再说罢！怡亲王和方先生立时就来见我，你进城见到隆中堂，请他也即刻来一趟。"鄂伦岱怔了半晌，只好讪讪答应着退了出去。马齐这才把脸转向李春风和李义和，他的声音变得暗哑而又低沉："你们方才说不是'擅入'。什么叫'擅入'？越权非理即为擅，懂么？先前不懂，现在不迟。畅春园善捕营军加太监近四千，又没有奉移防令，双方误会冲突起来，连隆中堂也难以善后——先退出去听令，没有你们的事。不然，我就请王令先斩了你们，再调丰台大营进苑关防。你们要以卵击石么？"

这十几个军佐眼见马齐这番措置，这才觉得事态严重。他们只是奉命进园，并没有遇到阻碍厮杀的将令，碰到这么硬的个钉子，有点不知所以了，众人不禁面面相觑。李春风和李义合迅速交换了一下眼色，进一步说道："马中堂，您和隆中堂都是上书房领侍卫内大臣，这真叫我们为难了。既如此，我们听令，暂时退出园外，只请马中堂给个字儿，我们好向上峰交代，就是马老师体恤我们了。""成！这就似乎像我的学生了！"马齐脸上绽出一丝笑容，立刻便写字据，口中说道："如果我们议定，该进园自然还有令，你们虽是武人，也是朝廷命官，要听朝廷的——去吧！"李春风自带着众人下楼去了。

这时，太监秦狗儿进来了，马齐问："见着怡亲王了？"

"回中堂话，"秦狗儿躬身说道，"十三爷昨晚已去了丰台大营。后来把方先生也接了去。这里的事清梵寺十三爷的随从已经去禀十三爷，请十三爷这就过来。"

马齐一口气透过来，几乎瘫倒在椅上。直到此时，才晓得已经汗湿重衣，打火猛抽一口烟，长长吁了一口气："隆中堂来了，立刻告知我！"

第三十六回　露华楼悠然吟《风赋》丰台营洒脱议政务

　　隆科多早已到了畅春园门前的双闸门，他把大轿停在大柳树下，背手儿踱着步只是犯迟疑，似乎有些不知所措。这里不同大内，紫禁城包围在步军统领衙门防区之内，他在上书房怎么说怎么行，除了东西六宫住有嫔妃的殿宇，连三大殿也都搜了。原想马齐一个汉大臣，从没有带过军务，未必理会谁来驻防畅春园这样的小事。待接到马齐钤着上书房官印的手谕，才晓得这个糟老头子并不那么好对付，一边命轿赶往畅春园，一边命徐骏飞马往朝阳门外廉亲王府请示机宜。

　　他在畅春园门口焦灼不安地等候允禩的下一步打算，似乎度日如年。五月的骄阳在晴得湛蓝的天空中缓缓移动，炎腾腾烤着滚热的大地，一丝风也没有；双闸外大片的庄田里，连蝈蝈都热得懒得叫一声，只听咯咕咯咕的玉米拔节儿响动；阵阵热浪扑面而来，热得人透不过气来，但隆科多却浑然不觉，乱丝一样的心绪理了一遍又一遍，仍旧是一团乱丝。京师总管防务的是怡亲王允祥，允祥既然有病，自己全权处置京畿兵马，这本是天经地义的事，皇帝出巡将归，加紧一下大内和行宫关防，移调一下驻军，就有什么不是处，他自觉也担得起。但这次行动是廉亲王一手操纵，说造乱，并没叫自己拉硬弓，说不造乱，但允禩的心思自己一清二楚，无缘无故地来这么一手断没有那个道理。允禩自许为"弘时"党，但从弘时扑朔迷离的言语中，也满不像那回事。前日晚间，隆科多也曾直截了当地问："八爷到底是什么章程？"允禩也只笑笑说："什么事情难预料，只能走着瞧，你权作是替皇上办差，心里反而踏实。"拿这个话和弘时的话参酌，真难弄清他们各自打的什么算盘！隆科多想着，心里又是沮丧又是懊悔，自己好好一个托孤重臣，又极受雍正信任，不合因为一张纸弄得鬼不成鬼，贼不成贼，由着人摆弄。到现在他才领悟到"上贼船容易下贼船难",这句俗语真是愈嚼愈苦……思量着,日影里一匹青骢马沿黄土道飞驰而来,隆科多以为是徐骏返回来,待到跟前,才见是廉亲王府太监总管何柱儿。

"中堂爷,"何柱儿一头油汗,滚鞍下马笑道,"您怎么站在日头地里出神?中暑了了不得!"

"唔?唔!"隆科多这才从忡怔中惊醒过来,发觉自己紧张得有些发呆,连日影移动都没觉出来,忙退后一步,自嘲地一笑,说道:"两个黄鹂闹枝儿,就看住了。你刚从王府来,见着徐骏了么?"何柱儿张了张,见李春风李义合两个人带着大队人马从仪门开出来,在畅春园外整队,黑鸦鸦站了一大片,便问:"怎么都出来了?"隆科多只睒了一眼,便知是自己的两个部下顶不住马齐败退出来,因见左近无人,便向树根靠靠,睒着眼恶狠狠盯着何柱儿,压着嗓门咬牙说道:"八爷是什么意思?这种事好涮着人玩么?你想必是奉王命来的吧!"

何柱儿被他阴森森的声音吓得一颤,忙道:"中堂别生气,八爷知道这里的事了。他立时就来主持,先叫我禀中堂一声儿,您这是光明正大的事,不能下软蛋倒了旗帜——李春风和李义合过来了,请下令他们就地待命,您先进去和马中堂交涉,八爷一来,二对一,他不能不从。"隆科多目光霍地一跳,他已经若明若暗地领悟到了允禩的真意,不由慌乱得心里突突直跳,眼见李春风二人一前一后过来,下死劲定住了神,端起架子问道:"差使办得不顺手?怎么我们的人都出来了。"

"回中堂话,差使没办成。"李春风看了何柱儿一眼,把马齐拦阻的事一长一短说了,又把马齐写的字据递过来,小心翼翼退后一步道:"弟兄们只串了几间空殿,几处正经地方都有侍卫拦着,没有您的钧令,又不能动武。马中堂又那个样儿,卑职们也只好在外头集结待命了。""真是一群窝囊废!善捕营的兵单打独斗是好的,你们是练过野战的马步兵!"隆科多一阵光火,厉声训斥了一句,忽然觉得不是对象,也不是时候儿,因叹息一声变了话音:"不怪你们了,是我们几个上书房的大臣通气儿不到。我这就进去见马齐,看是如何。你们不要远离,等候我的军令!"

隆科多说着拔腿就进园子,刹那间,他忽然觉得有了信心,我是主管军政的宰辅，皇上御驾将返，净一净宫内、行宫，你马齐凭什么拦着？刚进园门口，便见鄂伦岱迎出来，因道："我要见马中堂?"

"马中堂在露华楼，刚吩咐下来，也正要见您呢!"

"刘铁成呢？叫畅春园侍卫们都到露华楼!"

"刘铁成我出来时见他去了露华楼，这会子不知道还在那里不在。"

隆科多不再说什么，一摆手便进了园子，路过澹宁居时，却见刘铁成已把畅春园驻守的二三等侍卫和几百名善捕营军校聚在了一处，正在训话。刘铁成是当年康熙皇帝南巡，在骆马湖亲自招安的水匪首领，有名儿的"刘大疤"，粗犷凶狠，武艺高强。康熙在世时，他眼里心里只有一个康熙，如今雍正让他管了善捕营，又成了个除了雍正谁也不认的角色。他下身穿着酱色湖绸灯笼裤，上身却是黄马褂，腰里悬着大刀片子，一双快靴蹬在石阶上，见隆科多过来，看也不看一眼，扯着破锣一样的嗓子只顾痛斥这群军校："你们这群尿攮的饭桶，人都进园子了才晓得禀老子! 先头武老军门在时也是这么办差的么? 老子七岁走黑道儿，三十五成正果，杀了四五十年人，也不是好惹的!"隆科多听着这杀气腾腾的话，心里又是一紧，别转脸趋步向北，老远还听刘铁成吼叫："……给我把好园子，什么鸡巴弄中堂（隆中堂）弄后堂?! 没有我的令，放进一个耗子，刘大疤送你碗大疤! ……"隆科多没再细听，紧走几步进了露华楼拾级上来，向正在春凳上歪着假寐的马齐笑道："谐松，你好自在! 外头滚热乾坤，这里却是清凉世界。我见那些外省候见的官儿们都退出园子了，今儿不见人了么?"

"这里清风满楼，自然凉爽些。"马齐坐正了身子，略带浮肿的眼泡抽动了一下，满面倦容地微叹一声，说道："读过宋玉的《凤赋》么? 大王之风与庶人之风不同。嗯……'故其清凉雄风，则飘举升降，乘凌高城，入于深宫。邸华叶而振气，徘徊于桂椒之间。翱翔于激水之上，将击芙蓉之精。猎蕙草，离秦蘅，概新夷，被荑杨，回穴冲陵，萧条众芳……清凉增欷，清清泠泠，愈病析酲……'这是大王之风。至于庶人之风'堀堁扬尘，勃郁烦冤，冲孔袭门，动沙堁，吹死灰，骇溷浊，扬腐余。'这种风吹人，'憞溷郁邑，殴温致湿，中心惨怛……咳逆嗽获，死生不卒。此所谓庶人之雌风也!'——怎么样，我背得不坏吧?"

　　隆科多没想到一见面马齐就背书给自己听，这篇《风赋》他也读过的，只这马齐娓娓背诵侃侃款款如歌似吟，听来竟句句都是警句，字字都是箴言。他站着愣了半日神才惊醒过来，一摆袍角坐了马齐对面，说道："谐松，鄂伦岱说你请我。总不成是让我来听你背书的吧？"

　　"学问自书中来。"马齐浓浓吐了一口烟，语气却淡淡的，"我倒没有卖弄的意思，但你的兵进了园子，自然也有些惊心！所以请你来，想问问，园里园外不同风是个什么缘故？"隆科多故作轻松地一笑，摘掉大帽子揩了一把汗，说道："老马就为这个和我掉文？我还以为你疑心我谋逆呢！前几日接到泰安邸报，圣驾就要返京，皇上出巡这些日子，东西华门防务都懈了，有的太监还私自带了亲眷扮成女人六宫里乱窜。北京城你也晓得，是个藏龙卧虎的地方儿。允礽散禁后常出宫散步儿；就是允禵，也甚不安分。先帝崩驾前那些事你也晓得，不由得人不悬心；八爷闭门养病，王府里做些什么文章天才晓得！——十三爷呢，病得七死八活的，不能理事。万一出个三差二错，都是兄弟的责任。因此，禁宫和这边都要绥靖一下，你就起了这么大的疑心！"说到这里，他竟激动得涨红了脸，戟指点着窗外说道："老马，我们同朝为臣，我素来敬你是老前辈，但你今日算当众掴了我一耳光！进园的人都赶了出去，你听听刘铁成嘴里都胡嘤些什么！谁指使他在那里辱骂我的？笑话，我要真的占领这畅春园，善捕营能拦得住？你马谐松能安安稳稳坐在露华楼上吃茶吃烟见人办事，给我背什么《风赋》？老实说，这事见了万岁还要撕掳撕掳，我要革参这个刘铁成——依着我当年性子，这会儿我就扒了他袍子臭揍他这匪性！你说我敢不敢？"马齐格格一笑站起身来，踱到窗前看了看外头，回身说道："这里头没有刘铁成的事，也没有李春风他们的事。我们上书房其实就是前明的内阁。宰相嘛，肩头心胸都要宽一些，要撕掳只管撕掳，我是跌了一辈子跤子的人，并不怕再跌一次。皇上回銮净一净宫宇，这原没说的，一是要有个招呼，二是要循规蹈矩。说是秀才遇见兵，有理说不清；其实军令一下，兵遇见兵更是说不清。所以我叫他们退出去，请你来商议。依着我，紫禁城，由内务府宗人府加紧关防。畅春园，由善捕营刘铁成他们料理也就够了，九门提督九门提督，管好自己的九个门，就算差使办好了！"

隆科多听着这话，马齐不但责任全揽，毫无推滞，而且明白说了要和自己"撕掳"，两个把柄攥得结实，却又连一句重话都没有，似虚而实，似实又虚得四边不靠，心里陡地一阵懊悔，马齐当自己的阶下囚一年有余，怎么就不晓得叫人用土布袋一夜间黑了这老匹夫？他下意识摸了一下腰间，才想到自己没有佩刀，因冷冰冰说道："心里没冷病，我也不怕吃凉药。方才进园子，我已着人去请廉亲王。就你我二人，还算不得'合议'。"

"那好得很。方先生也是上书房的，还有怡亲王，都请来如何？"

"十三爷病得重，就不用请了吧？"

"十三爷不要紧。他昨日去了丰台大营。能去那里，自然也能来这里。八爷也病着嘛。两位亲王扶病议事，虽劳苦些，我们责任也都轻了。"

"好，虑得周详。索性连三贝勒也请来吧，他到底是坐纛儿皇阿哥。我们议，由他决。"

两个人一满一汉，都是宰辅城府，讲究的喜怒不形于色，心里咬牙嘴上开花，看似辞气和平地商议，其实剑拔弩张寸步不让，已到了图穷匕首现的关头！马齐微睨隆科多时，正遇隆科多盯过来，目光一触火花四溅，都又避闪开来。马齐正要回话，却见允祥带着丰台大营的参将张雨登楼上来，因笑道："你看看，十三爷这不是好好的么？不请自到了！"说着便起身，隆科多也只好起身，含笑着说："王爷到底年轻，前儿我去探望，还喘得起不来呢……只是气色还不好，怎么说出来就出来了？"允祥却没理会两个人寒暄，一摆手命张雨侍立左侧，板着脸径直上首南面而立定，轻咳一声，说道：

"有旨意。马齐隆科多听宣！"

两个大臣惊得张大了口，半晌才合拢来，马齐心里松了一口气，隆科多却一颗心顿时吊起老高，额前渗出细密的汗珠——忙都一提袍角伏地叩头道：

"万岁！奴才恭请圣安！"

"圣躬安。"允祥表情呆滞，漠然看了看面前两个人，口中宣道，"圣驾昨日戌时已经返京，在丰台大营驻驾。命我传旨：速着隆科多马齐前往面见，钦此!"

隆科多和马齐同时怔了一下，忙伏身叩头领旨，站起来对望一眼，都没有说话，心里却转的是同一个念头：原来你早已知道皇上回来，故意儿给圈套让我跳! 允祥宣过旨，显得十分随和，笑道："两位宰辅，是不是意见不合，在钻牛角尖儿呀?"一边说，就咳。马齐道："园子外头有兵，十三爷想必是看见了。隆公要来接防，是我拦住了，就是这个过节儿。"

"我们头上是一个日头。"允祥打头下着楼梯，漫不经心地说道，"大臣意见不合，常有的事，什么大不了的? 八哥、我，还有两个皇阿哥都在北京嘛! 方才进来，我已训斥了刘铁成，园内侍卫亲兵不许集结，各回岗位。僵持不好，有事慢慢商量，和气致祥——舅舅，你说是么?"他忽然站住脚，回身笑问隆科多。隆科多满心转着念头，见了雍正如何对答、如何辩解、怎样参劾马齐……一团乱麻似的，允祥的话统没有听见，乍然兜了这一问，竟不知说什么好，张皇了一下才道："十三爷说的是。"

三个人带了一大群太监出园，却见允禩刚刚从大轿哈腰出来，便站住了。允禩专为压制马齐而来，见允祥在这里，大觉意外，忙道："你不是病着的么? 昨儿他们还告我说你床也起不来的。这大毒日头底下，犯了暑气可怎么好?"允祥看了一眼步军统领衙门的兵，一千多人列成方队挺立在园门口空场上，一边招手示意李春风过来，口里说道："身子不受用，就不给八哥请安了。前儿八哥送的人参、银耳都收了。你自己也病着，还惦着我——我是来传旨的，皇上和衡臣相公已经回京，在丰台大营接见他们。您是议政王，既能走动，也该去叩见的。"允禩先是惊得一震，随即安详地一笑："唬我一跳! 皇上竟已经回来了? 我还以为圣驾还在山东呢! 既如此，我当然要叩见的。"李春风早已过来，此刻见是话缝儿，忙上前打千儿道："十三爷，您叫我?"

"这不是李春风么?"允祥笑道，"记得你在西山锐健营为差，几时调九门提督衙门的? 你十七爷去了古北口，十三爷病着，就舍不得过来请个安。真个谁养的狗看谁的门了。"李春风忙笑道："奴才去年五月调步军统领衙门，还是爷批的札子呢! 几回到王府请安，您都不在，听说您病了，府上人更不叫见，位份摆着，也是没法子的事。瞧十三爷气色——""噢，我没什么，这不好好的么？"允祥笑着打断了李春风的逢迎，张着眼看了看黑鸦鸦的三个方队，努嘴儿道："那是你带来的兵？"

"是！"

"多少人？"

"一千二百！"

允祥"嗯"了一声，说道："兵带得不坏，满有规矩，你出息得不错了！""这都是十七爷的教诲，十三爷的提携。"李春风忙赔笑道："奴才自己有什么能耐？"允祥扑哧一笑，说道："这碗米汤灌得有味儿！——去吧，老热的天儿，太阳底下不能站久了。带兵两个字，一个'严'一个'爱'——叫他们散了，双闸堤边大柳阴下歇着待命。"

"喳！"

李春风单膝跪地一叩，起身便退了过去。在队前发了几句口令，便听军士们轻声鼓噪欢呼，哄然而散，原本肃杀得紧张的气氛顷刻之间化为乌有。隆科多见这个牙将连自己这个主官问都不问一声，就执行了允祥的命令，气得脸色煞白，又听允祥连连招呼众人上轿，只好憋了一肚皮气升轿，随着允祹允祥的鹅黄亮轿迤逦向东南——丰台大营而来。

允祹允祥等人一溜大官轿在丰台大营辕门口停下，便见毕力塔迎了上来，笑着给两个亲王请安，说道："卑职的中军帐已经腾出来，万岁移驾那边，这会子正和方先生张中堂说话呢！旨意王爷和大人们一来就进去，不必在这里候见了。"言毕，向马齐隆科多一注目，算是行礼，马齐没有理会，肃立听了旨转身便走，隆科多却陡地一阵心寒，觉得有点大事临头的感觉：方苞允祥张廷玉都是钦杆儿忠臣，马齐是对头，毕力塔这次也得罪得苦，三贝勒乌龟不出头，至今连面也没露，自己手里连一点底牌没有，谁知这个廉亲王不会"舍车马保将帅"，跟着众人把自己往死里治？原来心里存着那点子"光明正大"的心思，到这地步儿越想越靠不住了。眼见营内三步一哨五步一岗，这极平常的关防威仪，也觉得是冲自己来的，蓦然间心头撞鹿般乱跳，已是冷汗热汗交流满颊，恍然听允祥在营门口交代毕力塔："熬几锅绿豆汤送畅春园门口，给李春风的兵解暑……"他再也不敢多想，跟着众人踽踽进了军营。允祥已从后头跟上来，随着允禩身后登了大军中堂，躬身立在滴水檐下，正要报名进去，却听雍正在里边笑道：

"大热天儿，规矩减些儿罢，都进来说话么！"

几个人互相略一注目，允祥允禩打头鱼贯而入，顿觉身上一阵清凉——屋内四匝都用大条盘垛了冰块——允祥是个病躯，竟打了个冷颤儿，允禩已领头儿叩下头去。因雍正已吩咐过，几个人只叩了三个头便起身退到一边跪下。马齐在外边因阳光刺眼，进来时一片昏暗，此时才仔细看，见雍正戴着白罗面生丝缨冠，青实地纱袍外套蓝实地纱褂，腰间束一条金镶蓝宝石红绿碧琊玖马尾纽带，端正坐在案边，旁边方苞张廷玉都是一坐一立。正想着如何报说和隆科多的争执，允禩却先开口说道："方才进来太暗，这会子才看清了，皇上圣颜甚好，只是清减了些，似乎也晒黑了点。这些天快马一天一报，说皇上还在山东，说实在的，臣弟心里有点懈，想着銮驾少说也要五七日才能回，原来皇上竟是微服回京来了。亲民，固是好的，但皇上万乘之躯，白龙鱼服在外，出丁点儿差错，可怎么好呢？"说罢又是哭又是拭泪。见他用情如此真挚，张廷玉心里一阵惭愧，隆科多却是一阵寒栗：八王爷如此奸诈，就登极也不是个好侍候的主儿！

"难为你们想着了。"雍正含笑抬了抬手，示意众人起身，"坐在乘舆上走马观花，能瞧出什么名堂？朕又惦记着年羹尧入城典仪，所以索性和廷玉扮成商客回来，差点儿连这丰台大营都进不来！"说着便笑，又叹息道："这次出巡得益良多啊！小饭店里用用餐，才晓得朕的制钱还没有真正流通；一两银子只能兑八百制钱，库里积罗盈案堆的却都是新铸的钱！还有，佃户们为少缴粮，把地都写到了缙绅名下，朝廷没得一分实惠，都便宜了那些不纳粮的土地爷们。朕若一味垂拱九重，不肯轻出御辇，这些利弊何年何月才能知道？马齐，限令各皇商、盐税、钱庄、平准库粮一律不准收白银，改收制钱的政令下去了没有？"

马齐见气氛如此和缓，也为错疑了隆科多，心里多少有点懊悔，见皇帝问，忙赔笑道："廷寄头十天就发了各省，是臣和隆大人合印发的。有的省份如两广云贵，现今还未必收到呢。至于官绅纳粮，田文镜已在试行，遵旨稍后再办。""嗯，好。"雍正啜一口茶，又转问允禩，"老八，说是病了，可好些儿了？"

"承主上关爱。"允禩身子一欠忙道，"臣弟是受了些热，头晕些，今儿刚刚好了出来视事，恰就主上回来了。""这就是缘分呐。"雍正似笑非笑，淡淡说道，"既好了，有些事还要倚重你多料理料理。允禟这几日就随年羹尧回来了，劳军的事要偏劳你了。旗人分田的事看马齐转过来的折子，仍旧是个不成。还有允䄉、允禵，朕并不为惩罚他们，他们和亏空官儿们牵扯太多，在京不遵政令，怎么就怨天怨地？细究起来，他们没有罪么？这些事你该劝劝，大约他们还听你的些儿！"说着，脸上已没了笑容，耷着眼皮只啜茶不语。允禩满腹心思原也是如何应付搜园的事，没想到雍正从这头挖剔自己的不是，垂头思量了一下，拣着容易的回答道："劳军的事臣弟和隆马二位会同十三弟不知商议过多少次了，断不致误事的。现就年部回京驻扎地，实在没个好地方，大热天儿也不宜征用民房，十三弟病着，臣弟和舅舅商议，可否请丰台大营匀着些儿，左右三千人，不是难事。"

"嗯。"

"旗人屯田的事也差不多办下来了。在京闲散没有职分的旗人三万七千多，每人分田四十亩，都在顺义密云京畿这一带。都是上好的地土，离家也近。"

"嗯。"

"至于允䄉、允禵，也确有他们难处。"允禩原打算从旗人分田自种这个题目上把话岔开去。谁都知道这班子八旗子弟各有旗主，亲套亲、人连人一直瓻到几个铁帽子王爷跟前，人人都不是省油灯，这上头打擂台，就引得皇帝掉转矛头和八旗旗主去刈花枪，不想雍正却只一味地"嗯"！允禩无可奈何，只好咽口唾沫说道："允䄉在口外水土不服，常闹肚子，上回写信给十三弟，已经瘦成一把干柴，想求十三弟奏明，请旨回京调养。十四弟主上是知道的，性气高些，心里不快是有的，并没有敢怨忿朝廷，他办事还有些章法，这里我也想代十四弟讨情，回京严加管束也是可行之道。"说罢便看雍正。

雍正听了没言语，半晌才冷笑一声，说道："朕在外头栉风沐雨，巡河工，访民情，你们敢情坐在北京糊弄朕？！听起来倒是头头是道，其实真的是这么回事么？旗人，十个里头连一个真去的也没有，分的田有的租了别人种，还有的竟卖了！朕想叫他们变得有用些儿，反倒弄得他们更有钱吃喝玩乐！老十有病，老十四也有病，这朕都知道，但他们害的都是心病，心病好了，身子骨儿自然也就好了。朕登极以来连抄了一百四十多官员的家，这一次朱批抄李熙二十四家，早在出京第三天就批给了你，为什么至今还寄发不出去？嗯？"

他辞色间并不严厉，只是侃侃而言，但句句听来都像刀子一样，犀利得令人心悸，连允祥在旁听着，也觉心里不安，生怕他雷霆大怒，当场就处置允禩。

"回万岁。"允禩最怕的是雍正彻底追究隆科多，说这些事，他心里更觉不安，因一横心大声道："其实臣弟不说，万岁也知道，这些差使都是极难办的！先帝爷何等英明？万岁何等刚毅？施世纶何等清正强干？从康熙四十六年清理亏空，十八年了，那里就一蹴而就了？本来已经人心不安，李熙七十多岁的人了，有擎天保驾功勋，还债已经还得精穷，再抄家，不怕寒了臣子们的心？要这样，我才菲力薄，实在办不来，甘愿也去守陵，请皇上另委能员，以免我误国之罪！"

允禩号称"八贤王"又名"八佛爷"，平素是最温文敦厚，人前不说一句刁话的。今日在这个铁腕帝王面前竟如此挺腰子，惊得众人愕然相顾，脸色煞白。一时间，静得一根针落地都听得见。

第三十七回　千乘万骑将军凯旋
　　　　　　泪尽露干弱女饮泣

　　雍正也被惊得一震，但随即就恢复了平静，盯视着允禩道："老八，你这是怎么了？这是议事，不是怄气嘛!"他站起身来，踱着步子，良久，才徐徐说道："朕如今落了恶名儿，是个'抄家皇帝'，朕自己心里有数。施恩是要施恩的，不是你那个施法。待整顿好吏治，朕自能把这恶名儿给改过来。上回刘墨林讽谏，写了一首诗，里头有两句，'人事如同筵席散，杯盘狼藉听群奴'，说的就是被抄人家的苦。朕说，先甜者必后苦，甘于苦者必甜。这些赃官污吏，听任他们以贪婪横取之钱财，肥身家养子孙，国法何以立则，人心何以示儆？贪墨即是国贼，这些钱又没有拿来充朕的内库，满朕的私囊，朕有什么错？你老八说!"

　　"如今抄家抄得官员谈抄色变。"允禩毫不示弱，"打牌都打出'抄家糊'了! 官员为士大夫，难道不应稍存体面？朝廷办事还得指望他们嘛?"

　　他一心想兜着这个扯不清的大国策和雍正争论，一改平日徇徇儒雅的风度滔滔不绝，说得振振有词。张廷玉见雍正满脸乌云越聚越重，眼看就要发作，便给方苞使眼色。方苞立刻会意，笑道："八爷，主上刚刚回京，一路鞍马劳顿，这些事留着慢慢议的为是。"

　　"朕未必一定要和你议这事。没了张屠户，就吃带毛猪?"雍正一腔怨毒之气，幽幽盯着允禩道："你是好人，总在替别人着想，朕这样的寻常主子，如何用得起你这样的圣贤？你病着，且回府养病，回头朕自然有旨给你。"听着这阴狠苛毒的讥讽，堂里堂外几十号人心里无不发瘆。允禩却毫无惧色，伏身一叩头，说道："臣弟与万岁政见不合，但并无自外万岁的心思。既然万岁有这旨意，臣弟自然凛遵如命，回府养病读书。"起身又打个千儿掉头便走。雍正气得胸脯一起一伏，突然扬手道:"慢着!"

允禵还未走到门口,听见这一声喝,怔了一下,旋即回身,却不肯失礼,深深一躬道:"万岁有什么旨意?"

"你读的那些书,都是做官的道理。"霎时间雍正也恢复了常态,只嘴角仍微吊着一丝轻蔑的冷笑,侧过身从文卷中抽出一本折子,递给身边的隆科多,说道:"舅舅,这是李卫上的折子,里头有一首《卖子诗》,拿给廉亲王带回府里看,民为国本,让廉亲王体味一下'廉'字要紧不要紧!"隆科多两只汗湿了的手颤抖着接了折本,过去转给允禵。允禵伏身又叩头,说声"遵旨",袖了折本竟自悻悻而去。

雍正盯着允禵潇洒飘逸的身影,许久才无声透了一口气。这才问马齐和隆科多:"你们两个怎么回事?畅春园出了什么事,两军对垒似的?"隆科多眼见马齐白发乱颤口鼻不正,生怕他恶人先告状,因抢先一步,口说手比,自己怎么请示三贝勒弘时,又与允禵合议,如何因管着善捕营的允礼去了古北口,又防着小人作祟,潜伏宫中有不利于雍正之举……——备细说了,又道:"马齐并不管军政,靖园又没有干扰政务。他突然插手,本来没事的事,倒搅得满世界都惊动了。刘铁成在园里放肆辱骂,臣真的是忍气吞声,颜面扫地……"说着不知怎的触动情肠,心一酸,眼圈便觉红红的。

"我也是领侍卫内大臣,万岁安全,不是你一人的责任。"马齐不管不顾,扬脸盯着隆科多,"搜宫、靖园,其实应该请旨才能施行。就是我们一处合议过,也有些越礼,何况方先生、十三爷和我都不知道!"允祥觉得这事自己不应缄默,叹息一声道:"这事不妥当,马齐和舅舅不要犯生分了,我身子骨儿太不争气,由我来主持原是正理,也不会有这种事。"说罢连连咳嗽,嗓子一甜,知道是咯上血来,不敢吐,忙偷咽了。

方苞皱着眉头一直在沉吟,他是上书房唯一的布衣臣子,只有参赞权没有决策权,隆科多不来找自己商议,大理上是挑不出毛病的。但他精熟书史,人臣擅搜宫禁,除了曹操、司马氏、东昏侯这些乱国奸雄,自唐而后,连严嵩也没敢干过。这一迹象可怖不在于隆科多的莽撞,是后头有没有更深更大的背景。但京师内外人事纷纭乱如牛毛,他一时也理不出头绪来。想着，方苞说道："都是为国事着想，国舅还该有个商量。这种事开了例，后世不堪设想。"隆科多腾地涨红了脸，说道："你在穷庐整理先帝国书，几次找你不见，今儿才知道你住了十三爷那儿。"马齐立刻顶了回来："就是十三爷的钧命，马齐也不敢领！你那一千二百人是我赶出来了，你不要寻刘铁成的不是——这事回头我还要具本明奏，参劾你！"

"马齐，没人说你不是，"允祥勉强笑道，"不过舅舅也是好心。先头大行皇帝巡狩热河，也都要净一净避暑山庄嘛！"

"那不同。那是奏旨都了的！"马齐脖子上的筋都胀起老高，"擅自带兵进避暑山庄的凌普已经正法！""你太不像话！"隆科多目中喷火，"我是谋逆么？"马齐一梗脖子道："我没说你谋逆，我说的凌普！"

雍正一直在静静地细听，至此见几个大臣翻了脸吵成一团，突然扑哧一笑："都动了肝火，忘了君前失礼了么？舅舅这事做得粗了，但世人千反万反，朕保舅舅不会有谋逆的事，马齐也疑得太重了。这里放着个丰台大营，一千二百人能在畅春园据守么？不要这样——你们谁也不许说话——听朕说，事情慢慢就过去了，慢慢就有分晓了。谁也不要再追究这事。好么？"

马齐隆科多在畅春园闹到两军对垒的地步，众人原都以为雍正必定要穷追这件事，谁也没想到竟是轻描淡写的这么几句话，一片和息是非的意思溢于言表。隆科多本自怯情，吊得老高的心顿时放了下来，众人的脸色也渐平静下来。但马齐仍旧心中不服，叩头道："臣与隆国舅并无私怨。现步军统领衙门的人陈兵园外，传到外边甚骇视听。臣请旨，请隆大人下令兵士归营！"雍正一笑，看了看左右没言语。张廷玉道："奴才以为马齐说的是。"方苞却道："既来之，则安之为好。"

"也不宜太不给舅舅留面子。"雍正斟酌着字句说道："进园也不好，退回去也不好。这样，李春风部带的这一千多人，改拨善捕营指挥，算是善捕营靖园，仍由舅舅主持。这样就理顺了统属，外人也没话了。十三弟，就这么办，你叫张雨去园门口传旨办理。"待允祥和隆科多辞出去，雍正才笑对张廷玉道："衡臣，没想到一回北京就看了一出龙虎斗！"马齐气咻咻还要说话，张廷玉道："松公，从长计议嘛！"一时，又见养心殿总管太监李德全率着几十个太监进来请安，大臣们方都辞了出去。当晚，雍正御驾返回畅春园，德楞泰、鄂伦岱、刘铁成、张五哥一干侍卫带着畅春园原班护卫亲兵，新补进来的李春风驻守外围，风平浪静，一点意外的差池也没有。

允禩憋了一肚子无名火"遵旨"回府"养病读书"。"养"了不到十二个时辰，畅春园传来旨意：仍着廉亲王筹办年羹尧入城献俘检阅事宜，"以资熟手"，欲待硬顶，他不敢；软辞推谢，旨意里先就有话："廉亲王与国同休之体，虽有疾，卧而委之可也。王断不致因中暑疾推诿周张，致朕失望"！明话明说，必须带病办差。允禩心里倒了五味瓶价，悲酸苦辣辛搅成一团不成个滋味，此时才真的知道"人在矮檐下，不得不低头"的景况。只好磕头接旨，勉力到上书房，一一召见礼部兵部户部司官，布置郊迎大礼。那里该搭彩坊，何处应设芦棚，百官迎接地址，官员排列次序，又传令京城京郊沿道百姓家家设香案，户户鸣爆竹，醴酒香茶，箪食壶浆以迎王师得胜还朝。所幸这些部院大臣官员多是他一手提拔起来的，多年奔走门下，服从惯了，事事都觉顺手，无人不肯听令。渐渐地，允禩的心绪愈来愈好起来。待到五月初八年部兵马已到长辛店，初九可抵丰台，稍事休整，准定初十辰时入城受阅，前头驿站滚单递到，已是万事安排妥当了。允禩犹恐雍正挑剔出毛病儿，冒了暑热乘坐亮轿亲自踏看了潞河驿至午门一路布置情景，便向畅春园递牌子缴旨。

其实刚过端午，园中榴花甫落月季盛开，浓绿丛中猩红黛白灿花纷呈。金缸贮长春之水，朱门插溢香青艾，夹花墙鹅卵石道上官员们翎顶辉煌来来往往，三三两两聚一处，有的是等候上书房大臣接见，有的是接见过刚出来的，都在兴奋地议论年大将军凯旋归朝的大典。见他过来，忙都逼手让道儿，请安的、问好的、搭讪着说话，各种媚态自具一格，也不能尽述。允禩这才深味，办差虽苦，苦中之乐难以言传，因见隆科多从澹宁居闷头摇着方寸步过来，两个人只一对眼，允禩便偏转脸去，招呼正在镏金大铜缸前和翰林们说话的徐骏："你过来一下！"

"八爷，您叫我？"徐骏撇了众人趋步过来，抢一步打了千儿笑道：

"我刚刚儿见过万岁。这回迎接大将军回朝，在午门颁诏奖谕，他们拟了几稿都叫张中堂打了回来，方才万岁传旨叫我当场草拟，倒得了彩头呢！"允禩一笑，瞥眼见隆科多已经过去，方问道："万岁还有什么旨意？是单单召见你的么？"徐骏起身道："万岁说翰林院的几稿文字都太僵板，颂圣颂功颂德，要华美贵重，不能带八股气。其实我的文章也只词藻华丽些，谁知就对了主子脾胃！哦，方才接见，张中堂也在，听说话是隆中堂递了折子，请辞去九门提督，别的也没听见什么话。"

允禩头"嗡"地一阵发蒙：看来隆科多真的要洗手下船了，这怎么处?！怔了片刻，方想到和这个满脸得意之色的徐骏说不着这个，因冷冷道："用了你一篇文稿，就兴头得这样，我真得恭贺你了！我还以为抄你父亲的家产赏还给你了呢！告诉你，彭鹏和孙嘉淦联名儿参了你一本，万岁爷是个三伏脸，今儿塞你一把蜜，明儿不定就送你绳匠胡同！"

"他们——他们参我什么?"正高兴得心花怒放的徐骏像挨了一闷棍，脸色变得雪白。

"你和刘墨林争那个婊子苏舜卿。"允禩口气淡得像白开水，"刘墨林随宝贝勒西去劳军，你叫堂子，乘酒灌药，迷倒了那婆娘，嗯？有没有？下头的事用得着我说么?"见徐骏目瞪口呆地盯着自己，允禩冷笑一声又道："你虽有才，缺德缺得冒烟。巴豆汤泻死了你的老师唐敬，这事参上去，幸亏隆科多跟我通气，'查无实据'保了你，隆科多要垮了，我也垮了，看是谁来用纸包你这把子邪火吧！"说完，也不等徐骏答话，拿起脚便扬长而去。

徐骏站在花荫下，通身都是冷汗。苏舜卿的事是实有的——刘墨林离京三天，他就叫了苏舜卿的局子。怕她不来，还拉上了王鸿绪、王文韶，听了几个曲子吃了儿道菜，众人都辞出去，他就下了手用药弄倒了舜卿……因事毕发觉她不是处女，还骂了几句——这事外人并不知道，难道是家人吃里扒外走漏了风声？想想允禩的话，"查无实据"，眼下只有尽速灭口。不然，刘墨林回来就有一场好看儿——想着，徐骏再不迟疑，因见几个同寅兀自闹着要吃酒，说几句"改日奉请"，一脸假笑退出园外，吩咐家人："备轿！——悄悄去嘉兴楼，好歹软硬请苏姑娘到府里！"

但苏舜卿却已不在嘉兴楼，早已搬到了前门外棋盘街。自从在徐骏府唱堂会上当失身，苏舜卿像害了一场大病，整整三天不吃、不喝、不见人也不说话，心里又是酸楚又是悔恨，不应图谋王文韶状元虚名，轻易着了徐骏的道儿。也没料到徐骏竟如此胆大心黑，明知自己是刘墨林的人，居然就下蒙汗药，居然就……她心里像塞了一团烂棉絮，揪不清挑不完，堵得五脏六腑都是满满的，起先只是躺在床上整日无声流泪，后来连泪一并没有，只张着一双明洁的眼睛死盯着天棚出神。老鸨虽深知其中缘故，她开行院几十年，经这种事不止一遭，原想过几日自己想开了就撒开手了，眼见舜卿水米不进，倒像是立意自戕的样子，这才慌了神，过来安慰道："咱们吃这碗饭的，就是卖嘴不卖身的，哪得个干净？何苦自己烦恼，糟踏了身子骨儿？不是我说句逞强话儿，我要立心从你身上赚夜度钱，早就有这一日了，探花爷也不得占这个先。话说回来，说煞了咱们是行园里头厮混的，就冰清玉洁，也没个立贞节牌坊的理。我的老姐姐上回带几个女孩子，说开封待不住，田大人封了所有妓馆，叫孩子们从良，遵的是万岁爷贱民脱籍的旨。但说'从良'二字，哪得那么容易的，戏子王八吹鼓手，几百年代代传下来，不会种地，不会驾船，耕读渔樵谁不知道好？做不来做不得也是枉然呐！我也是苦过来的人，'老鸨'是个什么好名儿？我也都认了，孩子，听我的，咱们得认命！"

…………

"就是探花爷，我看你也不必要那么痴。"鸨母见她翻转身向里，知道劝的路子不对，抚着舜卿肩头道，"男人们有几个好的？我一辈子也没见过几个！我年轻时候接的头一个，是个举人老爷。你没见他那个正经，坐那儿听我唱曲儿，活似个关老爷。众人一走就变了个模样，我身上来着红，他就拱头抱腿地舔下头，不管前头后头都……我是个娼妓，也恶心他那下作样儿！唉，谁叫咱们是女人来着？依着我说，吃个哑巴亏结了，一床锦被遮盖了，这事哪来的痕迹？"

苏舜卿"嗯"地翻转身来，指着鸨母道："你是你，我是我，他是他！我跟墨林没那些脏事，就是有，也是我心甘情愿！你要说就说人话，再作践刘老爷，两个山字叠起，你给我走！"

"我是为你好嘛!"鸨母看了苏舜卿一眼,垂下了头,苦笑着一叹,又道,"……当然更为我自己。徐公子是徐老相国的公子,又是八佛爷的红人。刘老爷新贵人,万岁爷跟前说得响的人。无论谁治我比捻死个蚂蚁还容易!眼见刘爷就回京来了,你有个三长两短,刘爷找我要人,我去哪里哭皇天呢?好妮子,千不念万不念,你总叫过我一声'妈妈',记念我从不逼你接客……"说着,掏出手帕子,已是泪如泉涌,握着嘴哽咽着就要放声儿。

苏舜卿大滴大滴的泪水扑簌簌淌出,长叹一声和衣又歪倒,双手捂着脸道:"我是没脸见他,可又想再见一面……妈妈你别凄惶,我……吃饭就是了……"

果然自此苏舜卿渐进饮食,作养数日,已能下地走动,只神情间冷冷的,连素常往来的姊妹们也不大理会。巴巴儿等到五月初十,是年大将军入城的正日子。苏舜卿料知城里必定人山人海,她厌闻人声,早早儿坐一乘二人抬竹丝凉轿,带了酒食香烟迤逦出了西直门,却见外头驿道两边挨挨压压都是城里拥出来瞧热闹的,不但树阴下,就是老日头下,不少人张着大青布凉伞,在伞盖下设香案迎候——其实雍正登极以来,还没有在京师子民前露过面,人们跑这么远,一为瞧"王师凯旋"的风光,心里倒是更想瞧瞧"皇帝老子"长什么样儿——苏舜卿见近城道边也是里三层外三层的人,卖小吃的、汤饼烧卖凉粉酥糖炒面烧鸡卤肉小摊子上,高一声低一声唱歌儿似的叫卖声嘈杂不堪,便沿驿道继续向前,足足走了十里之遥方见人流渐渐稀少,便在一株大柳树下设了香案,端坐静等,她只求远远再见刘墨林一眼便于愿已足。

卯正时牌,听得丰台大营三声炮响,一队队兵士举着矛戈顺序出营,沿驿道布防,每隔二十丈一道彩坊,中间三步一岗五步一哨,彩坊两边各站一名军官,按剑挺立分段指挥,全部军士都是一色簇新的号衣,煞是威武森严。苏舜卿漠然坐着耐心等待。过了一会儿便见几个军士由西南官道打马飞奔入城,料是年羹尧军派人入城联络。不一时,便听城中拱辰台鸣炮三声,钟鼓楼齐撞响了,各个寺院大钟立刻相互遥遥相和。几乎同时,潞河驿那边画角齐鸣,军乐高奏,前头五百名校尉佩刀甩步而出把个黄土道踩得一震一颤,接着是一百八十四健骡拖着十架红衣大炮炮车隆隆而过，也真亏了那些驭手，连骡蹄子都齐刷刷踩着鼓点子，黄尘都扬起老高。道旁的人们已经看怔了，苏舜卿好奇地看时，仪仗已出——前头是八十面龙旗，由八十名彪形大汉擎着过去。紧接着是五十四乘九龙曲盖，一色米黄色，只最后两个一翠一紫，为"翠华紫盖相承"。华盖后两长队军士都走得很从容，八面门旗导引，两面金鼓旗，两面翠华旗，四面销金小旗，出警入跸旗各一随后，一百二十名军士举着金钺、卧瓜、立瓜、钺斧、大刀、红镫、黄镫开过。苏舜卿巴巴地望眼欲穿，眼见五花八门的仪仗徐徐开过足有一刻，还不见年羹尧的影子。正发急间，便见六十四名军士护着纛车过来。纛车造得异常宽大，车上四角站着四名护纛将军，都是二品服色，昂首瞋目按剑，活似中岳庙里的四大金刚，车中纛旗旗杆有两丈余高，赤红流苏明黄镶边，宝蓝底色的纛旗足有丈二长短，上写着斗大的黄字：

钦命征西大将军年

在灿烂的阳光下熠熠生辉。纛车后才是年羹尧的中军仪仗，却是十名穿着黄马褂的御前侍卫骑马先行，后边几十名中军护卫抬着天子尚方剑，擎着明黄节钺，簇拥着威风凛凛的大将军年羹尧，却并没有别人陪着。

苏舜卿虽是个女子，也知道允禵随军，是皇帝惩处这个"九爷"，自不能随在年羹尧身后。但宝贝勒和刘墨林是宣诏钦使，专门迎接年大将军回京的，至不济也要和年羹尧并辔而行，怎么连个影儿也不见？一时想着也许弘历不想喧宾夺主，留在西宁徐徐随后回来也是有的，一时又想莫不成刘墨林病了？胡思乱想着已是痴了，后边长长一队队兵士旗甲鲜明的仪仗也都没有留心看，只张着眼寻找刘墨林，却哪里得见？一直到三千人马过完，她才发觉树阴早已错过，自己已经坐在热烘烘的太阳地里，思量许久，苏舜卿轻叹一声起身来，对轿夫道："回城去，西门进不去，从宣武门绕道儿回去吧……"一坐进轿，她便浑身瘫软，昏昏沉沉晕迷过去了。

坐骑上的年羹尧当然理会不到苏舜卿这点小小的心思，这番"班师"回朝大典，四月初从青海出发，入关后一路都是黄土垫道，香烛鲜花迎送。沿途甘陕豫直四省，从入境到出境都是总督巡抚亲迎亲送、行跪拜礼吃仿膳餐，礼敬如对神明。各地州府道司馈赠的"仪程"堆山积海盈庭积屋，总计在百万两上下，根本无法携带，也不便带来北京，都暂存各地藩库回程时再带。此刻千乘万骑簇拥着他，座下紫骝，手中黄缰，论千论万的百姓香花醴酒望尘舞拜，走到哪里，人们都像倒伏的麦田一样五体投地不敢仰视。这风光，这排场，这荣耀自古以来人臣有谁享受过？扫一眼前头，龙旗蔽日，环顾左右，金戈辉煌，全都为自己是功勋盖世的大将军，得胜回朝来了！他铁青着脸，尽力抑制着内心的激动和沉醉，江牙海水四团龙袍外套着金灿灿的黄马褂，明黄丝绦束着黑纱战袍和顶子上的三眼孔雀花翎在微微的熏风中飘动，目光炯炯凝视着愈来愈近的京城。灰暗高大的西直门前三百余名礼部司官，远远望见纛旗，从尚书侍郎黑鸦鸦跪了一片，齐声高呼：

"年公爵爷亮工大将军万福安康！"

年羹尧正眼也没瞧众人一眼，略一颔首便纵马入城。此刻城里烟花齐放香雾缭绕，爆竹起火冲天炮如同开锅稀粥价响得不分个儿。一座接一座的扎花彩坊间人流如潮万头攒拥，万目睽睽如狂如醉，瞻仰大将军风采。九门提督和顺天府衙门的兵丁手拉手结成人墙为年羹尧的三千仪仗开道，个个累得臭汗淋漓，各家门口的香案都被挤得稀烂，哪里还能执行礼部传谕"拱揖伏礼，虔诚示敬"？做好做歹，总算在辰末时牌赶到午门。这里关防得没有一个百姓，连同入京引见述职的官员，由简亲王、恭亲王两个皇叔带着，廉亲王领衔，足有上千的官员，一见纛旗中营到达，允祹一声"百官跪接"！亲王以下"唿"地全部跪了下来。接着静鞭三声，年羹尧才从惊怔中醒悟过来，忙下马来，便见午门正门呀呀而开，三十六名太监抬着端坐在明黄亮轿上的雍正皇帝迎了出来。立时，丹陛之乐大作，左掖门下三百六十名畅音阁供奉在黄钟编磬的撞击乐中，嘴唇一张一翕，念念有词地唱道：

> 庆溢朝端，霭祥云，河山清晏，铃旗迢递送归鞍。赫元戎，綮良翰，靖献寸诚丹。载于戈、和佩鸾。功成万里勒铭还，退迩

　　共腾欢……

　　雍正含笑徐步下了乘舆，静静听完歌乐，便向年羹尧走去，亲手解掉了年羹尧身上的战袍，年羹尧这才形式上"去了甲胄"，伏地行三跪九叩大礼，嵩呼：

　　"愿吾皇万岁，万万岁！"

　　雍正含笑受礼，亲自扶年羹尧起身，说道："大将军鞍马劳顿，着实辛苦你了！"一手携了年羹尧，另一手摆了摆示意百官起身，二人径自从午门正门而入。允禩忙高叫："礼成！百官由左掖门入大内领筵！"众人起身来，立时便是一片嗡嗡嘤嘤啧啧称羡之声。

　　谁也没有注意到，在写着"文官到此下轿，武官到此下马"的大石碑前站着允祥和刚刚到京的邬思道。允祥只笑着观礼，邬思道架着双拐站在一旁，叹息一声道："粗材！亮工没几日好活的了！"

第三十八回　　忘形骸功臣显骄态
　　　　　　　衡大势谋士精筹局

　　邬思道是昨天夜里才到达北京的。自从在南京会见李卫，他就知道了自己的处境，钦定的"中隐于市"，老实听从雍正安排，是唯一的自全之道。想摆脱朝廷羁绊放舟江湖笑傲风月是办不到的。安置了家眷后，急急赶往北京，先去十三贝勒府拜会允祥。允祥却在丰台，直到深夜才见了面，两个人谈到天蒙蒙亮才蒙眬了一会儿，因知年羹尧今日入城，便和允祥同乘一乘大轿前来观礼。当下允祥听邬思道为年羹尧下此断语，不禁吃了一惊，疑惑地凝视了邬思道一眼，说道："瘸子又要危言耸听了！年羹尧这一功，其实打稳了皇上的江山，如今圣眷还在我之上。你知道么？"

　　"十三爷，你只说对了一半。"邬思道若有所思地看着百官由左掖门鱼贯而入，"打稳了皇上的江山一点不假，年羹尧如果兵败，八爷就召集八个铁帽子王，逼皇上逊位；仗打得温吞水，后方财政不支，八爷不但扳不倒，还要造乱，他是战胜将军，皇上就是英武圣主嘛——堵住了所有人的嘴。但说年羹尧圣眷在你之上，十三爷就大错特错。圣上是用你安内，用他攘外，外患既去，他一点不知收敛，怎么会有好下场？"允祥听着这话，心里一阵阵发寒，许久才道："等他面圣下来，我们和他聊聊。"邬思道猛地转脸望着允祥，目中灼然生光，断然说道："十三爷，要聊你们聊，我是绝不见年羹尧的。我是奉旨来京的。万岁或者秘密召见一下，或者由您奉旨传话都可，余外的人我一个也不想见。"

　　二人还待往下说时，八王府太监何柱儿从右掖门出来，径自走到允祥面前，说道："王爷，我们主子以为十三爷在太和门候着，谁知哪里也寻不见！万岁爷也问怡亲王怎么没来，请爷赶紧进去罢。"说罢看了邬思道一眼，却没言语。允祥因笑道："方才我有些头昏，没有随班奉驾，这会子略好些儿了。你且去，告诉你八爷，我这就来。"直待何柱儿去了，允祥方道："邬先生，看来你是不进去的了。就住我府吧，万岁早说过想你，必定是要见的，我这进去一说，主子必定欢喜的。""这就是十三爷抬爱我了。"邬思道道，"你等筵散无人时再奏皇上，只说我已到京，在府里静候旨意。"说罢，便坐了允祥的大轿打道而去。

为年羹尧庆功的筵宴设在御花园。紫禁宫院内不许栽树，这样热天毒日头，一千多人的大宴设哪个殿也盛不下。允祥进来时，御厨房的太监们举着大条盘来来往往正在上菜，个个热得满头大汗。允祥扫眼见雍正的首席设在拜月台的凉亭下，雍正坐在首席，挨身便是兴奋得满面红光的年羹尧，旁边是几个老亲王陪坐，便忙赶过去给雍正叩头，起身又打个千儿笑道："给几位叔爷请安了！"又转谓年羹尧，"大将军今日不易！这次回京也走得劳苦，今儿主子专为你庆功，你可要多用几杯了！"年羹尧忙起身笑道："年某何功之有，这都是主子调度有方，前方将士仰体圣德，那些丑类冥顽不化之徒，怎么抵挡我堂堂王师？十三爷过奖了！改日，我一定登门给十三爷请安！"

"拼命十三郎是朕的柱国之臣。"雍正见年羹尧没有离席给允祥行礼，又抢在自己前面说话，便皱了一下眉头，随即嬉笑道："真正在后方调度的是老十三，朕不过托列祖列宗的洪福坐享其成而已。来来，老十三，你也这一席坐！"允祥忙躬身赔笑道："这是主子厚爱，本不敢辞的。但主子也晓得，臣弟有个犬马之疾，同席同餐怕过了病气。就是别的席，臣弟也不相宜。今儿八哥是司仪，臣弟执壶司酒，挨桌儿把盏，略尽心意，不知万岁可能恩允？"雍正含笑听了，说道："随你。只不可劳累了，乏时，想歇就歇着。"月台边站着的允禩见雍正颔首示意，便大声叫道：

"开筵——奏乐！"

于是鼓乐齐鸣觥筹交错。允祥先举一杯为雍正纳福。又为年羹尧敬了酒，依次按爵位给陪坐的几个老亲王上寿，这才又转到别的筵桌上。雍正只略举杯呷了一口，含笑道："朕素不善饮，偏劳几位皇叔多劝几杯，今儿是亮工的好日子。"众人忙都躬身答应，轮流为年羹尧把盏。急管繁弦中，年羹尧左一杯右一杯的尽是敬酒，饶是量宏，早已醺然欲醉，仍是来者不拒，面儿上不倒，酒涌心头，耐不住便要说话："我自幼读书破万卷，原想以文治为圣朝尽力。所以秀才、举人而进士，传胪保和殿还不足二十岁，后来皇上收在门下，入汉军正黄旗，不料改了武职，竟成杀人不眨眼将军。与皇上恩结义连数十年，无不听之言，无不从之计，荆棘丛中艰难竭厥，其中苦楚皇上尽知……"他突然打了个顿，意识到说错了话，接口又道："所以我常向岳钟麒讲，生我者父母，知我者皇上！西线军事大胜，一赖皇上如天洪福，二靠三军将士浴血用命，这就成全我年某为一代儒将。弥月之内歼敌十万，圣祖在位时也不曾有过——这都仰受皇上的如天洪福……"说着，便又滔滔不绝大谈西宁大捷。

因这筵席专为年羹尧而设，他说话便格外引人，所有的目光都扫向了他。听他黄腔走板地大吹大擂，已在月台边歇息的允祥听得心旌动摇，挣扎着起身，提了精神踱过来，笑道："年大将军，你说得很是，君父之恩德，皇天后土都鉴谅着呢……"雍正似乎一直漫不经心地听着，脸上和颜悦色地盯着年羹尧不言语，见允祥端着酸梅汤，知是要为年羹尧解醒，也觉得年羹尧再这么说下去，出了事不好收场，一笑起身道："年亮工是有酒了，但酒后真言，朕听来更觉受用，因为他这话坦诚，且为忠诚之坦诚！亮工，弥月歼敌十万，确是开国以来无与伦比的大捷，古之良将不过如此——趁此琼浆为朕舞剑一歌，叫你主子高兴高兴如何？"

"喳！"

年羹尧挺身而起，昂然答应一声。他醉眼迷离，众人的心思压根没理会，也没留神雍正是亲自给自己解围才说那番话，因接过张五哥递过的剑，就地向雍正打了个千儿，起身支一个门户，便在月台前舞太极剑。他舞得很慢，边舞边道："奴才有《忆秦娥》一首，为主上佐酒助兴！"接着似唱似吟，曼声咏诵：

> 羌笛咽，万丈狼氛冲天阙！冲天阙，受命驰骋，三军奉节！
> 　将军寒甲冷如铁，耿耿此心昭日月。昭日月，锋芒指处，残虏破灭……

一边吟唱，手中的剑愈舞愈快，如飘风疾雪，银球价在筵前团团滚动。良久，年羹尧方收势站定，却是神定气闲，似乎酒意也没了。几百名文武官员目不转睛，看得五神皆迷，连喝彩都忘了。

"好!"雍正高兴得脸上放光，"堪称文武双绝!"因起身来，掏出怀表看了看，又道："筵无不散，不知不觉已未时。朕稍事歇息还要办事见人，今儿你也劳乏了，就住在朕雍和宫旧邸，明儿陪朕到丰台，朕要亲自劳军!"年羹尧谦逊地一躬，赔笑道："这实在是主子的关爱，奴才如何当的起? 奴才是个带兵的，理应还回丰台军中，明儿就在丰台迎驾，似乎更妥当些。"雍正瞟了允祥一眼，点头道："依你。不过明个儿你还是递牌子进来，和朕一道儿去，这样风光些。"

年羹尧还要逊谢，但雍正口吻并无商量余地，眼见允祥率王公、马齐张廷玉带着官员纷纷离席，王公们站成一排，官员们马蹄袖打得一片山响跪下，已成送客格局，便不再说什么，只低头轻声称是。雍正拉起年羹尧的手，笑道："朕还送你出去。"允禩看着这一幕，脸上毫无表情，将手一摆，顿时丹陛之乐大起。钟鼓撞击声中，王公一揖手，百官三叩头，送他二人出了御花园。年羹尧被雍正绵软冰冷的五指捏着手，觉得很不舒服，试着抽了一下，却没有挣脱，待出园门雍正撒开手时，他已通身都是燥汗。

当晚，廉亲王允禩在朝阳门外八贝勒府为允禵接风，陪坐的有侍卫鄂伦岱和礼部侍卫阿尔松阿。这个地方是允禵在京时来得最多的地方，自康熙四十二年原上书房大臣索额图密谋逼宫，拥立太子的阴谋败露，他三天五天必定要来拜会一下，院里园中一草一木都踏熟了。但今天到这里来，却无端生出一种陌生之感，他自己也说不清是为什么。八、九、十贝勒当日号称"王中三杰"，领袖百官纵横六部，外加一个十四阿哥允禵将十万雄兵在外，互为犄角，真算得上一呼一吸朝野震动，没想到竟败在雍正这个"办差阿哥"手里，一二年间手足凋零，被拆得七零八落……也许因为乍从荒寒的沙漠瀚海返回这繁华世界锦绣富贵之地，他有一种恍若隔世之感，或者因这番西域之行始终没敢挑明了和年羹尧深谈，虚与委蛇，徒劳而无功，不免怅惘；总之，无论如何允禵鼓不起兴头来。允禩见他呆呆的，只是出神，殷勤劝酒道："你这是怎么了，好不容易回来，怎就像霜打了似的？是历练得深沉了，还是有心事？"

"我是有心事，金波玉液难下咽呐。"允䄉沉重地将发辫向身后一甩，粗重地叹息一声，"我想十弟，有他在这块揎臂攘眉划拳行令该有多好！如今却在张家口喝风吃黄沙，阿灵阿肝胆照人忠直诚信，揆叙多才多艺谋事精当，都是我们满人里头的人尖子，也都身染沉疴一命归泉。留下我们几个孤魂，吃这杯枯酒，怎么畅快得起？"他看了鄂伦岱一眼又垂下了睫毛，端起杯来看了看，又放了下去。鄂伦岱心里更不是滋味，他知道允䄉心里对自己有所责备。在康熙宴驾那个紧急关头，鄂伦岱奉允禵之命倒戈助了允祥一臂之力，诛戮了丰台提督成文运，原为的北京城允禩和雍正"打成平手"好让大将军回京收渔翁之利，想不到弄成眼下这个收拾不起的局面。鄂伦岱想着，自失地一笑，说道："我晓得，九爷心里恨我。千不怨万不怨，只怨我自己是个混虫，辜负了爷们的心，误了爷们的事……"

允禩看看允䄉，又看看鄂伦岱，"扑哧"一笑道："秦失其鹿，高才捷足者先得！这是当时的情势嘛！老十四回京后，我们促膝谈了一夜，什么话都谈透了。不然，鄂伦岱也不会登我这个门。如今即为自全，我们也不能窝里炮——打起些精神来！把昔日恩怨抛向东流水！"他亲自倾了四杯酒，一一送到众人面前，说道："来来来，满饮了！"

"我看话不说透，九哥是打不起精神来的。"阿尔松阿一直斜靠在椅子上嗑瓜子儿，微笑着端杯一啜，说道："告诉九爷吧，世事如棋局局翻新，后头的事谁料得定呢？皇上一个孤家寡人，真正的独夫，支撑不了多久！"鄂伦岱惊异地转脸看看阿尔松阿，闷声叹息道："我们不占中央位置，无论如何扳不回局面。这次搜宫，老隆亲自布置，先占紫禁城畅春园，再夺丰台大营，然后发文天下，'皇上蒙难'在外，拥立三爷摄政。你们听听，盘算得天衣无缝吧？一个马齐出来就顶住了九门提督的兵，怡亲王不费吹灰之力就彻底儿搅黄了这件事？年羹尧这又带兵进京，轰动了满天下，你瞧他那势派，就差着没有加九锡进王爵了。文有张廷玉、方苞，武有年羹尧一干子帮凶，还说什么独夫？八爷——不是我鄂伦岱撂松炮下软蛋，至今刘铁成还防贼似的盯着我，疑心是我放了隆科多的兵进园子。这'谋逆'二字好轻易担待的?! 阿松，你也是侍卫，侍卫顶多大用场你清楚，女人生孩子屁疼，敢情男人不知道?"

阿尔松阿是鄂伦岱的本族堂兄，论亲还在五服之内。他穿着亮蓝套扣坎肩，绛红实地纱袍袖翻着雪白的里子，听着鄂伦岱发泄牢骚，不禁龇牙一笑，说道："你这会子想和八爷撕掳清白? 迟了些儿罢?"阿尔松阿相貌堂堂气宇轩昂，泛着黑红的国字脸上五官也还周正，只一口大白牙破相，尽自矜持着，笑起来仍似满嘴是牙。但只一闪便又抿住了，只盯着鄂伦岱不言语。

"你这话说得谬，"允禩盯了阿尔松阿一眼，冷冰冰说道："鄂伦岱不是卖友卖主之人。要和我撕掳，犯生分，今晚就不来，来也不说这个话了! 但也确实怪我，先头有些事没有跟鄂伦岱说清，为怕老鄂的性子不防头走了风，或者知道的多了反而瞻前顾后，弄得鄂伦岱有些狼狈。这里我给鄂老弟赔个情儿，撂开手好么?"说罢竟就座中起身向鄂伦岱一揖到地。鄂伦岱惊得忙双手扶住，说道："八爷……奴才怎敢当得起? 只是阴差阳错，走到这地步儿上，奴才心里憋得都要炸了。好歹什么章程，八爷您拿定了，就是死，奴才情愿当个明白鬼……不是么?"他说得动情，禁不住泪水夺眶而出，嗓音也有些哽咽嘶哑。允禩抚着鄂伦岱的背，脸上也带了戚容，口里却笑道："今日是给你九爷接风嘛。咱们边吃酒边谈。来，都坐好!"

允禟这会儿觉得心绪安定了些，笑着呷一口酒，说道："接风不接风无所谓。但我的心绪真的是坏透了。自到西宁，我原想凭怎么不济，到底是个龙子凤孙，别的不说，参赞些军务总是该当的，偏偏姓年的把我当客敬，泥菩萨般供起，我没有奉旨管事，只是个'军前效力'的名分，一件事也插手不得，一句多余的话也不敢轻易吐口，后来宝贝勒他们去了，我更连个边也旁不上! 我一肚皮的雄心，要凭银子凭心地套住这个姓年的，想不到都撒了西北风地里! 你留京师，老十发落张家口，十四弟去看祖坟，雍正这一手算得上辣。原以为他只是个办差阿哥，必定是个琐碎皇帝，不懂政治，我竟瞎了眼!"他把头深深埋在两臂间，咬着牙两眼盯着闪动跳跃的烛台，瞳仁闪烁着，不知是火光还是泪光。

"这一条足证皇帝胆寒心虚。"允祥笃定地靠在椅背上，嘴角闪过一丝冷笑，"他以为拆开我们兄弟，就散了'八爷党'，其实足证他不懂政治——"他缓缓站起身，漫步散踱着，一边想一边说，"'八爷党'在哪里？在天下臣民心里！朝野如今都在流传，先帝遗诏写的'传位十四子'是雍正改成了'传位于四子'，这是说他不忠，他发落一母同胞的十四弟去守陵，气死皇太后，也有说太后是触柱自杀的——这是他不孝。隆科多依附的其实是新三阿哥，我把他推出去和皇帝打擂台，成则收利，败则毁他的名，他就是个不仁不义的皇帝！所以我看上去地位岌岌可危，其实稳如泰山。凭他那两下子，奈何不了我允祥，何况如今又加上一个'年羹尧党'？"

这番话款款而言，语气却凶刁阴狠，允禩与他自幼相交，即便在一处商议一些极为机密的事，允祥也都是温文尔雅，以道为本，满口子曰诗云，今儿图穷匕首见，杀气腾腾，居然毫无饰词，要陷雍正为不忠不孝不仁不义的地步！看着允祥带着狞笑的面孔，允禩浑身一震，吃惊地问道："年羹尧！——年羹尧怎么了？"

允祥背着手，满脸阴笑，却不言语，只向阿尔松阿努了努嘴。此刻连鄂伦岱也怔了，手按酒杯盯视着阿尔松阿。

"年羹尧头上有反骨。"阿尔松阿嘿然冷笑，突兀说道，"银子加上刀，他已经把十万大军变成私人势力！西宁大捷前本钱不够，如今已经倒过来要挟朝廷了！"

"何……何以见得呢？"

"雍正以诸侯之礼待他，他也以诸侯自居。"阿尔松阿口气斩钉截铁，"九爷你细想，年羹尧所作所为，他吃饭叫'进膳'，他选官叫'年选'，节制十一省军马，要升谁的官，要罢谁的职，朝廷从来没有驳回过。为什么？一来他还有用处，二来也着实怕着他！宋师曾是个什么人？他在保定府借修文庙，贪污银子三千两，被李维钧出奏，原是要下大狱，至少要剥官夺职的人，年羹尧反奏李维钧挟嫌报复，结果李维钧降两级，宋某人却升两级为江西道，听说又要调升直隶布政使！范时捷有什么罪？不就和年羹尧顶了几句嘴，外放巡抚票拟都出了，又收回来！这次过河南，田文镜办案，和臬司藩司衙门闹翻了，年羹尧又插手政务，命田文镜释放臬司衙门的人，你瞧着吧，河南还有热闹的!"

允禩一边听一边踱步，至此摆摆手插话道："说年羹尧脑后有反骨，我不敢断言。但年羹尧植党营私骄横跋扈僭越犯上，是真真切切。阿松方才讲的我知道，都是雍正不情愿的事，俯就了年羹尧。其实已经君臣相疑到了极点——你信里说的那个汪景祺年羹尧还养着，养着做什么？无非是备着应急！他上的密折，说你在军中很安分，皇上委婉批示'允禵劣性断难改悔'，他又说'十爷十四爷理当回京奉差'，却只回答'知道了'三字，明是不置可否，其实就是驳了。皇上派去侍卫他用来摆队，他这次进京的情形更是荒谬之礼，见了王公大臣都不下坐骑，在皇帝面前箕坐受礼，这年羹尧不是昏聩了，就是别有用心！"

允禵和鄂伦岱都用心听着，许久，允禵才道："年羹尧这些事我是目睹了的，但他实在是我们的宿敌，为什么要保我和老十老十四，我想不明白，皇上又何必这样待他呢？""猪要养肥了再杀嘛。"允禩冷冷说道，"康熙五十六年年羹尧亲口对我讲'八爷比我主子厚道。我要像待主子那样忠于八爷。'口说无凭的事，他能赖账。但十四弟为大将军王，他做陕西提督，书信来往黑纸白字，赖起来就未必那么便当。雍正靠年羹尧的军功粉饰太平稳定人心，收拾我'八爷党'推行他的新政，三阿哥弘时靠我和隆科多的势力去夺嫡，我呢？且作壁上观，到他收拾不了局面之时，请出八旗旗主再造局面——这就是当今局势的底蕴。"

"八爷这话真让人醒神儿。"鄂伦岱呵呵笑道，"我说呢，皇上几次发作您，拳头攥得出汗，脸气得紫茄子似的，只不敢动您一根汗毛。既然这样，不如挑明了和姓年的摊牌，拉他进我这圈子，两股合一股打他个冷不防？"

允禩格格一笑，说道："你讲得何其容易！年羹尧的私财近千万，封到一等公，王爷都看不在眼里，用什么拉拢他？弘时也做的皇帝梦，我还得顺着他的梦做自己的事，也拉拢不得！让弘时占天时，年羹尧取地利，我得人和，稳稳僵持下去，以静制动，守时待变才是上策。弘时虽有心术，只握到半个隆科多，年羹尧虽然野心勃勃，能指挥如意，没有财源也是枉然。你瞧着吧，他这次觐见，准伸手要钱粮！"正说着，忽听自鸣钟连撞十响，忙又笑道："原是给老九洗尘，放量好生吃几杯的，又议起这些个叫人心里发沉！今晚再不谈这些个了，咱们高高兴兴举杯，祝——祝皇上成佛成仙，长生不老！"

四个人粲然一笑，满腹忧愁尽化乌有，你一杯我一盏直吃到四更天。都没有回家，在廉王府逸兴斋抵足醉卧，俱都鼾然黑甜一梦。

宝贝勒弘历没有跟年羹尧一道入城。按刘墨林的想法，随军入城，风光体面些，但弘历却不肯出风头。一到丰台，弘历便带了刘墨林便装轻骑离了年羹尧的中军，直奔大内乾清宫面觐雍正，一缴旨，自然就没了钦差身份。雍正冷面冷心，在儿子们面前更是不苟言笑，稳坐在须弥座上静静听完弘历述职，淡淡说道："简明得体，很好。年羹尧代天讨逆回朝，朕要亲迎，你们不必受朕的礼，先来缴旨很是。这一路情形朕知道，供应周张，着实累了你们了，下去歇着罢！"

刘墨林满心急着要去嘉兴楼，巴不得雍正这一声，连连叩头谢恩。弘历却赔笑道："皇上万几宸函昼夜宵旰，尚且亲自劳迎，儿臣怎敢言累？还该随三哥扈驾，等差使办清，皇上赐假时再歇息不迟。"

"不用了。"雍正偏着头想了想，说道，"你十三叔身子骨儿不好，朕也命他随意。方才他递了个片子，邬先生从李卫那赶来北京。你去见见，听邬先生有什么话。"弘历忙答应着，又问道："阿玛要不要见邬先生？""你代朕见就是了。"雍正沉吟道，"他有什么话由你代奏。要缺什么，叫他只管说。告诉邬先生，不要存归隐的心，哪里不是王土？"说着，见礼部的人忙得满头热汗赶进来奏事，便不再吱声。

弘历和刘墨林却步躬身退出乾清宫。刘墨林狐疑地问道："四爷，万岁方才说的邬先生是谁？居然称先生而不名！"弘历轻轻弹了弹衣角，微笑道："怎么，刘给事中想盘查一下这事？"刘墨林原与弘历并不相识，这次一道出差同行同止，时时说古论今谈诗论道，十分投了缘法。弘历甚喜刘墨林机敏博学滑稽多才，常谑称他是自己的"给事中"，刘墨林也觉弘历不拘形迹，比雍正好侍候，且弘历翩翩风度儒雅风流颇合着自己脾胃。这次返京，他才看出这个阿哥才识远非"倜傥"二字所能局限。碰了这个不软不硬的钉子，刘墨林不禁一怔，随即眯眼儿一笑道："奴才怎能当起'盘查'二字，不过好奇罢咧！我是想，像皇上都称‘先生’的人，我刘墨林居然毫无所知，这不是一大怪事？"弘历凝视了一下刘墨林，一笑说道："你好大的口气！不过皇上既当着你的面说的，你就见见也无妨的，随我去一趟十三贝勒府吧。"刘墨林虽心里存着事，却也难违弘历的命，只好笑着躬身答应。

二人带着一群太监长随并辔而骑，径往西华门外北街的怡亲王府，一路却是行人稀少。连素常最热闹的烂面胡同槐树斜街，山陕会馆和几个大戏楼如禄庆堂彩云阁等处，平日熙熙攘攘人头攒动，此刻也都门可罗雀。刘墨林不禁叹道："都去观瞻大将军风采去了！四爷听，那边钟鼓号角人如潮涌，爆竹焰火响得分不出个儿了。真真的天下人都醉了，疯了！"

"看来世人皆醉，唯尔独醒了？"弘历随马一纵一送，若有所思地点头笑道，"功必奖过必罚自古通理，但常人要读书历练才能得来，万岁爷却是天性中带的，坚刚严毅，聪查明晰，这就难能得很了。"

这话说得似虚又实，既回答了刘墨林的话，又似乎在暗示什么，但要把握时又飘然不定，什么也扑不到。刘墨林心里一动，还要说话时，下头一个长随揽住缰绳指着前头道：

"四爷，前头就是怡亲王府了。"

弘历未及答话，怡亲王府的掌门太监已一路小跑过来，见是弘历，忙磕头打千儿笑道："是四爷啊！奴才艾清安给您老请安了！"一句话说得二人都笑了，刘墨林笑道："这名儿真叫绝了，‘请安’而且‘爱’，世上还有爱请安的人！"艾清安笑道："咱们侍候人把式，逢人低三辈，不请安哪成？所以索性就爱请安！不请安指什么吃饭呢？"说着爬跪两步伏在马下。

"十三叔在府里么？"弘历满面笑容，踩着他的肩从容下马，从怀里抽出一张三十两的银票丢了去，微笑道："皇上命我来瞧瞧十三叔的病。""哟！"艾清安笑得两眼挤成一条缝，"爷来迟了一步儿！我们王爷今早就出去了。打南京昨儿个来了个什么邬的先生，王爷原说今个歇的，竟和他一道出去瞧热闹儿去了。这位先生也真是的，自己是个瘸子，没瞧我们王爷瘦得一把干柴价。说声去，竟就喊轿，半个主子似的，亏了王爷好性儿，要是我，早打出去了！"弘历一头带刘墨林往里走，口中笑道："你晓得他是谁，就敢说'打出去'！你知道个屁！"

那艾清安前头带路，脸上赔笑道："那是，小人省得什么！左不过瞧那人像个篾片子相公，或许早年认得我们爷，这阵子穷极了，进京来打个抽风罢咧……"一边说笑，带着弘历刘墨林进花园，在西书房安置了，让座沏茶，拧干了毛巾请二人擦脸，又在茶几上摆一盘子冰，说道："奴才这就先去，叫人请王爷回来，请主子和这位爷稍候一下。我们千岁爷去不远，说过午前赶回来吃饭的。"说着哈腰儿退了下去。刘墨林端起盘子请弘历吃冰块，见弘历摇头，自拈了一块含在口中，顿时浑身沁凉，笑道："这狗才虽说嘴碎，侍候人倒没说的。"

"那是当然，他是保定人，祖传手艺，一辈辈传下来侍候人全挂子本事。"弘历漫不经心地一笑，起身浏览着允祥的书房，因见瓶插雉尾，壁悬宝剑，图书檀架之外并无长物，口中微叹道："十三叔雅量高致英雄性情。西边军中，年羹尧曾和我闲谈，年说怡亲王王府外观宏谟壮丽，进府各处设置粗率，意思说十三叔鄙俗。其实他没有进一步，到内室来看，这书房，是粗率人能办的？"刘墨林自与弘历相交，还是头一回私地里议论别人，不禁怦然心动，一欠身问道："四爷是怎么回年羹尧的话的？"

"我说，王府自有规制。十三叔是亲王，又是上书房行走，户部兵部刑部都是他管着，一天有多少冗杂事？和三伯、八叔他们比不得，有那么多的闲暇料理府务。"弘历背着手，素纸竹扇轻轻摇着，转了话题："这是仇十洲的《凭窗观雨图》了，怎么没有题跋？真是一件憾事。"因轻轻将画轴摘下放在案上细赏，刘墨林忙侧身在旁观看，半晌，笑道："我知道了，当日仇十洲画完此稿，恰来几个朋友邀酒，打断诗思，就没有再作，大约是'以待来者'的意思。只这么一幅画，等闲人怎么敢信笔涂鸦呢？"弘历极喜题跋山水，一石一山一草一木，只要兴之所至都要留墨。刘墨林无心之语，倒激了他的傲性，因从笔筒中抽出一支中号雪狼霜毫——现成研好的墨醮饱了，略一属思下笔如走龙蛇填在画的右上方：

朝雨明窗尘，昼雨织丝杼，暮雨浇花漏——

　　写到此手一颤顿住了：这三句诗恰好成韵，转没法转，续不能续，收又收不住——涂掉呢，不但此画价值连城，又如何丢的起这个人？再看左下脚，一方图章鲜亮，篆文"圆明居士"四字，知道是御赐，心下更是着忙，提着笔只是踌躇。

　　"三句一韵！"刘墨林脱口而出，他又噤住了。

第三十九回　才士呈才天外有天
　　　　　　红颜薄命命归黄泉

　　怔了许久，弘历转脸笑道："这番要出丑了，事虽不大，丢丑了，给事中，有法子挽回么？"刘墨林俯首沉思，移时笑道："将错就错，说不定翻出新意呢！四爷，臣想了几句，四爷先写在纸上，斟酌好再誊到画儿上可成？"说罢起身踽步曼吟：

　　　　檐声如雨泉，槽声如飞瀑，讲声如决溜。竹树江崩腾，台池磬清越，蓬茅车辐辏。

"好！"弘历提笔大赞，"回天有力，很有意思了。只是稍嫌平了些儿。"却听刘墨林口锋一转，朗声咏道：

　　　　忽然振屋瓦，忽然鼓雷霆，忽然饰甲胄！蒙庄写三籁，师旷叶八风，邹衍吹六候。病中广陵涛，枕中华胥谱，庭中钧天奏——醉听可解醒，饿听可乐饥，想听可涤垢，辨非从意解，闻非从西来，声非从耳透！

　　一篇三句一韵的诗就此结煞，刘墨林自觉十分得意，转脸一笑道："四爷，可还看得过？"弘历展纸细读，竟难更动一字，欣赏地看了刘墨林一眼，说道："岂止看得过？新奇有致落落大方，实在是创新之作！"
　　"奇文共赏，异义同析，既有创新之作，拿来给我们饱饱眼福！"
　　门外忽然传来几个人的说笑声。弘历抬头看时，却是方苞，文觉和尚进来，邬思道架着双拐随后进来。弘历忙将笔放下，迎了两步，又矜持地站住，一揖说道："堂头大和尚、方先生、邬先生，你们回来了，十三叔呢？邬先生，实在久违了，先生腿脚不便，请坐了这边安乐椅。"刘墨林这才知道这个貌不惊人的瘫痪人就是"邬先生"，因见他毫不逊让，居然坐了方苞上首，心里不免觉得他过于拿大，却不好说什么，双手当胸一拱，含笑道："文觉大师和方先生，一个是皇上佛家替身，一个是帝友，都极相与得熟的。这位邬先生素未谋面，敢问台甫，如今在哪个衙门恭喜？"弘历忙笑道："哦，忘了介绍了。邬先生如今在田文镜幕下赞襄——这位是刘墨林，今科探花当世才子，这诗就是他的手笔，端的绝妙好辞。墨林——你的字是叫'江舟'罢？"

刘墨林一笑说道："原是叫'刘江舟'来着，后来有人说像是'流配江州'，就不要字了，索性就叫墨林，就是本色也好。"邬思道欠身，淡淡说道："既是本色为好，就称我邬思道好了。"

"十三爷去了御花园陪筵，"方苞这才回弘历的话，"恐怕过了申时才得下来。"说着便看那诗。文觉和尚在旁侧身观看，品味着只是沉吟，半晌才道："四爷，这个诗怎么读不出韵来？"弘历笑着将方才的事说了，又道："这是千古奇创，从没有这样格局的。你按两句一韵句读，当然读不断的。"方苞笑着将诗递给邬思道，说道："大和尚见闻不广啊！我昔年读宋碑，会稽高菊磵《略奏》就是三句一韵，《梁书》记载，竟陵王子良登泰山读秦始皇刻石，众人两句一读，茫然不能通断，范云按三句一韵，顺如流水；可惜原文我都记不得了。"邬思道将诗还放案上，说道："这诗颇有意趣，畅顺明晰，只是为题画而作，不免局于僵板。不常见是真的，说是创奇之作就过了。即读《老子》，'明道若昧，进道若退，夷道若颣，上德若谷，广德若不足，建德若偷，质真若渝，大白若辱，大方无隅，大器晚成，大音希声，大象无形。'也是用韵之诗，三句一易。但刘君仓猝之间能到此，确是难能。"说罢垂头吃茶。

刘墨林为这一首三句一韵诗大受弘历赏识，心中原是大得意，以为偶然之间自创亘古未有之诗格，方苞的话没有引出原文，已经不服气，待邬思道比出《老子》，忍不住笑道："老子这部经可以一句一读的，'大方无隅'似乎可与'大器晚成'几句相连更恰。不知邬先生以为然否？"邬思道听了只一笑，说道："老子'建德若偷'，'偷'字读'雨'声，并不是偷东西的'偷'。墨林兄只要细想就明白了。"刘墨林寻思半日，才明白，这一字之改便驳了自己四个"大"字相联的见解，正想着如何难一下这个姓邬的，邬思道却道："请借刘先生扇子一观。"刘墨林不禁一怔，双手递了过去。邬思道借过展玩，见上面写着

笔床茶龟倚窗东，童儿煮茗插雀孔

"一笔好字！"邬思道莞尔笑道，"请方苞兄看看这副联。"

方苞一看便知，刘墨林误将"茶灶"二字写成"茶龟"，老鼠胡子一挑"扑哧"笑道："昔年和顾八代老先生出对，他出'酒鳖'二字，我竟对不来。现在有了'茶龟'，真是天造地设的确对。"邬思道取回扇子审视良久，又问，"这'雀孔'是什么物件？想必是'庚仓''劳伯'① 之类罢？"

一屋人见这三人斗文，至此不禁哄堂大笑，刘墨林自进学以来一直是"领袖名士"，从没有在论文上吃过谁的亏的。他以博学敏捷见长，偶有错用典故，也不肯服输，逢人诘问，便推说是《永乐大典》里的。一部《永乐大典》卷帙浩若烟海，谁能确查？今天在自己亲书扇题上竟有两处糟谬不堪的笔误被当众揭出，刘墨林顿时羞得汗颜无地，红着脸一字不能对，恨不得有个地缝儿钻进去。

"英雄欺人，墨林也未能免俗。"弘历见刘墨林难堪得无地自容，笑着解嘲道，"今儿败阵，不是你不中用，是你遇上劲敌而已，何必懊丧？"邬思道破颜一笑道："四爷这话是。其实我昔年何尝没有掉过底儿？我们也只是笑你的谬处，就扇背上这阕词，恐怕我就填不好。"说罢弛然一仰身子背诵道："茅店月昏黄，不听清歌已断肠。况是鹍弦低按处，凄凉。密雨惊风雁数行，渐觉鬓毛苍。怪汝鸦雏恨也长，等是天涯沦落客，苍茫。烛摇樽空泪满裳！——情味苍凉感人泣下，不是大手笔恐怕是写不来的。"

弘历索了扇子，果见扇背密密麻麻填着这首词，方才众人只顾挑剔"茶龟雀孔"，竟都没有留意，便转脸笑谓刘墨林："看你诙谐活泼，怎

---

① 庚仓劳伯：正确读音为仓庚、伯劳。

么来了这个风趣?"刘墨林这才定了定神,不便说是途中思念舜卿所作,只勉强笑道:"这是当年头一次应举不中,回乡路上作的。扇子是取凉的,自然要带一点秋色况味,所以就抄了上头。""怪道的,"文觉笑道,"听了就浑身发噤,又是风雨,又是凄凉苍茫,扇起来岂不冻杀?"一众人等说笑着,不觉已近酉时,艾清安进来向弘历道:"四爷,我们王爷回来了。"几个人便忙起身,允祥一手扶着一个太监已进了书房。

"罢了吧。"允祥见众人要行礼,摆手命太监退下,自己却不肯坐,转脸问弘历:"你带着旨意? 就请宣吧。"弘历忙道:"万岁命我来看望十三叔和邬先生,并没有旨意给叔叔。您请安坐。"说着又复述了雍正的话。允祥点头,深深嘘了一口气,几乎瘫坐在椅上,脸色苍白中带着一丝潮红,显得疲惫不堪,喝了一碗参汤精神方略好些,说道:"邬先生,万岁在京就不再接见你了。原说过的你有事由我代奏,我这身子骨儿你也瞧见了,打熬不了几日了。所以筵会下来特意留了留,万岁说往后你的密折交宝亲王代转。"他咳嗽了两声,又道:"回来得晚了些,叫毕力塔几个人商议了些事。明儿我还要陪驾去丰台,又去看了看大哥二哥。大哥已经疯得连人都不认得了,二哥和我的症候一模一样,眼见是不中用了。文觉师傅,就是万岁爷交代的那些事,先议年羹尧,是留京还是放出去。你们只管谈,我听着。我的精神实在济不来——这位是谁?"他的目光忽然扫向刘墨林,"似乎在翰林院见过。"

刘墨林陡地浑身一震,惊悟到这是一次非同寻常的聚会,自己怎么恍恍惚惚就跻身进来了? 他正要回话,弘历在旁笑道:"是侄儿带来的。十三叔记得不差,他是翰林院的庶吉士刘墨林。人很伶俐。侄儿想,年大将军要是不留北京,就着墨林随行,所以带来请方先生邬先生看看。"刘墨林听着这话,越发觉得这汪水深不可测,无论如何先辞为佳,忙一躬身道:"墨林一介书生三尺微命,手无缚鸡之力,年大将军做的白刀子进去红刀子出来的勾当,有什么用着我的去处?"刘墨林满心想勾问出允祥几个人的真意,说罢便嬉笑着盯视允祥。允祥却只点点头,说道:"弘历既看中了,必是不差的,不过,年羹尧的事还没定下来。定下来再给刘墨林交代差使不迟。"

"十三叔说的是。"弘历微笑着转脸对刘墨林道,"我看你的那首词未必是什么落第归途所作，不定是给那位苏什么卿的姑娘的。这样，你且去，待使着你时，我自然叫你。"他说着，刘墨林已经起身，听完一躬，忙辞了出去，刚到二门，却见十七王爷允礼带着一群太监前呼后拥进来。刘墨林忙闪过一边，待允礼过去，一溜烟儿离了怡亲王府，自去寻苏舜卿。

到嘉兴楼时天色已至酉末，渐渐麻苍上来。刘墨林心里又是激动又是高兴还加着一点感伤，三步两步进来，不禁愣住了：怎么弄的，离京几个月，这里已改了戏楼，楼上楼下笙箫阵阵，还加着戏子们吊嗓子的咿呀声气，楼梯上上下下浓妆艳抹的女孩子叽叽格格莺声燕语，却是一个熟人不见。正在发怔，却见原先在苏舜卿跟前侍候的茶房头儿吴苏奴满头热汗带着一起子人抬着戏箱拿着行头下来，刘墨林便招手叫住了笑骂道："吴老王八！你妈妈还有那些姐姐呢？凭你这副驴叫天的嗓门儿，怎么改行唱戏了？"

"哟，是刘爷！"老吴忙站住，满面堆上笑来，上前打千儿请安道："您老钦差大臣回京了！这个楼上个月就盘给了徐爷，如今是徐老相国的家班子。嘉兴楼行院办不下去，顺天府的人说有旨'贱民从良'，不从良征税加两番！妈妈说生意清淡，姊妹们各听其便。有的荐去给大家子当丫头姨奶奶，有的回家，还有的自己开盘儿，散在苇子胡同八大胡同。爷明白，世上的事还不就这模样？"刘墨林笑道："贱民从良，演戏就是'贵民'了，难道还要加税？这不干我的事。只问你舜卿，她如今在哪？"老吴笑道："爷是贵人忘事。您不是在棋盘街给她置了宅子么？她和老鸨儿迁那去了……"刘墨林听了回身便走，老吴送着往外走，絮絮叨叨说道："说到'加税'，那不是哄世人玩儿的！店大欺客，客大欺店，自古都这理儿。徐爷这个家班子不但没人收税，顺天府点堂会，一赏就几百两！收的'税'打这儿又流出来了……"

刘墨林边听边笑着点头一路出来，却见徐骏穿着熟罗月白长袍，腰间也没有系带子，带着两个小奚奴潇潇洒洒踱来。见了刘墨林，徐骏不禁一笑，当胸一揖道："墨林兄久违了，别来无恙乎？这番西域万里之行，着实辛苦了！"刘墨林见他彬彬有礼，也不敢怠慢，笑着还礼道："家驹兄好情致，好飘逸！这是要到哪里去？同我一道棋盘街舜卿那里吃几杯，如何？""罢罢！我不敢尝禁脔，更怕见王八婆子！"徐骏嘻嘻笑道："八爷今晚叫我的班子，还有这套新编的书也要送过几套。"说着便嗔老吴："你这王八蛋，在这卖什么呆？还不快叫他们预备着车马？"

刘墨林这才看见两个小厮怀里都抱着一叠书，伸手要过一本，却是《望月楼诗稿》，刚刚印出不久，切边上带着纸屑，翻开看时一股墨香扑鼻而来，遂笑道："听戏读诗，清雅得很。新书可能见惠一册？""说是诗，其实还有诗话（诗论诗评）偶也填点词，不过滥竽充数罢了。"徐骏笑道，"刘兄大人才，这么瞧得起，赠你两册。有丢丑处，刘兄不要笑话，悄悄儿告诉我，可成？"刘墨林刚刚在方苞邬思道那儿吃了败仗，哪里还敢托大？忙笑道："徐家三代书香，家学渊源，小子何人，敢妄加批评？必是好的，我带去好生拜读领略。"说罢夹了书上马一揖而别。

"好走。"徐骏知道刘墨林秉性，原料必有一番揶揄，见他满口逊谢，谦恭有礼而去，倒觉诧异，站着看刘墨林去了，心里冷笑一声："管你是什么东西，绿头巾已经戴上了！"怔了一会，自去八王府不提。

刘墨林赶到棋盘街时天已黑定。老鸨儿见他来，喜得眉开眼笑，一路带风脚不沾地忙着张罗酒食摆布在舜卿房中，口中笑说："苏姐儿盼你眼都望穿了，原想爷早就该来的了，直到这时分儿！"又给舜卿使眼色，"姐儿，做什么愁眉不展的？贵人回来了还不是万千之喜？今晚好日子，你好生陪刘大人多吃几杯……"说着便掩门出去。刘墨林见舜卿目光盈盈，含着泪盯着烛光只是发怔，以为真的恼自己来迟，便打叠起温存，把书放在一边，一把揽过舜卿，温声笑道："卿越是'恨'我，我越是爱卿。我这不是来了么？"

"年大将军仪仗过来，我去看了。"苏舜卿像一只受伤的小鸟，偎在刘墨林怀中一动不动，声音像是从很远处传来，却又十分清晰："原以为你和宝千岁爷必定和年大将军一道儿的……"

刘墨林心里一动，忽然想到方才弘历的话，自己不定还要跟着年羹尧再回西宁？但这话机带双关闪烁不定，内中更深的意思又是什么？自己离开后，十三贝勒府此刻几个人正在议什么？真是愈想愈觉得扑朔迷离……怔了许久，刘墨林才回过神来，抚着苏舜卿的秀发，温存地在她额头上吻了一下，笑道："那是军国大事，卿管他做什么？我这不是来了？”一头说，手便伸向舜卿小衣里，把弄着她温润的肌肤和鸡头小乳，渐次间心动情热，手慢慢向下滑去……

“我身上有……”舜卿突然一把推开了刘墨林，挣起身来束好了衣带，大约觉得自己太过突兀和失态。她望着刘墨林，略带酸楚地一笑，“今晚不成！且待……日后吧。”刘墨林见她突然如此果决地站起来，愣了一下，笑道：“不来就罢了，我还以为蝎子蜇了你一下呢，就身上有，摸一摸有什么紧的？只是如此长夜良宵，枯坐对灯，可惜了的。”苏舜卿怔怔地盯着刘墨林，好像要把他印在自己的心里，许久，盥手焚香移筝案头，说道：“你是有名才子，此去西域万里相隔，必有佳作，取出来我唱给你听好么？”

刘墨林将折扇递过来，自失地一笑道：“才子二字从今收起，我竟是井底之蛙！不过这首长短句儿还略得了点彩头……”因将自己方才在怡王府受窘的情形一长一短说了，又道：“自此刘墨林不敢小觑天下之士了。”

舜卿却没有笑刘墨林，似乎对那些话也没大理会。她默默地接过扇子，仔细看了那首词，问道：“这很像是旅壁题词，是么？”

“是，是我题在陕州一家客栈壁上的。”

“你随宝千岁，怎么会住客栈？”

“宝千岁喜欢私访，我随他微服而行。”

舜卿默然良久，痴痴地又问：

“是……题给我的？”

刘墨林哑然失笑，说道：“也是想起我自己当年，卿中有我，我中有卿嘛——只管盘问这些个做什么，这里现成的酒菜，我吃酒，偏劳卿佐曲儿！”舜卿将扇子放在案上，却道：“既是写给我的，我就却之不恭了。不过你走后我也填了几首曲儿，这个牌子生得很，明儿练练我唱给你听。”说罢理弦调音，勾抹划挑，娓娓而歌：

　　嗟呀！良人万里归来，斑驳旧墙仍在，哪里寻得人面桃花？妾是那弱质蒲柳姿，新出的蒹葭，怎堪禁狂飚疾雷加！苦也苦也苦也……楼头残梦犹在，无情流水已过天津桥下。断魂幽恨付与谁？三生石畔，与你重做冤家！

"人面桃花就在眼前，怎么会寻不得呢？"刘墨林"咽"地咽了一大口酒，笑道："只是也忒丧气的了，好怕不是好的？你是才女，我自认蠢汉！"说着又举一觥一仰而尽。苏舜卿过来，亲自又为刘墨林斟满了，返身取下琵琶，略一调弦，竟摇步而舞，手挥五弦目送秋鸿，真个歌声穿云：

> 一夜东风恶，东风恶！送去春不归……纷纷袅袅，落红缤纷，遍撒竹树芳径绿苔，尽是洛阳女儿泪！更哪堪飘转流溪，徘徊低回……凭谁？天台渺茫，阮郎不在，留住这桃花碧水？

刘墨林边听边饮，已是醺醺然口滞眼饬，听着这辞气，心里觉得不对，却似一盆浆糊打翻在肚里，再不得明白，他使劲晃了晃头，醉眼惺忪地问道："你……你今儿是怎……怎么了？出，出了什——什么事么？""没有。"苏舜卿强咽了泪，过来偎在刘墨林身边，又为刘墨林斟一大杯，含泪劝道："我的刘郎，你再饮一杯。"

"牛郎？"刘墨林醉眼迷离道："又没的什么王母娘娘……隔的什么银河？噢……卿是说叫我再牛饮一杯啊……"说着口齿愈来愈不清晰，顷刻间鼾声如雷。苏舜卿把他的鞋子脱下来，轻轻地搭在床边的两只脚移到床上，用银匙喂了刘墨林两口水。刘墨林适意地咂了咂嘴，翻身向里，睡得越发沉了。苏舜卿偏身倚床，久久凝望着自己的情人。

这正是孟夏五月夜最深沉的时分。一丝风没有，也听不到虫鸣鸟啼，只不远处池塘边偶尔传来一两声格咕蛙声，随即陷入更深的死寂。将圆的月亮透过满天莲花云，将清幽朦胧的纱幕幽幽撒落下去，层层叠叠的树、屋，院中的照壁都像被淡淡的水银抹刷了，苍白又带着阴森和幽暗。黑魆魆的阴影下一切都看去影影绰绰若隐若现，蹲踞在那里的石桌、鱼缸、盆花和假山石仿佛在无声地跳跃，随时都能扑出来咬啮毫无防备的人。

沉闷的，带着颤音的午炮透过深不可测的夜色隐隐传来，惊醒了兀坐痴望的苏舜卿。她站起身来，幽灵一样在昏焰欲灭的烛影下踱着，呆滞的目光好像要穿透墙壁似的向远处望着。口中喃喃自语着似梦呓一般恍惚："我身子虽然下贱，心也贱么？我七岁丧母，十岁丧父，头插草标自卖自身……我是孝女……妈妈是个娼妓，可她幼年和我一样，同病相怜，并不逼我卖身……墨林，给你时我是干净人……我读了那么多的书，能歌善舞，琴棋书画诸般皆会，我是才女……皇上有旨蠲除贱籍——我本来能跟着你熬出头，做个一品夫人……"她踉跄着踱至窗前，黄黄的月光照着她苍白的脸，"……可现在还有什么？牛郎肯要不洁净的织女？我——"她惨笑了一下，"想不到苏舜卿竟有今日，不成鬼也不成人，心如天高命似纸薄。徐骏！我饶不了你，阴司里与你分晓！"

苏舜卿脚步蹒跚着回到案边，抖着手拿起那把诗扇。"茶龟"二字在灯下显得那样刺眼刺心，她翕动了一下嘴唇，没再说什么，就着烛火燃着了，直到扇子烧尽才丢了下去。接着，苏舜卿打开妆奁匣子，取出一个小纸包，将里头的药抖进酒杯，和了水，又深情注目了一眼齁齁酣睡的刘墨林，一仰脖子便吞咽下去……她忍着绞痛，和衣卧倒在刘墨林的床下，剧烈的腹疼痛苦得她伸直了腿又蜷缩成一团……到死她也没有呻吟一声。

刘墨林直睡到日上三竿才醒来，宿醒未尽，只觉得口干舌燥，便连声要水。连着叫了几声没人应声，刘墨林坐起身来，犹觉头微微发晕，因见苏舜卿伏身挺卧在床前，因笑道："哪里就睡得这样死的？从床上掉下来都摔不醒！"又叫两声见毫无影响，刘墨林心下才觉得不对，急趿鞋下来扶时，却见苏舜卿星眸紧闭，颜面惨白，一摊泥似的仰在怀里，咬破的嘴唇隐隐渗出血丝。刘墨林人吃一惊，摸了摸鼻息，又按脉时，哪里有半点影响？

"舜卿！"刘墨林痛呼一声，使劲晃着苏舜卿冰冷绵软的身躯，连声叫道："卿醒一醒，卿这是怎的了，啊？卿给我醒一醒儿吧……嗬嗬……"他抱起苏舜卿，梦游似的在屋子里兜着圈子，已是涕泗滂沱，只一句接一句凄婉地呼叫着舜卿的名字："卿醒醒，啊……昨晚卿像有话，为什么不告诉我？我本该问问卿的……我真混，我为什么不仔细问问呀……嗬嗬……"说着哭着，见老鸨推门进来，惊得满面土色呆立在门口，刘墨林把苏舜卿的尸体放在床上，发了疯似的扑到老鸨面前，劈胸提起，嘶哑着嗓子尖厉地狂吼："老母狗，是谁欺侮了舜卿？说！不然我掐死你！不——我送你顺天府，叫你骑木驴，零刀子碎割了你！你说我办到办不到？！你说我办到办不到？！"

老鸨子胸口被他箍得透不过气来，见刘墨林一脸凶相，五官都拧歪了，血红的眼冒着火光死盯着自己，她已经被吓呆了，半晌才期期艾艾地说道："刘大人您别……这真的不干老婆子的事。大约……大约……"

"嗯？！"

"大约是徐大人……"

刘墨林一把搡开老鸨子，咬着牙想了想，已是信了老鸨子的话。他一句话没说，腾腾几步跨出房，站着一想，徐骏此刻必定还在廉亲王府，一迭连声叫备马。自牵了出院来，一翻身上马便狠加一鞭。那畜生长嘶一声，泼风价向朝阳门外狂奔而去。

第四十回　廉亲王武断触霉头
年羹尧演兵遭疑忌

刘墨林一腔怒火，在廉亲王府照壁前滚鞍下马。他喘了一口粗气，望着戒备森严的王府门房，却犯了踌躇，进这道门要通禀，自己不过一个小小的翰林，廉亲王若挡驾不见，又如之奈何？即让允见，问起自己有什么事要禀，又该怎么答对？再说，徐骏是允裸的座上客，老牌子的翰林院编修，允裸跟前说得响的红人，自己手中无凭无据进去揪人，等于当面掴允裸的耳光，允裸岂肯袖手旁观？就是徐骏现在究竟在里头不在，也在两可之间……正转着念头，听门里炮响三声，中门呀呀而开，一队太监拍着手出来叫肃静回避，接着便见一乘八人抬鹅黄曲柄伞亮轿抬着笑容可掬的允裸出来，后面跟着一大群王府护卫和清客幕僚，却并不见徐骏。刘墨林正自失望，闪眼却见徐骏从仪门一步一踱摇着扇子出来。刘墨林心里"轰"地一声，血全都倒涌上来，脸顿时涨得通红，将马系了拴马桩上待要过去，允裸却一转脸瞧见了刘墨林，吩咐住轿，问道："那不是墨林么？"

"是……"刘墨林打了个顿儿，回过神来，忙趋跪一步，在允裸轿前行礼，磕头打千儿道，"卑职给王爷请安……"

"给我请安！"允裸见他恶狠狠不住瞟视徐骏，不禁失笑，说道，"今儿我好大面子！你从年大将军那来，还是从十三爷那来的？有什么事么？"刘墨林经这一问，倒被激得清醒了许多，一拱回道："臣打宝亲王那来。一来给爷请安，二来寻徐骏兄打个饥荒。"

徐骏原也怕苏舜卿把首尾告了刘墨林，这冤家来寻自己晦气，本要躲开的，听说是借钱，不由得松了一口气，趄过来笑道："也真亏你，跑八爷府寻我借钱，就这么猴急！"又转脸对允裸道："王爷不晓得，墨林讨了个好女子，如今走着桃花运，要藏娇先筑金屋——成，这事我当仁不让，要多少？回头我叫家人给你送去。""王爷要上朝，这不是说话地方儿。"刘墨林过来一把拉住徐骏，扯过一边，又向允禩一揖，逊笑道："臣实在莽撞，对王爷不起……王爷，您请！"一头说一头运着气，趁徐骏毫无防备，猛一转脸"呸"地一口浓痰唾将去，徐骏顿时满脸都是痰迹！

"你这衣冠禽兽！"刘墨林后退一步，将辫子甩了脑后，狞笑道："我寻你就打这个'饥荒'！"允禩的大轿刚刚升起，轿夫们被这猝不及防的事变唬得腿一软，竟又将允禩墩在当地。允禩原本面带笑容的，一下子阴沉了脸，转身喝道："刘墨林，在本王面前撒野么？"

徐骏情知底里，一来理屈，二来要显"涵养"，一把擦了脸，顿了一下才说道："王爷，他是出了名的刘疯狗，您和这种东西计较什么？""你才是疯狗！"刘墨林恶狠狠道，"别人以为你是什么名门相府书香世家，打徐乾学他爹算起，你们一门'名狗'——你自己做的事自己不明白？"徐骏见刘墨林开口辱及父祖，腾地涨红了脸，眼中出火道："我看你是失心疯了！先父先祖抬起脚板也比你的脸干净些！你不过狗洞子里钻出来的个穷王八酸丁，就这副小人得志模样！——八爷，他今日当众欺我，您老就是个见证，刘墨林，你当众说，凭什么侮辱我？"

"暗室亏心，神目如电，你自己明白！"

"我不明白！"

"你明白！"

"我不明白！"

允禩此刻其实已经明白，必是为苏舜卿两人争风吃醋。眼见照壁侧已挤满了瞧热闹的闲汉，遂下轿断喝一声："你们这是什么体统？刘墨林，我不管你是什么道理，徐骏是我召进府议事的人，你当着我的面就大口唾他！我是议政王，当今万岁同胞弟，凭你这一条，我就难容你！"

"八爷不能容我，稀松！"刘墨林哂道，"反正我也不想活了！您天子剑、王命旗牌件件都有，斩了我岂不爽快？"允禩被他顶得一愣，冷冷一笑道："我素来宽仁待下，想来人必以敬诚事我，不料还真有你这样不识抬举的！你没有死罪，活罪难饶——来！"

"在！"

"刘墨林吃醉了酒，来闹我王府。"允禩淡然说道，"架他到我书房前晒晒太阳，痛出一身汗，酒就醒了——怎么发落，我奏明天子，吏部自有票拟。"

"喳！"

几个戈什哈齐应一声，如狼似虎扑上来，架起刘墨林便走。刘墨林呼天抢地挣扎着大叫："八王爷你不讲理，拉偏架……苏舜卿被他害死，你知道么？徐骏！你手上沾着血，你满身都是血！你老师吃了你的毒药死了，舜卿也吃了你的毒药死了——他们都站在你后头呢！你回头看看，他们都要取你的命……"他的呼声惨切凄厉无比，在场的人浑身无不起栗，徐骏吓得面如土色，竟真的觉得背后冷风森森阴气逼人，惊得不由自主回头看看。那允禩却无所谓地一哂，命令轿夫道："快着点！万岁等着去丰台阅军，被这疯子拦了这么久，荒唐！"

允禩这一耽误，迟入朝近一刻时辰。待到西华门，刚要递牌子，里头高无庸喘吁吁跑出来，也顾不得请安，跺脚道："马中堂张中堂早就进来了，都在太和门等着您老人家呢！想着爷要从东华门进来，那边叫张五哥派人去催，爷却从这边过来了！"允禩一边跟着进来，笑道："万岁昨儿叫我西华门递牌子，我敢走东门么？这正是俗语儿'叫往西不敢往东'！你就这么急脚猫似的！皇上想必是在乾清宫了，年大将军进去了么？"高无庸道："年大将军早进来了，和隆中堂陪皇上在乾清宫说话呢！十三爷夜里吐血，原也要进来的，皇上叫免了，又着太医院医正去看，说等着太医的信儿再去阅军。不然，这早晚早已出来了……"

二人一边说话，已到太和门，张廷玉和马齐早在那里等候，见他过来，都松了一口气。马齐便道："八爷可来了！叫人流星快马去府上，说王爷已经过来，东华门又说没到。一时皇上叫进，我们两个怎么回话呢？"张廷玉却没说什么，将手一让，哈腰道："王爷先行，我们随后。"

于是三人由太和门入内，却不走三大殿，由左翼门过箭亭、崇楼，径由景运门、过天街在乾清门报名请见，一时便有旨："着进来。"三个人进来时，却见御医刘裕铎正在给雍正回奏允祥病情，隆科多躬身侍立在身边，年羹尧却坐着。雍正示意他们免礼，却对刘裕铎道："你说的那些个脉象，朕也不太明白，你也不必细说。你只说怡亲王究竟何病，于性命相干不相干。”

“回万岁，怡亲王是痨疾。”刘裕铎毫不迟疑地答道，“万岁圣明，这病最怕劳累的。这次王爷犯病儿，敢怕就是劳心过重调养不周的过。十三爷身子骨儿原极好的，只要安心荣养，得终天年的也尽有的。至于目下，奴才敢断言，三五年内，于性命决无干碍。怕就怕怡亲王忠君爱国不惜身命不遵医嘱，那就是奴才的医缘太薄太浅了。”说罢便磕头。

雍正的目光悠悠地望着远处，良久才叹道：“李卫上年奏说脾胃失调，是你们院谢鹏去看脉的，朕下特旨，叫他办理事务量力而行，不可强费精神。他什么都听朕的，唯独这一条做不到，听说也咯血了。你既这么说，朕把十三爷索性交给你，衣食住行由你一人悉心照料。即便朕下旨意要见，你以为不宜，由你来向朕回奏，你可听着了？”刘裕铎道：“万岁原有旨意，理密亲王的病也由奴才照看。奴才去侍候十三爷，原来的差使谁来接替？还有大阿哥——”雍正想了想道：“二哥的病叫冀栋去，你们会同诊视过由他接替。大阿哥是疯症，勉尽人事而已，你裁度着指个太医，犯病时进去治就是了。”

都是一父同体的嫡亲兄弟，雍正如此薄厚不一，允祥听了不由一阵寒心。张廷玉在旁赔笑道：“主上，臣管着内务府，大阿哥、二爷，还有在遵化孝陵的十四爷近日身子也不爽，由臣揽总儿照应，这边十三爷的病，由刘裕铎专责侍候，这么着可好？”

“也好。”雍正掏出怀表看看，站起身来说道：“你是宰相，燮理阴阳调和万方是你的本职嘛——时辰到了，年大将军，到你军中看看吧？”年羹尧一直静听不语，默默若有所思，此刻忙立起身，一躬说道：“是！我给主子先导！”雍正微笑着拍拍他的肩头，说道：“不，你和朕同坐一个銮舆——你不要辞，王前则国兴，士趋则国衰，朕难道不如齐威王？朕看你胜过朕的顽劣之子，君臣父子，那么多的形迹做什么？父子同舆也是乐事嘛！”说罢呵呵大笑，竟携了年羹尧的手一同出宫，上了三十六人抬的明黄大亮轿。允祥见他拉拢年羹尧，不顾身份地汗尊降贵，心里一阵冷笑。隆科多张廷玉马齐也都觉得这话不伦不类，却不敢说什么，各各上马随乘舆而行。

车驾赶到丰台，正是午时三刻，这天的北京天气酷热，万里晴空上一轮炎炎骄阳晒得大地一片蜡白，早上才洒过水的黄土驿道已是干得龟裂，马蹄车轮辗过发出簌簌的响声，焦热的细土一串串蒸汽似的微微窜起，似乎一晃火折子就能燃烧起来。雍正中过暑，最怕热。尽管乘舆中摆了几盆子冰块，仍不住用手帕子揩汗。年羹尧也是满头油汗，陪坐在雍正侧面，却是铸铁一般目视着愈来愈近的丰台大营。

年羹尧的三千铁骑早已作好迎候准备，这都是他军中精中选精选的猛壮勇士，个个体魄如熊，佩刀按剑，依着年羹尧预先曲划，分成三个方队挺立在火辣辣的热地里。操演场四周九十五面龙旗还有各色杂旗，分青红皂白按东南北西方位站定。见雍正和年羹尧的乘舆到达，校场口一个执红旗的军将将旗一摆，九门红衣"无敌大将军"炮齐声怒放，连响九声，撼得大地簌簌发抖。张廷玉马齐一干文臣在京也曾检阅过西山驻军和丰台大营，从没有见过如此森严肃杀的军威，个个听得心旌摇动。须臾，礼炮响过，侍卫穆香阿过来，甩着正步直至舆前，单手平胸行军礼，高喊：

"请万岁检阅！"

雍正看了看年羹尧，说道："你发令吧。"

"方队操演！"年羹尧大喝一声，震得雍正都不安地抖了一下。他身子向前略倾一下，又矜持地坐端了。

"喳！"

穆香阿单膝跪地向雍正行了军礼，"拍"地一个转身，回到操演场大将军纛旗下，大喝一声："大将军军令，方队操演请万岁检阅！"

"皇帝万岁，万万岁！"三千军士雷轰价齐吼一声。三个方队各由三名头戴孔雀翎顶，身着黄马褂的侍卫带领列队操演。时而横列，时而纵行，时而成一字形，时而又变换成品字形，黄尘滚中刀光剑影杀气腾腾，偶尔有耐热不得中暑晕倒的，立刻便被凌空抛出队外，由专管收容的迅速拖下去疗治。年羹尧军令如此森严肃杀，雍正和上书房诸王大臣看得动魄。允祹久闻年羹尧在军中杀人如麻，却怎么也和在自己面前平和温淡的形象联不到一处，今日实地见了颜色，才知传闻不虚。正发怔时，穆香阿双手黑红旗交错一摆，所有阵势立时大乱，浮土灰尘黄焰冲天。雍正不禁看了年羹尧一眼，年羹尧眼中闪着暗灰色的光，盯视着部队，头也不回地道："主子，这是变阵，是我据武侯八阵图演化而来。万一我军建制打乱，又受敌围困，就用这阵法结团整顿……"说话间，队伍已团成圆形，中间队伍成太极双鱼状蠕蠕周流而动，四周外围的军士则人手一弓，护卫着内里队伍整顿，顷刻间以两个太极鱼眼为核心，内中重新整成两个方队，外围军士向中一合，竟组成三千军士合成的一个大方队，纵横踏步而行，恰又结成"万寿无疆"四字。此时，众人已是看呆了。

"好！"雍正颜色霁和，点头微笑起身道，"咱们下舆。到毕力塔的军中接见游击以上军官。"年羹尧欠身答应一声"是"，自先下了乘舆，又回身扶着雍正下来。雍正在前，年羹尧稍后随陪，允裪、隆科多、马齐、张廷玉一干大臣亦步亦趋，穿过"万寿无疆"四字中间的人甬道。年羹尧手一摆，所有军士都跪了下来，马蹄袖打得一片山响。雍正乍从堆着冰块的舆中下来，立时觉得燥热难当，顷刻间已通身透汗。忍着热，他步履从容徐徐而行，至中军大堂阶上滴水檐下，才略觉清凉，因见毕力塔张雨张五哥都守在堂口，刚要进门，却又转回身子挥了挥手，笑道："诸位都是朕之瑰宝，国家干城，生受你们了！"立时又是地崩山裂价一声嵩呼："万岁，万万岁！"

雍正进内居中坐了，众人方鱼贯而入，年羹尧在外向指挥操演的穆香阿吩咐了几句也跨步进来，见雍正身侧设着座，料是给自己留的，躬身禀了一声："奴才已经传唤游击以上军佐前来陛见。"见雍正点头，便径自坐了雍正身边。马齐见他如此狂傲无礼，刚要说话，身旁的张廷玉悄悄用脚碰了一下他的脚尖，马齐涨红了脸，低下了头一声不吱，心头的火却一烘一烘直要往外窜。众人各怀心思正自沉吟，十名侍卫，还有二十多名副将、参将、游击已经进来，顿时腰刀佩剑铮铮，马刺踩得青石板地叽叮作响，就大堂上向雍正行三跪九叩大礼。

雍正上下打量着这群军汉，这热的天都穿着牛皮铠甲，结束得一丝不乱，人人热得大汗淋漓，便笑道："今年天热得早，没想到这早晚就三伏天似的。流火铄金的天儿，着实累你们了！宽一宽衣，卸了身上的甲罢。"

"谢万岁恩！"将军们答道，却没有一个人脱衣服。

"宽宽衣，把甲卸掉——毕力塔，还有冰没有？取来些赏他们！"

毕力塔答应着忙去操办。但将军们都没有听命卸甲，都把目光盯着年羹尧。雍正又说了一遍，年羹尧才道："万岁既有旨意，你们就卸了甲，凉快凉快吧。"将军们这才不忙不迭"喳"地答应一声退到两侧，三下五去二卸了甲，只穿着薄纱仆服侍候在侧，雍正眼中闪过一瞥阴寒的光，却是一瞬即逝，含笑道："一室之内，温凉不一呐。我们热得受不了，将军们卸掉牛皮铠甲，恐怕就觉得凉快，是不是呀？"众人都是远戍边关的外营管带，多数人从没见过雍正，只听说雍正为人冷峭刻薄，听他言语温存诙谐，那种咫尺天威的警惕心顿时宽松下来，都是一笑。却见雍正掉头问毕力塔："今儿阵势你都见了，你的兵比年大将军的兵如何？"毕力塔满心的不服，却只能顺着"圣"意，因语带双关说道："奴才开了眼界，实在比奴才带的兵好！奴才托了祖荫，十六岁上就跟先帝爷西征，从没有见过这些阵法。真得好好儿跟年大将军习学习学。"

"朕今儿心里实在欢喜。"雍正不胜感慨地说道，"年羹尧是朕藩邸旧人，和朕还有瓜葛亲。打这样的大胜仗，带出这样猛壮的虎狼之士，朕很觉露脸。朕前有旨，年羹尧是朕之恩人，不单因他殚精竭虑报效朕躬。圣祖晚年西顾之忧也一役荡除，为圣祖雪了康熙五十六年兵败之耻。朕与圣祖一体一心，承继大位以来这是第一心事。祖训有非刘而不王之义，年羹尧格于这一条，只能晋一等公，但朕视他真如自己兄弟子侄一般。这是一层。但若前方只有年羹尧一人一心，万不能获此大胜，以致天下臣民共享尧天舜地之福，全赖了诸位将军辅佐，在前方一刀一枪拼杀出来。因而众位将军功在社稷如日月昭昭永不可泯！廷玉——"

"臣在！"

雍正徐徐说道："今日会操诸军将佐弁员各加一级。还有年羹尧明折所保奏有关将佐升迁人员，转吏部考功司记档，票拟照准各职。"

"喳！"

"传旨，发内帑三万两，赏给今日会操军士！"

"传旨，着刘墨林草拟西征年大将军功德碑，勒石于西宁，永为存念！"

"喳!"

允禩心里格登一声：刘墨林这会儿还在自己书房前罚跪晒太阳呢，这怎么处？正紧张思索，张廷玉道："万岁，圣旨勒碑，差谁去西宁办理？""还是刘墨林吧。"雍正啜了一口茶随意答道："给他钦差身份，实授征西大将军参议就是了。"允禩想想，此事终久难瞒雍正，心一横，在旁躬身道："刘墨林虽薄有小才，但素常听人口风，行为颇不检点。"接着就将在廉王府前的事说了，却瞒了晒太阳罚跪这一节，"——因此我请他暂留我书房，等候我下朝训斥。苏舜卿歌伎出身，乃是个贱民。她死其实为徐刘二人争风吃醋羞愤自尽。这么一点事，刘墨林就敢当我的面侮辱命官。这样的人，为年大将军撰草功德碑，似乎不宜。"

雍正听着脸色已变。他即位不久即下诏解放贱民，连张廷玉马齐这些人都不知道为什么忙着办这不急之务。在座的只有年羹尧影影绰绰听李卫说，皇上年轻时在安徽办差，为洪水所困，幸亏一家乐户救下，还与乐户的女儿小禄小福姐妹有过一段缠绵风流韵事。允禩娓娓而谈，自以为得体，却不知越说"贱民"越是触了雍正的忌讳。雍正一下子想起那个相貌极似小禄的丫头，跟了允禵去遵化，如今不知如何？直到允禩说完，雍正方回过神来，冷笑道："刘墨林这点子风流罪过打的什么紧？朕看比那些个道学先生还略强些儿！苏舜卿的事刘也没有欺瞒朕，朕知道。说到贱民，那是已经有过旨意的。细究起来，徐骏的祖母不也是贱民？还有——"他看了允禩一眼，却转了话题。"今天不议这个，这件事就这么定了。"允禩却知道"还有"二字的含意，他自己的生母良贵人卫氏，原是皇家辛者库里的浣衣奴！雍正把题目点到为止，允禩深觉失言，又羞又恼，目中暗闪着愤怒的火光盯了雍正一眼，却没敢说什么，只一口接一口悄悄吐着粗气。

"刘墨林才气横溢，奴才在军中已经领教。"年羹尧欠身赔笑道，"奴才身边也正缺着文章事务上的人，墨林来，明发奏折都省了奴才动笔了。"雍正转脸对高无庸道："你去八爷书房给刘墨林传旨。申牌过后叫他递牌子养心殿见朕。"年羹尧道："皇上，阅兵一过，奴才就不打算在京滞留了。请旨，奴才何时离京为宜？这么多人马，打前站号房子安排粮草的要先走一步呢？"

"你们跪安吧!"雍正见几十个军将都挤在堂上，愈觉闷热难当，摆手命他们退下，起身轻轻摇着扇子来回踱着，缓缓说道："岳钟麒递来密折，川军和你部下时常有点小别扭。你明日进去见见皇后还有年贵妃，后日黄道吉日，由张廷玉方苞设席代朕送行。你说的粮饷这类事，朕已经把折子转了户部，各路军都在青海，千把总以下军官，朕意由你黜陟，也要等部议了才能定下来。回去好生部勒行伍，你和岳钟麒都是朕的心膂之臣，精诚见心共事一主，下头自然就少了磨擦。"年羹尧怔了一下，愕然问道："这三千人马不和奴才同行么?"雍正莞尔道："十名侍卫，要留京另候听用。三千军士还是你的兵，朕今儿个看了，实在练得十分是好，朕意留他们些日子，京畿各地驻军没打过仗，兵也练得毫无章法，巡回操演着各军习学，然后再回西宁，你也省了心，他们也从容些儿，岂不四角俱全?"

年羹尧眉头不易觉察地轻挑一下，十名侍卫原就是雍正派去的，留下倒也无所谓，这三千军士都是他一手栽培提拔起来的弁佐，不但打起仗来个个拼死不要命，难得的是都用银子喂饱了，自己一声令下什么事都敢做愿做，一时也离不得。万一雍正变卦，竟将这些人全都留京，多年血本岂不赔得精光? 但雍正说得这样堂皇，西宁前线已无战事，年羹尧一时竟寻不出理由堵皇帝的话，思量半晌方笑道："奴才这可要驳主子一回了。兵是我带的，都吃的皇上的饷，拿的朝廷的钱粮，连我也是皇上的人，皇上怎么调度怎么听令! 不过皇上也知道，进青海的岳钟麒的兵和下头不和气，我和岳是多年交情，就是主子不说，回去也要同他一德一心做事，下头那些愣头青儿军官，少壮气盛，身边没有这些得力的人弹压，闹出事来朝廷脸上也不体面，岂不辜负了主子的心?"

"不相干的。"雍正说着便站起身，"朕回去就下旨岳钟麒，部勒好他的军队，你再回去，不至于出什么事。"说着便走，年羹尧毕力塔张雨一干人直送到大营门口，跪着等雍正大驾去远方才回来。

第四十一回　史贻直正言弹权臣
　　　　　　刘墨林受命赴西疆

　　一众上书房王大臣扈从雍正直到西华门口，炎炎红日西坠，火烧云染得西半天一片血红。张廷玉凌晨只吃了点点心喝了一杯奶子便上朝，雍正两次赐膳，都是刚举箸便有外任大员请求接见，竟没有吃成饭。夏日天长，虽没有黑定，取出怀表看看，已是戌初时分。眼见雍正下了乘舆，一口气松下来，张廷玉顿觉饥火中烧，正思量着弄点什么东西吃，却见雍正笑着招手道："衡臣，秀水，怎么忘了？还要见人呢！"张廷玉才想起，掩饰地一笑道："臣哪敢忘了公务！想着主子劳乏一日，也要稍稍歇息片刻，想等会子再进去。"

　　"朕用膳用得饱饱的，只去一趟丰台，坐了半天，有甚的劳乏？"雍正笑嘻嘻地说道，转脸见隆科多要走，又道，"舅舅，你也进来。"隆科多只好躬身答道："是！"

　　于是四人一径漫步回到养心殿，见刘墨林已跪候在垂花门外，低着头，也看不出什么脸色，旁边还跪着杨名时和孙嘉淦，一个是进京述职的，一个刚从外地巡视回来，雍正只说了句，"起来等着吧"便进了大院。白发苍苍的邢年忙迎上来，陪着走在侧边，回说："李绂方才递牌子，还有詹事府的史贻直也递牌子求见，他们没旨意，奴才叫他们天街候着，已经一个多时辰了。主子要不见，奴才这就叫他们退出去。宫门下钥，没有特旨出不去，就得守一夜了。"雍正边听边"嗯"，听到"史贻直'三字站住脚想了想，"史贻直，是年羹尧的同年进士吧，叫他进来。李绂明儿再递牌子——方先生进来了么？"隆科多不知雍正叫自己有什么事，一直想偷窥雍正神色，此时在宫灯下瞥了一眼，却见是面无表情。张廷玉肚子里咕咕直叫，听说要见这么多人，不禁暗暗叫苦，也没理会隆科多。

"臣在!"站在丹墀下的方苞听雍正问自己,忙趋前一步。因雍正屡次有旨不必下跪,打一长揖笑道:"方才臣去看了看十三爷,进来不到半个时辰。"

"好好。"雍正淡淡说着跨步进殿,在东暖阁大炕上盘膝坐下,看着鱼贯而入的臣子们,含笑道:"都免礼,赐座。这热的天,想必都口渴了,赐茶!"说着,已见一个小太监带着史贻直进来,雍正笑道:"史詹事,你是后来居上啊!朕原说先见杨名时他们的,倒是你先进来了——詹事府是个闲衙门,你夤夜见朕,想必有要紧事了?"

史贻直是个高个子,头形长得有点像压腰葫芦,细长的脖子长着个大喉结,一说话便上下动,看去十分可笑,却是表情严肃,他伏地听了雍正的话,重重叩了头,仰起脸道:"回皇上话,朝廷没有'闲衙门',肯做事就有事,不肯做事,忙里也能偷闲。"雍正一笑道:"说得好。不过你有什么忙事呢?"史贻直以头碰地,声音铿锵,突兀说道:"今春四月初至今,直隶山东久旱无雨,不知皇上作何措置?""你就为这个巴巴地跑来?"雍正又气又笑,说道:"朕焉有不知之理?四月中已由户部调拨三百万石糙米,早赈济过了。山东直隶不但口粮足,种粮饲粮也是不缺的!"不料话音刚落,史贻直又道:"赈灾之事早有明诏,圣主仁厚恩泽昭如日月。昔日我朝名臣于成龙推之《易》理,京师久旱不雨乃是因朝有奸臣,'小人居鼎之侧,无屯其膏'。赈灾如扬汤止沸,如何釜底抽薪?"他这几句话如断珠落盘,又脆又响,几个坐着静听的大臣立刻面白如纸,连张廷玉也忘了肚饿,都瞪着眼盯着史贻直,好像看见地下突然冒出来的土行孙,不知他要指哪个人为"奸臣"!

"天道茫茫,圣人难知。"雍正起初被他惊得手一颤,杯中的奶子都溅了出来,渐次方镇定住了,冷笑一声道,"你大约吃醉了,到朕跟前发酒疯么?朕身边人如今都在,你指,是张廷玉、马齐,还是隆科多?"

"年羹尧是奸臣!"

史贻直一语既出四座俱惊,殿内殿外大臣侍卫太监宫女几十号人或不坐或僵立,都如土木偶人,一时沉寂得荒庙一般。唯独隆科多吊得老高的心落了下来,多少有点神情恍惚地望着摇曳的烛光。雍正目中波光一闪,睃了众人一眼,良久方格格一笑,问道:"你弹劾年某,这使得的。年羹尧刚刚立过不世之功，清廉刚正朝野尽知！朕就是听你的，他总该有个罪名儿吧？拿年羹尧只是一纸诏书，这'莫须有'三字坏名声，你要加到朕头上么？"他的语气淡得白水一样无味，甚至有点枯燥，但张廷玉跟雍正打了二十多年交道，深知这主儿愈是阴狠刻毒性子发作，说话愈是寡淡平和，很怕他将史贻直就地处置了，不禁紧紧锁了眉头，思量如何调停。转眼看方苞时，却是泰然自若，只一双又黑又亮的小眼睛不住地眨着，显然也在打着主意。

"回主上话。"史贻直似乎身上颤了一下，立时便收起怯色，从容说道："自古奸雄之臣，哪个不曾立过功劳？曹操若不荡平张角之乱，横扫诸侯，能当上汉相么？年羹尧西线之战，是赖皇上调度，倾天下之力竭天下之财，前线才有大捷，而年某为防岳钟麒争功，处置乖方，阻川军入青海，以致元凶首恶罗布藏丹增逃逸法外。这是他妒功害能忌贤妒才之罪，先前年羹尧举荐诺敏，通省相连欺蒙朝廷，诺敏事发东窗，并不见年羹尧有一字引咎之辞。朝廷自康熙年间清理库银亏空，至今湖广、四川、两广、福建数省银两仍未归还藩库——万岁，您只管去查，亏空官员十有八九是年羹尧的部僚亲信——若不属实，请斩臣头以谢天下——万岁容臣奏完：年羹尧选的官，只在吏部立档存照，遇缺即补，号称'年选'；年羹尧吃饭，也称'进膳'；年羹尧的家奴回乡省亲，知府以下官员们行跪拜礼。年羹尧的年俸只有一百八十两，家有私财银两逾千万两，试问从何而来？这次进京三千军士沿途干预民政，聚敛民财，受收贿赂，车骑仪仗超越王仪，见天子而箕坐，遇王公而不礼，试问曹操再世，能如此跋扈吗？"他琅琅而言，数落年羹尧拥兵自重专权欺君，稔熟得如数家珍，一句接一句词锋如刀似剑，真如一篇《讨年羹尧檄》。养心殿人人听得手颤心摇，"……万岁昔年在藩邸即说：'吏治乃是一篇真文章'，登极以来屡下严旨，整顿颓风，以吏治为第一要务。即以此事论之，不诛年羹尧断无办妥之日！大奸若忠大诈似直，乞望万岁查月晕础润而知风雨，奋钧天之威，斩年某于辇下，则万民幸甚、社稷幸甚，天必降祥雨膏泽神州！"他激昂慷慨地说完，连连顿首。

雍正已是听得惊心动魄。弹劾年羹尧，前头已有了范时捷。但范时捷是"造膝密陈"，史贻直却是公然出马。方苞邬思道他们几个议过，眼下断然不到处置年羹尧的时机。只是怎么处置这个胡冲乱闯的史贻直呢？他的眼睑垂下来，目光幽幽而动，想了想一横心，突然失态地大喝一声："你狂妄！""啪"地一击案，壶儿、盏儿、砚台都跳起老高！

雍正掩饰着心里极度的矛盾，"焦躁"地在殿中来回踱着，终于拿定了主意，走至史贻直面前问道："你还有什么说的没有？"

"臣已奏完。"

"你想做龙逢比干？"

"回皇上，龙逢比干是千古忠臣楷模。"

"朕成全你。"雍正极力压抑着冲波逆折的情绪，咽了一口又酸又涩的口水，吃力地说道，"今晚回去别一别家人，明日自有旨意。"

"是……"

望着史贻直又高又瘦的身躯踽踽出了养心殿，消失在夜色里，雍正紧咬牙关，强抑着不让眼泪迸出，半响，粗重地透一口气道："叫杨名时孙嘉淦和刘墨林退出去，明日再递牌子——哦不，刘墨林留下——我们这边先议一下隆科多的事。"马齐和张廷玉愕然交换了一下眼色，都把目光盯向隆科多。隆科多头"嗡"地一响，心脏急跳，冲得耳鼓哗哗直叫，脸色立时变得雪白，双膝一软已跪了下去，颤声说道："臣……恭聆圣训。"

"你起来，还都坐下。"雍正阴郁地一笑，说道，"朕并不要怎样你。朕想问，畅春园的事到底为什么？"

隆科多绷得紧紧的心又是一缩，但这一问是早在预料中的，忙将当日情由说了一遍，又道："臣是懂规矩的，先帝六次南巡，回銮时都由九门提督衙门清理宫殿，绥靖北京治安。"说罢看了马齐一眼。

"你不要看马齐。马齐没有告什么人的状。"雍正冷冷说道，"京都帝辇，国家根本重地，朕怎么会掉以轻心？有几封密折，你要真想看，回头贴了名字誊给你阅看，好么？"隆科多忙欠身，干笑道："奴才焉敢？奴才的心思主子最知道的。就奴才而言，除了主子还是主子，并没有别的安身立命之地。怎么敢有二心？"马齐在旁顶了过来，说道："谁也没说你有二心。我不是摆资格，我二十五岁就是顺天府尹，四十年的京官，先帝南巡回銮接驾，后四次都参与了的，没有步军统领衙门独自清理的例。京师京郊驻军近十万，都自行其是，闹出哗变摩擦，主子又不在，谁能善后？我是后来才听说，上次太后薨逝，有人发急信到奉天，要请八旗旗主王爷进京，如照你如今的布置。万一有别有用心的人乘机作乱，是我来弹压还是你来弹压？"

方苞坐在雍正身边一直静听，眼见马齐又红了脸，笑道："马中堂不要动性子。我们消消停停说话。隆大人是宣读传位遗诏的托孤臣，要有二心，当时是做手脚的机会，怎么会选在天下大定时乱来？但这事隆大人处置确实有误。圣祖回京，定有时辰日期，先有诏书安排定了，京师才清理宫闱，也都会同了顺天府和京师各营主官，发了咨文才办。京师武备揽总儿的是怡亲王，我就陪着十三爷住在清梵寺。出事头天你还去给十三爷请安，十三爷纵病着，我又没病，你就提一声这事，我总可顾问一下的吧？"隆科多听着这糟老头子的话，明面上心平气和，其实比起马齐更觉难对，却又难以发作，叹息一声道："我是老了。我去清梵寺，怡亲王咳嗽得话都说不整，想着他才四十出头的人，就病得这样，当年十三爷何等英雄来着，我心里只是感伤叹息，又想着是小事，不过各宫看看而已，就没说。"

"舅舅。"雍正含笑道，"马齐只是浮躁。这事你是办错了。你明白么？"隆科多忙起身一躬说道："奴才办砸了差使，引起物议，确是有罪。请主上发落。"雍正道："你也是无心过错。你若有心犯过，不敢这么明目张胆，朕也不同你一处坐谈了。但既有错，便要依制度来，恐怕要有点小小处分。"

方苞张廷玉和马齐一听这话，忙都站起身来。隆科多一提袍角跪了，叩头道："请皇上降谕。"

"你这次犯过，实因年老精神不到所致，朕很怜你。"雍正的神情似乎有点怅然，"错出无心，也无须重处。你兼职太多了，内务府、宗人府都是你管，很多事照料不来，不如一概都免了，就保留上书房行走大臣、领侍卫内大臣这两个职，你觉得如何？"

他虽没提步军统领一职，但一听便知，雍正真正要免的就是这个职。隆科多忙叩头道："奴才奉职无状，主子隆恩高厚，但奴才已不宜再留上书房侍候，恳请一概全免，以警臣下怠忽公务之心！"

"处分你朕心里已经很难过，更不能罚不当罪。"雍正叹道，"照这意思，你今晚回去写个辞呈，朕自然要申饬几句，上书房大臣你还是要留任的——你这就退下吧。"

隆科多心里乱糟糟的，说不出个滋味，胡乱叩了几个头，连自己也不知道说了些什么。雍正温声抚慰道："你的心朕知道，这不过走走场面，前人撒土，迷迷后人眼罢了。你只管安心。你忠诚待朕，朕断没有亏负你的理。"说着竟扶起隆科多，直送出殿外。

看着隆科多由太监导引着出去，雍正踅回殿中，笑道："原想见见刘墨林的，想不到半路杀出个史贻直！九门提督衙门出缺，议议看，谁来补好？"马齐心里略一掂掇，说道："这要懂军务的才好。跟着年羹尧的十个侍卫，看来在军中历练出来了。穆香阿如何？"雍正舔了舔嘴唇未置可否，朝外叫道："传刘墨林进来——穆香阿到年羹尧军中一仗未打，这些花架子行径算不得真本领。朕就不信他那个'太极图'阵就真的管用！穆香阿他们十个朕召见，另有委用，他不成。""那就毕力塔。"马齐又道："毕力塔是老将了，先年也跟圣祖爷打过仗。"

"丰台大营也是要紧的。"方苞说道，"张雨这些人一时还拿不起来。毕力塔一人兼职不合体例。"

"唔。"雍正又转面问张廷玉，"衡臣，你怎么不说话？"张廷玉此刻已是精神恍惚，只是觉得眩晕，已不觉得饿了。他勉强欠了欠身，说道："其实奴才看，图里琛就好。粘竿处本是皇宫内侍卫的内廷衙门，图里琛几次外差都办得好。如今情势，臣以为应该撤掉粘竿处，与步军统领合衙，由图里琛为统领。内衙门养兵，容易留后遗症的。这件事臣早就想说了，乘着这事一处理顺了才好。"雍正听了一笑，说道："粘竿处撤掉，很好。外头已经有议论，说粘竿处是朕的私人护卫，有点像东厂①。还说图里琛带的侍卫是'血滴子'，真是活见鬼。越是能作践朕的话越是有人听信！其实你叫他指一指粘竿处不经法司衙门杀过捕过哪个官，他又说不出来！如今索性撤了，也就堵了那起子小人的嘴。"说着，走近了张廷玉，觑着张廷玉脸色道："你脸色很不好，有什么地方

---

① 东厂：明代特务机关。

不受用么？"

张廷玉勉强笑道："奴才没什么。奴才是有心事。史贻直的事奴才有点放不下。詹事府原是侍候东宫的，现既不立太子，这个衙门又闲又富。年羹尧如今圣眷这样好，没来由他凭什么拼性命弹劾年某？且说的那些话，也不能说全无风影，就是处分，也没有死罪，如不处置，奴才也体贴得主子难为处。年大将军贺功刚过，就这么大肆攻讦，这史贻直也太不懂事。"

"于情而言，情犹可恕。"雍正被他说中心事，心里也是十分难过，"于理而言，不杀他无以对年羹尧啊！"

方苞在旁听着，也是十分为难。思量了一阵，说道："我有一法——凭天决之！"雍正掉过脸问道："这怎么说？"方苞闪着黑豆眼，嘿然一笑道："他说要想天雨，必参斩年羹尧，原为祈雨而来的。就命他明日午门外跪地求雨，天若下雨，奸臣便不是年羹尧；天若无雨，年羹尧便'不是奸臣'——这就替年羹尧出了气，白了冤。——这夜的事断然是瞒不过年羹尧的。"

"那史贻直呢？"雍正听着浑不得要领，"天若不雨，杀不杀他？"方苞笑道："我断明日天必降雨。真的没有雨，史贻直就有君前狂言之罪，'狂言'该当何罪，发刑部议处，依律而行就是。"雍正踱至殿口，下意识地看了看天，却是湛青无云，一天星斗灿烂。他叹了一口气，说道："也只好如此了。"张廷玉却觉得方苞的话近乎儿戏，刚说了句"方灵皋，这不像读书人的话，倒像是方外术士——"话未说完，他眼一黑便晕厥过去。

殿中人顿时大吃一惊，方苞马齐霍地立起身来，雍正惊得倒退一步，心慌意乱地高声叫："快传太医！"刘墨林早已进来，守在殿门口没敢打扰他们说话，此时三步两步抢进来，一边说："臣粗通医道，容臣先看看——"急蹲下身去，翻开张廷玉眼皮，又扶着脉沉吟良久。雍正急问："到底怎么样？是怎么了？"

"真令人难以置信……"刘墨林摇头道，"这怎么会呢？"

"你这是什么话，叫朕猜谜儿么？"

"张相没有病。臣看，是……是饿的了。"

雍正皱眉道："你胡说八道，朕今儿两次赐御膳的！"高无庸在旁说道，"兴许是真的，两回赐张廷玉膳，都是奴才办差，找他办事的人太多，又急着过来侍候主子，他没有吃成饭……"说话间张廷玉已经醒过来，见雍正一干人惊愕地扶自己，不好意思地说道："臣一时头晕，惊了主子的驾了。"待两个太监扶起身来，又笑道，"我们张家遵圣祖祖训，惜福少食摄养，竟饿倒了宰相，也算一大笑谈。"雍正却"笑"不出来，他的心一直往下沉落，半晌方惊醒过来，忙一迭连声叫"传膳"！方苞道："御膳鱼肉荤腥，衡臣未必消受得。"刘墨林也不管顾，说道："要一杯奶子，多加点冰糖，现成的点心用几口就成，不须用御膳。"雍正见高无庸站着发呆，厉声道："你愣什么？还不快办去！"

张廷玉贪婪地喝了一大碗奶子，又吃两块宫点，渐渐回过颜色，揩着额上的汗笑道："从没有在主子跟前这么放肆的，今儿出了丑。臣没事了，接着议事吧。"雍正的意思天已晚了，张廷玉又弱，想改明日再议。张廷玉笑道："原打算今夜还要见杨名时和孙嘉淦的，都积到明日，明日不是更累？还是主子老话，今日事今日毕的好。"

"刘墨林，知道传你进来做什么的么？"雍正命给每人进一碗参汤，干咳一声问道。他一开口，殿中又恢复了宁静庄重的气氛。众人原想刘墨林必定说"不知"的，不料刘墨林却叩头道："臣知道。臣今个在八爷府作践了徐骏，得罪了八爷。万岁必定听了八爷的话，要处分臣。这没的说，臣是故意儿的，凭主子发落。"几句话说得大家都笑了。雍正道："你伶俐得忒过头了！一点也没猜对。徐骏浮浪纨袴子弟，有点仗了你八爷的势。你呢，放荡不羁无行文人，也确有点恃了朕的宠。朕不偏不倚说话，都够受的了！八爷已经代朕教训了你，朕就不处分你了。"

刘墨林叩头道："谢主子宽宏之恩，但徐骏确是衣冠败类斯文禽兽。八爷处我并没有失礼，只当他面唾了徐骏是实，徐骏是翰林院的人，又不是八爷的奴才，八爷这个偏架拉得没道理。臣虽放荡无羁，实没有恃宠骄人的意思，臣实在咽不下这口气。"

"你还是先咽下这口气。"雍正沉静地说道，"苏舜卿的事朕心里有数，为一个女人和人怄气，朕很不取你这一条。回头你见见十三爷，赏你点银子，好好发送了她。十步之内必有芳草，你读饱了书的人连这个理都不知道？"劝人容易劝己难，天下通理，雍正说到这里，猛地想到小禄和跟允䄌的那个丫头，竟触了自己隐疼，忙收摄心神，又道："叫你进来不是议私事的。朕有意放你外任官，你怎么想？"刘墨林怔了一下，说道："我是皇上的臣子，以身许国，在京在外仍是皇上的臣！既是皇上垂问'怎么想'，做翰林的都有通例，无不巴望能当学政，收门生，熬资格。臣原也是这想头，皇上作过《朋党论》，读来令人心目一开——那都是为自己，并不为了社稷。万岁给臣一个中等郡，臣管取三年小治，五年大治，为皇上一方良牧！"

雍正盘膝坐得有点腿发麻，下榻在地下随意踱着，突然一笑道："那自然是好的，但你实非一郡之治能局限。朕给你一个参议名义，还回西宁，就是参议道台吧！你愿意不愿意？"

……

"唔？"

"臣不敢不奉诏，臣亦不敢说假话：臣不愿往。"

"为什么？"

刘墨林连连叩头道："年大将军严刚可畏，臣侍候不来！"方苞马齐和张廷玉三人迅速交换了一下眼色，张廷玉双手扶膝身子一倾说道："主上并没说叫你侍候年羹尧。你是西宁参议道，主管为年、岳两军征调粮饷，调停西宁各驻军争端，并不受谁的节制，有事直报上书房。"

"直报朕。"雍正手一摆，邢年便走来，手里捧着个小黄匣子，上头摆着两把钥匙，雍正自取一把转手交高无庸，"替朕收着。"邢年便把匣子捧给刘墨林。刘墨林双手捧过，沉甸甸的，角上包着镀金黄铜页子，钥匙齿犬牙交错，显然是特制的锁，他立刻明白，这就是一直耳闻，却从来没见过的密折奏事匣子了！正发怔间，雍正微笑着道："这是圣祖爷的发明，古无前例。有人说朕耳目灵通不易受人欺蒙，是靠粘竿处去听壁角，他错得一塌糊涂！上至总督巡抚，下至州县蕞尔小官，朕给这匣子，就和家人通信一般，什么事都说，说出来是真是假是正是误，无处分也无奖赏，不管什么事什么时候朕拆看，随时批复，却不是正式公文。你有事要发明折，自己拿不定主意的，也可先具折子请示朕——你直报张廷玉，发了明折，就变成公务，那就要秉公处置了。"

马齐见刘墨林发愣，笑道："别看我们日日和皇上一处，我们也都有这个匣子呢！这是殊遇异数，你还不快谢恩？"

"是啊，这是异数。"雍正目光盯着远处，似乎在眺望什么，"可惜并非人人知恩。有的人恩赏密折专奏权，把匣子给外人看，卖弄专宠；有的人把朕批的朱批泄露出去；这两种人朕是不给他脸的。还有一等人，像穆香阿，寄来的密折，满嘴都是拍年羹尧马屁的话头，读来令人肉麻——方才马齐还说他可任九门提督，可笑！"马齐被他数落得脸一红，忙起身道："是臣妄言了！""是无心嘛。"雍正示意马齐坐下，"这不过顺话提及。总之，密折要说朕关心的事。大至督抚将帅，小至茶肆耳食语，秦楼楚馆轶闻趣事，士大夫往来过从，凡有关世道人心，朝政阙失的，放胆奏进来，就如同家人父子通信，没什么忌讳，就是年岁丰歉，阴涝晴旱……只管奏！"

说到"阴涝晴旱"雍正猛地想到史贻直，心里紧抽一下，便不言语，只是出神，半晌才道："今儿着实乏了，朕也没精神。刘墨林明儿见见张廷玉，就去年羹尧那里陪着。记着，事事要听年羹尧调度，事事要密折奏进来！"刘墨林一头死了苏舜卿，心中悲痛；受允禵窘辱，又觉愤恨；升迁是喜，与年羹尧打交道又是忧；受密折权又有点惊疑。心里翻倒了五味瓶似的，叩头道："臣敢不凛遵圣训！"雍正点了点头，说道："夜深了，散了吧。"

这一夜，雍正就歇在养心殿，也没有翻绿头牌叫妃嫔，在大炕上辗转反侧，只是睡不着，几次趿了鞋出来看天，天色却是晴好。

第四十二回　徇成法循臣谏拗主
　　　　　　降甘澍午门救詹事

　　刘墨林因知张廷玉身体有病，第二日上午辰时才打轿往张廷玉私邸拜谒。一路隔轿窗都能听见，街上人沸沸扬扬说道史贻直弹劾年羹尧的事，有的说"史大人已经绑赴午门，午时三刻在午门问斩"！有的说"年大将军要亲自出红差①"！刘墨林只是一笑，"午门问斩"只在前明有过，清朝开国早已废止。只在吴三桂掀三藩之乱时，康熙皇帝在五凤楼阅兵，午门前杀掉了吴三桂的长子吴应熊以示朝廷大张挞伐决心，史贻直这点子事怎么当得起这大的典刑？想着，轿子已落。刘墨林吁一口气哈腰出来，递上名刺，张廷玉的门官便笑了，"张相四更起身，五更临朝，几十年的规矩了，您大人的事张相昨夜就吩咐，请上书房见。"刘墨林不禁暗赞，张廷玉勤劳王事到这份上，也真难怪雍正爱重。忙命轿往西华门，特地绕道午门，要瞧瞧史贻直。他平素与史贻直只是点头交情，但既然史贻直遭了事，这点情分还该有的。

　　在午门"文官下轿武官下马"碑前下轿，刘墨林倒犯了踌躇，自己眼见就要受年羹尧节制，特地看望史贻直岂不犯忌？他远远站着望了一眼，真的见史贻直已摘了顶戴，直挺挺跪在午门前的侍卫房门口，其时正五月中，久旱无雨，大临清砖铺起的午门大空场蔚蔚蒸起的地气煌煌直上，天上晴得一丝云也没，骄阳无情地将威炎的光直倾下来，晒得地下焦热滚烫。眼见史贻直面无表情，头矗得葱笔价仰望上苍，刘墨林心里突然一阵难受。正发愣间，却见邢年带着几个太监，都热得大汗淋漓，脚步拖沓地过来，到史贻直面前，说道："有旨!"

　　"臣，史贻直!"

---

　　① 即当刽子手斩杀犯人。

"皇上问你，"邢年干巴巴说道，"你这次无端攻讦年羹尧，有无串连预谋的事？"

"没有！"

"为何孙嘉淦方才与你说的一般，又拼死保你？"

史贻直仿佛意外，头略一指说道："孙嘉淦是昨日回京的，臣是昨夜见的皇上。他回京后我们没有见过面，即平日，臣与孙嘉淦素不往来，政见多有不合。他保臣，臣不知道，也不屑于他来保臣。"邢年只是奉旨传话，应无驳诘之权，听了点点头，又道，"皇上说，'朕很怜你'。命我传旨，只须向年大将军谢罪，便可赦你。"史贻直以手指天，说道："年羹尧所作所为上干天怒下招人怨。臣若谢罪，在皇上为佞臣，在年某为附恶，皇上何所取而赦臣？杀年羹尧天必雨！"他如此强项不屈，旁边几个侍卫都听呆了。刘墨林也不禁心下骇然，脸色已是变得苍白。

"皇上说，你与年羹尧同年进士，又受年某举荐入选东宫洗马。"邢年又道，"你必是想，年羹尧功高震主，朕必有鸟尽弓藏的事。想预为自己留一退步。事主唯诚，你这样的心地可问不可问？"邢年是大内最老资格的太监，曾亲眼目睹当年名臣郭琇批龙鳞，姚缔虞，唐赍成当年上书北阙拂袖南山的风范历历在目，这种事对他来说并不新鲜。但康熙性格宽仁，雍正刻忌阴狠眦睚必报，两个君王不一样。眼见史贻直如此冒犯雍正毫无惧色，不禁也替他捏一把汗。刘墨林听着这剔骨挖肉般的诛心之词，想象雍正发话时的脸色，竟倏地打了一个寒颤。却听史贻直答道："臣并不知年某推荐之事，今日听来，实堪羞愧。臣举进士，是自己考的，年羹尧举荐无论出于何心，但用臣的是皇上。臣以为皇上当以是非取舍，不应以揣猜之词加臣之罪！"说罢连连顿首。邢年揩一把汗，说道："你既不肯伏罪，皇上命我传谕。你就是小人，就在这晒日头。晒死了，天就下雨了！"

史贻直见邢年转身要走，一把扯住后襟，说道："你这老阉狗！去回皇上话，我不是小人！"显然，雍正的话深深刺痛了他的自尊心，气得脸色雪白，眼中迸出泪花来。邢年却笑道："咱是传旨的。并不干咱的事。其实我倒佩服您大人这点骨气的。"说完，径回大内缴旨。

刘墨林一个愣怔，才想起自己还要见张廷玉，然后去见年羹尧。再不迟疑，拔脚便跟了邢年身后，从左掖门入内。邢年自回养心殿，刘墨林径奔上书房来。张廷玉正和杨名时谈话，李绂坐在一旁扇着扇子，似乎等着接谈。见刘墨林进来，张廷玉只点了点头，说道："原说头一个见你的，已经见了几个了你才到。索性名时谈完，我陪送你去大将军那里——名时，你接着说。"

"云贵苗瑶杂处，不能同内地类比。"杨名时呷一口冰湃凉茶欠身从容说道："内地是官府说了算，那里是土司说了算。如今蔡珽将军不再过问民政。我遵先王遗政，取怀柔羁縻之策，好容易才理顺了。皇上要改土归流①，不是我不肯办，在几个地方试，其实真的管不了苗瑶族里的事。中堂想想，那都是一个一个的土寨，隐在十万大山中，有的寨子连马都上不去，有的蛮荒不化，言语也不通。历朝历代世袭下来的土司，一旦取消，难免就有怨望心。各自为政久了，一造反就一寨皆反，一山皆反，派兵镇压，他们钻了深山老洞，兵去他归依然故我。有的县份，多年没有县令，衙门都倒了，有的县只有一个当地人替政府办事，也只是管着召集土司会议，宣布政令，回去他们该怎么办还怎么办。你要设政府管理，就得派官员去，瘴气毒雾十去九不归，人们宁肯辞官也不去。这些个烦难，朝廷还得多多体谅。我以为还是维持现状，不易轻作更易的。"张廷玉双眉皱着只是沉吟，半晌才道："剥夺土司特权，百姓们该拥戴才是嘛，政府并不收苛捐杂税，皇上这是仁者之心！"杨名时一听便笑了："我说的是'行不通'，不是'不应行'。云贵于中原有茶盐之利，但贫瘠乏粮历代就是这样的。许多地方都还是刀耕火种，我去的第一件事，先教他们种地，衣食足知荣辱，'三字经'得从这儿念起。然后扶植农桑，养育人才尊孔尊孟，慢慢开化了再设政府，才是水到渠成。硬来，逼反了，就事与愿违了。"

张廷玉看去心情有些忧郁，雍正忙着要改土归流他原也赞成，听了杨名时的话，倒犯了踌躇。半晌，张廷玉一笑道："牛不喝水强按头。皇上是要给牛灌药，可惜牛不醒事啊！李卫递进折子，他要在江南试行

---

① 即设置正规政府，代替土司政治。

火耗归公，听说你也不同意？"

"我和李卫私交极好的。"杨名时道，"但他这风头出得不好。单迎合皇上急于充盈府库的心思。所以我特意绕道去看他。看来意见难合。耗羡归公，只能叫清官日子难过，贪污墨吏要巧取豪夺，哪里寻不出'名目'来？如今天下吏治到底如何，张相大约比我清楚。去年秋我参劾大理知府臧成文，刚摘了顶子下来就给他送了民伞保他。臧某贪墨一万余两查有实据，为什么下头百姓还保他？我心里疑惑，私访了一下才知道。老百姓说，今年年例刚送上去，您撤掉他，我们就白送了，充公又归还不来！再派一个，还得再送一份子。好比是狼，我们刚喂饱一个，你再派个饿狼！我心里气急，回省就请王命旗牌斩了臧某。再去的官他就不敢再当狼！所以清吏治充库银，要害在'吏'，而不在'治'法。李卫这办法一旦推行，下头必定又生出千奇百怪的办法多途搜刮，害的还是百姓。或许江南一省行之有效，但各省纷起效法，后果不堪设想！"张廷玉听了不禁默然，杨名时说的这些他深信不疑，但雍正多次与他促膝交谈，天下事非变法不可为，耗羡归公、改土归流、丁银入亩、官绅纳粮和筹钱法这些大政都是雍正决心已定的事，几个亲信大臣已在外地试行。中途停止，那就是说雍正登极以来毫无政治建树，一旦稍有风吹草动，允禩便能兴云作雨推波助澜，甚或召集八旗铁帽子王会议废黜雍正，自己作为宰相，又如何善后？像杨名时、李绂，都是雍正一手提拔的亲信大员，细谈之下，对雍正刷新政治的措置竟无一赞同，想来也真令人可叹。张廷玉刚问了句："依着名时意见，该怎么办？"杨名时未及答话，便见孙嘉淦扬着脸进来，便道："嘉淦，下来了？你不要去顶撞皇上了，不要去了，皇上的难处我知道。多建议些，气平些，好么？"孙嘉淦道："我只是过去保史贻直，没有顶撞皇上。皇上昨夜没睡好，性子很躁，一边听我奏说，有时还踱出殿散步，回来再听，看上去是有些心神不定。后来皇上就叫我过来，听你处分。请中堂处分！"说罢便是一躬。

张廷玉叹息一声，说道："你是个傻子！皇上不给你处分，我给你的什么处分？言官嘛，你是御史，说话比我随便。"他扫视众人一眼，说道："我只想告诉诸位一句话，'雍正改元刷新政治'是皇上据天下大势决断出来的方略。我们做臣子的，只能在这个方略圈子里赞襄，万不可掣肘。不趁国运鼎盛时疾速整顿吏治，祸至悔迟！据我看，皇上这见地实在入木三分，只是看来性急了也不成。掣肘的太多，太多了。"

"圣祖成法应无错误。"杨名时顺着自己的思路说道，"只是圣祖晚年诸法废弛，贪风渐起渐炽没有随时遏制。方才中堂下问，我说。抓住一批墨吏，无问亲疏远近，无问贵贱高低，一律明正典刑昭示天下。这一条办下来就堵住了贪风。先帝爷御制圣训三十六条，要颁示各地学宫切实宣讲，旌忠表孝，就能作养一代廉吏。徐图更张，不比如今这样急功近利舍本求末的'变法'好？"张廷玉立即插一句，说道："'变法'的话是我说的。皇上从没说过'变法'二字。我们这是私下交谈嘛。""其实我也要说这就是变法。"杨名时昂然说道，"叫不叫这名儿何关紧要？宋神宗、英主；王安石，英才。变法变得怎么样？靖康之乱！"

李绂是张廷玉的门生，一直坐听不敢插言，此时觉得不宜沉默下去，一欠身道："杨兄，《吕氏春秋·察今》中头一句就说：'上胡不法先王之法？非不贤也，为其不可得而法！'如今情势与熙朝大不相同，墨守成规，政治难新。不过，老师，我也觉得急了些。这么多政务，又是摊丁入亩，又是耗羡归公；民、官一齐得罪，朝中又颇有不同意见，一个失闪，容易乱局啊！像文镜那样，几乎将省城各衙主官撤完了。凭他一人，就是三头六臂，办得下么？"刘墨林是"变法派"一直想寻机与杨名时辩诘，想到"掣肘"二字，倏然间才明白雍正写《朋党论》的真意，又联想到自己的新使命，恍然若有所悟，但李绂又提说到年羹尧。他翕了一下嘴唇，把话又吞了肚里。

一声沉雷拖着长长的尾音，像一盘空磨在远处颤抖着传进上书房。众人都是一愣，接着又是一声，音也不甚高，只是尾音更长，好像天也累极了，发出一声撼动人心的闷声叹息。

"天要下雨了！"张廷玉兴奋得一跃而起，几步跨出上书房看时，却仍是骄阳当头。因上书房坐西朝东，张廷玉疾趋几步到甬道上以手遮阳西望，但见黑沉沉乌鸦鸦墨染似的黑云峥嵘而起，缓慢地但又毫不迟疑地向已偏西的太阳压去，仿佛要闭合封锁整个湛清无云的天空。隐隐的雷电，金线火蛇一样闪击着云幕，却并不出头。少顷，远处林梢一阵刷刷响动，凉风卷着浮尘隔着重重宫院袭进来。张廷玉浑身顿觉清爽，刚说了句"方灵皋智能之士，了不起"！便听一声石破天惊的雷声，撼得宫阙大地都颤了一下。先是几滴铜钱大的雨滴霹里啪啦撒落一阵，又停少顷，便听由西向东松涛一样的雨声渐渐近来，整个紫禁城的巍峨宫阙，龙楼凤阁刹那间便淹没在麻帘一样的雨幕中。原来晴好如洗的东半天也都被怒海翻腾的云涛压得黑沉沉的，惊雷一声接一声，忽儿把庭院照得雪白，忽儿又隐在云层中不停地滚动，把深邃的百年禁城笼罩拥抱起来，黯黑得像深秋的黄昏。张廷玉痴了一样站在雨地里，任雨水浇透了他的全身，闭目仰天，似乎在尽情享受上苍突然降临的甘澍，又像在默默祈祷着什么。李绂见他站得久了，忙冒雨出来说道："师相之心，上天已鉴。不过雨地站久了要着凉，请师相回屋……多少大事等着要议呢！"

张廷玉喟然深舒一口气，由李绂挽扶着进上书房，一边更衣，一边说道："此雨治人无数，是皇上洪福所致！我要立即面君！你们在这里等着我回来……"说着，披了油衣拔脚便走，到门口，看了看惊雷疾走的天穹，招手叫过誊本处一个官员，命道："你立刻去一趟户部，尚书以下官员都要出动，查看粮库。还有兵部，把武库也要检视一下，有漏雨的要立刻补。不许霉一粒粮，锈一件兵器。叫人知会顺天府，永定河堤是要紧的，还有京师民间土屋茅舍也要查看，防着倒房砸了人！"说完，也不等那司员回话，便径出月华门，直奔养心殿。

雍正站在养心殿口正默默出神。他天性喜凉畏热，穿着一身酱色轻纱袍，外头只套了件石青葛纱褂，也没有戴冠，一双青缎凉黑皂靴已被哨风裹到檐下的雨雾打湿，却是一动不动，凝望着天空。方苞就站在雍正身后，也是拈须若有所思，一眼瞧见张廷玉冒雨而来，便道："衡臣来了。"

"唔？唔。"雍正点点头，返身回殿，命人在殿口摆了绣龙瓷墩，一撩袍角坐了，说道："衡臣不要行礼了。见过人了？""还没有谈完呢！"张廷玉到底还是打千儿行了常见礼，起身赔笑道："天下这样的好雨，晓得主上心里欢喜，奴才过来给史贻直讨情。"雍正怔了一下，说道："史贻直还是有罪的。他妄言年羹尧为奸佞，不杀年羹尧天下不下雨。这雨下来了，他就有妄言之罪。善拿善放，不足以安功臣之心。"

张廷玉满以为过来一说即准，肯定立刻放掉史贻直的，不想雍正却这样说，不禁一愣。一时倒不知该怎样答对，瞥了方苞一眼，半晌才道："万岁圣明。但天道无常，史贻直只是揣度有误。其大旨直说帝侧有小人，恐也是实情。今万岁惩罚史贻直午门长跪，像那样的太阳，史贻直能支撑多久？焉知上天竟为拯忠直之士而突降甘霖？"方苞在旁微微一笑，说道："衡臣，这些万岁都知道。但别人的心思也要顾及。这次史贻直奏劾年羹尧。孙嘉淦又力保史贻直，是谁都瞒不过的。我方才跟万岁说，这雨可名为'詹事雨'，但据此时朝廷情势，不过救了史贻直一命而已，其余的都还说不上。看看吧，忙什么？雨，一时住不了呢？"张廷玉听着这些捉摸不定的话，虽没有明说，已看出雍正心中更深的隐忧，倒一时语塞。君臣三人都没言声，注目着外边倾泻如注的大雨。

"廷玉，杨名时他们都说了些什么？"雍正抚着膝，看着闪动发亮的外院问道，"李绂是臣的门生，虽说没多的话，我看似乎也赞同杨名时的话。似乎都觉得朝廷急于事功，步子不稳。"说罢，便将杨名时的话细细说了。雍正听得很专注，却始终没有说话，直到张廷玉陈说完毕，起身踱了几步，转脸对方苞说道："灵皋先生，蔡珽和杨名时很有成见的，奏上来的密折也说杨'操守甚佳，民望所归'；李绂，朕深知的，在任也是一介不取，还有孙嘉淦，也是忠直之士。但听起来，似乎朕的政令，他们竟无一赞同！真真令人可叹……知人也难，欲人知也更难！他们似乎总把朕和圣祖分开来说，总将雍正之初与康熙之初相比，怎么才能叫他们知道朕的心，知道朕的难呢？"

雍正说得很动情，两道眉都拧攒了一处，目光炯炯望着外边，仿佛要穿透混沌蒙茫的雨雾，许久，才无可奈何地叹息一声。方苞和张廷玉听了也都无话可答；雍正的心思他们知道得一清二楚，却解释不得；既不能说康熙晚年政务荒疏，又要矫正这些时弊；既要整饬吏治，刷新政治，还得说是承先启后，不离祖宗成法！普天之下无官不贪，雍正措置处处都针对着这一条，却还要靠这些官来推行他的新政。他的这个皇帝不好做，也难为煞宰相。一时间养心殿沉寂下来，只听外头翻江倒海价的雨声和雷声，突然一阵碎冰破裂似的巨雷震响，墨染似的浓云中一个火球几抛几跳砸落下来，不知落到哪个宫里，震得大地都撼了一下。几个人心里都是一悸，便听远处一阵吆喝，一个太监连滚带爬跑进来，脸色吓得死人一样，跪在殿口哆嗦着嘴唇道："万万万……万岁爷……雷……雷……"

"瞧你这副德性！"雍正脸色又青又白，阴沉沉说道，"天塌了么？"

"太和殿……雷击了，走了水！"

坐着的方苞和张廷玉惊得一齐站起身来，跟着雍正疾步走出养心殿，张着眼向东南望时，却并不见火光，阴霾低沉的云层压得低低的，袅袅起落飘游，弄不清是烟还是云雾，隐隐传来时断时续的吆喝声，也听不清叫的什么。一时便见高无庸浑身淋得水鸡儿似的跑来报说："火没烧起来就叫大雨浇熄了，主子放心……"

"你去午门传旨给史贻直。"雍正的声音在雨声中显得异常镇定，"京师久旱不雨，是朕凉德所致，若果是天降灾殃，自当由朕任咎。史贻直妄以天变之责加罪于忠直有功之臣工，学术不纯，譬涉乖谬，本当严议，念其初志尚无恶逆之心，着革职，永不议叙，免交部议。——你去，就这么传旨！"

张廷玉原本为救史贻直过来的，听见这道谕旨，不禁松了一口气。但雍正这诏旨其实带着罪己诏的意思，又不好顺着说，默谋了一会儿，赔笑道："皇上责己似乎严了些。说是天旱，并不成灾。若论责任，宰相燮理阴阳调和朝野，责任在我……""你的心朕知道，不必说了。"雍正慢慢转回身，"他们还在上书房等着，你还办事去吧。"张廷玉忙答应着，待要退下时，雍正又叫住了，"杨名时李绂都是正人，意见不同尽情叫他们讲。你要有定见，劝说他们与朕一德一心。告诉他们，朕是仁君，不是暴君。慢慢往后他们就越看越明白了。他们的办法要能办好一省一地的吏治，也不妨允他们自为，只不要学史贻直。史贻直太不懂事了！"

目送张廷玉退出养心殿，雍正的神色似乎有点疲倦，踽踽回到东暖阁坐下，望着玻璃窗外的淙淙大雨只是出神。方苞跟着进来站在侧旁，沉默许久，说道："这雨下得好。"雍正点点头，说道："年羹尧好不识起倒！朕一直等他为史贻直说几句话，他未必要天来说话？"他目中瞳仁陡地一亮，又黯淡下来。

"皇上，您看。"方苞指着北壁上一张字画，说道，"这是先帝给你题的字，'戒急用忍'。依臣看来，实实够皇上受用终生。"雍正看了一眼那张字，又把目光盯向方苞，却没言声。方苞一笑，说道："李卫田文镜李绂杨名时，他们各自为政，眼下只能这样，急也没用。八爷和年羹尧两块石头当道，您想推行新政，只能忍着点，一块一块搬开，好比渠水，就流畅了。"

雍正双手揉抚着膝盖，恶狠狠地凝视着那张字，许久才道："朕倒想敦睦友子兄弟和谐的，惜乎是一厢情愿。登极以来老八的人升了多少？他仍旧是作梗！朕看隆科多也靠向了廉亲王，就是因为朕始终只是苦口婆心地说，没有心狠手辣地做！倒叫他们瞧着朕'外强中干'似的！年羹尧离京一走，朕立刻要赶允禩出上书房，看是谁敢作仗马之鸣？"

"年羹尧敢。"方苞翘着髭须冷冰冰说道。他的口气如此阴寒，在隆隆响震的滚雷声的夹缝里清晰地传过来，雍正竟不自禁打了个冷噤，他的脸立刻苍白了。不知过了多久，雍正才道："还不至于吧？年羹尧在藩邸就是朕的门人，朕知道他，外谦而内骄，目空无物胆大妄为都是有的，说到谋逆造反，他未必有这个心，也没有这个力。这一次进京又加了这许多恩宠……"方苞一笑，说道："恕臣直言，皇上见的那个年羹尧是'表'。据臣看，年羹尧秉性只有两个字——狐疑——狐狸过冰河，走几步听一听冰凌的动静。一旦觉得不会炸冰开河，他几步就跳过对岸了！"

雍正的脸色愈加苍白，他陡地想起当年，康熙两次废太子，年羹尧都曾进京刺探阿哥夺嫡内情，靠拢允禩，只是邬思道防守严密，警告年羹尧"不可玩火"才勉强拢住他没有公然倒戈背主。想着，雍正竟不由自主点了点头，半晌，冷笑道："要真的这样，不晓得天如何料理他了！有那么便当的事么？岳钟麒就在青海，听他的？还有粮呢，饷呢？如今天下大定，总该师出有名的吧？""年羹尧真正失算之处，不该与岳钟麒争功。二人原是莫逆之交，他自己闹出生分来。"方苞眼中放出贼亮的光，"您这边一动八爷，他立刻就师出'有名'了。八爷下头的人现在各省都是有职有权的督抚提镇。您'刷新吏治'，先就刷了这些人，心里怎么能不恨您？年羹尧这只狐狸真的过了河，粮饷都不在话下。臣再说一遍，年羹尧的后顾之忧，只有一个岳钟麒！年是一党，隆科多也是一党，八爷自不必说。隆科多这次不敢真的动手，并不是畏惧马齐，甚或也并不为怕毕力塔，其实他们都还瞧不清年的步子！一来是万岁爷您天生威严又有十三爷忠心辅佐，二来也实亏了这次劳军的声势，才没有酿成大乱。万岁！这么多的城狐社鼠高居庙堂之上，您尽着防护自己昼夜警惕，试问怎么能推行摊丁入亩、官绅一体纳粮这些制度？"

一道明闪，照得殿里殿外通明雪亮，接着便是一声劈柴一样干涩的裂响，拖着长长的尾音，那雷声愈去愈远。

"偏劳先生为朕多筹划筹划。你就和怡亲王住一处，也好随时顾问照料。"雍正的脸在晦暗的暖阁里，又背对着窗，看不出是什么脸色，一字一句顿着说道："西边送来的密折先交你看。哪怕是半夜，随时可以见朕。"

那雨，猛猛地直泻了一夜，平明时分才转成蒙蒙细雨，霰雾一样笼罩着满街潦水的北京城。

第四十三回　汴梁城抚衙释旧憾
郑州府佞人撞木钟

这场雨来得快去得疾，至第二日拂晓时分云散雨收，又复晴得月朗星灿。原打算在京再盘桓几日的年羹尧只好进宫辞行。雍正召见口气极温存亲密，就养心殿赐御膳，君臣席间谈笑风生，说得十分投机，雍正倒也没别的要紧话，只反复叮咛年羹尧"……要节劳，不可只顾感恩图报拼命做事，糟蹋了身子骨儿。朕已下旨，岳东美（钟麒）部仍旧退守四川，你只部勒好你的兵，少惹是非就好。粮饷的事刘墨林去，协统各省办理，还是你来节制。你妹子已经晋封贵妃，还有你父亲哥子，都有朕照应。你在军中如常办事，把兵练好，别的事竟可一概不管。如今青海西藏都已稳住，将来国力再充盈些，朕还打算由你将兵西进，殄灭阿拉布坦叛军。朕寄你厚望……朕自要做明主，切盼你做贤臣良将，单为你造一座凌烟阁也不是不可指望的事……"一头说，一头殷殷劝酒，一碗碗米汤只情灌起。年羹尧原打算问问如何处置史贻直的，倒被这些柔情蜜意的话堵了回去，只索雍正说一句答应一声。直到巳时初牌，礼部的人进来报说："午门外百官已经候着，请年大将军受郊送礼。"

"皇上的圣谕奴才牢记在心"。年羹尧起身向雍正一躬，"奴才唯有粉身碎骨勤劳王事，才能报得主子知遇之恩！"

雍正也站起身来，环顾殿内，似乎想赏点什么东西，总觉无物可赐，思量一下，取过一柄镂金攒珠如意，仿佛不胜浩叹，说道："一切不用表白，都在心田之中。你这一番出去又要吃苦，朕不知怎样赏赐你才能浃怀。带走它吧，用餐时看着它，练兵时想着它，行军时带着它，就如朕在你身边一样……"

雍正说着眼圈一红，竟涌出了泪花。年羹尧感动得五内俱沸，"喳"地答应一声翻身拜倒在地，哽咽道："主子保重，奴才去了！"雍正双手扶起年羹尧，笑道："又不是生离死别，又何必伤感？朕今儿个也是的，这么多年头一回控不住自己。起来——朕还送你午门，咱们一道儿出去。"

于是二人并肩出了养心殿垂花门，却不乘乘舆，只散步南行，绕三大殿从右翼门进内，穿行太和门，过金水桥直趋午门。眼见午门外旌旗蔽日甲兵森立，雍正止住了脚步，凝望着外头似乎若有所思，摆手命张五哥一干侍卫回避。年羹尧一直随侍在侧亦步亦趋，见雍正似乎还有话，忙躬身问道："皇上似乎有心事？"

"有啊……"雍正叹道，"朕一直迟疑着，不知讲得是时候不是。"年羹尧疑惑地盯着雍正，不知道该如何回话，半晌才道："请皇上明示！"雍正顿了一下，说道："朕还是打算叫允禟回你军中。"

年羹尧一听便笑了，说道："九爷无论在京还是在军，有什么妨碍？他做不了耗！——而且据奴才看，九爷似乎还安分。"

"朕最怕你这样想。"雍正细牙咬着，冷笑道，"朕何尝不想兄弟敦睦？奈何树欲静而风不止！这话在殿里说，耳目太杂，也不是一两句说得清的。如今临别，朕只想问你一声，八爷如果反朝，你怎么办？"

"万不致有这样的事！如果真的出这种事，奴才十万精锐杀回北京勤王！"

雍正点点头，说道："只能说但愿不致有这样的事。但当年夺嫡他们何其拼命，图的是什么？老八老九老十老十四他们是小人之尤，断不可指望他们生改悔之心。如今分散措置他们，就为防他们谋为不轨！你们在外头把差事办得越漂亮，朕这个皇帝才坐得越稳，越有味！不然，出什么事都难以逆料的。朕所以不重处史贻直也为这个。史贻直说，'有奸佞居鼎铉之侧'，并不是欺君！"年羹尧腾地脸涨得通红，跨前一步，压着嗓子激动得声音发颤，说道："请皇上发旨，半个时辰奴才就端掉这个'八爷党'！"雍正一笑，说道："亮工，你不懂政治。你即便不在京，朕发狠要拿他们，也只一纸诏书的事。别忘了他们都是朕的亲骨肉弟弟！就是罪行昭彰，朕也于心不忍。朕连自己的兄弟都教化不了，何以化天下人？他们如今并不敢妄动，只是等着朕弄坏了朝局，再召集八旗旗主，按祖宗成法行废立的事。朕凤夜勤政，把江山治得铁桶似的，也就堵了他们的口实，妄心退了仍旧是朕的好弟弟嘛!"雍正一脸的郑重其事，一会儿说得年羹尧浑身热血沸腾，一会儿把心悬得老高，又像是要整治允禩一干人，又似乎深切体念着"骨肉"情分，年羹尧也不及细想，只是觉得这些话如果不是拿自己当心腹，皇帝断然也说不出口。一边口里诺诺连声答应，又道："奴才在外头带兵，小人们断然做不了耗。万岁说到兄弟情分，奴才不敢插言，但求皇上善自保重。一旦有使着奴才处，八百里加紧，三天可到奴才那里，旦夕可以响应的。"雍正一笑道："这就好。朕不过虑之在前而已，白嘱咐你一句，你好心里有数。其实北京城里翻不了天——当初内有八王，外有十四王朕还不怕呢——走，朕送你出去，这里说话久了不好。"说罢，雍正便徐徐而行，年羹尧一脸庄敬之容跟在后头。五凤楼下的炮手见御驾启动，便点着了炮捻儿。随着闷雷价三声炮响，畅音阁供奉们击鼓撞磬，顿时黄钟大吕之声旱雷聒耳。高无庸几十个太监打着黄伞羽扇，簇拥着皇帝和大将军出了午门正门……

自年羹尧回京第五天，邬思道便赶回了开封，田文镜此刻已知道了这个瘸师爷的来头。尽自心里满不自在，却不得不礼敬有加。每日不问上衙与否，一大早先打发人恭送五十两台州足纹供这神仙花销。邬思道有时到衙门打卯儿，有时索性不来，收了银子便在省城名胜逛游，今儿相国寺上香，明儿游龙庭，泛舟潘杨湖，甚或登铁塔眺望黄河，吟诗弄琴，越发的逍遥。吴凤阁张运程姚捷三个师爷看在眼里恨在心头，几次旁敲侧击发邬思道的私意儿，田文镜都是王顾左右而言他，只说："他有残疾，该当的多照应些儿。你们挣的钱少？这事不值得怄气。"三个师爷气得七窍生烟，索性也不到衙办事。

田文镜走马上任河南，一心要整顿吏治，没想到身为巡抚，手握重权，口含天宪，仍旧事事受制。为晁刘氏一案，拿了臬司衙门二十几号人，又具本参劾胡期恒、车铭两名大员"通同僧尼，卖放官钱，贿赂官司"，在押的和尚尼姑们都已招认，偏是朝廷部文下来，吏部批的"着该抚将车铭、胡期恒贪墨不法实证解部上闻"。刑部则批"僧民所供一面之词甚骇视听，显系透过大臣以图淆乱是非，着该审评实再报"。田

文镜看着这些部文，气得欲哭无泪：他已发出宪牌，要车铭胡期恒封印
听参，为的就是革职部文下来，好与这些淫僧淫尼当堂对质，把案子审
个水落石出。如今车、胡赫然在位，单审和尚尼姑怎么能定谳？再看身
边，邬思道百事不问，吴凤阁几个袖手观火，只剩下自己一个人，茕茕
孑立形影相吊，真正的单丝不线孤掌难鸣！在签押房苦思一夜，田文镜
一眼未合。直到卯时，巡抚衙门各房执事都来了，田文镜忍着心里那份
难受，叫祝希贵去布政使衙门和按察使衙门请胡期恒和车铭。祝希贵答
应着还没有离去，便见外头门政带着一个官员进来，个子高高的，又黑
又瘦，凸出的颧骨上嵌着一对又黑又亮的小眼睛，头上戴着蓝宝石顶
子，一望可知是个三品大员。田文镜惊愕地站起身来，细看时却是熟
人，湖广布政使高其倬——不知几时来的开封？

　　"愣什么？"高其倬十分豪爽，大踏步进了签押房，一揖笑道，"有
朋自远方来，不亦乐乎？当年你在户部跟十三爷做事，去四川催缴库
银，没有和其倬打过交道么？如今做了封疆，竟睹面不识了！"田文镜
一边还礼，说道："哪里的话呢？敢不认识你其倬兄？突如其来从天而
降，我再想不到——怎么就不通禀一声儿，你们差使越办越成体统了！"
高其倬笑着坐了，一边接过李宏升送过的茶，笑嘻嘻道："你别嗔下人。
他们倒是要通禀的，是我不让闹这些虚文，又是开门放炮的，不合咱们
的情分。"

　　几句寒暄过后，田文镜又沉闷下来，抚膝长叹一声说道："樵山兄，
你是进京引见的吧？"高其倬松弛地舒展了一下身子，啜茶笑道："我是
奉诏晋见。从李卫那边过来。皇上命我先看看你们。"田文镜忙起身一
躬，说道："文镜何以克当！"因见李宏升还站着，便道："你去吧，就
说高大人打湖广来，　　并请过来说话。叫厨房备酒！"

　　"是这样，"高其倬待李宏升出去，坐了，摇着扇子道："皇上要在
遵化造陵。钦天监选了一处，去年我去看了。我说这地方地脉已尽，外
面儿上瞧着好，其实下头土气太薄。他们不信，今年初春挖开看，果然
七尺下头都是砂，还涌水。这次是邬先生荐的，我去给皇上选风水
地——听说思道先生已经回了河南，快请出来见面呐！"田文镜苦笑了
一下，叹道："不知逛到哪里去了。樵山，我这一汪水毕竟太浅，养不

住邬先生这样的大才。换一换人，我断不肯，也不敢说这个话，这个巡抚当得真是窝囊!"高其倬嘻地一笑，说道:"你心里的苦我知道。皇上让我来看你，在我的密折上都批了。连你上的折子也都转我看了。"

田文镜睁大了眼睛，疑惑地凝视着高其倬。

"李卫比你境遇好些。清理亏空，他保了一批官，鄂尔善累得要死不能活，也没查出江苏有亏空。"高其倬睐着眼说道:"其实他早已经另具密折，把江南亏空情形如实奏了皇上。他站稳了地步儿，然后再实行耗羡归公。不像你，一到任就整得河南官场鸡飞狗跳，一味硬来。但皇上赏识你这不避怨嫌，叫我过来和你谈谈，他知道你的难处。"田文镜目光熠然一闪，问道:"方才这话，是皇上说的，还是樵山兄的揣度?"高其倬正容说道:"皇上自己当初就是孤臣，不但与诸大臣落落寡合，就是和八爷比，人望也是不及的——文镜，我焉敢捏造圣谕?但皇上没叫我复述原话，我只能说到这份心上。"

只能说到这份上，田文镜就不能再追问了，他心里一阵欣慰，几乎坠下泪来，低着头只是发怔，喃喃说道:"皇上知道我田文镜这份心，就是难死，我也没有二话。我仔细想，皇上也是个难。但我不明白，车铭是八王爷的人，扳不动也就罢了。年羹尧大将军怎么这么护短?像胡期恒，真的交给我审，他的罪不在诺敏之下!这两个人，一个管钱粮官吏调度，一个管法司，扳不倒他们，我在河南有什么作为?还有个邬思道，顶着个师爷名儿，是我"聘'的，只拿钱不做事，衙门里师爷们心都散了!要真的是我聘的，我早让他卷铺盖回无锡了!"

"中丞，你若真的叫我卷铺盖走路，我从前取用的银子一两不少都还你!"

田文镜和高其倬说得专注，都不知道邬思道什么时候已经进来。听这一句话，田文镜惊得身上一颤，转脸见邬思道架着拐杖站在门旁，不禁腾地红了脸，窘得不知如何是好。高其倬也是尴尬万分，但他是个灵性人，忙起身过来，亲自搀邬思道坐了，赔笑道:"河南地面邪，说曹操曹操到!田中丞刚刚儿呲着你不是，可可儿你就进来，你再迟点说话，不定我也要发你的私意儿呢!我是从李卫那来，叫问着你先生好，翠儿和你两位夫人处得好，凡百事情都照料，请先生不必萦心——田中丞心里闷，牢骚无处泄，相交满天下，知音有几人？你甭往心里去……"

"我说的也是真心话，"邬思道诚挚地说道，"只拿钱不做事，我确实算不得好师爷。"他目光忧郁，笃笃踱了几步，徐徐道，"今日其倬是个见证，我实是当今雍正爷的朋友。十几年在雍邸朝夕参赞，直到皇上登极，原说命我进上书房的。我就是这么个身份。椎山兄，你和李卫是朋友，他当县令你是师爷，我的底细你晓得，我说的有假没有？"

田文镜脸色白得没点血色，这时他才明白雍正亲问"邬先生安"的深意，原以为邬思道不过是趁食京师王公府邸的名士而已，想不到居然真的和皇帝有这么深的渊源！高其倬早已站起身来，欠身称是，又对愕然不置的田文镜道："邬先生说的句句是实，皇上在藩邸其实以师礼待先生的，李卫见了邬先生也行的奴才礼，就是皇上跟前的三个阿哥爷，也都称先生'世伯'……"

邬思道摆手制止了高其倬的介绍，淡然说道："帝师我不敢当。若不是文镜着实厌憎我，今日断不说这个话。大隐于朝中隐于市小隐于野，当初辞别，皇上说我'既不愿大隐，朕也不许你小隐'，我在你这里中隐，其实是你代皇上养着我，你明白么——我是'隐'在你跟前，怎么敢和别的师爷一样追名逐利？"他目光盯着天棚，仿佛不胜感叹，喃喃道："其实持中最难，子曰中庸之为德也，其至矣乎……文镜大人呐……我多想回去，回无锡。那山、那水、那梅、那雪……可没有圣命，由不得你也由不得我呀……"说着，两行清泪潸然而下。

"邬先生，不知者不为罪，恕文镜无礼。"田文镜见他动情，言下也不胜感慨，"皇上待你国士，我待你'师爷'，可见我之心胸。但我的难处先生也瞧见了的。"他低下了头，用手抚着稀落的头发，深深叹息一声，正要倾诉苦情，却见祝希贵匆匆进来，忙收敛心神，问道："见着胡方伯和东西司了么？"祝希贵当地向三个人打千儿行礼，笑着回道："胡大人车大人都不在衙，说是年大将军从郑州过境，昨儿他们都去请安去了。"

田文镜怔了一下，年羹尧过境他早知道，礼部头十天就发来咨文，命沿途各省官员以公爵礼迎送入境出境事宜，田文镜心绪实在太坏，也因与年羹尧有芥蒂，只将此事以火急滚单知会彰德郑州二府，向年羹尧行在发了一纸告病文书了事。今天请胡、车二人吃酒，原也想请他们代劳在年跟前请安行礼，却不料他们连声招呼也不打，径自就去了！田文镜干笑一声，说道："好嘛！河南如今就这么个世界——既如此，就我们三个，再请吴老夫子他们几个过来，我们自己高乐！我犯不着得罪年大将军，可我也不大情愿拿他当主子敬！"田文镜陡地一个念头闪出来，放着邬思道这么硬的一座靠山，自己不但不用，反而三番两次想赶走，真是愚不可及！想着一阵兴奋，脸上竟放出红光，一迭连声催着上席，哈腰儿让道："高兄请！你就在这儿住几日，我要亲自了结了晁刘氏一案给你瞧瞧，你既精于堪舆，顺便儿瞧瞧这巡抚衙门山向——自我上任，我就没有一天舒心日子，看是冲了哪个太岁？邬先生，请！今儿算我的请罪酒。先生旷达人，必能杯酒释憾！"

"大人的心我领了，谢罪更不敢当，"邬思道微微一笑，说道，"我素来酒量窄，吴凤阁他们我也不想沾惹。有其倬陪着你们也就行了，我回我书房去。"说着夹了拐杖便走。田文镜忙一把扯住，笑道："那就不叫吴凤阁他们了。我们三人浅酌漫谈，听听其倬说风水学问，也是风雅事嘛！"高其倬被田文镜搔着痒处，也不想放邬思道走，便过来搀回邬思道，笑道："记得成都头回见先生，李卫是二百五县令，我是二百五师爷！给你往京里送信，骑的李卫的千里驹，五天三千里！——我是你的鸿雁使者，今儿久别重逢，你不吃酒行，不赏脸可不行——一个外人不叫，我们细谈……不然到北京，万岁怡王爷问起，其倬颜面不好瞧呢！"两人做好做歹又劝半日，邬思道才无可奈何地坐了。

车铭和胡期恒撇了田文镜到郑州见年羹尧，原想私地里狠狠告一状，借年羹尧的力一举挤走这个刺头儿巡抚。到了郑州才知道，除却本省巡抚田文镜，附近省的巡抚如陕西、山西、山东、安徽巡抚都过来凑趣儿，甘肃巡抚因道途远，也还派了两个儿子来接年羹尧。田文镜不来，看去就格外显眼。郑州府衙、驿馆、接官厅和大一点的店肆都是各省大员包了，无昼无夜轮番筵请，像车铭和胡期恒这样的位份根本无法专门单独长谈。想想年大将军身边还有个跬步不离的刘墨林，就有体己话也难畅叙。二人已是打消了妄想，恰六月初二年羹尧离郑那日，中军校尉送来了年的名刺，请胡、车二人到大将军行在叙谈。二人看那名刺，是大楠竹精制，比屋瓦还长一倍，打磨得滑不留丢，写着：

> 一等公、奉诏西征抚远大将军年顿首拜

沉甸甸的，怕有斤来重，不知用过多少次，看样子从来没有人敢收的。

"回复大将军，名刺断不敢当。"车铭见胡期恒发怔，忙笑着将名刺璧还，说道："卑职更衣过后即刻前往谒见。"说着又取出一百两银票送给那军校，"杯酒之资不成敬意，请哂纳。"那军校自去了。

胡期恒车铭一刻也不停，换了官服带了手本升轿而去，直趋城隍庙——年羹尧的行辕。远远见轩敞的城隍庙口沿路边满都摆着各色官轿、亮轿、驮轿，足排出半里路远近。不少候见官员带着仆从，坐在庙外一溜大柳树下石条凳上吃瓜喝水打扇纳凉摆龙门阵等候接见。胡期恒和车铭不禁对望一眼：这等到什么时辰才见得上大将军？正发怔间，方才送名刺的那个军校出来，远远便招手道："二位大人——年大将军专请你们先进去！"立时，招来一片欣羡疑惑的目光，直看着胡期恒和车铭摇摇摆摆进去。

"早就想见见你们了。"年羹尧站在西配殿前的滴水檐前，脸上笑容可掬，见胡期恒二人又递手本又请安的，忙用手虚扶了一下，说道："你老胡和我还来这个！我一直疑惑，既来河南，怎么不见地主？前儿彰德府转来文书，才知道田中丞身子骨儿欠安，我进京他'忙'，我出京他'病'，这就叫没缘分——来，请进！"年羹尧话里藏锋，说得却十分随和。因天热，他只穿了件绛红纱袍，腰中系一条玄色带子，化白了的辫子随便盘在顶上，用手轻轻甩在脑后，一头说，带了二人进来。

车铭和年羹尧不熟悉，拿捏着跟进来，见里头大长条卷案旁坐着一老一少两个官员。老的六十多岁，已全白了头发，年轻的不足三十，一派斯文模样，手里还拿着一卷书坐在靠窗亮处。胡期恒抢上一步，给老人请安道："桑军门，您老好哇！头回大将军进京，我寻思您必定跟着呢，谁知竟没来。想着这回见不上了，您偏就又来了，给您预备的二斤老山参也没带，你看看可不是不巧么?"年羹尧见车铭一脸茫然，因笑道:"我来介绍一下:这是桑成鼎，我的中军参佐，也是我小时的奶哥哥;这位一说便知，新任西征军粮道，参议道刘墨林，雍正爷头开恩科的探花郎——这位是河南布政使胡期恒，老桑记得吧，当年我进京赴试，病在胡家湾，胡老爷子好医道，救下了我这条命!这位是这里的藩台，车铭，王鸿绪的得意高足!"四个人忙都寒暄见礼。刘墨林听车铭是王鸿绪的门生，便是"八爷党"，目中火花一闪，随即沉静下来，一拱手道:"久仰山斗!胡兄车兄是老前辈了!"车铭忙笑道:"甚的老前辈，过时之人耳!"觑着眼看了看刘墨林放在案上的书，又道:"大人在读徐家驹的诗集，可见风雅。徐先生的诗今可称海内独步，前年刊出来曾赠我一册，至今常在案头。"刘墨林笑嘻嘻道:"这诗确乎格调不凡，我这一路都在细读精研。诗言志、歌咏言，我要推敲一番，我朝前头已有《愚山诗话》、《渔洋诗话》，我说不定也写一部《墨林诗谈》好生品题品题呢!"

到底是文人，见面就谈投机了。年羹尧命人搬来西瓜，切开来亲手分给众人，咬了一口，吐着子儿笑道:"施愚山老先生曾说，渔洋诗如仙人五彩楼阁，弹指即现，自评作诗如造屋，砖瓦木石齐备才肯动笔——我读着其实都极隽永深味的，我与愚山曾有一面之缘，可惜年纪太幼，也不曾领教，他这话什么意思。"刘墨林淡然一笑道:"这大约和禅宗顿悟渐悟的意味相近吧。"年羹尧听了含笑点头，转脸对胡期恒道:"说说你们这里情形吧。听说河南三司衙门有些个龃龉，是怎么一回事?本来我不想过问这些事，皇上再三说叫我'观风'，折子朱批下来一问三不知，不好交代。就是一面之词，你们聊聊我们听，怎么处置，皇上自有章程的。"

胡期恒和车铭眼睛都一亮，他们私地来见，为的就是让这位宠眷无伦的大将军听听苦情，以大将军的威势压一压田文镜的气焰，甚或密奏当今，搬掉这块压顶石。但在座的还有刘墨林，却不知他是什么背景，万一说错了，还不如不说。胡期恒嗫嚅了一下便看车铭，车铭是康熙四十二年的老进士，宦海沉浮几十年，泥鳅价滑，只在椅中一欠身，笑道:"你是按察使，尽管说，有遗漏处我添补着就是了。"胡期恒却没这些瞻前顾后，把田文镜到任，如何独断专行欺蔑同僚，怎样擅借库银，如何勒索官员筹谋河工乐捐，又借晁刘氏一案夤缘牵连官场，挤兑藩臬二司……一一细述了："通省官员，除了一个张球，田中丞竟是要一网打尽！张球是什么人？我心里有数，他原是山东阿城一个无赖，俗名'张大裤衩子'，茶馆酒楼吃白相饭的，先投奔大千岁当长随，放出来做归德县令。大千岁坏事，他又落井下石，改投廉亲王，如今许是瞧八爷也不得意，想着田文镜是张相选出来的，又跟十三爷做过事，就又投奔田文镜。这么不要脸的东西，偏田文镜就爱！还不为的他率先'乐输'了几十万河工银子？他发的昧心财，我那里有本账，上次说及，田文镜要我拿出来。我说不到时候，到时候我抖搂，谁也拦不住！"胡期恒越说越气，脖子上的筋都胀起老高，脸憋得通红，"他如今真正是个独夫，连他的几个师爷也都暗地去见我，说他们'东家昏了'。车铭，我说的有假没有？"

"臬司说这些，有的我是耳闻，有的是目睹。"车铭等他说完，心里已打定主意，只捡着田文镜证据确凿的事说，因略一欠身说道："我揪心的是，臬司衙门还有二十多个人扣在巡抚衙门！晁刘氏告状，我那里早已立案，她自己又不告了嘛！她儿子丢失，开封府回了上来，我们请原告到衙询问，这是大清律中题中应有之义。抚台竟在她家设埋伏，连我执法人役全都锁拿，又擅自革胡方伯和我的职，意思还要传拿官眷和那起子淫僧淫尼质对！这不是体面不体面的事，这不合律例么！譬如说，田中丞的师爷姚捷、张云程，还有吴凤阁，都在我的刑名师爷跟前关说过人命官司，能不能据这个理去推，田中丞自己不便出面，卖放人命呢？"他言简意赅寥寥数语即止，身子一仰便不再言语，刘墨林疑惑地说道："田文镜我虽不熟，也算相识，要是你们说的是实，真是骇人听闻。他虽不是正途进身，也是读书人，河南又不比云贵两广山高皇帝远，怎么就敢这样妄为？他图个什么呢？"

"就是这个话，刘大人明鉴！"车铭受到鼓励，脸上放光，说道："田中丞这叫残刻，急着敛钱邀恩，所以拿着通省官员任情作践！他是得了'钱痨'！"胡期恒冷冷补了一句："与其说是'钱痨'，还不如说是'官痨'。"刘墨林不禁一笑，说道："昔日仓颉造字鬼哭，周景王铸钱鬼笑；就因鬼不识字而爱钱，今有识字，'官瘪'而爱钱者，必定是个厉鬼了！"

一语甫落，已是四座粲然大笑，连站在一旁肃然静听的桑成鼎也不禁莞尔。年羹尧一直听得很留心，他这次进京几次听雍正连口夸赞田文镜，又从怡亲王处知道，邬思道也在田文镜幕中。不管胡期恒和车铭有多大的冤气委屈，和田文镜公然翻脸是使不得的。跟着众人笑了笑，年羹尧舒了一口气，起身踱了几步，慢吞吞道："说归说笑归笑。田文镜做事认真，这一条难能。如今天下官肯认真做事的太少了，皇上看重的就是他的这长处。据你们两位老兄说的，我仔细听了，他是受了小人蒙蔽。他自己也还算清廉刚正。这次我进京保了期恒一本，车大人呢，吏部的人跟我透风，大约也要调离河南，如今你们和文镜这个样子，我看离开也好。你们有苦，在我这诉诉，哪里说哪里了，扳倒田文镜，不但做不到，也犯不着，就是一面之词也罢，我还是要委婉奏进去的，皇上圣明烛照，等着瞧，好么？"胡期恒稽首称谢，说道："这就是大军门的厚意，这就是大军门的抬爱！河南这地方我是一天也不想呆，一刻也熬不得了——不知调我们哪里去？"

"车兄平调湖广。"年羹尧淡淡说道，"你嘛，大约去四川任巡抚——我说这话不作准，皇上不久就有旨意，到引见的时候自然就知道了。"车铭和胡期恒门系不同，平素也有不少芥蒂，只是因田文镜淫威压迫，二人被挤得成了一势。如今胡期恒高升天府之国的四川巡抚，自己却要挟铺盖去武汉，不免心里酸溜溜的，脸上却不肯带出来，只在椅上一欠身，冷冰冰说道："多承大军门关照！大丈夫合则聚，不合则散，离开河南我是千情万愿。不过，顽石可裂而不可卷，这侮辱车铭却当不起。当日去拿晁刘氏，是胡藩台下到臬司衙门的札子，恐怕还要请大军门和胡大人一体周全！"年羹尧似乎有点意外，愣了一下才道："那自然！我就写札子，叫田文镜放人！"说罢便命人取过纸笔，不假思索地一挥而就，桑成鼎便取出印来要加关防。

刘墨林一笑起身，索过那张纸看时，却只短短一句：

　　大将军年，咨尔河南巡抚使田文镜：晁刘氏一案扣留法司衙门

　　　人役，殊失鲁莽甚骇视听，即着见令释放，秉公依律谳理，

　　　此令！

　　"大将军好一笔字！"刘墨林笑了笑，"不过以军令干民政，于体例恐有不合的吧？"

　　"无所谓。"年羹尧微睨了刘墨林一眼，阴沉沉说道，"本帅节制十一省军政，河南巡抚兼管豫省军务，还是本帅的麾下。成鼎，用印，交给期恒带回去。"说罢又扫了刘墨林一眼，那意思再明白不过：我就要顶一下你这钉子，你怎么样？

　　刘墨林轻松地摇着扇子，已是取过了徐骏那本诗，倒真是一副无所谓的样子。年羹尧猛地想起雍正叮嘱的"一心办好军务，别的事竟可不管——"直到现在，他才明白这话里另一层深意，由不得蓦地一阵不安掠过心境。

第四十四回　逞严威酷吏决刑狱
　　　　　　镇邪狎举火焚柴山

　　车铭和胡期恒得了年羹尧的亲笔手谕，自然心中得意，以年羹尧熏灼威风，跺一跺脚十一省震动，别说田文镜，就是京师等闲王公贵戚也不敢轻易与年羹尧挺腰子。只要田文镜释放臬司衙门被扣人后，晁刘氏一案立刻又是一件说不清道不白的疑案。即使不能一举扳倒这个刀枪不入油盐不浸的二杆子巡抚，从此田文镜在河南休想站得稳了。二人兴冲冲出了郑州老城隍庙，当夜也不乘轿，竟带了十几个随从星夜打马回开封，待到启明星起时，已到了坐落相国寺西的布政使衙门。两个人商量定了，胡期恒不回臬司衙门，就在车铭衙门书房稍歇片刻，然后一同拜会田文镜，亮手谕，先请放人，余下的事从容计议。不料尚未坐稳，车铭的钱粮师爷万祖铭便闯了进来，也不及行礼，跺脚埋怨道：

　　"车翁，迟回一步、迟回了一步啊！"

　　车铭两只脚还泡在热水盆子里，舒适地对搓着，听这一说不禁一怔，看一眼正在喝茶的胡期恒，问道："什么事'迟'？就值得这样气急败坏！"万祖铭眉头紧蹙，一屁股坐了胡期恒身侧，说道："晁刘氏一案已经审结，前日晚间姚捷他们几个都来了，说田中丞今日大出红差，要请王命旗牌，把葫芦庙和尚和白衣庵尼姑一体正法——叫我们赶紧设法，偏生二位大人都去了郑州，我们几个师爷急得热锅蚂蚁似的，上不得台盘，又不敢声张……如今闹到这一步，捂也捂不住了，可怎么收场？"车铭顿了一下，冷笑道："不定谁收不了场呢！去，叫他们几个都来，待会子我们一道去巡抚衙门。"万师爷急得说道："他们要能来，我着哪门子急？都叫田中丞扣了！"

　　"什么!?"胡期恒吓一大跳，"姓田的居然把藩司衙门的师爷都给捉了！凭什么呢？"万祖铭摇头道："备细我也不清楚。藩台没走时商定过，出几万银子买住晁刘氏撤回原诉，没了苦主，一个釜底抽薪万事大吉。大约晁刘氏不吃账，或者看守人门路没走通，总之是没有回音，昨儿去一个师爷没回音，又去一个又没回来，末后我叫老李去，商定过了酉时不回，肯定出了大事，这边就好准备。这一夜又过了，连个音响也没有，还不是出了大事？定必是晁刘氏这泼妇把我们给卖了！"说罢跌足长叹。胡期恒冷冷说道："好歹你们是绍兴师爷，大清律一些儿也不懂！我衙门多少老刑名，也该去问问呀！这种案子不是告忤逆闹家务，也不是失窃，能私和了？人命关天，晁刘氏撤诉田文镜就罢手了？"

车铭已是镇定下来，擦脚蹬靴，格格笑道："老先生不知就罢，我只要撤掉劫持晁氏儿子的案。巡抚衙门那头到底什么情形还不知道。这事不要乱了方寸。我们这就去拜田文镜，且走着瞧。"

二人赶到巡抚衙门时天刚放亮，沿街两行三步一岗五步一哨都是开封府马家化布置的警跸，在人迹稀少的大街上还有一队队兵士巡弋，一派肃杀森严景象。空旷的衙门照壁前已有几十名官员鹄立在仪门旁，心神不定地窃窃私议，见他二人官轿落下，忙都闪开了路。车铭下轿，环顾了一下四周，因见马家化也在，便招手叫过来问道："见过中丞了？"

"回藩台，卑职刚见过田中丞，今儿中丞要大出红差。人犯已经解到——"

"我知道。中丞现在哪里？"

"在签押房，和五个师爷说话。"

"嗯。"车铭含蓄地微微一笑，指着空场上堆得麦场一般大小的一垛柴问道："那是做什么的？"马家化偏着头看了看柴山，说道："卑职不知，是夜里中丞吩咐叫小的。"车铭没再说话，看了看那群官员，都是省城七品以上的官，转脸对胡期恒道："咱们进去。"

于是二人整冠振衣迤逦进衙直入签押房，果然远远便听田文镜在书房里说话："河南和江南不同，办法也不能一样。李卫喜欢从婊子身上榨油，我就在开封开一家春香楼，比得上六朝金粉地一条秦淮河？——车兄和胡兄来了，请进来。"车铭胡期恒哈腰一让鱼贯进了签押房，却见田文镜冠袍整齐，头上戴着起花珊瑚顶子，九蟒五爪袍子外罩锦鸡补服，足蹬黑缎官靴端坐在书案前，挨身吴凤阁、毕镇远、张云程、姚捷四个师爷见他们进来，忙都站起相迎，只有邬思道独坐屏风前，把玩着手中折扇沉吟不语。

"你们回来得正是时候。"田文镜等着起身一让，又自坐了，"晁刘氏一案前六天已经审结，兄弟将案由直报上书房。前日皇上六百里加紧发下廷谕——请二位过目。"说着便将案上一份黄绫封面的折子递过来。车铭口中道："中丞大人雷厉风行，数年积案结于一旦，令人敬佩！"说着便翻看原折，见里边并没有涉及藩臬二司的是非，心里略宽，待看雍正朱批时，不禁全身一震，脸上已是变色。胡期恒凑过来看时，也不禁吃了一惊，只见上面写道：

> 览奏不胜骇然，清平盛世昭昭白日之下乃有此等事！朕忆当年圣祖南巡，毗卢庙朱三太子贼窝事，仿佛类比，不胜毛骨悚然。此等贼僧淫尼虽寸磔何足敝辜？着令该抚不必墨守戒律，唯以昭天理快人心为准绳速处极刑。堂皇省垣之下出此巨孽，法司衙门平日何所事事？胡期恒明白回奏！晁刘氏告状三载，通省官员岂有不知之理？即着田文镜宣谕，省垣官员皆着降二级，罚俸半年处分。钦此！

朱砂笔迹狂草淋漓，后边"钦此"二字已不甚显，一望可知是雍正狂怒之下一气呵成。胡期恒见提到自己名字，心里咯噔一下，脸色立刻变得惨白，双手将折子捧还田文镜，颤声说道："请中丞具折先容，期恒知罪。但其中原委甚多，容期恒具折详明奏知圣上。"

车铭没想到田文镜一见面就是一个下马威，怔怔了一会儿才想到，如果被他吓住，姓田的得寸进尺，不定乘兴头干出什么事来。思量着，已恢复了平静，遂欠身说道："藩司衙门虽不过问官司，但前任现任开封府尹都是我那里出牌委任。这个案子我也早听说了，原以为普通命案，自有法司衙门处置，想不到其中丝萝藤缠，竟如此骇人听闻。万岁既已降旨，卑职自也要具折引咎。不过——"他翻着眼皮瞟了田文镜一眼，苦笑道："不过这案子拖宕日子久了，或许牵扯到不少官员，陈谷子烂芝麻翻腾起来，河南官场要起轩然大波。所以这次觐见年大将军，大将军也十分关心，以为穷治这两座黑庙，绥靖治安也就足了，他还特地托我们带来一份手谕，请抚台过目。"说着便把年羹尧写的手令双手递了过去。

田文镜接过看了看，漫不经意地递给吴凤阁等人传阅，啜着茶道："年大将军节制十一省军政，并没有旨意过问司法民政。案子办到这个地步，我只能秉天理循王法。臬司衙门二十三名人役迟不捉人早不捉人，偏在我准状当夜捉拿人犯，既没有我的宪令，也没有开封府的牌票，事属可疑，因此我要一体擒拿并案处置，期恒，今日你既在这里，我想请问一问，这些人暗地去拿晃刘氏，是不是老兄出的票？"胡期恒见到雍正手谕，心里早已怯了，原打算担当起来的事却又犹豫了，万一与这些衙役口供对不起来，说不定这会子连自己也"并案处置"，略顿了一下，心中已有主意。干笑一声道："出票拿人是巡捕厅的事，只用跟我的师爷回一声就办了，有时一天十几起，我哪里管得到这些小事？是巡抚衙门扣人之后他们才回我知道的。"田文镜"唔"了一声，说道："那就好，今日结案，我也有几句心腹话直言相告。我是朝廷特简封疆大吏，受恩深重不得不报，此案无论牵连到哪个官员，我一概要秉公循法办了他。这是一。这二十三名人役口供已经取了，确属徇私，连巡捕厅的牌票也是没有的，因而不能轻纵，有道是将在外君命有所不受，何况兄弟奉旨牧豫，只对朝廷负责！年大将军如有所罪，兄弟自当勉承。这一个多月来，巡抚衙门只办了两件事，河工不去说它了，全衙的人都用来熬审这群僧尼，有些事事关官场闺闱，真真丑得令人作呕。真要都抖搂出来——"他看了一眼车铭，竟自深长叹息一声。

车铭身子已经木了半边，其实他与这桩命案沾惹不多，之所以拼命捂，是因他的几个姨太太和白衣庵尼姑们过往得密，万一和这起子贼秃们有染，几十年道学面孔没个搁处，此刻听田文镜说出"闺闱"二字，顿时通身冷汗如坐针毡，却又不敢问。

"所以我和几位师爷思量再三，还是要成全一下我们同僚诸公的官体，"田文镜诚挚地说道，"这官司没有请二位和其余官员公审，也为了知道的人越少越好。我已下令，所有尼姑和尚平素与绅宦官府内眷往来案由，无论事涉淫秽的或关说人情的，一概删除。这一条不便明宣，烦请两位老兄私地转告贵衙所属各堂官，叫大家仍旧安心办事。"至此，车铭总算一颗心放下。胡期恒却心不在此，一躬身道："既然要成全，年大将军面子也是要紧的，可否请大人释放枭司人役，由卑职自行处置？"

田文镜呆笑着听完，并不答话，径自站起身来向邬思道略一点头，对吴凤阁等人道："该升堂了。"于是众人纷纷起身，姚捷抢先一步出来，冲二门戈什哈高声道："放炮！田中丞升堂了！"胡期恒突然觉得自己被车铭出卖了，不由满眼怨毒地盯了车铭一眼，只好随着起身。车铭悄悄拉他走在最后，小声说道："他王八吃秤砣铁了心，争有何益？待会子看他如何结案，真下不来台，叫你钱师爷把他四个师爷攀咬出来！"

"嗯。"胡期恒鬼火一样的眼睛闪了一下，"还有张球！"

"中丞大人升堂啰！"

随着三声炮响，平时锁钥封锢的巡抚衙门正堂门呀呀而开，三班六房执事衙役一改平日四平八稳做派，一色衣帽齐整集合在堂后，见田文镜带着合署堂官司官，由车铭胡期恒陪同着迤逦过来，"噢——"地低吼一声依序雁行出堂，各按方位站定，待田文镜出堂，又是震耳欲聋三声堂鼓，田文镜居中在"明镜高悬"匾下就座，两旁公案上车铭和胡期恒也各自就座，一时间堂内只闻衣裳窸窣，一声咳痰不闻。

这是历时三年久拖不决的一件大案，事涉一庵一庙和尚尼姑，十几条人命，比之广东一案九命更加轰动，早已通国皆知。听说抚台衙门今日审结此案，开封百姓奔走相告，几乎倾城而来，哪个不要看这稀罕？是时六月初六，天已入伏，正是铄金流火天气，万里晴空纤云皆无，一轮炽白的太阳照下来，晒得大地焦热滚烫，几千人远远站在大照壁外巴巴地望着大堂，却被开封府衙的衙役们拦在远处不得近前。马家化一边要看守人犯，一边维持秩序，热得汗透重衣，听得那边堂鼓响，口中道："给我拦住人，有走过石灰线的只管用鞭子抽！"一边忙忙赶进大堂，向田文镜行了庭参礼，说道："外头人多，有晒晕了的，不好维持，卑职不能在这里站班。"

"很难为你了。"田文镜微微一笑，倏地翻转脸来，"啪"地一拍响木，断喝一声："带人犯！"

"喳！"

几个戈什哈答应一声出去，顷刻间便带着七个和尚二十三个尼姑铁锁锒铛进来。这些和尚尼姑不知已经过了多少次堂，瘸的瘸拐的拐，衣衫褴褛不能蔽体，头发都长出二寸多长，汗污血渍浊臭不堪，一个个面无血色委顿不堪，半死不活地垂着头趴跪在地下。车铭细看时，很有几个面熟的，平日在自己府中走动，做法事，虽然叫不上名字，也都有点头交情。此刻见他们沦落到这一步，心里突然一阵难受，只是不能露在脸上。这时，便听田文镜吩咐："姚师爷，念他们的犯由！"

"是。"姚捷躬身答应一声，从案上取过一份长折子，左右手倒换翻着朗读起来。三十个凶犯年貌籍贯犯由写了足有两万余字，都是巡抚衙门各司厅核过几次的，由田文镜亲自结撰，写得头头是道，但一向办事干脆利落的姚捷今天有点精神恍惚，几次都读不成句，强打精神足读了一个时辰才算完事。胡期恒原想，臬司衙门被扣的人总要带一笔的，但从头到尾却连一个字也没有提及，正在诧异，田文镜一脸阴笑开口问道：

"觉空，你是首凶。勾通白衣庵尼姑的是你，通同造意设计杀人的也是你——还有静慈你也说说，方才念的犯由文案可有冤你们处？"

那个叫觉空的和尚挣扎着跪前一步，他还不足四十岁，眉清目秀，除了须发看去有点零乱，一身土黄布衲洗得干干净净，全不似人们心目中满脸横肉一身煞气的黑庙凶僧，连站在堂口的马家化也不禁一愣。却听觉空道："回大老爷话，事实并无出入。但静慈她们女流之辈，并没直接参与杀人，请大老爷留意。"田文镜含笑听完，又问静慈："你呢？你有什么辩处？"那静慈却不似觉空从容，浑身筛糠，抖得缩成一团，讷讷说道："只求速死，只求速死……"

"本抚倒有好生之德。"田文镜咬牙狞笑道，"佛说六道轮回报应不爽，善恶之报只在迟早！有道是杀人可恕，情理难容，似你们这般作恶，岂有速死之道？！"他霍地据案而起，"啪"地一拍响木，满堂人无不战栗变色，听田文镜大喝一声："将觉空静慈缚在一起，送上柴山——本抚亲自举火送他们涅槃西归！其余淫僧淫尼一概枭首示众！"

按大清律，最重刑罚为凌迟，依次腰折、斩立决、绞立决各种死刑不等，田文镜居然敢非刑处决火焚活人，满堂人众登时都吓得目瞪口呆。车铭此时才想起外边广场柴垛的用场，蓦地冒出一身冷汗，看胡期恒时，也是脸色苍白半点血色全无。田文镜见众人发呆，顺手从签盒中拔出一根火签"咣"地掼了出去："还不动手，愣什么?!"

"喳!"

"慢!"觉空两手一摆，止住了衙役，冲着姚捷大喊一声，"姚师爷，还有吴师爷、张师爷！你们怎么答应我们的？先缓决再减——不是你说的么?"

这一下变起仓猝，不禁满堂哗然！田文镜似乎也吃了一惊，回过头来恶狠狠扫视了身后几个师爷一眼。除了毕镇远因没有"沾包"尚能自制，吴凤阁姚捷张云程都被他看得身子一矮！吴凤阁摘下眼镜，脸色蜡白，哆嗦着手掏出手帕擦眼镜，口中嘟嘟哝哝："岂有此理……含血喷人……"一个不小心，镜片被他掰成了两半……田文镜嘿然一笑，说道："老先生，看来你的眼镜太不结实了!"

"是啊是啊，啊不——"吴凤阁慌乱得语无伦次，"这些个死囚，竟敢如此攀诬，实实罪不容诛，罪不容诛……"

胡期恒没想到田文镜做得过头，逼得犯人首发了田文镜的几个师爷，心里真是十二分惬意，身子一仰向后一靠，说道："中丞，案情有变，既然事涉三位师爷，依律应停决再审。可否与敝衙门被扣人役并案处置?"田文镜饿狼一样的目光盯向姚捷，格格笑道："胸中正，眸子瞭；胸中不正，则眸子眊焉。姚师爷，我平素待你们不薄，今儿还可再放一马，此刻自首，我按自首处置。否则，如按胡大人法子办理，你们三人恐无生理。"姚捷此刻已从极度惊慌中清醒过来："人犯规避刑法，这是常有伎俩，只是如此凶狡，实实出人意表。我是对天可表的断没有受收一丝一缕贿赂，连凤老先生、云程兄，我也敢保，没有接过这群死囚一文钱!"吴凤阁和张云程也都恢复了镇静，异口同声否认接了贿赂。

"我看可以另案处置。"田文镜知道这样搅下去，又会变成理不清的一团乱麻，傲然归座说道。又对觉空道："各人有各人的账。方才我已说过善恶有报。你们的罪既已情实，还是今日了断的好，回头我再撕掳这几个师爷的事。"说罢又是一声断喝："缚起！推出去！"

衙役们不再迟疑，绑的绑、架的架、拖的拖将三十名死囚推出大堂。签押房戈什哈抱来一大捆亡命牌，都已写就了各人姓名犯由。田文镜嘴角吊着一丝微笑，看也不看众人，援起大笔饱蘸朱砂，毫不迟疑一枝枝排头抹去，顿时满案殷红如血淋漓欲滴。

"今日大出恶气！"田文镜勾决完犯由牌，由着戈什哈们一枝枝拿了出堂给犯人一一插了，轻松地站起身来笑道："去我开封一大戾气，皇上庙堂欣慰，百姓街衢欢颜，我佛于西天，见我清理佛门败类，异日我死必得升天之乐！——外头人多得很，车、胡二大人，我们一同监刑去！"

胡期恒和车铭哪里还说得一句话，只觉得目眩神摇恍恍惚惚，不由自主跟了田文镜出来。田文镜至堂口，又吩咐一句："叫巡捕房请三个师爷各自安置，不许无礼，不许串供！"这才出来。

衙门外早已人山人海万头攒拥，人们嘈杂地议论着刚才衙门里的事，有的张着嘴翘首张望，有的挤来挤去寻找看热闹最好的位置，有的人中了暑，被周围的人抬出去放在池塘边用凉水浇的，正等得不耐烦，六十名刀斧手挟着三十名背插亡命标的囚犯疾趋而出，人群"嗡"地围了上去。马家化辫子盘在脖子上，也不顾官体威仪，袍角掖在腰带里，指挥开封府人役，"这是法场！一律赶出石灰线！给我使劲用鞭子抽！"挤在前头的人兜头挨了鞭子又往后挤，后头又向前推，挤倒了的，踩疼了的齐呼乱叫，好一阵才平静下去。田文镜回头笑谓车铭："今儿浴猪节，真不是杀人好时候，我竟忘了。"说着便径走到巡抚衙门纛旗旗杆下，厉声说道：

"把觉空静慈拖到这边！"

"喳！"

"其余人犯押在铁栏杆前！"

"喳！"

田文镜环顾了一下四周。人们镇静下来，在汗流和喘息声中，人们目睹这位巡抚的凶狠"风采"以为他必有一番说话。不料田文镜翕动了一下嘴唇，只是简单的两个字：

"行刑！"

刹那间便听石破天惊般炮响三声，铁栏杆前二十多名刽子手玄衣红带，手执鬼头刀各至就刑人身后，极为熟练地朝后膝窝一端，挥刀斜劈下去，猛蹬一脚闪身离开，二十八颗人头便直滚出去。三伏天刚刚午后，正是人阳气最盛之时，具具尸体腔中鲜血激箭般直射而出，连衙门口大石狮子座上都糊满了殷红的血。只在顷刻之间已是了事。胡期恒一生不知当过多少次监斩官，即使秋决杀人，也极少一次超过十名的，见田文镜如此凶横蛮干，也觉骇然。

"把这一对首凶架上柴山！"田文镜指着缚在一边的觉空和静慈，"我亲自举火焚化他们！"

觉空静慈早已瘫得稀泥一样，四五个戈什哈从没干过这种差使，连搓带揉费了半晌事才将两个缚在一处的首凶拖到柴垛上。田文镜回头，见车铭胡期恒都是大汗淋漓呆若木鸡，笑道："昔日东林有诗：'莫谓书生空议论，头颅抛处血斑斑'。年大将军为定边疆杀人十万，文镜奉旨抚绥豫省，岂敢后人？"说着接过火把，撩袍捋袖大步走到柴垛前，却只是沉吟。

此刻观刑的人足有上万，不但地下，连附近树上房子上都爬的是人，都已看呆了，黑鸦鸦的广场上所有的人都把心提得老高，一声喧哗没有，只远处有几个孩子吓得大哭，隐隐传来，悚人毛骨。田文镜举着火把，一手指着垛顶昏迷不醒的觉空和静慈，口中说谒：

> 嗟尔二师，四大皆空。今日西去，吾其送行。此世作恶，此世报应。来世作恶，莫逢文镜！咄！纵有万般孽障深，一火焚去真干净！

说完便将火把投向柴山。那柴山不知泼了多少清油，当此天气自然勃郁而发，只"腾"地一声，立时烈焰冲天，刮刮杂杂哗哗剥剥爆响着直冲九霄。可怜觉空静慈在这火焰山上升天无路入地无门，略一挣扎，已成两个火人，转瞬已成焦炭。

田文镜站在纛旗墩上，直看到烟消火尽人散场空才从容下来，佯笑着回衙。阖省城官员原都知道他挑剔刻薄，办事认真，以为不过如此而已，今日这场大杀大烧，令人悸心骇目，才真的见了这位新任巡抚专横强梁心地残忍的面目。远远见他过来，竟都吓得站不住，"嗯"地跪下一大片，田文镜将手一摆，一边进衙，笑道："都起来！这是做什么？我们的事还没办完呢！"说着便升公座，请车铭胡期恒坐了，问胡期恒道："老兄，你的那些人怎么办？"

"请中丞裁度。"胡期恒此时才从怔忡中清醒过来，欠身说道，"既然事情牵连敝衙，卑职理应回避。"车铭却知田文镜今日此举，必定要轰动朝野舆论，盼着他把事情惹得越大越好。因冷冷说道："别忘了，还有抚台衙门几位师爷也在案中，难道叫中丞也回避？"

一语提醒了田文镜，回头看时只有毕镇远在，便问："毕老夫子，看来只有你是出于污泥而不染的了？"毕镇远苦笑道："实不相瞒，若论一尘不染，天下没有这样的师爷。我家师承祖训三不吃黑，如此而已。"

"哦？敢问哪三不吃？"

"回中丞：谋逆案不吃黑，人命案不吃黑，离散骨肉案不吃黑——这三种案子伸手捞钱，不但容易败露，容易被仇家寻仇，而且伤阴骘殃及子孙。师爷混在官场里，我就吃官场，从不义之财中剥几个，就算事发，有官员顶在前头，左不过不当师爷罢了——这是我毕家秘传成法，从洪武爷到今三百多年，毕家师爷没一个吃官司的。所以田中丞你虽然风骨硬挺，我仍泰然自若。姚捷吴凤阁他们刚才已经给我传话，他们认罪。我认为并不是他们没本事，是他们没这条规矩，所以栽了。"

三位台司大人听这番高论，不禁面面相觑。田文镜一门心思要学况钟，当堂捧死自己几个师爷，然后穷治臬司衙门的人，扳倒胡期恒，压服车铭，从此立威中原改革吏治，一举成为雍朝中流砥柱，思量毕镇远话中深意，想要所有官员皆都清如秋水严似寒霜，竟比水中捞月更其无望！沉吟良久，田文镜长叹一声道："跟我的这几位老夫子，原来主张严办穷治晁刘氏一案，后来又都要缓办。我以为都是为我着想。谁知内里竟有这大一篇文章！""这个何足为奇！"车铭笑道："主张严办是放风出去叫人塞钱。钱塞足了自然主张缓办——毕师爷，我说的可是？"毕镇远听了笑而不言。

"我已说过官场事不为已甚。"田文镜正容说道，"所以对臬司衙门的人不再另案审理。毕师爷，我撂一句话给你，不论你说的是否实情，从前的我都不理论，年金我给你增到三千，从今非义之财也得分文不取。我田文镜明人不说暗话，邬师爷是于我有恩的，你不要与他攀比。我一心要做清官、好官，成全我这一条，我们长长远远，不肯成全，你可另投明主。不然，我不能像对吴凤阁几人一样宽纵你。"他突然正言厉声返回本题上，"所有拘捕臬司衙门人役，本系不奉宪命擅自弄权，显有情弊不可告人。本抚衙中吴凤阁、张云程、姚捷亦属刁赖讼棍借案渔利情实可恨——来！"

"在！"

"将我衙三名恶棍并臬司犯纪人役押出去在方才处刑铁栏杆前枷号三日！吴凤阁等人追赃之后逐回原籍！"

"喳！"

下边戈什哈齐应一声，各自下去提解人犯，车铭和胡期恒还要说话，田文镜已经端茶，口说"道乏"，二人只好讪讪起身辞出。

第四十五回　络人心天子赐婚姻
消反侧相臣议除奸

　　张廷玉接到田文镜处置晃刘氏一案的奏折，已是六月下旬。在此之前，他先已收到车铭和胡期恒的折子。两个人都自劾了失察之罪，请求处分，同时又异口同声告田文镜专横跋扈欺压同僚任用匪人残忍刻毒种种情事，说豫省缙绅"闻说田中丞欲行官绅一体纳粮，惶惶不能宁处，甚或'谈田而色变'，纷纷变卖庄园弃农南下经商，明年岁计殊堪忧虑"，又说河南官员不畏朝廷之法而惧田某如蛇蝎，"皆有弃官隐退之志"，云云。张廷玉之所以没有立即把折子呈阅雍正御览，原是想等一等田文镜的折子，必定要解释这些事。不料田文镜的折子连篇累牍只是就事论事说晃刘氏一案，对自己非刑火烧活人，也只一句"非如此不足震慑奸人挽回颓风，非如此无以慰圣躬爱养良善惩暴除奸之至意"。至于官绅纳粮、官场对晃刘氏一案反应，压根提也没提。张廷玉仔细思量，此事自己不宜轻易说话，便整理了三个人折子的节略，连原稿带上，径往养心殿请见雍正。他每天不知几遍要来请旨办事，所以不等通报便进了垂花门，因见张五哥在丹墀站班，便道："皇上还在批阅奏章么？用过早膳没有？"

　　"回中堂话，"五哥笑道，"方先生从畅春园过来了，说十三爷今日身子骨儿见好，万岁今儿个欢喜，早膳过后留方先生在这说话，图里琛从奉天过来，正在里头说话呢！"张廷玉知道图里琛专为雍正料理宗室内务的事，既从奉天回京，必定见过十七阿哥允礼和十四阿哥允禵，他一点也不想搅和进皇帝和兄弟之间的公仇私怨里去，不禁怔了一下，说道："我这不是急务，呆会儿皇上见过人，你打发太监到上书房传我过来就是了。"不料雍正正在东暖阁里听见了他们说话，隔窗说道："五哥，是衡臣来了么？叫他进来吧。"

张廷玉只好答应着进来，果见雍正盘膝坐在暖阁炕上，却只随常穿着米色葛纱袍，外套石青葛纱褂，只一条白玉钩马尾纽带束在腰间，剃得趣青的头，一顶万丝生丝缨冠端正放在案上。方苞撇着老鼠胡子偏坐在雕花瓷墩上，图里琛却垂手侍立在南侧。张廷玉一边行礼，瞥眼见还有个五品官跪在暖阁外，却一时想不起姓名，遂赔笑道："听说十三爷病体大安，皇上欢喜，奴才也跟着高兴呢！"

"有欢喜也有不欢喜。"雍正说道，"就如此人，乘着朕欢喜递牌子请见，要为他母亲请旌表。"他呆着脸望着那个五品官，冷笑道："朕岂有拿国家礼典随意施恩之理？当初委你台湾知府，朕是怎么说的？你能叫台湾粮食自给，朕就加恩封赏你的母亲！你做到了么？"

张廷玉这才想起，是前几天进京述职的台湾知府黄立本，只见他免冠连连叩头，说道："臣并非冒昧请赏，福建藩库今年没有拨台湾一石粮，这是有案可——"

"世上就你聪明！"雍正一口截断了他的话，"海禁已经封了，你竟敢私自用大陆药材与红毛国海上贸易，换了钱又从漳州粮市购粮运往台湾！若论治理，台湾尚属安静，所以朕不罪你，但你此举，实为欺朕不知情，标榜伪孝沽名钓誉，似这样心肠事主，有一日首级难保，累及你的老母亦未可知！"

"是是是！"

"下去！好好想想朕的话！"雍正声色俱厉地喝道。见他要走，却又叫住了，口气已经变缓："重农重商也是君子小人分野，回去一定好生劝农垦荒。念你尚属清廉，且台湾岁入确有加增，闽省巡抚请给你加二级，这一条仍算数。你是处朕亦不掩你功，你不是处朕自也要痛加申饬——去吧！"

张廷玉见是空儿，忙将河南三台司的奏章和节略捧上，说道："臣为等田文镜的折子耽延了几日，请圣上御览。再请旨，晁氏案前曾有旨，着胡期恒升调四川巡抚，车铭调湖广布政使，要不要吏部下票拟？"雍正却不理会张廷玉的话，倒换着细看奏章，口中随便问道：

"图里琛，你今年三十岁了吧？"

"回万岁，奴才犬马齿三十二岁了。"

"有正室夫人么？"

"原是有的，去年热病死了。"

"嗯。"雍正放下奏章，看了看方苞，说道："朕要做主赐你一桩婚姻。这事萦在朕心里好久了，看来就是你还配得。朕请方先生看了你们八字，都是极相合的，想问你可情愿？"图里琛忙双膝跪下，叩头道："君父有所赐，臣岂敢辞？但亡人撤瑟尚未经年，旧人尸骨未寒骤迎新人，于心难忍——但不知圣上赐婚是哪家女子？""朕取的就是你这片心。"雍正笑道："你答应得快了，朕许就不赐你了呢！听说去年朕选秀女那件事了么？朕原答应为她择婿的，但寻一个年貌相当的懂文墨的武将谈何容易！想来想去竟就是你吧！此女有识知礼，相貌也很看得过，就是出身略寒微些，朕已传旨宗人府，认为朕的义女，排为六格格——怎么样，不委屈你吧？"

张廷玉这才想起，这是为去年选秀女抗旨谏诤的福阿广择婿，当时随口一句话，雍正竟如此认真，不禁笑道："皇上不说，臣已经忘了这档子事，当时没有记档，又是细事，圣上如此谨念，实在令人感佩。福阿广氏既已进位格格，图里琛以臣尚主，就是额驸，理应晋一等侍卫。""这件事圣德攸关，礼部不记档是失职。"方苞在旁说道："即便朝政缺失，该记的仍旧要记，为大清后世立戒。"雍正笑道："就是这话。图里琛，你且跪安。六格格今儿已经进宫，这会子大约在钟粹宫谢你主子娘娘的恩。下午你进去给皇后请安，有什么懿旨你照办就是了。"

"喳！"

待图里琛退下，雍正笑谓张廷玉："说你的正经事。方才说起车铭胡期恒。近日看了河南递来的些密折，说什么的都有，说谁坏的都有，就是没有好人，连朕也弄不清谁在欺君，反正有就是了。衡臣，还是与你们约法，不要避怨嫌，直述你的胸臆，朕自能判断。"张廷玉原想雍正拿定主意，自己顺旨办事，听雍正把话说得这样透，倒觉不好意思，鼓了鼓勇气笑道："臣和主子一样，没有亲临实地。但臣的门生马家化前日有信，说了河南官场传的俚语，十分粗俗，说出来博主子一笑。抚、藩、臬，三驾车，各拉各的套；三台司、三把号，各吹各的调；田、车、胡，三个尿，各尿各的尿——说的虽下道，确也是实情……"

他没有说完，雍正方苞都是一笑。雍正见几个太监捂着嘴咯儿咯儿笑个没了，旋即敛了笑容，瞋目命道："大臣奏事，你们这个样子是什么体统？退出去！"

"据臣看来，田文镜是一心替朝廷办事的。"张廷玉蹙额沉思，斟酌着字句说道，"但行事求功报恩之心操之过急，未免落下苛酷名声。他想一夜治得河南道不拾遗，所以用极惨之刑处置了结晁刘氏一案。据马家化说，这群尼姑有的罪有应得，但全部处斩，有的量刑过重。"说罢看了雍正一眼。方苞在旁问道："马家化怎么知道有冤抑的？冤杀几个？"张廷玉道："白衣庵分前院后院，前院几个小尼姑应酬门面，淫乱的事间或有之，但并未参与杀人。其中有三个还是石女，罪名最大不过是'知情不举'，杖决二十也就够了。因此田文镜此案未免莽撞。他是一片报效之心，又因资望不足，要立威，但如车铭胡期恒，身后有背景，手中有势力，眼见田文镜整的是官场，怎么肯和他通力合作？胡期恒折片后附有张球贪贿的单子，就是这个意思。这件事臣想来想去，就是打御前官司，人头已经落地，仍旧是说不清，就是说清于朝廷也未必有什么好处。还是依着皇上原旨，调出车、胡二人是上策。"

雍正听得很仔细，一边沉思着，目光炯炯望着外边。半晌，转脸问方苞："灵皋先生，你看呢？"方苞也在看着殿外，不知什么时候天已阴了上来。隔玻璃望去，大团大团灰褐色的云缓缓滚动着南下，已掩了大半个天，微风吹得绛红宫墙上的细草不停地摆动着——虽不到立秋，但北边吹来的风已不像盛暑的熏风那样扑面灼人。几个太监都在穿堂里敞着领子吹风，只这殿宇里还是有些闷热。思量许久，方苞才说道："车铭是廉亲王的人，胡期恒是年羹尧的人，田文镜则是朝廷的人。河南这一汪水真像镜子一样。邬思道上次来京，我们彻夜长谈，得益良多啊……疥癣之疾不足虑，心腹之患不可留……"

张廷玉心下不禁掂掇：谁是疥癣之疾，谁又是心腹之患呢？他是宰相，不能像方苞和雍正那样有什么说什么，他的差使只能是光明正大地摆平朝局，赞襄皇帝以法理治平天下。但从方苞这话可以听出，允禩和年羹尧这两"党"犯"圣忌"，已经到了何种地步，他只能循这个思路去"燮理阴阳"，因笑道："臣以为原定车铭、胡期恒调离，车铭任湖广布政使尚可，但胡期恒越级晋升四川巡抚，似乎不妥。杨名时云南布政使出缺，不如让胡补上，四川巡抚暂缺或由四川布政使暂署，不知圣意如何？"

"就是这样。"雍正细白的牙咬着下嘴唇，说道，"叫岳钟麒兼任四川巡抚，胡期恒是晋秩，到部引见再去云南。衡臣——你拟旨褒奖田文镜，要加上这样两句，嗯——结数年不结之巨案，扫省垣阴霾乖戾之气而快豫省百姓望吏清之心——就这样说：叫他只管猛做去，而今天下事只患无猛不患无宽！"

"喳！"

张廷玉答应着刚要退出，雍正却叫住了，笑道："这又不是军务，急什么？你和方先生留在这，陪朕用过早膳再去办事。"说着便命传膳。张廷玉和方苞只好答应、谢恩。一时便见御膳房的苏拉太监捧着一盒子一盒子的御膳摆在填漆花膳桌上，什么锅烧鸭子寒勒卷、红白鸭子炖杂烩热锅、羊西尔占、燕窝鸡糕、酒炖鸭子，还有烧狍肉攒盘、蒸肥鸡、鹿尾攒盘和四银碟小菜、馒首饽饽并各色小宫点，满满一桌子布好。雍正更衣居中而坐，说道："你们就陪坐在旁边，只管放量用，拘束就没意思了。这桌御膳专为你两个要的，朕平日没有这么阔气，况且这温火膳，朕也进不香。"

但雍正吃不香，方苞和张廷玉更不可能狼吞虎咽，三个人一君二臣身份不同，都是很深沉的读书人，讲究"食不语"，因此这一餐御膳吃得甚是沉闷。此刻外边天色越发阴得重了，略带凉意的风裹进院子，在黯黑的墙角、照壁前卷起浮尘，打起一个又一个旋儿，陀螺似的满地乱转，时隐时现，给人一种神秘和不安的感觉。两个人拿捏着陪雍正略用了几口，见雍正放箸，便都起身谢恩。雍正若有所失地望着外边的景致，似乎心事重重，良久才深深吁了一口气，吩咐："所有太监宫人出去！"

高无庸答应一声，督率着养心殿中的太监和宫女悄然退了出去。方苞和张廷玉交换了一下眼色，都意识到雍正将有重要密谕，但雍正没开口，他们觉得不好问，只好默默侍立。良久，才听雍正问道：

"衡臣，朕这个主子比先帝难侍候——外头情形你知道比灵皋先生多，有没有这个话？你据实说。"

"有的。"张廷玉心里猛地一沉，这是官场有口皆碑的事，断不能欺隐，因躬身说道："皇上严毅刚决，不苟言笑，与先帝性格不一。官场陋习揣摩逢迎，现无从揣摩，自然就有这些不经之谈。"雍正脸色变得有些苍白，摇了摇头道："恐怕还不止于此。'抄家皇帝'、'强盗皇帝'、'打富济贫皇帝'的话都是有的，是么？"张廷玉咽了一口唾沫，欠身一躬算是默认，一句话也不敢接。

方苞目中幽幽闪着光，说道："据臣所知，这些话都是有的。但也尽有体贴圣恩的臣子，舆论不一，也是常情，请皇上留意。"

"朕并不懊丧。"雍正脸上带着一丝兀自解嘲的微笑说道："恨朕的有三种人：希图大位的，位子朕坐了；贪官墨吏畏朕，因朕诛杀查抄他们毫不怜惜手软；缙绅豪强不得夤缘官府鱼肉乡里，自然也要说三道四。但廷玉，你是知道的，先帝驾崩时，存有多少库银？"

"回万岁，七百万两。"

"现在呢？"

"五千万。"

雍正缓缓站起身来，说道："这五千万银子来自贪官，并非敲骨吸髓取自小民，五千万银子都入了国库，并没有拨进内库修宫造苑，所以朕自信得罪的人很有限，朕不能不得罪，也不怕得罪他们。"他慢慢踱着，青缎凉里皂靴在金砖地下橐橐有声："五千万……保住这个数，很可做些事了，河道可修，灾馑可赈，兵事可备——我爱新觉罗·胤禛上可对列祖列宗，下可对亿兆百姓！"他仰首望着殿顶的藻井，语气极沉重惨怛，仿佛带着要穿透一切的火焰，燃得张廷玉的心也是火辣辣的，讷讷说道：

"万岁……"

"朕要做的事决不始张终弛，无论是宗室内亲，显贵权要，阻了朕的脚步，朕就不能容他！"雍正的目光变得绿幽幽的，闪着凶狠的炎威，"朕已决意，拔掉年羹尧这颗钉子！"

张廷玉的心像从万丈悬崖上直落下来，好久才定住了神，紧紧皱着眉头说道："年羹尧居功自傲，妨碍政务都是明摆着的。但他刚刚青海立功，封爵进位极邀圣眷。骤然降罪，不但他本人不服，而且易为小人启端寻衅，搅乱了朝局，善后极难，请万岁三思。"他略一顿，说道："可否缓迟数年，凉一凉，由臣设法明升暗降，剥掉兵权，然后处置，徐徐而图，似乎更稳妥些。"方苞叹息一声道："衡臣兄，实不相瞒万岁下此决心，先征询过我和邬思道的意见，我们不在局中，说话不像你那样负责，也许思虑不周，仅供皇上参酌而已。但年羹尧骄横跋扈，势力膨胀之速，数年之后什么情形谁也难以逆料。他插手河南，田文镜改政便做不下去；插手江浙，李卫有所更张，就得暗中悄悄来；他插手广东，孔毓徇巡抚你已知道的，当年圣祖去曲阜，他敢拒开中门迎接，如今广东九命奇冤，他就昭雪不了！今日我们密陈建议，明人不说暗话，假设数年之后，年党与八爷党合流，张相你内掣于议政王威权之下，外囿于手握重兵的大公爵大将军，能处置得得心应手？你的相位能不能保得住呢？"

　　"朕已经四十八岁了，要做的事多着呢，不能坐等几年。"雍正冷峻地一笑，"衡臣，真正能控住军队的，靠得住的只有怡亲王，你瞧允祥的身子骨儿，万一有个三长两短，许多事你想办也办不下来。舅舅是个不明不白的人，还有允禩，夺位自为的心至死不渝，已经有人在年军中暗地活动，据说和廉亲王颇有瓜葛——你连起来想，该不该现在着手？再说，朕意并不要年羹尧的命，只要他不在军职，安分守己，这也有保全他终身禄命的意思。马齐老了，方先生是个白衣书生，朕寄你以厚望啊！"

　　他们没有说完，张廷玉已全然领悟，一边听，一边已在搜索枯肠思量办法，此刻真是心血绞干，雍正说完许久都没有答话。三个人默默相对不知过了多久，院外沙沙雨声渐起，张廷玉才道："臣遵旨。皇上不知怎样打算？"

　　"今日下午朕见图里琛。"雍正面无表情，徐徐说道："由图里琛赍诏去西宁，调年羹尧为杭州将军。他办这种差使还是相宜的。"方苞见张廷玉面带诧异，在旁说道："年羹尧如果奉诏，万事俱休；如不奉诏，可在岳钟麒大营设筵，一举而擒之。"张廷玉冷冷说道："方先生，不能照搬古书，这是太平世界法统严密之时！能像演戏那样做事！年羹尧既不奉诏又不赴筵怎么办？筵上杀掉无罪功臣，怎样向天下交代？年羹尧的部众不服怎么办？岳钟麒在青海不足一万人，年羹尧的大军有十余万，而且九贝勒允禟也在军中——这样要造出大乱子的！"

这一连串反诘一环扣一环，问得雍正和方苞都怔了。许久，方苞垂下眼睑，说道："衡臣责的是。我把事想左了，想急了。看来，要重作打算。"雍正却笑道："这不是正在商量嘛。你权衡得好，不愧'衡臣'二字。有什么良策，说说看。"

"还是要分步走，不过步子可以迈得快些。"张廷玉庄重地说道："年羹尧眼下没有反迹，又立了大功，该施的恩还是要堂堂正正地施，军饷钱粮要拨足。目下战事已停，节制十一省兵马的权要收回朝廷。这不要皇上下旨，由我向兵部打招呼下廷谕就办了。谅年羹尧也不敢公然违抗。"

"嗯。"

"元旦召年羹尧回京述职，这是第二步。"张廷玉文心周密，侃侃而言，"他若不来，即是抗旨，朝廷处置有道。可以命岳钟麒署理征西大将军一职，并调川军入青。再不遵，即是谋反，以青海一隅之地，十万之兵，粮饷皆无，叛反无名，无须用兵，年军自己就乱了。他若来京，则在我掌握之中，要怎样办全凭圣意，不过不能处分，只能慰奖，皇上原意也不过是解掉他兵权，似乎不必过为已甚。"

一席话说得条理分明头头是道，连方苞也低头暗服，自失地一笑道："衡臣这是阳谋，真正相臣风度。我以阴谋事君，实在惭愧。循着廷玉的思路，我想，一是要厚赏年部官兵家属，这边有个安乐窝，那边就难以鼓动他们做非礼无法的事。二是京畿防务，十三爷病着，可调十七阿哥允礼回京佐理。昨日巩泰送进的密折，舅舅隆科多现在私地里分藏财物到各亲友家和西山寺庙里，不管他是什么面目，搜宫是什么背景，他是已经与皇上生了二心。尽管他已辞了九门提督，但他管军管得时日很长了，还是要调开他，或者加以处分，扫掉他的威风，也就难以作耗。其三，我看过去朱批，皇上赞奖揄扬年羹尧的批语很多，要收回来。皇上一收，下边自然能领会圣意，该下点毛毛雨的，可以试探着与臣下讲讲，就不致有'变起仓猝'的事，人心也易安定。"思路一对，方苞的这几条建议便显得周匝严密滴水不漏，张廷玉也不禁赞道："好!"

张廷玉方苞辞出去时，更是天低云暗，蒙蒙细雨雾一般在清凉的风中轻轻洒落，满院临清砖地像涂了一层油样晶莹湿润。雍正亲自送出殿外，站在院子里仰着望天，甘露一样沁凉清新的雨珠飘落在他热乎乎的脸上身上，浑身舒坦而轻松，邢年隔玻璃瞧见，忙出来道："主子热身子，这么要着凉了，都是奴才的干系，还是打起伞，略凉一会子，清爽了还该进殿去的。"雍正闭目仰首，尽情沐浴了好一会，笑道："六月天，哪里就凉着了？去钟粹宫看看，图里琛见过娘娘，叫他过来。"说罢转身进来，命人推开东暖阁南窗，安心定神披阅奏章。案上一高叠的奏章他都看了，但还没有批下去。和张廷玉谈过后，有的折子还要重看。雍正想了想，抽出广东总督孔毓徇日前递来的密折，援笔濡了朱砂，一笔一划写道：

> 向后除请安折子勿用黄绫封面，汝系圣人后裔，不知珍惜物力耶？

一滴大大的朱砂汁滴落在奏折上，雍正忙拂拭，却污了更大一片，忙在旁加注小字"此系朕所污，尔勿惊慌"接着又批：

> 尔前折所奏，都中传言朕至丰台阅军，系应年羹尧之所请，不知系听何人之言？年羹尧之兄即在广东海关，岂伊所云耶？此等妄言朕意或出于舅舅之口，不过妒年之功高而已。朕岂幼冲之主，必待年羹尧之指点，又岂年羹尧强为奏陈而有是举乎？

写完，他满意地看了看，又扯过一份，却是四川巡抚王景灏的折子。因王景灏是年羹尧推荐的，他捉笔沉思了许久才写道：

> 尔有否开罪年羹尧处，伊乃必欲以胡期恒代你？今胡期恒不去矣，尔可安心做事。年羹尧今来陛见，甚觉乖张，朕有许多不

取处，不知其精神颓败所致，抑或功高志满而然。尔虽伊所荐，勿作依附之庸人，乃系朕所用之臣，朕非年羹尧能如何如何之主也。

他看了看折上贴名签"高其倬"三字赫然入目，这是年羹尧的死对头，因抽了过来，稍微思索便写：

看陵风水事近若何？遵化既无善地，可别处走走，务期得好地而后已。又近日年羹尧奏陈数事，朕甚疑其居心不纯，大有舞智弄巧潜蓄揽权之意。思卿前所奏，甚觉愧对尔及史贻直也！

写完，这才取过年羹尧的请安折，呆着脸仔细想了一阵子，挥笔疾书一通，却是草书：

前折谓朕"战胜不骄、功成不满"甚实。然朕实无心作不骄不满之念，出于至诚，惟天可表。西海之事，若言朕不福大，岂有此理？但就事而言，实皆圣祖之功。自你以下，哪一个不是父皇用的人，哪一个兵不是数十年教养的兵？前当危急时，朕原存一念，即便事败，朕不肯认大过，何也？当干起原是圣祖所遗的事。今如此出于望外，好就将奇勋自己认起来？实实而愧心惭之至！尔等此一番努力，据理而言，皆朕之功臣，据情而言，凡实心用命效力者，皆朕之恩人也！尔等不敢听受，但朕实居如此心，作如此想。朕之私庆者，真正造化大福人则可矣，惟以手加额，将此心对越上帝，以祈始终成全，自己亦时时警惕不移此志耳。

又，三月奏进，尔所代拟《陆宣公奏议》之序，请旨颁发，朕得暇好好写来赏你，定不得日期——览尔此奏，比是什么更欢喜，这才是，即此一片真诚，必感上苍之永佑。凡百就是这样对朕，朕再不肯好而不知其恶。少有不合朕意处，自然说给你，放心。

写完一抬头，见高无庸站在面前，便问："是图里琛来了么？叫进来。"
说罢便起身趿了鞋，在地下散步。

图里琛已换了一等侍卫服色，浑身鲜亮，显得格外精神，进来见雍正正踱着步子想事，没敢惊动，悄没声跪了殿角。雍正看了他一眼，凝望着院外的潇潇风雨，许久才道："不要说谢恩的话了。朕有差使给你。"

"喳！"

"隆科多舅舅财产多得没处放了。"雍正带着阴寒的微笑，徐徐说道，"叫人看看，都挪移到哪里了，弄清之后，请旨查抄！"

"喳！"

第四十六回　忧烹狗将军生异心　惊谜札钦差遭毒手

　　隆科多家被抄，很快就传到了年羹尧军中。对这个虽然资历深却没有实际战功和功绩的上书房大臣，年羹尧历来打心里不服。初接任大将军一职时还曾递过一个密折，说："隆科多乃一极平常人。"就此，雍正整整写了三千字的朱批给他，解说隆科多的好处，过去"不但卿，即朕亦不深知，实为圣祖为朕留一砥柱之臣，与尔并为社稷干城"。皇帝这样屈心降志，年羹尧不能不买账，于是进京呈送贡物，时不时地也给隆带些礼物，两个人渐渐才有了交往。今春，年羹尧的二儿子年熙病重，雍正又要了年熙的生庚八字，让高其倬看了，说年羹尧命中不该有这个儿子。恰隆科多膝下无子，雍正灵机一动，命年熙过继给隆科多冲克此劫，"隆科多无子而有子，年羹尧有子而无子"，二人竟成了干亲家。外边看二人是"将相和"了，但年羹尧自知，这是强捏就的，因此，前头雍正朱批"舅舅今辞去九门提督一职，朕并未露一点，连风也不曾吹，是他自己的主意"，年羹尧便知隆科多已失宠，尽自如此，他毫不关痛痒，只是想，如能把上书房大臣名义加在"大将军"号上，也许并非办不到的吧？

　　然而这毕竟是雍正登极以来处分最大的机枢之臣，按隆科多的宠眷，其实还在自己之上，说抄就抄了，他不能没有兔死狐悲之感，同时，也隐隐觉得风头不对，究竟哪里不对，一时自己也想不清楚。接到邸报怔了半晌，叫过桑成鼎，蹙着眉说道："连日没睡好，头疼。今儿不要衙参了。你去前头叫将军们散了，派人请汪先生和九爷过来说说话儿。"

　　"是，老奴才这就办。"桑成鼎苍苍白发丝丝颤动，略带艰难地躬了一下身子，说道："不过刘墨林参议今儿去了岳将军大营，说过还要过来拜见，他来了见不见？"年羹尧笑道："这帖膏药可真够粘的。岳东美大营离这里几十里，要来也是黄昏时了。等来了再说罢！"说着，便听外头脚步橐橐，汪景祺呵呵笑着进来，说道："大将军哪里不爽？晚生略通医道，可为您看看脉，一味贴膏药可不济事。"一边说，一边把当日从兰州转过来的文书放在年羹尧的案头。

汪景祺调来书办已年余，不但文牍极熟、办事迅速，而且腹笥盈库，应答如响，虽然年事已高，却精神矍铄，闲时常陪年羹尧，帮办军务之余阔谈古今，已成年羹尧一日不可或缺的智囊。见他进来，年羹尧忙命军士沏茶让座说道："心里闷极，身上也不爽，正要请先生过来谈谈。"因将邸报递过来让汪景祺看，自己便去拆阅北京转过来的奏折批复。这个邸报汪景祺在允禵处已经看过，已是胸有成竹，他接过来，一边把玩，一边突兀说道：

"下一个就是大将军。"

"什么？！"年羹尧手一颤，密封匣子也没打开便停住了。

"我说，"汪景祺饱经风霜的脸上皱纹一动不动，已是没了笑容，不经意地将邸报甩在案上，"皇上疑大将军疑得重了。原准备先拿八爷开刀的，现已掉转了刀，要取大将军的首级了！"

年羹尧全身一震，仿佛不认识似的，下死眼盯着汪景祺，喑哑着嗓子道："我与皇上骨肉亲情，生死君臣，又刚立功，皇上有什么疑我处？"汪景祺毫无惧色，盯着年羹尧凶光四射的目光，良久，扑哧一笑道："亏大将军以儒将自许，天家父子兄弟之间尚无骨肉亲情，何况将军？隆科多与皇上骨肉情分如何，及不及您呢？当先帝晏驾之时，内有诸王虎视眈眈觊觎帝位，外有强敌重兵压境，隆科多一念之异，皇帝便不是当今，这托孤之重，拥主之功比大将军的'勋名'如何？将军自思，有没有岳飞之忠？有没有韩信之功？有没有永乐叔侄的骨肉情分呢？古谣所谓'一尺布尚可缝，一斗粟尚可舂，兄弟二人且不容'，您没有读过么？"年羹尧颊上肌肉迅速抽动了几下，口气中带着极大的威压，问道："谁指使你来说这个话的？你是什么人？！"

"这个么，是我。"门外允禵的声气说道，说着一挑帘进来，撩起袍角便坐了年羹尧对面，眯缝着眼，略带挑衅地望着惊异的年羹尧："大将军危在旦夕，势如累卵之急。我不能不请汪先生把话挑明了。一句话，救你，救我大清社稷！"

年羹尧目光游移不定，看看允禟，再看看汪景祺，突然纵声狂笑，倏地收住，狞声道："九贝勒，你忠于皇上，我敬你是'九爷'；你不忠皇上，我视你是允禟！莫忘了，我不是寻常提督将军，乃是持黄钺节秉天子剑的专阃大将军！"

"唯其如此，越发令人可虑。"允禟不动声色徐徐说道，"你藏弓烹狗之危近在眉睫，我唇亡齿寒之虞继之即来。不救你亡，我也难以图存。所以，有今日一席谈。"

年羹尧哼了一声，"嗖"地从靴页子里抽出一份黄绫封面的折子甩了过去："你们看花了眼，吃错了药！这是几天前才接到的朱批谕旨，不妨看看皇上与我何等情分。即死，我让你们没有怨尤。"允禟接过看了看，转手递给汪景祺，无所谓地一笑，说道："原来你不会读文章！雍正如此响的一个耳光，竟认作是亲近！"汪景祺看着也笑了，说道："大将军当局者迷。这篇批语粗看去亲，仔细看去疏，推敲起来令人不寒而栗！""是么？"年羹尧被二人的镇定慑住了，略为迟疑地接过了折子，反复审视。

"听九爷教给你，你跟了四爷几十年，仍不懂你的四爷！"允禟嘿然一笑，"哗"地打开了折扇，又一折一折折拢来，挑着眉头说道："这个朱批三重意思，西海大捷是皇上'福大'；西海大捷是'自你以下'将士用命之功；西海大捷之功你'好就将奇勋自己认起来'？因此，你不可动'贪'念，你的'不合朕意'处，少不得要一一告诉你——将军自细想想，未去北京前，朱批里有这些露头藏尾的话么？"

年羹尧目光熠然一闪，随即冷笑道："幸亏你没福当皇上。不然，天下臣子死无噍类了！这些话有的是调侃，有的是慰勉，有的是至情亲爱随笔戏语，拿这份折子危言耸听，九爷未免异想天开。"说罢又是一晒。

"把刚接到的那份朱批拿给年大将军！"允禟突兀说道。"什么？"年羹尧不禁一怔，诧异间，汪景祺又递过一份请安折子，年羹尧展开看时，两行血淋淋的朱红草字赫然在目：

年羹尧果系纯臣乎？"纯"之一字朕未许也！尔有何见谈，据实奏来密勿六月下浣。

这是再熟悉不过的笔体了，没有一笔有矫饰痕迹，断然不是假造！年羹尧心中不禁一阵狂跳，见折子上姓名糊了，便用手去抠，允禩一把抢了回来，嘿嘿笑道："——使不得！别人也有身家性命！要还不信实——把王景灏的那份抄本给大将军！"

年羹尧此时已经呆了，傻子一样接过一张素笺，看了看，失神地丢落在地下：王景灏与云贵总督蔡珽密相往来，书信里说自己许多坏话，因此才密奏雍正王景灏在任草菅人命，请着胡期恒来代，这事除了在郑州露风声胡期恒要调任外，出于一人之手入于一人之目。凭谁假造不出这样的密谕！他的脸色又青又白，梦游人一样在书房地下转来转去，喃喃讷讷说着："这不会……这怎么会呢？这不是真的……"

"这是真的。"汪景祺咬着牙笑道，"和隆科多被抄一样真！您犯了皇上三大忌，不速自为大祸顷刻即到！"

年羹尧目光迷惘，还没有从震惊和恐惧中清醒过来，只是自语："三大忌？三大忌……"允禩在旁大声道："年亮工，生死有命富贵在天，你身为大将乃作此态！你打起精神来听！"年羹尧这才回过神来，颓然落座，苦笑道："这比晴天霹雳还要惊人！我是失态了，愿先生有以教我——这里先谢罪了。"他到底是年羹尧，瞬间，雷霆击蒙了他，旋即又恢复了镇静和威严。

"挟不赏之高功，这是一忌。雍正即位内外忧患危机四伏，你这一战为他稳住了大局稳住了人心。他要借你的力量去压服八爷和群臣不满之心，所以不能不赏你，举酬勋之典，受殊爵之荣，位极人臣，威拟王侯，他再拿不出可赏你的东西了。

"但你挟震主之威，不懂韬略。不但不逊功让主，反而居功自傲意气洋洋。郭子仪是何等功臣？以酒色自晦，谨保首领以死；徐达退隐中山王府一政不参，难免蒸鹅之赐！你呢？黄缰紫骝凯旋入京，王公以下郊迎数十里，你居然受之不疑！皇帝在丰台令将军解甲，不得你一将令，无一人从命，换了你是皇帝，你容得么？

"猜忌之主，性本庸怯。他要整顿吏治，你却处处插手，亮工将军，你掣了皇上的肘！这是第三忌。平心想想，你选了多少官？外省的事你干预了多少？本来你不干政，他也要拿你，何况你处处插手？皇帝原意是借你的力压制廉亲王，处置八爷党后再解你的兵权。但现在看来，他觉得你比八爷更可怕，恐惧你与八爷党联手造乱，所以要先清除你了！"汪景祺滔滔不绝，句句说得斩钉截铁掷地有声，到此戛然收住，书房里一片寂静！年羹尧用颤抖的手，托着渗出汗珠的脑门，许久才吃力地说道："我有些处是不检点，兴许是弄错了什么事，但我没有二心。必是这样的，不知哪里错了，惹了圣怒……""你算了吧，痴迷大将军！"允禵揶揄地一笑，"你有我领教我四哥的多？自打大捷之后，先是宝亲王弘历，后是潦倒书生刘墨林，你这大营里有一天少了朝廷监视你的人？就是原来的侍卫，也是在这里盯着你，不过被你降服了就是！"

年羹尧呆呆地望着外边，七月的青海天气已经很凉，胡杨叶子开始凋落，空旷的大校场上西风卷着砂石，时而掠空而过，时而盘起一个个旋风互相追逐、合并，偶然一阵风挟着砂扑上来，打得大玻璃窗一片细碎的声响。门前一株柳树，是他来青海驻节头一天亲手栽的，已有茶杯粗细，仿佛不堪蹂躏似的摆动着腰肢婆娑起舞。年羹尧的心境像这天气一样荒寒。和一个时辰前相比，如同猛地堕进狂涛无边的海水里，只是漫漫无际的海天，见不到岸，连个歇力的礁岛也寻觅不得……收回目光，眼前这两个人既熟悉又陌生，他有一种大梦初醒的感觉，又似恍若隔世。许久，他把头深深地埋在两臂间，发出像呻吟又像叹息的呜咽……"我该怎么办？……"

"八爷很知道你的苦楚。"允禵一举收伏了骄横不可一世的年羹尧，心中喜不自胜，却是脸带忧容，温声说道，"时势造英雄，英雄也能造时势，你不必作出此英雄气短之叹。我来军中已经二年，仔细审量，十四爷人心尚在，部旧尚在，十四爷无辜蒙冤，三军不服！若能迎十四爷回营主持，拥主而立，将军以得胜之师高张义帜，天下敢不景然而从。朝内八爷执掌旗务，会议诸王废无道而迎有道，示古事正可以不血刃而取。造此局面，你大将军才真的是龙骧虎啸震铄古今的伟男子、大丈夫！"年羹尧忧心如煎，低头思忖良久，摇头道："皇上是我恩主，无论怎样，现在，没指我叛臣，我这样做逆，天下人视我乱臣贼子，这怎么使得？"允禵哂道："世人但以成败论英雄，亮工未免胶柱鼓瑟。"

汪景祺见年羹尧只是摇头不语，知道没有击中要害，因不言声起身，至案前援笔写了几个字，道："大将军，你抬头看！这是大行皇帝遗诏原文！"

传位十四子

正发怔时，汪景祺执笔在"十"字上添了两笔，成了：

传位于四子

"这就是真谛所在！"汪景祺口气咬金断玉，"隆科多的'功'，隆科多的'罪'皆在于此！"他咯咯一笑撕掉了纸条："他是什么'皇上'？欺天欺地欺祖宗，地地道道的篡位奸雄！十四爷，才是真正的大清之主！这样的人，上天怎么会助他？群臣怎么会拥他？你也是熟读史籍的，前代年号带'正'字的，金海陵王的'正隆'，金哀宗的'正大'，元顺帝的'至正'，明武宗的'正德'，哪一个是好东西？就'正'字而言，是'王心乱'之象，又可拆为'一止'之象。你此举正为顺天应人，挽救大清，这是天底下最光明最堂皇的伟业，又何虑身后之名？"

这番话义正词严天衣无缝，加上灵机一动编出的篡诏谎言，从汪景祺这张如簧之舌直述而出，真有洞穿七札之效，年羹尧脸色由红到白，转而铁青，忽然两腿一软，颓然落座，双手掩面，喃喃自语："这些话我不信……这事太大，让我想想，想想……"

刘墨林从岳钟麒大营回西宁城时天已黄昏，他是"西征参议道"，专为协调驻青海各军关系，筹调各地饷银粮秣分发各军，因是奉旨专办军务的钦差，并不受年羹尧和岳钟麒的节制，所以在西宁自设有参议道衙。刚到衙门口，尚未下马，门上人便禀说："年大将军中午送过帖子，请刘大人过去赴宴。"刘墨林在岳钟麒那里议了大半天大军越冬军需事宜，又走老远的路，原已疲累不堪。猛地想起昨日接的朱批"年羹尧营务三日一报，无细无巨"的话头，便下马换轿直奔大将军行辕，也不待通报，径自青袍布靴进了中军大帐。果见七八桌酒筵坐满了人，都是年羹尧的部将，个个喝得满面红光。年羹尧坐在头一桌，他的三大都统汝福、王允吉、魏之跃，还有副将马勋，凉州总兵宋司进都陪在身边，觥筹交错酒兴正酣，见他进来，年羹尧便笑着招手："来来！大参议，我们这边说酒令呢！你来迟了，要罚酒！"

"大将军好兴致！"刘墨林笑嘻嘻入座，"方才廊下还见有戏子，口福眼福耳福一齐饱么？说什么酒令，我今儿又累又乏，在东美将军那又先吃了酒，恐怕敷衍不来了！"年羹尧笑道："我还不知道你！坐吧你——呃，是这样，皇上赏给我一套珐琅大花瓶，又专从田文镜那里调了几车西瓜，一人独乐与众人乐，孰乐？所以请来坐坐——你先吃了罚酒再说。"说着连倾三杯。亲自捧过，刘墨林只得饮了。却听魏之跃笑道："年大将军成心难为我魏大炮，我懂的什么酒令？何如叫戏子们演戏，你们该说酒令说你们的，不是两好凑一好？"

年羹尧笑道："也是的，一多半都是炮灰丘八，我竟忘了。只管开戏——我们还说酒令！我接着说。"因以箸击盘曼声道：

> 我有一座房，送与汉刘邦，汉刘邦不要。为甚的不要？春色恼人眠不得。

刘墨林一听便知，这个令先说一物件，再用一个古人名，后句用一句古诗，正寻思间，隔座王允吉笑道：

> 我有一把扇，送给曹子建，曹子建不要。为甚的不要，剪剪轻风阵阵凉。

宋司进见轮到自己，忙也道：

> 我有一把弓，送给老逢蒙，老逢蒙不要。为甚的不要，一行白

鹭上青天。

刘墨林含笑听着，心里却咯噔一下：怎么比出鸟尽弓藏来了？未及深思，年羹尧挨身的都统汝福接口道：

> 我有一公鸡，送给郭子仪，郭子仪不要。为甚的不要？雄鸡一唱天下白。

于是一座哄然，都说"不通"，魏之跃便按着要罚酒，年羹尧看一眼刘墨林，笑道："老魏省得什么！这用得正合适，天亮了，要公鸡做什么？"刘墨林陡起惊觉，便有心转令，因道：

> 我有一月轮，送与刘伯伦，刘伯伦不要。为甚的不要？错认白玉盘。

年羹尧笑着摇头道："这是想当然的，'错认白玉盘'，出于何典？大约在东美那里吃多了，你这样的大才子也会马失前蹄。"其时廊下锣鼓笙箫声已起，演的是"草船借箭"，大厅上众将军都停了相战，都笑着看首席几个人乱哄哄罚刘墨林酒。

"不要乱，听我说。"刘墨林双手遮着几杯递过的罚酒，笑嘻嘻道，"李青莲诗云：'小时不识月，错认白玉盘'，大将军没有读过？我在京和王文韶他们还用这作过令，我说'小时不识风，只当天哼哼；小时不识雨，只当天痾痢；小时不识雷，只当天放屁。'惹得他们大笑一场呢！大将军，该罚的是你，"年羹尧呵呵大笑，豪爽地举杯一饮道："今晚笑得畅，本将军认罚！"说着便命开戏。

年羹尧看了一眼正在念白的"鲁肃"，侧转身问刘墨林："你从钟麒处来，他那里越冬的事准备得怎么样了？"刘墨林漫不经心地看着戏文，说道："和大将军这边差不多，只是盘火炕地龙还缺些砖。我说这事不大，你留在青海的人不足一万，能用多少？从大将军这里匀一点也就够了。我最怕粮食供不上，甘陕的库粮都用了赈灾，要从李卫那里调拨二十万石，李卫给我回话，只能一万石一万石调运，我就想，万一遇上大雪封路，运不上来可怎么好？就和岳将军商议，叫四川自川北多运点米，互相调剂着兴许差不离。"年羹尧问道："东美没说什么？"

"都是皇上的差使，有什么说的？"刘墨林道，"他一口就答应了。"

年羹尧最担心的便是粮食。听刘墨林的口气，李卫那头指望靠不着，现放着四川天府之国，可惜那是岳钟麒控制……他无声叹息了一下，深悔当初为了争功，得罪了多年的知交岳钟麒，思量着，说道："请你催李卫。越冬的粮，我不能指望四川，岳钟麒自己几万人马也要吃！"刘墨林欠身答应一声"是"。见年羹尧无话，便问道："汪先生和桑军门怎么没来？还有九爷呢？"年羹尧笑了笑，说道："他们有事——哦，我听说徐骏坏事了，被大理寺拿问。都说是你参的，却没有拜读参本。他是八爷心腹，又是出了名的才士，多少人参都没有参动。你可真能耐，一本就参倒了，必定是生花妙笔，何妨让我拜读一下呢？"

"没有的事。我没有参他。"刘墨林心里像被针扎了一下，他猛地想到了苏舜卿。因冷冷说道："多行不义必自毙，自作孽者未必定要有人参他才倒。"但本章确是他写的，徐骏的罪名是"诽谤圣朝，追怀前明"，他为报苏舜卿之仇，精读徐骏诗集，抓住"明日有情还顾我，清风无意不留人"这一句，作了一篇花团锦簇文章。即是这罪名，那是凭谁也保不住了。虽然出了胸中这口鸟气，自觉不甚光明正大。所以矢口否认。正发怔间，扮诸葛亮的老先生大声道："吩咐船工，将船头掉转来受箭！"

刘墨林忙收神看戏，魏之跃在旁叹道："孔明真是奇人！只有孔子这样的人才得有这样后代，可见天道不虚，善有善报。"年羹尧听得不禁一笑，正要插话，刘墨林也一本正经说道："那是！秦始皇之后又有秦桧，魏武帝之后又有魏忠贤，可见恶有恶报！"年羹尧忍俊不禁"扑"地一口酒全喷了出来，道："说得好！比得妙！"将军们附和惯了，也都忙道："那是，刘先生是大才子么！"

刘墨林、年羹尧和同桌几个将军，除了魏之跃都捧腹大笑，笑得众人都陪着干笑。刘墨林想到今晚还要赶写密折，因起身道："大将军盛情筵，原不该早辞。但我今日实在累得受不了，恐怕失仪，更对不起年军门。"说罢一揖。年羹尧却也不强留，含笑点头算是答应。刘墨林回到下处，掏出雍正赐的怀表看看，恰正亥末时分，自觉宿醒未尽，恐怕文笔有误。酽酽地喝了两杯普洱茶，方觉耳目清爽。刘墨林凝神聚意正待打腹稿，一眼瞥见案头镇纸压着一件东西，取过来看时，却是折好了的一张纸鹤，展开了看，上面胡涂乱画得古怪：

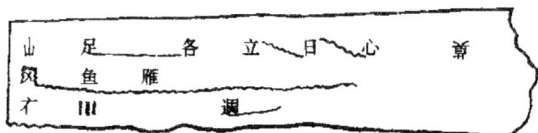

山　足　　各　立　日　心　　第
风　鱼　雁
疒　川　　遇

刘墨林反复展玩，突然一个激凌寒战，浑身毛发森竖，他已破译了这个字条："山高路远意迟迟，莫道惊风送鱼雁，夜半三更掩门逃！"刘墨林抖着手将纸条在烛上燃着了，看看身边，都是大将军府派过来侍候的人，强自镇定着笑道："这是谁放在这里的？纯是放屁！"

"回刘大人。"管门的老刘头笑道，"大将军行辕今儿后晌派了个戈什哈来请您赴宴，您没回来，他在这坐了一会儿，是不是他画的我们没瞧见。"

"笑话笑话！哈哈哈哈……"刘墨林何等机警，立刻意识到事态严重，装着笑不可遏的样子呵呵大笑，"说我刘墨林文笔不通，还用了隐语！真不知这狗才吃了什么药——明儿告诉年大将军，寻出这个王八蛋，我倒真想见识见识他的'才学'呢！"说完伸欠了一下，说道："叫小猴子进来侍候，天好早晚的了，你们都歇着吧。"

人们一退出去，刘墨林一刻也不停，立刻将自己奏案底稿全部收到一处，用桑皮纸裹封了，想了想在封皮上写了四个字：

亅麓岁书

贴身小厮小猴子已经推门进来，见他神色有异，诧异地问道："刘相公，出了什么事么？"他是原来跟苏舜卿的小奚奴。一直到苏舜卿死都没有离开，刘墨林看他忠心机伶，便收过来，所有侍候笔墨的事都由他来照料，十分得用。因为事体不明，刘墨林只含糊说道："这包文书是给岳军门的，今晚就得送去，你怕不怕？"

"不怕。"小猴子笑嘻嘻道，"统共不到八十里地，我能骑马会射箭，还怕狼吃了我不成？"刘墨林嗯了一声："好，你这就走一遭！"小猴子接过文书正要走，刘墨林却压低了嗓子，几乎是耳语道："方才的话是叫墙外听的，你不要出城，明儿我没事，你还回来；我出事，你想法子把这包东西交给岳军门——可听仔细了，嗯？"小猴子满脸的笑容一下子凝固了，看着刘墨林深沉又意味深长的眼神，愣了半日才点点头，低声道："我在城内认了个干娘，今晚我住她那——省得了！明早我带岳军门的回执来！"他突然提高了嗓门，说着便退出去，一阵急促的马蹄声，一切又归于寂静。

见文件安全转移，刘墨林松了一口气。此刻他要走，大约无人拦阻。但他奉旨的职守头一条便是"制约年羹尧"，逃得了年羹尧的毒手，逃不掉雍正的诛戮。一样是死，就不如死于国事。况且从他观察，年羹尧只是有些牢骚，并没有造反实迹，自己出走说不定弄假成真。反复思忖，刘墨林决定不走。躺在炕上，听着外边飞沙走石，打得屋瓦像骤雨袭荷塘般响成一片，许久许久才蒙眬欲睡……

突然，外间"砰"地一声爆响，接着里间房门也哗然洞开。刘墨林矍然而起，棱着眼看时，却是汪景祺带着几个戈什哈冲了进来，一股寒风卷着沙土扑面而来，满屋帐幔簌簌颤抖着飘动。刘墨林穿好鞋子坐在炕沿上，笑道："汪师爷，是年大将军派你来取我的首级？"

"不，是崇祯爷！"汪景祺阴森笑道，"我知道你是才子，也很怜你死于我手。你太碍事了。为树年大将军光复大明伟业之志，你牺牲得值。"

"年大将军——光复大明？好大志向！"

"已经去请十四爷了。"汪景祺咯咯笑道，"十四爷一到，这边就能大动。动起来必乱，乱起来——嗬嗬……吕宋国避难的朱家子孙就可回来收拾局面了！"说着头一挥，身后一个人从瓶中倾出一碗酒端了过来。

刘墨林死死盯着汪景祺，仿佛要把这个人的影子一同带到地狱中去。许久才道："我等着你！"说罢一饮而尽。

第四十七回　暗传消息王心思动
　　　　　　膏雨茫茫死离生别

　　允禵在遵化孝陵"守陵读书"已经一年有余。他与大阿哥允禔二阿哥允礽不同，只得了个"大不敬"的罪名，削去王爵，却仍保留了固山贝子的封号。朝廷的邸报和明诏廷寄照例要发寄他一份，因而隆科多"查看家产"的消息，倒比年羹尧还早知道一点。但这个地方是顺治和康熙陵寝重地，寝卫关防都由京师善捕营羽林军执掌，不但遵化县令，就是直隶总督巡抚也不能轻入。间或八阿哥或其他兄弟送来饮食馈赠，或平安书信，都要经内务府陵寝司衙门的官员太监反复验尝才得到他面前，除了大路信息，余外的风闻半点不知。因而，知道隆科多"舅舅"被抄，他反而趁愿，只当笑话讲给乔引娣听："这个混账东西也有今日！他凭什么当了上书房大臣？不就是父皇晏驾读了读遗诏么？"乔引娣倒劝他："这些事爷甭操那么大心，昔年那些陈谷子烂芝麻的事劝爷忘得越快越干净越好。我们小户人家吃饱穿暖就是足，平安无事就是福。奴才看着皇上心思，毕竟还念着一母同胞，要真的打发爷到口外，像九爷十爷那个样子喝风吃沙，爷可怎么受？奴婢就是跟着，也替不了您哪！"说得心酸，也便掉泪。允禵听了也觉灰心，笑着道："卿这又是何必？木已成舟生米熟饭，我早已不生妄想了。"

　　话虽如此，允禵毕竟是性情中人，难免事事关心。依着他的想法，接着便要将隆科多拿去交部议处，但接着又有旨，命隆科多以理藩院尚书身份"克日往阿尔泰岭，与策妄阿拉布坦议划准噶尔与喀尔喀游牧地界，事毕就地与罗刹使臣会议两国疆界。若该大臣实心任事思盖前愆，朕必宽宥其罪"。事隔一月又有旨，下得越发稀奇，切责隆科多曾"屡屡参劾允禩，必要将之置于死地，乃包庇鄂伦岱，阿尔松阿都统汝福，意欲代允禩而自立门户，网罗党羽招降纳叛，叵测之心甚不可问。"

允禵原以为雍正不过要诛权臣以自固，说透了还是兔死狗烹的故伎，如今搅进了八爷党，连自己的心腹将军汝福也连带在内，已经"明白"了的他，又堕入五里雾中。他纵有满腹心事，无奈这里不比北京，福晋侧福晋每两个月来探视一次，京里王府和这边一样，消息封锁得铁桶也似，根本带不来什么信儿。偌大陵园宫寝只留几十号宫女，除了乔引娣忠心耿耿，其余的多一句话也不敢随便讲。外院是蔡怀玺钱蕴斗两个管事，带着百十个家人随时侍候，却都是内务府的人，三月一换，人不熟就调走了。就是急煞，也只是自己气闷。

在沉闷焦虑中七月过去了，八月也过去了，允禵见朝局前无变化，索性撂开手，心思倒也放宽，便和引娣计议，九九重阳登高消寒，祛祛积在心中无法排解的郁气。引娣却也喜欢，因道："这后头宫女，也有十几二十个解音律的，都带上，咱们好好儿乐一日。我把爷写的词都配了调子了呢！"

"引娣，"允禵苦笑着，"别忘了，这是先帝陵寝。叫人告上去，你我都成了'丧心病狂'。就是没人去献勤儿，在坟上头歌舞，也瞧着不伦不类。"引娣一心要他开心，偏着头想想，笑道："说爷胆大，泰山都包了，胆小起来，芥菜籽儿也容不下。你瞧，那边是景陵，那边是孝陵，这南边呢？这座棋峰山虽略低些，上头有个亭子。万岁爷前日封了两坛子酒赐了爷，那不是叫爷过节用的？我们就登这棋峰，在上头唱曲儿，算是唱给祖宗听，凭谁说这都是孝道，再落不下不是的。"允禵笑道："到底你伶俐，说得我也兴头起来，就依着卿！"

两个人正说着，外头钱蕴斗进来，在正房处阶下打千儿行礼道："十四爷，京里来人了，是十三爷王府太监头儿赵禄，想见见爷呢！""不见！"允禵立刻沉下了脸，高傲地仰头看着远处白杨树上的老鸹窝，"他有什么事，跟你们说了再回我，只怕我还少担着嫌疑。"引娣知道这类事自己插言也无益，只在旁轻轻叹息一声，钱蕴斗赔笑道："奴才明白——十三爷带的有信，还有几坛子新糟的酒枣，奴才叫他们抬进来吧？"

"嗯，去吧。"

"喳。"

钱蕴斗答应一声慢慢退下。刚转身，允禵又叫住了："既有信，叫他进来。你要不放心，或你或小蔡陪着一道来。"钱蕴斗忙笑道："爷说哪的话！奴才们也是不得已儿……这是怡亲王的人，更使不着那些规矩了。"说着便去了。

"爷也是的，"引娣见他走远，笑道，"拿他们这些人出什么气？我看这姓钱的和蔡怀玺还算有良心的。上回爷给九爷的信，他们都带出去了，内务府知道把钱蕴斗两条腿都打得稀烂。他们不肯说，还是奴婢逼着问出来的呢！"允禵冷笑道："周瑜打了黄盖，蒙了曹阿瞒！你是女人，男人们这里头的混账事哪里省得！"

说话间，果见一个太监戴着蓝翎顶子从甬道沿超手游廊过来，后头却是蔡怀玺陪着，恰在正房西侧，蔡怀玺便站住了，那太监自过来给允禵请安，笑道："奴才赵禄给爷请安了——爷万福！"

"起来吧。"允禵淡淡说了一句转身便进了堂房坐下。见赵禄进来，便也命坐，"十三爷自己身子骨也欠安，还惦着我，实在心领了。"赵禄忙从怀中取出信双手递上。允禵一头拆看，漫不经心地问道："你家怡王爷究竟什么病，可好些了？"赵禄斜签身子一哈腰答道："我们主子这些日子调养得好了些，只不敢劳神。太医说是痰症，后来河南来了个姓邬的看脉，竟是痨疾，按这个治倒是有些效，时好时不好的也不敢定……"允禵看那信，说的无非是静摄养生读书养性的话头，甚无意趣，听说是痨疾，眉棱不禁霍然一跳（痨疾即肺结核，当时属不治之症），叹道："你说姓邬，我知道是谁了。当年他给十三哥推造，说十三哥九十多岁的寿。有他保着，十三哥尽管踏实放心——引娣，给赵公公上茶！"

赵禄见引娣退下，左右看看无人，迅速从靴页子里抽出一张雪涛笺递给允禵，小声道："这是八爷的信，务请十四爷多加留意。"允禵接过了，狐疑地看一眼赵禄，赵禄忙道："十四爷明鉴，奴才是廉亲王府何柱儿的把弟。康熙五十二年怡王爷圈禁，八爷叫我跟进去侍候的——要没这个身份，这张纸我也带不进来的。"

"唔。"允禵双眸炯炯，展开那笺看时，却是一张寿纸，不禁一怔。赵禄忙道："米汤写的，用烟熏……"话未完引娣已端茶上来，便住了口。允禵笑道："我何至于连一个心腹也没有？引娣，这张纸拿去，用油灯熏了我看。"引娣不言声接过便去了。允禵这才问道："八哥如今怎样，圣眷还好？"

赵禄笑了笑说道："面情上还过得去。我跟着十三爷，难得见八爷一面，就见面也说不上话，只听十三爷有回跟张中堂说话，不除年、隆，帝权难以独揽，也制不了朝中朋党。隆中堂如今只是个散秩大臣，一点权也没了，皇上要动手剥年羹尧的兵权——这是暗地里传的话，真不真我不晓得，也不敢打听。"允禵一边听一边仔细思忖，这个话断然不是太监能捏造得来的。他也有几分相信了赵禄。雍正要有意加害自己，似乎没有必要弄这玄虚。还要问话时，引娣已经出来，默默将熏得灰暗的纸递了过来，便不再吱声，接过看时，上面写道：

> 九弟来札，年部事有可为，但年本人尚在似可非可之间。老狗已携人前往迎驾。千古成败皆在吾弟一念间。是坐亦毙不坐亦毙，弟谨思之，此机再失，吾等噬脐难悔矣。

虽无头题落款，但草书字迹无一笔矫饰，确系廉亲王亲笔，允禵再无半点疑惑，心里一热一烘气血翻涌，什么滋味全有，晃着火折子将信燃成灰烬，脸色怅怅地望着外边五彩斑斓的山峦，问道："汪景祺来了？"

"回十四爷，来了，就住在遵化城里。"

"哪里？"

"奴才不知道。"

"我怎么见他？"

"八爷说，爷只要出陵园，汪自己设法见爷。"

允禵立起身来，徐徐踱了几步，突然笑道："我是心如枯木槁灰之人，早已磨去了昔年锐气。外头兄弟朋友们如此热心，真是可笑！你回去吧，谁派你来的你告诉谁，允禵情愿终老此地，让我静些儿，不要再来扰我了。"赵禄呆呆地看着允禵，不知该如何回话，半晌才起身打了个千儿道："是。爷保重——奴才去了。"又叩了头方快快去了。

"十四爷这么处置最好。"引娣一直在旁提心吊胆，此时倒放了心，给允禵沏着茶道，"他们这些人最沾惹不得的！您先在外带兵，八爷怕你成事，还派了人在你跟前卧底，如今您两手空拳，他们倒要救你？就算不是，爷如今处境，搅到他们那些事里，我瞧着也是险得很呢！""你懂什么！"允禵断喝一声止住了引娣，"什么时候学会了老婆嚼舌头？这是女人管的事么？"乔引娣一向在允禵跟前敬如严师亲如长兄，低头惯了的，听这一声呵斥，脸色立时变得苍白，垂手后退两步一声不再言语。

允禵见她这样倒觉不过意的，长叹一声过来轻轻拍拍引娣肩头，温声说道："你一片心为我，我有什么不省得的？这里……这里是活棺材，活在这里……也是行尸走肉——但外头什么情形我知道的太少太少了。我不会铤而走险。累及你，我也于心不忍……"引娣热泪夺眶而出，哽着嗓子道："爷一个大男子汉困在这里，爷的心我都知道，大主意您自己拿，水里火里我都跟着……但八爷眼见不是个心术正的，年羹尧就那么靠得住？我不愿爷走险……我身上已经有了……""我当然不走险。"允禵似在安抚引娣，又似自言自语，讷讷说道，"不过总要蹚蹚这汪水有多深，有些机缘也未可知……"

原定九月九日携酒登棋峰山瞭高辞秋，但天公偏不作美，下起大雨来。按引娣的意思，不必出陵园，就在允禵住的偏殿会集家人小酌浅唱乐一乐也就罢了，但允禵想起赵禄的话，一心想会一会汪景祺，执意要出去。引娣便道："这多些人带了乐器冒雨出棋峰山，太招眼了。爷喜爱雨雪天气都知道的，不如就是我跟了去，外院蔡怀玺钱蕴斗他们跟着，带一个食盒子登山观雨景，就是别人见了，也没得什么说的。"允禵也就答应了。

棋峰山离陵园宫寝并不远，正对着景陵和孝陵南边，垒垒叠叠一座孤峰，整座山都是青灰石，因山顶有泉四溢山下，作养得这山郁郁葱葱径幽林茂。不知何代文人墨客兴之所至，在顶泉边修了一座六角亭。这里远眺，北有景孝二陵，南有马兰峪，东西群山环抱，朝可观云海罩峦，夕可赏落日飞霞，实是天造地设一处观景胜地。允禵也不坐轿，一行四人穿了油衣拾级而上，待到山顶时，靴子下摆也都湿透了。允禵进亭倚柱兀坐，由众人摆布着酒食，放眼四望，但见茫雨如膏簌簌从天而降，远近山峦秋叶正艳，或红或黄或赭或紫，还有大片大片乌沉沉碧森森的松柏，笼笼统统迷迷茫茫中丽色杂陈，恍惚若动凝视则静，周匝风声雨声松涛声，泉水泼溅声，瀑布轰鸣声混沌一片，真令人洗心清目万虑皆空。乔引娣几个人安置好酒食，见允禵兀坐石栏，满目怅惘地鸟瞰雨景，一副似悲似喜若痴若醉的神情，都不敢惊动，呆呆地退到旁边侍立。不知过了多久，方听允禵太息一声，曼声咏道：

> 仰首我欲问苍君，祸淫福善恐未真。
> 豫让伏死徒吞炭，秦桧善终究何因？
> 无赖刘邦主未央，英雄项羽垓下刭。
> 自来豪杰空扼腕，嗟吁陵岗掩寸心！

此时冷雨袭骨劲风扑面，听着允禵悲愤凄楚的吟哦，三个人的心都像浸在奇寒无比的冰水里，紧缩着颤栗。引娣双手合十，无望地看着乱云翻滚的天穹，讷讷道："南无阿弥陀佛……南无大慈大悲救苦救难观世音菩萨……"允禵苦笑了一下，说道："不生不灭，轮回自有理，只是大道渊如海，我们凡夫俗子不能识这造化之数罢了。"说着，便坐了石案前，端起酒一仰而尽。

钱蕴斗见他落座吃酒，忙过来替他斟上，笑道："爷心里闷，出来图的就是解闷，念这些诗叫人心酸。请爷再饮一杯祛祛寒，做一首高兴诗，奴才们也跟着欢喜欢喜。"蔡怀玺也道："奴才不懂诗，也觉得太凄凉了。再说，诗里头有些话也不宜传出去。爷没听说？徐相国的公子徐骏为一句诗，叫人告了万岁爷，不得了呢！还有查嗣庭，考题出错了，也下了天牢。万岁爷心性最爱计较这些事的。"允禵不知道徐骏的事，但查嗣庭出考题遭文字狱他是知道的。因冷笑道："你哪里知道根底？查嗣庭是隆科多的人，徐骏是八哥的人，皇上早就恨得牙痒痒了！要寻人不是处，哪里寻不出来呢?① 皇上要杀我，就'大不敬'三个字也杀得，也不在乎这诗不诗的!"说着便又吃酒，慢慢回顾群山。引娣深知他是抱了个"冀有所遇"的心思，等着要见年羹尧的人，不由得也留心，但见雨雾中树影婆娑白草黄茅伏荡如波，一个人影也不见，既觉安慰又替允禵伤心，一边劝酒，说道："爷方才的话是。安命守时，总归有出头一日的，佛法讲色空幻象，万缘都无，再强的心也不能和老天抗争啊!"

"引娣青出于蓝而胜于蓝了。"允禵笑着饮了一口酒，"强汉不与天争，我……我认命就是。"因命三个人也坐了，轮流把盏，直到申时雨小了些，才扶着蔡、钱二人肩头一步一捱下了山。

允禵回到陵园寝宫侧殿刚刚更衣坐下，二门外守望的军校便进来禀说："马兰峪总兵范时绎求见。"允禵未及答话，范时绎已带着二十多名军官直入二门，他只在门前稍一伫立，命："你们外头候着!"便大踏步进来，马刺佩剑碰得叮当作响。钱蕴斗蔡怀玺还没有退出去，见这阵势，顿时脸色雪白。允禵便起身道："范时绎，你要做什么?!"

"给十四爷请安!"范时绎一丝不苟"啪"地打了马蹄袖打千儿叩头起身，"奴才奉圣命和上书房马中堂手谕，有人要劫持十四爷，昨儿已在遵化城大索一日，首犯汪景祺已擒拿在案，特来禀知十四爷。恳请十四爷体恤奴才难处，往后出门知会一下总兵衙门，以便关防保护。"

这突如其来的变故惊呆了屋里所有的人，一时间都如木雕泥塑般僵立在地! 允禵半晌才回过神来，自失地一笑，"是么? 还有把我作奇货可居的? 那汪景祺是何等人? 谁派他来的?"

"回十四爷，奴才不晓得。"范时绎哏声哏气说道，"奴才只是奉命拿人，移交顺大府审理。昨晚直隶总督衙门又递来滚单，说陵寝里有汪景祺的内应——不知哪个叫蔡怀玺，还有钱蕴斗? 请指示明白，奴才好遵宪命捕拿。"

蔡怀玺和钱蕴斗不禁惶惑相顾，未及说话，允禵却道："就是这两

---

① 查嗣庭出狱即后世所传"维民所止"文字狱。其实因当时考题"正大而天地之情可见矣"、"百室宁止妇子宁止"有"正止"相连嫌疑被害。

个，都是内务府派来的。我看他们素日办差很用心，且受到皇上嘉勉，是汪景祺诬攀也未可知。你回禀直隶总督，还是查明了再拿人不迟，他们没翅膀，也不是土行孙，走不了的。"范时绎略一躬身说道："直隶总督如今出缺，新任总督李绂大人还没到任。这是直隶总督衙门奉上书房命传来的宪命，火速拿人。总求十四爷体谅，奴才这里再给十四爷谢罪！"说着又打一个千儿，起身命人：

"拿下！"

"喳！"

外头军官们答应一声，几个戈什哈如狼似虎一拥而入，眨眼间便将蔡、钱二人五花大绑，捆得结结实实，连推带架拖了出去。这边范时绎却换了笑脸，说道："惊了十四爷的驾了，您老明鉴，上峰差遣身不由己。就奴才自己心里半点也不想揽这差使的……"

"你少他娘给爷来这一套！"允禵"啪"地拍案而起，脸涨得血红，脖子上的青筋绷起老高，"爷见过世面多了，统过兵也打过仗！直隶总督既有这么大的权，你请他们转奏雍正，十四爷要削发为僧，这个贝子老子不要了！"他气得手颤心摇，一把扯下头上的双层金龙冠下死劲掼了出去，上头缀着的十颗东珠立刻散落得满地乱滚……

范时绎却不生气，仍旧满脸笑容，温声道："十四爷别错怪奴才，这是钦命又是宪命，奴才没法子。奴才在这里一日，总要尽心周全保护十四爷。您是天潢贵胄，再怎么也还是奴才的主子，这么着撒野，奴才自己也愧的。"他笑眼望着石头人一样的允禵，又道："还有下情上禀，十四爷身边这些太监、宫女也都要换换……"他话音虽温驯，但语气中却斩钉截铁毫无商量余地，允禵头"嗡"地一响，心中急跳耳鸣眼昏，不由看了引娣一眼，想想此时处境，半晌才冷笑一声道："连她们也放不过？必定要赶尽杀绝？"范时绎忙躬身道："十四爷这话奴才不敢当，太监宫人都是内务府的，奴才只是遵命承办。十四爷要有什么话，尽可明奏皇上，料必有恩旨的。"

"我想留一个人。"

"谁？"

"乔引娣。"

"这是没法子的事。"范时绎见允禵一副欲哭无泪的模样，不由也动了恻隐之心，但内务府过来的牌票，劈头便是"乔引娣等四十八名宫人太监"真的是无可设法，因苦笑叹道："天威不测天命难违呐！这样，人，我带到马兰峪，先不送京。请爷写奏章，只要万岁爷恩准，我立刻把人送回来……"

"不要求他了！十四爷，他是个提线木偶，求他什么用？"

引娣在旁突然说道，她脸色苍白得像汉白玉雕像，半点血色全无，半晌才咽了一口气，款款移步上前向允禵盈盈下拜，颤抖着嘴唇道："今日一别，再会无期，奴婢有心腹话告十四爷，引娣原是苏北乐籍家女子，母亲与人相好有了奴婢，因此得罪族人，被迫逃亡山西，寄生乔家。这不是什么体面事，所以一直隐忍不言，今当别离，您既是我恩主又是我夫君，一句不敢隐饰……"她长长的睫毛一眨，顿时泪下如雨，抽咽了几声又道："前头读《金缕曲》里头一首，奴婢说好，爷说不吉祥，今儿在山上也没唱。这会子爷伴奏，奴婢唱了就此分手，可成……？"允禵此时不知身为何物，他已痛苦得麻木了，浑不觉疼痒，半日才回过神来盯着范时绎不言声，范时绎虽是武夫，见此生离死别凄恻缠绵也不禁悚然动容，只垂手而坐不言。允禵便从书架顶取下瑶琴，略一勾抹，清冷琴音如寒泉滴水，一曲《罗绢寒》过门，已是四座嘘唏，引娣悲声唱道：

> 秋水漫岗……纷纷膏雨，遮不尽这碧树凋零蓑草黄！更恰恰似离人惆怅。曾忆春华对镜妆，眉目映虚廊，只这愁泪涌涟，祛祛罗衫，怎耐得瑟瑟冷露寒凉。道珍重告郎，莫为念妾断肝肠。念妾时且向盘石韧草泣数行……

唱毕，引娣转脸对范时绎道：

"我们走吧！"

说罢头也不回便出了院。范时绎一声也不敢言语，离座向允禵一躬，便带着军士太监宫女冒雨匆匆而去。

霎时间偌大的寝殿便空落下来。在淙淙大雨声中，允禵独自呆坐了足有移时，突然发了疯似的拉断琴弦，跳起身来将这架价值连城的古瑶琴向石阶上一击粉碎。他急步跑出院外，双目望天，两手空张着接那沁凉入骨的雨水，发出一阵狼嚎似的嘶哑的叫声：

"雍正——胤禛！你还是我的哥哥么？天哪！我前世做过什么孽，罚我生到这不人不鬼的皇家？啊！嗷嗷……"

那雨，是下得越发紧了。

第四十八回　遂心愿哲士全身退
情无奈痴人再回京

遵化事变第二日，田文镜接到京报，上书房奉旨着征西大将军年羹尧进京述职。九月二十四日又见年羹尧的奏报起程折，便奉明发批谕"览奏朕实欣悦之至。一路平安到来，君臣庆会，快何如之！十一月欢喜相见。"自田文镜严厉处置晁刘氏一案，已是直声震天下，胡期恒车铭二人奉旨引见另行委任，等于是卷铺盖走人，此时田文镜在河南威重令行，真是十二分得意。不料委派张球署理按察使第二日，突然接到雍正朱批，却是词气严厉：

> 张球果何如人，尔一保而再保，是甚缘故？但凡人有一俗念，公亦不公，忠亦不忠，能亦就不能矣，朕深惜之。

田文镜看着不得要领，因衙中师爷都换了新的，只留用了毕镇远管书房，文笔上头很有限的，他自己亲自批了几个奏稿都不满意，虽不愿招惹邬思道，想来想去，似乎只有和邬思道商量才有把握，因此在签押房点过卯后，便打轿到惠济胡同邬思道的宅中移樽就教。

"文镜中丞，什么风吹得来？"邬思道似乎很高兴，正看着几个亲随收拾书箱，见田文镜进来，忙笑着让座，"我正说要过衙去见您，可可你就来了，又让您纡尊降贵了！"田文镜疲倦得有点发酸的眼睑了一下邬思道，已是深秋天气，还穿着雨过天青夹褂，一双千层底黑冲呢靴子洗刷得颜色发淡，发苍的辫子梳得一丝不乱，随便盘在脖子上，显得十分淡适洒脱，由不得叹一口气，说道："先生，你是神仙，文镜羡煞了。我也想潇洒，不知怎么就潇洒不起！"邬思道淡然一笑，说道："这就是官身不自由了，不过做官也有做官的好处，轩车驷马仆从如云，蒲留仙先生所云：'出则舆马，入则高堂，堂上一呼，阶下百诺，见者侧定立，侧目视'——人上之人嘛，这滋味也无可代替。我不久也就要南下回无锡故乡，他日车笠相逢，你可要只记情分莫念龃龉罗？"说罢又是爽朗地一笑。

田文镜怔了一下，愕然道："先生，你不在河南就馆了？"邬思道点点头，叹道："为有这一日，耗我多少心血！我要想惹你讨厌，赶走我了事，谁知竟是不成。南京到北京，仍旧转回开封城。如今好了，宝亲王亲自求了万岁，已恩准我江南养老，皇上待我真是没说的。"田文镜想起从前事，也不禁莞尔，旋即皱起眉头，说道："你好了，我却不了了。"因从袖中抽出那份朱批递过：又道："切望先生指教，不然，我不放你去呢！"

"又挨了皇上批了？"邬思道接过看了一眼便回给了田文镜，"告诉中丞一句话，挨批未必是坏事，不挨批未必是好事。李卫、鄂尔善都是皇上信臣，我见过几份朱批，骂得狗血淋头——这点子区区小事犯的什么愁肠？张球好，你就奏辩；不好，你就低头认个'失察'的不是也就罢了。"田文镜想了想，说道："我也想是这样，看来真的是叫张球几个钱迷了眼，不过，我以为齐根说是另有文章，胡期恒车铭进京面圣，定必在主子跟前灌了什么话，才有这个朱批。再仔细思量，我是和年大将军作了对头。"邬思道笑道："那是当然，从诺敏一案起，你整治了多少大将军的私人。我或者说话不知高低，若不是我在这里，年羹尧有投鼠之忌，早就拿掉了你！"

田文镜黯然说道："可是你要去了。"邬思道道："我来时不为无因，去时自然也不为无由，既然圣上允我回乡，大约总有他的道理。"田文镜听见这话，想起雍正朱批更觉心慌，叹道："看来你前脚走，我后脚也要回广宁养老了。"

"抑光，你明于事暗于理啊！"邬思道身子一仰说道，"当今圣上即位二年，你从六品微末之员遽然特简封疆大吏，难道只是让你过一过官瘾？你要有了这个念头，这'辜恩'二字不但皇上容不得，就是天下人也要嫌憎你了！"田文镜茫然说道："我该怎么办！眼见是隆科多离位，年羹尧要入值上书房，这个夹板气要受到几时？"邬思道不置可否地一笑，说道："总有一日你知道，年某最恨的是邬某，告诉你，连大行皇帝在内，自古君王耳目灵通深知下层利弊的，莫过于当今皇上！你以为是你扳倒了胡期恒？就这河南的事情，不知每十天有多少人书简直达九重。胡期恒车铭实在在这里扰了政务，单凭你与他们私怨，你要挤他，定必是你自己被挤！你倒是挤过我来着，挤得走么？"

田文镜深深吁了一口气，这才领会了邬思道开头说的"张球好，你就奏辩；不好，你就认错"的话原也不是敷衍。正思量间，毕镇远带着几个戈什哈，手里捧着奏事匣子进来，说道："东翁，刚刚接到的，请拆阅。"

田文镜忙站起身向奏事匣子一拜，取过便掏出小钥匙打开了看时，是一份裁去头尾的奏折，仍是参奏自己任用匪人张球的，不由看了邬思道一眼，邬思道却只是抿嘴儿笑，急看后头朱批，却是：

> 有人具此一奏发来汝看，汝之居心不肯负恩欺朕，原可确信不疑，至若汝之属员负汝欺汝与否则未可定也。盖用人最不宜护短，听言尤不宜偏信。览之此奏，更访之他处，张球似一金邪劣员，汝其或被其鼓簧不自觉知耳……

田文镜不禁大松了一口气，向椅背一靠，喟然说道："我不但暗于知理，更暗于知人，皇上知我，我不知皇上这还可说天心不测，即如先生日日相见，我怎么就拿你当寻常师爷幕僚？可惜我明白了，你又要去了。"毕镇远却不知田文镜怎的一看奏折便轻松起来，听邬思道要走，惊讶地盯着邬思道道："先生，你要走？你到哪里还有这么好的馆？谁能比田大人待你更大方呢？"

邬思道哑然失笑，说道："我本就不是绍兴师爷，不是那块料，你们不是日日妒我拿的修金多么？你看——"他指着柜顶一个小匣子，"那里头都是银票，关云长能挂印封金，我也能袖拂清风而去！"

"先生——"

"听我说。"邬思道笑道，"你那个'三不吃'我领教了，做到这一条我看也不过是寻常师爷，仅能保全自己而已。文镜大人，毕镇远我看是很有心计的，你不妨多倚重些——忠心替田中丞谋利做事，五年之内，一个知府稳稳保你出来——中丞，可使得？"

"使得！"田文镜此时心头宽松，高兴得脸上放光，"这不是难事！"因将匣子交给毕镇远，"你带回去仔细看看，回去我们长谈，往后邸报来了你要精读，遇事多给我出点主意，刑名钱粮书启三房师爷都归你管！"看看毕镇远辞出去，田文镜又重新思忖了移时，讷讷说道："……我是器量太浅，不容人也不容事。从前那样待你也是因此。但我是一心一意要报皇上知遇之恩，想作一番事业的。但如今做事就要得罪权贵，招惹了权贵你就做不成事，唉……"

邬思道见这个刚愎自用的田文镜今日如此诚挚，也不禁动容，他架起拐杖笃笃踱了几步，看看窗外满树红叶，久久才俯仰一叹，说道："何尝单你作如此想？皇上也是这样想的……"

"什么？"

"我是说，皇上要'振数百年颓风'，他就不免要开罪几乎所有的官员……在藩邸皇上以孤臣自许，如今他是个真正的'寡人'，别看坐在须弥宝座上，其实如行荆棘丛中。"

"……"

"皇上是孤臣出身，受尽挤兑冲杀出来的。因此他赏识孤臣，越受挤兑也越要加意保护。"

"唔……"

邬思道又沉默片刻，一笑坐了，问道："你想做个什么样子的臣子，是寻常巡抚，还是要做一代名臣！"田文镜不禁瞠目，望着邬思道道："我这样辛苦所为何来？我当然想做名臣！"邬思道不言声，从匣子里又取出厚厚一份通封书简，封面上写着"密勿谨呈上书房代转直奏"却是火漆封得严严实实，微微笑着推过来。田文镜取过便用手拆封，邬思道却忙道：

"不要拆！拆了就不灵了！"

田文镜疑惑地缩回了手，询问地望着这个神秘的瘸子。邬思道道："就是这样，你在封面下首签上'臣田文镜'四个字，加盖巡抚关防递进去就是了。"田文镜道："这是奏折，万一皇上问起什么，我全然不知，那算怎么回事？"

"我明日离开封，你今日发出这奏章。"邬思道笑道，"我走后会给你信，你自然就明白了。这份折子是我用心血最多的一份，原不打算给你，是想让李卫小朋友得个彩头。你今日来得有缘，所以送你为临别赠礼。你要信不过，折子还给我，信得过，就六百里加紧拜发。"

田文镜把奏折放下，审视一下又拿起来，像父亲看婴儿那样捧着又看了看，小心翼翼揣进怀里，翕动着嘴唇道："先生必不误我，告辞了——明日我设席送行。"说着便起身一揖。邬思道已自起身，笑道："我亦不肯自误。中丞只管放心！"

第二日田文镜在城南惠济桥接官厅设酒为邬思道饯行，阖衙师爷幕僚司官都来应酬，自然有一番酬酢光景，直到午错，邬思道方乘轿而去。田文镜回衙，毕镇远才道："邬先生给大人留有信。"田文镜急拆开看时，只有短短几行字：

> 吾将南行，从此永诀于官场矣。感念同事共立之谊，临别代折，题为"参劾年羹尧辜恩背主结党乱政事十二罪"。此奏闻之，即年羹尧势力渐灭崩溃日，谓予不信，且拭目以待。吾此举非为君巡抚任上情，乃报大觉寺仗义执言之义，君自细思。邬思道顿首再拜。

田文镜大吃一惊，立刻吩咐："用快马追回奏折！"毕镇远道："这会子奏折恐怕到高碑店了。就是飞已追不上了。东翁，昨夜我和邬先生彻夜长谈，他才智学识绝非常人能望其项背，据我看竟是一位绝代杰士，又能全身而退，真正罕见！可惜我毕镇远日日同处一室竟毫无觉察，你放心，他断不误你，他还说十七年前就与你有过患难之交——你想想就知道了。"田文镜想想也只好听天由命，又拿起两封信看了看，喃喃说道："大觉寺……哦……原来他就是当日被金府追拿的那个残疾……"

十月初九，年羹尧带着几十名扈从随赶到了北京。其实九月十三他就接到雍正的旨意，着他火速进京述职，立即飞骑回奏，因军队越冬事宜未毕，请"稍延时日"。仅过六天雍正旨意又到，说"召尔进京，即为大军越冬事宜有所筹措"。于是年羹尧又报病，但雍正的关切已出人意料，竟要派太医院医正率十名太医前来看脉，真叫他躲无可躲闪无可闪，因此才促装就道。

年羹尧这样拖延，倒也并不是怕。从他与皇帝渊源之深，他相信只用几句话便可解释"不纯的小小误会"。而且他自己觉得虽然允禩汪景祺竭力拉拢，却并没有上贼船，只是对刘墨林之死他自觉有保护不周之责，既非自己加害，也只是个破案的事。他这样拖，是在等待，但等待什么连自己也说不清，也许是内心深处想等等看十四阿哥允禵能不能真的被廉亲王营救出来，也许是担心还有更多的人背地告状，自己得预备着如何应答雍正问话，也许是每见雍正总有一种莫名的压抑感，他不大想见这个阴鸷刻薄的皇帝。但此刻既到了北京，他心里也就坦然了，因是奉旨进京，不便就回自己的私邸，胡乱在潞河驿站歇了一晚，自有不少同年契的来探望说话，踏实睡了一晚，第二日便打轿往西华门递牌子请见，不一会便有旨，先由张廷玉接见，年羹尧想想前后两次进京冷热，不觉有点失落，也只好遵旨由隆宗门进去，正要进乾清门，侍卫德楞泰拦住，说道："张中堂在军机处，请大将军那边去。"年羹尧真有点傻子进城模样，又打听着踅回来，却在隆宗门内，刚要进去，一个末等侍卫又挡驾："张中堂在见人，请年大将军稍候。"年羹尧看了看门口竖的雍正亲书铁牌"王公大臣及文武百官非奉公允召不得擅入，违者斩"，只好站在干冷的风地里等着。这一等就等了足有半个时辰，才见棉帘一掀出来一个人，却是新任直隶总督李绂。两个人原本熟稔，年羹尧正要寒暄，两个小侍卫在旁催促道："年大将军请进，张中堂一会儿还要去养心殿见驾呢！"年羹尧只好挑帘进来。

"哦，是亮工来了！"张廷玉正端茶要喝，见年羹尧进来，忙放杯起身，笑道，"一路辛苦！昨晚我就要去看你，廉亲王为旗人增加月例，竟亲自登门打擂台，直谈到子时，没有去成。今早进来皇上就有旨，叫我们先见见，不想你现在才来。"年羹尧此时真是气得无话可说，想想张廷玉和自己品秩一样，且爵位比自己低，便不肯行礼，就势坐了张廷玉对面，压了又压才按住火气，干笑一声道："你是忙人嘛，天天和人打擂台。这不，我又来招怨了。"张廷玉却似不留心年羹尧的神气，一边命"看茶"，口中笑道："亮工，北京这几日干冷，还觉得惯吧！"

年羹尧在暖烘烘的屋里，又喝了一口茶，一身寒气都祛散了，因笑道："这算什么冷？衡臣不妨到我大营去几天，就知道滋味了，皇上既召我回来计议过冬的事，总求中堂多多斡旋，如今我那里粮草都不多，柴炭只够烧到正月底。二月里那里还是冰天雪地，叫兵士们怎么受？"

"唔，"张廷玉若有所思地沉吟了片刻，说道："青海西新疆东南过来驿报，说雪下得很大，是么？"年羹尧点点头，说道："是。阿尔泰那边想从我军中调粮，我拨了一万石，那边运不过去。这一路走，潼关到洛阳也都半尺厚的雪，偏就我们那里没有雪，其实要真下得大一点，毡幕上蒙上厚厚一层，还倒暖和一点。"

"是啊！那边苦，我们是饱汉不知饿汉饥。"张廷玉叹息一声，"这几天奏报，河南雪、湖广雨夹雪，山西也是雪，圣上原定命汝福进驻平凉，王允吉部撤回陕西，魏之跃部调防川南，以军就粮，我原还不同意，看来还是圣虑周详啊！"

年羹尧大吃一惊，原来竟是这么个"越冬"办法，没想到随便寒暄中不知不觉便被张廷玉套得死死的！年羹尧想想，外无敌寇内乏粮草都是自己说的，张廷玉的话无可驳诘，但就这么轻飘飘的兵权被削得干干净净如何能甘心？思量半晌方道："这事关系很大，万一来春两边化雪早，策凌和罗布合兵东进，辎重都上不去，会误了大事的。再说，这么大的事也得我回去亲自调度。"

"也好。"张廷玉笑道。"不过圣上今儿斋戒，一会儿还要去祭堂子拜社稷坛，今日未必能见，嗯——这样，你先回驿馆。要是皇上有空，随召随见，没空呢，明日是必定要见的。"说罢便起身，年羹尧也只好辞出来。

张廷玉出军机房沿永巷向北，到养心殿垂花门前，却是张五哥当值，一见面就说："皇上叫你一来就进去，不必通报。"张廷玉略一点头便匆匆入内，在殿外丹墀下老远便听雍正刁声恶气地训斥人，只怔了一下便跨进殿去，却是穆香阿等十名卫士直挺挺跪在当地。雍正只睨了一眼张廷玉，继续说道："朕是何等样主，用得着你放这些个虚屁？年羹尧才是你们的真主子呢！如今他住在潞河驿，有什么新鲜马屁只管去拍！"

"回皇上……"穆香阿连连叩头，"在大将军那里，并没有听见有什么过头的话，这是不敢欺隐的，至于说给年羹尧摆队，主子说过要听他节制；他那么严的军令，奴才们不敢不遵是有的，绝没有自外主子辜恩负义的事，求主子圣鉴……"

雍正连连冷笑，说道："衡臣，你听听这狗才的话，还说没有辜恩！朕叫你们侍候他，没说叫你们当他的奴才——你们必定以为'侍候'就是奴才了？一是叫你们到军中熟悉营务，栽培几个满洲将军，二是年有什么是处不是处随时报给朕，有你们不便谏说的，朕好开导训谕，也是一片成全他的心。你们倒好，都给他作了摆队仪仗，还有给他提马桶倒夜壶的！送上来的折子捧得他诸葛重世吴起再生——还敢在朕前大言不惭，什么'没有自外'，又是什么没有'辜恩负义'！"

"……"

"年羹尧收留二十名蒙古妇女充作侍妾，有没有的？"

"回万岁……有的……"

"他和九爷以主仆礼相待，有没有？"

"有的……"

"他的戈什哈到外省，知府以下都以上宾平礼相待，有没？！"

"奴才们没见，这些亲兵戈什哈回来吹嘘，听见过。奴才以为不过是骄兵悍将在外仗势作威，只劝说过年羹尧，没有回主子——奴才已经知错了。"

"你以为！"雍正晒道，"朕竟不知对你说什么好了！似你这样的心肠事君，朕承当不起，别在这里让朕瞧着恶心，回去还去侍候你的真主子是正经！——起来，滚出去！"

十个侍卫被他骂得面如土色惶惑相顾，无奈只得纷纷叩头跪安，张廷玉在旁说道："主子既叫你们去见年羹尧，去见见吧，总是你们跟过，他来京不见见也不好。"众人诺诺连声答应着，雍正又道："既是你们的主子，原原本本把朕今儿这话透给他。他有的是银子，不似朕这般小气！"穆香阿经张廷玉这一转圜，脸上方有了点人色，忙又赔笑道："好歹奴才是主子上三镇里的正经满洲人，求皇上给奴才个改过机会，断不致再给主子丢人。再给奴才十个胆也是不敢了。"

"敢不敢全在你。"雍正气色平和了些，呷着茶无所谓地说道，"朕是恨你们的心，你们的心没有放在朕这里，年羹尧立不世奇功，还是朕的心膂重臣，朕并没要你们去轻慢刻薄他——去吧！"雍正目视十个侍卫，直到退出垂花门方深深透了一口气，"论起来都是亲贵子弟，祖宗血战功劳；都养出这班花花太岁，真正气死人！——不去说他们了，见过年羹尧了吧？他都说些什么？"张廷玉便将方才见年羹尧的情形备细说了，又说："看来他不大情愿以军就粮，听起也有些道理，所以臣没有答复。明春如重新调这些兵入青，往返折腾不但费钱，而且好像专为撤调年某这么做，容易起谣言。"雍正听了默谋良久，说道："朕总不能放心。汪景祺蔡怀玺他们劫持允禵，总要有个去处吧？难道去落草为寇么？"说着便摆手命坐。

张廷玉坐下，安详地一躬身说道："皇上担心不为无因，但就此刻留年羹尧在京，他也只能听命，朝廷声名上却不好。年羹尧拖了一下又来了，据臣看，他是略有勾连却没有真正认承什么，没有龙头，西边造不出大乱子来，这件事只有汪景祺的案子审明才能定谳。所以不要急也不须急，倒是年羹尧提醒了臣——与其调兵不如调官，把年部三个都统调到云贵两广，由岳钟麒选派保举有功将弁补入年军中指挥，看来也就万无一失了。"

雍正来回踱了几个圈子，说道："朕深以为然，既省钱又不动声色再好不过了，你这就过去以军机处名义发调令，晚间朕看过就用八百里加紧发出去。"张廷玉起身答应一声"是"，又徐徐说道："年某如今只是涉嫌，罪不昭彰，请皇上留意，该有的体面还是要给他的。"雍正点点头，朝外喊道："高无庸！"

"奴才在！"

"去潞河驿传旨，叫年羹尧这会子就递牌子进来！"

第四十九回　天威不测反目成仇
　　　　　　　枢臣用谋釜底抽薪

　　十一辆骡车在陕西西部黄土高原上轧轧行驶。狂暴的西北风卷起万丈旋风，挟着沙土肆无忌惮地在广袤无垠的原野上互相追逐嬉戏，时而汇聚在黄土道上，把驮车和护卫仪仗的骑兵军士裹在盘旋呼啸的黄雾里，吹得人睁不开眼张不开口透不过气，几十面写着"征西大将军年"的绣龙旗发了癫狂似的一忽儿南歪一忽儿东斜，在裂帛一样嘶号的风中猎猎作响。单调又枯燥的马蹄声在坚硬如铁的冻土上发出千篇一律的叮叮声，听得人昏昏欲睡，只偶尔踩在碎冰上，或车轮碾过小冰河，那细碎的喳喳声传进车厢，才多少带进一丝生气，随后又一切都恢复了原样。

　　此时是雍正二年腊月二十，年羹尧离京返青海大营已整整十一天，但他却像苍老了二十年。不知是整夜整夜失眠的缘故还是沿途缺水沐浴不便，年羹尧花白的发辫有些散乱，满是皱纹的眼圈也发暗，深邃的目光忧郁中带着茫然，似乎什么也没想，隔篷隙呆看着外边苍黄的天和天底直连地平线的白茅荒草。同车对面坐着桑成鼎，见年羹尧舔嘴唇，料是渴了，俯身从案下取出用羊皮囊包着的水葫芦倒了一碗，轻声道："军门，将就着用一点吧。宝鸡到天水一路就这个样儿。自打出北京城，你整日就这个样儿，好歹有什么心事倒一倒，也好过些。"

　　"我不喝，桑哥，你喝吧。"年羹尧摇了摇头，仿佛要倒尽满腹郁气似的长长舒了一口气，身子半仰在后挡的虎皮垫子上，自嘲地一笑说道："心事我是有的，也不瞒你说，恐怕皇上对我是变了心。我不想我是什么地方做错了，下一步又该怎么做。"桑成鼎端着的碗水溅出了一点，怔了一下说道："不至于吧？这次送行还是满客气的。您这次是述职，不能跟上回比——坐八抬大轿离京，马中堂张中堂亲自送到潞河驿，任是哪个督抚将军也没这个风光的嘛……"年羹尧叹道："你安慰我，我岂有不知情的？内里的情形我回后慢慢说，就这十个侍卫，硬要同我一样坐车，从前是这样的么？沿途官员冷暖炎凉也大不同前，你该体味到的！"

桑成鼎不说话了，捧着碗只是出神，半晌才叹道："别说出京，进京时我就感觉到了。大将军，你怎么打算呢？"年羹尧微微摆了摆手，闭上了眼睛："是啊，前途凶吉莫卜，是得好生思索一下啊……"

雍正在京一共召见了三次，都十分客气随和。头一次主要听年羹尧报说西线军事设防，大营越冬事宜，年羹尧足足说了两个时辰，中间君臣共进午膳，雍正一边替年羹尧夹菜一边继续听，极少插言，年羹尧又加重陈述了大军不能内撤的理由，雍正也是频频点头，笑说："先帝是马背上皇帝，朕是书案上皇帝，张廷玉不懂军事，这都是和你商议嘛！既如此，那就一兵一卒也不调，粮草的事总归有办法的。"

"年亮工啊，你不够聪明。"第二次接见是在乾清宫西暖阁，雍正一见面就含笑说话，又命高无庸给年羹尧送来参汤，才对发愣的年羹尧道："上次见面，分手时朕至嘱再三，管好军队，各地政务不要理他，你怎么还要插手呢？"自己当时怎么回话来着？好像是说"臣并不敢非礼无法"。雍正也是一笑，却是出口惊人："你哥子年希尧在广东拿着你的信，在孔毓恂跟前关说凌某九命冤案。孔毓恂这人你不晓得？先帝爷还让他三分呢！亏得他递来的是密折，朕批下去不要干连你，他要明章拜发邸报一登，满天下都知道了，朕还怎么回护？"……就这样又是留膳，谈笑风生说了一阵，雍正亲送到乾清宫殿口，立在丹墀上告别时还说："不要为希尧的事担心。还是那句话，将军将军，就是管军的，民政上乱麻一团人事搅纷，打不到黄鼠狼惹得一身骚，何苦呢？"

……车子在黄土道上被土坎垫得一颠，年羹尧怔了一下，又回想起第三次觐见雍正。"又要送你回去吃苦了，朕心里很不忍。"雍正目光里带着一丝怅惘，"不过不会久的，明年无战事，朕就调你回来，你爱管军就管军，想换一换就到上书房来，左右你是儒将，是当今武侯再世嘛！"年羹尧辞谢不遑，说道："臣何敢当？臣只有继之以死而后已。必定要殄灭了罗布残部，镇服策凌阿拉布坦，报主子知遇之恩！"……当时是在御花园，红谢绿凋万木萧森，雍正一边漫步散看，恬淡地一笑道："这还是孔明的话。不过，功劳不可一人挣完了，别人也就没机会了，这样树敌就多了。这也是朕成全你一身令名的意思。何妨叫岳钟麒也试试，他也就知道你这一等公爵是怎么得的了。"临别时，雍正在御花园门口拍着年羹尧的肩头道："不要胡思乱想，朕信得你。不过，朕切盼你作一纯臣。纯臣，千古如诸葛武侯、岳飞辈能有几人？你好自为之，莫听闲话，听见闲话也不要怕，人生在世谁不要说闲话听闲话？听了闲话就生气，就疑惧，那还过得？"说罢呵呵大笑，命人："抬轿来，送朕的武侯出去！"

"武侯——阿斗！"年羹尧瞿然开目，坐直了身子，恍然若有所悟地喝了一口水，乱麻一样的思绪终于归结到一处：只有把握住手中这十万精锐部队，"阿斗"才不敢下"武侯"的毒手！雍正之所以承诺"不调一兵一卒"，不是他不想，而是他不敢——这是我年羹尧使出来的兵，激恼了这些黄沙碧血战场上滚出来的弟兄，他们什么事都干得出，也没有一个人有能耐弹压他们招抚他们。年羹尧甚至想到，自己滞留北京这近四十天里，张廷玉不知密地征询了多少督抚将军意见，不得已才放虎归山作欲擒故纵之计。想着，他嘴角不禁微微吊起，现出一丝阴冷的微笑：手中有了兵，道理说不清，就是九爷，何尝不是可保之主？年羹尧粗重地喘了一口气。

但年羹尧不久就发现自己完全想错了。车过兰州进盐锅峡，便见背山避风的驿道旁大片大片的军营连陌结寨，一色新的蒙古毡包，还有大批的粮食、干菜、柴炭车源源沿驿道西运。他是节制各路军马的最高统帅，居然不知道这里驻着偌大一支军队！当日年羹尧原定要赶到河桥驿歇脚的，为了弄清这是怎么回事，年羹尧特地命车轿提前在红古庙卸骡打尖。他是不指望这十个侍卫再替他办什么事了，便命桑成鼎亲自去镇上打听。刚进驿站上房，便见穆香阿一手提着个酒葫芦一手提着马鞭子闯进来，呵呵笑着道："坐车坐得腿都木了，还是骑马痛快！大将军带的酒呢？赏给咱一葫芦！"说着一躬，一屁股便坐了炕沿上，又问："今晚怎么歇这里了？到河桥驿多好！我告诉了打前站的，叫他们多多烧水，想痛痛快快洗个澡呢！"

"我是主帅，我说在哪里驻马，有我的道理。"年羹尧冷冷说道，"我不知道谁教给你这么放肆的，但你须知，我这三尺禁地有规矩——马鞭子酒葫芦都给我扔掉，把你的纽扣扣好！不然我就叫我的亲兵抽你耳光！"穆香阿忙把手中东西扔了，仔细端详一眼年羹尧，笑道："江山易改秉性难移，在京住了几个月竟忘了大将军的规矩。我改还不成么？没人教我——谁教这个呀？不过就讨杯酒喝，何至于就犯了您的军纪呢？"这酒猫大约在路上喝了不少酒，已是醺醺然，大大咧咧在年羹尧房里徜了几步，竟无缘无故打了自己一个耳光，泛着酒呃趔趔趄趄去了。年羹尧本来六神不定，被他一搅更是心烦意乱，因见护车的亲兵进来，没好气地问道："桑中军还没回来么？"

那戈什哈见年羹尧气色不好，小心翼翼地打了个千儿，说道："标下没见桑军门。兰州将军衙门转来黄匣子，原要送到河桥驿，见大将军在这里歇马，就径直递来了。"边说边就将一只黄绫封面的匣子捧上来。年羹尧接过来，从腰间取出一把钥匙卡入锁簧，咯噔轻声一响便打开了。里边是两份折子，打开头一份，上面赫然朱批：

> 转去田文镜奏折一份尔看，尔若果真如此待朕，实实令人寒心之至。朕观尔在京作为尚属老诚，在外果如是乎？尔今番来见，甚觉乖张，朕有许多不取处，不知汝精神颓败所致，抑或功高志满而然？

年羹尧吃了一惊，不及看田文镜原折，便打开看第二份折子，却是：

> 朕今见胡期恒矣！你实在昏聩了！胡期恒这样东西，岂是你年羹尧保举巡抚的人？岂有此理！

"这么快就下手了！"年羹尧嘴唇哆嗦着咕哝了一句，似乎是悔恨，似乎又是诅咒，摆手吩咐军士退下，两腿一软便坐了炕沿上，这才拿起田文镜的原折看。折子是誊录过的，字迹端楷得一笔不苟。题奏便触目惊心：

为奏大将军年羹尧党附阿哥，擅权乱政事，仰乞圣上将其革职
拿问，穷究其源……

党附阿哥列举了三条，康熙四十八年正月，第一次废太子时，年羹尧入
觐，与当时夺嫡正烈的廉亲王允禩、十四阿哥允禵过从甚密，"于斗室
之内私语终日，外伪觐见之名，内作首施两端之备，此岂纯臣所应为？"
接着又说第二次废太子，"康熙五十一年，年某不经请旨潜回京师与揆
叙王鸿绪一干佞臣夜聚日散。当此危疑之时，行彼诡秘之事，观风望色
择路而行，意欲何为？"第三条更是厉害，说年羹尧在圣祖晏驾之后接
任大将军一职，"曾与原大将军王密议数日，出语于心腹，'王爷不肯听
我劝，一意要回北京。北京如今龙潭虎穴，王爷手无寸铁回去，有什么
下场'？"年羹尧心中一阵急跳，觉得头晕目眩，已无心再看下头说自己
擅作威福插手各省政务的"罪"，满纸的字蚂蚁一样时昏时显地爬动，
全然不知疼痒地木坐在炕边。恰这时桑成鼎进来，见年羹尧这副模样，
忙道："大将军，您怎么了？敢是犯了时气？"

连叫了两声，年羹尧才回过神，像是要浇灭心头怒火，一口气喝干
了杯中的水，冷笑道："你看看这折子，再看看皇上朱批，还说这是
'闲话'！既是'不要听'，为什么几千里火速传给我？"桑成鼎忙取过，
一看题目便吓了一跳，瞟一眼已经暴怒得脸色通红的年羹尧，不言声细
看折子。年羹尧一时间心绪变得异常火爆，在灯下不停地来回踱着，口
中念念有词："我总算明白了看透了！过河拆桥卸磨杀驴是他的宗旨！
……别以为我不知道，他用三爷整大阿哥，整倒了大阿哥他又整三爷
……高福儿救过他的命，还填进雪堆里活活闷死，何况于我？……轮到
我了，要给我'莫须有'三个字了！这个折子——"他突然止步，指着
那份折子道："我敢断言是那个瘸子写的。那些事田文镜根本就不清楚！
只有不要做官的，他才信得过！这个混账残废，机械倾轧小人，有一日
我非屠了他不可！"他像一只落进陷阱里的饿狼，碧幽幽磷火一样的目
光看着跳动的烛火，好半日才平静下来，亲自磨墨。桑成鼎知道他要复
奏，一边铺纸，小声道："大将军，息一息性子，心平气和写好了，再
看看誊发。""我晓得。"年羹尧盘膝冥坐，移时才长叹一声援笔濡墨

写道：

> 奔走御座之前三十余日，毫无裨益于高深，只自增其愆谬，顷接朱批，天语严厉，返己扪心，惶汗交集。田抑光奏折披阅再过，莫名惊慌，惟有自讼或可见信于同僚？臣功最高，臣罪最重。忆自先皇帝升遐之日，臣首蒙皇上特擢，比时宫闱未靖，西丑跳梁，内多跋扈虿尾之虞，外有不服不臣之惧，臣于斯时不惜身命，与参密勿，赖皇上如天洪福夕惕朝乾运筹帷幄战事得竣。田某必以此妄意以为鸟尽弓藏兔死狗杀，试如明旨，则虽欲臣死不得不死，独奈何被以恶名而死以九族，亦恐有乖天地之和。

一口气写完，递给桑成鼎道："你看看。"

"前半篇标下觉得好。"桑成鼎神色忧郁，缓缓说道："皇上最计较人的，后半篇有些诛心话常人听了尚且不受用，何况皇上？"

年羹尧又要回看了，只用笔涂去"鸟尽弓藏兔死狗杀"八字，说道："就是因为他忒计较人，所以越发得写心里话。你下了软蛋，他更瞧不起你。硬挺些，他倒是觉得你不是糊弄他。"桑成鼎想想史贻直的例，又想到孙嘉淦，觉得年羹尧不无道理，点头叹道："主子是太难侍候了，心也刁。方才标下去营里看了看，军官都不认得。问了问，说是汝福的兵，就在这里过冬，别的事和他们也说不上。"

汝福，是廉亲王允禩的门人，又是允禟的心腹，此种情势下断然不会和自己过不去，年羹尧安心地舒了一口气。

从红占庙又行了三天，年羹尧终于回到人将军行辕所在地西宁。使他大吃一惊的是，这里的行辕实际上已经不姓"年"。岳钟麒率领着大小一百多名军官远出城东门接官厅迎接，他还以为岳钟麒特地远道赶来接风。但带来的军官却一个也不认得，连汝福马勋魏之跃王允吉宋可进这些熟悉的面孔都不见了。看那些下级军佐，只一小半面熟，莫名其妙地又增加了许多新面孔。年羹尧一脸不高兴，由岳钟麒陪着入座，冷笑道："谅来东美也见过皇上旨意了。真的是墙倒众人推，年某一倒霉，放屁也要砸脚后跟了！九爷不说，有他的身份处境，我手底下的这些混蛋，都到哪里钻沙去了？"

"坐下，慢慢说。"岳钟麒个子比年羹尧矮着一头，却是浑身精悍之气，呵呵笑着替年羹尧斟酒，说道："亮工兄去后不久就有旨意，叫钟麒来行辕代署。兄弟来这里是萧规曹随，一切按大将军制度办事，不敢丝毫走样。他们不来，是调走了，年兄不要错怪了他们——来来，吃酒，闲话慢慢叙。"年羹尧浑身一颤，刀子一样的目光盯着岳钟麒，喑哑着嗓子说道："这杯酒慢喝。我如今最不爱听的就是'闲话'。不过我还是想问，东美兄，你怎么可以随便调本帅的将军？而且几个大将都调得干干净净？你调他们哪里去了？"岳钟麒黑红的脸膛油亮发光，呵呵一笑说道："汝福是调到蔡珽那去了。魏之跃去了阿尔泰，王允吉调伊克昭盟，都已晋位将军。这是大将军西线大捷保荐的。你真是贵人多忘事！况且你想想，我岳钟麒怎么能有这个权？只有汝福一部调到了青海和甘西交界处，是我做的主，老仁兄，那边靠驿道边，背风向阳好过冬啊！你还是你的大将军，你既回来了，我也就脱卸了责任。想调回来，还是你一句话嘛。"

年羹尧听着，心中一阵阵发凉，此刻他才真正感到了恐惧和孤独无援。"不调一兵一卒"却调完了自己的心腹大将，自己还蒙在鼓里！他失神的目光看着岳钟麒，突然发出一阵鸦鸟夜啼般的笑声，端起酒来"咽"地一饮而尽，说道："让我来猜猜看：大约这三个新都统都是东美兄大营里的人补过来的？或者东美兄的大营已经移进了西宁？九爷也许已被你请到川北'过冬'去了？"

"亮工，你一条也没猜对。"岳钟麒含笑看着年羹尧，手按酒杯，活像用爪子按住老鼠的老猫，徐徐说道："接替汝福的是湖广水师副将吉哈罗；王允吉部是甘肃布政使德寿；魏之跃部是云南布政使曹森——我一个人也没有往你大营里安插。九爷还在这里，我并不拘管，今儿身子不爽，兴许不来了——至于我，我只带了我的中军七百人来驻西宁，我的大营还在老地方——来！吉哈罗、曹森、德寿，你们出来，敬大帅一杯！"

岳钟麒话音一落，三个新都统应声而出，一个瘦得像麻秆，细长条身子上长着一颗橄榄脑袋，戴着起花珊瑚顶子，连孔雀翎子都没有，想必是吉哈罗；两个布政使却都身材短粗，还是三品顶戴。这样的人在年羹尧军里闭起眼也能成把抓，整袋装。年羹尧看看一个也不认得，见他三人行礼，只板着脸点了点头。三个新都统却是气色从容，一个个上来敬酒，又不卑不亢地退到一旁。吉哈罗一副公鸭嗓子，话说得却又响又重："标下奉圣命来大将军麾下听命。大将军有什么指令，水里火里誓不皱眉！标下自己也知道貌不惊人，但标下不是窝囊废。康熙六十年平苗寨土司叛乱，率三十人深入苗寨，擒斩土匪七百余人的那个吉哈罗就是标下！"看来他因自己的尊范不出众受人欺蔑不是第一次了，所以开首便自报履历。年羹尧这才知道，面前这人便是被康熙称为"孤胆英雄"的"吉将军"，再细看这水桶似的两个布政使，也都是目不斜视坦然进食，毫无寒喀谀容，似乎也都不是什么善人。年羹尧这才收敛了轻慢之色，说道："兄弟焉敢以貌取人！下头兵如果不好带，只管禀我，你们自己也要自爱，触了我的军令，我也甚是无情。请，这里借花献佛，与三位军门共饮一杯！"岳钟麒在旁笑道："我这就算当面交代了。年大将军既回来，我那边营务忙极，还是要回我大营里去。今日此酒，既为大将军接风，也算为我饯行。来来来，我敬大将军一杯，我劝诸位兄弟一杯！"说着便起身，从年羹尧起挨次敬酒。

接官厅里气氛顿时活跃起来，年羹尧心绪渐渐好起来，既然岳钟麒肯退出西厅，兵权在握，别的事都好慢慢办。年羹尧也起身轮桌劝酒，与这些新部下一一殷殷寒暄，直吃到申未时牌，便觉醒然欲醉，说声"方便"，便离席出来，小解后从东厕出来，恰见允禵下马，年羹尧便笑道："九爷怎么这早晚才来，席都要散了！"

"我在家预备后事，"允禵咬着牙说道，"预备我的，也预备你的！"

"九爷，我不明白你的话。"

"过几天你就明白了。"允禵嘿然冷笑，"你已经没了兵权。知道么？"

"九爷说的什么话。"年羹尧摇了摇发晕的脑袋，说道，"我还是大将军嘛！"

允禵一边连连冷笑，朝接官厅走去，下死劲冲醉眼迷离的年羹尧啐了一口，轻声道：

"韩信！"

年羹尧在西宁大将军行辕待了三日，虎皮帅椅都没有暖热，就接到了雍正朱谕：

> 年羹尧，红古庙途次奏悉，览奏不胜骇然：你是吃醉了酒，还是因杀人太多神夺了你的魄？朕倒一片佛心，将田折发给你看，不过欲启你天良，从此敛去锋芒，精白乃心公忠事主而已。尔乃大放厥词，以断不可对父兄言之言对朕，丧心病狂至于此极！这些话你只索寻田文镜言去！况尔折中"朝乾夕惕"四字，居然作"夕阳朝乾"轻慢之心溢于言表。尔既不许朕朝乾夕惕，则尔西海之功朕亦在许与不许之间。朕已发旨岳钟麒，征西将军由彼代替，看来尔亦当不得一个"大"字，着即改授杭州将军，见谕即行交割情事印信。尔放心，朕断不肯作藏弓烹狗皇帝，然尔亦须成全朕，作速起程内归。你那里旧部多小人多，挑唆得多了，生出些异样的事，朕虽欲保全，奈有国法在耳！至嘱至嘱。

年羹尧拿着这份短短朱谕足足看了小半个时辰，心里像一盆浆糊泼翻了，什么事也想不成，什么也想不透。看看发回的原折，果然"夕惕朝乾"是误写成了"夕阳朝乾"。想写辩折，翻出田文镜的原折对照朱批，雍正的这份朱批咬金断玉，居然一个字也驳不动！他像一段被雷击死的老树，嗒然兀坐在大火炕沿，许久都没有动一动，直到桑成鼎进来才有了点知觉，缓缓将奏折谕旨放在桌上，只说了句"黄粱熟了"，便背着手出来，站在台阶上怔怔向远处看。

天阴得很重，但却没有雪，浓重的云被塞外肆虐的风压迫着团团块块疾速向东南疾驶，卷起的砂石扑面而来，打得人面庞耳朵都是生疼。年羹尧像一尊铜铸的像，一手按剑，一手紧紧攥着。黑得古井一样的瞳仁盯视着空阔的大将军行辕。高高的铁旗杆在风中呼啸，发出"日日"

的响声，旗杆上带着"大将军年"的军旗仿佛不胜其寒，被扯得直直地
簌簌发抖。护旗的军士还有墙角门洞守望的将佐兵士一个个挺胸凹肚目
不旁视，钉子似的站在风地里，除了砂石击打门窗和风声，到处一片死
寂，只有对过房中时隐时现传来允禶不紧不慢若隐若现的吟咏声：

> 居延城外猎天骄，白草连天野火烧。
> 暮云空碛时驱马，秋日平原好射雕。
> 护羌校尉朝乘障，破房将军夜渡辽。
> 玉靶角弓珠勒马，汉家将赐霍嫖姚……

"汉家将赐霍嫖姚！"年羹尧苦笑了一下转身回房，见桑成鼎仍在发怔，
便道："这只是来早来迟的事，急无益怕也无益。我虽说比不上嫖姚校
尉霍去病，毕竟这功劳还在，谁想一手掩尽天下人耳目，恐怕也难。不
要这样，你看看这官做的，我像七十岁，你像八十岁的耄耋老翁！官做
够了，钱我们也挣足了，名声也不低，慢说还给个杭州将军，就是一贬
为民，也稀松的。"

"我瞧着没那么轻松。"桑成鼎忧心忡忡，声音像从空洞里发出似的
闷声闷气，"国手布局一步一步紧逼，令人望而生畏！皇上像是要……"
年羹尧低下了头，其实桑成鼎的话正是他心里想的。半晌，他无言从柜
子里取出一份卷宗递给桑成鼎。桑成鼎接过打开一看，里头都是十万两
一张的龙头银票，大约有七八十张的样子，不禁吃了一惊，一手推开
道："二爷，我是世受年家大恩的家生子儿奴才，你这么着，叫我死了
怎么见我家老爷子？"

年羹尧叹息一声，说道："止为如此，我才这么办。要真的像你说
的，不但我，就是我一门也是保不住了。实不相瞒，我早防着这一天，
所以收了十个蒙古女子做妾。有两个已经有了身孕。今晚——"他顿了
一下，压低了嗓子，"今晚你就带她们离开此地。我派兵密送你们到山
西，你就打发那些兵回来。然后你们离开山西，不要投亲也不要靠友，
找个僻静地方落脚。我若平安过去这道关口，自然寻得着你。若是抄斩
我满门，天幸要有个男孩，你就算为我年氏一门留下了香烟后代。好兄

长，你要人家一锅烩了我们么？"说着，热泪已夺眶而出，见桑成鼎仍在犹豫，又道："要不是怕人瞧见起疑，我这会子早给你跪下了！"桑成鼎抱着那个卷宗，像抱着一个襁褓婴儿，早已老泪纵横，一边擦泪，说道："二爷，我的心都要碎了……您别说了，我照办就是……"二人正凄惶到一处，外头军士走来报说："年大将军，岳钟麒将军已经到了仪门，说奉旨来见，有旨意要宣！"

"放炮开中门，摆香案，我这就出迎！"年羹尧满眼恳求神色看了看桑成鼎，淡淡吩咐了一声。

　　年羹尧俯首受制听命，由岳钟麒亲自送到潼关，急报到京，张廷玉才松了一口气。他最担心的年部与岳部青海大火并终于没有发生。因带着这份八百里加紧奏报赶往养心殿来见雍正。

　　"他肯听命，朕也不为已甚。"雍正正和方苞下棋，听了张廷玉回奏，笑着转脸对旁坐观战的允祥道："和方先生这盘棋朕是输了，朕输得起。和年羹尧这盘棋朕赢了，也赢得起。"说罢又是松快地一笑。允祥看去精神还好，只是瘦得一发可怜，听了雍正说话，苍白的面孔绽出一丝笑容，说道："衡臣做事细。由内廷上书房办理这事，确实妥当。"雍正一笑起身，回暖阁案上取过一叠奏章，递给允祥道："这是昨晚的朱批底本，正文已经发下去了。你们几个都看看。"

　　允祥细长的手指白得没点血色，接过看时一份是年羹尧西宁临行前发来的谢恩谢罪折，上边写着：

　　　　览此奏朕心稍喜，过而能改，则无过矣。只恐不能心悦诚服耳。勉之。

又倒换一份，是批给高其倬的，却是：

　　　　朕惜年羹尧之才而悯其功，尚用其力，自有保全他之道。他近日亦深知愧悔矣。

再看一份，是给田文镜的：

> 年某儇佻恶少耳。尔之折明发，彼之职降调矣，君子不为已甚，从此他再无力干政，放心自为就是。

还有几份，隐约辞令也都是替年羹尧开脱大罪的。允祥看了转给方苞。方苞看了无话，又递给张廷玉。张廷玉却又将厚厚一叠明发奏章节略捧给雍正，这才捧读朱批、谕旨。雍正接过浏览着翻看，一共有一百多条节略，都是控告年羹尧横行不法，四处插手政务，安排私人，索贿受贿的情事。不禁笑道："墙倒众人推，世上人情真如纸薄，只有锦上添花的，谁肯雪中送炭？留中不发吧！"

张廷玉躬身笑应一声："是。"又皱眉说道："这是一百多官员的弹章，都留中不发似乎过拂众意。年羹尧实在太大胆，带一千二百亲兵赴杭州，驿轿二百七十乘，驿驮两千载，还有大车四百多辆。本来已经众口铄金不得了，他还发文杭州，叫布政使衙门为他再建一百二十间房子安顿人身——这怎么能不犯众怒呢？"他一口气报出这么多数字，允祥听了只是摇头。方苞却知道，年羹尧是想避开"犯上不规"这个罪名，情愿装出求田问舍的守财奴架势，让雍正知道自己没有野心，但这次张廷玉得罪年羹尧得罪到了死地，不治死年羹尧，翻过手张廷玉绝无好下场，这个恶状告出来也是题中之意。方苞张了张口，又无言把话叹息了出去。

"天要下雨娘要嫁人。"雍正脸色青中带白，"他不做大将军，要做赃官了！朕拿掉他，原为清理吏治，他情愿要触这个国典，朕也无法救他。"说着，雍正站起身来，向案上抽出一份折子，看时却是杨名时的，一把拂开了棋子，提起朱笔写道：

> 君治云南以德化人，朕心甚慰。大凡德可恃而才不可恃，年羹尧乃一榜样，终罹杀身之祸。

写罢，冷笑道："是否兔死狗烹，由你们想。年羹尧装贪财奴，想逃掉'背恩负主'不忠之名。其实朕倒不怕他造反，明着来明着就镇压敉平了。朕不诛他这贪官，天下官群起效仿，这吏治这么弄？"一句话说得三个人都红了脸低头不语。

方苞沉吟了一会儿，笑道："主上诛心之言，连臣听着也惭愧。不过带兵的人有钱，天下人皆知。用这个名目除年羹尧，不是烹狗，也有烹狗议论。年某嚣张跋扈如此，该循这个思路办理为好。"

"你说的是。你们都藏了语，朕岂有不知之理？但这是天理人情，朕也能体谅。"雍正漫不经心地说着，又向案头翻，翻出年羹尧在潼关递来的请安折子，又在上头写道：

> 朕早闻得有谣言云："帝出三江口，嘉湖作战场"之语。观卿作为，似欲与朕彼地逐鹿！朕想，你若自称帝号，乃天定数也，朕亦难挽。若你不肯自为，有你统此数千兵，你断不容三江口令人称帝也！

写罢将笔一掷，对张廷玉道："把这些弹章一律节略刊到邸报明发，着年羹尧一一据实回奏，着吏部、刑部、兵部、户部，有弹奏年羹尧的折子一概具本明誊！"

接着这次谈话第五天，雍正皇帝颁布明诏：

> 着杭州将军年羹尧降十八级听用。

年羹尧终于走进了绝境。举朝上下无分京师内外一片是讨伐之声，雪片似的奏章通过各省督抚、监察御史、六部直送上书房。凡与年羹尧有一面之交，一事来往的，无不纷纷倒戈落井下石，添油加醋写出折子直送京师，瞬息间便被编汇成节略送入上书房。

"降十八级"的旨意抵达浙江，难坏了巡抚折尔克。按清制官吏共设九品十八级，杭州将军是"从一品"，再降十八级，便是"未入流"，然未入流又不设武官。折尔克既无法遵旨又不敢违旨，只好请示两江总督李卫。李卫答复得极快，用滚单送来个条子，上写"你竟是个笨鳖！皇上的意思不过就是革他的职嘛！寻个破城门让他看去！告诉他，过几日我去看他。"折尔克想想，杭州并没有"破城门"，只离杭州三十里有个叫"留下"的小镇，镇子北门年久失修，便命人将早已监护看管了的年羹尧"请"了去。

这位权倾朝野声震中外的极品大臣，在重新穿上带着烧饼大的"兵"字号褂子的一刹那，突然意识到了人生的可贵。他十八岁从军，二十二岁便官居四品游击，在圣祖康熙南巡时护驾有功，又抬入旗籍拨归雍亲王门下，两次随康熙西征准噶尔，乌兰布通之战和科布多之战中，凭着一杆银枪在万马军中，刀丛剑树里横冲直闯，如入无人之境，在科布多战役征粮中以一名微末偏将擒斩甘肃总督葛礼，确保了北路军粮秣供应，蒙受康熙恩宠，直擢四川布政使、巡抚，又做到大将军……三十年间宦海沉浮中一位青云直上的得意弄潮儿，一下子从顶端倒栽了下来！——就此一蹶不振，就此了此残生，年羹尧突然觉得不甘心。

"留下"镇是一个风景秀丽的江南小城；北临富春江，南依龙门山，无数河湖港汊沿城四处纵横。城北门萋萋芳草下苔藓斑驳的守门房里仅可容身，住着这个"老军"年羹尧。城里人谁也不知道他从哪里来，是个什么人，只看见他每天默默地扫地，开门关门，偶尔打打太极拳，闲着无事便拔城头上的草，用破铲子慢慢铲墙上的苔藓……年羹尧也绝不与任何人交谈一语，每天夜里都有省城送来的邸报，上头都写着他的滔天大罪，他就用一枝秃笔在邸报的反面写自己的答辩和认罪折，交与送邸报的人带回去。他在等待着朝廷对他命运的最后决策，在等着李卫来看他。昏夜中他望着黑魆魆的城，听着城外富春江潺潺的流水声，期望着自己能"留下"，就在这富春江上作个钓翁也成（他已不敢有严子陵那样的逸兴）。

但是等来的是愈来愈严酷的消息，五月二十二日上谕：

> 年羹尧招权纳贿，擅作威福，敢于欺罔，忍于背负，几致陷朕于不明。思之痛切！

七月十二日上谕：

> 年羹尧自任川陕总督以来，擅作威福罔利营私，颠倒是非，引

用匪类，异己者屏斥，趋赴者荐拔，又借用兵之名，虚冒军功，援植邪党，以朝廷之名，徇一己之私情。

待到九月十七，传来的却不是邸报，而是邸报后认罪折上的朱批：

尔尚望活命耶？朕已令图里琛往广州拿你哥哥，随即即来拿你矣！

随朱批还有上书房汇集百官奏劾年羹尧的奏折摘要节录，仅目录便是几大页，五条大逆罪、九条欺罔罪、十三条狂悖罪、六条专擅罪，贪婪侵蚀罪是十八条十五款……共九十二大罪，由大理寺、刑部合议，"请将年羹尧立正典刑"。

雍正期望年羹尧自尽，但年羹尧求生的欲望却越来越强烈。九月十七夜晚，面对破窗明月，台灯破纸，他写下了《临死哀求折》：

臣今日一万分知道自己的罪了。若是主子天恩，怜臣悔罪，求主子饶了臣。臣年纪不老，留作犬马自效，慢慢的给主子效力。年羹尧椎心泣血谨陈。

写完，年羹尧"咔"地撅断了那枝不能再用的笔，听天由命地向窝铺上倒下。

张廷玉接到李卫转来的年羹尧乞命折，一刻不停便赶往养心殿。一进垂花门，高无庸便迎上来笑道："皇上正要我去叫您，您就来了。"张廷玉略一点头便进了殿，却见雍正正和马齐说话，见他进来，雍正便招手笑道："你来得好，这匹老马要撂挑子，你替朕劝劝。"张廷玉一边双手将折子捧递给雍正，笑着说道："马老相和我谈过了，奴才也劝不动他。皇上既不准他休致，他自然就歇不住。"

"朕亦不能强人所难。"雍正叹息一声下炕来，徐徐踱着步子，说道："人都说朕刻薄，朕却不愿担这个名声。马齐你最知道的，你是保过允禩当太子的，原是个地地道道的'八爷党'，先皇为此把你打入天牢，是朕把你放了出来，委以重权，赐以高爵。为甚的呢？为的你并没有私心要怎样怎样，为的你心中有君，为官清廉。畅春园的事不是你按住，后头情形谁料得定？所以，你是贤臣。国家要办的事多着呢，朕不忍叫你去，你又何忍离朕而去呢？"

马齐老态龙钟地站起身来，一躬说道："皇上既说到这里，臣心里也实是恋恩难舍，不过臣已是七十多岁的人了，在这个位置，办不了这个位置的事，不也是负了皇上？该退出来，腾位给年轻一点的，像阿尔泰、李卫这些年富力强的随在主子身边，于皇上天下都有益的。"

"上书房是办文墨的，李卫、阿尔泰都不合适。"雍正舒了一口气："刷新吏治要靠各省督抚，像田文镜、李绂、李卫、阿尔泰这些人，朕要树为模范。因循祖训旧制陋规陈习根深蒂固，盘根错节非利器不解呐……"张廷玉忙道："主上说的极是。即如此，奴才以为可让马齐在京郊住，不必返乡，有事仍可随时咨询，也是一法。"雍正点点头，说道："那就照衡臣这意见办吧。"说罢便看年羹尧的折子，却只扫了一眼便丢了桌子上，只是沉吟。

马齐看了看雍正，说道："又是年羹尧的折子？事到如今，主上还有什么迟疑的呢？"雍正叹息一声说道："他不肯自尽，朕终是不忍下辣手啊！他与你们不同，和朕是有私交的，况他妹子年妃正在病中……今晨朕去看她，已经瘦骨嶙峋，只剩一口气了，在枕上连磕头的力气也没，巴巴地望着朕说不出话……朕也无话安慰，但朕毕竟是人，她一门跟朕几十年……朕不能无惺惺之惜……"雍正说着，眼中已噙满了泪水。张廷玉见他如此难过，也自伤心，只垂头不语。

"万岁爷。"马齐核桃皮一样的满脸皱纹一动不动："年妃是年妃，年羹尧是年羹尧。年羹尧犯不可恕之罪，圣上不株连到年妃，已经是旷世高厚之恩。国家、公器也，若与私谊连到一处办，什么也办不成了。"

雍正昂起了头，沉思着望着殿顶的藻井，良久，又粗重地透了一口气，再不说什么，疾步走向案前，扯过一张纸写道：

乞命折览。尔既不肯自尽谢罪，朕只得赐你自尽。尔亦系读书

之人，历观史书所载，曾有悖逆不法如尔之甚者乎？自古不法
之臣有之，然当未败露之先，尚皆假饰勉强，伪守臣节。如尔
之公行不法，全无忌惮，古来曾有其人乎？朕待尔之恩如天高
地厚。且待尔父兄及汝子汝合家之恩俱不啻天高地厚。朕以尔
实心为国，断不欺罔，故尽去嫌疑，一心任用，尔作威作福，
植党营私，如此辜恩负德，于心忍为乎？尔自尽后，稍有含怨
之意，则佛书所谓永堕地狱者矣，万劫亦不能消汝罪孽也，雍
正三年十二月十一日。

雍正写完，将手谕交给张廷玉，迟缓的目光凝视着东暖阁。张廷玉知
道，这个皇帝已在思考如何处置住在城东的弟弟允禩。年羹尧一去，允
禩已成砧上鱼肉，剁这鱼肉虽不费力，却要沾上血腥，带上屠弟恶名。
但若不去这个瘤子，雍正力挽颓风振刷政治的雄心仍旧只是泡影。

　　他们谁也没有说话，只有大殿上的自鸣钟毫不迟疑地"咔咔"
作响。

　　　　　　　　　一九九二年二月六日烟花爆门之夜于宛

二月河文集

雍正皇帝

二月河 著

恨水东逝

长江文艺出版社

图书在版编目（CIP）数据

雍正皇帝. 卷三，恨水东逝 / 二月河著. -- 武汉：
长江文艺出版社，2018.11（2019.1 重印）
（二月河文集）
ISBN 978-7-5354-7770-5

Ⅰ．①雍… Ⅱ．①二… Ⅲ．①长篇历史小说－中国－
当代 Ⅳ．①I247.5

中国版本图书馆 CIP 数据核字（2017）第 298828 号

责任编辑：张远林　　周　阳　　　　　　责任校对：陈　琪
封面设计：翟跃飞　　　　　　　　　　　　责任印制：邱　莉　杨　帆

出版：长江出版传媒｜长江文艺出版社
地址：武汉市雄楚大街 268 号　　　　邮编：430070
发行：长江文艺出版社
电话：027—87679360
http://www.cjlap.com
印刷：中印南方印刷有限公司

开本：700 毫米×1000 毫米　　　1/16　　印张：34.25　　插页：8 页
版次：2018 年 11 月第 1 版　　　2019 年 1 月第 2 次印刷
字数：430 千字

定价：198.00 元（全三册）

甘凤池……方

知李卫一片心地要

结纳自己，喟然一

叹道：『……今日

一会，方知天外有

天，人外有

人……』

李绂腾地红了
脸。他再也忍不住
了："……言利之
臣——你是个小
人，我要具本参
你！""悉听尊
便。"田文镜身子
稍微晃晃，头也不
回便往北岸回去。

『诸臣工！』雍

正收了笑容……

『……现在已是雍正

六年，从今年起，要

普天下推行雍正新

政，刷新吏治，均平

赋税……造一代极盛

之世，自今日始！』

『朕只想告诉你，你和一个人长得太像了。朕是说不出的疼怜你……只要你说出来，朕做得到的，什么都给你！』

引娣……乍着胆子道：……『请万岁放十四爷一马！别……别……』

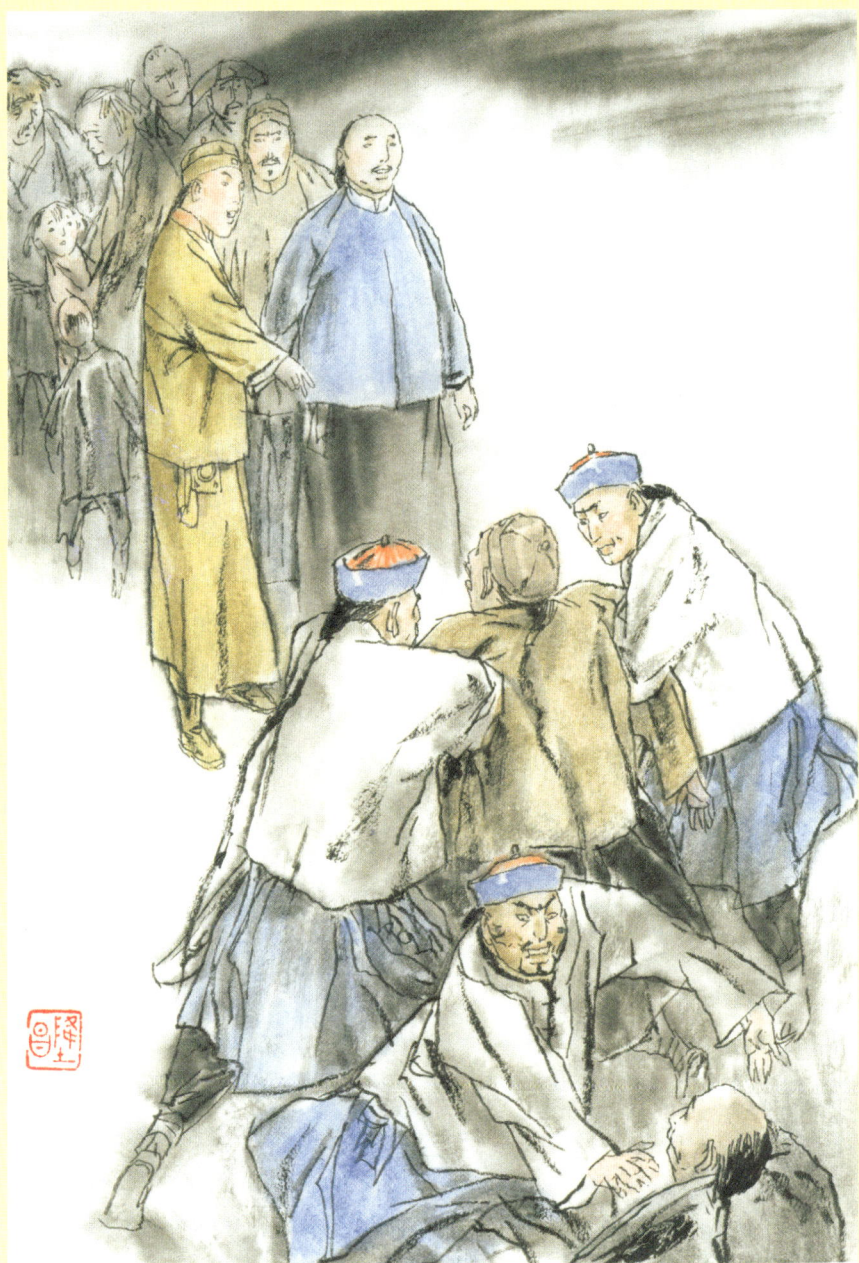

李卫眼见邢家四

兄弟过来，断喝一

声：『拿了！』……

那蔡云程……棱着眼

问……『你们哪个衙门

的？我们三爷如今是

万岁爷身边第一

人……』弘历突然怒

喝一声，『打！使劲

打！』

田文镜「啪」地一拍椅背站起身来……说道：「罢考抗命聚众闹事，大清史无前例，早已惊动朝廷四海皆知，怎么能不疼不痒一散了之？……」

弘历陡然又想

起妙手空空那首

诗，『鹡鸰原』三

字闪电一般划过脑

海——果然是老三

要加害于我……

弘时一记杀手

铜突然打向允襈，

京华震动。允禩允

祥允禵三位王贝勒

府家人残余的也有

将近四千人，图里

琛的九门提督衙门

倾巢而出各府里突

袭撵人……

"十四爷,我来看你,实在想得慌。"引娣的泪水再次夺眶而出,挨身坐在允禵身边,哭着道:"……皇上待我很好,没有欺侮我……"

「你有什么事

奏朕？朝中还有奸

臣……廉亲王背后

另有其人！隆科多

多少有点意外，看

了雍正一眼说道，

「……万岁，此事

非同小可。容臣细

思后再奏。」

目　　录

第一回　孤弱女羁押归京师
　　　　　守陵督客旅逢异人

　　深秋，凄风苦雨中，一队络车在泥泞的黄土驿道上艰难地行驶。沿燕山绵延东西数百里的古长城都被蒙在似雾似霾的雨帘里，被雨淋得黑沉沉的老墙和城上锯齿样的堞雉巍然兀立着，时而被缓缓飘过的团云遮蔽，时而又透过云缝绽露它带着威压的峥嵘，沉默地望着这队络车。满山枯老的荆树，三尖两边形似手掌的叶片或橙或紫或黄或赤，时而在沙沙的雨中簌簌抖动，时而在凉透了的秋风中摇曳着湿漉漉的枝条。偶然从谷口袭来一股贼风，卷起驿道旁树上五彩斑斓的叶子，像受了伤的蝴蝶被什么无形的扫帚猛地扫起来，又无力地随着湿凉沉重的雨水向护卫络车的军士身上"砸"下去。几十名护卫军士都是一色新的夹袍夹裤，穿着米黄油衣，泡透了的牛皮靴子踩在泥沙道上，发出咯咕咯咕古怪的响声。看来他们都是受过严格训练的，尽管这样的天气，走这样的山路，却绝没有一个人倚倾歪斜跟跄不堪的。前后五步一个人夹车而行，连脚步都像操演似的踩着一个节拍。偶尔有人"咕咚"一声，结结实实摔在泥水里，也都是一挺身跳起来，目不斜视地按着腰刀继续走路。

　　络车最后边的是马陵峪总兵范时绎。这是个四十五六岁的中年汉子，四方白净脸，平平的两道一字眉像是用毛笔画出来的，只眉梢稍稍向上挑一点，透着冷峻和傲岸。露在油衣外如杵粗的辫子直垂到腰间，慢慢地摆动着，滴着水。他是朝廷三品大员，照规矩满可以坐大轿的，也许是护卫差事紧要，也许要给自己带的兵作表率，除了坐下一匹枣骝马，其余遮雨器具与兵士一模一样。他骑在马上双目端视远方，右手握着冰冷的剑柄，像是在思索着什么，又似乎什么也没想。

　　突然，前头路上一乘飞骑打马狂奔而来，泥水满身的马刚刚站稳，一个戈什哈滚鞍下来，平手向范时绎行一军礼，禀道："范军门，沟河和靠山镇边的三岔河口涨水，石桥冲塌了。这里的车过不去，请军门示下！"

"当兵的，逢山开路，遇水造桥，还用请示？"范时绎勒住马，盯视着戈什哈，徐徐说道，"立刻和靠山镇那边驿站联络，十三爷今早已经到了那里。这是他老人家的差使，你们仔细着了！""十三爷"是当今雍正皇帝的弟弟怡亲王，护卫十几辆这么普普通通的油壁车，竟劳动他奔波二百余里亲自接应！那戈什哈怔了一下，说道："是！标下知道差事要紧。不过方才标下到河边看了，沟河涨得太凶，前头打站兵士几次搭桥都没成功。请示军门，是不是往北绕道从沙河店过去，那边的桥修得结实……"范时绎听了一时没言声，摆手命络车队停下，方才对戈什哈道："走，带我去看看。"

"喳！"

于是二人打马一阵急行，约走五里远便远远听见沟河激流的咆哮声传来，又趱行二里地，果见沟河横在前。范时绎的军队隶属军机处和直隶总督双重统辖，专门守护清室皇陵，是"善捕营"马陵峪大营兵，名符其实的"御林军"。虽驻兵遵化，几乎每个月都要进京述职，不知从这里经过多少次。他从来也没见过这条温驯如处子、芳草芦花遍布河床的沟河会变得如此狰狞：淅淅沥沥的雨中，呼啸的洪水仿佛受不了夹岸岩山的挤压，从西南狭窄的河道冲决逆波直泻而下，在沟河桥一带三角盆地陡地一个转弯，又向东南折下。从北燕山汇下来洪水混浊得像稀粥，也从这个三角地入沟河，两股水汇融相激，撞击起丈余高的浪花，不胜躁怒地在这个三角大潭中追逐。滚滚波涛像一锅翻花沸沸的水，焦急地、没有规律地旋转滚淌，寻找着发泄的出口。河涛的狂啸声、拍岸声，水底巨石的滚动声，混混沌沌融成一片，在暗得黄昏一样的天穹下，显得异常令人恐怖。百余名兵士疲惫不堪地站在被震得簌簌发抖的岩石梯道上，手中拿着木槌、斧子等造桥工具，岸边道上七零八落地放些麻包蒲包，看样子已经几次试过造桥，二十几根碗口粗的桩木像草节棍儿做的漂在水上时沉时浮。范时绎略一看，便知自己"遇水造桥"的指令绝不可行。他凝神望望对岸，也只一箭之遥，却是水雾弥漫看不清楚，似乎也有人向这边眺望。因回头问道："那边是十三爷的人？"见那戈什哈一脸茫然，知道他听不见，范时绎用马鞭捅了捅他，又指指对岸，用询问的目光看看戈什哈。

"啊!"那戈什哈这才醒悟过来，大声道："军门，那是直隶总督衙门的人，来了有一个时辰了，方才在那边造桥也不成，喊话听不见……"正说着，对面几点红光一闪，似乎放了几枚火箭，大约中途被雨水打湿，多数都飘飘摇摇坠落了河里，只有一枝射到岸边。一个兵士忙捡起来双手捧给范时绎，说道："是那边送过来的箭书。"范时绎接过看时，见是一条明黄丝绦缚着一个油纸包儿，心知必是怡亲王允祥的手书。展开了，用手遮雨读时，却见上面写着：

> 敕令：范时绎不必造桥，绕道沙河店，明日晚抵太平镇驿站。匆匆此令。怡亲王允祥。雍正三年十月初三。

下方还钤着一方殷红的朱砂印，篆书"允祥"二字。

范时绎将敕令收了袖里，仰面望了望愈来愈暗的天色，长长吁了一口气，说道："用火箭回信，范时绎遵谕。今晚宿沙河店，请王爷放心。"说罢，拨转马头返回原地，命车队就地由旧驿道北折，几乎贴着长城脚，顶着寒风冻雨蜿蜒向北前进，直到天色黑定，才抵达沙河店。

这是坐落在燕山群岭中的一个小镇，东有太子峰，西有麦垛山，中间一带平川，洵河沿镇边穿过。这条洵河河面宽，水激河底巨石浪花翻飞，看上去比三条洵河也不止。样子吓人，其实最深处也不过齐腰。范时绎到镇边，第一件事就是着人去看镇北的桥，一时便听回说大桥完好无损，只桥头两边凹处因为涨水溢漫了两支分流，水深不过没膝，络车完全可以平安通过。范时绎顿时放心，此时松一口气，他才觉得饥肠辘辘，望着雨幕中的沙河店镇，一时倒犯了踌躇：络车上坐着四十三名太监宫女，原是侍奉被黜在景陵为先帝守陵闭门思过的大将军王允禵的，不知犯了什么过错一体擒拿解京。囚犯坐油壁车，押送的将军淋雨，原也有点不伦不类，但这却是皇帝第一宠臣允祥的手令："密送北京交我处置，不得委屈亵渎。"范时绎虽然觉得匪夷所思，也只得遵谕行事。但这个镇子里没有驿站，号民房居住又不易关防，还有十几个宫女，该怎么隔离居住？范时绎下马握鞭，只是沉吟。带队戈什哈知道他为难，踩着潦水过来，笑道："军门别犯愁。镇西有个破关帝庙，早就没了香火，咱们统共八十几个人，将就着住一宿，管保平平安安。"

"好！你晓事。"范时绎脸上绽出一丝笑容，"三十个男犯，除了蔡怀玺钱蕴斗两名，都住关帝庙。乔引娣和十二名女犯，寻一家宽敞的客栈包下来，我和军官看守蔡、钱和女犯，兵士们看护男犯——那都是些太监。他们不敢逃，也没处逃——然后分拨儿轮流到客栈吃饭。去吧！"于是一行人众带着车到了镇北，果见一座多年失修的关帝庙黑黢黢矗在夜空里，十几间庙房虽已破败不堪，里边到处湿漏，毕竟有些地方还算干燥。范时绎便命兵士们拆下神龛栅栏点起火来，自脱掉了官服袍靴，换穿一身绛红夹袍，顿觉浑身松快。因见去客栈定房子的亲兵回来，便问："差使办好了？"

"好了，就在沙河老店。"那亲兵回道，"我怕惊动人，换了便衣去的。是有名的百年老店，前酒楼后客房，不过里头已经住了十几个客人。我好话说了一车，老板死活不肯撵客人。说通天下一个规矩，进店就是财神。所以这店咱们包不下来。"范时绎笑道："那是自然。都把号褂子脱了，带四辆车过去，另拨二十个弟兄在外头守夜。只是密一点，叫人看出我们行藏我是不依的。"说罢披了油衣出来，看那天时，雨已经几乎住了，只零零星星洒着，雾一样的细水珠儿在脸上，微有些凉意。

店老板早已守在门口，见范时绎带着人车逶迤而来，忙迎上来，两眼笑得眯成一条缝，一边往店里让，说道："老客辛苦！快请里头安置。现成的客房，现成的热水，洗涮一下，外头现成的酒菜。您老头一回来，这顿酒菜不用出钱，算小的为爷洗尘，咱们图个长远……"在秋雨寒风中跋涉了一天的范时绎，被这几句温馨的奉迎话说得浑身松快，笑道："我们都饿得前心贴后心了。先吃饭，别的再说。没有不出饭钱的理，就是不出，你照旧从我房钱里扣了。你们店家这些把戏，我有什么不知道的？我先头也是开店的出身呢！"一句话说得老板笑哼哼的。眼见车上两个男的、十几个女的一个个面容憔悴下来，忙招呼着："这天，这路，颠一天可真够受的。快都进来——伙计们，给爷们烫酒——把大

铜壶坐火上，爷们人多！嘿嘿，下头人多，楼上三间空着，只几个客人
在那行令吃酒，请爷们都到楼上用餐。"范时绎见人已经都下车，款步
走到第二辆车跟前，对站在车前一个女子温声说道："乔姑娘，今晚我
们就在这打尖，您，还有——"他看了看头辆车下来的两个中年人，又
道："还有蔡先生钱先生，都是我的东家，好歹体谅我们做下人的难处，
将就些个，明儿天明咱们顺顺当当赶路，就是回去迟点儿，主子断不见
怪的。"

　　店主人万没想到，这位气度雍容中带着威严的中年人竟然还是车里
的"下人"。但看那车，也实在算不上什么华贵，下来的"人物"体态
也不显得怎样尊严——他真的有点迷惘不解了。仔细打量，只见这位乔
姑娘上身穿着绛紫暗格天马风毛套扣坎肩，下边系着石青宁绸金绲滚边
绣花裙，微露出一双放了的半大不大的脚。一张瓜子脸苍白得令人不敢
逼视，两条细细的笼眼眉中间微蹙，眉梢淡垂，顾盼间明艳照人，一张
不大的口抿着唇微微翘起，显得很有主见。跟在她身后的两个中年男
人，一个矮瘦，一个矮胖，都像有点浮肿，表情木然步履迟缓地移动着
步子进店来。还有十二个使女打扮的少女，姿容绰约却都神色黯然，依
次而入。他们一进店，立刻招引了所有食客的目光。

　　"蔡先生，"范时绎向护卫的便装亲兵丢个眼风，对走在前头的矮瘦
子说道，"咱们的位子在楼上——钱先生，请。其余的伙计各自随喜
吧。"说着带了三四名戈什哈不言声登楼上来。

　　这是三间打通了的酒座，东西墙靠着一扇扇屏风隔子，看样子原来
是用屏风隔开的雅座，临时撤去了的。靠西南临街窗前坐着一桌，约五
六个人，正在行令吃酒，众人喝得高兴，都有点醺醺的，见他们一行二
十多个人上来，也都没有在意。范时绎自和乔引娣坐了靠西北楼梯口桌
旁，几个亲兵在南边临窗桌边，其余女客倒坐了离那群客人不远的桌
上，众人都默默地，没有一个人说话，看着饭菜上来各自举箸而食，竟
似一群陌生人偶然相聚。倒是蔡怀玺打破了沉寂，笑谓范时绎："老范，
你知道，再往前走，我们就吃不到这么好的饭菜了。多谢你一路照应，
送佛还该上西天，能弄点酒么？"恰酒保上来，范时绎便吩咐："我这一
桌搬一坛子三河老醪，南边那桌一瓶，给他们佐餐，楼下用餐的也是一

瓶——我们明儿一早赶路，不能多吃，明白么？"

"是喽！"店小二高唱一声，"给老客上酒喽！"忙不迭便下楼去了。顷刻已安置停当，范时绎也不劝酒，自己也不喝，只拣着饭菜自用。蔡怀玺和钱蕴斗二人却甚放肆，左一杯右一杯一碰即饮，那乔引娣几乎不动箸，怔怔地只是想心事，范时绎也不敢多劝。因此，这餐晚饭尽自丰盛，却吃得十分沉闷。渐渐地，西南那桌客人的行令声倒渐渐听进去了。

"猜谜儿太费神了，"靠窗一个三十多岁的白胖子说道，"总是贾先生赢。本是请他吃酒，倒弄得我们都醉了——我们换酒令，要先说一个字，加个字又成一个字，去掉偏旁换个偏旁仍成一个字，末后加个俗语不能离题——"旁边一个年轻一点，留着八字髭须的说道："石江，你这不是吃酒，是难为人嘛！什么这个字那个旁，罗唆死了，今儿我们齐心合力，赢了这个贾仙长，也就不枉了这个东道了。"

范时绎听着瞥眼看去，果见石江挨身坐着一个道士，也没穿八卦衣，只头上挽了个髻儿，披着雷阳巾，年纪不过二十岁上下。不禁暗想：这就是那个"贾仙长"了，这么年轻，能有多少道行？思量着，听贾道士说道："我知道你们的意思，无非要我多吃点酒好给你们推造命。其实人之造化数与生俱在，非大善大恶不能稍作更易。就今天酒楼上这些人，尽有横死刀下的，我就说明白了，白给人添心事，有什么益处？还是俗语'今朝有酒今朝醉，莫问明朝是与非'的好。"

"话是这么说，我还是想请仙长给我推一推。"石江笑道，"既然'今朝有酒'，我请贾神仙先醉——我起令了！"因唱歌似地吟道：

> 良字本是良，加米也是粮。除去粮边米，加女便成娘——买田不买粮，嫁女不嫁娘。

吟罢，众人鼓掌喝彩，八字髭须笑道："好！我甘凤池今儿也下海，听我的——"因朗声道：

> 青字本是青，加水也是清。除去清边水，小心便成情——火烧

纸马铺，落得做人情。

说完，自得其乐地呷一小口，对身边一个又黑又瘦的秀才说道："曾静，你是东海夫子吕先生门生，瞧你的了！"曾静笑道："这个有何难哉？"因道：

> 其字本是其，加点也是淇。去掉淇旁点，加欠便成欺——龙游浅水遭虾戏，虎落平阳被犬欺！

正陪着乔引娣吃饭的范时绎心中不禁一动。突然想起重阳节那天，自己带兵闯进景陵拜殿，赫赫有名的大将军王、皇帝的嫡亲弟弟允禵连自己心爱的奴婢乔引娣也无力保护，生生从他面前带走了，自己可不是那戏龙的虾、欺虎的犬么？这些话听着是太刺心了。范时绎端起粥来慢慢地喝，连蔡钱二人也都凝神静听。范时绎也想看看这个乳臭未干的"神仙"有什么门道，张了张口没说什么，只胡乱吃着侧耳静听。却见贾道士以箸击碗说道：

> 奚字本是奚，加点也是溪。去掉溪旁点，加鸟却成鹨——君不见羖五大夫百里奚，山妻破扉烹志鹨。

又道："凭这些酒令，你们难为不住贾士芳。下一个轮到石施主了，你要说的令我写在那边水牌上，说出来有一字之错，罚我吃一坛子酒！"

"好！"

众人不禁轰然叫妙。范时绎这边几十个人本来吃饭吃得沉闷，此刻连亲兵、护卫、宫女都停了箸，呆呆地望着那边桌上，只见贾士芳徐徐立起身来，向室中众人横扫一眼，看到范时绎这一桌，目光熠然一闪，却没言声，背转身提笔在粉牌①上疾书了几行什么字，翻了牌子，转脸对石江笑道："请你说出来，看我猜得对不对。"

---

① 旧时客栈为方便客人题诗，专门设的白漆木板，用过可以用水洗净。

石江已经看愣了，世间真有这样的神技？他翻着眼皮，搜索枯肠，半晌才道：

> 相字本是相，加水亦是湘。除却湘边水，雨下便成霜——各人
> 自扫门前雪，莫管他人瓦上霜！

他话音刚落，贾士芳已将水粉牌翻了过来，一边笑道："我把'亦'字写成了'也'字。看来大道没有圆融啊！"此时众目睽睽，所有的人都盯向那块三尺见方的牌子，果然见除了"加水也是湘"中间一字微有不合，其余竟然全部契合。顿时，连范时绎带来的人也都啧啧称奇，满屋都是议论声。石江几个人已站起身来，笑说："虽然猜中，你自己说出错一字罚酒一坛。请君入瓮！"——那地下摆就的两坛三河老醪，其中一坛尚未启封——打开了就大碗倾。那贾士芳也不推辞，等着一碗接一碗喝了，霎时坛空碗净，已是酡颜微醺，对劝菜的石江说道："你不是问功名么？你说一个字，我来为你推算。"石江道："我早想好了——你猜猜看。"

"是个'乃'字，是么？"

"是。"石江道，"这个字难拆。"

"不难。你问的功名，乃字是缺笔'及'字，你终身不得及第。"

站在旁边的曾静笑道："纯是游戏，我是圣人门生，就偏不信你这些把戏。我出一个'也'字，你玩玩看。""这是个终身蹭蹬的字。无马不成'驰'，无水不成'池'，虽有'力'而'走之'不全，天罗地网布定，你走投无路！"曾静"扑"地一口酒笑得全喷了出来："这个牛鼻子，年轻轻的如此捣蛋——你要能说出我的家世，我就服你！"

"你三岁丧父，七岁丧母。"贾士芳端详着曾静，"舅母收养了你，想逼你学生意，你又逃回家里。你伯父想吞你家产，赶你出来，几乎逼你自杀。你婶母和你死去的母亲要好，不忍曾家绝后，出私房钱资助你外逃山东，投奔东海去找吕留良。你在山东进学为秀才，吕留良死，你又返回湖南收拾家业，迎养婶母，教读为生——我说的可有一字之谬？"

曾静先还怔怔地听，听到后来，两腿一软坐回凳上，已是面如死

灰。喃喃说道：“你不是人，你是鬼……圣人不云六合之外，我不能信你的——你一定在哪里打听过我曾静的惨史……”贾士芳笑道：“六合之外存而不论，是圣人不以鬼神说教，不是圣人不懂得。天下亿万庙堂，若没有灵响，谁肯信他？”说着一转脸，对着旁桌看得目瞪口呆的一个军官，又道：“这位兄弟，我总没有打听过他的‘惨史’吧？——他也是七岁丧母，继母不良，调唆他父亲把他逐出家门，流落湖广、江南，又辗转到河南陕西，遇贵人收留，从军打仗，积功到五品——你是不是？”

“是！”那军官已被贾士芳说得满脸泪痕，竟忘了身份，一挺身答道：“您真是活神仙！我叫霍英，是四川人，真服了您呐！请先生指明，我爹还活着么？”贾士芳随口答道：“你出走三年父亲就病死了，你继母带你继母弟另嫁。你不要哭，这是孽缘，你也不要报仇，你继母嫁到这家苦受折磨，几乎天天挨打，冥冥报应，有人已经替你出气了。”说着转脸又问曾静：“你可服气？你的磨难还在后边，若肯入我道门，为我弟子，我以五行颠倒大法为你除去霾云，颠簸红尘，否则有一日你终归悔恨莫及的！”曾静目光如醉，盯着幽幽的灯火，喃喃说道：“恐怕你这点左道旁门还收伏不了我。君子知命……苟余心之所善兮，虽九死其犹未悔……”

范时绎眼见自己的人被这个莫名其妙的道士渐渐迷惑，一个个竟跃跃欲试想请他推算造命，正要起身带人下楼，身边的蔡怀玺突然大声叫道：“那位仙长，肯屈驾过来给我这一桌观观气色么？”贾士芳仰面咕咕又牛饮一碗，笑着从容一点头，隔桌子过来，一边走一边对那群军校一一指点。

“存心善些儿。已经死了两个儿子了，不晓得警惕么？”

“你家门山向不利，偏西南了，向南正过来，你母亲的病就不治自愈了……”

“良善人，公门里头好修行。你自己福薄，可以见儿子孙子身登龙门。”

“天道福善祸淫，祖德原本不薄，都给你折尽了。你养的那几个小厮，总有一天夺了你命去……”

……一路说着，贾士芳款步踱过来，站在钱蕴斗身后立定了，却一时不言语，盯着众人嗟讶一叹，仿佛不胜感慨。范时绎冷冰冰看着他，半晌才道："《道藏》万卷浩如烟海，不在口舌之间，你不安分，挟技入世，淆乱视听，已经犯了天威。你不收敛，恐怕祸到无门。"

"我学成道家三昧，奉师命出龙虎山济世，济世也是修道。"贾士芳满不在乎，笑嘻嘻说道，"这酒楼上三十一人，你们尽有相识不相识的，于我却没有秘密。我不违天行事，天也无奈我何。你看——"他说着手指成兰花状一弹，满楼五六支蜡烛突然同时熄灭，楼上顿时漆黑一团。人们被他突然露这一手惊呆了，竟谁也说不出话，漆黑中听贾士芳的声音瓮声瓮气，像是从很远的地方传来："太黑了吧？今天十月初三，这时候不该有月亮。我借来一片清光，为诸位佐酒。"

众人惊惶间，外边浓重的云已经散为莲花云，透明的，粉色的莲瓣中略带迟疑地闪出一轮明月，银色的清辉从南边一溜亮窗洒落进来，满楼都是融融宜人的月光。

"这是'小道'能办的？"贾士芳满意地看着对面目瞪口呆的范时绎，格格笑道，"这楼为我设，此雨为我兴，那河为我涨，彼桥为我坍，这是一会人物，天意是天意，我勉尽人事而已。"范时绎按捺住心头的惊慌，悄悄用手按住了剑柄，闷哼一声，说道："你是白莲教的吧？我虽是武将，却是文进士出身。自幼饱读史籍，何事不知？颠倒五行阴阳，你晓得前明徐鸿儒？你老实点，回你的山，修你的道，不然，三尺王法正为你设！"贾士芳将手一摆，已又是灯明月暗，竟向范明绎一躬致谢，"你的话和我师父的话一样，是正理，所以我不驳你，但我确不是白莲教。乃是江西龙虎山娄真人关门弟子，专门出山了却俗缘。我不悖理违法，从善行济世，你钢刀虽快，难杀我无罪之人——这位先生，方才你叫我，来为你推休咎的么？"他把脸转向了钱蕴斗。

钱蕴斗和蔡怀玺都被他方才的幻术弄得五神迷乱。钱蕴斗这时想到是自己失态，招这道士来的，因点头说道："真人面前不说假话，这楼上多一半都是钦犯。这一番解往京师，吉凶如何？"

甘凤池曾静石江那一桌客人，原也纳闷这一群男女客人，突如其来坐得满楼皆是，却又互不言语各自闷头吃饭，至此才明白，原来是朝廷解往京师伏罪领刑的待决钦犯！

第二回　贾道士挟术演神技
　　　　　李制台行医救畸零

　　贾士芳环视周匝，苦笑着点了点头，喟然一叹说道："生死事大，其理难明。"他用手指了指旁桌的乔引娣，又指了指蔡怀玺，"生未必欢死未必哀，君子知命随分守时而已。"范时绎心头不禁一震，军机处转来的廷谕：捉拿十四阿哥允禵身边的奸人，名单上头一个就是蔡怀玺，押解回京的内侍，批文也赫然写着：乔引娣等四十三名男女宫人。现在这些竟被这个年轻牛鼻子道人随口道出！这个贾士芳究竟是什么人物儿，范时绎真的起了戒惧之心。看看西边一桌，甘凤池一干人旁若无人地大吃大嚼快靴腰刀掩在袍下，举手投足孔武有力，似乎也都不像什么善人……范时绎呷一口酒，心里打着主意，却听蔡怀玺笑问："活神仙，怎么一到节骨眼上就嘴里含了个枣儿？你倒是说明白点呀！"

　　"没有什么不明白的。"贾士芳干笑一声，径自为蔡怀玺斟了一杯酒，轻轻一推送到蔡怀玺面前，"想活的死不了，你不想活，我有什么法子。"蔡怀玺举杯一饮而尽，还要攀谈时，楼下一个军校匆匆上来，对范时绎耳语几句，退后听命。

　　范时绎似乎怔了一下，随即起身对贾士芳道："道长，今儿个真是幸会。不过我公务在身，实在不能相陪——"他转过脸，对早已停了箸的众人道："都吃饱了，这里不是闲磕牙唠话的地方儿，下去安歇了，明儿还要赶路呢！"于是众人纷纷起身，押着蔡怀玺钱蕴斗和乔引娣一干人犯默默下楼。一阵浊重的步履响过，偌大酒楼上立时显得空荡荡的。范时绎瞟了一眼西边筵桌，对若无其事含笑站在身旁的贾士芳道："请足下留下行止住处，日后我一定奉访，有些事情还想请教。"

　　"出家人四海飘泊，哪来一定的行止？"贾士芳笑道，"有缘的自然再见，没缘分留下行止住处也无益。"说罢便打一稽首。范时绎对这位能颠倒阴阳不卜而知的道士也真的不敢轻慢，双手一拱说道："但愿有缘。"遂款步下楼。

范时绎下楼便是一怔，方才上楼的军士禀报，只说"江南巡抚李卫来了，在楼下候着"。他职在守护清室帝后陵，原本不受李卫节制，只早年在四川成都当城门领时和成都县令李卫过从密切，也想不透李卫何以突然出现在这个偏僻小镇。更使他吃惊的，李卫身边还站着一个人，不到四十岁年纪，通绣四爪蟒袍，石青补服，戴着金龙二层朝冠，颤巍巍缀着十颗东珠，正是当今雍正皇帝御前第一宠信爱弟怡亲王允祥！允祥大约身体受了寒，咳得满脸潮红，疲惫的眼神盯着范时绎，良久才道："你这狗才，愣什么？不认得你十三爷？"

"奴才范时绎给爷请安！"范时绎这才回过神来，忙打下千儿，说道，"奴才是古北口爷练过的兵，怎么敢慢主子？——太出意外了，靠山镇离着这里五十多里路呢，这黑天这路，爷怎么走来？"允祥笑着对李卫道："你听听，这是带兵的人说的话——差使不要紧，我才不肯黑灯瞎火来接你呢。就在这里，你和李卫交接。由李卫带乔引娣他们回京，你的人随行。你呢，随我回马陵峪，我要去见一见十四弟，有旨意和他谈谈。"范时绎这才和李卫攀话，"又玠公几时到京的？我瞧着也是气色不好，是冒了雨了吧？"

李卫是雍正皇帝藩邸时侍候书房的贴身小厮，放出去做官，一步步做到封疆大吏，最是雍正另眼相看的人。却是生性豪迈不羁做事果敢机敏，听范时绎说，嬉笑道："我们有几年没见面了。这会子想起来，真是人生何处不相逢！我和十三爷一样的病，一路咳嗽得此伏彼起，怎么会有好气色给你瞧？告诉你个好信儿，你哥子范时捷已经接了我的印，部议调到四川当巡抚。好嘛，兄弟俩一文一武，舅子们，家坟头大冒青气喽！"说得允祥也是一笑。当下范时绎便交割差事。备细说了如何拿到汪景祺一干策动允禵谋反的兵犯，又怎样奉旨到景陵捉拿蔡怀玺钱蕴斗和乔引娣等人……及到京移交人犯牌票手续也都交代了。又道："今儿因为雨，岔了道儿。前头还有二百多里，虽说是京畿，近来民间官场对十四爷的事谣言很多，也有传言江湖好汉要劫持大将军王、拥山头扯旗造反的——请又玠公多留心——就楼上这群人，就难说是个什么背景儿……"因又详细说了方才楼上贾士芳、曾静、甘凤池一干人情形，足用了一顿饭辰光才算交代完毕。

"李卫，"允祥一直在旁静静地听，直到范时绎说完，方才吁了一口气，"不要大意。忘了我路上跟你说的话么？像这个姓贾的，呼风唤雨都做得来，要是匪人，我们怎样应付？主子再三叮嘱，一定要把乔引娣他们平安送京，死了逃了磕了碰了都是不好交代的，你不要马虎，人交给你，都是你的干系。"李卫笑道："十三爷，您只管放心。乔引娣虽说要紧，总比不过十四爷。江湖上的传言，无非年羹尧坏事被拿，加上年羹尧的幕僚汪景祺到景陵联络十四爷，原是想着劫持十四爷到青海，拥立起来竖旗反回北京。如今阴谋已经网包露蹄儿，谁能临时拉起一支队伍，又劫了十四爷去占山为王？何况十四爷并没有起解北京，他们劫一个女子好派什么用场？爷今晚尽情倒头好好睡一觉。护卫的事交给奴才，有半点闪失，奴才也枉叫了'鬼不缠'了。"说罢叫过范时绎带的军将，一一布置区划关防，又送允祥和范时绎到上房安歇了。掏出怀表看看，戌时将尽，那雨兀自烟缠雾绕星星点点地丢落着，李卫因见楼上依旧酗酒高歌，众人猜拳行令十分热闹，陡地闪过一个念头，想也去会一会这群人。抬脚正要上楼，隐隐听得店铺外有人嘤嘤哭泣，像是女人声气，便住了脚。叫过跑堂伙计问道："你这店平常也是这么多人住店，这么热闹么？"

那跑堂的大伙计刚刚督率着众人收拾了范时绎这批人用过的桌子，忙得满头是汗，听李卫问，忙赔笑道："回老爷您呐！这地域平日不成。早年驿道打这过，还要热闹呢！打从康熙爷修了马陵峪到靠山镇的驿道，又在洵河上造桥，这边就不行了。谁肯绕几十里道儿再走沙河这边呢？"

"那今晚怎么这么巧，你这边就这么热闹？"

"这是天照应。"那伙计十分健谈，一哈腰又道，"洵河桥冲毁了，南来北往的要去京师的、要出门的，还得走这大沙河。方才我们老板还说，要在洵河岸桥边修一处分店，老店还是不能丢，这是块风水宝地……"

"唔，"李卫沉吟了一下，"你这店是百年老字号儿，据你看，楼上这几位是什么来头？"

"这个说不好。反正来了，都是小的财神衣食父母。"

李卫一笑，又道："外头像是有人哭？"那伙计被这东一榔头西一棒槌的问话弄得有点迷惘，眯着眼儿回道："是个要饭婆子，还有十六七岁一个毛头小子，兴许是病了，又没钱住店，老婆子抱着他哭呢。爷要嫌聒噪，小的这就撵了去……"说着便要开门出去，李卫手一摆，说道："慢！哪里不是行好积善？我瞧瞧看是怎么了。"说着拉开门出了店。

此时已近子时时分，又阴着天，乍从亮处出来，李卫顿觉漆黑一团，只觉得潮湿得冷雾一样的"雨"浸透骨髓，半晌才定过神来，果见店对门沿街榜下黑乎乎蜷缩着两个人影，走近了，才看清是个六十岁上下的老婆婆坐在台级上，怀中横卧着一个小子，暗地看不清面目，只那老婆子已是哭得声音嘶哑："儿啊……你醒醒……你这么去了，娘怎么过活……"

"老人家，"李卫又近前一步，听那老婆子不管不顾哭得悲酸伤心，又道，"老人家，他——怎么了？"老婆子这才抬起头来，咽着声气道："这孩子昨儿不小心，被恶狗咬了一口。不知怎的就病成这样……我们不是穷人，到这里来是奔他爹来的，偏那个老不死的这个时候跟人家出去走镖，不知哪里撞尸去了，连这里的镖局子也给人砸了……他又病成这模样，可叫我怎么办啊……"老婆子说着便又要放声儿。李卫皱了皱眉，温声说道："这么着一味哭，不是事。这样，进店来，先暖和暖和身子，喝口水，再寻个郎中——"李卫说着，不料那小伙子蝎子蜇了似的大叫一声："水！我不要水……水……我好头疼，吓死人了……把这人打出去！"

疯狗病！李卫浑身一颤，急速说道："这耽误不得，快！进店来，调治早了兴许还有救！"老婆子在暗中泪水滢滢望着李卫，问道：

"你……"

"别问这个，我是叫化子出身。"

"好人哪！"

"这不是念经时候儿，快，进店来……"李卫说着，便向老婆子怀中抱过那小伙子，忙忙地过来，一边叫店伙计，"近处有生药铺没有？

这边架上药锅子，我开个方子，抓药煎来就吃！"老婆子跟在后头，口中只是喃喃念佛："南无阿弥陀佛，南无地藏王菩萨，南无药王菩萨……"那伙计方在犹豫，恰后头霍英听见动静出来查看，喝道："混账！还不快去，找死么？"

李卫见霍英出来，一边安放沉迷不醒的病人，一边道："你叫霍英！我说方子，你写，写完你去抓药，快，预备纸。"霍英忙应一声，急切中找不到纸，摘下水牌提笔等着，便听李卫说道：

　　防风　白芷　郁金（制）　木鳖子（去油）　穿山甲（炒）
　川山豆根　（以上各一钱）　金银花　山慈菇　生乳香　川
　贝　杏仁（去皮、尖）　（以上各一钱五分）　苏薄荷（三
　分）

说完，便道："快抓，快煎，快服！"待伙计和霍英忙不迭都去了，李卫方松了一口气，对满脸泪痕，怔在一旁的老婆子道："你坐着歇歇。这个症候虽险，服下去我这药，先护了心，再慢慢调治，再没个不痊愈的。"

"先生原来是个郎中？"老婆子怔怔说道，"这也真算我儿命不该绝——"她扑地双膝跪下，"老婆子没法报你的恩，只有给您立长生牌位，天天生佛烧香罢了……请赐下您老尊姓大名。"李卫一笑，上前搀起老婆子，说道："我说过，我是个叫化子出身，正牌子的叫化子都懂两手对付恶狗的法子。方才那药只是应急，这病时犯时好的，得两三年才调治下来呢！"老婆子正要说话，一阵楼梯响，甘凤池在前，曾静跟在身后，还有五六个伙计打扮的人，一色青布对襟蜈蚣套扣衫，黑孝绸灯笼裤，薄底黑缎靴脚步轻盈迤逦下来。李卫仔细搜寻那位贾道士时，却不见影儿。因站在灯影儿下装作查看那小伙子伤势，不住打量甘凤池。

甘凤池似乎心事重重，苍白的面孔上一对浓重的卧蚕眉紧紧蹙着。他三十多岁年纪，穿着件水色府绸风毛夹袍，连腰带也没系，没戴帽子，一条又粗又黑的长辫直垂到腰下，脚蹬一双黑缎面鹿皮快靴，显得

又英武又洒脱，却是脸上笑容全无。跟在他身后一个伙计一边走一边劝说着："师傅，他那不过左道旁门，算不得真本领，您何必计较他？真的要寻他的事，回南京寻着生铁佛师伯，怕逃了他公道？再者说，龙虎山娄真人是姓贾的师父，和您也是至交，说一声，张真人免不了要治他的……"甘凤池吁了一口气，说道："这不是体面拳，也不是大事，不要说了。这个姓贾的，也带有老桑的信，也该是一会同志。我是生他这个气，小节不拘，大事也不同心，不像话！"话还没说完，买药的霍英已经提着几包药进来，倾进药锅，顿时药香满室。甘凤池不在意地看了看李卫，又审视了一眼晕在地下的小伙子，问道："你是郎中？他害了什么病？"

"他是给疯狗咬了。"李卫咬着一口细白的牙笑道，"我用这个偏方儿给他救治一下，其实也算不得什么郎中太医。"甘凤池是两江两浙有名的大侠，李卫在两江臬司任上不知捉了多少他的门生，一直留心这位黑白两道上都蹚得开的"小孟尝"，想不到竟在这燕山小镇中邂逅相逢，想到自己方才接的差使，心里对这群人存定了戒心，便不肯多话。

甘凤池却不走，死盯着李卫，半晌才格格笑道："想不到李制台身居高位，居然还有医国之手。佩服佩服，今儿个可真有点狭路相逢啊！"

李卫听得身上寒毛一炸，自己主持江南臬政任上，不知拿了多少甘凤池手下党徒，此人竟能到北京来寻自己的晦气。看那几个伙计，也是一个个剽悍孔武一身铮劲，也都不像良善之辈。回头看看，几个军校也从店后出来，李卫方略觉放心，和甘凤池四目相对，良久才嘻地一笑，说道："你大概喝贾士芳的马尿喝得多了，要寻叫化子的事是么？我并不认得你呀！"

"可我认得你！"甘凤池冷笑道，"你在南通拿了我的徒弟胡世雄，连审都不审，也不申报朝廷，就那么一刀宰了；还有罗松，你追逼拷打，寻问他营救胡世雄的主谋。你是不把我送进死牢决不罢休啊！你李卫是清官这我知道，可你为什么总和我过不去，我一没犯王法，二没挖了你祖坟，你几次扬言要掏了我的'贼窝子'，今儿既遇着了，我就想问问明白！"李卫目不转睛地望着甘凤池，半晌"噗"地一笑，"你说的都是有的。只是那是我的饭碗，有什么法子？你追到这里忒辛苦了的，要怎么着，你说个章程!"

"我也不要你的命。"甘凤池铁青着脸，阴郁地说道，"无法非礼的事甘凤池从来不做。不过，汪景祺是家父的结义兄弟，如今被朝廷拿了。是你押着他进京问罪的吧? 我想见见，给他钱饯行，顺便问问他的案子，我好到北京打点营救。李大人和我多年'神交'，讨这点面子，总不至于叫我太难堪吧?"李卫见汤药已经煎好，那老婆子怔怔站着，似乎听得入神，便亲手接过药碗，扳起小伙子肩头，用羹匙撬开吐着白沫的嘴，一边小心地灌药，口中道: "我一点也不想让你难堪。你的兄弟里头帮我做事的也大有人在，我也当着是我的兄弟。你的兄弟也是我的兄弟，咱们两个论份儿也是兄弟喽。既然都是兄弟，有话自然很好商量……"他口中絮絮叨叨，手中灌药，从容不迫，听得甘凤池又好气又好笑，一口截断了说道: "我知道李大人诨号'鬼不缠'，还有人叫'您缠鬼'，不过我今儿没工夫听人嚼舌头。我要见一见汪景祺，这个面子给不给?"

李卫灌完了药，用手按按小伙子脑后和额头，满意地咂了咂嘴唇，直起身子，灯影下看去，他已经变得神气庄重，对那老婆子道: "不妨事了——"又转身对甘凤池道: "我当然买你的面子，昔日小孟尝，今世大郭解么! 不过，汪景祺实实不在这里，已经另外押送北京。我李卫也是条汉子，跟你说明白，就是我押解，我也不敢违法让你们见面，将来他绑赴西市，你想见见，送一席钱行酒，我是成全你的。"

"说得真好!"甘凤池呵呵大笑，倏地又收了笑容，"我是久仰你的大名儿，顽皮无赖封疆大吏，所以多少有点不及。能不能容我放肆查看一下你带的人犯?"

"这恐怕不成。"李卫仍旧一脸嬉笑，"这沙河也是王法管的，这群兵卒是朝廷的。就算我李卫没话，他们不肯答应，扫了你面子也不好。你一口一个知法守礼，这叫识时务，照我方才的话，井水不犯河水，将来李卫倚重你的地方多着呢! 何必把饭做夹生了?"

甘凤池咬着牙，看着这位油盐不进刀枪不入的无赖巡抚，向前跨了一步说道: "我要是硬要看一看呢?"

"给你儿子灌一口热茶——看来我还得和甘大侠打打擂台——"他又

转向甘凤池，"我在这救人，你却想害我？你可真称得'大侠'二字。人要是自轻自贱，那可真比这疯狗病还难治！"说着对站在霍英身边早已跃跃欲试的一群戈什哈道："你们不知道这位甘大侠，过了黄河，江南江北黑白两道，上至督抚大佬，下至绺窗子贼，提起这位甘英杰，没有不倒履相迎刮目相看的。我李卫还要回江南做官办事，不能不给足他面子，他只要不动武，你们不可孟浪拿人，听明白了？"

这群戈什哈从来没见过这种场面，也从来没听过官场大员这种指令，个个面面相觑，参差不齐地答应一声"是"！却都不肯离开，目不转睛地盯着甘凤池。霍英暗中不言声悄悄拔出绑腿中的匕首，冷不防"嚓"地向甘凤池面门掷了去，料是他正和李卫斗口，这一刀即使要不了他的命，至少也要扎他个血流满面。不想甘凤池看也不看一眼，趁那匕首将到未到时，即速抬手，食指中指一夹，匕首已颤巍巍夹在手中！

"凭这点小伎俩想弄倒我甘某人？"甘凤池冷笑一声，把玩着那柄匕首，少许时间，便见那匕首被火煅烧了一样变得殷红——团了团已被捏得核桃大小，攥在手里，那铁汁子冒着青烟，一滴滴坠落在潮湿的地下，发出"哧哧"的响声。甘凤池直到匕首在手中熔化完，掏出手帕揩了揩手，方轻松地笑道："李大人，你们不要惊讶，我这点子手段并不是想在你跟前卖弄，石头城八义兄弟，我这点本事只能摆到第六。我只是想告诉你，不要和我动干戈，我们玉帛相见，让我见一见汪景祺，我抬脚就走人。"

楼前这一幕情景早已有人禀报了院后的允祥和范时绎，他们赶出来看时，正是霍英掷匕首时。范时绎原本要叫人拿甘凤池，但见他如此本领，李卫又近在身边，存了投鼠忌器的心，口张了几张又咽下去。允祥在旁也是眉头紧蹙，许久才道："足下如此身手，出来为朝廷效力不好？为什么要和贼匪勾连呢？"甘凤池回头看了看允祥，哼了一声道："尽忠尽义都是大道所在。我并不和朝廷作对，汪景祺是我的朋友，我想见见也算不得犯王法。"

"哪个有工夫与你磨牙！"李卫脸色倏地一变，大喝一声，"给我拿下！"

"喳！"

霍英等十几个戈什哈答应一声，立刻从桌后扑了上来。甘凤池的五个徒弟"嗖"地各人从腰间抽出一条软鞭，站定了方位护住甘凤池，霎时间满屋都是黑雾一样的鞭影。霍英见攻不进去，举起一张桌子猛力砸了进去，只那鞭子舞得密不透风，噼里啪啦几声碎响，方桌未到甘凤池身边已被鞭力切成无数碎木块，纷纷落地！甘凤池嘿然一笑，对李卫道："大人，这是你逼我，你没有贾道士的妖术，大约难逃我的手。对不起，只好请你留下作人质，请出汪先生，我们说几句话，我自然撒开手。所有得罪处，回江南后我负荆请罪。"说着伸手便去揽抓李卫。忽然，他觉得一个人用手轻轻拦住了，虽然力道不强，但运足了力气也摆脱不掉这只手，定神看时，竟是那个老婆子抓住了自己的手臂！甘凤池大吃一惊，向后退了一步，惊讶地打量着这位讨吃乞丐似的老婆婆，颤声问道："你——你是什么人？"

"我是他妈。"老婆子两眼昏花，颤巍巍的声气，指着平倒在春凳上的儿子说道，"我儿病成这样，得指望这个太医给看脉行方，你把他弄走了，我的儿怎么办？再者说，这个李大人也是我的恩人，我也不能袖手旁观哪？"

甘凤池上下审视着这个老太婆，穿一身靛青粗布衫，滚着一道蓝花绣边，青灰布裤脚下一双小脚缠青裹腿。也就三寸许长，虽说不上褴褛，上下都是泥浆，毫不出眼的一个乡间老婆婆，怎么也想不到，这么一个老女人竟有如许大的膂力，稍一拽，自己的手就伸不出去！甘凤池方凝思间，老婆子又道："瞧着我薄面，撒开手，等我儿子病好，你和李大人有什么过节，你们自己去料理，好么？"此刻，允祥范时绎，连李卫都看得目瞪口呆。甘凤池知道遇了劲敌，暗自运足了气，冷丁里一个"通臂猿掏果"，"唿"地冲老婆子面门打去——只听"砰"的一声，那一拳着着实实打在老太婆鬓角上。甘凤池只觉得好像打在一个生铁铸的镇庙石上，右手中指顿时痛彻骨髓。他是武术大家，在江南石头城八友中排名虽然第六，其实最爱闯荡江湖，四处以武会友，名声还在号称生铁佛的第一好手之上。这一拳志在必胜，运足了力气，竟然一下子打折了自己一个中指。这一惊非同小可，后退一步，对徒弟们说："给我使劲用鞭子抽！"徒弟们见师父一拳打不倒这个老婆子，原已是惊呆了。

听师父一声招呼，五条软鞭墨龙似的，几乎同时劈头向老太婆抽去，齐声叫道："着!"

"甘凤池也会以众欺寡，好样的!"

老婆子冷笑一声说道，伶伶仃仃挪动了一下小脚，毫不出奇的步法，五条鞭子竟一齐落空。待第二鞭扬起，她突然纵身跃起，足有一人来高，就空中从容打个转身，双手一划，五条鞭子竟被她捉到四条……轻轻落地，用手一抖一送，四个徒弟鞭子一齐脱手，噔噔后退几步才站定马桩。老婆子冷笑着，将四根鞭子总起来用手提拉，那鞭子如细绒败絮纷纷断开落下。老婆子不屑地哂道："还敢无礼么?"此刻前头庭里老板伙计，后头允祥范时绎霍英，还有十几个军校都已看得五神迷乱如对梦寐。饶李卫见多识广，也呆坐在椅上瞠目不语。

甘凤池面如死灰，他一直怔怔地在观察老太婆的身手，除了那一纵，动作都毫无出奇之处，怎么会两个回合就打败自己师徒六人? 眼见再打只有更取羞辱，甘凤池摆手命徒弟们住手，平捺了一下自己的心火，抱拳一拱说道："领教，我甘凤池认栽了! 请教老太太尊姓大名，我再练三年，一定登门求教。"

"这也没什么好瞒你的。"老婆子俯身看了看小伙子，见小伙子已经睁开眼，放心地转过身，对甘凤池道，"我是端木子玉家的。"

"端木世家!"

甘凤池身上一颤，武林中世传"南皇甫北端木"耳闻已久，却从来不在江湖中走动，也不曾遇到过，想不到偶然间在这个山野小店里竟撞到一处! 想着，不禁改容笑道："原来是端木夫人，方才的话失敬得很了。我也没别的意思，只是汪景祺是家父结义兄弟。这义气上，他如今身陷囹圄，想邀见一面，赠点盘缠。我也知道李大人是'官中豪杰'，必定不介意凤池鲁莽。"老婆子笑道："甘大侠我久仰了，古道热肠令人钦敬。不过我可不敢当'夫人'这两个字。我只是端木家一个奶妈妈，因为长得黑都叫我'黑嬷嬷'。我在端木家伏侍主子三十年，放出来和老头子开了个镖局。这是我家少公子，因为一点小事和老爷闹别扭，私自出门，途中没有盘缠，又冻病了，被恶狗咬了一口。他吃我的奶子长大，就奔了我。我这是护送少公子回山东去的，路上他犯病犯得这样，亏得这位李大人救下，万一有个三长两短，黑嬷嬷怎么见我的主母老爷呢？"说着连连给李卫蹲福，"我知道您老是贵人，好歹救下我家公子，您用着我时，水里火里只一句话，黑嬷嬷报答您的恩！"

"这不算什么，我是讨过七年饭的人，如今做了官，还长着个讨饭人心。"李卫听着他们的话，左右权衡，已是得了主意，恬然一笑说道："甘大侠，叫化子不打诳语，汪景祺真的不在这里。就是在这里，他是未审的钦犯，别说是见外人，就我也不能随便和他说话。像你这样，是在江南称雄惯了，这京师御辇之下，不同石头城啊！我将来还要回南京，有许多倚重你处，我们不要为这事生分了。留作将来见面办事地步，成么？"说罢一揖到地。范时绎见李卫对甘凤池如此谦逊诚挚礼敬有加，又见允祥含笑一语不发站在身边，心中暗自诧异。刚要说话，允祥悄悄拽了一下他衣袖，便没言语。

甘凤池起初以为李卫挖苦自己，脸涨得通红，听到后来，方知李卫一片心地要结纳自己，喟然一叹道："甘某纵横江南二十年，今日一会，方知天外有天，人外有人。往后端木家人遇我门徒，只须通报一声，自该退避三舍。李大人义气，甘某也不敢忘——再会了！"他抱拳一拱，曾静和他的徒弟们随后，脚步杂沓出店，消失在黑暗之中。

第三回　　黑嬷嬷闲说江湖道
　　　　　　奉天王违制进京华

　　甘凤池一群人离店而去，李卫一颗悬得老高的心才放了下来。他命人将端木公子抬到后院自己住的套房外间，褪下他的裤子仔细查看伤势，只见大腿肘弯处两排牙印深入肌里，核桃大一块肉连衣粘在伤处。一条腿肿得水明发亮，靠伤口马掌大一块凸起，却是乌紫烂青血渍模糊。看那端木公子时，已醒得双眸圆睁，只咬牙忍着痛楚，似乎还不能畅快说话。李卫命人烧了一大盆青盐皂荚水，让黑嬷嬷用生白布蘸着轻轻给端木清洗着伤处，自己在伤口周匝不停地擦抹着薄荷油，一边抹一边问："端木公子怎么称呼？你家世代武林领袖，一条狗怎么伤得了你？……不妨事，这个症候虽险，救治得还算及时。再不至于伤了你命去的……"

　　"这是我家三少爷，叫良庸。"黑嬷嬷一边轻轻为他抹擦，噙着泪说道，"世上没有哪条野狗能伤了他。他犯了家法，不合喜欢上了刘逊举老爷的女儿，老爷就放疯狗咬他，他逃得这条命真是神佛保佑……"

　　李卫睁大了眼睛，世上有这么狠心的父亲，儿子喜欢上别人家的姑娘，就行这样的"家法"？黑嬷嬷帮着李卫为端木良庸包扎了伤腿，叹了一口气坐到墙边木杌子上，缓着声气说道："我们老爷什么都好，恤老怜贫，从不作践下人。就是一宗，认死理儿。自永乐年间靖难兵起，端木家被永乐爷满门抄斩，只逃出一个太祖公，对皇天发下重誓，子孙里头有和官宦人家联姻的，定杀不饶，三百多年里头传了十一代，隐居在山东即墨，只是放佃作生产，暗地教读子孙学文学武。儿孙们谨遵这祖训，没有一个敢和官府仕宦人家联姻的。"李卫笑道："这家规真定得格外，天下人都像你们端木家，我的女儿嫁给谁呢？"

　　"可不是的么！"黑嬷嬷拍手打掌叹道，"我在端木家几十年，远的不说，良庸的叔爷就是盂兰会上和一个进香女子好上，那边是巡盐道家，曾祖生生把他叔爷关扣了三年，直到巡盐道一家子回原籍卸任才放出来。他叔爷一气之下，就出家当了和尚……可也作怪，听祖上传下来的话，几个犯了家法私自在外和人相好的，不是爹娘，就是伯叔，总有人病死。这条祖训也真成了端木家的家忌了。一听官家到府上拜望，除了家主，家里少爷、姑娘都躲起来不敢见面。"李卫笑道："真有意思。良庸又怎么敢犯这条祖训呢？"

二人正一递一语攀话，躺在旁边一直沉睡不语的端木良庸轻轻一动，口中喃喃道："梅英……梅英……"他突然睁开了眼，灯下看去，目光已经变得很柔和，不像李卫刚见他时那样又白又亮的刺人了。良庸怔怔地看着黑嬷嬷，又看了看李卫，问道："我这是在哪儿？"

"你到鬼门关走了一遭，如今在阳世。"李卫笑道，"这是劫数。你端木家法不和官家交往，偏偏你就爱上了个梅英，又是我救下了你，你的嬷嬷救下了我，我可是个不小的官呢！这是一笔算不清的账。"黑嬷嬷小心替良庸掩掩被角，噙着泪花笑道："小祖宗，你要吓死老婆子！亏得这位李大人，心好，也懂医道，不然你可怎么了？"一头说便拭泪。李卫俯身摸摸端木良庸额头，说道："穷人分善恶，官人也有三六九等。你们怎么就这么个混账家法？——你爱的梅英是谁家闺秀，你的事我包揽了！"

端木良庸在枕上轻轻摇头，苦笑道："这是我家三百年的规矩，谁也动不了。请教大人台甫，不知该怎么称呼？"李卫道："我叫李卫，是江南巡抚，虽是官面儿上的，江湖上有名儿'叫化子李'。人家帮我查族谱，也是永乐靖难败落下来的，还送了我个字叫'又玠'。你这么年轻，叫我个又玠叔，不算玷污你端木世家吧？——说说罢，你和哪家官宦女儿好上了，你爹和谁相好？这个筏我是作定了！"

"是即墨县陆陇其大令的女儿，叫梅英……"端木良庸此刻神清气定，灯下显得十分安详，接过黑嬷嬷递过的水呷了一口，舒缓地说道："今年四月初八浴佛节，她去大悲寺进香，被几个恶少纠缠住了，我奉了爹的命，去即墨运瓷器撞上了这事，就出手救她。我和梅英当时连句话也没说，送她回家我才知道是陆家小姐。这件事本来已经了结，也是缘法凑巧，五月端阳爹叫我去四眼泉取水，恰又碰到梅英和她妹妹去采桑，顶头儿见面，不得不说几句话。回去我就觉得心里空落落的，梅英的影子一直在眼前晃，家里人慢慢看出来我心神恍惚，询问小厮，才知道这个过结儿，爹就禁止我出门。谁知八月十五催租，人手不够，爹叫我东乡去召集庄头商议收租的事。鬼使神差的，梅英外祖母也在东乡，竟是我家佃户……我在东乡十里庙'催'了整整十天'租'……多一半时辰倒是和梅英一处……这一来，就包不住了。"他一双清秀的目光凝视着天棚，像是在回顾那十天令他终生难忘的经历，幽暗的灯烛无力地跳动着，他的话却十分清晰："我们端木是圣人七十二贤弟子的后裔，我不敢说祖宗有什么不是。我真不明白，他们哪辈子结下的冤孽，凭什么叫我们后代儿孙承当？我……和梅英好，是我的不是，她家也是家法大，我死了没什么可惜，可她……"他凄声长叹一声，不再说下去了。

一时屋子里三个人都没言声，里里外外一片死一样的岑寂，只有起更的梆子在远处暗夜的巷弄中单调而枯燥地"梆！梆梆……"响着。

"真像戏里头说的，有意思。"李卫许久才从遐想中回过神来，笑道："陆陇其是出了名的清官；端木，又是山东望族，圣贤后代，——这也是门当户对的事嘛！老爷子就这么古板！何况陆陇其已经死了多少年，有什么过不去的事，苦苦要难为两个孩子！你安心养病且就跟着我，我到北京走一遭还要回山东，你这闲事我是管定了。"黑嬷嬷这才问道："李老爷，甘凤池的地盘在江南，你又是当地一方诸侯，你们怎么在这儿聚了头，他又何苦得罪你呢？他那么无礼，你又为嘛子容忍他。就算他本领大，这里是京畿重地，你又带那么多兵，还擒不住他这五六个人么？"

李卫慢慢站起身来，缓缓踱着步子，什么也没说。他今日营救端木，全然出于恻隐之心，并没有施恩图报的心思。李卫出身寒微，自小儿讨饭被雍正买入王府为奴，从没有进过学堂。但一放外任为成都县令，一举缉拿"天府十三太保"，积年大盗渊薮清除，四川通省治安一夜之内为天下之冠；升迁任湖广首府，弥月之内连破江汉"香堂三圣"、"龟蛇二杰"两个统驭全省的窃贼窝子。绿林豪杰闻风震慑，成了天下

闻名的缉盗能吏。凭着这个本领，加上他是雍正藩邸的旧门人，自雍正
即位四年之间，连连升任直到江南巡抚，又改任两江总督，却又奉密
诏，总管天下缉捕盗贼事。他这次进京述职，雍正三次接见，都是说的
治安，还特地提到甘凤池等人，严令从速捕拿。但李卫却另有见识，他
认为甘凤池、宋京、窦尔登、生铁佛、吕四娘、一枝花、圣手二、莫卜
仁这个所谓的"八义"其中良莠不齐。有的打家劫舍为非作歹，纯粹是
土匪；有的是为生计所迫鼠窃狗盗不足为大害；有的还和白莲教渊源甚
深。像甘凤池、窦尔登，则是惩恶扬善扶弱抑强的江湖豪客领袖，引导
得方，可以为朝廷所用。一体擒拿，反倒将这些不同的人挤到一处与朝
廷为敌。因此，对甘凤池抱定的宗旨是结纳安抚。今夜他不肯认真捉拿
甘凤池，也就为这个缘故。出乎李卫意料的是，山东端木家一个奶妈子
的本领竟远在甘凤池之上，江湖上的事他原觉得心中有数的，如今看来
反倒懵懂了。李卫徘徊了半晌，笑道："你问我这个，不好答。甘凤池
是好汉，我李卫也是好汉，这叫惺惺惜惺惺。我在江南管军政，兼管缉
捕天下盗贼，甘凤池门下我拿了不少，有些罪大的，我杀了。我是朝廷
的人，不得不如此，可甘凤池这人人品我敬重。他也只是想看看朋友，
这不算罪，所以我不能丁是丁卯是卯公事公办。"说着，掏出怀表看了
看，说道："快到子时了，我到后院还要商议些事。恶狗伤毒，医家说
是无药可医的症候，只有叫花子有这个不传之秘。良庸富家子弟出这
事，已经是一奇，恰又遇了我，更是奇缘。他现在一时也回不得家，你
们主仆且跟着我进京，慢慢调养，三个月才能除根儿呢！"说着，向案
上提笔，提过一张素笺，叫过一个戈什哈，问道："你识字不识？"

"读过几年私塾？"

"我说药方儿，你写？"

"是！"

李卫因含笑说道：

　　真琥珀八分　绿豆粉八分　黄蜡制乳香各一钱　水飞朱砂六分
　　上雄黄精六分　生白矾六分　生甘草五分

说完又道:"你去抓来,这药不稀奇,炮制得我亲自来——去吧!"他对满脸诧异的黑嬷嬷又是一笑,弹弹袍角便出去了。

允祥和范时绎都还没有睡,坐在上房一边吃茶食一边等着李卫。见李卫进来,范时绎忙站起身来笑道:"太医,治病救人辛苦!——方才那阵势,我真怕甘凤池发了性子坏了又玷大人,我可怎么跟皇上交代?"李卫给允祥打千请安了,笑道:"这算什么凶险?我擒拿十三太保,单人私访,你见见那个场面儿,什么都不在话下的了。"允祥也笑了,说道:"我知道,李卫是个泼皮,他奉有特旨笼络天下绿林人物,刀口上滚出来的人了。"说着,示意二人就座。

"像甘凤池这样的人,是不肯轻易和官府翻脸无情的,他有身家有财产,一家三百多口子都在南京。何况他总领江南各路豪杰,他自己的命比我这个穷官儿贵重。"李卫笑嘻嘻,一欠身坐了,接过侍者递上来的油茶喝了一口,说道:"好香,通身都暖透了!请给前头端木主仆也送两碗去——只今夜真的有凶险。我看甘凤池气色,像是在楼上和什么人生气了似的,也没见那个捉神弄鬼的假道士下来。要不是这个黑嬷嬷,说不定真的要吃亏呢!"

允祥身子仰了仰,干咳一声,说道:"说说差事吧。我离京时皇上有旨意,叫我去景陵看望十四弟,想召他回北京替八哥(允禩)整顿旗务。如今年羹尧已经赐死,隆科多抄了家,囚禁在养蜂夹道,念在他当日西征追随先帝的功劳情分。皇上打算赦了他,命他出远差,去阿尔泰和罗刹国会议边界。一来差使办得好,还可以重用,二来他留京师容易和八爷党混在一处,于允禩与隆科多都没有好处。十四爷的事说到就里,骨子里和八哥不全是一回事。他和皇上一母同胞,说到天边是最亲近的骨肉兄弟,近来皇上龙体也不十分安。我说皇上面容憔悴,皇上说'睡不好,一闭眼就梦见太后,说想念十四弟'。皇上颏下出了些文疙瘩,清热祛邪的药吃多了,又妨了胃气,心绪脾气再不好,还不是雪上加霜。"

"十四爷的脾性您知道的。"范时绎守卫景陵,兼管着"照看"允禵的差使,允祥的话他不宜缄默,因道,"据奴才看,前几个月十四爷似乎想通了些。汪景祺的事出来,又拿了他身边的蔡怀玺钱蕴斗和引娣,如今性气大发，每天头也不梳，脸也不洗，阴沉着脸绕景陵兜一大圈，回到陵园殿里一坐就是一天，给吃的就吃，给喝的就喝，不给也不要，说句该割舌头的话，竟像是个白痴！想想他也是个龙子凤孙，到了这个地步儿，也真让人瞧着难过。"

允祥听了默然良久，说道："老十四毕竟是英雄气短。蔡怀玺和钱蕴斗是朝廷派去专门照看他的，却吃里扒外，和汪景祺勾结想和年羹尧联合称兵造乱。这样的王八羔子，专门陷主子于不义之地，有什么值得挂记的？"范时绎道："蔡钱他们也只是想劫持十四爷，十四爷自己不像是知道底细。据我看，十四爷心疼的是这个乔引娣。""这也值得的？"李卫一笑，"十四爷也真是的，乔引娣的相貌我怎么瞧也不及十四福晋，为个女人神魂颠倒，人都还说他是英雄气概的王爷！"

"人都是当局者迷。你李卫不也一样？皇上当年藩邸家法最严，你怎么就不怕，和翠儿好上了？要不是先头邬先生，你这会子恐怕还在皇庄上做苦力呢！"允祥说着，陡地想起自己，囹圄囚禁整整七年，放出来时，两个女子双双为自己殉情自尽，心里一阵痛楚。便转了话题，说道："你把人解送回京，不要忙着回南京任上。去见一见宝亲王弘历，还有果贝勒弘时，他们都有差事给你。曹寅的儿子曹頫已经解到北京，他的亏空没还清，皇上说着你追比，恐防曹家在南京流散藏匿家产。另外，一枝花女匪在江西兴白莲教，有些剿抚的事宜也要和弘历商量办理。我离京前和弘历聊过，他很有些见地，要能等我回来更好，等不及时你就照宝亲王的指示办理就是。"

允祥说着，外头进来一个军校，双手捧着一份火漆通封书简，禀道："王爷，军机处转来的，六百里加急。"允祥接过来，就着灯下拆开看时，却是军机大臣、上书房大臣、领侍卫内大臣张廷玉的亲笔书信：

> 老臣张廷玉敬禀怡王爷讳祥：据奉天将军伊章阿密札，驻盛京简亲王勒布托、果亲王诚诺、东亲王永信、睿亲王都罗接内务府咨会，进京帮助旗务。臣思此四王皆为八旗旗主，世袭罔替亲王，驻奉天积世有年，例非奉旨不得入京。询之内务府堂官俞鸿图等职官，皆称不知此事。奏闻皇上，皇上命臣即询问怡

王，知否此事，亟盼急告，切切以闻密勿，观后即焚。

允祥看完，将书简信封一并就烛火燃着了，怔怔若有所思地看着那卷纸烧成灰烬。因见范时绎和李卫都在盯视自己，笑道："你们别发怔，信里的事与你们无干。"因起身来把灯端到另一张桌前，濡墨挥笔写道：

> 衡臣枢密：札悉，莫名惊诧。此四王奉先帝诏书荣养奉天，从无干政之例。祥何许人，敢不请旨而私召入京？整顿旗务，历为廉亲王允禩的奉差，盼速将情形密陈圣上，令四王不必进京，徐图查明实蕴，允祥草。

写完，亲自用火漆封了，交给那军校，说道："你带几个人星夜返京，天明时交到张廷玉手。记住，如果四更天之后赶到北京，张廷玉已经去了畅春园，你们在园门口双闸那儿，准能见到张相。如果他已经进内，就叫侍卫张五哥代转，此外不准给第三人拆看，明白么？"

"喳！明白！"

"去吧！"

看着那军校退出去，范时绎和李卫对望一眼，似乎有点不知所措。李卫说声"夜深了……"刚要起身，允祥却拍了拍他肩头，说道："再坐一时去，我今晚有点心神不定。"范时绎料想是方才那封信件惹得这位王爷心里不安，便道："十三爷，奴才请先告退。明儿回马陵峪，营里的人都不晓得，奴才要先派个人知会一声儿，给王爷腾处房子。高其倬如今就在景陵，王爷方才说也想见见，也得通知一声，他原说这几日就动身到泰陵去的……"

"我见高其倬也没大事，至少说不是急事。"允祥的目光幽幽，在灯光下不易觉察地流动着，"他风水看得好，正在给皇上看地宫；我想请他给我也留留心，选一处住地。早已写信告他说了，这次见不见的都无所谓。"他沉吟着，突然问道："范时绎，你马兰峪守陵大营实有兵力多少？"

"回十三爷，花名册上三万二千七十三名，出差在外的除去，还有病员……能立即应召办差的三万不过一千人。"

"你吃多少空额？"

范时绎似乎有点意外，看了允祥一眼。允祥笑道："你不用瞅我，俸禄低嘛，哪个将军不吃空额？朝廷正在想办法，你不要觉得丢人。年羹尧不吃空额，那是因为他在西边打仗，军饷里的火耗银子就吃饱了他。年羹尧赐死，户部兵部查他的私财，只有十几万。其实我心里有本账，光是塔尔寺，他缴获了七十万两黄金，都没有上账，连同内地剿'匪'，他洗了几个镇子，我估约他的私财总在一千万两银子上下。恐怕是早已藏匿起来了。你实说，吃多少空额？"

范时绎知道，在允祥这样的人面前再扯谎等于自取其辱，脸一红赔笑道："主子是练过兵的王爷，真人面前不说假话。我的驻地往来的都是朝廷大员，应酬的数目大，大约也就吃三五百名兵士的空额罢了……"

"我方才已经说过，不追究这事。"允祥一笑即敛，又道，"马陵峪这个地方冲要，不单是因为景陵是列祖列宗安寝之地。它又控制着喜峰口，同时策应北京、热河、奉天这三处国家根本重地。一旦有事，随时要用你的兵，所以要有规矩，不要学江南大营，一半兵带家拖口，一半兵有名无实，拉出来实战，一点用处也没有。你可知道利害？"

"奴才领训。随十三爷回营，请十三爷监督，奴才把兵额全部补齐。"

"对了，不要吃空额。"允祥点点头，"但你有应酬，也要照顾到。我从兵部军费特支你每月三千两用度。你不要见官就奉迎，那是个无底洞。要学你本家哥子范时捷，除了皇上，谁的账也不买，你这个特简的羽林军总兵才算够分量。"

"是！谢十三爷体谅！"

范时绎和李卫对视一眼，允祥这话似训似戒，还带着点郑重其事的安抚，像是谈心，又在不动声色地安排军务，摸不清他到底想的是什么。两个人都觉得和方才张廷玉寄来的急件有关。但允祥不说，他们又怎么敢随便问？李卫叹道："其实今日朝廷财政，比起圣祖爷在时已不知好了多少，皇上要刷新吏治，我看就是抓了三件事。"

"也没有大的说头，"李卫永远是一副似笑不笑的面孔，"一是廉洁，二是节流，三是开源。"

"老生常谈。"

"是。"李卫嬉笑道，"不过皇上说过，凡老生常谈都是圣贤之言。撇开开源节流，单就'廉'字儿，有多大学问？您想让老范廉，不吃空额，可他一年年俸只有一百六十两，想廉也廉不起来。陆陇其是圣祖爷手里最清的县官，一个县令，死了谥号'清献'，这个荣耀谁有过？可家里现在式微到这地步，要女孩子抛头露面采桑度日！所以没有制度，想廉也廉不起！范时绎的哥哥范时捷是个中人，十三爷是当今皇上最心腹的股肱。不瞒你们说，前年报的江南省无亏空是假的，是我从秦淮河嫖客身上征重税，挖来的婊子卖肉钱顶了库里的亏欠。河南省无亏空才是真的，田文镜在那里当巡抚，如今又是总督，硬生生挤压着官儿们还亏空。官儿们不会屙金尿银，就逼老百姓。如今山东、安徽和江南讨饭的，你去听听，十个有九个是河南口音，这样治'贪'能是长法儿？"

允祥听得目中炯炯生光。良久，抚膝长叹道："说的是极。不过，两江总督的位子总归不能你李卫包揽一辈子，如果换你去河南当总督呢？开封只有一条黄河，没有秦淮河，你小叫花子又从哪里榨钱？"

"我有办法。"李卫笃定地说道，"从去年我就开始了火耗归公，由省城统筹安排，按各官缺份苦乐肥瘦，发给养廉银。上等县缺一年三千两，中等二千五百两，下等的两千两。今年开春，我请王命旗牌斩了射阳县令。奶奶的，你拿了我的养廉银子，仍旧不廉，李卫就下刀子——所以我江南一省没有清官，可也没有贪官。我看这法子满成！本来前年我就密奏上去了的，皇上发给年羹尧看，老年说李卫少不更事好大喜功，是个'言利之臣'，这制度没推开实行。如今年羹尧崩角儿了，旧话重提，请王爷在万岁跟前说道说道，别叫李卫落了人后头。"

允祥点了点头，说道："你那个折子我看过，皇上亲批，错别字三百七十五，说得也不像这样明白。我看这办法成，应该明诏颁布天下一体实行。过去有年羹尧隆科多挡道儿，如今没有了！"他兴奋地站起身来，似乎还想说点什么，但猛地想到四个铁帽子王进京的事，心里一沉，目光黯淡下来，咳呛几声，忙用手帕子捂住嘴，口中又腥又甜，知道是血，连手帕扔进了炭火炉里。

第四回　澹宁居雍正会风尘
　　　　　畅春园飞语惊帝心

　　当天一夜无事，第二日李卫便带了范时绎移交的人犯亲自押送京师。在靠山镇沙河店一天风风雨雨，使人觉得满天下都是这样天气，但过了顺义，因见天清气朗地土干燥，李卫着人一问，才晓得咫尺之间竟是两般气象，他越发信实了贾士芳是个能呼风唤雨的道德高深之士。

　　平安走了三天，由北驿道南下，巍巍的东直门已是遥遥在望。李卫驻马思忖。廉亲王允禩的王府就在东直门外朝阳码头旁边，押送这群"敏感"人物招招摇摇过他的王府大门，不但不恭敬，也容易引起北京人闲话猜疑。略一思量，便命霍英："你派人飞骑到畅春园报知张相爷，说我已经返京，从北直门进城。押来的这四十多个人是一处送刑部还是分头安置，我们在神武门北等着张相指示。"说罢便催动人马向西，由北直门迤逦进了京城。

　　此时正是冬初时节，北京城北人烟稀少，护城河上已经结了细冰。一阵风吹过，紫的、红的、黄的、褐的柳叶从树上碎絮一样被抛进清冽的水中，随着秋波涟漪瑟瑟沉浮。昏黄西下的斜阳有气无力地将余晖洒落下来，照射着这一群刚赶完远路、在神武门北景山下休息的车马人等，显得很是寂寥凄凉。李卫看了看那十几辆油壁车，揣想着车中囚人的未卜命运，也是不胜感慨。正没做奈何处，远处两骑飞也似打马前来。到了近前滚鞍下马，李卫才看清：一个是派去和张廷玉联络的军校，另一个也认得，是张廷玉的随身笔帖式张禄。两个人到李卫马前打千儿请安。李卫下了马，张禄忙说道："李制台，张相爷吩咐，蔡怀玺和钱蕴斗送交大理寺监押，太监们到原来大将军王府暂住，听候甄别使唤，不必派兵看管。您亲自押送乔引娣，这会子就去畅春园，递牌子请见。"

"是了，我明白。"李卫说道，"你去回复相公，李卫这就去。"说着便叫过霍英——分拨随人押送人犯。顷刻间身边只留了一辆车，李卫命霍英亲自解送蔡钱二人，吩咐道："交割了差使，别忘了要一张大理寺的回执。今天没你的差使了，你带上端木主仆，今晚就歇我棋盘街下处，我面圣下来还有话交代——就这样！"说罢跃上马，和十几名亲兵簇拥着乔引娣的车一路往畅春园行来。

此时冬日昼短夜长，从神武门到畅春园还有二十多里路，李卫一干人到畅春园双闸大门口时，已是金乌西坠倦鸟归林，昏苍苍的暮色中景致不甚清爽，但见一大片皇家御苑有的地方林木萧森，有的地方黑沉沉碧幽幽，有的地方红瘦绿稀杂色斑驳，连连绵绵十几里地红墙掩映老树绰约——刚刚下马，便见一个四十多岁的侍卫大踏步过来。李卫边下马边说道："五哥军门么？我这会子递牌子请见吧？"

"李大人，皇上这会子正接见大臣，谈得很恼，暂时不见你。"张五哥英武的面孔上带着一丝笑容，亲自接了李卫的缰绳，说道："你带上乔引娣，先在我的侍卫房里稍息，吃点点心，我陪着你说说话，该叫时，刘铁成他们自然就来叫我们了。"说罢，竟亲自到车前，打开门，轻声道："乔姑娘，到地方了，请下车来。我不便搀扶，你自己小心点儿。"

车中没有回音。张五哥又说了一遍，才听得里边衣裳窸窣，一个头发蓬乱、衣衫皱巴巴的年轻女子一手扶着车框，小脚小心翼翼踏着车镫子下来。李卫押送这位神秘的女子已有两天，为避嫌起见一路都由别的宫女照料，其实没有认真看过她一眼。此时天色虽暗了点，但实在离得太近了，睹面相对，只见她容貌也并不十分出色，瓜子脸上一头浓密的头发因为几天没梳，乱蓬蓬堆着。左腮边还微有几颗雀斑，前额似乎略高点，一双弯月眉眉心微蹙，眼睛也不甚大，但配着这样的眉，什么样的眼也会瞧得怦然心动。她紧绷着嘴，嘴角微微翘起，嘴角旁一对笑靥衬在端正清丽的面孔上，妩媚中显得十分要强，只脸色苍白得没有一点血色，令人不忍逼视——这就是那个掀起山西亏空大案，弄得巡抚诺敏腰斩，先为田文镜收留，又投奔十四阿哥允禵为奴妾，又莫名其妙地被雍正特诏押京的乔引娣——李卫只看了她一眼便收回目光，无声地将手一让。乔引娣也没有说话，看了一眼双闸大门石狮子北边的侍卫房，便踽踽走了进去。李卫和张五哥随即也跟了进去。打着火，点了六七支蜡烛，把个小侍卫房照得通明雪亮。

这是那种人世间最尴尬、最无可奈何的情景。乔引娣当初在十四贝勒府，张五哥常常去传旨送东西，可以说三个人都认识，但此刻彼此之间既不敢说话也无话可说。张五哥让乔引娣坐了炕上，倒了一杯水，轻声道："请喝杯水，这里我借来一套梳妆台，等会儿用点饭，你可以更衣梳洗。我只能转告你一句话，皇上万没有难为你的意思。"乔引娣脸上毫无表情，说道："谢谢。水我喝，饭我吃，我不更衣梳妆。"张五哥未及答话，一个十二三岁的小苏拉太监已捧着食盒子进来，将一碗粳米粥、四碟子小菜布在炕桌上，又摆了几盘子细巧宫点。那小太监却是伶俐。一边布菜，笑嘻嘻说道："乔大姐姐，我叫秦媚媚，就侍候您了。您有什么事尽管吩咐我。这会子您多用点饭，就是体恤我了。"

"听我吩咐么？"乔引娣一怔，随即变得若无其事，端起碗来啜着粥，冷冰冰吩咐道："你去告诉皇上，我想死，我想见他一面，瞧他什么模样。"

张五哥和李卫大吃一惊，都是全身一震，这丫头文文弱弱，怎么这么混？但要呵斥，这个话又一点毛病也没。还没回过神，小秦却笑道："乔大姐姐先吃饭。您想死，总不能叫我陪着垫背的吧？皇上定必是要见你的，见了什么话由大姐姐您自个说不好？叫我瞧着，您这会子想死是一时想不开。赶到想开了，叫您死您也不肯呢！"一句话说得张李二人都笑了。

乔引娣却没有笑，木着脸喝完了那碗粥，又吃了一块点心，把条盘轻轻一推，盘膝坐着闭上双目，似乎在养神，又似乎在聚集着身上的力量。秦媚媚一边收拾碗筷，嬉皮笑脸说道："乔大姐姐，我瞧着您和皇上有缘分呢！"

…………

乔引娣睁开了眼，闪着愤怒的火光，盯着这个小不点太监不语。

"您别这么瞧我，我还小，挺怕您这眼神儿的。"秦媚媚显然是雍正选了又选，挑出来的人精猢狲，一脸赖皮相，笑道，"我没别的意思，方才您吃的饭是皇上赐的膳。皇上晚膳也就这么几样，平日我侍候得多了，皇上也是这么忙忙的吃碗粥，用一块点心，然后坐着谁也不理，闭着眼打坐。和您方才做派竟一模一样，这不是缘分凑巧儿么？"

乔引娣大约从来没见过这种人，皱着眉头盯了秦媚媚半晌，无可奈何地一笑，说道："你去吧！"

"是喽！"秦媚媚就地打个千儿，提起食盒子又道，"皇上说了，我要今晓能逗您一笑，五十两黄金赏我呢！往后侍候您日子多着呢！您多笑几笑，我就富贵了。"说着便一溜烟儿退了出去。

屋子里又只剩了三个人，但方才给这小鬼头搅一阵子，气氛好像松却了一点。乔引娣不再打坐，挪动着身躯下炕来，在灯影下缓缓踱步。她时而双手合十喃喃念佛，时而又像诅咒什么，连看也不看李卫和张五哥一眼。这样，李卫和五哥倒觉得好受一点，时不时地交换一下眼神，却也交谈不成什么。

过了不知多久，那个秦媚媚又返了回来，站在当门说道："咱奉旨传话：李卫和乔引娣进去，皇上在风华楼见你们。今个天晚了，张廷玉不回府，住到清梵寺，着五哥侍卫送送张相。"

"是，奴才领旨！"李卫和张五哥如蒙大赦一齐起身答应道。待乔引娣出门，二人同时松了一口气。张五哥见两盏宫灯导引着张廷玉出来，忙迎了上去。

秦媚媚带着李卫和乔引娣到双闸口，已有两个宫女手执宫灯等着，见他们来，不言声就在前头先导，穿过雍正平常办事见人的澹宁居纯约轩，从黑黢黢的蔷薇花棚洞向北趄。与露华楼并排的西边，黑地里剪影一样高矗着风华楼，楼上并排八只黄纱宫灯，楼下里外都点的蜡烛，只有两名太监肃立在阶前，其余是一片寂静。李卫以为里边只有雍正一个人，站定了，理理身上冠袍，正要报名，却听里边有人说："就是这样，你退出去吧。一会儿你的学生李卫还要进来，他的政见和你可不一样呢！朕的话只是对全天下说的，你云贵既然现在不宜实行，先按你的办。改土归流的事是国策，迟早一定要办的，你慢慢想想，想通了给朕递个条陈。明天你走前，不要再递牌子进来，朕叫李卫、史贻直他们送你上路——来，把那包老山参带上！"接着便听里边有谢恩辞行的话头。

李卫一听便知是云贵总督杨名时，二人极熟稔的，此时却不便见面，忙闪在灯影里，看着杨名时履声橐橐渐渐去远才出来报名请见。雍正在里面干咳一声，说道："进来吧。"

李卫在丹陛下答应一声，回头看了看乔引娣二人，进了楼，却见三楹楼底的西边设着雍正的大炕，中间用屏风隔了。东边一间一桌御膳像是刚刚有人用过，还没有收拾。屋内到处是灯火，亮得刺目。地下一个硕大的景泰蓝制大熏笼生着熊熊炭火，进门便觉得暖融融的。李卫一眼瞧见雍正坐在炕上漱口，"叭"地打下马蹄袖上前一步跪下，说道："奴才李卫给主子请安！"那乔引娣站在李卫身后却没有动，只好奇地打量着这位至尊。挨北墙的屏风各站着八名宫女和八名太监，见这个青年女子面君如此无礼，个个吓得心里"扑扑"直跳，苍白着脸垂着头一声不敢言语。

"起来吧。"雍正只穿一件白天马湖绸夹袍，腰间束一条黄绉绸褡包，盘膝坐在炕上手虚抬了一下，用目光微睨了乔引娣一眼，对李卫道，"朕算计你昨天必定就回京的，路上有了什么滞碍了么？你十三爷几时去马陵峪了的？"李卫头重重碰了三下，起身回道："是！路上下了雨，改道儿走沙河，就迟了两天。十三爷此刻恐怕已经到了马陵峪……"因将在沙河峪交接的事，和张廷玉如何安置的情形约略说了。又道："这个就是乔引娣，奉旨随奴来见皇上。"

雍正这才认真盯视一眼乔引娣，恰乔引娣也把头抬起来，二人四目相对，都又闪了开去。雍正对李卫满意地点点头，说道："饿了吧？——赐膳！"李卫忙道："方才杨名时赐膳，膳桌还没撤，奴才没那么多忌讳，就那里随便用两口就行了。"雍正道："那个膳凉了，那是待外臣的。你是朕的包衣家奴，朕方才的膳照样叫他们做了一份，又家常又暖胃。这里摆个木杌子，你就在这里用吧。"说话间，还是那个秦媚媚捧进了食盒子。乔引娣留神看时，果然见和刚才待自己的那一份一模一样。她一向以为皇帝吃饭，必定餐餐山珍海味，看十用一的珍馐佳肴，此时不禁一愣。秦媚媚送上饭，哈着腰正要退出去，雍正却叫住了，"你不要去，一会还有话吩咐。"

"喳！"秦媚媚忙答道，"奴才省得！"

雍正这才转脸对乔引娣问道：“你叫乔引娣？”

“是，我叫乔引娣！”

乔引娣直挺挺站着，竟不畏惧地盯着雍正。雍正皇帝在藩邸就是有名的“冷面王”，他这样冷峻的目光不知使多少亲王勋贵心颤股栗。养心殿总管太监高无庸在旁断喝一声：“你这是跟主子说话？跪下！”

“不要难为她。她就叫你按倒在地下，也不是心悦诚服，朕要那份虚礼做什么？”雍正无所谓地一笑，又问引娣，“你是山西人？”

“定襄人！”

“家里都有什么人？”

“爷、娘、哥。”

引娣满心的敌意，想着雍正必定要从自己身上盘询十四阿哥允禵的不是，再也没想到雍正竟从这里开口，绝不像是要难为自己的意思，诧异地又看看雍正。雍正的目光带着倦容，似乎有点疑惑，却满都是慈爱和温馨。她的心一动，但立刻想到重阳节的淙淙大雨中和允禵生离死别的情景，允禵双膝跪在雨地里呼天抢地的嘶嚎声都在她的耳际萦绕……她的脸立刻又挂了一层凛不可犯的严霜。雍正低下了头，说道：“十四爷待你好，是么？”

…………

“朕知道，十四爷待你好。”雍正说道，“但他是犯了国法也犯了家法的人，要受惩处。”

“十四爷犯了什么法？”

“家事说不清，朕说你也不信。”雍正嘴角泛着一丝冷酷的微笑，“年羹尧派人和他联络，要暗地逃往西宁，拥他为帝反回北京。有人买通了蔡怀玺和钱蕴斗，送进去条子，条子上写‘二七当天下，天下从此宁’，允禵藏匿不报。九月初九，汪景祺冒充内务府人想闯进景陵陵区，恰这一天允禵也到陵区棋峰山，只是没来得及接头朕就觉察了，才没有成功——这都是大逆的罪，他逃得家法，但你懂得王法无亲！”

乔引娣的脸苍白得像月光下的窗纸，没有一点血色。这些机密事，有些她是亲眼见，有的影影绰绰也能轧出苗头，大约也是真实不虚，坐实了“大逆”罪，按大清律便只有“凌迟”这一种刑罚。她心里挣扎了一下，强口说道："皇上要作七步诗，欲加之罪何患无辞！说这些没根没梢的话，听着叫人恶心！"

"朕兄弟二十四人，允禵是一母同胞。"雍正叹道，"朕发落他到景陵，为的是让他收收野性，也为的是让他远离那起子小人，不要挑唆得他到了不可救药的地步儿。朕不愿做郑庄公，惯纵弟弟无法无天，然后再杀掉，那不是仁者之心。这李卫是个见证。年羹尧带的兵，都是些除了年羹尧谁都不认的人。他起了二心，朕一道旨意，削他的爵，剥他的职，赐他自尽，没有一个人敢替这乱臣贼子说情。李卫，你说是不是？"

李卫因为肚饿，风卷残云将雍正赐的御膳吃得精光，一个饱呃刚要打上来忙又忍了，欠身赔笑道："年羹尧的《临死乞命折》奴才看过，他说'万分知道自己的不是了'，但也迟了。主子是信佛的人，对十四爷这样的亲兄弟更要保全。也真怕十四爷叫人挑三窝四的不安分，做出大不是，谁也保不下。引娣，没听说过'王子犯法，与庶民同罪'这句俗语儿么？"

"我是个女人，"乔引娣听着二人的话，自己万万占不了口台上风，决绝地咬了一下嘴唇，说道，"你们男人的是是非非我不明白，也不想弄明白。我只懂得从一而终，我既跟了十四爷，他就犯了滔天的罪，上山为匪，下地狱进油锅，横竖是我侍候的男人。现在我只求一死。要能死得快点我就谢皇恩，要能叫我和十四爷死一处，九泉之下我也笑。"说着端端正正凝神看看雍正，脸上半点怯色也无。满楼下一二十号宫女太监哪里见过人这样跟皇帝讲话，早惊得木立如偶，紧张得一片死寂。

雍正也在凝望着乔引娣，半晌转过脸去，舒缓了一口气，又道："十四爷待你很好，是么？"

…………

"朕会待你比十四爷更好。"

！！！

乔引娣瞪大了眼，目不转睛地盯着雍正：毕竟和允禵同父同母，眉宇之间十分相近，尤其是雍正皱眉时，那双墨黑的瞳仁，简直和允禵一模一样。只是雍正比允禵身材高一些，年龄大出去整整十岁，比允禵看去憔悴疲倦。她从允禵那里不知听了多少雍正"暴戾无德"的话，但眼前这个形象儿无论如何和那个刻薄寡情，性格喜怒无常的"雍正"对不起来。更不像戏上那种风流皇帝，见一个标致女人就双眼色迷迷的走不动路，一味纠缠。这是怎么回事？……引娣低下了头。突然间，她猛一仰脸，问道："你方才一口一个顾念兄弟情分，为什么这么作践他？我是十四爷的人，你为什么拆散了我们？"

"你们？"雍正心里泛上一阵妒意，讥讽地吊了一下嘴角，说道，"你是福晋还是侧福晋？福晋要朕封，侧福晋要在内务府玉牒里注册，你有吗？照大清律，允禵犯这样的罪，所有家人都要发落到黑龙江为奴！"

"那就请皇上照大清律办我。"

"——或者是分发各王府、宫苑为奴——怎样处置，不由你，存于朕一念之中。"

引娣惊愕地望着雍正后退一步，她不明白自己这样顶撞，皇帝为什么始终忍耐，一点也不恼。若论"情分"，她过去跟从允禵，仅仅见过雍正一面；若论姿色，这间楼下的侍女也都不逊于自己；若论"名分"，那更是不啻天壤。她本意料皇帝见自己，无非是要从自己身上找到允禵的"罪证"，但今晚的话题，似乎压根就不是这个！思量着，引娣颤声问道："皇上，你……你要怎么着发落我？"

"你就留在这里做宫女，别无处分。"雍正淡然说道，"你下头还有侍候你的，你不是下等宫女。"

"你的意思是把我从十四爷那里夺来，侍候你？皇上，你不怕我犯弑君罪么？"

雍正突然仰天大笑，许久才道："你越这样说，朕越要你侍奉。朕为天下共主，以仁以孝可化天下之人，就化不了你？"说罢，吩咐秦媚媚，"带她去。照宫里规矩，换衣服，花盆底鞋梳把子头，叫高无庸再拨三个太监、四个宫女日夜照顾她。"

李卫待他们出去，这才回过神来，在杌子上向雍正一躬身说道："奴才劝主子一句话，这样的人不宜在主子跟前侍候，或者拨到冷宫，或者杀掉，主子安全，也成全了她。"雍正似乎有点怅然若失，徐徐说道："朕要是舍得就好了……这件事你将来问问你十三爷，他知道……"

他脸上似喜似悲，叹息了一声。李卫尽自百伶百俐，此刻断想不到雍正为什么这样厚待引娣，思谋片刻，方道："主子，乔引娣是诺敏一案的证人带进北京的，原告就是田文镜。田文镜其实还救过乔引娣。主子认真要引娣侍候，也得她心甘情愿。让田文镜进京劝说，也许就回心转意了。"

雍正摇摇头，说道："这是朕的私事。你是朕家奴出身，所以不背着你。不讲这个了——说说看，外头对赐死年羹尧都有些什么话？"

"年羹尧人缘儿很坏。"李卫坐直了身子，庄容说道，"他的家奴到外催办粮饷，知府以下都要跪接，人都说，即算年羹尧没有谋逆罪，他这样横行霸道，主子杀他也是千该万该。汪景祺写的《西征随笔》查出来，显见了他心怀不轨，想拥兵自重等待时机造乱。这个案子是铁证如山，任谁也替他翻不了案……"雍正不待他说完，轻轻摆手道："朕不要听这个。这都是明面儿上的。背面的话更要紧，你别尽给朕颂圣。"

李卫干咳一声，舔舔嘴唇说道："这个是皇上密折朱批上早就训诫过奴才的。奴才是皇上家奴，自己去官场听闲话，断没有人敢说真话。奴才奉旨结识江湖上的人，像漕帮、盐帮、青帮这些码头主儿，倒也还听奴才的。时不时就传来些民间的闲话，又怕断了这条言路，奴才只是听，奉朱批不予追查。"他缓了一口气，瞟了一眼不动声色的雍正，说道："反面儿的，一是说年羹尧功高震主，不知道收敛，他要学郭子仪自卸兵权，就落不了这下场。

"还有一等妄人，说先帝爷驾崩，隆科多在内，年羹尧在外，两个人勾连好了，私改了先帝遗诏，把'传位十四子'改成'传位于四子'，所以万岁一登极就要灭口，拿着这三个人开刀。"

雍正的神色愈来愈严峻，目光望着宫灯后楹柱，像要穿透宫墙一样凝视着远方。因见李卫住了口，雍正忙收神道："你说，说嘛。"

"是。"李卫咽了一口唾沫，"有人说，年羹尧的妹子是主子的贵妃，早年就在主子跟前周旋，知道皇上的事太多，皇上不除掉他，怕……怕天下后世议论……

"有人说，是奋威将军岳钟麒告了年羹尧刁状，年羹尧和岳钟麒争功，主子借机杀了年。

"还有人说，主子是'抄家皇帝'。八爷是个贤王，声望能耐都比主子强。年羹尧看主子不是……仁君，就和八爷勾手，主子铲除年羹尧，是为防八爷作乱。

"太后薨逝，当时就有人传言，是主子逼得太后没法活，碰柱子自尽的。太后叫主子放开手，待八爷十四爷像个哥哥样子，皇上顶口，母子翻了脸，太后就……自尽了。当时十四爷就在场，把这事写信告诉了年羹尧，说主子是秦始皇。年羹尧想当开国功臣，想当王爷，就派汪景祺去马陵峪和十四爷联络，汪景祺被拿，事情就败露了。"

雍正一直听得很专注，但他的脸色却愈来愈难看，青灰的面孔紧绷着，两排细白的牙咬着嘴，不时颤抖抽搐一下。待李卫说完，雍正端起杯子喝了一口奶子，大约奶子早已凉了，他像咽苦药一样皱眉攒目强噎了下去，将杯一举，似乎要摔碎那只杯子，却又轻轻放回案上。他下了地，背着手来回在地下踱着，青缎凉里皂靴发出橐橐的响声，越踱越快。李卫和满屋的侍女太监的目光都随着雍正的身影转来转去。突然，他停住了，目光盯住了炕后一张条幅：

戒急用忍

那上面四个茶碗大的字，隶书写得一笔不苟，这是康熙皇帝当年赐给雍正的座右铭。雍正深深吸了一口气，仿佛要倾尽胸中积郁似的长长吐了出去。他的神色已经恢复了平静，对李卫苦笑了一下，说道："这是当年朕和废太子因为赈济山东的事口角，先帝赏给朕的。朕性子急，眼里不能揉沙，今晚差点失态了。"

"皇上，"李卫见他这样克制自己，心下也觉感动，他的神色也有点黯淡，"小人造言，什么话说不出来？众人心里一杆秤，朝野上下都晓得皇上仁德诚孝勤政爱民。这些齐东野语，都是些无稽之谈。只防着小儿作乱，拿住有证据的，正法几个，谣言不扑自熄。"

雍正在当地站着，没有立刻说话，良久，招了招手道："李卫，你过来。"李卫惶惑地起身打了个千儿走近雍正。雍正一把抓住了李卫的手，走到案前，一只手将当日的朱批谕旨抹牌一样平摊了开来。李卫觉得他手心里全是汗，又冷又温又粘，试探着挣了一下，雍正却没有撒手，叫着他的小名儿，颤声道："狗儿，还有的话你没说，有人说朕每天都喝酒喝得醉醺醺，有人说朕是好色之徒。更有编得出奇的，说朕的侍卫是什么'血滴子'队，图里琛带这个'队'想杀哪个大臣，使个眼色，夜里就派人去杀！"他的胸膛剧烈地起伏着，捏得李卫的手都发疼，"——这是今儿个朕批的奏章，一万多字，那是昨天批的，不到八千字。朕还要接见大臣，要到家庙祭祀……朕每天四更起身，做事做到子时才睡——狗儿，你想不到朕有多累——朕听你说的那些，与其说是震怒，不如说是沮丧，不如说是伤情……"他终于松开了李卫的手。

李卫惊异地看到，这位号称"铁汉"的冷面皇帝已经满面泪光。

第五回　谆谆语旧主慰旧僚
　　　　关关情仇兄会仇弟

　　李卫惊得倒退一步，雍正本来就有病，此刻脸色更苍白得像僵尸。李卫抖动着嘴唇说道："皇……皇上……您这是怎么了？都是奴才不好，奴才气着您了……"雍正抚着李卫的背，竭力压抑着自己的声音，说道："没有……二十年来，像这样子自己管不了自己，朕还是头一回。朕是说，朕这边没明没夜地操持国家大事，外头竟还有人把朕看得杨广也不如……"李卫急道："奴才方才说过，那都是小人！真正跟着主子过来的，这些朝廷大臣，奴才打保票，没人这么看！"

　　"他们可不是'小人'。"雍正拭干了眼泪，接过宫女递过来的热毛巾揩了脸，渐渐地又恢复了平静，仍旧是那种牢不可破的冷峻，轻轻吊起的嘴角似乎随时都在向人表示自己的轻蔑："你说的那些，小百姓造不出来。都是些了不起的大人物才捏弄得！生他们的气，哼，他们配？"他悠悠地转动着踱步，倏然间停住了，问道："李卫，假如此刻有人策动造逆，逼宫，你怎么办？！"

　　"哪有这样的事？！"

　　李卫惊得一跳，张皇着望望左右宫人。

　　"有的。"雍正一脸冷漠，扫视了一眼众人，"说说看——不要怕这些阉狗。他们谁敢泄这里的密，朕用柏油煮熟了，揭掉他全身的皮！"他的话像从很深的幽洞里吹出的风，连李卫也打了个寒噤，众人本来低着的头垂得更低了。

　　"奴才不是怕他们，自从去年皇上用笼蒸死赵奇，宫里的话从来没有人敢往外传言了。"李卫说道，"奴才是不信！真要有哪个王八蛋想试试，娘希匹，奴才就在南京起兵勤王！"

　　雍正说道："朕以万乘之尊，肯和你打诳语么？有人背了朕，联络八旗铁帽子王，串通他们来京，说是整顿旗务，召集八王会议，要恢复八王议政制度。朕看这是他们的第一步棋，和你听的那些谣言连到一处看，那就更有意思。一'议政'，你说的那些就成了朕的'罪'，就得下罪己诏，一道诏书下去，第三步棋就是逼宫，废了朕！"他狞笑着，"这个算盘打得可真不坏！"

"奴才暂时不回南京。"李卫梗着脖子，脸涨得通红，说道，"奴才没听说过这个'议政'制度，也没见过这些旗主王爷什么模样，倒要见识一下。"

"你还是要回南京当你的总督。"雍正说道，"朕已经给了兵部旨意，连湖广所有旗营、汉军绿营的兵都归你节制。没有朕的手诏，你不缴兵权。"他的脸色平静得像个刚刚睡醒的孩子，"本来根本无需这样，张廷玉是个一滴水也不肯漏的人，朕恰好俯从他这片忠爱心。弘历弘时弘昼这三个儿子，弘历陪你去金陵，弘时留在北京，弘昼要到马陵峪，住到范时绎军中。其实，朕只要一个允祥，百事都应付得下来。"李卫这才感到事情不但是真的，而且比自己想象的还要严重，一躬身说道："奴才理会了。回去奴才要调一调这些兵，不然到时候奴才使唤不动这些大爷。"

雍正笑道："兵权给你，杀伐决断自然由你。告诉你，不要心里总萦着这事。朕的江山铁桶价严实，你的心思还是要操在你的差事上。毕力塔统着三万人马驻在丰台，隆科多的步军统领衙门现在是图里琛管。李绂已经卸去湖广巡抚，调京来当直隶总督。没有兵权，八十个铁帽子王在朕跟前也站不直身子！"

李卫听雍正侃侃而言，激动得扑扑直跳的心平静下来，他已经知道了允祥去马陵峪的目的，心里一松。李卫"扑哧"一笑，说道："没有兵，他们瞎起哄个什么？万岁一道圣旨，不许奉天的王爷来京，他们不就得乖乖地呆着？"

"脓包儿总要挤。"雍正也是一笑，"朕比你还想看看，这些王八蛋的黄粱梦是个什么景致。朕倒真怕他们缩了头，反而大费周折呢！"说着屋角金自鸣钟咚咚连撞十一下，雍正道："子时了，道乏吧！你不要回城去，今晚和张廷玉住清梵寺。他累极了的人，你不要惊动他。你还可在京住些日子，见见你十三爷再回你那个六朝金粉之地。"

"喳！"

雍正笑着又补了一句："翠儿如今是一品夫人了？她做的靴子很合朕的脚，捎信儿叫她用心再做两双——一点绫罗也不用，明白？"

"喳——明白！"

在离开沙河的第二天中午，允祥随范时绎来到马陵峪大营。这是和丰台大营、密云大营并称三大羽林军的一支驻军，不但装备精良，火炮鸟枪马铳俱全，马步军也都配套。还有一支水师营——其实北方用不着，因此专门为大营制作舟桥，有类于后世所谓"工兵"。马陵峪大营的设置，是熙朝名将周培公的曲划，当时吴三桂三藩之乱初平，国力尚不强盛，罗刹国日夕在东北黑龙江流域，这个大营和密云大营的建立，其实是为防止东北巴海将军与罗刹战事不利的"第二防线"。整个大营以马陵峪为中心，像个蛛网一样向北辐射，中军大营设处背靠棋盘山，山下旱道纵横，山上溪泉密布，景陵西侧大片房屋，可用来贮存粮食和军火，登上棋盘山北望，连绵数十里星罗棋布的营房尽收眼底。允祥视察了大营，登棋盘山观望形势下来，一边走一边不绝口夸赞："我看过多少大营，这真是头一份，开眼！周培公算得一代奇才，可惜我生得晚，他活得短，只见过他一面，竟记不得他什么模样了！"

"奴才没见过周军门。奴才的爹跟周军门打过尼布尔。"范时绎用手搀着虚弱的允祥沿石级下着，说道："听爹说周军门是个年轻公子模样，怎么瞧都是个文弱白面书生。打起仗来那真是诸葛再世白起重生，笔下文章好，又是好口才，说降平凉城，骂死过吴三桂手下的'小张良'！这个营盘设置了快五十年了，您瞧了这部署，真是天衣无缝。北边不论哪一方有事，都能全营策应，掐不断的粮道，堵不断的水道！"允祥不胜感慨，说道："老一辈是都风流云散了。时势造英雄，英雄也能造时势。这话真是千金不易。到这里看看，先帝爷创业艰难，长策远图的谟烈都能体味到。我们不好生做，真不配做他的孝子贤孙。"

两个人一路说话，慢慢回到大营中军帐，身倦体软，在范时绎书房略坐了一时，还没来得及说话，突然身子一歪，几乎从椅子滑瘫倒了。

慌得范时绎和允祥的亲兵一拥而上，小心搀架着他歪在炕上。范时绎一边忙不迭叫人传军医，用手试允祥额头时，却也试不出温凉。眼见允祥呼吸均匀却百呼不醒，直急得在地下团团乱转。一时，范时绎营中几个军医都赶了进来，号脉、翻眼皮、掐人中，允祥脸黄黄的，只是个昏迷，几个随军郎中都是治跌打损伤青红刀破的好手，于内科却是外行。有的说是痰涌，有的说是血滞，有的说是冒风受寒，有的说是汗脱失调，众口不一地乱嘈。范时绎满脑门子都是汗，口中只是反复唠叨："这可怎么好？这可怎么好？……"正乱着，大营门阊军校闯了进来，双手将一张道笺递上来。

　　"不见！"范时绎一摆手道，"你没长眼？十三爷这个样儿，我顾得着见和尚道士？"那军校却没有退下，赔笑道："那个人说他从龙虎山张真人处来的，叫贾士芳，说一提名字，军门要是还不见，他也就去了。"范时绎一怔，立刻想到是沙河见到的那位异能之人。他看了昏睡不醒的允祥一眼，嘘着气道："请他进来吧。"

　　一时，便见贾士芳飘然而入，却还是酒楼那身不道不俗的打扮，他一脚踏进书房便笑道："有贵人在这里遭难了，士芳特来结缘。"范时绎是早已领教了他的能耐了，一边令军医们都退出去，赔笑着对贾士芳一揖，说道："简慢了，就请仙长为王爷施治，范时绎自当重谢。""我说过是结缘来的，不要谢。"贾士芳觑了允祥一眼，转过身，从腰间褡包里向外取黄表纸朱砂和笔，口中道："王爷是去了康熙爷跟前，有点舍不得那边，忘了回来了——我书一道符，请他回来。"他口中呢呢喃喃念着咒，便坐在灯下用朱笔在黄表纸上点点画画。此刻离得近，书房里十几支蜡烛亮如白昼，范时绎这才看清贾士芳：个头儿只五尺上下，弧拐脸又青又白，没有多少血色，嘴又小又尖，塌鼻梁旁长着一对骨碌碌乱转的小眼睛——哪里都是破相。偏是凑到一处却并不难看，像煞是个弱不禁风的寒门书生穿了道装。

　　这样一个人竟有那么大能耐！范时绎正在胡思乱想，贾士芳已是一笑，对书好了的符轻轻一吹，说道："人不可貌相，是吧，范军门？"范时绎被他说破心思，也是一笑，正要答话，贾士芳已经起身，也不踏步，也不作法诵咒，只将那符篆在灯烛上燃着了，说声"疾"！这才又坐下，笑道："不妨，王爷顷刻就回来。"

"给贾仙长献茶！"范时绎见他如此笃定，也就放了心，坐在贾士芳对面，似笑不笑地说道："怡亲王是万岁爷第一爱弟，他不能在我这里失闪。万一有个好歹，恐怕我就要请你殉了。"贾士芳满不在乎地说道："万事都有大数定着，王爷要是救不过来，我也就不敢来救。我敢来，你就殉不了我。比如说甘凤池，他要见汪景祺，造化没安排，他就见不到。我在楼上劝他们不要见，他们还想难为我，我就请他们喝马尿。和大人说这个大人未必懂，比如今晚我们共坐，说这些话，也都是前数定的。"范时绎道："你这些话莫名其妙。我现在最急的是十三爷——"他没有说完便戛然止住。因为允祥蠕动了一下身躯，已经翻身坐了起来。

允祥的神色里多少带着点迷惘，他确实刚从梦境里回来，但是怎样进入的梦境，已经全然忘记。他瞟一眼笑吟吟的贾士芳，淡然对范时绎道："你眼瞪着做什么？不认识我么？——这是个道士嘛，怎么在这里？"范时绎未及说话，贾士芳已经起身，微笑道："方才十三爷和圣祖说话，给您递报急条子的就是贫道。放心，那是梦！由来世间不过是一大梦，雍正爷此刻安坐北京，只是有点小病，不碍的。就是有人请什么铁帽子王，变不了这个大数！"允祥仰着脸回想了一下方才的梦，又从头到脚审视了一眼贾士芳，叹道："我明白了，是我大限到了。你救我回来的，是么？"

"大限到了谁也救不了十三爷。"贾士芳冷冷说道，"十三爷不过身子弱，走了元神而已。我晓得，您还想问那梦是真是假。告诉王爷，佛谓之空幻色，道谓之虚映实，由来大千世界也就是空虚一梦，何况梦中之梦？王爷是读过多少书的，也许我们此刻，正是方才那个王爷在梦境之中呢！"说罢又一稽首。他说话时，始终面向允祥单手并指。允祥觉得丝丝缕缕一股温热之气悠悠地扑面而来，直从眉心间透入胸膈，有如春风吹拂五脏，蕴藉温存，十分受用，顿时觉得气清目明。因改容说道："仙长真乃道德高深之士。总归一条，仙长能游悠于空色虚实之间，能通行于幽明造化之道，允祥真是有缘！""无量寿佛！"贾士芳粲然一笑，"王爷这话说得近了。贫道一来就对范将军说，要和王爷结善缘的。"

范时绎呆呆地听着他们两个人对话,他是将门之子,恩荫武职出身的将军,虽然读了几本书,不过为要装"儒将"幌子,会意而已,听允祥二人谈这些,似懂非懂的觉得没趣儿,见有话缝儿,忙道:"王爷和贾仙长真是有缘——奴才没顾着绍介,这位就是路上跟王爷提起过的贾士芳——江西龙虎山娄真人处来的。"

"既有缘分,请贾仙长随我京华一游。"允祥久病缠绵,今天又晕倒在范时绎军中,和贾士芳对坐闲聊这么几句,浑身四肢百骸都觉得清爽通泰。想到雍正皇帝时常犯热病,几次提到让自己留心访求异能之士密荐进宫疗疾。眼前这个贾士芳,和自己所谈的,也都是《道藏》中正派学问,由不得他心里一动。旋又笑道:"皇上以儒家仁孝之道治天下,胸中学术包罗万象,并不排佛斥道,如有善缘,贾先生还可为天下社稷多做些事。"

贾士芳仍旧一副不动声色似笑非笑的面孔,漫不经心地说道:"谨遵王命。这是光明我道门大善缘。道士有没有那么大的神明通会,还是要看天数安排。"他起身对允祥又是一揖,说道:"王爷,您今日很劳乏了,能这样兴致勃勃在这里长谈,是因贫道用先天之气护定了缘故,就请王爷安置。"见允祥点头,范时绎忙过来亲自料理,侍候着允祥睡了,又对贾士芳道:"那边我已经叫人给神仙收拾出一间净室,就请过去安歇。"贾士芳笑道:"我只是坐定,从来不睡觉的,王爷这也还得我亲自照料。"说罢便向西壁前东向盘膝而坐,双眸炯然一闪即瞑然入定,再也不说一句话。范时绎听允祥动静时,已是酣然黑甜入梦,掩门出去看时,已是斗柄倒转星河渺渺。他毕竟不放心,又推门进来,亲自坐在榻前假寐守护。

允祥一夜睡得很香,但醒得很早,听得远处村落鸡鸣三遍,揉着惺忪的眼轻轻坐起身来,见贾士芳兀坐西壁如庙中泥胎,范时绎斜倚在榻栏头上钓鱼打盹儿地睡不稳,又是好笑又是感动。范时绎已是听到他的动静,忙命人进来侍候洗漱,又道:"天还早,王爷该多睡一会儿的。"允祥看了看闭目沉坐的贾士芳,说道:"我是个心血不足的,有昨晚这一睡就很难得的了。不要惊动这位道长,他其实是为我疗病,也很累的。"于是二人便蹑着脚儿出来。

"王爷，"范时绎望着空荡荡的操演校场说道，"怕您歇不安，我昨晚已经下令，今日拉到峪北小校场出操。"允祥满意地点点头，说道："这是你的心。其实我早起惯了的，陪我就在这散散步，用过早点，我们到景陵去瞧十四爷。"

于是二人便沿着大操场月台边的草坪上慢慢散步。允祥似乎有心事，背着手望着东方的晨曦踱着步子一声不吱，范时绎也不敢搅他思绪，只能在他侧后亦步亦趋。足过一袋烟工夫，允祥突然止步，问道："时绎，你在想什么？"

"我……"范时绎猝不及防，怔了一下答道，"我在想，这姓贾的说不定是个妖人。太神了，也太玄了。前头沙河，还有这里他都在，似乎故意儿在王爷跟前炫耀能耐。十四爷是万岁爷屡次下密谕严加管束的人，说句良心话，奴才一半心思在军务上，一半心思都操在十四爷身上。您这次回京又带十四爷同行，还跟着这个半仙之体的贾士芳，奴才真难放心。"

"你说得是。"允祥点了点头，"贾士芳确实有些邪门。不过他说的大数之理还是正论，我也防备着呢，你晓得么？——万岁身子骨儿也不算很好，正在密访能医善法的人，我自己试试，如果可用，就荐上去。不可用也就罢了。我既不带他见十四爷，也不带他和我们同行回京，到时候你软禁了他，听我的信再作主张就是，怕什么？"

两个人绕阅兵月台旁满是白霜的草坪上一边转悠，又窃窃密语移时，直到红日高升才又回到书房。却不见了贾士芳，范时绎便问军士："贾道长呢？"

"贾道长走了有一阵子了。"军士禀道，"走时还留了个笺儿，说请王爷和军门回来看。"允祥见书案镇纸下果然压着一张信笺，几步上前拆开看时，上头却是一首诗。

> 奈何桃李疑春风，道家不慕冲虚名。
> 无情心香难度化，有缘异日再相逢。

允祥呆呆地将纸递给范时绎，说道："我们负了心，他去了。"范时绎却觉得心中一宽，笑道："这可都是他说的，有缘无情都是'数'。异日相逢，今日我少操多少心！"

吃过早饭，允祥和范时绎二人打马顺马陵峪迤逦东行到埋葬着康熙皇帝的景陵。十几里夹山驿道上三步一哨五步一岗，都是范时绎夜里安排好的关防。行约少半个时辰，范时绎在马上扬鞭遥指，说道："十三爷，前头就是景陵陵寝，这个地方和紫禁城一个规矩，爷下马走几步儿吧。"允祥向东觑着眼看，果然从马陵峪口出去约一箭之地，一片开阔地上坐落着寂寥无人的景陵陵寝。高大的景陵凿山而成，依山南下是巍峨的拜殿，环着瓮城下，是碧得发黑的老柏苍松，中间映着一座座飞檐斗拱的殿宇。寝宫正门外是三座一块石整雕的石块，卵石甬道从正中穿过。甬道旁也都是郁郁沉沉的松柏，掩着一对一对的石象、石马、石翁仲、天禄、辟邪……直向南边的驿道延伸过去。允祥踩着一个戈什哈的背缓缓下马，丢了缰绳。一股哨风吹来，他觉得冷，裹了裹披着的猞猁狲皮大氅，说道："我来景陵三次了，从来没有走过这条路。这地方的驿道纵横交错，又都掩在岩石大树里，真像迷魂阵一样。"范时绎也道："爷来景陵是代天子祭陵，走的是直通寝宫陵阙的正道儿，又是呼拥着来，攒簇着去，哪里留心这些个呢？"一边说，一边按剑跟在允祥身后直趋景陵前的石坊。

圣祖仁皇帝康熙的灵柩奉安景陵虽然才两三年，但这座寝宫修造已经交近五十年了。在灰暗高大的堞雉上满是暗红的苔藓，干枯了的牵手藤爬得满墙都是。正门箭楼的罘罳落满鸟粪。一群乌鸦见这么多人来，"嗡"地一齐飞起，随着一阵难听的"呱呱"叫声远去，十几个守在寝宫门洞里的太监见一下子来了这么多兵，又簇拥着一位王爷逶迤近来，都有点不知所措地惊惶四顾。一时，便见一个蓝翎子管事太监飞也似跑出来。他却认得允祥，老远便打千儿请安，又跪着磕了三个响头，说道："奴才赵无信给十三爷叩安。"

"嗯。"允祥点点头，问道，"这里就你一个管事太监？"

"回十三爷！"赵无信一说话三磕头，"还有一个秦无义，随身儿侍候十四爷，他在里头，奴才这就进去传他。"

"不必了。本王是奉旨来看望允禵的。"允祥看着周围凄冷荒芜的景象，打心底叹息一声，说道："也用不着通禀，你起来，带我进去。"

"喳！"

于是赵无信前导着允祥，范时绎紧随近边沿着寝宫西仪门石甬道进来。只见偌大的寝宫正院几乎阒无人迹，西北风掠过，满院都是松涛声。允祥一边走一边问：

"你十四爷住在哪儿？"

"就顺这条道儿直朝前走，您瞧，尽北头偏殿门口有人，那就是。"

"他身子骨儿还好？"

"回王爷，十四爷身子骨儿不像有大不好。只是睡不好，吃饭不香。"

"每天早起，还练布库么？"

"不打布库了，只偶尔打打太极拳。十四爷偶尔也散散步，只是从来也不说话。"

"弹琴么？下棋不下？"

"回十三爷，没弹过琴，也不下棋，十四爷常写字儿，不过写完就烧。"

允祥不再说话，眼见西偏殿丹墀下一溜太监宫女都已跪下，一个太监小心地迎上来，料是秦无义，因摆手示意免礼，径自拾级登堂而入。却见一个人黑衣皂靴，腰间束一条玄色腰带站在案前，一手握着笔正在写字，允祥站在门口，审量移时，轻轻叹息一声道："十四弟，我来看你了。"

允禵抬起了头，他比允祥小不到两岁，倒鞲八字眉，眉宇很宽，个头模样都和允祥很相似，只留着浓墨写出隶书的"一"字髭须，和允祥的八字须不同。允祥凝视着面前这位和自己一样并称"侠王"的弟弟，心里真有说不出的感慨。又怔了一怔，重复道："我来看你。"允禵眉棱不易觉察地颤了一下，把笔放下，略带着口吃地问道："奉旨来的吧？"

"……是。"

"是显戮，还、还是暗鸩？"

"兄弟，你别这样——"

"是显戮还是暗鸩?"

允禵削瘦的脸上目光炯炯,像盯着一个不怀好意的陌生人。他已经不再口吃,苍白得令人不敢逼视的面孔上略带着讥讽的冷笑,说道:"雍正派你这个铁帽子亲王来见我,还会有别的事?你要问我这两样死法挑选哪样,我可以告诉你老十三,若是旨意把允禵绑赴西市,万目睽睽下明正典刑,允禵这会子磕头谢恩奉诏;要用毒酒灌我,就这里侍候的太监宫女全都叫来,我当众饮酒。若皱一皱眉头,我就不是爱新觉罗后裔!"

"十四弟,你误会得太深了。"允祥见他身陷囹圄,仍如此倔强英爽,不由一阵惺惺之惜,原准备复述雍正的话,只好换个办法说。他故作爽朗地一笑,坐了对面椅子上,说道:"请十四弟也坐,我和你同父之子,是亲兄弟;当今皇上和你一母同胞,更是嫡亲兄弟,就疑到这个份上,就生分到这个地步儿?——来,谁是十四爷跟前侍候的太监?"

守在门口的秦无义也以为允祥来传旨命允禵自尽,吓得脸色煞白,听见传叫进来,差点绊倒在门槛上,就势儿扎下千儿道:"奴才秦无义听王爷吩咐!"

"没有吩咐的话,"允祥不禁一笑,问道,"十四爷每天进几次饭,一天吃多少肉?"

"回王爷,十四爷一天早晚两顿正餐,不吃肉。"

"吃饭香吧?是十四爷不肯吃肉,还是你们克扣了?"

"奴才怎么敢克扣!十四爷仍是固山贝子,就没有爵位,爷也是金枝玉叶!爷只肯偶尔用点素鸡蛋,一天也就吃半斤到十两粮……"

"早晚跟前有人侍候没有?"

"有!这屋里十二个时辰,十四爷身边不少于四个侍候人。"

"十四爷是来守陵读书的,不是囚禁。"允祥又道,"你们也该常陪十四爷走动走动,散散步什么的。"

秦无义微睨了一眼面无表情的允禵,叩头连声,说道:"这个差事奴才办得不好。十四爷随常时分只在这寝宫里头转悠转悠,从不出去。奴才们也不敢做主请十四爷外头去……"

"起来吧。"允祥淡淡说道,又转脸对允禵笑道:"老十四,别把弓弦儿拉得绷紧的，叫你小哥子瞧着心里难受。方才这话就是我奉旨要问的，你就杀头砍脑袋地先闹起来！"

"是么？"允禵似乎有些意外，瞟一眼允祥，旋即收回目光，眼观鼻鼻观心哼了一声，说道："那就请十三哥上复雍正，老十四安分着呢！我琢磨着，他必定还要问我有些什么想法儿。也不妨直言冒奏，我想我是个不忠不孝不友不悌的人，什么福也享过，什么罪也受过，只想早点出脱了。他是皇上，我是臣子，君要臣死臣不死为不忠不是么？杀了我是最好最好，也不用担心和哪个王爷勾起手来和他作对了，也不心疑惑哪个将军劫持了我去当傀儡皇帝了！他恐怕不肯开这么大的恩——这个四哥比我晓得，谁也没他伶俐——怕落杀弟名声儿，那就请他允我削发为僧，要真正这样，我打心眼里感激他这个仁君了！"

允祥听他夹七夹八侃侃而言，一多半倒不能对雍正直言转告，知道他抱了必死之心，因叹道："我懂得，我也知道。"

"什么？"允禵说得兴头，已是满脸泪痕，突然被允祥插进一句，不禁诧异地抬起了头。

第六回　情怡王情说图圄人
　　　　雄心主雄谈治世图

　　允祥慢慢站起身踱到窗前，隔玻璃望着外面。外边起了风，苍黄的天上几朵灰褐色的云。云从高高的墨绿色的老柏树隙间滚滚南下，仿佛在互相追逐，又好像一只只绵羊被什么猛兽吓坏了，拼命地向南逃跑。呼啸着的风穿进陵寝院子，便没了一定方向，在树和墙间乱窜乱碰，扫起秋末的残叶和黄草节儿，扭成一股又一股的旋风在荒落无人的殿宇前即生即灭即蹈即舞。允祥无可奈何地闭上了眼睛。他奉旨来的目的十分明白，动员这个固山贝子回京。因为年羹尧已经死去，策零阿拉布坦又在新疆阿尔泰一带与蒙古王公聚会，拒绝朝廷册封，大有东进重新侵占青藏的势头。一来允禵在西大通带过兵打过仗，召到京师可以参赞一下军事，二来雍正自己也觉得允禵毕竟是一母同胞，怕囚得久了招引闲话。但允禵眼前这种心态，肯听雍正的摆布么？

　　一股贼风裹着沙土扑窗而来，允祥看得出神，急忙躲避时，沙土打在玻璃上，簌簌一阵响便没了影踪。他回头看允禵时，已经漫不经心地又在援笔写字——这是他多年的宿敌，不但政见不同，还几次弄手段几乎置他于死地，原本无感情而言，但允祥这几年身体羸弱，读尽了佛经，昔日的恩恩怨怨此刻看，不过是过眼烟云，早已不存报复之心。允禵的执拗风骨也让他赏识……一时间允祥心乱如麻，他不能不遵旨劝感允禵，又着实担心他回京不安分，杜自断送了性命。思量着，允祥转回身来，看着不管不顾埋头临着颜真卿帖的允禵，长长吁了一口气，说道："你不是要问我懂什么吗？"

　　"方才是脱口而出。"允禵狠命地划着一捺，头也不抬说道："这会子又不想问了。"允祥道："我是想说，我高墙圈禁了整整十年。你大约不会忘记的吧。"

允禵放下了笔，颓然落座。

"我们这种人，触了圣怒或犯了罪，除死之外，圈禁是最重的刑罚了。"允祥苦笑道，"就那么个十三贝勒府，就那么个小花园子小四合院，我囚了十年。看四方天，看四方地，看蚂蚁拖苍蝇上树，看墙角的牵牛花儿一次又一次地爬墙、开花，一次又一次地枯黄败落……比起我，你眼前这点子'遭际'算得了什么？""你本来就是'英雄'嘛！"允禵刻毒地挖苦道，"我拿什么和你比呢？"允祥摆了摆手，不在意地说道："英雄不英雄，自个心里清楚，我是个凡而又凡的凡人。我落了一身的病：失眠、身热不退、咳嗽不止，头发一多半都白了，我打起精神一天也只能做两个时辰的事。昔日那个'拼命十三郎'你再也见不到了！"

允禵惊愕地看着越走越近的允祥，允祥的口气也越来越咄咄逼人："当然如今不一样！我是亲王而你是贝子。因为兄弟逐鹿已见分晓了嘛！我的意思，皇上并不记从前的陈年旧账，当时是那种形势，彼一时，此一时！有什么计较的？你是大丈夫，我借一句大丈夫的话，赢得起，也要输得起！瞧你这副熊样儿，还敢大言不惭，说什么'爱新觉罗之子孙'！"

"我的乔引娣呢？"一股热血全涌到脸上，允禵苍白的面孔变得通红，"你有乔引娣么？他凭什么夺走我的乔引娣？"

这是最难回答的问题，允祥离京前和雍正长谈，雍正百事肯让，唯独在乔引娣这个女子上寸步不移："你告诉允禵，除了乔引娣，连朕的嫔妃在内，无论大内还是畅春园、热河行宫，他看中的，立刻送他！"但允祥怎么能对允禵转述这话？他紧锁眉头思索着，说道："十步之内必有芳草！你说我没有我的'乔引娣'——我两个，两个呢！两个都……死了！"他目光陡然一闪，突然想到那个可怕的中午：大雪崩腾而下，康熙皇帝驾崩，雍正皇帝受命来赦免自己，阿兰和乔姐两个侍妾却都饮鸩自尽明志……允祥眼中突然涌满了泪水，喃喃说着："阿兰，乔姐，都是我不好，我……错疑了你们……"

"我道是谁呢，原来是这二位！"允禵却没留心到允祥的异样神态。阿兰和乔姐他当然都知道，因为她们都是他和允禩安排到允祥府中监视允祥的坐探。原以为她们都是被这位二杆子王爷灭口杀掉的，此刻才晓得这两个女人是自杀！允禵咬着牙冷笑道："这两个淫贱材儿有什么可惜的？你拿她们来比我的引娣，真是可笑——"

"啪！"没等允禵说完，允祥已是一掌照脸捆了将去。允禵被打得一愣，头嗡嗡直响，左颊顿时紫涨起来。他没有去捂脸，霍地站起身来，和允祥二人斗鸡一样恶狠狠互相盯视。屋里屋外，连范时绎都没听明白，这兄弟二人好端端说着话，会突然翻脸，个个吓得变貌失色，又不敢来劝，都站得木雕泥塑般一动不动。

"事不同而理同，情不同而心同。"允祥脸色白中泛青，"我并没有作践你的乔引娣，你怎么就敢糟蹋我的阿兰乔姐？""你没有作践，但雍正却作践了我的引娣。"允禵对政治之事早已无所谓，他最伤心的就是雍正无端从他身边抢走了他的爱妾，因此梗着脖子毫不让步，"夺妻之恨你知道吗？雍正这样作为，还算是个明君？"

允祥已恢复了冷静，他似乎有点伤感，松弛了一下自己，微微点点头，说道："皇上并没有把引娣怎么样，更没有纳她当嫔妃。这一条我能给你打保票。"他谨慎地选择着词句，缓缓说道："蔡怀玺和钱蕴斗勾通汪景祺，想劫持你到年羹尧大营造逆作乱，这是已经审明查实的事。你身边窝了这么多匪类，朝廷难道连一点处分也没？乔引娣并没有注册是你的侧福晋，她只是一个寻常丫头，按例掉换你身边使唤人，也是怕你陷得更深，那不是好意？"

"巧言令色为虎作伥！"允禵一屁股坐回去，大刺刺跷足而坐，脸上带着刻毒的笑容："就凭这样的'诚意'、'好意'，还指望着我回京给雍正朝廷卖命！还是开头那个话，明着杀暗着杀都由你们，成者王侯败者贼自古通理，我也不很在乎把我怎么样。"

至此，允祥觉得已经竭尽所能劝允禵回京臣服。允禵不肯就范，他反觉心里轻松——允禵这样的心境，就回北京也是死心塌地和廉亲王联合与雍正作对，留在这上不沾天下不着地的地方，反而易于保全。思量着，允祥已经转了话题，笑道："何必这么剑拔弩张的？我因禁，你出兵，我释放，你又来这里读书守陵。十五年了吧，我们两兄弟没有单独聊过。一见面又像乌鸡眼似的对着盯！方才是我兄弟斗口，并不是奉旨和你析辩道理。你既然不愿回京，在这里再静养些日子也好，引娣的事我回去和皇上说说，要能周全，自然要周全的。老十四，不论你怎样想，我们总是兄弟，手心手背都是肉，不要总闹别扭跟自己过不去……我明后日返京，今晚在范时绎营里设一席酒，我们高高兴兴吃一顿团圆饭，不再说这些钻牛角尖儿的话了，成么？"

"这尚在情理之中，"允禵点了点头，"成！"

允祥出门，一股寒风扑面而来，不由得打了个冷噤，叫过赵无信秦无义两个太监头儿吩咐道："好生侍候你们十四爷，缺什么又不便奏朝廷的，到怡亲王府找我，要委屈了十四爷我是不依的。方才我们兄弟说话，都是家务，谁胆大，谁就只管往外说去——我准能剥了他的皮！"

允祥回京当晚，北京下头场雪。初时也不甚大，只是霰雾一样细碎的雪粒随着袅袅的朔风在这座灰暗阴沉的古都街衢间荡来荡去，渐次变成软绵绵的雪片飘洒下来，早已冻得结结实实的路面上冰封一层，又加上雪，走上去一步三滑。隔着玻璃轿窗看，外面的街市雪光映着，一般商贾店肆早已打烊，门面招牌都还绰约可见。掏出怀表看时，却已到了戌末时牌。一个护轿的亲兵一头一脸的雪，扒着轿窗呼着白气禀道："王爷，前头是岔道，咱们是去畅春园还是回清梵寺？"

"已经戌时了，这会子皇上刚刚用过膳，还要念佛入定，晚间还要看折子，"允祥沉吟道，"去一个人禀那里的当值侍卫，请转奏皇上我已回来，住清梵寺，皇上要见我就随时过去。"

轿夫们悠着嗓子呼一声，轿子平稳地转向北行。允祥在轿中撩开轿帘小窗，外面苍暗的天底下已是一片雪野茫茫。他凝望辨识着轮廓模糊的清梵寺，想起这一路去遵化蹀蹀踱踱的事，心里又是迷惑又是怅惘。一会儿是甘凤池，一会儿是贾士芳，一会儿又是允禵，影子走马灯似的在心里晃漾。大千世界有多少识不透的理，看不破的情啊！思量着，一声声暮鼓晚钟穿越雪幕传来，便听隐隐约约和尚晚课诵经之声。大轿在一溜四盏米黄西瓜灯的山门外稳稳停住，清梵寺是到了。守在庙门里怡亲王府的太监们早接到传呼，听说本主回来，四十多个太监、王府长史、笔帖式早迎出庙门，一溜线儿按序排班等候。大轿一落，两个太监立刻过来，挑轿帘，搀架着允祥哈腰出轿，立刻给他披上了油衣。

"雪下得大了，"允祥立刻被寒风袭得打了个喷儿。他一边用鹿皮靴子登着木屐，一边吩咐道："告诉账房上，随轿的亲兵太监，还有轿夫，每人赏十两银子。寺东边有家酒馆，那边讨两桌席面大伙儿暖暖身。庙里是佛家清净地，不要到里头搅和。"一边说着便进庙。果见正北大悲殿中灯烛摇摇，和尚们击鼓打锣喃喃诵经，沿大悲殿西庑一溜房，是自己静修的精舍。东庑一向都空着没住人，但今晚却见也挂着灯。允祥在庑廊间走着，问道："那边也住了人，是哪家大臣？"

随行在侧的长史叫刘统勋，雍正元年的进士，黑红脸膛五短身材，十分精悍健壮，听允祥问，忙道："北边是张中堂，南边是李卫李制台，这几日都住在这里。"允祥怔了一下，说道："李卫，还没回南京？"一边说便进了自己屋里，一股热浪扑面而来，满身寒气立时都苏苏融化开来。

"回王爷话，"刘统勋跟进来，一躬说道："李卫和六部里还有些公事没说完。他禀了万岁爷，要等王爷回来见见再去。"

允祥喝了一杯热腾腾的奶子，更觉暖融融的受用，脱去外边的狐皮大氅坐了，说道："我们这边房里都是火墙地龙，没过冬就修缮好了的。对面张中堂他们面西，屋里又没有这设置，就是李卫，也不是什么好身子骨儿。你告诉太监们，挤挤腾出两间房，一间给张廷玉住，一间给李卫住。天晚了，彼此都很乏，没要紧事今儿就不见了罢。""卑职这就过去传王命。"刘统勋说道，"不过张中堂后晌进的园子，见皇上还没下来，李制台才下雪时还在院里转悠过，要是已经睡了，可否就不惊动他了？"见允祥无话，刘统勋转身便去，还没出门槛，便听李卫在外边庑下报名：

"一等侍卫、两江总督、太子少保李卫请见怡王爷。"

允祥不禁一笑，大声道："进来吧，狗儿！"待李卫进屋，一边见他行礼，一边笑道："你这个职名有意味。你还兼管三齐监盗；连着报一二三，'太'是'大'，'少'是'小'，真真是占全了！"

"这屋里真暖和！"李卫磕了头又打千儿起身，赔笑道，"不光三齐，直隶山西河南的盗劫案子也归着奴才管呢！"就灯下觑着允祥脸色又道：

"王爷气色比在沙河时好多了。奴才跟王爷一个病儿，有什么好药，好歹赏奴才一点。""有什么好药！刚进这热屋子暖和的，我叫他们给你和张廷玉各腾一间，今晚就搬过来！"允祥说笑着摆手示意李卫坐了，又道："我以为你早已经回南京去了，紧着在北京泡什么？"李卫敛去了脸上笑容，望着幽幽的灯火，说道："奴才是奉了旨意的。就是不奉旨，不知怎的，奴才也想多在北京待几日，奴才这病，总担心这回子去了就什么'壮士一去不复还'了的，有些恋主不舍。二则听到些风声，奴才也放心不下。三则有些细务还想请爷的示下。"说罢瞟了刘统勋一眼。

刘统勋十分机敏，立刻便向允祥一躬，说道："那边书房还有几封要紧文书没拆，王爷和制台在这说话，没别的吩咐卑职就过去了。"允祥点点头说道："其余的人也回避一下，给我和李卫在这炉子上温一壶奶子就成。"侍人都退出去，才笑问："什么事这么弄神弄鬼的？"

"奴才惦记旗主来京的事。"李卫用火筷子把奶子壶支得更稳了点，紧皱着眉头说道："八爷也真胆大，这是豁出来性命和万岁爷作对呀！凭良心说，奴才真有点悬心——奴才在外省京里都有不少朋友，八爷外面上只管个旗务，其实势力很大，风声只要不对，朝局兴许真的推骨牌一样一下子就乱了。万岁爷上次谈了，奴才觉得心安了些。下来想想，八旗绿营里头的将校官员有几个不是旗下人？旗主在朝廷上撑住场面，军心再不会稳的，只要对峙住，带兵将官也会变心的。奴才死活是皇上的人，想着请十三爷再劝劝皇上，最好是别走这步险棋……"

允祥静静听完，抿着嘴唇说道："你说这些皇上不但想到了，比你还要想得深想得细。从去年有这个风声，皇上就给驻京旗营游击以上管带官员发了几十个密折奏事匣子。军队里一动一静清楚得很。"他站起身来，在热烘烘的地龙上慢慢踱着，"我担心的和你全是两回事，我怕八哥这次铤而走险，陷得太深没法自拔，这是大逆罪，又没法救。十四阿哥这次不奉诏，真是件好事。可还牵连着八哥九哥十哥一个亲王、两个贝勒，文武百官过去党附他们的有多少？就文华殿、武英殿还有几个大学士你就难讲他们是什么心！李卫啊，这是多大的案子，你见过吗？你听说过没有？圣祖爷二十几个儿子，大阿哥已经囚禁疯傻了，二哥病得奄奄一息，有一天没一天的，活不了多久了；十四弟其实也是软禁了，再加上这三个……天下后世哪里理会'树欲静而风不止'——写到史上，是个什么名声呢？"李卫一门心思担忧的是雍正的皇位，听允祥这一说，立刻心里清明，皇上和这个允祥其实是网罟俱备，单等这几条不知死活的鱼撞网的了。想想允祥的话，也替他们兄弟寒心，半晌才叹道："说到这烦恼，还不如小家子寒门小户呢！八爷也真是的，没有得皇位，总还是个亲王吧！怎么闹起来没个完？"

"所以这是气数。"允祥忽然想到贾士芳那番议论，心里又是一沉，他细长苍白的手指不安地握在一处搓动着，说道，"我们没法去劝八哥，他要做，我们又没法拦，只能照皇上意见挤脓包儿。八哥要知趣一点，自己收敛，安分办差，就是这些旗主来，我也能保下他；不然我也保不下来，这真是无可奈何……"他变得有点神经质，只是喃喃自语："你说够了……也争够了，还没个完么？天下那么多事等着我们做，只是要闹家务？……不能学学十四弟么？"

李卫眼中满是怜悯地望着这位雍正皇帝的第一宠弟。当年，他在康熙的儿子里最不安分，挥鞭江夏镇有他，火马踏筵席有他，大闹御花园也有他，康熙御赐封号"拼命十三郎"是个闯祸的都头惹事的领袖，二十年党争十年高墙圈禁，竟像变了一个人！猛地想起乔引娣的事，便问道："十三爷，这个乔引娣是怎么回事，审诺敏一案我见过几次，标致是标致，算不上顶尖儿出色的。怎么十四爷就把住不放，万岁爷又指名硬要？都太痴了……为一个女人兄弟们闹生分到这份儿上，值么？"

"世上有几对夫妻像你和翠儿？青梅竹马患难之交又一双两好？"允祥怔望着微红的炭炉，"情之一事，任谁说不清的，为这个丢了江山、身家性命的要多少有多少，像吴三桂为一个陈圆圆称兵叛明，引大军入关，也还是个情——冲冠一怒为红颜！"

"可皇上过去和乔引娣并没有旧情。"李卫俯首沉吟，"太蹊跷了。我问皇上，皇上又叫我问您，您能告诉我么？"

允祥将沸了的奶子壶挪动到炉边，思量着，自失地一笑，说道："方才你说到'痴'，我想起来有人说过满洲人情痴的话。太宗皇帝要晏驾，世祖皇帝才六岁，睿亲王多尔衮揽总儿掌握朝政，眼看着的花花江山唾手可得，他就是不伸这个手。世祖皇帝在位十七年，才二十四岁，如今有说病故的，有说出家的，总之为了一个董鄂氏，和多尔衮一样为一个'情'字。说到乔引娣，皇上要她也为这个字。不过不为她自己，倒为了另一个女人，就说皇上情痴，也是真的。"李卫颇费心思地蹙着额头听完，说道："王爷的话太绕弯儿，皇上为情要引娣，又不为引娣，又为另个女子，这没法解。"允祥道："这没什么不好解的，引娣长相太像皇上当年要的另一个女子了！二十年前，皇上巡视安徽，被大水围困，城破逃生后被一个女孩子救起来，在那女孩子家二人有过一段缠绵恩爱……"

"王爷，"李卫忽然想了起来，说道，"您这一提醒儿，我就都知道了。大水过后，皇上在扬州催办赈灾粮，人市上买下了我。我和皇上还一同去桃花渡、高家堰寻访过她。她叫小福……我们主奴那次险，差点在黑店里送了命！小福是乐户贱民，所以皇上还有一道特旨，为遍天下贱民脱籍。呀！乔引娣长得像小福？会不会——"一个更可怕的念头袭上李卫心头：会不会是母女？！但他随即否定了，小福是被火刑烧死的，死时是雍正亲眼所见，离二人分手满共才三四个月，不会有后裔留下，天下也没有这般巧的事——他口风一转，疑虑地说道："会不会日子久了，皇上记忆错了？就算长得一模一样，还有脾气、性格儿呢！如今既然牵扯到国事，就让十四爷一步——"他又想到允祥比喻的多尔衮和顺治，便打住了，竟不知说什么好了。

一时间两个人都觉无话可谈，屋子里顿时沉寂下来。隔着大窗玻璃向外望，雪已经下得很大，一片片粘到玻璃上，顷刻就化成水，泪一样流下去，只远远的隐约听清梵寺方丈在朗朗念诵《般若波罗蜜多心经》：

> 观自在菩萨行深般若波罗蜜多时，照见五蕴皆空，度一切苦厄。舍利子，色不异空，空不异色，色即是空，空即是色。受想行识，亦复如是。舍利子，是诸法空相，不生不灭，不垢不净，不增不减……

"你们这么呆坐着参不语禅么？"寂静中忽然有人说道。允祥和李卫一回头，只见棉帘一动，随着一瞬即逝的冷风，一个人徐步跨进，张廷玉随侍在后。灯下看时，二人都吓了一跳，原来竟是雍正黉夜来了！

　　"是皇上！"允祥和李卫同时跳起身来一边行礼请安，一边李卫又忙将允祥随常坐的鹿皮交椅搬过来，口中道："老天爷！这黑夜大雪的，外头的路主子怎么走来！"允祥也道："皇上有什么事，叫太监来通知一下我们就过去了。从畅春园到这里四五里地呢！"

　　雍正乍从冰天雪地进到屋里，不胜欣慰地搓着手，有些青白的脸色也渐渐红润，见众人都站着，因笑道："都坐吧。怎么跟前连个使唤奴才也没？说机密事，朕在外头听，两个人又都不言声！"李卫冲出壶中的奶子先捧给雍正一杯，又给张廷玉和允祥倒了，口中道："奴才正和十三爷说起当年，主子收留了我，黑风黄水店遇难的事。一转眼二十年过去了，想起来像梦……"他瞟了雍正一眼，叹了口气。

　　"是啊……二十年了……"雍正也不胜感慨，"要不是带着你，朕也就没命了，你有擎天保驾的功啊！可惜又只能埋没掉……那时候儿黄水泛滥，桃花渡到高家堰一带几十里没人烟。我们在沙滩上运粮，路过的村落里都没有男人。上次批范时捷的密折，朕还特意问，那些过水河田，如今开垦没有。范时捷说经过洪水的田最肥，早已垦了，为划地界子还出了几件人命官司。李卫，萧家渡口北边还有几万顷淤地，听说你下令不让开垦，是为什么？"李卫一门心思要引着雍正说上乔引娣，然后三个人一齐谏劝他把人归还允禵，消弭兄弟之间这个缝隙，但雍正却把话题引到政务上，只好躬身答道："是。尹继善想发卖那三万二千顷地，是奴才拦住了。如今江苏的地多，再垦田贪多嚼不烂，眼见黄河已经归道，河堤修治好了，有钱主儿趁便宜买地，其实只是霸着不种。奴才想，与其叫这些土财主霸着，何如政府掌握？如今一亩只能卖到七两，康熙三十年那地一亩五十多两，到康熙四十年，一亩有的卖到二百多呢！奴才想等个好价钱，多卖几百万银子，也能办点大事。皇上要觉得不妥，奴才处置了就是。"雍正笑道："你这是替朝廷理财。很好，没什么不妥的。不过，事先要是奏朕知道了，闲话也就没有了。"

　　坐在雍正旁边的允祥一笑说道："这事李卫跟臣弟说过，想着过几年卖个大价钱，在南京给主子修个行宫。他盼着主子南巡呢！"张廷玉也不能不服李卫治事精明，在旁笑着叹道："天下督抚都能像李卫田文镜一样，朝廷在财政上省多少心！"

"朕心中三件大事，一是火耗归公，二是士民一体当差，三是云南改土归流。"雍正端端正正坐着，淡淡说道，"现在一个是李卫，一个是田文镜，江苏和河南已经试行，其余各省没有推开，一来是年羹尧隆科多乱政，四处插手，二来这两省还没见到好处，一时还不能发明诏。杨名时来京时谈了谈，这三件事他竟一件也不赞同。但他在贵州办差办得不错，朕和他有约，七年不动他的总督兼巡抚位置。杨名时是个清官，他靠人品做官，李卫田文镜也是清官，却是靠制度刷新政治。朕想，暂时各行其是也好，内地这两件事办不下来，改土归流也一时上不了台面，等七年约满再说改土归流——那是苗瑶杂居之地，一不留心就要出大乱子的。"

张廷玉听着雍正雄心勃勃的计划也有些兴奋，但毕竟是当了近三十年宰相的人，兴奋的火花一闪，接着就想到了困难。他不抽烟，只把玩着五冬六夏从不离身的一把湘妃竹扇，沉吟良久才道："火耗归公发养廉银，损了官员收项，士民一体当差纳粮，又损富益贫。自祖龙到今多少皇帝，这是第一篇吏治真文章。做好了，皇上也是千古一帝，但掣肘的又何其多，办起来又千丝万缕，何其的难！"雍正面无表情，许久才道："要没有难处，别人早办了。还轮得到朕？别说朝廷里外上下，就是宗室国戚，朕的兄弟子侄，不赞同的也居多。朕心里清清楚楚它的难。但这事和你们反复谈过，这些事越往后拖，留给子孙，他们越难办。朕不做圣祖之后的庸主，你们也不要做庸臣。就算是'兴头'里，谁阻了朕这个兴头……最亲的人也难逃朕大义灭亲！"说罢将奶子杯重重地放在桌子上。此时连和尚晚课也已经结束，深邃的古刹里一片寂静，暗夜中只听窗外微啸的西北风掠房而过，和无尽的大雪片片落地的沙沙声。

"皇上宏图远谋人所难及。"不知过了多久，允祥才幽幽地说道，他的声音很低，寂静中却显得格外清晰，"我们兄弟二十四个，早夭了四个，还有二十个。兄弟同心，其利断金，要是八哥十四弟他们能……那该多好！平心而论，他们也都不是无能之辈啊……"李卫是何等精明的人，立刻揣摩到是为乔引娣的事谏劝皇帝，"此刻，提出来真是火候，十三爷真是个角色！"他心里暗自较劲儿，却不肯再插话，只竖起耳朵等着雍正发话。

第七回　心意不投引娣抗颜
　　　　背水一搏密室划策

　　雍正当然知道这几个心腹臣子的心思。

　　他是今天上午用过早膳见的乔引娣。当时只是天阴得很重，白毛风刮得正紧，雍正洗漱了，坐在案前批了几份奏章，觉得心里烦躁不安：不知是因窦尔登一伙抢劫了几船漕粮，漕运总督和山东巡抚两个人各自具折推诿责任；还是允禩自张家口又请允裪代递了折子，说身体不爽，想请旨回京调养……另外，御史孙嘉淦从云贵发回折子，去秋云南洱海几十处崩溃，请旨调拨库银修葺；岳钟麒从四川也有奏报，弹劾兵部尚书阿尔松阿玩忽职守，以十万石霉变粮食支应军需，天水绿营因伙食太差军士哗变，杀了管带逃亡山林，请旨查抄阿尔松阿，以其家财折变军费以慰军心……这些消息没有一条让雍正清目舒心的。他扯过孙嘉淦的奏折批道：

　　　　尔是御史固然，尔亦是钦差大臣在彼处，宁不为朝廷着想乎？
　　自尔赴两广福建，动辄奏本即伸手要钱——即将此折本转给杨
　　名时看：洱海糜烂，总督巡抚平素所为何事？汝二人可商一筹
　　策，就地措款整修洱海，至于种粮，朕即着户部发往贵阳，不
　　误春耕即是了。

　　还想往下写，觉得头有些晕疼，脖颈间有些发热，伸手摩挲，隐隐地淋巴有些隆起，雍正无可奈何地放下了朱笔，叫过高无庸问道："贺孟頫还没有来么？"

　　贺孟頫是太医院的医正，雍正自从患了这无名热的症候，一直都是他来看脉，昨天下午派他去通州给废太子胤礽看病，今早去传他进来给

自己看，却还没回来。高无庸见雍正脸色不好，小心翼翼说道："奴婢已经叫人快马去传他来。主子别着急，稍等一会子就来的……"雍正没言声，踱下御座便往外走。高无庸见他要出去，忙道："我给主子取斗篷去，叫五哥过来侍候吧？"

"不用。"雍正一边说，已出了澹宁居。一股寒风立刻袭得他激灵一颤，见高无庸跟出来，因问道："乔引娣现在哪里住？"高无庸指了指西北方向，说道："在露华楼后方偏殿里。主子身子欠安，天又忒冷了的，不如奴才过去传她来见……"话未说完，雍正已是迈步，他只好在后跟着。

从澹宁居向西一箭之地再北趄就是露华楼，雍正一边走一边询问："听说她不肯更衣？"

"是，她说那是十四爷赏她的，不愿替换。"

"吃饭呢？"

"吃。不过不多。"

"朕赐的点心呢？"

"回主子，也吃的，"高无庸道，"她说她想见见主子，有话说。"

雍正站住了脚，怅怅望着远处，似乎在想什么，又似乎有点漫不经心，几个外省大臣刚刚从韵松轩弘时那里辞出来，见皇帝站在外头，以为他要见三阿哥弘时，忙都侧身跪了给他让道儿。雍正却没有理会，仿佛要驱尽心中郁气似的吁了一口气，趄身径往露华楼而来。

乔引娣住在露华楼后院专供太监住的"听传房"。她的身份不明，高无庸没法安置，想来想去，便寻了这么一个既是下人住的，又能随时传呼上去侍候的地方。加之这里宽敞，后边宫人出出入入也便于监视。说是"后院"，其实和露华楼最下一层通连着，因此雍正没走旁门，径由高无庸带着穿楼而过——从楼下须弥座西北，绕过几只烧得通红的大兽炭铜炉，转过一道砂西番莲带座儿屏风，便见一间空旷的大房子，仿佛客厅的样子。沿东一带是大玻璃窗，掩在露华楼的西北翘檐之下。这窗下放着几张竹藤春凳，执事太监平素就坐在这里听候传呼。东北角一个小门出去和外头太监住的排房超手游廊相通。后院的人进楼这是必经之地。乔引娣的床就摆在房子西南角，也是平常宫女用的板床。床头一个梳妆小柜，当屋一张八仙桌，桌下两只条凳，桌上放着茶壶碗具小匙等物，看去甚是零乱。雍正还是头一次进到下人们住的房子，乍从外边进来，也觉光线甚暗，只见一个女子穿着蜜合色棉裙，上身套着外发烧天马皮披肩，背朝外伏在八仙桌上用笔写着什么。几个宫女坐在春凳上，见是皇帝突然驾临，猝不及防唬得一齐起身，又忙伏地跪下。雍正见引娣专心致志地写着，似乎没发觉自己进来，摆手示意众人不要言声，自默默站在乔引娣身后。

"太像她了……"雍正怔怔地站着细细打量，那一头浓密得乌鸦一样的黑发放着黝暗的光泽，侧身那纤弱的腰肢，微斜在桌上的肩头，带着娇憨的红晕的腮，甚至阵阵传过来的幽香都像是为自己上火刑架的那个小福。他眼前闪烁着小福被绑在柴山上的影子，那殷红的火苗舔着她的全身，舔着她清秀的面庞和飘散的黑发。小福痛苦地来回扭动着身躯，至死都没说一句话……雍正已经完全沉湎在回忆里，脸上似喜似悲，喃喃说道："佛设所谓轮回之道，为什么不是她转世？对，是她转世的……"

引娣身子倏地一颤。她转过身来见是雍正，像是突然在路上见到一条蛇，身子一仄几乎摔倒了。她惊怔地后退一步，一手握笔站定了盯视着雍正，问道："你，你要做什么？"高无庸在旁喝道："贱蹄子，你这是跟皇上说话？"

"她刚来，不懂规矩。"雍正摆手制止了高无庸，他的脸色有些忧郁，上前拈起那张纸笺看时，只见上面写着一首诗：

> 长夜无灯磷自照，断魂谁伴月作俦？凄凄一树白杨下，埋尽金谷万斛愁……

一色的钟王小楷，笔意笔神却都似允禵的字。雍正不禁叹息一声，问道："这是你的诗？"

引娣是第二次见到雍正。上次见面时允禵刚刚黜掉王爵，带她进宫去看望弥留的十七皇姑，在皇姑的病榻前与雍正邂逅。当时雍正乍见她，吓得连退两步面白如纸，下来后她还好笑"皇帝老子怎么这德性？"

她自幼学戏看戏，戏里的皇帝不是迷糊昏庸便是贪酒好色，但眼前这个活生生的皇帝站在面前，一脸的倦容满是忧郁之色，怎么也和戏里的形象对不上。她胡思乱想着听雍正问话，只戒备地点了点头。

"写得不坏，"雍正攒着眉头，神情里带着嗟讶，"只是太过阴惨。李贺诗风，不是福寿之语。你小小年纪，哪来这么多的愁绪？"乔引娣道："皇上的意思，要作诗也强颜欢笑么？我由着命拨弄，生离死别来到这里，有什么'欢乐之词'强捏得来？"

雍正不禁一笑，说道："你是打定主意抬杠来了。谁说要你强颜欢笑来着？朕是问你，劝慰你嘛！听你的意思，舍不得离开十四爷？"

"是。"

"但他犯了国法。"

"我是他的人。"

"不！"雍正的语气沉重得像是自己也负荷加深了，喑哑的嗓音带着嘶嘎，"你是朝廷的人，不过分到他名下侍候而已。他是皇亲贵胄，娶妻纳妾都有制度的。"

"我是他的人。"引娣坚持道，"他在我心里，我也在他心里。皇上你留我，我抗不过你，可我的心不是你的。要不是怕拖累十四爷，我早就死了。比如我不吃不喝，皇上你挡得了我死？"

在场所有宫女太监都恐怖地瞪大了眼睛。引娣的话不愠不火，字字言语安详，但口气间斩钉截铁毫不让步，他们几曾见过有人这样跟皇帝说话？但雍正却不生气，只是脸色看去更加忧郁苍白，许久才道："你有这样的心么？啊……朕赏识这样的人……但你必须活着，你死了，朕就下旨处死老十四！"他觉得头很晕，惶惑地又看了一眼引娣，无言转身出去了……

雍正坐在允祥的鹿皮椅子里，良久，才心猿意马地说道："老十三说什么？哦……难道朕不想兄弟同心么？就因为他们都不是'等闲之辈'，朕才步步小心如履薄冰啊！大家当年夺嫡逐鹿红了眼，圣祖爷选我这个没心当皇帝的当了皇帝。他们心里这口气消不下来呀。连隆科多也不明不白地上了他们的贼船，年羹尧都跃跃欲试想造乱——如今又弄什么'整顿旗务'，这么锲而不舍，朕一味给他们念佛经，成么？"他的手指有些发抖，从怀里取出一包药，灯下打开了，却是香灰一样的散剂。李卫忙从银瓶里倾出一杯水亲自端了站在旁边侍候，雍正苦笑着摇摇头，攒眉说道："别的太医都不中用，贺孟𫖯的药稍好些，又苦不堪言……"说着将药抖抖地倒进口，接过李卫递过的水连冲几口才咽尽了，撮着嘴唇又道："良药苦口利于病，忠言逆耳利于行。衡臣和李卫不要当哑子，言者无罪嘛。"

"皇上说的那些，老奴才都是亲眼目击。"张廷玉干咳一声，捋了捋苍白稀疏的胡子说道，"闲下来替皇上想，皇上也真难为。李世民曾说过'人主惟有一心，而攻之者甚众。或以勇力，或以辩口，或以谄谀，或以奸诈，或以嗜欲，辐辏而攻之，各求自售，以取宠禄。人主少懈而受其一，则危亡随之，此其所以难也'。从皇上当皇子办差时到现在，不是一直在受攻么？奴才以为，人主权柄不旁落，人臣所谓'勇力'也就难以动其心；人主聪察警惕，'辩口'、'谄谀'、'奸诈'也难施其伎。唯有'嗜欲'是天性中自带的，不在'克己'上用力，就难免堕入小人迎合之术中去。"

雍正一边听，含笑点头道："衡臣说的是，但朕有什么'嗜欲'，不妨明言。"允祥和李卫满以为张廷玉要说引娣的事劝雍正远色，不料张廷玉不慌不忙呷了一口奶子，说道："主上的嗜欲在于'急于事功'。下头吃准了这一条，就来投主子所好。藩库亏空是几十年积下来的，主上限令三年完库，先是一个湖广，虚报亏空补完，李绂一本奏上，几名方面大员罢职；山西诺敏假冒邀功，田文镜揭露两名封疆大吏死于非命。他们固然是咎由自取，朝廷给的功令期限太严也是原因。主上已经几次说'不言祥瑞'，尚崇旷奏遵化凤凰翔集，鄂尔泰奏贵州都匀石芝丛生都没有发到邸报上。但据奴才看，私心以为主子还是盼着'祥瑞'。鄂尔泰奏说古州一月之内七现'卿云'，十三爷跟前这个刘统勋当时就在大理。调来北京，奴才问他'卿云'是怎么个样子，刘统勋说兴许他眼里迷了沙子，他没看见过'卿云'。浙江总督性桂奏说，湖州人王文隆家万蚕同织一幅瑞茧，长五尺八，宽二尺三，明摆是假的嘛，还是宣布了。田文镜奏报河南嘉禾瑞谷，一茎十五穗，皇上还表彰了。可河南该荒欠还是荒欠。奴才的意思不是说报祥瑞的都不好，奴才说的是主子心里的'嗜欲'往往就启动下头的投合。日子久了，就分不清哪是真的，哪是假的了。"他顿了一下，审慎地选择着句子，又道，"至于别的嗜欲……奴才是眼看着主子从小到大的，实在是不好酒也不贪色。外头传言什么乔引娣的事，奴才不敢信，也不愿信，但奴才也有一言，天子无私事，天子的'私事'也和国事相连，说白了就是个国与家难分。是是非非，既然言者无罪，奴才也就放胆了。"

张廷玉说完，无声舒缓了一口气，李卫在旁不禁暗自佩服：这个张廷玉不动声色缓缓入题，把引娣这件最令雍正吃心的"小事"化入一大堆国事中奏谏，确比那种好色误国的直谏容易接受得多，难怪三十年荣宠不衰，真是姜桂之性老而弥辣。李卫一边思量，一边说道："张廷玉前头说的那些，奴才有的知道有的不知道。奴才自幼就在主子跟前侍候，又在下头做了这么多年的官，情弊也还知道些。官场这个'揣摩'二字，真是无药可医。你献四个穗的谷子，我就找得出二十四个穗的。那是光有个样儿——稗谷！——哄得主子高兴，不定就能升官，至不济也不会为这事儿罢了官，所以虚报亏空追索的事奴才也有过。只不过哄弄朝廷的事奴才有过，密折子里头跟主子还得说实话。所以我心里觉得皇上的家事和国事还不全是一回事儿。听了衡臣老先生议论，奴才觉得原先是想左了。密折奏事连有的亲王都没这福分，可见是皇上为国家之事广大耳目所特设的，与明折是一反一正的一回事。比如八爷，那年我把他门前的照壁都偷卖了，也没为这个和主子犯生分。但国家大政，八爷从在下头使绊子点邪火踢倒油瓶儿不扶，遇事总盼着朝廷处置坏了——譬如一家子出这个子弟，也真得提防着点。可他们又是皇上的骨肉，葫芦提办了，又容易招惹小人嚼舌头。唉，说起来也真是个难。奴才识字儿少，就看那戏上，都说是女人祸国，其实哪一朝哪一代都是男人当家，朝廷不听她的，她扳着手替皇帝写圣旨么？就算乔引娣的事是真的吧，一者是十四爷，我看犯不着为个丫头和皇上别扭。皇上也未必真的就爱她！审诺敏一案我的主审，天天见乔引娣，塌肩膀儿水蛇腰，四寸长个大脚片子，有什么看头？"他心里清明，口里却是东一榔头西一棒槌，明知自己"不识字"皇帝有担待，故意说得语无伦次，一句也不直说，却句句含着劝雍正顾及大局放掉乔引娣。说得允祥和张廷玉都是一笑，又忙敛住。

"你们绕弯弯儿，说的什么朕一清二楚。"雍正想到见引娣的情形，心里一阵痛楚，不易觉察地蹙了一下额头，说道，"允禵咆哮先帝灵堂，不遵太后教令，不守法不敬上，他是有罪之人，可他又是朕的兄弟。依着官说，为他更换身边侍候人是规矩；依着私说，朕也不愿他过分伤情。即这么说，朕体贴你们这片心。允祥可写信告诉他，在那里守陵也使得，回京做事也可，三年之内自省改过，还是朕的好兄弟，万事都可商量。他要是一味往什么'党'里钻，也就不可救药了。"说罢便站起身，李卫等人也忙起身，因外头雪大，李卫检着烧红了的炭给雍正装了手炉，几个人簇拥着雍正冒雪直送到清梵寺山门外，看着他登舆而去才返回来，恰听寺中晓钟撞响——已是子夜时分了。

就在雍正与允祥等人在清梵寺议论国事的同时，坐落在朝阳门外的廉亲王府，允禩和允禟兄弟二人也在西花厅围炉夜谈，在座的还有刑部尚书阿尔松阿、礼部尚书葛达浑、贝子苏奴，还有侍卫鄂伦岱和勒什亨。

西花厅坐落在廉亲王府花园西海子洲东岸，一半在岸上，一半压在水上，靠水三面，卧地到顶都是双层大玻璃镶嵌，坐在花厅里海子对面的压水台榭举目可见。夏天不用出门，隔窗可以垂钓，冬天坐在室内可以观雪景。为了赏雪方便，连花厅的柱子都是空心焊的铜板，地下周匝火龙通着熏笼，熏笼又通着"柱子"。点起火来，连花厅房顶的雪都要融掉，允禩又要暖和又爱赏雪，就在花厅顶加苫了半尺厚的黄笔草，草上又加瓦。因此，看似平常的一座花厅，足用了四万两银子，不但王府，就是加上宫室御苑，这也是头一份。此刻，几个人已是酒饭之余，坐在这风雪中的"玻璃房"中，遥看着对面水榭子上戏子们走步子练台功，灯映之下冻得镜面一样的海子上霰雪如雾随风回旋流溜，真是别有一番情致。

"别的话都是多余的了。"允禩靠在东边大理石座屏旁的鹿皮安乐椅上，目光炯炯望着外头纷纷飞扬的大雪，打破了岑寂，"如今真到了图穷匕首现的时候儿了！'鱼肉'眼见要上刀俎，就为逃命，也须得跳、跳了。"他今年四十六岁，但看上去十分年轻，圆脸上一对弯月眉，蝌蚪一样的眼睛，眼角微微下吊，冠玉一样白的面庞上没有一丝皱纹，举手投足间都显得温文尔雅，说话声音洪亮却不带半点咄咄逼人之气，显得温存又不失帝室贵胄的尊贵威严。"八贤王"这个名声举朝皆知，他的这副相貌也为他增色不少。他缓缓说着这样激切的语言，却仍显得十分平和稳重。

允禵就坐在他的左侧，手里拿着一块汉玉扇坠，不厌其烦地把玩着。他比允禩小两岁，看上去要老得多，黑瘦峭峻，阴沉沉的，语气也有点森人："八哥说的一点不假，老四（雍正）是个睚眦必报的刻薄人，确是要新账老账一处算了。内廷唐桂儿传过来信儿，听允祥说开春就送我去岳钟麒大营，所以时间也紧。八旗旗主进京一定要赶在正月十五前。这个时候刚过元旦，人都懈了，葛达浑管着礼部，又是文华殿大学士，把王爷们都请到那里议事，然后请皇上接见，题目一摆，文章就做出来了。"他的情绪忽然变得有点亢奋，站起身子踱了几步，一手抠着大玻璃框帮子，盯着团团摇摇飘落的雪，说道："我们错过了多少机会？圣祖殡天，我们兄弟要有一个人在畅春园外头主持大事，允祥能轻易到丰台大营杀人夺兵权？允祥去哭灵，我们趁机大闹一场，隆科多他敢宣读那份假遗诏？允禵如果不奉诏进京，就在西宁按兵不动带兵办事，凭八哥一呼万应的人望，雍正能控制得北京的政局？隆科多已经拉到手的人，假如那次带兵闯畅春园再早一天，雍正就只好当流亡皇帝。我不是指责什么人，这些事我也有责任。我如果公然杀掉刘墨林那个浪荡钦差，年羹尧是已经萌了反心的，他就敢在青海自立为王！——我的意思是说，上天给我们多少机会都错过了，按理说已该厌弃了我们了。可它还在给！但我们还敢再次失之交臂么？"允禩听他历数往日失败，又是悔恨又是激动，浑身血脉贲张，脸涨得潮红，目中熠然闪着光，说道："以前的，以后的，责任都是你八哥。总想平平稳稳地不弄乱了朝局；再者我们也缺一个敢真搅真闹的孙大圣。一个敢为天下先的猛士。我仔细思量过，只要搅乱了，雍正他收拾不了局势！"

"我管着礼部，文华殿的太监也听我的。"葛达浑眼圈熬得通红，他似乎心事很重，右手抚摸着剃得光溜溜的脑门子，喟然叹道："皇上无道，擅改先帝成法，欺母逼弟，暴虐群臣，这都是真的。我担心的只有三条，我们没有实际的兵权这是一；我们毕竟君臣名分已定。这'造逆'二字罪名难当。万一有不服的，称兵勤王，我们用什么抵挡？这是二；三嘛，八旗旗主现在只找到四名，这些人从来没有从过政，只是背地里发发牢骚，真到阵仗上实地和皇帝较量，会不会临阵下软蛋？这些事想不透，预备得不好，毁了身家性命事小，可是九爷说的，我们只能赢，已经输不起了。"允裪听了一笑，说道："老葛，你得弄清楚，我们只是借这些旗主用一用。棋，分着几步走呢！整顿旗务是雍正下的旨意，我按旨意办事召诸王来京，他说不出我什么来。雍正整顿旗务的宗旨有两条，一条是旗人自谋生路，分田种田，然后减削旗人的月例钱粮；一条是八旗的下五旗统属不明，旗营披甲人不务正业悠游荒唐。我们先从第二件事做，在京各旗营牛录管带的案卷都已准备好，通知他们各自晋见自己的主子，旗主能对属下行赏行罚，下五旗的兵权就拿到一半。就如毕力塔的丰台大营，毕力塔是个汉人，下头三个佐领都是满人，一见旗主，毕力塔他就指挥不动了；旗人分田自种是坏了太祖太宗和圣祖成法的，早已怨声载道，所以这一条不但行不通，而且王爷们必定还要和雍正理论争议——要知道，平日他们在盛京毫无权柄，一旦旗下门人奴才肯听命服从，一定要千方百计恢复'八王议政制度'。如今雍正弄什么官绅一体纳粮当差，又是火耗归公，抄家抄得鸡飞狗跳墙，真个是天怒人怨，暴虐无道，朝野布满干柴，一旦火起谁能扑救？八哥出来收拾局面，还不是顺理成章的事？"

允裪不安地晃动了一下身子，摆手道："老九最后一句话说错了，应该是八王旗主共管朝政。我们不是乱臣贼子，也没有篡位的心。但雍正管不好这个朝局，理不了这个天下之政。社稷，公器也，应该'公管'。下五旗王爷来了四名，勒布托是正蓝旗的，都罗是镶白旗，诚诺是正白旗的，永信是镶红旗的。这是四旗了，我是正红旗旗主，下五旗都在了。上三旗归雍正统属。镶黄旗是弘历、正黄旗是弘时、镶红旗是弘昼。弘历是铁心跟雍正的，他就要同李卫一道儿下江南。弘昼无可无不可，是个懒散人。弘时，你们记住，在京坐纛儿办事的这位亲三爷，他才是我们共举之主。真的八王议政,弘时也是我们的首领——他要夺位,我们只要实权,号召容易,也没有后顾之忧。诸位还有什么不明白的?"

"八爷剖析明白。"阿尔松阿说道,"我明儿去见见弘昼五爷。我是镶红旗第二佐领,归着五爷管。您别看五爷任事不管,他要发起火来,连三爷也怕。五爷整日在家烧丹炼汞,前年隆科多带兵搜官,当时也是三爷坐镇北京,没有通知五爷。五爷恼了,把一府的人都轰出去。守护东华门,说东华门是他丹炉罡斗冲位,不许兵丁带刀进紫禁城。隆科多请三爷写条子请见五爷,都被挡在门外。紫禁城都搜遍了,就是进不去东华门。那炉丹到底也没炼成。五爷上门'请教'三爷为什么扰他静修,三爷当面赔罪才算了事。"允祹笑道:"可以和五爷聊,不扯正题,我们不要误了他成仙之道。我那里还有一部元版《金丹正义》,你带了去恭送你家五爷。"

本来议论得十分紧张的话题,经这一调侃,气氛变得轻松了,说笑了一阵,允祹因阿尔松阿提起隆科多,想到他即将就道前往阿尔泰与罗刹会谈边界,心里一阵惋惜:此人虽然罢了相抄了家,在京师步军统领衙门旧部很多,是可资利用的一大势力。思量着,刚说了句"隆科多——",屏风左侧门帘一动,进来一个家人。附在允祹耳旁轻轻说了句什么,退后躬身听命。

"隆科多来了。"允祹莞尔笑道,"说曹操曹操到。"他取出怀表看看,时针已指到将近子时时分,因站起身来说道:"九弟,你们几个在这边,把细节再议议,苏奴是我的侄儿,一处见见不妨——请舅舅书房那边坐!"

第八回　隆科多贩官忧罪谴　廉亲王晤对侃治术

　　允禩赶到书房门口，正听里边金自鸣钟沙沙一阵响动，接着钟摆晃动着连撞十二声，隔玻璃向里看，一个五十多岁花白胡须的老人一手端杯子，正侧着身子眯眼看着琅玕插架的书架。允禩让苏奴开了门，一步跨进去，微笑道："舅舅安好？"苏奴就地打个千儿，旋即起身道："给舅爷请安了！"

　　"我是夜猫进宅无事不来。如今只有隆科多，哪来什么'舅舅'、'舅爷'！"隆科多把抽了一半的书送回书架，转过脸来。此时离得近，允禩才看出他脸上有些浮肿，连额头的皱纹都有点发亮，手脚动作间也显得迟缓。允禩笑着吩咐侍候在门口的家人："给隆大人送一碗参汤。"将手一让请隆科多坐了，说道："苏奴也坐——舅舅，你心里有气，这我知道。万岁前次一旨查看你家产，你送来十万银票让我收存，我悄悄给你退了回去，是为这个不是？舅舅为亏空的事，当今万岁登极这几年，在野的在朝的官员抄了上千家，他生就的一个'抄家皇帝'嘛。十四爷都抄了，我这里更是他早就瞄准的地方，有什么安全可言？我替舅舅想的要周全得多——"

　　允禩说着，探身向书架上取下一部《左传》，翻了翻，抽出一张笺儿递给隆科多，诚挚地说道："这是我在顺义置下的一处庄子，十三万本银。抄家只抄浮财产业，不抄祖业祠堂田地，我把日期向前提了十年，你留着备个万一。舅舅，我不是那种过河拆桥无情无义的人。这一条你尽管放心。"

　　"八爷，这事情不大，可见你的心田。"隆科多接过纸略看了一眼便收了怀里。他的神情有些憔悴，"我心里悬着的是那份玉牒。我去皇史宬借，是打过收条的。现在只是抄检了我的家，家私都还在宅子里封着没有没收。我现在情形八爷有什么不清楚的？说关就关起来，说杀也只一道旨意——连出门拜客都在这种时分！玉牒是弘时借去了的，我刚刚去三贝勒府见过他，说是八爷借看。三爷也说不安全，请八爷赏还了老奴才，不然，内务府追究起来连累面就大了。"

允禩看着这位曾经煊赫一时炙手可热的"天字一号"枢臣，不到半年光景隆科多仿佛老了十岁，原来棱角分明的黑红方脸变得皮肉松弛毫无生气，声音凄楚惨怛，丝丝散乱的白发在灯下颤抖。允禩的心不禁一沉，瞭了一眼苏奴沉吟不语。苏奴其实并不是允禩的近支侄儿，他的祖先其实是从太宗皇帝就分枝出去了的，到他父亲一代爵位递降，只封了个三等子爵，每年只是在光禄寺领一份六百两银子的年例，余外的收项一概没有，是个地道的闲散宗室子弟。但苏奴从小聪明伶俐，话不多却极善结交钻营，八岁上头进宗学读书，别人只是图个体面，甚至希图几两纸笔银子，苏奴却瞧准了这是结交权贵的机会。康熙皇帝的几个小儿子背不上书，他留替身罚跪，替写文章，帮着磨墨铺纸。有时还悄悄弄些稗官小说夹带进去给允祄允祐允祁这些"叔叔"们解闷儿，买些只值两个子儿的蝈蝈笼、泥绣球、插笔竹筒、糖人儿送给弘时弘旺这干金尊玉贵的近支皇孙。……既没误了读书也巴结得人人说他"晓事"。因此从宗学里肄业出来，允祄就要他到十贝子府帮办府务，又荐到礼部刑部帮允禩办差。允禩是最早封亲王的总理王大臣，一个票拟分发出来就又当了芜湖盐道，几个密保，康熙才知道爱新觉罗皇家宗室子弟里竟还出了一位能吏，超迁提拔为湖广巡抚。允禵出兵拉萨，从户部发去的粮食都霉变了，唯独湖广送去的当年新米，允禵战胜，独本以军功扎扎实实又保一本，又叙他祖上功劳，康熙皇帝又发到允禩处命礼部议功议叙，一个"贝子"稳稳当当封了下来，又赐为侍卫。因此这个不哼不哈的远支宗室门楣重光，同学的穷宗室背地里都叫他"闷猴"。隆科多说的"玉牒"，上面只有几句话，记载的是现今宝亲王弘历的生辰八字。这种东西当时是绝密文案，为防着有人行妖法或魇昧之术加害皇帝皇阿哥，历来在皇史宬严封锁锢。三阿哥弘时不知要派什么用场，逼着隆科多弄权偷取出来，允禩从苏奴那里知道了这件事，又要"借阅"，不然就兜出来打钦命官司，弘时也只好俯就这位惹不起的八叔。

　　"八叔，"苏奴见允禵看自己，在杌子上一欠身说道，"这玉牒背也背得烂熟的了。老隆眼下这么个处境，留着确是没益处。不过——"他略一沉吟，脸上闪过一丝狡黠的笑容，"咱们是从弘时贝勒爷那儿'借'来的，几头不对面这会子舅爷取了去，三爷向我们讨，又该怎么办？"隆科多忙道："我的确刚从三爷那来，三爷不便亲自来，让我们八爷这悄悄取回去。这个玉牒八爷留着除了招惹是非，真的一点用处也没有……"允禵这才笑道："舅舅急什么，我当然还你。"苏奴这才起身，在书架上寻出一本书，从套页子里抽出一份硬皮折子，黄绫封面周匝镶着一道金边，打开了，里边端楷写道：

> 皇四阿哥弘历，于康熙五十年八月十三寅时诞于雍亲王府（雍和宫）。王妃钮祜禄氏、年氏、丫头翠儿珠儿迎儿宝儿在场，稳婆刘卫氏。

　　这就是那份价值连城，干系几家王公大臣身家性命的"玉牒"了。苏奴却没有直接还给隆科多，吊胃口似的在他眼前晃了一下，双手呈给了允禵。

　　允禵看也没看一眼，顺手将玉牒撂在书案上，转脸对隆科多笑问道："舅舅去阿尔泰与罗刹合议，几时启程？"隆科多一刻也不想在这是非之地多呆，恨不得立地拿了玉牒就走，但他知道这位满身谦谦之风的"外甥"的手段，因一欠身说道："皇上怜惜我。我原说就上道儿的，昨儿进去陛辞，皇上说接到阿尔泰将军布善的奏折，罗刹国使臣刚刚离开墨斯克，你是天朝使臣，不宜先到，冰天雪地的路也不好走，开春草发芽儿了再去不迟。所以我一时还不走呢！"允禵一笑，说道："舅舅你是怎么回话的？"

　　"我说我是有罪之人，何得怕冷呢？"隆科多回忆着雍正接见时的情形，缓缓说道，"罗刹人阴险狡诈，想分割我喀尔喀蒙古，百年来锲而不舍。如今策零阿拉布坦蠢动，反相已露，罗刹国如果先到，二者勾结后患无穷。不如奴才先去，军事上有所布置，一则震慑策零，一则可以与罗刹国顺利签约——我的意见还是早点去。皇上说，'方才这些话都是老成谋国之言。阿尔泰将军也是钦差议边大使，你写一份条陈，朕发给布善，要他就地未雨绸缪。你虽有罪，朕还没拿你当寻常奴才看。过去你还是有功的嘛！这次差使办得好，朕就免你的罪——'八爷，总求你成全我，过了这道坎儿，奴才给您效力的日子有着呢！"隆科多说着，不知哪句话触了自己情肠，心中一阵酸热，眼泪已在眶中滚动，只他是个刚性人，强忍着不让泪水流出来。"舅爷如今成了'认罪大臣'了。"苏奴在旁说道："你有什么罪？你是跟从先帝西征准噶尔的有功之臣，如今又说你勾结了年羹尧，其实没有你坐镇北京，年羹尧才真的要反呢！"他一脑门子撩拨心思，信口雌黄着替隆科多抱不平，"你辞去九门提督，原本为了弃权避祸，皇上就腿儿搓绳又免了你的上书房大臣，说'勾结'又没有实证，说擅搜御园，那是你职权里头的差份，又拿不到桌面上，只好又找个台阶自己下来，他实实在在是个越王勾践！如今八爷在位，八爷再出事，他就又要治你'勾结'八爷的罪了！"隆科多听了默不言声，许久才道："我望花甲的人了，出将入相，这辈子也算不虚过的了，现在我什么也不想，什么也不能再做，只想平平安安地度此残年。说句实在话，平常在家静思，我还不如一了百了，也不至于遗祸子孙！八爷如若体念我这点心境，请放我一马，如不体念，我的鹤顶红已经预备好了，仰药而尽罢了……"他再也忍不住，眼泪扑簌簌淌落下来。

允禩见他如此伤情，也不禁动容，伸手将玉牒轻轻推过隆科多手边，说道："舅舅不要这样……也许你恨我，恨我拉你下水，误了你的锦绣前程，不过有两层请你思量，我也是不得已儿，处在这个位置上，为求自保自全跟自己亲哥斗心思。你看对面墙上，那是我手书的条幅——"隆科多抬头看时，果然见酱色绫褙装的一张条幅，颜书写着：

子独不见河边之柳乎：波浪激其根，仆御折其枝，此木非与天下有仇雠，盖所居者然。夫华霍之树檀，嵩岱之松柏，上叶干青雪，下根通三泉，上有鸾鸟凤凰，下有老豹麒麟，千秋万岁不逢斧斤之伐，此木非与天下人有亲戚，亦所居者然。

"这是《鬼谷子致苏秦张仪书》里的。"允禩的目光在灯下游移，"都是木树，况遇不一样，这是造化安排的，没有办法，天地良心在这里，我从来没有起过害人的心，只是这个当哥子的皇帝不能容我！也就是个死吧，或者高墙圈禁，我都认了——本来成者王侯败者贼么！"他伸出两个指头，"二，我从不勉强人，更不卖友。舅舅，你和我这一'党'的事不说它，你和弘时的事我也无一不晓。你败落下来，全是因为雍正皇上多疑猜刻，不能容人！他连自己一母同胞亲弟弟都容不得，何况我，更何况你？自你抄家失势，大理寺、刑部动用了多少人清查你与年羹尧的事，与我的事？除了你转移家财，别的查出什么来了？没有！可见我不卖友的。"他用手指点点那封玉牒："舅舅把这个拿去，好生把漏子弥缝了。我万不会再寻你的麻烦。你尽管放心……"

"谢八爷！"隆科多捧过玉牒，抖着手小心翼翼揣进贴身汗衫里，冰凉的金页子立刻激得他打了个寒颤，他昏眊的眼睛闪了一下允禩，随即低下头来，说道，"老朽无用之物，实在对不起八爷。不过八爷也请放心，隆科多半世英雄，也是从不卖友的。"说罢向苏奴略一点头，对允禩一揖到地，龙钟退了出去。苏奴望着长廊尽头隆科多消失的影子说道："就这么放过他去了！便宜了这个老杂毛！"

允禩如释重负地站起身来，说道："他已是灯干油尽了。强逼着他出来给我们效力，急了，不定一下子把弘时和我们一古脑儿卖掉。他是当过宰相的，如今又罢了职，一行一动多少眼盯着，我们不吃他的背累就算不错。他不入我们伙，雍正的心思就放在他身上，一旦替我们串连人，反而招引得留心到我们，牛不喝水强按头，我也不做这样的事。就是何柱儿的话：年三十逮个兔子，没有它就不过年了？"他转过脸来，眼睛在烛下幽幽泛着绿光，闷声说道："苏奴明儿走一趟三贝勒府，把我们议的结果告诉弘时，四个王爷已经到了承德，现在这个天儿也许要了允祥的命。可弘历一时也未必同李卫上道去南京，弘历不离开北京，几个王爷就暂住承德。告诉三爷，他八叔这次破釜沉舟为他争这个太子位儿了！"

但是允禩并没有完全估计对。时隔三天邸报出来，弘历以亲王、钦差大臣身份巡视江南，已由张廷玉代雍正皇帝到潞河驿郊送出京。弘昼奉旨到马陵峪视察军务，以皇子身份拜祭景陵。弘时传递过来的信儿，不但允祥已经卧病不能理事，雍正皇帝也患热症，暂停接见外臣。允禩觉得这些消息好得令人不敢相信，命太监何柱儿在宫里打听确实了，这才命轿去畅春园进谒雍正，亲自来探虚实。

"老八来了？"雍正在澹宁居召见允禩，看着他行了礼，含笑说道，"你身子骨儿一直不好，早有旨意不必专门进来请安的。难为你惦记着了。"他看上去果然精神十分怠倦，眼圈暗得发黑，脸色苍白中带着灰青色，颧骨又有点潮红。只散穿一件酱色江绸面貂皮袍，腰间束着黄绦绸褡包，半斜着身子懒散地偎在大迎枕上，声音显得慵懒温和，"那边杌子上坐吧。自己兄弟不讲那么多的礼数，朕见外臣从来也不肯这样的。你如今身子怎么样，看上去气色还好，上次的天麻用了么？"允禩忙欠身答道："托皇上洪福，这几天好些儿了，主上赏的天麻正在吃，只是这个晕病不是三朝两夕就能好的。臣弟原也没敢来惊动皇上的，见邸报说皇上暂不接见外臣，担心皇上身子，因此赶着过来请安。"

雍正撑着臂坐直了身子，一时没言语。这一对亲兄弟自康熙四十六年犯生分，为夺这个皇帝位逐鹿紫禁城，变成生死冤家已经近二十年。但历来刀枪相见唇枪舌剑，雍正这边是允祥，允禩那边是允䄉允禵，相互直接交锋。雍正与允禩平时极少单独见面，朝会也只是揖让谦恭礼数不缺而已。此刻，两个多年的政敌相对已是一君一臣，心中都有万千感慨，却又不知从何说。不知过了多久，允禩才觉得这么干坐很不相宜，一躬身子道："上次见皇上还觉得您气色好，这次看上去有点憔悴，听说皇上一天要见三个时辰大臣，批折子到半夜，这么着打熬，没有病的也受不了。先帝在位勤政，千古帝王无人能及，皇上竟比先帝还要劳乏！一张一弛文武之道，皇上学贯古今，好歹当心些儿，也是天下臣民之福。"

"朕有自知之明。凡百事务处置，聪明天禀朕不及先帝，只好以勤补拙罢了。"雍正心知允禩巴不得自己立刻就死，听这假惺惺慰告，不由一阵腻味，嘴角嚼了苦橄榄似的皱着眉头，语气却十分安详，"人呐，最怕没有自知之明——朕这阵子不爽，原来早想叫你进来问问的，旗务整顿的事，如今到底办得怎么样了？"允禩略一沉吟，笑道："说句实在的，臣弟与皇上政见多有不合的，唯独整顿旗务，我打心里赞同。可就是皇上说的，人得有自知之明。开国才八十年，我们满洲八旗子弟就都成了一群窝囊废！康熙五十六年传尔丹兵败青海，六万人全军覆没，逃回来的人说，听见敲鼓声就吓得拉稀。允禵进军西藏，年羹尧在青海打仗，都用的汉军绿营。就京师这些旗下，每个月领了钱粮，什么事也不做，提溜个鸟笼子，就晓得坐茶馆吹牛，再不然喂肥狗，栽石榴树，十个里头连一个会说国语①的都没有了！所以这事臣弟十分经心着办，从没懈怠的。"雍正凝神听着，见高无庸送来奶子，说道："给你八爷——你接着说。"

允禩两手捧过奶子，谢了，呷一口奶子，从容说道："但万岁知道的，八旗旗下这些狗才个个都不是省油灯，骄纵惯了。他们又各有自己旗主，事权难从一统。前次奉旨，在密云、顺义、遵化这些地方划拨地土分给他们。老实一点的去了，滑头的把地租出去，坐收现成的粮。有一等不会也懒得生业的，干脆把地卖了。我追查这些事，抓了几个到我府里问，他们又都说请示过本主，气得我肺炸，又拿他们没办法。所以和三阿哥商议了一下，把各旗旗主叫到北京，列出整顿条例，由各旗旗主自己部勒自己旗下的满人，朝廷只是定期检视。办得好的褒扬奖励，办得不好的按例惩处。这些旗主在奉天也是无所事事，拿了俸禄也该叫他们办点正经事的。这是弘时和臣弟们思量的一个法子。合适不合适还要看皇上圣裁。"说罢垂头吃奶子。

"这些事你和弘时多商量吧。"雍正漫不经心地说道，"朕这头政务太多，下半年已经接见过各省知府以上官员。过了元旦，从直隶省开始，朕要接见所有的州县官。州县是最亲民的职份，朝廷一切制度都要他们去办，百姓的疾苦甘甜他们又最知道，刷新吏治先要从他们头上做起。有人说朕琐细，殊不知天下如今最缺的就是琐细不怕麻烦。朕知道你政见与朕不合，你不要为这个不安，杨名时李绂他们也都与朕不合，办好差使，不弄邪魔外道，朕还有这点容人之量。就整顿旗务而言，朕

---

① 国语：清时定满语为国语。

只有一句话，所有旗人都要体念朝廷爱养的深恩厚德，努力生业，共建大清极盛之世。有这个宗旨，法子由你们去想。"正说着，见张廷玉从韵松轩那边匆匆过来，雍正便问："有什么急事么？"

张廷玉向雍正打了个千儿起身，向允祥微一额首示意，说道："方才接到布善的军报，策零阿拉布坦带了三千蒙古骑兵偷袭阿尔泰大营，已经被打退。这是大事，所以奴才赶着过来奏主子知道。"雍正眉头一拧，立刻变得神采奕奕，问道："他的折子呢？双方死伤情形如何？""折子我叫他们正誊节略，这里先回一下主子，节略誊好也送怡亲王一份。我军死伤很少，只有七十三个死的，策零丢下二百多具尸体逃了。因是夜战，伤敌的情形不明，不过，敌军劫了我军一座粮库，运走粮食三千石，烧了大约七千石。阿尔泰大营冬粮不足，来春雪化泥泞，怕不好运输，请旨户部从速调拨一万石粮运去以资军需。"他顿了一下，略带迟疑地又道："随折还有一份有功弁将名单，请朝廷议叙。"

"这是什么'胜仗'？"雍正的脸忽然涨得通红，冷笑一声说道，"布善是身统三万人马的建牙上将，被人家端了营，烧了仓库还带走了粮食，还外带死了七十多个人！他居然有脸向朝廷要粮请功？"他呼呼喘了两口粗气，按着胸口揉搓了一阵才平静下来，"你拟旨告诉布善，朕没有那多的恩典施给他！叫他革职留任戴罪立功，限他半个月也端敌军一个粮库，也允他战死二百人！不然，朕要锁拿他进京交部议处，想望首领可保也在可与未可之间。还生出这样的妄想，要朕给他'叙功'！"他焦躁地来回踱着步子，不时站在玻璃窗前望一眼外边白雪皑皑的房顶树冠和化得满院都是的雪水，又心无所主似的转过脸来，茫然盯着案上堆积如山的奏折。

张廷玉思索良久，说道："打了败仗是明摆的事，但奴才以为这只是小挫。如今下旨撤掉布善，或者他半月之内不能如命立功，朝廷选哪员将去阿尔泰代替呢？请主子睿鉴圣裁！"雍正不胜忿然地啐了一口，说道："朕并不为他'小挫'生气，败了就是败了，明明白白回奏，为什么要欺君？你说没人代替，朕不信！死了张屠户，就吃带毛猪？！"

"皇上，"坐在旁边一直没言声的允祥忽然徐徐说道，"讳败冒功，边将积习历来都是如此，您大可不必为这事动肝火。"

"唔。"

"布善是从圣祖西征的老军务，并非无能之辈。"允禩微笑着侃侃而言，"青藏西北阿尔泰这些地方都是寸草不生的沙漠瀚海苦寒之地，能在那里长期留守，布善也就算忠诚之士，不应以小过重罚，寒了守塞将士的心。换一个生手，威不足服众，指挥不能如意，反而要出大乱子。朝廷远在万里之外，臣弟以为更不宜作琐碎军务布置，策零阿拉布坦蒙古骑兵本来就飘移不定剽悍难制，他也未必有什么粮库。布善求功补过贸然出兵，又正值严冬之季，胜负之数更难预料，若再有败绩，隆科多来春和罗刹国的边界会议也不定因此吃更大的亏。这事本不是臣弟的分内差事，我坐在一旁细想，只能糊涂了。承认布善的小'胜'，命他乘'胜'相机进剿。皇上在密折朱批里倒可以明白直告他这样做的原因，布善自然知恩感戴的。兵凶战危，这和政事不同，错了可以更正。臣弟刍荛之见，请皇上三思。"

雍正听不到一半就已明白允禩的主见是对的。他瞟一眼满脸温良恭谦的允禩，打心底里叹息，老八要能实心臣服，办事能耐比允祥也不逊色……脸上却不肯带出来，对张廷玉道："老八的主张看来有些道理，暂时不要申饬布善了。粮食怎么办！这一万石粮从哪里调拨？""粮食有的是。"张廷玉道，"河南陕西四川都有存粮，只是运起来不容易，骆驼、马匹、驴嚼，还有人夫吃，加上工钱，百里百斤一吊一①，像这样的天儿恐怕还征不上来人，总算下来路上花销也要一万石粮才够呢！"允禩见雍正目视自己，知道他心疼这笔脚资，遂一笑道："只怕百里百斤一吊三也未必征得足民夫数。岳钟麒的兵就驻在川北，发旨叫岳钟麒就营中军粮用军马运，脚银也就省去不少。"

"青海省原来年羹尧统辖的军队还驻有六万，靠的是各省支应军粮。青海省刚刚平定，也没有大粮库，岳钟麒能按住这头已经很不容易了，不宜再抽调岳钟麒的军粮！"张廷玉皱眉沉思着说道，"甘肃榆林军库现在还存着十万石粮，布善的缺粮可以从这里头调拨，榆林库里的粮也到了更新的时候，正好腾出库房来。甘东去年大旱，·开春就得赈济，也

---

① 运费计算方法，一百里路程一百斤东西，支付一吊一钱。

只能动用这批粮食。饥民熬冬无食，就由他们来运粮，脚资一律用现粮支付，他们有什么不乐意的？这样，粮库也腾出来了，也省了脚银，百姓也有粮过冬了，岂不四角俱全。这样变换一下，放赈变成工赈，春赈变成冬赈，来春就是不够用，也就差不多了。"

雍正的心绪一下子好起来，笑道："集思广益，今儿议得爽！朕是性情中人，大喜大怒从不掩饰，幸得你们成全匡正。李世民对房玄龄说'恒欲公等尽情极谏'，你们今儿是直谏，还算不得'极'谏，朕已受益不浅。粮食的事就这样办。用六百里加紧廷寄发到甘肃，由骆文寿亲自经理，两个月内务必把军粮送到布善大营。发文田文镜，调拨他今秋的粮食十万石到榆林，叫他心里先有个数！昨日礼部有个折子，直隶今年乡试主考还没点。张廷玉发个廷寄，叫李绂赶紧赴任，湖广那边几个积案不要他管，交给李卫去办。宝亲王和李卫在一处，有什么办不下来的？"他顿了一下，舒适地打个欠身，道："老八，好好做！就像今天这样做，成全了朕也就成全了你。往后遇有朕思虑不周的政务，廷玉你们不要心存顾忌，只管痛谏，朕再不会以这个恼人罪人的。"他目中闪烁着喜悦的光彩，带着期望盯着允禩。允禩却仍是一副恂恂儒雅之风，起身向雍正一揖，说道："臣弟自当努力巴结。"

"好、好！"雍正脸上带着笑，目光却已转暗，"你这样很好。昨晚接允禵的请安折子，他奉诏要回京做事了。都是自己亲兄弟，朕不在乎他请安这个礼数，只要让朕一个'是'字就够了。老十四是个暴性儿，你们又相处得来，平素一处多劝劝他些。就这样，道乏罢。你身子骨儿也不甚结实，需用什么告诉朕一声。"雍正一边说，允禩连连辞谢，一躬身便退了出去。望着他的背影，雍正长叹一声，说道："这未尝不是好样的人才呢？可惜不能为我所用。"

张廷玉默然一躬身，说道："但愿八爷实心为政，社稷之福，也是天家之福。"

"他不弄什么'八王议政'，朕自然不难为他。天要下雨娘要嫁人，瞧着他吧。"雍正脸上已经冷峻得像挂了一层霜，"十三弟病得很重，朕也身体难支。衡臣，你偌大岁数，里外忙你一个，朕好疼你！"张廷玉心里一阵酸热，正要说些谢恩的话，雍正又道："李卫和允祥都推荐那个异人贾士芳。这事你写信给李卫，叫他着意访求，也不发展局限贾某一个，不要怕推荐错了，朕自有试用之道。"张廷玉儒学大宗，对这些绰神弄鬼的事满不以为然，怔怔听了，却道："请皇上恕臣，臣不赞同，也不敢奉诏。"

雍正不禁一笑，半晌才道："不奉诏就算了。"

第九回　李巨来沽清判遗案
宝亲王奉诏下江南

李绂接到升任直隶总督的明发诏谕已经半年，但湖广巡抚的印信他还不肯交卸。他心里也急着进京赴任，但手头压着一件大案：汉阳业户程森为夺佃户刘二旦之妻刘王氏，夺佃烧房逼死刘家一门三口。这个案子已经拖了三年，本来汉阳县、府都已审明结案了的，程家不知做了什么手脚，案子详到省里，臬司衙门驳了下去，说"夺佃非罪，房产为程家之产；烧房不仁，律无抵罪之拟。刘老栓祖孙三人怀砒霜到程家当众饮药，意图讹诈，亦不为无非。"判程森枷号三个月了事。刘王氏不服，在巡抚衙门击鼓告状。李绂接了状子便叫过按察使黄伦询问，黄伦倒也爽快，说程森固然为富不仁，刘家也不是什么好东西。程森说是因地租看涨，夺佃是为了加租。刘王氏说她去找程森理论，程森大天白日意图强奸。地租涨价有据可查，"强奸"却没凭据。听黄伦这么讲，又是一番道理。李绂因此时朝廷已有明发诏旨调任直隶总督，他是军机大臣张廷玉的门生，在湖广任巡抚三年清介自守，在雍正皇帝跟前眷宠不亚于田文镜，也不想为这么个案子让御史说三道四，因此将案由密奏了雍正，请求将这遗案处置完，干净利落去北京上任。不久就奉到雍正朱批：

> 为地租涨价夺佃，尚在情理之中，烧房，则不可解；刘氏一门三命为夺佃当众自尽，更不可解。该抚疑得是。李绂可缓来京，查实办妥之后赴任可也。此系人命之案，不可掉以轻心。

奉了这道诏谕，李绂索性将衙务交代了藩司衙门署理，亲自下汉阳私访了半个月，已是得了实情。回到衙门，恰过了冬至节，见到雍正催他北行的旨意，李绂一边出火票到汉阳县提拿证人和程森，又发文按察使衙门，请黄伦腊月初三过来会审结案。

三天之后，坐落在武昌城西的巡抚衙门挂出放告牌，立时便招引了不计其数的人来看热闹。此时孟冬季节滴水成冰，人们猫冬在家无事，哪个不来瞧。自卯正时牌，挨挨压压熙熙攘攘的人统袖缩脖嘈杂而来，挤在衙门照壁前、石狮子座旁、仪门外平常停官轿的地方，晒着暖儿，脚跺得山响，叽叽喳喳议论着。

"李抚台不是已经升了直隶制台了么？邸报都出来了，怎么还管咱们这里的事？"

"刘王氏的案子听说已经结了，李制台亲自去北京奏明案中有疑，皇上下旨叫李制台复审的，李制台如今是钦差呐！"

"清官啊……"一个老头子闭目喃喃自语，"最好李大人就留下，老天爷保佑来了个清官管我们湖北，火耗钱只收六钱……"

"嘻！铁打的衙门流水的官，谁也不是自己祖父事业！你想他留下，他就留下了？"

忽然，嗡嗡嘤嘤议论的人一阵起哄，原来是湖广按察使黄伦的大轿到了。人们急忙让出能过一个人的胡同来，只见一乘八人抬象格子暖轿，几十名手持水火棍的臬司衙门捕快前后簇拥着迤逦近来，后头紧跟着还有两乘四人官轿，是汉阳府汉阳县令坐着——都没有筛锣开道，直到巡抚衙门东侧仪门前停下。人们张望间，从签押房那边早飞也似跑过一个戈什哈，喘吁吁道："抚院请诸位大人签押房少坐。"三个人也不言声，一哈腰算是答应，由仪门鱼贯而入。众人正看得没头绪，突然听得正堂堂鼓"咚"地一声暴响，人们立刻像冲闸的洪水似的涌向方堂口，要看原告刘王氏是个什么模样的人。谁知到了跟前看，才知道不是刘王氏，是武昌三元庙文昌宫前天天要饭的米疯子，不知听了谁的撺掇，悄没声揣了半截破砖，结结实实把堂鼓给砸了一砖，竟砸破了拳头大一个洞！抚院的人不知道他是疯子，早过来两个亲兵按住了他。守门的戈什哈脖子筋胀得老高，正在气急败坏地发问：

"你为什么砸堂鼓？"

"我有冤！"

"有冤，县里去告。"

"县里管不了！"

"那就府里道里臬司衙门！"

"这里也挂放告牌，我就要在这里告！"

"这个放告牌，专为刘王氏挂的！"

"啊哈哈！"米疯子双脚一跳，疯笑道，"李抚台也是刘王氏一个人的抚台……哈哈哈哈……"戈什哈劈脸掴了他一掌，骂道："操你祖宗！不看看这什么地方？有你妈的什么冤，非要这个衙门告？"米疯子深似不觉，念着楚剧道白道："好个不孝的儿啊……老父亲苦一世供你做官，如今看看老父身受恶霸凌辱如同陌路之人！你你……这忤逆不孝之子啊……"

那戈什哈气得三尸暴跳，还要上前打时，旁边有知道的悄悄说道："李头儿别和他生气，三元庙文昌宫那边天天转悠，出了名的米疯子——过继儿子当了官，又不认他这个宗，卷了地产的那位，您老不可怜他么？"李头儿笑骂道："弄半天是个疯子？滚！"说话间，便见衙门口众人闪出一条路来，一个二十多岁的年轻女子前头由刑名房一个师爷导着进来。此时外头太阳已上三竿，千头攒动着的人们争看这个告状女人，李头儿便知这是刘王氏。只见她穿一身靛青粗布大衫，一头浓密的头发挽着一个髻儿，外头缠着孝布，平直得细线一样两条眉心微微蹙起，紧绷着的嘴唇边陷下两个浅浅的酒涡，在众目睽睽下怯生生进了衙门口，头也不敢抬。李头儿照李绂事先吩咐，将一柄四尺多长的鼓槌递给她，说道："胆放开，使劲敲，不要停，直到放炮升堂，你再上去！"

"咚、咚、咚、咚……"

几声干涩沉闷的鼓声传入后堂侧畔的签押房。李绂平素是个冷人，不甚与人交往，今日坐衙专门等案，更是一声不吭。汉阳府县官卑位小，黄伦满心嫌李绂多事，也不来兜搭说话。四个人正枯坐得不自在，听见前头堂鼓声，李绂便站起身，看也不看三人一眼，只吩咐一声"升堂"，遂出了签押房。黄伦几个忙不迭随后跟出来，便听前堂口石破天惊般三声炮响，三班衙役，巡抚衙门几个师爷忙忙拿着纸笔从后堂照壁按序一拥而出，几十个手执水火大棍的衙役一声递一声威严的堂威：

"噢……"

所有嘈杂的人声立刻停止，静得一根针落地也听得见。刘王氏早已跪在堂口，听得"李大人升堂"一声高唱，手执状纸深深俯地叩头，口中喃喃说道："李青天为民妇做主！"

李绂衣裳塞窣升了公座，见几个师爷已在肃静回避牌旁设了小案子援笔待录，公座侧旁西边一公案是为黄伦空着，汉阳府县是二人合坐一凳。他站在那里，用目光冷冷睃了一眼堂口，吩咐道："传请黄大人，汉阳知府柳青、汉阳县令寿吾一同会审——把刘王氏的状子呈上来！"

"喳！"

那个叫"李头儿"的戈什哈答应一声，径至刘王氏跟前取过状纸双手呈给李绂。李绂一边低头细看状子，一边对三个刚请过来的官员道："三位老兄请坐！"一直到细细看完了那状纸，李绂方轻咳一声，叫道："刘王氏。"

"民妇在……"

"你抬起头来！"

刘王氏不安地瑟缩了一下，躲避着众人的目光，抬头看了居中而坐的李绂一眼，忙又低下了头。大约她禁受不了巡抚衙门这样森罗殿一般的威严仪仗，双手一软，几乎跌伏在地下。

"你不要怕，"李绂轻声说道，"你的案子早已在臬司衙门立卷承审，本巡抚也有明查暗访，今日过堂为这案子审断，本巡抚虽已奉调北京，已经奏明当今，此案不结，我断不离湖北一步，你只管放心——让被告程森上堂！"

衙门外一阵轻微的骚动，两个衙役从西侧刑房带着程森出来。他大约五十岁不到年纪，戴一顶六合一统毡帽，灰府绸小羊皮袍，膀间束一条玄色槟榔荷包腰带，外头套一件黑湖绸褂子，胖胖的脸上倒也五官端正，只上唇凹陷些，留着一绺小黑胡子掩饰败相。程森却不怯场，脚步橐橐进了大堂，双手抱一揖，就地打了个千儿，看一眼跪在旁边的刘王氏，又是一揖站起身来。李绂一看便知是个做过官的，"啪"地将于中响木一敲，问道："你叫程森？"

"晚眷生程森！"

"你做过官？什么职务，原在哪里任职，又因何在籍？"

"卑职原在江西盐道，康熙六十年因亏空库银撤差追比。雍正三年亏空补完，起复为泰安同知，因母死丁忧在籍守制。"

"好一个'孝子'！"李绂警觉地看了一眼黄伦，他记得黄伦也在江西藩司衙门做过官，为程森一案翻案，莫非还有更深的背景？当下一边思索，冷笑道："三年热孝未满，就敢奸宿有夫之妇，就不论孔孟之道，国法皇宪都不顾了么？""卑职并没有奸污刘王氏。"程森不屑地看了一眼刘王氏，"因卑职起复需用银钱，随行就市为佃户加收一成租。所有佃户没有不服气的。刘王氏一家抗租不缴，下头人气急了烧掉她三间茅草屋的事是有的，我已为这事把烧屋家人开革处罚过了。刘王氏为赖租，来我府中，见我的时候百般卖弄风骚，敞胸露乳，说了许多疯话，我赶了她去——我一妻二妾，这把子年纪了，能上她这个当？——想不到她公爹也是无赖，八月十六带着她两个儿子闯到我家，当筵饮药自尽。卑职当即抢救无效，就成了这件人命官司。这个案子经臬台黄大人多次审讯，证词一应俱全，卑职是读书人，不敢欺心蒙理，求中丞大人明鉴识伪，这个罪名儿卑职实实不敢承受的……"说着就扯出汗巾子拭泪。李绂听了，转过脸不假思索地问道："汉阳县，你是第一审官，这个程某人当时是不是这样供的？"

县令寿吾坐在最下首，当时接这个案子时巡抚是他的座师杨名时，黄伦并没有调来，他没想到案子会这样扯皮。他今天陪审，原是坐定了当个泥菩萨，刘王氏胜了，他当时就审得不错，程森胜了，乐得给黄伦顺水人情，没想到李绂头一个就点到自己，顿时脸上一红一白，局促不安地说道："当时程森没有到庭，是派他的管家程贵富代理的，还有几个在场求减租的佃户，口供和程森说的不一样。刘王氏父亲和儿子饮药是在八月十五，不是八月十六。八月十五程家设筵待佃户，续定来年佃租出了争执。刘家乘机揭出程森欺孤灭寡，被程家庄丁抓打吃药自尽的。这件事看见的人很多，卑职以为证据确凿，当即就断了程家无理。"坐在寿吾身边的知府柳青立刻说："寿令当时申报的案情就是这样，卑职所以就照准了。"黄伦在对面一口就顶了回来："程贵富不是正身。刘王氏告的是程森，怎么能据管家的话判断家主有罪？那程贵富对他家主怀有私仇，有意那样供，陷害程森的。"程森立刻接口响应，说道："幸亏了黄桌台明察秋毫，不然我真叫程贵富坑到死处！"他摆着头还要说，李绂将响木"啪"地猛一击案，断喝一声道："你给我住口！问到你再说！"几个人便一齐都住口。

"刘王氏，你说，到底是八月十五，还是八月十六？"

"八月十五！"

"八月十六！"程森立刻顶了回来，"庄户们都能作证。"李绂哼了一声，问道："谁能出来证明？"程森向外看了看，围在堂口的几个衣裳褴缕的人跌跌撞撞地爬跪进来，一窝蜂儿跪下，口中乱嘈，说："我们程老爷冤枉！八月十五我们都在场吃酒，刘老栓也在，没见他吃什么砒霜的呀？"

李绂转过脸，口气变得异常严厉，问刘王氏："这是怎么说？"

"青天大老爷！"刘王氏脸色青灰，连着爬跪两步，指着几个证人连哭带说："他们都是指着程家佃田吃饭的人，程森说八月十六，他们敢说八月十五么？八月十五夜里好月亮，我带着两个本家兄弟去程家抬回我的爹还有我的两个儿，当晚哭丧哭得满村都过不成节，老爷您随便叫几个村民问问，这种日子还有记错的么？"说着她放声号啕："我屈死的老爹……我的儿，我的娇儿……嗬嗬……啊……"凄惨的哭声盈庭回旋，人人心上都被激得紧缩起来。外头几个毛头小伙子也挤了进来，七嘴八舌地说道："我叫汪二柱，和刘王氏一个村的。我证老刘头是八月十五死的……"

"哭得满村人凄惶掉泪，这事谁不知道？"

"我娘还带着月饼去老栓家看来着！"

"我是住刘村抬死人的，八月十五，没错！"

李绂嘿嘿冷笑，倏地翻转脸来，问道："程森，你讲，为什么私改日期，嗯?！"

"……兴许，我记错了……""你是太聪明了。"李绂讥讽地吊着嘴角冷冷说道，"日子定到八月十六，证人就只限到你程家的人，就好做手脚了，可惜八月十五这个日子太好记了，更可惜的是你程森不能一手遮天，你只能胁逼你的佃户，别的人你掩不了口舌！"

　　程森仿佛被打了一闷棍，浑身激起一个寒颤，他有点张皇似的环顾一下四周，又看了看几个刚刚进来的证人，咬了咬牙强自镇定着说道："就算是八月十五吧，反正就那么回事，他是自尽，又不是我强按着吃药的……"李绂狰狞地一笑，说道："你没有奸污刘王氏么？"

　　"没有。"程森瞟一眼黄伦，低下了头，他的口气已经不再那样强横。李绂将目光扫向刘王氏。刘王氏被看得低着头只是抠砖缝儿，张了几次口才嗫嚅道："他……他……"她偷看了一眼衙门口拥挤的人群，到底没有说出口。坐在西侧的黄伦将案一拍，喝道："今日对簿公堂，你吞吞吐吐语言恍惚，你这刁妇，存的什么心？"

　　李绂瞟了黄伦一眼，吩咐戈什哈："把证人带下去具结画押，门口这些人后退三丈！"衙役们答应着便来带证人。但门口的聚观人众听问奸情，却越发来神，推走这边，那边又涌上来，怎么也赶不走。还是一个师爷有办法，端了一碗墨汁，用毛笔蘸了站在堂口淋淋漓漓地就洒。前头几个脸上身上着了墨的立刻便往后退，后边伸着脖子听热闹的顿时挤倒了一片，外边一时吵声骂声哭叫声嘈杂不堪，好半日才安静住了。李绂对刘王氏说道："这是公堂，你必得有一说一有二说二，才好为你结案。多少烈妇受辱而死，《春秋》并不责备。既是强奸，那就没什么可丢人的。你只管如实讲，不要心存顾忌。"

　　"是……"刘王氏咽了一口唾沫，"我是他家针线上人叫去的，说是帮着做过冬衣裳……我爹已经去过几次求他别加租，我想着帮做冬衣，或者能见太太奶奶们求个情儿，就去了。我在他们西厢屋做针线，不知怎么后来就剩我一个人在屋里。他……他就进来，动手动脚，先是说疯话，我不理他，后来他就……猛地搂住我，一手扯裤子，一手摸乳——我叫唤煞，也没一个人进来……后来……后来他就糟蹋了我。我在他大腿上抓了几把，不知道抓出印儿没有……"她羞得说不下去，又低下了头。

　　"这就好办了。"黄伦在旁说道，"既是抓抠过他，只要验验有伤无伤就知道了！"

　　刘王氏突然抬起头来，下死眼盯着黄伦，她突然没了羞涩，梗着脖子，苍白的嘴唇哆嗦着，大声说道："黄大人！你得了程森多少银子？

你——你还是个读书做官的！三年前抓的印儿现在还能验出来？你这么不要脸，一死就一死，我索性全兜出来，你占骗了我身子，答应替我雪冤，后来为什么变卦？"

她这个话一出口，立刻满堂皆惊。李绂、柳青、寿吾并所有的衙役都把目光射向黄伦，一个个脸色苍白，如同庙中鬼神泥胎，顿时大堂上一片死寂。黄伦万不料她竟攀出自己，脸色唰地变得蜡黄，没半点血色，半晌才回过神来，"啪"地猛一击案，吼道："你放屁！可见本按察使没有看错你，你这个臭婊子，竟敢如此含血喷人！来！"

"在！"几个臬司衙门的人立刻雷轰般答应。

"大棍侍候！"

"喳！"

"慢。"李绂早已立起身来，案情这样一转，是他万万始料不及的，此时可怎么办？他攒着眉头紧张地思索一阵，松弛了一下，笑道："黄大人少安毋躁么。问明了再加刑不迟——刘王氏，你要知道，你是以民告官，先已经有罪，要想清楚了！"

刘王氏此时将一切已置之度外，死盯着黄伦道："民妇是破了身子的人，已经一钱不值，只要公道处置了我一家三口血债，什么罪我都领了！"她戟指指着黄伦，"你在二堂密审我，你说，程森给你送钱，你不稀罕可是有的？当时我磕头说，'大人不爱钱，公侯万代'，你双手把我拉起来，你那副脏脸叫人恶心！你说……你说……"

"你这刁恶无赖的淫妇！你住口！"黄伦吼道，"瞧你那副模样，谁瞧得上？"李绂笑道："你不要忙着问，让她说完——刘王氏，他说什么？"刘王氏道："他说'你真长得……可人意儿，我的四姨太也比下去了……'还说，只要和他'春风一度'管保我的案子赢……大人，我不是人……为了替我儿报仇，我就从了……"

李绂冷冷睃了黄伦一眼，正要说话，黄伦恶狠狠问道："你有什么凭证？说不出来，我剥了你的皮！"李绂因又问道："是。你有凭证么？"

"这种事还要的什么凭证？"刘王氏掩着脸泣声说道，啜泣了一会儿，猛地抬起头来说道："我看见了，他肚脐左边有一块朱砂记，上头还长着红毛。还有，还有，他的'那个'左边还有铜钱大一块黑痣。红毛记有半个巴掌大——大人，你验，他要没有，我就认这诬告罪！"

这一下把黄伦证到了死地，黄伦立时面如死灰，只是哆嗦嘴唇，一个字也说不出来。大堂上所有的人都目瞪口呆，瞠目望着李绂。

"士经兄，"李绂阴笑了一下，平缓了脸色，叫着黄伦的字说道，"案子已经涉到了你，真真假假自有泾渭。请士经兄回避一下，随我到二堂，我还有话说。"黄伦头昏目眩，形同白痴，眼睛直直地站起身，提线木偶般跟着李绂到了后堂。他们一离开，堂口立刻传来一阵人们兴奋的鼓噪议论声。李绂吩咐跟着的戈什哈"叫他们安静！"一边示意黄伦坐下，亲自倒了一杯茶端过来，娓娓轻声细语说道："士经，你说实话，我还可成全你的体面，不叫你当人出丑，不然，你想想看，万目睽睽之下，我也不好不秉公执法的。其实呢，这个案子我心里已经明镜一样——我自己调的人证根本就没有用上。你要一错到底，我可也就无法可设的了。因为这案子是皇上御批的，我不能没个交代。"

黄伦仿佛此刻才灵魂归窍，他仇恨地看了一眼满脸假笑的李绂，两只手抱着剃得发光的脑门子，来个一言不发。

"你再想想看。"

…………

"唔？"

…………

"你不肯招么？"

…………

李绂勃然大怒，怒喝一声："给你脸不要脸，本抚成全不了你了！来，给黄大人去衣！"

"喳！"几个戈什哈立时饿虎扑食般拥了过来，黄伦本能地一闪，怪声怪气叫道："我是朝廷三品大员，士可杀而不可辱，你们谁敢？！"李绂格格一笑，说道："你是'士'？你是猪！我今天辱定了你！"说着手一挥。戈什哈们从没干过这差使，又新奇又好笑，两个人死死按住挣扎着的桌台大人，余下的七手八脚连解带撕，顷刻之间就剥得他一丝不挂。果然的真不假，黄伦肚脐左下侧一片红茸茸的细毛朱砂记。再扳开腿，那块黑痣赫然在目。

李绂什么话也没说，掉头便返回了大堂。嗡嗡嘤嘤满堂嘈杂立刻鸦雀无声。他站在公座上吸了一气，仿佛要吐尽纷乱的思绪，半晌才定住了神，咬着牙大声宣布："黄伦已经招了！程森，你到底怎么和他勾结翻案，你给我从实——"他"啪"的猛击一下响木，连那个铿锵有力的"讲"字一齐"拍"了出去。

"我招……"程森面无人色，稀泥一样软瘫在地，"我和他在江西盐道上就是同事。头一回送银子三百两，他不肯要。后来叙出是旧行，我送他一千两银子，他就给我翻了案……"李绂无声透了一口气，坐回公座，吩咐道："给他画押！"一边援笔在手在案牍上疾书批文。

> 据程森一案，该犯原系在籍守制之朝廷命官，乃敢据势鱼肉乡里，将佃户刘老栓之家媳于光天化日之下骗诱到家，强行奸污，致使刘老栓祖孙三人饮恨自尽。又复交通赂赇朝廷方面大员黄伦，意图弭罪。灭绝天理于前，舞法弄权于后，使刘王氏一门三命久冤不解，实属罪不容诛。着判斩立决，报刑部详准施刑。黄伦身为朝廷法司大员，贪赃无耻，胁奸民妇，悍然弄法，即行监禁，案由申奏御览后遵旨严处。

写罢，接过画过押的状纸略一浏览，眼睛扫视一眼众人，朗声宣读了判词。立时外面千万人一齐欢声鼓舞，刘王氏满面泪痕，嘶声高呼："青天大老爷明断！李老爷公侯万代……"夹着程森家属含糊不清的号啕咒詈声混成一片……

恰此时，后堂匆匆出来一个戈什哈，对李绂耳语道："宝亲王爷，还有两江总督李卫制台来了，在后头签押房等候大人。"李绂脸上毫无表情，只点了点头，直到百姓散尽方徐徐说道："退堂吧！"

第十回　政见不一黑猫黄猫　志趣相投无情有情

　　李绂退堂回来，路过二堂，见黄伦形同木偶痴坐在堂角的木机子上。他大概已经听到了李绂方才宣布的判词，见李绂精神抖擞地过来，身子一软便双膝跪了下去，说道："犯官有罪，总念我十年寒窗，四下考场，今天来之不易，求大人笔下留情……"李绂迟疑地站住了脚步，扬着脸看了看堂后院中签押房前肃立的几个太监近卫，叹了一口气，说道："既有今日何必当初啊！你的这件事太丢人，不单丢你自己先人面孔，朝廷脸上也是撑不住的。当今主子最讲心田，坏他名声的，断没有轻饶的理。这会子我还要谒见宝亲王，不能多谈，你先回府上闭门思过，写一个服辩给我，我奏皇上时夹片呈上御览。就以你贪色顽钝这一条说，辜负皇上苦心栽培，罪认得好，心诚，或可有你一条生路。至于功名，眼下根本谈不到。世上没有什么好东西能洗掉耻辱，只有时间。撕掳下性命，拼几年工夫雪心改正，那时才能说这件事呢！"黄伦听一句，哽着嗓子答应一句，李绂见他吓得浑身筛糠语不成声，心里也是一软，却没有再说什么，拔脚便进去了。

　　"好啊，包龙图退衙了。"李绂在签押房门口报了职名，便听里头一阵爽朗的笑声。挑帘进去，见宝亲王弘历坐在炭火盆子旁烤手取暖，李卫用铁筷子轻轻翻着，屋子里一股浓烈的烤白薯甜焦香味。李绂就地打千儿请下安去，说道："奴才给亲王千岁请安！"起身来时，才又对李卫笑道："臭叫花子，在我这屋折腾烤红苕，巴结主子了！"他这才用心打量，只见弘历一身宝蓝色土布棉衫，脚蹬双起梁"踢死牛"鞋，头上戴着青毡瓜皮帽，腰间系一条黑布搭包儿腰带，通身上下都像一个乡下穷秀才。只弘历年纪还不到十六岁，尽管看去比实际岁数老成，但天生资质秀丽雍容，貌如姣好女子，和他这一身微服打扮不甚相称。李卫也是便装打扮，像是乡里中户人家的长随。他永远是一副嘻天哈地模样儿，只是他身子骨儿不好，脸色带着青黄，借着翻弄烤白薯顺便儿取暖。李卫身后还有个二十多岁的年轻人，一脸书卷气，眉宇间却甚是英武。武昌地气夏热冬寒，这种时节棉袍棉衣尚且冻得缩首顿足，他却只穿一件夹袍，单裤套着快靴站在靠窗处，一脸的泰然自若。

李卫见李绂不住眼打量那年轻人，嘻嘻笑道："我们宝亲王爷主仆是步行赶来湖广的。你瞧这年轻人不起眼儿，把你衙门人都加起来也未必是他对手。他叫端木良庸，如今跟宝亲王一道南巡。"李绂向端木良庸略一点头，漫不经心说道："国家承平之世，练武不如习文。我看你这资质，像个读书料子呢！——王爷，前几日接邸报，说您要到南京，奴才万没有料到来到武昌，不知皇上龙体近日如何？"

"皇上龙体欠安，不过不相干，你可放心。"弘历起身站着说了一句又坐下，"我这次出来也顺便访医。要有身怀异能绝技的，或者十分上好的医生，你写密折奏荐进去。哦不，你不是这就要离任进京么？留心儿访着就是。"李绂笑道："皇上其实就是一个'累'字。奴才一路进去，一定用心访查医生。不过说选'异能'之士，奴才不敢奉命，还要劝劝李卫兄，离经叛道之徒江湖术士，万万不可轻易进荐。你要荐，我就弹劾你！"

李卫嬉皮笑脸，说道："你弹劾我还少了？不过狗咬狗罢了，该荐谁我还要荐的。上回你弹劾我违旨看戏，反倒给了我好处，弄了个'李卫奉旨看戏'——我不为荒淫怠懈，吃喝玩乐儿，大约你李绂无奈我何。"这说的是前年的事。雍正下旨令天下文武百官不准看戏荒怠公务，李卫却几次在南京总督衙门叫戏班子。李绂便以"阳奉阴违擅自观剧"为题，密奏了李卫一本。雍正臭骂李卫一顿，令他"据实回奏"，李卫答称因自己"识字不多，学术不够，又蒙皇上严旨切责读书学史，只得捡些于治道有益的戏文儿看看，长长见识"。雍正朱批，"尔之粗率无学朕深知之，肯于看戏学史，其心其志仍在法理之中，朕甚嘉勉之。但嘱尔勿以观剧荒怠公事耳。"——木来偷偷看戏的，经李绂这一弹劾，李卫反而变成公然奉旨看戏。此时说起来，李绂也只好自失地一笑，说道："只要我看你不地道，我仍旧要弹劾你的！"

"巨来，"宝亲王弘历见二人戏说斗口，也是一笑，他虽在少年，自六岁入宫即在康熙皇帝膝下读书，学贯古今兼长文武的老皇帝亲自调教的皇孙唯独他一个。因此在康熙的百余名孙子中，不但学问最好，而且养成气质，举手抬足皆有制度，龙子凤孙华贵雍容中又带着温馨可亲，使人一见忘俗却近而难亵。他一开口便阻住了二李说笑，"我是从信阳府直下湖广来的。有人劝我从南阳老河口过来，说是道儿好走，其实我看是因为南阳为河南富庶之地，'千里不断青'，那是河南的脸。我没有看这个'脸'，从河南的'背'面过来了。比了比，觉得湖广治得比河南要好。你说要启程调直隶去了，我想劝你一句，以你的清廉介直，直隶也能治好，不过皇上锐意振数百年之颓风，刷新吏治。有些陋习不能不有所更张，河南、江南推行火耗归公，摊丁入亩，加上垦荒，岁入几乎都增了一倍。已经证明了的好办法好制度，我劝你到直隶还是要推行。杨名时在云贵也是按兵不动，那个地方苗瑶汉杂处，和内地不一样，你不可类比。你是聪明人，又是皇上心膂股肱，皇上寄托期望殷重，巨来你要切切留心。"

李绂在椅中欠身恭肃一礼，庄容说道："王爷训诲的臣切切在心。不过历来有人治而无法治，王爷熟读史籍，自必明了。即以王安石，岂是无能之辈？他的法政今日推详，也都头头是道。法治与人治相比，人治第一，这是千古不易之理。所以皇上整顿吏治，以峻刑严法惩贪罚赇，臣一力推行。至于耗羡归公，官绅一体当差纳粮，臣以为应该因地制宜，因事制宜，因人制宜，不可千篇一律。"他看了看李卫，说道："就像又玠（李卫字）在南京，广收烟花税补国用不足，是国家一堪悲之事，岂能作为成例成法推而广之？我和李卫私交很好，说到公事，他是小人之法，我就要鸣鼓而攻之！"

"黑猫黄猫，能捉耗子是好猫。"李卫听他当面指自己的办法是"小人"之法，顿时满心的不自在，嬉笑道，"你说我收秦淮楼嫖税不对，难道武昌的青楼不收税么？不过你轻我重罢了。你收的税都用了做什么，我也略知一二。有些没差使的，苦缺的官儿，你补贴了他们，官儿们说你好。我收的税，建了三十一座义仓，专门补济无业无产的穷民。如今天下讨饭的，你湖广去的也不少，他们都晓得我这南京长年设赈棚，迟早有饭吃。跟你不一样的，是破落产业户，叫饭化子说我好。嫖客身上抽血养活叫化子，圣人也不会说我没天理。"

"罢了罢了。"弘历摆手道，"再说下去就动了意气了。从来一兴一替制度变更之间，政见不一是常事常情。巨来你若不肯推行火耗归公，我也不夺你的志，恐怕这件事是当今第一要政，你就不宜出任这个直督，这是我临出京时皇阿玛谈心时说的。给你下个毛毛雨，你也好心中有数。"

李绂眼波不易觉察地闪了一下。他一向谨守成规，以仁厚清廉自戒，以例传法度理治湖北，无论士绅百姓都知道他是"青天"，湖广每年的考绩都是"卓异"，远远超过田文镜的官声人望。对田文镜，他们原是患难之交，私谊极好的，自从田文镜强制河南大力垦荒，不少穷民不堪其苦，流入湖广为丐，二人书信来往讨论政事，意见相左，情分也就淡薄了。他倒不在乎田文镜被雍正称为"模范总督"，因为从雍正朱批谕旨时看，对自己的信任丝毫也不亚于田文镜。宝亲王轻描淡写的几句话，透露了皇帝对"火耗归公"、"士绅一体当差纳粮"这些新政推行的决心，也或者说朝廷对田文镜的信望已经远远超过了自己。李绂心里酸酸地泛上一股妒意，说道："王爷给我下这个'毛毛雨'足见厚爱。我也坦诚禀告王爷：我很爱湖北这地方，这里的百姓也爱我。这次进京见了主子，还想请求回湖广。主子可以瞧着我和田文镜比比脚力，看谁把省治得好！王爷是我的少主子，您的学问通天下都知道的。田文镜衙门里有'三声'：算盘声、板子声、嚎哭声；我也有三声：琴声、棋声、议政声；两个'三声'孰优孰劣请王爷判断。"

"这两个'三声'有意思。"弘历爽朗地一笑，看了李卫一眼，说道，"湖北确实治得不错，李又玠也有同感。你手下现在已经没有遗案，新到的朱批谅你已经收到，不要再滞留了。今日一见就算别过，你从水师给我们主仆弄一条船，我们沿江东下去南京，你快点回北京，直隶的乡试你主持，这是万不可耽延的。"说罢便起身。李卫却道："一条船怎么也不成，至少要三条船。叫水师提督换便装随着王爷的船暗地护驾，少主子的安全比什么都要紧。"

送走弘历三人，李绂再也不敢延误，立刻将刘王氏一案缮成奏章，用六百里加紧递送北京。此刻他要离省的消息已经传遍省城，当地士绅都暗地串连送万民伞，商议着选出头面人士赴京叩阍，请留任李绂，又有风传说要万人攀辕拦轿请求李绂从缓进京的。李绂深恐误了考期，匆匆将衙务交代给湖广布政使洛德，又出宪牌命武昌知府殷俊岩代理臬司。因汉江白河进中原一路都是逆水，李绂便不肯坐船，只带了两个小奚奴由陆路下襄阳，取道南阳鲁山北上。赶到洛阳时，已是过完灯节，算算日子，半个月可以轻轻松松抵京，李绂才松了一口气。因河南府知府罗镇邦是李绂会试同年，李绂便想在这里稍息两日，然后再趱行。李绂是简命湖广开府建牙的著名大臣，又奉调直隶总督，虽不是升迁，却是重用，罗镇邦自然十分殷勤，当晚就在衙中设筵为李绂接风。他深知李绂善爱文士，就近在老城邀了王宗礼、贺守高、杨杰、秦凤梧几个缙绅前来作陪。

"洛阳，兄弟还是第一次来。"酒过三巡之后，李绂已是满面红光，"白天在城里散了散步，商贾酒肆街面齐整，武昌也不及这里。武昌水旱两路九省通衢，洛阳交通五省九朝古都，伊阙邙山横亘其间，不愧天府重镇！就是省城开封，我看也不及此地！下晚时我去观瞻了孔子问礼处，碑倒还好，可惜碑亭破败了。你这个罗镇邦呐，也算读书人，就不知道修葺一下？"

罗镇邦年纪在五十岁上下，国字脸连鬂胡，身躯高大，显得十分壮实，喝了几觥酒，黑红脸膛油光光的，笑容可掬为李绂斟酒，说道："来来，巨来制台，我知道你海量，满上满上！——嗨……您是不知道我们这里的难啊！岂止是孔子问礼碑、周公庙，文庙大成殿更是破败，要修就都得修，但那是要银子出来说话的。河南府比别的府养廉银子多些，我是个从三品，和臬台一样，一年六千两，要应酬往来，要养家糊口，还得置点田产防老，这些个余外的风韵事是心有余力不足啊！要没有火耗归公这一条，洛阳的出息一年就是十几万，这些小事算什么！"李绂一听便知这是发田文镜的私意儿，他不愿背后议论这些事，略一思忖，说道："风雅事总有风雅人办——谢谢，我不能喝得太多了——洛阳人文荟萃之地，从读书人绅士那里募一点怕也办得下来了。"

　　王宗礼执壶刚给李绂斟了酒，挨次正在给罗镇邦倒酒，听见这话，叹道："大人，如今河南哪里还有缙绅？您去瞧田中丞身边那群人就晓得了。他的几个师爷，没有一个是做官出来的，不是讼棍就是刀笔吏出身。真不知读书人犯了田大人什么忌讳，一味地从士大夫头上开刀问斩。如今缙绅们远离官府惟恐不及，生怕派差弄到头上，谁敢出头冒尖儿露富操办这些事呢？"王宗礼是两榜进士出身，放过道台的，经历多见识广，说话从容不迫，因知道李绂与田文镜不睦，便极力撩拨。"前次他派了个钱粮师爷，叫钱度，一眼看去就不是个正道人。也是在罗兄这里吃酒，我们说起来士绅难处，钱度说，'你们再难，比佃户们还难么？比要饭的还难？'——您听听他说的这是什么话：'田中丞是替朝廷兴革，他私人又没得什么好处。谁不知道我们中丞爷是"模范总督"！别看李绂在湖北顶着不办，早晚他顶不住，还得学河南！'"坐在王宗礼身侧的杨杰是个墨瘦矮个子，操着一口江浙腔接口说道："王兄说的没半句假话，我也在场的。说起来我和田抑光（文镜字）还是同年乡荐的孝廉。他一道宪命下来，我就得出河差，和那群泥脚杆子一道背沙包垛河堤。斯文扫地类同奴隶抬舆之辈，这什么世道嘛！我给他写了一封信，提到当年一道儿游西子湖，谈棋论诗的往事旧情，请他对读书人网开一面。这是他的回信，请李大人赏鉴——说给我寄十五两银子，觅人代工！娘希匹，我说的是面子，他给我银子，我稀罕他的钱么？李大人，我接这信真是侮辱难当，气得几夜都睡不安！"李绂闪眼看了看杨杰，恍然说道："你是叫四维的吧，原来我们是同年的孝廉！怎么刚才就不认呢？"

　　"礼义廉耻谓之四维，"杨杰似笑不笑说道，"如今你官大了，我还该有些儿自知之明，别像田抑光，我自触霉头巴巴儿去亲近同年，希图的不过是他能当个有古风的名大臣，哪承想自己讨人没趣儿呢？"李绂笑道："你可算所谓'一朝被蛇咬，十年怕井绳'的了。我们同房同科中的孝廉，是世兄弟嘛，有什么穷讲究！"众人这才知道杨杰和李绂还有这层夤缘，便一齐恭维杨杰。王宗礼便腾出座儿给杨杰，笑道："你和李大人同年世兄弟，坐这边，近些好说话。"李绂便拆看那信，果见是田文镜一笔刚劲的瘦金体楷书：

四维吾兄如面，马日札悉，不胜唏嘘。忆昔西子湖畔吟风弄月事，恍然有如隔世。其间二十余年，子逢、路青诸人纷纷凋谢，宁无悲乎！至兄所言，国事也。抑光深蒙圣恩，行官绅一体当差纳粮，亦为筹国之谋，非敢有一己之私念也。他日文镜退归泉林，亦当与兄一体为国负赋完差。但凡行一政、兴一事必有一弊相随，古之能臣不免于是。文镜何人，敢自期于无憾？然吾兄穷状文镜亦深念之，谨赠俸银壹拾伍两，兄可觅人代差，以免劳顿之苦。即颂冬祥。田文镜谨启正月人日。

李绂看了忍俊不禁扑哧一笑，杨杰是"马日"写的信，田文镜"人日"回信，刻薄峭拔真到了极处。因将信折起还给杨杰，说道："田抑光还算大丈夫，明明白白。我是个过路客人，有些闲话给文镜听见不好。我们不要谈公务了。既是文人，以酒会文，且高乐儿，成么？"

李绂和田文镜一样的地位身份，如此恂恂儒雅平易近人，几位缙绅想起上次田文镜来洛阳，几乎一样的场合，一样的人，那种严冷倨傲，睥视万物的架子，拒人于千里之外的神情，不由感慨万分。当下众人一齐起身，赔笑道："制台之命焉敢不遵！"李绂便想测度洛阳文人才品，执酒沉吟片刻，说道："上次到南京，尹继善在莫愁湖，众人创制无情对，很有意趣，我们不妨也试试。"末座的秦凤梧最年轻，今天在座的都是做过官的，他还只是个秀才，因此一直插不上话，听李绂这一说，倒鼓起兴头，一欠身笑道："敢问何谓'无情对'？"李绂指着罗镇邦书房正面的联语说道："你们看这副联，'上巳之前，犹是夫人自称曰；中秋而后，居然君子不以言'，上下联文意相通，又都取自《四书》，指的又是一件事，这就叫'有情联'。上下联文意不相干对仗工切又不指一件事，用典不雷同，就叫'无情联'。现在请你出上联，我对一联，大家就明白了。"

"遵命。"秦凤梧一笑说道："我可要放肆了。"因俯首思索着说道：

"欲解牢愁惟纵酒。"

李绂执杯仰首，良久，笑道："不要那多的牢骚嘛，不见得只有酒才能解愁。"因吟道：

"兴观群怨不如诗。"

吟罢又道："这里头'解'与'观'都为卦名，卦象却又不一样，应对必须如此之工，才算得'无情'。"众人听如此之难，都不禁暗自咂舌，又不好扫了李绂的兴，只得搜索枯肠打起精神应对。便听李绂起句：

"树已半枯休纵斧，"

罗镇邦摇头笑道："我甘拜下风，罚一杯了事。"因举杯一饮而尽。杨杰沉思着说道：

"日将全昏莫行路。"

贺守高笑道："这是个兴比联语，不是'无情联'，要罚酒三杯！"李绂点头道："确是兴比联，贺兄得认罚！"贺守高只得饮了。王宗礼却对了上来：

"萧何三策定安刘。"

于是众人哄然叫妙，李绂见有人对出，便自饮一杯，说道："以'萧'对'树'，以'何'对'已'既不相干，对得切，真无情对也！"秦凤梧在旁道："我也对出来了——'果然一点不相干！'——可好？"

李绂不禁大喜，起身竟过来亲自为秦凤梧酌酒，说道："这一句浑成天然。以'果'对'树'，'然''已'虚对，以'干'对'斧'——妙！后生可畏。来，我吃罚酒，你吃一杯贺酒相陪。"秦凤梧笑道："那我们二人算对了一杯'无情酒'！""道是无情却有情嘛！"李绂与秦凤梧相对一饮，回到座位上，说道："你还是个秀才，好自为之！今年必定要入场的了！"

"十年寒窗五车书，为的什么？我现在很犹豫，拿不定主意该去应考不去。"他叹息一声，"李大人，您不晓得，我是个秋风钝秀才啊！"

李绂说道："你这个念头怪。这种事——自古无场外的举人——有什么犹豫的？"秦凤梧笑道："我一向岁考都是优等，去年进场三卷都落了。还加有批语，一本卷子上说'欠利'，一本上头批'粗'，都是写好的批条粘上去的。还有一篇文章批得更奇，粘上的批条是'猪肉 斤鸡蛋三十枚'。仔细想想，是根本就没看我的文章，连条子都是仆人们代贴的，把考场供给采买条子也误贴上了。"说到这里众人已是哄堂大笑，他们大抵也都落过卷，中式后也点过学差，想想其中道理确乎是这样。李绂笑道："文章有时命，也许上一科你写得不好也是有的。"

"真是文章不好，我有什么怨气？"秦凤梧道，"学政张大人素来赏识我的，我带了卷子去见他，他也笑，说：'你的文章并不荒谬。这一科是田中丞正主考，荐上来本来是你那一房的头卷。田中丞说："皇上不爱见姓秦的，他断然高发不了，不如腾个名额给别人，也少误了一个人。"'我想了想也是的，秦松龄那么一个大儒圣祖爷手里到底没做上官，如今宫里太监都改姓秦、赵、高！谁叫我姓秦，和秦桧一个姓儿呢？——一怒之下，我在'欠利'那篇文章后头又加了批，'已去本银三十两，利钱还要欠一年。'在'粗'的那个批上加批'自怜拙作同嫪毐，云粗云细君当知！'李大人别怪我轻薄，我受这样的屈，心里太气苦了。田中丞如果今年还当主考，我就不能去考的了。"

李绂的脸色早已阴沉下来，田文镜的刁恶刻薄他已"久仰"了，不料处事如此悖情谬理！思量着，冷笑道："今日大长见识。刘墨林在年羹尧军中参议，演《草船借箭》，有位丘八爷说：'孔子之后又有孔明，可见善有善报。'刘墨林玩笑说：'秦始皇后又有秦桧，魏武帝之后又有魏忠贤，可见恶有恶报！'想不到抑光兄竟真的照搬不误！笑话，李林甫是奸相，李卫和我要受株连，田蚡是佞将，那么文镜也不是好人了？"他没说完，众人已是鼓掌大笑。李绂也改了笑容，又道："今年河南学差是张兴仁，没有点田文镜的学差，你还是去考吧！放出你的手段，收敛一些儿锋芒，可以中得的。如果再因为你姓秦贴了你出场，我自然要说个公道！"

当下众人又高兴起来，吟诗作令直到三更方各自散去，也不及细述。

第十一回　巡河防风雪会故交
论政治歧道天津桥

　　李绂当晚就住了罗镇邦书房里。他有个失眠的症候，夜里吃了酒，又有心事，辗转反侧直到四更时分才蒙眬睡着，醒来觉得身上奇冷，原来因为炉子太热，蹬翻了被子。看天色时，窗纸却是通明透亮，李绂一披衣翻身而起，洗刷干净推门出来，一股寒风卷着雪片立即扑面而来，激得他倒噎了一口气——原来昨晚后半夜落了雪。隔壁侍候的是罗镇邦的两个家人，听见动静忙过来请安。李绂笑道："生受贵纲纪了，我的那两个皮猴子呢？"

　　"他们岁数都小着呢，贪睡。"那个年长一点的长随笑道，"制台别瞧天，这雪下起来了，房顶都白了一层，映着屋里亮，其实还早呢！我们老爷刚过来了一趟，吩咐了我们，天儿冷，制台要是冷，要什么添换衣裳只管说，一时早点就送过来。今个儿下雪，爷要是没兴头，就再歇几趟，坐了轿才敢去呢！"李绂道："我最爱雪天，也不坐什么轿子。去龙门伊阙只有五十里，雇头毛驴，叫他们两个跟上就是。镇邦是有公事的人，也不必陪——都是老朋友，谁也不要拘泥谁。"那长随忙答应道："是！不过老爷说了，他一定要陪。夜来田制台到了洛阳，天不明就叫了他去驿馆，要看洛河河工。罗老爷说，请制台爷耐心等他，不到午时他就下来，什么事也误不了的。"

　　田文镜来了？李绂怔了一下，笑道："这可真是赶得早不如赶得巧。田抑光来，我岂有不见之理？他们不是去了洛河么？我今儿不去龙门了，一处踏雪寻梅，不亦乐乎！……给我备一乘轿，到洛河河工上去。""轿子有，就是我们老爷家常坐的。"长随赔笑道，"我们爷说的意思，田制台知道您来洛阳，一定过来叙话的。老爷就不再劳动了。"李绂略一思索，说道："备轿吧，还是我去。"

知府衙门离洛河很近，李绂坐了轿子过了西关外向南，走了不到半个时辰，隔轿子便见白茫茫一片荒滩，远处乱羽纷纷的雪花中横亘着一条冻得镜面一样的大河。李绂指着路东一座破败不堪的大庙问跟轿的长随："好大一座庙，是谁的香火？""是周公庙。"长随踩着一步一滑的路说道，"破落多年了，我小时候它就这个模样。"李绂便不再言语，眼见远处大堤旁落着几乘大官轿，堤上几个人站在寒风里指指点点说着什么，料必就是罗镇邦一干人。李绂不等到堤根便命住轿，哈腰下来，徐步上堤，果然见是田文镜，带着一群师爷和省里司道官员在巡视河堤。因众人都不留心，李绂也不忙着厮见，悄悄儿随着众人走，瞥眼看田文镜时，仍是上次进京见面时那副模样，只是头发已将全白，干筋猴瘦的身躯在河堤上，像一阵风就能吹倒了，穿着锦鸡补服，起花珊瑚顶子后细长的辫子被风抛起老高，颏下的胡须上也全都是冰。

"镇邦，"田文镜眉头紧皱，指着散乱在堤内的方条石头说道，"你办事是越来越不经心了。这些条石，上次钱度师爷来，说还有几千方码得整整齐齐的。冬天上不去河工，你就不能派几个民夫看守着？都叫老百姓弄回去垒墙打石槽了！那石头是银子买的，要是你自己的，你舍得这么糟蹋？"罗镇邦一边陪着走，口中连连称是，又道："这里边有个过节儿，府学大成殿前头月台坍了，还有明伦堂和东院墙也都要修葺，几个府学教授训导住的房子也都要修一修。王翰林上次来看，说不像话。我说府里实在没有这笔钱，他们说冬天不施工，洛河滩闲着那么多的条石，先挪过来用用不妨。省里张学台也下札子叫办。卑职就让他们先挪用了，到春暖开工时——""春暖花开？"田文镜刻板的脸上一丝笑容也没有，说道，"三月有桃花汛，五月有菜花汛，临时筹措，来得及？"

他这一说，众人便都闷住。田文镜心境似乎很烦躁，一时疾走不语，一时又站着沉吟。他也真不怕辛苦麻烦，有时还亲自到溜滑的堤腰，用石头敲击河堤，敲到有空洞处，不言声上堤来，狠狠把手中石头一扔，"这修的什么堤，嗯？！要查查有没有克扣河工银子的事！"又指着堤外长满了荒草野蒿的滩，说道："这块地少说也有十万亩吧？皇上多少次明颁诏谕垦荒，你们竟是聋子瞎子！洛阳城里那么多吃闲饭的，这边的地却荒着——老罗你看，从洛河那上游建一座闸，引出水来，这是旱涝保收的肥田！"他拍着手上渐渐干了的泥土，冷冷说道："限你明年，全给我垦出来！"罗镇邦带的一群洛阳府县官，闷声不响地听这位刚复急躁的总督大人训斥，个个垂头咽唾沫，人人脸色阴沉。罗镇邦苦笑道："大人，这块地是荒了，可都是有主的地，不然我早垦了它了。今儿看不仔细，下滩走走就知道了，里头都是坟园儿，一个祖茔四周的地界都清清楚楚。这是私地，官府确实无能为力……"

"唔。"田文镜吁了一口气，仿佛于心不甘地又望了望那片荒滩，"是私地？"他思索着，一时没说话。此时风雪更大了，团团片片的碎玉琼花在广袤无垠的河滩上淆淆乱乱、浑浑噩噩，时而像狂浪飞溅，时而又似疾箭一样卷地而起扑面而来，有的又卷成雪柱儿旋舞，肆无忌惮地互相追逐着……李绂此时已浑身上下雪人儿一般，见田文镜兀自瞪着眼挺身站着，目光下抢着搜剔下头官员的毛病儿，又是好气又是好笑。因在田文镜身后一笑，说道："抑光，你好勤政。不愧模范！"田文镜回过头来，盯了半日才看出是李绂，正笑吟吟对自己长揖，忙也还揖，脸上绽出笑来，"原来是巨来公！方才镇邦说你来，打算看完这段河工就去拜望的，你怎么就来了！"又嗔着罗镇邦，"李制台是客，上堤也不告诉我一声！"罗镇邦只得干笑着解释。

李绂和田文镜并肩走了一段，谈了自己离开武昌的情形，田文镜也十分亲切，一路走，问道："听说你不带家眷到任，为什么？"李绂漫不经心地说道："太麻烦了，一年三四次回北京，见面尽容易的，何必带到任上？上回在襄阳遇到一个去宜昌上任的县官，除了他太太，姨太太，七大姑子八大姨，三姑六婆，师爷书办加起来足有六七十个，我当时就撤了他的差。宜昌就那么小块地方，你带了这么多的牛鬼蛇神，刮地皮天高三尺！我看熙朝不少贪官，原本也不是坏人，他不伸手，当不得婆娘爱小，背后接人家的东西，一来二去也就上了船。"田文镜"扑哧"一笑，说道："你回直隶当总督，家就在北京，难道把她们遣返原籍？"李绂道："北京不一样，外头是个西瓜，到北京就成了芝麻，上头六部九卿，科道御史下死眼盯着，朝廷辇辖之下，家里就有几个不肖子弟，刁恶长随，也不得不收敛些。我其实不愿回北京，应不为怕这些事，在外头封疆，一切我说了算。到北京，想做贪官难，想做实事更难！"

"唔，这个想头有意思。"田文镜很想说"那些'牛鬼蛇神'都是火耗银子养着。火耗归公，官员凭俸禄和养廉银吃饭，谁还带那么多吃客"，话到唇边却改了口，"可惜的是天下官不尽这样想，也是枉然呐！"李绂笑道："不要鼓吹你的'养廉银'了。今儿不谈这个——你看这雪，下得真好，要在苏杭，有梅花点缀着该有多好！"田文镜望着堤下，洛河两岸已落了不到三寸厚，已是一片皑皑茫茫，河对岸沙滩一片连亘的白杨，在丢絮扯棉的落雪中灰蒙蒙的，景物都不甚清晰。只河面冰上留不住雪，烟雾一样被风扫得荡来荡去。许久，田文镜道："河南有谚，'麦盖三床被，头枕馍馍睡'，我宁愿这雪是棉花呢——这种天儿——"他突然想起了什么，招手叫过罗镇邦，吩咐道："我带来的人，请钱师爷留下，其余的回去。河南府，这里的镇台衙门的人也回去。不过不能歇息，知会各县，看有没有雪压倒房子的，断炊的，从县库里周济一下。有些讨饭的这种日子难过，叫里甲长关照在庙里安置。两条：一、不许冻饿死人；二、谁敢从这里头克扣，吃一口，我田文镜叫他吐三升！"

"喳！"

罗镇邦答应一声，忙到后边吩咐，那起子官员戈什哈弁轿夫巴不得这一声，跌跌撞撞下堤呼仆觅轿，顷刻便如鸟兽散。罗镇邦带着一个矮个子黑瘦中年人赶到他们面前，田文镜笑指着那个中年人道："钱度——我衙里的钱师爷——见见李大人。"李绂见钱度虽然短小，更透着精悍之气，两只眼睛骨碌碌乱转，一望可知也是个不安分人，心里厌憎，却挽住了钱度道："老头子别这样，请教你时多着呢！"钱度笑嘻嘻道："巨来大人清名满天下。我学生是久仰了的呢！今儿天津桥畔风雪相会，学生缘分不浅。"说完，轻轻向堤下招了招手，早有一个戈什哈三纵两跳上堤来，怀中却抱着一大堆蓑衣，抖开来正好四件。钱度又道："这个天儿，里头皮袍也冻煞！我叫他们到附近百姓家借了几件蓑衣，不为避雪，只图个挡风，雪中蓑笠而行，也助些雅兴么！"本来有些沉闷的气氛经他这么一搅和，顿时松快起来。

"天津桥我久闻其名，就在这里不成？"李绂和众人抖落了身上的雪，披上厚厚实实的蓑衣，果然觉得挡风，因笑着问罗镇邦："桥离这里有多远？"罗镇邦一笑，用手遥指洛河对岸，说道："那片小杨树林子北边，沙滩上就是。其实极不出眼的一座拱亭小桥，名气却大。文人墨客春秋两季时常到这里会文，平时也不大有人来。"李绂这才知道洛阳这座名满天下的"天津桥"并不横跨洛河，而是废置在洛河滩上的一处名胜。李绂见田文镜仍在出神，便笑道："还在想你的'棉花'？你这么当官，一多半得累死。咱们到天津桥看看去！"田文镜一笑，说道："来洛阳五次了，不是河工就是垦田，哪处名胜也没看过，雅兴都没了。按说这样的天儿，这么开阔的河景，很该有点诗思的，如今我是出不了这个风头了。"

于是四个人颤巍巍下河堤拥雪而行。穿过一道沙滩，临河而立，更觉雪花迷离，天地混茫。李绂看着碧青如石的河面说道："这里的水恐怕很深的吧，我小时候踩破冰落过水，至今心有余悸。走这样的河面，真是小心惴惴，如临深渊。"罗镇邦笑道："不妨事的，你们看，这上头隐隐约约还有大车印。原来说李制台要去看伊阙，我叫人试过多少遍了。你两个封疆大吏，要在我河南府出了事，恐怕万岁要殉了我罗镇邦呢！不过水深倒也是真的，夏天航船吃水吃到六尺也畅通无阻。去年李又玠（李卫字）去陕西打这里过，在洛阳城南安澜楼吃酒，天水一色，沙鸥成阵，也不亚江南风光。当地几个名流还写了不少诗呢！"

"又玠吟诗了？"李绂问道。

"他懂个屁诗。"田文镜道，"他就会卧底线听墙根儿捉贼！"

钱度小心翼翼走着，凑趣儿笑道："李大人墨水儿不多，心思灵动，天生的聪明人。不过偶尔也作诗的。嗯……前年我去金陵出差，范时捷方伯是我府试发科的房师，去拜望他，刚凑上他请又玠公、继善公去燕子矶览江楼吃酒，大家一处联诗。继善公起句'江天共一楼'，范老师是'风清送春秋'。我见又玠大人抓耳挠腮想不上来，也替递了一句'雁鱼随水去'——原想给他多想一会儿，不料说完他还是攒眉沉思，范老师和他极随便的，说'你这穷叫化子作什么诗？我替了你吧？'又玠突然眼一亮，指着远处江面说，'范大舅子甭多嘴，我也有诗了。你们看，那两个渔翁搅了鱼网，在船上揪打，我的诗句是'两个渔翁揪打'！"

"这是五言诗，"罗镇邦摇头道，"又玠公怎么弄出六个字来？"钱度忍笑道："晚生也是这么说，'这是五言诗，大人可以把"打"字删去。也就叶韵了。'李大人高兴极了，按着我肩头说：'日你娘好好地搞！就是"两个渔翁揪"——这诗真正妙极！'尹抚台说，'你这句诗无论如何谈不上"妙极"！科场上要弄出这种句子，就该打了。'又玠公一愣，指着我说：'我诗里头有个"打"字，他硬叫我删了么！'"

众人听了哈哈大笑。罗镇邦一个不留神一屁股跌坐到冰上滑出老远去。李绂猛地想起上次自己参劾李卫"不学无术"的折子，和这个田文镜比，李卫总算还对文人客气谦恭。田文镜倒是读书人，却一味和读书人过不去，思量着脸上已是没了笑容。说话间天津桥已到，李绂端详着，只见这桥正南正北对着洛阳城，长可五六丈，高约两丈余，是一座很普通的玉带拱桥，桥上面矗着一座亭子却十分玲珑。四个人缓缓踏雪蹀着，先到桥上远眺，但亭子里风像刀子似的，分外冷，又下桥到南边。

"这边有桥挡风，连雪也没有，倒暖和些，"李绂笑道，"——这座桥桥座儿像唐时风格，上边的亭子死板，是前明格调——为什么叫'天津桥'呢？"罗镇邦道："洛阳为九朝古都，唐时各地秀才进京赶考，都从这桥上过，犹如青云路口，所以名为'天津桥'。"李绂点点头，叹道："一晃就是千百年，桥在，人呢？当时的秀才就是今天的举人了，也不作八股文，真是享福啊！看这桥，唐时洛水也并不大嘛！"

李绂的话虽不多，却不自觉间刺了田文镜。谁都知道他是三赶京试落榜，过不去"天津桥"的落魄"秀才"，纳捐拔贡选出的官。众人便都不敢回话。田文镜却似不在意，吊着嘴角笑了笑，说道："洛阳共有四条河，伊、洛、瀍、涧，过去是分注入黄河的，后来伊河改道和洛河相并——是宋代陈康为通舟楫凿通了——洛河才有今天这个规模。陈康不是进士，没有跳过龙门，可他这么一办，天津桥也就不实用了。"李绂自知失言，脸一红没言声。田文镜兀立雪中，望着北岸灰暗阴沉的洛阳城，许久才道："镇邦，我明天去看涧河入黄河口工程，然后沿黄河北岸查看着回开封，你别介意我发作了你那许多。你办事还是认真的，毛病儿应我推一推，你才动一动。听下头的调唆，指着我们同年从省里藩库里挤银子。告诉你，洛阳商贾富甲天下，这里挂千顷牌的大绅士是全省最多的，要从他们身上打主意。省里的银子也不是我田文镜的，一条黄河要花多少，你连想都想不出！还有春荒赈济种粮口粮，那不都是银子？这些富户拥产坐吃，没有朝廷花钱办这些事，他们安生得了么？他是铁公鸡，你要有钢钳子拔毛！不要手软——这是为他们好。理喻不通，只好跟他不客气了。"李绂在旁听着，这些话没有一句入耳的。谁富，就用"钢钳子"拔毛，那叫劫贼勾当！堂皇国家取财有制度，怎么能乱来？但田文镜又是秉承雍正意旨，就有一车话也只能到北京见皇帝去说。李绂原想田文镜总要在洛阳盘桓三五日，自己趁空好好和他聊聊，听说明天就走，不禁一怔，想了想，说道："文镜，我想借一步和你说句话。"说着将手一让，二人便离开了天津桥，沿洛河岸向东漫步。

此刻风小了些，洛河河面冰上已盖了半寸厚的雪，映着对面灰暗的石堤，片片白羽无休无止地落着，冻河两岸除了落雪的沙沙声一片寂静。许久，李绂才道：

"抑光。"

"唔。"

"你是一心要做名臣，太辛苦了。"

"你说对了一半。"田文镜无声透了一口气，"我一半心思想当名臣，更有一半是要报皇上的恩。不辛苦不成，周公吐哺才能天下归心。"

李绂叹息了一声。田文镜说的是实话。他一个二十年的穷部郎京官，熬资格熬出了个六品，雍正元年出差陕西宣旨，归途擅自动用钦差关防清查山西藩库亏空，一举扳倒"天下第一巡抚"诺敏，三四年间开府建牙升任到总督，居然一方诸侯，全靠了雍正一力支持，他也只有累死才能报得这份"圣恩"。许久，李绂才道："我明白你的心思。不过有一言骨鲠在喉，想劝劝抑光兄。"

"什么？"

"待读书人好点，还有缙绅。"李绂道，"这是国家元气所在。"田文镜站住了脚，盯着李绂，他的眼睛里已经没有了温存："当然他们是'国家元气'。但元气太旺了，阳盛阴衰，不也是国家之病？火太大，就要泄一泄。拔他们的毛是为利天下，从根上说于他们有利无害。这些短视眼，只顾眼前之利，忘却前车之辙，不可怕么？你看，这个洛阳，前明是福王的藩地，洛阳近熟之田都是这个酒肉王爷的，舍不得拿出一点来周济穷人，奖励将士。城破家亡，堆山积海的金银全送了李自成作军饷！你要读读福王的诗，看看他的画，那何尝不是第一流的漂亮文人！"

"我没有说你不要读书人。"李绂尽量按捺着自己心中的火，徐徐说道："士大夫家脸面重于性命，就如你我下野，被官府撵了来这里筑河堤，背石头，填灰浆，这是国家优遇士人？邓州裴家营裴晓易，做过两年知府的清官，他死了，只剩下孤儿寡母五口，被撵到瑞河修桥出土，那是封过诰命的人，忍这样的羞辱，受得了么？熙朝没有实行养廉制度，我听说一个知府你每年给五千两养廉银，可裴晓易他没拿这笔钱！倒是贪官们平日聚敛，他们不怕你这个'官绅一体当差'。抑光，这么做太寒读书人的心呐！"

田文镜走着，一阵风裹着雪片迎面扑来，激得浑身一个寒颤，他定了定神，说道："裴王氏自尽的案子我知道，皇上也有手批，要加意抚孤。但做这样的事，从来没有万安万全的，读书人做官是为天下为社稷，不是为自己谋私利。所以出官差并不是什么丢人事。出不起官差银子的士绅人家毕竟是少数，可以再想法子优恤。但士人乡宦不出官差，时日久了害处不可胜言。"

"其实我看没什么大不了的，你的折子我都拜读了。我觉得有点杞人之忧。"

"你的折子我也拜读了，四平八稳，"田文镜眯着眼，无所谓地说道，"如今朝野上下，参劾我的文章百几十封，有分量的不多。"

"揠苗助长，恐怕要事与愿违。"

"琴瑟不调，当然要改弦更张。"

说到这里，两个人站住，忽然同时大笑——原来二人剑拔弩张唇枪舌剑中无意对了一副联语。站在天津桥边的罗镇邦瞧见了，笑着对钱度道："都说田李二人势同水火，我看他们谈得满投机嘛！"钱度摇摇头，说道："你不知道这些大人，哭未必是悲，笑未必是喜，他们这些人大事才能动真情，小事是不动真情的。你见这范时捷么？说是马陵峪范总兵的本家，连皇上都顶得一愣一愣的。上回去南京，他属下一个计财局堂官就开他的玩笑，说上衙路上碰到两个小孩子，互相骂对方是乌龟，百般调解不开，范老总说，'这有什么调解不开的，你告诉他们，小孩子哪有"乌龟"？只有大人才能当"乌龟"的！'那堂官说，'这个话是大人说的，卑职不敢说。'……范老师也只笑骂了一句，下来该怎么办事就怎么办，像我们这位——"他用嘴努了努田文镜，"你在他跟前龇龇牙儿，他就能把你轰出书房。到该办正经事，仍旧叫你进来，和颜悦色地布置。"

"说归说笑归笑，"罗镇邦笑道，"陕州金寡妇一案，田制台驳了，这后头有什么文章？这个案子涉及缙绅富商。洛阳这些秀才们群情汹汹，要赴京告状。弄不好出了罢考的事，就叼登得大了。你晓得金生一是河南府文人座首，人死了，魂还在呀！"钱度道："这是毕师爷手里的事。金寡妇索债不遂，自尽在蔡家驹门前是雷雨夜里的事。毕师爷到陕州亲自查访，金寡妇平日二门不出，最是羸弱的个女人，没有仇人，没别的因果，主张动严刑严鞫。蔡家驹不知从哪里请了个刁笔，辩状反诘：'八尺门高，一女何能独缢？三更雨甚，两足何以无泥？'田制台说这驳得有理，所以发回来叫你重审的。"罗镇邦皱眉道："这锅饭做夹生了。你看该怎么办？"

钱度只一笑，没言声。罗镇邦忙从怀里取出一张银票塞到他手里，说道："金家确实冤，凑了点银子来打点，这个案子翻过来才能有点意思。"钱度也就老实不客气收了，问道："原被告两造人都提到洛阳了？"

"提到了，"罗镇邦道，"我叫发审房过了几堂，两下里都咬得很紧，得有个办法，一堂审定了这案。"钱度笑道："我有办法，可以不动刑办下来，替金氏讨这个公道，你可得谢我！"罗镇邦笑道："那是自然的，金寡妇的侄儿说，只要能出这口气，倾家荡产也情愿。如今不许私收火耗，也就这些事上能补益些了。"

钱度凑近罗镇邦，望着远处河岸上的田文镜和李绂，说道："这事明摆的，是蔡家的人给金寡妇换了鞋。把那些女佣们分头隔开，验她们的脚，谁穿那双鞋合适，就连她和丈夫一起送大牢。回头再审姓蔡的——这件事串供是肯定的。就因为串供，知道的人就多了。你一个一个手不留情押她们大牢里，管情有人支撑不住招了。破了口儿，谁也堵不住了。"罗镇邦笑道："你这钱粮师爷，刑名也不含糊嘛！"钱度眨巴着眼睛笑道："两个制台那边谈得亲切，他们怎么知道我们在这边捣鬼呢！"

但李绂和田文镜已经谈崩了。

"抑光，我没有干预你河南政务，交友之道规之以义么！"李绂按捺着一脑门子火，尽量温言细语说道，"你我毕竟是乡试同年嘛！"田文镜哼地冷笑一声，说道："你指手画脚，像是孔圣人派你来教训我。应该这样不应该那样——我比你大着十几岁，我自己不知道该怎么办？你觉得你在湖北那套办法好，偏是你的藩司私吞了库银。我做得不好，可我河南没有贪官！你是进士，你有你的进士同年，文镜可高攀不上。"

一声轻微的凌响，李绂轻捷地闪了一步，说道："我一点也不想得罪你，是推心置腹劝你，你一味猛做，不宽恤，怕要弄出事的。官府统着士绅，士绅管着百姓。你是在整治官府的耳目爪牙呀！刷新吏治，就像走这冰河面一样，一步一留神还来不及呢！"

"狐疑。"

"什么？"

"我说你狐疑。"田文镜冷冷说道，"狐狸在冰上走，走几步听听，有一声凌响，就吓得倒退三步！你看——"他轻轻跺了跺脚。"这里都冻实了，根本没事！"

李绂腾地红了脸。他再也忍不住了："我倒一味尽让，你竟如此瞧不起人！做了官荼毒这些读书人！言利之臣——你是个小人，我要具本参你！"

"悉听尊便。"田文镜身子稍微晃晃，头也不回便往北岸回去。李绂也择路踏冰过河。

天津桥边钱罗二人正说得热闹，见他们两个忽然分道，互相交换了一下眼神。钱度忙去追田文镜，罗镇邦便赶着李绂，喘吁吁问道："好好儿的说话，怎么变出这模样儿？"

"我明天就走。"

"不是说还要——"

"这里铜臭味太重!"

钱度在这边问田文镜："东翁，李制台怎么了？你们不是说得很投机的么？"

"呸!"田文镜啐了一口，"伪君子!"

第十二回　钱师爷幕府展狡计 贾士芳酒肆逞异能

田文镜气咻咻回到驿馆，一大群师爷戈什哈接着，他也不理睬，甩手进了正堂房间，坐了火盆子旁闷声不语，只一杯接一杯喝着又苦又涩的酽茶驱那肚中的寒气。一时钱度换衣服进来，见他这个样子，不禁一笑，说道："制台，怎么这么大的火呢？合得来就套套交情，合不来呢，就逢场作戏。李制台是过路客人，何必那么认真呢？"

"钱老夫子，弄好笔墨，替我打个草稿，我要参这个李绂！"田文镜目光闪了一下，"我这会子还气得发晕，心里乱，写不成东西。"

钱度看看桌上，笔墨现成的，便过去铺平了纸，一笑又回身来道："制台，你还穿着蓑衣呢！宽宽衣，静静心，商量商量。有了个章程，文章才好写。"田文镜这才发现自己还穿着又湿又重的蓑衣，忙脱下来。钱度趁他换衣服，又把火炉子捅开了，炭盆子续了新炭，屋里顿时温暖如春。经过这一折腾，田文镜心绪好了些，两手对搓着说道："这个李绂，你不要看他面儿上清廉道学，其实心里很污浊。我这个人宁可和真小人打交道，也不愿睬他这伪君子，他是见皇上表彰我是模范总督，妒火烧的了！参我？我先下手，看是他走得快，还是我的马跑得快！"钱度怔了一下，还是觉得田文镜说得不明不白，因道："不要着急着参他，李制台究竟都说了你些什么？"

"他说得我一无是处，"田文镜道，"他说天下十八行省，除了广西贵州青藏，老百姓最苦的就是河南。河南人在本地连做贼都不敢，逃荒在外的也属河南多。说我是个酷吏，只晓得蝇头小利不知《春秋》大义，他说转述的都是别人的话，其实我看都是他心里流出来的。我跟他讲，河南如今正大兴水利，见功不见利的时候儿，老百姓苦一点是真的。一劳永逸的事，明白人谁也不会反对，逃出去的都是些好吃懒做的刁棍地痞，在我河南严刑峻法不敢鸱张，到'君子'们辖地小偷小摸也是有的。后来他又说不该标新立异，弄什么官绅一体当差纳粮，弄得哀鸿遍地民不聊生。我说'模范'二字就打标新立异上头来。我当模范不是出自本心，皇上既然表彰，那就证明我没错……"他这才心思放开了汩汩滔滔将二人在天津桥畔的争论说了个大概。

钱度一边听一边咕噜咕噜抽着旱烟，直到田文镜说完才道："东翁，我听得仔细。这是你们两个大员私地交心，我看用不着写弹章参劾。李绂与朝廷政见不合，是人人皆知的事，说他阴谋不成。昨儿邸报湖广万名士绅联名叩阍，请他留任湖广，这个声势大得很呐。再说，李绂和您一样，都是在未遇前就深蒙皇恩的，他又是皇上一手提拔，幸宠并不在你之下。你为这些私下谈话弹劾他，皇上一定要把折子发给他，叫他'据实回复'。你想想，他在北京，你在河南，他说话方便还是你说话方便？两个人的事，又都信任一样，皇上更容易信他的，还是你的？"田文镜原本满怀信心的，听这个其貌不扬的钱度一番剜筋剔骨的剖析，顿时觉得没了把握，但他毕竟心有难言，恨恨说道："我就见不得他这个'假'字，明明心胸狭窄，还要装出大度大量，包容万物的样子。"钱度笑道："这种人多了。妒忌，怕是人人都免不掉有一点儿的。有在某人某事上妒忌的；也有眼空无物，谁都瞧不上，什么也看不惯的。学识好的掩饰得好，气质好的容易销蚀，容易认账而已。李制台和你一般宠幸，一般的地位，你这位杂途出来的如今是'模范'，他正途出身，反而落了后，怎么会无动于衷？你看他为政，万事循的孔孟之道，不贪不暴，不事更张无为而治，他就是要证明他的那一套是'正道'，复的古风！"

"若要复古，何不结绳记事？"田文镜思量着说道，"……如今京里正大肆整顿旗务，我看这位八王爷究竟不甘于臣位！整顿旗务，抓住内务府就办了。何必要旗主都进京？这群人久困沙滩，一旦进北京，不定闹什么乱子呢！我这段心绪不宁，也就为这个。他们要攻击皇上政务，多半我这个'模范'就是靶子，一古脑翻案，李绂反倒气都对。我琢磨着皇上调李绂进京重用，也为防着八王的这一手。李绂要趁火打劫参我一本，也许皇上动心呢！"

钱度浓浓吐了一口烟，徐徐说道："说句罪过话，赐死的年羹尧在西宁大破蒙古兵，一仗打下来，皇上地位已无可动摇，各地库银已经收齐，连着杀了几个大官，贪官也有些敛手。雍正改元，刷新吏治，自元明以来，现在的吏治恐怕是最好的。如今不比清初，皇帝一手掌握政权、治权、法权、财权、军权。几个空筒子讨吃王爷能造起反来？八爷真能异想天开！"钱度莞尔一笑，又道："李制台何等聪明人，怎么会去那汪浑水？他大约只会去联络读书人上折子写弹章整治你。你何如也静观待变，这种事先发制人没有不吃亏的。你写他一本，他不弹你了，显着你毫无器量，如果他见本便弹你一章，你们这叫'互讦'，顶多打个平手，一点意思也没有。今上和历代皇帝不一样，耳报神满天下都是，所以从现在起，你压根不提这事最好。"

"好，"田文镜已心胸豁然开朗，欣赏地看一眼钱度，"听你的。""我料李制台不会在洛阳久留，还该有点过从。他要走，你尽尽地主之谊，为他祖饯一席也是该当的。"

钱度这么说，田文镜却接受不了：刚刚谈得那么崩，忽拉巴儿颠着去套热乎，无论如何拉不下那张脸。钱度见他嗫着嘴唇只是踌躇，笑道："可以把难题塞给李制台——"还要说时，罗镇邦已经挑帘进来。

"制台，"罗镇邦神情多少有点尴尬，看样子李绂在洛阳府也说了不少话，他有点应付为难，嗫嚅着说道，"李制台明儿一早就走……都是卑职的大人，这这……"钱度忽然想到"大人"、"乌龟"的笑话，一口茶憋了嗓子扑地全喷了出来。田文镜忽地已经得了主意，也是一笑站起身来，至案边一边提笔构思，笑道："我们都是同年，生分了几句。他住你那里，你又是我的属下，你心里的难为我知道。我写封信你递给他。"说着便写：

> 巨来吾弟如晤！河干桥畔之争，是为吾二人政见不合起见。扪心而思，文镜雅不欲以公义而害私谊。顷接陕州报，三门峡凌结如坝，恐防来春洪水，弟即当星夜赴往矣！午间欲借此一馆地，薄酒浅酌再作探讨以释前憾，以为地主之谊。洛阳九朝故都，颇有可览处，弟可多盘桓数日，兄已令镇邦相陪。殷殷之

言不胜于情，思君实介甫①古人之意，临颖一慨。文镜顿首。

因将墨渖淋漓的信递给钱度，说道："你看看。"又对罗镇邦道："你不要不安。田文镜再不会为这些事计较人的。这封信你带给李大人，他要不能来，就说文镜以后慢慢补过，过了未时我是一定要启程的，就不能送他了。"

"他当然不会来。"钱度看着信笑道。田文镜如此机变，反客为主把难题推给李绂，他也不能不服，因笑道："制台这信写得好，既没有失礼，也占了道理。不过今晚可要辛苦奔波了。"

罗镇邦把那封信看了又看，才明白它的意思，小心地捡起，说道："督帅，您请先去陕州。卑职明天送走李大人，自然追随过去侍候大人。"

李绂在洛阳受了一肚子窝囊气，再也不肯滞留，第二天早晨便带了小奚奴，骑了骡子，生驴驮了箱子，冒雪离了洛阳。抄近路由孟津穿过冰封的黄河，翻越王屋山入山西境，取道阳城、高林、长治，前往邯郸。进了直隶自己的辖区，他才走得慢了一点。踏看庄稼，采记民情，顺便问着各府官员官箴民望，直到过了正月十五第三天傍晚才过卢沟桥。一路走来，雪已渐渐停了。他是奉旨回京另行简任的大员，虽然家在北京，不经见皇帝不宜回府，望着一轮落日沉沉从凋净了叶子的林杪间落下，李绂下骡来，挪动着颠得发麻的腿径往潞河驿。谁知到宁永巷口便被顺天府衙门的人挡住了。李绂的小厮上前一打听，原来是奉天来的睿亲王都罗已经占了潞河驿，顺天府接内务府牌票严加关防，文武百官无论何人一概不准私谒王爷。李绂向冷清清的巷里张望，只见里头路面扫得溜净，积雪都拥堆在两边墙根，沿墙三步一哨五步一岗挺立着戈什哈，却都是内务府装束。

正没做理会处，西边巷口一个店小二提着一盏米黄西瓜纱灯，上头写着"蔡记老店"四字，远远便招呼："那两位老客，请住咱们店吧！

---

① 君实，司马光；介甫，王安石。二人政见不合，而私人交谊很好。

蔡记老店百年字号，前店后房铺盖俱全，后头专门盖的马厩，料水有人照应——前三十年张中堂，后三十年李制台都是我们店发抖出去的，爷要进考场，也图个吉利不是？"

"李制台，"李绂被他这一套说得一愣一愣的，不禁问道："哪个李制台？""湖广总督李巨来老大人呗！"那伙计大吹法螺，"如今奉调京师为直隶总督，天子辇下第一臣，赐紫禁城骑马，太子太保——前几日打这过，还专门下轿进店，看了他老人家昔年进京在店里题的诗呢！"李绂仰着脸思量半日，才想起当年自己赴京，和田文镜同路，确实在丰台住过一宿。住店写诗那是常事，是不是在这里写过，写的什么，已是全然忘却了，但此刻旧话重提，李绂不能没有感慨，他目光熠然一闪，说道："好，图个吉利，就住你的店！"

那伙计喜得眉开眼笑，忙过来牵了牲口，带着李绂三人过巷口，约走一箭之地，果然见临街三间门面一处老店，泥金黑匾写着"蔡家老店"四个字，凤翥龙翔精神饱满，竟是熙朝故相高士奇的手笔。跋识字迹甚小，看不清楚。店里烛影摇摇，坐满了客人。早有跑堂的迎了上来，摆着抹布叫道："老客来了，又来三位，后头马二家的快牵牲口——请里头坐，来点什么？热炒，凉拌，老烧缸，热黄酒都有，饺子馄饨京丝挂——吃点暖和暖和身子！"

"不要酒，京丝挂一人一碗，一荤一素两个炒菜。"

李绂一边说，主仆三人进了店。三间房子摆着六七张桌子，腾腾热气的雾遮着几枝摇曳不定的烛光。李绂定了好一阵神才看清楚，大抵都是应乡试的秀才，围着桌子一边吃喝一边议论考题。他沿墙看了看题壁诗，无非都是欲报君恩，不觉有些扫兴，才知道这是客栈招徕孝廉秀才的伎俩。李绂只一笑，捡了个角座坐下，一时饭菜上来，便和两个小奚奴边吃边听，原来这些秀才们都在猜自己要出什么题。李绂倒来了兴头，因见两个小厮吃饱了，便叫过来耳语道："你们俩一个回府告诉夫人一声，说我明日见过皇上就回去，请夫人不要惦记。一个到相公胡同张中堂那儿禀告，请老师示下，是到军机处先报到，还是递牌子见过皇上再去军机处？老师有什么指示，要一字不漏给我复述出来。"待两个小厮离去，李绂又要了半斤黄酒，就着残菜坐听。

"李大人名门正派。"隔桌不远一个老秀才捋着胡子说道，"这又是乡试，他老人家肯定出大题。那年张廷璐坏事，顺天府会试重考，就是李大人主持。三题，《子所雅言》《叶公问孔子于子路，子路不对》《我非生而知之者》，不割不裂，不截不搭，那是何等的堂皇，大家的风范！所以据我看，李大人不会出偏题，他不是那种人！"

他旁边一个年轻后生一撇嘴说道："那也不见得，一部《四书》四万来字，考了几百年拿它当题目，就是炒石头也翻成沙了。不出偏题怪题，那就都是熟题。烫剩饭千篇一律，怎么分个三六九等？"远处桌上一个小胡子道："说的是！巨来大人在四川学政上出的就是上偏下全题，《其为人也，发愤忘食》——这是个半面题，《我非生而——女奚不曰》——这是隔章题，《好古敏以求之者》——这是截上题！谁说他不出怪题？"

李绂远远盯了那人一眼，都看不清面目，舒了一口气，端杯饮了一口，咕哝了一句："百口难调，这都胡说些什么！"

"胡说？"小胡子大约喝得多了点，趔趔趄趄隔座儿走来，红红的眼盯着李绂，"你敢说他没出这题么？"李绂看他架势，似乎只要自己一张口，就会把杯子掼了自己脸上，不安地挪了挪身子，笑道："议论嘛，你有你的解释，我有我的看法。"小胡子盯了他移时，突然大笑，说道："四次了，"他伸出四个指头，又一样横的在李绂面前，"十二年四进考场，真要叫我蒋文魁老死名场了！人，一辈子有几个十二年呢？"

蒋文魁，这个名字李绂听得耳熟。这人他在户部听尤明堂说过，通州名士，极有才学又荡检不羁的。康熙五十九年乡试，三篇文章都做得花团锦簇，内定已是榜首解元。诗却交了白卷，说是没有诗思，写得不好不如不写，考官都笑他"蒋疯子"。李绂受不了他咄咄逼人的眼神，向旁边趔了一下身子，说道："君子知命守时。你这样浮躁，可见就不是大器。前次你要不留白，兴许就没了今天这些牢骚了！"隔桌老秀才笑道："这位先生说的是！我见过尤司徒的批语刻本，嗯——'皓月当空，一尘不染，君何奈赐教乃尔！回通州再翻诗韵，误尔二年，再言为朝廷效力！'可是指你文魁的么？"满屋人众吃酒说话热闹，冷丁地听这老者说出尤明堂批评蒋文魁的批语，不禁哄堂大笑，就有人鼓掌喝彩：

"无字诗，妙！皓月当空，一尘不染，这才是书生本色，不愧'文魁'二字！"

"文魁是文魁，不过是个'僵'文魁，可惜可惜……"

"哈哈哈哈……"

"嘿嘿嘿嘿……"

李绂见蒋文魁一副嗒然若丧的模样，不觉一笑，说道："尤司徒虽然刻薄，也是你自取的。自负不羁之才，傲物狂放，也是文人一大忌呢！"众人一片嘻嘻哈哈声中，蒋文魁似乎酒醒了，他满脸冷汗，苍白得没一点血色，蹒跚着步子踽踽向店门口走去。忽然外头闪进一个年轻道士，一把攥住了蒋文魁，说道："这不是蒋居士么？上次我托钵通州，多承你一饭之恩。当时没有吃酒，我也不在意，原来你是'酒后相'。你只管应考，命里注定你本科解元。来来来，我请你吃酒！——别听那些凡夫俗子们老鸹聒噪！"一边说笑着又扯着迷迷糊糊的蒋文魁进来，指点着说道："蒋居士命宫中带着五年官运，发运只在今科，你们笑什么？你们在座的只有一个人能和他比。春榜放了，若说得不准，你们抉了我贾士芳眸子去！"李绂见满屋的人都面面相觑，因问座旁一个中年秀才说："这牛鼻子是哪个观的，这是好胡吹的？"

那个中年秀才道："这是龙虎山张真人那儿的。前天在白云观和鲁道长斗法，这种天气平地里种出西瓜来。这事轰动了半个北京城，你怎么没听说过？""这不过是个变戏法的游方道士。"李绂不屑地一笑，"我不信世上真有神仙！"

"我也不信。"旁边那个老秀才说道，"他那是邪术，要真有神仙，圣人为什么存而不论呢？"说话间酒保已经过来，恭恭敬敬放了一坛酒在贾士芳桌子上，满脸赔笑说道："贾神仙，我们掌柜的说，你老人家忌荤，这点酒先用着，后头把锅好好涮涮再给您炒素菜。你尽着量用，钱，我们是不收的。""老板好客，对了我的脾性。"贾士芳旁若无人地坐了，孤拐脸冲伙计一笑，"不过我从不吃白食，何况这酒是我请蒋解元吃的！老板心肠不坏，不就想要个儿？把他住的里间房内门摘了，明年管叫他汤饼待客！"一边说，信手从条盘里取出一个馒头，随随便便捏弄着，对那说风凉话的老者道："我从来也没说自己是神仙。说算是邪术，你这位圣贤弟子能破得了？你瞧你自己那副熊样儿，能取功名？你除了弄那些高头讲章陈词滥调，还会什么？嫖窑子偷女人鞋，帮人打官司夺寡妇产业！"说着，手里已把馒头捏成一个一个棒子大小的面团儿，摆在桌上，神情古怪地审视着它们。

那老秀才气得浑身直抖，站起身来，指着贾士芳道："你……你诬人清白！你这贼道士，别人怕你，我不怕！"说着就要扑上来，同桌的几个秀才扯他时，他猛地一挣，却从袖子里掉出一卷子东西。一个眼尖的拾起来，就着灯看，是一卷纸，里边真的裹着一只不足三寸长的绣花鞋，不禁大叫："呀！这老杂毛真不是东西！"

这一下满座哗然，连李绂都看呆了。他身边的中年秀才瞪着眼，指着面无人色的老秀才道："你这衣冠败类，真给我们儒林丢人！"那边几个人在灯下饶有兴致地抖开纸，果然是一张讼状，稿不知替谁写的，上控黄李氏拐带家产私通媒姻，要另行改嫁的事。当时读书人以文章道德立心，身入公门关说官司视为卑劣行径，老秀才当众出了这个丑，在周围讥讽嘲弄的目光中再也无颜立足，状纸也不夺，绣鞋也不取，弯腰躬背匆匆去了。

"这个老刁棍，敢来寻我的晦气！"贾士芳漫不经心啐了一口，口中问，"还有哪个不服气的？站出来说，不要心里嘀嘀咕咕！"他抓起那些面团儿对搓了一阵，手里面屑屑纷纷落下，又吹了吹，"豁啷"一声放在桌上，却是六个齐明发亮的小银角子，每个大约二钱许，说道："这不是偷的，也不是面变的，是我在沙河店和人猜板要，赢了江南好汉的，扔在河里，这时取来一用而已——够不够？不够我再取一点！"他手望空一抓，伸开来，又是一枚银角子，一齐推给看得目瞪口呆的伙计。墙角一个年轻人站起身来，大声道："你既是神仙，要能说出这一科乡试的考题，我才真的服你的气！"贾士芳抬头看了他一眼，笑道："考题我当然知道，说出来犯律条。其实该考上的，不说也考得上，不该考上的，说给你也考不上。比如你，四十岁前甭想功名，过了四十岁，能中个副榜孝廉，你这辈子也就这么点程。"

"我呢——！"一个黑瘦子年轻人怯生生问道。

贾士芳一笑，说道："你明天早晨到东厕里去看，就知道了。"

李绂双眉紧锁，思量着这位奇人，自己是主考，尚且不知是什么考题，他竟肆口胡吹已经知晓，而且连谁是第一名都定了下来，这也太神了！可方才馒头中取银，揭露老秀才隐私，又都是亲眼目睹，再也思量不出这里的机关奥妙，想着，心忽然一动，站起身来笑道："贾道长，我不是不信你，但你说得太玄了。这种空中取银，街上卖艺的也多有能玩的；就是那老者的阴私，假如两个人事先串通好了，也不是什么稀罕事。乡试题目是礼部出了，奉旨照准密封廷寄各省学宫的，你现在就知道了，未免令人生疑啊！"

"您先生不信，那是自然的。因为连主考都不知道嘛。"贾士芳从坛子里倒出三碗酒，一碗递给蒋文魁，一碗递给李绂，一碗留给自己，笑道："儒家有为尊者讳的经义，以你地位，我不呲着你短处。你看这坛子，里边还有酒么？"

"有的。"

贾士芳一笑，一手端起坛子，一手伸进坛底向上一提，那个带釉陶罐竟像软革一样顷刻之间被翻了个里朝外！众人瞠目结舌间，贾士芳用筷子当当敲了敲，又问："这坛子里还有酒没有？"

"没有了！"李绂惊诧激动到了极点，连说话声音都变了。

贾士芳道："那么请你验！"李绂凑近了看，那只釉面朝里的坛子里边竟满坛彻沿的都是琥珀色的黄酒，满得似乎挪动一下就要溢出来。嗅了嗅，一股浓烈的酒香扑鼻沁心，李绂连连摇头，说道："不可思议，不可思议……"贾士芳笑道："你是儒家，儒者是以文道治人的。大千世界万流百川，哪一条河流不到海里？是董仲舒废黜百家，独尊儒术，孔子才为百王之师，这难道不是史实？若论刑法文明理乱治世，也确实只有儒家能当得起。但大道有如宇宙，周流万世，耸高入于九天，渊深犹如四海，岂是一种学术可以包罗万象？"

"先生真是道德高深之人。"李绂连连嗟叹，"今日大开眼界！"他猛地想起雍正曾有密谕给自己，要他访求异能之士治病，莫非上天给自己这个机缘？李绂思量着正要说话，派出去的两个小厮已经回来，当着广众不便说话，因笑道："鹤驾是在白云观安置的吧？今儿我还有点事，我叫木子绂，家就在四牌楼。以先生之能，我也用不着再说什么。容我改日熏沐拜访。"贾士芳一脸古怪笑容，说道："足下保重。足下晦容隐于印堂，恐怕有小厄，有惊无伤，但修德养性，韬晦自爱莫问世事，百日之内不要出门。否则祸不旋踵——蒋居士，我原说请你吃酒的，玩了半天把戏，连菜都凉了！来来来，斟上斟上——你们这会子不要围着我了，明儿到白云观，有病的我看，问功名的免开尊口。"他不再理会那些巴巴望着自己乞求的神色，和蒋文魁举杯一碰一饮而尽。

李绂默不言声随两个小厮进了内院。"百日之内不要出门"那是压根做不到的；"祸不旋踵"？什么"祸"呢？皇上对自己宠信实不在李卫田文镜之下，自己又没做什么错事，万名百姓联名叩阍请留自己在湖广留任，名望更是无人能及。又没有私仇，也没有隐私把柄在别人手……想着，李绂不禁微笑。术士好以危言耸听，真真半点不虚。李绂一边满腹狐疑思量，一边问："你们谁见着张中堂了？"

"我去见的张中堂。"一个小厮忙道，"中堂老大人忙得很。多少官员都在他私邸客房里吃着茶等着接见。我一通禀，中堂就叫了进去！"看样子他觉得面子十分光鲜，口气中透着得意，又道："诚亲王老千岁，庄亲王老千岁，还有几个武官，像是善捕营的人，有两个是内务府的，奴才都不认的。张中堂看上去气色还好，问了我们一路情形，说：'李绂回来得正好。原想今晚见见他的。只他走了一天路，恐怕劳乏了。明儿我在上书房，抽空儿见了面后再请旨接见吧！'——我就回来了。"

李绂笑道："老师年过花甲，还如此勤劳王事，有这个话，我务必现在就去。我不想骑牲口了，叫一乘小轿抬我去就是——去觅轿吧！"

　　因天黑路远，从潞河驿到张廷玉邸足走了一个时辰。他是张廷玉的门生，府里人头极熟的，见他进来，早有一个二管家笑嘻嘻迎上来道："我们相爷竟是神仙。料定了您要来！客房候见的大人都撺了，说是李制台要是到了，直接就领进去呢！"李绂一笑，塞过一块银子，跟着管家径往书房去。一边走，一边细问："张相还是四更起床？身子骨儿怎么样？梅凤大公子听说放了济南知府？"那管家一一小声答着，"相公越想越精神，如今匀下来一天睡不到两个半时辰。梅凤哥儿原说留到直隶保定的，这是万岁的特旨，好随时照应老相爷，老相爷坚辞了。说他在朝为相一日，兄弟们不能留直隶做官。何况李——李大人您当直隶总督，又是他老人家的门生，得避嫌……"一边说，已到书房回廊口，管家便站住脚，说道："里头正会议，是我爹在里头照应，我不能过去，老爷请自便。"李绂提着气点点头，弹冠振衣直趋书房，刚到门口，便听里头张廷玉的声气："是巨来么？里头人多，不要行礼了，靠窗那边椅上坐了。"

　　"是!"

　　李绂答应一声进了书房，果见允祉允禄两位王爷坐在正面客位，都穿着朝服，二层金龙顶朝冠和朝珠都放在茶几上，其余的人也都穿戴齐整正襟危坐，很像是从朝里退出来，家也没回就赶到相府来的。除了诚亲王允祉和庄亲王允禄，下首坐着一位一品红顶子大员，是丰台大营提督德隆阿，一个二品顶戴的武官李绂也认得，叫图里琛，如今是九门提督。还有几位都是内务府的，除了一个叫俞鸿图的司礼堂官，李绂都不认识，因靠窗边椅上坐了，用目光和熟人一一招呼。

　　"李巨来来得正好，"庄亲王允禄正在说话，"你这位总督一到，京师各武备衙门主管也就齐了。我们这些人是今天下午在大内见的皇上。怡亲王病得不能理事，晚间皇上还要去看他。嗯……今晚是两个会议分头开：一头在廉亲王那里，几位旗主听八哥布置整顿旗务的事；我们这头也议一下。因为旗务已经七十年没整顿了，旗人现在不能打仗，也不事产业，这个样子下去将来都要变成废物——巨来刚才不在，怕你听不明白，我这里先说一下。我们并不要难为这些旗主王爷，是要帮他们有条理地办好差事。"在康熙皇帝留下的二十个儿子中，允禄排行十六，幼年因为顶撞太子允礽，挨了大千岁允禔一巴掌，打得耳朵有点背，倒也硕身玉立一表堂堂，因为他忠厚朴讷，一向只管迎送外藩，兼着一个内务府王大臣的差使，从来没有在办事臣子跟前出头露脸。这番话是专对李绂讲，让李绂"明白"的，可惜言语毫无伦次，云天雾地的乱扯，听得李绂瞪着眼，心里稀里糊涂，口中只得应着"是"。诚亲王坐在上首，见李绂一脸茫然，忙插口替允禄解释："十六爷讲得很清楚。整顿旗务是件扎手差使。朝廷准备削减旗务开支，让旗人自食其力，在京各王府，旗营满人好几万，怕出乱子，八爷因此叫了旗主王爷进京。他们那边会议整顿细务，政府这边要严密关防督察，防着小人造衅生事。张相请大家来，就为商量这件事。"

李绂这才听明白，"这边"的会议明说是配合允禩"整顿旗务"，其实是为防着这干铁帽子王带领旗人造乱。允禩办这个差使时起时伏若明若暗已经几年，李绂原也没看在眼里，以为不过是安顿无差无业旗人生计的政务，至此才意识到这是绝大国政，而且连带着雍正皇帝与允禩二人近二十年的党争。想到潞河驿戒备森严杀气腾腾的关防布置，李绂竟不自禁打了个寒颤，因躬身说道："二位王爷的训诲臣已明白。臣是汉人，对这里边的制度不清楚。要派什么差使，王爷们和相爷另要交代明白，我努力去做就是。"

"你的差使有两项。"张廷玉满意地看看自己的得意高足，"一个顺天府乡试，由你主考，这里头尽有旗人子弟，防着他们在里头煽动士子闹事。京师防务有图里琛毕力塔二人各按防区关防，你是直隶总督，本省军务也是你职分，要留心直隶几个旗营动静。有串连的，行动诡秘的要随时查拿随时举报。你每隔一天到清梵寺见见十三爷，十七爷也在那里，汇报各旗营整顿情形。有喜报喜有忧报忧，这就是你第二个差使。"允祉笑道："衡臣相公这一曲划就明白了，我和十六弟主持内廷礼仪。上次八弟和我说，按先朝制度，皇帝和旗主王爷只有上下座之分，不行君臣大礼。我说恐怕不行，如今允祥也是世袭罔替的亲王，平素相见是一回事，略庄重点的场合还是行三跪九叩的大礼。后来我没问允禄，不知老八你们是怎么说的。"

允禄咽了一口唾沫，说道："记不得了。记不得议这件事。八哥说要整出个条陈，几个王爷一道儿见皇帝，把条陈变成谕旨明发天下。我倒是请示过万岁，万岁一听就笑了，说'什么三跪九叩，二跪六叩的，这不是件了不起的事。要紧的是把旗务办好，旗营要能打仗，朝廷要用得灵，旗人要能生业，户部能免些开支，又免了他们无事生非荒唐嬉戏，就是行鞠躬礼朕也是无所谓的'。"张廷玉道："我随圣祖爷几次东巡奉天，王爷们见驾有行三跪九叩大礼的，也有圣命免礼的。在承德，王爷们见皇上也都随班免礼的。这次是在北京，君臣分际久别朝觐我看必须行三跪九叩大礼。礼，可不是小事。那是区划、分别；那是道理。"允禄舔了一下嘴唇，说道："那，那就照张相的章程办。"

"这事等皇上召见时现定不迟。"允祉一笑，站起身子说道，"我还要到清梵寺，老十三的症候不好呢！你们接着议。也不要一味怕乱子，别在小事上打转转。议大政，照皇上的旨意把旗务弄好是正经。"他不疼不痒又说了几句便含笑离去。众人起立等他出去才又坐了。图里琛见张廷玉面带忧郁只是沉吟不语，笑道："张相，您放心，不会出什么乱子的。铁帽子王帽子是拿的，头不是铁的。如今旗营和汉军旗都用朝廷钱粮，又不是吃的旗主的俸禄！他们乖乖照朝廷主意整顿旗务万事俱休；要生别的妄想，只要主子一道旨意，两个时辰我就能把他们逐出京师，要他们的头更省事！"

张廷玉摆摆手道："这话还用你说？我最怕你这样想！我要的是顺利整顿。几个王爷安富尊荣，其实就坐镇在北京压着各旗牛录把钱粮减下来，把田土分下去租赋定住了，这个差使就算圆满。怕就怕有人挑唆着生出别的事，本来清理吏治田赋制度已经弄得我们四脚朝天了。朝局要越稳越好。"李绂一听便知，自己这位老成持重的师相一片佛心，想保全允禩一干王爷平安；因笑道："这不是一厢情愿的事，图大人这里磨刀霍霍，也是为有备无患。天要下雨娘要嫁人，也就说不得了。"图里琛向李绂投过一丝温存的目光，抚着左颊上一道长长的刀疤微笑道："巨来大人这是知心之言。不过我毕竟是厮杀汉出身，喜欢痛快处置。"

"最好不要翻脸。"允禄不安地看了张廷玉一眼，"翻了脸就要出几百年没有出的大案子，不翻脸，也许有些人野心压下去，也就老实办差了。"张廷玉不禁连连点头，雍正说允禄口齿艰难心里清明，果真一点不假。思量着说道："十六爷说的极是。"允禄站起身来，说道："现在天还早，衡臣相公和李绂图里琛，你们几个接着议，皇上还有旨叫我去理藩院，看看他们的礼仪有什么章程。还要去看看八哥，然后会同弘时、三哥去见皇上。我呢，今晚就不回王府了，住在理藩院签押房，你们要有什么不明白的事，见我也方便。"

"恭送王爷！"张廷玉忙也起身道。

"免了吧。"庄亲王允禄随随便便摆摆手，带着俞鸿图和一群笔帖式出去。一阵寒风透帘而入，空荡荡的书房书画文卷簌簌，烛影忽明忽暗，立时，一种不安的念头袭得李绂一个寒颤，朝里紧锣密鼓，要出大事了！

允禄匆匆赶到朝阳门外廉亲王府门前落轿出来，掏出怀表看看，刚过了戌时。王府太监头儿何柱儿早已迎了上来，带着几个小苏拉太监一边行礼请安，一边赔笑道："里头八爷九爷和奉天来的王爷们已经开始会议。八爷原说庄王爷主持内务，已是通知过，必是要来的，后来天晚了，各位王爷回驿里还要走一程子路，所以叫奴才这里等着王爷……"允禄一边往里走，一边问："你是在西花厅？——都是兄弟，都是朝廷差事，八哥也忒细心的了。"何柱儿侧身带路说道："西花厅子小，在八爷正书房里呢！这边新修了火墙地龙，暖和着呢！"说着，带允禄过了二门倒厦，沿甬道直趋正书房，沿院阔大的空场两边超手游廊下，家人们已一递一声传进去，"庄王爷驾到！"正书房前大红西瓜灯下侍立着的几十名太监，阶前上百名王爷带的随从近卫亲兵像听了谁一句号令，立时黑鸦鸦跪了一地。便见允禩满面笑容，身后随着允禟迎出来。

三兄弟揖让客气一番进了书房，允禄顿觉暖意融融浑身舒展，看那书房，是五楹正屋打通了，沿南庑一卧到顶的大玻璃窗，东西两侧的书架是可着墙量就，一直顶到天棚。图书字画琅玕插架，北边炕里墙上张的是唐寅的《秋钓野趣图》，东西两侧是两道屏风，屏风俱用空心砖砌就，烘烘散着热气，一望可知是和地龙相通的火墙，虽为取暖，装饰得整个书房错落有致空而不旷。屏风前各设着茶几和扶手矮椅，四个世袭罔替的铁帽子王爷都是一脸肃穆之容端坐在屏风前。一色的东珠朝冠，滚龙绣舍瑞罩，四团龙褂套着江牙海水朝袍。

"来，我为你们介绍一下。"允禩冰冷的手握着允禄的手，对四位王爷说道："这是当今万岁跟前的主事亲王，我的十六弟。怡亲王身子欠安，毅亲王允礼常去盛京，你们都认识的，他在古北口练兵，还没有赶回来，现在里里外外就忙我这个十六弟了。呃——"允禩顿了一下，又指着左首最年轻的一位王爷依次介绍道："这是睿亲王都罗、东亲王永信、果亲王诚诺、简亲王勒布托……"四个王爷早已站起身来，点头应承着见礼。

允禄一律打躬还礼，显得冷淡而又客气，口中道："都罗王爷是一进京就见了一面的。其余三位康熙年间在承德也都见过。不过那时候本王还是藩邸阿哥，格于国家体制，心里虽然亲近，却不能像现在这样亲切。这次来京，觐见了万岁还要留几天，然后回盛京，万岁已经有旨意，由我一路护送。这边我请客，到奉天，你们可要尽地主之谊？"说罢抿嘴儿一笑，和允禩将手一让，分宾主坐了炕下的茶几旁。他顾盼着允禩的书房笑道："八哥这一处书房布置得好，就这一笔《兰亭集序》临得似乎比三哥还要出神。三哥松鹤堂里的书虽然多也没见有这么多的宋版书。哦，上次我请八哥给我临一幅《樵读图》，我看这幅唐伯虎的画摹得更好。那一幅我不要了，就临这幅给我。八哥不是看中我的那一套内画鼻烟壶了么？咱兄弟一物换一物，如何？"允禩听他见王爷时的话说得头头是道，后头这些话又变得着三不着两，心知他暗地里"练"过，不觉暗笑，因道："你眼力不差。这《兰亭集序》是三哥亲自临了送我的。这里头的宋版书有一多半都是赝品，倒是这幅《秋钓野趣图》还是真品。上年抄曹寅家，隋赫德孝敬我的，你要喜欢，回头给你送去，自己兄弟，不要说分斤掰两的话。"允禄点头叹道："八哥太夸奖了，我其实鉴别真假古董能耐很有限的。还是上回方苞先生指点了我几句，才略识真伪罢喽。"说着，脸上颜色已经不再那么拘谨冷漠。坐在一侧的睿亲王都罗是四王中最年轻的，见允禄听不出允䄉满口揶揄之词，兀自"谦逊"着胡乱吹牛，一口热茶呛上来，几乎笑吐出来，憋得脸通红才咽了下去。允䄉轻咳一声，说道："咱们说正经差事吧。"

"方才说的不少了。"允䄉瞟了允禄一眼，"这次整顿旗务，圣上是反复思虑，一定要整理出个名堂来：既不能伤了旗人身份体面，又要自力更生，作养出国初旗人大勇大智的风范。上三旗旗主自康熙年间已经收归皇帝主管，下五旗的整顿要靠我们在座诸位。诸位来京之前已经把各旗佐领、参领、牛录名单开列清白呈到我这里。我看了看，归属还算明白清爽。只是年代久了，各旗旗人中抬籍、换旗的尽有，一时也难拨回原主。以康熙六十年为时限，全数统计，我这里有一式五份册子，各位王爷可以按这个册子重新造册，统属归一，然后在京就地如何会议，布达圣意。我算计了一下，在京旗人共是三万七千四百一十一名。密云、房山、昌平、顺义、怀柔、延庆可以拨出旗田二百万亩，无论老幼，每人分四十亩旗田。从今年开始算起，五年内不动旗人月例钱粮，五年后每年减二成，十年为期，旗人全部自食其力。我已请示过皇上，皇上说，只要旗人自立，可以永远不纳赋税。实在有难处的老弱孤寡残疾病废旗人，经本主奏明，还是由国家养起来。其实呢，只要算一算细账，四十亩的出息无论如何也超过了现在旗人的月例，要说服旗人目光放远点，体谅圣主朝廷爱养满洲的至意。我说句关门体己话，汉人百姓累死累活，收那么点粮，得缴多少税，纳多少捐，多少层官吏剥削？就是汉人里的缙绅，朝廷也在几个省试着与百姓一体纳粮。我们满洲人这个优遇，还不是因为咱们是姓'满'，是国家底气支柱，祖宗挣来的功德！"允䄉侃侃勃勃长篇大论，从庙堂高远，圣恩浩荡讲到旗下生滋日繁，养尊处优日日随心的弊端。足用了一顿饭工夫，已是说得唇焦口燥。允禄不禁暗想：真是一把好手，可惜了和雍正心存嫌隙，早年要没有那段兄弟阋墙的孽缘，如今安生做个摄政王，允祥允礼也难及得他这份才情。他扫视一眼四个闷声不语的王爷，顿了一下，笑道："我原想也说几句的，廉亲王讲得这样清爽，响鼓不用重锤，你们都是明白人，倒不用多话了。宗旨就是这样定了，有些细务不明白的，可以聊聊，我见皇上可以代奏。"

四个王爷又沉默了一会儿，简亲王勒布托轻咳了一声，打火点着了旱烟，猛抽两口说道："整顿旗务，没得说的，是圣上英明决策。"他是四王中年纪最长的，已经七十多岁，但说起话来仍旧思路敏捷言语简明，只是受过箭伤的左臂微微有点发抖，当下抚着一部雪白的大胡子说道："镶蓝旗是我的旗下，如今下头旗人真是越来越不成话。别说北京，就是盛京那边，我旗下披甲人也有上千，多年不打仗，马都上不去，又不会办差做事，就会养狗转茶馆，吹嘘祖宗那份功劳。月例银子领到手，先下馆子解馋，不到半月就化得精光，四处打秋风借账吃喝。我每年三万俸银，要拿出一万来打发这些狗才。论起'不争气'这三个字，真真恨得人牙痒痒。可想想他们祖上血汗功劳情分，又拿他没办法！所以去年整顿旗政的诏谕发到我那里，我当时就说一万个情愿赞成。"他从容装烟，点火，喷云吐雾说道："但如今情势已经不是康熙初年，八王议政废止得久了，连哪些王爷算是八旗旗主都说不清爽了。镶黄、正黄、正白三旗是皇上亲统的上三旗。十六爷既管着内务府，自然心里有数。下五旗呢？每旗五个参领二十个牛录，三百个佐领到底是谁——我们在座的哪个能说个子午卯酉？不把这个人事撕掳清楚，责任也就不明，谈整顿就是一句空话。比如说，我的一个牛录在蔡铤那里当副将，他的顶头上司第三参领花善反而在他手下当马弁——朝廷制度与八旗规矩顶着牛，你说是谁管着谁？我该找这个牛录来训话还是参领？"他话没说完，永信和诚诺便异口同声附和，七嘴八舌说道自己旗里情形。有的分布在云贵两广做官，有的上司又沦为没差事的闲散旗人，根本抓摸不着。一直默不言声的睿亲王都罗也说："有的包衣奴才都做到封疆大吏了，福建将军方正明，汉军绿营里的，如今起居八座。他的本主牛录瓦格达在他营里当哨长，两个人没法见面。上年方正明去奉天见我，说了这事，请我给他抬籍，我说我是罪余的空筒子王爷，哪来这个权？劝他花几千两银子送给本主回去养老完事儿。"

"事情还不止这一端。"勒布托被众人的附和弄得兴奋起来，指着都罗道: "睿亲王原来是镶黄旗的座主王爷,顺治年间老睿亲王坏事,一蹶不振七十多年,镶黄旗自康熙十二年统归圣祖爷亲手料理。他是旗主,管着哪一旗,真是天晓得!"

允裸和允禟木着脸倾听几个王爷大发牢骚心里都是十二分惬意。其实除了永信之外,那三位王爷都不是他们的心腹。偏是永信的旗营都集中分布在辽宁黑山一带,是最容易整顿的,号召起来也方便,但这一来,反而是永信没有了发难的借口。雍正下旨着允裸允禟整顿旗务以来,为了串通这几个王爷同仇敌忾一致起来要求恢复八王议政,这难兄难弟二人不知翻搅了多少脑汁心思,甚至不惜重金从广州聘请了两个英国传教士。一个送奉天永信王府,一个礼尊在八王府教习英语,便用英文互通书信。所以四王到京,永信密告"他们各位都有此意,害怕皇上势大,偷鸡不成蚀把米"。眼见王爷们平日积郁的火激得发作起来,两个人都兴奋得心里怦怦直跳,尽量抑制着把脸板得紧绷绷的。允禟见允禄一脸似睡非睡神情,对王爷们的话听若无闻,暗地里咬咬牙,加一把火,说道: "你们说这些,八爷我们有的知道,有的不知道,现在要整顿的是旗务,不是政务。你们的心思,到底是什么意见?"说罢目视永信。

"两个章程。"永信黑红脸膛放着光,应声答道, "整顿旗务连着政务一道整,由皇上亲自主持,上三旗下五旗都囊括了。再不然,皇上暂将上三旗放权给十六爷、八爷和九爷,这样八旗全部事权都有了主儿。一同商量,一同下令,这盘死磨就推动了。"允裸转脸笑谓允禄道: "十六弟以为如何?"

允禄只觉得乱糟糟的理不出头绪,怔了许久,摇摇头道: "这样的大事要请示皇上。皇上全力以赴刷新吏治,掌握的是全局大政,不能分心来弄旗务,更不用说每天坐镇主持了。至于上三旗交出来由我们暂管,事关朝廷政体,恐怕也要和军机处上书房会议了请旨定夺。"

"什么他妈的军机处?"永信攘臂剔眉泼口骂了出来, "军机处会打仗?只会玩心眼子!青海一个罗卜藏丹增,统共人马不到八万,年羹尧花了八百万银子,用了二十三万兵力,还逃掉了首恶元凶。我弄不明白,皇上是汉化了,还是我们旗人的兵真的成了酒囊饭袋?当时出兵,我就有奏折，请以我黑山镶红旗三万丁末，一百万饷银为限，扫不平青海割我头当夜壶！皇上不温不凉给了我'其志可嘉'四个字，不置可否！"他这么放肆兜底儿一开台，三个王爷立刻共鸣。

"就是！"勒布托接口道，"皇上是太惯纵汉人了。年羹尧得胜还朝，文武百官十里相迎，黄缯紫骝千乘万骑，连在京的王爷们都望尘舞拜，我跟着我们老王爷南征福建，白云岭一战灭敌二十万，谁迎过我爷孙们一步？"

"汉人有几个好东西？"果亲王诚诺一哂道，"周培公当年号称名将，其实没有图海老将军，他屁事也做不来！"

"别提那个周培公！心术最坏的一个人！要不是他建议全数征集在京旗人，我们八旗建制还打不乱呢！"永信信口雌黄，大肆攻讦，"我听我家老爷子说过，他还是为一个女人得相思病死的。呸，下贱！"

允裸皱着眉头趁火添柴："王爷们，扯得远了，那是圣祖皇帝手里的事嘛！""说的是一回事！"简亲王勒布托手一摆，兴奋得摘掉帽子，挥着手道："当时头疼医头，脚疼医脚，如今整顿起来何其困难！"永信立刻画龙点睛，说道："先帝爷那时要不废除八王议政，用人行政都出自旗人之手，旗政旗务也不至于就拆烂污到这地步。"勒布托正要接话，诚诺拖着腔说道："要依着我看，还是老祖先的制度好，皇上掌总儿，八王议政！当年我们入关，总共十二万人马，横扫中原，横扫江南，横扫两广福建——"他用手比着手势，"天下莫能谁何！"

"诸位，少安毋躁嘛。"允禄听到众人喊出"八王议政"，针刺了一样身上颤了一下，双手虚按了一下，待众人平静方徐徐说道："我们还是回到眼下的情势上，照皇上的宗旨来整顿旗务。王爷们说皇上向着汉人，这个话康熙年间就有了的。其实满人血食庙堂，享祖上余德，无论先帝还是今上，没有亏负满洲子弟的心。政务上有建议意见，我看到了旗务整顿有眉目时候从容再提为好。比如说镶黄旗，原来是睿亲王管着。现在上三旗是皇上亲自管，睿亲王怎么办，这是件事儿。我回去奏明皇上，必定还有旨意。恢复八王议政，事关国体，不是我们的差事，也不是我们职权里头的。"永信瞄了一眼允禄，干笑一声道："没有八王议政，我们这些旗主连一个旗丁也指挥不动，怎么着手整顿？我真奇怪，先头圣祖东巡，常带着当今圣上一道儿去的，嘘寒问暖话家常，那是多么亲密！如今我们赶来北京办差，怎么连个面都见不上？请十六爷原原本本代奏，就说我们想念圣躬，也有些办差的难处，请皇上召见我们。"一直坐着极少言语的睿亲王都罗一笑说道："我和各位情形不同。我们老亲王含冤蒙垢六七十年，如今又恢复了我的世职，心里感念圣恩，确实也想面见皇上一诉衷肠，听皇上训诫，踏实办好差事，尽我的本分——这是我的条陈，请十六爷代呈皇上。"说着，把一个通封书简递了给允禄。允祹在京已经几次会见这个年轻的外姓藩王，一谈到"八王议政"，这个王爷王顾左右而言他，整顿旗务又回避不了他。此刻见他这番作态，允祹真是要多腻味有多腻味，干笑一声道："睿亲王少年老成，这个条陈一定切中时弊！"还要揶揄时，门帘一动，皇三阿哥弘时呵着冷气进来，也不行礼便道："有旨意。"

允祹、允禩、允禄和诸王听这一声忙都站起身来，一撩袍角跪了下去。弘时掏出手揩了揩眉毛上挂的霜水，从容说道：

"允祹、允禩并东来诸王，明日由西华门入觐候见！钦此！"

"万岁！"

众人叩下头去。弘时笑着对允禄道："十六叔，皇上说让我见见您。这边的事要有眉目，咱们先走一步如何？"他转过脸，意味深长地对允禩道："八叔，你们还接着议——诸位王爷，皇上一直关念着你们，他老人家这几日身上时时高热——本来几次要逐位看望的，如今十三叔也病得不能起来，他也没好心绪。让我关照一下，好在你们不就走的，有事回头再见。"说罢和允禄一同辞了出去。勒布托望着他的背影，说道："这位三爷，满干练的。"永信笑道："龙凤百种嘛！你还没见我们宝亲王的风采呢！"

第十四回　　揣叵测弘时会庄王
　　　　　　狱文字名士遭奇辱

　　允禄和弘时同乘一抬绿呢大官轿进老齐化门，直趋坐落鲜花深处胡同北口的弘时府第——三贝勒府。允禄因弘时是奉旨"见一见"自己，便不言语，等着这个皇阿哥开口。但弘时好像心事很重，在小红灯笼幽暗的光线下只是默默出神。隔玻璃窗向外望，街衢上黑黢黢的。二月春浅，料峭的寒风隔帘缝袭进来，酸冷，激得允禄一阵阵身上起栗。待过五贝勒府，因见府前灯火通明，二十几个家人在府前大倒厦过庭里，有的拿着扫帚，有的手持长竿，似乎在打扫收拾装点门面，允禄不禁好奇地问道："老五这是捣什么鬼？他不是北边去了么！"

　　弘时清秀的面庞绽出笑容，向外瞥了一眼，说道："走到密云就回来了，给皇上递了折子，说是肺气不好，咯血！今下晚我路过，去瞧了瞧他，看他气色很好，我还说了他几句。"弘时说着，仿佛拿定了什么主意，深深透了一口气。允禄不禁奇道："年轻轻的，怎么这么怠惰？没出息！"弘时格地一笑，说道："十六叔这话就是我说他的。弘昼当时就回了我一个倒噎气，说，要论能干出息，谁比得上我们几位叔叔伯伯，你瞧他们很得意么？见面脸上开花，背地咬碎钢牙，那种日子很开心么？"

　　"这是混账话！父辈有父辈的情势，子辈有子辈的事业嘛！"允禄心里一动，迅速看了一眼这位实际是长子的"三贝勒"，一边揣猜他的用意，说道，"皇上就你们三个儿子，他身子又常闹病，儿子们不分忧谁分忧？"弘时蹙额说道："可不是的！十六叔你还不晓得，外头有些闲话，说皇上自从得了乔引娣，身子骨儿就……这话我都说不出口。乔妮子这是地道的个狐狸精、扫帚星，在山西折腾败了半省官员，诺敏的小命都搭了进去。又狐媚十四叔，弄得十四叔狼狈不堪，如今进宫，皇上又——纵没那些事，什么名声儿呢？您和皇上如今是最说得进去话的，从容时变着法子劝劝——的卢马妨主，就不该留在身边的。"

允禄吁了一口气，这些话他也在旁处听说过。他自己也觉得乔引娣走一处败坏一处，是个不祥之身。但他也深知，雍正只是时时存问关爱这个女孩子，既没有役使也没有侍御，劝雍正"远色"的话断断出不了口。思量着又问道："老五就为这些个不肯出来办差么？"

"那倒不全是的。"弘时目光好像要穿透轿墙似的望着远处，"他说走到密云，遇到一个异人，叫贾士芳，断言他再往北走，今年有血光之灾。就是回京，也要韬光养晦深藏不露一年，才得躲过这一劫。他整修门面，大约就是听了贾士芳的妖言，听说还要在后院造一座高楼，想出门想急了，就登楼眺望一番……这些疯话他说得正颜厉色，我都忍不住笑。"允禄耳边听人说贾士芳都磨出茧子来了。府里几个太监想悄悄寻访进府，给允禄和十六福晋推推格。允禄想起当年大阿哥魇镇二阿哥，三阿哥请张德明大徒弟进府看相，八阿哥请张德明推造命的往事，一个个翻身落马鼻青脸肿的下场，虽然也有心见识一下这个神仙问问自己休咎寿际，到底忍住了，因问道："听说你也见过姓贾的，是不是真实有些本领？"弘时冷笑一声说道："有人劝过我是真的，我身为皇子，金枝玉叶之身，怎么会跟这种东西来结交？"

允禄明知是假话，听他说得冠冕堂皇倒不好再问，正要岔开话题，大轿已是稳稳落下，一个太监挑着公鸭嗓子道："三爷府到了，请二位主子驾！"当下二人便不再说话，相跟着下轿进府。弘时带着他们一边向书房里走，一边吩咐："进两碗参汤，要热热的。"一个家人答应着，又躬身禀道："贝勒爷，怡亲王府的二爷钱名世他们来了，这会子还见不见？"弘时似乎怔了一下，转脸看了看允禄，说道："十六叔，咱们不如见见，打发他们去了，我们再讲。"允禄想了想，弘时是坐蓐儿皇子，一般政务不经请示雍正就有权处置，又奉旨和自己谈话，这种小事不宜推辞，便点了点头，和弘时一道踅到正房侧的小书房里。二人进来，果然见怡亲王允祥的二世子坐在书案前翻着一本册页坐等，旁边一个五十岁上下的老头子一脸诱笑陪着说话，允禄认出是翰林院侍读钱名世。还有两个中年人，个头模样都相似，都穿着万字印花宝蓝色宁绸小羊皮袍，外头套着黑烤绸马褂，一般模样留着浓密的八字须，却是神色惶惶，两手扶膝半个屁股斜签着坐在弘晓对面。见允禄弘时进来，四个人忙都起身行下礼去，说道："给二位主子爷请安！"

"罢了吧。"弘时潇洒地一摆手，让允禄坐了，又对弘晓道："咱们自己兄弟，抬头厮见的，往后你见我不要跪，给十六叔请安就是了。"

弘晓忙躬身答应一声"是"，又笑着对允禄道："十六叔，我给您老介绍一下，这是康熙四十二年探花钱名世；这两位是双生兄弟同科登第的，一个叫陈邦彦，字所见；这位叫陈邦直，字所闻。"弘晓今年刚满二十岁，长弧脸，白净面皮，尖尖的脑袋，却一头好发，总成又粗又长的辫子，梢头还打了个红绒蝴蝶结，荡荡悠悠垂在脑后，说起话来又快又便捷，看去十分干练。他原是和老郡王膝下的第七个儿子，允祥未取福晋，雍正作主过继了怡亲王。后来允祥得罪，康熙又命他归宗原家，及到允祥脱得图圄，圈禁中却和两个侍妾有了两个亲生儿子。他虽回到怡王府，雍正却只给了他个二等伯爵的位子，等于闲散宗室。要论起心境，和三贝勒弘时却是一拍即合，因此这府里走动得勤。弘时进畅春园帮着宝亲王弘历办理政务，说合着瞧允祥的面子，名义上给了个内务府帮办，倒着实和弘时亲近起来。这是前话也不及细述。当下坐了献茶，弘时便道："弘晓，我忙死了，你们还要给我添乱。什么事消停点明儿再说，就烧焦了洗脸水？"

"三贝勒胳膊上跑马的人，这点子事大约还料理得开。"弘晓双手捧碗，笑嘻嘻说道，"他们几个心里熬煎得油锅似的，老钱我们平日交情分上，我不忍得失手不管。在您，是芥菜籽儿，在他们，那就重于泰山，您说是吧？"弘晓见允禄一脸茫然，便道："还是为年羹尧赠诗那件事，今天皇上批了下来，他们安不住心也是自然的。"

他这一提醒，允禄立时便记起来，谳断年羹尧大狱，赐年羹尧自尽，接着又清查出汪景祺受年羹尧指示，和蔡怀玺等人密谋营救囚困在遵化的十四阿哥允禵的大案。两案并为谋逆大案，株连极广。从西宁军中又查到了钱名世和二陈写赠年羹尧的诗。陈邦彦陈邦直用"所见"、"所闻"字号，是和年羹尧的诗，除了年羹尧，也还称颂于"帝德如天被化外"、"尧天舜地封名将"。那钱名世却与众不同，皇恩帝宠一概不提，大肆吹嘘年羹尧"分陕旌旗周如伯，从天鼓角汉将军"，又是什么"钟鼎名勒山河誓，番藏宜刊第二碑"——既吹年羹尧，又捧允禵平藏之功，被吏刑二部专管磨勘的几个"魔王"查明奏上。雍正一来身子不爽，又正值听了许多闲话无处发泄之时，批了"卑鄙无耻殊堪痛恨"八字考语交部议处。听弘时说部文御批，允禄便道："先批到我那里，我一时顾不上，请他们转到军机处去请衡臣相公照发回部，里头说的什么，我还不知道。"

三个人听说雍正对自己御批处分已经下达，顿时脸色苍白，张皇地互望一眼，都站起身来，把目光转向弘时。弘时见钱名世紧张得颊上嘴角肌肉抽搐，陈氏兄弟两膝也在微微颤抖，他却不急着说，吊胃口似的叹了一口气，三个人吓得心里格登一声。

"这事原来不是我的手里。老四（弘历）没出京，主持韵松轩政务，皇上召见过他几次。"弘时从容说道，"老四回来跟我说，你们的部议都按'从逆'，按《大清律》谋逆不分首从，一概是凌迟的罪名。"他吮了一下嘴唇，一脸悲天悯人的神情，见三个人已面如死灰，满足地对搓了一下手掌，又道："弘历也觉得太重，说几个读书人，又没有谋反实迹，干吗下这辣手，也没有请旨就驳了部议，叫他们重拟，后来又议成斩立决。宝亲王还是觉得重，改了绞立决送呈主子，弘历又跟皇上说，日下京师谣言诼话多，不如从轻发落，堵一堵那起子小人的嘴。听说十六叔和张廷玉他们都在场的。"允禄点了点头，说道："那天没有决议。皇上说，谣言说我刻薄，我才不在乎呢，要堵谣言只有杀，杀掉这些无父无君之徒，谣言不攻自灭。我和衡臣都劝，皇上脸色才好看些，说'且再等等看'。"弘时接着对钱名世道："他们二位和你是有分际的。你写给年某的诗一句称颂圣德的话都没有，纯粹是拍马屁。他犯谋逆罪，你不卷到一处才怪呢！不要吓成这个熊样子，告诉你吧，你们三个都保住命了——革职还乡永不叙用，怎么样，还满意吧？"

三个人提得老高的心顿时落下，脸上颜色也回了过来，钱名世当头，二陈随后一撩袍摆崩角在地连连叩头，口中喃喃道："皇恩浩荡，谢皇上再生之德，谢诸位王爷贝勒爷超生斡旋。"弘时把袖里一份朱批过的奏议折子递给弘晓，笑着对三个人道："死罪虽免，有些活罪也甚是难熬啊——这是朱批，你看看——你们起来吧！"

弘晓接过那份折子看，前头洋洋数千言，都是刑部几驳几复议论谳断的过程，后边留的"敬空"里，一笔血红的朱砂草书触目惊心。

> 部议拟罪不当。若依"从逆"之罪，钱名世岂得仅以"绞立决"草草处置？钱名世实文人败类之尤，名教罪人之首也。朕在藩邸，其劣迹即稍有闻之。前奉大行皇帝御批，钱名世于修纂明史，将万斯同数篇传稿攘为己有，为高士奇所觉，恬然无耻毫不在意，着降两级逐回原班。此圣祖已早查此人奸佞之心矣！朕素以为不过文人无行，偶有贪念而已，乃以翰林清望之官，置君父于莫如，奉迎跋扈奸恶之边将，朕实不知其所读何书，所养何性。实名教之罪人，文士之匪类也！曷足以污朕之刀斧？彼既以文词谄媚奸恶，为名教所不容，朕即以文词为国法，赐以"名教罪人"四字匾额，示人臣之炯戒。至若陈邦彦陈邦直，吠声之犬耳，革职回籍可也，钦此！

弘晓看了，苦笑着把折本递给钱名世，说道："亮工（钱名世字），性命是留下了，似乎还可作个富家翁，只这'名教罪人'四字匾额太重——士可杀而不可辱，皇上真恨你到极处了。你可要支撑得起啊！"众人听说钱名世性命无虞，原是松了一口气，见这道诏旨，连允禄也是一愣：钱名世堂堂江南才子，武进书香世家，两榜进士标名天下的"探花郎"，要在自己祖宅门前，高高悬挂起写道"名教罪人"匾额，不但祖宗辱没，本人无脸做人，而且子子孙孙都抬不起头来。受这样的奇耻大辱，钱名世真不如干干脆脆在西市上吃一刀红的痛快，为这份诏旨传到允禄手中时，边沿已被各人的冷汗浸得湿漉漉的了。允禄看着萎缩成一团的钱名世浑不知疼痒地木坐在旁边，心里突然一阵难过，他的脸色也变得苍白，口吃着寻不出话来安慰，半晌才道："你不要急，不要乱走门路说话。皇上如今身子不好，脾性正躁，又加上听人说自己闲话，郁闷恼怒，就有千言万语，先承受下来，我们从容解说就是了。"

"多谢十、十六爷……厚意。"钱名世吃力地说道。他抬起头，脸色苍白得像月光下的窗纸，头轻轻地神经质地摆动着，嗓音变得暗哑而又浊重："名世确是名教罪人。二十年进士宦海浮沉，于君父无所答报，于生民无所裨益，谀墓文章残喘利途，蝇营狗苟龌龊度日，身不脱党争绳索，行未履圣人德义之道，说个名教罪人其实不冤我。至于是说在口里，写在纸上，还是张在门额上，以求实二字论之，并没有多大分别。"他两眼泪水突然夺眶而出，"……至于儿孙，我算对不起他们，我钱门五世七进士，为武进望族近百年，复极而剥也是自然之理……天幸孙子辈中有能明耻奋起的，重起草第再造家门，我今日虽蒙垢而死，也不冤了……"说罢再抑止不住，放声大哭。众人被他苍老凄厉的号啕声噤住了，木雕泥塑般呆坐着不言语。

许久，弘时才从怔忡中清醒过来，他掏出手绢拭着眼角迸出的泪花，对弘晓道："你们劝慰一下。越是这个时候，要防祸从口出。我看圣上只是恨他党附年羹尧，这样处置，再没有更无故加罪的……"他踱到钱名世跟前，无限感慨地太息一声，说道："哭吧，畅畅地哭一场，心里会好受些儿。保重些儿身子……记住，能洗去这种耻辱的，只有一样东西——时间。你精白其志，洗心涤过，还有见天日一天的——十六叔，我们那边书房谈去。"他惨白着面孔向允禄让了一下，允禄和弘时像逃路似的匆匆离开了这间满是幽怨啼哭之声的书房。

"十六叔，"二人到西书房，一碗滚热的参汤喝下，弘时的精神渐次复元。看着慢慢啜着参汤的允禄，弘时皱眉道："钱名世这个处置你觉得怎么样？"允禄也已镇静下来，说道："这个姓钱的平日所为，不算个学正品端之士。凭良心说，当日在年羹尧气焰之下，我们哪个没有打过他的顺风旗？就是写诗称颂，顶多也就是个'文人无行'，得这样的处分，太重了。我一个人说情恐怕不成，明儿见见允祥，一同在皇上跟前保一保，也只走着瞧罢了。"弘时惨然一笑，说道："十六叔，你忒老实的了，皇上要下手整八叔，你真的看不出来？"

……！

"钱名世真正得罪原因，不在那两首破诗。"弘时微笑着，从书案上抽出一张刑部供单用的折页纸，抖开了递给允禄。允禄接过，见是汪景祺的口供："康熙六十一年冬，我自军中去江南武进，遇钱名世年兄。

那年江南气暖，我们闲话，钱说前日风雷掣电，为冬月江南一大奇观，接着就传来圣祖崩驾皇四子胤禛即位消息，也是一大奇。我说这是灾异之兆，反常为妖，冬月雷电不以时，绝不是国家祥瑞，钱年兄额首称是。"弘时在旁指点道："说这个话在场的还有尹继善的两个门人，李卫府的师爷都出了证。前头京师谣言说雍正得位不正，见这口供，反复查了，钱名世并没有传言'风雷掣电'这些浪事。不然，他真的要祸灭九族呢！我想，钱名世到底不是个正直人，又有这口供，怕十六叔您动了恻隐之心，贸然在皇上跟前说情，自讨没趣，何苦呢？"允禄手中纸片滑落了出去。雍正口说"最不喜人报祥瑞"，其实他心里最盼祥瑞，什么庆云、瑞芝、嘉禾报来，受与不受，脸上欢喜之容就带出来，这是尽人皆知的事。这个钱名世竟把雍正登极和风雷烈电灾异降临联到一处！犯这样的大忌，就是宽仁大度的康熙也容不得，何况鸡蛋里还要挑骨头的雍正！半晌，允禄叹道："钱名世到底是个才子，我很惜他。要是这么红一个炭圆儿，我也接不住——皇上命你找我谈，有什么事？"

弘时看了看窗外，天大概是阴了，黑得格外幽深，凉风掠过檐下，发出微微的啸声，像是远处有人隐隐约约吆呼着什么，给这万籁俱寂的寒夜平添了几分神秘和不安。怔了许久，弘时才道："皇上叫我问问十六叔，八叔他们到底是个什么章程，因为明天皇上就要召见他们了。皇上还特意问，为什么八叔几次奏闻旗主会议，十四叔都不在场。不知明天十四叔去不去见皇上？"允禄笑道："我当什么事呢！皇上原交代过，叫我明儿赶早进去，又巴巴儿这会子叫你来问。"因将在廉亲王府会议情形细细说了，又道："八王议政是他们心里最盼的，从前一处谈，都是吞吞吐吐闪烁其词，今晚是和盘托出的了。但似乎又不像是预谋好了的。睿亲王从头到尾话都很少，似乎很犹豫，临打离去还递了个奏折。"说着仍从袖中取出那份折子递给弘时："你要今晚还见皇上，就便儿递上去吧！"弘时皱着眉接过来信手放在案上，黑幽幽深不可测的目光凝视着书房门口那座金自鸣钟，仿佛在聚集着自己的勇气，良久，才道："八叔要不另打心里的小算盘，八王议政也不是不可以跟皇上说的。要紧的是不能引动皇权旁落！"

"什么？"允禄浑身一个激灵，仿佛不认识似地下死眼盯着弘时，

"这是皇上的话，还是你的话？"弘时灯影下的面孔棱角分明，格格笑了两声道："你怎么这样瞧我，灯底下怪森人的。这是皇上的话，前日和今日下午两次见皇上，他都透出了这个意思。"允禄素知雍正一向态度，当然不会轻信："听着弘时，你十六叔是个扳倒树捉老鸹的人，熙朝阿哥党争二十年，谁也拿我没办法就是这个原因。我请你复述皇上的原话，不要用'意思'两个字搪塞！"

弘时冷笑一声，说道："皇上只叫我传达'意思'，我当然只能照办。不过你是我的亲叔叔，我可以说原话。嗯……头一回见我，皇上说，'允裪会做事会做人，朕心里清爽着呢！可惜此人终非池中物，真令人一憾！就是八王议政，何尝不是好制度？太祖太宗那时，正是我满人极盛之时，也亏了这个议政制度。'见我吃惊，皇上笑了笑，说：'其余的事都好商量，就是皇权不能旁落。多几个人共治天下，朕倒可稍为安闲些。'"

允禄目不转睛地看着弘时，眼睛里充满了疑惑，但已经没有了戒备的敌意。弘时沉吟着，又道："今天下午，我又到畅春园见皇阿玛。他刚从清梵寺回园里，看上去十分疲惫倦乏，跟我讲，'当初登极不久，张廷玉和朕议起来，朕和圣祖比，有三不及。圣祖是幼年御极，在位日长，朕是盛年即位，享国不能像圣祖那样久远。朕想，再怎么不济，二十年还是有信心的。现在看来竟未必，朕是觉得身子骨打熬不来了……看你十三叔，拼着命做事，累成那个样儿，张廷玉、马齐他们都老了，老十七挑不起大梁，老十六是个中平之才，守成有余，创建不足——你和你十六叔可以私地里唠唠：这些旗主们自己断然不会有觊觎大位的心，可惧的倒是自己的亲兄弟，若能变着法子不使皇权旁落，又能使国家满族旧人参政，朕也得了左右膀，旗政旗务的整顿也顺乎自然地办下来了，岂不两全其美？'我说，皇阿玛既有这意思，何不召见十六叔，很好计议一下。这不是小事，还该征询一下军机处和怡亲王他们意见。阿玛说，'这事是你十六叔的首尾，要你十六叔认可才能放心去问。明儿见见这些旗主们，他们提出来，再交军机处商议才是正理。'——十六叔，这是什么事，我敢胡言乱语？这里与皇上只有一步之遥，我敢矫诏乱政，自取灭顶之灾么？"

允禄深深吸了一口气，他被弘时的如簧之舌打动了。想想在允䄉那里众人愤懑又无可奈何的话，觉得皇帝和旗主各让一步，未始不是最好的办法。而且要真的这样，自己也理所当然可以入值中枢，如意指挥各旗旗主，比起这个专管"内务"的王爷不知强去多少倍。思量着，允禄道："既有这旨意，我有什么说的？明儿见主子，就是我不说，他们也要提这个'议政'的事的。不瞒你说，我是全身全心戒备着呢——已经知会了善捕营明儿戒严全城，谁有动作先拿下再说。这么着，倒失惊打怪的了。"说罢又轻松地透了一口气。弘时取过睿亲王的折子，口里笑道："我就知道，一说这事，十六爷准犯狐疑。没想到你那么大的杀气，像是我要谋反似的——这个睿亲王，人就在北京，又眼见要召见，还写什么奏折？"他随手便撕开封口，将封皮揭开，看了看，说道："这是一份请安折，还夹着一份贡单。"允禄凑过来看，果然黄绫封面折内写着：

臣王都罗恭叩万岁金安，并呈贡微方物祈圣上哂纳。

里边夹着一张折叠单面，写的却是贡物：

油炸白肚鱼肉丁十坛，窝雏鹰鹞各九只，二年野猪二口，一年野猪一口，鹿尾四十盘，鹿尾骨肉五十块，鹿肋条肉五十块，鹿胸条肉五十块，晒干鹿背条肉一百束，野鸡七十只，稗子料一斛，铃铛米一斛，树鸡五十只，七里香九十把，公野猪二口，母野猪二口，鲟鳇鱼三百尾，翘头白鱼一百尾，山楂十坛，梨八坛，林檎八坛，松塔三百个，山韭菜二坛，野蒜苗二坛，枢梨木枪杆名三十根，桦木箭杆二百根，椴木箭杆二百根，白桦木箭杆二百根，杨木箭杆二百根，海青芦花鹰白色鹰各五对，窝集狗五条，贺哲匪雅喀里奇勒哇官鹏鼠皮二千五百八十二张，紫桦皮二百张，上用紫桦皮一千四百张，官紫桦皮二千张，貂鼠皮二百张，白毛梢黑狐狸皮二百张，黄狐貉皮二十张，活梅花鹿，角鹿各二十对，虎、熊、元狐皮各十张，黄狐皮、猞猁皮、水獭皮、海豹皮、豹皮各三十张，雕鹘翎六十根，小黄米、炕稗子米、高粱米面粉、玉米面粉、小黄米面粉、荞麦糁、小米面粉、稗子米面粉各六百斤，野鸡蛋三百斤，山核桃仁、松仁榛仁杏仁、松子各二百斤，白蜂蜜、蜜脾、蜜尖、生蜂蜜各二百斤，野葡萄六百斤，杜李、羊桃各二百斤，巴众菜、山韭菜、黎蒿菜、枪头菜、河白菜、黄花菜、红花菜、蕨菜、丛生蘑菇、鹅掌菜各二百斤。

允禄看罢不禁笑道："看上去是密密麻麻写的不少，其实不值几个，难得的是有这个心。春秋厥贡苞茅橘柚，所以示尊敬天子之礼也——睿亲王这个折子实际上是向皇上表心迹的。就是你方才的话，他们要是上遵皇宪，就议议政何妨呢？"

弘时却被这份折子弄得陡起惊觉：睿亲王现在手中虽然没有实权，也不管着哪个旗。但因老多尔衮功盖四海保扶幼主的声名，只要一排座次，仍是头一份。弘时和廉亲王又勾手又争权，本想借廉亲王之力夺掉军机处和上书房之权，弄掉弘历的储位，突然出来个都罗向雍正独表忠诚，这是什么用意？抑或是允裸的阴谋？这汪水此时是越看越深，愈发弄不清到底有多深了。思量着，弘时干巴巴一笑，说道："十六叔说的极是。只一条叔王记住，八王议政的事，其实皇上也是吃不准，所以叫我们叔侄私下议议。我们不可出头，明儿看着他们如何动作再说。"说罢莞尔一笑，他要把自己摆在更超脱的地位上，坐收渔翁之利了。

第十五回　世袭王庙见消意气　雄猜帝朝会颁新政

允禄一肚子心事，在炕上翻了一夜烧饼，刚蒙眬睡去，远远听雄鸡一声长啼，心知时辰尚早，又加了一个枕头还要再睡时，观音像前金自鸣钟沙沙一阵响，无比响亮地连撞四声，连纱屉子外头的茶炉子也烧开了，壶盖被热气冲着，好像专门凑热闹，嗤嗤响着，不时发出细碎而又连贯的敲击声。允禄叹了一口气，已醒得双眸炯炯，见四侧福晋吴氏已披衣偏身坐在炕沿，便道："这么早，起来呢么？"

"爷睡不安，我更睡不安。"吴氏穿着中衣，见他已经醒透了，趿了鞋为他斟了一杯茶兑温了端来，笑道："你漱一漱，安生再睡个回笼觉。就睡不着，闭着眼养养神也是好的。"允禄漱了漱口，说道："你听听这外头动静，能睡得着么？"一边说，一手拉过吴氏坐在身边，另一手伸进她小衣，在她温润绵软的腹皮上轻轻摩挲着不吱声。吴氏见他手摸了上面又往下面，啐了一口，飞红着脸道："我也三十岁的人了，叫丫头们撞见什么看相呢？既这么着，昨晚怎么——半截儿就……不中用了？爷也是个银样镴枪头，上阵就败的……"

允禄见她娇媚羞涩，越发撩得上火，一把拉她进被窝，口中道："女人嘛，三十如狼，四十如虎，过了五十还坐地吸土呢！你不是还想要个世子么……"那女人已被他搓弄得眉低眼眵浑身软瘫，遂移船就岸如此这般一番，已是一个牛喘一个娇吁。事毕，允禄自起来穿衣整冠，威严地咳嗽一声出了房，看东方时，启明星刚露。他从滴水檐下一边下阶，对着迎上来的家人道："我立刻上朝，备轿——催着世子们赶紧起来，《子见南子》篇每人一篇文章，回来我要查功课！"

"请王爷示下题目。"

"嗯——《吾未见好德如好色者》——就这个题目，不得少于一千字！"

允禄一边说，已是出了二门。

允禄乘杏黄大轿赶到西华门，出来看时，启明星刚上屋梢。西华门外大大小小已经停了五六乘轿，有两个外省官员鹄立在门下大黄灯笼下，见他过来，都提袍角跪了下来。允禄因不认识，只含笑摆手命起身。定睛看时，其余都是内务府自己身边办事官员，便招手叫过俞鸿图，问道："八爷九爷，还有几位旗主亲王几时能来？你们都在这边，太粗心了！"

"回十六爷话，"俞鸿图一躬身说道，"奴才不敢掉以轻心。昨晚在各位王爷住处门口都安排了人随时打听随时报来，方才探马已经过来，说各府里都已掌灯，王爷们都已起来。张相爷已经进了大内，从这过时吩咐了奴才，说爷来了就请进去军机处说话。其余的张相没说，奴才也不敢自专。列位王爷来了，我们几个可先在这里照应，奴才料着皇上还在畅春园，皇上来了听旨意和爷的调派就是。"说话间，里头一路小跑出来一个太监，见允禄已在门前，先对两个外省官员道："今儿皇上和军机处都不接见，二位到礼部，一会儿随文武百官朝见万岁。"又转身到允禄面前，满面堆笑请安，说道："万岁爷昨晚已经回宫，张相爷，鄂相爷都在军机处当值。吩咐了，王爷一到，请先进去，军机处说知。"说罢又打了个千儿，匆匆进了西华门。允禄正要进去，门前又落一乘绿呢大轿，却是李绂从里头哈腰出来，便住了脚笑道："巨来，昨儿个约你到上书房来的，不防你去了我却忙得爽约了，真是对不起。方才传旨今儿朝会，你们从午门那边进去呢！"

"是庄亲王爷！"李绂紧趋几步过来，请了安笑道，"卑职已经知道朝会。西华门到正阳门中线归我们直隶总督衙门布防，我刚从南边看来。他们告诉说杨名时进京了，在这边递牌子，怎么没见，莫不成下头竟敢骗我？——说到昨儿，我也没有跑冤枉腿，在上书房见了谢济世，我原听说他从浙江来，不知在京住在哪里，一问，他也在打听我，就借上书房宝地一块，我们聊了一个时辰。我又请他吃饭，虽没见着王爷，也满畅快的。"允禄不禁一笑，说道："你们是同年嘛。他递了密折，参劾田文镜十大罪，又是惺惺惜惺惺，自然谈得来。你手头弹劾田文镜的折子写了没有？先不要拜发，我们谈谈以后再说。这阵子太忙，过几天我就消停了——你说的杨名时我不熟悉。他从贵州来京了？方才有两个外省官，已经去了午门那边。你过去，要是杨名时，自然见得着的。"说着便进了西华门。

此时东方曦光已经透明，隆宗门内天街扫得纤尘不染。清亮的晨色中，乾清门前一片庄重肃穆，一溜八口镏金大铜缸边各有一个太监端着木炭盒子，小心地给铜缸下石龛灶中添着炭。龛灶下发出细脆的爆裂声。几十名侍卫服色鲜亮，钉子似地站在巍峨的乾清门前纹丝不动，天街给人一种空旷寂寥微带肃杀的气氛。只有军机处几个小章京指挥着笔帖式们匆匆搬运着一叠叠文书，给这紧张气氛带出几分活意。见允禄进了隆宗门，几个军机小章京立刻迎上来，禀道："王爷，方才有旨，您一进来就去养心殿见万岁。这就请吧！方先生、张相、鄂尔泰还有十三爷他们都在等着您呢！"

"三贝勒呢？"允禄这才知道，众人比自己都来得早，略一沉吟，忽然有一种大事临头的感觉，一边移步一边问："连十三爷也来了？"那章京随着他脚步走着回道："三贝勒进来半个时辰了。十三爷昨晚就宿在军机处，刚才他老人家进去，这边才把文书挪过来……"见允禄无话只是走，那章京才止步退了回来。

"好，好，好！"雍正正在养心殿东暖阁和几个大臣说话，见允禄进来，笑道："咱们大管事王爷来了——免礼吧，和允祥一道坐那边墩子上。"允禄这才留心，屋里几个人，张廷玉和鄂尔泰是站着，弘时跪在炕边，方苞和允祥都坐在雕花隔纱栅前的瓷墩上。他到底还是行了礼忖着自己的位置坐了允祥下首，笑道："我还以为我是最早进来的呢，还是落到诸位后头了。"雍正的心情似乎很好，微笑着喝着奶子，说道："李卫那边很顺手，江南、浙江两省已经推行火耗归公。养廉银子发下去，火耗银子归上来，藩库比平常年多收四成。从各府县密折奏上来的情形看，官场并没有多少闲话，没有人敢聚敛，也没有人敢怠懈。尤其是训导、教谕这些瘦缺官，还有些没人愿作的穷州县，如今都安置得好。冲聚疲难的大缺还是有人争着干，因为毕竟还比简缺多一点养廉银。李卫又抽出钱来设了义仓，周济衣食无着的穷民。赋均讼平吏清，官吏满意，百姓满意，朕自然更高兴。田文镜那边比李卫难，因为河南民风刁悍不纯，官场混账风俗惯了，田文镜又心高志大不甘落后，官绅一体纳粮和火耗归公双管齐下，务必要在麦收前两件事办完，所以有几份折子是参田文镜的。不过都是些微末小吏在背后嚼舌头。大员只有一个黄振国，置理藩司衙门。朕看也是因为田文镜堵了他的剥削发财路，发这个小私意，所以驳复下去，由田文镜全权处置。"

说着，高无庸带着个小苏拉太监托着条盘进上参汤，看样子是雍正早吩咐过的，每人一碗，因允禄后来，雍正便命："把弘时那碗给庄亲王，我朝家法愈是子侄愈是严苛，愈是亲近愈是'形远'。"弘时忙起身，活动一下发麻的腿，将参汤亲自捧给允禄，又笑嘻嘻回去跪下。允祥道："近来河南和外地弹劾田文镜的人不少，他处境不好。"

"有人弹劾不见得不好，都说好的未必就好。允祥没有读《左传》么？"雍正喝了一口参汤，"当初你不也是这样，催办户部亏空，弄得怨声载道，还被冤圈禁高墙十年！那些好好先生，那些科名里有党援的人，做芝麻件好事，就有人替他捧得比西瓜还大。人主宰相，要特意地留心保全孤臣，他为朝廷办差不避怨嫌，身处四面楚歌之中，还架得住当主子的不体谅？不关爱？朕与你都是孤臣当过来的，见这情形，只能驰援，帮他解围，不能为他有这么那么一点小过掩了他的大节。孤臣难当，能护全孤臣的才是明主贤相。蔡铤在云南压制杨名时，说杨名时贪墨，朕说你拿证据来。观风使孙嘉淦，蔡铤也说不好，朕说蔡铤：'天下就你一个好人，朕真昏庸了！'索性留孙嘉淦在云南，去为他设观风使衙门，只怕那里的贪赎还好些儿。"

允禄满心想的，今日朝会接见旗主，不知雍正有什么面谕，听他兴致勃勃，说了李卫又说田文镜，说了蔡铤又说杨名时，不觉心里发急。好容易等着雍正的话缝儿，忙赔笑躬身道："都罗他们和老八老九昨晚会议了半夜……"雍正笑着一摆手，说道："方才外头已经报进来，他们先在午门外跪候，一会儿听旨参加朝会，朝会完了朕再接见。朕这里是理一理思路。这次朝会之后要天下各省全面儿推开朕的雍正新政呢！"允禄不禁一怔，他这才明白，这次朝会根本不是专为旗政和接见旗主而设，甚或不是朝会的主要议题。想起那几个亲王热辣辣的心思，不觉有点凉心。雍正似乎没有留心他的不豫之色，只顾侃侃按自己的思路说道："云贵的改土归流，鄂尔泰已经几次上了条陈，写得很细，思虑得也周详。杨名时在那里当云贵总督，与朕有七年之约，七年不动他的职位。但他反对朕的改土归流，所以朕叫他也进京。改土归流朕决心已定，他要反对，只好挪出位置，给乐意执行圣旨的人去作。"三阿哥弘时却对杨名时毫无好感，见雍正看自己，一碰头说道："杨名时有大儒之名，无大儒之实。他不但反对改土归流，连火耗归公、官绅纳粮、养廉制度都是不赞成的，其实是个沽名钓誉之徒。请皇阿玛留意！"

"看来杨名时着实犯了你的憎恶了！你这是第二次跟朕说这个话了。"和颜悦色的雍正倏地收了笑脸，"他究竟什么地方得罪了你？无非在京任职时弹劾了宗室阿哥荒废学业，扫了你一笔嘛！值得这样耿耿于怀？杨名时虽与朕政见不合，他也有人所不及的长处。云贵火耗银子只收三钱，天下没有比他再清廉的官了。云贵两省自他去，朝廷没再补贴一两银子，每年省七十万银子，你懂么？够赈济两次山东大灾！政见不合又是一回事，不要思路不清。等见到新政好处，他做起来比谁都会好。"弘时被他咄咄逼人的目光看得心里一寒，忙叩头道："儿臣心胸太窄了，不过确实不是记仇——杨名时既然反对新政，无论安插到哪个省，那省里的政务都难与朝廷合拍，儿臣心里是这个想头，请阿玛圣裁。"雍正笑道："不一定要在哪个省，可以到哪个部当尚书，或者当东宫太傅。他那好的学问，当你们老师，在毓庆宫讲学，岂不是人尽其才？"

允禄自接差事以来，既要贯彻朝廷宗旨意图，又要安抚东方诸王不平之气，两头奔忙说项，自谓这是极难办的差使，必是朝廷最重要的公务。听雍正曲划了半日，连远在云贵偏远地的苗瑶改土归流都想得周周到到，自己的差事却提也不提，心头不禁一阵光火。但他是淡性人，不惯作色，呆呆站着出神，心里塞了一团棉絮似的什么也想不成。弘时似乎也有点魂不守舍，怔了一会儿，见雍正长篇大论已经说完，便问道："旗务旗政的事在朝会上是否也议一下？"

"允禄和廉亲王九贝勒旗政办得不错。"雍正笑道，"几个旗主王爷都赞同朝廷旗务整顿的宗旨，这很好嘛。旗人的头是最难剃的，朕知道这些大爷们，任事不会还要躺在祖宗功劳簿上卖大。但旗政和云南改土归流一样，不是全天下的大事，论起来只能说是我们满洲人窝儿里的家务。不就是八旗议政么，就议这个'旗'政就好。先开始朝会，下来朕和这些功勋王爷们私地再谈谈，允禄既管着这摊子事，可以先退出去，由你带着他们进来，可好？"

"啊？喳——"

允禄一肚皮的不欢喜，见谈到自己差事，虽说表彰了，却又似乎没有摆到全局，意马心猿地听了雍正的训诲，忡怔间又听命自己出去带队进来朝会，一惊之下才回神答应，说道："臣这就去传达旨意！"他是出了名的"十六聋"，弄得雍正也是一笑，摆手命他出去了。

"方先生一直没有任职。"雍正看着方苞笑道，"他现在名义上是在国史馆修史，其实是在朕身边随时参赞。这次朝会很要紧，事关雍正新政全部推行，有不赞同的大臣，还得叫人家说话，说不定要当庭辩论，所以方先生不能回避。朕看可以给方先生挂一个武英殿大学士的名义随班入朝，你们觉得如何？"众人听了俱各无话，倒是方苞说道："即使当庭辩论，臣也只是参赞主子发言。臣原来没有职份，骤然封为一品，于礼不合。如果主上觉得不封不好，就给个军机处章京名义就好，臣是当不起这样大位的。"张廷玉和鄂尔泰也都赞成方苞意见。鄂尔泰道："布衣白丁宣麻封相，有骇物听，且容易启动一般没意思人幸进之心。但方先生是两朝老臣，做武英殿侍郎资格是够的，留着一级为进步之路也好。"

当下几个机枢臣子按照雍正方才的思路各抒己见，拾遗补阙，密密细细又议了小半个时辰。耳听金自鸣钟连撞七声，高无庸进来禀道："辰时已到。"

"发驾乾清宫！"雍正神色庄重地站起身来，"传旨午门外，六部九卿各司衙门正官，并在京诸王，依次从左右掖门进乾清宫朝会！"

顷刻间，景阳钟登闻鼓声大作，悠扬沉稳的钟鼓之声漫过重重层楼琼宇，越过灰暗高大的五凤楼，直传出午门来。

"万岁爷起驾乾清宫！"

"万岁爷起驾乾清宫……"

一声一声的传呼由太监们递送出了午门。

    允禄赶到午门外，掏出怀表看看，时针还差一刻不到辰时，此时午门阔大广袤的阅兵场上到处都是赶来朝会的各部官员。"文官到此下轿，武官到此下马"的石碑南边也黑鸦鸦一大片落着轿子，摆得煞是齐整。阅兵场上官员们或外地进京述职的，或同年科名不同衙办理的，有拉线认同乡、同年的，或找别的部衙门司官拉到背人处说事荐人的，三三两两五七个人凑在一处。有的大说大笑，有的窃窃私语，有的望阙沉吟，有的顾盼寻友，簪缨辉煌翎领交错，到处都是来来往往四处乱窜的官员，足有上千的人。允禄张着眼寻了半日，才见侍卫房南边长跪着几个人，领头的像是允禩，疾走过去看，果然是允禩允禑打头，并排跪着都罗、永信、诚诺和勒布托。四个王爷都是金龙二层顶子，饰着十二颗东珠，上衔着红宝石，青狐端罩下石青五爪四团金戈补服裹套着蓝色蟒袍。在满场大小官佐中，几个最尊贵的人独独奉特旨"跪候"，部院小吏倒可以随意活动，因此几个王爷无不面带愠色，只有睿亲王低着头似乎在想事情，其余王爷都头蕹得葱笔价盯着走近前来的允禄。允禄一边走，脸上已是堆笑，远远便说道："八哥九哥，怎么叫王爷们都跪这里？快请起来，快请起来！"

    "我们是奉旨'跪候'么！"允禩脸色不知是冻的还是气的，又青又白，"怎么敢擅自违旨呢？"允禄一听便笑了，忙道："那些官员哪个不是奉旨午门外跪候？都是望阙一叩头也就罢了，偏王爷们就这么认真！"允禩冷笑一声，说道："我连这个都不晓得么？我们奉的是'特旨'，难和别人一样！"

    允禄听他们拧上了劲，心里越发着忙，赔笑说道："那不算特旨，来午门的人人都说'跪候'，跪了也候了就不算违旨。这么多人，你们太扎眼了，快请起来的是。""如今还思量什么扎眼！"允禩见周围一些官员在侧耳听，越发精神，大声道："虽说是兄弟，也有个亲疏远近。老十四方才就随老三进乾清门'跪候'去了。他不也是奉旨进京整顿旗务的？看来还是得和主子一个娘胞才更体面些。"

允裸在康熙儿子里是最会做人最温善可亲的，一夜之间忽拉巴儿变了性，竟这么执拗强项，在这个芥菜籽大的小事上当众别扭，允禄顿时没了主张。扎煞着手，看着四周的人，压着嗓子道："快好生起来吧。这叫什么呢？人听见什么意思呢？"允裸这才哼了一声撑身起来，其余的人也自起身搓手弹衣。允禟便问："皇上有什么旨意？议政的事你奏了没有？"

"你们都要见皇上，这种事我打的什么埋伏？昨晚已经和弘时说了，方才皇上也说了这件事。"允禄心里乱糟糟的，他此刻最怕这几个王爷在朝会上一窝蜂儿起来闹什么"八王议政"，搅了雍正新政大局，自己就吃不了兜着走了。因拣着要紧的，将雍正在养心殿的训话说了，又道："这次朝会，议题就那么几个。我们是藩王，不干政，只是听听。皇上说，八旗旗主议政是满洲人家务，朝会下来另外接见，专门商计旗务，请诸位留意。"还要往下仔细说，大内钟鼓之声大作，两队太监拍着手小跑出了左掖门和右掖门。便听里头传出了"万岁爷启驾乾清宫——"的传呼。广场上顿时肃静下来，脱班离位的官员们脚步橐橐，寂然回班肃然跪下——此时才"跪候"了，几个刚站起来的王爷反而鹤立鸡群般的显眼。

允裸一眼瞧见诚亲王允祉从左掖门由太监们前呼后拥地出来，铁青着脸望着不知所措的允禄，心里骂了一声"笨伯"！口中却冷冷说道："看来我们还得跪了才成！"于是几个人重垂头丧气又复跪了，允禄独个站着觉得不妥，便也跪了。

诚亲王允祉在侍卫太监众星捧月般簇拥下，健步走到午门正中，矜持地站定，用手轻轻抚了一把墨线一样修整的八字髭须，朗声说道："有圣旨，百官跪接！"

"万岁，万万岁！"

所有官员一律伏下身子嵩呼。

"万岁爷已经起驾。"允祉悠长稳重的话语响彻午门前的广场，"着六部九卿各率司员，由允禄允裸允禟率奉天诸王，由左右掖门入乾清宫朝会。钦此！"

"万岁！"

允祉宣完旨，扫视众人一眼，却不就进大内，徐步走到侍卫房前，对几个跪着的王爷双手虚扶一下，笑道："老八、老九、老十六，请诸位王爷起驾，由我来带你们进去。"他今年刚满五十岁，因为修饰得好，又保养有术，看上去和小他十六岁的允禄年纪仿佛，红光满面，连眼角的鱼尾纹都不甚清晰。他举止优雅，仪态端庄，看上去极可亲近，待诸王起身，又上前一一握手致敬温言嘘寒问暖，当着这么多的人，几个王爷自觉体面，心里的寒意便驱去不少。只允禩用多少迷惘的目光望着这位三哥：此人一手笼了十四阿哥，绝不参与"整顿旗务"的事，从内线传过来的话，似乎和朝廷也没有多少瓜葛，这会子又虚情假意来这一套，是什么意思？莫不成他也另外打着主意？允禩揣猜着允祉葫芦里的药，口中含糊笑道："请三哥前头走，我们唯三哥马首是瞻。"

允祉不再多说，领头带着王爷们从左掖门进了大内。这四位旗主王爷在康熙年间也曾进京朝觐过，勒布托还不止一次。但他们来京，都是从西华门递牌子进内，或在乾清门，或在乾清宫觐康熙。康熙晚年勤躯已倦，不喜欢郑重其事大张旗鼓召集朝会，接见或是君臣晤对，或赏茶赐膳，都是小场合，亲戚家人一样随和家常。几个人一进宫门，便觉和往日进京感受大异。从金水桥北的一溜正殿，太和门、太和殿、中和殿、保和殿的正门朱漆铜钉、狰恶辅首衔着栲栳大的铜环，都紧紧封锢。两行官员东西昭穆，按部就班摆着方步，肃然过昭德门贞顺门，从中左门后左门，中右门后右门进入天街。弘羲阁和体仁阁前，太和殿空旷的演场上，铜磬形的品级山从从九品一直向北两行延伸，直通"天下第一殿"——太和殿。从甬道到左右翼门各个出入道路，每隔三步便是一名带刀善捕营亲兵，穿着簇新的武官服，钉子似的各站岗位。巍峨高大的三大殿前，铜鼎铜龟铜鹤铜甗扃都焚了香，袅袅御香从龟鹤口中冉冉散淡而开，似乎到处都是紫光流雾，给龙楼凤阙平添了几分神圣庄严的气氛。几个王爷一路走，心里不住慨叹，什么位极人臣一方诸侯，什么出警入跸起居钟鸣！到了这里，人生意气一概销尽。待到乾清门，高无庸上前大声宣呼："请王爷暂时留步！"几个王爷还没有从那种氛围中清醒，膝盖一软，几乎跪了下去。守在乾清门内的允祥刚吃了一碗三七老参汤，咳也略止了些，用手绢擦了擦嘴便迎出来，对高无庸道："不必在这里滞留，礼部已经在里头安排好了——请，三哥；请，十六弟；请，八哥；请，九哥；请，睿王爷；请……"他竟是一个一个地在门内和各王爷握手见礼，亲自送他们进了阔朗的乾清宫，在雍正皇帝的须弥座东侧请他们跪候。此时，诸王心里窝着的"气"早已丢在爪哇国去了。一边跪了，一边悄眼看着各部官员在礼部司官带领下入班按秩序跪候。又闪眼瞧见御座东屏风前一溜排着十几个茶几小椅，料是给王爷们留的座位，各人心中暗自熨帖。

此时大殿中官员越进越多，满殿中但闻呼吸声衣裳窸窣声，轻快浊慢的脚步声，话语咳痰一概不闻。约有一袋烟功夫，西阁门突然无声洞开，一个小苏拉太监站在门口，"啪啪啪"连甩三声静鞭，殿外庑下百余名畅音阁供奉太监击鼓撞磬，瑟筝笙簧箫笛，黄钟大吕，编钟排律，乐声大作。供奉们口中不紧不慢，喃喃有词唱道：

> 万国瞻天，庆岁稔时昌。灿祥云，舜日丽中央。翕河乔岳纪诗章，附舆执靶标星象。胥蓺极，正恩威克壮。奉金根陟响，奉金根陟响！帝心盼格皇仁广，和铃戛击和鸾响。德化风行草上，刑措兵销，绩熙工亮。春省秋省轸吾皇，轸吾皇，句陈肃穆出瑶阊，丛花缭绕时和盎。时和盎，闪龙旗，渭渭扬扬……村村绘出升平像，丰亨原野裕仓箱。一自龙舆降，九阍佚荡仰龙光。风俗淳美，泉水都廉让。都廉让，成功奏，避轨迈陶唐……时纳庆，岁迎祥，沛殊恩，沾浩荡，王辂听锵锵，酒醴笙篁，饮尧尊，歌舜壤……

在深闳沉着的歌声中，雍正从西阁门跨步出来，徐徐向设在殿中央的御座走去。他脸上挂着一丝似乎凝固了的笑容，站在御座前静听片刻，方到座前端正坐下。允祥、允祉、弘时、方苞、张廷玉、鄂尔泰也鱼贯而出，哈着腰撑着马蹄袖从座前趋步到东边屏风前依次跪了下去。殿中几百名大小官员低着头伏身跪着，仿佛有什么感应力，忽然都把头低得挨着了地——他们觉得出雍正御驾已经升座。

雍正皇帝坐在宽大得四边不靠的御座上鸟瞰着殿内，目光晶莹闪烁，为争夺这个雕龙黄袱面的天下第一座，兄弟二十四个中有九个卷进了党争的滔天狂澜。从康熙四十六年以后的十五年间，九兄弟人人机关算尽，个个呕心沥血，斗得焦头烂额，败的败，死的死，疯的疯，上天将这大任交与自己岂是容易的！他在康熙年间屡次说过，做皇帝是最苦的事，以示自己并无夺嫡野心。但从心里说，"大位"上无比的尊荣，一语间左右人之荣辱生死的威严，一纸诏书颁下九州皇风浩荡的权柄，实在撩得人夜夜五更不能寝。他自认是康熙的儿子中最有才干，也最守仁德的，原以为自己做了皇帝，普天之下莫非王土，率土之滨莫非王臣，必能雷厉风行，很快就能"振数百年之颓风"，剔清财政，整饬吏治，做一个父皇那样的千古贤君，令后世人主垂涎。但是，从登极五年的真实情形看，整顿吏治，西疆兵事中间夹着诺敏、年羹尧、隆科多几个大狱，多少人打横炮，多少人百般作梗。每天做事见人，朱批谕旨动辄千言万语，从五更到子夜，"宵衣旰食"四字竟全不是虚设！也只有在这个时刻，钧天之乐中接受王公大臣文武百僚的君臣大礼时，雍正才真正体会到帝皇的滋味。那种居高临下登泰山而小天下的感觉，是任何东西都代替不来的。他觉得自己多少日子的疲劳、困倦、沮丧、兴奋、郁抑的情绪都溶化在撞击着钟鼓的乐声中了。

"乐止！"弘时唱歌一样带有弹性的嗓音惊醒了雍正沉迷的遐想。定神听时，弘时又大声喊道："向吾皇行三跪九叩大礼！"

"万岁！"满殿臣子伏地叩头，三番扬尘舞拜，嵩呼"万岁，万万岁！"

雍正双手平伸示意免礼，含笑对允禄道："各位亲王，还有九贝勒，赐座；军机处王大臣赐座！"待允祥勒布托等都坐下，雍正见几座尚有空闲，用眼风扫着，忽然又道："朱轼大学士，你是做过朕师傅的，有年纪的人了，请那边座上坐。"

众人张目四顾间，听见礼部班中一个苍老的声音带着哽咽，高声道："臣朱轼恭谢吾主隆恩！"接着一个白发苍苍的一品大员颤巍巍立起身来，迈过前边跪着的人向茶几走去。雍正忽然心念一动，竟亲自下座，扶着朱轼到几旁安坐了，才回到御座上。大殿里立时传来啧啧称羡的声音。

"诸臣工！"雍正收了笑容，提足了底气，声音显得铿锵有力抑扬顿挫，"元旦朝贺不久，又让大家来，是有几件要紧国事与诸臣共商。现在已是雍正六年，从今年起，要普天下推行雍正新政，刷新吏治，均平赋税，沿圣祖文治武功谟烈，宏光我大清列祖列宗圣德，振数百年之颓风，造一代极盛之世，自今日始！"

他的声音在大殿中回荡着。

第十六回　论朋党明堂起纷争
弹幸臣允禵闹龙庭

雍正按照和军机处商定的议题侃侃而言，讲得十分平静沉着，先说了圣祖"名为守成，实为创业"艰难竭蹶的六十一年。疆域之广大，人民之众多，政治之修明，生业之繁荣自开辟以来，为历代君主所无。接着讲天下官员于圣祖晚年倦勤之时"结党怀奸、夤缘请托、欺罔蒙蔽、阳奉阴违、假公济私、面从背非"种种劣迹渐起，以至于贪风日炽，赋捐不平，诉讼不公，都来自于"吏治不清"这个根本上。只有"将唐宋元明积染之习尽行洗濯，则天下方能永享太平"。他用了近一顿饭的时辰，不惮其详地介绍了李卫田文镜的"火耗归公"、"官绅一体纳粮"、"摊丁税入田赋"，又讲了鄂尔泰提任广西巡抚，不避怨嫌，推行改土归流卓有成效，称赞他集"公忠"为一身，可以与李卫、田文镜并称为"三大模范"。所谓雍正的改元新政，改土归流也被纳入主要国策之中。

十四阿哥允禵的座位安排在怡亲王允祥和庄亲王允禄之间。看着这个一母同胞的四哥高坐在龙椅上款款言政从容不迫，他心里真是百味俱全。当初夺嫡逐鹿，雍正是最没有指望的一个琐碎刻薄阿哥。上天是怎么安排的，偏偏让这样一个人登极称孤道寡！想到被雍正生生从身边夺走的引娣，他心里针刺一般痛楚了一下，用闪烁着火焰的目光睨视雍正一眼；又想到身边三哥多天来苦口婆心劝说，话中夹话地讲说允禩等人要破釜沉舟，恢复八王议政旧制，一切都要静中待命，宁为渔翁不为鹬蚌的至理名言。允禵悄悄舒了一口气，等着廉亲王发难。他料想，雍正必定要讲"旗务整顿"，廉亲王必是要抓住这个题目翻脸摊牌……一边思量，又偷看一眼南坐着的允禩。允禩却是毫无表情，只身子直矗着不向后靠，两手紧握着椅把手，听得出心里的紧张和不安。正胡思乱想间，听座中雍正口风一转说道：

"举凡上边说的，新政役大投艰，必须君臣文武一心一德方能期有成效。这里，朕还想说说'朋党'。朋友也是五伦之一，往来交际也是人之常情。但人臣之间缘分相投交往过从得好，只可对平日私事。至于朝廷公事，那就要讲究'秉公持正'，不能把党援之私掺和进去。"他瞥一眼屏风下坐的兄弟和外藩诸王，平静地继续说道，"朕自即位，在乾清门、养心殿听政，即面谕诸王文武大臣，要以'朋党'为戒，圣祖仁皇帝也再三训诲廷臣。这是老话题，今日重提，就是因为朋党之风没有除尽！朕为天子，用人加恩，其实也有不当之处，只可本日月经天之义，时时自慎自警，而臣工们也要三省其身。不是他一党的就攻讦，罚一人，是他一党的就庇护——那么臣工吏员的荣辱就和赏罚不相干，只与是其党或非其党相联了。那么，君父呢？国法呢？这个事情重体大，你们须扪心自问，不可阳奉阴违，以致欺君罔上，悖理违天。不要以为朕怀恩宽大存了幸心，不要以为'罪不加众'就肆无忌惮。至于国法，朕虽欲宽大，奈何上头还有天理呢！"

说到这里，雍正舒了一口气，端起奶子杯，满殿鸦雀无声，只听得他啜吸的微响。良久，雍正才放下杯，因见屏风下鄂尔泰和张廷玉不住地递眼色，又道："不但吏治，旗务也要大加整顿，这是屡降明诏天下皆知的事。奉天诸王今天也来朝会，会议完了，朕还要专门安排细务。因为今天说的几条大政，都关于大清气运国脉，平时听下头有不少的议论，今天叫你们来，不是听听而已，有什么好的条陈建议，不妨当廷直奏；言者无罪，朕虚己纳谏择善而从。若是朝会不言，背地里嚼舌根打横炮，误国误君，朕只有用欺君之罪办他了！"他嘴角微吊，按着奶子杯，点漆一样的目光凝视着全场，说不清是怒是喜。许久，又问了一句。

没有人说话。

雍正站起身来，正要吩咐散朝，突然刑部班中有人高声道：

"臣有要奏的事！"

居然真的有人敢在这种场合作仗马之鸣！

本来跪得两膝酸疼，听得双耳嗡嗡的文武大员们都是身上一颤，角落上的小吏们不禁伸直了脖子向御座左前方张望。霎时，殿中气氛紧张起来。雍正向跪在前头的刑部尚书夏明滔看了看，问道："是谁要奏事？""是——"夏明滔脸如死灰，连连叩头，语不成声地说道："是刑部员外郎臣陈学海。"

"陈学海。"雍正和蔼地说道，"你跪到前面来奏！"

在众目睽睽下，一个身材微胖，三十多岁的中年人戴着白色玻璃顶子，侧身膝行穿过前面几个部院长官直到御座前，叩头道："臣刑部员外郎陈学海！"

"你有什么要奏的？"

"田文镜乃是奸邪小人，方才万岁表彰他为模范督抚，"陈学海连连叩头，"皇上信任这样的误国害民小人，诚所谓雍正新政役大投艰，岂能期之必成？"

允禩见雍正今天摆的这个阵势，原已觉得气馁，没想到自己安排的湖广布政使勒丰没有发难，却先跳出来一个陈学海。他兴奋得呼吸都变得有点急促，强按捺了激动的心情，用目光寻找着勒丰。

"这说的是田文镜的私德。"雍正不安地注视了一下已有些骚动的会场，说道，"就朕说的几项国策，你有什么条陈？"话音刚落，下面有人高声道："奴才勒丰有要奏的事！"雍正抬头看了看，说道："你也跪上来！"

"喳！"

在瞠目结舌的人众之中，勒丰跪了上来，伏首叩头。陈学海连连叩头道："私德不淑，何来的公义？求皇上圣聪明查！田文镜在河南垦荒，垦得饥民四处流散，他实行'官绅一体当差'，已有河南学政申报，士子要罢考，河南官场有口号说：'田抑光，如虎狼，强征赋，硬开荒。小户走四方，大户心惶惶。'这样应该投畀豺虎的酷吏，何得为天下表率？"勒丰膝行一步，也叩头道："陈学海所奏句句是实。奴才湖广和河南比邻，前曾有奏本，外省饥民流入湖广，奏旨在汉阳三镇设粥场。奴才亲自查看询问，饥民中十个里有九个是河南人。田文镜去岁报的是丰收，而且有嘉禾祥瑞为凭。他这么做，难逃欺君之罪！"

田文镜自雍正元年在山西省大闹一场（见拙著《雍正皇帝·雕弓天狼》）获雍正赏识，以一个六品京堂骤迁巡抚、总督、朝臣、外省官员没有几个服气的。此刻见有人开了第一炮，会场上立时沸沸扬扬交头接耳，就有几个跃跃欲试的。张廷玉做了几十年宰相，从来还没遇到这种场面。他看看身边不动声色的允禩，心知这位不安分的王爷正在打主意，又见雍正似乎没有留心，心里不禁一慌，遂站起身来，却不言语，只用冷峻严厉的目光向会场各个角落扫去。他是熙朝老相臣，威望既高，门生故吏也极多，都是身居要津的大员，在他目光的威慑下，会场气氛安静了不少。

允禩和允禟迅速对望一眼，都知道是遇到了千载难逢的机会，从田文镜的事扒开豁口，雍正的新政本来就伤及不少高官显贵，今日一个朝会蜂拥而起，当场提出"八王议政"，众怒难犯，不怕雍正不服软儿。接下来的连锁儿反应简直令人心花怒放！允禩咬着牙，心一横，仇恨的目光直射雍正，两手紧攥着椅扶手轻咳一声。早已等得心痒难耐的东亲王永信应声而起，倏地立起身来，大声道："臣王有本要奏！"

"是你？！"雍正刀子般的目光扫了过来，"你上前头跪了，一个一个说！"

永信刹那间似乎胆怯了一下，但话已出口，绝无转还余地，几步跨到御座前长跪在地，果亲王和简亲王眼见如此势头，也都立起身来，大声道："臣王有本要奏！"张廷玉见本来已经安静下来的会场又骚动起来，真的急了，一拍椅背站起来，向雍正说道："皇上，不可一次接见多了，讲话也不清爽。"

"嗯。"雍正此时才真正意识到危险正在向自己逼近。他脑子里"嗡"地一声，血立刻涌上了脸，对张廷玉笑道："衡臣说的是。"他用最大的毅力抑制着自己的情绪，但心里已经慌乱得突突乱跳，两条小腿也痉挛得微微颤抖。方苞见这情形，不言声离位，向允祥坐处悄声耳语几句。允祥不安地看了看身边的允禵，说声"方便"起身离座。出了殿门，便见上书房那边图里琛一路小跑而来，也不及行礼，问道："十三爷，听说里头闹起来了？"

"火速给我调一棚羽林军！"

"喳！"

"慢！"

允祥眼中闪着狠毒的光，一字一板说道："听我的号令，我叫拿谁就拿谁，不要犯嘀咕！"

"是！"

"喳！"

允祥返回身来，殿中已是乱糟糟的一片声响。允禩已经亲自出马，戟指指着张廷玉，大声呵斥："张廷玉你要挟权乱政？皇上说今儿言者无罪，你为什么指着说十四爷身子骨儿欠安，请十四爷和三爷回府去？你忘记了你的身份！你充其量不过是我们满洲人一条狗，跟了个主子就有这副嘴脸！"御座上的雍正立即压制允禩，"廉亲王，你是犯了疯病。张廷玉乃是先帝老臣，社稷长城！听你话中的意思，满汉还有分别？"永信就在座中大叫道："万岁！满汉何得无别?！列祖列宗八旗议政，里头有汉人么!?"诚诺立即响应："对，东王说得对！八旗议政有什么不好？就请皇上这会训诲！"勒布托捋着胡须连连道："言之成理，言之成理！"

此时殿内多数人已成了木雕泥塑，僵跪在地直着脖子听王爷们与皇帝斗口。雍正脸色雪白，"砰"地据案而起，厉声道："你们这样和朕说话，还有没有君臣名分？"一刹那间的静寂声中，突然礼部班中一个年轻的笔帖式站起身来，竟径自走到屏风前，对已经吓木了的允禄说道："方才万岁爷训旨，明白指令旗主王爷们的旗务另作安排，不在这个朝会上议。请十六爷下令着诸王遵旨。"允禄怔忪间还没及说话，允禩突然问道：

"你是谁？"

"内务府笔帖式俞鸿图。"

"六品官？"

"七品。"

允禩突然大笑，说道："真正是乾坤倒置，连一个芝麻大的七品前程也在这殿宇上跳踉行威！"

"我是奉旨随十六爷办理旗务整顿的官员。"俞鸿图的嗓子又清又亮，老鼠胡子骄傲地一翘一翘，"何况今日朝会，主子并没有说几品以下不许发言。你们有人违旨行事，我请庄亲王本主出来说话，有什么错？"雍正万没有想到微末小臣中竟突然杀出一个程咬金，站在自己这边说话，用极为赏识的目光盯着这个貌不出众的小吏，说道："俞鸿图，朕调你都察院，晋封御史！你不是'小吏'了，放胆讲！"允禄此时头脑也清醒过来，说道："鸿图有什么建议只管说。"俞鸿图道："还是按万岁爷的令旨办事，旗务与政务分开。请诸位王爷安坐观礼，就有什么话也少安毋躁。那边皇上该听谁的条陈奏议，由皇上自行安排。这样一哄而起，大殿里议题不一，各说各的，不是搅乱了场么？"

允禄心里顿时理出头绪，遂起身对几个亲王一躬，说道："请诸位凛遵朝廷规矩，安心坐下听会。"永信格格一笑，说道："方才万岁也讲到八旗议政的事，可见不是不能商量。我们也是本着祖宗家法说话，并没有出格儿，庄亲王你凭什么拦着？"

"整顿旗务只是雍正新政里的一条。"允禄说道，"并不是不议，皇上已经作过安排，我们应该遵旨办理。""遵旨办理，皇上方才讲'言者无罪'，"允禩不阴不阳说道，"既然这殿中挂着'正大光明'的匾额，何必另找时辰？"

"皇上并没有说诸位有罪。"俞鸿图尖锐而刺耳的声音响彻大殿，"是否光明正大，天下人和自己心中有数。"

允禩眼中出火，一拍案厉声喝道："你狂妄！我府里三等奴才也比你大些，你就这么绰直站着和王爷们拌嘴？"

"这是万岁爷的龙庭，不是八爷府上！我是万岁爷的命官，也不是八爷的奴才！"俞鸿图寸步不让，大声道，"八旗议政已经废止六十余年，圣祖爷废的，难道圣祖爷也会错误？八爷您口口声声'八旗议政'，请问上三旗的旗主是谁？下五旗的旗主怎样诏革？您管的是哪一旗，旗下佐领、参佐、牛录、包衣都是谁，在哪里办差？恐怕除了我内务府，没有一个人能说清楚！八爷，虽然我在您跟前无礼，我没有犯上作乱的心。若论'礼'上一字，是您和诸位王爷先在主子跟前无礼的，也没有在万岁爷跟前大声呵斥廷臣的。"

允祥对这个俞鸿图真是感激到了万分。变起仓猝，他最怕的是图里琛到来之前这里已经局面大乱，尽管能镇平下去，但在这庄严的最高机枢之地，堂堂朝会上抓人拿人甚至杀人，毕竟不是什么体面事，善后仍难。俞鸿图这么拼命一搅，争得了时间。眼见图里琛佩剑戎装已到殿口，允祥心里不禁一宽，起身直趋御座，向雍正低低说了几句，却步恭退下来。

"没有想到横中生出枝节。"雍正的脸色苍白得令人不敢逼视，勉强笑道，"请臣工退出天街外候旨。既然有人想议'八王议政'的事，朕就先议这件事，议决了再叫你们进来。"他摆了摆手，又道："暂且跪安！"

张廷玉见廷臣们面面相觑，正要说话，鄂尔泰大声说道："怎么？还不谢恩退下？"

"谢……恩！"

文武官员们参差不齐地说了一句，依旧在礼部指挥下脚步杂沓地退了出去。到了乾清宫丹墀之下，他们才惊异地发现，一千余名羽林军的军士荷戈持枪，杀气腾腾集中在东西配殿前面。想起方才激烈的廷争，一个个都有恍若隔世之感。

大殿里只剩下雍正皇帝和方苞、张廷玉、允祥、鄂尔泰、允禄、弘时，还有另一方允禩、允禟、允䄉、都罗、永信、诚诺和勒布托。看着战战兢兢鱼贯退出的文武朝臣，双方都在沉默。仇人日日相见，都还要装出笑脸；今日撕破了面皮，一个要灭此朝食，毕其功于一役，一个要鱼死网破，拼命一搏，都在可怕的沉寂中聚集着自己的力量。雍正见俞鸿图惶惑顾盼，似乎不知该怎么办，便笑道："俞鸿图，你留一下。你的话没有说完嘛。"

"我的话也没有讲完！"允䄉大声道，"我不关心什么'火耗'，什么'当差'，也不想当什么鸟议政王。我只是憋气，我犯了什么王法，把我囚在东陵，死不死，活不活，人不人，鬼不鬼，连个身边人都保护不住？我在西海打了胜仗！我不是万岁的同胞兄弟？本来，我听十六弟的劝告，朝会上不想说话的。那么多官员对你的新政不满，也想请你俯从民意！""民意？"方苞立刻反唇相讥，"十四爷过去管兵部，又出兵放马，回来后又在东陵读书。您是深居简出养尊处优的金枝玉叶。您知道一郡之内多少田土，大业主占多少，小业主占多少么？您知道一任知府十万雪花银，都从哪里来？前明灭亡，李自成革命，不就因为地土兼并过甚，官员贪墨无度么？"鄂尔泰刚进军机处，全局大政还不熟悉，但允禵的情形他是知道的，他长跪在地，仰着脸不卑不亢接着方苞的话朗声说道："先帝爷驾崩，十四爷大闹灵堂，太后重病，十四爷侍疾言语不谨，难道无罪？若是常人，这样的罪要发交刑部严议，万岁爷正是念兄弟情分，仅削去王爵，请十四爷守陵读书。这一片保全抚爱之心，十四爷为什么不能体贴？蔡怀玺汪景祺勾结十四爷身边人，图谋劫持十四爷造作大逆，万岁爷除首恶以外一概不问，将他们从十四爷身边遣散已是法外施恩。十四爷，您凭心想想，主子哪不是仁至义尽？"

允禩在旁见允禵被问得涨红了脸，欲言又止，虽也恨允禵来京不肯与自己通力合作，但此时此地不能不助他一臂之力。他一改往日温文尔雅的儒者风貌，大刺刺跷足而坐大声喝道："十四爷和万岁说话，你们插什么口？"

"今日言者无罪，允禩你何必如此浮躁？"朝臣们全部退出，雍正已经松了一口气，此刻这几个人跳跳放肆，他觉得很容易应付，早已定住了神。他的声调不高，口气却又刁又蛮："你们不就指着乔引娣的事，想说朕一个'淫昏暴虐'么？回头你们可以见见她，问一问朕有没有非礼之事！——还是开门见山的好。你们这样不顾身家性命地闹，是不是要弄什么'八王议政'的玄虚？"

允禩咬着下嘴唇，恶狠狠看着雍正，良久说道："就算是的吧！那是列祖列宗的旧制，我们在朝会上光明正大地提出来，也算不上什么犯上作乱！皇上，您不是也有旨意，说'八王议政'也不是不能提吗？"

"朕几时说过这个话？"

"你问允禄！"

雍正狐疑又闪着火光的眸子盯向了允禄："老十六，你——人都说你老实，你居然敢矫诏！"

"臣弟哪里敢？"允禄原本坐得笔直的，顺势跪了下去，盯着弘时，期期艾艾说道："三贝勒……三贝勒说的，是皇上的意思……"雍正浑身一颤，掉头死盯着弘时不语，弘时此时吓得心胆俱裂，"扑通"一声跪了下去，颤声说道："儿子最是胆小，哪敢虚捏圣意害国乱政！必是十六叔误听了。儿子的意思，是说八王议政，皇上另有安排。议政议的就是旗政旗务，与今日皇上训诲说的一样！"

"嗯?!"

允禄死盯着脸色煞白的弘时，心中又惊又怒，双唇哆嗦着竟一时不知说什么好，但他很快灵醒过来，这个满口谎言的人毕竟是雍正的爱子，自己再辩白更加倒霉也未可知。半晌，无可奈何地咽了一口唾沫，叩头道："臣弟这会子心乱，实在记不清了。臣弟是有名的'十六聋'，也许是误听了……"

"你误得好！"雍正勃然大怒，向前迈一步。张廷玉很怕他上前踢允禄，要上前拦时，雍正却止住了，冷笑道："是朕糊涂，用了你这聋子办事！削去你的王爵，回去闭门思过。滚！"

允禄双眼饱含泪水，委屈胆怯地看了看雍正，叩头泣声说道："是……"爬起身来踽踽退了出去。恰此时图里琛从外头进来，和允禄打个照面径到雍正御座前跪了，禀道："礼部的人刚刚进来，让奴才代奏，百官已经都在乾清门前按班跪候，请示主子有什么旨意。"

"叫他们等着！"雍正满意地看了看图里琛的一身戎服，"待会儿还有旨意。告诉他们各部尚书，有私议国家大政者，休怪朕开杀戒！"

"喳！"

雍正眼中闪着阴狠的光，转过身来对允禩等人格格一笑："朕即位之初就曾说过，朕无意做这个皇帝，只是圣祖托付，不得已而提了起来。圣祖德近三王，功过五帝，就是撤除八王议政，也是他老人家手里的事。你们今日突然发难于大庭广众之中，说是要恢复八王议政。朕想知道你们的真心，是圣祖措置失误，还是朕自己有失德的地方？你们谁想当这个皇帝，不妨站出来直说!?"

自从朝臣们遵命退出，允禩便有一种蓦然而至的失落感。平常在私邸里，几个人密议，雍正似乎无能得不堪一击。刹那间才感觉到中央机枢之权在握的威权，占起自己的便宜要多容易有多容易！从敞开着的大殿门可以清楚地看到，黑鸦鸦集中起来的羽林军铁墙一样壁立在月华门北整装待命。允禩心知大势已去，打心里泛上一声悲凉的叹息。他强忍着又惊又怒的心境，叩头道："万岁这话，臣子们如何当得起？臣等并没有自外朝廷的心，更何况造逆！八王议政乃是祖制，就是永信、诚诺他们，也无非想出来为国效力，辅佐皇上理治天下，臣弟担保他们没有异样的心思！"

"睿亲王请起身说话。"雍正没有理会他的话，含笑说道，"朕很高兴你没有和他们掺和。"

允禑眨巴着眼，形势这样急转直下，也是他始料所不及的，他觉得允禩太软弱，刀俎之鱼还要蹦几蹦吧！思量着，亢声说道："万岁这话，臣弟还有话说！睿亲王入京，和其余东来诸王一样，我们一处议了整理旗务的纲目，一起谈了建议八王议政，并没有人背地里另支炉灶。不知万岁'他们'指的是谁？'掺和'又意所何云？"允禩立刻也意识到"服软"即是"理屈"，应口又道："别说我们没有私地阴谋。皇上若无失政，何必如此堵塞言路；若有失政之处，又何必拒谏饰非？"雍正嘿然冷笑，说道："嗬！朕'堵塞'了你的言路？你有什么话，朕有什么失政之处，不妨明言！"

一句话问得二人都闷了。允禵在旁大声道："田文镜明明是小人，敲剥聚敛的酷吏，河南官民恨不得食肉寝皮。皇上你树为'模范'，任用不疑，这难道不是失政？"

"你身居东陵，他是小人，你怎么知道？"

"方才几位大臣说的，我听了很有道理！"

"你的道理？"雍正脸色铁灰，面上毫无表情，"你的道理是大业主、大豪绅的道理！"

"皇上难道要杀富济贫？"

雍正突然仰天大笑："说得好！但朕不是要杀谁济谁，朕是要铲除革命乱根，创一代清明之世！"他倏地收了笑容，涨红了脸，连鼻息都激动得调息不匀，青缎凉里皂靴在金砖地下橐橐来回响着踱步，似乎对人，又似乎自语："朕就是这样的皇帝，朕就是这样的汉子！父皇既把这万里河山交付给朕，朕就要将它治理得固若金汤！谁阻了朕的这点志向，朕决不容情！"他突然朝殿外喊道："图里琛！"

"奴才在！"图里琛就站在殿外檐下，一步跨进来，"叭"地打了个千儿，"主子有何旨意？"

"你八爷、九爷、十四爷今儿累了。"雍正扬着脸道，"由你步军统领衔门护送回王府!"

"奴才遵旨!"

图里琛爬起身来,向外摆了摆手,立刻进来四名千总,向雍正行了军礼,肃立不动。图里琛脚下马刺踩得金砖地叽叮作响,直向允禩走去,打了个千儿道:"八爷、九爷、十四爷,奴才奉旨送你们回去。"

"无非一死而已!"允禩霍地挺身站起,"老九、老十四,不要脓包势求人宽恕!"又向雍正揖手一拜,说道:"皇上四哥,兄弟我等着你来杀!"说罢昂然出殿。允禟也是一揖,那允䄉更格外,起身来只用轻蔑的目光盯视雍正一眼,哼了一声便离开了。

第十七回　赫然天威雍正惩弟
　　　　　　怀刑畏祸弘时下石

　　雍正的脸由铁青突然变得血红，细碎的白牙紧紧咬着，踱到四个唬得面如土色的王爷跟前，气出丹田地哼了一声，返身疾步到御案前提起笔来，似乎要写什么。因朱砂蘸得太饱，笔未落纸就先滴了两滴在专门颁发明诏的麻纸上。大约这血一般殷红的朱砂刺了他一下，雍正将笔又放下，背着手绕座彷徨。张廷玉知道他在思量如何处置这几个"铁帽子王"，因也恨满人平素跋扈骄纵，很愿意借皇帝之手压一压他们的气势，便低着头装没看见。鄂尔泰却深知事体重大，本来满洲各姓旗人已经对皇帝偏向汉人深为不满，自整顿旗务旨下，不知有多少西林觉罗本家本旗本门的跑到自己府上，质问"皇上还要我们满人不要了？"三个王爷今天在金殿上的作为，只要发交到部，至少要拟个"斩监候"。别说旗务没法"整顿"，整个奉天都要震动，说不定还要波及东蒙古诸王。满蒙是国本所在，一旦乱了，大清也就岌岌可危。鄂尔泰急切中，躬身说道："皇上，奴才有话：天命六年，太祖武皇帝曾与诸王对天焚香共同祈祷：上下神祇，吾子孙中纵有不善者，天可灭之，勿刑伤，以开杀戮之端——恭请万岁留意！"

　　"唔？"

　　雍正止住了愈踱愈快的脚步，他的精神似乎变得有些恍惚，蓦地殿西壁上一幅字映入眼帘：

　　　　戒急用忍

正是康熙皇帝题写给雍正的座右铭。他额前暴得老高的青筋渐渐隐去了。脸上的神色也平缓下来，轻轻叹息一声，踱至东侧的屏风前，良久，才问道："尔等知罪否？"

"臣等……知罪！"

"知罪朕即不加罪。"雍正心知不能不饶这几个不知天高地厚的王爷，却又于心不甘，仿佛在徐徐吐出自己心中的郁怒，缓缓说道："说一句诛心的话，你们此时只是'畏罚'，并不见得是真的知罪。朕治天下，其实只有两个字，一是孝，二是诚。就诚字而言，对天地，待父兄，御群臣，临万方，都出自本性，没半点虚伪矫揉。这有个内外的分别，朕待天下人，犹如光风霁月，恩惠是一体均等；待满洲人，则又似家人子弟，有骨肉亲情。期之愈高，求之愈苛，全是一片恨铁不成钢的心。你们今日跟着人胡闹，是让人当了炮使。就你们本心，还是信不过朕这个'诚'字，这是其一，这就是不敬！其次，你们觉得自己久处奉天，管的事不出满族满人，受人蛊惑，要分一点皇权。你们须知，如今天下情势早已不是开国之初那样。本来汉人多出我们百倍，皇帝是满人，各部各省大员满汉各占一半，已经弄得怨声载道。架得住再弄一个'旗王议政'？马上得天下，不可以马上治之，因为情形变了，你们懂么？"

"臣……懂了。"

"你们不懂！"雍正的火气压抑不住地又涌上来，怒喝一声，又道，"如果你们懂，就不会听那三个逆王的挑唆大闹朝堂！八王议政，哼哼！你们死了那条心！"雍正摆了一下手，又恢复了理智："压根上说，你们只是在这里叫嚣，今日朕若问你们，八王，都是哪八王？你们能说出来？"

几个王爷额前已碰得乌青，仍不住叩头，说道："臣等真的不知道……"

"连这个都不知道，闹什么'八王议政'？可笑之至！"雍正厉声说道，其实八旗制度早已湮灭溃散，他自己心中也是一塌糊涂，却转脸对跪着的俞鸿图道："这是已过已死之事，是'史'。鸿图，你讲给这几个畜生听听！"

"是！"

俞鸿图极漂亮潇洒地叩了一个头，他是今天唯一得了彩头的人，惟恐高兴过头引起众人反感，略一沉吟，庄严肃穆地说道："按《八旗通志》，己未天命四年，太祖令褚胡里、鸦希诏、库里缠、厄格腥格、希福五臣带誓书，与喀尔喀部五卫王共谋联合反明，起初并不是八个王，而是叫'十固山执政王'。

"到天命六年，也就是鄂尔泰方才说的盟誓这一年，情形又是一变，参与盟誓的并没有五卫王，也没有喀尔喀诸王。是四大贝勒代善、阿敏、蒙古儿泰、皇太极，还有得格垒、迹尔哈郎、阿吉格和岳托四王——这就是所谓'八王议政'。

"但此后有大事具名议政的，又不定是这八人。太祖遗嘱中说的各主一旗的，像多尔衮、多铎，都不在八王之内。其余和硕贝勒也只随时更定，直到圣祖手里八旗议政的制度，虽然名存，已经很少有人能确指八王议政是指的哪八个王了。"俞鸿图真的是十分熟知国故，将此之后屡次重要会议，哪一次是哪几个王爷参政，哪几个王爷又因什么原因没有参政，说得周备无遗，算来竟没有一次是完全的八王议政。又备细陈述太祖杀速尔哈赤父子，世祖杀肃亲王豪格，罢废睿亲王多尔衮一门之前后原由。他心思灵动，又十分好口才，将伏法诸王情致描绘得如目击亲见。俞鸿图神采焕发，长跪在地，口中振振有词："正是因为八王议政从来也不能事权统一，而且易启人臣觊觎大位之心。我顺治爷当时一揽上三旗之权归于天子，康熙爷又将旗营、汉军营统编入兵部，由国家统一提调。七十年间，愈是皇权统一，愈是国家大治，旗主也得享太平盛世之福。三藩之乱，中央大权所及之处，有叛官而无叛兵，唯有尼布尔王子悍然称兵造乱，而上将军图海周培公十二日敉平者，恰又统率的是八旗旧人！设如圣祖因循祖制，八旗各方为政，吴三桂祸乱十一省，岂能轻易就范？即使无三藩之乱，西晋之八王之乱也是殷鉴，同室操戈萁豆相煎，不但无今日大治，诸王何能安会盛京血食一方，传之子孙而不替？"他辞色俱厉，侃侃款款口说手比，至此结束猛煞一笔，真是掷地有声。最后他向雍正一叩首道："臣已奏完！"

"俞鸿图今天给你们讲这些，应该当功课，下去好好温习。温故而知新，也就本分些。"雍正极为赏识地看着俞鸿图，心中只是嗟讶：这样一个人才，近在紫禁城中，竟到今日才发现。他缓缓将目光转向永信等人，说道："八旗干政，弊端不可胜言！但你们只是无知。造孽的是八阿哥允禩、九阿哥允禟、十四阿哥允禵，还有一个叫允䄉，是十阿哥，现在张家口。你们借他们的势，他们用你们的力，叵测之心难告天下臣民！念及你们祖上功业，朕不打算对你们诛戮惩处了。但自今而始，哪一个敢再冒险犯难，与当政人勾结图谋不轨，朕必取他的首级示惩天下！——你们退出乾清门候旨！"四个王爷磕头谢恩爬起身来，张撑着跪得酸疼的腿趔向殿门走去。雍正却招手道："睿亲王回来！"

都罗身上抖了一下，忙回身趋至雍正面前，跪下说道："万岁有何圣谕？"

"三王到京，都是两肩抬着一个口，他们是诚心和朕打擂台，一心要跟着允禩来捞好处的。你不一样。"雍正温存地笑着，"弘时递进了你的贡单，很替你说些好话呢！朕贵为天子，富有四海，你这点区区贡物，朕是不希图的。难得的你不往那堆里搅和，难得你这片忠诚之心。多尔衮老王爷见你这样，可以含笑于九泉了！"都罗激动得浑身颤抖，泪水夺眶而出，哽咽着说道："生我者父母，知我者皇上！但臣王所居位置，像方才那样情形，不宜出头与诸王纷争，求皇上明鉴。""当然，朕心里明白着呢！你若出头站在朕这边，外人就会以为满人内讧。你也是信得及朕自能处置嘛，所以朕很欣慰。但你已是世袭罔替之亲王，无上之爵位，朕无可赏赐。弘时记着记档，睿亲王冠上可再加一颗东珠，可以红绒结顶。除世子之外，由你自己从儿子里再挑一个，朕封为郡王！"

弘时正有劫后幸余之感，他最怕的就是雍正追究他与庄亲王传递圣旨失误的事。此时才完全放心，忙躬身赔笑道："皇上圣明！睿亲王确是忠贞事主的贤王！"都罗还要谦逊时，雍正笑道："不必说了，朕奖罚都有规矩尺度的。你若为非，朕也一样处置。你当得起，就可受之不疑。三哥，你出去传旨，叫乾清门外的人都进来，仍旧接着朝会。传完旨你到老八、老九处走一走，还有老十四。告诉他们不要惊慌，但要安分些，在家静候朝廷处分——带着图里琛一处去，叫步军统领衙门负责这几个王府的护卫。就这样，去吧！"俞鸿图忖度，这里已经没有自己的事，忙也跪辞。雍正笑道："好好！你还随班进来才是正理。"

乾清门离乾清宫咫尺之地，允祉出去一袋烟工夫，几百名官员再次循着原路进殿。这次没有奏乐，雍正高坐在须弥座上面无表情，张廷玉、鄂尔泰、方苞、都罗、弘时等人都端坐在老地方，神情严肃。怡亲王允祥却换了安乐椅，他是久病不愈的人，瘦得干柴一样的身子疲惫不堪地强撑直坐着，盯视着鱼贯而入的官员，不时低一下头，似乎不胜感慨，又似乎什么也没想，直到群臣高呼万岁，他才凝神注目雍正。

"朱师傅还上来坐。"雍正打破了殿中极度压抑的寂静，略晃动了一下身躯，又对允祥道："老十三，朕就怕你身子骨不好，才赐坐安乐椅的。要这种坐法更受罪，高无庸，拿个枕头给你十三爷垫上——想歪就歪着，坐不住可以走动走动。这个朝会朕尽量短些——不妨事，难道还能再跳出一个曹操？"

底下的朝臣听着这寒彻骨髓的话，都吓得身子一伏。

"你们都瞧见了的，朕何尝愿意无事生非？树欲静而风未止，奈何？"雍正神色平淡，自失地一笑，说道，"他们也太小看了人，拿朕当汉献帝、晋惠帝，要弄什么挟天子令诸侯！须知今日高高在上者，乃是四十年栉风沐雨，忧患勤劳王事之雍亲王！办老了差事，就深悉民间官场情弊，荆棘丛里走过来，还不懂那些鬼蜮伎俩？"他口风一转，又道，"但我们今天朝会还议大政，还是开头的题目，还是言者无罪，诸臣工可以备述己见。"

…………

"不要缩头缩脑，朕只诛有罪之人，只治怀逆之身，从不以言词加罪于人，从不以文字降祸于人。"

这话说得太假了，前头徐乾学正因吟诵"明月有情还顾我，清风无意不留人"被斩首在柴市口，血犹在目；现放着一个钱名世，文字之祸，尚在不测！朝臣们谁敢在他盛怒之时作仗马之鸣？

…………

仍旧一片死寂。跪在御座西侧的杨名时膝行一步，朗声说道："万岁，臣杨名时有条陈，已经写成奏章，愿呈皇上御览！"一个小太监忙走过去，将杨名时的本章恭敬地呈到御案上。

"很好。"雍正见众人不言语，心知是方才那一场大闹所致。他的本意是在今天朝会上痛驳几个不识时务，反对刷新政治的臣子，然后降明诏颁布火耗归公等大政，堵住六部九卿京师各司衙门私地妄加议论的口。允禩等人这一闹弹压下去，歪打正着，正有敲山震虎之效。而且此时雍正对允禩满怀怨毒之心，也没有情绪再与下边这些官员饶舌，他敛去了脸上的微笑，用手扶着杨名时的奏折，用略带嘶哑的声音说道："既然再三征问，没有人有异议，那就是大体可行。有人对田文镜有所弹劾，那是寻常事，朕即下旨，着弘历返京时顺途访查，自然要公道处置。无论田文镜还是什么别的人，只要不是另有图谋，不是对君父心怀叵测，出于公心而言政，说对说错，朕决不计较。朕想，有些人其实心里有话，只今日场面被人搅了，有些心障不敢讲，或有愿在这场中讲，没什么，下去写条陈写奏章，或密折，或明发，只管奏上来，朕自能甄别洞鉴。就是明令颁布之后，施行起来有不便处，有错误处，仍旧可以直封奏陈。"

雍正说完，正欲散朝，坐在安乐椅上的允祥面部突然痛苦地抽搐一下。他用双手撑了一下，想勉强坐直，但手一软，像挨了一棍子，又歪倒了下去，口中狂喷出一口鲜血！雍正霍地站起身来，一手紧扶着椅背，用惊恐的目光看着他的爱弟。十几个太监唬得一拥而上围住了椅子，雍正这才回过神来，一迭连声命："快快！快传太医！"守在乾清宫东配殿的太医们早已闻风，跌跌撞撞冲门而入。有一个不小心在人腿上绊了一下，就地摔了个马爬。殿内骚动了一阵，鄂尔泰起身连呼："跪好！不许交头接耳！"

"臣弟……"允祥半晌才睁开眼睛，见雍正在一群太医中俯身看自己，他使劲动弹一下，勉强笑道："臣弟争强好胜一世，今儿当众丢人。看来真的大限已到……圣祖……圣祖……臣弟要跟圣祖去了……"雍正容色惨怛，抚着允祥的前额，他的眼中满是泪水，说道："老十三，别胡思乱想。你寿……寿际长着呢！邬先生说你九十二正寝！你回去，朕用最好的太医，最好的药，万事无妨的……"他的泪水大滴大滴滚落出来。允祥凄凉地一笑，说道："托主子的福了……"几个太监再不迟疑，就安乐椅一起簇架着抬走了允祥。

雍正回到御座前，背对着群臣，好一会才猛地转过脸来。张廷玉最是熟知雍正秉性，料是允祥的病重激怒了他，眼见雍正满脸都是乌云，顷刻就要雷电大作，正寻思如何婉转谏劝，雍正丝丝带着浓重的咳音已经开口："刑部听着：原已拟定秋决人犯，除大逆十恶的罪名，由朕特批的之外，停止秋决一年，为吾弟允祥纳福！"他的眼圈变得有些发红，仰首望站前上方，像是要穿透殿宇仰望茫茫苍穹："他是跟着朕，跟着先帝爷办差累倒了的！二十年前，谁不知道英武豪侠义薄云天的'拼命十三郎'！他累倒了。还有一个李卫，也累坏了身子。有人说田文镜长短，田文镜火耗只收到三钱，推行耗限归公，捐厘不入私门，官绅一体当差，也是四面楚歌。他给朕的奏折说，骨瘦如柴而不遑宁处，恐年命不永——他也要累疯了！朕自己一天也就胡乱睡一两个时辰，也累得筋疲力尽。你们看这个老臣张廷玉，三年之内头发已经皓白如雪！若不为上对列祖列宗缔造艰难，下对子孙万世昌荣，朕用得着这么熬灯油一样夙夜勤政？这些国家精英，至于一个个都累得这样么？"张廷玉闭上了眼，老泪已无声流淌出来。只听雍正声音愈来愈激扬难抑："……朕在藩邸为王，威福并不减今日帝皇之尊，虽说也常办差，仰赖圣祖神圣威武，比起今日，还是闲适十倍不止！这皇帝位有什么好！偏就有人百折不挠，锲而不舍地追求！朕一心一意追求政治清明，民生安业，偏是像允禩允禟允䄉这样的小人，打横炮使邪力，必欲取朕代之而后安，他们的心思不在天下，不在臣民，只是希图这位上那点子威荣，他们狗猪不如般龌龊！阿其那、塞思黑……阿其那、塞思黑……"他顿了一下，咬着牙抽过一张纸，朱笔狂草写道：

> 允禩允禟允䄉等人结党乱政，觊觎大位至死不渝，枭獍之心人神共愤！着允禩改名为"阿其那"，允禟改名为"塞思黑"，允䄉着——

他突然想到允䄉和自己是一母同胞，十分烦躁地勾掉了他的姓名，恶狠狠又写了"钦此"二字，对鄂尔泰道："你骑快马夫允禩允禟那里宣旨，允禩改名'阿其那'，允禟改名'塞思黑'！"想想终究太便宜了允䄉，由允䄉又想到年羹尧钱名世，仿佛要出尽心中毒火，又扯一张大纸过来用擘窠大字写了"名教罪人"四字，扔掉了笔，这才抬起头来。

文武群臣从没有见过雍正这样暴怒的神色，都愣了，吓傻了，有几个直蠢着身子忘了叩头，不知哪个部里，一个官员眼一黑，竟当场晕倒在殿里！

"朕之处事处心有如日月经天！朕之光明磊落祖宗神明皆知！"雍正咆哮道，"你们下头尽有'八爷党'、'九爷党'的，恐怕对朕口是心非都亦不为少。今日在这堂堂天枢之地，光明正大之殿宇，文武百官毕集，你们只要有一个人出来说：朕不如那个'阿其那'，那个'塞思黑'，朕决不加罪，即行让位给他！"他用挑战的目光，带着冷峻笑容扫视着殿宇，许久，见没有人敢言声，似乎气平了一点。但也只是一瞬间的平静，他想到允禩党盘根错节经营多年，下面跪的这些人不知有多少是他的党羽，自己亲手写了御制《朋党论》，至今竟没有一个站出来揭露允禩允禟的阴谋！雍正顿时有一种莫名的愤怒，觉得自己只是在强权上赢了允禩，无论德行人望上都比不了那个"阿其那"，不禁又妒忌又不理解。"真奇怪，"他说，"君臣大义列在三纲之首，你们都是读书人出来的，竟然蠢如豕鹿，放纵允禩党羽在朝在野为非作歹这么多年！那个钱名世，探花出身，他什么书没读过，忝居翰林清贵之职，去捧允禩的死党年羹尧的臭脚！想起来就叫人恶心！这幅'名教罪人'的横匾已经题好，就着礼部颁赐钱名世，'礼送'他回江南，挂到他钱家大门上，常州知府、武进县令每月初一、十五两日去钱家查看挂匾情形，如未悬挂，呈报督抚奏明，朕自然另有一番料理。江南省本人文荟萃之地，居然出了钱名世这样的败类，自应反躬自省，思耻明过，着江南省停止乡试一年。汪景祺虽已伏法，但他的原籍浙江，也自应照此办理！钱名世离京之日，由礼部知会百官，大学士以下官员都要写诗为他'赠行'，他既然以文词谄媚奸恶，为名教所不容，朕即以文词为国法，示人臣以炯戒！"

张廷玉眼见雍正言语越扯越远，由允禵又牵及汪景祺、钱名世案子上，深恐这位已经气得有些失态的皇帝口无遮拦，说出更使人难堪的"料理"。乘雍正喝水，他起身缓步踱到御座旁，小声道："方才太医院来禀，怡亲王病体已经无碍，他想见见皇上。"

"唔！"雍正似乎被针刺了一下似的，憬悟过来，他已觉得自己失态了。很多话不及思索，有些事还该与军机处和上书房商议一下再定的，但是"君无戏言"，既然话已经出口，也无可更动。因点了点头示意张廷玉退下，说道："本来要与诸臣商计新政大计，让夜猫子给搅了。可话又说回来，挤掉这个脓包儿，揭掉这层烂膏药，也未始不是一大快事。推行新政，或者梗阻也就少些儿也未可知！方才张廷玉禀说，怡亲王病体已经稍安，此乃国家良实之臣，古今罕见之贤王。若被今日事激病，有朕所不忍言之事，朕必以'阿其那'、'塞思黑'抵命！"说罢一摆手，拂袖出了乾清宫。

雍正没有回养心殿，径直乘銮舆出西直门，至清梵寺看望了允祥，即便返回了畅春园。他浑身乏力，似乎每个骨节都被醋泡得酥软了，走起路来像踩在棉花垛上，一高一低地，每一脚都踏不实，头也一阵一阵昏晕。他觉得饿，但御膳进上来，望着满桌的珍馐佳酿，变得一点胃口也没有。高无庸料是他胃气不适厌荤，命御厨房做了一碗京丝挂面，兑上醋姜汁，撒了点蒜花儿，滴了两滴香油捧进上来，雍正才勉强吃了。和衣歪在澹宁居暖阁大炕的大迎枕上，吩咐高无庸："朕要静一静儿。除了张廷玉、方苞和鄂尔泰，谁也不见。"便随意取过几份奏章，一边看，一边只是出神，方才去清梵寺的情形又闪现在眼前。

"皇上，"允祥精瘦的胳膊伸在被外，两只手紧紧握着雍正的手，仿佛一松手雍正就会突然消逝似的，声音凄楚而又清晰，"这几年我病，读了几本史书。自古帝王像皇上这样精勤求治，食不甘味寝不安席，连圣祖在内，没有一个及得您的。我有时也想，皇上——比如说您每次接见州县小吏，一个县一个乡的事都要躬亲询问，天语谆谆叮咛——是不是太琐细了？可返回大局思量，觉得也只有这样。因为……因为您这是'为天下先'。数百年陋习陈陈相因，要扭转颓风谈何容易？除了皇上贴身的大臣，知道皇上要追踪圣祖，超迈前人的心胸的，实在没有几个人。您要做的是千古伟业，下面庙堂中辅弼的，却多是庸才，所谓曲高和寡，也真难为了皇上。所以请皇上多多留意人才……"

雍正听他话意，很像是要临终留言，心里一酸一热，几乎坠下泪来，抚慰道："你瞧你，病得这样了还想这些。留着精神气力，待你康复了，咱们再聊……"

"康复——"允祥黄蜡一样脸上泛过一丝笑容，"我一生仗义，人们尽有称我'侠王'的。可我也作孽不少。杀丰台提督成文运，成文运没有可杀之罪，但当时情势不得不如此，也还说得过去。阿兰乔姐两个弱女子，都是一心一意痴情于我，可我也错疑杀了……"他两颊滚下泪来，"现在我一闭眼就看见她们……天作孽，犹可活，自作孽，不可活，不是四哥您常说的么？所以……皇上雷霆之怒，该整治的人自然还要整治，但不要轻易动怒。就是八哥，心有山川之险，胸有城府之严，明摆着是奸党头子，可他毕竟和我们一个皇阿玛。剥了他们的权柄，没有能力祸害朝政也就够了，不要……杀！"雍正抽手拭泪，哽着嗓子道："哥哥记着了。你不要胡思乱想，朕这里亲自给阿兰乔姐超生度亡——"他站起身来，双手合十，喃喃念诵《往生咒》：

> 拨一切业障根本得生净土陀罗尼——南无阿弥哆婆夜，哆他伽哆夜，哆地夜他，阿弥利都婆毗，阿弥利都！悉耽婆毗，阿弥利都！毗迦兰帝，阿弥利都！毗迦兰哆，伽弥腻，伽伽那，枳哆迦利娑婆诃……

念完，他的手松垂下来，俯身对允祥道："阿兰乔姐朕都很熟，方才心会意通，她们已经住东南好人家转世去了，和你不定还有再生之缘。这会子不要再去思量了，好么？"见允祥默默点头若有所思，心神似乎安定了一点，这才轻步离去……

澹宁居外似乎起了风，殿西一带的玉兰树尚未发芽，枝桠在风中摆动碰撞发出"啪啦，啪啦"的响声，东一片老竹则"沙沙"响成一片。雍正在蒙眬中仿佛见弘时进来，便道："朕乏得很，你且去吧。有什么话明儿再说。"

"外头风大。"弘时并没有退去，一躬身赔笑道："这场风过去，今年不会有冷天儿了。儿子想到阿玛说的'树欲静而风不止'的话，有要紧事要奏。"

"什么事？"

"儿子心里疑惑。"弘时说道，"'八王议政'，打一开头阿玛和王大臣们从来没有松过口，十六叔怎么会传错了圣旨？他是耳朵背，还是心里糊涂，还是后头有别的文章？"

"什么文章？"雍正惊觉地问道，"你听见什么了？"弘时一笑，说道："儿子天天跟皇阿玛，谁能跟儿子说什么？据儿子看，或者是诚亲王（允祉）或者是宝亲王在后头掉的什么花枪。十六叔为人所使，不得已而假传圣旨罢了。"雍正心里蓦地一惊，问道："你有什么凭据？"

弘时淡淡一笑："父皇别忘了烛影斧声的故事。隆科多弄那个玉牒有什么用场？还不是要行妖法害您！他还是托孤老臣呢！宝亲王眼见是等着接大位的人了，四处收买人心！谁像儿子，跟着父皇没头没脑地傻干！"

"你放屁！"雍正一把抓起一个垫肩朝弘时砸过去，"弘历远在江南，怎么会假传圣旨？允禄树叶掉下来还摸摸头，他敢？！说假话办假事，你还不到火候！去跟你八叔学学再来跟朕掉花枪！"

弘时不见了，一个女人影子走近御榻，雍正说道："朕连安生觉也不能睡一会儿么？你——"他一下子怔住了，原来竟是乔引娣，细看时，又像死了的小福，不禁揉了揉惺忪的眼睛，叫道："是小福？"

"皇上好睡。"小福抿嘴儿一笑，说道，"真是得了新人忘旧人。如今您有了引娣，亏您还能想起我来！"说罢转身便走。雍正急得披衣起身跟着，说道："你往哪儿？等着我！""你不是给我念过《往生咒》了么？我到'悉耽婆毗'去呀！"小福说着便走远了。

雍正心中迷惘，一脚高一脚低，驾云似的在后头追赶。倏间景色又似在广漠的黄河滩上，劲冷的河风吹得小福衣裾飘摇脚步踉跄。弥漫的黄沙旋风中，雍正追寻着她的影子边追边喊，好容易才赶上了，一看却又像是引娣。雍正抹着冷汗说道："这是梦还是真的？你是小福，还是引娣？"

"亏皇上还是无上菩提，"引娣冷笑道，"岂不闻'色即是空，空即是色'！梦也好，无梦非梦也好，不都是色相幻化？我烧死在这棵老柿树下，二十年前你就在那边青纱帐里，看得真真切切，还说什么梦不梦！"雍正恍惚觉得她又是小福了，听她说"烧死"，才想起她久不在人间，却也并不惊恐。正要问话，小福又道："我们缘分已尽了。从此天各一方，人间世事纷扰变诈，人心恶如九幽之风。您好歹保重些！"

一转眼间小福不见了，昏暗广袤的沙滩上凄凉的风呼号着，黄黄的沙浪在风中起伏追逐，远处黝黯的树杪暗影在风中婆娑起舞，雍正用失神的目光望着苍穹，悲怆得哽咽不能自已，一遍又一遍无望地呼唤，"小福！小福——你回来……引娣，引娣……你不要走！"他突然间又意识到自己是皇帝，急声大叫："侍卫们太监们！你们都死到哪里了？给小福修庙！派人去，给我把引娣找回来！"……

"皇上！"

守在外间的高无庸几步跨进暖阁，一边替雍正掩着蹬开的被一边低声道："你魇着了——奴才们都在这侍候着呢！您先喝口水，奴才去瞧瞧乔姑娘，她要肯来，叫过来侍候主子可成？还有，方先生和张廷玉进来了，主子见不见？"

"好，叫进。"雍正这才知道方才是南柯一梦，想起梦境，心头兀自突突乱跳，一边看着太监们掌灯，吩咐道："引娣要不乐意，不要勉强。"

第十八回　弥反侧议政清梵寺
　　　　　念亲情允䄉蒙宽典

高无庸打发小苏拉太监去传守在"旷真阁"书房的方苞和张廷玉，自己亲自到殿西北角工字房来请乔引娣。乔引娣因早听允禩等人数落雍正"好酒贪淫"，起初到澹宁居就戒心百倍，内衣都用细针密线缝得结实，昼夜备着一柄用来自裁的长银簪，略可疑的饭一口不吃，水一口不喝，准备着如皇帝来横施淫暴，当即一了百了。但日复一日过去，雍正到这里，千篇一律的就是听政，从不到下人这边来，偶尔也传人过去侍候，但都特意有旨，"引娣听便"。别的宫女虽也妒忌，因引娣时去时不去，十分不兜搭这些台盘上的差使，久了也就相安无事。高无庸笑嘻嘻进了拐角房，便见引娣穿着密合色裙子，撒花裤腿，连"花盒底"鞋子也没蹬，偏身坐在床帮上描花样子，便道："乔姑娘，好洒脱，好标致！呀——啧啧……这花样子也能描得这样！这荷叶鲜灵得就像刚从水里捞出来贴上的！咱在宫里侍候这些年，手巧的也见得多了，总没有及得您的……"

"有什么事？"见高无庸打叠出这么一车好话奉迎，引娣便知雍正又想叫自己出去侍候，因抬起头，说道："我洗了一天衣裳。又把大件该换的幔帏都叠好了送浣洗处。今儿差使我做得不少了！""那些个粗活怎么能叫你做？下头人真是混账！"高无庸打叠起精神巴结，"你什么也甭做，身子骨儿养结实就是你的'差使'！你脸上做喜相些儿，我们就沾光儿了！"

这是真的。有一次小太监给雍正拂纸，不当心茶水溅了，刚写好的一幅字要赏人的，渗散得不成样子。雍正恰心绪不好，便命人将他拖进后院抽箧条。打得小太监满地乱滚还不敢出声儿。引娣实在看不忍，出来给雍正端了一杯茶，低声说："甭打了，奴才给您拂纸，您再写一幅，成么？"雍正当时就命人停刑。因此，宫人们偶犯过失，常常找引娣告情。重罚改轻罚，甚或饶了，总没有不给面子的。当下引娣便问："又是谁怎么的了？"

"谁也没怎么的。"高无庸赔着小心说道，"今儿听说几个王爷闹了朝堂。八爷九爷都改了名字叫什么'阿其那'、'塞思黑'，还有十爷十四爷也都捎带上了，皇上也气病了。方才还叫你过去，又说你过去不过去自便。今儿他老人家身子瞧着不好，性气也大，万一有个闪失，恐怕大家都吃不了兜着走。好姑娘哩，你知道吃这碗饭，不容易啊……"引娣听说允裪出事，心里一沉，不等高无庸说完已是站起身来，从巾栉架上扯了一方手帕出了澹宁居外殿。她见雍正正在暖阁里歪在炕上和张廷玉方苞说话，默不言声福了两福，从银瓶里倒一杯茶捧到炕桌上，垂手侍立在一边。

"朱师傅是恺悌君子。"雍正本不渴的，因引娣之情，端起喝了一口，温和地看了她一眼，又向二人说道："当年保太子允礽，那么朕也是保了的。他在文华殿坐了多年冷板凳，于君父毫无怨心，这就是忠！朕看他精神还矍铄，身板儿也硬朗，就进军机处吧，你们平素也相与得好，断不至龃龉误事的。这个建议很相宜。至于俞鸿图，灵皋先生既说放外任好，就放江西盐道吧。原来那个盐道太迁了。朕去年接见，问他一路到京，安徽水灾如何，他说'怀山襄陵'，又问他百姓情形，他说'如丧考妣'——改成教职算了。"说罢一笑。张廷玉和方苞也都一笑。乔引娣偏转脸也是偷偷一笑。雍正又问："外头还有些什么话？不要顾忌，朕这会子已经想开，不至于气死的。"

张廷玉一欠身说道："下头臣子震慑天威，没有人私议，更没有串连的。奴才下朝，各部叫来一个司官在私邸座谈。都说允禩——阿其那大肆鸥张，无人臣礼有篡逆心，连永信在内应交部严议，效宋仁宗诛襄阳王之成例，明正典刑以彰国法。翰林院编修吴孝登说同僚们对两个王爷改名有点微词，还说毕竟是圣祖血脉，后世听着也不雅训。"

"吴孝登？嗯，还有什么话？"

"还有……钱名世好歹是读书人，一方名士，辱之太甚，寒了士大夫的心。就是赐匾额惩戒，悬到正房或他的书房也就够了，不必一定悬之通衢，叫过往的贩夫商贾都耻笑。"张廷玉看雍正脸色微变，忙又道："请主子留意，这不都是吴某人的话，是奴才请他们座谈的。"雍正天性是个刻薄的，原要说"来说是非者，即是是非人"。听张廷玉这样说，便咽了回去。偏转头想了想，又问道："衡臣、灵皋，你二位的意见呢？"

二人怔了一下，方苞喟然一叹，说道："若论允裸允禟允禵他们今日行为，放在其余人臣位置，十死也不足以弊辜！"引娣听见允禵闯了这么大祸，脸色立即变得苍白，方苞只瞟了她一眼，龇着黄板牙一本正经自顾说道："但这样一来，圣祖的阿哥们凋零伤损得太厉害了。无论怎样解说，史笔留下，后世总是遗憾，更使万岁为难，只可由万岁圣躬睿断圈之高墙，或软禁外地，他们得从善终天年，也不得再出来兴风作浪，这也就可以了。至于钱名世，不过一个小人，平素行为也不端。'名教罪人'算得上中肯考评。口诛笔伐一下，使天下士子明耻知戒，于世风人心，于官场贞操，我看是得大于失的。"张廷玉接口道："奴才也这么想。"

雍正紧蹙着眉头听着，两个心腹大臣都主张对允裸法外施恩，原是在意料中事，但允裸只是倒了牌子，他苦心经营数十年，朝野的潜在势力并无大损。留下这二人性命，他是担心的是自己身体不如这几个弟弟，万一先他们而死，儿子们怎能驾驭得他们。要有个风吹草动呢？何况还有外头的允䄹，又如何处置，不趁此机会打得他们永不翻身，怎么也咽不下积郁多年的恶气。思量着说道："允䄹没有参与此事，他原本也只是个无知无耻昏庸贪劣之徒。朕看就在张家口圈禁。死不死的，他也作不起怪来。至于他们三个，可以不交部。但这案子是在朝会上犯的，千目所击，眼睁睁看着。各部要是缄口不言，那可真是三纲五常败坏无遗。文武百官尽丧天良了！杀他们不杀，还是要等等六部儿卿的会议。其实，朕也并不忌讳灭掉他们。周公诛管、蔡，古人大义灭亲，王子犯法，与庶民同罪么！"雍正还要往下说，高无庸匆匆进来禀说："内务府慎刑司堂官郭旭朝有事请见。奴才说了皇上旨意，他说原本这些事是庄亲王代奏的，庄王爷如今听候处分。请旨，向谁回话？"雍正忖了一下，说道："叫进来。"

"万岁方才圣虑周详。"张廷玉神情多少有点不安，沉思着说道，"阿其那结党营私二十余年，党羽爪牙不计其数。穷治起来，既要时日又牵扯精力。方今刚刚下诏推行新政，恐怕难以各方顾全。奴才以为可以借这件事令百官口诛笔伐，以声讨、诛心为主，以此方法瓦解朋党——有些极坏不可救药的绳之以法，其余只可以此事为戒，令其洗心涤虑，改过从新。至于允裪等人处分，可以从缓。他们要'八王议政'，到底还打着恢复祖制名义，与谋逆篡位还是有所区别。不知皇上以为如何？"

雍正点头不语，见高无庸引着郭旭朝进来跪下，不等磕头便问："有什么事？"郭旭朝偷看方苞和张廷玉一眼，嗫嚅道："方才八爷——阿其那府有人进内务府禀说，八爷府，不——"他"啪"地打自己一个耳光，"阿其那府把书信文卷都抱到西书房烧，几个大瓷盆都烧炸了……奴才寻思这不是小事，可庄王爷他——""你不用说了。"雍正一听便知他是庄亲王负责监督允裪的耳目，这不是体面事，因止住了他，说道："这种事往后暂且报给方苞。高无庸，带他出去，赏二十两银子！"雍正待他们出去，脸色已变得异常狰狞，对张方二人道："老八给自己烧纸送终了。他们三个的府邸今晚就要查抄！证据毁了，将来如何处置？"

方苞和张廷玉对望一眼，都没有言声。

"嗯？"

"烧了也好。"方苞说道，"就是都搜抄来，反而更麻烦。"张廷玉见雍正阴着脸不言语，赔笑说道："万岁当年在藩邸查出任伯安一案，当着众阿哥举火一焚。事情奏到圣祖爷那儿，奴才也很替主子捏一把汗。圣祖夸奖说：'雍亲王量大如海，谁说他刻忌寡恩？只此一举可见他识大体顾全局。'当时太后老佛爷也在座，她老人家听不懂，是奴才解说了，'这是王爷不愿兴大狱杀人，顾全兄弟面情'，老佛爷好欢喜，当时合十念佛呢！"

雍正听张廷玉复述当年康熙和太后对自己的评价，坐直身子肃然敬听了，一叹说道："不过两案不同，朕当时是办差人，有这个权；阿其那是当事人。他是为保全党羽，毁灭罪证——"

"事不同而情同理同。"方苞躬身说道，"不同之处在于，抄收上来，朝廷反而更为难；阿其那焚毁，由他一人负责而已。"

"那——那就叫他烧吧！"雍正揆情度理，两个心腹大臣实是谋国之言，不由深长太息，事到其间，他才真正领会，当皇帝并不能想怎么就怎么地任性作为。他神色黯然，说道："如不兴大狱，也确是这样的好，政府断没有焚烧证据的理。明天……后天吧，叫老三、老十六、弘时分头去查抄阿其那塞思黑和十四贝勒府，谅那时书信文件也烧得差不多了。"

这就是说，连庄亲王也解放了，雍正见张廷玉方苞诧异地看自己，解嘲地一笑："阿其那的亲信死党都不料理了，还说什么老十六。他只是耳朵背，不甚精明而已——天已经黑透了，你们跪安回清梵寺去吧！允祥的病要有动静，随时进来奏朕知道。唉……"

"喳——"

天已完全黑了下来，偌大的澹宁居只留下三四个太监侍候，都垂侍在正殿的西北角听招呼，暖阁这边只留下了引娣。隔窗向外看，料峭的春风吹得园中万树婆娑，影影绰绰模糊混沌成一片，殿内寂静得阒无人声，只有殿角自鸣钟摆无休止地摆动着，发出单调枯燥的"咔咔"声。乔引娣原来打定主意趁张廷玉和方苞退出的时候离开这里的，自己也不知什么缘故，她犹豫了一下没走。见雍正半仰在榻上注视着天棚，似乎陷入了深深的思索，又似乎在侧耳倾听外边微啸的风声，一点也没留意自己的存在，她才小心地透了一口气。

"引娣……"

…………

"哦？噢！"乔引娣从怔忪中惊醒过来，向雍正一躬，说道："主子有什么旨意？"

"你在想什么？"

雍正的目光在灯下闪着慈和的光，已是坐起了身子，看着有点手足无措的引娣问道。引娣见皇帝眼神中毫无邪辟，略觉放心，低着头想了半晌，低声说道："奴婢……奴婢心里害怕……""怕？"雍正一笑，自己倒了一杯温水漱口，问道："怕什么？怕朕杀掉允䄉？"

"也为这个，不全是为这个。"引娣两道清秀的眉颦着，心情十分矛盾，"奴婢自己也说不清楚。连这园子里的树，连这里的房子都怕。更怕皇上——我是小家子小门小户出身的。别说是亲兄弟，就是隔了五服的本家子，也没有像这样子一年两年，十年二十年你杀我砍的。这……没个头么？"雍正无可奈何地一笑，呷了一口温水，品味似的噙了好一阵才咽下去，说道："你还是见识不广。山西大同府阎效周一门兄弟三十四人，为争一块牛眼风水地，男男女女死了七十二口，一门一户几乎死绝了——那也是有争斗，也是见血的！你要明白，朕坐在这个皇位上，还有什么别的企盼？只有别人眼红来争的，朕也只是个自保而已。午夜扪心而论，一块坟地，尚且兄弟斩头沥血地争夺，何况这张九重龙椅？"引娣半晌才道："别……别杀人……太惨了……"她仿佛不胜其寒地打了个寒颤。

雍正双手抱膝，望着幽幽的灯火，不知过了多久，问道："引娣，你到这里侍候多久了？"

"四百二十一天了。"

雍正一笑，问道："度日如年，是么？"

"我……不知道……"

"朕喜爱喝酒，贪杯，是么？"

"不，皇上不大喝酒。"

"那么，朕贪色，很荒淫么？"

引娣疾速瞟了雍正一眼，但雍正并没有看她，仿佛漫不经心地望着一跳一跃的灯光。其实这一条是引娣感触最多的，雍正十天里头有八九天都在澹宁居见人批本章，几十名宫娥在这殿里进进出出，极少假以辞色的。后宫嫔妃，除了那拉氏、钮祜禄氏、耿氏和已病故的年氏外，还有齐氏、李氏和几个承御宫人，连圣祖的一半也不到。偶尔翻牌子召幸而已，天不明就又送回原宫，照常起来办事。就是引娣，也从来语不涉邪狎，似乎只要引娣能常在眼前就满足了。允禵纵对她有一千倍好，但她说不出雍正"好色"这两个字。嗫嚅良久，引娣方道："皇上不贪色。"

"这是公道话。"雍正收回目光，趿了鞋下来随意踱着步子，似乎不胜感慨，"其实'食色性也'是圣人的话，好色也是人之常情。但朕实在是不好色，自古帝王在这上头栽跟头的史不胜书，朕就敢说朕是世间最不好色的皇帝！"他踱到了引娣面前，用手抚了抚她的秀发，喟然叹道："你也许心里想，既然如此，为什么弄了你来这里？这里头的缘故朕不能说，也不愿说。朕只想告诉，你和一个人长得太像了。朕是说不出的疼怜你，比你的十四爷还要疼怜你！只要你说出来，朕做得到的，什么都给你！"他又移开了步子。

引娣方才见他近前，慌得心头突突乱跳，此时才定住心神，她望着雍正伟岸的背影，忽然生出一种从未有过的怜惜之情，乍着胆子道："皇上，既这样说，奴婢斗胆有事求您。"

"唔！"雍正倏地转身，疑惑的目光烁然有神，"什么事？"

"请万岁放十四爷一马！别……别……"

"这是国事。你不能干政！"

"我知道。"引娣受不了雍正目光的逼视，低下头来，喃喃说道，"您不答应，就算我没说。可您要放十四爷一条生路，不要和八……八阿哥一例处置——别杀……奴婢就死心塌地在这里……就这样伏侍您到老……"说着，已泪下如雨。

雍正已经黯淡的目光又幽然一闪，轻声道："不要哭，不要哭么！允禵这次罪名非同小可。是在堂堂朝会上众目睽睽下犯的。如果问他的心，朕和允祥当年几次遭人谋杀，穷究起来，恐怕他难逃公道。但那是暗的，这次是明的。朕——"他咽了一口又苦又涩的唾液，"瞧着你份上，朕可以再放他一马。""噢！"引娣又像惊诧，又似惊叹地轻呼一声，一下子抬起头来："真的？！"雍正心头一阵难受，强忍着悲泪点点头，说道："你毕竟和他牵心。朕若被他们篡位，谁肯为朕这样挂念？朕死了，又有谁为朕一掬清泪？你可以……可以去见见允禵，告诉他这些话。他要是还不甘心，朕还可召集百官，当众和他较量！"

引娣惊讶的眼中满是泪水，盯着雍正，连话也说不出，她第一次觉得这个冷峻严肃的中年人身上有一种允禵所没有的气质，第一次感到，几十年兄弟阋墙纷争，她所敬重的十四爷允禵也许有些不是对的。

"朕精神好多了。"雍正淡然一笑，起身来除去了朝服，只穿一件宁绸宝蓝长袍，却披上了小风毛天马大氅，踱到满脸泪痕的引娣面前，拍了拍她肩头道："你该高兴才是呀！——朕要去一趟韵松轩，三阿哥办事朕不能完全放心。告诉高无庸，这屋里再弄暖和些，朕晚间还要批折子。"说罢便出殿来，守在殿下的侍卫和太监忙上来簇拥着他去了。

允禄当众挨训斥被逐，抱定了"躺倒挨锤"的主意，等着雍正的严旨处分。他原想黉夜求见雍正，造膝密陈，但思量来去，矫诏的事一旦落实，自己和弘时就成了不共戴天之敌，而且绝无转圜余地，不是弘时死就是自己亡。而弘时毕竟是雍正的亲生儿子，就算证得弘时山穷水尽，也只是给自己种下更大的祸而已。两端皆祸取其轻，只好认个"耳朵背"。但连着等了两天，不但自己，连允襸等三人永信等三爷的消息也没有。只是听说六部三司官员纷纷写奏折弹劾廉亲王"犯上作乱危害社稷"，折子雪片样飞往军机处；邸报载朱轼以文华殿大学士入值为军机大臣；又说十七阿哥允礼已阅军完毕，刻日还京。接着又有明诏颁发，历数钱名世"卑鄙无耻盗名欺世"，赐匾严遣回乡，并命文武百官赠诗送行。允禄是闭门思过的废置王爷，例不许各处走动，只有坐在家里，让儿子们出去打听转述而已。

耐到第三天，允禄决定亲自去畅春园请罪。他对自己这位皇帝哥子秉性十分清楚：你热炭儿般赶着去巴结，他瞧不上你低声下气的奴才相，你拉硬弓和他挺腰子，又会疑你心存不敬另有别图，既近不得更远不得。因此，吃过早饭便命家人："备轿，我去畅春园！"几个丫头老婆子忙过来替他更衣换朝服，正乱着，外头门闯老仆人跑得喘吁吁地进来，说道："诚亲王爷，三贝勒爷来了！"

"是传旨么？"允禄霍地立起身来，一把推开正在往身上套袍子的小丫头，哆嗦着手亲自系着钮子。"开中门迎接！"老门子忙道："二位爷已经进来了，不让奴才通报，奴才跑进来请爷迎一迎。"他说着，允禄闪眼见允祉和弘时一前一后已进了二门，忙撇开众人迎出堂外滴水檐下，一边快步下阶，口中道："三哥，时儿，亏你们这时辰还来看我，快请进！"允祉一边上阶，跨步便进了堂房，面南站定，说道："有旨意！"允禄怔了一下，一提袍角当地跪了，叩头道："罪臣允禄恭聆上谕!"家下人顿时回避开来，站到外边庑下，一个个面面相觑脸色煞白。

允祉点了一下头，徐徐说道："奉上谕，着允祉、弘时、允禄、弘昼四人前往查看阿其那、塞思黑、允䄉家产。允禄本系有罪之人，念皇考遗脉，且观其平素心性，似无大恶，朕不忍以一事之非遂掩其功，着复其原职办差。若敢故态复萌，瞻徇因循，则朕不尔恕矣! 钦此!"

"罪臣仰邀皇上高厚之恩，定当精白己志以赎前愆，焉敢复蹈故辙，自干刑律!"允禄重重叩头说道，"谢恩!"起身来感激地看了一眼弘时和允祉，笑道："三哥、时儿，坐，献茶!"这一道旨意传来，阴郁紧张的庄亲王府顿时气氛轻松下来，几个有头脸的大丫头早脚步轻捷地进来侍候茶水点心。允禄一边亲自给允祉端茶，说道："必是三哥和时儿在皇上跟前为我说情，我这里也谢过了。"说罢微微一躬为礼。允祉呷着茶笑道："你忒是个胆小，你这点子事顶多芝麻大，就唬得二门不出! 当年老十三被圈禁，也是我去传旨，那真是坦然受之，我还没走他就叫齐了府中人，说接圣旨误了一会儿，叫接着排演《牡丹亭》! 大辱不惊，真是英雄志量!"弘时道："钱名世出京，上千官员抬匾送行，四百八十多人写诗辱他，潞河驿瞧热闹的百姓总有上万吧? 我瞧他脸上也只淡淡的。人嘛，不就那回事，一股气撑起来，什么也不在乎了。"

允禄经二人这一说，才懊悔没去为钱名世"送行"看热闹，忙问道："皇上有诗没有? 钱名世说了些什么?"弘时笑道："皇上没有写诗，军机处几个大臣都写了。所有大臣的诗都呈御览。翰林院的吴孝登不知吃了什么药，竟写诗安慰钱名世。'莫道苡薏存心田，明月五湖好垂钓'，激得皇上大发雷霆，将他发配了黑龙江。陈邦直陈邦彦也咏弄风花雪月，御批'乖谬'，将他们革职。你记得詹事府那个短胖子陈万策吧?——走起路来屁股哆嗦得凉粉似的那位——诗中有句'名世已同名世罪，亮工不异亮工奸'，因前头一个戴名世给《南山集偶抄》写序得罪，偏也叫'名世'，年羹尧刚好也有个字叫'亮工'，无巧不巧也被这丑八怪拈来，皇上老大赞'造句新巧'，赏了二十两黄金呢! 我看钱名世，虽然平素行为不甚端，这回见了真章，气度很从容，说'雷霆雨露皆是君恩，开罪于名教，失节于圣道，这都是我自作孽，没有什么可辩的。'"允祉一笑，说道："四百多首诗，集成一部《名教罪人诗》，也算亘古奇闻。你想听听我们方大儒的诗么？"他呷着茶从容吟道：

> 名教贻羞世共嗤，此生空负圣明时。
> 行邪惯履欹危径，江丑偏工谀佞词。
> 宵枕惭多惟觉梦，夏畦劳甚独心知。
> 人间天地堪容立，老去翻然悔已迟。

"方灵皋这诗可以为《名教罪人诗》集压卷。"弘时满脸讥讽之色，撇嘴儿笑道，"亏他也是一代大儒！大凡一个人，学问品行再好，一入名利场，是人的也不是人了——混蛋！"

当着允祉允禄两个人的面，弘时说话这样放肆，允禄不禁吃了一惊。看允祉时，却浑似没有听见，只是缓缓起身，笑道："该办的差使还得要办啊！旨意是咱们四个人，弘时是坐纛儿阿哥，他两兄弟去'阿其那'府，我去'塞思黑'府，十六弟你去允禵那儿。记住，旨意只叫'查看'，没说抄捡没收。内务府那干人作践天家骨肉最是无情无义，好好约束住了，别叫他们发这个黑心财！"

三个人当下又议论了一会儿，一同升轿去弘昼府，约齐了再分头行动。允禄心知大家有意耽延，多给允禵留点准备时间，他此时能免祸于心已足。哪里敢说破了？

三乘八人抬绿呢大官轿前后卤簿齐全，在几百名内务府吏员簇拥下浩浩荡荡招摇过市，直趋鲜花深处胡同。刚折转胡同口，便见一乘快马飞奔而来，在允祉轿前滚鞍下来，却是内务府慎刑司的一个笔帖式，叉手轿前禀道："诚亲老王爷，五爷（弘昼）他——他殁了！"

"放屁！"允祉一把掀起轿帘，怒喝一声，"我今早上朝从他门前过，他还在打太极拳！"

那笔帖式打千儿，一手扎地，一手指着远处道："奴才怎么敢戏弄主子？请主子看，门神都糊了，里头人都哭成一片了！"

"真的？"

允祉在轿中手搭凉棚向胡同深处看时，果见五贝勒府门前灵幡纸花白汪汪一片，隐隐传来鼓吹哀乐之声。他心里一沉，不禁怔住了。

第十九回　活出丧贝勒逃命劫
　　　　　承严旨廉王遭抄检

　　允祉满腹狐疑哈腰下轿，弘时和允禄已经从后边快步赶过来。两王一贝勒往巷口一站，瞧热闹的人立刻拥了过来。却都是说说笑笑指指点点，半点也不像看出丧那么郑重端肃。三个人正没做理会处，胡同深处一个家人浑身披麻戴孝飞也似奔过来，俯伏在三个人面前干嚎一声，禀道："我们五贝勒爷升天了！"

　　"几时殁的？"允禄皱着眉头问道，"丧帖子发出去了没有？没有报宗人府、内务府，叫他们具本奏上去么？"他的心情变得十分沉重，雍正子嗣本来就十分艰难，九个儿子六个都出痘夭亡，只有弘时弘历弘昼三个成人的。这一去，雍正膝下更为荒凉了！正暗自嗟叹，身旁弘时喝道："你这杀才！瞧瞧你那模样，像个替主子守丧的样儿？你是叫王保儿吧？"

　　允禄允祉这才细看，只见王保儿孝帽子反戴着，两根白飘带儿垂在额前。额前和脸颊上横一道竖一道涂着淡墨，活像开戏台跳神的个白无常。正要斥责，王保儿磕头道："爷们甭生气难过。这是我们贝勒爷的钧旨，既不发丧帖子也不上奏，方才我们爷还说，自己家里热闹热闹算完……"

　　方才！三个人顿时如坠五里雾中。弘时眼一横，厉声道："你这王八蛋，弄什么花枪？弘昼到底是怎么回事？你不说，爷就不能揭你的皮？"说着便喊："来人，鞭子侍候！"王保儿捣蒜价磕头，禀道："是奴才没说清。我们贝勒爷是活祭奠，他老人家——结实着呢！"大约想着府里此刻热闹，他竟忍不住"扑哧"笑出声来。

　　"荒唐！"允禄和允祉对望一眼，拔脚便向五贝勒府门走去。后边瞧热闹的越发多了，弘时便命自己的随行太监和亲兵："把这胡同给我封了，里边的闲人也赶出来——老五真是胡闹！"说话间已赶到五贝勒府门前。只见府外一箭之遥都摆满了灵幡，纸人纸马纸轿，金库银库钱库，几百面白纱帐在微风中漫天飘荡，纸花漫墙簌簌摇曳，纸钱随风飘洒，上千条金箔银锭细碎作响，倒也别有一番情味。门洞里十几个吹鼓手围着两张八仙桌，桌上垛的小山似的酒肴菜蔬，宫点汤饼一应俱全，唢呐笙簧竹旱雷聒耳欲聋，吹的却是"小寡妇上坟"。弘时眼尖，一眼瞧见一个二品官，红顶子上套着一块孝布，双手抱着简板"啪啪啪！啪！啪啪！"随乐打拍，一俯一仰十分起劲。弘时一把抢了他过来，问道："你不是军机处的罗铸康么？一个大章京，朝廷命官，做这样的事？呸！"他照脸就啐了罗铸康一口。

罗铸康在乐声中正手舞足蹈，被弘时捉来当头棒喝一声，半晌才醒过神来，见是允祉等人，忙跪了道："我是镶蓝旗下的包衣奴才，五爷是我正路主子，叫过来侍候丧事的……这起子吹鼓手里最小也是知县，都是五爷的旗下奴嘛！"允祉忍俊不禁呵呵大笑，拍拍罗铸康肩头道："你没错，还吹打你的！皇上整顿旗务，端正上下名分也是一条！"说着便进了院。

院子里更是热闹，四面白幛环拥，从甬道隔开，东边是大觉寺和尚，锣鼓声中双手合十呐呐咏诵《大悲咒》；西边是白云观道士铜鼓银锣笙歌齐鸣，也有百余人；却混杀了些家人，披麻戴孝载舞载歌，五音不全地大唱《龟虽寿》。

对酒当歌，人生几何？譬如朝露……

过了幔幛便是正庭。五贝勒的妻妾也有二十几人，还有儿子永壁，却是独身一人，一齐都跪在两侧廊下，正中阶下到处都是象、鼎、彝、盘、盂等明器，袅袅香烟笼罩着一大长案堆山积海的供馔。在地动山摇的法事鼓铙中，这边几十名男女唱歌般地扯着长音嚎哭。允祉允禄和弘时三个人乍从街上进到这庙不像庙、家不像家的贝勒府，一个个目迷五色，耳感天籁，都迷迷糊糊如对梦境，张着眼看了好半日，才看见"死人"弘昼一身簇新的贝勒服，端坐在供案后，用眼觑着哪一样供馔顺眼，便手拈筷夹来旁若无人地大嚼一通。

"止乐！"三贝勒弘时突然大喊一声，上前一把扯住弘昼拉下座儿来，"老五，你是越来越荒唐了。上回这么闹，圣祖爷当了笑话没追究，你还要胡来！叫皇阿玛知道，你还活不活了？"此时里里外外连家人在内足有七八百人，早已舞歇乐止，一个个痴痴茫茫望着上房檐下几个人，不知出了什么事。这种场合允祉允禄都不便出面，正是显摆哥子身份的时候，满院只听弘时一人大声呵斥："这是堂堂大清的贝勒府？这是庙会——牛鬼蛇神的弄来这么大一堆！老五，统统给我打出去！"

弘昼此时才从刚才祭奠礼乐中回到现实中，见哥哥发脾气，两个叔王也呆着脸，因换了笑脸，说道："三哥，气大伤身，别那么大火嘛！有什么事不能商量呢？来，来，坐，坐！三伯伯，十六叔，侄儿给你二老请安了！"几个家人见状，早飞奔去搬了椅子来。允禄说道："别怨你三哥生气，你到胡同口瞧瞧，恐怕看你这活出丧的人有上万！什么名声呢？"弘昼是个单眼皮，满脸的迷糊相，似笑不笑一咧嘴说道："十六叔，您老人家怎么忘了？七年前——也是这个月令吧——您带着我去安亲王府，小安郡王也做生祭。侄儿还陪着您一块儿上筵呢！今儿你们既来了，也是赏我的面子，都不要走。这几卷经唱完，我请你们一醉儿！"

"恐怕不行。"允祉在旁说道，"我们都奉有旨意，是到你这传旨来的。"弘昼笑着看了看满院的人，说道："没法叫他们回避。这里现成的香案，请三伯伯把诏书赐给侄儿跪读，成么？"允祉无可奈何地看看这个活宝，说道："好吧。"便将诏书捧给弘昼。

弘昼双膝跪地接诏，捧着默读完毕，将诏书捧还允祉，叩头说道："儿臣弘昼遵旨！"因又起身让座。弘时不耐烦地说道："既然遵旨，咱们这就走——叫家里人把里里外外这些劳什子撤掉，和尚道士们发送回去！"弘昼连连揖让，笑道："这个似乎不必忙。阿其那叔叔又不长翅膀，他们飞不到哪里去。圣旨上也没说即刻查看，不得延误。这会子倒是我的生死事大。叔叔哥哥好歹给个面子，我虽然从不办差，也晓得里头通融余地大得很。今儿给我发送了，明儿——明儿一定跟你们去——说到做到，不去我是个——"他四个指头在桌上爬了一下，"——乌龟！"他满脸笑容，油腔滑调却又彬彬有礼，客气中带着固执。允祉是圣祖诸子中公认学问最博的，也拿他没办法。弘时却不知怎的，有一种受轻蔑的感觉。径自招手叫过弘昼的管家王保儿，主子似的吩咐道："五爷已经奉旨办差。你叫这里人散了！"

"是，三爷。"王保儿口中答应，却不行动，一哈腰问道，"我们爷还叫了一班戏，点的《混元盒》，请爷示下，撤不撤？"

"当然撤！"

"是，三爷。"王保儿头也不抬，又问道，"几位老王妃，连诚亲王太妃娘娘、庄亲王福晋、怡亲王侧福晋，都说要来看戏的，请爷的示——"

弘时歪着头想想，底气已经不足，说道："你派人知会各处娘娘、福晋、宫眷，戏改到明日唱，请她们明日再来！"

"是，三爷。"王保儿仍是老一套，再问道，"这府里爷也知道，前后院养着上千笼鸟。既然戏改到明日晚来，挪移怕不方便——有的鸟脾气太大，不好侍候——奴才叫后院退休了的老刘头照料一天，可使得？他是老行家了。"

至此，允祉允禄全然明白弘时已经上当，听见"有的鸟脾气太大"，两个人都几乎笑出声来。弘时虽觉不对头，但王保儿说得一本诚挚有礼，他一时还醒悟不过来，不耐烦地说道："这是些小事，你裁度着就办了——"

"这不是小事，鸟是我们爷的命根子！"王保儿认真地说着，仍是头也不抬，"奴才还得请示，给鸟配食的是四福晋太太，前头配好了够一天嚼吃的，城东三舅老爷昨儿来说四福晋太太的老太太和姑太太，姨太太都去了三舅家，接了四福晋太太家去，鸟食仓库钥匙还在她那里。奴才派人接四福晋回来，还是把钥匙要回来？"

"这都是你家琐碎家务，我为什么要管？"

"回三爷话，奴才不晓得！"

"你！"弘时此时才意识到已经堕入这个油头滑脑的家伙奸计中，一下子脸涨得血红，"啪"地按着椅把手站起身来，已是气得浑身乱颤："你竟敢戏弄主子！谁教给你这样跟主子讲话的？"王保儿恭谨地抬了一下身子，又伏得更深，说道："三爷千万别生气。话赶话地说到这里，奴才岂敢有轻慢主子的心？其实奴才也晓得，爷最后这一问该磕头谢罪的。不过五爷家法不许磕头敷衍，只许明白回话，爷才误会了的……"

允祉允禄这才知道弘昼有这个乖戾家风，不禁相视一笑。弘昼直见哥哥气得赤红暴脸，才喝退了王保儿，对允祉允禄说道："二位叔叔，三哥，王保儿又皮又倔，前生乃是一头驴，千万别和他一般见识。今天实在对不住，因为贾士芳贾神仙替我推数，十天里头不许出门一步，不然就有血光之灾，今儿是最后一日。这事你们甭犯愁，被抄的三家，你们刚好三个人。这事我今早也写了密折禀奏了皇上。你们要耐烦等，那就明天；要等不得呢，只管就去办差，我该得个什么不是，那也是命中注定。实在得罪了，办差事小，性命事大，是不三哥？"

"从来奉旨办差急如星火。"弘时脸气得趣青，他一向以为弘昼和自己一样对红得发紫的宝亲王不满，所以长时间不交结人不办差，优游自娱。今日见着了这个乃弟，竟是一块撕不烂嚼不动的牛皮糖，因冷笑一声，"你自己相信牛鼻子老道胡说八道，乌烟瘴气装死人，还要攀上别人！三伯伯十六叔，在这耽误的时辰不小了，咱们分头赶紧办差去！"弘昼却是不温不火，一丝也不缺了礼貌，一个长揖拜下去，亲自从他们到仪门里，就门洞里大声喝令："罗铸康，你们几个有职分的奴才，替你主子送送三爷和两位王爷——别过了，明儿见！"

在十几个浑身重孝嬉皮笑脸的官员簇拥下，三个人各自上轿。弘时是一肚皮的窝囊气，阴着脸，甩帘进了轿，命人："往南，出老齐化门到朝阳门码头！"允禄一头担心弘昼任性获咎，一头也抱怨白误了时辰，一边上轿，口中道："三哥，咱们往北，少绕点道儿吧？"允祉却想着弘昼的种种乖僻怪诞举动和几个官员龇牙儿三分哭七分笑的滑稽模样，强忍着上了轿，轿帘一放下便笑不可遏，只憋着不肯放声儿。听那鼓吹时，已经又响起来，却是一曲怪腔怪调的《小放牛》。

弘时盛气上轿，起了不到一箭之地却已心平气和。弘昼这么做，焉知不是向自己表明，永远不觊觎这个帝位，站干岸看河涨，稳稳当当一个亲王位置是跑不了的。要是自己也处在这个位置，或许也是这模样呢！想想八叔落到如今下场，他自己也觉胆寒。但他先前乘年、隆倒台，把二人手下的党羽收到门下的着实不少。弘历表面上看宽仁大度，似乎只知道顺从雍正意旨拼命办差，其实背后传话过来，弘历已对自己十分戒惧，曾向雍正说过"三哥收门人太滥，皇阿哥金尊玉贵，春华茂德，不宜结交外臣太多"。张廷璐科场一案，弘时也找过几个当事人询问，明明是已经疑到自己做手脚，却不见他当面只言片语的规戒，甚至连雍正面前也讳莫如深——这都是什么意思？留一手，到对证时和盘托出么？他转念又一想，弘历虽然封了亲王，三兄弟中地位最尊，但雍正似乎也颇有不满处，有一次在韵松轩议论调补外官进军机处，说起田文镜，弘历说田文镜急功近利，不是王臣气象。一个读书圣人门生，应该以学问立品，不然办事就是缘木求鱼，儿臣很不取他两条：一条乱报祥瑞，一条急于事功。雍正当面抢白："当今之世，说空话不办实事蔚成风气了。你得好好下去看看，官是什么样子，大业户怎么说，小业户又是什么境遇，学问不单在你读的几本书上！"——这次由自己坐镇北京，弘历出京办差，看来雍正未必没有别的深意。要错过这样的机会，那才真是天字第一号傻瓜呢！……弘时正在胡思乱想，大轿已经稳稳落下。隔轿窗看，运河北岸巍峨壮观的廉亲王府赫然在目，弘时收敛心神，一哈腰便下了轿。随身太监牛森高喝一声：

"钦差大臣，三贝勒爷驾到！"

廉亲王府照壁阔大的空场早已密密麻麻站满了人。顺天府衙门派来的差役一百多人，都垂手侍立在大倒厦紧闭着的朱漆铜钉大门前。内务府二十几个人，都是七品以上的官员鹄立在高大威猛的石狮子侧旁。九门提督图里琛亲自带着戈什哈排成两列，持戈按剑挺立在门前，在春日融融的阳光下，刀枪林立闪烁耀目，杀气腾腾，一片紧张恐怖气氛。见弘时徐步过来，除了图里琛带的御林军，所有官员鸦没雀静地跪了下去。只图里琛大步上前，一扎跪地道："奴才给三爷请安！方才内廷军机处朱相爷派人来问开始查看没有，奴才说三爷去约五爷了，说话就来——怎么，五爷没来么？"

"弘昼身子不爽，正发热说胡话，"弘时嘴角掠过一丝笑容，旋即又板起了脸，问道，"你是管内外警跸关防的，谁在里头料理查看事务呢？"说话间，石狮子旁一溜小跑过来一个四品官，也不过四十岁年纪上下，枣核一样两头尖脑袋，高颧骨凹嘴唇，浓眉下双小眼睛骨碌碌乱转，精干麻利，一看就知道是个浑身消息一撩就动的角色。他趋到弘时面前极熟练地打千儿，笑道："奴才马鸣岐给主子请安，请三爷训示。"弘时笑道："走吧，进去再说！"

不知关堵了多久的正门呀呀呻吟着被打开了。弘时居中，身后两侧图里琛和马鸣岐亦步亦趋，沿着王府正殿前的临清砖甬道进来。这是北京第二座最大的王府，仅比怡亲王允祥的府邸略小一点，连花园在内，占地也有三顷上下。若论内里殿宇规制，布局堂皇，除了紫禁城，没有别处能比。沿正门中轴，东西两大偏院对称构筑，东边三进院是允禩办差筵客，正式接见官员所在。前院男仆，后院女仆，西三院中院是允禩的书房和起居所在。前院太监，后院家眷，中间银銮殿只是摆样子。但前面空场足有五六亩地，两庑廊一间间的小房子里住的都是当值的家人。院子中间还矗着三丈余高的一座"二仪门"，却是四墙不靠，像煞一座孤零零的石坊，与正殿遥遥相对。此时弘时进来，府里几乎不见人，只几个老得衰迈不堪的家人拿着扫帚、铲子，有的在铲月台基上暗红的苔藓，有的在仔细地扫着砖缝。月台前一群乌鸦正在啄食着什么，见突然拥进这么多人，"嗯"地飞起老高，盘旋着"呱呱"叫个不停，仿佛在哀叹这曾冠盖如云的繁华场的殒灭。弘时也是嗟讶不已，站在石场前正打主意如何见这个"阿其那"八叔，忽然东侧门一响，一个四十多岁的中年太监迎了上来，却是廉亲王府的总管太监何柱儿。何柱儿脸色白得半点血色也没，在门口用漠然迟钝的目光看了看弘时一行人，缓缓打下马蹄袖，哈腰趋步过来跪了，颤声说道：

"三爷，奴才给您老请安了！"

"料必你家主子已经知道了？"

"这是明摆的事儿。"何柱儿磕了一下头，"我们主子专候钦差，他这就出来。"话音刚落，允禩已经出了侧门，身后还随着自己的儿子弘旺、弘明、弘意、弘映。允禩见是弘时来传旨，似乎略觉意外，正了正缀着十颗东珠的朝冠徐步踱过来，只用极度轻蔑的眼神扫了图里琛一眼，竟一句话也不说，挺身站在弘时对面。

"八叔，"弘时忽然有点自惭形秽，两条腿也有点不听指挥，不时地哆嗦一下，"您身子骨儿还好?"

"没什么好不好的。膝关节肿了，跪不下去。你叫两个人把我按倒。"允禩胸脯急剧起伏，显然十分激动，语调却仍十分平静，"既然雍正皇帝给我起了新名字，你现在身份也不必讳避，就叫我'阿其那'好了。我听着爱新觉罗·允禩还不如这个顺口。"他话中丝丝带着金石碰撞的颤音，半分恐惧和哀伤也没有。他的几个儿子已啜泣成一片，弘旺双膝一软跪了下去，哽咽着对弘时道："三哥，我代父亲跪聆圣旨!"允禩突然发怒，大声断喝道："忤逆种子们，嚎什么丧?!"

弘时瞟了一眼面无表情的图里琛，看着几个泪眼模糊的弟弟——都是宗学里日日见面的朋友，如今竟成阶下之囚——也由不得眼圈一红，说道："八叔既然身子不爽，可以由儿子们代跪领旨。八叔，事情到这份儿上，侄儿也不想虚安慰您，您善自保重，回头皇上必定还有恩旨给你的。接这个差，侄儿心里也十分难过，先请八叔体谅。"说罢，硬着心肠板起面孔，大声道："奉皇上旨，弘时前往廉亲王府，查看阿其那家产。钦此!"

"谢恩……万岁!"弘旺兄弟四人一齐叩下头去。

马鸣岐见当事人已经接旨奉诏，抢上一步，极干练地给允禩打了个千儿，说道："奴才是奉差办事，身不由己，八爷海涵着些儿!"又转身叉手躬身，对弘时道："请贝勒爷示下，奴才们好遵谕承办!"内务府带进府里的一百余名衙役都站在二仪坊西侧，看见要动手，个个兴奋得摩拳擦掌，眼中放光。

"我知道你们混账，发惯了抄家财。"弘时冷冰冰说道，"今儿奉旨，只是查看家产，并不要搬运。由何柱儿带着，各库房看看，把御赐物件和私产一类归堆儿，造册呈报。福晋是安郡王家人，过门时的妆奁、体己也是不少的，不能一体查封。这也由何柱儿指实，登记造册，但仍可启用。家属和家人都集中到太监住的院子里，不许惊扰，书房和签押房由我亲自处置。八叔，所有御批御札，和内外大人来往书札，恕侄儿要带走。至于八叔自己的图书，连封锢也是不必的，请八叔务必鉴谅。"

允禩冷冷说道："我也抄过别人家，如今自己被抄，规矩我懂。内务府这些贼王八，你不叫他捞点好处，兴许就敢把御赐物件给我砸了，增我的罪戾，再不然弄几本违禁书到我的文书堆里，灭我的门的事都是有的。我早有准备，来的人一人二百两银子赏了。不要再偷着掖着弄不清白，也算我求诸位了。至于文书，我也都整理好了，该怎么办，都是现成的。"

"那再好不过了。"弘时脸上似笑非笑，说道，"请兄弟们就跪在这里，我陪八叔到书房吃茶说话。"说罢将手一让，熟门熟路和允禩相跟着到东书房。马鸣岐向几个书吏一摆手，内务府的人立刻分头行动，提着糨糊桶，拿着封条，有的查看书房，有的撵赶家人，待允禩和弘时进书房，已听西院乱哄哄人声嘈杂，隐隐传来女人哭骂声。那允禩竟似充耳不闻，弘时却面露不忍之色，命跟进来的人在书房外天井站着，独自跟着允禩进了书房。

"万没想到事情弄到这地步。"弘时一坐定便急急说道，"如今什么也说不得，也不是埋怨后悔的时候。八叔有什么指教，或有什么要办的事，趁着没人自管说，无论如何侄儿是要保全您的。"

允禩嘿然良久，只是默谋。对弘时这些话，他只信一半。但他此刻已经对东山再起绝望，满脑门子心思是对雍正的仇恨和报复心。思量着，从靴页里抽出一张薄如蝉翼的纸，也只可巴掌大小，上头密密麻麻都是蝇头小字，递给弘时，说道："我不抱怨，也没有什么要办的事。这是'八爷党'里头还没有暴露的官员名单，可惜一二品大员已经不多了，你拿去或者用得着。"他又从案卷下抽出一分文卷，说道："这是书房里物件清单，东橱里是上缴的文卷，剩余的都是我的私藏图书。"

"上缴的就这么一点？"弘时极快地将名单收藏了袖子里，看着清单，皱眉说道，"书信没有一封，御批奏件也像不全。皇阿玛何等精明的人，这搪不过去的。"

允禩起身，在书房里款款踱步，许久才问道："你知道不知道老四（雍正）准备怎么处分我？"弘时叹了一口气，说道："一时间无碍，昨晚我去请安，见皇上在礼部的折子上批的'暂授民王，以观后效。凡朝会，视民公侯伯例'，别的我还没听说。""他总要假惺惺再当两天'仁兄'的，这个我想到了。"允禩的眼睛干涩得像暗红的炭，一眨不眨盯着前方，"不过这局面久不了，墙倒众人推，那些个巴结头、马屁精、墙头草也不肯饶过我，这正是献他们牛黄狗宝的好时候。生死，命耳！我早已置之度外，不然我也不走这个险棋。弘时，我从来也没有篡位的心。这一条你回去务必讲清楚。这也是我对你的心腹话。正为如此，我也不劝你篡位。那个雍正倒行逆施，违天拂命行事，他长久不了！你看他，其实现在已经累倒了！一个人能耐再大，这样违情悖理做事，没个不当独夫的。他累，就因为他不懂无为而治顺水推舟。他长寿不了！"他像吞咽着一块苦涩干燥的饼子，平静地述发着一腔怨毒之火，半晌才喘息了一下，又道："至于你，我也有一言奉告，决不可保我和你九叔，要劝他把我们明正典刑——我们不但不恨你，九泉下还感激你！——还要告诉你一声，你办事处人，精明不及弘历。弘历不露锋芒，你太显棱角，不少人都看出来你是在和弘历争夺什么。这就落了下乘。你再不要吃我这一辈吃过的亏。要果决，明断！等人占了中央位置，你什么都晚了！"弘时听着这话，犹如雷轰电掣一般，又是感动又是难过，心里倒了五味瓶似的，什么滋味全有。他痛呼一声"八叔——"嘴唇抖动着竟再也接不下去。

"别为我难过，千万不要保我！"允禩浑身的血都在倒流，"弘历已经在以太子自居了！你能百尺竿头再进一步，我的儿子们或有重见天日的一天。弘历！他是既定的继位人，哪里会想到我的儿子！"想到儿子们前途吉凶不测，允禩虽抱了必死之心，也不禁潸然泪下。

"叔王，别难过。"弘时起身来抚慰道，"留得青山最要紧。我只要不败事，好歹能照拂你的。听方苞说皇上说过'罪不及孥'，福晋和弟弟们料也无妨。后头的事谁料得定？白急坏了身子更了不得！此处不可久留。您就歇在这里，我出去招呼一下带着人要走了。"他也怕再看允禩一眼，在门口略一停，顿足出来到了正院。

图里琛和马鸣岐两个人已经收到各处送来的抄单，二仪门旁十几个抄手坐在矮凳子上掌管抄录，算盘子儿打得下雨般哗哗响。见弘时出来，二人同时迎上来，图里琛笑道："三爷，清单立时就出来，方才福晋传过来话，正殿东侧的八宝琉璃屏是她乌雅氏家的，是太皇太后当年赏给娘家的，但又是御赐物件，请爷示下怎么办？"

"这么快就出来了？"弘时从书吏手中要过几份抄单在手里倒换着

看，口中道："那不算什么违禁忌讳物。孝诚老太后赏我母亲的，我母亲寄在家里也好多件呢。造册上另加附记就是了。"因见弘旺几个人仍旧涕泪滂沱地伏跪在冰冷的砖地下，走过去温语说道："弟弟们起身吧。我们公事说话就完，你们还该去照看你们父亲。该叫你们出来送行，自然有人叫去的。"待弘旺去了，弘时向马鸣岐道："大约总数值多少银子，这会子也理不出细账。不过皇上要问，我不能说不知道。"

马鸣岐赔笑道："八爷的东西有条理，好清。绸缎是绸缎库，贡品是贡品库，玉器瓷器珍玩、古董、家具、金、银、钱都各自有库、有账，一丝不乱。这里的兄弟一人得二百银子，也没有敢再贪心大胆的，账银账物相符就封了。我粗估约一下，除了皇上赏的，私财在二百万两银子上下。各处庄子有十三座，银号、当铺、古董店二十七处不计在内。这里账上约值六百万上下。贝勒爷跟皇上估个七八百万，不至于出谱儿的。"

"也就这个数儿。"弘时知道允禩在东北还有挖人参加金矿税两项收项，私财决不至于这么一点，却也佩服他这么短时间撕掳得明明白白。因笑道："我连个零头也不及他的，他出手大方，自奉还是节俭的。当年抄十三叔，总共才抄出十几万来。就是兄弟，一样的俸禄，会营运不会，也是天差地别。"说着由马鸣岐和图里琛带领，各处库房查看了，又亲自封了银銮殿，看看天色将近黄昏，便指挥着众人离了廉亲王府。又关照图里琛："八爷还是王爷，并没有革职，这里守护的人不可缺礼，更不能动蛮。八爷家产都封了，要遣散些家人，这都是理所当然，不要擅自搜查扣留。你的人无故惹是生非，仔细我拾掇你！"说罢升轿去了。

第二十回 感途穷允禩散余财 统全局雍正息狱谳

一天惊心骇目的喧嚣过去，廉亲王府一下子岑寂下来。没有灯火，没有人影，连守夜的更夫也没有，到处黑黝黝的鬼影幢幢。允禩自倒卧在东书房的檀香木榻上，浑似做了一场噩梦，由着弘时出去，由着儿子们进来，由着福晋乌雅氏带着姬妾婢媪们进来。不吃，不喝，不言语，连叹息和眼泪也没有，只痴痴望着雕满西番莲的黄杨木天棚。一家子二十几口人，儿子们跪着，乌雅氏坐着，其余的人都是满腹心思地侍立着，仿佛都身处荒野深山中的古庙里，听着外边春风掠顶而过。外面的一切都好像和这屋里瘆人的气氛相呼相应。墙头上去岁的枯草在风中丝丝颤抖哀鸣，刚刚发芽的柳条在风中慌乱地婆娑起舞，一声声铜马"叮——咚咚——"从檐下传进来，更增了人们凄凉无主的心绪。终于，允禩开口了，声音平静得像刚刚睡醒的人：

"都凑过来一点。"

人们互相望了一眼，向榻边挪动了一点。乌雅氏亲自给允禩端上杯暗红的水，说道："王爷将就着点，这是一碗参须汤。走到哪山唱哪山的歌，老爷你也不要太放不下。屋里原存着二斤老山参的，天杀的们'查看'了就没影了。落毛凤凰不如鸡，这是他娘的什么世道?!"说着，哽哽咽咽就要放声儿。她是老安亲王的老生女儿，由康熙指配了允禩。允禩的生母良妃，是内务府辛者库浣衣奴出身，倒是她嫁来，反而无形中抬高了允禩在兄弟们中的地位，因此平素最是骄纵，浑也不把允禩放在眼里，家里人暗地都叫她"王府太后"。如今家败势尽，她才觉得自己娘家毫不足凭，这个王府离了允禩，原是一文不值。乌雅氏当下泣道："这都怪我拖累了你……"她的这个话是有来由的：康熙四十七年第一次废太子，群臣举荐允禩入选东宫，康熙为此专门下一道诏谕给儿子们，说允禩"受帛于妻，妻为安亲王岳乐女，嫉妒行恶……"其实暗含的意思实指允禩"怕老婆"，主宰天下恐怕有"女主当国"之祸。允禩从此就再也没有翻过身来。

"别这样。"允禩淡淡一笑，抚慰道，"其实忌妒为忌妒，你清楚我明白。欲加之罪何患无辞呢？我是树大招风、才高震主的罪，跟你不相干。圣祖原本只为惩戒一下太子，'举荐'不过是幌子。没想到满朝文武都推举我，他老人家吓坏了，以为我有篡权的心。"他咬着牙笑了笑，又道："我也自认不是当皇帝的料。可他老人家给我们选了个什么主子？每天心里都在打算盘怎么能多从老百姓身上捞钱！扣火耗、催亏空、士绅当差完粮，连讨吃的人头税，还有我们满洲人每月那二两月例银子都打到了算盘里！我好歹是个总理王大臣，总不能看着他把满朝文武赶得鸡飞狗跳走投无路！我为人中之杰，并不留恋他这五斗米；说到根上，他就是妒忌我，妒忌我得人心，他——他连个女人也不如！"他脸上泛起红晕，激愤地说着，但很快又平静下来："不说他了，说他让人心里更恨更悲。像他这样的民贼独夫，天不会照应——还说我们的事。福晋是不相干的，顶多逐你回娘家。你一定把儿子们带好，不管是你养的不是，都是我的血脉，他们成人了，我活着死了都是安然的……"

他话没说完，屋里已一片嚎啕声。乌雅氏边哭边叫："我的爷，你怎么说这个话？那个杀千刀的……他还要把你怎么样？我是死是活都是要跟着爷的……呜……老天老天，你好歹睁睁眼……哪见过哥子这么整治兄弟的……嗬嗬……"

"都别哭，听我说！"允禩低声一吼，哭声立止，"听说我改封民王。据我看这不过是一步棋分成两步走。他不把我整死或整疯，不会撒手的。你们谁比我知道我这四哥？所以百事要有预备。预则立，不预则废。万一我圈禁，何苦的你们都搭进去白牺牲？只可跟着两个人侍候也就是了。我看就是紫燕和湘竹两个通房丫头吧——你们说实话，要勉强，我宁可再换人。"话音刚落，榻边捧巾栉的两个丫头已经扑地跪倒，磕着头连哭带说："我们都是讨吃的出身，爷把我们从人牙子手里买出来，如今老子娘都成了人上之人——就是死了，报得您的恩么？天爷不会亏了八爷这样的好人，奴婢们死也不离您半步！"允禩一阵欣慰，他当然相信紫燕和湘竹的话，进廉亲王府当差，就是为奴，也必须是受过他大恩的。他一生乐善好施扶危济困，人称"八贤王"，又有叫"八佛爷"的，就是这个缘故。当初怎样照应这两个丫头，都是顺情而作，早已忘怀了。此时见她们感恩图报，允禩心里一阵暖融融的。

乌雅氏在旁拭泪道："难为你们两个了。不过事情还在可知不可知间。要真的那样，其余的人都跟我娘家去，总不成他还株连到岳父家？"允禩听了只是摇头，说道："我知道你还有几个体己钱，不过百十万吧！你落魄回门，娘家人脸色也是不好看的。依我说，娘家站得住的，带银子回去，只算借住他们房子，孤苦无倚的跟你。其余家丁仆妇，我现在就要全部遣散！"

"现在？"所有的人都愣住了，他们谁也没有想到事情会这么紧迫严重。

弘旺是长子，十五六岁年纪，已经完全懂事，跪前一步道："父亲！这么着太扎眼。事情还不到那一步，容易起流言，皇上本来就疑心重，这时分动作越小越好。"允禩辛酸地一笑，说道："到那一步再做就来不及了，好孩子！"

允禩翻身坐起，从枕下抽出厚厚一叠银票，在手里掂了掂，自失地一笑，说道："人，最好是有权；有了权，什么银子美女、华堂名声都会不招自至。其次就是有钱。昔日祖龙礼尊巴寡妇，还不是因为她富可敌国？！抄去我八百万，这里还有一千万，我要全分了它，今晚分了。明天全部带走散了！我叫他抄！我叫他挨门挨户地抄——这个无药可医的钱痨！"

众人此时无不目瞪口呆，他们谁也没想到允禩平日口不言利手不沾钱，竟会亲自掌握着这么大一笔活钱！正发怔间，允禩将那把崭新硬挺的银票一分两半，一多半交给乌雅氏，说道："这是咱们自家人的，由你分派，穷的就多点，富的可以略少点！"他略一思忖，对紫燕说道："你去叫何柱儿，叫他和管家丁金贵带着二层管家们都来，在月洞门口听吩咐。"紫燕轻轻答应着，蹲身一福便去了。福晋已满脸是泪，说道："好爷！我们这个家今晚可不就败了么？"

"夫妻本是同林鸟，大难来时各自飞。"允禩苦笑道，"夫妻尚且如

此，何况别人？其实世上没有不散的筵席，别说这家，这朝、这代、这
国、这世界也有灰飞烟灭的一天！好了，外人就要来，你体尊位重的，
不好看相。这里只留紫燕、湘竹还有你，何柱儿来了，由你分拨银两。"
因见紫燕带着何柱儿进来，后头陆续跟着十几个二管家，最后是老管家
丁金贵押后进来，允禩便命弘旺，"送你娘姨太太们回去！"

丁金贵等人垂手侧立着等弘旺等人出去，这才率管家们向允禩请
安。丁金贵道："奴才清点了一下，通府里人听爷的吩咐没有外出的，
只西院茶库里三个小子裹了些钧瓷茶具逃了。还有东院东书房侍候的，
有八个人告病的，东院刘家的最混蛋，一家四口跑了个精光。外门房憨
牛儿他们几个商量着要一个一个找回来，叫他们跪死在爷的书房前。是
奴才按住了，不叫他们妄动，这是见真章的时候儿，叛主逃跑，奴才总
归要拿来打死这些畜生！"

"你们千万不可这样！要真的忠于主子，就得听你主子这话。我是
个施恩不望报的。留，是你们忠义；走，也必有走的道理。非但不许追
打，每家都还要助五百两盘缠银子！"允禩用不容置疑的口吻说道，温
和地扫视着他的这些家政纲纪，"我于外人尚且记恩不记过，何况自己
家人？何况这种时分？不但现在，将来你们遇见，也不能造次鲁莽！"
说完，他喘了一口气，接过湘竹捧来的茶呷了一口，将要遣散家人各奔
前程的话一长一短说了，又道："我想了一下，这三百五十万银子，单
身奴每人五千，成了家的每口四千，我的家生子儿奴才每人八千，太监
每人六千，剩余的，我自己留十万，你们十几个把剩下的——还有二十
来万吧——都平分了。不图个别的，伏侍我一场留个心念儿。我不能学
前头直亲王，把着抠着舍不得给下人，都让人抄干净了去。"

允禩说话间，众家人已经哭成一团。丁金贵连连磕头，声结气咽地
说道："爷，您……您糊涂了？您叫我们都当不义奴才么？死死活活不
过一条命罢了，我们要什么钱！爷您放心，您走到哪一步，我们都跟
着，就是种庄稼，我们主仆们养活不了自己么？好我的糊涂主子
啊……"

"你们的爷饱读经史，不糊涂！"允禩眼中泪水转来转去，"我这是
仔细思量了的。天幸我过得去这一劫，见面再容易不过。我要过不去，

就不如早早离散。今晚分了银子，能走的就走，拖家带口的，白天一窝蜂出府也太扎眼。一拨一拨地，就走完了。给人知觉了，我如今只是改了个脏名字，还是个王，也还扛得住。雍正想一步一步斩尽杀绝，你们留下来也不过陪送。"他泪眼模糊地望着何柱儿，说道："只苦了你了。你名声太大，又净了身子，是没个走处的。我给你十万银子，要有靠得住的朋友暂存起来，将来脱难也使得着。"说罢，眼泪已走珠儿般滚落下来。

何柱儿是康熙四十七年到允禩府当差来的。他原在毓庆宫废太子身边当总管太监。眼见满朝文武一致推举允禩承位东宫，自愿投靠了允禩。九位阿哥争夺嫡位，他以廉亲王府总管太监来往于各王府，周旋于紫禁城，也是雍正眼中一颗小钉子，名气这么大，自然难脱此厄。他此时却也沉得着气，忍着悲愤抗声说道："奴才压根也没打算过什么'出路'。银子奴才也是不要的，平素爷赏的足够他们度穷的了。他们也得远走高飞才成呢！再说了，奴才陪着爷吃官司坐圈院儿，咱爷们手里也得有点钱不是？"允禩想了想说道："你说的虽是，照雍正秉性，断不会发大善心，叫我留那么多体面人的。你没见十四爷跟前的乔引娣么？银子，你还是拿去，你有这片心，也就不枉了我素日疼你。你跟别人不一样，身带着残疾在这府里侍候差使，有时为遮外人眼，我还得拿你作法、出气。你这一辈子苦，不容易啊……"他话没有说完，何柱儿已触了隐痛，公鸭嗓子遏了几遏，还是哭出了声，似断似续，如幽如怨的，在这漆黑无月的王府中荡送着。

隔了两天，军机处拟了旨意颁发下来，废黜廉亲王封号，允禩改封民王。允禟和允䄉则压根儿一字不提。此时允禩的抄家清单刚转到韵松轩，允禟和允䄉的还没有报上来。雍正派十七阿哥毅亲王允礼前往传旨催办，他自己坐乘舆回紫禁城，到奉先殿、承乾宫等处拈香告祭康熙处置弟弟原由，又趱到大觉寺为允祥进香添寿。回到畅春园，已是午初时分，听侍卫德楞泰说张廷玉方苞和朱轼都还在露华楼议政，没有退朝，便传膳赏了一桌过去。自己叫小厨房御厨现炒了几个菜，一边进膳一边随手翻阅。还没有吃完，高无庸进来禀报："十七爷过来缴旨，主子这会子见不见？"雍正隔窗一望，果然见允礼弓着身子站在丹墀下，便笑道：

"老十七，尽那么站不累么？进来吧！"

允礼脚步如风地走了进来。他今年才二十七岁，康熙的儿子们大多身材颀长，唯独他个子矮小，常年在塞外练兵，小腿也因骑马变得稍有点罗圈，敦敦实实的，脸色又黑又红，好像浑身都是用不完的精神。允礼进来，规规矩矩给雍正打千儿行礼，笑道："臣弟的差使办了。先去的韵松轩，三位相公正在领筵，我就没进去。我想，先来回皇上，说不定也能饶点点心垫垫饥呢！"

"那你想得不差。"雍正呵呵大笑，他的情绪显得极好，用手指着案上的菜对高无庸道："这个都撤过去赏你十七爷，朕只用这盘小豆沙馅包子。"高无庸忙答应着连条盘端过来放在允礼面前几上。允礼看时，是一盘宫爆青椒野鸡，一盘芹菜豆芽，一盘烧三样，一盘酱蒸鹿口条。除了芹菜豆芽，其余的似乎只是动了动，四盘攒着中间还有一海碗鸭骨汤，另有一碟放着十几个饽饽——喜得眉开眼笑，说道："臣弟今儿起得早，这会子真饿了，可要放肆了！"说着夹起一大筷子鹿口条，油卤卤塞进口中，拿起饽一掰两半就着，鼓着腮帮子一顿大嚼，霎时间风卷残云吃得精光。雍正见他吃得香甜，将自己的豆沙包子也赏了他，允礼一躬谢恩，顷刻之间已又了账。雍正笑道："亏你还是天潢贵胄，这么饕餮！谁和你争么？饱了么？没有饱朕再赏！"

允礼满意地用手揩了一下油光光的嘴，笑道："皇上见笑了，这是带兵带出来的。我和古北口中军将领一个锅里搅勺子，吃起饭来那哪里是人，竟是一群狼！独我一个人细嚼慢咽，叫人笑话我是个公子哥儿，慢慢地也就惯了。十三哥其实就是那时在外练兵，弄坏了胃气，才落得一身病的。其实皇上不晓得，下头兵将最怕训练，倒是不怕打仗，打仗有好吃的，也没有早起操演，夜半集合，冷练三九热练三伏这些规矩。情吃情打仗，兵士们最高兴！所以有口号：天不惊地不惊，死不苦打不疼，就怕没事胡折腾，三九五更穷练兵。"他一头说，雍正笑得前合后仰，问道："你怎么就没有吃坏了胃气？朕瞧你比走时更壮实呢！"允礼道："胃这东西，底气壮，越吃越强，底气不壮，越吃越黄。各人禀赋不一样。十三哥比我心思重，他就吃了这上头的亏。"

"说正经事吧。"雍正又笑了一阵，觉得浑身轻松，盘膝坐了炕上，因见引娣又过来，便道："给你十七爷倒杯茶。——阿其那和塞思黑都有些什么话？"允礼虽然回京不久，但已经知道乔引娣不是一般宫人，欠身接茶一笑点头，回奏雍正道："臣弟先去见了十六哥传旨，十四哥已经迁居寿皇殿。他那里几次迁徙已经空空如也，怕寿皇殿那边家具日用物少，我倒关照内务府按贝子位置再给他添置些。阿其那已经几天没吃饭，躺在床上听旨，只笑了笑，一句话也没有。塞思黑接了旨，也谢了恩，神态很是倨傲，说：'皇上是至尊圣人，还会说错了我？说的都是，我还有什么话说呢？只请你这台面上的阿哥爷代奏。我如今万念俱灰，请允我削发出家。如果罪大难赦，我自请明正典刑，以塞国法。幽居困禁，像大哥那样疯疯傻傻招人可怜，还不如死了的好！'雍正听着，脸色又阴沉下来，握着茶碗盖的手指都捏得发白。又问："还有什么话？你只管说。"

允礼叹一口气，正容说道："别的话是没有了。臣弟从九贝勒府出来，遇到图里琛，说西山善捕营巡弋，拿住两个可疑人，自称是十二爷的门人。去十二爷府核对，府里没人能认得。行李里头夹带着两封信，一封是番文，一封是汉文，汉文的上头言语十分暧昧。请允禄辨认，说像是老九笔迹，番文的没人能识得，我都带来了，请皇上过目。"说着从袖子里抽出两份通封书简双手递给雍正。雍正先抽一封，却是那封番文信，勾画曲连如同天书，有点像清真寺里的波斯文，又有点像钦天监档案存书里的英吉利文，好像还揉着一行藏文，颠来倒去瞪目凝注，竟是一字不识。看那汉文信，却十分简单：

> 王无天地谨识：藉以盖世之气，拔山扛鼎之勇，百战皆胜而终困垓下。以诡道终输竖子，殆天亡之，非战之罪也。事机已失空帐无盖，毋作虎帐虞歌儿女子情长之态，以此颈血酬心而已。知名不具。

雍正呆了半晌，问道："捉到的送信人呢？招了没有？"允礼低沉地回道："内务府的人认出来了，一个叫毛太，一个叫佟宝。都是九——塞思黑府里的。臣即在内务府后衙严刑夹讯，两个人都招了，是塞思黑写给允禵的信。那封西洋字的信，他们也看不懂。说是允禟在西宁时，阿其那亲手造的，为通信息方便，和塞思黑、允禵各持一本译码。我又赶紧查阅他们的抄单，里头却没有这本译码。谁也弄不清信里到底说的什么了。"

雍正心里暗自思忖。此时再去搜抄这个译文本，十九要扑空，更会有人说自己残忍刻薄，即便译出来，说不定案子牵连得更难处置，思量着，冷笑一声道："他们的心思一点不难猜。都无非求死，让朕杀掉他们，落个暴君名声儿。引娣，就是你这当下人的在旁想想，还有半分兄弟情谊没有？"他冷冷地扫视一眼大殿，起身踱至案前，援笔在纸上疾书谕旨！

> 此二件发上书房、军机处及六部侍郎以上官员看。从来造作隐语，防人察觉，惟敌国为然。允禵前在西宁，未尝禁其书札往来。向至别造字体，暗藏密递，不可令人共见耶？至塞思黑寄允禵书"事机已失"，其言尤骇人，此其可以"阴微卑鄙"概之耶？尔诸大臣议之奏朕。

他刚放下笔，外头便听张廷玉的声气，似乎在问守门太监，"皇上进膳了没有？进得可香？"便知几个人过来谢恩，头也不抬地说道："你们都进来吧。"

允礼忙也站起身来，却见鄂尔泰也跟着方苞等三人进来。五个大臣点头一会意，张廷玉等人又复行礼。雍正命众人坐了，吩咐引娣"赏茶"，说道："奇文可共赏。允礼带了塞思黑两封信，你们这些饱学大儒不妨开开眼！"

"皇上，"朱轼头一个看完了，递给张廷玉，在椅中一欠身说道："事情是明摆着的。人人都晓得阿其那这几个人觊觎大位，二十年如一日镍而不舍。您就再多一点证据，也加增不了什么。如今每天接几十封奏章，不是弹劾，就是条陈，总无外乎怎么敷陈他们的大罪，建议如何处置。皇上——无论如何，这只是一件案子，它毕竟不是政务。朝廷的思路还是应该放在天下大事上……"张廷玉也道："塞思黑这案子不宜大张旗鼓。这其实是老案子里的新枝节。""他们摆着个死猪不怕开水烫的阵势，"方苞接口道，"就是要朝廷心里眼里盯着他们，顾不得办别的事，横了肠子和您死挺死顶，一句话，求乱，乱中再生事，新政也就耽误了。"

雍正听几个人曲划分析，不禁悚然而悟。仿佛要泄尽胸中郁火，他长长吐了一口气，冷笑道："朕也正在想这事，我们君臣可谓不谋而合。这样，由允祉允禄承办这案子，军机处别的人就不必专门过问了。军机处要督责各省新政推行，当作第一要务来办。鄂尔泰朕已有旨，叫他拿出云贵两广改土归流实施办法，然后分出主次一条一条地下旨叫地方去办。这当中有什么造梗阻的，你们随时商计报朕。春荒就要到了，山东、安徽、江西去岁有几处水灾的，前头已经有旨，从湖广调粮，催问一下调去了没有。菏泽县令奏上来一份报荒折子，他那里已经饿死了人，已经把粮库底子都翻尽了。施世纶在两湖任总督，他手里有的是粮，再特拨三万石去菏泽。除了人吃，还有种粮呢！饿死老子娘不动种子粮，这不是玩的！"他喝了一口水，猛地想起乔引娣是山西定襄人，又道："山西雁门关，定襄、五寨几处闹了雪灾。下廷寄给山西巡抚，亲自去看有没有断炊的，就地赈济，免去山西通省钱粮。"几个大臣互相看了一眼，山西雪灾并不大，只是压塌了几处民宅，倒是甘肃旱灾更吃紧，怎么特地关照？允禄赔笑道："山西巡抚鲁峰已经奏上来，晋北收成中平，晋东南是百年不遇的丰收，他们不缺粮。京师每年也要四百万石，年年都从江苏运来。所以军机处议了，从山西调拨一百万石，给松松担子，现今再免山西钱粮不合适。"张廷玉却摸透了雍正心思，笑道："十六爷说的是，奴才以为不必免山西通省钱粮，着他们加意抚慰受灾府县，务使百姓感沐皇恩就是了。"

允禄还要说话，一眼瞧见乔引娣执着银水瓶侍立在旁，顿时恍然大悟，一笑点头道："衡臣虑得比我周到。"

"河南乡试秀才罢考。"雍正盘膝坐得双腿发麻，下炕背抄着手来回踱着，一边思量一边说话，"看似是对田文镜，其实指的是官绅一体当差纳粮。是嘛，多少辈子老规矩，一人得道九族升天，大小是个缙绅就不当差不完粮，这么大甜头没了，有些人死也不甘。田文镜不能说没错儿，但有些正牌子科名出身的官儿不服他这杂途官，从中挑拨生事也是有的。方苞可以写信给田文镜，就说已经有旨命宝亲王亲赴河南。另外，李绂也奏田文镜苛捐杂税太多且蹂躏读书人。李绂也系朕的亲信大臣，不会哄弄朕的。你不要提李绂的名字，只说事儿，让他据实密折奏上来。有不是处朕自然指点他，不要叫外人笑了去。"雍正在殿门上舒展了一下身子，大约从允禩的案子里跳出来，回到日常政务上，他的心境陡然豁亮了许多，用久病初愈一样的目光凝望着万木复苏的畅春园。

时当三月季春头，正是四季中最宜人的时光。园中所有树木都已抽出嫩娇的芽箭，篱笆边的迎春花，像无数灿然发光的黄星星攒簇在一处，牵牛藤无声无息攀着斑驳的老墙已经爬到它的中间。无数不知名的小花在绿茵茵的绒草上星罗棋布，融融的艳日中引来了小蜜蜂。呢喃而语的紫燕在檐下穿来穿去，衔泥筑巢，发出唧唧的叫声……

……许久，雍正才从迷人的景色中回过神来。回身进殿看着几个大臣一笑，说道："今天议政不错。朕看这比兄弟们斗心思要快活得多。想想人生，光是斗心眼儿争名夺利，实在辜负了天，也实在没意思。朕想，就是阿其那他们，见这春光，也该彻悟点了。允祀就在张家口，发允禑去保定由李绂管起来，允禩就在北京。都在北京容易无事生非，他们只要不再为非，朕也懒得难为他们了。"他眼中闪着柔和的光，顿了一下，又道："你们跪安吧。"

　　弘历奉到返京旨意，已是四月初三。此时推行新政的诏谕已经通天下皆知，南京城大街小巷到处张贴着两江总督和江苏巡抚会衔布告，解释新政。李卫不大识字，叫化子把式，把雍正的旨编成两份：一份原封装订成册发放各县各府学宫，由教谕、训导三天一讲，集中各地秀才听了，回乡再作宣讲。各知府、县令除了逢一考较举人秀才们领会圣意，逢五还要应付李卫和尹继善寄来的考卷。贴到大街上的，却不是上谕和廷寄的原文。李卫命令幕僚们把圣旨和廷寄文书，凡与新政有关的，都编成鼓儿词、道情、莲花落、加官词儿大量刻板印刷。各戏院开戏加官戏，茶肆酒楼说书卖唱的正文前加唱《颂皇恩》，甚至秦淮河上风月人家接客，也是每客一份免费赠送。江苏浙江两省真是连渔父樵夫也都对雍正新政家喻户晓人人皆知了。弘历住在夫子庙东的驿馆前，因为是南京最热闹的所在，总督衙门专设了一个灯棚，各色灯上也都是李卫手下的俚语作品，白天晚上招引看客，猜灯谜猜中了并没有彩头奖品，只发放一张彩票，凭彩票一张，回乡可在义仓支粮一升。连彩票背面也都印的宣传圣谕口号：

　　　　各位父老你是听，天子雨露恩情重。耗羡本自民间取，中有余银应归公。文武吏员取养廉，廉官节用为百姓。赋者均来讼者平，白发黄童享太平……

　　　　而今大府设义仓，丰时积存欠度荒。富家好仁积阴骘，穷家得惠亦安康。簪缨富贵应慕义，虽是缙绅亦纳粮。应知吾皇远筹谋，为汝世世计平阳。

……如此种种不一而足，招惹得八僻四乡进城农人把个灯棚终日困得水泄不通密不透风。半个月前，弘历命人密采了这些彩票将样本直呈雍正，又写密折极力夸奖：

> 儿臣计之，以彩票一张兑米一升，发放一百万张计，仅付江南余粮一万石，而山野小民，僻壤穷乡皆得被沐皇恩，下愚黔首皆可体仰圣谕要旨。是又不可从区区万石之粮而计值矣。

今天在接到回京述职，并途访查田文镜被劾数事的旨意里，原折加朱批发还了他。仍是父皇雍正那笔极熟悉的端楷：

> 李卫公忠之声朕素知之，其聪明得之天性，人亦难学。已将尔之折誊发各省，可由其参照办理。天下事难以一概之，即如山东，今方赈灾，虽一万石粮亦筹措为难。长袖善舞，多财善贾，李卫是矣，然亦平日着意留心政务处也。
> 另，发邸报数份尔看。因尔即将离宁赴豫，途中多有不便，此几份邸报是尚未发出中省者。及尔至开封，可以接续阅读而无间滞也。

弘历又拿起随廷寄密封匣子交来的几份邸报，其实也没有重要内容。除了十八省行耗羡归公，推行官员养廉各处顺利的消息，醒目一点的是由礼部侍郎胡什礼亲自押送允赴保定，将"塞思黑"交李绂"严行看管"。李绂弹劾田文镜"五不可恕"的折子没有发原文，只刊登了一个标题。还有一件是阿尔泰将军的军情通报，说罗布卜藏丹增病死，罗之残余旧部已为策零阿拉布坦收留。准噶尔喀尔喀蒙占军队事权统归了策零，如今调动频繁。已经另有旨意给威远将军岳钟麒，命其戒备防范。还有两则，一则说杨名时已任礼部尚书之职，一则说孙嘉淦已由云贵观风使回任左都御史，即日启程回京云云。

他在书房中对照朱批参读这些邸报，原来有点忐忑的心放了下来。前些时"八爷党"大闹乾清宫，他这里急报一日多到五六件，对京师发出的事变他都了如指掌。李卫尹继善范时捷一干人每天过来请安，绕着弯弯儿打探内廷消息，弘历虽从容应付，但心里却也不踏实。起先担心廉亲王搅乱朝局，尔后又怕兴起大狱穷治允禩党。一切平静，又觉得自己久在外省，疑惑会不会有人在雍正跟前拨弄是非。这道密谕和邸报，所指示的事情大小无所谓，重要的是雍正更加信赖自己，为使自己不间断地掌握各省及边境全局，竟亲自将未发出去的邸报样本寄来。弘历不由得佩服父皇的心细如发，也隐隐意识到弘时在京政务措置有不合皇帝心意之处。因此，放下廷寄文书，弘历心中已经完全释然。却见堂房外从二门进来四个长随打扮的汉子，也不进屋来，就阶前天井里一字排开，肥肥地喝一声"喏"，禀道："四王爷，奴才邢建业、邢建敏、邢建忠、邢建义陪主子练招儿了！"

这邢家四兄弟原是山东人，从前明万历年间，祖传七辈的捕快世家，父亲邢连珠年老休致派自己的四个儿子出册到李卫处奔走。为考较邢家子弟武艺能耐，李卫特调了他们先到南京总督衙门听用，恰弘历每逢单日练武，便指定他四人陪练。弘历见他们到，随即脱去外身套的袍褂，内里月白长衫上只套了一件玫瑰紫巴图鲁坎肩，又换了一双灯芯绒皂靴，将袍角掩在腰带里，一手提了根齐眉棍步出堂前，笑道："今儿恐怕是最后一次练把式了，我就要回北京，明儿起三天里头分别接见南京官员，就没空玩儿了——今儿怎么练？"

"凭爷吩咐！"邢建业叉手说道。

"你们拳脚已经领教过了。"弘历微笑道，"今儿换个花样。今儿我练棒，你们一个一个上，谁能夺下我手上这根棒，赏二十两银子！"弘历说着，从靴页子里抽出一张银票放在窗前台阶上，用石头压住了。过来支个门户，单手抢棒一招满天撒网，身子滴溜溜连旋十几个圈子，一手"举火烧天"，一手攥棒成秦皇负剑式，顿时满院生风。

四兄弟见他如此潇洒利落一个起手，不禁鼓掌，高声齐发一声彩："好！"

那弘历舞得一发起兴，一根棒在手里勾、挑、拈、搭、撬、绰、崩、刺……灯草般轻巧，时而支棒如轴，通身飞旋空中连环踢腿；时而进步连跃，双手倒舞得那棒如风车般，纵跳飞踢还夹着拳脚，连天井旁的花草都被棒风带得如风催动。这四个兄弟一时都没有出手，站在旁边细观顷刻，已经看出，弘历的棒法出自内廷，虽受过大内侍卫高手指点，但犯了"宫病"。尽自舞得密不透风，却只是个好看，四个人都觉得夺掉他手中这根柞木棒不是难事。但又虑他是当今"太子"，任性自负，扫了面子可怎么好？邢建业正在寻思办法，老四邢建义一个欺身已经进场，大叫："四爷，得罪了！"在弘历的棒影中纵跃环跳，瞧准了弘历下盘不稳，飞足横踢弘历后腿。弘历急忙支着棒一个鱼飞，身子悬在半空，谁知建义却是虚招，左腿弓步，右足收势猛地一勾，弘历下头失了支撑，已经落地。建义眼见他要摔个马爬，将左手一拦，托住弘历，弘历一怔间，手中的棒已被邢建义右手震飞出三丈高许。那棒飘飘地落入邢建义手中。弘历笑着退了一步，说道："不用再比了，连你都夺了去，何况你哥哥？真好身法，我的棒舞起来连水都泼不进来，你怎么进了场的？大内高手也没这个本事。"

"大内侍卫是让着王爷的。"邢建义笑嘻嘻说道，"天下棒法没有一样天衣无缝的，他专向您舞得密的地方泼水，自然就泼不进去。小人欠了人家赌银二十两，爷这张龙头银票太叫人眼热了，因此放肆了！"弘历不禁大笑，说道："原来如此！你赌输了银子红了眼？好好好！这么实诚，你主子当得帮你填还！"一边说，回头取那张银票时，不禁吃了一惊：原来台阶上好端端压在石头下的彩物已不翼而飞，不知被谁换成了一张薛涛笺，点点渍渍的似乎还有字！弘历小心得像怕被烫伤似的取出纸条，脸上犹带着凝固的笑容，抖着手指展开了看，纸上写着一首诗：

> 矜在勤政载功还，忍听旧歌鹨鸠原。妙手空空谨相告，北去途中防凋残！

细看时是自己素常用的笺纸，墨迹潮润触指即染，显然是刚刚写的。光天化日之下，又在戒备森严的钦差王邸，当着几个武林高手，这贼竟从容入书房题诗，寂然换银票，来无迹，去无踪，不但胆大到了极处，本领也令人匪夷所思。

　　邢家兄弟一愣，立即知道出了什么事，邢建业和邢建敏抢上几步一前一后护住了弘历，建忠建义呼啸一声飞身上房，两个人在房背上手搭凉棚四下眺望，但见青堂瓦舍接陌连阡，曲巷小街千回百折，时而传来小孩子叽叽嘎嘎的笑声，院内院外一片春光景象，太平世界，哪得见个贼影子？四兄弟又搜了弘历的书房，才请惊魂初定的弘历进去。见弘历呆呆地爽然若有所失，四个人都觉讪讪的。邢建业低着头赤红暴脸说道："惊了爷的驾了，都是小的们无能，也真不防南京还有这样的飞贼！"

　　"也许是这驿站里有江湖上卧底的人所为。"弘历见他们羞得无地自容，反过来替他们圆场道："再说，你们都盯着我和建义过手，没有留神。别这么垂头丧气的死了老子娘似的，这是一百两银子，爷照样还赏你们！"说着又递一张银票过去，四个人哪里敢接？正没做理会处，门阍上进来人报说："两江总督李卫、江南布政使范时捷来拜。"弘历将银票向邢建业手中一塞，立起身来说道："叫进来吧。"

　　须臾，便见李卫穿着一件宽大的九蟒五爪袍子，外边套了件锦鸡补服慢慢摆着方步进来。他久病方愈，一直犯着痰喘，瘦得像麻秆，空荡荡地挑着衣服。身后的范时捷却敦实得石磙似的，吃得红光满面，走一步脸上横肉乱颤。随后还有两个侍女丫头和一个老婆子默默跟着，过了二门便沿墙垂手站住。李卫朝她们一摆手，说道："你们先在这听使唤。"转身朝迎出来的弘历打下千儿去，说道："奴才李卫、范时捷给主子请安！"便和范时捷一同磕下头去。

　　"好好！起来！"弘历在阶上双手虚扶了一下，一边让二人进屋，一边笑问："继善呢？我原想他也必定来的，怎么就你二位？"又看看李卫脸色，说道："你脸色仍旧苍白，精神好多了。我请杨名时给你弄二斤上好银耳，他回信说已经回京，已请云南布政使江韵洲代办，这几天就能送到。那东西叫翠儿配上冰糖熬化了，随时进补，于身子最有益的。"

　　"亏得主子惦记着了。"李卫赔笑道，"银耳今儿上午驿传来过，老江还专门附了信说是主子的恩典。尹继善这会子来不了，清江口那里去年黄河淤沙，堵漕运，今春要补运二百石粮到直隶山东。黄河菜花汛就过来，不及早清理就误了大事。继善正召集河道衙门的人议事，还有尖山坝工程，春化土松，要调民工修筑——这些都是肥缺，要用最清廉的人，也得巡抚操心。我跟他讲，'你要弄些个河南操娘的黄振国那样的东西去治河筑坝，今秋江苏境江西境出一处纰漏，或决溃了，老子也就顾不得几十年脸面交情，非弹劾得你七窍生烟不可。银子，如今耗限归公，有的是。你派的那些河工官儿敢黑我这点新政钱，我非请王命旗牌斩他不可！'继善这人我一百个放心，不过丑话在前，图个顺利不是：——晚间我设水酒一杯给四爷饯行，继善必定来的。"

范时捷是个安静不住的，一边听李卫说话，一边东顾西盼，笑道："继善也为这个忙，尹泰老相公在北京来信，大太太晋封了一品诰命，叫他写诗纪庆。他母亲又是五十大寿，他得采办寿礼。跟我说，想请四爷顺道儿带回北京，又说，既不能张扬，又不能叫母亲寒心。我说，'你这事叫四爷难办。四爷是天上人，能背着尹老相公帮你给母亲塞体己？你这不是闹笑话！亏了你还是个大学问的探花郎！'……"他夹七夹八一顿说，弘历如堕五里雾中，李卫忙赔笑道："继善公的母亲是小娘，自然不得与封诰命……尹泰老相公的正室妒忌得很，尹泰又是老古板，到如今继善这么大官，母亲在家还是青衣荆钗，站着侍候老爷子太太。这事继善没处说，只有自己苦罢了……"

弘历听了不禁点头叹息。李卫转了话题问道："爷的随从奴才们呢？爷在这边和邢家兄弟练功夫，他们都不在跟前侍候？"弘历笑道："你李卫是天下治盗第一能吏，我还有什么不放心的？因这两天就要走，我打发他们到街上买图书。皇上仍旧是内热，我已经写信给黑龙江将军，叫他捉活熊送北京取胆，我从这边带点真牛黄回去。还有我母亲，也要带点东西，其余的人都在后院打裹行李。但看来你这里还不能夜不闭户啊，大白天的，几个人眼皮子底下竟有飞贼偷我的银子！"说着便将那张字递给李卫。

"是么？！"李卫吃了一惊，双手接过纸笺看看，有一半字不认得，便递给范时捷道："老范，娘希匹这贼也太不给面子，总是我不知什么时候说了满话，到四爷这儿来出我的丑。你是识字人，给咱念念！"范时捷又是吃惊又是好笑，读了诗，说道："这贼不像有歹意，提醒四爷路上小心些。他这么显摆能耐，有意为朝廷效劳也未可知。""格老子的!"李卫咬牙笑骂道,"这都是甘凤池一干人弄的,撒英雄帖在南京会筵,招惹得外省这些不三不四的蟊贼来捣蛋!黑嬷嬷陪端木良庸回去完婚去了,原打算请他们顺道护送四爷,如今看起来只有奴才亲自送您回去了。"又指着二门前站着的几个仆妇说道:"这是黑嬷嬷家的几个亲戚,她老了,叫家里人来侍候端木。端木他们回山东,我留下了这几个人,这几个丫头吹拉弹唱都能来一手。路上侍候四爷,到底比男人粗手大脚的好。"范时捷笑嘻嘻地看着邢家兄弟道:"怎么样,不吹嘘'打遍山东无敌手'了?这回现眼,等着挨你家老爷子的家法板子吧!"李卫便招手叫丫头们进来。

弘历见四个人臊得满面涨红,忙止住了范时捷说话,道:"当时我们全神贯注练功夫,是大意了,何必责之过深呢?我回京,还由他们护送,李卫你放心,这贼绝不是冲我的命来的。你也甭亲自送,为一张小小帖子这么闹起来,不怕人笑话你少主子?"因见那个中年妇人带着四个丫头已款款进屋,便不再言语,留神打量时,那中年妇人约可四十岁上下,巴巴髻上插着象牙簪,容长脸儿高鼻梁,一望可知当年也是美人胎子。但两个女子形容都还小,只在十五六岁年纪,都是放了足的,一色撒花葱绿裤,鹅黄滚边绣花衫,容貌并不很俊,但齐站一处,犹如并蒂两枝黄花亭亭玉立,别有一番风致。弘历年少才高风流倜傥,只因是钦差大臣在外,有关物议,身边不便携红带绿,整日只有几个汉子伏侍,见她们风致楚楚腼然赧颜站在书房里,顿觉精神一爽,把玩着手中折扇笑问:"你们叫什么名字?"

中年妇人出前福了一福,说道:"小妇人姓温,温刘氏。主子叫我温刘氏就成。"又指着两个女孩子说道:"这两个孩子是两胎双生,都是小妇人的女儿。眉心有朱砂痣的是姐姐,主子给他起名儿嫣红,这个是妹妹,叫英英。"

"主子?"

"哦,就是黑嬷嬷,"温刘氏说道,"嬷嬷本家姓方。永乐靖难年间就败了,我们家那时就是方家的世仆。端木家是因为收养方家子孙有恩,方家才认了恩亲,对外头说是主仆,其实不当奴才使的。倒是我们温家,是地道的低门头儿。"

　　她没说完，弘历已经明白其中的瓜葛，想不到李卫整日夸说武林里的端木和黑嬷嬷两个家族竟这么久远的渊源！思量着笑道："既是方家，又是靖难时败的，一定是方孝孺了，忠臣烈士之后，相扶相携三百余年，这也算一段佳话呢！"说着便取杯要吃茶，温刘氏不待吩咐忙从茶吊子上摘下壶，嫣红撮茶，小心沏了三杯用盘子端了过来，英英将壶中热水倒了面盆中，又续了凉水，把搭绳上毛巾浸了三块，趁热拧出来，三个刚饮了两口，嚼香品味间，热毛巾已送了上来。弘历不禁笑道："屋里的伏侍差事，还是要女人。我带的几个男仆，忠心也尽有的，一到这些事上都活似傻子。"见李范二人笑道起身要告辞，弘历忙又道："别忙着走，我还有点事。天也好早晚的了，呆会儿我还要去看看李卫设的粥场。晚间你不是还要请我么？就便儿一同就去了。"

　　"是！"

　　范时捷和李卫对视一眼，又坐了下来。弘历从书架上取下一个镀金木匣子，用手一撤机关，"啪"地打开了，取出一封黄绫封面的折子。二人一眼瞧见是雍正常常批复用的请安折子，忙站起身来。李卫便问："皇上有密谕么？"弘历点点头，把折子交给范时捷道："给李卫读读。"范时捷一眼瞧见是皇帝手迹，忙打一躬，恭恭敬敬读道：

　　　　十八日折悉。朕近日身心皆有所不安，时时身觉灼热，头亦眩晕如有鬼神。可留心访问，有内外科好医生与深达修养性命之人，或道士或讲道之儒士、俗家。倘遇缘访得时必委曲开导，令其乐从方好，不可迫之以势。厚赠以安其家，一面奏闻一面着人伏侍送至京城，朕有用处。竭力代朕访求之，不必予有疑难之怀。你荐送非人，朕亦不怪也，朕自有试用之道。如有闻他省之人可达，将姓名来历密奏以闻，朕再传谕该省督抚访查。不可视为具文从事。可留神博问广访，以副朕意。慎密慎密。

李卫和范时捷不禁惊然。看那日期，是去年十月二十五日的，在此之前他们不知上过多少请安折子，一概都批的"朕安，勿念"。"办好尔之差事，胜于良药奉朕"之类的话头，想不到另外给弘历的是这样的旨意，意似迫不及待地在寻卜问医！

"我们边走边谈。"弘历一笑，收回折子，因见后头一个老苍头拍打着满身灰土过来，便叫进来，说道："老刘头，这三个是新进来侍候书房笔墨的，就在这书房隔壁收拾出一间来她们住。两个女孩子还小，告诉家人不可委屈了她们。"又对嫣红、英英笑道："既来之则安之，凡事不必见外，缺什么管老刘头要。我要出去到李大人府上，把墨给我磨好，回来我写字用。架上的书乱，我自己心里有数，你们不要整理。"说着便和李卫一同出来。邢家兄弟互相使个眼色便都随后跟了。

范时捷边走边道："四爷，您是便服，我们这身打扮跟着，不相宜，可否容我们回去更衣再跟着侍候？"李卫笑嘻嘻说道："我轿里随时都有各色衣服备用。范大舅子，想当叫花子还是风月楼上的王八头儿，我立时打扮得你鱼目混珠！"范时捷是李卫骂惯了的，笑道："又玠你要当小叫花儿，我就扮老叫化。你要扮小王八牵马儿，我就扮个老王八！"二人斗口，引得弘历在旁笑不可遏。一时二人从李卫官轿里出来，李卫头戴黑缎子六合一统瓜皮帽，黑缎褂子，腰里悬着槟榔荷包，瘦脸上还挂了副墨镜，活脱一个师爷。范时捷却顶了灰毡帽，灰府绸袍子外套青布褂子——却是管家模样。三人相视，不禁哈哈大笑，出了驿馆也不走大路，趱一个胡同从小巷里串出来，迤逦向东北——李卫为穷民专设的粥场就设在离粮库不远的玄武湖畔。

四月江南已是花谢树绿，从驿站趱北而行其实已是南京市郊，但见黄土便道两边杨柳婆娑、暖风宜人，不断头的菜花在西下的斜阳里漾荡有姿，间或有菜田，栽种着茄秧、青椒秧、小葱、水萝卜、黄瓜、菜豆、青笋等菜蔬，青翠欲淌。小孩子们在浇菜的水渠边，有的扑蝴蝶，有的捉虫子，有的在戏水玩耍，间或有滑落在水里的，被岸上一群总角小子抛泥撒沙，打着水仗，有哭的有笑的有闹的有骂的，有大人拉着泥猴一样的儿子打屁股的……一派农家田园风光。三个终日昏头昏脑钻在公事丛中角逐名利的亲贵大员，都觉耳目为之一新。弘历一边漫步走着，问李卫道："你怎么会想起设义仓设粥场呢？皇上几次跟我夸奖这事。说几时天下督抚都办起这个善举，治化极盛也就快到了。大抵太平日久，地土容易兼并，总归富的少贫的多，即使太平，也不免有水旱蝗灾，历来革命都是雄杰奸狡乘了这个'机'。从长远说，这真是庙堂百姓二者兼顾的好法子。"

"我没有皇上想那么远那么深。"李卫手里拿着一根草节儿，一点一点掐着在嘴里嚼，"我只晓得人饿急了什么滋味——看见吃的就想抢，看见有钱人就想打！我一个婶子，丈夫死了十年，守节不嫁，一场蝗灾过去，庄稼吃得像割过一样。她就卖花儿了①——她还要养活儿子呀！"他沉默着，不再言语了。范时捷点头叹道："这是真的。我在芜湖盐道，见过刘二饥民暴动，就为一斤粮没给足分量，那个刘二卖柴从那儿过，一扁担打得米店老板四脚朝天。几百饥民乘机抢米，烧店铺，抢银号，连不是饥民的也卷进去，逢大户人的门就砸，抢粮杀人奸污妇女……费了多大事才镇压下去。杀刘二是我当监斩官，外头设酒祭奠他的有几十桌，我只睁眼闭眼，不敢触这众怒，还亲自过去敬了他一碗酒这才行刑。四爷，你要身临其境就知道了，那真是一触即发，一发就不可收拾！"弘历幽幽望着远处，大约阳光下的油菜田太刺眼，略为眯缝的眼睑中瞳仁闪着光，他舔了舔嘴唇，想说什么又咽了回去。李卫眼见前面乌沉沉一片高房，四周的墙边站着岗哨，用手一指道："这就是江南粮库，过了粮库就是玄武湖，施粥场就设在湖边。"弘历问道："为什么设在这里呢？"

"那边有个破落了的五通庙，能遮个风雨。"李卫说道："靠湖边有水，洗洗涮涮干净些，病也就少了。离粮库近，取粮方便——城里头我不许有讨饭的，外头要安置周到才不易生事。"

三个人边说边走，果然转过粮库，便见浩渺的玄武湖清波涟涌。湖南岸西侧一座大庙甚是雄伟，只年久失修，看去灰蒙蒙的。庙东一边空场，似乎是昔年过庙会的场地，空场东边一排芦席搭成棚子，旁边垛着拌子柴，棚后六个烟筒炊烟带着火星哔剥声直冲而起，轰轰直响。因快到饭时，空场上已集了上千的饥民，似排队又似散乱地站成六路，一个个破衣烂衫蓬头垢面，手里的碗敲得山响，不耐烦地等着开棚舍饭。人

---

① 即卖淫。

群中不时发出争吵声，粗野的骂声，女人奶着孩子哼儿歌声，还有小孩子挨打尖叫哭声，也不时夹杂着莫名其妙的哄笑声，乱嘈之极。范时捷一眼瞧见粮库账房的一个书吏正忙着指挥人从车上卸米，却不知姓名，"哎——"地喊了一声道："你，喂，愣你妈什么，叫的就是你——过来，有问你的话！"

"是范大人呐！"那吏目觑着眼盯了半日才认出来，颠着屁股跑过来，给范时捷打千儿道："小的殷贵给方伯大人请安！"立起来用疑惑的目光打量着弘历和李卫，满脸堆笑，说道："您老人家怎么有工夫到这儿来啦？怪肮脏的，连个坐处也没……"范时捷不理会他啰唆，问道："在这趁粮的有多少人？"

"不一等，多的时候三四千。今儿人少，一千五百人吧。"

"按人头分发，一人摊多少粮食？"

"三两。"

"带孩子女人呢？"

"回大人，按人头算。"殷贵笑道，"孩子也一样。饭前发竹签子，一个签子一份儿，省了争吵。"

弘历在旁插嘴问道："都是本省的？外省人多不多？"殷贵瞟了一眼弘历，忙低头道："回大人，本省十停里占不到一停。李督爷有宪命，凡本省饥民给粮回乡。各县地方上还有度荒粮，这里的本省饥民多是家里没有地的。你打发他回去，他依旧来了。"

弘历不禁一笑，又问道："哪个省来这里讨饭的最多？"殷贵毫不犹豫地回道："河南。不但多，且都是一窝儿一窝儿。有的一家子三代，有的独个来了又去了，叫一群来，最下作了——你少给他盛一点，日爹骂娘地乱叫。窝子狗似的，吃定了我们江南了！"他脸上带着鄙夷睃了一眼吵吵叫叫的人们，忽又叹息道："也难怪他们，那边说叫'垦荒'，有的县巴结田中丞，报数儿越多越升官，里保甲长们撵着人放荒熟田开生田，一个不对就拆房子撵人，开出荒来种不出庄稼，原来的地也耽搁了。"范时捷见弘历脸色阴沉，只是沉吟不语，便笑道："咱们棚里看看吧？"于是殷贵导引，三个人漫步来到棚前。只见六个棚面西坐东，一字排开六口大杀猪锅，都是满满的粥。棚里垛着米袋，摊有守夜的床

铺，锅沿放着几把大勺子，几个火工脱得只剩一件单衫满头油汗手握长
柄勺子翻搅那米。弘历用勺子舀起翻花大滚的粥，看那颜色似灰似红，
凑到鼻子近嗅嗅。微微带着股霉味，不禁皱皱眉头，问李卫，"吃得
饱么？"

"吃饱是差不多，这东西不顶饥，几泡尿就饿了。"李卫不禁一笑，
"也不能吃饱了，也不让他饿死，这是我的宗旨。"弘历轻声叹息一声放
下勺子出棚，沿着场边向西趄去。李卫这个话他在山东赈灾，听山东巡
抚也讲过。舍粥是为救荒救命，不能叫灾民吃得比在家种地还强，也不
能让他们饿得砸了粥棚，这里头的分寸难为了地方官。李卫和范时捷早
已赶了上来，见他恍恍惚惚往西走，范时捷忙道："主子，那边是五通
庙，里头住的都是这些人，没什么看头。"

弘历似乎没有听见，加快了步子来到庙前。由于快到开饭时，这边
庙里几乎已没什么人，只有几个衣衫褴褛的老婆子披着破袄，偎在门洞
角晒太阳。弘历抬头看时，果见庙前一块破匾，上写"五通神祠"四个
泥金大字，"祠"字已经剥掉半边。楹上对联还算完整：

> 有灵有神辉光照八方祐国而裕民，如应如响血食临万众祸淫且
> 福善。

下边题签已经漫漶不清。李卫在旁解说道："这祠堂红极一时。康熙初
年每年都要一对童男童女灌了水银活祭呢！汤斌任南京知府，扒了神像
一火烧了，撵走住持道士，说如果有祸我一身当之。汤文正公不但没
事，还升了官。去年有两个洋和尚，说是法兰西的，看中了这块地皮，
要建教堂，和我打了几次嘴皮。我说建庙，成！不过要建就建孔庙，或
者佛寺，我不晓得你那个什么乌耶苏孙苏的，他们也就罢了。"弘历点
点头，说道："往后逢这种事要上奏。这外来的人弄的名堂我们不清楚，
小心着了他们道儿——"还要往下说时，便听粥棚那边"当当当"一阵
敲钟声，人们炸了窝似地欢呼"开棚了，开棚了！"锅碗瓢盆人挤马撞
响成一片。弘历刚一回头，这边庙里却传出一阵撕心裂肺的叫骂声，却
是河南女人的声口：

"你个杀千刀的！堂堂六尺个大男人，老婆儿子都养活不了！吃舍饭，裤子烂得遮不住蛋，还要和人赌钱……啊啦……要去你自卖自身，我这么小个丫头送出去，还有她的活命？……"

第二十二回　仁义皇子挫强救弱
诰命夫人闲说邪教

弘历几个人一愣，接着便听几个孩子"哇"地一声齐哭乱叫，一个壮汉子一手将一个十二三岁的女孩子挟在腰间从庙里出来，随后一个女人披头散发疯子一样追出来，一男一女两个孩子跟在后头"爸妈"乱叫。女人叫："你过你的，我过我的，咱们一刀两断！你把小丫给我放下！你个不要脸没囊气的男人啊……"那男人回身抡圆巴掌"啪"地打了女人个满脸花，跺脚怒喝："贱人！叫你撺！我不写休书，你一辈子是王家人！"那女人毫不畏惧，扑上去死死搂住已经哭哑了嗓子的女儿，扬脸骂道："我贱？你贵么？撒泡尿照照你那鳖孙样儿！我死也不叫你卖我的闺女，你给我放下，放下，放下！——我日你王老五八辈祖宗了……呜……这日子可怎么过呀……"她一转眼见弘历和李范三个站在门口，丢了孩子趴跪过来，磕头如捣蒜，哭道："你们老爷行善积德，放过我这闺女……死鬼男人争了你们亏欠，叫他去给你们当长工抵债。我这闺女才十三岁，她不会侍候人。你那个春香楼不是女孩去的地方儿……你们行行好……必定公侯万代！"那女孩见父亲发愣，一溜挣脱了身子，和弟弟妹妹一齐扑到女人身边，娘母子四人一顿抱头大哭。

弘历被这凄惨的生离死别先是惊呆了，此时才想到她把自己错认成买人的。看看三个孩子，都不到总角年纪，死死抱住母亲，用惊恐的目光盯着自己，他的心好像从老高老高的地方一下子跌落下来。弘历正要说话，身后一个人格格笑道："你求错主儿了。买主在这儿呢！"李卫范时捷都在全神贯注看这边，猛回头，见一个瘦高个儿站在旗杆石础边，旁边还有三四个街混儿打扮的人挤眉弄眼地嗑瓜子儿。王老五见他们来，憨憨地过来鞠了一躬，说道："蔡五爷，你瞅我屋里的，她不情愿……孩子也忒小，不懂事也不会侍候人。算我输了我自己，给你家打三年长工，顶了那七两银的赌债，成么?"他说道，自己却落下了泪。

"我们开堂子的，又不发佃田，叫什么长工呢?"那蔡五爷嗑着牙花子，瞟了弘历几个人一眼，手托着下巴故作为难地说道，"说实在的，这么小不丁点的孩子到我们那，现今也派不上用场。瞧你这家子这样，我心里也怪不忍的。"

弘历没想到他说出这话，打量那蔡五爷时，只见他白白胖胖一张小圆脸，五官倒也齐整，只左颊上蚕豆大一块黑痣长着三寸长的毛，猪鬃似的，好端端带出了破相。弘历心中不禁暗自嗟讶:行院里也有善心人呢!正想走开，却见蔡五爷走到那女人跟前，一手托起她下巴，笑着对几个街混儿道:"你们瞧哎!我们五嫂人泼辣，模样长得可俊!别看脸黄，那是饿的了。到我那儿三个月不出，准调教出个老西施给你们看!"几个街混儿一阵哄笑，七嘴八舌道:

"是嘛，还是蔡爷眼里有水!这婆娘是脸上抹了锅灰，皂角香胰子咯吱咯吱洗出来，比蔡五爷跟前的三娘子还标致呢!"

"怪不得押宝时王老五舍不得呢!"

"喂，老五，拿堂客换了你闺女吧!"

"五嫂，跟蔡五爷去畅心楼享福吧，你这么一枝鲜花，干么守着这堆牛粪呢?蔡爷家烧火丫头也比你这日子排场些!"

"就是的。"蔡五爷格格一笑，转身对王老五道，"拿你老婆抵债，只在我那侍候三个月我就还你。"他俯身又端详一下低头不语的王五嫂，啧啧叹道:"真是个美人胎子，老五好有艳福啊!"

站在旁边的范时捷早已看不下去，跨了一步正要说话，李卫在旁轻轻拽拽他衣角，向弘历努努嘴，小声道:"瞧着四爷的。"范时捷看弘历时，已是阴了脸，一手摇着扇子，咬牙冷笑着一言不发。蔡五爷用眼瞟了一下弘历几个，又劝王老五:"你别迟疑，我准好好待她，还你的时候身上少了一件，我赔你!"

"好蔡爷哩，您高抬贵手我就过去了。"王老五拙讷地红着脸，"我是正经种地人家，她也是好人家——欠你七两银子，我死活挣命，半年给你挣出来，成么?挣不出来，我……我……""你说的比唱的还好听，你这'家'一拍屁股就远走高飞了，我寻李制台为你下海捕文书拿你?

赌场上头无父子，我抬的什么手？"蔡五爷色迷迷地看着王五娘，嬉笑道："自古笑贫不笑娼，害哪门子臊呢？何况我也不是天长地久霸着五嫂不放，侍候几个月，她照旧回来了。说实在的，我也怕家里那只母夜叉欺侮五嫂呢！"旁边一个街混儿见那女人只是捂着脸哭，小声对蔡五爷道："五爷，呆会儿这些吃舍饭的外省侉子们回来，要招麻烦的。"

一语提醒了蔡五爷，这里不是人市，是饥民聚集的舍饭场，饥民们吃饭回来，激起公愤不是耍的。他顿时翻转面皮，冷笑道："好，好！你有本事赌，就有本事担待！我不要你这臭女人了，拉上他这丫头，走——我看是谁敢拦？！"他横了弘历一眼，吸了吸鼻子别转了脸。几个街混儿步喝一声，捋袖挽臂地扑上来，不由分说连撕带拽，从王五嫂怀里拉出哭得声嘶气嘎的女孩子拖起便走。那女人已全然无力再追，仰天躺卧着只是嘶声大哭："老天爷！你就睁眼瞧瞧吧……我的娇儿啊……王老五，你个不要脸的，卖我的闺女……"蔡五爷哼地冷笑一声说道："想要闺女你来换，多会儿想通多会儿来——我铺好床等你！——走！"几个人咋呼吆喝着便走。

"慢！"

弘历终于忍不住了，将手中折扇一合，大声说道："他不就该你七两银子么？我代他还了你。人留下！"几个街混儿看看三个人打扮，虽不奢华，却也并不寒酸，弘历潇洒的气度黑瞳瞳的瞳仁中闪着光，不怒自威的气势更使他们心慢。一愣间，那女孩子已经挣脱了，扑身跃回母亲怀抱。蔡五爷转过脸，上下打量一眼弘历，说道："外乡人，要知道这里是金陵城！他欠的是人债，不是钱债。人，已经是我的了。"

"就算是你的，我买下了！"

"成，七十两银子给你。"

弘历一张清秀的脸拧歪了，血一下子全涌到脸上，额头的青筋突突直跳。李卫自小侍候这个少主子，从来没见他暴怒起来这副模样，下意识地竟打了个寒颤，看四周时，见邢家四兄弟正慢慢凑过来，才略觉放心。弘历狞笑着说了，向袖了里摸银票，才知道没带，范时捷忙从靴页子里抽出一张银票递上去，说道："四爷，这是一张一百两的。"蔡五爷没想到弘历肯出十倍的价来争，倒是一怔，刁声一笑，说道："我不卖了!"

"卖,由不得你;不卖,恐怕也由不得你。"李卫在旁冷冷说道,"这个女孩子本主是王老五,不是你姓蔡的。金陵三尺王法之地,想不到有你这样的恶霸,抢买子女为娼,当众调戏妇女,你活够了么?"范时捷曾做过一任顺天府尹,于《大清律》更是熟稔,接口便道:"赌债律不追索,欠了你就欠了你的,连王老五也不必还这笔债。你这贼王八忒煞大胆,光天化日之下就敢如此作恶!"

蔡五爷横着眼盯着几个半路杀出来的程咬金,嘿地一笑,说道:"你们像是咱们城哪个衙门里的,想着我蔡云程不过是个开行院的。是吧?告诉你们,就是李制台在这,也干预不了在下这点事情!这是北京万岁爷驾前三贝勒爷的差使,要买几个女孩子,教司出来送进去,大内里使唤的!他欠的债,情愿以女抵债。怎么,你们敢挡横儿?"李卫和范时捷原以为姓蔡的不过是个娼院掌柜,没想到后头竟连带着弘时,不禁都是一怔,都把目光射向弘历。弘历目光一跳,他也觉得有些意外,随即一声冷笑,却高傲地昂起了头不言声。李卫眼见邢家四兄弟过来,断喝一声:

"拿了!"

"喳!"

邢建业、邢建敏、邢建忠、邢建义四人齐应一声,转身便扑向蔡云程。几个街混儿吓得掉头便逃,被邢建义、邢建忠两个赶上,一顿拳脚打得鬼哭狼嚎,齐跪了李卫面前,捣蒜价磕头告饶:"不干我们的事,不过希图吃蔡五——蔡云程几个酒钱,跟着凑个热闹……好爷们哩,别和我们这些下三滥们一个见识儿,污了爷们的手脚……"那蔡云程被邢建敏反拧胳膊擒了,仍是一脸不服气,棱着眼问:"你们哪个衙门的?防备你头上的顶子!我们三爷如今是万岁爷身边第一人,就是张中堂、鄂中堂也得瞧我们爷的!只怕你上绳容易松绑难!"

"放屁,掌他的嘴!"弘历突然怒喝一声,"叫他冒充皇阿哥府里的人!"

邢建义在兄弟中性情最是暴躁,答应一声,"啪"地一个耳光,那蔡云程一只耳朵已是聋了,口中兀自不停地骂:"好,好!打得爷好!

你这个小白脸——我操你十八辈……"邢建义见他口中出辈，哪里容得他再骂，左右开弓，噼里啪啦打得不分个儿，蔡云程口中泛着血沫，呜呜噜噜也不知骂些什么。那王氏恨极了他，就地下车辙窝里挖出一把又腥又腻的湿泥，一纵身上去就糊了个满嘴满鼻子，顺手猛地就拽下了蔡云程脸上那一绺毛。蔡云程一个鲤鱼挺，疼得大叫一声，已是晕厥过去。

"打！使劲打！"弘历犹自气咻咻来回踱步，"别怕他装死！"

李卫此时才猛醒过来：弘历是想要他的命——因为既不能审，也不宜断——他也生了这个念头。只是此时吃过舍饭的饥民已经陆续回庙，站了一大群听王老五一家子哭诉，因乘人不留意，拉拉邢建业的衣角，轻声道："去，弄死他！"邢建业会意，大步走上前，用脚踢了踢软得面条似的蔡云程，一脚踩在他胸口暗暗使劲，笑道："这块臭肉，也配给三贝勒爷当差？真辱没煞人！"那蔡云程遭此暗算，吐着血沫长吁一口气，腿一伸，已是呜呼哀哉，此时早已惊动粥棚那边的兵丁，都飞也似赶过来瞧，见是主官范时捷在场，没人敢过来问。范时捷此时也舒了口气，叫过殷贵，吩咐道："这个家伙抢劫民女，叫李制台撞上了。当场打死大快民心——你去禀一声南京知府衙门备案。这个臭尸快移化人场烧掉。春荒季里闹起瘟病不是玩的。"弘历却似不留心他们说话，漫步往回走着，对李卫道："叫那个王老五一块到那边粥棚，我还有话问他们。"

"是！"

李卫恭恭敬敬回了一声，转脸又吩咐了几句，和范时捷快步赶上弘历，迤逦来到粥棚。那些棚丁们此时都知道这个少年身份了得，搬凳子绰桌子，沏茶倒水，颠得屁滚尿流，好一阵总算停当，就尽南边棚里安顿了弘历李卫三人，都退得远远地听招呼。王老五一家五口已是拖泥带水的来了，进来一排齐儿跪下。

"你这个甚是不争气，不及你婆娘多了！"弘历轻轻吁一口气，端起茶来呷了一口，皱皱眉又放下了碗，"赌钱，已是触了刑律，卖子，更不是做父亲的勾当。"

"老爷……老爷说的是……小人也是穷极了，想回乡，没奈何的……"王老五满眼是泪，结结巴巴连磕头带说，"老爷的大恩大德，我一家子变牛变马也报不完……我再也不敢赌钱了，只是死做挣钱回乡就是……其实，卖我闺女，我心里也跟刀绞似的。爷您是好人，就饶过我吧。我是再不敢的了……"

"唔。"弘历听他说得语无伦次不成章法，转脸问王氏道，"你们是河南人，哪个县的？"

王氏低着头，掩着方才被撕破的前襟，已经全然没有了那股拼命的泼辣气势，腼腆地说道："回爷的话，我们是封丘县黄台镇人。"弘历怔了一下，说道："黄台？唐时武则天称号，有一首诗叫《黄台瓜辞》，很有名的，是不是你那里呀？"王氏摇头道："我不知道。不过我们村的西瓜长得好是真的。前明弘治年间一场大水过去，地也没了。成了河道，什么也不说了。"

"你们县在这里有多少人？"

"二百多个吧。"

"不想回老家么？"

王氏抬头盯了弘历一眼，叹道："做梦都想……可回去粮没粮，种没种，牲口农具都没有着落，仍旧种不成地。田中丞是个清官，可我们死也不明白，自己种熟了的地偏不让种，逼着人开荒！荒开出来，好地又沙荒了——老爷，回去不就图过个安生日子？里甲长整日敲锣撺人开荒，人心都搅碎了。唉……"

弘历站起身来，悠悠地在刷干净了的粥锅旁踱着，又站到棚口，眯着眼望着景色宜人的玄武湖和湖岸东倒西歪等着下一餐的饥民。半晌，吁了一口气，说道："垦荒，田中丞没有办错。豫南豫西有些地方地少人多，又有地荒着。你不要怨田中丞，下头州县不晓事，拿着垦荒投他缘，讨他的好儿也是有的。"王老五一家原以为弘历惹祸打死人，必定要逃的，见他这阵势，才知道大有来头，齐把目光睃他。只是弘历不过十七八岁，干净爽利一个公子哥模样，再也猜不出他的身份。李卫想起晚间还要为弘历送行，赔笑正要说话，弘历却问他道："这二百多人善遣回乡，你估约得有多少银子？"

"这个我们衙门核算过。"范时捷见李卫仰着脸盘算，在旁赔笑道，

"大人孩子统算，人均得五两。四爷想发遣他们回去，奴才这就拨银子。"弘历想了想，笑道："我不想惊动官府，这笔银子先从你两个身上垫出来，下次进京到我府账房里支还你们就是了。"

他这一说，李卫和范时捷都笑了。李卫说道："四爷也忒小看奴才们的了。这是爷的功德，也就是奴才的差事。奴才做了这大的官，这点子孝敬也还巴得。爷请自放心，这事明日就办下来了。爷盘桓几日也要北上，说不定从他们那儿过路呢，奴才不敢糊弄。"

"就是这样，我让官府发遣你们回去。"弘历摸了摸那个小女孩的头，说道，"回去好好把地种起来，别往外逃了。至于垦荒的事，田中丞已经明白，前几日上折子说，'胥吏不法，借垦田为名逼民外逃，今日已知为政当因势利宜矣'——他已经明白，又是清官，不会再让你们离乡背井了。"

王老五一家听得似懂不懂，但弘历的意思是听明白了：不必一路讨饭，回乡能安生种地过日子。大人孩子像仰望神明一样凝注着弘历，喃喃祈祷："请老爷留个名讳给我们。我们给您立长生牌位……您老人家这么善行，天必定照应您中头名状元，代代公侯……"弘历听着只是暗笑，已转身出去，又对范时捷道："赏他们二十两银子，回去好置农具牲口。"

李卫和范时捷陪同弘历回到城里总督衙门，天色已经向晚。三个人联袂从仪门进了大院，只见议事厅前已站满了大大小小官员，首府首县忙得满头热汗张罗着摆布筵桌，家人们走马灯似的挂灯扛坐垫搬屏风，还有人喊叫道："进内院请问一下宪太太，制台爷回没有？"弘历一笑，说道："李卫，你不回来这里成了没王蜂，连翠儿也忙上了。我可是饥肠辘辘了，先在翠儿那吃点点心打打饥荒吧。"李卫说道："请老范这边照应一下。我陪爷进去，开筵时再出来。"因见弘历已经走远，便跟过来一同进院。老远便听夫人翠儿大声大嗓地支派："去寻老爷的人回没有？回来叫他快点来见我！主子爷是爱干净爱雅致的，那个花里胡哨的屏风弄一边去！倒是那幅虬龙凤竹松鹤图屏只怕还合适——你死瘟在门洞里做什么？去，把那套紫砂茶具——哎呀，是老爷回来了！真是的，穿这么一身到哪里——哎哟！今我这眼是怎的了，这不是我们少主子么？"她絮叨着，一反眼见弘历也在，拍手打膝过来请安，替弘历拍打着身上的灰土连说带赞，口中还夹着叹息："我小时落这个鸡视眼，每日到这时分竟是个瞎子，竟没瞧见我的少主子！这死鬼的也不吭一声，专站着瞧我的西洋镜儿。四爷，您怕有三四个月没来的了吧？我天天巴巴儿地盼，心里只是个放不下。说过去请安，日日都是使得的。偏他说四爷有话，除了逢年过节不叫我过去！怕四爷落个'交通大臣'的名声儿——我想，我跟别人不一样，我是康熙四十六年就跟了主子万岁爷在娘娘跟前侍候的。说句卖老的话，四爷临盆还是我侍候热水呢！那也真是让人诧异，满院的那个香啊，屋里的烛不知怎么那么红、那么亮，连窗户纸都映得红透了。爷头一声哭出来，嘎声亮得金钟似的，里三院的奴才们都听得一愣：爷是大贵大富大不一样的命，这是注定了的！老主子当时正禅定，您知道他老人家那脾气，天塌下来也不相干的——竟也睁开眼，听了半日才又入定过去——那可真是异样的！"……一头说，一头和李卫搀拥着弘历进了堂房。请弘历居中坐了，插烛儿般和李卫跪下拜了三拜，起身又一迭连声吩咐："先给主子送点心来，沏茶！"

"是！"

里里外外丫头老婆子见李卫翠儿都跪了，都"唿"地随着跪下，此刻忙答应着出去张罗，早有一个大丫头端着几只蛋花春卷，两个小馒头，几块细巧宫点进来，后头小丫头捧着一碗茶小心翼翼地跟着。翠儿和李卫忙接过来，亲自安放在弘历桌前，翠儿道："请主子将就着用点。主子爱用我糟的鹅掌，因说您要回北京，都收拾了装车了。还有给皇上娘娘做的鞋，皇上说比大内那些针线上人做的合脚熨帖，我也叫人封了箱子里带上。皇上娘娘有事没事赏东西都还惦记着我这老村姑，我就有一万分心也答报不了。李卫也不是什么好身板，少主子瞧他老了，好歹在北京给他找个闲衙门混。我也得沾光儿常常进宫见见我们老少主子，主子娘娘，他时不时的还能进京，我只能干看，心里念记主子的心比他还强十倍！"说道便抹眼泪儿。李卫道："大高兴的日子，你哭个什么？真是的，也不怕四爷笑！"翠儿破涕笑道："我也真是，半老了越发没成色。我是见了主子爱呀！我们老主子是佛心慈悲，外面儿上冷心里热，拔苦救难降妖伏魔。这少主子，你细瞧，这模样，这身段，这气概，还有这心地学问，扮上观音是观音，扮上佛爷是佛爷呢！"

弘历边吃点心、啜茶边听她一套接一套聒絮奉迎，从政务丛繁中游脱出来，主子奴才犹如家常闲侃，真觉得心恬意恰温馨不可名状。因笑道："你都要成'快嘴李翠莲'了！当日在我书房里侍候，还闷嘴葫芦儿似的呢！我就取你这依恋主子的心，这就叫不忘本。李卫把两江治理得好，督抚各司都听他的，相与得好。两江是天下财赋根本之地，不能没有个能干心腹大臣在这坐镇，所以现在不能想回北京，到时候我自然替你们说话的。万岁爷也时时惦着你们的，又怕门下奴才在外做官不成器，坏了他老人家名声，又怕累着了你们。他老人家想等新政有个眉目，学圣祖爷，也要南巡，是必要住到你家来的。就如今李卫去北京，也可带你。你是一品诰命，随他进京朝见一下主子、主子娘娘也是题中应有之义。见面尽容易的，何必伤感？"他又呷了两口茶，沉吟说道："今儿筵上，就说我五日后走。其实呢，后天晚上我就要起程了。"

"四爷！"李卫惊讶地望着弘历，说道，"南京官员要郊送的呀！您要微服，路上变一变装就是了。五天后我突然说您早已去了，怕下头人议论，请主子……"弘历点点头，语气变得有点沉重："我本不想大张旗鼓，而且这样一路也能看看春景，体察些子下情。你恐怕还要派些人丁暗地里维持一下，我总觉这一道儿上不甚安全似的。"

翠儿和李卫目光都是霍然一动。李卫皱着眉头冥思苦想，翠儿却道："南京人说六朝金粉繁华之地，什么能人不出来？当年朱三太子钟三郎一窝子贼，就在毗卢院山上架红衣大炮，要在圣祖爷南巡时候行刺。那里头僧道杂处，飞贼大盗多的是，哪里能一网打尽？奴婢前些时去鸡鸣寺进香，见一个游方道士，说是红阳教的，用铁铲剜开青石板，种上葫芦儿浇上沸水，吟诵咒语，当时就长出葫芦芽，拔丝似的抽蔓爬藤并花结葫芦，圈着看的人有好几千！我说这是个有道行的，布施了五十两银子。回来跟他说，他倒派人去拿那道士，说是'白莲教'妖道惑众。四爷要出了什么事，说不定就是这些贼呢！"她说完，竟不自禁打了个寒颤，双手合十喃喃道："阿弥陀佛！"李卫却问道："四爷，那首诗您能不能给奴才譬讲譬讲？"

"诗里没有恶意。"弘历不安地搓了一下手，"似乎和我游戏，报警有人暗算我。至于暗算我的人，他说是个权势极大的人。"其实李卫只要稍稍有点学问，或读过《诗经》，就知道"鹡鸰"二字特指兄弟，除了弘时没有第二人，无奈他不懂。但李卫是天分极高的人，出了名的"缠死鬼"，从"权势极大"四个字已经隐隐听出了弘历双关之意。他顿时凝住了眉头，说道："四爷，记得前年您去山东赈灾，有个叫吴瞎子的火居道士，连杀莱芜三个朝廷命官当众投案。后来您查出这三个官都是侵吞赈灾款的赃官，出脱他只定了个斩监候。我已经放了他，补在山东臬司衙门当巡捕头儿。一个月前我虑着爷回京必定微服，没人护驾不成，写信叫山东放人过来。吴瞎子是终南剑侠胡富山的关门弟子，武林和他过招七个回合没有个不败的，所以诨名'七步无常'。直隶山东河南安徽他黑道朋友多得不计其数，爷无论如何消停一下，等着他来再走，再不然请端木家来个高手也成。从这里到北京关山万里，奴才怎么放得心？奴才要亲自陪爷走的。翠儿也思念老主子，干脆都跟着，汤汤水水的也有人侍奉，可成？"

弘历笑道："我不过随口告诉你一声，多留心此地治安，你就这么闹起来，又是展期成行，又是等人，又是护送的！生死百命，你就弄得万事周全，就保得我平安？还照我方才说的办，你只发文沿途照应，这是钦差的规矩。如今不是兵荒马乱年月，太平世界法纪严森，我装神弄鬼的，叫人笑了去！"

李卫还要说话，见尹继善、范时捷后头跟着按察使毛孝先，还有一个六品官，穿着鹭鸶补服五短身材黑红脸膛，随在毛孝先后头摆着方步进来，却不认识，便住了口。四个人给弘历请了安。弘历端详一下那位官员，笑道："这不是户部的刘统勋么？怎么也在这里？"刘统勋端庄严肃不苟言笑，一躬身朗声说道："回王爷，奴才是调粮来的，已经完差，奉皇上旨意，随同王爷回京。"

"前头席面已经备好。"尹继善见弘历还要问话，忙插口说道，"公事还有办完的时候？统勋左右是要随四爷一道儿走的，我们专门来请四爷安席。"

"好吧。"弘历一笑起身，说道："我已经吃饱了，饱汉子不知饿汉子饥么！"

第二十三回　督署堂李卫设祖饯　驿馆店大员互攻讦

　　饯行筵设在总督衙门签押房北的正堂里，李卫性情豪爽，好阔朗，一来南京就任总督便命人将原来一个好端端的五楹大堂拆掉。他却有办法，仍旧是五楹，只是长宽各加一倍，整整比原来大了三倍，言官们又想告御状说他奢华，偏是他除了房子大些，"奢华"家具一概不设，也兴索罢了。弘历一行六人从后堂影屏中出来看时，满堂的官员翎顶辉煌，都已安坐在位。有的大说大笑，有的窃窃私语，有的几个同乡凑在角落里侃家常，人声嗡嘤噪杂不堪，见他们出来，"刷"地立起身来，又"唿"地一片跪下，齐声道："请宝亲王爷安！"

　　"这么多熟人呐！阿隆、殷德乾、姜文义、阿桂、英德、雷啸天、樊圃蕙、张化英……"弘历一边笑，向上首走着，辨识着下面赴筵的官员。他一口气点了四十多个人的名字，有的跟他视察过河工，检视过兵营，有的为他汇报过案件，调阅过文书，有的只是公事奉见一面之交，大的也不过知府，小的只是个县丞，弘历徐徐指名招呼无一错漏，连李卫也不禁惊讶"这主儿真好记心！"弘历一摆手，说道："都起来，请坐了。今儿李卫请客为我饯行，一概不要拘礼，只管痛乐了！"

　　众人安席坐了，李卫陪坐在弘历身边，一手执杯，清癯苍白的面孔兴奋得泛上红晕，大声笑道："诸位，你们有的和我共事日子不长，有的相处得很久了。"他瞟一眼范时捷，"像我们范大舅了，都几十年交情了吧？我没有设筵请过客。有人说是叫化子小气，其实我是没钱，当赃官咱做不来，凭俸禄呢又请不起客。如今皇恩浩荡，吏治刷新火耗归了公，发养廉银，我李某人也就有了两个村钱。所以这头一杯咱们饮干了，恭祝圣上万福万寿！"他"咽"地一仰而尽，将杯底一亮。众人不敢怠慢，袍袖塞窣，杯声哑喷，顿时也就饮了。

"这第二杯，敬咱们宝亲王，我的少主子!"李卫起身为弘历满斟一杯，笑容可掬地说道，"咱们浙江两省，最先实行了养廉银制度，又最先丈量了地土，最先摊丁入亩。皇上表彰我是模范总督，其实我肚里多少下水，诸位心里也都清爽。王爷在北京，替我李卫担待了多少，我清楚，继善老范老毛也是清楚的。我们王爷虽说年轻，处事虑世那种细密周详，待人接物那种仁德厚道，不身在其中你想也想不到，这次王爷奉钦命巡视咱们这块，事事高屋——嗯，这个这个远瞩，提耳命令。我们顺顺当当就把差事给办下来了。你们几曾见过四爷这样的金枝玉叶，赤了脚节风沐雨巡查黄河堤，驾小船测量漕运淤泥，又有几个人和饥民拉絮家常，问长问短，到舍粥棚里亲自巡视赈灾？苏杭天堂近在一尺之远，我们四爷也没有去领略过。所以呀，四爷是咱们大清雍正朝的大梁大柱，也是我们的歇凉大树!来，为四爷福寿安康，顺风返京，我们干了!"

弘历听李卫连篇累牍夸奖自己，虽不无马屁上嫌疑又说得至诚天衣无缝，听他几个成语说得不地道，肚里暗笑着举杯说道："小王何德何能？这都仰仗皇阿玛宏图远虑，俯倚诸君精白忠忱实心治事，两江才治得好。李卫是大模范，诸君是小模范，大家都辛苦了，我们共勉就是!"说罢和众人举杯一倾而尽。

"两江天下财赋重地，"李卫笑嘻嘻为弘历和同桌的范时捷、毛孝先和陪坐的刘统勋一一又斟上，口中说道："我来这里陛辞，皇上至嘱再三，新政推行要稳。我看我们是没辜负了皇上，又稳又快，所以不大才得了个'模范'彩头。一个篱笆三个桩，一条好汉三个帮，全亏了两省大小七百多官儿帮衬我这大字不识的总督。所以，这第三杯酒我独自饮了，以儆效尤。"众人哄堂大笑，李卫喝了酒，问范时捷："我说错了么？"范时捷笑得打跌，呛嗓儿咳嗽道："应该说'以示敬心'。'以儆效尤'是刑法布告上的话，意思是不许别人照样儿做!就连你老兄说的'高屋远瞩'、'耳提命令'、'节风沐雨'，老范也不敢恭维。"李卫红了脸笑道："我们师爷写的稿子，我背得不好。不过我的意思十分明白，总而言之，娘希匹的你们这些小狗和我们这几只大狗，在皇上和四爷跟前怪露脸的。共举一杯，干了!"

他有了酒，立刻本相毕露。弘历在南京平时见他，虽也有调侃，从不见他如此放浪形骸，把自己和下属统指为狗，因悄声问尹继善："李又玠爱骂人，皇上跟我说过他粗率，平日也有这样子么？"尹继善微笑着小声道："他在主子跟前不敢放肆，今儿是吃了酒。这些官平日都早被他骂皮了。他还有一条：越是喜爱那个官，越骂得凶。给四爷说个笑话儿，前头那个中军官，原来在签押房当差。我来见又玠，他说：'告诉中丞一句话，我要升官了！'我问'你怎么知道的？'他说，'昨儿个制台骂我"滚"了！'——果不其然，隔了两日，他的中军五品武职的牌子就挂出来了。"弘历听得忍俊不禁，但他是个体尊矜贵的人，什么都讲究规矩分寸的，因俯下身子装着捡扇子偷笑了好一阵才又坐直。李卫忙过来劝酒，又大声说道："四爷再过五六天就要走了。除了方才劝的三杯酒，奴才还有两件宝要献。"

"什么宝？"弘历心里"格登"一下，脸上已经没了笑容。李卫知道他心思，忙笑道："四爷放心，不是金银珠玉，也不是奇珍异玩。松江、常州、镇江三府去年秋天大丰收，绅民自愿乐输粳米一百万石。粮虽不算多，是子民拳拳敬天尊帝的心意。我派人去这三府查看，府库、义仓充实，藩库银账两符，确是百姓的忠输，我想，这应该算一宝的，请王爷代奏贡献。"弘历听着，脸上已经泛出红光，大为高兴道："三个府的知府，你写个保奏片子。乐输一千石的业主农户开列名单，这事我就作得主，给他们九品顶戴，以示荣宠！"弘历话一出口，立刻引起官员们一片啧啧称颂声。他先是一阵得意，陡地又觉不妥，此时也不及思量，笑问："你的第二件宝呢？"

李卫精神抖擞容光焕发，此刻一点也不像个沉疴在身的人，笑道："苏北这地方爷也去过几次，高家堰以东到清江口黄运交汇地带，过了几次大水，已经分不出哪是主河道，哪是支流。四爷为此焦虑，请户部调拨一百万两银子修治黄河，清理漕运淤塞。这是四爷心头一块病。全省推行官绅一体当差，有钱的出钱，有力的出力，不要朝廷费心，从秋季枯水开始各沿黄河府县分段治理。萧家渡以东缕堤已经全部合龙。菜花汛一过，黄水冲刷，立刻就能归复旧道，我算了算，可以淤出荒田七十万顷。四爷，那时候您就瞧李卫垦荒吧！"

"好好好！这真正又是一宝！"弘历大为兴奋，别说淤荒造田，仅就河堤合龙一项，也会高兴得雍正睡不着觉的。他杯一举："诸君共饮，不干者罚酒三杯！"说着站起身来。

所有的人都立起身来举杯过顶，一片清脆的嘎玉相撞声后，杯底都翻亮过来相验。

"不过，我叫化子的酒也不是好吃的。"李卫待众人都坐下，脸上似笑不笑徐步下了公座，踱至靠西南角一桌前站定了。弘历不知他捣什么鬼，诧异地看了尹继善一眼，尹继善忙凑到他耳旁，低声道："李公要处置人。"弘历细看时，果见一桌桌官员呆坐如木鸡，忐忑不安地等待着这位总督发作。

许久，李卫才长透了一口气，踱到一张桌前，对一位中年官员笑道："陈世倌，你是前年委的札，任太仓直隶州令的吧？"弘历打量那陈世倌，只见他三十五六岁年纪，戴着砗磲顶戴，八蟒五爪袍外套鹭鸶补服，方方的国字脸，一双不大的眼睛眨巴着，漆黑八字髭须下，下须微微翘起，透着精明和倔强。弘历一见便起好感，却见陈世倌从容起身答道："大人记得不错，有什么训诲，请示下！"

"哪里！"李卫一笑，"我敬重你的才学。康熙五十一年，才二十岁的人，就中了进士。你选的墨卷我书房里有，还有你的《梅院诗抄》，虽说不大懂的，听人说都是一等一的佳作。"

"卑职谬承大人金奖，那都是雕虫小技耳！"

"客气了。"李卫淡淡说道，"你人品也好，没有伸手贪墨，也没听你那里有冤案。我去太仓，那里的人都说你是好人。你别小看了这个考语，这年头官场里能让人说人'好人'的也是难得的。你修的那个太仓书院，我看比嵩山书院还要强些。走到你衙门里，听不见板子和算盘响，琴声、棋声、吟诗声倒是有的。读书人都说你是贤令。照我看，你是个'雅官'。"

陈世倌淡淡一笑，说道："不贪是本分，修书院是昌明圣学，也是读书人本分。我按本性做官为人。别人说我什么，也不大留心。"

"但我不明白，"李卫倏地勃然变色，"江南省七十二州县，还有浙江五十多个州县，都已经实行官绅一体纳粮，偏偏你就顶着？你凭的什

么？你那里不归我管，或者是你蔑视我李卫，或者还有别的缘故
么？嗯?!"

满屋里人听他夸奖陈世倌，原是心里一块石头落地，不料李卫突然
翻脸，连珠炮价质问起他，声色俱厉丝毫不留情面，不禁都大吃一惊。
陈世倌同桌的几个官员感同身受，都蓦地出了一身汗。陈世倌像是突然
挨了一闷棍，身子踉跄了一下，脸色变得青中透黄，但他很快就镇静下
来，向李卫一拱手说道："制台大人，你言重了。太仓地方官绅与佃户
历来不合，我前任里每年都有八月十五夺佃，或逼死佃户，或杀戮东家
业主的。去年秋天河南官绅一体纳粮当差的情形传到我们那里，刁佃抗
租，持械威逼业主的案子出了十几起。制台，业主是朝廷为政根基呀，
王道治化，绥安地方，平日靠的就是他们。他们为佃户胁迫，本来就一
肚皮的无名，我们再挤他们和佃户一处出差纳粮，斯文扫地，绅宦气
短，不是助长痞恶顽钝刁民抗上犯尊，就是逼得绅士与刁民同流合污。
一遇水旱欠收，那祸就不可测了。李大人，我是很敬佩你为人，也服气
你做事干练的。只不知为什么我冒犯了您，今日当着王爷和上下文武，
又是您的家筵，为什么无端给我难堪？"他说着，已是满面泪光，哽咽
说道："我为自己难过，更为你难过，我还为太仓百姓担忧……"

李卫起先脸上还带着讥讽的冷笑，渐渐沉静，变得愈来愈苍白，最
后竟是呆若木鸡，只死盯着面前这个陈世倌，头目眩晕，雷击了一样僵
立不动。满庭文武屏息吞声，像古庙一样沉寂，半晌，李卫叹息一声，
忽然对陈世倌一个长揖到地，低着头不肯抬起，说道："是李卫处事左
了，我当众给你赔礼道歉！"

"大人，这，这如何当得起？"

"我终究不读书的过，"李卫哽咽嗓子道，"你当得起。你不原谅我，
我拜到席终！"

陈世倌泪如泉涌，双手搀起李卫身躯，说道："既如此说，我勉从
宪命就是。我也有不是，早已瞧出大人不满，应该早些把话说透。读书
人性傲，弄到这田地，不全怪大人。何况您统管两省军民二政，又负责
稽查天下匪盗，偶有不留心处，岂能以瑕掩瑜？"

"好，两个都是国家瑰宝。"弘历诧异而好奇而震惊，至此又感动又

欣慰，起身一手执壶，一手执杯下来，满面春风说道："一个折节下士，一个循礼不悖，好！我来和你们共饮一杯合息酒！"说着为二人各倾一杯，自己也斟满了，三杯酒琥珀似的，晃晃一碰，已是各自干了。李卫已是恢复了常态，嘻嘻一笑，竟上去拍拍陈世倌肩头操一口安徽话，说道："娘希匹的李卫小瞧了读书人。你大有出息，贼娘好好地搞！"

众人不禁哄然鼓掌大笑。李卫笑道："雍正二年李绂参我一本，说我不读书不学无术，而且违旨看戏。我回奏万岁，不读书是有的，看戏是因为不读书又想懂史，所以天下督抚不许演堂会看戏，唯独我是'奉旨观剧'，今儿是我家筵，借官家一席之地，叫戏子人来唱一句！"他顺手扯了陈世倌往上席走，连声道："开戏开戏！——你来，和我坐一处说话！"

须臾，两厢笙簧齐鸣弦管应和。六个妙龄女子，一色汉装，荷绿长裙曳地，银红比甲醒神，随着节拍从屏风后冉冉而出。灯下看美人绰约掩映，销魂容光令人神往。弘历久羁在外，事务丛繁，烦恼郁塞至此一洗而尽，听那歌伎唱时，却是：

> 红樱悬翠葆，渐金铃枝深，瑶阶花少。万颗燕支赠旧情，争奈弄珠人老！扇底清歌，还记得樊姬娇小。几度相思，红豆都销，碧丝空袅……

"好，这是王沂孙的《三姝媚》了！"弘历按节而拍，细细品评，大赞道："这曲子谱得也好，堪称绝调。"

"我终归是个俗人，听不懂。"李卫笑着呷了一口茶，望着摇曳婆娑的舞女，若有所思地摇摇头，又叹道："没办法。""有办法的。"范时捷笑着对弘历挤挤眼，"四爷就在跟前，四爷给你做个主，翠儿不依也得依！"弘历听得入神，恍惚问道："你们挤眉弄眼的，是怎么回事？"

毛孝先笑道："这是李大人的情孽。先头选戏班子，有个叫豆官的小生，很投制台的缘，就收了房里做丫头，那丫头也很倾慕大人的。可惜嫂夫人风流棒喝，胭脂虎啸厉害，到如今连个名目没有。这事可不是四爷一句话就算的么？""翠儿还是个醋坛子？"弘历笑道，"不要紧，回头我去给你告这个情。"李卫不好意思地看看一脸正色的刘统勋，说道：
"他们不知情，翠儿倒也不是妒忌。一来圣上当年有话，李卫不许讨小，
二来我身子骨儿也不好，就放一边了。"

几个人说笑絮语间，已经换了散曲儿。

> 这的是无语脉脉春海棠，这的是杏花夭桃云中藏。销魂处翠华
> 裹红妆，连钩凤窠，巧笑迎人，恰便似软玉塑王嫱，兰馥西施
> 寄温香。怎得红娘报纱窗，则俺这立功心，封侯志，英雄泪，
> 都化了一把情肠……

此时歌曲婉转，清音袅袅，座中客醒然半醉击节细聆，直令人心飞神越
飘渺欲仙。弘历不禁大为赞叹："今儿真个耳目一新，我在安庆听的徽
调，在江南听这散曲和昆调，堪称三绝。北边那些野台子道情比起来，
简直不堪入耳。且这词儿也编得甚好。"他随口一句话，却搔到了尹继
善痒处，一边说"这是袁子才的大作"，一边将椅子向弘历这边靠靠，
便大讲起南北曲的异同，什么声、气、韵、形、格、味，滔滔不绝。李
卫插坐在他们中间，既不懂也无兴趣，见弘历侧耳凝神听得专注，便索
性起身告声"方便"，便悄悄出来。因见给自己侍候文稿奏牍的师爷廖
湘雨坐在门旁一桌吃酒，递了个眼色便独自出来。廖湘雨会意，向众人
一点头，跟着李卫下阶到天井里，问道："东翁，有事？"

"嗯。"李卫的身影在暗中背对着光，看不清什么脸色，声音低沉浊
重，"你不要吃酒了。到前院点起我的亲兵，立刻动手，把妙香楼包围
了，男女贼犯，一个不得漏网。哦，还有个畅心楼，你知道不知道？"
廖湘雨皱眉道："畅心楼和妙香楼只隔一条路。大人，甘凤池他们一伙
子一共八个人，眼线说端午会齐，然后一道儿去山东比武。现在只到了
四个，铁罗汉、吕四娘、妙手空空、一剑道都还没来。就是这四个，现
在也难说就在妙香楼。一惊动，再想遇这么个机会可就难了。"李卫嘘
着气说道："个奶奶的，顾不了许多了，只好打草惊蛇，护得四爷平安
回去就成！"

廖湘雨惊得身上一颤，下死眼盯着李卫不吱声。李卫咬着牙说道：

"这里头有个分别，妙香楼要连锅端，一个不许漏网。畅心楼要网开一面，一个也不许拿。"因见廖湘雨一脸茫然如堕五里雾中，李卫一笑，说道："你甭问，知道的多了还不如不知道，就这样办！"

"是！"

"回来！"

李卫一招手又叫住了他："完差回来，就在我的签押房给河南田制台写一封信，请他知会直隶李绂制台，说四爷秘道回京。江苏安徽境里安全我负全责，在他二人境里我只负半责。话要说透又不透，软里又带硬。这要看你老先生的本事了！"

看着廖湘雨匆匆出去，李卫返身回到大堂，已是换了笑脸，一进门便道："四爷赏识咱们南京的曲儿，几个戏子很给我李卫露脸，每人赏十两银子！来啊来啊，诸位请酒——有什么好的，再唱几个大家听！"

隔了一日，弘历便悄悄起程了。他扮了个茶商，刘统勋一身账房先生打扮，雇了十几头走骡，两乘驮轿，二十几个挑夫挑着茶叶，走骡则驮着弘历给雍正和皇后带的药物和珍玩瓷器，还有尹继善给母亲的寿礼，温刘氏和嫣红、英英仆女分乘了驮轿，弘历自己却是骑马，扮了走镖的邢家四兄弟腰悬宝刀，臂挽硬弓，也都骑马护送。径由滁县、定远、怀远、蒙城、涡阳、亳州取道穿越安徽，一路晓行夜宿直入河南境。那邢家兄弟既辱于妙手空空儿，又受李卫严词至嘱至托，半点不敢怠懈。一路上轮班儿在驮车上休酣，每日十二个时辰寸步不离左右卫护弘历，连走七八天，居然平安无事。待至柘城，早就奉田文镜命守候在鹿邑的河南总督衙门亲兵大队人马赶上来护送，邢建业才一块石头落了心。此时由总督衙中军护送，再也微服不成，弘历也就索性坐进了特意为他准备的鹅黄曲柄大轿。浩浩荡荡日行驿道，夜宿驿馆直趋开封。又走了三四天才到汴京，田文镜早已得报，率开封城文武直迎出十里处，在接官亭设酒为弘历洗尘，恭送入相国寺旁的驿馆里。一应安排周详，也不必细述。

"你太费周张了。"第二日早饭后田文镜来拜，一落座弘历便道，"我走的大官道，太平世界一马平川，又随这么多的人，还怕贼劫了我不成？走的时候我是单枪匹马，再不招惹你们地方官了。你就那么听李卫蛇蛇蝎蝎的老婆子嘴？"

田文镜越发瘦得可怜，连肩背看去都有些佝偻，坐在那里，时而也要一手按着胸口，呼吸时嘴唇微微翕合，似乎不胜其力。他干咳了两声，椅中一躬身说道："倒是接到李卫一封信。不过奴才迎驾是奉旨行事，不为听李卫的话，他说的都是笑话。过我河南境，凭什么他还负半责？我一根秸草的责也不叫他负。四爷要信得过，我直送您回北京。连李绂我也不叫他负责。"弘历听罢一笑，用碗盖慢条斯理地拨着浮茶，说道："河南治安皇上屡有表彰，我是很放心的。我关心的是两条，一是新政弄得如何，二是百姓平常能不能安居乐业。"田文镜早已准备好了汇报，因将新政情形大致说了，又道："火耗归公之后，我连参三名知府，官场震动，如今贪墨的，我敢说没有。河南地土已经全部丈量，富豪人家隐匿土地少缴漏缴钱粮的，我也敢说没有。各衙门整饬吏治，从我总督衙门开头，我开革了五六个师爷，又查出二十几个亲兵有关说官司人命的事，多都放了流配，还请王命在辕门斩了七个，下头也都照此清理。因此，胥吏关说案子官司的，我不敢说没有，但如此峻法严刑，敢以身试法的不多了。新政说到归根，就是治贪官污吏，苏养民生。四爷，文镜身受皇上隆极之恩，是不敢稍有懈怠的。"

"你瘦多了。"弘历点头叹道，"不要管外头有什么闲话，皇上知道你，我们也知道你。"田文镜心头一热，眼泪立刻涌上眼眶，但他是个深沉人，只作迷了眼，用手绢掩饰着揉揉，沙哑着嗓子又道："我这心只有皇上最知道，拼着这把老骨头报了这恩就是，顾不得别人怎么看，怎么说我了。"弘历笑道："这又何必伤感？虽说皇上有旨叫来查看，其实他心里有数，我们也都清亮着呢！社稷，公器也。帝王不得为私。有人告状，查看一卜，不就更显你真正无私了？我知道你心里的话，怕我拿河南和江南比，说你不如李卫。你一点也不必存这个念头，以为李卫原是皇上龙潜时的旧人，心里偏向。他的长处短处，我们不掩不护，和你是一样的。戴铎你知道吧，到福建当过道台，是雍和宫出去最早的门人，只为借了库银还顶撞查账的人，一道诏谕打发黑龙江去了。李卫的事大处着眼，不拘细务，是他长处；你认真，是你的长处，取长而补短，自然政通人和了。"

二人正说话，刘统勋挑帘进来，禀道："河南布政使阿山布罗、按察使柯英、学政张兴仁在外头，还有钦差查案的，俞鸿图侍御也来拜见王爷。"

"都叫进来吧。"弘历略顿了顿，又对田文镜笑道，"你写的垦荒折子我已经拜读了，这事确不能操之过急。李卫这几年就没有垦荒，如今诸事就绪，他又出新招，围滩造田。发卖出去，值上千万两银子呢！"因将李卫席前献宝的事说了。见刘统勋已引着四名官员进来，都在天井院里跪礼大行，便大声笑道："免礼，都进来坐着说话！"

阿山布罗、柯英、张兴仁和俞鸿图鱼贯而入，在靠门边的长条凳上斜签着身子坐下，早有驿吏们捧茶献上。弘历向他们含笑点点头，说道："我刚从江南过来，河南情形不熟，抑光先来谈谈。我晓得你们有些芥蒂，这是常事嘛，布政使、按察使不但要听省里的，还要应酬中央各部，都有自己的难处。我不是打结子，是来解扣子的。不过今儿你们不许在我这吵闹，不然我就轰你们出去。"他这一说，屋里别扭紧张的气氛顿时缓和了不少。弘历又向俞鸿图笑道："你就是俞鸿图？好，万马齐暗之中敢作长嘶一鸣，你算一条好汉。"俞鸿图激动得脸一红，欠身一礼道："这是四爷的抬爱，鸿图不敢当。"

"河南与江南比不得。李卫是长袖善舞，多财善贾啊！"田文镜见他们寒暄已过，接着自己的思路说道："这里的沙荒比江南凶得多。黄河里裹泥带沙，沙重土轻，一样的决溃，这边留下的沙滩，那边淤出了良田。粮食单产也没法比。四爷说李卫的缕堤已经合龙，您不妨看看从洛阳到太康这几百里河道，都是大条石包面儿的堤，一乡一里都有专人管。我也知道这耗力耗钱。为百年计，河南这一代人要多吃些苦，人说我田文镜心狠，也真顾不得了。"

弘历斜靠在椅子上，只是听不言语。俞鸿图在内务府多少年，眼见着弘历幼时天天到毓庆宫听讲，却从没有机会接近。见弘历尚带着稚气的脸庞上，目光却已变得深沉凝注，不禁暗自思忖：三爷比他大着七岁，怎么就没他这份尊严？

"垦荒的折子四爷想必也过目了。"田文镜不胜感慨，叹道，"文镜

确有失政之处。应该按曲划布置停当，该垦的地方加紧督促，不该垦的
地方想办法加壮地力，把单产提上去。有些胥吏在下边借垦荒敲剥百
姓，赶着农民外流，我也有失察之罪……"弘历早就见过几个人的奏
折，垦荒填报亩数报户部，田文镜为显示政绩，不甘人后，督促多垦多
报是实情，见阿山布罗翕动着嘴唇想说话，知道这位满洲哈喇一开口必
定要说难听话，因笑道："为政难，这个不用说得，你也不要一个劲自
责。我看，已经垦出来的，想办法加增地土肥力，稳住。有的确实维持
不下去的，就退荒了它，把现有的地种好。外地农民回来，要好生安
置。政府补贴些农具修理钱，调拨种子粮，无息发给他们，劳役太重，
人就外流，也不单是饿。"

　　弘历知道这几个人互讦互告，心口都不一致，他来河南，专为雍正
再三密谕，协调河南三司衙门一德一心，不要闹纷争。只想私地一个个
谈心化解完事，不料这几句批评带勉励的话却鼓起了阿山布罗的勇气，
轻咳一声清了清嗓子说道："四爷这话实在是见透了。我们这边报垦荒，
开了多少地，又是安置了多少人，朝廷、户部表彰，准备着加征钱粮。
那边四川湖广安徽江南各省叫苦连天，告我们以邻为壑邀功取媚!"他
话音一落，柯英立刻趁火添柴："信阳罗汉英家，老爷子是跟圣祖三次
亲征准噶尔的，一个世家，又封着伯爵，只留下少夫人和两个孩子，百
把顷地，原是好好的安分日子。好，又量土地，官绅一体当差，县里来
一群鸟鳖杂鱼，在府里又吃又住、盘账、丈量，佃户们趁火打劫，赖账
的赖帐，抗佃的抗佃，没半个月，就家破人散。罗夫人带两个孩子离府
出走，路上又遭了劫，竟讨饭到江西，寻着罗老将军的把兄弟杨云鹏，
一场抱头大哭。杨云鹏做着江西将军，出了三万银子安置他们母子。这
事惊动了礼部，连下文书叫藩司去接人回豫，几次都挡回来，罗夫人立
誓永不回河南!"田义镜冷笑道："那是黄振国的'德政'，要算在我头
上了? 你们不是割头换命的朋友么? 他没告诉你，罗家怎么败的?"张
兴仁原来木坐着，打定主意不问不开口的，至此也忍不住，说道："这
件事没完，四爷必定知道邓州裴晓易家裴王氏自尽一案。本来对官绅一
体纳粮当差，士子们已经群情汹汹，两个案子不啻火上浇油。今年乡试
近在眼前，已经有人酝酿着罢考……"

"谁敢暗地串连罢考？"田文镜一直忍着，不肯在弘历面前发作，红着脸憋着气，已是呼吸不匀，听到这里不禁气得五官错位，狞笑着道："这事就着落在老兄身上。查出为首的，立刻除名。有再敢煽动罢考的，臬司衙门要捕了他，严办不贷！——就是诸位老兄方才说的，文镜也不敢苟同，什么'邀功取媚'又是什么'群情汹汹'？有些人的痛痒唯与豪绅士大夫相连！"张兴仁铁青着脸，冷笑一声说道："你还嫌斯文扫地得不够？三爷几次来信，钧旨要抚安读书人，不可轻易作践。我听制台的，还是三爷的呢？"田文镜道："你奉钧旨，我还奉的圣旨呢！老兄不肯办，文镜不怕坏了名声，我这个总督恐怕要越俎代庖也未可知。"阿山布罗冷冷在旁插口道："藩里也有多少事难以料理，侍候不了你这王安石！"

"你可以上表皇上辞职。"

"读书人为你为政酷苛罢考，难道你是个称职总督？"

"你那是目光短浅一叶障目！"

"你是'泰山'？"柯英当即反唇相讥，"我们处处尽让着，已帮你作了多少违心的事了！把这些孔孟之徒都提了监狱里？好大的仁政！"

弘历"砰"地一拳击在案上，霍地站起身来，已是立眉横目，恶狠狠扫视众人一眼，又无可奈何摆了摆手，说道："我刚下车，很乏。你们——退出去吧。"

"喳——"

几个人起身，互相狠狠盯了一眼，各自跪辞出去。

第二十四回　察吏情弘历巡河务
　　　　　　抗酷政秀才罢科考

　　一连几天弘历没有接见开封城里的官员，每天早晨起来，他便把邢建业等人叫进来，命他们分赴城郊各镇，向各地进城农民打听麦收歉丰情形，米店面店售粮价格。有粮多少，骡马市牲畜进出，饲料贵贱，叉把、扫帚、牛笼嘴以及锄、铣、撅、犁铧、斧、镰、铲，多少是外地进的，多少是本地自产的，一概都要听问清楚，造册登记。众人不知道他弄这些什么用场，也不敢问，只见天天出去，稀里糊涂，竟是见货就问价，问了也不买，天晚回来归总儿在刘统勋跟前回禀交差，几天下来，都觉得琐碎无聊之极。弘历白天也不在驿馆，因乡试科场即将开龙门，相国寺、惠济河街、包府坑、南市巷一带店肆酒店住满了各府各县来省应试的秀才。今日相邀吃酒，明日同约会文，热闹不堪。弘历就在这堆人中厮混，有时到半夜才回来。一连六天过去，眼见第二日就要开考，弘历那日回来的才早些，命人"把刘统勋叫过来"。

　　"四爷，这是截至昨日收集到的百货价目。"刘统勋揉着熬得有些发昏的眼，将厚厚几大册簿子轻轻放在弘历案头，笑道："除了竹木、玉器、轿杠、绸缎几样，连酱油、醋、柴、茶、青菜也都造了进去。没有师爷，都是我亲手抄录下来了。这样爷查看着方便些。"

　　弘历点点头，一本一本地浏览，有的地方含笑一带而过，有的地方却看得很细，时而闭上眼好像追忆着什么，口中喃喃有词，也不知念叨些什么，足有一个时辰才看完了。他恍恍惚惚地站起身来，脸上带几分刚刚睡醒的惺忪和平静在屋里转悠了几圈，对正襟危坐看着自己的刘统勋道："几份册子，叫人誊录一份留下。你这份原件，密封呈送皇上。"

　　刘统勋愕然，张着口盯着弘历，半晌才道："奴才明白！"

　　"你未必明白。"弘历一笑，说道，"这里就我们两个人，我不妨直言告诉你。我很讨厌田文镜这人，我又不得不承认他是清官、好官，难得的能员！这个话你晓得就是了，说出去我是不认账的。"

"四爷！"

"你看看这粮价，"弘历随手翻开一本，指着一栏说道，"麦价三钱四。去年是三钱七，前年遭灾，六钱；大前年田文镜把麦价由六钱降到四钱五，通常这时的麦价都在六钱五、六钱上下。这就是说，田文镜主持河南政务，遭灾年粮价与过去的平年仿佛——三钱四，太便宜了，和江南丰年的米价差不多。可还要想到，河南小麦就要开镰，粮店老板要腾仓，贱售是当然的，他们就在本地，如果河南今年小麦歉收，他就要囤积居奇了。还有你看，王二麻子镰和本地蔡家铁铺镰，价钱一样，都是五个制钱。把王二麻子的运费刨除，本地镰还贵半个子儿，你不要小看了这个——你笑什么——这是民计民生！"刘统勋笑道："奴才焉敢笑爷，奴是觉得有意思。这个本子再没想到这么大用场和学问的。奴才读书两榜进士，圣人书里没讲这些经济之道呢！"

弘历仰起了身子，清秀的双眉慢慢蹙起，良久才道："圣人设道，鸟瞰万方万物，岂能津津于这些细务？其实《大学》里头一句讲的就是这个。'大学之道在亲民，在止于至善。'教化临民，精勤求善，都融在这个'道'中。"他顿了一下，"有人以黄老无为之说劝皇阿玛，说是'无为而无不为'，似乎这是放之四海而皆准的大道，其实不懂得道不是死的，是如气如水般在流。天下繁琐，应该以宽疏纠治；天下疏纵，该繁琐时小事也得留心。所以说'一张一弛，文武之道'——朱师傅一开讲先给我们皇阿哥进的，就是这一课。"正说道，见俞鸿图自外忙忙走进来，一边在天井里行礼，口中道："四爷，奴才在张兴仁那里说事儿，邢建业刚刚见着奴才，来迟了些，请四爷恕罪。"弘历笑道："不迟，现在天长，离天黑还有两个时辰呢；我要到黄河大堤上去，我们骑马，一边看堤，一边说话吧。"一边说着，一边出了堂房。刘统勋刚说了声"四爷——"弘历笑道："没有什么回避的事，你也一同走走。"邢家兄弟一直候在西厢廊下，忙不迭便到后院牵马，又佩了兵器，也都骑马遥遥尾随。

"四爷，"俞鸿图上马，随辔纵送着，忧思忡忡地说道，"据奴才看，开封科场肯定要出事。"他身后的刘统勋惊得身上一颤，却听弘历道："这我心里有数。你没听张植梅怎么讲？"俞鸿图左右顾盼了一下，说道："我和张兴仁谈了，罢考。是大清开国从来也没有过的，就是前代也很罕见，请植梅兄留意。他说他已经出榜晓示，凡有无端衅事、骚扰考场的一概要严加追究，法无宽贷，我把面门开得大大的，大家不来考，有什么法子？——看样子，张植梅是拿定了主意，要瞧田文镜的好看儿？"

弘历看着小巷中稀落的行人，许久才道："这个张兴仁不识大体。他忘了自己是学政，是主管河南学政教化的朝廷大员！"俞鸿图道："听他话音，衡臣相公给他有信。他说，我这个叔爷也是一朝被蛇咬，十年怕井绳。张廷璐是手长，犯了贿赂，拿我和他比不是笑话儿？有人说我仗了张廷玉的势才和田文镜挺腰子，其实只要看看我的履历，要不是张廷玉矫情，我岂止做个一省学政？人说我是树下歇凉，我还觉得我这棵草叫他遮了阳才长不高呢！"刘统勋忙问道："张兴仁还是张廷玉族里的？"弘历点头叹道："是五服内的族叔族孙。张廷玉一代名相，族里人既沾他光儿又吃他亏。"

他顿了一下，又问："臬司衙门那边怎么说，查出挑动秀才罢考为首的没有？"

"我先去见柯英。"俞鸿图紧绷着面孔，"河南这些官儿都是些油锤，又滑又硬。他说，士子罢考是学政衙门的事，就是拿到人犯，也归张兴仁审理。这事既有律条又有成例，臬司衙门管不到。"刘统勋叹息一声，说道："这里和江南风气相差太大了。我觉得一进河南，人人讲的都是'门路'，人人后头都有个'后台'。中州之地，物华文明最早的，怎么出来这种陋习，真真令人纳罕。"俞鸿图笑道："这也没什么希奇，离北京近，骑快马两天两夜书信一个往返！北京那边扔一声石头，直隶河南就能听到响儿。那边窗户纸破了，这边就吹风。这就与江南不同。"

弘历没言声，他心里也有同感：李卫那边事权一统，讲究的是政绩，虽然也有人事扰攘，官场气也还正。田文镜锐意革新政治，却又处事僵板，乏了人情味儿，一味硬来，弄得自己四面楚歌。正思量着如何见田文镜促膝谈谈，俞鸿图在马上扬鞭指着前头，说道："这是铁塔，再过去那高高的土龙,就是悬河了!"弘历一怔间抬起头来,这才猛地发现不知不觉间已经来到郊外。

此时天已向昏,高高的河堤几乎与铁塔塔尖平齐,像一道没有堞雉的长城,乌沉沉压在河岸,由西而来绵延向东逶迤伸去。闷响的河啸仿佛带着紫褐色的水汽隔堤弥漫过来,与带着水腥的河风扫荡着堤内广袤的沙滩。沙滩上青郁郁的花生秧,碧幽幽的西瓜地,和东一片西一片已经发黄了的麦田,仿佛经受不住这令人发悸的河啸和熏风,受惊了似的随风荡摆着,不时发出瑟瑟的抖动声。西边远处落日正在闭合它最后的余晖,不甘沉沦似的在邙山的剪影间挣扎着降落下去。弘历踏着之字形的台级登上土堤,却又和在堤内的心境不同。田文镜说的一点也不夸张,从堤顶到河床,里边全都用大条石包面严严实实砌了,一色的石灰勾缝,几处凹湾间弘历抠那石头,竟然一块也不松动,细看居然用的糯米粉浆灌的缝。此时菜花汛尚未过完,河堤上半截过水的痕迹宛然犹在,已经落至半槽,放眼向对岸不到一里宽的堤岸望去,浑黄的激流裹挟着杂草、河藻,打着旋儿,一泻东下,涌浪足有人来高,仿佛无休无止地,从河心汹汹排水而来,在堤上激起两三丈高的水花,又无可奈何地退回去,浪声漂没在可怕的啸声中,像一声声叹息被闭掩得无声无息。

"真是壮观!"弘历的袍角被堤顶的劲风撩得老高,眼中闪着惊喜激动的微芒,回头对从侍在侧的刘俞二人道,"你们看看,这要费多少工,花多少钱?田文镜纵然来河南什么都没干,这条堤也就功德无量。他就一千条错了,这一条仍够个模范总督!""四爷说的是。"俞鸿图也凑趣儿道,"圣祖爷时治河能臣靳辅陈璜,毕生也没有建起这重大堤,奴才也是这么想,老百姓不堪劳役,逃荒还可以再回来。一丢儿秀才罢考,还可以等下一科,那是什么吃紧的事?真该叫攻讦田文镜的人都到这里来瞧瞧!"刘统勋什么也没说,陶醉了一样眯着眼盯着远方,直到弘历招呼下堤才惊醒过来,偶转脸向东望去,见一个人背着手踽踽沿着堤顶走,忙道:"四爷,那个人像是田制台呢!"众人一齐回头,盯了好一阵,那人才走近了,果然是田文镜。他一边走一边眺望河景,没有留心到弘历一干人。直到两丈远近,弘历才在堤腰高声道:"田抑光,口里喃喃地，跟谁说话呢?"

"是四爷呀!"田文镜猛地一呆，才认出来，碎步下到堤腰，台级上不便下跪，只躬身为礼，说道:"心里闷极了，到河堤上走走我就心宽些。"

弘历望了他一眼，田文镜脸色青中透黄，头发都被河风吹得有些蓬乱，额前嘴角满都是刀刻一样的皱纹，却是凝固了的石像一样一动不动。此刻离得极近，他才留心到这位总督竟满手都是老茧，手背已都松树皮一样粗糙。弘历不由得心里一缩，说道:"闷了，我就在开封嘛——"猛地想起自己曾下过逐客令的，便不再言语，一级一级漫步下到堤内。

"方才四爷问。"田文镜面无表情，漫不经心地跟着弘历在麦田埂上走着，徐徐说道:"奴才是跟皇上说话。有些人，有些事我死也不明白，有些人坐而论道口似悬河，一点实事不做，偏偏左右逢源青云直上，有些人苦死累死一心想为朝廷为百姓做点事，反而遭人唾骂。有些人做事驾了顺风船似的，扬帆就起，破浪乘风毫不费力;有些人做事处处掣肘，处处坎坷，费尽九牛二虎之力也讨不了好去……奴才……好恨自己无能……"

这是沉重得令人窒息的话题，弘历低头思索半晌，问道:"出了什么事?"田文镜因见前面一个老农在刘麦，口张了张没有回答。弘历也不再问，徐步上前，轻声问那老农:"老人家，您怎么开镰这么早?"

"这片种得早，地势高，已经熟了!"老人只顾低头割麦，没想到这时分会有人跟自己讲话，吓得身上一抖，直起身子，见几个陌生人不像歹人，脸上才没了戒备之色，双手用麦秆挽着捆麦"腰子"，说道:"我是叫水吓怕了，年年种的，快熟时候就别着镰在地边上转，熟多少割多少。"

弘历看他割过的地，东一块西一块，鬼剃头似的，凡没有熟透的都留了下来，不禁一笑:"你好勤谨会打算。儿子们呢?他们就累你老爷子独个儿?"

"他们说今年不会过水，再等两天割也不要紧，就不来了。唉，这些年轻人……"

"你看今年会不会破堤呢?"

"不会。"老人瞟一眼大堤,头也不抬起说道,"有一年我们全家合计好第二日开镰,当晚一场雨,河涨了,冲日塌了。从此熟一镰我就割一镰,我是叫吓怕了。"弘历一门心思想安慰一下身边的田文镜,遂道:"你得谢谢这道大堤,不是它挡住洪水,今年你麦田早没了。"老人道:"我得谢老天爷,修堤时没把命搭进去!"

弘历便觉讪讪的,又问道:"这地一亩收多少麦子?"

"也就一石五斗吧。"

"这算好年景吧?"

"好年景要打到两石。"老人用草帽扇着敞开扣子的前胸,说道,"今年只能算个中等,沙土地,得要肥料。草肥、粪肥、熏肥越多越好。别看地薄,照样出粮食。可惜我们没钱,买不起粪肥呀!"田文镜忍不住插口道:"开封城东专设了粪肥场,一文钱一担,算便宜的了吧,一亩买他几十石撒了,这里又不缺水,那就是铁定的旱涝保收地!"老人苦笑道:"田制台不会盘算。他光知道造肥,没看看肥场离地有多远,一来回四十里,百里百斤一吊一的价,豆腐盘成肉价钱了。脚力钱也是钱呐!"

弘历肚里一阵好笑,见田文镜发怔,一把拉了就走,说:"天晚了,城门就要关了。咱们回去吧。"田文镜只好随他们来到铁塔旁的驿道上,邢建业因见他没骑马,忙过来让出自己的马给他骑。田文镜一边认镫上马,自嘲地笑道:"白日不照吾精诚,杞国无事忧天倾。我这个人是太痴了些,以为心到必定神知。我太痴了——"他猛烈咳嗽两声,用手帕子接了,见是血,手一颤,装作没事人将帕子掖了袖子里,一边放辔徐行,说道:"四爷,我实是累透了,心里也不好过,出来走走。李绂他从湖广到北京,在河南穿境而过,匆匆观花,对我不满,也还情有可原,阿山布罗、柯英、张兴仁他们天天和我一个城里,不知道我是忠是奸、是廉是贪?昨晚他们三个人联名拜折弹劾我'沽宠邀功,苛酷为政',专门抄了一份送给了我,还有万岁爷也转来一份糊了姓名的折子,说我'作践圣道,欺蔑士人',皇上叫我具折明白回奏。我想了一夜,一字也写不出。也许我真的错了?可又不知道错在哪里。"

"我在康熙朝做了快二十年官，圣祖爷崩驾时，不过是个六品部曹。雍正爷登极，我奉命宣旨陕西，路过山西，弹劾'天下第一抚臣'诺敏，与圣主际会风云，三年之内由开封府尹晋升巡抚，又在河南特设总督衙门，委我总督，成了位极人臣的封疆大吏。且就不讲忠孝节义这个大理，我田文镜受恩如此，不知道拼死答报，我还算个人吗？"

"可如今我成了王安石一类的奸人！"田文镜尽量压抑着内心的激愤，提着缰绳的手都握得发白，"既不见容于士大夫，也不见谅于庶民。我们河南人勒紧裤带三年，这条堤修好，万事都可平安从容调理。如今堤修好了，逃荒出去的说是我逼出去的，民间说我催工派捐如虎似狼，官场说我邀功取媚说我沽宠邀功——我心里好恨！恨自己无能，不能使人知我的心，也恨这些鼠目寸光的乡愚！四爷，你大约不知道，我早已患了肝病，六十多岁风烛残年的人了，自知不久于人世。唯留此一片忠忱在这中州地上，什么也不顾忌了。天假我年，三年之内，河南若不能民殷粮足，四爷您请上方剑取了我这老头颅去！"

田文镜胸中积郁已久的话一泻而尽，泪水扑簌簌走珠儿般滚落出来。俞鸿图和刘统勋听着这发自肺腑肝膈的言语，心里一阵酸热，也不禁堕泪伤怀。

"这就是所谓'知人也难，为人知也尤难'了。"弘历在得得的马蹄声中沉默许久，已是霁颜悦色，轻松地一笑说道："国人皆曰可杀，我意独怜尔才。别那么死了老子娘似的懊丧，我既在此，当然给你撑腰到底。你是皇上的模范总督，心胸要再开阔些，度量要再大些嘛！方才看了大堤，我也很有感触，你凭一省之力，做这么大一件事，还没耽误了其余政务，真是不可思议。我要上奏皇阿玛，有谁再说田文镜的是非，一定叫他先来黄河大堤上看看！"

弘历正极力抚慰田文镜，昏苍苍的远处一阵马蹄急响，一溜儿米黄西瓜灯摇摇曳曳赶近前来。渐渐近了，众人才瞧见是总督衙门的灯笼。田文镜一眼瞧见自己的师爷钱度和毕镇元也在戈什哈里头，提名儿叫道："你们这么张皇，是起反了么？四爷在这里呢，不许惊驾！"

"四爷，制台！"钱度一头热汗，牵着马走近来，气喘吁吁说道，"秀才们罢考了！五百多人围了书院，请见总督，请见张学台！我们遍城里寻不见督帅，去王爷驿馆，人说王爷出城看河去了，才赶到这里！"

田文镜头"嗡"地一响：天天怕罢考，天天说罢考，是祸仍旧躲不过，这群秀才真的红了眼，不要命了！当下不及细想，在马上回头对弘历说道："奴才这就去处置，四爷只管回驿馆，等着奴才的信儿！"缰绳一抖，两腿一夹，那马嘶鸣一声泼风般去了。

"四爷，"刘统勋见弘历驻马踌躇，说道，"田文镜去是正理。您是王爷，又兼着钦差大臣，和秀才们不宜善听善见。看他省里如何处置，您退在一边，有转圜余地。"弘历点头，说道："延清说的是，不过我这里没人在场也不好。俞鸿图去走一遭——只看只听不说话，去吧！"说罢，径自调转马头回了驿馆，和刘统勋摆了棋对弈，却只心绪不宁，一个劲儿走神儿。

俞鸿图放马来到书院，只见文庙街口已经戒严，沿街店铺檐下大小灯笼挂了足有五六十盏，靠墙站的开封府衙役们一手提着绳索铁链，一手举着火把，钉子似的一动不动。亮如白昼的灯烛火把下，聚集了上千看热闹的士民商人，伸着脖子往文庙街里傻看。人们有的沉默不语，有的嗡嗡嘤嘤议论，有的兴奋得鼓噪大喊，却也是意见不一：

"田制台也来了，看这些狗日的们咋办！"

"秀才造反，三年不成。嗨……"

"这都是政事不修闹出的祸。东汉太学生大闹洛阳，还不为政治昏暗？"

"你那是放屁！这些东西都是吃饱了撑的，拿住一个'嚓'地割了头，他也就安生了！"

"阿弥陀佛，罪过，都这么年轻，可惜了性命儿的！"

诸如此类不一而足。俞鸿图将马拴在街口，挨身挤了半日才到文庙街口，却被两个兵丁拦住，说："你瞎了眼了，还往里挤？里头不是秀才的，正在往外撵呢！想跟着这群王八蛋一道儿上西市么？"俞鸿图当众不便说明白自己身份，解说半日，无奈那兵丁竟是榆木疙瘩做的，好歹不放行。俞鸿图恼上性来，"啪"地一个耳光，掴得一个兵丁跟跄几步：

"你去禀知张兴仁，说是俞鸿图来了，问他叫不叫进?!"

"我管你妈的鱼红图鳖黑图，老子是奉命挡人!"那兵丁不禁大怒，"撒泡尿照你那影——还要找我们张学台!——拿下!"几个兵丁立刻一拥而上，死死架着俞鸿图便往街里走。俞鸿图一眼瞧见钱度带着几个书吏忙忙过来，大叫道:"钱度，钱度!"

钱度被他叫得一怔，睃眼见是俞鸿图，忙喝退了兵士，说道:"大人受惊了，这会子不是赔罪说话时候。我还要去前头见开封城门领①。叫他们带您去见制台。"说着匆匆去了。俞鸿图憋了一肚皮的火，好半日才平静下来，随着衙役们径至坐落在文庙北边的书院，一到书院门口，便被那场面惊怔住了。

罢考的秀才共是五百多人，都坐在书院过厦三楹大门外的照壁后，绕书院八字墙高悬着上百盏气死风灯，还有从衙门里搜罗的各色灯笼约有几千盏，将这座河南最高学府门前照得通明雪亮。秀才们都穿着青衿，灯下看蓝汪汪的一片，盘膝正襟危坐，几乎咳痰也不闻一声。一丈多高的两个大石狮子各挂一块白布，上写着血红的朱砂大字:

> 斯文焉扫地　胥吏之能以欺　乃百代奸佞陋政　大吏小吏宁不戒惧?
> 劳心者治人　劳力者治于人　此千古圣贤遗训　上智下愚岂可更易!

淋淋漓漓甚有精神。静坐场外也有十几个各衙门的师爷书吏，翻着册页瞭着人似乎在查对什么，照壁前灯影里黑鸦鸦站着三个方队，都是军士，却都没有带兵器，因此这边虽然是现场，只是沉闷压抑些，不像文庙街口那样森严肃杀。

"俞爷，请这边，从仪门里进去。"带路的书办见他看完了现场移步要上台阶，忙将手让至东边，说道:"制台臬台学台他们都在至公堂上议事呢!"

---

① 四品武职，相当于城防司令。

俞鸿图点头随他逶迤进了书院，果见田文镜、柯英和张兴仁都在至公堂里。这里只点了两支细烛，比起外边反而暗得多，幽幽晃动的烛影下，三个省台大员脸色变幻不定，张兴仁坐着，柯英站着，田文镜不停地踱步，清癯的身影幽灵一样不时掠过堂前的大玻璃窗。见俞鸿图进来，张兴仁欠了欠身子，说道："四爷派人来了，请俞大人主持。"俞鸿图忙转述了弘历钧旨，笑道："我是徐庶进曹营一言不发，你们该怎么办按你们的章程来。"

"秀才们并没有造反，也没有毁骂朝廷。"柯英剃得溜光的脑门子在灯下映着酒坛子一样的光，吭了一声说道，"他们就这么硬坐，请大人们出来说话。没犯王法，你叫我怎么下手，又该从谁身上开刀？"俞鸿图不言声绰了椅子坐在旁边，听田文镜道："抗拒朝廷之令，聚众拒考还不犯法？！凡到这里的都是刁顽之徒，我看要一概拿下，剔别清楚，为首的要正法，煽动闹事的革去功名，其余的记过，允许与考。就这么办！"

俞鸿图方才在堤上对田文镜刚刚生出一点怜惜的心，一下子消失了个干净：生员们不过是对朝廷"官绅一体当差纳粮"的新政不熟悉，不领会，老老实实坐在外头请见一下大人。你再尊贵，总逃不出这个天理人情，就出去解劝一下，宣明皇上恩旨的内衷，大事化小不也是功德？一开口就立意不善，一网打尽地整治！正寻思间张兴仁已冷冷顶了回来："恐怕不能这么囫囵吞枣地处置。这里头多少都是十年寒窗苦熬了一衿，或者有些俊茂之才将来出将入相，事业功名不在我们下头。先在档上记这么一笔，也许就毁了他们一生，河南文气本来就平常，我还指望着里头出个状元呢，这事只能善罢，如要摧残，我这里就说不通！"

"田文镜！"柯英突兀地提名道姓喊了一声，"秀才们就是不满你的苛政才聚众请愿的。你为什么就不能屈尊出去见见，和息了不是更好么？"柯英是司兰布的次子，父亲在随康熙西征时是亲兵，在科布多掩护康熙突围阵亡，挡住了飞如羽蝗的箭护得康熙周全。康熙得脱大难，即在凉州城为司兰布建祠，封为城隍，司兰布子孙入镶黄旗世袭罔替的伯爵秩位。既是正牌子旗人，又无后顾之忧，常不把田文镜看在眼里。河南和田文镜闹生分，他是第一个撕破面皮的。此时柯英暴怒得青筋突起，啐了一口，骂道："天生的周兴、来俊臣——我就和你过不去，你他妈怎么样？"张兴仁在旁忙道："老柯，有话慢慢跟他理论，别动粗！""动粗？"柯英鼻子不是鼻子眼不是眼，"要由着我的性子，我还想揍他呢！"

田文镜盯着两个人，目光熠然一闪，又倏然隐去，他眯缝着眼睑，像两道能活动的土墙遮蔽着昏暗的瞳仁，良久，格格一笑道："弹劾我的文章已经拜读过了，除了两句撒野的粗话没什么新鲜东西。皇上新政旨意早已布告天下，生员为天子门生，他们自己就有宣讲布化之责，这会子还要再去按着手教给他们？这是开国头一次罢考，如不能雷厉风行从严镇夺，往后群起效尤，我们谁能承担这'始作俑者'四字？至于说我是什么酷吏，你们还可写折子嘛！"

"你就是酷吏，也会有请君入瓮那一天的！"柯英厉声说道，"河南人民不聊生，就为有你这个'模范'！"

"模范是皇上说的，不是我自封的。你这话只索再写折子！"

"你以为我不敢？"

"你当然敢，你不是有个好老子么？"

柯英气得浑身乱颤，绰椅子就要砸过去。却被张兴仁死死按住，兀自呼呼直喘粗气。田文镜冷笑道："我晓得李绂也参了我，加上你们也才四个人嘛。我等着皇上处分，也写了辩折。不过眼下我还是总督，河南军政民政财政文政的担子还是我挑着。你们怕做恶人，我是个王安石、少正卯，我不怕。既然臬司学政不肯出头拿人，我总督衙门要动手办这个案子了。"

"制台，"张兴仁站起了身子，灯光下，他的脸色毫无血色，"我来办。不过要折中一下。我去宣明制台的宪命，如果遣散了，也就罢了。然后从容追查为首的，请示圣命按旨办理。好在明日才是考期，今日静坐不要加这'罢考'二字，成么？我们弹劾你是光明正大的，有舒适话下来再撕掳。君子爱人以德，就本心而言都没恶意。如果我这个建议你不嘉纳，也只好悉听尊命的了。"

这一刻田文镜也已完全冷静下来。罢考是一件轰动天下后世的大案，一样的"模范"，李卫的江南，鄂尔泰的云贵都没有出乱子，偏自己最要强，偏河南就罢考，也甚不体面。思量着，田文镜粗重地透了一口气，说道："好吧！且照你的办。这是为首的，一个叫秦凤梧，一个叫张熙——我已经查清了，你断不能行妇人之仁叫他们漏网。其余的只要明白按时应考，我就网开一面，胁从不问。"说着从袖子里抽出一张纸条递给张兴仁，又转脸对柯英道："这里的事交给学台，你也不用管了。"

"请俞大人回驿后代卑职请安，这里一切由张大人料理了！"柯英哼了一声，向俞鸿图一揖，理也不理田文镜拔脚便去了。田文镜也是一哼，待他走远了才独自出了仪门，恶狠狠扫视一眼静坐着的秀才，背着灯影拉过马来，朝马屁股狠抽一鞭，也自去了。

第二十五回　感皇恩抚台效孤臣　恪圣道学台纵首犯

　　田文镜一回衙，立刻叫过刑名房衙役班头李宏升，也不进屋，就黑地里站在天井院里吩咐："派人到书院，知会毕师爷和钱师爷，说我已经回来了，留几个人瞧着张大人如何处置，请二位夫子回来商量事。你亲自到驿馆禀知宝亲王爷，就说总督衙门人已经撤回，臬司也撤了。请宝亲王示下，我现在能不能过去请安，并告王爷，文镜一定将这事料理妥当！"

　　"是是是！"

　　李宏升一迭声答应着。田文镜也不理会，径自进了签押房。几个亲兵忙随进来，见屋里只点了一支蜡烛，张罗着要点灯时，田文镜摆了手道："所有灯笼都提到书院了，这盏玻璃灯是皇上赐的，不能轻易用。再添一支烛也就够用了，给我倒杯茶，你们退出去。"

　　众人知他性气不好，都无声退了下去。田文镜粗重地透了一口气，在安乐椅上半躺了下去，浑身骨节像散了架似的又酸又麻又困，肝膈间不时针刺般疼一下。他返身取了几本书垫在胁下压紧了肝部，见桌上放着当日从京师转过来的邸报，顺手抽了过来。看了一页，头一条就是户部列举各省垦荒亩数。河南是二十七万五千六百零三亩，赫然是第一名，但户部在后边加注说："据该省藩司衙门禀，数目尚未核实。待查"还有一条是刑部的，说河南臬司衙门张行球纳贿，私和内黄县任连斌打死人命案，奉旨"着刑部会同河南按察使柯英查实奏明，钦此"。接着是表彰李卫的一条，说江南黄河河道缕堤疏水，已顺畅通过菜花汛，当年可以涸田三十万亩，也加了一条注："本年菜花汛，沿黄各省皆无水患，唯河南与安徽交界处微有决溃。奉军机处批，着两省藩司派员查看，厘清责任，限期合龙"云云。官场通习"邸报夹缝里看宪眷"

一望可知，六部有高帽子就给别人戴，有尿盆子就往自己头上扣，田文镜气得将邸报揉成一团，"啪"地扔在地下。

"东翁，又生闷气了？"

门外传来毕镇远的声气。田文镜头也懒抬起，只瞥了刚进来的毕镇远和钱度一眼，说道："你们回来了，坐吧？"毕镇远俯身捡起邸报，小心地展舒着那纸团，和钱度坐了田文镜斜对面，笑道："这是扔不得的，要记档回缴呢！"田文镜冷笑道："有的省连密折朱批圣谕都缴不回去，这张破邸报有什么大不了的！张兴仁在作什么，还在那里说教么？"

"是。"钱度见毕镇远聚精会神正看邸报，恭恭敬敬欠身答道，"晚生和毕师爷走的时候，张学台还在书院门口台阶上训诲。劝秀才们安生回舍，明日按时应考。有不应考的，一概取消生员资格，有不遵宪命还要闹事者，要捕交臬司衙门严加处置。我看秀才们有些顶不住，交头接耳地议论，不知说些什么。"田文镜松弛了一下过于紧张的心情，抚着毛茸茸的前额叹息一声没有言语。毕镇远在旁笑道："怪不得群小一哄而起，皇上已经启驾去了奉天。十三爷病重，已经全然不能理事了。"

田文镜一把抓回邸报，果然见第二张邸报头一条便是："圣驾于四月二十六辰时发驾往奉天祭祖，前已有旨着睿亲王迎候。着三阿哥弘时晋封盛郡王，暂代宝亲王弘历理事。刘铁成、达格鲁乌、张五哥、德楞泰等侍卫从驾，张廷玉留京，鄂尔泰朱轼并礼部尚书尤明堂扈从前往。"急往下看，邸报又说："怡亲王允祥因沉疴历久不愈，请辞上书房大臣、军机处大臣等差。奉旨：着太医院医正刘印和率十二名御医尽夜看脉调护，着允祥子弘皎封宁郡王，入军机处值差。怡亲王与国同休之信臣，断不可一日辞差。体既不支，卧而委之可也。钦此！"下面密密麻麻还有几个省大员的奏折。却是处置地方要案的奏折被雍正驳了，另行具折说明情由的，田文镜也就懒得阅看了，将邸报放在桌子上，问道："宝亲王久在外省，如今又平白冒出个盛郡王，这里有没有什么文章？宝亲王的折子许久没有刊了。昨天邸报说，隆科多在阿尔泰山与罗刹会议，着撤去议边钦差大臣，即速回京听部严议。李绂奏称阿其那门人仍有来保定跪拜叩安的，请旨处置。总起来看，朝局莫不成又有什么动荡？你们劝我不要接阿其那来河南囚禁，看来还是对的。我其实不怕人查考我的政务，怕的倒是掉进'党争'窝里爬不出来——他们总不成把我也陷到'八爷党'里整我吧？"

"制台虑得太多了。"见田文镜草木皆兵杯弓蛇影，钱毕二人都是一笑。毕镇远道："阿其那和隆科多这两个大案大局已定，我劝你不要让八爷来河南，是怕他来了不好侍候。豆腐掉到灰窝里，吹不得也打不得。本来制台就有个刻薄名儿，他万一病死或自尽，您更是一百张嘴也说不清楚。您是扳倒诺敏中丞起的家，诺敏是年羹尧的亲信，和隆科多也渊源甚深。您和阿其那更是风马牛不相及——您要和八爷沾边儿，那些御史言官还有六部里的大人们早炸了窝儿群起而攻之了，还等到今日了？"田文镜也觉得自己疑心太重，一笑说道："我是给人整怕了，觉得时时、事事、处处都有人跟我为难。"钱度道："您是太累了。既然还要等书院那边的信儿，不妨就在这椅上打个盹儿。我和毕师爷在隔壁给您拟折子，有事随时叫就是。"

田文镜已被方才这番话激得全无睡意，目光炯炯望着天棚说道："既是拟折子，就在这屋吧。我歇我的，你们议你们的——钱夫子写的那一稿我看过一遍，也罢了，有些地方似乎解释得不明白，皇上这人容不得半点含糊的。你们斟酌了我再看。"

毕镇远默默取过钱度递来的奏折稿凑到灯下去看，钱度取了誊稿纸，见砚里墨汁已经不多，就茶碗里倾进了些水，便磨起墨来。在霍霍的磨砚声中，田文镜的心也渐渐静下来。从雍正元年山西虚报亏空完结一案，他才和雍正皇帝真正"风云际会"。几年来已经摸透了这个主子的心性，其实最重的只有两条：一是忠诚，跟着雍正做事，不怕做错了，最怕的做错了还要文过饰非；即便做对了，要是雍正觉得你哗众取宠，那还不如不做。二是治绩，得顺着皇帝"振数百年颓风，刷新吏治"这个思路办事。你嘴再甜，差使上搪塞他，他照样掴你的耳光。雍正的耳目也真厉害，别说自己这样的大员，就是有些芥菜籽大的微末小吏的政务，也都了如指掌。去年元旦田文镜进京朝贺，山东藩司参革了即墨县令曹学明，当着几个督抚被雍正骂得狗血淋头。他永远也忘不了雍正当时那副满脸刻薄讥讽的神态：双手背着回头，像要把那藩台倒过来看似的，口中的话像刀子一样："曹学明到底因何得罪了你哈礼克？

必定要挤之欲死？朕想，大约是你母亲寿诞，他只送了两包点心，或者有别的缘故也未可知。你说他诗里有'关山明月牵望眼'，是追怀前明，你诗里'春风明月总宜人'又是什么罪名儿？'学明'的名字也是罪！真是将欲加之罪何患无辞。你名'礼克'，甚么叫'礼'？公忠事君，以诚待下，你当得起这个字么？滚回去，下牌子叫曹学明以知府衔暂领即墨县令，陛见后另有听用。你当面向他认个'居心不正'的错儿——听着，再敢这么陷人以罪，朕就要将你交部议罪！"雍正冷森森阴幽幽的话至今犹在耳畔，那哈礼克几乎被骂昏了过去的情景尚在面前时隐时现……灯花爆了一下，田文镜闪眼看了看，又陷入沉思，陛辞时的情景又出现在眼前。乔引娣捧着盘子立侍在澹宁居暖阁纱屉子一旁，雍正换替着用热毛巾揩着脸，语气沉重又带着嘶哑，说道：

"抑光，你又要回去吃苦了。"

……自己说什么来着？当时心里混沌一片，嗓子哽着，已经记不清楚说的什么了。"朕知道，你一边做事一边还要防人暗算，很苦。其实朕也一样。这不，有人在背后捣弄什么'八王议政'，想夺掉这个皇权。朕尽量周全，人家要不拿朕当皇帝，也只好随他。天要下雨，娘要嫁人，多少年的事朕也只好挽个结儿，也难顾子孙们怎么想我这'雍正爷'了。有句老话'文死谏，武死战'，都是讲忠臣的，其实朕不赏识'忠'臣。国乱出忠臣，势危出忠臣，君昏出忠臣，那是什么好事！朕赏识的是'孤臣'——于艰难竭蹶之中，处荆棘榛莽之内，诚心事主不计得失，动心忍性，打碎门牙和血吞，创不世之奇勋，即一时为人误会，也能峭然孤立，特出于众——这才是真汉子，大丈夫。朕自己就是孤臣出来的，忍受了奇耻大辱，挺住了十面埋伏，终于使圣祖识得了知道了朕。虽不想当这个大任，老人家还是把这万几宸函交付了朕。其实鄂尔泰在云贵，李卫在江南何尝不是众目所视，千手所指？他本来就在苦境中挣扎着为朕做事办差，还架得住朕再疑心他，作践他？所以愈是遭众人攻讦的，朕处置起来愈慎重，就是怕有孤臣在里头叫人给毁了。朕不敢负了圣祖托付，殚精竭虑要把天下治好，要那些四面净八面光，琉璃蛋儿哈巴儿狗溜好人马屁精的奴才做什么？"

……想到这里，田文镜如醍醐灌顶，心目顿时清亮。因见毕镇远托着下巴拧眉攒目地也在思索，笑问道："毕老头子，出神呐！"

"哦！"毕镇远惊颤一下，回过神来，拍着钱度的折子道，"晚生在思量这份折子。钱度兄的文笔是无可挑剔的，方家手腕天衣无缝。我是想，这么就事论事地辩白，无论如何分量不够。"钱度是举人出身，半路当的师爷，为人极为精明机灵，总督衙门的人给他个绰号"钱鬼子"，听毕镇远这个头号师爷这么讲，心里不受用，笑道："那就请毕老夫子指教。"毕镇远自邬思道去后成了田文镜须臾不离的左右手。田文镜也一改昔日对师爷颐指气使的性子，一口一个老夫子礼尊客敬，已替毕镇远捐了道台衔。只是衙务还离不了这位忠心耿耿的幕僚，一时没有放出去做官。毕镇远当下笑道："我们商议，说不上指教。方才看过邸报，对制台心怀不满的人很多。今天这份折子细细辩白，明日又有别人弹劾，我们再写折子细细辩白，只有挨打的份，毫无还手之力，这不是处常之法。"

田文镜低头想想，说道："说的有理。不过，敢于公然具折书之庙堂的，并没有几个人。而且皇上朱批明写着叫我'明白回奏'，怎么可以束之高阁？发下的折子又是挖去了弹劾人姓名的，就要回戈反击，又怎么措词呢？"毕镇远道："我正是在想这件事。这折子文理脉络、语气，定是李巨来公的手笔，他也是天子驾前一等一的信臣。要是扳倒了他，别的人谁还敢信口雌黄？但皇上既挖去了名字，我们措词何其难也！"

"这不是李绂的手笔。"钱度心思灵动，他变得有点兴奋，小胡子一翘一翘说道，"我们不相信这是李公的奏折。"

"肯定是李绂！"田文镜道。

"我是这个意思，"钱度狡猾地一笑，"当然是李绂，但既挖去姓名，我们尽可装作不知道是他。"毕镇远道："装糊涂容易，文字上又该怎么变？""在'朋党'两个字上做文章！"钱度小眼睛霍地一亮，精光通人，咬着牙笑道，"对他折子上那些荒唐话可以一概不予辩白，只向皇上谢罪：因为报效皇上的心太切，做事过猛，得罪了读书人。嗯——正好这边也有罢考的事，连带着写一篇自劾文章给皇上看，就说：虽然不知道折子是谁写的，详其词意，必定是个进士。臣得罪了读书士子，进士们鸣鼓而击之，实是罪有应得，这一层一定要写得万分恳切惶惶危惧之心见于言表。然后说自己的本心，其实异样敬重读书人，把留心选拔人才，将有真才实学的科第出身官员升迁委任的事用列出来，只是耽心这些人借科名植党营私，沽名钓誉，这才时时严加训诫，也是恨铁不成钢的一份诚心。最后说明制台自己不是进士出身，有不检点处亦不能见谅于科班出身的官员。总归一条，一片好心，难为人所知，身为大员不能审势量度结好同行，取信于孔孟之徒，这就是罪——我想这篇文章就这样写，大人以为如何？"

这真是一篇老谋深算的翻案文章。雍正厌憎臣下结党，历来对科目出身的官员拉同年攀乡梓争奥援深恶痛绝，在"结党营私"上狠做文章，确是棋高一着，不显山水便把李绂送到了绝路。同时连带河南士子罢考，把总督的责任一推六二五，也全是因张兴仁和柯英、阿山布罗共主通谋串连煽动的结果。一石数鸟，真是妙不可言。这一手段虽然绝无破绽，田文镜细思，绝非光明正大之举。且李绂在湖北万众拥戴卓有政声，只是因为不赞同皇帝的新政未列入"模范"，论起雍正心中的爱重，其实也不在田文镜之下。还有一层，田文镜与李绂未达之前曾是患难之交，下此毒手，士林清议民间口碑也甚可畏。因此，田文镜略一静心，脸色又阴沉下来，喟然叹道："论起李绂这人，算不上我的私敌，这人也还正派。这个冤家结得很无谓。"

"这不是制台要整李巨来，"毕镇远略一沉吟，已知田文镜心思，缓缓说道，"是他定要跟您过不去。设如挖去的姓名不是李巨来，或果真就不是李巨来，为自卫计，制台的折子不也要这样写么？"田文镜心情沉重，点了点头正要说话，见李宏升匆匆进来，便不言语。李宏升叉手禀道："制台，秀才们已经散了。"

田文镜无声喘了一口气，"张学台呢？"

"已经回衙门。"

"那个秦凤梧和张熙呢？拿到了没有？"

"回制台，小的不知道这件事，学台衙门没有拿人。只说为首的要薄有惩戒，其余不问。叫秀才们明日按时进龙门应考。"

田文镜"啪"地一拍椅背站起身来，目中凶光闪烁，说道："罢考抗命聚众闹事，大清史无前例，早已惊动朝廷四海皆知，怎么能不疼不痒一散了之?! 这个张兴仁仗了张廷玉的势，真是胆大妄为! 李宏升，你带几个刑名房衙役，立刻到南市街口殷家老店，拿了张熙和秦凤梧。那个店的秀才是发起罢考的，其余的也都带来，只不要上刑具——给我备轿，去学政衙门! 他不来拜我，只好我去拜他了!"他气血翻涌，咳嗽几口，又呛出一口血来。毕镇远和钱度待上前劝时，田文镜已不管不顾，梗着脖子几步消失在黑暗之中。

但张兴仁却不在衙门里，田文镜扑了空。学政衙门司阍的见总督黉夜造访，也不敢怠慢，禀说:"张学台回行没停就又出去了，说去了宝亲王爷那儿回事儿去了。"田文镜听了掉头便走，一边上轿，厉声吩咐:"不要鸣锣了，转轿去惠济河驿馆!"轿夫们"噢"地应一声，抬起轿便是一阵疾走，待远远见到驿馆前红灯时，估约也就一顿饭光景。驿馆守门的见他下轿，忙过来禀道:"制台来得正好。王爷传命正要派人去请呢!"

"张学台在里边么?"

"张学台，还有柯臬台都在里头给王爷回事儿。"

田文镜不再说什么，抿紧了嘴昂然直入。到天井里正要报名，弘历在屋里笑道:"文镜么? 一整日几乎都在一处，不要闹这虚礼了。进来吧!"田文镜听弘历语调松快，心头的紧张愤懑稍减了些，待嫣红挑起竹帘，从容跨进室内，果见柯英和张兴仁都坐在桌子旁边，别转了脸不看自己，田文镜便也不打招呼，只向弘历打了个千儿站在一旁。

"坐着吧。"弘历笑容里带着掩饰不住的疲倦，说道，"我正在和两位台司打擂台呢! 你来得好。河南千事万事，你是事主，还要你说了算。只有一条，见识不一样不要紧，不可有了生分的心。一个省和一个国道理一样，将相不和子弟离心，总归治理不好。你说是么?"

田文镜舒展了一下官袍前摆，一刹那间他已经冷静下来，自己的奏辩折子其实要扫到这两个人，此时犯不着当面动肝火。一边思索，口中笑道:"是为罢考的事吧? 我刚刚儿从学台衙门趱到四爷这边。秀才们闹事，冲的也不是我田文镜一个人，我们毕竟在一条船上。不然他们怎么不寻我闹事，反而去了兴仁兄那里?"张兴仁大约受了弘历的申饬，也不愿再次和田文镜争吵，脸上绷得紧紧的肌肉松弛了一下，叹道："我和督帅没有私怨，意见不一致也是因为公务。我来河南时日不久，学台又是个清水衙门，仰仗地方的多着呢！怎么敢随便开罪大府？河南文气本来就不盛，多少年别说鼎甲，连个二甲进士也是凤毛麟角。文人秀士于政事意见不合，多听听他们的总没有坏处呢？何必一定要硬压清议？""他们这也算不上什么清议。"田文镜一笑说道，"均田亩均赋税均到了他们头上，惹得光火了，跳出来找茬儿。前明海刚峰施行'一条鞭'法，也是激恼了大业主，群起而攻之，罢了海瑞的官。'一条鞭法'没能弄成，也就种下了亡国之祸。前事不忘后事之师，这不可掉以轻心的。"

"当今时势和明嘉靖年绝不相同，人也不同，事也不同。"柯英立刻接口说道，"我就不信，不弄这个缙绅当差，大清就会亡国了！"弘历皱眉说道："缙绅当差是朝廷旨意，田文镜奉旨办差，柯英你说话留神些。"柯英道："朝廷旨意奴才自然奉遵。但旨意里还说，各省情形不同，要审时度势因地制宜。河南是个穷地方，大业主连江南十成之一也占不到，纳粮的事已丈量过土地，已摊丁入亩，为培养士林之气，给缙绅人家略存体面，就免了这'当差'一项，于通省财政疼痒不大。本来三个核桃两个枣的小意思，何必折腾得官场民间鸡飞狗跳，人人心里不舒服呢？"

田文镜至此已经知道弘历与他们意见分歧，顿时胆子壮了许多，格格一笑说道："我半点也不想和二位争吵。这次秀才试院闹事，是有头领也是有步骤儿的，蓄谋得久，所以'静坐'得也有条不紊，此事绝非小事，下瞒不了细民百姓，上瞒不了圣明天子。本来应该一体擒拿，根究穷治，我让一步，胁从既然不问，首作俑者难逃王章国典。我离开试院时已经委托兴仁兄代为缉捕张熙秦凤梧二人，不知拿到了没有？"

"没有。"张兴仁道，"现场不能拿人，怕重新激起事变。散了之后我派人去殷家老店查问，店里人说他们三天之前已经另挪了地方——这不是什么大事。明天他们进龙门搜身时，神不觉鬼不知的就拿了。"田文镜吊着嘴角，带着掩饰不住的轻蔑只是冷笑："老兄仁德到了糊涂的地步，张熙和秦凤梧如果自觉无罪，何必逃离殷家老店，如果自觉有罪，此刻早已远走高飞了。"还要往下说时，驿馆门政进来禀道："制台，衙门里李班头来，说有要事禀知。"

田文镜向弘历告便出来，迎面一阵冷风带着星星细雨扑上来，激得他打了个寒颤，这才知道天上已经下雨，踩着抹了油一样的石板甬道出来，见李宏升已在二门口等着，便问："殷家老店人犯都走了？"

"是。"李宏升道，"原来鼓动闹事的那帮秀才，昨个都已经搬完。小的派人寻了半个城的店，拿到一个叫黄世雄的，抽了几个嘴巴才问出来，原来——"他放低了声音，"那个张熙是四川人，商丘有个老姑奶奶，他是外省生员来河南顶籍出考。秦凤梧是洛阳的，自号'龙门秀士'，和河南府罗老爷他们相与得密。三天头里学政衙门梁师爷曾和这二位一处吃过酒，以后就搬家了。"

"你是说，秦张二人如今藏在学台衙门？"

"小的不敢说。"

田文镜顿时怔住：李宏升今晚还在试院门口向自己指认了张熙和秦凤梧，这两人就是插上翅膀此刻也出不了开封城。如果要藏，听李宏升说的话风，极有可能就藏在学台衙门。但省学台衙门直隶于礼部，虽然没有实权，地位并不低于藩台，没有圣旨，何敢擅搜？搜出来还好说，搜不出来便又起轩然大波，而且更要命的是省台大衙的方面大吏都是对头。张秦二人也许藏在柯英甚至阿山布罗衙里，那更是无法搜查。田文镜搜肠刮肚一顿思索，已经有了主意，对李宏升道："你不要走，就在这等着我的号令。"说完转身疾步回上房，对张兴仁说道："张熙秦凤梧已经畏罪潜逃，下头人说是贵衙门的梁师爷窝藏了。兴仁兄正好在此，请你出个主张。"

"在我衙门里？"张兴仁心头一震，脸色一下子涨得猪肝似的，"刷"地站起身来，手指着外边大声道，"哪个'下头人'？你叫他进来！梁兴德树叶掉了都怕砸脑袋的人，会做这种事？"田文镜一躬身笑道："兴仁少安毋躁，兄弟这不是正和你商议么？""我和你没什么好说的，我忍气吞声，已经够了。"张兴仁回身向弘历一揖，说道，"田文镜实在是亘古第一位圣贤，我不配在这当学政。四爷，您将学生就地罢官，让姓田的派兵进驻书院好了。"

他态度如此强硬，田文镜心头掠过一丝不安，但他毕竟是曾经沧海难为水的人了，格格一笑，说道："兴仁兄，派兵进驻你书院，只要有旨意，我也不是不敢。这话是你说的，我可没有这个意思。秀才们这次闹事，你觉得事小，我觉得事大，你我二人不同仅在于此。就把这事原原本本奏明皇上，焉有不缉拿首犯之理？我倒好意和你相商，你这么大火气，兄弟怎么当得起？"

"这种不阴不阳的样子真让人瞧着恶心。"柯英在旁越看越觉得田文镜面目可憎，见弘历端着茶杯只是沉吟，遂大声道，"你到底想怎么样，说明白点！"田文镜毫不容让，一字一板说道："我根本不为已甚。请兴仁兄回衙自己清理一下。这开封城已被我总督衙门严密监视。人身三尺世界难藏，他们毕竟难逃我的掌握！"

弘历在剑拔弩张的气氛中紧锁眉头，几次要说话都咽了回去。柯英张兴仁同情秀才，窝藏主犯的事不见得做不出来，田文镜这般气势也逼人太甚。他也真看不下去这副嘴脸，但这种人偏偏皇阿玛就喜爱！他阴沉了脸，刚说了句："你们放肆！不审量自己身份，在我这里大呼小叫，这是什么体统？——"门外远处雨地里叽叽叽叽一阵脚步，邢建业跑到檐下禀道："四爷，外头一个秀才叫秦凤梧，要见学台大人，说他是秀才罢考的主犯，投案来了！"

几个人一同站起身来面面相觑。张兴仁脸上青红不定，柯英用得意的眼神望着目光游移的弘历。田文镜面现尴尬，干笑一声道："他来投案，那再好不过。"弘历却道："这人有胆，叫进来我瞧瞧！"

第二十六回　风涛黄水弘历遇险　同舟共济倩女显能

秦凤梧被带了进来，他身上青布长衫已被雨水湿透，头发也抿得紧贴在头上，发辫梢儿微微向下滴水，白皙清瘦的面孔显得很平静，进了门也不行礼，揉着刚才被拧疼了的胳膊打量着屋里几个人，良久才对张兴仁道："学台大人，您衙门口张了告示，要拿我。我是刚知道的，特地来投案，请大人发落。"说完，瞟了田文镜一眼，面向张兴仁一提袍角从容长跪在地。

"就你一个？"田文镜不知怎的，自觉有些狼狈，随着众人落座，咬着牙问道，"这么小个臭虫，就顶起卧单了？你的同谋呢？"

"晚生没有同谋。"

"那个张熙呢？"

"张熙不是同谋。"秦凤梧不屑地看了看田文镜，"我立心要罢考，做一件震动天下，惊醒后世的大事。从策划筹谋到串连秀才，领头静坐，都是我一人所为。张熙不是本省人，和我投缘，帮忙跑跑腿而已。他已经离了开封。"

田文镜见他一兜儿揽了，也很佩服他的胆量，盯着又问道："他既无罪，为什么畏罪逃跑？"

"你是田制台吧？"秦凤梧冷笑一声，说道，"我现在还没革掉生员功名，是来向张老师投案的。你要审我？"

按清制举人秀才犯案，不经学台衙门革去功名，地方官无权拿审，田文镜被他顶得倒噎气，咬紧了牙盯着张兴仁。张兴仁在他目光的逼视下，无可奈何暗咽了一口气，厉声道："你有大罪在身，还敢如此狂妄？回制台的话！"

"那好，我就实说。"秦凤梧道，"因为田制台是天字第一号的不讲理刻薄成性的人。张熙受我指使参与罢考，出头露面太多，匹夫无罪畏刑，所以跑了。"看着众人愕然惊讶的神色，秦凤梧接着侃侃而言："田制台太爱滥杀无辜了。看看他判断的几个案子就知道，只是沾边儿入案，只有重判的，没有轻恕的。晁刘氏一案，杀了多少人？葫芦庙白衣庵和尚尼姑为首的活活烧死，为从的格杀勿论！内黄县令贪渎一案，正犯斩立决，归德府六十余名府县和未入流官人牵人人连人，罢了个干干净净——难道里头一个好人也没有？以刻薄为聪察，以残酷为乐事，这就是田制台——这样的行为心田，就是无罪，谁肯往案子里卷？"

弘历年纪虽然不大，但十三岁之后屡屡奉旨巡视数省，见过不少大吏审讯江洋大盗，其中也不乏视死如归的英雄好汉刑场大骂贪官污吏，但那都是就案说案，语言粗率不堪。秦凤梧以一介书生率众罢考，毅然投案，当面指斥田文镜为政之非，侃侃直陈毫无畏惧，见识不全对，这份胆识极为罕见。他稳稳坐着，目光灼灼盯着秦凤梧，心里盘算着如何救他。柯英和张兴仁只觉秦凤梧的话句句都是自己想说又不能说不敢说的，越听越是解气、痛快。

"你说得真痛快。我佩服你的胆子。"田文镜的脸红一阵青一阵，头也阵阵发晕，听到后来，只看见秦凤梧一张模糊面孔，已不知他都说些什么，许久才回过神来，按捺着怦怦乱跳的心，用喑哑沉闷的语气说道，"好一张利口！田文镜岂不是应该投畀豺虎的巨奸大恶了么？汉继先秦，以宽刑法；诸葛治蜀，以猛为政。我不妄攀，但可类比。河南民风刁顽，痞癞之徒悯不畏官而惧刑戮，就是因为从前太宽纵了。所以我不能不冒残苛寡情的名声从严治豫。你身为生员且是洛阳名士，胆大妄为，辄敢于煌煌太平之世邪言惑众扰乱国家抡才大典，肆口侮蔑朝廷大吏，自首虽有宽典，恐怕不及于你！兴仁公，这样的人还要留在斯文队伍里么？"

张兴仁被他当面将了一军，才意识到自己的身份。他干咽了一口唾沫，说道："学政衙门出告示时，已经革去了你的功名。张熙也是一样，已行文四川，照例除名。后生子，苦海无边，回头是岸，到了臬司衙门，好生悔过认罪。你是投案自首的，援例宽贷，还有一线生机。"

秦凤梧绷紧了嘴，傲然昂起头来，一声也不言语：田文镜憋着一肚子气摆了摆手，李宏升已带了两个衙役进来，秦凤梧揉了揉跪得发木的腿，冷漠地扫视众人一眼，跟着李宏升踽踽去了。

"就这样吧，天快要亮了。"弘历心里突然一阵别扭，站起身来想打呵欠，又止住了，"按文镜的处置办理，下海捕文书拿那个张熙。其余与考生员，凡静坐过的一律记过一次。阿山布罗、柯英和张兴仁，我劝你们去看看黄河堤岸，各写一份谢罪折子递进去。从此不要再与田文镜过不去，听不听是你们的事。这个秦凤梧，文镜可以另外具一份折子奏进去。人，让我带回京去。"说罢，不耐烦地摆了摆手。几个人退出去，弘历仍毫无睡意，只觉得身上燥热，心里乱糟糟的，说不出是什么滋味。他默然踱出堂房，站在檐下，任冷风凉雨吹洒到身上，飘落到脖子里的细雨反而使他觉得心里清爽了许多。雨幕远处传来一声隐隐约约的鸡鸣，一切又沉沦进黑暗之中。

"今天谁也不见。"弘历对随在身边的邢建业说道，"明天一早就走，河南这地方太糟心，太没意思了。"

弘历第二天四更起身便离开了开封城。为了不惊动城中文武官员，将十几篓茶叶和走骡等一应物品都留在了驿馆。由俞鸿图出面至臬司衙门将秦凤梧从牢中提出来，弘历只带了刘统勋和温刘氏、嫣红、英英、由邢家兄弟护送连带看管秦凤梧，无声无息出了城北门。又沿堤向下游行了二里许地，见一带河面宽阔，渡口上只有两三条船，桥板旁边的沙滩上孤零零架着两间板房。此时天阴得很重，东方些微带了一点曦光，细得雾一样的雨尚在飘落，岸边稀落的麦穗在风中不安地摆动着沉重的身躯。放眼北望，黑沉沉的河面蒙在霾云一样的霰雨中无涯无际，怪啸着直泻而下，漫漫荡荡消失在混沌不清的远方。弘历见刘统勋望着河面只是沉吟，笑道："迟疑什么？快去叫门，过了河寻个店铺，我们还没吃饭呢！"秦凤梧规规矩矩站在邢建忠身边，也在眺望茫茫四野，不言声从袖子里取出三枚铜钱放在手里合掌摇了几下，抛在沙滩上。

"老实点！"邢建忠道，"你捣什么鬼？"秦凤梧没有理会他，蹲下身子看了看，失声叫道："大人！现在不能过河！"

正要去敲门的刘统勋吓了一跳，趔回身来看时，只见三枚铜钱两反一正落在沙窝里，因道："这是讼卦！——四爷，我看这天色不好，水势凶险，不急着过河，再等一个时辰，天亮定了再过河，成么？"

"'讼'卦？"弘历也转身过来看了看，又打量一眼秦凤梧，说道，"这有什么稀罕的？昔日太宗皇帝与洪承畴松山一战，也卜'讼'卦。为兵凶战危求卦，得凶反吉，懂么？这卦中有'利见大人不利涉大川'的话，所以吓住了你们。但卦象还说过'天与水违行'，我们做事能忘了'天'道么？"秦凤梧显然没有料到这个阔哥儿一样的少年如此博学。但明明是凶卦偏要强释为吉，心里自然不服，因道："生员是个人犯，淹死与刀杀无非都是个不吉。卦解中明明说'不利涉大川，入于渊也'，您非要这么说，我只好听命。""你这句话还略有道理。"弘历一来肚中饥饿，二来也怕天亮，田文镜必然知道自己已经离汴，又来许多搅扰，一笑说道："我命系于天，违命即是不祥。你们看，这么大的船，艄公住在岸边，有家有户，不是歹人，过这条河有什么为难处？我南下金陵，扬子江的风涛比这要大一倍，也是凌晨过的江，有什么不吉处。"

他们在外边大声说话，早已惊动了板房里的船夫。门吱呀一声响，一个六十多岁的老头子咳呛着，揉着眼出来，冲西边板房喊道："阿二阿三，有客人摆渡了，还要挺尸么？天阴着，不然早就大亮了——老婆子，把夜来剩饭热热我们吃点就上艄了！"便听东板屋一个老女人声气答应一声，一阵柴火响，已冒出炊烟。两个儿子扣着钮子也推门出来，到船上起锚。一阵铁器相撞声风箱声和老头子的咳嗽声，给这阴沉可怕的凌晨带来不少活气。刘统勋上前对那老艄公说道："老人家，我们要过河，这天儿成么——怎么这渡口只有你一家？"

"上游修了新渡口，客人多，都迁过去了。"老艄公接过老婆子送过的一大碗热面条，向嘴里胡乱挑着，满是眵目糊的眼看了看渡口，说道："这边呢，还有几条船，都在对岸，早起儿进城人多，这边没生意——这天儿怎么了？只要不是河汛涨大水，下猛雨也照样过人！"说话间阿二阿三也已吃完饭，扯着衣襟擦着嘴不言声去河边解缆。刘统勋打量他的两个儿，都体魄剽悍身材魁梧，只是阴沉得像哑巴一样，心里觉得不妥，但见弘历已经挪步上桥板登船，只好和众人跟上来。那老人把舵，阿二阿三各人手持一根长篙，在料峭的晨风中冉冉走帆，

"哟——嗬——"一声长号，双篙点岸，大船一荡，悠悠地离了岸。

船很大，分着前后舱和舱底。弘历和温刘氏、嫣红、英英坐在后舱，刘统勋和邢氏兄弟看押着秦凤梧坐在前舱，十个人乘坐还显得很宽敞空落。弘历原本心情颇好的，见刘统勋几个人面色紧张得苍白，手都攥得出水来，僵坐在前舱惶然顾盼，众人都沉闷得一句话也不说，也不由扫兴。此时隔舱窗外眺，苍苍茫茫天水相连，远近水面白浪翻涌黄水逆沸，片帆只影皆无，震耳欲聋的河啸声中不时传来舵把单调而又枯燥的咯吱响动。约一刻时辰，南岸也消失在混茫水色之中。弘历被潮湿的河风一吹，身上激灵一个寒颤，陡地升起一种不吉利的感觉：我怎么忘掉妙手空空那首诗了?! 万一船至中流有个闪失，谁来救护? 万一上了贼船……他一阵心慌，不敢沿着这个思路再想下去。定神看时，外舱依旧寂然无声，里舱三个女人倒似心情平静。嫣红手里拿着用竹圈绷得紧紧的一块生白布，用一根一根不同的丝线专心致志地抽空绣针。英英还不脱孩提之气，手心手背翻来覆去抛着抓弄一把铜钱。温刘氏神色安详，一会儿张望船外景致，一会儿含笑看着两个丫头。弘历思绪一转，打量着她们又想，这两个孩子也算长得可人意儿了，就是这个温刘氏，退回十五年，也算标致人物儿呢! 想着，笑道："你们才来，驿馆里侍候的人手多，也没使唤着你们。过河再往前走，我的起居可要靠你们照应了。"

"爷这会子恐怕就要靠我们了。"温刘氏微笑道，"那个囚犯书生的卦真灵。爷，咱们上了贼船了!"

弘历身上汗毛一炸，几乎要跳起身来，双腿一软又坐了下去，惊慌地向外看看，阿二阿三仍在船头东一篙西一篙地乱点，摇舵声音也无异样，不禁失笑，说道："你要吓死我么? 秦凤梧要真有这个能耐，怎么不算算自己，就落到这个地步?"外舱秦凤梧听见弘历这话，忍不住回嘴说道："'千金之子坐不垂堂'，君子知命不履于险地。即使平安过河，我的劝说也不错，不利于涉大川偏要涉就是违命。我一片好心肠半点歹意也没有，先得罪于田制台，后见误于大人，真是奇哉怪也!"刘统勋见秦凤梧如此狂放大胆，正要张口呵斥，和弘历挨身坐着的温刘氏从嫣红手里捏过一包绣花针，口中道："我这就让爷瞧个热闹——"一头说，手指卡在底舱板缝里，略一用力，那底舱板"嘎"地一声大响，已被她揭起一块。

"娘的个脚，听壁角贼！"温刘氏一边骂，右手一挥，十几根绣花针脱手激射而出，口中兀自道："钉瞎你们狗眼！"弘历正惊怔，便听舱底"妈呀"一声惨叫，似乎是两个人的声气。大约真的是被打瞎了眼睛，只听一阵急促的跺脚声，一个破锣嗓子吼声大叫："黄水怪！失风啦！快他妈救我们！"

几乎同时，这条大船失了控。此地正当黄河中流，大船像断了线的风筝左一晃右一摆，飘飘摇摇顺流直下。邢建忠一把将秦凤梧揉进内舱，自己守了舱门。邢建业邢建敏邢建义三个人早拔刀在手一拥而出，只见那老艄公威风凛凛手持大板刀，钉子似的稳站在船头，已经扯去了胡须，竟是个三十多岁的精壮大汉！

"动手！"老艄公大喝一声，"上我黄水怪船者有死无生！阿二阿三对付那个小白脸，这三个货我包了！"

阿二阿三答应一声，在船尾拽出篙来，原来胳膊粗的篙头，还安着一尺来长的三棱钢刺。两个强盗目光一会意，一个望着舱窗里的嫣红和英英，一个盯死了温刘氏和弘历，隔着竹板从船尾猛地平扎进来，竟似要把内舱几个人蚱蜢一样连穿而过。只听"嘎啦"一声爆裂响声，阿三的竹篙从后舱直穿而过，竟透出前舱。秦凤梧紧挨舱门站着，左手上已着了利刃，觉得粘糊糊的，抬手看时，已是肉血模糊，顿时晕了过去。弘历见阿二阿三来势不善，情急之间，双手扳了舱顶横木，也不知哪来的气力，身子一翻，已紧贴在舱顶。阿二的一根篙钢刺头只扎进了一尺来长，却被温刘氏一只手紧紧攥住。阿二一扎不中，往外抽篙时，却哪里抽得动？阿二又气又急又奇怪，呜哩哇啦乱叫。弘历这才知道他原是个哑巴，看嫣红和英英时，都是纤毫无伤。也不知她们用什么身法躲过了方才那凶恶无伦的一扎。温刘氏一闪眼见弘历腰间悬着一把裁纸削水果的小刀，说声"借爷的刀"，已是掣在手中，一甩手隔窗飞掷出去，阿二松手弃篙忙不迭躲时，哪里还来得及？那刀飞如疾电，正正扎在眉心当中穿脑而过，阿二"嗯嗵"一声，麦个子似仰面倒在舱板上，眼见是不治了。温刘氏大喜，说道："四爷这刀真好，赏了老婆子吧？"

"好，赏你!" 弘历大声道，"那是红毛国贡的，削铁如泥呢!" 话没说完，见阿三端篙红着眼又刺过来，疾忙躲闪。说时迟那时快，温刘氏已伸左手摸住敌人武器，平身向后窗一跃，已跳到后舱外船尾舱板上。

船头黄水怪和邢家三兄弟早已交上了手，以三对一，堪堪打成平手，但那黄水怪船上生涯，在滴溜溜盘旋乱转的船上进退如意，三兄弟禁不住船身摇晃，时而被摆得脚步踉跄，时而将身子送往黄水怪刀下，七十余合下来，三兄弟臂上都被削伤。因怕黄水怪进舱伤了弘历，都打定了主意，守在舱口宁死不退半步。黄水怪虽渐渐占了上风，无奈这三个抱的是必死之心，招招进击，都是同归于尽地拼命杀着，不禁心中焦躁，一边挥刀劈砍，一边高声叫:"阿三，了事没有?" 却听阿三在后边应答:"贼婆子厉害，老二死了!"

"跳水凿船!" 黄水怪大叫一声，一返身便跳进惊涛骇浪之中。船尾的阿三也弃了篙，看了看倒在船尾的阿二尸身，仰天惨笑一声也投水而下。

船上已没了敌人，所有的人都集中到了弘历身边，秦凤梧捂着受伤的手刚说了句"我说的'不利于涉大川'，老爷们偏不——""信"字没出口，脸上已挨了邢建义一个耳光，邢建义骂道:"都是你这臭书生晦气嘴说的了! 你他妈非死到你这张嘴上不可!"

"不许吵，现在是同舟共济!" 弘历此时又惊又急又光火，怒喝一声，"你们看看外边!"

众人这才留心，船已飘到一条大河与黄河交汇口。此地水面更是宽阔，浩浩渺渺两岸都模模糊糊，新注进的清水与黄水激荡着，掀起六七尺高的浪，巨大的涡流像风中纸鹞一样盘旋徘徊，时而被托起老高，时而又落到浪谷底下。眼见就要翻船，温刘氏急叫"快落帆!" 话音未落，嫣红一跃出舱，用刀将绳索轻轻一搭，那大帆"哗"地一声落了下来，船体立觉平稳。众人不禁惊讶:船体摆晃得这样，这个小毛丫头竟有这样手段，轻而易举地就放下了帆! 目瞪口呆间，只见嫣红飞速回身，操起阿二的竹篙，直插河底猛力撑持，那竹篙弯得像弓一样，发出吱吱的呻吟声。船，慢慢地离开了旋涡，豁然间已趋平稳——已是离了险地。她却并不急着回舱，"哗啦"一声放下铁锚，说声"好啦"，娉娉婷婷回到舱里，看了看天色，说道："咱们飘下来足有五十里。天快午时了，快商议办法！"此刻众人早已呆了。

"这条河是惠济河。"刘统勋和弘历一齐出舱，指着南边河口说道，"再往东二十里，就进了安徽境。奴才想，不如顺流而下，前边渡口水势略平稳些，不拘哪边靠岸，叫地方上送我们过河。"温刘氏说道："船上有篙有舵，就从这儿过河。河北边是封丘地面，靠岸有个索象镇，也能歇脚打尖，七八里水面，说话就过去了。"秦凤梧道："那个贼说要凿船，也不可不防。"温刘氏笑道："像这样的险地，龙王也不敢往下潜。再说的，他是图财害命，怎么舍得凿船——这条船不值五六百两银子么？"秦凤梧道："也许是图财害命，害不死恐怕又要杀人灭口呢！"

一语提醒了弘历，忙吩咐道："打开舱板，下边还有两个贼呢！"温刘氏笑道："他们中了我的散魂针，还能活到现在？"说着随手揭开两块舱板。弘历向里看时，只见两具尸体蜷缩得大虾一般，死鱼样的眼暴出，口鼻流血一动不动。弘历不禁心下骇然，盯着温刘氏和嫣红，许久才问道："你们是剑侠？真看不出竟是红线女一流人物！""我们算什么剑侠！"温刘氏扑哧一笑，"爷没见过我们老爷子的本事呢！李制台对我们家有大恩，老爷子派我们听李制台支使的。爷甭疑到别的上头去。"众人正说话，英英眼尖，指着上游说道：

"这贼是一窝子！那黄水怪带着人追来了！"

众人大吃一惊，向外望去，果然见一大一小两只船都鼓着帆逼近过来。小船船头坐着阿三，还有五六个水鬼，大船上足有二十个人，黄水怪赤膊站在船头，一手提着大板刀，一手遥指弘历等人，大声叫喊："就是这起子羔儿坏了羊圈，下水凿沉了它，一个也不要走了！"那阿三喊声"下水！"几个水鬼青蛙般都潜了下去。弘历不禁心里叫苦，想不到一念之差惹出这么大祸来，此番性命休矣！环顾众人，惨笑道："悔不听秦凤梧的话，致有今日下场。你们谁会水，自己逃命去吧！"

"嫣红下水！"温刘氏此时却十分镇静，一边脱外边大衣裳，冷笑道，"看是洪泽仙厉害，还是黄河鬼厉害！——你们在上头防着大船来攻！"说罢与嫣红目光一会意，二人一同无声无息钻跳入河。弘历刘统勋眼睛瞪得一眨不眨凝视着水面，只见逆波翻涌浊流如粥，什么也看不见。稍一移时，近船丈余一股红水泛上，正不知是谁受伤，一个黑衣水鬼已经浮尸上来。稍一移目，上流又泻下一缕血水，一个水鬼伸头换气，气没换完"哇"地一声大叫，死鱼一样飘了起来。眼错不见，一个水鬼手拽锚索正在透气，大约屁股上被扎一刀，惨叫一声也飘了下去。众人惊喜间，一个水鬼探身出水，双手张着，踩水向贼船逃去，一边逃一边大叫："水底下不成事，贼婆子厉害，快，快——"像被人在水下猛地一拉，他也沉了下去……温刘氏踩着水回船，恰嫣红也从后尾爬上来，一手里握着匕首，一手拧着满是泥沙的湿发，对温刘氏道："都了账了。我这里叫人扫一凿——"她指了指胁下，"船底下这东西了得，百忙中还凿下一块板来，得赶紧堵住！"

不到半个时辰的水下恶战，敌我双方都看怔了，直到贼人水鬼悉数被歼，黄水怪才醒过神来，在船头跳脚号啕："给我杀了这些王八蛋！我的好孩儿们喽……我半辈子的心血呀……"眼见大船驶近，众人心情紧张起来。弘历把邢家兄弟等人叫到跟前，铁青着脸说道："这些水匪不像是一路人马，像是有人纠集起来有意加害我的。他们没有行务历练，要是刚才上下同时动手，我们更难应付……我们只有边战边走，你们要好生出力，天幸脱得此难，我必报此大仇。万一我死在这里……你们活着的人要面见皇阿玛，原原本本把我这话奏知他老人家……"想起在北京的雍正和母后，弘历不知怎的鼻子一酸，眼角已迸出泪花。又转脸对秦凤梧道："我就是当今驾前四阿哥，宝亲王弘历。和你缘分到这地步，我赦了你。舱底已经漏水，你不能动武，去堵漏去吧！"

秦凤梧满眼是泪，叩头说一声："我跟定了爷！"爬起身跑进了后舱。温刘氏起锚鼓帆，摇着舵缓缓行驶。敌船因为完好无损，又有人撑篙，来得飞快，已经逼到十余丈远近。船上贼人一阵阵起哄：

"看这几只羊羔子逃天边去！"

"看哪！三个女的！"

"我要那个穿红衣裳的！"

"那个小的归我！"

"老有老的滋味，掌舵那婆娘我包了！"

哄笑声中"砰"地一声，两条船已经猛撞了一下。弘历和刘统勋手里握着刀，都被颠得跌倒在舱门口，对面舱上几个彪形大汉却带着劲风一跃上船。弘历大喝一声"上！"带着邢氏兄弟就要往前冲。

"四爷，"坐在舱门口的英英忽然说道，"我来对付他们！他们人多，这么打要吃亏的！"一边说，将手中抓子儿玩耍的一把铜哥儿劈面甩了过去，那四个人立脚未稳，已各自中了一镖，三个人仰面倒栽进水里，只有一个略一趔趄，挥刀大叫"快跟上来！"挺刀便去刺温刘氏。

"好，你比他们结实！"英英笑着手一扬，"再补个钱儿？"一枚铜哥儿激射出去，正中那人太阳穴，那人哼也没哼便栽进水里。英英见两船离得略远一点，索性提着那串小钱到船头温刘氏身边，瞧着敌船近一点便是一把铜钱，喊声"布施你们！"便打过去，敌船伤了五六个人后，谁也不敢再伸头，偌大一只船面上，竟被她打得人影儿不见。弘历看得呵呵大笑，拍手道："今日大开眼界！"忽然见她停了手，为难地看了一眼温刘氏，说道："妈妈，没钱了。"

对面黄水怪忽然大叫一声："贼妮子没钱玩了，快撑船，靠上去！"弘历见敌势嚣张，不禁又复着忙。刘统勋一眼见弘历给雍正和三阿哥五阿哥买的云子儿扎成箱子码在前舱，忙问英英："围棋子儿成不成？"崩断纸绳，立刻取出一盒。

"成！将就着用，快拿！"英英急说一句，棋子儿已经送到手里，见一个贼在船帮上一伸头，照脸就飞过一枚，只听"咕咚"一声，显见敌人已中镖倒地，英英高兴地对温刘氏说道："妈妈，这种围棋子儿比铜钱还趁手好使！"抓了几个挥手隔船打出去，那些棋子儿成一字形都嵌进对面船舱木板上，英英得意地大声喊道："都摸摸自己的猪脑袋，觉得比这木板硬些的，就过来尝姑奶的黑枣儿！"

对面船上人大约被英英这一手镇住了，好一阵沉默。一个中年人刁声恶气说道："妈的个屁，你死了七个，我他妈伤了十几个呢！巴巴地请我来吃板钉席，这生意做不成了——下锚转舵，送爷们回去！"话音一落，那船上咣啷啷一阵响，已经定住了。弘历此时方惊魂初定。却见秦凤梧一身泥水从舱中出来，揩着满脸泥浆，说道："两个死尸太碍事，好容易才用棉袄把洞塞住了。""唔。"弘历咕哝了一声，迈着迟钝的步子进了舱房，靠窗坐下。此时一口气松下来，才觉得又饥又渴，浑身软瘫得一点气力也无。温刘氏和邢家兄弟忍着累饿，把吃奶的力都用出来努力撑船，看看那贼船渐渐远了，消失在落日的余晖中。弘历陡然又想起妙手空空那首诗，"鹌鸽原"三字闪电一般划过脑海——果然是老三要加害于我，那说不定这一路还要有凶险。李卫召的那个吴瞎子又如何能寻到自己？凭这几个人保护能平安返京么？他的心绪一时又糟又乱，加上饿得心慌，手脚都颤得有点不听使唤。想睡又睡不着，半躺着叫了刘统勋和秦凤梧进来，却又沉默不语，良久才道："今日之险，毕生难忘。你们说，前边的道儿好走么？"

"难说。"刘统勋的声音干燥得像劈柴，"我看这些贼不像是为财谋命，像是预备得停当等着我们似的。"秦凤梧点点头，问道："晓得千岁爷禀性习惯的人多么？这些人这么锲而不舍地追杀爷，不图财又图的什么？"

弘历冷峻地一笑，说道："大约图的比财更大的物事吧！"

"难说。"刘统勋舔了舔嘴唇，"弘时"这个名字今天不知几次从心里闪过，但这个念头只敢闪一闪，他仍不敢启齿明言。嗫嚅了许久，才说道："也许有人不乐意我们君臣平安走路。这样的太平年景，仓猝之间能买通几路贼盗截杀我们，得要多大财力——也真舍得下功夫？"

弘历闭着眼养神，忽然问秦凤梧道："'讼'卦，嗯。这一节《易》还讲'讼，元吉，以中正也。'是么？"

"是。"秦凤梧一躬身应声答道，"'食旧德，从上吉也'也是象里说的。我的解说原来偏颇了。"

第二十七回　槐树屯阿哥尝果报　析案情手足惊相残

弘历一行人与水贼恶斗一日，天傍黑时船方靠岸，已是累饿得人人筋软骨酥。收拾了细软贡物登堤看时，一带凹地过去，果然有一座大镇，凹地上种着稻子，看样子是取土修堤留下来的，也许因为这个大坑，交通不便，才没在这里设渡口。远远望镇子，乌沉沉黑乎乎的，青白灰紫各色炊烟袅袅，间倦鸟噪，昏鸦翻跹。远处驿道上铎铃脆响，得得马蹄中不时传来车把式的吆喝声和甩鞭声，近处稻田里几个老农持着铁锹在入水涸田，不时互相答讪几句笑语。远处巷落里孩子们像是在捉迷藏，一阵阵传来嘻嘻哈哈的笑声……几个遇难不死的人，乍入人间香火之地，都有一种说不出的温馨柔和亲切之情。弘历欣慰地长出一口气，边走边说道："我真有点恍若隔世之感，今晚我们就住这镇上。也不必忙赶路，歇透了再走——秦凤梧，要不要你再卜一卦？"

"王爷识穷天下，这是取笑了。《易》云'再渎不告'么！"秦凤梧嘻嘻笑道，"焉有一日之内连遭凶险的事，我们爷们不是倒霉透了么？'讼'卦说'利见大人不利涉大川'，后头一句已经应了。王爷回京是要见皇上的，这里我又蒙了您的赦。这都是'利见大人'，是么？"

众人说道，沿稻田埂仄径过去，上了大路一箭之地，已是进镇。大约这里散集不久，牛马市上满地都是湿牲口粪，街上星星点点的"气死风"灯下，卖水煎包子的，卖馄饨、水饺、拉面、削面、饽饽馒头油烙馍馍一应汤饼的，勺锅碰撞，并有烧鸡、卤肉、牛羊肉汤锅，香气溢满街衢。这群拖泥带水衣衫不整的人经过，引来了各色各样的目光。他们也不理会，咽着口水徐步走着寻觅下处。最后在镇西偏北处寻着了一处百年老店"王记客栈"，歇脚住下，一应饮食住宿，汤水侍候周备，也不必细述。

在索家镇歇息三日，弘历等人已经将养得精神完足。第四日头早，他们雇了走骡驮轿，特意又买一匹马给弘历坐骑，仍是行商模样，取道黄陵、留光、牛市屯，迤逦往东北行来。路过留光时，弘历想起王老五一家，特意打听"黄台"这个地方。乡人都说黄台这地方康熙五十六年过水，已经没了，王老五更是无从打听，弘历嗟叹不已，也就罢了。一路询问田文镜官绩为人，也是众口不一：有说清廉的，也有说苛暴的；有说爱民的，也有说残民的，竟和官场对田氏评价一样莫衷一是，问到后来弘历也懒得问了。此时已入五月，天气乍热，中午时分骄阳毒晒，豫北十多天没有落雨，大车道上浮土数寸，一踩一串白烟儿。弘历先在山东赈灾中过暑，最是畏热喜寒，驮轿里闷，马上又晒得受不得，便令中午辰时歇脚，过了未时再走，虽然起得早了些，倒觉路上安逸。秦凤梧名士风流，滑稽多智，一路吟诗说词，打诨说笑，打叠了百样殷勤讨弘历欢喜，因此也不觉寂寞。

这日行至镇虎集，刚刚过了辰中。按刘统勋夜里算计，上午多赶些路，晚间便可趱行到滑县，与官府接头，就可以沿驿站直送保定——他实在被黄河遇险吓怕了，生恐这位执拗的王爷再遭不测。自己作为扈从臣子百身莫赎——偏是这天响晴无云，早已热了上来。那太阳未至当午，便把大地照得一片蜡白。道旁的早玉米、高粱和大豆红苕地热气蒸腾，远远望去，房、树像隔着水一样在气流中颤抖。庄稼的叶片都晒卷了，在逼人的暑气中耷拉下来，偶尔一阵热风吹过又归寂静，反而觉得更加燥热难当。

"你们听听，树上的蝉都懒得叫！"弘历虽当盛暑，衣冠一丝不乱，在马上一把接一把用手揩汗，对身边骑着骡子的刘统勋道，"往前四十里没有集镇，万一有人热倒了，连个救护处也寻不来。再说车夫骡子也怕受不了——延清，要走你先走，我是非要歇在这里了。"刘统勋张望一下四周的青纱帐，舔着嘴唇赔笑道："奴才也热得受不得。到前头小村里先喝点水，寻个荫凉地吃饭打尖，咱们从容计议。奴才那是为了主子好！"秦凤梧见道边有块甘蔗田，稀里哗啦趟过去，嘣嘣撅了五六根又追上来，刷去蔗叶先递给弘历一根，一边继续刷叶子，一边笑道："主子您吃根儿，梢儿留给奴才。"又递给刘统勋一根，自己撅断一根，把根儿又递给弘历，其余的都送到车上温刘氏，他龇牙咧嘴地倒啃着蔗梢，说笑道："太闷了，说个笑话儿吧。北边人和南边人在中间遇上了，北边人吹嘘，'我们那边冷，冷得紧！摸铁铁咬手，触石石沾皮。撒尿时一手拿根小棍，尿一出来就结冰，得随时敲着，不然就连人冻住了。舌头舔牙要先试试，不然就连牙冻一处了！'南边人也吹，'我们那里热，热极了！太阳地里放几个老玉米，一会儿就熟，时辰长了就爆了玉米花儿。有一回我赶猪进城，一路都不敢停步，路上寻人家喝了一碗水，出来猪都烤熟了。'……"弘历听得哈哈大笑，接过刘统勋递上来的蔗根，一边嚼着，一边说道："烤猪是没有的事，五额驸去吐鲁番，热时在石板上摊鸡蛋，一会儿就熟成煎饼了。"他指着道旁的玉米，笑道："我出一联，谁对出有赏！——今年的旱玉米，旱得精细焦黄不长。"

刘统勋不长于此，一门心思想着合适的歇脚地，未及答话，秦凤梧已经对上，"到后来给个穗，下场雨还差不多。""敏捷！"弘历笑道，怔着想想，吸着气道："怎么总觉得你对得别扭呢？"车上传来三个女人嘻嘻哈哈的笑声，英英伸头道："四爷，他少对了一个字！"弘历不禁扬鞭大笑，秦凤梧道："那就必成'下场透雨还差不多'，要再不下雨，我们这地下跑的也要变成烤猪了！"

一语逗得众人又是一阵哗笑，都觉得暑热好熬了许多。刘统勋在马上遥指前方，说道："前头三岔路口那株老槐树好阴凉，我们先歇下来再说，可成？"

"成！"弘历手搭凉棚看了看，果见前边路分两岔，一向东北，一向西北，岔道口一株硕大无朋的槐树，老桠虬根枝叶茂密，遮了足有一亩多地的大阴凉，确是歇脚的好地方。因一纵马奔过去，飞身下来，一手解着项上扣得紧崩崩的钮子，一手不停挥扇，仰脸看着浓密的树冠，待众人赶上来，笑道："这树是刘秀手植，有一千六七百年的岁数了呢！你们看那块石碑。——可煞作怪的，这一路几十里连棵大树也没有！这个树底下要是摆个茶桌棋盘什么的，再有卖瓜果酒水的，还愁没生意？这里的人真怪！"一个骡夫打火点着旱烟猛吸一口，说道："早先这里树多啦。田制台那时还没来河南，是个叫阿西喇布的什么黄子的在河南当巡抚。说这里土匪多，一把火烧净了，结果土匪也没了，那边娃娃河也干他娘的了。没有水，不光土匪不能过，好人也不行，这一带迁光了。田制台又叫栽树。说也怪，树有了，河里也有了水，只是不如先前大就是了。这一路过来的都是新迁户，黄河冲了家的，都安置了这里。说是新垦的地，其实都是过去的好地荒了，又垦出来罢了。嗨——官们的想头，咱死也不明白。"

这一番对田文镜的评介仍是有褒有贬，弘历听得多了，只无所谓地一笑。刘统勋看那石碑，只写了"汉光武帝手植此槐"，落款却是"明弘治二年"。秦凤梧便急着问骡夫："附近有客店没有，哪里能洗澡，有没有瓜田。"正乱着，古北道上过来一个小姑娘，只可十二三岁，短袖衫青布裤，赤脚穿着草鞋，手提着瓦罐沿路过来，连踢带跳的口中还哼着曲儿。见这大一群人歇在树下，诧异地看了看，指着东边道："娃娃河那边能饮牲口。洗澡不成，只有几寸深的水。"秦凤梧问："喂，有瓜田没有？"

"有的。"那姑娘又看了弘历一眼，回答道，"我爹就是种瓜的，现在瓜庵里，连锄地带看瓜。你要买么？""买，买！"秦凤梧喜得眉开眼笑，"我一买就二三百斤，吃不了兜着走！"说着跟了女孩便走。女孩又回头看了弘历一眼，像是思索着什么去了。秦凤梧张着脸只是看刘统勋，刘统勋怔了一下才想起他没钱，从袖子里取出一把散碎银子，约莫五两的样子给了他。秦凤梧抽身追了上去。

小孩子趄着高粱地埂走了一袋烟工夫便到了瓜地，把瓦罐轻放在草庵前，喊了几声"爹"，一个壮汉才答应着从青纱帐中出来，手里还提着一把锄。女孩嗔道："你就不瞅瞅天，贼热的，过了晌再锄就误了你那半亩花了！"

"天旱。"壮汉赤膊蹲在地下，喝着罐里的绿豆汤，讷讷地说道，"锄头底下三分水嘛。"女孩闪眼见秦凤梧渐渐近来，撞得高粱叶子沙沙乱响，忙凑到父亲耳边轻轻说了几句。壮汉先是一怔，放下碗盯着问道："真的？！你看清了？"

"像得很。"女孩又变得迟疑了，"舍粥棚里我跪得近，他眼下有几颗细麻子，方才离得远，没有看清，待会回去我再仔细看——"说话间秦凤梧已一头热汗过来，她便不再吱声。

原来这壮汉就是王老五，被李卫发遣回省。那二百多人，田地多被水冲坏了，有的地修河堤挖了土方，不能再种。恰河南核实垦田亩数，滑县原来垦荒的人都回了自己家乡，官府便贱卖了这一带的青苗租给这些无地难民，分五年期以粮顶债，安置了这批人。当下见秦凤梧过来，骨碌着眼珠子看瓜，王老五忙站起身，憨笑着道："官人要吃瓜？西头的好，那边上的鸡粪，随便吃！"

"我要买二百斤。"秦凤梧顺手摘了一个甜瓜，"嘣"地掰开，青皮红瓤白里儿，咬了一口道："好甜——多少钱一斤？"

"您是远处走道儿人，出门在外的不容易，"王老五道，"二百斤瓜我给你送去，出一吊钱，成么？"秦凤梧边吃边道："成！咱们摘，我们东家等着呢！"王老五一边摘，一边套问：

"客官是做什么生意的？"

"绸缎，瓷器。"

"发财——是从南边来的？"

"我们生意大，南北都有分号。"

二人一递一答正说话，稀里哗啦一阵响，一个赤膊汉子闯到地头，摘起一个瓜掰开就吃，口中道："日他奶的，这里的人都死了，瓜地不靠路边种，叫老子好找！——常掌柜的，叫兄弟们过来，这里有瓜！"只听远处应了一声，一片声碰得庄稼乱响，冒出二十多个人来，都是满身油汗，也不理会王老五三人，满地里践踏着摘瓜，口里咬着，手里摘着，生瓜扔得到处都是。王老五气得脸色煞白，忙低声道："别言声，没见都带着刀，是——响马！"秦凤梧手一颤，瓜落到田里，心里盘算着钻青纱帐逃跑。那个叫常掌柜的趟着瓜地走来，问道："喂，你们是一家子？"

"不是。"王老五护住女儿，盘着辫子低声说道："他是买瓜的。瓜地是我的……"

"这儿离延津县多远？"

"回爷的话，顺官道往西七十里地。"

"走直道儿呢？"

"四十多里吧？"王老五道："宁走三里光不走一里荒，谁走这样的庄稼地呢？"

常掌柜的还要问话，一个贼人眼实，指着秦凤梧尖声叫道："这不是黄河船上那个兔崽子秀么？这世界日他妈的真小啊！"

"小就小！"秦凤梧没等姓常的醒过神来，抄起一个熟透了的甜瓜劈脸砸了过去，打了个满脸花。他也真滑溜，哧溜便钻了高粱秸子里，没命地往回跑。强盗们扔瓜抄家伙，一窝蜂般从后追了上来。一个强人用刀比着对王老五道："挑起瓜，跟着爷走！"王老五答应着一边挑瓜，一边悄声对女孩子道："杏儿，快找你妈想法子！"那强人心不在焉地盯着外头，也没有听见。

弘历一干人一边在树下歇凉说话，巴巴地等着秦凤梧买瓜来，忽然听到远处一阵大呼小叫。转脸看时，秦凤梧疯了似的撒腿从高粱地里钻出来，头脸乌青，张着双臂大叫"抄家伙！抄家伙！响马来了——"他一个筋斗从田埂上倒栽下来，又翻一个身，满脸灰土臭汗，已是大花脸一般，抹一把跳起身来，指着青纱帐道："贼人多！四爷，咱们赶紧到前头屯子里！"说话间高粱叶子一阵乱响，一群土匪发辫盘顶手持刀枪已拥下路来。刘统勋数一数，只有二十多个敌人，算计除了邢家兄弟，温刘氏和两个丫头武艺高强，又是大白天，尽可支撑一会儿，略觉放心，便急急说道："主子，叫温刘氏断后，邢家兄弟护着，走！"

那常掌柜的却不急于进攻，站在路当中，手含在口里尖声呼啸一声，听了听，又是一声，路南远处便传来一声口哨，隐隐约约传来哗哗的庄稼声，遥遥还有呼喊声。刘统勋见骡夫们都吓怔了，怒喝一声："快！谁敢逃，立刻大棍打死！"此刻温刘氏和嫣红已结束停当，下轿尾随护送。温刘氏掣剑在手，对远处贼人喊道："喂——听说过山东端木家么？你们要抢端木老爷了的镖么？"

"端木家还会接镖？老爷子封刀三十年了？"常掌柜的大笑道，"你真会吓唬人！——听说你们妮子暗器好准头，我挺着肚子硬挨，三镖打倒我，咱们桥走桥，路走路！"英英早已掏出那盒围棋子儿，相了相，觉得太远，没有把握地看看温刘氏。嫣红却手里暗扣着弹弓和铁丸，温刘氏一摸发髻，取出一个纸包，里边是一叠打磨得雪亮的蝉翼铁镖，口中道："你不信我们是端木爷的门下，送你个信儿就明白了！"手中那镖轻轻一捻，倏然间蜻蜓一样直飞高天——却只盘旋着舞动，乘常掌柜的凝神看天，低声道："打！"嫣红一弹弓便将铁丸激射出去，那英英也是奋力一掷，一把黑棋子儿冲胸打向常掌柜的。常掌柜的一心防着空中旋飞不定的蝉翼镖，肚皮胸前早着了五六下，却连个青包也没有鼓起。他外家硬功如此之好，众人无不骇然。说话间那蝉翼镖已又飞到常掌柜的眼前，他伸手想捉，见那镖旋转得太快，蝴蝶般上下飘忽不定，往回缩时，左手拇指已被搪了一下，略一怔间眉头又被碰了一下，顿时渗出血来，眼见那镖旋力仍强，竟像长了眼一样粘追着自己，吓得连纵带跳滚到一旁，直到飞镖落地，才惊怔着爬起身来。

温刘氏又取出一片蝉翼镖，冷笑道："你信不信这独门暗器？再给你来一枚？"常掌柜的拱手道："既是端木老爷的镖，我们不要了。车上那个小白脸跟我兄弟们有仇，你留下自己走路！"温刘氏道："你说得真美，这是我家镖主！"

"常哥，"那个黄水怪的弟子见常掌柜的迟疑，忙凑到跟前说道："不信别人，还不信我铁头蛟的？那个小白脸真的值五十万两银子！我们黄哥要不是想独吞，早得手了，您连一文也摸不着！这几个婆娘腕子再硬，也挺不住我们四十几个好手围攻，过了这个村，可再没这个店了！"温刘氏叫道："姓常的，你是山东龟顶寨的黑无常吧？前年八月十五没去给端木老爷子贺节？为一个镖，要得罪遍绿林么？黄水怪是杂牌水鬼，你要跟他卖命？"

黑无常低头想了想，五十万两银子对他的诱惑实在太大了。他黑沉着脸再不言语，将手一挥，说道："上！杀光灭净心里清净！"土匪们噢噢呼叫着又冲上来。邢家兄弟前头护着弘历，温刘氏三人飞弹打镖且战且退，一时谁也奈何不了谁。正急切间，前边屯子里锣声大作，狗叫人嚷，谁也听不清有多少人，喊的什么话，刘统勋以为又来大股土匪，一眼瞧见大路北坡有座土地庙，忙大声喝命："都退到土地庙去！"

这是一座不大的庙宇，新建不久，只正中一殿，塑着土地公婆二人，柱子上的泥漆摸着尚未完全干燥。院落中间东西两株大榆树分居了正庙门前两厢。也许正因此地树木稀少，人们才特选了这里建庙。周围砖墙也都砌起不久，一切都十分简陋草率。众人一拥而入，立刻将弘历拥进正殿，邢家兄弟守了殿门，温刘氏和嫣红英英守在榆树下，三人六目盯着大门和院墙。喘息未定，外头便听一片嘈乱的叫嚷声，刀器碰撞声。温刘氏一跃上房，大喜说道："四爷，这里乡民忠义，和土匪动上手了！"

原来王杏儿逃回村去，气喘吁吁把外头的事一长一短告诉了母亲。那女人一听里头有救援过自己的恩人，操起铁锅出门边敲边大喊大叫："外头人①们听着，在南京送我们回来的那位爷叫土匪围在屯外了，那些鳖王八们只有二十来个，都出去打啊！谁不去是窑子②里养的了！"其时刚过正午，在家歇晌的男人也有百十人，听受难的是恩人，土匪又不多，立时筛锣打盆地叫喊聚集起来，手里举着又把铁锹、斧头、镰刀、镐锄镢铣，还有的拿着大棍，吆喝着互相壮着胆蜂拥出村。见一群土匪正要攻土地庙，双方立时混战成一团，土匪们单打独斗原是些好手，无奈这些庄稼汉人多心齐，教师③不如冒失，仓猝之间竟被打了个手忙脚乱，四散奔逃。那黑无常又踢又打又骂才将人众稳住。乱间王老五乘人不备，抽出扁担便追，却迎头碰上跑过来的铁嘴蛟，被王老五一扁担打得就地磨了几个旋儿，一屁股坐了地下发昏。

此时弘历已经出了土地庙观战，见乡民们虽勇，一来没有领头的，二来没有军事经验，知道只要匪众略加整顿，杀回来后果不堪设想，思量着大声喝命："邢建业，你们四个上，不要叫他们喘气，一个活的也不要逃掉！"

"喳！"

四兄弟叉手答应一声，立刻领头杀了过去。那群土匪喘息未定，乡民们又嗷嗷叫着冲过来，心慌意乱间已被砍翻五六个，其余的一哄而散，漫庄稼地四散奔逃。刘统勋在旁在大喝一声："乡亲们，不能留后患！拿贼呀，我们主子说了，拿住一个赏十亩地！"乡民们兴奋得大发鼓噪，立刻分头冲进青纱帐里穷追，邢家兄弟只盯死了黑无常，膏药似

---

① 外头人：即男人。
② 窑子：即妓院。
③ 教师即武功教头。

的粘着，跑到哪里追到哪里，那黑无常一个不留神竟掉进了井里！其余土匪虽然悍勇，无奈丧了斗志，地形也不熟，不到半个时辰，皆都束手就擒，倒是挨了王老五一扁担的铁嘴蛟见机得早，不知什么时候溜得无影无踪。也亏了弘历，临时安排，就将土地庙作了监房，挑出三十名精壮乡民随邢建义轮流看守，抚恤受伤百姓，按每亩七两银子官价发放赏银，忙得连热暑也忘记了，直到天黑才算诸事妥帖，此时滑县县令程荣青已带着衙役们赶来。乡民们放翻了两头猪，五六只羊，买酒设筵，就在王老五家大院热闹。弘历、刘统勋、程荣青坐了首桌，王老五一家和秦凤梧相陪，与众人频频举杯相贺。酒酣耳热间，乡民们手之舞之足之蹈之地描绘日间情景，无不满面红光醺然欲醉，直到起更时分方才各自归家。

程荣青却一直惴惴不安，见人散了，一边随弘历进堂房，口中请罪道：“田制台宪谕早已过来了，奴才沿官道布置了一下，太草率荒唐。王爷在奴才境里出这样的事，真是辩无可辩，奴才这里专听爷的发落。”说着便跪了。

“这是外省流寇，”弘历说道，“再说你也不知道我走这条道儿。”见王氏送上热毛巾，杏儿端着热水进来，弘历将脚泡在盆子里，用热毛巾揩着脸，一边思量一边说道：“这次贼人突发袭击，这个屯叫——叫槐树屯的吧——槐树屯乡民义勇兼备，奋起杀敌，匪众才得全军覆没，这都是贵县平时教化有方导民有术。因此，功劳还是你的。”因见杏儿跪上来替自己搓洗腿脚，弘历夸了一句“好伶俐丫头！”又道：“你就按这个宗旨处理这个案子，申报田文镜，至于我，提也不要提。”

“这个——奴才怎敢贪天之功——”

“就这么说。”

弘历站起身来，趿着鞋适意地摆了几下双臂，又道：“所有人犯，明天一早你亲自押送回县。严加鞫审！”说着趿出院外，轻轻挥着扇子遥望天上星河，众人只好亦步亦趋地跟着。

“四爷，”刘统勋说道：“为首的那个黑无常，我们该带走。”

“唔？”弘历仰着脸，星光暗淡，看不清他什么脸色，却只沉吟不语。秦凤梧十分机警的人，已猜到刘统勋话中之意，因道：“这伙子匪贼，苦苦穷追四爷，必定有所指使。再说，由您亲自处置，也解恨些。"他没说完，弘历已经领悟，点头道："此仇岂能不雪？就是这样，贵县报上去一个'匪首诨号黑无常者，为乡民诛杀'，也就是了。"

程荣青这才明白这位王爷的心思：不想张扬自己遇难的事。这样一来，匪首被杀，匪众全歼，一古脑儿都成了县里功劳。这真是天上掉下来的馅饼；他心里不由一阵狂喜，见弘历摆手命退，诺诺连声带着衙役退了下去。弘历便命邢建业，"把那个黑无常带到这里来！"说完踅回了上房。因见王老五一家五口都垂手侍立着，便笑道："彼此知道身份了，就有这许多形迹。你们是主人，我们是客，这就摆平。"

"不是这意思，"王氏敛衽福了两福，说道："您不但救了我们一家，槐树屯一半的人都是爷从舍粥棚提携到这地步的。您就不是贵人，还是我们恩人呢！"杏儿便端上一盘削好了的甜瓜，小声道："井里湃过的，请爷趁凉用！"

弘历拿起一块咬了一口，沁凉香甜，不禁高兴地抚着她的发辫笑道："好丫头，可惜你娘太疼你，不然跟了我北京去，几年就出息了！"王氏忙道："死鬼那是把孩子往火坑里送，爷这样的好人家，我们巴都巴望不上呢！——痴妮子，爷收留你去北京享福，还不赶紧磕头！"杏儿早已俯下身子，就磕了不计其数的头，起身将弘历换下的衣裳便拿了去。一时见邢建业带着垂头丧气的黑无常进来，王家的人才退了出去。

"黑无常，"刘统勋见弘历给自己使眼色，便自坐了，沉着脸问道："你知道自己犯的什么罪么？"

"知道，"黑无常梗着脖子道，"杀头的罪。走黑道那日我就预备着这一天了。呸，他奶奶的，过二十年——"

"又是一条好汉。对吧？"刘统勋道，"可惜的是不止杀头而已。你不是杀人越货，是谋害！且谋害的是当今万岁驾前皇子四阿哥，宝亲王爷！你掂量掂量，逃得掉这一剐么？"

黑无常睁大了眼，愕然打量着弘历。只见弘历穿着月白宁绸长衫跣足而坐，腰间系一条明黄卧龙带，缀着汉玉坠麝香袋，手里一把素纸湘妃扇不紧不慢地摇着，将一根油光水滑的辫子轻搭在肩头，面白如月目如漆星，看着自己轻轻点头，清华神韵中带着威气，一副龙子凤孙派头。黑无常怔了半晌，说道："就是皇上，我已经做出来了，也是没办法的事。我认命！"弘历冷丁地在旁插问了一句："黑无常，听说你是出了名儿的采花贼？"黑无常急得眼瞪得铜铃一样，大叫："你听谁说的？叫那兔崽子站出来！杀官的事我有，劫盐船的事我也有，就是不糟蹋女人！这是黑道上有名头儿的，不然我也不敢去吃端木家的筵席！起小我爹就掰着嘴教我，做强人是天作孽，弄女人是自作孽。我们黑道也有黑道的规矩道理。你只管查，查到一起，剁碎了我喂狗！"

"盗亦有道，这是庄子的话。嗯——夫妄意室中之藏者，圣也；入前，勇也；出后，义也；分均，仁也……"弘历喃喃诵念几句，只一笑又敛住了，"其实杀头、凌迟、碎剁，都不是最酷之刑。昔日魏忠贤当国，动辄活剥人皮——延清，你看他如何炮制？"刘统勋一边寻思着弘历用意，摇头道："明朝有剥皮之刑，都是把人杀死再从容剥皮、揎草、风干。"秦凤梧道："魏珰剥人皮是活剥。用热沥青浇灌全身，再用冷水激硬，一块一块剥下——皮剥了，人还要活十二个时辰呢！"

三个人有意渲染酷刑，连在里屋的嫣红姐妹都听得心惊肉跳，大热天儿一个劲打寒颤，黑无常也苍白了脸，低着头，两腿不由自主簌簌发抖，只是不言语。

"你不肯'自作孽'，还算善根不断。"弘历冷冷盯着已被打下气焰的黑无常，"我佛作则行道以慈悲为怀。世有不可救之心无不可救之人。我取你不采花这一条，可以为你开一线生路。王臣匪贼其实只一念之差。你在盛年，又有一身本领，我亦很惜你，你不可自误！"这番话又威严又夹着温馨，既说天理又沿及人情世道，刘统勋手里不知断过多少案子审过多少人犯，老官熟谙稔知人性法律，也由不得佩服得五体投地。黑无常已自料无生理，想不到弘历竟说得如此有情有义，崩角叩头说道："老爷这么说，黑无常但凡是个人，还能不知恩，不感情的么？小的为匪，也是叫业主给逼的了。康熙四十五年山东丰收，东家八月十五夺佃，打死我兄弟卖了我侄女，我一怒之下就——烧了汪家寨，投奔龟顶山寨，当了三年小喽罗熬了个二等头目，就因为前头寨主王伦采花劫嫖妇女，我们翻脸火并，杀了他众人才推我坐了头把交椅……"他说着，触动往年伤情事，禁不住五内俱沸，伏地号啕痛哭。众人被他的破锣嗓子号得无不凄惶。

"那龟顶峰离这里往返七百余里，又是太平世道。"刘统勋柔声问道，"你怎么敢犯浑到河南劫票？你也忒大胆的了。"说完偷看一眼弘历。黑无常拭泪道："那个跑了的铁嘴蛟，他爹在世和我是把兄弟。五天头里上跟我说，有一路镖，肥得很，带的银子有十几万不说，镖主的仇人肯出五十万银子买他的人头。各路人马都调到南北官道上等吃块肥肉，谁劫下来分三十万，其余黑道朋友分二十万。总是我鬼迷心窍，带着弟兄们就下山了……"

"谁——谁出五十万？"

"回老爷，不知道。"

"嗯?!"

"真的!"黑无常抬起头来，急急分辩道，"铁嘴蛟说他也不知道。只说主人来头大极。各路都由一个道士主持，还有一个满口京腔，嘴上没长胡子的老公儿，叫潘世贵，是京里哪个贵人府里开革的。我们这一股把守延津，限期今晚赶到。别的我真的说不上来了。"

弘历听得心旌摇动，已经断然肯定了自己原来的猜想，他想不到平日温文尔雅，揖让谦逊的三哥居然下得这样的辣手，而且不惜动用江湖匪盗沿途设卡，必欲置自己于死地而后已！思量着，已有了主意，突兀一句对黑无常道："你没有骗我，我也不骗你。我可以赦了你。你想走也可以，想留也成。"

黑无常瞪大了眼。

"我替你想，留在我这里好。"弘历脸上毫无表情，"因为你罪案未消，官府照旧要拿你。你的匪众已全数擒获，回山寨也做不成勾当。你自己怎么想？""我愿随爷左右执鞭坠镫!"黑无常毫不犹豫地说道，"不是情极无奈，这年头谁还往黑道上钻？"弘历点头微笑，指着秦凤梧道："他也是犯了罪，我赦免收留下来的。看来我还有点功德，你先前杀官劫路，这个罪名儿了不得，要分两步棋儿走。先到密云我的庄子上当个副管家，过两年事情息了，换个名字补到营里，几仗打下来挣个将军副将的，也不是什么稀罕事。这么着可成？"他轻描淡写，为黑无常勾勒了后半世的如花似锦前程。黑无常全身的血几乎都涌到了脸上，心怦怦急跳，几乎要晕过去了，半晌才捣蒜价磕头，只是喃喃一句："爷是我的再生父母……"

"我从来奉旨钦差，都是微服来微服去——人家太熟悉我的脾性了。"弘历盯着烛影叹道，"就是秦凤梧讲的，千金之子坐不垂堂，知命者不立乎险墙之下，告诉程荣青，明儿我和他同路走，通知李绂派人接我，我要风风光光进北京城！"

第二十八回　遮掩周张信口雌黄
曲心魑魅随意酬唱

　　弘历九死一生脱难回京，已是五月下旬。他自滑县入驿道传舍进京，即由李绂从保定府派来的人接着，一直护送到京郊丰台大营。那李绂也真经心，除了派自己的中军日夕不离左右地保护，沿途驿跸关防一日一报，也都有他亲自停当曲划。弘历坐的是总督的八人绿呢大轿，警跸卤簿前呼后拥，提铃使报戒备森严，还有一棚绿营兵尾随半里之外随时策应。又怕热着了弘历，那轿都改装了，揭开顶盖，加曲柄伞，俨然就是王爷乘舆；阖上轿盖即可遮风避雨，随时用快马呈送瓜果冰块供应。因此，从马头到丰台八百余里，不但不见个贼影儿，走得也真快意。

　　当晚弘历宿在潞河驿，洗漱刚毕，外头便报"礼部尚书尤明堂请见"。弘历一边命"快请"，又对刘统勋等人道："路上的事一字不许提——"已见尤明堂撅着小胡子踏着方步进来，在天井里扎手窝脚地预备行礼，便隔门笑道："是老尤啊！免礼进来吧！"

　　"喳！"

　　尤明堂答应一声揭帘进来。他已是六十七八岁的人了，五短身材，白净面皮小胡子神气地翘着一对椒豆眼炯炯有神，看上去也只五十岁上下。尤明堂康熙三十三年就中了进士，足足做了二十多年京官，直到康熙晚年清理户部亏空，怡亲王才从郎官里将他提拔起来，几年之内不次擢升为礼部汉尚书，不声不响在京帮办中央枢务，其实若论起宠信，还在田文镜等人之上。尤明堂进来，到底还是打下马蹄袖叩安行了礼，笑道："奴才是汉军镶黄旗下，是主子的包衣奴才。您不让行礼，奴才得多少天睡不安生，就算主子赏奴才个安心好了。主子忘了，前头工部郎官瞿家祥，是庄亲王爷门下。也是有一次吩咐免礼，他也真的就没行礼，回去越想越不对，觉得没脸再见主子，愈是不见愈是更觉没脸，精神恍恍惚惚，几个月就一病不起。还是儿子们去求庄王爷，王爷到他病榻前笑着赏了他一嘴巴，骂他：'狗娘养的，快起来，爷有差使叫你办呢！'他就又欢天喜地起来办差去了——人，不可有心病啊！"他一番话啰哩啰嗦连说带比，连侍立在后的刘统勋秦凤梧，想着瞿家祥的形容儿，也忍不住都笑了。弘历心情十分高兴，命人端来一盘冰湃荔枝，亲自剥了皮赏给明堂吃，又问道："我读邸报，你不是从驾去了奉天么？怎么又是你来接我？三哥是在城里，还是在园子里？衡臣相公呢？"尤明堂笑道："我已经准备好了走。皇上又来旨意，满尚书阿荣格父亲喀里领的坟在盛京，换了他从驾，就便把墓修一修。三爷如今是里里外外忙，这会子进宫给娘娘请安，不知道回园了没有。张廷玉一天要看几万字的折子，理清节略送到韵松轩三爷处裁夺，又要接见外省进京述职的大员——也真亏了他打熬得，日日月月年年就那么做事，要换了奴才，骨架子也散了——奴才刚见着他，他说一会就来，料想着他是约着三爷一道儿来呢。"

弘历心里突然一阵不是滋味。他已经几次见到雍正在奏章上的朱批，说"三阿哥处事干练不在汝之下"。"此等细心处弘时乃能体察，有子如此，吾复何忧？但汝兄弟皆如此心，则国家社稷之福也"。"三阿哥弘时昔有浮躁之病，今罕见矣"……诸如此类的话头，父皇反复批给自己看，是什么意思呢？皇阿玛虽然几次说过"弘历要懂得为君之难。栗栗懔懔如临深渊如履薄冰，即如此也难免差错，粗率大意就更不可谅了"。"你是国家之宝，要善自珍爱"。"放胆做事，但存正大之心，朕不是庸主，断不朝三暮四"——但总观熙朝，皇帝爱太子，远远超过了皇阿玛爱自己，结果还是废了。一路上出的事，已使他对弘时百倍警觉，他在众人面前又这样拼命做事广博人望，真令人不寒而栗！思量着，脸上已没了笑容，却叹息一声道："皇阿玛是病身子出京的，我真担心。离开南京前，我访查了几次，总不得个好医生。十三叔我也着实惦记着，这几日可好些了？"尤明堂哪里知道刹那间弘历转了这许多念头，一躬身说道："怡王爷也惦记着您呢！昨个我去清梵寺请安，王爷还说，'弘历在外头时日不宜太长，我已经写折子请皇上早些叫他回来。'我说，'李绂那里已经递来滚单，明日就可到京。'王爷说：'他们小弟兄几个，从小就在我膝上玩耍，我真想他，回来叫他一定抽空儿来看我。我这身子骨儿，不定哪天就随先帝爷去了。'"

尤明堂说着，已是神色黯然。弘历听得心里滚烫酸热，两滴泪在眼眶里转了几转，还是淌了出来，忙拭泪笑道："待会儿见过三哥和张相，我就去清梵寺。"正说着，便见弘时满面笑容，和张廷玉联袂进了驿馆二门。弘历忙站起身来疾步出迎，就天井阶前给弘时打个千儿，起身又打一千，说道："三哥，您来了，叫我好想！"又对张廷玉道："老相越发瘦了，不过精神还矍铄！"

"老四，着实辛苦你！"弘时一把挽住弘历，"晒黑了，也瘦了些。德三上次来京，给我带的鹿胎、人参——我说给你要的药——看看都不合你用，也不是节令儿，叫他办了八两牛黄、一斤麝香，还有点冰片，叫人带了南京去，来信说你已经不辞而别。你可真行，这么热天儿微服赶路！不过看上去精神满好的——回来了，先好好歇歇，身子骨儿是要紧的……"他觑着弘历，眼中闪着欣喜温柔的光，说不尽久别重逢的兄弟亲情。弘历似乎也十分感动，拉着弘时的手不放，笑道："多谢哥哥了。你自己也是个热底子，那些药用得着的。你喜欢吃碧螺春茶，这次我给你带了二斤，真正乔婆子家的！留在开封，过几日就送来了……"又转脸对张廷玉道："给你也带了一斤，还有三令宣纸，一盒子徽墨，你可得好生写一幅字儿送我啰？"张廷玉笑得眼睛眯成一条缝，说道："老奴才怎么当得起？爷的字比奴才的强十倍呢！"

君臣兄弟话别寒暄亲如甘饴，张廷玉刘统勋都觉得平常。秦凤梧初入政门接触这些权要人物，看得一阵阵胆寒：就眼前如此雍雍穆穆，揖让谦恭如鱼游水的情景，谁能想到风涛黄河上槐阴老树下那场凶险无比的追杀？他甚至觉得弘历和刘统勋太过疑心，"是不是四爷多心了？"正自胡思乱想，几人献茶入座，弘时端杯用碗盖拨着浮沫问道："这位先生眼生得很，是新跟了四爷的么？"

"他么？"弘历呵呵笑道，"李汉三，字世杰。幼年随父母到河南光山做生意，后来家道中落入资捐了个监生，随河道衙门当了个幕宾，不但熟知河务水利，文章诗赋也都很瞧得过。河南河道阮兴吾是我的门下，夤缘从我这儿求个出身，就带了京来。"秦凤梧只微微一怔，但他素来心高胆大，又机警过人，就坡儿打滚道："这是阮公的厚爱，四爷的抬举，小子何德何能呢？后生晚辈，多侍门墙照应。"弘历不等他说完便连连吩咐设酒款待。本来钦差完差回京，朝廷照例不设公筵，以廉俭昭天子之德。但这次一来雍正不在京，不至于酒后见驾；二来这是兄弟相逢，弘历的一片恺悌情分，众人也不便拂了他的美意。略一逊让，弘时张廷玉刘统勋便都入席，秦凤梧执壶殷殷相劝。吃酒间弘历弘时频频举杯互道思念之苦，刘统勋尤明堂满口帝德君恩兄弟敦睦恺悌。张廷玉留心实务，时时向"李先生请教"河务利弊。弘历一头要照就弘时，一头生恐秦凤梧露了蹄脚。秦凤梧说笑打诨讲诗演词，一头打叠精神卖弄学问，一头还要应付张廷玉出的冷题。幸而他沿黄游冶过山水，又读过陈璜所著《河防述要》，天分又极高，实的虚的连编带蒙，夹着还要吹捧田文镜的治河业绩。一席下来，竟是口蜜与腹剑共酌，杯酒与谎言齐飞。酒足饭饱揖让礼送二人出去，弘历揩着头上的汗笑道："我素来最怕吃酒，今儿吃酒比说话容易。我看你就改名儿叫李汉三吧！"

是时正是孟夏之仲，天虽过了亥时还不算黑。弘历本来送走他们，立刻就要去清梵寺见允祥的，已经走出房门又退了回来。半躺在竹藤春凳上望着天棚出神。刘统勋和秦凤梧既不能退，也不能说话，只好垂手干站着。

"延清啊！"许久许久，弘历才叹息一声说道，"我们许是错疑了老三了。"

刘统勋和秦凤梧交换了一下眼色，这次路上连连遭遇劫难，普通土匪根本没有这个胆量，也不会有那么灵通的信息，四面八方地集中到弘历经过的地方，准确地强袭，肯定有在朝的权要居中指挥。一目了然的事，弘历一路几次明白无误地疑到了弘时，为什么此刻又这样说呢？刘秦二人本来一无所知，也都是顺着弘历的思路去想的，现在弘历却说"我们"错疑了，这个话说得也怪。略一思量，二人立刻明白，弘历是用官话说私事：他不想张扬这事，也告诉刘统勋和秦凤梧，如果张扬，他不承当"错疑"的责任。思索着，刘统勋道："四爷说的是，这种事不像亲兄弟所为。奴才们自该慎守谨言，请四爷放心。"弘历坐直了身子，悠然地摇着扇子，说道："当初疑也不为无因，圣祖爷时兄弟们闹家务，火爆得天下皆知，前车之辙犹在，历历惊心骇目。将前比后，又身处危境，多想想也是自然之理。就昔年闹家务，哥们几个也没有下这个辣手的。天下事诡变机械，万花筒儿一样，也难保有人借端生事，调唆我兄弟相疑也未可知。但你们留意，我方才说了'许是'二字，并不下定论。统勋你做过刑狱官，捉奸捉双，拿贼见赃，一语既出，这地方泼水难收。我以仁义事君待下，万不可错会了我的意。"他一番话说，像荷叶上的露珠流滚不定，又严密得点滴不漏，两个人都听得心里佩服，垂首称是。

"秦凤梧你是精熟易理的。"弘历若有所思地说道，"君不密则失其臣，臣不密则失其身，是《易经》里的话吧？其实这个'密'字不单指机密谨言。它是'周全'的意思。面面都想清楚了，就有了开锁的钥匙。胡乱用钥匙去捅，把锁捅坏了也就完了。我说的是'理'，至于'事'，并不是不要去想。且存着心里去，该用的时候它就是开锁钥匙——明白么？"

"是，奴才们明白！"二人一齐答道。至此，他们才真正领略了这位少年王爷的心胸和智量。

弘历笑道："那好。从现在起，我们不谈这件事了。统勋明儿就回部，秦——李汉三，你且留在我这里。我给你抬个旗籍，有进身机会就荐你出去。照我方才席上的话，你草拟一封信给开封河道衙门的阮兴吾。他是我的家奴出去的，信可以说透点，不要留把柄就是了。"说罢起身挺了挺腰，吩咐道："备轿！"

弘时从潞河驿辞出来，原来要打道回府的，中途变了主意，转轿便奔了张廷玉府。本来三贝勒府在鲜花深处胡同一带，张廷玉的新宅就在西华门外，二人差不多一个去向。因此他的大轿落下，张廷玉还没有进院，正在门洞里和几个外省大员说话。弘时一眼瞧见大学士尹泰也在，一边拾级上来，远远便笑道："尹老相也来了？"尹泰见他来，忙过来笑道请安，几个官也都跟着行礼。弘时一把挽起尹泰，说道："老相国还和我闹这个——都起来——上回弘昼受了您一礼，弄得皇上好一顿数落，您恐叫我也躬背控腰挨训么？"说罢呵呵大笑。

"就是的，我也正说尹年兄呢！"张廷玉一边揣猜着弘时来意，一边笑说，"他就放心不下继英兄，这也是情理里头的事——你知道，由道员进封按察使，不是我说了算，得省里保奏上来，我们票拟了进呈御览，下旨奉行。你别着急，安徽今年考评，考功司还没有报上来呢！但有一线之明，总不教你失望。不然嫂夫人那里我连茶也吃不上了。"

弘时一听就知道这个尹泰又来给二儿子尹继英撞木钟求官。尹泰三个儿子，长子早夭，三公子尹继善多才多艺干练聪慧，二十岁上便是两榜进士一甲及第，由翰林院编修外放知府，而道台，而布政使，到当巡抚时年纪尚不满三十岁。起初做官，不能说没有沾尹泰的光儿，但后来政声卓起，无论在江西剿匪，在广东杀贪，在南京理财治河，昌明圣道作养士人，竟是拿起甚么，甚么第一，把老爷子的名声早盖过去了。可惜的是尹继善不是嫡出，尹泰素来有季常之惧，偏是大太太的儿子继英争不起气来，屡试屡蹶，四十岁头只得捐了个监生。那大太太尹刘氏有气，只管在府里压制继善母亲张氏，动不动便把老爷子拾掇得魂魄不全。她竟而亲自出马去央求雍正，到底给儿子讨了个"恩荫"。雍正瞧着尹继善的脸，又昔年当皇子时尹泰曾在毓庆宫伴读，不好过指其意，也就成全了老尹泰这番心意。这都是前话，也不须细提。弘时却打心眼里觉得尹泰倚老卖老，不肯给他心里受用，因笑道："继英的事只是早晚的事，您甭急，我也要在皇上跟前说话的。且告诉你个喜讯，继善晋升伯爵，礼部老尤跟我说，票拟都出了。尖口坝修成，老四本章奏上来，那天皇上高兴得喝了一杯白酒，叫了我去说，尹继善真乃全才，要进贤良祠。又说尹泰也是兢兢业业，又养这么个好儿子，也该进贤良祠。嘿！一门两名臣，同入凌烟阁，我朝绝无仅有，遍查二十一史也罕见的，多咱我登门道贺。老相，把你后院埋的三十年老绍刨出来待我，如何？"

"那是皇上的垂爱，也是我祖上的胤德。"尹泰说道，"老夫和犬子受赐太多了！"他长长的寿眉和花白胡子都微微抖动，脸上露出极为复杂的笑容，像凝固了似的一动不动，半晌才莫名其妙地叹息了一声，拽着艰涩的步履，口中道："你们忙吧，我走了。唉，我是老了……"弘时冲他的背影喊道："走好！别忘了给我备酒！"

张廷玉洞明世事阅历沧桑，自然心中雪亮，他是百炼钢化了绕指柔的人，自然一切不形于色，当下掏出怀表看了看，对众人道："三爷来有要紧事，今晚谈不成了。众位老兄谁明天离京，又有非禀不可的事，那就等着，余下的明天从容再谈。"说罢将手一让，众人便纷纷辞去。

"衡臣相公，"弘时随张廷玉进了书房，接过丫头递来的茶捧在手里，劈头一句言语惊人："我不是个爱串门的阿哥。这次老四在河南境内连连遭人毒手，险些送命，是脱难逃回京城，你晓得么？"张廷玉刚刚端起杯，热水一下子溅在手上，忙放了茶盘，死死盯了弘时一眼，倒吸一口冷气道："有这样的事？！田文镜居然不奏，一路过来的滚单，连提也不提！""那是为了机密。"弘时声音低沉而又清晰，"详细情形我还不太清楚，老四渡河坐了贼船，在铜瓦渡口上游和水匪周旋了将近一天。附近有打渔的看见了，报案直到开封府。开封府派人去看，已经是第四天的事，在铜瓦渡口捞上七具尸体，穿着水鬼服装，身带刀伤，刚刚查明这股水匪是个叫黄水怪的领头。老四许是有高人暗中相助——因为水中打捞那么多尸体，船上还有两具都是匪盗，老四又安然无恙！田文镜的禀帖上来，我立刻下了片子叫查找老四下落，又令李绂送弘历回京。我知道的大抵就是这些了。"

张廷玉久久没有言语，心中极是不平静，这当然是天字第一号的大案，从康熙第一次南巡，杨起隆在毗庐院密谋炮打行宫，到现在几十年，天下太平已久。别说皇子，就是寻常商贾南北来往，大肆劫掠杀人越货的也极罕见。出这样的事，他当宰相的首当其冲有着重大责任。但同时，张廷玉心中又起疑云：这么大的事，这位办老了事的坐纛儿阿哥竟然不晓得知会自己一声，越过政府就自行秘密处置，是什么意思呢？李绂和田文镜辖境接壤，二人又正笔墨官司打得火热，偏偏田文镜四面受攻时，可巧就在他境里出了谋害皇子案，这背后有没有别的文章呢？思量着，张廷玉徐徐透了一口气，说道："阴阳不调匪盗纵恣，乃是宰相之责。我是太大意了。这件事还要直接问问四爷，然后奏明皇上，或由刑部，或交李卫，一定要限期破案。"

"我知道这案子已经十二天了。"弘时扳指算了算松开手，"这不是件体面事——要知道，皇上推行新政，朝野非议得很多。你见过抄报了，湖南、湖广、云贵两广省城里都出了揭帖案。匪人奸徒散布流言惑乱人心，有说泰山崩的，有说太湖泛滥的，有说真主下世的，有说地震的，有说彗星出现的，总之是'人君无道天象示警'之类的话造得风雨惊心。这种事渲染出去，编戏唱道情的也许竟有的！说到责任，我当坐纛儿的更责无旁贷。但我不想惊动朝廷，也不想给皇阿玛添乱，因为与大政无益嘛！"他呷了一口茶，打住了话头，不时瞟张廷玉一眼，张廷玉拉得绷紧的心弦松开了。无论如何，弘时这片心肠皎然可对天地日月，既想到了维护大局，又想到皇帝身体身子骨儿，算得上思谋周详。张廷玉释怀地一笑，说道："三爷，政务孝道你都想齐全了。奴才老了，跟不上爷的脚踪儿了。爷这次主持韵松轩，几件事办得都叫人心服。湖广私铸雍正钱一案下来，连湖南粮价也趋平稳，杭州纺工叫歇①首犯拿了解到云贵铜矿枭首示众，我原觉得苛了一点，后来想想还是你对。果然矿工们也都安静下来没敢叫歇。不但少杀了人，而且铜矿开工更足。杀伐决断，临事机变顾全大局，都思量得面面俱到，真是好样的！"

张廷玉为相数十年，无论朝政人事，上至皇族阿哥，下至州县小吏，都以"持衡"相处，和谁也不疏远，也没有特别亲近的，平日信守"万言万当不如一默"，从没有这样连篇累牍夸奖哪一个人的。弘时不禁听得脸上放光，立刻抄起高帽子奉还，皱起眉头深沉地一叹，说道："我是后生小辈，见过几多世面？您自小儿瞧着我长大的，还不晓得我？您才真正是朝廷柱石国家栋梁之臣！上回皇上说胳膊痛，我和老四赶紧去请安，他老人家看上去再不像病疼模样，皇上说，'张廷玉病了，他是朕的股肱，和朕连着体结着心呢！'——我们这才明白是您清恙在身。您封伯爵，礼部说您没有野战功勋，也没有地方政绩，难于措词，皇上说'张良有什么野战功勋地方政绩？决胜千里之外就是功。张衡臣就是朕的子房！'哎，对了，这次议的入贤良祠，礼部票拟您是头一名。皇上从奉天朱批回来，张廷玉不应同别人一样。既是元勋遗老，又是股肱良臣，善始而全终，应该进十哲祠，配享孔孟程朱这些圣贤。人呐，做

---

① 叫歇：即今之"罢工"。

到你这一步，算是彪炳史册辉耀千古的啦!"

他拣着好听的话一车一车地送，却忘了张廷玉是个城府极深的老宰相，一个清华皇子天潢贵胄这样捧一个臣子，太失身份了。弘时忘形时谀言佞笑的样子，口中的酒肉气息也叫他受不了。只强笑着听完，说道："'善始'我作得说得过去，'全终'还要看以后。踏实做事勉进臣道。身后荣名大小，都是天子恩德。"这淡淡一句话立即打哑了弘时，只一笑间他又恢复了常态，换了话题道："皇上不知几时回銮，我们这边得预备接驾呢。我在思量，要不要亲自去一趟承德劝劝老爷子，这么热天儿，就在避暑山庄驻驾，立秋后再回京，赶上审批秋决也就行了。老四回来，还是他来主持韵松轩，我想走走疏散疏散筋骨。"

"四爷刚刚回京，他是钦差大臣，得先见皇上述职才能说到别的上头。"张廷玉自觉至此才明白弘时来意，笑着说道："您也是奉旨坐纛儿，不奉旨就敢把差使交给别人? 倒是李绂那份弹劾田文镜的奏折和田文镜的奏辩，已经发到各部几天了，要赶紧收集大吏们的意见是要紧的。皇上回京，头一件必定要问这个案子的。"

送走弘时，张廷玉看时辰，正是钟响十声。既是平日，也还不到歇息时间。门房里还有两个官员是明天一天就要离京的，叫进来问了问，却压根没有非办不可的急事。官场上的事张廷玉透熟，有事没事多见大人有益无害，耐着性子听他们说完，交代了几句应留心事项便端茶送客，自坐在书房反复思索。他只觉得心中烦躁气血不定，虽然弘历的遇险经过尚不详细，但在铜瓦渡口就发现八九具尸体，可见当时情形的险恶。弘历，那是在一百多名皇族子弟中唯一跟着圣祖侍候书房学习政务的，又是雍正儿子里唯一封了亲王的皇阿哥。除了瞎子，谁都看得出圣意所归。单只是水匪见财起意，那还只是一般盗劫案子，自己引咎请求处分，着田文镜李卫追缉漏网逃犯也就完事。但若不是这种情形呢? 要是一场新的阿哥阋墙之争呢? 张廷玉是亲历亲见过雍正兄弟间争夺嫡位血淋淋的场面的。投毒、截杀、刺杀、设陷于前落井下石于后……无所不用其极——要真的是这样，自己想后半生当个太平宰相的愿心就彻底完了! 他想得头都涨疼了，终归知道的情节太少，得不出结论来。但弘时说的瞒着雍正，这件事却万不可行，漫说田文镜不会隐瞒，连弘时自己也保不定这会子正写密折给皇帝呢！张廷玉那张清癯严肃的脸上露出一丝不易觉察的笑容，铺开纸来，下垂的眼睑一动不动凝注良久，缓缓写道：

> 奴才张廷玉叩请圣安，敬密跪奏：适才皇三子弘时夜造奴才府……

详细写了二人对话情形，笔触一顿，接着又写道：

> 弘时敬忠之心，孝拂之情溢于言表。然据奴才思之，兹事体大，长掩亦属非道。惶骇颤栗之余谨陈密奏，并请皇上严加处分，以为大臣疏漏失职之戒。俟奴才与皇四子弘历谈之后，自当另行具折。所请当否，惟圣裁之后奉旨遵办。

写完又看一遍，满意地放下笔，仰身深深打了个呵欠。

张廷玉料得一点不假，他打呵欠时，弘时的密折已经誊清。不过他的折稿不是自己起草，是三贝勒府头号幕僚旷师爷所写，因密折不许代笔，所以由他亲自誊写。他又仔细看了一遍，和张廷玉折子不同的，前面有田文镜的奏片摘要和自己亲自处置的过程，和张廷玉谈话也略去了，只说"已知会军机大臣张廷玉，钩缉元凶"，其余都是赞誉弘历"颇识大体，雅不欲以己身安危致使皇阿玛焦虑劳心。观其情形，似日皇阿玛龙体欠安，俟痊好之后徐徐奏知，此亦孝诚之惆，儿臣亦心折感动，黯然涕下矣！"他也打了个呵欠，对守在身边的旷师爷道："就这样发出去吧！"

"是！"那旷师爷拿起折稿回身便走。

"回来。"

旷师爷站住脚，用询问的目光盯着弘时，没有说话。他是保定人，叫旷清行，年纪不过三十五六，十二岁入学，五进考场乡试，俱都名落孙山。替别人当枪手时却是考一场中一场，索性就以此为生，有名的"旷鸟铳"。自己秋风驽钝名场失意，代挣的银子却获资巨万。李绂到任访查出来又气又笑，革掉了他的秀才，当笑话讲给张廷玉，却被弘时听了心里，辗转罗致到府里。此人不但文章又快又好，遇事思路也十分敏捷，话不多却简捷明了，只一年间便成了弘时最得用的心腹清客。弘时目光在灯下流移不定，许久才问道："都掐断了？"

"掐断了。"旷师爷道，"聂公公太扎眼，送到哪里人也能看出他是个老公儿，用的药酒。其余人知道的不多，我们犯不着杀那么多，都打发了黑山庄上，用人看着，用钱喂着——随时都能处置。只有铁头嘴，逃到了山东抱犊崮。其实，他一个土匪，知道的也不多，坏不了爷的事。"

弘时阴着脸又思索一会儿，摆手道："买通抱犊崮的黄九龄，除掉！一个后患也不可留——你去吧！"

第二十九回　　避暑庄君臣论世情
　　　　　　　热河宫乾纲抑党争

　　张廷玉和弘时的密折送到奉天，雍正的车驾已经离开了盛京，两封奏折辗转记档传递，刚好雍正到达承德的第二天才送到军机大臣鄂尔泰手中。按照康熙皇帝留下制度，大驾巡幸至行宫行营，本日进班的御前侍卫、乾清门侍卫大臣、侍卫章京都要昼夜随扈。鄂尔泰和朱轼都兼着领侍卫内大臣，鄂尔泰接到黄匣子，立刻到朱轼住的下处挹秀书屋，一进门便笑道："老中堂，昨晚接到四爷一份请安折子，李卫的一份奏折，今儿三爷和衡臣的密折匣子也递过来了。我们联袂而入去见驾，如何？"

　　"是秋心呐！"朱轼正歪在榻上，用神仙手给自己轻轻捶背，听鄂尔泰说话，一翻身坐了起来，笑道，"我刚吃过早点，这把老骨头越来越不中用了，昨天轿颠得厉害，这里闪了一下，疼得才好些儿。这会子皇上召见蒙古王公会宴，还早呢，不到午时恐怕下不来。"鄂尔泰这次千里从驾，风吹日晒得皮肤黝黑中泛红，平常的嗽疾也好了，当下笑道："我到底年轻几岁，托主子的福，已经不咳了。离开云南人都说我是痨疾，都到了吐血的份上了，走动走动病都疏散了——吃得进东西又不操那多的心，什么病好不了呢？您腰疼是老病，瞧气色红光满面的比出京时气色好多了。我还是康熙五十一年来过一次避暑山庄，您也八九年不来了吧？咱们早些进，慢些走，连公带私，送了匣子也看了景致，岂不是好？"几句话说得朱轼也兴头起来，命太监进来帮着换了朝服袍褂，二人竟不坐轿，骑马直到山庄南丽正门前，却由偏门德汇门径入园来。

　　其时正六月当暑流火铄金天气。承德位居科尔沁蒙古之南，燕山中麓，本来就地高气寒，恰西边太行山位置更高，北地寒气被挡，折而东流，像一个大漏斗，从张家口到承德一带流吹入中原。兴州河、滦河、伊逊河、武烈河四河交汇从承德穿凿而过，更有热河源出于此，命中注定此地是清凉世界无暑胜地。二人进了庄中但见老木翳天枝柯交缠，水汽森森石凉苔滑，除了偶尔一声蝉鸣，仿佛提醒人们"现在是夏天"，其余但觉清清泠泠，苍苍翠翠风水宜人周身精神一爽。朱轼见鄂尔泰傻子一样东张西望，笑道："八大山庄、十二行宫间离宫别院千门万户，哪里一时就看完了？就庄里三十六景，主子住在烟波致爽斋中，我们进来那道挡水坝，叫'芝径云蕻'，这地方叫'无暑清凉'。再往前走，过了延薰山馆后头那个池塘，就到万壑松风堂。其余如松鹤清越、四面云山、北枕双峰、西岭晨霞、锤峰落照……累死我们今天也看不完。"

"到了这里真令人兴消意尽。"鄂尔泰叹道，"什么出将入相，开府建牙，起居八座，位极人臣？能有这一流水一片石，一间庵置身，我看就是神仙。"朱轼笑道："那还不容易？这园里常年守护的兵，定制是九百八十二名。公事出了挂误，请罚这里守园不就结了？老实说，我头一次进来也有这个想法儿，你是乍热还凉，觉得好，其实这里人工穿凿太过，已经失了自然真趣。待到回京，见到繁华世界红楼金粉情景，又是一番情趣了。"

二人一路散步，看看这个秀亭，抚抚那株怪树，有一搭没一搭说着闲话，鄂尔泰只是嗟讶赞叹："圣祖爷真有眼力，选中这块住地，景致山水佳丽不说，离京师不远不近，离蒙古不远不近，离盛京也不远不近！"朱武道："圣祖爷不愧为'仁'皇帝！其实把山庄设到这里，还是为了便利蒙古王爷朝觐。高士奇在朝，我曾请教过他老先生：万国冕旒朝天子。蒙古外藩王爷，就多走几步到京朝觐何妨呢？要天子冒风尘之苦几百里外赶来接见，恐怕于礼上不合。高先生说：'这是天子仁德。蒙古人已出痘的叫熟身，没有出过痘的叫生身。生身不敢进京师，所以要加以体恤。赐外藩的殊礼，其实只要羁縻好蒙古，不但边患没了，连青藏也少了多少麻烦。所以又是天子深谋远虑。怀仁怀德怀远怀柔，也是礼啊！'——遥想先贤智仁之志风采，熙朝确实是后世难及。"说罢，遥指西北一带殿宇，笑道："我们那边看看——那就是狮子园，当今万岁爷潜邸扈从就在这里。宝亲王爷随扈，就在紧挨着的那处院子。"鄂尔泰见说到了雍正潜邸，下意识地弹了弹衣角，换了庄容，跟着朱轼过来看时，果见一溜五楹倒厦，朱漆铜钉大门紧闭，吊着栲栳大的辅首衔环，上悬一块泥金黑匾，上写"狮子园"三个大字。旁边还有一副楹联：

> 日往月来明至道
> 花香鸟语露真机

却是雍正亲书，龙翥凤翔气韵华贵，整个宫殿和南边的书院阒无人声，只听浓绿荫中鸟鸣啾啾，草间纺织娘嘤嘤浅唱。墙头老藤倒垂，阶前芳草萋然一碧，仿佛在向客人介绍屋主曾在这里有过一段惊心动魄的经历。

"为什么叫狮子园？"鄂尔泰问道，"曾在这里圈养过狮子么？"

朱轼指着南边的一座山峰道："你看那座山像不像一尊狮子？那就叫'狮子峰'。这宫邸是因峰而命名的——"还要说时，远处一个太监边小跑着边喊："朱中堂、鄂中堂！主子筵会下来了，正召你们过去呢！"朱轼转眼瞧见一大群人纷纷从万壑松风殿前假山中出来。料是筵会就在那边设着，便和鄂尔泰一齐赶来。迎头见几个蒙古王爷喝得满面红光，叽哩咕噜说笑着过来，忙拉着鄂尔泰站了甬道旁给他们让路。

"这是朱师傅的！"一个王爷突然认出了朱轼，指着他叫道，"康熙四十八年我见过的，皇上的老师的，学问像天上的白云地上的羊一样的！"朱轼这才见是温都尔汗，忙上前打揖行礼，笑道："汗爷也来了！我的学问没有白云那么高，也没有地上的羊多，王爷你夸奖了。我来给诸位介绍一下，这位西林觉罗·鄂尔泰，原是皇上的模范总督，现在是军机大臣。文才武略兼备，学问像——大草原一样大的！"鄂尔泰听完莞尔一笑，忙上前和诸王见礼寒暄，笑道："王爷是从漠北蒙古过来的，黄沙白草数千里跋涉，不容易。足见王爷忠悃诚敬之心。"

"皇上待我好的！"温都尔汗脸上菊花一样的皱纹都笑得皱到了一处，一双短粗的罗圈腿得意地蹭来蹭去，说道："又赏了我十万石饲料粮，一万斤茶砖的！策零阿拉布坦——皇上说是喂不熟的狼羔子的，坏了的。他要敢到东蒙古来，科尔沁、喀拉沁、扎赉特……我们，嗯？！"他用双手猛地一卡，"和他打一个七死八活，死样活气，死眉瞪眼的！"

说罢和诸王嘻嘻哈哈说笑着去了。鄂尔泰扑哧一声差点笑岔了气。见高无庸和张五哥二人迎出来，忙和朱轼一同进了"万壑松风"宫院，绕过正殿，在一溜十几株银杏树旁站住。高无庸进东书房片刻，又出来道："二位中堂请。"

雍正似乎没有饮酒，脸色如常，穿一件米色葛纱袍，头上戴一顶万丝生丝珠冠，腰间束着全镶三色碧玡玖马尾纽带，大热天儿，袍子外还套着石青葛纱褂，躺在竹安乐椅上，用热毛巾敷着颏下和耳朵后。乔引娣站在旁边，从盆子里拧着毛巾给他替换。见二人进来，雍正只摆了摆右手示意在窗下木杌子上坐下，微笑着说道："去了朕当年的住处了？鄂尔泰还是头一次进来，该当的好好看看。料想你们也饿了——高无庸，弄点点心来！"又对乔引娣道："热毛巾不用了。你把他们带的黄匣子打开，钥匙在朕榻上枕头旁边。"

"是。"乔引娣低声答应一声，接过鄂尔泰递过的匣子。将李卫的奏折、弘历的请安折子捧给雍正，自己悄没声去炕边开那两个匣子。看样子她做这差使已很熟练，雍正刚翻过弘历的请安折，两封专门装密折的通封书简已经轻轻放在雍正面前几上。雍正打开李卫的奏折，看了看就放在一边，笑道："李卫真有意思，前头修了个关帝祠，请枪手大大写一篇文章奏上来，生花妙笔令人神往，今儿又奏湖山春社落成，又是一篇花团锦簇文章，还要请朕题字题联。他也真不怕麻烦了朕。"鄂尔泰笑道："李卫写给奴才有信。他想勾起主子江南之忆，一片的忠爱心肠，晓得主子宵旰焦劳国事，曲笔请求主子南巡，也好疏散疏散——"他还要往下说，见雍正已经沉了脸，便不再言语。

雍正将毛巾丢给引娣，指着两封密折道："你们两位也看看。如今竟有这种事，而且事情出在河南，真真令人不解。"说罢起身，趿着鞋子背手儿在书房里来回踱步。鄂朱二人忙上前一人捡了一份，只一看奏题便心里咯噔一下，急急瞄了几眼，又交换了看，心里打着主意如何在雍正跟前说话。

"这真是想不到的事。"鄂尔泰道，"世道清平几十年，没有出过这么大案子。煌煌白昼，省垣之下，会有水匪追杀皇子！四爷福大，万一有个闪失，朝廷何以对天下，田文镜可怎么得了？"

乔引娣初入畅春园时，几乎天天见弘历，极是潇洒倜傥，温善聪敏的一个皇子，对他颇有好感，听见这信息吓得一愣，手中一松毛巾"扑"地落在盘子里，见雍正看自己，低下了头，说道："外头道路这么凶险么？四爷金尊玉贵的，下头保护的人做什么的？这样事真吓人——四爷那么好一个人！"朱轼道："四爷是太爱微行了，白龙鱼服要受制于渔夫禽鸟的呀！还有田文镜，也忒大意了，如今朝野都在攻他，办事还是这样不细密！"

"这值不得大惊小怪。"雍正吁了一口气，望着外边的浓绿世界，像是对众人，又像对自己，口中喃喃道："这种历练比在毓庆宫听讲一年学问收益还大！怕怎的，不是一根毫毛没伤，平安回京了么？"他好像想得很远又收回神来，格格一笑说道："道路凶险自古如此，朕为皇子时就住过黑店。那时李卫年纪还小，倒亏了他，不然，焉有今日？"他陡地想起那次自己遇险，是为寻访小福，心中一动，看了引娣一眼，没再说什么，端起茶来呷了一口又道："这两天留意弘历和田文镜的折子。情形不详细，模模糊糊的看不清楚。"

鄂尔泰忙躬身称是，又道："田文镜既给三爷写了信，却没有本章递上来，恐怕也是正在破案，李绂那边的案子刚刚起来，境里又出这种事，他的心情可想而知。至于四爷，恐怕想得也很多。这不是什么好事，一来怕皇上为此添了不快；二来这案子连着田文镜的官声，他势必想叼登出来。三来——"他突然觉得失口，便闭了嘴不言语。

"你这人！"雍正睃了他一眼，"怎么和朕还说半截话？"

鄂尔泰尴尬得满脸通红，他本想说，"四爷怕人因为此案疑到政争上去。"但事连弘时关系太重，无论如何自己承受不了，憋了半天才改口道："三来四爷也未必愿意张大其事，有伤皇上治化之明。"其实这个话也是不妥的，但两端皆害，算是取其轻者。朱轼拱着手说道："宝亲王既然已经回京。在外省巡弋将近一年，路上又受了惊。鞍马劳顿的，应该歇息一段时日。这里离京不远，奴才看，不如召了来，日夕侍奉左右，连路上那个案子都问清楚了。"鄂尔泰听了心里不禁由衷佩服：一样的试探，这么好的话自己怎么就想不出来呢？

"弘时还在韵松轩维持一下吧。"雍正似乎没有留意两个大臣的心思，自登了青缎凉里皂靴又站起身来，"不要为弘历这事再大惊小怪了，比起朕一生遭际，他这算个小小的困厄，困厄——你们读饱了书的——是坏事么？天地厄于晦冥，日月厄于薄蚀，山川厄于崩竭。天地尚且如此，人就更不用说。《故事雕龙》里有言：'虞舜窘于井禀，伊尹负于鼎俎，傅说匿于版筑，吕尚困于棘津，仲尼绝其粮，颜回败其丛兰……此皆学士，所谓有道之仁人也。'他才十六岁，刚入志学之年，吃点苦头是好事！弘历暂时还是不回韵松轩，发旨给他，要他在京统筹天下钱粮的事，兼管兵部。"

鄂尔泰不禁一怔：这么笼统，旨意怎么着笔呢？朱轼却一躬身道："臣等领旨。""你们先用点心，朕到隔壁去看折子。"雍正笑道，"朕在这里，你们肚饿也吃个不香。"说着便带了引娣绕过北屋屏风进了书房套间。

这是一个南北很长的套间房，西边是一排糊满蝉翼纱的长窗，下半窗固定上半窗可开可阖，临窗例是侍卫太监房，可以随呼随应。北边和东"墙"都是依山凿石而成，房顶偏东开着亮窗，坐在窗下仰望，山上云树婆娑瀑布溪流宛如画图，附近绝岩泉水叮咚透窗而入——大约取了安全便于防护和观赏景致这两条，当初康熙才选中了这排并不豪华的东偏房作自己起居书房。屋里陈设也很简单，一溜儿春凳和茶儿设在东窗下，靠门一座金自鸣钟，尽北又有一道活动门墙，折叠起来大炕居北面南，展开隔栅门，又像一道严严实实的屏风。沿北墙一带除了皇帝批文的御案，最出眼的是几十幅图画，密密沿墙排去——总之，与其余皇宫书房另具了一种朴实无华的文墨气。

"引娣，"雍正见引娣铺好纸，又端了茶过来，接过茶喝了一口，指着墙上的画儿道："别小看了这个地方儿。这些画的价钱，够盖一座养心殿的！"乔引娣道："我不懂的。昨儿来也没细瞧，什么画儿值那么多钱呢？"雍正笑道："这是熙朝名手周罗英的手笔，每一幅上都有圣祖的题识，还有一首高士奇的诗。《耕图》二十三，《织图》二十三，合为《耕织四十六图》。你看这耕图，这是浸种，这是耕田，这是耙耨，这是耖，这是碌碡，这是布秧……"

引娣一看就笑了，指着道："这是割谷，这是登场，这是扬场，这是入仓……这后头是什么我可说不清，这女人怎么扯树枝子？"雍正笑道："你是山西人，这是织图，你指的那幅是《采桑》，下头择茧、窑茧、缫丝直到成衣——是成套儿的。"引娣笑道："这劳什子画儿就那么值钱？我道什么稀罕物儿呢！主子爷到我们那瞅瞅，什么布秧啊，拔秧啊，灌水放水啊的，都是平常事儿，一点也不新鲜。"

"当然。"雍正神色有点忧郁，"你当然不新鲜。朕第一次见它，可是新奇得很呢！就是你说的，阿哥金尊玉贵，住在宫里，出则是翠盖羽葆，入则是华堂高轩，锦衣绫罗钟鸣鼎食。问到它是怎么来的，就懵懂了。晋惠帝时，天下饿死人。奏上去，这位皇帝说：'肚子饿了，怎么不吃肉粥？'皇帝当到这份上，天下就完了。你明白这几十幅画挂在这里的意思了吧？"

乔引娣看了雍正一眼，她已经明白了雍正方才对朱鄂两个大臣说到弘历的话。半晌，她才叹息一声，说道："人和人不同的。"

雍正也不再说话，坐了雕龙交椅，从笔海里拔出一支新笔，扯过弘历的请安折子，濡墨写道：

> 三日请安折悉。已另有旨，着尔兼管天下钱粮事及军务事矣。尔此次视东南，尖山坝工竣，黄河漕运疏，江淮天下富庶之地，诸般新政顺畅施行而无扰攘纷纠。此固因李卫尹继善等人吏窍识大体，和睦与共勤劳王事，然尔之调停有度，张弛有当，举大而不遗细，谋远而不弃近，则江南之事定，天下各省翕然定矣。此朕委尔坐定金陵之初衷也，尔知之否？朕东来诸事皆安。今见诸蒙王公，以恩给之以义连之，观诸王之心，与朝廷同仇敌忾，似无二情。彼策零阿拉布坦区区一部跳踉丑类，天兵一讨澌灭可期。当此之时，尔之受命，切切宜体朕之深心。

他满意地在砚中旋了一下笔，笔风一转写道：

> 黄河遇险之事，朕知之矣。昔杜鸿渐问无住禅师何谓无意、无

念、无妄，无住答称此为三句法门，无意为戒，无念为定，无
妄为法。尔圆明居士当以此为定力消惊存安，人有定力何事不
可为？戒之戒之。慎分以寻常祸福机转扰心，只"安之若素"
四字，尔即受用无尽矣。

雍正写完，又抽过李卫的奏折，在旁边批道：

湖山春社落成折已览，心向往之。朕非不欲南巡，俟新政大
定，海天皆欢之时与卿共游，岂不无牵无碍惬怀尽兴？此处泉
村佳色恐亦不逊春社，即观此景题联赐卿。他日亲见，亦一
趣也。

写到这里，他抬起头，对引娣道："把窗子上扇支起来。"

"是。"

引娣不知他为什么正在疾书批章，突然冒这句话，答应一声扳开屈
枢支起亮窗。雍正下座踱至窗前向外望望，但见空殿旷院中都是合抱粗
的老树，合不着江南景色。雍正摇摇头，回身沉思间，一抬头，见引娣
迎窗而立，上身酱色比甲滚边绣着红梅，雨过天青短袖纱褂露出皓腕如
雪，一溜荷青长裙曳地无风自动，仿佛一枝亭亭玉立的君子兰。引娣给
他瞧着，臊得满面通红，娇羞垂头，迎窗亮处站着探弄衣角，反而更增
妩媚。

雍正喃喃咕哝了一句什么。

"皇上……"

"没什么。"雍正避开她的目光，回到座中，又忍不住看了她一眼，
轻声道，"朕是说你长得太美了。"一边说，一边又换了支大号笔，亲自
铺平宣纸，叫乔引娣："那边用镇纸压着，你手扶着这边。"

引娣给他瞧得羞红满面，又被他夸得心里直跳，慢慢过来，警惕地
瞟一眼雍正，却没有照雍正的吩咐，将镇纸压了"这边"，自己站了
"那边"轻轻抚纸。雍正已定住了心，在纸上援笔大书：

花枝入户犹含润，泉水浸阶乍有声。

一边轻轻吹着，笑问道："你去见十四爷，他都说些什么？要知道，从来没有人敢这样对朕，居然不缴旨，没回音！"

"我没有去。"

雍正睁大了眼："为什么？不想去了？"

"奴婢不知道十四爷在哪里，"乔引娣轻轻摇头，眼睛盯着殿角，"高无庸他们都不肯告诉我……""竟有这样的事。"雍正不禁失笑，"这是你不懂规矩，你说一声奉旨去的，高无庸有几个胆子阻你。"说罢便叫："高无庸进来！"

高无庸就站在屏风外，听招呼一转身便进来叉手听命。"回京之后，你带引娣去看看十四弟。"雍正温声说道，"可以在那里呆一个时辰。你也顺便看看他还缺什么东西，有没有下人在那里狐假虎威作践他的。回来跟朕说话。"高无庸听一句答应一声，又道："鄂尔泰朱轼已经用饱了。在外头候着，因主子写字儿，没敢惊动。"

"叫进来吧。"雍正淡淡说了一句，叹息一声回到座上。乔引娣在旁又是感动又是难过。从雍正平日与自己接触中，她深有体味，这个皇帝对自己情分十分厚重。相待之间却严谨持礼，从来语不涉亵狎，生生像个温厚平和的大哥哥。怎么就和生性爽豪的允禵成了生死冤家了呢？设如没有那些肮脏政争，兄弟亲情间，自己有这么个长辈似的大哥关爱照应，那该有多好！思量着听雍正叫"赐茶"，才意识到朱鄂二人已经进来，忙答应着端茶过来。却见雍正指着晾在桌上的字道："这是赏给李卫的，朕这会子又去不了江南，只能追忆着跟圣祖南巡时情形儿心拟而已。"

鄂尔泰和朱轼随口夸奖了几句，却听雍正问道："田文镜李绂的奏折发往六部，下头都有些什么话？"朱轼一欠身说道："回皇上，六部意见还没报上来。若等着处置，奴才这就发文知会他们。"

"你们自己有什么见识？"雍正冷冷说道，"就拿你朱轼说，那么多的门生故吏，他们难道不写信给你。既写信，难道不谈自己看法？"

朱轼入相还是头一回碰这软头钉子，蓦然间已经渗出汗来，咽了一口唾沫，说道："老奴才不敢欺蒙。书信不少，都是旁敲侧击探听圣意的。皇上御制《朋党论》告诫臣下不得夤缘营私，奴才主持科场甚多，尤为警惕不以师生之情介入公事，因而所有这类信一概不回。但皇上既垂询此事，奴才自己意见应该奏明。奴才以为田文镜与李绂都是正人，二人分歧，原是政见有所不同。各自管窥高天，见仁见智，不足深责。"

"好人误会，这是你的看法了。"雍正又问鄂尔泰，"你呢？"

"李绂与田文镜与奴才私交都很浅，无从谈爱憎。"鄂尔泰说道，"田文镜锐意振作，力矫时弊不避怨嫌，这是天下有目共睹的。俞鸿图从河南发回的几封折子看，田文镜报效主恩的心切，行事急于事功，偶有失察下层的情节。以至于垦荒亩数不实，胥吏借端欺压小民流徙外省的，也有的奸邪吏员投其所好，敲剥士绅邀媚取宠以图进身的。以至于一些匪人乘时而用制造事端——像罢考这类事就是了。李绂正如朱轼说的，是正人，且在湖广推行新政卓有治绩。但他为河南表象所迷，以为田文镜为群小所转，虚名邀功欺蒙圣君。因此酿出这一段政争。这是我的短浅之见，未必就对，请皇上圣鉴烛照。"

雍正端茶默坐，许久才道："我们不是在这里评介人物，而是在这里论世。方才朱师傅讲了朋党的事。朕是在朋党丛中吃尽苦头的人，深解其味，所谓'八爷党'，自圣祖晚年倦勤，到现在折腾了二十年。你想真正为朝廷生民做一点事，真比登天还难。弘历遇险你就可看到，连外省土匪都不在本省作案，要到河南境里给田文镜栽上一赃！如今阿其那塞思黑允禵虽然已就范，但那个'八爷党'真的就散了阴魂？你们每天奏章都是读过的，川鄂云贵两广，省会都贴出了揭帖，含沙射影攻击新政，京师还流传着些骇人听闻的'宫闱秘闻'，甚至有说隆科多得罪，是因为知道朕的'隐秘事'太多，朕治他为的灭口！"

雍正越说越怒，"砰"地一声击案而起，涨红着脸，咬着米一样细碎的牙说道："朕以仁道待人，人不以厚道感恩，再没比这个可气的！看来，阿其那他们就这么舒舒服服关起来还不成，他们触的国法，不能仅治以家法。立即发明旨，叫六部议他们的罪，该杀的朕不能姑息，天下为公，朕亦不得私治之！"本来议的是田李之争，雍正却一下子又扯到了允禵身上，朱轼和鄂尔泰都是愕然一惊。允禵的事情还不算完？但此时正值雍正盛怒，他们谁也不敢撄此锋芒。许久，朱轼才道："皇上，李绂并非阿其那一党里的……"

"你们为朕震怒之间岔开了议题，是么？"雍正哼了一声又坐下来，"其实朕说的是一回事——朋党。你们看看跟着李绂起哄的那起子人，有几个不是昔日八王府常来常往的？他们巴不得朕的摊丁入亩，火耗归公，官绅一体纳粮当差奖励农耕这些新政一夜之间都垮光了，让天下人看朕是个可笑皇帝。他们至死都不明白，朕矫治时弊推行新政振数百年之颓风，正是从根儿上孝顺圣祖，不负圣祖殷殷寄托！"雍正的眼中闪着不知是火是泪的光，喟然一叹，"他们不学无术，看不到盛世隐忧，不行耗限归公，那就无官不贪；不追索亏空，那就府库荡然，不施雷霆之威，那就四海无甘霖。穷则变，变则通，通则久，这不是《易经》里讲的？蒙古人入主中原，九十载灭国，为什么？就是死抱着他没入关前那一套不放，毫无变通。大清入关也快九十年了吧，难道不该警醒些儿？李绂也许自恃身正，所以他要搏名，捡着朕最疼处揭疮疤儿，沾染了汉人阴柔奸狡拼死搏名的恶习，朕实感痛惜。就算他背后无阴谋，像马谡失街亭，岂得无罪？孔明杀了马谡，朕又何不能挥泪斩李绂？"

朱轼和鄂尔泰听着这激愤的言语，但觉字字惊心，句句警譬，金石般掷地有声，不禁离座长跪在地，说道："圣上高屋建瓴，深思远虑，奴才已经明白。"

"就这样，照这宗旨，不提李绂的名字发旨六部，叫他们从速议政，不要再观望。"雍正冷峻地抬起头，傲然说道。又顿了顿，摆手道："你们跪安吧，传旨给德楞泰，张五哥他们，后日——后日辰时起驾返京。"

"皇上！"

"国事纷扰，非人君宴息之时。"雍正不无依恋地看着外边青幽幽碧森森的院落，皱着眉头道，"梁园虽好，终非故乡。回京去！"

雍正返驾北京的诏书抵达北京的头一日，弘时已经接到太监秦狗儿的禀帖，里头备细说了雍正与鄂尔泰和朱轼在热河园中对话。立刻叫了旷师爷过西花厅"鼓雨轩"来商计。旷清行正在后书房和几个师爷分门别类代弘时给各地外官写回信。听见说叫，搁笔匆匆过来，一进门便道："三爷，您叫我？"

"热得前后襟都汗湿透了。"弘时亲自端过一盘冰湃的西瓜，"来，吃一点去去心火——喏，那是秦狗儿的信，先看看再说。"说罢自歪了竹凉椅中摇着葵扇闭目沉思。

旷清行拿着那几页薄纸颠来倒去反复看了几遍。他没有言声，却踱到鼓雨轩外，站在堂檐下，晕头晕脑看着池塘边婆娑摇曳的杨柳出神，一阵阵熏风带着炙人的热浪扑面而来，树上无数只蝉一声尖似一声地聒鸣，竟似不觉不闻。许久才回身进来，对昏影里的弘时笑道："三爷上回赏秦狗儿三百两银子，回来还心疼！就这一封信，一万银子您上哪儿买去呢？"

"我不是心疼。"弘时也笑道，"皇上宫规严厉，太监结交王大臣格杀勿论。怕弄巧成拙嘛！老四就没有这些道道儿，消息不照样灵通？"旷清行摇头道："您和四爷不一样。他母亲是贵妃，先头太后身边都兜得转的。圣祖爷康熙五十　年就叫了四爷宫里头随驾读书，在里头厮混得久了，又长年主持韵松轩政务，巴结他的人多了，见面随便一句话就透了消息，还用得着苦巴巴掏银子买消息？"

弘时听得心里酸溜溜的。他密地里不知请过多少相士为自推造命，都是极贵的格。自己素常照镜子对相书也不知看了多少遍，觉得无论才智、历练、心志还是相貌，总没有逊于弘历处。怎么偏偏父皇就那么爱重他呢？正胡思乱想，旷清行又说道："秦狗儿报这个信儿，也未必就是银子的功效。四爷出去，您主持了中枢，占据了形势，这才是真正的原由！他在宫里当差，多少给外官一点方便，大把银子有的是，决不会稀罕爷那三百两银子来巴结的。"

"李绂要倒大霉了。"弘时悠悠地扇着扇子，"还有八叔、九叔和十叔——这真可叹——他们原本算不上一路人的。李绂文章人品都强过田文镜十倍，真太可惜了的。""真正倒霉的是八爷。"旷清行眼中放着贼亮的光，"皇上其实最怕的是朋党。八爷没有失势的时候遍交朝中文武，都是些名驰文场的读书人。头脑人物虽然已经圈禁，这个'党'却依然在。三爷，那次'八王议政'的乱子在乾清宫折腾，不知您留心到没有。从头到尾没有一个人公然对着廉亲王的，开头时倒是先拿着田文镜作法！可见如今田文镜已经是根炮捻儿，攻击新政必拿着他首当其冲。所以圣上护着，谁攻田文镜，立地就疑人是冲着新政，冲着他自己。越攻越护，越护越攻。看热闹打太平拳的人，站干岸看河涨的人原先跟着八爷当走卒，现在又看笑话儿，甚至在后头写揭帖造谣言，就皇上那性子，没事见石头还要赐三脚呢，怎么容得下这么多的臣子跟他离心离德？他身上的病也是由此才越重的！"

弘时早已瞿然开目，坐直了身子，连扇子也忘了扇，说道："可谓洞若观火！我当何以处之呢？"旷清行一笑，斩钉截铁说道："两条：狠打死老虎决不手软；坐定韵松轩拼命办差。整治八爷党就顺应了皇上敌忾之情，拼命当差又顺应了皇上求治之心。至于对四爷五爷，礼尊之，诚布之，情爱之，心防之——都是他的儿子，让他自己看看谁的孝心重，能耐大！"弘时呆呆出了半日神，说道："我看皇上意图还不止于此。弘历主管天下钱粮和兵部差事，也许有意叫他带兵去和阿拉布坦厮拼呢！"

"这个我也想到了。"

旷清行阴沉沉地说道："学生自收入三爷门下，一直都在思量八王爷和皇上当年嫡位之争，为什么权倾天下的八爷深得人望，却败了，冷面冷心的'办差阿哥'居然身登九五君临天下？道理也许有一百条一千条，归到根上说只是一条，皇上始终身在机枢之位，谋机枢之事。八爷却只是在旁边收取了人心。那些权要人物对八爷俯首贴耳，弄得他有点飘飘然，以为可资为夺嫡之用。结果到节骨眼上，这些人一个也没派上用场。连十四爷身将十万重兵拥权在外，一纸诏令下来，也只好束手入京。三爷，无论如何不能再吃这个亏了。"

"那是。成者王侯败者贼，弘时敢忘前事之师？"弘时咬牙阴狠地一笑，站起身来叫道："来人！"

几个丫头老婆子应声而入，弘时不禁失笑，原来忘情之间，以为自己是在韵松轩。因道："给我备轿进园子。告诉账房上，西街口那套三进院子我赠送了旷师爷，拨二十个家人过去侍候。"说罢一径出来升轿而去。

其时正是未中时分，略略偏西的太阳晒得大地焦干串烟，街衢上绝少行人，连狗都热得阴地四脚扑着吐舌头，家家户户门洞大开，男人赤膊，女人只穿着贴身汗衣，或冲凉或打扇喝茶消暑。偶尔只几个光屁股小儿，晒得黑不溜秋，在池塘杨柳下摸鱼打水仗。弘时一进轿便被燥热逼得退了出来，又换了竹丝凉轿，这才透迤出城。一出城情形便不同，风尽管还热，但扑到身上没了那种逼人窒息的闷气，驿道两旁密密的杨树，就是极小的风也招得它们哗哗直响，偶尔从海子边吹来的风带着水气，稍稍给人一种清凉之感。愈近畅春园，森森碧树间吹过的风愈是宜人，待近双闸门时，弘时通身大汗已经落了。正要进园子，北边不远一阵颤悠悠的钟声透过层层叠叠的青枫白杨隐隐传来。弘时不禁一怔，这几天天热，竟忘了过来给怡亲王请安了。想着，弘时在轿中轻轻跺脚，说道："转轿，先去清梵寺。"轿夫们"噢"地答应一声，这都是家养的杠房，里手行家，不知不觉间已转了轿头，在阴凉道里行了不到半里地，清梵寺已是到了。弘时下轿正要进去，见一个中年和尚匆匆忙忙夹着个十黄包袱出来，认得是寺中塔头和尚法印，便叫住了：

"秃驴，这么热天儿，贼头贼脑哪去？"

"哟，是三爷千岁！阿弥陀佛！"法印看清是弘时，已满脸堆上笑来，揩着光头上的汗过来稽首行礼，咧着嘴笑道："爷吉祥，爷万安——可是有几日没来寺里了！我这正要北玉皇庙去呢。你瞅这天儿，半个月了，死活不下雨。十三爷昨夜里睡不着，传下王命，叫北京城所有寺院大和尚都去玉皇庙作功德祈雨。修空方丈去了，看着大钟寺的悟心师傅穿的袈裟比我们的好，特地打发我回来，把十三爷捐的掐金木棉的拿去。咱们这庙住着王爷，相爷，不能叫他们比下去了。"

弘时原本要进山门，听见这一说又站住了，笑道："你们还算出家人，在这上头争奇斗富，贪嗔痴俱全，佛祖也不要这样弟子——做这么大功德，得要多少银子香火法事钱？"法印伸出巴掌亮亮，说道："原是十三王爷独自出资五万。方先生说，这是国事，他也不能后人，也兑了三千两。张相爷不信佛，夫人和小姐各捐了一千两，共是六万五千两。"

"我出五千两。"弘时说道，"你告诉悟心大和尚，只管虔心祈雨，三天内天降甘霖，我叫礼部表彰，从国库里再拨一万银子，听着了？"说完抬脚进了山门。自从张廷玉，方苞和允祥相继住了清梵寺后，寻常香客早已摒绝，门口守的都是怡亲王府的太监和护卫。见弘时跨步进来，忙都躬身迎接。弘时问道："十三爷这会子睡中觉呢？"

一个王府太监忙道："我们王爷连着几日不歇响觉了。他老人家挪了净心精舍，原来那地方离大非殿太近，和尚们念经聒噪得心烦——又不愿一点也听不见经声，就挪西院去了。奴才带爷去！"说着便在前头带路。却不从原来的西廊向北，一进山门便西趄。由廊后甬道向北一箭之地，便见一处坐西朝东小院掩在茂林深处，院子里却一色都是竹，凤尾森森，龙吟细细，极为清幽，门额上白地黑字一笔颜书四字：

净心精舍

弘时便道："你去吧，我自己去见就是了。"

"请王爷恕罪。"那太监却不退去，赔笑说道："张相定的制度，无论何人见王爷，我们得有人陪着。"

"连我也不例外？"弘时似笑不笑说道，"你去吧！张相有话叫他找我。"说罢一挑帘子进了允祥屋。那太监倒也真的没敢跟进来。

弘时一进门便嗅到一股浓重的药香，因乍从亮处到这里，暗得什么也看不清，定了定神才见允祥和衣半躺在大迎枕上，大热的天儿腹部还盖着薄毯，却是形容越发削瘦，脸和手都苍白得没点血色。一个宫女长跪在地捧着药碗，弘晈偏身坐在炕沿用调羹一匙一匙地喂药。见弘时进来，弘晈点头一会意，对闭目不语的允祥轻声道："弘时三哥来瞧您了。"弘时忙跪下请安，说道："十三叔，侄儿给您请安！"

"哦，弘时呐。"允祥勉强睁开眼看了看弘时，有气无力地说道，"难为你，这么热天儿跑来瞧我。快……起来坐着吧。"弘时答应一声，稳稳重重起身坐了窗前木杌子上，赔笑说道："接着承德的信儿，皇上六月初三起驾，初九回京。这几日忙着预备接驾的事，还有些别的细务缠身，没得过来给叔叔请安。方先生偶尔见见，张廷玉日日见面的，请他们代侄儿叩安问好儿了。"允祥似乎缓慢地透了一口气，点了点头，说道："方苞方才跟我说了皇上回来的事。你们又要忙起来了。可惜我……可惜我这回可帮不上什么忙了。"说完轻声一咳，又闭上了眼。

弘时看着这位叔父，心中也不胜感慨。允祥是雍正二十三兄弟中经历最坎坷的，幼年襁褓中母亲莫名其妙地出宫为尼（参看拙作《康熙大帝》第三卷），受尽了兄弟们的欺侮凌辱，有点头脸的太监也敢整治他，唯独雍正亲之爱之，一身呵护才得以成人。在逆境中允祥养成了天不收地不管的偏烈性子，使气任侠扶危济困，是出了名的"侠王"。康熙见他人品正直与人接物无曲无阿，曾亲口夸奖为"吾家千里驹，几是拼命十三郎"。当年英风飒爽，谈吐雄健，佐雍正办差力担重任，指挥如意，在康熙晏驾当日，亲赴丰台大营斩将夺权，陈兵畅春园外，雍正才得以顺利登极。追想当日豪侠英雄风采，今日却到了气息奄奄，床簟垂目待死之人，弘时不禁暗地长叹一声，口中却笑道："十三叔别想那么多。安心静养，痊愈了做什么事都从容的。弘晈，头回我就说过，叫你请贾神仙来看看。没有请到么？"

"三哥来得正巧，贾士芳一会儿就到。"弘晈微笑道，"早就说请，方苞和张廷玉拦住了，说那是邪魔外道。后来他们大约听说贾神仙的多了，不再拦了，贾神仙又云游出京了。我打听着，前日又回了白云观。请了两次，才答应今儿下午来看看的。"正说着，允祥忽然闭着眼轻声道："来了来了……人不可貌相，真真一点不假！"

弘晈弘时吃了一惊，环顾四周毫无动静，但见窗外碧树森森，窗内阴气沉沉，二人气短间便觉毛发悚然。正没做理会处，院外一个公鸭嗓子声音传进来，"神仙爷，请这边走。"接着帘栊一响，贾士芳已经进屋。弘皎忙迎上去笑道："您是贾仙长？快，快请。"

贾士芳仿佛永远只是一身装束。皂衣皂靴，一顶雷阳巾显得略大一点，连额头都遮住了，孤拐脸上亮晶晶的，像是刚刚用水洗过，白得毫无血色，却是滴汗全无。他站在门口朝三个人看了一眼，微笑道："适才已经和十三爷神会，这位是三爷，这位是七爷吧？"

"是，宗室里排行各房叫法不一，也有把我排在老六的。"弘皎惊异地打量着贾士芳，说道："这是三爷。"此时允祥已是双眸炯炯，目不转睛地盯着这位奇人，却一声不吭。

贾士芳向允祥一揖，走到榻前，俯身轻声道："十三爷，贫道稽首了！你的病不相干的，这会子已经好些了，是么？"

"是，我觉得不晕了，眼睛似乎也清亮了些。"

"不是'似乎'，其实心明了，自然眼亮。十三爷，你胃气不展，饮食有亏啊！想不想吃点东西，比如桂花糕？"

"桂花糕？！"允祥眼睛一亮，竟不自禁咽了一口口水，"真的，我怎么就没想到它？我真的肚里饥，想吃呢！"弘皎早已看愣了，过去三天里头，父亲只勉强喝过两小碗粳米粥！醒过神便一迭连声命人"取桂花糕来！"

贾士芳含笑看着允祥吃完两块桂花糕，亲自从银瓶里倒了一杯水递过去，允祥接过来滋咕滋咕居然一气饮尽，畅快地喘了一口气，笑道："总有两年没有这样畅快饮食了，谢谢你，你怎么捣弄的，也没见你发功行气，烧符驱邪的呀！""十三爷，《道藏》三十六部经共一百八十七万六千三百八十卷。习《洞真经》者仅通'上炼'之术，习《洞本经》者仅知'按摩'之法，习《洞神经》的略明'黄庭'之道而已。万法通幽，岂能一格构之？"贾士芳徐徐而言，"那种故作玄妙，装神弄鬼之辈，原是道家下乘之辈的勾当，十三爷叫他们哄了！——你想不想起来动动？"

"当然想。"

"能做到不能？"

"恐怕不能。"

"你能的。"贾士芳笑道，"人人都能走路，十三爷英雄豪迈一世，反而不能？你起来，自己下地，趿上鞋子走几步看看。"

允祥听着他的话，好像从很远处传来，又好像清晰得耳语一样，五脏中格格微响，像有一股热气在推撼着涩滞已久的经络。一个念头"试试何妨"刚刚闪过，已经不由自主推枕而起，恍惚之间已站立在地！

"我起来了！"他惊喜叫道，通身的不适刹那间消失得干干净净，试着走了几步，居然脚步健稳，高兴得扬臂大呼："我能走了！哈哈哈哈……"他舒展双脚，甩着臂膀冲出门去。

净心精舍所有的太监宫女都惊呆了，如果不是眼前活灵灵的事实，就说是神仙下凡他们也不信允祥的病能好得这么快！弘皎用虔诚得近乎崇拜的目光凝视着毫无自矜之容的贾士芳，"扑通"一声长跪在地连磕三个响头，说道："活神仙！你救了我阿玛的命，我给你起一座观，要赛过白云观！"

"不是救命，是治病。"贾士芳目光幽幽地看着院外欣喜适意正在散步的允祥，微笑道，"任谁的命都是本自生灭，非大善大恶不能移。十三爷命不该绝，沉疴自然能起。"弘时看着这一切，惊讶得说不出话来，半晌才道："皇阿玛也有病在身，我要荐仙长进内给他老人家疗治疗治！"

说话间允祥已经回来，说道："这一身汗出得痛快！"便脱外边大衣裳。弘皎忙要阻拦，刚说了句"看冒了风"。贾士芳便道："不妨事的。焉有冒风之理？方才居士许愿给我盖道观，我云游天下救物济人，其实用不着。现在就住白云观，只是当客人不便，要能知会那里张真人，将我的箓籍收在观中，就足感厚爱了。""这个有什么难为的？我回去就用印，叫顺天府办。"弘时笑道，"要不是张真人早已敕封过，就要你主持白云观也是理所当然！"

"道长，能不能就留在这里？"允祥坐了炕对面的椅子里，揩着汗笑道："生死人而肉白骨这是大能耐，大本领。据小王看，凡有大本领人所不及之能耐者，必遭庸者之忌，在外于你无益。我愿随道长学一点吐纳性命之道，皇上龙体欠安已久，就便儿可以随时调理。"贾士芳随意端坐在允祥对面，笑道："什么都讲究缘分。皇上的病如果该是贫道治好，他自然要召贫道去的。就比如王爷您，如果心里压根不信我，我来了也是束手无策。请十三爷留意，贫道闲云野鹤之人，不愿受一点规矩拘束。"他站起身来，对弘皎说道："王爷原来吃的药还可以接着吃。不吃也没要紧，随意儿些，想走动就走动，想吃就吃些东西。这也忌，那也忌，世间庸医常以此卖弄学识误人性命——贫道告辞，观里许多病人巴巴地等着呢！"

一语提醒了弘时，园里也有多少要紧事等着他办，忙也起身辞出来，弘皎直送他们出门口才回去。弘时掏出金表看看，对贾士芳道："回头怡亲王必定有重礼谢你，我无物可赠，这块表是个稀罕物儿，捐给你，好么？"贾士芳莞尔一笑，说道："我是天下最懒散人，表于你有用，于我实没有一点用处。我晓得，三爷想让我推一推休咎，可以实言相告，君王侯相命系于天，非尘间术士所能预知。但敬天守命，莫不所向唯吉，大抵有所克削，都因是自克，虽有天命亦不可恃。目下王爷正在熏灼之时，因时而导势，祺祥自在。"说罢飘然而去。弘时听着这话泛得毫无边际，只一笑当即升轿而去。弘时刚到园门口，便见光禄寺寺卿弘晏站在双闸口东张西望，他是康熙长子大千岁允禔的大世子，地地道道的弘字辈大哥，已经四十五六岁了。允禔被捕圈禁时，他在黑龙江跟着巴海练兵，康熙晏驾时他又在岳钟麒军中应差，年羹尧败事他又恰在江西催粮，小心谨慎得逢人就笑，从不在背后说一句别人短长。有这些好处加上几次事变都不沾包，因而父亲的事不但没有连累他，秩位还多少升迁了一点。弘时下轿，一边精神抖擞往园子里走，一边打招呼："大哥！在这等谁呢？"

"是三弟呐！"弘晏一溜小跑过来，胖乎乎的肉一步一颤，到跟前笑眯眯说道："你是当家人哩，大哥不找你找谁呢？"弘时看左右进进出出的人太多，笑道："大哥，走，里头慢慢谈。"

于是兄弟二人联袂而入，一路上到露华楼张廷玉那里的官员很多，还有来来往往在园里各处当差的太监见他们过来，纷纷侧身避道，请安的，问好的，故作庄重的，彬彬有礼的各色人物俱有。直到进了韵松轩，弘晏才觉心里安生。因见外厢有几个官员跪着候见，弘晏屁股略一落座便笑道："我方才从户部过来。宗学里两处房屋都破败了，今年幸亏雨少，不的早塌了，得要五千两银子修缮。还有咱们小字辈的兄弟下半年学费，得一万多银子，平郡王、英郡王、车骑都尉将军允䄉家三位郡主下嫁，两位五千的，一位二千的……"

"大哥啰嗦的多了我也记不着。"弘时笑道，"你无非想要点银子，说个码子给兄弟就是了。""到底兄弟是如今摄政王！"弘晏笑道，"手面气魄风度都出尖儿的，我方才和你一道儿走就想：今番也算狐假虎威呢！——我要五万七千两。"弘时不禁一笑，扯过一张条子在上头批了几行字交给弘晏，说道："这里忙，不虚留哥哥多坐了。说归根儿，我们一个爷。记住这就成了，说不到虎还是狐的——别的没有事了吧？"

弘晏接了条子要走，又站住了脚，说道："内务府昨个禀上来，二叔的病只怕不好呢！昨儿只吃了一碗稀粥，今儿水米都不进。内务府看管的人好歹劝着，中午才喝了半碗参汤。太医院这会子去人守护，二叔已经昏晕不知人事，只口口声声要见皇上一面再西去。——你看，皇上这会子又不在北京，可怎么好呢？"

"我知道你的意思。"弘时皱起了眉头，"还有你父亲，就关在二伯伯隔院，如今疯得越发连人都不认得了。你想去看看他，是么？"

"不不不！"弘晏惊恐地向后趔了一下，双手摇着说道："我父亲是乱臣贼子，我是国家忠良。三纲之内君臣大义为首，我怎么会想到他！"弘时道："就是想也不是罪，值得大哥吓得这样？如今可真够热闹，阿其那得了干呕的症候，塞思黑在保定肚子疼，允䄌在张家口'眩晕不能自立'，十三叔和李卫咳血，田文镜肝病，大伯伯疯了，二伯伯病危……"没有说完自己已经先笑了，"人仔细想来，竟都是累出来的病，连皇上——"他想说雍正的病也是累的，话到口边改成"也为这个焦心呢"。

弘时站起来悠了几步，脸上已经没了笑容，"大哥先回去。二伯伯和大伯伯那里，我一会就指使太医院，派最好的郎中去看脉。咸安宫上驷院都是要紧去处，内务府宗人府是朝廷直接管，也受你理藩院节制。告诉他们，就说我的话，两处太监都要换一换。如今朝廷仍是多事之秋，他们垂死之人，不要沾包儿最好。"弘晏满心的话，允礽是当过四十年太子的人，如今病危，至不济弘时弘历也要去探视一下，自己随同前往，或许有机会探望一下父亲。谁知这位三爷对自己尽自礼数周到客气十分，连提也没提这档子事，心里一凉，搭讪着便起身告辞。

"大哥走好，有事只管找我！"弘时目送他出了韵松轩客厅，对身边太监道："我进来时见九门提督图里琛在外间候着，请他进来吧。"那太监答应着出来转了一遭，回来禀道："王爷，图军门见大爷进来说话，先去见张中堂了，说稍等等再来。"弘时心里一阵不快，略一思量，笑道："那就先叫顺天府府尹汤敬吾进来。"

汤敬吾进来了。与他同时进来的还有上书房奏事处司官李文成，李文成抱着一厚叠已经拆封的奏折，轻轻放在卷案上，然后才打千儿行礼，说道："王爷，卑职刚从风华楼过来。这些折子张中堂都看过了，方先生摘要，连日加急递了皇上行在。上头画了圈儿的是要紧奏议，都放在上头。没有放到目录里，张中堂特意关照王爷，留心看保定胡什礼的折子。"

"老汤请坐。"弘时摆手示意汤敬吾坐下，抽过目录来看，前面几份是山东山西和直隶藩司报称"久旱无雨，秋赋可虑"请求朝廷予为地步，早筹赈灾粮食调拨备用的，其余的几乎清一色的是议论田李之争。尽自军机处批交六部时，批文上明写"实心王事者自有公论，党援私结之风断不可长"。但从奏折题目看，左田右李的折子还有一少半。弘时略一过目便撂了案上，见李文成要退出去，又叫住了说道："岳钟麒军里要两千架牛皮帐篷，那个片子军机处批了没有？目录上没有见。你告诉张相，我见过人就过去。"李文成忙躬身回道："岳军门那是密折，皇上批转了军机处，张中堂已经处置过了，原折退回皇上，所以目录上没有。再回王爷，废太子允礽病危。方才宝亲王爷约了张相和方相去探视，这会子只怕在路上走呢！"

弘时心头一顿，突然有一种受嫉妒被冷落的感觉，呆了一呆，摆手道："你去吧。"因见图里琛微微瘸着腿，马刺踏得地板叮叮作响昂然进来，弘时漠然一摆手道："不用行礼了。刚刚儿我还派人去叫你，老汤也在这里，我们谈谈。"

汤敬吾咳嗽一声正要说话，图里琛却抢先说道："我先说。天气早已入暑，我们军里常用的凉药还没发下来；还有夏装，顶不到秋凉就稀烂了。我下去看看，军士们都乱骂。有的营传痢疾，一倒一片，连操都练不成。请三爷早点调拨些绿豆、甘草二花黄柏黄连。这是半点也耽误不得的。"汤敬吾笑道："我们说的是同一件事。驻德化门的兵士和丰台大营的人，为争买药在德化桐君店前大打出手，一个店砸得稀烂，店主人告到我那里，凶手又拿不住。请示三爷和图军门张雨军门，怎么平息了这事不伤和气，药店那边也要有所敷衍。"

"这件事我听说了。"弘时看了一眼图里琛，不知怎的，他一直觉得这个满身傲气的家伙有点看不起自己。但图里琛原在东北与罗刹周旋，是有名的孤胆将军，擒拿诺敏是在他威势正盛之时，故是最得雍正信赖的满洲哈喇珠子。他也不敢开罪过甚。因又笑道："店铺砸坏物品，由顺天府赔偿。图将军，闹事为首的也要惩戒，这样才能平复人心。张雨那边我去说，你这边自己处置，要带枷示众！"

图里琛其实对弘时也没什么成见，他天生的不苟言笑，加上颏下那道长长的刀疤，谁瞧了也有些心障。听弘时说"枷号"，图里琛冷然一笑说道："我的人已经处置过了，为首三人枭首军中示众。其余的十四人枷号三日。汤大人可以去看。但药材还是得给，三爷，这误不得。"

"我稍等一会就叫户部星火来办。"弘时说道，"我想找你们另有差使。阿其那塞思黑和允禵的囚拘，无论在京在外，都归你两家管。他们是犯罪抄过家的，还都带着家眷和大群的奴才左右侍候。这样守刑，未免太舒服了。这些家人，如何柱儿、公普奇、雅齐布、翁牛行、吴达礼、毛太佟宝，自己逍遥法外不说，还到处捏造谣言，传闻宫闱秘事，诽谤圣祖当今。不追究他们当初助纣为虐仗势欺人的罪，按现在的罪，也断不能再留京师逍遥法外为非作歹！"

弘时接连点了许多人的名字，有的是允裸允禵门下已革犯罪官员，有些则是允禵府中太监家奴。主子失势被圈禁，奴才们不服，四处串着搬弄是非，历来都有，单允裸府两千家人，抄家拿问走了不到一千，还有一千余人，有指着主人四处告穷借贷的，有熟门熟路各衙门串着吃帮边子官司饭的，有在酒肆大街使酒骂座指桑说槐的……种种不法情事皆都有的。弘时齐根儿耨了扔出京外，无论图里琛和汤敬吾都觉得省心。汤敬吾先就鼓掌称善，"三爷，这样最好！这干子二太爷们故意寻事，有时真气得干咽，那副破罐子破摔的模样，活似一堆剁不烂煮不熟的滚刀肉！远远的打发出去，不但我们耳根清净，就是八——阿其那他们，也少吃这些腌臜杀才们的挂累！"图里琛却细心，问道："三爷这么办，请过旨没有？四爷原来在这里主持有话：凡属阿其那塞思黑等几个人有关的事，无大无小都要请旨。"

"这是处置他们家奴嘛！"弘时木着脸说道，"我又没有动他们本人一根汗毛！这件事明天早晨就办。我给你们写手令，出了事都是我的。"

听见没有旨意，图里琛便有些犯嘀咕，把允禩身边人全部赶出京，流放外郡，这是几千人的大发解，不请旨就办，这个三爷也真是个莘大胆儿！他思量着，又问："不知道御驾几时回京？三爷别误会。我本人其实心里赞同你的办法。不过事情不小，还是应该请旨。"

"我不知道皇上几时回来。"弘时冷冷说道，"你是九门提督，有直奏权。要请旨，我也不能拦着。"一边说一边去取胡什礼的折子。

图里琛和汤敬吾便觉无趣，讪讪辞出来。在韵松轩前假山石旁，二人不约而同站住了脚，图里琛道："有他担着，咱们给他办！"

殿里的弘时此时目光也是一跳。原来，胡什礼的奏折上只说了一件事，这直隶总督李绂五月二十三日筵请自己，席后谈话说，"允禩罪不容诛，我们做臣子的不能叫皇上为难。老兄管着这事，可以便宜行事"。

"他想杀塞思黑，还不想沾血，"弘时阴冷地一笑，"真聪明啊！岂不知螳螂捕蝉，黄雀在后呢！"

第三十一回　八福晋撒泼闹御苑
　　　　　乔引娣承恩会旧情

弘时一记杀手锏突然打向允裸，京华震动。允裸允裪允禵三位王贝勒府家人残余的也有将近四千人，图里琛的九门提督衙门倾巢而出各府里突袭搽人，直到辰牌时分才集齐，由顺天府宣布，允裸家人发往云贵，允裪家人去广西，允禵家人发遣湖南四川。那些家人都是拖家带口的，立时哭声动地。无奈人在矮檐下，水火棍子无情棒逼着，也只好扶老携幼立时动身。三四千人的大起解，加上押送兵士衙役，总在五千人上下，出城又是盛夏白日，简直像一支浩浩荡荡溃败下来的军队。小的啼老的哭年轻的咒天骂地，景象惨不堪言，市民们尽有凄惶陪泪的。

但官场与民间历来不同风，老百姓见的是"形容儿"，官员们却是用心"品味儿"。张廷玉和方苞一到露华楼，第一批送上六部的奏折，拆开来，竟清一色的是弹劾阿其那塞思黑的。轻一点的说他们"纵奴为非，不思改悔"，兴头大的，就开列允裸等人十大二十大罪状，大逆犯上，觊觎帝位，乃十恶不赦罪不容诛之人。"伏愿皇上大奋天威，效周公之诛管蔡，大义灭亲，杀阿其那之党于辇下，以儆天下后世乱臣贼子。"有的官员"反省"更为"深刻"，连带着引申雍正御制《朋党论》，从允裸之结党不法为害邦国，联系到借科名结党，"师生夤缘，勿思纲常；科第私援，讵念君父"。点名大骂李绂，如同钱名世一样为"名教罪人，奸狡虚伪之徒"。也亏这班人文章来得快，天尚未午，已从大内军机处转到露华楼一百余份。

张廷玉已经三天没有回紫禁城，和方苞一起住在清梵寺。弘时在韵松轩施为，他竟全然不知。一下子接到这么多的奏章，心中惊疑不定，收拾了一下零乱的桌面，正要过风华楼那边去见方苞，楼梯一阵响，方苞已经上来。他一揖而坐，笑道："大王之风一夜，云树骤起波澜啊！

我那边楼下楼上，和你这边一般无二。"张廷玉道："太反常了，出了什么事呢？"

"刚才我问过送折子的小太监。"方苞小眼睛眨着，椒豆一样放着光，"韵松轩发令，三府男女丁全部起解云贵川桂！这风的'青萍之末'就在这里。"

张廷玉目光悠忽望着窗外，良久，微微抽着冷气说道："我已知道这些折子来历了。三爷魄力好了不起！"正说着，秦狗儿一溜小跑上楼来，张廷玉摆手厉声道："我和方相正议事。今天上午谁也不见，叫他们散了吧！"

"不是……是……"秦狗儿扶着楼梯，结结巴巴说道，"是八福晋闯进园子，先去韵松轩，三爷不在，就奔这儿来了。"说着便听楼下一个女人声气吼叫："我男人还没有革掉民王王爵！就算他犯罪，改名'阿其那'，我看你还不如阿其那体尊贵重！我是八福晋，顶尖的诰命也没有革掉，就算革掉了，我还是安亲王郡主——这个身份不能见见张廷玉？弘时这个小巴儿都吓得钻沙子逃了，张廷玉算他娘什么阿物儿——闪开！"接着"啪"的一声，似乎哪个人挨了她一耳光。张方二人一愣间，一个女人大脚片子嗒嗒响着已经上楼，头上镂金二层朝冠上红宝石闪闪发光，颤巍巍饰着七颗东珠，身上穿着绣五爪金龙四团吉服褂，肩上披着镂金领约，重金黄绦中贯珊瑚，片金绿朝裙下露着一双天足，穿着青缎绣花鞋，年纪在四十岁上，形容却依然俏丽俊爽，却是星目含怒柳眉倒剔，盯着张廷玉——她就是允禩的结发妻子、安亲王岳乐的娇女、京师王府头号泼辣福晋观音图了。她怔怔地盯了张廷玉多时，忽然一屁股坐了楼板上放声大哭！

张廷玉忙叫："快来几个苏拉太监扶起福晋——福晋，就是你方才讲的，你是体尊贵重的人，不要这样，有什么话慢慢说……"几个太监连扶带掖地撮弄着观音图坐了矮椅上，那观音图越发扯鼻涕丢粘珠泪滔滔大放悲声："好张相爷哩……如今我还顾得上什么'体尊'！当年死老头子没出事时……你也常去我府，我是这模样儿么？……张相爷你是这朝里最大的官，也是当官最长远的官。早先抄了明珠的家，索额图也是圈死的，圣祖爷也圈禁过'阿其那'的兄弟大哥二哥老十三，家人们都是听其自便听其自散。哪有个狠到这地步儿，无论太监家奴，良贱老少一概充军到烟瘴远恶地的？——我那遭了瘟的老爷子！你这辈子都行的什么善？都相与了些什么兄弟啊……我那可怜无靠的老爷子，你都作了什么孽，痛得七死八活的，连个端汤送水的人也不给留啊——"正哭得凄惶，一眼见允祉上了楼，观音图一跃身长跪在地，急速膝行几步，连连磕头，越发放开嗓子哭叫："三哥，三哥……千不念万不念，念起先前你们兄弟一处吃酒下棋吟诗写字儿的分上，你就放他一马……他快死的人了，还能坏了你们台面上人什么事……他平素口不离心地钦服三哥人品学问的……啊……嗬嗬……"

"老八媳妇，别哭了。这事也不是衡臣灵皋的首尾。"允祉脸色苍白，用阴郁的目光看着观音图，"我去了一趟八贝勒府。老八听是病得不轻，你别在这泡着，快点回去是要紧的。我从我府里已经拨过去二十个太监，暂时照料老八，皇上……皇上已经从承德启驾，等他回京，自然还有恩旨。"观音图闹了一场，心舒意平了些。她原本与允禩夫妻份上平常，人前逞强一辈子偏落了人后，借机发泄而已，听允祉给了台阶，又说雍正返驾，也无心再折腾，起身掩面哭着去了。允祉长叹一声，坐了椅上默然不语。

方苞和张廷玉处身在皇族角逐之中，也是十分为难，此时情况不明，更一句话也不敢乱说。三人对坐了不知多久，方苞才道："三爷，方才说圣驾回銮的事……"

"上谕已经到了，先送上书房的。"允祉说道，"我是从老十六那边过来的，"他不紧不慢地说道，"如今遍北京城都在议老八的事，我查阅了上书房军机处两处档案，皇上又没有这个旨意。弘历也不知道，弘时做事太孟浪了！"

张廷玉和方苞都没有递话。弘时的孟浪毋庸置言，但谁能担保他不是奉了密诏行事的？眼见一夜之间官场风头大变，群起而攻"八爷党"，袒护田文镜攻讦李绂，都因弘时这"孟浪"一举，即使不是奉诏行事，雍正也绝不会替允禩说话。皇族夺嫡遗风和朝廷政见之争丝萝藤缠，五色迷离，谁敢在这时候多说一句话，多走一步路？

"皇上六月初七辰时到京。你们安排礼部预备接驾吧。"允祉心里冷笑一声站起身来，"弘时现在在弘历的会琴轩，我这去给他们传旨，就便儿先跟你们打个招呼：弘历要主管户部兵部的事，有这两类折子，你们从明天起直接转到会琴轩。"

张廷玉和方苞起身鞠躬送行。张廷玉问道："其余的折子怎么呈转？"

"仍旧转到韵松轩！"

允祉头也不回，说着就去了。

偌大的露华楼只剩下了方苞和张廷玉。一个是宦海老相国，一个是帝室文案夺班领袖，两个人都是胸中城府文章包罗万象的人，老辣深沉到了极处。许久，方苞才眯着眼道："昨天见了邸报，孙大炮要回京出任都老爷了。""孙大炮"是御史孙嘉淦的官场绰号，最是刚直不阿守正敢言的。雍正元年不过是户部铸钱司的一个微末小吏，公然为铸钱成色，和户部满尚书葛达浑二人扭打到养心殿，慷慨陈词直犯九重。这是雍正初登极时轰动朝野的一大新闻，雍正不但没有加罪，反而接连升孙嘉淦的官，派往云贵，为两省观风使。如今又要回京，由副都御史晋升都御史了。张廷玉当然懂方苞话的题中之意，一笑说道："瞧罢咧，也难说的。有些人原来敢说，后来就不行，官小时敢说官大时未必还敢，涉朝廷大政的敢说，涉天家骨肉又是一回事。"

"我看俞鸿图也是个有种的，"方苞笑道，"孙嘉淦不是你说的那种人。他临出京，我私地送他，他说，'灵皋先生记住我今天一句话，我是身负大罪，逃脱天罗地网的人。我为报父仇手刃仇敌，已经尽了孝，如今要做忠臣了。忠臣也有一般不好处，常为人君误会，将来我若死于刀下，请你把这话原本转奏皇上，足感厚爱。'"张廷玉听了默默点头，许久才蹦出一句："我们办事人难，三爷不好侍候，有梗直人帮着说几句真话，会好得多。"

方苞没有回答，弘时比弘历难侍候，是用不着说的。难就难在他不和你过心，你也不敢像对弘历一样诚心去倾谈什么。皇帝去承德前还谆谆告诫："弘历虽在外，和在内一样，宝亲王有的指令，要一如既往遵办不疑。"如今却把理政大权全部交了弘时，而宝亲王只管了个户兵二部！这是为什么呢？弘历又有什么地方失爱于雍正呢？他的目光游移着，停在张廷玉案上新铸的铜堪台上，那是给岳钟麒新铸的节制青海、甘肃、山西、陕西、湖南、湖广六省兵马的虎符——方苞眼睛陡地一亮：皇帝在承德接见了东蒙古诸王，又委岳钟麒这样的重任，莫非已在思量兴兵讨伐喀尔喀蒙古的策零阿拉布坦？假如真是这样，弘历主管户部，征调天下钱粮，又主管兵部，配备武官弁将，还不是天字第一号的要差?! 想着，听张廷玉叹道："我们做臣子的，办差不怕，吃苦不怕，最怕的是主子没主见，怕的是天下多变。"

"不怕。"方苞"嚓"地打着火，深深吸了一口旱烟，喷云吐雾说道："你瞧着吧，皇上不是个轻易变心的主儿！"

六月六日，雍正的车驾抵达顺义境内的李家峪行宫。这里三面环山，夹成两道谷，谷口相交处一大片沙滩空场地，潮白河纵穿南下。再向前一站之地即是通州，也就算是到了北京，往年康熙东巡归京，文武百官都到通州郊迎接驾。从这里丑时发驾，辰中时分刚好可以赶到。河滩地势开阔，取水造饭也都方便，取这个地利，明珠为相时便建了驿馆，张大扩建又为行宫，工程虽不奢华庞大，也有三座九楹大殿，配房二百余间。到达行宫时，太阳刚刚压到山顶，鄂尔泰安顿雍正在思黎居歇下。请朱轼陪着御驾，自己亲自巡视行宫周匝，布置关防，又命张五哥检视军士扎寨驻营，并查看明日大驾卤簿名物等类，天将黑才算料理清楚。此时京师已送来了当日奏事目录，还有礼部的迎驾仪程。鄂尔泰也不及细看，匆匆赶来给雍正请安。

"难为你一路辛苦。"雍正和朱轼正在对弈，见鄂尔泰进来，边抓子儿沉思边笑道："明天到家，朕给你七天假，好生歇歇儿。"说着，问引娣，"看热水烧好没有，先不忙洗澡，脚有些发胀，泡一泡。"

乔引娣轻轻答应　声出去了，一时便提着一壶水进来，说道："这是茶房里的热水，一样好用的。"将壶水倾了盆子里，又兑了些凉水放在雍正脚前，便跪下扒雍正的靴袜。雍正笑道："水和水不一样，吃茶的水都是从玉泉山用水车拉来的，不该用来洗脚。"说着脚已泡进盆子里，早有两个宫女趋身跪过来轻轻替他按摩。

这阵功夫鄂尔泰已看完礼部的奏折，双手递给朱轼，说道："礼部奉韵松轩指令，六部里主管尚书，还有一名侍郎到通州迎驾，各衙照常办差，其余大理寺、理藩院、都察院、翰林院、国子监是司官以上，宗人府、内务府、太常寺、太仆寺、光禄寺、鸿胪寺、钦天监这些闲衙门九品以上官员到通州接驾。"

"共是多少人？"

"两千人上下。"

"两千人不算少了。"雍正笑道，"大热天儿，何必一窝蜂的都出城？"

朱轼将折子轻轻放下，说道："老臣以为简亵了。六部所有九品以上文武官员都应到通州迎驾。"雍正一笑，说道："朱师傅又叫上真儿了。何在乎他们那几个人？朕当年陪圣祖回京，有时还专门降谕各衙门照常办差，不必郊迎呢！"

"不是这一说。"朱轼认真地说道，"圣祖在位六十一年，晚年几乎年年都要到奉天热河。皇上这是头一次，应该示天下隆礼体尊——六部差事再要紧，也没有尊君重要。这是第一层。"

"嗬，还有第二？"

"当然。"朱轼平静地说道，"老臣也是扈从过先帝南巡北巡东巡的。只有礼部定的迎送仪程太繁，皇上可以减删的，从没有臣下自作主张削减，反而叫皇上加增的。这比第一层更要紧——不能开人臣擅作威福这个例！"

雍正身上一动，已经没了笑意。他轻轻用脚踢开两个宫女，自己用腿对搓着，许久才道："万事都逃不出个理去，朱师傅的话对。倘若圣祖在外回銮，朕在京，断不能自行草率削减仪程。就照这个意思，你两个拟一道旨，连夜发给弘时。不要一朝权在手，胡乱把令行——一个钦差回北京，六部也还要照例迎接关照呢？朕为万乘之尊，冒着这暑热来回跋涉，他们就迎几步，走折了狗腿了么？"

"皇上又说左了。"朱轼笑道，"三阿哥绝没有恶意的，不过他私地体贴圣意孜孜求治，不计己身宵旰劳苦——推求格致之间见小而忘大，如此而已。只用提醒他一句，三爷自然就明白了。"他说着，鄂尔泰已挽袖援笔濡墨写了出来：

朕首次东巡奉天、热河，不计道里艰辛盛暑似汤，原为敬天法
祖、羁縻外藩社稷安谧计。尔等自思在京办差之苦，较朕如
何？尔弘时此事思虑未周也。即令阖京各有司衙门，九品以上
文武行臣一体至通州迎驾，以示尊君敬天之至诚。钦此！

雍正双脚泡在水里，脚趾适意地活动着，仰脸听完这道诏谕，说道：
"这'名分'二字亏圣人怎么想，怎么造作出来的！没有名，不但言不
顺，而且事不兴，礼乐不畅，而且使人无所措手足！想起那年二哥被
废，年羹尧进京乱走门路托靠山。也是这么一盆水，朕光着脚教训他：
别看我在这里洗脚吃茶，你规规矩矩跪在一边侍候，那是胎里带——天
造就了我们这个名分，警戒他不要舞智弄巧鬼迷心窍。他到底也没把朕
的话放在心上，落了没下场。朕这里有密折奏事匣子，你们有你们的私
人函信儿——听说北京城里的事了么？"

"略知道一点。"鄂尔泰一欠身说道，"阿其那塞思黑允禵他们三家
家奴太监全部发遣出京去了。还有，参奏李绂、隆科多的折子，请旨处
置阿其那结党乱政，图谋不轨大罪的奏议轰动朝野——其余的信息就没
有了。奴才在承德给家人写信，叫他们不要左一封右一封写信来，鸡毛
蒜皮的事只管说。别说回信，连看信的工夫也是没有的。"朱轼道："老
臣的信多些，都是外省的。皇上召我回到枢位，自然外头巴结的人多。
臣给他们规定，不说官司，不说人事，不说自己官箴。因此，说上来的
都是地方丰歉，天气阴晴百姓乞望这些事。如今直隶旱得不成样了，邯
郸以东怕要绝收了，到处都是祈雨的。单是武安，一天就晒死三个寡
妇……读这样的信叫人落泪。南宫县不知哪来三个道士。登坛作法下了
一场透雨，道士们又借机传布'红阳教'，官府派人拿了这三个妖道，
七千多人围了监狱烧香磕头，请求放了这几个人。北京城事多，外府县
里事情何尝少呢？"

雍正将脚淋出盆外，由着两个宫女擦干了，趿上鞋子适意地踱了两
步，笑道："有些大事看大不大，有些小事看小未必小。南宫县令想必
是你的学生了？处之以正，师生也在纲常之中，朕不但不以为是朋党，
还要勉励。你可以写信告诉他，现在山东大旱，直隶大旱，山西晋东旱

象也未解。三个妖人既能呼风唤雨，那再好不过，绑起来到处游，哪里旱哪里去。下了雨就再换地方，不下雨就地枷号，申说上来依律处置。允祥如今也信这个。昨儿送来请安折子，说是身子骨大有起色，全亏了一个姓贾的什么道士施法相救——"

"贾士芳。"鄂尔泰插了一句。

"对，贾士芳。"雍正脸上笑容一闪即逝，"果然有真本领特异之能的，自然要另当别论，圣人于鬼神之事存而不论，并没说鬼神压根就不存。春秋列国纷乱，民不聊生纲纪不维，圣人不能分心去研讨鬼神之事而已。"

当下三人又略谈几句各地旱灾蔓延情形，因还要早起，雍正便命散了。

回到北京第五天，乔引娣奉旨由高无庸带着，到北玉皇庙探视十四阿哥允禵，雍正倒也没有提出什么苛刻的条件，只叮嘱："他是犯了国法的人，又和阿其那是一党。如今满朝文武都在上折子议他们的罪。你若真的爱他，只好劝他安分向善，苦海有涯，或者有兄弟相和重归于好的一日。他若执迷不悟相抗到底，朕仍是不能因私废公。"话虽如此，雍正看着引娣时那种爱怜、惋惜，那种带着期盼的沮丧，还是让引娣一阵搅心的难过。她突然惊觉地发现，不知什么时候开始，自己已经不是用敷衍和应付的心情对待这个年龄比自己大一倍多的中年皇帝了。

北玉皇庙街一切还是老样子，十四贝勒府前还是那一大片海子，镜面一样碧绿的水，岸边垂杨柳下摆着石条凳——那是王府兴旺时官员们等候接见的地方——在炎炎的夏日下发着明艳的光，因为没有风，活脱儿是一幅不动的风景画儿。想起当初住在此地，每当傍晚时，允禵公余带着自己，一个从人也不跟，在池边远眺落日黄昏，有一搭没一搭地讲说诗词、笑话儿和宫里的事，如今景物依旧人事已非，乔引娣打心里发出一声悲惋的叹息。

高无庸带着乔引娣绕过贴着封条的正门，从仪门进来，沿着甬道花渡柳来到贝勒府西花厅。守门的太监再次验了内务府的签票，放他们进去。一个小苏拉道："跟我来，十四爷在花厅后栏边钓鱼呢！"高无庸生怕说一声"请接旨",惹恼了这位天不怕地不怕的皇阿哥,一点头便跟了过来。果见允禵坐在花厅栏边的石阶上,两只脚赤着泡在水里,将一根钓竿沉在水面下,呆呆地望着鱼漂子出神。因近前一步,轻声道:"十四爷,奴婢高无庸给您请安!"

"高无庸?"允禵回头瞟了他一眼,又把目光转向水面,"什么事?"

"奴才奉万岁旨意,来给十四爷传几个信儿,就便儿瞧瞧爷有什么需用的,回万岁爷请旨操办。"

"唔。"

高无庸见他不理不睬,小心翼翼又道:"万岁爷已经从奉天回来,初七到的京。"

"唔。"

"在奉天,主子接见了外祖公乌雅老王爷,老人家身子康泰,几位舅老爷、姨妈都好,也问着十四爷好。"

"唔。"

"如今京里正是多事时候。"高无庸说道,"隆科多已经从阿尔泰山回来,昨天下旨圈禁。各部官员纷纷都上折子请重处八爷九爷和十爷——"

允禵拿着钓竿的手似乎动了一下,他没有吱声。

"万岁爷有意保全十四爷。"高无庸道,"爷住外头有点扎眼。因此要给爷挪动个地方,请爷搬进咸安宫。万岁说,'咸安咸安,大家都安宁'——"

允禵"刷"地将钓竿扔进水里,霍地站起身来,正要说话,一眼看见了站在红漆柱旁的乔引娣,他的脸色立刻变得异常苍白!

分手已经两年了,两个人谁也没想到会是在这个时候,这样的情景下见面。斯人斯世斯情斯景为造化所弄,真正不可思议!引娣心中轰然一声,觉得全身的血都沸腾起来,澎湃冲击得头也有些晕眩,四肢都在颤抖。她软着脚勉强前行一步蹲了个万福,竟一时站不起身来,喉头像被什么哽着,嘤咛说了句:"十四爷……"下面的话都咽住了。

"你说的'八爷'大约是阿其那吧?"允禵瞥了引娣一眼,他心中的悲悲楚楚只是一闪,旋即恢复了平静,嘴角挂着一丝狞笑说道:"他如今又招惹了什么是非？已经圈禁待死的人了，还是不肯放过么？"高无庸在他目光的逼视下头也不敢抬，就势儿双膝跪下伏侍允禵穿鞋，下气赔笑道："爷知道，奴才是个什么阿物儿？这都是国家大事，一句多话也没有奴才说的。爷好歹体恤着奴才就是奴才的福。总之听主子说的，您和八爷不是一例处置。不然，就不会请爷迁进宫去住了。""我和老八还不一样？真新鲜！"一脸讥讽之容，冷笑一声说道，"大约是一个娘的缘故吧！你传话给皇上，除死无大事。瞧我这身板，比在西宁时候还结实，我吃得饱饱的，养得壮壮的等着上西市。俗语说的'斩草除根，除恶务尽'，既然下了手，那就一不做二不休。别那么小家子气，只杀八哥他们。杀一个也是杀，杀十个也是杀。留下我，不怕我翻墙跑了，到外头啸聚山林扯旗造反？"

高无庸硬着头皮听他这些大逆不道的言语一声也不敢递腔，直到他说完才磕头起身，赔笑道："爷就说到天边，毕竟您和万岁一个娘，胳膊断了连着筋呢！万岁不是您想的那个料儿，他想要爷的命，说句不该说的，一壶药酒就断送了爷。这不，我来传旨，皇上说引娣也着实惦记着您，叫她也跟着来，宽慰一下爷的心——引娣，你在这和爷说话儿，我各处看看房子，有漏雨的，该修的没有。"说罢一躬去了。乔引娣已是满脸泪光，缓缓站起身来，凄声说道："爷，可苦了您了……"嗓子一哽，已软瘫着坐了石栏上……

允禵心里翻江倒海，刹那间，山神庙风雪相遇，贝勒府拥膝操琴，马陵峪凄风苦雨中死别生离的往事一一涌上心头。面前这个女子，在寂寥困苦中给过自己多少温存和安慰，多少个烦恼之夜中她陪着自己或在灯下挑针刺绣，或在园林中对月咏诗，敲棋弄琴……而如今却转而去侍奉自己的死敌雍正！他又盯了引娣一眼，只见她穿着水红纱褂，葱青宁绸裙子下露着弓鞋，蛾眉淡扫微鬈，靥涡不笑亦晕，隐然已是少妇，绰约丰姿尤在与自己分手时之上，心里乍然一阵酸溜溜的，讥讽地一笑，说道："你出落得越发俊俏了。"

"十四爷！"引娣压根没有听出来。这短短的珍贵时间，她也不想说这些，因道，"您瞧着也还好。原来我想着不知道憔悴到什么样子了……还是您想得开。且熬煎着等着灾星过去了……皇上其实也不算坏人，一直在惦着你，总还会有出头的日子的……"

"你怎么还穿这样的服色？"允禵恶毒地微笑着，"我原想你，又怕落了单相思，就全当你死了，看来你活得满得意嘛！不过，雍正也忒小气的，就封不了娘娘贵妃什么的，你这样姿质，还不该给个嫔御名号？我好像得喊你一声嫂夫人了吧？"

乔引娣一下子抬起头来，用惊恐哀伤的目光盯着允禵，轻轻颤声嗔道："十四爷……您信不过我？我还是原来那个引娣！我没有做对不起你的事！"

"盯着我的眼睛！"

"什么？"

"盯着我的眼！"允禵暴躁地喊道，"不许回避！"

引娣凝睇看着允禵虎虎有神的眼，她的眼神里有诧异、有爱恋、有痛惜，也有忧伤，也有纯真与勇气，但是没有允禵想察觉的胆怯与羞怯。许久许久，允禵垂下了头，一蹲身坐在石栏下的石阶上，双手猛地埋住了头，发出一阵受伤了的狼似的嚎笑："你——你这贱人！我已经忘了你，你为什么还要来看我，既然对我有情，你当初为什么不死？！啊嗬……"几个守候在花厅门口的太监听见哭声，从墙角伸头看了看，又缩了回去。

"十四爷，我来看你，实在想得慌。"引娣的泪水再次夺眶而出，挨身坐在允禵身边，哭着道："我没有死，是死不成。我也不甘就那么寻了短见。皇上待我很好，没有欺侮我，我觉得还有脸有指望见你……"

允禵擦干了泪，抬头怔怔望着湖水，说道："指望！我还有什么指望？我原本就不该来，不该生在这帝王家！"引娣惨笑着在他身边跪下，说道："宁耐些儿熬着……爷还能跳出牢坑的。等你灾星退了，自然还是人上之人。"她一长一短说了自己入宫后的情形，又转述了雍正的嘱咐，又道："听人说八爷的奴才还在外头乱嚼舌头。朝廷下旨三家的家奴都充流到远处了。万岁说，为了这个天下，真逼急了他，他也只得担上杀弟的名声——十四爷，他是说得出也真做得到的——你和八爷不一样，何苦搅到那堆里去？何苦硬要背他的黑锅？听听引娣的话吧……我能骗我的十四爷不成？"允禵这才知道外面的情形，雍正为了上下同心求治，决意要彻底扫荡允禩的气氛了。想想允禵平素并不和自己知己，相互提防着，也和皇帝差不多，自己何苦硬要垫在里头替这个八哥拉硬弓？思量着，允禵一腔热血都化作冰水，他心灰意懒地叹息了一声，说道："人在矮檐下，不得不低头，我也认了！"

"爷这样想，就是爷的福气。"引娣远远见高无庸散着步子过来，心里一阵酸楚，哽咽着道："爷的辫子松了，我再伏侍一次吧……这一去，不知什么时候才能再见呢……"说着替允禵打开了头发，细心用手慢慢梳拢了，归总儿打了辫子，将自己头上一根蝴蝶结解了替他挽了结，不无依恋地站起身来。

高无庸打心底里叹息一声，慢慢踱过来，向允禵一躬，对引娣道："时辰早已过了，咱们该回去了。"

一刹那间死一样的沉寂，允禵迟钝地站起身来，引娣向他蹲了两个万福，说道："奴婢去……去了。"

"还能再来么？"

"要活着，要等……"

"你去吧！"允禵背转了脸摆着手道，"你不要再来了！"

第三十二回　贾道士蒙宠入宫闱
废太子染恙归大梦

　　乔引娣回到畅春园澹宁居，正是申牌时分，小宫女春燕告诉她皇帝在梵华楼赐筵，和一个大将同席共餐。还说有个山西口音的年轻人，说是五寨县的，在园门口向太监打听她的下落。引娣满心凄楚，又热又乏，起先心不在焉，见说打听自己，才留了心，问道："他打听我？有多大年纪，叫什么名字？"

　　"不知道什么名字。"春燕年纪尚在稚龄，迷迷糊糊摇头说道，"大约十六七岁的样子吧，我没见，是双闸口守门的小蔡说的。"引娣问道："小蔡就没问问他来寻我有什么事？""问了。"春燕说道，"那人说他姓高，是你邻居，进北京跑单帮，折了本钱，想找你想办法拆兑几个盘缠钱。这种事宫里有规矩，不奉旨是不得见面的。小蔡请示了守门的张五哥，五哥这人你知道，最厚道的，自己出了十五两银子打发那姓高的去了。"

　　引娣听了呆了半晌，仔细想了想自己并没有姓高的亲戚。自离家七年，日思夜想的就是自己的娘老子，后来卷进雍正和允禵兄弟相斗的感情深波之中，竟冲淡了自己思亲思乡之情。娘的满带愁容的脸在眼前一晃，她的心像猛地被针刺了一下，脸色变得异常苍白。但此时再着急，人已经打发走了也是无法。引娣还要再问，见允祥和方苞厮跟着远远踱步过来，后头还跟着一个黑衣年轻人。她此时什么人也不想见，一句话也不想说，只对春燕道："我身子不爽，里头歇着，万岁回来只告禀他一声就是了。"说罢抽身匆匆进去，躺在自己床上，辗转反侧思量着，只觉得愈思愈苦，不觉已是泪湿枕衾。

　　允祥在清梵寺养病，已经三年不出寺门一步，此时出现在澹宁居，所有侍卫、太监宫人皆都新奇惊讶。秦狗儿率着众人一齐请下安去，笑着道:"爷可是大安了,只是面目还清减些,这里的奴才们日日想,夜夜盼着爷康复。阿弥陀佛!总算见爷欢欢喜喜又进来了!"允祥含笑命众人起身,笑道:"你们哪里是想我,只怕是又想打我的抽丰,或者犯了错儿撞我的木钟,在主子跟前替你们说情的吧?"

"想爷也是真的。爷在跟前儿,主子脾性就好些儿,奴才们差使好办也是真的。"秦狗儿顺竿儿爬着奉迎,嬉笑着道:"四川提督岳大帅进京来了,主子的赐筵君臣同席说话,张相和朱相,鄂中堂都在那边陪着。爷想过去,奴才去禀,万岁爷必定欢喜不尽的。主子今早还说后儿是主子娘娘冥寿,要作法事演戏。只怕十三爷赶不得热闹,瞧爷这身子,竟是不相干了!"说罢偷眼看了那个黑衣人一眼。允祥笑着对方苞和黑衣人道:"方先生、士芳,我们就在这等会吧。"贾士芳一笑,说道:"万岁已经筵毕,和几位大人都过来了。"

方苞虽是儒学大家,几次见贾士芳,已知此人确有异能,正犹疑间,果见张廷玉和岳钟麒一左一右挨着雍正皇帝,弘历、弘时、鄂尔泰随在岳钟麒侧畔说笑着踱过来。三个人忙都俯伏在地迎接。雍正只盯了贾士芳一眼,满脸却是笑容,说道:"十三弟,早就说过你在朕前免行参礼的嘛——都进来吧!"允祥三人忙叩头起身,允祥拍着岳钟麒肩头,笑道:"东美大将军真活得结实!打小儿我见你就这模样,现在见你还是老样子,你吃了长生不老药了么?"

"十三爷取笑了,奴才其实也老了。"岳钟麒笑容可掬,"在川时我想着十三爷不定病成什么样儿呢,看来竟是一点也不相干!只是还消瘦,脸色也苍白。爷还得保重啊!"说笑着一齐进殿,又重新向雍正见礼。

雍正心情看上去颇好,吩咐众人坐下,叹道:"今儿真是齐全,就是往常开御前会议,不是这个有事就是那个有病,总有些不尽人意处。东美方才说,四川去岁稻子大熟,是百年不遇的好年景,今年全部换了圣祖爷亲自育出来的'一穗传'双季稻,估约比去年还要长出一成。他如今兵精粮足,厉兵秣马单等朕的一声号令,就可由青海西进新疆,朕心里说不出的欢喜。"

"四川存粮可支一年军用。"岳钟麒气度雍容,脸上泛着红光,在机子上微一躬身，声朗气足地说道，"奴才身受两世国恩，不敢不用心练兵，今秋新粮下来，再请旨从李卫处调拨一百万石粮，就可移兵西宁，来春草肥击鼓西进。策零阿拉布坦一隅跳梁，挡不住我天兵一讨！"

"今天不议军事。"雍正笑了笑，接过春燕递过的热毛巾敷在左颊下，说道："朕实想不到十三弟竟尔康复，如此神速真出人意外——十三弟，这位想必是贾先生了？"

贾士芳是随着众人"赐座"坐下的，早已觉得不安，听得皇帝问及，就势儿跪了，叩头道："道士草野黄冠，圣化治道之余流，焉敢谬承'先生'！皇上过誉了。"

"嗯。"雍正不冷不热地一笑，说道，"只要有真本领，那又何妨呢？你的道号？"

"贫道道号紫微真人。"

"好大的名字！"

贾士芳连连叩头，说道："贫道自生人世命犯华盖，父母有缘得遇异人，以《易经》演先天之数点化，如不从道，克尽我家七百老小性命，自身潦倒沟壑穷死为饿殍。如若舍身三清，则为紫微星前执拂清风使者。三岁即上江西龙虎山，斩绝人间禄籍，我师娄真人为我取号'紫微'，贫道虽有些许小术小道，其实盛名难副。常自内愧，畏命敬教，从来不敢自称这道号的。"

"那个替你推造命的是什么人？"

贾士芳头在水磨青砖地上碰得山响，却不言语，雍正知他不愿说，叹道："既不能说，敢就罢了。你很有些神通，治好了不少人的病。李卫的喘病，怡亲王的痨疾都大有起色。他们都荐你是有道之人。"贾士芳舒了一口气，说道："那是十三爷，李大人自身祖德自身修为，又托了皇上齐天洪福，贫道怎敢贪天之功！"

岳钟麒原是赐筵后随同过来谢恩的，因雍正说"不议军事"，就有点坐不住，见是话缝儿，忙伏身叩头道："奴才营务里有些细事，六部里还要走动走动。主子没有别的事，奴才要告退了。"雍正笑道："我们不误你的军机。你去吧。有些事弘历也作得主的，就不必一一奏朕，有见地不一的要商酌着办，不可掉以轻心！"岳钟麒自叩头辞了出去。

"不过，朕还不能全然信你。"雍正倏然间敛去了微笑，又对贾士芳说道，"既然朕自己'齐天洪福'为什么常年身热不退，困倦难支，且下颏上常出微疙瘩久治不愈？衡臣，你相信这些道术么？"张廷玉手一摆，极干脆地说道："老臣不信。"

贾士芳双手据地，仰面凝视着雍正，又看了看张廷玉，说道："贫道初觐天颜，胆气不壮，皇上若能赐酒一杯，贫道可立解皇上病楚。"雍正大喜，忙命："高无庸，叫引娣端一碗酒来给他壮壮胆气。"

说话间引娣已经出来。她原在自己房里躺卧着，满心凄楚无以自遣。春燕墨香几个丫头都进来说外头进来个能未卜先知的活神仙正和皇帝说话，拉拉扯扯一块儿到西隔栅处偷看偷听。听见传唤，引娣忙在隔栅后倒了一小杯酒，双手捧着袅袅婷婷送到贾士芳面前。贾士芳看见她，怔了一下接在手中，咕咕一饮而尽，定神又看看雍正君臣，说道："万岁恕贫道质直。紫禁城、雍和宫中都有戾气不散，似有不得血食之怨鬼作祟，戾气冲犯中央土星帝座，自然于龙体有碍。以祭奠血食发送，元神不损，自然就康复了。"

"怨鬼？戾气？"雍正皱着眉，死死盯着贾士芳，"你说详细一点。谁冤杀了人，又是什么样的人？"贾士芳摇头道："贫道术数有限，天眼法力有限，不能详细。万岁只要思量一下就知道了，驻驾紫禁城，不如在畅春园安宁，在畅春园，又不及承德，承德又不及奉天。若是如此，贫道说的就不假。"雍正微微仰着脸想想，似乎确实是这样。正要再问，张廷玉笑道："大内紫禁城自前明至今数百年为帝尊宴息起居之地，冤杀的人还少了？道士说的大实话，真可笑！"方苞也是格格地笑，说道："'戾气'大约就是所谓的'阴'气了？数百年古屋老殿，焉得没有点阴气？"

贾士芳知道，不显本领，终究难使这些人信服，因道："二位大人诚然说的是，皇上，您现在颏下的微疙瘩怎么样！贫道当场为您疗治。"雍正将热毛巾取下，摸了摸，说道："这疙瘩起来又有五六天了，吃药热敷，再有十几天也就平了。"贾士芳低头喃喃吟诵几句，没有再和雍正交谈，却对张廷玉笑道："相爷和方先生都是正统儒学，识穷天下。岂不知大道渊深，焉在口舌之间？方先生您左臂骨上有一骨刺，每隔半月疼痛不能举臂，可是有的？"

"有的。"方苞一下子睁大了眼。

"张相爷，您的长公子前年骑马颠下来摔伤，右腿行走不良。"贾士芳平静地问道，"可是有的？"张廷玉笑道："这事知道的人多了，不足为奇。"贾士芳笑道："您可派人现在回去瞧瞧，贵公子的腿已经行走如常！"

张廷玉一怔，笑道："谁听你这牛鼻子胡说八道！"雍正却道："是真是假一看便知——高无庸，你亲自骑快马去看，立即回来奏朕！"

"喳！"

"这是张相爷家务处置有舛天和之报。"贾士芳冷峻地说道，"张相好生回顾，有没有不仁不慈之处？"

张廷玉心里轰然一声：这何待"好生回顾"，他的二儿子张梅清随他来京，私地和一个青楼歌伎要好，被他发现，打得死去活来，女的也自触而亡，多少年想起来自咎于心痛楚怅惘。此事极为隐秘，竟被贾士芳一语道破。张廷玉一时竟呆怔无语，贾士芳笑道："请皇上再摸颈下，请方先生再摸摸骨刺，看看如何？"

雍正和方苞原已看呆了，此时惊醒过来，下意识用手触摸患处，都是平滑滋润——居然在顷刻之间，患处消逝得无影无踪！

"真有神仙？你真的是神仙?！"雍正大吃一惊，霍然起身悠了几步，但觉心明气爽，望着这个不可思议的怪人，半晌才问道："那方先生又是因什么得病呢？"贾士芳叹道："方先生乃是一代文星，他要乡居著书，谁给他难受？他已坠入尘俗纷争之中，有了名利之心，机械阴谋为鬼神所忌，只是无大恶，所以小示惩戒而已。"

方苞心中此刻感慨万千，自己弃文从政，身为天子布衣师友，虽然只挂了个侍郎衔，其实已是权柄不下枢相的熏灼重臣。自康熙晚年进京，在诸阿哥党争之间帮皇帝出谋划策，各方周旋，说个"机械阴谋"也真不是冤枉了他。思量着喟然一叹，说道："贾道长言之不谬。我身处其间虽然为难，也只能勉从圣命，这是不得已的事。"

"这毕竟都是小术小道。"雍正陡地起了一个心念，说道，"三清大道，宗旨也是济世救人。如今数省天气亢旱，各处乞雨无效，你既有通天彻地之能，能否祈雨来，此一功德，天地必定鉴谅！"

贾士芳怔了一下，叩头道："皇上此一念之仁，上通九天下彻三泉。何必祈雨？雨已经来了！"

所有的人都一下子将目光转向大玻璃窗。众人隔窗望去，依然骄阳似炽花树明艳，朱轼不禁笑道："这个玄虚弄得过分——"话没说完便听西边极遥远的地方一声响，极似一堵高墙突然坍塌，"轰"然一声雷响，撼得大地都微微颤抖。便听远处传来太监们惊喜的吆呼声："雨来了，雨来了！好黑的云……"雍正霍然而起，亲自挑帘出外，站在澹宁居丹墀上极目西望，只见远在天边沉沉一线浓云如墨，漫漫雾霭冉冉而起，中间一带一团蘑菇似的黑云被阳光镶上一层耀眼的金边，涌动着，翻滚着，似乎缓慢又毫不犹豫地愈升愈高。隐隐间传来车轮子辗过石桥样的雷声。雍正见园中大小太监乱成一团，忙着搬运晾晒着的草苫被褥木榻等物，招手叫过秦狗儿命道："告诉他们，所有晒在外边的东西一律不许往屋里搬！"

"万岁！这雨来得不善。"

"放屁，这雨来得最善！"雍正厉声喝止道，"所有太监全部出屋子，不许避雨，衣服不湿透不许回屋里！"雍正说罢转身回殿，却不过东暖阁来，只招手叫过引娣，命她端水来盥手，拈着香喃喃祷祝几句，这才满面笑容过来，说道："贾道长，了不起！"贾士芳顿首叩头说道："这是皇上的洪福善愿上格于天；这是天下百姓熙然向化王道祥和之气凝，确与贫道无干。""能医病祛邪，能未卜先知，即是非常之人。"雍正笑道，"道长且回白云观。朕随后就有恩旨！"

贾士芳去了，此时已是漫天漠漠浓云，轰鸣的雷声中凉风习习，"刷"地一阵铜钱大的雨点扫过又停下来，接着又是两次，已是大雨如注，殿宇中已变得黄昏一样晦暗。

"皇上，"淙淙大雨打得竹木一片山响声中，朱轼说道，"贾士芳乃是一个妖人，决非善类，皇上万万不能重用！"

天上一个明闪，旋即殿中不复晦暗，紧接着便是爆竹在闷罐子里响似的雷声。所有的人心里都是一缩。朱轼在雷雨声中语调显得异常从容安详，"皇上笃信佛释已是不该，如今又信黄冠，更是不应。这些小信小惠春秋以前何尝没有？唯其不是修治天下生民生业的大道，所以圣人弃置不论。所以后世贤人如董仲舒者毅然罢斥！"他话音刚落，允祥接口道："朱师傅，您说的很对。但不能重用，不是不用。他现能治病，也许是天意让他来为皇上疗疾的。"朱轼沉静地说道："十三爷，既用又不能信用，我说的不过是警惕防范而已。"

"奴才从侍圣祖时，圣祖爷也训诲过这事。"张廷玉吁了一口气，"先贤伍次友老先生曾谏圣祖：天设儒释道，以儒为正统，譬如五谷养生育人，释道譬如药石，可以小术辅佐治道。至于以术数符令通幽鬼神，又等而下之。像贾士芳之流，即使人主有用他处，可视为俳优太监，阿猫阿狗之类，即无大害了。"

雍正扶着自己已经平滑的下巴，望着窗外的大雨只是沉吟，方才一心要贾士芳主持天下道箓的心已经凉了下来。鄂尔泰在旁又道："奴才以为朱师傅张廷玉讲的都是正理。说实话，方才奴才也为贾士芳道术震骇。细思可虑处更多。他参透天机，能治病救人固然是好，但能予之必能取之。能治人病，难道不能致人生病？请皇上留意。"

"医家所谓牛溲马勃败鼓之皮皆可入药。"方苞笑道，"他如今现能为皇上治病却苦，就是有用之人。诸公的话我也同意，戒备一点是该当的，但也不可疑虑太重，杯弓蛇影反而吓了自己。就安置在长春宫原来丘处机炼气那处宫院，用得着叫他，用不着他就去自行修炼，相安无事有何不可？"

雍正的心松弛下来，笑道："就照灵皋先生的办吧。就算御医一样养起来也不为无益。"因见引娣一直发呆，问道："引娣，你怎么了？"乔引娣一个惊怔回过神来，双手合十道："阿弥陀佛！大人们的话我不懂。我死也不明白，贾神仙这样的人会没有用处？天下这么大，哪里闹旱灾，哪里闹涝灾，就请他作法下雨，退洪水，不就年年丰收，省了皇上大人们多少心呢！"雍正笑道："要是念几声咒就天下太平四海丰稔，皇天还要降生什么天子君臣，何必设这么多文官武将白吃闲饭？"

一语说得众人都笑了。雍正正容说道："不管怎么说，有这场喜雨，省了我们多少心，几处遭旱灾的府县，用不着预先想着调粮赈灾的事了。不说这个贾士芳了，有几道诏谕要立刻明发。趁你们都在，弘时先说说，大家参酌一下。"弘时和弘历从侍在雍正身后，从康熙传下来的规矩皇帝与大臣一处说话，阿哥们不奉旨不能插言。所以贾士芳演法时他们尽自惊诧，都忍住了没有说话。只是弘时对贾士芳这一手本领倾倒得神魂迷离，只顾自己想心事，后来大臣们议论的话都听得断断续续，听雍正点自己的名才收回神来，一躬身说道："是。"又怔了一下，才道："一件是阿其那塞思黑和允禵，还有隆科多的罪，六部和外省——除了两广和福建的折子没到，西藏蒙古例不参议外——都已收齐汇总。阿其那是结党乱政图谋不轨二十八大罪。隆科多大不敬罪五条——私藏玉牒，自比诸葛亮，还有将圣祖手书赐字贴在厢房里。欺罔罪四条，淆乱朝政罪三项，奸党罪六条，不法罪四条，贪婪罪十六条，共计是四十一大罪，既已汇总上来，处分的旨意不宜拖得太久。"

"这不是一回事。阿其那做的是皇帝梦，隆科多做的权相梦。"雍正笑道，"弘时理得不清爽，说的也还明白。你们看该怎么办呐？弘时你自己是个什么主张呢？"弘时扫了众人一眼，说道："王法无亲。既已交部议处，只能按大清律办。阿其那图谋不轨，觊觎帝位，司马昭之心路人皆知，按律即应凌迟处死。隆科多欺罔乱政奸佞不法，但尚无篡逆显迹。腰斩之刑已废，应绑赴西市明正典刑。但儿子思量，几个人固然罪不容诛，到底都是天家骨肉，皇亲国戚，皇上仁德戴天遮地，可否略从缓减，将阿其那塞思黑和隆科多置斩立决，允禵令其自尽，既合国法又顾全亲情。"

他声音不高，但说得斩钉截铁，有理有据有情，殿中人人都是心中一凛。此时外间风雨更大，满院竹树在黯黑的天穹下摇曳婆娑，像有无数鬼神奔走舞蹈，更增了殿中诡异阴森之气。一阵捎带着雨星的凉风透窗袭进来，连雍正都打了个寒噤。

"恐怕重了一点。"弘历双眉枯在一起，凝神盯着殿角，"阿其那觊觎帝位固然是情实，但我觉得还算不上显迹。圣祖爷在位时他们是皇子，即有非分之想，也还有情理可据。如果穷治当年的事，在朝大臣不知还要卷进多少。儿臣以为可以界分一下。圣祖朝的罪治他结党乱政，雍正朝治他不尊皇纲无人臣礼的罪。至于隆科多，不过是个擅权奸佞，念其在圣祖晏驾时是托孤重臣，高墙圈禁起来，以为人臣结党鉴戒也就可以了。这是儿臣刍荛之见，请皇上圣明烛照。"

弘时却是一心要置这几个人于死地：允禩固然已经得罪到了死处，隆科多更是手中还捏着自己不少的把柄，活着都是自己心病。因此，弘时不紧不慢地反驳道："在交部议处之前，这几个人其实早已抄家软禁。如若无须重处，根本不用交部。现在万口一词，又有煌煌明诏，如果不温不火又放下来，群下以为朝廷只是虚声恫吓，难以杜绝党援营私之风。四弟，这也很可虑的。"

"交部议罪也是处分。"弘历笑道，"允禩党众早已离散，根本无力撼动朝政。只是他们惨淡经营数十年，私恩小意儿结交人心，有些人尚识不透阿其那伪善面目而已，这一番议罪也使不少人看清了他们。教而后诛，留点余地还是好的。"

"你说这是不教而诛？这置父皇于何地？"弘时腾地红了脸，"我倒弄不明白你了。孔孟的书写出几千年了，他们没有读过？"

雍正见弘时动了意气，不禁一笑，说道："这是议政嘛。朕听你两个说的都是循着道理说的，何必这么躁性。祥弟，你看呢？"允祥素来看他兄弟不分轩轾。他自己饱经沧桑，雅不欲以垂死之躯再卷入阿哥纷争中，但弘时这次驱赶三千犯罪家奴远戍，自己近在咫尺，竟连个商量也没有，难免多少有点嫌心。因笑道："这几个人都已经是笼中鸟、落水狗，处死他们和踩死一只蚂蚁一样容易，窃以为皇上初衷，不过让百官议他们该当之罪，让他们在光天化日之下现出丑形而已。杀不杀的，只要这一条收了成效也就够了。"

"弘时这番留守北京，诸事都办得好。办得最好的一件事就是赶走了阿其那的三千残余党羽。"在轰鸣的雷声中雍正的脸忽明忽暗，"因为这些家奴虽然没身份，却有工夫。天天造谣生事，装可怜相替他主子招摇过市，搅得北京没一天不出谣言。这还在其次，有些个官员离了这个'党'不能活，阿其那只是改了改名字，照样前呼后拥，照样养尊处优，就下不了这个狠心与'八爷党'分道扬镳——因为他还带着侥幸心，心里还多少有点指望嘛。所以放逐令一下，铺天盖地弹劾奏章也就上来了。"

鄂尔泰边听边想，他觉得雍正对弘时此举效用估量得过高了。因从容奏道："皇上，这些奏章有真有假，有的倒戈一击不过是投机转舵，其人品实不足取。请万岁爷圣鉴！"

"有时假的也是好的，大致好就成了。"雍正缓缓说道，"过去说'三年清知府，十万雪花银'，知府俸禄一年百把两，三年哪来十万？还不是从耗羡里抠出来的？如今耗羡归公，最冲要的肥缺一年也就五千两养廉银子。他们各地上表都说'沐浴皇恩，竭心赞同'，其实天晓得鬼知道他们心里怎么想！朕看十停里头，假的倒占九成——你剥了他八万五千两嘛——这层纸不要捅破，捅破了都成'真'的了。可什么事也做不成了。"他呷了一口茶，自失地一笑，又道："一床锦被遮盖些，不过如此而已。比如夏天，有时就是扒净了衣服也还是热。但街上并没有赤条条一丝不挂的行人。照样有衣冠楚楚的，至不济也有条短裤。明知穿上是'假'，还是不能不穿。这就是人！"

雍正正长篇大论说真道假，一转脸见高无庸在隔栅边翕着嘴唇似乎想说什么，便问："什么事？""二爷——允礽不中用了，还没咽气——太医院的人陪着他身边侍候太监都来了。"雍正怔了一下，果见两个淋得水鸡似的人站在殿门口，因道："进来吧。"不等二人报名行礼便问道："允礽很不好么？"

"前七天头就报了病危。"那御医冻得嘴唇乌青，磕头回道，"太医院去了三个医正给亲王爷看脉，昨天夜里气拥神昏，三焦不聚，已有离散之象，左脉尺浮、关滑、寸芤；里脉尺伏、关稿、寸微几乎不可扶。皇上知道，这府会太仓、藏会季胁、髓会绝骨……八会绝而不通，更兼着——"他还要往下唠叨，雍正不耐烦地一摆手止住了他，阴沉着脸道："你是显摆能耐还是报说王爷的病？到底现在怎么样？"御医吓得浑身一抖，连连叩头道："回万岁爷，王爷已经到了回光返照的光景儿，只在两个时辰上下了……"

雍正点点头，又问太监："你们爷有什么话？"太监忙叩头道："王爷只是流泪看两个世子，没有嘱咐的话。指着柜上平时抄的经书吩咐奴才说，'我死了，你把这些经书转呈皇上，皇上是佛爷转世，最爱这个的。'……"说着便拭泪。

"二哥……"雍正轻声念叨了一声，已是潸然泪下。几十年恩恩怨怨离离合合风风雨雨一下子涌上心头，潮头一撞，又缓然回落……听到允礽末路语，雍正只觉得五内都在沸腾，满腔都是悲酸的往事，他拭了一把，泪水紧接着又涌了出来，只是怔着不出声。满殿人俱都神色黯然。乔引娣自入宫，每日见雍正不是批奏折就是见人，虽也嬉笑怒骂，却是严刚多于温存，从没见过雍正伤心到这份儿上，当下也不言声只拧了热毛巾递给雍正。雍正揩了一把脸，抽咽着气问允祥："二哥早年的太子銮驾，现在还在么？"

"回皇上，都在毓庆宫封着。"允祥却不像雍正那样难过，从容一揖说道，"不过年代久了，有的地方拔缝，得修理一下才能用。"雍正道："现在是要安慰二哥的心——高无庸，传旨给毓庆宫，立刻启封，把銮驾抬到允礽那里，点上灯摆开，一定赶在他咽气前叫他亲眼看见，传话给他，就说朕的旨意，他身后朕仍用太子礼发送！"

"喳！"

"快去！"雍正断喝一声，"一个时辰办不下来这差使，你的寿限就到头了！"

"喳！"高无庸脸色苍白，趴下磕了头，几乎连滚带爬地出了殿。

雍正沉吟了一下，叹道："朕不能亲自去了。一来见面彼此更伤心，二来不愿他以臣子身份死在朕面前。本来弘历去一趟最合适，因还要商议岳钟麒的事，弘时去走一遭吧！"

"儿臣遵旨！"弘时听雍正话音，似乎更看重弘历，但转念又想，自己乃是代天子亲临，这身份也不寒碜，因一躬身说道，"儿臣一定好生抚慰，可否说一句，'请二伯伯静养珍摄，早点用药也不是不能指望的。皇阿玛说等二伯伯康复，还要召您到西山品玉泉'，这样更能慰藉他临终之心。"

雍正听着，脸上竟泛出一丝笑容，说道："很好，就这样，你快去吧！就在他身边侍候着，有什么遗言带回来就是。"

"是！"

弘时出殿，看看风雨如晦的天色，吁了一口气，披了油衣，急步消失在雨幕之中。

第三十三回　　雍正帝苛察论人心
　　　　　　　诚亲王政暇娱府邸

　　雍正目送弘时出殿，回到御榻上盘膝坐了，一时间仿佛老了许多，垂头忡怔，似若不胜凄楚。张廷玉叹息一声说道："昔年允礽为太子时昏庸无能不忠不孝，先帝多方教正，两立两废，仁至义尽无以复加。老奴才都是亲见亲睹的。皇上全孝全悌，为臣子竭忠尽智辅佐太子，为帝君善保全养允礽，且从来没有以君臣之礼加于允礽。自古帝王废黜太子，或鸩或杀绝无好下场。允礽以天年善终，于圣化沐浴中归心向佛，是下场最好的。皇上，您已尽了心，他年过天命，也不为寿夭，大可不必为此圣躬伤怀。"雍正这才回过颜色，勉强笑道："衡臣这些话实在。朕也不全为悼痛二哥，回想起来天命如此无常，心里不免栗栗戒惧而已。就朕几个兄弟而言，稳坐了太子位三十九年的，翻落在地；拼了死命用尽心机想当皇帝的，偏偏一败涂地。朕一心一意要为个天下第一闲人，偏偏做了第一忙人。上天偏把这至苦至累至操心，朕至不愿担当的大任撂在了朕的肩头！这是从哪里说起？"

　　"皇上。"张廷玉在军机处还有一大堆事务要料理，知道雍正一说起"当皇帝苦"就没个完，忙道，"皇天无亲，唯德是辅，真正是加减乘除，一毫不爽！阿其那无德无量，卑琐阴微，落得今日下场，正是他作孽结果。依臣见识，群臣既已议了他的罪，且把案子放一放，看还有没有新罪。即便是塞思黑，若有一线生机，奴才以为也可开一线之明。此至恶至险之徒得以苟延残喘，于后世子孙也可立一个警戒榜样。若其冥顽不化，继续作恶，祭告太庙祖宗，诛之以谢天下，也不为不可。"婉转之间，张廷玉已经将议题拉了回来，连方苞也不禁佩服，暗思：此人宰相之智，清明在躬，确到了炉火纯青地步了！雍正无可奈何地叹息一声，说道："就依衡臣意见，各部还可以议，折子还可往上递，案子处置往后放放。朕已经容了他们一百次，一百零一次也无干系。塞思黑处胡什礼奏来，他病晕不思饮食，阿其那沤稀不能进食。二哥这样，大哥疯了，想起兄弟零落到这份儿上，朕实不忍再取老八老九他们性命。"

"但朕也不以杀他们为讳！"雍正眼中的温柔只是一闪而过，看着太监们燃烛挂灯，他倔强地又昂起了头。"朕不指望阿其那塞思黑和允䄉'回心向善'，但盼他们不要怙恶不悛。这里放一句话给你们，朕要么就保全他们寿终正寝，要么就是俯允众议明正典刑。他们一定为非，后世说朕如何这样那般是非，朕也满不在乎！"

在场的王公大臣其实没有一个主张杀掉允䄉等人的，至此才都略略放心。鄂尔泰说道："既然暂不处置，对外还要有个交代，奴才以为圈禁也是一流，高墙之内，想为非作歹也是个不成。家奴既已发遣，断没有叫返回的理，可由内务府拨人照料。"他顿了一下，见雍正点头不语，知道没有不妥当之处，因又道："既然暂不处置阿其那他们，隆科多似也可勉以宽典……"

"隆科多的事不要提他，朕听到他名字就恶心！"雍正厌恶地说道，"张廷玉草诏，隆科多身为先帝遗臣，有托孤之重，如何不精白乃心忠诚事主，乃敢植党擅权，贪婪不法，乱政欺君?! 着他永远圈禁，遇赦不赦！"

"喳！"

"至于李绂。"雍正呷了一口茶，凝望着窗外风雨晦色，说道，"你们看怎么处置?"

方苞轻咳一声看了看张廷玉。李绂是张廷玉最得意的门生，举朝人人皆知，张廷玉此时只有尴尬回避，雍正见众人不语，笑谓张廷玉："衡臣，你不要为此不安。你素来持公待人，并不袒护门生，别说是李绂，张廷璐是你弟弟，伏法腰斩，也没累及你一根汗毛。你有什么见地只管说，不要有所顾忌。"

"李绂素来守正，在职清廉自隔。他出事，很出奴才意外。"张廷玉说道，"田文镜励精图治，大刀阔斧推行新政卓有政绩，李绂或者有些妒忌? 奴才实在想不透这个人这件事。奴才一向这样看，李绂、杨名时、孙嘉淦像是一路人，都是有忠心，肯做实事，但墨守历来成规，不赞同皇上诸般的新政举措，没有想到里边有结党情事。就现有的情形看，说他呼朋招友共谋逭害田文镜，似乎也还证据不足。奴才的心皇上最知道，再不敢有丝毫欺隐的。"雍正微笑道："既然连你都瞧不透，可见此人深不可测。你举这三人，朕看并不是'一路人'。杨名时是一泓清泉，孙嘉淦像一道瀑布，君子心性一望可知。李绂在朕面前说话圆润，观望朕的喜怒，在你面前不知如何。三个人看似'一路人'也确有相仿之处，都有好名之癖。李绂攻讦田文镜，貌似堂堂正正，其实是见田文镜得罪的人多了，行事猛进不留后路，料着没有好下场，所以他就先奏一本，料着朕对他自己信任，绝无后患，成则收功，败则收名。朕就是瞧透了这一层，十分厌了他！"

一干臣子听着雍正解析李绂，一边和自己素日印象比照，都觉得雍正的话有道理，但挖剔得太深，一点余地也不留，又似乎太苛。有这番诛心之论，李绂就绝非"纯臣"，只是个功利之徒而已。但李绂廉隅清明、守正敢言是天下共知的，单凭着"观望风色"四字入人于罪，那就太过分了。乔引娣也见过李绂两面，原是觉得这人儒雅知礼，说话从容得体，风度十分凝重，印证雍正的话，忽尔觉得"似乎是"，但更多的却是不解。她听人说雍正细心苛刻不知多少次，一直留心体察，今日才算真正领教了。不禁暗想："李绂这样人在百姓眼里要算好的了。这么着鸡蛋里挑骨头，天下还有好人么？"正思量着，鄂尔泰道："皇上说的，奴才仔细思量，李绂确有这毛病，但依此议罪，似乎证据不足。就是胡什礼说的，李绂要加害塞思黑也是一面之词。李绂是国家大臣，轻而罢黜治罪，中外震骇，其实无益，请皇上圣鉴。""朕岂是'轻易'入人于罪之昏君?!"雍正脸一下子拉得老长，冷笑一声说道，"鄂尔泰你这话本就欠思量！胡什礼与李绂素无怨隙，他密奏这件事时，田文镜的折子还没有递进来，以朕素日器重李绂，胡什礼怎敢凭空捏造李绂有罪？"

"胡什礼也许自己没胆量，"鄂尔泰面不改色，"借李绂探听圣上意旨也未可知。"

"现在说的是李绂，想必你与胡什礼有什么瓜葛？"

"奴才不认识胡什礼。但李绂事连胡什礼，奴才的意思不能只听一面之词。"鄂尔泰免冠连连叩头，口气却毫无容让，"案情不明先审后断，乃是常情，阿其那塞思黑那么大罪，尚且慎重典刑。李绂的案子何妨也放一放，再看一看？"

雍正"砰"的一声拍案而起，脸色涨得血红，已是勃然大怒！戟手指着风雨如磐的院外大喝一声："你这个忠臣给朕滚出去，晾晾风儿醒醒神！"

"喳！"鄂尔泰恭谨一叩头，又看了一眼暴怒的雍正，低头趋出殿外，就在丹墀下雨地里跪了下去。

谁也没有想到君臣好端端正在议事，雍正会突然发火。乔引娣更是惊讶：这个鄂尔泰从来不凉不热，极寻常的一个人，会突然和雍正顶口，一时间谁也没有说话。只听院外唰唰的雨声不绝于耳，间或滚动的雷声，震得人一阵阵心悸。弘历最是伶俐心思，料是雍正因不能重处允禩心里窝火，李绂的事也不得众人拥护，因此拿了鄂尔泰出气；方苞张廷玉他们和鄂尔泰意见一致；允祥身为皇弟，久病不能参政，乍然间难以说话——正是用着自己的时候，因顿了一下，弘历赔笑道："阿玛，您素知鄂尔泰的，昔年阿玛在藩邸，他不过是个兵部司官，就顶过阿玛，阿玛很看重他这一条的。他无论如何也是一片忠君的心。您瞧外头这雨，淋得久了要生病的。"

雍正粗重地喘了一口气，回过神来，缓缓说道："叫他还进来。"他显得十分困倦，抚着剃得趣青的前额，又加了一句："叫太监拿身干衣服给他换上。"转脸又问允祥："老十三，你觉得李绂如何处置为好？"

"李绂这样的人是最难处置的。"允祥几年来从没有这样劳神过，显得有点气促，脸色又变得苍白起来，"难就难在他确实不是赃官奸臣。同声同气的官员多，鱼龙混杂贤愚难辨。恰恰弹劾田文镜的头面人物又多是他的同年，这就难逃结党攻讦之嫌。人主御下，使各取其长弃其短而已。臣弟以为无论坐实他欲杀塞思黑的罪还是联络科第同年讦告田文镜的罪，都可以作定谳。暂时搁置一下，也是一法。"

雍正听他说得委婉，仍和众人一致，皱眉想了半晌，扑哧一笑说道："看来有些事，虽然是人主也不得自专随意。就照这么办，但今日会议这些话，无论谁不许泄露，不然，朕必要真的'自专'一次，诛之以正他欺君之罪！"因见鄂尔泰更衣进来，又笑道："老西林①又回来了！好歹淋的时辰短，不妨事的吧？你总不至于有怨心的。"

"方才奴才言语不谨，也不为无罪。"鄂尔泰换了一身干燥蓬松的宁绸袍子，乍从雨地里回来，反觉身上十分舒适，雍正几句温言抚慰，打心里都暖透了，连连叩头谢罪，"奴才其实戆偃。盼皇上查其证听其言。但只于国事有益，何得畏惧这点子雨?！李绂——"

雍正一摆手止住了："李绂的事已经议过了，朕听你们的意见。明天发旨叫胡什礼回京，有的事对证一下再作处置。"他仰脸看了看天，笑着对允祥道："你刚刚好一点，本来说见见就打发你歇去的，议起来就没个完。你这会子脸色不很好，外头仍旧是急风骤雨，不必急着回清梵寺，累了就在这安乐椅上歪歪。把岳钟麒的事安排定，他们跪安回去，你等雨小一点再去，成么？"允祥看了看那安乐椅，真想舒舒展展躺一会儿，却摇头笑道："谢皇上关爱，臣弟还挺得来。这都是皇上驾车奉天，京里积的案子，处置得不好，臣弟也是有责任的。"

"岳钟麒这次来京是奉了朕的密诏。"雍正面容严肃如对大宾，"六部里除了户部尚书蒋锡廷，别的人都不知道。如今策零阿拉布坦的使臣根敦现在北京，弘历已经买通了他的一个随从，阿拉布坦患了炭疽病，性命只在半年之内，他之所以派人来讲和，就因为部落之间不稳，这里头还连带着西藏和喀尔喀蒙古。我天兵进讨准噶尔，还要防着西藏有变，断我归路，也要防着喀尔喀蒙古台吉坐收渔翁之利。说起这件事朕心里就生气，允禵在康熙六十年进驻拉萨，小胜即止，纵敌逃逸，罗布藏丹增又在年羹尧眼皮子底下安然逃走，其实准噶尔部实力并没有大损。说难听一点，他们拉屎不揩屁股，养虎遗患，为党争小利忘社稷大义，殊堪痛恨！"雍正每当说到这些事总有些控制不住，朱轼眼见他话匣子打开，抖落不尽地又要数落允禵年羹尧。众人正自担心，雍正瞥眼看见允祥疲倦不堪的神色，已是话归本题。"现在不讲细务，朕安排一下，根敦来京，朕暂不见他，朱师傅来和他周旋。兵事不论，只在一个'礼'上做文章。"

---

① 鄂尔泰姓西林觉罗。

"好!"朱轼笑道,"皇上的意旨老臣明白,他不俯首称臣纳贡,老臣就和他泡上了。"弘历道:"朱师傅,您只管和他们磨,磨到策零一命归西,我们什么都准备好了。"雍正点头道:"就是这个意思。俯首不俯首,这一仗非打不可,打伤他的元气,再真正和他们论道讲礼,也才真有平安可言。"

几个大臣这才明白雍正的真正意图,不觉兴奋起来。鄂尔泰道:"圣祖爷晚年虽有小胜,打得不解气。年羹尧虽然打赢了,斩草未除根,令人想起来就难受。这一次一定灭此朝食!""这事是宝亲王爷全局统筹,"张廷玉道,"需用什么,只用跟臣打个招呼,军机处全力操办。"方苞笑道:"臣是个散轶大臣,可以为岳将军专办粮秣供应。"

"细务不能详议了。"雍正笑道,"弘历和岳钟麒已经谈了几天。西边作战,运上去一斤粮要耗二十斤粮,这自是最要紧的。现在的当务之急要选兵,河南山东山西三省营中要选出六千精壮军士,不但弓马熟练,还要会放鸟枪,准备西征做前锋。但这事不能明着操练,兵部也不能派人去选。军机处下个签子,不拘什么理由,赶紧办了这个差使!"

张廷玉忙躬身道:"这个容易。热河、京师善捕营调动一下防地,给各省下令精选士兵补充京师防务,神不知鬼不觉就办了。"弘历在旁道:"还要一万方木料,户部兵部征集都有不便,也请张鄂二相急办,又要秘密,又要快。""要木料,这么多?"鄂尔泰怔了一下,旋即笑道:"征集容易,只是要个好借口。"雍正说道:"畅春园要扩大一点。朕意在园北再建一座圆明园,可以用这借口以民间征集。"

"这个……"朱轼迟疑了一下,"车马宫室建造,例从内府支付,公开征集动用藩库银子,有累皇上名声,御史们难保不说话。"

雍正细碎的白牙咬着,笑了笑说道:"圣祖爷扩建了畅春园,又在热河造避暑山庄。朕总也有老的一天,也要颐养天年,这点子小小供奉,御史们要说什么,只管叫他们狂吠,朕不理睬。"他一摆手:"今儿实在会议得见长,有累了,道乏吧!"

天已将近子时了。风呼雨啸整整两个多时辰,雷电虽然像不知疲倦,一个劲地还在咆哮,但那雨势却明显减弱了。黢黑得锅底一样的天

穹浓云仍旧压得很低，一阵急一阵缓，极有耐心地向亢旱已久的大地上
洒着冷涩的雨水。

弘时的轿夫们拖着疲惫的步履，抬着他返回鲜花深处胡同。这里是
北京王府麇集的地方，并没有民居，每隔里许地都有一座巍峨的王府，
高高的仿宫墙棋格子一样齐整，划出一条又一条逼仄的小胡同，即使这
样的雨夜，也时而能见到善捕营巡夜的兵士，举着灯笼绕各胡同巡弋。
一天的奔忙，坐在轿中的弘时已被颠得昏昏欲睡，忽然雨幕中隐隐约约
传来一阵细细鼓乐之声，隔轿窗望时，只见一片灯光明亮。弘时迷迷糊
糊伸出头问道："怎么抬到戏园子来了？"

"回王爷，"随行太监忙凑近轿窗，赔笑道，"这是庄亲王府，不是
戏园子，再往前隔两家就是咱们王府。"弘时不禁一笑，他的府邸如今
还没有赐匾，只是个贝勒府，下人们自他封王，已是顺口就改了。他顺
灯光看去，果见康熙亲书御匾蠹在五楹抱厦门正中，因用脚一顿命住
轿。探身出来，立刻就有人将一件油衣披在他身上。热身子被飘飘洒洒
的凉风冷雨一激，陡地打了一个寒颤，弘时立时睡意全无。因笑道：
"我们那边忙死，十六叔还有这份闲情逸致！人和人没法比。"

弘时一边说，鹿皮靴子淌着潦水过来。王府太监们都坐在门洞里
边，见他进来，都吓了一跳，领头的王狗儿进前一步，极熟练地打了个
千儿，五官都笑得挤到了一处，说道："好我的爷哩，这般时分再没想
到您来！总有两个月没来了吧，奴才想煞了您老了！"弘时笑道："你这
没蛋的家伙偏会说淡话——哪里是想我？不过想我袖子里的银票罢了！"
边说边掏摸，因袖子里是一张五千两的大龙头银票，便不肯掏出来。只
有几枚金瓜子，是前儿和弘晈猜枚耍子赢的，弘时撮出来都丢给了王狗
儿，笑问："这半夜三更的，十六叔还在看戏？"

"可不是的么！"王狗儿笑道，"不但我们王爷，诚亲王爷，五贝勒
爷都在里头，宝亲王原也说来的，后来又说有事来不了，只几个幕僚清
客来了。这戏原为备着万岁爷祈雨用的，现在已经下雨。我们王爷请
旨，说老天已经照应，我们的虔心不可缺。反正还要给太后作冥寿，练
习一下进宫去演，叫万岁爷松乏一下身子，万岁就恩准了。叫的禄庆堂
班子，班主葛世昌——嗬！那真叫绝了，唱生是生，唱旦是旦，唱丑是

丑，一个亮相满堂彩！奴才这就带爷进去——"

弘时笑道："满院都吊着灯，我自己进去——葛世昌还用你介绍？我晓得的！"说着大步进了后院。边走边侧耳细听，却是一个小旦声气儿清越袅婷婉转传来：

> 惊魂蘸影飞恨绕秦娥，咱也曾记旧约，点新霜被冷余灯卧。除梦和他知他们和梦呵，也有时不作。这答儿心情你不着些儿个，是新人容貌争多，旧时人嫁你因何？

心知正排演葛世昌最拿手的《紫箫记》，加快了步子走时，听得一个老旦声在念诗：

> 兰叶郁重重，兰花石榴色。少妇归少年，光华自相得。爱如寒炉火，弃若秋风扇，山岳起面前，相看不相见。春至草亦生，谁能别无情。殷勤展心素，见新莫忘故。遥望孟门山，殷勤报君子。既为随阳雁，勿学西流水！

弘时听着十分耳熟，几步抢着上了台阶，只见正厅里十几盏宫灯照得满庭如同白昼，东边一溜戏箱，坐着十几个戏了，笙箫管弦鼓吹一应俱全正在奏乐。还有几个刚卸了妆的男女杂坐着嗑瓜子儿吃西瓜，正演到《泪烛裁诗》这一出。那扮霍小玉的小旦粉娇着，长袖掩泪细声正唱：

> 你可非烟梁笔是那画眉螺，蘸的秋痕泪点层波，佩香囊剪烛亲封过！

正是葛世昌。再看时，弘时不禁一怔：扮鲍四娘的，竟是毅亲王允礼的儿子弘庆，当老旦的，居然便是诚亲王本人！庄亲王本人扮的须生，口髯也没有取，面前放着茶杯，手执象板一脸正容，极为认真地看着场子打鼓板——一群王爷高兴，都下海作戏，戏子们反而看戏。弘时心里诧异，又好气又好笑，不言声偏身坐了戏箱上，一个戏子早已瞧见，觑一杯茶端过来，悄声道："三爷来了！您先吃茶，这一出说话就完，小的们再给您老请安。"正说着，已到戏梢，王爷们与戏子一张一翕合口齐唱：

> 虽言千骑上头居，一世生离恨有余。叶下绮窗银烛冷，含啼自草锦中书！

厅西一大间坐的都是各王府带来的清客相公，也都摇头晃脑轰声相和。至此第三十九出《泪烛裁诗》演毕，王爷们解衣弛步和戏子们下场随喜。允禄摘着髯口笑道："葛世昌，亏你还是个头号名角！锦中书的'书'是'输'字口白么？"

"别理他，"允祉用香胰子打着脸上的粉，一边洗一边说，"他错的何止这一韵？我早听见了，只不言声，等着叫这小粉头在万岁跟前出丑呢！"那葛世昌也不卸妆，嗲声嗲气地曳着女人腔，踏台步儿似的掠鬓扭腰，侍候了这个再侍候那个，撒娇作痴。葛世昌虽是男身，此刻上着妆，丢眼横波晕生双颊，工夫做到十分火候，真比女人还要女人。弘时看着也不禁怦然心动，上前拍了拍他屁股，笑道："世昌，你这身挑儿比我的四侧福晋还苗条些，真亏了你会玩！怎么样，等我忙过这一阵，龙门大战三百回合如何？"

葛世昌一转身见是弘时，顿时精神一振，灯下看去真个娇媚如花。一个千儿打下去，起身伸了个兰花指轻轻一拍弘时肩头，俏笑道："是三爷呐，吓我一跳！爷是贵人，怎么和奴婢们取这笑儿？再说，这么多人……"他忸怩了一下，立时召来众人一阵哄笑。允祉指着弘时道："这是咱们当家阿哥，比弘历的权还大，你的事跟他说！"

"什么事？"弘时色迷迷地看着葛世昌笑道，"又是悄悄话？"葛世昌抿嘴儿浅笑，假嗔着低声道："瞧爷这副馋相，这里这么多王爷大人呢！是这么回事，我的一个表哥去年选出来在江苏沭阳当个小县令。爷知道那是个鸟不生蛋的穷地方，苦极了的缺，想调个地方，诚老亲王已答允给尹中丞写信的。听说尹中丞就要进京，您老人家当面金口一开，还有什么难的？"弘时笑问道："他想调哪个缺？"

那葛世昌益发得不堪，搂了弘时肩站挨挨擦擦碰着向席面上走，说道："常州府金大人已经升了芜湖道，票拟都出来了，就把表弟升补上去不就结了？"弘时笑着拧他的脸蛋，说道："他哪里是想调缺？他是想升官！跟爷实说，你'表弟'送你多少银子？说实话，这事到爷这里还不是小菜一碟儿？"那葛世昌笑着斟一杯酒，手绢子捧了奉给弘时，手一推便送了弘时口中，道："那就请爷成全了吧！"弘时已是笑着喝了。

此时座中开席，绛烛高烧酒樽溢香，几位王爷和葛世昌坐在首席，一大群各府门客相公散会在周围，一厢是吆五喝六说诗道文，一厢是明珰玉佩珠动翠摇，嗲声劝酒放声粗笑，真个儿上下不分尊卑不论酣畅热闹快活。允禄这才问弘时："你怎么这早晚才来，有事么？早知道你不忙，该请你下的。"弘时偷看看众人，见大家都不在意，才把奉旨去看允礽的事拣紧要的说了。又道："二伯伯已薨了。这边吃酒唱戏，楞千万别叫阿玛知道了我来这里。"允祉在一旁已是听见，脸只是一顿，旋即又恢复了笑容，说道："得乐且乐，人谁不死呢？我们奉旨演戏，也说不到别的上头去。其实二哥活着，我看比死了还难受呢——这会子不要扫了大家的兴。"正说着只听旁席一阵轰然鼓掌，众人侧转身看时，却是一个门客拇战输了，要么是三大觥老烧刀子酒，要么当众占诗说笑话儿。弘时认得是弘历府里的李汉三，笑着对桌前的众人说道："是宝亲王的幕客。"

"输了输了！"李汉三喝得满面红光，已有八分酒意，"这酒吃不下去呃——非要了晚生的命不可。我……我认……认罚就是了。"

看样子这群人已不是头一次相聚，众人立时鼓掌，允祉府里的一个老清客，指着葛世昌叫道："就以小葛子为题，你口占一首绝。"

"以人为题不好。"李汉三头摇得拨浪鼓似的，转眼见帷帐旁一盆鸡冠花，笑指道，"我以花为题念一首如何？"他却不看那花，醉步踉跄出席，只是上下审视葛世昌，口中粘滞慢吞吞吟道：

> 紫紫红红赛晚霞，临死犹自弄倚斜。辗转反侧啼春晓，此种原来不是花！

吟罢，居然上前拍了拍听得发怔的葛世昌的背，接着拈了一句"——不是商女，亦无亡国恨——这是后庭花！"

众人哄然叫妙，拍桌打椅前仰后合。弘昼笑得按着腰，手指着李汉三道："是鸡冠子也是咏人，真个妙极！难为你这才地——你是四阿哥府里的？明儿我府里去玩儿，我那里有的是花儿！"又对葛世昌道："后庭花，这诗作得怎么样？"葛世昌心知不是好话，却是茫然不解，问身边的弘时道："三爷，后庭花什么意思？"众人立时又是大笑，弘时拧了他屁股一把，说道："就是你的屁股！"

"屁股说得多难听啦！"李汉三笑道，"在座的都是风雅人，那叫'白玉绵团'！"葛世昌笑着啐了一口，也放了粗话道："你不就是那个鸡巴篾片儿相公么？和我隔壁的乌龟大茶壶也差不了上下，这么着骂人还叫'风雅'！"不料话刚说完，李汉三又嬉笑道："鸡巴比屁股更其不雅。那叫'红霞仙杵'，和'白玉绵团'正好是一联，你不懂得？"

又是一阵哗然大笑，厅中一片噪杂说笑，说粗论长更是污秽不堪。允禄是东道，又刚听允礽死讯，觉得有点出格，雍正知道了更是麻烦，忙把话题拉回来，怎么样排戏单，正日子怎么演，宫里眷属怎么安排，正颜厉色扯淡一通，大家又吃了一会才散席。

第三十四回　　俞鸿图得意忘形骸
　　　　　　　　雍正帝折节抚远臣

　　允礽死后第三天，尹继善和俞鸿图二人同行回到北京。尹继善是回京述职，俞鸿图是完差缴旨，恰好二人同路同时而行。尹府和俞家虽然都在北京，但俞鸿图多着一重钦差大臣身份，不见过皇帝不能回家，尹继善自己没有分府另居，也不大乐意回家。于是二人同约住在潞河驿，尹继善免了家礼家规约束，俞鸿图也好有个伴儿。本来说得好好的，吃过晚饭尹继善却变了卦，执意要回家去看看。俞鸿图知道尹家家法森严，料是这位名震天下的封疆大吏怕老爷子尹泰计较他的礼数，略挽留几句便由尹继善升轿去了。俞鸿图独自占了六间上房，空落落的没个人说话，礼部的人又来交代朝廷要派员前来照例接待，又不能出门。他便要了砚笔，独自在窗下临帖。正百无聊赖间，忽然帘栊一响，转脸看时，却是自己在内务府当差时的朋友尚德祥，遂放下笔笑道："是德祥啊！怎么就你独个儿来了？老马老金他们就住这一片，他们呢？我估着你们知道我回来，一定来看的。"

　　"俞大人！"尚德祥一脸是笑，先一个起手揖，打下千儿道，"卑职给俞大人请安。"起身又是一揖。俞鸿图慌得忙双手拦住，笑道："你还和我闹这个？那年你一道去老金家吃酒，回去路上下雨，又怕湿鞋，咱两个人赤脚片子跑了十几里，歇到你家，你都忘了？"尚德祥顺他手势坐了檀木椅上，接过驿丞递过的茶，笑嘻嘻说道："到哪山唱哪山歌，做此官行此礼才能不坏交情。今儿他们不能来，先头太子死了，在内务府设祭，万岁爷御驾亲临，大大小小的王爷们都去了，内务府忙得底朝天。我讨了个巧差，专门来购纸札香烛，这才得偷个空儿来拜望大人。"

　　看着面前这位笔帖式，俞鸿图也是不胜感慨，才一年过去，几位当日一道儿跑龙套的"办差哥儿"依然如故，自己已在都察院身为台阁卿贰，奉旨出巡又奉旨回京，人的际遇真是从哪里说起！想着，俞鸿图笑道："朋友还是朋友，位份变了遮遮外人眼就是了。这会子在你们面前抖精神儿，背后不骂死我才怪呢！""谁敢骂您哟！"尚德祥用碗盖拨茶唏留了一口，说道，"太渴了！——大人不知道，您羡慕死我们了！王爷们闹殿，老马也在场。下来见我们'啪'地先掴了自己一个耳光，说：'我他妈的怎么这么浑，光顾了瞪眼看了！我要抢先一步说话，不也他娘当场升官？就算跟着姓俞的刨几句，不定也选出去弄个府县干干！'我说，这就是人跟人不同！八爷们是好惹的？东边几位王爷你惹得起？鸿图是脑袋别着上去帮皇上，你没这份忠心也没这份胆，还是老实跟我们待着，在内务府衙吃茶看邸报听司官爷招呼吧！"俞鸿图道："当时我可没想这么多，他们闹得太不像，我实在忍不住了。"

"所以我说这是大人的德行嘛！"尚德祥顿了一下，身子一倾说道，"俞大人，我这会子想仗爷你一件事，不晓得肯不肯给面子呢？"俞鸿图惊觉地看了一眼尚德祥，说道："我是御史言官，能帮你什么忙？"尚德祥打个哈哈，说道："大人消息不灵通呐！你放了四川藩台了！票拟都下来了！合京城的人都知道了！"

"真的？"

"真——的！"尚德祥拖着长声，笃定地说道，"是宝亲王爷荐的你。说岳大将军在四川，身统十几万大军，四川为天下第一军需供应重地，一定得要干练精强的人来任藩台，就荐了老爷您哪！"他不知不觉已将"大人"换成了"老爷"，又压低了嗓门儿道："岳大军门又要出兵放马了！您瞧着吧，一仗打下来，您稳稳坐定了升巡抚，不定还是总督！打仗，凭的是金山银海，你这番不但升官，那钱——"他瞪着眼，仿佛面前就有一座金山，"——海啦！"

俞鸿图微微一笑，说道："你素知道我，我是不爱钱的。""那是那是！咱们内务府还有谁比我更知道您？老爷最不希罕钱了！"尚德祥立即转篷，说道，"越不爱钱升官越快！我敢说您老爷准比李制台田制台和鄂中堂还要高发！为甚的呢？您得了圣意，又忠心又不爱钱，年纪比他们轻，身子骨儿又结实。您瞧他们几位，肝不好的肝不好，痨病的痨病，长江后浪推前浪，后风流吹前风流，轮到老爷您了！"

俞鸿图在内务府和尚德祥交情其实中等，酒饭不分家也是真的，如今龙门一跃而过，终日与尹继善李卫甚或弘历一干王公勋贵一处办差，居移气养移体，已很瞧不上这种低级马屁。但尚德祥的话也不是全无道理，雍正的"三大模范"都是病秧子，确是自己崭露头角的时机。千穿万穿，马屁毕竟不穿。俞鸿图因笑道："甭说这些话了，像个老公儿，听着叫人肉麻，你有舒适事托我呢？"

"我那个'一提挑儿'姐夫您还记得不？"尚德祥道，"——就是前年腊月初八在嘉兴楼请客的那个——叫董广兴——淮南府上叫人砸了一黑砖，前年来京就是谋起复的。托了小三爷的面子，放到四川去当了个同知还是候选的。这回又进京来引见，说话就补实缺。在这等了几天等不到您，就先走了。"俞鸿图至此已知尚德祥来意，搜寻着回忆，已是想起嘉兴楼应邀吃酒的那回事，倒也对董广兴没有恶感，正要说话，尚德祥又道："这次他进京，我们回请他。席间大伙儿都捧您，说这是我们内务府建府八十二年的头号人物儿，是咱朋友们的光彩体面。广兴说，'可惜我不能慧眼识英雄，当面错过！这是我朝郭琇张廷玉一流人物！'您瞧人家心里这份景仰！"

俞鸿图道："这太过奖了，俞某断不敢当的！""我们带着广兴去拜望了嫂夫人。"尚德祥顺着自己的思路说道，"广兴一看家里那个穷，当时就落泪。说'我们这些做外官的，就是个未入流的也比大人这房子强些'。又是'君子固穷'，还说'国而忘家'……什么的我也没记住。恰好他在北京棋盘街那一带买了一处宅子，不算大，三进三出卧砖到顶的瓦舍，几个哥儿们说合说合，就请嫂子搬过去了。"俞鸿图一下子瞪大了眼，说道："你们糊涂！怎么给我弄这种事？要我当贪官么？不行，我要搬出来！"

"老爷您别忒瞧扁了我们。"尚德祥道，"您不是白要的！堂上您写的那几副联，广兴说这字儿一百两一个也值。那副'务外非君子，守中是丈夫'广兴要去了，其余的几个兄弟你一张我一张揭了个净。拿字画换房子徐乾学老相国、李光地老相国不都这么做过，有甚的相干？他还是个朝廷命官、风雅学士，又不是大奸大恶之徒，又不是借您的势要为非作歹，老爷何必就清高到这份儿上呢？"

俞鸿图还要说话，外边隐隐传来请安声，驿丞传呼："宝亲王爷到！"尚德祥自是上不得台盘，打千儿急急道："明日早饭后嫂夫人和我们都到畅春园双闸口外接您，见过万岁爷，我们给您洗尘！"说完脚不点地溜了。尚德祥恰在二门口遇上弘历，他哪里敢抬头看一眼，忙垂手侧身让路，待弘历等人过去才闪出门去。俞鸿图已是迎到阶下，磕头叩了千儿抬起头时，不禁大吃一惊，原来雍正皇帝也站在弘历身后！

"主子！"俞鸿图十分机警的人，见雍正穿着便装，便不宜暴露他的身份，只是赶紧补行三跪九叩大礼，长跪在地道，"请主子和王爷屋里坐！"雍正点头没说话，和弘历一起拾级登阶进了堂房。俞鸿图这才小步趋进，又打千儿请安跪下。那驿丞早瞧见是雍正到了，连切了几个冰湃西瓜，选了个最好的用盘子亲自端进来，也不敢言声，蹑着脚退了出去。俞鸿图这才道："万岁爷，您怎么亲自驾到，臣子们如何当得起？再说这天儿，虽说刚下过雨不很热，也闷得很呢！"

弘历捧了一块瓜奉给雍正，笑道："万岁去吊祭了允礽二伯伯，回园子顺道过来看望你们，尹继善呢？"俞鸿图把尹继善方才情形说了，又道："他既回去了家，未必就再回驿站了。"

"你起来坐着吧。"雍正的心绪似乎不佳，皱着眉头淡淡说道，"朕刚从内城出来，拜辞了二哥的灵，心里忽忽若有所失。听说继善和你回京了，还有孙嘉淦带着岳钟麒的老母亲进京，今晚也要到，就过来瞧瞧。看不看你们无所谓，倒是朕想见见这位老太太。"俞鸿图忙道："奴才下午就到了，没见着孙嘉淦他们来。"弘历道："探马过去了，人已经到丰台，顿饭工夫就来。岳钟麒去了兵部武司，一会儿就来了。"

雍正点点头，对俞鸿图道："你这番江南之行，差使办得不坏。清江河督衙门上了折子，你监修的一百里大堤在高堰一带，可抗百年不遇的洪水。那个地方朕去过，如果修不好，洪水就会漫到淮北！这个功劳不容易立得。还有文山坝合龙，确保江西浙江和福建不受水害，五百里引水渠已经修成，可灌田两百多万亩。还有，你帮着尹继善在江南督建义仓，每乡一座，又代各乡撰写《义仓乡约》，带着各州县去看你在无锡的'模范义仓'……"他历历在目地谈着俞鸿图的政绩如数家珍，俞鸿图自己都听怔了：天下十八行省，万几宸函政务如麻，雍正竟记得如此清爽！思量着，又听雍正道："你鲠直敢言，朕原看是个御史材料儿。现在看你才地不能局限，所以准备放你四川布政使。岳钟麒就驻节在那里，你一头要应付巡抚，一头要应付军需，还要管民政。宝亲王荐了你，你不可负了他，明白么？"

"奴才明白！"俞鸿图半个屁股坐在椅上，忙一躬说道，"这是主上的隆恩，宝亲王爷的厚爱！奴才在江南，也是谨遵王命办差，和李卫尹继善通力协作，奴才平庸之材，主子如此赏识，何以克当！奴才还要谏主子几句，主上龙体一直不适，刚刚儿痊愈不久，不宜过劳，即如臣等在馆舍，有所诏谕传旨入内即可……""朕是心里闷。"雍正面色忧郁，深沉地说道，"方才在二哥灵前拈香，朕想得很多。他若不失德，勤敬修心，何能落到这一步？太子如此，皇帝也不例外。弘时回来说：'允礽见了太子銮驾，已经全然不能说话，只是用头碰枕头……'朕当时真是心如刀绞……"说着泪水便淌了出来。弘历早已听到了弘时允祉允禄他们演戏的事，暗思"亲戚或余悲，他人亦已歌"这句诗，现在连"亲戚"也在那边歌，而皇帝却在这边掉泪，人情冷暖浇薄如此，也真令人可叹。正要开口慰劝，院里一阵动静说话，几个挑夫把行李卸在西厢檐下，一个男子声气说道："岳老太太住北间套间，两个丫头在外间侍候。我住南边这间小屋，老太太有什么事只管叫我。"便听驿丞和两个女的应声称"是"，一个老妇人的声音说道："孙大人，还是你住北间，少不了有官场朋友拜见你，也方便些。我一路坐轿，吃得饱歇得够，安安生生的，住哪里不一样？"

屋里人都静了下来，弘历到门口望望，回身一躬说道："皇阿玛，孙嘉淦他们到了！"雍正隔窗看，果见孙嘉淦在檐前灯下指使家人搬行李，因起身出来，含笑站在阶下，徐徐说道："孙公别来无恙！"

"唔。"孙嘉淦应了一声，一回头立刻大吃一惊，愕然看着雍正不言语，雍正不等他说话，笑道："这位就是东美的老母亲？来，来，咱们住上房，鸿图他们住下房。"竟向前几步搀了岳钟麒的母亲。俞鸿图极敏捷地跨到另一边扶了那位惊讶不置的老太太，颤巍巍进了上房，在中间椅上坐了。孙嘉淦已是跟进来，向雍正行了礼，方对坐着发愣的老人说道："这是万岁爷！"

老人身上陡地一颤，拄着拐杖想站起来，手一软又坐回椅里，又一顿才站起身来，伏地跪倒连连叩头，没有说话，先哽咽了几声，已是泪如泉涌，说道："万岁爷，您折煞老婆子了……"雍正含笑双手搀起她，还请她上座，她却死活不肯，只侧身坐了一旁。雍正这才坐了，觑着老人道："老人家好福相，好慈祥——今年高寿？"

"犬马齿七十三了。"岳母颤着声气躬身回话，"托主子的福，身板儿还硬朗……"

"这一路几千里，难为你走。"

"不累！一路上有孙大人照料，事事都尽着我，钟麒跟着也不过这样儿。地方官走一处都来看望侍奉，我老婆子都受不得了。"

雍正还要问话，却见岳钟麒尹继善二人进来，两个人都愣在灯下，似乎有点不知所措。雍正不禁一笑，说道："东美，是孙嘉淦代你尽孝，一路照顾老太太来的，你该好好谢谢他！"

"万岁！"岳钟麒和尹继善一齐跪了下去。还要行礼，雍正命止住了，说道："都起来吧，朕就是来看看你们，看看岳老夫人，没有什么要紧的军国大事。见到老太太健朗，朕心里十分欢喜。只嘉淦是瘦了一点，既已回京，不忙着到都察院就任，先歇几天再说。你们几个比起允祥他们身子好，朕心里甚喜甚慰。我朝有几个实心办事的身子骨儿都不好，朕私里疑惑，也许朕是求治心切，累坏了下头人？这也不是小事，过了允礽二哥断七之日，又是老佛爷的冥寿，朕演大戏给你们看。"

几个人又复谢恩，岳钟麒这才给母亲请安。岳母却不急着叫他起来，双手扶杖激动得喘吁吁的，说道："儿子，跪着听你老娘说几句。你也不用问我的安，我托万岁爷的福，硬朗着呢！"

"是！"

"我十七岁入你岳家门，正是康熙十二年，算来已经五十六个年头了。"老人两眼古井一样深邃，"你爹升龙当时是永泰营的千总。永泰营游击许忠臣是你爹的顶头上司。他受了吴三桂的封诰跟着造反，升你爹当了副将。你爹是条好汉子，就那么几个兵，在自己营盘里设筵邀请许忠臣，就筵上一刀杀了这贼！

"我一辈子也忘不了那情形儿！因为谁也不防你爹突然会杀了上司，

我当时也吓傻了，钉子钉到地下似的动也动不了。许忠臣的亲兵，还有你爹手下的叛兵几次进帐篷。外面喊得地动山摇，'杀掉岳升龙一门良贼'！屋里蜡烛被风吹得一明一灭。你爹对我说，'女人事夫和男子事君一个样，都是从一而终。许忠臣待我并不薄，我杀他是因为他失了大节！现在我要突围出去，你留着也只是叫别人作践，杀了你。天幸我能走出去，将来给你立庙！'

"我说，'这话不用你说，不过我想全尸。'当时就用帐上的帷带悬梁自尽。

"谁晓得老天是什么意思，三次悬梁，那么结实的牛皮带子生生断了三次！我当时绝了念头，一闭眼说，'我的爷，你砍吧！'他的几个把兄弟拦住了，说'嫂子节烈不死，是大福之人，命不该死。带上嫂子走，不定我们跟着沾光儿能活着出潼关！'

"就这样，我跟着他们十七个人逃出去。也亏了那夜风大雨密，他们逢人就杀，我见路就逃……从前半夜戌时，到天明寅时遇上瓦尔格将军的溃兵，才一道逃出潼关……"

岳母说到这里叹息一声，众人还浸沉在五十五年前那个可怕的秋夜里，谁也没有言声。

"从打那时，朝廷但有出兵放马的事，你爹没有不上阵的。"岳母眼中炯炯生光，"他的官或升或降，一直当到提督，也还罢过官。那是朝廷的章法，我不管，也没问过，可我知道，他没有怯过敌。他几次罢官受处分，都是因为贪功杀敌做事太猛。没有个阵前畏缩保名保位的！

"你如今的官做得比你爹大了，功劳似乎也比他强些儿。"岳母目光温和地看着儿子，"我只是跟你说，咱们是身受两世皇恩的人家。你爹跟圣祖爷，没丢祖宗的人；你跟雍正爷，也不能给我丢脸。什么叫'夫死从子'？你为忠臣，我自然是忠臣的妈，你当奸臣，我就成奸臣的妈。你都看见两代万岁爷怎么待咱们两代了。你爹祖籍甘肃，在四川当官，圣祖爷怕你祖母孤单，把你祖母安车蒲轮送到四川；你如今官封大将军，皇上怕四川那地方热，又接我来北京……"她的眼中迸出泪花，"我有吃有穿有钱花，膝卜有孙有重孙，不要你的小孝顺。今儿送我人参，明儿送我鹿茸的，你妈什么都经过见过，不希罕你那些！你给我好好替皇上带兵打仗，就是马皮包着你的骨头送到我面前，我只会欢喜，不会难过！"

岳钟麒一头听，一头流泪磕头称是，哽咽着嗓子说道："娘的训诲儿子句句照办……儿粉身碎骨移孝为忠，答报皇上知遇之恩，您老只管放心就是了！"至此，已是听得满座嘘唏。

"东美，起来吧。"雍正自己心里也热得发烫，眼中泪皆滢滢。他低缓地说道："朕查阅过你的宗谱，你这一支是岳飞的嫡脉。岳飞这人，圣祖爷原有意定为武圣人的。只干碍当时他抗'金'，乃是满人先祖，所以才选了关夫子。"他不无遗憾地自失一笑，"但圣祖与朕多次言及，岳飞此人大忠大义震古铄今，堪足称万世楷模典型，就是抗金，那也是各为其主。当初任你威远将军，有人曾说闲话，说你是岳家后代，身拥重兵恐有不利朝廷。朕照脸啐了他一口，说，岳飞能佐宋抗金，岳钟麒自能佐清抗准噶尔！这种人不懂史也不懂事，不知天理也不晓人情。朕说这个话，是怕你权重自疑。你不要存这个念头，要听到什么闲话，就像家人父子，你写密折来，朕给你宽心开导。"岳钟麒拭泪道："主上如此待臣，臣只能磨成粉来回报了！""不要你磨成粉，要你好生办差衣锦回京。"雍正笑道，"你现在只有一条，好好办军务，一切闲话不要听。学施琅，不学年羹尧。施琅是郑成功的部将，他灭台湾收伏了郑家。这是此时天心所在。年羹尧若有你这样的贤母，若有你半分的忠忱，朕也断不教他落了没下场。凌烟阁上，朕给你留一位置！"

说了这么一排话，雍正的心绪变得非常好，起身踱了几步，至案前提起笔，略一沉吟，写道：

> 陈师鞠旅卜良朝，万里糇粮备已饶。习战自能闲纪律，临戎惟在戒矜骄。剑莹鸊鹈清光闪，旗绕龙蛇赤羽飘。听彻前锋歌六月，云台合待姓名标！

他仰面想了想，微微一笑又写道：

> 万里玉关平虏穴，三秋瀚海渡天兵。裹粮带甲须珍重，扫荡尘

氛远塞清。

写完，笑道："朕素乏捷才，御极以来政务匆忙，诗词早荒疏了。勉成二章为岳钟麒壮行耳！"岳钟麒这才知道，这两首诗都是赏给自己的，慌得忙跪下磕头领受，激动得两唇哆嗦，连自己也不知道都喃喃念叨了些什么。

"很好。"雍正掏出怀表看了看，"你娘母子今晚就住这上房，好好叙谈叙谈。朕和他们到西厢北屋，我们也聊聊，待一会朕去，你们不要再送。老人家有岁数的人了，早些安歇。这次东美来京，事关军事机要，所以朕这就算亲自送过了。明儿让弘历携酒河干为你长堤饯行就是了。"

于是一干人众又跟着来到西厢。大家没有再见礼，只雍正坐在正面炕上，其余的人一概都在炕下环坐。雍正亲手切开一个西瓜分赐众人，自己取了一小块吃着，笑道："随便用吧。朕一则是累，二则是为二哥难过，心绪一直不好。倒是来这里见见你们，心里倒畅快了些。继善，你怎么不吃瓜呢？你回去了一趟，尹泰怎么样，身子还好么？你母亲好么？"

尹继善面对绿皮红沙瓤的西瓜，泪眼汪汪只是发呆，竟没有听见雍正的话，身边的弘历推了推他，才猛地惊醒过来，慌得说道："啊？啊！奴才任上诸事都好……"几个人都听得笑起来，弘历又复述了雍正的话，才慌得说道："请主上恕罪，奴才还在想着岳钟麒的母亲，不免心有感触，走了神儿了。"他跪了下去，免冠叩头，颤着声气，喘着粗气，好半日才道："臣回府……回府……"下面的话竟接不上来，弘历在旁代言，说道："尹泰没让他进府。"

"为什么？"雍正面部肌肉不易觉察地跳了一下，"儿子千里迢迢回来，竟然拒之门外，这是什么道理？这不近情理的老糊涂！"

"不不……万岁！"尹继善崩角儿头叩得山响，慌乱得不知说什么好，期期艾艾说道，"父亲只是说，奴才现为封疆大吏，位份甚高，理应先国后家。等……等见过主子述职后再……再见面不迟……"

众人一听便知，尹泰的原话决不会这么温存客气。弘历是太熟悉这家人了，叹了一口气说道："我明白了。许是我做事不谨密，送继善母亲的礼物让家里别人知道了，惹出这场闲是非来。"尹继善的头磕得越发又急又快，结结巴巴说道："王爷……王爷别这么说。话不能这、这这么说……总是继善不孝通天，一——一人之过就是了。"

"不像话！"雍正将瓜皮丢进盘子里，边揩手边仰着脸沉吟，"你起来。无非你家老醋坛子又翻了而已，也算不了大事。尹泰的生日是几时？"

"回皇上……"尹继善道，"是后日。奴才带的寿礼都在驿馆，送不回去……"说着他眼圈又红了。

雍正默谋良久，也已揣透了尹继善的为难处境：既不能说父亲的不是，也不能寻出替父亲辩白的理由，又见了岳钟麒母子亲情同沐皇恩，他不能不心有所感。这么大的才子，这么大的官，为家事被折腾得如坐荆棘丛中，雍正也不胜叹息。遂道："你的难处朕已知道，什么也不用说了。弘历——"

"儿臣在。"

"你，"雍正脸上毫无表情，"你这会子就带着继善，一道儿去尹泰府，看他见儿子不见！"尹继善大惊，忙道："万岁爷，您……这万万使不得——""什么使不得？"雍正接口说道，"朕就不信制不服你家主母那个河东狮子！你们只管去，回头朕还有恩旨。这里留着孙嘉淦俞鸿图，我们说话，朕今儿心里欢喜，这会儿只想多聊聊。明儿园里见人多，反而不得——你们上去瞧瞧岳钟麒就走吧。"尹继善还想说话，看了看雍正脸色没敢再言语，出去了一会儿，但听驿外车马一阵响动，渐渐远去。岳钟麒已是挑帘进来。

尹继善和弘历同车而行，一路都愁眉不展。弘历眼见已进城，笑道："你这人，那份干练果断英爽洒脱哪去了？有我跟着，老尹泰能抽你的鞭子？放心！"

"您能住在我府里么？"尹继善摇头苦笑道，"您不晓得，鞭子没得抽的，那份罪难受，还不如痛痛快快挨一顿鞭子！唉……主子这又何必？我还有些事想禀主子和您，就这么赶了我来了。"弘历笑问道："什么事呢？"尹继善吁了一口气："外头谣言多极了。"

弘历目光霍地一跳，盯着尹继善不言语。尹继善叹道："这会子只能简捷着说一点，都是风言风语。有说皇上得位不正，是篡了十四爷的位登极的。"弘历无谓地一笑，说道："这早听见过了。说隆科多将'传位十四子'的遗诏改了'传位于四子'是吗？"

"不止这个。"尹继善道，"这皇上就是为了灭口，圈禁了隆科多。还说皇上……不仁，斩尽杀绝，阿其那塞思黑他们这些亲兄弟也放不过。还说先太后不是病亡，是皇上和太后顶口拌嘴，太后一气之下……悬梁自尽——也有说是触柱……而亡的，皇上不肯把墓修在遵化，就是怕……怕……"

"怕什么？"

"怕死后没法见圣祖和列祖列宗！"

弘历身子猛地向后一仰，他一时也惊呆了。眼见外面灯火辉煌，已到尹泰府邸。但他心里乱糟糟的一团，无论如何按捺不住起伏的心潮。弘历直到停车，还在发怔，良久才道："你先下去，我稍定一下神，我就下来的。""四爷，"尹继善道，"是我孟浪，不该这时候说这些。其实还有好消息，我和东美原准备从容密奏的。您别吃心。"说着便下车，在车边站着。待管家迎上来看时，弘历已定住了心，也下了车。

"是二老爷又回来。"那管家举灯睃了半日，笑道，"二老爷，不是小的们大胆，实在老太爷脾性不好。这会子还和老太太生气呢！方才传出来话，说二……二老爷要是再回来……还是请先回去……"

他话没说完，"啪"的一声脸上已着了一记耳光。

"你滚进去！"弘历一肚皮的五味不和，怒喝一声，"告诉尹泰，宝亲王来拜望他，问他见是不见？"

第三十五回　慰名臣妾庶封诰命
析谣言父子生疑猜

那管家被打得就地一个磨旋儿，愣着看了半晌才认出是宝亲王，忙不迭翻身跪倒，捣蒜价磕头道："小的是有眼无珠！没瞧见王爷您老人家……小的吃屎长大的，千岁爷千万别计较……小的这就进去报……报……"

"滚起来！"弘历被他这几句不伦不类的话逗得一笑，顺势踢了一脚，问道，"尹泰睡了没有？""没没……没呢！"管家起来道，"有位陈老爷来拜，正在……在花厅说话儿……""前头带着路，"弘历道，"给我们掌着灯！"

"是是是……"

那管家又磕了个头，屁滚尿流跑去，亲自掌了个玻璃球灯，一边殷勤带路，口中念念叨叨说道："其实老相爷心里很亲尹老爷的，甭看说话狠——这边拐弯，千岁爷走好，这是道月洞门坎儿——只我们老爷子生就的孤拐脾气，他见了我们哪个爷也都是脸拉得老长，我们都吓得躲得远远儿……"说着已穿过一道篱笆花墙，便听北边书房侧西花厅有人说话。尹继善蓦地一阵紧张，竟站住了脚。弘历一把拉了他冰凉的手，挑帘便进了花厅，却见是陈世倌和尹泰一处盘中放着瓜果，二人正下大棋下得入神。

"将！"尹泰一匹"马"卧槽过去，听见有人进来，不耐烦地说道，"跟你们说过，我要和陈大人下棋，不过东院去了，怎么又来了？！"陈世倌将士角炮别了马腿，笑道："阃令大于军令嘛。你是我朝的房玄龄。告诉你们大太太，老陈今晚不走了，明儿打一副银头面谢他——当头炮给你架起，你歪老将吧！"尹泰死盯着棋盘，口中道："不一定歪老将——张氏，茶凉了——快换！"

弘历见这一老一少棋瘾如此大，不禁好笑，正要说话，一个中年妇人在外答应一声，端着茶盘进来。她一眼瞧见尹继善站在一边，顿时惊得浑身一颤，竟僵立在地。尹继善面无人色头颤身摇，叫了一声"爹，娘！"扑通一声双膝跪地。

"王爷！"两个棋友这才转脸，见弘历似笑非笑站着，忙乱局起身伏地请安。尹张氏忙也捧盘陪跪。尹泰磕头说道："再没想到王爷黄夜来到臣府，上午臣陪驾去吊祭先太子，原想见见四爷。后来张五哥说四爷忙大事，连张廷玉都见不着，只好罢了。"

弘历一把拉起跪着的尹继善，命众人都起来，笑着坐了，说道："刚刚从畅春园下来，半道儿碰见继善。他说他去了清梵寺给十三叔请安，要回驿站，我说我要去老尹相公府借书。你又不是钦差大臣，泡那个驿馆干什么？论忠也不在这上头，就拉了他回来。陈世倌，几时进京的？"一边说话，命众人都落座。

"奴才今早来的，解了一百多万两银子交了藩库。"陈世倌笑道，"李制台和范时捷都有信给爷，原说到王府的，路上碰见尹老，说四爷忙得不着屋，就拉了我来下大棋了。"他们说话，张氏早已悄悄退出去，又重沏了四杯茶端来，依次给弘历、陈世倌、尹泰置茶，到尹继善时，尹继善却先起身一揖，又长跪在地双手接过，张氏向众人福了两福，低头退到一边垂手听招呼。

弘历这才留心到她，上下打量时，不过四十三四岁，白皙的圆脸上已爬上细细的皱纹，嘴唇略显厚一点，左唇下还有一颗殷红的美人痣。她穿着一身青布衫，靛蓝裤边滚着杏黄梅花边，浆洗得干干净净，低着头一声不言语。弘历极细心的人，立时意识到了什么，便问："继善，怎么行这个礼？"

"回王爷。"尹继善胆怯地看了尹泰一眼，说道，"她是继善的生母张氏。"

弘历陈世倌立时一怔，忙也起身向张氏一揖。弘历故作惊慌，连连说道："我们太粗心，请夫人原谅！这是下人们侍候的差使，小王断断不敢当——夫人，请坐！继善，你愣什么？快给你母亲搬座儿？"尹继善早已起身，双手端了个绣花墩，放在尹泰身边，轻声道："娘——您坐着歇歇……"张氏一句话没听完,已是滴下泪来,连连后退,对尹继善道:"二老爷,我不是这牌名上的人,这怎么使得?"

尹泰的脸涨得血红,勉强笑道:"王爷赐你坐,你就坐呗!"张氏向丈夫一躬,才斜签着坐下。弘历装作没看见,轻松地一笑,对陈世倌道:"你寻我回事儿,回什么事?"

"回王爷。"陈世倌也被弄得浑身不自在,歉意地看了一眼尹泰和局促不安的张氏,说道,"我这点事说公不公,说私也不算私。来京前,李制台准了我七天假回海宁看了看,我们家乡苦啊!那里不像苏北,一个人只顶不到二亩田,又没有荒地可垦。一人不耕数人受饥,一人不织举家无衣!前年又被了水,去年元气没有恢复过来,因各地征粮,那里的米涨至四钱二分一斗。"说着,他的泪水已经涌了出来,"这不过是一州之地。我来求四爷可怜我家乡爷老,能不能免了今年的赋?我替他们给爷磕头了!"说着离座便叩下头去。

弘历没想到是这么个题目,见众人尴尬,也想借此缓松一下气氛,因笑道:"这么点子事,你跟户部说一声,省里又有李卫尹继善,还做不了主?"陈世倌道:"我们那里都在设义仓,一是国库,二是义仓,无论如何不能短,是李制台下的严令,谁办不下来就撤差,谁不肯办就换肯办的去。我去问户部,户部说短一两粮宝亲王也不依,所以回过来还得求您。您松松手,漏几粒米,就够我们海宁人足家饱了……"

"好了好了,你甭难受。"弘历笑道,"我答应还不成么?"说着起身到书案上扯过一张纸,写了几行字交给陈世倌:"你拿这个交给征粮司收他们照办就是。"

陈世倌喜得眉开眼笑,弘历已经站起身来,看着书架搜寻了一会儿,抽出一本《宋元学案》挟了怀里,笑道:"我也该去了。世倌也是吧!叫人家爷娘父子们坐一会儿说说体己话儿。后个儿你寿诞,我亲自过来拜寿!"尹泰两道寿眉抖着,脸上似乎不笑,也说不清是悲是喜,还要起身送行。弘历说声"不必",已和陈世倌相跟而去。

"阿爹!"尹继善看了一眼早已站起身来的母亲,忍着心里酸楚回身一揖,"您老人家七十大寿,恰恰儿子进京述职,这是天教我们合家团圆,真是不胜之喜!吏部马堂官给我去信,哥哥的事也办下来了,补了江西盐道。我给他回信，我在南京，哥子在江西都离北京太远，您已是古稀之年，大太太也望六十的人了，能好给我哥哥补到天津或保定，来往和爹娘见面方便，也能代儿子尽孝……"他又看了一眼自己的亲娘，"老马回信说，天津道出缺，可以换过来。不过江西盐道是要缺，天津道是瘦缺，叫我再商量一下。请阿爹和大太太商议一下我给他回话。儿子急着回来，也为这件事。"尹泰满是皱纹的脸似乎舒展了些，说道："这也算你一份孝心。其实我心里，你哥两个都一样，并不偏哪个向哪个。只你如今已经官居极品，你哥哥科场蹭蹬，官运也平常，未免多替他操些心就是了。"

尹继善见这位严父没有发怒，心下稍觉宽慰，从袖中取出几张纸双手捧上，说道："这是儿子给阿爹带的寿礼礼单。"张氏忙过来接住转交给尹泰，就在母子手一触的一刹那，尹继善仿佛觉得母亲的手热得发烫，心里又是一紧，问道："二姨娘，您身子不舒服？"尹泰也道："我也瞧着你脸色不好，何必这么熬着？你歇去吧。叫五姨娘她们不拘谁在这侍候，都是一样的。"

"不不，我没有病！"张氏忙道，"是方才捧着热茶，手暖得烫了些，别的姨娘早歇了。我在跟前侍候老爷子！"说完，好像生怕尹泰再赶自己走，拧了一把热毛巾递给尹泰，径站在尹泰身后，轻轻替他捶背，只目不转睛地看着自己的儿子，泪水直在眼里打转转。尹继善回避着母亲的眼神，说了自己任上的情形，弘历在南京与自己的交往和皇帝对自己的几次嘉勉。说着说着他实在看不下去了，便道："皇上待儿子真是恩高如天，还问及母亲的安来着，就是姨娘，皇上也关怀着——娘，您别总那么站着——"不知怎么，胆子一乍，竟亲自搬了张椅子拉过母亲，说道："阿爹也说了不让您劳累，您就坐下歇歇吧！"又回身喊道："来两个丫头，给老太爷捶背打扇！"

尹泰被尹继善这一连串大胆的举动弄得一怔，旋即大怒。他在外面待人接物温厚亲切，极有涵养容量的，就是比他低五六品的县令县丞，也是揖让谦恭，但一回家就成了皇帝，除结发大太太，别的人一概都是"奴才"。大太太范氏是他随康熙西征，运粮路上认识的一个镖局家姑奶奶，一身武艺，被蒙古兵包围时冒着箭雨背着他逃出重围，康熙指婚成配的。他当二品官时，太太已经封了一品诰命。初婚也还"平等"，太太生了八子，他又纳了几房妾，就恩爱犹存，平等全无，成了举朝皆知的"房玄龄"①。他本来也喜爱这个二儿子温文儒雅风流倜傥，但无奈张氏却是"乐户"②出身，根本没法和"樊梨花"似的巾帼诰命相比。偏生的大太太养的儿子名位不显，又加上他自己的侯爵是在诏封尹继善为巡抚时附笔加上的，显见是沾了尹继善的光。尹继善不到三十岁斩将夺关直上青云，做了封疆大吏，但大儿子快五十的人了，当个道台还要投门路说人情……这些诸端，他越发地压制张氏，一来为夫人息火，二来也防张氏倚儿之势压倒众人，三来自己心里也略觉好受。眼见尹继善如此举动，尹泰心中的火一蹿一蹿，用"相臣度量"压了又压，终于还是忍不住，冷笑一声，说道："你不要坐不安，有道是母以子贵，你自然是要上台盘的！继善，你如今官做大了，也历练出来了，学会了叫你爹难堪了！"

"回阿爹！"尹继善脸色雪白，却不肯服低，只长跪在地，说道，"儿子并不敢非圣无礼。母亲站着侍候老太爷是应该的，但我瞧母亲气色似乎有病，老太爷自己也说了的。礼有经亦有权③，儿子跪着代母亲侍候老太爷，如何？"

尹泰被儿子堵得一怔，他也是个大理学家，无论情、理，儿子做得无懈可击，说得天衣无缝，真也无从辩驳，因又从别处挑剔："我不指这个说，我问的是你的心！"

"儿子问心无愧。"

"我当年随先帝爷出兵放马，那时还没有你。我随今上伴读东宫，和皇上敲棋吟诗，你还穿着开裆裤！"尹泰的话刀子一样犀利，"没有我哪有你，没有我之昨日，焉有你之今日？你阿爹什么事没见过，什么事想不清爽？你以为我不知道宝亲王来意？——你本来孝顺有加，我怎么也想不到，你会请一位王爷来压制你的老爹——"他一口气噎住，立时猛烈地咳嗽起来。张氏和尹继善都一跃而起，忙不迭地给他捶背端嗽

---

① 唐朝宰相，著名政治家，以"怕老婆"闻名。

② 乐户：贱民，如民间吹鼓手行业。

③ 有经有权，意味有常规，但特殊情况可以变通。

盂，口中只是劝他别多心。

尹泰却不领这母子的情，喘息略定便推开二人，说道："作民依朝廷王法，咱们家有自己的规矩家法——你们好自为之！"竟一甩手去了。

"儿啊！"张氏听尹泰脚步去远，一把揽过尹继善，"你——你叫娘说什么好？你心疼娘，还用这么说，这么做么？娘在一旁站着瞧你，心里也是熨帖的，何必在乎这些摆样子的东西？你在家还好，可你终归还要南京去的。我的不懂事的儿啊……"她浑身都在抽泣颤抖，伏在儿子坚实的肩头，仿佛一松手儿子就会突然消失似的紧紧抱着，一只手轻轻打着尹继善的背。

尹继善也是泪流满面，抽着声气道："娘，你儿是个有种的，有声气有胆量也有学问。我肩头挑得起！您一点也不用怕。大不了我接您到任上，我叫您享尽人间清福！"

"你爹要不依呢？"张氏两手紧紧扶着他肩头，"老爷子那倔性你晓得的。"

"他不肯也得肯。"尹继善想到雍正对自己的信任亲情，笃定地说，"我准能把你接到南京。这么着苦熬，万一……我一辈子都难受。"

母子二人正又哭又说，忽然听到花厅外一阵急促的脚步声，却是高无庸闯了进来，说道："尹大人，有旨意。"尹继善忙起身，对母亲道："儿子接过旨还回来。"

"不，不单你接旨。"高无庸看了看一脸可怜无告相的张氏，说道，"还有尹泰和尹泰的范夫人，还有张氏一同接旨！在前院正厅，快去！"说罢匆匆先去了。

母子二人愕然相顾，一阵慌乱过后，张氏便忙着翻衣服，尹继善道："娘，您甭打份。旨意叫您去，就定必有您的话。您穿得再好，比得及大娘么？"说罢双手扶着母亲来到前院，已见满院都是灯烛，内务府的人站得满阶前都是。合府大小家人慌得拾爆竹似的备酒送茶前后乱窜。尹继善见母亲一脸迷惘，一边小声安慰，扶着进了正堂，早见香案已经摆好，尹泰冠袍履带齐整，"樊梨花"凤冠霞帔凝立在侧。二人似乎都有点心神不定的样子，见他们进来，尹泰淡淡说道："你们也站过来吧。"尹继善这才看见是当今皇帝的十七弟毅亲王允礼前来传旨，忙和母亲挨身站在尹泰身后。那张氏几时经过这种场面，瑟瑟抖着站不稳，只靠着儿子勉强站定。

"接旨人已齐。"高无庸给允礼打了个千儿，说道，"请王爷宣旨!"

允礼点了点头，高无庸立刻退下，转眼之间便又上来，双手捧着一个金盘，盘上放着一套辉煌华丽的一品诰命服饰，还有两个黄灿灿亮闪闪的头号大金元宝放在盘边，诰命服上压着一顶镂花金座朝冠，三颗榛子大的东珠中间攒一棵樱桃大小的红宝石，颤巍巍的在灯下灼灼生光——这套行头阖府都知道是正室夫人范氏的得意之宝，怎么又递来一套?——此刻，外间廊下仆夫长随丫头老婆子里鸦鸦站了三四百，目不转睛地看着这场面，静得一声咳痰不闻。允礼此时才到案前南面而立，却是口宣谕旨：

"有旨：尹泰、尹继善、范氏、张氏听宣!"

"万岁!"

四个人一齐叩下头去。

"尹泰相从先帝有年，卓有劳绩，辅佐朕躬，恭心慎事，乃朕之心膂大臣。"允礼轻咳一声，接着背诵，"且尹泰训子有方，有子如尹继善者秉公畏命，怀诚事主，廉能爱民，封疆江南以来于我朝诸军国要差办理妥善，不愧古之名臣。朕思子贵父荣之义，已屡有加恩。父子并为同朝柱厅之臣，乃亦尔家之福也。然非有张氏，则无尹继善，无尹继善，则尹泰之勋名焉得如此之显?是张氏之相夫教子功亦不可泯。今继善已贵，其母仍忝青衣之列，甚有乖于母以子贵之礼。前已封诰尹泰之妻范氏为镇国将军一品诰命，今遣毅亲王允礼持冠传旨，即着张氏谨受诰诏，同为镇国将军夫人，赐一品诰命服色。尔其受之随子赴任，毋负朕望。钦此!"

四个人一齐怔在当地。

"恭喜尹老相公，范夫人。"允礼满面笑容，又向尹继善一拱，"恭喜张夫人，继善公!"因见四人僵跪不动，诧异地问道："怎么，你们不奉诏?——我可是自带酒筵要在此饱醉而去的呀!"

尹泰左右看看，似乎有些茫然，身边的三个人都低着头，各人心里什么滋味他心里雪亮。但这种绝不可能的事居然此时真真实实地出现在自己身上，他无论如何也适应不了。恍惚之间，他叩下头去，说道："老臣谢恩！"他这么一开口，尹继善三人也都参差不齐地叩头含糊不清地谢恩领旨。

"这是天大的喜事，小王今日好高兴！把我带的席面抬上来，我陪大人和二位夫人高兴！"因见范氏和张氏瘫在地下都没有起身，径上前一把挽了张氏。那尹继善何等聪明之人，疾步上前双手扶起软得面条似的范氏，径是尹泰坐了主席，两个一品诰命分坐两旁，允礼亲自开樽相陪，尹继善按捺着激动得要跳出腔子的心，转桌儿斟酒。尹泰是恼中带着对浩荡皇恩的感激。范氏是羞中带怒加着对张氏的妒忌和圣命不测的畏惧，张氏则是悲喜恐惶如对梦寐迷惘无主。允礼却是觉得有趣高兴，兴味盎然。四个人各怀天差地别的异样心思同席相坐，都是来酒即饮，举杯即干，不足半个时辰，都已玉山倾颓，烂醉如泥。尹继善侍候他们各自安歇了，也几乎瘫倒在地。幸是他心思还算清明，替熟睡的母亲打了一会扇子。叫丫头过来替着，伏案提笔，挖空心思地给雍正写谢恩折子。

雍正此刻却在光火。听了弘历传来的"闲话"，他立命将弘时和弘昼都召来澹宁居。依着雍正的意思，还想叫方苞这个"老给事中"，同时叫进孙嘉淦来细问，却是弘历拦住了，说道："这都是宫闱里的细事。就是假的，也是无形消弭了的好。只可儿子遇时，套着话问来由——不过看样子，就是不问，孙嘉淦似乎也要密奏皇上的。依着儿子，就兄弟们这里问一问就是了。"

"就是四哥说的。"弘昼揉着惺忪的睡眼说道，"这种事晓得的人越少越好。咱们先就自惊自怪的，反倒叨登大了。家丑不可外扬嘛！"他是被人从被窝里叫起来的，脸上还带着睡相。弘时听他说得极不得体，瞧着他的样子真想笑，只低着头装作不听见。雍正素来威压百僚，性冷如冰，极挑剔的一个人，偏偏对弘昼这个小儿子异样宽容温和，只瞪了他一眼，说道："你胡说八道些什么！朕有什么'家丑'不可对人言？这是有人刻意造谣！原来只在京师，好嘛，现在扇到平头百姓那里去了。捉住为首的，朕必处他极刑！"

弘历方在沉思，弘时说道："阿玛说的极是，这不是无根之谣。有些宫闱里的事外头人捏造不来的。皇上孜孜求治，累了一身的病，有人心怀叵测，还在百姓中这样传言，真可令人发指痛恨！"弘昼立刻反驳，说道："三哥，我们都是皇上的儿子，'痛恨'还用说？现在不是商量恨不恨的事，是商量办法！像太后薨逝的谣言，十足的是宫里太监嚼舌头——不不，这不叫嚼舌，纯粹的捏言造衅乱政欺主！"

"高无庸！"弘昼一语提醒了雍正，他提高了嗓门叫道，"你进来。"

高无庸就守在殿门口，他从来没见这爷四个半夜三更聚在一处说机密，连引娣都支开了，心里忐忑着只觉得像要出大事。猛听雍正一叫腿一颤，忙颠着步儿跑进来，说声"奴才在"，便跪了下来。

"嗯……"雍正却觉得一时无从谈起，板着脸沉吟良久，说道，"你虽然不是六宫都太监，位份不高。但你朝夕跟朕侍候，其实比都太监还要紧。"高无庸忙叩头，说道："这都是万岁爷的抬——""不说这个，"雍正摆手止住了他，"朕有时接见大臣，只言片语的怎么就传出去了？"高无庸顿时慌了，连连碰头道："奴才是两代主子使出来的人，晓得主子的规矩，怎么敢在外头犯老婆子舌头？有时外官希图奴才传话，能早点觐见，塞给奴才一点红包儿接了是真的，再大点的坏事奴才没那个心，也没那个胆……就是这殿里侍候的，也都还规矩……"

"规矩？"雍正冷笑一声道，"甘肃布政使调湖南，他本人怎么就先知道的？"

"回万岁！"高无庸越发惊慌，磕着头苦着脸道，"那事儿已经发落了，是秦可儿传的，已经撵到了打牲乌喇去了……不干奴才的事……"

雍正没来由叫高无庸进来，见他吓成这副模样，不禁一笑，倏地又收了笑脸，说道："近来宫禁不严，门户不紧，有些不该外头知道的事传出去了！——你不要怕，朕知道不是你。但你有责任！""是是是……"高无庸揩着头上的汗连连说道，"奴才明早起来就召集他们训话，谁敢再犯舌，抽了签条撵出去！"

"你说得好轻松！泄露宫闱秘事，朕是一定杀他的！"雍正咬着牙，语气淡淡地说道，"近日之内，朕必定教你们看个样子。都给我滚吧！"

弘历这时才开口说话，皱着眉头道："太监们串茶馆吹牛犯舌头是有的，远播到云贵川的民间，简直不可思议。就是五弟说的，也无须惊怪，看看是什么苗头再说。如今有些事很怪，扑朔迷离。宁可续密过一点，疏漏断不可取。万岁爷是包容天地的人主，似乎也不必为这些闲言烦恼。"他的话其实和弘昼意见相同，"见怪不怪，其怪自败"，有的事不能认真，也不能解释，不然就会越描越黑——雍正当然听懂了的。但这件事愈是咀嚼，后味愈是不佳。文官武将之间结党，党援之中传谣，可以召集起来痛加训斥，可以捉来下狱、流放、杀头。百姓们传谣，连个解释的机会都没有！可畏的是有的地方已兴起白莲教，屡禁不止有扯旗放炮啸聚造反的。各地各行也都自有帮会各有势力，朝廷也没有当一回事来控制，也极易为匪人利用作难。想着，雍正问道："弘历，你回京曾经说过，李卫荐了一个叫吴瞎子的跟你，后来他来了没有？"

"来了，"弘历一心还在想着孙嘉淦说的那些可怕的谣传，不知道这一霎雍正已经动了那么多的心思，忙一躬身，"现就住在儿臣府里，教习儿臣些功夫，万岁想见他么？"

弘时突然一阵失望，弘历公事之余，和私邸里几个男女高手一处练习武艺，他是早已听说了的，正想着寻个题目说他"私养死士"狠狠地上一次烂药。如今这么明白认承，此事算是休矣。思量着，雍正摇头说道："朕暂时不要见他。但这些人物黑白两道都蹚得开，江湖民间消息灵动，又把握着一些帮会，要施之以恩结之以义晓之以理加之以威，他们说话办事，比朝廷方便得多。你先从兵部下个折子，让他有个明白身份，接见的事以后再说。就像这些谣言，江湖上有什么动静，须得让他留心。"

"是。"弘历吃透了雍正心思，忙道。

雍正端起茶一边呷着，出了半日神，说道："你们不要轻看这件事。谣言，小则伤人，大则灭国，朕遇这种事从来不肯轻易放过。弘历现在管军务钱粮，能留心政治，这就是有大局。弘时你管政务，琐碎事千头万绪，但有风闻也要及时密陈奏朕。弘昼，朕是看你疏散，身子骨儿也不好，所以把太常寺、太仆寺、銮仪卫、太医院这些闲差给你，并不是叫你养老。你怎么可以任事不问，只在府中胡闹？你们兄弟三人秉性才德各有所长，要各尽所长帮着你们的老阿玛治理这个天下。信这个任那个，你们瞧着是那么回事，其实朕的骨肉不就你们三个？你们三个为一体，要从心里头和睦这才成事。篱笆扎得紧野狗钻不进，没有内鬼，招不来外祟，懂么？"

"儿臣们懂了。"三个人一齐叩头。弘昼道："儿子一定记住阿玛的话。其实儿子那里有点——"他搔搔头，"有点百无禁忌，倒是人们见了儿子随便些儿，什么话都听得见。像杨名时、孙嘉淦这些正臣，还有些宦场不得意的，宫里的太监什么的，儿子都处得好。往后一定多替皇上留心。有大树才能乘凉，连这都不晓得，儿子还成个人吗？"

弘时一脸的郑重其事，说道："圣祖驾崩，皇位交接之时那些谣言，儿臣敢断言，一定是隆科多那个老匹夫造了去的。他现在已经圈禁，但谣言已经传出去，这种人岂可轻恕？杀掉他，以震慑那些不规之徒，也不失为一法。""三哥这个想头不对。"弘昼一脸皮里皮气形象儿，半笑着说道，"我倒觉得隆科多死不得。皇上当初继位继得光明正大，是八叔——哦不，是阿其那他们在后头捏造谣言，有事没事乱搅朝局，杀了他，更死无对证。他活着，不定什么时候能用得着，能给世人当个见证。"弘历说道："五弟这是聪明话。不是你提醒儿，我几乎忘了。上次允礽二伯病危我去探望，顺便看了隆科多禁所，还没有走到屋边就闻到臭气。看守的兵士悄悄回我，隆科多大小解都不能出屋。这么热天儿，非过病气不可！三哥，你赶紧换换那群看守的，隆科多罪再大，他前头还算有功嘛！"

雍正愈听愈觉不对，但"不对"在哪里，他一时也想不清楚，甚至对自己的儿子，他也不能把心思和盘托出。他一口接一口地呷着茶，神色平淡又似有着深深的忧郁，一直都不言声。弘时见众人词竭，笑着岔开了话题，说道："父皇料理事情常有出人意料的，多难办的事也都是欢喜结束。就如尹继善，他府里此刻不知怎么个热闹法呢！"雍正这才回过神来，想象着尹府情形，不禁一笑。三兄弟又凑趣儿奉迎承欢给他说笑话儿解闷，钟撞十一点子时时牌才恭肃退出。

第三十六回　隆科多因狱告御状
　　　　　　雍正帝冥筵明孝心

　　隔了一日六月十八，是雍正生母乌雅氏的七十冥寿正日子。早晨天刚放明，雍正便从畅春园发驾回了大内。他先到寿皇殿给康熙和乌雅氏的坐像拈香，行了三跪九叩大礼，念了三遍往生咒，出来又带着高无庸秦狗儿乔引娣一干宫人到弘德殿接见早已等候在这里的允祉允禄允礼，弘时弘历弘昼弘瞻弘皖弘晓弘皎等子侄和一大群近支皇亲。军机处因奉旨照常办差，早已进来磕头拜过退了出去，只留朱轼一人随驾侍候。因为几乎都是家人兄弟子侄，见了礼后雍正便命各人随喜自便。却见管御膳房的常宁进来禀奏请旨："厨下正预备早膳，请旨，是设到这殿里，还是送到养心殿？"

　　"朕早上用过点心了。"雍正沉吟道，"这会子还早，急什么？——嗯，这样，先抬过一桌来送到寿皇殿供到圣像前，其余的设在畅音阁水榭子东边。"因见常宁听得愣神儿，雍正笑道："朕要赐筵——这么多人都空着肚子看戏？一边看戏一边进膳，熙熙和和热闹儿些，母后冥中瞧着也会欢喜的。——允祥胃气不好，告诉大厨房做的点心软和一点，须要能克化得动。朱师傅，你也不要回去当值了，陪朕一处坐坐吧。"朱轼忙跪了谢恩，起身说道："老臣千情万愿！早年臣在工部，因黄河决溃讹误处分，罚俸三年。先太后对先帝爷说：'朱老师清贫如洗，来客人连茶叶都备不起，罚俸三年可怎么过？国家制度不可废，我可是要拿体己儿赏他的。'赏了老臣三百两黄金！"说着已老泪纵横。雍正想着母亲，心里悲凄，看着朱轼，又觉伤怀。思及近日民间流传自己不孝弑母，愤怒中又带着无可奈何，苦笑道："今儿给太后作冥寿，朱师傅不要伤感了。"因见张五哥进来，又问道："你十三爷来了么？"

　　张五哥此时已年过六十皓首白发，他年轻时罹祸曾被允祥营救，犯罪绑赴刑场又被康熙赦免，极是忠诚不二，和允祥私交很深。自允祥病卧清梵寺，他几乎天天退值都要到榻前问安侍候，雍正已经习以为常，因此一见便问允祥。张五哥行礼起来，摇头一叹说道："十三爷夜来犯病儿了。这会子人事不省……老奴才惦记着主子这边，赶过来请安，就便说明十三爷不能过来。主子……"他摇着头，好像含着一个酸果，满脸都是凄楚神色。

"贾士芳呢？"雍正也是心里一颤，皱眉问道，"他怎么说？"张五哥道："已经去白云观请了。奴才想等着他来，又怕误了万岁爷这边差使，就先过来了。"雍正又问："太医们怎么说？"

张五哥拭泪道："太医们说十三爷脉相平和，和昨日一样，只是昏迷不醒，他们不敢妄断。这会子还在商量脉案……"

"你去吧。"雍正听说脉象平和，心中惊疑不定，却也知不十分凶险，因道："朕这边还少了人侍候？你在这里牵挂两头，不如守在他跟前，朕也放心。"

张五哥匆匆去了。雍正怔怔望着他的背影，叹了一口气，轻声道："朱师傅。"

"臣在！"

"你说，"雍正偏着头道，"允祥这症候，是不是有人背后使坏，魇镇他？"

朱轼原本压根不信世间有什么"魇镇术"，但他阅世已久，这种事熙朝在皇子里头发生过，又亲眼目睹过贾士芳的手段，也有点不敢断然否定了。思量着道："圣人不说，臣不敢妄议。但略查史籍，不绝于书，似乎确有这类邪术，自古以此成事的却没有。君子于鬼神一事，敬谨回避而已。但十三爷并没有什么不共戴天的私敌，几个政敌又都身在图圄，怎么会有人下此毒手？臣也是不得其解。"

"现在不谈这个。"雍正掏出怀表看了看，说道，"还不到辰时，离正时辰还早。朱师傅，陪朕出宫走走。""是！"朱轼躬身道，"请旨，主子要去哪里？"

"去看看隆科多。"雍正将表塞进怀里，淡淡说道。

雍正和朱轼只带了几名侍卫骑马出了神武门，向西，一路小跑，穿过部院街后胡同又向北就到了隆科多府邸。这是一处坐西朝东的大院落，和王府规制一样的五楹抱厦门顶，一色的青琉璃瓦都被用黑漆涂了，有的地方木档上露出斑驳的黄漆，好像还在炫耀着主人当年的辉煌。沿门外石阶修了一道凸形的高墙，阴沉沉挡住了锁锢得死死的铜钉朱漆大门。夏日骄阳把墙照得死人脸一样又灰又白，那墙头上已经长出了青青的狗尾巴草。雍正下马来，见朱轼老眼昏花地站在墙前发怔，便问："朱师傅，你怎么了？"

"雍正二年我来过一次，请隆科多拨款修缮皇史宬。在这门前被挡驾，说隆大人忙，叫我直接去户部接洽。"朱轼脸上似喜似悲，"打那之后我再也没有登过这个门。今天到这儿来，心里不能没有感慨……"雍正没来及说话，侍卫索伦已从北侧门那边过来，说道："已经和这里管事太监说了，咱们从北边进去。"雍正点点头，跟着索伦向北半箭之地，果见在墙上开着一个四尺多宽的洞，安着铁栅门。门洞开着，十几个太监衣冠齐整，伏俯在焦热滚烫的砖地上，个个热得满头汗流。雍正看也没看他们一眼便进了院子。里头守护的却是内务府的人，已得知皇帝来了，一群打着赤膊的衙役忙成一团在穿换公服，打头的是个笔帖式，小跑着过来，跪下就磕头，说道："主子，隆科多不在那边，请主子这边走！"

正要进仪门的雍正止住了脚步，诧异地问道："他不在正院？正院谁住？你是哪个衙门的？"那笔帖式极迅速地又双膝跪下，说道："奴才是内务府的笔帖式黄全发。隆科多本人在后院马厩。""马厩？"雍正像被刺了一下，偏着脸道，"怎么会住那里？这是谁的批令？"

"本来住在正院的。"黄全发见雍正脸色不善，忙道，"后来慎刑司来人看了，说他是犯罪的人，不杀他就是便宜，还要当老太爷供起？——就迁马厩里去了，小的只是管这院子，马厩监所又归太仆寺管。这处圈禁所是三个衙门共管的。"

"总头儿呢？"

"总头儿是太仆寺的监押司官王义。他不在这儿，只有时来看看就走了。"

雍正不再说话，和朱轼一前一后到北偏院马厩门前，里边看守的人早迎跪在地——这里又是太监在看守了。二人一进院便嗅到一股难闻的气息，却不像马粪味儿，像是一股带着腥味的臭鱼和呕吐出来的稀物混在一处，还夹着点饭菜的"香"气。雍正立刻眉眼鼻子和嘴都皱一处，手掩着鼻子跟着太监来到一个大铁栅前。这是一间厩房，有两个马槽宽，马槽早已拆掉换上了铁栅，一块油布沿房檐卷起，看来是下雨时挡风吹雨飘时用的。里边一个矮桌子，上面放着瓦罐和一只大碗一双筷子，旁边一条蚱蜢小凳，和桌子一样都是白木，没有刷漆，沾了一层似油似灰的污垢。桌子上还放着一块啃得只剩下青皮的西瓜皮。靠里边墙一张小绳床，床头放着一个大尿罐，罐上盖了一张纸——那股恶臭，大约就由此而发——床上蒿荐上铺了一领席，一个凉枕，一个竹夫人和一床薄被，便是这"屋"里全部家当。雍正走到跟前，一股臭味扑面而来，这次却是极为"味厚"，他定了定神才抑住了反胃，凑到铁栅跟前看时，隆科多正在床上脸朝里躺着，似睡不睡地晃着一把破薄扇。雍正轻声叫道："隆科多。"

隆科多没有应声。

"隆科多！"守护太监大声道，"你聋了么？皇上来了！"

隆科多身上一颤，抖着手支撑着坐起身来。一眼便瞧见雍正和朱轼站在栅外树影下，他一下子呆住了。瞪着呆滞的目光，乱蓬蓬的胡须和头发都随着头摇动着，仿佛看一个陌生人一样盯了雍正，嘴唇翕动着，好像磨磨叨叨念诵着什么。半晌，他突然清醒过来，大叫一声"主子——"疯子一样赤脚片子下床，扑到栅栏边爬跪在地，两只手紧紧握着铁栅条，嚎声叫道："老奴才又见着您了！"他惊恐的目光一眨不眨，似乎只要一瞬目，这位能决定自己生死荣辱的至尊就会突然消失！

"朕来看看你。"雍正看着这位曾经权倾朝野的"舅舅"，当初在府中跺一跺脚九城乱颤的宰相，恨、惜、怜、痛、悲一齐涌上心头，倒了五味瓶子似的什么滋味全有。他不敢正视隆科多的目光，也闻不得那屋里的恶臭，舒了一口气吩咐道："给他打开这劳什子铁门——马厩外头院里那株桧树下给朕和朱师傅设个座儿。"掌钥匙的太监迟疑了一下，说道："他有时候犯疯病，怕发作起来伤了主子……""你才是疯子！"

隆科多头摇手颤，怒声低吼，"我不装疯，早叫你们打死了！"雍正怔了一下，只微微顾盼了一下便疾步出了厩院，在老桧树下的椅子上坐了。

隆科多已从极度的兴奋中恢复了理智，他的这位外甥皇帝此番探望，虽然决无不利于自己的事，也不可指望有太大的恩典：因为无论赐死自己或者释放自己，只消派一名小苏拉太监传旨就办理了。他伸展了一下又脏又皱的青布袍子，把前额上乱蓬蓬的头发向后捆了捆，将木拖鞋子后跟提着穿上，尽量步履稳重地踱到雍正面前伏地跪倒，口称："罪臣隆科多叩见皇上，伏愿皇上万岁千秋圣躬安详！"

"那边有块条石，你坐着吧。"离开那个臭烘烘热烘烘的马厩，雍正气色好看了一点，一颔首对隆科多说道，"朕来看看你——索伦，叫所有这院里人都退出去！——没有想到你如今是这个情景儿，原该关照一下的……""奴才是死有余辜的人，吃这点苦已是皇上的恩典，岂敢更有奢望？"隆科多道，"只是奴才还有话，有机密要事奏陈皇上，皇上这一来，臣虽死九泉，也含笑瞑目了……"说着泪下如雨。

"你说这话奇。"雍正想起隆科多方才的"疯话"，皱眉说道，"你是已经有旨永远圈禁的人，圣祖和朕都给过你免死誓书，怎么这么怕死？你有什么事要奏朕呢？"

"这里的看守要加害奴才！"

"谁敢？——他们打你？"

"万岁金尊玉贵之体，哪里知道覆盆之下暗无天日！奴才……奴才已经连着背了两晚的土布袋了。万岁不来，早则明日，迟则后日奴才必死无疑！"

雍正看了朱轼一眼，他真的不知道什么叫"背土布袋"。朱轼忙道："臣读方苞《狱中杂记》，背土布袋是私刑，将犯人夜里缚起，背上压上一只装满土的布袋，身子稍弱一点，一夜就死了，而且无伤可验。"雍正勃然大怒，问道："谁？这些杀才真的无法无天了！"

"不知道……"隆科多悲恸得浑身颤抖，伸出两只带着绳痕的手腕，"他们蒙了我的眼，缚在床腿上，又是夜里……奴才昼寝，就为挺过这一夜之苦——那是不敢合眼的……"

"你有什么事奏朕？"

"朝中还有奸臣!"

"谁?"

"廉亲王!"

"阿其那?"雍正一笑,才想起逮捕允禩前隆科多已失去自由,因道,"你大约不知道,他现在和你一样。"

"廉亲王背后另有其人!"隆科多多少有点意外,看了雍正一眼说道,"他既然被逮,难道没有供出来?"

雍正站起身来,扇着扇在树下兜了一圈,细望着密不透光的大树冠,冷笑一声说道:"这株桧树有八百年了吧,当时有个秦桧。你要做本朝的秦桧么?你就因为心术不正身陷囹圄,身陷囹圄还要怙恶不悛,还要害人,你活够了么?""罪臣焉敢?"隆科多面不改色,一揖说道:"先太后薨逝时,廉亲王要臣陈兵造乱。因为张廷玉把住了军机处调兵虎符没有成功。当时罪臣说这事情是灭门之罪,万万不可。八爷——允禩说,'就是灭门也另有其人。你以为我想当皇帝?你错了!'"他顿了一下,又道:"罪臣偷借玉牒,也是奉的允禩指令。当时他说'有人要用'。也说,'这种物事我不信它,也从不用这法子治人。'——还有,万岁爷出巡河南未归,允禩叫了罪臣去,说'机会千载难逢'。命罪臣利用职权带兵进驻畅春园。罪臣当时说,'天下已定,我就占了畅春园,你能坐稳这个江山?'他说:'只要不是雍正,谁坐也都一样。'……皇上,奴才本该零刀碎割,万死犹不足辜的人,已经到此绝境,还有人想加害灭口!若无奸臣,此时又岂能于高墙之内行权作恶?"雍正听这几件事自己竟一无所知,不禁骇然,看朱轼时也是惊得面如土色,因问道:"朱师傅,你看……?"

"万岁,此事非同小可。容臣细思后再奏。"朱轼心中闪过一个人,竟无端地打了个寒颤,转脸问隆科多,"你还是个人臣?你受了什么人挟制甘心从恶?当初未逮时,皇上朝夕可见,你何以不自首认罪?"

隆科多看也不敢看这位双眼喷着怒火的老师相。伏下身子,将头埋在两臂间稽首叩头啜泣,断断续续说道:"罪臣丧心病狂……朱相这话真使臣九泉无颜!当初皇储未定,群王争嫡,万岁势力最孤。起初是允礽,后来是允禩声势最大。我们佟家一门都和八王交好,先帝重用罪臣之后，叔父佟国维和臣密商，由我来保今皇上。立定契约，无论谁胜都要维护族门……契约不知什么缘故落到允禩手中。他们……他们就以此要挟，逼臣上了贼船，以致愈陷愈深不能自拔……臣自幼追随圣祖，又受托重任保扶皇上，本应矢志不二为君上捐躯尽劳。谁知自甘堕落为匪人所用，永坠轮回地狱，生难见天日，死难见圣祖地下之灵，千古罪人无过于臣……今天见了主子痛诉曲衷情曲。求主子将奴才交付有司明正典刑，为后世奸臣祸国者立戒！"隆科多说完痛哭失声，已是泥一般瘫倒在地。

隆科多毕竟是宦海沉浮阅世极深的人，他从看守自己监护太监的态度颜色陡变中意识到弘时要下毒手灭自己的口，因此乘机破釜沉舟地告这一刀状，却又隐去了弘时名讳，以防扳不倒这位炙手可热的阿哥，反而身罹更大的不测，且这样一来，也把自己摆在了"允禩党"里一个二等角色位置。虽然仍存机诈心，但人处绝境悲凄不胜之情却是真的，雍正见他这般，也不禁恻然涕下。良久，才徐徐说道："论起你的过恶，朕将你付之凌迟头悬国门犹有余罪！念你还有一念之心在君父上头，朕不追究了。回头给你纸笔，把你知道的都写出来。密封奏朕，你知道法度，这种事泄露到六部里，朕虽有好生之德，也挽救不下，你要慎之又慎。安生守法遵命，不要再生妄念，朕可以给你个天年。"说完站起身来，看了看表，叫过索伦吩咐道："你留下善后。隆科多不要住马厩，可以回他原来正院里住，圈禁院内不限他行动。这里守护的人全部换下来，发往——"他犹豫了一下，用征询的目光看着朱轼。

"皇上，"朱轼一边听，早已在心中反复权衡了，因道，"隆科多今天说的不但事体极大，而且不是一时半刻料理得清的。这里守护的人有两种处置，一是直接看管的全部发往密云，找一处皇庄关起来互相告举，二不动声色，各回原在衙门照常奉差。只守管太监要由内务府看管起来，严鞫谋害隆某的凶手和谋主，密奏皇上然后再议处分。"

"好。"雍正满意地翕了翕嘴唇，"给隆科多换一身行头，看成了什么样子了！——朱师傅，咱们走！"

于是二人出门上马，雍正揽着辔绳沉吟道："朱帅傅，你好好替朕想想，'有人'是谁，回头我们二人再谈。"

"是！"

雍正君臣二人返回大内正好巳末午初时分，诚亲王允祉为首，以下允祺、允祹、允禑、允禄、允礼等皇兄皇弟，以下弘时弘历弘昼弘瞻弘皖七十多个子侄，还有三四个与康熙同辈的老亲王都已齐聚在畅音阁水榭子对面的月台上，月台旁边则是一大群额附，老的六十多岁躬背哈腰，少的正当及冠气宇轩昂，也有七八十人。这些兄弟们，女婿们难得聚到一处，都各自寻自己投缘的请安问好。大说大笑的、窃窃私语的、指手画脚说事情的，乱糟糟一片人声。帷幕后却是皇后、嫔御和几个老太妃，还有几十个和硕、固伦公主，却甚是安生，只听佩环叮当、微咳声，间或有几句说笑。听高无庸扯着嗓子叫一声"皇上驾到"！众人立时悚然屏息，黑鸦鸦跪了一片。台上戏子们已经上妆，连鼓板乐队，畅音阁供奉太监也都齐齐跪下叩头，齐呼万岁。

"今儿只朱师傅是客人，大家随意儿一点。"雍正见朱轼似乎有点不知所措，笑着扯起他的手，说道，"其实朱师傅当年已常陪圣祖爷看戏，下头这些王爷多是你的学生，也不犯着不安——都起来吧——三哥，来，朕和你、老十六、老十七，还有老二十四、朱师傅我们坐头桌。其余他们早安排好了——叫他们传膳！"

"老二十四"叫允祕，是康熙最小的儿子，今年才十二岁。雍正登极不到六天，就封了贝勒，今天本来坐在第五席。雍正越过十几个哥哥点他坐了首席，顿时招来无数双眼睛。众目睽睽下，只见他端凝起身肃冠整衣越席而来，至雍正面前跪下说道："皇上，臣弟不敢——这里这么多的叔叔伯伯，还有几位老亲王爷。皇上抬爱之情我也不敢辞，可否就叫臣弟沿席执壶劝酒？"

"好弟弟，懂事！"雍正眼中满是慈爱的目光，"圣祖爷在时，你就坐过首席的，你比弘昼还小着几岁呢。朕政务匆忙，向来却一直惦着你。写的功课朕都看了，很有进步儿。既这么说，就依你。轮桌儿劝酒，完了还到朕身边来坐。"此时满座人众看着允祕人物俊秀端庄，言语恂恂有礼，都不禁啧啧称羡。唯独允祉心里明白，当初康熙在畅春园临终传位，千钧一发之际，为口谕不清晰兄弟勃豀，就是这位六岁的

"好弟弟"口无禁忌，头一个叫出来"皇上说叫传四哥"，咬得死死的说"我听得清爽"——如今雍正要报这份情义了。允祉正胡思乱想间，筵桌上水陆果珍已经递次布上来。四十张桌子间，太监们来来往往穿梭般按序摆上葡萄、荔枝、西瓜、苹果……主菜只有八个：一大盘全猪肉丝，一盘羊乌叉，猪肉茄子馅提折包子一盘，攒丝肥鸡一盘，醋溜白菜一盘，糟鸡糟肘子一盘，酸辣羊肚一盘，熏鹿肘一盘，加上四个银碟小菜，二个银螺蛳盒小菜，每人一碗稗子米干膳一盘象眼小馒头……倒也把桌子摆得五光十色琳琅满目。首席后正中供台上奉献太后冥灵的另加一桌，却是一千枚拳头大的六月白寿桃，白生生鲜亮亮的十分惹眼。雍正见菜品上齐，徐徐站起身来，向供在身后的"仁皇后"灵位躬身三鞠，拈香默祷了一会儿，回身到座上，向高无庸一点头，高无庸立刻高声道："开筵——开戏了！"

在锣鼓声中帽儿戏开场。扮了麻姑的葛世昌双手捧着个硕大无朋的桃子向王母献寿。戏班子班头掌柜飞也似跪下来，双手将戏单子捧上。高无庸忙接过来转呈雍正。

"唔，很好。"雍正漫不经意地浏览着，随手点了《天妃济世》和《咒枣记》两出，笑着对允祉道，"母后生时就爱看这些神魔戏，其实朕无所谓的。三哥，你也点一出。"允祉接过戏单看了看，却点了《目连救母》，还有一出《金丹大道》。《金丹大道》也还罢了，目连一戏却是写其母生前吃人喝血恶业满盈，死后坠入轮回地狱不得超生，目连身入九幽十八狱营救母亲的故事。虽说结煞极好，但这"恶业"二字，放在乌雅氏的身上，也真是有点不伦不类。雍正脸上掠过一丝不快，又道："朱师傅，你点，不必拘神魔戏了。"朱轼也是不爱看戏的，随意点了一出《宝刀记》，笑道："臣从不看戏，也不知这'宝刀记'演的什么，应景儿承奉太后就是了。"接着允禄等人也都点了。

正戏开场，雍正便显得有点心不在焉。他瞥了一眼儿子们那一桌筵席，陡地一个念头升起来：莫非这三个孽种如今为鬼为蜮，在下头演夺嫡丑剧了？隆科多已是身居极品的人，八阿哥还敢要挟他上船，这艘"贼船"要驶往哪里？"有人"又是谁呢？又想到外省民间纷传宫闱谣言，把自己说得隋炀帝一样不堪，捏造得有鼻子有眼的，顿时心乱如麻。看看下面吃酒说笑兴兴头头看戏的勋戚，再看看高无庸身后那群直着脖子看戏的太监，雍正油然生出一股厌憎之情，只按捺着性子吃菜饮酒，搭讪着允祉允禄的话。台上只恍惚见花花绿绿的人影晃来晃去，台词竟充耳不闻。允祉和允禄他们倒是看得津津有味，时而穿插说儿句京里这个班子好，那个班子败了，哪个班主使坏，用耳屎坏了庆佑堂的罗四方的嗓子……时而给朱轼解说折子戏前面的来由戏文，连朱轼都渐渐看入了戏。

"你们坐着，只管说笑看戏。"雍正心里烦躁得坐不住，一边思量着起身离席，说道，"几个老叔王、老皇姑那里，朕要去劝一杯酒。"说着便向左首两席走去。郑亲王、简亲王、老果亲王他们忙都起身相迎。

此时台上正演《混元盒》，正是《封神》故事，倏而鬼神乱窜，倏而烟雾弥漫，越发的热。那葛世昌扮的赵公元帅，直从两丈高的梯顶，一个大转回旋连翻三四个筋斗从空而降，落在台子中央，稳稳一个亮相，扯着嗓子叫道："我好——恼啊！"

"好！"二百多人轰然大叫一个堂彩，惊得敬酒刚回席的雍正身上一颤。此时恰过弘时弘历一桌，兄弟三人早已站起身来鞠躬行礼。弘历笑道："这个姓葛的戏子今儿真卖命，年纪看去也不大呀？——没有三十年工夫不敢玩这一招的！"弘昼笑嘻嘻的，说道："我枉看了半辈子戏，叫了多少堂会，总没有见葛世昌这样儿的好角儿，生旦净丑样样出色……"还要往下说，见雍正瞪自己，才想起雍正多次申斥自己"叫堂会玩戏子，不务正业！"舌头一伸，后头的话咽了回去。

弘时微笑着道："弘昼最会看戏的。今儿太后六十冥寿，姓葛的当得效力卖命！"

父子正说话，台下忽然一阵哄笑。雍正回头看时，台上已换了《郑儋打子》。扮了丑儿的葛世昌在雨点一样的板子下疾步躲闪，却又装出死命挣扎的模样。老生板子一停，便揉屁股抹嘴儿地扮鬼脸儿，逗得台下前仰后合。那老生累得气喘吁吁，吹胡子瞪眼道："你这忤逆不孝的东西，一板也打你不着，真气煞老爹！只索寻根绳儿自尽了吧！"

"别别别——您老爷子可别这么着！"葛世昌抱着板子，就势儿发科道，"雍正爷刷新吏治，这么好的太平日子，咱们爷们得好好过呢！再说了，万岁爷将来还要办千叟筵，您不去讨盅福酒吃吃？您打不着我，那是因您在常州府，葛世昌在北京，那板子太短了。打死了我，谁还看咱爷们的玩艺儿呢？"

饶是雍正秉性严谨且心绪不畅，也被葛世昌逗得一笑，说道："这个狗崽子的玩意儿不错，赏他二百两银子！"又道："这会子先不用谢恩，待会儿散席了再过来。"高无庸忙躬身，趋到台上传了旨，那班戏子越发打叠精神，连鼓板也打得格外起劲了。

一时未末申初时牌，雍正便叫散场。他一边起身，笑着对朱轼道："朱老师有岁数了，不用再回军机处，回家里歇一晌，明儿递牌子进畅春园。由弘时兄弟陪朕到观音堂礼佛就是了。"弘时三兄弟正接见葛世昌发放赏银，几个门客忙着帮他们散福桃，接谢恩折子，听见叫陪驾，忙撂下众人赶了过来，随雍正到畅音阁后礼拜观音。

他们这一去，这边一群人立时如释重负，王爷、太监、戏子混到一处，也不忙收拾残席，只是说笑逗趣儿，议论今日戏文。允祉招手叫过葛世昌道："喂，葛家的！你那个亲戚常州府的票拟已经批出去了，不该谢谢爷们？""是了是了！"葛世昌一溜小跑过来，打千儿笑道，"这都是王爷和十六王爷的成全，方才三王也给小的透了风儿，小的这出《郑儋打子》活儿就做得那么清爽？"允禄一眼瞧见李汉三也在那边桌上，扑哧一笑，说道："今儿李汉三也来了？"

"是，"李汉三也忙过来，躬身一礼，又笑着对葛世昌道，"后庭花今儿出风头见彩！我们万岁爷难得这一笑呢！"允禄手上戴着个玉石大扳指，顺手丢给李汉三，道："这个赏你！"李汉三故作惊诧地后退一步，说道："这是忌讳物件，王爷怎么赏我这个？"

几个人都不禁诧异，允禄说道："这是常戴的，我从小戴到如今，没听说有什么忌讳。"

"我从打人京就听人说，北京人如今和福建人一模一样——爱男宠。"李汉三一本正经说道："女的月癸忌房——房事，男的却有痔疮，那些犯了痔的就戴个大扳指，也是回避相好儿的意思。我没这个癖好戴上这物事，不知道的还道是我也有了龙阳之好……"他没说完，众人已是大噱。允祉笑得捧着肚子道："弘历养这么个撒野的杀才，连我们王爷都开起玩笑了……"李汉三指着葛世昌手上的嵌宝石大扳指，笑得弯着腰道："王爷留心，葛家的犯了痔疮呢！"

众人又是一阵哄笑，见雍正带着弘时等人过来，才忙止住，起身肃立恭迎。

第三十七回　杀名优皇帝严宫禁
　　　　　　诛妖僧士芳邀恩宠

大约在观音堂里静了一下，雍正心绪看去很安适，一边坐了，见小太监端上冰块，自拈一块噙了口里，又命分赐众人。这才对葛世昌道："你的戏演得好，念打做唱都有根底，角色行当扮得也都够分寸。太后老佛爷在世别无嗜好，朕随着行孝承奉而已，今儿几出戏逗得朕也笑了，你不容易！"

"万岁爷！"葛世昌没有想到雍正这么随和，原来绷得紧紧的心弦松弛下来，连连叩头道，"小的们这些玩意儿能入您老法眼，就是小的们如天的福分！老佛爷见万岁爷勤政爱民，有一点空时辰还纪念着她老人家，就为九天圣母心里也欣慰允喜！就小的们这些下九流，如今串乡走户，乡里的百姓们都富了，都说是尧天舜地，从来没有过的太平饱暖日子，再加上风调雨顺，都盼着雍正爷万岁长生不老！这都是万岁爷一片诚孝感格了天地——连我们都跟着沾光儿。"

雍正不禁大笑，顿时显得容光焕发。他一生最得意的就是康熙曾夸他是"诚孝"之人，葛世昌戏台上赞颂雍正刷新吏治，这里又说乡户间家给人足天下饱暖太平，虽然说得秩序不清，但句句都挠到了痒处，不由大喜，叫道："高无庸，把这碟子点心赏他——可怜见的，吃这碗戏子饭不容易！"

"万岁！"葛世昌顿时浑身发热，有点飘然欲醉，连连磕头谢赏，"小的不知哪辈子修来这大福分！这碟子点心比金子贵，小的要分给班里的徒弟们，叫他们都分润皇上这份恩宠！"他顿了一下，又道："小人们虽在下流，天下人都传言万岁爷的字赛过王羲之。今儿趁主子高兴，要能赏小的个'福'字儿，小的一门九族都生生世世感恩无地了……"

像所有贪得无厌的人一样，葛世昌缺乏那种恰到好处的境界，不知道该什么时候停止最好。赏赐"福"字，是康熙晚年逢年过节时眷顾老臣宰辅和退休养居的元勋大臣时的特殊恩典。别说是戏子，一般台阁卿贰大臣也不敢轻易开口求赐。他这一开口，连弘昼也不禁心里咯噔一声，弘历弘时也都把目光射向雍正。雍正仿佛手略微颤了一下，旋即笑道："好，圣母冥寿，朕就给你个特典！"说着要过纸笔，就着膳桌大大写了个"福"字。笑道："拿回去挂起来能辟邪。省得常州府没人看戏。"本来事情到此，敬退谢恩，久了也就忘了。偏是葛世昌今天欢喜得五神皆迷，竟随口问道："万岁爷，您晓得常州知府是哪个？他是我的表台！"

"嗯。"雍正的脸色已是阴了天，嘴角挂着一丝狞笑，问道，"是么？"葛世昌笑道："这还不是皇上的恩典，您大笔一挥，他就是了。"雍正还要问详细，弘历身后的李汉三突兀一句说道："万岁！孝廉李汉三要谏主子一句：葛某只是个优伶，他可以询问国家职官调配么？"

允祉一直都在胡思乱想，一时想着要回去看三希堂法帖，一时又想着方才的戏文，见弘昼手指上戴着个亮晃晃的嵌宝石大扳指，又忍不住偷笑。猛听李汉三这一嗓子，才吓得回过神来，已见气氛不对，因大声道："李汉三，这里有你插的口？仔细失仪！"李汉三挤出身来俯伏在地，顿首正容说道："诚亲王爷，要是戏子都可以干政，太监即可以欺君。我是堂堂正正的贡生，谏君以正理，有什么错儿呢？"

"你谏得好。"雍正盯着李汉三，语气淡淡的，又瞥了一眼目瞪口呆的葛世昌，说道，"是朕疏于监戒了。确如你所言，戏子可以干政，太监即可以欺君。昔日开元之治，李隆基何其英明，耽于声色即肇天宝之乱。梨园三千弟子祸国之罪难恕——你是哪府的幕宾？"

"回万岁，我是宝亲王的执砚清客。"

"好，有其主必有其仆。"雍正格格一笑，转脸面向慌乱得不知所措的葛世昌，用冷如寒冰的目光凝视良久，问道，"你知罪么？"

葛世昌此时已面如土色，捣蒜价叩头道："小人实在不懂事，误犯了天颜，只戏文里郑儋是常州人，万岁爷提起来，小人不过巴结个高兴儿……"允祉眼见雍正的目光愈来愈阴寒，葛世昌晓晓折辩又很不得体，忙躬身赔笑道："这种戏子，除了眉高眼低巴结，什么也不懂。小人心性近之不逊远之则怨。主子何必生他的气，您的身骨儿金贵！"

"朕生他的气，他配？"雍正方才说话，早已瞧见允祉心不在焉，又偷偷发笑，心里已是大不欢喜，见他又出来替葛世昌说情，更不啻火上浇油，冷笑一声扬着脸说道，"孟子云社稷为重君为轻，朕身子骨儿金贵，这大好江山更金贵！这戏子擅索'福'字，又擅问官守。如不重处，后宫里太监有一日就要问朕的子孙'谁是军机大臣'，此祸曷可胜言——来，拖他去用大棍打！"几个太监一拥而上，老鹰撮鸡般提起葛世昌便往下疾走。那葛世昌不敢呼救，挣扎着，一脸乞容楚楚可怜，怀里的点心散落了一地。允禄弘昼满心想救，见允祉都碰了没趣，自是不敢言声，心里暗暗着急。弘时则生恐他喊出"三爷救命"，把自己也扯连进去，脸色焦黄地站着心里扑扑直跳。只弘历含笑而立，一副若无其事的样子。那班戏子早已吓得软瘫了，伏在地下只是瑟缩。允祉却仍不甘心，老着脸又赔笑道："万岁，今儿是老佛爷的冥寿，大家欢喜——"

他话没说完，东北角已传来板子敲肉的声音，那葛世昌杀猪般大声嚎叫求饶，口中却含糊其辞，听着倒像一串惨厉的怪唱，夹着一声接一声的板子，听得人人毛骨悚然。允祉还要再说，高无庸小跑过来，说道："请旨，打多少？"

"这杀才嗓门儿倒真不坏。"雍正被怪唱声逗得一乐，倏地又收了笑容，对高无庸道，"打不死他，你就替他死！"高无庸被他吓得身子顿时矮了一截，再也不敢说话，脚不沾地走了。不知向行刑的嘀咕了几句什么话，只听"扑"的一声闷响，葛世昌呻吟一声"我的爷吧……"便不再言声。畅音阁这边众人立时死一般寂静。

弘历原本见葛世昌无礼，倒也赞同刑处他，但没想到雍正竟尔下此辣手，听那人的一声绝气呻吟，心里也是一寒，暗自叹道："一代名优，可怜如此下场。"

"这班做戏的无罪，戏唱得好且应该赏。"雍正笑道，"葛世昌有罪，不株连到他们。加赏他们一千两银子，外加给葛世昌五十两发送银，叫他们赶紧抬回去安葬，天热，放不得的——阿弥陀佛！"戏子们忙都胡乱叩头谢恩，一哄过去收拾尸体。雍正命高无庸传各宫总管太监来听训，见李汉三还在跪着，因笑道："莽书生，你也起来吧。你越秩奏事，也有个'不应'之罪,但你的话说得好,提醒得及时,这又有功——"他横了一眼弘时兄弟,"这个谏奏,如果是朕的儿子出来说的,那该多好!——所以朕不罪你,但也不能给你官。一言之幸加官封职也是人主之误。既是贡生,可以凭本事殿试,有这份资质胆气,谁也限量不了。"

李汉三原是瞧不惯葛世昌的卖弄男色相,又见他在皇帝跟前放肆妄为,一股气顶着贸然挺身说话的。他本来有点怕触批龙鳞,给弘历带来不利,见雍正这样从谏如流矫枉过正,心中早是一块石头落地,忙躬身道:"贡生只是出于义愤,不计后果贸然行事,不敢稍有幸进之心。此戴罪之身唯有感佩皇恩,努力读书养气收敛而已。万岁爷一个'莽'字,贡生即终生受用不尽!"

"唔!"雍正若有所思地看了他一眼。他也觉得李汉三锋芒毕露,要训诫他"读书养气",不料李汉三却自省出来,这份灵气人所难能。雍正还想考校他学问,见太监们排着队一个个控背躬腰垂手趋步过来,便命秦狗儿将御座向中央移了移,吩咐:"太监无论大小,都跪下,其余不论高低,都站着。"

雍正手摇折扇,轻松地跷足而坐,轻咳一声说道:"朕今儿开了杀戒,杀的是个戏子。你们大约都认得,叫葛世昌。"

他顿了一下,太监们本来伏着的身子又向下伏了一下。

"自从藩邸里朕处死叛奴高福儿,朕登极以来杀人都要叫六部议罪。朕是有这个'好生之德'的。"雍正脸容似笑非笑似怒非怒,"葛某的戏是好的,为甚的要诛他?因为他只是个戏子,演好玩艺给人瞧热闹儿是他的本分。就如你们,是太监,安生侍奉主子衣食起居,主子闷时说笑取乐儿,这是你们的本分。但葛某他不安这个本分。居然乘着主子高兴,不防头的时候干问外官职守,妄求非分之福。所以,朕就治他的死罪。"

雍正还想再说几句道理,忽然觉得有点目眩,定了定神说道:"人生天地之间都有个'分',朕这么坐着,几位王爷他们都站着,你们就得跪着。这就是孔圣人定下来的制度,叫'礼'。越礼就是非圣无法,就要惩治。嗯……这一段朕忙于整顿史治筹谋国策,宫里很有些顽钝狡奸之徒,到处嚼老婆子舌头,无中生有地散布宫闱谣传。朕本心实是想捉一个太监打杀了为妄言者戒，这个葛世昌却撞到了刀口上。杀他，明明白白说就是给你们看，给你们立个榜样。要存了'宰鸡给猴看'的心思，料着朕未必杀猴，你就只管试着来！保定府净了身子等着入宫侍候的有的是！——再敢妄言生事，朕连知情不举的也一并诛之，决无宽贷！"

弘时见雍正脸色愈来愈苍白，声音也变得嘶哑，心知他要犯病，因见是话缝儿，忙道："老爷子，这些个奴才不给他们见个真章不知道喇叭是铜锅是铁！您今个儿着实累了。且别为他们伤着自己身子。依儿臣说，先回去歇歇。他们这头儿子从今多留心些，逮着一个犯贱的拾掇了油锅炸，准成！"雍正这会儿越发目眩，心头嗵嗵像小鹿在撞，天地宫阙人物都在不停地旋转，听了弘时的话勉强咬牙笑道："好，今儿就且说到这里，言出法随，朕说一句——是一句！"弘历此时也慌了，打着手势请允祉允禄等人跪安。弘历弘昼兄弟们扶掖着他到永巷，一边悄悄叫传御医，一边上乘舆抬了雍正，暂时回了养心殿。

换了个地方，雍正觉得略好了点，胸口不是那样堵着烂絮样的又慌又闷。由着弘时兄弟七手八脚将他安置在东暖阁，喝了两口凉茶，雍正便觉得心里清凉了许多，脸色也回转上来红润，只是自觉身上热又出不来汗，命人拧了热毛巾搭在额上，轻声吩咐道："朕想安静一会儿。你们不要都围在这里，弘时可以回园里，韵松轩不知有多少人等着见，不去，又要传谣了……弘昼去清梵寺看看你十三爷。顺便问问那个贾士芳，我兄弟二人同日犯病，是不是……克冲了什么。弘历你就留这儿侍候，给朕读……诵点诗词什么的……"他无力地摆摆手，众人便都肃然退下。弘历亲手点了息香，定了神坐在一旁，一首一首舒缓而悠远地背诵：

> 一夜东风，枕边吹散愁多少！数声啼鸟，梦转纱窗晓。来是春初，去是春将老。长亭道，一般芳草，只有归时好。

"回阿玛，是曾舜卿的……"

秋寂寞，秋风夜雨伤离索。伤离索，老怀无奈，珠泪零落。故人一去无期约，尺书忽寄西飞鹤。西飞鹤，故人何在？水村山郭！

雍正蒙眬中眼饧口涩，兀自道："这是孙道绚的《秦楼月》。朕还记得……太……太凄凉了，背首《诗经》吧……"弘历见他眼旁挂泪珠，轻轻用手绢揩了揩，轻声诵道：

简兮简兮，方将万舞。日之方中，在前上处。硕人俣俣，公庭万舞。有力如虎，执辔如组。左手执籥，右手秉翟，赫如渥赭，公言锡爵。山有榛，隰有苓。云谁之思？西方美人。彼美人兮，西方之人兮……

雍正说声"甚好"。还要命他再诵，忽然见允祉进来一躬，说道："老四，母后在慈宁宫那边，咱们一道儿过去请安吧。"

"好，我这就去。"雍正迷迷糊糊下床趿鞋，刚刚出门，却不见了允祉，身边却跟的是李卫，恍惚间已忘了是在梦境中，因问李卫，"你怎么来京了，看见你三爷过去么？"

李卫笑道："我想主子了呗。翠儿还给主子新作了两双鞋，还有给太后带了十二坛糟鹅掌，给老主子祝寿来了。"雍正笑道："如今有了养廉银子，你还穷么？"一边说便向慈宁宫方向走去，却见马齐、方苞、张廷玉都在。年羹尧却躲在宫门口的石狮子后头，似乎不敢出来。恍惚间雍正已忘了他死，冷笑一声说道："你居然有脸见朕！"

"主子，"年羹尧蹭出来说道，"我敢指天为誓，造反的事我没有——隆科多他是见证！"雍正不理会他，心里急着去见母亲，似乎怕十四弟允禵抢先到母亲那儿去讨好儿似的，头也不回说道："不造反该死也得杀！造反的该不杀朕也不杀！"忽然见太后乌雅氏老态龙钟拄着拐杖出来，却是李德全和允禵一边一个搀着，颤巍巍站在阶前盯着自己不言语。

雍正见太后神色不喜，料是允禵先行一步进了谗言，深悔自己没有和允祉一同赶来。趋跄一步跪下请安，说道："母亲安心颐和凤体，儿子不肖，但没有对母后不敬之心。您不要听谣言。"

"谁说你不敬不孝来着？"太后眼望着远处似笑不笑地说道，"那是隆科多的坏水，他把'传位十四子'改成了'传位于四子'，不干你的事！"

众人"噢"齐声欢叫，所有的人一齐变成了牛鬼蛇神狂呼乱舞，叫道："传位十四子——传位十四子——传位十四子噢啰！"雍正惊恐间，见年羹尧舌头伸得老长，滴着血扑身上来，口中道："篡位就篡位！你篡位我为什么不能?!"惊回头却是葛世昌，一脑袋白灰又跳又叫张牙舞爪："你冤杀我——你冤杀我——你还我命——"

"张五哥！"雍正嘶声大叫，"德楞泰！你们这干侍卫都哪去了？快护驾——打出去，打，打——呸！"忽然听见弘历的声音道："皇上！您不要慌，儿臣在此保驾——您醒一醒儿……"

雍正蓦然间睁开眼，但见窗外日影西下，宫阙明亮，丹墀下张五哥德楞泰挺胸仗剑而立，外间几个小太监垂手侍立，高无庸拿着一大锭墨在砚中磨得囊囊微响，只有弘历在自己身边，父子两个紧紧握着手。至此雍正方明白刚才是南柯一梦。

"阿玛……您魇着了。"弘历拭泪道，"方才您难受，真吓了儿臣一跳。御医们来把过脉了，只左尺略有点浮滑，万不相干的。您不要胡思乱想，只静摄就好了。""朕恐怕今天是杀错了人了。葛世昌其实不是死罪……"雍正喟然一叹，"朕这些日子精神绷得太紧了。杀错了人，人家自然要作祟。可为警戒太监，除了叫他们见血，别的也是没法……"

弘历给雍正去掉了额上的毛巾，摸了摸觉得并不热，问道："还要毛巾么？"见雍正摇头，弘历轻声安慰道："父皇杀他千当万该！这事放到圣祖爷手里，他的罪不止杖杀，是要显戮的……别说没杀错，就是真的有点上下参差，自古忠臣冤杀不知凡几，都来找主子讨命，那还成什么世界？您是累的了，儿臣憋了许久，一直想说，好阿玛您求治太切，咱们雍正朝日子长着呢，缓着点您也不至于整日倦得烦躁不安。有道是'一张一弛文武之道'，父皇……你可千万要自己保重啊……"说道便低头垂泪。

"你不要自疑。"雍正几乎就要说出来"你是皇储"的话，苦笑了一下又咽了回去，"……三兄弟里人品学问你都是最好的。孝父敬友爱人有度量，朕就挑剔，除了你这'从缓'一条朕不取之外，别的也说不上。圣祖爷已经'弛'过了，朕的事业只能在'张'上做文章。迟早有一天你明白，叫你管兵是向着你——政务，你已经熟了嘛……朕若没有兵，早就翻了座儿了……"他用温热的手抚着弘历的手心手背，神情忧伤，悠着气说道："朕……恍惚迷离……闭目就见鬼神……这是不祥之兆，你要心里有个数……"弘历心中又悲酸又喜悦，见小苏拉太监捧上药碗，忙接过喝了一口，品着味儿道："朱砂重了一点，下一剂减二分朱砂，添二分天麻。甘草也要再加少许——请皇上用药！"见雍正闭目点头，弘历轻轻托起他身子靠在大迎枕上，一匙一匙喂药。沉静中只听一阵衣裳窸窣，引娣已经进来，还有彩云、霞姑几个宫女依次跟着，见有宝亲王亲自喂药，众人默默一蹲身退立一旁。雍正却睁开了眼，问引娣："三阿哥呢？"

引娣见雍正容颜憔悴，几个时辰里仿佛老了十年，眼一红已坠下泪来，忙拭泪说道："三爷去了韵松轩，他说奉旨照常办差……万岁爷，您这是咋的了？……"

"朕没什么……"雍正的眼睛竟被她哭得一亮，吁气垂脸又道，"朕还要回畅春园，这里住还是太热——你们何必来回奔呢……"引娣见他如此温情，更觉伤感，因道："园子里宫里都不净，许是什么克撞了。那个贾士芳什么的已经在垂花门外候着，他是有道法师，主子召他进来行行法，恐怕就好了。"弘历见雍正点头，他却素来不喜与黄冠缁流厮混，因赔笑道："儿子今晚还要见几个人，户部几个司官也要接见。万岁这里现下有人，儿子回去，就便传贾某进来。宫门下钥前儿子再进来给阿玛请安。"雍正摆手道："去办你的正经事……今儿不要再进来了……"

弘历出去一时，便见弘昼带着贾士芳进来，贾士芳依旧那套黑衣，头发顶心挽了个髻儿，活似女人粗心梳拢错了头，几个宫女瞧着要笑又不敢。弘昼引着贾士芳在雍正榻前行了礼，笑道："万岁，我十三叔已经恢复如初，贾某是有点真实手段的。"

"贾道长，"雍正闪眼看了贾士芳一眼，"朕若见鬼神……你瞧瞧这宫……有什么毛病……"

贾士芳漫撒一眼，笑道："建这座宫不知请了多少喇嘛高僧星术羽士来看，至不济的也和贫道本领相埒，不会有什么'毛病'。方才五爷说了葛世昌的事，入宫时我就留心，果然有他的魂，却没有为祟，是给宫门门神挡了出不去，所以或有妖梦入怀的事。"雍正"嗯"了一声，他想起了方才的梦，喃喃合十说道："就请士芳在御花园办个道场，清净一下这宫里吧……"

"道长，"雍正见贾士芳沉吟不语，顿了一下，"朕的大限是不是……"贾士芳扑哧一笑，说道："皇上，《烧饼歌》里有几句，'螺角倒吹也无声，点画佳人丝自分。泥鸡啼叫空无口，一上当年心在真。'说的就是皇上这一朝。天定的数虽不可袭，但我观皇上紫气蒸蔚，日未中天，寿祚正长呢，您只管放心！"雍正自他进殿精神便陡地好转，听他这样讲，已是一抖擞身子坐了起来，问道："那朕的病怎么说也祛不退？"

贾士芳相着窗外，又看看殿门口，一边回答雍正道："凡食五谷者孰人无病苦之厄？皇上日理万机劳心最重，二竖自然为害。但今日皇上这病绝非寻常灾厄，乃是有大神通人作法危害！"

"什么！"

"有人暗算您。"

"谁？"

"不知道。"贾士芳含笑摇头，"我见有怪气贯空而入，所以这么断言。万岁想验证，贫道的真气现在护着你，贫道出殿门，您就会觉得了。"雍正点了点头，贾士芳脚步橐橐退了出去。

雍正起先还笑，贾士芳一转身他便觉得心头猛地一沉，每一步踏向金砖地的响声，都似空谷传音一样，搅得他一阵心惨头眩，贾士芳转出殿门，雍正已是脸色蜡黄，目光凝滞。乔引娣高无庸几个宫女太监眼见不对，一拥而上到榻前，递水垫腰伏侍个不停。只皇帝不发话，他们也不敢叫贾士芳进来。迟滞片刻，雍正觉得眩晕得眼前发黑，这才吃力地说道："叫士芳先生进来……"那贾士芳进门向雍正一揖，顷刻之间雍正便爽然若常。因涨红了脸，咬着牙恶狠狠说道："这是哪个贼子，与朕有这么大仇恨，无君蔑上至于此极！这……这怎么办呢？"

"是个番僧！"贾士芳目不转睛地凝望着窗外天空。不知什么时候已经阴了天，浓重的云中黑雾翻搅，如烟如霾，压在死气沉沉的紫禁城上。雍正见贾士芳从怀中取出表纸，问道："你要行法？不要在这殿里，传出去不好。你就守在朕跟前，叫他们在御苑里给你搭法台。""皇上，我从不上法台行法。我以济世救人为本，不弄那个玄虚。"贾士芳脸上毫无表情，"焚一道表问一问——我还要到民间，总留在皇上跟前怎么成？"说道一晃火折子燃着了那道表。

可煞作怪的那道表火苗儿大异寻常，本来轰然一燃就尽的东西，火苗儿一会儿紫红，一会儿幽蓝，飘飘悠悠似明似灭，扑地一声像被谁吹了一口，燃了一半就熄了。

"孽僧，密宗就那么了不起么？"贾士芳腾地红了脸，已是勃然大怒，转脸对雍正一躬，说道，"您是真命天子，法大不制道，无论如何他伤不了您。贫道也有好生之德，轻易妖孽也只驱逐而已，但这个密宗喇嘛太过不自量力。贫道要除掉他以正天规——除了这个女人——"他指定了引娣，"其余阴人一概退出殿外。皇上，我借您正气，要兴法除害！"

雍正不知哪来气力，矍然一跃而起，摘下墙上宝剑，问道："朕怎么助你？"

"您是万乘至尊。皇上，您想偏了。这些方外之术究竟是雕虫小技，哪能劳驾呢？"贾士芳话虽说得轻松，但他的脸色白得可怕，心里也是极度紧张，笑容也显得惨怛，"您安坐龙床，守意定神，冲虚无怖看我作法，全当是看玩艺观剧就是，雷再响，它也是冲我来的，您不要怕。"

雍正本来凭一股罡气才显得"无畏"，被他这一说倒有点心里发毛，但此时无论如何也要硬挺，因抽身取一部《易经》对引娣道："你坐对面，朕给你讲《易》。"

"这最好！"贾士芳一把打散了头上髻儿，把挽髻的木剑拿在手中，咬牙笑着又焚了一道符。火光一闪，那符已经倏地燃尽。贾士芳戟指向天，左手持剑断喝一声："太上老君急急如律令！敕——疾！"

"咔咯咯……"

上天好像爆裂了似的一声雷震应声而响，紫禁城都被撼得一颤。哨风狂飙穿殿而过，豆大的雨点顷刻之间便砸落下来，所有殿宇上的琉璃瓦一片山呼海啸价响，天色黯黑得锅底也似。雍正哪里还顾得"讲经"，双手合十只是喃喃诵佛，引娣已被吓得呆若木鸡。

顷刻雨声稍减，外头永巷里似乎有躲雨太监大呼小叫着跑，一个淋得水鸡儿似的小苏拉太监哗哗蹚着水，边跑边叫"太极殿着雷起火，又叫雨浇灭了——"雍正张眼望时索伦已经迎上去"啪"地打了他个满脸花："滚西厢里去！这会子就是太和殿着火也不能报！"雍正刚松弛了一点，接着又是一个炸雷，就像在养心殿顶炸开一样，震得殿顶藻井簌簌发抖。引娣惊得"妈呀"叫了一声便钻进雍正怀里。雍正一惊之下紧紧握住了她的手，瞠目望贾士芳时不知他什么时候竟被什么划破了脖子，殷红的血珠子已渗了出来。

"好孽僧！"贾士芳牙关紧咬，死盯着怒云翻滚的云层，"噌"地从怀中又抽出一道符表，手指蘸血在上边疾书了"太上老君"四个字。此时雷声又紧又密雨又大又急，两个红炭球似的东西一跳一跃在云中时隐时现渐渐近来，贾士芳情急之间，燃火焚符大叫"敕——疾！"顺手将木剑竟隔墙抛了出去，那木剑霎时便消失在霾云之中。贾士芳恶狠狠道："妖僧，汝已激怒上天，难逃此劫！"

话音刚落又是接得极紧的两声暴雷，窗上嵌得紧紧的玻璃细脆一响，裂开了一条缝。玻璃照壁前一个太监不知是被击还是被震，一声不响倒了下去。

"好了。"贾士芳搓了搓手。不知怎的，他的神情变得有点忧郁，对雍正道，"贫道有罪，惊了驾了。"引娣这才发觉自己躲在雍正怀里，羞得一缩身子细步出了暖阁，站在外头只是低头发呆。

雍正看着外边雨下得平缓，雷声越去越远，长长吐了一口气，脸上已回过颜色，便见德楞泰进来禀："太监小葵子被雷击死了！""击死拉出去埋了。"雍正无所谓地说道，又对贾士芳道，"你确是得道真人。朕自觉身上通泰无碍，病已经好了。怎么，你有心事？"

"贫道的木剑毁了。"贾士芳道，"那是——我的外师所授，丢了毁了，也许我命不久长。"

"你还有外师？你的正师是谁？"

"我的本门是龙虎山娄师垣，"贾士芳觉得自己无论如何高兴不起来，拱着手答道，"他说我聪慧太甚快手破掣，只叫我守关参玄。后来碰到一位老人同在山下打水，就熟了。他给我开了天眼，教我法门神通。其实我所学的外法真功，连本门师父也及不上了。娄师父怕我给山门招祸，叫我还俗了，我说决不为非作歹，只做济世救人的善事，决无上天降灾之理，我自认还是道士。"

"那个异人是谁？在哪里能找到？"

贾士芳苦笑了一下，摇头道："找不到的，他是黄石公。"他缓缓跪下叩头道："那个死头陀尸体在神武门外金水河，请万岁叫人捞出他，好生安葬。并求万岁允准贫道返回江西，用功诵经赎过消愆。"

雍正大笑，说道："哪有广行善事反受天谴之理？不就是桃木剑么？朕好生再赐你一柄，给你盖一座观，有事为朝廷效力，无事深藏不露，何来之祸？"

"万岁爷——"外边有太监失惊打怪喊道，"神武门外头击死个黑头老和尚，掉在河里漂起来啦！"

第三十八回　庸阿哥暗会落难生
　　　　　　　失意客撒手绝尘嚣

　　溽热难熬的盛夏终于渐渐过去。雍正六年的秋天，在知了愈来愈凄苦的鸣声中悄无声息地走向人间。七月十五盂兰会后接连几场雨，当天气放晴时人们惊异地发觉，早晨起来，需要披夹衣御寒了。

　　张熙在河南结众罢考不成，得到学政张兴仁资助得脱大难，不敢返回湖南永兴老家，却趱身浙东，遵从老师曾静临行嘱托去投奔"东海夫子"吕留良，不料赶到才知道吕留良已死十余年。吕家宗里对老爷子的私淑门生徒孙向有惯例——一概赠银送书——送了他二十两盘缠和一部《明月集》诗稿。客居繁琐难安，便辗转来了山东济宁，又登游泰山，猛然想起曾静的好友旷士臣就在泰安。急下山寻访，却又扑了空，旷家的人不似吕家大方，连饭也没有留一餐，只告诉他旷士臣已经中举，现在北京三贝勒府帮办文书，打发了张熙出来。

　　张熙奉遵师命"出山"，筹划是要作一番大事业的，先去江西龙虎山拜娄师垣，要求学道，娄师垣说他"俗孽未了"不肯收留。恰又遇见被娄师垣逐出师门的贾士芳，二人相晤初面倒也投缘。不料他刚吐露一点"反清复明"的意思，贾士芳便飘然离去。张熙为了学到这位奇人的道术，跟踪江西、浙江、山东直隶数省，在沙河店又有一会，再追时，贾士芳已杳然无踪。他是个牙关咬得极紧的男子汉，眼见甘凤池在南京罹难，结识江湖英雄为难，一横心到河南府投靠表姐家，改籍投考，在秀才们间串连闹事，眼见要成功，又被田文镜扑灭。

　　他永远也忘不了张兴仁那晚赠银送别的情景。当晚天刚黑，在学台衙门前静坐的张熙被一个陌生人叫出去，悄悄道："张学台要见你，来，跟我走。"他起身迟疑地扫视一眼默然端坐的众人，看不见秦凤梧的影子，心知事情有变，转身见那人仍在黑影里等他，快步赶了过去。

二人钻了几条胡同，在城郊长满了荒蒿的一个破砖窑前站住。张熙问道："张学政呢？"

"我就是。"一个黑乎乎的身影从窑后转出来。张熙觑着眼看了半日，始终看不清来人眉眼，正要发问，张兴仁道：

"你不用看，我绝无歹意。"

"学台大人，学生只是区区一个秀才，召了学生这里相晤，有何见教呢？"

"田制台已经会同臬司衙门，开封府衙门，并预备调驻城营兵包围闹事考生，一体擒拿。"

"他敢！"

"他有兵有权又有胆，怎么不敢？"张兴仁冷冷说道，"这是天下第一石心铁腕总督。河南官场号称第一难缠，如今人人畏之如虎。"

"难道他不怕千夫所指？"

"他要怕这个，就不敢架柴山，亲自举火焚死白衣庵葫芦庙僧尼！"（见拙著二卷《雍正皇帝·雕弓天狼》）

张熙倒抽了一口冷气，全身激灵一个寒战，问道："老大人，您又何苦救我？我与您并无渊源的呀！""我调阅过你的墨卷，也赴过几次你们文会。惜你的才……"张兴仁在暗中叹息一声，从怀中抽出一张纸递给张熙，"田文镜仗势欺人，刻意作践读书人，河南文气本来就薄，更哪堪如此蹂躏！朝廷里有奸佞，皇上为群小所围，重用匪人轻薄圣道。我无力救大局挽狂澜，只能就我职权里稍尽绵薄——这是三十两银票。你带着它远走高飞，海捕文书一下，我就护不了你了。"

"老大人……"

"你行事十分孟浪，快牛破车！"张兴仁见他伏地叩头，双手挽起他来，语重心长地说道，"——这一去再无会期，这就是我的临别赠言。我不能在这里久留，你也快走！"他手一摆，有人即牵过马来，倏然扬鞭，已消失在无尽的黑暗之中。

如今资斧将尽，故乡难返，投亲不着，怎么办呢？一阵秋风吹来，扑怀沁凉，张熙从迷惘中醒过来，但见远山含翠云盘如带，近廓村树已老，黄叶飘地，此身站在通往北京和河南的三岔道口。

"到北京去。"张熙几乎没有怎么想就决定了。这一路上，无论是在省垣还是县城里，到处酒肆客栈里都在流传"当今爷"弑母、篡位、屠弟的谣言，有的地方又在传说"雍正炮轰年羹尧"害功杀能，更有密地议论岳钟麒暗里私购军粮准备起兵造反："雍正爷召岳大将军进京，岳大将军畏惧，不敢奉诏"……诸如此类的蜚语，更证实了曾静老师"如今天下干柴遍布，一点即燃"的说法。到北京可以亲自看看是真是假，说不定寻出些新的机缘来。再者，不见见旷师爷，他的钱已经不够返回湖南了。张熙一路不再耽误，径由德州取道保定直趋北京，虽说也有一千多里地，但都是一马平川的驿道，又是秋凉天高气爽好天气，走了小半月也就到了。当日天色已晚，张熙打听着在城东一家小客栈住下。第二天起了个绝早赶往鲜花深处胡同北头弘时的王府。

此时天刚放亮，张熙觑着眼瞧，只见门口几个太监正在摘灯熄烛，十几个戈什哈挺胸凸肚按刀而立，钉子似的兀立不动。王府正门紧紧闭着，还有几个巡更的沿着胡同高墙一丝不苟地敲着梆子云锣，寒气袭人的清晨寂静中带着肃杀。他小心翼翼过去，刚开口说了句："我是远地投亲，要见府上侍候的旷——""走北偏门通报。"一个太监立刻打断了他的话，"正门不接外客！"张熙倒咽了一口气，只好向北，走了大约一箭之地，因见一道垂花抱厦门大开着，却是平出平入没有石阶，小贩们推着柴、煤、菜还有挑着一担一担的蛋肉，厨房调料，时新瓜果都从这里过往。一个小太监在门口扯着公鸭嗓子吆喝："王爷就要下值，快点！混蛋——那猪往北赶，猪不往厨房，要赶到轿房，日你姥姥的倒会想！喂，那车水是叫你喝的！是从玉泉山拉来的！"他忙着指挥，张熙叫了几遍才转过脸来，上下打量着问道："刚才你说什么？"

"我要见旷师爷。"

"你是哪里的？"

"我是湖南来的，旷师爷是我老师的亲戚。"

小太监好半日才想出他们的关系，看他一身打扮谈吐，绝然是来打抽丰的，也不说叫进不叫进，却道："你先等着，王爷下值了再说。"便奔过去张罗别的事去了。张熙无声叹了一口气，蹲身坐在下马石上，望着秋空上刚刚起飞的雁阵，心头突然一阵悲怆：母亲这时辰起来了吧，正在纺花还是造炊？哥哥呢？……正在劈柴还是已经下田？思量着，听远处有戏子吊嗓子"咿呀——"的声音，还有隐隐的拨筝调弦声传来，张熙一阵感喟，信口吟道：

> 当时只应掉头转，转得头来路遥远。何似仁王高阁上，倚栏闲唱望江南。

"好雅兴，这早晚有人在我府门前头吟诗！"身旁突然有人说道。张熙抬头看时，是一个二十出头的青年牵着马过来，身后还有一大群护卫太监家人。正要开口问，那个小太监早已叩头请安起来，对那青年笑道："这人是来寻旷师爷的，说是旷师爷亲戚的学生，老远的从湖南来了。王爷上值去了，奴才寻思着旷师爷这门'亲'也忒远了，就没让进去……"

"找我来的，湖南的？"弘时身边站着的旷师爷眼睛一亮，"你是曾求仁的学生吧？"见张熙低头称是，旷师爷转脸又对弘时道："曾求仁这人学生对王爷说过，和我都是东海夫子的私淑门生。"弘时点头笑道："那也可叫得你一声老师了。潦倒异乡望门投止而不遇，难怪他牢骚。既是外地来的，先请安置用饭，完了过来我见见。"说罢便摆着步子进去了。

旷士臣就住在王府正院厢房，张熙跟着他高一脚低一脚穿堂入室，好一阵子才到。这时吊得老高的心才放了下来，迷迷糊糊跟着进了屋，按师礼给旷士臣叩拜了坐下笑道："侯门深似海，真一点不假，连回路我都记不清了。"旷士臣出外吩咐人送饭，返身回来道："曾求仁给我来信，你在河南的事他已经知道。幸亏昨天接到信，不然我也不能见你。如今四下都在拿你，你竟钻到北京来，真好胆子！"

"旷老师。"张熙笑着一躬身，说道，"我不连累您，想把我送官也可，给我几两盘缠自己走也可。"旷士臣盯视他移时，笑道："贤侄真不愧曾子学生——我不是那样人。'灯下黑'，你在这里安如泰山。不过曾先生确实有信叫你速归，待会儿你一看就明白了。"

一时二人用过早饭，旷士臣果然取出一封信交给张熙。张熙展开看时，上面写道：

> 农雨吾弟展笺如晤，久违岁月，延迁年华，计来已十三载矣！虽时有存问，而音容暌隔，思之神伤。吾弟子张熙已离河南，承谢详告。计来彼盘费已尽，难以返湘。其若赴京秋风，盼促其速归。十八盘抵足夜眠，畅言'百年'之事，君尚忆否？匆匆不云曾静顿首。

正是曾静老师一笔极楷正的钟王小书。张熙将信交还旷士臣，笑道："既如此，就请旷老师'秋风'些许，我这就登程——"还要往下说，院里有人喊："王爷请师爷和客人过去说话。"

"好，我这就来。"旷士臣答应一声，转身对张熙道，"王爷想知道外头情形，他问什么你直说什么，不要紧的。"说罢二人出来，却不进上房，从南边西墙月洞门进了花园，果见弘时站在书房门口送客，两个翎顶辉煌的大员一前一后迎面过来。旷士臣拉着张熙站到甬道边让路，口中笑道："孙大人杨大人走好。"那两个官员不言声出去了。

弘时招呼二人进来，见张熙只是东张西望，坐在椅上有些局促不安，便笑道："随便些，不要拘束。我有许多时候没有出京走走了，想找个人聊聊。孙嘉淦和杨名时他们过来了，不然连这点空也没有的。"张熙出身湖南佃农家，离着县城还有四十多里。那里人多地少，"家有两顷田，不把米箩担"在佃家看来就是天上人了。他跟曾静读书也在乡间，以后多次应考，也只省城里走走，连这次闯祸在内，奔逃数省，也是见官就躲，并没有真正稍涉宦海。乍然到这天潢贵胄钟鸣鼎食之家，但见宝瓶异鼎文窗窈窕间全册满架图书琳琅，眼前人物个个文绣辉煌仪威堂皇，就是廊下立的三等仆妇小厮也都遍身罗绮体态尊贵，仿佛处处都有一种看不见的威压，抑得头也抬不起来，紧张得两手里捏得全是冷汗。直到弘时开口说话，张熙才稍为松弛了一点，揩着鼻尖上的汗说道："外间……这时正是地藏王生日……是女人们过的节，有烧酬愿香的，送寄库的，点肉身灯报娘恩的……"

"不是问你这个。"旷士臣见他紧张得发呆，说话都结结巴巴，呵呵一笑起身给弘时和张熙都倒了一杯茶，一边往手里递，说道："比如各地阴雨旱涝了，庄稼收成了，还有街谈巷议，你随便聊。"弘时笑着一点头，说道："我要民间口碑，对大事有什么议论。比如说岳钟麒、年羹尧、田文镜、李卫这些人，还有我和宝亲王，阿其那塞思黑，外间有些什么议论？"

张熙这才明白弘时的意思，他毕竟是个胆大如斗的人，喝了两口茶，已渐渐镇定下来，笑道："今年各地只是春夏之交时略旱了些，有的地方死了苗。补种了之后长势极好，河南山东直隶这三个省丰收已定。百姓们说幸亏朝廷料在前头，种子备得足，不然就辜负了夏秋这几场好雨了。我过来这几州几县，都忙着晒囤腾仓库，旧粮国库折价一半，老百姓都争着买……三爷说的这几个人都是国家大臣，老百姓指着囤里看着锅里。只要有吃的，不大说这些事的。"弘时道："我可是听说了些闲话呢！有人说我和宝亲王闹家务争位，可是有的？""没有没有！"张熙被他闪得一惊，"并没有说爷和宝亲王闲话的。倒是说——"他突然觉得失口，便掩住了，喝口茶又改了题："说李卫制台身子不好，还有说田制台已经病倒了，还说京师来了个神仙，使五雷法震死个老番们——"

"你这位贤令侄可真能逗。"弘时似笑不笑说道，"我问东他说北，我问南他说西！——有没有这皇上短处的，比如说他篡位？"

这兜头一问，张熙仿佛挨了一闷棍，顿时脸色煞白。旷士臣说："三爷是何等样人，能搪塞他么？你既来奔我，应该信得我的主子！连你河南闹闹场的事他都知道！""你这老旷，看你把他吓的！"弘时莞尔一笑，说道："老四能保秦凤梧，我难道保不得一个张熙？撤掉河南这一案，我方才已经给孙嘉淦和杨名时打过招呼——你已经不是犯人了。"

"三爷您这份宽厚心，这一举功德无量。"张熙这才心悦诚服，也放开了胆，"既这么着，我还有什么说的呢？"因将路上听来的，康熙怎么晏驾，隆科多如何矫诏，大将军王允禵奔丧回京，兄弟俩如何在慈宁宫吵架，太后怎么相劝，雍正又说"太后不可自轻自贱"，气得太后碰死在柱上。雍正又为什么要杀年羹尧，囚隆科多，八爷九爷十爷"见皇上不孝，也就不忠了"，雍正又如何把三个弟弟打入天牢。末了又说起岳钟麒，张熙才顿了一下，沉吟道："外间传言岳大将军害怕走了年羹尧的道儿，在四川屯兵，养威自重，朝廷很疑他要造反。这是不久才听说的，真的假的您反正只要听，所以也禀告三爷。"

弘时一直没有插话，时而啜茶沉吟，时而用扇背打手，听得极为专注。至此笑道："当然只是说说听听而已。再说，我一只手也捂不住悠悠之口呀！岳大将军那边还有什么言传？"张熙道："这个传言不多，很新鲜的。说皇上几次下诏叫岳大将军进京，岳大将军怕夺了他的兵权，称病不敢来。暗地里招兵买马聚粮，口外的黄豆都涨了价。"说罢便看弘时。

"没有了？"弘时问道。

"没有了。"

"我没有别的意思。"弘时笑道，"当家人泔水缸，我是当家人，也不过想知道泔水什么味儿。自古以来国家有事，总是谣言先出。比如说万岁爷登极的事，硬说隆科多改的诏书——那都是满汉合璧的国书，他改得成么？但有些也不是无根之言，岳钟麒是岳飞的后代，他也确实心里有些怕——"他想起雍正说的"军务绝密"，便住了口。眼见外头一个家人一探头，招手叫进来道："夏浩财，你这探头探脑的是什么规矩？我叫你办的事怎么样了？"

夏浩财是奉弘时的命，专门打听原来监看隆科多下落和质审情形的。隆科多圈禁自雍正视察之后，调换了全部看守，都是图里琛一手管着。原来的黑院看守一夜间全被押送密云，一点消息也透不出来。夏浩财原来在密云皇庄当过二层庄头，人熟，因此派他去打听。现在他回来了，自然急着见弘时。见他当着客问，只好回说："他们那边的承审，我转了几个圈儿才摸到底细。那几个杀才口咬得很死，本来嘛，压根就没有人害隆科多。隆科多是囚急了，倒咬一口的。这事承审官刑也动了，口供也都一致，谁也没办法！"

"一个国家大臣堕落到这份儿上，令人殊堪痛心痛恨！"弘时皱着眉头，一颗心已是放下，喟然一叹说道，"得便儿我奏万岁，不能信他一派胡言。监守人贱眼狗见识，虐待他也是有的，吃点苦头，还是要放回来。"正说道，管门的太监脚步匆匆进来，对弘时说道："高公公来了，有密旨给王爷！"弘时忙立起身来说道："是！"又吩咐："请高公公进来。"旷士臣忙一把拉起坐着发愣的张熙躲进内房回避。

张熙又新奇又兴奋，觉得单为开开眼这趟北京就没有白走。到隔子窗前随缝儿往外偷瞧，只见一个中年太监，头上戴着蓝翎顶子迈着方步进来，在书案前立定。弘时忙着说："容我换换衣裳接旨！"

"不必了。"高无庸拉着公鸭嗓门笑道，"三爷也不必行礼了。"

但弘时还是跪了下去，小声道："儿臣弘时恭聆圣谕！""阿其那病危。"高无庸脸上毫无表情，淡淡说道，"着由弘时前往探视。"待弘时叩头起身，高无庸又道："万岁说，他毕竟还是兄弟。叫三爷悄悄儿瞧瞧，别像隆科多那样受委屈。太医也要叫好的，药要好的。一定要尽力让他终天年。还说，三爷去问问他还有什么需用的，要有什么话，好听难听都听，回来密奏万岁——外头谣言多，万岁叫三爷缜密着点——告诉爷一句话，万岁爷很不欢喜，九爷——塞思黑已经死了！"

高无庸传一句，弘时答应一声"是"。听到后来消息，目光霍地一跳，旋即笑道："我都理会得。塞思黑死得不是时候——外人正说主子作践兄弟呢——我一定叫人好生照料阿其那。"高无庸道："万岁爷疑心是李制台弄死了塞思黑呢！和田文镜那事两案相并，还有好戏看呢！""来人！"弘时朝外叫了一声，"给高公公取五十两黄金！"他看了一眼旷士臣这屋子，不言声送了高无庸出去，旷士臣和张熙二人忙开门出来。

"我换衣服。"弘时一进门便道，"这会子就去朝阳门外。"旷士臣忙要叫人时，弘时却止住了。"你一叫就都知道了。我自己换，你两个——"他看看张熙，"那橱里有青布衣，也换了，跟我同去。"

旷士臣不禁一怔，说道："可我们不是衙门的公人呐！"

"恰恰不能叫他们。"弘时换着衣服说道，"越是生人越不惹眼。"

允祺已经到了生命的尽头。他原本体气就弱，不善饮食。自从弘时下令所有家人全部赶出府之后，换了一批粗手大脚的太监和几个黜进冷宫里的宫女过来伏侍。他一生下来就养尊处优，绮罗丛中，师傅保姆整日一大群围着侍候，尚自三灾八难不断。骤逢大变，一夜之间从人臣极巅被推落到险不可测的深渊里，而下手的还是自己的亲兄弟，连妻子儿女都不能厮守在自己病榻前。因自三月以来允禩便患了隔噎病，稍一进食就呕秽难咽。守护的人更换之后，更是把这病不当回事，太医也忙，三天两早晨来一趟，胡乱用些不痛不痒的药，这种人情冷暖炎凉古今皆一，也就不必备述。

此刻他和衣躺在王府正殿西偏院里西配房中，这是个东西两边都开着亮窗的房子，榻也修得高，躺在上边，东边可以看到巍峨的银安宝殿，西边可以观赏花园景致，窗下临水，隔窗就能垂钓。他和隆科多不一样，这座高墙圈封的王府占地上千亩，除了正殿院锁锢，他哪里都可以去。即便过去没有势败时，其实除了元旦，他也极少启用这个正殿，他挑了这个原来下人们住的房子，一是这里轩敞，二是尽量回避自己昔日办事见人的处所，以免睹物思情……他的眼睛睁得大大的，望着西窗外的海子，那沿岸的老柳似乎还是那么绿，在灰色的云层下被西风一吹，烟雾一样涌动着，只靠湖岸一带水面上漂满了枯黄的柳叶，和睡莲们拥挤着。一阵西风漫过，满湖愁波涟漪催送着迎窗而来，不管柳叶、杂草、睡莲都在水面上惊恐不安地上下抖动，仿佛在向凝视它们的旧主人乞求着什么。允禩向它们微笑了一下：昔日这时候，管家率着仆夫天天清扫这沿岸，一片树叶落进水里也要打捞起来的，现在他觉得自己蠢得可笑：铺满了厚厚的青草上再加上一层落叶，这样的林阴小道，独自一人踽踽散步，不比铲得白亮亮的扫得纤尘不染的路上走更加适意？他第一次觉得自己的洁癖其实俗不可耐。弘时其实早已进了屋里，和旷士臣、张熙三人站在门口没有惊动允禩。张熙和旷士臣都是第一次见着这位号称"八贤王"名震天下的八爷党首脑，也还觉得无所谓。弘时却是万般感慨齐集心头，当年的允禩是何等儒雅倜傥，何等平和大度——就是弹劾过他的臣子，只要听说因讹误罢官，也都要召见，勉慰温存赠银助行。从燕台文坛七子到海南蛮荒域中刚考出来的孝廉，允禩都时加存问，照拂备至，真是熙朝辉映朝野贤名昭著的王爷，而今却落到了这一步：陋舍冷炕，秋风破屋中茕茕独卧，奄奄一息凝望天上云雁，池中秋水。一股又凉又涩的苦水涌上来，弘时喉头哽了一下，轻声叫道：

"八叔。"

允禩脸上的皱纹有点像晒蔫了的青瓜皮，轻轻抽动了一下，他已经没了翻身的力气，也没胡说话，目光搜寻了半日才见是弘时，他漠然闭上了眼睛。

"八叔，"弘时满脸是笑，向前凑了凑，"侄儿奉旨来瞧瞧您。"

允禩艰难地半侧转身子，面对弘时蠕动了一下嘴唇，说道："很好。是鹤顶红还是孔雀胆？要是黄绫布，这屋里梁太低，而且我一点气力也没有，要有人伏侍我才成。""八叔想到哪里了！"弘时听着他淡淡的话如诉家常，心里一阵阵起栗，笑道，"绝没有那种事，也永不会有那种事，万岁爷其实惦记你的病，他不方便，就由侄儿代步了。"允禩不屑地一笑，却没有吱声。

弘时端起碗，见里面还有半碗剩藕粉汤，叫人进来，吩咐道："现沏一壶茶。把我带的那盒子蛋糕，你们已经验过了——取来。"那太监忙不迭跑出去，一时和一个带顶子的管事太监一齐跑来，气喘吁吁跪安。管事太监禀道："不是他们无礼挡驾，又验东西，实在我们没接内务府的条子，不晓得爷是奉密旨来的……这里奴才给您磕头谢罪了。您体恤我们当下人的难处，哪一处都惹不起的……"

"我不是说这个。"弘时亲自沏了茶，解开点心包取出一块蛋糕，偏身坐了炕上，先喂了允禩一口水，掰开点心一点一点送到他口中，头也不回地对太监道，"八爷就是沦落到法场，侍候他归西，你也得执奴才礼，刀上也得有皇封标，这是圣人定的天理！你们这些混账王八蛋，就留了两个蠢猪样的村姑在这里，地不扫桌子不抹，碗不刷，茶不倒，这是他娘什么侍候规矩？"他又喂了允禩一口茶，顺手将多半杯茶连杯掼到那太监身上，这才返过脸"呸"地啐了一口，已是恼得通脸涨红，过来又踢一脚："滚起来！听着，自今个起，分三班人，昼夜守护侍候。我就管着韵松轩，你敢怠慢，我就有本事发配你乌里雅苏台！"又指着门断喝一声："——都给我滚！"那太监连身上的茶叶沫也不敢拂落，便和众人退了出去。

张熙万不料这位言语温和可亲阿哥发起怒来如此声色俱厉威气夺人，在旁边也被镇得发愣。却见弘时又俯下身，极耐心地又给允禩喂了几口点心，问道："八叔，可受用些？吃着好，我叫他们再送。我走得匆忙，顺手带了这么一包。"

"我还有明天？"允禩气息微弱地一笑，"我的昨天和今天被人夺得精光，现在到了穷途末路，还要那个'明天'作什么？"

"八叔——"

"听着。"允禩脸上露出一丝笑容，很像是燃尽了的炭盆中的余烬，淡红的颜色闪烁不定，声音比先硬朗了许多，说道，"我落到这样半分也不后悔，半分也不原谅你的阿玛。一夕为帝国朝共事，谁都知道谁。他不愿我死，我也不愿死，这再清楚不过。他是怕落杀弟的名声，我是想让他杀掉——就像你方才说的，刀上带'封标'一刀切下来——明正典刑……现在这种死法不明不白，我也不得清白，他也不得清白。政局上是他赢了，人情局只打了个平手，我好恨——"

他突然一阵痰厥，身子一挺，两眼反插上去，脸色灰败如土，似乎想呕吐，张着嘴呵了半日才略为定住。弘时道："我把这里的太医都撵了去，太医院马士科正在赶来。八叔，别这儿么死心眼傻想……万岁还是你的哥子么！""天家父子无亲情，何况哥哥！"允禩愤恨地说道，他看了看旷士臣二人，说道，"你们出去！"

"八叔，你有什么要紧话么？"

"你要有兵，没有兵你斗不过你四弟。"允禩热切地凝视着弘时，眼中闪着希冀的光，双手紧握着弘时的手，仿佛在聚集着最后的力量，声音也变得凝重有力，"不要瞎盘算，雍正已经坐稳了，就是我在位也弄不动——他在最后时候让你十三叔弄到了兵权。要是你十四叔当时在京，天下就不是今日局面！"他松开手，神志已经变得昏迷，只喃喃而语："天意，天意……"

弘时把他轻轻放在枕上开门出来，用手搓了一下发烫的脸。他需要仔细思忖一下这几句话。他原以为允禩只是胆小，丢失了千载难逢的机会——身统十万大军的允禵，只须一道矫诏就可以杀进关内嘛！——现在看来，雍正把丛繁的政务塞给自己，让弘历管钱管兵，竟是另有深意！眼见几个太医跟跟跄跄奔过来，摆了摆手示意他们进去，又怔了良久，才对旷张二人道：

"咱们走吧。"

当夜，这位深孚众望，一生都在威胁着雍正帝位的康熙皇子，在昏黄的烛下，望着窗外莲花云中穿行的月亮结束了他的一生。到死，他的眼睛也是睁得大大的。在他死后许多日子里，那些曾经受惠过的士大夫官员，多有悄悄夜祭他的灵魂，求上天赐福他的子孙。但毕竟随着他的死，那个本来就无形的"八爷党"也就从此消弭干净，仅仅残留在一些人的记忆里……

第三十九回　莽张熙游说西宁城
　　　　　　　智东美苦肉诳真情

　　张熙返回湖南永兴，已是天近重阳。北京城此时秋霜已临，红叶满城，山染丹翠水濯清波，阔人们携友担酒登高消寒，观赏秋景，一般人家已在忙着预备柴炭，贮存冬菜，修理火炕，准备过冬。湖南地气温暖，仍旧竹树繁茂，云蒙雨洒，似是北方刚入初秋模样，山峰翠绕溪流滑畅，举目一望四野伤心一碧。他一路步行回来，顾不得身体劳倦，赶回自己家拜见了母亲，和弟弟妹妹一家吃了团圆饭，盘桓了三四天。弘时通过旷士臣送他三百两银子，他留了二百两安置好了家，便到曾家营去寻访自己的老师曾静。

　　"好好！"曾静听了张熙出去这一年的活动情形，把旷士臣写给自己的信放在烛上烧了，满是皱纹的脸上绽出欣喜的笑容说道，"不枉我教导你一场，你也不枉这万里奔走。真正是英才好儿郎！贤者不以成败论英雄，何况事情还是大有可为！"一边说一边叫老伴给张熙上饭。他今年五十四岁，看上去比实际年龄大一点，头发都灰白了，拉杂辫在一处，略长的脸颜色黑红，两道花白的寿眉下一双深邃的三角眼，时而一闪，透着精明强干，鬓边和嘴角的须髯梳理得一丝不乱，直垂到胸前，有点超俗脱凡的飘逸之感。见张熙直盯盯看着自己，曾静笑道："我是老了，你倒还是走时模样，只看去深沉得多了。"

　　张熙见师母端过饭来，忙欠身起来接过，说道："谢谢师母。"又转身对曾静道："边吃边谈吧——啊，还是家乡饭好吃！——情形就是学生方才讲的那些，后来三阿哥实在太忙，我和旷老师谈了几次，因不知道老师这边有什么安排，没往深处说。"

　　"何必说透呢？"曾静一笑，将两本书顺桌子推过来，"这是我的两本书，刚刚校刻出来的样书，你拿去读读——旷士臣他辅佐的是三阿哥，学的是赵高毁秦的路；我学的是张良，走义兵揭竿，天下景从的路，其行不一其心无二。如此而已。"张熙匆匆扒完了碗中的饭，剩下的鱼汤和腊肉兑了开水喝下，揩揩头上的汗，忙拿起老师著的两本新书。只见一本封皮上写着《知新录》，另一本则叫《知几录》，叫了一声"好"，说道："察情而知几，温故而知新——好!"曾静拈须微笑，说道："《知新录》都是老生常谈，我写的五胡乱华时的政情民情。还有宋辽金元的，加了自己的读书见识。'知几'篇采集古今祥瑞灾变，说的是天人感应。文章合为世而著，开章明义还是圣人的话，'夷狄之有君，不如诸夏之亡也'。"

张熙又翻看了一下，果见《知几录》中密密排行加注：彼年黄河清而天下乱，此年陨石落而英主逝，还有当时名宿的论断及后来验证情形。又以解释《易经》形式，从义理和象数细加详评，十分周密圆到。"十几万字的书，一时哪里看得完了？下去再浏览吧。"曾静按烟点火抽了一口，喷着烟雾说道，"还是你走时我说的那句话，大清如今气数已经将尽了。凡将亡之国，必定要出个昏暴之君倒行逆施。你来瞧瞧这个雍正——篡皇位、欺兄弟、逼母后、杀功臣，这且都不去说他。他的政令，一头栽培田文镜鄂尔泰李卫这样的酷吏，一头压制杨名时孙嘉淦这些敢言正臣。乡间士绅要一体完粮应差，草间小民，又逼着人家背井离乡垦荒。他自己宫室车马玉帛供奉，还要聚敛天下之财，无分贵贱良莠一网打尽地整治！纵观吏治，横看民心，他不是个暴君？

"年羹尧是征边立功勋名卓著的大将军，有功于他也有恩于他；隆科多是托孤重臣，威重望高，也是一言不合立下天牢。他这样行事，像岳钟麒这样的人怎么能不疑不惧？"

曾静斜靠在椅上，一边凝望着外边绿得像要流淌下来的山峦，一锅接一锅抽着烟，思索着说道："你方才说得对，秀才造反不成。要不是张兴仁这样的义烈之臣营救，你已经身首异处了，所以劝岳钟麒起兵确是上策。""学生愿意再走一趟西宁。"张熙想着老师的话，和自己的经历印证着，愈想愈觉得雍正确实是独夫民贼，已经到了众叛亲离的地步。岳钟麒高张义帜起兵东下，天下揭竿响应的壮观景象，自己从僚幕中，倚马草诏讨伐无道的事业激得他浑身热血沸腾。他腾地站起身来，声音也变得有点嘶哑："岳东美不敢进京述职，终不是长久之计，我看他还在举棋不定。这种事拖下去，朝廷准备好了，再干就迟了。所以我要早去！"

"少安毋躁嘛！"曾静磕了烟灰站起身来，在屋里踱了几步说道，"劝岳钟麒造反，事非寻常，你不准备好，等于飞蛾投火，他或者拿你去请功邀赏呢？"

"那怎么会？他是岳武穆的子孙！"

"自古忠臣出逆子，不能以这衡量，既自认是汉家儿男忠臣后代，他当初就不做这个官了。"曾静额头的皱纹折起老高，"这要好好想想，我觉得还是从利害入手劝动他再晓之以义，好生写一封书信让他能反复读，反复回味。他怕的是雍正诛戮功臣，就从这上头下手，然后再讲岳鹏举与金人为敌，忠义气概千古流芳，要他明晓春秋大义。这篇文章写不好，你不能去！"

"那就请老师构思动笔。"

曾静回头上下打量张熙，半晌才叹道："你也要想明白，你这一去犹如荆轲西行，凶多吉少。我已经老了，什么都置之度外了。你可是上有老母，下有幼弟弱妹！"

"这些我早就想好了。"张熙慨然说道，"家里我也交代过。我的母亲也是深明大义的人！"

七天之后，张熙与曾静师生洒泪而别。计算日程，从永兴到西宁要穿越湖北河南陕西甘肃四省总约三千多里，张熙已抱定必死之心，也不计较山水遥远，只带了四十两银子，其余的硬塞了老师家用，背着曾静给他的一件老羊皮袍便上了路。曾静直送出二十里去，才依依挥手，直到看不见他的背影才回来。张熙一路再无半点牵挂，吃干粮住冷店夜宿晓行只是趱赶，待到西宁，已是雍正七年正月。

西宁已经是一座兵城。这里自允禵出兵入藏，多半居民已经内迁，年羹尧设空城诱敌来攻，逼着城里百姓在城外当"诱饵"，又死了一批逃亡一批，几经和罗卜藏丹增在此血战，又杀死饿死不少。城里只剩下些喇嘛寺和中原来做茶马生意的商人，多数空房都号了作兵营。只有几家稀稀落落的骡马店散处城里，举目一望冰冷刺骨的劲风裹着黄沙在大街小巷横冲直闯，满街都是运粮运草的骆驼，在狂舞的风沙中不紧不慢地走着……张熙寻了一家干店，在烧得滚热的大炕上和一群骆驼驼手们挤着睡了一夜，把剩下的五六两银子都买了水，痛痛快快洗了个热水澡，换了一身衣服，穿上曾静送他的皮袍。打问清楚大将军的行辕在城西，一声不言语，提足了精神径投大营，让守门的戈什哈进去通禀："我是湖南专程来的，有故人给岳大将军的一封信，请代烦通禀。"

"请问尊驾高姓大名？"

"哦，我叫张熙。"张熙望着灰蒙蒙天穹下风沙中的大将军行辕正门，说道，"我有极要紧的书信，一定要面见岳大将军。"

那戈什哈不再说什么，带了张熙的名刺进去，约莫一袋烟工夫才出来，笑着说道："岳大帅正和几位将军会议，您跟我来。"张熙点点头，跟着那个亲兵，却从仪门进去，在校场一个偏门又进内院，在一间很高大空旷的签押房里安置了。那亲兵说道："这是大帅的签押房，他正在议事厅安排军务，一会就下来。壶里有热茶，您好坐。"说完便去了。

张熙独自一人坐在岳钟麒签押房里，突然觉得有一种离奇的感觉：前日在北京，昨日去湖南，今日又来到这风沙酷寒的西宁，人生变迁竟是如此的不可思议！打量这签押房时，中间一张公案桌放着纸砚等物，贴墙一张长条桌，叠着一摞一摞尺来高的文书；北边一条大炕，铺着虎皮褥子，上面安了个炕桌；南边靠门支着茶吊子，水气在炭火中丝丝冒着白烟；东窗下一溜白木板凳，其余一无长物。只西墙长条案上方挂着一幅字，却只有两个：

气静。

既无题头也无落款，在这屋里十分显眼。张熙心里闪出第一个念头就是"清寒"。多少有点忐忑的心安静下来。

"叫高师爷——高应天，明白么？叫他过来一趟。"外边一阵脚步声，一个粗重的声音在大声吩咐，"你去传令军需司，昨晚冻死了两个值夜站岗的，皮袍子毛都掉光了，库里要有，都换下来。要短缺，发文命甘肃将军甘肃巡抚，限七天运到！"

接着，厚重的棉帘一响，一个五短身材的中年汉子进来，九蟒五爪蟒袍外套着仙鹤补服，脚下穿着一双齐膝牛皮高腰靴子，浓眉如帚，黑红脸膛上一双小眼睛精光四射———一望可知这就是雍正朝第一名将岳钟麒。张熙已是站起身来，眼瞧着跟前来的七八个军校帮着他脱换冠服，拍打身上的浮土，岳钟麒仰着脸只是沉思，他心里蓦地一阵紧张——本来铆得很足的劲，突然信心若有所失。

"你叫张熙?"岳钟麒换了件酱色江绸面猞猁猴皮袍子，看了一眼兀立发呆的张熙，一笑说道，"好相貌，英俊男儿! 专门从湖南来下书，这个天气真不容易。"张熙这才醒悟过来，喊一声"岳大将军安好!"便跪了下去，叩头道："小人是湖南生员张熙，奉老师石介叟之命，有机密要紧的事面禀将军!"岳钟麒诧异道："不是说送信来的么?"

张熙顿了一下，看了看屋里几个人。"噢，你是说他们?"岳钟麒一笑，说道："这都是老兵痞。跟我几十年，从死人堆里爬出来的，多要紧的机密大事也没有背过他们。你有话只管说，有信只管取出来。偏是你们这些读书人，忸忸怩怩的煞有介事!"几个军将听了也都一笑。张熙思量，这种情势下无论如何不能先开口，便撩起皮袍角，"嗤"地一声撕开了，小心翼翼抽出一封信双手呈上，说道："大将军请过目。"

"一笔好字!"岳钟麒端详了一下信封，信手抽出信来，第一眼便吓得身上一震：

> 湘水石介叟顿首拜上宋鹏举元帅武穆
> 少保之后东美将军麾下

他翻眼看了看张熙，接着又默读信件。那信写得很长，从略概述了岳飞抗金，百死不回的英雄气概，陈明当时情景，若是高宗信而不疑，力主决战，倾东南之力横扫中原，百代之下决无风波亭之遗恨。接着又谈历代功臣受主猜忌，勋名赫然垂竹帛然后身死家亡的惨祸……岳钟麒一边看，觉得上面的字麻花花一片乱跳，一时间头涨得老大，陡然间曾静笔锋一转：

> 夫昔日之"金"即为女真之族，狼狈蹂躏中原而后遁逃长白山

兴安岭改称曰"满"。是满之祖为君祖之仇，乃少保之子孙有如东美者反为仇之臣！此岂以为孝？彼蛮类之族，豺狼之心，蛇蝎之性，虽窃有神器，实华夏之难劫。子曰夷狄之有君不若诸夏之亡也，是以此獠非但非君，且为吾诸夏之仇也。以仇为君而事之，岂得为忠？昔年羹尧助纣为虐，杀良报功，窃得勋名无双，此固彼之不仁也，然一言不合于中朝，身死而无闻。将军以彼为法，岂得与仁与智欤？非我族类其心必异，将军乃恋栈于伪朝，苟延于危疑之间，拥兵处凶险之地，将军之危危若朝露！君知之否？五百年有王者兴，自建炎年至今，恰已适其数，君以忠良之后，英资天表，怀亿万兆华夏儿女同忾之仇，高张义帜复我汉家衣裳，则鼙鼓一鸣天下皆起，十万熊虎之士不出三秦，陆沉百年之中原可以复苏矣！石介叟疾首椎心痛陈

岳钟麒看到这里，已经通身是汗。竭力按定突突乱跳的心，岳钟麒双眉紧蹙，说道："这确是一封性命交关的信，一辈子能读到这么一封信也不枉为人了。只是——只是这石介叟，像是一个人的号，当然我不能计较。但我既承信任，总该知道他是谁，总该见一面才好呀？"

张熙拉得弓弦一样的心松了下来，岳钟麒看信时，他紧张得脸色蜡白，一颗心差点跳出腔子外，简直比熬受酷刑还要难忍。此刻心智清明，态度也就随便从容了许多，因一揖说道："现在我只能禀知麾下，这是我的老师。三坟五典八索九丘能通，天文地理风角六壬皆贯。东美大将军只要心同此意，旗帜一张，老师千里万里朝夕可至。"岳钟麒头摇得像个拨浪鼓，说道："难以凭信。"

"张熙也是七尺之躯，我留在这里为质。"张熙昂然说道，"您举事之时老师不到，您杀我祭旗就是！"

"这么大的事，单凭你我他，恐怕也难办起来。"

"只要照信上说的办，天应人归，有的是人拥护。"

"你们看看这位少年娃娃。"岳钟麒对几个听得如堕五里雾中的军将笑道，"他来劝我造反，又信不过我。我要这么带兵，你们不哗变才

怪。"几个军将都以为岳钟麒开玩笑，不禁哄然大笑。

张熙感到一种被人轻蔑的羞辱，"刷"地站起身来，说道："大人如不相信，就放我走，大人如要邀功，人头就在这里。何必讥笑?!""放走——邀功——哼，讥笑?"岳钟麒冷笑一声，"你太嫩了，年轻娃娃!快讲实话，派你来的是谁，你又从哪里到这里的?"张熙此刻才知道岳钟麒的真意，此时自己身陷天罗地网，绝无生还之理，因仰天大笑，说道："岳飞后代原来如此，哈哈哈……"

"来!"岳钟麒声音冷得像结了冰，"拿下!"

"喳!"

"拖出去，抽四十篾条，狠点!"

"喳!"

几个戈什哈眨眼间就把这个座上客揪了下来，拉到外边廊下缚在柱子上，噼里啪啦就是一顿猛抽。

"送后堂用刑，"岳钟麒听不见张熙一声呻吟，气得三尸暴炸，大声喝令，"只要不死，什么刑都可以用!"他端起杯子喝了一口水，嫌凉，又亲自去茶吊子上倒，又倾在手上，烫得手一缩，"豁朗"一声把杯子掼得稀碎。恰高应天一步跨进来，怔着道："外头打人，里头生气，大帅这是怎的了?"岳钟麒喘了口粗气，指了指案上的信，一句话也没说。

高师爷几步上前，拿起信，头一行看完两腿就是一软，顺势坐了木凳上，定着神又仔细看。岳钟麒道："尽着有人拿着屎盆子往我头上扣，他还来送把柄! 这世道怎么了? 似乎人人都活够了! 我这里军事旁午，忙得四脚朝天，他还要把祸推给我!"高应天缓缓折起信，问道："大帅，你打算怎么办?"

"这个案子应该刑部问。"岳钟麒道，"大枷拷起解送北京!"高应天道："万万使不得。你一公开解送，或者迟滞审问，元凶首恶拿不到，御史们鸡蛋里头还要挑骨头呢，立地就要弹劾你姑纵主凶，这事办得利索了，不但那些说你是岳飞后代，图谋不轨的谣言不攻自破，说不定帮着皇上查出一个泼天造逆大案。不但无祸，而且有功呢! 你把这功劳拱手送给刑部那起子龌龊官儿们么?"高应天是岳钟麒幕僚里最不起眼的一个。叫他来，原为训斥他粮草调度失宜，此刻岳钟麒早已把这事忘到了九霄云外。他用欣赏的目光看着这位其貌不扬的小个子师爷，说道："老高，这见的是！你说怎么办？我现在最怕这小子咬碎了牙一声不哼。"

高应天抚着稀疏的黄胡子，闷着孤拐脸思量，说道："那当然。那还要出新谣言，说苍蝇不抱没缝的蛋。不定说是你预约在先毁约在后又想邀功——想送您忤逆，什么话编派不出来？"他顿了一下，双手一合，眯缝着的眼睛里猫一样放着绿幽幽的光："苦肉计——对。"

"唔？"

"大帅这样干一下极好。"高应天嘻嘻笑道，"使劲打，打得吐了口最好。打不怕这厮，直娘贼的咱们再用软功。一上来就哄，他不定反而起疑心呢？"

岳钟麒咀嚼着他的话，半晌才道："我这里正保奏人呢。不拘怎的，先保你个军功道台。"

张熙被打得遍体鳞伤，昏迷中被人揉进一间小房子里。他也见过府衙过堂，也瞧过巡抚衙门三堂会审，衙役们将犯奸妇女按在烧得通红的铁链子上，一股青烟儿就人事不省。比起那个刑罚，他也觉得这干军务们下手忒毒了些……先用盐水蘸皮鞭子抽，抽得还要出米字形花样，待全身都是"花样"，渗出的已不是血，而是黄水。军校们喝着酒，慢慢烧烤着通条，一点一点照着"花"样烙描……疼昏了烙醒，烙醒了再烙昏，就这样重复……

半夜时分，在燔灼似的疼痛中，张熙渐渐醒转来。他浑身都是焦痂，反而觉得疼楚并不那么难忍，只是口中渴，渴得从咽喉到心脏都干裂了。他头稍微侧仰了一下，发现自己躺在一间隔着土墙的小套间里，身下是暖烘烘的火炕，炕下桌上依稀能看见花杯茶碗。他想喊人要水，但又倔强地绷紧了嘴，漆黑的夜中只能看见他一双眸子幽幽地闪着光。忽然，隔屏风两个人低得近乎耳语的交谈传过来：

"喂……醒了吗？"

"没有。哦，是高——"

"嘘——你们没弄点水给他喝？"

"这是个倔驴性子，醒着时候不渴，昏迷时候灌着喂了几次。"

"军医来看过没有？"

"来过了，都上了药。说请大帅放心，一点内伤也没有。当然，疼是免不了的。马军医说，只要好好吃喝，几天就好了。"

"嘘——趁他昏迷，你再去喂点水，我去见大帅。"

几声极轻的脚步响过，外间没了声息。一个穿着号褂子的老兵举着油灯进来，觑着眼瞧张熙时，张熙忙闭上了眼。一阵倒水声响，老军叹息一声过来，接着张熙便觉唇边一凉。这一次他装着不省人事，不再拒绝喝水，贪婪地喝了一大碗，又半昏半迷地蒙眬过去。

"张熙——张先生……"

一个带着哽咽的声音在耳畔叫道，接着灯光一亮，张熙睁开了眼，却是那位凶神恶煞似的岳大将军站在眼前。他哼了一声，想背转身去，箭钻心价的痛楚止住了他。

"张先生，我来看你了。"岳钟麒眼中满是柔和的光，凑近了张熙。高师爷在旁边掌灯，帮着岳钟麒查看着伤痕，小声道："不妨事的，大人，都是皮肉伤，老马他们还算会办事。"

一滴冰冷的水落在张熙脖颈上，张熙激得一颤，凝神看时，竟是岳钟麒的眼泪，高应天在旁劝道："大帅，不要伤感嘛……张先生养好了我们再细谈。"张熙一眼不眨地盯着岳钟麒冷冰冰说道："你是满家大将军，我是汉家冤魂，我们有什么好谈的？"岳钟麒像猛地挨了一棍，脸色苍白得没一点血色，缓缓却步退到一边颓然坐下，将脸埋在双臂之间，仿佛抑制着极大的痛苦，浑身抽搐着啜泣。

"岳大将军是岳飞老帅的第二十一代孙。"高应天冷冰冰说道，"你要再糟蹋他，我就叫人把你拖出去喂狗！反清，是灭门九族的大祸；复明，又是光耀千古的事业。你张熙凭什么一纸书信就要我们相信？"张熙像被焦雷震了一下，浑身一个寒颤，口吃地说道："原来……原来是试我？"

岳钟麒挨过身来，用粗糙的手抚着张熙的头发，缓声说道："好兄弟，去年皇上调我进军机处，我不敢弃军赴任。也有那么个人，到我军中劝我起兵，他还不知从哪弄来的朱三太子谕令给我。我信了他，结果他送出去的信给我的人截回来，原来是雍正粘竿处的细作！你知道，我一身系汉家安危，仰承祖宗英烈，要担着很大很大的干系的呀！"张熙死盯着岳钟麒的脸，但那张脸，那双眼里满都是诚实的泪水，饱经沧桑的皱纹在灯下一折一折地放着光，掩藏着心底无尽的忧患。良久，张熙也叹息一声，问道："你为什么非要现在就知道是谁派我来？"

"我们不知你根底，焉敢跟你一处做这种事？"高应天冷笑道，"你真的是太嫩了。马光佐的三万人就驻在甘肃，勒格英的一万五千人就驻在松潘。西安将军瓦德清五万军马都挡着路，你说一声举义旗，就能出三秦？既然来共谋大事，你就该剖诚相见，你自己不诚，却要我们诚？你这个老师真有意思！"

张熙绷紧了嘴唇，岳钟麒和高应天这番做作深深打动了他，而且剖析出的理由也真是无懈可击，他翕动了一下嘴唇，又抿住了。

"张先生也累了。"岳钟麒站起身来，"老高，明天你严严实实弄乘轿，送张先生走。给他带一百两盘缠。"

"慢着！"

张熙不知哪来的劲，一撑身子竟坐了起来，说道："既是诚意，你们可愿与我结为生死兄弟？""有何不可！"高应天愣着没有回过神来，岳钟麒已经慨然答应，"来来来，就这里撮土为香，我们三人结为金兰之好！"

于是二人搀着张熙下炕，在一盏忽明忽灭的瓦台油灯下拟好誓词，南面而跪，齐声念诵：

> 今有岳钟麒、高应天、张熙三人面对昊天上帝并告祖宗神明。我三人心志同一，为天下苍生，为光复汉家伟业奋起共讨满清丑虏。生同此志，死同此心，愿生生世世结为兄弟。如有违此志，叛兄卖弟者死于刀箭之下，永世不得轮回！

一阵惊风掠房而过，砂石打得屋瓦一片声响。张熙低声说道："二位兄长，我的老师是……"

岳钟麒和高应天回到签押房，二人在灯下相视一笑。高应天道："既然已经知道了曾静，大帅怎么还和他优礼周旋？"岳钟麒道："从现在起，我不再见他，由你和他打交道，直到拿住曾静！——万一他再弄假，我这一整治，再想唱戏比登天还难呢！唉……千古艰难唯一死，张熙要走正道儿，不失为一条好汉呢！"

"皇上那头怎么交代？"高应天提起了笔，"共同盟誓的事要不要写？"

"写。"岳钟麒略一思索，断然说道，"原原本本地写。要把我们万般无奈，只好计出下策的情形写足，不必再提誓词里反满复汉的话，只说结为同生共死兄弟也就可以了。"

天色黎明时，岳钟麒的八百里加急奏折已拜发出去直呈畅春园。

四天之后，由军机处发出的八百里加紧廷谕由北京直发湖南永兴。

再越五日，永兴县衙倾巢出动，快马缇骑直奔曾家营……

第四十回 泄郁忿再兴文字狱
明心志颠倒奇料理

　　曾静张熙一案骤出，震动京华。一个小小秀才，竟敢于光天化日之下，不远数千里直奔野战军营，劝说主帅倒帜造反，这真是亘古没有见过的异事。本来已经传说得老疲的谣言再度乘风而起，有说曾静在湖南聚兵十万，专派张熙去西宁联络，和岳钟麒互为犄角之势，约同起兵两路进攻中原的；说岳钟麒的奏折是试探朝廷，如果朝廷还信任，那就押送张熙进京，如果不信任，依旧造反；更有说得玄乎的，朱三太子已从吕宋国启程回国，主持讨清复明大计……如此种种，像瘟疫一样在酒肆茶楼秦阁楚馆中散布，连六部小吏们也一改往日懒散习惯，天天一早就到班，从主管司员脸色到部院大吏只言片语，探查朝廷有没有大的行兵动向。

　　整个北京都睁大了眼睛。

　　但接着出来的旨意却是人所意料不到：刚过正月十五，弘时便带人亲自到刑部传旨："李绂、谢济世、蔡铤等人结党营奸，攻讦正人，李绂着即革职，锁拿进京交部问罪。刑部员外郎陈学海通连其中，诋毁坑陷国家大臣田文镜，其罪亦不可逭，亦即就地革职。余犯着大理寺严鞫窍实，依律定罪。钦此！"

　　旨意宣过，刑部大堂死一般寂静。李绂田文镜互讦时日已久，现在作结论，尚在意料之中。陈学海不过口风不严，生就一张臭嘴，传言了些田文镜任上的笑话儿，他竟也"不可逭"？还有对蔡铤的罪名也定得奇怪，蔡铤是康熙平定三藩时就功勋卓著的老将军了，四十多年镇守西南，人们所知道的，也就是他曾经推荐过黄振国当河南布政使，和李绂过从得近一点，时有诗文酬唱。那谢济世是出了名的戆迁人，跟李绂只是点头交情，怎么也卷了进去？因此众人一齐愣住，面面相觑着没有说话。许久，刑部尚书柯英才领衔叩头，说道："臣领旨！"

"众位大人也都起来吧。"弘时换了笑脸，"我是夜猫子进宅，来了没带好事儿。"见陈学海兀自跪着没动，便走过去笑道："陈学海，你可知罪么？"

陈学海看了一眼弘时，重重叩头道："奴才知罪！"他挺起腰来，拍蚊子似的"啪"地扇了自己一个耳光，"奴才嘴臭！"弘时性格阴微，被他逗得一笑，便发不起火来，问道："你嘴臭，都说过田文镜些什么，跟谁说的？"陈学海道："奴才说过，田文镜是顶尖的好人。却偏他娘的跟好人过不去，真是莫名其妙。其实去河南的官，在原任各省也都是些了不起的能人，偏一去河南一个个都成了窝囊废。田文镜在河南就相信亲近过一个张球，偏偏张球是个墨吏，这也就太不给田大人长脸了！王爷别笑，我说的真心话，就是有点想不通——说他这个人，连家眷也不带。当巡抚当总督，没有一个亲眷跟着发财，他只做事，不发财，和李卫一样。凭谁论，他也不是个昏蛋。但既是好人，又和所有的好人都弄不到一处。这不怪么？我见谁都这么说，走哪里也说。我这嘴不是臭极么？"

弘时一边听一边肚里不住暗笑，但他是奉旨问话，必须拿起架势，因又问："你和谢济世说过没有？""说过！"陈学海毫不迟疑地答道，"我是见人就说。这部里没有不知道的，就在三爷您府里，宝亲王府，还有五爷府，我也说过。旨意既问到这里，奴才还敢隐匿么？"弘时想了想，又问："谢济世把你的话转述皇上，写了奏折预先和你商议过没有？"

"没有。"陈学海越发觉得轻松，装了一脸可怜相，"好三爷你哩！谢济世是浙江道，我是刑部员外郎，离着大几千里地，我们两个没有通过信，就是兔子也没有那么长的耳朵呀！"

"近段时间他来京，没有见过面？"

"三爷，奴才不知道他来京。这几日部里上下都忙，瞪着眼竖着耳朵等着湖南消息。"他果真十分饶舌，"要是永兴县审问曾静，是个串连造反的人，那招一个是要拿一个的，又怕他们不谙事，拿着良民顶供邀功，又怕他们怕事，走了要紧从犯。我们都急得了不地等着他们的信儿。三爷，我忙得连家也没空回，哪里有空找谢济世这个混账王八扯闲篇？再说……"

"好了好了！"弘时好气又好笑，摆着手道，"不就是没见面么？"想起旨意里还有革职的话，因又道："来，革去陈学海的顶戴！"

陈学海止住了走上前来的官员，自己摘下大帽子，边旋着钮子取那红缨，边笑道："这个顶子没花钱挣来，又没花钱去了。如今世事真正有意思，像田制台，花钱买捐挣的红顶子，到底戴得牢靠结实——和买东西仿佛。货真价实童叟无欺！"他交了顶子，叩头谢恩，见弘时要走，兀自追几步笑问："三爷，您还欠着我一回东道呢——几时回请？——您走好了！"

弘时打轿回畅春园，一直捺不住肚里发笑。刚在双闸口落轿，便见小太监李来苏迎上来道："奴才等了有一阵了。万岁在澹宁居等着召见您，请爷这就过去。"弘时点点头加快了步子。

进了澹宁居，弘时立刻觉得气氛不对，雍正没有在东暖阁，迎门坐在正殿的须弥座上，朱轼、方苞、张廷玉、鄂尔泰、允祉、允禄、允礼和弘历都侧身侍立身旁。一个身穿鹭鸶补服的六品官，砗磲顶子放在地下，正在激烈陈词：

"汉武帝戾太子之事乃千古帝王殷鉴。不但阿哥，即使太子，也不宜干预外事。皇子春华毓德，修身养性，万岁万年之后，期望他们辅佐垂治，才是至公之理！"

弘时不禁一怔，不言声向雍正行了礼，挨着弘历站定，悄悄问道："这是谁？""工部主事陆生楠。"弘历也悄悄说道，"已经和皇上顶了一会子了。"弘时看时，果见雍正脸色铁青，死盯着陆生楠，说道："你说这话罪不可赦！不立太子，是圣祖定的。今日朕为天下之主，也不立太子．天下如今有什么不安之处？你说的是圣祖不该废太子，还是朕不该不立太子？"

"圣祖不立太子，所以有皇上兄弟骨肉之变！"陆生楠抬起头来正视着雍正目光，"以圣祖之天纵英睿，尚且不易善后；后世子孙，皇上能使他们都似您一样？"弘时这才看清，陆生楠是个三十岁上下的青年，五官也还匀称，只眉心倒剔，一双斗鸡眼好像总在盯着前上方，脖子梗得有点歪，随时随地都是一副目中无人的傲慢相。别说和皇帝说话，就是这神态儿，能在工部衙门混到主事，也令人纳罕。再看雍正，果然已经恼得额上青筋胀起，口气也变得阴寒异常："连圣祖也不放眼里，你还算个人臣！朕与左右臣工追随圣祖数十年，竟不知道圣祖有'不易善后'的事！你既然这么大的才学，倒要请教一下！"陆生楠侧耳听着，他脸上天生的那副倨傲相越发令人瞧不受用，碰一头便直起身子，说道："圣祖晚年不立太子确是一憾，阿其那塞思黑所以敢于觊觎皇位，落了身死囹圄下场，就是因为没有太子。设如先帝早定储位，君臣相信，兄弟相安，焉有阋墙之祸？又哪来的流言蜚语充斥朝野？"

雍正身子向前一探，冷笑一声说道："原来你是在替阿其那叫撞天屈！哦，朕倒想起来了。当初阿其那闹八王议政，有几十个京官联折上奏，跟着呼应起哄，联名，其中是有你的吧？"陆生楠似乎早将生死置之度外，昂声说道："有的！皇上下诏求直言，难道是摆样子的？这么大的天下，用封建制兄弟分而治之，皇上垂拱九重统驭万方，不比现在这样早起五更夜伴明灯'宵旰'劳作好些？自周以来，国祚没有超过五百年的，就因为秦始皇为他的一己贪念，行使郡县制。人主威以愈重，为祸愈烈，就因为他可以随意赏罚，生杀予夺。人虽怒而不敢言，虽欲报复而不敢举。蓄之既深，其发必毒，难道不应警惕？"说罢叩头碰地有声。

殿中诸人此时个个面如土色。召见陆生楠，是张廷玉的建议，原本是为计议岳钟麒制造六千辆战车的事想听听司官建议。谁知陆生楠劈头说讲了一番民间流传岳钟麒的那些闲话，请雍正"先息谣言，以不疑之心用兵"，惹翻了皇帝，撤去东暖阁会议，升御座正规接见。陆生楠如果磕头认错也就罢了，但他生性倔强傲慢至死不变，又进而以谣言扯到允裪等人的死，愈说愈僵，没等几个军机大臣想出转圜办法，已经到了这个地步。弘历眼见他是脾性不好加上一副天生不讨人喜欢的尊容，要说话，连个插口的余地也没有，心里喟然一叹：此人休矣！此时连张廷玉方苞也面面相觑束手无策。

"好一篇利词！"雍正目光闪烁，脸上带着刻薄的笑容，"自秦始皇以来二百余帝，你是一个也瞧不起！圣祖也不在你眼里，何况朕这样的寻常皇帝。你既有如此通天彻地前无古人的大才，怪道的与谢济世同乡，又受李绂重用！过去有个'八爷'，弄了个大'党'，害君祸国；如今又是一个李绂，通连一位蔡铤，拉上黄振国、谢济世，又成了一个小'党'。朕御制的《朋党论》你们瞧不到眼里，不读也还罢了。连圣人的四书五经，你们也是个'蔑如'。不就是翻过朱子几篇格言评注，会抄几篇高头讲章么？就好把自己扮了诸葛亮，把朕躬看成是阿斗？——你们似乎忘了。朕为四十五年皇阿哥，并不是干领那份俸禄，一言一动听之于保夫保妇的阔哥儿！朕是水里进火里走，六部里办差，外省民间闯荡出来的铁汉子、硬骨头！朕在滔天黄水中视察河工时，你还穿着开裆裤呢！你既无忠君之义，朕又何来的爱臣之情？——来！"

"在！"

"将他官服剥掉，"雍正凶狠地一笑，对拥进来的侍卫道，"送到养蜂夹道狱神庙，和谢济世、黄振国一处关押，待李绂和蔡铤押解来京。刑部大理寺着实谳审后，自有应得之罪！"陆生楠不等人来架，急一叩头道："万岁，臣愿尽言而死！"雍正不屑地一摆手，道："刑部大堂上说去！"

几个侍卫不容分说，扑上来撮起陆生楠脚不点地便往外走，陆生楠身子一纵，说道："死则死耳，这么侮辱斯文！"仰天哈哈大笑渐渐远去，老远还听他在叫，"杀英雄头，剥英雄皮，千古一快……"叫得殿中人无不失色。

"狂生！"雍正额上青筋霍霍跳动，端起杯来喝，茶水已经震齿价凉，"豁啷"一声将杯掼得稀碎，恶狠狠笑道，"有时候刀子比四书管用——像陆生楠这样的王八蛋，吏部还保了个'清才'——传旨吏部尚书、侍郎、考功司主事，各罚俸一年，记过一次！"说着，径下御座，向东暖阁走着问道："弘时，刑部传旨过了？"

弘时边跟着进来，一一回奏了传旨经过，也亏得他好记性，滴水不漏将陈学海的话复述了一遍。说得雍正一肚子气全泄了，笑道："天下大了，什么样人全有。范时捷当顺天府尹，拿了我雍王府的人，朕那时还是掌管部务的皇阿哥。和他好说叫放人，死死顶着一定要审。老十三拧着他耳朵臭骂一顿，笑嘻嘻把人就放了。"弘历见雍正气消了，赔笑道："皇阿玛说的是。君子小人也只在人主调配得宜，各得其所而已。就如陆生楠，按情罪而言，实在也是诛不胜诛，不过一个妄人就是了，主子别生他的气。"

"你们不晓得。"雍正叹了一声，"还有一个杨名时，昨天整整在这谈了一个时辰。他当然不像陆生楠，陆生楠不单是个狂妄人，他后头是有另外图谋的，所以不一样。朕也不一律相待。像杨名时，阿其那的政见和他几乎没有多大区分，但杨名时全然是一片忠爱心，想照他那套办法辅佐朕治好事情。他说的话又都是下来私地和朕商榷，朕就喜欢分出好歹人不同料理。杨名时朕和他谈了，他学问好人品也好，也是做实事不说空话的。但天下十七省耗羡归公，发养廉银子，没出什么乱子，库银也加增了，可见朕的制度不错。他说已经想通了。朕说，既然想通了，还回去当你的云贵总督。君子不结党，结党非君子。杨名时孙嘉淦是君子，李绂这人朕原看和杨、孙是一样的，想不到背地里行为如此龌龊！"

他长篇大论地说着，众人这才明白，雍正其实心里是把这群人按允禩的余党来处置的，都不免觉得雍正这样眦睚必报搜剔无遗未免过分。但雍正此刻正在气头上，又说得振振有词，谁肯在这时候儿去触他的霉头？张廷玉思量着军机处还有许多公务，不能再为李绂一案耽误时辰，因道："李绂谢济世他们已是笼中之囚鸟，处分等部议过后再参酌的也可。现在两件大事是不能轻心的。岳钟麒集兵西宁十万人，甘陕大雪，粮草都是从四川运上去的，运一斤粮要耗十七斤粮，四川的库底儿都叫俞鸿图给腾净了——俞鸿图这人还是能办事的，但这一来，得赶紧给四川调拨春荒用粮和种粮。陆生楠是专管给岳钟麒造战车的，他坏了事，车还得造，这些事情奴才们料理得。但曾静一案，是极要紧的，得赶紧把人押来北京，交刑部审理。在湖南审，京师里谣言太多，六部里都无心办差了，尽是到奴才那里探问消息的，可否请皇上下诏，限期押来，邸报一登人心自安。"

"很好。"一说到政务，雍正便忘掉了烦恼，昨天他接到了湖南初审曾静的奏折，今天召集这些臣子来，本就为了商量这事，却被陆生楠中间插了一曲。当下略一沉吟，说道："就依廷玉意见，立刻出京报，曾静张熙一案已经破获。不过这案子不能交给刑部，也不能给大理寺，刑部他们清理李绂一案就是了。""曾张一案该刑部照理。"弘历说道，"放在湖南审讯有许多不便。刑部如果人手少，可以临时从别的部抽调人去。"雍正道："湖南只是初审，为的怕案犯人数众多闻风逃逸。现在既然已经查清只是两个人，当然要调京。不过这次朕要亲自审理，由军机处调度，不交部。待审结之后，将案由交部议处，颁布天下。"

众人听了，都觉得有点匪夷所思。历来皇帝亲自过问刑案，都只在戏上见过，是一般稗官野史小说家吃饱了撑的，捏弄出来个"新奇"招徕读者。孰料最不爱看戏的雍正皇帝，居然要坐明堂亲审御案，而且案犯是两个微不足道的百姓！弘历愈想愈是不妥，但他是十分持重的人，想听清楚雍正的真意之后再说。允禄却觉得新鲜，笑道："这是千古奇案，皇上亲审再好不过。臣弟也得目睹天子坐堂的风采。曾静既说是读吕留良的《春秋大义》萌生反叛之心。臣弟建议，吕留良一并也应拿问。《春秋大义》、《知几录》、《知新录》都应立即查禁毁版。"

"要你现在说，岂不迟了？"雍正一笑说道，"吕留良一家早已拘禁，逆书已查到了原版。这个吕留良埋得好深。他是前明遗少，说他忠于前朝，明亡，他却没有跟着殉节，却来考了我朝秀才。既已失节，就该苟延残喘沐浴我朝圣化，却又不安分，造作逆书诋毁我朝，还造就出一批刁恶文徒。这边他的信徒曾静鼓动岳钟麒造反，你们没见，刚到的急报，山东还有个严鸿逵也是他的学生，在日记中对我大清肆口侮骂。朕以为，曾静张熙只是愚妄无知受人蒙蔽，真正的元凶首恶，是浙江那个'东海夫子'吕留良，还有那个严鸿逵，也是吕留良的得意门生。日记说海拉尔地震，毁伤满洲人四千，场面'壮观'，热河泛滥，淹死满洲人二万余，写诗'洪水亦知解人意，天岂不知天当知！'——一片心的幸灾乐祸！实属毒詈铭心之词。不知我满洲人有什么亏了他处，这般的恶毒枭獍之心！"雍正翻看着湖南、青海、浙江和山东的飞奏密折，越看越气，"啪"地一击案："丧心病狂至于此极！曾静乃是吕留良教唆，论心犹有可想。吕留良严鸿逵好乱乐祸蛊惑人心，虽然已死，其罪难饶——着浙江巡抚立即拘押吕氏全族，听候旨意处置！"

　　因为这几份奏折都是特急飞递进来的，除了雍正，别人都还没有过目。鄂尔泰、方苞、张廷玉觉得曾静张熙毕竟是正犯，现在都被雍正撇开了，甚至隐隐有回护的意思，却把枪头掉转，冲着已经死了的吕留良严鸿逵，都是大惑不解。朱轼听见"严鸿逵"这个名字好生耳熟，此时才想起来，自己在康熙年间曾经推荐过严鸿逵进国史馆修纂《明史》，立时"轰"地一阵慌乱，翕动了一下嘴唇正要说话，弘历说道："曾静张熙是造逆主凶，依律应该凌迟处死。儿臣尚未看过奏章，但听阿玛方才训诲，吕、严似乎应该另案处置，这样就更清楚了。"弘时也忙道："儿臣以为老四说的是。"允祉允禄立时也都对雍正这番左袒曾静的话不佩服。允禄是个无可无不可的人，只不言声。允祉笑道："曾静张熙通同造谋，诱劝国家大臣造逆作乱，臣以为断无可恕之理。至于吕留良、严鸿逵，已经死了多年，他们是前明孑遗，说一些诋毁本朝的话不算奇怪，把他们的书征集销毁也就是了。"

　　"老三你见的不是。"雍正近来愈来不喜允祉，觉得他这个三哥本来饱有才学，大可在自己和允祥等人身体欠安时多为国事操点心，但却仍旧高卧筵嬉游悠自在，大有看笑话的光景，因此一口就堵上了他，"你是读饱了书的，少正卯几曾唆使人叛鲁来着？孔子为相，七天就诛了他。他的罪是五条，心达而险，行群而坚，言伪而辩，记丑而博，顺非而泽。孔子说这五罪只要犯一条，'不得免于君子之诛'。吕留良的罪大过少正卯，而且他的门生有的著书立说煽惑民心，有的密谋策划造逆作乱，岂可毁版禁书草率了事？曾静张熙固有应得之罪，但他们是受人蛊惑而不自知，造下这弥天之罪，愚夫草民也不无可悯。"他偏转头问朱轼道："朱师傅您说呢？方才朕见你仿佛有话要说。"

　　朱轼轻咳一声镇定了一下，说道："若依律法，曾静张熙都应该寸割了。此事已经天下皆知，臣以为还是应该彰明较著公审。至于法外施恩，是人主专权。但无论如何他们身犯十恶罪，不应以'受人蛊惑'免其一死。臣竭力赞同皇上追究吕留良之罪，他的罪确实在曾静张熙之上。如果制造异端邪说的轻纵了，还会有人再学曾静张熙，再出一个张三李四蛊惑造逆，而且也还会再出一些吕留良这样的人物私作著述，坏乱世风。臣方才要说的不为这个，是臣想起当年臣曾荐严鸿逵去修《明史》，严鸿逵虽然坚拒没有应诏，但臣视人不明荐人失当，也有应得之罪。现在严鸿逵已经查明是逆党，臣自当请罪，请皇上发落！"说着便跪了下来。雍正忙道："弘历搀朱师傅起来——这是多少年的事了。你不说谁也不知道，可见你的心地光明。朕不但不罪你，还想叫左右臣工子侄们学习你呢——你议吕留良的罪也很允当，是老成谋国之见，这才是读书君子心性呢！——朕不主张严惩曾静。除了方才说的之外，还有一条，张熙被逮之初酷刑用遍紧不认供，岳钟麒为套出口供，和张熙义结金兰，指天盟誓不相负。朕杀一无用的曾静张熙，使岳钟麒背负义之名去打仗，后世人看朕是个什么主子呢？"

他这个话更是儿戏，岳钟麒套口供的誓词，本就是假话，皇帝都要替他假话负责！几个人听得都是又好气又好笑，没想到雍正相信江湖切口也迁得这么个样子！但此刻说话，立时就要牵进岳钟麒。他在外出兵放马，不宜说忌讳话扫雍正的兴，于是众人呆立不语，来了个充耳不闻。

"你们看一下曾静给岳钟麒的信吧。"雍正将几份抄誊了的信件副本递给弘时分发众人，"朕共被列了十大罪状。京师朝野传闻的谣言，这是个集大成的本子。"

张廷玉接过看，目光一滑便骇了一跳。罪名共是十条：谋父、逼母、弑兄、屠弟、贪财、好杀、酗酒、淫色、诛忠、任佞。他心里一阵阵起栗，如此毒恶的诽谤，雍正为什么还意存宽恕呢？想表明自己是仁德宽厚的君王么？这念头一闪，张廷玉立即就否定了——雍正自己也说过自己"刻薄"的。思量着，突然一个念头闪过：皇帝是想显示自己的"光明正大，无事不可对天下"，也想借机抒发一下对那些无根谣言的憎恨，借审询曾静痛快淋漓地加以反驳昭示国人。张廷玉毕竟机敏过人，揣透了皇帝的心思，当时就有了主意，却不言声等着众人开口。

"这，这——这样的人还能宽恕？"弘时脸色苍白，略为口吃地说道，"儿臣愚昧，实在不能懂得。"他和允禩的不同就在这里，他并不赞同否定雍正继统的合法——雍正是"篡位"，他和弘历的交锋就没有半点意思了——一边说，偷看弘历时，弘历也是满面通红，拿着信咬牙只是发呆。

雍正知道众人很难和自己一致，思考良久，笑道："如若单一就事论罪，曾静二人剁成肉酱也抵不了。说句实话，朕开初见这封信时惊讶堕泪，睡时梦里也想不到天下有人如此议论朕。但朕的秉性，'卒然临之而不惊，无故加之而不怒'，朕是做得到的。且不说朕的勤政爱民夙夜兴作，百代皇帝没有及得上朕的。就算朕是平常皇帝，这也是断断不受的。所以，朕不把这封信看作是诽谤。只能看他是猪叫狗吠！譬如你们，听到猪狗嚎叫，肯生它们的气，值得和它们计较么？"他从容下炕，背着手徐徐踱着，说道："所以，这是天上掉下来的奇人奇事。遇到这样的怪物也不容易，朕少不得有一番出奇料理，你们等着瞧就是了。"

"万岁，"张廷玉一躬说道，"尽管是疯狗，吠咬人主，也还是要诛戮的。就信里说的那些，奴才还是觉得最好是密审。所以万岁叫上书房审办，确实比部里去审妥当。逆信所谓十大罪状虽说都是'狂吠'，却断不是曾静和张熙二人可以面壁捏造得出的。正好顺藤摸瓜，追查前一段的谣言来源。"张廷玉猜透了雍正的用意，但他还是不能同意雍正的办法。因为这十条罪状不但雍正不能接受，弘历弘时兄弟也是深深怀恨的，康熙雍正帝位交替时他自己身为宰相，也不能承担责任。无论从哪个角度，说从重办理都是妥善之策，因顿了一下，"审明之后，奴才以为还是应由法司衙门依法治罪，为天下后世儆戒。"他自觉已经尽了"有言在先"的责任，便收住了，默然后退。

雍正还有一大堆奏折要批，此时身上又乏上来，因笑道："你们为人臣的，当然该有这个想法。人解到北京再说，你们随时见朕还可以议议。别为曾张这两块臭肉耗时辰了。李绂一案要抓紧审，从重判！这个陆生楠目无君长傲慢无礼有欺君之罪，尤其不可恕。就这样，散了吧！老十三又病了，叫允礼去看，这会子也不知道怎么样。唉，四下里糟心的事太多了。"

"是！"

众人一齐跪安辞出。弘时一眼瞧见允礼从韵松轩迎面过来，忙站定了等着，待到跟前，弘时赔笑道："十七叔，从清梵寺过来了？十三叔这会子怎么样？万岁方才还说起着呢？"允礼脚步也没停，说道："贾士芳就在韵松轩，我这要去见驾，你们谈吧。"说罢便去了。弘时迟疑了一下，拽着步子回到韵松轩，果见贾士芳一身黑缎袍褂，头上戴着瓜皮帽，腰里玄色带子，脚下一双冲龙千层底靴子，正站在自己案前看邸报。他加快了步子，一进门就笑道："老贾，你这牛鼻子，穿这一身像一团黑炭，又配着这张白脸没点血色，活像个无常。方才见了十七爷，他一脸的不喜欢，十三叔身子不好么？"

"十三爷大限已到。"贾士芳神情悒郁，冷森森说道，"我这一身就是吊他的，倒是三爷这'无常'二字说得好。就是帝室贵胄，王孙公子，福命滔天，也毕竟有用尽之时。愈是养德惜命，不敢稍微妄为，上天才肯将全福全寿赐予他。三爷您说对么？"弘时一笑坐了椅上，把玩着一方玉石镇纸，说道："后唐时节皇帝求长生，宫中养活多少异能道士，自古痴人多，毕竟也没见着个真神仙。像你，也只是个'假'神仙嘛！天意你晓得？活见鬼，我就死活不信你！"贾士芳笑道："我为这里是不得已。也知道下场不好，也只好随遇安之而已。我劝三爷，您万万当心，不要玩聪明了，帝位没有您的。再玩聪明，什么也没有您的了。"

弘时像被烫了屁股，弹簧一样跳起身来，审视着贾士芳，良久，格格一笑道："道士，我也劝你安分一点。捣鬼弄术不过巫师神汉的伎俩，摆不到大雅之堂上。别以为你在皇上跟前得用，忘了自己身份根本儿，祸不旋踵！""我是个小人物，原本就无足轻重。"贾士芳道，"过去恃强好胜，得罪了师门，也得罪了不少本领高强的异能之士。我手没了那把木剑，现在不能回江湖了，在这里应付些琐碎事情，还是绰绰有余。三爷，君相之命系于天，不系于鬼，十三爷是命数已尽，我也救不了他。把你神龛底下压的那张魔镇纸收了吧，它只会害你自己，真的，听我良言没有坏处！"

"你是说我害皇上，害十三爷？！"

"对，还有弘历四爷！"

"证据呢？"

"在你心里！"贾士芳冷笑一声，"头顶三尺有圣灵，暗室亏心，神目如电！你敢对天起誓没有那些鬼祟事么？"

弘时像被人抽干了血的一具僵尸，死盯着贾士芳。未及说话，高无庸在外咳嗽一声已经进来，给弘时躬身一礼，对贾士芳道："皇上叫先生过去说话。"

"是。"

贾士芳抽身便走，高无庸随后跟出来小声问道："三爷脸色怎么那么难看？有病么？"

"要下雪了。"

贾士芳抬头看看天上绛红色的云，所答非所问地说道。

第四十一回　意未尽怡亲王骑鲸
情恋误雍正帝种祸

贾士芳随高无庸来到澹宁居前，几个太监已经备好了马等着。二人进殿，便见乔引娣彩云等几个丫头忙着给雍正换便衣，雍正自己系着项下斗篷带子，问高无庸："雪下大了么？"

"回主子话，刚刚儿飘起来，还不大。"高无庸忙道，"只白毛风冷得邪乎，请主子加衣。"雍正转脸又问贾士芳："道长，他……他还有多长时辰……"贾士芳无声透了一口气，躬身说道："十三爷将到弥留了。不过，他还有个回光返照的时间，等得着主子说话。"

雍正心里一酸，已是落下泪来，当时顾不得再说什么，匆匆出殿来。一个小太监伏跪在地下，雍正一边踏了他的背上马，一边大声对秦狗儿道："李卫今天要到京，叫他直接去清梵寺见朕。其余的除了王大臣朕一概不见。天冷，不要叫他们干等！"说罢回身对允礼贾士芳一点头，双腿一夹，那马泼风似地驰出。德楞泰等十几个侍卫也忙上马紧紧随后。

此时天色更加晦暗。彤云在劲急的北风催送下，逃跑一样争先恐后地滚动着向南。远近苍色的穹窿下，挺拔的白杨枝条碰撞着，发出单调枯燥的哗哗声。银米似的雪粒一阵一阵地撒落下来，打得人脸生疼，寺外一片广袤的白茅，枯萎的长叶带着霜一样的白色雪粒在风中波动不定，给人一种凄凉寞落的感觉。待到清梵寺前，众人下马时，雪粒已经换了不太稠密的轻羽，在灰暗的殿宇檐下摇动飞舞着坠落下来。雍正在庙前旗杆旁下马，发觉与以往气氛有点不同。细看时，庙中方丈和尚带领寺中所有和尚都鹄立在山门里边，沿甬道每隔三步不到就有一个沙弥，一色的土黄棉直裰，合掌而立喃喃吟诵。见方丈和尚印空身披袈裟迎上来，雍正一边往里走，一边问："大和尚，你坐关几年，今儿出来了？"

"阿弥陀佛！"印空合十回话，"太己道人（允祥道号）久居我寺，和尚坐关心动，他要归还我僧舍脱囊而去，我合寺沙弥为他送行。"雍正站住了脚，目光似喜似悲地望着愈来愈白的殿瓦，说道："有劳大和尚了，道释其实是一家。其实就是儒，何尝与释道不相沟通？你看，这场雪，万物都在带白，看来老十三真的是要去了。"

雍正强抑着心里悲怆直趋西院，但见允祥院里人来人往，有的预备着搬衣箱，有的忙着寻刀觅剪给允祥裁寿衣，有的提着水到灶屋烧，满院的药香扑鼻，檐下还有几个太医在耳语，似乎在商榷脉案处方。雍正原嗔着人多嘈乱，见众人都蹑手蹑足十分小心，便不言声上了正房台阶。众人这才留意到皇帝来了，鸦没雀静屏息一齐跪下。雍正也不理会，带着允礼高无庸和贾士芳进来。果见允祥仰躺在炕窗旁边，脸色黄蜡一样难看，闭着眼静摄，呼吸也一粗一细不匀称。因屋里暗，好一阵子雍正才看见李卫在这里，还有自己最小的弟弟允祕捧着一碗参汤站在炕前。二人目不转睛地盯着允祥发呆，连雍正等四个人进来也没有觉察。

"皇上来了。"允祕听见动静，一转脸见是雍正，忙推了推李卫，李卫这才觉得，一把拭了泪，伏地叩头。雍正点点头，轻声道："起来吧，李卫是才到的？"李卫忙道："是。奴才原要进园子去的，碰到衡臣相公下来，说主子刚议过政，身上很乏，叫奴才明儿再见驾，就折过来先来瞧十三爷的病。不想——"他看了允祥一眼泪水又夺眶而出。

允祥昏昏沉沉中听到雍正言语，睁一眼睛。他昏花的眼睛迟钝地搜寻着，见到雍正时毅然闪了一下，枯瘦的胳膊也一动，似乎想动。雍正忙俯身按住了他，见他翕动嘴唇，又把耳朵附过去，却任是如何也听不见说的什么。雍正掉转脸看着贾士芳，问道："能想想办法么？"

贾士芳点头会意走到炕前，却也没有什么花哨举动，只对允祥说道："空明即是灵动。十三爷，我昨儿说过的，您不要紧。"他话音一落，允祥脸上竟奇迹样地泛上了血色。允祕忙凑上去，操着童音道："十三哥，这汤不热不凉，你喝了它。"李卫忙过来接了碗捧着跪下。允礼见允祕个子太矮，喂汤很艰难，趋走过来要过匙羹，一口一口喂允祥。

允祥喝了几口，精神显得更好了一点，渐渐地，脸上泛起潮红，对雍正自失地一笑，说道："老十三这回走到尽头，再不能给皇上奔走效命了。"雍正心里一阵酸热，勉强含笑道："你这傻子说傻话！忘了邬先生当年的话？你的寿是九十二善终！——士芳，邬先生断得准么？"

"儒者云死生有命富贵在天，孔子比释老看得还透。"贾士芳回避了直接答问，白得令人不敢逼视的脸上没有微笑，说道，"十三爷心放宽。士芳在这时，哪个无常敢来！"允祥已和他厮混得很熟，笑道："贼牛鼻子又说大话，我其实半点也不恐惧。邬先生神相，说我的寿，是连昼带夜，我才想明白，今年我可不是四十六岁么？"

众人方诧异他精神突然如此振作。允祥又道："我真的一点也无恐惧，这会子想着死，就像是农夫锄完了地回家，又像是读完了一本书合起来就是。我清楚贾士芳也明白，我这是回光返照。"他突然孩子气地笑了笑，说道："老贾给我护持一个时辰，我要单独和皇上谈些事情。我不要人打扰，有一个时辰就够我用了。"

"十三爷达观爽明，真是英雄肝肠。"贾士芳道，"我可以护持您一个半时辰，您放心。我就在东厢配房里作功。"他向雍正一躬就退了出去。允祥又对允礼允祕和李卫道："诸位也过去陪着贾士芳，和他谈话下棋就是。记着，和他谈话下棋。你们玩儿得安心，我才高兴。"

目送他们出去，雍正转回身来对允祥道："该安心的是你。把病治好，多少话不能慢慢说？"

"吉隆里河，英不撒坦切用，德台吉博克隆汗罗风？"①

雍正被他说得一愣，半晌才醒过神来，用满语说道："弟弟，你用满语说话，他们是听不懂的，用蒙语我听着太费力，你也太耗神了。"

"你寻机会杀掉这个道士。"允祥用眼瞥了瞥厢房，用熟练的满语说道。

"为什么？"

"因为我已经看出来，他能操纵您的健康。他要你觉得自己需要他，

———————————

① 古蒙语，意谓：大皇帝，我有要紧的话，别人不能听。

一步都不能离开他，迟早有一天他会反过来要你做他要做的事。这其实是巫术，并不能用它来治国的。"

"这好办，我很轻易就能处置掉他。"

"不，"允祥的眼神中透着严肃，像是怕雍正突然在面前消失了，一字一板说道，"这是个有真实本领的人，不怕火烧水溺，甚至雷击，更不说刀斧之类了，除掉他并不容易。"雍正陡地想到，自己近来犯病，果然是连御医都懒得叫了，不禁心里一缩。他看着允祥说道："你好像已经有了办法？"允祥道："李卫能办这事，别的人恐怕不行。我要说的第一件事就是调李卫来京，进军机处兼管天下刑名。"

"成。"

大约说满语太耗神，允祥屏息了一下呼吸，改说了汉语，他的音调立刻充满了离愁别绪："皇上啊，我的四哥……我追随您做事三十年了。从小我就是您一手拉扯大的，现在弥留回首，我真舍不得割掉这缘分。鸟之将死其鸣也哀，人之将死其言也善，我有些心里话说出来，知道四哥不会恼我，可也耽心四哥以为我是临终的昏话……"他说着，泪水已毫无节制地淌出来，雍正轻轻替他揩拭着，说道："你这么婆婆妈妈的，我都要笑你了。"

"八哥我们是一辈子死对头。"允祥望着窗外纷纷扬扬的大雪，声音显得清晰而又遥远，"现在八哥九哥都死了，十哥是个草包炮筒子，现在也到了山穷水尽之时。什么也不念记，总是一父所生的亲兄弟，宽容一点放他回京吧。"他顿了一下，怅然若有所失地一笑，眼睛直盯盯望着远处，仿佛在回顾自己壮丽的一生，"……病了这几年不少人到这里来谈谈，我也有功夫腾出空儿好好想想。自古勤政爱民的皇帝四哥您是第一，我是直心人，先帝爷留下了个金玉其表败絮其中的烂摊子，只要是个中人，没有不知道的。但天下百姓不懂这个，他们不懂得国库里只有七百万银子，既不敢打仗，也救不起灾。皇上收拾这个局面，如今有了近六千万两银子，吏治不能说毫无疵瑕，但我敢说可以与朱洪武的吏治相比！您累坏了，可也得罪了一批乡绅，读书人，得罪了很多地方官，因为一个'养廉'制度就断了他们发财的路。人都说我天不怕，地不怕，但这些墨吏的口舌，咬人一口入骨三分，我真怕了这些人。如今我也要丢下您去了，您可要更加小心。"

雍正边听边流泪，说道："这是你的心腹之言，别人说不出来，也没这个胆量。朕之所以甘冒风险大力整顿，就是因为这件事情难，留给儿孙，他们更不好料理。所以我说'当皇帝难'，因为我是骑在老虎背上的。老十三，你是个好样的，支撑住，看着我扳回舆论。我这就要借一个大案子，把心剖白给天下人。真的不能领悟，也无所谓。后世总有有心人，看出我的苦衷……"因将曾静张熙一案前后情形说了，又道："这是上天赐给我的说话机会。他们那些会写八股文的能造传谣言，我要借这机会告诉他们，我也能写文章传之天下的！岳钟麒俞鸿图他们已经说服了曾静张熙，我化教这两个冥顽的读书人，叫他们走遍天下为我的新政现身说法！"

"成么？"

"当然一定。"雍正笃定地说道，"我要和曾静直接对话，集成书印发天下，名字也想好了，叫《大义觉迷录》！"

"四哥说成，我信得及。"允祥眼中光波一闪，又黯淡下来。他的脸色渐渐转色，变得又灰又白。雍正轻轻摇晃了他一下，说道："老十三，你……很不受用么？我叫他们过来？"

"别！别……"

允祥拼着全身的劲，手和脚都在轻轻地抽搐颤抖，咬着牙吃力地说："我的话没完，来不及细说了。皇上跟前三个儿子，学问都……好，心……心性……不一……三阿哥是个好的……但心性不一，又面对皇图，皇上不能不想得更周备些……"

这确是极重要的话，雍正几乎是伏在他的身上，听着允祥愈来愈弱的声息："先前圣祖——阿哥们争……争来争……去，为的不过是您如今这个位儿……如今又是一代……这种事也是免不了的……四阿哥是个好的……有人魇镇……追杀……唉……免不了的事……"至此，允祥只是翕动嘴唇，再也听不清他说的什么了。雍正一转眼见他伸出三个指头，忙问："是老的，新的？"允祥喉中咯咯作响，脸色又转潮红，吃尽了力才说出："问问弘昼……"三个指头兀自抖着不肯垂下。

"太医！贾士芳！"

雍正大声唤叫，他的头嗡嗡直叫，眼前一片昏花，心里塞了一团烂絮样混沌不清，直到众人一拥而入，团团围住允祥抢救，才略定住神。他在旁急急说道："救醒他，朕有赏！"贾士芳见医生们切脉刺人中灌参汤只是不中用，在旁断喝一声："十三爷，再留一步！"

允祥忽地睁开了眼睛，极清晰地对雍正道："皇上保重，此番永别了……"头一歪，再也醒不过来了。这个自幼失家在宫中备受轻慢的贵王阿哥，几十年间由受雍正照拂到成为雍正的左右膀，追随雍正忠诚不二，从无半点芥蒂疑忌，而今终于走进了生命的最后归宿。当贾士芳无可奈何地说"回天乏术，十三爷已不可救"时，雍正先是一阵迷惘，胸口一甜"哇"地吐出一口血来，一屁股坐回椅中。

"皇上！"允礼允祕李卫高无庸一拥而上，扶着他躺在春凳上，几个太医丢下允祥遗体忙趋身过来为他扶脉。只有贾士芳，用怜悯的神情看着这一切，没有动，只是说道："皇上这是急痛迷心，血不归经，不要紧的。"

雍正吐了一口血，反而觉得胸口畅顺了些，呆呆望着允祥的尸体，半晌颓然说道："回去吧……"

一行众人回到澹宁居时，天已擦黑，只是雪下得大了，满园的树枝都带了雪挂，松柏竹林冬青等常青竹木上都压了厚厚的雪。宫阙殿阁也都冰雕玉砌似的，白莹莹光闪闪，映得一片明亮，并不觉得天色已经向晚。雍正被李卫和弘历搀扶着进了暖烘烘的大殿，精神兀自恍惚，听得自鸣钟连响八声，已是戌正时牌才勉强说道："高无庸，允礼、允祕、弘历、李卫、贾士芳他们在你十三爷跟前守了一天，传膳给他们用。朕累透了，要歪一歪——这天气膳不要送过来，他们到御膳房附近的平暖斋去就是了。"高无庸知道雍正心情不好，连连答应着和众人辞了出去。秦狗儿见众人都黑沉着脸一副沮丧相，忙追出去扯住高无庸问了几句才回来。见雍正坐在暖阁里炕沿上，两个小太监跪在地下替他脱靴脱袜，便躬身向下人住处寻着乔引娣，说道："乔姑娘，今儿晚请你劳神侍候主子。十三爷殁了，他心绪坏透了，别人侍奉不来。"

"十三爷殁了!?"引娣正在吃饭，手一哆嗦，放下了碗，便随秦狗儿过暖阁来。果见雍正和衣仰卧在大迎枕上，神情呆滞地隔玻璃向外望着。引娣扶膝一蹲身，说道："奴婢来侍候主子……十三爷那么好的人，去得可惜了的。不过是人总都有那一天，人死如灯灭，主子伤心伤情也没有用处。您天不明就起来，劳乏了一天，多少还该用点膳。来，主子，振作一点，您乏透了，我给您烫烫脚，再用点膳，精神就会好起来的。"几句莺声燕语杂着山西口语喃呢而言，雍正已是坐起身来。引娣端来铜脚盆，兑上热水，一边用手试着，一边命人，"把我今晚用的姜醋面片儿端来，给主子取两个小馒头，一碟子老咸菜，再滴两滴香油。"

雍正双脚泡在热水里，由着引娣两只柔嫩的小手揉搓着，一脸悲怆冷峻之气顿时融化在乌有之乡。端起那碗面片儿，一股香味扑鼻而来，说声"好香！"喝了一口，但觉满口热酸辣香，不由又说："好！而且很素。"乔引娣道："我们家乡病人就吃这个，有点小病那也是福气。有个懒汉，到土地庙里祷告，说'大小给个病，别叫送了命。姜醋面片儿，喝个半月儿'——"她没说完，雍正扑哧笑了。引娣又道："恰好土地爷神像后睡着个叫化子，大声说'得病就死！'——吓得他一溜烟儿跑了……"雍正笑道："看来朕也是个懒汉，要喝半月面片儿了！"

"主子这个样儿做事，是天下最勤快的人。"引娣用干毛巾搓着雍正略带浮肿的脚腿，"奴婢实在看您苦受，心里也不好过，说个笑话儿给您开开心啰……"说罢便叫人端了脚盆去。雍正喟然一叹，说道："难为你了。"又沉默了一会儿，说道："你要想见十四爷，还可以过去走走。"

引娣收拾了碗筷，用抹布不停地擦着桌面，脸一红，说道："我……不想去了……""为什么呢？"雍正盯着她问道，"你不是一直惦着他么？"引娣低下了头，皱眉叹道："我也不知道……我觉得你们都和我原来想的不一样……这都是我的命……"

雍正心里一动，正要再问，高无庸过来道："几位王大臣，军机处大臣都过来了，允礼王爷他们也过来谢赐筵恩，主子这会见不见？"雍正看了引娣一眼，说道："都叫过来吧。"

高无庸出去少顷，便见窗前人影幢幢。允祉为首，张廷玉、方苞、允禄、鄂尔泰、弘时、弘昼、允礼、允祕、弘历，最后是贾士芳诸人鱼贯而入，一片声请安谢恩杂沓不一。雍正皱了一下眉头，说道："士芳是方外人，可以退下了。小弟弟也不要陪着熬，高无庸弄辆严实点的轿子送他回府。"

"十三弟可怜，"允祉和弘时聚客饮酒赏雪，被张廷玉叫人拖来，心里还在恋席，竭力皱眉苦容，瞟了一眼允祕的背影，说道，"正当壮年时说去，不言声就走了。人生，这是怎么说？"弘时也是攒眉拧目，叹道："若论十三叔这病，绵延纠缠也有几年了，再想不到这么快！"弘历却道："皇阿玛，您吐血几乎唬煞了儿子！谁都知道十三叔和阿玛的情分，您得节哀顺变……十三叔的后事儿子们多操点心就是了……"说着便拭泪。弘昼也是和弘时同席同路的，却没有弘时那副做作相，咚咚磕了几个响头，说道："十三叔生荣死哀，也不枉了大丈夫一遭大英雄一世！儿子痛惜之情有及儿子欣羡之心！前天儿子过去给十三叔请安。十三叔说他还有一桩心愿未了，儿子以为这是最要紧的。"

他的这番话落拓不羁，与众人都不相同。允祉想起他曾"自办丧事"，不禁莞尔，却又背转脸装作擤鼻涕。雍正早一眼瞥见，心里一阵厌恶，忙屏息凝神，问道："你十三叔说了什么心愿？"

弘昼叩头道："回万岁的话，雍正四年京师大水。十三叔查勘河道，卫河、淀河、子牙河都从天津交汇入海，沧州景陵河道淤塞，堵住了洪水不能畅泻。十三叔说他真想起来办这件事，疏通了沧州砖河、青畏兴济河故道，在白塘口入海处开一条直河泻水，这样就为京畿直隶河道泻了洪，还可以浇几千顷地……儿子当时听他说得很多，只劝他不要劳神，等病好了再办不迟，也没有全部记清。十三叔当时叹了一口气，说'恐怕没有那一天了'。如今既然他不幸言中，这就是他一大心愿……"

"允祥真是公忠体国的贤王，这样的人史册上难寻！"雍正确曾听过允祥谈及这事，只不料竟是允祥的心头一病，禁不住五内俱沸音容皆变。他对张廷玉道："衡臣，原说等岳钟麒军事有了眉目再办的。老十三既这么说，了了他这个心愿吧！"

张廷玉忙躬身道："是！明天就叫户部先拨三十万银子，由工部办理。奴才瞧着俞鸿图实在是位能员，涪江疏浚工程报部三年修成。他亲自下工地督办，几个月就办下来了。眼下天冷地冻，可以先备工料，等到民工募集起来再拨五十万，也就够用的了。"他顿了一下，又道："礼部的人想必已经知道了十三爷的事。怡亲王的丧仪谥号，请万岁赐下，他们办起来心里明白，就不致误事了。"

"忠也好，孝也好，无非是个'贤'。谥号就是'怡贤亲王'吧。"雍正说道，"允祥一生侠义，侠心忠忱循道不悖，'行义合道谓之"贤"'，也合着他的性格儿。朕方才说自古无此公忠体国的贤王，朕待允祥也不同于寻常亲王。举朝辍朝三日以示哀悼。朕为他素服一月，大臣们不必换素，但要停筵乐一个月。怡贤亲王的'允'字，原是避朕的讳改的，现在朕为素服兄弟平礼，自然仍应恢复为'胤祥'。——至于他的神主牌牌，"雍正站起身来，背着手在殿中兜了几步，回案前提起笔来。高无庸忙将烛架上新换的大白烛连烛台端过来。见雍正在宣纸上落笔写道：

忠敬诚直勤慎廉明贤

写完交给张廷玉等人传看，雍正说道："朕从不谀墓。这八个字加在谥号上，没有一个是虚设的。在朝诸臣工，'忠勤慎明'的可以找出不少来，'敬诚直廉'这四个字，朕不能轻许于人。赐给胤祥，也是砥砺你们几个。"允祉原对允祥并无恶感，听雍正这样一层一层给允祥加赐殊恩，心里觉得有点不是滋味，抿了抿嘴唇说道："皇上的考语极是！祥弟敬于事，诚于主那是有目共睹的。率直任侠之性得自于天，所以兄弟里边，人称为'侠王'。有这八个字，胤祥可以含笑九泉了。"因为胤祥一直吃的双亲王俸，雍正三年又加俸一万，每年俸禄比允祉要多出两万八千两银子，所以他不动声色地替雍正删掉了"廉"字。雍正生性最爱鸡蛋里挑骨头的，自然一听就明白，但允祉是唯一的掌事哥哥了，他不想过于使他难堪，因道："他的'廉'字更足称道楷模，诸王里他是唯一没有自己置庄子的。白家疃十三村朕赏给怡亲王，他也从没有收过租子。当年皇阿玛分封诸王，各得钱粮二十三万两，三哥你是三十万吧？——允祥只得了十三万。他说，'三哥家口人多，而且养活着一群人在编书，我用不着那些银子。'都辞了。其实允祥一生扶危济困恤老怜贫，有难处见地的，没有不肯相助的，这一条也极为难能。"一顿话说得允祉红了脸，再不敢多一句口。雍正想想还觉得不惬怀，又道："白家疃十三村百姓早就要给老十三建生祠，朕怕折了寿，没有许。现在可以办了，仍免白家疃租赋，另拨三十顷地为胤祥祭田，给他建祠堂！"

张廷玉听得耳不暇接，都是亲王丧仪典里没有的。不禁有点忧心，正寻思办法，鄂尔泰在旁说道："皇上这些恩典，怡亲王当之无愧，可以含笑于九泉了。但请皇上圣鉴，仅我朝在位的新老亲王郡王还有上百位，是否作为成例，请圣裁明示。"

"当然是特恩。"雍正冷冷说道，"还有谁能和胤祥并肩么？"他摆了摆手，又说道："今晚胤祥就要易箦回府，弘时兄弟三个过去代朕守灵。胤祥的丧事朕就交给三哥主持。虽说辍朝放假，你们几个恐怕更忙，今晚好生休息一下，明天叫礼部的人过来把细节奏朕——跪安吧。"

众人都辞出去了，空落落的大殿里只留下雍正和几个太监。他扯过几份奏章，都是弹劾李绂的，又推了过去；再取几份，是各地晴雨奏报，特意留心了一下河南安徽山东山西，见无灾情，也撂了一边。窗外漆黑的夜中倒卷风不时扑过来，裹的雪花都粘在玻璃上，冻成稀奇古怪的花纹，封得严严实实的双层窗纸不时一鼓一吸，居然也会有凉丝丝的风钻进来，吹得烛光摇曳不定。雍正躺在烧得暖烘烘的炕上想着胤祥临终前的言谈举止，但觉意马心猿神不守舍。起身漱了漱口，侧耳听着外间山呼海啸的树涛声风雪声，更是醒得双眸炯炯。高无庸眼见他辗转反侧不能入眠，也是个没法。灵机一动，还是去传了引娣和彩云彩霞秋菊几个宫女过来侍候。

"失眠了。"雍正爽然自失地抚着脑门子说道，"揪心的事太多，件件拿得起放不下……朕反不知是怎么了……秋菊和彩霞上炕替朕捶捶腰腿，引娣你们不要站着，坐到熏笼边和朕答答话，不定就睡着了。"彩云用单被盖了雍正的腿，和彩霞一边一个轻轻捶着，说道："该做事时想做事，该歇息时就别想事，慢慢就睡着了。"彩霞道："皇上心里数数儿，数不清时不要想，重新数，就睡着了。"雍正微笑道："这些办法都不成的，朕是个'老失眠'了。"

引娣和两个小丫头点了息香，往茶吊子里续了水，靠坐在熏笼上，听着外头的风雪声，觉得这里的安谧温馨，比在宫女房里还要舒适。引娣在旁叹道："我们自小儿看戏，哪晓得皇帝是这样的！别说是万岁爷，我在一旁从头看到尾，白替着想想也是累。和大家子当家老爷一个样儿。"

"哦？"雍正闭着眼，闷声闷气问道，"你们原来想着皇帝是个什么样儿？"彩云嘴快，说道："想什么吃就有什么，想怎么花就怎么花银子。每天把人叫到朝廷，说声'有事出班启奏，无事卷帘退朝！'人们散了，就宫里花天酒地听歌看舞——再不然出去走走，瞧见哪一对才子佳人心愿难遂，就成全了他们，或者瞧见状元年少，就给他配个公主……"她没说完，雍正已经笑了。引娣笑道："你这是叫主子睡么？皇上，依着我说，既睡不着，您就索性捡着琐碎一点的事想，不要再想睡不睡的事，烦恼了就想，大不了今晚不睡着了，明天下午痛痛快快准能睡个好觉，不定就睡着了。"

雍正依言合目，索性捡着那些枯燥的公务想：哪个地方冲要的知府不胜任，该换一换了；哪一州该蠲免钱粮了；又从李卫的义仓想到赈灾，又想云南的改土归流得防着苗瑶土司据寨抗旨，该派哪个将军，张广泗，还是鄂尔泰，还是……他呼吸渐渐均匀了，忽然见小福被人缚在老柿树下，几个庄丁正举着火把要点燃柴堆烧死她。雍正一急之下，说道："朕已经是天子，你们还敢这么欺侮人？五哥！给我救下她！"

"皇上，"引娣睡得轻，一下子就醒过来，看时针时，已是丑末寅初钟下三点，几个丫头都睡沉了，彩云和彩霞都窝在炕里边轻声打鼾儿，便走过来问道，"您叫张五哥么？"

雍正已醒得毫无睡意，灯下看引娣时，粉莹莹的鹅蛋脸，水杏眼如秋波一样明净，悬胆腻脂一样的鼻子下，一张小口笑靥生晕，活脱脱就是梦魂萦绕的小福。他一把拉住了她的手便往自己怀里拽，小声说道："来，坐到朕身边……"

"别！"引娣叫了一声又捂住了自己的嘴，轻声道，"皇上，您乏透了，好好睡，有话明儿说……"

"怎么，你讨厌朕？"

"不……"

"朕不是个好皇帝？"

"您是……"

雍正盯着她只是微笑，拉着她的手向自己下身慢慢滑……引娣飞红了脸，小声说道："这不好，皇上别……"夺手时哪里夺得动，雍正翻身拉她上来压在自己身下，毫无章法连撕带拽地解着她的小衣，笑问："有什么不好，无非你和十四弟有……我们满人才不在乎这个呢……你摸摸，我的不如他的么？"说着自己的也伸向她的……喘吁吁说道："朕三个月没翻牌子了，可怜见的小宝贝乖乖……"引娣既不敢喊叫，也不敢挣扎，又怕惊醒了彩霞彩云，已是通身香汗娇喘吁吁，被他揉搓得久了，也觉动欲动情，叹息一声道："这是我的命，由你吧……"雍正不容她再说话，死死压住，在她脸上眼上乳上狂吻，吮吸着她的口……乔引娣初时不惯，几度云雨苦尽甜来，反而下意识紧紧搂住了他……

一时事毕，二人各自着衣。雍正笑问："比允禵手段如何？"引娣默然良久，突然掩面而泣，说道："我是个贱人，一钱不值的了……求皇上一件事……"

"什么事，你只管说。"

"别再难为十四爷，您已经对不起他了。"

雍正沉吟了一会儿，说道："瞧你的面子，朕再宽放他一点，叫他原来的福晋家人进去侍候吧。"

第四十二回　举衷嬉戏允祉削位
奉旨还京都院训顽

　　弘时弘历弘昼三兄弟当天夜里便将允祥遗体运回劈柴胡同北的怡亲
王府。此时狂风乱雪弥漫京华，允祥府中只有一百多名家丁，一边布置
灵堂，设计灵棚筵客之地，撤除府里吉色，一边通知平素要好的亲朋好
友。允祥没有正福晋，两个侧福晋宁氏和察氏从来没经过事，也上不得
台盘。弘晓只哭得昏天黑地，什么事也料理不开。亏得李卫随后赶来。
他虽在内务府，户部吏部朋友极多，把随从戈什哈叫过来吩咐："你们
通通出去叫人。这些人都办老了丧事的，就说我的话：他家里起火冒烟
房倒屋塌我都不管，说一声推辞，就是嫌雪大，和我的交情也就掰了。"
说着摸出一把裁好的纸条儿，上面写好的姓名住址分给众人。他自己也
不怕辛苦，叫过允祥的几个管家，先命糊了门神，红灯红烛都换了素
色，把正房的火撤掉然后安置灵床，点长明灯，在正房西檐下接着热水
房搭起灵棚。又吩咐管家，"把你家的白纸、白幔、白尺头兀绢，只管
搬到东厢，等一会帮手来了叫他们办——你们这么瞎折腾，天明吊祭的
人上来，连顶孝帽子都备不上。"一边说，一头一脸的雪扑打着，一边
走到正房檐下给弘时兄弟和弘晓磕了个头，说道："三爷四爷五爷七爷！
请各位爷到十三爷灵前磕个头，请七爷陪着三位贵客在灵棚里守着，外
头的事奴才给您操办吧。您这里的管家没经过事，至于御祭，朝廷丧
仪，那是另外一套，有诚老亲王料理。还有礼部，那是半点差池也不得
有的。"

　　"好，我们听你的，"弘昼拉了一把哀哀恸哭的弘晓，四个人跟着李
卫到堂口，在长明灯前的草苫上跪下。李卫喊了一声"举哀！"接口放
声号啕大哭。兄弟四个跪在草苫上当时都一怔，忙磕下头去哭丧。弘晓
是刚刚哭过；弘时迷迷糊糊，对今晚的事还在懵懂之中；弘历见人乱糟

糟的，也哭不出情来；只有弘昼，眼泪鼻涕现成，丢一把擤一把，口中念念有词，唱歌似地哭得有板有眼。李卫略哭了一会儿，忍住悲痛起身，说道："爷们请起，灵棚里坐。小事奴才在外头处置，大事进来请示就是了。"

四个人进了用油毡草苫围得密不透风的灵棚，才不得不佩服李卫能干会办事。靠茶房北边已经打通了半间，四张草苫铺在烧得热烘烘的地龙上，每张草苫前放一张矮几，除了文房四宝，还有几碟子细巧宫点，迎着灵堂一边虽然敞着口，但棚下生起人来高的棒槌炭火，连吹进棚里的风都是暖融融的。隔着火墙南边是茶房，茶吊子里的水汽丝丝响着沿墙过来，显得既洁净又不干燥，刚一坐下，一个管家已拧了热毛巾一人递一块揩脸。放下毛巾，一碗热油茶又捧了上来。弘昼吃了一口茶，不禁赞道："好！尽礼尽哀尽情理。铜锅铁刷子，李卫做事不含糊。"李卫看着外边灯影雪幕中忙里忙外的人，不知怎的神色有些忧郁怃怃地咳了几声，说道："我是大臣，更是皇上的家奴。十三爷活着待我恩重如山，这正是使着我的时候，当得给少主子们出力。可惜我身子骨儿也是个不成了……"说着眼中迸出泪花，因见自己管家进来，便问："请的人手都到了么？"

"差不多了，接了条子的都来了。"管家冻得脸趣青，揞一把鼻涕说道，"只有五六个不在家，说去了诚亲王府赏夜月吃酒，没回来。下头人去诚亲王府，见里头热闹，而且王爷也在，没敢进去叫人。"

兄弟四人不禁都是一愣，允祉受命主持允祥丧务，下圣旨时他们都在，他怎么敢回府吃酒赏雪！再说，允祥热丧刚刚易箦，他这个当哥哥的未免也太忍情了。李卫脸上掠过一丝不快，眉棱骨挑了一下，却说道："有多少算多少。来的有的官大，做屋里差事，官小的做外头差使，说李卫拜托他们，就忙这一晚上，明儿圣上来祭，事完了我酬劳众位。"弘历从敞棚里见外头一大群人进来，一递一递儿跪在允祥灵前磕头，一个个都是浑身的雪，便道："李卫，你不用这里侍候，弄几本经书，我们兄弟们边守灵边抄。你还该见见这些人——这两千两银票拿了去，有些没缺份的官来了，补贴他们一点。"李卫也不推辞，接过银票谢了赏，打个千儿便出去了。

　　兄弟四个也不再说话，一时一个长随送进几本《金刚经》，便各自抄经，直到后半夜乏上来，一人已经有了十几张纸，都伏在草苫上和衣倦困睡去，也不必详述。

　　第二天天刚放明，一阵鞭炮声便把四个人惊醒。坐起身来发怔时，李卫咳呛着匆匆进来，禀道："请爷们起驾，礼部尤明堂他们来了，抬了万岁亲书的谥号牓牌主位，爷们得迎一迎。"

　　四个人忙出来，弘历看表，还不到卯正时分，鹅毛片子般的大雪兀自纷纷扬扬落下，只是风已停了。雪光映着满院都是人，执着叉帚推雪板清扫着，沿厢房竟堆起六对齐房檐高的童男童女雪人，李卫重裘裹身指挥着往雪人身上披挂红绿彩纸。一班吹鼓手坐在东厢头山墙北边棚下，也是生着棒槌火，桌上有酒有菜有茶点，见他四人出来，允祥的管家忙叫一声："鸣炮，奏乐！"

　　霎时鼓吹齐奏，噼里啪啦的鞭炮在正房檐下崩得硝烟弥漫，乐声中李卫疾步过来双手搀定弘晓，对弘时三人道："爷们只管在十三爷灵前等着接牌子……"便和弘皖、弘晓、弘升、弘景一群近支本家兄弟一同迎了出来。此时大门口几挂万响鞭炮也同时响起，从灵棚望去，六对高大的雪人间鹄立着几百名家丁和李卫请来帮丧的小官，都是披麻戴孝手捧丧棒恭肃站立。天上是飘着的雪，房上是飘落的雪，满正房都是白幔白幢，纸花灵幡在正房檐下挂得密不透风。李卫忙了一夜，把怡亲王府变成了白得不能见底的世界。三个兄弟正自胡思乱想，外边鼓乐声渐近，四名太监抬着一座龙亭龛子，庄亲王允禄、张廷玉、鄂尔泰、方苞皆头顶白布，腰系麻带亦步亦趋跟着进了正院。礼部尚书尤明堂双手捧着敕诰祭文走在最前方，直到檐前石阶下站定。弘历见弘时弘昼站着发呆，悄悄拽他们衣襟，三个人便在草垫子上跪了。弘昼偷看那牌位时，只见上面写道：

忠敬诚直勤慎廉明贤故怡亲王讳胤祥第十三神王

看来是清晨雍正重新亲书，十分精神鲜亮。尤明堂捧敕直身站在允祥簧床前，看着弘晓和允禄等人将神主牌位请出安放好，向允祥遗体一躬，走到允禄面前道："十六爷，您知道我跟十三爷情分不寻常。请您代捧一会这敕书，容我放肆，先给十三爷磕个头。我心里这会子刀绞似的，站都难站定。"

"我知道。"允禄接过敕书，"你也该当如此。只不要哭，一开哭方苞衡臣鄂尔泰他们也都忍不住，我也听不得……"说着便拭泪。

尤明堂弓着身子到长明灯前，端起清油注了一点，泪水已是扑簌簌滚落出来，伏身叩头下去，浑身都在剧烈地颤抖，两只手爪都抓在湿漉漉的砖缝里死命地抠挖，只是不敢放声儿。弘昼忙对弘晓道："快扶起尤大人，到我们棚里，索性叫他放声，这么着老尤会伤了身子的。"……弘晓忙上前搀起他，跟跟跄跄扶到灵棚里间，那尤明堂是礼部老官，始终没敢放声，外间只听他时断时续强抑着的哭声。唯是如此，更令人觉得揪心难过。李卫眼见方苞也要掩面放声，忙大声道："举乐！"

立时乐声大起，顿时缓冲了灵堂上悲凄沉闷的气氛。允禄走到弘时三人面前，说道："礼成，起来吧，地下湿气太大。"又道："老三办得不错，都已经就绪了，彩棺也快到了吧？陀罗经被皇上一会儿亲自带来。"弘历弘时都没言声，弘昼却道："三伯伯一夜连来点点卯也没有，只怕这会子酒还没醒呢！这里的事都是李卫一手操办，人手不够，李卫连夜七拼八凑起来。亏了还是亲兄弟，要是外臣，还不知怎么样呢！"

"他竟一夜不来！"允禄大惊之下继而大怒，"他说要过来照应，叫我们在衡臣那里只管议，打包票这边不误正事。难道他回府就病了，再不然就是在马上摔死了？！"弘昼听得一咧嘴，像哭又像笑，说道："告诉十六叔一句话，三伯伯保准是吃多了酒。昨个儿是他四侧福晋的生日，还不到三十岁，出落得像个小丫头，又伶俐得能写诗会填词——"他咽了一口口水，"天塌下来，他也不肯扫了她的兴儿的！"正说着，见允祉带人抬着彩棺，还有一小车藉草进了二门，弘昼便住了口。允禄只装没有看见，一转身便进灵棚去劝尤明堂去了。

允祉昨夜确是吃醉了酒。他原说回府点一下就走的，四侧福晋新编的几个曲儿要演，硬要他润色。他刚从园里回来，又不好在寿筵上说允祥的噩耗，天上的雪又正下得紧，一点托词也想不出来，不合吃了几杯，反而勾起兴来，吃酒吟诗听曲赏夜雪，竟忘了允祥的丧事。此刻见众人已布置得齐整停当，允祉也不免面带愧色，忙着到允祥灵前施礼，默默祷告几句，指挥着众人在牌牓前又支起柩床，亲自抱了藉草细细铺了五层，命三十六个人抬着沉重的彩绘楠木棺稳稳放了上去。他也不怕脏，上前亲自揭了蒙在棺上带着雪的油布，双手抱着出了正堂。恰在此时，雍正带着朱轼冒雪从二门进来，高无庸疾步前走，高声道：

"圣上驾到！"

顷刻之间，两厢虎廊丹陛之乐大作。张廷玉带来的畅音阁供奉们建鼓编钟齐击，箫琴笙笛共扬，哀乐悠远凄漫在纷纷大雪里，与方才灵棚鼓吹的俗调迥不相同，一曲未终犹自绕梁一曲又起增人愁绪。雍正满意地看了一眼允祉，徐步走至允祥床前，为长明灯续油，拈了香三鞠躬，亲手将香插好，退到一边。尤明堂大步上前展开祭文，略舒了一口气便朗声宣读。此时院中数百人，除了雍正全都齐跪在地。但那祭文是国子监祭酒张照所撰，有名的大才子，纯用先秦四言古雅之句，写得妙笔生花，可惜读时人们很难听懂。雍正却听得极为肃穆，待到收束，尤明堂已涕泪满面，提着嗓门读道：

> ……王也其灵，唯鉴朕衷。从兹一别，人天相绝。身虽相违，心依旧榭。澍蕙芳芷，其香不灭……呜呼哀哉，述此宸怀，王其尚飨，俎豆绵长……

至此雍正已是泪流满面。允祉是奉旨主持的，见尤明堂读完祭文，方从怔怔中醒悟过来，却没见允禄递上来仪单，拉拉允禄衣襟，允禄却不言声。他情急之下喊一声："举哀！"不料允禄同时也喊一声："点神主！"

二人一齐发仪仗令，却又不一样，立刻引起院中一片窃窃私议。雍正顿时红了脸，此刻却不便发作，见弘晓捧了牌位来，从高无庸手中接过朱笔，在"神王"的王字上点了一点。允祉生怕再喊错，看允禄时，允禄也不言声，一时都僵住了。倒是尤明堂见机得快，哀哀已是痛哭出声。弘晓"哇"的一声扑到簧床上号啕大哭，张廷玉顺势一句"举哀"，满院的人立时大放悲声，马马虎虎将方才的僵局掩了过去。雍正狠狠瞪了允祉和允禄一眼，无可奈何地叹了口气，随众也哭，但无论如何已减去了悲怆之气。

接着便是装殓入棺。偏是那棺材盖儿怎么也揭不开，几个太监累得满头大汗，后来才发现不知什么时候上头钉了两个钉子，于是又拔钉子，叮咚了半日，才算把允祥安殓进去。雍正气得手都是哆嗦着，兀自耐着性子把一床陀罗经被搭了允祥身上，至此乐声虽然还在回荡，人们已是哭得没了精神。只是弘晓已经哭软在地下，双手扒在棺材边呼天抢地，不许人盖棺。

几件窝囊事平安过去，允祉已经平静了一点。棺材里躺着的这个弟弟平素与他相与得很平和，既不知心，也算不上疏远，但不知怎的，他无论如何起不了悲痛之情。看着弘晓扑棺恸号，那只带着大扳指的手敲得棺材咔咔直响，他竟突然想到李汉三说的"痔疮"笑话儿，竟尔"扑哧"一声笑了出来！这一来连张廷玉也忍不住怒火填膺，跪在棺旁，一手扶着哭得发昏的弘晓，恶狠狠盯住了允祉，说道："诚亲王爷，您有心搅和，不如回府去！"

"三哥太不像话！"允禄脸气得发青，"你这么没人伦，我站你远点！"

允祉此时才意识到犯了众怒，顿时面如土色，后退一步，说道："我怎么了！我招惹了谁了！"

"你招惹了十三弟在天之灵！"雍正回过头来，他额前的青筋崩起霍霍直跳，低声吼道，"别人哭，你笑！朕都听见了！你一夜不睡就昏头昏成这样？"

至此已是乐止哭歇，灵堂里外静得只闻落雪沙沙，所有的人都吓呆了。允祉扑通一声跪了下去，讷讷说道："十三弟，你是见证……你知道我的心……""你就别假惺惺了。"允禄鄙夷地瞥了他一眼，"大约主子还不晓得，三哥昨晚陪他的小老婆过生日，根本没顾着过来。你大约难逃这'违旨欺君'四个字！"

"有这种事！"雍正本来已是气得魂不归位，被允禄左一句右一句撩得怒火冲天，咆哮道，"你眼中既没有朕这个皇帝，朕也瞧不上你这个臣子。你眼中既没有胤祥这个弟弟，胤祥也未必稀罕你这哥子！你大约是想定了，朕已经处置了阿其那、塞思黑、允禵和允䄉，不敢再料理你？你错了，我们皇族也就如一棵树，就算是金枝玉叶，疯枝子病枝子有一根，朕就剪一根。"

"那是！"允祉惊到极处，反而横下心，抓住雍正最后一句话的毛病，立刻反唇相讥，"皇上脾性我从小看到老，小时候您玩荷兰老鼠打架，败的被咬死，胜的你再打死。只要被皇上盯上了，逆着也不顺眼，顺着也不顺眼。总归都打下马践到脚下，才能叫你出气就是！"雍正紫涨了脸，用极为轻蔑的目光盯着允祉，他的声音倏地缓和了，像外边的天气一样又阴又寒："好嘛……连朕小时候踩死蚂蚁的事你都记着账！这话何其耳熟，同曾静似乎如出一辙？你是君子？当年大哥魇镇二哥，怎么你借给他邪书？阿其那塞思黑闹八王议政，你又是个什么角色？你的儿子弘晟天天往阿其那府跑，都商议些什么见不得人的事？朕已经容让你多少年了，你就不晓得'感恩'二字！你快点滚回你府里，朝廷自然有人议你当得之罪，别叫这里的人都恶心了你！"

允祉望着那张毫无通融余地的面孔，高傲地崩起嘴角，任谁也没听清他说了句什么。他用头象征性地"磕"了两下，起身头也不回地去了。

"伪君子！"雍正望他的背影恨恨说道，又望了望允祥的棺椁，说道，"朕必治他的罪，给十三弟出气！"

接连三天辍朝为允祥治丧，在紧张又不安的气氛中过去。天上的雪却没有停，断断续续地仍在下着，只是势头已经没有那样猛烈了。朝臣们在礼部的安排下，有条不紊地进怡亲王府吊唁，又拖着沉重的步履出来。在一般人的心目里，雍正性格躁急暴烈，刻薄忌猜不能容人，唯独允祥和允祉两个人的话还听得进去，往往有触怒了皇帝的，私地里去求允祥，再不然备一点雅致点的礼去求允祉撞木钟，也能挽回天心。三天之内，允祥薨逝，允祉得罪身在不测，好像皇帝身边又熄了两盏灯，宦途变得更加不卜吉凶。

第四天早晨，都察院左都御史孙嘉淦来到衙门。

这是他从云南回来后第一次到衙视事。从雍正三年，他以右副御史身份兼着云贵川观风使，一直驻节在外，又亲赴广州主持审询凌氏残杀九命焚庄灭尸一案，直到捉到包庇罪犯的年羹尧。当时年羹尧一案尚未爆发，年家一门炙手可热，两广总督孔毓徇是有名的耿直臣子也办不了这案子。孙嘉淦下车第一件事就是封年家的门，打掉年希尧的威风，几次亲临栗家湾勘查现场访问乡民，又一举擒获年希尧派来的刺客。雍正派图里琛兼程赴广州提调人犯，孙嘉淦已经将凌氏一门十人和年希尧等八名犯贪官员绑赴朱雀桥，请王命旗牌全部杀掉，连威风十足的图里琛也扫兴而归。孙嘉淦返回云南，又恰遇杨名时被参劾，同时接旨奉调回京。他偕同杨名时回任，原也打算死命谏诤雍正的新政。加上雍正元年他在养心殿与户部尚书葛达浑打钦命官司，犯颜直陈时弊。因此他人在外省，已是声震天下名满京华的人了。有些先声夺人，听说他正式到衙视事，一向拖沓因循了的都御史衙门大司官、御史、监察御史们没有一个敢迟到的，早早就在衙中候着他了。卯正时分，听得外边一阵锣响，官员们一个个结束停当，都到衙门口相接这位都老爷。见他恭肃哈腰出轿，从容拾级登阶，心里都是一紧。

"不要这样。"孙嘉淦显得很从容，口气一点霸道也没有，面对一干躬背控腔的大小官员徐徐说道，"大家可以随便一点。孙某走的时候是姓孙，回来还姓孙么！"将手一让，请众人都到大堂，"我们也是久别重逢，见一见儿，我还要到大理寺观审李绂谢济世。来来来，都请坐！"说着自己先坐了公案侧边。

众人原想他不知怎么严肃冷峻的，至此身上都轻松了一下。分着议事次序都坐了，右副都御史英诚是孙嘉淦的同年，比众人随便，亲自沏了茶送到他跟前，笑道："孙大人，你在外头是个包龙图的名声，回京来又一客不见。老实话，连我也有点怕你。老实说，你这张尊范一丝笑容没有，我也怵呢！御史衙门清寒，比起六部消闲得多。我就从没见过人来得这么齐，这么早的。"

"该说你们说，该笑你们笑，我生就的这副脸，你们不要计较。"孙嘉淦晃了晃冬瓜一样泛着青色的脸，语气还是那么干巴，"但御史衙门不是个闲衙门，这正是我想说的头一条。我先前在户部也有这个看法，现在不。其实我们都是在这里'等'。等着哪一省哪一府出了案子，有人举劾，这里才动。这样子我看也不必设这个都察院。"他顿了一下，拱手道："皇上圣明在躬，整顿吏治，正是御史大显身手的时候。自从有了养廉银子，大家也都不很穷，更用不着仰着外官的鼻息过日子，坐在这里吃闲饭，别说皇恩，也对不起朝廷的俸禄！——这几天下雪天冷，就不说了。签押房的书吏把人分一分，分成三拨，一拨去外省，一拨到六部，体访民情，纠察吏治；一拨留院汇总，该建议的，该纠弹的，该谏议的理出头绪，我们有权处置的，就地就时办理，这么着还闲得起么？"

孙嘉淦轻咳一声，见众人都侧身听得凝神，满意地点点头，继续说道："我学生年轻，没有赶上一睹前辈名臣风采。唐赍成上书北阙拂袖南山，郭琇于千人大筵上当面弹劾权相明珠，才过去几十年，现在已经难见这样的人。所谓'文死谏'，正是御史的本职，所以如果胆小，你趁早儿卷铺盖走路。还有一等人也不可取，事无巨细轻重，见了就写，把些鸡毛蒜皮的事一个劲做文章，自己都轻贱了自己，叫别人如何瞧得起你？谁再敢弄些'某人贪贿二两银子'，'某厨所制御膳甚咸'，'某官朝会时咳嗽一声'之类的东西搪塞，我孙某就先弹劾你个'琐碎亵渎'！"

他长篇大论，还要往下说，一抬头见刑部谳审司堂官陪着刑部尚书卢从周进来，便道："其实我要说的就是三条：诚心辅佐朝廷；敢言；不挑剔。今儿人到得齐，由英诚老兄主持，你们议议。有不是处可以商榷。"说罢站起身来一揖手团团一拜，便和卢从周联袂出门升轿而去，都察院会议向来开起来扯皮连筋没头没尾，他这么利索，众人都不禁爽然。

卢从周和孙嘉淦来到部院街大理寺衙门，刚刚过了辰初时牌。其余衙门都倾巢出动在门口扫雪堆雪人，唯独大理寺门口三步一哨五步一岗，戈什哈们手按腰刀目不斜视站在踩得结结实实的雪上，靠石狮子旁还有两队善捕营的御林军，黑鸦鸦站在雪地里雁序排成八字，气氛显得十分森严肃穆。见他们二人哈腰下轿，一个门官高唱一声，"孙大人卢大人到！——放炮开中门！"便听三声沉闷的炮响，中门哗然洞开。二人忙一揖让拾级而上，已见大理寺卿高其倬率着几个会属迎了出来。高其倬却不似孙嘉淦那样深沉严肃，永远是一副似笑不笑的顽皮相。三人一举手见礼，便嘻嘻笑道："从周兄倒是常见，嘉淦架子大不肯来，我也不敢去碰你的门。"孙嘉淦道："我没有那么大架子，其倬来了我还是要有清茶相待的。"卢从周边走边问："你出差了么？来了几次也没见着你。"

"我又走了一趟易州。"高其倬左右看看，小声道，"去给皇上看陵去了。"说着便往签押房里让，又道："三爷一会儿也来监审，他一来咱们再升堂。"

三人在签押房坐定，孙嘉淦见满架都是书，不禁讶然，顺手抽出一本，是《堪舆家言》，再抽一本是《风水记》，连带着掉在地下的一本捡起来看，却是《易说地脉》。孙嘉淦从来不苟言笑的，也不禁破颜莞尔："高其倬，武大郎玩夜猫子，你就看这些书！""你是除了孔子六亲不认。"高其倬笑着打火抽烟，说道，"其实天地与人相应相合，堪舆之说不离经叛道。张廷玉原来也不信，我看了他家祖茔，说处处都好，就怕要夭折一个公子。他家张梅清果然就病死了。他说要换一处风水，我说梅清已经逝了，你换也换不活他，那是极好的风水，千万不敢乱动！皇上的风水地换到易州，来了几个蒙古喇嘛一块踏看，他们也说好，只怕土气薄，不及马陵峪。我说你就这里挖，一丈五尺之内要出水出沙，你剜了我眸子去！他们就地打井，刨了两丈还不见沙水，这才服了……皇上原先也一心想在遵化建陵，挨着圣祖爷近些。我六次去看，说这里不成，几个喇嘛呜哩哇啦说些什么鸡巴我也听不懂，穿了几处，里头涌出水来他们才服……"他一说风水便兴致高得不可遏止，别人想插话也插不上。孙嘉淦乘他换气，冷冷说道："照你这么说，做一辈子坏事，只要选一块牛眼地，就能胤福儿孙？"

"这你就不懂了！"高其倬正色说道，"没有德的人，他就选不到好地……"还想唾沫四溅往下说时，一抬头见弘时进来，三个人忙站起身来，高其倬道："今儿爷来，应该放炮开门迎接的呢！下头人越来越浑了。"

弘时守灵儿大，大概是乏累了，脸色苍白里带着阴沉，说道："是我不想虚排场。我刚从澹宁居过来，有两个信儿告诉你们。曾静已经解来北京，皇上意思要优待，不下南狱，囚到狱神庙，由弘历和鄂尔泰主审传话，你们刑部专管看押，曾静吃八品官的俸禄。第二件事诚亲王已经革去一切爵秩，迁到景山永安亭囚禁。诚亲王世子弘晟也革去世袭不入八分辅国公爵位，由宗人府严加管束。咱们这边，由其倬和从周主审，我算是个坐纛儿的。皇上这几日气性不好，我给大家提个醒儿，都要小心仔细办差。"三个人起身听了，互相交换一下眼色。卢从周道："这事自然我和高兄努力办好，断不能叫皇上为此操劳。高兄自然主审，兄弟从旁帮助就是。"

"好吧，"高其倬看了一眼面无表情的孙嘉淦，一扬颏儿对外喊道，"升堂！带李绂！"

李绂、谢济世、伍铤、黄振国和陆生楠并案五人，都已押在大理寺大堂东侧的栅房里，每人各占一间。李绂和伍铤是朝廷犯事大员，栅房里还生有火备有茶，其余三人官不过四品，便无此优待，但比起刑部大堂，无分干证罪人高低贵贱一律塞进湿漉漉的待审厅里，这里已是天堂了。听得那面硕大无朋的堂鼓响震和"带李绂"的传呼声。李绂端茶的手抖了一下，但他很快就镇定下来。两个戈什哈在栅门外给他打了个千儿行礼，打开栅门又是一躬，说道："我们大人传您过堂。请！"

李绂高傲地摆了摆头，又略事整理了一下头发，铁锁银铛随着两个戈什哈到了堂口，两班皂役见他到来，黑红水火棍子双手一掬，"噢"——地拖了一声堂威，立时静得地下掉根针都听得见，满堂只听见他身上的铁链哗啷乱响。他深吸了一口气，向堂中瞥了一眼，只见高其倬卢从周分中居上而坐，弘时和孙嘉淦在公案西侧另设一桌并肩而坐，承审监审，无一不是熟透了的朋友。他似乎有点怅然，自失地一笑，双膝跪了下去，说道："犯官李绂跪见三爷，高卢二位大司寇，孙总宪大人！"

第四十三回　考校刑讯啼笑皆非
　　　　　　名臣强项片语释怀

"给李绂去刑。"

高其倬吩咐道。看着人提着一套刑具退下，高其倬又对李绂说道："巨来，昨为座上宾，今为阶下囚。雍正三年一别，竟成今日之局，实在也令人感慨！既是如此，敬请绂兄体仰兄弟难处，凡问答之处不可再有藏匿粉饰，审结之后自然皇上还有恩旨。该为你说话处，我们也非草木之人。"这都是大理寺审官的老套头，高其倬说得却十分诚恳，连孙嘉淦也是心里一动。卢从周接着说道："今天传你来，就为询问你与谢济世、伍铤、黄振国、陆生楠结党，陷害田文镜的事。我们只是审明结案，至于该定什么罪，你是身份很高的人，除了我们依律谳定，还要交六部议因，由皇上亲自裁决。"

"犯官弹劾田文镜是实，而且至今犯官也不觉得弹劾词中有不实诬陷之词。"李绂长跪在地，直盯盯望着堂上四个人，说道，"至于'结党'，我不明白意指云何？谢济世也是朝廷大员，他也弹劾田文镜，是他的要权。若说我指参不实情节有误，李绂自有应得之罪，说到别的上去，李绂实难认承。"

高其倬"啪"地一扣响木，厉声问道："你与蔡铤同年进士，谢济世又是你的门生，显见得黄振国在信阳说了田文镜许多不是，由你进京纠集密议弹劾。陆生楠为广西人，与谢济世同乡，你又做过半年广西巡抚，未必不与陆生楠谢济世互为党援，今既败露，更有何说？"李绂双手据地，仰面说道："高公也是读书明理之人！您与李卫同在成都府做事，又受李卫荐举做官，不才雍正三年曾上章弹劾李卫'不学无术'，能不能据此实证您与李卫串通一处陷害李绂？卢从周是鄂尔泰门人，谢济世曾经上表陈词云南不当改土归流，鄂尔泰是否串通了卢从周挟嫌报复？你问这些话不觉得脸红么？何况我离滇返任，径由洛阳，和田文镜在洛阳见的面，根本没见黄振国，又怎说我和黄振国勾连谋害田文镜？"高其倬被李绂问得脸一红，旋即镇定自若，笑道："好一张利口！既说没到信阳，你又怎么得知黄振国一案是受了田文镜冤抑？你到京之后，和谢济世、伍铤在高兴楼一处吃酒，席间都议论了些什么？讲！"他又使劲拍了一声堂木。

"回大人，"李绂哪里在乎这些虚声恫吓，直挺挺跪着，语气振振有词，"黄振国冤抑，犯官是听刑部员外郎陈学海说的。黄振国虽然是我同年，我和他没有杯水私情之交。信阳府讼平赋均百姓乐业，雍正四年田文镜报过卓异，雍正五年朝廷有旨给黄振国原任加级奖励。我说黄振国清廉，是据邸报说的。田文镜误用匪人张球，他自己也上折自劾。我的劾本指他任用匪人诬陷清廉有何错误？至于高兴楼吃酒，我是说了田文镜蹂躏读书人，说他是不可救药的偏执人，谢济世、伍铤也都有同感，但在那里我们谁也没说写本弹劾的事。'共谋商议'更是无稽之谈。当时陈学海也在场，传来一问就知道了。"

卢从周盯着侃侃而言的李绂，也觉得指他"结党营私，陷害田文镜"的罪名难以成立，在旁问道："你说黄振国是好人受屈，现从黄振国住宅搜出赃银两万，又有茶马贩子客氏指实黄某私卖茶引，客氏收据已献录在案，你现在还有什么话？"李绂道："黄振国与犯官并无深交，他犯赃既有实在凭证，犯官确是误听人言，自有应得之罪。大人问到这里，犯官唯有引咎领罪，没有别的说话。"

至此问答已成僵局，高其倬一边传命带谢济世，对李绂说道："巨来，你如今身在不测，要仔细思量承奉圣意。你既有错处，更当反躬自省，如果上表谢罪，大理寺可以代呈。"

"田文镜岂得谓好人？"李绂想也没想就站起身来拂袖而去，边走边道，"我就是上表，也只肯订正黄振国一案。他是河南总督，黄某是信阳知府，他任用黄振国屡加表彰，难道他无责任？"

接着谢济世便被带进来，他个子比李绂稍高一点，宽宽的脸苍白清癯，大冷天儿只穿一件土灰尘布夹袍，浆洗干净得纤尘不染，发辫也整理得纹丝不乱。去刑之后，他很仔细地又理了一下前额上寸许长的头发，抬起头来，静静地望着四位堂审大员。一望可知，这是个更难招惹的角色。高其倬因他官小，平时也无交情，便想劈头打下他的气势，猛地一击案，喝道：

"谢济世，你可知罪？"

"不知道。"

"你参劾田文镜的事可是有的？！"

"有的。"谢济世偏着脑袋想了想，"——那是去年五月的事——怎么，我不能参他？"

谢济世一句就顶住了高其倬。他是都察院的监察御史，官秩虽然只是四品，但却是言官，举劾不法是他的本职分内，他当然有权参田文镜。高其倬是个见机极快的，口风一转说道："你当然可以参，但不能挟怀私意！我问你，受谁的指使参劾田文镜？"

"我受孔孟指使。"谢济世不慌不忙说道，"我饱读经史，束发受教就循的孔孟之道。千古之下，哪有田文镜这样的暴虐乖戾之徒安座堂皇，不受正人弹劾的？"

他话一出口，高其倬和卢从周便面面相觑，堂下亲兵皂隶也是一片窃窃私议。孙嘉淦见审讯李绂答问都如儿戏，早已听得大不耐烦，此刻也不禁凝神贯注打量这个谢济世，心里想：此人风骨不俗，怎么早先竟不认得他？正胡思乱想间，高其倬冷笑一声，说道："你好大口气，读了几本经史，会作几篇八股文，就自称孔孟受教门生！"

"我没说是门生。你问我答，我就是受教孔孟！至于我的学问，不在此案中，你除了看风水说勘舆别无所长，自然和我说不到一处。"

"你放肆，大胆！本部堂是有权动刑处置你的！"

"宣扬孔孟圣道是堂堂正正的事，没有什么放肆可言。我自幼读圣贤书，讲学也著书，《古本大学注》、《中庸疏》都是我所作。我只知道事上尽忠，见奸不攻不是忠臣！"

高其倬不禁大怒，他平生最得意的就是他的勘舆学，一开头便被谢济世说成了不值一文的下九流，叫他如何忍得，因使劲一拍响木，大喝一声："大刑侍候！"

"喳！"

大理寺的衙役们大约从来还没有夹打过官员，略带兴奋地答应一声，"咣"地向谢济世面前扔下一副柞木夹棍，瞪着眼盯着高其倬等他发号施令。高其倬贸然间觉得不妥，但事到其间却没有平白下台阶的理。心一横便要吩咐上刑，身边的卢从周一拍堂木，大喝一声道："谢济世，你招是不招？"他带来的刑部衙役立刻助威：

"快招，快招，快招！"

谢济世绝望地望一眼弘时和孙嘉淦，忽然悲凄地放声大哭，边哭边道："你们夹吧……打吧！圣祖爷呀……您睁开眼瞧瞧，这些不争气官儿们怎的糟踏您的基业……"

他这一喊，众人立时目瞪口呆。原来雍正元年就有旨意，无论何种场合，只要一提康熙庙号，所有文武百官不得坐听，要全体起立致敬。孙嘉淦头一个腾地站起身来，弘时也忙不迭起身肃立，高其倬和卢从周便也起身。满堂衙役不知其中缘故，痴痴茫茫不知所措地站着发呆。那谢济世头也不抬，一口一个"圣祖爷"，哀声很是凄惶："……您老人家才过世几年，这些人都记不得您的话了……《圣武记》毕您一生心血写成，如今大臣们也都忘了您的训诲——'非圣者即是乖谬之臣，虽有才而不能用；言利者即是导主忘义，虽聚敛有法亦为佞幸'——这不是圣祖爷您的教诲……田文镜难道不是言利导主忘义之臣？高其倬难道不是非圣乖谬之徒？而今他们高坐堂皇，反而来审我这个迂书生！我的圣祖爷……您好歹看看这些东西……他们能算是好人么？噢……呜……"也真亏了谢济世好记性，一边哭，长篇累牍地引用康熙所著《圣武记》里《辨奸识忠》篇里的论断，畅似流水毫无羁滞，夹带着对自己奏折的辩护，横攻一堂审官，满朝文武骂得一无漏网："如今满朝上下，只剩下了都俞吁咈捏造祥瑞，假报政绩欺蒙当今，略略敢言的就群起攻讦，不至于死地不罢手……圣祖爷……痛心您九泉之下也不得瞑目……"至此，孙嘉淦已被他哭出一身汗来。高其倬早已听得烦躁，好容易等到个话缝儿，咬着牙大声道：

"动刑，看招是不招？"

衙役们又好气又好笑，极熟练地将棍子套到谢济世腿上，用力一收。那谢济世是个文弱书生，脸色立时惨白如雪，略一挺，大叫一声：

"你夹死我吧！——指使我的是孔子、孟子，还有圣祖爷——"他一下子就晕厥过去，口中呢呢喃喃还在咕哝，听时，仍旧是在念诵康熙的庙号，众人只好仍复起身聆听。

"不能再用刑了。"孙嘉淦离座，看了看昏晕不醒的谢济世，对高其倬一揖，说道，"我要回去写本，保这几个人。"又对弘时一躬，便退了出来。弘时从大堂里追出来，扯住正要上轿的孙嘉淦，说道："嘉淦，我最知道你的。从容一点，别急着动手，更不要蛮来。皇上这些天气性不好。"孙嘉淦瞟了弘时一眼，客气地说道："多承三爷关照。这明明是个文字狱。我为御史岂能坐视？就不为这个案子，我另外还有许多话要陈奏圣上的。身为都御史，我也不敢看着皇上的气性说话。谢谢三爷。"说罢也不回衙门，也不去畅春园，一径赶回府里索了笔砚就拟奏稿。

大理寺刑询李绂一案，李卫和弘历却奉旨和曾静在养蜂夹道对话。曾静被逮之初，深恨张熙卖师，原是抱定了必死之心一言不发的。湖南巡抚因为本省出这样大逆造反的案子，被降二级留用处分，他把曾静抓来后也不审问，每天二十小板，再灌一碗凉水送回监狱囚起。四天下来满身疮痕血疤，又腹泻不止，把曾静一把老骨头折腾得求死无门求活无路。又过几天，张熙由青海解到四川。圣命又到，命俞鸿图交任复京另委要差，顺途解押曾张二犯到京。俞鸿图带着张熙同到湖南时，曾静已瘦得一把干柴一样了。

那俞鸿图却甚是通达世情，一把人犯要到自己手，大一件就是把他师徒合囚在一间房里，由着他二人翻脸吵闹一夜。第二天他自己亲自来劝，又带着郎中给曾静看病。他也真放得下藩台架子，亲自灌汤侍药安排饭食衣着，一直到解押起程，绝口不提案情。一路上关防看押，也是内紧外松。殷勤将息着，连护送的人都改了长随衣着，一口一个曾老爷张老爷奉迎，但有需求都是立即照办，形同厮役皂仆。俞鸿图和他们同处一车，偶尔也说学文章词赋，打打棋谱什么的，十几天下来，居然"老俞"、"老曾"、"小张子"地叫起。眼见京师渐近，俞鸿图脸上便露出愁容，无缘无故地还时而对着车角抹眼泪儿。二人开始也不以为意，见得多了，不免诧异。曾静忍了几天，不自禁问他："俞大人，您这几天忽忽不乐，是因为雪大路难走么？"

"雪大有什么不好？"俞鸿图掀了掀驮车窗望着外头道，"这雪天只要不冻饿，读书人没个不爱的。你们看，前边那个土丘，就是燕王的黄金台，绕过这道弯儿，一条冻河过去，就是京师驿站潞河驿。去日苦多，前程途穷，二君祸在不测，我非草木之人，焉能不动情？"

两个人顺他目光向外看，但见六出缤纷雪花如绵，远村近廓树头塘坳一片玉砌冰凿世界，带着雪挂的老柳枝浑如梨花怒放，轻轻在风中摇曳生姿……一阵死一般的沉寂过后，曾静喟然一叹，说道："这是造化驱使，事已至此，有死而已。"

"你们是犯了十恶不赦的罪，这一路我只能聊尽友谊而已，凭我俞某人，断然救不下你二位。"俞鸿图先把前途说到二十分无望，死死地绷住嘴，让两个人绝望到无可奈何。足有移时，他才又说道："这一路一想到这一层，我心里就刀绞似的，可又无法可施。你们写的那封信，气得皇上几夜没睡，生怕你们死在湖南，所以才叫优礼送来北京。但一路相处，我觉得你们不过是误入迷途，上天有好生之德，难道真的一点办法也没有了么？"

曾静和张熙的"决心"早已在俞鸿图的软功下被暗地销蚀，此刻被他如簧之舌连推带拉如弄小儿，早已听得痴了，只是还放不下脸来询问"办法"，只低下头叹息流泪。

"谁叫咱们有缘朋友一场呢？"俞鸿图目中幽幽放光，由车厢移动着身子，仿佛陷入极度的深思，徐徐说道，"现在要想活命，我苦思百计，都不中用，只有两个办法可以一试。"

"什么法子？"曾静和张熙眼中陡然放出希冀的光，竟不约而同问道，问过之后又都觉失态，不禁又都红了脸，低下了头。

俞鸿图满心得意又为雍正立一大功，却装作愁眉苦脸，手撮着牙花子沉吟道："一是张熙和岳大将军有兄弟之盟，誓同生死。皇上爱重岳钟麒军门，他又领兵在外，最忌切口。你们一定要记得这一条，要多称赞岳大将军忠义节行，提醒皇上。"他轻咳一声，"皇上是个强性子人，你们要服输，输得心悦诚服，不能带出半点口是心非。你弄假的，皇上就会觉得你们戏弄他，那就完了。你心悦诚服，皇上觉得你们顽石可化，就有一万个人想杀你们，也拗不过皇上。"见二人连连点头，已是一副乞活的猴急样，自以为已经吃准"圣意"的俞鸿图又有点犹豫，因一笑说道："事已至此，大错铸成，苦劳焦思也都是尽人事而已。还要看天命，看你们的运气。你们照我说的，十成有七成活命指望。"

此刻，面对上座的弘历和李卫，傍坐着的俞鸿图，还有刑部侍郎励廷仪，曾静伏跪在暖融融的地龙旁边，挖空心思奏对雍正的问话。他心中突然升起一种莫名的悲哀：万一是上了俞鸿图的当，服了软，低了头仍旧不饶，那才真叫"掬尽西江水，难洗今朝羞"！他偷眼看了看座上四个人，一个个皆都表情严肃刻板，没有一点笑意。不由心里一寒，身上一颤。

"旨意问你，"弘历问道，"你在上岳钟麒书内云'道义所在，民未尝不从；民心所系，天未尝有违。自古帝王能成大功建大业，以参天地而法万世者，岂有私心成见介于其胸？'你生在本朝，不知列祖为天命民心所归么？还要讲这个话，是何所指？"他睨一眼这两个活宝，一个冬烘糊涂，一个顽钝无知，都是一副小心翼翼土头土脑的乡巴佬模样，半点灵爽之气也无，不禁厌恶地别转了脸。心想：皇阿玛还嫌国家朝廷事情少，和这样的蠢材大费唇舌，还要著书立说！思量着，曾静叩头回道："弥天重犯这些话是泛说。弥天重犯生长楚边山谷，本乡本邑以及附近左右，没有个达人名士在朝，实是孤陋寡闻之极。这次赴京，俞大人一路譬讲，才知道本朝自太祖高皇帝神武盖世，开创王基。太宗文皇帝继体弘业，统一诸国；世祖章皇帝建极定猷，抚临中外。圣祖仁皇帝深仁厚泽，遍及薄海。迨至我皇上，天亶聪明，恢弘前烈，已极礼明乐海晏河清。此正是天命民心所归。从前弥天重犯实实踏陷于不知，不是立意要如何，自外于圣世。"

弘历满意地点点头，不禁看了一眼俞鸿图：能在几天里调理出这么一对犯人，也真是一员干吏。他似乎高兴了一点，挪动一下身躯又问："旨意问你：书信内云：'天生人物，理一分殊。中士得正，而阴阳合德者为人；四塞倾险，而邪僻者为夷狄。夷狄之下为禽兽。'禽兽之名，是因为居处荒远，语言文字不通，所以叫'夷狄'，并不是生于中原就叫人，生于外地就不是人！如果照你说的，中原只生人类，为什么猪狗马羊比人还多？就是人类之中，还生出你这等叛逆狂悖，沦丧天良，绝灭人理，禽兽不如之物来呢？"这是异常痛快，刁毒犀利的问词，最合着雍正的性情，倒也合了弘历此刻的意。因问过之后啜茶跷足而坐，用欣赏的目光看着曾静。曾静听得一怔，想起俞鸿图谆谆告诫，此刻才明白，做低服小，就是不可有羞耻心。羞耻之心泯灭干净，什么话都能说得畅若流水。索性便流出眼泪来，崩角叩头道："这都是弥天重犯读书减少，义理不能透彻，错以地域远近划分华夷，不知道以人之善恶分华夷的缘故。圣祖爷殡天诏书到，就是我们那深山穷谷，百姓们也奔走悲号如丧考妣。弥天重犯冥顽无知，也曾废食辍饮怮哭号涕……"他泪涔涔地，涨红了脸略一顿，"但在当时，自己都不知道这是为什么。若非圣德隆厚，皇恩浩大，何以能如此感化万众？只因一向见《春秋》有华夷之辨，错会了经书旨要，所以发出诞妄狂悖言语……今日才知《春秋》这一说，只因楚不尊王，故攘之，和本朝龙兴情形天悬地别。今日二五之精华，尽钟于夷狄，华夏消磨，荡然空虚，是实话实理。孟子既称大舜、文王为东西夷所生，又评诋杨朱、墨翟无父无君是为禽兽。所以中原岂无夷狄？蛮荒岂无圣人？只是以'心'来分夷狄就是了。所以弥天重犯虽然昔同禽兽，今蒙皇上金丹点化，幸而已转人胎了。"曾静这一番胡说八道，任谁一个经史家都可一望而知。但雍正既然先已谬了，也只好任谁都随着。也幸得曾静精熟经史，抓住一个"心"字拼命做翻案文章，虽然七拐八弯闪烁暧昧，总算理上说得清通无碍。弘历不禁开心一笑，但想到这些问答还要辑录成书发布天下，又由不得嗫嚅。正要再往下问，李汉三从外匆匆进来，向耳边极轻地说道："万岁这会子发怒，朱师傅叫请爷进去解劝解劝。"

"唔，和谁？"

李汉三前凑一步，又对弘历耳语"孙嘉淦"三字，便后退一边，好奇地打量曾静张熙时，恰张熙也看过来，四目相对，都是吃一大惊，忙都别转了脸。弘历不敢再迁延时分，起身略一整衣，说道："这是皇上的问话旨稿，李卫在这里维持一下。叫书吏们好生记录供词。曾静，生死荣辱都存于你一念之中，好生回奏你的供词，去掉疑虑之心。皇上万几宸函中亲自问你的供，自开天辟地以来没有的事。你不要再自误了。"

说罢出来，在狱神庙门前认镫上马，加一鞭，带着李汉三直西而去。

雍正果然正在怒不可遏。孙嘉淦上书的消息，当天卢从周便密报了他。雍正早已知孙嘉淦对诸多政务有不同意见，就是李绂，雍正原本也十分爱重，也盼有个把人出来说几句话，以为自己开恩留个地步。因此卢从周密报，雍正还笑了一笑，说道："那是个铁心铁御史，朕也都堵不住他嘴。你们只管照原旨意从严审议。"

但孙嘉淦递牌子进来，呈上自己的奏折时，雍正却笑不出来了。折子是素纸贴了黄签的，厚厚的一叠，雍正一边展读，口中还笑道："什么好文章，写了这许多——"话没说完便一下子打住，因为压根就不是保李绂的，标题便赫然醒目：

为停纳捐、罢西兵、亲骨肉三事臣孙嘉淦跪奏

雍正的头"嗡"地一阵轰鸣，哆嗦着双手一点一点展开来读。看着看着，一股怒气陡地涌起，他"刷"的一声将奏折甩在地下！他离开了暖阁，背着手在正殿快步兜着圈子，满殿太监宫女都吓得悚息股栗。孙嘉淦跪在暖阁隔扇前头也不抬，他已经感到了咫尺天威即将发作的紧张气氛，深吸了一口气，准备着雍正雷霆大作。高无庸一阵心慌，眼见没一个人能说上话的大臣在跟前，悄悄溜到后院正房叫了乔引娣过来。

雍正似乎心情极为矛盾，拧眉攒目走几步，回头恶狠狠盯一眼孙嘉淦，又无可奈何地舒一口气，踅回身来亲自捡起他的奏章接着再看，瞥一眼，正看到几行字：

> 纳捐为千古弊政，彼以钱入官求位，将本求利，何事不可为？暴虐贪酷之吏皆由是辈所生。即微臣言，主上岂不知耶？知非而不能去，犹见善而不能举也。中平皇帝不屑为之，今皇上英睿聪亶，何以仍取此补疮而剜肉！臣甚疑皇上有非道敛财急功近利之心也……

雍正只看到这里，气得"刷"地又将奏折甩得老远。但他踱步不到半

刻，又狐疑地停住了，似乎有点不好意思，满眼恨意又盯一眼孙嘉淦想去捡那奏章又停住了。引娣忙捡起平摆在案上，又拧了一把热毛巾递上来。雍正擦了一把扔下毛巾，又坐下来看。他看过了"罢西兵"这一节，似乎心情平静了一点，但看到"亲骨肉"一条，又紫涨了面孔，几行遒劲干瘦的小字剜心刺目，看得人头目眩晕。

> 阿其那塞思黑其自有应得之罪，乃罪之又复加以恶名，先帝之子虽众，而各王之兄弟凋零不堪，皇上陡负不悌之非议，何以率天下遵五伦之道义，又何以彰先帝慈悯之圣衷？

"你是说朕不孝?!"雍正读到这里，再也抑制不住自己愤怒之心，"你知道他们是怎么待朕的？你一个外臣，干预朕的家政，你活够了!"

孙嘉淦一直在极度紧张的气氛中挺着。雍正一开口，反而觉得身上轻松了不少，顿首说道："臣岂敢干预天家家政？但自大阿哥允褆之下，皇上七个亲兄亲弟身遭囚狱之苦，天下有目共睹，圣祖在天之灵能不伤怀？"

"朕和你想的不一样!"雍正的嗓音嘶哑沉闷，带着丝丝金属的颤音，"大阿哥二阿哥是先帝亲自处置，朕并没有难为他们之处。他们不孝不悌，气得先帝寝食不安，要朕代为受过？八阿哥一世奸雄，联络外臣图谋不轨，也是世人有目共睹!你为什么奏折里一字不提？嗯?!"这无比凶狠的一问，都自丹田而出，震得大殿嗡嗡作响。一个小太监站在外殿边，紧张得眼一黑，竟自吓晕了过去!孙嘉淦以头碰地有声，语气却毫不浮躁，一口便顶了回去，说道："臣的奏议不是为指他们的罪，臣是提请皇上留心，古有'八议'之理，他们为非应予惩处，但惩处应当有度，闲置而散其权，使其不能为非即可，何必为天下造不悌之口实？"雍正一听"谣言"二字，更加光火，怒声吼道："不轨之徒造谣生事，难道是朕的主使?!"

"当然不是。但皇上如能措置得更为妥当，曾静这些鼠辈何由而能造谣生事？"

"好!你顶得朕好!"雍正气得浑身乱颤，抓起一方端砚"啪"的一声掼得稀碎，满殿回旋着他的咆哮，"他们怎么整治朕？魇镇、投毒、刺杀、中伤，什么伤天害理的事没做出过！朕这里稍加惩处，你就出来拦横儿！你是什么忠臣？"孙嘉淦连连叩头，说道："主上息怒。臣没说不应惩处，只是皇上既为四海之主，自应有包容四海之量，百川之中岂无泥沙？殿庙宇下亦难免藏污纳垢！为皇上计，为天下后世皇子皇孙计，皇上立一宽宏大量表率有何不可？"他没说完，雍正已经大喝一声："又出去！"

孙嘉淦不等人来架，叹息一声，磕了三个响头起身便走。

"回来！"

雍正叫了一声，见孙嘉淦仍是那副不躁不急的样子，稳重安详地又跪了回来，反而略有点气馁。哼了一声又回了炕桌前，孩子一样坐着怄气。恰此时朱轼来澹宁居，在殿门口遇上疾步如星的弘历，二人略一会意便跨进殿内。弘历一进门便故作失惊，说道："这不是孙韵公么，你这是怎么了？"朱轼把一叠子文书轻轻放在案上，说道："这是臣和方苞刚刚整理的奏议节略，都是部议三——允祉的，请万岁裁夺。"

"看来朕真的要当'寡人'了……"雍正抚着剃得趣青的脑门子，不胜凄楚地叹道，"李绂结党攻讦，说朕为群小所围；杨名时反对改土归流，劝朕别受佞人蛊惑；十三弟骑鲸，朕饮食不能下咽，三哥却有心笑！民间风言风语，说朕许多不是，还冒出像曾静这样的畜生，居然敢策反岳钟麒……现在又是孙嘉淦，趁着朕心力交瘁打上门来……真的要众叛亲离了？"他哼了一声，把孙嘉淦的折子推给朱轼："你们看看，这是翰林手笔，与众不同！"

弘历忙凑到朱轼身后，看到奏折题目"亲骨肉"三字一怔，当一行行看下，那些直指雍正喜爱聚敛之臣，信任酷吏，以为凡科第出身都是"党徒"的话，还有指责雍正积财为打仗，本可抚绥的云南土司，偏要"改土归流"。策零阿拉布坦遣使来京礼节周到，也是可以一纸诏书传檄而定的，却硬要"耗资亿兆骤兴大兵"。换言之，简直是贪财奴役，聚来的钱烧得没处放，无端地又要打仗！后边说到兄弟，用词大胆，简直更是肆无忌惮。无论哪一条，都比李绂等人的"狂吠"要激烈多少倍。看着看着，弘历的脑门子上也渗出了汗：这怎么处？朱轼却拿着奏稿，仿佛在掂它的分量似的，只是沉吟不语。

"你们以为如何？"雍正要过奏稿，紧锁眉头，"怎么处置这个犯上的狂生？"

"万岁……"足有移时，朱轼才轻声说道，"孙某确实带着狂气。但臣……臣很服他的胆子！"

一句话说得雍正忍俊不禁扑哧一声笑了，看着地下一动不动的孙嘉淦道："朕也不能不服他的胆子。"

满殿的人都松了一口气。

第四十四回　文盘武功弘历纳士
　　　　　　持正割爱弘时被擒

　　弘历见父亲不再生气，放下了心，便辞出去。因见李汉三跺着脚，还在双闸口的大柳树下候着，便笑道："你先回府就是了，这里还少了护卫？再说，这是北京，辇下之地，还会有剪径大盗不成？"李汉三扶着弘历上了马，自己也乘骑紧随，瞟一眼身后尾随的护从亲兵，低声道："四爷，有件事不妙之极，我恐怕要遭狗咬！"弘历略一愣，偏转头问道："谁？"

　　"张熙那个狗崽子。"李汉三道，"他认出了我。原说叫'张熙'，我想天下重名重姓的多了，没想冤家路窄，竟真是开封和我一处闹闹的这一位！"

　　弘历勒住了马，略一沉思，立刻掂出了这件事的斤两：那张熙求生的心正盛，什么事做不出？科场案例不要紧，如果把曾静张熙和李汉三连成一线，自己就有窝藏造逆重犯的嫌疑……深一层再想，岳钟麒素来在自己府里走动得殷勤，李汉三再被人栽上一赃，两案相并，立刻就会把自己抛到滔天恶浪的中心！他抿了抿发干的嘴唇，心中闪出的第一个念头就是让李汉三逃走避风，或者干脆灭口，但他立即就否定了这个冒险念头：李汉三或死或走，万一张熙攀咬出来，更成了说不清道不明的事——如果密地里杀掉张熙呢？他又想，这当然风险小些，但张熙现在是未结案的人犯，五六个衙门公用看管，很不容易下手，如不能得手，假的也成了真的了……一时间，这位稳沉凝重的少年王爷竟有点乱了方寸。他驻马想了一会儿，说道："我不去狱神庙了，咱们回府去合计。"因叫过从人吩咐："你们不要跟着，派人叫刘统勋到府里来一趟。"说罢加马一鞭，和李汉三泼风价去了。待到进鲜花深处胡同，路过弘昼府门，却见门口正在送客，二人把马勒到墙角，却见是方苞从里边辞出来。弘历此时半点也不想应酬，只和李汉三闪进夹道里，等方苞的轿过去，才回府里，已见刘统勋在门口下马了。

"延清，你倒腿快。"弘历按捺着一腔心事，请刘统勋一同进了西书斋，一边让刘统勋和李汉三坐，微笑道，"从绳匠胡同走比这边远着老大一截子呢，比我们还先到一步。"刘统勋笑道："我是从养蜂夹道来的，李卫说您去了皇上那儿，我就来府里等了。"两个人想了想，不禁都是一笑。刘统勋是府里走动得极熟的人，因见嫣红和英英都开了脸，便笑道："都做了侧福晋了，恭喜你们高升！温刘氏呢？"

嫣红笑着给众人上茶，飞红了脸瞟一眼弘历，说道："刘大人只管拿我们下人开心！听说您已升了户部侍郎，您才高升了呢！温妈妈连日身子热，没过来侍候。"小英却只背转脸吃吃地笑。

"好，都高升！"刘统勋大笑道，"我们不都托的四爷的福么？"几个人听得都是一笑。刘统勋又道："俞鸿图修河，要户部供两千根木料，户部的木头都拨了兵部，我们梁尚书说，'你在四爷跟前有面子，你走一遭。'这是一件，我也有几日没来了，着实惦记着，就奔来了。"说着将木料调拨单呈上来。

弘历连想也没想，提起笔就签字，一边写一边笑道："这个俞鸿图了不得，一心干事，而且精明练达，又年轻，想当名臣呢么！"刘统勋笑而不答，接过调拨单，只手望空一抓，道："有这毛病儿，只怕名臣难当！"弘历目光闪了一下，问道："怎么，手长要钱？没有证据不敢妄言！"刘统勋微笑道："只听了点风言风语。"

"这个世界风言风语太多了，精明人都弄迷糊了。"弘历叹息一声道，"我叫你来，也是怕风言风语到这头上。"因将张熙认出李汉三的事说了，又道："汉三怎么跟的我，前前后后你都知道，我也不瞒你说，如果张熙狗咬人，并到这天字第一号官司里，很麻烦呢！"李汉三道："四爷，我给您招惹了事，我还是承当。我可以去刑部投案。"

刘统勋脸上已没了笑容，摇头道："投案不行。你投的什么案？曾静案跟你没瓜葛，闹场案朝廷已撤销。只要没人存着心整治四爷，这件事压根不算什么。要是诚心扳倒四爷，他也不一定用这个法子。就张熙而言，认出李汉三就是秦凤梧，不会轻易说出来。明摆着的皇上有心赦他，他干吗要节外生枝胡攀乱咬自寻死路？如果朝廷要杀剐他，临死拉个垫背的，那兴许会乱说的——这是人之常情。我判过多少案子，最笨的蠢货也晓得避重就轻。"他一番话说，弘历和李汉三都松了一口气，才意识到自己是当局者迷。嫣红和英英此时才领悟到弘历的担心，倒挂上了心思。嫣红皱眉道："要有人专门使坏，撩拨着曾静攀咬朝廷里的人呢？"

"不会。"

刘统勋默谋良久，突然一笑，"你比四爷还关心，才这么想。曾张一案是四爷主持，四爷不允他们，谁敢胡乱撩拨？"他沉吟了一会儿，叹道："要是落到别人手里问案，也真难说了。不是我埋怨，四爷当初回京，应该原原本本把路上的事奏明，查他个水落石出，就许没有今天这么多担心事了。您太宽厚，太善行，人都以为您只会笑，不会杀人，他就敢上头上脸地作践！""不会杀人？"弘历微微一笑，说道，"作皇阿哥的，心里存着个牙眼报复的念头不好，总归还是光明正大才对。不过，我也不是毫无防范。没有防范就成了烂好人，也成全不了君父事业。"他有些弛然地斜靠了椅子上，一时间已放下了心。刘统勋道："你没有留心，方才我说的是一件事，还有一件事要禀爷，先前说的吴瞎子已经来京，和奴才一道儿来的，请爷赏见一下。"

"吴瞎子，"弘历看一眼嫣红，说道，"你叫人传他进来。"话音刚落，便见窗外竹影间一声细碎响动，一个洪钟一样的声音在门外说道："吴学子叩见宝亲王爷！"弘历和李汉三都吃了一惊，只见棉帘一动，吴学子已跨步进来。弘历略为僵硬地点点头，打量着这个诨名吴瞎子的江湖豪客。只见他穿着一身酱色土布夹袍，身材与刘统勋仿佛，方脸权腮上一部漆黑的大胡子，鼻子翅微张，黑里透红的脸膛上两道浓眉，看去煞是威猛精悍，只双眼睛细眯着，好像总在眨巴。他就地给弘历叩了头道："奴才就是吴瞎子，和本名谐音，又爱挤眨眼儿，索性也就依了这个诨号。"弘历一点架子也没有，含笑看着吴瞎子，吩咐道："英英，给吴壮士上茶。"

英英轻声答应一声，却不用茶杯，将弘历从江南带的竹筊筒儿腾出来稳稳重重放在吴瞎子面前茶几上，返身回去提壶。众人都不留意，刘统勋还在埋怨："我们一道儿来，偏四爷回来，转身就不见了你。堂堂正正请你，偏要偷偷摸摸进来，江湖气不改！"弘历眼见英英提着壶过去要往竹篾"杯"里倒水，忙笑道："英英，那是笔筒儿！你也眼睛不好使么？"英英笑道："吴瞎子眼睛不济事，是上了火。竹篾儿茶水祛热，管情就喝好了。即使不行，我换杯就是了。"

"使得的，使得的。"吴瞎子笑着端起满是筛子眼儿似的"杯"，依然平静地和刘统勋攀话，"这府里有个温刘氏老婆子恶作剧，偷走了我的腰带，给我换了根麻绳，刘爷你说可气不可气？要不瞧着四爷脸上，就把麻绳给她吊起！"他说着话，"杯"里已倒满了水，可煞作怪的居然滴水不漏。弘历惊讶得双目圆睁，离座凑到跟前，仔细看，满杯的热水冒着白烟儿，筛眼间像被什么透明的胶汁护着，愣是不漏水！弘历压根没留心吴瞎子说了些什么，用扇柄划拨着热雾，说道："奇，奇！这是法术还是真功夫？"说着便要伸手端杯。吴瞎子笑道："这妮子跟前可玩不得假，这是我用气护着，四爷一端，准漏。"又仰脸笑着对嫣红道："给点茶叶，白水怎么吃？"

英英说道："四爷别信他，我看也是个江湖篾片儿，这也不是什么了不得的本领。您瞧，我也能用气护住这水不洒！"她说着便端起篾筒儿，果然也不漏水，刚说了句："你也不过如此——"突然"杯"水激箭般喷出来，恰就都溅在她的脚上。英英"哎哟"一声将杯放在茶几上，那杯也就不漏了。几乎同时，嫣红站在一丈之外，满抓一大把茶叶撒手一扬，说道："给你茶叶！"

"莫恶作剧，少许一点就够了！"吴瞎子挤着眼，双手箕张，但见半屋碎细飘摇的茶叶着了魔似的一片片旋转着聚拢，慢慢移到吴瞎子面前。吴瞎子三个指头从容取出一撮泡在水里，手一推茶团道："回去吧！"那绣球儿大的茶叶团疾飞回去，嫣红忙不迭双手来接，已是撒落地下许多。她脸一红说道："佩服，吴瞎子名下无虚。"

至此一场文盘斗功结束，高下胜负不言自明，众人粲然一笑。弘历笑道："两个泼妮子敢这么慢客，太没调教了。"嫣红道："我们过了黄河，在索家镇见过他！就算黄河渡你没赶上，后来在老槐树那一战，打得狼烟动地，你怎么敢袖手旁观？你不是奉了李爷的命保护我们主子的么？"

"小的有罪。"吴瞎子宽宏大量地一笑，说道，"槐树屯我确实在场。因为又玠公再三至嘱，事不危急不出手。那些野高粱花子土镢头笨镰刀，我看黑无常他们就招架不住。不过，那个铁头蛟还是落在我手里，这次进京给您带来了。"他又转脸对嫣红、英英道："你们是温家嬷嬷养女，我是黑嬷嬷养子，论起狠来，都是端木家一手活计。本是同根生，相煎莫太急，好么？"说得嫣红也是一笑。

弘历听说擒了铁头蛟匪首，心中大喜，但他是个端凝持重人，只用黑瞳瞳的瞳仁盯着吴瞎子，微笑道："着实不容易，着实难为你！论起来还是李卫会办事。铁头蛟是联络各方匪徒的人，一定知道是谁主使追杀我。我此番一定审个水落石出。延清公，你说我不杀人，我只能承认我不轻易杀人。我一定叫你看看，弘历是不是懦夫孱头！"

"铁头蛟已经招了。"吴瞎子不安地看一眼刘统勋，斟酌着字句说道，"这人打不怕杀不怕，我治不了。李制台说弄几个女人试试，就在窑子里挑出几个出精儿的母狗，果然再审，承许他这几个女人，铁头蛟就一兜儿全招了。"说着又看嫣红英英一眼，二人听他粗话说得不堪，都背转了脸暗笑。刘统勋极聪敏的人，知道自己在场不方便，他也不想在这些事上知道得太多，因袖了木料调拨单起身告辞，说道："铁头蛟他们已经交给邢家兄弟看管，奴才没有审过他们，是李制台审的。他们已经开了口，四爷只问他们就是了。"弘历也站起身来，叮嘱几句公事，又道："俞鸿图你们可以半真半假地谈谈，这是个人才，可惜了材料儿的。"

送走刘统勋，弘历立刻叫人传带铁头蛟和黑无常。吴瞎子也要退出去，弘历笑道："你不要学刘统勋，他是命官，你是江湖上人。"吴瞎子笑道："是李制台钧令，不要我在官面上走动，江湖上的人一到官面上变成狗腿子，黑道上就吃不开了。"弘历大笑，说道："铁头蛟他们还能回江湖？既入这家门，就是这家人，李卫就是经你的手控制黑道的吧？我不误你们的事就是。"吴瞎子道："我也只管着沿江几省，别的省李制台怎么控制另有其人。现在李制台和黑嬷嬷、端木家有了米往，我就更不清楚了。"

"端木家是个什么身份，江湖上名声这么显赫？"

"这个——"吴瞎子道，"这两个姑娘难道不知道？"

"我是问你。"弘历一笑。

吴瞎子嗫嚅道："他们是前明年间败落的，二百多年的大世家。万历年间改名换姓走镖，从康熙三十年封刀，聚族习武种田，不再插手江湖。不过他家牌子太亮，每逢年节，各地绿林、镖局黑白两道的都还去给当家的拜贺。去年老爷子过世，临终说，'江湖上的事，谁再插手，就逐出端木门庭，太平世道，习武只为健身，种田吃饭比什么都强。'"他看着嫣红和英英笑道："别看她们有了身份，现在连个回门的地方也未必有呢！"弘历叹道："这个爷子深通养生活命之道——"还要往下说，见邢建业带着铁头蛟一前一后进来，便住了口，盯着审视这个铁头蛟。在黄河风涛中只顾应乱，听见过他吆喝几句。槐树屯二次相遇，离得远，也没有瞧清面目。此刻近在眼前，才见这铁头蛟三十岁上下，白皙清秀，半点狞恶相也没有。只个头瘦小，伶伶丁丁的，一双眼珠子骨碌碌乱转，不甚安分模样。弘历看了他足有一时，突兀一句问道：

"听说你是采花贼，是么？"

铁头蛟双手一撑，盯住了吴瞎子，说道："王爷别听别人放我的坏水儿。我练的童子功，这回被拿住才……破了戒。老端木家门前挂的铁牌，'采花贼有进无出'！我要采花，敢年年登门拜寿？这两个女娘们，是李叫花子——不，李制台送我的……"

"你为什么叫'铁头蛟'，头格外结实么？"

"小人原名范江春，水里营生走得。江湖上有人损我，叫我'泛江虫'。我嫌难听，有一次水里讨换一船瓷器，几个兄弟下凿子也没弄沉它，我一个猛子潜过去，在水底把船板顶了个大洞，从此有了这个名儿。"

这两句问答，都和弘历想知道追杀自己的主使人毫不相干。众人听得莫名其妙，正发怔时，弘历一叹说道："江湖上尽有能人好汉，可惜了一念之差去走黑道。你身为大盗，能顾惜人家妇女名节，可谓天良未泯。你好生认承，是谁主谋造意，是谁串连江湖要取我性命？本王珍惜人才，少不得还你个出身。"

"谢王爷超生，"铁头蛟连连叩头，说道，"谁主使这事，我真的不知道。原来是黄水怪负责联络，说北京有个三王爷，要取一个仇人性命。银子出到三十万，说如果在黄河了当这事，分给我十万。我想得这套富贵，从此洗手，就答应了。那王府的师爷见过三四次，有时他姓课，有时他姓王，后来又说姓谢。黄水怪失利，谢师爷骑快马去见我，叫我邀集山东好汉陆地戳，送了我二百两黄金五万银票，说截下这一票再给二十五万，三十万也能商量。结果在槐树屯和爷们遇上……事败之后李大人追得我紧，我就逃到北京。先去的诚亲王府，说没有这个人。后来又去三贝勒府，门上人说姓谢的死了。后来又来了个旷师爷，又说谢师爷没死，诓我进府。我看他不怀好意，趁着小解，从花园水榭子里潜水逃出来……实话实说，就是这么个情形过节，小人再不敢有半点欺瞒的。"

弘历听得心动神摇，双目发呆。尽管早已隐隐感到这位"三哥"是几年来身边怪事迭出的渊薮，一旦证实了，他还是深深震惊了；居然出资几十万两银子收买江湖黑道人物，穷追数百里，苦苦地要自己的性命！想着弘时平素温存揖让彬彬有礼的模样，那带着恍惚神情莫测高深的笑容，弘历竟不自禁打了个寒颤……如今怎么处？继续"和光同尘"装模糊断然是不成了，但要揭发此事，立时又要轰动朝野：老一辈"八爷党"余波犹在，李绂谢济世"结党案"方兴未艾，曾静一案尚在审理，突兀又是一个骇人听闻的"三爷谋嫡"大案，一直动荡不安的朝局到哪一天才能安定下来。但若隐忍不言退让，又事关自己前途，身家性命，一旦弘时得志，雍正百年之后，自己想做个弘昼那样的安乐公也是妄想。他咬牙思想着，已是拿定了主意，冷笑道："我已经让他多次了，杀人可恕，情理难容——有这个虎狼心肠的兄弟，为君为臣，都是个不得安宁。"他狞笑着看了看吴瞎子和铁头蛟吩咐道："起来吧。话说透了，我们可以化干戈为玉帛。不除掉后患，我就抬举你们，也架不住别人整治你们，要想清楚这个理儿！"

"四爷，您的意思我明白。"吴瞎子道，"江湖上头争个堂主会主，都投着下药打翻一锅汤呢！何况这大的花花世界？有什么吩咐，您只管说！""说不上完全是我的事，与你们也不少相干。"弘历的目光幽幽闪动着，"现在不拿到那个旷师爷，说不清楚河南这事情，河南的案子悬着破不了，李卫总有一天也吃挂落。此番我要斩草除根，你们助我一臂之力，擒旷师爷的事就落在你们头上。"吴瞎子怔了一下，说道："他要躲在三爷府不出门，活捉只怕难。"

弘历一笑，说道："只能活捉。姓旷的手里走了这位铁头蛟，他就得防着自己是第二个谢师爷叫人家灭了口，我断他宁肯逃出去再不敢还呆在三爷府。这个人交给你们两个，办法你们去想。"铁头蛟嘻嘻笑道："我晓得，姓旷的在南市胡同养着个李大姐。咱们那里捂着他，准成！"吴瞎子笑道："那今晚咱们掏他的窝儿去！"

…………

弘历当晚就歇在书房，却是心潮澎湃，想东想西折腾得通宵难眠。好容易到后半夜才蒙眬睡去。待到醒来时，已是日上三竿。他惺忪着眼披衣起身，忙忙地要了青盐擦牙漱口，笑道："从来没起得这么迟的，幸亏在这边审办案子，有差使。不然已经误了过去给皇阿玛请安了。"正说话时，邢建敏进来，把当日邸报送到嫣红手上，说道："刑部励大人过来了，爷见不见？"弘历拈了一块点心吃着，说道："老励还和我闹客气，请进来吧。"说着看那邸报，几行题目映入眼目：

> 云贵将军蔡铤奏劾杨名时私扣盐税，请旨查拿照准。
> 部议原诚亲王允祉斩立决，旨意着部再议。
> 允禵请旨回京养病，旨意着张家口知府就地征集名医疗疾，回京事勿庸议。
> 俞鸿图奏请疏开兴济河故道，已召集民工一万，请旨补给河工银两。

弘历只细看了杨名时得罪原由，却是为开云南洱海，私征盐税，翻他的奏辩折子，却没有。来不及整理一下思路，励廷仪已经进来请安。弘历一边叫起，笑道："圣旨问曾静那些话，早都一条条开列清爽了的，你问我问还不一样？"

"卑职来见王爷不为审曾静的案子。"励廷仪端端正正坐着，一副老学究模样，说道，"今儿回部，说要出李绂几个人的红差。去了李宗中监斩，我来见见四爷。李绂就有罪，也不该死罪，想请四爷面见万岁，请万岁开一线之明，恕了他吧！"说罢眼圈便觉红红的。

弘历腾地站起身来，又翻邸报，只有蔡铤罢职回乡，永不叙用一条，并没有李绂斩立决的旨意，励廷仪在旁说道："刚刚接的旨意，提出李绂人犯四名至午门外候斩。"弘历不禁愣了一下，"推出午门问斩"，其实是戏词，就是前明政治昏乱之时，也只是把犯事大臣拿到午门外廷杖房里廷杖。雍正怎么这样处置？思量着说道："我去畅春园，你去午门看着李绂，等着我的话再下刀。"说罢，二人匆匆出去上马各奔东西。弘历在畅春园双闸口下马进来，直奔澹宁居。此时已满天放晴，园中到处堆的雪狮子雪象雪弥勒佛白灿灿光闪闪，一树树银色雪挂枝条蟠蜎交错，浓绿的常青竹上片片挂着晶莹耀目的雪，仿佛在缓缓淌流下来。他有心事的人，也顾不得欣赏，径趋身来到澹宁居，便听里头雍正正生气：

"弘历么？进来吧。"

弘历一脚跨进殿，因屋里暗，稍定了定神才看清雍正在正殿大案上写字，彩霞和乔引娣一头一个扶着纸慢慢挪动。弘历请了安并不起身，正要说话，雍正笑道："你的来意朕知道，不过是为李绂谢济世乞命吧？"弘历被他一猜一个中，不禁笑道："圣上明鉴，何尝不是！儿臣已叫励廷仪去了午门，等着儿臣请旨的消息。"

"秦狗儿去午门一趟，就说宝亲王的话，叫励廷仪回养蜂夹道办正经差使。"雍正写着字，吩咐了，又对弘历道，"你就在这等着消息。"弘历道："请阿玛告诉儿臣个准儿，不然就是在这侍候着，我也心神不定的。"雍正一下子笑起来，说道："杀的是陆生楠和黄振国。李绂和谢济世有罪，但罪不至死。朕要他们陪陪法场，收收他们的党援之心。弘历，你也是几经生死之人，要知道单是读书是不成的。学问还从历练来，叫李绂谢济世见见血，比要他们光读《四书》有用得多！"

弘历一颗忐忑的心放下来，无论如何，李绂的命先保住了。因赔笑道："李绂有矫揉造作处，这个儿子也晓得。人家送礼他不收，人家走了他懊恼。这就心地不纯，也太爱名。他有克制功夫，圣人造出来，就是给凡人用的。克制总比不克制强，爱名总比图利好。他清廉，有这一条，杀了就害大于利。"雍正点头道："这话差近于理，起来吧。"弘历起身凑近来看，见雍正临写的是楷书大幅。正是孙嘉淦的"言三事"不禁吃了一惊，失口说道："皇上要张挂这幅奏折么？"

"不，朕只抄写一下，聊以自戒而已。"雍正说道，"其实唐太宗也挂过魏征的《十渐不克终疏》，孙嘉淦就是朕的魏征，也没有什么挂不得的。今早已经发了旨意，孙嘉淦进文华殿大学士，给他升了两级——就这份奏章，他也当的起。"他一边写，住了笔又道："孙嘉淦与李绂不同之处，他心中只有君，没有他自己。李绂是一心一意给自己立功立名，这就是区分！——你明白么？朕那天大动肝火，并不为他说'亲骨肉'的话，难能的是他敢言人之不敢言。朕当时疑他'停纳捐'是为科举党援的人说话，仔细看看，没有这个意思，写奏折也没同别人参酌，天马行空独往独来的大丈夫，又是忠君一片心，措辞再激烈朕也受得，照样升他的官！先轸为将，一口唾在晋文公脸上，文公拭面认错，那是圣贤！朕就学定了晋文公这个度量！"他偏转了脸盯着弘历，"你也要有这个度量，懂么？自今而始，你要有太子的心胸办事，学习孙嘉淦的为臣之心，也要学习朕的为君之道！"

弘历万万没有想到雍正竟当面以太子相许，心里轰然一声顿时跳不止，忙双膝跪下："皇上春秋鼎盛，说这个话儿臣断不敢当！即为儿臣计，皇上此时也不宜这样说，先帝立嫡太早，致使兄弟相争，至今余波不尽，宁不使人畏惧？"雍正的精神看去很倦怠，但又很平静，喟然一叹说道："你不知道，昨夜这里是通宵热闹。弘昼、方苞、张廷玉、鄂尔泰他们天明才退出去，图理琛已经奉旨暗地拿下了弘时。此刻，朱轼和孙嘉淦正在抄捡三贝勒那个贼窝子呢！"

"啊!?"弘历惊呆了，他不相信自己的耳朵，也不敢相信方才的话是从雍正口中所出，浑如梦中一样晃了一下头，结结巴巴问道，"三哥他——?！"

正在这时，高无庸挑帘进来。弘历惊怔间看他，眼圈红得发暗，显然也是通夜未眠。跪下正要说话，雍正问道："黄振国和陆生楠处置掉了？"

"回万岁，已经杀了。"高无庸说道。乔引娣和彩霞也都心头一颤，脸色立即变得苍白异常。高无庸刚从法场下来，似乎还有点余惊未息，口吃地说道："黄振国说：'辜负国恩，罪有应得。'陆生楠说：'想不到一篇文章送一条命。'"

"李绂和谢济世呢？"

"李绂是奴才问话。奴才问他：'如今知道田文镜好处么？'"高无庸看着雍正的脸，小心翼翼说道，"当时李绂撑着胳臂说，'臣至死不以为田文镜是好人！'——谢济世也问的这句话，他说'田文镜是当今周兴、来俊臣①！'——奴才不懂，他说'没来由叫你这……杀才懂'！奴才就回来复命来了。"

雍正脸上似悲似喜地望着阳光刺眼的园子，仿佛要出尽胸中的郁气，长长叹息一声，说道："传旨，李绂革去顶戴职衔，戴罪去皇史宬纂修《八旗通志》，归方苞管辖。谢济世发往阿尔泰军中效力行走。"弘历在旁说道："阿尔泰离中原近万里，蛮荒不毛之地，谢济世文弱书生，还求皇上从轻发落。"雍正笑道："那里不像你想的那么糟。平郡王福彭驻守在阿尔泰，福彭几次在朕跟前夸奖谢的品行学问，不会给他亏吃。中原各省，你叫他去，下头的官希图迎合朕意，说不定就作践了他。或者再寻出他的不是，你说杀是不杀？"

"皇上圣明！"弘历这才领悟到雍正心地，说到底还是慈祥的。一个充军发配，还有许多学问，他也受启迪不小，但此刻他更惦记着弘时的事，昨晚自己还在为捉旷士臣这个人证大伤脑筋，想不到一觉醒来，敌人已入囹圄，这世界也太不可思议了！弘历还在思量如何把话题扯回到"太子"一题上，雍正已经开口说话："弘时的事你不要管。他不交部，朕按家法处置。你从此要兼管军机处上书房和户兵二部，一来习学政务，二来也代朕担些劳。朕已经看了你多少年，别无吩咐，在这个位置上只'防微杜渐'四个字。你听说过农夫进城的故事么？一个农夫穿了新鞋进城，天刚下过雨，泥泞不大。他懒了懒，以为小心点鞋就脏不了，就没有脱。走了一阵，鞋底就污了，他还是很小心，仔细挑着干了

――――――――――

① 周兴、来俊臣都是唐武则天时的酷吏。

的地方跳着走，鞋帮上一会儿也星星点点沾了泥；再走一会儿，人多了，互相溅着，鞋面上也污了。他就又想，反正已经污了，也不挑路了，也不避污水洼了，不到城门口，新鞋已经湿透，污得成了泥团一般。弘时原来穿的何尝不是'新鞋'？他不晓得这四个字，自己把自己弄得人不人鬼不鬼。朕见他落到这一步，也是难过呢！"他说着，已是流下泪来。引娣忙将毛巾捧过来，劝道："万岁，从半夜到现在，说起来就伤感流泪。三爷不好，已经拿下了，您也犯不着为这种人生气难过。"

雍正一边擦脸，泪水还在往外涌，哽咽着说道："朕的子嗣远不及圣祖，朕兄弟三十五人，序齿的二十四个，活成的二十二个。儿子呢？十个只活下来三个，弘时又变成个猪狗不如的畜生！天啊……朕是前世作孽，还是今世凉德，叫朕一日的舒心日子也不得过……"他伏在龙案上，浑身都在剧烈地抽搐颤抖着，泪水涌出来，孙嘉淦的奏稿抄纸都湿了一大片。满殿的内侍宫女，从来只见过雍正嬉笑怒骂，或刻薄讥讽，或高谈阔论，或言语暴躁，或温馨宜人，谁也没见过这位刚愎强悍的皇帝如此伤心落泪。弘历高无庸和引娣几个将他扶到东暖阁，做好做歹哄孩子似的说了一阵安慰话，雍正大约是累极了，眼上带着泪花沉沉睡去了。

弘历向睡着了的雍正默默一躬，退出殿径往韵松轩。这里已经挤满了等着候见弘时的大小官员，都还不知道弘时已经出事，见弘历进来，忙齐站起身来让道，有的人还小声叽咕，四爷既来了，三爷也就该来了。忽然内幔一动，张廷玉闪出身来，向弘历一躬身，又转脸对众人道："众位，三阿哥弘时王爷身子欠安，皇上有旨，四爷还回来办事，兼管军机处上书房和兵部户部机宜，并代批御折。我这里交代一声，凡是部里军机处能办的事，不要到这里特批。我们作不了主的，自然要请示宝亲王爷。从今天起，军机处和六部都在这外间派有章京官员随时联络。大事小事都来这里搅四爷，我知道了是不依的，可明白了？"

"明白！"

众官员马蹄袖子打得一片山响，向弘历叩下头去，哈腰恭肃辞了出去。这一刹那间，弘历已经品出了"太子"的滋味，无论管韵松轩，还是管部务，做阿哥就是比不了。正要回身说话，一个官员留住脚步，手捧着禀帖说道："四爷，下官陈世倌有事请见。"弘历见张廷玉一脸不高兴，因笑道："这是我在江宁认得的，一会儿准哭，不信你瞧着。"将手一让请张廷玉坐了，又问陈世倌："你几时到京的？是我保荐你到河工上帮办河务的，民工钱物都归你管，要仔细料理。你人品我信得及，不要叫下头吏油子们糊弄了你。"

"是！四爷。"陈世倌恭恭敬敬说道，"世倌一介书生，不谙世务烦琐，那些个老河工油子，我不敢使。想请四爷从户部拨几个盘账算账能手来使。使自己家里人，又怕他们仗势施为作威作福，坏了名声不说，朝廷的事也办不好。"张廷玉原来讨厌陈世倌这时分搅来谈话，听了听觉得此人心田不错，因笑道："这是正经主意，军机处原来从户部抽人盘点阿其那塞思黑家户的几个吏目，我看还算精干，拨给你用就是了。"陈世倌喜得站起身谢道："这么着我就放心了，我实在担心的，自己不通这庶务，办砸了差使，四爷就不说，我这脸也没处放……"他又叹一口气，说道："我看那些民工实在可怜，下河掏烂泥，有时齐腿根都到水里，一条腿上下都是细血口子。昨天我那棚里又冻倒了几个……一个老河工说，'先前康熙年间，这时候出河工，有羊肉汤喝，有酸辣汤还有黄酒，有口热汤，下水就不伤身子了。'想请四爷发慈悲心，可怜这些劳力人，拨点银子在工地设几个汤酒棚，朝廷就赔几个，也是有限的……"说着，便用袖子抹泪。

弘历笑道："衡臣相公，你瞧，我就知道这位陈世倌准要为百姓哭。好啦，别难过，给河工上每个民工每天加二斤黄酒钱，到三月清明为止。汤棚由你去设，好吧？"陈世倌这才连连称谢退了出去。弘历想起弘时，脸上的笑容顿时敛去，问道："衡臣，三哥是怎么回事？"

"是十三爷临终时举发的，说的什么皇上也没说，只说十三爷到死还举着三个指头。"张廷玉道，"这些天来方苞一直独自操办这事，昨天夜里传叫弘昼来，爷两个密谈了半个时辰，叫了我进来，传说弘时行施魔镇法害父灭弟，连太后冥寿那天雷震死的番僧也查清了，是蒙古黄教的巴汉格隆喇嘛。四爷，您知道我对这些是不信的，但接着图里琛连夜抄了弘时的家，抄出许多法物名器，还有几卷邪经，都是白莲教里使的。在府里还拿住个姓旷的师爷，从他那里抄到了几封江湖上窝盘匪盗的书信，言语暧昧，抽了几个鞭子也招了，说是曾在湖南设伏谋害四爷您。皇上当时就气晕了过去……事情就这么着叮登开，东窗事发就不可收拾。我们几个也议到万岁当时出巡河工，隆科多擅自带兵进驻畅春园的事，整整一夜，谁也没睡……"他叹息一声没再说话，其实他的弟弟张廷璐贪贿被杀，弘时事前请托，事后落井下石见死不救，昨晚他也一吐痛快。但此刻又觉得自己多此一举，心里有些懊悔，也就不再向弘历复述了。弘历听得目中幽幽发光，问道："皇上没说怎么处置？"张廷玉微微摇头，说道："皇上最后口气很淡，又说要抄孙嘉淦的奏折静静心，我们就退出来了。四爷您知道的，皇上越是淡，脾性越是发作得……"下面的话碍难出口，便打住了。

"没想到三哥这么没人伦！"弘历眼中怒火闪烁了一下，但语气很快便转得异常柔和，"此时七事八事，皇上心里窝着一团火，我们这时候最好不说话，等事情凉一凉，从容再说情会更好些。"

张廷玉没言声，弘历的话他当然懂，他也赞同：不救这个弘时。

第四十五回　义天亲挥泪诛亲子
勤躯倦忧时托政务

一夜之间，弘时由王爷就成了囚徒。他懵里懵懂被家人叫进来，说有大人黉夜来拜，睡眼惺忪到西花厅"接见"图里琛。没等他发问，图里琛就向他宣布圣命："着图里琛前往密查皇三子弘时家产，并将弘时暂行密囚。"多余的话一个字也不说，弘时便被九门提督衙门的人用八人大轿严严实实送到了畅春园风华楼西边一处闲置多年的小院落里。从文绣幔帐，宝鼎兽炭，一大群丫头老婆子太监拱着的王府中，突然跌落到这冷清凄凉的土壁房中，他才清醒过来，那一夜的惊心场面并不是梦。他抱着双膝孤零零坐在烧得暖烘烘的炕席上，靠在墙上只是冥思苦索：到底哪里出了毛病？然而心里像泼了一盆浆糊的乱丝，无论如何理不出头绪来：张廷璐一案已是死无对证。凭着张廷玉的小心翼翼，就是有什么证据，绝不敢事过多年突然举发。隆科多当然恨自己，但他手中没有证据。他不过是一条囚禁了的疯狗，谁会相信他狺狺狂吠？隆科多擅自带兵进驻畅春园，搜查紫禁城，都是借手允祥命令他干的。允祥既死，连最后的证人也没有了，他怎敢攀咬自己这个身居九重之侧的管事阿哥？那么，是追杀弘历？主持这事的谢师爷已经灭口，就算捉到几个江湖匪豪，能凭他们含糊不清的口供定自己的罪？巴汉格隆行法魇镇雍正，他原本不同意，后来旷师爷力劝，说："不管皇上藏在乾清宫匾后的遗诏传位给谁，三爷您在韵松轩，掌握了中央机枢权。只要事发突然，乱中有意为之，谁也替不了您！"结果更奇，一个神通广大的蒙古活佛，竟在雷霆大震中被摄得无影无踪，死在金水河畔！但旷士臣并没有被捕过，白天还在书房帮自己看稿子，他怎么会无缘无故地告发自己？……

"莫不成是图里琛勾通弘历，假传圣旨造乱？"

这个念头陡然袭入弘时心里，他霍地跳下炕，趿了鞋到门边拉门，只听"咯啷"一响，那门在外边死死地扣锁定了，哪里拉得动？他心慌气促，越想越真越想越怕，又跳上炕，死命掀那亮窗，憋出一身汗，那窗户也是纹丝不动。恼上来他"砰"地一拳打碎了窗玻璃，双手握在窗棂上，使劲大叫："来人哪！你们这些乌龟王八蛋——我要出去，我要见皇上！开门！你们这群混蛋……"喊着，嗓子已经带了哭音。一个守门的军士过来，用莫名其妙的目光看着疯子一样的弘时，冷冷问道：

"三爷，您犯了痰气么？大呼小叫的，有什么事？"

"你才犯痰气！"弘时隔窗照脸啐道，"你们那个图里琛才犯痰气！凭什么把我关在这屋里？"

"这个小人不知道，我也是奉命行事。三爷您老鉴谅着点，安生着点，您也好受点，我们差使也好办了。"

"我不要听你胡说八道，我要见皇上！叫图里琛来！"

正嚷得不可开交，图里琛进了院子，亲自启钥打开门进来，便嗔着军士："这办的什么差？三爷是天潢贵胄金尊玉贵之人，连口茶水，一碟子点心也不备？混蛋！""我不要你假惺惺，你这瘸腿子狗！"弘时狂躁地喊道，"我很疑是你假传圣旨捉了我来！我要见皇上，我要见！不然我就不吃不喝不睡，到死为止！"图里琛英俊少年将军，所憾的一腿受伤微跛，最忌人叫"瘸子"，他颏下一道暗红的刀疤抽搐了一下，捺住心头拱起的火，冷笑道："三爷您安生一点，我还把您当三爷看；您要发疯，我就要当疯子看！您瞧瞧外头，那就是风华楼，楼南边就是澹宁居，我假传圣旨，敢把您带到这里来？您要验旨，圣谕还在这里，您自个看，是真是假！"说着他甩过一张纸来。

弘时紧张地接过那张圣谕，仔细地看那笔字——再熟悉不过的一笔楷书，连一笔矫饰也没有。再看看冻得干干的树枝间露出的风华楼角，这才确认是雍正亲自下诏拿自己，自己也确实囚在畅春园。他亢奋的情绪像是从很高的地方一下子跌落破碎，突然变得忧郁低沉下来。用迷惘的神情环视一眼四周，不言声蹲在了炕角，双手埋头一句话也不再说了。

"三爷要什么吃用的，不要委屈了他。"图里琛看了看弘时的可怜相，但觉顽钝可憎，轻蔑地微笑着吩咐，"把窗子碎玻璃弄干净，用窗纸糊上。"说罢皮靴咯吱咯吱一阵响，去了。

在难熬的岑寂中暮色降临了，军士送进一支白烛，又给弘时换了一壶热水，掩门退了出去。随着几声细碎的金属碰撞声，一切又归寂然，只远处偶尔传来上夜人悠长凄凉的呟呼声："宫门——下钥，下千斤，小心灯火——啰！"弘时挪动着麻木的身躯，就着开水吃了两块点心，觉得心里好受了点，既然事到临头，又想不出什么结果，且就听天由命吧！他拉过一块毡，在炕头叠了个枕头，拽过一床毯子，正要和衣卧倒，门一响，雍正已经进来，图里琛拿着钥匙站在他身边。

"你出去。"雍正对图里琛说了一句。回转身来，用一种难以描绘的神情看着弘时，一时没有说话。弘时的脸色苍白得厉害，似乎稍微受一点惊吓就会昏晕过去。眼睛绿得发暗，在微陷的眼窝里，幽幽闪着鬼火一样的光。嘴角微翘，似哭又似笑，似讥讽又似发怒。弘时早已坐直身子，用惊愕的目光盯着父亲，恍惚如对噩梦。半晌，才伏下身去叩头道："儿臣无礼，因为儿臣都糊涂了，浑如身在梦境，既不知身在何处，也不知怎么来的……"不知怎的，他的声音发颤，身子也在不停地抖动。雍正似乎迟疑了一会儿，说道："你起来，坐着说话吧。"说着自盘膝坐了炕上。

弘时听雍正口气并不严厉，甚至还带着平日少有的温和，心里略觉放宽，叩头起身，在靠门小杌子上坐了。便听雍正干涩的嗓音问道："听你的口气，并不知罪，且是很委屈，是吧？"

"是，儿臣确实不知道是怎么了。但雷霆雨露，皆是浩荡皇恩，儿子只想知道原因，并没有怨尤之心。"弘时愁眉苦脸，顿了一下，又道，"儿臣生性不如弟弟们聪敏，办差或有失误，但自问敬上爱下，没有使过黑心！"

"没有？！至今你居然还敢如此大言不惭！"雍正的火顿时被他撩起，腿一动就要下炕，却又自制住了，用冷得发噤的语气问道，"八王议政一案，你充的什么角色？你和允禄十六叔都说了些什么？还有永信、诚诺！陈学海你接见没有，说了些什么？"弘时先听"八王议政"还觉得这是陈年老账，虽然心慌，并不惊悸，见雍正摆出了自己密地接见的人，才知道这件事情也不小。脸上顿时一红一白，期期艾艾说道："时日久了，儿子记不清爽……"雍正一口截断了他的话，说道："'祖制就是八王议政，闹一闹给万岁提个醒儿也不是坏事。'可是你说的？还有，说'先帝和当今都是圣明天子，万一后世出了昏君，有个八王议政，能主持废立的事，于江山社稷还是有好处的！'"

弘时没想到这最隐秘的话，也都给人兜了出来，顿时背若芒刺，硬着头皮说道："这是儿子当时一点蠢想头，想着恢复祖制是堂堂正正的事，圣躬独裁，遇上明主还好，遇上昏君就会坏了江山。皇上不说，儿臣至今还没有觉得错误……""巧言令色！"雍正沉闷地说道，"你和朕打马虎儿！你私调他们进京，又调唆他们这些话，睿亲王不和你们串连，你就安排他远远住到潞河驿。你心心意意怕弘历立太子，自量德力不够，要控制八王，亲掌上三旗，坐定了摄政王地位和弘历平分秋色！你妒忌弘历，是么？""没有没有！"弘时仰脸看着雍正，慌得连连摆手，"儿子纵不肖，怎么会妒忌弟弟？"

"不妒忌？"雍正冷冷说道，"既不妒忌，你告诉朕，那个姓谢的师爷现在哪里？他到河南山东几处地方都做了些什么？"

弘时惊恐地望着雍正，又躲闪着雍正刀子一样的目光，两只手下意识地死死攥住了小杌子，好半日才道："阿玛这话我听不懂。我府姓谢的倒是有一个，发痧死了……""只怕不是发痧！"雍正的声音嘶哑中带着沉闷，像是从一只坛子里发出的声音，"他联络匪盗，两次堵截追杀弘历，事情不成功，自然是要灭口的——你不要忙着申辩。你那个旷士臣，生恐当了谢师爷第二，昨天下午偷盘了你一处当铺款要逃，已被图里琛拿住。他没有你嘴硬，连同你魔镇朕和弘历的法物，连同你勾结巴汉格隆图谋要你阿玛的命，都招了！"

"这一定是弘历！"弘时突然绝望地叫道，"他见我主持韵松轩政务，心生妒忌，设计陷害我！"

"算了吧！"雍正冷笑道，"演这个像生儿有什么意思？弘历替你开脱说情，你倒攀咬他，你可真是个大好人！你怕隆科多揭发你下令闯宫的事，所以你叫他背土布袋。你怕阿其那情急把你的丑事张罗出来，所以遣散他的家人，故意不给他治病！宁肯让你的皇阿玛背上屠弟杀功臣的恶名——"他陡然间提高了嗓门，"你可以算作个人?! 上苍白给你披了一张人皮! 夫人有五伦: 父子有亲，君臣有义，夫妇有别，长幼有序，朋友有信——这是镜子，你照照自己的形容儿，可有半伦一伦? 张廷璐受你之托科场行奸，事情败露处刑腰斩，你整日围着朕，连一句减刑的话也不曾说。像你这样的东西，做恶事坏事也是毫无章法，哪个人跟着你不要留一手? 哪个人肯替你出力卖命?"

弘时浑身已经瘫软下来，不知什么时候已经从杌子上溜跪到地下，直到雍正说完，他都像听着天上的雷，一声一声沉重地打击着他本来已十分衰朽脆弱的心。他张皇四顾，似乎在寻着什么可以依靠的东西，但这屋里，除了那支闪着一幽一明的光的蜡烛和一个毫不动情的皇帝，什么也没有。半晌，他忽然无望地发出狼嚎一样的悲啼，边哭边叩头，说道: "皇阿玛圣明，皇阿玛圣明……那都是冤枉的……您从小儿看着儿子长大。儿子虽然愚顽不肖，做坏事的心胆是没有的……"

"朕半点也不'圣明'。"雍正看也不看弘时，像是自言自语地说道，"杀张廷璐，你一句话也没说，朕只是觉得你'忍'。他的事朕过后有疑惑也有所不忍，所以自他之后，朕废除了大清律里的腰斩之刑，也为恕自己的心。八王议政，朕只是觉得你暧昧，心地阴暗，想和这群污糟猫王爷分一杯羹。隆科多搜园，朕对你已经十分警惕，还想着你毕竟是儿子，能包容就包容了，也许是你不掌权，想着好比一只狗，喂饱了也就不咬人了。孰料你进而要杀人，杀你的父亲，还杀你的弟弟。你可以说是古今天底下最贪恣暴虐的衣冠禽兽了!"弘时向雍正爬跪了几步，悲号道: "皇阿玛，皇阿玛……您是儿的父亲，那些事……有的有，有的没有……你不要听信外人谗言……""你也是读过书，受过明师指点教诲的，"雍正一脸鄙夷的神气，继续说道，"岂不闻杀人可恕情理难容? 你身为皇阿哥，万岁之侧千岁之体，若不为非，哪个敢来动你，又有谁敢来离间父子之情? 朕若证据不足，又焉肯将你夤夜捉拿到此? 朕若无情，又焉能不把你交部严议明正典刑!"

"皇阿玛! 您听我说……"弘时的精神堤防，在雍正排炮一样的轰击下突然崩溃了。他像一座受潮的糖塔，委顿着软瘫在地，说道: "……总归可怜儿子糊涂，听了下头人调唆，以为……以为除掉了弘历，儿子……占定嫡位是顺理成章的事……所以有魇镇的事……河南追杀弘历……那是他们办过了我才知道，并不是儿子生谋造意……阿玛……您要把我交部议罪么？……啊？您说话呀……"

雍正听他哭得凄惶，一股又酸又涩的口水涌上来，眼泪已夺眶而出。他像石头人一样站在当地，听着弘时撕心裂肺的哭声，突然想起那年承德事变，太子允礽和十三阿哥允祥被囚，狮子园里一片恐怖，奶妈子抱着刚满两岁呀呀学语的弘时逗自己开心的往事。又忆到让弘时骑在自己脖子上去捉爬在树干上的蝉，尿了自己一身……雍正不禁长叹一声。但这温存只是一霎间闪过。很快地，他的眼睛里又像结了冰一样阴寒，放过这逆子天理人情不容。别说后世，就是张廷玉鄂尔泰这些近臣也会腹诽自己处心不公。往后每说一次"光明正大"都等于当众打自己的耳光。他用沉缓的语调说道："朕瞧不起你这模样，大丈夫死则死耳，做得出就当得起，你起来！"

"是！"弘时爬起身来，已是额青眼红，畏缩地又坐回小杌子上，说道，"请父亲训诲……""你弑父杀弟，欺君灭行，依着《大清律》，除了凌迟，没有第二条刑罚。"雍正幽然说道，"朕思量，把你交部，又是哗然天下一件大案，不但你死，还要带累多少人，家丑也外扬了。所以朕一开头就是密地捕你，为的不招众议。"弘时用感激的目光看着父亲，低声说道："谢父皇成全呵护恩典。"

雍正也看着这个不成器的儿子，从心底无可奈何地叹息一声，走下炕来，背对着弘时，用不容置疑的口吻说道："你知恩就好！你的罪犯在十恶，断无可恕之理，但朕与上书房军机处等人商计，不能把你交部显戮。一是国家禁不住大案迭起，二是朕也觉得丢不起这个人。"

"那——皇阿玛打算——圈禁？"

"……"

"到岳钟麒军中……效力恕罪？"

雍正依然摇头，说道："没法给你判，没法给你身份，你到军中没有名目。"

"那么儿子只有削发为僧，在佛前忏悔赎罪了……"

雍正倏地转身，灯影里看不清他的神色，只听语气深重得让人透不过气来：“你还是尽想着活命之道！凭你这身份，哪个庙藏得住你？你借忏悔之名求生活命，不怕有一日暴露，让你伤透了心的老阿玛再蒙羞耻？且不说你的罪没法恕，就是可恕，你的心可恕么？既然你自己不愿想，朕就替你说，你除了自尽没有第二条可以恕心谢罪的路！”

“皇阿玛！”弘时顿时吓得泪流满面，“嗯”地跪直了身体扑上前，紧紧搂住雍正双膝，摇撼着，哭泣着，说道，“儿子有罪当死……原没有可辩之处……念起皇阿玛子胤单薄，儿臣一死不足惜，带累孙子都是有罪之人，宗室近亲更是零落……”“你此刻才想到‘宗室’？晚了！”雍正见他一副苦乞命相，心中更增反感，冷冷说道，“朕不想和你纠缠，你这副可怜相打动不了朕！一条是你今夜从速自尽，朕念父子血胤相关，关照你的家人子女不受株连，给你一个小小处分塞了众人耳目。一条你就这么挺着，朕自然将你的罪名证据一并发给大理寺刑部议处。他们若肯饶你，朕不加罪。他们不肯饶你这人神共愤的逆子，朕只有依律处置，绝无宽贷之理！因为朕已经加恩，亲自来劝，你不受这个恩！”他的语调变得异常沉痛，“虎毒不食子，朕何忍置你于死地？但你细想，活着有什么面目见朕，你又怎样见你的弘历弟弟？你又怎么样面对你的妻儿？如何周旋于王公大臣之间？不但你，连朕也羞得无地自容……但你若自尽一死之血可以洗清你的罪，世人怜你是做得当得的汉子，不至于让你的家人再蒙羞辱……儿子，你……你自己思量吧！”他后退一步，挣开弘时的双手，拖着深重的步履出来，对守在门口的图里琛说道：“给你三爷把东西预备好。抬一桌酒席，要丰盛些！”

图里琛身负雍正安全，一直紧靠门站着听里边动静，父子二人的对话听得明明白白。他心里也是紧缩了一团，恍惚迷离半日才回过神来，躬身道：“喳！臣遵旨！”看了看屋里半晕半瘫伏跪在地的弘时，忙着便去为他张罗绳子、刀和药酒。

弘时没有谢恩，也没有再说一句话。

雍正迈着灌了铅似的步履回到澹宁居，正是子初时分，殿角人来高的大金自鸣钟沙啦啦一阵响，当当连撞十一声，仿佛四周都在呼应。一声午炮的沉响隐隐从极远的城内拱辰台那边传来，清梵寺的夜钟也悠然入殿。因雍正没有睡，满殿太监宫女都在亮如白昼的灯下垂手等候。张五哥刘铁成扶着他进来，众人见雍正脸上并无怒容，才略觉放心。几个大太监忙趋步过来给雍正除掉大衣裳，搀着他坐了大暖炕沿上。彩霞彩云拧了热毛巾请他揩面，雍正挥手命道："这么亮得刺眼，怎么歇息？留两支就够了，你们也不用在跟前侍候。朕烫烫脚，留下引娣，彩霞彩云在这说会子话，今晚不批奏折了。"

于是众人纷纷撤灯退出。引娣拿了花样子坐在雍正对面刺绣，彩霞和彩云用热水泡了雍正的脚，一边一个跪着替他揉捏搓洗。

"唉……"

好半日，雍正才深长叹息一声，注目着烛火，眼中熠熠闪着光，却没有说话。引娣放下手中活计，跪到他身后轻轻捶背，温声说道："主子，您心里郁的气太重了，说说话儿兴许会好些儿的。"

"朕知道，但朕无话可说。"雍正垂了一下眼睑，又睁开了眼，"说句心里的话，当初圣祖爷料理儿子，朕是觉得他样样都好，就是不善调停，连自己的儿子们都管不住……如今轮到朕，这才知道难。朕还不如圣祖，你们知道么？朕方才去了穷庐，弘时就囚在那里，朕要他自裁，以谢列祖列宗之灵……"彩云彩霞都吃了一惊，齐停了手张大着口望着雍正。引娣也忘记了给他捶背，顿了一顿方缓过气来，说道："论理我们不该插口，可他是您的儿子呀……"

"他是鸱枭——夜猫子！"雍正双腿动着互搓，慢吞吞，带着幽咽的嗓音说道，"你们总能明白为什么杀他……他没有半点人伦……"雍正说着，忽然觉得颏下火燔一样热，用手一摸，仍旧是老地方起了一层细如米粒的小疹泡，刚开口说叫传贾士芳，又想起允祥的话，改口说道，"老毛病犯了。朕就这么歪一歪……有引娣在这里就够了，彩霞你们去吧……"

彩霞彩云知趣，答应着退了下去。雍正由引娣给自己按摩，闭着眼说道："引娣。"

"嗯……"

"朕心狠，是么？"

"有人这么说。我不这么看，您其实内底里善，不过脾性太烈，眼里不能揉沙罢了……"

"说得好!"雍正闭着眼道，"圣祖爷晚年倦勤……天下文恬武嬉，朕若不扳这个吏治，不扭这个颓风，就要学了元朝，八九十年天下散乱不可收拾。朕处在这个地位，命中注定是要吃些苦，背些黑锅的……朕和曾静诏书对话，就是要世人明白朕的心。"引娣道："我不懂，我也不想问，您必有您的道理。""朕想叫天下人都懂，所以朕不惜纡尊降贵，耐烦琐碎和两个土佬儿大费笔墨唇舌。"雍正说道："要天下人都懂得大清得位之正，并不是从朱家手里得的天下，而是替朱家报仇，灭了李自成，从闯贼手里夺的江山。要天下人都懂夷狄之人也可以为圣君，要天下人都懂朕为什么要整顿这个吏治，处置像阿其那塞思黑这样一群人!朕好恨……连自己的儿子都要伙同外人，图谋杀父害弟……连养心殿贾士芳斗法，雷击死的喇嘛也是弘时家里养的!朕一行一动别人说朕是'铁腕'，其实别人扼朕时，何尝留过半点情?"他缓缓说着，已又流出泪来。

引娣忙下炕给雍正倒水取毛巾，这才觉得自己不知什么时候也哭了。一边自拭，又轻轻替雍正擦着泪，笑道："不说这伤心的了，作恶的不是都败了么?才见天也容不得他们。倒是自己的病得留心，依着我说，明儿一早还叫贾神仙来给您瞧瞧……"

"什么假神仙真神仙……"雍正渐渐定住了神，见引娣这样，穿着水红裙，蓬松长发挽在肩头的葱黄坎肩上，灯光下只见皓腕如雪，酥胸如月，兼之脸上泪痕未尽，由不得动火，一把拉了她到怀中，做了个嘴儿，笑道，"放着个活仙姑，还治不了朕的病?"说着一翻身便压了她在下头。乔引娣却还浸沉在方才那个可怕的话题里，一点心绪也没有，又怕扫了他的兴，只不言声由着他遍体抚摸，许久才道："万岁，您今晚别……"雍正淫兮兮笑道："'别'什么?为什么'别'?"

"这是你办事见人批奏折的地方，"引娣被他压得有点透不过气，"我不惯……"

"那好，明天在西边再建一间偏宫……"

"偏宫?"引娣一笑，"我算什么牌名的人?"

"朕先晋你嫔，然后妃，然后贵妃。这也和官一样，一步一步儿升……"

引娣吃地一笑掩住了脸……由着雍正折腾了，替他擦着额上的汗，柔声说道："您得当心身子……我留心来着，你越是心里苦闷，身弱，越是爱翻牌子……你这人真怪！"雍正微喘着笑道："是么？朕自己也没留这个心。那你往后看朕心情不好，多到跟前侍候嘛！"引娣挪出身来，在炕下洗了洗下身，穿好衣服，又侍在雍正身边，说道："好了，皇上该安心睡一觉了。"

"嗯。"雍正答应着，却毫无睡意，直盯盯看着慵妆妩媚的引娣，问道，"知道朕为什么待你最好么？"

引娣不好意思地一笑，说道："知道……我生得……俊呗……"

"也为这个。不过，宫里朕身边人，都也不丑。"雍正翻身坐起来，双手抱膝，索性漫谈起当年的事来：怎样到淮安治水，又怎样洪水破城，和仆人高福儿倚着一个大鱼缸漂水逃命，又怎样遇救，和小福儿相好。小福儿又触了族规，在大柿子树下被族人聚火焚死，他又带着李卫去高家堰寻访，又如何在黑风黄水店遇贼逃生……足足说了多半个时辰。那乔引娣已是听得痴了。雍正末了说道："你一定是小福儿托生，来完朕这一片夙愿的。不然，怎么活脱和她长得一样。你总该明白，朕为什么不讲情不讲义，生把你从允禵那里要来？这事朕确是不讲道理，若论起'理'，朕也只有这件事做得霸道，不过朕不后悔。你如今……后悔么？"

"唉……叫我怎么说呢？我不后悔……不过要一开头就遇上您……就更好了……"她抬起了头，望着窗外无尽的暗夜，讷讷说道，"几次打听，我们老家也迁了，我娘他们，这会子不知流落到哪里了……"

"这不要紧，交代给李卫，这是个地里鬼，什么事他都有办法……"

两个人有一搭没一搭地说着话，虽然身倦心疲，都靠在大迎枕上蒙眬对答，一直到窗纸发白才倦极而眠。但雍正满腹心事的人，只略睡了一会，便被自鸣钟声惊醒，悄悄起来，替引娣掩掩被角，放下幔帐，自出外殿来。值夜太监早已惊动，忙过来侍候，高无庸却挑帘从外头进来，给雍正请了安，呵着冻得发红的手说道："奴才一夜都在穷庐那边。三——弘时今晨丑正时牌已经悬梁自尽。图里琛正在装殓他入棺，叫奴才瞧着主子醒了禀一声。"说着将一张纸双手捧上，又道："这是弘时的绝命词儿……"雍正接过看时，一色钟王小楷写道：

> 茫茫无数痴凡夫，机关众妙门难入。泉台将至昏灯尽，残月晓
> 风向谁哭？计程西去漏三更，回首斯世情已输。寄语我家小儿
> 女，清明莫将新柳赋。

"扯淡！"雍正将纸放在烛上，看着它烧卷了发黑变灰，面颊不易觉察地抽搐了一下，说道，"他至死不悟，还以为是自己计算不周！"说罢大步出来直趋韵松轩。

张廷玉、鄂尔泰、允禄、允礼、方苞、弘昼还有李卫都在韵松轩，他们知道迫在眉睫的是弘时的事，几乎都是一夜不睡，寅正时分已经进园，在弘历这边等候。待雍正一脚跨进来，已是满屋烟雾缭绕，众人忙都一齐跪了下来。

"起来吧，"雍正一摆袍角坐了弘历原来的位置，凌晨中，他的声音显得惺忪，又很清晰，"弘时不肖，危害宗庙社稷，朕已令他昨夜自尽，以正国典家法！"见众人一齐噤住，雍正严峭的面孔放松了一点，说道："朕知道你们要说什么，但朕只能用一把天平量世界。不这样，人就不能服，法令也不能真正遵行。"

"皇上睿断果决，义灭亲子，千古帝王无人能及！"张廷玉原来心中也是猛地一收，但很快就平静下来。他已真正看到这位皇帝的风骨，真的领教了雍正推行新政，刷新吏治的决心，因也不再作无谓的安慰，正容说道："臣乍闻之下，为皇上悲为皇上惊，细思且为皇上喜，今日天下，大清开国以来小民最富，国库最盈而吏治之清，数百年仅见。这不单是皇上夙夜宵旰孜孜求治，更要紧的是皇上励身作则，为天下之先，风节之烈与日月同昭。以此化天下，无不化之天下，以此化人，无不可化之人。臣唯有时涤虑肝肠，追随皇上努力明德资政，皇上为尧舜之君，臣等也得为皋、夔之臣……皇上，您且得保重，您……不容易呀……"说着眼圈便觉热热的。众人听他说得既堂皇又贴心，句句都发自肺腑，也都垂头感泣。

雍正原是准备了一大篇剀切沉痛的训词的，此时倒觉得多余，勉强

笑道："衡臣说的是，愿我们君臣共勉吧。趁着都在这里，朕安排几件政务。朕近年身子愈来觉得支持不来，要儿子帮朕分劳。弘历自今天起移到澹宁居，在御座前另设一案办事见人，奏折也由他代拟。大事疑难事朕就地随时决策。十七弟年富力强，又带过兵，即以果亲王身份摄政，统领卫戍大内的责任，督促军机处上书房办差。允禄和弘昼襄助协办，兼管内务府、顺天府事宜。弘昼就袭和亲王位，帮着你十六叔十七叔办差。其余的都是朕亲信任用大臣，已经各有差使。允祕今天没来，回头传旨给他，朕的弟弟里他年纪最小，朕也最疼他，叫他进园在韵松轩读书，得便学习参与政务。朕现在外间新政吏治都已经有了规矩章法，你们只管照着努力去做就是。要紧的事有三件，岳钟麒的西路军事、西南苗瑶的改土归流和曾静一案的审理结案。你们不要小看了这案子，朕一生心血行迹，都要用这本《大义觉迷录》昭示天下。朕之磊落光明，正大无私之心，不但要你们知道，还要借曾静之口，演示百代之后。"他搓了一下略带浮肿的脸颊，侧转脸问张廷玉，"这样安排可成？"张廷玉忙躬身道："奴才以为十分妥帖。"

"就这样，你们跪安吧。"雍正说道。看着众人纷纷跪辞，他心里觉得踏实安生了许多，但又升起一种寞落孤寂之感，坐在弘历的案前看着自己的儿子，一时舍不得离开。

弘历深知他的心事，还在为弘时难过，亲手端了参汤捧给雍正，说了一阵俞鸿图河工进展，又回了岳钟麒战车制造情形，将雍正的思绪拉回到政务上，雍正阴沉的脸才开朗了些，说道："你放心，弘时死，朕不伤心，朕要舍不得他，难道就不能给他别的处罚？朕如今每每回心，一想起阿其那他们，就愀然不乐，但国法家法俱在，该怎么办还怎么办。社稷，公器也，虽天子不得以私据之，你一定得明了这一条。朕老了，身子骨儿愈来愈差，精神也渐渐不济。圣祖爷晚年放任了点，天下就变得异常难治。你就在朕身边措置政务，朕就懒怠一点，你多操办也一样的。"

"身子欠安，还是要瞧御医，这是正道。"弘历说道，"皇阿玛，十三叔曾说——"他顿了一下，顺手从书架上取下一本《易经》翻开来，递给雍正看。雍正看时，却是一张纸条，上写"诛贾士芳"四个字，目光一闪说道："你十三叔曾跟你说过么？这要李卫来办。他有神通，朕现在用得着，而且现在有功无过，不能无缘无故处置。你要谨密，说不定他能猜测出你这纸条的！"弘历笑道："他要能连《易经》都看穿了，也就制不住了。我和十三叔谈话，都是用这部宋版《易》，决无相干的。"

雍正笑着点点头，说道："你很会想事情，朕现在还是用得着他。到时候也用《易经》给你传旨。"说罢起身踱去了。

当晚便有旨意，乔引娣晋位"贤嫔"在畅春园造宫居住。

第四十六回　当断不断畏祸失机
　　　　　　邪道伏诛血溅红楼

　　雍正断然绝情杀子，虽然没有明诏布告天下，但弘时因"处事妄诞，放纵不羁"，当时就革掉了王爵，数日之后便传出他"羞愧自尽"的消息。数年之内瘐死允禵允禑，囚禁允禩和"舅舅隆科多"，加上弘时这个亲生儿子，凡有党援情事的勋贵格杀殆尽，真个苞苴不行于铁面，亲情不移其刚肠。这种唯法是行六亲不认果真惊世骇俗震慑了官场猥琐龌龊之风。尽自天下官员地主对雍正新政火耗归公，改发养廉银，摊丁入庙，士民一体当差完粮……这些措置心里仍旧腹诽不已，对田文镜鄂尔泰曲阿圣意，刻意剥削，假报考成邀功图进的"小人行径"切齿仇恨，但也确实没人再敢作仗马之鸣，攻讦他树的这几位"模范总督"了。不但雍正，就是张廷玉，鄂尔泰等大臣，也觉得令行禁止雷厉风行，政务绝少滞碍。

　　政务顺手，军务却十分棘手，云南广西改土归流，当地土司本来就不服，新选派的州县官到这些穷乡僻壤做官，事多任繁，又毫无油水可榨，许多地方州县衙门没有主管，任凭胥吏上下其手敲剥苗瑶百姓，激起民变。自雍正五年镇沅土司刁瀚率苗民聚众放炮，焚烧府衙，几次用兵征剿，都是"兵来我进山，兵去我再来"，总不能平服。鄂尔泰是以"改土归流"投合"圣决"入为枢相的，当然深感不安，亲自请缨返回贵阳主持。雍正自然照准，仍命他以军机大臣身份督办云贵军政，命贵州提督哈元生为扬威将军，湖广提督董芳为副将军，都由鄂尔泰节制，进剿扫荡叛苗。岳钟麒大军自雍正七年正式誓师出兵，大军共分北路军与西路军，钳形西进，岳钟麒坐镇西路军，由将军纪成赋，副参领查廪护理北路军。临出征前上疏雍正，言有十胜把握，写得酣畅淋漓：一曰主德，二曰天时，三曰地利，四曰人和，五曰粮草广储，六曰将士精良，七曰车骑营阵尽善，八曰火器兵械锐利，九曰连环迭战，攻守咸宜，十曰士马远征，节制整暇。断言策零噶尔丹跳梁小丑不难指日荡平。雍正也大加奖赞，升任岳钟麒的长子岳睿为山东巡抚，亲自在太和殿择吉日为岳钟麒送行，命岳睿直送父亲到西宁军中以示恩礼隆重。

正当旌旗蔽空士马饱腾，即日升纛开拨之际，突然前军来报，准噶尔派特使特磊进京朝见，路过西宁，要求请见岳钟麒。

其时正是雍正九年七月，塞外胡杨正青草原雨多草茂，西宁城无风无沙，湟水如带横亘于苍天茫野之中。岳钟麒刚刚巡营回来，听见这一消息不禁一怔，总兵张元佐、樊廷、冶大雄恰都在身边，因用征询口气问道："见他不见？"

"这是策零阿拉布坦的缓兵之计。"张元佐说道。他是曾允禵和年羹尧两度和噶尔丹打过仗的，深知这个小阿拉布坦奸诈异常，略沉思了一下说道："他既是朝见的特使，不干咱们的事，放他去北京，咱们该怎么干还照计不动。"冶大雄是个兵士出身的老行伍，说道："这个时候士气正旺，最忌这种事。下头知道要讲和，有些旗人听说能不打仗，烧香磕头还来不及呢！依着标下建议，权当拿住了奸细，割了他的鸟头，三军号示他娘！"樊廷却道："万一他来投降呢？擅杀来使，皇上怎么想？见见面于我何损呢？"冶大雄道："这种事犯什么嘀咕？仗打赢了就总有理，仗打败了就百无是处。将在外君命有所不受，宰了这个兔崽子，得胜回朝有人说话老冶顶着！"

几个将领意见不一，岳钟麒一时犯难：军中满汉将领心思不齐，满人骄横无能，汉人心怀不满又招惹不起，特磊是奉命到北京朝见雍正的，自己半路截杀了，保不定就有人写密折，砸自己黑砖。以雍正专断权威，亲子尚且不姑息，万一将来军事稍有失利，大祸只在顷刻。但与特磊接谈，又确实于士气有碍。思量了好一阵，才道："在侧耳配庭见见他。"说着带着马弁戈什哈进了大将军署，在正殿西边亲兵守值的耳房坐定了，不一时便见人带着一个五十多岁的蒙古人进来。岳钟麒不等他坐定，便道："你叫特磊？如今两家兵戎相见，不在喀尔喀等死，到我军中有何贵干？"说着目视通译官。

"不要这个蹩脚的通译官了。"特磊没听完通译官的翻译就笑了，

"我能说汉话，我自幼随阿爸在张家口做茶马生意，我的母亲也是汉人，我和汉人有很亲近的情分。"他是那种很深沉很干练的蒙古汉子，黑红的脸膛上，浓眉长出了寿眉，一双饱经沧桑的眼睛晶莹闪光，满脸都是慈祥温和的笑容。一口流利的汉话略带了晋北口音，不知道的根本听不出是蒙古人。特磊顿了一下，说道："我不是给将军下战表的，我身上带着息争和平的使命。"

岳钟麒用难以置信的目光看着特磊，不动声色地说道："谁能相信你呢？你们准噶尔人已经几次遣使去北京，只会骗人，一句真话也没有。一边在北京恭敬朝见，一边背地里进兵青藏！我见你没有别的意思，只是好奇，看看你是个什么东西。"

"我不是'东西'，是人。"特磊一本正经说道，"岳将军怎么汉话也说不好？"

有此误会，便显出特磊毕竟是蒙古人，几个将军不禁掩嘴葫芦。岳钟麒问道："是谁派你来的？策零阿拉布坦？"

"啊，将军。"特磊大约嫌屋里热，祖了一只袖子，说道，"《孙子》里曾经说，'知己知彼百战不殆'，将军对我准噶尔情形可以说一无所知。策零阿拉布坦去年十一月已经病死，现在我们准噶尔各部是由噶尔丹策零大汗台吉执掌权力。噶尔丹策零汗爷一向尊容中央道统，仰慕中华文明，谨守西疆为中央屏障，几次击退哥萨克侵略。他臣守喀尔喀蒙古是康熙博格达有诏书特许的，修表称和也是有诚意的。我来，是为消除误会，争取和平而来。"

"误会？"岳钟麒格格一笑，"雍正二年春，被我天兵在青海击败的罗卜藏丹增，不是你们窝藏起来了吗？"

特磊在椅上欠身一躬，说道："将军须知，当时和现在的政情不一样，当时我们执政的是策零阿拉布坦。鉴于老阿拉布坦、老噶尔丹与罗卜藏世家的渊源，不能不予收留，汉人叫这为'讲义气'。但罗卜藏丹增是一条毒蛇，是草原上的豺狼。他在我们的地盘里收罗旧部，联络噶尔丹残部，借祝寿为名带兵入帐，要杀害年轻的噶尔丹策零。我们的台吉汗爷正好要与朝廷修和，就把他们一网打尽，命令我把罗卜藏丹增押解北京，以表我们博格达汗朝廷的忠忱。但是——"他皱紧了眉头，对目瞪口呆的岳钟麒道："我走到科舍图西的三叶河，就遇到了将军的部队正在向西挺进扎营。逃亡的蒙古人都告诉我，岳将军要率军横扫喀尔喀蒙古。我不能带着我们主人的忠诚之心身入不测之地，因此暂时命人把罗卜藏丹增押回了伊犁。将军，每一条生命都是珍贵的，请您将我的话转奏雍正陛下，我就留在军中做您的人质。这样好吧，将军？"

"好吧。"岳钟麒听着一篇天衣无缝的说辞，一时实在挑剔不出什么毛病，因起身道，"我这就奏上去。你大约要在我营中等半个月，给你划一处小院子住。你和你的从人食膳都有人照应，只是半点不能越轨，否则休怪我军法无情。"

当天，岳钟麒就将特磊来朝的情形备细具折奏陈，并说，"策零阿拉布坦奸诈为怀，素无信义，特磊所言多不可信。请旨将特磊就地正法，以励士气。"

十二天后就接到了雍正发来的八百里加紧朱批谕旨：

> 夫不战而屈人之兵，上胜也。东美未闻之耶？噶尔丹策零果能谨守臣道，俯伏阙下，朕亦不必以犁庭扫穴而后快。即将特磊妥送来京，俟朕亲询，我军暂缓西进。唯恐特磊有诈，戒备不可稍懈，汝将军事布防调停恰妥，亦同特磊进京可也。钦此！

岳钟麒明知此举不妥，但旨意毫不含糊，雍正的性子又半点违拗不得。只得连夜安排军务，带了几十名亲兵，快马护送特磊赴京。特磊带的贡品驼队，则由驿站递传进京。

几十骑人马日夜趱行，赶到北京时已是将近八月中秋。当年河南、山东、山西都丰收，正是清风潇洒金谷登场之时，北京城里人已在忙着制月饼，扎兔儿爷，供小财神，走斋月宫，一片热闹。城外丹枫染秋艳色杂陈，山含淡翠云薄西岭，永定河子牙河清潦流素，两岸杨柳未老，依旧伤心一碧。正是北京天气景致最佳之时，众人一路奔波，却都是满身风尘，眼倦腿胀，哪里有心思观赏？当晚在潞河驿安歇住，张廷玉已来慰问，传旨明日进园，召见噶尔丹特使特磊。同来的还有工部尚书俞鸿图，新升任的京畿道李汉三，礼部外藩司长陈学海，大家吃西瓜品葡萏说闲话。那陈学海仍是饶舌，又是河修治得好，又是各地丰收，又说荷兰国、日本国、法兰西国、罗刹国"万国来朝"。东洋鬼子西洋鬼子怎么恭敬，万岁高兴得病都去了一大半……一有话缝儿就插进来乱嘈，众人也都不计较他。热闹说话一阵便各自散去。

第二日清晨，岳钟麒冠袍履带结束停当，与特磊并马来到畅春园双闸门口。高无庸已在候着，二人一下马他便宣旨："特磊在此候旨。岳钟麒进去。"见特磊恭恭敬敬双膝跪下。岳钟麒没言声，抿了抿嘴唇便随高无庸进园，径趋澹宁居。

"东美一路辛苦。"雍正盘膝坐在大炕上，李卫和朱轼从侍在旁，炕西靠南窗设着一案一椅却是弘历坐着。见岳钟麒进来行礼毕，雍正笑道："弘历替朕扶一把东美。这会子都是朕的亲臣，坐着说话儿。"

岳钟麒打量雍正，只见雍正穿着驼色江绸夹袍，外边罩着绣石青江绸棉金龙褂，项间挂着蜜蜡朝珠，腰间系着金带头线纽带，戴着一顶天鹅绒纱台冠，正襟危坐在东阁大炕里，精神比两年前离别时要好得多。只是身上削瘦，连衣服都看着有点不合体，岳钟麒觑着眼看雍正，边坐边道："圣颜比奴才离开时还清减了些，鬓边头发更苍了。皇上依旧只是吃素么？奴才是个厮杀汉，释佛道理不懂，但供佛也还用三牲，他也不禁荤。所以皇上还要增进些肉食。奴才离开时皇上戴着斋戒牌，今仍旧戴着，难道主子用的常斋不成？""朕生性喜爱素食，倒也不禁血食。但今天是田文镜头七之日，朕为他超度。"雍正咳嗽一声，一个小太监忙捧着漱盂过去，咯了一会儿却没有痰，又坐正了，叹道，"你大约不知，田文镜已经去了。社稷少一人呐……不说这些了，说说你那个特磊吧。"岳钟麒从河南过，田文镜死，当地缙绅大户爆竹连天响地祝贺，他亲眼目睹。他这个话无论如何不能在雍正跟前提说，因双手按膝，将军备西征情形诸多事务一长一短说了，又细细说了接见特磊的经过，奏道："《春秋》云一鼓作气，再而衰，三而竭，士气最要紧的。准噶尔部历来反复无常狡诈难测，盼皇上掷还他的贡品书表，斥见来使，以示天朝讨敌不共戴天之决心。奴才在西边大营鸣鼓扬旗而进，不难殄灭丑类。"

"文死谏，武死战，你的这个想头原不错。朕见他，也是想看看他的虚实再作定夺。"雍正说道，"你大约见了邸报，睿亲王多尔衮的案子，已经平反昭雪，鳌拜的子孙也复了世职。朕不是个烂好人，但若能以德服人，少杀生而获胜，朕是求之不得。特磊万里迢迢来了，还是要善见善言。近来十几个外藩国如日本、琉球、荷兰、法国等遣使朝贡，礼仪周备，措辞谦抑，这种祥和之气是大清的洪福么！假如噶尔丹策零果然安分守己臣服西疆，朕又何必一定赶尽杀绝？上天有好生之德嘛——高无庸。"

"奴才在！"

"传特磊晋见。"

"喳！"

待高无庸出去，雍正笑道："法兰西国贡来二十支双筒镶金鸟铳，赏给你六支。回头你到宝亲王那里领去。"弘历忙起身答应，又笑道："东美大将军你好风光，我才得了两支，李卫才一支。你一人就得六支——儿臣看日本国进的倭刀也好钢火，请阿玛赏给岳钟麒几把。"

"好，赏二十把。"雍正笑道，"大将军有八面威风么！东美的亲卫队可以抖一抖。"岳钟麒忙又躬身谢赏，笑道："这是圣上激励我全军将士的，钟麒不敢据以为私。擒斩敌上将一名，奴才转赠鸟铳一支；擒斩敌千夫长一名，赠赏倭刀一柄，如何？"李卫笑道："岳大将军这法子好。这么说我也厚脸皮，向主子再讨两把倭刀，像吴瞎子这些不领俸禄，为朝廷缉拿山野大盗，赏他一把，比封他的官还要管用呢！"说话间高无庸进来，雍正便问："怎么这么久？"

"特磊从双闸口三步一拜进来，走得特慢，奴才先进来禀一声。"高无庸赔笑说道，"他说，准噶尔部落历年来叛服不常，他是有罪之人，不能以常礼晋见天子博格达汗。还送了奴才这个，叫奴才在主子跟前替他美言——"他从袖子里取出一块金饼，足有烧饼来大，少说也有二百多两，呈给雍正。从人见他出手如此大方阔绰，都是心中一动。

"既然赏你的，你主子知道了，收起来吧。"

雍正听见特磊如此恭谨有礼，高兴得脸上泛光，又道："特磊如此知礼，事情有几分指望。钟麒，你和李卫可以退下了。既然已经回到北京，索性放心歇息一下，前方军事奏章，军机处接到就转给你，只留心些就罢了。这部《大义觉迷录》刚刚刻成，已经颁布天下学宫。这是样书，赐你一部，拿回去仔细参详。像曾静，张熙这样的人，只要向化，不但不杀，还有官给他做，由他们游学天下现身说法，比朕自己四面八方地应付谣言不是强得许多么？"他把一部切得整整齐齐的书递给岳钟麒，看了一眼朱轼和弘历。朱轼和弘历都是力主要杀曾静的，只低了头不言语。

李卫和岳钟麒出殿，见特磊手捧贡单，才拜到蔷薇墙洞旁。二人绕开了，从花间小径到双闸口。岳钟麒要回潞河驿，李卫生拖住了，笑说道："那个驿里闷死了，这会子还有屁的军务，你跟我来，和你说说话儿——我如今要办一个要差，得借你一点威气呢！"李卫是出了名的顽皮，岳钟麒虽然不苟言笑，也禁不住他这死乞白赖的顽筋，只好一笑，说道："人都说你病得七死八活，我看你阳寿早着呢！拿你没办法，到哪里玩儿，这威气又怎么个'借'法呢？"

"我这身子骨儿得谢谢我们贾神仙。"李卫一边和岳钟麒认镫上马，笑道，"——也是来京之后承他咒诵些个，果然就无碍了。"

二人在马上一纵一送正向东边城里来，走了约一里许地，只见一乘二人小轿闪悠悠迎面而来，旁边还有四名顺天府的衙役护送，走得飞快。岳钟麒正奇怪这样的缠藤轿怎么能抬到禁苑，李卫已跳下马去，笑嘻嘻拦住了，说道："老贾出来！"正自诧异，那轿已经顿住，贾士芳已笑着躬身出来，岳钟麒知道他在雍正跟前身份，也便缓缓下马。李卫一把扯了岳钟麒，指着贾士芳笑道："如今也是宫里说一不二的人物儿了，又使不完的金银，还是个出家人，仍旧勒嗦，坐这样的小轿！""岳大将军安详！"贾士芳神采奕奕，向岳钟麒一稽首，说道，"——你小瞧这轿么？比马还快呢！我本来爱骑驴，庄亲王爷说没个骑驴进出紫垣的，太扎眼了，我就换了这乘轿。"

"你这小藤轿不显眼么？"李卫仍旧嬉笑着，说道，"你这会子不要进园子了，皇上正忙着接见外臣呢！他现在身子没事，进去也是闲着。来来，随我到个好去处，我给你二位开开眼，一个是杀人不眨眼大将军，一个是砍不掉脑袋的牛鼻子道士，加上个饿不死的叫化子，好玩呐！"岳钟麒笑道："我带一辈子兵，就我身上这把刀，不知杀了多少人。总没见还有砍不掉脑袋的人！"李卫笑指贾士芳，说道："这位就是了！上回在荷风亭他吹出来，张五哥不信，连砍他三刀，都像砍在弹簧上，刀蹦起老高，脖子连个红印也不起！"岳钟麒只当玩笑话，贾士芳也只笑而不语。

于是三人弃马辍轿，干脆步行入城，在宣武门西大廊庙转了一会儿。这里却十分热闹，一街两行书画、玉器、碑帖、烟料、料器、瓷器、花木、旧书、唱本书的……应有尽有。旁边有狗市、蝈蝈市，一片声嘈叫乱叫。卖耗子药的大声吆喝：

"一包管保六个月，坐地户儿，药不死耗子您找我！"

卖首饰的说："买过的您知道，戴过的您认得，露出铜色给我拿回来！"

"金回回的膏药！五痨七伤骨断筋折只用一帖管好！"

"买孟家百补增力丸！不损阴不伤阳，一夜管睡百姑娘！"

岳钟麒看着周匝把式卖艺的，说相声弹弦子把式耍又卖眼药的，乱哄哄人来人往，笑着对李卫道："你真是个乞丐儿，专爱转悠这些地方。我来北京这多次数，从不知还有这种地方！"李卫显得如鱼得水，买了十几个雕镂蝈蝈葫芦说是"送给小主子（小阿哥）们玩"，又要了三大串冰糖葫芦，给贾士芳和岳钟麒一人一串，还有什么云片糕、桂花糖、饧人儿，每人怀里塞得满满的，笑道："能天天到这里转转玩玩是福气！你到西边出兵放马，想起今儿准会思念我这叫化子。你别小看了这西庙会，没听人家说，'东西两庙货真全，一日能消百万钱，多少贵人闲至此，衣香犹带御炉烟！'别以为你我身份高——你瞧，那不是五爷?!"两个人眼花缭乱，口里塞着，怀里揣着，耳朵里听着，已被这位"缠死鬼"总督弄得五神皆迷。顺他手指看去，果见新封的和亲王弘昼头戴红绒结顶六合一统青缎帽，一身月白府绸夹袍，脚下蹬着双梁起明检鞋，握着一柄汉玉坠儿湘妃竹扇一步一踱自东悠闲着过来。岳钟麒忙拉贾士芳，说道："咱们躲躲！"李卫笑道："不成，五爷已经瞧见咱们了！"

"原来是你三个！"弘昼身边也有人耳语了一下，他目光一跳，加快了步子赶过来，笑道，"李卫这狗才，你们想躲我么?"李卫嬉皮笑脸道："是东美想躲，怕不好见礼。您瞧我买这蛐子葫芦儿，有永壁小世子爷一份子呢！"弘昼笑道："这种地方行什么礼呢？方才我还见小叔王带几个太监那边玩，见面一笑就罢。"

李卫见弘昼说着就要走，笑道："五爷，有什么好地方儿玩，带携我们则个。好歹今儿碰上，也是我们的缘分。我们都打园子里才来，可怜见的饿得前胸贴着脊梁骨，吃这些个充饥！"

"别他娘装穷卖苦了！"弘昼笑道，"不是我不带你们，其实我去庆云堂，有吃的有玩的，怕的是你们嘴不严，漏出去我就得写谢罪折子。再说，士芳是出家人，到那种地方，万一破了戒，往后狗皮膏药卖不成。"贾士芳便知他去的地方邪僻，因道："贫道如没有大定力大神会，焉能修到这一步？我无欲，欲何能诱我？我们道中也尽有男女修合采补御女成道的，不过我不从那一路出就是了。'天地由我主持，鬼神由我支使，'上回我给主子发气疗病，主子不高兴，说，'你都主持支使了，朕呢？'我说，'您是人主，管人嘛！'既这么着，你们去玩，我回去读经了。"说着便要走。李卫哪里肯放他走，死乞白赖拽住了，说道："臭牛鼻子，天天嚼你的烂经簿子！什么意思嘛？走，扰定了五爷的，他老有的是钱，咱们帮衬！什么鸡巴定力见了真的你不动心，那才是真神仙！"连说带撕拽，岳贾二人都拗不过他，便跟了弘昼向西，又向北。走了一段胡同，出到棋盘街口，一带粉墙，仿江南沈园式样的歇山顶二层酒肆矗在街北，便是有名的"庆云堂"了。

四个人穿过热闹嘈杂的前店酒楼门面，趱过楼北一个小侧门，由后梯拾级登楼，迎门便是一座镶金嵌玉的玻璃屏风①，又向北折，出门来，却是一座加亭空中游廊，窗上糊的都是碧绿色如云的蝉翼纱。脚下是海子，满塘的莲叶，远处的水榭、池心亭、曲曲弯弯的石栏桥透窗可见，模模糊糊的影子映着，廊中都铺满了猩红地毡，汤裱铺糊的米黄壁纸，每隔不远就悬一盏小巧玲珑的宫灯……到了这里，处处都有一种身处仙境，隔绝尘圜之感。见弘昼不由人引导，穿堂入室走得熟门熟路，李卫不禁笑道："我的爷！再想不到庆云堂后头还有这么大景致！这和内苑比也不相上下。""别瞎扯了，"弘昼在前头走着，笑道，"这是专门接待

---

① 当时玻璃尚是极名贵的装饰用品。

王爷的堂子！——那不是老鸨？"

三个人眼迷神怅，发怔时，果见一个袅袅婷婷的中年女子，年纪不过三十，淡施粉黛轻步迎出，相貌端丽举止娴雅，迥异寻常妓院老鸨那副赶前赶后，絮絮叨叨蛇蛇蝎蝎的俗像。至四人跟前，只瞟了岳钟麒一眼，稳稳重重蹲下身去，说道："五爷您来了！爷们吉祥！"

"我是五爷，你是五娘，咱俩刚好配对儿。"弘昼笑道，"这是我几位朋友，都没有开过洋荤，我带他们来玩玩儿。"那五娘脸红了红，笑道："人都在后头水榭子上排戏，这里只有小五子小六子。爷们且进去坐着，叫她们唱曲儿听，我这应叫她们过来——不知爷们要开西洋荤，东洋荤？"

弘昼见几个人都瞠目不知所云，笑道："你别问他们，都是土佬儿——就来东洋秘戏，下次再见识西洋的。"说着便进来。三个人傻子一般跟着弘昼进了楼，这才看清是一座环楼，原是个四环天井院，上头封了顶子，院内一色的红毡铺地，四角挂着盏粉色玻璃灯，既照楼上又照楼下，都映得一片柔润晶莹的光，不刺眼也看得清。沿四周栏杆的天井中间，幔着一层雾一样的云纱，楼下情形一览无余却又模模糊糊。天井院下四壁都挂的小红烛灯，比楼上亮得多，这样，楼下人就看不清楼上的人。四个人在临栏前坐下，弘昼和贾士芳对面倚栏，中间隔着条案，李卫和岳钟麒，一个挨弘昼，一个挨贾士芳居正而坐。正看得没头脑，那五娘带着两个云鬟小丫头，捧着条盘、酱西瓜、荔枝、葡萄、菠萝、香蕉、苹果一一进上来，最出奇的还有一大盘鲜桃，绝非时令果品，也献了上来。李卫先就咂舌道："别的也罢了，这桃子希罕！五爷，到这来玩一晌，怕得几十两银子吧？"

"几十两！"弘昼扑哧一笑，转脸对五娘道，"你听他是个土佬儿吧！想开东洋荤，得一千五百两银子，开西洋荤，得两千两呢！"说得五娘、小五子、小六子都是一笑。五娘道："什么一千两千两，人意儿比钱贵重！小五子小六子，给爷们来一套《春宵帐》，我献个丑讨爷点赏！"弘昼顺手抽出一张银票递给五娘，说道："难得你巴结。这是两千两的票子，今儿揽总儿有了，你自己调停分赏就是！"

五娘笑着领了，略一顿首，小五子琵琶，小六子筝，旁边一个小丫头吹箫伴奏，微微调弦试调，一阵轻舒、柔缓、温滑的曲调如流水行云悠然而起。五娘轻舒皓腕，眄目四流柔声唱道：

> 自将杨柳品题人，笑拈花枝比较春。输与海棠三四分，再偷匀，一半儿胭脂一半儿粉……

"太柔靡了。"岳钟麒听着五娘的曲音，如风送春水，细雨润石般袅袅萦绕，若有若无，若断若续，突然想起冰天雪地的青海，不禁叹道，"像我这样的人，不宜听这歌的。"李卫笑道："人生能得几回欢？好好听着罢！别惦记你那些兵，听起来就入耳了。"

此时乐声再起一叠，岳钟麒见贾士芳听得心不在焉，侧耳小声说道："贾道长，我想求问一件事——"

"唔？"

"西线军事，想必你推过休咎的……"

贾士芳神情似乎恍惚不定，很随便地一笑，说道："半凶半吉吧……再过几天就有消息……"岳钟麒还要问，李卫道："老贾别理他，这会儿听曲子。"贾士芳便不言语，看弘昼时，却是闭着眼如痴如迷地双手拍节，五娘唱道：

> 海棠红晕润初妍，杨柳纤腰舞自翩。笑倚玉奴娇欲眼，粉郎前，一半儿支吾一半儿软……

五娘一边风荷摆塘般婉转嘤鸣而唱，一边向席上送风情媚眼，人似烟中仙姝，歌如软金缠玉，除了贾士芳，都听得如身在醉乡，随拍按歌微摇着身躯。忽然，弘昼欠身倚栏，指着纱幕下的天井说道：

"你们看，东洋海歌舞！"

四个人齐往下看，六对男女歌手从楼下屏风两边翩翩而出，楼上五娘这边乐止，楼下笙管竹丝之声却冉冉而起，与五娘的歌声衔接得丝丝入扣，却已换了曲调牌子：

开帘怯睹落花红……

只这一句男女柔声齐唱，便似柔金软玉十丈红飞，令人销魂不禁，饶是岳钟麒铁石心肠将军，也把剥了半个的荔枝落了案上。

安顿春愁……亭午中……

那两队舞手接着唱，岳钟麒定神看，只见六个是妙鬟云鬓的少女，小可十四五，大可十八九，都穿的一色枣花碧罗紧袖衫，浅红吴丝裤微露紫绢履，腰围绣带下垂于膝。娈童则都一色紧身玄色衣靠，黑缎皂靴。从上往下看，女的宛如桃李之丰，男的犹似牙琢玉雕，一边随节而舞一边互送媚眼秋波，偶尔横斜一眼楼上，勾得弘昼等人都是神魂俱失。且听歌词时却是：

> ……吩咐呢喃双燕子，替人千万骂东风。同眠转觉绣衾宽，哪识秋生午夜寒。最是晓窗鸳枕畔，红腮无计避郎看……

"你们瞧！"李卫心中一片杀机，脸上却毫不带出，指着楼下道，"各是各的一对儿，脱衣服了……"说着，他自己也咽了一口水。

其实不用他指点，几个人都在张着嘴看，先是六个女郎，旋转歌舞着委拽脱衣，男的也开始松带解钮，交拜舞蹈中口中仍在唱：

> 为浴兰汤羞避人，红寮掩映碧纱新。闻欢昨夜调家婢，一笑花间事恐真……

唱着唱着，十二个韶颜男女已是脱光了衣服，竟是赤条条一丝不挂在红毡地上徐徐蹈步，交错搂抱着旋舞，所有的男女互相拥抱亲吻之后，年岁仿佛的一对儿便滚倒在地下。至此歌歇乐停，只余一缕似有似无的箫声仍在隐隐吹奏，配着下面六对男女寻欢鱼水，真个淫靡万端。此时从楼上往下看，男的女的已经分成六对，都在互相抚摸，犹如柔道，缱绻翻滚皆有制度。有的口索足交紧紧缠着打滚，有的女坐男身男吮女乳交媾。有的女男劈叉交媾，女的和另一男的亲吻，男的又抓抚另一女的大腿下阴。最出奇的还有一对颠倒相抱口淫，男的舌奸女阴，女的则把弄着那活儿亲吻狂吮……楼上楼下一片淫喋浪语之声。楼上几位看客都是面热神昏，连五娘和两个丫头也都直喘粗气。忽然下头几个女的乐极呻吟，小亲亲、小乖乖、亲妈好妹子混叫一气，那弘昼头一个掌不住，一把便拖过了身边的五娘。李卫也抱了个丫头做嘴儿，他有心的人，瞥一眼红筋暴胀的岳钟麒，已是垂头侧身不能自已，不禁一笑。

贾士芳以定力自诩，开头还能自持，胡乱吃两个葡萄，削一片菠萝，后来倚栏微笑着看。下面的淫媾浪话不时传起来：

"往下一点，奴的亲哥……"

"你用手导引一下……"

"我的小心肝儿肉……"

"奴的亲达达哟……留着点劲……别弄坏了！"

贾士芳把持不住，合掌闭目守定，但李卫偷看时，他胸部起伏呼吸愈来愈粗，双手也在不停地抖……李卫轻轻放开那丫头，踱至栏边，说声："真好风流相！"猛然间"刷"地抽出岳钟麒腰中悬剑，空中弧光一闪，"噌"的一声，贾士芳已经身首异处！那颗头直滚到天井幔中间，兀自含糊叫了一声："好李卫！"

这一突如其来屠手疾如闪电，直到血如缤纷之雨溅得楼上楼下都是，岳钟麒才惊醒过来，所有的人都惊木了，都原姿势不动盯着这位满脸阴笑的两江总督。

"坏了你们好事，污了你们宝地。"李卫笑着用粉纱擦干净剑上黏糊糊的血，把剑还给岳钟麒，"请五爷再赏他们点银子，奴才这就给万岁爷缴旨。"

第四十七回　烽火起西疆再传惊
　　　　　　神思昏御苑扰邪祟

　　李卫杀掉贾士芳，见众人都吓得痴痴茫茫呆若木鸡，笑道："明儿是八月十五，我今儿给你们先挂一彩！冤有头债有主，贾士芳要报冤自然寻我李卫。东洋戏西洋戏是我和五爷苦心研磨出的办法。他既一死，你们开堂子万不可再演，国法天理都不许的。五娘给我和五爷备马，我们这就要进园子复命缴旨。"弘昼笑道："没想到这牛鼻子脑袋这么不经砍，原想连西洋秘戏图双料演练来着！东美将军、五娘，你们都受惊了！"岳钟麒此时才知道这是二人奉旨精心设计，专为杀贾士芳的办法，自己无意中被拉来作了跑龙套的。他脸上回过神来，说道："这法子杀人新鲜，不过太费钱了。"说着，三人一齐下楼逶迤，但见前楼座客仍旧吆五喝六划拳吃酒，酒保小二举菜端酒穿行其间，外间街市依然车来轿往，嘈杂之声不绝于耳，都有恍若梦醒之感。

　　三人骑马出宣武门，岳钟麒因恐有旨传到驿中，或有朋友来拜，匆匆打马去了。按李卫的意思，要和弘昼一同进畅春园。弘昼却道："我在府里给贾士芳预备着往生水陆道场，他是真有道行的人，得防着他作祟，你自个去缴旨就是。"因也放马回府，李卫只好独自进园，到澹宁居见雍正。不知怎的，李卫原来极兴奋的心，突然变得有点失落低沉，进园连着碰见几个熟人，打招呼都有点心不在焉。他悠着步子在澹宁居石阶前站定，看一眼西边正在丹垩修饰的配宫。正要禀报，小太监秦媚媚已挑起帘子，说道："主子叫进呢！"李卫这才收神定性，几步跨进殿内，却见雍正正和孙嘉淦、朱轼说话，忙伏身叩头行礼。

　　"你气色像是不大好，受惊了的模样。"雍正侧转脸看了看李卫，说道，"挨着孙韵公坐吧！高无庸，把朕的那碗参汤赏了李卫。朕用一碗奶子就成。"高无庸忙答应着去了。

朱轼接着方才的话题说道："河南地处中原，其实没有多少军务要办，当初设这个总督衙门，是因为田文镜资望政绩应升总督，河南又离不开，所以一身兼了总督巡抚二职。田文镜既出缺，这个总督衙门设着似无必要。现在王士俊是署理安徽巡抚，到河南任巡抚也略有提拔，不如就便撤裁掉总督衙门，省了许多事。"李卫这才知道是安排田文镜身后公务，深觉朱轼说的有理。但雍正却道："王士俊在安徽疏通淮河，清理漕运，差使办得极好，升任总督也是该当的，为田文镜死王士俊去，恰就撤衙，反见这衙门专为田文镜设的了。西边岳钟麒军事未了，河南为运粮周转之地，也算军务，暂时留着这个总督衙门吧。"孙嘉淦道："王士俊在安徽民间有个诨号叫'王一光'，和田文镜的'抑光'谐音，犯的一样毛病。求主上留意，务请他效文镜之长，弃文镜之短。"

"田文镜晚年精力不济，政务有许多不是处。"雍正语气平缓，像是咀嚼着什么似的慢吞吞说道，"他的急功事利是明摆着的，人都说朕祖护他，不知私地里申斥过他多少次！一个人存了这念头事君，就是心诚，天也会不许。河南近几年连连有灾，就是上天的儆戒。你们将来看朕给他的朱批谕旨就明白了，他是报喜报惯了，又屡蒙奖赞，有忧也不敢报。看来上天总不肯叫人一点毛病也没有，想做个'完人'谈何容易呢？朕不明指田文镜缺憾，一来他确实对朕赤诚不二，办事尽心到十二分。二来他也有病，又是累出来的，朕也不忍。他能全名而终，也是朕的心愿。"说着，见弘历进来，只点头示意他在自己案前坐，又转脸对李卫道："漕运的粮船盐船，在山东安徽境里几次被截，折子转给你看了没有？"

李卫喝完一碗参汤，精神好了许多，忙赔笑道："励志廷已经转了奴才那里，只粗粗过目，还没有细看，已经安排了人沿运河去查。奴才已经杀掉了贾士芳，这几日也要出京，回南京任上料理一下衙务，专心办理漕运，主子尽管放心。"

"贾士芳已经处置了？"坐在侧旁边听边看奏折的弘历失口问道，"几时？"雍正也问道："弘昼呢？"朱轼和孙嘉淦不禁对望一眼，他们方才陛见还在向雍正谏说"方士道释之流，像贾士芳这样的，其实是妖人，应该逐出皇宫，以清内苑"。雍正只笑不说话，忽然顷刻之间，贾士芳已经人头落地？这也太惊人，太不可思议了！

李卫忙离座伏身回话，说道："和亲王爷回府，给贾士芳办往生道场去了。回四爷话，奴才刚刚儿割掉他首级，一路不停就赶到这里来了。"因将方才庆云堂楼上的情形拣着要紧的回奏了，笑道："奴才知道这法子龌龊下作。但几次玩笑试过，这贼道不怕水溺，不怕火烧，不怕刀砍，还能平白的就没了影儿……实在是个妖精！没法儿，只好用下三滥门道……朱大人孙大人必定要笑我。我本就是个叫化子，玩叫化子手段也只凭大人笑去。"

"以其人之道还治其人之身，是为正道，"孙嘉淦笑道，"以毒攻毒众妙之门，这一点也不丢人。"朱轼仰脸想了想，说道："我也不笑你。大宗旨是除患嘛！这办法台湾的刘国轩曾经用过，也是有个头陀，会些邪术，在郑成功军中骄纵不法。刘国轩设筵歌舞，乘其不备挥剑杀掉了他。我朝名相熊东园以为，刘国轩虽然投主不明，处事机断杀伐有度合道。李卫这么做是为国家君主，自然更为光明正大。"

李卫最怕这差事办成，又要遭人非议攻讦，见朱轼和孙嘉淦都这么说，不禁高兴得脸上放光。雍正也深感欣慰，看了看表，笑道："朕用贾士芳这些黄冠释流，不过万几余暇偶尔和他们讲道说禅，娱乐而已。这两年来朕身子不爽，只要医者能用药，从来不轻易传叫贾士芳。贾士芳几次为朕按摩，口诵咒语，天地鬼神都由他主持管辖，不经之言不臣之心已经溢于言表，是他自罹于杀身之祸。他要修己自隐敬天畏命，就在朕跟前侍医，何至于落到这一步？唉……不去说他了。明儿八月十五，你们几位是朕股肱，朕为你们单独赐筵。天色已经向晚了，弘历替阿玛陪一陪吧。"

"是。"弘历忙起立躬身说道，吩咐高无庸传旨备筵，整理着案上卷宗，捡出一份呈给雍正，赔笑道，"这是今年秋决名单，刑部才送上来的。下头这一份粘单是云南巡抚朱纲的，请旨勾决杨名时。还有一份附件，说杨名时在云南邀结士民围攻督署衙门为自己请命，皇上先看着。儿子遵旨，没有勾决杨名时。因有这些新奏件，并请皇上圣裁。"雍正一边接过看，口中道："朱纲已经有旨署理云贵总督，他是急着要得正差职！杨名时早已下狱囚禁，又怎能去'邀结士民'？若是平日就'邀结'了，不又恰证杨名时是清官？杨名时这人断不能杀，他的案子还要再看看，再复审。"

朱轼和孙嘉淦原已站起身子的，见议说到这事，朱轼跨前一步，说道："老臣愿意走一趟大理，复审杨名时！"孙嘉淦道："臣根本不信杨名时会有贪污的事。"李卫笑道："奴才也不信。奴才是参劾过杨名时的，当时觉得有理有据，但一直心里犯嘀咕，怕冤了他，奴才也以为另派钦差复查复审是正理。"

"你们用膳去吧。"雍正摆了摆手，"这不是说说就清楚的，朕自有主张。"

人们都退了出去，澹宁居九楹大殿立时显得空落落的，雍正看了一眼平时贾士芳为自己疗疾前打坐的蒲团，突然感到一阵莫名的恐怖，一阵心悸，身上竟起了一层鸡皮疙瘩，忙命秦媚媚："把那个扔到后院烧掉，看引娣这会子做什么，叫过来和朕说说话儿。"秦媚媚去了一刻，果见乔引娣带着两个宫女过来。乔引娣是新封的嫔，头上戴着二层顶的东珠冠，朱毪璎珞上衔的十七颗珍珠闪闪摇摇晶莹生光。身上还穿了一件石青色片金绿朝褂，彩兑上绘着云芝瑞草，全身上下簇新，走一步珠动佩摇叮咚乱响。雍正笑道："这么一打扮，把头髻梳起，任谁也看不出你是汉人了。西偏宫已经造好了，现在正在丹垩修饰。这会子天晚，我们出去走走，顺便看看你的宅子，好么？朕今儿杀了那个贾士芳，心绪也有点不宁，想疏散一下。"

"啊！贾士芳死了？"乔引娣惊愕得张大了口，半天才道，"怪不得秦媚媚方才去烧那个蒲团！"雍正笑道："杀他，是因为他有罪。有什么惊怪的？过了中秋，朕还要勾决几百死囚。非惩恶不足以扬善，这就是孔子的章程。走吧走吧，不要想这件事了。贾士芳一个出家人来侍候朕，不晓得韬晦深藏，却借机会掌握朕——他要朕好朕就好，要朕病就病——这样的人当着不可怕么？"雍正说一句，乔引娣念一声佛，说道："我不是怕，是想着这人生不可捉摸……大前天见他，他还有说有笑，说我和娘就要见面了，转眼儿几天，他已经伏法了……"一边说一边随雍正出来。

此时太阳已经落山，殷红的晚霞像渐渐冷却的一块红铁，变得又灰又暗，几处云薄的地方，泛着死鱼肚一样苍暗的白色。一阵又一阵的西风，吹得满园竹树都在不安地摇曳发抖，影影绰绰像无数舞蹈着的黑影子。森凉的风时而扑面，带着浸骨的凉意，袭得人直打寒颤。雍正和引娣在苍色中绕着西偏殿看了，那殿还没有装饰好，工人们没用完的浆料、颜色桶杂乱无章地放在阶前。脚手架被风吹得吱吱咯咯作响，听得人很不舒服。雍正下意识地回头，见张五哥德楞泰两个老侍卫不远不近跟着，心里安宁了点。一边踏着花径走，一边问道：

"你家还有什么人？"

"娘、爹，还有个弟弟。"

"你入京后，有他们消息儿么？"

"自从打诺敏一案，我卷进去，和家里就失散了——家里人怕，也许地方官巴结诺敏欺侮人，待不住——后来我又连着遭事，只想……死罢了，也没顾上。前次内务府有人山西出差，我托他们打听，人还没回来……贾士芳虽不好，料事还是神的，但愿他说中了……阿弥陀佛！我娘也是四十岁的人了，再隔几年，见面兴许都不认得了呢！"说着便拭泪。

雍正被风吹得身上一阵阵发噤，把引娣揽在怀里，一边往回走，小声安慰道："他要打听不出来，朕明儿写密谕给山西巡抚叫他查！你每年也有两千两银子进项，在这京里花五六百两银子能买一处上好的宅子。朝廷制度你不能随意归宁，但你娘每月照例能进来看你的……啊哟——这是什么？！"

"什么？"引娣正听得受用入神，忽见雍正似乎绊了一下，俯身用手去摸什么，忙凑到跟前。雍正却吓得暴然后跌一步，引娣的手已是触着了那团黑乎乎的东西，只觉得是冰凉黏湿，水桶来粗长的东西，还在蠕蠕而动。她叫了一声"老天爷！"身子一软就瘫了下去……

雍正惊得两眼圆睁，此时园中暮色晦晦如瞑，微风吹来树动草摇鬼影幢幢，什么也不清爽，看着那东西蠕动着进了草丛，急过来扶起引娣，颤声问道："你……怎么样？"引娣一返身便扑进雍正怀里，说道："是蛇！又凉又粘的……"雍正蓦然间毛发森树，说道："朕……朕摸着是刺，狠狠扎了一下，出血了呢！"二人惊悸间，林中突然一阵刺耳的鸱鸮怪叫"血利利……格格格格……"像煞是贾士芳平日得意时的笑声。雍正紧紧护住引娣,大声喊道:"侍卫,侍卫!"

"奴才在!"

张五哥和德楞泰就在林边石甬道边,已经听见这边动静有异,边跑边答应:"奴才来了……"雍正自己身软难支,还勉强架扶着引娣,竭力镇定着慌成一团的心,说道:"叫两个太监来搀着引娣主儿,你们点着火把搜这片草丛!"说话间,有两个小太监飞也似跑来,一边一个扶了引娣,和雍正出了那边小树林。那德楞泰和张五哥也不点火把,见那片草丛也不大,又手拽脚踢混搜一气。约莫半袋烟功夫,五哥大声喊道:

"有了!畜生,哪里跑?"

雍正此刻站在澹宁居檐前灯下,听见这一声,又吓得心里一悸。听得两个侍卫脚步蹬蹬地跑过来,张五哥用衣服裹着一团东西,抖开撂地下瞧时,却是一只豪猪!雍正说道:"不对,这里怎么会有豪猪?再说,引娣说摸着又凉又湿,黏滑的……朕摸的是刺……"

"主子您瞧。"五哥笑道,"您摸着这厮的刺了,引娣主儿摸了它的鼻子……这地方紧挨着放飞泊,圆明园南边还有一座放生园。刺猬、豪猪、鹿、狍子常有跑到这边觅食的呢!"

雍正这才松了一口气,才觉得浑身内衣都汗湿透了,勉强笑道:"还是放生吧,吓了朕一跳!"乔引娣也从殿里出来看看,双手合十念佛道:"阿弥陀佛!吓死人了……"她很快就恢复了平静,见东边灯笼导引着朱轼孙嘉淦李卫,由弘历陪着一路过来,料是领筵已毕过来谢恩的,闪身便回了自己下处。众人随雍正进殿,这本是照例行礼虚应故事的事,雍正却又叫住了,说道:"弘历退出去吧,明儿还有多少事等着呢!你们几个——叫方苞也过来,再陪一会朕,朕今儿心绪不宁,想听你们说说话儿……"

这是个不成理由的理由,弘历似乎迟疑了一下,想说什么又咽了回去,良久,退了出来。李卫眼尖,见雍正神思恍惚目光如醉,眼内微微潮红,额前和颏下却发暗,不时地摇头发噤,因笑道:"主子,奴才瞧您似乎受惊了的模样……敢是方才在园子里克撞了什么了?"

"嗯，也没什么。"雍正留下这几个人其实没话说，但他就是不愿让他们走，因将方才的事约略说了，又道，"虽说是一场虚惊，朕仍是不能释怀快心，神思不净若有鬼神……朕疑心是贾士芳冤魂作祟……"说话间，方苞也进来了，后边还跟着弘昼，方苞笑道："张五哥都说给臣了。主上安心宁耐，入定一会儿也许就好些。那贾士芳以妖术要挟人主，上获天谴，罪在不赦，皇上不过代天惩罚他罢了。这种人，死一万个也不足挂怀，也无足为祟！"朱轼道："臣以为贾某不过是个会变戏法的骗子，世上压根没有鬼神，这都因皇上信佛的过。皇上，你闭上眼想想，世上谁真的见过鬼，见过神，见过什么神天佛菩萨？你不信他，他就祸害不了你！"孙嘉淦道："圣天子百灵相助，哪个妖邪敢近？这是皇上心障罢了。如有什么，奴才一身当之！"

弘昼却是个什么都信的，这些"君子之言"一句也听不入耳，忙起身叫过高无庸，叫他寻《玉匣记》《青囊传》来混翻一气，吩咐小苏拉太监到园里焚香烧表发送。李卫却另是一种做派，笑着对雍正道："我借皇上朱笔用一用。"见雍正点头，要过一张黄表纸，蘸了朱砂写字。弘昼凑过来看时，上头歪歪斜斜写道：

> 贾士芳：操你妈的牛尿道士！生情造意杀你的是叫化子李卫，割你鸟头的还是李卫！五爷已经寄（给）你做了水绿（陆）道场，还不赶紧投胎混张人皮？要聒噪你崩（甭）寻我们主子，到我宅里咱们折腾！不然，我就叫龙虎山真人五雷劈你，万姐（劫）不得复生！李卫切告。

李卫口中喃喃呢呢煞有介事地念诵一阵，将那表放在烛上烧了，几个人都想笑又不敢。雍正比先前安生了许多，端膝趺坐着，呼吸匀称，脸色也好了。听众人俱各不安，雍正叹道："朕好些了，这里不要人多，留一个在门口侍候，余下的回去歇着。"他这样一说，几个臣子都争着要留下守候。弘昼道："依着我说，朱师傅有年纪的人了，回府歇着。李卫值头半夜，孙嘉淦有煞气，值子夜，后半夜我值，我年轻……"正说着，太医院医正刘绍宜亲自带着两个太医匆匆进来，刚要诊脉，雍正说道："谁这么蛇蛇蝎蝎叫你们来的？朕没有病，你们退出去！就照弘昼的话办。"

"跟我来。"朱轼越看雍正越像有病，招手叫过几个茫然不知所措的医生，"这里留下李卫，别的人都到东书房。"孙嘉淦虽觉张罗太过，但雍正有病似乎不假，因便跟了众人一同过东边小书房商议办法。

"我已经叫人去兵部请四爷了，这里的事暂由五爷维持。"方苞老鼠胡子翘着，两只小眼睛椒豆一样又黑又亮，"头一件就是不能张扬，皇上这病知道的人越少越好。今晚要能不犯病，大抵也就过去了。明儿八月十五，照例要筵赐百官，怎么着不显山水过去，大家想一想，一会请四爷定准。""好，我先说，"弘昼说道，"我瞧着这里没有一个信神的。不过我相信，因为谁也没有我知道这个贾士芳。《三国演义》里头有个左慈你们知道吧？贾士芳就是今日的左慈。为什么要杀他，因为他是左慈。为什么这会子我特别防他，还为他是左慈！四哥一会来了，他也是不信神鬼的。所以我这会子就告诉你们，前一个月我已经派人去江西请龙虎山娄师垣真人，我估摸着也就要到京了。原请他来，是为降伏这个贾士芳，现在来了，我要在这园里设场子降他。我先说一声儿，你们不要拦着我。"

他这一说，几个人齐皱眉头，雍正不过碰一只豪猪，略受了点惊，这么大事铺张闹起来，叫外头臣子瞧着乌烟瘴气的，这公明朝廷算怎么回事？正发怔间，弘历已经进来，众人忙都起身相迎。

"我刚接见过岳钟麒。"弘历语气很深重，说道，"准噶尔人两万人偷袭北路军，科舍图两军已经交战，岳钟麒得连夜赶回大营，这是头等军务，大家说，要不要奏？"

几个人听了不禁面面相觑：这边皇帝有恙，那边要请道士降妖，突然又冒出绝大一件军国要务，驴唇不对马嘴似的不协调。弘昼绷着脸问道："特磊呢？叫这王八蛋出来解说！""这也是一件事，"弘历似乎心里很焦急，皱眉说道，"是杀是放，我们不便做主的。"

"这样办，"朱轼说道，"请四爷五爷这会子过澹宁居看看，如果主子能理事，还是要请旨，如果不能理事，就叫张廷玉、鄂尔泰、十六王爷十七王爷进来，由四爷主持决定。等万岁龙体好一点再奏。"

　　眼下也只有这个办法最好，弘历起身招手叫过弘昼。二人一齐出了书房，一边往西走，一边说话。弘历因笑问："你方才说有什么事来着？好像还怕我知道！"弘昼将要设坛的事说了，又道："你是个道学君子，我怕你不同意。"弘历一边走一边默谋，说道："好弟弟，这是孝道嘛，病急乱投医，还说什么道学不道学。贾士芳在阿玛那里许多年，他有些道术，那是一点不假的。我也有些心障呢！怎么拦着你？只密些儿，不要闹得满世界都知道了，御史们又要唠叨了。"说着李卫已迎了过来，弘历便问："皇上这会子怎么样了？"

　　"皇上一直睡不着，坐一会躺一会的，不能安宁。"李卫忙道，"您听，这又起来漱口了，爷们要见，这会子最好。"说着先挑帘进了殿，一时便出来，小声道："二位爷请进。"

　　弘历和弘昼进殿行礼毕，抬头看雍正时，不禁都吃一惊，刚刚离开一会儿，雍正就仿佛老了许多，头发也有点蓬乱，颧骨凸起处还有一点斑红。弘历这才知道雍正的病比众人说的还厉害些，因跪着劝道："阿玛，听说您不叫太医看脉，儿子不以为然，您身子骨儿是受了风寒，神不守舍，所以恍惚不安。这是常见病，几剂药就会好的。"

　　"朕没有病……朕是让贾士芳给缠上了……一闭眼就是他在面前，直冲着朕笑……"雍正半歪在大迎枕上，看着昏幽幽的烛光，炯炯地睁着双眼，气弱声微地说道，"有病自然叫太医，但这确实不是他们治得了的，治不好还要张扬出去……方才贾——贾士芳来，说朕碰到的是年羹尧……年羹尧不有个绰号叫'年豪猪'么？唉……体气一弱，譬如衰草，一点风都经不得了……"

　　兄弟两个听着这似梦呓似真切的话，都觉得汗毛根儿直炸。弘历正要安慰，雍正却问道："西边军情有变，是么？弘历。"弘历忙叩头道："是……皇阿玛，您……？"

　　"贾士芳……方才告诉朕的……"雍正惊悸不安地震颤了一下，一支烛"嘭"地一爆，弘昼吓得身上一缩。仿佛那具血淋淋的尸体就站在面前，他不安地挪动了一下双腿，靠近了一点弘历，却听雍正微微一笑，说道："他……他已经退下去了。说吧，说说正经军务，朕还好过一点。"

弘历压抑着极度的不安，把西部科舍图一带敌军异动情形，条理清晰地说了，又把方才众人意见奏明，俯身等着雍正旨意。

"朕现在这个样子太憔悴，不愿见臣子。你兄弟两个代朕送送岳钟麒，命他火速回营处置军务……"雍正此时不觉得心悸，但却觉得心跳得厉害，额前的青筋都胀了老高，无可奈何地一笑，又道，"要有什么紧急军情，朕又不能料理，弘历自己可以作主，但要和众人商议着，集思广益。你虽聪慧，到底没有历练过军事……"

"是，儿臣明白。"弘历咬了咬牙，说道，"那特磊是专为欺君而来，准噶尔部三番五次耍弄这种伎俩，朝廷不能示弱。儿臣以为应该诛之以儆后来。"

雍正听了深深太息，说道："朕何尝不知道特磊该杀？但朕的手软了，更不愿杀这个自投罗网的人。各为其主嘛……特磊是条汉子呢！当年他曾在科布多围困过圣祖，他也不避讳，都对朕说了……老噶尔丹自尽，他是亲兵，就在他身边……这是个百战之余的汉子，朕不忍下这个手。"弘昼说道："皇上赏他那么多东西，至少应该收回！"

"人都饶了还说什么东西？别那么小家子气。弘历照朕这些话传给他，叫他回去打仗。"雍正显得很是慵懒无力，剖断却依然明晰，"你们退下吧。明儿八月十五，朕不能接见臣子们了。朕也不愿他们到园子里聒噪，由你十六叔，十七叔，你兄弟还有军机处所有大臣代朕在乾清宫赐筵，朝朕的御座磕头完事。不要张扬，反正朕这几年时好时不好的，人们已经惯了。"

"是！"兄弟二人深深叩下头去，慢慢却步退出了澹宁居。

他们退出去，时钟正敲十一声，天交子时。疲累已极的雍正却不敢合眼，听着外边的风声，细微得像远处有人不停地吆呼，一会儿又传来白杨树叶哗哗的响声，又像无数的人在鼓掌欢笑，在这凄风冷月深苑静夜中显得格外阴森。高无庸几个大太监侍坐在隔栅子外边，几次挑那蜡烛芯，总觉得挑不亮，心里越是发忧。青黯的烛下幔幛微动，几案死寂，仿佛隐藏着什么怪物，随时都要扑出来似的，听着外头动静，都一阵阵心里发懔身上起怵……

突然，窗纸上一阵细微的沙沙声，像是谁在上面撒了一把土，接着檐下铁马叮咚乱响，像是还不够热闹，几只鸽子惊起，扑棱棱带着哨音飞去，中间还带着怪笑一样的咯咕声。雍正腾地撑身而起，直瞪瞪盯着挂衣服的一丈红，恶狠狠道：

"是朕！你怎么样？君臣无狱①——别说你罪有应得，就杀错了你也不能报！"

几个太监几乎被他吓瘫了下去。满殿寂然青灯绿暗，几案似乎都在蠕动，又像有几团霾雾一样的黑影在无声移动。雍正索性闭上了眼，立时便见贾士芳那张惨白的脸，上边还涂了一层垩粉，盯着自己直笑；笑着，眼中流出血来！雍正再也撑不住，大叫一声："侍卫们何在？把他打出去！"

"臣在此保驾！"孙嘉淦几步跨进殿来，向雍正一躬身，朗声说道，"臣孙嘉淦在此，主上安息，哪个邪魅敢近？！"

"噢，嘉淦！"

雍正的神志一下子清明过来，一把拖了孙嘉淦说道："坐到朕跟前——你在跟前，朕很安心……"孙嘉淦望着惶恐不安的雍正，心里一酸，已是坠下泪来，把持着说道："臣就坐万岁爷身边。您不要忧心，只管放心好好睡一觉。贾士芳一撮尔妖道，他何能作祟？！"雍正点点头闭住了眼，果然没有见神见怪，口中兀自喃喃说道："有你在，朕安心……你是朕自元年就识定了的臣子，还要留给儿子使。貌丑心正孙嘉淦，清廉循良杨名时，朕知道的……"他终于稳住了呼吸沉沉睡去。

孙嘉淦脱掉官靴，轻步满殿游弋，什么怪变也没有，连太监们也都平静下来。

_____

① 指君臣之间不以平等身份判别是非。

第四十八回　军情失利边将讳败
　　　　　　亲情乍变鸷君董忧

　　岳钟麒离京半个月后，科舍图前线八百里红旗报捷，清兵与小噶尔丹蒙古部落大战于叶河畔，斩敌两千四百人，缴获火炮两门，辎重粮草无算……此时雍正病体痊愈不久，张廷玉接到奏折，顾不得身边十几个大员等着请示事情，立即赶往澹宁居见驾。

　　"也不枉了朕信赖岳钟麒一场，难为他尽心办差！"雍正看着折子，眼睛放出光来，对身侧的弘历道，"你拟旨给岳钟麒，有他在西线，朕安枕高卧待捷！查廪前有失机之罪，后有斩将之功，将功折罪免议处分。纪成斌、樊廷着加赏二级，待准噶尔部面缚来京，朕还要大封功臣！"他看上去比以前苍白清癯了许多，本来就又细又白的手更没有多少血色，多少有点神经质地时而颤抖几下，但尽自瘦弱，仍是修饰得干净利落，雪白的马蹄袖里子翻着，看去显得精干清明。弘历答应着"是"，写了几行，又迟疑了，看着父亲说道："是否不用明发？这其实只是小胜，击溃敌军主力再颁旨布告中外，似乎好些。"雍正下炕来，蹬上靴子踱了两步，问张廷玉："衡臣的意见呢？"

　　张廷玉其实只是图个雍正高兴，赶来报喜，他也看出这份折子叙事含糊言语支吾，因躬身说道："前天鄂尔泰报来镇沅叛苗未能全歼，逃遁入山。古州、台拱地方苗民聚众焚烧都匀府的凯里县，皇上不喜。无论如何这是个好消息，臣赶来为讨皇上一个宽心。岳钟麒这折子没有报明我军损折伤亡，所以这个'胜仗'难保没有水分。臣以为四爷说的是，密折批出去为好。"

　　"不。"雍正沉默良久，微笑着说道，"你说的这个，朕也看出来了，但西南闹得凶，鄂尔泰似乎办法不多，要激励他一下；岳钟麒那边经特磊这样折腾，兵气也不扬；借此可以督促再接再厉。朕心里想的是这个，倒不为粉饰太平。"弘历听皇帝已经定了主意，便不再言语，援笔疾书，已将诏诰写好。张廷玉忙过来，亲手转呈雍正。

张廷玉昨天转来李汉三参劾京畿总河河督俞鸿图冒滥支银贪贿不法的折子，正想问雍正看了没有，高无庸用盘子端着一丸药小心翼翼呈上来，秦媚媚忙就银瓶里倾一杯温水过来侍候。张廷玉见那丹药艳红如朱砂，大可如蚕豆，知道是娄师垣炼的丹，不禁叹了一口气，说道："皇上，娄师垣驱鬼有术，医好了龙体，奖励他还山就是。这种药奴才知道，最是霸道燥性的，万万不可常服……皇上，说句忌讳话，奴才一见这药，不自禁就想起了前明的'红丸案'……"他低下了头，没再说下去，弘历赔笑道："阿玛，还是用太医院配的消热散，功效虽然慢，那是有益无损的。"

"朕也并不天天都用。"雍正和水吞了那药，说道，"这药并不是娄师垣配的，倒是白云观的秘丹，几百年道士们常用的，里边加了百草霜，确有清热功效。娄师垣倒是劝朕不要用这些药的。你们放心，这一颗丹药原有核桃大小，多少人尝过朕才用呢。"张廷玉还要说，雍正笑道："不要谏了，你要学孙嘉淦，专挑朕的不是么？朕往后不用这药，成不成？"

一句话说得两个人都笑了，弘历道："这次阿玛欠安，实吓坏了儿臣。当时儿臣许愿，阿玛病愈，要请旨停止勾决一年。今儿您高兴，就便说出来请旨裁度。"张廷玉也道："皇上登极已近十年，停勾一年也好。"

"这是你们的忠孝心，高兴不高兴，朕都要酌量成全。"雍正微皱着眉头，仿佛自失似的一笑，"朕用法严峻是情势不得不如此，你们是知道的，就停勾一年吧。不过，有两种人朕还是不饶，一是像山东王老五，扯旗放炮与朝廷作对的；二是像俞鸿图，身在朝廷受朕不次之恩，悍然不畏刑法贪渎受贿的墨吏，该杀的请旨斩立决，不算秋决，也顺了天地肃杀之气。你们看怎么样？"

张廷玉沉吟叹道："俞鸿图再不想会出这种事，是个人才呢！河道上头办差很用心的……但他贪吞的数目太大了，又没法入缓决罪。我朝自靳辅陈潢于成龙之后，没几个像样的人能承担河务，我心里很惜的。"

弘历也是神色黯然，说道："他其实有点暴发户味道，去四川前我就和他谈，要学会像李汉三，历一事长一智，谁知竟如此令人失望——在四川他虽不受贿，但给人办过事后，礼物还是收的。"

"俞鸿图的案子朕反复思量过。"雍正带着掩饰不住的惋惜神情，很艰难地说道，"天下吏治能到今天这样子，是朕几十年不懈于心，躬身于行的结果。败家容易兴家难，你饶了他，别人照此办理，还怎么说话？杀吧……不用迟疑了。人才，我们还可慢慢罗致。"雍正说着，蓦然想起当年允祹和铁帽子王大闹乾清宫，俞鸿图挺身而出慷慨陈词的往事，心里不禁一酸，却摆摆手吩咐道："你们有什么事接着谈。朕乏了，要到西偏殿歇息一会儿。"

乔引娣的殿里已经生火，乍从深秋凉风里进来，雍正觉得全身都热烘烘的。引娣正和几个宫人讲究织"璇玑图"针法，见他来就脱大衣裳，忙过来侍候，笑道："皇上总有五六天没来了，今儿兴致！内务府那边送来几只石鸡，刚刚上火糊上，您累了就歪着歇歇，熟了我叫您。"雍正笑道拧了她脸蛋一把，说道："还是汉装好，出落得越发标致了。几天没来——朕在皇后和李氏耿氏那边，人家也得应酬一下不是？"引娣红了脸，说道："我才不妒忌呢！我看都是张太虚和王定乾他们炼的那丹药的过……您从前没有这么'龙马精神'的。一夜有时几次……"

"几次？几次什么？"

雍正坐在炕边将她揽在怀里，抚着一头油黑的秀发，笑道："没有儿子的嫔御终久吃不开，朕不也是为你？倒也不全是丹药，药也许有效，朕这些时心也略闲些。岳钟麒和鄂尔泰军事改流差使办好了，朕更要舒展些呢。"引娣听着，揉弄着衣角，许久才道：

"皇上……"

"唔。"

"您怎么待我这么好？"

"朕也说不清楚。"

"人家说，您年轻时候相好的那个贱民女子。"引娣微笑道，"为这，您还特意下旨除掉贱民籍，是么？"

雍正轻轻放开了引娣，点头说道："是的，天生斯民于世，并不分贵贱，操业不雅，就成了贱民，所以朕下旨除籍，给这里头人一点盼头，一个进身机会。"他显然被引娣的话勾起了往事思绪，缓缓立起身来蹀着步子，望着外边清澈明净的秋空，说道："你很难想象，那种事有多惨！……几十个壮丁叠起柴山，把她缚在老柿树杈西桠上，柴山泼上清油，噼噼剥剥就燃着了。那个夜晚也是这个季节，多么黑，多么冷啊！朕就伏在不远的青纱帐里，看着她活活受火刑。那么红的火焰，血似的，那么黑的头发飘着，乌鸦似的……她只是疼得挣扭身子，直瞪瞪地望着远处。到死，没有一声呻吟，没有一句话！唉，一晃二十多年……"

乔引娣已是第二次听雍正说这段故事了，还是被他的神气噤得心里揪成一团。她明白，就是因为自己长得酷肖小福，才引得雍正如此痴情不二，心里不由一阵感动，因道："早就过去了，皇上别为这事牵心了，您再念记，她能活过来么？告诉您个好信儿，您派出去那个去岳钟麒营里劳军的鄂善，在山西打听到了我娘的信儿。山西那个布政使叫——"雍正关注地望着她，说道："叫喀尔吉善。""对，喀尔吉善。他已经密地派人去定襄相证。定实了，就妥送到北京。"引娣不胜欣喜地笑道，"我攒的体己钱不多，皇上能否再赐一点，好叫她也舒展几年。她这一辈子也不容易。"

"这不算事儿。"雍正一笑说道，"圆明园东边就有一处好宅子，赏了你娘，见面尽容易的。"

但定襄那家姓乔的却不是引娣要寻的。

乔引娣有哥哥，那家人有个儿子，却比引娣小得多，就坐实了不是引娣的家。不过，喀尔吉善因此知道皇帝在山西有这门子亲戚，下决心就翻塌了太行山吕梁山也要寻出来。接连二年间他就寻出了十五家"定襄乔家"，都住过乔家峁而且都有个女儿叫"乔引娣"的失踪离散。此时喀尔吉善已升任山西巡抚，他得知引娣已经升了妃，更是不怕麻烦，每找到一家叫"乔本山"人家，就详细开列履历，由家奴直送内务府"转呈乔娘娘"。世态冷暖、人情炎凉引娣是经过的，开头还每家布施点银子，后来见一窝又一窝的"娘家"层出不穷地往外冒，也就不敢再

"鼓励"了。这期间朝里也出了几件大事，岳钟麒的兵在科舍图的那次报捷，原来竟是假的。准噶尔两万人马偷袭大营，劫掠牲畜十几万头。查廪逃遁，求救总兵曹襄，曹仓猝出战，损兵三千大败而回。樊廷张元佐冶大雄三人死命相敌，才把敌人抢走的牛羊辎重夺回来。兵士伤亡敌少我多，"夺得"的战利品原是自己丢失的，仗打得窝囊之极。但雍正前有明诏褒扬，尽自生气岳钟麒讳败报胜，也只好打碎门牙和血吞。西南改土归流和西北差不多，鄂尔泰尽管累得吐血，终于控制不住崩溃局面。镇沅民变没有压下去，又冒出个"苗王"，以古州、台拱为据点，攻陷镇远府黄平城，又焚劫都匀府凯里，围困丹江厅，叛众十万糜烂全省，贵阳省城为之戒严。气得雍正连着几个月寝食俱废，加派刑部尚书张熙为抚定苗疆大臣，削去鄂尔泰伯爵令其回京"养病"，任用允礼弘历弘昼张廷玉，户部尚书庆复主意办理苗疆事务。盘算着岳钟麒西线胜利，调兵南进云贵，彻底踏平苗寨叛民……引娣都不大留意这些事，随着位份愈来愈尊贵，更加思念双亲，索性叫人带信给李卫，查询母亲家人是否流落外省。待到雍正十三年六月，终于有了信息。还是那个锲而不舍的喀尔吉善，竟在大同一个穷山坳里找到了引娣的母亲乔黑氏，和引娣介绍的情形处处丝丝入扣，只是父亲乔本山已经亡故五年。喀尔吉善生怕马屁拍错了，专程从定襄带上乔本山的本家兄弟认定具结，又绘了乔黑氏的小像敬呈送给引娣，还带了乔黑氏给引娣的一包信物，由内务府转交高无庸。如今引娣身份地位均非昔比，高无庸哪里敢怠慢，立刻赶往澹宁居西偏殿，一脚跨进门便笑道："宜主儿，喀中丞那儿又有信来了，这回十拿九稳要寻着老太太了！"

"是么？"引娣正在用纸牌开牌卜卦，起身过来，一边读喀尔吉善给鄂善的信，问道，"皇上这会子在哪里？怎么两三天也没过来照面儿了？"高无庸看着她的脸赔笑道："前儿李娘娘有点犯痰涌，主子过去看了看，昨晚就宿在澹宁居。方才召见李卫，皇上脸上才带了点喜相。说是李制台在山东擒住了白莲教一个大师兄叫王老五，亲自解送进京来了。江西那边'一枝花'聚的山贼，也叫李爷给打散了……""一枝花，真好名字。"引娣漫不经心地放下信，拆解那张卷着的图，一边笑问，"是个女的吧？"

高无庸也是一笑，说："是。'一枝花'是桐柏山的人，不知在哪修成的道行，能腾云驾雾撒豆成兵。宝亲王爷上回还说要亲自去罗霄山活捉了她瞧瞧，看是个什么妖精……"引娣边听边笑，已是展开了那幅画。她看得很仔细，从头到脚慢慢抚摸着，时而点头，时而摇头，高无庸在旁端详，赔笑道："眉眼间有几分像娘娘呢！就是颧骨似乎高了一点……"

"娘颏下有个小痣，低着头就瞧不见。"引娣凝视着画儿，脸上似喜似悲，"画工许是没有留心。唉！这里对了——娘给人家缝洗衣服，手指受冻左手中指伸不直，这个女的……手指也曲着的！"她急忙又打开那包"信物"，顿时心头轰地一声，身子一软坐了下去！恰雍正此时挑帘进来，刚开口要问，引娣腾地起身扑过来，紧紧攥住雍正胳膊兴奋、急切地说道："娘——是娘！主子，我寻到我娘了！万岁爷您看，这是半枝银簪子……可怜我到江南，上路时家里一文钱也没有，娘把这簪子拔了给我……"她的泪水无声地涌淌着，"……我说，我跟人去学手艺，有吃有穿，这簪子一掰两半，我们娘母女留个心念儿……万一我在外头病了死了……也算有件娘给的物件留在身边……"说着，已是泣不成声。

雍正看了看桌上的图画和信，心里已经明白了七八分，也替她欢喜，笑道："莫哭，这是喜事嘛！既然已经认准了，朕叫山西把她妥送进京，来回十天半月，你们准能见面！"引娣一手拉了雍正过来，用簪子指着那画儿，一点一点给雍正譬讲，"皇上您瞧，这条眼纹，自我记事时就有的，还有这片胎记，偏着脸，画工只画了小半儿边。……只头发白了，右边也稀落了些……人老了，哪能一点不变样呢？您再瞧……"她又说又笑，兴奋得喘不过气来，雍正一眼瞧见她手里拿着的那柄断簪，笑问："那是什么？"

"这是我们娘俩分手时娘给的心念儿信物。"引娣又看了一眼簪子，这才递给雍正，"簪头是个攒花如意……是爹爹给娘的……"

雍正拿着那半枝银簪，只见是约有三寸许长的簪尾。簪尖儿打平磨光了，恰似一枝耳挖子，因年深月久，簪身宝色已退，黑油油的发亮。他用手指轻轻摩挲着，慢慢看清了上面的龙形花纹。突然，雍正像挨了电击一样，手一颤，那枝簪"叮"地落在地下！雍正忙亲自又捡起来，翻来覆去地细看，他的脸上神色已经没了喜容，诧异中带着一些莫名的慌乱，见引娣不解望着自己，问道："这簪子像大内造的……是你家相传的？"

"不知道。"乔引娣皱眉思索着，喃喃说道，"是爹给娘的。"

"你……母亲姓什么？"

"姓黑。"

雍正身子一震，腿软了一下，又问："她是山西地祖籍？""不是。"引娣惶惑地摇头，说道，"逃荒从外地来的。"

"哪里来的？"

"不知道。"

"她会唱歌，会弹琴么？"

"没听她唱过弹过。"乔引娣奇怪地盯着雍正，"皇上，您怎么会问这些个？"

雍正轻轻舒了一口气，说道："没什么。朕是看你能棋会唱，想着是你母亲的家教。"引娣一下子笑了，用银匙调着一小碗冰糖银耳羹捧给雍正，说道："那也不值得这么煞有介事地问呐！我会的这几句唱儿，在江南学过几天，后来——"她突然顿住，后来的琴法棋艺都是允禵在马陵峪囚所把着手教的。因改口道："后来自己没事摸索着练的，这两年嗓子不好，早撂开手了。不过棋谱儿还打一打，几时主子闲了，我再侍候玩两盘……"

"唔，好。"

雍正喝着那碗银耳汤，呆着脸只是发怔，意马心猿地哼哈着。坐了一会儿，更觉心里空落落白茫茫一片，什么也想不成，因起身笑道："这些天事情多，没有心情，等略闲些陪朕下几局，看你有没有长进。朕还要前头去批折子见人，回头再来看你。这银耳汤很好，你也是常常肺热嗽喘，要多用些……"他勉强笑了笑，又道："你娘来了告诉朕。朕要看是个什么样的女人，能生出你这么俊的女儿。"说罢去了。

雍正回到澹宁居，兀自心中惚惚不安，因见李卫张廷玉方苞正和弘历议事，便问："是苗疆又有事了么？"三个人见他进来，忙跪了下去，弘历缓缓起身说道："张照奏章到了。他刚去，打了个小胜仗，歼敌五六百，说奏给主子先宽宽心。还有岳钟麒的奏章，请皇阿玛过目。平郡王是给军机处一封廷寄，说谢济世在军中当差用心，且身体有病，请儿臣代奏，可否免罪放还……""叫谢济世回来，看哪个部有缺，先补个员外郎。"雍正定住了心，接过一叠子奏章，一边看一边说道，"谢济世学问不坏，福彭的面子也要紧。"挪过一份看时，是工部黄永的，因是"侍郎"，人们叫串音，喊他"黄鼠狼"，因觉得不雅训，请旨改外任。雍正丢给弘历，笑道："黄鼠狼不但吃鸡，也吃老鼠嘛。总是他不自尊，别人才放肆，这个不准。"又见一份是礼部侍郎蔡毓青的，说是请了几个星士算命，今年流年不利不宜出京，请求"皇上矜全，免以外差委臣"。雍正偏着头想想，说道："这一份弘历裁度着办，别派他外差就是了。"

"是！"弘历接过奏折，赔笑道，"岳钟麒上折请罪，建议十六条，请在吐鲁番屯田，在哈密、吐鲁番之间设哨所为久战之计……"

雍正看也没看岳钟麒的折子就撂了一边，忿忿说道："你给他批回去，身统两万九千名前敌猛士，屡战屡挫，不是将军之罪？过去他倡言要'长驱直入'，今天又说取守势，为'久战之计'，没有算计一下后方粮草消耗是多少？这样黏糊，死不死活不活地熬，能保必胜么？——不准，驳下去！"又扯过张照的奏本，前后看了看，亲自在上面加批：

> 尔之不负朕恩原可信得及。黔省苗变已成糜烂之势，然毕竟一隅跳踉之类，不足为深虑，从容收拾军力，调和各部协力徐图恢复不难也。兵者凶也，战者危也，勿徒以文章词赋之事等闲视之，朕日寄厚望焉。

写罢交给弘历，又道："张照文学之士，把打仗看得太容易了，你再细看看加批，有不明白处和你十七叔酌商着办。"

"儿臣遵旨。"

弘历双手接过奏本，嘴唇嚅动了一下。允礼也是没有实战过的王爷，他很想请旨去十四叔允禵讨教，但自引娣晋升嫔位，允禵早已辞病杜门，再次和雍正生分，想了想没敢开口，咽了口唾沫坐了下来。雍正见李卫要告退，因道："这儿日你离京不离？"

"天太热了，奴才原本不急着走，"李卫忙赔笑道，"继善来信，说今年长江汛期长，水量大，怕苏东浙江有的地方堤防不保险，他要到下游巡视，南京得有人坐守，请奴才回总督衙门视事。还没给他回信，南京如今热得火炉子似的，奴才想等两天，可想着山东安徽漕运上头还有不少事等着料理，方才已经索了宝亲王，想一路慢慢走，顺道儿办事，到南京天气就凉快了。这里头带着奴才的私意儿，没敢禀老主子呢！"

雍正看看左右都是太监，门外还有几个大臣等着接见，遂起身道："你跟朕走，到后边屋里说话。"说着起身下炕，便往西北穿堂走。

"是。"李卫答应一声，又给弘历打了个千儿，跟着雍正去了西北后廊，径在后院尽北一处大一点的套间房里坐了。澹宁居他不知来了多少次，却还是头一回到这所在，见院外不少宫女都在晾晒衣服，还有几个太监挑着水桶来来往往，因问道："主子，这是什么地方儿？"

说话间秦媚媚端着一大盘冰湃西瓜进来，又有两个小太监将两小盆冰块安放在雍正身边，肃然退下。雍正这才笑道："这原是宜妃的住处，朕在前头办事乏了，偶尔也进这里歇歇。那都住的是宫人。"他取了一块瓜咬了一小口，将盘子向李卫推了推，说道："这瓜很好，就是太凉，你用一块吧。"李卫忙谢恩称是，也吃了一口，说道："果然好。臣年轻时要遇上这个，非吃个肚儿圆不可。如今胃气不成了，容臣慢慢用……"

"叫你来，是朕为一件事忧愁疑惑——这事情你狗儿原来是知道端底的。"雍正仿佛颇难启齿，慢吞吞说道，"你是朕藩邸里使出来的人，一向伶俐，口也紧密，说给你，替朕想想，拿个主意。"说罢叹息一声，将乔引娣与自己瓜葛一长一短说了，又道："世上哪有这么巧的事？一模一样炼出两根带耳勺的簪子？偏偏他母亲也和小福一样姓'黑'！朕更怕的是，引娣年岁也和这故事相合，万一……"说到这里，雍正打了个噤儿，"那可怎么好呢？""皇上，小福烧死了的呀！"李卫吃一大惊，忙道，"您怎么想到别的上头了？""这件事朕一直是这样想的。"雍正话中带着深深的忧虑，"别忘了还有个小禄，和小福是双胞胎，长得一样！

烧死的是小禄——这个念头朕越想越真！"

　　李卫心里咯噔一声，口中西瓜连籽儿咽了下去，这故事里就有他，当年就曾和雍正一道去寻访过小福，想不到过了二十多年又冒了出来，而且摆了大大一个难题给自己——假如证实小福就是乔引娣的母亲，那引娣就是雍正的……这个现实太可怕，饶是李卫智计百出聪明伶俐，头上顿时冒出一层虚汗。他不敢顺这思路想，又绕不过这个可怕的思路，低着头想了半日说道："乔黑氏已经再嫁，也许真的引娣是姓乔呢！"

　　"真的万事俱休，怕就怕是朕的孽种，这可怎么好！"

　　"万岁，"李卫说道，"不会的！您忘了，我们住黑风黄水店，马老板说，'是个大胖小子'。"雍正摇头道："想起来过，那马老板自己就是个贼，他要是敷衍咱们呢？"李卫哑住了，怔了半日，说道："奴才讲些不知深浅的话，这件事只能装糊涂，万不可钻牛角尖。越清楚，您心里越受不了。您不和那个乔黑氏见面，不去对证这件事，那就引娣也不知道，乔黑氏也不知道。"他终于找出了办法，口齿也就伶俐了许多，"慢说宜主儿未必是，就是真的，那也是无意巧合，不知者无罪，一床锦被遮盖了——人，也不就是几十年么？至于奴才，到死封紧口，决不会这么想，或不防头说给人的。"

　　但雍正却是个喜欢钻牛角尖的人。道理上觉得李卫说得对，心里的乌云却驱散不开，想到小时跟朱轼读书，讲到春秋齐文姜兄妹苟且，《北齐书》中冯翊王与母通奸，朱轼唾骂，"匪类祸国衣冠禽兽！"脸上那种憎恶的表情，想到自己贵为天子，万一流布载之史册，一生辛勤争胜要强，都将被这一笔抹得臭不可闻。雍正觉得心中焦热如火，冲得五脏六腑隐隐作痛，冲得脸上燔灼一般火辣辣的。他掩住了脸，说道："你去好好办差，朕听你的劝告……"

第四十九回　　鼎丹烛影千古谜案
　　　　　　　白虎玉兔同赴大真

　　绕不过去的事终于还是绕不过去。中秋节刚过乔引娣的母亲黑氏安车蒲轮，被喀尔吉善妥送进京。内务部总管鄂善立刻一边奏知雍正，禀明宜妃乔引娣，一边将老太太安送到圆明园东雍正赐的宅子。雍正一来心里有鬼，二来也确实西线西南军事旁午，战事打得不如意。他又是个躁性，一生政务出尖儿，扳回了吏治，不肯在军事上露出无能，连诏急催岳钟麒要在大雪封山前，出奇兵截断准噶尔通往新疆富八城的粮道。因此一二日内仍旧到偏西殿见见引娣，仍旧亲切关怀，却绝不肯再有狎亵燕私之举了。引娣虽然微有感觉不似平日温存，但母亲新到，蒙恩旨不拘自己探望，每日都能天伦阔叙，她心里十分欢喜感激，也没有放在心上。原本想就便儿带母亲进紫禁城开开眼，谒见一下皇后，等着雍正高兴接见一次，不介母亲高兴，自己脸上也风光些。

　　但八月十二日内务府就传旨，文武百官今年十五随皇帝到天坛祭祀，祈祝来年丰稔，祷求西路军事大捷。皇后要随同前往以示虔重，其余宫妃宫嫔恩允归宁母家团圆。这一来，宫中所有有名分的贵妃、妃、嫔、答应、常在如渴临甘露般欢喜不尽，唯独引娣微觉扫兴，头天就禀雍正，十五晚上要陪母亲团圆整宵，雍正只叮咛："叫秦媚媚跟你侍候，关防得严密些。从来也没有嫔妃归宁在家过夜的，你是孤母寡女，可以例外，别叫别人犯了妒忌。朕这阵子忙，过了节，十六七朕过去看你。"

　　但雍正十六也没来西偏殿，十七了也没来。他接到了张照的奏折，一力主战请缨前敌时说得慷慨激昂的张照，突然一反常态，认为改流建制不合时宜，不合民情，不合地宜，眼下军事滞缓，"应强力为不可为之事"，请求下旨改"剿"为"抚"。张廷玉为相三十年，一看就知道这是打了败仗。果然，接到张照奏折不到两个时辰，将军张广泗就有弹章飞递进来，说张照"大言欺君畏敌如虎，且心地偏私行法不公"，支持董芳压制哈元生，致使"将帅不和军心离散。老龙洞一战，张照率劲兵数千，苗夷仅以数十人袒臂赤膊出寨迎战，数千之众如乌合之散，马踏滚涧逃遁而亡者不计其数。张照只身逃亡臣军帐中，犹自惊魂不定，战栗无人色……"张廷玉惊出一身汗来，半点不敢怠慢，叫过一个小太监，说道："你到我府去，叫他们送饭来，要有人在府里等着接见，告诉他们进园来，别在家里呕等。"说罢夹着奏折出西华门，匆匆向守在门外等着传见的几十名官员一个团揖，压抑着心头慌乱说道："朱相在里头，凡事也都主张得。老兄们先见见，有需兄弟料理的，回头再安排。"说罢升轿扬长而去。待到双闸口时，已近午正时牌，张廷玉下轿便见高无庸出来，问道："你要出去传旨么？"

"这真巧极了。"高无庸脸上也一红一白的不是颜色，忙迎过来说道，"旨意叫你呢。"他压低了嗓门，对张廷玉耳语道："岳大军门打了败仗，阿尔泰将军和平王爷递个密折奏进来，皇上气得发昏呢！"

张廷玉腿一软，几乎坐到地下，高无庸忙过来扶他时，却被他轻轻推开。只这一刹那间，他已恢复了平静，一边思量着应对局面，一边想着安慰雍正，脚下加快了步子。果然一到殿门口，便听到雍正喑哑沉闷的声音："劳师糜饷丧师辱国，他还有脸折辩？岳钟麒之罪断无可恕之理！他耗了近两千万库银，给朕的是大大小小的败报，庸将无能！立即发旨，岳钟麒辜恩溺职，朕亦羞见，令其军前自尽以谢天下！"张廷玉略定了定心，雍正娴于政务，疏于军事是明摆的事，先是对前方将军期望过高，又要显摆自己不外行，处处"指点"提调，受了挫折又责备太严，吓得将军无所措手足。但这种短处别说是君臣之间，就是朋友，也不宜直接去呲着。雍正这种乖戾自傲的性子，谁敢直陈其过？所以今日接连致败，张廷玉内心深处并不意外。一边拿着主意，提高了嗓门报道："臣张廷玉见驾！"

"进来吧。"

张廷玉哈腰进殿叩拜起身，才见允礼、弘历、方苞都在，还有鄂尔泰也在一边，看样子刚刚咨询过西南改土归流的事。雍正用碗盖拨着杯面上的浮茶，脸色又青又白，颊边还带着一丝暗红，一头灰暗的头发微微发颤，扶碗盖的手也有点哆嗦，显然在盛怒之间。他舒了一口气，对鄂尔泰道："你也起来吧，虽说你有处分，并没有免你的军机大臣嘛!"张廷玉想，与其让皇帝气平了再发脾气，不如归总一并倾泻出来，反而好些，心一横，硬着头皮将张照和张广泗两份奏折递上去，低声道："主上，您得保重!奴才从小儿看着主子的，多少惊涛骇浪急流险滩，主子都处之泰然的，何况这都是些疥癣之疾，皮毛之病，从容料理，扳回局面不是难事。"他给雍正呈递折子，从来没有这许多话的，弘历方苞鄂尔泰看着，便知必定又有大恶消息，本来吊得老高的心又高了寸许。

"痛可忍，痒不可耐啊，衡臣!"雍正略迟疑地接过那两份奏折，先看张广泗的，便炮烙似的一缩手，撂一边又看张照的，立时之间脸色又涨得血红!他摇了一下头，似乎不大相信，又拿起张广泗的折子，比着看了看，突然爆发出一阵歇斯底里的大笑，"好，好!又一个欺君的!哈哈哈哈……"雍正磨旋儿样转了一圈，像一捆割倒了的稻子，一下子晕瘫在榻上……

"皇阿玛!"

"皇上!"

五个人一拥而上围住了雍正，高无庸和几个小太监唬得面无人色，上炕来七手八脚将雍正身子摆平放正，有的要出去传御医，有的要去叫道士，还是弘历喝住了，说道："去一个太监到我府，叫温刘氏和两个侧福晋过来给皇上发气治病!"说话间，雍正已是醒过来。

"弘历呐，别让他们可嗓子张扬……"雍正脸色黄得褪尽了血色，神志却显得异常清楚，"朕不要紧的。娄师垣回江西了，叫张太虚他们过来给朕发气疗治一下，不要劳动媳妇们了……"

弘历哽着嗓子"嗯"了一声，却道："嫣红小英他们也都有些功夫的，道士们不可靠，还是咱们自家一家子信得及……她们学的先天内气功，不带一点邪气，儿臣试过的……"雍正闪眼见张廷玉站在炕边，伸出枯瘦冰凉的手握住了张廷玉的手，眼却看着方苞和鄂尔泰，说道："胜负是兵家常事，朕并不糊涂到那个份上。朕心里恨张照和岳钟麒，是因为朕把心都掏给了他们，他们还要哄弄朕。小败不报，到败得掩不住才告诉朕，叫朕颜面扫地，叫人议朕无知人之明……"

张廷玉道："万岁，您这会子静摄养息，我们且不言政好么？"

"好……"雍正闭上了眼，口中尚自喃喃而言，"岳钟麒怎么会这么无能？张照书生误国，情殊可恨……真是败得奇哉怪也……军力粮饷我都过敌数倍的呀……"

雍正昏晕谵语，几个大臣都坐在旁边关切地看着，一时又有太医进来诊了脉退了出去，一时又进了药方，几个人小声参酌。过了大约小半时辰，温刘氏和嫣红英英进来，张廷玉鄂尔泰等人回避时，弘历却摆手止住了，命三个人给雍正发功放气。方苞儒学大宗，除了孔孟百事不信，原以为她们也要焚符烧香绰神弄鬼地折腾，但见三人齐跪在雍正榻前，绝无其余花哨，只是双手五指箕张对着雍正全身，人虽然不在榻上，也能见到恍恍惚惚若有若无的彩光在雍正身上扫动。似乎还有一股似麝非麝似檀非檀的香气在殿中飘渺流移，呼吸之间沁凉清爽，心目为之一开。正诧异间，三个女子已经收功。温刘氏说道："皇上试着张开眼睛……您头还会有点晕，那是您饮食不调，进膳太少。……晚间用点粥就会好的……"

"嗯。"雍正慢慢睁开了眼。他晃了晃脑袋，脸上泛出笑容，看着嫣红和英英，慈祥地说道，"这是朕的两个小媳妇子？好，贤惠而且有本领！弘历是个大造化的，你们也有福相。好！是汉人？"

嫣红和英英怯怯生生地看着雍正这位皇帝老爷子，叩头道："是。"雍正此时颜色已经回过来，坐起身来对温刘氏笑道："朕头也不晕。你是她们的嬷嬷？好本领，真是真人不露相！朕赏你四品诰命衔——无庸取柜顶那两把如意，给朕的媳妇们。"

"是！"

"朕给你们抬籍入旗吧。"雍正微笑道，"大的赐姓高佳氏，小的赐姓金佳氏……"

"奴婢们谢主隆恩！"

雍正一笑，说道："那是戏里的话。高无庸，带她们去，这几日就住韵松轩，随时能给朕发功治病。"方苞等人见雍正不但身体恢复，气性也平和下来，心里顿觉欣慰。张廷玉便道："主子身上不爽，今儿且好生将息，奴才们明儿再递牌子进来。"说罢和方苞、鄂尔泰、允礼一同辞了出来。

四个大臣退出来，天色已经向暝，出了双闸，互相对视一眼都不由自主地站住了脚。

"我是奇怪，主子的性气是越来越怪了。"允礼望着晦色中的漠漠秋云，"他好像一点也管不住自己似的。"

鄂尔泰道："他是有病，又比前世帝王格外的惜名要强，心里又孤寂，才变得性格无定。其实从心底说，极慈祥心软的。""我看皇上是有点灰心，岳张二人太叫皇上失望了。"方苞说道，"你们想，这两仗打下来胜仗，西疆绥宁，西南建府置县，又是什么光景？这是圣祖爷都梦寐以求的事啊！"

张廷玉没有加入议论：他觉得他们说的都有道理，但都没有盖全。雍正是个谁也说不清楚的人，像这个世界，谁也解释不清。许久，张廷玉才道："要下雨了。"

雍正只休息了一天，八月十八、十九、二十接连三天，在淙淙的大雨中接连召集上书房军机处会议，听取兵部、刑部、工部、户部尚书汇奏两用兵兵源、粮秣、银饷、军需供应情形，接连下旨。

即着张广泗为云贵川鄂湘两广七省经略大臣、统一军事进剿。原经略大臣张照锁拿进京交部议罪；

即着承顺郡王锡保代为靖边大将军。原大将军岳钟麒着革去顶戴花翎，撤差回京待罪。原参赞大臣陈泰于和通泊之役临阵弃军逃遁，即着军前枭首示众。

当日傍晚，张廷玉又接到弘历代批的谕旨："朱轼自入军机处襄赞以来，政务多有荒疏，举荐颇见荒谬。本应严议，念其先帝遗臣，且年老身弱，即着革去军机处大臣、上书房大臣职衔，仍任原文华殿大学士之职。钦此！"张廷玉顿时吃了一惊，仔细想想，张照是朱轼推荐的，以雍正的严刚不苟性子，自然要追究责任。但反思自己，当初也曾力荐岳钟麒为将西征，此时自也应该引咎请罪。刚要叫备轿，张廷玉又犹豫了，此时天已戌时，又下着这么大的雨，特地为"引咎"进园见雍正，又没有军国重务要请示，未免显着太矫情，为自己的事太郑重其事了；若为朱轼说情，雍正那种石头里挤油，鸡蛋里头挑骨头的性子，加上连日心绪极坏，保不定还要落个"明是为朱轼，实是为自己"的把柄。想着，张廷玉无可奈何地叹了一口气，打消了立刻见雍正的念头。

第二日早晨，雨还没有住的意思，但已小得多了，均匀得像从箩筛过的细雨，雾一样在空中荡来荡去，把天、地、房屋街衢和行人都影影绰绰笼罩起来。满街的潦水被冰冷刺骨的秋风吹掠而过，泛起粼粼细波，上面还缀着密密麻麻的雨花儿。张廷玉一夜没有好生睡，只匆匆吃了两块点心，喝了一碗奶子便赶往澹宁居来见雍正。

"皇上昨晚在圆明园皇后那里。"弘历也是刚进澹宁居，见张廷玉呵着冻得发红的手进来，一边让座，一边说道，"昨晚是温刘氏给他发功治病，又用了一碗药，精神才好些。说今儿要见孙嘉淦和傅鼐。您稍坐一时，皇上就过来了。"弘历看样子也没睡好，两眼睛圈都有点发暗，但他素来极修边幅，虽然看上去带着倦色，仍是通身上下精干利索，已经穿旧了的灰府绸袍也浆熨得挺括齐整。看着弘历，张廷玉不禁想起自己年轻时的情景，他微笑着，却又回到了现实，叹息一声道："唉……我是老了。"弘历亲自给张廷玉倒了一杯奶子送过来，笑道："昨儿晚皇上也说这个话。其实累得狠了，都有这个想头。消停一下就好了。"正说着，见雍正扶着高无庸肩头进来，二人便忙跪下请安。

雍正精神气色还好，但也显着憔悴，穿着驼色江绸棉袍，外边还罩着件小风毛石青江绸羔皮褂，一边踱到炕边坐下，要了热奶子吃着，淡淡说道："衡臣起来吧，你也很乏的，往后不要过来这么早。""是奴才自己有心事。"张廷玉谢恩起身，略一思忖，将自己夜来的想法说了，又道，"如今两处失利，奴才即便没有举荐失当的事，也不能安居相位，恬然自适。请皇上降罪处分，奴才才安得下这个心来。"雍正淡然一笑，喊道："高无庸，朕过来时见孙嘉淦他们在月洞门候着，叫进来吧。"这才温声对张廷玉道："朕也仔细想了想，两处仗打得不利落，朕也有过失。朕筹划得虽然不错，但没有想到将帅临敌失机的权宜之计，这是朕的无能不明，怎么能推到你们身上？至于朱师傅，举荐张照一个文学之士去打仗，一心想要他立功，确实有过失，不能不稍加拂拭。叫下头弹劲出来再处分，不是更失体面？这也是保全他的意思。"

"是，"张廷玉听着，觉得有点鼻酸，哽着嗓子道，"主上如此矜全，奴才更是思愧无地……"因见孙嘉淦和户部郎中傅鼐一前一后进来，便住了口。雍正见张廷玉要告退，笑道："还是昨天军机处会商的，你是宰相，一道见见他们吧。"

张廷玉这才坐下来。雍正神色忧郁，望着外面阴得很重的天，许久才道："嘉淦、傅鼐，你们两个当初都是不赞同出兵准噶尔的。如今战事……情形你们都知道了。朕想听听你们的意见。"他顿了一下，又道："是接着整顿再打，还是退兵？"

"朝廷不能示弱。"孙嘉淦叩头说道，"臣以为日前不宜再打，但也不能退兵。就地屯兵，整顿军务，稍事恢复之后，还是要打。"傅鼐也道："孙嘉淦言之有理。奴才以为无论西北西南，我军都是小挫。比较实力，都大过敌军数倍。前见邸报，策零部又在遣使求和，可见他们也打不下去，不能只看到我军失利小战受挫。如今大军已经占领了科布多，新疆边缘已经是前线。如果退兵，将来收复仍要耗兵耗力。可以降恩旨，接受准部蒙人求和，但我军不宜后退，以至于前功尽弃。"雍正用嘉悦的神情看着两个臣子，笑道："好，讲的是。朕本来还迟疑，就这样定了，和策零阿拉布坦讲和。"孙嘉淦道："皇上仁慈之心上通于天，这实在是社稷之福。"

雍正含笑看着傅鼐，默谋了一会儿，说道："你还这么年轻，有大局观，很好的。朕一向因为你是个国戚，局限了你。孙嘉淦身子骨儿不好，你以宣旨钦差大臣身份去一趟科布多，全权和策零使者议和。大的有三条：他上表谢罪称臣，补交历年贡物；退回他原来驻地，不得东进一步；他侵吞喀尔喀蒙古的事可以既往不咎，但不能再侵犯漠北蒙古和东蒙古。其余细节，由张廷玉给你们布置。"正要说西路兵马冬季供应和屯田事宜，秦媚媚进来了。他见雍正在东暖阁和大臣说话，没敢过来，只对高无庸耳语了一句什么，退在熏笼旁垂手侍立。雍正见高无庸脸上微微变色，知道又有了事情，自己觉得身上不很自在，便道："这不是小事情，弘历主持一下，叫上方苞鄂尔泰一处商量。总之要'周全'二字。朕有些乏累，今儿不见人了，你们到韵松轩那边去。"待到众人都退出去，雍正方叫过高无庸和秦媚媚，皱着眉问道："出了什么事？你们两个嘀嘀咕咕的？"

"回皇上话，"高无庸道，"乔黑氏殁了！"

"什么？！"

"真的！"秦媚媚道，"昨天奴才在宜主儿这边侍候，今早家主儿起得迟，奴才方才过去——""别啰嗦！"雍正一口打断了她的话，"怎么好端端的就死了？是什么病？"

秦媚媚低下了头，说道："老太太不知道什么事想不开，是……上吊了的！"

"啊！"雍正轻呼一声回坐了下去。他忽然间觉得一阵眩晕，说道，"把王定乾张太虚的丹药取来朕用！"高无庸因奉过弘历的命令，不得再让雍正服丹药，便道："丹药还有几粒在宜主儿那边放着，主子既要用，奴才过去取来。"秦媚媚却道："外间殿里珐琅盘子里还放着一粒呢！"说着便取过来，掰了一多半一伸脖子咽下去，将剩下的一小半捧给雍正。高无庸见那药比平时多了约一倍，刚要拦止，雍正已经全吞了下去。高无庸只好说道："这药最是霸道，宝亲王爷再三吩咐，他不尝，不许奴才们给主子用呢！"雍正道："断不至于有事的，朕平日有时比今天还用得多呢！"

那凉凉的、带着麻咸味、散发着浓重的麝檀香气的丹药似乎有一种神奇的功效，雍正服下去少顷，焦烦燥热的感觉便渐渐平静下去。"人死万事俱休"，雍正望着外边灰蒙蒙的天空，苍暗的色调笼着静谧的澹宁居，有一种催人欲眠的感觉。他舒了一口气，安稳地躺在了炕上，心里想："她这一死，显见是已经知道了过去的隐秘，但她既死，这隐秘也就永远揭不开了……"忽然心中又是一动，"也许引娣和她母亲已经说透了呢？……"他挣了一下身子，但觉得身子铅一样沉重，躺着又无比地舒适安稳，他带着浓重的睡意，喃喃说道："不要人来打搅朕……给朕诵《金刚经》，朕要歇息一会儿……"高无庸立刻焚香，跪在雍正炕下，轻声诵读：

　　　　如是我闻，一时佛在舍卫国祇树给孤独园，与大比丘众千二百五十人俱。尔时，世尊食时，着衣持钵，入舍卫大城，乞食于其城中。次第乞已……

在朗朗侃侃的诵经声中，雍正沉沉睡去了。

直到戌末时牌，雍正才醒过来。这沉沉的四个时辰的觉，不知怎么，并没有使雍正压抑到极处的心境舒缓过来，他觉得心里像晒焦了的木炭一样，只要一晃火折子就燃着了。大冷天儿，连喝了两碗冷开水才略压住了，头也疼，心头别别直跳。想了想，睡梦里做的全是噩梦，更觉烦躁。因见园中风止雨歇，他低头叹息一声，说道："高无庸秦媚媚随朕到引娣那里坐坐。"

"万岁爷……"乔引娣正在灯下梳理一头浓黑的头发，见雍正进来，惊慌不安地站起身来，声音也有点发颤，"您请坐，我给您倒杯茶水。"她的脸色异常苍白，脚步也有点塞滞艰难，给雍正倒了茶，连碗盖也没有扣就端过来。见雍正似乎精神恍惚，便轻轻放在他面前案上，默默坐了一旁。雍正勉强笑了笑，说道："这几天军机处事情多，没过来看你。朝廷打了败仗，朕心里很不好过……"引娣顿了一下，说道："败了？我听……听人说，战事只是不大顺手嘛！"

雍正点点头，说道："这就和两人打架一样，一个壮汉子和一个小孩子打了个平手，那还不是败了？所以，要逮回岳钟麒和张照，依律处置。"

"皇上打算怎么处置呢？"

"恐怕不能活命。"

"不能恩宽一点么？"

"凭什么要恩宽？"雍正冷冷一笑，"朕为了追索亏空，冒着人言，艰难竭蹶二十多年，国库里这六千万两银子，是多少百姓的血汗？他们两个几年就挥霍了一半，换来的是朕的骂名，换得的是一个又一个的败仗！"他突然抑制不住自己．站起身来，如困兽一样匆匆踱了几步，倏然回身，脸色在灯下泛着青色，"朕空有心胸，要承继恢弘圣祖事业，做千古一代令主，但命运竟是如此不济，命运竟如此捉弄朕，把朕放在一个可笑的位置上令后人羞辱！"

引娣承受不住他狰狞可怕的目光，惊恐地回避着，说道："皇上，没有人那样想……"

"有的!"雍正盯着引娣，他突然意识到了自己的失态，因见大金漆柜顶放着的丹药，亲自取一丸，和水便咽了下去，口中兀自道，"朕为扳回圣祖爷晚年朝局颓败之风，得罪了多少人？兄弟，大哥二哥三哥、八弟九弟十弟，还有……十四弟、年羹尧、诺敏，杨名时、岳钟麒、张照……天下所有的读书人，天下所有的豪门大户!今人视朕为铁腕皇帝，后人必有的指斥朕为暴君独夫——是的，小民百姓说朕好，贱民也会说朕好，因为朕不许贪官污吏苛剥他们，朕除掉了他们的贱籍……可这有什么用，有什么用?!他们没有笔，也没有口，后世谁能知道朕？"

雍正原以为这丸药下去，会使自己平静下来，不知是药性不一还是用药过量，他的五脏六腑都燃烧起来，连眼睛都燃得血红。他像一只饿极了的狼，狂躁地在水磨砖地下橐橐踱着，双手神经质地颤抖着，低吼："朕想打出这两场胜仗，与民休息，也与官休息——可这两个畜生，耗了朕库中多少银子——不明不白，不死不活地把战事搅得一塌糊涂……"他瞪着一支昏黄的蜡烛，突然爆发出一阵闷哑的干笑，似乎在哭一样的笑声，却是一滴眼泪的也没有。他仰着脸喃喃说道："人们都在骗朕，连你引娣不也是这样么？"

"皇上!"

"住口!"雍正摆手命吓呆了的高无庸和秦媚媚，"出去看着，无论谁不叫不许进来——你没有骗朕，你母亲是什么人？"

引娣的脸色一下子变得雪白，就在这一刻里，她突然变得异常镇静，惨然一笑说道："这事是一层窗户纸，再没有捅不破的，皇上不说我也羞在人间。天啊——我有什么罪，您要这样惩罚我？……先把我拐卖到江南，又把我送进京师，先配我的亲叔叔，再配……"她的头剧烈地颤抖着，像一个无主的游魂踉踉跄跄在空旷的大殿里游移。她没有眼泪，也没有哭声，茫无目的地用目光搜寻着什么，口中喃喃而言，"我……本想问问清楚……可现在……还用得着么？……噢，老天爷……"突然，她在炕边抓到了剪花样用的剪刀，看了看，格格一笑，猛地向自己胸口扎去……

雍正此时热血奔腾暴涌，也已完全失去理智，急步抢上前去，拔出那把带血的剪子，一声狞笑，向自己胸口扎去！但这一剪刀并没有刺中要害，昏沉中见引娣伏在案上，似乎还没有死，雍正吃力地说道："好……很好……你冲这里帮朕……帮我一把，再来……"他踉跄站过去，翻过引娣的脸看，引娣身子一下子倒在地上一动不动，眼见已是死了。雍正耐着胸中焦热欲焚的火，用血蘸着在青玉案上写了几个字：

不许难为此女，厚葬

"此"字没有写完，血已经写不显字了。他也不再去写，在极度的燥热、兴奋、愤懑与痛苦中再次高高举起剪子，对准自己的心窝猛地刺了下去……

夜，已经深了。

深秋的狂风透骨浸凉，吹得一苑竹树都在婆娑舞蹈。忽然，一股哨风鼓帘入殿，殿中所有烛光都闪烁着晃动了一下……

《雍正皇帝·恨水东逝》全卷终

1993 年 6 月于宛